精忠英雄传

（上）

莆 华 著

中国文联出版社

图书在版编目（ＣＩＰ）数据

精忠英雄传：全3册 / 莆华著． -- 北京：中国文联出版社，2023.5

ISBN 978-7-5190-5048-1

Ⅰ．①精… Ⅱ．①莆… Ⅲ．①长篇历史小说－中国－当代 Ⅳ．① I247.5

中国国家版本馆CIP数据核字（2023）第020578号

著　　者　莆　华
责任编辑　蒋爱民
责任校对　刘　丽
装帧设计　谭　锴

出版发行　中国文联出版社有限公司
社　　址　北京市朝阳区农展馆南里10号　　邮编　100125
电　　话　010-85923025（发行部）　010-85923066（编辑部）
经　　销　全国新华书店等
印　　刷　三河市龙大印装有限公司

开　　本　710毫米×1000毫米　　1/16
印　　张　77
字　　数　1680千字
版　　次　2023年5月第1版第1次印刷
总 定 价　199.00元（全3册）

目录

献言

　　谨以此书献给内子宇宏女士，感谢这一生中的相伴与鼓励！

第一章　奇冤

年初一正午时分，临安城天空大雪纷飞，西湖旁一条官道上站满百姓。人们顶风冒雪，呵手顿足，不时朝道路一头张望，似在等候什么人到来。

不远处一家当街酒楼，此时已坐满客人。临窗一桌东首坐着一位黑脸大汉，浓眉豹眼，项下蓄着一部络腮胡，正端着酒杯慢慢喝酒，两眼却望着窗外道上，神情焦急。南面坐着一位老者面皮焦黄，嘴里嚼着卤豆腐干，双眼微闭似在品尝酒菜滋味。

旁边一桌坐着三个文士。一人身穿玄色长衫，三十出头。另一人身着灰缎长衫，二十多岁。还有一人身穿蓝绸衫子，也是二十几岁。三人正低声说话，不料他们的言谈却被那黄面老者暗中听去。

只听那身穿灰衫文士低声道："张兄、王兄，咱们等到此时不见动静，莫不是倾城百姓出来为岳元帅送行，秦桧老贼忌惮民愤，今日不敢对岳爷下毒手了？"

那穿蓝衫的文士道："小弟听说，韩世忠元帅昨日进宫面见皇上为岳爷辩诬。莫非是韩元帅说动皇上赦免了岳爷，秦桧老贼不敢对岳爷下手了吗？"

那穿玄衫的文士却摇摇头长叹一口气，道："王兄、李兄，二位有所不知，咱们皇上一门心思偏安南方，极想与金国议和。岳元帅竭力抗金，发誓要挥师收复失去的北方半壁河山，然后直捣金国老巢迎回被金国掳去的徽宗和钦宗，这可犯了当今皇上大忌！岳元帅是抗金中流砥柱，不除掉岳爷议和难成。议和不成，皇上便难苟且偷安！唉唉，我看皇上是多半不会赦免岳爷的了！"

灰衫文士愤然道："岳元帅一门精忠报国，抗击金兵战功卓著，却遭秦桧老贼陷害下狱，他娘的，如今这世道天理何在？"

黄面老者听见那读书人骂句粗话，不禁暗中叫道："骂得好！"

三人刚说至此，忽闻酒楼外有妇人哭叫道："允升儿，你死得好冤屈！好惨啊！"

妇人哭声悲切凄厉，楼中食客纷纷起身到窗口观望。但见一位疯癫老妇站在道旁枯树下，两眼直勾勾地望着那枯树哭喊几声，蓦地扑上前去紧紧抱住那树身。又哭诉道："允升儿，你在这里吗？你怎的不回家？娘四处找你，你让娘找得好苦啊！我的儿你为何不说话？你说话呀！官府的人将你怎么了？他们打你吗？你对娘说，你快对娘说啊！"

一位北方来的客商见此情景，忙向同桌之人打听："请问兄台，这位大娘儿子受何冤屈？"同桌那人摇了摇头连声叹息，却不答话。忽听酒保低声道："客官休管闲事，免得无端招来灾祸！"

北方商人一怔便不再询问，讪讪地端起杯来呷口酒，涩涩地吞下。又听那老妇哭喊道："允升儿，你为啥不说话？是那些恶贼割了你的舌头吗？你快张开嘴让娘看看！"

枯树干上有个洞穴，老妇将手伸进树洞里去四处摸索，似在搜寻儿子的舌头。她一面摸索，一面泪流满面地颤声问道："我的儿，小时候你用舌尖吮吸娘的乳头，小脸贴在娘的乳前，多么可爱！你的舌头呢？你舌头怎么不见了？你说，你说，是哪个恶贼割去你的舌头？娘这就找他拼命去！"

老妇说罢，愤怒转脸四处张望，目光里充满仇恨，仿佛在寻找那割去儿子舌头的贼人。四下围观之人被她看得打个冷战，不由得后退开去。老妇看了一瞬忽然解开胸前衣衫，用手将干瘪的乳房托到树洞口上，轻声道："我的儿，乖宝宝，来，来含娘的奶，娘哩你好好困一觉……"围观之人看得心酸难受，不忍再看纷纷转过头去。

便在此时，前面岔道口走过一僧一道。那道人胡子奇长，下垂到腰间。那和尚腰上挂着个朱经红色大酒葫芦，肩头上蹲着一只白猿。这一僧一道相距甚远，众人看不清楚二人模样。

忽听那道人长叹一声，说道："唉，莫明长老，你这法号取得真好！人间之事实在莫名其妙：莫明祸福、莫明生死、莫明荣辱、莫明贵贱、莫明恩怨，一个一个莫明大梦无头无尾，无终无尽，委实莫明至极啊！"

那叫莫明的僧人答道："了然真人，你道号叫'了然'，应法眼如炬，洞悉这大千世界比我莫明和尚高明。有道是：这大千世界既是朗朗乾坤，又是污浊地狱；既是温柔富贵之乡，又是罪恶血腥之所。人与兽，命与运，气与数，真与伪，善与恶，罪与罚只相系一念，相隔一纸。唉唉，人道与畜道翻云覆雨，实在让老纳莫名其妙！可叹世人不知莫明便是明，明便是莫明！道兄，且听老纳放歌一曲。"

莫明长老说罢，用低沉苍凉的声音唱道：

大化造物兮，何以为终？万物生灵兮，何去何从？

千古悲欢兮，皆成一梦；众生不醒兮，春夏秋冬！

了然真人听罢，长叹一声道："善哉！善哉！大师怀菩萨心肠，悲天悯人，让老道好生敬佩！贫道亦来与大师唱和一曲。"说罢，高亢悲怆唱道：

造化弄人兮，何以为终？神鬼无奈兮，苍生何从？

天道幻渺兮，人道迷茫；众生不醒兮，春夏秋冬！

僧道二人一唱一和，歌声苍凉激越，挟带着深广的忧患与困惑，似乎在一声声叩问天地，令众人听得刻骨锥心。众人虽然听得似懂非懂，但联想到岳飞父子冤情，瞧见眼前老妇悲惨境遇，心里蓦地涌起无限凄怆与迷茫。

那老妇听见歌声立时停止哭诉，偏着头聆听一会儿，突然又哭又笑道："呜呜，苍生何从？哈哈，苍生何从……苍生何从！"

老妇怪笑一声，松开紧搂着枯树的手臂，迈动小脚颤颤巍巍去追那一僧一道，嘴里疯笑道："哈哈，苍生何从？哈哈哈，苍生何从……"

酒楼上食客看见老妇疯疯癫癫远去，纷纷坐回桌叹气。那灰衫文士端起酒一饮而尽，忽然仰头大笑道："哈哈，可笑啊，可笑！"

酒客们听见笑声皆是一愕。那玄衫文士低声问道："李兄因何而笑？"

灰衫文士抹抹嘴上酒滴，道："我笑我懦弱怕死！这老妇儿子刘允升向朝廷上书直陈岳爷冤狱，却被秦桧老贼手下狗官将他抓捕。刘允升在堂上大义凛然历数秦桧老贼十大罪状，竟被狗官割去舌头，冤死于牢中！刘允升这等忠烈壮举，我辈竟不敢对人说出，我笑自己苟且偷生，枉为士人！哈哈，孔孟之徒苟且偷生，斯文扫地啊！可悲也夫！"

玄衫文士脸上一红，喝道："李兄，不可胡言！"

灰衫文士凛然道："杀身成仁，舍身取义，乃我华夏民族大节！今日李某拼着这条命不要，也要说句真话！我就不信秦桧老贼能将天下人舌头割尽，能堵住天下人之口！"

灰衫文士说罢愤然站起，向两位文士拱手作别，转身往楼梯口走去。他刚迈出两步，却被一个身穿绿袍的汉子拦住。这汉子面孔瘦削，唇上蓄着两撇鼠须，冷笑一声道："嘿嘿，穷秀才好大胆子！竟敢当众非议朝政，辱骂秦丞相！"

灰衫文士一怔，道："你是何人？我骂老贼，与你何干？"

那人冷笑道："与老子的干系大得很！"说时撩起绿袍，腰上露出一块写有"秦府"二字的腰牌。

文士冷哼一声，道："我道是谁，原来是秦府的鹰犬！"绿袍汉子大怒，呼地一拳朝文士脸上打去。那拳头打到半道忽被一只大手捏住。绿袍汉子大惊转头一看，见一个黑脸大汉伸手捏住他的拳头。绿袍汉子反应甚快，飞起一腿踢向黑脸大汉小腹。腿刚抬起二尺忽觉一阵疼痛钻心，他那被大汉捏着的拳头像碎了一般。绿袍汉子痛得大叫一声弯下身子。黑脸大汉一抬手臂，将绿袍汉子扔到那黄脸老者跟前。绿袍汉子想跃起身来，不知几时被黑脸大汉封了身上穴道，倒在楼板上动弹不得。此人是秦桧府里一名护院武师，功夫本不差，却一招便被黑脸大汉制住，情知今日撞见高人，脸上露出惊恐神色。

黄面老者打量那绿袍汉子一眼，道："哼，原来是秦桧老贼的看家狗！往日遇见你这等欺压百姓的恶狗，我师弟皆是一把捏死了事。今日我师弟留你活口，是要你说点秦府的新鲜事给老夫喝酒解闷，你就乖乖说罢！"

绿袍汉子却不说话，两个眼珠子转了几转，心中在兀自盘算。黄面老者冷笑道："想充硬汉不说吗？嘿嘿，你不说，只怕你肩上吃饭的家伙要像这酒杯一样！"

黄面老者说时拿起酒杯一握，只听一阵滋滋轻响，酒杯瞬间化为白色粉末从他手指缝隙簌簌地洒落桌上。

那汉子神色大变，颤声道："你，你……是西域摩尼教高手？"

黄面老者不置可否，望着窗外缓缓道："这会儿，你可想起什么新鲜事儿了？"

绿袍汉子吓得额头上冒汗，结结巴巴道："想……想起来了。小人，小人不知……两位大侠……想听什么？"

黄面老者道："秦桧老贼今日要对岳爷下毒手，为何不见动静？"

绿袍汉子犹豫瞬间，才压低声道："二位大侠，你们见……不到岳元帅了！"

黄面老者追问道："那是为何？"

绿袍汉子惊惶地看看左右，轻声说道："昨晚除夕夜，那岳元帅已被……已被……害死在风波亭了。"

黑脸大汉反手一掌打在绿袍汉子脸上，怒喝道："狗贼，你敢说谎骗老子，老子一掌毙了你！"

绿袍汉子用手捂着肿起的脸，吓得颤声道："小人决不敢欺瞒二位大侠。昨天晚上，小人恰好在相府当值。到得子夜时分，忽见万俟卨那厮来求见秦丞相，要小人为他通报……"

黑脸大汉喝道："甚鸟丞相，叫秦老狗！"

绿袍汉子道："是，是，他求见秦那个……老狗。小人心想：万俟卨深夜前

来必有要事。小人好奇便躲在窗下偷听。只听秦那个……老狗问道：'那桩事可办妥了？'

"万俟卨奸贼答道：'下官特来禀告丞相，事已办妥了。'

"秦老狗又问道：'你用何手段除掉那岳飞？'

"万俟卨奸贼道：'回禀丞相，卑职用毒酒将岳飞鸩杀于风波亭内。'

"秦桧老狗道：'那岳飞临死之前可有何言语？'

"万俟卨道：'岳飞无语，只是仰天悲呼：天何昭昭！天何昭昭！'

"秦桧老狗又问：'那岳云、张宪二人，你又是如何处置的？'

"万俟卨道：'卑职已将他二人绞杀于风波亭外。'

"小人听到岳元帅被害死心中一惊，不慎弄出点声响，生怕被秦老狗发觉便赶紧离开书房窗下……此事小人亲耳听见，断不会有假！"

黑脸大汉听得虎目嗔裂，飞起一脚将绿袍汉子踢到墙角，昏了过去。黑脸大汉放声大哭道："岳恩公，我们兄弟来晚一步没将你救出牢狱。你的大恩大德，楚良无以回报！我定要手刃秦桧老贼为你报仇雪恨！"

便在此时忽听楼外人声大哗，只见一人从道上风驰电掣般奔来，转眼奔到楼前双臂一振，一式"白鹤冲天"跃进酒楼。楼中众人才看清来人是个二十出头的青年汉子。那青年汉子对黑脸大汉和黄脸老者道："大师兄、二师兄，小弟已打听清楚，昨夜岳元帅父子已遭秦桧老贼的毒手！"

黄面老者霍地站起身来，神情森然道："二位师弟，咱们走！"三人纵身跃出酒楼窗外，从湖畔道上疾奔而去。楼中酒客纷纷走到窗前张望，只见三人去如飞鸿，片刻之间便杳无踪影。

天黑时分，临安城内爆竹声声。城南"中兴"大道旁耸立着一座高大府第，门前悬挂一对大红灯笼上，"秦府"二字赫然醒目。府内灯火通明，楼台、亭阁、长廊、水榭都挂着红灯笼，灯光辉映，极显府第富贵豪华。在这临安城里，除了皇宫之外，当朝宰相秦桧府第可是全城最豪华的宅子了。

二进院落一间宽大书房里，案上红烛燃得正旺。一人坐在书案后，神情专注地把玩一件精美玉雕。此人年五旬出头，鹰鼻薄唇，神情阴鸷，项下胡须稀疏花白，他便是权倾朝野的宰相秦桧。他旁边站立一人，三十多岁，一脸干练神色。此人名叫秦禧，是秦桧的养子，亦在朝廷为官。

那件玉雕晶莹剔透，雕的是一只通体碧绿的青蛙。那蛙扬起头张大嘴，伸出粉红舌头，舌尖上却卷着一只金色飞蛾。青蛙与飞蛾神态雕得惟妙惟肖，委实是一件玉雕珍品。

秦桧盯着那玉雕观赏一会儿，抬头问秦禧，道："阿禧，今日皇上派老太监贾升来府赏赐你爹这只玉蛙，你看有何用意？"

秦禧一怔，道："爹，你昨夜除掉岳飞父子，皇上赏赐这玉器褒奖你，难道还藏有用意吗？阿禧愚钝，一点儿也没看出来。"

秦桧道："阿禧，你仔细瞧这玉蛙和飞蛾，想想它们影射什么？"

秦禧瞧了瞧那玉蛙，猛然省悟道："爹，阿禧看出来了，皇上把这玉蛙比作父亲。把那飞蛾比作岳飞！那岳飞字鹏举，即飞鹏之意。他犯下大罪，皇上将他贬作飞蛾极是贴切。这玉蛙捕蛾便是寓意父亲捕杀岳飞。啊呀，爹，咱们皇上心机好深沉！"

秦桧点头道："不错，皇上赏赐你爹这件玉雕，正有此寓意！"

秦禧又道："爹，阿禧有一事不明：皇上怎么不在朝廷上当着文武百官赏赐玉蛙给爹，却要派老太监贾升到府里来赏赐？这又是为何？"

秦桧抬头看了看秦禧，道："阿禧，你在官场上也混好些年了，皇上耍的这点小把戏，你还看不明白吗？皇上若当众赏赐我玉蛙，就等于告之天下人，他是杀岳飞的主谋。他怎会做这等蠢事？皇上不当着众臣赏赐你爹，那是因他不愿背负杀害岳飞的恶名！可他知道你爹除去岳飞为他承担恶名，他不得不以示褒奖，便暗中叫老太监贾升到府里来赏赐这件玉雕！"

秦禧忧道："皇上心机如此之深，爹要多加小心啊！"

秦桧冷笑一声，道："皇上那点心计，老夫倒不担心。老夫只担心另一桩事！"

秦禧忙问道："爹担心什么事？"

秦桧道："老夫除掉岳飞，扫清同金国'议和'的障碍，皇上倒是高兴了，金兀术那厮也高兴你爹帮金国除去岳飞这个大敌，可是你爹却身陷险境啦！"

秦禧迷惑不解道："爹，你手握大权，何险之有？"

秦桧道："这都不明白吗？那岳飞党羽甚多，闻知岳飞被老夫诛杀，定会前来替岳飞报仇。往后，你爹只怕没有安宁日子过了！……阿禧，你传话下去，从今夜起府内多布岗哨严加防范！"

便在此时，忽听门外有人喝道："秦桧老贼，老子此刻便来取你狗命，看你如何防备！""砰"的一声震响，两扇房门被一股雄浑掌力震倒地上。一个黑脸大汉杀气腾腾地走进屋来，身后跟着一位黄面老者和一个青年汉子。

秦禧吓得大声惊呼："有刺客！有刺客！快来人！"

巡逻官兵听到呼声纷纷赶来，却被那青年汉子堵在门口。只见他随手东一抓，西一扔，冲到门口的官兵皆被扔到院中。

秦桧看见黑脸大汉和黄面老者走近前来，脸色一紧，旋即镇静下来，道："三位好汉，本官与你们素不相识，无仇无怨，你们为何要取我性命？"

看见秦桧如此镇静，黄面老者与黑脸大汉皆是一怔。他俩不知当年秦桧被金兵掳去，在金国历尽风险，早已练就处变不惊的定力。

黑脸大汉咬牙切齿道："老贼，你卖国求荣，害死岳元帅，该杀！"说时举掌欲劈。

秦桧抢道："好汉且慢！容本官说两句话，你再取我性命不迟！"

黑脸大汉道："有屁快放！"

秦桧道："好汉说本官害死岳元帅，可是亲眼所见？倘若没有，定是听信他人的谣传，是不是？……好汉想想，岳元帅乃是朝中重臣，岂是老夫随便杀得了的？……唉！本官忠心耿耿治理国政，不免得罪一些小人。这些宵小之徒便四处散布谣言，诬蔑我害死岳元帅，那是借刀杀人啊！好汉，你们上了小人的当啦！"

黄面老者冷笑道："老贼：你暗通金国，唆使昏君对金人割地求和，纳贡称臣。你卖国求荣，又害死岳元帅，死到临头还想狡辩？"

秦桧一惊：心想这草寇怎会知晓个中隐情？哼，他多半是讹诈我，我不可被他们讹住！当下大声道："好汉说本官暗通金国，有何证据？"

黑脸大汉和黄面老者一怔。世间一直传言秦桧同钦宗、徽宗二帝及众多大臣被金兵掳去，唯独秦桧一人能从金国逃回大宋，其中必有隐情，世人怀疑秦桧是金国派来的奸细。但这只是怀疑，他俩哪里有什么证据。

秦桧见二人被问住，又道："不错，老夫是奏请皇上与金国议和，但那不是出卖大宋，而是为我大宋安危着想！好汉你们想，那金国强大，我大宋弱小。大宋与金国开战，胜数极小，败数极大。此事关乎我大宋兴亡与百姓身家性命，本官身为大臣，奏请皇上暂与金国议和，乃是在用缓兵之计。日后待我大宋国力重振，再与金国开战收复失地不迟，这何罪之有？唉……本官此番苦心，好汉们全然不知便来行刺老夫。本官死了倒不适足惜！只可叹，你们刺杀大宋忠臣，替金国除去心头大患，三位好汉定会背上千古骂名！可悲，可悲啊！……"

秦桧说得振振有词，黑脸大汉与黄面老者听得满脸惊愕。二人均是江湖豪杰，平日里只知练功习武行侠仗义，哪里想过国家战和大计？此刻明知此人大奸大伪，竟被他问得说不出话来。

黑脸大汉道："师兄，你听你听，这老贼竟然称自己是大宋忠臣！嘿嘿，真他娘的死不要脸！老贼如此颠倒黑白，真是天下奇闻！"

秦桧又叹道："本官死不足惜。只是你三人受那金国指使前来行刺老夫，难道不怕天下人耻笑你们叛国投敌吗？"

黑脸大汉啐道："呸！放你娘的狗屁！老子与那金狗有不共戴天之仇，岂能叛国投敌？你这厮杀害抗金英雄岳元帅才是叛国投敌，罪该千刀万剐！"

此时官兵越围越多，灯笼火把照得如同白昼。只听那青年汉子喊道："大师兄、二师兄，老贼在拖延时间等待援兵，快一掌将他毙了！"

秦桧忽然冷笑一声，喝道："不错，本官是在等待救援！来人，给我拿下这三个贼子！"

喝叫声刚落，只见从他身后屏风走出三个人来。第一人年逾四十，面容清瘦，双目却精光逼人，下巴上生着一颗肉瘤。第二人三十出头，身材矮壮，脸色紫酱，行走却悄无声息。第三人二十来岁，高鼻长脸，目光高视，神情倨傲。见这三人忽然现身，黑脸大汉与黄面老者俱是一惊。原来，这三人守候在书房隔壁厢房里，秦桧说话之际用脚尖暗踩书桌下的机关，三个人听见报警铃声便从暗门潜进书房来。

黄面老者寻思：这三人藏在屏风背后竟听不见半点呼吸声响，足见功力已达高手之境。

却见那矮壮汉子上前喝道："大胆刺客，还不过来受绑！"听他口音，汉话说得十分生硬，显然不是中原人士，态度异常狂傲。

黑脸大汉冷冷道："什么鸟人，你找死！"一拳朝那壮汉打去。拳风扫过，秦桧父子顿感脸上如被刀刮一般隐隐作痛，二人急向后退。矮壮汉子叫声"好！"也打出一拳。两拳一碰，"砰"的一声响，二人都咚咚咚倒退三步。黑脸大汉又打出一拳，矮壮汉子侧身避开，出拳击向黑脸大汉的左肩。一眨眼两人斗了十招。黑脸大汉的拳路刚猛，每打一拳有撼山动地之势。矮壮汉子出拳诡异多变，狠毒阴险，亦是声威夺人。斗到第三十招，黑脸大汉忽然拳路一变，一连三拳快如疾电打出。矮壮汉子只觉眼花缭乱不敢接招，急忙纵身跳开，惊道："'风雷拳'！你这厮是'黑风客'楚良？"

黑脸大汉一愣，心道："此人怎知我姓名与武功？"这黑脸大汉正是楚良，江湖上人称"黑风客"。那黄面老者叫杜百年，外号"病松客"；青年汉子姓居名正，外号"凌烟客"，三人在江湖上被人称为"贺兰三客"。

楚良问道："你是何人？"矮壮汉子傲然道："我乃吐蕃国师龙象法王座下大弟子阿密罗！"

楚良蓦然想起，师父六合居士说过，当年云游吐蕃国曾与那龙象法王切磋武学。师父说那法王的"五龙神功"与"大雪狂飙拳"两门武功甚是了得。想必这阿密罗是从龙象法王口中得知我师门和武功。遂道："原来是龙象法王高徒，幸会！楚某今日要领教你的'大雪狂飙拳'！"说罢双拳齐出，两人又激斗在一起。

另一旁，黄面老者与那巴上长着肉瘤之人交上手，那人倏地一指戳向黄面老者的咽喉。黄面老者冷笑一声，使出"天罡擒拿手"欲折断对方手臂。不料那人手

8

臂倏地一晃，指尖如毒蛇吐芯瞬间变作十指、百指，从四面攻来。

黄面老者一惊，疾向左三跃、右三跃，一连闪避六个方位终是慢了一步，"嗤"的一声，衣袖被那人一指戳穿个洞。那人冷哼一声，道："哼，大名鼎鼎的'病松客'杜百年，也不过如此！"

杜百年看了看衣袖上破洞，凝目一看，见那人下巴上的肉瘤，忽然想起武林中的一个人来，道："想不到，名贯江湖的'金瘤圣手'柯金龙，也给朝廷当鹰犬啦！"

柯金龙道："废话少说，柯某今日要领教'贺兰三客'的高招！"

这柯金龙乃是武林一怪"长白老怪"之徒，凭一门"灵蛇千幻指"功夫在江湖上名头颇响。此人一向只在关外走动，不知怎会被秦桧网罗至府内。杜百年适才不知对手来历，吃了轻敌的亏。此时只见他无声无息地拍出一掌，掌势平淡无奇。柯金龙却看出这一掌蕴藏着五六种厉害后招，不敢怠慢，抢先一指点向对方手掌要穴。他这套"灵蛇千幻指"变幻诡诈，轻灵刁钻，实是武林中一门厉害功夫。霎时指影像一个网张开，只听书房中嗤嗤声响，仿佛有千百条蛇吐芯游走，令人毛骨悚然。秦桧父子看得心惊，不由得连连后退。

然而奇怪，无论柯金龙的指法如何诡异，总被杜百年那凝重呆滞的掌法克制。斗了百招后，柯金龙越斗越惊，他行走江湖多年，从未遇见这种大巧若拙的掌法，一时竟不知如何破解。

杜百年使这套"乾元混天掌"，乃是六合居士所创绝技，武林中不少成名人物都折在这掌法之下。此时杜百年却与柯金龙打个平手，心下也不由暗赞对手武功了得。"凌烟客"居正堵在门口，挡住门前的官兵，忽听楚良喊道："小师弟，不挡官兵，快击毙秦桧老贼！"

居正侧目一看，秦桧父子正朝屏风后暗道退去。他丢下官兵纵身扑到秦桧身后，挥掌奋力劈下。忽然间，从旁跃来一人接住他这一掌，一股阴寒之气传到他掌上。居正一看那人，却是三人中的年轻汉子。居正哼道："寒云手？"

那年轻汉子道："算你识货！"这年轻汉子名叫江蛟，是星宿海派高手。

居正冷冷道："你这'寒云手'还欠火候！"说时，将五指并拢成一个奇怪爪式凌厉抓出。江蛟一愣，他见过鹰爪功、龙爪功、虎爪功，从未见过这种爪功。他不知这是六合居士晚年所创的独门绝技，名叫"鹤爪功"。

六合居士一生独创三门奇技，传给杜百年的是"乾元混天掌"，传给楚良的是"风雷拳"，传给居正的是这"鹤爪功"。这"鹤爪功"与"乾元混天掌"相反，出手快如闪电惊虹，江蛟还未看清楚居正的招式，对方三个指头已抓到面门前，吓得他疾往旁跃，右肩仍被居正抓出三道血痕。

便在此时，眼看秦桧父子将逃进暗道。楚良急忙一拳逼退阿密罗，反身扑向秦桧。阿密罗如影随形跃到楚良背后一拳打下，哪知楚良毫不躲闪，任他一拳打在背上。电光石火之间，楚良大喝一声挥拳打向秦桧。阿密罗这才省悟，楚良豁出性命也要将秦桧毙于拳下。眼看秦桧即将毙命，突然屋梁上跳下一青衣人抓起秦桧疾跃开去。楚良扑上去又打出一拳，猛觉背心一阵奇痛，不禁张嘴喷出一大口鲜血。

适才他以后背硬生生接下阿密罗一记重拳，伤得很重，此时发力加重内伤，忍不住口吐鲜血。居正瞥见楚良受伤，一招"鹤上青云"击退江蛟，纵身过来截住阿密罗。

楚良吐血瞬间，那青衣人抓住秦桧逃出书房。楚良强忍剧痛，扑到秦桧身后挥拳打去，那人反手一指点向楚良手腕脉门。楚良沉腕让开，变拳为掌斩向那人小臂。那人应变极快，手指斜挑，点向楚良掌心要穴。一瞬间两人交手七招，楚良竟占不了上风，不由暗暗诧异："老贼手下哪来这些高手？"

青衣人一指逼开楚良，却听秦桧说道："壮士，咳，咳……请送我进后院。"楚良刚才一拳虽然没有打中秦桧，但刚猛力道震得秦桧气血翻涌说话艰难。青衣人忙背着秦桧奔进后院。

楚良紧追入院内游目搜寻，不见秦桧二人踪影。一回头，忽见西面房门微微晃动。他纵身上前一脚踢开房门跃进屋去，忽觉头上黑影疾坠。他急忙往旁躲闪，却慢了一步，只听"砰"的一声巨响，一个大铁笼飞速落下将他罩住。那铁笼重逾千斤，用粗铁条制成，楚良伸手将那铁笼抬起二尺，背上一阵剧痛使他无力再抬上去。

居正追进院来，见楚良受困铁笼中，急忙纵步上前去抬铁笼。忽听脚步声急响，一队官兵跑进院来搭箭对着他二人。居正忙从皮囊里抓出一把"追魂沙"打去，官兵中响起一片惨叫声立时倒下几人。

阿密罗追进院来，居正又打出一把"追魂沙"，阿密罗忙跳到一个大花坛后躲避。趁这瞬间居正将那铁笼高高抬起。忽听楚良喝道："师弟小心！"喝声中，阿密罗扑到居正身后一拳打出。居正要躲避这一拳原也不难，但营救楚良便前功尽弃。他不顾阿密罗偷袭，大叫一声掀翻铁笼，却被阿密罗一记重拳打倒在地。

楚良从铁笼跃出，双拳齐打在阿密罗的小腹上，打得阿密罗飞出二丈开外，昏倒在院中。楚良弯腰抱起居正叫道："师弟，师弟！"居正低声道："师兄，小弟心脉被那厮拳力震伤，动弹不得，咱们快走！"

楚良心如刀绞，抬头看见官兵放出乱箭，急忙抱起居正跃到一个大花坛上，背上被一箭射中，巨痛钻心。便在此时，人影晃动，一人飞身过来挡住去路，来人却是江蛟。江蛟狞笑道："楚大侠，你走不了啦！"

杜百年奔进后院，看见两位师弟受伤，大惊道："二师弟，抱着小师弟快走，我断后！"

右厢房的门忽然"吱"的一声打开，秦桧走出屋来，咳着道："想走？咳咳……今日，你三人走不脱啦！"秦桧刚才被楚良的拳风扫过背心受点轻伤，说话不顺溜，不时轻咳几声。

杜百年环顾四周，只见柯金龙与江蛟堵住楚良的去路，院墙四方站满兵丁，他要护卫两位身负重伤的师弟全身而退着实不易。

秦桧又道："咳咳，老夫听人说，'贺兰三客'情同手足。眼下你三人中，有两人身受重伤，大有性命之忧。咳咳，你们若能归降朝廷，老夫念你们受人所惑不予追究。老夫还要奏请皇上录用你们。咳咳，三位弃暗投明，为朝廷效力，意下如何？"

杜百年一言不发急思脱困之策。柯金龙只当他心思松动，劝道："杜大侠，咱们打开天窗说亮话，今夜你一人要出相府，我等或许拦不住你。倘若楚二侠与居三侠要出相府，嘿嘿，恐怕'贺兰三客'从此便少去二客！"

杜百年冷笑道："听你之言，我三人只有投降了？"

秦桧道："咳咳，江湖好汉归降朝廷大有先例……数十年前，那水泊梁山好汉宋江等人，不也降了朝廷吗？咳咳，你们三人有何不可？"

居正怒道："老子们是顶天立地的汉子，岂能给你这卖国奸贼当鹰犬！大师兄，二师兄，你们快走，小弟见师父去了！"说罢大喝一声，用所剩功力震断心脉，一股鲜血从嘴角流出。杜百年疾呼："师弟不可！"楚良伸手在居正鼻前一探已无呼吸。这突然变故令在场之人都吃一惊。

秦桧见劝降无效，喝道："大胆反贼，如此顽冥不化，快将他们拿下！"

适才秦桧出语劝降，是想迫胁杜百年与楚良就范，以便一网打尽。此时居正一死，情知迫胁无望，便下令拿人。柯金龙和江蛟带领官兵缓缓向前移动，将三人团团围住。

杜百年见众人围上前来，冷笑一声。先前他迟迟不作决断，是顾虑两位师弟伤势，此时居正一死，他心中怒火大盛，一声长啸突然双手齐扬，只听院里"砰砰砰"爆炸声大作，硝烟弥漫，官兵们纷纷惨叫不止。

杜百年打出的暗器是一种杀伤力极大的火器，名叫"霹雳弹"。他行走江湖多年极少使用这暗器，即使偶尔用之也只用一枚。今日为了给师弟报仇，一出手便打出数枚。柯金龙与江蛟一听暗器破空声大异寻常，各自抓住一名兵丁挡在身前侥幸保住性命。

一枚"霹雳弹"落在秦桧面前溜溜旋转，吓得秦桧两腿发软，身子瑟瑟抖动，竟迈不开腿逃避。那青衣汉子一把将他抓起疾速跃进房内。纵是如此，"霹雳弹"炸出的铁子仍将秦桧帽子打飞，擦掉他头顶上一绺头发。秦桧躲进房内摸着发痛的头皮，浑身仍颤抖不已。

硝烟弥漫瞬间，楚良抱起居正飞跃上院墙，柯金龙与江蛟纵身追去，杜百年右手一招"大河倒流"拍向柯金龙，左手一招"泰山倾倒"拍向江蛟，这两招掌式诡奇，快如闪电，将两人逼得坠下墙去。杜百年又将手一扬，喝道："看打！"

众人一听暗器破空声响，以为他又打出"霹雳弹"，骇得纷纷躲避。过了片刻不闻爆炸声，众人抬头一看，院中已不见了"贺兰三客"踪影。原来杜百年不愿滥伤无辜，打出的是几粒石子。柯金龙与江蛟跃上墙头张望，寒夜漆黑，哪里看得见"贺兰三客"踪迹？

楚良抱着居正一路疾奔，杜百年从后赶上，要从楚良手里接下居正，楚良摇摇头，依旧疾奔不停。奔出数里，天色已明，前面出现一座冰雪覆盖山林，两人进入林中一片空地。杜百年伸手去接楚良怀抱中的居正。楚良放开手，忽然闷哼一声，一口鲜血喷出数尺。

杜百年惊问道："师弟，你伤在何处？"

楚良轻声道："箭，箭……"杜百年仔细一看，大惊失色。只见一支箭从楚良身上穿腹而过，箭头插进楚良怀中的居正身上。楚良放开居正牵动箭杆，一阵剧痛钻心，鲜血喷口而出。杜百年小心翼翼地从居正身上取出箭头，把居正放在雪地上，又扶着楚良慢慢坐下。

他查看楚良身上的伤情，不由心往下沉，只见那箭射到致命之处。适才楚良全凭一口真气支撑逃出秦府，此时真气一泄，头一歪便倒在他怀里。杜百年忙用掌抚住楚良背上穴位，运功为他护住心脉。

过得片刻，楚良喘息道："师兄……不必了……小弟内脏已被那厮打伤，又中了致命箭伤，一路急奔流血太多，便是那'还魂药王'在此，也救不了小弟这条命了！"

杜百年含泪道："师弟，待师哥葬了三师弟，便送你去回春谷找'还魂药王'救治。那药王是旷古未有的神医，着手成春，定能将师弟的伤治好！"

楚良摇头道："师兄，此去回春谷千里之遥，只怕还没见到药王，我已不在人世……小弟有一急事，要请师兄代劳。"

杜百年道："师弟尽管说。"

楚良道："小弟担心秦桧老贼对岳爷家人下手，请师兄火速赶往相州汤阴县，营救岳元帅家人……此次未能救出岳元帅，小弟已愧对岳爷在天之灵，若不能保住岳爷的家人，九泉之下，小弟有何颜面去见岳爷？"

十年前，楚良跟随师父六合居士在西域云游，家中留下妻子与女儿伺奉老母。一日金兵来袭，楚良一家老小惨死金兵刀下。岳家军闻讯赶来将金兵尽数歼灭，为楚良报了大仇。楚良为报岳飞大恩，此次专程从西北赶来营救岳飞父子。不料晚来一步，报恩未成，却命悬一线。

杜百年道："师弟放心，师兄定去相州汤阴将此事办妥。"

楚良道："师兄，小弟口渴得紧……抓一把雪……给小弟解渴。"

杜百年一看，身边的雪已被鲜血染红，便跃上树去取雪。身子刚站上枝头，忽见楚良用力拔出插在腹中的箭，大叫一声昏了过去。杜百年大吃一惊，纵身下树出手如风，点了楚良身上几处大穴将血止住。楚良缓缓睁开眼来望着杜百年，张了张嘴，目光中有千言万语，却已不能说出一字。

杜百年哽咽道："师弟，你的心意，师哥知道。你放心去，师哥先去救岳元帅的家人，再来杀秦桧老贼，为你和三师弟报仇！"楚良听罢，目光陡然一亮，宛如流星在夜空中隐没。

杜百年坐在两位师弟的尸体旁，一手抚着居正，一手抚着楚良，心如刀绞，欲哭无泪。天上忽然飘下鹅毛大雪，不一会儿渐渐撒满三人身上。

哀痛半晌，他站起身来找一个隐蔽处，抽出钢刀刨开冻土，将楚良和居正放入土穴，盖上土块树枝掩埋好，搬来石块垒成两座坟头，又在坟前留下标记才奔出林去。

那雪越大越大，片刻工夫，便将两座坟头包裹成银白色。

"贺兰三客"逃离秦府，秦桧躲在西厢房里仍心惊不已，直到秦禧进来禀报刺客逃去，他才放心走出屋外。秦禧递上秦桧那顶被炸飞的帽子，道："爹，快戴上帽子，小心风寒。"

秦桧接过帽子，瞥见帽檐上的祖母绿被炸去半块，想起适才险些丧命于刺客之手，不禁大怒道："这伙反贼也太无法无天！阿禧，快替为父草拟一道拘捕令，命大理寺官员火速将反贼捉拿归案！"

说到此，他蓦地想起两次救他脱险的青衣人，转头四顾不见那人在场，又道："阿禧，把昨夜护院之人统统叫来。"

秦禧传话下去，不一会儿，护院武师和官兵集合到院内。秦桧站在台阶上对众人道："昨晚上大伙奋力捉拿刺客有功，本相要重赏你们！秦福，传话账房，重赏柯教头、阿教头、江教头三人各五百两银子，赏官兵差役每人十两银子！"

他一转眼，见那青衣汉子站在院子一角，喊道："那位穿青袍的壮士，请上前来。"众人回头一看，只见一个三十出头，脸形瘦削，身穿藏青布袍的汉子健步走到石阶下，躬身向秦桧施礼，道："小人参见丞相。"

秦桧问道："壮士高姓大名？"

那人答道："小人贱名史乾。"

秦桧又道："史壮士属中土武林何门派？何时进入府内，干何种差事？"

史乾道："小人师门远在海外，不属中土门派。十日前刚进相府当差，干些杂活儿。"

秦桧道："原来史壮士是海外高手，屈才，屈才！……"又高声道："史壮士武功超群，昨夜两次救老夫性命，功劳最大，本相破格提拔你为禁军教头，为朝廷效力！"

史乾道："小人谢丞相提拔！不过丞相两次脱险，并非在下一人之功，一是丞相福大命大，二是三位教头武功卓绝重伤贼人。在下只不过碰巧出了一点儿力气，算不了什么……"

秦桧道："史教头不必自谦，你好好为老夫效力，自会有你锦绣前程……来，来，你与三位教头认识认识。"

柯金龙寻思：此人是谁？江湖上怎没听过史乾名号？……此等无名之辈与柯某并列为教头，岂不折了柯某的名头？江蛟亦想：哼，若不是我三人勇挡贼人，这小子有何能耐救得了丞相？

此时阿密罗已从昏迷中醒来，服过疗伤药，躺在软榻上听秦桧说话。昨夜他看见史乾出手救秦桧时，身法极快。心想这厮的轻功不差，别的功夫只怕稀松平常，日后要找这厮比画比画……

三人正各怀心思，史乾已走上前来拱手道："史某久仰三位教头大名，如雷贯耳。今日能同三位教头共事，实是三生有幸，日后还请三位教头多多关照！"

三人心里虽不服气，但碍着秦桧面子也不便表露，只得以礼相答。秦桧见几人面礼完毕，将四人叫进西厢房坐下，说道："乱贼逃走，留下后患。日后贼人还会再来，老夫欲加强府内防卫，诸位教头有何主意？"

柯金龙道："依柯某之见，丞相可再聘些高手进府，人多力强，便不怕刺客来作乱了。"

秦桧点头道："这主意甚好。只是……不知聘请哪些高手？"

柯金龙道："少林、武当、丐帮三派的高手，向来不涉足朝廷之事，极难聘到。不过要聘峨眉派、华山派、昆仑派、六合门、天威门、地坛教、金龙帮等门派高手，却也不难。"

秦桧捋着胡须道："柯教头说的这些门派，皆是中土武林门派吗？"

柯金龙道："丞相说得不错，都是中土武林门派。"

秦桧连连摇头道："不成，不成，本相不能聘中土武林高手进府！"

众人诧异，不知秦桧何出此言。秦桧又问道："诸位教头是何门派？"

柯金龙道："卑职是金国辽东'长白仙翁'门下弟子。"柯金龙的师父，江湖人称"长白老怪"，是武林中赫赫有名的"妖魔鬼怪"四人之一，名号颇不雅，此时为避讳，他改称师父"长白仙翁"。

阿密罗道："卑职是吐蕃国师龙象法王座下大徒弟。"

江蛟道："卑职师门乃是西域星宿海派的传人。"

秦桧转头问史乾，道："不知史教头是哪位高人门下？"

史乾道："卑职师父，乃是南海子午岛主。"

柯金龙等人心头一震，心想那"子午岛主"是传说中的世外三大高人之一，隐居南海子午岛上，从不在大陆上走动，江湖上从未听说他有什么徒弟，史乾这小子会不会吹牛？

秦桧道："这就对了。只因你们几人都不是中土武林高手，老夫才聘请诸位相助。你们若是出身中土武林门派，老夫是万万不敢聘的！"

众人听得一头雾水，不明白秦桧为什么不敢聘中土武林高手，几人都望着秦桧，静待他说明其中缘由。

秦桧道："老夫不聘中土高手进府护卫，只因我在朝廷主张同金国议和，中土愚民皆骂老夫卖国求荣，怨恨老夫，武林人士尤其如此。你们想想，老夫若是聘请中土武林高手进府，岂不是引狼入室、自陷危境吗？"众人恍然大悟，频频点头，无不佩服秦桧老谋深算。

秦禧道："爹深谋远虑，我等远不能及。想来，我们只能聘请异国的高手了。"

秦桧点头道："不错，异邦高手既无宋人亡国之恨，又无家破之祸，他们不会对本相心怀仇恨，定能对我忠心。你们可去聘请那金国、辽国、西夏国、吐蕃国及西域各国高手进府护卫，本相方可高枕无忧……"

秦禧道："爹，只是不知道，这些番国有哪些高手可聘？"

秦桧道："怎么不知道？柯教头的师父'长白仙翁'，阿教头的师父龙象法王，江教头的师祖星宿海主都是番国武林大高手，这不是现成的人选吗？史教头的师父'子午岛主'，想必也是武学大师。这几位高人身居异国，同中土武林没有来往，若能请他们出山相助，秦府便如龙潭虎穴，哪个反贼还敢来虎口拔毛？"

秦禧高兴道："还是爹思谋周全！诸位教头，如能请得你们尊师出山相助我爹，那是大功一件，我爹定会保荐诸位加官晋爵！"

柯金龙面带难色道："丞相有所不知，我师父是世外高人，一向视金钱官爵如粪土。丞相要请他老人家出山，只怕……难办到。"

秦桧道："办成此事，老夫也知不易。世外高人大多性情孤傲，那是极难请到的。昔日，汉高祖刘邦派人去请'商山四皓'出山相助，尚且空访而归，何况老夫？……不过，为办成此事，我筹措了好些日子，已准备下一些聘礼，聊表老夫诚意。"说到此处，朝门外喊道，"秦福进来！"门外有人应声道："来了。"

一个四十多岁身穿绸缎棉袍，唇上蓄着两撇胡子的胖汉快步走进屋来。此人是秦府管家，走到秦桧面前，躬身道："老爷有何吩咐？"

秦桧道："秦福，你去将那几件聘礼取来给众位教头过目！"秦福道："是，老爷！"便转身走出屋去。

不大一会儿，秦福带着仆人捧着三个盒子进来，命仆人将盒子放到桌上，他打开第一个盒子，垂手退到一旁。秦桧指着那打开的盒子，对柯金龙道："柯教头，你看这份薄礼如何？"

柯金龙朝那盒里一看，只见盒内猩红锦缎上放着一颗珠子，大如鸽蛋，洁白浑圆，晶莹剔透，除此之外并无奇异之处。柯金龙不禁皱了皱眉头，心想：我师父鄙夷钱财，又怎会看得上你这珠宝？

却听秦桧道："柯教头可识得此珠？"

柯金龙摇头道："卑职不识。"

秦桧又问其他几人，道："哪位教头认识此珠？"众人都摇摇头。

秦桧得意道："此珠可不是一般的珠宝。老夫也不知它叫何名称，但它却有着种种神奇之处！"

见众人面带狐疑，秦桧又道："秦福，你把这珠子的神奇功效演示给诸位教头看看！"

秦福道："是。"一招手，仆人拿来一个碗口粗的竹筒放在桌上，秦福用一柄二尺长的小铁钩钩住筒塞上的小铁环，后退半步，叫仆人用手按住筒尾，才小心翼翼地拔开筒塞。众人见秦福如此小心谨慎，显是对筒中之物十分忌惮，都好奇地盯着那竹筒口，看有什么东西钻出来。须臾，只见一个硕大蜘蛛从竹筒里爬出来。那蜘蛛大如婴儿拳头，浑身油绿，头上有几条金色花纹，奇丑无比，众人看得心中发毛。

柯金龙惊得冲口道："啊，'化血毒蛛'！"

秦桧道："柯教头认得这毒蛛？"

柯金龙道："柯某在早年长白山上学艺，亲眼看见一只猛虎被这毒蜘蛛咬上一口，惨叫几声便倒毙树下。我将此事告诉师父。他老人家说这毒物名叫'化血毒蛛'，是长白山上最毒之物，无论何种动物只要被它叮咬一口立即毙命，无药可救！"

众人一听，都不由得心中一紧。只见那"化血毒蛛"钻出竹筒后，缓缓地爬出几步，趾高气扬地环顾四周，才向前迈开细长的腿缓缓向前爬行。忽然间，众人闻到一股似檀非檀、似桂非桂、似兰非兰的奇异香气从那盒内飘出，精神皆为之一振。然而奇怪，那模样狰狞的"化血毒蛛"闻到那气味，却突然驻足不前，变得惊惶不安起来。

秦福道："诸位教头请看，周围若是出现毒物，这珠子便会散发香气，提醒人注意防有毒之物。可见，此珠有助人避毒神效。"

秦福说着，用小铁钩驱赶那"化血毒蛛"往前爬。毒蜘蛛畏首畏尾，摇摇摆摆爬到宝珠前二尺远处，朝那珠子一探头，忽然惊惧地掉过头来，快速爬回竹筒里。秦福小心堵上筒塞，道："诸位请看，人若身上携带这颗宝珠，可保他百毒不侵。这是此珠'辟毒'另一神效。"

秦福走到门口，唤道："阿黄！阿黄！"一条大黄狗闻声跑进屋来，在秦福面前摇头摆尾，以示亲热。秦福取下筒塞，把竹筒口朝着黄犬身上猛然一抖，将那"化血毒蛛"抖落在黄犬头上。

大伙还没看清怎么回事，只见黄狗突然闷哼一声倒地，四脚乱抽，鼻中淌出两股黑血便不再动弹。此时大伙才看清楚，那毒蜘蛛叮在黄狗耳上吸血。秦福用一个纱网把毒蜘蛛捕捉住，小心装进竹筒盖上筒塞，才对众人道："这条狗中毒已死，哪位教头上前来检视？"

江蛟半信半疑，走过去伸手在黄狗鼻前一探，鼻息全无，向众人点了点头。秦福从盒内拿出珠子，两个指头夹着珠子在黄狗鼻头上来回滚动。说也奇怪，只见洁白晶莹的珠子慢慢变成灰色，又渐渐由灰变黑，不大一会儿工夫竟然变成一颗漆黑的珠子。众人正感诧异，忽见那黄狗呻吟几声，撑起前腿，低头呕出一摊污浊之物，然后歪歪斜斜站起来，夹着尾巴垂头丧气地走出院门。

秦福道："诸位教头请看，无论中了什么奇毒，只消将此珠放在中毒之人的鼻前滚动片刻，便可将毒除尽，此珠有神奇的解毒功效！"

看见这一番演示，柯金龙兴奋道："三位教头，你们看这颗珠子，是不是当年救活魔教教主何野风的那颗'辟毒神珠'？"

江蛟点头道："极像是那颗宝珠！"此语一出，众人都"啊"的一声惊呼。当年，天下第一高手何野风，同波斯国用毒高手摩哈尼比武中了奇毒。何野风毙命一个时辰，竟然被一颗叫"辟毒神珠"的奇宝救活。据说这"辟毒神珠"兼有避毒、辟毒、解毒三大奇效。适才秦福一通演示，皆样样吻合，因此江蛟断定是那颗宝珠。

柯金龙大喜道："丞相以'辟毒神珠'作聘礼，属下去请家师出山，有九成把握！"柯金龙此言不虚，武林中人不惧明刀明枪打斗，最头痛的是被人使毒防不胜防。这"辟毒神珠"汇集避毒、辟毒、解毒神效于一身，实在是武林奇宝，以它作为聘礼，"长白老怪"焉有不出山之理？

秦桧面露笑容道："有劳柯教头了……秦福，取出第二件聘礼，给阿密罗教头看看。"秦福走到桌前打开第二个盒子。众人不知盒中又装有什么稀罕物件，都好奇望去，只见盒里放着几片枯叶。那枯叶颜色灰黄，形状也平常，只是叶面上密密麻麻写满文字。那文字看上去不是汉字，一个个弯弯曲曲绕来绕去，宛如蚯蚓曲身爬行，众人皆不认识。四位高手寻思：莫非这是一部武功秘籍？

秦桧指着那几片枯叶，对阿密罗道："阿教头，此物是老夫为你师父龙象法王备下的聘礼。这是佛祖释迦牟尼用贝叶写的一部经书，名叫《贝叶经》，听说是佛门圣物，不知法王可愿笑纳此经？"

柯金龙、江蛟和史乾听说枯叶上写的是一部佛经，皆兴趣索然。阿密罗却赶紧双手合十，闭目暗诵，脸色极为庄重。诵毕，躺在软榻上无法起身，仍强忍疼痛朝那几片枯叶顿手施礼，神情极是虔诚，旁人看了大为不解。在场之人除了秦桧父子，大多对于佛经一无所知，这几片枯叶经文在他们眼里自然是一文不值。殊不知在佛门弟子眼里，这几片枯叶经文却是价值连城的宝贝。

原来，这几片枯叶上的经文，乃是释迦牟尼遗下的圣物。相传一日释迦牟尼坐在一棵大如华盖的贝树下为众弟子说法，讲到佛法精义之处，头上飘下几片贝叶，恰巧落在释迦牟尼身上。释迦牟尼心有所动，便将所讲佛法书写在这几片贝叶上，取名《贝叶经》。这《贝叶经》与佛骨舍利，同是佛门圣物，历来为佛门弟子无限景仰。

后来天竺国发生战乱，此经不知下落。大唐年间高僧玄奘法师去天竺国取经，归国途中救了一位西域商人之命。那商人为报法师救命大恩，便将此经献给法师。玄奘便将这部《贝叶经》带回中土，藏于洛阳白马寺内。晚唐兵荒马乱之际，此经流失寺外，不知怎会到了秦桧手里。

吐蕃国人信笃佛教，阿密罗曾听师父龙象法王说过这一佛门圣物。法王每每谈到这《贝叶经》极是景仰，恨无缘一睹佛祖真迹，总觉遗憾万分。此刻听秦桧说用这《贝叶经》作聘礼，阿密罗心花怒放，心想师父得到此经供奉在大布伦寺，大布伦寺在吐蕃国一定备受万众崇敬。师父心头高兴，说不定会教我更高深的武功！忙道："相爷，有这份厚礼，请我师父出山之事，包在卑职身上好啦！"

秦桧道："那就有劳阿教头了！"回头对江蛟道："江教头，老夫也为你师祖星宿海主备下一份聘礼……秦福，你把第三个盒子打开让江教头看看。"秦福从仆人手里拿过一只盒子小心放在桌上。这是一个幽幽发亮的铁盒，四个角包有紫铜。秦福取出钥匙打开盒子，盒内还装着一个小铜盒。打开铜盒里面又装着一个乌木小盒。那木盒上描绘的云纹已模糊不清，盒身有几处破损，看来盒子年代久远。秦福将木盒打开取出一个蓝绸小包，众人不知包里有什么珍奇之物，须用三个盒子精心收藏。好奇心大盛，皆凝神静气地望着那小包。秦福解开绸巾，里面包的却是一块石头！那石头扁平，幼儿手掌般大，色泽暗红，上有一幅白色花纹构成的山水图，形象逼真，宛如出自丹青高手笔下。几人看了皆暗自纳闷，不知这石头有何贵重，秦桧为什么会将它当作聘礼。

秦桧伸手拿起那石块，环视众人，问道："谁人认识此石？"四位高手均摇头。

秦桧又道："当年，老夫跟随徽宗和钦宗两位先皇沦落金国，途中遇到一个垂死老汉。他听我说话是大宋口音，便将此石交给老夫，说此石关系武林兴亡，托我带回大宋妥善收藏，将来赠给有德之人，用这石头救我大宋武林。老夫还来不及问这石头有何宝贵之处，那老汉话未说完便咽了气。这石块是究竟有何来历，老夫一直揣摩不透。想来它或许是一件武林奇宝……本相身为朝廷官员，拿着此石实无用处。江教头，这块石头或许对你师祖星宿海主有用。老夫权且将它作为聘礼，送给你师祖。"

江蛟心中不悦，暗想你送给柯金龙和阿密罗师父的聘礼，一件是宝物，一件是圣物，送给我师祖的却是一块寻常石头。我师祖住在西域星宿海边，什么稀奇古怪的石头没见过？他老人家怎会稀罕这块破石！

江蛟正暗自不悦，却听秦桧道："这石头上刻有隐语，老夫始终参详不透，我念给你们听，兴许四位教头知道这石头的来历……"

秦桧说罢将那石块翻过一面，对着窗户射进晨光，念道：

> 玄秘现，九宫无，
> 世尘魔道何能伏？
> 宝典隐，散花在，
> 真经重现万劫解！

一听这四句隐语，柯金龙、阿密罗、江蛟和史乾都惊呼一声："达摩石！"

秦桧诧异问道："达摩石？众位教头，达摩石是何物？"

柯金龙道："属下听师父说，这块石头乃是少林寺达摩老祖遗物，故称'达摩石'。据说这石上隐藏着一个天大秘密！……阿兄，你可曾听你师父龙象法王说起这达摩石？"

阿密罗道："怎么没听说过？我师父说，这达摩石上隐藏着一桩武林大秘密，还藏着一部神功秘籍！"

柯金龙点头道："我师父也是这样说。他老人家说秘密就隐藏在这四句话中。谁能破解这四句谜语，便能发现石上隐藏秘密，得到一部神功宝典练成天下无敌武功，成为古往今来武林第一人！"

江蛟道："我听师祖说数百年来，天下武林人士都在寻找这块石头。这奇石几度出现江湖，却无人能破解上面谜语，后来又几度失踪……"

三人正说得兴奋，突然间房梁上落下一物"啪"地炸开，屋里顿时浓烟弥漫，熏得人睁不开眼。一道灰影如电光般扑到秦桧身前，柯金龙出一指戳向那灰影右肩，史乾一拳打向那灰影左臂，江蛟飞起一腿踢那灰影腰际。三人同时出手，竟然没碰到那灰影一片衣角。灰影如同幻影一闪即逝，瞬间便不见踪迹。

三位高手追出房一看，哪里还有人影？柯金龙问守院官兵，道："你们可见有人逃走？"两名官兵摇头道："小人们看见房里冒出浓烟，正要进屋扑火，未见有人从房里逃出。"

三人心下大骇，来人身法快得匪夷所思。虽有烟雾遮掩，他从现身到逃逸不过眨眼之间。众目睽睽之下，三人连他穿的衣服颜色都没看清楚，犹如见到一个鬼魅！想到此处，柯金龙叫声"不好！"闪身跃进房里，只见秦桧和秦禧皆被那人点了穴道僵硬坐着，秦福被踢倒在一旁，呻吟不已。柯金龙与史乾忙上前去替秦桧父子解开穴道，秦桧铁青着脸一言不发。

秦禧问道："爹，你可被贼人伤着？"

秦桧摇头道："贼人没伤为父，只是把达摩石抢走了！"

三人一看达摩石果然不见，唯见椅子角上挂着那人衣上一块灰色布片。柯金龙三人对望一眼，细想起来更是惊骇。盗贼从房梁跳下，躲过他们三人攻击，出手点秦桧父子穴道，夺取达摩石，踢倒秦福，逃出房去，几乎是在同一瞬间，此人难道有三头六臂，或是个鬼魅不成？

史乾问阿密罗，道："阿教头，你躺在软榻上，可看清贼人？"

阿密罗摇头道："烟雾障眼，我只看见有个模糊人影一闪，便不见了！"

秦桧恼怒道："幸亏贼人只为抢走达摩石，倘若他要杀害本相，只怕老夫此时已血溅当场了！"

柯金龙等人躬身道："卑职无能，请丞相重罚！"秦桧心中气恼已极：从昨夜至今晨，他险些两次丧命，柯金龙等竟然拿不下贼人，着实令他气恼。他欲对几人严加训斥，转念一想，还要指望他们去聘其师相助，面色才缓和下来，温言道："尔等都已竭尽全力，贼人太过奸滑，不怪罪你们……唉，贼人如此猖狂，若不速请你们师父出山，只怕我这相府永无宁日……阿禧，你再去为江教头的师祖星宿海主，准备一份珍稀聘礼。"

四人一听秦桧不加责罚，心生感激。柯金龙和阿密罗齐声道："卑职一定请师父出山，请丞相放心。"

秦桧又道："达摩石被贼人劫去，诸位说说如何追回？"江蛟眼看到手的达摩石被人抢走，心里着急，抢先道："属下有一主意，丞相可用重金请'西北三探'去追踪那劫贼，便可将达摩石寻回。"

秦桧问道："'西北三探'是何许人？"

江蛟道："这三人，一人是江湖上有名神探，叫金彪，专门打探武林人士的阴私，铁砂掌功夫十分了得。另一人叫祝豹，是破案高手，九节鞭功夫极俊。还有一人叫彭虎，武功虽然不高，却是江湖上第一追踪大家。他有一条灵犬名叫'千里追风'，鼻子极灵，不论何人遗物只要给它一闻，任凭那人逃到天涯海角，那狗均能将他找到。眼下劫贼衣衫挂破一片在此留下证据，丞相派人找到'西北三探'，将这布片交给他们，请他三人去追寻劫贼，找回达摩石十拿九稳！"

秦桧点头道："好，此事就这么办。江教头，你去找那'西北三探'办妥此事！"江蛟躬身道："小人尊命。"

秦桧顿了一顿，怒气冲冲道："哼，贼人昨夜来行刺老夫，旨因岳飞之事而起！江教头，你先同柯教头、史教头，速去汤阴县岳家庄，将岳家老小斩草除根以绝后患！不过……你们要暗中下手，切勿留下半点痕迹！"

柯金龙等人道："卑职遵命。"秦禧忙道："爹，府内高手都去了汤阴，如有贼人再来作乱，那如何是好？"

秦桧摆手道："这个你别担心，爹自有安排，谅那贼人再来也奈何不得我……你们累了一夜都退下去罢。"

汤阴官道上，北风呼啸，杜百年站在道旁，一匹马倒卧在地，喘着粗气累得站不起来。一连数日杜百年骑着此马狂奔，跑到此地，马儿支撑不住终于累倒道上。他举目四顾，想找匹马继续赶路。茫茫平原上却不见一户人家，只得弃马徒步奔行。

奔出二里地，忽听身后传来一阵马蹄声。他回头看去，见道上有两骑飞奔而来。前边一匹马黑如煤炭，骑马之人身穿黑色劲装，肩上黑色披风高高飘起，犹如一团黑云翻滚过来。后边一匹马洁白如雪，马上之人身穿白色劲装，肩披白色披风与坐下白马浑身一体，犹似大片白云在道上飞扬。

杜百年忙佝偻着腰，装出老态龙钟模样在道上缓缓行走。片刻之间两骑奔到近处，黑衣人大喝一声："兀那老汉，快让道！"杜百年假装惊慌失措地一跤跌倒地上。黑衣人驰到近处，呵斥道："不要老命了！"一提缰绳，黑马前腿高高扬起，欲从杜百年身上跃过去。便在黑马跃起瞬间，杜百年突然伸两腿夹住马肚，一掌拍到黑衣人腰上。黑衣人只顾跃马过去，万没料到地上老汉会出手暗算，待有所觉察腰上已挨了一掌。杜百年只是想夺马，无意伤人，只用五分力道将黑衣人打下马。

黑衣人身子摔下瞬间，反身一拳打向杜百年大腿。这一拳打得极快，杜百年刚坐上马鞍，黑衣人拳已打到，他忙掉转马屁股去挡这一拳。黑衣人爱马心切，急忙收住拳头骂道："老贼，你莫糟蹋老子的'乌龙宝驹'！"

杜百年打马奔出数丈，回头笑道："暂借宝马一用，兄台何必如此小气？"朗笑声中，打马飞驰而去。白衣人从后赶来，欲追上前去拦截杜百年终慢了一步。待要再追，却听黑衣人喊道："老二莫追了，办事要紧！"

白衣人恨恨道："老大，这毛贼可恶，居然抢到你我兄弟头上来了！"黑衣人道："此人功夫极俊，决非一般毛贼！可惜让他跑了，不然定要同他好好打一架！"

白衣人道："眼下咱们要火速赶路，只得日后再找这厮算账。老大上马！"黑衣人跃上白马背上，那白马也异常神俊，驮着两个人疾奔如常。

杜百年骑着黑马一口气奔出数里，心下寻思：这黑马奔驰神速真是匹千里宝马！它主人是何来头？此人突遭暗算竟能化险反攻，身手颇为了得。若不是他怕伤了此马，我夺马之计恐难得手！他回想成名武林高手，却想不起这黑白二人是何来历。他催马奔出四十余里路，时近晌午想寻些吃食充饥。往四处一看，仍不见一户人家。

北宋徽宗、钦宗两朝兵祸连连，金兵与宋军常在这一带交战，逼得百姓流离失所，是以这平原上田畴荒芜，难见人烟。他又催马奔出数里，忽听头顶上空有鸟叫声，抬头一看，见两只乌鸦在空中盘旋。他弯腰一抄，从道上抓起一粒石子弹射出去，石子飞上天空打中一只乌鸦，他上前去伸手接住落下乌鸦，咬断乌鸦脖子吸吮几口鸦血，略感舒畅，抛弃乌鸦又催马疾奔。

奔驰了两个时辰，一座灰蒙蒙城廓显现眼前，城头上写有"汤阴"二字。他策马进入县城，来到一家酒店门前，叫出酒店伙计，掏钱买了一壶酒和两斤熟牛肉，向店伙计打听去岳家庄的路，便翻身上马，一边喝酒吃肉，一边继续赶路。他按照酒店伙计说的方位一路寻去，不多时来到岳家庄前。

岳家庄是处普通院落，三进院落格局。院内长着几株高大桂花树，有十几间青灰瓦房，与一般乡间院子别无二样，一点儿也看不出是官宦之家。杜百年不禁暗赞道："岳爷一代名将，家居却如此平常，难怪为世人敬仰！"

他走到院门前轻扣几下。过不一会儿，院门吱嘎一声缓缓打开一扇。一个老仆人从门内探出头来，看他一眼，神色诧异问道："先生，你有何事？"

杜百年道："我叫杜百年，从临安城赶来有急事禀告岳老夫人，劳驾通报一声。"

老仆听了面色一紧，忙道："杜先生请稍候，我这就去向主人通报。"说罢便转身走入内院。过不多时，老仆走出来躬身道："老夫人有请杜先生。"

杜百年跟着老仆走进前院，进入中间客厅，见厅堂上坐着一位老妇人，身后站着两个丫鬟。老妇人头发花白，衣着简朴无华，仪容端庄，眉宇之间略带忧思。

老仆上前道："禀报老夫人，客人来见。"杜百年上前施礼，道："在下杜百年，参见岳老夫人。"

岳老夫人起身还礼道："杜先生请坐。上茶。"杜百年欠身坐下，丫鬟献上茶来。岳老夫人道："杜先生从临安城来说有急事相告，不知是何急事？……"

杜百年道："杜某禀告之事……这……这个……"忽然间杜百年不知如何启齿。连日来，他心急火燎地赶往岳家庄，前来助岳飞家人躲避秦桧迫害。此时要他对一位柔弱老妇说出她丈夫、儿子、女婿三口人被杀害惨事，他一时难以开口。

岳老夫人见杜百年欲言又止，神色有异，不由心头一沉，暗自寻思：难道……我夫君他已遭不幸？这两月来，自从得知岳飞父子下狱消息，岳老夫人皆在焦虑中度日。十天前，她命儿子岳霖去临安城打听消息，至今未有音信。此时，见杜百年专程从临安赶来说有急事相告，却欲言又止，她料想其中定有重大情由，不由心头揪紧颤声问道："杜先生所说之事……莫非与我夫君有关吗？"

杜百年点了点头。岳夫人又颤声问道："我夫君他，可……可是……遭遇不测？"杜百年又点头。岳老夫人见杜百年连连点头，忽觉一阵天旋地转，身子一晃突然晕过去。两旁侍候的丫头急忙上前扶住，惊慌呼道："夫人！夫人！"

老仆吓得往后院跑去，大声喊道："大小姐，少夫人，老夫人晕过去了！"

一阵佩饰轻响，从后院匆匆走来两个少妇，身后跟着两个幼童。走在前面的是岳飞女儿岳孝娥，嫁与张宪将军为妻。她身后跟着一个孩子，面黄肌瘦，名叫张去病，是张宪之子。其后是岳云之妻巩氏，她手上牵着一个四岁幼童，长得白净斯文名叫岳甫，是岳飞孙子。四人快步来到堂前看见岳老夫人昏过去，急得大呼小叫乱作一团。

杜百年忙道："二位少夫人不必惊慌，岳老夫人是悲痛惊厥，无性命之忧！请哪位夫人依照杜某指点，伸出手指在岳老夫人身上点击两下，便能将岳老夫人救醒。"

岳孝娥夫人急道："请先生指点！"杜百年道："少夫人伸出食指聚力于指尖，先点岳老夫人双眉之间'印堂穴'，再点小腹上'气海穴'，岳老夫人便会醒来。"

孝娥夫人依言，伸出食指尖往母亲'印堂穴'上一戳，岳老夫人毫无反应。杜百年摇头道："少夫人要将丹田之气凝至指尖方能奏效。"孝娥夫人又试了两次仍然无效，急得眼泪直淌。杜百年本想亲自出手，但那"气海穴"在岳老夫人小腹上，十分不便。南宋之际"理学"兴起，男女之防远胜汉唐。杜百年虽是江湖中人，亦不免受世俗之风所缚。

众人正为难间，忽听一个稚嫩声音道："娘，我来试试！"杜百年转头一看，是那面黄肌瘦的少年。孝娥夫人道："去病儿，你还小，帮不上忙。"

张去病道："娘，你常说，去病长大后要上阵杀敌，这点小事我干得了！"孝娥夫人挥手阻止，却听杜百年道："这位小公子勇气可嘉，不妨让他试一试！"

张去病道："多谢老伯伯！"杜百年道："小公子，把左手伸过来握住我手掌。"

张去病伸出左手让杜百年握住。杜百年道："你伸出右手食指去点你外婆的眉心处。"

张去病依言出指朝岳老夫人眉间"印堂穴"点去。这瞬间杜百年催动真气注入张去病体内，只见张去病一指戳下，岳老夫人眼皮一阵颤动。杜百年继续将真气注入张去病体内，指着岳老夫人身上的"气海穴"道："小公子，快点此处！"张去病依言出指点去，岳夫人微微一动，张开嘴长长吐出一口气，缓缓睁开眼睛。

孝娥夫人与巩氏叫道："娘！娘！"岳老夫人环顾众人，一眼看到杜百年，忙坐起身来，略一定神，道："杜先生，适才失礼了！……请先生直说我夫君详情！"

杜百年道："杜某愧对夫人。"遂将"贺兰三客"去临安城营救岳飞父子，秦桧如何施奸计将岳飞父子杀害，他三人如何进秦府刺杀秦桧，楚良与居正又如何受伤丧命之事一一道来。杜百年说着说着不由得声泪俱下。岳府众人听得悲愤难抑，顿时室内哭声一片。

忽然，那黄脸孩子向客厅门外冲去。孝娥夫人呼道："去病儿，你到哪里去？"张去病恍若未闻，径直朝院子门口跑。一个仆人从旁跳出将他抱住，张去病大叫道："放开！放开！我要去杀秦桧奸贼，为我爹、为我外公和舅舅报仇！"

孝娥夫人上前搂住张去病，悲泣道："去病儿，你还小，你报不了咱们一家的血海深仇！"张去病急道："娘，你让我今天就长大，我要去杀秦桧奸贼！"杜百年在一旁看得啧啧称奇，寻思："这孩子适才敢于挺身解救岳老夫人，此刻又要去为家人报仇，小小年纪竟有如此胆魄，非一般幼童可比！"

岳老夫人擦去泪水，悲声对众人道："咱们都莫哭了，倘若哭坏身子，可中了秦桧老贼的奸计……云香、红柳，你二人同少奶奶去备置丧服。"又对那老仆道，"岳忠，你带人去设置灵堂。从今日起咱们全家人为老爷、云儿和宪儿守灵！"

杜百年见遭此惨祸，岳老夫人竟能强压悲痛安排丧事不由暗暗佩服，忙对岳老夫人道："老夫人，秦桧老贼害死岳元帅，一定会派人来杀害岳家老小！杜某此次前来，欲请夫人举家暂离岳家庄。杜某护送你们去安全之地隐居，免遭秦桧奸贼毒手！"

岳夫人略一寻思，迟疑道："杜先生说得极是。只是……岳家倘若逃走，秦桧奸贼便会诬我岳家畏罪潜逃，这恐有损我先夫英名。"

杜百年道："岳老夫人无须顾虑，岳元帅精忠报国，天下谁人不知？任那秦桧奸贼栽诬，也损不了岳元帅英名半分！"

岳夫人叹口气道："杜先生有所不知，我若举家出走，秦桧奸贼便会栽诬我岳家畏罪潜逃。先夫在世为保全忠名宁可冤死狱中，也不做忤逆之事，我们岂能为一己之生，做出有损先夫英名之事来？先生，请容我思量，明日再作商议罢。"岳老夫人说罢，命仆人为杜百年准备酒饭，安排住宿。

杜百年吃罢酒饭，躺上床兀自寻思：岳老夫人想事着眼大处，非我这等江湖莽夫能及。只是……老夫人若不肯携带家人离开岳家庄，我如何护卫得了岳爷一家人周全？若岳家老小遭秦桧奸贼毒手，我两个师弟的命岂不是白丢了？万不得已，杜某只得用江湖手段行事！如此想罢，方才放心睡去。

翌日清晨，杜百年出门去雇来五辆大车，命车夫将大车停在院外，跳下马走进院内。老仆岳忠迎上前来道："杜先生，老夫人有请。"杜百年来到客厅，只见岳夫人与两位少夫人坐在厅里，上前拱手道："老夫人可拿定了主意？"

岳老夫人似一夜未眠，神情憔悴，脸色苍白。待杜百年坐下才道："昨夜我将先生之言思量再三，终觉不妥。想我先夫宁可冤死，所求者唯'精忠报国'四字尔。我若举家出逃，便是对朝廷不忠，有违'精忠报国'家训，损我夫君忠名。先生美意，岳家老幼铭记于心，望先生见谅。"

岳夫人说罢，起身来向杜百年深深施了一礼。杜百年忙起身还礼，道："老夫人为保全岳元帅忠名不计安危，令杜某万分敬佩。只是岳家人倘若落入秦桧老贼之手，恕杜某直言，只怕岳爷的血脉难以延续，岳家从此断了香火，请夫人三思！"

杜百年这几句话，说得岳府上下动容。岳云之妻巩氏与孝娥夫人对望一眼，双双跪下。巩氏道："娘，杜先生说得极是，岳甫如被秦桧老贼加害，儿媳怎对得起他父亲在天之灵？"

孝娥夫人亦道："娘，去病儿是他爹唯一骨血，说什么，咱们也不能让秦桧老贼加害这两个孩子。请娘离岳家庄暂避一时！"

老仆岳忠与众丫头也一齐跪下，纷纷声道："请夫人暂避一时！"

岳老夫人站起身来长叹一声，两行清泪滚滚而下，颤声道："娘何尝不想保全岳家骨血？你们都是娘的心头肉，我怎舍得让你们落入虎口？唉……只是……自古忠孝难两全。国大于家，忠大于孝。娘难违'精忠报国'家训。你们不要……不要再说了，一切听从天意罢！老天若要亡我岳家，逃有何用，躲有何益？"

杜百年一看岳老夫人心意已决，朗声道："老夫人，杜某乃是一介江湖莽夫，不懂什么忠与不忠，只知我两个师弟为救岳元帅而死，他们要我来救岳爷的家人，说什么我一定要完成我师弟遗嘱。倘若是杜某强行劫走岳爷家人，非是岳家畏罪潜逃，对朝廷不忠，便不会有损岳元帅的忠名！"

岳老夫人一听急道："杜先生，这使不得！这可万万使不得！"

杜百年道："杜某乃江湖武夫，天不怕，地不怕，便是那昏君赵构在此，杜某也敢一刀将他杀了！这等小事有何使不得？老夫人，恕杜某无礼了！"

岳老夫人叹道："罢罢罢！"一头朝墙上撞去。杜百年疾伸手在岳老夫人身上轻轻一拂，点了岳老夫人睡穴，老夫人顿时动弹不得。杜百年顺势两指，点了两位少夫人身上的穴道。回头对岳忠等仆人喝道："大伙听着，快去替三位夫人收拾东西，准备起程。如不听话，我便将你们主人杀了！"

众仆人都盼岳老夫人躲避秦桧毒手，心知杜百年劫持主人乃是好意。岳忠装作惶恐道："杜先生千万不要伤我主人，老奴马上照先生吩咐去办。"

岳忠说罢带人去收拾行装。岳老夫人将这一切看在眼里，苦于身不能动，嘴不能言，眼睁睁看着丫头将自己扶上了大车。不一会儿又觉眼皮沉重便昏睡过去。两位少夫人沉默不语，却暗赞杜百年心计了得。过不多时，仆役们把所带行装搬上大车，杜百年叫车夫放下窗帘赶车起程。片刻之间，车轮滚滚，马匹嘶鸣，五辆大车快速驶出岳家庄。

杜百年头戴斗笠，骑着"乌龙宝驹"紧跟车后。大车行出数里，杜百年解开两位少夫人的穴道拱手致歉道："杜某冒犯岳老夫人，实属无奈，二位少夫人请勿见怪。"

孝娥夫人道："杜先生此举有恩于岳家，我们谢谢先生！"巩氏问道："但不知先生要送我们一家去哪里？"

杜百年道："杜某欲送夫人全家去贺兰山暂避一时。那贺兰山在西夏国境内，秦桧奸贼鞭长莫及，无法加害夫人一家。"

张去病问道："老伯伯，我们去贺兰山藏起来，秦桧奸贼便找不到我们吗？"

杜百年道："是啊，贺兰山很大，咱们藏在山里，老贼的人便找不到咱们！"说罢心想：得赶快离开汤阴县，只要出了汤阴地界，老贼爪牙就难觅岳家行踪了。想到此处，忙叫车夫加鞭催马急行。

初春时节，北方春寒料峭，太阳在天上苍白照着并未洒下多少暖意。五辆马车疾驰，北风扑面，健马吐气如雪。行出数十里，前面出现一条小河。河上有座石拱桥，宛如一头老牛横卧河面。

大车驶到桥头时，忽听对岸传来马匹嘶叫声。杜百年令大车停住，凝目观望对岸。只见十余骑官兵疾奔而来。当先一人跃马上桥，下巴上的肉瘤在阳光下闪着油光，却是"金瘤圣手"柯金龙，他身后紧跟着二人，是江蛟与那青袍人。

杜百年一惊，忙拉低斗笠遮住面容，对岳家众人道："秦桧奸贼爪牙已到对岸，大家不要惊慌，咱们蒙混过去！"说罢，转身对老仆岳忠交代几句。

柯金龙领着官兵冲上桥头，看见几辆大车迎面过来，立马挡在桥头喝问道："车内是什么人？"

岳忠上前道："回军爷话，车上是刘员外的家眷。"柯金龙又道："到何处去？"岳忠道："我们夫人老母仙逝，回娘家奔丧去。"

岳忠说的这一番话，正是杜百年适才所教。柯金龙不说话，径直来到大车旁掀起布帘查看。见车中坐的妇人和幼童果然穿孝服，面带悲戚，又看车中并无贵重物件，不似官宦家眷所带之物，便挥手放行。

大车一辆一辆从官兵马前经过，杜百年紧随车后，忽听有人道："那老汉站住！"杜百年一惊，心想："莫非出了破绽？"回首一看叫他站住之人却是江蛟。江蛟来到杜百年面前，两眼盯着杜百年胯下的"乌龙宝驹"仔细打量，笑道："哈哈，叫大爷看见，你走不了啦！"

江蛟生长在西域，自幼同马打交道，是识马的行家，极爱宝马。此时看见杜百年坐下"乌龙宝驹"头小、颈挺、细腰、丰臀，四条腿修长匀称，蹄大而圆浑，行走轻灵矫健，实是一匹千里马。不由喜爱万分，暗生夺马之意。

杜百年以为江蛟将他认出，全神戒备。江蛟却只顾欣赏"乌龙宝驹"，对马上之人视而不见。看马瞬间，忽然一掌推向杜百年腰间，喝道："下去吧！"他只道马上之人是个寻常老仆，一掌便可将他打下马去，出掌只用了两分力道。

杜百年身子一晃假装跌倒，双手使出"乾元混天掌"一招"锷刺青天"，拍至江蛟胸前。江蛟大吃一惊要躲避已是不能。只听"咔嚓"一声数根肋骨被打断，身子摔下马去。坠马瞬间，江蛟飞腿踢出将杜百年头上斗笠踢飞到河里。杜百年反手一掌打在江蛟腿上，江蛟大叫一声倒在地上动弹不得。眨眼工夫两人交手兔起鹘落，柯金龙等人还未看清，江蛟已被打倒在地。柯金龙这才看清打倒江蛟之人是杜百年，料想大车内必是岳飞家人，便急令官兵将大车围住。

杜百年纵身上前护卫大车，却被史乾挡住。杜百年一看挡道之人是两次救走秦桧，害他两个师弟白白丧命的青袍人，勃然大怒，出手向史乾连施杀招。哪知他攻了十余招都被对方化解。杜百年猛然省悟，自己犯了心气浮躁武学大忌。忙定下神来仔细察看对方的武功，只见对方一会儿使出少林拳法，一会儿拍出武当掌法，忽又踢出丐帮的盘龙腿，武功十分驳杂。斗了五十多招，仍看不出此人是何派高手。

杜百年心中冷笑：嘿嘿，你隐藏本门武功，老夫今日要让你显露原形！心念甫动他将双掌一错，左掌拍出一招"混沌初开"，右掌拍出一招"不周山倒"，双掌齐出，掌势凌厉无比。史乾往旁滑出一步避开头上一掌，右掌斩向杜百年拍至胸前的手腕，不料杜百年手掌疾翻，与他的手掌粘在一起。

史乾立感一股雄浑内力如潮水般涌来，急忙运功相抗。内力刚吐，杜百年忽然收掌跃开，两眼盯着史乾，冷冷道："想不到，阁下竟然是摩尼岩上高手！"原来，杜百年想摸清史乾武功门派，手掌刚与史乾手掌粘上，顿感到对方内力宛如滚烫铁水冲向他掌上要穴。他急忙撤掌跳开，纵是如此掌心已是血气不畅。

杜百年心下大骇。他曾听说西域摩尼教内功霸道歹毒。其内功分为纯阳内力与玄阴内力。魔教高手有的专练纯阳内功，有的专练玄阴内功。若用玄阴内功与人较量，那冷如寒冰真气便能凝固对手奇经八脉，使对方功力俱废。若用纯阳内力与人较量，那如铁水般炽热内力便能将对手的气血耗枯，废掉对手武功。江湖中传说，当年摩尼教主何野风无敌于天下，只因他一个人练成这阴阳相济的两种诡异内功。

杜百年惊疑不定，却听史乾说道："杜大侠休要血口喷人！你说史某是魔教中人，是想让天下武林同道对史某群起而攻之。杜大侠借刀杀人之计使得很妙啊！"

杜百年冷冷道："阁下一身魔教内功，不是摩尼岩上的高手，又是何派中人？"

史乾道："杜大侠将我这'太炎功'与魔教功夫混为一谈，不觉得孤陋寡闻吗？"

杜百年狐疑道："你这'太炎功'，是何派功夫？"

史乾道："杜大侠大不信史某所言，总该听说过南海'子午岛主'大名罢？'太炎功'乃是'子午岛主'独门内功，嘿嘿，魔教内功岂能与我这'太炎功'相提并论！"

杜百年一听"子午岛主"四字，不由心中一凛。"子午岛主"乃是传说中武林高人。隐居南海子午岛上，据说武功深不可测。眼前这青袍汉子内功究竟是魔教的功夫，还是子午岛的功夫，他一时难以断定。

正惊疑间，忽听传来一声惊呼。回眸看去，只见柯金龙举起张去病欲抛下河去。原来，在杜百年与史乾交手之际，柯金龙挑起大车窗帘查看，见头辆车内有一老妇人闭目沉睡，身边陪同两个丫头。第二辆和第三辆车内坐着两个少妇和两个幼童。一个幼童紧紧依偎在少妇怀里胆怯地望着他，另一个幼童却恶狠狠地盯着他。柯金龙心念一动：小儿最易口吐真言，待我先来盘问这娃娃。

他对那胆怯小童道："小娃娃，你姓什么？"这幼童是岳甫，听见柯金龙问话，张口欲答，巩氏抢道："这位军爷，我儿子姓刘。"柯金龙不理睬巩氏，一把将岳甫从巩氏怀中抓出车外喝道："小娃娃，你是不是姓岳？"

岳甫被陌生人从母亲怀里夺走，吓得"哇"的一声大哭起来。巩氏跳下大车喝道："快放下我儿！"扑上前去与柯金龙争夺岳甫。柯金龙一拂手将巩氏推倒在地。

岳孝娥夫人跳下车来伸手扶起巩氏，冷冷对柯金龙道："阁下堂堂七尺男子，欺侮孺子弱妇，算什么英雄好汉？"

柯金龙甚是尴尬。江湖中人对孺子弱妇动武一向为人所齿。但他若不问清楚，杀错了人，回去不好向秦桧交差。此时他顾不得武林高手身份，冷笑一声，道："嘿嘿，老子杀人如麻，不管什么孺子大人，是男是女，统统都杀！你这贱妇不说实话，老子便将这小儿摔死！"

忽然一个小儿冲到他面前，高声喝道："你放开我弟弟，我对你说！"柯金龙一看却是那面黄肌瘦的孩子。巩氏与孝娥夫人齐声喝道："去病，不可胡说！"

张去病道："娘，你放心好啦，我不胡说！"

柯金龙仍然举着岳甫，问张去病，道："小娃娃，你姓岳是不是？"

张去病摇摇头道："你放开我弟弟，我才对你说！"

柯金龙道："好，我放了你弟弟，你快说！"柯金龙放下岳甫，岳甫扑到巩氏怀里，母子俩紧紧搂在一起。

柯金龙对张去病道："小娃娃，你乖，你听话，快说你姓什么？"张去病张了张嘴，忽然朝柯金龙身后惊呼道："娘，你别打我！"

柯金龙掉头一看两个少妇并未动作，情知上当，回过头看时，张去病已跑出一丈之外。他飞扑上前伸手抓住张去病，喝道："小娃娃，你逃不了的，快说实话！"

张去病挣扎道："快放开我！你说我跑不掉，还抓住我干什么？……你当我怕你，要逃跑吗？"

柯金龙奇道："你这娃娃分明在跑，为何抵赖？你不怕我，为何要跑！"

张去病道："哼，谁怕你啦？你这人真笨！我是怕我娘才跑开的。你枉自是个大人，这都不懂！"

柯金龙更奇道："你怕你娘，这又是为何？"张去病道："你这人怎这么笨？我当着我娘，对你说实话，娘一生气定要打我。我能不怕吗？我不跑开，敢对你讲实话吗？"

柯金龙听罢，心想："这小儿鬼机灵，错怪他了。"便放开张去病，说道："此处说话，你娘听不见，你不用怕，快说罢。"

张去病道："我说了实话，你可有东西送我玩？"柯金龙道："我给你银子买糖吃。"

张去病摇头道："娘不许我要别人的钱，会挨打的！"他一边说，一边转动眼睛在柯金龙身上搜寻，看见柯金龙腰上挂着一柄短剑，目光停在短剑上不动。柯金龙道："想要我的剑玩？"

张去病点点头。柯金龙摘下短剑递给张去病，道："这剑送给你玩，快说罢！"

张去病拔出一截剑，看了看，忽然问柯金龙，道："你武功很高吗？"

柯金龙道："你说你姓什么，我便告诉你。"

张去病道："你低下头，我悄悄对你说，不能叫我娘听见。"

柯金龙弯下腰，将耳朵凑近张去病嘴边，张去病道："我姓……""姓"字刚出口，他飞快拔出短剑刺向柯金龙小腹。柯金龙二指轻弹，将短剑弹落在地上，张去病小手虎口被震得鲜血直淌。柯金龙气恼地扬起手掌，欲朝张去病头上拍下。

张去病却不躲也不跑，反倒昂着头笑道："你莫生气，我试试你武功高不高。你的武功很高啊！瞧，你把我的手都弄破了，哎哟，好痛，好痛！"

柯金龙强忍怒气，说道："小娃娃，不许东拉西扯，快说实话。"张去病道："好，看在你送剑给我的分儿上，我对你说好了……喂，你弯下腰来听我说呀！"

柯金龙又弯下腰去，这一回他留神防备，身子离开张去病远了些。张去病道："你这人怎的如此胆小？我手里没有剑，你还怕什么？把耳朵凑近些才听得清我说的话。"

柯金龙哭笑不得，心想你这乳臭小儿便是手持利剑，又怎能伤我一根毫毛？他将耳朵凑近张去病嘴边。陡然间只觉耳朵一阵刺痛，却是被张去病咬住。他内力一震将张去病震倒地上。一道热流淌下颈项，他伸手一抹是耳上淌下的鲜血，不禁勃然大怒，一把抓住张去病高高举起，欲将他扔下河去。

岳孝娥夫人急声惊呼："不许伤害我儿！"张去病被举在空中，手乱抓，脚乱蹬，大声喊道："娘，你们快走！快走！"

这两声呼叫传到杜百年耳里，回眸看见张去病命悬一线，他一掌逼退史乾，飞身扑向柯金龙。人还未扑到近前，他前掌拍向柯金龙胸膛。后掌拍向柯金龙腰际。柯金龙一手举着张去病，另一只手无法化解两记厉杀招，只得将张去病抛上天空腾出双掌迎敌。岂料杜百年不与他过招，蓦然跃上空中将张去病接住，身子凌空一旋落到一旁。

柯金龙和史乾扑身上前将杜百年围住。史乾一拳打出，杜百年侧身避过。柯金龙一指戳向张去病头部，亦被杜百年出掌隔开。史乾招招攻向杜百年，柯金龙却专向张去病下手。杜百年要护着张去病，又要自保，一时间被两人攻得手忙脚乱。稍一迟缓，肩上被柯金龙戳中一指。他一个踉跄蹿出二丈外，趁势跃上"乌龙宝驹"，双腿一夹马身，"乌龙宝驹"迈开四蹄疾驰而去。

柯金龙和史乾跃上马背追出一段。"乌龙宝驹"奔驰快似疾风，二人坐骑奔跑远不能及。转眼之间"乌龙宝驹"将两人远远甩下。二人见追不上杜百年，柯金龙忙勒住马缰，道："史老弟别追了，快转回去处置岳家人！"

史乾问道："柯兄欲如何处置？"柯金龙道："将岳家人连同大车推下河去，造成不慎翻车溺水身亡的假象，不让此地官员看出痕迹！"

史乾道："此法虽好，只是……咱们还未查明这家人身份，恐怕杀错人。"柯金龙冷笑道："嘿嘿，史老弟，杜百年与这家人同行，十有八九，车上之人便是岳飞家眷！"

史乾道："柯兄说得不错。不过，倘若杀错了人，咱们回去不好向丞相交代。容小弟上前问个明白，再动手不迟。"

史乾说罢催马上前喊道："车上众人听着，快报出真实姓名。不然，你们一个也休想活命！"

岳忠走上前躬身说道："官爷，小老儿名叫刘忠，我主人叫刘万财。车上是我主人家室，小人决不敢有半句谎言……"岳忠话未说完，忽然一柄长剑冷冰冰架在他脖子上，吓得他僵着脖子不敢动弹。

柯金龙喝道："老东西，你分明是岳飞家奴才，竟敢说谎蒙哄大爷，我一剑宰了你！"

岳忠战战兢兢说道："大……大人，小老儿，不，不敢说谎……我真是刘员外的管家。小人服侍刘员外十多年，我们刘家庄无人不知，无人不晓。大人随便找人一问，便知小人说的句句是真话……"

柯金龙冷笑一声，剑尖微抖，岳忠项上出现一道浅浅血痕。巩氏大骇，惊呼道："官爷且慢！"柯金龙喝道："贱妇，快报出你家人真名实姓，不然我宰了这个老东西！"

岳忠不待巩氏开口，抢道："少夫人，当心小主人跌下车来！"

岳巩氏一惊，情知岳忠暗示她讲出真情将危及全家人安危，便不敢再出声。柯金龙狞笑一声，道："好，你们不说，待我先将这老东西的头割下！"手臂微动，正欲下手。

忽见听孝娥夫人喝道："住手！这位官爷，你要杀人也不忙这一刻。你若不信老仆之言，前面有一个小镇，咱们到镇子上去，你问问旁人便知真假……倘若不问青红皂白，乱杀无辜百姓，哼，只怕官爷难逃大宋王法！……"

柯金龙心想：这妮子滑头得紧，镇上人多，你们若是岳飞家眷，众目睽睽之下老子还能下手吗？遂冷笑道："嘿嘿，我这人懒得很，不想去镇上打听。你们不说实话，我就将这老东西的头割下来！"说罢长剑划出一抖，欲割下岳忠人头。

忽听一声轻喝："住手！"那喝声不高，语气却十分威严。柯金龙不由收住长剑，回头望去，见一位老妇站在大车上，面若冰霜望着他。众人一看，喝令柯金龙的却是岳老夫人。半个时辰前，老夫人被杜百年点了睡穴沉睡过去。此刻时辰一过，身上被封穴道自然解开醒转过来。听到车外有人说话，她掀起窗帘一看，正巧看见柯金龙要杀岳忠，急忙出声喝住柯金龙。

柯金龙道："你……你是何人？"岳老夫人道："这位官差，你找岳飞家人吗？"柯金龙道："不错，我正是前来缉拿岳飞家人！"岳老夫人欲再说话，众人急道："夫人！万万不可！"

岳老夫人长叹一口气，道："你们不要劝阻，想我夫君堂堂正正，英勇无畏名扬天下，受人赞道。我们若因一己安危贪生怕死，隐匿他姓氏，岂不有损他英名？我们岳家可没有如此怯懦之人！这位差官，我便是岳飞夫人！"

柯金龙半信半疑，道："你……真是岳夫人？"他见岳老夫人穿戴简朴，不像是官宦家眷，不由心生狐疑。但见岳夫人语出不凡，气度庄严，却又有几分相信。

岳老夫人走下大车，凛然问道："这位官差，你奉谁人之命前来缉拿岳家人？"

柯金龙被岳夫人气势震慑，讪讪道："我是奉朝廷之命，前来拘捕岳飞家眷……这个，这个，例行公事，夫人莫要见怪。"

正说至此，忽听河对岸传来急促的马蹄声。柯金龙一惊，心想对岸来人围观便不好下手，心念一闪挥剑向岳夫人胸前刺去。

岂料长剑刚刺出半寸，忽见一物飞至面门，他忙挥掌拍那物。不料飞来之物突然转弯一下打在他手臂上，他只觉手臂"曲尺穴"一麻，手中长剑咣当坠地。便在这瞬间一骑白马冲过桥来，马背上跳下一位黑衣人向他扑来。

柯金龙左掌疾出拍向那人肩头。黑衣人"嘿"的一声右掌速伸同柯金龙对了一掌，两人手掌一击都后退半步。柯金龙一看，来人四方脸，秤砣鼻，斜吊眼，身穿一身黑色劲装，肩上一袭黑披风。

黑衣人冲着柯金龙一拱手，说道："柯教头，幸会！"却听有人骂道："老大，幸会个鸟，要不是我发暗器打中这厮手臂，这位老夫人已死在他剑下了！"

柯金龙一看，白马上还坐着一人，身穿白色劲装，肩披一袭白披风，长相与黑衣人一个模样。要不是两人装束一黑一白，委实让人难以辨认。

昨日在汤阴道上，杜百年用计夺了黑衣人的马，不知他俩是何人。柯金龙却认得这兄弟二人。身穿黑衣之人是哥，名叫雷霆。穿白衣之人是弟，名叫雷飙。江湖上将兄弟二人称为"河洛双雷"。两兄弟皆是韩世忠元帅帐前侍卫，武功甚是了得。

雷飙跳下马来，同雷霆走到岳老夫人面前，躬身施礼道："请问老夫人，可是岳爷的家眷？"岳夫人诧异道："正是。请问两位官爷是……"

雷飙道："我们兄弟姓雷，在韩世忠元帅帐下当差。韩元帅闻讯有人欲加害岳爷家人，特命我们来接岳元帅家人进京。在此遇见老夫人一家太好了，我们护送夫人起程去临安。"

适才雷氏兄弟赶到桥头，看见柯金龙挥剑向一妇人刺去，料想是岳飞家人。二人急忙出手相救，此时询问果然没料错。

柯金龙道："二位且慢！柯某奉秦丞相之令前来缉拿岳家老小。两位若要插手，柯某回去不好交差！"

雷霆冷笑道："我们兄弟来时，韩元帅有交代：说岳老夫人曾蒙皇上御封诰命夫人，非圣上降旨任何人不能拘捕！嘿嘿，柯教头，你可有圣旨？"

柯金龙冷笑一声，道："柯某向来依法行事。我若无圣旨，怎敢前来拿人？雷大侠不信，嘿嘿，要不要听听皇上怎么说？"说着从背上取下一卷黄绫展开，喝道："岳飞家人接圣旨！"

岳家老幼纷纷跪在桥头。柯金龙宣读道："奉天承运，皇帝召曰：枢密副使岳飞图谋不轨，业已赐死！现令拘捕岳飞家属进京听候处置。钦此！"岳家老幼听完圣旨，皆泣不成声。雷霆暗自寻思：没料到，柯金龙这厮真有一道圣旨，这事可有点儿棘手。

原来，秦桧暗中派人到汤阴杀害岳飞家眷，又恐事情败露惹恼高宗赵构，便进宫去奏请赵构下旨诛岳飞九族。

赵构一听紧锁眉头思量片刻后，才缓缓说道："此议不妥！那岳飞图谋不轨，业已伏诛，因未坐实其罪，朝中众臣多有非议。朕若再下旨诛杀其九族，只怕武将们不服！"

秦桧见高宗有所顾忌，又奏道："皇上圣明，所思甚远。只是那岳飞党羽众多，若不斩草除根，老臣担心万一岳飞家人啸聚党羽作乱，恐酿成大患，对朝廷不利！"

高宗点头道："卿家所言有理。"顿了一顿，又道："无奈多事之秋，朕得依仗武将保疆守土。岳飞谋反证据未确，若诛杀其九族，恐令众武将心寒，反倒激生事变。灭族之事可暂缓。朕先下一旨，卿派人去将岳飞家眷缉拿进京收押狱中，日后再作处置不迟。"

秦桧不便再奏，只得领旨出宫。回到府里私下对柯金龙、史乾、江蛟三人说道："你们前往汤阴县将岳飞的家人斩草除根诛杀干净。但要造假象掩人耳目，不得留半点痕迹。如若无法下手，便按圣旨捉拿进京！"

柯金龙刚才杀岳老夫人，不料被雷氏兄弟冲到阻止，他只得拿出圣旨宣读。读罢圣旨，柯金龙道："雷氏昆仲，柯某奉旨行事，望两位多予方便……否则抗旨的罪名，嘿嘿，只怕你们韩世忠元帅也担当不起！"

雷飚冷冷道："不错，抗旨的罪名谁也担当不起！不过敢问柯教头，圣旨只命你缉拿岳家人进京，听候皇上发落，是不是？"

柯金龙道："那是。"雷飚又问道："圣旨并未准你擅杀岳飞家人，是不是？"柯金龙语塞道："这……这个……"雷飚接着问道："刚才，你一剑刺向岳夫人，若不是雷某及时出手阻止，岳夫人已被你一剑杀了，是不是？"柯金龙被问得哑口无言。

雷霆在一旁喝道："好哇，柯金龙，你好大胆子，竟敢越旨杀人！你目无圣上，犯下欺君大罪，又该如何？老二，咱们今日遇到这等欺君罔上之事，说不得要管它一管！"

柯金龙一听又急又气。他本以为圣旨在手，雷氏兄弟便不敢阻挠他拿人。岂料一不小心，却被雷飚抓住把柄。雷飚却摇头道："老大，此事不用咱们哥儿俩动手。我们将岳夫人一家护送进京，只须将柯金龙越旨杀岳家人，欺君罔上之事向韩元帅禀报，他老人家自会向皇上奏明此事，治这厮的罪。我们哥儿俩等着领取赏钱买烧酒喝好啦！哈哈哈……"

雷霆点头道："对，老二，便是这般办理！"转头对岳老夫人道："老夫人请上车，我们兄弟送你们一家人进京听候皇上发落。"

雷霆和雷飚是孪生兄弟，天生心意相通。两人一唱一和气得柯金龙脸色铁青，暗向史乾使个眼色，二人一齐扑向雷氏兄弟。雷霆往后一跃，喝道："柯金龙你抗旨杀人罪情败露，要杀人灭口吗？你想杀害我俩朝廷官员，可是罪加一等啊！"

柯金龙怒道："少废话，你二人要想劫走岳飞家人，咱们手上见个高低！"四人正要动手，忽听岳老夫人喝道："众位军爷都请住手！"

雷氏兄弟一愣，问道："老夫人有何吩咐？"岳老夫人向雷氏兄弟施了一礼，道："两位将军，韩元帅对岳家的关怀，岳家感激不尽！皇上降旨缉拿我们一家进京，岳家人是戴罪之身。我们若擅自跟随二位将军进京便犯下抗旨之罪，这可使不得！请两位将军见谅。"

岳老夫人转身对柯金龙："这位差官，你按旨行事罢！"雷飚道："老夫人不可！这柯金龙刚才对老夫人下毒手，若让他们押送老夫人一家去临安，途中大有性命之忧！"

岳夫人叹息一声，道："岳家若是抗旨，定会连累韩元帅和两位将军。唉，这是万万使不得的！"

柯金龙喜道："岳夫人深明大义，遵旨行事。雷老大、雷老二，你们还要强人所难吗……来人，押送岳家人起程！"

雷飚见岳夫人心意已决不便阻拦。心念一转，说道："老夫人，我们兄弟要回临安向韩元帅复命，正好与夫人一家同路进京。"说时，对雷霆挤挤眼，道："老大，咱们跟随岳夫人一家回临安罢。"雷霆道："老二，好啊！人多走路倒也不冷清！"

柯金龙心知肚明，雷氏兄弟是要一路监护岳飞家人安全。眼下江蛟已被杜百年打成重伤，雷氏兄弟武功不在自己和史乾之下，想阻拦雷氏兄弟办不到。他只得下令，叫岳家人回到大车上，让官兵将江蛟抱上一辆车躺着，命车夫打马起程。柯金龙和史乾骑马走在车队两旁。雷氏兄弟跟在车后，俨然一派监押官模样。

第二章　夺石

杜百年抱着张去病骑马奔出数里，不见柯金龙等人追来，才勒住缰绳放缓行速。岂料刚一松劲，腹中一阵绞痛，身子在马背上晃了几晃险些摔下马来。张去病回头问："老伯伯，你怎么了？"

杜百年腹中血气翻涌不敢开口说话，一会儿缓过气来才对张去病道："老伯伯受伤了，得进路边树林里去歇息片刻。"说时，抱着张去病翻身下马缓步走进树林。二人走到一棵松树前，杜百年背靠着树干坐下，从怀里取出一个朱红小瓷瓶，倒出一粒黑色药丸放入口中咽下，兀自打坐运功疗伤。

过一会儿，忽听张去病在一旁抽泣起来。杜百年问道："张公子，可是肚子饿了？"张去病摇头道："我肚子不饿，我要娘！"说罢放声大哭。张去病此时还是懵懂少年。先前忽被杜百年从柯金龙手里救下，糊里糊涂地被抱上马奔驰，只见道旁景物忽闪而过，坐在马背上如腾云驾雾一般觉得十分好玩。此时停歇下来，举目四望，不见一个家人，心中才着急哭起来。

杜百年道："张公子莫哭，你娘被恶贼抓去，待老夫疗好伤便带你去救你娘！"

张去病哭喊道："不，不，我马上要去找娘！"说时拔腿就跑。杜百年一把将他抓住，喝道："你此时去找娘，恶贼定会将你捉去，不要小命了吗？"张去病挣扎不脱，偏着头望着杜百年，愤然道："老伯伯，你这人好生无理！我娘被恶人抓去，我怎能怕死不去救她？"

杜百年道："公子年纪幼小，救不了你娘。去了只会落入恶人手中，赔上小命一条！"

张去病怒道："老伯伯，我来问你，若是你娘被恶人抓去，你能怕死不救你娘吗？"

这话问得掷地有声，杜百年不由得暗暗叫好。寻思此子小小年纪，几番挺身救人，胆识情义非比寻常，老夫日后传他一身武功，让他成一名英雄好汉，也可告慰两位师弟的在天之灵！心念闪过，伸手在张去病身上轻轻一拂，张去病顿时动弹不得，却哭喊得更响。杜百年不理睬他，兀自闭目运功疗伤。

张去病见杜百年如泥塑木雕般，无声无息地坐着。他放声大哭，杜百年不闻不问。哭了一会儿，哭得累了便小声抽泣起来。

杜百年疗伤半个时辰，略感气血平稳才对张去病道："张公子，你一家人被秦桧老贼抓去，生死未卜。全家只有你一人逃出，你去救娘若是丢了命，谁人来替你外公、你爹和你舅舅报仇？眼下你年纪还小，你随我前往贺兰山，老伯伯教你一身武功，你长大后方才报得了一家血海深仇！"

张去病不吭声，过一会儿才说道："老伯伯说得是，我随你去贺兰山学武功，日后再去找秦桧老贼报仇！"

杜百年喜道："唔，这就对了。老伯伯为你解开穴道。"说罢，出手在张去病身上轻戳一下。张去病顿时感到四肢如同松绑一般，惊讶道："老爷爷，我能动了吗？"

杜百年道："你伸手试试。"张去病伸伸双手，手臂果然活动自如，脸上露出笑容问道："老爷爷，我的腿能蹲下吗？"

杜百年点了点头。张去病利索蹲下，从雪地上捧起一捧雪，笑道："哈哈，我真能动啦！……"笑声未绝，双手一扬将一大捧雪撒向杜百年脸上。杜百年眼前一花，额头上点点冰凉，定睛一看张去病跑出一丈开外。杜百年急喊道："张公子回来！"

张去病道："我不回，我要去找娘！……老伯伯，谢你救我。我走啦！"说罢撒腿就跑。

杜百年起身追出两步，腹中血气翻涌，闷哼一声摔倒在地。张去病回头一看，见杜百年倒卧地上紧蹙双眉，忙转身跑回来颤声问道："老伯伯，你摔得很痛吗？可是我用雪砸伤了你？"

杜百年看见张去病神情焦急，心下想此子异常聪明，机灵古怪，老夫须略施小计方能将他留住。当下哼哼道："啊哟，啊哟……痛死我了！痛死我了！张公子，你莫管我，老伯伯只怕是活不成了！"

张去病急忙扶住杜百年，大声央求道："老伯伯，你千万别死啊！我扶你去找郎中。郎中会治好你的，你千万别死啊！"

杜百年呻吟道："哎哟、哎哟，我怕是活不成了！张公子你去罢，快去找你娘罢，别管我了！"

张去病连连摇头，道："不，不，我不能走。你是我救命恩人，我不能扔下你不管！我先扶老伯伯去找郎中治伤，然后再去找我娘！"

杜百年见使计见效，便说道："公子既然不肯离去……那么扶我上马，咱们到前面镇上去找郎中罢。"

张去病将杜百年扶上马背，坐在杜百年身后，杜百年手握缰绳让马缓缓前行。大约走了两个时辰，前面出现一座小镇。二人进小镇时，已是上灯时分。镇上房屋简陋，街道窄小。杜百年找一家客店住下，叫店小二送来两碗汤面和几个馍。张去病饿极，端起一碗汤面狼吞虎咽吃下。杜百年只吃半碗面汤，便盘腿坐在炕上运功疗伤。

张去病吃下一碗面条，又就着大葱面酱吃个馍，才爬上炕头脱衣睡觉。他正要钻进被子，忽听杜百年道："张公子且慢。"张去病问道："老伯伯，什么事？"

昏暗油灯下，只见杜百年望着张去病瘦骨嶙峋的身子，两眼神情兴奋，把张去病看得莫名其妙。杜百年道："公子过来，老夫摸摸你的身子骨。"

张去病不知杜百年为何要摸他身上的骨头，迟疑一瞬才爬到杜百年面前。杜百年让张去病躺下，伸手从他的头骨摸起，慢慢摸到颈骨、肩骨、胸骨、脊梁骨和四肢的骨骼。一面摸，一面自言自语道："嗯，嗯，是这种长法……不错，此处有个凸起。哈，与相书上说的分毫不差！"

慢慢摸了一会儿，他停下手来陷入沉思，似乎遇到什么疑难。尔后又叫张去病弯腰、曲腿、伸臂、缩身，把张去病一身脊椎、腿骨、臂骨、手掌骨、脚掌骨、指骨尽皆摸个遍。大约摸了一炷香工夫，杜百年才停住手惊喜自语道："难道……师父他老人家占的卦象，今日应验在张公子身上吗？"

说罢，他似乎不敢相信，又将张去病全身骨骼再仔细摸一遍。摸到尾椎骨处如同摸到了奇珍异宝，眼睛蓦地射出欣喜光芒，手指滞留不动颤声道："张公子……你曲腿抱膝让我……再仔细摸摸。"语气中，显出万分激动。

张去病依言抱住双膝身子曲成一团，杜百年张开手指在他的尾椎骨处量了量，心中暗暗测算。然后双掌合十对天喃喃道："师父，托你老人家在天之灵庇护，你命弟子寻访之人，今日弟子替你老人家找到了！"说时竟然欣喜得流下泪来。

张去病看见杜百年摸遍他身上骨头，又是高兴，又是流泪，奇怪问道："老伯伯，你怎么哭了，是伤痛得厉害吗？"杜百年摇头道："此中缘由，日后伯伯再对你细说。"

原来多年前的一天晚上，少林寺方丈弘无大师在禅房打坐总觉心绪不宁，神不归元，心下颇为诧异：自出家以来打坐参禅数十年，一向心定如恒，从未遇到过这等怪事。今夜为何如此？

弘无方丈起身来到院中，只见夜空繁星密布，却有一股煞气直冲斗牛。那煞气搅得北斗七星序位错乱，星光晦暗。南方武魁星被煞气冲得摇摇欲坠，北方却有一颗耀眼小星似喷薄而出。方丈心中骇异，不知此天象主何凶吉。翌日便前往武当山，找武当派掌门人金风道长共同参详。

金风道长忽见弘无方丈来访，高兴道："大师来得正好！贫道几夜前看见一个奇异星象，不得其解，正欲到少林寺请大师指点迷津，没想到大师驾临武当。哈哈，老道真是心想事成！"

弘无方丈道："老纳也正为此事前来向道长请教！"二人携手走进玉虚宫坐下，共同参详两日，仍不能破解那怪异星相是何兆头。两位掌门人便远赴贺兰山，去找六合居士破解心中疑团。

六合居士乃武林奇人，不仅武功极高，而且精通鬼谷相术和周文王金钱神卦。居士听罢两位掌门人说明来意，立即沐浴更衣，摆案焚香，拿出金钱占卜了一卦。看罢卦象，居士双眉紧锁，道："二位大师，此星相主凶兆。煞气直犯斗牛，预示战祸由东北方来，大宋国运将衰。武魁星晦暗，预示将星陨落，国之柱石崩塌。北斗七星移位，则预示武林将遭遇一场罕见浩劫！"

金风道长忙问道："居士，武林浩劫能化解吗？"六合居士道："二位大师，容我再观卦象。"居士看着卦象，右手拇指按照八卦方位在其余四指关节上推演片刻，才如释重负道："从卦象上看，有人能解此浩劫。"

弘无方丈喜问道："那是何人？"居士道："此人便是中宫那颗显现的小星。卦象所示中原大地将有一奇人降世，看来化解武林浩劫的重任将落在此人身上。"

弘无方丈合十道："阿弥陀佛！为拯救武林，老僧欲同居士、道长约定：我们三人共同寻访那降世奇人，一同传授他武功武德，将他造就成一位顶天立地英雄，以解天下武林劫难，不知二位大师意下如何？"

金风道长和六合居士道："善哉！方丈以菩萨心肠拯救武林，我等义不容辞！"从此三位高人如约来到中原寻找那降世奇人。在茫茫人海，三人寻访多年均无结果。六合居士年逾百岁时，知自己大限已到，便将鬼谷相术和金钱神卦传给杜百年，命他按照骨相所示，继续寻访那降世奇人。

杜百年遵师命找了好些年，仍一无所获。今夜看见张去病脱衣睡觉，忽然想起师命，便叫张去病过来瞧瞧。岂料一摸张去病身上骨骼，竟然与书上画的骨相有些相像。他抑制心中的激动，又把张去病身上每一根骨头仔细摸了两遍，亦同相书上描绘的骨相一般无二！这如何不令他欣喜若狂？

杜百年见张去病一脸困惑神色，哈哈大笑，道："张公子，你这一身骨骼生得太奇、太绝、太佳！旷古罕有，旷古罕有啊！哈哈哈……老夫这真是踏破铁鞋无觅处，得来全不费功夫！"说罢，如醉如痴地望着张去病，像是见到了什么稀世珍宝一样。

张去病奇怪问道："老伯伯，我的身子骨骼有何奇特之处？"杜百年道："公子的胸骨、臂骨、腿骨、掌骨、指骨都生得奇绝。其中奥妙，老夫说了，公子也不会懂得。单是这几处骨骼，已是世间极罕见了。一个人生就这种骨骼，若学武功，便可练成天下无敌的武学大高手！"杜百年说时，语气羡慕不已。

张去病问道："老爷爷，我能练成你这般武功吗？"

杜百年连连摇头，道："老夫这点微末功夫算个啥！"又道，"将来，公子练成一身绝世武功，老伯伯这两手粗浅功夫，只怕公子看不上眼哩！"

张去病好奇地看看自己的手足，瞧不出有什么奇异之处，脸上神情又高兴又迷惑。杜百年道："张公子怀疑老夫的话是不是？那你伸手摸摸屁股上的尾椎骨，可是凸出一截？"

张去病伸手一摸，果然尾椎骨突出寸余，不由点了点头，道："真是凸出一截骨头，老伯伯，那又如何？"

杜百年道："公子不知，这叫仙猿骨相！鬼谷相术书上说：'生就仙猿骨相者，奇智、奇柔、奇韧、奇捷、奇刚、奇逸。若是修习武功，能前无古人，后无来者！'"

张去病道："老伯伯，这是为什么呢？"杜百年道："只因生就仙猿骨相之人，骨根极佳，悟性极高。别人弄不懂的武学，他一看就懂，别人学不会的绝技，他一学就会。这样的武学奇才数百年难出一个，公子生就仙猿骨相，实在是我大宋武林之福，苍生之幸！……"

杜百年说得兴奋不已，看见张去病仍似懂非懂，又说道："多年前，我师父六合居士与少林寺方丈弘无方丈，武当山掌门人金风道长，相约寻找仙猿骨相之人，共同传授他武功绝学。今日老夫有幸寻找到公子，待我伤好之后，便送公子去少林寺和武当山，拜弘无方丈和金风道长为师，向这两位当世高人学习武功，老夫再去贺兰山涵虚洞，取来师门武功秘籍交与公子。只要公子潜心修习三大派武功，日后定能成为傲视千古的武林奇人！"

张去病高兴道："老伯伯，学了这些武功，我能去找秦桧奸贼报仇吗？"杜百年点头道："能、能、当然能！少林、武当和我师父的武功冠绝武林，你若学了这三派武功，便天下无敌，报仇雪恨自然不在话下！"

张去病一听高兴得蹦跳起来，道："好极！老伯伯，你快带我去见他们！"高兴瞬间，忽又面露愁容，摇头道："老伯伯，只怕我……学不成武功。"

杜百年诧异问道："张公子，这是为何？"

张去病道："老伯伯，我身上患有一种怪病，郎中都说我活不了几年！"

杜百年一惊，急忙问道："公子患何怪病？"张去病道："我不知道……娘请了许多郎中给我医治，郎中们也说不清我患什么病。"

杜百年道："公子不用发愁，你对老伯伯说说，你患病有何症状？"张去病道："怪病发作时，我左半边身子像被大火烘烤，热得要死；右半边身子如在冰雪之中，冷得要命。浑身冷热交加，如针乱扎。我便痛得昏死过去。醒来时候，身上便脱去一层皮……"

杜百年从未听说过这种怪病，很是惊讶。张去病又道："好多郎中给我看病，都悄悄对娘说，我这怪病是治不好的，都说我活不了几年……老伯伯，我患这怪病，命活不长，练不成武功，救不了我娘，报不了我一家的大仇！呜呜……"说着，绝望地哭泣起来。

杜百年忙道："公子莫哭，你伸出手来，让老伯伯看看你的脉相。"张去病把枯瘦小手放在被子上，杜百年用二指轻轻搭在张去病手腕上。初号脉时，那脉搏动如雷声滚过，鼓荡奔腾；仔细审时，脉搏却又消失得无影无踪。杜百年正心下惊诧，突然，一股热流直冲手指，炙热异常，几乎将他手指冲开。片刻之后热流消退，出现一股寒气涌动，阴冷袭人。

杜百年困惑不解，说道："公子脉象怪极！老夫平生还是头一回遇到……难怪你娘给你取名去病，原来是祈盼公子去掉这奇怪病症。"

张去病摇摇头说道："我名字不是娘取的，是我外婆取的。我外婆说给我取名'去病'，是望我病除安康，盼我长大成人，像西汉大将军霍去病那样上阵杀敌，赶走金兵，收复大宋河山！"

杜百年浪迹江湖，无事爱坐在茶馆听说评书。从说书人嘴里得知，那西汉大将霍去病率领骑兵奔袭千里，屡次大败匈奴，将胡人赶进大漠立下赫赫战功，甚是英雄了得！此时听张去病一说霍去病，不禁暗赞道：岳老夫人不愧是岳爷佳偶，给外孙取名都深寓报国之志，旁人难及！

转念又想：张公子身患奇症不能习武，莫非他不是我所寻找之人？但他生就仙猿骨相，与相书上说的一般无二，这是断然不会错的。师父的金钱神卦灵验无比，那卦象显示战祸将起，国运衰微。金兵不是入侵中原，攻陷东京汴梁了吗？那卦象还显示武魁星隐去，不是应验在岳元帅被害之事上吗？师父占卦从无失误。只是……张公子若是那降世奇人，又为何身患绝症，命不长久？寻思片刻，想不出个头绪。

他抚着张去病的头，说道："张公子莫愁，你这怪病有一个人能治好，待老夫伤好后，便送你去找他医治。"

张去病两眼一亮，忙问："老伯伯，那人是谁？谁人能治好我的病？"

杜百年道："此人乃是天下第一神医，外号叫'还魂药王'，何种疑难杂症，一到他手里便能药到病除！药王隐居在千里之外的回春谷里，过得两日待老夫的伤好了，便带你去回春谷找那药王，请他为公子治好怪病，你便能练武功了。公子莫愁，先睡觉吧。"杜百年说罢吹灭油灯，不大一会儿张去病沉沉睡去。

次日，张去病睁开眼来，阳光已照到炕头上。起身一看，杜百年仍在炕上打坐疗伤。他伸手去拿衣服，不由一愣，只见炕头放着一套崭新衣衫。正觉奇怪，却听杜百年道："公子的衣衫染上血迹，不能再穿。老夫叫店小二给公子买了一套新衣，快穿上罢。"张去病高兴道："谢老伯伯！"

他拿过新衣欢欢喜喜穿在身上，一打量觉得有些不对头。仔细一看，才看清穿了一套女童衣衫。不悦道："老伯伯，这衣衫买错了，这是姑娘穿的衣衫，我是小子，我不穿姑娘的衣衫！"说时便要脱下。

杜百年道："公子莫脱。这女童衣裳，是我特意叫店小二买来给你穿的。"张去病问道："老伯伯，你为何买女童衣衫给我穿啊？"

杜百年道："老伯伯救你逃走，秦桧老贼定会派人四处捉拿咱们，你扮成女童方能瞒过秦桧的爪牙呀！"

张去病一听言之有理，只得将衣衫穿上。杜百年将他头发分开，梳成女童的发式，抚掌笑道："好一个小乖丫头！"

张去病不服，道："老伯伯，秦桧老贼也要捉拿你啊！你也要装扮成老婆婆才成，不然危险哩！"杜百年点头道："不错，待老夫伤好便装成一个八十岁老婆婆，带着你行走江湖。"说时，额头上滚下几滴汗珠。

张去病忙问道："老爷爷，伤痛又发了吗？"杜百年道："张公子，你去街上药铺给老伯伯抓几味药来，老夫要熬药疗伤。"

张去病忙应道："好。"杜百年从怀内摸出一张药方和几十枚铜钱递给张去病，叮嘱道："公子外出要小心秦桧爪牙。你先买些吃食充饥，抓好药后速回店来。"张去病点点头，转身走出客店。

这小镇名叫马家集，街面不大，一条主道穿镇而过，街道两旁开着十几间店铺。张去病沿街看去，见西头一间店铺门头上写着一个"药"字便跑上前去。药店内一张长桌旁坐着位长胡子郎中，正在查看病人伸出的舌头。张去病径直来到柜台前踮起脚，把药方递给柜台内伙计。

那伙计看张去病一眼，拿起药方看了看，手指在算盘上拨拉几下，道："小姑娘，捡药三剂，收你三十枚铜钱！"张去病忙递上铜钱。伙计收了钱道："去一旁候着罢。"

张去病坐到一条长凳上等着取药。不大一会儿，药店伙计照着方子抓好药后，朝他招手。他上前接着药包，走出药店。

来到街上，闻到一股葱油大饼香味。他转头看见路边有个大饼摊，便走上前去买一块大饼。再一看街对面有一个包子铺，一家卤味店，又走上前去买几个包子和半只卤鸡带回去给杜百年吃。

他咬下一块大饼嚼着，左顾右盼打量街道两边店铺，蹦蹦跳跳朝客店走去。走到岔道口，忽见一条狗迎面跑来，那狗长着金色长毛，毛上斑纹暗红。身长约五尺，两耳竖立，鼻头浑圆，两眼炯炯闪光；跑动时颈上长毛随风飘动，宛如雄狮奔跑，模样煞是好看。

张去病被那狗吸引住，好生喜欢，一时间将杜百年的叮嘱忘到九霄云外。他转身向着那狗追去，想用大饼喂狗，逗它玩耍。

那狗跑得不快。一边跑一边用鼻子东闻闻，西嗅嗅。跑出小镇口时，它抬头嗅嗅前方吹来的风，似乎从风中嗅到了什么，兴奋地叫一声朝着前面土坡上跑去。张去病跟着那狗跑上土坡，只见坡上长着几株高高柏树，一座土地庙坐落在树间。那狗跑到庙门口驻足嗅了一会儿，嗥叫几声冲进庙里去。

张去病跟随跑进庙门，见庙内小院石阶上有座孤零零的神殿。那狗跑上石阶进入神殿，他也跟着进去，只见神龛上坐着一个土地老爷，头戴高冠，长须齐胸，身上袍服颜色褪旧，殿内四周墙上布满灰尘和蛛网。在神龛前供桌上，却卧睡着一个乡下老汉。那狗围着供桌嗅了嗅，皱起鼻头露出恶相，冲着那老汉一阵狂吠起来。

那老汉瘦骨嶙峋，身子侧卧，闭目沉睡。那狗狂叫不止，那老汉竟然不醒，睡得悄无声息。张去病心里一阵害怕，心想这位老爷爷莫非死了？他蹑手蹑脚地走近前去凝神倾听一会儿，却听不到一丝一毫呼吸声，也不见那老汉胸前有呼吸起伏之状。他心里更是害怕，却又生出同情之心，心想这位老爷爷一定是无家可归，才饿死在荒坡破庙里。他忙喝令那狗，道："狗儿莫叫唤，这位老爷爷死了。你别吵他，别惊扰他的魂儿。"

那狗对张去病毫不理睬，反而叫得更凶。张去病寻思，莫非这老爷爷是狗的主人？是了，主人死了，这狗很伤心，才这般叫个不停。如此一想不由得对那狗怜悯起来，又道："狗儿莫叫，我给你大饼吃。"他将吃剩的大饼扔到狗脚下。那狗却看也不看大饼，仍是"汪汪汪"地叫个不停。

张去病摇摇头叹道："唉，这狗儿连饼都不吃，一定是伤心极了……狗儿，我给你吃一个肉包子，可不许叫了，好吗？"他从纸包里拿出一个肉包扔到狗面前，那狗嗅了嗅包子，仍是不吃，又叫起来。张去病自语道："怪了，这狗儿连肉包子都不吃！待我撕块鸡肉喂它，不信它不吃！"

他打开纸包，撕下一块卤鸡皮扔到院子里。那狗见他抛出鸡皮，便跑上前去伸鼻子闻了闻那块鸡肉，喉咙里呜呜哼了两声，伸出舌头舔舔鼻头，似乎想吃又有所顾忌，更加烦躁不安，又大声叫个不停。

张去病诧异道："这狗可怪了，连鸡肉都不吃！"忽听有人说道："小娃儿，你便是喂它山珍海味，没我准许，我这'追风狗'是不会吃一口的！"

突然听见有人说话，张去病吓了一跳，朝门口一看，只见三个汉子走进庙来。头一人肚子滚圆，活像一个坛子滚进院里。另一人满脸长着疙瘩，身胚矮宽，活像一截树桩。第三人小头小脑，面色灰暗。三人快步走进殿内，径直朝供桌前走去。狗围着那小头汉子欢跳几下，又冲到供桌前对着老汉狂吠起来。

张去病心想，原来他才是狗的主人。三人围住供桌凝目观望那神案上的老汉，脸上神情十分紧张，不敢靠近前去，看样子对那老汉十分忌惮。看了一会儿，不见老汉有何动静。那胖汉忽然喝道："他奶奶的，老子们追踪数日，终于找到这厮了！"

满脸疙瘩的汉子连忙摆手，止住胖汉喝叫，软声说道："这位朋友，'西北三探'有事相询，请起来说话！"

供桌上老汉依然一动不动。三个汉子对视一眼，神情里透出几分异样。他三人是武林中有名的"西北三探"。矮胖汉子名叫金彪，专门打探武林人士的隐秘，外号叫"一掌定乾坤"，铁砂掌功夫颇为了得。满脸疙瘩的汉子叫祝豹，外号"八臂神鞭"，却是破案高手，九节鞭的功夫在西北大有名头。小头汉子叫彭虎，外号"金毛犬"，武功虽然平平，却是一位追踪探密的大行家。此时祝豹报上三人名号，却不见老汉有何回应，三人心里亦加惶惑。

忽然间老汉的一条腿动了动。三人急忙往后跃开，拉开架势全神戒备，个个面色绷紧。张去病看见老汉忽然动了一下，吓了一跳，心想这老爷爷活过来了吗？只见那老汉翻了个身懒洋洋地坐起来，有气无力道："哪儿来的恶狗，乱叫些啥？吵我老头子瞌睡！"

"西北三探"一愣，见那老汉面容黑黄，满脸皱纹，两眼似开似闭，眼袋耷拉，十足一个乡下老汉，哪像是他们追寻的武林高手？三人转念又想："千里追风"狗追踪潜目标从未出错，只怕这老汉有些蹊跷。

祝豹冷笑道："阁下别装了，我这狗鼻子天下无双，任你易容换貌，乔装打扮，它只须闻过你身上气味，你躲到天涯海角，它也能将你找出来！"

老汉摇头道："你说些啥？我听不懂……唉，近来我老头子倒霉，常被一些恶狗追咬。"

"西北三探"一听，老汉分明含沙射影骂他们是"恶狗"，心下暗怒。金彪额头上青筋暴胀，正欲发作，却见祝豹拿出一块灰色布片朝老汉一晃，问道："阁下看看这是何物？"

老汉抬起眼一瞥，道："一块破布片，有什么好看的？"祝豹冷笑一声，道："阁下别装傻……大年初一早上，你从秦丞相府里盗走武林至宝达摩石，你一角衣衫被椅子挂破，这便是那块布片！"

老汉说道："你这人可不得乱说！我只认得本乡赵员外，不认识什么秦丞相。老汉我活了这大把年纪，做人一向规规矩矩，手脚干净，没拿过别人一针一线，哪敢去偷什么石头？再说，我们乡下石头多了去了，随处皆可捡到，还用得着去偷？你这人可真会说笑话！"

金彪喝道："祝大哥，不跟这老东西啰唆。咱们先在他身上搜一搜！"

便在此时，忽然有人在殿外冷笑一声，说道："达摩石是武林至宝。你们三人也不撒泡尿照照自己是什么东西，竟然敢来窃取！""西北三探"一惊，急忙纵身跃出殿外看是何人。

老汉见三人出殿去，翻身下了供桌，对张去病道："小丫头，走，咱们到外面瞧热闹去！"张去病听说去看热闹，便跟着老汉走出殿门，只见院内站着一男一女，男子三十出头，身穿一件宝蓝色长衫，腰挎宝剑。女子二十七八，面容姣美，身穿翠绿衣衫，腰间亦佩带一柄长剑。两人在院里一站玉树临风，气宇轩昂。这男子名叫沈飞，女子叫云娘，夫妻两人近十年来名动江湖，人称"鸳鸯剑"。二人却不理院中的"西北三探"，沈飞朝房上朗声说道："玉真道长请下来罢！"

只听一人笑道："哈哈，沈大侠好耳力！我徒儿呼吸声稍重，都让你听出来啦！"房上跳下五个道士来。当先一人五旬开外，身材矮小，面容清瘦，身穿灰色道袍，手执一柄拂尘。其余四人皆是年轻道士，个个身背宝剑。这老道是峨眉派传功道长，道号玉真子，江湖人称"一剑压八方"，武功着实了得。

沈飞拱手说道："道长别来无恙！两年前在大巴山下一别，道长英风如昔，叫沈飞好生羡慕！"

玉真道长笑道："老朽快不中用啦，还是贤伉俪似神仙伴侣，叫人艳羡！"

沈飞说道："近来听说'达摩石'重现江湖。在下半信半疑，不知此宝在何人手里，不料今日在此撞见。哈哈，我等可以一饱眼福了！"

玉真道长说道："可不是嘛，几百年来谁也不知达摩石下落，今日达摩石重现，老道也想开开眼界。不过此物乃是名门正派之宝，嘿嘿，说什么也不能让它落入邪门外道之手！沈大侠你说是不是？"

沈飞道："道长说得极是。"他两人一边说话，一边冷冷望着"西北三探"，分明叫三人别打达摩石的主意，知趣走开。

忽听东面墙上有人声若洪钟道："峨眉派道人装什么假正经？达摩石乃是我少林寺宝物，理当物归原主……你想私窃我少林之宝，可笑，可笑！"

话音未落，墙上跳下一个又高又胖的和尚，身子落到院子里却无声无息，可见功夫已达一流高手之境。这和尚身上披着一件杏黄僧袍，肥头大耳，胖脸上长着一个红酒糟鼻子，煞是惹眼。玉真道长认得这胖和尚名叫法远，原是少林寺般若堂长老。因他不守戒律奸淫妇女，十年前被逐出少林寺逃往西域，不料今日竟在此现身。

玉真道长说道："法远，你被逐出师门，早已不是少林寺僧人，这达摩石与你有何干系？何况这达摩石上武功，乃是我道教师祖寇谦之道长同达摩祖师共同研创，我道家弟子当然有权收回此宝。若是少林寺高僧在此，咱们还好商量，若是你嘛，嘿嘿……"

玉真子连连冷笑。法远和尚怒道："嘿嘿什么鸟！老子虽然出了少林寺，总还是达摩祖师的徒子徒孙，你牛鼻子道人算什么东西？也敢来同我争夺达摩师祖遗物？老子今天倒要看看，谁能阻拦我夺取此石！"

法远和尚说时忽然扑向金彪，倏地一掌拍出。金彪急忙出掌相对，只听"啵"的一声，金彪被震得倒退两步，法运和尚借这一掌之势，身子旁移去抓站在台阶上的老汉。金彪双掌一翻拍向法远前胸，祝豹挥动九节鞭直打法远的光头，彭虎使一柄薄刃快刀砍向法远双腿。三人从上中下三个方位袭来，招式甚是凶狠。法远喝道："来得好！"喝声中，只见他那胖大身子冲天而起避开三人的攻击，脚尖踏在祝豹扫来的九节鞭上借力一跃，又去抓那老汉。

忽听一声"法远休得逞强！"忽见两柄利剑从左右刺来。法远疾挥宽大衣袖卷起地上两块断砖砸去，只听"当当"两声，分毫不差地将沈飞夫妇刺来的剑砸开。又伸手去抓那老汉。沈飞剑锋一转刺向法远后背，云娘一剑直挑法远左肋。他若抓住那老农势必毙命剑下。法远大怒，纵身避开刺来的双剑，双脚横劈，脚尖分踢沈飞夫妇身上要穴。转眼之间，法远同沈飞夫妇斗了十余招。

沈飞夫妇使出"三才剑法"，双剑交错使出如蛟龙行空，矫矢灵动，剑法实在是精妙。法远和尚则以一路"如来莲花掌"对敌，那掌法时如莲花摇曳，时如荷叶大张，时如莲蓬突现，变化也着实精奇，他以一敌二竟然不落下风。

三人斗得正激烈，忽听金彪骂道："臭道人，竟敢算计大爷！"原来，法远和尚被沈飞夫妇缠住，金彪趁机去抓那老汉。忽觉眼前一花似有无数钢丝迎面袭来。他忙暴退开去，脸上却留下几道血痕火辣辣作痛。他定睛一看，只见玉真道长挡在面前，手中拂尘微微晃动。

玉真道长不理他骂话，转头对四个年轻道人说道："天元、天健、天舒、天门，你们好生看守住那老汉和小丫头，别让他们走了，待为师除去这三个邪魔歪道！"

四个年轻道人听见师父吩咐，纷纷拔出剑来将那老汉和张去病团团围住。法远和尚担心达摩石落到峨眉派手里，一掌逼开沈飞，跃到玉真道长面前，道："玉真老道，想独吞我少林宝物吗，嘿嘿只怕你吞不下！"说时一掌拍向玉真道长。

　　玉真道长急挥拂尘应战，只见小院里人影闪动，刀剑相击之声不绝于耳。张去病看见刀光剑影漫天飞舞，怕被刀剑伤着，想回客店去，却被四个道人围住。正彷徨无计，忽然有人拍他一下，回头一看，那老汉在注视着他。老汉将他上下打量一番，说道："小姑娘，适才你不让恶犬吵爷爷睡觉，心眼儿不错！"

　　张去病听老汉叫他"小姑娘"，愣了一下，瞬间明白自己扮成女童，老爷爷没认出来。老汉皱皱鼻子道："啊呀，好香！好香！小姑娘，你的卤鸡香气诱得我直流口水，给我老人家吃一块鸡肉，行吗？"

　　张去病看老汉极瘦，心想他定是饿极，便将卤鸡递到老汉手里。老汉打开纸包撕下一个鸡腿，大咬一口，又扯下鸡翅递给张去病，说道："小姑娘，你也吃一块。咱们一边吃卤鸡，一边看和尚道士打架，哈哈，有趣得紧！"

　　张去病接过鸡翅一面啃着，一面看院中众人打斗，将回店之事忘到脑后。此时院中七人斗得甚是激烈，沈飞夫妇同"西北三探"交手，两人双剑合璧把"三才剑法"威力尽数施展出来，"西北三探"渐渐招架不住。玉真道长武功与法远和尚不相上下，手中一柄拂尘时而如剑刺，时而如刀劈，时而如鞭打，时而如棍扫，将峨眉剑法诸般妙招辅以雄厚内力，威力奇大。门下四个弟子们看得不时大声喝彩。

　　法远和尚凭一双肉掌对敌，将"如来莲花掌"施展得风雨不透，仍占不到一点上风。斗到一百多招时，他心下寻思：老子若不出奇招，这矮道人不知大和尚的厉害！当下掌式一变，只见那掌法忽如龙蛇走兽之姿，忽如飞鸟鱼虫之态；身态步法时而正大平和，时而妖异奇诡，他脸上忽悲、忽喜、忽怒、忽乐，神情无比诡异。一时间，玉真道长被他攻得手忙脚乱，只得挥动拂尘护住全身。

　　十年前，法远和尚被逐出少林寺远走西域。一心想在西域开宗立派，因此遍取西域胡人阴毒功夫，将其怪招化入少林掌法之中，练成了这套古怪的"形异掌法"。此时他将这套怪异掌法施展开来顿时占据上风。法远和尚得意道："玉真老道，还不罢手认输？"

　　玉真道人哼了一声，道："鹿死谁手，还未可知，咱们走着瞧！"法远和尚道："好，你再接我这一招！"说时一掌拍出。这一掌看去平淡无奇，与拳法的"黑虎偷心"招式没有两样。玉真道长凝神应对，挥动拂尘如快刀斩向法远的手臂。只听"咔"的一声，峨眉弟子以为法远和尚手臂被拂尘打断。正欲喝彩，却见法远手臂不可思议地拐了个弯，犹如一条毒蛇顺着拂尘爬上，大喝道："撒手了！"

　　玉真道长急忙抽身后跃，手中拂尘虽然没被夺下，衣袖却被法远和尚抓去一截。法远一招得手，跟着又拍出一掌。这一掌上招式与前一掌相同，亦是拍向玉真道长的前胸。玉真道长侧身避开，出手点向法远和尚手臂的"神门穴"。

便在此时，忽听有人阴恻恻地说道："蠢道人，不要吃饭的家伙了？"

乱轰轰的打斗场中，这句话轻如游丝却清清楚楚地钻进每个人耳朵里。玉真道长猛然醒悟，看见法远手臂忽变方位抓向自己头部。他惊出一身冷汗，顾不得高人身份仰身后翻倒退，一个"长蛇倒转"往后蹿出数丈。跃起身来环顾四周，却不见庙里来了什么人。

法远和尚怒道："何人在此多嘴多舌？有本事出来同大和尚斗一斗！"他举目张望，却不见那叫破他招式之人现身，又将双掌一错扑向玉真道长。

法远和尚对达摩石志在必得。当年他被逐出少林寺，心怀怨恨，想独创一门武功与少林武功争雄。在少林寺时，他听人说达摩石上隐藏着绝顶神功。此次从西域归来便一心想寻找此石。适才他无意间从这小庙前走过，听见庙里有人打斗，一听是争抢达摩石，他心中大喜。便跳进庙来参与争夺。

此时法远不容玉真道长有喘息之机，一连使出十几记怪招，攻得玉真道长手忙脚乱。可那藏身暗处之人似乎专给他捣乱。他一出招，那人便将他掌法中隐藏的杀招逐一点破。让人看去，法远仿佛是在那人指点下出招一般，十分滑稽可笑。玉真道长几次遇险皆在那人指点下化险为夷，直把法远和尚气得哇哇大叫。

玉真道长数次险遭不测，不敢轻易对攻，只得东闪西避，欲看清法远和尚怪招寻思破解之法。法远似乎窥破玉真道长心思，玉真道长不出手，他掌法中的怪招也隐藏不露。

两人游斗半晌，忽听那阴恻恻的声音冷笑道："怪了，峨眉派的武功竟然是脚底板抹油的溜功。嘿嘿，这可叫人大开眼界！"

峨眉派四个青年道士气得怒目圆睁，纷纷转头张望却看不见那人藏身何处。玉真道长一听顿时满脸通红。心想如此闪避下去，叫人小看了我峨眉派武功！贫道今日不显神通，世人还道我玉真子浪得虚名。如此一想他身法突变，挥舞拂尘猛扑上前一阵快速抢攻。

法远和尚呵呵笑道："玉真老道要拼命吗？"他刚才占了上风不免心下轻敌，出手稍微一缓，却让玉真道长抢占先机。玉真道长运起内力将拂尘凝聚成一柄利剑，从四面八方急攻法远。法远只觉四周拂尘闪动，剑气纵横。忽听"嗤"的一声，胸前僧袍被那拂尘划开一道口子，险些伤及胸膛，足见那拂尘贯满内力快似利刃。

四个峨眉弟子大声喝彩："好！好！"喝彩毕，四人又暗自诧异："这是哪路剑法，为何没见师父使过？"玉真道长使的这套剑法名曰"佛光剑法"，乃是峨眉派掌门人太真道长倾注五年心血所创。五年前，太真道长在峨眉山金顶上打坐修行。

一日忽见金项上显现"佛光"若现若隐，在云海里变幻迷蒙。眨眼工夫万道金光穿破云雾，结成一个绚烂光圈熠熠生辉。太真道长目睹光环幻化，日光破云的瑰奇，忽然心有所悟，闭关五年创下了这套"佛光剑法"。

开关后他将"佛光剑法"秘传给玉真道人。这套剑法精妙之处是剑招扑朔迷离，施展出来犹似摆下一座迷宫，使对手无可适从。适才，法远和尚被玉真道长的剑招所惑才险些受伤。玉真道长一招得手，轻喝一声又挥动拂尘使出一招"佛光盈盈"。只见拂尘柔丝笔直拼拢，宛如利剑直刺法远的腰间，法远和尚疾伸手指向那拂尘弹去。

忽听那阴恻恻的声音又冷笑道："嘿嘿，蠢和尚送上肩头给笨道士打，这是什么狗屁少林寺功夫？"那人话音刚落，玉真道长拂尘上千百根马尾毛犹如一把伞突然张开，朝法远和尚的肩头快捷击下。法远和尚大惊失色，急忙侧身闪开，肩头仍被拂尘伤了一块皮肉。

玉真道长见这招隐伏的杀招被那人道破，暗自心惊。寻思：这"佛光剑法"乃是我师兄新创的武功，连本门弟子尚且不知，此人如何得知我剑法中隐藏的杀招？难道是他误打误撞说中了？哼，我倒要看看他还识得几招！心念闪过，他将四十八式"佛光剑法"快如疾风般使出。剑招一招套着一招，一招快过一招。拂尘上的马尾毛忽然收拢，忽然散开，如千百把利剑漫天闪动，令人看得头晕目眩。那藏在暗中之人，似有意卖弄武学，一见法远和尚遭遇危险，便出语点破玉真道人的杀招，使得法远和尚几次化险为夷。

玉真道长越听越惊，心想：此人对我派独门绝技如此熟知，此事关系我派存亡，今日非弄清此人来历不可！心念闪过，他跳出圈外喝道："法远住手！今日有人在暗中捣鬼，咱俩再斗下去也难分胜负！纵是分出胜负，也不是你我的真本事。咱们暂且罢手，一同会会这位高人！"

法远和尚亦怒道："他奶奶的，老子倒要看看是哪个……"他本想骂"是哪个兔崽子捣蛋"，一想到那人的武学眼光实在高明，不由改口道："是哪个爱管闲事的家伙，有胆量出来露两手让大和尚领教领教！"

沈飞夫妇同"西北三探"听见法远叫阵也都罢手不斗，想看那暗显神通之人是何方神圣。张去病十分好奇，亦瞪大眼睛看那暗中捣乱的人是什么模样。众人正四处张望，忽觉眼前一花，一个白衣人突然坠落院内。只见他脸色惨白，五官僵硬，唯有一双眼睛暴射寒光，看得大伙心里发毛。

玉真道长问道："尊驾是何人，为何对我峨眉派绝技如此清楚？"

白衣人冷笑一声，道："什么狗屁绝技！在白某看来，高手过招，可用千招万招，但最管用的只有一招；化解敌人的招式，也可用千式万式，但最管用的也只有一式，白某胸中包罗万象，瞧破你这点微末小技，又有何难？"

玉真道长一听此言，先是心头一定，庆幸本门绝技没被此人盗去。继而心头又一寒：心想本门绝技在此人眼里如此不足道，峨眉派还凭什么本事争雄武林？转而又气恼，心想这家伙胡吹什么大气，我倒要瞧瞧，你有甚通天本领！

张去病看见众人住手不斗，院里没了刀光剑影，想趁机回客店去。刚迈出一步，却被一把明晃晃利剑拦住，一位年轻道人喝道："小丫头不许走！"

张去病吓了一跳，问道："你，你……为什么不许我走？"年轻道人说道："兴许达摩石藏在你这小丫头身上，你乖乖待着，不许动！"

白衣人一听达摩石三字蓦然跃起，四个峨眉派道人只觉眼睛一花，那白衣人已将张去病抓在手里。四人大惊出剑疾刺向白衣人的胸、腹、臂、腿四个部位。这四人均是峨眉派二代弟子中的好手，出招异常快捷。只听"砰砰"几声闷响，四个道人飞撞到院墙上，一声未哼便气绝身亡。电光石火间白衣人一手抓住张去病，一手将四个道人击毙，众人连他用什么手法都未看清。

玉真道人又惊又怒，道："阁下与我峨眉派有何深仇大恨，竟下如此毒手？"白衣客道："哼，白某杀个把人，还要什么深仇大恨？四个不长眼睛的东西敢向我动手，该死！"说罢转头对张去病说道："小丫头，把达摩石交出来！"

张去病看见白衣人如此凶狠，吓得直摇头，说道："我，我……没有达摩石。"

玉真道长、法远和尚、沈飞夫妇、"西北三探"，七人看见白衣人向张去病索要达摩石，迅速将白衣人团团围住。白衣人目光犀利地注视张去病一瞬，似乎瞧出他没有说谎，掉头对那乡下老汉喝道："把宝物拿来！"

老汉道："拿什么？"白衣人道："达摩石！"

老汉摇头道："我老头子家里有磨刀石、拴马石、磨子石，没有什么达摩石……你不信到小老儿家里去瞧瞧……"

白衣人狞笑一声，道："嘿嘿，老东西，你敢胡言乱语欺哄白某，不要老命啦！"说时，扬起手掌要打那老汉。张去病一步跨到老汉面前挡住白衣人，央求道："大叔，这爷爷很可怜，他不敢欺瞒你，你找他要达摩石找错人了，我求求你不要打这位老爷爷！"

白衣人喝道："小丫头滚到一边去！"听见这声呵斥，张去病心怦怦直跳。但他生性倔强，虽然害怕白衣人却不让开。又央求道："这位大叔，我给你铜钱，你去另外买一块，那个达……摩石。求你别打老爷爷，好不好？"说着，从怀里掏出杜百年给他买药剩下的铜钱捧在手里递给那白衣人。

白衣人一愣，小丫头居然给他几个铜钱要他罢手，令他有些哭笑不得。心想这丫头定是老头一伙，否则怎会为这老头求情？又喝道："小丫头，再不让开，我先取你小命！"

张去病一听，吓得对那七个高手叫道："各位好汉，这人欺侮我小孩子，要打死我，你们快救救我啊！"

七人见张去病呼救大为尴尬，这白衣人武功太高，他们要想自保尚难办到，又如何救得了张去病？但峨眉派与沈飞夫妇一向行侠仗义，扶危济困，又怎能见死不救？玉真道长道："众位英雄，此人不知是正是邪，竟来抢夺达摩石，说什么咱们不能让他得逞！大伙暂罢纷争联手救这小姑娘，斗一斗这魔头！"众人应道："理当如此！"

白衣人站在七个高手包围圈内，背负双手，冷冷扫众人一眼，道："哼，你们想群殴吗？"

金彪道："我等各自向阁下讨教几招，嘿嘿，说不上什么群殴不群殴。"

法远和尚道："对对，咱们是各玩各的，陪阁下消遣消遣！"

白衣人道："好！"身形突然暴起。七人看见白衣闪动，立即从四面八方使出杀招，向白衣人作雷霆一击。哪知众人刚一出手忽然浑身打个冷战，招式稍一停滞，只听一阵"叮叮当当"响声。玉真道长只觉手臂一麻，拂尘险些飞出手掌，急忙跃出圈外。"西北三探"被白衣人点了穴道呆在场中，兵器丢了一地。"鸳鸯剑"夫妇的双剑已被那白衣客夺去，法远和尚的一只手臂已伤，衣袖被鲜血染红。玉真道长低头一看，手中的拂尘只剩下一根光秃秃的手柄，不由得倒吸一口冷气。

白衣人拿着沈飞夫妻的双剑，说道："你两人想刺瞎我双目。嘿嘿，胆子未免太大！"说着随手一抖只听"啪啪"几响，两把剑断成数截掉在地上。看见这手功夫，玉真道长暗暗吃惊，心想此人功力了得！便是我掌门师兄太真道长，也只能用内力震断一把精钢宝剑，要这么轻描淡写地震断两把宝剑却难办到！

白衣人看法远和尚一眼冷森森道："你出手撩我下阴，哼，也忒歹毒！我废你一只手臂，小示惩戒！"法远和尚不搭话，疾速出指点了断臂上几处穴道，又摸出一粒药丸吞下。

白衣人回头看了看玉真道长，说道："老道攻我后背，我只将你的拂尘毁了，却没有将它夺下。唉，我这'玉龙抓'功夫久不施展丢生了！"

七人听他这番言语，无不心下惊骇。适才众人围攻他瞬间，白衣人不仅打掉"西北三探"的兵器，将三人制住，而且夺下沈飞夫妻的双剑，伤了法远和尚的右臂，毁了玉真道长的拂尘，还将他们进攻的方位说得不差分毫！放眼武林，几人有这等修为？

白衣人又道："你们若不认输，再接我一招！"玉真道长叹一口气，说道："贫道技不如人，今日认栽。敢问阁下尊姓大名，我等好知道栽在何人手下！"

白衣人冷笑一声，说道："玉真老道心计了得，问清楚我是何人，我若夺走达摩石，日后好让天下武林人士找我夺宝是不是？……"玉真道长被揭穿心思，脸上一红。

白衣人道："来者不惧，惧者不来！要知我是何人尔等听好了！"说到此处，他一声长吟，"'白衣飘飘指声啸'！"

法远和尚一听大惊失色，颤声道："你？你？……你是魔教白衣摩尼白无极？"白衣人傲然道："不错，正是白某！"

法远和尚骇得后退两步，一幕惊心动魄的情景顿时涌上心头。十年前他行走西域，想倚仗一身少林武功在西域扬名立万。游到高昌国境内，听人说摩尼教总堂在玉泉山，便想去玉泉山找摩尼教高手比武扬威。那一日他走在道上，遇见一伙大盗打劫过往客商。那伙盗贼武功不弱，片刻之间便将商队保镖打伤大半。法远和尚寻思救下些商人，他们定会在丝绸之路上为我扬名，这是立威西域的好机会。如此一想，他便纵身冲入盗贼群中使出少林"大力金刚指"，东指西打，转眼之间，几个盗贼没哼一声便统统毙命。

商人们得救，纷纷上前谢他救命之恩，送他银子，夸他武功卓绝。听见众商人夸赞，他飘飘然吹嘘道："大和尚我来西域，是来为佛祖降魔除恶。不管什么魔头，大和尚我只消一个指头便能将它降伏！"

话音刚落，忽听有人阴恻恻道："兀那少林寺和尚，凭你两手三脚猫功夫也敢到西域来胡吹大气？"

法远和尚一惊，忙回头看那说话之人，只见白影闪动，那人已转到他身后。他急速转身，那人又转到他身后，犹似他的影子一般。他一连转了几转见不到那人，不禁大怒反手一指戳出。只听"嗤"的一声，那人也戳出一指，两股指力一撞，他浑身打个寒噤，身子被撞倒在沙丘上晕了过去。蒙眬中，听见那人一声长吟："白衣飘飘指声啸！"

等到商人们将他唤醒时，那人已不见踪影。他只觉手指关节异常炙痛，力道尽失，十多年练成的'大力金刚指'竟然被那人废了！他又惊又怕，想起那"白衣飘飘指声啸"之语，忙向商队保镖打听是何意。

一位年老保镖说道："大师有所不知，'白衣飘飘指声啸'是一句隐语，指的是魔教的白衣摩尼白无极。白衣是指他的装束，飘飘指他轻功卓绝，指声啸是指他的'极乐指'神功。听说那'极乐指'阴毒霸道，凡中指之人轻则武功尽废，重则周身血脉俱毁而亡，大师能保往性命实在是菩萨保佑！"

听了这番话，他想找魔教高手比武的念头顿时烟消云散，他连白无极的容貌尚未看清便被废了一门武功，倘若白无极要取他性命，岂不是易如反掌？栽了这个大跟头，他立誓要重返回内地寻找达摩石，练成石上神功再找白无极报仇雪恨。此次潜回中原不料冤家路窄，偏偏在此碰见白无极，怎不叫他惊惧万分？

白无极道："红鼻子和尚，十年前我废了你的'大力金刚指'功夫。今日你还敢再向白某出手。哼哼，你在找死！"

法远和尚道："老子技不如人败在你手下，终生难忘。今日要杀要剐，悉听尊便！"玉真道长听见二人对答，自个儿喃喃道："怪不得我们七人一败涂地，原来是栽在这魔头手下！"

玉真道长曾听师父紫云真人说过，西域高昌国有一个从波斯传来的摩尼教。教中人以日月为神，不食荤腥，行事怪僻。其教主武功深不可测，还有四个大摩尼个个武功高深。只因他们不到中土走动，中土武林皆不知他们的功夫究竟如何。今日见白无极，果然武功高得出奇。想到此处，玉真道长心里忽然闪过一个念头：那魔教高手几百年不到中土，今日为何前来夺取达摩石？莫非魔教对我中土武林有什么阴谋？

玉真道长正暗自心惊，忽见白衣人闪身向那老汉扑去。七个高手怕他从老汉身上夺走达摩石，一齐跃上前去阻拦。哪知七人刚一动作，白衣人犹如一道电光蹿入他们中间，众人只觉身上穴位一麻，顿时动弹不得。这下变故来得太快，谁也没想到白衣人扑向老汉是声东击西骗他们上当。纵是如此，此人身法快如鬼魅，认穴之准，出手之快，实在匪夷所思！

白无极制住七人，对老汉说道："老头，瞧见厉害吗？他们皆被我制住，不能动弹，你别指望他们救你，快把达摩石交出来，白某饶你不死！"

老汉瞧瞧那七人，又看白无极一眼，不屑一顾道："你在吹牛皮，我明明见那和尚还在动，没被制住！"

白无极忙回头查看，便在这瞬间，一道青影蹿入七人之中，众人只觉眼前一花，身上受制穴道被人解开了。七个高手忙环顾四周，却未见院子里有什么人到来。七人惊愕万分，不知何人将他们的穴道解开？此人身法之快，出手之准，更是惊世骇俗。七人心里升起一阵恐惧，难道大白天见到了鬼不成？

玉真道长寻思：适才闪过的是一道青影。那为我们解穴之人定是身穿青衣。他查看众人装束，除了自己穿青色道袍之外，只有那老汉穿一件青衫坐在墙角，除他之外院里再无别人穿青衣。玉真道长心想难道是他？看此人老态龙钟，形同朽木，怎么可能有如此本事为我们解穴？若不是他……那又是何人为我们解开穴道？玉真道长疑惑不解。

却见那白无极凝视老汉一瞬，缓缓说道："白某看走眼了，阁下真人不露相，功夫俊得很哪！"白无极似乎对老汉有些忌惮，不再叫他老头，改口称老汉

"阁下"。

老汉伸个懒腰，摇头道："我老头子哪会什么功夫？要说种地、打柴、捕鱼，我倒有两下子！"

白无极道："尊驾不要装了，适才院里没一丝风吹过，白某看见你身上青衫一角微微摆动，那是你收敛内息鼓荡了衣衫。那出手解穴之人不是你，还会是谁？嘿嘿，能在秦府众高手眼皮子下夺走达摩石，连人影也没让他们看清，只有尊驾这等身手方能办到！"

老汉懒懒道："你小子还算有点眼力，我这点细微破绽都让你瞧出来了，不愧是魔教高手。唉，我这刨地、赶牛的三脚猫把式在诸位面前出丑了！"

白无极道："阁下不要自谦，白某只道轻功独步天下，无人能及。不想中原武林竟有阁下这等高人！有道是对手难寻，咱们来比一比如何？"

老汉抬眼问道："比什么？"白衣人道："咱俩比轻功，看谁的身法更快！"众人一听白无极要与老汉比轻功，心中好奇，都想一睹两人轻功谁高谁低。

老汉却摇头道："我老头子久不动弹，身子骨朽了。刚才一动便闪了腰。你小子找我比轻功，嘿嘿，这不是想捡我便宜吗？"

白无极不在意老汉话中带刺，又道："尊驾莫自谦，常言道对手难寻。今日你我遇到，岂能错过？身负绝顶武功之人若没有对手比一比，一身绝顶武功还有什么趣味？犹似棋王，如无对手较量岂不是寂寞得紧？尊驾若是不比，日后恐怕要大大后悔！"玉真道长等七人心想：这魔头此言不错。绝顶高手世间罕有，且难相逢，双方遇见不比试一番实是遗憾！

七人正在寻思，突然一道白影蹿入他们之中。玉真道长、法远和尚、沈飞夫妇、"西北三探"身上穴道刚解开，还在暗自运功调匀气血，万想不到白无极会重施故技。七人急欲闪避白无极袭击，哪来得及？瞬间又被白无极点中穴道动弹不得。白无极两次制住七个高手，既是轻功卓绝，亦是诡计多端。他第一次用声东击西之计迷惑众人，一击得手；第二次用邀老农比试轻功的话头转移众人心神，出其不意攻得七人措手不及。倘若七人不是疏忽大意，他要一招把七个高手制住大是不易。

然而，就在白无极突施袭击瞬间，一道青影紧随他一闪而过，立刻又将七人穴道解开。霎时间，只见一白一青两条人影在七人中追逐，犹如两道闪电从众人身旁频频闪过。白无极出手点众人穴道，老汉随即为众人解开。他俩一点一解似乎是在同一瞬间，快得令人不可思议。

七人皆想在老汉为他们解穴瞬间，闪身躲开白无极，无奈解穴时间太短暂，气血还未恢复知觉，穴道又被白无极封住。七人难受至极，也惊恐至极，皆盼老汉轻功胜过白无极，更快些为他们解开穴道，让他们有更多时间使气血恢复正常摆脱困境。可是二人比试一会儿，轻功不分伯仲。

金彪是个粗人，气得大声嚷道："你二人要比功夫高低，尽管到房上比，到墙上比，到他娘的山上去比，为何老在我身上试手脚，整得老子好难受！"

祝豹道："金兄，你有所不知，那白无极要夺达摩石，怕我等碍他手脚，是以要制住我等。那老头要保住达摩石，望我等阻碍白无极夺石，所以要为我等解开穴道。"

众人一听恍然大悟，都觉祝豹说得有理。七人站在院里不能动弹，不由得凝目注视白无极与老汉的轻功身法。"西北三探"功力较浅，只能看见两个人影在七人之间时隐时现，看了几眼便觉得头昏眼花。沈飞夫妇比"西北三探"功力略胜一筹，勉强看得见两个人影腾挪方位的变化，想看清他们的步法却是不能。

七人之中，玉真道长和法远和尚功力最强，二人凝聚功力全神注视，才看清那白无极迈出的脚步古怪无方，却变幻奇妙，整个人仿佛不在跃动，而在地上飞快滑行，迅如电闪；而那老汉步态身法却是另一番情景，只见他两脚迈动，步法如太极图上黑白两仪顾盼相连，圆融相生，双腿跨跃时，脚下似凌虚踏云般飘逸奇幻。玉真道长和法远和尚看得呆了，要不是亲眼所见，他俩简直不相信天下有这等奇妙轻功。

他二人不知，此刻他们看到的是武林罕见的两大奇功：老汉施展的轻功名曰"蹑云步"，是几百年前道教大师白玉禅所创。道家追求成仙飞升上天之术，白玉禅故将这门轻功命名"蹑云步"，后来却失传，不为世人所知。

白无极施展的轻功叫"光明游"，据说这门轻功是中土摩尼教第一代教主风云龙所创。那摩尼教崇拜光明，风云龙便给这门功夫取名"光明游"，暗寓施展此功之人沐浴光明，功法快似光速之意。只是几百年来，摩尼教高手不涉足内地，中原武林皆未见过此门轻功。玉真道长和法远和尚虽然见识广博，却也不识这两门轻功来历。

张去病看见院里七个高手呆立不动，心想此时跑出院子不会被人误伤，便躬身钻进人群向庙门口跑去。他刚钻到沈飞夫妇身旁，只听"嘿"的一声，身子忽被人拎起扔到墙角。原来他刚巧挡住了白无极的道。就是这么一挡，白无极去势稍缓一瞬，被老汉解开穴道的七人顿时得到解脱，急忙跃到一旁躲开白无极。

奇怪的是，白无极不管七人的解脱，却两眼只盯着老汉，狠狠道："是你？哼，原来是你！"

老汉懒洋洋道："不错，是老夫，你小子认出我来，又能怎的？心里气恼是不是？"

众人不知他二人在打什么哑谜，摸不着半点头脑。但见老汉浑不把大魔头白无极放在眼里，皆不知他是何方神圣。

白无极喝道："三十年前，你潜入我教摩尼岩光明宫捣乱，盗走我教之宝，咱俩较量过一回。那次让你侥幸逃脱，不想今日你又来捣乱。这一回，你休想逃出白某掌心！"

七位高手一听"摩尼岩光明宫"六字，大吃一惊。那摩尼岩光明宫乃是西域魔教总坛，摩尼岩上高手如云，这老汉竟然一人独闯魔教总坛，还能盗走宝物脱身，真是匪夷所思！

却听老汉道："白无极，你小子也太不知天高地厚！就你这点破功夫，也敢向老夫叫阵？便是你们教主何野风在此，他也不敢对老夫口吐狂言！三十年前在摩尼岩上，你与老夫比过一回轻功。那一次你追赶我老头子被甩下很远，你小子已输给老夫一回。当时若不是你教众多高手围攻老夫一人，我焉能不教训你小子便逸下摩尼岩？"

白无极一怔，不服气道："不错，论轻功当年白某输给了你。但今非昔比，现下你已年纪老迈，功力已不如当年。白某却年壮气盛。今日谁胜谁负，嘿嘿，这很难说！"

听他二人这番对答，众人皆想三十年前摩尼岩上那场激斗是何等惊心动魄！江湖上传言魔教教主何野风武功天下无敌，还传说那左右二法王、四大摩尼、五尊者、十大长老个个功夫高深莫测。这老人敢独闯龙潭虎穴盗走宝物，竟在魔教众多高手围攻下毫发无伤，此人若无登峰造极武功，又怎能全身而退？

众人又想：这等惊天动地大事，为何武林无人知晓？心思一转忽又明白其间道理：那魔教丢失宝物未能擒住盗贼丢尽颜面，自己岂会声张？这老汉盗得宝物担心魔教追杀，自然也不会说出此事。是以武林中发生这么一桩大事被掩盖得严严实实，谁也不晓，也没什么好奇怪的了。玉真道长心头泛起一阵忧虑，心想魔教高手到中原来抢夺我武林至宝达摩石，此石若是被魔教夺去，窥破石上神功，魔教高手如虎添翼，中土武林怎是他们的对手？

却听白无极对那老汉说道："上次你与白某斗过一回，这次再斗，尊驾总得留下个名头罢！"老汉冷哼一声道："哼，你小子要我留下名头，日后好让你教魔子魔孙来死缠老夫吗？老夫不想被人打扰，不说也罢！"

白无极哼一声，又道："尊驾不留名，可否让白某一睹尊容？"老汉道："好说。不过老夫从来不做赊本买卖。白大摩尼可否揭下脸上的人皮面具，也让大伙瞧瞧你本来面目？"白无极一怔，他脸上戴着人皮面具常人难以觉察。不知怎会被老汉瞧破，心里着实吃了一惊。众人亦是十分惊讶，打从一开始谁也没有看出他二人都戴着面具。

白无极道："这有何不可？"抬手揭去脸上的人皮面具，露出一张清癯的中年人面容，宽额长脸，细目高鼻，双唇微薄，配上一身白袍，委实风流倜傥。

老汉道声："好！"将衣袖在脸上一拂，显露出一张老妇面容来。众人一愕，老农又将衣袖往上一拂，脸忽又换成一张大汉面孔。只见他连连拂动衣袖，片刻之间变出书生脸、少妇脸、姑娘脸、娃娃脸、青年脸、壮汉脸。面孔连连变换，看得众人眼花缭乱，一时间竟看呆了。

玉真道长忽然惊呼道："啊啊，凌霄老人！他是传闻中的凌霄老人！"听见这名头，众人心头大震。多年来江湖中传说，武林中有三位武功出神入化的世外高人。一位是"地藏宫主"，名号欧阳山人，另一位是子午岛主，名号南溟老人，还有一位便是白云阁主，名号凌霄老人。三位高人隐居海外，其武功连少林武当掌门人都难望其项背。只因三位老人长年隐居，神龙见首不见尾，江湖中人极少见过他们。

传闻凌霄老人身怀三大绝学：一门是绝顶轻功"蹑云步"，能驭风摘云，世所罕见；二门是"太极阴阳掌"冠绝武林，有"天下第一掌"美誉；三门是老人的易容术空前绝后，有"百变千面"之说。他云游四海常易容行走，从不以真面示人，是以人们极难见到老人真容貌。在三位世外高人当中，最数凌霄老人神秘莫测。此时，听见玉真道长叫出"凌霄老人"名号，众人皆受震撼。

却见老汉一声长笑，猛一扬头突然变出一张舒眉朗目，长须飘动的威严面孔。众人又惊得"啊呀"一声。大伙都以为这张面孔是凌霄老人的真面容，却听白无极脱口叫道："教主！"叫声惊喜交集。

众人听见白无极叫声"教主"，才知老农变出的竟然是魔教教主何野风的面孔。那何野风在外云游多年，白无极与他阔别日久，陡然看见教主尊容，情不自禁地冲口叫出声来。刚叫出口，情知上了当。凌霄老人说道："不敢当！"眨眼间又变回原来的老汉面目，带笑看着白无极。张去病看见凌霄老人百变面容，惊讶得合不拢嘴。心想这本事又稀奇又好玩，我若是学会它想变什么人，就变什么人。这么变来变去有趣得紧！

却听白无极怒道："三十年前，尊驾扮成何教主模样潜入光明宫盗走宝物，害得教内兄弟大受责罚。哼，今日白某岂能放过你！"

凌霄老人淡然道："你小子不必气恼。何教主尊容威风凛凛，才配老夫扮他一扮，若是换了旁人，比如说你小子，嘿嘿，还没资格让我扮你模样！你说什么不放过老夫，凭你那点本事，还不配在老夫面前吹大气！"

白无极气得两眼一瞪，道："你……你……"一时不知如何措辞。凌霄老人道：

"你什么？你说我盗走贵教宝物，敢问是何宝物？又有何人做证？"

白无极怒道："你……"欲言又止，显然有难言之隐。他忽然疾扑上前一指戳向凌霄老人前胸。这一指戳出真是快如迅雷。凌霄老人仿佛是张薄纸倏地飘开去。白无极连攻三指，凌霄老人皆飘然退开。白无极喝道："尊驾为何不出手？"

凌霄老人道："我老人家要看看除轻功之外，你小子还有啥本事，你尽管使出来！"

白无极见凌霄老人全不将他放在眼里，心中怒火升腾，大喝一声："叫你看看白某的能耐！"喝罢，他纵身扑向凌霄老人，脚上施展"光明游"轻功，手上使出"极乐指法"一阵狂攻。他身上白衣频闪，看得人眼花缭乱。凌霄老人瞬间化作一道青影闪来闪去，无声无息犹似幽灵。白无极疾攻四十多招，犹似在攻击一个幻影，一套"极乐指法"使完却碰不到老人的衣带一下。他心里暗自惊骇，寻思此人武功极高，他不出招便不露破绽，我便奈何不了他。他如出招才有破绽可寻，白某才有机可乘！

如此一想，他收手跳出圈外，道："尊驾轻功白某佩服！但你不出招，咱俩难分胜负，这样比斗有什么滋味？"

凌霄老人冷冷道："你小子要老夫出招吗？哼，老夫出招，只怕你接不下！看招！"说罢，他双掌画圆朝白无极推出，左右两掌推出两个圆圈。左掌圆圈由小变大，由近及远；右掌圆圈由里及外，由大变小。两个圆圈层层叠叠，挟带雄厚掌力排山倒海般向白无极撞去。白无极见老人此招一片混沌，哪有破绽可寻？他不知如何接招才是，急忙纵身跃开。老人这一招叫"混沌初开"，是"太极阴阳掌"一记妙招，看似混乱无章，实则攻防并举，毫无疏漏，暗藏种种后续杀招。白无极生性机警没敢贸然接招，才未掉入陷阱。

老人收掌道："你小子要老夫出招，怎接不下这一招？"白无极满脸尴尬，气恼道："你再出招，我未必接不下！"

凌霄老人冷笑道："嘿嘿，老夫再出招，你小子仍接不下！"说时，老人双掌一错，右掌拍出如刀削斧劈，左掌势却如软缎轻摆蓄势待发，双掌一刚一柔，一阴一阳，一快一慢，一巧一拙，极是奇特罕见。白无极一看老人双掌相辅相成，相断相续，相互顾盼，照应得天衣无缝，无一丝破绽，掌势中暗蓄厉害后着实令他无法看清。他从未见过如此奇特严谨的掌法，一时间手足无措，不敢冒失接招，又只得再次后跃开去，一脸讶异望着凌霄老人。

凌霄老人使出这第二招叫"阴阳相济"，亦是"太极阴阳掌"一记妙招。左右两掌如阴阳两仪相护，圆融互动，又暗衍种种厉害杀招，无懈可击又威力无匹。武林中流传一句话："太极阴阳，掌中之王"，夸这"太极阴阳掌"是掌中之冠。但因这套掌法失传数百年。武林中见过此掌法之人却少之又少，直到近几十年，人们才听说凌霄老人身负这门神功。

此时看见老人掌法奇妙万端，玉真道长脱口叫道："啊呀，快看，'太极阴阳掌'！传说中的天下第一掌！"法远和尚等几人一听无比好奇，忙瞪大眼睛细看老人的掌法。却见凌霄老人收掌对白无极道："白无极，老夫连出两招，你还不了手，凭你小子这点稀松平常的功夫，还敢在老夫面前口吐狂言？"

白无极一脸窘相，无言可对。他纵横江湖罕逢对手，一向对自己的武功颇为自负，今日却无法接下老人一招，这连他自己都觉得匪夷所思！适才听玉真道长夸赞老人的"太极阴阳掌"是天下第一掌，他好奇心大盛，想再看看这天下第一掌如何了得，不信自己真的接不下老人一招。遂道："阁下掌法精妙。白某想再试试，请出招罢。"

凌霄老人见他收敛狂妄，道："好，老夫再出一招，这招叫'乾坤相衍'，叫你开开眼界！"老人说时左掌托天，右掌伏地，上下双掌一前一后，时分时合，平平淡淡向白无极推去。一刹那间，白无极想出指戳向老的头、胸、腹、掌、腿，均觉不行。老人双掌飞快上下分合，前后变幻，分合变幻中，暗藏看不清的后续杀招，令他不敢出手接招，亦无法出手接招。万般无奈，他又只得闪身躲开。

玉真道长、法远和尚、沈飞夫妇、"西北三探"先前折在白无极手下，心里皆觉晦气，此时见凌霄老人出手三招，白无极竟然无法接下一招。七人不仅对"太极阴阳掌"佩服万分，更觉扬眉吐气。玉真道长笑道："沈飞伉俪，白大摩尼连别人一招也接不下，他刚才的威风哪里去了啊？"沈飞亦笑道："道长，这还用问吗，白大摩尼的威风被凌霄老人杀了呗！"金彪接嘴道："白大摩尼刚才还教训别人，贬损咱们的武功，这会儿，不知他如何评说自己的功夫啊？"

白无极不理几人讥笑，心中兀自惊惶。他除了见教主何野风有如此高的武功修为之外，还没见谁的武功如此出神入化！他寻思：老人这"太极阴阳掌"果真太精奇，竟然没有一点破绽可寻，他先出手，我便无法还招，我还从未如此狼狈过！不行，我不能让他先出招。我须先出招抢攻他，待他还招时我寻到他的破绽，才能出奇制胜！

凌霄老人似乎看出他心中的盘算，冷冷道："白无极，你莫动鬼心思，以你小子眼下这点修为，要同老夫过招，还须苦练多年！"

白无极却喝道："这也未必！"说时突然一指向凌霄老人腰间戳去。岂料他出手快，老人出掌比他更快，他的手指才戳到半途，老人右掌已抹到他胸前。他要回手隔挡已来不及，忙抬左指疾点老人手掌，哪知他左手刚动，老人右掌已劈至他手臂。危急之下为了自保，他忙纵身跳开。脚刚着地，他又纵身扑到老人面前，双指齐出闪电般戳向老人的头和小腹。可他手指才戳出数寸，猛见老人二指已插近他眼前，他大吃一惊飞身躲开，身子在空中一旋，又扑下一指迅捷无伦地戳向老人头顶。凌霄老人将头微侧，"嘿"了一声，掌却先斩至他手臂。他变招已来不及，急忙在空中翻个跟头坠落一旁。众人看见白无极快如电闪雷鸣般急攻凌霄老人三招，却被老人出招后发先至，使他三招皆半途而废。白无极出手全力施为，老人应对任意挥洒，却让白无极三次遭险，二人武功修为实是悬殊！

众人却不知，此时白无极吃惊更甚，适才他使出三招极乐指：一招是"普天同乐"，二招是"其乐触触"，三招是"乐极生悲"，每招皆是厉害杀招。可是老人出手不仅比他更快，而且老人出招都能将他的杀招克制住，令他每招使到中途，便半途而废使不下去，仿佛他每招都在老人的意料之中。他抢攻不但抢不到先手，还得抽身躲避老人的攻击。他心里对老人是又佩服又恐惧。

却听凌霄老人道："白无极，老夫出招你接不下。你出招攻老夫，又攻不了，你如何同老夫比斗下去？倘是你们教主何野风在此，还可同老夫一搏。你小子嘛，嘿嘿，不屑！"

白无极坦言道："不错，尊驾武功太高，白某自愧不如。不过听说尊驾的'太极阴阳掌'号称天下第一掌，白某还未窥见全貌，想看看'太极阴阳掌'如何了得，长点见识。不知尊驾肯否？"

凌霄老人叹道："'太极阴阳掌'淹没太久，如明珠投暗，世人皆未见过它全貌，老夫亦觉可惜！你想看'太极阴阳掌'，好，老夫就演示几招，让你看看它有何神奇，比之你教武功又如何，你出招罢！"

白无极道声"好，在下领教！"纵身一指直取凌霄老人咽喉。老人一拂衣袖将白无极手指荡开。指风荡过，众人打个寒噤不由后退几步。张去病站在原地观看却浑然不觉。白无极与凌霄老人看张去病一眼，都"咦"了一声，不知这小丫头为何受得住"极乐指"的寒气。

这一次白无极出手招招直取老人身上要害，手指尖频频激射寒气，攻势凌厉惊人。凌霄老人任他进攻，不再出招克制他的攻击，只是随意出手化解他的攻势。玉真道长等七人目不转睛地细看白无极和凌霄老人的攻防变化。只见"极乐指"集快、奇、巧、狠于一体，指力霸道至极。而"太极阴阳掌"却是左掌正大平和凝重守拙；右掌飘忽不定机变百出。两掌宛如太极两仪阴阳互补，刚柔相济，巧拙相辅，快慢相生。白无极快攻二十多招，无论他出指多快，招式变化多妙，总被老人那刚柔并举，巧拙兼济的双掌克制住，令他大处下风。

斗了二十几招，白无极越斗越惊慌：他分明感到手指同老人手掌一接触，总被对方掌上一股极强内力粘住，令他收指吃力，指法窒滞，功力顿减。有时他一指戳去，老掌上又生出一股刚猛掌力将他的阴寒指力反弹回来，险些反伤自己，令他斗得胆战心惊。

白无极却不知，凌霄老人的"太极阴阳掌"以"太玄神功"内力为根基，运用太极两仪化出阴阳二掌，衍生四相，迭变八卦，是以阴阳两掌能使出两种截然不同的内力和掌法。阳掌异常刚猛，掌上内力能将对手力道加倍反弹回去震伤敌人。阴掌的内力绵软如热粘胶，能生出极大黏力耗去对手功力，令对手内力不继。阴阳二掌还可以两手互变，时而左掌为阴，右掌为阳；时而左掌为阳，右掌为阴；时而是前掌为阳，后掌为阴；时而是单掌为阳，双掌为阴。双掌阴阳互补，刚柔互济，快慢互辅，动静互制，忽阳忽阴变化万端，委实叫人防不胜防，难以应对，故被称为天下第一掌。

白无极见"太极阴阳掌"不仅掌法厉害，而且内力更难敌。寻思再斗下去，今日非但夺不到达摩石，自己还要栽在老人手下。只有剑走偏锋出险招，才能摆脱眼下危境。心念闪过，忽见凌霄老人一掌拍来，他变指为掌接住老人这一掌攻击，被震得退后几步。凌霄老人第二掌拍来，他突然闪到一旁抓起张去病去挡凌霄老人的手掌。这一下兔起鹘落，凌霄老人万没想到白无极会如此卑鄙出招，他恐伤着张去病忙撤掌力后跃。人未站稳，白无极已将张去病抛到他面前。老人忙伸手接住张去病。电光石火一瞬间，白无极扑上前一指戳在老人手臂上。老人抱着张去病闪到一旁，身子一晃靠在院墙上。

这下变故来得太快，众人惊呼一声，纷纷跃上前袭击白无极后背逼他回身自救。白无极却不回头，反手拍、打、点、拿，尽将七人的攻击挡开，又扑上前向凌霄老人戳出一指。却见凌霄老人亦是闪电般出手一指戳出，二指相碰，白无极猛觉头脑一震，眼冒金星，体内气血翻涌，身子站立不稳，"咚咚咚咚咚"倒退五步摔倒在地。

凌霄老人喝道："白无极，你胆子不小！敢使奸计用这丫头做盾牌戳老夫一指，心地险恶！老夫这一指削去你几年功力，稍加惩戒！日后再使奸伤人，撞在我手里，定取你小命！"白无极站起身来怔怔望着凌霄老人，见老人被他的"极乐指"戳中浑然无事，自己中他一指却真气难聚，内力受损。他大惊失色，心想这老人功力怎的深不见底？

凌霄老人又道："白无极，即便你戳了老夫一指，再斗下去，你必败在老夫手下！你说是不是？"

白无极坦承道："尊驾说得不错。白某在真神面前不烧假香，再斗下去白某敌不过你！"

凌霄老人又道："白无极，你来中土只为抢夺达摩石吗？"白无极道："正是为此。"

老人叹道："自古以来这块石头，人人争夺，不知害死多少英雄汉，待老夫将它毁了，免得它再祸害人！"说时，老人忽然将一个小木盒子举起。白无极和玉真道长七人皆惊呼道："万万不可！"

凌霄老人道："有何不可？这块害人石头有什么好？"众人紧紧盯着他手中木盒，生怕他一念之下将达摩石毁掉，都不敢吭声。凌霄老人又道："瞧你八人，眼巴巴望着这块破石头，将它看得比命根子重要。好，我老人家成全你们，拿去罢！"

众人只当老人说的是反话，不料话未落音，木盒已被老人抛上高空。便在同一瞬间，白无极跃起将那木盒抓在手中。玉真道长七人打出各种暗器直取他身上各处要害。白无极在空中一转身，白袍陡然大张如球将打来的暗器反弹回去。七人忙闪身躲避回弹的暗器。张去病看见七人围攻白无极，正惊心动魄，忽觉背心一麻，便晕了过去。

白无极从空中飘然落下，脚刚着地却叫声："不好，白某中计了！"他游目寻找凌霄老人，庙内哪里还有老人身影？他急忙追出庙去，玉真道长七人跟着紧追出去，见白无极身影在土坡下消失。

张去病在昏迷中，迷迷糊糊只觉身子在马背上起伏不定奔驰一阵。尔后身子又荡来荡去晃荡许久，他便什么也感觉不到了。也不知晕过去多长时间，忽听身旁有个苍老低沉的声音说道："清波，你在此小心伺侯，等这丫头醒来时，便带她来见我。"

又听一个脆亮的声音道："是，赵先生。"随即听见脚步声响动，那说话的赵先生似乎走了。过一会儿，忽听那清亮的声音在他耳畔轻唤道："姑娘醒醒，姑娘，你醒醒！"

张去病心想：这是叫我吗？心思一动睁开眼来，只见一双明亮的眼睛正望着他。他忙揉揉双眼，这才看清，一个年纪同他一般的幼童站在床前，一脸关切神色。

张去病坐起身来问道："你是谁？……我……我在何处？"小童说道："我叫清波。姑娘是在我们悬空岛上。"

张去病又道："悬空岛是什么地方……我……怎会来到这里？"清波道："悬空岛在东海上，是我们主人的居所。姑娘，你是随我们主人来的，不记得了吗？"

张去病道："你们主人？他……是谁？我怎会随他来到这里？"他竭力回想往事，依稀想起在土地庙里的遭遇，却想不出是何人将他带到此处。他正寻思，却听清波说道："姑娘，我引你去见赵先生，你问他就知道了。"张去病忙问道："赵先生是谁？"

清波道："赵先生嘛，他是我们白云阁的老管家，是他老人家叫我带你去见他的。"

张去病道："好，你带我去罢。"张去病起身下床穿上鞋子，跟着清波走出房去。两人走进一条雕花曲廊，穿过一个花园，绕过一道照壁才来到一间厅堂门前。清波站在门前说道："赵先生，那姑娘醒了，我将她带来了。"

屋里响起苍老低沉的声音，道："叫她进来罢。"张去病走进房去，只见室内四壁摆着书橱，桌上也放满书。书桌后坐着一位老者容貌清癯，浓眉长目，鼻梁挺直，胡须花白，神情肃穆，身穿一袭玄色长衫，手执书卷。

张去病心想：这赵先生莫非是一个老学究？忙上前行礼，说道："小可张去病，拜见赵先生。"赵先生说道："张姑娘醒来，想必饿了。你先吃些食物，老夫再引你去见主人。"

他说罢轻拍双掌，一个中年仆人端来几样点心放到茶几上。张去病一看，有一碟水饺，另外几碟点心，他不认得，但闻着香气扑鼻，令他馋涎欲滴，便坐到茶几旁端起水饺大吃起来。转眼工夫，他将几碟食物吃得一点不剩。望着吃剩的空碟，他不好意思地望了望赵先生，心想如此狼吞虎咽定让赵先生见笑了。赵先生却毫不在意，起身放下书卷，道："张姑娘随我来。"

张去病跟着赵先生走出白云阁大门，瞧见门外是一个岛，四面是万倾碧波。白云阁建在半山腰，楼阁掩映在绿树林中。岛上怪石高耸，海风吹来挟带着一股海水腥味。赵先生领着张去病走上一条小道拾级而上。他缓缓迈步登石阶，步态如轻云飘动层层上升。张去病跟在他后头一路小跑，才勉强跟上。二人登上几十级石阶，转过三道弯才登上小岛顶峰。赵先生走到一块巨石前轻扣几下，那巨石慢慢往两旁分开，露出一个门洞来。洞口站着一个小童。

赵先生对那小童道："心可，我领姑娘来见主人。"

小童心可道："主人在乾坤室打坐，请随我来。"

赵先生道："张姑娘，去见主人吧。"说时牵着张去病走进洞内。

洞道内两旁石壁上点着长明灯，路径清晰可见。张去病一边走一边寻思：这白云阁的主人是谁？为啥他不住房子，要住在这岩洞里？三人行出数丈，小径尽头出现一个石厅，四周有数间石室。心可将张去病领到一间石室前，门上有"云海洞天"四个大字。心可对张去病说道："姑娘请进。"张去病站在门口有些畏怯，不敢进室内去。忽听室内一个慈祥声音说道："孩子，进来罢。"

赵先生轻轻推一下张去病，道："张姑娘，主人在唤你，快进去。"张去病道："是。"他大着胆子走进室里，顿觉眼前一亮。只见室内挂着一盏大灯，石室宽敞明亮。石墙上挂满字画，两旁古玩架上摆着各种精美物件，书案上放着一把七弦古琴，案头上有小香炉，青烟袅袅，室内却没有人。他再看，室里还有一内室，门上挂着软帘，便掀开帘子进去。室内却空无一物，唯有一张白玉石床，上面坐着一位老人。只见那老人长须齐胸，面如冠玉，须发银白。

张去病忙走上前躬身行礼，道："参见老爷爷。"老人点下头问道："孩子，你叫啥名字？"张去病一听这声音觉得耳熟，蓦然想起那凌霄老人的声音，忙答道："我叫张去病。哦，老爷爷，我想起来了，你是凌霄老人！"

老人和颜悦色道："小娃娃蛮机灵！你说说，你怎知我是凌霄老人？"

张去病道："凌霄老人说话声音很好听，老爷爷声音同他的声音一模一样，我便猜到你是凌霄老人。"

老人笑道："猜得不错，爷爷便是凌霄老人。"张去病忙跪下道："谢谢老爷爷在庙里救我！"

凌霄老人笑道："小娃娃不用谢。你在庙里送卤鸡给我吃，又向白无极求情别伤害我，我还没谢你呢。起来罢。"张去病站起身来，凌霄老人端详张去病一会儿，问道："小娃儿，你练过何种武功？"

张去病摇摇头道："老爷爷，我没练过功夫。"凌霄老人诧异道："你没练过武功？那日在土地庙，你为何能经受得住白无极的'极乐指'寒气？"张去病奇怪道："什么寒气？我不知道……庙里没有寒气啊！"忽然间，老人一跃而起凌空抓住张去病手腕一握，又落回石床上坐下。这一握脉老人已探明，张去病体内没有半点内力。自语道："这可奇了！一个没有内力的孩子怎经受得住'极乐指'那阴毒寒气？这……是怎么回事？"

看见凌霄老人纳闷，张去病也莫名其妙。忽然间，他想起为杜百年买药治伤之事，忙问道："老爷爷，你可看见我的药包？"凌霄老人道："看见了，那是一包疗伤药。孩子，那药是给谁买的？"

张去病道："老爷爷，那药是给杜伯伯买的。"凌霄老人问道："杜伯伯？他是谁？"

张去病叫杜百年"老伯伯"，却不知杜百年是什么人。听老人这么一问，他愣了一愣，说道："杜伯伯是我的救命恩人。"凌霄老人笑笑，又问："那杜伯伯叫什么名字？"

张去病摇摇头道："我不知道。哦，老爷爷，杜伯伯家好像住在贺兰山，他曾说要送我们一家人到贺兰山去。"凌霄老人一听似乎想起些什么，又问道："孩子，那杜伯伯长什么模样？"张去病将杜百年的容貌讲了一番。

凌霄老人听罢，笑道："哈，我道是谁，原来是杜百年这小子。"张去病道："老爷爷，你认得杜伯伯？"

凌霄老人道："老夫与他师父六合居士相识，认得杜百年这小子……不过，当年老夫看见他时，这小子不过二十来岁。一晃三十多年过去，他也年过五十了，难怪你叫他杜伯伯。"又问道："杜百年因何救你性命？"

张去病两眼一红，含泪道："那大坏蛋秦桧派贼人来杀我家人，贼人要将我摔死，是杜伯伯将我从贼人手里救走。"凌霄老人一听，忙问道："孩子，那秦桧为何要害你全家？你慢慢说给老夫听听。"

张去病寻思：我一家血海深仇能否告诉这位老爷爷？离开岳家庄短短几日，几经变故，他警惕许多。转念一想那日在土地庙里听"西北三探"说，老爷爷从秦桧奸贼府里夺走达摩石，老爷爷定是恨秦桧之人，我把实情告诉他料也无妨。

如此想罢，他将杜百年忽然来到岳家庄，告知他外公岳飞、舅舅岳云及父亲张宪被秦桧杀害之事；杜百年如何护送他全家人出亡避害，途中怎样与官兵相遇，杜百年如何负伤救他；二人如何脱险来到小镇住店，杜百年叫他上街买药，他又如何尾随小狗进了土地庙。讲着讲着，他声泪俱下痛哭起来。不料凌霄老人听罢却喜上眉梢，连连说道："好，好，好！"

听见凌霄老人一连说三个"好"字，张去病不禁气恼，问道："老爷爷，我家遭此大难，你为何高兴，为何说好？"凌霄老人呵呵笑道："好孩子莫生气，老夫并非幸灾乐祸。听说你是忠良之后，老夫高兴得紧！"老人凝视张去病一会儿，忽然摇头又叹道："可惜，可惜。"

张去病不明白，凌霄老人为何连说两声"可惜"，便问道："老爷爷，你说什么可惜？"老人仰面望着洞室穹顶，兀自出神一会儿，叹道："唉，老夫可惜你是个丫头，不是个小子！"张去病忙道："老爷爷，我可不是丫头，我是小子！"凌霄老人一怔，忙问道："你说你是小子？你真是小子吗？"

张去病点点头，将杜百年如何为他摸骨相，说他生就仙猿骨相，为避秦桧爪牙，将他扮成女童之事说了出来。老人惊奇道："杜百年说你生就仙猿骨相？"又说道："孩子，你的骨根清奇不假，但要说是仙猿骨相，那可叫人难以相信！"

张去病道："老爷爷，我可没骗你。杜伯伯就是这么说的。"凌霄老人摇头说道："那小子八成弄错了……《鬼谷麻衣相书》上说生就仙猿骨相之人旷世罕见，千载难逢！"说时又摇了摇头。张去病道："杜伯伯他真是这么说的。他说我的尾椎骨比常人长出一截，是仙猿尾骨的体征！"

忽然间，凌霄老人一把将张去病提到石床上，急迫道："快，快让老夫看看！"说罢，也不等张去病答应便伸手在他尾椎骨处摸捏片刻，忽然双眉一掀，仰头大笑道："哈哈……杜百年那小子没弄错，你小子果然是生就仙猿骨相的奇人！好极！好极！如此良材美质让老夫遇见，老夫三生有幸！我一身绝学不仅有了传人，达摩石也遇到它真正的主人！哈哈哈哈哈哈……"

张去病见老人断定他生就仙猿骨相，也同杜百年一样欣喜若狂，弄得他一阵发愣。他年幼不知凌霄老人说"一身绝学有了传人"是何用意；更听不懂老人说"达摩石也遇到它真正的主人"又是什么意思。但他听凌霄老人称他是"良材美质"，听出是夸奖他，心里高兴，脸上露出了笑容。高兴道："老爷爷，什么是仙猿骨相？"

凌霄老人兴奋道："仙猿骨相，是指人的骨骼生得像仙猿的骨骼。"张去病一听忙低头看看自己的四肢，却看不出哪儿像仙猿的骨骼。凌霄老人接着说道："生就仙猿骨相之人，身子骨极柔、极韧；行动似仙猿一般敏捷快速；头脑对武学悟性极高，是极难得的习武奇才！那《鬼谷麻衣相书》将最适宜练武之人的骨相分为四等：第一等是仙猿骨相，第二等是狮虎骨相，第三等是灵猫骨相，第四等是鹰隼骨相。这四类骨相中，最最难得的是仙猿骨相，可以说千年难遇一人！"

张去病问道："老爷爷，为什么千年难遇一人呢？"凌霄老人道："什么原因，《鬼谷麻衣相书》没有说，老夫一时也说不清。"张去病问道："老爷爷，那杜伯伯说，生就仙猿骨相的人若是修习武功能成武林至圣，这是真的吗？"

凌霄老人满面笑容道："当然当然，那小子说得没错！只要机缘所至，生就仙猿骨相之人定能成为一代武圣！"老人说罢抚着长须望着张去病，神色万分欣喜。凌霄老人如此欣喜是因遇见张去病，可以了却他一桩极大心愿。

凌霄老人复姓东方，单名一个亮字。老人年轻时本是一介书生。他博览群书，兴趣甚广，儒、佛、道的经典，以及琴棋书画无不涉猎。不知是所学太杂，或是志趣所碍，他数年进京赶考，年年落榜。一恼之下便抛弃追求功名之念，遍游名山大川去寻仙访道。

一次听人说，唐代八仙之一的吕洞宾出生在山西王屋山下，他便去游历王屋山。王屋山本是中条山的一条支脉，山上古迹甚多。他登上王屋山顶，只见山上峰峦起伏，森林茂密，山水大有仙境神韵。他兴致勃勃地游览了唐代道观阳台宫、十方院、天坛、寥阳宫和愚公挖山处等古迹。游览游了一日，他想下山去看吕洞宾诞生村庄。走至一个景色清幽之处，他只顾饱览山光水色，不料脚下忽然踩空掉进一个洞穴里。那洞穴深二十余丈，身子着落在一个细软沙子堆上，竟然只受了些轻伤。等尘埃落定，他爬起来一看，见那洞穴不大，洞壁雪白。他望着那救命沙堆心里下诧异：这洞穴里怎会有这么多沙子？凝目看去才恍然大悟：原来沙堆是从洞顶长年脱落下的灰沙堆成。

他转念一想这洞壁是沙岩吗？伸手一摸洞壁上便簌簌掉下细沙粉尘，果然是酥松的沙岩。他又想山洞穴大都阴暗潮湿，此洞却异常干燥，这又是什么缘故？一时想不明白，他便顺着洞道走进一处洞室。微光照映之下见一位白发白须，容颜枯槁的老道盘膝打坐在蒲团上。他微微一怔，忙道："小生不慎跌入洞内，打扰道长清修，请道长恕罪！"那老道却一言不发，一动不动。他以为那老道打坐入定，没听见他道歉，又说了一遍。那老道还是不说话，也不动弹。他心下诧异，便大着胆子走近前去，只见那老道面带微笑，双目微闭，仿佛是一尊塑像。

他不敢惊动那老道，转身欲走，一回头忽然看见洞壁上有几行字。借着微光一看，只见那几行字写道："贫道乃是大唐真人白玉禅，在此坐化成仙，留下肉体法身。后世有缘之人进入此洞，便入我门下。贫道留有一部修道秘籍，放在我身后的纸匣里，赠予入我门下隔世弟子修道之用。望我弟子勤修苦练，将老君之道发扬光大！"

看罢这几行字，他心下大奇，没想到一个不小心，掉进了唐代道长白玉禅坐化的山洞里！为了寻仙访道，他读过许多道家典籍，知道这白玉禅乃是唐代道家著名的人物。他心中诧异，白玉禅道长在这洞里坐化飞升已有几百年，为何真身不腐？转念又想：是了，说不定道长坐化之时服下什么灵丹妙药，而这洞穴又异常干燥，他老人家的肉身才得以保存至今。

他没想到自己访仙求道，竟然误闯误撞成了白玉禅道长的隔世弟子，令他欣喜万分，忙跪在白玉禅道长肉身法体前，道："先师在上，受弟子东方亮一拜！"他一连磕了九个头，行罢拜师大礼才站起身来，从白玉禅身后取出纸匣打开一看，只见里面装着一本月牙色书册，上面写着《太玄心经》几个字。他翻看几页，立即被那书上记载的修道之法和绝世武功迷住，他高兴万分将经书放入怀中，又向白玉禅肉身叩了几个头，才从洞道秘口走出匆匆下了王屋山。

返家之后，他闭门苦练经书上武功。他考科举屡次不中，学武功却绝顶聪明。整整用十年时间，他将《太玄心经》上的"蹑云步法""太极阴阳掌""太玄神功""百变易容术"等诸般神功练成。此后他在江湖上行走，从不以真面目示人。除了与少林寺方丈弘无大师、武当掌门人金风道长、贺兰山六合居士等几位顶尖人物交往之外，江湖人士大多只闻他大名，从未见过他的真容。

十几年前听说六合居士与少林武当两位掌门人相约，共同寻找武林奇人传授武功之事，勾起他想收弟子传授自己绝学的心愿。他寻思自己年事已高，须找一个天质卓越之人，将白玉禅先师的神功传授给他，才不辜负先师光大道学之望。但他寻找多年，一直未找到中意之人。而今他已年近百岁，却遇见张去病这样一个旷世难求的少年，如何叫他不欣喜万分？

老人越想越高兴，对张去病说道："孩子，快跪下给老爷爷磕九个头。"张去病不知老人为何要他磕头，但自幼受到尊老敬贤的家教，便乖乖跪下心里默默数数，给凌霄老人磕足九个头才从地上爬起来。凌霄老人抚着长须笑呵呵道："孩子，你已入我门下，是老夫唯一的传世弟子。"

张去病奇道："我成了老爷爷的弟子吗？"凌霄老人笑道："你刚才向老夫磕了九个头，行了拜师大礼，便是我的弟子了。"张去病喜出望外，问道："老爷爷，我已是你的弟子了？"

老人点头道："是啊，你是老夫门下唯一的弟子！"张去病高兴道："好啊，好啊，我是老爷爷的弟子啦！"那日在土地庙，他亲眼看见凌霄老人武功出神入化。心想学了老人的武功去找秦桧报仇大有把握。可转念一想自己身患怪病，活不长久，又满脸愁云说道："老爷爷，我只怕做不成你的弟子。"

凌霄老人一愣，问道："老夫不配当你的师父吗？……嘿嘿，普天之下武功能与老夫比肩者寥寥无几！"

张去病嗫嚅道："老爷爷莫生气，不是你老人家不配做我的师父，是我身患怪病活命不久，做不成爷爷的弟子。"凌霄老人一惊，忙问张去病得了什么病。张去病将自己的怪病说了一遍，老人满面狐疑，一探手握住张去病手腕，也像杜百年那样为他把起脉来。

张去病注视老人，只见他面容时阴时晴，时而喜上眉梢，时而布满阴云。片刻后老人放开张去病的手腕，喃喃自语道："这孩子难道是患了'经脉冰火症'？"张去病忙问道："老爷爷，什么叫'经脉冰火症'？"他患怪病多年，家人请许多郎中为他医治，郎中们谁也说不清他得的是什么病。此时听见凌霄老人说是"经脉冰火症"，得知这怪病的名称，他便想知道究竟。

凌霄老人道："老夫在古墓出土铜器铭文上看到，说上古时有一本专讲武学修行的医书叫《黄帝神武经》。那书上说天生骨相怪异之人，会患上一种叫'经脉冰火症'的怪病。此病使人经脉阴阳相抗，气血运行如冰火相交。病人不惧阴寒，不怕酷热。但如不救治将耗尽血气，经脉俱毁而亡。"张去病听说"经脉冰火症"如此凶险，吓得"啊"的一声。凌霄老人说到此处，解开了心中一个疑团。恍然道："老夫明白了，那日在土地庙你能经受白无极'极乐指'阴寒之气，是因你患此怪病不惧阴寒的缘故！"

一经老人提起，张去病也恍然记起那日在土地庙，凌霄老人与白无极激斗，众高手纷纷后退去，似乎经受不起老人说的"极乐指"寒气，自己却压根儿没有感到什么寒气，想不到是因为患了这怪病的缘故。

张去病忙问道："老爷爷，那书上说这病能治好吗？"凌霄老人说道："这可不知道，那青铜器残缺不全，有些铭文丢失了，没看见治这怪病的方子……不过那《黄帝神武经》说，倘若治好这怪病，患病之人便能自行打通奇经八脉练成一身绝世神功！"

张去病失望道："老爷爷，倘若没法子治好这怪病，我只怕什么武功都学不了……"凌霄老人说道："孩子莫灰心。容老夫想想。"老人说罢，仰头凝思。老人一生不知经历了多少大风大浪，遇见多少艰难之事，早已处变不惊。但因眼前之事太过重大：张去病的生死攸关武林将来的安危。本门武功传承和发扬光大要落在此子身上。参破达摩石之秘，练成石上神功亦非此子莫属。张去病倘若夭折，这一切皆化为泡影！但要保住这孩子性命却又是个天大难题，委实让他难作决断。

老人想了片刻，脸上露出毅然神情。张去病不知老人想出什么主意，只见他抬手在石壁上敲三下，恭候在门外的赵先生与清波、心可三人闻声而入。赵先生躬身问道："主人有何吩咐？"

凌霄老人指了指张去病，说道："我给你们找了一位小主人，他叫张去病。你们来见过小主人。"三人走到张去病面前，躬身行礼，道："参见小主人。"张去病忙躬身还礼。

凌霄老人又道："你们小主人是岳飞元帅的外孙，名叫张去病。他人品端庄，心宅宽厚，禀赋超凡，将来其武德武功胜老夫百倍。你们要像侍奉老夫一样忠心侍奉他，助他成就一番大业！"赵先生三人齐声道："谨遵主人吩咐。"凌霄老人又道："这十余日之内，老夫传授你们小主人武功。没有传唤不可进室打扰我传功。眼下无事，你们退下罢。"三人齐声应诺，悄悄退出室去。

凌霄老人从怀里取出一个青花小瓶，打开瓶盖倒出几粒火红药丸放在手掌心递给张去病，说道："这是本门续命圣药'九难护心丹'，你将它服下可镇住你体内寒热气血，护住心脉，使那怪病暂不发作。"张去病接过药丸，闻到一股浓烈刺鼻香气。那药丸黄豆般大，他将药丸放进嘴里咽下肚去。

凌霄老人见他服下药丸，又说道："徒儿，老夫要将毕生绝学传授给你。在这几日你只须将我教给你的口诀、心法、招式，牢记在心。日后，你去找'还魂药王'治好怪病，再潜心勤练，不出数年必有大成！"张去病应道："是，我一定将它们牢牢记住！"

凌霄老人又道："今日，老夫先传授你本门'太玄神功'口诀与心法。你听好了：'一气化三清，无量归六合。玉清升慈云，上清御悲风，太清连喜气，太玄物皆空。万法具无量，乾坤吞吐雄……'"老人一口气念了二十四句口诀，张去病听得似懂非懂，困惑地望着凌霄老人。

凌霄老人道："这二十四句口诀是'太玄神功'的总纲。你莫管它们什么意思，只须牢牢记住便可，将来你会知晓其意。来，跟着我吟诵。"凌霄老人又吟道："一气化三清，无量归六合……"张去病放声跟着吟诵，他虽然不懂这些口诀的意思，但他的记性好得惊人，跟着老人念上一遍，几乎全部记住。念完第二遍时，已可一字不差地背诵下来。念完第三遍时已能倒背如流了。

凌霄老人听他一字不差地背诵完毕，欣喜说道："孺子可教！"然后一字一句给他讲解这些口诀深奥含义，以及每句口诀所对应人体穴位、经络、气息运行路线，又让他死记硬背下来。用了大约一个时辰，张去病依照口诀把老人指点的穴位、经络记得丝毫不差，将气息运行路线也说得一清二楚。

老人听了频频点头，夸赞张去病天资奇佳。然后又给他讲解三者的功用，再传授他运气的法门，让他背熟记在心里。待张去病熟记之后，凌霄老人叫他把口诀、穴位、气息行走路线和运气心法串连起来背几遍。又用了一个时辰工夫直至他背得滚瓜烂熟，才让他休息片刻。

张去病背完"太玄神功"口诀和心法，浑身大汗淋漓，喘息不已。问道："老爷爷，背记这门功夫怎的如此累人？"凌霄老人道："傻孩子，你已拜我为师，不许再叫爷爷，得叫我师父。"张去病道："是，师父。"

老人道："这一门'太玄神功'，是当年白玉禅道长在深山修道时所创。此功若是练至极境，你便有气吞六合、力贯八极的无上内力。但因这门内功心法繁复无比，难记难解。当年师父我花了数日方才记住，你禀赋极高能在两个时辰内全部记下，很不容易，怎么不累人？"

张去病担心问道："师父，弟子虽将您老人家传的这些口诀心法记在心里，却不理解其意，日后如何运用啊？"凌霄老人道："孩子，你问得好！这就像你在家念书一般。初时先生只是让你大声读书背书，并不给你讲解书中含义。你虽然背熟记住，却弄不懂书上意思是不是？"

张去病点头道："是啊，一点都不懂！"立时想起在家时同岳甫读书，私塾先生一手拿书，一手拿戒尺，摇头晃脑地领他们背诵《论语》。谁背错一字，先生打谁一戒尺。他天生记性极好不会背错，从未挨先生打。但岳甫背书时，他却暗中捣乱使岳甫分心背错，常挨先生的戒尺。想到此节，他暗暗好笑。

凌霄老人又道："你背的书越来越多，记在心里那些书便会互相释意，互相印证，互相疏通。待你年纪越来越大，理解力越来越强，对记在心里的书也就慢慢地理解了。眼下，你只须牢记这些口诀心法，日后勤加练习掌握这些上层武功，便会渐渐明白它们的功用。"讲到此，凌霄老人喝口茶水，续道："孩子，你学了两个时辰想必腹中已饿，先吃饭罢。"凌霄老人说时在石壁上敲两下。不一会儿，心可提着一个食盒进来将一盘鱼、一碗豆腐、两碟蔬菜和米饭摆在石床上。张去病确是又累又饿，吃下几碗饭后，实在太困便在石床上睡着了。

待他一觉醒来，见石室里的长明灯亮着，也不知外面是白天还是黑夜。只听凌霄老人说道："孩子，你把'太玄神功'口诀背上一遍，师父看你还记住多少？"

他揉揉眼睛坐起身来，睡了一觉头脑异常清醒，张口背起"太玄神功"要诀流似水，无半点遗漏之处，老人听得频频点头，捋须微笑。待张去病背完，凌霄老人说道："孩子随我来。师父带你去'太玄室'里练功。"

老人带着张去病来到另一间石室前。只见石门上镌刻着"太玄室"三个大字。老人站在石门前运起内力推移石门，只听"嘎嘎"一阵响动石门缓缓向旁移开去。张去病吃了一惊，那石门竟然是一块千斤重巨凿制成，石门下端半圆形，一边较短嵌在地上一个宽大石槽里。石槽一端略高，待他们走进石室，石门又从槽道缓缓滑回去关上。

张去病道："师父，这石门为何这般重？"凌霄老人道："那是为了防别派高手进入石室，窥窃本门武功。"张去病又问道："师父，推开这石门要用多大力气？"凌霄老人道："那推门之人须如师父一般有八十年功力，方能将这石门推开。"张去病惊得伸了伸舌头；又道："师父，你老人家有八十年功力吗？你练功的年头可比许多人岁数大得多！"老人点头笑了笑。张去病又道："师父，要是别人用炸药来炸开这门，岂不是能进来偷窥本门武功？"凌霄老人笑道："你这孩子倒有心眼。旁人若用炸药来炸门，石室里刻的武功图谱便会毁掉，那人也就盗不走本门武功了。"二人说着话，走进第一间石室内。

张去病好奇看去，只见一面光滑石壁上刻着四幅裸体人像。一幅是裸人正面打坐像，另外三幅是裸人背面像和侧面像。左右两面石壁上还刻有裸人倒立、弯腰、跳跃、曲身等各种姿式。每一幅人像身上皆画满穴位，在穴位之间绘有一条飘移的云气。在云气下方画有红色箭头，标明云气前移路线。画像一共有二十四幅。在图像上方刻有"太玄神功心经图"几个大字。

第三章　传功

凌霄老人指着画像，道："去病，这是太玄真气在人体内运行的图谱。你做各种动作时，照着图上真气前移路径，按照那云气下箭头方向，潜心运气在体内游走，仔细揣摩气息经过穴位的感觉。"老人说罢席地而坐，指点张去病依照壁上人像姿式，按图上所示云气线路做出各种动作，引导气息在全身穴位游走。在老人指点下，张去病凝神练习，悉心体会，足足用了两个多时辰，才将二十四幅图上功法练完。但他只是初步掌握了气息在体内流转的门径，对如何运用气息的一些关窍仍不甚了然，总觉气息游走到几个穴位不能交会相融。他心下不解便问道："师父，为何气息在我体内运转会受阻碍，不能汇聚到一块？"

凌霄老人道："那是因你身上任脉和督脉此时尚未打通。将来你打通了任、督二脉，体内真气自然会交融一体。眼下你不用管它，潜心记住图上功法便可。"张去病道："是。"便悉心照图练功。如此在第一石室里练了两日，待他将"太玄神功"气息运行烂熟于心，凌霄老人才将他带进第二个石室。

走进第二室内，只见石壁上绘着许多翩翩起舞之人。张去病心下疑惑：师父要教我跳舞吗？跳舞是功夫吗？这真稀奇！却听凌霄老人说道："去病，今日师父传授你本门轻功。这是一门独步天下的轻功，名叫'蹑云步'。它是数百年前师祖白玉禅为修炼飞升之术，在山谷采集天露精华，长年下深渊，跃峰巅，在高山深谷腾挪跳跃创下了这绝妙门轻功。因他老人家终身隐居山林，只求成仙不出江胡，所以世人不知有这门轻功。今日老夫把这门功夫传授给你。这轻功极难学，你须十分用心，看你能不能在一日之内将这'蹑云步'法记住。"

那日在土地庙里，张去病亲眼看见凌霄老人同白无极比轻功，老人施展开"蹑云步"真是来无影去无踪，神妙无比。此刻听说师父要传他这门功夫，他异常兴奋道："弟子一定能记住！"

凌霄老人点头赞许道："好！这'蹑云步'一共有四十九句口诀，每句口诀有八种身姿步法，对应八个方位变换，一共有三百九十二种变化，极难掌握。当年师父用了半月方才记熟。日后练成这门轻功却整整用去三年。师父叫你一日之内记熟，很是为难你了。不过师父所剩时日不多，也只能如此，你须用心听好！"张去病忙凝神聆听，只听老人吟道："层云荡胸，妙化有无。踏乾踩艮，虚实相生。跃坤走巽，方圆相济。凌云御风，机变无穷……"

张去病跟着老人吟诵，不敢有半点分心。一些拗口句子着实难记，幸亏他天生记忆超凡，学武功悟性极高才跟着背诵得下去。纵是如此也用了一个上午，他才将四十九句口诀的三百九十二种变化记住。凌霄老人闭目聆听，叫他背诵两遍，直到丝毫不差，才让人送来午饭。

二人匆匆吃罢午饭，老人道："这石壁上所绘舞蹈之人，每人施展一种'蹑云步'步法。你按照口诀依照图上人的步法练习，有不解之处问师父。"张去病道："是。"他走近前去仔细看那壁上的图画，只见四面室壁上绘的人有的在树上跳，有的在草上跳，有的在悬崖上跳，有的在雾气上跳，有的在霞光上跳，还有的在云朵上跳。再看那些人的舞姿，或走，或跑，或跳，或纵，或跃，但是无论哪一种身法皆十分奇特。迈步的方位，纵跃的姿态，转身的角度，进退的方寸，皆大异寻常。张去病按照老人传授的口诀心法，兴致勃勃地照着图上舞者的步态练习起来。

凌霄老人坐在一旁蒲团上，看见张去病有不对之处便站起身来指点，为张去病讲解某句口诀与图上舞者步法的奥妙关联，老人甚至亲自走上几步，演示图上舞者步法精妙之处，让张去病跟在他身后亦步亦趋地学。张去病用了一个下午，才将三百九十二种步态身法熟记在心。老人瞧见他学得如此神速，寻思生就仙猿骨相之人果然禀赋大异常人，不禁为自己收下这样一个罕见徒弟心喜不已。

吃晚饭时，张去病忽然想起白无极与凌霄老人在土地庙里比轻功之事。那日看见白无极与凌霄老人比轻功，他不知两人功夫谁高谁低，此时忽然想起便好奇问道："师父，咱们这门轻功胜得过白无极的轻功吗？"

凌霄老人呷了口酒，抹抹长须说道："要说轻功，那白无极的轻功也算罕见了！但若与本门轻功相比却略有不及。白无极的轻功练的是搏击之术，本门轻功练的是道家成仙飞升之术。无论是意境和神韵，本门的'蹑云步'轻功皆高于白无极的轻功。但比试轻功胜负，还要看我二人各自的内力高下，修习轻功时间长短，对轻功的悟性高低。内力是轻功的根基，内力弱者必难神速。一门轻功精妙之处能否施展出来，还要靠练功之人对轻功技法掌握和领悟有多深。师父九十多岁高龄比白无极年长三十多岁，修习本门轻功时间多他三十多年。论轻功技法，师父自然比他技高一筹。但师父九十多岁年迈力衰，白无极正值盛年，因而他的轻功差不了师父多少。至于说悟性，那白无极并不逊色，是以那日在土地庙里比试轻功，我俩难分胜负。"

张去病又问道："师父，倘若你二人一般年纪，谁胜谁负呢？"凌霄老人道："若是我俩年岁相当，那就要看谁的功夫深了。"老人吃一口菜，又道，"三十多年前，老夫独上摩尼岩，夜闯魔教光明宫。那时我六十多岁，白无极二十几岁，老夫内力比他深厚，掌握轻功之术比他高明，那次他输给了师父！"张去病顿时好奇心大盛，忙问道："师父，你怎会去那魔教的光明宫？又怎会同白无极比试功夫，说给徒儿听听！"

凌霄老人抚了抚长须，笑道："你这孩子，什么都想知道！好，师父说给你听。那一年老夫四处闲游，转悠着去了西域。听当地人说魔教新任教主何野风武功天下无敌。其手下左右二法王，四大摩尼，五尊者，十大长老个个武功盖世。此类传言老夫在中原已有耳闻，但一直没工夫去西域见识魔教武功，也不知传闻是真是假。那年去到西域忽然起念头想到魔教总堂去瞧瞧，于是我便前往玉泉山去看究竟。

"到山下时，我扮成一个黑脸大汉穿上魔教装束，混杂在魔教徒中同他们一起登上玉泉山。那玉泉山上有九峰十八台。老夫上到第一峰时天色已晚，便跟着上山教众在峰上'接引居'住宿。到晚上二更时，老夫悄然出了'接引居'，迈开'蹑云步'朝摩尼岩奔去。据说魔教总堂建在摩尼岩上。岩上建有'二宗宫''三际殿''大光明宫''长老堂'等楼宇殿堂。摩尼岩上戒备森严，四周有教众把守。我寻思魔教'大光明宫'在摩尼岩上，魔教教主何野风定住在那宫里。老夫想去看看这魔头是何等模样，武功究竟如何神乎其技。"

张去病插嘴问道："师父，你去瞧见了何野风吗？他长什么模样？很吓人，很可怕吗？"凌霄老人笑道："傻孩子。你以为他生有三头六臂吗，模样可怕吗？"张去病点头说道："是啊，要不然，他的本事为什么比谁都大呢？我想那何野风的样子一定很吓人的！"又问道，"师父后来呢？"

凌霄老人说道："后来嘛，老夫神不知鬼不觉地登上摩尼岩。只见岩顶上有一大片平地四周长满松树。平地北面有一座山峰宛如玉柱高耸在夜空中，那便是天柱峰。峰顶高立着一座石屋在月夜下突兀显眼。平地南面立有一座石雕牌楼，月光之下牌楼上'大光明宫'四个大字依稀可见。牌楼后面是一片黑压压的殿宇，有魔教武士在四周来回巡查。

"老夫跃上松树观望，只见峰上房屋内层按照八卦方位建造，外层按照九宫布局，路径如迷宫一般。不懂奇门遁术之人若是贸然进去便难出来，看来魔教之中确有高人。我正察看入宫路径，忽见人影一闪，一个黑衣蒙面人跃上房顶。一眨眼便消失在黑暗之中。我心下寻思：难道此人也是来夜探大光明宫的？当下便跟踪寻去。那时老夫轻功堪称天下第一，我迈开'蹑云步'追去，见那人在楼宇之间穿行毫不停顿，似乎对光明宫房屋布局十分熟悉。我跟到近前，只见他转个弯跃上一座楼阁，倒挂下房檐聆听阁中动静，从怀里取出一个竹筒轻轻戳破窗户纸，将竹筒里的迷药吹进窗去。过了一会儿，只听屋内守阁之人打了几个哈欠，'砰砰'几响都被迷倒在地。蒙面人从屋檐跳下，推开窗户纵身跃进阁内。

"我跟到窗下，只见那黑衣人按动一个机关，一壁书架缓缓移动开露出一间暗室。那人走进室内，我潜到暗室门前见他打亮火石点燃一根蜡烛。烛光燃亮照见一座面目狰狞的神像。蒙面人伸手转动那神像的眼珠，'嗒'的一声神像台座下的莲花雕饰弹开，露出一个小洞。他从洞里取出一个铁盒，打开盒盖取出两册书，在烛光下翻看几页欣喜道：'找着它啦！'

"老夫猜想，那两册书定是魔教的武功秘籍。趁那人不备，我闪身进屋去夺那人手上的书。岂料那人武功不弱，惊惶之下仍应变神速，他身子一歪躲过我拍到他后背的一掌。但他不知老夫这一掌是声东击西，当他闪身瞬间，我左手一抓抢到了一册书。但不知碰到了什么机关，楼阁上忽然铃声大作。蒙面人仓皇逃出室外，我紧追出去欲将他手中之书全部夺下，哪知追过一个拐弯处，却不见了蒙面人的踪迹。此时大光明宫内灯火忽然齐亮起来，我跃上屋脊却被一个身材高大之人拦住。月光之下，只见那人年约四十，舒眉朗目，鼻直口阔，项下青须飘动，面容甚是威严。老夫见他气宇轩昂，心想他难道便是何野风吗？"

张去病抢道："师父，他是魔教教主何野风吗？"凌霄老人道："孩子，你猜猜看？"张去病摇头道："弟子猜不着。"老人笑道："猜不着就去睡觉罢。明日起来好好学武功，师父便告诉你那人是谁。师父肚子里的武林故事多得很，只要你专心学好武功，你几天几夜都听不完！"张去病从小最喜欢听故事，听凌霄老人说肚子里有许多故事，高兴得紧，盼着第二天接着听老人讲故事，当下倒头便睡。

一觉醒来，清波端来食物。张去病吃了些食物后，盼着听师父接着讲昨天的故事，忙问道："师父，今日教我什么功夫？"老人说道："孩子，今日师父传授你一套威力奇大的神妙掌法。你跟随我来。"张去病应声道："好的！"跟着老人走进第三个石室。

进入室内，只见石壁上绘有打斗人像。其中一人身穿白衣，另一人身穿黑衣，二人拳腿击黑白分明，一招一式绘得清清楚楚。只是那白衣人伸出的双臂画得一明一暗，臂膀旁还画了一条虚线，显示手臂动作变化的方位。黑衣人和白衣人伸出的手臂，有曲有直，有高有低，攻击方位各异。张去病环顾四面石壁，上面都绘黑白两人打斗图像，一共有五十四幅壁画。便问道："师父，石壁上是什么功夫？"

凌霄老人道："这一套掌法名叫'太极阴阳掌'，乃是本门绝学。这套掌法被武林人士称为天下第一掌！"张去病惊讶道："师父，这掌法有什么厉害之处？怎会被人称为天下第一掌？"

凌霄老人道："'太极阴阳掌'以太玄神功为根基，运两仪，衍阴阳；生四相，而化八卦；是以两掌一阴一阳发出两种不同的掌力，使出两种不同的招式。阳掌发力异常刚猛，可将对手打来的力道反震回去令敌人致伤。阴掌发力柔软至极犹如粘胶，黏性极强。对敌时阴掌能耗去对手内力，犹如釜底抽薪，可将对手内力粘耗殆尽。你一人使这套掌法，用两掌使两种内力，使两种招式，犹如变成两个人出招，而这两种内力和两种招式却又互相配合，互相照应，使这'太极阴阳掌'天衣无缝，无懈可击。是以那日白无极在老夫掌下束手无策，只得甘拜下风！"

听见阴阳二掌如此玄妙厉害，张去病惊讶得说不出话。又听老人道："阴阳二掌又可互变：可左掌为阴，右掌为阳；也可左掌为阳，右掌为阴；还可前掌为阳，后掌为阴；亦可单掌为阳，双掌为阴。两掌如此忽阴忽阳掌力变幻万端，令人极难应对，实是一门罕见的神奇掌法。现下师父将这套掌法口诀传你，你听仔细了。"只听老人吟诵道："太极初生，天地混沌。两仪分合，阴阳衍生。阳刚至大，阴柔至深。阴阳互济，刚柔相成。两仪成掌，四相对应。八卦相佐，妙招迭成。霹雳混天，和风拂春……"

张去病为赶快学会掌法听故事，振作精神，头脑里仿佛生出许多小手将凌霄老人吟诵的每一个字牢牢捉住。大约一顿饭的工夫，他便将"太极阴阳掌"口诀熟记在心。老人听他背两遍一字不错，才说道："孩子记住：学这套掌法，你以左掌为阳，右掌为阴，依照口诀照图上第一人的姿势学起。图上白衣人使的是'太极阴阳掌'的招式，黑衣人使的是武林各派武功招式，你仔细看白衣人用'太极阴阳掌'，应对那黑衣人出拳的诸般变化。每一句口诀对应一幅壁画，你细细体会师父传授给你的口诀，从头开始练习罢。"

凌霄老人说罢在旁边石凳上坐下。张去病依言去看第一幅图画"起手式"。只见白衣人左掌托天，右掌覆地，他便跟着学起来。心中默念总诀："太极初生，天地混沌。两仪分合，阴阳衍生……"说也奇怪，他一默诵这口诀，"太玄神功"意念便转动起来，立时感到双掌上有气流转动。他一怔忙问道："师父，我练这起手式为何手上便有气流在动？"

凌霄老人道："这就对了。这'太极阴阳掌'好似鱼儿，那'太玄神功'好似河水，鱼儿只有在水里才能自由搏击，水里有鱼，水方才活泼灵动。你前日学了'太玄神功'，此刻再学'太极阴阳掌'，二者相逢如鱼得水，是以你的双掌会有气流动。"张去病又道："师父，倘若弟子没有先修习'太玄神功'便练'太极阴阳掌'，掌上便不会有气息流转吗？"

凌霄老人道："那便没有。不要说你没练'太玄神功'，掌上不会有气流转动。便是别派高手若以他本门内功来练'太极阴阳掌'，手上也不会有气流转动。掌上若无气流转动，别派高手便练不成这'太极阴阳掌'，这是此掌不同于别派武功的奇特之处！"

张去病不解，问道："师父，这是为什么呢？"凌霄老人道："当年，你师祖白玉禅是依照'太玄神功'创下这套'太极阴阳掌'的。这六十四式掌法都以阴阳互补，刚柔相济的'太玄神功'为根基。别派内功路子或阴柔，或阳刚，其内功心法与'太极阴阳掌'内劲外化之理不符，是以别派高手无法成这套掌法。只有修习本门'太玄神功'，以'太玄真气'为根基才能将'太极阴阳掌'刚柔互济，阴阳互补，快慢互动，巧拙互掩诸般妙招练成！"

听了师父这番话，张去病方知各派内功同拳理相生相成，不可任意混淆。明白这个道理，他不再问话，专心领会"起手式"。他依照白衣人姿式左手掌心向天，右手掌心盖地，只觉双掌上气流流转越来越强。他想原来这起手式有凝聚真气之效用，并非摆摆花架子。他反复领会了然于心，才转身去学第二幅画上的招式。

那第二幅壁画，是"太极阴阳掌"第一式："道分阴阳。"只见那黑衣人一拳打向白衣人头部，白衣人不躲闪，左掌斜劈黑衣人的手臂，右掌如蛇伏击黑衣人前胸，两掌一前一后出击，掌旁边画有几条虚线，以示此招后续变化的方位。他伸出双掌跟着白衣人比画，却不知按照白衣人掌下哪一条虚线变招，一时间手掌滞迟在空中练不下去。他想问凌霄老人，转念又想什么都问师父，倘若离开师父，我如何练得会这"太极阴阳掌"？于是他不忙练习，仔细看那黑衣人出拳法去势，却发现黑衣人身旁刻有几字："少林达摩拳第十一招：'金刚伏魔杵'。"

他想原来这黑衣人使的是少林拳法。再仔细看那一招"金刚伏魔杵"，不由一惊。只见黑衣人那一拳打出，身子下挫，手肘微曲，拳头稍斜，随时可改变拳击方位。他大略一数，这一招"金刚伏魔杵"竟然隐藏着六种厉害变化。心里不由赞道："妙招！"

他再看白衣人的掌式，却见白衣人左掌斜劈黑衣人手臂，已将对手打出的明招化解。白衣人右掌伏击黑衣人前胸，四周绘有六条虚线指向"金刚伏魔杵"六记暗招，将黑衣人的暗招尽数封住。他心中一喜，寻思本门"太极阴阳掌"如此出招极是巧妙。不过这一掌是守势，没有攻势，这是为什么呢？他正纳闷，晃眼看见白衣人斜劈的左掌尖微微上挑，三条虚线分别指向黑衣人的肩、胸和肋下，他恍然大悟暗叹道："这三招后招变化藏而不露，叫黑衣人防不胜防！"

他一边赞叹，一边寻思白衣人出掌变招的先后顺序，反复琢磨这一式"道分阴阳"的诸种变化，双掌不住比画，直到弄清每一招变化的来龙去脉才收住手掌，移步去学壁画上的第二式"道出太极"。

他如此一幅一幅地学过去，用了两个多时辰才将石壁上五十四幅图掌式学完。他收住手掌，浑身是汗问道："师父，'太极阴阳掌'有六十四句口诀，这壁上却只有五十四幅招式图，弟子还有十句口诀的招式没学哩！"

凌霄老人抚摸着长须，呵呵笑道："好了，好了。你先歇一会儿再学。"适才老人在一旁看张去病练掌，见他并非是依照葫芦画瓢，而是一招一式用心思索，不厌其烦反复比画，直到弄清楚一招一式复杂变化方才罢休。老人心想："太极阴阳掌"每一式变化繁复，便是武林高手，也很难在三个时辰内弄清这五十四式诸多变化。此子毫无武功根基，居然能将这五十四式"太极阴阳掌"练得大致不差，生就仙猿骨相之人果然禀赋天纵！

凌霄老人心中暗赞，满面笑容道："好孩子，你到师父面前来。"张去病走到老人面前，老人握住张去病左手，一股真气缓缓注入张去病体内。张去病只觉一股热气在身上游走顿感精神大振，不再疲劳。老人放开张去病的手，问道："孩子，还累不累？"张去病摇头道："不累了。"老人又道："好！你照着壁上图画，再将'太极阴阳掌'打一遍！"张去病不敢违命，又从头到尾打一遍。打完后忙问道："师父，我打得对吗？"

凌霄老人点头道："孩子，眼下你才入门，掌握运用这套掌法还差得远！来，你看师父给你演示一遍。"老人摆出一个起手式，嘴里念出"太极阴阳掌"招式名称，随即演示出掌动作。他左手出掌异常刚猛，大开大合；右手出掌都飘柔轻盈吞吐不定。突然间，双掌交错一划，一下仿佛变出十几只手臂攻击不同的方向，如同几个人一齐出掌一般，却又配合得天衣无缝。张去病看得眼晕，忽然省悟师父不仅演示图上的明招，而且也将虚线所画的暗招演示出来，将明招和暗招一气呵成，便令他看得目眩。

老人演示完毕，把内劲外化之法，发掌收招之道，临敌应变之理，都给张去病详细解释一通。又道："孩子，这套掌法有天下第一掌美誉，只因它辅以太玄神功，且变化极妙！同人打斗之时掌上内力变幻莫测，阴阳两掌互济互补，无一点破绽，令对手无懈可击，咱们便立于不败之地！"张去病道："师父，若是对手武功比咱高强，我如何用'太极阴阳掌'胜他呢？"

凌霄老人赞许道："好孩子，你练功肯动心思，将来前途无量！若论掌法，"太极阴阳掌"无懈可击，哪怕对手武功修为比你高强，他都无法在招式上胜你。若论内力，你内力如不及对手，你要想胜他，出掌要因人而异：倘若对手内力比你雄厚，又是阳刚一类。他一拳打来，你可用阴掌发出黏力，让他拳头犹如打在粘胶上，收拳费劲耗功，他每打一拳便会大耗内力。久斗下去，对手便会耗尽内力败在你的手下。"

张去病插嘴道:"师父,若是对手阴柔内力强于我呢,我当如何应敌?"凌霄老人道:"你便用阳掌克制他。阳掌力刚猛,能将对手的阴柔内力加倍反弹回去,使敌人伤着自己。他每打你一拳要提防反弹回来的内力,武功便大打了折扣,你要胜他也就不难了。"张去病又道:"师父,倘若是两个武功比我高的人,合力攻我呢?我怎么办?"

凌霄老人笑道:"你这孩子,若是别人武功比你高,一人对付你足够了,又何须二人同上?不过何事都有例外。倘是这样,你便可不断变幻阴掌和阳掌的掌力,令两个对手防不胜防,可寻机取胜。"

老人又道:"去病,此时你年纪还小。师父给你说这些,你还体会不了。日后你勤练太玄神功,医治好怪病打通了任、督二脉,在实战中方能知道这'太极阴阳掌'的诸般奥妙……你照着壁图,再练几式给师父看看。"张去病依照老人指点再练习前面三式。他凝神细观这三式明招与暗招的诸般变化,试着将它们连成一气。忽然觉得一式掌法衍生出十几招变化却又浑然如一招,实在是奇妙无比!他被这套掌法迷住,越练越痴迷,嘴里连声赞道:"好掌法,好掌法!"他不知停歇,一遍接着一遍地练,练得浑身大汗淋漓亦毫不觉察。

凌霄老人在旁边越看越惊讶,没想到张去病小小年岁不仅记性超凡,且悟性惊人,竟然能悟到"太极阴阳掌"的复繁变化。老人寻思此子武学悟性如此超群,他成年后怎的了得?看见张去病衣衫汗湿,老人怕他体力不支,忙叫他停下来。听见老人叫停,张去病收住手掌,忽然感觉很累一屁股坐在地上。凌霄老人上前为张去病擦去额头上的汗水,心想:待老夫再考一考这孩子,便问道:"去病,这套掌法的口诀一共有多少招?"张去病冲口答道:"六十四招!"凌霄老人又道:"你说说,师父先前给你演示了多少招?"张去病道:"师父先前演示了五十四招。"老人点头说道:"不错。师父再问你,学这套掌法有何难处?"

张去病答道:"一心二用!"这对答如武学行家一般。凌霄老人更是惊喜。转念又想这孩子小小年纪竟有如此眼力,将造化无限。本门武功一定会在他手里大放异彩。想到此处,凌霄老人又问道:"去病,你能否一心二用?"张去病道:"能。刚才我一心记住师父教的每一招动作与名称,一心记'太玄神功'口诀的真气运行途径;我能一心使出左掌的招式变化,同时一心记右掌的招式变化,两不误!"

老人听了有些不信。他当年学这套掌法,一心二用着实将他难住,有时他一日才学成两掌,最快时,一日也才学到三四掌。他难以相信在这短短两个多时辰,张去病便能将五十四掌动作全都记住。当下说道:"那么师父考考你,我随便叫出一招名称,你做出动作给师父瞧瞧。"张去病道:"师父请说。"凌霄老人道:"逆转生死！"张去病答道："第三十四招。"随即做出这一招的左右两掌动作。待他做完动作，老人又道："倒转山河！"张去病道："二十八招。"又将这一招的两掌动作演示出来。老人接着叫道："日月双悬、天地易位、乾坤交错！"这几招动作复繁，方位多变，极是难记。只听张去病答道："十五招、四十三招、五十一招！"答毕将这三招的动作逐一做出，动作虽不精准，却也大致不差。

凌霄老人连声说道："奇了，奇了！"遂又叹道，"孩子，你要早生几十年那该多好！"张去病奇怪道："师父，那有什么好？"凌霄老人道："你早生几十年，以你的天资学习本门功夫，一定能达到登峰造极之境，比老夫强过百倍！那么老夫拜你为师，我的武功修为一定比眼下高明得多了。唉！可惜，可惜，老夫早生几十年没有这个福分了！"

张去病心想我师父痴迷武功，竟会生出这般古怪想法。又听凌霄老人说道："这套'太极阴阳掌'的神妙之处，是两仪阴阳变化，四相正反相动，八卦正反相辅。是以双掌使出一刚一柔，一阴一阳，一快一慢，一巧一拙，掌法奇特严谨。各派武功无论如何上乘总有破绽，皆有解可击。唯独这'太极阴阳掌'毫无破绽，无解可击！唉，只可惜老夫被天资所限，又只练成五十四掌！若是老夫禀赋更高能将最后那十掌也练成，那么师父真是打遍天下无敌手了！"张去病道："师父，你老人家为何不练成最后十掌？"

凌霄老人道："当年老夫偶遇奇缘得到本门武功秘籍，但那《太玄心经》上只有五十四掌练功图，残缺了最后十掌动作图谱。老夫想依据口诀参悟出那十掌动作，天资不逮总也悟它不出，未能将那十掌招式图绘在墙上。唉，即便是悟出那最后十掌招式，师父也没法练成！"张去病一听才知壁上缘何只有五十四幅练功图，少了十幅图。又好奇问道："师父，那最后十掌有何神奇，为啥你也难练成？"

凌霄老人道："据《太玄心经》上说那最后十掌难在，每出一掌要有第九层'太玄神功'内力配合，还要辅以'蹑云步'最上乘轻功，让内力、掌法、轻功三者宛若天成，最后十掌的威力方能天下无匹！若是其中一门功夫不能达到巅峰之境，最后这十掌便练不成！师父因天资所限，只将'太玄神功'练到第八层便再无进展，即便悟出最后十掌动作，师父也练不成它。"

张去病听说最后十掌如此难练，又如此厉害，好生神往。又听凌霄老人叹道："老夫一生的最大憾事，便是不能练成这最后十掌，未能达到本门武功极境！去病，你天资极高，悟性绝佳，日后有望把这十掌练成。你一定要苦下功夫依据那十掌口诀悟出招试动作，练全这六十四招'太极阴阳掌'，将本门武功光大天下！"张去病点头应诺，眼睛却期待地望着老人。凌霄老人会意笑道："想听晚上没讲完的故事吗？"张去病使劲点头。

凌霄老人问道："昨晚上，师父说到哪里了？"张去病忙道："师父，你说到一个身材高大的人，挡住了你老人家的去路。"老人道："不错，是讲到此处。老夫一看那人气宇不凡，料想此人在魔教一定大有身份。只听那人道：'阁下潜入我大光明宫盗走宝物，这就想走吗？'

"老夫不答话，一掌朝他胸前拍去。我料定此人身负上乘武功，因此一出手就使出'太极阴阳掌'的'日月双悬'妙招。左掌横劈过去内劲刚猛，掌势如白虹贯日。右掌斜劈过去，如斜月穿云时隐时现。这两掌各暗藏二十一种精妙后招极难应对。那人一见这招'日月双悬'，'噫'的一声，显得非常惊讶。但他应变沉着，疾出左掌硬对硬接住我的左掌，右掌护在腰下蓄势待发，以应对我右掌去势的变化。他能在瞬间如此应对'日月双悬'，足见是一位武学大家。我两人对了一掌，已探知对方功力不在自己之下，我二人又出左掌连对三掌，掌掌石破天惊，同时右掌皆在虚晃进攻。老夫中途一连三招变化奇幻，他一连应对三招也是招招精奇。一瞬间，老夫与那人用左右两掌变换一十六种掌法，衍化出数十种招式激斗，精彩纷呈。

"只听四下喝声大起：'好！好！好啊！教主神功盖世！'却听那人又'噫'一声，显得更加惊讶，他似乎没料到我武功如此高深，他全力应对，竟占不到丝毫上风，令他十分惊异。我听见众人高呼'教主神功盖世'亦是暗惊：心想此人便是魔教教主何野风吗？难怪他能化解我如此难接的奇招，看来江湖上传闻他武功天下第一，并非空穴来风，其武功似乎不逊于我。"

张去病道："师父，你二人才过了十几招，你为何说他的武功不逊于你？"凌霄老人道："师父与他过招不多，但老夫突然出奇招攻击他，这叫攻其不备，他却能见机化解，不落下风，可见他的武学修为已达极至之境。"张去病急道："师父，那摩尼岩上高手众多，你快走啊！"凌霄老人道："老夫一生罕逢对手，好不容易遇上何野风这等高手，极想同他好好较量一番，印证一下老夫毕生武学修为。但我一看情形不妙，魔教众高手已将四周围住，他们人多势众。我若再不走，一世英名恐怕要折在这摩尼岩上。当下老夫说声：'何教主，他日我俩再好好切磋，老夫告辞了！'我迈开'蹑云步'疾奔而去。"

张去病追问道："师父，他们那么多人围住你，你老人家是如何走脱的？"老人道："其时魔教高手纷纷从四面上前拦截。其中有左右二法王，有四大摩尼，还有几位长老，个个武功出类拔萃。师父不想与他们交手以免被绊住难以脱身，但也想让魔教高手见识我中土武功绝学，我便踏着'蹑云步'如穿花蝴蝶在魔教高手围攻中巧妙穿行。二十几个魔教高手围攻我一人却谁也没碰到老夫一下，更不要说将我拦下。只听那魔教教主何野风高声赞道：'妙哉！天下竟有这等绝妙轻功！'"

张去病担心问道："师父，魔教高手二十几人从四面八方堵住去路，你如何冲得出去？"凌霄老人笑道："傻孩子，我冲不出去，能在此给你讲故事吗？"张去病一愣，抓了抓头笑道："师父说得对。只是弟子不知他们那么多人，为何围堵不住你一人？"老人道："他们虽然多人围堵我，但是我一动他们都跟着我动。他们一动便会露出空隙。师父迈动'蹑云步'身法比他们快，便能从他们间隙中钻出去。去病，这便是本门'蹑云步'的高妙之处！"张去病恍然道："哦，原来如此！师父，后来呢？"

凌霄老人道："后来，师父冲出众人围堵，却见一个白衣人迎面奔来。此人二十几岁年纪，轻功极俊，眨眼之间便奔到近前。魔教教主何野风叫道：'白衣摩尼快将此人截住，不可让他跑了！'那白衣人道：'属下遵命！'老夫心想：当世还没有人能将我截下，凭这年轻人要将我截住，嘿嘿，只怕他轻功还差火候！我一时童心大起想同这白衣摩尼比一比轻功。那年师父年近六十，内力和轻功都处在巅峰之境。见那白衣摩尼追近前来，我凝聚真气如疾风闪电般向天柱峰上奔去。白衣人在背后紧追不舍。我俩人一前一后风驰电掣般奔跑，后面远跟着一大群魔教高手大呼小叫，那情景煞是好看！疾奔一会儿，那白衣人渐渐被我越甩越远。"

张去病道："师父，那白衣摩尼可是白无极！"老人道："除了他，天下还有谁能同老夫比轻功？"张去病又道："后来又如何了呢？"凌霄老人笑道："后来嘛，哈哈，好孩子，你把这三天学的功夫好好温习几遍，明儿师父考考你。若是考过关了，师父再往下说。"

张去病无可奈何去到石室一角，潜心温习这几日学到的"太玄神功""蹑云步"和"太极阴阳掌"。他生怕明日考试不能过关听不成故事，记诵得特别用心。凌霄老人在旁听他背诵各种口诀，看他温习掌法和步法，脸上浮现欣慰神情。温习完毕，张去病累极，草草吃了两碗饭便呼呼大睡。

也不知睡了几个时辰，一觉醒来，睁开眼便说道："师父，快考我！"凌霄老人道："好，你将所学三门功夫口诀和招式背诵演示一遍，不得有半点差错，师父才接着给你讲昨天的故事。"张去病依照吩咐先是琅琅背诵了三门武功口诀，接着背诵"太玄真气"在身体内运转的诸多穴位，随即打了一套"太极阴阳掌"，然后脚踩"蹑云步"在室内了腾挪奔走，足足用了一个时辰才将三门武功演示完毕。

凌霄老人手持长须，注目观看张去病演示武功，见他已将三门功夫牢记在心，老人神色大悦道："去病，这几门功夫你考过关了，不过你眼下只是记熟而已，日后须勤学苦练方能大成。今日，老夫再传授你一门功夫，叫'百变易容术'。"

老人说罢走出外室，拿来几个骷髅头骨放在石床上，指着头骨给张去病讲解人头骨与面容肌肉变化的机理。待张去病听懂之后，老人又拿出一个锦袋，从袋内取出一些易容用的原料和工具，开始教张去病塑造人的面孔。学这门功夫，张去病觉得十分好玩，一上手便学得津津有味。他先试着在骷髅上塑造各类面孔，掌握要领后又对着铜镜，在自己脸上扮出男女老少不同面孔来，照来照去看得开心大笑。

凌霄老人道："去病，化装术较容易，但时间要得多。老夫再教你一种快速易容术。"说着，又拿出几副假鼻子、假眼贴、假唇贴、假下巴、假胡子、假发套，往自己脸上或戴、或粘、或贴，转眼间变出各种模样的面孔，逗得张去病哈哈大笑。凌霄老人问道："有趣吗？"

张去病道："有趣得紧！师父，那日在土地庙里，你瞬间变出多张面孔，是咋变出来的？"凌霄老人道："那是老夫精制十几张薄如蝉翼的人面皮罩在头上变出来的。这是上层易容术，老夫将制作方法传给你，日后大有用处。"张去病一听兴趣更浓，一上午都兴致勃勃学习易容术，装扮各种人物模样。老人又教他模仿各种人物走路的身姿步态，说话的声调，各地的方言，待他大致学会后方才罢休。

吃了晚饭，张去病又缠着老人讲故事，说道："师父，你与白无极比轻功，后来呢？"凌霄老人道："后来嘛，老夫跑到后山被一人挡住去路，白无极远远喊道：'金大摩尼，此人盗了我教之宝，别让他逃了！'原来，此人是四大摩尼中的一位，黑夜里未看清此人面容，只觉他身材瘦小，年纪不轻。老夫与他对了两掌，此人虽掌力沉雄，内功深厚，却被老夫第二掌震倒在地。就这么一耽搁，白无极和一位法王、两位大摩尼、三位尊者、六位长老追上前来围攻老夫。后面人声喧嚷，还有大批高手追来，情势十分险恶。老夫一面和这些人交手，一面寻看去路，见侧面山峰如一根柱子耸立在夜空下，峰壁岩石平滑如镜，峰顶上覆盖着厚厚积雪，正是摩尼岩上的天柱峰。老夫不敢恋战，双掌齐推转个圈逼退众人，便朝那天柱峰飞奔过去。我猛提一口'太玄真气'脚下迈开'蹑云步'，踏着光滑的石壁急速往上攀登，犹似凌空飞升，大有踏云升天之感。那一刻老夫将'蹑云步'的奇妙之处展现得淋漓尽致！

"登峰途中，我回头一看，白无极与摩尼教高手没有追来，只是站在峰下大声叫道：'不好啦，恶贼攀上天柱峰，闯入我教圣地，快调人来封住下山要道！'我想：难怪他们不追来，原来天柱峰是魔教禁地，他们不敢涉足。老夫不管它什么禁地，一鼓作气登上峰顶。月色下只见冰雪覆盖的峰顶上一片银白，顶上一小块平地中央耸立着一座石塔。塔顶上竖立着一个石雕火炬。那火炬用一大块殷红鸡血石雕成，仿佛是一团真火在燃烧，在月夜下显得格外诡异。石塔下有一间孤零零的石屋，门楣上刻有'圣宫'二字。我心想这石屋如此简陋，魔教为何称为它'圣宫'？难道这石屋里藏有魔教什么宝贝？

"我本想进石屋里瞧瞧，担心魔教封锁下山去路无法脱身，只得忍住好奇心转身朝天柱峰东面奔下山。借着夜色遮掩，我在魔教高手封路之前，一口气冲出下了玉泉山。"张去病听罢，松了口气，问道："师父，你夺到的那本书呢？那是一本什么书？"

凌霄老人道："师父也不知那是一本什么书。那书皮暗红色，上面画着一只雪白的苍鹰兀立山岩，双目犀利望着苍穹，旁边写有四个奇怪的字。老夫打开书一看，书里也是那种怪文字，一个字也认不得。我多次翻阅那书，总也瞧不出书中藏有什么奥秘，心想这书上文字会不会是西域当地胡人的文字呢？便找西域各国胡人来辨认，竟然没有一人认得书上古怪文字。我又寻思：那摩尼教从波斯国传入中国，莫非书上的文字是波斯国文字？我便去找一个有学问的波斯人来辨认。那波斯人翻开书一看连连摇头，说那不是波斯文，他也从来没见过这种文字。

"老夫心想此书既是魔教之物，说不定魔教之人认得书上文字。我便去掳来一个魔教之人让他辨认书面文字。岂料那人一见书上的苍鹰赶忙行跪拜大礼，我只道他认得书上的字，等他站起身，我便问他：'这是一本什么书？'那人摇头道：'不知道，小人不认识书上的字。'我说：'你别骗我，你不认得这书上的字，怎会一见此书便跪下磕头？'那人道：'小人没骗你，小人磕头，是因看见书皮上画的那雄鹰。'我不相信他说的话，追问道：'你为何看那雄鹰便要磕头？'那人道：'那雄鹰是我们创教祖师的图腾。教里规定见到这图腾如同见到创教祖师爷，须行磕头大礼。'我以为他撒谎，便点了他的'乳突穴'，令他痛得死去活来，等他受一会儿煎熬，我才为他解开穴道。我说道：'这滋味不好受罢，若是再不讲真话，老夫便取你小命！'

"那人惊恐万状道：'老侠饶命，小人确实认不得这书上的字。不过小人听说，几百年前我们创教祖师写了一部奇书，当作我教的镇教之宝。那书是用一种奇怪文字写成，除了他老人家之外，教里谁也不认得那书上的字。这传闻不知是真是假，也不知大侠手里这册书，是不是传说中的那部奇书。'我听他说话，仔细观察他神色，看他不像说谎便将他放了。我寻思：这可奇怪了！魔教创教的祖师，为何要用谁也不认得的文字写这一本谁也认不得的书呢？那一准是这书里隐藏着极大的秘密，他不想让人知道，他才会用一种谁都看不懂，只有他才看得懂的文字来写此书。如此说来，他定是为了不让别人窥见书里的秘密！我又想，魔教这位创教祖师为了保密能独创一种文字来写书，实是一个才智卓绝之士！那么，这本书里究竟隐藏着什么秘密呢？是魔教的高深武功，还是魔教什么不能见人的隐私？"

老人说到此处，从石壁上秘洞内掏出一册红色封皮的书来。张去病一看书皮上画着一只通体雪白的雄鹰。那鹰头往上扬，一双犀利金眼望天宇，双翅张开一半站在山岩上做起飞状。雄鹰身后画了一轮金色太阳，映衬得那雄鹰威风凛凛。书皮一侧有四个奇怪的黑字。

凌霄老人道："去病，此书被魔教视为至宝，书里一定隐藏着什么重大秘密，日后或许对你有大用。老夫将它放在这石洞里。记住，将来你如需要用它便在这洞里取。"老人将书放回秘洞，摸了摸张去病的头，笑道："好啦，故事讲完，去睡罢。"

翌日，张去病一觉醒来，看见凌霄老人换了一身白色道袍，头上梳个道士发髻，慈祥地望着他。张去病诧异道："师父，你老人家为何穿道士衣衫，师父是道士吗？"老人摇头道："师父虽然没有出家当道士，但你师祖白玉禅是道士。师父也算是半个道士了。"又道："去病到我面前盘腿坐下，师父有件重要之事对你说。"

张去病看到老人神情严肃，忙挪到老人面前盘腿坐下。凌霄老人道："去病，当年那六合居士根据星相卜算神卦，算定日后中土武林将有大难。师父已将独步天下的武功传授于你，日后治好身上怪病，你要刻苦练习，方能有本领匡扶武林。"张去病点头道："是，师父。"老人又道："不过仅凭本门武功，恐怕还不足以化解日后武林的浩劫。"张去病道："师父，这是为什么呢？"

凌霄老人长叹口气，道："唉，一来是国运衰微，那魔教，还有辽国、金国、西夏国的武林人士会趁机向中土武林发难；二来是四周敌国对我大宋虎视眈眈，亦会对我大宋抗敌武林人士下毒手；三来是大奸臣秦桧当道，会设奸计铲除反对他的武林人士！这三股恶力若是纠集一起图谋中土武林，你须有超群才智，高超武功方能力挽狂澜！"张去病一听不由对凌霄老人更是崇敬，心想师父见识如此高远，实是旁人难及！他不知老人年轻时熟读经史，满腹经纶。加之此时年届百岁高龄，早已对人世沧桑洞若观火。

又听老人道："因此，日后要化解武林浩劫，你还须学会达摩石上的武功。今日师父便将达摩石交给你！"张去病诧异道："师父，那日在土地庙里，你不是把达摩石扔了吗？"凌霄老人道："师父扔的那块是假的，真的达摩石仍在我手里。"张去病猛然省悟，道："那日，你是用假达摩石骗白无极吗？"凌霄老人点头道："不错，师父要让天下人知道达摩石被白无极抢去，让众人去找白无极夺石，免得江湖中人来找老夫纠缠。"张去病不解道："师父，江湖中人为啥要争夺这块石头啊？"凌霄老人道："孩子，这块达摩石可了不得！师父把这石上隐藏的秘密告诉你，你便知道为啥了！"张去病一听忙竖起耳朵聆听这惊人秘密。

凌霄老人轻咳一声，缓缓说道："相传数百年前，佛教禅宗达摩祖师和道教的天师道教主寇谦之为消弭武林浩劫，二人共同创了一门兼有佛道两家之长的武功，并将这门武功记录成册取名叫《九宫伏魔经》，可是他们却将《九宫伏魔经》秘藏起来不传给任何人。江湖上传说藏经书秘密便在这块达摩石上，谁要得到达摩石，如能窥破达摩石上秘密，便能找到那部《九宫伏魔经》练成天下无敌神功。孩子你想，武林中人哪个不想得到达摩石？"

张去病恍然道："怪不得玉真道长、法远和尚、白无极他们都拼死争夺这达摩石！师父，这么多年来，有人得到过达摩石吗？"老人道："或许有人得到过。要不然，达摩石便不会流传下来了。"张去病又道："师父，那得到达摩石的人，可练成《九宫伏魔经》上的武功？"老人摇头道："那倒没有听说过。这几百年间，还没听说有谁练成了达摩石上的神功。"张去病不解道："师父，得到达摩石的人都没练成上面的武功，那又是为什么呢？"

老人道："老夫推想：或许是那得到达摩石之人，未能参破石上隐藏的秘密，没找到那部《九宫伏魔经》。或是他们禀赋有限，无法练成经书上的武功，二者必居其一。但更多的可能，是他们没有找到《九宫伏魔经》。"张去病怀疑道："师父，这么说来，从来没人窥破达摩石上的秘密，也没人见过那部《九宫伏魔经》，你说这达摩石传闻会不会是假的？"

老人瞧张去病一眼，笑道："你这孩子倒也有些心思！……当年，老夫心中也有此疑团。为了弄明真相，我去找少林寺方丈弘无大师询问此事。弘无大师虽比我小十几岁，我二人却意气相投，私交甚深。方丈听我问询达摩石之事，便给我讲了达摩石的来龙去脉。讲完后，方丈深忧道：'东方先生，达摩石上隐藏的武功空前绝后，江湖上人人都想得到它，万万不能让它落入邪魔歪道之手。倘若魔道之人练成《九宫伏魔经》武功，武林必遭浩劫！此石关系武林安危，先生云游四海眼界极广，贫僧恳请先生找到此石将它妥善保存，将来传给有德之人！'"

张去病问道："师父，谁是东方先生？"凌霄老人莞尔道："你瞧，你瞧，师父这几日只顾传授你武功，连我姓名也忘了告诉你。师父我复姓东方，单名一个亮字。不过我这东方亮的名字在江湖上没有几个人知晓，人们大都叫我'凌霄老人'……哈哈，幸亏你问起此事，要不然老夫死了，你连你师父姓啥叫啥都不知道，咱们这一对糊涂师徒岂不叫人笑话？"笑罢，老人问道："孩子，师父刚才讲到哪里了？"张去病道："讲到弘无方丈请师父去找达摩石。"

老人道："老夫受弘无方丈之托暗中查遍各大门派，却未见一点蛛丝马迹。老夫寻思：达摩石会不会流失到番邦？于是老夫去那辽国、金国、西夏、吐蕃、高丽、安南、波斯，乃至天竺诸国探查仍无结果。后来老夫在临安城酒店里，偶然听见秦府管家秦福对人说起达摩石之事，老夫才知达摩石落到秦桧奸贼手里。我潜入秦府到处寻找，却不知秦桧将达摩石藏于何处。大年初一晚上，杜百年三人潜入秦府行刺秦桧。秦桧为了保命叫人取出达摩石作聘礼，去聘星宿海主给他当保镖，老夫才将此石夺到手。"

张去病又问道："师父，你刚才说，达摩老祖和寇谦之道长为消弭武林浩劫，一同创出兼有佛道两家之长的武功，那又是咋回事呢？"凌霄老人道："这件事，师父正想告诉你，此事只怕将来同你大有关系！"张去病听了一愣，不明白两位大师共创的武功同他有何干系。老人续道："弘无方丈讲了达摩石的来龙去脉后，拿出一个记事簿给我看，说详情都记在那簿子上。我打开那簿子，见到了几百年前武林中发生的一桩惊天动地的大事！"张去病一听有故事，兴奋问道："师父，武林中发生了什么惊天动地的大事？快说给徒儿听听！"

凌霄老人道："那是在东晋年间，江湖上出现一位奇人叫风云龙。此人武功卓绝，行事不依常理，偏偏又机智过人。那风云龙初出道时年轻气盛，自视武功超群，常去找各大门派高手比武，打败不少成名高手，但也因此结下不少仇怨。各大门派对他又恨又怕，多次密谋除掉他，却反被他施展诡计伤了不少人。

"有一年，丐帮探知风云龙在西域闯荡，便联络各派高手去追杀他。在大漠中数十位高手将风云龙围住，按江湖规矩与他单打独斗。那一场激斗异常惨烈，少林寺般若堂苦心大师与风云龙连对七掌，误中奸计身受重伤。昆仑派掌门人凤仪城大侠和崆峒派掌门人司徒空云双双战死沙丘，黑道盟主姜七敖亦不敌风云龙武功毙命在他掌下，华山派高手无言道长与他比剑，一招不慎失去左臂……但那风云龙也终于寡不敌众重伤倒地！"听到此处，张去病哼了一声，不以为然道："师父，他们那么多人轮番上场斗风云龙一个人，算什么英雄好汉啊？"

凌霄老人点头道："师父也认为那不是英雄好汉所为……不过，那风云龙武功太高，又狡计百出，各派高手为报仇只得出此下策，也就不管什么英雄不英雄了。"张去病道："风云龙一个人打败这么多高手，我倒敬他是条汉子呢！"

凌霄老人笑道："你这娃娃不愧是我徒儿，很对老夫脾胃，师父也敬他是条汉子……但你可别学他为人！此人恃力逞强，四处惹是生非，争虚名而招实祸，你万万不可学他……咱们习武之人，小而言之是为行侠仗义，扶危济困，除暴安良。大而言之是为匡扶正义！风云龙恃技斗狠乃是市井匹夫行径，并非大智大勇侠士之所为。去病，这一点你可要记住了！"张去病点头道："弟子记住了……师父，后来风云龙怎么了，他死了吗？"

凌霄老人道："风云龙倒在沙漠里奄奄一息，众人围上去正要将他乱刀分尸。忽然间狂风大作，大风刮着漫天黄沙如巨浪卷来，天昏地暗，目不见物。忽听一个胡人惊叫道：'沙暴来了，快逃命啊！'众人吓得夺路而逃。轻功差者被滚滚黄沙活埋在沙丘下。那风云龙受伤极重，众人都料定他已葬身沙海，便回中原奔走相告。各门派以为大仇得报，着实庆贺了一番。唉，后来大伙才知道，风云龙竟然被人救了！"

　　张去病奇道："师父，是谁将风云龙救了？"凌霄老人道："救他之人，便是那大喊沙暴来了的胡人。这胡人非比寻常，他是波斯摩尼教第五代教主名叫哈米尼。此人身怀波斯武功绝学，对沙漠习性了如指掌，熟知对付沙暴之法。若不是他，换了旁人，恐怕救不了风云龙的命。"张去病追问道："后来呢，师父？"

　　老人接道："后来，哈米尼将风云龙抱到一户摩尼教徒家中给他治好了伤。风云龙感激哈米尼救命大恩，竟然加入了摩尼教，跟随哈米尼去波斯国。风云龙武功卓绝，又机智过人，很快得到哈米尼重用。哈米尼把副教主之位委任给他，还传了他一身怪异波斯武功。风云龙在波斯国十年，思念故乡念头日愈浓烈。一天，他请求教主哈米尼准他回中土看望家人，得到哈米尼应允。哈米尼命他回中土创立摩尼教，可自任教主，他便潜回到中土。"张去病道："师父，风云龙从波斯回来，去找各门派报仇了没有？"凌霄老人摇头道："那倒没有……风云龙回来后只在西域一带广收门徒创建摩尼教，没找中土武林各派寻仇。传教之余，他一心精研武学。他本来武功奇高，天资过人，又得了波斯摩尼教主的武功真传，他把中土武功与波斯武功熔为一炉，撰写了一部武功秘籍取名《玄秘宝典》作为摩尼教镇教之宝。"

　　张去病高兴道："这可好，那风云龙不寻仇，武林相安无事了！"凌霄老人摇了摇头，叹口气道："傻孩子，各门派与风云龙的血仇，哪会如此轻易了结？各派得知风云龙未死，又群情激愤串联起来商量报仇之事。不过这一次，大伙虽然报仇心切，却也不敢贸然去西域魔教总堂找风云龙报仇。于是大伙商定给那风云龙下战书，邀他九月九重阳日到少林寺决斗。"张去病听到此处兴奋地睁大两眼，一眨不眨地盯着凌霄老人，静听老人往下说。

　　老人续道："重阳节那日天下英雄云集少林寺，一大片空地上黑压压聚了数千人。不少人是风云龙的仇家专程来找他报仇，大多数人却是来看热闹，想一睹这场千载难逢的比武盛会。场地上各大门派分坐三方，专为魔教之人留下一块空地。南面坐着四位前辈高人，头一位是少林寺的枯缘大师，第二位是昆仑山的南宫先生，第三位是华山的太真师太，第四位是崆峒派的空云长老。这四人名震天下，皆是难得一见的前辈高人。众人一看四位退隐高人出面压阵，兴奋异常，都巴望风云龙赶快来比武，好让大伙开开眼界！"张去病激动问道："师父，那风云龙来了吗？"

　　凌霄老人道："众人等了一上午，却不见魔教的人现身，以为风云龙不敢来比武了。待到午后，一个小沙弥忽然跑来向少林寺方丈枯缘大师禀报，说看见魔教的人上了嵩山。大伙精神为之一振纷纷往场外观望。不大一会儿，一个白衣人走进场来，他身后却没有魔教大队人马。大伙心中暗暗诧异，仔细打量来人，只见这人年近五旬，身材高大，剑眉高耸，目光如冷电，项下五缕长髯飘动，胸前白袍上绣着一个日月图案。他走到场中一站犹似渊停岳峙，一派大宗师风范。他目光徐徐扫过全场环视群雄，两眼不怒自威，场上数千人被他气势震慑，一时间竟然鸦雀无声。只听他朗声说道：'今日比武，风某来迟一步，望天下英雄见谅！'各派豪杰看见风云龙一人赴会，又喜又怒。"

张去病奇怪道："师父，风云龙一人来比武，他们只该高兴，为何又喜又怒呢？"凌霄老人道："众人喜的是风云龙一人前来自投罗网，必死无疑。怒的是他单枪匹马来比武，一人挑战中土武林，全然不把天下英雄放在眼里！去病，你想想看，不管是输是赢，他一人睥睨群雄，敢斗天下豪杰，显出他的豪气冲天，即便是他输了，天下众多豪杰斗他一人也是武林天大笑话！"张去病不解道："师父，为什么是天大笑话？"老人道："孩子你想，此次比武倘若天下英雄得胜，那叫依多取胜，为人不齿。倘若败了，各大门派还有何颜面立足江湖？这风云龙不仅豪气干云，更是心智了得，真是个顶天立地的汉子！老夫若是生在那时，定要与他交个朋友！"说到这里，老人脸上露出了英雄惜英雄的神色。张去病听得心痒，追问道："师父，后来又怎样呢？"

凌霄老人道："风云龙进场后，少林寺方丈枯缘大师迎上前去合掌施礼道：'风教主光临敝寺，老纳未克远迎，望勿见怪。'风云龙还礼道：'敢问大师法号？'方丈道：'老纳少林枯缘。'风云龙道：'原来是少林方丈大师，风某失礼了！'觉非方丈道：'风教主应邀前来同各派了结恩怨，老纳甚是钦佩。不知贵教欲派几位高手下场比武？'枯缘大师看见风云龙单身前来应战，不相信他真是一个人来少林寺，疑心魔教有高手混杂在闲人群里，故出语探问。

"风云龙道：'风某与各门派的过节全因风某一人引起，理应风某一人了结，无须我教其他人下场。'枯缘大师道：'我佛慈悲！风教主一人与各派高手比武，这个……这个……比武之法，如何商定？'风云龙还未回答，却听丐帮帮主刘铁山声若洪钟说道：'枯缘大师，大伙今日是来找风云龙报仇雪恨，不是来与这厮切磋武功，咱们不用同他讲什么江湖规矩！'人群中不少人应声道：'对，对，咱们同这厮有深仇大恨，不用同他讲什么江湖规矩，大伙并肩子上，乱刀将这魔头剁成肉酱！'

"忽听一人沙声沙气说道：'刘大帮主，众位好汉，风云龙一人前来应战，大伙若是围攻他，岂不是显得咱们无能胆怯？咱们可不能坠了侠义道的威风。依冷某之见，还是同他单打独斗为好！'众人一看，说话之人是天罡门掌门人冷兴。却听风云龙冷冷道：'诸位要单打独斗还是群殴，尽管划下道儿，风某均奉陪到底！'此语一出场上顿时响起一阵嗡嗡议论声。一些人主张单打独斗，一些人主张合力报仇，一时间众人争论不休。觉非方丈寻思瞬间，朗声道：'众位英雄：请听老纳

一言！'

"场内立刻安静下来。枯缘方丈道：'风教主艺高人胆大，执意一人与各门派高手比武，我等恭敬不如从命……不过，为了不让天下人说我们以多欺寡，老纳以为还是按江湖比武规矩单打独斗为好。'又回头对风云龙道，'我方推举出四位前辈与风教主比武较技，不知风教主意下如何？'风云龙道：'风某客随主便！'枯缘方丈道：'那好。只是老纳不知，我方若侥幸赢得一招半式，风教主当如何了断与各门派的仇怨？'风云龙冷笑一声，道：'若是风某技不如人，立即当着天下英雄自行了断……不过，倘若风某侥幸赢得一招半式，各门派又当如何？'

"觉非方丈尚未回答，忽听一个苍老的声音说：'若是我们四个老朽折在风教主手下，嘿嘿，那还有何面目面对天下英雄？我们四人也当自行了断，向天下英雄谢罪！'众人一看说话者是坐第二把椅子的南宫先生。风云龙道：'好，咱们一言为定！'"张去病急忙问道："师父，风云龙一人怎么斗得过天下英雄呢？他如此大胆行事岂不是自取灭亡吗？可听你老人家说，这风云龙无比聪明机智，他为何干这种危险至极的事呢？……师父后来呢？他们比武是谁赢了？"

凌霄老人伸手拈了拈胡须，笑道："哈哈，看你这孩子急成啥样！那都是几百年前发生的事了，你这么着急，岂不是白替古人担忧吗？你想那风云龙是何等聪明之人，他哪会做赔本生意呢？他一人敢来单刀赴会，那一定是做了万全准备的。众人见风云龙如此爽快答应，心下反倒有些不安。有人悄悄议论道：'诸位：风云龙这厮全不把大伙放在眼里，莫非有什么阴谋诡计？'另有人心忧道：'我也觉得此事有诈，风贼一贯奸猾无比，怎会一人前来自投罗网呢？其中一定另有阴谋，咱们须得小心提防才是！'"

张去病道："师父，那人说的是真的吗？风云龙有什么阴谋？"老人摇了摇头道："这一回风云龙光明磊落，没有使什么阴谋诡计，倒是众人多虑了！"张去病一听，急忙追问道："那么比武的结果呢？谁赢了？"凌霄老人叹息道："说来惭愧，中原武林四个高人竟然全都败在风云龙的掌下！"张去病惊得"啊"了一声，问道："师父，中原武林四个高人怎会输给风云龙？风云龙如此厉害，他使的是什么武功啊？"凌霄老人道："据那记事簿上记载，风云龙同四位高人比武使的是《玄秘宝典》上的武功。这门功夫兼有中土武功和波斯武功之长，厉害至极！四位高人只识中土武功，不识波斯武功，是以皆吃大亏。他们一人与风云龙交手不到二十招便都败落下来。四人皆是当年威名远播的武学宗师，万没想到惨败如斯，一个个面如死灰，当场举起手掌便要自行了断。

"便在此时，忽听一声禅音传来：'我佛慈悲！'听见这声禅唱场内数千人皆是心头一荡，四位高人的手掌竟然拍不下去。众人大感诧异，皆朝那禅音传来方向看去，只见一个僧人走进场来。那僧人正当中年，面色黝黑，高鼻深目，满腮虬髯，一副胡人相貌。但他刚才那一声佛宣却让在场之人心中一片沉静，暴戾之气顿减，显出其内功与佛法造诣皆非同小可。觉非方丈忙快步迎上前去，双掌合十道：'圣僧远来，小寺欢迎之至。请问圣僧法号作何称呼，来自何方？'

"那僧人合十道：'小僧菩提达摩，来自天竺国。一踏中土，小僧便听人说少林寺佛学博大。小僧仰慕之至，故来宝刹求法，还望少林高僧行个方便，成全小僧这一心愿！'"张去病道："师父，他便是达摩祖师吗？"老人点头道："正是。这达摩大师本在天竺国那烂坨寺精修佛法，一日见天空紫气东来，隐然有大乘气象，大师便想到中国来弘扬佛旨。他跋涉千山万水，渡海来到中土。在南海上岸后，南朝梁武帝闻讯便邀请他到宫里去叙谈建立功德之事。谁知二人话不投机，大师便渡江北上少林寺。岂料一上嵩山来，恰巧碰见四位高人要挥掌自毙。

"觉非方丈一听达摩大师来自佛祖故土，忙道：'大师来我中土弘扬佛法，少林弟子无上光荣。只是这个……唉唉，眼前之事……让大师见笑了。'达摩道：'阿弥陀佛！佛曰三世因果，六道轮回，怨憎苦果皆一念所生。小僧不揣冒昧，恳求众位施主抛弃仇怨之念，了却烦恼之根，握手言和罢！'那四位前辈高人均摇头道：'大师美意我等心领，但要我们与仇人言和却万万不能！我四人技不如这大魔头，万分愧对天下英雄，那是一定要自绝谢罪的！'四人说时又扬起手掌朝自己头顶拍下。达摩大师道：'我佛慈悲！'双掌微翻，送出一股雄浑内力将四位前辈手臂托住。四人俱惊，但知达摩大师一片好意，不便与他比拼内力，只得放下手掌。

"风云龙见达摩大师出面干预，道：'大师好功夫！失敬，失敬！……今日风某与中土武林切磋武学，大师是他国高僧不便参与。来日，风某再向大师讨教几招如何？'适才，达摩大师露了一手高深武功，风云龙知道来了强手，便想用话将达摩大师稳住，以免节外生枝。达摩大师道：'讨教二字小僧不敢当。达摩虽非中土僧人，但天下佛门是一家。今日少林寺佛门弟子有危，小僧岂能袖手旁观？小僧还望风施主发慈悲之心，与各派施主化敌为友罢。'"张去病道："师父，达摩大师菩萨心肠，那风云龙可听从达摩大师的规劝？"

凌霄老人摇头道："他哪会听劝？那风云龙一人来独斗各大门派，意在炫耀他那《玄秘宝典》的武功，威慑天下英雄，他怎会听得进达摩祖师好言相劝？但他颇为忌惮达摩大师插手，便说道：'大师要蹚这趟浑水未尝不可，只是风某与各门派的恩怨皆因印证武学高低而起。大师若用中土武学赐教，风某自当领教。'风云龙心智极高，他料知达摩大师初到中国对中土武功知之甚少，无法用中土功夫与他较量，故用这番话阻挠达摩大师出手。果然达摩大师一听此言不知如何对答。

"便在此时，忽听场外一个清亮平和的声音说道：'风教主要考较中原武学长短，何劳天竺高僧？贫道对中原武学略知一点毛皮，不揣浅陋愿与风教主切磋一二，领教阁下绝学！'众人听那声音，说话之人似在山门之外。哪知话音刚落，便见一个老道飘然进场。这老道年逾五旬，身穿浅灰色道袍，鹤发童颜，一身仙风道骨气派。场内人大都不认识这老道，不由暗自诧异：这老道是何人，竟敢前来向风云龙叫阵？风云龙亦是一愣，他才用话将达摩大师僵住，没想到半途又冒出一个管闲事的道人。他心下讶异，忙问道：'道长作何称呼？'

"老道答道：'贫道寇谦之。蜗居太室山三清宫与少林寺为邻。今日得知天下英雄在此聚会，欣逢盛事也来凑凑热闹。'场内众人一听'寇谦之'三字，心中皆是一凛。风云龙也微微一惊。"张去病道："师父，那寇谦之是什么人？为何大伙一听他的名字都吃惊呢？"

凌霄老人道："这寇谦之可大有来头！他是道教天师道的教主。长年在太室山三清宫里隐居。世上传闻他不食人间烟火，武功出神入化，是个神仙般的人物，是以众人一听他名号，皆吃惊不小。风云龙看见寇谦之走路似脚不沾地，知他武功已达化境。心想单是这天竺国的达摩和尚已很扎手，倘若这寇老道与达摩联手，事情恐怕要糟！但此时他已无退路，心里虽有些不安，脸上却不动声色说道：'原来是寇教主大驾光临，久仰久仰。道长既然有此雅兴，风某便奉陪。道长请！'

"寇谦之道：'风教主请！'两人便动起手来。"张去病高兴道："师父，这场比武一定好看得紧！"凌霄老人道："那还用说！你想想，一个是摩尼教教主，一个是天师道教主，还有一个是中土禅宗师祖，这三位教主比试神功空前绝后，自然是精彩绝伦！唉，可惜老夫晚生几百年，无缘得见那场比武，未能亲睹三位教主的神功，好生遗憾……"老人说得无限神往，张去病却听得心痒难当，忙追问："师父，他们比武谁赢了？"

老人叹道："可惜！少林寺那记事簿上记得太简略。那场比武的大致情形是：初时，寇谦之使出他的绝技'太乙乾坤掌'同风云龙过招，风云龙却使出《玄秘宝典》的'初际天罗掌'迎战，两人的掌法与功力旗鼓相当打了个平手。风云龙见不能克敌，忽然身形一变，快如鬼魅地使出'二际天罗掌'。这套掌法有中土武功和波斯武学之长，异常精奥，还有怪异内力相辅。中土武林豪杰从未见过这掌法，大伙都看不出其中的门道。

"激斗中，只见寇谦之道长一掌拍出。风云龙喝道：'来得好！'也是一掌拍出，两人手掌猛击，寇谦之只觉手掌仿佛拍在烧红的烙铁上，一股炽热内力如铁水钻入掌心，窜上手臂经脉，臂膀顿时热痛难当。道长大惊疾收手掌，暗运三清真气压下上窜的炽热内力。风云龙大喝一声，又是一掌如迅雷劈来，道长避闪不及只得出掌相对。两掌一击，道长打个寒战，一股极冷寒气钻入手心顺着经络上窜，手臂顿时冷得麻木。道长心下大骇，急忙跳出圈外。幸亏他体内三清真气深厚才将那寒凝内力压住，纵是如此他已感呼吸不畅。"

张去病奇道："师父，风云龙使的是什么功夫，竟然如此厉害？"凌霄老人道："那是《玄秘宝典》上的武功，叫'三际天罗掌'。先前那四位前辈高人与风云龙比武没过二十招便败下阵来。他们不是输在掌法、拳法、指法、腿法上，皆是输在不敌风云龙至阳至阴两种怪异内力上。"张去病不解道："师父，风云龙的内力为什么这般厉害？"

凌霄老人道："风云龙这门内功的怪异之处，是它那炽热真气能钻入对手体内，游走对方身上穴道能将对手的血气耗尽。那极寒真气倘若钻入对手体内，则游走对手身上经络能耗尽对手的精气。一般武林高手便是一种内力也抵挡不住。那日在土地庙，你瞧见七个高手围斗白无极皆一败涂地，那白无极除了轻功绝顶，指法精妙之外，玉真道人、法远和尚七人输给他，还因为经受不住他那玄阴寒气侵袭。"

张去病道："师父，白无极若是使出两种内力，你能克制它们吗？"凌霄老人道："仅是一种内力，奈何不了老夫；若是两种内力齐施，师父要克制它们也无十足把握，或许只能用阳掌内力将它们反震回去……不过据说，除了教主一人之外，魔教中没有人能练成两种内力。"张去病道："那又是为什么呢？"凌霄老人道："那是因为，一个人要练成一门极寒的玄阴内力，或练成一门极刚的纯阳内力已经是极难之事。若要把两门内力都练成，那是难于上青天！因为修炼之人既要受天赋限制，又要受摩尼教教规限制。那风云龙立下教规，只有教主才许练这两门内功，教内众人只能修炼一门。"

张去病道："师父，风云龙为何要立下这教规，他是怕别人练成两门内力吗？"凌霄老人道："这倒不全是。他立下这个教规，主要是因为修炼两门内功极其凶险，容易走火入魔使练功之人丧命，此外他只许教主练这两门内功还有一个用心，那就是使教主武功能震慑教众，压得住教内纷争。"说到此，老人叹道："老夫有时在想，一个人要练成一门至阳至刚内功，或练成一门至阴至寒内功已是极难。那风云龙究竟是何武学天人，一人竟能把两种水火不相容内力练成？想来想去总也想不明白其中奥妙，若能得那《玄秘宝典》一观，解开心中谜团，老夫死了也心满意足！"

老人感慨毕，问张去病道："去病，师父刚才讲到哪儿了？"张去病道："师父说到，风云龙使出玄阴赤阳两种内功，寇谦之道长跳出圈外呼息不畅。"老人道："对，是讲到此处。那风云龙为打败中原武林高手扬名立威，一上场便使出纯阳和玄阴两种内力。寇谦之道长不愧是一代宗师，瞬间便将气息调均问道：'风教主使的是什么功夫，竟如此厉害？'风云龙道：'风某现丑了。此乃我教《玄秘宝典》

武功……不知道长可愿就此罢手？'风云龙露了这一手功夫，原是想要寇谦之道长知难而退。

"寇谦之却说道：'高人难遇，贫道还想向风教主讨教几招！'说罢一声清啸使出他生平绝学'太虚六合掌'。只见他脚踏九宫八卦方位，双掌如太极流转层层推出，令人看得眼花缭乱。寇谦之道长这套掌法上按二十八宿衍化，下按八荒山川聚合，掌势吞吐万象，出手虚实无端，将道家游太虚之意象，探幽冥之阴柔演示得淋漓尽致，委实是世间一门至阴至柔武功。风云龙不敢怠慢，忙挥掌相对。转眼之间二人斗两百多招，各将奇妙绝招施展出来，令场内群豪看得目不转睛，心摇神驰。达摩大师、觉非方丈等高人目光犀利，看见寇谦之道长头上升起一团淡淡的白气，似有功力过耗之兆。

"原来，寇谦之道长为了避开风云龙掌上怪异内力出手多有顾忌，既要运功护体，又要出掌克敌，功力消耗甚巨。他那'太虚六合掌'的威力只能发挥出七八成。达摩大师等人看出时间一长，寇谦之道长难免败落。见此情景，达摩大师迈步上前说道：'色即空，空即色，中土天竺本无相。风教主武功高绝，令小僧大开眼界。小僧也向风施主讨教几招！'达摩大师说罢，大袖一拂一连拍出三掌。每拍出一掌力道刚猛无匹，隐然伴有雷声滚动，令众人心下惊讶。"张去病听了不解，忙问道："师父，达摩大师出掌打斗，怎会有雷声呢？"

老人道："达摩大师使的是天竺武功'雷音掌'。这路掌法暗含禅宗棒喝去除世人贪嗔痴之意蕴，加之大师内力浑厚出手快极，故掌声恍如雷声。"张去病点头道："哦，原来如此。"

凌霄老人又道："达摩大师连拍三掌逼得风云龙后退三步，场内顿时攻守易势。达摩大师的'雷音掌'一掌紧接一掌拍出，掌势如江河奔流。寇谦之施展'太虚六合掌'似春蚕抽丝连绵不断。这一刚一柔，一阴一阳两套掌法合璧威力奇大。转眼间风云龙便落了下风。场上群豪看得喜上眉梢，都料定风云龙必败无疑！

"哪知风云龙长笑一声，道：'风某今日幸会两位高人，实乃生平大幸事！哈哈，痛快！痛快！'忽然间他身形一晃，掌法大变，东一掌，西一掌，出招杂乱无章颠三倒四，如同一个不会武功之人胡乱出手，令场上群豪看得莫名其妙。过得一会儿，群豪才慢慢看出，不知怎的他这套掌法，却让寇谦之道长和达摩大师缚手缚脚，转而落了劣势。两位大师面色越来越凝重，出手越来越缓，时而小心翼翼，时而迟疑不决，那情形如同两只老虎围着一只刺猬团团转却无从下口。"

张去病问道："师父，这一回，风云龙使出什么高深武功，竟将两位大师都难住了？"凌霄老人道："当时谁也不知那是什么武功，只觉得他那掌法大悖常理，全然不可理喻。若干年后，人们才从魔教之人的口中得知那门功夫叫'三际天罗掌'，是《玄秘宝典》上排名第二的上层武功。"张去病道："如此乱七八糟的掌法，怎么会是上层武功？这可怪了！"

凌霄老人道："孩子，你现在还未窥见武学堂奥，不懂武功之精义。这'三际天罗掌'看似全无章法，但却是最顶尖功夫。它大巧若拙，似乎无章可循，那是假象。达摩大师和寇谦之道长看到这套掌法，却是又惊又叹。他俩惊的是，那风云龙出掌总是后发先至，专攻他二人招式中的破绽，攻得那么精到准确，令他两人防不胜防。他们赞叹的是，在千变万化的对攻中，风云龙总能识破他俩武功的短处，以简单有效的掌法克制他们，二人不由得对风云龙钦佩有加。

"三人又斗了燃一炷香的工夫，忽然达摩大师道一声：'我佛慈悲！'大袖翻飞双掌如斧如锤疾挥。群雄猛听耳畔有一阵雷声滚过，心上仿佛受到一记记重锤难受至极。武功低逊之人，纷纷撕下布片将耳朵塞住。武功高者则盘腿打坐，忙运功护体抗衡那雷音。"张去病问道："师父，达摩大师使的又是什么功夫？"

老人道："这是'大般若须弥掌'。这套掌法含大乘佛教除邪降魔之神髓。一掌劈出，掌力排山倒海夺人心魄。据说当年，佛祖座下普贤菩萨在海边练这门功夫，对着惊涛骇浪凌空劈掌，日久天长一掌能将大浪劈倒！"张去病惊得一伸舌头，道："啊，这么厉害的武功，风云龙可危险了！"凌霄老人道："起初，大伙也这么想。见达摩大师双掌舞动犹如掀起一阵狂风巨浪，那风云龙如同一叶扁舟在风口浪尖上岌岌可危。寇谦之道长好像一只大鸟振翅飞舞一嘴一嘴去啄那扁舟。一时间三人斗得天昏地暗，令人看得喘不过气。斗了一千多招，仍不分胜负。"

听见风云龙独斗两位大师不败，张去病疑惑问道："师父，风云龙一人斗两位教主久战不输，难道他的武功比两位大师还高吗？"凌霄老人摇头道："这倒不见得。若是一对一单打独斗，风云龙武功比两位大师技高一筹。但若以一敌二不见得他能取胜。风云龙久战不败，只因寇谦之道长只熟中土武学，不知域外武功，达摩大师只精天竺绝技，不知中土武功。风云龙却有中土武功和波斯武功之长故能力敌两位大师。但众人也渐渐看出，风云龙以一敌二，耗费功力过剧，久斗下去必败无疑。瞧出这一点，群豪松了口气。

"觉非方丈见此情此景，忙派遣少林寺高手守四处道口，谨防魔教高手来救风云龙。又暗中通知各派人守住一方，严防风云龙逃走。觉非方丈正在调兵遣将，忽听群雄'啊'的一声惊呼，他往场中一看心中大喜，只见风云龙与寇谦之和达摩大师的手掌粘在一起，三人拼斗起内力来。觉非方丈喜了瞬间又有几分不解：风云龙双掌已被粘住，而达摩祖师和寇谦之道长还空着一只手，二人为何不用空手攻击风云龙呢？方丈凝目看去，暗叫声：'大事不好！'"

张去病惊道："师父，觉非方丈为何先是大喜，后又叫大事不好？"凌霄老人道："起初，觉非方丈看见风云龙与两位大师比内力，料定风云龙一人敌不过两位大师的内力，是以心中一喜。"张去病道："对啊，寇谦之大师与达摩大师内力加起来一定比风云龙强。他们定会取胜，为何觉非方丈又说大事不好呢？"

凌霄老人道："觉非方丈先前也是这样想，但他再细看时，却见达摩大师头顶升起一团白雾形如莲花，愈来愈浓。寇谦之头上三清真气形成一根气柱微微颤动，两位大师皆在全力同风云龙比内力。再看那风云龙却是面带微笑，气定神闲。觉非方丈看得大奇，不禁为两位大师担心起来。"张去病困惑道："师父，为什么二位大师竭尽全力，风云龙却浑然无事，他的内力怎的如此了得？"凌霄老人道："初时大伙看走眼了，都没看出那不是风云龙的内力盖世，而是寇谦之和达摩大师在互拼内力！"

张去病越听越奇，忙问道："明明是两位大师联手斗那风云龙，怎么会是他们互相拼内力呢？这可怪了！"凌霄老人道："适才，达摩大师一掌拍向风云龙右肩，寇谦之道长一掌劈向风云龙左肋，不料风云龙双掌一翻竟将两位大师的手掌紧紧粘住。寇谦之道长心中高兴，心想风云龙内力再深厚，无论如何也敌不过他和达摩大师二人的内力，于是便催动内力向风云龙猛击过去。岂料风云龙反击过来的，却是一股浑厚无比的纯阳内力，那内力如潮水汹涌，绵绵不绝。寇谦之忙全力相搏，只觉对方内力平和正大，并非风云龙的邪派内功，寇谦之不禁心中诧异。他正诧异，却见达摩祖师也在催动内力攻击风云龙。那风云龙却神情淡定，若无其事。寇谦之道长心中吃惊，却又不明白其中原因。

"三人如此斗了片刻，风云龙一直不显内力衰像。寇谦之道长心下诧异愈甚：这魔头以一敌二，内力依然如此绵长，这如何是好？他转目一看只见达摩大师头上白雾氤氲，已然在全力施为。寇谦之道长猛然省悟：原来是他在与达摩大师比斗内力！心想莫非风云龙使移花接木之术，将达摩大师的内力移来对付我？又将我的内力移去对付达摩大师？寇谦之道长忍不住问道：'风教主使何神功，竟然能移山填海，奥妙如斯？'

"风云龙道：'承蒙道长夸奖，此乃我教《玄秘宝典》的"日月双环功"，雕虫小技，何足道长挂齿！'寇谦之和达摩一听，均想，如此偷天换日的神技，世间只怕再无第二人会，这哪里是什么雕虫小技？二位大师对望一眼，心意相通，二人暗收内力意欲摆脱困境。哪知达摩大师刚一收劲，风云龙掌上那阴寒内力立即钻进他掌心窜向经络，令他不得不运功相抗。寇谦之道长也是如此，遭到风云龙的炽热内力侵袭手臂穴道，也急忙运功相抗。而风云龙的歹毒内力却瞬间消失。转瞬间又变成他二人互斗内力的局面。两位教主试了数次都无法摆脱困境，心中无比骇异。

"却听风云龙说道：'两位大师，我这"日月双环功"在《玄秘宝典》功夫谱上排名第一，施展开来无人能敌。除非我三人同时撤去内力，否则，你们无法破解我这"日月双环功"！只要两位大师答应不再插手风某之事，风某便同两位一齐收回内力，大家好聚好散，二位意下如何？'

"听了此言，达摩大师和寇谦之道长一时难下决断。两人均想此刻天下英雄见我二人受你所制，我们若答应你，岂不是说我俩已败在你手下，被你所屈？再说你若食言趁我二人撤回内力之际，借机反击，我们岂不是要吃大亏？两人转念又想若是比拼下去，仍是我们俩对耗功力，待我二人力竭之时，风云龙捡大便宜！一时间两位教主骑虎难下，都默不作声。"张去病着急道："师父，场上那么多人，他们快去帮帮两位大师啊！"凌霄老人道："可不是嘛，看见两位大师着了风云龙的道儿，众人都想上前援手。人群中有人朝风云龙打去飞镖，有人打去铁莲子，有人打去火龙珠，还有人干脆把刀剑掷过去。哪知这些暗器和兵器打到风云龙身上，犹如撞在一堵气墙上纷纷反弹回来，险些伤着场上之人。"

张去病奇道："师父，为何会这样？难道那风云龙会使妖法吗？"老人摇头道："傻孩子，风云龙不是使妖法。那是风云龙身上布满了达摩祖师、寇谦之道长和他的雄浑内力，使他衣衫上真气充盈犹似铁盾一般，什么物件打上去都会反弹回来。"张去病忧道："那……可如何是好？"凌霄老人道："众人看见打出暗器无用都惊得'咦'的一声。有两人报仇心切不识厉害，跃上前去偷袭风云龙，岂料一拳还没打到风云龙身上，二人便被他身上雄厚内力震倒地上，竟然晕了过去。"

张去病惊呼道："啊呀，风云龙身上内力好厉害竟然能将两个人震倒！师父，后来呢？"凌霄老人道："后来又有两人跳进场内。一个中年汉子远远指着风云龙大骂道：'风云龙，王八蛋！你杀人无数，作恶多端，必遭天打雷击！你的子孙后代个个是白痴，老子咒你狗日的断子绝孙，遭雷劈电打！'众人一看，咒骂风云龙之人是黑道盟主姜金宝之弟，名叫姜银宝。十年前其父姜七敖在西域大漠追杀风云龙，惨死在风云龙掌下，难怪他如此恶毒。姜银宝骂声未绝，却听另一个中年汉子道：'姜二哥，你莫生气，兄弟我已替你出了一口恶气。'

"众人一看，说话之人是河北'地坛门'掌门人李河西。十五年前其兄李河东同风云龙在河北沧州比武至残，含恨自尽。此时为了报杀兄之仇，他便下场来与姜银宝一唱一和。姜银宝问道：'李爷，你怎的为兄弟出了一口恶气？'李河西道：'前不久，兄弟我去西域享受艳福与风云龙老婆睡了一觉，给风教主戴了一顶不大不小的绿帽子。啧啧啧，真不愧是教主的夫人，那一身白皮嫩肉，啊哟，让兄弟实在过足了瘾……'"

张去病听不懂，忙问道："师父，这人说的是什么意思？"凌霄老人道："那是骂人的脏话，小孩子不去管它。"张去病又道："他俩不上前去救两位大师，在旁边骂人，这又管什么用？"凌霄老人道："他二人是想激怒风云龙扰乱他心神，使他分心出错败下阵来。可那风云龙是何等人物，岂会轻易上当？他对二人的谩骂恍若未闻，仍全神贯注同两位大师较量。过得片刻，只见两位大师头上的气柱越升越高，前胸后背的衣裳已汗湿一片，显出内力不支的败象。群雄又惊又急却又束手无策。

"便在这危急之际，忽见一人从场外大树上飞身纵入场内。风云龙、寇谦之和达摩三人皆是一惊。只见来人身穿银灰色长衫，头戴方巾，一身文士打扮。年纪三旬开外，眉目俊秀，相貌儒雅。文士手上摇着一柄宽大折扇，扇面上绘着一个身着红色衣裙美妙女子，脚踩祥云衣带飘逸，玉臂舒展撒下五彩缤纷花朵，却是一幅天女散花图。只见那文士缓步走到三位大师近前，三位大师鼓荡的真气竟不能将他挡住。顿时，场上响起一片嗡嗡议论声。群雄互相打听：'此人是谁？''他是何派高手？'大伙彼此探问，竟然没有人知道这文士的姓名和门派，也无人知晓他的来历。"张去病道："师父，这文士武功高超，江湖上怎会没人认得他呢？"

凌霄老人道："孩子，天下之大无奇不有。一些高人雅士，本事奇大却生性清高，不愿在江湖上抛头露面。他们长年隐居山林不为武林所知，也是常有之事。日后你行走江湖，千万不可恃技傲人，须知世间卧虎藏龙，天外有天，人外有人！"张去病点头道："是，弟子记住了。师父，后来呢？"凌霄老人道："后来，只见那文士收拢扇子，向寇谦之三人一拱手，说道：'三位大师好雅兴呀，小生有礼了！'风云龙、寇谦之、达摩祖师三人看见文士忽然到来，不知他会出手帮谁，心下都暗自紧张。三人手掌相粘不能还礼，均说道：'先生见谅，我等失礼了！'

"文士道：'三位大师比试神功已久，不知能否给小生一点面子暂且罢手言和，如何？'三位大师听文士之言似乎是来充当和事佬的，这才松了一口气。风云龙抢先道：'先生美意难却。只是此刻我三人欲罢不能，敢问先生有何良策让我三人罢手言和，毫发无损？'

"文士微微一笑，道：'风教主难为小生了。小生山村野夫，哪有什么良策让三位大师毫发无损罢手？不过古人说愚者千虑，必有一得。倘若小生侥幸想出法子使得三位毫发无损罢手，不知风教主肯否答应小生一个请求？'

"风云龙说道：'先生如能让我们三人毫发无损罢手，只要你所求无害，风某当悉听尊命！'文士道：'好，承蒙风教主赏脸。'又对寇谦之和达摩大师道：'小生如能让三位毫发无损罢手，不知两位大师可答应小生一个请求？'寇谦之和达摩正骑虎难下，巴不得解脱困厄。二人都说道：'先生若能化解这场纷争，我们悉听先生之命。'

"文士喜道：'好，小生谢过二位大师。'文士一转身拱手向四方群豪施礼，又高声说道：'小生若能让三位大师罢手言和，亦有一事恳求天下英雄，不知众位豪杰肯应允否？'此时，群豪都急想为寇谦之和达摩解困，又想看文士如何化解三人拼斗，遂轰然应道：'只要不违侠义之道，我等愿听先生吩咐！'

"文士一躬身，道：'承蒙天下英雄抬爱……小生献丑了！'文士说罢，后退三步，只见他将手中折扇徐徐展开，扇面上那幅天女散花图在阳光下绚丽夺目。众人不知文士打开扇子是何用意，皆目不转睛望着他。只见文士一个白鹤亮翅，高高举扇朝三位大师缓缓扇了一扇。众人一看三位大师毫无动静，皆心下诧异，不知文士扇这一扇有何用。

"三位教主只觉这一扇扇来，一股和风暖柔柔地扑上面庞，身上四肢百骸无比舒坦。除此之外未有任何异样感觉。然而便在这春风拂面瞬间，文士快如电闪般踏上前一步，又扇出一扇。奇怪至极，一刹那间三位教主顿觉身上空空荡荡，真气全无，体内血气仿佛被这一扇扇得荡然无存！三人大吃一惊以为内功被废，惊得身上大冒冷汗。

"文士不待他们回过神来，又快如电闪般闪身上前猛地扇出第三扇。这一扇扇出，只见三位大师犹如三只断线风筝飞出一丈开外。三人轻飘飘落地上各站一方，皆惊异地望着那文士发愣。场上数千人都被文士这一手神功震慑，皆不敢相信自己的眼睛。一时间群豪又惊讶又困惑，连喝彩声也叫不出来。众人皆想：且不说这三人被雄厚掌力粘住难以分开。便是三个人体重加在一起，至少也有好几百多斤。文士仅凭一扇之风便将三位大师扇得如纸片飞开，如此神功真是匪夷所思！群雄惊呆一瞬，回过神来，才爆发出震天动地的叫好声。"

张去病听得着迷，忙问道："师父，师父，那是什么高深功夫？怎么那文士扇一扇风，便能将寇谦之道长和达摩祖师他们仨分开呢？三个人又不是纸做的，这怎么可能呢？莫非那文士的扇子有什么古怪？或是寇谦之道长和达摩祖师借那文士扇来的风力，自个儿趁机跃开吗？"

老人道："师父也不知晓那是什么高深功夫。只见那文士收拢折扇，却听扇子发出数声轻响，扇面露出一根扇骨来，扇上那幅天女散花图也毁坏一角。文士抚着扇子叹道：'风教主的'日月双环'神功，寇教主的'三清无上'神功，达摩大师的'摩诃无相神功'好厉害呀，竟将小生这把上古神兵天蚕宝扇毁坏了！'文士叹罢，向三位大师长揖到地，风云龙、寇谦之、达摩三人连忙向那文士还礼。

"四人行罢礼，文士又道：'适才风教主允诺，只要小生能让三位大师罢手，便应我所求。小生别无他求，只求风教主与中土武林各派化干戈为玉帛，束勒贵教高手不到中原寻仇。贵教与中土武林互不相侵，不知风教主意下如何？'群豪一听均想：要风云龙与中原武林各派不再仇杀倒也不难，要他管束魔教高手不涉足中原，这个要求太过了，这大魔头怎肯答应？

"却听风云龙道：'先生神功和高义令风某佩服。风某答应先生之求着实不易。但既然咱们有言在先，风某勉为其难，便依先生之言，从今日起，风某与中原武林各派过节就此了断。我教高手从今以后不涉足中土，我摩尼教同中土武林河水不犯井水！'

"文士大喜道：'小生为武林苍生谢过风教主！'又对寇谦之和达摩道：'小生对二位大师亦有一求，恳请两位大师与风教主就此言和，不知二位大师允否？'二人皆道：'谨遵先生之言。'文士转身面对场上众人，又说道：'适才众英雄答应小生，倘若化解三位大师比斗，便给小生面子。小生别无他求，只恳求众英雄与风教主的恩怨一笔勾销，不知大伙是否赏脸？'一听文士之言，场上响起一片嘈杂声。忽听一人怒气冲冲道：'风云龙与我有杀父之仇！嘿嘿，这等深仇大恨，岂能勾销？'大伙一看，说话之人是黑道盟主姜金宝。众人皆想，这杀父大仇委实难以勾销。

"又听另一人恶声恶气接嘴道：'姜盟主说得不错，风云龙与我有杀兄之恨，这仇恨也万万不能勾销！'众人一看说话之人，认得是昆仑掌门人风仪农。十年前，他兄长风仪城在楼兰丧命风云龙剑下。一时间，那些同风云龙有深仇大恨之人七嘴八舌，义愤填膺，有的说与风云龙有杀师之恨，有的说有杀徒之怨，还有的说有身体受残之辱，一个个都不肯同风云龙善罢干休。

"文士摆摆手说道：'姜盟主要报杀父之仇，此话天经地义，小生举双手赞成！昆仑派的风仪农大侠要报杀兄之恨，也是江湖豪杰快意恩仇应有之举……不过，小生斗胆问天下英雄一句话：诸位英雄行走江湖，谁敢说他没杀过人？谁的身上不欠人命，或是没有伤过人，没欠下血债？'一听此言，场上顿时鸦雀无声。众人沉默不语，心里都想咱们行走江湖，过的是刀头舔血生涯，手上哪能不沾上别人鲜血？

"文士又道：'据小生所知，姜盟主之父姜七敖与江海帮争夺鲁东地盘，杀了江海帮帮主李八爷。昆仑派老掌门人风仪城大侠，与四川青城山无根道长争夺一部武功秘籍，一掌将他打死。六合门要替师父报仇的刘剑铁，两年前你路过山西太原府与晋中快刀王敬一言不和动起手来，将他打成终身残废……嘿嘿，大伙若要冤冤相报，无有尽头，只怕咱们中土武林将陷入万劫不复之灾！'

"众人听了文士这番话心中都是一凛，找不到言语对答。众人心想这话说得也是，咱们皆好勇斗狠，结下冤仇多得很，倘若都要一报还一报，武林真是没有宁日了！如此一想众人都不吭声。忽听一声佛宣：'善哉，施主菩萨心肠，让老纳敬佩之至！'群雄一看说话之人是少林寺方丈觉非大师。方丈道：'冤冤相生，冤冤相报，苦海无涯，回头是岸！我少林派遵从先生之求，少林寺与风教主恩怨就此一笔勾销，决不食言！'

"要报仇的人一看，领头报仇的少林寺率先打退堂鼓，顿时泄了气。此次各派找风云龙报仇共推少林寺主持大局，少了少林寺，其他人仅凭本派之力找风云龙报仇实在无望。如今风云龙麾下有摩尼教徒数万，教内高手如云，想报仇的人单枪匹马找风云龙报仇，无异于以卵击石。无可奈何，他们也只得跟着说道：'我等与风教主恩怨一笔勾销！'"

张去病道："师父，他们真的不报仇了吗？"凌霄老人摇头道："他们是迫于无奈。你想那风云龙一人单挑中原武林，哪一派高手都不是他的对手，若不是寇谦之、达摩大师和那文士出手相助，中原武林已是一败涂地。此人武功高到无人能敌地步，何况他手下还有众多摩尼教高手，大伙要想报仇希望渺茫至极，不答应又能如何？再说那文士出面调停，众人如不答应便是驳他面子。此人武功深不可测，与他结怨可不是好玩的！迫于无奈，众人只得暂时作罢。"张去病又问道："师父，后来呢？"

老人道："后来，文士向场上四方豪杰一拱手道：'承蒙天下英雄和三位大师抬爱给足小生面子，小生再次拜谢，就此作别！'却听寇谦之道长道：'先生请留步。先生怀慈悲之心化解一场武林劫难，贫道深佩先生高义，请问先生高姓大名？'

"文士道：'道长谬赞了。小生乃是山野之人林无眠。'风云龙道：'林先生神乎其技，令风某大长见识！但不知适才那三扇绝技是何神功？竟能将我三人内力消于无形？'林无眠道：'那是《鬼谷散花谱》的浅陋功夫，让大伙见笑。林某告辞了！'林无眠说罢转身向场外走去，场上数千人静静目送他走下山道。

"风云龙望着林无眠背影喃喃道：'林无眠，《鬼谷散花谱》，奇人神功，风某得见，不虚此行！二位大师后会有期！'说罢，他向寇谦之和达摩大师一抱拳，身子一晃几个纵跃便不见了踪影。

"寇谦之转过身来双掌合十向达摩和觉非方丈道别。觉非方丈道：'寇道长与达摩大师排解这场危难，少林寺弟子感激不尽。请道长与大师进敝寺小坐片刻，喝杯清茶，老纳有一事须请二位大师指点迷津。'寇道长说道：'方丈过谦了，指点二字实不敢当。'觉非方丈命知客僧前面带路，将两位大师引进室内。群雄一看轰动武林的决斗如此结局，都始料不及，各派掌门人也上前向觉非方丈道别，纷纷下了嵩山。"

张去病道："师父，那林无眠武功如此了得，他是什么人？那《鬼谷散花谱》又是什么武功？"凌霄老人道："孩子莫打岔，师父的时候不多了……适才，我是不是说到群雄下了嵩山？"张去病心头一凛。他虽不明白老人说"时候不多"是什么意思，隐隐觉得师父情况不妙，忙闭口不语。凌霄老人接着道："觉非方丈送走各派豪杰后，疾步走入禅房内合十对寇谦之和达摩大师施礼，说道：'今日中土武

林遭逢危厄，幸亏两位大师出手相助，老纳代武林同道谢过二位大师！'

"寇道长合掌还礼，说道：'惭愧，那风云龙武功怪异，若无达摩大师和林无眠先生援手，贫道不知如何收场！'达摩大师道：'小僧西来，有幸得见中土神功，眼界大开！但不知那林无眠先生是何方高人，武功竟神妙如斯？'

"觉非方丈答道：'老纳亦对林无眠一无所知。不知寇道长可知此人来历？'寇谦之寻思片刻才道：'贫道听那林无眠说他使的是《鬼谷散花谱》功夫，莫非……此人是我教鬼谷子祖师武学传人？'达摩大师道：'请问道长，那鬼谷子祖师是何许人？'寇谦之端起茶杯喝了一口茶，缓缓说道：'鬼谷子祖师是我中土一位世外奇人。祖师姓王名禅，在中原云梦山鬼谷里隐居，人称鬼谷子。鬼谷祖师有通天彻地之能，不仅精通定国安邦之策，深谙兵法战阵，还熟知奇门遁术、通晓麻衣相术，而且身负绝世武功！鬼谷祖师名扬天下，一是他著有《鬼谷子》一书，详述奇谋秘计。二是他教出几个高徒名垂青史。一人叫苏秦，此人才华横溢仅凭一张嘴游说齐、楚、赵、燕、魏、韩六国联合抗秦，六国君主都拜他为相。他一人竟然身佩六国的相印真是前无古人，后无来者！

"'鬼谷祖师另一个弟子叫张仪，此人本事了得，竟然当上秦国丞相。他专门与苏秦作对破坏六国的联合抗秦。几十年间，七国成了他二人纵横捭阖之地。苏秦、张仪都成了战国时代风云人物。鬼谷子祖师还有两个高徒，一人叫孙膑，一人叫庞涓，这两人都成了名震天下的大将军。那孙膑在齐国当军师，给后人留下一部名垂千古的《孙膑兵法》。那庞涓在魏国当元帅，二人各为其主，兵戎相见，留下一段千古著名战史。

"'鬼谷祖师还从上古奇书《伏羲易经》里，衍化出一门麻衣相术和鬼谷神卦，测验人吉凶祸福灵验无比。据说，他老人家还是一位内外兼修的武学大师，他把兵法和奇门遁术融入武功，著有一部武功秘籍名叫《鬼谷散花谱》。不过这部武功秘籍早已失传。那林无眠说他使的是《鬼谷散花谱》功夫，是以贫道揣测，他可能是鬼谷子师祖武学传人。'"张去病听得津津有味，道："师父，寇谦之称那鬼谷子祖师，鬼谷子是个道士吗？"凌霄老人道："不是。鬼谷子是隐士，不过他的思想同老庄相近，后世道教弟子便把他当作一位祖师祀奉，寇谦之便如此称呼他。"

凌霄老人又道："达摩大师听了寇谦之道长这番讲述后双掌合十道：'阿弥陀佛！中土武学如此博大精深，小僧景仰之至……咳，小僧东来，观少林寺宝刹禅意漫漫。欲向方丈讨褡，在贵寺落脚潜心精修佛法，不知方丈允否？'

"觉非方丈还礼道：'圣僧东来少林寺，敝寺蓬荜生辉。圣僧长住少林弘扬佛旨，实乃少林弟子之幸，老纳欢迎之至……只是有一事，老纳始终不放心，想那风云龙武功睥睨天下，日后他若食言，魔教高手再到中土来挑起祸端，那如何是好？

还望两位大师指点迷津，为中土武林谋划防御之策……'

"寇谦之沉吟片刻，道：'贫道倒有一个主意，不知达摩大师肯允诺否？'达摩道：'小僧愿闻其详。'寇谦之道：'方丈说的极是，那风云龙武功高深，以贫道和大师之力且不能胜他。摩尼教高手若得他武功真传日后来犯，着实令人堪忧！贫道寻思，为今之计，贫道欲与达摩大师合力创一门武功，将中土武学与天竺武学熔为一炉。武功创成后传给少林弟子和道教弟子。两教联手共抗魔教以保武林安危。不知达摩大师意下如何？'

"达摩合十说道：'善哉！救苦救难，佛门弟子义不容辞。小僧愿尽绵薄之力。'觉非方丈喜道：'我佛慈悲！老纳替天下武林谢过二位大师！'"张去病听到此处，甚是好奇，忍不住又问道："师父，后来两位大师创出什么武功？"

凌霄老人道："相传，寇谦之道长和达摩大师闭关三年创出两门功夫：一门叫'九宫伏魔洗髓心法'，另一门叫'太乙伏魔手'。他们把这两门功夫记录在一本秘籍上，取名为《九宫伏魔经》。大功告成后，两位大师出关，欲将所创神功传授给少林弟子和道教弟子，哪知在两派高手中竟然找不到一个合适的传人！"张去病一怔，忙问道："师父，这是为何？"

凌霄老人道："只因那'九宫伏魔洗髓心法'与'太乙伏魔手'的内功和制胜法门，揉进了寇谦之的'三清神功'和达摩大师的'摩诃无相神功'。当年那场比武，两位大师内功心法不能合二为一，吃了风云龙的大亏。他们新创这门内功把寇谦之道长的玄阴内力和达摩大师的纯阳内力贯通，融合成一门阴阳相济的'九宫伏魔洗髓心法'，足以克制风云龙的怪异内功。"

张去病还是不解，又道："师父，为何找不到学这两门武功的人呢？"凌霄老人道："那是因为学这两门高深功夫的人，须有两个根基：一要有达摩大师和寇谦之道长的内功修为。二要有两位大师精湛的佛学和道学造诣。去病，你想想看普天之下，哪里去找这样一位传人？"张去病更加困惑，道："师父，学这门内功，为何还要有高深的佛学和道学造诣？"

凌霄老人道："这是因为佛门讲普渡众生，故其内功心法至刚至阳。道家讲清静无为，其内功心法至阴至柔。这两种内功水火不容，按武学常理，二者无法熔于一炉。但达摩大师和寇谦之道长不仅是武学宗师，更是佛教和道教开宗立派大师。他二人贯通了佛门的'无色无相'与道家的'虚无清静'之精义，才创出这样一门阴阳兼济，水火相容的奇功来。你想想看，若是没有两位大师那般高深的佛学和道学造诣，谁学得了这门功夫？"

张去病想了想，道："师父，在两派中找一个聪明绝顶的弟子来学，不行吗？"凌霄老人摇头道："小孩子家，不知那佛学和道学何等博大精深，尽说傻话！你想想看，自古以来佛教与道教不乏聪明绝顶之人，可有几人能修到达摩大师或寇谦之道长那样境界？更何况，要达到能把佛学和道学熔为一炉境地那是何等之难呵！这且不讲。据说若无佛学和道学高深修为之人强练此内功，轻则走火如魔，四肢残废；重则逆火攻心，枉送性命！这便是《九宫伏魔经》功夫无人能学的原因！"张去病叹息道："唉，真可惜！这么好的武功找不到传人，岂不是没用了吗？"

凌霄老人道："可不是嘛！寇道长看见没有人能学他们新创神功失望至极，想将《九宫伏魔经》毁了，却被达摩大师劝住。大师觉得二人呕心沥血共创一门绝学毁了实在可惜。便对寇谦之道长说道：'道长，我二人创成此功不易。不妨收藏起来留给后世有缘之人罢。'寇谦之道长点头应允，于是两位大师便将那部《九宫伏魔经》秘藏起来，并留下一物为后人指点迷津。"

张去病忙问道："师父，他们留下之物便是那达摩石吗？"凌霄老人道："正是这块达摩石！"老人说罢，从衣袖里摸出一个铁铸的福娃。这铁娃娃身穿彩衣，胖头胖脑，笑容可掬。张去病看了心中狐疑，心想达摩石怎会是铁娃娃？却见老人转动铁娃的腿，往右扭转三下，又往左扭转两下。"咔"的一声铁娃娃胖肚子打开，露出一块石头来。老人取出石头拿在手上，张去病注目看去，只见那石头扁平如婴儿手掌大，色泽暗红，上面有一幅白色花纹构成的山水图画。

老人说道："去病，这便是传说中的达摩石。"老人翻过石头另一面，道，"达摩大师和寇谦之道长在这石上留下四句隐语，师父念给你听：

玄秘现，九宫无，
世尘魔道何能伏？
宝典隐，散花在，
真经重现万劫解！

老人念罢又道："为师对这隐语想了许久，总悟不出其中含义，看来老夫与此石无缘。去病，你生就仙猿骨相，参悟武学绝顶聪颖。日后你要仔细参详此石，看你能否破解这石上隐语。若能破解此中真义便可寻到那部《九宫伏魔经》。机缘巧合，你便能练成那绝世神功，消弭将来的武林浩劫。"

张去病仔细看那达摩石，瞅了一会儿却看不出石上有何异样之处。老人又道："去病，你身患怪病有性命之忧。现在你闭目不动，意守丹田，师父为你注入真气护住心脉，日后即便怪病发作，也能保你的性命。你专心用意念引导师父的真气，按照'太玄神功'运气法门，把师父注入的真气引送到你全身穴位，头次将真气归入'气海穴'，二次将真气归入'百会穴'即可。"

张去病道："是。"当即闭上眼睛，老人将右手掌压住他头顶的"百会穴"，左手贴在他腹部"气海穴"上，将一股真气从他头顶"百会穴"缓缓注入。张去病按"太玄神功"运气法门引导真气由头而下游走入四肢百骸，顿时感到全身暖洋洋无比舒坦。那股真气从他头顶运行至脚底行了一个周天，泊泊然归入腹部"气海穴"。

老人左掌又将一股真气注入他的"气海穴"。张去病引导那真气上行游走全身穴位最后进入头顶"百会穴"。待那真气停滞一瞬，老人再将一股真气注入"百会穴"，张去病又引导那真气下行流转周身，最后归入"气海穴"。如此往反循环过了一炷香时光，也不知老人注入了多少真气进他体内。

张去病闭着眼睛专心引导真气在身上游走，只觉眼皮越来越重，头脑越来越昏沉，不由得闭上眼睛，迷迷糊糊感到身子越来越轻，慢慢飘浮起来，仿佛飘上了广阔蓝天头碰着白云，身下是万顷碧波大海，有无数海鸟展翅飞翔。身子越飞越高似乎离太阳越来越近，全身越来越炙热难当……突然间，一只大鸟迎面扑来扇翅向他一击，把他从万丈高空打落下大海！吓得他大声呼救，猛然睁开眼来，心仍在咚咚狂跳，浑身炽热异常，衣裳全被汗水浸湿，他抚着胸膛，喘气道："师父，弟子刚才做了个梦，吓死我啦！……"

他说罢却不听凌霄老人回答，注目一看，只见老人紧闭双目一动不动，胸前白袍上有几滴鲜血。大惊叫道："师父！师父！你怎么了？"老人缓缓睁开眼来，喘几口气，轻咳一阵，抹去沾在胡须上的血迹，轻声道："去病莫要惊慌。适才，师父将毕生练就的八十年功力输入你体内，想为你打通'任脉'与'督脉'医治你身上怪病。无奈那日被白无极戳了一指，真气不纯，可惜功亏一篑。咳，咳，现下，你体内蕴蓄着我八十年浑厚功力，可为你护住心脉，保护你怪病发作时无性命之忧。但那任督两脉尚未打通，你还不能运用这深厚功力……咳咳咳……"

张去病虽年少，但天资聪颖，听了师父之言，他恍然省悟老人对他恩重如山，慌忙跳下石床"扑通"一声跪在老人面前，"咚咚咚"磕头，大哭道："师父，你老人家那日在土地庙为救弟子身子负伤，今日又为我治病加重伤情。你老人家还把毕生功力传给弟子，这份大恩，叫去病如何承受得起？呜呜呜……"

凌霄老人轻咳两声，又喘了几口气，温言道："傻孩子，莫哭。你是师父唯一传世弟子，我的功夫不传给你，难道传给别人？师父九十八岁高龄，自知大限已到，咳咳……为师去世之前，有三桩事须向你交代，你务必牢记。"张去病忙擦去眼泪，道："师父请讲，弟子一定牢记在心。"

老人道："第一桩事，师父把达摩石交给你。你千万要保管好达摩石，切莫让它落入邪魔歪道之手！日后你若解开石上之秘，学成傲视古今的武功，万不可恃力称霸武林。因为武力只能定一时胜负，大德方能决胜千秋。你要以大德风范归拢天下英雄之心，才能化解武林之危！这件事，你必须切记在心……咳咳咳……"老人说着，将达摩石放入铁娃娃的肚内，关上机关递给张去病。张去病接在手中，将达摩石放入怀中。

老人轻咳几声，又道："第二桩事，便是你赶紧去回春谷，找药王治好你身上怪病。见到药王，你把这枚戒指给他看，那药王欠下师父人情，他定会为你悉心治病。咳咳……待病治好了，你便能用师父传给你的八十年功力打通'任脉'与'督脉'，练成师父教你的武功。"老人从指上取下一枚乌黑宝石镶嵌的戒指递给张去病。张去病想将戒指戴在手上，但那指环过大，手指套不稳，他便将戒指揣进怀里。

老人喘息一会儿，续道："孩子，那第三桩事，便是你身负国恨家仇。眼下大宋国运衰落，金国强占大宋半壁山河。你外祖父岳飞元帅秉持'精忠报国'家训，欲收复大宋失地，直捣金国老巢雪洗靖康之耻，却不料被奸人秦桧害害。你将来练成神功，去报家国血海深仇乃是顶天立地大丈夫所为。你若能光大家训，扶大厦于将倾，救黎民于水火，为国除奸，为民除害，此乃侠之大者，当奋力为之！咳咳……孩子，时世艰难，倘若时运不济，你无力回天，便回到这东海白云阁来潜心隐居，寻找良材美质之人传授武功，薪火相传，保存我派武学以待时来运转，再图救国复兴大业。万不可逞一时匹夫之勇，逆势强为，招来祸端！咳咳，这三件事，你可记住了？"

张去病频频点头，道："师父，弟子已将你老人家的教导谨记在心，一世不忘！"老人点了点头，抬手轻扣石壁。听见传唤，赵先生和清波、心可走进石室来，一看老人胸前染有鲜血，气息奄奄，三人大声惊呼道："主人，主人！你老人家怎么啦？"

老人轻声道："你们不用惊慌。我运功为你们小主人治病耗尽功力，已到油枯灯灭之际……咳咳，无痕，你上前来。"赵先生应道："是。"含泪上前两步，垂手站立在石床前。

老人道："无痕，你虽比我小二十几岁，名为我仆，你我实则情同手足。当年，你到我这悬空岛才五十几岁。十多年过去，眼下你已是年近七十的人了。这十多年承蒙你瞧得起老夫，自愿终身为我看管这白云阁。你对老夫忠心耿耿，我却从未对你说过一个'谢'字，今儿我要对你道一声：'老弟，谢你了！'"

赵无痕一听，慌忙拜倒在地，哽咽道："主人，这可折杀老仆了！十年前，要不是主人救下老仆这条命，老仆早已尸骨无存，哪能活到今日？老仆便是来世做牛做马，再伺候您老人家，也报答不了主人的恩德！"

凌霄老人长叹一口气，道："无痕，十几年前你纵横天下，江湖中人提到你无不闻名丧胆。此后你在这白云阁默默为仆，无闻于世，唉，这可委屈你了！"张去病一听心下大奇。暗自寻思：这位清俊儒雅的赵先生，难道也是一位武林高手吗？

却听赵无痕道："主人，当年老奴误入歧途，恃技逞强，杀人如麻，多亏主人使老奴迷途知返，那是老仆的福分，哪有什么委屈？老仆能为主人做些小事微不足道。倒是您老人家救下老仆，为我担下天大干系，叫老仆不知如何报答！"

凌霄老人摇头道："无痕，那都是过去之事，不足挂齿，咱们不说它了。咳咳……今日我有一事要托付于你。"赵无痕道："主人尽管吩咐，便是去闯鬼门关，老仆也不会皱一下眉头！"

凌霄老人轻咳两声，说道："今日，老夫把小主人托付给你。昔日你一诺千金，答应老夫不再涉足江湖。眼下老夫要你重返江湖，送小主人去回春谷治病，一路上你要保护他周全。将来你们小主人的武德武学会胜过老夫百倍，兴许是前无古人，后无来者！你要悉心护卫他长大成人，直到他练成神功，辅助他成就一番大业！"

赵无痕道："老仆万死不辞，请主人放心！"凌霄老人点头，道："好。这些年，老夫时常运功为你驱除体内魔火，虽未驱尽，却也使你康健了许多。唉，老夫这一走……"赵无痕道："主人时常耗费功力为老仆驱除痛楚，恩同再造。眼下我却无力救治主人，老仆实在无用，实在无用啊！"说时伏地痛哭不已。张去病虽不知赵无痕与凌霄老人的渊源关系，但见赵先生如此悲痛，他在旁边和清波、心可都泣不成声。

凌霄老人道："人皆有生死，你们无须悲哀。"说时，从怀里缓缓摸出一个铜瓶，又道："无痕，这是老夫为你研制驱魔火的丹药。老夫去后，你每日服下一粒可暂保魔火不攻心。此药方子亦在瓶内，服完这瓶药丸后，你可再寻药配制。咳咳……将来小主人练成神功后，他可用无上功力将你体内魔火驱除干净，你便无忧了。你起来罢。"赵无痕站起身来，双手接过铜瓶放入怀内，抬袖拂去脸上泪水，垂手站立，听老人还有什么托付。

凌霄老人望着清波和心可两个小童，说道："心可、清波，你俩都是孤儿，在世间没有亲人。今后小主人便是你们的亲人，你们要协同赵先生尽心辅助小主人。咳咳咳……赵先生护送小主人去回春谷治病，你二人要看守好这白云阁。若有强人来犯，便用我传给你们'踏天剑法'格杀勿论，莫让人外泄悬空岛之所在！咳咳咳，你们要记住我的话……"心可和清波齐声道："主人，我们记住了。"

凌霄老人说了这句话，已是上气不接下气。张去病看见老人喘得厉害，忙扶住老人的身子，用手掌轻轻抚摸老人的背心。赵无痕和两个小童哭喊道："主人！主人！"凌霄老人止住咳嗽，脸上浮现一丝微笑，轻声道："你们都别哭了……咳咳，老夫九十八岁寿龄，活得很长久了，今日逝去并无憾事。咳咳……晋代大隐陶渊明说得好：'老少同一死，贤愚无复数。'咳咳……他又说：'纵浪大化中，不喜亦不惧。应尽便须尽，无复独多虑。'……"

老人缓缓吟诵，众人凝神聆听那声音越来越细，渐渐细如游丝。轻咳两声，吟诵便戛然而止。老人合上双眼仿佛熟睡过去，面容宁静慈祥。赵无痕伸手在老人鼻前一探，已无气息。四人见凌霄老人仙逝，都放声大哭。痛哭片刻，赵无痕抹去眼泪，出到外室去取来早为老人准备的寿衣，给主人穿上。回头对张去病说："小主人莫再悲痛，咱们送老主人到'归去堂'安息罢。"

张去病恍惚地点了点头，却不知那"归去堂"在何处。只见心可伸手转动石壁上一个铜烛台，那一堵石壁缓缓向旁移开，露出一条甬道。清波手擎蜡烛在前照亮，赵无痕抱起老人走入甬道内，心可携着张去病的手跟在后面。甬道内凉气扑面，四人走了一会儿来到一间石室前。石门上方，刻着"归去堂"三个字。

张去病走进石室一看，却是一间宽大墓室。室内点着长明灯，四周陈列着无数书籍，中央放着一个棺椁，赵无痕打开棺盖将凌霄老人放入棺椁内，对张去病道："小主人，咱们拜别老主人罢。"张去病跪在棺椁前，赵无痕领着清波和心可跪在他身后，四人向老人遗体拜了九拜。赵无痕起身把棺盖合上，又命清波和心可去取来供品，设起灵堂，四人一起为老人守灵。

按照习俗，张去病为师父守灵七七四十九日。到第五十天时，赵无痕遵照老人的吩咐，同张去病商量去回春谷找药王治病之事。二人定下行程，决定第二日便收拾行囊起程。

翌日，赵无痕仍让张去病扮成小姑娘，以躲避秦桧的爪牙。张去病将达摩石收藏于身上，又带上凌霄老人的易容锦囊。两人收拾妥当，赵无痕取出一柄软剑凌空一抖，嗡嗡鸣响，宛如龙吟。张去病听得心中一震，见那软剑晃动，犹如一道蓝光闪烁。却见赵无痕凝目望着那剑，自语道："黄泉呀，黄泉！你沉睡十载，今日我要重出江湖，再展神威！"

张去病看见赵无痕对剑说话，觉得有趣，问道："赵先生，此剑名叫'黄泉'吗？"赵无痕道："正是。此剑是老仆当年使用的兵刃，名叫'黄泉剑'，咱们行走江湖用得着它了！"说罢手臂轻转，那软剑倏地一闪，犹如灵蛇卷身般钻入赵无痕衣袖内。赵无痕领着张去病到凌霄老人灵前拜别，起程前往回春谷。临行前，赵无痕向心可和清波交代一些如何看守悬空岛，如何临敌应变事项，才领着张去病走出白云阁。

第四章　老仆

　　两人拾级而下，在岛上从林中穿行约一个时辰来到海岛岸边，见一块礁石上坐着两个黑脸大汉。看见赵无痕到来，两个汉子站起身来，一人躬身道："赵先生，一切都准备就绪，现下就出海吗？"

　　赵无痕点了点头。另一个汉子揭起坐下的礁石，露出一个洞口。那汉子点燃火把走下洞内，赵无痕和张去病跟着二人沿着石梯走下地洞。洞内湿气很重，洞壁上挂满水珠，海水咸腥味浓烈。走下几十级石梯前面传来水波声响。又走出一段，出现一个七八丈高，四五丈宽的大洞，大片海水在洞内涌动。适才听到的水波声，便是海水拍打洞壁的声音。

　　水面上停着一艘船，赵无痕伸臂揽住张去病轻轻一纵跳到船上。等张去病站稳，赵无痕命两名汉子解开揽绳，将船向洞内深处划去。船在洞内行驶不久，前方光线越来越亮，出现一个洞口，传来海鸟阵阵叫声。两个大汉将船划出洞外，惊起大群栖息洞口上的海鸟。船虽然出了岩洞，头顶上空仍被大块岩石覆盖，张去病抬头一看，那岩石犹如一大片屋檐伸在海面。一个汉子扬起布帆，另一人转动船舵，那船快速前行，不大一会儿工夫便驶到海面上。

　　张去病回头望岛，只见小岛四周的岸石高离海面，宛如飞檐挑出。飞檐下巨大岩体浸在海水里，远远望去小岛像一朵巨大蘑菇生长在海上。他兀自寻思：难怪师父给这岛取名"悬空岛"，远看去此岛真像空悬在海上一样。他放眼观海，只见碧海连天，浩瀚无涯，海鸟在蓝天下翱翔欢叫。太阳照在海上光芒闪烁犹如万道金线抖动。远处一群海鱼争相跃出水面追逐，银色鱼身在阳光下闪闪发亮。他第一次见到大海，被眼前景象吸引，一切皆觉新奇。

　　船在海上行了几日。每一日，赵无痕给张去病讲武林门派的奇闻趣事。张去病以前从未听说过什么江湖，也不知江湖上有这么多门派，更不知各门派有这么多故事。听了赵无痕的讲述，他才知道世间上原来有个江湖，江湖上原来有那么多门派，黑白两道中有那么多人物。而这些江湖人物之间的爱恨情仇又是那么古怪离奇，惊心动魄，令他听得津津有味，在海上航行多日，竟然不觉枯燥。

船航在海行七日，海面前方出现一片绿地。张去病问道："赵先生，咱们到岸了吗？"赵无痕点头道："到了。"船又行驶半个时辰才到达岸边。一名汉子将铁锚抛在一处高岩下，把缆绳系在一块礁石上。那海岸高二十余丈，笔直陡立。张去病寻思上岸并无路径，咱们如何上岸去呢？不待他想明白，赵无痕转过身来将他抱起纵身跃上海岸石壁，双脚疾登，飞快攀上海岸。赵无痕放下张去病。张去病不禁赞道："赵先生，这岩壁二十几丈，光滑陡峭，你抱着我轻松攀上，你老人家功夫当真了得！"

赵无痕道："小主人过奖了，老仆这点微末小技算不得什么。"张去病心想如此陡峭的岩壁，寻常高手空手只怕也登不上去，你抱着我如履平地，这哪是什么微末小技？又想：听师父说赵先生十多年前威震江湖，怪不得他有如此身手！

赵无痕向船上两名汉子挥手道别，转身对张去病道："小主人，咱们走罢"，便带着张去病朝不远处的小镇走去。两人来到镇口，见一群人站在墙前围观官府张贴的布告。走近前一看布告上画着一个少年，模样与张去病有几分相像，旁边写着几个大字："缉拿朝廷要犯张去病。"

张去病一惊，赵无痕拉着他迅速离开人群，悄声道："小主人不必担心，眼下你扮作小姑娘模样，没人能认出你来。"张去病眼里含泪花，道："赵先生，看见这张布告，不知我娘和外婆她们怎么样了？我好想她们！"

赵无痕道："小主人莫难过。那药王隐居在湘西回春谷里，咱们去找药王治病，可顺道先去临安城打听你家人的下落，然后再去回春谷找药王也不迟。"

张去病转忧为喜道："谢谢赵先生，这个主意太好了！"赵无痕领着张去病来到镇上，找到一家骡马店买了两匹马，配上马鞍，欲抱张去病上马。却听张去病道："不劳赵先生，我在家时娘教会了我上马。"说时，只见他脚踩马镫，纵身一跃稳稳当当坐在马背上。赵无痕笑道："老仆倒忘了，小主人是将门之后，骑马自当不在话下。"说罢也翻身骑上马背，扬鞭催马护着张去病南下。

他们登陆之地在山东蓬莱境内。二人行了半月进入江淮地界。张去病生长在北方，头一次到南方，恰逢江南春暖花开，到处是花红柳绿，小桥流水，景色与北方大不一样，看得他心旷神怡，一路上心绪好了许多。

这一日，两人催马前行，忽见前面道上奔来数骑，几个黑衣人纵马从他们身旁疾驰而过。忽听一人"咦"了一声，掉转马头兜了回来，其他几人也跟着返回，问道："戚老三，什么事情？"那叫戚老三的汉子道："快把这个小姑娘截住！"几个黑衣人一听，将马排成一排挡住张去病和赵无痕的去路。

张去病惊道："几位大叔，为何挡我们的道？"戚老三不答话，从怀中取出一卷纸展开，纸上画着一个小姑娘头像。他看看张去病，又看看纸上的小姑娘画像，掉头对身旁一个胖老者道："柳八爷你来看，这丫头可像画上的小姑娘？"

张去病心中暗惊：这几人搞什么鬼？难道我被他们认出了，要捉我去官府领赏吗？胖老者柳八爷过去看了看那画像，又瞅瞅张去病，点头道："我看有点儿像！"戚老三道："好，咱们带她去给龙帮主瞧瞧，说不定这小姑娘便是帮主要找的丫头！"说罢卷起画像，喝道："小丫头跟我们走！"

张去病摇头道："去哪里？我不跟你们去！"戚老三喝道："不去也得去，这可由不得你！"赵无痕冷冷哼声鼻音，对戚老三一伙人恍若不见，伸手牵住张去病的马缰绳朝着戚老三一伙人走过去。

戚老三骂道："老东西，大爷叫小姑娘跟我们走，你没听见吗？你聋了？"他骂罢，一掌推到赵无痕身上，忽见赵无痕脸上青气一闪，戚老三身子一歪摔下马背，躺在地上手脚抽搐几下，便不再动弹。旁边几个黑衣人见此情形大吃一惊。一人跳下马去挽扶戚老三，叫道："老三！老三！你怎么了？"

戚老三双目紧闭毫无回应。那人伸手在戚老三鼻前一探，戚老三气息全无。那人惊叫道："柳八爷，柳八爷，啊呀，戚老三他死啦！"柳八爷大惊，他看见赵无痕没出手碰戚老三一下，也没见赵无痕抬腿踢戚老三，怎么戚老三会摔下马瞬间死了呢？他慌忙跳下马，走近前撩起戚老三衣衫，查看戚老三的身上有无伤痕，却见戚老三身上没有半点痕迹，也瞧不出戚老三有中毒迹象。眼前发生之事太奇怪，太诡异，太吓人！令他心惊肉跳，头皮发麻！柳八爷心头惊恐，抬眼望着赵无痕，怯声问道："你，你……是何人？竟敢杀我青龙帮兄弟！胆子……"他本想说"胆子不小"，忽见赵无痕眼皮一抬，双目如冷电暴射，吓得他心头一颤便住了口。他忙转身向另外几个黑衣人招手，那几人跳下马来将赵无痕围住。

赵无痕沉声喝道："滚！"柳八爷一愣，心想戚老三不明不白死去，放走这老头，回去如何向帮主交代？他朝几个黑衣人使个眼色，几人会意一齐纵身扑向赵无痕。张去病瞥见柳八爷一伙扑来，急道："赵先生小心！"

他喊声刚出口，柳八爷几人已挥拳打到赵无痕身上。赵无痕不出手也不躲闪，面孔青气陡然大盛。柳八爷等人打到赵无痕身上的拳头忽然软软垂下，几人像喝醉酒似的东倒西歪，纷纷摔到地上爬不起来。一人痛苦呻吟道："八……八爷，这老头会使妖法……啊哟，我的心子痛死了！啊哟，啊哟……"呼痛之声越来越小，转眼间那人便没了声息。其余几人也连声呼痛，不住挣扎，也渐渐没了声音。张去病看傻了眼，他压根儿没看见赵无痕出手，为何这几人都无端倒地？

他正困惑不解，却见赵无痕摇头叹道："老夫十年不出江湖，青龙帮的虾兵蟹将都敢来挡老夫的道。唉，眼下这江湖也太不成样子了！"赵无痕一面叹息，一面查看倒地之人。柳八爷功力较深尚未毙命，痛苦不堪道："啊哟，痛死我了！痛死我了！求……求你老人家给个痛快，一刀杀……杀了我罢！"

赵无痕摇头道："老夫早已不做滥杀无辜之事。我这里有颗药丸可救你一命，就看你肯不肯吐露实情！"柳八爷上气不接下气地说道："肯肯肯，求你老人家救命……你，你老人家尽……尽……管问！"

赵无痕道："你们手上怎会有我家主人画像？"柳八爷痛得紧锁眉头，道："这位姑娘的画像……眼下，各门派都有。大……大伙正拿着画像四处寻找她……"赵无痕道："各门派为何要寻找我家主人？"柳八爷断断续续道："据说这……小姑娘，被那凌霄老人救走……找到小姑娘，便可问出凌霄老人行踪，找……找到达摩石！"

赵无痕点头道："原来如此。"又道："你身上何处疼痛？"柳八爷颤声道："心……心子痛！"赵无痕道："是不是一颗心仿佛被人用手捏碎一般的痛？"柳八爷道："是是，求你老人家快赐解，解药……"说时已是满脸血红，呼吸艰难。赵无痕又道："你可知何种功夫，不着半点痕迹便能毁人心脏？"

柳八爷道："在下听说，是……是那'地藏摧心功'……啊！你……你是？你是？"柳八爷忽然瞪大双眼，惊恐万状。两眼一翻便断了气。看见柳八爷突然惊吓死去，张去病心中害怕，忙问道："赵先生，这些人为何突然都死了，是你老人家杀了他们吗？"

赵无痕道："回禀小主人，十年前，老仆曾对老主人发誓不再滥杀无辜。今日我只是运功防身，并未出手伤害他们。不料这几人武功太过低微，经受不起我内力震荡，自己枉送了性命。"张去病从小读圣贤书，心里装着仁爱古训，此时看见几人突然暴毙，心里大是惊骇。但未瞧见赵无痕出手伤人，不便再说些什么，只得道："原来如此……赵先生，往后遇上这种恶人，咱们躲开他们便是，莫让他们枉自送命。"赵无痕道："老仆遵命。小主人宅心仁厚，不过这几人必须灭口。若是放走他们，不出几日江湖上都会知晓小主人行踪，不知会有多少人找来纠缠咱们，麻烦得紧！"

张去病心知赵无痕说得有理。那日在土地庙里，他亲眼目睹法远和尚、玉真道长、白无极、"西北三探"等人拼命争夺达摩石。可见江湖中人为抢夺达摩石什么事都做得出来，若是叫他们缠上真是大麻烦。但又觉得赵无痕随便杀人终是不妥，却不知怎么说好。

赵无痕又道："小主人，眼下官府四处张榜缉拿你，武林中黑白两道的人也在搜寻你。这一路上，咱们得小心提防那些王八羔子找上门来！小主人切勿随意离开老仆，也莫乱吃食物，千万记住！"张去病点头道："好，我记住了。"赵无痕顿了一顿，侧耳听一瞬，又道："小主人，又有人来了！"

张去病往前一看，道上拐弯处果然忽奔出五骑，马上五人也是一身黑衣。中间一人身材高大，满脸络腮胡，相貌威猛。左边一人身子瘦高，脸如薄金，神情剽悍。右边一人个头矮小，满脸赤红，模样精明干练，后面跟着两个青年汉子。五人骑马奔到近前，忽见戚老三几人躺在道上，大吃一惊，立刻勒住奔马。一个年轻汉子跳下马去查看地上躺着之人，回头惊嚷道："龙帮主，大事不好！柳八爷、戚老三他们都死了！"

那身材高大之人急忙跃下马背，快步走上前查看柳八爷几人尸体，却不见身上有一点伤痕，也无中毒迹象。他环顾四周亦不见有打斗痕迹，瞧不出柳八爷等人因何丧命。他心中惶惑，一眼看见张去病和赵无痕走在道上，便对那脸如薄金的中年汉子道："穆堂主，过去问问前面两人，这是咋回事？"

穆堂主道："是，帮主。"催马上前喊道："兀那老汉，这几人被何人所害，你们可曾看见？"赵无痕勒住马摇摇头不答话。穆堂主心想：这老儿多半怕惹麻烦，不敢说实话。便对张去病道："小姑娘莫怕，对阿叔说说。你看见是谁杀了这几人？"

张去病也摇头不说话。便在此时，那青年汉子从戚老三身旁捡起掉在地上的画卷，递给那身材高大之人，道："龙帮主请看！"

龙帮主接过纸卷展开看看上面的小姑娘画像，又掉头看看张去病，心想这小丫头同图上姑娘有几分相像，莫非……她是凌霄老人救走的那个小姑娘？莫非这老者便是凌霄老人？如此一想，他忙转头看赵无痕，颤声问道："恕在下眼拙，在下斗胆问一声，前辈可是凌霄老人？"

赵无痕冷冷说道："不是！"龙帮主心想：凌霄老人百变千面，神出鬼没，说不定这老者是他装扮的。又忙说道："凌霄老人前辈，天下之事抬不过一个理字，我青龙帮兄弟纵是惹你老人家生气，也罪不至死。你老人家是武林共仰的世外高人，怎对他们下此毒手？"

赵无痕冷哼一声道："凌霄老人在武林中何等尊崇！他老人家会乱杀人吗？哼，就算他老人家杀几个人，又有什么不敢认账的？"龙帮主一听，觉得言之有理。得知眼前这老者不是凌霄老人，他那颗悬着的心才放了下来，说话也不再客气，大声喝道："你这老儿，不是凌霄老人也罢。听你口气亦是江湖中人。我来问你，这道上除了你二人之外再无旁人，我手下这几个兄弟死在这里，定是你这老儿下的毒手！哼，这几条人命怎么说？"

赵无痕跳下马背，冷笑一声，道："凭你小子，也敢向老夫叫阵？当年，便是你青龙帮老帮主'一掌翻江'霍大道，听到老夫名头也会吓得屁滚尿流！你这乳臭未干的浑小子，居然也敢向老夫叫阵？嘿嘿，好得很！"

龙帮主年纪三十多岁，早已不是什么"乳臭未干的浑小子"。他听赵无痕的口气好生狂妄，说师父霍大道听到他的名头便屁滚尿流，心中勃然大怒，正想动手。一眼瞥见柳八爷等人不明不白暴尸道上，他心生怯意，又强忍怒气，不卑不亢说道："你出言侮辱我师父，龙某本当为我师父讨个公道，但念你年迈，龙某不与你一般见识。我师父倒是给我讲了一些武林前辈的响亮名头，龙某眼拙，不知你以何名头行走江湖？"

赵无痕两眼望着天，道："老夫没什么鸟名头！只是有一年老夫在湖北道上，瞧着那'巫山帮'不顺眼，一不高兴便把它一帮大小头目二百余口人杀个干干净净！"

一听此言，龙帮主吓了一大跳，猛然想起武林中发生的一桩惊天动地的血案来。事情发生在十多年前，威震湖广江淮八省的"巫山帮"，竟然在一日惨遭灭帮横祸。那"巫山帮"内高手如云，帮主史天彪武功卓绝，绰号"破天掌"，一双铁掌能开碑裂石，在大江南北罕逢对手。帮内的大护法陆高，人称"削云刀"，以三十六式"陆家快刀"雄视武林。二护法丘岳山的"回龙手"绝技亦是名扬四海，还有六大舵主个个身怀绝技。其时"巫山帮"好生兴旺，同北方丐帮对峙，被江湖上人称"南北两帮"。岂料有一年，"巫山帮"在湖北汉阳总舵举行舵主大会，一位蒙面人突然闯入总舵，六位舵主上前阻拦那人，六人都被蒙面人一剑腰斩！史天彪帮主和两大护法陆高、丘岳山上前围攻蒙面人，三人都被他一剑穿喉！片刻之间，"巫山帮"大小头目二百余人被蒙面人诛杀干净。叫人更骇异的是，那蒙面人同"巫山帮"高手交手均是一招取人性命！蒙面人灭了"巫山帮"，在壁上画了一个催命无常便扬长而去。

巫山帮被蒙面人灭帮之事很快在江湖上传开，武林中人听说那蒙面人在壁上画了一个催命无常，都大吃一惊。因为那杀人标记近几年才出现在江湖上，谁也搞不清留下标记的是何人，是什么门派，用的什么武功。这桩轰动江湖的血案，为武林不解之谜，无人得知那凶手究竟是谁。

此时，龙帮主听见这老者自承此事又惊又疑，却又难辨真假，不知眼前老者是否真是那个大杀星。一时间他拿不定主意是为柳八爷等人讨回公道，还是赶快离开这老者。他犹豫不决，仔细打量赵无痕，见赵无痕气度儒雅，像个饱学之士，身上毫无暴戾之气，全不像是当年诛灭"巫山帮"的冷血煞星。

龙帮主寻思：据说"巫山帮"高手都丧命利剑之下，那蒙面人定是剑术大家。眼前这老者若是那蒙面人身上必带宝剑。可是他身上既没带剑，也没带刀，看来也不像是那蒙面人。如此一想，龙帮主有些不信赵无痕的话。但他行事谨慎，不敢大意，仍小心试探道："当年血洗'巫山帮'，原来是尊驾所为？这可是一桩轰动武林的大血案！尊驾一人杀了'巫山帮'二百三十四人，出手够狠毒的！"

张去病听说赵无痕一下杀了两百多人，吓了一大跳。他忽然想起，凌霄老人说赵无痕当年在江湖上令人闻风丧胆，心想如此温文尔雅的赵先生，难道以前真是一个杀人不眨眼的大杀手？

赵无痕不搭理龙帮主，仍望着天空又缓缓说道："还有一年，老夫闲逛到嵩山少林寺，一时起念，想瞧瞧少林寺的武功秘籍有何稀奇之处。夜里去到藏经阁内翻阅《少林七十二绝技》秘籍，却被少林寺和尚发现。几个和尚大呼小叫扫了老夫的兴头。老夫一不高兴便同少林寺和尚们打了一架，临走时顺手牵羊搋了一本《如意指诀》才逸下嵩山……"

赵无痕将此事说得轻描淡写，龙帮主却如听惊雷！这桩公案，他也听霍老帮主说过。那是十几年前一个中秋月夜，一个蒙面人潜入少林寺盗取武功秘籍，被少林僧人发觉将他团团围住，要他交出秘籍，那人不肯，双方动起手来。那蒙面人武功极高，先是少林寺达摩堂首座弘远大师同他交手，不敌败下阵来。后是般若堂首座弘空大师和戒律院首座弘法大师二人斗他，亦是力不能敌。罗汉堂首座弘意大师见事不妙加入战团，三人仍大处下风。无奈之下，方丈弘无大师顾不得位尊名重，亦出手加入围攻，四位高僧武功卓绝却胜不了蒙面人，被那人逃离了少林寺。

少林寺号称武林泰山北斗，让这蒙面人大闹一场全身而退，实在大扫颜面。是以少林寺僧人对此事却绝口不提，仿佛没有发生此事一般。那蒙面人是哪个门派的高手，叫什么名字，施展什么功？谁也不知道。江湖上猜测蒙面人武功如此之高，极可能是魔教教主何野风，但终无法证实。

此时听赵无痕自承此事，龙帮主寻思这老者好大胆子，他若是吹牛，将惹大祸上身。这消息一传出去，不出数日，少林寺的僧人和俗家弟子便会找他算账……哎哟，不好！倘若他真是那蒙面人，今日我青龙帮岂不是……大祸临头？想到此处，龙帮主额头上渗出了粒粒冷汗。

龙帮主兀自惊恐，却听赵无痕长叹一声，道："唉，俱往矣，十年逝去，斯人已老，英风不存……小主人，咱们走罢，别理这几个兔崽子！"张去病年幼，不知道赵无痕所说之事何等惊心动魄！但他看见龙帮主神色惊恐，也猜到龙帮主心下害怕，还没拿定主意为难他和赵先生，心想此刻赶快走开为妙，忙催马跟着赵无痕离去。

眼看他们行出几丈，那姓穆的堂主却道："帮主，这老儿说的两桩旧事，江湖上尽人皆知，他的话真假难辨，咱们别让他用几句大话唬住，坠了青龙帮的威风！"龙帮主迟疑道："这个……"回头问那满脸赤红的矮小汉子，道："段堂主，你看老者所言是真是假？"

段堂主低声道："要知真假，只有一试！"龙帮主悄悄问道："如何试法？"段堂主道："咱们追上去发几枚暗器试探一下，看他武功高低便知真假。"

穆堂主在旁摇头道："这可不成。倘若老者真是那蒙面煞星，咱们难逃他毒手！"段堂主道："穆兄别担心，咱们远离他出手，他若武功甚高，咱们打马便逃。他要顾及那丫头，一定不会追杀我们。帮主，你看如何？"

龙帮主行事谨慎，却也不能在属下面前露怯，便说道："好，追上去试他一试！"龙帮主伸手摸出两枚铁莲子握在掌心。穆堂主从囊内取一柄飞刀拿在手上，段堂主手掌上扣一支袖箭。三人打马追去，离赵无痕数丈之遥，正欲发出暗器。岂料赵无痕突然回过头来，双眉一掀目光如电射出，吓得三人心头一颤，暗器竟然发不出手。

赵无痕冷声道："三个兔崽子还在等啥？怎么不动手？"穆堂主讪讪道："在下不敢……咳，尊驾杀了我帮几位兄弟，连姓名都不留下就走，这可不符江湖规矩！"

赵无痕冷笑道："你们问清老夫的名头，日后好找我报仇是不是？哼，只怕知道老夫名头，你们几个兔崽子要后悔八辈子！如若不信，你们剖开这几具死尸看看，便知老夫之言是真是假！"

段堂主道："尊驾主意不错，我们去剖尸查看，你就溜之大吉！拿我们当三岁童子打发吗？"赵无痕冷笑道："老夫在此等着，半步不动，今日我倒要瞧你们几个兔崽子有何手段！"

龙帮主等人退回到柳八爷身旁，段堂主跳下马对柳八爷尸首施礼道："八爷，对不住了，兄弟要查清你是如何被害死的，对头是何许人，方能为你和几位兄弟报仇！"说时，他抽出一把利刃挑开柳八爷衣服，将刀插进柳八爷体内拉开一条长口子，污血顿时流了一地。段堂主一看柳八爷腹内，惊得跳起来，大呼道："帮主，你们……快来看！"

龙帮主和穆堂主急步走近前一看，二人大惊失色。只见柳八爷心脏乌黑，中间裂开一条两寸长口子，胸腔内积大片瘀血。三人对视一眼，似乎不相信眼前看到的情景。段堂主颤声问道："帮主，柳八爷是被那……那……邪功所害吗？"

龙帮主神色紧张道："先别惊慌，穆堂主，你再去打开戚老三肚子看看。"穆堂主将戚老三翻过身来，也在胸上划开一条大口子，低头去看戚老三内脏，只听他"啊呀"一声，吓得手中短刀"咣当"掉在地上。原来，戚老三的心脏伤得和柳八爷一模一样。

龙帮主一看更无怀疑，失声惊呼："'地藏摧心功'！他们死于'地藏摧心功'！"段堂主战战兢兢道："这怎么可能呢？怎么可能呢？十年前，那个大，大……被打下万丈深渊，早不在人世了啊！"

龙帮主惊恐万状，掉头望着赵无痕，声音颤抖道："啊，啊！你，你……你是'大无常'！"

张去病听见"大无常"三字，心想，"无常"是阴曹地府的催命官，他们怎么叫赵先生"大无常"？这是赵先生在江湖上的绰号吗？赵先生这个绰号也真够吓人的，难怪他们如此害怕。

忽听赵无痕森然吟道："撞见'大无常'，必定见阎王；九死无一生，惨绝魂飞扬！"龙帮主几人一听吓得浑身瑟瑟发抖。这句非诗非歌的低吟，在江湖上称为"夺命吟"，是那"大无常"惩恶扬善的信号。赵无痕吟罢，神情木然道："你们既知老夫名头，可知老夫的规矩？"

龙帮主惨然道："在下久闻江湖传言：'大无常'惩恶扬善，用'地藏摧心功'惩罚恶人。对大恶大奸之辈，'大无常'用此功使他患上顽痛，无药能治，受尽锥心痛苦折磨，生不如死。对罪大恶极之人，'大无常'便逼他吞服那'炼魂丹'。据说此药毒性发作，使人浑身没半分力气，心肝脏腑却像被千万只蚂蚁叮咬，奇痒难当，而又动不了一个指头去搔痒，叫他精神错乱，猪狗不如，七七四十九日受尽无穷折磨而死！"龙帮主说着，背心上已是冷汗淋淋。

赵无痕道："几个兔崽子倒还有点记性……老夫十年不出江湖，还道'地藏摧心功'和'炼魂丹'的厉害已无人知晓……看来，你们一定是听说过青海派掌门人马天雄、金陵府大刀门掌门人齐环山、山东泰山派掌门人华子岗等人服下'炼魂丹'，不听老夫差遣惨死之事，是不是？"龙帮主三人点头不迭。龙帮主嗫嚅道："是是。小人是听说过。"此时三人心中万分后悔，暗骂自己真是瞎了眼睛，怎么招惹这个大魔头！

赵无痕又道："既然知道老夫的规矩，你们是服下颗'炼魂丹'呢？还是要尝尝'地藏摧心功'的味道？"赵无痕说时从怀里摸出一个青色小瓷瓶，倒出三颗黑色药丸放在手掌上。龙帮主暗中向两位堂主使个眼色，忽然间三人撒腿飞奔，落荒而逃。三人不愧是老江湖，各人朝一个方向逃逸，欲叫赵无痕不知去追谁好。

哪知三人刚纵身蹿出一丈远，龙帮主忽觉背心被人抽了一鞭。这一鞭力道太大，将他抽得斜飞出去撞到穆堂主身上，穆堂主又被他撞飞过去挡住段堂主的逃路。三人这么一碰撞瞬间，赵无痕已手执马鞭站到他们面前。

张去病在一旁看得傻了眼。适才龙帮主三人突然逃走，只见赵无痕冷笑一声，一鞭抽出去打在龙帮主的背上，竟然将龙帮主打飞去撞到穆堂主，穆堂主又被龙帮主撞飞去挡住段堂主，赵无痕这一鞭打得三个人撞到一块，力道大得匪夷所思！他忙睁大眼睛，看龙帮主三人如何动作，却见龙帮主和段堂主站住不动，脸色惨白。那神情剽悍的穆堂主再次蹿出往马背上跃去。只见赵无痕挥鞭抽去，"嗖"的一声鞭子卷缠在穆堂主腰上。赵无痕挥舞马鞭带着穆堂主在空中旋转。穆堂主武功了得，只见他身子一沉使出"千斤坠"功夫落到地上。赵无痕不等他站稳，又一鞭抽得他飞快旋转起来。穆堂主几次使出"千斤坠"功夫想稳住身子，赵无痕却左一鞭，右一鞭，抽得他不停旋转，犹似一只飞旋的陀螺，身子怎么也停不下来。

穆堂主的"千斤坠"功夫在江淮一带无人能比，却被赵无痕用马鞭抽得他似陀螺旋转，怎么也停不住身子。龙帮主在一旁看得心中大骇，心想老魔头这功力惊世骇俗，世间只怕没有几人能及！穆堂主不知转了多少圈，只觉得五脏六腑如翻江倒海，两颗眼珠子仿佛都要转飞出去，身子骨仿佛被马鞭抽打得快要散架。他想开口求饶，哪里还说得出话来？

张去病看见穆堂主像陀螺一样飞转，觉得好玩。心想将来向赵先生学会这手功夫，日后在江湖上与人交手无须用刀剑伤人，只须将对手转得昏天黑地，迫他认输便成。

龙帮主眼看穆堂主再转下去性命不保，忙上前躬身央求道："在下斗胆，求'大无常'手下留情！"赵无痕斜视他一眼，道："你凭什么为他求情？"龙帮主直起身来，昂然道："穆堂主是我的朋友，龙某不能见死不救！"赵无痕冷笑道："凭你小子这点能耐救得了他吗？"

龙帮主道："在下这两手三脚猫功夫要在'大无常'手下救人，那是不知天高地厚！在下是求'大无常'，让龙某用一命换一命。请'大无常'放过穆堂主，让龙某代替他受罚。"

张去病听了暗暗叫好。心想这龙帮主愿舍命救朋友，不愧是条汉子！赵无痕转过眼珠，上下瞧龙帮主一眼，突然一挥马鞭，张去病吓了一跳，以为赵无痕要对龙帮主下手，正要开口为龙帮主求情。却听赵先生道："你这小子还有点血性。老夫答应你，暂不取这小子的性命！"赵无痕说罢将鞭稍往穆堂主身上一点，穆堂主身子蓦然停住，但人已转得虚脱，身子如一堆烂泥瘫软在地上。龙帮主和段堂主忙上前将他扶起来。

赵无痕冷眼看着他们，缓缓说道："几个兔崽子，你们心里是不是骂老夫手段狠毒？"龙帮主三人均想：你这大魔头不狠毒，江湖上再也没有狠毒之人！可他们哪敢吭声？赵先生冷笑一声将马鞭呼地横扫出去，抽在道旁一棵直径碗口粗的树上，只听"咔嚓"一声那树晃了几晃，树干断成两截倒在道边。看见赵无痕露这一手功夫，龙帮主三人大吃一惊，心想他能将一根柔软马鞭使得如快刀轻易把一棵树斩断。适才他若这么一鞭抽在我三人身上，我三人岂不早已身首异处？龙帮主惶惶道："小人们，谢'大无常'手下留情！"

赵无痕道："老夫是留了那么一点情。不过，'撞见"大无常"，必定见阎王'的规矩可不能坏……我再问你们，是自己服下这三颗药丸呢？还是要尝'地藏摧心功'的滋味？"

龙帮主与两位堂主惨然对视一眼，三人忽然拔出刀剑往自己脖子上抹去。张去病惊得"啊"的一声。忽听见叮叮当当几响，只见三人手中刀剑一齐掉到地上。张去病一愣，不明白瞬息之间发生了什么事情，只见龙帮主三人望着地上刀剑发愣。他随三人的目光看去，瞧见三把刀剑上贴着三片翠绿树叶。

原来在龙帮主三人举刀自刎瞬间，刀剑忽被暗器击中。三人只觉虎口剧痛再也握不住兵器，还以为刀剑中了什么金属暗器。此刻一看打掉他们刀剑的暗器竟然是三片树叶。三人心下大骇，又不由万分佩服。心下寻思老魔头这手功夫，只怕天下罕有人能同他比肩！

赵无痕道："三个兔崽子想死得干净利落的吗？哼哼，没这么便宜！"三人一哆嗦，跪倒地上磕头如捣蒜，道："小人们有眼无珠，冒犯了'大无常'，求你老人家别让我们服那'炼魂丹'，让我三人死个痛快！"

赵无痕厉声道："老夫退隐十年，心已向善，本不想伤害你们。我说出那两件陈年旧事，想叫你们知难而退。可你们却想暗算老夫，还敢向老夫叫阵叫我留下姓名。哼哼，老夫的名头是随便让人叫留下的吗？"

龙帮主道："小人们瞎了眼，冒犯你老人家，罪该万死！望'大无常'念我三人未作大恶，请你老人家高抬贵手！"

赵无痕喝道："不成！十年前，老夫搅得江湖上腥风血雨，仇家甚多。虽然他们有的已死，但他们的师兄师弟，三亲六戚，七姑八舅，徒子徒孙还在。他们若知道老夫重出江湖，定会打搅老夫的清静……你们三人已知十多年前那两件事是老夫所为，传将出去，老夫和我小主人都不得安宁。嘿嘿，老夫可不能放过你们！"

龙帮主忙道："请你老人家放心，我等决不敢泄露半个字！日后，我们如是走漏半点风声，任随你老人家严惩！"

赵无痕冷笑道："老夫从来不做空口白说的买卖！眼下有三条道，由你们挑选：那第一条，便是老夫用残酷手段取你三人小命……"张去病忙道："赵先生，这几位大叔没伤害咱们，请莫伤他们性命。"

赵无痕道："好，老仆遵命。"又对三人说道："既然小主人为你们求情，老仆暂不取你三人性命。"龙帮主三人忙向张去病拱手道："多谢小姐救命大恩！"却又万分诧异：这个令武林中人闻风丧胆的大魔头，怎会给这小丫头当仆人？这小姑娘究竟是什么人？

赵无痕对三人说道："死罪可免，活罪不饶！那第二条道，便是服下老夫的'炼魂丹'，乖乖听我小主人差遣，尔等愿走这条道吗？"

龙帮主和穆堂主一齐摇头。段堂主结结巴巴道："那第……第……第三条道，请，请你老人家示下……"

赵无痕道："第三条道嘛，便是服下一剂老夫秘制的'忘忧散'，忘掉你们记得的人和事，变成三个浑浑噩噩的白痴，免得你们泄露老夫重出江湖之事！"龙帮主三人一听，额头上豆大汗珠滚掉地上。

张去病也听得傻了眼，他本以为赵无痕会放了这三人，没料到他还有狠招整治他们。心想：赵先生在悬空岛修身养性十多年，行事还这般邪门。若是十多年前，还不知他何等怪邪！他正暗叹，听龙帮主道："罢，罢，罢，我们愿服'炼魂丹'，听小主人差遣！"

张去病大为诧异，刚才赵无痕提起这"炼魂丹"，龙帮主三人吓得魂飞魄散，宁死不吃那毒药，为何这一瞬间忽然改变了主意呢？他哪知道，适才三人突然得知眼前老者便是传说中的"大无常"，一时吓得六神无主，宁可自尽，也不服那"炼魂丹"受无尽折磨。此时心神稍定，三人暗中盘算服下"忘忧散"变成白痴，活着不如死，这条道万万不能走。服下"炼魂丹"听这小姑娘差遣，只要把这小丫头哄得高兴，日后求她叫老魔头解除"炼魂丹"的毒，或许有一线希望。如此一想，三人便改变了主意。

赵无痕道："三个兔崽子还不蠢。好，你们把这三粒'炼魂丹'吞下！"三人走上前去，一人拿了一颗药丸放进口中，喉头蠕动几下便将药丸咽下肚内。

赵无痕又道："服了我这'炼魂丹'，你们功力会大增，其实对你三人大有好处。只要你们对我小主人忠心不贰，嘿嘿，这'炼魂丹'再厉害，也同你们没啥干系！"

龙帮主三人齐声道："属下忠心听候小主人差遣，不敢有半分差池！"赵无痕道："你们过来，见过你们的小主人。"三人走到张去病马前，一齐躬身道："属下参见主人。"片刻工夫，张去病看见三个江湖豪客忽然变成自己的下属，叫自己主人，他小小年纪不知如何应对，手足无措道："三位大……哥，别……客气。"

赵无痕又道："把你们的名号报给小主人听听。"龙帮主道："属下姓龙名飞，青龙帮帮主。江湖上送属下一个绰号：'翻江青龙。'"赵无痕问道："如此说来，你是前任帮主霍大道的徒弟了？"龙帮主点点头。道："属下是他老人家的大弟子。"

赵无痕点头道："霍帮主四十二式'滚龙拳'想必传授给你了。在武林中，你也算得上一把好手！"龙帮主面露喜色，道："谢谢大，大……老人家夸奖。"他本想叫"大无常"，立觉不妥，忙改口称"老人家"，一时间显得语无伦次。

赵无痕道："老夫姓赵，你们叫我'赵先生'罢。"龙帮主三人齐声道："是，赵先生。"赵无痕又问穆堂主，道："适才，老夫看你纵跃身法，可是湖北'九头怪侠'肖子安的传人？"穆堂主道："属下正是肖恩师的弟子。属下姓穆名兴，外号'冲天雕'，是青龙帮黑水堂堂主。先师在世时常向属下提起赵先生，他老人家对赵先生景仰得很！"

赵无痕一怔道："肖子安谢世了吗？"穆堂主道："我师父已在前年病逝了。"赵无痕叹道："可惜，可惜！江湖上又少了一位奇人！"顿了一顿，又道："肖子安的独门绝技三十二式'鹰搏手'，倘若能练到极致那也是端的了得！"穆堂主道："谢谢赵先生夸奖。"

段堂主不等赵无痕发问，忙自报师门，道："在下叫段阳，青龙帮碧水堂堂主，师父是安徽合肥宋世英。"赵无痕道："据老夫所知，你师父'七星子'宋世英的独门绝技是一十八式'黄山揽云掌'，不知你将此功练到第几式？"段堂主道："在下愚笨，只练到十一式'观云飞瀑'。"赵无痕道："那也不错了。你若把一十八式'黄山揽云掌'练全，大可睥睨江湖！"段堂主道："属下谢赵先生勉励！"

三人通报了姓名，赵无痕道："你们既然归顺了小主人，老夫也不对你们隐瞒。你们的小主人叫张去病。他是岳飞元帅的外孙，张宪将军的儿子，忠臣的后代。张公子扮成小姑娘，是为了躲避秦桧奸贼的缉拿。"

南宋之时，武林人士大多把岳飞视为大英雄、大忠臣，极是敬仰。岳飞被害后，江湖豪杰无不义愤填膺，扼腕痛惜。龙帮主三人一听小主人是岳元帅的外孙，顿时对张去病肃然起敬。均想能为岳元帅后人效力那是应当，心中怨气立时消散。

赵无痕又说道："小主人家人被朝廷押解到临安城，不知凶吉如何。老夫命你三人这就去临安城打听小主人家人的消息。我同小主人随后便到，咱们约定十日后在临安城东门口会面。"龙帮主躬身道："属下遵命！"说罢，转身叫那两个青年汉子掩埋戚老三、柳八爷等人的尸体。他和两位堂主向张去病拱手道别，便打马奔驰而去。

望着三人远去，赵先生躬身道："小主人，老仆擅自做主为你收下这三人为仆，还望主人不要见怪。"张去病忙道："不怪，不怪。"赵无痕又道："老仆寻思秦桧势大，小主人要报一家血海深仇，只身一人只怕不成，老仆便给小主人寻些帮手。只是这些江湖汉子桀骜不驯，老仆若不使点手段将他们制服，他们不会乖乖听小主人的话。"先前，张去病还觉得赵无痕对付龙帮主三人的手段过狠，此时才恍然大悟，忙道："去病谢谢赵先生！"

赵无痕道："辅佐小主人是老仆分内之事，小主人勿须言谢。小主人放宽心，先差他三人去临安打听，咱们一到临安城，你便可知晓家人消息了。"张去病高兴道："赵先生想得真周到！"说罢打马疾行，急盼去临安城与家人见面。

二人行出一程，张去病忽然道："赵先生，你老人家的武功如此之高，你是哪个江湖门派的人？"前些日子在海上航行，赵无痕给他讲述了各武林门派的大致情形。那时他不知赵无痕武功卓绝，没想到问赵无痕的门派。此时看见赵无痕武功极高，威名奇大，不禁好奇出口询问。

赵无痕道："老仆门派名称，说出来有点儿吓人，小主人听了可别害怕。老仆所属门派名叫'地藏宫'。"听到"地藏宫"三字，张去病顿时想起民间传说的阴曹地府，心下的确有些害怕。忙问道："赵先生，'地藏宫'是什么门派，为何取这么吓人的名字？"

赵无痕道："'地藏宫'是个秘密门派，专门惩罚武林恶人。武林中有不少人为非作歹，称霸一方血债累累。'地藏宫'便派人去惩罚这些恶人，为受害人讨回公道。咱们用严酷手段整治恶人，让他们生不如死，如同在地狱受尽无穷痛苦，震慑世人不敢作恶，所以取名'地藏宫'。"

张去病又道："赵先生，龙大哥他们称你老人家'大无常'，又是怎么回事呢？"赵无痕笑道："老仆是'地藏宫'的'惩恶扬善使者'，专司诛杀恶人之职。老仆一生诛杀恶人无数，所以江湖中人一提起我个个心惊胆战，称老仆为'夺命追魂大无常'。"

张去病恍然道："原来'地藏宫'专门诛杀江湖恶人，难怪赵先生武功高得不得了！"赵无痕点头道："小主人说得不错，本门武功确是深不可测，所以老仆在江湖上惩罚恶人未逢敌手！"张去病道："刚才龙大哥他们提到你使的一门功夫害怕至极。赵先生，那是一门什么功夫？"

赵无痕道："那是我派独门绝技叫'地藏摧心功'。我派内功同别派大不一样，别派的内功是将对手震伤或震死。我派的'地藏摧心功'却以阴绵内力毁人心脉，摧人心脏，取人性命于无声无息之际。所以江湖人士非常惧怕，他们把我派'地藏摧心功'称为'天下第二邪功'！"

张去病听见"地藏摧心功"如此阴毒，心生寒意，却又忍不住问道："赵先生，那'天下第一邪功'又是什么功夫？"

赵无痕道："那是魔教的'日月双环功'。"张去病恍然记起，凌霄老人说魔教教主风云龙，当年以'日月双环功'独斗寇谦之和达摩的故事。心想那"日月双环功"能使别人互相斗内力，当真邪门得紧，被称为"天下第一邪功"当之无愧。想到此处，张去病又道："赵先生，除了'地藏摧心功'之外，'地藏宫'还有什么高深武功？"

赵无痕道："还有两套剑法，一套剑法叫'幻剑七式'，另一套叫'无影剑法'。除此之外，还有一套指法叫'地藏幽冥指'。"张去病道："都很厉害吗？"赵无痕道："都厉害至极！"张去病自从练上武功非常痴迷听"地藏宫"这几门绝技，高兴道："赵先生，往后有空，请演示给我看看！"赵无痕道："老仆遵命。"

张去病又道："赵先生，我还有一事不解：'地藏宫'专门惩罚江湖恶人，难道不惧恶人找'地藏宫'寻仇吗？"

赵无痕道："正是因此，'地藏宫'才隐秘不宣。外人既不知我'地藏宫'内情，更不知'地藏宫'在何处。'地藏宫'高手行走江湖铲除恶人都戴面具，从不以真面目示人。倘若受伤被擒便立即服毒了断，决不外泄'地藏宫'秘密。所以江湖恶人要想找'地藏宫'报仇皆无从着手。偶尔有个把不知天高地厚的恶人找上门来，嘿嘿，那叫上门送死有来无回！"

张去病听得心里凉飕飕，虽说"地藏宫"诛杀恶人是为江湖做好事，可是行踪诡秘，总让人觉得有点怪邪。他转念又想："地藏宫"隐秘行事也是迫不得已。倘若不隐匿行踪便会遭到江湖恶人围攻，那可大大不妙。想罢，又问道："赵先生缘何入'地藏宫'？"

赵无痕戚然道："老仆入'地藏宫'，那是为了报仇！"张去病一惊，道："为了报仇？赵先生报什么仇？"赵无痕长叹一声，道："此事说来，不怕小主人见笑。老仆是为报情仇！四十多年前，老仆与一位官家小姐倾心相爱，我二人山盟海誓以命相许。那时老仆还是一个读书人，一门心思想进京考上一官半职，风风光光迎娶小姐成亲。不料考期未至，小姐却随她父亲去成都上任。半途上被一个武功高强的恶人抢走。那恶人看见小姐美貌欲强暴她。小姐拼死不从，跳下锦江以身殉情！"

张去病忙问："赵先生，那恶人是谁？"赵无痕道："那恶人是江湖上的淫贼，狡猾无比，江湖中人给他取个外号，叫'九眼狐狸'！"张去病又问道："赵先生，后来呢？"

赵无痕道："我得知噩耗痛不欲生，去成都跳下锦江自尽，想同那小姐合葬江底。不料却被我师父救起。醒来后，我发誓为小姐报仇后再跳锦江去阴间与她结成夫妻。师父他老人家看我如此痴情，便收录我进了'地藏宫'。他老人家深察我人品和禀赋，见我天资不错便传授我上乘武功。"张去病问道："学了武功，赵先生后来报仇了吗？"

赵无痕点头道："练成武功后，我去找'九眼狐狸'报仇。那淫贼不敌老仆使狡计逃走。他四处东躲西藏，我找了几十年都没找到这淫贼。我愧对那死去的小姐，本想再投江殉情。但想到还没为她报仇，且天下恶人还多，便听师父劝导当"地藏宫"'惩恶扬善使者'，专门惩治恶徒。"

张去病道："赵先生，你师父是谁呢？"赵无痕道："我恩师叫欧阳山人。江湖上只知他老人家是一位隐居世外高人，谁也不知道他便是"地藏宫"主人。江湖中人把"地藏宫"主人称为'地藏王'，却没人知道'地藏王'便是我恩师。"张去病困惑道："怎的称你师父叫'地藏王'？怪吓人的，难道你师父他老人家像阎王爷那么可怕吗？"

赵无痕摇头道："主人有所不知，'地藏王'虽然又叫阎王，但阎王有铁面无情的一面，却也有慈悲的一面。世人只知阎王统治幽冥界众鬼，铁面无私，专管赏罚。却不知'地藏王'以慈悲为怀还管鬼界教化，有超度鬼魂之功德。我师父他老人家不只是叫门下弟子罚恶，他还令我们引导恶人向善，实是菩萨心肠！"

听到此处，张去病仍有几分迷惑，问道："赵先生，'地藏宫'对恶人一概诛灭，那些恶人死都死了，还怎能祛恶向善啊！"赵无痕摇头道："'地藏宫'诛杀的恶人都是罪大恶极之徒。这种杀一儆百对小恶人能起震慑作用。他们怕遭报应便不敢再作恶行，故能祛恶向善。"

张去病听罢，心中释然。他天性痴迷武功，眼见赵先生武功如此之高，心想他师父欧阳山人的武功不知高到何等地步，忙问道："赵先生，你师父的武功一定高得不可限量，是吗？"

赵无痕点点头，道："正是。小主人听说过'武林三老'吗？"张去病摇摇头。赵无痕道："武林中有三位年近百岁的前辈高人，合称为'武林三老'，一位便是咱们的老主人凌霄老人，一位则是我师父欧阳山人，还有一位是那南海子午岛主。他们的武功已达巅峰之境。我师父同另外二老齐名，你可想见他老人家武功有多么高了！"

张去病听得神往，叹道："唉，我若有缘，能一睹你师父他老人家高深武功，那该多好！"却听赵无痕也长叹一声，道："当年，我受人之骗错杀了一个好人。惹得他老人家生气，被师父赶出"地藏宫"，不让我再去见他。如今一别十几载，不知他老人家是否还仙健？唉，今生今世我别无他望，只盼恩师准我见上他老人家一面……"张去病好奇道："当年你受人之骗，错杀了一个好人，这是怎么回事？"赵无痕摇头叹道："唉，此事说来话长，咱们不提它也罢……"张去病听赵无痕话语沉痛，生怕惹他伤心便不再往下问，忙转变话头问起武林中别的事来。

主仆二人骑在马上，边赶路边聊天。晓行夜宿，不知不觉走了十日，倒也没有遇到什么麻烦事情。这一日来到临安城下，二人刚进城门，见穆兴在道旁茶水棚下向他们招手。张去病上前道："穆大哥辛苦了！"

穆兴道："禀告主人，龙帮主派属下前来迎接主人和赵先生到客店叙话。"穆兴说罢，领着张去病和赵无痕穿过两条街，走进一家客店。龙飞和段阳看见他们进店，迎上前来躬身道："参见主人，参见赵先生！"待众人坐下，赵无痕问道："龙帮主，可打听到岳元帅家人的消息？"

龙飞道："我们打听到小主人一家人上月被押解到临安，亏得韩世忠元帅派人严密保护，才未遭秦桧老贼毒手。那秦桧奸贼上奏一本要昏君赵构将小主人一家处死。韩世忠元帅和张俊将军联名上书死保小主人一家，昏君才将岳爷家人流放云南。本月初三，小主人家人被朝廷发配充军去云南，已经走几天了。"

听见这消息，张去病大失所望，忙问道："龙大哥，我的家人安好吗？"龙飞道："属下问那知情人，他说主人家人都安然无恙。只是主人一家发配去云南甚是凶险！"张去病一惊，急问道："去云南有什么凶险？"

龙飞道："属下想法子请秦府一名武师喝酒。那厮喝得微醉时吐露真情，说主人一家流放云南要经过南宁州，那是梁王的封地。昔日较场比武，岳爷一枪挑死了老梁王。秦桧老贼派人去密报那小梁王，叫他在南宁除去岳爷家人为老梁王报仇。倘若此计不成，老贼要另派高手去云南，在途中将小主人一家斩尽杀绝！"

张去病一听大急道："赵先生，这如何是好？"赵无痕寻思一会儿，道："主人勿忧，咱们可以兵分两路。一路人护送主人去回春谷找药王治病，另一路人连夜赶去南宁，保护主人一家。"

张去病道："如此甚好。"心里稍安。又道："赵先生、几位大哥，今日去病想去拜祭外公、我爹和我舅的坟，但不知他们葬在何处？"段阳道："岳爷葬地，在下也探听清楚了。岳爷和两位将军遇害后，牢里狱卒隗偷将他们遗体偷运出城外，草草葬在临安城郊九曲丛祠。"

赵无痕道："好，咱们先吃饭填饱肚子，便陪同小主人去奠祭岳爷和两位将军。"穆堂主叫店家送上酒饭，几人匆匆吃罢便起身走出店门。来到街头，段阳和穆兴买了祭奠用品，打听清楚九曲丛祠所在，五人翻身上马直奔那九曲丛祠而去。

他们打马出了城门不多时，远远看见一个坡上埋有不少坟茔。五人将马系在山下树林中，爬上土坡分头在乱坟堆中寻找岳爷坟墓。忽听龙飞道："主人，岳爷的墓在此处！"张去病忙走上前去，看见坟前既无墓碑也无供台，只插着一块巴掌宽的木板上书"岳飞之墓"。相邻不远有两个新坟也是竖立两块木板，各书"岳云之墓"和"张宪之墓"。三个坟埋下不久，坟堆上已长出青青嫩草。坟前有人烧过的几堆钱纸灰，残留着燃过的烛和香，不知何人前来拜祭过。

看见三个坟茔，张去病热泪夺眶而出，疾步走去跪在坟前痛哭不止。段阳和穆兴在三个坟前摆上供品，点燃香烛，请张去病上香祭拜。张去病擦去眼泪捧着香，在每个坟前叩头。悲愤道："外公、爹、舅舅，你们被秦桧奸人害死，含冤九泉，去病一定杀这老贼为你们报仇雪恨！"

赵无痕和龙飞、穆兴、段阳三人跟在他身后拜了几拜，又到三个坟前烧了些纸钱。赵无痕扶起张去病，道："小主人节哀，秦桧老贼耳目甚多，此处不宜久留，咱们走罢。"张去病看了看亲人坟墓才转身离去。刚走过几座坟，忽听有人大声喝道："大胆贼子，竟敢来拜祭反贼岳飞，给我统统拿下！"

张去病吃了一惊，回头看去，只见西北角上奔来十余人，转眼之间奔到近前。当先一人下巴上长着个肉瘤，他一眼认出是柯金龙。旁边三人却是在土地庙内见过的"西北三探"金彪、祝豹和彭虎，后面还跟着八个红衣喇嘛。

张去病惊道："不好！赵先生，这几个人认得我！"赵无痕道："主人莫慌，待老夫打发他们！"龙飞、穆兴、段阳三人行走江湖认得柯金龙和"西北三探"，便轻声向赵无痕讲了这四人的来历。

柯金龙率众奔到近前站住，注目打量张去病等人。那日在汤阴县河旁，柯金龙见过张去病，但那时张去病一身男童打扮，此时扮成一个小姑娘，柯金龙觉得有几分面熟，却想不起这小姑娘是谁。"西北三探"在土地庙见过扮成女童的张去病，一眼便将他认出。追踪高手"金毛犬"彭虎兴奋道："柯教头，这姑娘便是被凌霄老人救走的那个小丫头！"

柯金龙脸露喜色。侧眸看见张去病身旁跟着一位青袍老者，心中一惊忙挥手叫那八名红衣喇嘛四处散开，将张去病几人围住。柯金龙两眼盯着赵无痕，缓缓道："请问尊驾，可是凌霄老人前辈？"凌霄老人在武林位望极尊。那夜柯金龙亲眼看见凌霄老人在秦府夺走达摩石身手形同鬼魅，此后又听"西北三探"讲述老人与白无极交手的神奇功夫，心中对老人大是忌惮。此时听彭虎说这小姑娘便是老人救走的，恰巧又瞧见张去病身旁有一老者，他便怀疑赵无痕是凌霄老人，不由紧张起来。

"西北三探"见柯金龙询问赵无痕，三人的脸色唰地一下变得惨白。三人刚才只顾看见被凌霄老人救走的小姑娘，没注意赵无痕。此刻一听柯金龙问赵无痕是不是凌霄老人，三人才均想凌霄老人最擅易容，这老者保不定便是凌霄老人装扮的！"八臂神鞭"祝豹战战兢兢道："柯教头，咱，咱们还是走罢……莫要，这个，惹他老人家生气。"

却听赵无痕冷冷道："老夫并非凌霄老人。你们快滚！别挡老夫的道！"柯金龙等人一听，半信半疑。四人仔细打量赵无痕，心中拿不准他是不是凌霄老人，一时间不敢贸然动手。龙飞、段阳、穆兴却站在一旁幸灾乐祸。十几日之前他三人在道上，也是这般怀疑赵无痕是凌霄老人，傻里傻气地盘问赵无痕结果大触霉头。幸亏张去病求情，他们才侥幸保住性命。此时看见柯金龙等人重蹈覆辙，死到临头还不知晓，三人不禁暗暗好笑。

柯金龙犹豫不决，回眸认出龙飞、段阳、穆兴三人，忙拱手道："啊哈，那不是青龙帮龙帮主、段堂主和穆堂主吗？你们怎么……也在这儿？"龙飞、段阳、穆兴也拱手还礼。龙飞道："柯大侠，'西北三探'，别来无恙！"柯金龙道："还好、还好，柯某在朝廷混口饭吃，受人辖制，哪有三位在江湖上逍遥快活！"

'西北三探'中，"金毛犬"彭虎最为谨慎，忙道："龙兄，几年不见，听说你那青龙帮好生兴旺！这位前辈是谁？龙兄为我们引见引见！"龙飞知他想弄清赵无痕是何人，便笑道："彭兄不认得吗，这位前辈是赵先生啊！"柯金龙和'西北三探'一听，都想赵先生？赵先生是何许人？怎么江湖上从未听人说过？转念又想只要他不是凌霄老人，便不足惧，四人顿时放下心来。柯金龙道："龙帮主，柯某奉命捉拿岳飞反贼党羽，你们只要交出这小姑娘，让柯某向上面有个交代，便不为难诸位。"

龙飞道："柯教头对不起，这位小姑娘是龙某故人之后，龙某有庇护之责，还望柯教头网开一面。"柯金龙寻思追寻达摩石的线索落在这小姑娘身上，柯某怎能放过？干笑一声道："龙帮主，柯某爱莫能助！咱们公事公办，凭手上本事了断！"

龙飞道："手上见真章，好得很啊！咱哥儿仨输了，这小姑娘任你带走。"柯金龙冷笑一声，道："几年不见，看来三位武功精进，柯某倒要领教领教！"回头对八个红衣喇嘛说道："几位大师，请将这伙反贼拿下！"

八个红衣喇嘛是秦桧从吐蕃国聘来的高手，号称"雪域八佛"。八人身怀密宗绝技，新近才到中土来，都想显露身手。一个长着满脸络腮胡子的矮小喇嘛喝道："兀那反贼，快乖乖受绑！"

穆兴挺身上前道："吐蕃胡僧竟敢在我大宋国拿人，你他娘的当差当错了地方，是不是喝黄汤喝晕头了？"

矮喇嘛不知"黄汤"指何物，摇头道："你说什么？大和尚从不喝黄汤，只喝酒！"穆兴笑道："你他娘的只喝酒，这倒同老子相像！"不料那矮喇嘛勃然大怒，道："你？你敢占佛爷的便宜！"穆兴奇道："我几时占你便宜了？"

矮喇嘛道："我爹爱喝酒，我从小也喜喝酒，我爹说我同他相像。你说我同你相像，你这黄脸贼岂不是在混充我爹？"众人听了哈哈大笑，穆兴却正色道："我是不是你爹，你得去问一个人。"矮喇嘛一怔，道："去问谁？"穆堂主笑道："这都不知嘛，你去问你娘啊！"

矮喇嘛一愣瞬间明白其意，大吼一声扑向穆堂主。他身材矮敦行动却极快，相隔穆兴两丈多远，纵身一跃"呼"的一拳已打向穆堂主前胸。穆兴嚷道："啊呀，儿子打老子，忤逆不孝！"嘴里大嚷，身子斜闪，如一只大鸟飞掠开去。矮喇嘛这一拳打在他身后一块墓碑上，"砰"的一声响，石碑被打飞一角。众人皆是一凛，不敢再小看这矮喇嘛。

矮喇嘛一拳不中，飞起一腿踢向穆兴下阴。穆兴侧身一让，右手拢成鹰嘴向矮喇嘛腿上的"阳交穴"一叼，左手捏成鹰爪朝矮喇嘛头顶抓下。这两招是三十二式"鹰搏手"的"擒兔式"，攻击甚是凌厉。矮喇嘛应变极快，就地一滚躲过穆兴的两招急攻，躺在地上双腿跟着连环踢出"盘龙腿""绊马腿""叼狼腿""博虎腿"。穆兴跃上半空使出"鹰搏手"的"踏蛇四式"，也连踢四腿。

当年，穆兴师父"九头怪侠"肖子安在深山偶见一只大雕斗蟒蛇。那雕围着蟒展翅低飞，利爪右一抓，左一踩，竟将大蟒开膛破肚置于死地。肖子安从大雕身上悟出"踏蛇四式"，构成三十二式"鹰搏手"厉害杀招。此时穆兴使出"踏蛇四式"，两条腿快捷无伦踢下。矮喇嘛一条腿闪让不及，被穆兴踢中一脚痛得哇哇大叫。穆兴喝道："没出息的东西，打不赢躺在地上耍赖，丢老子的脸！"

矮喇嘛道："谁打不赢了？"两人斗嘴，手却不停。又斗了十余招，矮喇嘛躺在地上几次要跃身起来斗，皆被穆兴出招压住，令他始终站不起来。旁边人渐渐看出，矮喇嘛虽然拳劲刚猛，但身法不如穆兴快。一条腿被穆兴踢伤后，功夫大打折扣。穆兴有意在赵无痕面前显露功夫便压住矮喇嘛戏斗，不放他起来。"忽"地红影一闪，一个胖喇嘛扑到穆兴身后，悄没声地拍出一掌。这一掌偷袭又快又狠。

张去病惊呼道："穆大哥小心！"惊呼声中，只见穆兴身子倒纵宛如一只大雕飞越胖喇嘛头顶，双腿倒勾反踹在胖喇嘛背上，胖喇叭被踢得向前一扑。此时恰巧矮喇嘛正从地上站起身来，胖喇嘛扑去撞在矮喇嘛身上，两人站立不稳一齐倒在地上。穆兴从空中扑下，右手扣住胖喇嘛脑后"风府穴"，左手扣住矮喇嘛耳后"强间穴"，二人顿时动弹不得。穆兴喝道："两头秃驴，滚回吐蕃去！"飞起两腿，将二人踢滚到土坡下。

旁边六个喇嘛大呼小叫蜂拥而上。龙飞道："段阳兄弟，咱们陪这几个臭喇嘛玩玩！"段阳应道："好！"两人冲进喇嘛群中动起手来。三个喇嘛拔出弯刀围住龙飞猛砍，另有一人挥动禅杖从旁打来。龙飞凭一双空手从容应对，在四个喇嘛围攻中见招拆招，激斗起来。另外三个喇嘛围着段阳，拳打脚踢一阵猛攻，一拳拳似要打到段阳身上，却总让他左避右闪滑过去。三个喇嘛见段阳闪来飘去身法怪异，仿佛不是一个人，而像一片云可见而不可触。

他三人不知，段阳得到"七星子"宋世英真传，已将"黄山揽云掌"练到了炉火纯青之境。"黄山揽云掌"以变幻见长。攻敌时狠刁，避敌时飘逸，实是武林中一门上层武功。加之段阳想博得赵无痕对本门武功赞赏，有意将"黄山揽云掌"的精妙施展出来。四人斗了五十多招，三个喇嘛仍对段阳无可奈何。

斗到六十一招时，段阳瞧出三人武功破绽。忽然改守为攻右手使出"云起翠微"，左手使"玉屏云涛"，勾脚使出"云上天都"，只听"啊哟""哎呀"几声惊叫，三个红衣喇嘛一人中掌倒地被打断几根肋骨。一人背上中掌口吐鲜血逃窜开去，另一人被踢到旁边坟前，一头撞在墓碑上，顿时头破血流晕了过去。

忽听龙飞和穆兴在旁喝彩道："段兄弟好功夫！"段阳回头一看，龙飞早已将三个红衣喇嘛打倒，正背着手在旁观战。适才，龙飞同四个使兵器的喇嘛交手，在四人围攻中使出独门绝技"滚龙拳"。只见他身如蛟龙翻滚，拳如闪电流星。斗到二十招时，龙飞一声大吼"砰"的一响，只听舞动禅杖的喇嘛大声惨叫，被打翻滚下土坡去。一个喇嘛从旁一刀砍来，龙飞侧身闪开，反手一拳重重打在喇嘛手臂上，弯刀反弹回去砍到喇嘛自己腿上，喇嘛当即倒地。另一个喇嘛大喝一声，双手握刀朝龙飞当头劈下，忽觉手上一轻弯刀已被龙飞夺去。他正惊诧。忽听龙飞说道："下去罢！""砰"的一声，这喇嘛也被一拳打下土坡。龙飞拍拍身上尘土，走过来同穆兴观看段阳同三个喇嘛打斗，瞧到精彩之处，二人不由大声喝彩。

赵无痕亦赞道："三位打得妙啊！"段阳笑道："在下无用，打发三个番僧用这么多时间，让小主人和赵先生见笑了！"张去病看见三人大胜，心下欢喜。寻思龙飞三人在赵先生面前如老鼠见猫，却不知他三人武功原来如此了得！

柯金龙见八个红衣喇嘛一败涂地，大吃一惊。他本想让这八名番僧打头阵探清对方武功虚实。不料八个红衣喇嘛不中用，一上阵便让龙飞三人打得大败。他心中暗自盘算眼前这老者若不是凌霄老人，"西北三探"加上自己共四人，还有几个受轻伤的红衣喇嘛，己方至少有八个人能上阵。对方除了丫头，只有四人能上阵，动起手来我方有八分取胜把握。倘若这老者是凌霄老人，三十六计走为上计，赶紧溜之大吉！

柯金龙还没拿定主意。却听赵无痕喝道："狗奴才，赶快滚开！"柯金龙道："是，是，前辈请走好！"说时掉头向"西北三探"使个眼色。三人会意站到一旁让出道来。赵无痕与张去病走在前头，龙飞、穆兴、段阳三人在后，张去病从柯金龙面前经过心里忐忑不安，斜眼察看柯金龙四人的动静。他刚一转眼突然被人抛上天空，身子在空中翻个筋斗落到一棵大树上。他紧抱住一根树枝惊骇莫明，不知一瞬间发生了什么事情。

却听赵无痕在树下道："几个兔崽子敢偷袭老夫！胆子不小哇！"赵无痕说时摊开手掌，只见他手掌上握有四种暗器。他指着柯金龙道："你这长瘤的兔崽子，打我后脑的这粒'闻香石'，是那'长白小怪'独门暗器。"又一指矮胖子金彪，道："你这兔崽子，打向我背心的这只'铁飞蛾'，是山西铁掌门的看家暗器。"他再一指祝豹，道："你这满脸长疙瘩的兔崽子，打向我腰的这个'石松果'，那是陕西金鞭门的暗器。"回手一指那小头汉子彭虎，道："还有这个小兔崽子，打向我手臂的这枚'满地花'，是'八扇帮'的暗器。"说到此处，赵无痕摇了摇头，叹道："唉，尔等偷袭手法如此拙劣,你们祖师爷若是在世,可要被你几个兔崽子活活气死!"

柯金龙和"西北三探"呆望着赵无痕,无比惊骇。适才,赵无痕从他们面前走过瞬间,四人分别朝他的头、后背、手臂和腰上打出四种暗器。赵无痕距离他们不过才一丈之遥,四人以为无论如何,赵无痕都必遭暗算。岂料赵无痕背上活像长有眼睛,电光石火间,他头也不回,一手将小丫头抛上树去;另一只手连连反抄,将四人打的暗器尽抄在手上,令柯金龙四人看得眼花缭乱。更叫四人惊讶的是,赵无痕竟将他们打出的四种暗器名称、偷袭方位、武功门派说得分毫不差。

柯金龙心念急闪:龙飞狗贼骗我,老者根本不是赵先生,而是凌霄老人!他忙道:"凌霄老人前辈,我等有眼无珠,冒犯您老人家。您老人家德高望重,勿同小人们一般见识!"

赵无痕摇头道:"兔崽子,你错拜了菩萨。老夫不是凌霄老人,老夫只是他老人家不中用的老仆……唉,老夫十年不出江湖,你们这帮兔崽子翻天了,竟敢对老夫下手,胆子也忒大了!"

赵无痕说罢连连摇头叹气。柯金龙和"西北三探"一听,赵无痕说他是凌霄老人的老仆,顿时放下心来,胆气壮了几分。柯金龙想:这小姑娘必定知道达摩石的下落,决不能轻易放走。但这老者说什么他十年不出江湖云云,口气狂得很,他是谁呢?他心中有几分疑惑,脑海里迅速回想老一辈武林成名人物,却怎么也想不出这老者是何人。他寻思:这老者只是凌霄老人的仆人,想来其武功难敌我们七人。哼,甭管他是谁,先拿下他们再说。

他打定主意说道:"原来尊驾是凌霄老人属下,幸会幸会!想必尊驾知道他老人家行踪。凌霄老人同一桩案子有牵连,尊驾和小姑娘须跟柯某走一趟!"柯金龙说罢,"呛啷"一声拔出腰间长剑。金彪拔出一柄弯头腰刀,彭虎亮出一根乌黑铮亮的九节鞭,祝豹手握着一对精钢蛾眉刺,适才受伤的八个红衣喇嘛,有四人伤势不重,也手执弯刀围拢过来。

赵无痕正眼也不瞧柯金龙八人一眼,转头对龙飞三人道:"你们照看好小主人!"龙飞三人齐声应道:"属下遵命",便站到树下,守护坐在树枝上的张去病。

赵无痕抬头望着天空,喃喃道:"老主人,老仆曾向你立誓不再滥杀无辜。可眼下这八个官府爪牙要劫持小主人,非是善良无辜之辈,老仆今日可要开杀戒了!"

柯金龙道:"大伙并肩齐上,别被这老儿装神弄鬼障了眼!"八人一声大呼挥动兵刃从四面八方攻向赵无痕。张去病急忙拨开树枝往下看,忽然间,一道奇幻青光在人群中疾划而过,像电光疾闪异常夺目。忽听"砰砰"几声响,"西北三探"和四个红衣喇嘛,被那道青光齐腰斩断,七人全倒在地上,七股鲜血射上空中化作血雨洒下。柯金龙手中长剑被削成两段，左腹已然受伤，鲜血浸湿了衣衫。

只见赵无痕长须飘飘，手握一把蓝光闪烁宝剑站在夕阳下。一抹阳光射在滴血的剑身上，反射一道怪异青光，这一幕让张去病看得心惊胆战。一瞬间看见尸横遍地，龙飞三人也惊呆了。适才他们看见赵无痕原是两手空空，身上也未带剑。不知他从何处拔剑，何时拔剑，何时出手，竟后发先至，剑光疾闪而过，"西北三探"和四个红衣喇嘛七人身子被斩成十四截，肠肚淌了一地。赵无痕出剑手法快如鬼魅，剑法又太过诡异，龙飞三人看得不寒而栗。蓦然间，龙飞想起江湖上人人害怕听到的"夺命吟"："撞见'大无常'，必定见阎王。九死无一生，惨绝魂飞扬。"目睹眼前惨景，这时他才真正领略"夺命吟"恐怖含义。

柯金龙却不顾身上伤口疼痛，两眼直勾勾看着赵无痕手中那把剑，惊恐叫道："'黄泉剑'，是'黄泉剑'！啊啊，这剑法是'幻剑七式'！"又抬眼看着赵无痕，颤声道："啊啊，你……你是'大无常'！"

赵无痕道："不错，正是老夫！一听此言，柯金龙顿时感到背脊一阵震颤，一股寒意从头凉到脚。他曾听师父"长白老怪"说过武林中有一位"惩恶扬善使者"。此人身负三门神功：一门叫"地藏摧心功"，一门叫"幻剑七式"，一门叫"地藏幽冥指"。这三门武功诡异怪邪，威力极大。还说他惯使一把"黄泉剑"软剑，此剑出鞘必取人性命，无人能挫其锋芒，因此江湖上称他为"夺命追魂大无常"。黑道恶人和白道上干坏事之人死在他剑下的不计其数。十年前黑白两道高手在一个大峡谷围攻他，"长白老怪"吃了他的大亏。提起此人，"长白老怪"又恨又怕。后来那"大无常"体力不支，被众人打下万丈深渊，从此再无踪迹。今日他……怎会重现江湖？看着遍地身体残肢和血污，柯金龙又想：此人武功之高，手段之狠，果然名不虚传！撞见这大杀星，我今日在劫难逃！

张去病在树上听见柯金龙叫出"黄泉剑"三字，注目看去，赵无痕手中握的正是那把名叫"黄泉"的软剑。他没想到这剑柔软如带竟然削铁如泥。心想赵无痕杀伐决断气贯长虹，难怪叫江湖恶人个个胆寒！

忽然间，只听赵无痕一声长吟："上穷碧落下黄泉，两处茫茫皆不见！"长吟声中透出无尽的思念与凄楚，又饱含无限苍凉与激愤。张去病听出，这是白居易《长恨歌》里的诗句，讲的是唐明皇对杨贵妃无尽的思念，在家时娘曾教他读过。他想赵先生念这句诗干吗？难道还在思念四十多年前那位为他殉情锦江的小姐吗？事已过去四十多年，赵先生难道还没忘掉那小姐吗？

他正思忖，却听柯金龙道："在下听说，'大无常'的'黄泉剑'一出鞘定叫人阴阳两隔！今日看来在下这条命，定要丧在你老人家'黄泉剑'下了！"

赵无痕道："老夫懒得动手，让你留个全尸，你自行了断罢！"柯金龙心下虽恐惧，但他久闯江湖，稍一镇静便有了主意。忙道："谢'大无常'手下留情。不过前辈刚才取胜，恕在下眼拙，没看清是什么功夫，只看见前辈这把切金断玉的剑太过锋利，无人能敌！"

赵无痕两眼精光暴射，喝道："小兔崽子，你师父'长白小怪'在老夫面前大气也不敢喘一口，你竟敢绕弯子说老夫靠'黄泉剑'取胜！哼，心里不服气是不是？好，老夫不用兵器，你拿上这把刀再试试！"

赵无痕用脚尖一挑将红衣喇嘛掉在地上的弯刀踢飞向柯金龙。柯金龙手接住弯刀，心中急忙盘算如何出刀，然后又如何逃走。想了一会儿忽然大喝一声，纵身上前一刀劈出。这一招是"长白老怪"传给他的"泼风刀法"的凶狠招式，出刀既快，还隐藏三种后续杀招凌厉难挡。可在他出刀瞬间，却发现自己劈出的刀还在空中，赵无痕两根手指已触到他的双眼，吓得他闭上眼睛不敢动弹。

让他闭眼僵立一会儿，赵无痕才收回手，道："服不服气？"柯金龙睁开眼睛，豁出命道："还不服气！"赵无痕道："再来！"柯金龙又快捷无伦地劈出一刀，那情形还是刀劈到半途，赵无痕手指已能触到了他的眼皮，他又只得闭眼僵立不动。赵无痕收回手，又道："服不服气？"柯金龙倔道："仍不服气！"赵无痕道："再来！"柯金龙第三次出手，将赵无痕可能做出什么应变，自己如何变招，如何闪避，如何还击都计算周到，才一刀劈出。可是他一出刀，赵无痕出手实在太快太奇，他竟然无法闪避，对方手指又触到他眼皮上。

赵无痕收回手指，见柯金龙傻呆呆站着，喝道："哼，连你师父'长白小怪'，在老夫手下都难走几招，何况你这兔崽子？老夫要取你狗命还用得着剑吗？你还愣着干啥？快自行了断，莫耽误老夫工夫！"

柯金龙面如死灰，心知要活命实在渺茫。一抬眼看见张去病坐在树上，他假装叹口气道："唉，柯某技不如人，死在'大无常'高人手下也没什么话好说……罢，罢，罢！"说着，挥动刀朝自己脑门砍去。在刀上扬瞬间，他突然翻转手腕将刀猛然投向张去病。

柯金龙这一手出人意料，龙飞三人要出手救张去病已来不及。张去病忽看见一把刀迎面飞来，吓傻了眼，竟忘了躲避。赵无痕冷笑一声，手指疾弹一枚铜钱激射过去，将那飞刀打落下地。趁这一瞬间，柯金龙突然飞快窜下土坡。

龙飞三人欲追，却听赵无痕道："算了，不值得为这个兔崽子耽误时间。天快黑了，你们将小主人抱下树来，咱们走罢。"龙飞跃上树将张去病抱下，道："小主人受惊了。"张去病点头道："适才那刀飞来真吓人！"

张去病和赵无痕等人走下土坡，出了九曲丛祠天色渐暗，便在城外找一家客店投宿。翌日起来，五人用罢早点，张去病道："赵先生，去病昨夜在想，我娘她们发配云南前途凶险。倘若我娘她们遇害，去病万死莫赎。我有一主意不知可不可行？"

赵无痕道："小主人请说。"张去病道："昨日，你老人家说咱们可以兵分两路，一路人去云南保护我的家人，另一路人送我去回春谷找药王治病。我想劳驾赵先生亲自去云南保护我娘她们。请龙大哥、穆大哥和段大哥送我去回春谷找药王治病，你老人家看可好？"

赵无痕犹豫道："老主人临终时，叫老仆送小主人去回春谷治病，保护小主人周全，老仆不敢违背老主人托付。"张去病见赵无痕不答应，心中大急，"扑通"跪下道："赵先生，我娘和外婆的生死事大，我去回春谷治病事小。我宁可不去回春谷治病也要保护她们安全，这是我对她们的一份孝心。望赵先生答应我的请求，倘若师父在世，他老人家一定不会责怪赵先生！"

赵无痕急忙跪下将张去病扶起来，道："小主人行此大礼，可愧煞老仆！小主人拳拳孝心令老夫喜欢，老夫遵命，前往云南保护小主人的家人便是！"张去病大喜道："去病谢过赵先生！"

赵无痕对龙飞三人道："你三人护送小主人去回春谷治病，一路上要多加小心，保护好小主人周全，千万不能有半点闪失！"龙飞三人见赵无痕面色凝重，都朗声道："请赵先生放心，我们一定保护好主人周全，绝不出半点差错！"

段阳道："帮主，咱们可否多调一些本帮兄弟，一同护送小主人去治病？"龙飞望着赵无痕道："此举不知妥否，请赵先生示下。"赵无痕点头道："此法可行。但不能让其他人知道小主人身份，以免走漏风声招来麻烦。"

龙飞道："属下遵命，一定严守秘密……段兄，劳你回帮去替我料理帮务，顺便挑上几个精明强悍的兄弟火速赶来，我们在去回春谷的路上缓行等你们。"段阳道："小弟这就赶回去！"说罢向众人拱手作别，匆匆出了客店。

赵无痕道："小主人，咱们分头行事罢。"张去病点头道："好！"龙飞叫店家送来干粮和水分给众人带上。张去病一行人出了客店，来到大道上。赵无痕躬身道："小主人此去多加小心。老仆料理好云南之事，便赶到回春谷找你们。"又对龙飞和穆兴道："拜托二位老弟，一路上照顾好小主人！"说毕，赵无痕打马向西南方向奔驰而去。张去病直望到赵无痕背影模糊不见，才对龙飞说道："龙大哥、穆大哥，咱们赶路罢。"

江湖上传闻那回春谷在湖南境内。张去病、龙飞、穆兴三人一路南行，不多日出了江浙进入三湘地界。一到荆楚大地，只见道路旁群山连绵，树林茂密，同江南风光又别有不同。此时已是初夏，艳阳高照，把山川照得光鲜亮丽。这一日行至午时，三人腹中饥饿。放眼望去却见不到一家客店。他们忍着饥渴走出许里，才看见前面山脚下开着一家酒店。三人打马奔到店前，却见店门旁边拴着七八匹马，店中已坐有食客。他们将马拴在店旁柳树上，走进店内。

一个胖店主笑迎上来，张去病一看那店主人模样，差点笑出声。这人头肥胖得像个肉球，两个小眼睛深陷肥肉褶子里，鼻孔朝天，门牙暴凸，活脱脱一副猪头相。店主弯腰问道："三位客官，想吃什么酒菜？"穆兴道："店家，好酒好菜尽管拿来！"胖店主回头对身后一个瘦小二道："快上好酒好菜，伺候三位大爷！"

张去病一看那店小二，又差点要笑。那店小二瘦小干巴，獐头鼠目，脸上五官挤在一起，像是被人捏皱的纸团。店小二瞟他们一眼，点头应诺，转身跑进厨房去。龙飞和穆兴领着张去病在一张桌旁坐下，两人目光往店内一扫，不禁一惊。只见右面一张桌子旁边坐着三人，一边喝酒吃菜，一边往左面一桌观望。左面一桌南面坐着两人，一人二十出头，身材高挑，脸色倨傲，面前放着一把月牙形弯刀。另一人身穿青袍，猿背蜂腰，脸庞瘦削，右手握着一把长剑。两人旁边三个方向的长凳上坐着六人，隐隐将这二人围住。

张去病看见被围着的两人，吓了一跳，认出其中一个是史乾。那日在汤阴县桥头，史乾同柯金龙前来缉拿他家人，在他心里留下极深印象。那青年汉子张去病没见过，不知道是秦府的教头江蛟。

史乾和江蛟奉秦桧之命到湖南办差事，不料半途被这伙江湖豪客盯上，一直尾随来到店里。此时史乾和江蛟全神防范六人，并未朝张去病看一眼。纵然如此，张去病心里仍然十分紧张。

龙飞和穆兴看那六人，只见北面坐着一个麻脸道人，年纪四十多岁，脸上麻子大如黄豆，面前放着一柄宝剑，那剑不长，剑身阔如手掌，幽幽的闪着青光。麻脸道人旁边坐着一个美艳妇人，三十几岁，打扮妖冶，身旁却放着一对黑沉沉的鬼头刀。东首坐着一个长须老者，手里拿着一根长烟管，眯着眼睛慢慢吸烟。老者旁边坐的是一个马脸大汉，半边脸上有一道伤疤，模样狰狞可怕，手中握着一个八角镶铁锤。

西角上坐一个长发头陀和一个白面和尚。那头陀面皮黝黑，头上戴着一个锃亮束发铜箍，胸前挂着一大串佛珠，右手握着一根钢杖。白面和尚三十几岁，眉清目秀，身穿灰袍，手上拿着一个铁铸大木鱼。六个人虎视眈眈盯着江蛟和史乾，如同监视猎物一般，店里弥漫着一股杀气。

龙飞认得其中三人：那麻脸道人是关外的"长风道长"；美妇人则是青海妖姬"灵宝夫人"；那吸烟袋的老者，却是广西的铁手门刘七公。另外三人不认识。龙飞心下诧异：这几位天南海北的江湖人物，怎会凑在一起围住这两人？

他正纳闷，穆兴轻轻碰他一下，暗指旁桌。他移目看去又一愣。只见右面一桌三人正喝酒吃菜。初看，三人小如幼童，再仔细一看面相，却如同三个老翁。三人身材矮小，小头小脸，却都长着大眼大鼻大嘴，唇上都留有两撇鼠须，长相却一模一样，穿的装束也一模一样。龙飞心念一闪：这三人难道是黔中的"天眼三精"？

相传湖南相邻的黔中境内，有一座神秘高山叫"天眼山"。山上常有一股柱气直冲云端，气柱散开之际，天上射下一道金光，犹如一只天眼张开俯视下界，被当地苗人称为"天眼山"。传说山上有三个孪生兄弟，被当地人称为"天眼三精"。老大叫乌麻山精，老二叫乌麻树精，老三叫乌麻河精。三兄弟武功高深，却少在江湖行走。龙飞看见这三人的苗人装束和模样，顿时想起"天眼三精"的传闻来。

却听一个矮人说道："老大，你说这个六人和那两个人，谁先动手？"

另一矮人道："自然是那六人先出手，他们合力一击，便将这两人宰了！"

那问话的矮人摇头道："老大错了。我看是那两人先出手。你看那青衣人握剑的右手筋脉突张，已在暗中使劲。你再看那年轻后生，小腹收紧，气沉丹田，两臂微曲，已作搏击之状，他二人想突然一击，冲出重围！"

第二个矮人道："老大、老二，你们都说得不对。我看他们谁都不敢动手！"

那老大老二齐声问道："老三，那是为何？"老三道："大哥二哥没瞧出来吗？他们怕咱们三兄弟捡便宜嘛！"

老大笑道："老三说得有道理！咱们哥儿慢慢喝酒吃菜，看他们干耗下去。嘿嘿，倒蛮好玩！"

老二接嘴道："等他们耗上八天八夜，一个个耗光了力气，哈哈，还是让咱们哥儿捡了便宜！"

兄弟三人正说着，忽见胖店主和瘦小二端着酒菜摆到那六人面前，赔笑脸道："众位英雄好汉，这些酒菜是小人孝敬爷们的，分文不收，众位英雄吃好喝好。小人只求你们别在店内打架，别毁了我这养家糊口的饭碗！"

胖店主和瘦小二说罢，转身下厨去，不一会儿给张去病这一桌端上酒菜。穆兴早已饿极，一见酒菜上桌便说道："小主人，帮主，咱们吃罢！"

忽听那老大道："三弟你猜错了。瞧，他们有酒喝有菜吃，不干耗了，咱们可捡不着便宜。"

老三道："我瞧他们不敢吃。他们生怕一分心吃喝被别人袭击！"江蛟听见此言，哼了一声，拿起酒壶嘴对壶嘴地喝下一大口。围着的六人也一只手握着兵器，一只手端起酒杯喝了一口。忽听一个刺耳的声音说道："江教头，江湖上传言：

凌霄老人夺走的达摩石是假的，说真的达摩石被秦桧老贼当作聘礼，拿给你去聘请你师祖星宿海主出山。你乖乖将达摩石交出来，咱们便不找你麻烦，马上放你走路！"

听到达摩石三字，张去病一惊，不由伸手护住藏在怀中的铁娃娃。一看说话之人，却是那满脸麻子的道人。他才明白这六人剑拔弩张围住史乾和江蛟，原来是为了夺取达摩石！

江蛟冷笑一声，道："别说达摩石不在我手里。就算在我手里，嘿嘿，你们几个邪魔歪道也休想得到！"麻脸道人见江蛟说话有恃无恐，倒是一愣。还想开口，却听那白脸和尚对史乾道："阿弥陀佛！阿教头，佛祖手书的《贝叶经》，是我大唐三藏法师从西天带回的佛门圣物，怎能任你带去吐蕃？贫僧劝你交出，免得大家撕破脸皮伤了佛门和气！"

史乾一听，心想这和尚张冠李戴，把我当成龙象法王徒弟阿密罗了。当下也不揭破，冷冷道："佛祖圣物，天下佛门弟子共有。吐蕃国佛门弟子为何不能有这经文？为何一定要交给你这吃喝嫖赌的野和尚？"

忽听"嘻嘻"一声荡笑，"青海妖姬"灵宝夫人说道："嘻嘻，'白相大师'，你先别要什么经文嘛！"听见这笑声，众人心中一荡，顿觉血脉贲张。原来这灵宝夫人有一门邪功叫"迷心大法"，能使人迷失心志任她摆布。加上她妖艳妖媚，诡计多端，江湖中不知有多少好汉栽在她手里。此时听她说话，众人都怕被她使邪法迷惑，忙凝神敛气，小心提防。

龙飞一面运功防范，一面在想："白相大师"？难道这白脸和尚是那辽西有名的"歪和尚"宝相吗？据说这宝相和尚不住庙，不进山，佛门清规一概不守，还娶了一大群妻妾住在大宅里，整日花天酒地，偏偏又满口的"阿弥陀佛"。传说他武功很俊，也不知是真是假。

龙飞正寻思，又听那灵宝夫人娇滴滴道："啊呀呀，我的天，这位江教头好俊呵！小妹不稀罕什么达摩石，那破石头哪有你江教头可爱……嘻嘻，奴家想请江教头去我那青海的海心山上一游，嘻嘻……"

她左一声"江教头"，右一声"江教头"，声音又甜又软，语调柔糯如蜜，搔得众人心痒难当。她左顾右盼，媚态百生，只听男人们一个个呼吸沉重。张去病年纪虽小，却也听得脸红筋胀。众人赶忙移开目光，稳住心神。却听那广西铁手门刘七公道："灵宝夫人，你勾走江教头那可不成！咱们好不容易寻着两位教头，说什么也要看一看那宝物达摩石，大伙说是不是？"另外四人齐声应道："可不是么！"有人喝道："喂，江蛟，快将那达摩石拿出来给大伙瞧瞧！"

江蛟道："江大爷没有什么达摩石。你们想打架，江爷奉陪！"那黑面头陀沉声喝道："别跟他啰唆，动手！"只听"当当当"几声响，六人挥动兵刃一阵急攻，又暴退开去。只见江蛟握着月牙弯刀的手滴下鲜血，史乾的前襟被划破一道口子，对方有三人也受了轻伤。

那黑面头陀又一声吆喝："再上！"喝声刚落，猛然觉一阵头晕目眩，身子站立不稳，"砰"的一声仰面摔倒。跟着一阵"砰砰砰砰"摔倒声响，打斗的八人一个个东倒西歪，全都摔到地上。

张去病大吃一惊，不知发生了什么怪事。忽听那矮人中的老大叫道："老二、老三，不对头！咱们也中了迷药，快走！"这三兄弟内功深厚，迷药虽然没有将他们迷倒，但三人也觉头晕眼花，不敢久留，摇摇晃晃逃出店去。张去病急忙转头去看龙飞和穆兴，二人也皆被迷倒在桌上。

适才，张去病两眼注视着史乾怕被他认出来；却又忍不住去看那八人剑拔弩张的场面，没顾得上吃一口饭菜才未被迷倒。此时一看众人皆被迷昏倒，情知陷入危境。他急中生智，也假装倒地，闭上眼睛不敢动。

忽听一人笑道："哈哈，师弟，咱们不用一根指头便将这帮江湖煞星全都拿下！"听这人说话声音，却是那胖店主。另一个声音赞道："师哥主意高明，你在他们酒菜里下了几种迷药？"

张去病不知说话之人是谁，悄悄睁眼一看却是那瘦小二。那胖店主道："这些家伙个个武功高强，要迷倒他们，我在酒菜里下了一两'人见倒'！"

瘦小二惊道："师哥，这伙人都是老江湖，你下这么重药，难道不怕他们察觉？"胖店主道："不怕。这些家伙一个个斗鸡似的，两只眼睛只盯着对手，哪里还吃得出酒菜是什么滋味？在这两个官差身上，我下的是'迎风醉'。小姑娘这一桌嘛，师兄给下了点儿'入口酥'。对那三个侏儒，我拿一点咱们'百毒门'的'鬼迷糊'，请他们尝尝滋味。没想这三人功力深厚，竟没将他们迷翻。"

瘦小二道："师兄，要不要把这些人都宰了？"胖长店主摇头道："不可。宰了这些家伙，他们的门派得知，不会放过咱俩，别惹这个麻烦！师弟，你搜搜那两个官差身上，看有没有达摩石。"

张去病听到"百毒门"三字，忽然想起在海上航行时，赵无痕给他讲述天下武林门派，说江湖上有个"百毒门"使毒的本事甚是了得，叫他日后遇上"百毒门"之人要多加小心，不料今日真的撞到了。他遇见这两人正是"百毒门"中人物，那胖店主叫倪东，人称"黑毒枭"；瘦小二叫戚北，人称"白毒枭"，江湖上将他二人合称为"黑白二枭"。两人奉门主"百毒尊者"之命寻找达摩石，在此处开了一家黑店，专从江湖人士口中探听达摩石下落。

此时二人弯下腰去把江蛟拖到柜台下，翻找他身上物件。张去病虚开眼缝一看，两人背对着他专心看江蛟怀里的东西。他趁此机会悄悄往店门外爬去。刚爬到门口，忽听"白毒枭"戚北欢呼道："哈，找到五百两银子！""黑毒枭"倪东笑道："顺手牵羊不为偷。哈哈，咱们顺手牵马牵牛，再搜搜他们身上，把这些家伙钱财洗劫光光，发他娘的一笔横财！"说罢，二人又俯下身去搜史乾的身上。

张去病趴在地上不敢动，见两人没发现自己动静，借着店内桌子凳子的遮挡，便大起胆子爬出店门外。一出店门，他起身快跑。跑出几步，忽又停住脚寻思：龙大哥和穆大哥还在店里，他俩叫我主人，我不能丢下他们，咋办？转念一想：刚才那胖店主说过不杀被迷倒之人，看来龙大哥和穆大哥暂无性命之忧。我先找个地方躲一躲，然后再想法子救他俩。他转头四顾，看见饭店后山树林茂密，便跑进树林里躲藏起来。

过了一会儿，忽见"黑白二枭"跑出店外四下张望。倪东嚷道："怪了，怪了！老子下这么重的药，一伙老江湖全被麻翻，却没有迷倒那小姑娘，竟让她逃了！"戚北道："师哥，小姑娘跑了不打紧。事完后，咱们一走了之，谁也不知道这桩买卖是咱俩干的。"

倪东摇头道："师弟，这可不成。万一那小姑娘将此事泄露出去，江湖中人以为我二人窃走了达摩石，咱们便是躲到天涯海角都难逃被人追杀！决不能让小姑娘跑了，快分头去找找！"

戚北道"好"，转身朝大道上找去，胖店主却向后山寻来。张去病看见倪东朝树林走来，心里发慌，连忙往林子深处钻去。林中腐叶遍地，阴暗湿滑，一脚踩虚哗啦地摔了一跤。倪东听见响声追上来喊道："小姑娘快站住，山上有吃人恶狼！"

张去病爬起来又往前跑。倪东几个纵跃已追到身后，呼地一掌劈出，喝道："小丫头，老子送你上西天！"听见脑后掌风袭来，张去病吓得往旁一跃，居然跳出一丈开外。倪东一掌没打着张去病，诧异地"咦"了一声，又扑上去一掌劈下。张去病又拼命往前一跳。这一次跳出二丈多远落到一块岩上。倪东暗惊：这小丫头怎会有此能耐？接着又追上去出掌连击。张去病拼命往前奔跑。他一边跑，一边奇怪：我哪来这么大的力气，又为何会跳得如此高远？

倪东越追越诧异：这小丫头似乎内力深厚，几个纵跳便将老子甩下，而且身法奇特，显是身负上乘武功。她小小年岁怎会有此修为？他不知张去病体内积蓄凌霄老人八十年的雄厚内力，又得老人传授"蹑云步"。在这生死关头，张去病身上雄浑内力被激发出来一些，"蹑云步"也在不知不觉中迈开，连他自己都不知道。

张去病拼命逃窜，不敢回头，全然不知倪东已被他远远甩下。直到跑过一个山坳，发觉背后已没有喝叫声，他才停下脚步回头张望。一看身后没人追来，两腿一软，累得坐到地上站不起来。他口干舌燥想找水喝，环顾四周，见一条清溪在近处流淌。他慢慢爬到溪边俯下头去喝水。喝下两口溪水，心头一阵凉快，在草地上躺一会儿，等到喘过气来，身上有些力气，他才站起身来，想回饭店去救龙飞和穆兴。他走出几步，忽然身子猛一打战，左边身子暴热难当，右边身子冰冷彻骨。一股极热气息和一股极寒气息如同两个妖魔在体内打起架来。他失声惊呼："糟了！我身上怪病发作了！"

怪病突发，吓得他魂飞天外，两眼一黑倒在草丛，迷迷糊糊中，感到身上疼痛难当。那热流如烧红烙铁熨烫他左半边身子，似揭下了一层皮。一会儿，那冷流如寒冰包裹着右边身子，寒气透入骨髓，冻得他浑身打战。冷热两股气血在他身上交替变幻，犹似两把刀在刺他，痛得他一会儿如野狼嗥叫，一会儿如毒蛇低咝，不住打滚，惨烈呻吟声在山谷里阵阵回荡。

忽听远处有人惊讶道："咦，这是何物嗥叫？"听见有人说话，张去病意识里闪过一个念头：坏了，胖店主追来了！他心里着急，想闭嘴不哼，哪里忍得往？呻吟声反倒更大了。一阵脚步声在草丛中沙沙传来，那人来到近前，惊道："天啊！怎会是个小姑娘呻吟？"

这人说话声音苍老，似乎是个婆婆。张去病想睁开眼看看来人，却怎么也抬不起眼皮。只觉得身子被那人摇了几下，蒙眬中，听见那婆婆在叫："丫头醒醒！"他想张口说话，舌头却麻木了，一个字也吐不出。忽觉一只手掌抚上额头，又听"啊哟"一声，那触额的手掌迅速抬起，那婆婆惊道："啊呀，这丫头怎的身烫如火炭？啊哟，这半边身子又怎的如此奇冷？"

随即听见"嗤嗤"两声，张去病感觉身上穴位被人戳了两指，全身顿时动弹不得。又感觉右手腕被人把住，那婆婆似乎在为他把脉，寂静无声。过了一会儿，婆婆放开他右手，又将他左腕把住，半响不说话，似乎在寻思。良久才听她诧异道："这孩子患的什么病？脉象如此暴热暴寒，按说早该死了，居然活到今日，这可怪了！"顿了一顿，又听她自言自语道，"奇了，这天底下，竟然还有我老婆子没见过的病？嘿嘿，我倒要替他瞧瞧！"

张去病迷迷糊糊想：这婆婆好大口气，仿佛这世上没有她不知道的病症，难道，难道她是那"还魂药王"不成？如此一想，心头升起一线活命希望。忽然感觉身子被人抱起，耳听风声呼呼，那婆婆似乎在抱着他奔跑。奔行中，那婆婆忽儿将他抱在右手，忽儿又将他换到左手，似乎有些抱不住他，不得不频频换手。听那婆婆惊诧道："怪哉，以我老婆子几十年功力，竟然经受不住这孩子身上的奇寒奇热，这是什么缘故？"或许是被人抱着奔跑，或许是病情加重，张去病感到心头一阵烦恶。头部似被重锤一击，耳朵里"轰隆"的一响便完全昏迷过去。

也不知昏迷了多久，他终于醒转过来。睁开一道眼缝，恍恍惚惚看见一间小屋。他想睁大眼睛看看屋内四周，却没有半分力气，只觉头太沉重，又闭目沉沉睡去。这一睡，不知又睡了多少时日。有时微有知觉，有时全然昏睡。有时在昏睡中隐隐闻到一股刺鼻的药味，感觉有人捏开他的嘴，慢慢给他喂药。随后又觉身上刺痛，那人似乎在他身上扎针。刺得他浑身颤抖，说不出的难受，耳朵里"轰"的一响便又不省人事。

如此每日有人来给他喂药扎针，他总是迷迷糊糊，神志怎么也清醒不过来。也不知是哪一日上，他恍恍惚惚听见一个温柔悦耳的声音说道："乳娘，这孩子好些了吗？"另一人道："夫人，看来这小子死不了啦。"听这声音，张去病依稀记起，答话之人是那在山谷里救他的婆婆。忽又听见一个稚嫩声音高兴道："娘，叫这小哥哥起来陪我玩，好吗？"

那夫人轻声道："莹儿，小哥哥还没睡醒。等他醒来，娘便让他陪你玩。你先去同小狗玩好吗？"那稚嫩的声音道："好的。"脚步轻响，那孩子似乎跑出小屋去了。又听那夫人叹道："唉，也不知是谁家的孩子，怪可怜的！怎么患上这么奇怪的病？要不是遇见乳娘你这位大神医，这孩子恐怕活不成了。"

却听那婆婆恼道："夫人，那天我见这小子一身女童装扮，错当他是女娃。又见他所患的病极怪，我老婆子从未见过，我忍不住想治它一治。要不然，哼，我才不会救这臭小子！"夫人轻叹一声，道："是啦，我知道乳娘还在记恨你那负心的师兄，记恨害我的奸贼殷独啸，是以乳娘最痛恨天下男人。乳娘若是不想一展神技，医治这孩子的怪病，你早就一掌将他毙啦！"

那婆婆愤愤道："可不是么，我那挨千刀的师兄全然不顾我与他青梅竹马之情，迷上一个骚狐狸，只差没将我气死！殷独啸那奸贼耍诡计害得夫人你千里寻父，远遁中土。哼哼，还有我那老东西，一看见女人就色眯眯！天下的男人，呸呸！真没有一个好东西！"张去病晕晕乎乎听了几句话，又昏睡过去。

再次醒来时，感觉神志有些清醒，身上却绵软无力，手指也动不了。他不能动，目光恍惚望着屋上横梁，依稀想起胖店主在山林里追杀他。他逃到小溪边喝水，后来怪病突然发作，他一跤摔倒在草丛里……想到此处，心里闪现一个念头：我没死吗？他忙咬咬嘴唇，有些微痛，心里中一喜：我还活着！是谁救了我呢？哦，想起来了，是一位婆婆在山谷里救了我。

忽然，闻到一阵沁人心脾的幽香。这种香气他很熟悉，是桂花清香。岳家庄院里有两大棵桂花树，每年中秋开花时满树金黄，院里院外都能闻到怡人香气。他想：现下已是八月了吗？到秋天了吗？难道，难道……我在这小屋里躺了几个月吗？

他正寻思，忽听房门"吱嘎"一声打开，有人轻快跑进来。他忙闭上眼睛。

那人来到床前轻声唤道:"小哥哥,小哥哥,你还没睡醒吗?你醒醒,醒来同我玩嘛!"那声音又清脆又甜美。一只小手伸来拉着他的手掌摇晃,想将他摇醒。张去病听出是女童声音。那女童又道:"我经常来找你玩,你都在睡觉,都不理睬我,呜呜呜……"

忽听女童哭泣,张去病睁开眼睛轻声道:"小妹妹不哭。你瞧,我醒来啦!"女童惊得睁大眼睛破涕为笑,高兴道:"小哥哥,你真醒了?好啊好啊,小哥哥,我们玩去!"女童约有四岁,白红脸蛋,眼睛乌黑晶亮,小嘴殷红,眼角上挂着晶莹泪珠,模样甚是可爱。张去病想从床上起来,身子却动不了,只得笑道:"小妹妹,这里是什么地方?"女童道:"这儿是落霞坪。"

张去病寻思,原来这里叫落霞坪。又道:"小妹妹,今日我没力气同你玩。你去找别人玩罢。"女童摇摇头,噘着小嘴道:"我找不到别人玩。"张去病道:"别的孩子不愿同你玩吗?"女童又摇头道:"不是的,我们这里没有别的人家,没有小孩同我玩。"

张去病道:"这落霞坪里,只有你们一家人吗?"女童点点头。张去病恍然明白,这小姑娘太孤单了。他想起自己在家时,成天同岳甫等玩耍,好不快活,不禁对这女童十分同情。但他又下不了床,便扯开话头问道:"小妹妹,你叫什么名字?"

女童道:"我叫何莹。小哥哥,你叫什么名字呢?"张去病本想说出姓名,忽又一想,我是朝廷抓捕的逃犯,可不能将姓名随便告诉别人,便含混答道:"我姓张,你叫我张哥哥好啦。小妹妹别难过,等我能下床走路便陪你出去玩,好吗?"

何莹尚未回答,忽听有人在门外冷冷喝道:"臭小子别做梦,不准你同咱们小姐玩,你给姥姥记住!"一个五十多岁的老妇人走进屋来。这妇人体态丰腴,面容清丽,风韵犹存。神情却冷若冰霜,眉宇间隐现杀气。何莹问道:"姥姥,你为什么不准张哥哥同我玩?"

那老妇道:"这小子不是好人!"又对何莹道:"小姐,你娘叫你,快去罢。"女童恋恋不舍地看张去病几眼,便跑出屋去。适才张去病一听老妇声音,便听出是那位救他的婆婆,却不知她因何说自己不是好人,心里十分诧异。他忙跟着何莹叫道:"姥姥,谢谢你救我性命,为我治病!"

老妇回头看张去病一眼,冷冰冰道:"臭小子,你的命倒挺大的!总算从鬼门关回来了!哼,我问你,你姓啥叫啥?"看见老妇眼里含着敌意,张去病心里感激之情顿消。他不明白这老妇为何恨他,不敢吐露真情,只得胡乱搪塞道:"我姓张,叫张……张小三。"

老妇道："你明明是男娃，又为何扮成女娃？"张去病一时不知如何回答，吞吞吐吐道："这个……唉，这个……"老妇厉声道："臭小子，什么这个那个，快从实说来！"

张去病被老妇逼得灵机一动，冲口说道："这个，唉，是庙里和尚……叫我扮的。"老妇喝道："胡说八道，庙里和尚怎会叫你装扮小姑娘！"

张去病道："我娘说，这个……我有怪病，便带我去庙里烧香。寺里和尚对我娘说，我多病多难，须……须扮成女童才能养大。我娘便把我装扮成了女童。"他娘曾带他去庙里烧香，求菩萨保佑能治好他的怪病确有其事。但说和尚要他扮成女童消灾，那是他现编的瞎话。但娘带孩子去庙里烧香祈福，在老百姓中是常有的事，老妇知他身上真有怪病，似乎有些相信他的话。

老妇又问道："姥姥再问你，那天，你为何病倒在这山谷里？"张去病寻思：这事更不能说。又瞎编道："姥姥问我怎会病倒在山谷里吗？哦……我想起来了，那天我进山采蘑菇，东走西走，只顾低头寻找蘑菇，一不小心便走迷了路。我晕头转向，走啊走啊，糊里糊涂走到山谷里来，不知怎的便病倒了。"

老妇猛然拍桌喝道："臭小子，你想用这番鬼话骗姥姥，胆子可不小！"张去病一惊，忙道："姥姥，我没说假话。"心中却想：我哪一句话出了破绽？那老妇道："我来问你，你小小年纪，怎敢一人进这深山采蘑菇？这山里豺狼甚多，你难道不怕恶狼将你吃了吗？嘿嘿，你这小子分明在说谎！"

张去病暗暗叫苦："糟了，我怎没想到这一层？"他忙哼哼起来："啊哟，啊哟，我的头好痛！啊哟……"老妇不管他痛不痛，又喝道："臭小子，快说！"他哼哼几声，心念转了几转才缓声说道："姥姥有所不知，我从小身患怪病，我爹通医道，经常带我进山采药为我治病。我常跟着我爹在山林里转悠，胆子练大了，所以我一人进山采蘑菇，一点都不害怕。"

老妇寻思：那日在溪边见到这小子，没注意他身旁是否有采蘑菇篮子，难辨他话是真是假。遂将话头一转，道："姥姥再问你，你体内怎会有几十年深厚功力？那是何人传给你的？"

张去病又一惊：心想这婆婆好厉害，师父传给我的八十年功力，竟然让她探出来了，这如何回答呢？他望了望老妇，讪讪道："这个……这个……我不能说。"老妇怒道："为何不能说？你小子怕露马脚，是不是？"

张去病忙道："姥姥息怒。我不是要瞒姥姥，而是那传给我功力的人说，不得他允许，不许我说。"老妇脸上杀气隐现，冷冷道："臭小子，是不是那传功之人，叫你来探寻我们踪迹？"张去病茫然道："探寻什么踪迹？没有啊？"心里却想，莫非这姥姥有什么厉害对头，怕那人寻上门来，便怀疑上我？

老妇见他眼睛里神色不定，疑心更甚，厉声道："快说，究竟是什么人传给你的功力！"张去病被问急了，脱口答道："是我爹传的。"老妇一愣，冷笑道："是你爹传的？嘿嘿，我问你，你爹为何自废武功，要将他几十年练的功力传给你？"但凡武林高手，一旦将内力尽传予别人，等于散功变成废人。不是万不得已，谁也不会将功力传给他人，是以老妇不信。张去病眼珠一转，蓦然想起凌霄老人说传功为他保命的话。忙道："我爹说，我身患怪病，他传内力给我，是为了保住我的性命。"

　　他这话说的也符合情理。为了保住儿子性命，当爹的救子心切，多半会这么做。老妇听了，神色缓和几分，点下头。这几个月来每当她为张去病把脉，便觉察到他体内有一股雄厚无比的内力暗暗涌动，护住他那微弱的心脉。此时她想：这小子的爹传功为他保命倒也是人之常情，看来这小子没说谎。但她仍不放心，又追问道："你爹叫甚名字，干什么营生？"

　　张去病道："姥姥问我爹吗？他老人家叫张……高天，在家种田。"老妇又起疑心，追问道："你爹有如此深厚功力，是农夫？那么我问你，你爹是哪个江湖门派的？"她自从察觉张去病体内蕴藏着无比雄浑内力，总想从中查出一点蛛丝马迹，弄清张去病的来历。可是以她见识之广，却始终搞不清张去病的内力所属何派，此时须得问个明白。

　　张去病摇头道："我爹他，他老人家没……没有门派。"老妇一番追问，弄得他异常紧张。幸亏他心思机敏才勉强搪塞一阵。纵是如此，已是累得浑身大汗淋漓，疲惫不堪。听了张去病的回答，婆婆两眼望着窗外寻思：张高天？此人功力之高，当世罕见。为何武林中没听说过这名字……转念又想：是了，天下之大无奇不有。或许是此人生性淡泊，潜居山野，不愿在江湖上抛头露面，那也不是没有之事。她如此一想，脸上杀气隐去，神情平和了许多。

　　但她心里仍有一事不解，她寻思从脉相上看，这小子体内雄浑内力分明受任脉和督脉阻隔，尚未贯通全身。他爹为何不给他打通任、督二脉？若打通了这两大脉，不仅能治好这小子身上怪病，而且能使他成为一代大高手，这种两全其美之事，他爹为何不为？她不知凌霄老人被白无极戳了一指后真气不济，运功为张去病打通任、督二脉功亏一篑之事，兀自困惑不已。

　　想了一会儿，老妇伸出两指搭在张去病左腕上凝神为他把脉。张去病望着老妇脸上神情，想窥见自己病情如何。却见老妇脸上的表情忽阴忽晴，忽惊忽喜，张去病看得心里害怕起来。他不敢再看，转过眼去瞧窗外的景色。忽然间，几滴水珠滴在他手背上。他回眸一看见老妇在擦眼泪。原来掉在他手背上的水滴，竟然是老妇掉下的泪珠。张去病心下诧异，道："姥姥，我惹你生气了吗？"

老妇突然笑道："哈哈，姥姥是喜极而泣，臭小子，不关你屁事！"张去病怔怔望着老妇，不知她为何又哭又笑，喜怒无常。老妇瞟他一眼，道："臭小子傻望着我做甚？想知我为何忽喜忽忧吗？哼，说给你听也无妨，反正治好你身上怪病，我便取你小命，也不怕你说出去！"

张去病吓一大跳，惊道："姥姥，你说……先治好我的病，然后便要杀我？这，这是为什么？"老妇冷冷道："先治好你的病，那是因为你的病太怪，天下难找，姥姥偏要治它一治，看看这世上有什么病能难倒我老婆子！"

张去病一听心中恚怒。心想原来这婆婆不是想救我的命，而是想在我身上卖弄她治病的本事。如此一想怒上心头，说道："我这病，不用姥姥费心了。我在家时，我娘寻遍天下名医为我治病，都没有人能治好我这怪病。凭姥姥的本事，那是治不好的！"

不料老妇一听勃然大怒，喝道："臭小子，你知道我是何人？你敢拿姥姥同那些狗屁庸医相提并论？你敢说我的本事不中用，治不了你的病？"张去病道："我头一次见到姥姥，你老人家是什么人，我怎么知道？"

老妇冷哼一声，怒气稍减，道："谅你小子也不知道。臭小子，你爹是练武之人，他可曾对你说过，江湖上有一位医术胜过华陀的'毒魔姥姥'吗？"张去病道："我没听说过'毒魔姥姥'。我只听说有一位'还魂药王'，大伙称他是天下第一神医！"

老妇怒道："放屁！那'还魂药王'是狗屁第一神医！哼，他浪得虚名！他同'毒魔姥姥'比，没多大本事！"张去病奇道："难道那'毒魔姥姥'治病的本事比'还魂药王'还高明吗？"

老妇道："那是当然，'毒魔姥姥'比他强多了！"张去病忙道："请问，那'毒魔姥姥'在哪里？我日后去请她治病。"老妇傲然道："远在天边，近在眼前。臭小子，'毒魔姥姥'便在你面前！"

张去病一愕，道："你老人家便是'毒魔姥姥'？""毒魔姥姥"冷笑一声，道："臭小子，不相信我的话吗？"张去病嗫嚅道："我不是不信。只是你老人家这'毒魔姥姥'名头，怪吓人的听去好像是……"

"毒魔姥姥"板着脸道："好像是什么？像是使毒之人，不是神医。是不是？"张去病点点头。"毒魔姥姥"道："我这'毒魔姥姥'名头，是白道上那些王八蛋叫出来的。他们只知姥姥使毒功夫神出鬼没，却不知姥姥医技天下无双！咦，傻小子，你看着我干什么？你不相信我的话是不是？好，我说一说你这怪病的来龙去脉，保管叫你小子心服口服！我来问你，你这怪病是从娘胎里带来的是不是？"张去病一愣，心想这姥姥怎会知道？只得点头承认。

"毒魔姥姥"道："你这怪病每年发作一回，是不是？"张去病又只得点点头。"毒魔姥姥"又道："你这怪病发作的时间，都是在春夏之季，是不是？从小到大，你服过五十八名庸医开的屁药，是不是？啊，对了，你还服过一种罕见的护心救命丹药，是不是？"

"毒魔姥姥"连连发问，张去病接连点头。他越听心里越惊讶，仿佛从他一生下来，这老妇便陪伴在他的身边，将他病情知晓得清清楚楚。他病从何得来，几时发病，请多少郎中治病，甚至连凌霄老人给他服下"九难护心丹"，老妇都说得不差分毫。姥姥是如何知道这一切的呢？他不禁好奇问道："姥姥，我患病治病的事情，你是怎么知道的？"

"毒魔姥姥"得意道："哼，这点小事，我老婆子一把你脉便知，又有什么难的？我不但知道你病情，还知道你娘患有气血紊乱症，经常头痛足冷，睡不好觉。臭小子，我说得对不对？"张去病更惊讶，脱口赞道："对对，姥姥连我娘的病都知道，你老人家真是太神了！"

"毒魔姥姥"又道："你娘的病是如何得的，你知道吗？"张去病听娘说过得病缘由，本想点头。但想看"毒魔姥姥"说得对不对，便摇头道："我不知道。""毒魔姥姥"道："从你小子脉象上看，你娘是长年心里惊恐担忧，才得了气血紊乱症。只是不知，你娘她为何终年忧心忡忡？"

张去病听得呆了。他外公、爹爹和舅舅常年在外同金兵打仗，娘时常为他们安危担忧，夜里常做噩梦，说梦话，有时吓得醒来，身子发抖，将他紧紧抱在怀里。这件事情竟然也让"毒魔姥姥"摸脉摸了出来，他不禁又赞道："啊呀，姥姥医术真是神乎其技！"

"毒魔姥姥"一听更是得意，说道："知晓你娘病因，对姥姥来说，小菜一碟。这么对你说罢，你娘怀你时，常被噩梦纠缠致使她气血紊乱。你在她腹中生长，你血气也跟着紊乱，这是你患怪病的一个原因。"张去病喃喃道："姥姥连这些都知道，你老人家果真是神医！"

"毒魔姥姥"冷哼一声，道："连这点本事都没有，我老婆子还敢与那药王比长短？老实对你说，姥姥还有一个绰号叫'神医仙子'，是那些被我治好病的兄弟们给姥姥取的！"

张去病寻思：我师父凌霄老人说《黄帝神武经》上记载，我这病叫"经脉冰火症"，待我问问姥姥，看她是否知晓？遂问道："请问姥姥，我患的是什么病啊？""毒魔姥姥"叹口气道："臭小子，你天生命苦。你这怪病，那《黄帝神武经》里记载叫'经脉冰火症'。但我老婆子认为，这病更像是那《神农异症篇》里说的'阴阳反泄症'。"

张去病顿时对老妇佩服得五体投地。忙问道："姥姥，我这病治得好吗？""毒魔姥姥"道："倘若你早几年遇到我老婆子，治好这病也不甚难。现今想治好它，嘿嘿，那希望可渺茫得很了，姥姥只能试试了！"

张去病大失所望，颤声道："这么说，我这怪病，姥姥治不好了？""毒魔姥姥"道："正因希望渺茫，我老婆子才偏要给你治一治！"张去病想起先前，"毒魔姥姥"说先将他治好，再取他小命的话，不解道："姥姥说治好我的病，便要将我杀了。晚辈没得罪姥姥，这……是为什么啊？"

"毒魔姥姥"喝道："臭小子太啰唆。我老婆子想杀你，便杀你，这又有什么好问的？"张去病气恼道："姥姥干脆现在便将我杀了，我不要你医治！""毒魔姥姥"冷笑道："臭小子，这可由不得你！"说时，突然伸手捏开张去病的嘴，将一枚药丸放入他口中。那药奇臭难闻，软柔滑腻，进嘴便化，火辣辣淌下咽喉。张去病身子不能动弹，气恼得怒容满面。

"毒魔姥姥"哈哈笑道："臭小子，气呼呼瞪着我干啥？普天之下，不知有多少人想求我治病而不得，你却不要我医治，哼哼，真不识抬举！"

"毒魔姥姥"说时后退两步，手掌一扬，忽见几道金光闪动。张去病顿感身上几处大穴一阵刺痛，瞧见鼻子旁有一根金针巍巍颤动。心里一惊：姥姥在为我扎金针吗？他在家时，治病的大夫给他扎过针，却没见哪个大夫像"毒魔姥姥"这般扎法。他寻思这姥姥竟能飞针扎穴，看来她的暗器功夫非同寻常！

他正寻思，却见"毒魔姥姥"拈动手指，凌空运功，忽然听见一阵"嗡嗡"声响，似有蜜蜂飞进屋来。他转动眼珠环视，却不见有什么蜜蜂。再仔细一听，是金针震颤发出的声音。那颤声时强时弱，时急时缓。使他周身气血忽如雷霆滚过，忽如小溪涓涓流淌。突然间身子仿佛被那几枚金针吊离床铺，轻轻晃荡，说不出的舒服。他正感安逸，心头猛地一紧活像一截火炭落在腹内。他想呼痛，却发不出声。只见"毒魔姥姥"走上前来，又捏开他的嘴，将一些药粉喂进他口中。那药粉奇香无比，犹如冰粉滑下肚去，冰得肠胃全无知觉。他猛打个寒战便昏睡过去。

如此每隔几日，"毒魔姥姥"便来给他医治。先喂一粒药丸，然后扎针；扎完针，又喂一粒药丸。只是隔上一天，她便颠倒喂药的顺序。一日先喂那气味异香的药丸，后喂那气味臭得难闻的药丸，另一日颠倒过来喂。张去病时睡时醒，但觉精神一天天好起来，身上也渐渐有了些力气，能翻身和抬手，但仍是下不了床。

"毒魔姥姥"来时，不再盘问他，沉默寡言为他治疗后便匆匆离去。有时小姑娘何莹来找他玩，他想打听小姑娘家内情。何莹年纪太小，什么也说不清楚。他只得给她讲一些山谷外的事哄她玩，打发寂寞。

这一日醒来，他感觉身上寒冷，听见屋外沙沙声响，抬眼一望，却看到窗外雪花飘洒。他想冬天到了吗？啊，我又长大了一岁！不知我娘她们此刻是否安然无恙？赵先生、龙大哥都怎么样了？我整日躺在这里不能动，一家血海深仇何时才能得报？想到此处心中一酸，泪珠夺眶而出。伤心一会儿，他擦去脸上泪水游目四望，只见小屋里燃着一盆炭火，有几个凳子，一张小桌，室内摆设极其简单。

忽然间，他心中一惊，啊，不好！我昏迷这些日子，师父交给我的达摩石还在吗？忙伸手往怀里摸去，摸到那铁娃娃和易容锦袋还在身上，才放下心来。想起凌霄老人慈祥面容，想起老人传授他武功，想起老人临终留下遗言，一幕幕情景宛如在梦中。他寻思：师父嘱咐我勤练武功，我眼下躺着无事，正好将师父传的武功好好温习，才对得起他老人家在天之灵。于是他闭上眼睛，先将"太玄神功"口诀默默背数遍，回想口诀中提到的穴位。待到将诸多穴位想得准确无误，才想气息运行心法。如此一遍又一遍反复记忆，反复默想，直至烂熟于心方才停下。练了两个时辰，觉得精神旺健。他想：勤练功夫能使病好得快吗？于是练功兴趣愈加浓厚。

忽听开门声响，一个女仆端着碗走进屋来。这些日子他醒来时，女仆便会给他送来食物。他想同她说话解闷，女仆却只能用手比画，原来是个哑巴。女仆走到床前将碗筷放在床头，便转身出去。碗内粥热气腾腾，散发出一股苦辛药味。他终日与药相伴，也不觉得味苦，端起碗来将粥吃下，腹中感到暖洋洋很是舒服。

一连数日，他勤练"太玄神功"，冥想真气运行心法。这日忽觉"气海穴"一动，一股真气流出经过任脉各穴上行绵绵不绝，这是过去未有过的现象。他心中一惊，忙将那真气引回气海穴。稍息片刻，不见身上有何异状才又接着再练。

第五章　秘斗

　　他再练一会儿，忽觉尾骨"长强穴"有一股热气升起。这一回那热气窜向"督脉""阳关穴""命门穴"直至"百会穴"，在十几个穴位奔流不息充盈鼓荡。他忙用意念疏导，将真气引回"长强穴"。他心下诧异：体内怎会有真气汹涌流动？师父教我练功时，身上可没有真气流动啊！他忘了凌霄老人教他"太玄神功"时，还没将八十多年功力注入他体内，那时体内自然不会有真气流动。老人将毕生功力传给他后，内力在他身上处于休眠状态，此时练了数日"太玄神功"，把那潜藏内力激活一些，随着他的意念游走。

　　不明原委，他既担心又好奇，小心翼翼将真气引至手太阴肺经、手阳明大肠经等诸穴道。真气每经过一个穴位，手足便力气充盈。他心中高兴，又将真气引导游走足阳明胃经、足太阴脾经等穴位，浑身感觉神清气爽。他愈加兴致勃勃，再将真气引入手少阴心经、手太阳小肠经、足太阳膀胱经、足少阴肾经、足厥阴肝经等十二经脉穴道，更觉精神越来越旺健。

　　他任凭真气在十二经脉游走一会儿，又将真气引向任脉穴位。不料真气游走到丹田"气海穴"受到阻隔。他用意念反复引导，真气总是进不了气海穴。他甚奇怪，便将真气引回督脉穴位。哪知真气游走至腰间滞凝不动，仿佛被一道堤坝拦住进不了"命门穴"。他强行疏导几次，仍不能打通。两眼忽然一黑，一头栽下床去。

　　晕了一会儿，悠悠醒来，感觉衣衫汗湿了一片。一阵寒风吹得他打个喷嚏。他忙从地上爬起来钻进被子里。他寻思：为何真气受到阻隔，不能交会到一起呢……寻思片刻，他想起凌霄老人为他注入毕生功力时，未能打通任脉和督脉之事。他才恍然明白，真气为何不能交会贯通。心里忽又闪过一个念头：适才晕倒床下，我从地上回到床上，难道我的腿能走动了吗？如此一想他翻身下床，行走果然无碍。他蹦跳几下，激动得放声大笑。笑罢，他想出屋去看看外面的天地。

他还未走到门口，忽听一个温柔声音传来："乳娘，那孩子好些了吗？"他昏睡时听见过这温柔声音。听那"毒魔姥姥"道："夫人，那臭小子好多了，再过一些日子便可康复。"那夫人道："乳娘真不愧是'神医仙子'！难怪我爹和教中兄弟对你礼敬有加！"

"毒魔姥姥"道："夫人过奖，我这点本事稀松平常，那是教主和兄弟们抬爱老婆子罢了。"张去病听到"教主"之语，心想夫人和"毒魔姥姥"是什么教的人？听她俩的话，夫人的爹好像是个教主，那又是什么教的教主？他正寻思，听见两人说话声音越来越近，他忙上床躺下。房门被轻轻推开，"毒魔姥姥"陪同那夫人走进屋来。

张去病一看那夫人，头里顿时"嗡"的一响。只见那夫人美丽端庄；年龄、身段、相貌和步态，均有些像他娘。他心中一热泪水涌上了眼眶，心道："难道是我娘来了吗？"他一年未见亲娘，朝思暮想，此时亲情大炽，激动得热泪盈眶。夫人走到床前，瞧见张去病眼含热泪，诧异道："孩子，你怎么哭了，是病得难受吗？"

夫人说伸手摸摸张去病额头。张去病感受夫人手掌温柔的抚摸，仿佛像娘在抚摸他一样，忍不住"哇"的一声大哭起来。"毒魔姥姥"喝道："真不害羞，哭哭啼啼，像个小妮子！"

张去病抽泣道："谁像小妮子了？我好久没见到我娘。我好想娘，难道不许哭吗？姥姥小时候想娘，难道没哭过吗？""毒魔姥姥"冷哼了一声，道："哼，臭小子，嘴倒厉害！"

夫人轻声道："孩子，你想娘吗？别难过，等姥姥为你治好病，你便可回家去见你娘了。"张去病摇头道："我回不了家，姥姥说，治好我的病，她便要将我杀了！"夫人尚未说话，一个清脆的声音在门外喊道："不许杀张哥哥，我要留他陪我玩！"

何莹像一阵风跑进屋来，冲到床前用身子挡住张去病，神情十分着急。夫人笑道："莹儿，要留下张哥哥陪你玩吗，你去求姥姥啊！"何莹上前拉住"毒魔姥姥"衣衫，撒娇道："好姥姥，别杀张哥哥，莹儿求你啦！莹儿亲你一口，好不好？""毒魔姥姥"弯下腰，让何莹在她脸上亲了一口，抚着何莹的头，道："好，姥姥暂不杀这臭小子，留着他给你做伴。哪一日你不要他了，姥姥再取他小命。"

夫人对张去病道："孩子，快谢过姥姥！"张去病忙道："谢姥姥手下留情。""毒魔姥姥"冷冷道："臭小子听着，天下男人没一个好东西，你小子也不是什么好货。暂留你一条小命，是留着你陪小姐玩耍，你要好好伺候小姐，不准欺侮她。不然我便取你小命！"

张去病点头应诺。夫人问张去病家中还有何人，又问他因何一人病倒在山里。

张去病不便照实回答，便将那日搪塞"毒魔姥姥"的话重复一遍，夫人听了叹道："孩子真苦命！"又说了些安慰张去病的话，便牵着何莹同"毒魔姥姥"走出屋去。

夫人走了一会儿，女仆送来一套男装对张去病比画手势，要他换衣裳。待女仆走后，他一边换衣服，一边寻思：我在这山里不怕官府缉拿，换回小子衣衫真好……只是"毒魔姥姥"好生奇怪，她为何这般痛恨天下男人？我一个孩子为啥也不是好东西了？我又没招惹她，她却一心要杀我。这"毒魔姥姥"凶巴巴的，只怕哪一天她不高兴，说不定真的将我杀了，我得想个法子逃走才成。

他走到屋外探寻逃走之路，只见屋外是一块平地，四周有山脉围着，平地犹如一个盆的盆底，看不见通往外界的路。离他住小屋不远处，另有几间房屋。大约是夫人和"毒魔姥姥"的住所。屋旁有一条小溪，水面结着薄冰。四周悬崖峭壁也被冰雪覆盖。他若要逃走，须得攀上绝壁才能出去。他哪攀得上去？他心头一阵冰凉，无精打采地回到屋里。

他坐在炭火盆旁发一会儿呆，突然心头一亮：师父不是传给我"蹑云步"吗？我练会这门轻功，不就能攀上悬崖峭壁逃走吗？转念又想：不行，师父说过天下轻功都要以内力为根基。有了浑厚内力，轻功才能发挥得好，我得加紧练习"太玄神功"，再练"蹑云步"！如此一想，他便每日刻苦练习"太玄神功"。

"毒魔姥姥"常来为他治病，每次把脉都暗暗诧异：这小子怎会好得如此之快？是我用药对症，还是他与常人大异？又想：这小子身子虽在康复，但要根除他身上怪病却不容易，待我再想想法子，看能不能彻底根治他这怪病……此后，"毒魔姥姥"不再为他扎针，十天半月才来看他一次，每次来时总是给他服一些新药。有时"毒魔姥姥"来为他治病，见他凝神练功，不以为意地冷哼一声，也不打断他，只瞧瞧他面容气色变化，便放下新制丹药，转身离去。经过"毒魔姥姥"精心医治，他身上怪病如抽蚕丝一般渐渐地被抽去。

一日见到"毒魔姥姥"，张去病道："姥姥神技无双，果真将我的病治好了！多谢你老人家！""毒魔姥姥"冷笑一声，道："哼，臭小子想得美！老婆子只是推延了你发病时间，由原每一年发病一次，推到三年发病一次，你这病尚未断根，别高兴得太早！"张去病听了不以为意，心想三年发病一回，总比一年发病一回好，更是练功不缀。整整练了一年多，他才将"太玄神功"练到气随意转。但因不能打通任、督二脉，此时仅能将凌霄老人注入他体内内力使出不到两层。纵是如此，也比寻常高手不差了。

内功略有小成，他便开始练习"蹑云步"。那"蹑云步"一共有四十九句口诀，每句口诀有八种身姿步法，对应八个变幻方位，一共有三百九十二种变化。他从头到尾将"蹑云步"口诀和心法背诵一遍，竟然还全都记得。他心下欢喜，仔细反复揣摩"蹑云步"口诀和心法要领，又回想"太玄室"练功图上所画的动作，寻思师父指点的精要之处。背诵揣摩几日，将口诀和心法要领烂熟于心，便在小屋里潜心练习。"蹑云步"纵跃身法颇奇怪，内含太极八卦玄奥机理。张去病对《易经》一无所知，幸亏他得到过凌霄老人的亲自指点，又生就仙猿骨相，于武学悟性奇高，身子骨柔软异常，行动极敏捷，才突破一个个难关练下去。

每日，他将桌子凳子东倒西歪乱放在屋内，踏着"蹑云步"法在地上、凳上、桌上、床上，蹿上跃下，直至练到闭着眼睛也不碰到桌凳才罢休。后来又出屋外，到树林里或岩石丛中练习腾、挪、闪、跃。他越练越觉得"蹑云步"奇妙无比，越练越痴迷。

有时，何莹跑来找他玩耍，两人在山谷里嬉戏，他也忍不住迈开"蹑云步"逗着何莹四处奔跑。"毒魔姥姥"偶尔瞧见他练"蹑云步"，脸上闪过惊讶神色，便随即转身走开。武林中人最忌讳窥看别人练功，何况"毒魔姥姥"自视甚高，即便惊异那步法奇妙，却也不愿多看一眼。

冬去春来，夏逝秋至，张去病日日沉迷练习"蹑云步"，又用去两年多的时间，他才将这门轻功掌握纯熟。但因他体内雄厚内力只能发挥出一二层，"蹑云步"诸多精奥之处还不能展现。即便如此，凭借"蹑云步"的神妙，此时他轻功已不下于一般高手。

练到第三年时，那怪病果然发作一次。幸好有"毒魔姥姥"及时用药施救，几个月后他又康复如初。此时他练会了"蹑云步"，已有本事逃出山谷去。但凌霄老人传给他的武功精彩绝伦，令他深深着迷，欲罢不能。他痴迷练功，暂时放下逃走的念头。他寻思：趁养病这些时间，我得赶紧把师父传授的武功全部练好，才能出去找秦桧老贼报仇。我练好了师父教的武功，"毒魔姥姥"也杀不了我了。如此打定主意，每日他更加刻苦练功。

练会"蹑云步"后，他开始练习"太极阴阳掌"。这套掌法极是复繁难练，不仅要他一心二用，而且双掌拍出力道大小、强弱，以及拍出的时间、方位、快慢均大不一样。以他聪颖无比的天资，有时练好一掌也要花几天时间。但他不怕艰难，乐此不疲，常常练得废寝忘食。又用了两年多时间，他才将这套掌法练纯熟。

他满心欢喜，接着又练习凌霄老人传他的百变易容术。他每日拿出老人给他的各种易容工具和材料，按照老人教的方法，整日在小屋里装扮各种人物，练习各种人物的身姿步态，学各种人物的话语腔调，好玩又开心。如此练了半年多，直到练到得心应手，装扮各种人物惟妙惟肖才罢休。他长年沉浸在练功乐趣中，不知不觉，他已长成一个身材高大的十七岁英俊少年。

一日，张去病带着何莹在山谷里玩耍。二人来到一条小溪边，何莹看见鱼儿在清溪水里游来游去。高兴道："张哥哥，我要小鱼，捉一条给我玩！"张去病道："好，我捉给你！"说时脱下鞋子，下到溪里。波光闪动，小鱼三五成群地从他脚旁游过。他凝神屏气伸手去抓鱼，忽然流来一股红水遮住小鱼。他诧异：水怎么变红了？抬头一看，只见那股红水从上游流来带着一股血腥味，原来是血水！他吃了一惊，忽听见上游传有打斗声。他忙上岸穿鞋，牵着何莹往住所跑去。

两人跑近住所，那打斗之声越来越大。只见两名灰衣人倒伏溪里，血从二人身子流出染红了溪水。岸上有两人正在激斗，一人是"毒魔姥姥"，另一人是个五十多岁的瘦高老者。另外还有两人站在夫人门外，年纪均在四十岁左右，正对着屋内说话。一个秃顶汉子恭恭敬敬道："夫人，属下奉殷副教主之命，前来迎请夫人回教。请夫人赏脸，同我们回摩尼岩罢。"

张去病和何莹躲在树丛后面，一听"摩尼岩"三字，猛然想起凌霄老人说那是魔教总堂所在。心想：何夫人是魔教的人吗？又听另一位背微驼的汉子道："殷副教主说，夫人出来寻找老教主好多年，四处奔波极是辛苦。他说请夫人回教里去好生休养。寻找老教主之事，他差教内兄弟去办，请夫人放心。"屋里静静的没人答话。

另一边，却听那瘦高老者对"毒魔姥姥"说道："阿娇，你住手，听我说一句话好不好？""毒魔姥姥"却不理他，双手舞动两把短剑招招直取老者要害。瘦高老者左闪右躲，又恳求道："阿娇别打了，是我不好。那年在高昌街上，我不该看那异族妇人，惹你生气了。我再给你赔个不是，还不行吗？"

"毒魔姥姥"啐了一口，道："呸，不要脸的老东西！你勾搭的女人还少了？我问你，那年在楼兰道上，你色眯眯盯着人家姑娘胸脯看，还上前去同那姑娘搭讪，有这事没有？"说到此处，"毒魔姥姥"怒气更盛，挥动双剑疾刺瘦高老者两眼，似要将他眼珠子剜出来，不让他再看别的女人。瘦高老者疾闪开去，叫屈道："阿娇，我是上前去向那姑娘问路，没多说一句话啊！"

"毒魔姥姥"怒道："放屁！放屁！道上有几个汉子和一个老妇人，你为何不找他们问道，偏偏要找那个姑娘问道？你明明瞧见人家姑娘年轻美貌，找个借口上前去勾引！哼，你道我不知吗？还有一年，在西域集市上，你同一个卖葡萄干的骚狐狸精眉来眼去，打情骂俏，可有这事？"提起此事，"毒魔姥姥"怒不可遏，两把短剑刺向老者胸膛。老者侧身避闪稍慢，只听"嗤"的一声，胸前衣衫被划破一道口子。

张去病听见两人对答，心想"毒魔姥姥"同这老者是两口子吗？她骂天下男人不是好东西，原来是同老者怄气。又听那老者连声叫屈道："冤枉，冤枉，我买葡萄干同她讨价还价；只不过多言语几句，哪里有什么眉来眼去，又哪有什么打情骂俏啊！"

老者越辩解，"毒魔姥姥"越气恼，双剑攻得更快，一团剑光将老者罩住。老者熟知她剑招，总能将她的凌厉攻势化解。两人斗到三多百招，只听"毒魔姥姥"喝声"着！"双剑一下架在老者项下。老者不敢动弹，惊问道："阿娇，你几时练出这妙招？""毒魔姥姥"得意道："为杀尽天下像你这负心薄幸好色之徒，老娘妙招还多得很！"

老者闭上眼叹道："咱们夫妻一场，今日丧命我美人手下，嘿嘿，倒也值得。阿娇你动手罢！""毒魔姥姥"双眉倒竖，愤怒已极，胸膛起伏不定。眼里却迸出几滴泪珠来，双剑渐向老者脖子靠拢。忽听一声轻喝："乳娘千万不可！"

何夫人不知几时走出屋来喝住"毒魔姥姥"。"毒魔姥姥"收回短剑，瘦高老者同门外那两个汉子一齐躬身向何夫人施礼，说道："属下参见夫人。"何夫人道："丁长老、苏长老、顾长老，几年不见，你们可好？"那瘦高老者叫丁晚桥，秃顶汉子叫苏远山，背微驼的汉子叫顾云亭，三人位居摩尼教十大长老之列。三位长老道："托夫人的福，属下尚好。"何夫人又道："是副教主命你们来寻我吗？"秃顶苏长老道："正是。夫人离开摩尼岩数年，殷副教主极思念夫人，特命我们前来恭请夫人回教。殷副教主还说，吴长老掌管病僧堂，教内众兄弟皆盼吴长老回去为大伙治病。"

张去病寻思：吴长老？是"毒魔姥姥"吗？姥姥原来姓吴，还是魔教长老，怪不得医术如此了得！"毒魔姥姥"确姓吴，叫吴艳娇，乃是摩尼教病僧堂掌堂长老，主持摩尼教内治病之事。"毒魔姥姥"指着丁长老，道："要我老婆子回去也成，请二位兄弟将这老东西杀了！"

顾长老笑道："是，是。丁长老守着吴长老这大美人，还动花花念头，真是不知好歹，是该一刀杀了！不过，教规不许咱们教内兄弟相残。待我俩回去恳求副教主，将丁长老杀了给吴长老解恨！""毒魔姥姥"心知，顾长老为了让她消气，是顺着她说话，哼了一声，便不再言语。

何夫人道："三位长老远道来寻，我们本当随你们返教。但我爹失踪几年至今没有消息。我放心不下，还要寻访我爹。烦劳三位长老回去禀报副教主，待找到我爹，我自会回摩尼岩去。"三位长老面现难色。苏长老道："迎不回夫人，我三人回去要受殷副教主责罚，请夫人莫让属下为难。"

夫人长叹一声，道："我知道，我武功已失，我若执意不回，你们便会强行劫我回去，乳娘一人拦不住你们。乳娘若使毒功夫伤了你三人性命，也坏了教内兄弟和气。唉……为不为难你们，我自行了断罢！"夫人说时手腕一翻，将一把明晃晃的匕首抵在胸前。四位长老惊呼："夫人住手！"

何莹吓得哭喊道："娘！娘！"一头冲出树丛朝夫人飞跑过去。听见女儿呼叫，何夫人一惊便停住手。苏长老看见何莹跑过来，心想是小姐吗？几年不见，小姐长这么高了！有了，只要抓住小姐，不愁请不动夫人！心念闪过，苏长老一把抓住何莹，转头对何夫人道："夫人不愿回去，属下不敢强请。我们请小姐回去，副教主看到小姐，他老人家一高兴，说不定便不责罚我们了。"

何夫人气恼道："苏长老，你……"一时气得不知说什么好。看见何莹在苏长老手里挣扎，张去病蓦地想起当年汤阴河边自己在柯金龙手里挣扎的情景，心中大怒，猛地向苏长老冲过去。苏长老没料到身后有人冲来，毫无戒备，张去病从苏长老手上一把抢过何莹，抱着就跑。

顾长老看见一个少年突然夺走小姐，忙闪身上前将张去病拦下。苏长老亦追过来，两人把张去病堵住。顾长老左手抓向张去病前胸，哪知张去病身子一歪，从他手下滑开跑到一旁。顾、苏二长老都"咦"了一声，没想到这少年竟能躲开顾长老一抓，二人又追上去。

张去病内力远不及两位长老，手上抱着何莹，自然跑不过二人。一眨眼二人追到他身前，一左一右将他围住。顾长老道："小子，这回看你往哪里跑？"呼地一把抓出，苏长老在旁伸腿一勾，两位长老这一抓一绊配合极快，只道定将张去病擒住。不料张去病古怪地一扭身又蹿到一旁。顾长老诧异道："咦，这小子有点邪乎！"顾长老道："苏兄，这回莫让这小子再溜走！"

二人冲到张去病面前，顾长老出手点张去病肩上穴道，苏长老出手夺何莹。两人叫张去病顾得一头，顾不得另一头。张去病练功以来头一次对敌，心中有些惊慌。适才踏着"蹑云步"两次躲过二人夹击，心神稍定。看见二人迅捷攻来，不知不觉使出"太极阴阳掌"一心二用法门，肩头一沉避开苏长老擒拿，同时飞快转身抱着何莹躲过顾长老一抓，脚下一点蹿出两丈外。他这三招一气呵成，如行云流水，顾、苏两位长老都忍不住叫声"好！"

喝彩声中，顾、苏两位长老又扑上前来。张去病抱着何莹跑不过两位长老，只得踏着"蹑云步"同二人周旋。此时，苏远山和顾云亭看出张去病身负上层武功，这一次围攻张去病，二人拳脚齐施，急攻猛打。张去病踏着"蹑云步"东跃西闪，身法奇妙，每迈出一步都大出二人所料。二人频频出招，却怎么也碰不着张去病一下。苏远山连声嚷道："邪了！邪了！"苏远山性子急，出手一招比一招狠，一招比一招快，全不顾及高手身份。

顾云亭留心看张去病步法，见那步子十分奇怪，方位变化大悖常理，令人难以预料，且快得匪夷所思！他看出张去病内力不差，毫无败象，亦暗自心急，心想这少年不过十七八岁，咱们两个老江湖斗他一人已大失身份。何况这小子怀中抱着小姐，咱俩再拿不下这小子，我二人就栽到家了！岂不叫丁晚桥和吴艳娇笑掉大牙？他忽然收手，道："苏兄算了，这小子同夫人住在一起，想来也不是外人，咱们别再逗这小子玩了！"说完转身就走。

苏远山收住手，不明白顾云亭是何用意。张去病一听对方罢手，一愣停住身子，只听"嗤"的一声，顾云亭突然弹出一粒石子打在他手臂"五里穴"上。小臂顿时麻软无力，何莹从他手臂滑落到地上。何莹甚是机灵，脚一着地转身就跑。顾云亭纵身上前去抓何莹，却被"毒魔姥姥"上前拦住。"毒魔姥姥"既是神医又是使毒大家，顾云亭不敢得罪她，只得嘿地干笑一声停住脚步。丁晚桥想去抓住何莹，刚一迈腿，"毒魔姥姥"厉声喝道："老东西，你给我站住！"

丁晚桥在外虽爱沾花惹草，在教内却是出了名的怕老婆。听到老婆一声斥喝，急忙收住脚步赔笑道："是，是，我站住。"苏远山却不顾"毒魔姥姥"吴艳娇阻拦，纵身去追何莹。身子刚跃起，忽觉腰间一紧，被张去病猛扑上来紧紧抱住。苏远山勃然大怒，心想这少年害得老子大丢面子，此事传将出去叫老子如何在江湖上立足？呼地举起手掌，便要朝张去病头上拍下。

张去病冷笑一声，面不改色地望着苏远山。苏远山一愣停住手，道："你小子死到临头，冷笑什么？"张去病道："我笑你们欺侮不会武功的母女，枉称英雄好汉！"苏远山脸上一红，转头问吴艳娇，道："吴长老，这小子可是咱们教中之人？""毒魔姥姥"吴艳娇冷冷道："不是。他是老婆子的病人！"苏远山一听张去病并非教内之人，狞笑一声，一把将张去病推倒在地上，右掌朝张去病头顶拍落。手掌拍到半途，他忽然凝掌不动，转头向旁怒喝道："是何人暗算老子？"

张去病心下奇怪，往旁一看，只见苏远山身旁不远处站着一个紫衣人。这人身材高大，脸上戴着一个面具，只露出一双眼睛，目光阴森，瞧得人心里发怵。苏远山被紫衣人用暗器打中穴位动弹不得，气得破口大骂道："躲在阴暗角落突施暗器，算什么本事？老子生平最恨这种下三滥行径！你有本事，咱俩来明枪明刀见个高低！"

顾云亭、丁晚桥和"毒魔姥姥"皆吃了一惊。紫衣人出手将苏远山制住，像影子般闪现在众人面前，三人都没有看清楚怎么回事。四位长老忽见有外来之人插手本教之事，顿时警惕起来。顾云亭在苏远山身上的"中府穴"拍了一下，想为他解开被封穴道却不见效。他连拍几下，还是不能将苏远山穴道解开，神情甚是尴尬。

紫衣人一言不发，右手向张去病一招，一股雄厚内力将张去病从地上拉起来。掌力又轻轻一送，便将张去病送到何莹身旁。他这一手"控龙功"使得轻描淡写，不着半点痕迹，足见功力已达化境，四位长老看得心中大惊。紫衣人回过头来瞧了瞧苏远山，左臂袖头一甩从苏远山身上拂过，苏远山顿觉身子经络一松，穴道已被解开。

紫衣人这两手功夫使得漫不经心，却让苏远山、顾云亭、丁晚桥和吴艳娇四人又心惊又佩服。四人皆知凌虚取物本就极难，若要像这紫衣人不露痕迹，挥洒自如地将张去病凌虚摆弄，那是难上加难。凌虚解穴的功夫原是有的，但像紫衣人这样轻拂衣袖便能给人解开穴道，也颇罕见，四位长老怎不惊佩？

苏远山惊愕道："阁下是何方神圣，为何插手我教之事？"紫衣人不答话，阴森森的目光从苏远山、顾云亭、丁晚桥三人脸上扫过，挥了挥手做了一个"去"的手势，便一动不动负手而立。

苏远山怒道："阁下武功再高，我未必就怕你。接招罢！"顾云亭急道："苏兄且慢！"喝声已迟，苏远山已然拍出一掌。因对手武功高深，他这一掌使出十层内力，掌声呼啸摧枯拉朽。岂料手掌拍到中途，忽觉脉门一紧，手腕竟然被紫衣人用两指夹住。脉门受制于人危险万分，丁晚桥和顾云亭见状皆不敢轻率出手相救。

丁晚桥道："'少林摩诃手'？阁下原来是少林派的高人！"紫衣人一言不发，二指向前一送，一股劲道将苏远山推出去七八步，竟将他放了，三位长老大感意外。三人只道这紫衣人制住苏远山，定将他作人质，要挟他们答应什么要求，却没想到他竟会将苏远山放了。

顾云亭赞道："阁下好功夫！让我来领教阁下的高招。"扑上前一拳打向紫衣人的右肩。这一拳隐藏几种厉害变化，顿将紫衣人笼罩在拳风之下。紫衣人却不避不闪，伸出手指戳向顾云亭拳上穴位，逼得顾云亭中途变招。顾云亭一连变了五招，紫衣人的五个指头也变了五个方位。每换一个方位，指头总是点向顾长老手上一个穴位，逼得顾云亭连连变招。如此斗了一阵，只见顾云亭拳头不停变招。紫衣人却站立不动，仅凭五个指头化解对方拳招，神态悠闲。顾云亭却是上蹿下跳，忙个不迭，有几分滑稽可笑。

丁晚桥又道："'千手观音指'！阁下果然是少林派高手！"紫衣人仍是一言不发。丁晚桥眼见顾云亭与紫衣人斗得狼狈，道："阁下武功太高，咱们不讲江湖的规矩了！"说时朝苏远山一招手，两人扑上前去。三位长老围着紫衣人，各施绝技恶斗起来。紫衣人在三位长老围攻中飘忽闪避，却不还手。"毒魔姥姥"在旁看得纳闷：无论三位长老出何怪招，紫衣人总能避开，此人似乎熟知三位长老的武功。三长老久攻无果，实是早已输了。她欲上前相助，却听身后有人轻声道："乳娘不必出手。"

吴艳娇回头一看，何夫人在暗暗向她摆手。她虽不明夫人用意，却也看出紫衣人似乎没有伤害三位长老之意，便不再上前相助。四人斗了好一阵子，紫衣人仍不出手还击。顾云亭、苏远山、丁晚桥三人始终占不到一点上风。三位长老越斗越惊，对紫衣人又气恼又钦佩。丁晚桥忽然跳出圈外，道："苏兄、顾兄罢手！再斗下去，只怕我们累得躺下也奈何不了这厮，今日咱们栽了个天大跟头。走罢！"

顾云亭和苏远山收住拳脚，紫衣人也站立不动。苏远山道："我们三人技不如人，栽在阁下手里。不知阁下是少林派哪位高人？"紫衣人依然负手而立，默不作声。苏远山怒道："阁下也太狂傲！你武功再高，难道同我们说一句话都不屑吗？哼哼，我教高手如云，你有胆量就上摩尼岩来与我教二法王、四大摩尼、五尊者比试比试，才知你不过是一只井底蛙！"

丁晚桥道："阁下藏头露尾，不敢露出真面目。武功再高，也不是光明磊落的大丈夫。顾兄、苏兄，与他多说些啥？咱们走罢！"紫衣人恍若未闻。三位长老见紫衣人入定般站着，只得悻悻离去。张去病目不转睛地看着紫衣人，心想这人是谁？他为何救我？是杜伯伯吗？不，不像。杜伯伯没有他这般高，武功也有所不及。他又想：是赵先生他老人家吗？也不像。赵先生出手狠辣绝不留情，身材也没有这人魁梧。更不会是龙大哥、穆大哥、段大哥，他三人武功都差这紫衣人一大截子……此人难道是一位大侠，看见两位长老欺我年少，路见不平拔刀相助吗？可侠义道中人，多半不会来管魔教之人争斗闲事……他尚未想出头绪，却见紫衣人转过身子缓缓离去。他迈步很慢，似乎心事重重，背影微微颤动，心中像有千言万语在倾诉。

忽然听到一声轻呼："你请等一等！"呼唤声发自何夫人之口。紫衣人身子一颤慢慢转过身来，双目久久凝视夫人。夫人也幽幽望着紫衣人。两人默默相视，良久无语，目光里似乎又交谈了千言万语。过了一会儿，才听见夫人颤声道："是你吗？"

紫衣人轻轻答道："是我。"忽然听见紫衣人开口说话，张去病吓了一跳。又听何夫人道："你……怎么来了？"问话中充满思念之情。紫衣人道："我放心不下，便想来看看。你别生我的气。"语气情意浓浓，充满温存和怜爱。

张去病一听恍然大悟。心想这紫衣人原来是夫人的朋友，怪不得会出手相助。但他往下一听却又有些不对。只听何夫人道："咱们不是说好了，不再见面了吗？你……怎么又来看我？"

紫衣人道："我得到消息，说殷独啸派人来抓你，心中一急便赶来看你……你别气恼，我这就走。"

何夫人微嗔道："谁气恼你啦？我又没赶你走。唉，唉，你这人，我是气恼自己！我，我有负于你，你却牵挂着我，真叫我无地自容！"

何夫人掩面低泣起来。紫衣人急道："君茹，你这是何苦来着？过去之事让它过去，万不可放在心气苦自己……再说，你我都中了殷独啸奸计，岂是你有负于我？你不要如此伤心啊！"

何夫人悲切道："不要说了……我已非清白之身，愧对你的一片深情！你对我越是好，我越是羞愧难当。唉，我，我的命为何这般苦呀！"

紫衣人颤声唤道："君菇，君菇，你莫哭。你身子如此消瘦，皆因悲伤过度……唉，这半年，我暗中来看你几次，总见你黯然伤神，独自落泪！我，我……咳咳咳……"说到此处，紫衣人一阵轻咳，断了话头。

何夫人急道："你，你……可是病了？这些年，你总是孤身一人，为何……不另觅佳偶，找个人照顾你？"

紫衣人轻叹一声，摇头吟道："曾经沧海难为水，除却巫山不是云……唉，世上不再另有佳偶了；我今生今世，不会觅什么佳偶了。梦兮魂兮，佳偶难求……"那吟诵声凄怆决然，却又柔情似水，令人听了心里涌上一阵酸楚和苦涩，却又微感几分甜蜜。

何夫人听得浑身一颤，满面红晕，低下头轻声道："啊，不要说了。你快些走罢。我，我……"忽然声音哽咽，又掩面轻泣。

紫衣人道："君菇，此处已被殷独啸知晓，不能再住。你到我潜居之处去避一避方才安全。"

何夫人摇摇头道："我名节已被殷独啸造谣所污，若到你那里安身，教内众兄弟得知，岂不相信殷独啸的谎言？唉……我还是听天由命罢！"说罢转身跑进屋内。紫衣人连叫"君菇，君菇！"何夫人不再回应。紫衣人凄然望着门上软帘晃动。

忽听有人道："啊呀，斗了半天，原来是蓝左王！"紫衣人惊觉回头，看见吴艳娇笑吟吟望着他，忙道："吴长老别来无恙？"随即取下脸上面具，露出一张清癯的面孔，剑眉星目，英气逼人，年纪四十开外，眉宇间深带忧戚。

"毒魔姥姥"喜道："我说少林寺几时冒出个武功卓绝的高人，不出手便能打败我教三位长老？哈哈，原来是我教左护法王蓝龙兄弟！蓝兄弟，几年不见，你武功可越来越俊了！适才你使少林派'摩诃手'和'千手观音指'比少林和尚还地道，将我们四人都骗了！唉，只有夫人认出你来，你俩真是心意相通啊……"顿了一顿，她又叹道："唉，丁晚桥老鬼对我，若有你对夫人一半情意，我就心满意足了！"

蓝龙道："吴长老说笑了。丁大哥虽然不拘小节，可他心里真只有你一人！""毒魔姥姥"啐一口，道："呸！不要提这老东西！总有一天我要挖出他眼珠子，看他还敢色眯眯地看别的女人！"

张去病暗暗好笑，心想姥姥自个儿提起丁长老，却不许别人提，姥姥好刁横。

"毒魔姥姥"又说道："蓝左王，八年前你一气之下离开摩尼岩，从此没有音信。这些年，你到哪里去了？"

蓝龙道："这些年我遍游各地，寻找老教主去了。""毒魔姥姥"道："找到他老人家了吗？"蓝龙摇头道："没找到。我走遍各地，四处打听，暗中潜入各门派探听，却没听到有关老教主的一言半语。殷独啸那厮当年说老教主云游四海去了。倘是如此，怎会不见他老人家一点踪迹？其中必有重大隐情！"

"毒魔姥姥"想了想，道："老教主会不会去了波斯总教？"蓝龙道："我前年去波斯总教找过，波斯总教人说，他老人家没有去波斯总教……何教主安危事关我教兴衰，我非得弄个水落石出不可！不过这事儿，请吴长老别对君茹说，以免她徒增烦恼。"

"毒魔姥姥"点头应诺。蓝龙又道："我在江西碧溪山有一处隐蔽住所，请吴长老劝说君茹去那里暂避一时。这落霞坪不能再住了，你们须提防殷独啸的毒手。拜托吴长老了。"蓝龙说罢走到何莹面前，从怀里拿出一个五彩斑斓的布娃娃递给何莹。何莹一看那布娃娃喜欢得笑逐颜开，道："谢谢伯伯！"将那布娃娃抱在怀里又摸又亲。

蓝龙走到张去病面前，道："小兄弟，你仁义过人，胆识可嘉，蓝某送你一件薄礼。"说时从怀里摸出一团玄色织物抖开，却是一件柔软背心。蓝龙道："小兄弟，这一件金蛛丝背心。你穿在身上刀剑不入，可以防身。我赠给你。"

张去病一听，心想这是一件宝物，蓝左王重义轻物真是英雄豪杰！又想：是了，他见我武功低微行走江湖凶险，送我这件宝物护身，这番心意我不可不领！他天生豪爽仗义，接过背心软甲，学着江湖豪士拱手道："谢蓝左王厚赠！"蓝龙摇头道："别叫什么蓝左王，你叫我蓝大哥好了。"张去病忙改口道："是，蓝大哥。"蓝龙笑道："小兄弟，这就对了。"蓝龙对"毒魔姥姥"道："吴长老，后会有期！"说罢，双脚一点地，人如离弦之箭激射出去，一眨眼隐没在林间。

"毒魔姥姥"对张去病道："臭小子，你在屋外看着，瞧见什么动静赶快叫我！"张去病道："是。""毒魔姥姥"牵着何莹手走进夫人屋里。张去病守在屋外四处观望，直到晚上，再没有什么人来生事。

第二日，"毒魔姥姥"同何夫人收拾行装，张去病知道她们要走了，心里怅然若失。何夫人走过来柔声道："孩子，我们要换一个地方居住，你同我们一块去，吴姥姥继续为你治病好吗？"

何莹跑过来拉住张去病的手，道："张哥哥，同我们一起去嘛！"张去病望着何夫人，摇头道："这几年，我受夫人和吴姥姥许多恩惠，无力报答。不能再拖累你们了！我离家好几年，娘在家里定是想我得紧，我想回去看望娘亲。"

何夫人道："那是应该。只是有一事，孩子你须得记住。你虽然练了一些武功，但功夫尚浅，道上若是遇到恶人相欺，别同他动手。不然对方不知你功夫深浅，便出手不留情。万不得已时，你可施展那奇妙步法逃走。"说到此处，夫人转身取过一个布包，道："包里有几锭银子，你带在身上，回家去买些好衣好食孝敬你爹娘。"

"毒魔姥姥"在旁插嘴道："臭小子，你身上怪病尚未断根，原本一年发病一次，经我老婆子医治，现已是三年发病一次，但仍会复发。这是八枚'奇珍续命丹'，你现在服下一粒。日后若是发病便服一粒，可暂保你这条小命！"张去病接过"奇珍续命丹"，依言吞下一粒药丸。"毒魔姥姥"又道："这一瓶'摩尼八仙丸'是我教疗伤圣药，灵验无比。你行走江湖，用得着它，拿着吧！"说罢将一个青瓷瓶塞到张去病手上。张去病接着钱和药心头一热，热泪涌上眼眶。

这几年，何夫人对他呵护甚殷，如同亲娘。"毒魔姥姥"虽面色甚恶，但悉心为他治病，恶言恶语中透出关怀。何莹和他形影不离，如兄妹亲密，此时分别着实令他依依不舍。他想：将来我办完大事，一定要好好报答她们。又想：不知秦桧老贼是否还在缉拿我。去到谷外为了周全，我还是换上女装为好。便忍住眼泪道："谢谢夫人和姥姥。夫人，我离家时是一身女童装束。我回家仍想换上女装，回去让我娘一下认出我来。"

何夫人道："这好办，来，我将你打扮成姑娘！"随即拿出一套女装给张去病穿上，为他梳妆打扮一番。此时张去病已年满十七，身材高挑，经何夫人这一打扮活脱脱变成了一个俊俏的大姑娘。

何莹拍手道："张哥哥扮成姑娘真好看！"张去病对何莹做个鬼脸，逗得何莹咯咯直笑。打扮完毕，"毒魔姥姥"同何夫人带着何莹走出屋外，张去病跟在后面。四人在山里走了半个时辰来到一座山前。"毒魔姥姥"站在一块岩石旁，取出短剑斩去石上藤蔓露出一道丈多宽的缝隙，上面透出一线天空。他们尾随吴姥姥走进山岩裂缝，宛若在小巷里行走。四人穿过那长裂缝，进入一个溪水潺潺的山坳。

张去病依稀记起是当年他发病的地方，随即想起龙飞和穆兴，不知二人生死如何，心里不禁生出几分惆怅。在山坳里走了一阵，四人来到岔道口上，何莹母女和"毒魔姥姥"同张去病道别。张去病目送她们远去，才转身走上另一条道上。

他一边走一边想我往哪里去呢？是去云南寻找赵先生，打听我娘的消息，还是去回春谷找药王治病，看看能不能碰到龙大哥他们？他想起赵无痕说去云南办完事便到回春谷来找他，于是决定去回春谷找药王治病等候赵无痕和龙飞等人。如此一想，他一路上找人打听回春谷在哪儿，依着路人指向，迈开大步朝回春谷行去。

这一日走在道上，头上骄阳似火，路上却行人不少。行人大多携带兵刃，三五成群行色匆匆，一望便知是江湖豪杰。他心中微诧：这些人如此匆匆赶路，有什么事？他正猜测，忽听身后马蹄声响，回首一看，见四人骑马款款而来。前面马上坐着两个中年汉子，后面马上坐着两个青年后生。前面一人说道："朱大哥，这一路上武林同道不少，看样子，大伙都想赶去看这场热闹！"那朱大哥道："当今两大高人比武，一定好看得紧！谁不想去看啊！"

交谈之间，四人催马从张去病身旁过去。张去病听说前面有高手比武，精神一振。他一人独行单调乏味，心里早憋得慌。此时听说有热闹可看心下高兴，不由加快脚步尾随众人往前赶去。

行出一程，又有数骑奔来，听身后有人喝道："兀那丫头闪开！"张去病忘了自己扮成姑娘，一时没想到那是叫他让道，仍兀自前行。突然间背上猛觉吃痛，竟被那人抽了一鞭。又听那人骂道："死丫头，找打！"无故被那人打了一鞭，他心头火起，故作惊慌，迈开"蹑云步"在道上东躲西避。那人胯下奔马受惊，猛地几个纵跳将马上之人摔到地上。那人从地上爬起来，大骂道："小贱人，小骚货，老子宰了你！"

那人骂着追上前挥鞭打张去病。张去病假装害怕，在道上大呼道："救命，救命啊，打死人啦！"那人嘴里骂声不绝，在张去病背后紧追不舍。张去病迈着"蹑云步"闪来闪去。那人始终抓不着他。忽见一条汉子从旁冲来挡住去路。这一阻拦，后面那人冲上来举鞭要打，却被那汉子伸手挡住，道："魏老七，且慢！"

魏老七愤愤道："刘麻竿，这贱人害老子摔一大跤，摔得屁股好生作痛！你为何拦住我？快让开，让我抽这小贱人一顿！"挡道的汉子又瘦又高，活像一根竹竿，脸上有几粒麻子，难怪被叫"刘麻竿"。他指指张去病，道："魏老七，你瞧，这么俊俏的丫头，我怎舍得让你打？喂，丫头过来，让你刘爷亲上一口！"

魏老七笑骂道："刘麻竿，你狗日的家中有三个老婆，八个小妾，还要在外拈花惹草，真他娘的嘴太馋！咦……这小贱人的模样还真是不错！哈哈，刘麻竿，这丫头先撞在老子的枪口上，得让老子先尝鲜，你莫来同我抢！"

刘麻竿淫笑道："魏老七，路边野花人人能采，岂能让你小子吃独食！"魏老七道："好，咱们凭本事，谁先抓住小丫头，谁先尝鲜！"两人说罢扑向张去病。一看两个泼皮无赖扑来，张去病迈开"蹑云步"往旁一闪，二人扑了个空。

魏老七道："他娘的，这小贱人腿脚还挺麻利！咦？怪了！刘麻竿你瞧，面前怎会有两个小丫头，难道是老子眼睛看花了吗？"忽听一个清脆声音道："你们住手，干什么欺侮人呀？"

张去病诧异，回眸一看说话的是一位少女。这少女的肌肤白如霜雪，细如炼脂。柳眉细弯，眼睛又大又亮，睫毛浓长，鼻梁挺直，朱唇小巧，脸上有两个浅浅酒窝。年纪大约十五岁，一身浅绿色长裙迎风飘动，美不可言。

魏老七两眼直勾勾望着那少女，魂不守舍道："姑娘，你……你是天上下凡的仙女，还是画中走出来的美人？"那少女面若寒冰，不搭理魏老七，径直朝张去病走来。

刘麻竿咽一口唾沫，惊叹道："啊呀，我的娘！我生平头一遭看见世上竟然有这般美似天仙的女人，真把老子迷死了！老子今日艳福不浅！魏老七，那小妮子归你。这小仙女，老子要了！"刘麻竿说罢，饿狼扑食般跳上前去抓那少女。

却听那少女斯斯文文道："喂，你这人不许过来。你莫惹我生气啊，我生起气来，你会有苦头吃的！"少女说话声音甜美，语气温柔，看不出生气的样子。张去病在旁看得稀奇。寻思：这姑娘连吓唬人都这般温柔，难道她不会发脾气吗？

刘麻竿哈哈笑道："小仙女，小美人，刘爷就喜欢你生气。你越生气，哈哈，刘爷看着越有滋味，喜欢得紧！"说时，张开双臂走上前去，道："来，小美人，让刘爷抱抱，亲亲你的小嘴！"

少女闪身到一旁，满脸通红，蹙眉道："你这人，怎么能说这种……这种……下流的话！"刘麻竿呵呵笑道："什么上流下流，姑娘生来就是给男人抱的亲的，哈哈哈……"淫笑声中，刘麻竿又向少女扑过去。张去病大怒，正欲出手救那少女。忽然见眼前银光一闪而过，只见少女手上倏地飞出两条银色带子，一左一右飞去缠在刘麻竿和魏老七的腰上。二人不知厉害，仍嬉皮笑脸道："哈哈，小仙女要拉郎配吗？"刘麻竿道："小仙女玩一女事二夫把戏，老子喜欢得紧！"

话未落音，少女忽然舞动银带，刘麻竿和魏老七被银带牵动一连摔了四五个跟头，摔得两人头破血流。二人急忙伸手去解那银带却怎么也解不开。想要定住身子，怎么也站不稳。两人体重约三百斤，被少女两条带子缠住乱甩，张去病心中暗赞道："这姑娘武功不赖啊！"少女又连舞银带，甩得刘麻竿和魏老七不停摔跟头。转眼之间二人手脚摔断。吃痛不住，连连惨呼："姑娘饶命！姑娘饶命！"

少女仍是轻言细语道："刚才我说过，叫你们莫惹我生气，不然要吃苦头的。你们却对我说脏话，也忒无耻！姑娘让你们多吃些苦头！"说罢，猛地一挥银带将二人摔进道旁烂泥里。

刘麻竿啃了一嘴稀泥，半晌爬不起来。魏老七躺在烂泥中，满脸污泥，只剩两个白眼珠骨碌碌转，逗得道上围观之人哈哈大笑。张去病心中又惊讶又佩服，忙上前道："多谢姑娘相助！"

少女收起银带，微微一笑道："哎呀，姐姐不用客气。"又道："姐姐，你长得好美呀！"张去病满脸通红，扭捏道："姑娘说笑了，你才长得好美！"少女问道："姐姐要去哪里？"张去病道："我……去看热闹。"少女喜道："姐姐，看什么热闹！我同姐姐一道去看，好吗？"

张去病道："好啊，咱们一起去！"少女道："姐姐请等一等，咱俩一块骑马去。"张去病道："马？哪儿有马？"少女笑而不答，撮拢小嘴吹响一声口哨，只听一声长嘶，道转弯处奔来一匹骏马。那马浑身毛色幽青，青毛上点缀着铜钱大白斑，皮毛如同青花缎子闪闪发亮。马儿奔到少女身前，低头在少女手上摩擦，神态甚是亲密。

少女翻身上马，对张去病道："姐姐，你上来呀！"张去病听见少女要他同乘一匹马，犹豫道："这……"还没等他说出"怎么好？"忽觉腰上一紧，少女已用银带将他拉上马背。少女轻声一笑，道："姐姐坐稳，你用双手抱着我的腰，我要打马奔驰啦！"

张去病道："不，不，我不用抱你的腰，我能坐稳。"少女道："姐姐不会武功，怎能坐稳？我这'闪电青'跑得可快了，你得小心一些，别摔下马去！"少女说着，返手将张去病的手拉到自己腰间抱着，一抖缰绳，那"闪电青"撒开四蹄奔跑起来。

张去病坐在少女背后，手搂少女纤腰，闻到少女身上兰麝之气不由心中一荡，忙掉过头去，不敢再闻。两人骑马风驰电掣地疾奔一会儿，少女忽然道："姐姐，我叫柳语，你叫什么名字呀？"张去病道："我姓张，叫……病儿。"柳语诧异道："姐姐怎么叫这奇怪的名字，难道姐姐有病吗？"

张去病道："正是有病。"柳语道："原来如此。怪不得姐姐面色苍白……姐姐，你是哪里的人？"张去病道："我相州汤阴人。柳姑娘呢？"柳语道："我是西域人，家在天山。"

张去病和柳语一路闲聊，不多时来到一个小镇上。二人去找客店投宿，走进一家客店，只见店内坐满江湖豪客。店主迎上来道："二位姑娘来得不巧，小店已客满。"他俩一连问了几家客店，店主都说没有空房。这镇子不大，一共五六家客店，走进最后一家，店主满脸堆笑道："两位小姐来晚一步，小店已无空房了。"

张去病道："真没有空房吗？"店主道："小人哪敢说假，间间房都住人了。"张去病寻思：若是我一人随便找个地方睡一晚倒也无妨，可不能让柳语姑娘投宿荒郊野地。当下摸出一锭银子在手掌上抛了抛，对店主道："我想用这十两银子要一个好房间，唉，可惜你没财运，我们只好到别家店看看。"

店主一看那锭银子，眼睛顿时大放光芒。心想十两银子住店可是一桩大买卖，不能错过这笔大生意。忙道："两位小姐且慢。小店一向待客人如至亲，怎能让你二位失望而去？二位小姐若不嫌弃，我叫内人将我们住房收拾干净，二位小姐将就住一晚上，不知可否？"

张去病点头道："如此也行。不过，你要把房间打扫得干干净净。"店主喜道："是，是。二位小姐这边请坐，小人这就去收拾房间。"说罢转身出去。片刻后，店主回来道："房间已备好，两位小姐请随我来。"张去病和柳语跟在店主身后穿过院子，走进一间整洁房间。两人放下随身物件，店主又陪同他们到前堂去用餐。店堂里人声嘈杂，二人刚坐下，便听到旁边一桌有人道："朱大哥，那'望郎滩'还有多远？听说丐帮帮主步金吾同天山派掌门人柳寒峰在那儿比武，咱们几时能赶到？"

张去病看那说话之人，先前在道上见过。只听那朱大哥道："此地到'望郎滩'还有半日路程，明日午时便可赶到了。"张去病还想听他们说下去，店伙计端来菜饭，柳语道："姐姐，咱们吃饭吧！"闻到菜饭香味，张去病食欲大动，端起碗狼吞虎咽吃起来。吃着吃着，忽然听见柳语哧哧发笑，诧异道："柳姑娘，你笑什么？"

柳语抿嘴笑道："姐姐食量好大，一口气吃了五碗饭！嘻嘻，姐姐吃相一点也不像姑娘！"张去病脸一红，讪讪道："这个，这个……我天生食量大，吃得多……"刚说到此，又听那人问道："朱大哥见多识广，你看步帮主同柳掌门比武，谁的赢面大？"

朱大哥咳了一声，两个指头在饭桌上轻叩几下，道："这个嘛，可不好说。他两人都是当今顶尖高手，只怕是一个半斤，一个八两，难分高下！"这朱大哥是位镖头，常年保镖走南闯北，深知江湖险恶，说话谨慎。他此话说得不偏不倚，既不得罪丐帮，也不得罪天山派，按说应当无事。不料却有人大声接嘴道："咱们步帮主神功盖世，柳寒峰同他老人家比，嘿嘿，哪有八两？叫我看恐怕只有二两罢！"

张去病寻声望去，见几个乞丐围坐一桌，说话之人是一个青年乞丐。众乞丐听了哈哈大笑。另一个乞丐道："二两对八两，自然是咱们帮主赢面大啦！"朱大哥看丐帮人搭腔一眼，不愿惹麻烦，便默不作声。忽听柳语问道："张姐姐，他们说的步金吾，你知道那是什么人吗？"

张去病一怔，道："我刚才听说，是丐帮的帮主啊！"柳语惊讶道："哎呀，是丐帮的帮主吗？这可奇了！前日在道上，我看见步金吾同天山派一位好汉交手，被那位好汉打得鼻青脸肿！姐姐，你说这事怪不怪？"

张去病一惊，忙道："妹妹喝醉了吗，怎么说起胡话来了！"他本想为柳语掩饰过去，免得惹出事端。谁知柳语却笑道："姐姐，我一点没喝醉。我真的亲眼看见步金吾被天山派好汉打得跪地求饶。一个帮主好丢人啊！你说可笑不可笑？"

几个乞丐勃然大怒，纷纷起身将张去病和柳语围住。一个乞丐骂道："死丫头，活得不耐烦了！"柳语温温柔柔道："你们别冲着我瞎嚷啊，那步金吾不是我打的，你们头儿被别人揍了，干吗朝我发火？别欺侮咱们小姑娘嘛！"几个乞丐气得七窍生烟，心想这死丫头大损咱帮主名声，反倒说我们欺侮她，真够刁的！一个乞丐怒不可遏，一掌向柳语脸上扇去。

柳语说声："出手打人，这可不好啊！"将手中筷子朝那人掌戳去，正戳中那人腕上的"列缺穴"。那人哼了一声手臂软软塌下，痛得紧锁眉头。旁边几乞丐脸色微变，一齐扑上前来。柳语轻言细语道："你们快住手，不然，姑娘可要生气了！姑娘生起气来，你们可要吃苦头啊！"

几个乞丐哪信她的话，扑上来就要动手。柳语随手抓起桌上筷子连连抛出，一只只筷子飞去将六人点倒五人。剩下一人见势不妙惊慌逃出店去。张去病见那人逃走，忙对柳语道："柳姑娘，那人定是搬兵去了。他们人多势众，咱们快回房去，别再招惹他们。"

柳语轻声一笑道："姐姐，你别害怕。妹妹我没招惹他们。你都看见了，适才是他们对我动手啊！"张去病心下奇怪，寻思明明是你出语侮辱他们帮主，反倒说别人招惹你，柳姑娘是怎么了？

柳语道："姐姐，你别怕他们人多势众。他们人多，咱们也不能叫他们欺侮，你说是不是？"说罢，她走上前去朝一个倒地乞丐踢一脚。温温柔柔道："叫你们别惹姑娘生气，你们偏不听。这可好，姑娘生起气来，你们吃苦头了不是？"

几个乞丐被点穴动不得，气得破口大骂。张去病正要劝阻，忽听店外一个又粗又沙的声音道："是哪个丫头在此撒野？快给我滚出来！"柳语微微一笑，迈步走出店外，见是一个中年乞丐在喝叫。这乞丐身穿百纳衣，上缀五个小口袋是丐帮五袋长老。

去报信的乞丐指着柳语，道："安舵主，就是这丫头辱骂帮主，还动手打了兄弟们！"安舵主一看柳语年纪小，便忍住气道："小丫头，谁指使你来同丐帮结梁子？你说出来，我便不为难你！"他想一个小姑娘，哪有胆子找丐帮寻衅生事，定有主使之人，须得盘问清楚，再找那人晦气。

柳语看安舵主一眼，轻声轻气说道："你这人，别对我恶声恶气。那主使我之人，我说出来，只怕你奈何他不得哩！"

安舵主冷冷说道："笑话！我丐帮纵横江湖，难道还怕谁不成？嘿嘿，你尽管说出来，安某叫他知道厉害！"

柳语道："好，那人名字我本不想说，是你叫我说的。我说将出来，你可别生气，也别害怕。你听着，那主使我之人名叫步金吾！"

安舵主一听，气得脸色焦黄，喝道："小丫头竟敢消遣大爷！我看你缺少管教，我来替你爹娘教训教训你！"说罢一把朝柳语抓去。柳语身子一闪避开，叫道："啊哟，大伙快来看呀，丐帮舵主不讲理，动手打人啦！"

安舵主看见柳语敏捷避开他这一抓，微微一愣，跃上前又是一抓。柳语纤腰一晃又巧妙跃出丈外，蹙着双眉，微怒道："喂喂，你再不住手，我可真要生气啦！待会儿我给你吃苦头，旁人说我以小欺大，以女欺男，你可怪不得姑娘！"

此时围观者不少，大多是江湖豪杰，听见柳语绕弯子讥讽安舵主以大欺小，以男欺女，众人不由得莞尔一笑。一个青衫汉子笑道："丐帮大舵主勇斗黄毛小姑娘。哈哈，这等江湖奇闻，咱们倒是头一回瞧见！"

安舵主脸上一红，忙抱拳道："众位朋友，非是我安某欺压这小丫头。实是这丫头几次三番侮辱我们帮主，又打伤我帮兄弟，安某才出手略加惩戒。请大伙做个见证，安某只出三招教训这丫头，教她学会尊敬武林前辈！"众人应声说道："好，以三招为限！"安舵主道："小丫头，出招罢！"

柳语道："你这人胡吹什么大气？什么小丫头大丫头？大伙都知道，古有花木兰驰疆场，杀得你们男人丢盔弃甲。今有梁红玉女将军大败金兵，杀得鞑子抱头鼠窜。你在姑娘面前充什么好汉？什么三招？姑娘我教训你这人，两招也就够了！"

安舵主气得冷哼一声，道："小丫头不知天高地厚，莫怪我手下无情！"他突然欺身上前呼地拍出一掌。这一掌力道凶猛，掌力前锋将柳语撞击得倒飞出去。安舵主心想：我这一掌虽不取你小命，却也叫你这丫头大吃苦头！忽见柳语突然一折身箭一般朝着他冲过来，安舵主无暇思索又猛拍出一掌。安舵主练的是"开山掌"，双掌有开碑裂石功力。这一掌拍出声势吓人，雄浑掌力将柳语一下撞上半空，旁观者无不失声惊呼。

围观者中有人摇头道："对付一个小姑娘，安舵主出手也忒狠毒！"众人抬头往上看，空中绿影一闪便不见了柳语的踪影。大伙不知安舵主一掌将柳语打到哪里去了，纷纷转头四处张望。安舵主环顾四周也觉得蹊跷，心想这丫头难道溜了？他正寻思，忽觉眼前银光一闪，有物袭来。只觉身上一紧腰间被一条带子缠住，身子蓦地给人提上半空中。

忽听柳语嘻嘻一笑，道："安舵主，刚好两招！"安舵主扭头一看，只见柳语坐在店旁一棵大皂角树上，手里握着一条银带将自己吊在半空。她一身浅绿衣裙同树叶融为一体，难怪刚才大伙没瞧见她。

安舵主突遭暗算却不惊慌，心想这条破带子岂能捆得住安某？他伸手抓住银带用力一扯。哪知竟扯不断那银带。他又摸出一把匕首朝银带划去。那银带不知是何物所织，却也割它不断。他抛下匕首，掏出火石打燃去烧银带，却点不燃那带子，片刻间他使尽种种办法全无用处。心下极诧异：这是什么带子，为何如此坚韧难毁？却听柳语道："安舵主，别瞎忙了。我这条宝带天下独一无二，你无论如何是弄不断的！"

安舵主骂道："死丫头，看老子如何收拾你！"柳语微嗔道："哼，你这人真不知好歹！你被我擒住，应当好言好语求姑娘饶你才是。你还逞凶。好，姑娘叫你吃些苦头！"说时，她将银带上下舞动，舞出一个又一个圆圈，安舵主被她舞得在空中旋转起来。那银带越舞越快，安舵主变成一个灰影在空中转个不停。安舵主数次借力朝柳语撞去，都被柳语将他甩撞到树干上，痛得他两眼直冒金星。围观众人看见安舵主如此狼狈都哈哈大笑。

柳语笑吟吟对张去病道："张姐姐，你瞧，这好不好玩？"张去病心想柳姑娘闯祸了，她再不住手若把安舵主折腾死了，丐帮的人怎会放过她？忙道："柳姑娘，快别再玩了，放了安舵主罢！"

柳语摇头道："不。这人恶狠狠对我，我得叫他再吃些苦头！"她将银带舞动得更快，安舵主已被转得头昏眼花，气血翻涌，空有一身武功却半点也使不出来。忽然间，银带往下一沉，只见一个白发苍苍的老乞丐飞身抓住安舵主坠落地上。老乞丐解开带子的神仙结，将安舵主放下。安舵主身子摇晃站立不稳，旁边一个小乞丐忙将他扶住。

柳语欲收回银带，老乞丐却抓着带子不放。柳语喊道："喂，那位老大爷，请放开我的带子！"老乞丐拿银带看了看，又拿到鼻子前闻一闻，才缓缓说道："'寒蚕银蛟带'，这是昔年'天山冰姬'的兵器……小姑娘，'天山冰姬'是你什么人？"

柳语道："老大爷，'天山冰姬'是我的什么人，我不便告诉你，你甭想打听我来历。你快放开我的带子，不然姑娘可要生气了！"

老乞丐打量柳语两眼，道："你不说，我也看得出'天山冰姬'是你什么人。老夫不同你小娃儿一般见识，自会去找你爹讨回公道！"说罢将银带丢开，带着众乞丐离去。

柳语道："你去找我爹？我才不怕哩……哎哟！"一言未了，忽然一股巨大力道从银带上传来将她震下树枝。张去病忙冲上前去接住柳语。哪知柳语下坠力道太大，将他撞倒在地。两人从地上爬起来，柳语望着那老乞丐背影，伸伸舌头道："这老头儿好厉害！"

张去病道："柳姑娘，咱们回房去罢。"柳语收起"寒蚕银蛟带"，二人走进客店。店主迎上前来愁眉苦脸道："二位姑娘，这些打坏的东西……"张去病不等店主说完，随手摸出些碎银过去。店主接着银子马上眉开眼笑，说道："二位姑娘要歇息吗？小人立即叫人送洗漱水来！"

二人回到房里，柳语望着张去病，忽然嘻嘻一笑。张去病莫名其妙，道："柳姑娘，你笑什么？"柳语笑道："张姐姐，你的脸，嘻嘻！哈哈！"张去病奇怪道："我的脸？我的脸怎么了？"柳语指着张去病的脸，笑得弯下腰去。张去病拿起桌上铜镜往脸上一照，也忍不住笑了起来。原来刚才摔跤弄成一个大花脸，模样甚是滑稽，两人相视大笑。店伙计送来洗脸水。二人洗了脸脚，准备就寝。

柳语道："张姐姐，你睡觉打呼噜吗？"张去病道："不打。"柳语喜道："我也不打呼噜。今晚咱俩可以好好睡一觉。"张去病答道："是呵，我已困极了……"刚说至此，突然想到柳语说"今晚咱俩可以好好睡一觉"的话，心想我怎么能同柳姑娘一块睡觉？这可万万使不得！

柳语又道："张姐姐，快上床脱衣睡觉呀！"张去病斜目看去，只见柳语已脱去衣裙坐在床上，身穿一件藕色抹胸，露出雪白肌肤，婀娜无限地望着他。张去病面红耳赤，忙背过身去，嗫嚅道："柳姑娘，你，你先睡……我还不困。"

柳语诧异道："姐姐，你刚才不是说困极了吗？"张去病期期艾艾道："这个，刚才……哎，是有些困了。不过，不过我不习惯两人一块睡觉。"柳语道："这房里只有一张床，咱俩不睡一块，你睡哪里啊？"

张去病道："这个，这个……姑娘不用操心……我伏在桌上睡一晚便可。"柳语摇头道："这怎么成呢？我俩是朋友，我怎能让你在桌上睡觉？姐姐快上床来，我不出半点声，准保你一会儿就睡着了。"张去病急得连连摆手，道："不，不，你不出声，我也睡不着。你快睡罢，别管我了。"

柳语嫣然一笑，道："好罢，我先睡了。"说罢钻进被子里不再出声。张去病刚才一急手掌心都出了汗。看见柳语睡下，才松了口气，便吹灭油灯伏在桌上，双眼合一会儿，昏昏欲睡。忽然间感觉肋下一麻，他悚然一惊睁开眼来，却已动弹不得，话也说不出来。只听柳语在黑暗中轻笑一声，道："张姐姐，坐着睡觉怪难受的，还是上床睡罢。"说着，伸手将张去病抱上了床。

张去病情知趁他迷糊之际，柳语偷偷点了他的穴道。此时不能动，也不能说话，无法抗拒。他躺在床上心中大急，却半点法子也没有，柳语自以为得计，笑嘻嘻地帮张去病脱去衣衫。房里一片漆黑，她看不清张去病是男是女，只觉得他身子发颤，轻声笑道："张姐姐，我又不是男人，你害怕什么呀！"

张去病心里骂道："鬼丫头，你不是男人，我可是男人！白日里看你文静害羞，此刻却如此胡闹！我，我……"他心慌意乱，又无可奈何。柳语给他盖上被子，在他身旁躺下，伸出手在他的脸上轻轻摸了一下，道："姐姐快睡，明日我们还要去看热闹哩！"

二人躺在一起肌肤相接，张去病只觉柳语呼气若兰。闻着那气味使他血脉贲张，口干舌燥，却又动弹不得，心里有些恐惧，又感觉甜蜜，一种异样感觉传遍全身。他想天亮前穴道自然解开，趁柳姑娘没醒来，我赶紧溜走，不让她知道我是男子……如此想罢，他闭上眼睛，困意袭来便沉沉睡去。

次日清晨，张去病还在睡梦中，忽觉身上一阵刺痛。他睁开眼来，看见天色大亮，觉得身子晃晃悠悠，刺痛来自双臂。一看双臂，他大吃一惊，见自己被捆着双手吊在房梁上。再往下一看，只见柳语两眼红红注视着自己。

张去病惊道："柳姑娘，你……为何将我吊在屋梁上？"柳语满面羞红，嗔怒道："你，你，你这小贼人……竟敢，竟敢，呜呜……"她语不成调说了半句话，又恼又羞，气愤至极便哭出声来。听见柳语叫自己小贼人，张去病才恍然想起昨夜和柳语同眠之事。

他知真相败露，面红耳赤道："柳姑娘，昨晚之事，我，我给你赔罪……"柳语不等他说完，纵身跃起打他一个耳光，怒道："你这小贼人还敢提昨晚之事，我，我一剑杀了你！"手腕一翻将一柄短剑抵在张去病小腹上。

张去病忙辩解道："柳姑娘，昨夜，我本来伏桌而眠，是姑娘你点了我的穴位，将我抱上床……"柳语怒道："住口！是我将你抱上床，怎么了？你这小贼若不是装扮成姑娘模样，我怎会与你结伴同行，怎会把你当朋友？又怎会将你抱上床与我同眠？又怎会让你这小贼人看见我……看见我……"

她本想说看见"我光着身子"，讲到此处难以启齿，又气又羞，纵身跃起又打张去病一记耳光。张去病脸被打得火辣辣作痛，却无话可说。心想：一切都是因自己男扮女装而起，说什么也脱不了干系。只得叹口气说道："柳姑娘说得不错，都是我不好，都怪我不该扮成姑娘，有损那个，唉……姑娘清白！姑娘要杀我，毫无怨言，姑娘动手罢！"

柳语嗔道："小贼人，我若要杀你，哼，在你未醒之前便一刀将你杀了。我留你活到此刻，是要问你，你，你……为何男扮女装来骗我？"

张去病忙解释道："柳姑娘误会了。我装扮成姑娘有难言苦衷，并非蓄意欺骗姑娘。再说人海茫茫，我事先怎知会遇见柳姑娘？又怎知道姑娘会与我成为朋友结伴同行？唉，阴错阳差，这一切皆是阴错阳差！"

柳语听了张去病这一番解释，面色渐渐缓和。她想了想，疑心又起。怒道："小贼人，你说谎！你说没骗我，昨夜，你为何不说你不是姑娘？哼哼，你分明在撒谎！"

张去病忙道："柳姑娘，我昨夜不对你说出实情，那是我有难言苦衷，不便对外人吐露，决非有意欺瞒姑娘！""啪"的一声，他脸上又挨了一巴掌。只听柳语气恼道："小贼人，你当我是外人，不肯说出你的难言苦衷，昨夜你为何与我同床共枕？"说着气得又掉下眼泪。

张去病忙改口道："是是，是我说错了！姑娘不是外人，我们是朋友。"那"友"才说出口，柳语又打他一记耳光，愤愤道："小贼人，我来问你，这世间上，有同床而眠的男女朋友吗？事到如今，你，你……还如此胡说八道！"说罢，又呜呜哭泣起来。

张去病本想劝慰柳语，却一连挨了几记耳光，心里亦是气苦不已，憋不住大声道："柳姑娘要解心头之恨，快一刀杀了我罢。"

柳语眼含泪花气恼道："小贼人，你不对我说出实情吗？好，你不说，我先将你的眼珠子挖出来！"张去病气上心头，道："姑娘如此胁迫我，我偏不说！偏不说！"

柳语抹去眼角上的泪珠，怒道："好，你还敢嘴硬，我先挖出你的右眼珠来！"说着站到一张凳子上将短剑向张去病的右眼刺去。张去病吓得紧闭双目，只觉一股冷森森寒气直袭眼皮，吓得他浑身一颤，心里虽然害怕却硬挺着不开口。

柳语喝道："你……你……再不说，我可要下手啦！"张去病道："我就不说！"忽然觉得眼皮一阵刺痛，那短剑已抵在他眼皮上。又听柳语急道："小贼人，你快说啊！"

此刻他哪敢开口说话，生怕动一动眼皮便会被利刃戳破。他虽是惊恐，却咬着牙不吭声。片刻过去，忽然听见"咣当"一声响，柳语呜呜大哭起来。张去病睁眼一看，只见短剑在地上，柳语伏在床上大哭不已。他呆望一会儿，不知柳语为何改变主意不挖他眼珠，却自己痛哭起来。看见柳语哭得伤心，他不禁心下歉然，忙轻声说道："柳姑娘，你莫哭，我把实情说给你听，好不好？"

柳语伏在床上，头也不抬哭道："呜呜，你不说，谁稀罕听了？你这小贼欺侮我，呜呜，我去告诉我爹，让我爹打断你的狗腿，砍去你的双手！呜呜……"张去病被柳语哭得手足无措，愈加软语劝道："柳姑娘本事高强，我哪敢欺侮你。看见你这么伤心，我心里万分难过。你若不信，我打自己给姑娘赔罪消气，好不好？"

他要动手打自己，双臂被吊着，哪里动得了手？柳语偷看一眼，看见张去病无可奈何的模样，脸上笑意一闪，又马上哭道："你骗人，你明知手被捆着，说什么打自己给我赔罪消气。哼，你又骗人！骗人！"

张去病道："谁骗人了？你若放我下来，我说话算话。"柳语一听，一跃而起纵身坐到屋梁上，几下解开"寒蚕银蛟带"，把张去病从屋梁上放下。张去病揉揉吊麻木的手臂，心想今日若不让柳姑娘消消气，这事儿不好收场。他抬手打自己胸膛一拳，骂道："你这浑小子，你装扮成个蔫老头、老太太、跛子、盲人、痨病鬼什么的，有什么不好？偏要扮成个丑八怪姑娘，害得柳姑娘受骗上当，你罪该千死万死！"

他暗睖柳语一眼，瞧见柳语在专心听他说话，又打身上一拳，道："人家柳姑娘美似天仙，同你这丑八怪在一起怎不恶心，不呕吐？怎不气得伤心落泪？你想同柳姑娘交朋友，也不在镜子里照照，你歪鼻斜眼，狮子大嘴，人家柳姑娘的一根小指头都比你美上百倍！你配同柳姑娘交朋友吗？你白日做梦，痴心妄想，真是赖蛤蟆想吃那个……那个凤凰肉！"

柳语听到此处，忍不住扑哧一笑，道："不对，不对！你说错了！不是'赖蛤蟆想吃凤凰肉'，是'赖蛤蟆想吃天鹅肉'！"

张去病道："是'天鹅肉'吗？不不，天鹅怎比得上柳姑娘？那天鹅白白胖胖，走起路来一摇一拐，难看死了！"他学鹅摇摇摆摆笨拙地在房里走一圈，逗得柳语笑出声来。又道："只有美丽无比的凤凰才比得上柳姑娘。哎哟，不对！叫我看，凤凰的美丽都还差姑娘那么一老大截子！"

柳语羞涩笑道："你这人净会胡说八道！我哪有你说的那么好看？快别瞎说了！"说罢满脸红晕。张去病看出柳语心里其实喜欢，又道："怎么是胡说八道？我这人笨嘴笨舌，还没把柳姑娘的美丽说出万分之一哩！"

柳语在床沿上坐下，掏出手绢擦去面颊上的泪水，微嗔道："不要瞎说了。你这小贼人，还没告诉我你是谁，又为何男扮女装骗人？"张去病道："柳姑娘要我说，我就说好啦。我真是姓张，名字叫张去病……"他一口气将自己身世和遭遇说了出来，除了达摩石之事以外，全都告诉了柳语。讲到悲痛之处不禁泣不成声。柳语在一旁也听得流泪不止。

柳语听罢，叹道："唉，想不到，原来你这般命苦！"张去病又道："柳姑娘，昨晚之事，我心里实在愧疚！"柳语满脸红晕，低着头轻声叹道："昨夜的事莫说了。唉，或许是命中注定的罢！只是我与你同宿一床，今生便不能再与他人……"说到此处，声音细如蚊吟，娇容羞红到耳根。张去病和柳语正值豆蔻年华，情窦初开。对于男女之情，张去病还有些懵懵懂懂，柳语却醒事早些。即便如此，张去病听了柳语之言，也大致明白其中之意。当下面红耳赤道："柳姑娘，我与你千里相逢，喜欢得紧！唉，只是我身患怪病，又是被朝廷缉拿的犯人，怕误了姑娘的终身！"

柳语将头垂得更低，轻声道："去……去病哥哥，你身上怪病，我会求我爹找天下名医为你治好。你随我到天山去便不怕朝廷缉拿你。你要报仇，我便同你一道去杀那秦桧奸贼……"

张去病听得心头一热，道："多谢柳姑娘不嫌我是戴罪之人，对我如此情意深厚！柳姑娘，你爹他老人家会成全咱们吗？"柳语抬起头来面如桃花，微嗔道：

"去病哥哥，到这时候，你，你还叫我柳姑娘吗？唉，你这人真傻……"

张去病奇道："不叫你柳姑娘，那么，我叫你什么啊？"柳语温柔说道："你叫我语儿好了。爹和娘都这么叫我，我娘去世后，只有爹爹一人这么叫我。现下你叫我语儿，我觉得又多了一个亲人，我听了心里喜欢！"

张去病道："那好。语儿，你爹他是谁，你又为何一人行走江湖？"柳语狡黠一笑，道："这些事，我暂不对你说，今天你都会知道。……去病哥哥，咱们今日不是要去瞧热闹吗？快走啊！"

张去病道："是啊，我差点忘了！咱们走罢，别错过了看热闹。"柳语道："去病哥哥，稍等一会儿，我去给你买一套衣衫来。"张去病道："看热闹还要穿新衣吗？"柳语笑而不答，疾步走出房去。不大一会儿工夫买回一套新衣，递给张去病，说道："快穿上看看！"

张去病抖开衣服一看，是套男装，笑道："语儿，你不让我扮姑娘了？"柳语笑吟吟道："你那丑八怪模样扮姑娘，只怕把看热闹的人都吓的跑光了！嘻嘻！"

张去病朝柳语扮个鬼脸，柳语笑道："丑死了，丑死了！"笑罢，背过身去等张去病穿新衣。张去病换上新衣，梳了个男子发式，往柳语跟前一站，两人一个天香国色，一个玉树临风，真是天造地设的一对。忽听见门"吱"的一声推开，店主送早点进屋来，笑吟吟道："二位姑娘请用早点。"忽见张去病变成男子，店主脸上笑容僵住。心想昨晚住店分明是两个姑娘，今日怎的变成了一男一女？他生怕惹来麻烦，不敢多看张去病，放下两碗面条转身匆匆出去。

二人吃罢面条，出了店门，骑上青花马上了大道。此时旭日东升，灿烂阳光，他俩跟随去看比武的人成群向北而行。行了一个多时辰，道上人越来越多，大多是丐帮子弟。张去病道："语儿，丐帮人如此多，怎不见天山派的人？"柳语正要说话，忽见五个丐帮长老从他俩旁边闪身而过。一个个袍袖飘飘，去势极快，昨日那白发老丐也在其中。只听道上群丐纷纷叫道"五大长老来啦！"五人点头作答，转眼之间消失在弯道后面。

柳语道："去病哥哥，待会儿看比武，咱们离丐帮人远些，别让他们扫了咱们看热闹的兴头。"张去病道："如此最好。语儿，看比武不知要看多久。你看那儿有家酒店，我俩去店里吃些东西。等丐帮人过完，我俩再走不迟。"柳语点点头。

两人来到店前翻身下马。店伙计迎上前来，满脸堆笑招呼他俩进店。柳语道："店家，牵这马去喂饱，我们明日来取马，快上酒菜来！"店伙计将马牵到马厩里，不一会儿将菜饭端上桌子。张去病和柳语刚吃几口，忽见十余骑奔到店前，从马背上翻身跳下十余人，健步走进店来。

当先一人长鹰鼻鹘眼，脸上蓄着一部浓密大胡子，身材高大。第二人是一个虎背熊腰彪形大汉，脸廓宽长，浓眉大眼，年约四十，看样子像是西域人。第三人却是一个身穿华服的书生，三十多岁年纪，面色黝黑，神色干练。十多位身着西域装束的武士跟在身后，个个神情剽悍。一伙人走进店来占了三张桌子，向店主要了酒菜大吃大喝起来。

张去病打量来人，忽听柳语低声道："去病哥哥，快吃快走。"他转过头来应道："好的。"却见柳语用衣袖遮住大半张脸，不禁诧异。忽听那酱色脸庞的西域汉子道："克里木大哥，一月之前掌门人下天山后，江湖上忽然传说丐帮帮主步金吾邀掌门人在'望郎滩'比武。咱们这一路寻来，却无掌门人音信，我看此事有些蹊跷！"

蓄着大胡子的汉子道："桑尼兄弟，我心里也纳闷。掌门人与步金吾比武之事，为何咱们从未听他老人家说起过？"那身穿华服的书生道："这场比武，会不会是江湖上好事之徒编造的谣言？"克里木摸摸浓密的大胡子，对那书生道："杜昆兄弟，比武之事咱们宁可信其有，不可信其无。倘若真有其事，咱们赶去'望郎滩'，也好为掌门人掠阵助威。"杜昆道："克里木大哥所言极是。"

克里木又道："掌门人走后，小姐悄悄下了天山。咱们一路上寻来，也未寻到小姐的半点踪迹，这事可有些让人担心！"听了三人对答，张去病听出是天山派豪杰。他转过头来同柳语说话，身旁已空无一人。他不由一惊，寻思语儿怎么不见了？他急忙走到柜台前付了饭钱，快步走出酒店，站在道上四处张望，却不见柳语踪影。

他心中惊惶：难道柳语被丐帮悄悄掳去了？如此一想心中更急，大步往前追寻。追出半里地仍不见柳语，他不知该去到何处寻找。站在道上不知所措。忽然间背心被人用石子砸了一下，他回头一看，却见柳语从道旁树背后跳出来，笑嘻嘻望着他。

张去病道："语儿，你怎么悄悄走了？也不说一声，急死我了！"柳语道："去病哥哥，刚才进酒店那一伙人当中，有一人同我有过节，我不想被他们看见便先溜了出来。"

张去病笑道："瞧你这丫头，外表文静腼腆，温柔羞涩，暗里却淘气得紧，一定是你先招惹他们罢？"柳语笑笑，道："这事不告诉你。"两人有说有笑，迈步疾行出数里，只见前面出现一片开阔河滩，滩上聚着不少江湖豪杰，东一群，西一伙坐在河边沙滩上。

张去病道："语儿，看来这里便是'望郎滩'了。"柳语道："准是。河滩上聚了那么多人，一定在等着看比武。我们找一个好看比武的地方。"他俩怕被丐帮人看见，不敢走到人群中去。想找一个隐蔽之处观看此武。河滩上既无树木，又无山石，平坦坦难找藏身之处。正在无计可施，忽见河上游划来一条小船。

张去病喜道："语儿，有办法了！"柳语道："去病哥哥，有什么办法？"张去病道："你瞧，河上划来一条小船。咱们叫船家把船划到岸边，躲进小船里便可在船舱内看比武了。"柳语迟疑道："去病哥哥，那船家肯让咱俩在船上看比武吗？"张去病笑道："肯的，见了这东西那船家一定会肯的！"张去病说时，从怀里摸出些碎银子，朝着柳语抛了一抛。

柳语笑道："哈，你这人会使手段！"二人疾步走到河岸边招手呼叫小船。船头立着一个老艄公，头戴斗笠遮，满脸褶皱，下巴上留着山羊胡子。听到呼唤，老艄公将船划到岸边，问道："公子小姐要乘船吗？"

张去病道："老人家，我们想雇船看比武，请把船划到河滩近处，这是船钱。"说着将手中碎银递给那老艄公。老艄公接着银子，眉开眼笑道："好好好。公子，小姐，请上船罢。"张去病和柳语跃上船头，钻进船舱坐下。老艄公将船划到河滩近处，找一个方便观望之处停住。张去病从船舱望出去河滩景物尽收眼底。只见滩头东面坐着丐帮，南面散坐着观斗的江湖豪杰。群豪议论纷纷。听一人道："丐帮的人已到了，怎不见天山派的人来？"

另一人道："天山远在千里之外，想必是路途太远赶不及罢。"又听另一人道："丐帮人虽来了，却不见步帮主。主角儿未到，你们猴急些什么？"众人正说话，忽见道上有十几骑马飞驰而来，转眼间奔到河滩上。奔马尚未立足，马上十几人便飞身落到河滩上，身手异常矫健。人群中发出一阵叫好声。丐帮五位长老站起身来迎上前拱手道："来者可是天山派的英雄？"身穿华服的书生抱拳还礼，道："英雄二字不敢当。我等正是天山派门下弟子。恕在下眼拙，敢问贵帮众位长老如何称呼？"

那白发长老手指一位瘦高长老，道："这是敝帮执法长老韩江北。"书生拱手道："啊呀，韩长老的'八卦莲花掌'独步江湖。久仰久仰！"韩长老的瘦脸上顿时显现笑容，抱拳还礼，道："不敢当！"白发长老又指着一位胖长老，道："这是敝帮长老邵大关。"书生拱手道："久闻邵长老的'百乞拳'威震江湖。幸会，幸会！"邵长老面带笑容拱手道："阁下谬赞了！"

白发长老指着一位身材矮小的长老，正要介绍，那书生道："请尊驾莫先说，让在下猜猜看。这位一定是贵帮徐达川徐长老。"那矮长老点头道："正是徐某。"书生道："我在塞外，久闻徐长老水下功夫天下无双！今日得见三生有幸！"书生又转身对着另一位面色焦黄的老者说道："倘若在下猜测不错，这位一定是贵帮传功长老朱高山前辈。朱长老的'先天功'和'降魔掌'，威震武林，我仰慕不已！"传功长老朱高山忙道："朱某这点微末小技，何足阁下挂齿！"

书生向白长发老一拱手，笑道："哈哈，想必阁下便是掌钵长老宫容前辈了。宫长老当年一根打狗棒震慑泯山二妖，一夜之间除掉三湘五怪，轰动江湖！在下对宫长老心仪已久！"书生言语之间，将五位长老夸赞一番，五人听得面带喜色。五位长老都想：那天山派远在西域边塞，这书生居然知晓我五人的名头！白发长老道："失敬得很，老朽孤陋寡闻，不知天山派诸侠如何称呼？"

书生道："我等无名之辈，说出来请众位长老不要见笑！"在天山派内，克里木和桑尼二人汉话说不流畅。此番下山来一路上皆由这书生出面交涉。书生指着大胡子克里木道："这位是敝派'天冰宫'的宫主克里木大哥。"又指着桑尼，道："这一位是敝派'地寒宫'的宫主桑尼二哥。在下不才，姓杜名昆，掌管天山派'人绝宫'。"

丐帮五长老听罢，心中均是一凛。江湖上传闻天山派的天、地、人三宫的宫主个个武功卓绝。白发长老忙拱手道："原来是'天山三杰'驾到，敝帮兄弟久闻大名，景仰之至……三位宫主既来，想必柳掌门已大驾光临，烦劳杜兄引见。"

杜昆道："敝派掌门人一月之前便下了天山。我们一路赶来还未见到掌门人，委实抱歉！"白发长老失望说道："原来如此。"杜昆又道："贵帮步帮主来了罢？请宫长老引我们拜见步帮主！"白发长老摇头道："前两天，步帮主离开总舵办事，按说他老人家应该到了。不知为何，此时还未到来。"

杜昆道："江湖上传言，说步帮主与柳掌门今日在'望郎滩'切磋技艺。我等听了心中诧异，天山派同丐帮素无过节，两位掌门人为何要相约比武？"白发长老道："是啊，丐帮在中原，天山派远在西域，两派人从未结过梁子，为何江湖上会有步帮主与柳掌门比武的传言？老朽寻思，这会不会是魔教使的诡计？"众人一听，心中顿时升起一个大疑团，皆想若是魔教使的阴谋诡计，眼下这'望郎滩'，便危机四伏凶险无比！

杜昆朗声说道："众英雄在此，纵然魔教有什么阴谋，大伙合力对付。嘿嘿，咱们也不惧它！"几人寒暄完毕，各自分坐沙滩上两旁静候本派掌门人到来。赶来瞧热闹的群雄听说此番比武或许是魔教阴谋，心中都忐忑不安。群豪既想看两位当世高人比武，又担心坠入魔教阴谋之中，人人皆暗自警惕。

张去病和柳语在船里听见这番对答，兴奋之情大减。又等了一个时辰还不见两大掌门人现身。张去病道："语儿，咱们走罢，这场比武只怕是看不成了。"柳语紧蹙双眉，盯着沙滩一言不发，似在想什么心事。张去病道："语儿，你在想啥？"柳语"嗯"一声，回过神来，道："去病哥哥，不忙走，我想等一会儿。说不定过一会儿两个掌门人会来比武。"

其时已是正午，烈日当头。困意袭来，张去病打个哈欠，道："语儿，你瞧着河滩，我睡一会儿。倘若比武开始，你叫醒我。"说罢倒在舱里呼呼大睡。睡了多时，忽然闻到一阵酒肉香味，诱得他睁开眼来。只见柳语拿着一片卤肉在他鼻尖前晃动。他张口咬住卤肉，一边大嚼，一边问道："语儿，我睡多久了？"

柳语道："去病哥哥，你真能睡，天都黑了！"他往舱外看去，只见天空星光点点，一轮明月高悬空中。忽然想起比武之事，忙问道："语儿，两位掌门人来比武没有？"柳语摇头，失望说道："没来，一个都没来。"张去病诧异道："怎么没来？难道比武之事是有人瞎说的？"柳语道："这可说不准。可是那人为什么要编造谎言，欺骗大伙呢？"

张去病道："江湖中好生事的人不少，想必是恶作剧罢。"转眼看见面前矮桌上放着卤猪头肉和酒，诧异道："语儿，你从哪里弄来的酒菜？"柳语道："是艄公老大爷备下的。"张去病往船头一看，老艄公坐在船头自斟自饮。张去病回过头来，忽见柳语脸上挂着晶莹泪珠。惊道："语儿，你为何哭了？是谁惹恼你了？"

柳语轻轻说道："都怪你！"张去病莫名其妙，道："怪我？我几时又惹恼你啦？"柳语微嗔道："你带我来看热闹，等了半日，他……他们谁都没来，害人家什么也没瞧着！我不怪你，怪谁去？"张去病替柳语擦去眼泪，道："语儿，没看到比武也不打紧。说不定他们比武也没啥好看的！"

柳语道："谁说不好看？唉，你这人净胡说！我就要看他们比武嘛，人家就是喜欢看嘛！"忽听老艄公在船头道："小姐莫气恼，不就是要看比武吗？这好办，老汉带你去看，我知道两位掌门人在什么地方比武。"

柳语喜上眉梢，忙问道："老大爷，你真知道两位掌门人比武的地方吗？"老艄公点头道："前两天，有一个人坐我的船，叫我送他到对岸神女峰去。那人上山去后，又来一个人，也叫我划船送他去神女峰。看那两人的派头有点儿像是什么帮主、掌门人似的。他们倘若要比武，八成是在对岸神女峰上。是白天比还是晚上比，我老汉说不准。姑娘和公子想看，老汉便送你们到对岸去。"

柳语高兴地拍掌道："老爷子，谢谢你啦！"张去病走出船舱往对岸看去，只见一座山峰耸立在月光下，那山峰宛如一个少女极目远眺。他心中寻思：难怪这河滩叫"望郎滩"，原是因这神女峰得名，只是不知这其中有个什么传说？他正寻思，忽然惊叫一声："语儿，你快来看！"

柳语跑到船头，顺着张去病手指方位看去，惊得说不出话来。只见穹苍之下，一个身材高大之人站在山峰上，身上披着银色月光，背负着青色天宇，夜空将他的黑色身影映衬得高大瘦削，冷峻而又神秘。

柳语急忙道："老爷子，快，快送我们到神女峰山下去！"老艄公操起木桨快速划动，不大一会儿便将两人送到对岸山下。张去病和柳语纵身跳到岸上，向山峰上迅捷攀登。山道崎岖险陡，两人借着月光攀了半个许久才登上峰顶。峰上树木稀疏，岩石耸立，乱石之间有一块平地。月光照在乱石上，将奇形怪状的影子投在平地上看去诡秘怪异，令人心悸。

张去病和柳语悄悄潜到一块大石背后，从岩石缝隙窥去，只见那身材高大的黑衣人站在一块巨石上。年纪约五旬，方面长须，两道剑眉高挑至鬓角，双目如冷电在暗中闪动。他站着一动不动宛若那石头雕出的一尊石像。柳语一看见那黑衣人，不知是兴奋还是害怕，差点叫出声来，忙伸手握住张去病的手掌，稳住心绪，身子仍微微颤抖。

黑衣人对面的一块岩石上也站着一个人。这人身穿灰衣，前襟和肩上各有一个补丁。年纪也在五十上下，身材高大魁梧。狮鼻阔口，项下虬髯浓密，两眼在夜色里精光四射。张去病看见灰衣人身上补丁，猜想他一定是丐帮帮主步金吾，而那黑衣人准是天山派掌门人柳寒峰了。

他二人正窥视，灰衣人如大鸟飞扑过来朝他二人疾点两指。张去病急忙扑到柳语身上，用身体护住柳语。只觉得背上两处大穴一麻，几乎要晕过去。耳畔听那黑衣人问道："步帮主，岩石背后是什么人？"灰袍人道："我原以为是江湖中人，不料是两个娃娃。我已将他们点晕过去，不碍咱们的事了。"

张去病低头一看，柳语果然被灰衣人点晕了。自己只觉得身上气血翻涌未被点昏迷。他心中诧异，伸手往背上一摸，恍然明白其中缘故。原来他穿着蓝龙赠的金蛛丝背心护住身子，才没被点晕过去。他寻思或许师父注入我体内雄厚内力起了护身作用，也未可知。但那步金吾一指之力竟能穿透我的身体将柳语点晕，这点穴功夫也真够邪门！又想：我俩爬上峰顶小心翼翼并未弄出一丝声响，两位掌门人如何得知我二人暗伏此处呢？莫非是我们呼吸声被听见了？想到此处，他忙轻屏呼吸不敢出一口大气。又听步金吾道："柳掌门，峰上再无旁人，出招罢！"

柳寒峰道："且慢！柳某今日有一事不明，还望步帮主指点迷津。十六年前，你我二人密约比武之事，武林中无人知晓。后来我们每隔四年比试一次，前三次也无人得知。唯独此次比武，江湖上传得沸沸扬扬，这事儿叫柳某有些费解！"

步金吾冷冷道："听柳掌门言下之意，怀疑步某将此事泄露出去了？"柳寒峰道："柳某决无此意。江湖上谁人不知步帮主一诺千金？我柳寒峰虽然不才，也守信不二，决计不外泄此事。依柳某推断，除了你我二人，必定还有第三人知悉咱们比武之事，居心叵测在江湖上张扬开去！"

步金吾冷冷道："管他张扬不张扬。如今冰姬已死，步某已无所顾忌，柳掌门出招罢！"张去病听见二人一番对答，觉得云里雾里，不知两位掌门人为何要密约比武。两人比武又与那叫冰姬的人有何关联？又是何人将他们比武之事泄露出去？

他越听越好奇忙竖起耳朵，细听两位掌门人的话。

只听柳寒峰叹道："步掌门，事情已经过去十六年，冰姬也已逝去几年了。你当年那口气，当真还咽不下吗？"

步金吾怒道："哼，十六年！这十六年，你柳老儿在天山碧宵宫里同冰姬朝夕相伴，老夫却每日受相思之苦煎熬！十六年前，要不是步某输给你半招，冰姬也不会下嫁于你，老夫这辈子又岂会抱恨终身？嘿嘿，要我咽下当年那口恶气，今生今世，你柳老儿休想！"

柳寒峰摇头道："步掌门，十六年前，虽说是你结识冰姬在先，但她并不钟情于你，你难道看不出来吗？"

步金吾喝道："胡说！当年冰姬与我结伴同游江湖，虽然未定终身，但冰姬对步某情意绵绵。后来若不是你柳寒峰横插一脚，冰姬怎会让我们俩人比武定婚？都是你这厮搅黄步某同冰姬的姻缘！我岂能放过你？"

柳寒峰苦笑道："什么叫柳某横插一脚？《诗经》中说：'窈窕淑女，君子好逑。'想当年天下英雄谁人不倾慕冰姬？谁人不拜倒在冰姬石榴裙下？那时，你步老儿与冰姬名分未定，柳某倾心于她又有何不该？倘若冰姬钟情于你，为何又要我两人比武招亲？唉，她是怕弃你而去，伤了你的心，才出此下策。步兄，你难道还不明白冰姬一片苦心吗？"

步金吾大怒道："放屁！放屁！当年冰姬与我相处日久，深知我武功定能胜你，才提出比武招亲。她想让你柳老儿知难而退。哪知恰逢步某老娘过世，我奔丧回来心绪不宁，比武不慎输了半招，害得她伤心嫁你，最后忧郁而死！"

听到此处，张去病偷偷从岩石背后探出半个头，打量两位掌门人。只见两人一般高大，一般英武，又都是当今武林顶尖高手。心想：那冰姬要在他二人之间选择一人做丈夫，确是难以决断。是不是因此，那冰姬才提出比武招亲的办法呢？唉，没想到这比武招亲，却在两位掌门人之间种下了怨恨。

却听柳寒峰高声道："步帮主，此话从何说起？冰姬与我成亲后心情欢畅，哪里又有什么忧伤了？倒是在我完婚第三日上，你便潜上天山找我比武，在她大喜之日跑来捣乱，故意来气恼她，你才枉称冰姬知己！"

步金吾急道："你胡说！我若是上天山气恼她，又为何约你秘密比武，不让她知晓？嘿嘿，冰姬嫁给你有什么开心了？她倘若不是终日忧伤，又怎会英年早逝？柳寒峰，别啰唆了，接招罢！今日我要替冰姬讨回公道！"

步金吾说时人已跃上半空，双掌一错，拍向柳寒峰头顶。柳寒峰也跃上空中出掌相迎。两人在空中快捷无伦连连对掌，每对一掌，借回弹之力，身子又凌空上升数尺。一连对了八掌，二人身子在空中蹿高数丈。

张去病看得眼花缭乱，气也喘不过来。心想真不愧是两大派掌门人，武功着实了得！他天生对武学悟性极高，这几年又见过白无极、凌霄老人、赵先生和蓝龙等顶尖高手的武功修为，眼光更精到了。

在他寻思的瞬间，柳寒峰和步金吾已同时从空中坠地，两人都冷哼一声鼻音。步金吾道："哼，柳老儿，你的'天山拂雪手'毫无长进！"柳寒峰道："哼，我看你的'千手百纳掌'也依然如故！"两人说罢，又各自施展绝学激斗起来。

柳寒峰的"天山拂雪手"是武林一绝，施展开来漫天掌影犹如大雪纷飞，将步金吾团团笼罩。这套掌法厉害不仅在于招式精奇多变，更在于出掌无孔不入，对方稍有破绽便会遭到凌厉攻击。

步金吾的"千手百纳掌"一共十三式，每一式有十种变化，每一变化又有十招妙招。而且掌中夹拳，拳中藏指，指中带爪，爪中伏钩，便是所谓"千手"。出手攻敌时，手掌似刀、似剑、似斧、似锤、似钩，是谓"百纳"。这套掌法经过历代帮主千锤百炼，实是丐帮的神功绝学。

本来，"天山拂雪手"和"千手百纳掌"两门功夫各有千秋。这两门武功威力大小，全凭修习之人的内功根基深浅和武学造诣高低，偏偏柳寒峰和步金吾的功力和武学造诣皆在伯仲之间。前三次比武，他们熟悉了对方武功路子，是以每一次比斗回去，两人都会想出一些新招破对方武功。但到再次比武之时，二人使出新招来仍是斗个旗鼓相当，谁也奈何不了谁。

这一次两人斗了多时，仍是谁也占不到谁的便宜。

斗到一千多招时，步金吾左掌忽然往旁一拍，劈下一块岩石如流星锤射向柳寒峰。柳寒峰见岩石飞来却不避闪，亦是凌空一掌将那飞石拍退回去击打步金吾。步金吾往旁一闪避开，双掌疾挥打碎身边乱石，如急雨飞向柳寒峰。看见碎石如一阵雨打来，柳寒峰急忙纵身斜跳躲避。便在这一瞬间，步金吾快捷无伦欺近柳寒峰身前拍出一掌。柳寒峰脚刚着地，忙出掌相迎，只听"啵"的一声，两人手掌粘到一起，拼起内力来。柳寒峰心中一惊：步老儿想拼命不成？步金吾正有此意。两人前三次比武各有输赢，难解他心头之恨。适才久战不胜，他怒火更盛，欲同柳寒峰拼比内力，斗个鱼死网破。

看见两位掌门人拼斗内力，张去病忽想起凌霄老人说过，高手比拼内力十死九伤，知晓眼前景况凶险无比，心里替二人着急，却又不知如何是好。大约一炷香工夫，只见柳寒峰与步金吾身上袍子渐渐胀大起来，二人头上冒出丝丝白气越来越高。张去病看得提心吊胆，不知怎样帮助两位掌门人摆脱眼前危局，急得手掌心冒汗。

突然间，忽听"嗤嗤"两声轻响，随即听见步金吾惊喝道："什么人？竟敢暗算老子！"又听见柳寒峰怒喝道："是何小人，暗中偷袭，卑鄙无耻！"张去病大吃一惊：何人如此大胆敢暗算两位掌门人？

忽听一个低沉声音吟道："美人亡，魂飞扬。天涯客，痛断肠！"吟罢，那人懒洋洋道："问我是什么人？嘿嘿，连我也不知道我是什么人，你二人何必多此一问！"

张去病回眸一看，从乱石后走出一个老者来。月光下，只见这老者背上驼峰高耸，须发斑白，形容猥琐，一脸寂寥神色。他再一看，见步金吾委顿地上不能动弹。柳寒峰靠在一块岩石上，也行动不得。张去病目瞪口呆。心想：两位掌门武功何等高深，便在与人激斗之际，旁人要暗算他们也极难。这驼背老者一招暗算竟然将他二人制住，此人武功匪夷所思！

柳寒峰和步金吾比张去病更心惊。适才他二人全神比拼内力，忽见人影一闪，两人忙撤掌对敌。不料那人伸出二指凌空一戳，两股阴寒劲气激射过来竟然将二人击倒。虽说此人是偷袭得手，但他仅凭凌空戳出两股内力，便将二人击倒，这是他俩纵横江湖从未遇到的事！更令他二人吃惊的是，以他们见识之广，眼界之宽，竟看不出此人使的是何派武功！

两人突遭暗算，欲运内力冲开被封穴道。哪知他俩刚一运功，却听那驼背老者冷冷道："你俩想运气冲开穴道吗？那是枉费功夫！无论二人功力如何深厚，中了我这'幻阳血爪'，没有一个时辰，你们休想解开穴道。如若不信，你们试试看！"

柳寒峰和步金吾自然不信，忙暗运真气去冲撞身上被封穴道。只觉真气一动，身上几处大穴便有一缕热气如蚯蚓蠕动。那热气古怪至极，竟会热得寒透骨髓，两人不由得打个冷噤，聚集不起真气。

驼背老者道："二位掌门人，穴位有些不对劲吧，是不是？实话对你二人说：我这'幻阳血爪'的阴热内力是在万年寒冰洞中练成，专破高手内功真气。若是一般高手中了我这一抓，功力已废。你二人功力深厚，内功虽没被废，但想要恢复功力，至少也须一个时辰。我奉劝你们，在这一个时辰之内不要妄动真气为好。否则多动一分真气，多损一分功力，最后你们将内力失尽，变为废人！"

柳寒峰和步金吾岂肯坐以待毙？二人又暗运真气去冲穴道。岂知真气一动，那股阴热之气便在"涌泉""膻中""百会"几处穴位游走，将他们聚集的内力吸得干干净净。一连试了几次，均是如此。两人方知驼背老者所言不虚，忙动心思想别的法子解困。

柳寒峰一边急思脱身之法，一边想稳住驼背老者，缓缓问道："柳某同尊驾素不相识，无仇无恨，尊驾为何要暗算柳某？"

驼背老者冷冰冰说道："不错，你柳老儿与我无半点仇怨。但老子平生最痛恨寡情薄义之徒！几年前，你和步老儿早该自绝人世！哼，居然厚着脸皮活到如今。哼哼，老子实在看不下去，今日才来取你二人老命！这有什么好问的？"

步金吾怒喝道："老罗锅，你胡说八道！步某几时寡情薄义了？你卑鄙无耻暗算老夫，还胡乱捏造罪名安在老夫头上！你把话说清楚，你诬蔑老夫有何凭据？"

驼背老者冷笑一声，道："你奶奶的，要老子拿证据吗？好！老子拿一点给你二人看，羞死你这两个老东西！"他顿了一顿，似乎在想如何说。想了一瞬，才续道："本来，老子打算当着众多江湖豪杰，将你二人丑事抖落出来，叫你们两个老东西身败名裂。不料你二人行事诡秘，偷偷跑到这神女峰上来斗殴，躲过众人耳目。好在这峰顶上还有两个小娃娃，他们会将你们丑事传扬开去。哈哈哈……"

柳寒峰心念一闪，忙问道："你怎知我二人比武之事？如此说来，我们比武之事是尊驾张扬出去的？"驼背老者得意道："不错，是老子在江湖上张扬的，却又怎样？"柳寒峰追问道："我同步帮主相邀比武，此事只有我二人知晓，隐秘至极，尊驾怎会知悉？"

驼背老者恶狠狠道："你二人这点破事，隐秘个屁！你们瞒得了旁人，可瞒不住老子，老子十几年前早就知道了！这十几年，你们一共偷偷斗殴四次，对不对？"听见驼背老者将他们比武的次数，说得不差分毫，柳寒峰和步金吾大吃一惊，却又有些半信半疑。

柳寒峰道："尊驾既早知我们比武之事，为何我俩前三次比武，你没拿到江湖上去张扬？"

驼背老者道："那时，老子是为了保全一个人清誉，便睁只眼闭只眼，任你们两个老东西死打烂打，不想管你们鸟事！"

步金吾冷笑一声，道："我两人比武之事极其隐密，连我丐帮和天山派弟子都不知晓，你这老罗锅怎会知道？嘿嘿，你别诓人，你这番鬼话骗得了谁？"

驼背老者两眼一瞪，问道："步老儿，我来问你，你与柳寒峰第一次比武，可是在华山紫气台上？柳寒峰使出一招'天池八面风'赢你半招，你只得罢手认输，可有这么回事？"

步金吾和柳寒峰一愕。那次比武确在华山紫气台上。他两人斗到难解难分时，步金吾使出"千手百纳掌"杀手"叫化抚须"，眼看一掌要印在柳寒峰胸上。谁知柳寒峰突然使出新招"天池八面风"，巧妙避开步金吾杀招，回手一指戳在步金吾肩头，步金吾只得认输罢斗。

驼背老者又道："你们第二次比武，是在那安徽九华山十王峰上。那一次你同柳寒峰打个平手，两人累得精疲力竭方才罢休。我说得对不对？……第三次，你两人在江苏云台山玉女峰上打斗。你步老儿假装败北，使一招'擒魔大回手'引诱柳老儿上当，欲将他置于死地。只因你脚下被绊了一下，出手稍缓，柳寒峰才死里逃生。是也不是？哼哼，你奶奶的，老子是说鬼话，还是亲眼看见你二人几次斗殴了？"

柳寒峰听得背心冷汗涔涔，再无怀疑。均想前三次比武，此人果真在旁窥见。那时他若出手偷袭，我两人只怕早就遭他暗算。可是我两人每一次比武，他怎么都知晓？他无声无息地跟踪我们，我二人却一次也没发觉，这脸丢大了！转念又想：前三次比武，这罗锅不出手暗算我俩，说是为了一个人的声誉，那人又是谁呢？

驼背老者瞧见步金吾和柳寒峰不说话，又接着说道："步老儿，你还不信吗？好，我来问你，那次打斗，你脚下是不是踩着石子被绊了一下？"第三次比武，步金吾眼看要得手，不料脚下踩着一粒石子，身子略滑一下便失去取胜先机。事后他百思不解：他和柳寒峰功力浑厚，两人激斗之际，地面石子土块都会被雄厚内力激荡开去，为何脚下还有石子碍事？此刻听见驼背老者提问此事，他恍然大悟，怒道："必定是你老罗锅做了手脚！"

驼背老者道："不错。是老子将石子弹到你脚底下，才阻止了你对柳老儿下毒手！"柳寒峰诧异道："尊驾今日要杀柳某，当年又为何要出手救我性命？这可叫柳某想不明白，尊驾这又是为何？"

驼背老者冷哼一声，骂道："柳老儿，你纵是死他奶奶几百次，几千次，老子也不会去救你一次。当年老子救你，那是为了一个人！"柳寒峰越听越糊涂，不知这驼背老者是因为何人救他，此刻又为何要杀他。

步金吾问道："老罗锅，今日你暗算我二人，难道也是为了那个人？"驼背老者道："当然！"柳寒峰追问道："那人是谁？"

驼背老者怒道："你问那人是谁？嘿嘿，你这两个寡情薄义的老东西，竟然不知那人是谁？只此一端，你二人就该死！"

步金吾怒道："天下人如此多，你这老罗锅不说出那人姓名来，我俩怎知他是谁？"

驼背老者沉默片刻，眼里忽射凶光，嘴里蹦出四个字："天山冰姬！"步金吾和柳寒峰听得瞠目结舌。两人愣愣望着驼背老者，摸不着半点头脑。

柳寒峰奇怪道："你说为了冰姬来取我两人性命？这，这……从何说起？"

驼背老者冷笑一声，道："嘿嘿，从何说起？柳寒峰，我先来问你：当年你对冰姬山盟海誓说什么来着？"

柳寒峰尴尬道："这……这……男女私情，你问它做甚……有什么好说的？"

驼背老者厉声道："你不说，老子来替你说！当年在西夏日月山，你信誓旦旦对冰姬说，要与她同生共死。这句话你说过没有？"

柳寒峰脸上一红，道："柳某是说过此话。那又怎样？"心里却惊讶万分：当年我同冰姬甜言蜜语，难道都叫这驼子听去了？真腌人！

驼背老者道："如今，冰姬香消玉殒好几年，你这老儿还逍遥活在世上。哼哼，你当年山盟海誓是放屁吗！你对冰姬言而无信，还不该死吗？"柳寒峰语塞道："这……这……"

驼背老者又指着步金吾，厉声道："步老儿，我来问你：当年你同冰姬游洛阳白马寺，你在大雄宝殿内拜佛时，对着佛像说什么今生今世，要同冰姬生死与共。嘿，如今冰姬已死，你老儿为何还活在世上？你怎不自绝殉情？你们两人是什么鸟帮主，什么鸟掌门，说话全是放屁！当年，你二人花言巧语骗取冰姬芳心，如今说话不算数，这不叫寡情薄义，那又叫什么了？"

步金吾同柳寒峰面红耳赤，又惊又愧。两人当年儿女私情被驼背老者偷听去，现下又当着他们的面抖落出来，二人极为难堪。他俩当年对冰姬信誓旦旦却不兑现，让驼背老者抓住把柄，厉声责问，一时间两人无地自容，都找不到话说。

驼背老者见二人哑口无言，铁青着脸走到步金吾头近前缓缓举起手掌，道："你们既然无话可说，他奶奶的，老子为冰姬讨回公道，先毙了你步老儿！"

第六章　情痴

步金吾急道："且慢，容步某说一句话，你再动手不迟！"驼背老者道："有屁快放！"

步金吾道："不错，步某当年在佛像前发过誓，但后来冰姬未同我结为夫妻，你要我为冰姬'殉情'，这，这……从何说起？"

柳寒峰冷冷道："步帮主，听你之言，柳某同冰姬结为夫妻，该当柳某殉情。比武不胜，想借刀杀人吗？嘿嘿，柳某死了，这罗锅焉能放过你？"

步金吾一听，心想此言倒也不假。但他嘴却不软，强笑道："哈哈，死有何惧？看见你柳老儿死在我前头，步某开心得很！"

驼背老者双眉一掀，大声喝道："住口！步老儿，你奶奶的，好歹也是一帮之主，怎的如此粗俗卑陋！"张去病躲在岩石后听得好笑。心想：这驼背老者开口他奶奶的，闭口他奶奶的，还说别人粗俗卑陋，倒像他挺斯文似的！

驼背老者继续道："想那情是何物？你步老儿怎能以同爱侣成不成婚，来论该不该生死相许？自古以来，男女两心相许，生死与共，唯一情字耳！你这老东西，却用婚配淫欲来玷污高洁之情，粗卑至极！恶俗至极！"

说到此处，驼背老者顿了一顿，又道："咱们男子爱一个女人，若是满脑子淫欲秽念便落了下乘！你这老东西，口口声声说你爱冰姬，却心怀肮脏邪念！哼，只此一端，老子就该先宰了你！"

步金吾适才出言争辩，是用缓兵之计拖延时刻，再想脱险之法。不料驼背老者却自有一套男女情爱理论，问得他一时不知如何答对。驼背老者说罢举起手掌，要朝步金吾头顶拍下。

柳寒峰急道："尊驾且住，柳某也有话要说！"

驼背老者放下手掌，懒洋洋道："有屁快放！摆明说，老子不怕你俩拖延时间。

一个时辰内，在你二人未恢复功力之前，反正老子要一掌毙了你们，我看二人还有多少臭屁放！"

柳寒峰出言阻止驼背老者下手，因驼背老者打死步金吾后，立即会对他下手，唇亡齿寒，他不能让驼背老者打死步金吾。他想留着步金吾，两人一唱一和才能更好拖延时间想法脱困，不料这心思，却被驼背老者一语道破。

柳寒峰强笑道："尊驾也未免小看柳某了。自从冰姬病逝，柳某心如死灰，早已不想独活。我之所以苟活至今，是因冰姬临终时叮嘱我，一定要将女儿抚养成人。柳某遵冰姬遗愿才苟活在这世上。这怎扯得上什么背弃誓言？尊驾信口雌黄，实在可笑！"

驼背老者冷哼一声，道："什么可笑？你别给老子拿女儿作挡箭牌！算起来，你女儿今年十五岁，已长成大人，你抚养之责已尽！为啥还在苟且偷生？哼，你这番贪生怕死鬼话，老子才觉得可笑至极！"

柳寒峰道："尊驾要置柳某于死地，欲加之罪，何患无辞？只是柳某有一事不明：我与你非亲非故，素不相识，尊驾为何要管柳某家事？冰姬同尊驾毫不相关，你为何要狗拿耗子，多管闲事？"

驼背老者抬头望着明月，哼了一声鼻音，道："老子生来就爱管闲事，不要什么狗屁理由！老子想管哪家事，就管哪家事，嘿嘿，你柳寒峰又能拿老子怎样？"

步金吾忽然笑道："哈哈哈，可笑啊，可笑……"驼背老者一愣，道："步老儿，你死到临头不思忏悔，还笑什么？"

步金吾止住笑声，对柳寒峰说道："柳掌门，你不知这老罗锅为何管你家事吗？我却略知一二。"柳寒峰诧异道："你略知一二？望步帮主赐教。"

步金吾道："柳掌门真的不知晓吗？"柳寒峰摇头道："真是不知晓。"步金吾道："柳掌门没有看出来么，这罗锅也是拜倒在冰姬石榴裙下之人吗？"

柳寒峰一怔，道："你说他……这……模样？也是拜倒在冰姬脚下之人？啊呀，柳某真是眼拙，却没看出来！"

步金吾点头道："适才，步某听他这一番话倒瞧出端倪。这老罗锅当年八成是发狂暗恋冰姬。你想：他一个罗锅丑八怪，冰姬武林第一美女，怎会瞧他一眼呢？他瞧见冰姬对你我二人青眼相加，醋劲大发。便偷听我们同冰姬说话，偷窥我们比武，今日又暗算我二人。哈哈，这个丑八怪，当年定是害单相思，痴心妄想武林第一美人，狂喝我两人的干醋，可笑啊，可笑！"

柳寒峰一惊：担心步金吾出言讥笑驼背老者，会激怒他痛下杀手。转念又想：步金吾用话激他一激，说不定这老罗锅会竭力辩解，反而会拖延更多时间。当下故作惊讶道："啊呀，还是步帮主高明！看出了个中缘由！要不然柳某还蒙在鼓里，真不知一个八竿子打不着的陌生人，竟会来干预柳某家事！"

月光下，张去病看见驼背老者身影一颤，手掌微抖，显是心中十分恼怒。柳寒峰和步金吾忙止住话头，恐他恼怒之下突然出手。张去病从石头缝隙看见驼背老者手掌握拢又放开，放开又握拢，心中似乎恼怒至极。张去病看得心怦怦直跳，担心驼背老者震怒之下出手伤害两位掌门人。

他自提心吊胆，却见驼背老者渐渐平静下来，目光如利刀般从柳寒峰和步金吾的脸上划过，森然道："步老儿，你说老子喝你二人的干醋？"说罢，忽然一扬头，仰天大笑"哈哈哈，哈哈哈，哈哈哈……"一串笑声从神女峰向远方传开去经久不息。

柳寒峰和步金吾心中一凛。皆想此人是何方神圣，竟然有如此深厚功力！两人自忖，要如此放声长笑自也不难，但笑声要像这般浑厚绵长却略有不及。以内力而论，此人显然高了半筹。当今之世，有如此深厚内力者寥寥无几。此人究竟是谁？听这笑声毫无高兴之意，倒是包含一腔苦涩，这又是为何？

步金吾为拖延时间，忙问道："老罗锅，你笑啥？难道步某说得不对？你老小子倘若不是暗恋冰姬，不是喝我两人干醋，为何要充当护花使者，前来为冰姬讨公道？你当我两人是三岁娃娃，连你这点心思都瞧不出来吗？"

柳寒峰心中一动，寻思这驼背人不知同冰姬有何关联，若能引得他讲述往事便能拖延更多时间，忙接嘴道："步帮主，柳某斗胆说一句，这就是你的不是了。常言道君子不揭人之所短。你何必揭人家伤疤？你我有幸得到冰姬青睐，今日便是死在他手里，也比他活着快活！你想他暗恋冰姬，冰姬连眼角也不扫他一下，他活得多可怜？他如此活着，一定比我们死了还难受！步帮主，咱们动点恻隐之心，不提此事也罢！"

步金吾道："柳掌门说得是，步某不该踩别人痛脚。老罗锅，步某给你赔个不是。哈哈……"

张去病看见步金吾才笑几声，脸上忽露紧张神色。他奇怪望去，此时月亮被一片乌云遮住，昏暗中，只见驼背老者面目狰狞，两眼在暗夜里暴射精光，双肩上下起伏，身子颤动，身上袍子渐渐充满真气胀大，显是怒不可遏。瞧见驼背老者这可怕神情，吓得他的心一阵乱跳。忽然间，只见驼背老者朝步金吾走去，右掌凌空一划，要朝步金吾头顶拍下。张去病大急想要阻止，可是身子仍无力。只见驼背老者手掌拍到步金吾头顶上五寸处，忽又停住不动，心中似有事迟疑不决。

迟疑一刹，驼背老者收回手掌长叹一声，道："唉……老子本不想道出实情，让你两个老东西自以为得到冰姬芳心，死后做个糊涂鬼。岂料你二人却如此沾沾自喜，胡言乱语讥笑老子。他奶奶的，老子今日说出实情，叫你二人美梦破碎，抱恨终身，死不瞑目！"

步金吾侥幸逃过一死，不敢再出言挑衅。其时月亮穿出云层，清辉泄地。月光之下，柳寒峰见驼背老者脸上杀气渐消，忙道："柳某不信这个邪！尊驾有何实情尽管说出来，我倒要听听，你如何能叫我二人抱恨终身，死不瞑目？"

驼背老者脸上露出讥讽神色，问道："柳老儿，我问你，二十年前，你可知晓冰姬几次千里迢迢从西域到中原来，所为何事？"

柳寒峰道："这有何不知？冰姬几次到中原是为寻找她从小失散的哥哥。这件事不只我知道，步帮主也知道。这不是什么秘密，有什么好问的？"

驼背老者点点头，又道："我料定冰姬是这样对你二人说的，果然不错。步老儿，当年你陪着冰姬走遍中原大地，是帮助冰姬寻找她失散的哥哥，是吗？"

步金吾道："那是。这又怎么了？"他一想起二十年前携武林第一美人同游四方，招来江湖豪杰个个羡慕眼光，便兴奋起来说道："那是老夫一生最快活时光！那两年我与冰姬形影不离，我要感谢她那失散哥哥！他如不与冰姬失散，我哪能在中原与冰姬相遇？又哪能同她朝夕相伴？"

他一边说，一边看着柳寒峰，脸上颇有得意之色。柳寒峰瞪步金吾一眼，正要说话，却听驼背老者问道："柳老儿，二十年前，你陪同冰姬去西夏日月山，也是帮她寻找失散哥哥，是不是？"

柳寒峰道："正是。冰姬听人说，她哥哥失足摔死在日月山坠星谷里。柳某便陪着她去日月山寻找，终于在坠星谷找到她哥哥尸骨和遗物。哈哈，正是在日月山，柳某获得冰姬芳心，日后又同她喜结良缘，那更是柳某一生中最快意时光。"说时，扬扬得意瞧着步金吾。

张去病寻思：那冰姬已同步帮主相好在先，后来却嫁给了柳掌门，这是怎么回事？他此时年少，还不明白男女之间情感复杂微妙。

步金吾冷冷道："柳老儿休得高兴！当年要不是我老娘去世，我守孝在家不能远游，没能陪同冰姬去西夏日月山寻找她兄长。不然的话，哪会轮到你同冰姬结良缘？哼哼！"

柳寒峰道："步帮主莫动气。这叫今世姻缘前世定。你何苦这十几年一直记恨柳某？"步金吾怒道："去你的狗屁姻缘，简直是胡说八道，一派胡说！"一时间，两人又斗起嘴来。

驼背老者喝道："你奶奶的！两个老东西立刻就要去见阎王，还在争风吃醋。你二人这一大把年纪，好歹也是一派掌门人，太他娘的不像话！"听见这声呵斥，柳寒峰和步金吾大为尴尬。他二人在武林中地位尊崇，在属下面前庄重威严，如何不知在人前自重？无奈一想到对方同冰姬有过一段亲密交往，两人心里便酸溜溜，忍不住要斗嘴。听见驼背老者呵斥，两人大感失态，皆闭嘴不再争吵。

驼背老者又道："他奶奶的，你两人稀里糊涂争什么风，吃什么醋？老子实话对你们说，冰姬是个独女，压根儿就没有哥哥。他苦苦寻找的，是她的情郎！"柳寒峰和步金吾皆是一愣。惊愕一瞬，两人都大笑起来。

步金吾笑道："柳掌门，你听，你听，这老罗锅为了刺痛我俩，胡诌冰姬到中原来是找情郎！这罗锅还说我两人争风吃醋，哈哈，他才是个大醋坛子，叫人笑掉大牙！"

驼背老者不理睬步金吾讥笑，两眼盯着柳寒峰，问道："柳老儿，我问你，冰姬同你成亲后，她可是一直忧郁寡欢？"柳寒峰哼了一声，不置可否。

驼背老者又道："她知道哥哥已死，为何还长久伤心，直至病逝？冰姬这份深情，岂是兄妹之情说得过去？柳老儿，你想这当中，难道没有别的隐情？"

听此一问，柳寒峰心里生出一个疙瘩，却不动声色，只淡淡道："冰姬同柳某是夫妻，她心上有没有别人，若我都不知道，你一个外人又如何知晓？凭你空口白说，便想哄骗柳某。哼，你这伎俩也太拙劣了！"

驼背老者冷笑一声，道："好，柳老儿，你说老子空口白说，老子拿一样东西给你瞧瞧，你看老子是不是空口白说！"说罢，他从怀里摸出一物，道："柳老儿，你好生看看，这是何物！"张去病从岩石后悄悄探头一看，见驼背老者手上拿着一块玉佩。那玉佩晶莹剔透，温润光洁，在月下泛着莹光。

柳寒峰一见那玉佩，神色大变，怒吼道："狗贼，这是冰姬贴身玉佩！你，你……竟敢从她墓中盗出，柳某与你拼了！"他挣扎起来想扑向驼背老者，腰刚伸直，却又软倒在岩石上。

驼背老者将玉佩对着月光，道："柳老儿，你奶奶的，先莫忙同老子拼命。你仔细瞧瞧，这是冰姬那块玉佩吗？"柳寒峰内功精深，目力甚佳，凝目看去，透过月光，只见那玉佩上面刻着一只飞凤，在凤旁刻有"冰姬"二字。这玉佩同冰姬那块形状、大小、颜色，完全一样像是一对儿。柳寒峰看看玉佩，又看看驼背老者，见驼背老者脸带讥笑。柳寒峰心里困惑，一时心中乱了方寸，说不出话来。

驼背老者转过头问步金吾，道："步老儿，冰姬那块贴身玉佩，想必你都没见过。是不是？"步金吾哼一声，也不答话。驼背老者："我却见过。那块玉佩上刻着一只飞凤，旁边刻有'三界'二字。柳老儿，你见过冰姬戴玉佩，你说，我说得对不对？"柳寒峰心里很乱，缄口不答。

驼背老者道："你不说话，其实你心里明白，我说得一点不错。你在想，我是如何知道那块玉佩上面的图案和文字，是不是？"柳寒峰确在寻思：这狗贼是何人？怎会对冰姬贴身之物，知道得如此清楚？

驼背老者道："你想知晓为什么吗？原因简单，我这块玉佩同冰姬那块，是同一块和田玉雕琢成的。两块合起来便是一个凤求凰图案。玉佩雕成之后，我同冰姬各佩戴一块。哼哼，柳老儿，老子见着冰姬的玉佩时，你还不知在哪儿哩！"驼背老者说到此，拿玉佩朝着柳寒峰晃了晃，冷笑一声说道："嘿嘿，柳老儿，老子这是空口白说吗？"

柳寒峰气得脸上红一阵白一阵，大喝道："你这罗锅究竟是何人？为何，为何……"盛怒之下，竟然气得不知如何往下说。

驼背老者惨然一笑，道："嘿嘿，你问我是何人？老子便是冰姬苦苦寻找的情人！"一听此言，柳寒峰和步金吾惊异万分，皆瞪大眼睛望着驼背老者。二人像看见什么怪物，脸上都露出难以置信的神色。

发一会儿愣，步金吾忽然哈哈大笑道："老罗锅，你说你是冰姬的情人？哈哈，就你这副罗锅身材，丑八怪模样，武林第一美女冰姬会把你当作情人？你是不是想冰姬想疯了？想痴了？想得脑子发癫，竟说出这种不要脸胡话，也不怕天下人笑掉牙！"

张去病细瞧那驼背老者，见他身子佝偻像只弯腰大虾，长相又丑，说什么也不相信他是冰姬的情人。但见步金吾如此嘲笑、挖苦他，却又替他难受。

柳寒峰道："步帮主不必笑他。这老贼一定是想冰姬想得色迷心窍，走火入魔，才如此做白日梦！唉，可怜，可怜！"柳寒峰说罢。连连摇头，脸上一副同情和怜悯神情。两位掌门人一唱一和，大肆嘲笑驼背老者，出口恶气，心中都感快意。

忽然间，驼背老者仰头一声长啸。啸声激越苍凉，如一匹受伤的狼嘶声嚎叫，听得人背脊阵阵发凉。柳寒峰和步金吾一惊，心想：不好！这老罗锅气疯了，要对我二人下毒手！二人提心吊胆盯住驼背老者，后悔不该出言如此刻薄。

驼背老者突然收住啸声，转过头来森然道："你两个老东西笑我长得丑，配不上冰姬是不是？瞎了你们狗眼！你二人睁大眼睛仔细看清楚，看是你们配得上冰姬，还是老子配得上冰姬！"

只见他猛然将身一挺，蓦地高出了一个头。手掌往脸上一抹，花白胡子瞬间不见。手指往头上一掀，斑白发飞落坠地。双臂一振脱下灰袍，背上驼峰立时消失，露出一身宝蓝色华服。月光之下，只见一个蓝衣人傲然屹立。年纪四十多岁，高鼻深目，一双碧眼神采飞扬，相貌威猛。

峰顶上突然一片死寂。柳寒峰和步金吾望着蓝衣人，惊讶得说不出话，张去病更是看得目瞪口呆。驼背老者突然变成个高大英俊的蓝衣人，惊得他一时回不过神来。

过了片刻，柳寒峰才酸涩道："尊驾如此才貌，当年为何不同冰姬结成佳偶，反要隐匿行迹害得冰姬苦苦寻找你？尊驾所为，实在叫人费解！"

蓝衣人仰望星空，静立不语。月儿在云层里缓缓穿行，仿佛也心事重重，行色忧郁孤寂。蓝衣人呆立片刻，才长叹一声，道："还有半个时辰，我要送你两人上西天。把实情告诉你们也无妨。当年我隐藏踪迹实出无奈！"

为了拖延时间，柳寒峰借机问道："尊驾才具盖世，能有何事何人迫使你离开冰姬，藏身起来？"张去病猜想：莫非这蓝衣人爹娘不喜欢冰姬，不许他们成亲？他是个孝子，不敢违背爹娘之命，才不得不离开冰姬？或是冰姬爹娘不喜欢他，不让他娶冰姬，他只得离冰姬而去？

他正猜想，却听蓝衣人道："二十年前，我同冰姬情深似海。正当我准备迎娶冰姬之时，我一家八口忽被仇家所杀，我一人负伤逃脱。为报大仇，我遍寻高人投到恩师门下。他老人家说，可传授我一门神功，但修炼这门功夫要保持童身，终身不染女色。倘若婚配不但功力尽失，还会走火入魔死于非命！"

柳寒峰一听，心想这是一门什么古怪功夫？蓦然间，他想起魔教有一门武功叫"光明三际功"，听说是魔教《玄秘宝典》上的功夫。修习此功者必须是童身，不然反会害了自己。难道此人是魔教中人？如此一想，一股寒气爬上背心，额头上冒出滴滴冷汗。心中暗悔道："柳寒峰，你是一派掌门人，只知同步金吾比武斗气，却不知你天山派已在魔教暗算之中，危在旦夕！"

蓝衣人继续道："听师父此言，我好生为难。冰姬对我一往情深，我如何能负她？但大丈夫顶天立地，不报父母兄弟大仇，有何面目苟活世上？万般无奈，我狠下心肠，求师父传我神功。六年时间我练成神功，手刃仇家报了大仇，却再也不能回到冰姬的身边了！

"我远走他乡，只道时日长了，冰姬定会忘了我，另觅佳偶。谁知她不仅忘不了我，还到西域各地寻找我。找了一年多，没找不到，她不甘心，几次从楼兰远涉中原寻找我的踪迹。我得知消息便跟踪她来到洛阳，想暗中帮她找个意中人，使她移情别恋，不再为我伤心！"

听到此处，步金吾蓦然想起，当年在洛阳城同冰姬相逢情景。那是在牡丹花会上，他同两位丐帮长老一同赏花，三人正观看一盆"大富贵"，忽见一位美丽绝伦姑娘款款走来。一看见那姑娘，他忽感一阵眼晕。只见那姑娘身材窈窕，肌肤雪白，柳眉细弯，杏眼微蓝，鼻子小巧秀美，嘴唇红润，行走婀娜多姿，左顾右盼仪态万端。这姑娘一出现在花会上，争奇斗艳牡丹黯然失色，人们纷纷看这绝色美女，顾不上观赏姹紫嫣红牡丹花，他便是在花会上结识了冰姬。想起当时情景，此刻他心中仍充满柔情蜜意。

蓝衣人打断步金吾念想，问道："步老儿，那年你三十出头。刚刚接任帮主之位，武功既高，人又长得相貌堂堂。我暗中查访你人品不赖。见你同冰姬相识，我只道你能讨得冰姬的欢心，令她移情于你。"说到此处，蓝衣人摇摇头，叹口气道，"唉，岂知你对冰姬虽极好。但你这厮习性粗疏，莽夫一个，只会对冰姬百般迁就，唯命是从，全然不懂得半点儿女风情！你一点儿绮丽之事都不会为她做，连一句逗她开心的俏皮话都不会说。冰姬同你这粗人在一起，又有什么乐趣？她心里仍不快乐！"

步金吾听到蓝衣人这通指责，才猛然大悟。心想这厮言之有理。老子处事精明果断，唯独不懂什么儿女风情，不会讨女人欢心，总搞不明白女人那些弯弯绕心思。难道……这，这便是冰姬离我而去的原由吗？唉，唉！早知如此，我当年该多多揣摩冰姬心思，风流倜傥一些，常常逗她开心才是。

蓝衣人续道："我看见冰姬仍不开心，为斩断她对我思念，我派人传信给她，说我在西夏日月山坠星谷掉岩身亡。不料闻讯后，她竟到坠星谷寻找我遗骸。便是在去西夏途中，她遇上你柳寒峰。柳老儿，你说是不是？"

柳寒峰道："正是。我遇见冰姬一见倾心，便陪伴她去日月山坠星谷。"

蓝衣人道："那时你柳老儿英俊潇洒，风流倜傥，又心细如发，惯用甜言蜜语讨好冰姬，博得了她好感。你同冰姬在坠星谷找到一副尸骨，旁边有我的两件遗物。冰姬便以为那是我遗骨，大哭一场。你同她埋了那尸骨和遗物，便哄她同你去游览天山散心。一路上你对她大献殷勤，万般讨好，冰姬脸上才渐渐露出笑容。我只道这一次冰姬找到了好归宿，我心头愧疚也减轻了些。"

蓝衣人讲到此处，恶狠狠瞪步金吾一眼，怒道："哼，不料你步老儿醋意大发，偷偷上天山找柳寒峰比武。柳寒峰为比武整日关在密室内练功，长年丢下冰姬不闻不问，使她忧郁寡欢以至一病不起，五年前终于去世！哼，你奶奶的，你两个老东西说说，冰姬不是你二人害死的吗？你们还有什么话说？"

蓝衣人这番话如当头棒喝，令柳寒峰和步金吾心头一震。十几年来，他二人只顾争风吃醋，练功比武，使得柳寒峰把冰姬冷落一旁积郁至死。如此看来，冰姬之死，二人确难逃干系。一时间两人心下万分懊悔，无言以对。

蓝衣人厉声道："你两个老东西既然钟情冰姬，就应该让她一生一世高兴、快乐才是！可你二人为争一口鸟气，将她害死！哼！你们还有何面目活在世上？老子今日，要取你两个寡情薄义之徒性命，替冰姬讨回公道！"

步金吾颓然道："柳掌门，你我两人铸成了大错，铸成大错啊！"

柳寒峰亦悔恨道："步帮主，冰姬之死，虽说与你有关，但罪责在我！当年我若不答应同你比武，就不会长年闭关练功，就不会冷落冰姬。她又怎么会英年早逝，离我而去？唉唉，我柳寒峰罪责深重，罪责深重啊！"

步金吾对蓝衣人道："尊驾说得不错，我二人真该死！但我步金吾一世英雄，要死，也会自行了断，用不着旁人来暗算！尊驾若有真本事，待我恢复功力，咱俩公平比斗，步某方才死得口服心服！尊驾要是没本事，你就用这种下三滥手段取步某的性命罢！"

蓝衣人冷冷说道："步老儿，你这激将法不管用！古话说'兵不厌诈'。什么下三滥手段？老子这是智取！我直说罢，你二人联手，我奈何不得你们。嘿嘿，要讲单打独斗，你们谁也不是我对手！再说，我一招制住两大掌门人，这份战绩在武林空前绝后，传将出去便会轰动江湖，我得保住这赫赫战绩，不上你的当！哈哈哈……"

柳寒峰道："以尊驾身手，当是武林中大有身份之人，如此藏头露尾暗算我二人，不敢公平决斗，甚至不敢说出名头门派，江湖上又怎知我二人栽在你手下？武林中人又怎知道你有如此赫赫战绩？"

蓝衣人冷冷一笑，道："柳寒峰，你不用绕着弯子套我说出来历。你二人即将丧命，老子说出来，你二人也奈我不何！你们听着，江湖上有一句话：'碧眼如电爪擒蛟'，那便是指老子！老子姓童名三界，人称'碧眼摩尼'！"一听碧眼摩尼四字，柳寒峰和步金吾大吃一惊，两人万万没想到，眼前这蓝衣人便是魔教"碧眼摩尼"童三界！

柳寒峰叹道："原来是你这碧眼魔头，难怪能一招将我二人暗算！我柳寒峰身为天山派掌门人，岂能死在你这魔头手里？我要死也要自己了断！罢罢罢，我害得冰姬忧郁亡故，活该遭此报应！"柳寒峰说罢，扬起手掌朝头顶拍下。

便在此时，忽听一声尖叫："爹爹住手！"一个人影冲向柳寒峰，三大高手皆是一惊。张去病吃惊更甚，那人影竟然是柳语！先前，柳语被步金吾点晕过去，但步金吾出手只用两分力道，指力透过张去病身子传到柳语身上力道已弱，是以柳语晕了不久便醒过来。

张去病为观看眼前奇情，偷偷移身旁边岩石后。柳语几时醒来，他浑然不知。忽见柳语冲向柳寒峰叫爹爹，他吃了一惊。才恍然明白，昨日丐帮之人出语贬损柳寒峰，柳语为何要同他们打斗。

童三界看见柳语忽然冲出，伸手臂霍地抓去。柳寒峰急道："莫伤我的女儿！"童三界听见柳寒峰急呼，硬生生将抓出五指转向旁边一块岩石，只听"嚓"的一声，岩石犹如豆腐被抓下一块。纵是如此，凌厉指风仍掠过柳语腿"环跳穴"，将柳语撞倒在柳寒峰怀里。

柳寒峰急道："语儿，受伤了吗？"柳语摇头道："爹，语儿没受伤。只是'环跳穴'被封住，站不起来。"柳寒峰欲为女儿解穴，却聚不拢真气，只得作罢。对童三界道："谢谢尊驾手下留情！"

童三界冷冷道："我是看在冰姬面子上，你不用谢我。"回头瞅了瞅柳语，软声问道："小姑娘，你是冰姬女儿吗？"柳语点头道："是呀。你是谁？不许伤害我爹爹！"

童三界叹口气，道："孩子，我，我是……是你舅舅。"柳语摇头道："你要伤害我爹，你不是我舅！"她刚醒来一会儿，没听见童三界与她爹对话，不知事情前因后果，摇头不信。

童三界苦笑道："孩子，不是我要伤害你爹。是你爹对不起你娘，他内心愧疚，没脸活在这世上。"

柳语急道："你瞎说！我爹没有对不起我娘。爹，你一直对我娘很好，是不是？"

柳寒峰神情黯然，道："语儿，是爹不好，没照顾好你娘，害得她早早去世。你娘死后，爹本想随她而去。只因你年幼，才苟活到今日。如今你已长大成人，爹可到九泉之下陪伴你娘去了！"说时又举起手掌。柳语忙抓住柳寒峰手臂，急得连连叫道："爹爹，不可！不可！"

柳寒峰功力未恢复，手臂被柳语拖住竟然拍不下去，长叹一声道："语儿莫阻拦。你娘逝去，爹不随她而去，活在这世上如行尸走肉，没什么意思！"柳寒峰这句话说得真挚沉痛，步金吾听了也不禁为之动容。心想：柳老儿对冰姬这份情意比我深几分，我可从没想过要随冰姬而去。

柳语高声喊道："去病哥哥，去病哥哥，你快来劝劝我爹啊！"张去病忙从岩石背后跑出来。步金吾心下奇怪，这小子和这丫头被我点昏穴，为何不到穴位解开时候，两人却都醒了？

张去病走近柳寒峰，结结巴巴道："柳前辈，你千万，千万，不能那个……自寻短见。"柳寒峰喝道："闭嘴！哪来的浑小子，老夫之事，你也配来多嘴多舌？"

张去病嗫嚅道："是，是晚辈年幼无知，本来不配干预柳前辈之事……只是，只是前辈若寻短见，柳姑娘她……她便成了无娘无爹的孤女。她一个人活在这世上，多可怜呀！"

柳寒峰听了一怔，自语道："语儿便成了孤女？"柳语流泪道："可不是嘛。爹爹要是寻短见，从此我孤苦伶仃一人，不知要受多少人欺侮！爹，你难道不心疼语儿吗？"

张去病见柳寒峰面露犹豫神色，胆子稍大，又道："柳前辈，倘若语儿娘在天上看见她成了孤女，只怕更伤心难过！九泉之下，她要责怪柳前辈啊！"柳寒峰听了，怔怔望着星空，一时犹豫不决。

童三界冷笑道："堂堂一个掌门人，怎的婆婆妈妈，听信黄口小儿之言？"

张去病朗声道："童前辈，我虽年少，却也知道万事依一个'理'字！童前辈先前说，一个人倘若对他倾心之人至情至爱，便是不惜性命，也要使他所爱之人高兴快活，这可是前辈说过的话？"童三界道："不错，此话我说过，却又如何？"张去病道："你若杀了柳前辈，柳姑娘失去爹娘，成了孤女，你钟爱的冰姬夫人在天上一定不高兴、不快乐。你岂不是违背了自己说的话，对不起冰姬夫人在天之灵？"

童三界没想到张去病会捉住他话头，以他的矛攻他的盾，一下被问住，恼羞成怒喝道："臭小子，多管闲事，找死！"他疾拂衣袖，一股巨大力道将张去病撞到岩石上。张去病痛得大叫一声身子倒卧在地上，半晌爬不起来。柳语"哇"的一声大哭出来。才哭一声，却又惊得睁大眼睛。只见童三界挥袖拂倒张去病瞬间，一人迅如闪电般扑到童三界身后，在他背上印了一掌。童三界应变奇快，反手一抓，抓在那人手臂上。两人闷哼一声同时委顿倒地。这下变故来得太突然，太快，柳语惊呆了。

童三界惊怒交加，喝道："什么人？竟敢偷袭老子！"那人答道："童大摩尼不必气恼，老朽是以其人之道，还治其人之身！古人说螳螂捕蝉，黄雀在后。童大摩尼做一回螳螂，滋味不好受吧。童大摩尼是大有身份之人，怎么同一个小孩子家过不去？"张去病听那声音有些熟悉，注目看去不禁一愣。只见那人头戴斗笠，身材精瘦，下巴上稀疏山羊胡子在夜风中飘拂，却是那驾船的老艄公！

看见童三界遭暗算，步金吾笑道："哈哈哈，一报还一报！碧眼魔头，报应来得好快！"

童三界冷哼一声，催动真气恢复功力。此时四大高手加上张去病和柳语，六人皆行动不得。童三界被老艄公拍一掌，但他功力深厚，看样子伤得不重，恢复功力要不了多久。老艄公被童三界抓了一爪，没伤要害，看来也能很快恢复功力。柳寒峰和步金吾还需一刻钟便可恢复功力。在这当口，四人心知生死存亡，全看谁第一个恢复功力，自然都暗自加紧调理内息。

老艄公寻思己方有三人，只要有一人先恢复功力，同童三界周旋一阵，待其余两人功力恢复后便胜券在握。但此时须扰乱童三界心绪，使他不能专心运功。于是说道："柳掌门、步帮主，你二人上这碧眼魔头的当了！"

两位掌门人道："上什么当？"老艄公道："碧眼魔头暗算你们，决非为儿女私情，而是魔教对中土武林有一个大阴谋！"童三界道："你是谁？偷袭老子，还敢胡言乱语，不要老命了吗？"

老艄公道："童大摩尼碧眼如炬，我是谁，你还看不出来？我是个划船摆渡蒿巴老汉……我这条老命嘛，早就不想要了。只是那阎王爷嫌我老而唠叨，怕我去阴曹地府搅了他清静，才暂且留我活着。童大摩尼要取我老命尽管动手好了，何必问我是张三李四？"

童三界冷笑道："连姓名都不敢报出来，说什么我教有大阴谋，谁人会信你的鬼话？"

老艄公道："老汉要说之事，只怕无人不信。这半年，老汉驾船漂流于江河湖海之间，着实看到了几桩怪事。那头一桩便是在山西道上，五台山清凉寺西来禅师与人对了八掌，重伤不治身亡！柳掌门、步帮主，你们道那掌伤西来禅师之人是谁？"

步金吾急切问道："那人是谁？"他同西来禅师交情深厚，一脸关切之情。柳寒峰心里暗惊。想那西来禅师一十三式"弥陀禅掌"出神入化，竟然丧命强敌掌底，那对头是谁？武功怎的如此了得？

老艄公道："有人看见与西来禅师对掌之人是一个高大黑头陀。那头陀浑身肤色黑如木炭，胸前挂着一串念珠尤为罕见，那是用镔铁铸成的二十四个铁骷髅！步帮主、柳掌门，你们见闻广博，一定知晓那黑头陀是何人。"

柳寒峰惊道："那是魔教黑头陀！我天山派与魔教同在西域，柳某听说魔教有一黑头陀，是那南海'烈焰国'人士。那二十四个铁骷髅，是他独门兵器！"

老艄公道："不错，普天之下除了此人，再无别人用那镔铁骷髅作兵刃，不是那黑煞星，又会是谁？"

童三界冷哼一声，道："是我教降龙尊者黑头陀，那又怎的？江湖中一言不合动起手来，伤亡是家常便饭！黑头陀同西来秃驴明刀明枪比掌，又怎扯得上是什么阴谋了？你奶奶的，栽脏陷害，是你们名门正派拿手好戏！"

老艄公冷哼一声，道："待老汉说出，那黑头陀找西来禅师比掌缘由，二位掌门人明鉴，看是不是老汉栽脏陷害……"两位掌门人道："先生请讲。"

老艄公道："那黑头陀找西来禅师对掌，并非什么一言不和。而是西来禅师无意间得知魔教一桩大阴谋，魔教便派黑头陀来杀人灭口！"童三界冷笑道："什么大阴谋？你说出来，老子倒要听听！"老艄公道："可惜西来禅师身受重伤，没来得及说出那桩阴谋便气绝身亡了。"

童三界道："可笑，可笑！既然西来秃驴没将阴谋说出来，你又怎知有阴谋？便是有阴谋，你又怎知是我教的阴谋？嘿嘿，你奶奶的，这不是栽脏诬陷，又是什么？"

老艄公道："碧眼魔头，你休强辩，待我说出第二桩奇闻，你就抵赖不了啦！"步金吾忙问道："第二桩奇闻？又是怎么回事？"

老艄公道："西来禅师死后第二天清晨，少林寺弘远大师在禅房打坐，忽见窗台上飞来一只信鸽。大师认得那信鸽是西来禅师所养，料知禅师飞鸽传书定有急事。弘远大师正欲捉住信鸽取下书信。忽然间一人从树丛中跃出，一把将信鸽抓去。大师从未见过此人，心中一惊。想那弘远大师是何等身手？当即一把抓出，不料那人反手一掌竟将大师的掌力化解，转身飞快逃逸。大师一闪身追出禅房……"

柳寒峰插话道："谁人如此胆大，竟敢夺弘远大师信函？弘远大师武功卓绝，他岂不是在虎口拔毛吗？"老艄公道："可不是嘛！但那人身法极快，一转眼逃出了少林寺。弘远大师追到嵩山半山腰才将他截住。弘远大师一看，那人年纪四十上下，蓬头垢面，衣服又脏又烂，手上拿着一柄铁蒲扇，模样疯疯癫癫。

"弘远大师问那人，道：'施主为何取走老纳信函？请施主物归原主！'弘远大师不说那人抢去信函，却说他取走信函。步帮主、柳掌门，你二人同弘远大师有交往，皆知大师是有道高僧才会对那人如此客气。谁知那人非但不惧，反倒哈哈笑道：'老和尚胡说八道！这封信，我是从你手里夺取的吗？'弘远大师道：'那倒不是。'

"那人道：'既然不是。何以见得此信是你老和尚的，不是我的？'

"弘远大师道：'那信鸽是老纳好友西来禅师放飞过来的，鸽子身上信函自然是给老纳的。'

"那人却嚷道：'老和尚瞎说！你说此信是那西来和尚给你的？我瞧这只鸽子分明是我那相好姘头养的。鸽子身上的信，明明是我那姘头写给我的情书，老和尚你来同我瞎争什么？哈哈，一个出家人同俗人争情书，真不害臊！'"

童三界哈哈大笑道："少林寺老和尚同俗人争抢情书，这在佛门可算得是一桩奇闻轶事！啊哈哈，妙，妙！"

老艄公不理童三界，接着又道："弘远大师听那人胡说八道，也不生气，仍然心平气和说道：'阿弥陀佛！施主强词夺理了。此信倘若是写给施主的，那信鸽应当飞到施主住所才是，怎会飞到老纳窗台上来？'"

柳寒峰赞道："弘远大师涵养真好，问也问得好！那人一定答不上来罢？"

老艄公摇头道："柳掌门，那人是市井无赖，怎会答不上来？他听了大师之言，却忽然捶胸顿足大叫道：'啊呀呀，大事不好！大事不好！这信鸽飞到你老和尚窗台上，准是我那姘头暗中与你老和尚勾搭，偷偷摸摸写情书给你，给老子戴了一顶绿帽子！啊呀，气死我了！气死我了！'"

童三界哈哈大笑，道："少林寺老和尚勾引别人的女人，叫人拿住了物证。这一回，老子看那少林寺和尚如何狡辩？"

老艄公冷冷道："碧眼魔头，你胡说八道频频打岔，是怕老汉说下去，揭穿你摩尼教的阴谋吗？"童三界道："老子怕你说下去？哼，笑话！我教有什么阴谋，你只管往下说，老子看你还有什么屁话！"

老艄公又道："弘远大师不与那人一般见识，双手合十道：'阿弥陀佛！罪过，罪过，施主休得打诳语！'那人道：'你说我打诳语？那好，让我看看，我那妍头在这信上给你老和尚写了什么烂话。'

"那人说着动手拆信。弘远大师道：'施主休得无礼！'那人道：'什么有理无理？你老和尚勾引我的妍头，给老子戴上一顶绿帽子，难道还有理？老子查获你二人偷情证据，难道还没理？嘿嘿，天下哪有这般道理！你这少林寺老和尚偷女人犯了佛门戒律，难道还大大的有理吗？'

"那人说着，同弘远大师动起手来。那人虽然疯疯癫癫，武功却高，同弘远大师斗了数十招竟不落下风。少林寺众僧闻讯赶来，那人见势不妙，胡言乱语道：'罢罢，老和尚，你倚仗少林寺人多势众，强夺老子妍头，老子认栽！你两人这封偷情书信，老子也不要啦！'他说时将手一扬，用内力将那信化成碎片撒上空中。手中铁蒲扇一扇，片片碎纸如暗器射向少林群僧。趁众僧避躲之际，那人便逃下嵩山。"

童三界得意道："张老哥好手段，夺了老和尚书信，进出少林寺，说来便来，说去便去！下次遇上张老哥，我要请他好好喝几杯酒！"步金吾不知童三界说的"张老哥"是何许人，忙问老艄公，道："少林寺可查出此人是谁？"

老艄公道："不用去查，少林寺方丈弘无大师闻讯赶到，听说此事经过，神情凝重道：'原来是这魔头！'弘远大师问道：'师兄，此人是谁？'弘无方丈道：'此人是魔教伏虎尊者张敖！'方丈叹道：'唉，想那西来禅师飞鸽传书定有紧要之事。书信被毁，信中内容我们不得而知了！'

"方丈正叹息，却见有僧人从地上拾起一张纸片，道：'方丈请看。'方丈接过纸片，只见上面写着'魔教与金国'五个字……步帮主、柳掌门，你们想想这五个字后面会是什么字？

"依老汉推测，后面一定是勾结二字！碧眼魔头，你教同金国勾结，还会有什么好事？定是要图谋我大宋，图谋我中原武林！这不是阴谋又是什么？"

童三界"呸"一声，道："仅凭那西来秃驴信上只言片语，你便说我教同金国勾结有阴谋。老子偏要说那几个字后面写的是，我教要帮助大宋抗御金国！西来秃驴接下去写的话是，劝你们少林寺和尚同他一道为金国卖命，一同对付我教！你奶奶的，这种血口喷人勾当，谁不会干？"

老艄公不同他争辩，又道："张敖逃逸少林寺不久，江湖上接连发生几桩大案。一桩是燕山九龙门拒不归降魔教，掌门人燕北大侠武泰及弟子皆被魔教诛杀。据说带人剿灭九龙门之人是一个愁眉不展的老道，外号叫什么'愁道人'。"

童三界高兴道："武泰被我教诛心尊者愁道人杀了吗？哈哈，杀得好！杀得好！武泰那厮在幽燕一带作威作福，干了不少见不得人的勾当。老子早就想取他性命，碍于没工夫到燕山去。哈哈，'愁道人'将他杀了，好极，好极！"

张去病一听老艄公说魔教同金国勾结，藏着图谋大宋的阴谋，他大吃一惊。心想：决不能让魔教阴谋诡计得逞！我得想法子助两位掌门人把童三界捉住，弄清魔教阴谋，禀告朝廷严加防范。

适才，他被童三界衣袖拂去撞到岩石上伤得不重。他背靠岩石，服下一粒吴姥姥给的疗伤药"摩尼八仙丸"。此时行动已无大碍，只是真气还有些涩滞，不禁心下佩服"摩尼八仙丸"的疗伤神效。又听老艄公继续道："还有这半年来，峨眉、武当、泰山、昆仑等门派弟子行走江湖，常遭魔教围攻，几派弟子非死即伤，眼下步帮主和柳掌门又遭这碧眼魔头暗算。这一桩桩变故，定同魔教那个阴谋大有关联！"

步金吾和柳寒峰听到此处心惊不已。他二人为比武，闭关练功，竟不知江湖上发生许多事。此时听老艄公逐一道来，二人吃惊不小。两人隐隐觉得魔教确在暗中策划一个大阴谋！惊觉之下，二人急盼赶快恢复功力。可是真气仍是不能凝聚，两人不由心急如焚。

忽然间，只见童三界跃起身来，长声一笑，道："他奶奶的，老子马上送你三人去见阎王！就算你们知晓我教有什么阴谋阳谋，哈哈，也只有去对阎王爷说了！"三大高手没料到竟是童三界先恢复功力，都大惊失色。童三界扬起手掌，嘿嘿嘿冷笑着，朝着三人缓缓走去。步金吾叹道："上天不保佑咱们。碧眼魔头，要杀要剐，你动手罢！"

童三界哈哈大笑道："他奶奶的，老子只说一招制住两大掌门人，这份战绩在武林中空前绝后，哪知又顺带打倒一位高手！哈哈，我一人击毙三大高手，这战绩，除了老子，江湖上谁人有过？明日这消息便会传遍江湖，大长我摩尼教威风！"

他扬扬得意地走到柳寒峰面前，抬起手掌欲击毙天山派掌门人。柳语惊恐叫道："你这恶人，不许伤害我爹！"她穴位被封住，动不得，眼里射出极度愤怒神色。

童三界道："丫头，看在你娘分儿上，我不伤害你！"他伸手将柳语提到一边。柳寒峰喊道："语儿快走，莫管爹爹！"他救女心切，忘了柳语的"环跳穴"被封住走动不了。

柳语大哭道："爹，我不走。大恶人杀我好了，别伤害我爹！"童三界不理柳语，手掌一扬正要将柳寒峰击毙。忽听有人一旁冷笑道："童大摩尼吹牛皮！你这战绩是假的！"

童三界回眸一看，却是张去病在冷笑。喝道："臭小子，你胡说八道什么？你睁眼瞧瞧，这三人不是被老子打倒在地吗？你敢说老子吹牛？"

张去病道："适才我昏迷一阵，没看见这三人是你打倒的。叫我看，你连我都打不过，绝无可能打败他们三个高手！你若不信，咱两人斗一斗！"步金吾、柳寒峰、老艄公、柳语四人看见张去病忽然站起身来挑衅童三界，都大为诧异。适才分明看见童三界用袖劲将张去病击倒，心想那劲道是何等凌厉，张去病即便不死，也受重伤。没想到片刻之间，他便站了起来，还敢出言挑战。四人困惑不解，却又为张去病担心。

柳寒峰道："小兄弟，你莫蹚这趟浑水，枉送性命！"步金吾道："小兄弟，你的好意，咱三人心领了，快下峰去罢！"

昨日柳语才同张去病相识，不知他会武功，更是急道："去病哥哥，你不会功夫，打不过这恶人，你快走！"听见三人劝阻，张去病心想：离开落霞坪时，何夫人说我武功不高，叫我行走江湖不可随便用武功同人交手，以免别人误认为我武功高强，对我下毒手。可是眼下，童三界要打死这三人，我岂能见死不救？顾不得许多，只得豁出命去了！

他心念动罢，道："各位前辈，语儿，你们别担心。我练过一门高深武功，专门克制童大摩尼功夫，你们放心，若是讲打，他是打不过我的！"一听张去病此言，童三界鼻子都气歪了，吹胡子瞪眼喝道："臭小子，你说你练专门克制我的功夫？你说老子打不过你？哼，我知道，你想救他们三人便用言语激我。你等着，老子毙了他们，动一个指头便取你小命！"

张去病笑道："语儿你瞧，我说得对吗？童大摩尼自知不是我对手，心中害怕，不敢同我动手，找借口逃命。哈哈哈！"

童三界怒不可遏，呼地一爪抓向张去病。他只道这一爪必定要了张去病性命，耽误不了他击毙柳寒峰三人。岂料他出手抓去，张去病竟疾闪到一旁使他一爪抓落空，童三界不由一愣。他这一招"幻阳血爪"凌厉异常，便是江湖高手也难避开。没想到张去病轻易一闪便从他爪下逸开去，着实叫他大感意外。他又疾扑上前一连抓出两爪。右手一爪抓向张去病左肩。他算准张去病要躲开这一爪，只能后跃或往右闪避。他左手抓向张去病的前胸，叫张去病躲无可躲。

哪知前一把抓出，张去病古怪地一扭身，飞快转到了他身后，他后面一爪完全派不上用场。他不转身忽地倒拔上空中，一爪朝张去病头顶抓下。这一爪迅如雷电，凌厉力道笼罩两丈之内。别说张去病被抓中，便是被那雄浑劲力扫到身上也难幸免，三大高手惊得"啊哟"一声。只见张去病往前一扑，如箭矢激射出去三丈开外，右脚在一块岩石上疾点一下，身子飘然落地，姿态优美飘逸。三大高手皆不由得叫声"好！"

此时步金吾、柳寒峰、老艄公皆看出张去病身负绝妙轻功，童三界要伤张去病颇不容易，心稍放下一些。柳寒峰等人心知，张去病同童三界游斗在为他们恢复功力争时间。但童三界精明过人，瞬间便会醒悟。他三人须激怒童三界同张去病多斗一会儿以便恢复功力。

步金吾忙道："柳掌门，适才你听有人吹嘘，什么'碧眼如电爪擒蛟'豪言吗？兄弟愚钝，却不知这是什么意思，还望柳掌门赐教。"

柳寒峰会意，忙道："步帮主过谦了，赐教二字，柳某岂敢当！不过据柳某所知，这是童大摩尼说他那'幻阳血爪'端的厉害，他下海去擒拿蛟龙什么的，一准是手到擒来！"

步金吾道："啊呀，如此说来，童大摩尼武功天下无双喽？可是眼下，他为何擒不住一个黄口小儿呢？这叫步某有点儿不明白！依我看，童大摩尼这句胡吹大气的豪语，须得改上一改！"老艄公接嘴问道："步帮主，怎么改？"步金吾道："应改作'碧眼如豆爪擒鼠'，才与童大摩尼的武功般配嘛！"

张去病迈着"蹑云步"躲过童三界三招凌厉攻击，心中怦怦直跳。一听两位掌门之言，哈哈大笑道："碧眼摩尼功夫太稀松平常，恐怕连老鼠都擒不着！大伙瞧着好了，在下不用出手，童先生也奈何不了我！"

童三界气得大吼一声，猛张双臂向张去病扑去。张去病猫腰一闪钻进乱石丛中。童三界追进乱石丛，二人在乱石之间追逐起来。那些乱石几丈高，形态各异，大小不一，犹似一片石林。倘若在平地，张去病内力弱，体力不支难逃出童三界之手。然而在这乱石丛中，张去病迈开"蹑云步"穿行如鱼得水。童三界追张去病，要分神避开乱石，哪里追得上？一连追了好几圈，仍是追不上张去病。童三界怒火冲天双手疾抓，却连连抓到乱石上，只听"砰砰"声响，岩石被他抓得石屑飞溅。

柳语看见张去病在石丛中疾奔，紧张得瞪大眼睛，一颗心提到嗓子眼。三大高手却看得啧啧称奇。只见张去病在乱石中奔行如履平地，无论奔到什么险急之处，他那神奇步法总能化险为夷。有时明明看到张去病逃到死角再无去路，让人为他捏一把汗。却见他古怪地一变身法妙步迭出，绝处逢生。看见张去病步子如行云流水，奇妙至极。三大高手不禁心下赞叹：世间竟有如此高妙轻功！

童三界追了一阵，心想这小子不知从哪里学得这奇怪步法，我一时追他不上，别误了大事。他猛然收住脚，喝道："臭小子，老子不上你当。我先毙了这三个老东西，再收拾你这小东西！"说罢，转身扑向三位高手。

张去病瞧见情势危急，无暇思索，身子一晃挡住童三界，左手呼地一掌拍出。这一掌是"日月双悬"的阳掌，掌式大开大合，劲势汹涌。童三界没想到张去病敢出手攻他，忙出手招架。岂料同一瞬间，张去病右手也一掌拍来，使出"日月双悬"的阴掌，拍得轻柔飘忽，掌力吞吐不定，暗藏着多种厉害后招。

童三界瞧见一愣，他虽是头一次见到此掌法，却看出其中厉害，忙后退一步，觉得张去病掌法稀奇罕见。张去病踏步上前，又拍出一掌"颠倒山河"。左掌忽如灵蛇吐芯，快速直拍童三界右肋，右掌缓缓劈向童三界左肩。两掌一阴一阳，配合得天衣无缝，暗伏十一种厉害杀招。童三界又是一愣，不知如何接招，又后退一步。

张去病接连使出"天地易位""倒转山河""两仪相反""八卦错生"四掌八招。童三界接连后退了四步。童三界不出手，一是这四掌八招暗伏多重杀机，唯恐一招失手被这少年折了名头，在三大高手面前丢人现眼。二是"太极阴阳掌"太过神妙，他忍不住要看个仔细。三大高手在旁也看得暗赞不已，却又十分担忧，倘若童三界出手接招，凭这魔头那雄厚内力，张去病必定危险。

只听童三界道："小娃娃，你掌法精妙，可惜内力太差。你要再练二十年，才是我的对手！"他呼地一爪抓出，挟着一股巨大炙热力道向张去病撞去。张去病适才吃过被他衣袖拂伤苦头，忙迈开"蹑云步"闪到一块岩石后，背上被那力道扫了一下，哇地吐一口鲜血扑倒在岩石上。

童三界狞笑一声，纵身过去欲取张去病小命。忽觉背后有掌力猛击过来，他急忙回掌迎敌，那人却撤去掌力后跃开去。他一看偷袭之人，竟然是老艄公，不禁心中微惊，心道："适才我一爪虽没抓到他手臂穴位，按说他也要一刻钟方能恢复功力。片刻之间他便能复功，这老儿功力不弱，倒不可小瞧他！"

老艄公朗声道："碧眼魔头，你欺凌一个小孩子算什么本事？老朽听说四大摩尼个个武功卓绝，今日向碧眼摩尼讨教几招！"他说时右掌一划，倏地拍向童三界头顶。朗月之下，只见老艄公手掌泛出银辉，宛如白银打造甚是罕见，在场之人都十分惊讶。柳寒峰和步金吾一见那泛着银辉的手掌，同时叫道："银掌先生！"

原来，江湖上有一对兄弟武功奇异。兄长叫左岗，弟弟叫左丘，两人年轻时得异人传授，学了一身怪异功夫。那左岗与人打斗时手掌泛出金色，被人称为"金掌先生"。左丘出手时，手掌变成银色，人称"银掌先生"，江湖上将二人合称为"金银二老"。

柳寒峰步金吾与"金掌先生"左岗有几面之缘，却没见过"银掌先生"左丘。此时一见老艄公手掌泛出银色，料定是那"银掌先生"左丘，故叫出声来。老艄公正是左丘。此时只见他一掌拍出，银掌挟带摄人心魄金属声响。童三界出手隔挡，只听"呛"的一声，犹如碰到一只沉重无比的真银掌。童三界道声："好！"五指疾张抓出，五根手指变得血红，宛如玛瑙，指尖上似乎要滴下血来。

柳寒峰惊道："左二先生，小心他的'幻阳血爪'！"左丘手臂一探，银掌同血爪相接，又听"呛"的一声脆响，如同金石相碰发出响声。左氏兄弟金掌和银掌各有不同。左岗使金掌锋利如上古神兵，掌缘能切金断玉，左丘使银掌如巨锤大斧能开山劈石，威力极大。江湖中人同"金银二老"交手，如无上层武功，难接下他们一招半式。

此时银掌同血爪相碰，左丘和童三界都暴退两步，各自看了看手掌。左丘一看手掌无碍，扑上前又拍出一掌。童三界毫不闪避，猛张五指抓向左丘银掌。银掌一旋竟然转个弯攻童三界手腕。童三界变招极速，手腕一拱五指忽然变爪，抓向左丘掌心。一时间两人斗了十几招。"呛呛"之声不绝，如钹镲急响。

斗到第三十四招时，童三界忽然喝道："叫你识'幻阳血爪'的厉害！"他双手连环抓出，漫天爪影将左丘罩住。月光之下，只见童三界双爪时而红如火炭，时而黑如浓墨，极是怪异，五指上激射出一股股内力令人忽感热浪炙面！步金吾和柳寒峰眼见童三界化作鬼魅般缠绕左丘出招。看得心头大震。先前两人忽遭暗算，未见到童三界施展武功，心中颇为不服。此时一看童三界武功如此怪异卓绝，二人不由得为左丘担心。他二人不知，这"幻阳血爪"在《玄秘宝典》上排位第八，是摩尼教名列前茅的功夫。按照教规，历代教主只传给一位大摩尼，实是天下厉害武功之一。

修炼此功之人，先要在火山洞里吐纳地心之热力，将它化为炽热内力，尔后要在寒冰洞里吐纳万年寒气，把炽热内力练到极至，转化为寒热内力。如此苦练三年方能大功告成。此怪异内功配合三十六式"幻阳血爪"，将寒热内力从指上射出，忽冷忽热如针灸刺入穴位，着实叫人难以抵挡。

左丘和童三界打斗既要防被他抓伤，又要防被他寒热内力点中穴位，一时接应不暇，只得连连后退。电光石火间，猛听童三界大喝一声："着！"只见左丘一个踉跄摔倒在柳寒峰身上，喘息道："'幻阳血爪'果然厉害！"便在此时，一片乌云飘来遮住月光。左丘趁黑暗遮掩，伸掌贴在柳寒峰"气海穴"上。柳寒峰立觉一股浑厚真气冲入体内，恍然省悟：原来左丘倒在他身上是假装败落迷惑童三界，暗中为他解穴，不由暗赞道："左二先生心计好生了得！"他身上被封穴位被真气一冲立即解开。

却听童三界哈哈笑道："你老儿这'破铜烂铁掌'不管用……你便是那什么'银掌先生'左丘罢？"左丘道："正是老朽。"童三界又道："我在西域听说中原有什么'金银二老'，早想会一会。倘若'金银二老'一齐出手，或许同童某好好斗上一斗。今日你一人不但救不了他二人，只怕还要赔上你这条老命！"

左丘道："童大魔头，你要取我老命只怕不易！柳掌门，你说是不是？"柳寒峰道："我看，倒是童大魔头性命有些难保。"那"保"字出口，柳寒峰和左丘同时跃起，两人一前一后对童三界形成夹击之势。

童三界先是一惊，遂又镇静笑道："左老儿，你手段高明得很哪！适才我一爪并未抓实，你便倒下，我还道你先前被我抓了一爪元气尚未恢复，才如此不堪一击。岂料你是诈败救人，嘿嘿，佩服、佩服！"说毕，他突然跃半空，双爪抓向柳寒峰的头顶。只听"砰"的一声，柳寒峰接下童三界一爪，身子晃了晃。左丘正要出手，却见童三界在空中一旋身子，掉头跃下峰去，甩下一句骂语："两个老儿以多取胜，好不要脸！老子不奉陪了！"适才童三界一看上当，心想若不快走，待会儿步金吾恢复功力，三人围攻我一人，老子只怕要翻船！当即抽身逃走。

柳寒峰走到步金吾身旁，道："步兄，被封穴道是何处？"步金吾道："'章门穴'与'腹结穴'。"柳寒峰出手在步金吾腹间一拂，步金吾气血顿畅，一跃而起骂道："可恶碧眼贼！他日须找此贼算这笔账，方消老夫胸中恶气！"

两人拱手对左丘道："多亏左二先生出手相救！"左丘抱拳还礼道："区区小事，二位掌门人不必挂齿！"柳寒峰道："前日，柳某坐左二先生船过河，竟然不知阁下便是名动江湖的'银掌先生'。柳某眼拙，实在该打！"

步金吾哈哈笑道："柳掌门不识左二先生，尚情有可原。步某同左大先生交情非浅，那日我也乘左二先生船过河，竟然没将左二先生认出来，哈哈，我步金吾才真是该打！左二先生，左大先生近来安好？"

左丘道："谢步帮主挂念，家兄尚还清健。"又道，"二位掌门人扬名四海，可惜老朽一直无缘得识。那日先后渡两位掌门人过河，见你们仪表堂堂，不怒自威，我猜想二位定是大有来头之人，却又不便妄自同二位攀谈，没想到你们正是老朽要寻找的人！"柳寒峰忙道："丘二先生找我二人，不知所为何事？"

左丘道："老朽奉家兄之命，此次前来找两位掌门人。是因一月前，家兄接到少林寺弘无方丈书信。那信上说，自从魔教白无极现身中土抢夺达摩石之后，这些年魔教高手频频到中土武林挑起事端，似有阴谋要对我中土门派不利。方丈吁请各门派密查魔教图谋，共商抗魔大计，不知两位掌门人可接到弘无方丈书信？"张去病听到"白无极"三字，顿时想起白无极孤傲冷峻的面孔，心想时间过得真快，我在落霞坪治病、练功这些年，魔教高手竟然闹出这么多事来！

却听柳寒峰道："一个月前，柳某已下天山，走时尚未见到少林寺方丈信函。"步金吾也道："步某隐居深山练功，亦未接到弘无大师书信。"

左丘道："书信想必已送达天山和丐帮总舵，二位掌门人回去便可见到。家兄接到书信后，一面差我来给二位掌门人报信，一面暗查魔教有何图谋。一月前我在江西一家酒店里饮酒，看见店里坐着一个驼背老者。此人老态龙钟，酒量却天下罕见。他独坐一桌面前放着几罐好酒，一碗接一碗狂饮，手里抓着牛肉大口咬下，片刻之间便将几罐酒喝光。他举碗顾盼时英华内敛，偶一睁目，却碧眼如电！老朽一惊，心想此人是位罕见高手，却想不出我中土武林有谁是驼背之人。

"老朽望见他那双绿色碧眼，猛地想起江湖上有一句'碧眼如电爪擒蛟'传言，心想这驼背老者莫非是魔教碧眼摩尼？等他出了酒店，我暗中尾随跟踪，一直从江西跟他来到这'望郎滩'头，瞧见他昨日在神女峰上踩点，不知他有何勾当。今晚老朽晚来一步，没料到他竟然暗算两位掌门人……"

左丘其实没晚来。他把小船划到山下，看见张去病和柳语上山后，他绕到另一侧登山上峰顶，只见柳寒峰和步金吾，不知童三界潜伏何处，他便藏起身来观察动静，却无意间听到柳寒峰和步金吾的隐私。他正寻思如何化解二人争斗，岂料突然间童三界偷袭两位掌门人得手，要取二人性命，他急忙现身相救。此时说"晚来一步"，表明他未听到两位掌门人隐私，不让二人难堪。

步金吾叹道："都怪步某意气用事，一时粗心大意，让那碧眼贼有机可乘！"

左丘道："童三界暗算两位掌门人，看来是要丐帮和天山派群龙无首，为魔教进犯中土武林除去两大强敌！二位掌门人，为武林安危大计，老朽有个不情之请……"

步金吾和柳寒峰忙道："左二先生请说。"左丘道："老朽恳请两位掌门人携手抗魔，望柳掌门步帮主给老朽一点面子。"

柳寒峰与步金吾为私怨争斗，险些丧命童三界手上，二人已后悔不迭。此时听左丘劝和，柳寒峰忙道："柳某这条命是左二先生救的，自当听左二先生的吩咐。"转过头对步金吾道："步兄，柳寒峰过去多有得罪之处，柳某向你赔个不是，我两人以往过节，从此一笔勾销，如何？"

步金吾道："柳兄你说什么？你我过去之事，步某人已一概记不得了！"说罢，两人哈哈大笑。

左丘见两人冰释前嫌，高兴道："多谢两位掌门给老朽面子，这就告辞了！"说罢，走到张去病面前，道："这位小兄弟，你刚才冒死救我们三人性命。你叫什么名字？老朽要好好谢你！"

张去病道："晚辈这点微末本事哪里救得了三位前辈？是三位前辈智谋高明，赶跑童三界。我名字无关紧要，不说也罢。"

步金吾赞道："自古英雄出少年。小兄弟，你人品好，武功很俊啊！你师父是谁？"

张去病道："我师父是位世外高人，未经他老人家允许，我不便提及他老人家名号。"

左丘道："小兄弟，适才若没有你与童三界缠斗，延阻他对我三人下手，我们性命恐怕已丧在魔头之手。大恩不言谢。后会有期，老哥先走一步了！"说罢身子一晃消失在暗夜里。

步金吾上前道："小兄弟，老哥不知如何谢你！日后你的事，便是老哥的事，便是丐帮的事。你有何事，尽管对我丐帮兄弟说，老哥哥不会有半点含糊。我也告辞了。"

柳寒峰道："步兄请留步。冰姬有一遗物赠予步兄。"说时从怀里摸出一只玉簪递给步金吾。步金吾接着一看，那玉簪通体碧绿透明，上面刻有赠语："金吾大哥存念。"步金吾拿着玉簪良久不语。这支玉簪是他当年送给冰姬定情之物，上面本来无字，没想到冰姬保存完好，还刻下赠语还赠予他。显然多年过去，冰姬芳心并未将他忘怀。睹物思情令他百感交集。

柳寒峰叹道："步兄，冰姬虽视我二人为知己，但她心中始终将二人当作兄长。唉，她那颗芳心一直系在那碧眼贼身上！"

步金吾凝视玉簪，苦笑道："柳兄，那碧眼贼有句话说得不错，不论冰姬把我们当作什么人，只要她高兴，我们应当高兴才是。倘若她芳心系在碧眼贼身上，她高兴，我们又何必不能释怀？想当年，武林中崇拜冰姬的英雄豪杰何止千万，冰姬能把你我二人视为兄长，步某也知足了！哈哈，就此告辞！"笑声中，身形跃起犹如一只鸟滑翔下峰去。

柳寒峰望着步金吾的背影，赞叹道："此人闻过则改，真乃英雄本色！"他转身为柳语解开穴道，沉下脸道，"你这丫头，谁让你下天山的？"

柳语笑道："没有谁啊，我趁克里木叔叔他们不注意，便偷偷下天山玩玩。没想到一阵闲逛便逛到中原来了。"

柳寒峰道："一个小丫头到处乱跑，出了事，爹怎向你娘在天之灵交代？"柳语撒娇道："爹，人家都长大了，还不许下山玩玩嘛！"

柳寒峰叹道："自从你娘去世，你这丫头越来越任性了！"转过身来对张去病道："小兄弟，你不顾个人安危，挺身而出救我们，大有侠义风骨！你是语儿的朋友吗，叫什么名字？"张去病被夸得满脸通红，尚未答话，柳语抢说道："爹，他叫张去病。"

柳寒峰一听，惊喜道："小兄弟，你叫张去病？"张去病点点头。柳寒峰道："老夫听说，那岳元帅外孙也叫张去病，你是岳飞元帅外孙吗？"张去病又点点头。

柳寒峰道："老夫平生最佩服岳元帅英雄神武，忠义千秋，你外公最令老夫心仪！张公子，此地非说话之处，咱们下山去罢。"说时左臂托起柳语，右臂托起张去病，携着两人奔下山峰。

三人下到山脚，天色已亮。柳寒峰带着他们奔出一程，来到一个小镇上。三人走进一家客店，柳寒峰叫店伙计送来三碗面，一边吃面，一边叙话。柳寒峰道："老夫听江湖上传说，几年前，张公子在汤阴县河畔被那杜百年救走，后来公子去了哪里？"

张去病道："晚辈被杜伯伯救走，后来又与他离散……"他把遇到凌霄老人，到临安城上坟，怪病发作被人所救，遇到柳语等经过略说一遍，只是省去达摩石和赵无痕之事不提。

柳寒峰听罢叹道："张公子身患怪病，家遭大难，小小年纪流落江湖，真是命运多舛！所幸公子得到凌霄老人真传，假以时日必成大器。不知公子今后作何打算？"张去病道："晚辈要去回春谷找药王治病。"

柳寒峰道："眼下江湖上纷纷传言，凌霄老人抛给白无极的达摩石是假的，说只有公子知道达摩石下落。眼下各大门派在寻你，邪魔歪道也在找你，你一人前往回春谷途中实在险恶！老夫本想陪你走一趟，却又担心魔教趁虚而入对我天山派下手。公子不如随我去天山，我派高手护送公子去回春谷治病，你看如何？"

柳语高兴道："去病哥哥，去天山吧！天山好玩极了，有托木尔峰，有博格达天池，有美丽大森林，有天鹅湖，有温泉，还有辽阔大草原，我领你去玩个痛快！"

张去病摇头道："多谢柳掌门和语儿美意。我身负国恨家仇，须尽快去回春谷把病治好，早图报仇大计。路途上无论多么凶险，晚辈也要闯它一闯！"

柳寒峰见张去病去意已决，便从怀里摸出一物递给张去病。张去病接着一看是朵玉雪莲。柳寒峰道："这玉雪莲是老夫在江湖上的信物，公子将它带在身上。你去回春谷，药王若是治不好你的病，你便去少林寺拜见弘无方丈，把这玉雪莲呈给他老人家，求他用少林神功'易筋经'为你治病。弘无方丈同老夫交情不薄，他见到玉雪莲定会答应你所求。"说罢，又从怀里摸出几大锭银子运功捏成碎块。

柳语急道："爹你别抠门，把银子全都给去病哥哥嘛！"柳寒峰笑道："傻丫头，你道爹小气吗？爹将银子捏碎，张公子在路上才好花用。他若大锭银子出手，会惹江湖歹人见财起意招来麻烦。"说着将银子交给张去病。张去病把玉雪莲和银子放进怀里，躬身道："多谢前辈厚赠！"

柳寒峰笑道："公子救了老夫一命，这算什么厚赠？你外公写那首《满江红》说'三十功名尘与土。'我柳寒峰不做官与功名无缘，却也视钱财如粪土。我送你一点臭不可闻的粪土，你谢我做甚？哈哈哈……语儿，咱们走罢。"柳寒峰到柜台结了账，带着柳语和张去病出了客店，来到镇口拱手道："张公子，咱们就此作别，后会有期！"

柳语同柳寒峰走出两步，回过头来道："去病哥哥，你一路慢慢行走，保重身体！"说时暗对张去病眨了几下眼睛。张去病不明其意，心想这丫头搞什么鬼？他向柳语父女挥挥手，也不细想便朝南面大道上走去。

一路上，他逢人便打听回春谷所在。听说那回春谷在湖南武陵山里，他求医心切，不顾酷暑，每日急急赶路。走了数日，来到湘西天门山下小镇上。小镇有两条街道十字交叉，他忽然闻到一阵炒菜香味，便寻着香气寻去。行出不远，见当街有家饭店，他走进店内在一张桌旁坐下，正要叫店伙计过来，忽然隐隐听到一句："咦，王兄，你快看，这小子会不会是我们寻找之人？"

他心中一惊，目光斜瞟，看见靠里一桌有两人在交头接耳。他凝神细听，只听另一人道："小声点，莫打草惊蛇！据说那小子扮成姑娘，后又改穿男子衣衫，狡猾得紧。咱们莫搞错了！"

先前说话之人又道："你看住他，我去找人来辨认。"那人站起身来匆匆走出店去。张去病寻思：这两人是冲着我来的！他急思脱身之策，眼珠几转忙捂住肚子哼哼道："哎哟，哎哟！"

店伙计闻声过来，道："客官，哪儿不舒服？"张去病道："我肚子痛！啊哟，我要去方便……"店伙计道："客官请随我来。"伙计带着张去病走进后院，抬手一指道："茅厕在那儿。"张去病走进茅厕，听见店伙计脚步声离去，急忙走出茅厕纵身跃过院子矮墙，迈步奔出小镇。来到镇口他忽觉不妥，心想那两人若骑马追来，片刻便会被他们赶上，得先找个地方躲一躲。他举目一看路边有片树林，便钻进林子里隐伏下来。不大一会儿道上传来奔马之声。他扒开灌木一看，只见那两人打马奔在前头，另有两人紧随其后，四人催马从树林前疾驰而过。

等到四骑不见踪影，他才站起身来。刚要迈步出林，忽然又想：我穿这身新衣引人注目，得想法子换衣衫才成。他正思量，忽听身后有响声，吓了一跳，回头看去，见是一个农家少年从树林深处走来。那少年身穿粗布短衣，背上背着一捆干柴，突然看见张去病，也吃了一惊，脸上露出惊惧神色。

张去病心念一动，忙上前道："小兄弟，我不是歹人，不要害怕。我遇上贼人，你能救我一救吗！"少年看见张去病年纪同他一般大，面目和善，不像是歹徒，才镇静下来道："我如何救得了你？"

张去病道："咱们两人换衣衫穿。我穿上你的衣衫，叫贼人认不出我来，你便救了我。"少年犹豫道："这，这个不好。我用这身粗布衣衫换你的好衣衫，这不好。"张去病笑道："这个无妨。好衣衫我家里多得是。你救了我，我这衣衫便送给你了！"

少年面露喜色道："真的吗？日后你不找我讨回去？"张去病道："不会，不会。你放心好了。"少年大喜，放下背上柴捆，脱下粗布衣裳，张去病也将锦衣脱下，两人交换穿上。少年穿着张去病的衣衫，左顾右盼，欣喜道："这衣衫真好看，小兰见了一定喜欢！"

张去病随口问道："小兰是谁？"少年脸上胀红，扭捏道："小兰她……是我没过门的媳妇。"说时弯腰去拿柴捆，提起柴来犹豫一瞬，又将柴放下去，道："背柴要把衣衫弄脏，这如何是好？"

张去病见少年犯愁，扑哧一笑，道："这好办，柴火不要了罢！"少年摇头，道："不成，娘等着我打柴去镇上卖钱，换些油盐回去哩！"

张去病喜欢这少年纯朴，道："这柴我买了！"掏出一块碎银递给少年。少年不接银子，道："公子，这捆柴只值几文钱，要不了这么多银子！"

张去病笑道："小兄弟，你乐意救我，这点银子，除了给你柴钱，剩余的银子算是我略表谢意，望你收下。"

少年摇头道："我娘不许要别人的钱，这银子我不能要。"张去病笑道："小兄弟，你想不想买点东西送给小兰？"少年一愣，道："想啊！"张去病道："就是啊，快用这银子去给她买点礼物罢！"少年一听高兴道："谢谢公子！"兴冲冲地跑出树林。

张去病穿上粗布短衣走出林子，一看道上没人，又抓一把尘土抹脏了脸，才大步前行。刚走出一段路，忽见追寻他那四人又打马奔回来。他躲避已经来不及，只得硬着头皮迎面走去。眨眼工夫，四骑便奔到近前。只听当先一人说道："施香主，咱们一路找遍都不见那小子踪影，难道他上天入地了吗？"

那施香主道："我料他定是躲藏在附近，咱们分头去找！"看见张去病走在道旁，施香主勒住马，问道："喂，小子，你可看见一个身穿华服的公子？"张去病往岔路上一指，道："那位公子往这条道去了。"施香主道："快追！"带着三人朝岔路上追去。

骗过四人，张去病转身奔上另一条岔道，迈开"蹑云步"一口气奔出数里，不见有人追来才放缓脚步。此时已到午时，加上急奔腹中饿极，却看不见一户人家，想讨口水喝也不成。又行出二里地，前面出现一座土岗。他登上土岗，看见岗上开着一家饭店，不禁一喜快步走进店内。

一位店伙计迎上前来道："小哥，店内请坐！"这店伙计瘦小干巴，脸上五官挤在一起，像是被人捏皱的纸团。张去病一瞧店伙计，大吃一惊，暗叫道："糟了！这不是在湖南境内开黑店的小二吗？"他往店里一看，那个头像肉球，小眼睛深陷在肥肉褶里的胖店主，正在从头到脚打量他。这二人正是"百毒门"的倪东和戚北。

四年前，倪东和戚北在湘西道上开黑店，下迷药迷倒史乾、阿密罗、龙飞、穆兴和另外六位江湖高手。他二人长相奇特，张去病一眼便将他们认出来。他想转身退出店去又恐两人生疑。这二人浑身是毒，他不敢招惹，只得硬着头皮在一张桌旁坐下。

戚北哈腰问道："小哥，要吃啥酒菜？"张去病强作镇静，道："来一碟猪头肉，二两酒，一大碗米饭。"点了酒菜，他心里像热锅上的蚂蚁，急思如何脱身。

戚北下厨房去，片刻后送来酒饭。张去病哪里敢吃？他慢吞吞倒酒、慢慢擦筷子，又动了动凳子，额头上渗出一片汗珠，仍是想不出脱身的法子。正彷徨无计，忽听门外脚步声响，一位番僧走进店来。这番僧又高又瘦，鹰鼻鹞目，眼圈灰暗，脸罩着一层黑气，目光阴森吓人。戚北迎前问道："大和尚要吃啥酒菜？"

番僧走到一张桌旁坐下说了几句汉话，舌头生硬，吐字不清，张去病一句也没听明白，却见戚北点头道："明白了，大和尚要吃红烧蹄髈，爆炒腰花。"那番僧摇摇头，又叽里咕噜说了几句。戚北又道："哦，大和尚要吃油炸鸡腿，清蒸鱼丸。"番僧又连连摇头。

这一回不待番僧开口，戚北报出一串菜名，忽见番僧点头两下。戚北道："哈，大和尚原来要吃两样家乡菜！好，稍等片刻，小人这就上菜！"说罢，转身下到厨房里去。

张去病心下好奇，不知那番僧点的什么菜？待到戚北端上菜来，他抬眼一看，原来是一盘卤牛肉，一碟花生米。他心想这胡僧要吃牛肉？莫非是个不守戒律的酒肉和尚？他正思忖，却见番僧望着那盘牛肉，神色大变，忙合掌闭眼，小声嗡嗡念诵经文。戚北将酒菜摆好，笑嘻嘻道："大和尚吃好！"

戚北话未说完，番僧忽睁圆双眼，手指牛肉，大声嚷嚷，神色愤怒已极。戚北一愣还未明白怎么回事，番僧反手一掌将他打倒在地。戚北跃起身来，又惊又怒挥拳扑向番僧。忽听倪东呵斥一声："住手！"

胖店主倪东从柜台内跃出，伸手拦住戚北，满脸赔笑对番僧说道："大和尚息怒。店小二伺候不周，我给你赔礼了！"转头对戚北使个眼色，道："我问你，客人为何生气？"戚北手捂被打肿的脸，道："这胡僧不吃鸡鸭鱼肉，我看他是番僧，想那番人喜食牛羊肉，便给他上一盘卤牛肉，不料这秃驴竟然撒野打人！"

那番僧怒吼道："佛爷不是番僧，佛爷是天竺高僧！牛是我天竺国神物，你这厮竟然让佛爷吃牛肉，罪过，罪过！"奇怪，番僧这一发怒，汉话竟说顺溜许多。倪东和戚北一听愕然。他二人从未到过天竺国，不知牛在天竺国被奉为神明，莫说宰杀烹食，便是鞭打驱赶也是罪过。戚北端来牛肉给这天竺僧人吃，实是犯了天竺人大忌。

倪东忙赔笑道："店伙计不知天竺习俗，冒犯了大和尚。俗话说，不知者不为过。大师是有道高僧，请不要生气。"天竺僧人听了此话，脸色缓和下来。倪东叫戚北去端来两样佛门素食，一场纠纷才算平息下来。

天竺僧人倒满一杯酒，一饮而尽。抹抹大胡子，抓起一块卤豆腐干放入口中大嚼。张去病暗替那天竺和尚着急，心道："这胡僧不知他俩是'百毒门'高手，刚才又打那小二，他俩八成在这酒菜里下了毒，胡僧吃了可要倒霉！"可他不敢揭穿，只想赶快离开这是非之地。他站起身来要去柜前付账，倪东见他未动桌上酒菜，问道："小哥为何不吃酒饭，便急着要走？"

张去病道："我的肚子忽然不适，不想吃了。多少钱？"倪东："十文钱。"张去病从怀里摸出十个铜钱放到柜台上。倪东收下，阴笑道："小哥走好！"便在此时，忽听"砰"的一声闷响。张去病吓了一跳，回头一看，见那天竺和尚仰面倒在地上昏了过去。他知情不妙，想快步走出店门，岂料一脚迈出，犹如踩在棉花堆上，步子虚浮不稳，两眼一黑也晕倒在地上。

过了一会儿，猛觉浑身一激灵，他睁开眼来。瞧见自己同那天竺和尚都被捆住手脚，身上衣衫被冷水浇透。倪东和戚北正在大骂那天竺和尚。戚北骂道："妈的，你这臭秃贼不知天高地厚！你敢打大爷，老子叫你尝尝厉害！"说时挥拳要打番僧。

倪东道："师弟且慢！等师哥教训这秃驴一顿，你再揍他！"他笑嘻嘻对天竺和尚道："大和尚，小店酒菜可口吗？按照小店的规矩，像你这种瘦干巴家伙，皮厚肉粗，做不了人肉包子馅，也当不了炒菜肉料，老子通常是一刀宰了，便将尸体沉入店后水塘里了事。

"可你这臭和尚挑食不说，还敢出手打我师弟。你可知你打的是什么人？嘿嘿，老子们是"百毒门"好汉！这位爷是江湖上大名鼎鼎的'白毒枭'戚北，老子是'黑毒枭'倪东。这位戚爷要你死得有趣，老子才破例，没一刀宰了你这秃驴！"

天竺僧神情木然望着倪东。仿佛听不懂倪东的话，张去病却暗自纳闷，我没吃一口菜，没喝一口酒，没吃一口饭，什么都没吃，怎会着了他二人的道儿呢？

倪东又道："老子看出你这胡僧身怀武功，又很奸诈。你吃酒时偷偷服下一粒解毒药丸，你当我不知道？嘿嘿，你防着酒菜里的毒药，可没防着我'百毒门'的'一忘香'！"说时，得意扬扬地指了指桌上的驱蚊香。张去病这才明白，原来是这蚊香散发毒气将他二人毒倒。

倪东对戚北道："师弟，不用揍这秃驴，你将咱们'百毒门'仙药给这胡僧尝一点，让他痛得死去活来，那才解你心头之恨哩！"

戚北拍拍脑门，说道："他娘的，小弟给这秃驴气昏了头，忘了这厉害一招！"说着伸手捏开天竺僧的嘴，食指轻轻一弹，将一缕粉红粉末弹进他口中。

倪东对张去病道："小娃娃，你的肉又细又嫩，是做肉包子馅上好材料。我来问你，想死还是想活？"张去病道："那还用问吗，我自然是想活！"倪东将手掌摊开，道："想活吗，快把那东西交出来！"

张去病道："你让我交什么东西？银子吗？我身上银子不多，你要全拿去好了！请二位爷放了我。"

倪东笑道："哈哈，你身上银子，老子不客气早就全拿了！我要你交出另一样东西？"张去病道："你要我交出什么东西？"倪东道："交出达摩石！"张去病装作不知，道："大爷要的是宝石吗？小人可没有。小人是种田的，从未有过什么宝石。"

倪东哈哈一笑，道："张公子不要演戏了，你在前面道上蒙过了洞庭帮的人，可骗不了咱们'黑白二枭'！你快将达摩石交出来，免得吃苦头！"

张去病一惊，难道我身份被他识破了吗？转念一想，他会不会在诈我？遂镇静道："大爷认错人了。我是种田人家的孩子，不是什么张公子。"

戚北插嘴道："你是种田人家的孩子吗？张开手掌来看看！"张去病不解其意，张开手掌，脸上露出困惑神色。戚北笑道："你手掌上一点老茧都没长，脖子上白皮嫩肉的，哪像一个农家孩子？你这点小伎俩，怎能瞒过我两个老江湖？乖乖把达摩石交出来罢！"

张去病没想到手掌会露出破绽，张口结舌道："这，这……"倪东沉下脸道："前些天，咱们哥儿俩探到你行踪，在此等候多日。你乖乖交出达摩石，咱们便不取你小命。不然，便将你宰了做人肉包子！"

忽听那天竺僧阴森森道："两个没屁本事的东西，只会吓唬小孩子！"戚北大吃一惊。适才他将"一跌三仙散"弹进番僧嘴里，按说此时毒性该发作，番僧腹中该如万剑乱刺，痛得他喊妈叫娘，遍地打滚才是。怎么他浑然没事，还在说话？戚北大感奇怪，道："师哥，这胡僧中了'一跌三仙散'的毒，为何……没事？"

倪东也惊异地"咦"了一声。想那"一跌三仙散"何等厉害，任他什么英雄好汉只要沾到一点必死无疑，这胡僧居然若无其事，这可是从未有过的事情！一时间，他想不明白是何缘故。

天竺僧冷笑一声，道："佛爷听说中土有个什么'百毒门'，毒功颇为了得。你二人自称是'百毒门'好汉，叫什么'黑白二枭'，哼哼，下毒本事如此丢人现眼，气煞佛爷！"

戚北喝道："秃驴，你懂个屁！也敢对大爷下毒本事胡说八道？"天竺僧神色鄙夷道："你说佛爷胡说八道？那好，佛爷让你二人见识佛爷的本事！两个小子听着：佛爷早知你二人身上藏着八种毒药：一种是褐血花粉、二种是腐心莲、三种是断肠草、四种是迷魂藤叶、五种是一闻三步倒草、六种是化骨虫、七种是毒岩花根、八种是鹤顶红，佛爷说得对不对？"戚北和倪东听得大惊。这天竺僧说得一点没错，他二人身上正带着这八种毒药。

天竺僧又道："你这酒店里藏的毒药，佛爷也一清二楚。适才佛爷一进店门，便闻出店里有砒霜味、蛇毒味、蝎毒味、蜘蛛毒味、蛤蟆毒味。佛爷佯装不知，想看看你们中土人下毒本领如何，不料遇到你们两个饭桶！"

戚北和倪东不胜骇异。柜台下确藏有这几种毒药。但店里酒味菜味如此混杂，胡僧是如何分辨出来的？再说，他二人身上八种毒药气味混在一起，胡僧又怎能分辨得如此清楚？简直难以置信。

倪东惶然道："胡僧，你……是如何知道的？"

天竺僧道："佛爷十岁起就玩毒，整整玩了四十年。天下毒物，佛爷无所不知，无所不晓，你二人这点小手段，岂能瞒过佛爷？"

戚北冷笑道："秃驴别装鬼吓人，你有如此本事，为何中毒成为阶下囚？"

天竺僧怪笑一声，道："两个蠢材，凭你们这点微末小技，也想毒倒佛爷？真不知天高地厚！佛爷假装中毒，是看你二人还有什么使毒手段。不料你们连使的门径尚未摸到！你二人将迷魂藤叶粉下在酒菜里，那药性发作虽然快，失效也快。因菜里盐会化去迷魂藤叶粉一半药力。如此下毒对常人有用，对佛爷这种内功高深之人，无半点屁用！"说到此处，天竺僧摇摇头，又道："两个蠢材用'一忘香'对付佛爷。可对这'一忘香'却一知半解。佛爷一闻便知这'一忘香'里有假灵芝、七月红、半边莲、蒙心海棠等五种毒药，实是厉害迷药，但两个蠢材不会用它！"

倪东痴迷毒功，听天竺僧说得头头是道，不禁好奇问道："胡僧，依你说来，若是用迷魂藤叶粉对付内功精深高手，该当如何？"

天竺僧道："好，佛爷教你一招！那迷魂藤叶粉若是下在酒里，须加一点糖。若是下到菜里，得加几滴芝麻油，迷魂藤叶粉毒性便会增强百倍，任何内功浑厚高手都抵抗不住它的毒性，只得束手就擒。"

戚北插嘴问道："若是用'一忘香'对付高手，又该当如何呢？"

天竺僧瞟戚北一眼，道："说给你听也无妨。若要增大'一忘香'毒性，可用烈酒和醋浸泡那几味毒药，焙干碾成粉，制成驱蚊香毒人。按照此法下毒，天下不被毒倒的人，只怕一个也没有！"

倪东连连点头，道："大和尚毒学高深，佩服啊，佩服！唉，可惜你已被我拿下，死到临头，你这一肚子使毒学问，留到阴曹地府去向鬼卖弄罢！"

天竺僧咯咯怪笑一声，道："到阴曹地府去吗，你往旁看，已经有人去了！"倪东掉头一看，只见戚北两眼发直，嘴角流出一股黑血，正软倒下去。倪东叫道："师弟，师弟！"戚北哪里还能答应？

倪东颤声道："胡僧你……你，你，你……用什么手段……将他毒死了？"天竺僧咯咯怪笑道："佛爷能使什么手段？你不是用绳索把佛爷捆着吗？"张去病一看，果然天竺僧身上绳索尚未解开。他也百思而不得其解，想不出天竺僧用什么手段将戚北毒死。眼前情景着实诡异恐怖。

倪东拔出一把明晃晃的匕首，骂道："老秃驴，老子一刀宰了你，为师弟报仇，看你还如何使毒！"天竺僧道："想趁佛爷手脚被捆，取我命吗？嘿嘿，小子你瞧！"说时，只见他双肩一抖，捆在身上的绳索如朽烂一般掉在地上，倪东惊得后退几步，全神戒备地盯着天竺僧。

天竺僧跃起身来，道："小子，想对我使毒吗？你看好了！"他径直走到柜台里，伸手取出几个药罐，又道："佛爷再露点本事给你瞧！"说着从药罐里抓出一把砒霜放进嘴里，几口咽下。伸出舌头舔舔嘴唇，摇摇头道："这砒霜年头太陈，毒性不烈，味道不好！"又拿起一个药罐嗅嗅，道："这五步蛇毒味道不错。"对着药罐喝了一口，接着又拿起装有蝎毒、蜘蛛毒、蛤蟆毒的药罐一一品尝。然后用衣袖抹净嘴，道："小子，佛爷百毒不侵，你师父有这本事吗？"

倪东吓得战战兢兢道："大、大、大和尚……有本事，你尝尝鹤顶红！"他抬手一抛，将一个小药瓶抛给天竺僧。天竺僧冷笑一声，也不说话，打开瓶盖倒出鹤顶红药粉往嘴里一送，咂巴几下吞入肚内，拍拍肚子，道："没味，没味，比起咱们天竺国的金蟾蝎毒，味道可差远了！"

张去病看得浑身起满鸡皮疙瘩。寻思：这胡僧辨毒如数家珍，服毒如吃菜饭，下毒神鬼莫测，真是闻所未闻！忽听"扑通"一声，只见倪东跪倒在地，连声道："佛爷饶命！佛爷饶命！"天竺僧两眼一瞪，道："佛爷没要你小命，你求什么饶？"

倪东惊疑道："佛爷真的……不取小人性命？"天竺僧点点头。倪东道："佛爷大慈大悲，功德无量。如同小人再生爹娘，小人来世变牛做马伺候你老人家。"倪东刚说至此，天竺僧突然翻手一掌，将他打倒在地。天竺僧怒喝道："你说变什么？"

倪东爬身起来，一看天竺僧怒不可遏，恍然想起牛是天竺国神物，刚才说变牛马犯了禁忌，忙道："小人胡言乱语，该死，该死！"说时，打自己几个脆声声的耳光。一面打一面往门口退去。

倪东没退出几步，忽然大叫一声，肥胖身子倒在地上，犹如一个大皮球在店内滚来撞去，将店里桌子板凳撞翻。天竺僧伸腿一勾将他挑起，把一粒药丸放进他嘴里，回掌在他背上穴位拍了两下，倪东才渐渐安静下来。

天竺僧道："我问你，'百毒门'掌门人可是叫'还魂药王'？"

倪东面无人色，摇头道："不，不，不是'还魂药王'。我派掌门人是……'百毒尊者'。"

天竺僧脸上露出失望神色，又道："你派掌门人是'百毒尊者'？好，你回去对'百毒尊者'说，佛爷要他归顺天竺国'毒佛宗'座下。他若不愿，佛爷便将你们'百毒门'灭了！听见了吗？"倪东点头不迭道："小人听见了，听见了！"天竺僧手臂一挥将倪东抛出店外。倪东身子一着地，骨碌爬起飞快奔下土坡去。

天竺僧盘腿打坐略微运功，只见他身上湿僧袍热气蒸腾，片刻之间那僧袍便被烘干。他站起来拍拍身上尘土，缓步走到张去病面前，伸手一掐，将张去病身上绳索掐断。张去病站起来，躬身道："谢谢大师救命！"天竺僧盘腿坐在一张桌上，两眼盯着张去病，道："小娃，把达摩石交出来！"

张去病一惊，没想到这天竺僧也想夺达摩石。忙道："大师别听那两人瞎说，我没有什么达摩石。"天竺僧道："小娃，你过来，佛爷要搜一搜你身上。"

张去病视他如蛇蝎，哪敢过去？忙道："刚才那两人已经搜寻过我身上，我若有达摩石，早被他们拿走了。大师搜我也是白搜，我真没有达摩石。"

天竺僧喝道："小娃娃啰唆什么？佛爷说要搜，便要搜，快乖乖过来！"张去病心想：我若过去，还逃得脱你手心吗？忙装作害怕道："大师可别下毒，我过来就是了。"

趁天竺僧冷不防，他一下蹿到酒店门口。哪知他快，天竺僧比他更快，只见黄影一闪，天竺僧瘦高身子已挡住门口。幸亏他反应极快，又闪身返回店内。他这般闪避也让天竺僧大感意外，不禁"咦"了一声。天竺僧伸出长臂一抓，张去病往旁一纵，迈开"蹑云步"在店里逃窜，天竺僧在后紧追。店内桌凳适才被倪东撞翻在地。张去病仗着"蹑云步"法精妙，在桌凳之间跳来蹿去如无物之境。天竺僧身材高大，被桌凳碍手碍脚，一时间捉不住他。天竺僧追逐一阵，心头怒起，挥拳打碎挡道桌凳。嘴里叫道："小娃，佛爷看你往哪儿逃！"

店内没有了障碍物，天竺僧腿长臂长，几次险些将张去病抓住。他一个不小心被天竺和尚逼到死角上。天竺僧喝道："小娃，你不交出达摩石，佛爷一掌送你下地狱！"说时呼地一掌拍出。张去病急往地上一趴，"砰"的一声，天竺僧掌力将酒店墙壁打个大洞。那掌力从他背上扫过，痛得他眼冒金星。幸亏穿着护身背心才未伤到筋骨。

天竺僧喝道："小娃，你被佛爷掌力扫中，不死也残废。佛爷说要搜一搜你身上，那是一定要搜的！"他断定张去病非死即伤，缓步走上前去搜张去病。岂料张去病突一滚从墙壁破洞中滚出店外。天竺和尚又"咦"一声，奇怪张去病居然没伤。他双掌一推"轰"的一声，店墙倒了一堵，尘土飞扬。

天竺僧大步走出店外，东张西望搜寻张去病。店后是一片空地，长着几株粗大柿子树。不远处有一个池塘，水面长满浮萍。张去病躲到一棵柿子树背后，心下盘算：这胡僧功夫了得，我内力不如他，跑不过他。借这几株树做屏障，先同他周旋一阵，再想法子逃走……只怕他使毒……这如何是好？他心念疾转，忽然有了主意便从树后走出来。

天竺僧看见张去病，喝道："小娃，你逃不了，乖乖把达摩石交出来！"

张去病道："大师，不是我不把达摩石交给你。是我师父说过，达摩石只能交给得道高僧，不可乱给别人。你若是……天竺国大名鼎鼎的什么……什么佛爷，我便交给你，如若不是，我便不能给你！"

天竺僧面露喜色道："小娃娃，佛爷乃是'天竺毒佛'迦南陀，是天竺国'毒佛宗'六世祖师，在天竺国是鼎鼎有名高僧！佛爷我精通佛法，大大有道，你快把达摩石给我罢！"张去病信口胡说，本想拖延时间寻脱身之策。没想到误打误撞，这天竺僧竟是天竺国"毒佛宗"六世祖师，令他始料不及。

他忙说道："啊呀，大师，你真是'天竺毒佛'迦南陀？"迦南陀见张去病十分惊讶，得意地点点头。张去病又道："啊呀，大师威名，我早听说过！"迦南陀奇道："你听谁说过？"张去病道："听我师父说过啊！"迦南陀忙问道："你师父是何人？他可是去天竺国见过佛爷？"

张去病道："我师父名头大得很，江湖人称'玄天老祖'！他老人家曾对我说，天竺国有一位了不得的毒佛名叫迦南陀。此人使毒本领前无古人，后无来者，简直是空前绝后！"

迦南陀最爱听别人说奉承话，一听说中土武林高手知道他大名，顿时眉开眼笑追问道："你师父很有眼力，他还对你说些什么话？快说给佛爷听！"

张去病道："我师父他老人家还说，那毒佛迦南陀只须用指甲缝里一丁点儿毒便能毒死一城人，一河鱼，一山飞禽走兽！还说你使毒无迹可寻，叫人防不胜防！嗨，简直叫人压根儿防不了！"

迦南陀听得很是受用，心里美滋滋的，笑容满面道："不错不错，佛爷便有这么大本事！你师父还说什么，再说来听听！"

张去病道："我师父还说，乖徒儿，日后，你若是遇见毒佛迦南陀，千万别招惹他！毒佛若是从西边来，你赶紧从东边走。毒佛若是从南边来，你赶快从北边走！切记、切记！"

迦南陀听得眼睛笑成一条缝，连连点头。张去病又道："我说，师父，徒儿万一走不掉呢，那该怎么办？"

迦南陀笑道："对，你走不掉，你又怎么办？你师父是不是叫你乖乖投降？"张去病摇头道："不是，不是，我师父不是这样说的。"迦南陀急问道："你师父他怎么说？"

张去病道："我师父说，据为师所知，毒佛迦南陀使毒本领虽然天下无敌，但是他轻功稀松平常。来来来，为师传授你一门轻功步法，只要毒佛不对你使毒，他便捉不住你。你可逃之夭夭，保全小命了！"

迦南陀本来摸着腮上大胡子听得飘飘然。忽听说他轻功稀松平常，沉下脸问道："你师父真说佛爷轻功稀松平常？"

张去病道："毒佛息怒，在下不敢乱传师父之言，他老人家正是这么说的，我记得一字不差！"迦南陀冷哼一声，道："你师父说我不使毒，便捉不住你吗？"张去病点头道："正是，我师父他老人家是这么说的。"

迦南陀冷笑道："好，佛爷今日不使毒，小娃娃你施展轻功步法，佛爷要让你师父见识天竺毒佛轻功绝学！"

张去病摇头道："在下不敢。大师浑身是毒，万一在下侥幸比赢，大师一不小心随便对我使一星半点毒，在下便死得苦不堪言！"说罢又是摇头，又是摆手，续道："在下不敢同大师比轻功！"

迦南陀怒道："佛爷说不使毒，便不使毒！怎会一不小心？快把你师父教的轻功施展出来，佛爷倒要看看有何了得！"

张去病见迦南陀中计，仍无可奈何道："大师非要在下献丑，在下不敢不从命。只是大师若是捉不住我，一不准使毒，二得放我走。"迦南陀道："好，佛爷答应你。"

张去病道："献丑了！"话音未落，人已在十几棵柿树之间飞奔起来。迦南陀紧随其后，犹如离弦之箭追上去。迦南陀在几株柿树间疾追，轻功也了得，杏黄僧袍飘闪太快犹是一道黄烟绕树。追了一阵，他暗暗吃惊，分明看出张去病内力平平，仅靠一种古怪步法在树林间钻来转去，但那步法实在太妙，情急中能另辟蹊径，从他手下逃掉。要说快，他内力浑厚奔得比张去病快。但张去病踏着"蹑云步"，躲、闪、腾、挪、跃，步法变化万端，令他望尘莫及。论轻功他显是输了。他寻思唯有靠内力绵长，将张去病累垮方能取胜。

二人一个步法神奇，一个内力占上风，一时间迦南陀奈何不了张去病。但两人心中明白时间一长，张去病力气用尽，仍逃不脱迦南陀掌心。张去病暗自懊悔，先前没有同这毒僧定下时限。此时心里着急却又无计可施。

迦南陀却暗中拿定主意，捉住张去病抢走达摩石，决不留活口，以免张去病将今日比轻功之事外泄出去折了他威名。如此一想他加快追赶，想快些把张去病累倒。便在此时，忽听土岗下马蹄声响起，一骑从土岗下疾奔上来。张去病抬头一看马背上之人，急中生智大叫道："师父，天竺国毒僧欺压弟子，你老人家快来救我！"

迦南陀道："小娃娃莫打鬼主意，佛爷不会受你哄骗！"他嘴里说话，眼光迅速朝那骑马之人一扫。只见是一位少女坐马背上便放下心来。张去病却连声大叫道："师父，这天竺国毒佛使毒太厉害，弟子打不过他。你老人家快来好好教训他一顿！"

迦南陀呵呵大笑，道："小娃瞎叫什么？你师父叫什么'玄天老祖'，应是个老头儿。骑马的是个小姑娘。哈哈，你这鬼话休想哄骗佛爷！"笑声中，那姑娘骑马奔到近前，迦南陀毫不理会只顾追张去病。身子刚跃起，忽觉腰上一紧被什么东西缠住，忽又觉得身子突然飞上半空往旁边的水塘坠落。迦南陀大惊，借势在空中翻两翻落到池塘边上。哪知他脚未站稳，双脚又被什么东西缠住往池塘里一扯，他站立不稳"扑通"一声掉进了池塘里。

只听马上姑娘喊道："乖徒儿，快上马来！"张去病跃上马背，道："师父，这天竺毒僧使毒手段厉害，咱们快走！"迦南陀不懂水性，落进池塘里慌了手脚。池塘里的水不深，受到震荡一股腐臭味从塘底翻起，熏得他恶心。幸亏他功力深厚提气往上一跃，"哗啦"一声纵出水面，湿淋淋落到岸上。他怒气冲天，往土坡下张望，已不见张去病和那姑娘踪影，气得哇哇大叫，一纵身追下土岗去。

救走张去病的不是别人，正是柳语。张去病坐在柳语身后，两人乘马奔出数里，不见毒僧追来，才放缓行速。张去病道："语儿，你同你爹回天山去了，怎么会到这里来？"

柳语嗔道："徒儿无礼，敢直呼师父乳名，师父将你逐出师门！"张去病笑道："徒儿该死！师父息怒，求你老人家千万不要把徒儿逐出师门。一会儿去到前面镇上，徒儿买些好吃好喝孝敬你老人家！"

柳语娇笑一声，道："去病哥哥，你怎会冲着那毒僧叫我师父？"张去病将事情经过大略一说，柳语听得开心道："早知你对那毒僧说，你师父是什么'玄天老祖'，我当扮成老头儿，吓吓那毒僧才好玩！"

张去病摇头道："师父不用扮成老头儿，你这模样已让那毒僧纳闷：'玄天老祖'为什么是个如花似玉的小姑娘？哈哈，这才更有趣……再说，一个糟老头儿当我师父多没意思。有你这个千娇百媚的小姑娘做师父那才美气！"

柳语道："去去去，谁要你这涎皮厚脸臭小子当徒弟！"两人说说笑笑来到一个镇上，走进一家饭店要了酒菜，二人边吃边聊。张去病问道："语儿，你怎么没同你爹回天山？"柳语道："去病哥哥，那日分手时，我暗暗给你使个眼色，你可记得？"

张去病道："记得啊！可我不知你对我眨巴眼睛，是什么意思？"柳语道："我对你眨眼睛，是叫你慢慢走等我来追你，咱们一块儿去回春谷。这都不明白吗？怪不得，我从爹爹身边溜走一路跑来追你，追了这么多天才追上，你这人真是呆头呆脑！"张去病忙道："师父玄机高深，徒儿愚钝，请你老人家勿怪！"柳语笑道："少耍贪嘴。"

张去病忽然正色道："语儿，我去回春谷求医途中定会遇到凶险。你与我同去危险至极，你不要同我去涉险好吗？"

柳语一听，满面不悦，恼道："去病哥哥，去回春谷便是有天大危险，有什么好怕的？你不让我去，我偏要同你去！"

张去病一看柳语不高兴，忙赔笑道："是是，有师父同行，徒儿胆壮不虚。你同我去回春谷途中遇上什么凶险，有师父在旁，我还怕什么！"

柳语一听才面露笑容。两人吃了饭，说笑一会儿走出酒店，找人打听清楚去回春谷路径，二人骑上青花马出了镇口。分别数日再度重逢，两人都很高兴，一路上说说笑笑，甚是欢愉。行出一程，忽听身后有人怪笑一声，道："小娃娃站住，给佛爷留下达摩石！"

张去病惊道："语儿不好，毒僧追上来了，咱们快跑！"柳语急忙挥鞭打马，青花马四蹄疾翻奔驰起来。

迦南陀在后大声喝道："小娃娃不留下达摩石，佛爷要追你到天涯海角！"张去病回头一看，迦南陀在后面紧紧追赶，瘦高身子犹如一根竹竿在远处晃动。柳语打马疾奔出几里，他再回头探视，仍见迦南陀像尾巴一样跟在后面，青花马已发出了粗重喘息声。

张去病忙道："语儿，那毒僧内力悠长，青花马驮着两人奔跑时间长了终会累倒，我俩难逃毒僧手掌。你看前面有个弯道，待会儿转过弯道时，毒僧看不见我们，我跳进道边树林里躲起来。你一人骑马快跑，那毒僧便追赶不上你了。"

柳语道："去病哥哥，这法子不行。毒僧看见你不在马上，便知你躲到了树林里去了。"张去病道："转上弯道时，我把外衣脱下披在你身上。过了弯道，毒僧在远处只能看见衣衫颜色看不清人，便以为我在马上。这法子可骗那毒僧一阵。你甩掉毒僧后，咱们在回春谷碰头。"

说话之际，马已驰上弯道，张去病快速脱下外衣将两只衣袖打个结套在柳语肩上。说道："语儿，我去了！"便纵身跳进树林，迅捷攀上一棵大树隐藏起来。不一会儿，只听迦南陀叫嚷着从弯道追过。他探头一看，青花马少驮一人奔驰快了许多。片刻之间，迦南陀和柳语便都奔得不见踪影。

他跳下树走出林子，见路旁有一条岔道通往回春谷方向，便走上岔道提气疾奔。奔出数里天色渐渐暗下来，就近找一户农家借宿。躺在床上他担心柳语，不知她甩掉毒僧没有。一会儿又想，迦南陀要抢达摩石，日后遇到这毒僧可得小心提防。

他再想迦南陀叫倪东传话给"百毒尊者"，要"百毒门"归顺天竺"毒佛宗"，不然灭了"百毒门"，这毒僧野心好大，难道他想当武林毒王不成？想着想着眼皮沉重昏昏睡去。

第二日起来，他向主人打听去回春谷的路，匆匆上道。如此一连走了三日，仍不见柳语赶来，他心里悬着，后悔不该让柳语一人冒险。但想那青花马奔行快如疾风，料想毒僧追不上柳语，心里才平静下来。

第四日来到一个三岔路口，他驻足观望，不知该走哪条道，见一个老农赶牛走来便上前打听。老农用长烟袋往西北道上一指，道："小哥，往前走十五里，便是进回春谷的路了。"他道声谢，沿着老农指的道走出一段，忽听身后有车轮滚动。回头看去，只见一辆马车缓缓驶来，车上躺着一人呻吟不止。赶车的汉子喝道："小兄弟请让道！"他自小饱受病痛折磨，对病人极是同情，忙闪到道旁问道："这位大哥，送人去看病吗？"

那人道："正是。我哥病重，我送他去找药王救治。"张去病问道："请问大哥，此去回春谷还有多远？"那人指着前方一座高山，道："小兄弟，进入那座山岭便是回春谷了。"张去病抬头远眺，前面一道绵延起伏的山脉，奇峰突兀，云雾缭绕。他精神一振加快脚步。

大约走了一个时辰才来到山岭下。一条小道蜿蜒通往山里，道上走着十几个进山求医的病人。有的拐杖蹒跚行走，有的被人抬着，有的被马驮着。人群中有武林豪客，也有山民。他跟随众人走进山谷，见谷内两旁悬崖峭壁，有苍鹰在天上盘旋。行出数里，山谷豁然开阔，一道瀑布从高岩上飞泄而下，犹如白绫悬挂山间，飞珠溅玉，声震空谷。又行出一段路，山谷变得狭窄起来，两边山峰遮天蔽日。山道蜿蜒曲折湿滑难行。众人大感凉意，患病者经受不住寒凉，纷纷咳嗽起来。忽听前头有人欢呼："看，回春谷到了！"

众人抬眼望去，只见前方一块岩壁上凿有"回春谷"三个大字，壁下入口旁立着一块青石，上面刻有一联：

着手回春阎王怨，悬壶济世众生欢。

张去病望着这副对联，心想这药王襟怀大得很啊！众人走进谷内只见古柏参天，满目苍翠，飞鸟成群，别有一番景象。一条小溪从山岩下流出，溪旁有大片药圃，还有几亩稻田和菜地。此时正是夏末初秋，水稻飘香，瓜菜满园。地势高处有八九间竹房，其中一间竹屋门上挂有一块扁，上书有"回春堂"字样。大伙看到眼前情景有些诧异，没想到回春谷里会是这么一派田园风光。

众人走到屋前，一人上前高声道："药王前辈，我等前来求医，请你老人家救治！"喊了数声，屋里没人回应，大伙心里奇怪。那喊话之人在门前轻扣几下，里面仍无动静。那人伸手推门，两扇竟然"嘎"的一声开了。忽听那人"啊呀"一声惊呼。大伙不知他瞧见什么可怖事物，忙凑上前去看，也惊得瞪大眼睛。

只见屋里躺着一个死人，全身变成白色，仿佛身上涂了一层白石灰，两眼睁得大大的，嘴边挂着一道血丝，脸上表情恐怖，似乎是中了什么毒痛苦死去。在这人身边有一条狗鼻眼流血，嘴里叼着一块黄布，看样子也是中毒而死。大伙看得毛骨悚然。再一看屋内，只见桌椅翻倒，似有过一翻激烈打斗。

一人惊惶叫道："完了，完了，药王被人害死了！"听见这声惊叫，大伙心里一阵透凉。另一人上前仔细看那死者，摇头道："此人才三十多岁。听说那药王有五六十岁。此人年纪比药王小许多，这死人不是药王。"

众人一听觉得那人说得有理，便分头到其他屋里寻找药王。这八九间屋子，有几间是卧室，有几间是药房，有一间是治病屋子，还有一间厨房。众人一间一间找遍，皆不见有人。众人走出屋外，又分头在山谷里寻找。

说也奇怪，越往里走，这山谷越是荒凉。后谷乱石耸立杂草丛生，光秃秃不见一棵树木。走出几里许一堵绝壁挡住去路，已到山谷尽头。众人寻不见药王的踪迹，大失所望，猜想药王一定遭到什么不测。一个个垂头丧气只得返回原路，朝山谷外走去。

走到谷口，张去病回头望着"回春谷"三字，心想药王到哪儿去了呢？他不甘心就此离去，便在一块石头上坐下。一位汉子道："小兄弟快走，天黑下来就难出山谷了。"

张去病道："谢谢大哥关照，大哥请先行，我休息片刻再走。"

第七章　药王

待到众人远去，他站起身来返回山谷里。他一边走一边想：这回春谷里发生了什么变故？那死者是何人？药王到哪里去了？……找不到药王，我这怪病治不好，便报不了大仇，这如何是好啊！如此一想，他决心在谷里仔细寻找一遍，看能不能寻找到药王踪迹。他先从"回春堂"四周开始寻找，不见半点蛛丝马迹，又到山谷后面乱石之间去找。寻觅了两个多时辰，仍是找不到一点线索。找到傍晚，已累得精疲力竭。他坐在一块岩石上两眼茫然望着山谷，天色渐暗，他仍不肯离去，心里回荡着一个念头：不找到药王，不治好身上怪病，我决不离开回春谷！……

坐一会儿后，他又起身继续寻找。他走进药圃内，希望发现奇迹，结果没什么奇迹出现。他又钻进菜园去找，在瓜棚和玉米地里转了一圈仍一无所获。

走出玉米地，月亮已经从山岭上升起。站在冷月凄风下，他呆呆望着山谷。忽然一个他不敢想，也不愿想的念头从心上闪过：难道药王真被人害死了吗？如此一想，泪水顿时涌上眼眶，不由失声痛哭起来。他想起身负大仇未报，一家人生死不知，自己生下来遭受怪病折磨，眼下流落江湖无援无助，只说来找药王医治怪病，不料药王了无踪迹。倘若药王死了，治不好怪病练不成武功，报仇希望便成泡影！他越想，越伤心越绝望，一腔悲苦仿佛如潮水将他浮起来，不知要载他漂向何方。

他哭了好一会儿，气恼命运对他不公，由悲而愤，由愤而怒，一股狂怒冲上心头。他一边大哭大叫，一边捡起地上石块往四处乱砸，犹似发疯一般。不知哭喊了多久，也不知砸了多少石头，他实在累极，便倒在一块岩石上沉沉睡去。

第二日早晨，一阵鸟叫声将他唤醒。他睁开眼来，见朝阳给山岩上抹上一片金色。他坐起身来感到腹中饿得发慌，才想起昨天晚上没吃东西就睡着了。他想找吃食，起身朝那几间房走去。

走过"回春堂"门口，他无意地朝屋里看一眼，不禁一惊，地上死人和死狗都不见了！奇怪，尸体哪里去了？被人掩埋了吗？是谁掩埋了尸体？他连忙四处察看，转了一圈却没瞧见哪儿有埋人的痕迹。肚子里饿得咕咕直叫，他急步进厨房找东西吃。灶上有口大铁锅。揭开锅盖，锅里有几个冷馍。他抓起两个馍咬一大口，又从食橱里找到些许咸菜，便坐在灶台旁吃了起来。两个馍馍下肚，心里不再发慌。忽然，他看见地面有一道血迹，犹如一根红线从地上延伸到灶台上。那条血线一直延伸到大铁锅边沿处便断了痕迹。他心中一动：为何这厨房里会有血迹？血迹到锅下又为何中断？难道这大铁锅下有什么秘密？啊！会不会那死人尸体藏在这灶膛里？

他心中紧张，跳上灶台，弯下腰去抬大铁锅，却见铁锅两边耳朵拴着细铁链，那铁链挂在屋梁上两个小轮子上，两端垂下嵌入旁边墙壁里，原来是一口吊锅。他拉动铁链，大铁锅果然缓缓吊起。他往灶膛内一看不见藏有尸体，却见下面露出一个暗道口，血线延伸进地道里。他想：难道那尸体藏在暗道里？

他很害怕，却又好奇，便找来一块柴，又在食橱找来油浇在柴块上，打燃火石点燃柴块，他举着火把大着胆子弯着腰下到地道里。岂料他刚走下十级台阶，不知踩着什么机关，只听头上"砰"的一声响，那口大铁锅滑落灶上将地道口掩住。他吓了一跳，心想这地道非同一般，一定藏有秘密，心里又兴奋又紧张。

他在地道内转弯抹角走了一会儿，火把烧完了，眼前一片黑暗，他生怕踩着那具尸体，摸着墙壁缓缓前行。提心吊胆走一会儿，忽见前面出现光亮，却是地道的出口。

他加快脚步走出地道，眼前竟然是个花团锦簇的山谷。绿草成茵，溪水潺潺，满山的野花争奇斗艳。清溪畔上有数间房舍连成一处小院。院前翠竹成林，院子两旁皆是药圃。院子后面是一座巍巍高山。他不知这是什么地方，也不知院内住着何人，心里七上八下，站在地道口迟疑片刻，才鼓起勇气朝小院走去。

走到院子门前，闻到一阵阵浓郁香气直沁心肺。他心道："好香！"便伸手去拍门，奇怪，手臂怎么也抬不起来。他想开口叫门，口舌却已麻木，怎么也张不开口。他忽觉一阵头晕目眩站立不稳，身子一下倒靠在门旁墙上。他心下大骇："我……我怎会如此？"

忽听"吱嘎"一声，院门打开，一个青年汉子走出来。看见张去病，汉子面露惊讶神色。这汉子二十来岁，身材高挑，面皮白净，脸如刀条，神情阴沉。张去病神志还清醒。他想解释来意，却又偏偏说不出一个字。心想糟了，我私自闯此地又无法说明来意，定要被人当作歹人对待，这如何是好？

那汉子好像知道他不能说话，也不问他。上下瞧他两眼，伸臂一揽将他抱进院内，放他靠坐在一棵树下，道："师父，是这个少年闯入谷内。"张去病抬眼一看，看见台阶上站着两人。一位少女身穿白衫，端庄貌美，身材婀娜，大约十八九岁。她身旁站着一位老人身穿玄色长衫，玉面长须，气度清雅，负手而立。老人看张去病一眼，道："这孩子竟然抗得住'奇风草'之毒没昏厥过去，或许有些来历，厉蒙你喂他一粒'化毒丹'罢。"

张去病暗惊：中毒？我几时中毒了？怎么一点儿也不知道？厉蒙将一粒药丸放进他口中。那药丸顺着喉头滑下肚去。他顿觉身上热得火辣辣，从头到脚直冒汗，心口一阵烦恶，"哇"的一声呕吐出几口污水，才觉好受一些。

过得片刻，不再头昏，他环视院内吓了一大跳。只见院内还有四人。一人浑身发绿，头、手、脚皆碧绿发亮，嘴角流着绿水，神志昏迷，奄奄一息。第二人模样奇怪，活像一只大蛤蟆伏在地上，喉头咯咯作响，蓦地发出一声蟾叫，蹦起三尺高，又重重摔到地上。第三人蹲在地上，双手抱着头不住摇晃。头上长出半尺长肉角通红发亮。痛得他张大嘴做咬人状，神情恐怖。第四人却是"回春堂"那具粉白色死尸。看到这番景象，他心惊肉跳，不知自己闯入了什么可怕地方。

老人走下台阶，在四人之间缓缓巡视，又回到台阶上思索片刻，叹道："是何人这般歹毒？竟然对邵家四兄弟下此毒手！"白衣少女道："爷爷，这人在几位邵叔叔身上下几种怪毒，却不取三位叔叔性命，这是为何？"

老人道："蕾儿，他这是向爷爷叫阵，看爷爷能不能为邵家兄弟解毒，接下他这几招！"那厉蒙道："师父，此人是谁？……难道又是那'百毒尊者'来寻衅吗？"老人摇头道："'百毒尊者'虽同老夫有过节，但他行事光明磊落，不会用此卑劣手段考较老夫。"

厉蒙又问道："师父，倘若不是'百毒尊者'，武林中还有谁敢向师父叫阵？谁敢同你比使毒解毒功夫？这可奇了！"

白衣少女道："爷爷，听说魔教有个'毒魔姥姥'使毒厉害，会不会是那老婆子？"老人道："瞧这使毒手法，所使毒物，也不像是那'毒魔姥姥'。看来此人来自天竺国，并非我中土之人。"白衣少女奇道："爷爷，你怎知下毒之人来自天竺国？"

老人道："你们瞧，邵家兄弟身上中这四种毒都出自那天竺国，并非出自中土。爷爷由此断定，下毒之人必定来自天竺。"厉蒙和白衣少女都惊得"啊"的一声。

老人又道："你们看，邵老大通体碧绿。他所中之毒名叫'七步青'，是天竺国一种剧毒花卉。无论飞禽走兽只要沾到'七步青'花粉，七步之内必然通体发绿而亡。当年，你们师祖了然真人云游天竺，带回此花种子，只因其毒太剧，故不种植。不料今日，此人竟然用它伤天害理！"

厉蒙道："师父，邵老二像蛤蟆般乱叫乱跳，那又是中什么怪毒？"老人道：

"邵老二身上之毒名叫'金蟾雾'，那是一种毒蟾口涎。使毒之人采集这毒蟾口涎将它炼制成毒药。人若是中了此毒，浑身经络痉挛，神志受制，动作声音变得与蛙蟾无异！"

白衣少女问道："爷爷，邵三叔头上长出角来，那又是中了什么古怪的毒？"老人转头对厉蒙道："厉蒙，你给师妹说说，邵老三中的是什么毒？"

厉蒙道："弟子浅陋说不准，若是说错，请师父赐教。依弟子猜想，邵老三大约是中了'壮阳血葵'之毒，头上才长出角来。"老人问白女少女，道："蕾儿，你师兄说得对吗？"

白衣少女微笑道："师兄说得不对。那'壮阳血葵'虽然能使人骨骼变形长角，但邵三叔头上长出的角柔软无骨，不像中了'壮阳血葵'之毒。"白衣少女说话时，厉蒙痴痴地望着她，目光里充满爱意，点头道："师妹说得是。我仔细一想，便又觉得不像是中了'壮阳血葵'之毒。"

老人手持长须道："对啦，他中的毒不是'壮阳血葵'，而是天竺国独有的一种毒虫！"

白衣少女惊道："一种毒虫？爷爷，那是什么毒虫？"老人道："过一会儿，你就会知道了。"厉蒙道："师父，邵家兄弟中如此奇毒，为何不当即死去？怎能活到此刻呢？"

老人道："这是下毒之人下毒时，在毒里掺入几种缓解药，且控制了药量，邵家三个兄弟才能活到现在！他是在考较老夫，看我能不能解他所下的毒！"白衣少女和厉蒙听了面色一紧。

老人冷笑一声，道："嘿嘿，凭这点雕虫小技，也想难倒老夫？我这'还魂药王'招牌，岂能被这点雕虫小技砸了？"张去病听到"还魂药王"四字心头一阵惊喜，心中暗道："苍天保佑！苍天保佑！我终于找到了药王啦！"

忽听药王朗声道："天竺国朋友，下树来罢！你要同老夫比医术、比毒技、比武功，光明正大比，何必鬼鬼祟祟藏在树上不敢露面？"

只听一声怪笑，人影飘动，从院墙外大树上跳进一个人来。这人鹰鼻鹞眼，脸膛紫酱，胡子卷曲，身穿黄色僧袍。张去病一看那人，悚然一惊，竟是天竺毒佛迦南陀！

迦南陀跃落院中，哈哈笑道："老头儿号称'还魂药王'，果然有两下子，居然识得我天竺国稀罕毒物！却不知你有没有本事解这些毒，给四个垂死之人还魂？"说罢，他转头两眼瞪着张去病，嚷道："哼，小娃娃，佛爷一路寻来瞧不见你踪迹，原来你藏在此处！这一回，你逃不脱佛爷手掌心啦！"

药王见迦南陀威胁张去病，心中微诧，不知他二人有何过节，问道："恕老夫眼拙，敢问和尚法号作何称呼？"迦南陀傲然道："佛爷乃是天竺国毒佛迦南陀！"药王道："毒僧，你身在佛门当以慈悲为怀，为何对我门中这四个种药人下此毒手？"

迦南陀道："佛爷若不在他们身上下毒，他们岂肯说出你老儿藏身之处？少说废话，有本事就为他们解毒。没本事，你就摘下'还魂药王'臭招牌，归顺佛爷麾下，求佛爷救他们一命！"

药王冷冷道："比试解毒下毒的功夫，老夫自当奉陪。但有一事老夫要先问清楚，你从天竺国千里迢迢来找老夫比功夫，却是为何？"

迦南陀森然道："佛爷是天竺国'毒佛宗'六世祖师。你老儿是中土'神药门'第十代掌门人。咱们两派上代仇怨，嘿嘿，你老儿心里不清楚吗？"

药王冷冷道："我还道是哪儿来的野和尚敢到回春谷来撒野！原来是天竺'毒佛宗'六世祖师前来寻仇。你考较老夫本事，看老夫能不能为这几人解毒吗？嘿嘿，这又有何难？"

说到此处，药王转头对白衣少女道："蕾儿，去药圃里采一株'醉仙菊'来。"又对厉蒙道："厉蒙，你去药房里取一束'子母草'来，要五年生长的。"白衣少女和厉蒙分头离去。

不一会儿工夫，二人取来两束草药。那"子母草"颜色粉红，形状奇异，一片巴掌宽独叶，叶尖上却又长出一个小绿果子。药王将"子母草"放在掌心上暗运神功，只见那粉红色叶子渐渐变黑，一股青烟从叶尖上小果冒出，气味又酸又臭。

药王一扬手，冒烟的"子母草"落到浑身碧绿的邵老大鼻前。药王伸出手掌一拢发出内力，将那奇臭无比的青烟聚成两股黑线送进邵老大鼻孔里。迦南陀看见药王内功如此深厚，不由面色一紧。

须臾，只见邵老大肌肤上绿色逐渐褪去，头上、身上、四肢肤色渐渐变得青白。过了一会儿，脸上又渐渐现出血色。忽然邵老大怪哼一声，猛张大口，吐出一摊墨绿污秽之物。

药王右掌一挥，掌风将"子母草"灰烬卷入邵老大口中。左手指一弹，将一粒药丸弹到那摊污物内。只听哟哟声响，突然冒起一团绿火，片刻间将那摊污物烧得不见踪影。

便在此时，邵老大苏醒过来，一看见药王，跌跌撞撞从地上爬起来惊慌说道："主人，大事不好！有个毒和尚……要害你老人家！"转头看见迦南陀站在院里，扑上前去怒喝道："毒和尚，还我兄弟命来！"

药王道："邵老大，老夫会为你们兄弟讨回公道！厉蒙，你扶邵老大下去吧。"厉蒙道："是。"走上前去将邵老大扶进北面厢房里。

药王从白衣少女手中接过"醉仙菊"。那菊花更奇特，花朵盘子般大小，竟然长着红、黄、绿、白、黑五种颜色花瓣。张去病看了不禁啧啧称奇，就连对花草见识广博的迦南陀，看见"醉仙菊"，也惊讶不已。这"醉仙菊"原来是白花。药王为了增大它药效，栽种时在花根处给它浇了好几种药水，不仅使它解毒功用大增，而且令它开出了五颜六色的花瓣。

只见药王小心将花瓣取下捏碎装进一个红铜瓶里，一股带血腥味的异香顿时弥漫整个院子。药王弯下腰，将瓶口对着邵老三头上长出的肉角，随后取出一枚金针在肉角上刺个孔，只见一股血水从邵老三额头上流下来。张去病看见那血水流出，起初没在意。过了一会儿，奇怪起来，瞧见那血水从邵老三头上流下来，竟会自动流入装有"醉仙菊"的铜瓶里去。他惊奇万分，忙凝目细看，不由失声惊呼。原来从邵老三额头上流下的不是血水，却是无数如芝麻点小的蛆虫结成一条虫线，朝铜瓶里爬去。厉蒙惊道："师父，这是什么虫，怎会钻进邵老三头里去？"

药王道："此虫是天竺国毒物，名叫'吸血沙蛆'。它通体透红，细小如沙，却嗜血成性。钻进人畜身上便会寄生体内，大量衍生。中毒之人如不及时救治，数日之内便无药可救。毒僧趁邵老三不备，暗中将毒蛆放到邵老三身上，毒蛆咬破他皮肤钻进体内，吸血后聚到他头上顶凸起成肉角。"

白衣少女问道："爷爷，为何这'吸血沙蛆'会乖乖钻进装有'醉仙菊'的铜瓶里去呢？这又是什么缘故？"

药王道："只因这'醉仙菊'散发香气里有血腥气味。毒蛆闻到这气味便会追踪而去。老夫先用'醉仙菊'将毒蛆诱进铜瓶内，方能用药拔净邵老三身上之毒。"

厉蒙道："师父，用刀切去邵老三头上肉角岂不方便快捷？你老人家为何要用'醉仙菊'除去'吸血沙蛆'呢？"

药王摇头道："厉蒙，千万不可用刀切之法除毒！这'吸血沙蛆'繁衍极快，倘若切割邵老三头上肉角，必惊动它们。它们便会迅速钻到邵老三其他脏腑里去，那时你要灭掉它们可就困难了！"

药王说话之际，只见邵老三头上肉角渐渐干瘪下去，头上不再有"吸血沙蛆"爬出，头顶逐渐平复如初。等到"吸血沙蛆"全钻进铜瓶内，药王才上前捡起铜瓶往下一抖，将被"醉仙菊"毒死的"吸血沙蛆"抖落在地上。伸指一弹一缕黄粉撒下，只听一阵噬噬轻响，白烟冒起，死蛆顿时化为灰烬。邵老三头不再疼，站起来向药王躬身，道："谢主人救命！"药王随手将一粒药丸喂进邵老三嘴里，叫厉蒙扶他去屋里歇息。迦南陀见药王解了邵老三之毒，面色微变。他是使毒解毒大行家，却也不得不佩服药王解毒手法之妙。

只见药王走到屋檐下取下一个竹筒，去到那做蛙跳状的邵老二身旁，小心将筒盖取开。"嗡"的一声，竹筒里飞出一只金色黄蜂来。那蜂身子肥硕，长约二寸，浑身金黄细毛，头方而黑，几条腿呈紫花色，双翼上布满花斑。

那黄蜂飞出竹筒在空中嗡嗡盘旋。张去病从来没见过如此大的黄蜂，怕那大蜂飞来扎人，心里紧张，不由得注视着那黄蜂。只见那黄蜂空中飞了几圈，忽然像发现猎物似的一头俯冲下去叮咬在邵老二手臂上。说也奇怪，邵老二被大黄蜂咬住立刻安静下来，一动不动地趴在地上仿佛舒服至极，竟然闭上眼睛渐渐睡去。

自从那大黄蜂飞出竹筒，迦南陀就目不转睛地望着它，脸上露出惊喜神色，自语道："哈，'修罗蜂'！这是我天竺国解毒神蜂，在天竺都极罕见，中原怎会有我天竺宝蜂？这可奇怪！"

只见那"修罗蜂"在邵老二手臂上叮吸片刻，肚子慢慢胀大起来，直至将邵老二身上之毒全部吸出才松开嘴。它站在邵老二手臂上左顾右盼，又抬起两只前腿搓搓，似乎饱餐一顿心满意足。稍停片刻，又振翅飞起。药王在邵老二身上"命门穴"轻点一下，让他继续沉睡，又叫厉蒙将他抱进房去。

忽听迦南陀道："药王老儿，'修罗蜂'乃是我天竺解毒宝蜂，佛爷要你物归原主！"药王淡淡道："毒僧，你有本事尽管拿去。一只蜂儿有什么稀罕了？"

迦南陀怪笑一声，道："这有何难？"右手一探从僧袍里取出一个乌黑小木盒，打开盒盖放在掌心上。只见盒子内有一条怪虫，身子银白，长如大拇指，通体透明，内脏都看得一清二楚。迦南陀问药王，道："药王老儿，你认得这虫吗？"

药王仍淡淡道："毒僧，老夫奉劝你快收起那'摩耶虫'，莫自讨苦吃！"

迦南陀哈哈笑道："药王老儿，你吓唬谁？佛爷不是三岁小儿，岂是你吓唬得住的？你既然认得我这'摩耶虫'，就该知道它是'修罗蜂'寄居产卵之虫。'修罗蜂'一见这'摩耶虫'便会飞到它身上产卵，把它身子当作蜂蛹食物。你瞧着，你这'修罗蜂'马上会飞到我这'摩耶虫'身上，成为佛爷盒中之物！"

药王冷笑一声，道："我的'修罗蜂'将成为你盒中之物？好啊，老夫倒要看看它如何成你盒中之物？"

迦南陀道："你老儿不信吗？佛爷让你开开眼界！"正说话间，忽然嗡嗡声大作。"修罗蜂"仿佛嗅到了新猎物气味，在空中急速盘旋寻找。那"摩耶虫"听到嗡嗡声似感大难临头，吓得在盒子里快速蠕动逃命。忽然间只见黄影凌空扑到"摩耶虫"身上。"摩耶虫"扭动白色透明身子拼命翻滚。"修罗蜂"死死咬住"摩耶虫"不放，双翅不住扇动，嗡嗡之声更甚。

二虫搏斗一会儿，只见"摩耶虫"身子渐渐变成黑色，不再挣扎，竟然僵死了。可那"修罗蜂"却不在"摩耶虫"身上产卵，又蓦地腾空飞起，嗡嗡之声更响亮。见此情景，迦南陀气急败坏，又大感困惑。按常情："修罗蜂"捕到"摩耶虫"

通常只将它叮咬昏厥，便在它身上产卵，让蜂蛹寄生在"摩耶虫"身上吸取它营养成长。迦南陀本想趁"修罗蜂"在"摩耶虫"身上产卵时，关上盒子将它捉住。却没想到"修罗蜂"会杀死"摩耶虫"，更没想到"修罗蜂"会突然飞走。

他怎么也想不明白：这只"修罗蜂"为何不在"摩耶虫"身上产卵，却要将"摩耶虫"杀死？"摩耶虫"死了尸身便会腐烂，对"修罗蜂"毫无用处，难怪它会立即飞走。在"修罗蜂"起飞瞬间，他本想出手捉它，又怕伤了毒蜂。一时间望着"修罗蜂"在院中飞舞，迦南陀束手无策。

药王道："毒僧，你用'摩耶虫'捕捉'修罗蜂'之计落空，不知为何，是不是？你只道'修罗蜂'以毒为食，'摩耶虫'又奇毒无比，这虫又是'修罗蜂'产卵寄生之物，用它诱捉'修罗蜂'十拿九稳。哈哈，你打错了主意！这只'修罗蜂'经过老夫调养习性大变，你可得小心哪！"

药王刚说至此，忽见"修罗蜂"在空中急速盘旋，嗡嗡之声犹似号角吹响。大约二次吸毒之后精神大振，闪电般飞旋两圈忽然迅捷扑向迦南陀。迦南陀大怒，双掌上下拍出，欲将"修罗蜂"拍死。哪知掌拍出却半点内力也没有，不知体内真气为何消失得无影无踪，只觉全身空空荡荡。这一下吓得他魂飞天外，急忙向后跃开。"修罗蜂"闻到他满身毒味紧追不舍。迦南陀失去内力行动不快，在院里东躲西闪，上蹿下跳，被"修罗蜂"追得狼狈逃窜，模样甚是滑稽。

厉蒙乐得哈哈大笑，说道："堂堂天竺国毒佛却被一只小小蜂儿追得四下逃命！你毒僧这点本事，竟敢来向我师父叫阵，真不自量力！哈哈哈……"

白衣少女也抿嘴笑道："师兄，你说怪不怪，天竺毒蜂不咬咱中土人，却认准这天竺毒僧追咬，这事儿可真稀奇！准是这毒僧干尽坏事，连这蜂儿也不放过他！"

厉蒙道："这叫大水冲了龙王庙，一家人不认一家人啊！"白衣少女道："师兄，你说是不是这只蜂儿来中原受我中土圣贤教化，懂得了善恶是非，专咬恶人？"

厉蒙道："师妹说得不错！俗话说近朱者赤，近墨者黑。这蜂儿来到咱们中原自然学会了惩恶扬善，专门整治恶人！"张去病在旁看得好笑，不明白迦南陀百毒不侵，却为何让这蜂儿追得到处跑。

却听药王说道："毒僧，事已至此，你还不认输吗？"迦南陀一面躲闪，一边强辩道："认什么输？佛爷是不想让这脏蜂沾佛体，难道我还怕它叮咬不成？"说罢不再躲闪，只舞动双手驱赶"修罗蜂"。药王抬手一指，一股内力激射过去将"修罗蜂"牵飞到迦南陀头旁，那蜂儿倏地一口紧紧叮在迦南陀太阳穴上，双翅快速扇动，尽情地吸起迦南陀体内毒来。迦南陀万没想到，药王竟将这修罗蜂调教得会叮咬穴位，大出他意料之外。他一生炼就厉害毒功全仗体内积蓄巨毒为根基，以毒克毒，才百毒不侵。这太阳穴恰是天竺"毒佛宗""罩门"所在。修罗蜂叮住他"罩门"便能将他体内积蓄巨毒吸去，废他一身毒功。

这下，迦南陀惊得魂飞天外，急欲挥手将"修罗蜂"打掉。但此时四肢已然麻木，手臂哪还抬得起来？他又惊又急却无计可施，两眼瞪得似铜铃，额头上冒出粒粒汗珠。他想向药王认输，可又难以启齿。

药王看见迦南陀被制住，从怀里取出小瓶倒出一些药粉抹在掌心。迎风一招手，"修罗蜂"仿佛听见召唤一般，"嗡"的一声从迦南陀头上腾起，在空中几个盘旋飞到药王手掌心上。药王打开竹筒，"修罗蜂"滴溜溜地在他掌心上转个圈子，一头钻进竹筒里。

药王将竹筒递给白衣少女拿去挂在屋檐下，背着双手喝道："毒僧，到了此时，还不认输吗！"迦南陀转了转眼珠，猛一摇头道："佛爷不认输！"药王问道："你已被我制住，为何不认输？"

迦南陀道："你老头儿号称'还魂药王'，还没有把佛爷毒死那人救活。"说时，他指了指中毒死去的邵老四，续道："药王老儿，你接不下佛爷这一招，佛爷就不认输！"

药王道："'还魂药王'四字不敢当，这是江湖朋友对老夫溢美之词。世间哪有起死回生之术？不过邵老四与老夫亲如一家人，老夫倒要试上一试，看能不能让他还魂，将他救活！"药王说罢，走到邵老四尸体旁细诊片刻，冷笑一声，道："毒僧，你输定了！"

迦南陀摇头不信，道："药王老儿，你别吹牛！此人中了佛爷的'白龟粉'剧毒，已死一日，便是神仙也救不活他了！"药王"嘿"的一声冷笑，回头对厉蒙道："厉蒙，你将邵老四吊在那株黑梧桐树上。"

厉蒙应声："是。"在院角取来绳索将邵老四捆住，吊在院内一棵黑色梧桐树上。那梧桐树高约五丈，青铜色树干上，树叶漆黑如墨。张去病从未见过黑色梧桐树，心里不禁暗暗称奇。药王对白衣少女道："蕾儿，你去取些樟树枝堆在邵老四脚下。"

不一会儿，白衣少女抱来一捆樟树枝放在邵老四脚下，堆成一个柴堆。药王从怀里取出五枚金针随手一撒，金针飞射过去分别扎在邵老四"灵台穴""陶道穴""阳关穴""悬枢穴"和"神道穴"上。药王走上前去，在樟树枝上撒一些蓝色药粉，然后叫厉蒙打燃火折点着柴堆。只见柴枝磷火闪跳，火苗忽地一下子蹿起二尺高，散出浓浓青烟，众人马上闻到一股甜甜的香气，精神顿时一振。

张去病见药王这一手飞针扎穴功夫，蓦然想起"毒魔姥姥"为他治病也使过这一手功夫，心想吴姥姥的扎针手法同药王如出一辙，难道他二人医技有什么渊源？

下次见着吴姥姥，我得问问她老人家。

只见那柴火越烧越旺，火焰蹿高到邵老四脚底下二尺处，青烟升腾越来越浓，像一大地灰白色丝绸渐渐将邵老四包裹起来。不一会儿工夫，邵老四被那烟雾包裹得不见身形，只有那黑桐树在青烟里时隐时现。大约一炷香工夫，一阵滴答滴答响声钻入众人耳里。张去病以为下雨了，抬头看天，空中并未降雨。他再仔细一看，那滴答响声，却是黑桐树枝叶滴下的水打在地上发出声音。只见邵老四身上滴满黑水，浑身衣衫尽皆打湿，头和四肢被染成黑色。

大约又过半炷香工夫，一捆樟树枝烧尽。药王叫厉蒙将邵老四放下平躺在地上，取出邵老四身上扎着的金针。拔出第一枚金针时，邵老四的身子突然颤抖起来，厉蒙吓了一跳不敢再拔第二枚。药王喝道："快拔！不得耽误！"厉蒙迅速拔出五枚金针。药王疾步上前出掌在邵老四的脚底"涌泉穴"上一拍。只见邵老四身子一激灵倏地坐起身来，抬手揉揉眼睛，神志恍惚地望着大伙。厉蒙和白衣少女一声欢呼。药王道："厉蒙，快扶邵老四下去给他服一剂'还阳汤'，让他静静调养。"

张去病见邵老四复活过来，惊讶万分，对药王的医技佩服得五体投地。迦南陀在一旁亦看得目瞪口呆，不相信眼前看到的一切。语无伦次道："这人，他……咋能活转来？"他傻望着药王，又自言自语道："这……怎么可能？这人中了'白龟粉'死了一日。怎么，怎么能活过来呢？"

药王道："毒僧，觉得奇怪是不是？这邵老四要是真死了，便是神仙出手救他，他也活不过来！老夫能将他救活过来，那是你下毒本事低劣，并未让他死透！"

迦南陀怒道："谁说他没死透！佛爷下'白龟粉'药量能毒死一头牛，毒死人更是在眨眼之间！你老儿胡说，他怎会没死透？"迦南陀自视使毒功夫天下第一，平生最是自负。此刻听见药王说他"下毒的本事低劣"，脸都气青了。

药王道："'白龟粉'是剧毒之药，毒死人眨眼之间也不假。但这邵氏兄弟四人非比常人，他们终年在药圃里为老夫照料各种毒药，常服老夫配制'解毒散'，体内抗毒功力非同一般，所以这邵老四中了'白龟粉'才会没死透……哼，毒僧，老夫已将邵老四救活，你还有什么话说？"

迦南陀张口结舌道："这……这……好，这一阵较量，算你赢！但佛爷我仍不认输！佛爷初到中原，不识你们中原人阴谋诡计才会输这一阵。若是光明正大较量，佛爷不会输你半分！"

药王冷笑一声，道："你这无赖和尚，还有脸说什么光明正大较量！你偷偷潜入回春谷，暗中将'化功散'散布在空气里欲将谷中之人毒倒，这叫光明正大较量吗？若不是老夫的谷里种有解毒妙药，我们这些人岂不都着了你的道儿？"说到此，药王手指着张去病，又道："这少年一进谷来便中了你使的毒，若不是老夫救他，此刻他已命赴黄泉了！你用这种卑鄙手段害人，还有何颜面在老夫面前讲什么光明正大？"

张去病一听才恍然大悟。心想：怪不得先前我忽然头晕眼花，浑身无力，连话也不能说一句。原来我走进这山谷里时，已中了毒僧施放的"化功散"。

药王又道："你找老夫较量，理当正大光明地比个高低。看谁使毒解毒功夫高明，看谁使毒于无形，又能为人解毒于须臾，这才算手段高妙。适才老夫明修栈道，暗度陈仓，用无形手法破了你内力，叫你束手就擒，正合此道。你身为天竺'毒佛宗'六世掌门人，对老夫突施暗算，实属卑鄙小人行径！"

迦南陀悻悻道："怪佛爷一时大意才栽在你老儿手里。只是佛爷不解，你用什么诡计破了我真气？"

药王道："使毒是斗智斗技。老夫胜你，是智高一筹，技高一等，不是什么诡计。你输了，就得光明磊落认输，如此胡说八道，实在令人可笑！"

迦南陀道："药王老儿，我输你一阵，那是佛爷不小心。你敢不敢放了我，咱们再较量一回？"

药王冷哼一声，道："有何不敢？"药王说罢走到院墙下，从花坛里摘下一片叶子轻轻一弹，叶子飞去贴在迦南陀"太阳穴"上。片刻工夫，迦南陀觉得四肢渐渐有了劲道。稍息一会儿站起身来，狠狠瞪药王一眼，道："药王老儿，你等着瞧！"说罢转身走出院去。

厉蒙道："师父，这毒僧使卑鄙手段害人，你老人家为何放了他？"

药王叹道："天竺'毒佛宗'与我'神药门'本无深仇大恨，今日老夫放他一条生路，是给他一次悔改机会。下次再落到老夫手里，老夫决不轻饶他！"

白衣少女道："爷爷，这毒僧说他天竺'毒佛宗'与我们'神药门'有仇，那是什么仇？"

药王道："也不是什么大仇。那是几十年前你们师祖了然真人修道炼丹，为了寻觅奇花异草去到那天竺国。他老人家云游天竺遇到不少垂死病人，便出手救治。你们师祖医技神通，经他医治病人个个康复如初，于是他老人家在天竺国名声大振。哪知天竺国'毒佛宗'四世掌门人桑慕吉毒佛闻讯大怒，说你们师祖治病救人是向他'毒佛宗'叫阵，便找你们师祖比武。"

白衣少女道："爷爷，师祖只给人治病，又没招惹'毒佛宗'，怎么是向桑慕吉叫阵了？"

药王道："孩子你不知道，在你们师祖救治众人当中有一些病人是被'毒佛宗'下毒的人。他老人家将那些病人治好，'毒佛宗'觉得脸上无光，自然恼怒，认为你们师祖是在向他寻衅。"厉蒙追问道："师父，后来又如何呢？"

药王道："后来嘛，在去孟买道上，'毒佛宗'四世掌门人桑慕吉找你们师祖比武斗毒。你们师祖用'太清还魂术'胜了桑慕吉的'灭魂大法'。但他老人家点到为止，并未伤害那毒佛桑慕吉。不料桑慕吉心胸狭窄，认为败在你们师祖手下太丢人，后来忧郁而死。"

药王叹口气，又说道："你们师祖从天竺回中土后对我说起此事，料定'毒佛宗'会来寻仇，要我多加戒备。我便在这回春谷里布下'七彩迷毒阵'以防后患。几十年过去，都不见'毒佛宗'来人生事。不料今日，这迦南陀还是找上门来。蕾儿、厉蒙，日后遇见这毒僧你们可要多加小心！眼下你们功夫不能胜他，要避开他。"

厉蒙又道："师父，弟子想问，你老人家用什么妙法化去了那毒僧内力？"药王捻着胡须道："你看看适才毒僧藏身之树，便知晓其中关节。"

张去病抬头看院墙外那棵大树，只见那树高大，枝叶繁茂，除此之外并无其他异状。他想不明白毒僧被化去内力，为何药王叫厉蒙去瞧这棵树。却见厉蒙纵身上树看一会儿，跃落院内摇头道："师父，弟子看不出毒僧被你老人家化去功力，与此树有何关联。"

药王道："蠢材！你再细看树枝上那朵'翠蝴蝶'花开了没有？"

张去病忙抬眼看去，见树枝上站着一只翠绿蝴蝶，除此之外没见到什么花儿。他心下奇怪，那翠蝴蝶花在哪儿呢？我怎么没瞧见？他正诧异，忽听厉蒙惊讶道："师父，这棵'翠蝴蝶'树几年不开花，今日为何开了？这可奇怪得紧！"

听见厉蒙发问，张去病定睛再看，才看清楚那只站在枝头的翠绿蝴蝶却原来是一朵花！他想：这花真像一只活生生的蝴蝶，天下竟有这等奇事！

却听药王道："这'翠蝴蝶'树几年不开花，那是因为老夫为增大它毒性，施药让它长时间休眠。昨日得知邵氏兄弟遭人暗算，老夫便施药催它开花。此花一开，'翠蝴蝶'树的枝叶会分泌出一种脂液。人肌肤沾上它，脂液会渗入体内麻痹神经，暂失功力。毒僧不知老夫这'七彩迷毒阵'厉害，趾高气扬打上门来，老夫得叫他吃些苦头，不敢在我中土张狂！"

张去病听得害怕，寻思药王在回春谷暗布"七彩迷毒阵"，一草一木都暗藏杀机。我冒冒失失闯进谷来，委实危险至极！

白衣少女道："爷爷，适才，你慢慢对我们解说邵家兄弟中什么毒，是不是有意拖延时间，让毒僧在'翠蝴蝶树'上多沾些毒液？"药王笑道："小丫头聪明！"又道："厉蒙，你去看邵家兄弟的病情如何？"又对白衣少女道："蕾儿，你带那少年进屋来，爷爷有话问他。"

药王说罢缓步走上石阶，进入南面屋里。白衣少女对张去病道："小兄弟，我爷爷叫你进屋去有话要问你。"张去病道："这位姐姐，我走不动。"白衣少女"扑哧"一笑，道："你这人真傻。先前，我师兄已经给你服下解毒药，怎会走不动？你起来走走看！"

张去病站起来试着迈腿，果然已能走动。忙对白衣少女道："多谢姐姐指点。"便跟随白衣少女走进南屋去。药王坐在一张方桌旁，见张去病走进屋来站定，从头到脚将张去病打量一番。问道："少年，你是如何入谷里的？"

张去病忙躬身说道："晚辈误闯误撞找到了进谷秘道，便冒冒失失进来了，请前辈恕我大胆妄为。"接着便将他如何同众人来回春谷求医，看见"回春堂"被砸如何绝望，又如何在厨房里觅食，发现地道讲了一遍。

药王听罢，道："如此说来，你随缘进谷，同我有缘。"药王再打量张去病一会儿，又说道："少年，老夫瞧你身患怪病，危险至极！"张去病惊异点头，道："药王前辈，你还没为在下把脉，便知晚辈身患怪病，你真是神医！晚辈确身患绝症！"

药王道："老夫看你步履虚浮，面色发甘，定是阴阳交恶，再看你两眼一明一暗，鼻翼一青一红，便知你水火攻心。这是身患绝症表征，不会错的！"

张去病忙道："正如前辈所料，晚辈患有奇怪病症无人能治，才千里迢迢来回春谷求医，求你老人家救晚辈一命！"药王道："你上前一步，让老夫瞧瞧。"张去病依言走上前一步。

药王忽然"咦"了一声，道："听你心脉寒热互斗，水火相抗，却又相生相息，这可奇了！少年，你再上前一步。"张去病又迈上前一步。药王手抚长须细听，又"咦"的一声，惊道："老夫听你心音阴阳对峙，寒热不容，却又两极相生，这可罕见！"凝思一会儿，药王面容肃穆道："少年，你再上前一步。"

张去病再走上前一步。药王却闭目沉思起来。张去病两眼注视着药王，心里紧张，不知药王在思索什么疑难之事，大气也不敢出。白衣少女瞧见药王神情凝重也有几分紧张。她自从懂事，看见爷爷给人瞧病，或望病人一眼，或不看病人，一听病人声音便开方子，就药到病除。今日为这少年瞧病，爷爷为何如此惊讶困惑，这是从来未有之事！

药王思索良久，忽然睁大眼瞪着张去病，喝道："少年，你小小年纪为何加入魔教？"张去病一愣，惶恐道："没有啊，晚辈从未加入魔教啊！"

药王喝道："胡说！你若不是魔教中人，为何服用过魔教治伤灵药'摩尼八仙丸'？又为何服用过魔教保命灵药'奇珍续命丹'？你若非魔教中人，怎会得到这两种药服用？你服下这两种药，耳廓上会现桃花红晕数月不散！你瞧，你两个耳廓如此艳红。嘿嘿，你休想骗老夫！"

药王这一喝问，张去病猛然想起，吴姥姥赠给他几枚"奇珍续命丹"和一瓶"摩尼八仙丸"。当时他服了一枚"奇珍续命丹"，后来在神女峰上被童三界挥袖打伤，又服下一粒"摩尼八仙丸"。但事过许久，药王居然诊出他服用过这两种药，真叫人匪夷所思！

看见药王生疑，他忙解释道："前辈误会了，晚辈不敢骗你老人家！晚辈有一次在野外发病昏死过去，被魔教'毒魔姥姥'撞见。她见晚辈患怪病便为晚辈医治。晚辈因此服用过魔教这两种药，但并未加入魔教。"

药王脸色缓和下来，忽然微颤声问道："少年，你说什么？你说那'毒魔姥姥'为你治过病？"张去病点头道："正是。晚辈不敢有半点谎言。"

药王忙问道："那阿娇……哦不，那'毒魔姥姥'她……她还好吗？"张去病道："吴姥姥还好，她老人家看去四十多岁样子，不像是五十多岁人哩！"他一边回答，心下却寻思：药王问吴姥姥好不好，难道他老人家认识吴姥姥吗？可是在落霞坪，我提到药王时，吴姥姥却对药王嗤之以鼻，这可怪了！

却听药王轻叹一声，自言自语道："唉，阿娇，二十几年未见，也不知你过得可快活……"张去病瞧见药王想心事，不敢吭声。药王自个儿出一会儿神，才又道："少年，走到老夫面前来。"张去病走近药王近前，药王伸出手掌抚在他头顶"百会穴"上，闭目不语。过了一阵才睁开眼，收回手惊讶问道："少年，你同那凌霄老人有何渊源？"

张去病又是一惊，心想，药王怎会知晓我同师父有渊源？他不敢隐瞒，忙答道："他老人家是晚辈恩师。晚辈来回春谷请前辈治病，正是奉他老人家之命。"说到此，蓦然想起凌霄老人叫他带给药王的信物，忙从怀里摸出那枚乌黑宝石戒指双手奉给药王。

药王接过戒指凝视一瞬，道："这就对了。难怪你体内有'太玄神功'浑厚真气暗涌，原来你是凌霄老前辈弟子，少年，你师父他老人家还仙健吗？"张去病道："回禀前辈，我恩师已逝世几年了。"

药王一惊，道："怎么，他老人家仙逝了？"神情黯然道："唉，当年他老人家施恩于我，我却无缘报答。老人驾鹤归西，我再见不到他了。好在你是他弟子，能为你治病，老夫内疚也就不那么深了。"张去病怯生生问道："前辈，我这怪病能治好吗？"

药王道："少年，你天生阳刚阴盛，气猛血烈，这种胎中带来之怪病本已难治。偏偏你又遇上奇缘拜在凌霄老人门下，修习了'太玄神功'。这门道家内功使你提阴壮虚，暂时压住那炽阳气血。后来你遇吴姥姥服下那'奇珍续命丹'，又使你气血大炽。唉，你体内阴阳交恶已达极险之境。你这条命，唉唉，只怕是没得救了！"

药王此言一出，犹如一个晴天霹雳击得张去病希望破碎，两眼发直，他顿觉头脑里一片漆黑！呆了瞬间，他才颤声问道："前辈，这，这，这……是真的吗？"看见药王点了点头。他"哇"的一声喷出一口鲜血，一头扑倒在方桌上昏迷过去。看见张去病忽然昏倒，白衣少女惊道："爷爷，他的病真无法治了吗？"

药王摇头道："这可难说。我观这少年气血郁积于心，仇恨深植于怀。如不先让他绝望至极，吐出这摊血，便诊不明他所患何病。故爷爷断他求生之念，逼他吐血昏迷，方可仔细为他诊视。"

药王说罢。将张去病抱到北厢房床上躺下，伸出二指搭在张去病手腕上。厉蒙走进屋来看见药王为张去病把脉，诧异道："师父，你老人家为人看病从不号脉，今日你为何为这少年号脉？"

药王道："屈指算来，师父为人看病已有三十年不用号脉了。今日破例，只因这少年所患之病太过古怪！"说罢闭目不语。白衣少女和厉蒙静静望着药王，一时间屋里寂然无声。药王如老僧入定，面容肃然一动不动，两个指头久久搭在张去病手腕上。白衣少女愈加诧异，心想这少年得什么怪病，竟让我爷爷久诊不决？

片刻过去，药王掀起张去病衣袖看他双臂。又伸手摸摸他尾椎骨，眉宇忽然舒展，脸上露出惊喜神色。白衣少女松了口气，心想爷爷总算把这少年的病诊断清楚啦。只见药王又是微笑，又是点头，好像发现什么喜事甚是兴奋，自语道："千载难逢！遇上这种奇人奇症，真是千载难逢啊！"

白衣少女和厉蒙莫名其妙。正想发问，忽见药王脸色突变，双眉拧紧，似乎觉察到了什么变故。二人紧张望着药王不敢开口。须臾，只见药王额头上渗出粒粒汗珠，眉毛胡子都颤动起来，眼睛里竟然溢出了泪水。白衣少女惊呼道："爷爷，你怎么了？"

药王睁开眼睛跺脚道："阿娇呀，阿娇！这少年之病本该用疏导之术医治，你却用围堵之法来治。错了，错了，完全错了！"二人不知道药王说的阿娇是谁，你望着我，我望着你，全给弄糊涂了。

药王又道："你用围堵之法治，虽是延缓这少年发病时间，却让他这怪病无法治愈了！"说时，抬起衣袖擦去脸上泪水。厉蒙道："师父，这少年死了不要紧，你老人家别为他难过，恐伤了身子！"

药王摇头道："厉蒙，你胡说些什么？你可知道他是何许人？"厉蒙道："弟子不知。"药王道："这少年禀赋特异，乃是旷世罕见奇人！"厉蒙一愣，忙问道："师父，此人有何奇异之处？"

药王道："厉蒙，你来看，这少年双臂与常人有何不同？"厉蒙看了看张去病双臂，道："弟子看出来了，这少年手臂比常人长出一截子。"药王又道："你再摸摸他尾椎骨有何异样？"厉蒙伸手一摸，惊讶道："师父，这少年的尾椎骨为何长出一截？"

药王道："这便是此人奇异之处！相书上说生就这种尾椎骨之人，叫仙猿骨相。这样的人旷世罕见！传说唐朝八仙之一吕洞宾祖师便是一位生就仙猿骨相之人。"白衣少女道："爷爷，生就仙猿之相之人，为何旷世罕见呢？"

药王道："生有这种骨相之人，万万人中难有一个。即便有一个这样的人，一生下来便会夭亡，极难寻觅。"厉蒙不解道："师父，生就仙猿骨相之人患什么怪病，竟如此短命？"

药王道："这种人在娘胎里就患上一种叫'经脉冰火症'的怪病。患此病之人，血极热而气极寒，气血交恶，阴阳互斗，犹如两头猛兽在体内搏斗，搅得翻江倒海。斗到极致病人便昏死过去。奇怪的是，患此病者生下来便会毙命，这少年却活到十几岁，这倒是件怪事！"

白衣少女道："爷爷，你担心治不好这少年，是不是怕损了你老人家'还魂药王'名头？"

药王摇头道："小丫头别瞎猜！我这虚名有什么要紧？爷爷担心这少年不治，是因他之生死与武林将来安危有很大干系！"

一听药王将张去病说得如此重要，白衣少女和厉蒙都惊得"啊"一声，不由得朝张去病看去。药王续道："多年前，那六合居士来回春谷对我说，少林方丈弘无大师和武当掌门金风道长夜观星相，看见那星相怪异便去贺兰山找他探问凶吉。六合居士为两位掌门人占了一卦，那卦象显示国有大难，武林将有一场浩劫。但将有异人降世能解武林劫难。是以三位高人约定寻访这位奇人，传他武德武功，助他长大成人消弭武林灾难。我记得居士说他三人所寻奇人，便是生就仙猿骨相之人。六合居士嘱咐我若找到此人，要我治好这人身上怪病。"厉蒙不解道："师父，为何生就仙猿骨相之人便能解武林劫难呢？"

药王道："生就仙猿骨相之人聪明绝顶，骨根奇佳，是习武最佳良材。若是天赐机缘，他便能成为旷古绝今之武圣，能率领武林共抗浩劫。唉……不料这少年被人误诊，老夫要治好他病可难了！"

白衣少女急迫道："爷爷，爷爷，这少年对武林如此重要，你一定要想法子治好他啊！"药王捻着长须仰头望着屋梁，寻思片刻，对厉蒙道："厉蒙，你将这少年弄醒，老夫先问问他来历。"

厉蒙拿出一个小盒，用指甲在盒里挑一点褐色药粉往张去病鼻孔轻轻一弹。转眼之间，只见张去病皱起鼻子打个喷嚏，睁开眼来。张去病睁眼一见药王，急忙跳下床跪在药王面前，恳求道："药王前辈，晚辈不能死！我有一身国恨家仇未报，求你老人家将我治好，晚辈求你，求求你了！"

药王将张去病扶起来，轻声问道："少年，你姓啥叫啥？有何国恨家仇要报？你慢慢说来。"张去病道："晚辈姓张，名去病。"

药王一怔，忙问道："你是张去病公子？你外公可是岳飞元帅？你父亲可是张宪将军？"张去病点道："我正是岳元帅外孙，张宪将军之子。"

白衣少女惊讶问道："爷爷，他便是江湖上传闻的张去病公子吗？"药王点点头。白衣少女又道："张公子，我爷爷常夸你外公英雄了得哩！"

张去病悲愤道："我外公他老人家精忠报国，率兵抗金英雄了得！他老人家欲收复国土，直捣鞑子老巢，迎回被金兵掳去的二帝雪洗靖康之耻，可他却那被奸贼秦桧害死！我爹、我舅舅也被秦桧老贼杀害！秦桧老贼还派人对我家人赶尽杀绝！这千古奇冤，血海深仇，我岂能不报？国家破碎，百姓受难惨状怎能不除？唉，只恨我身患绝症无法报这国恨家仇！不报这大仇，我，我……还有何颜面活在世上！"说到此处，张去病绝望至极一头往墙上撞去。

药王疾挥袍袖将张去病卷住，大声喝斥道："你这没出息的小子！你撞死在此，便能报你一家血海深仇了？你外公在《满江红》中说：'壮士饥餐胡虏肉，笑谈渴饮凶奴血'，那是何等英雄气概！你如此轻生寻短，还配做岳爷和张宪将军后人吗？"

这一声喝斥，喝得张去病一愣，立时清醒过来，忙躬身道："是、是，晚辈犯糊涂，前辈教训得是！可是，可是……我这怪病治不好，便无法报国恨家仇啊！药王前辈，这如何是好？"

药王道："公子莫急，你在谷里暂住，容老夫寻思治病之法，千万不可自暴自弃……阿香你进来。"听见呼唤，一位中年妇人走进房来，三十几岁年纪，柳眉杏目，神情文静，轻声道："老爷有何吩咐？"

药王道："你带张公子去给他安排住处。"又对张去病道："这是梅姨，你在此由梅姨照顾。"张去病忙施礼道："有劳梅姨了。"梅姨道："公子不用客气，请随我来罢。"张去病转身跟随梅姨走出屋去。

张去病在回春谷住下，每日吃饭时，药王询问他一些流落江湖经历，却不提为他治病之事。如此过了几日，他心里暗暗着急，兀自寻思：药王怎么还不为我治病？难道他老人家找不到治病法子，我这病真不治好吗？他转念又想：柳语为何还不到回春谷来找我呢？还有赵先生和龙大哥他们，说好要来回春谷同我会合，怎不见他们来呢……难道他们来了找不到进山谷的暗道吗？……

这一日，忽听梅姨在屋外道："张公子，我家老爷有请。"张去病快步走出屋外。只见药王站在庭院当中，向他一招手，说道："张公子随我来。"说罢转身向后院走去。张去病跟着药王走入后院，院里有一间小屋，屋后是一堵峭壁。二人走到峭壁前，只见峭壁下有个洞，洞里冒出一团团热气。

张去病心下奇怪：这山洞为何冒出热气？却又不便询问。药王在洞壁上取下一盏油灯，打燃火折将灯点亮，缓缓走进洞去，张去病跟在药王身后慢慢前行。越往洞里走热气越大，似乎走进一个大蒸笼。下得几级石阶，眼前仍是一片热气蒸腾。张去病借着昏暗灯光看去，下面却是一个热气翻涌的水池。

药王走到水池边上，回头对张去病说道："张公子，这几日老夫想到一个为你治病的法子，带你进这地热洞里试试。你脱去衣裤，在池边坐下。"张去病道："有劳前辈了。"说毕，依照药王吩咐脱去衣衫，在池边石头上坐下。

药王从袖里取出几个农妇做鞋底用的小锥子，伸出二指搭在张去病手腕上凝神把脉。忽然一掀眉头，迅速将一个小锥子插进他手太阴肺经"中府穴"。再凝神把脉，忽又一掀眉头，快速将一个锥子插进他身上"巨骨穴"。如此一边把脉，一边插进锥子，不大一会儿工夫，便在张去病身上十二经脉的八个穴位插进八个小锥。霎时，张去病顿觉左半边身子肿胀难当，似乎要炸裂开。药王后退两步抬手对着锥子凌虚一弹，只听"当"的一声轻响，张去病感觉"中府穴"一麻，乳肋间像电击一般，不由"啊"了一声。

药王道："公子要忍住！"顷刻之间，药王手指频弹，只听一阵叮叮叮急响，八个插进穴位的锥子如古筝鸣奏。张去病觉得八个穴位如刀刺，左半边身子痛胀难当。他咬紧牙关忍住呼痛，身上顿时冷汗淋淋。蓦然间，一股寒流沿着锥子渗进穴位，左边身上寒冷至极。没插锥子的右半边身子却如烈火在烤，难受至极。然而奇怪，右半身炽热似火，却没出一粒汗。左半身寒冷如冰，却是大汗淋漓！

只听药王轻呼一声"嗨！"右手连连疾抓，将那八个铁锥子收回手里。左手掌轻轻一推，道："公子，快下热水池去浸泡一会儿！"张去病还未回过神来，身子已滑落进水池里。热腾腾的池水一泡顿觉左右两边身子冷热交融，舒坦无比。闻着水里散发出硫黄味，感到神清气爽。他寻思：难道这地里冒出的热水能治病吗？

他好奇问道："前辈，适才晚辈左边身子奇寒，右边身子奇热。右边身子却没出汗，寒冷身上却大汗长淌，这是何故？为何一泡在这热水里身上的冷热就相宜了？"

药王道："老夫用锥子阻断你身上经脉通道，分离阴阳，阻隔水火，使你身上寒热血气不能互斗，聚赤阳于左，凝玄阴于右。老夫再以指力按摩铁锥替你调和阴阳，疏导气血，公子身上故有冷热换位之状。你浸泡进这温泉水里身受热水抚慰，水里硫黄能平衡气血，舒缓经络，故能协调体内冷热。"

张去病叹道："前辈治病神技，令晚辈大开眼界！"药王摇头道："公子莫夸老夫，不知此法能否奏效。好了，时候到了，你上岸来穿好衣衫随老夫走！"

张去病爬上水池，穿好衣裳。药王带着张去病匆匆走出山洞，穿过竹林中小道走到后院那间小屋前。药王推门进去，张去病跟着进去一看屋内堆放着杂物。药王走到东墙下，弯腰揭开一块盖板，地面露出一个洞口，又有白气从洞里冒出，张去病心想这洞下也有热水池吗？

药王点燃一盏灯，踏着阶梯走下洞去。张去病走进洞口发觉不对，洞里冒出白气不是热气，而是冷气，越往下走，冷气越重。走下二十多级阶梯才下到洞底。油灯映照下，只见一个三丈大地洞内，堆放着许多大冰块。张去病恍然大悟原来是一个藏冰块的地窖，怪不得有团团冷气冒出洞口。

只见药王从衣袖里取出一个瓶子，倒出一些油抹在一块大冰上。张去病不知药王为何给冰块抹油，心中微诧。药王用纸擦去手上油腻，说道："公子，脱衣躺下。"张去病一惊，道："前辈叫我光着身子躺在冰块上？"

药王点下头。张去病面露难色，道："前辈，我赤身躺在冰块上，身子会粘连在冰上的！"他生长在北方，知道赤手去握寒冰手都会被冻住，有些犹豫。药王道："公子放心躺下，不会有事。"

张去病只得脱去衣衫，光着身子硬着头皮躺上冰块。说也奇怪，他赤身躺在冰块上，居然没感到寒冷，甚至还觉得有些舒服。这大大出乎他的意料，心中十分诧异。药王从怀里拿出三个铜罐、三个铁罐，又在六个罐内放几株草药洒上油，便打火折将罐里草药点燃，迅速将一个火罐压在张去病身上"气户穴"上。药王一连点燃几个小罐内草药，快捷将一个个小罐压在张去病身上"气冲穴""血海穴""天溪穴""极泉穴""天宗穴"上。

张去病知道，这种治病之法叫"拔火罐"。可他只见过别的大夫"拔火罐"都用磁罐或陶罐，不知药王为何用小罐，而且还在冰块上为他"拔火罐"，这种法子透着古怪。他转念一想自从进入回春谷，瞧见药王救治邵家四兄弟，智斗迦南陀，哪一桩又不透着古怪？

他正寻思，忽然一阵炙痛钻进心里，他忍不住呻吟一声。药王轻喝道："公子凝神聚气意守丹田。老夫要行功了。"说罢，药王出掌对着六个火罐发功。只见六只火罐渐渐抖动起来，发出嗡嗡声响，犹如蜂群齐鸣。在功力催动下，那六只火罐发生奇妙变化："气户穴""气冲穴""血海穴"上三只铜火罐越来越热，而"天溪穴""极泉穴""天宗穴"上三只铁火罐却越来越寒。六只火罐越抖越厉害，似要将他身上肉拔下来，令他难受至极，牙齿咬得咯咯直响。

突然，只听砰砰几声轻炸，三只铁火罐裂成六半。另外三只铜火罐却冲到地窖顶上，又当当当掉落在地上。药王挥掌喝一声："着！"啪啪啪啪啪啪疾拍张去病身上六穴。叹道："公子身上恶毒气血端的厉害，竟能将三只铁火罐胀破！"张去病忽觉天旋地转，一股热血从口中喷出，听不清药王说话便晕了过去。

不知昏迷了多久，他醒转过来，睁眼一看已躺在所住之屋。药王正在床头关切望着他。他想起身说话，却听药王道："公子躺着莫动！"张去病忙道："前辈，我怎么睡着了？"

药王道："老夫为公子治病，公子大耗体力，太累了，故尔昏睡了三日。"张去病惊道："我昏睡了三天吗？前辈，我的病……治好了吗？"药王道："公子的病已治好五成，还有五成未治愈。"

张去病一听高兴得"啊"了一声。这十几年来怪病把他折磨得死去活来，突然间得知怪病治好一半，他被这喜讯击蒙了，怔怔望着药王，嘴里竟然说不出一个字。但见药王神情庄重，又不由不信。发怔一瞬，才惊喜交加道："真的吗？前辈已将我的病治好五成吗？哈，这太好啦！太好啦！"

药王叹道："老夫虽将公子的病治愈五成，唉，但还有五成未能根除，一时还无良策将公子完全治好！"张去病忙道："前辈将我病治好五成，我便有了希望……前辈，我这怪病还会犯吗？"药王点头道："还会再犯，但这怪病减轻，不能夺去公子性命了。"

张去病又道："前辈，病好了五成，我能练高深武功了吗？"药王摇头道："公子身上还有五成热寒未能拔除干净，残存气血里，对公子练习高深武功仍有妨碍。"

张去病听说怪病仍妨碍他练武功，不免有些失望。但想怪病已不能夺去生命，激动得翻身下床扑到药王怀里，道："谢前辈救命大恩，我……我……"他声音哽咽，不知说什么好。药王拍拍他的背，道："老夫还未将公子的病治愈，公子不必言谢。"

张去病后退几步，跪下给药王咚咚咚磕了几个响头，颤声道："你老人家已救了晚辈之命，如此大恩，去病永世铭记！"药王笑道："什么大恩小恩，别说傻话，快起来！"

药王将他扶上床躺下，又道："你的病虽然治好五成，但身子虚弱还需卧床静养，不可妄动。这一瓶'六转还魂丹'每日服下一粒丹药，继续调理气血。"药王说着，将一瓶药丸放在床头，又从桌上拿过一块褐色石头，在手上摇了摇，石头里面发出叮咚声响。

张去病奇怪，问道："前辈这石头怎会发出响声？"药王道："往下看，你便会知晓。"药王说罢拿出一把利刃在石头上挖出一个小孔，拿来一个小碗，将石头上小孔对着碗口，只见小孔里缓缓流出一股水来。那水有些浓稠白如乳汁，须臾接满一碗。药王又用一个木塞将那石头小孔堵上，才将它放回桌上。张去病心想：原来石头里面有水，摇动时便会发出响声，但石头里面怎么会有水呢？忙问道："前辈，这石头里的水是从哪来的？"

药王道："老夫也说不清。不过，这石乳水藏在石头里已有千万年，却有治病奇效。你每日服一粒'六转还魂丹'，倒一小碗石乳水喝下，能助你早日调匀气血。"

张去病忙接过小碗喝口石乳水，服下一粒"六转还魂丹"。药王又道："公子好好静养，过得几日，待公子调匀气血，老夫再想法子将你怪病治断根。"

药王说罢，转身走出屋去。张去病目送药王出门后，心想怪病已治好五成，待我试练一会儿功检验身子如何。他坐起身来练习"太玄神功"，一试之下却半分真气也提不起来，只觉得内息荡然无存。他失声道："我功力怎么丧失了？"

他试着又运几次真气，还是没法凝聚内息，弄得精疲力竭。他寻思前些时候怪病缠身时还能勉强运转真气。为何此时怪病治好五成，反倒一点真气也提不起来呢？他想起药王叫他卧床静养，不可妄动之言，心想或许是身子太过虚弱之故，才放下心来不再强行练功。静躺了一会儿，又昏昏沉沉睡去。

如此静养数日，每天服"六转还魂丹"和石乳水，他渐渐觉得身上有些力气，不再那么虚弱，精神头也好了许多。一日醒来感觉神清气爽，体内似有真气涌动。他按照"太玄神功"法门，引导真气在穴位脉络间运行，一股真气如潮水般在身上流动起来。

他一阵欣喜，又试两次，那股真气不仅流动而且浩大连绵，汹涌澎湃。这情形把他吓了一跳。他寻思：内息如此浑厚汹涌，这可是从未有过的事，是因为病治好五成缘故吗？哦，是了，师父他老人家说过病治好了，便能驱使他老人家注入我体内的八十年功力，莫非是师父浑厚功力在我体内流动起来了？

想起凌霄老人的话，他心里一阵激动，忙凝神静气引导真气去冲撞任、督二脉，试图将它们打通。岂料冲撞了几次，任、督二脉之间仿佛有一道堤坝挡住，真气如潮却不能冲过堤坝贯通二脉。他暗自诧异：当年师父说怪病治好，便能自己打通任、督二脉，驱使传给我的八十年功力，病治好五成，还不能打通它们吗？思索一会儿，忽听屋外松涛阵阵，鸟儿婉转啼鸣，便起身走出屋去。

此时已是下午时分，院子里空无一人。他信步走出院门，只见满山野花已然凋谢。微风吹过落叶纷飞，唯有几树枫叶红如烈火。院子旁边小溪流水声哗哗不绝，谷里已是一派秋天景象。他正观望山景，忽听近处有人说话。一个清脆声音道："师兄，爷爷传你《天方经》上功夫没有？"

一个低沉声音答道："师父已开始教我一些入门功夫。"那清脆声音高兴道："好啊！《天方经》是'神药门'历代师祖传下的宝典，师兄，你学好上面功夫将来可做咱们'神药门'第十一代掌门人了！"

那低沉的声音道："师妹别瞎说，我哪有能耐做掌门人？你别拿师兄开心了。"张去病听出是白衣少女和厉蒙在说话。他顺着小道走去，来到一片药圃前。一块地里种着一些奇花异草；另一块地里搭着木架，栽着一些稀奇古怪藤类药物；还有一块地里更奇特，栽着一些奇形怪状石头。白衣少女在那长满奇花异草地里采集种子，厉蒙弯着腰在木架下浇灌一株古铜色矮树。

他一面浇树，一面又道："师妹，今晚咱们去……"厉蒙说至此，看见张去病走来便打住话头，面色几分不悦。白衣少女看见张去病，问道："张公子，今日身子可好些？"

张去病道："谢谢姐姐挂怀，好多了。"他走到药圃边上，才看清厉蒙浇灌的那棵树四尺多高，褐色树叶，树干斑驳陆离犹似古铜铸就。再仔细一看，厉蒙往树根上浇的不是水，也不是肥料，而是一种黄色晶亮液体，像是一种油。

张去病不禁好奇问道："厉蒙大哥，你为何用油浇灌此树？"厉蒙看他一眼，冷冷道："那牛儿吃草，猫儿吃鼠，鸟儿吃虫，你说是为何？"

张去病被厉蒙呛一句，不知如何对答，语塞道："这……"厉蒙不理会他，又低下头去用油水浇树。

瞧见张去病神情尴尬，白衣少女忙道："张公子，我来说给你听，这株树名叫'先知木'，原本是生长在波斯国的一种药物。那波斯国四处皆是沙漠，这树长在沙漠里，树身虽然矮，地下根却很长，钻到沙漠下油质土里生长。回春谷没这种油质土壤，爷爷让我们用药调配油来浇灌它，这树才生长得好。"

张去病道："多谢姐姐指点。"心却在想：厉蒙为何对我冷言冷语？我什么地方得罪他了？他还没想出头绪，忽听梅姨在院子门口叫道："小姐、少爷、张公子，回来吃饭了！"

张去病吃罢晚饭，回屋躺在床上，寻思厉蒙为何对他不友善，忽听药王在门外问道："张公子，今日身子如何？"他忙起身回答道："好多了。"正要去开门，药王已走进屋来，示意他坐下，从头到脚将他打量一番，点头道："嗯，公子的病大有好转。"

张去病道："晚辈有一事不明，请前辈赐教。"药王道："公子请讲。"张去病把凌霄老人说他病治好便能打通任、督二脉之事说出，问道："前辈，眼下我病已治好五成，为何仍不能打通任、督二脉呢？"

药王道："凌霄前辈说得不错，公子病好了能打通任、督二脉。唉，只是阿娇她，就是那'毒魔姥姥'，她为延长你发病时日，用药过急、过猛、过重，反使你病难以治愈。眼下你病只治好五成，还滞留五成寒热在体内不能拔净，余下五成寒热阻碍你打通任、督二脉。"

张去病道："前辈，我身上病还有一半没治好，有没有别法可以打通任、督二脉？"药王想了想，道："法子有一个，但不知功效如何。"张去病忙问："有什么法子？"

药王道："要有一位功力与凌霄老人相若的高人，用雄浑内力助公子一臂之力，或许能帮公子打通任、督二脉。"张去病忙问道："前辈，武林之中，还有哪一位高人有我师父功力？"

药王缓缓道："当今武林，有此功力之人凤毛麟角。据老夫所知只有四人：第一人是我师父了然真人，第二人是飞凤山莫明长老，第三人是"地藏宫"欧阳山人，第四人是子午岛南溟老人。但这四位高人隐居世外，极难寻见，你去哪里找他们助你一臂之力？"

张去病听罢，心下不甘又问道："前辈，你再想想，除了这四位高人，还有没有别人能助我打通任、督二脉？"

药王道："还有一人，是少林寺的弘无方丈。但方丈今年七十多岁，只有六十年功力，不知他有无把握助你打通任、督二脉。日后，你可去少林寺找弘无方丈试一试。"

张去病一听，心里有了盼头。药王说到此处，叫他伸出舌头，看了看舌苔，又传授给他一些调理气血法门，才转身离去。

药王去后，张去病按照药王所说法门调理气血。半个时辰后感觉神清气爽，便在房中练"蹑云步"。不知练了多久，练得浑身大汗。他毫无睡意，瞧见窗外一轮皓月，便缓步走出房去。院里月光泄地，清凉夜气扑面而来。他踏着月光，信步走到院外转悠。月光之下只见山谷南面孤峰高耸宛如巨笋。天上繁星闪烁，四周树影重重，秋虫低吟，小溪边传来阵阵蛙鸣。

忽然听小径一头响起脚步声，地上现出两个人影，一高一矮并肩朝小溪边缓缓走来。张去病一惊忙藏到一棵树后，凝目看去，却是厉蒙和那白衣少女。只见二人走到溪边，不再移动脚步。

听白衣少女道："师兄，你深夜叫我出来，有什么事啊？"厉蒙却不答话，两眼望着那哗哗流淌的溪水，似乎心事重重。白衣少女又道："师兄，你在想什么？"

厉蒙道："师妹，我，我……"白衣少女见厉蒙欲言又止，问道："师兄，你怎么了？"

厉蒙却沉默不语。白衣少女催道："师兄，你有话就快说嘛！"厉蒙抬眼望着白衣少女，张了张口，仍说不出一个字。

白衣少女急道："师兄，你平时说话干净利索。这会儿说话为何吞吞吐吐？急死人了！你再不说，我可要回屋去了！"

只听厉蒙结结巴巴道："师妹，我，我……有句话……想问你。"白衣少女道："师兄，你想问我什么话？"厉蒙颤声道："师妹，我想问你，你心里可有……师兄？"

白衣少女轻笑一声，道："师兄，你这人当真好笑！深更半夜叫我出来，就为问这一句话吗？"厉蒙点了点头。白衣少女道："这还用问吗，你是我师兄，我的心里自然有你啦！"

厉蒙惊喜道："真的吗？师妹心里真有我吗？"随即又摇头道："不，不是。师妹，我是问你，这个，这个……你心里有我，不是把我当作师兄，而是当作……"说到此，又止住话头。张去病在树后听得一头雾水，心想：厉蒙说话如此缠夹不清，他究竟想说些什么？

却听白衣少女道："师兄，我听不懂你意思。你想说什么，就痛痛快快直说啊！"静夜里，只听厉蒙呼吸急促，心情激动至极，仍是不开口说话。

白衣少女生气道："师兄，夜风怪凉的，你再不说，我真要回屋去了！"说罢转身要走。厉蒙急道："师妹别走！我是说……在师妹心里，可是把我当作意……中人？"此语一出，只听白衣少女娇嗔道："哎呀，师兄你说什么呀，羞死人了！"

白衣少双手捂住面孔，背过身去。片刻间，两人都默不作声。过了一会儿，才听厉蒙嗫嚅道："师妹，你，你回答我啊！"白衣少女放下捂脸的手，仍然背对着厉蒙，低着头轻声道："我……不知道。在我的心里，一直都当你是师兄。"

厉蒙听罢，叹口气道："师妹，你难道看不出我的心吗？这几天，我想你，想得寝食难安。你，你叫我想得好苦！"

听见厉蒙这番话，张去病才恍然明白：厉蒙白天在药圃对他冷言冷语，原来是他去药圃，无意间妨碍了厉蒙同白衣少女说私房话。他刚想至此，突然听见白衣少女惊惶道："师兄？你，你……你……"

张去病从树后探头一看，只见厉蒙将白衣少女抱在怀里。白衣少女奋力挣扎，厉蒙紧紧搂住不放，两个人影在地上晃动不止。白衣少女挣扎不脱，气恼道："师兄，快放手！"

厉蒙颤声道："师妹，师妹，我想……"说时，噘嘴去亲白衣少女。忽听"啪"的一声脆响，白衣少女打了厉蒙一耳光。厉蒙松开手，惊愕地望着白衣少女，颤声道："师妹，你……你……"

白衣少女气得浑身瑟瑟发抖，带着哭声道："师兄，你，你，你……"连说几个"你"字，再也说不下去，转身要走。厉蒙急忙一把拉住白衣少女的手，道："师妹息怒，师妹息怒，师兄一时糊涂……"

白衣少女不听厉蒙解说，猛地甩开厉蒙的手。厉蒙扑通跪下，拉住白衣少女的裙子央求道："师妹，师兄该死！求你看在我们师兄妹情分上，别把此事告诉师父他老人家，好吗？师兄求你了！"

白衣少女轻喝道："放开我的裙子！"一跺脚，哭着朝院子跑去。厉蒙站起身来，失魂落魄地望着白衣少女的背影，发呆好一阵才悻悻道："师妹，你不从我，哼哼，我非娶你不可！"

忽听有人阴森森道："好小子，敢对你师妹动手动脚，胆子可不小哇！"厉蒙吓了一跳，喝道："谁！"地上人影晃动，从岩石后走出一人来。来人身穿一袭黑袍，长长黑影映在地上，头上戴着黑色面罩，两眼射出幽幽厉光，极是诡异。厉蒙急退两步，惊悚道："你……你是何人？"那人怪笑一声，掀开面罩。厉蒙惊道："是你？"

张去病注目一看，也吓一跳，来人竟是天竺毒佛迦南陀。厉蒙喝道："毒僧，你，你……想做甚？"迦南陀阴恻恻道："小子莫害怕，佛爷救苦救难，前来救你小命！"

厉蒙道："胡说八道，我好端端的，谁要你这恶僧来救！"迦南陀冷笑道："佛爷问你，适才，你对你师父的宝贝孙女做什么？"厉蒙怯声道："我，我，没做什么……"

迦南陀冷冷道："哼，没做什么？佛爷亲眼瞧见你强行抱住那丫头，风流快活得很哪！佛爷若将此事抖落给药王老儿听，嘿嘿，你这条小命还保得住吗？"

厉蒙气得发抖，一指迦南陀，怒道："你……你胡说！"迦南陀道："害怕了吗？那就乖乖听佛爷的话。"厉蒙怒喝道："要我听你的话，休想！"迦南陀冷冷道："你小子风流成性，同佛爷气味相投。佛爷有几分喜欢你，才为你小子指条生路。臭小子别不识抬举！"

厉蒙哼了一声鼻音，不屑一顾道："我不稀罕你抬举，你这恶僧快滚！"迦南陀冷笑一声，道："臭小子，你不要小命吗？好！佛爷这就去把你对师妹非礼之事，添油加醋地对药王老儿抖落出来，说你如何强暴他孙女……"

厉蒙大急道："别，别，你别去……"迦南陀奸笑道："你要佛爷不抖出这桩丑事，那也不难，只要你改投到佛爷的门下，佛爷不仅不张扬此事，还帮你把那美貌小丫头弄到手。哈哈，让你小子风流快活享用！"厉蒙怒道："叫我背叛师门，毒僧，你白日做梦！"

迦南陀缓言道："你不敢答应，想必是害怕药王老儿。你别怕，佛爷传你一身无敌毒功，日后药王老儿便奈何不了你。将来毒佛准你在中土开宗立派，成为中土'毒佛宗'开山祖师，就像达摩祖师创立禅宗一样，受人敬仰！嘿嘿，那是何等风光！"

忽然之间，地上人影散乱。张去病伸头一看，见厉蒙和迦南陀打斗起来。厉蒙出手尽施杀招，一副拼命劲头，全然不顾自身安危。迦南陀喝道："小子想杀人灭口吗！"

厉蒙一声不吭，出手越快越狠。张去病看出，厉蒙出招虽然快猛，但他功力远不及迦南陀。二人斗了几招之后，厉蒙渐渐处于劣势。他想挺身相助，却又怕厉蒙怀疑他看见刚才之事，他不知如何是好。忽听厉蒙一声惊呼，好像受了伤，两条人影突然分开。朗月之下，二人一前一后，往小溪下游追逐而去。

张去病忙从树后闪出，迈动"蹑云步"朝院子奔去。才跑进院门忽觉眼前一花，药王如幻影般出现在他面前。原来厉蒙和迦南陀打斗声，惊动了药王。张去病忙道："前辈，厉蒙大哥被那天竺毒僧打伤了！"药王惊道："他人在何处？"

张去病伸手朝小溪下游一指，还没来得及说话，药王纵身跃起，飞矢一般消失在夜色里。又听有人道："张公子，我师兄他怎么了？"张去病转头一看，是白衣少女匆匆跑来，身后跟着梅姨，两人神情焦急。

张去病忙道："厉大哥受了伤，被那天竺毒僧追赶，朝小溪下游逃去。"白衣少女和梅姨一听奔出院去，留下张去病孤零零站在院子当中。

过不一会儿，院墙上人影晃动轻轻飘下一人来，却是药王。紧跟着步声响动，白衣少女和梅姨也走进院里。三人望着对方摇摇头，示意没有找到厉蒙。药王问张去病，道："张公子，厉蒙怎会与那毒僧打斗起来？"

张去病欲回话，看见白衣少女神色不安地望着自己。他马上省悟白衣少女担心他看见幽会之事，怕他说出实情。他想：若是说出实情不仅会让白衣少女难堪，惹药王生气，还坏了药王同厉蒙师徒情分。心念闪过，他答道："厉蒙大哥同那毒僧动手，晚辈也不清楚原由。晚辈睡不着觉便去院外随意走走。忽然听见溪边有打斗声，晚辈过去看，便看见厉蒙大哥同那毒僧恶斗。厉蒙大哥受伤逃走，毒僧在后面追他，晚辈就跑回来报信了。"

药王听罢寻思一瞬，说道："这山谷大，夜里极难找到厉蒙。那毒僧是冲着老夫来的，我料他暂且对厉蒙不会怎样。你们去睡罢，明日再去寻找厉蒙。"

翌日，张去病还没起床，就听见窗外一阵"老爷，老爷"惊呼声。他披衣出门一看，不禁一怔，只见梅姨扶着一个人走进院来。那人头发散乱，神志恍惚，嘴里不住呻吟，正是厉蒙。药王开门瞧见厉蒙，面色一紧，忙问道："阿香，你在何处找到厉蒙？"

梅姨道："回禀老爷，早起小人去溪边打水，听见有人呻吟，上前一看是厉蒙昏倒在草丛里，便将他扶了回来。"药王道："快扶他进屋躺下。"梅姨道："是。"迅捷把厉蒙扶进屋里。药王走到厉蒙身前诊视一会儿，左手指疾点，封住厉蒙身上几处穴位。右手把厉蒙嘴捏开，将一粒丹药喂进他口里。转眼之间厉蒙不再呻吟，渐渐昏睡过去。

白衣少女闻讯进屋来问道："爷爷，师兄怎么啦？"药王摆一下手示意安静。白衣少女便不再问话，关切望着厉蒙，也在一旁坐下静候。过了不大一会儿，厉蒙轻哼一声醒转过来。看见药王坐在床前，忙起身叫道："师父！"

药王道："厉蒙，昨晚上你到何处去了？"厉蒙道："回禀师父，昨夜弟子看见毒僧闯进谷来，便上前与他交手，不小心被他打了一掌，弟子只得落荒逃走。可是逃出不远被他制住。那毒僧听见师父追来，出手点了弟子哑穴，把我藏进一个山洞里。等师父远去后，他在弟子身上下一种毒，并说这种毒无药能解，两日之内弟子便会内脏腐烂而死。后来他便将弟子放了……师父，你快救救弟子！"

药王道："莫惊慌，你把详情慢慢说来。"厉蒙续道："那毒僧说，这一回，你老人家一定看不出他下的什么毒。就算你识破他下的毒，你也解不了毒。他还说你解不了他下的毒，看你还有什么颜面在江湖上号称'还魂药王'？'神药门'还如何在江湖上立足？"

药王一听仰面自言自语道："两日之内，使人内脏腐烂而死，是那'蛇吐珠'之毒？唔，不像。那'蛇吐珠'虽会让人内脏腐烂，但毒性太剧，发毒要不了两日之久，不像是'蛇吐珠'之毒。会不会中了'美人手'之毒呢……不，看来也不像。人若是中了'美人手'之毒，内脏只会大出血，却不会腐烂。莫非？莫非是中了天竺'龙涎果'之毒？嗯……这倒有些像，那'龙涎果'能腐烂人内脏，还会使人身上出现血疱。厉蒙，让师父看看你身上可出现血疱？"

药王掀起厉蒙身上衣衫，一看之下神色大变，道："不对！毒僧下的不是'龙涎'！老夫险些被他骗了！"厉蒙问忙道："师父，那是什么毒？"药王道："毒僧用的是一种最难解的毒，名叫'百虫百毒菌'！这是天竺国一种剧毒菌类。人若中了这'百虫百毒菌'毒，不仅内脏会腐烂，而且身上会出现五彩花斑。蕾儿你们过来看！"

药王向白衣少女和张去病招手。二人走近床前，见厉蒙身上果然出现一块块五彩斑点，花花绿绿，煞是好看。白衣少女着急道："爷爷，为何这种毒最难解呢？"

药王道："这'百虫百毒菌'生长在天竺国酷热树林，其形状像一只酒杯，有小碗那么大，菌身色彩斑斓。此菌生会释放出一种毒虫极喜爱的气味，各种毒虫闻到气味便会爬到菌前来喷射毒液浇它，因此天竺人叫它'百虫百毒菌'。此毒最难解，是因解毒之前，必须知它含有哪些毒虫毒素，还必须知该用何种药物克制它。至于如何配方，如何炼制解药，更是繁复无比！稍有不慎用错一味药，或用药量不对，中毒之人都会死得苦不堪言。"

厉蒙一听吓得翻滚下床，伏在药王脚下叫道："师父快救救弟子！"药王扶起厉蒙，道："厉蒙起来。咱们'神药门'享誉江湖，在武林中延续几百年，虽不敢说万毒皆克，但咱们这块'神药门'招牌，却也不是天竺'毒佛宗'砸得了的！"

白衣少女道："爷爷，你能解这'百虫百毒菌'的毒吗？"药王摇头道："能解此毒之人，不是爷爷。"白衣少女追问道："那是何人？"药王道："是你们的师祖了然真人。"白衣少女失望道："可是，可是师祖他老人家不在这里啊！"

药王道："他老人家虽然不在回春谷，却为我们留下解此毒的丹药。"厉蒙颤声道："师祖他老人家留下了解毒丹药吗？"

药王点点头，说道："当年，你们师祖为精研天下毒物，在天竺国闻知这'百虫百毒菌'之毒无人能解，害死不少天竺人。他老人家怀济世善心，识遍天竺国毒虫，观察毒虫对毒菌喷毒，历经数载终于找到了克制此毒的法子，研制出了解药，救活了不少中毒的天竺国人。西游归来他老人家留下解药，叮嘱我好好保存，说将来或许用得着它，岂料今日果然派上用场！"

药王说罢走出屋去，不多时从药房取来一个茶色陶罐，除去封皮打开罐盖，从罐内取出几张膏药，双掌夹住膏药微微运功，膏药发出一股恶臭气味，熏得人恶心欲吐，张去病和白衣少女忙掩住鼻子退到一旁。膏药化开，药王揭起厉蒙的衣衫，把四张膏药分贴在厉蒙头上"百会穴"，胸前"乳中穴"，小腹"气海穴"和脚底"涌泉穴"上。随即后退开去，举掌对这四个穴位猛然发功，一股强大劲道猛击过去，震得厉蒙身子往上一弹重重落下，大叫一声昏厥过去。

药王双掌不停继续发功，不一会儿只见贴在厉蒙身上的四张膏药热气蒸腾，发出滋滋轻响，浓臭气味弥漫屋内，几乎要将人熏倒。张去病和白衣少女都经受不住，忙捂住鼻子退到门口。

过了一会儿臭味渐渐散尽，张去病又闻到一股闷头的香气钻进鼻孔。白衣少女惊道："啊，爷爷，师兄身上膏药变颜色了！"

张去病一瞧，厉蒙身上四张膏药背面变得花花绿绿，十分艳丽。他微感诧异，心念一转即明白其理：膏药变得色彩艳丽，是被拔出的毒液染成。药王却不停手，仍对着膏药发功，直至膏药将毒拔净，厉蒙身上彩斑尽数褪去，才收掌调匀气息。歇息一会儿，药王唤道："阿香！"梅姨闻声走进屋来，道："老爷有何吩咐？"

药王道："厉蒙体内恶毒已除，你扶他下去烧一大锅苦艾水，让他浸泡两个时辰，不可进食。"说时在厉蒙脑门轻拍一掌，厉蒙哼了一声悠悠醒来。梅姨扶着厉蒙走出屋去。药王回头对白衣少女和张去病道："蕾儿，张公子，这几日，你们不得走出这院子，切记！"两人忙应声道："是。我们记住了！"

第二日午时，厉蒙来到堂前叩拜药王，道："弟子谢师父救命大恩！"药王看见厉蒙完好如初，面露喜色道："厉蒙，眼下你功夫尚未练成，不是那毒僧对手，若是再与他相遇，不可同他交手。"厉蒙道："弟子记住了。"

梅姨走进屋来躬身道："老爷请吃饭。"几人在饭桌前坐下，梅姨拿起酒壶为四人各倒满一杯酒，便垂手站立一旁侍候。药王倒了一杯酒，道："阿香，你也坐下来喝杯酒，贺厉蒙康复。"梅姨双手接过酒杯，道："谢老爷"，仰面一饮而尽。

白衣少女道："爷爷，那毒僧还会再来捣鬼吗？"药王淡淡道："他若是再来，那是最好不过。这一回老夫要让他脱胎换骨，不能再作恶害人！"

张去病心下寻思：那毒僧心性歹毒，一心想在中原扬威立万创立什么"毒佛宗"。药王如何能让他重新做人呢？他心里不大相信。

第三日，药王来到张去病房中，问道："张公子，这几日，身子还有何种不适？"张去病道："晚辈只是瞌睡增多，别的并无异样。"药王道："这十几日静养，公子气血已安，阴阳已调，再养几日便可无忧了。"正说至此，忽见梅姨匆匆走进房来，神色不安说道："禀老爷，小姐此时还未起床，我去叫了几次，房中没有一点动静，请老爷快去看看！"

药王道："小孩子家是不是睡过头了？"梅姨摇头道："不会的，小姐从来不睡懒觉。今儿不知是怎么了？"药王快步走出屋去。张去病也跟着出屋，随药王走到东厢房门前。药王在门前呼唤道："蕾儿，蕾儿！"房中无人回应。药王轻轻一掌震开房门，走到白衣少女床前揭起蚊帐一看，只见白衣少女昏迷不醒，一只手臂伸在被子外面，雪白胳臂上布满五彩斑点。

药王惊道："蕾儿怎会中了'百虫百毒菌'的毒？"梅姨急道："怎么会呢，怎么会呢？昨晚上小姐还是好端端的啊！"张去病在房外听了也是一惊，蕾姐姐怎会中毒呢？这可奇怪！

忽听房上有人怪笑道："药王老儿，你宝贝孙女为何中毒，佛爷来说给你听！"药王一听是迦南陀的声音，飞身跃出屋去一拂衣袖，一股绿色烟雾激射上房。迦南陀看见绿雾袭来，识得厉害，急忙纵身跃到院墙上。

药王却不追他，返身进入房内取出一粒黄色药丸，叫梅姨捏开白衣少女的嘴，给她服下药丸，防止'百虫百毒菌'毒蔓延到心脏。药王转身去药房去取那拔毒的膏药。走进药房拉开装药的箱子，不禁一愣，那装解药的陶罐却不见了！药王一惊非同小可，急忙转身跃出屋外，指着迦南陀，喝道："毒僧，你好歹也算一派宗师，干这种偷鸡摸狗的勾当盗取老夫的解毒药,不怕有失身份吗?"

迦南陀站在墙头道:"药王老儿,你莫栽诬佛爷,干这偷鸡摸狗之事另有其人!"药王冷笑道:"哼,除了你这毒僧,还会有谁盗我的解药?"迦南陀抬手朝药王身后一指,道:"那盗药之人便同你老儿站在一起!"张去病转头一看,迦南陀所指之人是厉蒙,说什么也不相信是厉蒙盗药。

厉蒙本是个孤儿,是药王将他救活,收入门下抚养。厉蒙同白衣少女一起长大,二人情同兄妹,怎么会盗取解药?药王呵斥道:"毒僧,你莫嫁祸于人,你敢做不敢当,枉为一派掌门!"

迦南陀道:"药王老儿,常言道家贼难防。你不信佛爷的话,你问问那小子。"药王回头问道:"厉蒙,毒僧说你拿了解药,有无此事?"

厉蒙惊慌后退,颤声道:"解药是……是……弟子拿了。"药王一怔,心中诧异,却缓言道:"厉蒙快将解药拿出来为你师妹解毒。"

厉蒙道:"是,是,是……"一连说了几个"是",却不拿出解药来。药王喝道:"还愣着干什么,快些把解药拿出来!"

迦南陀怪笑道:"哈哈,药王老儿,你还蒙在鼓里!实话对你说罢,解药是这小子偷的,你孙女身上的毒也是这小子下的,他岂肯把解药轻易交给你?"

厉蒙抢道:"毒僧你,你……你胡说!"药王心中一动,心想自己这几日严加防范,毒僧绝无可能对蕾儿下毒。这下毒和盗药之事唯有厉蒙能办到!

心念闪过,药王厉声问道:"厉蒙,你为何要害你师妹?老夫待你情同亲骨肉,你师妹视你为兄长,你为何要对他下毒?"

厉蒙惊慌道:"师父息怒。弟子并非要害师妹,弟子是想请师父允诺一件事,立时交出解药救师妹。"

药王强忍怒气,道:"你要老夫允诺你何事?"

厉蒙道:"弟子想请……请师父答应,将师妹许……配给弟子。"药王怒喝道:"小畜生,你暗中对你师妹下毒,又盗解药,是想要挟老夫将蕾儿许配给你?"

厉蒙浑身一抖,低声道:"弟子不敢……弟子只是……只是求师父成全弟子!"

药王冷笑道:"为此,你背叛师门,伙同这毒僧一起来算计老夫?"

厉蒙连忙摇手道:"不,不!弟子决不敢背叛师门,更不敢伙同毒僧算计你老人家!弟子一时糊涂,上了这毒僧的当……才,才出此下策。"

迦南陀怪笑一声跳下院墙,道:"小子,你说什么上了佛爷的当?哈哈,你下毒、盗药,佛爷可半点没有强迫你,全是你自觉自愿干的!药王老儿,你想知道你这爱徒因何背叛师门吗?要不要佛爷说给你听?"厉蒙指着迦南陀急喝道:"毒僧,你休得胡说八道!"

迦南陀不理睬厉蒙，继续道："前夜，这小子在溪边对你孙女动手动脚，恰巧被佛爷撞见。佛爷将这小子制住，要他改投佛爷门下，答应捉你孙女给他做老婆。哼，这小子竟不识抬举，敢违拗佛爷之意，佛爷便在他身上下了'百虫百毒菌'毒。小子还是不从，直至佛爷威胁说要把他丑事张扬出来，他才乖乖听话。"

厉蒙大声叫道："师父，他撒谎，你别听他一派胡言！"

迦南陀得意道："佛爷差他回来下毒，盗取解药交给佛爷，让佛爷要挟你老儿就范。岂料这小子竟不把解药交给佛爷，自个儿要挟你将孙女许配他！嘿嘿，佛爷便不客气把他丑事和盘托出，气死你这老儿！"

厉蒙气得浑身发抖，扑上前道："毒僧，我……我与你拼了！"

迦南陀道："小子，还想尝尝'百虫百毒菌'的滋味吗？"厉蒙一听，吓得浑身打个哆嗦，退缩回去。

迦南陀对厉蒙喝道："小子，你对师妹非礼，又下毒害你师妹，还盗解药胁迫师父，做下这一桩桩欺师灭祖之事，药王老儿岂能容你？你若把解药交给我，佛爷便收你为徒，传给你一身'毒佛宗'神功，世上美女娇娘多得是，任你快活消受！"听了迦南陀这番话，厉蒙脸上神情犹豫不决。

看见厉蒙心思动摇，迦南陀得意地对药王道："药王老儿，你徒儿叛逆，孙女性命垂危，佛爷叫你栽到了家！哈哈，这一回，叫你识得佛爷手段！"

药王面容漠然，冷冷道："毒僧，你耍这下三滥手段，在老夫眼里稀松平常。今日，老夫叫你有来无回！"

迦南陀一听立时全神戒备，不敢再说话，生怕一分神着了药王的道儿。厉蒙一听，也吓得提心吊胆向院门边退去。二人均知药王这回出手必是雷霆一击，都目不转睛地看着药王，不敢有半点走神。可是两人紧张一瞬，见药王仍负手站在台阶上，身子一动不动。

张去病看得暗暗诧异，心里又紧张又好奇。进入回春谷这十几日，瞧见药王解毒、救人、治病、斗毒佛迦南陀，一桩桩奇得不可思议。此时，他不知药王又会使出什么奇招妙计，等得他心痒难当，只盼药王快些出手。

迦南陀惊疑不定，死死盯着药王，两眼一眨不眨。一时间院子里静得可怕，人人似乎皆听见自己的心跳声。时间才过一会儿，众人觉得仿佛等了许久。越是等待，迦南陀越是心怯。他难耐这决斗前的紧张气氛，想抽身退去，又怕在他转身瞬间，药王突然出手。厉蒙也想逃走，但他手上有解药，怕他爱的白衣少女因此丧命。一时间二人进退两难。

忽然，迦南陀隐隐闻到一股刺鼻的焦臭味。他侧目环顾，四周并无异样，但那股焦臭味却仍往鼻孔里钻。低头一看不禁大骇，只见脚下冒起一缕袅袅青烟。臭味正是从青烟散发出来。他想脚下有陷阱，忙闪身跃开。然而奇怪，跃到一旁之后那青烟仍然从他脚下继续冒出。他仔细一看，青烟并非来自地下，而是从他鞋里钻出来。啪啪两声，他急忙踢掉鞋子，瞧见两只鞋底已烧穿个洞，脚掌却没感到丝毫灼痛。他大感困惑，忙撩起裤子查看，只见小腿皮肤下有一条红线在慢慢向大腿上蹿行，体内真气在徐徐外泄。

他大吃一惊，急忙从怀里摸出一枚解毒药丸放到嘴里，双手紧压住腿上蠕动的红线，阻止它上行。片刻后他松开手再看，那红线却不后退，仍在往大腿上爬行。忙又摸出另一种解药吞下，撕下两块僧袍将两条小腿紧紧扎住。再查看时，仍是止不住那红线上爬。他一连服下七八种解毒药，全无效用，红线已蹿到了膝盖下，眼看那条红线就要爬上大腿，他一咬牙，唰地拔出一柄尖刀朝小腿砍去，欲断肢保命。岂料"当"的一声，一粒石子飞来将他手中尖刀打掉。他左掌一翻又拔出一把雪亮匕首朝脚上砍去，又是"当"的一声响，匕首再次被飞射来的石子打掉。迦南陀急怒交加，抬眼看见药王手指上还扣着一粒石子，怒道："药王老儿，我自残肢体碍你什么事？"

药王冷笑一声道："毒僧，这一回你落到老夫的手里，死活可由不得你！"迦南陀惊惧道："你想怎的？"

药王道："眼下老夫还不想杀你！"说罢手指一弹，一个白丸直射过去。迦南陀欲闪身躲开，但双脚已不听使唤。那白丸飞到他面前"啪"的炸响，一团白烟顿时将他罩住。他知白烟有毒，尽力屏住呼吸。鼻孔却被那白烟刺激得麻痒难当，忍不住猛地打几个喷嚏，随即一跤摔倒在地上动不得。

在这惊心动魄的瞬间，忽见人影疾闪，药王如鬼魅般飘到厉蒙身旁，手指疾点，嗤嗤嗤三响点了厉蒙身上三处大穴，厉蒙顿时僵立在院墙墙根下。药王伸手一探，在厉蒙身上摸出解药，快捷无比地闪身进入白衣少女房中。只听药王在房中道："阿香，快将这几张膏药贴到蕾儿的穴位上。"过一会儿，房里飘出一股令人恶心的奇臭，张去病料想药王在发功为白衣少女拔毒。

半个时辰过去，药王才从屋里走出来，指着迦南陀道："毒僧，前几日老夫饶你不死，你不思悔改，竟敢引诱我徒儿背叛师门，毒我孙女。今日又落在我手里，你还有何话可说？"

迦南陀神色萎靡，两眼却恶狠狠地盯着药王，道："佛爷一不留神又着了你的道儿，还有什么好说的？你要杀我尽管动手，佛爷不惧！但你得让佛爷死个明白，你是用何诡计暗算佛爷，说来听听！"

药王冷笑道："你想知道为何又栽在老夫手里吗？说给你听谅也无妨。老夫问你，你潜到院中来时，可曾看见道上撒有'褐蛛粉'？"

迦南陀道："佛爷号称天竺'毒佛'，你老儿耍这点小伎俩，岂能瞒得过我？尽管那'褐蛛粉'颜色与道上的泥土颜色相同，但佛爷一眼便瞧出你在道上做了手脚！"

药王道："'天竺毒佛'目光如炬，佩服，佩服！后来你便改道潜行，是不是？"

迦南陀道："不错，佛爷索性不走小道，改走草地。嘿嘿，你又在草地上洒下'腐骨露'。你料想'腐骨露'颜色与青草色一般，佛爷定会上当。你不知佛爷鼻子辨识毒味天下第一。脚未踏进草地，便闻出了'腐骨露'的气味，佛爷于是改走药圃中那条小径……"

药王道："阁下一眼尽将老夫机关识破，不愧是'天竺毒佛'，本领当真了得！"

迦南陀最爱听恭维话，一听得药王夸赞，不禁面露得意神色。可转眼之间面容僵住。惊呼道："啊哟，不对！药王老儿，你使毒手段怎会如此低能？这可不像你老儿的伎俩！不对，不对……这其中定有什么蹊跷！"

药王道："没有什么不对，一切都很对啊！老夫机关全被你识破，还有什么不对？"迦南陀反问道："你老儿说一切很对，是什么意思？"

药王不回答迦南陀的问话，又道："走上药圃小径，你在老夫药圃里，可是干了什么勾当？"

迦南陀一愕，道："你怎么知道我……噫？当时你老儿藏身在一旁吗？"药王冷冷道："老夫不用在旁边，也能料到你这厮干了什么勾当！"

迦南陀脸上一红。他走上小径时，一眼瞧见药圃里长着一株艳丽夺目的"溶血王莲"。这"溶血王莲"乃是天竺毒物中的圣品，无论何物只要沾上此花毒汁皆会变得奇毒无比。因而此花有"万毒之母"之称，但极难寻觅。他在天竺国遍寻多年都未找到。今日忽然在这花圃里看见，他心里一阵狂喜，无暇思索，便纵身上前去摘下那朵"溶血王莲"。

他寻思：难道我在采摘"溶血王莲"时，不小心中了药王老儿的诡计？他仔细回想当时每一个细节，却总想不出其中有何可疑之处，便答道："药王老儿，既然你已知晓，佛爷也不相瞒，我在你的药圃里摘了一朵'溶血王莲'，那又怎样？"

药王冷冷说道："毒僧，你为何会偏偏经过药圃，又为何会偏偏瞧见那朵'溶血王莲'？这'万毒之母'奇花为何会那时开放，等你去将它摘下？嘿嘿，你这运气，好得出奇啊！"

迦南陀一愣，道："这有什么好稀奇的？佛爷一眼识破你在道上撒下'褐蛛粉'，又在草地上布下'腐骨露'，自会改道走药圃中间的小道，自会看见那朵'溶血王莲'……"

迦南陀说至此，突然瞪大眼睛，脸上露出古怪表情：惊慌道："啊哟！不对，佛爷上你的当了！"惊悚后，他又颤声道："原来，原来你在道上撒下'褐蛛粉'，在草地上布下'腐骨露'，皆是有意露出破绽让我瞧见，引诱我走入药圃小道。而你早在药圃里设下陷阱，用那朵'溶血王莲'作诱饵诱我上钩！药王老儿你诡计多端，太阴险狡猾！"

药王淡淡道："什么太阴险？比起你毒僧胁迫厉蒙盗药，又逼他对师妹下毒的损招，老夫可是光明正大得很哪！"

迦南陀困惑不解道："药王老儿，你究竟在药圃里做了什么古怪手脚，叫佛爷防不胜防，又栽在你手里？"

药王仍淡然道："说来也没什么。老夫两次暴露下毒痕迹让你这厮识破，是叫你自视高明，以为识破了我布下的机关放松警觉，让你不知不觉按照老夫意图走到药圃的小径上去。如不这样，你怎会放心大胆地去盗'溶血王莲'？

"老夫料定你一见此花必盗心大起。所以我在这花儿四周抹上'九风亡魂散'。此药无色无味，任你鼻子嗅觉天下无双，也嗅不出它一丝踪迹。这'九风亡魂散'遇风便化为晶莹露珠挂在'溶血王莲'花瓣上、叶片上和植茎上，你去盗花必定中毒无疑……"迦南陀听得张开嘴"啊，啊"惊呼两声，不知是懊丧自己粗心，还是懊恼自己棋低一招中了药王的神机妙算。

梅姨在旁忽然惊道："啊哟，老爷，我今日去溪边取水从小道上走过，我，我只怕也中毒了！"药王摇头道："阿香，你没事，你已服过解药了。"梅姨摇头道："老爷，我没服过什么解药啊！"

药王道："谁说没有？昨日吃饭时，我让你喝了两杯酒，解药便在那酒里，你不用害怕。"

张去病听见药王讲述擒拿迦南陀的巧计安排，又听他与梅姨的对答，心里不禁暗赞道："药王医技天下无双，使毒绝技神鬼莫测，难怪武林中人提到他老人家莫不敬畏有加！"又想：前日他老人家叫我们这两日不要走出院门，原来他已在四周布下了天罗地网！

迦南陀惊恐道："药王老儿，你，你在这回春谷里做了什么手脚？两次害得佛爷遭你暗算！你……你……"

药王缓缓说道："老夫也没做什么手脚，只是在山谷里布下'七彩迷毒阵'。嘿嘿，我这回春谷里草木皆兵，步步陷阱，杀机重重！毒僧，事到如今，你还有什么话说？"

迦南陀哼一声，道："你们中原人太狡猾。佛爷技不如你，要杀要剐，快快动手！"

药王摇头道："老夫既不杀你，也不剐你，只要你在回春谷归隐，不再祸害生灵便饶你不死！"

迦南陀一听此言，惊得瞪大眼珠，像是听到什么奇谈怪论。惨笑一声，说道："笑话，佛爷乃是堂堂'毒佛宗'六世祖师，岂能在回春谷归隐，老死在这谷里？这万万不能！万万不能！"

药王冷冷道："哼，毒僧，这可由不得你！老夫已替你想好两个归隐之法：一是给你服'忘念移思散'，废了你一身功夫，让你终老在回春谷里。"

迦南陀听了吓得额头上直冒冷汗，大声道："我是'毒佛宗'的六世祖师，在天竺国无人敢不敬畏，权力大如国王。你将佛爷变成废人，我还有什么脸面见人？你不如将我杀了！"

药王道："好，你不想变成废人也成。那么老夫只得采用另一法子将你变成一个好人，让你用一身毒功为别人做些善事，倒也不错！"

迦南陀像是听见天下最稀奇古怪的话，惊得张大嘴巴半晌合不拢。发愣一瞬，忙问道："药王老儿，你说什么？你要把佛爷变成好人？你知道吗？我'毒佛宗'寻找传人，是从专做坏事的小孩中挑选的！佛爷我这一生作恶多端，生下来便不知善是什么玩意儿，才被立为'毒佛宗'六世祖师！你想把我变成行善人？哈哈，你老儿简直是痴心妄想！白日做大梦！你少啰唆，快些一刀将佛爷杀了罢！"

药王冷哼一声道："哼，老夫别的本事没有，把恶人改变成善人的本事，倒是有那么一点点。毒僧，你不信吗？"

迦南陀连连摇头道："佛爷我不信、不信！打死我也不信！"

药王回头对梅姨道："阿香，你过来对这毒僧说一说，你原先是什么人，在江湖上做过什么事？教这毒僧长点见识。"

梅姨道："阿香遵命。"她上前两步对迦南陀说道："毒僧，小女子原本在江湖上小有薄名，人称'毒手夜叉'。"

张去病听见这绰号，蓦然想起赵先生给他讲述武林高手故事时，说到江湖上有一个叫"毒手夜叉"的女魔头，名叫梅天香。此人心性恶毒，在江湖上做下种种恶行，后来不知所终。他想：难道这梅姨便是那个女魔头？好奇心大盛，忙凝神聆听。

只听梅姨道："说起来，小女子羞愧难当。我幼年不幸父母早亡，小小年纪流落街头沦为乞丐。后来在东京城遇见师父，是她老人家收我加入'素女教'，一手将我养大，还教了我一身厉害武功。十八岁那年，我出道江湖，在河北沧州被人所骗奸，从那时起我恨死天下人。

"二十二岁那年，我把欺骗奸我的淫贼一族六十多人杀得一个不剩。二十七岁那年，我在渭南道上与黄河大侠顾松比武，败在他手下。我便以色相勾引幽燕帮帮主刘佰昭，挑动他杀了顾松。随后我又将那刘佰昭毒死，嫁祸于丐帮，挑起黑白两道高手一场大恶斗！

"三十岁那年，为争夺'素女教'教主之位，我竟然丧尽天良用毒计害死师父，还杀了两个从小爱我疼我的师姐……唉，那些年我比禽兽不如，真是一个十恶不赦的大恶人！"

梅姨说着流下眼泪，悔恨不已。倘若不是听她亲口道来，张去病怎么也不相信眼前这个美貌文静的妇人，过去竟有如此蛇蝎心肠。

迦南陀却赞道："你这婆娘很对佛爷的脾气！"梅姨斜视了迦南陀一眼，幽幽叹口气，道："唉，要是在当年，你敢对老娘如此粗俗无礼，老娘便一剑将你杀了！什么不错？那简直是大错特错！后来幸亏碰到药王老爷，是他老人家妙手回春给我换上一位善良小姐的心脏，才使小女子心性大变，从此改邪归正，不再干邪恶之事！"

迦南陀大吃一惊，忙问道："且慢，你这婆娘说什么？你说药王老儿给你换了一颗心脏？这，这如何可能？你定是在编造谎言骗佛爷，佛爷不信你的鬼话！"

梅姨道："你不相信小女子的话不要紧，可别不信我们老爷有此神通！"

迦南陀摇头道："给人换心，那是传闻中的一门神医绝技，世上哪有人会这门神技？不可能，绝无可能！"

药王道："老夫不才，略会此术。那四个被你下毒的邵家兄弟，原本都是湘西道上杀人不眨眼的大盗。有一次四人被仇家人追杀，都身受重伤。老夫偶然遇见将他们救下，给他们换了心，四人从此心性大变，不再为非作歹了。"

迦南陀一生痴迷毒技和医术，此刻听见药王之言，好似一个贪财之人站在装满金银财宝的房门外，心急火燎地想进去拿财宝，却又找不着开门的钥匙。他不住转动眼珠子思索片刻，仍想不出药王是按什么医理，用什么法子给人换心。气恼地拍一下脑门，软言央求道："药王老儿，你以什么医术给人换心？为何……为何换了心脏，人的心性会大变？可否说来听听？"

药王道："我中土医术博大精深，上古有一本医典叫《伏羲心经》。那书上说人之心主思。人的心性脾气受制于心脉气血。倘若将一个心性邪恶之人的心摘去，换上一个善良人的心脏，他的心跳节律，血流涌动，便会变得同善良人的心一样快慢，其心性脾气也会变得像善良人一般。若是给老人换上一颗青年人的心脏，老年人心性脾气也会变得血气方刚，争强好胜。照此医理，老夫给邵家四兄弟换心之后，他们果然变得驯良安分，不再干那杀人越货的勾当，自愿在这里为老夫料理药圃。"

药王一指梅姨，又道："还有你面前这位阿香，她换心之后，也变成了良家妇人……你这毒僧作恶多端，老夫若是把你的心换了，你便不会再作恶，可重新做人！"

迦南陀急得大怒道："不，不，佛爷决不换心！你老儿将我的心换了，叫佛爷变得温顺无能，我还是什么六世毒佛？老儿你有本事，快将佛爷杀了！"

药王冷笑道："你不换心？嘿嘿，此时还由得了你吗！"说时右手二指捏开迦南陀的嘴，左手将一枚药丸喂进他嘴里，一拍他后项那药丸便滑下咽喉。

张去病恍然想起，前日吃饭时，药王对白衣少女说，倘若迦南陀再来捣鬼，便让他脱胎换骨，重新做人的话，心想原来药王并非戏言。

药王回头对梅姨道："阿香，好好看住这毒僧，等有不治病人到来，老夫再将那人的心摘下给这毒僧换上。"

梅姨道："是，老爷。"药王转身走到厉蒙面前，厉声喝道："小畜生，你原本是个垂死的孤儿，老夫将你的病治好，又收你为徒，对你恩同再造。你竟敢背叛师门，欺辱师妹，还敢对她下毒手！老夫当年收养你这畜生，当真是瞎了眼！"

厉蒙战战兢兢道："师父息怒，弟子一时昏头铸下大错，甘愿领受师父处罚！"

药王森然道："好，老夫今日清理门户，毙了你这畜生！"说时挥掌朝厉蒙头顶拍落。便在此时，白衣少女房中忽然传出一声尖厉声。药王大惊，收住手掌，闪身蹿进白衣少女房内。梅姨和张去病心系白衣少女的安危，也跟着跑进屋去。

第八章　窥秘

只见白衣少女昏迷不醒，嘴里发出"啊，啊"呼痛声，脸上神情甚是痛苦，但手臂上花斑已经褪去，只有手指残留有斑斓花纹。药王着急道："坏了，解药晚服一会儿，未能将蕾儿体内剧毒拔除干净，蕾儿仍有性命之忧！"

梅姨焦急道："老爷，还有别的解救办法吗？"药王紧锁眉头道："尚有一法，但不知能否救得蕾儿！"说罢，药王疾步走出房去，取来装有"修罗蜂"的竹筒，叫梅姨将白衣少女十个手指放在被子外面，他轻轻拔去筒塞。须臾，"修罗蜂"从竹筒里爬出来，站在竹筒口上懒洋洋伸伸腿，头转动几下，展了展翅膀，"嗡"的一声飞上空中。

药王、梅姨和张去病三人对"修罗蜂"寄予厚望，皆紧紧盯着它飞舞。"修罗蜂"盘旋一会儿，嗅到白衣少女手指上毒味，嗡鸣一声坠落到白衣少女手指上，用尖嘴扎破手指皮肤专心吸起毒来。不大一会儿，"修罗蜂"吸净了一根指头上之毒，又爬到另一根指头上吮吸。

大约一刻钟工夫，"修罗蜂"将白衣少女右手五根指上残毒吸净。梅姨和张去病皆面露喜色，药王眉头却越锁越紧，神色越来越严峻。只见"修罗蜂"吸净了第七根指头的毒，忽然双翅一振飞起在空中转了几个圈，一下落到竹筒口，欲钻进竹筒里去。

药王见状急忙伸手轻弹一下，一小股劲气射过去撞得"修罗蜂"飞起三尺高。可是那蜂儿在空中打个旋，又落回到竹筒上。药王一连几次驱赶"修罗蜂"去吸毒。"修罗蜂"总是飞起又落下，不再去吸白衣少女手指上残留之毒。药王急了，手指上射去的劲气稍偏一点，"修罗蜂"趁机一头钻进竹筒里。任凭药王如何捣弄竹筒，它就是不出来。

张去病奇怪道："前辈，这蜂儿为何不吸毒了？"药王顿足道："这'修罗蜂'

每吸饱一次毒，十几日之内便不再吸毒。数日前，它吸了邵老三和那毒僧身上之毒，今日还不甚饥饿，此时吸了蕾儿右手上之毒，腹中已饱胀，它便不再吸了！"

梅姨焦急道："老爷，小姐还有三根手指毒尚未除净，这如何是好？"药王道："还有一法！"说时取出一根金针将白衣少女第八根指头刺个洞，俯身下去用嘴含着指头用劲吸毒。

梅姨大惊道："老爷不可，你会中毒的！"药王毫不理会，吸出几口黑血吐掉，又用金针刺破白衣少女第九根手指吮吸起来，接连将白衣少女第十根指头内残毒吸净，药王抬起双掌，对着白衣少女心脏发功。只见在功力的催逼下，白衣少女指头上流出之血渐渐变成鲜红色。待那鲜血流出半杯，药王才收掌落坐到椅子上。张去病一看，药王脸色变得灰暗，手背上也出现了几个彩斑，吃惊道："前辈，你中毒了！"

药王从容道："公子莫惊。老夫本想过得几日再想个法子将公子病治好，看来是不成了。"张去病急道："前辈不必为晚辈操心，赶快救治自己要紧！"

药王摇头道："老夫曾经答应六合居士，要把他们寻访之人病治好，你师父凌霄老人也于我有恩，我怎能不将你治好？可眼下突发变故，老夫不能将公子病医治断根了。但公子无虑，我师父了然真人还在世。他老人家乃是唐朝八仙吕洞宾祖师传世弟子，修炼得道活了一百多岁，潜居关外长白山上清修。我这里有一幅路径图，公子可去长白山依此图找到他老人家，求他将你的病治好。"

药王从怀里拿出一张图递给张去病，又道："公子去那长白山，路上定会遇到风险，老夫赠你三枚护身药丸。"说到此，转头对梅姨道："阿香，你去药房将那个紫色木匣取来。"

梅姨道："是。"忙转身出去，转眼之间拿来一个红木匣子。药王从匣内取出红、黄、白三枚药丸，指着红色药丸，道："公子记往：这是一枚制敌药丸。公子若遇强敌，生命危险，将此药丸捏碎抛出，敌人闻到一点药粉便会昏厥，你便能将敌人制住。但若是遇上那天竺毒僧，或是'百毒尊者'，他二人毒功高深，这药丸毒不倒他们。你便将这一枚黄色药丸摔到地上，浓烟冒起敌人便看不见你，你可安然脱险。这枚白色药丸，是一颗保命灵丹，公子若是生命垂危，可将它吞下保住性命。"

张去病摇头道："这颗保命灵丹，晚辈不能要它。前辈此刻生命垂危，请前辈将它服下！"药王道："老夫保命自有别法，公子勿用担心，快将此药丸收下！"张去病决然道："前辈恕我不能从命。说什么，晚辈也不能要这保命药丸！"

药王怒喝道："浑小子，老夫问你，岳爷和你爹大仇，你报是不报？你师父凌霄老人遗嘱，你遵是不遵？老夫命绝顷刻，你如此婆婆妈妈，耽误了老夫保命时间，你担当得起吗？"张去病看见药王动怒，不敢再争辩，只得含泪接过药丸。

药王回头对梅姨道："阿香，蕾儿从小由你带大，你二人情同母女，老夫将她托付给你，拜托你好好照顾她。"

梅姨颤声叫一声："老爷！"点了点头便泣不成声。便在此时，白衣少女忽然"嗯"一声醒过来，听见梅姨轻声哭泣，忙问道："梅姨，你为何哭了？"梅姨泪流满面道："老爷他，他……"

白衣少女道："我爷爷怎么了？"转眼看见药王脸上现出五彩花斑，大惊道："爷爷，你怎会中了'百虫百毒菌'的毒？"梅姨哭着述说药王中毒经过，白衣少女大哭道："爷爷，都是蕾儿害了你！"

药王轻声道："蕾儿，你没害爷爷，是厉蒙那小畜生干的好事！蕾儿不哭，'百虫百毒菌'解药虽然用完，但爷爷死不了。待会儿爷爷服下'龟息丹'假死过去，你们把爷爷送进后院冰窖里，埋在冰块下便能保住爷爷的命！"

说到此处，药王拿出两册蓝绸封面秘籍递给白衣少女，续道："这两本《天方经》和《地方经》是本门至高宝典。在《天方经》里，你师祖留下了解'百虫百毒菌'的药方，在《地方经》里，留下了采集药物的图谱和炼制方法。只是这些药物一时难采集配制，你要花些时日才能制出解毒膏药。到那时你将爷爷搬出冰窖解冻，按经书上标明的穴位，将解毒膏药贴在爷爷身上，运功为爷爷拔毒，便能将爷爷救活过来。"

此时药王身上五彩斑点越来越多，出气越来越急，他出手点胸前几处要穴，拿出一枚"龟息丹"咽下，又道："蕾儿，你按爷爷平日教你之法启动谷里'幽冥阵'，防止那毒僧和孽徒厉蒙入谷内骚扰。记住，你们用冰块埋了爷爷，一定要将窖口封死，不得留下半点痕迹！"药王说罢合上眼睛不再说话，大喘几口气便昏死过去。

梅姨急忙跑去后院打开冰窖，用大冰块砌成一个大冰盒，张去病和白衣少女将药王抬进冰窖放进冰盒里躺下。三人在药王身上放碎冰覆盖全身，又搬一大冰块盖在那冰盒上，才走出冰窖。依照药王吩咐，三人用泥土将那窖口封死，便回到前院。

突然遭此变故，白衣少女悲伤至极，梅姨扶她回房里躺下，坐在床头慢慢劝慰。张去病心里亦很难过，无精打采地回到自己房里。他在窗前坐下，心想白衣少女和梅姨异常悲伤，自己留在回春谷里帮不上忙，反倒给她们增添麻烦。眼下病已治好一半，不如向她们告辞，前往少林寺求方丈打通任、督二脉。如此想罢，他起身收拾东西准备辞行。

翌日起来，他去前堂辞行，只见白衣少女和梅姨仍然面带悲戚。张去病道：

"梅姨，蕾姐姐，我的病好了许多，这些日子承蒙你们关照，我要走了，你们多多保重！"

二人皆微微一怔。梅姨道："张公子，你一人孤苦伶仃，要去哪里？"张去病道："晚辈想去少林寺，求弘无方丈为我打通任、督二脉。"

白衣少女叮嘱道："张公子，江湖险恶，一路上要多加小心！"梅姨转身去厨房拿来一些干粮叫张去病带上，又拉住他的手交代一些在路上注意冷暖，小心江湖恶人的话，眼里闪现泪光。

白衣少女道："张公子，爷爷在山谷里布下'幽冥阵'，你找不到路径出去，我送你出谷去吧。"张去病道："有劳蕾姐姐了。"

二人出了院门，白衣少女领着张去病朝小溪旁边一座山岩走去。张去病道："蕾姐姐，我进山谷的那条暗道怎么不见了？"

白衣少女道："那条暗道被毒僧迦南陀发现，爷爷将它封了。我带你走另一条道……张公子，我叫朱蕾，你叫我朱蕾好啦。"

张去病摇头道："这些日子，我叫你姐姐，已叫习惯，改不了口了。"朱蕾道："好吧，你叫我蕾姐姐，我叫你去病兄弟，好吗？"张去病点头道："那自然好！"

二人说着话走到山岩下一个大树桩旁。那树桩大如圆桌，高出草丛二尺，树桩断面上长满青苔。树桩下面有一截枯枝，朱蕾伸脚在枯枝上一踩，只听"啪"的一声，树桩猛然弹起，地面露出一个地道口来。朱蕾打燃火折将张去病引下地道。两人在暗道里走了一盏茶工夫，才走出地道来到前面山谷。

张去病问道："蕾姐姐，这里有两个山谷，哪一个才是回春谷？"朱蕾道："前后两个山谷都叫回春谷。前面山谷是给寻常病人看病的地方，通常是我和师兄在'回春堂'给人瞧病。后面山谷是爷爷的清修之处，所以十分隐秘，外人不知道。"

两人正说话，忽听前面林子背后有人争吵。一个清脆的声音道："你们不让我去见药王，真是不讲理，姑娘可要生气了！"

一个洪亮的声音道："小姑娘，不是对你说了吗？药王老爷子不在谷里，你别在这儿耽误工夫，快回家去罢，免得你爹娘四处找你！"

那清脆声音道："我来几次，你们都如此骗我。今日不让我见到药王，姑娘真要生气了，可别怪我让你们吃苦头！"

另一个粗沙声音道："小姑娘是哪家的？怎么对长辈如此说话？啊哟，小丫头，你真动手吗？"打斗之声骤然响起。朱蕾惊道："是何人来回春谷寻衅？咱们快去看看！"

张去病听见那清脆声音心中一惊：这人说话的声音好像语儿！他忙跟着朱蕾疾步走上前去，只见邵老三在和一个绿衣少女打斗。邵家老大、老二、老四皆在地里驻足观看。

看见绿衣少女，张去病心头一热，大叫一声："语儿！"绿衣少女听见喊声倏地跳出圈外，转头四处张望，一眼看见张去病，喜道："去病哥哥！"飞跑过来扑到张去病怀里，连声说道："去病哥哥，是你吗？是你吗？我以为我再也见不到你了！呜呜……"说着竟然哭泣起来。

绿衣少女正是柳语。张去病抚着柳语背脊，高兴道："语儿，是我，是我！你别难过，快来见过朱蕾姐姐！"

柳语抬起头来，脸上带着晶莹泪珠，望着张去病破涕一笑。道："谁是朱蕾姐姐？"适才突然看见张去病，她又惊又喜，眼里除了张去病，什么人都没瞧见。此刻转头看见朱蕾站在一旁，急忙离开张去病怀抱，红着脸道："朱蕾姐姐你好，我叫柳语。"

朱蕾点头笑道："柳姑娘长得好美！"柳语道："姐姐也好看得紧！"

张去病指了指邵家四兄弟，道："语儿，快来见过四位邵大叔。"柳语找到张去病，心绪大佳便爽爽快快道："四位大叔，适才多有得罪！"

邵老大道："姑娘，你刚才使出一招'天山碧雪指'，请问那柳寒峰掌门是你什么人？"柳语道："他是我爹。"

邵老大道："昔年柳掌门有恩于我们兄弟，请姑娘代我们兄弟向他老人家问声好！"柳语点头应诺。

朱蕾对张去病道："去病兄弟，你已出'幽冥阵'，姐姐不送你了，路上多加小心！"

张去病道："多谢蕾姐姐！"拱手向朱蕾和邵家兄弟告别，带着柳语转身走上山道。

两人别后重逢，一路上有说不完的话。张去病道："语儿，那一日毒僧穷追你，你是如何逃脱的？"

柳语道："那毒僧功夫了得，我引他追出十余里，仍见他紧追不舍。我心下害怕，不知如何将他甩掉，忽听那毒僧在后面大叫：'小娃，快交出达摩石，佛爷便不追你！'我一听才恍然大悟，原来那毒僧以为你仍在马上才紧追不舍。我便将你披在我背上的衣衫抛掉，毒僧看清楚马上只有我一人，方知上当，气得哇哇大叫就不再追了。"

张去病道："好险！我不见你来找我，一直在为你担心！"

柳语道："我怎么没来找你？人家来回春谷找你三次。第一次来时，我在路上听人说药王被人害死了。我担心你遭遇不测，加快赶来找你，谷里却空无一人。

我把山谷找个遍，找了一整天才离去。"柳语说着，泪珠在眼眶里滚来滚去。张去病看见柳语一脸风尘，心里涌起怜爱之情，握住柳语的手，道："语儿，让你受苦了。"

柳语又道："出了回春谷，我不甘心，过几天又进谷来找你。第二次来时看见有几个人站在'回春堂'门前，同那四位邵大叔说话。只听一人说道：'邵老大，这几年，我们几次来回春谷找张公子，你们都说他没到回春谷来。老哥同你们兄弟有几十年交情，你可不能欺哄老哥我！'

"我听了诧异，心想这几人也是来找你吗？他们为何要找你？是不是为了那块达摩石？我警惕起来躲在一旁偷听。却听那邵大叔道：'龙帮主，我们兄弟同你有过命交情，怎会瞒骗你老哥？我敢对天发誓，那少年真没来过回春谷！'"

张去病忙问道："语儿且住！你听见邵大叔叫那人'龙帮主'吗？"柳语点点头。张去病又问道："那人可是身材高大，满脸络腮胡子？"柳语道："是啊！去病哥哥，你认识他吗？"

张去病点头道："那龙帮主是我的朋友。同他在一起的是不是有一人满脸赤红，身材矮小，有一人身子瘦高，脸色蜡黄？"

柳语连连点头道："是，是有这两个人！"张去病道："那是段堂主和穆堂主……语儿，后来呢？"

柳语道："后来，邵三叔笑道：'龙帮主，江湖上传说那张去病知晓达摩石下落，你老哥三番五次来找他，是不是打达摩石的主意？'去病哥哥，我一听他们提到你的名字，更加留神听他们说话。只听龙帮主身旁那个身材矮小的人笑道：'邵老三，你莫栽诬我们帮主贪图达摩石！叫我看，倒是你们兄弟将那张公子藏了起来，想独吞达摩石！'"

张去病笑道："段堂主可真会开玩笑！"柳语道："不料那邵三叔听了段堂主的话，脸色大变，急忙道：'段堂主，这个玩笑万万开不得！你这说玩笑话不打紧，说不定让我们兄弟四人因此丢了性命！'段堂主哈哈一笑。对那身子瘦高的汉子道：'穆堂主，你看这四个杀人不眨眼的煞星，现下变得胆小如鼠啦！'"张去病道："那穆堂主怎么说？"

柳语道："穆堂主只是淡淡说一句：'张公子对我说，他一定要来回春谷找药王治病，怪了怪了，他怎么会没来呢？这当中会不会真有什么蹊跷？'他说话时，笑嘻嘻看着邵大叔。邵大叔忙分辩道：'穆堂主，你不要含沙射影，要是真有什么蹊跷，也同咱们四兄弟不相干。我们兄弟若见到那张公子，得了达摩石，还会老老实实在这回春谷里待着吗？嘿嘿，恐怕早就躲到一个没人知道的地方揣摩达摩石上奇妙武功去了！你说是不是？'"

"那龙帮主信了邵大叔的话，点头道：'说得也是。'他又问药王在不在回春谷，说想拜见药王。邵大叔说药王外出采药去了，龙帮主有些失望，才带着两个堂主离去。去病哥哥，你明明在回春谷里，邵大叔他们怎么说不知道呢？"

张去病道："我进回春谷时，几位大叔中了迦南陀下的毒，神志不清，所以不知我到来；或许是药王不许他们对外人说，也未可知……语儿，后来你怎么又来找我呢？"

柳语道："我听说你不在回春谷，心里总不相信。等龙帮主他们走后，过了几日，我又潜入回春谷内，悄悄察看邵大叔他们动静，不料几位大叔都是老江湖很快就发现我。听说我来找你，他们便说你没来过。我仍不相信他们的话，又来了几次。这一次便同他们吵了起来……去病哥哥，你呢？药王将你的病治好了吗？"

张去病把到回春谷的种种奇遇大略说了一遍，柳语听得惊心动魄。听罢高兴道："去病哥哥，你的病治好五成总算没有白来一趟！咱们离开回春谷，去哪里？"

张去病道："药王说，少林寺方丈弘无大师有六十多年功力，或许能为我打通任、督二脉，我想去少林寺恳求他老人家帮我打通任、督二脉。如若成功，我能用师父传给我的浑厚内力练成他老人家教我的武功，去找秦桧奸贼报仇！"

柳语在神女峰上见张去病施展过武功，一听此言，忙问他师父是何人，学了什么武功，为何非去少林寺找弘无方丈相助，找别的高手成不成？张去病一一耐心回答。二人一边叙说往事一边赶路，风尘仆仆地前往少林寺。

这一日，他们从湖南地界进入湖北境内，忽听道上人声喧哗，见一群庄稼汉子奔跑过来，后面有十多人骑马追赶。转眼之间，骑马之人便将庄稼汉围住。一个斜眼汉子喊道："乡农听着，我家寨主有令，命你们上老虎岭去修寨楼，若不乖乖听话，便将你们通通宰了！"

一位年轻乡农上前求道："老虎岭山大王，小人有老娘卧病在床，天天要小人服侍，离不开小人，求你们放小人回家，照料我老娘！"另一位乡农道："大爷，小人们不敢去。要让官府知道了，要治小人勾结那匪……人重罪。老爷，求你行行好，放过小人吧！"

斜眼汉子喝道："少说废话！你们快跟大爷上山，别自讨苦头吃！"一位壮汉怒道："上月官兵抓咱们去做苦役，现下老虎岭山大王又抓咱们去建寨楼，你们还让不让咱老百姓活命？"

壮汉话未说完，斜眼汉子催马上前挥鞭猛抽他，嘴里大喝道："老子打死你这刁民！"马鞭如雨点般落在那汉子身上，打得那汉子抱头逃窜。逃出几步，汉子又被四面的盗匪围住抽打。他大声呼救，村民们手无寸铁，哪敢去救他？张去病心下大怒正欲出手，忽见道上有十余骑款款而来。

当先一人身穿华服，面容白皙，眉清目秀，是一位青年书生。他身后跟着一个老和尚，身穿大红袈裟，身材又瘦又小，蓄着稀疏花白胡子，盘腿打坐在光溜溜的马背上，一手持佛珠，一手立掌胸前，闭着两眼，手不握缰绳身子却坐得稳稳当当。

张去病看见暗暗称奇。老僧身后是一个三十多岁，脸色紫酱的壮汉，其余四人一律西夏人装束，神情剽悍。一行人来到近前，见那壮汉被打得头破血流。青年书生大声喝道："住手！快住手！"

斜眼汉子瞟他一眼，喝道："哪儿来的小白脸？敢在老虎岭地盘上管闲事，老子看你是活得不耐烦了！"

青年书生怒道："大胆山贼，光天化日之下，竟敢欺压良民百姓，难道不怕大宋王法？"

斜眼汉子哈哈笑道："狗屁大宋王法，在老子眼里一文不值！"转头对十几个同伙道："兄弟们，肥牛自己送上门来，这笔买卖做不做？"同伙应声道："做啊，送上门的买卖不做，咱们岂不成了呆瓜？"十几人抽出刀剑纷纷围上前来。青年书生冷冷道："恶贼想打劫吗？"

斜眼汉子道："小白脸，别把话说得如此难听。你们酸书生爱把话说得花里胡哨：杀人不叫杀人，叫处决；贪赃不叫贪赃，叫晒纳；勾引女人不叫勾引，叫艳遇。嘿嘿，这打劫，你为何不换个文雅好听的说法？"

青年书生一怔，问道："换什么文雅好听的说法？"斜眼汉子笑道："打劫的雅称，你都不知道，可见你这小白脸学问不行！大爷今天让你长点学问，打劫不叫打劫，应叫财物易主！"

青年书生眉头一掀，转头对身后四个西夏汉子道："给我收拾这伙耍嘴皮子的山贼！"四个西夏汉子与离盗匪三丈之遥，闻听书生一声令下，四人从马背上一跃而起犹如猛虎扑入羊群。只见拳脚翻动，刀剑飞舞，一阵乒乒乓乓之声大作，顷刻之间数名盗匪被打下马鞍。

斜眼汉子一看四个西夏人武功高强，急忙打马逃逸。四个西夏汉子欲追上去，却听那书生叫道："都回来罢，别为几个小蟊贼，耽误咱们赶路。"

柳语瞧见事端平息，对张去病道："去病哥哥，没热闹看了，咱们走吧！"那书生听见柳语说话，转头朝张去病上下打量几眼，微微一怔。掉头去问乡民，道："你们是哪个村的？"

那被鞭打的壮汉回答道："谢谢公子救我们。小人们是前面李家沟村的。"书生道："你们回村去罢。"说时掏出一把碎银子抛给众人，乡农们一声欢呼，纷纷争捡掉在地上的银子。

张去病一边走一边对柳语道："语儿，这位公子扶危济困，行侠仗义，委实让人钦佩！"

柳语道："看不出这人什么来头，不知他何许人物。"

两人对那书生萌生好感。张去病回头一看，见那书生带着随行六人在他们身后缓缓而行。行出数里，前面出现一个大镇。张去病道："语儿，咱们去镇上吃饭，买两匹马来骑好吗？"

柳语道："好！"

二人走进镇上找一家饭店坐下。随即听见脚步声响，那书生也带着六人走进饭店，在他们旁边一张桌子落座。书生恭恭敬敬地请那红袍老僧坐到上首，老僧毫不客气大喇喇坐下，脸上神情木然。

听那书生道："小生能请得法王出山相助，实是我府光荣！沿途吃食粗粝，大是不敬。待到临安城，家父定会备下盛宴，好生款待法王！"张去病心下诧异，不知老僧是何许人物，青年书生为何对他如此恭敬？

店小二前来热情招呼客人。书生道："小二，快把店里最好的酒菜送上来。"又低声对店小二吩咐两句。小二连点头道："是是，小人记住了。"乐呵呵地跑进厨房去。不一会儿，店小二端来两盘菜，一壶酒放到张去病和柳语的面前。说道："这酒和菜，是那位公子给你二位点的。公子说是他的一点心意，请二位笑纳，给他一点面子。"

张去病一愣，转头去看那书生，只见书生冲他笑了笑。忙起身抱拳道："这位公子，在下与你素不相识，受之有愧！"书生拱手还礼道："不必客气，同是天涯游子，相逢便是缘分。这是在下一点小意思，不成敬意！"

张去病正欲谢绝，却听柳语道："去病哥哥，别拂了人家美意，咱们也点些酒菜叫小二给他们送过去便是！"

书生听见柳语脆脆叫声"去病哥哥"，便端起酒杯走到张去病桌旁坐下，道："公子恕小生冒昧。小生与公子一见如故，只因公子极像小生认识的一位前辈故人。"

张去病好奇问道："不知在下像公子认识的哪位故人？"书生叹口气，道："那位故人与家父是世交，他姓张名宪，是岳元帅爱婿，只可惜几年前同岳元帅一起被害了。"

张去病心里立生警惕，不动声色问道："令尊大人与那岳元帅爱婿张宪将军是世交，定是大有名望之人，但不知他老人家是朝中哪一位大臣？"

书生还未回答，他身旁那位中年壮汉插嘴道："我们公子高堂，便是天下兵马大元帅韩世忠老爷！"张去病一听"韩世忠"三字，顿时热血上涌。蓦地想起四年前在汤阴道上，他被杜百年从柯金龙手下救走，后来听说是韩世忠元帅派雷霆和雷飚二侍卫救了他家人。他娘和外婆被押解到临安城后，又多亏韩世忠元帅和梁红玉夫人多方营救才逃过秦桧的毒手。此时，一听这书生是韩世忠元帅之子，他心里涌起感恩之情，忙道："尊驾原来是韩公子，在下失敬了！"

书生道："公子无须客气！"又道："那张宪将军遇害后，他有一公子叫张去病，为躲避朝廷缉拿还流亡在外，生死不明。家父派人四处寻找，至今尚未找到那张公子。这些年，家父对那张公子好生牵挂！小生见公子长得与张将军十分相像，便想起那流亡在外的张去病公子，思念故人心切，冒昧打扰，还望公子不要见怪！"

韩公子说得情真意切，令张去病大为感动。韩公子又叹道："唉，要是岳老夫人和张夫人看见公子，说不定也会像小生一样将你错认为张去病，二位夫人不知有多高兴！"

张去病忽听韩公子说到娘和外婆，再也掩饰不住心头思念之情，颤声问道："韩公子，那岳老夫人和张夫人现下怎样？她们……还好吗？"韩公子眼珠转动几下，似乎有难言之隐。须臾，才长叹一声道："唉，此事一言难尽，不说它也罢！"

几年前，张去病在临安城得知家人发配到云南后，就再没听到他娘和外婆半点音信。此时看见韩公子欲言又止，其中似有什么隐情，心中大急忙追问道："韩公子，那岳老夫人和张夫人究竟怎么了？"

韩公子面露难色，吞吞吐吐道："这个，这个……请公子勿怪，家父有言，不许小生将此事对外人说。"

张去病急想知道家人凶吉，再也忍不住，冲口道："韩公子，在下并非外人，在下便是张去病！"

韩公子惊诧道："你是张去病？公子莫开玩笑……怎么会这么巧？我才提到张去病，你便是张去病？"看见韩公子不信，张去病着急道："韩元帅有恩于我一家，在下怎敢欺瞒韩公子！"遂将如何流落江湖之事简要说了一遍，只是略去有关达摩石和凌霄老人之事不提。

韩公子大喜道："小生听家父说，当年公子被人救走下落不明。不料今日在此相见，真是上天垂怜！张公子来得正好，你一家人已被皇上赦免，岳老夫人和张夫人已经从云南返回临安城，暂时住在舍下。"

突然听见这天大喜讯，张去病简直不敢相信是真的，忙问道："韩公子，皇上怎会开恩赦免我们一家？"

韩公子道："那是家父和几位大臣联名保奏，请皇上赦免公子家人。皇上念及岳爷过去抗金有功便开恩赦免公子一家。"

张去病听得热泪盈眶，连声道："韩元帅的大恩大德，去病没齿难忘！"

韩公子问道："张公子可愿同在下一起去临安城，看望你家人？"张去病朝思暮想见到家人，一听此言哪有不愿之理？当下转头问柳语，道："语儿，咱们去临安城看望我娘，好不好？"

柳语脸上一红，道："好！"韩公子道："请问，这位姑娘是……"张去病道："她叫柳语，是在下的朋友。"韩公子放下酒怀，起身抱拳向柳语施礼，道："柳姑娘，小生有礼了。"

柳语站起还礼道："韩公子不必客气。"二人礼毕坐下，张去病询问外婆和娘的身子是否安康，韩公子面带愁容，道："公子一家人大多无恙，只是……"张去病急道："只是什么？公子但说无妨！"

韩公子道："小生说了，公子可别着急……只是岳老夫人近来身子欠安，病得不轻！"张去病惊得"啊"了一声，心忧如焚，忙道："公子几时起程回临安？我想去府上看望我家人！"

韩公子道："既然公子探亲心切，咱们马上就走！"

韩公子回到原桌对众人打声招呼，又派人去买来两匹马给柳语和张去病乘坐，便带着他们赶往临安城。一路上韩公子对张去病和柳语甚是关照，三人有说有笑，同行甚欢。

从湖北到浙江临安不算远，行了几日便到得临安城下。其时已是上灯时分。张去病随韩公子进入城内，只见各色店铺尚未关门，街上行人依然熙熙攘攘，道旁酒楼上传出阵阵猜拳行令闹声。

韩公子领着张去病转进一条深巷，来到一座高大府第的后门，道："张公子，柳姑娘，此间便是舍下。"张去病和柳语翻身下马，两个仆人上前来给韩公子请安，顺手牵走他们的坐骑。张去病和柳语跟随公子走进府去，只见府内灯火明亮，一位胖管家迎上前来把他们接到一间宽大房间里。

韩公子对管家道："备上好酒好菜，为张公子和柳姑娘接风洗尘。"又对张去病道："公子小坐片刻，小生去向父母请安，告知寻见公子喜讯，马上就回来。"说罢转身匆匆离去。不一会儿，仆人送来一桌丰盛酒菜，韩公子亦换了一身衣衫走进屋来，说道："张公子，柳姑娘请用膳。"

韩公子拿起酒壶给张去病和柳语倒满酒杯，说道："张公子，柳姑娘，你们初到舍下，小生尽地主之谊，来来来，咱们先饮三杯！"说时端起三杯酒一饮而尽。

张去病端起酒杯，喝下三杯酒后，关切问道："韩公子，我娘现在何处？我想去拜见我娘。"

韩公子道："张公子不急。家父说今夜已晚，公子一路劳顿，好好休息一宿，明日小生便领你去见家父和公子家人。"

张去病只得说道："多谢韩元帅关照。"韩公子又道："来，你们尝尝临安名菜'西湖醋鱼'。"

韩公子夹两块鱼肉放到张去病和柳语的碗里，二人一尝那鱼肉又甜又酸又鲜。张去病常在北方乡下，不曾吃过南方这等精细烹调佳肴，赞道："味道美极！"酒过三巡，韩公子忽然道："张公子，听江湖传言说公子得到那武林奇宝达摩石，小生有个不情之请，公子可否拿出达摩石来让小生一观？"

张去病一怔，心中疑惑：韩公子怎么也对达摩石有兴趣？韩公子一家对我家恩情非浅，按理说我该答应他。可是师父有遗言叫我严守秘密，不能对人说出达摩石之事，我怎能违背？一时间他犹豫不决。

韩公子见张去病犹豫，道："公子如有不便，不必为难！"张去病忙道："韩公子别误会，那都是江湖上的谣言，在下哪有什么达摩石？公子被谣言骗了！"他忙岔开话头，道："哈哈，这酒好香醇，韩公子，这是什么酒？"

韩公子端杯站起身来道："此酒是三十年的状元红。来，张公子，咱们为岳老夫人安康喝一杯！"

张去病道："好。"伸手去端酒杯，手臂忽然使不出力气。他想站起来敬酒，两条腿亦是酸软无力。他忙暗运真气半分内力也提不上来。他大吃一惊，回头去看柳语，只见柳语满脸通红，一副娇滴滴的样子，忙问道："语儿，你怎么了？"

柳语惊道："去病哥哥，我，我怎么浑身绵软无力？"说罢坐立不稳，一下倒靠在张去病肩头上。张去病心中骇异，寻思喝几杯酒，吃几口菜，怎么会内力全失？心念一闪莫非这酒中有异？莫非韩公子在酒里下毒……啊不，不会！韩公子是我家恩人，他怎会在酒里下毒害我？他正困惑不解，忽听韩公子道："张公子怎不端杯？"张去病道："这就端。"手抖得不听使唤，仍端不起那杯酒。

韩公子道："怎么，张公子不肯给小生面子吗？"张去病忙道："不是，不是，在下决无冒犯公子之意，只是手忽然动不了。"

韩公子笑道："张公子真会说笑。适才，你的手还好好的，怎么一眨眼就不能动了？"张去病道："这个……在下也不知道，我的手真是动不了，决无半点虚假。"

韩公子冷笑一声，道："手长在你身上，你想动它就能动；你不想动它就不能动。你说的假不假，谁人又知道？嘿嘿，别再装了，你究竟是什么人？竟然敢冒充张去病欺骗本公子？"

张去病奇道："我真是张去病，韩公子为何说我是冒充的？"韩公子道："世人都知道张去病得了达摩石，本公子叫你拿出来看看，你这厮支支吾吾拿不出达摩石。你不是冒牌货，却又是什么？"

柳语急道："韩公子，张去病是朝廷罪犯，我哥哥冒充他有什么好？"韩公子道："柳姑娘你年纪小，不知人心险恶。这厮冒充张公子混进韩府想盗窃钱财，或刺探军情，这都有可能！"

张去病恼道："韩公子，我敬韩元帅对我家有恩不与你计较。我真是张去病，信不信由你！"韩公子将手掌一伸，道："那好，你说你是张去病，拿来！"张去病一愣，道："拿什么？"

韩公子道："拿出凭据来，证明你真是张去病！"张去病一愕。几年前他被杜百年携带仓皇出逃，身上没带一件家中信物，此时哪里拿得出证据来？只得颓然说道："在下离家仓促，身上没带什么信物。"

韩公子道："没带家中信物也不要紧，你把达摩石拿出来，我便相信你是张去病公子。你拿出来瞧瞧啊！"张去病道："公子一定要看见达摩石，才相信我是张去病吗？"

韩公子道："你拿不出信物，叫我如何相信你？"韩公子顿了一顿，又道："如果我是张去病公子，便爽爽快快将达摩石拿出来给人瞧上一眼，证实自己身份便可同久别的亲人见面，何乐而不为？"

张去病一听"便可同久别亲人见面"之语，怦然心动，忙道："好！"柳语在桌下暗暗踩了他一脚，他一愣便住了口。韩公子面露喜色道："你答应拿出达摩石？"

柳语插嘴道："去病哥哥是说，韩公子主意好极。你带他去见他娘，让他娘来辨认，看他是不是真的张去病，就真相大白了。"

韩公子冷笑道："嘿嘿，这小子来历不明，我怎能带他去见岳家人？本公子懒得听你二人胡扯了，来人！"两个武士应声走进屋来，道："公子有何吩咐？"韩公子道："将这二人绑了！"张去病惊道："韩公子，你，你……为何绑我们？"

韩公子喝道："你这厮假冒张公子混入我府图谋不轨，我自然要绑你二人！"张去病和柳语手脚无力，两个武士不费吹灰之力便将他二人捆绑起来，背靠背坐在地上。

韩公子对一武士道："你们给我搜搜这小子，看他身上藏有什么物件，查清他是什么人！"

一名武士弯下腰在张去病身上搜出一些银子，一朵玉雪莲，两个药瓶，一个铁娃娃和一个小锦袋放到酒桌上。

韩公子道："还有别的东西没有？"那武士道："没有了。"韩公子看了看几件东西，脸上露出失望神色，对两位武士说道："你们退下去吧。"二人躬身退下。

韩公子打开两个药瓶摇摇，见里面真是药丸。再拿起柳寒峰赠给张去病的玉雪莲看了看，也无什么奇特之处。再打开那锦袋一看里面有粘胶、毛发、颜料、头套、面泥、剪子等种种杂物，就是没有达摩石。

他拿起那铁娃娃仔细查看。铁娃娃胖头胖脑，笑容可掬，同江浙一带土产"大阿福"相似。韩公子在江南长大，对这种娃娃玩偶司空见惯，看一阵，也没看出有什么异样之处。

张去病看见韩公子翻看那铁娃娃，心中暗自紧张，达摩石正藏在这铁娃娃腹中，他生怕韩公子发现铁娃娃身上机关，忙道："韩公子别费心了，我若是将达摩石带在身上早就被江湖上的人抢走啦，哪里还轮得到你来下手？"

韩公子一怔，心想这小子说得不错，如此奇宝，他怎会随身携带？他一定是将达摩石藏在别处，待我想法子逼他说出藏宝之地。心念闪过他放下铁娃娃，软言问道："你将达摩石藏在何处？快说出来，找到达摩石，我便相信你是张去病，立即带你去同家人相见！"

柳语急道："去病哥哥，你千万别说！他若是得到达摩石，一定会杀我们灭口保住秘密！"韩公子抢道："柳姑娘莫乱说话！韩家同岳家是世交，我岂会害公子？"

忽然从座上宾变成阶下囚，张去病头脑渐渐清醒起来。这当口他隐隐觉得自己似乎掉进一个陷阱。他慢慢回想在酒店里，韩公子叫店小二给他们送来酒菜，主动过来找他攀谈，触动他感恩之心和思亲之情使他激动万分，不慎吐露真实身份。

韩公子再以带他探望家人为由将他引入韩府，然后在酒里下药，便向他索要达摩石。索要不成，韩公子便翻脸将他二人拿下……回想这一件件事情，一个可怕的念头在他心上闪过：难道这一切都是韩公子精心安排的圈套吗？他感到头皮一阵发麻，又想：韩公子为何要这样做啊？是了！一定是韩公子也痴迷武功，对达摩石垂涎已久才会出此下策！

如此一想，他抬头看韩公子一眼，只见韩公子两眼阴沉沉地盯着他，那目光冷得令他打个寒噤。他心里突地一跳，电光石火之间一个更可怕的念头闪现心里：啊，不对！我与韩公子无冤无仇，倘若只是索要达摩石，他眼里为何对我露出仇恨？难道……难道此人根本不是韩公子，而是江湖上什么歹人为夺取达摩石，精心设下圈套来骗我？如此一想，一阵寒意爬过脊背，额头上渗出粒粒冷汗。

他警觉起来等到心神安定，才缓缓说道："韩公子，为了争夺宝物，兄弟相残之事，也是常有的，何况你我并非兄弟。柳姑娘说得是，你得到达摩石，说不定我二人就没命了！这样罢，你带我去见我娘后，我便告诉你达摩石藏于何处，你看如何？"

韩公子冷笑道："你这小子已成阶下囚，还敢同我讨价还价，嘿嘿，看我怎么整治你！"张去病忽然大笑道："哈哈！可笑，可笑！"韩公子一怔，道："什么可笑？"张去病道："我笑你假冒韩公子，居然还说别人冒牌货！"

韩公子心中一惊，遂又镇静道："我就是韩公子，干吗是假冒？简直胡说八道！"张去病道："你不是假冒？那好，你请出韩元帅来让我拜见一下！嘿嘿，你请得出他老人家来吗？"韩公子道："家父……"

张去病抢道："你的家父只怕姓张姓李，唯独不是姓韩，哈哈！"韩公子勃然大怒，喝道："小子找死！"抓起桌上的铁娃娃要砸张去病。

张去病心道："糟了！万一铁娃娃砸破，达摩石便会显露出来！"情急之下，他急中生智叫道："且慢！你要不要达摩石？"韩公子蓦然住手，道："当然要！"张去病道："你砸死我，永远别想得到达摩石！"

韩公子恨恨道："狡诈小贼真有你的，看我如何收拾你！"韩公子说时从腰上掏出一把短刀，走到张去病面前弯下身子道："小贼，我不杀死你，我只一刀一刀慢慢割下你身上的肉，直到你说出达摩石藏在何处为止！"

柳语急道："不许你伤害去病哥哥！"韩公子道："柳姑娘，你要我不伤害这小贼也行，你说出达摩石藏在哪里，我便答应你。"

柳语道："我不知道。就是知道，我也不告诉你！"韩公子狞笑道："柳姑娘不说，达摩石或许就藏在你身上。让我来搜上一搜！"说着，转身将柳语抱到软塌上。

柳语被捆住手脚不能动，急得大声道："别，别，你别碰我！快拿开你的脏手！"张去病急喝道："别欺侮柳姑娘！你有什么手段，尽管朝我使出！"

韩公子淫笑道："柳姑娘美如天仙，本公子不会欺侮她。我只剥光她的衣衫同她结成夫妻，顺便看看达摩石是不是藏在她胸前，或是藏在她身上什么隐秘之处！"说时伸手去解柳语衣衫。柳语又急又气竟然晕了过去。

张去病道："好，好，你放开柳姑娘，我告诉你达摩石藏在何处！"韩公子急忙转过身来，问道："达摩石藏在何处？"

张去病道："我刚才喝了你的毒酒心慌心跳，头脑不清楚，阁下不给解药，保不定会说错！"

韩公子寻思张去病被捆绑着，解了他身上的毒谅也无妨，便取出药瓶倒出一粒解药塞进他嘴里。张去病咽下药丸后，又道："请把柳姑娘的毒也解了！"韩公子伸手拍醒柳语，也喂她服下解药，回头对张去病道："快说，达摩石藏在何处？"

张去病道："那地方十分隐秘，嘴上说不清楚，你叫人取纸笔来，我画出一张藏宝地图，你才找得到它。"韩公子道："好，你给我把地图画清楚！"随即叫一位武士去取笔墨纸张。不大一会儿，那武士取来纸笔砚台，韩公子用尖刀抵住张去病背心，叫武士解开张去病手上绳索，道："快把图画出来！"

武士磨好墨，张去病揉揉被捆麻的手，心里急想脱身之计。眼下柳语仍然被绑着，韩公子将尖刀抵在自己背上，稍有不慎非但不能逃脱，二人反有性命之忧。一时间想不出头绪，他心里暗暗焦急。

韩公子见张去病久不下笔，催道："小子别打歪主意，赶快把图画出来！"张去病道："地图可不是好画的，画错一笔失之毫厘，差之千里。你不容我想清楚，图画得不准，寻找不到达摩石，可别怪我！"

韩公子哼一声，不再催促他。张去病拿起毛笔蘸上墨在纸上画了一座山。韩公子问道："这是什么山？"

张去病胡诌道："这是鸡公山。"韩公子想追问山在哪里，但见张去病专心思索，怕扰乱他心神画错藏宝之处，便住嘴不再追问。

张去病看着那砚盘，忽然想起"太极阴阳掌"的一招"推山揽月"，心想用这一招身子猛然向桌上一扑，背心便能避开韩公子的尖刀。右手握笔疾点韩公子腹上的"关门穴"，便可将他制住。同时左手抓起砚台砸向那武士，可将武士砸昏，这样便可救柳语逃走。

他想出脱险之法，心里紧张，刚要使"推山揽月"，忽见那胖管家气喘吁吁跑进屋来，躬身道："公子，公子，老爷说有急事，叫你赶快去见他！"见胖管家突然进来，张去病不敢贸然动手。韩公子又叫武士将他捆绑起来，对那武士道："小心看住这两人，等我回来！"说罢，便随胖管家快步走出屋去。

张去病回头问柳语，道："语儿，你身上的毒解了吗？"柳语哼哼道："哎哟，我中毒太深，头好晕，身上没半分力气，手脚都动不得！"张去病一惊，心想不好！难道韩公子骗我，给柳语服的解药是假的？趁他回来之前，我得赶紧想出脱身之策！

那武士看他二人一眼，道："两个小鬼服下咱们公子的'七厘酥骨散'，身上若有半分力气那才怪哩！"说完不再看张去病和柳语，转身抓起酒桌上的肥鸡，扯下一条鸡腿塞入口中大嚼起来。便在这瞬间柳语倏地纵起身来，朝那武士头上猛击一掌，打得武士头一歪昏伏在桌上。柳语拔出武士腰上短刃走到张去病面前，割断他身上的绳子，道："去病哥哥，咱们快走！"

张去病见柳语突然出手，一击成功。又惊又喜，道："语儿，你刚才是说假话哄骗那人？"柳语点点头。张去病又道："你挣脱绳索是用什么功夫？"柳语道："是我娘教的缩骨柔功。"

张去病一边问话，一面把被搜出的银子、玉雪莲、药瓶、铁娃娃和易容锦袋揣进怀里。柳语拉着张去病走到门口，忽又站住用手一指院子。张去病会意转身从桌上拿来一个酒杯投到院墙角，只听"啪"的一声响，见两条人影从东西两个花坛后蹿出。站在院里四下东张西望。不见有何动静二人又隐伏到花坛背后。

瞧见院里有人埋伏，张去病环顾房内，见后墙上有个窗户。灵机一动抓起一把椅子扔出窗外，伏在花坛后的两个武士跳出来，喝道："什么人？"一阵脚步声二人向院后跑去。趁此当口，张去病拉着柳语奔出房门，二人携手跃出院墙。

两人逃出院子不识路径，在府内乱钻。这座府第太大，一个院子连着一个院子犹如迷宫一般。黑夜之下，有武士打着灯笼在四处巡逻，戒备森严。二人借着墙角或树木遮掩穿过两重院落，来到一个大花园里。花园内湖上有座九曲木桥，一队武士打着灯笼从桥上巡查过来，两人看见旁边有个月亮形圆门便钻进门去。

这院内花木繁茂，他俩躲到一座假山背后，听得巡逻武士的脚步声远去才站起身来。却见南面大厅灯光明亮，窗户上映着几个人影，一个人影仿佛是那韩公子。张去病一惊：莫非韩公子在这屋里？他究竟是什么人？我糊里糊涂受他诓骗，落入他手里险些不能脱身，我须搞清他究竟是什么人！这一夜他遇到之事太过离奇，心里装着一个大疑团极想解开。他向柳语打个手势，示意柳语伏在假山后为他望风。

柳语点点头躲在假山后不动。张去病蹑手蹑脚走到窗户下，用手指轻轻在窗户纸上戳个洞，凑上前往屋里窥视。只见厅堂里坐着五人。一人身着华服，年逾六旬，眉尖目细，神情阴鸷，蓄着花白长须，坐在右面上首。他身旁坐着一人年约四旬，面庞微圆，神情精明干练，也是一身锦衣。紧挨此人又坐着一人，正是那韩公子。三人正襟端坐，都恭恭敬敬地望着左首坐着之人。

此人年纪二十五六岁，身穿盘龙锦袍，面如满月，高鼻大眼，脸上神情倨傲。他身旁坐着一个老者面容枯槁，目光如冷电，一对眉毛长约一尺，从眼角耷拉到两腮旁边，相貌甚是奇特，看不出有多大岁数。

张去病寻思：难道那年纪六十开外，身着华服之人便是韩世忠元帅吗？那左首坐又是何人，为何韩元帅对他如此敬畏？

他正思量，忽听那年纪六十开外之人对左首青年道："王爷光临寒舍，下官一家深感荣宠！王爷远道而来，下官正要派人送去请柬，恭请王爷明日到舍下赴宴，为王爷接风洗尘，没想到王爷倒先来寒舍看望下官，下官真是不敢当！"

那华服青年哼一声鼻音，微微点了下头。张去病寻思，原来此人是一位王爷，怪不得韩元帅父子对他如此恭敬。但不知此人是皇上的哪一位皇子，神情如此傲慢？

只听那王爷道："小王今夜造访，不为别的，只为那批贡品而来！不知大人将所有贡品可都备齐？"

那年纪六十开外之人道："请王爷放心，二十五万两白银和二十五万匹绸缎，下官早已为王爷备齐，王爷即日便可取得。"张去病一惊。心想这是什么贡品？数额如此巨大，韩元帅哪来这么多银子绸缎？如何筹备得起？

却见那王爷点头道："如此甚好。本王来时，父皇还交代说，我大金国要征讨西夏，另要你备上一万担粮草、五千匹战马一块进贡！"

张去病一听"我大金国"四字，大吃一惊！心想大金国？什么大金国？难道是我听错了？却见那年纪六十开外之人面露难色，道："王爷，这……恐怕不好办。"那王爷两眼一瞪，问道："为何不好办？"

年纪六十开外之人忙解释道："王爷，一是金、宋两国和约上未写粮草马匹之事；二是我国南方不产战马，下官若是在朝上提出此议，只怕遭到群臣反对。"

这一次张去病听得分明，心下惊疑更盛：什么金、宋两国的和约？莫非此人是金国的王爷？难道韩元帅在同金国王爷交涉贡物之事吗？却听那王爷冷笑一声，喝道："秦桧，你听着：五千匹战马，限你十日之内备好，要不然，嘿嘿，莫怪本王不客气！"

听见"秦桧"二字，张去病耳边犹如响起一声炸雷，他惊呆了，脑子里一片混乱。心想这里不是韩元帅府吗？此人怎么是秦桧？是不是我听错了？他急忙凝神聆听。只听那年纪六十开外之人道："王爷息怒，非是秦桧不遵金兀术大帅之命，而是此事实在棘手，实难办成！"

这一次，他清清楚楚听见那人自称秦桧，浑身热血唰地冲上脑门。他万万没想到眼前此人竟是杀害他家人的大仇人，愤火轰地塞满胸膛，堵得他喘不过气来，手臂不慎碰到旁边花木弄出一点响声，幸亏夜风刮得树木簌簌作响掩盖了动静，才未被房中五人发觉。

又听那王爷道："秦桧，你别以为做了宋朝宰相，权势滔天，我大金国对你鞭长莫及，便可不听我大金国的命令！"

张去病心道：原来此人是金国王爷，他索要的贡物，一定是大宋每年向金国的进贡钱物了，怪不得数额如此巨大！

张去病没有想错，那王爷名叫完颜龙，是金国皇帝完颜晟的儿子，此次奉命前来大宋催索贡物。而那年逾六旬之人正是秦桧。坐在秦桧旁边之人是他儿子秦禧，而那自称韩公子之人乃是秦桧孙子，名叫秦埙。

秦桧看见完颜龙发怒，忙道："秦桧不敢。王爷言重了！下官只是直陈其事，并非不听王爷差遣。"

完颜龙怒喝道："秦桧你莫忘了，没有我大金国，岂有你秦桧今日的荣华富贵？你竟敢推三阻四违抗本王之命！"

秦桧连声道："下官不敢，下官不敢……王爷请息怒。此事太过艰难，下官若是贸然答应了王爷，倘若办不成会让王爷失望。”

完颜龙冷冷道："好，你不答应也罢。明儿，本王将那件东西交给赵构，咱们一拍两散！"秦桧一愕，眼珠转动几下，一时想不出完颜龙说的是什么东西，忙问道："王爷，你要把何物交给咱们皇上？"

完颜龙淡淡道："那也不是什么要紧东西，不过是你当年在金国时写给我们先皇的一封密信！"

秦桧一听脸色大变，急道："王爷，看……看在……下官多年为上国效力的分上，请王爷高抬贵手，莫将那信交给皇上！"

完颜龙冷笑道："高抬贵手？嘿嘿，那五千匹马怎么说？"秦桧擦去额上冷汗，叹口气道："请王爷放宽期限，容下官再想想法子。"

完颜龙道："好，要本王不交出那信也行。我多给你五日，十五日之后，本王要见到五千匹战马！你赶快去筹措马匹，不得耽误。还有一件事，那枢密使王庶七次上书挑唆赵构向金国开战，此人是我金国心头之患，本王要你将他除去！"

秦桧忙道："是是，办这件事，容下官找机会下手。"完颜龙又道："秦桧，办好这两件事便是大功一件，日后我父皇定会暗中对你多加扶持，使那赵构对你更加倚重，保你日后封侯封王！本王告辞了！"

秦桧忙道："下官明日在舍下设宴，请王爷一定赏脸光临。"完颜龙点头答应，站起身来带着那长眉老者，大摇大摆朝门口走去。秦员忙打起灯笼在前面带路，秦桧和秦禧跟在完颜龙身后送行。

张去病闪身躲回假山背后。柳语听见张去病呼吸急促，不知张去病探到什么秘密心情如此激动，伸手去握住张去病的手，感到张去病手心汗湿一片。待到秦桧送完颜龙走出院子，柳语才低声问道："去病哥哥，刚才你看见了什么？"张去病咬牙切齿道："我看见了秦桧老贼！"

柳语一惊，道："你真的看见了秦桧老贼？"张去病恨恨地点了点头。柳语道："去病哥哥，咱们去杀了那老贼！"张去病道："好，咱们伺机下手！"想到即将手刃仇人，他心里一阵紧张。

过不大一会儿，秦桧祖孙走进院来。等到三人走进大厅，张去病又悄悄潜到窗下，只听秦员气恼道："爷爷，那完颜龙对你老人家如此凶横，漫天要价，肆意刁难，你老人家为何忍气吞声？"

秦禧喝道："员儿，这是军国大事，你不懂，休得多嘴！"秦桧摇摇手，止住秦禧，道："阿禧，不要呵斥员儿。咱们秦家的事也该让这孩子知道了！"秦员忙问道："爷爷，咱们家的什么事？"

秦桧叹口气，道："员儿，这是咱们秦家的一桩重大秘密，爷爷将它告诉你！"

柳语在假山后听见秦桧此言,好奇心大起也闪身到张去病身旁,两人竖起耳朵细听秦桧吐露什么秘密。只听秦桧叹一口气,道:"员儿,你可知道爷爷为何对那完颜龙忍气吞声?"

秦员摇头道:"孙儿不知道。莫非爷爷是为了顾全两国和局,不便得罪他?"秦桧点头道:"这只是其中一个缘故。还有一个更重要的缘故,你还不知道!"秦员惊道:"爷爷,还有什么更重要的缘故孙儿不知道?"

秦桧长叹一口气,颓然道:"那缘故是咱们一家人的荣华富贵,乃至身家性命,全都掌握在金国人手里!"秦员悚然一惊,忙问道:"爷爷,怎会是这样?这是为什么?"

秦桧又长叹一声,摇了摇头才缓缓说道:"当年爷爷随同徽宗、钦宗两位先皇被金兵掳去金国。那金国气候极寒冷,每日食腥膻之物不说,金国人生性残暴,恶过豺狼,动辄打人、杀人、侮辱人!爷爷同你奶奶,你爹你娘,还有年幼的你在那番邦真是九死一生,历尽磨难!爷爷为保住一家人性命忍辱含恨,同金国人周旋几年。爷爷度日如年,无一日不是如履薄冰,战战兢兢……不料那金国元帅挞懒却看中了爷爷才干,对爷爷委以任用。一日,那挞懒将爷爷叫到他大帐内,对爷爷说道:'秦桧,你这王八羔子是南人。俗话说南人南归,北人北归,这是人之常情。你在咱金国这几年,恐怕一天也没断南归的念头罢?王八羔子,你想不想回南方宋廷去?'

"我一听心中暗惊,不知挞懒此话是何用意?心想难道这厮怀疑我存异心,试探我的忠心吗?这可不能回答错了,否则便会掉脑袋!我赶紧对那挞懒说:'下官虽然是南人,却承蒙金主开恩不杀,又得元帅你提携任用,我在大金国生活如鱼得水,心里早已忘却自己是南人了,从未有过什么南归的糊涂念头。下官此生,唯愿永作北人而死,再无别的妄念!'

"挞懒哈哈笑道:'王八羔子,难得你一片诚心归顺我大金国!眼下本帅正是要你持此忠心回南方去,在宋廷为我金国做内应,助我大金统一天下,你可愿担此重任?'

"我一听不敢相信他说的是真话,万一他仍在试探我,我贸然答应下来岂不是正中了他奸计?我忙跪下叩头道:'倘是下官服侍大帅有什么过错,大帅尽管严惩下官,下官别无怨言,只求大帅别将下官遣返南归!'

"挞懒却将我扶起来,说道:'秦桧,谁人不想回归故土?谁愿在异国做阶下囚?你这王八羔子别言不由衷!本帅暗查在掳来的宋臣中,就数你忠诚能干,智计过人,才让你回宋朝去做内应。你说你不想南归,那是他奶奶的假话!'

"'你奶奶的,以为本帅在试探你吗?王八羔子,你想错了!本帅从来不做赔本的买卖。本帅寻思放你南归，一旦你在宋廷掌握大权，必定心生异志，定会将我大金国对你的恩宠抛到九霄云外。嘿嘿，那时本帅鞭长莫及，奈何不得你，本帅怎会做此蠢事？本帅放你南归，你得给本帅立下字据，可不是白白放你回去做内应的！'

"我听挞懒的口气像是说的真话，心里暗暗激动。忙问道：'大帅，立个什么字据？'

"挞懒道：'你写一封信给咱们大金国皇帝，把你对金国的忠心向皇上表一表，本帅才能放心派你南归！'"

说到此处，秦桧连连叹息："唉唉唉，"又说道："那时，也怪老夫逃离虎口之心太切，明知写下效忠信便是将自己脖子套在绞索里。可是除此之外又无他法逃离虎口。当时我狠下心一咬牙，心想：我秦桧此生算是卖给金国了！我便答应道：'既然大帅如此重用下官，秦桧南归宋廷一定为大金尽力，助大金国一统天下！下官遵大帅之命，立即给大金国皇上写信，以表忠诚……'"

张去病听到此处，心中暗骂道："随同两位先帝被金兵俘去的几位大臣皆坚守名节，宁死不屈，这个贪生怕死的老贼为了个人安乐，竟然叛国投敌给金国当内奸！想那苏武出使西域受尽匈奴折磨，孤身在大漠餐风饮雪牧羊十几年却不坠爱国之志！秦桧老贼同苏武相比真是天壤之别，可耻至极！老贼给金国卖力不惜为虎作伥残害忠臣，出卖大宋，让我大宋军民抗金付出的生命与鲜血白流，换来他一家荣华富贵，真是罪大恶极！"

却听秦员道："完颜龙说爷爷留下的手迹，便是指这封信吗？"

秦桧点头道："正是那封密信。从此，那封信便像一根绞索套在爷爷脖子上，绞绳另一头则紧紧攥在金国人手里。他们若是将那封信交给朝廷，皇上便会诛杀我们秦家九族！员儿你想，爷爷在那完颜龙面前能不忍气吞声，敢不听他吩咐吗？"

秦员道："爷爷，我们一家人性命让金国人攥在手里，倘若哪一天，他们同咱们翻脸，秦家岂不大祸临头？"

秦桧叹道："唉，爷爷这后半生，日夜都为此事提心吊胆，寝食难安啊！"秦禧道："爹，我想到一个法子，可以解除困厄。"秦桧忙问道："什么法子？你快说来听听！"

秦禧道："咱们暗派高手去金国将那封信盗来毁掉，爹便不再受金国人的胁迫了！"

秦桧道："这个法子，爹早已想过。只是风险太大，倘若盗信失手，咱们一家人便立即大祸临头！"

秦员道："爷爷，不走这步险棋，咱们一家人的生死永远攥在金国人手里，爷爷老是为此事胆战心惊。咱们何不如冒险盗信，赌他一把，或许能化凶为吉！"

秦桧沉吟片刻，道："此法风险极大……唉唉，除此之外，也没有更好的法子可想……只是不知派何人去办此事，方才万无一失？"秦员道："爷爷，让我去办此事。"

秦桧摇头道："你年少刚锐，办事易冲动，深入金国虎穴万分危险，爷爷不能让你去！"

秦员又道："爷爷，那封密信事关我们秦家生死存亡，须得我们秦家人去办才稳妥。我周密策划，带上几个亲信高手潜入金国小心行事，定能将信盗来！"

秦桧仍在犹豫，却听秦禧道："父亲，员儿说得有理，此事非得我们秦家人亲自去办，决不能让那封密信盗出后又落到他人手里，再用它来要挟咱们！"秦桧沉吟一会儿，点头说道："看来，也只好赌一把了！"

张去病听到此处，心里闪过一个念头。心想：倘若我先去金国盗取老贼投敌密信，将老贼卖国投敌罪行公布天下，让这老贼身败名裂，死无葬身之地，可为我外公、舅舅和我爹洗清冤情，岂不大快人心？

他自寻思，又听秦禧道："爹，那五千匹战马之事并不难办，咱们为何不爽快答应完颜龙？"

秦桧道："阿禧，那金国贪得无厌，我若爽快答应，日后他们向你爹提更多苛刻要求，为父如何办得了？还有，爹不说事情难办，又如何显得出你爹的本事？不显出爹的本事，那金国又怎会如此倚重你爹？"张去病和柳语对望一眼，都为秦桧的奸诈吃了一惊。

秦禧道："爹真高明。只是明日宴请完颜龙之事，只怕……"秦桧道："只怕什么？只怕皇上不高兴，是不是？"秦禧道："爹宴请完颜龙王爷，我怕皇上起疑，怪罪爹。"

秦桧道："我便要皇上起疑，那才妙啊！"一听此言，不仅是秦禧和秦员一脸困惑，就连张去病和柳语也迷惑不解。张去病心想这老贼好大胆子，让皇上疑心你，不是找死吗？

秦员忙问道："孙儿不懂爷爷深意，请爷爷教诲！"秦桧拈着花白胡子，得意道："为父宴请完颜王子，这叫奇货可居，有一石三鸟之妙用！一则是让皇上看看满朝文武大臣之中，唯有你爷爷同金国说得上话，大宋同金国打交道，嘿嘿，没你爷爷可不行！"

秦禧插嘴道："可是这么一来，皇上就会疑心咱们暗通金国，会怪罪父亲啊！"

秦桧哈哈笑道："阿禧，你跟随为父多年，对官场上这点事怎么还不开窍？皇上若是疑心你爹同金国交好，只会更加倚重你爹，绝不会怪罪的！"秦禧道："阿禧愚钝，仍不解其中奥妙，请爹明示。"

秦桧道："这都不明白吗？金国势强，大宋势弱，这个局面几十年不会改变。所以皇上只想苟且偏安江南。他要长久偏安江南，就得有人替他同金国斡旋，维持议和局面。百官之中除了你爹，还有谁能在金人面前说得上话？皇上见你爹与金国交好，只得更加倚重你爹。倘若加罪你爹，嘿嘿，你爹只须暗中挑唆金国出兵同他捣乱，只怕他这半壁江山坐不稳当！这是其一。其二是，完颜龙王爷是金国皇帝宠幸之子，深得其父皇喜爱，将来定成为金国皇帝。老夫此时同他交好，日后大有用处。明日宴请完颜龙，席上你们好好同他结交，将来老夫去世，还有金国人为你们撑腰，皇上便不敢轻易加害你们。你们切记：挟金人制皇上，此乃我秦家长保荣华富贵之道！"秦禧和秦员听得频频点头。

张去病不懂朝中大事，但秦桧这一番话说得那么露骨无耻，委实令他震惊不已。秦桧又道："员儿，爷爷派你去吐蕃国迎请龙象法王之事，办好了吗？"

秦员道："回禀爷爷，我已将那法王迎入府里，安顿在府里家庙内。明日，爷爷便可与法王相见。"张去病寻思：谁是龙象法王？难道是途中同他一起的那瘦小老僧？他不知"贺兰三客"大闹秦府时，龙象法王大徒弟阿密罗被"黑风客"楚良打成重伤。阿密罗养好伤后，秦桧便派秦员同阿密罗携带佛祖手书的《贝叶经》，去吐蕃聘龙象法王出山相助。

二人去到吐蕃国大光华寺，龙象法王一见秦员，欣喜至极，说秦员极有慧根，同佛门大有缘分，将来必定能修成高僧大德，便劝说秦员在大光华寺出家，要收秦员为徒。秦员万没想到，他来聘法王出山相助，法王却执意要他留在吐蕃做喇嘛，自然不肯答应。谁知龙象法王收徒心切，收下《贝叶经》后，答应随同秦员南下临安，以便度化秦员出家为僧。

在归途中，秦员一行与张去病、柳语不期而遇。张去病却不知那位瘦小老僧便是吐蕃国大名鼎鼎的龙象法王，也不知那中年壮汉则是法王的大徒弟阿密罗。而那四条西夏汉子却是秦员聘来的西夏国武士。

秦员又道："爷爷，在迎请法王的归途中，员儿为你办了一件事。"秦桧道："办了何事？"

秦员道："我在道上碰见岳飞外孙张去病，便将他骗进府里，现已将他拿住，请爷爷发落。"秦桧高兴问道："员儿，你是如何将他拿住的？"

秦员得意说道："那小贼与一个姑娘同行，我听见那姑娘叫他一声'去病哥哥'。孙儿顿时起疑：心想天下叫'去病'之人少之又少，难道他便是逃亡在外的贼犯张去病？我便假冒韩世忠的儿子同他攀谈，没费什么功夫便套问出他的身份，还将他骗到府里。"张去病和柳语听到此处才恍然大悟。原来柳语叫的一声"去病哥哥"暴露了行藏，招致秦员起疑，他们才中了秦员的圈套。

却听秦桧大喜，笑道："好，好！岳飞一家老小发配云南，我派人去取他们的性命是迟早的事！只有这小儿潜逃在外是个隐患。今日你将他擒住，咱们可将岳飞家人一网打尽，斩草除根了！哈哈哈……好，好！"

听到此处，张去病再也压不住心头的怒火，倏地站起身来对柳语打个手势，欲破窗进去报仇雪恨。岂料刚一动弹，忽觉背上一麻，身子忽然被人提了起来。他欲挣扎，身上哪里还有力气？惊慌之下忙转头去看柳语，只见柳语也被一只大手提起同样动弹不了。

这一下变故弄出响声，只听秦禧和秦员同时大喊："有人！""抓刺客！"张去病只道那人将他俩擒住要把他们提去见秦桧。岂料那人纵身一跳，提着他们跃出院外奔上湖面的九曲木桥。

那人在桥上奔过几个曲角，却遇见一队武士迎面奔来，灯笼火把将桥上照得通明。张去病借着光亮向前一看，只见有两人挡在桥上：一人是"金瘤圣手"柯金龙，另一人是史乾。当年这二人在汤阴县河畔缉拿他的家人，他都见过。他再歪头一看提着他们飞奔之人，不由大吃一惊，这人却是毒佛迦南陀！

柯金龙看见刺客是个和尚，手上还提着两个人，不禁一愣，喝道："刺客站住！"迦南陀见去路被堵断，身后又有一队武士追上桥来。他双手一松将张去病和柳语丢在桥上。怪笑一声，喝道："你们敢挡佛爷的道，佛爷送你们上西天！"说时一把抓向柯金龙面门。

柯金龙不知迦南陀的厉害，出指点向迦南陀掌心。指头刚触到迦南陀手掌忽觉一阵锐痛钻心，惊得后退开去。抬手一看，只见手指变得又黑又肿，忙叫道："史兄小心，这和尚会使毒！"

迦南陀哈哈笑道："毒佛是使毒的祖宗，叫你们尝尝厉害！"随即一掌拍向史乾，掌风中挟裹着一阵腥臭。史乾闻到臭气两眼发花，吓得连连后退。柯金龙喊道："史兄，亮家伙！"二人拔出兵刃同迦南陀斗起来。

张去病被迦南陀扔到木桥上，身子一震，忽觉身上穴道被解开，心里有些奇怪。他不知迦南陀中了药王的毒，功力尚未恢复，点穴的力道不足。他穿着蓝龙赠送的护身背心，又减去迦南陀的指力，才使他被封穴道很快解开。

他来不及细想，忙给柳语解开穴道。二人往左右一看，桥头上武士已奔到近处。另一头迦南陀和柯金龙在激斗，唯一逃生之路只有跳进湖里逃走。情急之下他不顾自己水性极差，忙拉起柳语纵身跳入湖里。

湖中有个泉眼突突冒水，离泉眼数丈处水流形成一个大漩涡。张去病在家乡小河里只学会狗刨水，但此时危急竟然也游得很快。他俩奋力向对岸游去，可是不料一会儿工夫对面岸也站满兵丁。

二人只得赶快掉转头向另一处湖边游去，便在此时岸上武士乱箭齐发。两人在水中惊慌避箭，一不留神逃到那大漩涡旁，忽觉一股巨大吸力将他们吸下湖底。二人在漩涡中心奋力挣扎，瞬间便不见了踪影。

迦南陀看见张去病和柳语跳进湖里，心里大急右掌一扬，掌上打出一团毒雾，柯金龙和史乾只觉一阵头痛眼花，急忙扭头逃走。迦南陀又朝桥头武士打出一把毒沙，武士们被毒沙打中之处皮肉立即溃烂，痛得喊妈叫娘。迦南陀怪笑一声，几个纵跃，便消失在木桥的尽头。

便在此时，一队武士簇拥着秦桧来到湖边。柯金龙和史乾忙上前参见。秦桧问道："刺客可抓住了？"柯金龙和史乾躬身答道："回禀丞相，刺客逃遁，属下等人正在追捕！"

秦桧道："尔等务必查清刺客来历，速将刺客捉拿归案！"柯金龙和史乾道："是。"秦桧回头喊道："秦福！"

秦福走上前来，道："老爷有何吩咐？"秦桧道："备轿，本相要进宫去面见皇上。"说罢，转身去里院换上朝服。

不一会儿，秦桧换好朝服匆匆走到前院。仆役抬来一乘大轿，秦桧坐入轿内。八名轿夫抬起大轿，在柯金龙、史乾、江蛟、阿密罗等随从护卫下径直向皇宫去。轿子穿过几条大街，来到皇宫门前。轿夫放轿落地，秦桧从轿内走出，向守护宫门的侍卫说明来意。侍卫笑脸打开宫门，放秦桧进宫去，柯金龙等随从在宫门外等候。

秦桧走进皇宫向当值太监求见皇上。太监忙去承德殿禀报宋高宗赵构。不多时，宋高宗传旨召见。秦桧跟随太监穿过两重宫殿，来到宋高宗批阅奏章的御书房门外。书房门上高悬一块金匾，上书"思归斋"三字。秦桧看见这三个字，脸上浮现出一丝讥笑神情。

原来，赵构给书房起这"思归斋"之名，一语双关：既有思归被金人占据的北方半壁河山之意，又有思被金国掳去的徽、钦二宗归来之意，以示他一腔忠孝赤诚。秦桧却知赵构是挂羊头卖狗肉，要弄障眼法掩人耳目，故脸上露出讥讪的神色。

须臾，老太监贾升出来宣道："皇上宣秦丞相进见。"秦桧走进御书房，跪下行君臣大礼，宋高宗赵构一摆手，叫贾升搬来锦凳赐秦桧坐下。赵构身穿黄袍，年约四十，身材颀长，长脸高鼻，细目短须，手执一卷坐在书案后。

待秦桧落座，赵构道："丞相夜里进宫，所为何事？"秦桧道："启奏皇上，这几日，那金国完颜龙王爷前来催索贡物，老臣已皆办妥，特来上奏皇上。"

赵构道："筹集几十万钱物不易，老爱卿辛苦了！"秦桧道："这是老臣应尽之责，皇上如此褒奖，令老臣惶恐！皇上，那完颜龙此次前来临安，不仅催要贡物，他还提出一件无理之求，令老臣着实气恼。老臣不敢擅自做主，特来请皇上圣裁！"

赵构听了面色一紧，忙问道："完颜龙提何无理要求？"

秦桧道："他除了催要和约上规定进贡的那二十五万两银子和二十五万匹绸缎，他还向老臣提出，说金国要征讨西夏，要我大宋另外给他一万担粮食和五千匹战马！皇上，你说天下哪有此理！"

赵构愤然道："金人也太贪得无厌！我大宋岁岁向金国纳贡，已弄得财力虚弱。今又来索要马匹粮草，难道想将大宋掏空不成？长此以往大宋民穷国贫，岂不危哉！"说至此，一掌拍在书案上，气愤异常。自从与金议和以来，大宋每年向金国上表称臣，缴纳贡物，赵构心中总不是滋味。此时一听完颜龙额外强索粮食战马，心中积压的愤懑便流露出来。

秦桧一看赵构动怒，忙道："皇上所言极是！金人贪念无涯，老臣愤慨至极，气得茶饭难咽，睡不成眠。那金国本就比大宋富强，议和后再从我国刮去大量财物，无异如虎添翼。倘若有朝一日，金国撕毁和约与我国开战，大宋岂不是养虎为患？每思至此，老臣恨不得一个子儿也不给那金国！"

赵构频频点头，道："老爱卿说得极是！朕亦有此忧虑。此事委实难决，不知爱卿有何良策？"

秦桧道："老臣想了两日，也没想出什么好法子。气愤归气愤，国事重大，老臣不敢意气用事。只得翻来覆去权衡给不给金国粮草马匹的利与害，祸与福，也不知想得对不对？"

赵构放下手中书卷，道："你不妨说给朕听听。"秦桧道："老臣昏庸，一派胡思乱想，说来只怕皇上不悦。"赵构摆了摆手，道："但说无妨，朕不怪罪你就是了。"

秦桧道："老臣遵旨。老臣思量，倘若我大宋不给金国马匹粮草，那金国反倒占了大便宜，大宋却吃了大亏！"

赵构一愕，忙问道："此……话怎讲？"秦桧道："我国不给金国马匹粮草，金国一定不肯善罢干休。倘若金国翻脸攻打我国，一则是这几年，我国上贡的上百万两银子和百万匹绸缎等于白白地进贡给金国，让金国占了大便宜。二则是我国同金国开战，耗费的钱财物，一定要比一万担粮草和五千匹战马多得多。既让生灵涂炭，又不知鹿死谁手，这样就因小失大，我国吃亏大了！"

赵构道："若是大宋给那金国粮草马匹呢，那将如何？"秦桧道："依老臣之见，那将是我国占大便宜，金国将吃大亏。"赵构忙问道："此话又怎讲？"

秦桧道："倘若皇上给了金国粮草马匹，金国用这些粮草马匹去攻打西夏国，这就不足为虑了。金国虽强，但那西夏国也不弱。我大宋则坐山观虎斗，以夷制夷。二虎相斗，必两败俱伤！金国实力削弱，对我大宋就不足为患了。我国使小钱赚大利，皇上占了大便宜，金国就吃了大亏。如此一想，老臣又觉得给金国马匹粮草，对大宋是利大于弊。不过臣年迈愚昧，胡思乱想，不知想得对不对，请皇上明鉴。"

秦桧这一番话，哪里是什么胡思乱想。送走完颜龙后，他一直煞费苦心思谋，如何向赵构下说辞，让赵构答应给完颜龙粮草和马匹。他算准赵构听到完颜龙的无理强求必然会大为气恼。所以他一开口以退为进，先指责金国强索粮草马匹横强无理，表示极大愤慨，以示自己忠心谋国。继而说给金国粮草马匹对宋坏处极大，使赵构产生同感。但他深知赵构一心苟且偷安，便接着说出不给金国粮草马匹，金国攻宋坏处更大，吓唬赵构。最后才说出给金国粮草马匹，大宋会得大大的好处，一步步诱使赵构坠入他的算计中。

果然赵构一听，大有柳暗花明之感，连连点头道："丞相此言极是。依卿之言，朕命你去筹措粮草马匹，给那完颜龙罢。"

秦桧道："老臣领旨，马上按皇上的旨意去办理。"说罢拜别高宗赵构，满心欢喜地出了御书房。秦桧去后，赵构轻轻一拍手掌，老太监贾升走进书房来。贾升六十多岁，佝偻着身子，一脸皱褶，满头银发。

贾升躬身问道："皇上有何旨意？"赵构道："适才秦桧之言，你都听见了？"贾升道："老仆听见了。"

赵构又道："你看秦桧之言，可有不实之处！"贾升道："禀皇上，晚膳后，皇上进内宫去向太后请安，秦府里的暗探送来一封密报，老仆还没来得及呈给皇上御览。现请皇上过目，皇上便可知秦桧话中的真伪。"说时双手奉上密报。

赵构一摆手，道："朕暂且不看。你先拣密报上紧要的说一说。"

贾升道："老仆遵旨。"说时打开密报，一边看一边说，"这密报上，也讲到完颜龙前来索要粮草马匹，看来确有其事……只是老仆不知，秦桧为何办此事如此卖力，要夜里进宫来找皇上？老仆觉得事有些蹊跷。"

赵构又问道："从密报上看，秦桧近来还有什么可疑之举？"贾升道："回禀皇上，密报说，秦桧近来在外做几桩事。那第一桩是搜罗证据欲治赵鼎、洪皓、张浚、王庶、胡舜等抗金派大臣的罪。第二桩是秦桧扶植党羽将康倬、王扬英、周执羔等人收至门下。第三桩事，密报上说，近来秦桧同御医王继先勾结，命他窥探皇上的动静。第四桩事，是秦桧看中望仙桥附近的一块土地。听说那是一块风水宝地，依山抱水，居此地者子孙必定飞黄腾达，秦桧欲奏请皇上将那块地赐给他建造宅子。"

赵构冷哼一声，道："秦桧可恶！若不是为了国事大局，朕非拿他治罪不可！"

贾升道："皇上莫恼。眼下秦桧这条走狗，皇上暂时还不能烹他。待到将来皇上用不着他了，要治他的罪下一道圣旨便成！"

赵构点头道："好。朕暂且留着他，再使唤他几年！你下去罢。"贾升道："是。"便躬身退出书房。

却说张去病和柳语被那漩涡拖入湖底几番挣扎全无用处，漩流将他们卷入一个暗洞，二人呛了好几口水，只得运功闭气，任那流水将他俩从暗洞中冲出去。过了一会儿漩流吸力忽然消失，柳语奋力划动四肢浮出水面一看，只见身在一条河里，却不见张去病。

柳语扬头喊道："去病哥哥！去病哥哥！"黑沉沉的河面没人回应。她四处张望仍不见张去病的踪影，又喊："去病哥哥！去病哥哥！"还是没人应声。她心下大急，一头扎进水里去搜寻。游出一段，脚下碰着一团柔软人体，她急忙伸手将那人拖出水面，一看正是张去病，忙将他带到岸上，只见他双目紧闭，不知是死是活。柳语急得流下眼泪，伸手一摸张去病的胸膛，心还在微微跳动，忙将他放在一块大石头上，用掌抚在张去病背上连连按压。嘴里急唤道："去病哥哥，去病哥哥，你别吓我，你千万不能死，不能死啊！"

张去病"哇"的一声，嘴里吐出一大口水，鼻孔里也呼出气来。又过片刻才悠悠醒转过来。他睁开眼睛长吐一口气，看见柳语两眼含泪注视着他，忙问道："语儿你怎么啦？"

柳语看见张去病活转过来，反倒放声大哭。张去病困惑道："语儿，谁欺侮你啦？"

柳语道："你欺侮我，你……你吓死我啦！"张去病一愣，道："我吓死你？没有啊！"

柳语道："你差点淹死，还不吓人吗！"张去病才恍然想起，他跳下湖后被漩涡卷入暗洞，头碰到洞壁石头便一下晕了过去，什么都不知道了，没想到适才在鬼门关前走了一遭！他忙坐起身来握着柳语的双手道："语儿，是我不好，让你受惊吓了！"

柳语摇了一下头，轻声道："不，去病哥哥，是语儿不好。你好不容易活过来，我不该这么怨你……去病哥哥，刚才你不知道我好害怕，真的好害怕！"

张去病笑道："语儿别怕，你相公我这条小命贱得很，一时半会儿阎王老爷不会要我的命，我要一直陪你活几千岁！"

柳语娇嗔道："你这人真贫嘴，才活过来便胡说八道！你是谁的相公了？你再瞎说，我可不理你了！"

张去病忙道："好，好，我不再胡说。"站起身来，对着柳语躬身道："啊呀呀，柳姑娘，适才小生言语多有冒犯，有辱斯文，小生这厢给姑娘赔礼了！"

柳语失声笑道："真没见过你这样的人，才捡回小命就如此疯疯癫癫！"

张去病抹去脸上水珠，又道："姑娘难道是龙王女儿？怎能在深水中救小生一命？"

柳语道："姑娘在天山时，常在博格达天池里游水，水性好得很，救你这条小命是举手之劳！"两人说笑一阵，天边露出霞光，已是黎明时分，四处景物依稀可辨。只见小河边上有一道高墙，墙下有个大圆形洞口，一大股流水从洞口汹涌流入小河。适才，他二人正是被这流水从这石洞里冲出来，幸好洞道不长，他俩才侥幸逃生。

柳语道："去病哥哥，这高墙背后必定是秦府花园，说不定老贼手下人会追踪而来，咱们快走吧！"张去病道："好，趁天没大亮，咱逃出城去！"两人不顾衣衫湿透，迈开大步向城门飞奔而去。

奔到城前，城门还未打开，二人从城头攀墙而下，又奔出二十余里，才放慢行速。此时天已大亮，朝阳从东边升起，阳光渐渐将他们身上衣衫晒干。二人来到一个小集镇上，找家小店向店主要间客房，胡乱吃了些食物。昨晚闹腾一宿实在太乏，两人倒头便睡。

这一觉一直睡到午时，张去病才醒来。睁眼一看柳语正在梳妆。瞧见柳语婀娜纤细的背影，长长的秀发，心中一荡。柳语回头看见张去病呆呆望着她，笑道："去病哥哥，你傻看些啥？"

张去病道："语儿，你真好看。"柳语脸上一红，道："真的吗？你别骗我……"张去病道："真的，真的，难怪被你摔得头破血流的那两个无赖，当你是仙女下凡！"

柳语笑道："别贫嘴了，快起来吃早点吧。"张去病翻身下床，二人来到前店吃了两碗汤圆。付了店钱，便去集市上买两匹马骑上。柳语问道："去病哥哥，咱们还去少林寺吗？"

张去病道："去啊！昨夜咱俩听见秦桧投敌的秘密，老贼派那秦员去金国盗信，要销毁他叛国投敌卖国的罪证。语儿，我有一个主意，你看成不成？"柳语道："什么主意？"

张去病道："我们赶快去少林寺，求弘无方丈助我打通任脉和督脉，我便能驱使师父授我的雄厚功力，然后我潜入金国去盗取秦桧老贼的密信将它公布天下，洗清我一家的冤情，叫秦桧老贼身败名裂！"

柳语高兴道："好，去病哥哥咱们快去少林寺。"两人说罢，兴冲冲地打马奔驰。奔出二里地，张去病又道："语儿，昨夜经历之事，此刻想来如同做梦一般。"

柳语道："是啊，秦员那厮好奸诈阴险，把咱俩骗得晕头转向！去病哥哥，有一件事我想不明白，秦员既然问出你的真实身份，为何不干脆把咱们抓起来？"

张去病道："他是想骗我交出达摩石。他若是急于将我们抓起来便暴露了他的真面目，他就难从我手里骗取达摩石了！"

柳语又道："奇怪的是，那毒僧又怎会潜入秦府偷袭咱们？"

张去病摇头道："这可不知道。我想毒僧偷袭咱俩，一定也是为了从我身上得到达摩石。他一路追踪咱们，竟然追到秦府来了！这一路上咱们可要多加小心，别让这毒僧缠上。"

两人生怕迦南陀再来偷袭，一路上小心提防。如此警惕地行了十余日，却未见那毒僧再现身。又行几日，进入河南登封县境内。这一日，他俩来到嵩山脚下。其时天色已晚，二人在镇上找店住下。　第二日起来，两人打听清楚去少林寺的路径，将马匹寄养店里，便前往少林寺。

嵩山一段在河南登封县境内，被少林河分成东西两座山峰，东为太室山，西为少室山。少林寺便建在少室山上丛林里。那少室山由御寨山和九朵莲花山组成，远远看去层峦叠嶂，山势陡峭。浓荫之间，只见少林寺庙宇连片巍峨高耸，气势极是雄伟。寺庙西面是一片塔林，座座佛塔在朝阳照耀下泛着白光。二人沿着石阶而上，山气清新，鸟儿啼叫，心里甚是愉悦。

柳语道："去病哥哥，我爹给你的玉雪莲，你带上了吗？那可是你见弘无方丈的信物啊！"

张去病笑道："我怎会不带？没有你爹的玉雪莲，弘无方丈哪会接见我这个无名小子？"二人行了好一会儿，忽见山道转弯处出现一座亭子，上书"知客亭"三字。亭里坐着两个年轻僧人。

张去病走上前去施礼道："两位师父，烦劳通报一声，在下有事求见方丈大师。"一位僧人起身还礼道："不知施主因何事求见方丈？"张去病道："在下为一己私事。"

那僧人打量张去病两眼，道："方丈今日讲经说法，暂不见客，施主改日再来吧。"

张去病道："在下远道而来，多有不便。有劳师父将此物呈给方丈，我在此恭候回音。"说时取出玉雪莲递给那僧人。僧人接过玉雪莲看了看，又打量张去病一眼，道："施主稍候片刻。"转身出亭，快步走上山门。

张去病和柳语在亭内等候，同另一位僧人攀谈。过不多时，那进寺通报的僧人走进亭来，道："方丈有请施主。"又对柳语道："女施主请留步。敝寺有庙规，女施主勿得入寺。"柳语不悦道："不许进，便不进，谁稀罕进庙去了？"

张去病道："语儿勿恼。这是寺规，怨不得这位师父。我进寺去见方丈，不知耽搁多久，你暂回客店去等我。我见过方丈便回店找你。"柳语不情愿地点下头，看着张去病跟随那僧人往寺里走去。

进得山门内，经过天王殿，走过大雄宝殿，只见殿里香烟缭绕，满满一殿僧人正聚精会神听一个老僧说法。只听那老僧道："佛法无边，度化悟者；灵台空明，方结禅缘……"张去病看见大殿情景肃穆庄严，不敢惊扰众僧聆听佛法，轻轻迈步跟着那知客僧绕过大雄宝殿，进入一间不大的禅房里。知客僧献上一杯茶，道："施主稍候片刻，方丈讲完经便与施主相见。"

僧人去后，张去病观看禅房里陈设，只见南面墙上挂着一幅画，上面画着几个年纪不同，容貌各异，高矮胖瘦悬殊的和尚：一个在面壁打坐，一个在合十诵经，一个站在荒野上仰面观天，一个正在当众讲经，一个在伏案抄写经文，还有一个卧在禅床上闭目沉思。再看那画上题字，写的是"禅宗六祖图"。

原来图上绘的是达摩、惠可、僧璨、道信、弘忍、慧能六位禅宗祖师参禅说法的故事。张去病对禅宗事迹一无所知，呆看半晌看不出所以然，便掉头去看北面墙上所挂之物。北墙上挂着一幅立轴，上面龙飞凤舞地写着一联："一心一佛意，万念万法门。"小字落款："米芾"，一看这署名，张去病陡然想起听娘说过大宋有四大书法家：苏东坡、黄庭坚、米元章和蔡襄。

他想这米芾，便是那米元章吗？他对书法知之甚浅，但见那幅字笔势狂放，全无章法，却又极具旷达之姿，字字傲立纸上，几欲破纸而出，不知不觉看得入了神。忽听身后有人轻咳一声，他回头看去，见那知客僧面带笑容，说道："方丈有请施主。"说罢招一招手，带着张去病走出禅房。他跟知客僧穿过一重院落，走过一段翠竹掩映的小径，来到一间古旧小屋前，知客僧推开门，道："施主请进。"

张去病跨进门去，见一老僧打坐在蒲团上，七十多岁，面容清癯，白眉白须，神情慈祥。他顿生敬意，心想这便是少林寺方丈吗？老僧见张去病进入屋内，手指旁边的蒲团，道："施主请坐。"

张去病依言坐下，老僧又道："施主持天山派掌门信物来见老纳，不知所为何事？"

张去病站起身来，恭恭敬敬对着方丈施礼，道："方丈，在下姓张名去病。求见方丈不为别事，只因我身患一种怪病……"

弘无方丈一听"张去病"三字，不待他说下去，急忙问道："施主名叫张去病？你可认得那杜百年？"张去病点头道："我认得，杜伯伯救过我的命，不知他老人家现在哪里？"

弘无方丈喜道："几年前，杜百年上少林寺来告诉老衲，说张公子生就仙猿骨相，是老衲和他师父六合居士所要寻访之人，又说可惜公子与他走失下落不明。老衲听了万分着急，派人下山去找公子皆无结果。不料今日，菩萨保佑公子平安来到少林，阿弥陀佛！"

多年前弘无方丈与金风道长、六合居士三人约定寻访异人，共同传授他武功拯救武林浩劫。此时终于见到此人，方丈喜出望外，慈祥地打量张去病一番，又道："杜百年对老衲说，公子当时年幼，个头不高，没想到现今已长大成人。但不知这些年公子去了哪里？"

张去病遂将自己流落江湖经历大致说一遍，然后道："在下此次前来，欲求方丈为我打通任、督二脉，助我练成武功报国恨家仇！"

弘无方丈道："我佛慈悲！公子乃是大宋忠臣之后，一家蒙受奇冤，又是老衲故人凌霄老人弟子，还持柳寒峰掌门信物来见，老衲自当竭力相助。既然那药王已将公子怪病治好五成，老衲便试一试为公子打通任、督二脉，看成不成。"

张去病大喜忙起身下拜，道："拜谢方丈！"刚磕头下去，一股轻柔内劲将他托起来。张去病一愣，只见方丈衣袖微微拂动一下，不用举手投足便将他托住，这功夫当真出神入化！

方丈道："公子勿多礼。"又对禅房外道，"是法照在门外吗？"门外有人应道："是弟子。"脚步声响，一位中年僧人走进来。

弘无方丈道："法照，为师要运功为张公子打通经脉，你守在门外莫让人来打扰！"法照禅师一惊，道："师父，你老人家年事已高，行功为人打通经脉太耗元气，万万不可！"

张去病亦知运功为人打通经脉会大耗功力，听法照这么一说，不禁犹豫起来。却听弘无方丈道："这位张公子是岳元帅的后人，他同武林关系重大，我不能不助他。你下去罢。"

法照禅师不动步，又低声道："师父，此事可请达摩堂弘远师叔代劳，你老人家无须亲自行功伤元气。"

弘无方丈摇头，道："那药王说，须有八十年功力之人方能为张公子打通任、督二脉。为师只有六十多年功力，尚且不知能否为张公子打通二脉。你弘远师叔功力比为师逊一筹，只怕更不成。况且弘远功力太过霸道，张公子气血大亏只怕承受不起。此事性命攸关，丝毫大意不得！你去守在门外，半个时辰之内不许人进来。"

法照禅师道："是。"苦着脸走出禅房。弘无方丈对张去病道："请公子脱去鞋袜，贴墙倒立，待老衲运功为公子打通经脉。"张去病犹豫道："方丈，这……"

弘无方丈道："老纳无碍，公子不必多虑。"张去病心下歉然只得脱掉鞋袜，光脚倒立墙壁。弘无方丈起身走到近前右脚一划，单脚立地，摆出一个奇怪架式，一只手掌抚在张去病右脚底"涌泉穴"上将一股柔和真气注入。张去病暗中寻思：少林寺神功有些古怪，为何从脚底穴位注入真气？

却听弘无方丈道："公子凝神静气，不得分神。不然老纳难将公子经脉打通！"张去病急忙收敛心神，只觉方丈注入的真气犹如一条小蛇，从脚底"涌泉穴"经"大钟穴"窜至"阴谷穴"，一直往大腿上游走。此时他脚朝上，头朝下，不由抬眼睛向上一望，只见弘无方丈白眉根根竖起，白须戟张，身上僧袍充盈鼓荡，人却似一段木桩一动不动。就在这一看瞬间，那注入他体内的真气突然膨胀起来，变得大如莽蛇爬到他胸前"愈府穴"来回冲撞。

每撞一次，他便觉得浑身血气翻涌。那真气大约冲撞七八次后，又变成一根钢针似的疾刺他身上穴位，刺得他疼痛难当。他竭力忍住不敢吭声，浑身冒出一通大汗。忽听方丈一声清啸，那钢针般的真气倏地消失，却有另一道真气从他左脚底"涌泉穴"注入，宛如一股暖流轻轻按摩他身上穴位。他舒服地闭上眼睛，任那真气四外游走，感到舒畅异常。

便在此时，忽听耳边嗒嗒声响，他睁眼一看，见几滴水珠掉在地上。房里怎么会滴下水珠？抬眼看去，原来是方丈僧袍上滴下的汗珠。再往上瞧，只见方丈僧袍已被汗水浸透。方丈面孔被一大团白气罩住，面目模糊不清。他知方丈耗费功力甚巨，急忙闭目敛神，不敢再分心。

岂料合上眼睛一会儿，觉得撑在地上的手痒酥酥的，睁眼一看，见一个大红蚂蚁正沿着他手掌往上爬。那蚂蚁爬得很快，不一会儿便爬上肩膀，钻进衣领，弄得他的脖子痒极。他咬着牙忍住，不敢动弹，心里骂道："小东西，怎么偏偏在这个时候来捣乱？快滚开！"

那蚂蚁不理睬他，在他脖子上搜寻一阵，没寻到食物便爬上他下巴，在他嘴唇四周游荡。他心中暗急，默默央求道："蚂蚁大爷，蚂蚁奶奶，求你行行好，赶快离去，别碍我的大事！"这么一想，嘴唇下意识地动一下，蚂蚁吃了一惊以为遇上什么危险，仓促逃到他鼻子下面。他瞧不见蚂蚁，但感觉得到它在鼻孔前徘徊不定，心下更着急，生怕蚂蚁钻进鼻孔里，却又毫无办法。那蚂蚁见到两个鼻孔亦是诧异，鼻孔内热气呼出，不知里面有无凶险。它探头探脑张望一会儿，不敢贸然钻进去，怯怯地后退到唇沟里。张去病感觉到蚂蚁离开鼻孔，揪紧的心才放了下来。

然而在这一瞬间，蚂蚁探到鼻洞里有一粒鼻屎，以为是什么美味佳肴，便奋不顾身钻进鼻孔里，张去病猛觉鼻子奇痒，"阿嚏"一声，打个大喷嚏，身子跟着一晃倒在地上。弘无方丈惊道："佛祖保佑！张公子怎么啦？"

张去病道："一只蚂蚁钻进鼻子里，我没忍住，真是惭愧！"说时，一眼看见那只被他喷出的蚂蚁在地上仓皇逃窜，他大为气恼，上前欲将蚂蚁踩死，弘无方丈道："公子不可！"张去病忙收住脚，诧异地望着方丈。方丈道："张公子勿恼，蝼蚁亦是一命，众生平等，不可杀生。公子气血已岔，赶快躺下！"张去病心里歉疚，刚弯下腰身子忽然向前一蹿便晕了过去。

弘无方丈道："我佛慈悲！"轻击两掌，法照禅师闻声走进禅房，看见方丈大汗淋漓，又见张去病昏睡地上，不禁惊呼"师父！"方丈道："快喂张公子一粒'天王护心丹'，抱他到禅床上静卧。"

法照禅师忙取出一个小瓶，倒出一粒药丸喂进张去病嘴里，将他抱上禅床躺下。方丈盘腿打坐，调理内息，脸色蜡黄，显是元气大耗。便在此时，房门外悄没声地走进一个满脸皱纹、眉眼低垂的老僧。这老僧年逾七旬，法号弘远，乃是达摩堂首座。他一只脚轻轻跨入房内，弘无方丈闭着眼问道："是弘远师弟吗？"

老僧道："正是弘远。师弟前来助方丈恢复功力。"适才法照禅师守站门外看见有小沙弥经过，便悄悄叫小沙弥去请弘远大师来助方丈复功。弘远大师轻轻走到方丈身后坐下，双掌贴在方丈背上两处大穴上，将真气源源不断地输入方丈体内。大约过了一炷香光景，弘无方丈脸上渐渐有了血色。方丈忽然身子一闪坐到另一个蒲团上。

弘远大师诧异道："师兄尚未完全恢复功力，为何不让师弟相助了？"弘无方丈道："师弟年已七旬，不可为师兄耗功过甚。师兄自己慢慢调理几天，便无大碍，师弟放心。"

此时，一名知客僧走进房来　道："禀报方丈，寺外有人求见。"弘无方丈道："来者是何人？"知客僧道："弟子问他姓名，那人口气狂得很，说他报出姓名，怕吓着少林寺大小和尚，还是不说为妙！"

弘远大师一怔，对方丈道："师兄，今日不知又是什么狂徒来取闹？"弘无方丈叹道："少林寺树大招风，总会有人来寻衅，真是没法子。"又问那知客僧，道："来人是什么模样？"

知客僧道："那人大约五十岁，个子不高，嘴唇上蓄着两撇翘胡子，言行却是诡异！"方丈问道："如何诡异？"知客僧道："那人大白天打着一个灯笼上山来，肚子上还束着一个大铁片。更怪异的是他那张脸，弟子从未见过！"

方丈忙道："那人的脸有何奇怪？"知客僧道："那人的脸色极黄，弟子从未见过如此脸黄之人。乍一看，把弟子吓了一跳，我还当他戴着一个金面具。仔细一看却又不是面具，是真面皮！可那面皮像涂了一层金粉，活像咱们寺里佛祖金面一样！"

弘无方丈同弘远大师对视一眼，皆吃惊不小，想不出武林中有何人面黄如金，也想不出有谁言行如此张狂怪异。弘远大师道："方丈身体不适，不见此人罢。"

弘无方丈点了点头，对知客僧道："去回那人的话，说方丈今日不会客。"知客僧领命而去。方丈回首看见弘远凝神沉思，问道："师弟可在揣想此人是何来路？"

弘远大师道："正是。来人面色如此怪异，我想只有两种情形：一是此人身患怪症，面色失常；二是修炼怪异武功使得面色改变。若是第二种情形，只怕今日我寺有麻烦！"

法照禅师在旁插嘴道："师叔不必多虑，前来少林寺闹事之徒，咱们见得多了，还怕什么人来撒野不成？"

弘无方丈道："法照，佛门弟子以人为善，即便来人心怀戾气，我少林弟子也不可恃技凌人。"法照禅师道："是，弟子谨记。"

三人正说话，又见那知客僧慌张进来，气恼道："回禀方丈，弟子去回那黄脸人的话，他说非得见方丈不可。弟子好言相劝，那人不走反倒坐在山门上，将寺门堵住。还说什么'方丈不见客，少林寺山门还开着做甚？不如关门算了'。"

弘无方丈和弘远大师心中一凛，寻思：此人竟敢封堵少林寺山门，这可是少林寺从未遇到之事！此人如此有恃无恐，看来今日之事不会轻易了断。弘远大师道："后来如何？"

知客僧道："后来，几位护院师兄上前劝说，那人不知用什么手法将几位师兄摔得鼻青脸肿。此刻，知客堂主持法严禅师正在劝导那人，他叫弟子来禀报方丈。"

弘无方丈微皱白眉，道："此人也太张狂。传话罗汉堂弟子送他下山，但勿伤他。"知客僧转身跑出门去。

又过了片刻，那知客僧惊慌跑来，叫道："方丈，大事不好！罗汉堂几位长老不是那人的对手，此刻十八罗汉结成罗汉阵将那人围住，等候方丈去发落！"方丈与弘远大师都大吃一惊：十八罗汉个个是一流高手，如果不是来人武功奇高，断不会结成罗汉阵对敌！两位高僧感到事态不妙，忙起身疾步走出禅房。

二人来到山门，只见般若堂首座弘空大师，罗汉堂首座弘意大师，戒律院首座弘法大师，达摩堂五长老，般若堂八大禅师，以及第三、第四代弟子黑压压站了一片。山门正中果然大喇喇坐着一人，十八罗汉分散围在那人四周。

只听那人用破锣般嗓音笑道："少林寺十八罗汉摆下大阵迎接我老金，真是荣幸之至！不过嘛，少林寺号称武林泰山北斗，原来是倚仗人多逞强。哈哈，这可叫老金大开眼界啦！"

来人身穿灰袍，年约五旬，淡眉细目，唇上两撇翘胡子十分神气，脸色金黄，还隐隐罩着一层黄气。他左手打着一个灯笼，腹上箍着一块大铁片，装束确实怪异。

弘无方丈道："阿弥陀佛！罗汉堂众僧退下去罢。"十八罗汉正欲撤阵，忽见人影疾闪，十八人急忙转动阵式围堵，但晚了一步，那黄脸人已飘然出阵，满脸讪笑地站在一旁。此人逸出阵外，虽说是趁众罗汉放松警戒之际，但十八罗汉在此阵法上浸淫十几年已练到阵随意转，配合天衣无缝的地步。黄面人居然能逃出阵外，着实让十八位高手大感意外。

弘无方丈上前几步，合十道："阿弥陀佛！施主要见少林方丈，老衲便是。"黄面人瞧方丈一眼，道："大和尚，你便是弘无方丈吗？哈哈，失敬、失敬！"

弘无方丈道："施主无须客气。但不知光天化日之下，施主为何打着灯笼上少林寺来？"

黄面人抬头看看天，诧异道："是光天化日吗？咦，我怎么看见少林寺没有一点光亮？这可奇了！"

方丈寻思此人装疯卖傻，不知是何用意？遂道："施主说笑了。我少林寺日光朗朗，怎么没有光亮？"

黄面人摇头问道："敢问方丈，众生到少林寺来，是来瞧日光，还是瞧佛光？"

弘无方丈道："自然是来瞻仰佛光。"黄面人又摇头道："再问方丈，佛光是有相，还是无相？是空相，还是实相？佛云一切皆空，万物虚幻，你却说少林寺日光朗朗，以日光当佛光，以无相为有相，大错特错，错上加错！岂不贻笑大方？"

黄面人满口机锋，弘无方丈无心与他谈禅，只想听他说出真实来意，遂淡淡道："施主到少林寺来，所为者何？老衲洗耳恭听。"

众僧看见黄面人出口训斥方丈，多有不服。一位青年僧人忍不住问道："佛祖云一切皆空，施主肚子亦空亦虚，敢问施主：为何还用大铁片箍着肚子？"

黄面人拍拍肚子，哈哈一笑，道："呆和尚，这都不知吗？虚到极处便是实，空到无处便是有！对你说罢，只因我肚里太空，所以才装下了许多学问，老金怕满腹学问撑破肚子，便用铁片箍住它！"

众僧听他大言不惭，不禁讪笑出声。那问话的僧人笑道："看来施主肚皮太薄，小僧有个法子，施主只要依法而行便不怕学问撑破肚皮。"

黄面人一愣，问道："什么法子？"那僧人道："此法简单，施主只须将你的脸皮换成肚皮便可！"众僧一听哈哈大笑，这僧人讥讽黄面人自吹自擂，脸皮太厚，叫他将薄肚皮换成厚脸皮，便不用铁皮箍着肚子，嘲讽得甚是巧妙。

黄面人眯缝着眼睛瞧了瞧那僧人，不怒反笑，道："哈哈，看不出，小和尚是少林寺青年才俊，我将这灯笼赏你！"他随手一抛，只见灯笼斜飞过去。那僧人正欲伸手去接，蓦然间身子被人提往一旁，"嚓"的一声，那灯笼木柄竟然如利箭般插进旁边一棵树干上。那僧人落地站稳，才看清助他躲过一击之人却是知客堂法严禅师。众僧心中一凛，黄面人轻描淡写的一掷，竟能将灯笼木柄变成利箭插进树身，其内功修为实属罕见！幸亏法严禅师扯开那青年僧人，不然他接灯笼非受重伤不可。

弘无方丈道："施主学问渊博，何必同小辈僧人一般见识？我少林寺佛光，唯心中有佛者方能看见。施主未能瞧见，也不奇怪……只是不知施主欲见老纳，所为何事？"

黄面人道："老金见方丈，只为小事一桩。听说有一位叫张去病的少年在贵寺，我欲请张公子到舍下小住几日，不知方丈可给老金面子，将张公子交给老金？"

弘无方丈心中一动：寻思此人来寻张公子定是为达摩石而来。但不知他是何方神圣？当下不露声色道："恕老纳眼拙，敢问施主高姓大名，欲接张公子去何处小住？老纳好将此事转告张公子。"

黄面人道："老金我自然是姓金，名字嘛，平常得很，叫如尘。老金想接张公子去住的地方也稀松平常，那地名叫玉泉山。住所在摩尼岩上。"

此语一出，少林寺众僧无不大惊。众僧万万想不到眼前这黄面人，竟然是魔教金面摩尼金如尘！此人位居四大摩尼之首位，有惊人技业。众僧震惊之余，又想倘若不是这魔头，谁敢坐堵少林寺山门？

弘无方丈合十道："原来是金施主光临敝寺，未能远迎，还乞见谅……只是那张去病公子身患疾病，正在寺里静养，恐怕不能随施主远去西域，要让金施主失望了！"

金如尘哈哈一笑，道："老金一向仰慕忠义之士，张公子乃是忠良之后，老金既然得知他身患疾病，这就更要接他去医治。请方丈让张公子随我前去，不可误了他病情！"

弘无方丈道："金施主一番盛情，老纳自当转告张公子。只是此时张公子昏迷不醒，无法转告，施主请回，改日再说罢。"方丈说罢一抬手，做了个送客的手势。

金如尘道："张公子昏迷不醒吗？啊呀，那可危险至极！老金可得进寺去看看他！"说着，便要跨进山门。

忽听一人冷冷道："金施主请留步，不可欺人太甚！我少林寺虽不是军国重地，却也不是任人随意进出的菜园子。数月前贵教伏虎尊者张敖来骚扰我寺，贵教八臂神魔方化又在开封府打伤我少林俗家弟子。少林寺还未向贵教讨回公道，今日施主又打上门来，当真欺我少林寺无人吗？"

金如尘侧目一看，只见那说话僧人方面大耳，双眉如剑，项下一部大胡子，不怒自威。金如尘道："敢问大师法号如何称呼？"

弘无方丈道："他是老纳师弟，法号弘空。"

金如尘拱手道："原来是般若堂首座弘空大师，久仰，久仰！大师说老金打上门来，这可说得奇了！我独自一人来少林寺便是有三头六臂，也敌不过达摩堂五大高僧，般若堂八大长老，戒律院九大禅师，罗汉堂十八高手，何况还有弘字辈五大神僧！你们这些顶尖人物一齐出手，我这几根老骨头只怕要留在少林寺了。嘿嘿，讲打，老金一人是打不过你们合寺高手的，哪敢打上门来？"

他这一番话说得貌似谦逊，骨子里却咄咄逼人，言下之意是说若要动手，少林寺高僧联手斗他方能取胜。少林寺僧人怎会听不出来？在场的，除了弘字辈几位高僧之外，其余众僧皆面露怒色。

弘空大师冷笑道："依金施主之言，少林寺享誉武林数百载，是倚仗人多取胜，浪得虚名了？"

金如尘摸摸唇上两撇翘胡子，摇摇头道："哪儿的话！少林功夫名满天下，诸位大师个个身怀绝学，自然是不会倚仗人多取胜的了。刚才摆下十八罗汉阵什么的，大约是同老金寻开心，绝不是倚仗人多取胜！哈哈哈……"弘空大师脸上一红，心想此人语气平和，却言辞尖刻，看来是个不好对付的厉害角色。

金如尘又道："少林寺在武林领袖群伦，自然是极讲江湖规矩的。老金此次前来少林宝刹本无动武之意。不过，倘若有幸与诸位高僧切磋武学，见识见识少林寺神功绝技，倒也有趣！这样罢，我小露一手薄技，若是哪位大师技压老金，我拍拍屁股转身走人。倘若我侥幸胜了一招半式，少林寺便将张公子请出，随我去摩尼岩上小住几日，方丈意下如何？"

弘无方丈手转佛珠寻思：这魔头有恃无恐独闯少林，便是当年号称武功天下第一的魔教教主何野风，也未敢如此胆大妄为！他既然敢独自一人来叫阵，必是有备而来，老纳先行试探再作计较。

第九章　闹寺

方丈道："出家人四大皆空，与世无争，本不应与金施主比较武学高下。但施主趁兴而来，拂了施主兴致有背待客之道。恭敬不如从命。但不知金施主展现何种神功让我等开眼？老纳愿闻其详。"

金如尘抬手捻捻唇上翘胡子，道："少林高僧威名远播，老金也小有薄名，我等切磋武学若是乱斗一气，有失以武会友之道。这样罢，咱们比试三门最常见功夫：一比掌法、二比指法、三比内力。这三门武功各门派无不修习，不知方丈以为如何？"

适才少林众僧有些担心，唯恐金如尘比什么刁钻古怪功夫不易对付。一听说比这三门功夫，众僧心下大宽，皆想少林寺素来以掌法、指力、内功称雄武林。少林七十二绝技中仅是掌法便有"须弥掌""般若掌""达摩掌""金刚无相掌"等功夫；指法有"拈花指""摩诃指""无相指""大力金刚指"等功夫，而"少林易筋经"内功更是独步武林。众人一听金如尘说比掌法、指力、内功，都心中窃喜。

弘无方丈亦松口气，心中忽又暗叫不好！他蓦然想起数百年前，魔教教主风云龙与天下英雄决斗少林寺之事。其时风云龙使出"三际天罗掌"，一人独斗达摩祖师和寇谦之道长，竟然不分胜负。待到他使出魔教"日月双环"内功，达摩祖师和寇谦之道长险些败在他手下，要不是那林无眠用"鬼谷散花谱"功夫为两位大师解困，中土武林可就栽到家了！

眼下金如尘提出比掌法、指法和内功，难道他也练就"三际天罗掌"和"日月月双环功"吗？倘是这样，少林寺盛誉只怕要毁这魔头手里，这……这如何是好？霎时，方丈额头上渗出粒粒汗珠。但此时已无后退余地。方丈只得道："依金施主之言，比试这三门功夫也无不可，但不知如何比法？"

金如尘道："比试之法，老金先来献丑，大师请看！"只见他一转身走近山门旁边岩石拍下一掌。众僧看去，不见那山岩有何动静。正在诧异之际，忽听咔咔声响，只见那岩石慢慢裂开，崩下一块大石，重数十斤。

金如尘道："哪位大师下场赐教？"众僧皆是一惊，心想以掌力开碑裂石，在武林中已是很难得的功夫了，但要用掌力拍落如此大的岩石，却闻所未闻！场里静了一瞬，忽听一个苍老的声音道："金施主好掌力！老纳来为施主助兴！"

一个老僧从方丈身旁缓步走出。这老僧身形枯瘦，眉眼低垂，一副瞌睡未醒的样子，正是达摩堂首座弘远大师。在弘字辈高僧中，论掌法弘远大师居五人之冠。他对少林掌法绝技无一不精，尤其是一套"金刚无相掌"更是无人能望其项背。众僧看见弘远大师出阵，心下稍安。

金如尘道："大和尚法号如何称呼？"弘远大师合十道："阿弥陀佛！老纳弘远。"金如尘拱手道："原来是达摩堂首座，久仰，久仰！"

弘远大师道："金施主不必客气。"说罢，慢吞吞走下山门，抬起鸡爪般枯掌对着另一处山岩也拍下一掌。这一掌拍出亦是无声无息，不温不火。那岩石承受这一掌，也不见有何变化。忽听有人惊讶道："快看，那岩石半边变矮了！"大伙仔细看去，见那山岩一侧忽然变得像面团一软塌下，"咚"的一声响，一块大石头坠落地上。众僧一看，都大声叫："好！"

只见弘远大师走近那大石头，突然又拍出一掌，石头猛地跳了起来。不待石头落地，他快捷无伦再一掌拍在大石上，这一掌竟然将大石头拍得升高数寸。一瞬间，只见他出掌迅如闪电，一掌接一掌快捷拍那大石，拍得那石头凌空旋转。他出掌越来越快，大石越转越高，众人不由得抬起头观看。那石头升到一丈高处，人人心中都闪过一个念头：弘远大师凭掌力居然能将重石头拍上空中，实在匪夷所思！若非亲眼所见，说什么也难以相信。

弘远大师深居少林寺几十载，从未露过这一手"金刚无相掌"功夫。平时众僧只觉得弘远大师掌法神通，但究竟如何高深，皆不得而知。此时一见，众人无不惊佩。忽听弘远大师轻吟一声出掌渐缓，那大石头也跟着徐徐下降。弘远大师突然将双掌往胸前一合一顿，那石头才悄然无声落到原处。霎时，少林众僧喝彩之声，如雷震动山林。

弘远大师听见震天价响喝彩声，脸上并无一丝得意之色，仍旧低眉垂目道："老纳薄技，让金施主见笑，请施主赐教！"他说罢，无精打采地退回方丈身旁，好像真献丑一般。

弘字辈高僧见弘远大师露了这一手惊世骇俗功夫，无不暗中赞叹。要说一掌将那大石头拍离地面，他们倒也能做到。但要凭掌力将大石拍得飞旋空中，那出掌方位、力道、时间，都须恰到好处，几位大师自忖皆做不到。这一比试，少林寺略占上风。众僧拭目以待，看那金如尘还有何绝技施展出来。

只听金如尘破锣般嗓音说道："老金远在西域，久闻弘远大师的'金刚无相掌'功夫冠绝武林，今日一见果然不错！不知我这'天罡摩尼掌'可入众位少林高僧法眼？"他说着，走到弘远大师演示掌法那块大石处，也拍出一掌。大石头受掌力一击又从地上跳起来。他不让大石坠地，紧跟着一掌接一掌拍出，只见那大石头并不旋转，而是节节上升。等到大石升到一丈多高，他疾闪身形，从四面八方快如疾风般出掌拍向大石，无形掌力宛如数根绳索从四面将大石拉住。一时之间，大石竟然呆滞在空中既不上升，也不下落，活像被什么东西托住一般。只见金如尘围绕大石头飞快拍掌，身子化作一道灰影闪动。看见这般奇异情景，少林寺众僧一时呆住，连喝彩也忘了。

大石头在空中停滞一瞬，金如尘突然收掌，石头猛然下落，众僧中有人惊得"啊呀"一声。在这电光石火瞬间，金如尘双掌夹住大石往前一送，再往后一带，两股雄浑掌力将大石头下落之势刹住。他几送几带掌力竟然将大石头无声无息送回原地。待那石头归位，他才摸摸唇上的翘胡子站到一旁。

看见金如尘这一手功夫，少林群僧寂静无声。过了一会儿，少林寺第三、第四代弟子才发出窃窃私语。有人说弘远大师凭借掌力将大石旋转一丈多高，比金如尘技高一筹。也有人说金如尘用掌力将大石定在空中，神乎其技。还有人说二人掌法各有千秋难分上下，一时间众人各执一词。

弘字辈大师们却面色凝重。几位高僧皆看出，先前弘远大师用掌力把大石旋转一丈多高处，其掌力和掌法固然惊人，却也借了石头本身旋转力道，是以八分掌力二分巧劲取胜。金如尘将大石头定在空中，全靠雄浑掌力和精妙掌法，半分巧劲也借不得，其掌力和掌法技高出半筹，已是一目了然。

弘远大师又越班而出，对金如尘道："金施主的'天罡摩尼掌'果然神通！再看老纳献丑。"说着，他走近那大石一掌拍下，手掌在石上略一滞留，才缓缓抬起手掌，只听哗啦啦一阵响声，大石竟然变成了一堆碎石垮塌下去！众僧又是一阵哄然叫好。

金如尘脱口赞道："好掌法！大和尚劲力外柔内刚，摧金刚之物不着痕迹，得到'金刚无相掌'神髓！"

弘远大师道："金施主谬赞了！"说毕，又低眉垂目后退到弘无方丈身旁。弘无方丈听见金如尘夸赞，心下又添了几分忧虑。寻思几百年来魔教高手遵循其祖师风云龙遗命，极少涉足中土。中土武林对于魔教武功知之甚少，这魔头怎会知晓少林寺"金刚无相掌"神髓？难道他此番前来闹寺蓄谋已久？

却听金如尘哈哈笑道："大和尚不必自谦，你这'金刚无相掌'足可傲视武林！但要同老金的'天罡摩尼掌'相比，恐怕还欠那么一点火候。大师请看！"说时，他走到适才他劈下的那块大石前也拍下一掌。"砰"的一声闷响，一团灰尘飞腾而起将大石罩住。待尘埃落下，众僧一看，只见那大石也变成了一堆碎石，与弘远大师拍碎的那块大石并无二样。众僧悬着的心放了下来，均想金如尘的这一掌并不比弘远大师高明，顶多是旗鼓相当，比个平手。

金如尘道："大和尚，你看老金这一掌如何？"弘远大师不答话，抬眼瞧瞧自己拍碎的石堆，又凝视金如尘拍碎的石堆，众僧都屏声静气，不知他要使出何种功夫。却见他凝视片刻摇了摇头，叹道："施主掌法卓绝，这一场比试，老纳输了！"

众僧一听大感迷惑。法照禅师忍不住问道："师叔你也一掌拍碎大石，怎么说输了？"

弘远大师道："老纳先头拍碎那块大石，已被金施主和我的掌力震松，师叔拍碎它较易。而金施主拍碎的这块大石未被掌力震松，金施主拍碎它较难。"法照禅师道："就算是这样，也不能说是师叔输了啊！"

弘远大师道："法照不必说了，你去拿一块师叔拍碎的石块捏捏，再拿起金施主拍的碎石捏捏便知高下了。"

法照禅师满心狐疑，走上前去从两个石堆各捡起一块碎石，分握在两掌手心一捏，脸上立即露出沮丧神色。众僧见他张开手掌皆大吃一惊。只见弘远大师拍下的碎石依然如故，金如尘拍碎的石块却散成沙砾。原来金如尘一掌拍下竟然将大石震酥了！刹那间全场一片死寂。

金如尘笑道："好！大和尚光明磊落，不愧是有道高僧！不过老金从来不占别人的便宜。适才你出掌，内力微露不逮之兆，显然比掌之前，你功力受了耗损。这阵比掌我才略占上风。倘若你内力不亏，胜负却很难说。今日这一场暂算我胜。倘若大师不服气，来日待你功力恢复，咱们再重比一回如何？"

先前，弘远大师运功为弘无方丈恢复内力之事，除了法照禅师知晓，场内众僧皆不知道，此时忽听金如尘说弘远大师输在比掌之前亏耗了功力，众人均感诧异。同时又想这金如尘虽然是邪魔歪道，却倒也是一条磊落汉子！

弘远大师尚未开口回答，忽听一个粗犷声音说道："不用等到他日再比，今日，我便代弘远师兄再领教金施主高招！"众僧一看，只见从弘无方丈身后走出一个法相威猛的老和尚来。这老僧身材高大，行走如风，几步跨到金如尘面前威风凛凛站定，足足高出金如尘一个头。

金如尘问道："来者可是戒律院首座弘法大师？"老僧冷冷道："大师不敢当，老纳正是弘法。"金如尘道："弘法大师指法闻名天下，老金正要领教领教！大师请……"

弘法大师性子最急，当下也不客气，疾步走到先前金如尘用掌劈开的山岩断面前，撸起衣袖伸出两根手指在岩石上疾书起来。只听见嗤嗤声响，转眼之间岩石断面上便出现"苦海无边，回头是岸"八个遒劲大字。字体敦厚丰腴，大有颜体意象。每字浅浅现石上，宛如钢刀划出一般，场内众僧一看又惊又叹，喝彩之声大作。

弘法大师这一手"大力金刚指"功夫，便是在少林寺历代高僧当中，也无人练到如此惊世骇俗地步。金如尘看了心中一凛。他来时对少林高僧武功打听得清清楚楚，预先想好对付之法，却没料到弘法大师指功精湛如斯，这可出乎他意料。

弘法大师写完字回头对金如尘道："施主西行千里来到少林，请在石上留点墨宝，以助武林谈资。"

金如尘哈哈笑道："这可有点儿为难老金了！老金虽然满腹学问，写字却像鸡脚叉，留字在天下名刹少林寺岂不叫游人笑掉牙巴骨？"

弘法大师道："施主不必自谦，请！"金如尘道："好，大和尚赶鸭子上架，老金只好勉为其难。"说着走近那岩石伸出二指略一思索，忽然身形晃动，大袖飘舞，顷刻之间石壁上出现了"二宗明晦，三际光明"八个字。众僧注目看去，只见那八个字瘦骨嶙峋，似金钩铁划，亦如钢刀刻划出一般，众僧不由得大声喝彩。

弘法大师甚喜书法，看见金如尘写下的字，不禁脱口道："此乃大宋徽宗皇帝的瘦金体，好字，好字！不知金施主使什么指功写成？"

金如尘道："这是我教的'玄天指'功夫。"众僧仔细观察两人写字的功力，均感难分伯仲，再看二人才具亦不分轩轾。弘法大师题写"苦海无边，回头是岸"，是用佛教之义规劝金如尘去邪归正。金如尘所题"二宗明晦，三际光明"，是以摩尼教教义与弘法大师针锋相对。二人不但指功势均力敌，才智也难分高下。

弘法大师道："石壁尚有空处，请施主与老纳配上几笔画。"说毕，他抬指在岩上疾点，只见石屑纷纷脱落，片刻之间，一片大海，两座远山显现在石壁上。众僧一看，那线条勾勒犹似刻在石壁上一般，这一手功夫可比适才高难得多。先前，他用手指直接在石壁上书写，可以一气呵成。此时用指力在石上作画，费时费力更多，如无绵长功力极难画完。看见弘法大师使出这门绝技，众僧悬着的心方才落了下来，均想这一场比试，少林寺胜券在握了。

弘法大师转过头来道："施主请。"金如尘看见弘法大师用指力在石上作画，亦是一惊。寻思这和尚的指力不在金某之下，少林寺称雄武林数百年果真有点人才。这一场，我老金要胜恐怕不易。当下说道："好，大和尚妙手丹青，可别怪我老金狗尾续貂！"

金如尘说时，两腿一迈不丁不八地站开，双手在那石上疾抓疾点，只听一阵嗤嗤声响，等到石屑粉末掉尽，大伙一看，石上海面出现一个太阳光芒四射，海边上出现一片树林，同弘法大师画的大海群山浑然一体，凑成了一幅海上日出的完整图画。

众僧再看那画，又是一惊。金如尘所勾勒的太阳和树林也如同刻在岩石上一般，功力丝毫不比弘法大师逊色，众僧人的心又提了起来，这一场比试究竟鹿死谁手？

弘法大师一看，叹道："金施主不仅掌力卓绝，指力也当世少见，难怪位居四大摩尼首座，老纳甚为佩服！"

金如尘道："大和尚莫要夸奖，老金已是强弩之末，你若再变着花样比下去，我只怕要输在你手下！"

弘法大师道："施主说笑了。作画已毕，落个款罢。"众僧以为弘法大师要用"大力金刚指"在石上题名落款。心中都想：你二人功力相当，再写下去又怎能分出胜负？岂料弘法大师走到石前并不写字，只是伸掌按在画右下角一动不动。众僧皆觉奇怪，不知他此举是何用意。

过了一会儿，大师才抬起掌，对着岩石一吹，石上腾起一团尘粉。待粉尘散尽，众人一看，石上一个掌印清晰可见。大伙没看见弘法大师发功运劲，只见他伸掌往石壁上按一瞬，竟然无声无息在石上留下一个手掌印，这一手功夫真是匪夷所思！

忽听弘无方丈道："阿弥陀佛！师弟练成了'达摩大佛印'神功，可喜可贺！"众僧一听弘法大师使的是少林绝顶神功"达摩大佛印"，无不惊讶。据说当年达摩祖师录下一门神功，名叫"大佛印"，只是那笔录文字是天竺国上古深奥梵文，少林历代僧人皆看不懂，因此数百年来无人能练它，是以少林七十二绝技中也没有录入这门神功。此时听方丈说弘法大师练成"达摩大佛印"神功，众僧又惊又喜，又看到弘法大师取胜的希望。

弘法大师道："师兄，我只窥见这门神功一点门径，还不敢说已经练成。"说罢，退到一旁对金如尘道："施主请落款。"

金如尘道："少林寺拿出压箱底的功夫，这可把老金难住了。罢罢罢，老金只好依着葫芦画瓢，也来按个手印！"他走到岩石前，不用掌心而是用手背压在壁画一角。忽听一僧人惊道："快看他的脸！"众僧一看，只见金如尘黄灿灿的面孔忽然变成瓦青色，笼罩在一团青气里，众僧还没看明白，青气转瞬消失，那张脸忽又变成金黄色。

众僧惊讶之际，金如尘已退到一旁兀自看着那岩石连连摇头，似乎对什么不满意。大伙随他目光看去，只见石壁上留下掌骨连着五根指骨印迹，没留下半点手掌皮肉痕迹。看见金如尘显露这一手功夫，众僧惊得说不出话来。两者相比，众人无法将它与"大佛印"分出高下。

金如尘回头对弘法大师道："大和尚，老金本来打算连胜两场，三比二胜，将张公子带走。不料大和尚"大力金刚指"炉火纯青，同我的'天罡摩尼指'难分高下。你这'达摩大佛印'更非同小可！看来，老金赢不了大和尚，大和尚也赢不了老金，这一场算个平局如何？"

弘法大师道："善哉！施主所言不虚，老纳也无胜施主把握，便依施主之言这一场算平局罢。"弘法大师说罢，大步回到弘无方丈身后。

金如尘对弘无方丈道："方丈，掌法与指力比过，老金侥幸胜了一场，少林寺哪位高僧下场同老金比内力？"

弘无方丈道："本寺自有人领教施主内力神功，请施主划下道来。"金如尘道："比内力凶险异常，稍有不慎非死即伤。好在金某听说少林寺有一门盖世无双内功叫'金刚伏魔吼'，我教也有一门内功叫'玄秘心音'，咱们用这两门功夫比一比内力罢。"

弘无方丈道："这个……"一时沉吟不语。原来少林高僧中只有方丈一人修习"金刚伏魔吼"功夫。倘若是平日，方丈自当出面同金如尘比斗。岂料今日，偏偏方丈运功为张去病打通经脉内力大耗。眼下前两场比武一负一平，少林寺输掉一场。这第三场若输给金如尘，江湖上传开去少林寺如何在武林中立足？是以方丈一时犹豫不决。

弘远大师见方丈沉吟不语，明白关节所在，忙道："金施主，今日时辰不早。施主一人比两场内力耗损不少，接着再比内力，施主吃亏了。为公平起见，这第三场比试明日再比如何？"

金如尘摇头道："明日再比？嘿嘿，咱们打开天窗说亮话，老金怕夜长梦多，倘若你们将张去病藏起来，或是将他转移别处，老金岂不是白忙一场？哈哈，今儿老金甘愿吃亏，请哪位大师下场赐教！"

他说完这几句话不等对方回答，便打开背上小包袱，取出一件西域乐器来。有人识得那乐器，冲口道："这是胡人弹奏的东不拉！"弘远大师道："施主且慢！老纳有句话说。"金如尘道："大和尚请讲。"

弘远大师道："施主要以贵教'玄秘心音'同我寺'金刚伏魔吼'比试内力本无不可。实不相瞒，敝寺只有方丈一人修习'金刚伏魔吼'功夫。不巧今日方丈运功为张公子打通经脉大耗元气。想必施主不会趁人之危。这一场明日再比如何？"

金如尘摸摸嘴上翘胡子，笑道："好说、好说。其实老金此次来少林寺，只是为了接张公子去我教住上几日，并无伸量少林武学之意。既然方丈不便出阵，这一场也就不比了，免得伤了和气。劳驾大师去将张公子请出，随我前往西域，今日胜负一笔勾销，如何？"

群僧一听无不恼怒。金如尘分明是趁人之危，还巧言示好，若让他接走张公子，少林寺岂不是自认败在他手下？

般若堂首座弘空大师恼道："金施主，咱们有言在先比武三场，倘若施主获胜，方能与张公子会面。张公子愿不愿随你去，还看他本人意愿。现今胜负未决，施主便要带走张公子。如此出尔反尔，算什么英雄行径？"

金如尘冷笑一声，道："大和尚说这番话，倒是叫老金听不懂了！什么叫出尔反尔？难道是老金败在你们手下强行要人吗？嘿嘿，我不愿趁人之危，才不比第三场，反倒招来你一通斥责！老金一向被你们视为邪魔歪道，你说我不是英雄行径，便不是英雄行径！对不起，接招罢！"说罢，他抱起东不拉便要弹奏。便在此时，忽听有人高声喊道："金先生，请等一等！"

弘无方丈寻声望去大吃一惊，暗自叫道："糟了！"那喊话者不是别人，却是张去病。原来张去病岔气晕过去不久，忽听耳边有人轻声唤道："喂，喂，快醒醒！"那人摇了摇他，他睁眼一看，恍惚看见柳语站在床前，心里一惊忙坐起身道："语儿，是你吗？"

柳语道："去病哥哥，是我。"张去病道："语儿，我……我怎么了？睡着了吗？"

柳语道："是啊！你睡得正沉！去病哥哥，你不是来找方丈打通经脉吗？怎么在这里睡大觉？"

张去病这才恍然想起，方丈运功为他打通经脉却被一只蚂蚁搅了局。又听柳语问道："去病哥哥，方丈为你打通经脉了吗？"

张去病道："还没有。啊，语儿，你怎么进寺来了？快把门关上别叫僧人瞧见，说咱们坏了他们寺规！"

柳语嘻嘻一笑，道："去病哥哥，你别紧张，这会儿不会有僧人来瞧咱们！"张去病奇道："为什么不会有人来瞧咱们？"

柳语道："你放心吧，眼下寺里僧人都在山门前瞧热闹哩！"张去病一听说"瞧热闹"三字，立时来了精神，忙问道："咦，你说寺里僧人瞧热闹，他们瞧什么热闹？"

柳语道："听说是魔教的人来找少林寺僧人打架……喂，去病哥哥，咱们去看看好不好？"

张去病高兴道："好啊！有热闹不瞧，咱俩岂不成了呆鸟？走，快去瞧瞧！"他一骨碌翻身下床，拉着柳语的手急走出门。两人出到室外，四处不见一个僧人，忽听一阵雷鸣般的喝彩声从前山门外传来。二人疾步走到前院，只见山门前挤满僧人。视线被人群挡住瞧不见山门外情景。二人便攀上墙头往下观望。少林众僧正全神贯注看比武，谁也没注意到他俩到来。

他俩来迟，不知道金如尘因何找少林寺晦气，看见少林寺僧人输了头一场，平了第二场，眼看第三场少林寺无人应战，两人都替少林寺着急起来。直到听见弘远大师说出暂不比武的缘由。张去病才听出这场比斗是因他而起，而方丈运功为他打通经脉耗费功力，此刻陷于尴尬境地。他心下愧疚便挺身而出阻止金如尘。

弘无方丈一看是张去病，心中喊声："糟了！"脸上却不露声色，关切道："公子醒来了吗？你身子有病，快回禅房去躺下静养！"

金如尘看见张去病，心里猜着八九分，喜道："来者可是张去病公子？"张去病点头道："正是在下。不知金先生找我有何事？"金如尘道："老夫听说公子身患怪病，特来接公子去我教医治。"

张去病摇头道："在下谢谢金先生美意，我不能随先生去！"金如尘道："那是为何？"张去病道："金先生同少林寺比武未分胜负，在下若同金先生去西域治病，天下人岂不说少林寺输给先生了？再说，去西域也未必能治好我的病。"

金如尘心想：眼下方丈内力尚未恢复，正是老夫单挑少林寺扬名天下绝好机会！待我技压少林群僧再胜一场，少林僧人就不便阻拦我带走这少年。嘿嘿，那时便由不得你不随老夫去！如此一想，他笑道："公子要我赢了少林寺僧人，才肯同我去西域吗？好，就这么说定，倘若这一场老夫胜了，公子不可反悔，得同我去西域！"

他说罢，不等张去病和少林僧人开口，撮嘴一吹，一声极响口哨震动山林。手指轻轻一划冬不拉，琴弦叮咚几响，嘴里叽里咕噜念了几句咒语不像咒语，诗句不像诗句的言辞。众人皆目不转睛望着他，不知他在捣弄什么玄虚。

众人正在观望，忽然间一声婴儿啼哭声传来。那哭声愈来愈大，愈传愈近，忽听一个妇人哭诉道："我的儿啊，娘十月怀胎将你生下，却不能将你养大，娘好不难过！娘跳崖死了，你……你可怎么活啊！"

众人大吃一惊，这嵩山上怎么会有妇人弃子寻死？寻声望去，四周却不见有什么人，可那妇人又明明是在近处说话。又听那妇人道："我的儿，你长大后可不要怨娘，娘跳崖寻短，实是万不得已。呜呜，娘这就要去了！"

张去病心下大急，大声喊道："大婶不可！"可他喊出的声音小如蚊吟，连自己也听不清。他心下奇怪，咦，我说话声音怎么变得如此小？几个僧人想寻声去阻止那妇人，岂料一迈腿，只觉两腿酸软无力，皆心中纳闷：怪了，怪了，两腿怎会忽然不听使唤呢？又听见那妇人一阵低声哭泣，然后听见她哗哗拨开树丛，脚步声渐渐远去。那婴儿越哭越急，越哭越凄惨，却不再有人管他。不少僧人听见婴儿哇哇哭声，忽然想起自己儿时情景，随之又想起出家当和尚之前种种伤心往事，便不知不觉流下泪来，四下响起一片抽泣声。

忽听弘无方丈一声长吟："我佛慈悲！"这声吟诵如洪钟撞响，撞得众人头脑"轰"的一声，将伤心僧人心里悲情一扫而光，弘无方丈朗声道："金施主好高明，将高深内力化为神奇口技摄人心魄，化人内力，端的厉害！难怪你这门内功叫'玄秘心音'。"又转头对众僧道："功力较浅僧人，快将耳朵塞上！"

众僧听了无不骇然。原来大伙刚才听到一幕悲惨之事，竟是金如尘将内力化为口技，绘声绘色伪造出来的！口技原是市井艺人用嘴模仿飞禽走兽、自然风物、人物声响的一门技艺，没想到金如尘竟然能将内力化为口技迷人心智，化人内力，这真是匪夷所思。张去病寻思：怪不得我说话声音小似蚊吟，原来是心魄受制。可是奇怪，没看见金如尘张嘴说话，他如何能发出这种种声音？这可有些稀奇！

金如尘道："方丈的'金刚伏魔吼'果然不同凡响，吼一声便收奇效！不过，你叫他们塞上耳朵也无济于事。老金这'玄秘心音'堵不住的！不信，你瞧着！"

众僧不知金如尘要出何怪招，纷纷找纸头布片把耳朵堵上。金如尘冷笑一声，手指在东不拉上轻拨几下，一阵潺潺流水之声立即钻进众人耳里，忽又听微风吹过，树林发出沙沙声响，群鸟儿在林间低声轻语。一瞬间，大伙仿佛忽然置身林下溪畔。众人心下奇怪，自己分明堵上了耳朵，为何还听得见金如尘的"玄秘心音"？

忽然间，又听见一声长长叹息，一个女子娇滴滴道："月上柳梢头，人约黄昏后……郎呵郎，你在哪儿？妹子想郎啊，想断肠！郎呵郎，你在哪儿？妹子想郎啊，想断肠！"这几声轻唤，仿佛出自那女子心底，又仿佛是发自她灵魂的呼唤，唤得那么娇柔妩媚，刻骨铭心，又那么荡气回肠，众僧听得心情激荡，血脉贲张。

又听那女子幽幽道："我的郎，是你抱我吗？是你亲我吗？是你摸我吗……啊哟，郎，你，你……好坏！"只听草丛间簌簌响动，又听有人呼吸急喘。听到此处柳语脸红心跳，"嗯"了一声，一头扑到张去病的怀里。张去病口干舌燥，周身赤热，张开臂膀把柳语紧紧搂住。

少林寺僧人抵挡不住那女子销魂蚀骨的话语，欲念顿时在心底汹涌澎湃，年轻僧人一个个把持不住，不由自主朝那女子出声之处走去。眼看少林弟子被心音所惑，即将当众出丑，弘广大师大喝一声："众僧站住！"青年僧人们仿佛都没听见，依然两眼直勾勾地走向悬崖。

便在此时，猛听一声长啸响起。啸声清亮庄严如祥云飘来。啸声一震，朝悬崖走去的群僧如醍醐灌顶，清醒过来，纷纷止住脚步，睁着眼睛迷惑地东张西望，呆了一呆便四散开去，那啸声也戛然止住。

弘无方丈道："金施主这'玄秘心音'果然堵不住。看来，老纳只好用'金刚伏魔吼'同施主比内力了。如若不然，我少林弟子要吃施主的苦头！"

金如尘道："好，方丈请接招！"说罢，他渊渟岳峙般往场中一站，手指在冬不拉琴弦上轻轻一捻，未见他如何张口，却听见一个尖利声音划过长空。那声音细如针尖，锐利异常，从大伙心上划过，划得人心烦意乱，难受至极。少林寺高僧急忙运功相抗，法字辈年轻僧人抵抗不住那声音袭扰，竟然一个个在场中捶胸顿足，手舞足蹈蹦跳起来，顷刻间，僧人们在山门前蹦跳狂舞，乱作一团。张去病看见大骇，幸亏他体内蓄有凌霄老人的八十年功力抗得住"玄秘心音"，柳语却经受不住，若不是被张去病紧紧抱着，也非加入人群狂跳不可。

弘无方丈急忙仰面长啸一声："我—佛—慈—悲！"这一声"金刚伏魔吼"，犹如一块巨大的锦缎在空中舒展开去，立即将金如尘尖利的"玄秘心音"包裹住，使那细音变得缥缈虚无，若有若无。众僧不受"玄秘心音"侵扰，立时停住蹦跳。继而方丈的啸声如同霹雳，一个接着一个炸响，震得群山隆隆回响。弘远大师心中一喜，想不到方丈大耗内力，功力还如此深厚！心喜之余却又担心，不知方丈内力能持续多久。

忽然间，只听金如尘那尖细声音猛一抖动，倏地刺穿弘无方丈的啸声，如一条小鱼儿跳出水面欢蹦乱跳，却又凄厉尖锐令人头晕目眩。弘无方丈亦将啸声拔上九霄，在场内踏着"四相如意步"来回走动，身上黄色袈裟鼓胀起来施展上乘内功同金如尘激斗。"金刚伏魔吼"是一门至刚至阳的音功，吼声浑厚恢宏如长江大河奔腾天地，大有撼动山岳之势。但施展这门功夫需要巨大内力支撑，方能发挥出无穷威力。

"玄秘心音"却是一门至阴至柔的音功，虽然细如毫毛，穿透力却极强。进入人耳便如一条毒蛊叮咬人五脏六腑，会令人发狂至死。施展这门功夫同样也需雄浑内力凝聚真气，方能克敌制胜。此时二人全力施为，弘无方丈的僧袍胀大如球，金如尘身上的灰衫内亦真气鼓荡。方丈的"金刚伏魔吼"高亢浑厚，大开大阖，始终将金如尘的"玄秘心音"紧紧罩住。金如尘的"玄秘心音"却如毒蛇反噬，凶狠撕咬。两种啸声时高时低，时快时慢，时大时小，时强时弱，激烈缠斗，虽不见刀光剑影，却令众人倍感惊心动魄！

斗了半晌，金如尘的啸声越来越弱，反噬的次数渐渐减少，似乎内力不逮，苦苦支撑。而方丈的啸声依然响彻长空经久不息。众僧暗暗高兴都松了口气。金如尘越斗越惊，心想这老和尚内力如滔滔江水不见有一点衰弱征兆，难道适才弘远说他为张去病疏通经脉内力大耗，是骗老金的鬼话？我自大轻敌，上了少林和尚的当！

他娘的，说什么出家人不打诳语，这少林寺和尚打诳语只怕天下无双！

金如尘心惊气恼，却不知弘无方丈也暗暗焦急。适才方丈拿定主意，自己内力受损不能同金如尘缠斗，须速战速决。所以一上场便以雷霆万钧之力压倒金如尘。岂料金如尘却能苦撑不败。以功力而论，若是内力充沛，方丈的"金刚伏魔吼"定能胜过金如尘的"玄秘心音"。偏偏今日内力受损使得这场比斗胜负难料。而这场比斗又关系少林寺荣辱，方丈如何不着急？

方丈心中一急，猛将啸声拔到至高处，忽似炸雷般一声巨吼，一下将金如尘震倒地上，"玄秘心音"一下中断。众人看见金如尘败落，又惊又喜。方丈合十道："承金施主相让，这一场老纳侥幸胜了。"

金如尘却只摇头，不说话。弘远大师道："金施主已无力行功，为何还不认输？"话刚落音，却听一个声音道："少林弟子：佛说诸法空相，不生不灭，不净不垢，不增不减，何来输赢？"

那声音柔和慈祥，神圣威严，犹如佛祖说法，少林寺众僧心头大震，听出是《般若波罗蜜多心经》经文。一听此经文，众僧心中争强好胜意念立时烟消云散。弘无方丈合十道："善哉，善哉，少林弟子迷途知返！"

便在这瞬间，金如尘嘴里的"玄秘心音"忽又冲天而起！令众僧一惊，适才眼见金如尘功力大衰，怎会突然间凶猛反扑？众人又惊又疑皆不知是何故。张去病亦很困惑：心想胜负已判之际，是谁念那句经文，涣散少林僧人斗志？难道又是金如尘暗施口技迷惑大伙吗？这人也太诡计多端了！他所料不错，那经文正是金如尘施展口技所念。适才他被"金刚伏魔吼"一震，心头如受一记重锤，心音四散，暗叫一声："这老和尚好厉害！"

瞬间凝聚不起内力，他便急中生智假装斗败麻痹弘无方丈。方丈不察立即收功。这么一顿，金如尘缓过气来便施展口技模仿佛祖语气，念出那句经文动摇少林僧人斗志。众僧日日对佛祖顶礼膜拜，对那经文痴迷信奉，突然听见佛祖口念经文，一时条件反射无暇分辨真伪，都受了金如尘的迷惑。

弘无方丈听见金如尘突然发出啸声，拿不定主意是否接招。弘广大师在旁忙提醒道："方丈，咱们同金施主有约在先，若是我寺输了，他可要带走张公子！"

方丈一听，急忙扬头长啸，可是这一次啸声却大不如前。一则是方丈先前奋力一搏已耗去大半内力；二是"佛说诸法空相，不生不灭，不净不垢，不增不减"几句经文仍在他心上挥之不去，令他无法将内力凝聚至强。

金如尘听见方丈的"金刚伏魔吼"苍白无力，心中暗喜，急将啸声拔上云霄。霎时"玄秘心音"如洪流决堤，狂冲猛撞，一下将弘无方丈的"金刚伏魔吼"声冲得支离破碎。忽听"砰"的一声，无数黄色布片飞舞坠下。众人定睛一看，原来是弘无方丈身上袈裟被内力震碎。只见方丈白须白眉上汗珠如雨滴下，口中啸声已成低唱。

金如尘一看方丈显露败象心中狂喜，急将啸声再拔高上去，欲对方丈最后一击。那"玄秘心音"在空中起伏盘旋似一把利剑在方丈头上晃来晃去，仿佛随时可能将方丈的"金刚伏魔吼"一剑斩断。少林寺众僧听得焦急万分，却又束手无策。

张去病眼见方丈身陷绝境，大急道："金先生，我同你去西域好了，这场比斗不比了，算个平手，你看如何？"

金如尘不理张去病，心想老金此时胜券在握，怎么能错过这扬名天下的大好机会？口中发出的"玄秘心音"更加尖厉高亢，得意非凡。便在此时，忽听山道上传来一声佛宣："阿弥陀佛！"这声禅音清亮悠扬，如从九天降至，众人顿时神气一爽，心中变得恬静安宁。奇怪，弘无方丈那低吟的啸声得到这声禅音一唱和，忽又壮大起来。

方丈亦暗自惊诧：这禅音怎的如此玄妙竟能调匀老纳内息，助我恢复功力？听此人行功发声之法与我少林同出一源，我少林僧人中，怎会有内功如此精纯之人？金如尘忽听方丈啸声渐宏，知是那禅音将他"玄秘心音"化减之故，不由气恼喝道："是何人如此大胆，敢来坏金某之事？"

喝声中，只见山道上走来一位中年僧人。这僧人方面大耳，满面红光，身穿灰布僧袍，手中提着一个布口袋。少林寺众僧看见这僧人都是一惊，心想适才那一声禅音，难道是他所发？原来这僧人叫法痴，是少林寺一名香火僧。众僧皆知法痴不懂半点武功，对佛学却是异常痴迷。他在寺中之职是在后山"听音崖"小庙里供奉香火。那"听音崖"是达摩祖师当年修行之处，岩上有一座供奉达摩祖师的小庙。法痴每日在庙里除伺奉香火，便在"听音崖"上研读佛经。半年回寺内取一次食粮和香烛。此刻众僧见他回来，突然使出一门绝顶音功都大为惊诧。

法痴走到山门前看见方丈和金如尘对峙站着，忙合十道："弟子不知方丈与高人切磋武学，行事莽撞，请方丈恕罪！"弘无方丈道："法痴，你不在'听音崖'上伺奉祖师，回寺来有何事？"

法痴道："回禀方丈，昨夜一阵大风将崖上小庙顶上盖瓦揭下一大片，弟子前来取些瓦片去将它盖上。"

二人正在对答，却听金如尘道："方丈，这一场比内力，老金已胜方丈一招半式，按先前约定，对不住，老金要带张公子告辞了！"

弘无方丈迟疑道："这……"适才他已显露败象，身为一代宗师怎能矢口否认？但若认输不仅毁了少林寺武学盛名，且张去病落入魔教之手后果不堪设想。方丈寻思倘若魔教从张去病得到达摩石，练成上面神功，中原武林将陷入危境，少林

308

僧人岂不成了千古罪人？这少年关系武林未来兴衰，万不能让金如尘将他带走。

张去病见方丈左右为难，抢道："金先生，恕在下直言，这一场比内力少林寺没有输给金先生！"

金如尘摇头道："张公子年少，见识有限，休得乱说话。"

张去病道："在下没乱说，我说话有证据：适才方丈大师的啸声尚未断绝，还不能判定少林寺输了。这位新来师父的禅音，也胜过金先生的'玄秘心音'，说少林寺输给你与事实不符。既然少林寺没输给金先生，在下便不能随你去西域！"

金如尘摇头道："公子不谙武学不明其理。方才虽然方丈啸声未绝，但其内力已是强弩之末，再斗下去必输无疑。况且少林寺与老金比内力，应按江湖规矩单打独斗，另有少林僧人援手方丈，大违比武之道，亦应算输！"

金如尘说到此处，转过头问弘无方丈："方丈大和尚，你是中土武林的泰山北斗，一言九鼎！这场比内力，少林寺是认输，还是不认输？"

金如尘这一问，少林寺僧人面面相觑皆作声不得。张去病心下大急，暗自寻思少林寺僧人手上功夫闻名天下，嘴上功夫怎的如此不济？忙抢答道："金先生问方丈认不认输，这句话可问错了？"

金如尘一怔，道："老夫哪里问错了？"张去病道："在下有一事要请教金先生，你同少林寺高僧比掌法，比指力，比内功，可是想见识少林寺的真功夫？"

金如尘道："不错，我正是想见识少林寺闻名天下的神功绝学！"

张去病道："这就对了。金先生同方丈比内力虽然略占上风，那是因为方丈先前运功为我治病大耗内力，未能将真功夫施展出来的缘故。人家没拿出真功夫与金先生较量，这场胜负能做准吗？"

金如尘道："这个……"一时语塞。少林寺僧人见金如尘被张去病问得答不上来，无不佩服张去病心思敏捷。张去病又道："金先生适才说，少林寺有人援手方丈，违了江湖单打独斗规矩，这一场便算少林寺输了，是不是？"

金如尘道："当然。按武林规矩比武，皆是单打独斗，谁坏了这规矩，那便算输！"

张去病笑道："金先生所言甚是。不过，在下听说武林豪杰比武还有一条规矩，那便是先下战书约定时日，并有人见证，方才单打独斗。在下不知，金先生找少林寺比武可遵循这一武林规矩？"

金如尘又被问得语塞，道："这……"张去病又道："倘若比武之前，金先生未下战书，是趁人不备突施袭击，甚至是趁人之危大打出手，那可是坏了江湖比武规矩。如此比出的胜负，在下以为做不得准！金先生，你说是不是？"

金如尘脸上一红，道："这个嘛……这个……"他嘴上在答话，心里却骂道：

"他娘的，眼看老子问得少林寺和尚个个哑口无言，嘿嘿，想不到这少年鬼机灵，却用老子的话将老子的军！"

他心下暗骂，一时间找不到话驳倒张去病，气得望着张去病干瞪眼。众僧见张去病问得金如尘张口结舌，皆暗暗好笑，不由得对张去病刮目相看，皆想这少年心思敏捷，可不简单！

张去病又道："方丈、金先生，恕我直言：此番比武，金先生不守江湖规矩在前，少林寺未按江湖规矩于后，不管谁胜谁负都不算数！金先生若要在下前往西域，那得依江湖规矩，同少林高僧重新比武。金先生若胜了，在下虽年少却说话算数，随先生去西域便是！"

众僧轰然附和道："是啊，趁人不备突施袭击，算什么比武啊？张公子说的是，得重新比过！""对对，不按规矩的比武，不能算数，重新再比！"

弘无方丈咳嗽一声，挥手压下众僧议论，顺水推舟道："了因、了缘，你们不要瞎说。咳咳，金施主，比武之事皆因张公子去留而起，在此事上，张公子是主，少林寺是宾。张公子说重比，少林寺自当听从。只是今日再比，金施主太吃亏了。咱们不妨另约时日重比一次，不知金施主意下如何？"

金如尘心头暗怒：眼看少林寺败局已定，半途钻出个和尚来捣乱，张去病又出来瞎搅和。若是再比，那法痴和尚不好对付。何况经过三场比武自己功力大耗，非输给少林寺不可。如此一来我老金不能带走张去病，反倒碰一鼻子灰。哼，把老金惹急了，我可不管什么鸟规矩！

他仰面望天，呆看片刻，才缓缓说道："老金一人独斗少林三大高手本已大耗功力。何况我这几手三脚猫功夫再比一场必输无疑。不过，既然是张公子提议，老金恭敬不如从命！"说着转过身对法痴一拱手道："这位大和尚，出招罢！"

众人一听大感意外。本以为即便再比，金如尘定会另择他日，没想到他竟要接着比！众人心想：这魔头难道还有什么更厉害的本领没有使出来吗？法痴惶惑道："施主要小僧出什么招？小僧可不会半点武功！"

金如尘冷笑道："大和尚内力如此深厚，还说不会武功？嘿嘿，你这不是在消遣老金吗？"

法痴道："出家人不打诳语。小僧真不会武功。寺里尽人皆知……"却听方丈道："法痴，你不会拳脚功夫不要紧。既然金施主雅兴甚高，你就用禅音同他唱和，请金施主赐教罢！"

法痴听见方丈发话不敢再推辞，只得点头道："是，弟子遵命。金施主，小僧浅陋，请你指点。"

金如尘面容肃然道："不敢当。"说罢蓦地引颈长啸。这一次，金如尘发出的啸声有些古怪，那啸声并不响彻长空，而是犹如一条毒蛇在地上穿行嗖的一下钻入众人耳内，使人心头寒意大起，浑身一阵震颤。众人急忙运功护住心脉抗拒寒意侵袭。

弘无方丈伸手一探，身边气流并无一丝冷气，心里暗惊道：这"玄秘心音"端的了得，不仅能夺人心律，乱人心智，还能使人心生严寒幻觉！老纳便是内力充盈之时要用"金刚伏魔吼"击败这门邪功，只怕也不容易。

方丈不知，在摩尼教《玄秘宝典》里，"玄秘心音"排名第九，是极厉害的武功。倘是魔教教主何野风施展这门功夫，他身负赤阳和玄阴两种内力能使"玄秘心音"威力倍增，罕有人能敌。金如尘只练一门玄阴内力施展这门功夫，威力已打折扣。

法痴见金如尘引颈长啸，忙将双掌一合，嘴里徐徐吐出一声禅音："南—无—阿—弥—陀—佛！"这禅音犹如微风起于青萍之末由远至近，由弱至强，渐渐将金如尘啸声裹住，而且越裹越厚。金如尘的啸声欲挣脱出来，几番冲突，却是挣不脱包裹。一时间众人立感如沐春风，心头寒意散去，身上舒泰至极。

金如尘啸声忽然一变，犹似巨雕急振双翅，节奏变得短促而急响。他手中冬不拉琴声亦跟着骤然大作，啸声与琴声猛击到众人心上，众人又急忙运功护住心脉，但不少人抵御不住，仍随着那节律手舞足蹈起来。

见此情景，法痴忙发出一声禅音："我—佛—慈—悲！"奇怪，众人听到这禅音仿佛背上抚上一只温暖大手，感觉有暖暖真气贯入体内心律顿时平静下来，内息亦复旺盛。众僧不禁暗暗称奇：难道这禅音能增强人的功力？这可怪了！

弘无方丈寻思：听这禅音同老纳的"金刚伏魔吼"同出一源，分明是少林功夫，可其音禅意盎然，深含佛理，无半点杀伐之意，比"金刚伏魔吼"敦厚博大。转念又想：我少林寺还有这等奇妙功夫，为何历代僧人都不知晓，法痴从何处习来？

忽然间，只听冬不拉琴声尖厉激越地一刺，如匕首划破法痴的禅音。"玄秘心音"无比凄厉快捷地冲出禅音包裹，几转几折冲向高空。众人只觉一颗心跟着那啸声急速上蹿，仿佛要从口里冲出。突然，那"玄秘心音"倏地跌下九天，众人的心又仿佛坠入腹中不再跳动。此时尖锐的冬不拉琴声如急雨洒下，众人忽觉阴寒侵体，忙运功相抗，背上僧袍皆汗湿。唯独张去病无异状，他身患怪病能抗寒意侵扰。柳语伏在他怀里浑身颤抖将一股股寒气传到他身上，他反倒觉得舒服。柳语感觉他身上有股赤阳真气，才平静下来。

便在此时，只听法痴朗声长吟："阿—弥—陀—佛！"这声禅音发出，立即将金如尘的啸声和琴声紧紧粘住。众人感到金如尘的琴声和啸声仿佛钻进一个装满黏稠物体的巨瓶内，挣脱不出来。法痴仰头继续长吟："诸—法—空—相，五—蕴—皆—空，无—明—无—尽，无—常—无—住！"

禅音一声比一声恢宏高远，一声比一声和善慈祥，一声比一声舒展妙曼，一声比一声抚人心魄。一连十八声禅音从法痴口里唱出，庄严肃穆，气象万千，恢宏正大，犹如佛意西来一下将众人带入无我世界。众人心中一片空明，慈念油然而生。金如尘的啸声和琴声仿佛被这禅音挟带远去，渐渐杳不可闻。金如尘心头一荡，斗狠之意消失无影无踪。忽听"砰"的一声，冬不拉琴弦齐断，金如尘口中啸声也随之寂灭！他呆在当场，众人亦皆愣住，山门外一片寂静。

弘无方丈大喜，心道："菩萨保佑，我少林声誉终得保住！"突然间，众人眼睛一花，只见金如尘疾似闪电般扑向法痴。法痴旁边灰影一闪，弘远大师纵身上前拦住金如尘。金如尘往旁边一滑将手中冬不拉琴砸向法痴。法痴不会武功看见冬不拉琴砸来，吓得不知所措。弘广大师闪身上前疾挥大袖卷住冬不拉，一掌拍向金如尘。金如尘却不接招，身子忽然往后一闪快捷无伦一把朝张去病抓去。

这电光石火一瞬间，金如尘扑向法痴，避开弘远拦截，抛出冬不拉砸法痴，避开弘广一掌，反身去抓张去病，这五招一气呵成，让人看得眼花缭乱。张去病没想到金如尘会向自己出手，大吃一惊，情急之下迈开"蹑云步"往旁一滑，躲过金如尘的一抓。

金如尘大感诧异，叫声："躲得好！"第二把又朝张去病抓去。便在此时，一道灰影疾闪而至抱起张去病转身便跑。金如尘动作太快，那人虽然跑出一丈背上仍被金如尘一掌拍中。只见他向前一扑，借金如尘这一掌之力跑上后山小道。此时众人才看清，救走张去病的却是法痴和尚。

金如尘见法痴抱着张去病朝后山奔去，纵身便追，忽觉背后一道雄浑掌力拍来。他反手一掌将那掌力引开，只听"咔嚓"一声两股掌力斜击过去，将山门外一棵树打倒。便是这么一阻，只见僧袍晃动，弘远、弘法、弘空、弘意，四大神僧已将他团团围住。

弘空大师道："金施主与少林寺胜负未分，为何食言用强？"适才，金如尘不敌法痴的禅音便心生掳走张去病的念头。他只道用声东击西之计，扰乱几位少林高僧的心神便能将张去病掳走，却没想到张去病的"蹑云步"奇妙，竟然躲过他的一抓。他更没想到，法痴和尚会出手救走张去病。

眼看算计落空，他哈哈笑道："少林寺和尚也忒草木皆兵了！适才老金只是试探一下，看法痴和尚是不是真不会武功。我未在张公子身上动一根指头，哪里又是什么食言用强了？嘿嘿，胜负未分，法痴将张公子掳走，少林寺才言而无信！"

四大神僧不答话，皆想：适才若不是张公子躲得快，要不是法痴将他救走，此时不早被你这大魔头掳去了吗？但四位神僧涵养极好，心头虽恼却不表露半分，只是全神戒备地将金如尘围住。

金如尘环顾四位大师，冷冷道："少林寺要倚仗人多，同老金一搏吗？"弘远大师低眉垂目道："施主误会了。老纳四人是送施主下山，别无他意。"

金如尘心里暗暗冷笑：送我下山？嘿嘿，我看你四人是想让老金下不了嵩山！四个老和尚武功盖世，金某以一对四可有些麻烦！心念闪过，他大笑一声，道："哈哈，四个大和尚给足老金面子。要送我下山，那就走罢！"

一言未毕，他突然冲天跃起。四大神僧应变极快，也跟着金如尘跃上半空。忽听"呛啷"一声响，只见金如尘束在腰上的宽铁片忽然变成一柄薄刃软刀，一道寒光划过凌空，四僧身在空中无法赤手拆招，只得跃开避过这凌厉一刀。岂料金如尘忽然一折身落到山门上，宽刀一扫砍翻几名僧人，一阵风似的消失在天王殿后。这变故来得太突然，大出众僧意料。众僧只道金如尘要逃下山去，或是冲上山道去追法痴，谁也没料到他会闯入少林寺内。

弘无方丈猛然省悟，惊道："不好，这魔头定是穿过寺院上后山追法痴去了！弘远、弘空、弘法、弘意，你四人速到后山'听音崖'上去救法痴和张公子！"四僧领方丈法旨如四只大鸟扑上山道。转眼工夫便不见了身影。

"听音崖"在少林寺后山顶，四僧救人心切各展轻功攀岩越石而上，不大一会儿工夫便登上山顶。山头上一块巨石凌空挑出数丈犹如一座平台。数百年前，达摩祖师常在这石台上打坐修行。祖师圆寂后，少林寺在这巨石上建一座小庙供奉达摩遗物。但达摩祖师为何将这山岩称为"听音崖"，却没人知道个中缘由。

四僧奔到小庙门前，看见庙门大开，走进庙里一看，却不见法痴和张去病，也不见有打斗痕迹。弘远大师忧道："莫非我们迟来一步，张公子和法痴在半道上遭那魔头毒手？"

弘法大师道："师兄莫忧，咱们再四处找找，看有无法痴和张公子的踪迹。"四僧走出小庙，分头在山顶上搜寻。忽然间弘空大师喊道："三位师兄，你们快来看！"

弘远、弘法、弘意，看见弘空站在一处悬崖边上手里拿着一只僧鞋，悬崖下面是个深渊。三僧走近前去，弘法大师问道："是法痴的鞋吗？"弘空大师道："八成是法痴的。此鞋掉在悬崖上，难道他与张公子被那魔头打下了深渊不成？"

弘远大师道："我佛慈悲！观此情形，法痴与张公子掉入这深渊里了。快，咱们到悬崖底去找找！"四僧从山体旁边绕道下到深渊底，深渊里阴暗潮湿蒿草丛生。四人找遍渊底每个角落，没找到法痴和张去病。四僧均觉奇怪，张去病和法痴便是摔死也要留下尸体，怎么瞧不见一点踪迹？弘法大师惊道："不好！难道法痴和张公子皆被那金魔头掳去了吗？"几人一想，除此之外再别无可能。

四僧忙回到寺内禀告方丈。方丈听罢寻思片刻叹道："善哉！你们寻不到法痴和张公子尸体，想必他二人尚未丧命，这是幸事！只是他们若被那金如尘掳去却有一事堪忧！"

弘远大师道："方丈可是担心达摩石落入魔教之手？"弘无方丈点头道："老纳正是心忧此事。江湖上传言张公子知晓达摩石下落。金如尘此番前来索要张公子，是冲着达摩石而来。先前我为张公子打通经脉，只道事毕之后再询问张公子达摩石之事。不料金如尘突然来闹事，便来不及问。此番张公子被掳走，达摩石倘若落到魔教手里，武林浩劫只怕难以避免了！"

弘无方丈说罢连声叹息。罗汉堂首座弘意大师道："方丈，达摩石是本寺祖师遗物，若寻到张公子应将达摩石收回本寺，收藏寺内方可万无一失。"

弘无方丈摇头说道："此法不妥。达摩石虽是本寺师祖遗物，但少林弟子不能据有它。"弘意大师忙问道："方丈师兄，这又是为何？"

弘无方丈道："昔年，老纳对此亦困惑不解。待我接任主持之职，才听上任方丈说，达摩祖师不将此石收藏少林寺内，是此石上藏有《九宫伏魔经》秘密，若将此石藏于寺内，对本寺弟子诱惑太大，反会有碍少林弟子潜心修行。武林中人得知达摩石藏于寺内，也会经常抢夺达摩石，少林寺便不得安宁。那《九宫伏魔经》上功夫是达摩祖师和寇谦之道长二人共创，少林寺若独据此石，道教弟子定然不服，会引发佛道两家争端。达摩祖师不将此石藏于少林寺实有多重深意！"四神僧一听，方才解开心中一大疑团。

方丈续道："是故，历代方丈皆不寻回达摩石，那是遵循祖师之意。我少林弟子不可违祖师遗训，擅自寻回达摩石据为己有。但少林弟子亦不能让达摩石落入邪魔歪道之手。你们要切记，切记！"

四神僧合十道："谨遵方丈法旨。"方丈又道："法痴与张公子生死不明，达摩石有可能落入魔教之手，弘意师弟，你下山走一遭寻访他二人消息。弘远、弘空、弘法三位师弟，你们带人到嵩山上下再寻找一遍，看看能否找到法痴与张公子。"

四僧领命而去。方丈独坐禅房，念及法痴和张公子吉凶难测，兀自闭目诵经不止。

方丈不知，法痴和张去病并未被金如尘掳走。法痴救张去病时背上中了金如尘一掌，内伤极重。但他内力深厚，抱着张去病仍奔跑如飞，不多时便奔上"听音崖"上。他欲抱张去病躲进小庙，忽听张去病惊道："大师，金如尘追上山来了，咱们不能躲进庙里让他瓮中捉鳖，得另找藏身之处！"

法痴回头一看，见一个灰袍身影飞奔上山来。法痴脸色微变，急忙转身携带张去病朝一处悬崖奔去。张去病大惊，急道："大师，前面是绝路去不得！"

法痴却道："公子勿怕。佛云：我不入地狱谁入地狱？那地狱尚且可入，绝路亦可去得！"他嘴里说话，脚下不停，仍奔向悬崖。张去病没读过佛经，不知道佛祖说过什么话，只觉得这法痴愚不可及。急得大声道："绝路便是死路！咱们往死路上去，便是去送死，大师快停下来，万万去不得！"

法痴一边奔跑，一边说道："公子此言差矣。人生如浮云明灭，生即死，死即生；绝即活，活即绝。公子只要心中无我相，无人相，无众生相，便无生死之忧，无死活之惧！"

张去病听法痴说话绕来绕去，不明白他说些什么，心中暗恼：这和尚难怪叫法痴，说话如此颠三倒四真是痴愚至极！眼看离那悬崖越来越近，他想挣脱法痴手臂却挣脱不出来。急得大叫道："大师快放我下来！"

法痴诧异道："公子不怕那金如尘追来吗？"

张去病寻思：这和尚缠夹不清，同他说不明白，不如骗他一骗！当下道："我要撒尿，憋不住了！"

法痴放下张去病，道："公子快些方便，那魔头已追上山来了！"张去病回头一看，见金如尘已经登上山顶正朝着他俩奔来，此时他二人要另觅逃路为时已晚。他想金如尘是冲他而来，不能让法痴遭金如尘毒手，忙对法痴道："大师你快下山去，金如尘由我来对付！"

法痴奇道："公子小小年纪怎能对付金如尘？"张去病怕与他说不清，便照套法痴的话，信口胡诌道："佛说：小即大，大即小；强即弱，弱即强，请教大师，去病怎么对付不了金如尘？"

不料法痴一听，顿时面露喜色道："公子原来深谙禅机！小僧请教公子，这是哪一部佛经上说的？待小僧去找那经文来看看。"

二人这么一耽搁，忽听金如尘在远处道："张公子所言极是。大和尚快回庙里去念经罢，此处没你什么事了！"说话之时见他尚在二十丈外，转眼之间便奔到近前。

张去病大惊，纵身到悬崖上喝道："金先生再上前一步，我便跳下这万丈深渊去！"

金如尘猝然止步，急道："老金站着不动便是。公子别往下跳！咱们有话好说！"张去病道："金先生要强掳在下去西域，咱俩还有什么好说的？"

金如尘道："公子是我教贵客，我奉教主之命前来恭请公子，怎会用强？哈哈，公子多心了！"

金如尘刚说至此，忽见少林四神僧奔上山腰。心下寻思四个老和尚追来不好对付，我得赶快将这少年劫走！心念闪过又笑道："老金对公子无半分恶意，公子勿要多疑，快随我去罢！"

金如尘说时，笑吟吟向张去病一招手。张去病感到身子被一股掌力吸住，不由自主地朝金如尘前移过去。他心下大骇，奋力挣扎。但那力道活像一张大蜘蛛网将他紧紧粘住，任他如何用力挣扎，也挣不脱那力道控制。金如尘笑吟吟道："公子别害怕，快过来同老金走罢。"

法痴在旁急道："金施主适才说不对张公子用强，此时为何施力强拉张公子随你去？"

金如尘笑道："大和尚胡说八道！"法痴道："罪过，罪过！小僧几时胡说了？"金如尘道："出家人不许打诳语，大和尚可看见我手抓着张公子吗？你这和尚为何乱打诳语？"

法痴急道："小僧怎的……怎的打诳语了？施主分明在用内力抓张公子，这还不是以力相逼吗？"

金如尘冷笑一声，道："张公子要跳崖轻生，老金这是拉他离开险地，怎说是以力相逼？你这和尚见死不救，毫无慈悲之心，还胡言乱语，不是打诳语又是什么？"

法痴本来就口舌木讷不善言辞，明知金如尘强词夺理，却又不知如何辩驳，急得满脸通红，道："你，你……"额头上青筋暴涨，却再也说不出一个字。金如尘已知法痴空有一身内力，不会一招半式，且已被他打成重伤，便不再将法痴放在心上。他一边说话，一边暗催内力将张去病越拉越近。

突然间，法痴跃到张去病身前用身子堵断金如尘的力道。金如尘喝道："和尚快滚开，不然老金要开杀戒了！"

张去病大声道："大师快走开，别管我！"法痴和尚道："佛门弟子救苦救难，小僧岂能不管公子？"

金如尘大喝一声："和尚找死！"一掌拍向法痴。法痴不知如何应对，慌乱中一手揽住张去病，一手胡乱挥舞误打误撞拍出一股雄浑掌力将金如尘的掌力化去。金如尘一怔，没想到法痴身受重伤，还有如此深厚功力，他立即将内力提到十层一掌拍出，欲将法痴击毙掌下。

却听法痴吟出一声禅音："我佛慈悲！"金如尘心中一震内力忽滞，拍出力道锐减，但仍将法痴和张去病撞到悬崖边上。二人站立不稳身子晃几晃，往后一倒栽下深渊去。

金如尘大惊，飞身到悬崖边伸手一抓，却只抓下法痴一只僧鞋。他探头往悬崖下一看，瞬间便不见了法痴和张去病身影。金如尘气得扔掉僧鞋骂道："死秃驴，坏了老金大事！"转头一望，四僧快追上山顶，他纵身一跃从山体一旁奔下峰去。

张去病和法痴坠下深渊，只觉耳畔风声呼响，眼前景物一片模糊，一颗心似掉下无底洞里，吓得他心惊肉跳不由闭上眼睛。突然间，忽觉腰上一紧，似乎被什么东西缠住，身子在半空晃悠。他睁眼一看，原来是一根粗藤缠在腰上将他吊在空中。

忽听得头上有诵经之声，他仰头一看，见法痴双手拉住另一根老藤，正闭目念着什么经文。看此情形，他二人坠下深渊途中法痴抓住一根老藤，又抛过一根藤条将他缠住，这才救了他一命。但这和尚也太痴迷佛经，命悬一线还要闭目诵经。

忽听法痴道："我佛慈悲！公子小心了，小僧要将公子抛到旁边峭壁上去，请公子莫害怕。"

张去病掉头一看两丈之外另有一块峭壁。壁上爬满藤蔓，但无落脚之处。法痴若将他抛过去，不是撞上石壁撞死，便是掉下深渊摔死，这如何能逃生？他不明白法痴为何要将他抛到那峭壁上去。目光落到那大片藤蔓上，他心有所悟：是了，法痴将我抛过去大约是要我抓住那片藤蔓，再寻脱险之法。但他往峭壁上端一看，藤蔓之上是一段光溜溜的岩壁，藤蔓下面是深渊，莫说是人，便是猴子也无法在那峭壁上攀行，这又如何脱得了险？转念又想如是不能脱险，法痴又为何将我抛过去呢，一定另有缘由。

却听法痴道："张公子怕不怕？小僧要将你抛过去了！"张去病本来心里害怕，但听见法痴问他"怕不怕"，似乎小看他，便硬着头皮充英雄道："我不怕，大师尽管抛好啦！"

法痴道："好，公子注意了！"张去病猛觉藤条一晃身子腾空飞向旁边的峭壁。惊慌中，他疾伸双手抓住峭壁上的长藤，两腿往岩壁上一踏欲踩在峭壁上稳住身子。哪知一脚踏去却踩了个空，身子竟然钻入峭壁之中，额头碰在岩石上两眼一黑，便什么都不知道了。

昏迷一会儿，忽听有人在耳畔念经："生死轮回，万物皆然。因果相生，我佛救难……"那念经之声宁静祥和。他缓缓睁眼一看，光亮昏暗，忙揉揉眼睛四处张望，渐渐看清眼前是个山洞。这洞又高又大，一线天光从洞顶裂缝射进来，洞里景物依稀可见。只见洞内长着奇形怪状的钟乳石，有的像飞禽走兽，有的像人形屋舍，有的像树木花草，有的像山川河流，色泽各异。他从未见过如此千姿百态的石头，忙坐起身来逐一看去。却见洞左右两侧各有一排高大石笋，高约丈余，晶莹剔透，洁白如玉，在暗中熠熠生辉。

他十分喜爱想上前去摸摸那些石笋。忽听有人道："公子不可妄动。"张去病吓了一跳，回头一望，却见法痴打坐在一块岩石上正向他摇头。法痴脸色惨白，神情委顿，背上僧袍渗出大片血迹。张去病大惊，忙问道："大师受了伤吗？"

法痴喘口气，道："小僧被那金如尘打伤内脏，咳咳……"张去病忙道："大师伤情如此严重，待我出洞去请少林高僧来救大师！"

法痴摇头道："公子不可去求救。"张去病诧异道："为何不可去求救？"法痴抬手往一处岩石上一指，道："公子请看。"

张去病顺着法痴手指看去，只见那岩石上书有几字："有缘自来，无缘不到。"这八个字显然是有人用"大力金刚指"写于岩石上。先前，张去病见过弘法神僧用"大力金刚指"在石头上写字，功力皆远不及此人功力深厚。他想这八个字是何人所书？难道是法痴大师吗？

他忙问道："大师你为何写下这句话？"法痴摇头道："此话并非小僧所写。它仍是敝寺一位祖师所留。"张去病道："去病愚钝，不明祖师为何留下此言。"

法痴道："那位祖师为何在洞中留下此言小僧亦不明白。但祖师明示：进入此洞者，当随缘而入，不可言传相邀。公子若回寺求救带人进入此洞，便违了祖师遗愿，公子不可，万万不可！"

张去病寻思：这法痴端的真痴愚，性命危在旦夕还如此墨守成规，我如何才能劝得他回心转意？忽然之间，他想起在家时外婆常说一句话："救人一命胜造七级浮屠。"忙说道："佛祖说救人一命胜造七级浮屠。大师性命垂危，在下回寺去请人来救治大师，正合佛祖之意，想必不违祖师遗愿。"

法痴听罢，面露喜色道："难怪公子有缘得进此洞，原来公子小小年纪便深明佛意，难得，难得！"

张去病以为说通了法痴，忙道："那么，我这就出洞去请人来救大师。"法痴仍摇头道："不可，万万不可！"张去病一愕，道："大师，这又是为何？"

法痴道："即便是祖师不怪罪，公子你也出不了此洞。你抬头看……"张去病仰头看去，只见洞壁三十余丈高处有个洞口，高约两丈，宽约一丈，被藤蔓遮掩住，透出一些光亮。看见这洞口，他才省悟自己是从这洞口掉入洞内。只因洞口有藤蔓遮掩，难怪在外面看不见峭壁上有山洞。想来法痴早知有这山洞可以藏身，才携他逃向这边悬崖。这和尚虽然念佛成痴，却也不傻。

法痴又道："公子内力尚弱，跃不上这么高的洞口。即便是跃上洞口，公子也无法攀上洞外的峭壁，你如何能回寺去求救？"

张去病心想说得不错，凭自己的功力是攀不上洞口去。忙问道："请问大师，此洞再无别的出口了吗？"法痴点头，不再说话。

张去病有些不信，走到洞内四处寻望，这山洞虽大但却不甚深，里面还有一个洞室便再无去处。他将山洞看了个遍果然没有别的出口，不由心底一阵透凉。绝望道："如此说来，我和大师将困死在这洞内吗？"法痴道："阿弥陀佛！公子随缘吧。"

张去病心想：自己要办的大事未了，怎么能困死在这山洞里？他不甘心，站起身来凝聚内力迈开"蹑云步"朝那洞口攀登上去。那洞壁光滑全无着力之处，他仗着"蹑云步"法精妙攀上十几丈高处，内力突然不逮，两腿一软便滑落下来。法痴也不说话，仍是诵经不止。张去病试着攀登七八次，总攀不上那洞口。身上衣衫汗湿一片，累得无力再攀，只得坐在岩石上兀自喘息，呆听法痴吟诵经文。

只听法痴念道："是故空中无色，无受想行识，无眼耳鼻舌身意，无色身香味触法，无眼界，乃至无意识界；无无明亦无无明尽；乃至无老死亦无老死尽；无苦集灭道，无智亦无得，以无所得故……"

张去病不明白经文的含义，但隐隐觉得此经文是说众相皆无，万物皆空，一切都是虚幻。人当不为所惑，不为所累……听法痴念经文念得无比虔诚，他不由渐渐沉静下来。又听法痴诵道："菩提萨埵，依般若波罗蜜多故，心无挂碍。无挂碍故，无有恐怖，远离颠倒梦想，究竟涅槃……"听到此处，张去病心绪愈加静寂，他也盘腿打坐努力忘却眼前危境。

法痴见张去病安然端坐，默不作声，脸上无惊恐，亦无哀戚。便停住诵经，问道："公子困死于此心中不害怕吗？"

张去病道："我先前害怕，此刻不怕了。"法痴道："公子为何此刻不怕了？"张去病道："适才在山顶上听大师说：人生死如浮云明灭，生即死，死即生；绝即活，活即绝。只须心中无我相，无人相，无众生相，便无生死之忧，无死活之惧！大师所示禅机，去病先前不懂，此时茅塞顿开，故无所惧怕。"

法痴合十道："善哉！那是小僧信口说的只言片语，公子信不得真！"

张去病道："去病虽愚昧，亦略知其中深意。大师之言即是说，生与死同在同行，喜之何用，惧之何值？倘若去病无法脱困死此洞内，俱又何用？在下干脆不想它了！"

法痴喜道："阿弥陀佛！公子灵台空明，佛缘极厚，乃是我佛门中人！妙极，妙极！"

张去病看见法痴面露喜色，心中纳闷：什么妙极妙极？我二人将困死于此，这叫哪门子佛缘……又想：我死不足惜，只是国难未除，家仇未报，我怎能如此死去？想到此处不由长叹一声热泪流下面颊。

法痴看见张去病叹息流泪，诧异道："公子既已洞穿生死，又为何伤心叹息？可是心中有什么俗务，一时放不下？"

张去病点头道："去病困死此洞倒不要紧，只是我外祖父、我爹、我舅舅尽忠报国，却遭那奸贼秦桧害死！此冤不伸，此仇不报，九泉之下，去病有何面目去见先人？"说到此处，张去病不禁失声痛哭。

法痴听罢，问道："公子家人因何被害？"张去病将亲人被害的前因后果说了一遍。

法痴连声道："阿弥陀佛！公子一家遭此大难，难怪你心有挂碍。"顿了一顿，续道，"不过公子勿悲。人之生死，有有形与无形之别。秦桧那副臭皮囊虽生，却早死于无形，死于人心，死于己心，不过是一具行尸走肉。公子亲人虽死，却生于无形，永驻人心，此乃生之延续。古往今来，有几人能获千秋万代活在人心之殊荣？"

张去病道："依大师之言，去病一家深仇大恨，就此罢了不成？"

法痴道："除邪伏魔本我佛意。因果报应谁人能免？不是不报，时候未到！只是报应之道，有今生来世之分。公子倘若今生无缘伏魔，又何必自寻烦恼念念不忘？想那光阴似利剑，岁月如快刀，奸佞邪魔到头来难逃一斩，皆会化为腐肉枯骨，或坠入阿鼻地狱，或转世为畜类，或遭来世报应。公子今生即便不能除魔，又何须挂怀？公子何不跳出冤报之困，放弃冤冤相报之念，旷达而去，以图来世？"

张去病摇摇头，悲愤道："多谢大师抚慰。去病可以不为个人生死挂怀，不报个人之仇。但不能不为家仇挂怀，不能不为国难挂怀！我与秦桧之仇，并非私仇，乃是公仇！想我外公背上刻有'精忠报国'四字，立誓为国尽忠。他老人家见金兵入侵大宋，占去我国大片山河，杀害我大宋无数百姓，便将生死置之度外，率军同金兵生死血战。所为者，救国救民也！秦桧老贼叛国投敌，听金国指使将他害死！天理何在？我们一家人与秦桧之仇并非私怨，乃是大宋与金国之公仇，是天下百姓与秦桧的公仇！私仇，我可以不报。但国家大仇，百姓大仇，我不能不报！亡国亡族之难，我不能不救！去病秉承'精忠报国'家训，要学我外公、学我爹、学我舅舅上阵杀敌，保我大宋疆土，救我大宋百姓！去病不怕死，但现下还不能死，我不能袖手等秦桧老贼死后遭什么来世报应，变什么畜生，下什么地狱！现下国家破碎，生灵涂炭。秦桧奸贼是金国帮凶，是祸国殃民的罪魁！此贼不除，国无宁日，民无宁日！铲除此贼，便是救我大宋之危亡，救我百姓出水火！望大师发度众生出苦海宏愿，助去病出洞除邪伏魔！"

法痴听得心头一震，愧容满面道："我佛慈悲！公子怀此救苦救难宏大心愿，实乃真菩萨也！小僧见识浅陋，汗颜至极！公子志向，甚合达摩祖师之意，方有此奇缘！小僧请公子凝神端坐，敛气归心聆听禅音！"

张去病惊道："大师已受重伤，不可运功吟唱禅音！"法痴摇头道："公子勿用担心，此禅音非小僧所发，过了片刻公子便会知晓。"

张去病心想：大师说禅音不是他发，难道还有人会吟唱禅音吗？可是这洞中再无旁人，那禅音从何而来？这可奇了！他满腹疑团端坐聆听，四下却寂然无声，不见洞里有何动静，他闭目不再思量。静坐半晌，突然间只听"叮咚"一声轻响。那声音如云磬轻击，空灵而飘逸直扣心扉，令他血气一突睁开眼来。他心下诧异，又听"叮咚"一声轻响。

这一声轻响音调略高，离尘脱俗，似天籁之音悠扬飘来，又似慈母之手轻抚脸庞。刹那间第三声响声接踵而起，其音低吟浅唱，令人精神一振，直想引颈欢歌。接下来只听得一阵叮叮咚咚奇响。那音响错落有致，时而如高天流云，时而似万道霞光，时而像百花绽放，犹如天籁之音美妙无比，仿佛将他带入了一个仙境，荡涤净他身上凡俗之气，淘去他心中尘埃杂念。

张去病不知这祥瑞之音从何而来，一时间诧异又好奇，寻声四望，不由惊讶万分，这美妙万端的音响竟然是那两排晶莹剔透的钟乳石上发出。他寻思：这石乳如何能发出这般仙乐？他仔细观看，只见洞顶岩石裂缝掉下一滴滴大水珠，或先或后滴打在两排石笋上，石笋便奏出这般妙不可言的音响。他想这石笋是空心的吗？一时间看呆了。这么一分神，顿觉那叮叮咚咚之声一下一下敲打在他身上的经络穴位，周身血脉突奔起来，一股真气从丹田升起窜入四肢百骸，身子忽然冷热交加令他痛苦难当。

他大吃一惊，心想难道我身上怪病又犯了？法痴见他额头上冒汗，身子发抖，忙问道："公子有何不适？"张去病颤声道："在下身患绝症，此时发作了！"

法痴道："公子不必惊慌，请随小僧吟唱禅音，或可解除厄难。"法痴说罢放声高吟："我—佛—慈—悲！"这声吟诵伴随石笋发出的叮咚声在洞内起伏宕荡，二声交融，配合得丝丝入扣，宛如训练有素的合奏一般。

张去病痛苦难熬，也不管有用无用，便跟着法痴高吟"我—佛—慈—悲"！说也奇怪，开始吟唱两句禅音并无效验，接着唱了几句之后，他身上的寒热好像发怒的猛兽受到抚慰，渐渐平复下来。

张去病又惊又喜，不由兴趣大增，专心跟着法痴吟唱："诸—法—空—相，五—蕴—皆—空，无—明—无—尽，三—世—诸—佛……"他潜心体会法痴吟唱的抑扬顿挫，圆融起伏。唱了几遍，他渐渐发现这一曲禅音共有十八拍。而法痴吟唱的高低顿挫，节拍长短，抑扬转折，竟然与那石笋发出的叮咚之声节节吻合，仿佛那两排石笋是一具九霄七弦古琴奏响，专为法痴吟唱禅音伴奏，又仿佛法痴吟唱的禅音是从那石笋里流淌出来，二者浑然一体天衣无缝。

张去病暗自寻思：法痴大师吟诵的禅音，难道是从这两排石笋的叮咚之声学来的吗？略一走神，吟唱稍乱，心头突然一阵猛跳难受至极。他忙专心吟唱，不敢分神乱想。吟唱一会儿，他渐渐感到全身骨肉尽失，体内升腾出一股浩气仿佛将身子托起，犹如一缕青烟冉冉上升，他感到浑身上下犹如脱胎换骨一般，不禁高吟："阿—弥—陀—佛！"这一声吟唱平和正大，余音悠扬，回响洞内经久不绝。

忽听法痴道："善哉！善哉！"张去病掉头一望，只见法痴委顿在岩石上，身上僧袍汗湿大片，却面露微笑望着自己，忙问道："大师怎么了？"

法痴喘了口气，道："公子习会禅音，已得佛禅精义，好极，好极！咳咳，小僧……小僧总算不辱达摩祖师遗命。"张去病忙问道："大师，在下只初窥禅音门径，哪能习得佛禅精义？"

法痴道："出家人不打诳语。有道是佛法无边，只渡有缘人，故公子得佛禅精义而不察。禅音之妙，公子悟而不知罢了。"

张去病叹道："就算在下学会吟唱禅音，窥见佛禅精义，但不能救大师脱困，又有何用？"法痴咳喘两声，道："公子不必灰心，此刻你站起来，再攀那洞口试试！"

张去病不知法痴是何用意，依言起身迈开"蹑云步"往岩壁上纵去。两腿一迈动只觉体内真气激荡，几个纵跃便攀到离洞口十七八丈处，比第一次试攀登时跃高了四五丈。他没想到能攀这么高，心中一慌，真气不逮落下地来。片刻之间，他的功力似乎大有长进。他弄不明白忙问道："适才在下攀壁，大师可是助我一臂之力？"

法痴摇头道："小僧身负重伤，内力丧失，哪能为公子助一臂之力，那是你自己攀登上去的啊！"

张去病抓了抓头，还是有些不解。他再次提气攀登那洞口，几纵几跃又攀到离洞口十七八丈处。想再往上攀内力不继，又落回地上。这一次他看得清楚，法痴没有暗中助他。他自言自语道："咦，我怎会忽然长了功力？"

法痴道："公子不知为何陡增内力吗？"张去病点头道："是啊，请问大师，这是什么缘故？"

法痴道："公子有所不知，适才公子修习的禅音，不仅能缓解公子恶疾，而且能为公子注入天地浩然之气助公子增长功力。只是小僧有一事不明，公子年纪轻轻，体内似乎蓄有数十年深厚内力，这是何故？"

张去病道："大师法眼如炬，那是先师凌霄老人将他数十年功力传给了在下。"

法痴又问道："公子体内既然蓄有凌霄老人数十年功力，为何攀不上洞口去，这又是何故？"

张去病答道："只因在下身上任、督二脉尚未打通，不能驱使师父传给我的全部内力，所以攀不上洞口去。”

法痴道：“原来如此。公子不必担心，眼下你已学会‘禅音十八唱’，只要你持之以恒修习吟唱禅音，说不定能为公子打通任、督二脉，日后公子便能驱使体内浑厚内力，会有大造化。”

张去病寻思：原来这禅音功夫名叫“禅音十八唱”，怪不得听去一共有十八拍。那药王说，只有身负八十年功力之人方能助我打通任、督二脉。修习这禅音十八唱也有如此功效吗？遂问道：“请问大师，这‘禅音十八唱’为何能助我打通任、督二脉？”

法痴点头道：“这‘禅音十八唱’，非比其他门派音功，它神奇功效大有来历，待小僧将它秘密说给公子听。”

张去病听说“禅音十八唱”隐藏着秘密，忙好奇问道：“大师，那是什么秘密？”

法痴用手一指那两排石笋，道：“公子看，那两排石笋可是天设地造的空灵之物！它们能发出天籁妙音，本就是奇中之奇了。岂料数百年前达摩祖师随缘进入此洞，他老人家运用神功，按人体经络气脉运转节律将石笋加以改造，使之奏出暗合人体气血运行之音律，故能为修习禅音之人注入天地浩气，有洗髓易经打通经脉之神效，这更是奇中之奇！”

张去病听说禅音与达摩祖师相关，好奇心更盛，忙道：“请问大师，达摩祖师到过这洞里吗？”

法痴点头道：“正是。公子你瞧，若不是达摩祖师，谁能在那岩石上留下‘有缘自来，无缘不到’这八个字？”张去病心想也是，也只有达摩祖师才有此功力写下这八个字。又听法痴道：“小僧从来不习武功，只因练习这‘禅音十八唱’，却不知不觉疏通了奇经八脉，体内生出浑厚内力。张公子，你说这禅音奇不奇？”

张去病道：“这太奇了！请问大师，达摩祖师为何要改造这些石笋呢？”

法痴道：“公子欲知禅音秘密，不妨走近石笋一观便可知晓。”张去病起身走到那排石笋前仰头仔细观看，只见每一根石笋笋尖都被人削去了一截。那石笋本就粗细不一，又被削得高低各异，难怪发音有高低之分。除此之外看不出其中还隐藏什么奥秘。

法痴道：“公子用手扣击右边那排石笋听听。”法痴说时面露得意神色，似乎在向别人展示他珍藏的宝贝。张去病依言在右边石笋上轻扣几下，只听嗡嗡鸣响。那响声似乎来自天际，并非石笋发出，他不禁一怔。

法痴又道：“公子再用手扣击左边那排石笋听听。”张去病走到左面，又伸手在石笋上轻扣几下。这一次，石笋的响声似乎来自地底深处，嗡嗡之声在他脚步微微震颤。他惊讶又困惑，问道："请问大师，右边石笋响声为何听去来自天空，而左边石笋响声听去却是来自地下？"

法痴道："据达摩祖师留下的遗书说，右边石笋上通天眼，左面石笋连通地心，数万年间，每到白天午时和夜间子时之际，这石笋便吸日月之精华，纳天地之甘露，故能吞吐天地浩气，发出通天彻地之声响。"

张去病道："如此说来，大师，此时已是半夜子时了吗？"法痴用手一指，道："公子看那洞壁。"张去病转头一看，只见一束银色月光从洞口射入洞内投映在洞壁上。

张去病又问道："大师的'禅音十八唱'，是从这几根石笋修习来的吗？"

法痴道："说是，也不完全是。当年，若非达摩祖师在这石笋上注入佛禅神韵，小僧我于音律一窍不通，亦不能领悟这天籁禅音。"

张去病越听越奇，问道："达摩祖师为这石笋注入什么禅韵？"法痴道："公子欲知详情，可到小僧背后岩石洞里取出祖师遗书一阅。"

张去病走到法痴背靠岩石后面，果然有一个石洞。他伸手往洞里一摸，摸到一个用油纸层层密包的木匣，打开防潮油纸露出一个乌木匣子，再打开匣子一看，盒内有一卷写满字的帛绢。上面的文字弯弯曲曲，如同铁丝扭曲一般，他一个也不认得。

张去病忙问道："大师，上面写的是什么字？我不认识。"法痴恍然道："难怪公子不识上面文字，这遗书，达摩祖师是用天竺国梵文写的，待小僧将这遗书大概意思说与公子听。"

张去病将遗书递到法痴手上，法痴展开绢帛，边看边道："遗书上说，当年，祖师常在这洞顶悬崖上打坐参禅。一日他面对群山，置身云海，闭目入定，不知不觉打坐到了子夜时分。其时朗月当空，群山静穆，四下万籁无声。祖师正深沉于物我两忘之境，忽然间，一阵奇妙声响轻扣心扉。祖师一惊，他老人家定力非凡，便是泰山崩塌于侧，心下也不会为之所动。为何这一声轻响能直击心扉？

"祖师料定必有奇缘，再凝神聆听，听出那声响发自这悬崖腹内，他便施展神功沿着峭壁往下搜寻，在一片藤蔓后面发现了这个秘洞。祖师进洞一看，那奇妙声响却是这两排石笋所发。祖师在洞中聆听良久，深感石笋发出响声大有出尘脱俗，超凡入圣韵味，隐然暗合佛门禅意，他便在洞里反复参详。潜心精研三日，祖师心有所悟。到第四日上午，他便以掌作刀，施展莲花如意掌法，按照五蕴皆空，无色无相佛禅精义，将石笋逐一修削，使之奏出一十八响禅音来。"

法痴说到此处，面露崇敬神色，又道："若不是祖师功力深厚，旁人坐在悬崖上又怎能听得见这悬崖腹中有轻微声响？若非祖师深谙佛旨，洞达佛性，换了他人，谁又能听出这石笋响声隐含佛意？唉，若非祖师有参天造化之能，谁又能以一双肉掌修削这几根巨大石笋，使之奏出这令人大彻大悟的一十八响奇妙禅音？真是奇石发奇音，奇音遇奇人，奇人铸奇唱，一段奇缘妙不可言！"

张去病道："恭喜大师有缘领会这神奇禅音佛意，承袭达摩祖师衣钵！"

法痴连连摇头，道："我哪有此慧根！小僧能领会禅音奥义一二，全凭达摩祖师所赐。当年祖师恐这一十八声禅音太过玄妙，无人能领略其中禅机，便按音律将它写成'禅音十八唱'曲谱留给后世有缘之人。小僧随缘进洞，得见这遗书上的曲谱，又跟随石笋之音修习，才有如此造化。"

张去病叹道："难怪，弘无方丈的'金刚伏魔吼'那般厉害，原来是受益于这门禅音神功！"

法痴又摇头道："方丈的'金刚伏魔吼'与这'禅音十八唱'虽同一脉，但并无实在关联。几百年间来我寺僧人都不知有此洞，更不知有这'禅音十八唱'。有缘得进此洞者，唯有小僧同公子二人。"

张去病奇道："那又是什么缘故？"法痴道："皆因一个'缘'字。祖师在这遗书中说，这'禅音十八唱'乃是佛门弟子修行开智之宝，并非武学神功。因而不是佛根佳慧之人，不能修习这'禅音十八唱'。如强行修习，便会舍佛旨而沉溺武学，反倒坠入魔道。祖师恐误少林弟子，故对这'禅音十八唱'秘而不宣，也未将此秘洞告诉任何人。"

法痴轻咳两声，又说道："祖师还在遗书上嘱咐说，有福缘进此洞之人不可外泄此洞之秘，以免生出祸端。因此之故，祖师将这悬崖称为'听音崖'，但未对少林弟子说明其由。除了小僧之外，我寺至今无一人知晓这'听音崖'之名来由。公子能进入这禅音洞大有佛缘。但要谨守祖师遗训，万不可对人外泄此洞秘密。"

张去病点头道："在下记住了。但不知大师得进此洞，又是因何机缘？"

法痴道："那是五年前，小僧奉方丈之命为达摩祖师供奉香火，有缘来到这'听音崖'上。又因小僧痴迷佛学，常在'听音崖'上诵读佛经。不料一日，小僧读经正读得入神，忽然刮来一阵大风将我诵读的《金刚经》刮下悬崖。小僧追到岩边，见那经书挂在峭壁的藤蔓上。小僧舍不得那经书，又恐抛弃经书对佛祖不敬，忙找来绳索系在身上吊下峭壁去取经书。无意之间便发现了这个秘洞，故得到此福缘。"

张去病喜道："我有缘得进此洞修禅音，此刻我长了功力，可助大师脱险了。"

法痴摇头道："眼下只怕还不成。这'禅音十八唱'艰深难习，请公子随小僧再练一遍牢牢记住。然后你再自己多练几遍，方可增强功力跃上洞口去。请随我吟诵。"

法痴说罢高声吟唱起来，张去病不敢怠慢，忙跟着法痴吟唱。这一回他用心体会，渐渐感悟到禅音里有一种大彻大悟、悲天悯人、大慈大悲宏大情怀，不禁吟唱得声情并茂，泪如泉涌。

法痴领着张去病吟唱了一遍，欣喜道："善哉，善哉，公子真乃奇人！想当年小僧修习这'禅音十八唱'整整练了半月，方能唱出如此韵味，公子只用两个时辰便能唱出禅音神韵，可见公子佛根深植，小僧望尘莫及！"

张去病道："谢大师嘉许。去病凡俗，全凭大师悉心传授才茅塞顿开。若无大师指点，我只怕练上十年也学不会！"说时他想：待我再吟唱几遍禅音快些增强功力，好将大师救出洞去。又道："大师，听去病再吟唱禅音，请大师指正。"

他欲开口再练习，却不听法痴答话。回头看去，见法痴闭上双目，面带笑容，靠岩石睡着了。他不敢出声，心想转眼之间大师怎么就睡着了，是困极了吗？转念又一想若是困乏睡觉，应有鼾声，大师怎么睡得没有一点声息？这可有些不对！他忙叫道："大师，大师！"

法痴毫无反应，他忙伸手到法痴鼻子前一探，已无气息。原来，法痴被金如尘的"天罡摩尼掌"打伤，若是寻常高手早已毙命，他全仗内功深厚才勉强支撑到此时。适才为了向张去病传授"禅音十八唱"，运功高吟竟然到了油尽灯灭之境。此时看见禅音有了传人，欣喜之下猝然圆寂。

张去病一下惊呆，心中悲痛，热泪长流。他同法痴相处时间虽短，却得法痴舍命相救。法痴临终前用尽最后一点力气传授他"禅音十八唱"，隐然成了他第二个师父。他一边抹眼泪，一边将法痴扶正靠着岩石坐好。他想起法痴说"人之生死，如浮云明灭，生即死，死即生"之语，感到人生如梦幻。他忍住悲痛对着法痴的遗体拜了三拜，道："大师之恩，去病铭记在心！"

他站起身来，看见法痴手上仍拿着达摩祖师遗书，便轻轻取下遗书折好，正要放入木匣，却见木匣底微微隆起，有些异样。他心中一动伸手进匣轻轻一抠，将那底板揭起来，露出一个夹层放着一发黄卷帛。他将卷帛拿到月光处展开一看，只见帛上画着奇峰异树，瀑布溪流，云霞似锦，飞鸟西去。看着那画面，他隐隐觉得有些眼熟，却记不起在哪里见过。

他再看那画上题款写的是：《五缘禅机图》。图下空白处有几行小字写道："得进此洞，便是一缘。若能修习禅音，深谙佛意，那是二缘。发现此画则是三缘。若再得道家精义，算是四缘。能堪破此画之秘，当是五缘。后世五缘皆结之人，倘若能融汇佛道精髓，成就一代大宗师，请受贫僧代天下苍生，向施主一拜！阿弥陀佛！"

小款是："菩提达摩，辛丑年腊月初八。"画面左下角有一行注道："贫僧留下此言以待后世有缘之人。佛主保佑，不枉贫僧一番心血。以上五缘缺一不可，倘若五缘不备，后世之人切莫妄自逆行，以免招来祸灾。达摩补记。"

读罢画上文字，张去病心中升起一团疑问：这幅画上有什么秘密？为何要深谙佛道之学，方能窥破这画上秘密？识得这幅画上之秘又怎会成为一代大宗师？为何达摩祖师要拜谢后世有缘之人？一连串疑问在他心里转个不停。

他又仔细看那幅画，看来看去却看不出什么异样之处，只觉得这幅画好像在哪儿见过，有些眼熟，仰着头想了半晌，怎么也想不起来。目光落到《五缘禅机图》几个字上，他寻思达摩祖师说，要五缘齐备方能窥见画中秘密，或许我福缘未到，在此呆想些什么？如此一想，心下释然。他折好图画同达摩遗书一道放回木匣，又用油纸将木匣包严，才小心放回岩洞内。

他转过身来，抬头看看那三十丈高洞口，想起法痴遗言，于是凝神端坐，聆听石笋发出的声响，用心跟着吟唱起来。这一回没有法痴领唱，全凭他自己揣摩着吟唱。唱罢一遍，感觉有几处唱得同那石笋发出音响不太相合，又用心跟着那石笋吟唱。直到将些许细微之处唱得分毫不差，体内真气越来越充盈，他才停下来。

他深吸口气走到洞口石壁下，试着纵身往上攀登，一鼓作气攀上了二十几丈高处，仍到不了洞口，只得返身跃下，又高声吟唱禅音。岂料刚吟唱几句，石笋音响忽然中止。洞里一片寂静。

他一愣，想起法痴说这石笋只在半夜子时和午时才奏出禅音，难道子时已过了吗？抬头往洞口一看，已不见有月光投入，看来已是下半夜了。他怕将禅音忘了，又兀自吟唱起来。也不知唱了几遍，唱着唱着便迷迷糊糊睡去。

一觉醒来，只觉光芒耀眼。他凝目一看，原来是一束阳光照进洞里。想起昨日经历，他忙凝神静气练唱禅音。唱了几遍，感到周身真气越来越流转奔突，他又走到那洞口下往上攀登。这一回攀到离洞口只有一丈之遥，真气不逮，身子又落回地上。

他信心大增，又放声吟唱禅音，直吟唱得体内真气充盈鼓荡，又猛提一口气去跃洞壁。他踏着"蹑云步"，一连几个纵跃，终于一鼓作气攀到洞口。他从洞口跃下，走到法痴遗体前拜了一拜，道："大师，去病要走了。日后若有缘，定来拜谒大师！"

拜罢法痴，他提气往洞壁上攀去，连连上纵一口气攀上洞口，手臂一揽抓住垂吊在洞口的藤蔓，双脚站在洞口岩石上。他拨开洞口藤条探头往外一看，只见洞外阳光灿烂，峭壁下面深渊看不见底，他只得抓住藤蔓往上攀。攀上十余丈高处到达藤蔓生长尽头，离峰顶还有二十多丈。藤蔓上面是光秃秃的石壁，隐隐看见石壁上每隔约一丈远处，有一个个浅浅凹坑，一共约有二十个一直延伸到峰顶上。凹坑光滑，似乎经常被人踏过。他想这些凹坑难道是法痴大师进洞时踏脚之处吗？他猛吸一口真气身子凌空跃起，脚尖疾点在一个个凹坑上，一连二十个纵跃，便跃到峰顶悬崖上。他站在山顶，听见少林寺内传来阵阵钟声，心想先去寺里向方丈报一声平安，再下山去寻找柳语。遂迈步疾奔下峰，片刻工夫来到山门前。

两个僧人在门前清扫落叶，忽见张去病到来，二人脸上露出惊喜之色。一人扔下扫帚跑进寺内禀报，不一会儿出来对张去病说道："施主，方丈有请。"张去病随同那僧人走进山门，转几个弯来到一间禅房，走进房内，只见弘无方丈居中打坐，弘远、弦空、弘法、弘意四位神僧打坐在两旁，忙上前躬身道："去病参见方丈。"

弘无方丈喜道："我佛慈悲，保佑公子平安归来！公子可被那金魔头伤着？"张去病道："蒙大师垂念，去病安然无恙。"弘无方丈道："善哉！公子逢凶化吉，必有后福。但不知公子何以脱险？"

张去病道："全仗法痴大师搭救，去病才侥幸脱险。"弘无方丈道："那法痴的背上被金如尘打了一掌，此刻伤情如何？"

张去病两眼一红，戚然道："禀告方丈，法痴大师已经圆寂了。"五僧皆是一惊，合十道："阿弥陀佛！"弘无方丈续道："张公子，法痴法体现在何处？"

张去病犹豫道："这，这个……"他欲言又止。方丈询问，他本当据实相告。但想到法痴嘱他切莫外泄禅音洞，只得歉然道："法痴大师圆寂之前，叮嘱我不要对人说出他圆寂之处，去病不便禀告，请方丈不要怪罪。"

五僧皆感诧异，不知其中有何隐情。方丈听罢，脸上微露惋惜神色，道："公子既有要事在身，老纳也不强留。只盼公子办完大事速来少林，老纳再为公子打通经脉。"张去病道："多谢方丈，去病一定遵方丈嘱咐。"

方丈又叮嘱道："江湖险恶，公子一路上要多加小心！"张去病点头答应，拱手向方丈及四位高僧道别，转身跨出禅房。他心里惦念柳语，疾步走出寺门向山下直奔而去。

来到投宿客店，店主一见张去病，拿出一个小包递给他，道："公子请收下，这是柳姑娘留给你的东西。"张去病接过小包，忙问道："柳姑娘呢？"店主道："柳姑娘被人接走了。"

张去病一惊，急道："柳姑娘被什么人接走了？"店主道："昨日来两个西域胡人。柳姑娘好像认识那二人，管一人叫克里木叔叔，管另一人叫桑尼叔叔。那二人对柳姑娘说了几句话，柳姑娘便急匆匆跟他们走了。"

张去病道："那叫克里木之人，可是身材高大，脸上长着一个鹰钩鼻子，腮帮上蓄有一大胡子？"店主点头道："对对，那胡人便是这般模样！"张去病又道："那个叫桑尼的汉子，是不是虎背熊腰，浓眉大眼，四十多岁，紫酱色脸膛？"店主道："是啊，公子也认识他们吗？"

张去病点点头，知是克里木和桑尼接走柳语，心里才安稳下来。他打开小包一看，纸包里有一些银子，有一张纸，上面写着几行字："去病哥哥，克里木叔叔说我爹患病，我回天山去看爹，不能同你去金国了。你去金国千万小心。我会去金国找你的！语儿。"字迹潦草，看来是柳语临走时匆匆留言。张去病收起小包，心里有些惆怅，叫店家送来一碗面条吃了，便回到房里睡下。躺在床上，他心里一会儿想着柳语，一会儿想着法痴，想了好一会儿才迷迷糊糊睡去。第二日起来，他叫店主备下干粮和马吃的草料，骑上马背前往金国上京会宁城。

他行走半月出了山海关，越往东北走去，地域越荒凉。茫茫平原上人烟稀少，走上几日难见到一户人家。他白日赶路，夜晚投宿荒野山林，无事便修习"禅音十八唱"，功力日渐增长，精神也健旺许多。

这日路过一个集市，集上人头涌动，道上摆满东此皮货、药材、粮食等货物。他寂寞行路多日，见这热闹情景十分兴奋，找家饭店吃了一大碗面食，又买了一些干粮带上，便在集市上东瞧西望，闲逛起来。

正逛得兴致勃勃，忽见迎面来了几骑。当先一骑坐着一位身穿宋人装束青年书生。在这蛮夷之地忽见宋人，他心下诧异，注目看去大吃一惊，那书生却是秦员！秦员身旁一骑，坐着一个身披黄袈裟的老僧，正是吐蕃国龙象法王。另一骑上却是个三十几岁的精瘦汉子，腮上长着一撮黄毛。

他急忙掉转马头，岂料同一瞬间，秦员也瞧见他，高声叫道："张去病小贼，站住！"张去病打马便逃，秦员催马急追。集市上顿时一片混乱。趁秦员受人群阻碍，张去病打马跑出集市，朝北面狂奔。秦员却在后紧追不舍，边追边喊："抓贼，抓贼！"张去病回头看见秦员越追越近，心下大急。心想他三人骑的都是骏马，我这匹马如何跑得过他们？果然不大一会儿工夫，秦员三人追到距离他二十丈处。

便在此时，道上迎面走来一个醉醺醺的和尚，手里拿着酒葫芦，一面对着葫芦嘴喝酒，一面走路，在道上跌跌撞撞。他肩头上蹲着一只白猿。那白猿通体雪白，身上白毛约二尺长，头上竖着一丛毛，远看去犹如穿着一件雪白衣衫。醉僧拿起葫芦喝一口酒，对那白猿道："猿兄请喝。"白猿接过酒葫芦，对着葫芦嘴喝下一口酒，又将葫芦还给那和尚。和尚接着喝一口，又将葫芦递给白猿。他俩你喝一口，我喝一口，对迎面奔来几骑视而不见。

秦员大声喊道："大和尚，请助我抓贼人！"那醉僧一听，醉眼蒙眬对冲过来的张去病喝道："小子，你是贼人吗？快站住！"

张去病大声道："我不是贼人！大和尚快让道！"张去病话音未落，胯下马已冲到醉僧面前。醉僧哈哈一笑，伸掌在张去病骑的马头上轻轻一拍，说也奇怪，那马便立时乖乖停了下来。后面三人追上前来散站三方，将张去病围住。

秦员拱手道："谢谢大师！"醉僧不答话，醉眼惺忪地把张去病和秦员等人瞟一眼，目光在龙象法王脸上略一滞留，掀了掀眉头，便坐到一棵树下，又同那白猿喝起酒来。醉僧眼睛这么一瞥，目光莹润如宝珠光芒一闪即隐。龙象法王看见吃了一惊，再看那醉僧两眼时，却是昏浊无光。法王寻思难道是老纳看花了眼吗？此僧适才那么一瞥，眼里陡现佛光，犹似成佛之兆，这是何故？

秦员指着张去病，喝道："张去病小贼，这一回，少爷看你往哪里逃？"

张去病怒道："秦员，咱俩谁是小贼？我张去病是大宋忠臣岳元帅的外孙。你是大奸臣秦桧的孙子。你爷爷投降金国，出卖大宋，是个祸国殃民的大内奸，大卖国贼，大坏蛋！他按金国旨意在朝中残害忠臣，害死我外公、我爹和我舅舅！你爷爷罪大恶极，遭到天下人痛恨唾骂！你这浑蛋糊涂虫善恶不分，忠奸不辨，还帮你爷爷干坏事，为虎作伥，没有一点天良！"

秦员满脸涨红，吼道："张去病……你……你小贼……你敢骂我爷爷？小贼！你……"气极之下，他一时不知如何反驳。平日，他最恼恨别人骂秦桧是奸臣，也最恼恨别人骂他是奸臣孙子。在临安城里，只要听到老百姓私下痛骂秦桧。他便冲上去把别人打得头破血流。打了多回，他只道没人敢骂了。岂料有一日，他走进一家酒馆，仍听见有人边喝酒边骂秦桧。他气恼万分，又欲痛打那人。忽又一想：我此刻打了他，他嘴上不敢骂了，心里却在暗骂；或是我走后，他更加大骂，我又有什么法子？临安城这么多人，倘若他们在家里偷偷骂我爷爷和我家人，我又能将他们怎样？

如此一想，他十分泄气，站起身走出酒店，闷闷不乐地回到府里。秦禧看见秦员一脸沮丧走进府来，诧异问道："阿员，有什么心事？"秦员愤愤说出百姓痛骂秦桧之事，秦禧听罢，叹口气道："阿员，这种刁民别理他们。古人说防民之口甚于防川。由它去罢，不必为此烦恼。"

秦员道："爹，难道咱们就听任那些刁民肆意辱骂爷爷，咒骂咱们一家人不成？"

秦禧叹道："唉，街头巷议自古难防，咱们没有法子堵住众人的嘴！咱们总不能将刁民都抓起来，只有多行善积德，求菩萨保佑咱们秦家！"听见父亲这些无可奈何之语，秦员很不以为然，心下仍为众人咒骂秦桧，为他身背奸臣孙子骂名气恼至极，却又毫无办法。此时听见张去病大骂秦桧，深深触痛他的心病。

他语塞一瞬，恼羞成怒喝道："张去病小贼，你胡说八道！我爷爷辅佐皇上，忠心为国，被你这等乱臣贼子记恨诬蔑！少废说话，今日你若乖乖交出达摩石，我便饶你一条小命。不然，小爷便送你到阴间去见你外公岳飞！"

张去病一看对方有三人，心想自己孤立无援必吃大亏，须得想法溜掉为妙。他哈哈一笑道："秦员，你别往你爷爷脸上贴金，天下人谁不知你爷爷是金国派来的奸细？哼，你说送我到阴间去，你吹什么大气？你不过是仗着人多狐假虎威罢了！凭你那点本事，谅你不敢同我单打独斗！"

秦员气得脸色发青，冷冷道："小贼，少爷不要旁人插手，让你见识少爷的厉害！"一言未毕，他突然从马背上跃起挥左拳打向张去病面门。这一拳是诱敌虚招，右掌跟着拍向张去病的胸口，这一虚一实，意在打张去病措手不及。岂料张去病左掌虚晃并不出击。右掌一拂，五指抓向他右手腕脉门，应变之快，手法之妙，令秦员大吃一惊。电光石火瞬间，张去病左掌突然往秦员的腰间一抹，秦员在空中无法避闪，只得出掌一隔，二人掌拳相碰"砰"的一声，秦员被震落地面，噔噔噔倒退了几步方才站稳，张去病在马上也晃了两晃。

这一交手，张去病心中暗惊，对方在空中无处着力，自己却被他掌力震得身子摇晃，秦员内力显然胜自己一筹。他忙收起轻敌之念跳下马迎敌。秦员不等张去病落地站稳，欺身上前飞起一腿踢向张去病下巴，张去病迈动"蹑云步"往旁滑开。秦员扑上前一连打出五拳，分别击向张去病的头、胸、肩、臂、掌。这五拳名叫"大漠飞石"，精义是以乱制敌，出拳如戈壁滩上飞沙走石，令人眼花缭乱。寻常高手顶多躲过三拳便难以招架。张去病仗着"蹑云步"变化奇妙，才在慌乱中躲开这五拳。

龙象法王在旁赞道："秦公子好功夫！但不知公子同那罗布泊擎天长老作何称呼？"

秦员道："谢谢法王夸奖，擎天长老是在下恩师。"

张去病一听擎天长老名号，蓦然想起赵无痕对他说过，西北大漠深处有个湖泊叫罗布泊。湖畔住着一位高僧法号叫擎天长老，人称"大漠圣僧"。据说擎天长老有两门绝技，一门叫"大漠云沙手"，另一门叫"擎天功"。

他想：原来秦员这厮是擎天长老徒弟，难怪武功了得，我得赶快溜走。遂哈哈笑道："秦员，你这'大漠云沙手'稀松平常得很！"秦员一怔，问道："小贼，你怎识得我的拳法？"

张去病道："识得你的拳法有何难？我还看出你练的'擎天功'只有三成火候！此刻你功力太浅！不是我对手！这样罢，我不出手，你来打我，你若打不着我便自行了断，你敢不敢？"

秦员一听，气青了脸，大吼道："小贼找死！"双拳一错使出"大漠云沙手"一招"沙海狂涛"。这"沙海狂涛"精妙之处不在以拳伤敌，而在发挥"擎天功"

浑厚内力将敌人压在拳风下，使敌窒息而无法抵抗。张去病只见拳影从四面八方打来着实厉害，他突然一猫身踏着"蹑云步"旁逸出去二丈开外。

秦员看见张去病从拳风下逸出，亦是诧异。当年在罗布泊时，他见师父使这招"沙海狂涛"将一只野骆驼罩住，那骆驼嘶叫一声窒息倒地。师父慈悲撤去力道，骆驼才得活命。此时见张去病轻松逃出他拳风劲网，他以为张去病侥幸逃脱，又猱身直上接连使出"龙腾沙海""黄沙迷云""沙泉滚涌""黑沙席卷"，一串奇妙拳法，一时间四下仿佛风沙呼啸，声威吓人。

龙象法王在旁连声赞道："'大漠云沙手'好功夫！咦……这少年使的是什么轻功？"张去病踏着"蹑云步"在拳影中穿行，犹似闲庭信步，腾挪闪跃皆妙不可言，尽将秦员险恶攻击避开，龙象法王看见不禁惊讶出声。法王一生痴迷佛学和武功，此刻他凝望细看，越看越奇，嘴里啧啧称奇道："老衲不出吐蕃国境，竟不知天下有如此精妙轻功！"

片刻之间，秦员连攻二百多招，一拳也没打着张去病。他出道数年已在江湖上打败几个高手，名头日渐响亮，眼下张去病不还手，只仗着一种奇妙轻功同他周旋，他却奈何不了张去病，令他十分气恼。他越斗心里越焦躁，出手越快越狠。张去病如同一条滑溜的泥鳅在他那急如骤雨的拳头下钻来钻去。又斗了二百多招，秦员呼吸沉重，背心已汗湿一片。

张去病只守不攻，内力耗费不大。眼见秦员大耗内力，他暗暗高兴，突然一转身扑向秦员使出"太极阴阳掌"的一招"倒悬日月"，左掌泰山压顶般拍下，右掌如毒蛇吐芯抓向秦员的肚腹。秦员没想到张去病会突然反击，更没见过这种一阴一阳，一刚一柔怪异招式，吓得后跃出去三丈远。趁此时机，张去病纵身跃开，想跳上马逃走。岂料他刚落到马前，忽见黄影一闪，一人挡在他面前。他定睛一看，却是那龙象法王。

法王合十道："施主留步，老衲请问，施主适才使的什么功夫？"张去病往旁一跃，法王也往旁边一纵仍将他挡住。便是这么一挡，秦员和那一撮毛汉子跃上前将他围住。张去病心下大急却又无计可施，心想今日只怕逃不走了。

便在此时，忽听一个嘶哑声音冷冷道："嘿嘿，小的打不赢，老的来帮拳。三个打一个，太他娘不像话！阿弥陀佛！"

四人一听这句粗话夹着佛宣，不伦不类，都是一愣。回眸望去，见那在树下喝酒的醉僧在嘿嘿冷笑。醉僧摇摇头转脸对那蹲在他肩上的白猿道："猿兄，你瞧、你瞧，擎天小和尚徒儿倚仗人多，东方亮徒儿脚底抹油，吐蕃小喇嘛妄为大不尊。唉唉，一群不上进的家伙，在这道上群殴烂斗，丢人现眼，败了你我喝酒兴头！"

醉僧一面摇头叹气，一面踉踉跄跄走近前来。先前，谁也没工夫看他模样。此时四人一看这和尚，只见他脸色红润细嫩，犹如三岁婴儿面容。额头上却爬满枯藤般的皱纹，纵横交错，嘴上胡子银白如雪如同百岁老翁。头上发楂和眉毛却乌黑发亮，宛如年轻人毛发，相貌极奇特。他身上穿一件墨绿色僧袍，前襟上满是油渍。脚下穿一双破僧鞋，两个大脚指头露在外面。手上拿着一个红酒葫芦，眯缝着眼睛走到四人面前瞅瞅这个，又瞅瞅那个，然后打个响亮酒嗝，不住摇头叹气，好像看见四个不肖子孙。

秦员听醉僧叫他师父"擎天小和尚"，心下气恼，道："你是何人？竟敢对我师父不敬！"

醉僧瞪大眼睛道："小子，那擎天小和尚，难道没有对你提到过我老人家？"秦员道："邋遢和尚，我师父为何要提起你？"

醉僧忽然双足一跳，叫道："气死我也，气死我也！九疑和尚，你收的是什么鸟徒弟，他竟不向你徒孙说起我老人家，气死我了！"

秦员一惊，想起师父说过本门师祖法名叫"九疑法师"，这醉僧竟然叫出师祖法号，想必有些来头，不由放软口气道："请问大和尚，你同我师门有何渊源？"醉僧横他一眼，道："你不知我，便与我无缘，问这屁话做甚？"说罢，拿起酒葫芦喝一口酒，不理秦员。

龙象法王听见醉僧叫他"吐蕃小喇嘛"，心中大为不悦，冷冷说道："大师，老纳是吐蕃喇嘛不错。但老纳年过五旬，不是什么小喇嘛。不知大师是何方高人，为何出语如此狂傲卖老？"

醉僧用手指敲敲脑门，道："小喇嘛问我老人家是何方高人？等我想想。"忽又摇头道："哎呀，喝酒太多，想是想不起来了！不过，我想起两个喇嘛来。一个叫多吉丹珠，我八十岁时见到他，这喇叭才四十多岁，额头上长有一颗黑痣，却是吐蕃国有道高僧。后来此人活了九十一岁圆寂。还有一个小喇嘛叫扎布伦达，我一百二十岁时见到他，这小喇嘛才十七岁，听说他后来当上大和寺主持，活了八十七岁。我说的这两个人，吐蕃小喇嘛，你可认得他们？"

龙象法王一听，心头大震，忙合十道："阿弥陀佛！多吉丹珠活佛是小僧师祖。扎布伦达活佛是小僧师父。大师，你……见过我师父和师祖？"

秦员瞧见法王异常惊诧，不以为然说道："法王，勿听这酒肉和尚吹牛皮！照他如此说来，他岂不是活了一百八十几岁？这……这如何可能呢？世上哪有这等长寿之人？法王，莫听他瞎吹牛皮！"

张去病也不相信，心想人哪能活这么大岁数？这和尚难道成了神仙吗？转念又想：江湖上几乎无人知晓师父大名，适才他叫出师父本名东方亮，这和尚如何得知？难道他与师父相识吗？忙问道："大师提及我师父，大师可是我师父故交？"

醉僧抹抹白胡子,喝道:"臭小子,什么新交故交,你别同我老人家套近乎,快给我滚得远远的!"

张去病恼道:"哼,谁稀罕同你套近乎了?叫我滚得远远的,我偏不滚开,看你能把我怎的?"话未说完,他心念一闪,不对!这醉僧叫我滚得远远的,好像是暗示我赶快溜走。啊呀,我怎么如此不开窍!忙改口说道:"是,是,你老人家莫生气,晚辈这就滚得远远的!"

他向那醉僧一躬身,转身要走。却听龙象法王道:"且慢!"张去病道:"法王,我可是奉这位大师之命滚开的,法王要驳这位大师面子吗?"

龙象法王心想:这小子想挑动醉和尚对付老衲,难道老衲惧他不成?他不理张去病,望着醉僧,道:"大师,仅凭你三言两语,便要放走这位施主,未免有些托大!"

醉僧扫法王一眼,道:"小喇嘛想怎的?"龙象法王二话不说,右手疾翻"唰"的一声拔出旁边那瘦汉腰上钢刀,猛然砍向自己左臂。众人大吃一惊,只听"砰"的一声响,那刀仿佛砍在什么钝物上。法王撩起衣袖,干枯手臂毫发无损。

张去病、秦员,还有那瘦汉都看得惊呆了。秦员聘来龙象法王只知他武功高深,却未见过法王施展功夫。此时一见又惊又喜,叫道:"法王修成金刚不坏神功,当世罕见!"龙象法王手掌一振,又听当当当几声,那钢刀被他暗运神功震成几截掉在地上。他双手合十,对那瘦汉道:"翟施主,老衲擅自毁了你兵刃,请勿见怪。"那瘦汉嗫嚅道:"不怪……不怪。"法王对那醉僧道:"大师,请赐教!"

醉僧摇摇头说道:"一百年前,我老人家早不同人动手啦!不过,看见你小喇嘛练成什么破铜烂铁功,我老人家赏你口酒罢!"他猛然张口,一阵酒雨疾喷而出。法王疾挥大袖,用内力将那酒雨拂回打那醉僧。岂料酒雨却像利箭射穿他大袖,打到他身上。法王全身一麻,顿时动弹不得。

法王骇异莫名!他已练成金刚不坏之身,拳脚刀剑加身也伤不了他分毫。他此次到中土来,一因接受秦员极珍贵聘礼,二因想度秦员皈依佛门,三想会会中土武林高人。他本以为凭他一身神功绝学定难逢对手,万没想到他的金刚不坏神功竟然经受不住这醉僧喷出一口酒水!惊骇之下,法王回头一看,只见秦员和那瘦汉也被酒雨打中僵立在道上,二人身上衣衫被酒雨打得千疮百孔,脸上惊恐莫名。

醉僧哈哈笑道:"小喇嘛,我老人家要放走个把人,这世上还没人拦得住!"转头又对肩上的白猿道:"猿兄,你说是不是?"白猿仿佛听懂醉僧之话,连连点头。醉僧不再理睬众人,带着白猿歪歪斜斜朝道上走去。

张去病看见秦员三人被制住,心中大喜,疾步走到秦员面前举手掌喝道:"秦员,你爷爷欠下我家三条人命血债,你又用诡计害我,今日我为家人报仇,取你小命!"

第十章　盗信

秦员眼里闪过惊恐神色，瞬间镇静下来，冷笑道："张去病，你此刻报仇，是凭你自己的本事吗？你如此报仇，算得上是你报的仇吗？"

张去病一怔，放下手掌，说道："好，今日我暂不取你小命。日后你若再做坏事，我必凭我的本事杀你！"说罢转身去追那醉僧，欲谢醉僧相救之恩。

追出一程，他举目望去，茫茫大平原上看不见那醉僧的身影。他颇奇怪，一眼望去平原坦荡无垠，除了野草，一棵树也没有，为何一会儿工夫醉僧便不见了，难道他上天入地了吗？醉僧究竟是什么人？

他呆了一呆，心里闪过一个念头：秦员三人必是去金国盗那封密信，我得赶在他们前头，抢先将那封密信盗到手！心念闪过，他转身奔回秦员三人骑的马前，提气猛击三掌，将三匹马击毙倒地。忽然又想：只让他们没马骑还不行，他三人内力不弱，奔行起来也很快，怎么办呢？心里忽然起了一个恶作剧念头，他走到秦员三人面前"唰唰"伸手疾抓，将秦员三人的衣衫扯下，撕烂成布片扔到荒草里，让三人身穿贴身内衣站在荒原上。

秦员惊慌骂道："小贼，你……你要干啥？"那瘦脸汉子气得怒目圆睁，只因忌惮张去病下毒手，才不敢吭声。龙象法王却闭目诵经，仿佛什么事都未发生。

张去病笑吟吟道："天气炎热，我帮三位凉快凉快！"心中却偷着乐：哈哈，你们总不能光着身子去盗信吧！这荒原上人烟稀少，你三人要找衣穿也够你们找几天，我便有足够时间先取信了！他长笑一声纵身骑上自己的马，挥鞭打马奔驰而去。

他越往北走天气越凉。行了十余日，才抵达金国上京会宁城。这会宁城地处黑龙江，又称江阿城。城里土木房屋同帐篷混杂十分简陋，与金国称雄天下地位极不相称。其时大宋、辽国、西夏已向金国俯首称臣。然而女真人一贯以打猎游牧为生，农商落后，是以都城仍带游牧部落特点，远不如大宋京城巍峨壮观。张去病见惯大宋繁华都市，一看金国京城这番景象大感意外。

他扮成商人混进城内，找一家店住下。一连几日，他去查看金国皇宫所在，寻找潜入皇宫路径。傍晚回到客店躺在床上，寻思如何盗信之事。想来想去，想不出秦桧密信藏于宫内何处，一时不知从何下手。这天晚上他决计潜入皇宫去探看虚实，刚走出客店，便看见前面道上有两人匆匆行走，背影眼熟。仔细一看，一人是秦员，另一人是那腮上长着一撮毛的汉子，却不见龙象法王。他暗道："秦员这厮来得好快！"转念又想：莫非他此时也去盗那密信？我得紧紧跟上去，不能让他得手！借着夜色遮掩，他远远跟踪秦员二人。

只见两人走过三条街转向东面走去。他心里纳闷：皇宫在城南，秦员二人却向城东走，他们是去哪里呢？难道秦桧那封密信没藏在皇宫里？他跟随两人走出一程，却见二人走到一座府第门前站住。那瘦汉上前去对守门卫士说几句，卫士将二人带进府内。他往府门上一看，书有"完颜王府"四个大字。他寻思：秦员到王府里干甚勾当？

他绕到王府侧面院墙，轻轻纵身跃上房顶，凝目四下张望，看见卫士领着秦员二人走进一间宽大厅堂里。他轻轻纵到那厅堂房顶上，将房上瓦揭开条缝往下一看，不禁一愣。只见厅上首坐着一人，却是金国王爷完颜龙。下首坐着秦员和那瘦汉。

只听秦员道："秦员前来拜见王爷，献上一件宝物孝敬王爷，请王爷笑纳。"秦员说着打开一个包袱，取出一件金玉镶嵌的大玉雕件，上面雕着人物山水，白玉温润晶莹，金饰耀眼夺目，那玉器美轮美奂，实在罕见。

完颜龙望那玉雕一眼，哼了一声，似乎瞧不上眼。秦员微微一笑捧着玉雕递给完颜龙，道："王爷，请细观这玉雕上的景物。"完颜龙接过玉雕，凑近烛光一看，只见玉雕上有一人头戴金冠，身着金国王族装束，右手抚着腰间宝剑，左手挥向前方，一只脚踩踏的土地上书有"宋"字。另一脚踩着一片山河，上书"辽"字。屁股下坐着一块土地，上书"西夏"二字。身后是千军万马旌旗招展。

完颜龙看了面露喜色，道："嗯，这玉器雕得不错！"秦员又道："王爷，你看那玉雕上贵人像谁？"

完颜龙细看那头戴金冠的玉人，竟然酷似自己，大为高兴道："好，好，本王收下此礼！"这玉雕暗寓完颜龙领兵一统天下成就霸业之意，迎合完颜龙好大喜功野心，完颜龙怎会不高兴？他把玉雕放在桌上，回头对秦员道："秦公子，你千里迢迢来看本王，必定有求于本王。你不用绕弯子，有话请直说！"

完颜龙说话单刀直入，倒让秦员一愣，心想这小子好厉害！忙笑道："在下前月在临安见到王爷，心下好生仰慕，总想有幸再聆听王爷教诲。今日拜见王爷别无他求。上回王爷交代，叫我爷爷寻机除掉煽动抗金的枢密使王庶，我爷爷几次上奏罢免王庶，却有不少朝臣为王庶撑腰，高宗赵构软弱，不采纳我爷爷罢免王庶奏章。我们真是愧对王爷！"张去病瞧见秦员奴颜婢膝把大宋人的脸都丢尽，不由怒火中烧。

完颜龙笑道："此事慢慢来，不急不急！"秦员却道："没为王爷办成此事，我爷爷食不知味，睡不安眠，在下亦深感惭愧。要不是前些日子，我想出一个除掉王庶的法子，在下真无颜来见王爷。"

完颜龙一听，忙问道："秦公子想出什么办法？"

秦员道："说来王爷莫笑，在下想的是一个笨法子，我让人模仿王庶笔迹写了一封私通王爷的信，信上不仅泄露宋朝机密，还写上那王庶鼓动王爷带兵灭宋之语。"

完颜龙一拍大腿，道："妙，秦公子用的是反间计！"

秦员道："我将伪造信件交给爷爷，请他老人家呈给赵构。爷爷却说此计有破绽！"

完颜龙一怔，道："有何破绽？"秦员道："我爷爷说，仅是笔迹相似，迷惑不了那赵构，也堵不住群臣之口，还须得做两件事，此计才天衣无缝。"完颜龙追问道："做两件什么事？"

秦员道："我爷爷说，头一件事便是这封假信上须有大金国皇帝朱批，这才能使宋朝君臣深信不疑。第二件事嘛，便是……"说到此处，秦员凑到完颜龙耳旁低声细语，张去病在房上一句也听不清，心想秦员在玩弄什么阴谋诡计？却见完颜龙不住点头道："好，秦公子将那封假信给我，明日我带进宫去奏请父皇批几个字，秦公子暂回客店静候佳音。"

秦员从怀里摸出一个信封，双手恭恭敬敬递给完颜龙，道："有劳王爷费心，在下告辞了！"完颜龙起身道："送客！"卫士打着灯笼，领着秦员二人走出王府。

张去病远跟在后，心下寻思秦员来盗密信，我正好跟踪他找到藏密信处。如此一想他尾随秦员走过几条街道，见秦员走进一家大客店里，他悄悄跃上客店屋顶找个藏身之处，暗中监视秦员的动静。监视到三更时分，却不见秦员有何动作。张去病心想：今晚秦员不下手吗？黑夜深沉，渐觉困倦，他闭上眼睛想打个小盹儿。便在此时，忽听道上马蹄声急促响起，只见一人打马奔来，却是为秦员带路的那名卫士。奔到客店门前，那卫士翻身跳下马背敲开店门进去。张去病忙凝神注视秦员住房。过不多时，秦员随同那卫士走出店门，疾步朝城西方向走去。

张去病跃下房顶快步跟去。心下寻思：秦员又去见完颜龙？不对，完颜龙王府在城东，方向不对头……难道那卫士带他去见金国皇帝？也不对，金国皇宫在城南，他们却一直往西走，要去何处呢？莫非这卫士被秦员收买，带他去藏密信的地方？

张去病尾随秦员二人走过几条大街来到城门口。此时城门关闭，那卫士叫守城金兵将打开城门，带着秦员走出城去。张去病迈开"蹑云步"从城墙一侧下到城外，远远跟踪二人。他越跟踪越怀疑：密信怎会藏在城外？秦员这厮出城去干什么勾当？

行出三里地，一钩弯月从云层中钻出，月光淡淡，照得荒野朦朦胧胧。前方出现一片树林，映衬在青灰色天幕下。张去病一面跟踪一面寻思：深更半夜，这卫士领秦员到这荒郊野外，一定有蹊跷！如此一想，他心里一阵莫名的兴奋，不由加快步子跟上去。

卫士带领秦员走至树林下，树影将他们遮住，忽然不见了踪迹。张去病疾步追近树林，见林中有一条小道。他追上小道转弯处，才看见秦员和那卫士在小道上缓缓前行。树林里黑影憧憧，阴森可怖。夜风吹来一股腐臭气味，张去病紧张起来，不由放缓步子。忽然不知什么鸟兽在他头顶上怪叫一声，哗啦啦蹿过树枝把他吓了一跳。他回头一望，又是一惊，只见林子暗处有十几双绿莹莹的眼睛忽闪忽闪，不知是豺狼还是虎豹，惊得他背心出汗。他盯着秦员行踪，担心背后野兽袭击，只盼赶快走出这阴森可怖的树林。

走了一阵，头顶上树枝渐渐稀少，终于走出树林外，他绷紧的心才放松下来。借着淡淡的月光往前一看，不禁一愣，前方出现一块光秃秃的旷地，地中央耸立着一座古墓。那古墓八九丈宽，二丈多高，用青砖砌成，孤零零耸立在凄风冷月之下，说不出的孤独和诡异。

卫士带着秦员朝那古墓走去。张去病寻思莫非他们去拜祭墓中埋葬之人？便在此时，忽听有人大喝道："什么人？站住！"张去病忙躲到一棵树后。却听那卫士答道："哈将军，我是完颜王府管家花剌模，奉王爷之命前来办公事！"

张去病探头一看，见丛林中走出三个金兵，王府管家花剌模同其中一人说话，又指了指秦员。那人抬高灯笼照了照秦员，才对身后的两个金兵道："放行！"张去病心想：这是谁人之墓？竟有金兵把守，是怕别人来盗墓吗？葬在墓中之人，难道是金国开国皇帝完颜阿骨打吗？

金兵放过秦员二人又躲入密林暗处监视。张去病一看旷地上没有物体可遮掩，跟上去必定被金兵发现。他心念一动，悄悄从旁边潜绕到三个金兵身后，出手如风点了三人昏穴，三个金兵闷哼一声都晕了过去。他扒下一个金兵衣服套在身上。回头一看，秦员二人已经走到古墓前。

他借树荫遮掩，绕到古墓近处凝目观望。奇怪，只见秦员二人走到墓前并不祭拜。那花剌模在墓碑前伸手一推，墓碑像一扇门缓缓打开，二人走入坟墓里去。张去病十分惊讶，纵身几个起落跃到墓前。他往碑上一看，碑上却空无一字。他小时候曾经听娘说过，唐朝女皇帝武则天墓前立了一块无字碑，那是因她想将功过是非留给后人评说，故不在碑上留下文字。此墓主人是谁？他为何也立一块无字碑？他满腹狐疑，一看那碑后有一条墓道，墓道两侧点着长明灯。他悄悄走进墓道内，墓道地面光滑似平常有人进出，他心中疑惑更甚。走到墓道尽头前面出现一间宽三丈、长四丈的墓室，摆放着几件生活用具，两把破椅和一张破桌，墙角有一口大水缸，旁边有两间放陪葬品的小石室。

只见那花剌模对着一间石室喊道："赵桓，有人来看你。"又转过头对秦员道："秦公子，小人出去守着，不让旁人进来打扰。"

张去病一惊：这古墓里有活人？这赵桓是什么人？他为什么被关在这古墓里！秦员又为何来见他？却见秦员摸出一锭银子塞到花剌模手上，道："有劳花管家了，这点银子不成敬意！"花剌模接住银子转过身来，张去病忙躲到大水缸后面，听得花剌模走出墓道，他才探头朝那石室里张望。

他藏身的水缸正巧对着那石室门，一眼便能将室内景况看清楚。只见秦员走进石室站立一侧，面对炕上坐着一人，长发披肩，双目微闭，衣衫破旧。突然间，只见秦员走上前两步突然在那人前跪下，对着炕上之人连连磕头，道："小民秦员，叩见先皇，恭祝先皇龙体安康！"

见这情景，张去病大吃一惊，心思急转：秦员称这人"先皇"？先皇，不就是先前的皇帝吗？大宋朝先皇，只有那徽宗和钦宗两个皇帝被掳到金国来。听说那徽宗已死，前些年议和成功，金国已将徽宗的灵柩同韦太后送还大宋。适才花剌模叫这人"赵桓"，眼前这个"先皇"，难道是被掳到金国的先皇钦宗赵桓吗？啊呀，没想到钦宗还活着……转念又想：秦员老远跑来拜见钦宗，这小子心里打什么鬼算盘？

他正寻思，却听炕上那人冷冷道："此地没有先皇，只有庶民赵桓。你起来吧。"秦员依旧跪在地上，道："小民来时，我爷爷吩咐小民，拜见先皇，一定要代他在先皇面前叩头谢罪。"说着又磕了几个头才站起身来。

那赵桓一怔，问道："你爷爷是谁？"秦员道："我爷爷叫秦桧，当年曾在先皇朝中当过大臣，有幸侍奉过先皇。"

赵桓似乎回想起来，道："你爷爷可是那御史中丞秦桧？"秦员道："正是。我爷爷是先皇驾前的御史中丞。"赵桓道："他为何叫你代他叩头谢罪？"

秦员道："我爷爷说，作为臣子，他当年没有护卫好先皇，使先皇蒙受靖康之耻，被金兵掳到这寒苦之地受辱，他难赎其罪！爷爷要小民对先皇说，他肝脑涂地，也一定想法子迎请先皇南归！"

赵桓淡淡道："难得你爷爷一片忠心，他现在朝中身居何职？"秦员道："蒙当今圣上恩典，我爷爷官居相位。"赵桓道："原来如此……你来见我，为了何事？"

秦员道："小民来见先皇，一是来探望先皇安康。二是来向先皇请一道圣旨。"赵桓道："我早已不在皇位，你来请什么圣旨？"

秦员道："我爷爷奉当今圣上之命，花费大量钱财与金国议和，已说动金国放先皇南归，殊不知朝中枢密使王庶等主战大臣七次上书，竭力主张同金国开战，金国皇帝闻听大怒，便撕毁送先皇南归承诺，害得先皇至今在金国受苦。王庶不除，金国皇帝怒气难消，便扣着先皇不放。小民请先皇下一道旨给当今圣上，杀了王庶，我爷爷方能早日迎请先皇南归！"

张去病一听秦员此言，气得七窍生烟。心想秦桧老贼为杀王庶，竟然挑拨离间将金国不放钦宗返宋，归罪到王庶头上，来骗赵桓下旨杀王庶，这一招也忒歹毒！

却听赵桓沉声道："王庶该杀！不过我已不是皇帝，说话只怕没人听了！"秦员答道："当今圣上也想除掉王庶，只是怕犯众怒。倘若先皇下一道手谕，当今圣上诛杀王庶便有尚方宝剑，群臣也无话可说了！"张去病恍然大悟，心想秦员这厮跑到金国来见赵桓，却原来是借刀杀人！

赵桓想了一想，道："好罢，我给你写一道手谕。不过管不管用，那可难说！"说时从炕桌上拿过纸笔，略思瞬间下笔写了起来。张去病一愣，寻思这赵桓怎的如此糊涂？秦员三言两语便说得他乱下圣旨，怪不得此人当皇帝落得如此下场！看见赵桓草拟手谕，他心中干着急却一点办法也没有。

赵桓写好手谕递给秦员。秦员一看大喜，只见手谕上写道："赵构皇弟：别来无恙！兄在金邦查得实据，那枢密使王庶勾结金人，欲引狼入室，盼吾弟查清王庶通敌实情，徐诛之！皇兄赵桓。"

秦员看罢，忙叩头谢恩道："小民拜谢先皇！有先皇这道手谕，那王庶指日可除，此乃大宋之福！小民还有一个不情之请，奏禀先皇。"

赵桓懒懒道："你还有何求？"秦员道："我爷爷为迎归先皇殚精竭虑，竭力与金国周旋，却遭奸臣谗谤，随时有罢官丢命之忧。小民心存孝念，欲请先皇降一道御旨保全我爷爷，让他完成迎请先皇南归重任，以报先皇当年知遇大恩！"

张去病一听，心道："秦员这厮好奸诈！不仅来借刀杀人，还想为秦桧讨一纸护身符，保护老贼狗命！"

赵桓似乎有些犹豫，沉吟一会儿才道："自古忠臣皆遭小人嫉恨，秦公子孝心可嘉！好，你爷爷是我大宋栋梁之臣。我写一道旨给你，让你爷爷收好，危难时出示当今圣上，看能不能起护身之用。"

赵桓说时拿过纸笔写了一张便条给秦员。秦员接过那便条一看，上面写道："赵构皇弟：秦桧功勋卓著，乃是我大宋朝之柱石，他若偶有失误，望皇弟宽容待之。"

秦员看了激动异常，颤声道："小民一家世世代代铭记先皇大恩！小民告退了。"说罢站起身来，躬着身子退出石室，疾步走进墓道。

张去病看得心下气恼，暗怨赵桓不辨忠奸，昏庸行事，活该被掳！他正兀自生气，忽见石室里多了一人。他凝目一看不禁大吃一惊，来人竟是完颜龙！只听完颜龙对赵桓道："你都照我吩咐办了吗？"赵桓下炕躬身道："都按你的吩咐办了。"

张去病惊讶地瞪大眼睛。心想：这一切难道是完颜龙设下的圈套？若是如此，秦员可是遇上一个厉害角色！

完颜龙又道："秦员那小子除了讨要杀王庶的圣旨，还向你说了些什么？"

赵桓道："他还索要一道圣旨，拿回去当作秦桧保命的护身符。"

完颜龙道："你写给他了？"赵桓道："想那秦桧对金国有用处，我便擅自写一张保命便条给他。"

完颜龙冷声道："秦员只说来讨杀王庶的圣旨，却没说讨什么保命符，这小子对我藏了一手，可恶！不过秦桧这条老狗对咱们金国还有大用，保着他的老命倒也不错！"

完颜龙说毕身形一晃倏地跃出石室，转眼之间便消失在墓道尽头。张去病望着完颜龙的背影，暗道："完颜龙武功不弱啊！"

他正想从水缸背后站起来，却见赵桓走到另一间石室门前突然扑通一声跪下，对着那石室里大声道："请圣上恕罪！微臣该死，微臣该死！"

这一幕让张去病看得目瞪口呆，脑子里一片混乱，这……这……是怎么回事？赵桓向谁跪下称呼"圣上"？那石室里的人难道是他父亲徽宗赵佶吗？咦？不对！几年前不是传闻赵佶死了吗？难道那传闻是假的？徽宗赵佶还活着吗？不，这也不对！石室里之人若是徽宗赵佶，赵桓也该自称"儿臣"才对，怎么会自称"微臣"呢？一时间他脑子里乱成一团。

便在此时，那石室内走出一个青衣人来。此人面皮白皙，眉眼修长，鼻直唇薄，项下蓄有短须，身上衣衫虽然破旧，昂然站立石室门前却隐然有王者风范。张去病细看那青衣人，年纪四十多岁，只比跪在地上的赵桓大几岁，决不像是赵桓之父赵佶。

只见青衣人走到赵桓面前，忽然一脚将赵桓踢翻在地。赵桓爬起来又跪在青衣人面前悲声道："只要圣上解恨，尽管打死微臣好了，臣下决无半点怨言！"

青衣人骂道："狗奴才，你坏我大事，我打死你，打死你！"青衣人对赵桓一阵拳打脚踢。一面打一面恨恨道："完颜龙前来威迫我为秦员写圣旨，我宁死不从，你却讨好那金狗，说什么你能模仿朕的字迹，竟敢冒充朕写圣旨给秦员。狗奴才，朕亡国亡家，已被天下人唾骂，你又让朕背上杀害忠良，庇护奸臣的骂名，遗臭万年！"

听见青衣人这番话，张去病才猛然省悟：跪着的赵桓是假冒的，这青衣人才是真的钦宗赵桓！那假赵桓跪在地上连连叩头，不敢申辩，不住说道："微臣该死，微臣该死！"

赵桓厉声道："狗奴才，你见朕是亡国之君，遭天下人唾弃，连我弟弟高宗赵构也不管朕的死活，你狗眼看人低，也敢来欺侮朕，是不是？"那人连声道："微臣不敢，微臣不敢！"

赵桓惨笑一声，道："哼，你不敢？你有什么不敢？自古以来，亡国之君个个不如猪狗！朕在你这内卫大臣陆安眼里，早已不算什么东西！可你受朕多年恩宠，怎么也会像一般趋炎附势奸臣般投靠完颜龙？你，你……怎能冒充朕乱下圣旨，往朕头上扣屎盆子？陆安，你这卖主求荣的奸贼！你……还有一点天良吗？"张去病这才听出，跪在地上之人叫陆安，原是赵桓的内卫大臣。

陆安抬起头来，头皮已叩破，额上流淌下鲜血，悲声道："圣上知遇之恩，微臣时刻不敢忘怀！在微臣眼里，圣上永是我大宋皇帝！微臣此生侍候圣上至死不渝，苍天可鉴！适才非是微臣大胆妄为，冒犯圣上，只因臣看见那完颜龙将刀架在圣上脖子上，微臣怕他一怒之下杀害圣上，才出此下策，请圣上息怒。"

赵桓骂道："陆安，你脑子是豆腐做的吗？金国将朕掳来做人质，完颜龙怎舍得杀我？他用刀架在朕的项上那是吓唬朕的手段，你上他的当了！"赵桓说时气得连连顿足。

陆安道："微臣心里也知完颜龙在使手段，但臣见圣上誓死不屈，微臣怕他气急败坏，失手伤了圣上，情急之下，微臣才使出此移花接木之计。"

赵桓忽然掩面大哭道："陆安呀陆安，从古自今亡国之君，哪一个不是落得惨死下场！朕能免得了暴死吗？朕与先皇徽宗被掳到金国受此凌辱，这是我们赵家遭到的报应呀！你……你又怎能救得了朕？"

陆安泣道："圣上千万别说遭报应！圣上，你这是悲不择言了吗？"

赵桓摇头道："陆安，非是朕悲不择言。朕自从被俘虏到金国常常想起一首词，常常梦见一个人！"陆安忙问道："圣上想起什么词，梦见什么人？"

赵桓忽然悲声吟道："春花秋月何时了，往事知多少。小楼昨夜又东风，故国不堪回首月明中。雕栏玉砌应犹在，只是朱颜改。问君能有几多愁，恰似一江春水向东流！"

陆安听得身子一震，颤声道："这是南唐亡国之君李煜的词《虞美人》！圣上，你常常梦见之人，便是那李后主吗？"

赵桓点头道："朕梦见那李煜到朕炕前，披头散发，满脸青紫，七窍流血，对朕狂笑道：'赵桓，你先祖赵匡胤当年将我毒杀，天道轮回，而今你也成亡国之君！天网恢恢疏而不漏，你赵氏终遭因果报应，落得同我李煜一样悲惨下场！'朕惊骇醒来，想起李煜之言便浑身发抖，手脚一片冰凉。"

陆安曾经听老人说，南唐皇帝李煜投降大宋后，常填词抒发亡国之痛，宋太祖赵匡胤听了大怒，命人在李煜酒菜里下一种古怪毒药。李煜吃后浑身抽搐，哀号不止，死得极惨。此时听赵桓说梦见李煜，才知他所说赵家遭报应是何意，不禁神情黯然。

听陆安劝慰道："圣上，我大宋还没亡，咱们还有南方半壁河山，那李煜不能同圣上相比！圣上要保重龙体等待出头之日，返回大宋。"

赵桓听罢，却放声痛哭道："陆安，这出头之日，朕是无论如何等不到了，朕活着之日，无论如何也不能返回大宋了！……回想起来，朕在兵临城下的危局中即位，朕年轻无能重用那蔡京、童贯等奸佞误国祸民，丢掉祖宗打下的半壁江山，丢掉皇位，害得父皇、母后、亲王和大臣被掳到金国受辱，害得天下百姓遭受金兵蹂躏，朕罪孽深重，百死莫赎啊！每至静夜想到这一切，朕便心如刀绞，身似油煎，生不如死！你说说，朕有何面目苟活在这人世上？朕已是一具行尸走肉，苟且偷生复又何益呀？"

赵桓哭得捶胸顿足，续道："金国皇帝将我君臣关押在这狩猎场古墓内，打猎时将我二人赶入鹿群如同猎物般追捕，朕几次欲趁机寻死，皆因有损大宋尊严，故苟活下来。今夜朕想激怒那完颜龙将朕一刀杀了，一死百了，免得再受辱受罪！陆安呀陆安，你，你为何又救朕啊？唉，唉，你叫朕生也不得，死也不得！"哭诉到此处，赵桓坐倒地上。

张去病一听才恍然明白：原来这大片树林旷地是金国皇帝围猎场地，金国皇帝将赵桓君臣关在坟墓里，围猎时将他二人赶进猎场当作猎物追捕取乐。听了赵桓这番哭诉，他不禁义愤填膺，怒火升腾。

陆安道："奴才愚蠢，不知圣上活着之日为何不能返回大宋？"

赵桓用衣袖擦去泪水，脸上忽然露出愤恨神情，道："朕若不死，我那皇弟赵构便永远不会发兵收复失地，更不会将我迎回大宋！"

陆安惊讶道："这是为何？"赵桓长叹一声，道："唉，因为我是先皇，又是他哥哥。陆安你想：赵构若出兵得胜将我救回去，我是先皇传位的正统皇帝，他若不还我皇位，我虽拿他无可奈何，但他会遭到天下人非议背上骂名。但要他把皇位还给我，他决计不肯的！唉，就算我回去放弃皇位，不与他争，他还会担心我搞阴谋复辟抢他皇位。陆安你想，我在赵构眼里是个大麻烦，他怎会救我回大宋？我想他心里是巴不得我早死，去掉心头之患，免得金国老用送我回去这一招要挟他！"

说至此，赵桓满目绝望，又道："陆安你再想，在那岳飞率军节节胜利打到朱仙镇，即将挥师进攻金国救我和父皇回宋的节骨眼上，赵构为何心急火燎一连发出十二道金牌将那岳飞召回？又为何迅速将他处死？他是害怕岳飞打败金兵将朕救回大宋啊！你想在朕活着之时，那赵构会发兵迎朕回国吗？决计不会的！"陆安想起历朝皇室为争夺帝位，兄弟相残之事屡屡发生，不由眼里露出绝望神色，欲再劝慰赵桓，却再也找不到话说。

赵桓又叹道："唉，朕只是万分痛惜那岳飞，此人文武全才，忠心耿耿，是我大宋栋梁。他一心精忠报国，奋力收复失去的半壁山河，欲迎回先皇和朕，雪洗靖康之耻，却被赵构与秦桧自毁柱石，阴谋杀害！唉，国无良将，我大宋危矣！"

听到此处，张去病对外公死因更深知一层。心想原来我外公、我爹、我舅舅都成了高宗赵构为保皇位的牺牲品！不禁心里透凉。

赵桓长长叹口气，又道："陆安，朕本生不如猪狗，早就不想活了！朕本想激怒完颜龙杀朕，令赵构失去偷安南方的借口，激怒大宋臣民逼他发兵收复祖宗基业，尽我这不孝子孙最后一点心力，不料你却自作聪明坏了朕的大计！"陆安嗫嚅道："微臣目光短浅，罪该万死！"

赵桓续道："你死不足惜！你怎能助完颜龙用反间计杀抗金大臣王庶？唉唉，最令朕气恼的，是秦桧竭力唆使赵构与金国议和，让我大宋每年向金国进贡二十五万两银子、二十五万匹绸缎，这是从大宋身上皮下抽肉，长此以往将耗尽国力，大宋只能任金国宰割，秦桧这是在亡我大宋！你竟然冒充朕给秦桧写一纸护身符！你！唉，你……"赵桓说到此处，气得讲不下去。

陆安忙道："圣上不必为此着急。秦员拿去那两道假手谕和圣旨不会害死王庶，只会害死奸贼秦桧！"

赵桓一怔，忙问道："真的吗？这是为何？"

陆安道："微臣侍奉圣上多年，知晓圣意。在写那假手谕和圣旨时偷偷做一点手脚，朝中大臣一看那假手谕和圣旨，便能瞧出破绽！秦桧不拿出则罢，倘若拿出来，大臣们便能识破，秦桧便会落得伪造圣旨的欺君大罪，难逃一死！"

赵桓追问道："你做了甚手脚？"陆安道："微臣故意将几个字写得与圣上笔迹有明显差异，朝中见过圣上字迹的老臣不少，谁都能看出来。"

张去病不由暗暗叫好："这陆安好厉害！那秦员远道跑来借刀杀人，他却将计就计用借给秦员的刀去杀秦桧，他这个借刀杀人之计，使得实在高明！"

赵桓面露喜色道："啊呀，此计甚妙！倘若你这计谋能将秦桧除去，陆安，你便为大宋去掉心腹大患，立下一件大功！适才朕错怪你了！你不怨朕吧？快快起来。"君臣二人从地上站起来，赵桓向前走了两步忽然站住，叫道："啊呀，大事不好！"陆安一惊，问道："圣上，何事不好？"

赵桓道："那赵构从小便是个死不认错之人，我知晓他脾气，即便有大臣认出那手谕和圣旨是假的，为了保住秦桧这个心腹亲信，他会咬死说那诏书是真的！他是皇上，他要说手谕和圣旨是真的，谁也论不过他。倘是这样王庶危也！"

陆安听了赵桓之言，犹如晴天霹雳，震得他两眼发呆愣愣站着，心想自己弄巧成拙，反倒害死王庶，不禁双泪长淌，悲声道："圣上，陆安只说是替大宋除掉奸贼秦桧，没想到画虎成犬反倒害了王庶，误了大宋！我，我……愧对圣上！"说到此处，他忽然一头朝墙上撞去。赵桓没想到陆安会突然寻死，惊得一时不知所措。张去病从水缸后跳出一把将陆安抱住，道："陆大人，不必如此！"

赵桓和陆安突然看见水缸后跳出一人都大吃一惊。见张去病身穿金兵衣衫，二人更是诧异。看守古墓的十几名金兵，他二人都见过，从未见过眼前这名金兵。赵桓忙问道："你是何人？"

张去病放开陆安，跪下道："启禀圣上，小人叫张去病，是岳飞外孙，张宪之子。"

赵桓一听又惊又喜，忙道："你是岳飞的后代吗？快快起来！"张去病站起来，陆安上下打量张去病，眼里闪过一丝疑惑，不放心问道："你说你是岳飞外孙，我来问你，那岳飞脸上可有什么印记？"

张去病一愣，道："陆大人问我外公脸上有何印记吗？"陆安点了点头。张去病头想了一想，蓦然想起小时，岳飞亲他脸蛋时，看见外公胡须里长着一颗痣，忙道："我外公胡子里长有一颗痣。"

陆安曾与岳飞有过数面之缘，他武功高深目光犀利，见过岳飞胡须里那颗痣。此时听张去病回答不错，才下放心来，对赵桓点了点头，二人对张去病有几分相信。

赵桓道："张去病，朕一听你这名字，便知你家人望你学西汉大将霍去病驱逐胡虏，还我山河！你说说，你为何老远跑到金国虎穴里来？"

张去病悲愤道："回禀圣上，小人一家遭秦桧陷害……"他一口气诉说了家人和自己的悲惨遭遇，又将秦桧当年给金国写下一封效忠密信，金国才放秦桧南归充当奸细之事说出来。赵桓一惊，道："真有此事吗？"

张去病道："此事，是小人亲耳听见秦桧对秦员说的，老贼派秦员来金国盗那密信，决无半点虚假！"

赵桓怒道："朕没想到，秦桧这个奸贼会坠落如斯！当年，朕还封他为御史中丞。唉，朕真后悔，那时没杀了此人，让他祸害我大宋！"

张去病道："小人到金国来是为了盗取那封密信，取得秦桧投降金国的罪证，洗清我一家人蒙受的奇冤，为大宋除去这个奸贼！"

陆安连声道："好，好！倘若张公子盗得秦桧判国投敌的密信，将那罪证公布天下，秦桧必死，王庶无危矣！"

赵桓咬牙切齿道："张去病，朕命你一定要盗出那封密信，除去秦桧这个奸贼！一来为你家人报仇，二来为国除害！"

赵桓说到此处心情激动，一挥手又道："昔年，西汉大将军霍去病将匈奴赶出大漠，朕望你继承你外公岳飞宏愿，精忠报国，收复大宋失地，直捣金国上京！你外公岳飞写过一首气壮山河的诗，你读过吗？"

张去病道："圣上说的是不是那首《满江红》？"赵桓摇头道："不是。那首《满江红》是词，朕说的是一首诗。"随即高声吟诵道，"雄气堂堂贯斗牛，誓将直节报君仇。斩除顽恶还车驾，不问登坛万户侯！"张去病离家时年幼，没听说过外公写的这首诗，但此时听赵桓一吟诵也不由豪气勃发道："去病一定秉承外公遗志：定要'誓将直节报君仇。斩除顽恶还车驾'！"

说到这里，张去病眼里闪动着泪光，道："圣上和陆大人被关在这古墓内受罪，去病看见君父受难不能不救，待我先救圣驾出去！"赵桓摇手道："去病，万万不可！"张去病一愕，道："圣上，为何不可？"

赵桓道："朕是有国不能归，有家不能回。你便是救朕出去，天下之大，已没有朕的立足之地了！"张去病听得热泪盈眶，心知赵桓说得不错。赵桓如逃走，金国和大宋皇帝都不会放过他。可他又不能眼睁睁看赵桓在此受辱，一时间叫他难以决断。

忽然间，只听赵桓朗声道："张去病接旨！"张去病忙跪下。赵桓撩起衣衫撕开一道口子，从内衬里取出一块黄绢展开，读道："奉天承运，大宋徽宗皇帝诏曰：国家危亡，社稷倾颓，望吾儿赵构接登大宝后，励精图治，力挽狂澜，出兵灭金以雪国耻，告慰列祖列宗在天之灵。钦此！"张去病有些发蒙，他听出这道圣旨是徽宗赵佶写给高宗赵构的，可是他不明白，钦宗赵桓为何要将诏书交给他。

却听赵桓道："张去病，此诏书为先皇临终时留下的遗诏，朕一直将它秘藏于身，只盼有朝一日托人带回大宋，向天下人公布先皇遗愿。冥冥中上天派你来见朕，朕将这封遗诏交给你。你把它带回大宋，寻机向百官宣读，逼那赵构出兵收复大宋江山！"赵桓说罢，对着张去病长揖到地，道："张去病，朕拜托你了！"张去病连忙跪下叩头还礼，道："圣上折煞小人了！"他接过诏书一看，只见诏书上的字一个个似金钩铁画，果然是徽宗赵佶瘦金体笔迹。

赵桓又道："此密诏关系我大宋兴亡，朕用性命保存下来，你千万不可遗失！快去吧，金兵要来查夜了，朕求神灵保佑你！"张去病小心收好诏书，又叩几个头，道："圣上保重！陆大人保重！"

便在此时，忽听有人喝道："胆大赵桓，竟敢私传密诏反我大金！"

张去病回头一看，是完颜龙去而复回。他急忙起身挡在赵桓面前，喝道："完颜龙不得无礼！"

完颜龙冷冷道："你叫张去病？"张去病道："不错，却又怎样？"完颜龙道："乖乖把密诏交出来！"

张去病道："哼，有本事你尽管来取！"完颜龙喝道："这有何难！"双臂一晃五指捏成爪朝张去病头顶插落。张去病忽然闻到一股腥风，立感一阵头晕，幸亏他避闪得快才未被熏倒。他退后几步凝目一看，只见完颜龙的五指乌青，犹如染了墨汁。

忽听陆安大声喊道："张公子小心，完颜龙使的是'毒龙爪'功夫！"

完颜龙再扑上来一连抓出两爪。张去病踏着"蹑云步"躲开，忙问道："陆大人，'毒龙爪'是什么功夫？"

陆安道："'毒龙爪'是大寒山'长眉老妖'独门绝技。这'毒龙爪'不惧刀剑，抓人能开膛破腹，爪上又散发致命毒气，端的厉害！公子千万别与他的毒爪相触！"

完颜龙看陆安一眼，诧异道："陆安，你这侍卫头儿还有点眼力，居然识得本王的'毒龙爪'神功！"

陆安道："这有何难？九年前，'长眉老妖'与关东大侠顾东阳比武关中，陆某见老妖使过这门邪功！"

完颜龙怒道："你敢辱骂我师父和本门神功，看本王收拾你！"说话之际一爪向陆安抓去。张去病急忙一掌拍向完颜龙后背，岂料完颜龙突然中途变招，转身一爪朝他前胸抓来。毒爪未抓到，张去病已觉恶臭袭面，呼吸一室，急忙缩身后跃。完颜龙猱身扑上又朝张去病抓出两爪。张去病不敢接招，东躲西闪，全然处于挨打境地。

陆安瞧见张去病不敌完颜龙，急道："张公子快走！"张去病道："圣上有危，在下不能走！"

陆安道："完颜龙不会伤害圣上，你快走！"张去病道："陆大人，完颜龙为何不会伤害圣上？"

陆安尚未作答，赵桓抢先大声道："金国要留着朕当人质挟制大宋。杀了朕对金国无益，完颜龙不会对朕下毒手。你快走罢！"

完颜龙冷笑道："小贼已是瓮中之鳖还想走吗？来人，快给我拿下这小贼！"一队金兵涌进墓道，阻断张去病的逃路。便在此时，陆安突然跳起一把将完颜龙紧紧抱住，大声道："张公子快走！"

完颜龙又惊又怒，转身道："陆安，你的武功没废？"原来陆安是武林一大高手。赵桓被俘后，他忍辱跟着赵桓到金国尽臣子之忠。完颜龙得知陆安武功了得，便以金国宽待赵桓为由，强逼陆安服下"化功散"废他一身武功，没想到此时陆安竟会拼死将他抱住。

陆安道："完颜龙，今日只要救得张公子，我这废人死了也值得！张公子，你肩负天下重任，快，快走！"

完颜龙一声狞笑，五指箕张朝陆安背上猛抓下。张去病扑上前去相救迟了一步，只听"咔嚓"一声响，完颜龙五个指头在陆安背上抓出一个大洞。一股血箭从洞口中喷出，陆安大叫一声，双臂仍紧紧抱着完颜龙不放。

赵桓吓得结结巴巴道："张，张，去病，快，快走！"

张去病眼含热泪迈开"蹑云步"冲入金兵之中，双掌疾拍，打出一条血路，如一阵风般冲出墓道。他奔过旷地一头钻进树林里，回头一望，金兵在后追来。他脱下金兵的衣衫扔下，径直往回城方向奔去。此时已是五更夜色茫茫。他奔到城下，看见城门紧闭，猛提一口真气攀墙而上。攀上城楼却见一名守夜哨兵靠在墙角打盹儿，他轻轻绕过哨兵纵跃下城墙直奔回客店。

他从后墙跃入院内，进入房中走到桌前端起茶水猛喝一口，想躺下歇息。忽又自语："不好，那完颜龙追回到城内一定会派兵四处搜我，我得赶快找个地方躲藏起来。我……藏到哪里去好呢？"他在房里转了几圈，嘴里叨念着："完颜龙，完颜龙……"

突然心念一闪，道："有了，我潜入完颜龙王府藏起来。完颜龙一定想不到我藏在他眼皮下。哈哈，那儿最安稳、最保险！"如此一想，他带上随身物件轻轻走出屋外。双脚一点跳上墙头，趁着夜色直奔完颜龙王府。

全城人尚在熟睡，四下寂静无声。他奔到王府近处，却见王府前厅灯火明亮。他心中诧异，纵身跃上王府墙外一株大树往府内望去，只见完颜龙站在院子里，在对管家花剌模说话："花剌模，你速去叫那秦员来见本王！"

张去病寻思：完颜龙回来得好快！他深更半夜传唤秦员又要做甚勾当？却见花剌模快步走出府门后，完颜龙在院里来回踱步，似乎在想心事。踱了一会儿走进厅内坐下，端起一杯茶慢慢品尝。张去病跳入王府花园内，小心潜到前厅花丛下藏起来，过了一会儿脚步声响起，秦员跟着花刺模匆匆跨入前厅，躬身道："王爷深夜传唤在下来见，不知有何吩咐？"

完颜龙道："秦公子，你可知张去病是何人？"秦员一怔，不知完颜龙为何问起张去病，忙道："回禀王爷，张去病是那岳飞外孙，张宪的儿子。"

完颜龙道："原来如此。你见过这小子吗？"秦员道："见过，王爷问他做甚？"完颜龙道："本王今夜见到了这小子！"

秦员一惊，道："王爷见到了张去病？"完颜龙点头道："本王还瞧见赵桓给了他一封诏书！"

秦员忙问道："王爷，那赵桓给了张去病什么诏书？"完颜龙道："像是一封命赵构发兵攻打我大金国的密诏！"

秦员诧异道："赵佶前些年不是死了吗，赵桓怎么会有他的密诏？"

完颜龙道："那诏书或许是他生前留下的。"秦员道："王爷抓住张去病了吗？"

完颜龙摇摇头道："可惜让这小子跑了！"秦员着急道："王爷快下令将张去病捉住，千万别让他将那诏书带回临安！"

完颜龙点头道："本王找秦公子来正是为了此事。眼下只有你我二人认得这小子。你与本王各带一队人马在全城仔细搜寻这小子，不能让他跑了！"秦员忙躬身道："在下听从王爷差遣！"心里却在寻思：张去病怎么会跑到金国上京来，又怎么会见到赵桓？难道那夜，这小子在秦府偷听了我爷爷的隐密，也跑来盗那封密信吗？如此一想，他着急道："请王爷速调人马，在下这就去捉拿张去病小贼！"

完颜龙道："好！"站起身来带着秦员疾步走出前厅，前往兵营调遣人马。张去病躲在花丛下将二人言语听得一清二楚，心道："你二人去城里瞎搜好了，小爷得找个地方睡一觉！"他四处张望，看见前厅门上悬挂着一块大匾，便纵身躲进匾后卷曲身子睡下。这一晚上他大半夜没睡觉，一头倒下便熟睡过去。

不知睡了多久，忽然被一阵嘈杂声吵醒，他睁眼一看天已大亮。只听人大声道："怪哉，搜遍全城都不见这小子踪影，难道让他溜走不成？"他听出是完颜龙的声音，又听见秦员的声音道："王爷，张去病小贼狡猾多诈，只怕他还躲在城里，暗中打什么鬼主意！"

完颜龙道："他打什么鬼主意？"

秦员道："在下担心他躲在城里寻机对大金国皇上下毒手！"

完颜龙摇头道："那小子武功不高。皇宫里高手众多，他若进宫行刺，那是自投罗网！"

秦员道："听王爷如此一说，在下放心了。不过有件事，小王爷还须严加防范！"

完颜龙忙问道："防范什么？"秦员道："王爷要提防这小贼窃取金国机密，尤其要提防他偷盗我爷爷写给大金国的密函。"

完颜龙道："秦公子不提醒，本王倒没想到这一层！我这就进宫禀告父皇，让文牍台官员将那些密函藏好！"

张去病听见秦员之言，心下奇怪。寻思秦员跑来盗取密信，为何要提醒完颜龙严加防范，这不是打草惊蛇吗？这厮又怎会料到我来盗信？是了，他定是怀疑我在秦府听见这桩隐秘。他宁可自己暂不盗信，也不让我将信盗走。这厮真可恶！

又听秦员道："在下斗胆进言：王爷须奏请大金国皇上多派些人守卫文牍台，方可万无一失！"

张去病一听"文牍台"三字，恍然大悟：心想：秦员叫完颜龙防范我盗密信，原来他是套完颜龙说出藏信之处……啊，这厮好狡猾！他事先将盗信之事栽在我头上，他若盗走密信，完颜龙丝毫都不会怀疑他！可是如此一来……他去盗信岂不很难吗？

忽听秦员道："王爷有何差遣，尽管吩咐在下为王爷效力。王爷如无差遣，在下今日便告辞回临安去了。"

完颜龙道："本王也没有什么差遣，秦公子回去后，请你爷爷尽快将那王庶除去！"

秦员道："王爷放心，在下手里有了赵桓这封诏书，那王庶指日可除。在下告辞了！"

完颜龙起身送秦员走出厅去。张去病心想：秦员今夜定会去文牍台盗信，我如何在他之前将那密信弄到手？他左思右想，躺在匾后闭目思索。好不容易挨到天色黑尽才从匾后跳下，蹑手蹑脚地走上一条小径。

忽然间，一阵酒菜香味飘来引得他食欲大动，才想起自己一天没吃东西，便迎着香味寻去。来一处侧院，跃上屋顶往下一看却是王府厨房，临窗桌上摆满鸡鸭鱼肉，几个仆人端着盘子往前厅上菜。他跳到窗下，趁厨子不备伸手进去抓出一个猪肘子，跃上房顶疾奔出王府。他一面奔向皇宫，一面啃肘子充饥。

奔行不久，夜空下显出皇宫幢幢殿影。奔到皇宫近前见皇宫戒备森严，他潜到宫墙拐角暗处纵身跃入宫墙，落到一棵大树下，却见一队武士从花园东头巡逻过来，他忙藏到大树背后。

武士走过去，他正想从树后走出，忽然有人朝大树走来。他一惊：难道被人发现了？正狐疑间，忽听那人走到树下停住，听见一阵哗哗声响，原来那人是到树下撒尿。等那人转身之际，他倏地出手将那人点倒，拔出那人身上的尖刀抵在他脖子上，低声喝道："想死想活？"

那人是一名卫士，忽被冰冷利刀抵在颈上甚是惊恐，战战兢兢道："想，想，想活。"张去病道："想活，乖乖带我去文牍台！"卫士连连点头道："是，是，小人给好汉带路。"

张去病提着卫士跃上房顶，尖刀仍不离卫士背心，道："不许说话，只许用手指路。"卫士抬手指指东南方向。张去病提起卫士奔去越过几重殿，卫士又指了指西北角一处小殿。张去病道："是文牍台吗？"卫士点点头。张去病道："你敢骗我，回来取你性命！"说罢手指往卫士颈下穴位一戳，卫士顿时昏过去。他脱下卫士的衣帽穿戴身上，潜到小殿近处观望。

见文牍台在一小院内。院里有花园和一条走廊通往一座小殿，殿门两边站着几名卫士把守。他游目四察看见花木丛中、假山背后、长廊拐角处，皆布有暗哨。小殿屋檐暗处和房顶上也埋伏有人。见戒备如此森严，他揣想：倘是秦员前来盗信，这小子会使什么法子？

忽然，走廊一头忽然传来脚步声。卫士喝道："什么人？"来人却骂道："瞎了你的狗眼，连本王都不认得了吗？"

那卫士惶恐道："小人有眼无珠，王爷恕罪！"来人却是完颜龙。完颜龙问道："有无可疑动静？"

那卫士道："回禀王爷，无有。"完颜龙道："加倍小心，出了事，我要你们脑袋！"

卫士道："是，是。"完颜龙走到小殿门口，两旁卫士向他躬身施礼。完颜龙摆摆手，喊道："完颜脱！"一个文官从小殿内走出，躬身道："王爷有何吩咐？"

完颜龙道："装密函的匣子藏好了吗？"

完颜脱道："回禀王爷，小人已将匣子藏在隐秘之处，准保万无一失！"

完颜龙道："你给我小心看守好，不可有丝毫大意！"说罢又四处看了看，便转身走出文牍台院子。

看见完颜龙走出文牍台，张去病心下寻思：文牍台守卫森严要进殿盗信极难。唯一办法是扮成卫士混进去，制住那保管密信的完颜脱逼他交出密信。转念又想：秦员此时尚未现身，我先下手来盗信，说不定让秦员暗中捡便宜！不如潜伏不动，看秦员如何动作，再相机行事。他正思量。忽然，一股烟火味钻进鼻孔，又听见一阵噼噼啪啪轻炸声，忽听得有人大声叫道："不好了，后殿着火啦！大伙快来救火啊！"

他转头一看，见后殿一团火焰升上夜空。心念一闪，暗叫道："不好！这把火肯定是秦员放的！这小子没法子进文牍台偷信便想放火焚毁罪证！这……这如何是好？"

没想到秦员会放火烧文牍台，他急得不知所措。秦员盗走密信或烧毁密信，结果都一样：可使秦桧摆脱金国要挟。密信烧毁，他却失去揭露秦桧投敌卖国的铁证，无法为家人伸冤报仇，这叫他如何不着急？

他正焦急，忽见完颜龙跳进院内大声命道："众卫兵，快！大伙赶快灭火！"卫士听见命令，纷纷从藏身处奔向后殿。完颜龙又喊道："完颜脱，快将那装密函的匣子交给本王！"

完颜脱答应一声从殿内跑出来，双手将一个小木匣子递给完颜龙。完颜龙拿着木匣快步朝院子门口走去。张去病看见完颜龙拿走密信木匣，松口气。他忙跃过一间房顶跟踪完颜龙，想趁其不备夺下密信。他刚跃到房顶，忽见一人挡在院子门口阻断完颜龙的去路。

只听那人大喝道："小贼站住！竟敢冒充本王来盗信，胆子不小哇！"张去病一看那人，大吃一惊，竟然又是一个完颜龙！朗月之下，院子门口站着两个完颜龙！二人一样的装束，一样的身材，一样的面孔。张去病心想：怎么会钻出两个完颜龙？这是咋回事？有一个完颜龙定是假的！却听那取走木匣的完颜龙也喝道："大胆贼人，你竟敢装扮本王爷！"这声音又粗又沙，不像完颜龙的声音。

那挡道的完颜龙怒道："张去病小贼你改变容貌，以为本王就认不出你吗？"张去病寻思：这挡道之人才是真完颜龙。那拿走木匣之人是假扮的完颜龙。这假完颜龙莫非是秦员易容装扮的？是了，完颜龙听说我要来盗信，以为这假完颜龙是我扮的便骂我，上秦员的当了！

假完颜龙笑道："小王爷好眼力，居然将我识破，张去病只好认栽了！"这假完颜龙说话声音粗糙，也不像是秦员的声音。张去病想此人若非秦员？那会是谁？或许是秦员有意改变嗓音，掩盖真相也未可知。

假完颜龙又道："小王爷，在下已取得密信，恕不奉陪！"

完颜龙冷笑道："哼，小贼且莫高兴！你打开木匣看看，密信在不在你手里？"

假完颜龙摇头道："完颜龙，你骗我打开木匣，好动手抢信是不是？大爷不上你的当！"完颜龙冷哼一声，从怀里取出一个木匣子，拿出一个油纸包着的牛皮信封对着假完颜龙晃了几晃，大声道："小贼你看，这才是那封密信！"

假完颜龙一愣急忙打开手上木匣，里面却空无一物。惊道："完颜龙，你几时将密信取走了？"

完颜龙得意扬扬道："张去病，本王爷料定你今夜会来盗信，原本想在你行窃时擒住你这小贼。没料到你这小贼放火调开卫士，还假扮本王骗取木匣。幸亏本王计高一筹早将匣里密信取走，才让你这小贼白忙一场！哈哈……"完颜龙说罢仰头大笑。

突然间，一个蒙面人从假山后跃出，一把抢去完颜龙手上密信。那蒙面人趁完颜龙得意忘形之际，抢他一个措手不及。待完颜龙惊觉，蒙面人已消失在屋宇背后。完颜龙惊得"啊哟"一声纵身去追那蒙面人。假完颜龙叫道："完颜龙，你不陪你大爷玩了吗？"大笑一声跟着追赶上去。

张去病看见蒙面人抢走密信，心下着急也拔腿去追那蒙面人。他跟着追出皇宫，看见那蒙面人如一个灰影在城中奔行，真假两个完颜龙一前一后紧追不舍，他跟着奔过几条街道。忽听一阵高亢尖锐的哨声响起，一声接着一声尖厉刺耳，远远传开去。张去病注目一望，见完颜龙拿着一个铁哨在吹，却不知他在发什么信号。那蒙面人疾速狂奔，毫不为哨音所扰。

假完颜龙在后面边追边叫道："喂，喂，完颜龙，你有种站住陪大爷玩玩！"张去病尾随三人追逐出里许，前方月光下忽然出现一个黑影，快如流星般地迎头奔来。他借着月光一看，奔来的却是一个黑袍人。

那黑袍人径直奔向蒙面人，企图将蒙面人截下。蒙面人看见黑袍人奔来拦截急转身向南逃去。黑袍人掉头紧追，他奔行快极，不一会儿便离那蒙面人越来越近。蒙面人奔到一株大树下突然停住脚步不再逃逸。不知为何，而那黑袍人追到树下也站立不动。奇怪的是，真假两个完颜龙追到近前也伫立不前。

张去病追到近处躲到一个土堆后探头看去，朗月之下，只见那棵大树底下坐着一位老僧。蒙面人站在老僧背后不住喘息，而那黑袍人却站在三丈开外，目不转睛地打量那老僧。真假两个完颜龙站在一旁，对眼前情景也困惑不解。

那老僧肩披金色袈裟，闭目打坐，似乎对面前几人浑然不察。张去病一眼认出老僧是吐蕃国师龙象法王。他回眸一看那黑袍人，不禁一惊。黑袍人是一个身材高大的老者。这老者面容枯槁，却目光如冷电，一对眉毛长约一尺，又黑又浓，从眼角耷拉到两腮旁边。嘴上胡须却又白又短，犹如一丛被割过的草茬，相貌甚是怪异。

张去病恍然想起完颜龙那夜去秦桧府见秦桧，坐在他身旁的长眉老者正是这黑袍人。却见完颜龙走到黑袍老者面前，指了指那假完颜龙和蒙面人，躬身说道："师父，这两人抢去我大金国机密文书，请你老人家将他们拿下！"

一听完颜龙叫那黑袍老者"师父"，张去病记起陆安说完颜龙师父绰号叫"长眉老妖"，是个极厉害的老魔。见这老者两道罕见的长眉，心想此人定是"长眉老妖"了。却听黑袍老者尖声尖气道："什么人如此大胆？难道他不知你是大寒山仙翁门下弟子吗？"

完颜龙道："他们明知我是你老人家的弟子，却不把你老人家放在眼里！"完颜龙编这句谎话原本是想激怒"长眉老妖"出手夺信。岂料"长眉老妖"只是哼了一声，道："哼，这两个小子不知天高地厚，徒儿，你上前去给我狠狠教训他们！"

"长眉老妖"脾气凶暴残忍，平日动辄杀人，此时却不动怒，令完颜龙心中奇怪。他抬眼看去，只见老妖嘴在说话，眼睛却在打量那树下的老僧。这才明白师父让他先动手，是看那老和尚如何动作。

完颜龙转过身对假完颜龙喝道："张去病小贼，叫你认识本王的厉害！"呼叱声中，他猛扑到假完颜龙面前，快捷无伦地抓出三爪。那人身子暴退开，躲避完颜龙的毒爪。他反手一勾一拿一锁欲将完颜龙的双臂折断。完颜龙双臂疾沉，毒爪向下去抓他腹部。张去病躲在土堆后凝神观看，他同秦员交过手，见识过秦员武功。这假完颜龙的招式与秦员的全然不同，身法也颇为大异。他想：难道秦员为瞒过完颜龙，连本门武功也藏而不露吗？

正疑惑，忽见完颜龙突然跃到半空，左右两爪一高一低朝那人头顶凌厉抓下。那人疾双掌一拍一劈，欲将完颜龙抓来的五指击碎。岂料他未拍到对方手指，忽觉一股腥风扑面，熏得他两眼发黑。在此瞬间"毒龙爪"已抓到他面门前。那人极凶悍，全不顾自己生死，双掌疾翻朝完颜龙的胸膛猛拍去。这种两败俱伤的打法竟然奏效，逼得完颜龙收手退开去。趁此瞬间，那人斜蹿出两丈开外。

那人颤声叫道："完颜龙，你使的是'毒龙爪'？"完颜龙得意道："不错，本王使的是'毒龙爪'神功！狗贼，你不是张去病！你是什么人？你既知厉害，快乖乖受死！"

张去病心中暗诧，不知完颜龙怎会识破对方。注目看去，只见完颜龙适才一爪从那人脸上揭下一张人面皮，露出一张瘦脸，腮长着一撮白毛。原来这假扮完颜龙之人是与秦员同行的瘦汉。张去病寻思：假完颜龙是瘦汉所扮，那个蒙面人又是谁？难道是秦员？倘是他，他命瘦汉装扮完颜龙去盗信，自己躲在背后伺机夺信，嘿嘿，他这'螳螂捕蝉，黄雀在后'的诡计使得漂亮啊！

瘦汉转头一看那黑袍老者，面色大变，叫道："'长眉老妖'！啊，他是'长眉老妖'！"

"长眉老妖"尖声尖气道："哼，我道是什么人扮我的徒儿，扮得如此惟妙惟肖，原来是你这'千面神偷'。小子你既然知道仙翁的厉害，还不自己了断，难道还要仙翁动手吗？"

原来这瘦汉名叫翟泰，是江湖上有名的神偷。只因他时常易容改装，行窃从不失手，武林人士便称他"千面神偷"。此次秦员用重金聘他来盗密信，二人精心安排下盗信的连环巧计，眼看密信到手，不料却招来了"长眉老妖"。

"长眉老妖"本名樊山阳，自称"寒山仙翁"。江湖中人恨他凶残歹毒，背后叫他"长眉老妖"。翟泰适才险些丧命"毒龙爪"下,蓦地想起传闻中的"毒龙爪"邪功,一看老妖那对长眉顿时大感恐惧。忙回头叫道:"法王快救我!这'长眉老妖'端的厉害!"

龙象法王两眼一睁,双目炯炯一瞥"长眉老妖",道:"阿弥陀佛!翟施主勿惊,你到我身后来罢!"翟泰向龙象法王身后走去,岂料才走出两步,"长眉老妖"忽然一掌拍出。便在同时龙象法王也朝翟泰拍出一掌,两雄浑掌力撞在翟泰身上,一撞即消失,一股恶臭却熏得翟泰两眼发黑扑通一声摔晕在地上。龙象法王一惊,他只道出掌将"长眉老妖"的掌力卸去,翟泰便安然无恙。岂料"长眉老妖"一掌拍来挟带毒气竟能伤人!

"长眉老妖"的"毒龙爪"非同小可。其毒来自一种叫"毒火龙"的怪物。这毒火龙长约三尺,身如蜥蜴,脚如蜈蚣,头似秃鹫,浑身赤红,以喷出毒气捕捉毒蛇毒虫为食。身上之毒非常厉害,一只毒火龙的毒能毒死数十人。这怪物常年栖息在大寒山千仞峰上,极难寻觅。"长眉老妖"经过千辛万苦捉住一条毒火龙,视若珍宝。每隔十日,老妖便捉一些毒物放在手掌上,引诱"毒火龙"对着掌心喷毒气,然后运功将毒气化入掌内。与人打斗时他用内力将毒气逼出,挟裹在雄浑掌风内,故能在几丈内取人性命。江湖中人提起"长眉老妖"无不皱眉摇头。

龙象法王缓缓站起身来道:"阿弥陀佛!大胆妖孽,竟敢在老纳面前伤人!"

"长眉老妖"尖声尖气骂道:"哪来的秃驴,见了仙翁竟敢口出不逊!快报上名号,仙翁不杀无名小卒!"适才他拍出一掌,龙象法王也拍出一掌,两股掌力一撞,他已知法王内力深厚,却不知这老和尚是何来头,故出言探问。

龙象法王道:"老纳乃吐蕃国师龙象法王。""长眉老妖"心中一凛。江湖上传闻龙相法王乃吐蕃国第一高手,没想到眼前这个貌不惊人的瘦小老僧竟是声名远播的龙象法王。

他怪笑一声,道:"原来是吐蕃国师,好,老仙念你初到大金国,不知仙翁威名,你们只要把盗去的密信归还,仙翁便不取三人性命!"

龙象法王道:"老纳听说,你这老妖残害生灵,早有除魔降妖之念,今日你送上门来,休怪老纳灭掉你这妖孽!""长眉老妖"气得大吼一声跃上半空,双爪齐发朝龙象法王头上抓落。张去病探头观战,只见龙象法王疾翻双拳迎敌,虽然身躯瘦小,但双拳一出,气度凝重,俨然一派宗师风范。两人拳爪相接只听"嘭嘭"两声,老妖身子斜飞落地,又后退一步方才站稳。法王却只是晃了晃,内力显然胜"长眉老妖"一筹。

"长眉老妖"暗惊,法王不仅内力比他深厚,且不惧他"毒龙爪"上散出的剧毒。他只道爪上的毒气不够浓烈。当下轻哼一声暗将内力聚于双掌上。刹那间,只见他一双手掌在月光下变得又黑又亮，如同刷上一层生漆，散发出阵阵恶臭，熏得站在数丈开外的蒙面人急忙向后跃开，摸出绢帕塞住鼻孔。

张去病躲在土堆背后闻到毒气直想呕吐，忙从衣襟上撕下一块布片塞进鼻孔内。忽然之间，只听啪啪啪啪啪声响，夜宿树上的鸟儿竟然被"长眉老妖"掌上发出的毒气熏死纷纷掉下树来。一条大蛇被熏落树下蜷曲几下便不动弹。张去病和那蒙面人看得心惊胆战。

龙象法王合掌道："阿弥陀佛！老妖，你练此毒功残害生灵，罪过，罪过！"

"长眉老妖"哈哈一笑，道："龙象法王，叫你尝尝老仙'毒龙爪'的厉害！"说时猛扑上前双爪抓向龙象法王。龙象法王运起吐蕃密宗"五龙神功"护体，施展本门绝技"大雪狂飙拳"与"长眉老妖"激斗起来。只见他一招一式刚猛无俦。每一拳打出数丈之内拳风激荡，犹如雪山崩塌声势骇人，"长眉老妖"的"毒龙爪"一点也占不到上风。

二人斗了三百多招，"长眉老妖"无法取胜，法王越斗越勇，拳法越来越猛，令他渐渐处于下风。他心中暗自诧异，不知法王为何一点不惧惮他掌上拍出的毒气。他不知法王已练成了金刚不坏之躯，刀剑不伤，百毒不侵，不惧他的"毒龙爪"功夫。久战不胜，老妖越斗越恼忽然大吼一声，猛然一阵急攻，"毒龙爪"上逼出的毒气越来越浓，凝成一团黑雾向龙象法王滚涌过去。龙象法王心中一凛。心想这老妖名不虚传，若非自己暗运"五龙神功"护体不惧他爪上剧毒，才与他斗了数百招。倘若换了旁人，只怕早已败在他的毒爪之下了。

"长眉老妖"见龙象法王在毒雾笼罩下却不慌乱。依然见招拆招，丝毫不惧。他心下更怒，大喝一声全力使出"毒龙爪"的"天龙二十八式"，双爪犹如两条毒龙连环抓出缠绕着法王又撕又咬。法王挥动双拳或击，或叩，或挑，或拨，或点，将老妖的狠毒招式一一化解。张去病正看得惊心动魄，忽听见完颜龙喝道："狗贼，快交出密信，本王饶你不死！"

他掉头一看，只见完颜龙向蒙面人扑去。原来完颜龙看见蒙面人无人庇护，心想正是夺回密信好时机便扑上去向那蒙面人一阵猛攻，蒙面人忌惮他爪上的毒气不敢放手对搏，只得东躲西闪。蒙面人与完颜龙周旋几招，突然虚晃一拳，掉头朝西南方向飞奔而去。完颜龙叫道："狗贼站住！"发足急追蒙面人，边追边喊道："狗贼你逃不了！"

张去病一看蒙面人携带密信逃逸，顾不上看龙象法王同"长眉老妖"打斗，忙紧跟二人身后追去。蒙面人奔下一个高坡，忽见前面出现一条河流挡住去路。他奔到岸边无路可逃，一时踌躇不前。完颜龙追到河边见蒙面人无路可逃，哈哈笑道："狗贼，这回看你往哪里逃！"

张去病奔到近处见两人对峙河边，忙闪进岸边的芦苇丛里悄悄向二人靠近。蒙面人思索瞬间，忽然大摇大摆向完颜龙走来。完颜龙一愣，不知蒙面人要什么花招，喝道："小贼要投降吗？好，只要你归还密信，本王不予追究！"

蒙面人冷笑一声取出那封密信，两手做了个要撕信的动作。完颜龙急道："且慢，你莫撕信，有话好说！"蒙面人对完颜龙挥了挥手，示意让完颜龙退开。

完颜龙无可奈何，只得缓缓后退。一面后退一面说道："你交还密信，本王保荐你在我大金国做官，你看如何？"

蒙面人摇摇头仍不说活，又向前走几步。完颜龙寻思：这厮难道是个哑巴？不对，哑巴听不见声音，他连连摇头分明听得见我讲话，不是聋哑之人。难道怕我听出他的声音，将他认出来？此人究竟是谁？会不会是朝中与我作对的大臣？他一时捉摸不透，又道："你不愿做官，那好，本王用金银珠宝与你交换此信。你说，你要多少财宝？"

蒙面人犹豫一下似乎动了心，点了点头。张去病瞧见蒙面人点头，心中诧异：此人若奉秦员之命来盗密信，怎会答应将密信换取金银珠宝？是了，这厮一定是个贪财之徒便不惜背弃秦员。这种人在江湖上比比皆是，不足为奇。

完颜龙道："阁下交还密信，要多少金银财宝，开个价来！"蒙面人缓缓移步走近完颜龙，张开五指一比画。完颜龙忙问道："五百两？"

蒙面人摇摇头。完颜龙道："五千两？"蒙面人又摇摇头。完颜龙道："你要五万两？"蒙面人还是摇摇头。完颜龙气恼道："难道你要五十万两？"蒙面人点了点头。张去病见蒙面人如此漫天要价，顿时明白蒙面人在拖延时间寻机逃走。

完颜龙哈哈大笑道："阁下狮子大开口！想狠狠敲本王一个大竹杠！哈哈哈……"他借大笑遮掩，手臂微动将藏在袖内的毒龙钉滑落掌心上。突然一扬手打出两枚毒龙钉，一枚飞向蒙面人前胸，一枚射向蒙面人拿信的手掌。岂料蒙面人早有防备，看完颜龙一扬手他亦打出两枚钢珠，砰砰两响，四枚暗器在中途相撞坠地。在这电光石火的瞬间，蒙面人从完颜龙身前飞蹿过去。

完颜龙狞笑一声双掌齐扬，十几枚毒龙钉打向蒙面人的背心。那毒龙钉长约一寸，钉上涂有毒火龙的剧毒，人若是被打中见血封喉，顿时毙命，实是江湖上最歹毒暗器。完颜龙打出一把毒龙钉欲置蒙面人于死地，以解心头之恨。

蒙面人蹿到中途，毒龙钉如雨点激射至后背要躲避已无可能。只听他惨叫一声，一头栽倒在张去病藏身的芦苇丛前，身子抽搐几下便不再动弹，手仍抓住那封密信。

张去病见密信近在咫尺，想上前去夺信，却见完颜龙站立不动。他想完颜龙为何不来夺信？其中有什么玄机？他忙按下抢信的冲动，静观完颜龙如何动作再伺机夺信。完颜龙看见蒙面人一动不动，过了一会儿才大胆走上前去，瞧见蒙面人衣衫被毒龙钉打破几个洞，哈哈大笑道："狗贼，本王叫你尝尝毒龙钉的厉害！看你还敢不敢敲本王的竹杠？"

他踢踢蒙面人的屁股，不见蒙面人有何动静，才放心弯腰去取蒙面人手中的信。突然间蒙面人睁开眼来，猛一张口吐出一粒钢珠直射完颜龙的眉心。完颜龙吓得魂飞天外，身子疾向后仰，慌乱中一掌打在蒙面人拿信的手上。蒙面人五指一松，油纸包着的密信飞上空中。这下变故兔起鹘落，张去病还没看清怎么回事，却见完颜龙已被蒙面人打倒在地，密信已飞上空中。他急忙从芦苇丛中跃起去抓那密信，手指尖刚触到密信，只觉手掌一震被一股雄浑力道震开，密信却被另一只手夺去。他大吃一惊身子落地定睛一看，抢去密信之人却是一个青袍老者。

青袍老者生就一双三角眼，目光炯炯，脸上生满紫斑，下巴上长着几根胡子，根根粗似钢针，模样甚是丑陋。老者拿着密信瞟了一眼，目光从张去病脸上扫过，又看一眼完颜龙和蒙面人，骂道："三个龟儿子为争一封破信，搅了老子的好梦！"

他转头对完颜龙道："你这龟儿子会使'毒龙爪'邪功，八成是'长眉老妖'的徒儿。哼，你这'毒龙爪'的道行还差得远！"

青袍老者看蒙面人一眼，又道："龟儿子，你使的不是中土武功，你可是摩尼岩上的魔教崽子？"他又偏头看看张去病，问道："龟儿子，你身法很俊啊，你是何人门下？"

张去病道："前辈恕罪，在下不便相告。"青袍老者哼了一声，道："你不说，哼，老夫也不稀罕听！"张去病心想你不稀罕听，为何要问？转念一想，这老者脾气古怪，密信在他手上，还是不惹恼他为妙。完颜龙和蒙面人看见张去病，都吃惊地"咦"了一声。

青袍老者又道："三个龟儿子为一封破信搅了老夫好梦，这封信可恶，待我将这封破信毁了！"

张去病和完颜龙齐声叫道："前辈不可毁信！"青袍老者冷声道："为什么不可？我老人家说毁它便要毁！"说时将手掌合拢，欲运内力将信捏碎。张去病和完颜龙大急，一齐扑向青袍老者。蒙面人却袖手旁观。青袍老者见二人扑来，手指弹出三缕阴风分别射向张去病、完颜龙和蒙面人。三人急忙闪身一躲，哪里还躲闪得及？只觉得腿上大穴一麻，再也行动不得。

青袍老者转动几下眼珠，道："三个龟儿子拼命争夺这封破信，说不定它有什么宝贝之处！待老夫瞧瞧，这信上有何秘密？"青袍老者打开油纸抽出信笺，在月光下展开来草草看了一通，又将信包好，连连摇头道："好臭，好臭！这破信上写一大堆拍金国皇帝马屁的臭话，臭不可闻！这算什么宝贝？"

他不知当年秦桧为了乞求金国放他南归，在信里大肆对金国皇帝摇尾乞怜表忠心，言辞阿谀奉承，写得肉麻至极，卑躬屈膝到令人不堪入目。青袍老者看罢信皱皱眉头，却对信上的内容浑不在意。转头问完颜龙，道："龟儿子，你为何争抢此信，老实说来，我便放了你。"

完颜龙见密信落到青袍老者手里心中暗急。心想此人武功很高，师父偏偏又被那龙象法王绊住不能前来相助，我只能用话暂时骗他一骗。当下道："前辈询问，我不敢不说。此信涉及我家隐私，是以我要将它夺回。"

青袍老者冷笑一声，摇头不信，又问张去病道："龟儿子，你又因何抢这封破信？你老实说出原委，老夫便将它给你！"

张去病忙道："前辈，此信乃是一件罪证，牵连一桩天大冤案。在下抢夺此信，只是为了将它拿到公堂上做证，为我一家人洗清冤情。"

青袍老者道："你家遭遇什么天大冤情？说给老夫听听！"完颜龙在旁喝道："张去病小贼，你休得胡说八道！"完颜龙听出青袍老者是巴蜀口音，知他是大宋国武林高手，担心老者知晓真相出手助张去病，情急之下便出语喝断。

岂料青袍老者一听"张去病"三字，双眉一抬忙问道："小子，你叫张去病？"张去病点了下头。青袍老者笑道："哈哈，很好，很好！"顿了一顿，又问蒙面人，道："龟儿子，你是什么人？为何藏头露尾争抢此信？"

张去病寻思：此人若是秦员，青袍老者揭穿他真面目，完颜龙必然同秦桧老贼反目成仇。当下抢先说道："前辈，他叫秦员，是大宋朝奸臣秦桧的孙子！"

完颜龙一听蒙面人是秦员，心头大震。起初一瞬间，他还不信张去病的话，但是转念一想，密信如同一柄利剑悬在秦桧头上，秦员盗密信是极可能的事。忙道："请前辈摘去这小子的面罩，看看他的真面目！"

青袍老者道："好，待老夫看看这龟儿子是啥子模样！"说着走上前去伸手扯下蒙面人脸上黑布面罩。张去病和完颜龙一看，只见一个三十多岁汉子的瘦脸露了出来，却不是秦员。

张去病认出这瘦汉，是当年同柯金龙去汤阴抓捕他家人的史乾，后来在"黑白二枭"的黑店里他又见过史乾一次，此时一看便将他认出。

青袍老者问道："你叫秦员吗？"史乾摇头一言不发。青衣老者冷笑一声，道："龟儿子装聋作哑，世上哪有哑子能听见暗器破空之声？适才这个龟儿子打出一把毒龙钉，怎么就没伤着你？这可有些古怪，待老夫瞧瞧是何道理？"

完颜龙也想：是啊，此人分明被我的毒龙钉打中为何安然无恙？青袍老者伸手撕下史乾身上的外衣。完颜龙望去，只见他贴身穿着一个厚皮囊护住前胸后背，几枚毒龙钉皆打在皮囊上，并未伤着皮肉。

青袍老者哈哈笑道："龟儿子，我道你有什么奇异功夫不惧'长眉老妖'暗器剧毒，原来如此！"青袍老者笑罢又道："三个龟儿子不讲真话，这封信上或许藏着什么武功秘籍，要不然便是什么宝藏秘密，你三人才会如此玩命争抢！你们不说实话，老子也懒得问了。看来不叫你们吃些苦头，你三个龟儿子不会吐露实情！"

三人听青袍老者说密信上藏有武功秘籍或财宝都哭笑不得。但他们又怕青袍老者得知密信极重要，持信要挟，三人都不愿说实话。青袍老者抬起手来，正要对完颜龙施酷刑逼问。忽然远处传来两声长啸，一声尖锐无比，一声却沉郁宏大。青袍老者偏头一听，骂道："他妈的深更半夜，'长眉老妖'鬼嚎鬼叫做甚？咦……另一声是何人所发？竟然有如此功力！龟儿子，一下来了两个硬手，莫让他俩坏了老夫好事！"说罢身形一晃抓起张去病蹿入河边的芦苇荡中。

啸声越来越近，转眼间两条人影疾奔而至，前面一人果然是"长眉老妖"，后面一人却是龙象法王。原来"长眉老妖"同龙象法王斗五百多招仍是不分胜负，心想法王拳法如此威猛，要打败法王只怕极难。他担心徒弟完颜龙有险，倏地跳出圈外，道："老和尚，这一仗你我不分胜负，老仙要去寻找徒儿，改日再比高低！"

龙象法王亦恐蒙面人遭遇不测，说道："好，改日老纳再收拾你这魔头！""长眉老妖"一声冷笑，纵身朝完颜龙追赶蒙面人的方向奔来。龙象法王却走到"千面神偷"翟泰面前，见翟泰仍昏迷不醒，便掏出一粒解毒藏药塞进翟泰嘴里，在他胸前大穴轻轻一拍，看见药丸滑下翟泰喉头，不等他醒来，便转身追赶"长眉老妖"。

二人奔到近前，看见完颜龙和史乾被人点了穴道，都吃一惊，各自上前替自己人解开穴道。"长眉老妖"问完颜龙道："徒儿，被何人点了穴道？"

完颜龙急道："师父，弟子被一个青袍老者制住，那老者将密信抢去了！"遂将青袍老者的容貌说了一遍。"长眉老妖"一惊，道："不好，此人是仙翁对头'巴山老鬼'！"完颜龙问道："师父，'巴山老鬼'是何许人？"

"长眉老妖"道："'巴山老鬼'名叫齐心元，十年前他以'三星七煞掌'同师父的'毒龙爪'打个平手。奇怪，这老鬼怎会突然出现在金国上京，难道是来找老夫寻仇？徒儿，他逃往哪里去了？"

完颜龙往河边的芦苇荡一指，道："他往河边跑了！""长眉老妖"道："快追，去把密信抢回来！"说罢伸出手臂携带完颜龙，纵身往河岸下游追。

看见"长眉老妖"师徒去追夺信之人，龙象法王和史乾也跟着追去。四人追到一处河滩上天色已明，只见河当中漂着一条小船，一个汉子船尾站着奋力划桨，船头坐着一人正在举杯喝酒。他身旁倒卧一人却是张去病。

完颜龙一看那青袍老者，忙道："师父，那'巴山老鬼'在船上！""长眉老妖"站在河滩上尖声尖气道："'巴山老鬼'，停住船，长眉仙翁上船来同你喝上一杯酒！"

"巴山老鬼"转头一看，骂道："'长眉老妖'，你龟儿子分明是老妖精，自封什么仙翁？你狗日的脸皮真厚！"

"长眉老妖"回骂道："'巴山老鬼'，你奶奶的，你是老鬼，我是老妖，咱们这对'武林二老'十年重逢，你奶奶的如此小气竟不请我喝杯酒！"

"巴山老鬼"道："'长眉老妖'你莫干扯，你想打架，老子今天没工夫陪你，想喝酒容易得很，我老人家赏你一杯便是！"说着手臂一挥将他手中酒杯掷上岸来。

小船离河岸约十丈远，那酒杯飞得不急不缓仿佛有一只无形之手托着送到岸上，杯中酒水一滴不洒。"长眉老妖"一凛，心想这老鬼功力比十年前更精纯了！待酒杯飞到近前，他叫道："好！吐蕃国龙象法王远道而来，老仙借花献佛，这一杯酒先敬法王，你奶奶的再给我一杯！"

他伸出手指往飞来的酒杯上一弹，酒杯忽然转了个弯子飞向法王。"巴山老鬼"骂道："龟儿子，你拿老子的酒做人情！好，看在你同我打过两架的分上再赏你一杯！""巴山老鬼"说时，又将一杯酒抛上岸来。

"长眉老妖"想拖住"巴山老鬼"寻机夺信。看见第一酒杯飞来，他心念一闪，寻思龙象法王也来夺信，何不与他联手对付"巴山老鬼"？遂将酒杯弹向法王。龙象法王微微一怔已明其意，道："出家人不饮酒，这杯酒还是回敬船上那位施主罢！"说时双掌一合一股劲力激射在那酒杯上，只见酒杯掉头向船飞去。亦是飞行平稳，滴酒不洒。"巴山老鬼"赞道："吐蕃喇嘛果然有两下子！"

他话音未落，"长眉老妖"却道："'巴山老鬼'，这酒太劣，还是你自己喝罢！"伸掌一拍将第二杯酒向他拍飞过来。两只酒杯一前一后挟带着雄厚内力飞向船头。"巴山老鬼"一看二人要同他斗内力，若与一人相斗他倒也不惧，但是要斗两大高手非吃亏不可。若不接招又失面子，情急之下不容多想，他只得将手中酒杯抛了出去。

张去病身上穴道未解开，躺在船上不能动弹只得斜靠在船上观斗。但见"巴山老鬼"抛出的杯子同法王拍来的酒杯碰到一起，两只瓷酒杯却不破碎，杯中的酒也没有半点洒出。"长眉老妖"弹回的酒杯飞来同这两只酒杯碰在一起亦不破不碎。三人各出一掌，凌虚运劲操控酒杯，三只酒杯依偎在一起挤挤挨挨，忽进忽退。不一会儿工夫，"长眉老妖"和法王的两只酒杯压得"巴山老鬼"的酒杯节节败退。"巴山老鬼"起身站立船头双掌齐出，将浑厚内力源源送出，他的酒杯方才将顶住挤压不再后退。

张去病看出如此斗下去，"巴山老鬼"支撑不了多久。他心中寻思倘若"巴山老鬼"斗败，自己不能动弹，要么掉进河里淹死，要么落到秦员或完颜龙手里也是必死无疑。又想纵是自己侥幸不死，密信让秦员手下人抢去，必定将密信毁掉。无论如何得想法子助"巴山老鬼"一臂之力。可是自己动不了，又如何帮"巴山老鬼"呢？一时间他心急火燎不知如何是好。

却听"长眉老妖"喊道："'巴山老鬼'，你一人斗不过我二人，若硬撑下去非死即伤！何不如交出密信保全你老鬼一世英名？""巴山老鬼"全力施为，无法说话。

忽听张去病大声说道："'长眉老妖'你骗人！巴山前辈若是罢手，你们抢了密信为绝后患，定对巴山前辈下毒手！你这番谎话连我都骗不了，又怎能骗过巴山前辈？"

"巴山老鬼"素知"长眉老妖"阴险歹毒，无须张去病提醒也知老妖在说鬼话。更何况三人若不是同时收回内力，谁先收功非受重伤不可。他此时骑虎难下，却又想不出脱困之策，只得拼命硬撑。

"长眉老妖"喝道："'巴山老鬼'，你要拼老命，仙翁便同龙象法王送你到地府去！法王，咱们合力毙了这老鬼！"法王点头应允，二人四掌齐出将汹涌内力送到两只酒杯上，把"巴山老鬼"的酒杯压得后退二丈。一时间"巴山老鬼"须发戟张苦苦支撑，身上布袍胀大如球，显是比拼内力到了危险境地。

眼见"巴山老鬼"的酒杯离船越来越近，张去病看着干着急却又帮不上忙。忽然之间"巴山老鬼"支持不住蹬蹬后退几步，一条腿碰到了张去病的脚。张去病不暇思索忙脚尖抵在"巴山老鬼"脚跟的"丘虚穴"上，将身上内力送过去。"巴山老鬼"忽然感到一股内力从脚下涌入，身子一震双脚顿时站稳不再后退。他心下大奇，不知何方高人在暗中相助，却不敢分神察看。只觉那内力源源不断传来雄浑无比，可是运功之人似乎不会驱使，只使出二三层内力。即便如此，也令他功力陡增，他大吼一声运劲反击过去，将法王和长眉老妖的两只杯子顶回去三丈远。龙象法王和"长眉老妖"大吃一惊，刚才看见"巴山老鬼"已到油枯灯灭之境，怎会突然内力大增？

二人急忙运功相抗。他俩哪知，"巴山老鬼"比他二人更惊讶，那输入他体内的内力精纯无比，隐隐然比他功力高出许多。他想同辈高手之中没有人有如此精深功力。当世高人中，或许只有少林和武当掌门人、魔教教主何野风才有此神功。他压根儿也没想到这功力竟来自他身后的张去病。此时，张去病身上任、督二脉尚未打通，还不能自如运用凌霄老人注入他体内的八十年功力。但他练习"禅音十八唱"已有时日，真气流转比先前大为顺畅，危情之下竟然将一股雄厚内力输入"巴山老鬼"体内连他自己都不知道。

见龙象法王和"长眉老妖"酒杯后退开去，张去病担心内力不继，轻声道："巴山前辈，他二人都想夺取密信，前辈借力打力同他们斗智，挑起他二人互斗一场！""巴山老鬼"一听，叫声："妙！"忙将内力一拨将酒杯往旁边挪开。如此一来，龙象法王的酒杯同"长眉老妖"的酒杯抵一起。他再一拨内力转动酒杯便同"长眉老妖"的酒杯压住法王的酒杯。法王不明究竟还道是"长眉老妖"突然变卦找他比斗内力，心中暗怒，全力施为将内力逼压过去。

"长眉老妖"急道："法王，莫上'巴山老鬼'的当！"龙象法王一怔，却听张去病道："'长眉老妖'你好阴险，你想挑拨龙象法王同巴山前辈拼斗，让他二人两败俱伤，你好捡便宜夺取密信，是不是？"

"巴山老鬼"一听，暗赞道："这小鬼头挑拨离间好厉害！"完颜龙在旁喝道："法王，休得听这小贼胡言乱语，我师父决无此意！"

张去病道："完颜龙，你师父适才偷袭龙象法王，怎瞒得过他老人家？你看，你师父酒杯还压住法王酒杯不放！"

"长眉老妖"几次遥控酒杯欲换个方位去压"巴山老鬼"的酒杯。"巴山老鬼"却不让"长眉老妖"的酒杯脱身。他二人内力本来在伯仲之间，按说"巴山老鬼"酒杯压不住"长眉老妖"的酒杯。可是此刻他身上注入张去病的真气功力大增。无论"长眉老妖"如何操控酒杯，总是挪不开"巴山老鬼"的杯子。他的酒杯同"巴山老鬼"酒杯老是压着法王酒杯。时间略长，龙象法王不由不信张去病的话，心下大怒双掌一摆，只见他那只酒杯忽然转了一个圈绕开"巴山老鬼"的酒杯，单独抵住"长眉老妖"的杯子。

"巴山老鬼"叫道："龙象法王，我来助你一把灭了这个老妖！"他双掌一送，掌力将酒杯紧紧顶住"长眉老妖"的杯子不放。眨眼之间变成了"巴山老鬼"和龙象法王一起斗"长眉老妖"。三股浑厚内力在三只酒杯上激荡，陡然间只见三个杯中蹿起三根酒柱，犹如三条水蛇缠斗在一起，相互撕咬，那情景极为诡异。"长眉老妖"抵挡不住，遥控酒杯连连后退。

"巴山老鬼"道："'长眉老妖'，你狗日的赶快认输，我老人家便饶你这一回！"张去病轻声道："巴山前辈由他二人去拼斗，咱们趁机赶快走！"

"巴山老鬼"心想张去病说得不错，此刻正是脱身良机，趁着龙象法王与"长眉老妖"专心搏力，他倏地收回内力，叫声："船夫，快划船！"船夫奋力划动木桨，小船在河上疾行起来。"长眉老妖"一看大急，道："法王快住手，'巴山老鬼'带着密信跑啦！"

龙象法王看见小船行出数丈远，双掌猛送将他遥控的酒杯拍向划桨的船夫。"长眉老妖"叫声："好！"也将他那只酒杯拍去打船夫的桨，两只酒杯挟着骇人破空声飞来。"巴山老鬼"骂一声："两个龟儿子！"右手抓起酒壶抛向法王的酒杯。左手脱下鞋子扔向"长眉老妖"的酒杯。只听"砰"的一声震响，酒壶飞去同法王的酒杯撞得粉碎。又听"啪"的一声鞋子飞去撞在"长眉老妖"的酒杯上，杯中之酒如雨洒在船尾。

"巴山老鬼"叫道："吐蕃喇嘛、"长眉老妖"，你二人联手对付老子一人，不要脸！"他骂声未绝，忽见船夫尖叫一声，一头栽进河里。"巴山老鬼"一惊，瞬间明白"长眉老妖"弹飞来的毒酒洒在船夫身上，船夫中毒栽进河去。

小船无人划桨骤然停下。龙象法王和"长眉老妖"顺手拔起河边芦苇扔向小船，二人功力深厚，一丛丛芦苇掷去贯透内功，如铁矛飞刺过来。"巴山老鬼"双臂疾挥，将飞来的芦苇打掉在河里。

"长眉老妖"道："'巴山老鬼'，你奶奶的！仙翁和法王就这么给你喂招，看你能挺多久！"

张去病看得焦急，"长眉老妖"和龙象法王不断拔起芦苇打来，一则会耗尽"巴山老鬼"的内力，二则会将小船打破。他想去划船，身上的穴道尚未解开。忙道："巴山前辈，快替在下解开穴道，我去划船！"

"巴山老鬼"道："小娃娃，此刻我老人家腾不出手，待我想个法子！"说时忽见一丛芦苇飞来，他起脚一拨将芦苇拨飞向张去病身上被封的穴位。岂料准头稍偏，仍未解开张去病的穴道。便在此时又四五丛芦苇飞向他周身上下。忽听张去病叫道："巴山前辈，不好，船漏水了！"

"巴山老鬼"回头一看，船身被一丛芦苇打穿个洞，忙道："小娃娃，快把洞堵上！"

张去病道："我身上穴位没解开，手脚仍动不了。""巴山老鬼"全力御敌无法分身。张去病不能动弹，不一会儿便灌进了小半船水。张去病半身泡在水里，忽然间灵机一动，高声叫道："'长眉老妖'、龙象法王，小船沉入河里，密信可就会被泡烂！你二人还要不要密信？"

那密信如同秦桧的生死符，金国掌握密信便是握着秦桧的老命，秦桧就只能乖乖听金国差遣，完颜龙怎会听凭密信毁掉？一听张去病说密信会在水里泡烂，完颜龙急忙对"长眉老妖"道："请师父住手，别将那船打沉！"

听见完颜龙的喊声"长眉老妖"停下手来。史乾却对龙象法王喊道："法王快将小船打沉，将那密信毁了！"龙象法王又拔起芦苇朝小船打去，完颜龙大怒道："师父快阻止法王！""长眉老妖"转身一掌拍向法王，法王舞动芦苇反击。完颜龙上前助战却被史乾拦住，四人顿时在河岸上打斗起来。

张去病一句话便挑动岸上四人打斗，"巴山老鬼"赞道："小娃娃，你厉害得很哪！"他本来张口闭口骂人"龟儿子"，适才张去病助他摆脱险境，不由得对张去病客气起来，改称他："小娃娃。"

张去病道："谢前辈夸奖，咱们快想法子逃走！"

"巴山老鬼"喝道："小娃娃胡说，老夫闯荡江湖数十年，你去打听打听，'巴山老鬼'几时做过夹尾狗逃跑？"张去病没想"巴山老鬼"如此死要面子，忙改口道："前辈息怒，恕在下无知。小船将沉，咱们要化险为夷实在是太难，在下不该出这个难题为难前辈！"

"巴山老鬼"冷笑一声，道："小娃娃，你莫用激将法激我！老夫显点小本事给你瞧瞧，叫你知道我'巴山老鬼'的神通！"

"巴山老鬼"说时伸手一抓提起张去病跳到船尾。右脚尖一挑将船桨挑飞到手里。双脚踏在没破洞的船沿上，用力压得漏水的半边船身高高跷起，船中之水一下哗啦啦倒进河里。只见他以身子为舵，单手舞动船桨飞快在两边划动，小船如离弦之箭向下游驶去。

张去病赞道："前辈的功夫着实了得！""巴山老鬼"呵呵笑道："这点小把戏，对老夫来说不算稀奇！"

他二人正对答，忽听完颜龙叫道："不好，'巴山老鬼'跑了！师父，咱们快追！"岸上四人一看小船划走都罢手不斗，拔脚沿着河岸追来。小船驶出一程远处河面出现一座桥。张去病忙道："前辈，快将船划到对岸！"

"巴山老鬼"道："咱们不同那几个龟儿子玩了？"张去病道："不玩了。他四人在岸上奔得比船快，待会儿他们先奔到桥上，咱们驾船过去可有些不好玩！"

"巴山老鬼"道："小娃娃言之有理！"双腿一拨，小船猛然掉头驶向对岸。小船到得岸边，"巴山老鬼"提起张去病跳上岸。张去病道："前辈，在下要撒尿，请为在下解开穴道。"

"巴山老鬼"伸手在张去病身上轻轻一拂，张去病身上经络一震，手脚如松绑一般，忙跑到一边草丛中去撒尿。撒完尿刚提上裤子，突然一粒石子飞来打中腿上的"环跳穴"，身子一麻又被制住。他知是"巴山老鬼"做的手脚，回头问道："前辈为何又封住在下的穴道？"

"巴山老鬼"道："你这娃娃鬼精灵得很，解开你的穴道，老夫有些不放心。嘿嘿，还是将你制住保险！"

张去病道："适才在下与前辈同舟共济，一同对敌，前辈还信不过在下？"

"巴山老鬼"道："小娃娃，你莫绕着弯子要老夫记你的情。你帮过我，老夫记得住。不过，你这娃儿对我大有用处，老夫不能让你溜了。"说到此处他侧耳一听，道："不好，四个龟儿子追来了！"一伸手提起张去病钻进一片树林中。林内光线十分暗淡，"巴山老鬼"似乎对这片林子十分熟悉，在看似无路之处能找到路径。他提着张去病走出里许，林中出现一块空地长着一丛丛灌木。"巴山老鬼"带着张去病走到一丛灌木旁，伸手扒开灌木枝条，灌木后露出一个树枝架成的入口，便挟着张去病钻进去。里面却是一间隐蔽极好的住所，地上放有锅碗，还铺有稻草。

张去病道："前辈，这是你的居所吗？""巴山老鬼"摇头道："这是药农上山挖人参的歇脚处。"张去病道："前辈，你要带在下去哪里？"

"巴山老鬼"道："小娃娃莫多嘴多舌，快喝下这碗水！"张去病张开嘴，"巴山老鬼"喂他喝下，对他做个手势低声道："有人来了。"张去病从灌木缝隙看出去，只见"长眉老妖"同完颜龙快步走来，两人一边走一边东张西望。

完颜龙道："师父，你说'巴山老鬼'会往哪个方向逃走？"

"长眉老妖"道："这个老鬼精得很，行事不依常理，我看南面林子稠密人难通行，说不定老鬼逃往南面树林里。"二人说着疾步走进南面树林。

再过一会儿，又有脚步声响起，龙象法王和史乾追来。二人走入空地四下观察，史乾心焦道："法王，夺不到那封密信，我，我将会大祸临头！"

龙象法王诧异道："史施主何出此言？"史乾忙道："法王莫要见怪，在下并非史乾。"

龙象法王一愕，道："你不是史施主？你……你是何人？"史乾说着伸手从脸上揭下一张人皮面罩，一个年轻人的面孔露了出来，却是秦员。

法王一怔，道："原来是秦公子，老纳竟没将公子认出来。"

秦员道："法王见谅，在下为瞒过那完颜龙不得不如此改容。幸亏神偷翟泰的易容术高超，他为在下制了这张酷似史乾的人皮面罩才将那完颜龙骗过。只是在下夺到手的密信却被那'巴山老鬼'抢去，那密信若是落到张去病手里将坏我爷爷大事！"

张去病窥见眼前情景，暗自惊叹道："秦员这厮太有心计了！为骗过完颜龙，他先是在脸上蒙上黑纱，让人觉得黑纱巾后面是他的真面目。"巴山老鬼"扯下他的面纱，我便认为他真是史乾，却不知在史乾假面皮下才是他真面容，我和完颜龙都让他骗了！"

却听龙象法王道："阿弥陀佛！公子勿忧，咱们追上那'巴山老鬼'将信夺回便是！"秦员道："只是不知'长眉老妖'和完颜龙往哪里追去了？"

法王道："待老纳听听。"说罢闭目聆听一瞬，睁开眼道："他二人的脚步声向南追去，咱们快追上去！"说时伸手携着秦员迈步疾追。

"巴山老鬼"等到二人去远才带着张去病钻出藏身之处。他将张去病挟在腋下，回头往河边走去。张去病道："前辈，咱们返回河边去做甚？"

"巴山老鬼"喝道："小娃娃不许多话！"张去病悄悄做个鬼脸不再吭声。一会儿工夫，"巴山老鬼"带着张去病奔到河岸上。小船已沉到河里，二人无法渡河，"巴山老鬼"便提着张去病奔向下游的木桥。

两人过了木桥，"巴山老鬼"仍提着张去病快步奔行。他一边奔走，一边自言自语道："哼，想追踪老夫，那两个老东西还差得远！"张去病被"巴山老鬼"提着奔行极不舒服，说道："巴山前辈，请为我解开穴道，在下随你去便是！"

"巴山老鬼"道："你愿意随老夫去？这是为何？"张去病道："实话告诉前辈，在下随前辈去，是有打算的。""巴山老鬼"道："什么打算？"

张去病道："在下随前辈去，是想得到前辈手里那封信！""巴山老鬼"摇摇头，道："你这娃娃鬼心眼多，想骗老夫那可不成！"

张去病道："我怎敢骗前辈？前辈想想，适才我为争夺此信不惜以命同那二人相拼。此信对我太重要，只要能得到这封信，我为何不随同前辈前去？"张去病说的是实话，他到金国就为盗取密信。此刻密信落在"巴山老鬼"手中，无论如何他要从"巴山老鬼"手里将信拿到才罢休，与"巴山老鬼"同行正是他求之不得之事。

"巴山老鬼"道："嗯，小娃娃这句话，像是真话。"张去病又道："再说，前辈若老是制住我不放，让武林同道看见，那将会大大折了前辈的威名！""巴山老鬼"一怔，问道："这是为何？"

张去病道："旁人定然会想：对付一个后生小子，巴山大侠如此大费手脚，这可同他老人家威震天下名头不相符啊！"

"巴山老鬼"道："小娃娃你莫往我脸上贴金，老夫不是什么大侠小侠。不过此话说得也有几分道理。"

张去病看见"巴山老鬼"的心思松动，又道："再说嘛，前辈的武功在武林中数一数二，你老人家便是解开我的穴道，凭我这点微末功夫又怎能逃得出你手掌心？你老人家若要制住我，还不是手到擒来，又费得了什么吹灰之力？"

他这几句奉承话说得"巴山老鬼"乐得眉开眼笑。"巴山老鬼"摸摸稀疏的胡子，笑道："小娃娃，你给老夫戴高帽子，老夫听着很受用。老夫的武功在武林中虽不敢说数一数二，但也不算差。要制住你这小子自然是不费什么吹灰之力！不过，嘿嘿，老夫还是不能为你解开穴道！"张去病奇道："这又是为何？"

"巴山老鬼"道："你这娃娃肚子里鬼花样多，嘿嘿，老夫不得不防！"先前在船上，张去病出点子为"巴山老鬼"解危，他知张去病心思机敏，对他确有些不放心。张去病看见"巴山老鬼"软硬不吃，也不再说话任凭"巴山老鬼"带着他奔行。

"巴山老鬼"携带张去病奔出不远，见前方道上有三骑金兵打马驰来。"巴山老鬼"停下脚步站立道中，双脚一叉挡住去路。三骑金兵的马奔到近处看见一个老者挡在道上，腋下还挟着一个人，皆是一愣。一名金兵喝道："老东西快滚开！"

"巴山老鬼"忽然仰头怪叫一声，叫声犹如惊雷炸响，震得张去病两眼直冒金星，头里嗡嗡乱响。幸亏他体内蕴藏深厚内力才没被震晕。三名金兵经受不住，一齐栽下马背昏迷过去。"巴山老鬼"急伸手抓住一匹马将张去病放到马背上，然后跃上马鞍，坐在张去病身后抖动缰绳，催马继续朝北奔去。

奔驰一阵，张去病脑子里嗡嗡声才消失。他兀自寻思这老鬼使的什么音功？一声怪叫便能伤人！忙问道："前辈，刚才你一声怪叫震昏三人，那是什么功夫？好厉害啊！"

"巴山老鬼"得意道："那是老夫的独门绝技叫'鹤鸣震天功'！"张去病又问道："前辈，'鹤鸣震天功'是什么门派的功夫？"

"巴山老鬼"道："小娃娃，天下有三大音功，你可知晓？"张去病道："在下不知道，请前辈指教。"

"巴山老鬼"道："一是少林寺的'金刚伏魔吼'，二是魔教的'玄秘心音'，第三便是我这'鹤鸣震天功'！那'金刚伏魔吼'是佛教神功，'玄秘心音'是魔教的邪功，我这'鹤鸣震天功'却是道教的仙功！"说到此他得意至极，又道："小娃娃，我这音功既是仙功，那自然是厉害！"

张去病寻思：原来少林寺的"金刚伏魔吼"和魔教的"玄秘心音"与他这"鹤鸣震天功"合称天下三大音功。他这"鹤鸣震天功"比起那金如尘的"玄秘心音"和少林方丈的"金刚伏魔吼"，又大不相同，威力也着实不小！又道："前辈，那'金刚伏魔吼'和'玄秘心音'两门功夫，在下前些日子在少林寺见识过。"

"巴山老鬼"忙问道："小娃娃，你是说那金如尘大闹少林寺，你看见他同少林寺方丈弘无大师比试音功？快说来听听！"

近两个月来，金如尘大闹少林寺之事江湖上传得沸沸扬扬。此时一听张去病提起此事，"巴山老鬼"欲知详情便忙询问。张去病遂将金如尘如何同少林寺神僧比掌法，比指功，比音功之事大略说了一遍。"巴山老鬼"听得神往，叹道："可惜，可惜！"张去病道："前辈可惜什么？"

"巴山老鬼"道："可惜老夫当时不在场。要是老夫在场，我用'鹤鸣震天功'斗一斗少林寺的'金刚伏魔吼'和魔教的'玄秘心音'……"

两人在马背上说着话，那马又奔驰三十里地，天色渐暗，道旁有一家简陋小店。"巴山老鬼"将张去病提下马背，大步走进店内。

一位中年妇人迎上前来，看见"巴山老鬼"模样狰狞，手上提着个人，心中害怕，颤声问道："客，客官……住店吗？"

"巴山老鬼"道："要一个房间，上些酒菜，给马匹喂些好料！"那妇人提心吊胆将他二人领进一间房里，赶快走门出去。"巴山老鬼"把张去病放在凳上，手指在他身上轻点两下，为他解开被封闭的穴道。张去病站起来伸伸手臂，动动腿脚，体内血气方才渐渐通畅。一个中年汉子送来吃食。两人吃罢晚饭，"巴山老鬼"在炕头闭目打坐，张去病倒下便睡。这几日他大缺瞌睡，须臾便鼾声如雷。

次日清晨，张去病被"巴山老鬼"拍醒。他坐起身来看见炕桌上放着两个馍和一碗面汤，旁边有个空腕，看来"巴山老鬼"已经吃过。他也不客气抓起馍馍咬上一口，端起面汤便喝。"巴山老鬼"等他吃罢，叫店主装上一些馍馍路上食用，带着张去病走出店门。

张去病跟在"巴山老鬼"身后小心提防，不让"巴山老鬼"再使点穴手段。却听"巴山老鬼"道："小娃娃，这平原上一览无余无处藏身，你乖乖与我同行，莫打歪主意！"

张去病道："是，是，我决不打什么歪主意，你老人家放心好了。"两人仍同乘一匹马奔驰。张去病不知"巴山老鬼"带他去何处，也懒得问，心想便是问，"巴山老鬼"也不会说。一路上他在暗自寻用什么法子，才能得到"巴山老鬼"的手里密信。行得半日前方出现一片莽莽大山。"巴山老鬼"看见打马飞奔起来，张去病不知"巴山老鬼"为何突然疾奔，也不多问。那马奔驰许久才奔到大山脚下。山下有一条小河，河底鹅卵石清晰可见，山峰倒映在河里，鱼儿在水里游来游去。"巴山老鬼"和张去病在河边坐下，二人取出馍馍啃起来。张去病吃了三个馍后，蹲下身去捧起河水喝。忽觉腿上"伏兔穴"和"环跳穴"又一麻便跌倒在河滩上。他情知又着了"巴山老鬼"的道儿，回头问道："前辈又为何点在下穴道？"

"巴山老鬼"道："老夫要带你小子上山，山上树林繁密极易藏身，怕你小子趁老夫不留神偷偷溜了！"张去病哼了一声，寻思这老鬼心眼多，我要从他手上拿到密信只怕不易。

"巴山老鬼"将张去病放上马背上，自己牵着马蹚水过河。那河面不宽，不大一会儿工夫二人到了河岸。"巴山老鬼"舍弃马匹，提起张去病往大山上奔去。他提着一人登山，登山速度仍异常快捷。大约半个时辰，他们登上一座高峰，又穿过一片密林，峰顶上出现一个大湖，湖水沉碧波光潋滟，白云朵朵倒映湖中，一群白天鹅在湖边游弋，景色极美。

湖心耸出一大块巨石，石上建有三间小木屋。"巴山老鬼"将张去病放在湖边，伸手轻轻一拂解开他身上被封穴道。张去病站起身来看见湖心有三间小木屋，心想这木屋是老鬼的住所吗？湖边不见渡船，他如何去那湖心木屋呢？

他转过头来，却瞧见"巴山老鬼"在湖边低头查看地面。他跟着望去，见湖边沙土上有几个脚印走到前面的岩石处便消失了。"巴山老鬼"神色凝重道："不好，有人到湖边来过！"

又朝湖的四周望望，不见有何异样，便对着湖心吹起口哨来。口哨声忽长忽短，三起二停节奏时快时缓，欢快跳跃。张去病心想老鬼吹口哨干什么？莫非那木屋里有人，吹口哨叫人划船来接我们吗？如此一想，他两眼望着木屋，看什么人从木屋里出来。

看了一会儿，木屋里并无动静。他正纳闷，却见屋下湖面涌起一阵水波，一团黑乎乎的东西向岸边缓缓浮来。他心下诧异，看不清什么东西在湖里游动。待那东西越游越近，他才看清是一只巨龟在划水。那巨龟背大如石桌，上面长满长长的绿毛，四条腿在水中缓缓划动，背上绿毛在水中轻轻漂浮宛如一大团水草浮动。他头一回看见如此大的巨龟，不禁看得呆了。

巨龟游到岸边，扬起头来顾盼"巴山老鬼"，似乎在打招呼，憨态可爱。"巴山老鬼"上前轻抚巨龟头，随手将一样食物放入巨龟嘴里，道："神龟前辈，有劳大驾了！"

张去病愈加奇怪，"巴山老鬼"在人前开口闭口总是自称"老夫"，此刻却称巨龟为"前辈"，语气是那么恭敬有加，这是为何？巨龟似乎通晓人意，张了张嘴发出一声轻哼，四肢划了几下，掉转过背来对着他二人。"巴山老鬼"拉着张去病轻轻跳上龟背，巨龟载着他二人朝木屋游去。

张去病道："前辈，你为何称呼这龟叫'前辈'？""巴山老鬼"道："你这娃娃真烦人，什么都要问！这有什么好问的？这龟活了一千多岁，年纪比我大得太多，我不叫它前辈，叫它什么？何况，它还救过老夫的命哩！"

张去病一听更觉稀奇，忙问道："这龟救过前辈的命？真的吗？""巴山老鬼"道："什么蒸（真）的煮的，那可是千真万确之事！那一年老夫被仇家追杀……"张去病插嘴道："前辈的武功如此高强，什么仇人能追杀你？"

"巴山老鬼"道："我那仇家大有来头，他隐居在这长白山上，人称'长白老怪'。"张去病嘻嘻一笑。"巴山老鬼"问道："你笑什么？"

张去病笑道："完颜龙的师父叫'长眉老妖'，前辈你叫巴山老……那个……嘻嘻！"

"巴山老鬼"道："你莫吞吞吐吐，我叫'巴山老鬼'，你只管说，老夫不生气！"

张去病道："是。完颜龙的师父叫'长眉老妖'，你老人家叫'巴山老鬼'，你那仇家又叫'长白老怪'，倘若还有一人叫什么老魔，嘻嘻，你们四人岂不是凑成了四个字……"

"巴山老鬼"眼睛一瞪，问道："凑成哪四个字？"张去病道："在下不敢说，怕惹你老人家生气。"

"巴山老鬼"冷冷道："你想说凑成'妖魔鬼怪'四个字，是不是？"

张去病怯怯地点下头。"巴山老鬼"道："你这娃娃孤陋寡闻，这四个字哪还用凑？武林中早有了！"

张去病一愣，问道："前辈是说，武林中已有四人合称'妖魔鬼怪'？""巴山老鬼"点了点头。张去病忙问道："那位被称为什么老'魔'的人，又是谁啊？"

"巴山老鬼"道："此人叫西门看花，人称'阴山老魔'，潜居在阴山。还真被你小子说中了，江湖中人将我们四人合称为'妖魔鬼怪'！不过，老夫同他们三人可不是一路货色。他三人在江湖上穷凶极恶，老夫却是名门正派中人！"

张去病没有想到武林中真有四人叫作"妖魔鬼怪"。续问道："前辈，你既是名门正派中人，别人为何给你取这么个吓人的绰号？"

"巴山老鬼"道："这都看不出吗？你看老夫这张脸，吓人不吓人？"张去病点头道："怪吓人的。"

"巴山老鬼"道："这就是了。也不知是哪个龟儿子嘴坏，见老夫长得丑陋，他娘的，便胡乱给老夫取这个外号，竟然在江湖上叫开了！"

张去病又道："巴山先生，你说那'长白老怪'追杀你，那又是为什么呢？"

"巴山老鬼"道："嘿，你这娃娃什么都要打听！不过，说给你听也无妨。那一年，老夫无意间在一座古墓中得到半张寻道成仙的密图。那图上标有吕洞宾仙人修炼的密洞。小娃娃，你知道吕洞宾吗？"

张去病点点头。"巴山老鬼"续道："他是唐朝的八仙之一。图上说洞内绘有他成仙飞升的心法。可惜那幅图不全，只留下半幅。老夫根据图上所指，从四川一路追寻到金国来。按照半幅图所绘的山形寻至这长白山下。岂料来到这长白山，图上便没有了线索。老夫在这大山四周找两个半月毫无头绪。有一日，老夫看见一位老者也拿着半幅图寻来。我寻思，老者手里那半幅图，会不会是我这幅的另一半？我暗中跟踪他，想找机会将那半张图夺到手，不料竟然让他发现，我两人言语不和便动起手来。一动上手，我才知他便是久闻其名的'长白老怪'。

"那时老夫神功还未练成，打斗中，我右肩头中了老怪的'灵蛇千幻指'，一只手臂抬不起来便逃进这山里，'长白老怪'想夺我手中这半幅密图便穷追不舍。我逃到这湖边再无去路，只得又同他打斗，却被他一掌打掉下这湖中。"张去病惊得"啊哟"一声，忙问道："后来呢？"

"巴山老鬼"道："老夫掉进湖里身子直往下沉。湖水深不见底，冰寒透骨，似有一股无形力量将我往湖底拉扯，我只道自己要葬身湖里。突然间身子被一物托住不再下沉。只觉那物托住我缓缓游动，后来老夫便失去了知觉。待我醒来时，却发现自己躺在湖心礁石上，身旁伏着这只巨龟……"

张去病道："原来是这龟救了前辈一命，怪不得你称它'神龟前辈'！后来那'长白老怪'前来寻衅没有？"

"巴山老鬼"道："怎么没来？我知道他为得到那半幅图定会找人来打捞我的尸体，我便找个地方隐藏起来。第二日，老怪果然找来两个水性好的人下到湖里打捞我。那二人潜到湖里整整搜寻一日找不到我的尸体，'长白老怪'无奈才死了心走了，以后再没来找我。"

张去病道："前辈在湖心修筑木屋居住，不怕那'长白老怪'再来吗？"

"巴山老鬼""哼"了一声鼻音，道："哼，老夫可没这么傻！老怪走后，我在大山深处秘洞里苦练一门神功，三年后终于将'三星七煞掌'神功练成，我才在这湖心建屋居住等那老怪再来，好报当年之仇！嘿嘿，老怪若是再来，老夫这次叫他有来无回！"

张去病又道："前辈适才在湖边瞧见脚印，是不是怀疑那'长白老怪'来过？"

"巴山老鬼"道："那几个脚印，不知是老怪留下的，还是上山打猎的猎户留下的，老夫可不能大意！"

两人闲聊一会儿，巨龟游到木屋下面。"巴山老鬼"警惕地瞧瞧木屋，不见有何动静才拉着张去病跳上平台。脚一落到平台上，他身形疾闪在木屋前后飞快奔了一圈，见无人埋伏，又绕到三间木屋前遥拍三掌，震开三扇木门注目查看，亦不见屋内有人埋伏，才放下心来。回头一看那巨龟尚未离去，正翘首望着他。"巴山老鬼"走到木屋旁的花钵前从一株矮树上摘下两片巴掌大的叶子喂进巨龟的嘴里。巨龟咽了几下才沉下湖底。

"巴山老鬼"走进三间木屋细查看，室里摆设也没人动过，才放心喊道："小娃娃，进屋来！"

张去病道："是。"走进屋去，只见屋内摆设简单，一张木桌，两张椅子，几个碗碟和几件炊具。"巴山老鬼"坐在一张椅子上，道："小娃娃，我这木屋建在湖心当中无有渡船，你想逃是逃不掉的。乖乖在此住下莫打歪主意！"

张去病应道："是。"心中却想：密信不到手，你老鬼便是赶我走，我也不走，我又怎么会逃？

"巴山老鬼"又道："这屋里有米有面，有酒有肉，你给我烧饭来吃！"说毕起身走到另一间木屋里去。张去病随"巴山老鬼"奔波一日，此时也饿了，便走到炉灶旁拿些面粉和好，在灶上放一口小铁锅，又拿几块木柴塞进灶膛里，点燃火煮了两碗面疙瘩端到"巴山老鬼"的屋里。

老鬼不挑食，端起面食走到门口，从屋檐下摘下两个干辣椒就着面疙瘩吃起来。张去病生长在北方从不吃辣椒，他听说四川人喜食辣椒，却从未见过谁这么生吃辣椒。看见"巴山老鬼"一口咬下半截辣椒在嘴里嚼得津津有味，他觉得头皮发痒。不敢再看，便端起自己的面吃起来。二人吃罢晚饭，"巴山老鬼"扔给他一张虎皮和一张熊皮，道："小娃娃，拿去睡吧。"

"巴山老鬼"说完话转身出去。张去病把虎皮铺在圆木地板上，躺下后将熊皮盖在身上，耳里听湖水拍打巨石的声响，一时睡不着，便在思谋如何从"巴山老鬼"手里拿到密信，想了一会儿才呼呼睡去。

第十一章　历险

次日醒来，阳光已射进木屋。他走出屋外一看，只见"巴山老鬼"盘腿坐在平台上迎着朝阳潜心练功，两股白气缠绕在他脸上模糊了面目。张去病不敢惊扰老鬼却又无事可做，也跟着盘腿坐下默默温习所学过的武功。

二人练一会儿功，忽听"巴山老鬼"道："小娃娃，你过来。"张去病不敢怠慢，忙起身走上前去。"巴山老鬼"道："坐下来。"张去病依言坐下。"巴山老鬼"道："小娃娃，你真叫张去病？"张去病点下头。"巴山老鬼"又道："你外公真是岳元帅？"

张去病道："真是。""巴山老鬼"道："老夫听说你外公、你爹、你舅舅三人都被那秦桧奸贼害死，是吗？"

张去病两眼一红，咬牙切齿道："可不是嘛！我的三位亲人都被那秦桧奸贼害死了！"

"巴山老鬼"又道："你想为他们报仇吗？"张去病激动道："在下日夜都想，恨不得将秦桧老贼碎尸万段，为我家人报仇！"

"巴山老鬼"道："你想拿老夫手里这封信，去揭穿秦桧给金国当奸细的罪行，为你一家人报仇吗？"

张去病忙道："是是，请前辈将密信给我，成全在下为家人报仇的心愿，在下将感恩不尽！"

"巴山老鬼"道："好说，好说，老夫把密信给你便是。"张去病一听，心头大喜，瞬间又心生狐疑：老鬼怎会如此爽快答应？这可有些不对劲！半信半疑道："前辈真的将信给我吗？在下谢谢前辈！"

"巴山老鬼"道："别，别，你小子先别谢！这信不是白给你，你得拿一样东西来换。"

张去病心想老鬼给我密信，果然另有打算。忙问道："前辈叫我拿什么东西换？""巴山老鬼"道："达摩石！"

张去病一下愣住。他朝思暮想为家人报仇，若得到秦桧叛国投敌密信，便能扳倒秦桧，得报大仇，他心里十二万分想要那密信。但要他用达摩石换取密信，有违凌霄老人遗言却又让他犯难。

他不愿用达摩石换密信，又想得到密信为家人报仇，怎么办呢？一时间他不知所措。发愣瞬间，他发狠想道：秦桧老贼密信我非要弄到手不可，达摩石也不给"巴山老鬼"！无论是软磨硬泡还是诓骗偷盗，总而言之，我非从他手里将密信拿到！

"巴山老鬼"看见张去病神色犹豫，问道："怎么？小娃娃舍不得达摩石？"

张去病笑道："不是啊，我是在想，前辈说的达摩石是什么石头，我好去买来同前辈交换密信……"

"巴山老鬼"哼道："小娃莫装傻！你舍不得拿达摩石换信，咱俩这笔买卖就做不成了！"

张去病道："前辈，不是在下舍不得，是我没有达摩石。我若有达摩石，定会毫不犹豫拿它换取秦桧密信。"

"巴山老鬼"冷笑一声，道："哼，满江湖人都知道达摩石在你小子手里，你怎骗得了老夫？"

张去病道："江湖上传言是以讹传讹，前辈受他们骗了！没有的事！达摩石人人想争夺，我年少无能，就算碰巧得到达摩石也早被人抢去了！前辈你想是不是？"

"巴山老鬼"一双小眼睛翻了两翻，道："好，好，你没有达摩石。"说时忽然一掌拂到张去病身上。

张去病没料到好端端地说话，"巴山老鬼"会突施袭击，想要避闪哪里来得及？掌风袭体，只听乒乒乓乓几声轻响，有什么东西掉在地上，身子却未感疼痛。他低头一看，见上身衣襟被"巴山老鬼"掌力震破，肚子露了出来，怀里揣的两锭银子、药瓶、铁娃娃、易容锦袋统统滚落平台上。不禁惊道："前辈你，你……这是干什么？"

"巴山老鬼"不搭理张去病，手掌在平台轻轻一拍，盘着腿的身子飞落那些东西旁边。他拿起银子仔细查看，见无异状，掂掂每锭银子重量，轻重亦无异样。他放下银子，又将药瓶拿在手上观望。大约觉得瓶子小，藏不下达摩石便将它放到一边。随手捡起易容锦袋，将袋内东西倒出来，一看也没有什么石头在内。然后便拿起那铁娃娃仔细端详，先是扭扭铁娃娃的头，又动动铁娃娃的胳膊腿。达摩石就藏在铁娃娃的腹中，张去病心中大急，看见"巴山老鬼"拿着铁娃娃摆弄，生怕他瞧出秘密机关。

他灵机一动，忙道："前辈，在下身上没有什么宝贝，只有这丁点银子和这铁娃玩偶。前辈若是喜欢，我拿这玩偶和银子同前辈换那封信，好不好？你拿着密信毫无用处，一文不值，前辈可拿这玩偶给你孙子玩耍。前辈若嫌银子少，日后我发财，再送更多钱财给前辈，在下说话一定着数！""巴山老鬼"听张去病要拿铁娃娃和银子同他换信，心想达摩石没藏在这铁娃娃身上，要不然，他怎肯拿它同我交换密信？

张去病又央求道："前辈，求求你将就换吧！你想要达摩石，我日后若是得到此石一定送给前辈，我决不食言！"他越央求"巴山老鬼"，老鬼越断定达摩石没在铁娃娃身上。他放下铁娃娃和银子，冷冷道："老夫不稀罕你这些破玩意儿！"

说时一把抓到张去病身上，张去病顿觉浑身凉飕飕的，低头一看不由得满面通红。只见身上衣裤皆被"巴山老鬼"抓下，身子赤裸，忙蹲下去提起裤子。忽觉双臂一麻，又被"巴山老鬼"点中穴位，急道："前辈，你这是干什么？"

"巴山老鬼"笑道："我老人家要看看，你将达摩石藏在哪里！"笑罢，拿起张去病衣衫翻看一会儿，又查看张去病裤子可藏有物件。来回翻看几遍皆一无所获，不免有些失望，喝道："小娃娃老实说，你将达摩石藏在何处？"

张去病恼道："请前辈为在下解开穴道，让我穿上衣衫，我才说！""巴山老鬼"道："好！"伸手为张去病解开穴位。张去病赶忙穿上衣裤。"巴山老鬼"道："快说。"

张去病摇头道："说什么？在下没有达摩石，拿什么来藏？"又道，"在下不明白，前辈武功如此之高，还要达摩石做甚？"

"巴山老鬼"道："小娃娃不懂，达摩石上藏着《九宫伏魔经》神功，老夫得到达摩石练成达摩石上武功，便可将仇家一个个除净！"张去病捡起银子、铁娃娃、药瓶、易容锦袋揣进怀里，道："前辈有什么仇人？"

"巴山老鬼"道："老夫有几个仇家，那'长白老怪'便是其中一个。当年那一掌之仇至今未报，常叫老夫耿耿于怀！"顿了一顿，又喝道，"你小子别把话岔开，达摩石究竟藏在何处？快些说出来！"

张去病道："在下真没有达摩石！"话音未落，"巴山老鬼"倏地一把抓来。此次张去病早有防备，急忙扭身一闪。"巴山老鬼"一把抓空，不由一愕。他前几次出手都是轻而易举将张去病制住，这一次却失手。一愕之间，他又抓出一把，只道这一把必将张去病捉住。岂料张去病右步一滑，又从他手下巧妙躲开。

"巴山老鬼"不由"咦"了一声。适才他抓出这一把是"三星七煞掌"中的一招，名叫"隔云摘星"。出手既快又准，纵是一流高手躲避也难，却让张去病轻易躲过，叫他怎不诧异？

他冷哼一声，道："好小子，原来你藏而不露！好，我老人家倒要看看，你在老夫手下走得了几招？"他说时，一连快捷无伦地朝张去病拍出三掌。张去病踏着"蹑云步"东一躲，西一闪，身子如狂风摆柳，将"巴山老鬼"这三掌一一避开。"巴山老鬼"看见张去病身法之轻灵，步法之奇幻，不由暗下喝彩。心想这是什么轻功？老夫怎么没见过？又抢身上前，右掌连拍，右手疾抓，快愈闪电般出手六招。这六招皆是"三星七煞掌"的妙招，第一、二招叫"北斗倒悬"，第三、四招叫"天王逆风"，第五、六招叫"牛郎揽月"。这六招中，右手三掌专攻敌人身上要害。左手三抓专朝敌人避闪之处抓去，实是极妙功夫。

张去病眼见这六招从四面八方攻来，心中一慌，步子稍缓，前襟被"巴山老鬼"抓去半幅，总算他修习"蹑云步"日久，应变极快，迈出一步"凌空虚渡"，才从"巴山老鬼"掌下躲闪开去。"巴山老鬼"心中更惊，平日他使出这六招，纵是江湖上成名人物也很难全身而退，没想到却让张去病全都避开，实属罕见。

张去病惊出一身冷汗。这一惊吓，反倒使他想起蹑云步法"动若乘风，静若飘雾"的要义，立时镇静下来。他迈开"蹑云步"法同"巴山老鬼"周旋起来。"巴山老鬼"几次出掌眼看要得手，却总是差之毫厘，皆让张去病逃逸开去。他又惊奇又纳闷，细观张去病身姿步法，动如行云流水，纵似仙子御风，奇妙至极！"巴山老鬼"寻思：这小子从哪儿学来如此奇妙的功夫？忽然，一个念头闪进他脑子里：莫非……这小子使的是达摩石上的武功？啊呀，我赶快捉住这小子问个明白！

"巴山老鬼"出手越来越快，张去病的"蹑云步"施展得越来越妙。危境之下，他总能绝处逢生，将"巴山老鬼"攻击尽数化解。"巴山老鬼"看见张去病步法变化万端，妙不可言，他心痒难耐，忍不住停住手，问道："小娃娃，你使的可是达摩石上的功夫？"

张去病停住脚，摇头道："不是。""巴山老鬼"心想：若不是达摩石上的功夫，天底下哪有这种神仙御风似的轻功？喝道："你小子撒谎！"

张去病道："我没骗前辈！""巴山老鬼"行走江湖数十载，从未见过如此神奇功夫。寻思这不是达摩石上的武功，那又会是什么功夫？这几年江湖上传言说张去病得到达摩石。此时看见张去病施展"蹑云步"法异常奇妙，"巴山老鬼"便疑心是达摩石上的功夫。他想：不知这小子还学了达摩石上什么奇妙功夫，老夫诱他施展出来瞧瞧，然后将他擒住，逼他说出达摩石藏在何处，不愁得不到达摩石！

如此一想，"巴山老鬼"道："小娃娃老是躲闪，有什么味道？来来来，出手同我老人家对打！"

张去病何等聪慧，一听"巴山老鬼"怀疑他使的是达摩石上的武功，便知"巴山老鬼"想看这门功夫的究竟。他想这老鬼不识师父传给我的功夫，以为是达摩石上的武功，我趁机同他打个赌，看能不能将密信弄到手？心念闪过，忙道："我不敢同前辈对打。"

"巴山老鬼"问道："为什么？"张去病道："不为什么。""巴山老鬼"道："你别害怕，老夫不伤害你。"张去病道："前辈不伤害我，我也不敢同前辈对打。""巴山老鬼"道："那又是为何？"

张去病道："我怕惹前辈生气。""巴山老鬼"道："你怎会惹老夫生气？"张去病连连摇头道："我同前辈过招，便是对前辈不敬，怕惹前辈生气。"

"巴山老鬼"道："老夫不生气就是了！"张去病道："前辈不生气，在下也不敢同前辈对打。除非……"

"巴山老鬼"问道："除非什么？有话爽爽快快说出来，莫吞吞吐吐！"张去病道："除非……除非前辈同在下赌一把。"

"巴山老鬼"生性好赌，一听张去病说赌一把顿时勾起赌瘾，眉开眼笑道："小娃娃也好赌吗？你说，赌什么？"

张去病道："我以达摩石下落下注，前辈用那封信下注，在下若侥幸胜得前辈一招半式，前辈便将那封信给在下！"

"巴山老鬼"一听惊讶地瞪大眼睛，道："你小子说什么？你要同我老人家比武打赌？小娃娃，你想要密信想疯了吗？"张去病道："是啊，我是想疯了！前辈敢不敢同我打这个赌？"

"巴山老鬼"看了看张去病，见他脸上一本正经，奇道："小娃娃，你别以为你会一门脚底抹油的功夫，便可不知天高地厚！这个赌可是你叫打的，输了可别对外人说我以老欺小，抢走你手中达摩石！"

张去病道："前辈放心，在下决计不说。在下若输了，便告知前辈达摩石的下落。"

"巴山老鬼"大喜，心想这小子想那封破信想昏了头，竟想同老夫比武打赌！老夫将这破信作赌注，三拳两脚打败这小子，让他说出达摩石藏在何处岂不大值！如此一想，"巴山老鬼"答应道："好！小娃娃，你若胜得一招半式，老夫便将那破信给你！"

张去病提出赌斗，心下已经暗暗盘算好。适才他看了"巴山老鬼"的"三星七煞掌"十分精妙，确是武林中厉害武功。但同"太极阴阳掌"相比却有所不及。他想若以"太极阴阳掌"与"巴山老鬼"比试，即便输给"巴山老鬼"也无大碍，只须编个谎言说达摩石藏在何处便可蒙混过去。倘若侥幸能胜一招半式，就有望拿到那封密信。反正无论输赢，他都不吃亏。但看见"巴山老鬼"一口答应，他还有些不放心，心想万一"巴山老鬼"输了反悔，不给密信呢？便又摇头叹道："唉，凭在下这点三脚猫功夫，如何能胜前辈一招半式？在下刚说打赌什么的，是说着玩的，前辈不可当真！"

"巴山老鬼"怒道："臭小子，你拿老夫消遣是不是？"张去病道："在下不敢。再说……""巴山老鬼"道："再说什么？"

张去病道："再说，适才前辈说的也是一句玩笑话，又怎么能算数？"

"巴山老鬼"喝道："老夫出言如山，只要你小子胜得一招半式，老夫便将那破信给你，决不食言！"

张去病道："前辈决不反悔吗？""巴山老鬼"气恼道："反悔？哼，你小子要胜老夫一招半式，二十年之后也未必办得到，老夫反什么悔？"

张去病一看"巴山老鬼"被话套住，心想这老鬼武功高深，要胜他一招半式确实极难！我得先用话激他一激，令他心气浮躁，然后同他交手，说不定能侥幸得手。

他又道："在下还是不敢同前辈动手。""巴山老鬼"急道："你这小子婆婆妈妈！这又是为什么？"

张去病道："拳脚不长眼睛，打斗之中说不定我使出哪一招，一不小心碰到前辈，惹得你生气，你老人家便不肯将密信给我了，所以我还是不敢同前辈动手。"张去病这话意思，仿佛是说他担心失手打伤"巴山老鬼"，怕"巴山老鬼"气恼反悔，所以他不愿同"巴山老鬼"对打。这言下之意，"巴山老鬼"如何听不出来？

"巴山老鬼"气不打一处来，冷笑道："小娃娃，你有什么本事只管使出来！拳脚不长眼睛，你打伤老夫，那怪老夫学艺不精，老夫决不生半点气。老夫说话算话，我输了定将那破信给你！"

他嘴上说话，心中却想：这小子即便练了达摩石上功夫，也时日不长，谅他功夫也高不到哪里去，难道老夫还怕他不成？待会儿动手，老夫要给这狂妄小子吃点苦头！

张去病道："前辈一言既出，驷马难追！好，在下明知不敌，也要试上一试！"当下双手一拱，"前辈请出招"。

"巴山老鬼"心中有气也不客套，右掌一划飘然拍出。这一回是赌斗，所以他一出手使出"三星七煞掌"一招"魁星问斗"。这一掌拍出看似平淡无奇，却暗伏七八种厉害后招。张去病看见"巴山老鬼"掌式暗藏怪异，瞧不出他这一掌究竟拍向自己身上何处。当即身子急侧，右掌护在胸前翻转不定，左掌一划拍向"巴山老鬼"的胁下。这一掌叫"两仪相生"，是"太极阴阳掌"第一招。

"巴山老鬼"见张去病的右掌虚中有实，左掌实中有虚，而且后发先至。双掌相生相连攻守兼备，无懈可击。不禁一惊。他一时想不出破解之法，只得撤掌后退。张去病上前又拍出一掌，这是"太极阴阳掌"第二招，叫"阴阳分合"。只见他右掌快似惊虹劈向"巴山老鬼"肩头，左掌如毒蛇昂头朝"巴山老鬼"胸前滑动。双掌一快一慢，一刚一柔，配合得天衣无缝。

"巴山老鬼"一看仍想不出破解之法，不敢冒险还招，只得又往后跃开去。心中却想：达摩石上功夫着实神奇，这叫什么掌法，怎的如此了得？

张去病见"巴山老鬼"两次暴退开去，不知"巴山老鬼"是找不到破解"太极阴阳掌"之法，还以为"巴山老鬼"是想摸清他的武功底细。他也不多想，跃上前去一连拍出八掌。这八掌一刚一柔，一阴一阳，一快一慢，一巧一拙。两仪正反变化，四相正反相动，非常奇特严谨，无懈可击。

"巴山老鬼"看见这八掌攻来，想抓住其中的破绽还击。他凝目细看只见八掌浑然天成，毫无破绽，令他无从还手。本来天下各派武功，无论如何精妙总会有破绽，都有懈可击。唯独这"太极阴阳掌"能阴阳相辅，刚柔并济，快慢相助，巧拙互救。右掌能弥补左掌的破绽，左掌能弥补右掌的破绽，遂将破绽消于无形，叫人无法破解。江湖中人称它为天下第一掌，着实名不虚传！

"巴山老鬼"看见张去病一连攻来八掌自己无从还招，心下大骇，又只得东躲西闪。心中暗赞道："达摩祖师和寇谦之道长真乃武学天人，竟然创出如此厉害掌法，委实叫老夫大开眼界！"一时之间，只见张去病频频进攻，"巴山老鬼"连连闪避。但"巴山老鬼"眼光老道，他看出张去病施展"太极阴阳掌"还不纯熟，内力亦大不如他。亏得他武功高强，临敌应变极快，才避开张去病这十多掌，倘是寻常高手只怕早已败落。

两人斗到第二十招时，"巴山老鬼"心想再躲闪下去，我这张老脸往哪里搁？这小子只是掌法精妙，内力不如老夫，我得给他一点厉害瞧瞧！眼见张去病一掌拍来，他不再避让亦是一掌拍出，两掌相交只听"嘭"的一声，张去病被震得倒退五步，胸中血气翻涌。

张去病没料到"巴山老鬼"会欺他内力不敌，同他对掌。他缓过气来，忙道："前辈，你这是以掌力取胜，算不得……""巴山老鬼"道："算不得甚？"

张去病道："前辈是名震江湖的人物，年长我三十多岁，以内力胜我这无名小辈算不得本事，这一掌不算数！"

"巴山老鬼"笑道："小娃娃胡说八道！内力是武学中的大本事，怎么不算本事？再说，你小子事先没约定不得使用内力，你怪谁？好好，看你年幼，老夫不同你计较，这一掌姑且不算！"张去病被问得无言以对，心想：我百密一疏，适才没想到同他约定不得使用内力，此时说什么也晚了。

"巴山老鬼"见他不语，又道："小娃娃，凭武功你胜不了老夫一招半式，我劝你还是用达摩石来换信罢。"

张去病摇头道："在下不敌前辈，并非掌法不敌，而是我内力不敌。便是如此，在下还想再试试！"说着，他不等"巴山老鬼"答话，扑上前去一掌拍出。

"巴山老鬼"见张去病左掌朝他头上拍来，右掌却在他腰际吞吐不定。他如法炮制，又出掌同张去病拼掌力。张去病早料到他这一手，突然迈动"蹑云步"蹿到他身后，右掌似刀倏地朝他背心斩落。"巴山老鬼"应变极快，急转身挥掌硬接。张去病忽又急闪至他右侧，左掌击向他的手臂。"巴山老鬼"侧身急避，张去病不待掌式使老，一闪身又钻到"巴山老鬼"背后，一掌拍出。一时间，只见张去病脚下踏着"蹑云步"，手上使出"太极阴阳掌"，将两门武功融成一体施展，顿时威力大增。他宛若一阵旋风将"巴山老鬼"卷住，攻得"巴山老鬼"团团打转，"巴山老鬼"无法再同他拼掌力。

张去病改变打法，是因看出"巴山老鬼"的"三星七煞掌"虽然厉害，但难敌他的"太极阴阳掌"。老鬼之所以大占上风，全靠内力浑厚和临战经验老道。因此他灵机一动将"蹑云步"法和"太极阴阳掌"配合攻敌，那"蹑云步"法变化万端，能使他避开"巴山老鬼"拼掌力的打法。"太极阴阳掌"神出鬼没能让"巴山老鬼"不知所措。他便可以伺机攻敌。一试之下竟然奏效，"巴山老鬼"被他攻得缚手缚脚，穷于应付。

"巴山老鬼"见张去病的掌法和步法如此神妙，更对达摩石上武功佩服得五体投地。心想《九宫伏魔经》上功夫太奇太妙，这小子才初学乍练便如此了得。倘若老夫得到达摩石，将上面功夫学全，天下还有谁能敌？想到此处，他恨不得一把抓住张去病，逼他说出达摩石藏在何处。但此时张去病踩着"蹑云步"来如闪电，去如飘风，哪里捉得住？不仅捉不住，他还得小心防范免得一时疏忽，给张去病胜了一招半式折了名头。

他又想：幸亏这小子内力不济，老夫只须守紧门户，再斗上几百招便能将这小子累垮。那时捉住他，逼他说出达摩石藏在何处，不愁他不吐露！如此一想，他严守门户不求有功，但求无过。

张去病见"巴山老鬼"不再出手攻击，只是严密防守，也看出"巴山老鬼"想凭内力拖垮他的用意。心想这老鬼内力悠长，如此长斗下去，我若是输给他便拿不到密信，这怎生是好？心下不由暗暗着急起来。

"巴山老鬼"道："小娃娃，莫浪费工夫了。别说胜我老人家一招，便是半式，你也胜不了，快些用达摩石来换信吧！"张去病不吭声。心想：可惜师父传我的八十年功力无法施展出来，否则胜你这老鬼又有何难？

"巴山老鬼"喝道："小娃娃，老夫内力比你强得太多，此刻除非达摩石上有什么神功，使你转眼之间内力大增。要不然再斗下去，老夫非把你这小娃娃累趴地上不可！"

张去病听到"除非达摩石上有什么神功，使你转眼之间内力大增"之语，心中突然一亮，猛然想起在"禅音洞"内吟唱"禅音十八唱"令他内力大增之事。他倏地跳出圈外，道："前辈请暂住手！"

"巴山老鬼"道："怎么，小娃娃不打了？好，拿达摩石来，老夫把信给你。"

张去病摇头道："不，我还要打！前辈如不怕输给在下，你等我练一小会儿功，我同前辈再打！"

"巴山老鬼"哈哈大笑，道："臭小子，我老人家怕输给你？你这小子狂妄至极！好，好，你要练什么破功尽管练，老夫倒要看看，你如何胜我！""巴山老鬼"压根儿不信张去病练一小会儿功能管什么用，只道张去病斗累了想找个借口休息。心想任你小子如何休息，增强内力岂是片刻办得到的？真是笑话！

张去病也不说话，盘腿在平台上坐下意守丹田，气归元神，忽一声长吟："南—无—阿—弥—陀—佛！""巴山老鬼"在旁听见张去病高唱禅音，心想这小子念佛做甚，玩什么花样？《九宫伏魔经》上功夫可真稀奇古怪！唱佛便是练功？老夫倒是头一回见到！又想达摩祖师是佛门禅宗祖师爷，莫非他将高深武功融入唱佛之中？他兀自纳闷，又听张去病吟唱道："我—佛—慈—悲！"

"巴山老鬼"听见这禅音心头突然一荡，身上暴戾之气锐减，只觉神宁气静，善念油生，他忙定住心神，暗惊道："不好，这《九宫伏魔经》上武功有些邪门！"适才，张去病使出"太极阴阳掌"和"蹑云步"两门功夫已令他难以抵挡，此刻他不知张去病在练《九宫伏魔经》上的什么古怪功夫，不由得有些惴惴不安。他又寻思或许是老夫多虑了。任何人练内功，不练三年五载，内力是不会大增的。天下哪有这种临时抱佛脚，现唱几句经文便能大长内力之事？这小子准是找借口喘息，装神弄鬼地哄骗老夫，我不可被他糊弄了！

张去病专心吟唱禅音。唱得一遍心头顿时一片空明。唱得二遍只觉真气在"气海穴"内勃勃涌动起来。待到唱完第三遍那真气便如潮水般注入了他四肢。唱到第四遍时，周身真气充盈鼓胀。唱完到第五遍时，他只觉浑身真气汹涌澎湃，一股强大力道冲得他坐不住，"噌"的一下站了起来。这令他自己也大吃一惊：往日练习吟唱禅音，只觉体内的真气鼓荡，但身子从未被真气冲起来过，此刻为何如此？他想不出是何缘故，也没工夫细想，只觉体内真气充沛，便对"巴山老鬼"道："前辈请出招！"

看见张去病唱几遍禅音，一下变得神采奕奕跳起身来，"巴山老鬼"心下诧异。适才他在一旁听见那禅音庄严肃穆，宛如七宝妙音，佛意殷殷将他心中戾气扫去。他认定张去病练的是《九宫伏魔经》上的武功。此时见张去病起身索战，他不敢大意试着一掌拍出，看看张去病会使出什么奇妙功夫。

此时，张去病还不知自己内力能否匹敌"巴山老鬼"，不敢冒失接掌便闪跃开去。他一边高唱禅音，一边踏着"蹑云步"，一边挥动"太极阴阳掌"同"巴山老鬼"游斗。几招过后，他感觉掌上力道越来越强，眼见"巴山老鬼"一掌拍来，他大起胆子出掌相对，只听"嘭"的一声，身子只是晃了一下，掌力同"巴山老鬼"不分上下。他喜出望外，信心大增。

"巴山老鬼"却吃一惊。适才张去病内力与他相去甚远，才一会儿工夫就变得同他势均力敌。他心下暗骂道："他妈的，这小子唱的什么鬼经，怎么转眼之间竟然内力陡长？啊呀，《九宫伏魔经》武功太神奇了，老夫非得到它不可！"

张去病才吟唱几遍禅音，功力增到如此程度，连他自己也不明其理。他不知一则是因他体内蕴藏凌霄老人八十年功力，内力底蕴太厚。二则是这一个多月来他勤练禅音不辍，经脉堵塞大有好转，是以此时吟唱禅音能将体内潜伏内力激发出一半来。三则是他对密信志在必得，夺信心情迫切，吟唱禅音才生出奇效。倘无这几个缘由，绝不可能吟唱几遍禅音，功力便增强到如此程度。

"巴山老鬼"瞧见张去病内力陡增，虽大感蹊跷。但他仍不相信片刻之间张去病内力会增大到哪里去，便又扑上前同张去病斗了起来。张去病仍是口中高吟禅音，手上施展"太极阴阳掌"，脚下踏着"蹑云步"同"巴山老鬼"游斗。两人斗了几招，"巴山老鬼"心想适才老夫不想伤这小子，只用了几分力道，待我将内力提至九层，再试他一掌，不信这小子抵挡得住！当下双掌一划，一掌向张去病胸前拍去。张去病见"巴山老鬼"手掌挟带极大劲风拍来，忙凝气提足内力一掌拍去。"嘭"的一声，只见"巴山老鬼"摇着身子晃了几晃，后退出去一步，张去病却气定神闲纹丝不动。

"巴山老鬼"大吃一惊，心下骂："他妈的，他唱这禅音是要什么魔法？为什么这小子胡吟几声功力又增长一截？"

张去病跳出圈外，双手一拱道："承前辈相让，在下侥幸胜了一招，请前辈将信给在下。"

"巴山老鬼"喝道："老夫没输给你这臭小子，凭什么把信给你？"

张去病道："适才对掌，前辈后退一步，怎么说没输？""巴山老鬼"脸上一红，转了转三角眼，道："这……这个嘛……对啦，你小子先前输给老夫一掌，是不是？"

张去病道："却又怎样？""巴山老鬼"道："你输给我一掌，我输给你一掌，这下扯平了嘛！嘿嘿，咱俩谁都没有输，老夫凭什么把破信给你？"张去病无可奈何，只得道："好，咱们再比过。"又挥掌上前同"巴山老鬼"打斗起来。

这一回，"巴山老鬼"已知张去病掌力强过自己，便不同张去病硬拼硬打，而是使出一十三式"小擒龙手"贴近张去病游斗。他这"小擒龙手"是一门厉害擒拿功夫，只要一沾敌身便能分筋挫骨，令敌人动弹不得。张去病见"巴山老鬼"换了打法，不为所动，仍以"太极阴阳掌"应对。"巴山老鬼"施展小巧擒拿围着他转来转去，宛如一个大猴子在他四周蹦跳。

初时，"巴山老鬼"凭着打斗经验老道，七八招中还能还手两三招。斗了一会儿，张去病吟唱禅音越来越宏亮，脚下的"蹑云步"迈出越来越快，手上"太极阴阳掌"变化越来越奇，攻得"巴山老鬼"穷于闪避，无法还手。"巴山老鬼"要提防同张去病对掌，生怕一拼掌力又输给对方。心中大有顾忌，不免缚手缚脚。

二人斗了片刻，张去病掌上力道越来越大。平台之上只听得掌风声呼呼，"巴山老鬼"被张去病雄厚掌力带得身不由己地打了几个转，如同掉入旋涡之中。他心下大骇，暗暗叫道："邪了！邪了！大白青天，老子撞见鬼啦！"

张去病头一次将凌霄老人传授他的"太极阴阳掌""蹑云步"和"太玄神功"三大绝技贯通施展，又辅以"禅音十八唱"这一绝世音功，虽然才将凌霄老人传授功力使出六七层来，"巴山老鬼"亦抵挡不住。两人又斗片刻，"巴山老鬼"已是手忙脚乱，汗流浃背。张去病一掌拍到面门，他闪避不及只得出掌相迎，只听"嘭"的一声，身子被震飞出丈外，一屁股坐在平台上。

张去病万没料到，自己这一掌能将"巴山老鬼"打倒，亦是一怔。随即心念一闪：糟了，我虽取胜，倘若老鬼恼羞成怒将密信毁了，可就坏了大事！他忙假装也晃了几晃，一跤坐到地上，嘴里喃喃道："前辈，这个……这个，在下不是故意的，咳，恕在下失手……"

"巴山老鬼"脸红脖子粗跃起身来，正要破口大骂，忽听一声尖厉的啸声传来。他面色一紧，急道："妈的！老子对头来了！小娃娃，咱俩赌斗之事往后再说。快随我来！""巴山老鬼"转身蹿到木屋后面，张去病跟到他身后，问道："前辈，来了什么对头？""巴山老鬼"伸手往湖上一指，道："你看！"

张去病抬眼看去，只见湖面上有个木筏快速划来。那木筏上站立四人：一人是秦员，一个是金瘤圣手柯金龙，二人正在奋力划动木伐。另外一人则是龙象法王。还有一人却不认得，身材同龙象法王一般瘦小，白发白须，身穿蓝衫，一副老农模样。

张去病道："前辈，那身穿蓝衣的老者是何人？""巴山老鬼"道："那老东西是

'长白老怪'。刚才的啸声便是他所发。"

忽听"长白老怪"叫道："'巴山老鬼'，赶快出来迎接本座，不然本座打断你的狗腿！"

"巴山老鬼"大怒，骂道："长白老怪，你龟儿子来送死吗？好，我老人家今日打发你狗日的到阴曹地府去！"

"长白老怪"哈哈笑道："三年前，本座打得你老鬼跪地求饶，怎的没长记性？胡吹什么大牛皮？"

"巴山老鬼"一听"长白老怪"揭他的伤疤，且夸大其词，怒火更盛，正欲发作，却听张去病轻声说道："前辈，别上他的当。""巴山老鬼"一怔，问道："上什么当？"

张去病道："那老怪故意用话激怒你，是想将你拖住，他好赶来夺你手中那半幅寻仙宝图！"

"巴山老鬼"冷笑道："他这点小伎俩，老夫岂能不知？拖住便让他拖住，难道老夫怕他不成？三年前输给他一掌之耻，老夫今日要报仇雪恨！"

张去病一看龙象法王、"长白老怪"皆是顶尖高手，加上秦员和柯金龙，对方大占优势。心想"巴山老鬼"若找"长白老怪"寻仇，必身陷危境，眼看将到手的密信又将失去。得劝"巴山老鬼"赶快逃离此地，但这老鬼死要面子，如何劝他呢？

他寻思瞬间计上心头。忙道："巴山前辈怎会怕这老怪，叫在下看来倘若动手，倒是那老怪要被前辈打得跪地求饶！只是前辈今日要报仇，他身边那三人定会碍前辈手脚，让前辈报仇报不痛快！咱们今日不如懒得理他，前辈改日再好好教训这老怪一顿，叫他知道前辈的厉害！"

"巴山老鬼"瞧眼下阵势何尝不知是敌强我弱？他适才说那一通话，一来是心中气愤，二来是为了绷面子不愿在张去病面前示弱。此刻听张去病一说，便知张去病是搭梯子给他下台，仍装作极不情愿地说道："好，看在你小娃娃的面子上，我老人家今日暂且不收拾这老怪！嘿嘿，若不是你为他说情，老夫定要打得他跪地求饶！"说罢对张去病调皮地挤挤眼。

张去病心中一乐，道："可不是嘛！'长白老怪'今儿走运，碰到你老人家心情好，暂时放他一马！"

"巴山老鬼"哈哈大笑，一挥手道："咱们走！"张去病道："前辈，咱们没有船，如何走？"

"巴山老鬼"道："谁说没有？"说罢一转身跳到平台下礁石上。张去病跟着跳下去，只见"巴山老鬼"从平台下拖出一只小船来，抬手一抛将小船丢进湖中，又从平台下拿出一对桨，递一只给张去病，二人便跃上小船奋力划桨，小船飞驶而去。

秦员四人一看"巴山老鬼"和张去病逃走，急追上来。但那木筏上承载四人划动起来十分笨重，远不及小船快捷。张去病和"巴山老鬼"内力又比柯金龙和秦员浑厚。两人将小船划得如飞一般。"长白老怪"眼看小船飞快驶去，急得大喊大叫却又无可奈何。四人后悔没找船来抓人，只好眼看着那"巴山老鬼"和张去病逃去。

秦员此次前来金国盗信，除了带上龙象法王和"千面神偷"翟泰，还带上金瘤圣手柯金龙。几年前柯金龙拿着聘礼"辟毒神珠"来长白山上聘请他师父出山。不巧"长白老怪"得到半幅修道成仙密图，外出寻找那修炼成仙秘洞，让柯金龙白跑了一趟。

秦员此次带柯金龙到金国盗信，因柯金龙曾在长白山上学艺，对金国情形十分熟知，对盗信大有用处，顺道再派他去长白山聘请老怪出山，因此走到半道，柯金龙同秦员分手去长白山找他师父。

柯金龙找到"长白老怪"，拿出"辟毒神珠"对老怪说明来意。老怪收下神珠满口答应，师徒二人便赶到金国都城同秦员碰头。秦员对他们说了盗信失手经过，"长白老怪"听说密信是被"巴山老鬼"夺去，又听说张去病也被"巴山老鬼"掳去，心想江湖传闻达摩石在张去病身上，可不能叫"巴山老鬼"夺去，老夫得快去将达摩石夺到手！遂说道："秦公子莫急，'巴山老鬼'是我的对头，老夫知道他的藏身之处，咱们去捉他便是！"

秦员一听大喜，带着几人追来。"长白老怪"领着他们追到湖畔，恰巧瞧见"巴山老鬼"和张去病在平台上打斗，四人急忙砍些树木和老藤扎个木筏划向木屋。岂料木筏不及小船划得快，却让"巴山老鬼"和张去病逃了。

"巴山老鬼"和张去病将小船飞划到湖岸边，两人跳到岸上回头一看，"长白老怪"四人的木筏正快速追来。"巴山老鬼"喊道："长白老怪，我老人家今日有要事，暂且饶你这一回！"他喊罢，拉着张去病往南面的深峪奔去。

二人奔进峪内，"巴山老鬼"脚不停步，继续带着张去病往前奔。张去病道："前辈，咱们跑出这么远，'长白老怪'他们找不到咱们了！"

"巴山老鬼"摇头道："你小娃娃不知，这长白山是老怪的地盘，他多年在此练功对长白山极熟悉。那年为寻找吕洞宾修道成仙密洞，他把这方圆几十里的山林都找遍了。对此地他了如指掌，咱们不可掉以轻心！"

"巴山老鬼"一边说话，一边带着张去病在密林里穿行。二人转过山坳，"巴山老鬼"将张去病领进一个隐蔽的岩洞里。洞里放有食物和水。两人在洞中坐下喘息一会儿，张去病道："前辈，这是你住过的洞吗？""巴山老鬼"点头道："几年前，老夫为躲避'长白老怪'，潜心练'三星七煞掌'，便住在这洞里。"

张去病道："前辈……""巴山老鬼"不待他往下说，喝道："公子住嘴！老夫已败在你手下，惭愧得紧，你别再叫我什么'前辈'！"

张去病一愣，心道："糟了，这老鬼生气了！"忙道："前辈，没有啊！适才在平台上对掌，我二人一同跌倒在地，顶多算个平手，前辈没有败在我手下。"

"巴山老鬼"摇头道："公子不必宽慰老夫，公子假装跌倒，是为顾全老夫颜面，你当老夫看不出来吗？"说到此处，他叹一口气续道："公子宅心仁厚，难怪有如此福泽，小小年纪便练成《九宫伏魔经》上的神功，真叫老夫望尘莫及，好生羡慕！唉……老夫活这一把年纪，只学了几手三脚猫功夫，算是白活了！"

张去病见"巴山老鬼"光明磊落，输了不抵赖，对他心生好感。听他心绪沮丧，便歉然道："前辈有所不知，实不相瞒，在下刚才使的并非《九宫伏魔经》武功，在下也没有练成《九宫伏魔经》功夫！"

"巴山老鬼"一愕，道："你说……你没练成《九宫伏魔经》的功夫？"看见张去病点点头。"巴山老鬼"又问道："那么……你使的是什么功夫，怎的如此厉害？"张去病道："前辈可知道凌霄老人？"

"巴山老鬼"道："老夫在江湖上行走几十年，怎会不知凌霄老人？他老人家可是武林中的世外高人！公子同那凌霄老人有渊源吗？"张去病点头道："晚辈是他老人家的弟子。"

"巴山老鬼"一听，急切问道："什么，什么，你是凌霄老人弟子？你真是凌霄老人弟子吗？"

张去病道："正是。晚辈不敢欺哄前辈。"

"巴山老鬼"追问道："这么说，你施展的轻功，是传说中的'蹑云步'吗？……"

张去病道："是啊。若不是'蹑云步'，晚辈在前辈手下只怕一招也走不了！"

"巴山老鬼"道："如此说来，你施展的掌法便是那有'天下第一掌'之誉的'太极阴阳掌'了？"

张去病道："前辈所料不错，晚辈使的正是'太极阴阳掌'。"

"巴山老鬼"一下跳起来拉住张去病的手，激动道："如此说来，公子真是凌霄老人弟子！"张去病见"巴山老鬼"激动万分，心下困惑，不知"巴山老鬼"得知他是凌霄老人弟子为何如此激动？却听"巴山老鬼"道："公子不知，你师父凌霄老人可是我救命大恩人！"

张去病忙问道："我师父怎会是前辈的救命恩人？"

"巴山老鬼"道："那是十五年前的事了。十五年前，老夫是西川'天福镖局'总镖头。有一回，老夫带领六个镖头和十几名趟子手，押送一宗三十五万两银子大镖到东京汴梁城去。途中路过一条小河，那河水清清，岸上坐着一位八十多岁老翁在树荫下垂钓。一位四十多岁的仆人站立他身后，恭恭敬敬伺候着老人。

"其时正值六月，艳阳似火酷热难当，弟兄们走得浑身是汗，看见那一湾清凉河水，便想跳进河里去凉快凉快。我见那老翁端坐树下神情慈祥，气宇不凡。再看他身边那仆人，虽是一身仆役打扮，却雍容儒雅，神色威严，身上隐然透出一股杀气叫人胆寒。我吃了一惊，心想这主仆二人定是大有来头，说不定这位老人是官宦人家的老爷子在这河边钓鱼解闷，咱可不能扫了他老人家的雅兴招来麻烦，便对弟兄们说道：'大伙都别下河去！'

"一位镖头问道：'总镖头，为什么啊？'我道：'你没看见吗？那位老爷子在河边垂钓，大伙别下河去惊扰河里的鱼。'

"众位兄弟快快不快，只得押着镖车赶路。我们刚打马拉车，忽听一阵马蹄声骤响，只见道上有十二个人打马奔来，个个用黑巾蒙住面孔，只露出一双眼睛在外，冲到我们近前，十二人便将我们五辆镖车团团围住。弟兄们一看来人的打扮，知是来了劫镖贼人，纷纷亮出兵刃护住镖车。却听一位长着山羊胡子的强盗道：'齐老三，你这一趟镖押送三十五万两银子，肥得很哪！'"

张去病道："他叫谁齐老三？""巴山老鬼"道："那人是叫老夫。老夫姓齐，名心元，排行第三，那贼子是对老夫喊话。"张去病恍然道："原来前辈姓齐，名叫齐心元。"

"巴山老鬼"续道："老夫忙上前拱手道：'兄弟走镖，仰仗江湖上朋友赏口饭吃。恕兄弟眼拙，不知众位是哪条道上的朋友。未曾上门拜见，还望不要见怪。'

"那山羊胡子贼人哈哈笑道：'不怪，不怪，齐镖头将三十五万两银子送上门来，我们兄弟高兴得紧，怎会见怪？哈哈哈……'

"另一贼人道：'是啊，齐镖头如此孝顺送来这份大礼，我们兄弟打心眼里欢喜得很！'群盗一听，哈哈大笑起来。

"山羊胡子贼人大喊一声：'兄弟们上！'群盗蜂拥上来抢夺镖银，我和六位镖师同众强盗动起手来。岂料那十二个强盗个个都是好身手。那时老夫武功远不如现下高强。我们七人势单力薄，不大一会儿，七人便死了四人，三人重伤倒地，血流如注眼看也难活命。几个赶车的车夫早已吓得四处逃散。那十二个强盗也有两人身受重伤，一人丧命。剩下九个强盗，有七人去赶镖车，那山羊胡子和一个干巴汉子走上前来要杀我们三人灭口。

"便在此时，忽听得河边那钓鱼的老人道：'无痕，你去打发那几个畜生罢。'"

张去病听到此处，心下寻思："老人管那仆人叫'无痕'？难道那仆人便是赵先生？钓鱼老人难道是我师父凌霄老人？"

"巴山老鬼"说道："只听那仆人道：'是，无痕遵命。我去收拾这伙畜生！'那伙强盗一心抢劫镖银，没瞧见河边上钓鱼的老人，忽然听到老人同仆人的话都是一惊。干巴汉子转头去看是谁说话？那仆人如同鬼魅般闪到他们面前。干巴汉子应变极快，一剑刺向那仆人的胸膛。那仆人伸出二指倏地将利剑夹住。干巴汉子奋力夺剑，忽然大叫一声撒手丢剑，身子软倒下去。

"那长着山羊胡子的贼人吓了一跳，他没瞧见那仆人出手攻击同伴，干巴汉子怎会倒下，难道那仆人会使妖术？他知来了大敌，忙叫道：'兄弟们，此人扎手，大伙一齐上！'去赶镖车的七名强盗听见呼叫，一齐转身过来将那仆人围住。山羊胡子贼人喝问道：'尊驾是何人？为何蹚这趟浑水？'

"那仆人却不看他们，仰面对天一声长吟：'撞见"大无常"，必定见阎王。九死无一生，惨绝魂飞扬！'我听见这长吟吓了一大跳。心想：这不是那'夺命吟'吗？我心中又惊又怕，心想难道这位气度儒雅威严的仆人，便是那江湖中令人闻名丧胆的'大无常'？听说此人已丧生在万江大峡谷深渊里，他又怎会在此地出现？

"我又想：那位钓鱼的老人，莫非是'地藏宫主'欧阳山人吗？如此一想，我心中狂跳不已。'地藏宫'、'大无常'、欧阳山人，这三个名头犹以惊雷在我脑里迅速滚过。一时之间我连身上的伤痛也暂时忘了。九名强盗一听那仆人吟诵'夺命吟'，个个神色大变，悍气全无。一个脸上带疤痕的人颤声道：'你，你……是"地藏宫"的大……"大无常"，老……人家吗？'

"那仆人喝道：'既知我名，几个畜生还不自行了断！'山羊胡子贼人对那疤脸汉子道：'王兄，江湖传言，那"大无常"已被人打下深渊死了。这家伙准是冒充的，别听他唬人，咱们别怵他，亮家伙上！'

"其余八人将信将疑，纷纷拔出兵刃小心翼翼围拢过去。那仆人冷哼一声鼻音，对那长着山羊胡子的贼人喝道：'吴铁城，你川陕帮，干了不少杀人越货勾当早该当诛！今日尔等竟敢在我主人眼皮下作恶，污了他老人家耳目，哼哼！'

"听那仆人一声冷哼，我不由得打了一个冷战，心上涌来一阵恐怖。我忍着伤痛强撑起来坐靠着一块石头观看，只见那仆人被围在当中，双手背在身后，对那九个手持利刃的强盗视若无物。当下我心里闪过一个念头：此人真乃大英雄！我正暗赞，却见那川陕帮的九个强盗冲上前去刀剑齐下，欲将那仆人乱刀分尸。只听当当几声乱响，九人中有四人暴退开去，另外五人却呆立不动。那五人肩膀上皆没了头，五股血柱从断头处冲上空中，五个脑壳掉在地上，有人脸上还露着惊恐神情。那场景着实可怖，直教我看得肝胆俱裂。

"我再看那仆人，不知他手上何时多了一把蓝光闪烁的软剑，剑尖掉下一滴滴鲜血。退开去的四人吓得魂飞天外，一人盯着那仆人手中软剑，颤声道：'黄泉剑？啊，啊，我的娘，他手上拿的是"黄泉剑"！'

"另外二人结结巴巴道：'啊啊，他使的是幻剑七式！他……真是"大无常"！'三人急忙扔掉手中兵刃扑通一声跪下，咚咚咚磕头，道：'请"大无常"高抬贵手，速取小人狗命！'"张去病见过赵无痕收服龙飞、段阳、穆兴的手段，知道赵无痕出手委实可怖。

"巴山老鬼"续道："那山羊胡子吴铁城见势不妙转身想跑，可是腿已被吓软，才迈出一步便坐到地上，脸色苍白道：'小人有眼……有眼无珠，请"大无常"给小人一剑，让小人痛快了结！'

"'大无常'喝道：'哼，这世上，不知有多少无辜之人死在你们手里。我若是让你痛快了结狗命，那些死在你刀剑下的阴魂如何能超生？嘿嘿，我这追魂夺命的"大无常"，岂不是瞎了眼！'

"那三人跪在地上齐声道：'小人们作恶多端罪该万死，求'大无常'高抬贵手，赐我们速死！'

"吴铁城却道：'小人是作恶多端，大无常要杀便杀，要剐便剐，小人决不皱一下眉头！'

"赵无痕冷冷道：'吴帮主，你比当年金山黑煞刘雄、江淮大枭钱虎、辽东二龙汪氏兄弟、豫中独脚客马千里等人还死硬，大无常怎舍得杀你？'

"吴铁城一听面如死灰，急忙抬手自打耳光，道：'刚才小人是胡言乱语，狂悖无知，"大无常"恕罪！'他一连打了十几个耳光，打得脸又红又肿，磕头如捣蒜一般。"

张去病忙问道："前辈，为何'大无常'一提起这几个人，吴铁城便如此害怕？"

"巴山老鬼"道："这几个人都是黑道大魔头，那金山黑煞刘雄撞见'大无常'，不知受到什么整治竟然变成了疯疯癫癫的白痴，光着身子在大街上乱蹦乱跳，甚至抓自己拉的屎吃，真是活得猪狗不如。

"那江淮大枭钱虎当年何等威风，跺一跺脚江淮大地都会震动，不知'大无常'逼他服下什么怪药，从此便不能行动说话，每日有两个时辰内毒发作，痛得他死去活来，那景况令人目不忍睹。

"辽东二龙汪氏兄弟更惨，不知'大无常'使什么法子将两人变成疯狗似的，见到东西便扑上去狂咬，家里人只得用大铁链将他们锁住……"张去病听得毛骨悚然，惊道："这……太可怕了！"

"巴山老鬼"道："谁说不是！那'夺命吟'道：'撞见"大无常"，必定见阎王。九死无一生，惨绝魂飞扬！'这一句'惨绝魂飞扬'，不是指'大无常'杀人夺命，而是指他惩罚恶人的手段让人胆寒。咱们武林中人若给人一刀杀了倒也爽快，不甚畏惧。怕的便是受到这种整治，活得人不像人，鬼不像鬼，猪狗不如！你想吴铁城听了'大无常'的话，怎不被吓得魂飞魄散？"

张去病听到此处，想起当年龙飞等人得知赵无痕真是'大无常'，吓得挥掌自毙之事，不由点了点头，又道："后来呢？"

"巴山老鬼"道："后来，'大无常'欲动手重惩吴铁城，却听河边钓鱼的老人道：'无痕，以恶治恶杀业太重，给他四人一个赎罪的机会罢。'

"'大无常'道：'是，主人。'只见他手指连弹几下点了四人身上大穴，走上前去捏开四人的嘴，将四枚黑色药丸喂进他们嘴里，一拍四人顶门，四人便不由自主地将药丸吞入肚内。四人吓得浑身颤抖，却又说不出话来。

"却听'大无常'道：'你四人听好，我给你们服下"炼魂丹"，差你们每年各做一百件善事赎罪，并将所做善事的经过和结果详细记录在册。每年七月半我叫人来核实。如真实无假，中秋节那天，便会有人给你们送解药。倘若善事做得不够数，或有做假，你四人便得不到解药，那时叫你们求生不得，求死不能！'说罢手指疾点，解开了四人的穴道，吴铁城四人忙磕头道：'谢"大无常"！'

"'大无常'走到我面前，查看我的伤情，将一粒白色丹药喂进我嘴里。其时我身上一阵疼痛如利剑穿心，想说句感激的话也说不出来。'大无常'出手点了我背上两个穴位，我身上的疼痛才渐渐减轻。

"他回头对吴铁城四人道：'你四人要做的头一件赎罪之事，便是将这齐镖头的伤治好，帮他把这三十五万两银子押送去东京汴梁，交付给受镖之人，听明白没有？'四人齐声道：'小人听明白了！'

"疼痛稍减，我缓过气来，忙道：'谢谢"大无常"救小人性命，又为小人保住了这三十五万两镖银，小人一定要报此大恩大德！'

"'大无常'却道：'齐镖头莫谢我，我是奉主人之命行事。'我忙问道：'那我要谢"地藏宫主"欧阳山人先生了！'

"'大无常'又摇头道：'也不是谢"地藏宫主"欧阳山人先生。'他话还没说完，却听那钓鱼老人道：'无痕，走吧，时候不早了。'

"'大无常'道：'是。'快步走到老人身边，帮老人拿起钓鱼竿和茶具，二人便朝河下游走去。我看见'大无常'恭恭敬敬跟在老人身后，十分困惑不解。心想'大无常'在武林中的威名何等显赫，竟然给那老人当仆人。那老人是谁？竟有如此尊崇的身份！

"他们走后，吴铁城等人不敢怠慢，急忙把逃散的趟子手找回来，又让人做了个担架将我抬上，押着镖车前往东京汴梁，沿途又找大夫给我治伤。两月后，我们到达汴梁城交付了镖银，我的伤已痊愈，便同吴铁城等人分了手。

"此后，我一心想找'大无常'和那老人报恩，在江湖上四处打听'大无常'和那老人的行踪，却总是找不到他们。后来我遇到一位生命垂危的高人，他临终前送我一部'三星七煞掌'武功秘籍，又从他嘴里得知，'大无常'已离开"地藏宫"，在给凌霄老人为仆。这时我才知道那钓鱼老人，不是"地藏宫主"欧阳山人先生，而是凌霄老人！

"那次我从鬼门关被'大无常'救回之后，便萌发一个心愿：我要给凌霄老人当仆人，报答他老人家的救命大恩！可是我寻找十多年，却一直没找着他老人家。今日老天有眼，让我找到他老人家的弟子！这可好了，老夫请公子带我去见凌霄老人，了却我这桩多年心愿！"

"巴山老鬼"说着，竟然流下两行浊泪。张去病看见"巴山老鬼"潸然落泪，不知所措，道："前辈，你，你别……难过。"

"巴山老鬼"抹去眼泪，面露笑容道："老夫不是难过，是喜极而泣，公子不必在意。请问公子，凌霄老人他老人家还仙健吗？"

张去病戚然道："晚辈不能带前辈去见我师父了，几年前我师父已去世了！""巴山老鬼"神色大变，道："你说他……他老人家已经仙世了？"

张去病点了点头。"巴山老鬼"突然放声大哭，捶胸顿足，悲痛至极。张去病忙劝道："我师父是寿终正寝，前辈不必如此悲痛！"

岂料"巴山老鬼"却怒道："公子这是什么话？凌霄老人于我有救命大恩，在他生前，我未来得及向他老人家报恩，甚至连一声道谢的话都未来得及对他老人家说，他老人家便仙逝了，我怎能不悲痛？"

张去病忙解释道："我师父一生救人无数，向来不图别人报恩，前辈不必将报恩之事萦挂于怀。"

"巴山老鬼"一听更气恼，正色道："公子怎么如此说话？我'巴山老鬼'虽然不济，却也是堂堂一条汉子！做人岂能知恩不报？我不将报恩之事萦挂于怀，岂不成了忘恩负义的卑鄙小人？"张去病听得心头一震，心生敬佩，忙道："前辈教训得是。恕在下失言。"

"巴山老鬼"又放声大哭道："我恕你失言管什么用？凌霄老人已经去世，我做不成他老人家的仆人，无法报答他老人家恩德啦！"张去病看见"巴山老鬼"哭得眼泪鼻涕横流，不知该如何劝慰他。谁知"巴山老鬼"哭了一会儿，忽然止住哭泣，一拍大腿道："我有报恩的法子了！"

张去病给闹蒙了，怔怔地望着"巴山老鬼"。忽见"巴山老鬼"向他跪下，咚咚咚地给他磕了三个头。张去病大吃了一惊，道："前辈，你这是干什么？快快请起！"

"巴山老鬼"道："凌霄老人是我的恩人，张公子你是凌霄老人的传人，便是我'巴山老鬼'的恩人。请公子收下'巴山老鬼'为仆，圆我报恩之愿！"

张去病连连摇手道："前辈使不得，使不得！在下年少，无德无能，哪能收前辈做仆人？这万万使不得！"

"巴山老鬼"跪在地上道："张公子如不答应收我为仆，不让我以此向凌霄老人报恩，'巴山老鬼'便撞死在这洞里！反正我这条老命是你师父救的，我便将它还给你师父！"

张去病见"巴山老鬼"一脸决然神色，知他绝无虚言，忙跪下道："既然前辈执意如此，去病便替我师父凌霄老人收你为仆。"说罢，对"巴山老鬼"拜了两拜。"巴山老鬼"慌忙将他扶起，道："主人折煞老仆了！"

两人相扶站起，"巴山老鬼"忙从怀里摸出那封密信双手递给张去病，道："主人，属下将这封信给你算是一点见面礼。你好好收藏！"张去病欣喜万分，接过密信藏进怀里，道："谢谢巴山先生！"

"巴山老鬼"道："这是顺手牵羊之物，主人甭谢。"忽然小声道："不好，有人来啦！"便在此时，洞外传来一个声音："师父，此处藏着一个山洞！"声音很熟，张去病一听便知是柯金龙的嗓音。又听一个苍老的声音道："咱们进洞去搜搜！"答话之人正是"长白老怪"。脚步声响动，二人朝山洞走来。

张去病道："巴山先生，咱们如何避上一避？""巴山老鬼"道："主人无虑，请随我来。"说时，伸手拉起张去病往洞内深处走去。原来这山洞还有另一个出口，两人在洞内摸索走了一会儿，看见出口处的光亮。走到洞口时，"巴山老鬼"止住脚步凝神静听一瞬，低声对张去病道："洞外还有人。我先出洞去将那人引开，主人再出洞去。咱们说好：脱身后便到途中那家小饭店碰头。"

张去病点了点头。"巴山老鬼"伸手扳下一大块石头向洞外抛去。借着飞石掩护他紧跟石后跃出洞去。只听"砰"的一声，那石头被人用掌力震飞了回来。"巴山老鬼"闪到一旁躲开飞石。落地一看，却见是龙象法王和秦员挡在洞外。

龙象法王道："施主留步，请交还那封密信！""巴山老鬼"冷笑道："密信乃是我大宋国之物，同你吐蕃和尚没半点干系，你有什么资格索要？"

秦员抢话道："那是我爷爷的信，应物归原主！""巴山老鬼"哈哈笑道："龟儿子胡说八道！此信是你爷爷写给金国皇帝的献媚信，信的主人是金国皇帝。物归原主，这破信应归还给金国的皇帝才对，与你龟儿子莫得相干！"

他说时忽然身形一晃一掌拍向龙象法王。这一掌挟裹巨大力道。龙象法王不敢怠慢忙"呼"地一拳打出。岂料"巴山老鬼"这一掌是虚招，见法王一拳打来，他倏地闪开转身一掌拍向秦员。秦员见"巴山老鬼"掌力极刚猛，哪敢接招，急忙往旁边跃开去。"巴山老鬼"一声长啸纵身往北面山岭奔去。

龙象法王道："阿弥陀佛！施主你逃不了！"黄影闪动，法王健步如飞追了上去。秦员心下大急，更是奋起急追。张去病看见"巴山老鬼"将二人引开，正欲出洞，忽听身后传来脚步声，猜是"长白老怪"和柯金龙从洞中追来，急忙撒腿就跑。

"长白老怪"看见人影一闪，大喝一声："什么人？站住！"张去病心想我站住岂不成了傻子？腿下愈加发力朝南奔去。"长白老怪"几个纵跃追出洞外。一看是张去病，便迈步急追。只见他步幅奇大，一纵便是两三丈，柯金龙渐渐被他甩下。

张去病回头一看"长白老怪"大袖飘飘追来，行速极快，片刻之间离他越来越近，不由得心下大急，瞧见旁边有片密林便一头钻进林里。他不顾树枝划脸，荆棘刺手，在林中猛钻一阵回头一看，不见"长白老怪"追来才靠在树干上喘息。

忽然间，头顶上树枝一阵哗哗响动，把他吓了一跳。抬头从树叶缝隙看去，只见"长白老怪"踩着树冠从他头顶上奔过。想是树林太密，老怪追进林子里捉人如大海捞针，便跳上树冠上追寻。

张去病待到头上响声远去，才轻轻在林中穿行。走出一段，忽听有人喊道："张公子，你在哪里？"听似"巴山老鬼"的四川口音。他心中一喜，忙道："巴山先生，我在此处！"

岂料此语一出，"长白老怪"踏着树冠飞奔而至，张去病才知上当又往密林深处钻去。"长白老怪"哈哈笑道："臭小子，往哪里逃！"话音未歇"砰"的一声，一股巨大掌力打倒几棵小树，吓得张去病拔腿往林子深处奔逃。其实，此时他只须吟唱禅音调动体内的内力，施展"太极阴阳掌"和"蹑云步"两门绝技便不惧"长白老怪"。只因逃走之念先入为主，使他一心只想逃走，没想到同"长白老怪"交手。

"长白老怪"几次出手凌空点张去病的穴道，指力不是被树干挡住便是被岩石阻断，皆未得手。他想用掌力击倒张去病又恐将他打死，无法得到达摩石，只得跟着张去病往密林里钻。他想：臭小子，只要钻出这片密林，老夫看你往哪里跑？他料定追到旷地上必定能将张去病擒来，是以紧追不舍。

张去病在密林里越钻越深，只觉这林子地势越来越低。奔逃约半个时辰见前方出现一个云雾弥漫的山峡，峡里白茫茫一片什么也看不清。他不知峡里是深渊还是水泽，不敢贸然前行只得停住脚步。

忽听"长白老怪"在身后喊道："臭小子快站住，那山峡里有妖怪吃人，万万去不得！"

张去病回头一望，"长白老怪"追到十丈远处却不过来，神色紧张地望着他。这时他才看清老怪的容貌。只见老怪脸庞枯瘦，前额上有个凹坑，两眼斜吊，暴射精光，嘴上蓄着一小撮花白胡子，个头瘦小，神情却异常凶狠。他不知老怪因何神色紧张，不敢上前抓他。说道："前辈吓唬人，我才不怕什么妖怪呢！"

他说罢转身朝峡里走去。"长白老怪"急得大声喊道："臭小子，你若走进山峡里，便是有三条命也捡不回来！赶快回来，老夫不捉你便是！"

张去病回头一看，见"长白老怪"站在远处干着急，却不敢走近山峡，似乎对这山峡颇为忌惮。他想：难道这峡里真有妖怪吗？不由得站在峡口犹豫起来。转念又想：峡里即便有妖怪，我也不一定碰上。从峡里逃走总比落到老怪手里强，我怕什么？当下迈步走进山峡。

峡里云雾遮眼，目不视物。他跌跌撞撞向前走了几步，身后听不到动静，寻思：老怪真的没追进谷来？侧耳细听四处一片死寂，什么声音都没有。山峡里听不见鸟鸣，也听不见兽叫，甚至连小虫儿的吟声也听不到。他心下诧异：怎会这样？莫非……莫非这峡里真有妖怪不成？如此一想他打个寒噤，不敢再往前走，又转身走出山峡。

张去病走到峡口，却见"长白老怪"在外挥掌狂打树木，神情异常恼怒，周围树木被他打折一片。忽然看见张去病出现在谷口，老怪转怒为喜，忙收掌道："臭小子快出来，老夫绝不再为难你。"

张去病道："前辈莫骗我，你想趁我不备，冲过来将我捉住，你道我不知吗？"

"长白老怪"急道："不，不，你莫乱说！老夫岂敢……岂敢擅自，擅自闯入……"一脸惊惧神色欲言又止。

张去病心中奇怪，"长白老怪"武功高深，为何如此害怕进此山谷？难道谷里真有妖怪不成？他正思忖，老怪忽然凌空一抓，一股浑厚掌力向他抓来。他早有提防，见老怪衣袖微动忙急闪开去，道："前辈说不为难在下，为何又动手？"

"长白老怪"道："老夫不忍心见你小子进峡送死，拉你一把，哪是动什么手啦？臭小子别不识好歹！"

张去病哼声鼻音，道："哼，前辈是黄鼠狼给鸡拜年——不安好心！你当我不知吗？你别白费心思，我走啦！"说毕，又转身朝峡里走去。

"长白老怪"急切叫道："臭小子莫走，莫走！"叫声焦急却又无可奈何。张去病头也不回，大声道："我不走，等你来捉我吗？"

柯金龙追上前来，看见张去病往峡里走去，忙道："师父，咱们快进峡谷去抓住这小子！"

"长白老怪"急喝道："徒儿快站住！那是'绝命峡'，你万万去不得！"

张去病一听这山峡叫"绝命峡"，心想老怪又吓唬他。冷笑一声大着胆子朝浓雾深处走去。峡谷里雾气弥漫，白如炼乳，一步之外便什么也看不见。他像盲人行路一步一步摸索前行，磕磕绊绊地行出数十丈远，忽觉一阵心慌心跳。再走得二丈远猛觉一阵头晕目眩，急忙止住脚步。心想怪了，我慢慢行走为何会心慌头昏？这峡谷里难道真有什么古怪邪门？寻思之际，只觉得心在胸膛内跳得咚咚直响，头晕更加厉害，身子站立不稳，他忙摸着一块岩石坐下。坐在石上仍觉心跳得要炸开胸膛一样，难受至极。他心中大惊想退出山谷去，可是两腿软绵绵地站不起来。他一运真气体内空空如也，一丝真气也感觉不到！这一下叫他惊骇莫名！我的内力呢？完了，师父传给我的功力不在了！这怎么会呢？我的内力怎么会突然不见了？这峡里可真邪门，竟会叫人莫名其妙失去内力行动不得。难怪那"长白老怪"不敢追进峡里，原来是怕失去功力。

他想起"禅音十八唱"能提振内力，忙轻唱起来。唱得两遍心跳果然渐渐减缓。第三遍唱毕心神虽然宁静下来，身上仍是酸软无力。他心中困惑：往日吟唱禅音便会内力充沛，今日唱罢禅音为何浑身无力？他又暗自试运真气，体内仍是空空荡荡一点反应也没有。内力莫名其妙消失令他惊骇万分，心中大急，呆坐石上不知如何是好。

蓦然间，一个可怕的念头从心上闪过：莫非是这峡里的白雾作怪？这白雾难道能化去人的内力？啊哟不好，这白雾定是有毒！如此一想吓得他身冒冷汗。此时他动弹不了，便是想爬出山谷去也没力气了。

无奈之下，他又只得将求生希望寄于"禅音十八唱"，急忙张嘴吟唱禅音。一连吟唱十几遍，体内真气仍毫无动静，他渐渐失去信心，寻思完了，完了！连禅音也不管用，我只怕是要死在这古怪的山峡里了！他正绝望，忽觉腹部"气海穴"一跳有一丝真气涌动。他心神一振，忙凝神静气接着吟唱禅音。正吟唱得入神，忽见身旁的白雾向他涌来，一团一团往他嘴里钻。他害怕白雾有毒忙闭上嘴。那白雾却又往他的鼻孔里钻，他用手捏着鼻子却又无法呼吸，只得松开手。

可是禅音一停，"气海穴"内的真气便不再涌动。他寻思既然无法阻止白雾钻入体内，我索性继续吟唱禅音，看能否恢复内力？心内闪过，他张开嘴来高声吟唱，任那白雾似流水一般涌进嘴里。此时此际他除了指望禅音救他，别无他法可想。他一声声吟唱禅音，白雾不住从他的口中吸入。吟唱片刻，忽然间身上几处大穴一跳，十二经脉上的各个穴位都跟着跳动起来。他觉得随着禅音抑扬起伏，白雾似乎在他体内冲撞一个个穴位，撞得他浑身抖动不止。他心中害怕，又不敢停口，仍断断续续吟唱。白雾不住钻进他嘴里，过一会儿又从他鼻孔钻出来。如此钻进钻出好一会儿，他感觉周身骨骼忽然变轻许多，不再头晕心跳，身子也不再抖动，眼泪却哗哗直淌。他忙用袖子去擦泪水，半幅衣袖擦得湿透，泪水才渐渐止住。他抬眼一望，奇怪，刚才白雾障眼，一步之外什么事物也看不见，此时眼睛居然能将四下景物看得清清楚楚，这是怎么回事呢？

他一边寻思一边环顾四周，只见三丈开外有一块光滑的石岩，岩上刻有"绝命峡"三个大字，旁边还有一行小字："命，生之本也。舍本逐末，绝命之道也。望进峡者三思！"

他想：是何人在岩石上刻下这些字？这句话是什么意思？他是警告人不要进入这山峡吗？这山峡又为什么叫"绝命峡"，难道是因为这些白雾会将人毒死吗？

他想不明白其中的寓意，便转头四望，只见四面地上长着一大片色彩斑斓的野草。野草的叶子大如包粽子的叶片，叶上长满七色花斑。一阵阵白雾正是从这草中散发出来蒸腾飘荡开去。他心中好奇伸手摘下一片叶子，只见断叶处流出乳白浆汁，异常浓稠。他怕中毒，忙将草叶丢到一旁。

他想这山峡叫"绝命峡"，人进入峡里难道便不得活吗？……会不会是好事之徒故意取这么个名字捉弄人，吓唬人，不让人进这山峡？转念又想："舍本逐末，绝命之道也"，这"末"又指的是什么呢？他觉得这山峡大有古怪，不敢轻举妄动，又继续凝神吟唱禅音。大约唱了一炷香的工夫，体内真气渐渐流动起来；又唱得片刻真气才充盈鼓荡，他站起身来不敢停留，急忙离开这片白雾弥漫的危险之地。

走出古怪的草地，他一面祈求上苍保护平安走出这"绝命峡"，一面提心吊胆地继续往前走。行出一段路，又见怪事发生：本来浓如炼乳的白雾不知几时变成了黑色，四周渐渐被无边黑雾笼罩，他宛如走进一大片墨汁之中。他心中惊慌，忙停下脚步，不知接下来会发生什么怪事。他站立在黑雾里，心中七上八下，心想平日只见过黑云黑烟，却没见过黑雾。这山峡里没有野火，无有黑烟，这黑雾从何而来？他忐忑不安不知是否该继续前行。

他望着无边的黑雾，忽然觉得胸前一阵发痒。他抬手去搔胸前的痒处，手指无意中碰到怀中揣着的密信，蓦然想他得赶快回大宋去，将密信呈交皇上为家人报仇。如此一想他鼓起勇气，不顾一切向前走去。但那黑雾太浓，眼前一片漆黑，两眼又变得什么也看不见。他伸出一只腿去探路，待踏实之后再伸出另一只腿去探路，一步一步慢慢向前挪动。如此提心吊胆走出一段，他渐渐不再害怕，只是专心在黑雾里摸索行进。然而奇怪，他越往前走，那黑雾变得越来越冷。手触摸到周围的树木岩石冷寒透骨。他似乎走进了冰天雪地里，冷得他牙齿打战，手脚麻木。

他忙运功抗寒，岂料略一运功，体内真气急速外泄，那黑雾似乎像抽水一般将他体内真气抽去，他大吃一惊不敢妄自运功。心中寻思：适才那白雾会化去人的内力，这黑雾却会吸取人的真气，这山峡里的雾气太邪门了！转念又想，这黑雾又怎么这么冷？难道是从雪山上飘下来的吗？咦，我身患怪病从前不怕冷，连白无极的阴寒内力都不惧，今日怎么变得怕冷起来了？难道是药王将我的病治好一半的缘故吗？

一阵阵寒气袭来，冷得他经受不了，他忙摸着一段枯树坐下吟唱禅音驱寒。禅音一起，身上的寒冷果然慢慢减轻了些。他唱着唱着，忽觉体内气血翻涌出现怪病发作的征兆：一股灼热气流在右边半身涌起，使他如同掉进炉火中烧烤一般。他脱口惊叫道："糟了，我的怪病发作了！真倒霉，偏偏在这危险时刻发病！这一回我只怕是有死无生了！"

他心中惊骇，口中却不敢怠慢，继续大声吟唱禅音，想用禅音镇住怪病发作。他吟唱一会儿，心中又诧异起来：往次犯病热流在右边身子上下蹿动，痛得他死去活来。而左边身上阴寒如针刺使他痛苦不堪。此时左边身子却不感到阴寒刺痛，右边身上涌起的热流似乎被四周的黑雾一丝丝抽出体外，使他右半边身子越来越凉爽舒服，这种感觉以前犯病却从未有过。

他不知是什么缘故，不敢分心乱想，仍专心吟唱禅音，任随体内赤热不断外泄。不知吟唱了几遍禅音，体内赤热渐渐被黑雾吸尽。他反而感觉精气旺健，便睁开眼来。奇怪，此刻眼睛又能看见身边的景物，他又诧异不已。

他见自己处在一片紫色树林中，一团团浓墨般的雾气正从紫树梢冒出，向四处飘散去。刚才还伸手不见五指，此时又能看见东西，他觉得这事情十分诡异，却又弄不清是什么缘故，只想赶快穿出这个怪异可怕的山峡，便站起身来快步向前走去。

此时他已能看清数丈之外的景物，行走快了许多，在峡谷穿行一阵，渐渐走出黑雾。他看见自己行走在崇山峻岭之中，两旁山峰高耸入云，峡里怪石林立，长满草木。远处有波涛声传来，他抬眼往旁边望去，见一条河在峡里奔流。他庆幸此刻眼能视物，要不然摸黑乱走，说不定掉进河里丢了性命。

他心里庆幸，又行走一程，忽见前方上空出现一团团红云，峡里仿佛有野火燃烧。他暗叫声："糟了！倘若山火阻断去路，我如何出得了这山谷？"心头一急，他迈步跑上前去查看火情。奔到近处一看不禁愕然，只见那一团团红云，原来是火红的浓雾在空中飘动，红雾里的景物隐隐约约，看不甚清楚。

他刚才闯过白雾笼罩的地段，又钻过黑雾笼罩的地段，此时又遇上红雾笼罩，他觉得这事儿太蹊跷诡异。心想这红雾又是何物释放出来的？雾里又有什么稀奇之事？他想走进红雾里去瞧个明白，又担心遇上危险。但不穿过这片红雾，他只有倒退回去。是往前走，还是退回去？他犹豫起来。

犹豫一会儿，他想要报仇雪恨前途无比凶险，连眼前这点险阻都不敢闯过，如何报得了大仇？他一咬牙，小心翼翼地走进红雾中去。一踏入雾团，只见天空、山岩、草木皆被染成一片红色，看得他头晕眼花。走几步，他只得闭目歇一会儿。等到头不晕，眼不花，再睁开眼睛往前走。如此慢慢走出一段，忽见几块大红锦缎铺在山峡里。他忙揉揉眼睛，凝目再看，那锦缎原来是大片盛开的猩红野花。一团一团红雾正从那大片红花丛里冉冉升空，翻卷滚涌，蔚为奇观。他想：前面一处是野草吐白雾，一处是紫树吐黑雾，此处却是红花吐红雾，这峡谷里的树木花草太稀奇古怪！这又是什么怪花，为何也会吐雾？莫非是老人说的"桃花瘴"之类的瘴气吗？

他走到那花海前，只见野花一朵朵大如面盆，红似烈火，花蕊散发甜甜香气，沁人心脾，他走近一朵花前，俯身下去吸那醉人香气。突然，面前两大片花瓣倏地一卷将他的小腿卷住，将他往花里拉，拉得他身子一晃险些栽倒在花丛中。其余几个花瓣朝他快速卷拢，似要将他包在花朵中。

他大吃一惊，急忙挥掌打断花瓣，施展"蹑云步"往后跃开。便在此时一阵热浪扑面袭来，弄得他一阵眩晕。他想再跃开去，两腿却软绵绵的使不出半分力气。他急往后仰倒在地上，所幸没掉进花丛里。

他躺在地上惊魂未定，不知这野花怎会袭人。他又抬头去看那野花，却见一条碗口粗的大蛇悄没声地爬过来。他吓了一跳，忙从地上抓起一块石头欲扔去砸蛇。岂料那蛇似乎被那花香引诱，看也不看他，径直爬到花前，扬起头去探视那花蕊。只见两片花瓣猛地一卷便将那蛇头卷住。大蛇在花中浑身扭动，猛烈翻转挣扎，却怎么也挣脱不出。转眼工夫那大蛇便被拖进花心中。四面花瓣包拢过来将大蛇紧紧裹住，只听那蛇在花瓣中咝咝尖叫。过得一会儿叫声消失，花瓣缓缓张开，只见那大蛇已化成一摊脓血慢慢渗入到花蕊里去。

张去病看得心惊胆战。心想：适才幸亏自己没有掉进花丛中，否则此刻只怕也化成了一摊血水，尸骨无存了！这儿太可怕，我赶快离开这鬼地方！他想站起身来，两腿仍没半分力气。那热浪一阵一阵滚来似要将他烤焦，令他浑身疼痛难忍，他只得用手在地上爬行。

爬出二丈之遥，心头突然一跳，左半边身上的穴位忽如针刺一般疼痛，一股阴寒之气从左脚底的"涌泉穴"窜起，在左半边身子涌动，冷得他牙齿打战，手脚冻僵。这种症状他再熟悉不过，知是身上的怪病又发作了。

他有些不解：药王说将他身上的怪病治好了五成，为何一到这峡里怪病会接连发作？难道是这峡里的毒雾在作祟吗？他顾不得多想，忙吟唱禅音。但此时热得口干舌燥，嗓子冒烟，一声也唱不出来。他想完了，恐怕这一次难逃劫难！正感绝望，忽觉那热浪涌到他左半边身上同体内阴寒之气一触，冷热相碰犹如雷电交击，痛得他大叫一声晕了过去。

昏迷一会儿，心里渐渐有些知觉，感觉那热浪犹似大片膏药贴在他身上，正将体内透骨寒气慢慢吸出，他感觉十分舒服。任那热浪拔除寒气，心中默默吟唱禅音，指望快些恢复功力。默唱一会儿，渐渐能唱出声来，便放声高唱。唱了半晌，体内阴寒才渐渐消去，浑身阴阳交泰，气血融合，说不出的舒坦。热浪涌扑来他已感觉不酷热，反倒感觉如春风拂体，受用至极。他心想："禅音十八唱"实在神奇，几番助我逢凶化吉，我要感谢达摩祖师和法痴大师！

他正心怀感恩，猛觉一股浑厚无比的真气从小腹"气海穴"涌出，势如破竹冲过十二经脉所有穴位，如大河奔腾，在体内运行一个周天，又浩浩荡荡复回"气海穴"内。他从未感受过真气如此浩荡畅行，毫无平日滞塞之状。这突如其来的变化令他又惊又喜。他想：我体内真气今日怎会一泄千里畅通无阻？他又试着运转体内真气，看是不是错觉。岂料一运功那真气便又奔腾起来，势如千万匹野马在他体内左冲右突，冲得他从地上一跃而起。他忙依照凌霄老人传授的"太玄神功"心法，凝神吐纳，引导真气游遍十二经脉各个玄关，突奔真气才平静下来，徐徐回归到"气海穴"里。

忽然，一个念头在他心里闪现：我身上任、督二脉打通了吗？让我再试试！如此一想，气随意转，真气又运行起来，且比平时浑厚无比。须臾之间，真气又汹涌澎湃地在体内畅行一个周天。这让他再无怀疑，确信任、督二脉已被打通！他心中一阵狂喜。兀自寻思：我身上怪病痊愈了吗？师父说过，我的病好了便能运用他传给我的八十年功力，待我再试上一试。他忙行功运气，果然内力比平日雄健异常。他心花怒放，大声欢呼道："哈哈，师父传给我的八十年功力，我能驱使啦！"

他激动地跳起来，兴高采烈，蹦蹦跳跳走出一段路，心里又闪过一个念头：咦，我的怪病怎么突然好了？那药王费九牛二虎之力方才将我病治好五成，为何来到这可怕山谷里怪病会不治痊愈？这又是什么缘故？他思前想后，不明所以。

正迷惑不解，忽然听见有人"嗬嗬"地轻哼一声，吓他一大跳。寻声望去，只见一人披头散发躺在一棵大树下。他大胆走近前去，见是个老人。这老人的头发胡子不知有多久没剪，又长又乱，长发将面孔遮了一半，眉眼看不真切。老人躺在地上浑身不住抽动，嘴里不时发出呻吟，像是在忍受着巨大疼痛。他上前去问道："老丈，你有何不适？"

老人不答仍是低声呻吟。他又问几声，老人仍是不回话。他想这老人准是犯了重病，便蹲下身去把老人的脉，脉象极弱，再伸手在他鼻前一探，气息断断续续，性命垂危。他忙出掌抵在老人腰间"命门穴"上，注入真气为老人保命。

过得片刻，老人停住呻吟，缓缓睁开眼来，一眼看见张去病，脸上露出万分惊恐神色，颤声道："你，你……是人，还是鬼？"

张去病道："老丈莫惊，我是人，不是鬼。"老人狐疑道："不，不，你不是人，一定是鬼！进这'绝命峡'的人必死无疑，绝不会有活人！"张去病道："老丈，你便是活人，怎么说这谷里没有活人？"

老人一愣，道："我活不过片刻，已不算是活人！"张去病道："老丈莫灰心，待我想法子救你。"老人摇头道："你是鬼，你莫骗我！"

张去病见老人不相信他是活人，便向老人脸上吹一口气。热气喷到老人脸上，老人又惊又疑，叫道："你真是活人？"张去病点点头。

老人伸手扒开遮住面容的长发，露出一张长脸来。只见他细眉长眼，高鼻阔口，瞪大两眼望着张去病，像是见到什么稀奇古怪之物，连连摇头道："小兄弟，你怎会进入这'绝命峡'来？又怎么没死掉？这……这，可稀奇至极！"

张去病将如何逃进峡谷，如何吟唱禅音闯过三色怪雾之事说一遍。老人听得惊讶不已，道："原来如此！小兄弟，那'禅音十八唱'是一门什么功夫？老夫怎么没听说过？"张去病道："那是一门音功。"

老人道："是少林寺的功夫吗？不对，少林寺音功名叫'金刚伏魔吼'，没听说有什么'禅音十八唱'。"老人凝神沉思起来。张去病道："老丈，你是因何来到这'绝命峡'里？"

老人长叹一声，道："此事说来话长！不过，老夫临死之际，遇上你这小兄弟为我送终，便是我俩前世有缘，我说给你听。小兄弟，你可知我是何人？"张去病摇头道："晚辈不知。"

老人道："你可听说江湖上有个'百毒门'？"张去病蓦然想起，他两次在黑店里遇见"黑白二枭"倪东和戚北，二人便自称是"百毒门"的人。此刻一听老人提到"百毒门"，便点头道："在下听说过。"

老人道："小兄弟，老夫便是'百毒门'掌门人！"张去病大吃一惊。他听说过"百毒门"的掌门人叫"百毒尊者"，人称"毒王"，与"药王"齐名。此刻一听老人自称是"百毒门"掌门人，惊讶道："前辈便是……'百毒尊者'吗？"

老人道："小兄弟怎会知道老夫的名号？"张去病道："晚辈听人说过前辈。"百毒尊者道："原来如此。"张去病道："前辈怎会……病倒在这'绝命峡'里？"

百毒尊者长叹一声，道："唉，皆因老夫争强好胜，才误进这'绝命峡'，活该绝命于此！"百毒尊者看见张去病一脸困惑，又道："小兄弟，你可知道那'药王'老儿？"

张去病道："前辈说的，可是那'还魂药王'？"百毒尊者点点头。张去病道："晚辈知道。"

百毒尊者道："我'百毒门'以毒功纵横江湖，那药王老儿偏偏与我作对。他救治病人也就罢了，却将老夫毒杀的仇人也给治好。如此一来，武林中人岂不是会说老夫毒技不如他的医技？这口气叫老夫如何咽下？又叫我'百毒门'如何在江湖上立足？老夫大怒，几次前去回春谷与他一决高下，看是他医技高，还是我的毒功高。"

听到此处，张去病忽然想起在回春谷里，药王同毒佛迦南陀斗技的惊心动魄情景。心想这毒王同药王比斗想必更加精彩。忙问道："前辈去找药王比武，那胜负如何？"

百毒尊者颓然叹道："你问胜负如何？老夫说来也不怕丢人，还是那药王老儿技高一筹，我几次败在他手下，奈何他不得！"张去病道："前辈，后来呢？你怎会到这'绝命峡'来？"

百毒尊者道："后来，老夫决心遍访天下奇毒，炼制出药王老儿不能解的毒药，斗败那老儿，砸下他那块'还魂药王'臭招牌！五年前，老夫听人说，这金国境内有一个'绝命峡'，无人敢踏进峡内一步，只因中有不计其数的奇毒之物。老夫闻讯万分高兴，便千里迢迢到金国来寻找这'绝命峡'。"

"老夫找了半年，好不容易才到这'绝命峡'。我站在峡外一看，只见峡里上空笼罩五色云气，便知这谷里一定有奇毒之物，我仗着一身傲世毒功，毫不畏惧闯进这谷里。"

张去病道："前辈武功高深，又身负绝世毒功，进峡来后怎么会病倒此处呢？"

百毒尊者道："小兄弟，你不知道，老夫走进峡里遇上那白色毒雾，心脏顿时狂跳起来。我情知中毒，忙摸出解毒之药服下。岂知心脏平静下来，内力却无影无踪。我大吃一惊，又服下几种解毒之药，方才重获内力。可是如此一来我的功力已大损！"

张去病吃过那白雾的苦头，却不知那白雾为何如此厉害，忙问道："前辈，那白雾是何种毒物，怎的如此厉害？"百毒尊者道："小兄弟，你来时，可曾看见那片散发出白雾的野草？"

张去病道："看见了啊！那草七色斑斓，竟会散发出白雾，却不知是什么毒草？"

百毒尊者道："那草名字叫'蒸魂草'。草叶内含有炼乳般的毒汁，人中此毒便会心脏狂跳而死。练武之人倘若中此毒，哪怕是一流高手也会被它化去功力丧命。因为此草之毒能令人极度亢奋，虚脱至死，所以叫作'蒸魂草'。"

"老夫瞧见那片'蒸魂草'长在山峡里，心中十分奇怪。据书上记载，这'蒸魂草'乃是波斯国毒物，怎会生长在这'绝命峡'里？幸亏老夫深谙解毒之道才克制住'蒸魂草'剧毒，闯过那重重白雾。小兄弟，你穿过白雾能保住性命，这可真是个奇迹！那'禅音十八唱'实在是一门罕见神功！"张去病道："前辈，后来呢？"

百毒尊者道："后来老夫往前走，看见那片黑雾，再不敢大意。我先服下解毒之药，才走进黑雾中去。我起先以为这黑雾是那'毒磷潭'之水蒸发而成。岂料走入黑雾里才发觉不是。那'毒磷潭'散出之毒，只能破坏人的神经，使人感到寒冷而变成一具僵尸，却不会抽吸人体内真气。这黑雾却会抽吸人体内真气，会使人运功抗寒而丧命。

"更令老夫不解的是，它只抽吸身负阳刚内功之人的真气，却不抽吸练玄阴内功之人的真气。比如少林派高手踏入这黑雾之中，不出片刻便会散功丧命，武当派高手却不会。"

张去病听得后怕起来。心想难怪自己踏入黑雾中，右半身奇热怪病便发作起来，身上的炽热血气立即被那毒雾抽吸，体内热毒也随之被那毒雾吸去。若不是有'禅音十八唱'护体，只怕我体内真气也会被那黑雾吸尽，散功而死。忙问道："前辈，你又是如何闯过这一关的呢？"

百毒尊者道："老夫发现毒物不对，忙吞下一丸'太上保命丹'护住气血经脉。万幸的是老夫练的不是纯阳内功，而是道家玄阴内功，那黑雾无法抽吸老夫体内真气。纵是如此，我此刻服下的解药，同闯白雾时服的解药相冲突，却使我的内脏受了伤。"

张去病道："前辈，我瞧见那黑雾是从一片紫树林里冒出来的。那是什么树，怎会冒出黑色毒雾？这可怪了！"

百毒尊者道："我见到此树时，也不识它是什么毒物。这几年我冥思苦想，才想起来，那紫树或许是传说中的'凉木'。它原本生长在高丽国金刚山上，不知这'绝命峡'里怎么也生有这种毒树。这'凉木'树干空心，内藏墨汁般毒液。其毒从树叶蒸腾出来化成黑雾，能侵害人的元阳。所以中毒之人会感到身上寒冷难当，浑身血液会结冰而毙命。"

张去病道："前辈，那'蒸魂草'和'凉木'的毒，为何会化成雾气四处飘散呢？这又是什么缘故？"

百毒尊者道："这原因，一开始我也想不明白。后来我才悟出，这或许是因为'绝命峡'地貌奇特之故。此峡是上古时山崩地陷而成的一条深沟。这深沟下陷靠近地心，山峡各段地势高低起伏落差极大。地底热气往上蒸腾使这山谷如同蒸笼一般，常年云蒸气蔚，故能将'蒸魂草'和'凉木'毒汁蒸发出来化成毒雾飘在空中。

"只是老夫始终奇怪，那'蒸魂草'本是波斯国炎热地域的毒草，能在这山谷里生长倒也罢了。而那'凉木'却是高丽国寒冷地域生长的毒树，怎会生长在这幽僻峡谷里，又怎能存活下来？"

张去病道："前辈走出黑雾之后，可是遇上一大片红色毒雾？"

百毒尊者道："可不是嘛！老夫看见红雾挡道不敢再往前走，便坐下来，我想弄清这红雾内含有何毒，寻找出化解之法才去闯那红雾。"

张去病道："前辈可找到解毒之法？"百毒尊者摇摇头叹道："唉，没有。直到今日老夫仍未找到解毒之法！若是找到解毒之法，老夫也不会倒毙在此了！"

张去病惊讶道："前辈没找到解毒法子，是如何闯过那红雾的呢？"

百毒尊者道："老夫琢磨半年多，没弄清红雾里含有何毒，便不敢走进那片红雾里。但我又无法掉头往回走，因为老夫功力大损，内脏已伤，再退回去闯那白雾和黑雾必死无疑。我进退不得只得在这'绝命峡'里待下来。我以野生可食之物充饥，倒也能在这谷中活命。倘若不是去年一天夜里听见一件奇事，可能至今我都不敢去闯那红雾。"

张去病忙问道："前辈，你听见什么奇事？"

百毒尊者道："那天深夜，老夫睡得迷迷糊糊，忽听得有人道：'了然真人，那"天精果"尚未结出，你叫我匆匆赶来究竟为何？'又听另一人道：'莫明大师，两个月前老道占得一卦，那卦象显示今年仙果提早成熟，故邀大师来分享。'

"老夫忽然听见这'绝命峡'里有人说话，心下惊讶万分：这两人竟然在'绝命峡'里安然无恙！是何方高人？我起身看那说话之人。月光之下，只见一僧一道正朝那红雾笼罩之地走去。

"那法号叫莫明的和尚，模样甚是奇特。脸色犹如三岁婴儿面孔，额头上却爬满皱纹，嘴上胡子银白如雪，犹如同百岁老翁。头上发楂却乌青发亮宛如年轻人毛发。他身上穿一件墨绿色僧袍，脚下穿一双破僧鞋，手上拿着一个金色酒葫芦，肩头上却蹲着一只白猿。那了然真人身穿青袍，鹤发童颜，项下胡子长到腰间，手上拿着一柄拂尘，一派仙风道骨模样。老夫行走江湖数十年从未见过这一僧一道，也没听说过他俩法号，不知他俩是什么世外高人。"

张去病一听，顿时想起在来金国途中救他的醉僧，同这莫明长老模样相似，肩上也是蹲着一只白猿，忙插嘴道："前辈，前些日子我在道上见过那莫明大师，是他救我一命。"

百毒尊者忙问道："小兄弟在何处见过此人？快说来听听！"张去病将莫明

长老如何从龙象法王手下救他之事说了一遍。百毒尊者惊叹道："啊呀！连龙象法王这等顶尖高手都不敌莫明长老喷一口酒，怪不得他与了然真人走在这谷里毫发无损！"

张去病道："前辈看见这两位高人，为何便改变了主意去闯红雾呢？"

百毒尊者道："起初，老夫也没改变主意。不料听到那了然道人说：'莫明大师，那仙果三十年开花，三十年才结果。六十年一个甲子才有缘品尝它一次。上一个六十年它结出仙果，机缘所至，你我二人各吃了一个"天精果"。这第二个六十年，咱们可别错过这机缘！'

"那莫明和尚答道：'了然道兄所言极是。这一次咱俩好好酌以美酒，品果赏月，谈仙论道！'

"我一听两人之言，惊讶又激动。惊讶的是他二人说，他们头一个六十年来过这'绝命峡'里一次。如此推算，他两人第一次来谷里时至少有三四十岁。头一个六十年过去，他二人岂不是活了近百岁？他们这第二个六十年再来这'绝命峡'，两人岂不是活了一百五六十岁？二人这般长寿实是罕见！令老夫万分激动的是，他二人说那仙果名叫'天精果'！"

张去病忙问道："'天精果'是什么果子，前辈为何一听说它便激动万分？"

百毒尊者道："老夫年少时，听我师父彤云真人说，那'天精果'乃是修道成仙的一种长生果。它三十年开花，三十年才结一次果。而且要到子夜时分果子才成熟。那'天精果'甚是奇特，成熟一刻钟后便坠落地下了无踪影。我师父他老人家说，人吃了'天精果'不仅能延年益寿，而且天眼顿开，能修道成仙！我没想到这'绝命峡'里竟然生有这种仙果，听了怎不激动万分？"

张去病道："所以前辈不顾危险，去闯那红雾吗？"百毒尊者点头续道："我一时贪念大动，摸出保命丹药服下，壮起胆子悄悄跟在那一僧一道身后，小心翼翼地走进红雾里。走出一段忽然闻到一阵醉人奇香，直沁心脾。我心中一荡，顿觉大事不妙。注目望去，只见眼前一大片猩红色巨花绽开。

"我大吃一惊：这不是暹罗国的剧毒之物'血无命'吗？它怎会生长在这山谷里？又怎会释放出漫天的红雾？这花不仅奇毒，而且诡异。它会分泌出怪味引诱各种动物落入它的陷阱。猎物只要被它卷入花心，须臾之间便化为一摊脓血，被它当作养料吸入根系中。一见这毒花，我想我命休也！"

张去病想起那条大蛇转眼之间化作脓血的可怖情景，仍心有余悸。心想：原来那会袭人的毒花叫"血无命"，是暹罗国的剧毒之物。又问道："前辈怎会活不成了？"

百毒尊者道："因这'血无命'之毒专破玄阴内功，老夫修炼的正是道家阴柔真气，恰恰碰上了克星。我正胆战心惊之际，忽然一阵热浪袭来酷热难当，我不假思索，忙运功护体，岂知一运功，真气被那热浪不断地吸去。我本来已经功力大损，内脏又受重伤，怎经得起真气外泄？转眼之间我便昏迷过去。"

听到此处，张去病回想自己闯入红雾的经过，忽然心有所悟。他想凌霄老人修习的是道家功夫，传给他的也是玄阴内力。怪不得在红雾之中热浪会吸取他体内的真气。殊不知热浪在吸纳他真气之时，同时也将他体内的寒毒阴气吸去，反倒治好了他的怪病。他转念又想：我体内真气为何没被吸光呢？莫非是吟唱禅音护住了真气吗？没想到我闯过三道生死关口虽然凶险无比，无意中却治好了怪病，反而因祸得福，真是上天保佑！

他不知百毒尊者如何脱险，又问道："前辈昏迷过去，后来又如何能逃生呢？"

百毒尊者道："这个老夫也说不清。我醒来时已躺在红雾外一片浅水里，身上衣衫被汗水和河水渗透。我不知是何人救了我，或许是那一僧一道也未可知。我虽然侥幸活命，但功力尽失变成了一个废人。如若不是有一桩心事未了，老夫无论如何也活不到今日！"

张去病道："适才在下把前辈的脉，脉象虽微，却还有救，待我再送真气为前辈保住心脉。"百毒尊者摇头道："小兄弟千万不可！你不知我是什么人便胡乱出手相救，日后可得有你的苦头吃！"张去病奇道："前辈是'百毒门'掌门人，在下怎么不知晓？"

百毒尊者道："那我问你，你知道老夫在江湖上杀过多少人，做过多少恶事？"张去病摇摇头道："不知道。"百毒尊者道："对啊，你对我一无所知，不问青红皂白救我，愚蠢至极！再说老夫已是废人，你救活我，我活在世上只能任仇人宰割！小兄弟，你若真想帮我，老夫求你替我了却一桩心愿。"

张去病一怔，道："前辈有什么心愿要在下替你完成？"

百毒尊者从怀里摸出一块乌黑玄铁牌，上面铸有一个吓人骷髅头，说道："此牌是'百毒门'掌门人的信物，门下属众见此牌如见掌门人。我将它交给小兄弟，倘若你命大能走出这'绝命峡'，请你暂代'百毒门'掌门人之位，莫让几代祖师创下的基业毁在我手里！"

张去病惊慌道："前辈，这可不成，在下万万承担不了如此重托！"百毒尊者怒道："你是不是瞧不起我们黑道门派？"

张去病忙道："不是不是，前辈千万别生气！你想，在下对贵派武功一无所知，怎么做得了贵派掌门人？"

百毒尊者面色缓和下来，道："这个不难，来，老夫将本门宝典《迷毒经》传给你。此书上录有本门武功和制毒用毒妙法，只要你钻心苦练，可得老夫真传，日后便能纵横天下！"百毒尊者从怀内拿出一册旧书递给张去病。

张去病不敢接经书，连连摇手道："前辈，在下已有师门，我不能背叛师门！谢谢前辈抬爱，恕在下不能从命！"百毒尊者一怔，心想叫人背叛师门是武林大忌，实是强人所难。忙温言道："小兄弟不必为难。你如不愿做我派掌门人，出谷后你可到燕山骷髅堡去代老夫立一位掌门人。那骷髅堡是'百毒门'总坛。我教有三位护法，大护法叫花无双，人称'银蛛仙子'。二护法叫周通，人称'毒蒙王'。三护法人称'金蝎大圣'，名叫姬云鹏。你代我将铁牌和《迷毒经》传给大护法花无双，立她为掌门便是。此事关系我'百毒门'存亡断续，老夫临终拜托你了！"

张去病茫然道："这，这，这……"一连说了好几个"这"，却不知如何回答。面对一个临终老人之托，他无法拒绝只得点了点头。

百毒尊者面露喜色，道："老夫心中大事已了。我一生作恶甚多，该见阎王去了！我毙命在这'绝命峡'只因学艺不精，怪不得旁人。你去骷髅堡传我遗命：我门下弟子不得去找他人寻仇生事。众弟子只须专心打理教务，苦练功夫，定能光大我'百毒门'！"说罢双眼突然暴睁，口角流出鲜血，身子一歪顿时气绝。

百毒尊者忽然自断心脉而死，张去病一时傻了眼。发呆瞬间，想到一代"毒王"叱咤风云，竟惨然毙命在这"绝命峡"里，心下不禁戚然。他将铁牌和《迷毒经》揣入怀中，拾来枯枝叶掩盖在百毒尊者身上堆成一个坟。向毒王坟冢三鞠躬才惆怅离去。

他一边走一边寻思：自从进入这"绝命峡"遇上种种危险，所幸皆死里逃生化险为夷。但这峡内处处暗伏凶险，不知往前走还会遇到什么风险，自己会不会像百毒尊者惨死在这山峡里？想到前途吉凶未卜，他心里七上八下。

他在峡里转了两个弯，眼前一亮，前面出现一片花团锦簇的平地，四处长满花草，两旁高耸赤红色山峰，一道瀑布从高岩上飞流直下，宛如一匹白绸悬挂在红岩上。瀑布下有一碧水潭，潭旁有片树林，林中树枝、树叶、树干全是金黄色，金光灿灿。他心中诧异：此时尚未到秋天，树林怎么变成了金色？眼看如画美景，他一时忘了忧烦，心想药王隐居的回春谷已算得风景如画了，但同这相比，景色却又有所不及，想不到这令人恐惧的"绝命峡"里，还有如此景色奇佳之处！

这一日经历种种险遇，他又累又饿想找些野果充饥，便走进那片金色树林里去。树林中光线暗淡，他举目搜寻却见不到一个野果子。他心中诧异：这林里怎么一个野果也没有？如此一想，肚里饿得咕咕直叫。他一边寻思，一边往树林深处走去。越往深处走，林内越来越暗，仍不见有什么可食之物。一转头，忽见前方金色树叶之间悬挂着两碧绿果子，他心头一喜，几个纵跃跃到那树下，纵身上树去摘那果子。手刚伸出，那两个绿果突然一晃，树枝哗啦啦一阵乱响，树叶后忽然伸出一个硕大蟒头，咝咝咝地吐出血红芯子，那两个绿果原来是大蟒一双眼睛！

他大吃一惊吓得倒纵出去两丈，身子坠地凝目一看，只见那蟒浑身金色，身子粗如小桶，体长约十余丈，头大如盘，脑门上长着一个血红肉冠，两眼射出阴森森绿光，虎视眈眈地望着他。刚才巨蟒藏身金色树叶后，金黄蟒身同树林融为一色，林内光线暗淡，张去病忽见巨蟒碧绿眼睛误当成两个野果。此时突然看见巨蟒现身，吓得他心脏一阵乱跳。

忽然那巨蟒怒咝一声滑落树下快捷向他蹿来，他撒腿就跑。惊恐之际，他连"蹑云步"也忘了。岂料才跑几步，巨蟒长尾一扫，一根粗大尾巴扫向他腰际。惊慌中他伏地一蹿从蟒尾下蹿出林外。巨蟒身子庞大却行动迅捷，蟒身扭动一蹿便是一丈多远，在他背后紧追不舍。他惊慌失措奔到碧水潭边，见瀑布旁边岩石上斜长着一棵树。他不假细想纵身跃起抓住那树，用劲往树上攀。刚攀上数尺只听"咔嚓"一声，手中树干折断，他握着半截断干坠入碧水潭中。

潭水冰冷刺骨，他为逃命便胡乱划动手臂，转头一看巨蟒追到潭边吱溜一声钻进潭里，扬起头向他游来。他心下大骇，疾挥双臂向前乱划。忽觉身后水浪汹涌起来，那巨蟒已游到近前张开大口朝他咬来。吓得他拼命划水向前逃去。忽听水声震耳欲聋，他抬头一看已游到瀑布下面，水花飞溅打得他睁不开眼睛。巨蟒猛然翻卷身子搅起一个大浪朝他打来。他躲避不开那浪头，一下被打到水下，身子忽被一股巨大力量拖往潭底，他心中闪过一个可怕念头：我被大蟒缠住了！他奋力挣扎，一连呛了好几口水便昏了过去。

过了许久，一阵冷风将他吹醒。他睁眼一看眼前一片模模糊糊，身上又湿又冷。他抹去眼睛上的水珠，头晕脑胀地坐身起来，才看清自己坐在一条暗河边上。前方不远处传来轰隆隆的落水声，一幅明亮水帘挂在洞口。他蓦然想起在碧水潭中被巨蟒追咬之事，心想他怎会从水潭里来到这暗河边？是被人救了吗？他忙转头张望却不见四周有人。

他想没人救我，我怎会从水潭出来呢？难道那水潭同这条暗河相通吗？啊，是了，那瀑布不断为潭中注水，却不见潭水往外流，潭水定是流入这条暗河中。他站起身来查看，只见他身处一个大洞之中。这洞有三丈多高，五丈多宽，光亮从洞口水帘映照进来，洞内颇为敞亮。洞左侧有个洞，一大股水从洞口流来形成一条浅浅暗河往黑暗深处流去。他寻思：原来这个洞隐藏在瀑布后面，人在外面看不见瀑布后有洞。瀑布下潭水流入这条暗河，将他冲进这洞内。他想幸亏暗河水很浅，他才没被淹死，他又一次死里逃生！

他往旁一看，见洞内有两张石桌和几个石凳。一张石桌上摆着一盘没下完的棋和两个茶杯。一张石桌上放着一具七弦古琴，旁边还有一个暗红色紫铜香炉。他寻思这洞的主人是谁？情趣如此不凡，想必是个高雅之士！再往四周一看，一面洞壁立着一个朱红书架，架上一层一屋堆满书籍，皆是道家典籍，书都用油纸包着防潮。书架旁悬挂着一把金漆木剑，剑柄上刻有字迹。他取下木剑一看，见剑柄上刻着"纯阳子"三字。

他寻思："纯阳子"是何人？他用这把木剑做甚？是用它来练功，还是用它御敌？他寻思着将木剑挂回原处，目光扫到东面洞壁，见有一道石门紧闭。门旁凿有四个大字："道通玄天。"他走近前朗声问道："洞门内有人吗？晚辈张去病求见！"

他喊了几声，门内无人应答。他推那石门，石门纹丝不动，他只得转身另寻出洞路径。石门旁边是暗河，他沿着暗河走出不远，见河水流入地下，暗河尽头是一堵岩石，再没有去路。他只得掉头，去到那悬挂瀑布的洞口寻找出路，瀑布水帘下方便是碧水潭，他看着潭水，想起巨蟒在水潭里追咬他的一幕，心里还怦怦直跳。他抬头观看水帘洞四周，不见另有出口。他要离开此洞可跳下水潭游走，可他听人说蟒蛇捕猎耐心极好，一连可以潜藏几天不动等待猎物，此时那巨蟒说不定还藏在水潭里。他不敢跳进水潭去冒险，望着瀑布发怔一会儿，无计可施只得返回到石桌旁坐下。

他怔怔望着那扇石门上，心想出口会不会在石门内？他又走上前伸手在门上拍几下，高声道："门里有人吗？晚辈张去病求见！"一连高喊几声，石门里仍是无人回应，他运起雄浑内力去推那石门，石门仍是纹丝不动。他心中诧异，心想他体内蓄有凌霄老人八十年的功力，他这一推至少有千斤力道，为何推不开这石门？他查看四周，看有没有开启石门的机关，只见四周岩石凿得光溜平整，他将四处看遍，不见有开门机关，又沮丧地退回石桌旁坐下。他垂头丧气地看着地面，一筹莫展，不知如何是好。他气恼地想：这"绝命峡"是什么鬼地方？到处是陷阱，步步有危机，难道老天有意造这个山峡害人吗？他正气恼，一只老鼠蹿来"嗖"地钻入石门下一个小洞里。他恍若未见，仍在寻思：我困在这里出不去……这如何是好？

过一会儿工夫，那老鼠又从洞里钻出来，从他面前悄悄爬过。看见老鼠肥肥的身子，他心念一动：我饿了一天什么都没吃，这洞内没有食物，我得抓这老鼠来充饥，以免饿死在这洞里。心念闪过他纵身上前去抓老鼠。老鼠反应敏捷"嗖"的一下又钻进小洞里去。他趴下身子伸手进洞去抓老鼠，那鼠从他手下蹿进深处。他伸长手臂探进洞内乱抓一通，将那鼠吓得吱吱惊叫，可就是捉不住它。

他抽出手来，趴在洞口寻思：唉，我这人真倒霉，想抓只老鼠充饥都不能如愿！懊恼一会儿，腹中又饿得咕咕直叫，他不甘心受饿，又将手臂轻轻伸进洞去抓老鼠。这一回他悄悄伸手在洞内四处搜寻，想突施袭击抓住那老鼠。听见老鼠又吱吱惊叫，他忙朝那叫声方位一把抓去，猛觉指尖一痛，手指却被老鼠咬住！他又气又笑，喝道："小东西，我还没吃到你，你倒先吃我一口！"他急忙一甩手掌，欲将那老鼠甩掉，不料却碰到一个冰冷之物，手掌一阵疼痛，老鼠也碰得叫一声松口跑了。

他不顾手痛，又伸手疾抓老鼠，却一把抓到那冰冷之物上。他心中讶异：咦，这是什么东西？他用手指摸那东西，却是个铁器把手。他心中诧异，这洞中怎会有铁器？莫非是件兵刃？是谁藏在这洞内的？待我取出来瞧瞧是什么兵器？他握住那铁把手用力往外一拉，忽听一阵嘎嘎声响。吓得他跃起身来，却见身旁那扇石门正在缓缓打开，原来那铁把手是开启这道石门的机关。

石门内黑洞洞的什么也看不清。他不敢贸然进去，便站在门口高声道："有人吗？在下张去病求见！"门内无人回应。他害怕门内有危险机关，转身搬来一个石凳滚进石门里试探有无危险。石凳咚咚滚去了一瞬停下来，不见室内有何异状，他才大起胆子走进门去。

门内光线极暗，他伸手摸着一面石壁慢慢往前走。忽然手掌摸到一个烛台，上面插着蜡烛。他摸出火石打燃，将蜡烛点亮。借着烛光他才看清自己在一间石室内。这石室不大，四周石壁光滑洁白。石壁上刻有三幅图画，图旁还刻有文字。每幅图下放有一个蒲团，墙角放有一个木盒，一个铜壶和一捆蜡烛。

他急着寻找出洞通道，无心观看壁上图画和文字。他正在四处张望，忽听身后嘎嘎急响。忙回头看见石门在快速关上！他疾冲到门边，石门已关得只剩一道缝。他又惊又急推那石门，哪里推得动？他后悔不迭道："我怎不搬个石凳将门顶住？倘若这石室里没有出口，我岂不要困死在这室内？"转念又想："这石门能从外面打开，也该能从里面打开，待我找室内的机关！"

他从石室地面看起，将四壁、四角、穹顶，每个角落都找个遍，却不见有开门的机关，急得他满头大汗。他只得安慰自己道："便是找到开门机关，打开石门又有何用？外面没有别的出口，我还是走不出这岩洞去！有什么好着急的？"转念又想：不对，这洞一定还有别的出口！若是没有别的出口，这洞主人怎么出洞去呢？他总不会从暗河潜入碧水潭出洞吧，这多危险，多麻烦？说不定出口就藏在这石室里，只是不知它藏在哪儿，我再仔细找找！如此一想，他又仔仔细细搜寻石室每个角落，看哪儿藏有出口的迹象。他一连将石室搜寻几遍，看得两眼发花，都没瞧见一点出口在哪儿的蛛丝马迹。他心中渐渐绝望，加之又累又饿无力再搜寻，他便将三幅壁画下的三个蒲团拼接成一个垫子，倒身躺在蒲团上休息。

他躺在蒲团上自语道："我怎的如此倒霉？好不容易拿到秦桧老贼投敌密信，怪病也痊愈了，只说是回大宋去报仇雪恨，却冒冒失失走进这间石室，我若是困死在这石室里，怎么报血海深仇啊！"

精忠英雄传

（中）

莆 华 著

中国文联出版社

目录

第十二章　悟道

悔到极处，他忽然惨笑道："张去病你这个倒霉蛋，天下再没有比你更倒霉的人！哈哈，你霉得浑身都长了绿毛，世上的霉头都让你撞上了！"苦笑两声，一口气笑不出来，竟然晕了过去。晕了一阵，他忽被冷醒过来，翻几次身再也睡不着觉，便站起身来，无意间看见三个蒲团上皆写有文字。他拿起第一个蒲团来看，只见蒲团上写着一行字："进入'乾元洞'，便是道中人。"

他心想：这洞叫"乾元洞"吗？为何进这洞里便是道中人呢？这是什么意思？他又拿起第二个蒲团来看，上面一行字写道："坐蒲团，须服'老君丹'，饮下'无量酒'。"他寻思：坐蒲团还须服丹药饮酒，这是为什么？他再拿第三个蒲团看，上面写一行字却是："参悟壁上'天根谷神图'，可悟大道真谛。"

看罢三个蒲团上的文字，他想：我进室来没顾上看壁上图画，原来这壁上图画同修道有关，待我看看是什么图？转念又想，这洞内没吃没喝，我困在这洞里只能饿死，还能悟什么道？我看它也是白看！一想到"饿死"二字，肚子咕咕叫起来。他一整天没吃东西，肚子实在饥饿难当。他放下蒲团想找东西充饥，目光落到那"坐蒲团，须服'老君丹'，饮下'无量酒'，"几个字上，心中一亮：这室里有'老君丹'和'无量酒'吗？待我找来充饥！他忙游目寻找"老君丹"和"无量酒"，目光落到墙角那个木盒与铜壶上。

他走上前去拿起木盒打开盖子，只见盒内放着三枚药丸。那药丸核桃般大，外包的纸已经泛黄，看来有很多年头了。他寻思：这三枚药丸是蒲团上写的"老君丹"吗？他拿到烛光下一看，纸上果然写着"老君丹"三字。他放下药丸，提起那铜壶摇摇，壶内有水声响。他将壶盖揭开一阵浓烈酒香钻进鼻孔，他想，看来这便是"无量酒"了。他喜上心头，不管三七二十一抱着铜壶喝一口酒。那酒黏稠如乳汁甘淳无比，入口香味绵长直沁入肝脾。他从未喝过如此美酒，接着又喝上一大口。两口酒下肚，不知怎的胃忽然像被小手抓搔，反倒饿得更加难受。他心中一惊叫道："不好！这酒难道有毒吗？"

他不敢再喝酒，仔细体察胃肠症状却不见有疼痛，只是一阵一阵饥饿使得他有些头晕眼花。他放下酒壶，忽然一股肉香隐隐约约钻进鼻孔，他想这石室内怎会有肉香。怪了！他收缩鼻孔捕捉那时有时无的肉香，小心翼翼嗅着那香在石室内找了一圈才发现，肉香味是从那三枚"老君丹"药丸散发出来的。他诧异道："怪哉，我从小治病吃过许多药丸，从没闻到药丸会有肉香。这药丸怎么会散出肉香呢？真是奇怪得很！"

他拿起一枚药丸打开外面包纸，里面药丸呈黑褐色，下面还有几行小字："'老君丹'，系采集异兽胎盘和奇珍灵药配制，有交合太极，调和阴阳之功用。服此药能开智益慧，倍增功力。'无量酒'系收集天地日月甘露精华，按五行之术酿成。内含天、地、人三元精气，服之能延年益寿。有缘者三日服一枚'老君丹'，以'无量酒'佐服。方可观看'天根谷神图'，潜心悟道修行。切记，药与酒不可多服，免伤性命！"

看罢文字，他想：这"老君丹"原来是用异兽胎盘和奇珍灵药制成，怪不得会散发肉味。此药是修道服用之药，我不修道本不该服它。但实在饿极，先吃一枚药丸充饥再说。想罢，他拿起一枚黑褐色药丸放入口中，慢慢嚼烂吞入肚内。

说也奇怪，服下药丸后，转眼之间肚子便不觉饥饿了。腹中不饿，心绪却乱。他走到一个蒲团上坐下，目光缓缓扫过石壁上的画。忽然想起蒲团上那句"识得'天根谷神图'，可悟大道真谛"之语，他心中一动：心想这壁上画叫"天根谷神图"吗？上面画的是什么呢？有什么大道可悟？待我看看！

他走到第一幅壁画前，只见那画上方果然有"天根谷神图"几字。那画上绘的不是山水花鸟，也不是人物，而是一个天际空洞，从那空洞里飘出一团混沌之物。那些混沌之物渐高渐消，直至消失于无形，化作一片虚无。但那虚无似乎又弥漫在天地之间，无处不在，无处不有，又无处皆无。他愣愣看着那图画摸不着一点儿头脑。看了好一会儿，总是看不懂画的是什么意思。

他移目去看图旁文字，见那文字写道："致虚极，守静笃，万物并作，吾以复观。夫物芸芸，各归其根。归根曰静，是曰复命。复命曰常，知常复明。""神谷不死，是谓玄牝。玄牝之门，是谓天地根。绵绵若存，用之不勤。"

他蓦然想起：这不是舅舅岳雷常读的《道德经》上的话吗？他在岳家庄时，舅舅岳雷和岳霖常在窗下诵读《论语》《道德经》《庄子》《孟子》等诸子经籍，他听得似懂非懂。但听多了却不知不觉将经籍上一些话记在心里。此时一看这段文字，他便想起是《道德经》上的话。他看壁上那幅画，又看这段话，两眼茫然，仍是不知何意。

看了一会儿，兴趣索然，他便移步去看中间石壁上第二幅画。这一幅画绘的是一个清癯老者打坐在木榻上，面容清癯，神情旷达，目光深邃。老人右手指天，左手指地，姿势奇特，一副出尘离世之态跃然壁上。他想这画上老人是谁？是洞主人的画像吗？回眸一看图旁也有几行文字："孔德之容，惟道是从。道之为容，惟恍惟惚。恍兮惚兮，其中有像。恍兮惚兮，其中有物。窈兮冥兮，其中有精。其精甚真，其中有信。"

他记得这也是《道德经》上的话。心想：在这老人画像旁写《道德经》这些话，又是什么意思呢？难道……这老人在修炼一门高深武功吗？可是那《道德经》并非武功秘籍，这段话和练功又有什么相干呢？他想不明白，摇了摇头，便转身去看左面石壁上的第三幅画。

画上是一个白胖婴儿躺在花丛之中，柔嫩身子赤条条地放着光芒。婴儿一侧，有大群毒蛇猛兽皆作回避婴儿之状，另一旁绘有一群手持刀斧的凶恶汉子，个个望着那婴儿面带微笑。他再看图旁的文字写道："含德之厚，比于赤子，毒虫不螫，猛兽不据，攫鸟不搏。骨柔筋弱而握固……"这幅画下角写有落款：吕纯阳敬绘老君宝典。

看见"吕纯阳"三字，他想吕纯阳不就是吕洞宾吗？他想起在家时听娘讲过八仙的故事，娘说吕洞宾是唐朝八仙之一。他想这个石室难道是吕洞宾仙人当年修行之处？他蓦然想起在回春谷时，药王说他师父了然真人是吕洞宾仙人传世弟子。想到此处他恍然道："啊呀！药王说了然真人在长白山里修道，叫我到长白山找了然真人治病，药王还给我一幅路径图，我来到金国一心只想盗信，怎么将这事给忘了？"

他忙从怀里摸出那幅图一看，图已被潭水泡坏。他惊道："不好！秦桧老贼的密信可别泡烂了！"他扔下路径图，连忙摸出密信来看，见那密信包着一层厚厚防水油纸，才放下心来将密信放入怀中。

他看见扔在地上的路径图，忽又想起"巴山老鬼"说他得半张吕洞宾修道成仙密图，那图上标有吕洞宾仙人修炼的密洞，"长白老怪"却得到另外半张图，二人为争密图在长白山上几番争斗。他想这个山洞一定是他们要找的密洞，他俩苦寻几年找不到，我却无意中得进此洞，真是各人的机缘不一样！想到此处，他走到每幅图下面蒲团上跪下恭恭敬敬磕了三个头，许愿道："吕洞宾仙长在上，弟子张去病随缘进入仙长清修宝地，受困于此，求仙长助弟子脱困。日后弟子一定镇邪锄奸告慰仙长！"

许罢心愿，他坐在蒲团上寻思脱困之法。想了一会儿忽觉丹田一动一股暖气从小腹缓缓升起游走四肢百骸，浑身暖洋洋的无比舒服。他想我没运功，真气怎会自行运转？这是什么道理？这疑问刚从心中一闪过，忽觉眼皮异常沉重，昏昏欲睡。他心中诧异：我怎会突然困极？是服下"老君丹"和"无量酒"的缘故吗？不待他往下想，瞌睡让他困得直想闭眼睛。他将三个蒲团接在一起吹灭蜡烛，倒身在蒲团上沉沉睡去。

不知睡了几个时辰，一觉醒来，他睁眼一看，四周漆黑。他寻思这一觉睡得真香，咦，我睡在这冰冷石室里，怎么一点也不觉得冷？莫非也是服了"老君丹"和"无量酒"的缘故吗？他寻思着坐起身来，打燃火石点亮蜡烛。睡了一觉感觉精力旺盛，他又在石室内寻找出洞暗道。

先前他已将石室四周找遍，此时他专门搜寻室内地面。他用脚狠跺地面，听听地下有无空洞声响。如有空洞声暗道便藏于地下。他在石室里走一步，跺一下脚，来回将地面跺遍，没听见地下有空洞声响。他长叹一口气站着发愣，茫然不知所措。

呆立一会儿，他想：莫非那暗道藏在三幅壁画后面？他忙走到壁画前一幅一幅仔细查看，却不见藏有暗道的痕迹。他又抬手去敲那三面石壁，亦不见有任何声响。他又想：开启暗道的秘密会不会藏在壁画中呢？

他走到第一幅画前左看右看，看不出画上藏有暗道的蛛丝马迹，也看不懂图上之画。心想：或许暗道之密不在这幅图上吧。唉！自己悟性太差，对吕洞宾仙人说的大道一窍不通，看这画便是看三天三夜也枉然。他摇摇头，在壁画下蒲团上坐下发怔。

他坐在低处，那壁画在高处，他无意间仰面一瞥那画，忽见画面上那个空洞里飞出无数混沌之物宛如千万生灵在他眼前欢悦飞舞，源源不断地向无极之处飞去。看得他眼花缭乱气血翻涌。画上那空洞似乎有一股巨大吸力要将他身子吸离蒲团，跟随那些飞舞生灵飘升到无极中去。他大吃一惊，慌忙滚下蒲团站起身来，惶惶望着那壁画骇异不已。

他站着看那壁画，一切复归寂然，画上并无什么异样。他迷惑不解：这是咋回事？难道刚才是我看花眼吗？他心中奇怪，又坐上蒲团去看那画。霎时间，画上混沌之物又鲜活飞升起来，引得他体内血气左冲右突，身子仿佛又要飞升到那千万生灵的行列中去。他急忙收敛心神，放声吟诵"禅音十八唱"。

岂知刚吟唱两句，嗓子忽然一紧便唱不出声来，这是他修习禅音以来从未有过之事。他不敢再往下唱，也不敢再看那壁画，忙合上双眼。但那壁画仍在眼前晃动，仿佛已镌刻在他脑子里似的，身子总是跃跃欲试想飞进那团混沌之物中去！

他想从蒲团上站起来离开那壁画，可是头重脚轻，双腿绵软竟然站不起来！他想滚下蒲团，身子却动弹不了。他心下大骇：我刚才还好好的，怎么忽然间便没一点力气了？这壁画里有什么古怪，我这是中了什么邪？这……如何是好？

他又想：这壁画是吕洞宾仙人当年修道看的，莫非凡夫俗子不能妄自看它？是不是我自不量力妄自乱看，惹恼冥冥中的仙人，受到惩罚吗？唉，我冒冒失失不知厉害，这下身子不能挪动，我更别想找到暗道离开此洞了！

他心中一片惊慌，懊悔不迭，但竟觉身子仍在跃跃欲试想飞升进那团混沌之物中去。惊慌中他一眼看到画旁那段文字："致虚极，守静笃，万物并作，吾以复观。夫物芸芸，各归其根。归根曰静……"看见"归根曰静"四个字，他寻思难道致虚极，守静笃便能摆脱万物并作的纷扰吗？难道"归根"能让我平静下来吗？那么我如何才能做到"归根"呢？啊，是不是要像第二幅画上的老人摆一个练功姿势做冥想之状呢？如此一想，他也不管想得对不对，便依照第二幅画上老人的姿势，右手指天，左手指地，心中默默冥想："致虚极，守静笃，万物并作，吾以复观。夫物芸芸，各归其根。归根曰静，是曰复命。复命曰常，知常复明……"

奇怪，他冥想一会儿心神果然渐渐收敛，身子不再蠢蠢欲动，但身上仍没力气。他又摒除杂念继续冥想，一动不动打坐在蒲团上，渐渐心神归一，内心一片宁静空明，只觉万籁静谧，物我两忘，天地仿佛由静而虚，由虚而无。他已化为尘、化为气、化为风、化为光、化为影、化为无形消失在冥冥之中。

静笃良久，突然间一股无边真气从胸中奔涌而出，如浩瀚云气充塞天地之间，将他心中一切悲欢愁苦消融化净。他睁开眼来，忽然有洞见万物生死荣衰之妙悟，面露微笑脱口赞道："妙极！妙极！"此时他身子充满精力，已然能动。壁上蜡烛燃尽，室内一片黑暗。他起身去点燃一支蜡烛插上烛台，去看那第二幅画。

有了看第一幅画的经验，他走到第二幅壁画前弯腰坐到蒲团上，仰面观看画上那打坐的老者。他从头到脚仔细将老者看几遍，却不见有何奇异之处。他想莫非此画另有隐秘，不宜坐观？于是他站起身来从左边看，从右边看，从近处看，从远处看，变换不同方位看那壁画。观看良久仍是一无所获。他寻思：或许这幅画所含玄机太深，非是我这浅薄小子所能参悟。我领悟不到这幅壁画中的真谛，看来与它无缘。他望着那壁画揣摩好一阵，委实看不出画里藏有什么玄机，便吹灭蜡烛闭目躺在蒲团上歇息。

忽然，他觉得黑暗中有双眼睛注视着他。他悚然一惊跃起身来，点亮蜡烛四下环顾，却不见室里有人。他想或许是心中幻觉，便又吹灭蜡烛躺下。可是一合上眼，那双眼睛又在黑暗里炯炯有神地看着他。他惊诧莫名，又跳起来点亮蜡烛查看。这一回他心下害怕，从蜡台上取下蜡烛小心翼翼把洞室巡视一遍，直到看清室内确无旁人，才将蜡烛插回石壁上，心中仍惊疑不定，却又解不开这个疑团，只得又回到蒲团上躺下。

这一次他不吹灭蜡烛，让室里有烛光照耀。他暗中将双眼眯成一条缝窥视室内动静。他疑神窥视一会儿，两眼眯得发酸却什么也没瞧见。他寻思：兴许是我困在这洞室里心烦意乱，眼睛看花了才有此幻觉。如此一想，他又闭上眼睛。岂料刚一合眼，那双眼睛又分明在盯着他。他心下大骇，不敢睁开眼睛，心想这洞室里莫非有鬼？难道我被鬼缠上了吗？这个念头让他毛骨悚然。他颤声道："你是何方鬼神，我可从未做过什么伤天害理之事，你别缠住我，请快退去！"

那双眼睛却一眨不眨，目光仿佛洞穿他的五脏六腑，看得他背上冷汗涔涔。惊悸瞬间，他忽然觉得那双眼睛好像在哪见过。他想难道是我认识的人死了，变成鬼魂来找我吗？他忙回想熟人的眼睛，寻思良久却想不出是何人的眼睛。

陡然间，一道亮光突然从脑子里闪过，他失声叫道："是他的眼睛！不错，是他的眼睛！"他倏地从蒲团上跳起，快步走到第二幅壁画前注目看去，画上老人眼睛正注视着他。他先前看画只注意看老人的容貌、肢体、服饰，却没细看老人的眼睛。此时仔细一看，见老人眼神祥和，目光深邃，两眼里散发出一股巨大磁力。他的目光一接触老人的目光，便被老人的目光紧紧吸住，不由得久久凝视老人的眼睛。凝视良久，忽觉体内有千百股气流嗤嗤流动，渐渐汇聚到他的眼睛里。

一瞬间，目光忽如雷电一闪，老人蓦地消失，唯见一片茫茫浩宇！他悚然一惊目光散乱，壁画上老人又显现眼前，却变得平淡无奇。他寻思：原来第二幅壁画的玄机在老人眼睛里。只是不知老人眼里的玄机含有什么深意。他又迎着老人目光看去，心神又被那目光深深吸住，全身真气又汇集眼睛里。这一回他凝神敛气，凝视良久。忽然目光又如雷电一闪，却不散乱，反而汇成一个光点向远处飘去进入虚无浩渺之境。

过了一瞬，奇怪，那光点在那虚无浩渺之处渐渐扩大成一个光团从无垠宇宙中飘来。那光团越来越亮，越来越大，他渐渐看清那光团里竟有一个赤裸的婴儿。那婴儿又白又胖浑身放射光芒，宛如一轮初升太阳光芒四射，散发出至柔、至纯、至真、至善、至美的光晕。光晕左旁浮现无数毒蛇猛兽，皆被婴儿放出的光辉照得退避开去。光晕的右旁有一群手持刀斧的凶恶汉子望着那婴儿，皆面带祥和微笑，纯真无邪的婴儿仿佛成了天地万物的主宰……

见此情景，他心中一动：这不是那第三幅壁画吗？惊觉过来，他惊讶发现，此时他看的已不是第二幅画上的老人，而是第三幅画上的婴儿！他迷惑不解：自己在看第二幅壁画，怎会转过身来看这第三幅画呢？这，这太奇怪！这……是咋回事？他满腹诧异，转过身去看第二幅图，想看出其中的奥妙。他四下打量，却看不出图上什么东西让他不知不觉转身去看那第三幅图。他心中大觉怪异，心想这第二幅图究竟有什么魔法？

他回想刚才观图情景，心中一动：适才我专心看那修行老人的眼睛，才发生这奇怪现象，奥妙会不会在老人的眼睛里呢？如此一想，他又去看那老人的双眼。他的目光同老人的目光一接触，又被老人的目光紧紧吸住，又不由得久久凝视老人的眼睛。他心念一闪：莫非是老者眼光有异？我是被他的眼光引导转身的吗？他再仔细一看，才发现老人目光看似在看他，但那目光实则穿过他的身子，往他身后看去。他寻着老人的目光往身后一看，才明白了其中的奥妙：原来老人目光正注视着他身后第三幅图上婴儿。他的目光被老人的目光牵引，他才不知不觉中转身去看第三幅画上的婴儿。

他自语道："这'天根谷神图'匪夷所思！第一幅图上的混沌之物竟然会变得鲜活飞升，会让人产生飞升之感。第二幅图上老人的目光居然能牵引我不知不觉转变方位。不知吕洞宾仙人在这'天根谷神图'里注入什么奇妙道法，能使这三幅图对人产生如此神奇作用？"感叹罢，他又兴致勃勃地坐到第一幅壁画下从头开始凝神静观，细心体会其中玄机。

他用了半个时辰一幅接一幅地看过去，看完三幅壁画时，忽然眼前一片黑暗什么也瞧不见了。他一愣，心想莫非是蜡烛灭了？疑惑之际，却见黑暗中走出一个人来。那人十七八岁，衣衫不整，一副落魄模样。他定睛一看那人却是自己！他心下奇怪，我怎会看见自己？难道我是在做梦吗？

他一惊诧，眼前幻象消失。他忽然心有所悟：心想这第一幅画莫非是说宇宙万物始于虚无。于无中生有，于虚中生实，于实中生动，动极则归静，静极则返虚吗？莫非万物皆是"有""无"相生，而生生不息吗？他又想：吕洞宾仙人说的"道"，莫非是以"致虚极，守静笃"之法，排除一切纷扰，明澈心灵，人方可明察万物，开启通天彻地的慧眼吗？那么这个"道"，对凡人成仙，又有何妙用呢？他寻思一会儿，想不明白何以如此便能修道成仙。但这一思索，却令他对武学之道有所省悟。他自言自语道："嗯，这个'道'对习武极是紧要，不管是内功外功，还是刀剑拳理皆是起于虚，动于实，收于静。'致虚极'，则可将内劲外力化于无形，使人防不胜防。'守静笃'，则可以明察秋毫，以不变应万变，而立于不败之地！"

他接着想：第二幅画的精义又是什么呢？是不是说，一个人若是由静笃而神远，由神远而复归本原，心神则可超然物外，不受羁绊，便能随心所欲，修道成仙吗？……想来，习武之道亦然，习武之人若是心神超然物外，不受任何羁绊，达到随心所欲之境，任意出手，皆妙招天成，那才是武学极致之境……

他看着那第三幅图上的婴儿，又想：那么这第三幅画是不是说，一个人若是心神超然物外，不受外物羁绊，达到随心所欲之境，修道成了神仙，他便能获得非比寻常的新生命，获得奇妙的道法与神通，不惧任何凶恶灾祸加害？……啊呀，武学不也是如此吗？一个人如达到随心所欲的武学极境，便能返璞归真，表面看他如同柔弱的婴儿，平常无奇，内里却潜藏无穷力量不可战胜！是了，是了！天道、地道、人道、武道都贵大盈若亏，大盛若衰，大强若弱，大巧若拙，一切"道"莫不如此！

他这一番思索对成仙之"道"虽不甚了然，却对武学之道大有所悟。心中豁然开朗后，他坐在蒲团上依照老人的姿势，右手指天，左手指地，闭目冥想那三幅"天根谷神图"，用心细细参悟。冥想片刻一股真气从"气海穴"里升起，犹如第一幅图上的混沌之物，在他周身游走起来。他心中诧异：心想他尚未运功，真气怎会在体内自行游走？难道这"天根谷神图"里暗藏有内功心法？他忙凝神疏导，将那真气引导回"气海穴"内。

过了一会儿，那真气又游走起来。这一回他遵照"致虚极，守静笃"之道专心打坐，任凭那真气在身上诸穴位自由游走，不去疏导它，那真气游走了一个周天又徐徐回归"气海穴"内。他如此意念不动，心神不察，听任那真气反复游走，渐渐如老僧入定，心中一片空明。

也不知过了多久，腹中突然饥饿起来。他从蒲团上起身取出第二枚"老君丹"放进嘴里嚼碎，喝一口"无量酒"，一边将丹药和着酒咽下，一边想：吕洞宾仙人留言说服一枚"老君丹"可管三日不饿，难道我在洞室里已过了三日吗？又想：这洞室内一共只有三枚"老君丹"，我吃下第一枚三日不饿。再吃下这第二枚，又管三日。三枚都吃完，一共是九日。倘若再找不到出室暗道，我又吃什么呢？岂不是要饿死在这洞室里吗？如此一想，绝望之念又笼罩心头。

但他毕竟年轻，心中希望总大于绝望。转念又想：唉，反正我这人多灾多难，已经死过好几回！还没到第九日上，我瞎想些什么呢？眼下危险还没到来，别自己吓唬自己。天无绝人之路，我不信我出不了这洞室！想了一会儿困乏上来，他便躺在蒲团上迷迷糊糊睡去。

一觉醒来精神旺盛，困在洞内无事可干，他又坐上蒲团参悟"天根谷神图"，潜心领悟画上真谛，任由真气在周身游走。一连几日，他越参悟越痴迷，沉浸在打坐修行冥想中，将生死之事忘到脑后。到第六日上，那真气渐渐升出一股巨大浮力仿佛要将他身子托飘起来。他忙气沉丹田稳住身子，忽觉那真气化为一冷一热两股在丹田冲撞互斗。他急忙运功化解，却不奏效。冷热二气在他腹内互斗如倒海翻江，似有千万根钢针乱扎小腹。他忍受不住大声呻吟，身子倒在地上翻滚起来。他捂着肚子翻来滚去不住呻吟，额头忽然碰到一物，他一看是那装药的木盒。便病急乱投医，伸手打开盒盖取出最后一枚"老君丹"放入口中，又抓起铜壶猛喝一大口酒，咕嘟咕嘟喝下肚去。

奇怪，那药丸和酒下到腹内，却化成一团氤氲之气从他鼻孔里冒出来，转瞬又钻入鼻孔，进入小腹的"气海穴"内凝结不动，犹似是一堵墙将冷热两股真气隔开，使它们不再互斗。随后又一点一点将它们吸入气团内。那气团暖暖地沿着经络和穴位游走，渗入四肢百骸，令他舒服至极。过一会儿，气团又化一股炽热真气在体内运行，却不再令他难受，反倒让他觉得浑身精力弥漫。又过得片刻，那气团却化成一股阴寒真气游走于七经八脉之间，令他不仅不难受，反而气血安泰，心神祥和。

他心中讶异：一寒一热两股气团为何改变脾气，不再互斗了呢？他忽发童心频频催动意念，一会儿令那寒气运行，一会儿令那热气运行，让两股真气游走全身的经络和穴位，忽大忽小，忽快忽慢，如同鱼儿钻来钻去。直至将那两股真气驾驭得收放自如，他才从地上站起身来，走到烛台前打燃火石点亮蜡烛。

不知是适才腹痛还是练气之故，他觉口干舌燥，想喝酒解渴，拿起酒壶往口中倒酒，却吸不出一滴酒来。他寻思，是不是刚才肚子痛，服"老君丹"时拿起酒壶猛喝一大口，把酒喝光了？他摇摇酒壶，看壶内还有没有剩酒，却听见壶里"咣当"一声响，似有什么东西撞击壶壁。他心中诧异：壶里有什么东西？他将酒壶口朝下一倒只听"啪"的一声，一物从酒壶里掉到地上。他捡起那物一看却是一把铁的钥匙。

他心下奇怪，拿着那钥匙寻思，酒壶里为何会有一把钥匙呢？这把钥匙又是开什么用的呢？难道……难道……这是开石室门的钥匙吗？一连串疑问从他心头闪过，让他心里一阵狂跳。他又寻思：如果这是开石门的钥匙，那么锁在哪儿呢？找到锁头，保不定能将石室的门打开，我便有活命之望！可是先前我找遍石室没看见哪儿有锁啊！那锁隐藏在什么地方呢？待我再好生找找！他忙从石壁上取下蜡烛，在室内寻找锁头。

他耐心将石室每一寸地方找遍，也没见到哪儿有锁。他将蜡烛插回烛台上。沮丧地想：难道这把钥匙不是开石室之门的钥匙？可它为什么会在酒壶内呢？莫非是吕洞宾仙人无意之间将它掉进了酒壶？如此一想，他拿着钥匙垂头丧气地在墙角坐下，手撑着地面，两眼茫然望着烛光发愣。

发一会儿愣，他隐隐觉得钥匙在手掌下微微一动。他低头一看钥匙并无异状。他又继续想心事，又觉手下钥匙微微一动。他十分奇怪，抬起手掌来看那钥匙。岂料刚一抬起手，只见那钥匙"嗖"地一下往旁蹿去，碰到装药丸的木盒"啪"的一声掉落地上。

他看傻了眼：钥匙怎会自己蹿动，难道它长有腿不成？他忙上前查看，见钥匙躺在地上并无任何异状。他伸手去拿那钥匙，钥匙却紧紧粘在地面上。他迷惑不解，微微用力才将钥匙抠到右手里。他想这地上有什么古怪？忙用手拂去地面灰尘，只见一块乌黑铁板露了出来。

他寻思这是一块什么怪铁板？刚一走神，一股无形力量将他手中钥匙吸到那块铁板上。见此情景，他才恍然大悟道："啊呀，这原来是一块磁铁，怪不得它能将这钥匙吸过去。"

疑团解开，他怔怔望着那块露出地面的磁铁，又心生疑问：心想磁铁乃是罕见之物，这室内地面怎会有此磁铁？他再看那磁铁，却见磁铁还有一半被压在木盒下。他将木盒拿开，拂去地上的灰尘，地面露出一块盘子般大磁铁来。磁铁上面刻有黑白两条鱼环抱在一起，却是一个太极图案。他再一看，两条鱼的眼睛内各有一个小孔。他从未见过太极图鱼眼里有孔洞，心想莫非开启石门的锁头孔眼，便是这鱼眼吗？如此一想他激动异常，拿着钥匙的手微微发抖，他慢慢将钥匙插入白鱼的眼里用力旋扭。

只听嘎嘎两声，他回头观望，不见室内有何动静。他取出钥匙，插入黑鱼眼里旋转几下，又听得嘎嘎两声。他忙回头四望室内一切照旧，仍不见什么动静。见此情景，他心中一阵冰凉，求生希望一下破灭。他将钥匙抛到一旁，绝望地看着那太极图。心想：既然这钥匙能插入太极图孔眼，说明这太极图便是锁头。可是我转动钥匙为什么没打开锁呢？

他正困惑地看着那太极图，忽见那太极图缓缓转动起来。他以为是看花了眼，忙用双手揉揉眼睛，定睛看去只见那太极图果真在缓缓转动。而且发出咔咔咔咔的声响。他诧异地看着太极图，不知接下来会发生什么事，紧张得心怦怦直跳。忽然间，猛听身后响起一阵嘎嘎嘎的声音，眼前烛光不停地晃动起来。他吃了一惊忙回头看去，只见绘有婴儿的石壁正在缓缓往旁边移动，露出一条黑暗甬道。

他望着那甬道惊喜万分，笑道："哈哈，功夫不负有心人，暗道终于找到了！"他生怕甬道像那石门一样突然关闭，急忙钻进甬道里。道内既无烛光，也无天光，一片漆黑。起初他什么也看不见，不知前方有无风险。他管不了许多，这是他唯一的求生出路，他必须大起胆子往前走。他走出十几步，忽觉眼前明亮起来，两旁石壁上的凿痕，地上凿出的石道都看得清清楚楚。他心中纳闷：这暗道内漆黑一团，我怎会看得如此清楚，这是咋回事呢？我的眼睛居然变得在黑暗中能看清事物了！他不知这九日他服下"老君丹"和"无量酒"，日日照着壁画打坐，不仅参悟道义，而且使他功力大增，两眼视力已大大超过常人，故能视黑暗如同白昼，看得见甬道内情景。

两眼能看清甬道，他不再顾忌，迈开大步行走起来。转了两个弯，前面出现无数石阶。他拾级而上，一面登梯，一面回想这次死里逃生的奇遇。心想吕洞宾仙人将修道之术绘入"天根谷神图"中，令那壁画变活起来引人悟道，真是神乎其技！但不知仙人为何要把修道弄得如此曲折凶险？

他寻思：进洞修道要过四关：一要有缘进入瀑布后面的秘洞；二要能找到开启石门的机关进入那秘室；三要能领悟"天根谷神图"里隐藏的玄机。四要找到开启暗道的钥匙和锁眼。只有过了四关，修道方能有成。倘若有一关过不了，修道之人便会困死室内，委实是凶险无比！稍有一处衔接不上，我都出不了石室！想到此处他十分后怕。又寻思：不过修道成仙本来就难如上青天。吕洞宾仙人如此安排，莫非是为磨炼求道之人的心志吗？好险哪，幸亏我命不该绝，才侥幸从这秘室死里逃生！

他思绪联翩，不知自己登上多少级石阶。一路走去倒也平安无事。又走出一段，前头现出一片光亮，想是到了出口，他心中一阵激动，困在暗室里九日不见天光，早已渴望看见天日，步子迈得更快。

不一会儿走出洞外，他长长呼吸一口新鲜空气。回头看那洞口，只见洞上刻有"乾元洞"三个字，他寻思原来此处才是洞门。他举目四望，头上蓝天白云，他置身一座山顶上。山下云雾翻涌，群峰露出云海犹如波涛涌动。山顶一块平地长有数株古松，树上栖着几只白鹤。忽然见到生人，白鹤惊得在树上扇翅鸣叫。

平地中央，有个用树墩做成的桌子和几个小树桩木凳。桌旁坐着一位僧人和一个老道，二人正在专心对弈。那老僧脸色红润犹如三岁婴儿，额头上却爬满枯藤般的皱纹，嘴上胡子银白如雪，头上的发楂和眉毛却乌黑发亮，身上穿一件满是油渍的墨绿色僧袍，脚下穿一双破僧鞋，一只手下棋，一只手拿着一个金红色酒葫芦。他身边蹲着一只白猿，也在专心看着棋盘。

张去病一眼认出老僧正是道上救过他的醉僧。他再看那道，见老道身穿青袍，头发银白，项下的胡子又黑又浓，竟然有三尺多长，一直长到腰间，细眉疏目，鹤发童颜。他想：莫非这位道长便是百毒尊者说的了然真人？那么，救我的醉僧，便是尊者说的莫明长老了。

那一僧一道仿佛没察觉到张去病出现在洞口，仍凝视棋盘思索。张去病想上前去谢莫明长老搭救之恩，忽然又犹豫起来。他想不知他俩谁是这"乾元洞"的主人，我未经许可擅自闯入洞内，吃了洞中的"老君丹"和"无量酒"，又偷窥"天根谷神图"，他们知道此事定要怪罪于我，那如何是好？如此一想他犹豫起来，不敢上前去见那一僧一道。犹豫一瞬，他转念又想：见了恩人不上前拜谢，岂是君子所为？犯下过失，不敢向人赔罪，又算什么大丈夫？受责罚便受责罚，我得去拜谢莫明长老，去向洞主认错赔罪，决不能悄悄溜走！

如此想罢，他硬着头皮走到那一僧一道面前，躬身道："小可张去病拜见道长和长老！"那一僧一道抬起头来，老和尚忽然哈哈大笑。张去病愕然，不知长老因何大笑。却听老和尚道："了然道兄，你输了！你说这娃娃做贼心虚，不敢来见我俩，我说他会来见的。哈哈，你输了！"

了然真人道："莫明道兄，这场打赌你赢了。张公子小小年纪襟怀坦荡，孺子可教！"

张去病一听，两人果然是了然真人和莫明长老。心想原来他们早知我从洞中出来，却不动声色暗暗查看我的人品，还为此打赌。幸亏我没有偷偷溜走，不然可丢死人了！

他忙下拜道："小子张去病拜谢莫明长老救命之恩！我擅自进入'乾元洞'吃了洞里的'老君丹'，喝了'无量酒'，又擅自观看那'天根谷神图'，请长老和道长责罚！"

莫明长老道："张去病小娃娃，谢我就免了。了然真人才是'乾元洞'的主人，罚不罚你，要看他了！"

了然真人手抚长髯道："张去病，莫明长老向贫道说起过你，你起来罢。"张去病站起身来，不知了然真人将如何责罚他，心中忐忑不安。他想原来是莫明长老同真人说起过我，但愿他老人家看在莫明长老面上，不重罚我才好。

了然真人说道："你说你看了'天根谷神图'，那你说说'天根谷神图'寓意是什么？你若说得对，老道便不处罚你。说不对，那你便永远留在这'绝命峡'罢！"张去病一听心中愈加紧张。他想"天根谷神图"有什么寓意呢？我可不知道啊！怎么说得出来？可是我说不出来，道长便不准我下山，我便不能回临安去报仇，这……这可如何是好？

他兀自着急，却听莫明长老说道："傻小子，你观'天根谷神图'时，心里是如何想的，便照实说嘛！发什么愣？"

张去病嗫嚅道："吕洞宾祖师留下的'天根谷神图'博大精深，无比玄奥。我浅薄至极，即便看了也看不懂，心里想的都是一些胡思乱想，我说出来只怕惹道长生气，更不会让我下山了。"

莫明长老哈哈笑道："傻小子胆小如鼠！人不胡思乱想，哪来创见？你讲错了，了然真人不准你下山。你不讲，他也不准你下山，结局都一样。你还不如大胆讲一讲！万一讲对了呢？"张去病一听，心想莫明长老说得极是。讲错下不了山，不讲也下不了山，我为什么不大胆讲？

如此一想，他说道："'天根谷神图'寓意深远，非是我这浅薄小子能道万一。不过道长既然垂询，我不敢不答。倘若讲错，还望道长多加指点。"了然真人道：

"你放胆说来，让老道听听。"说罢闭上眼睛，凝神聆听。

张去病惴惴道："遵命。我就姑妄言之。道长，这'天根谷神图'中寓意，是不是说：宇宙万物始于虚无，于无中生有，于虚中生实，于实中生动。而动极则归静，静极则返虚？倘是这样，人以'致虚极，守静笃'之法排除一切纷扰，明澈心灵，便能超然物外，不受羁绊。人便可由静笃而神远，由神远而复归本原。人若回归本原，便可悟道，可体察万物，睁开天眼以达道境！"

了然真人听到此处，忽然睁开眼睛，目光炯炯看张去病一眼，道："接着说下去！"

张去病不知自己说得对不对，心中七上八下，又惴惴说道："人若是返璞归真，以达道境，表面看似如同柔弱婴儿，内里却潜藏无穷力量不可战胜。是以天道、地道、人道、武道，都贵大盈若亏，大盛若衰，大强若弱，大巧若拙。如此方能海纳百川，最终成就仙道。小可如此领悟宝图寓意，不知对否，请道长赐教！"

张去病说罢，两眼望着了然真人，不知真人如何判定，心里紧紧揪着，手掌心里尽是汗水。莫明长老听罢脸上露出微笑，问道："了然道兄，这傻小子答得如何？"

了然真人却叹口气，道："后生可畏！难得他小小年纪，能领悟'天根谷神图'奥意，怪不得张公子有福参悟宝图！"听出真人嘉许之意，张去病情知自己没有答错，过了难关，忙道："谢谢道长勉励小可！"

了然真人又道："张公子，这'绝命峡'里凶险无比！你是如何进入峡里，又是如何一路闯过凶险的？"

张去病忙道："回禀道长，我是被那'长白老怪'追杀进'绝命峡'的。"遂将他如何到金国来盗信为家人报仇，如何被"长白老怪"追进"绝命峡"之事说了一遍。说毕，忍不住好奇心，又问道："道长，那'长白老怪'追赶我到'绝命峡'口，却不敢踏进山谷一步，是不是他在峡里吃过什么苦头？"

了然真人道："那小怪不敢进峡，是因几年前他闯进'绝命峡'寻找修道成仙秘洞，陷入毒雾阵中受尽折磨。老道碰巧见他生命垂危，心生恻隐，暗中给他解了毒，放他逃出谷去。他尝过'绝命峡'的厉害，哪敢再进来？"

张去病在"绝命峡"心惊胆战走一遭，心中有许多疑团，又问道："道长，我进入'绝命峡'遇上白、黑两色毒雾和一种可怕的大红花。我听'百毒门'掌门人说，那两色毒雾和红花是异域毒物，它们怎么会生长在'绝命峡'里，释放厉害毒雾废人功力，取人性命？"

了然真人捋捋长胡子，说道："那'百毒门'掌门人只知其一，不知其二。他说得不错，这山谷里的毒雾是一种草、一种树、一种花释放出来的。但这三种毒物并非天生此峡，它们都是我从异域取来种子栽在这山峡里的。贫道依据此峡的地域和气温，种下这三种毒物布成'三色奇毒阵'，是以能废去内外高手功力，杀人于无形。"

张去病心想：怪不得"绝命峡"里杀机四伏，原来是道长在峡内布下"三色奇毒阵"！那百毒尊者会陷入毒阵被废了武功还不知其中原由，殊为可叹！了然真人不愧是药王师父，使毒本事可真神奇！

又听了然真人道："'百毒门'的掌门人不识厉害，自恃一身毒功闯入毒阵中险些丧命。老道见他昏倒在红雾之中，念他做过几件善事便救他一命。不知他为何留在谷中不走，只怕已丢了性命……"

张去病道："我在'绝命峡'里遇见那百毒尊者，他已奄奄一息。同我说一会儿话，他便死了。我能走出'三色奇毒阵'，实在是侥幸得很！"

了然真人问道："我这'三色奇毒阵'竟然难不倒张公子，不知公子是如何闯过毒阵的？"张去病道："我也不知怎会闯过毒阵，此时仍是稀里糊涂。"当下把他如何吟唱禅音护住真气闯过白、黑毒雾和红雾，治好身上怪病之事说了一遍。

了然真人奇怪问道："那'禅音十八唱'能保护公子闯过毒阵，那是一门什么绝学？公子可否吟诵给老道听听？"

张去病道："遵命。"当下怯怯地吟唱起禅音来。起初他有些拘谨，开头几句放不开。吟唱到第四句时，体内真气忽然汹涌冲上喉头使他情不自禁放声高吟。一时间，禅音在群山回荡，禅意充塞天地。片刻过去一十八拍禅音唱罢。他不好意思地说道："晚辈献丑了！"

了然真人听罢，大赞道："这禅音端的奇妙！正大恢宏能使人去尘绝俗，神游太虚，融通奇经八脉，增强功力，真是奇妙至极！"

真人转头问莫明长老，道："莫明道兄，这禅音听去似同少林武功一脉，道兄可知它是谁所创？"

莫明长老摇头道："老衲也是头一次听到这禅音，不知它是何人所创。但禅音中似有达摩祖师禅机和武功心法，祖师圆寂好几百年，不可能再创新武功。这禅音却同祖师似有渊源，这可奇了！"张去病听他二人问答，想说出禅音来历。但想到自己答应过法痴大师，不得外泄禅音之秘，只得缄口不言。

了然真人道："张公子小小年纪，竟然能够融通佛禅，将这禅音唱得如此慈意深沉，悲悯遍布，这可不简单！但依老道看来，公子体内若无八十年的功力，仅凭这'禅音十八唱'护体，你还不能闯过我这毒阵！但不知公子年纪轻轻，怎会有如此雄厚的功力？"

张去病暗惊：了然真人好厉害，一眼就看出我身负八十年功力！忙道："在下的功力，乃是我师父凌霄老人传授的。"

了然真人讶然道："是你师父东方亮将他毕生功力传给你了吗？是了，东方亮收下你这个难得弟子，一定高兴万分。他将功力传你，那是望你成龙，你不可辜负你师父厚望！"

张去病点头道："我牢记道长教诲！"又问道："道长布下这'三色奇毒阵'，是不让外人进谷打扰您老人家清修吗？"

了然真人摇头说道："倒也不全是为此。这世上除了我那唯一弟子之外，没人知道我在这山谷里修炼。同我一辈的人，只有莫明道兄健在，其余的人在百年前都死光了。晚我一两辈的人比如你师父东方亮、子午岛主济沧海、'地藏宫'的欧阳山人，也没剩几人了。

了然真人屈指数罢，又说道："再小的后生晚辈，已不知世上有我这个人。便是那长白小怪，百毒尊者，老道救他二人时，他们也没瞧见我真面目，是以不会有人来打扰我清修。老道布下这毒阵，是为了保护这山谷里的一件宝物。"

张去病忙问道："是为保护这山谷里的一件宝物？道长是为保护吕洞宾仙人修道的'乾元洞'吗？"

莫明长老在旁插嘴道："傻小子问话不动脑子！'乾元洞'里危机四伏。人若进去极难出来，还用真人布下毒阵保护吗？"张去病心想也是，'乾元洞'如同一个陷阱，自己险些困死在洞内，是用不着保护。那么真人是为了保护什么宝贝呢？忙道："小可愚蠢，请道长明示。"

了然真人说道："老道布下'三色奇毒阵'，是为了保护一种名叫'天精果'的仙果。"

张去病"啊"的一声，想起百毒尊者就是因为贪恋"天精果"硬闯毒雾丧命，不禁惊讶出声。忙问道："道长，那仙果有什么珍贵，您老人家要如此精心保护它？"

了然真人道："'天精果'三十年开一次花，三十年结一次果，是修道成仙圣果。人若是吃了'天精果'，不仅可延年益寿，而且能开天眼，悟道成仙。商朝之时那彭祖修道成仙，活了八百多岁便是巧遇机缘吃下'天精果'。"

张去病惊叹道："难怪真人要精心保护'天精果'，原来吃了它可以成仙！"

了然真人又摇头说道："老道保护'天精果'，还不只是这个缘故。"张去病忙追问道："还有什么缘故呢？"

了然真人道："还有一个缘故，是因为练武之人若是吃了'天精果'，功力将会天下无敌。禽兽鸟虫若是吃了'天精果'，便能长成庞然大物！是以不能让人和动物吃到这'天精果'！"

张去病不解道："人吃了'天精果'，功力无敌，动物吃了'天精果'，会长很大，这不是好事吗，为什么不让吃呢？"

莫明长老饮一口酒，慢吞吞说道："傻小子，这都不明白吗？若是坏人吃了'天精果'，功力变得天下无敌。他干起坏事来，那怎么得了？让禽兽鸟虫吃了'天精果'，若是一只蚂蚁长得比牛大，禽兽界岂不乱了套？"

张去病奇道："有这事吗？鸟兽吃'天精果'会变得奇大无比吗？"

莫明长老喝口酒，放下酒葫芦，才说道："怎么没有？那一年，我同了然道兄头次见到这'天精果'时，一枚'天精果'被一只秃鹫吃下。后来这畜生长得同大象一样，在这山谷里残害生灵。我同真人欲除掉它，却让它飞逃了，现下还不知它在何处祸害人畜哩！"

张去病一听惊得瞪大眼睛说道："哇，秃鹫比象大，太吓人了！"又问道："请问长老，不能让习武的坏人吃'天精果'，那么能不能让习武的好人吃'天精果'呢？"

莫明长老断然道："也不能。一个习武的好人吃下'天精果'，忽然之间有了天下无敌的武功，他便会头脑膨胀生出野心，想一统江湖，或成为武林霸主什么的。他会变成坏人干坏事，所谓'福兮祸所伏'是也。"张去病听了叹道："原来，这'天精果'又是一种害人的东西！"

却听了然真人说道："那也不是。我和莫明长老都吃了'天精果'，我二人却也没变成坏人，这是所谓'祸兮福所倚'也。"张去病听出了然真人话里有弦外之音，可一时又想不明白。他睁着两眼迷惑地望着了然真人，不知说什么好。

莫明长老微笑道："傻小子，你有缘进入'乾元洞'窥见大道，是机缘所致。将来你的武功冠绝天下，这不是如同吃了'天精果'吗？老纳说，吃'天精果'是福祸相依，这是叫你日后好自为之！"

了然真人接嘴对张去病说道："贫道和长老吃下'天精果'，没变成坏人是'祸兮福所倚'。这是说祸福转化，因人而异。这其中关节，则是人有无大德。古人说：'厚德载物'，是说立大德者方能承受大福。公子此次因缘得福，你若无大德，日后会反被福害。切记！"

张去病忙拜倒下去，道："真人和长老的教诲，去病铭记不忘！"了然真人道："公子请起。"

等张去病站起身来。真人又说道："公子有缘进入'乾元洞'，参悟吕洞宾祖师留下的'天根谷神图'，福缘不浅！实话告诉公子，老道守候在'乾元洞'旁是在等候我徒弟到来。我有个徒弟名叫肖长春，人称'还魂药王'。我本想让他做祖师的传人，但他只有五十多年功力，还不能参悟祖师留下的'天根谷神图'。我让他在回春谷勤练内功，给他一张找我的路径图，命他功成之后前来找我，岂料他无此福缘。公子却福缘深厚能进入'乾元洞'参图悟道，这是上天冥冥中安排！"

张去病一听，忙道："去病不知真人这番苦心，误闯入'乾元洞'内，打乱了真人的安排，还望真人恕罪！"

了然真人道："这是天意，怪不得公子！你能进入'乾元洞'，吃'老君丹'，喝'无量酒'，又能参悟'天根谷神图'，还能从洞中出来，那是同吕洞宾祖师有缘分。老道为此高兴还来不及，又怎会怪罪你？"

张去病道："谢谢道长。去病有一桩事要向道长禀告。我去回春谷找药王前辈治病，那天竺毒佛迦南陀前来寻仇。药王斗败迦南陀，但为救孙女朱蕾，他老人家不幸中毒。去病求真人救救药王。"

了然真人听罢，叹道："老道当年早已料到，天竺国'毒佛宗'的人会来找我'神药门'寻仇，二十年后果然真的来了。不过我那徒弟肖长春号称'还魂药王'，遭逢此劫难，命不该绝。公子无须为他担心。"

张去病一听放下心来。又听了然真人道："这几日公子所逢造化，你大约还不知晓，待老道说给你听。'乾元洞'内有两件宝物，一件便是'天根谷神图'。另一件是那'老君丹'和'无量酒'。数百年前，吕纯阳祖师得道成仙后，将他所参悟大道精义绘成'天根谷神图'留给后世有缘之人。

"但是观望此图者，要有缘进入'乾元洞'内石室，要有缘吃到'老君丹'和喝到'无量酒'，方能看'天根谷神图'。若无仙丹和仙酒相助，进室之人妄自看宝图便会阴阳错乱，气血崩溃而亡。公子有缘进入石室吃丹喝酒，参悟三幅图的精义，实在福泽深厚！"

听到这里，张去病想起初看第一幅图时周身气血翻涌，头晕目眩滚下蒲团的狼狈情景。他想：我莽撞无知，不知厉害去看那"天根谷神图"，幸亏有丹药和酒助我调和阴阳。要不然此时我已死在洞内几日了！如此一想，身上冒出一通冷汗。

了然真人又道："那三幅'天根谷神图'深奥难懂，看图之人若无绝顶悟性便无法参悟。岂料公子聪慧超人，能观图窥道。此前，公子修习'禅音十八唱'已深谙佛学禅意。而参悟'天根谷神图'又得道家神髓。如今公子已窥见佛道两家修行真谛，日后只须勤修苦练，上可修成仙佛，下可贯通古今武学，成为古往今来武林第一人！"

张去病惊喜道："道长，我……真会有如此大的造化吗？"了然真人点了点头，又道："日后公子有无大造化，要看你日后如何修行了。公子武功今非昔比。但武学终是末道，道与佛才是根本。公子万不可沉溺武学而舍弃佛道。倘若本末倒置走入歧途，那将对公子祸害无穷！切记，切记！"张去病躬身道："去病终身不敢忘！"

了然真人又道："公子初悟道谛，本当留在'乾元洞'内继续修炼。但因公子尘缘未了，老道不强留公子。日后公子要勤练苦修光大佛道，善助苍生！望公子记住老道这番话，好自为之！你下山去罢。"

听完教诲，张去病跪下向了然真人和莫明长老拜了三拜，站起来说道："去病有幸得道长和长老教诲，受益终身！去病告辞了！"说罢他转身离去。

走到山顶边往下一看，只见峰下一片林海无有路径。看见树冠在风中如波涛涌动，他蓦然想起"长白老怪"在树上追寻他的情景，顿时有了下山之法。他纵身跳上林冠拔足往山下奔去。说也奇怪，此时他迈开"蹑云步"疾奔，双腿在树冠上迈动，脚下仿佛有云气托住，身子竟然如轻云飘动。脚尖在树枝上轻轻一点便能跃出几丈开外。

他又惊又喜，以前他练"蹑云步"法苦于内力不足，只掌握步法闪、跃、腾、挪的诸般妙处，还未窥见迈开"蹑云步"神速如风的奥妙。此时他内力充沛异常，这一番疾奔才尽展"蹑云步"的神奇。他奔得兴起，索性在树冠上将"蹑云步"诸般妙步使出，宛如天马行空，快捷绝伦。奔了一个时辰转过几座山，见远处山坳升起炊烟袅袅。他奔到那山坳，见山坳里有个小村庄。他跳下树放慢行速朝那村庄走去。

进到村里天色已近傍晚。他走到一户人家木栅栏前，房后忽然冲出一条黑犬朝他狂吠。他站在栅栏外喊道："屋里有人吗？"吱嘎一声，木门打开，一个身材高大汉子走出屋来，用诧异的眼光打量张去病。

张去病忙道："这位大哥，小弟欲借宿一晚，望行个方便。"大汉是位猎户，山里人纯朴豪爽，得知张去病前来投宿便将他迎进屋里。张去病赶得也巧，汉子一家人正在吃饭。大汉媳妇拿来碗筷，让张去病上炕用餐。大汉一面吃饭，一面问张去病，是不是进山里挖人参走迷了路。张去病不便说实话，只得含含糊糊回答说是。

吃罢饭，汉子领张去病到侧房里睡下。他躺在炕上回想这些天种种惊险奇遇，宛如梦魇一般：他想起在家时外公常说一个人非经磨难，不能成才，此语真是金玉良言！他转念又想：秦桧投敌密信已经到手，得赶快回临安为家人报仇！一想到扳倒秦桧指日可待，他心里异常兴奋。寻思自己流亡江湖吃苦总算没有白吃……想了许久才昏然睡去。

翌日起来，他掏出一些碎银酬谢大汉。大汉摆手道："小兄弟，你小看咱们山里人了！咱们山里人好客，为的不是银子。再说，在这大山里也使用不上银子，你留着路上使好啦！"张去病听得心里热乎乎的，忙连声向大汉夫妇道谢。大汉叫媳妇包上几张大饼和一块煮熟的野猪肉给张去病带上。张去病拿着干粮不知说什么好，又再次谢过汉子夫妇，才大步走出村外。

来到道上，他想起同"巴山老鬼"去小店碰头之约，便取道南行。此时他急想赶回临安去报仇雪恨，归心似箭。往前后左右一看道上并无行人，迈开"蹑云步"大步流星般的奔行起来。行到了天黑时，前不见人家，后不见客店，找不到住宿之处。他四处张望想找个庙睡上一晚也好。可是附近竟连一座庙也看不见，他只找个岩洞坐下吃些干粮，在洞内囫囵睡了一夜。

第二日醒来，他匆匆赶路，午时才看见同"巴山老鬼"碰头的那家小店。他走进店门不由一惊，只见店内桌椅翻倒，碗盘遍地，右墙破了个大洞，店内似乎有过一番激烈打斗。他进入后院查看，店主夫妇躺在地上死去多时。两人脸色乌紫，显然是中了剧毒，喉头都有一道乌青抓痕。

他惊道："不好！这两人死于完颜龙的'毒龙爪'！巴山前辈来到这店里，准是遭到完颜龙和"长眉老妖"伏击。啊哟，巴山前辈一人难敌两人！他老人家吉凶如何？伤着没有？人又到哪里去了？"一个接一个疑问从他心头闪过，不知"巴山老鬼"生死，心中甚急。他快步走出小店，边走边想：店内不见巴山前辈踪迹，想必前辈或是逃逸，或是落入敌手，我得赶紧去完颜龙王府打探明白，他施展神功向会宁城方向奔去。

奔出里许，忽听前面传来一片哭喊声，只见十几名金兵押着一群人走来。人群皆穿汉人服装，男女老幼二百多人双手被缚。金兵挥鞭抽打人群赶路，口中不住斥骂。人群中老弱妇幼哭哭啼啼。一位老汉迈步不及跟跄倒地，金兵上前挥鞭猛抽老汉。

一名汉子冲去扑在老汉身上用身子挡着马鞭，大声央求道："求求你们别打我爹！别打我爹！"两名金兵哈哈大笑，仍挥鞭猛打，那汉子双手被缚，身子却死死扑在老人身上。转眼之间，汉子背上被打得皮开肉绽。

老人在他身下急切叫道："四毛快让开，别让他们打死你，断了咱家香火！"

张去病看得血脉贲张，大喝一声冲上前去。一名金兵忽见有人冲来，喝道："什么人！"另一名金兵挥刀砍向张去病。张去病左手轻轻一拍砍来的弯刀，金兵胸上如挨一记重锤，口喷鲜血栽倒马下。旁边十几名金兵又惊又怒，纵马冲上前来挥舞十几把弯刀砍向张去病。张去病"嘿"的一声，双掌发力一推，只听嘭嘭嘭一阵急响，十几名金兵被张去病推出的掌力震飞出数丈开外，一声没哼便倒地毙命。

张去病一怔，这是他病好之后，头一次用凌霄老人传给他的功力对敌，没想到内力竟雄浑如斯。他看了看手掌，心想师父传授的八十年功力非同小可，日后须小心慎用，不可滥伤人命。他正寻思，那被打的老汉坐起身来道："谢谢小英雄救我父子性命！"

张去病道："不用谢，我们是大宋同胞，自当相助！"说罢，上前扶起老汉父子。伸手将二人身上绳索捏断。转过身去又将众人身上绳索除去。大伙围着他，七嘴八舌谢个不停。张去病询问众人，才知他们被金兵掳来为奴，遂道："众乡亲虽然脱困，但仍在金国，还有被掳之危。眼下大伙须进深山里找隐秘之处暂避金兵侵害。"他说罢，从怀里摸出两锭银子捏碎分给众人。道："这些银子，乡亲们拿去或许有用。"

大伙接着银子齐声道："多谢小英雄！"他牵过一匹金兵骑的战马，纵身跃上马背，双手一拱对众人说道："乡亲们多保重，在下告辞了！"那老汉喊道："请问小英雄高姓大名，老汉好每日烧香，求菩萨保佑小英雄！"张去病回头道："举手之劳，不足挂齿。谢老丈美意！"说罢挥鞭抽下，战马撒开四蹄奔驰而去。

他急急赶路，第二日晌午便赶到会宁城外。他眺望城廓，忽然想起完颜龙认得他，须易容改装才能进城去。他在城外小镇上买一身粗布衣衫，找家客栈住下。吃罢午饭他关上房门，从易容锦袋里拿出胶、墨、毛发之类颜料和工具，对着镜子改装起来。几年前凌霄老人传授他易容术，他在落霞坪治病时已练精熟。此刻他在脸上或涂或抹，将自己装扮成个方脸汉子。他又剪些头发在嘴上粘了一把胡子。照照镜子，只见镜内出现一个虬髯大汉，连他也认不得自己了。他换上粗布衣衫，收起易容锦袋走出房门，经过柜台时，听那掌柜轻声问店小二，道："老八，这位客人是几时住店的，我怎没见过？"店小二道："小人也不记得了。"张去病暗笑道："师父的易容术妙极！"

他走出小镇径直朝城门走去。行出不远，忽见一个农家少年蹦蹦跳跳从岔路上走来。少年身穿粗布短衫，十四岁左右，身子瘦削，长相俊美。少年从他身边走过嘴里忧伤唱道：

"我到这世间来，没爹没娘没人爱。无家可归呀，没人理睬！无家可归呀，没人理睬！我到这世间来，没爹没娘没人爱。没人理睬呀，我为何到这世间来？没人理睬呀，我为何到这世间来？"

张去病听见少年唱得很伤感，不禁问道："小兄弟，你唱的是什么歌？"那少年头也不回，答道："我唱的是'伤心歌'。"说着从他身旁走过去。

张去病心想，这少年大约同我一样是天涯沦落人！一想到自己身世，他不禁也黯然神伤。心想这普天之下，不知有多少人遭遇不幸！转念又想：我一家人虽然遭逢大难，我虽流亡江湖却还有家人，不似少年没爹没娘孤苦伶仃！如此一比，我的苦难又比这少年要轻一些。可是为什么人来到这世间会有如此多苦难呢？寻思到此他心中一片迷茫，想不清楚为什么人间会有许多苦难？他却不知，这是一个无法解答的大难题，自古以来一直困惑着无数先知、先圣、先哲、先贤。他们几千年来想不让众生受苦受难，但众生依然受苦受难，他又如何想得明白？

他在寻思之中不知不觉着走进城门，径直朝完颜龙王府走去。穿过几条街，来到王府前不远处，他找了个隐蔽处监看王府动静。一个时辰过去，却不见王府有何动静。他寻思莫非完颜龙那厮不在府内？他正揣想，却见一名金兵从街口跑到王府门前，对守门卫士说几句话，卫士便放那金兵进府去。不大一会儿，完颜龙带着几个金兵走出府门，翻身骑上马背，在随从的簇拥下朝城门方向驰去。

他想完颜龙这厮出城干甚勾当？正思量间，又见一名身材高大，面色黑红的军官从王府走出来。一看面相，他认出是完颜龙的管家花剌模。见那花剌模出了府门折身向西边闹市处走去。他紧跟上去，等花剌模走到人群拥挤处，他在人群中伸手一拂暗点花剌模的哑穴。手掌扣住花剌模的脉门，花剌模顿时浑身无力反抗不得，叫不出声，一脸惊恐望着张去病。

张去病冲着花剌模一笑，轻声道："花管家莫怕，借步这边去说几句话，我不会伤害你，放心好了。"他将花剌模带到一个僻静处，替花剌模解开穴道，说道："花管家得罪了，适才闹市人多，在下不便出言邀管家过来叙话，只得出此下策请管家至此，冒犯管家了。在下给管家赔罪。"说罢拱手向花剌模赔礼。

花剌模神色紧张道："你？你……是何人，怎会认得我？"张去病道："在下姓李，在皇宫里当差，向花管家打听一件事。"

花剌模见张去病并无恶意，心想他是宫里卫士也不敢怠慢。忙问道："打听什么事？"

张去病道："宫里得报，说有个叫'巴山老鬼'的贼人潜入京城图谋不轨。这些日子，宫里白天黑夜严加戒备，折腾得兄弟们很辛苦。我听朋友说，完颜龙王爷已将那'巴山老鬼'贼人捉住，不知可有此事？"

花剌模摇头说道："你那朋友的消息不实。我听王爷说，他在一家小店设伏捉拿那"巴山老鬼"，但那贼子极狡猾，却让他带伤逃走了，王爷也正在派人搜寻那贼人，至今还没将他捉拿到。"

张去病惊道："这贼人跑了吗？哎呀，可惜！如此说来，宫里还须严加防范，咱们又该担惊受累，不敢懈怠了！"又道："适才在下看见王爷骑马出城去打猎，花管家，你怎不随王爷出城去玩玩？"

花剌模摇头道："王爷不是去打猎，而是去洛阳办事。"张去病道："王爷去洛阳，花管家不跟去伺候，倒也少了一番辛苦。"说着将一块银子塞到花剌模手里，道："一点小意思，请花管家收下，在下告辞了！"花剌模拿着银子还未说话，张去病已转身离去。

张去病听说"巴山老鬼"逃走心里稍安。心想巴山前辈虽说脱险，但不知他伤情如何，现在何处？完颜龙还在派人搜寻他，这如何是好？转念又想：完颜龙去洛阳干什么勾当呢？他寻思着转过一条街，忽见前面人群乱跑，不知出了什么事。他伸长脖子往前一看，只见一个少年奔跑过来，一名金兵骑马在后头追赶，那金兵怒容满面，大声喊道："抓贼！抓贼！快抓住那小贼！"

行人见奔马踏来，急往四处逃散，少年在人群中如泥鳅东钻西钻，跑到一家酒楼前突然飞身跃起。金兵正好纵马追到，少年凌空一踢将金兵踢下马背。金兵胯下之马受惊竟然在原地打起转来。少年落到地上，双手叉腰喝道："呆货，你叫谁小贼？"

张去病一看，却是在城外唱歌的少年。他心中暗暗诧异：这小兄弟武功不弱啊！金兵从地上爬起来，骂道："小贼，你偷大爷公文，还想抵赖？快快交出公文，不然大爷打断你狗腿！"

少年哈哈一笑，道："什么公文母文，定是你这呆货喝酒没钱，拿它换酒喝了。你敢诬赖我，看我打折你的猪腿！"

金兵怒极猛扑上前抓那少年。少年出腿一勾，金兵站立不稳一跤扑倒在地上。少年笑道："呆货，磕头求饶也不会吗？快起来重新磕过！"金兵气得哇哇大叫，跃起身来又扑上前去抓那少年。

少年又弯腿一勾将金兵绊倒。笑道："不行，不行。你这呆货磕头都磕不好，快起来，再给我好好磕一个头，求我饶你不死，放你一马！"金兵爬起身来，还没站稳，又被少年出腿绊倒。少年一连绊那金兵摔倒七八跤，摔得金兵鼻青脸肿，头晕眼花，从地上爬起来找不到东西南北，嘴里只是连声喝道："反了，反了！"逗得围观之人哈哈大笑。

张去病瞧出少年出腿方位巧妙，别说这金兵武功平平，便是寻常高手避开他这一招也不易。那金兵忽然大声叫道："快来人！快来人抓贼呀！"便在此时，一队金兵骑马从街口巡逻过来。人群吓得四处散开，少年一溜烟钻入道旁酒楼。一名金兵头目跑来问发生什么事情。那金兵捂着脸，用手指着酒楼道："贼人偷去我送的重要公文，躲进这酒楼，你们快进去抓贼夺回公文！"金兵头目一听急忙翻身下马，带着十几名金兵冲进酒楼。

张去病心想这少年也真顽皮，不知他拿了金兵的什么公文，惹出这等乱子，看他如何脱身。他正寻思，忽听酒楼上响起乒乒乓乓打斗声。他跳上金兵马背往楼上看去，只见人影晃动，金兵一个接一个被那少年从窗口扔下楼来。金兵们摔得喊妈叫娘躺了一地。

少年站在窗口哈哈大笑。金兵头目从腰身上取下一个牛角号仰头一吹，"呜——呜"，号角传遍街市。片刻间远处响起一阵急促马蹄声。张去病暗道："不好，号角声招来了大队金兵！"

少年收住笑容，道："吹什么丧音？不玩了！"说时从窗口飞身跃出，人在半空一扭腰肢飘然落在张去病站立的马背上，一掌朝外推向张去病背心，喝道："下去！"张去病毫无防备，身子歪下马身。他伸腿一勾马肚又跃身坐回马背。少年"咦"了一声，他只道使的掌力轻了，没将张去病推下马去，又朝张去病背上猛推一掌。这一回他运起五层掌力推到张去病背上，张去病仍是端坐不动。

少年又"咦"的一声，惊讶中透着气恼，猛吸口气，将八层力道凝聚双掌呼的一声拍到张去病背上。岂料张去病仍是端坐不动。少年心下大怒，双掌连出，一口气在张去病背上猛推七八掌。张去病仍然不动分毫。少年收住手望着张去病后背发怔，像看什么怪物一般。少年发愣之际，大队金兵打马奔来。张去病不再与少年逗闹，手挽缰绳双腿一夹，那马高高扬起前蹄，少年坐在马屁股上险些摔下去，怒喝道："喂，你想摔死我，独自逃跑吗？"

张去病不理少年，催马狂奔。金兵随后紧追，叫道："捉住盗贼，别让贼人逃了！"张去病打马跑过两条街，前面又出现一队金兵，两头一堵，再无去路。他急忙从马上跃起，纵向街边房顶。

刚跃到半空，猛觉身后的衣衫一紧身子下坠。回头一看，却见那少年拉着他的衣衫跟着跃起。幸亏他功力深厚猛一提劲才将少年带上了房顶。二人刚站稳脚跟，只听"嗖嗖"声响，一阵乱箭射来。张去病伸手抓住少年胳膊，踏着屋面飞奔而去。

他体内真气充盈，奔行如狂飚席卷，一转眼便不见了踪影。街上金兵追到近前纷纷抬头张望，房上哪里还有人？张去病奔得太快，那少年看不清脚下屋面和四周的景物，只觉头晕眼花，呼吸紧迫。他想叫张去病停步，疾风扑面压迫得他说不出话，只得任由张去病拉着奔行。不大一会儿工夫，张去病带着少年奔到城墙下。他抓紧少年迈开"蹑云步"飞蹬墙体。少年见张去病带着他蹬墙飞升，惊得一身是汗。转眼之间他俩便如轻云飘到城墙上。他还没回过神来，又被张去病抓住从城墙上滑下去。

二人出城奔三里地。张去病回头不见金兵追来才停下脚步，放开少年的手臂。说道："小兄弟，眼下已经脱险，你快离开此地罢。"不料一松手，少年竟然站立不稳身子一晃软倒在地上。他一惊，忙蹲下查看，见少年双目紧闭晕了过去。原来这少年功力同张去病相差甚远，被他拉着一阵狂奔内息不济，一口气接不上来竟然岔气晕倒。

张去病忙抱住少年，右掌贴在他背心"大椎穴"上，将一股真气缓缓输入少年体内。过了一会儿，少年醒来，睁眼一看，见张去病将他抱在怀里，满脸通红，反手打张去病一耳光，怒道："你……你抱着我干什么？"

张去病惊愕莫明，他和少年相近咫尺，没想到这少年刚醒来便会出手打人。气恼道："适才你晕倒，我好心好意将你救醒，你干什么打人？"

少年低头一看，见身上衣衫沾了大片尘土，方知张去病所言不假。他站起来拍拍衣上灰尘，讪讪道："是我不对，打错你啦！"张去病冷哼一声转身大步离去。少年追上来道："喂，喂，这……这位大哥等一等！"张去病大步流星，头也不回。

少年几个纵跃追到他身后，道："这位大哥，人家给你赔不是了，还不行吗？"张去病仍是不理。少年气恼道："嘿，你这人心眼真小！哼哼，你不说话……端什么臭架子？"张去病边走边想：这小孩顽皮得紧，不理睬他为妙。寻思间，忽见人影一闪少年跃到前面挡住去路，大声道："喂，你堂堂一条汉子，怎的如此小气？我不过打你一巴掌，有什么大不了的？我打一掌还你便是了！"他说时抬手在自己脸上打一掌，白皙面颊上显出五指红印。

张去病见他如此，心里倒有些过意不去，温言道："小兄弟，咱俩谁也不欠谁了，我还有事就此分手。你回家去罢，不要在外面闯祸了！"

不料少年一听，气恼道："你让我回家？我没有家！你叫我回哪里去？"张去病问道："你……怎会没有家？你的父母呢？"少年怒道："什么父母？我没有！"

张去病更诧异，想起曾听他唱道："没爹没娘没人爱。我无家可归呀，没人理睬！"心想人怎会没有父母？是了，兴许是他父母亡故了。又道："你没有父母，总还有亲戚朋友，你去投靠亲友罢。"

少年忽然抽泣道："什么亲戚朋友？我一个也没有！"听少年说亲戚朋友也没有，张去病不由抓了抓头，忽然想起少年会武功，又道："小兄弟，你会武功，一定有师父，你去找你师父啊！"

少年忽然哭出声来："呜呜，我……我惹师父生气，她老人家不要我啦！"听此情形，张去病不知如何劝慰少年。见少年哭得伤心，便从怀里掏出些银子递到少年面前，道："小兄弟收下这点银子。我要走了，你好自为之。"

少年不接银子，气恼道："谁稀罕你的银子了？我……我……"一阵哽咽说不下去。张去病将银子放到地上转身离去。忽听少年喊道："喂，你去哪里？"张去病道："到大宋去。"

少年擦去泪珠，道："我没地方去，让我同你到大宋去，好吗？"张去病摇头道："不成，你不能同我去！"少年道："为什么？你讨厌我吗？"

张去病道："那倒不是……我此去大宋凶险无比。小兄弟，你别同我去涉险！"少年破涕为笑，道："去大宋有凶险吗？那才好玩啊！我一定要同你去！"

张去病急道："不成，不成。"说罢，迈开大步疾行。却听少年在身后大哭道："人家没爹没娘，一人流落江湖孤苦伶仃，想与你结伴同行去大宋玩玩，只图有人说说话儿，你都不肯，你这人太心狠！"

张去病听见少年说"一人流落江湖孤苦伶仃",不禁想起自己的遭遇,心一软转身说道:"小兄弟,咱俩萍水相逢,你对我一无所知,你和我同行,你不怕我是歹人,害你吗?"

少年摇头道:"你不是歹人。"张去病奇道:"你怎知道我不是歹人?"少年狡狯一笑,道:"怎么不知?适才我在你背上打那么多掌,你都不还手打我,不同我一般见识,你是个大好人!"

张去病叹道:"你这张嘴真能说会道。好,你要同我去大宋也成,可得答应我一件事。"少年忙问道:"你要我答应什么事?"张去病道:"一路上不许惹是生非!"

少年一听,蹦跳起来拉住张去病手臂,道:"大哥哥,你放心好啦,我一定乖乖的,不惹是生非!"

张去病问道:"小兄弟,你叫什么名字?"少年道:"我叫秦淮。大哥哥,你呢?"张去病道:"我的名字暂不告诉你,你就叫我大哥哥好啦!"秦淮诧异地看张去病一眼,追问道:"为何不告诉我?"

张去病道:"别问为什么,日后我自会告诉你。"秦淮狡黠地眨一眨眼,笑道:"哈哈,我知道了!"张去病道:"你知道什么?"秦淮放低声音神秘说道:"你是个逃犯,怕别人知道你的名字,是不是?大哥哥,你犯了什么罪?是杀人放火,还是劫人钱财?"

张去病喝道:"别瞎说,我没犯罪。你再胡说八道,我可不要你同我一路了!"秦淮做个鬼脸不再说话。张去病心想这人鬼机灵,竟然猜中了我在逃之事。带他南下还不知会惹出什么麻烦来!他见秦淮不再吭声,问道:"小兄弟,你武功不错,你师父是谁?"秦淮看他一眼摇摇头不说活。张去病道:"你怎不说话?"

秦淮冷哼一声,道:"哼,你讨厌我胡说八道,我有什么好说的?"张去病忙道:"小兄弟生气了?哈,别气别气,是我胡说八道!好不好?"秦淮瞪他一眼,道:"谁生气了?我怕我胡说八道被你赶走,不敢回你的话。"

张去病笑道:"你如此乖巧,我怎会赶你走?刚才开个玩笑,你别当真!你不愿说你师父是谁也就罢了。"秦淮冷笑道:"你不说你的名字,我干吗要说我师父的名号?嘿嘿,我师父是谁?咱也暂不告诉你。"张去病心想:这人年岁虽小却自负得紧,半点不能拂逆他意,否则便会纠缠不清。忙改变话头问道:"小兄弟,你拿了金兵什么公文,惹得金兵抓你?"

秦淮道:"我也不知是啥公文。适才在饭馆吃饭,听那金兵对同伴说,他要去洛阳送一件重要公文。我闲着无聊便顺手牵羊拿了他的公文,还没工夫打开看,那厮便追了上来!"

秦淮说着从怀里取出一个信封撕开，抽出信笺展开一看，摇头道："上面啰啰唆唆写了一堆字，我瞧不明白，大哥哥，还是你看罢！"

张去病接过公文一看，大惊道："不好，这是一道调集金兵剿灭中原武林的密令！密令上说于下月十三，命驻守河南开封两万金兵前去洛阳剿平丐帮，再去嵩山铲除少林寺，一举歼灭中原武林！"

秦淮一听气恼说道："金兵到处烧杀掳掠，我讨厌死他们了！大哥哥，咱俩快去丐帮报信，可不能叫金兵灭了中原武林！"张去病点头道："好，咱们这就赶往丐帮总舵报信！"说罢将密令放进怀里带着秦淮匆匆赶路。

二人一连急行数十日，急急忙忙赶回关内。这一日行至燕山脚下，天空忽然乌云密布，雷电交加，转眼之间蚕豆大的雨点打到头上。张去病往四处一瞧，看见附近有片林子便对秦淮道："小兄弟，快到那林内去躲躲雨！"

两人跑进树林躲到一株大树下。狂风吹得树枝哗哗地响，雨点虽大却下得不密，几阵大风刮过之后，雨也不知被刮到哪儿去了，树林上现出一片湛蓝天空。他俩正要走出树林，忽听林外有人说话，只听一个尖厉刺耳的声音道："倪东，你说'百毒门'众人在骷髅堡恭候佛爷，那地方还有多远？"那声音犹如寒枭夜鸣，听得人浑身起鸡皮疙瘩，张去病心中一惊，听出是毒佛迦南陀的声音，忙向秦淮指指树上，两人纵身上树隐藏起来。

他拨开树枝往下一看，只见一人又矮又胖走在前头，犹似一个南瓜在地上滚动，正是"黑毒枭"倪东。另一人又瘦又高跟在倪东后头，如一根竹竿在树林中晃动，却是毒佛迦南陀。还有一人被迦南陀挡住，看不清是何模样。

却听倪东说道："佛爷莫急，骷髅堡就快要到了。"张去病一听"骷髅堡"三字，忽然想起百毒尊者说"骷髅堡"是"百毒门"总坛，寻思莫非"骷髅堡"就在附近？又听毒佛迦南陀道："倪东，你说'百毒尊者'愿归附佛爷座下，这可是真的？"

倪东回头道："小人怎敢对毒佛打诳语？此事千真万确！我师父'百毒尊者'最讨厌那药王。他老人家听小人说那药王与毒佛斗技，大败在毒佛手下，很佩服毒佛神通广大，对你很仰慕，是以愿归顺毒佛座下。此时他正带领门下弟子在前面'骷髅堡'恭候，等毒佛收录入"毒佛宗"。"

张去病听见二人对答，想起倪东和戚北在道上开黑店，戚北被迦南陀毒死，倪东被迦南陀逼吞毒药奉命令招降"百毒门"之事。心想：难道倪东真的背叛师门，供这毒僧差遣吗？转念一想又觉不对，那百毒尊者已死在绝命峡里。倪东说什么他师父率众在"骷髅堡"恭候毒佛，显然是说谎话。是了，倪东一定在欺骗迦南陀，设圈套引这毒僧上当！哈，这下可有热闹看了！

却听迦南陀怪笑一声，道："好！你师父聪明，他愿归顺佛爷座下，免得'百毒门'遭受灭门之灾！"忽听另一人道："师父，这其中有诈！"张去病一听那声音颇耳熟，顿时想起是厉蒙口音。却听迦南陀道："厉蒙，你说这其中有诈，会有什么诈？"

厉蒙道："那'百毒尊者'纵横天下，一向自视极高。当年几次到回春谷找我师……"他本想说"找我师父"，忽觉已背叛师门改投到迦南陀门下，仍称药王为师不妥，忙改口道："找那个药王斗技比武，回回大败，但他总不服输。他岂会听信倪东一面之词，轻易归附他人？弟子怀疑这其中有诈，师父可得小心！"

迦南陀哈哈笑道："徒儿莫怕，佛爷目光如炬，无论那'百毒尊者'耍什么花招，谅他跳不出佛爷手掌心！"

张去病见倪东带领迦南陀和厉蒙走进林子深处。低声对秦淮道："这三人会使毒，都是邪恶之辈。你可要小心，别去招惹他们。咱们悄悄跟上看他们要什么把戏。"秦淮点下头。两人跳下树远远跟着。只见倪东三人在林中小道上快步行走。不大一会儿工夫穿出树林，沿着一条小道向西走去。张去病和秦淮借树木遮掩，跟在三人身后走出五里地，前面出现一个坡，只见坡地上耸立着一座用黑石砌成的城堡。那城堡砌成一个巨大骷髅头，两个阴森森眼窝，却是两个高二丈的大窗户，两个鼻洞却是两个小天窗，骷髅嘴上下颌骨大大张开，却是一个宽三丈的门洞，门上立有一长排吓人的尖利白牙，远远看去令人毛骨悚然。

骷髅堡前一块平地上竖立着三根柱子，一根高五丈，一根高六丈，一根高八丈。柱身上下全部用真骷髅头骨砌成。三根高低不一的骷髅柱品字形排列。柱上众多骷髅眼洞、鼻洞、嘴洞密密麻麻，看上去狰狞可怖。张去病和秦淮看得心惊。二人悄悄跟到堡前一个隐蔽处，只见倪东领着迦南陀走到三根骷髅柱当中停住脚步。

他一指骷髅柱，回头对迦南陀说道："毒佛你看，骷髅堡到了。这三根'百毒骷髅柱'便是骷髅堡的标记。你稍等片刻，待我上前叫人来接迎佛爷。"迦南陀点下头。倪东疾步走到中间那根骷髅柱下，撮嘴一吹，一声哨音响起，随即高声喊道："三位护法，倪东已将天竺毒僧带到！"话音刚落，他脚下石块突然间翻转，人顿时坠入地下不见了踪影。

厉蒙惊慌道："师父，咱们中计了！"迦南陀冷笑一声，浑不在意，一对鹞眼搜巡四周。便在此时，只见右边骷髅柱后走出一个身穿绿衫的瘦汉，年纪四十出头，面色暗绿，头顶秃得油光发亮，两眼血红，样子十分怕人。秦淮低声道："大哥哥，这绿衣汉子眼睛红得叫人恶心，他得了红眼病吗？"

张去病伸手捂住秦淮的嘴，摇摇头示意他别出声。却听那人喝道："天竺胡僧，你胆敢毒死我'百毒门'弟子戚北，还到骷髅堡向我'百毒门'叫阵，本护法今日叫你尝尝我'百毒门'神功的厉害！"迦南陀两眼一翻，大咧咧道："红眼小子，你是百毒尊者吗？"

那人傲然道："我师父百毒尊者在武林中何等尊崇！收拾你这蹩脚货，何需他老人家动手？我乃'百毒门'护法金蜥大圣姬云鹏，奉他老人家之命前来打发你这胡僧，本护法收拾你绰绰有余！"

张去病恍然想起，百毒尊者在"绝命谷"临终前说"百毒门"有三位护法：大护法叫银蛛仙子花无双，二护法叫毒蒙王周通，三护法叫金蜥大圣姬云鹏。百毒尊者嘱托他将"百毒令"铁牌和《迷毒经》传给大护法银蛛仙子花无双，立她为教主。他寻思原来这红眼瘦汉便是金蜥大圣姬云鹏。

迦南陀对汉话所知不多，听不懂"蹩脚货"是何意，转过头去问厉蒙，道："厉蒙，此人叫我'蹩脚货'，这句话是什么意思？"厉蒙道："师父，这是一句骂人的话。他这是骂你老人家武功稀松平常，本事低微，不堪他一击！"

迦南陀一听勃然大怒，喝道："红眼小子，你敢骂佛爷本事低微，武功稀松平常？哼哼，佛爷今日灭了你们'百毒门'！叫你识得我天竺'毒佛宗'的厉害！"他说时右手一弹，一道白烟直射金蜥大圣。那白烟散发出闷头浓香，张去病知是毒烟。但他此时内力深厚，毒烟对他已不起作用。秦淮闻到香气只觉头一阵晕眩，险些摔倒。张去病忙将他扶住，撕下衣衫一角替他塞上鼻孔，扶他到上风处潜伏观斗。

却见姬云鹏冷笑一声，右手一扬，打出一枚黑色弹丸。那弹丸在空中"啪"的炸开，放出一团黄烟将迦南陀射来的白烟裹住。那白烟与黄烟在空中胶着片刻，"啪"的一声炸响，燃起一个火球慢慢移向毒佛迦南陀。迦南陀双掌向前一推将那毒火球向姬云鹏移去。姬云鹏急忙右掌呼地一拍送出一股浑厚掌力将那火团抵住。他不住催动掌力，那熊熊燃烧的火球又慢慢向迦南陀滚过去。

迦南陀一声怪笑，又弹出一道毒烟射向金蜥大圣姬云鹏胸前。姬云鹏左掌一拍，掌力将毒烟震得四散。一时间，只见迦南陀一手驱动毒火球，一手连弹手指，从五指上弹出一道道毒烟犹似乱箭射向姬云鹏。

姬云鹏双掌疾挥，不断发送掌力抵挡住那火球。只见那火球在二人的内力推动下忽前，忽后，忽上，忽下，空中停滞旋转起来，且渐向姬云鹏逼近，显是姬云鹏内力逊迦南陀一筹。

秦淮没见过如此怪异的打斗，惊讶得张大嘴巴合不拢。张去病见过"巴山老鬼"、"长眉老妖"、龙象法王三人在河面上用酒杯拼内力，知道姬云鹏和迦南陀在斗内力。但那火球而是剧毒之物，若是着身可不得了！眼见火球渐渐向姬云鹏逼近，他不禁为姬云鹏担起心来。

却听迦南陀得意道："红眼小子，你武功差佛爷一大截，你抵挡不住佛爷的'修罗神火'，赶快乖乖罢手认输，佛爷饶你不死！若再不投降，你将被佛爷的'修罗神火'烧得尸骨无存！"

姬云鹏道："嘿嘿，毒僧，到底是谁尸骨无存，咱们走着瞧！"他说罢，撮起嘴咕噜噜咕噜噜一吹。突然间从他身后骷髅柱上钻出许多蜥蜴来。那些蜥蜴甚是奇特，浑身红如火焰，一个个身长如狸猫，长满肉刺，头上长着一根尖角。几百条蜥蜴从无数骷髅嘴洞里蹿出，一齐冲向迦南陀。蜥蜴所过之处野草即焦黄一片，发出阵阵腥臭。

看见这骇人景象，秦淮吓得一颗心怦怦直跳，手臂发抖，不由得抓住张去病的手。张去病经过种种险遇，对眼前情景毫不惧怕，轻轻握住秦淮的手毫不紧张。却听厉蒙惊呼道："师父小心！这是火焰毒蜥剧毒无比！人中毒无法解救，咱们快走！"

厉蒙在药王绘制的《九州灵毒图谱》上，见过这种毒蜥画像。图谱上说这火焰毒蜥产于南海大蜥岛，浑身剧毒，伤人无药可救。是以看见成群毒蜥奔来，厉蒙吓得叫迦南陀快跑。

迦南陀喝道："厉蒙别怕，看佛爷的手段！"只见迦南陀伸手在腰间抓出一把赤色粉末，在面前撒出一道红线。那些毒蜥跑到红线前纷纷站住，仿佛遇到一堵无形的墙再也前进不得，一个个急得爬上前去，又急退回来。如此忽进忽退，犹如潮水涌动。

姬云鹏一惊，急吹哨音催促毒蜥冲上前去。毒蜥们却忌惮那道红线始终不敢逾越。他忙伸手从腰间布袋里，抓一把黑色细沙抛过去盖在那红线上，只听嗤嗤嗤声响，红线宛如爆竹导火索，飞快燃烧一瞬便从地上消失不见。障碍消除，毒蜥们蜂拥冲向迦南陀。

迦南陀冷笑道："这等小毒物，岂能奈何佛爷？"只见他抓起两把褐色粉末向毒蜥抛撒。姬云鹏急忙出掌疾拍，送去掌力将那褐色粉末荡散开去。又撮起嘴咕噜噜一吹，成群毒蜥听见口哨声纷纷扬起头来，奔到迦南陀面前，满身肉刺突然爆开射出一股股绿色毒汁喷向迦南陀。

在场之人除了姬云鹏，谁也想不到群蜥肉刺会喷射毒液伤人，都惊得"啊呀"一声。那毒汁射出奇臭无比，熏得秦淮头晕眼花。迦南陀惊得纵身后跃慢了一瞬，袍子一角被毒液射中顿时腐烂落下一大块。

迦南陀惊怒交加，骂道："该死的畜生！"双手齐扬，打出两把褐色粉末。群蜥身青冒烟，一阵吱吱怪叫倒下一片。其余毒蜥忌惮褐粉纷纷往后退开畏缩不前。姬云鹏脸色一变，心想这火焰毒蜥不惧剧毒，怎抗不住胡僧打出的毒粉？看来这天竺胡僧还有两下子！

他正吃惊，却见迦南陀冷笑道："红眼小子，你这些毒蜥吓不倒佛爷！你有毒物，难道佛爷没有毒物吗？佛爷让你瞧瞧我天竺国毒物的厉害！"只见他将大袖一抖，从袖中滑落一条小蛇来。那蛇长约一尺通体雪白，头上长着一个鲜红瘤子，样子既好看又怪异。姬云鹏从来没见过这种蛇，不禁一愣。却见那小蛇落地径直向火焰毒蜥爬去。

群蜥见那小蛇爬来纷纷发出惊叫声，却又不敢逃走，好像被那蛇吓破了胆。姬云鹏见状忙吹响口哨指使火焰毒蜥进攻那蛇。群蜥却不听号令，乱作一团紧紧地挤在一起，似乎要合力对付那小蛇。

那小蛇昂头挺胸前行，根本不把群蜥放在眼里。姬云鹏、张去病、秦淮，包括厉蒙在内，心中都暗暗称奇。那小蛇长不过一根筷子，身子如同指头一般粗，而一只火焰毒蜥大如狸猫，为何看见这小蛇会如临大敌，这般恐惧呢？几人正迷惑，忽然间只见那小蛇蹿到蜥群面前，群蜥突然立起身子，一齐爆开身上的肉刺将无数绿色毒汁喷向那小蛇。说也奇怪，绿色毒汁如雨点洒在小蛇身上，非旦毒不死它，甚至连它的皮都染不脏，小蛇依然银白如雪，洒落到它身上毒汁却化为一阵阵青烟冒起。见此情景，几人都看呆了。忽见那小蛇从青烟中倏地蹿出，冲到群蜥之中将头高高扬起左右摇晃，嘴里喷出两股金色毒汁同火焰毒蜥喷出的毒汁相撞，顿时化为一片毒雨洒在数十只毒蜥身上。

几十只毒蜥一声怪叫纷纷倒地，四脚朝天，身子乱扭，开始腐烂，犹如冰雪融化一般。片刻之间，地上只剩下一具具白色的毒蜥骨架。后面群蜥一看吓得吱吱乱叫，纷纷后退。

小蛇不理会退去的毒蜥，得意扬扬地爬到一具毒蜥的骨架前，一口咬穿毒蜥头上的毒角，吸食角内的毒液。看见这怪异一幕，张去病和秦淮惊讶得喘不过气来。

姬云鹏大吃一惊，忙从怀中摸出一枚毒丸向那小蛇掷去。迦南陀飞身上前挥袖拂开药丸。怪笑一声，说道："红眼小子，你的毒物斗不过佛爷的毒物，便出手帮忙，算什么高明？你'百毒门'有本事，再使出毒物同我这天竺'化血冰螈'再斗一斗。没本事便赶快投降佛爷，免得你小子也像这些毒蜥一样变成一具尸骨！"

姬云鹏正要答话，忽听一人骂道："他妈的天竺国臭和尚，你在我骷髅堡吹什么大牛？"张去病和秦淮转头一看，左边骷髅柱后走出一个人来。这人年约五旬，五短身材，身穿玄色袍子，狮鼻阔口，面色黄黑，四方脸上蓄着卷曲胡须，左右肩头上蹲着两团毛茸茸东西，皮毛漆黑发亮，形状像貂，却又比貂个头稍大。两眼骨碌碌转动，射出绿莹莹冷光，嘴唇血红，露出尖利白牙。两只前爪微曲蹲在那人的肩头上左顾右盼，神情机灵至极。

厉蒙一见那两个动物，又惊慌起来，他想起在《九州灵毒图谱》上见过这东西的画像，两只小东西名叫"霸王蒙"。图谱上记载，这"霸王蒙"栖身滇南炎热丛林专以捕捉各种毒蛇为食。它捕食毒蛇只吃蛇头，却不吃蛇身。那蛇头乃是毒蛇蓄藏毒液之所，因此这"霸王蒙"体内不知蓄了多少蛇毒。图谱上说"霸王蒙"性子狂暴，发动攻击快若闪电，人若被它抓伤咬伤顿时毙命。

厉蒙叫道："师父小心，此人肩上的毒物'霸王蒙'奇毒无比！千万不能被它咬伤，无药可治！"那人回头瞪厉蒙一眼，道："你小子是谁？怎识得老子宝贝的厉害？"厉蒙尴尬道："我……我……"

迦南陀得意道："他叫厉蒙，原本是药王的爱徒。因见佛爷神通广大，现已改投佛爷门下！矮子，你只要像厉蒙一样归顺佛爷，拜我为师，佛爷便不杀你！"

那人冲着厉蒙骂道："原来是个背叛师门的混账东西，给老子滚到一边去！"又骂毒佛，道："你娘的臭胡僧，你放什么臭屁？"

他说着大摇大摆走到迦南陀近前，双手叉腰，仰面瞪着迦南陀。毒佛迦南陀身材奇高，那人个头矮，他的头只齐迦南陀的胸前。迦南陀只得低头问道："你小子是何人？"

那人道："老子是'百毒门'二护法'毒蒙王'周通，前来会会你这吹牛皮的臭和尚！"回头对姬云鹏道："姬老弟，老哥瞧见这臭和尚气不打一处来，你让老哥给他点厉害尝尝！"金蜥大圣姬云鹏点点头，撮起嘴咕噜噜一吹，火焰毒蜥纷纷钻进骷髅柱里去。

秦淮悄声问道："大哥哥，这群怪蜥的刺里怎会喷射毒液，它们又怎么听得懂那人吹的哨音？这可奇了！"张去病摇摇头，道："莫说话，快看！"

秦淮转眼一看，只见周通转头对右肩上那只"霸王蒙"说道："乖儿子，去给老子显点本事，将这臭和尚的蛇收了！"他一耸右肩，只见一道黑影疾闪蓦地蹿向那条正在吸毒的"化血冰蝮"。那蛇极机敏，猛然往旁一蹿立起身子，大张开嘴，不断伸缩口中的信子，发出咝咝叫声恐吓那"霸王蒙"。"霸王蒙"却不进攻，只是快速围着那蛇转动，嘴里不时吱吱吱叫唤。"化血冰蝮"被它引得团团打转，愤怒异常，突然将头尾一缩，身子形成弯弓般猛地弹上空中，喷出两股毒液射向"霸王蒙"。

奇怪，"霸王蒙"似乎早料到蛇有这一招，身子疾如电光闪到一旁避开了蛇毒。待"化血冰蝮"坠地，它又上前围着那蛇转动，吱吱吱怪叫，不断进行骚扰。"化血冰蝮"被它弄得晕头转向，怒不可遏，突然立起身子旋转将牙中所剩不多的毒液向"霸王蒙"喷去。便在这瞬间，"霸王蒙"快捷无伦地蹿上前一口咬住"化血冰蝮"尾巴，不住乱甩，那蛇被它甩得七晕八素，一下失去自主力。"霸王蒙"突然伸出利爪按住蛇头一口咬下。只听"咔嚓"一声，蛇头被咬碎，"霸王蒙"大嚼起来。

张去病看见"霸王蒙"使手段斗败"化血冰蝮"，不禁得暗暗称奇，觉得这"霸王蒙"颇为老奸巨猾。他不知这"霸王蒙"以吃毒蛇生存，吃的毒蛇不计其数，可谓身经百战，早以练就了一套吃蛇的本领。他正暗叹，忽听迦南陀痛心疾首大喝道："小畜生，你竟敢吃了佛爷的宝蛇，看佛爷宰了你！"说时冲向那"霸王蒙"。

周通发出一声怪音，道："两个乖儿子，快给老子教训这臭和尚！"只见他肩上另一只"霸王蒙"和地上那只"霸王蒙"听见怪音，双双扑向迦南陀的两只手臂。迦南陀急忙挥掌拍打它们却连连打空。"霸王蒙"常年捕吃毒蛇，身手练得快捷无比。当真是进若电闪，退似惊鸿。迦南陀哪里伤得到它们？只见两只"霸王蒙"一前一后，一左一右频频扑向迦南陀。毒佛被攻得手忙脚乱，无暇腾出手来使毒。空有一身毒功却一点也施展不出，一时间被两只"霸王蒙"搞得狼狈不堪，嘴里连连嘀嘀怪叫。周通不住拍手道："两个乖儿子，快给老子咬！快给老子抓！快快给老子咬！快给老子咬死这臭和尚，抓死这臭和尚，叫他知道咱们'百毒门'的厉害！"

迦南陀同"霸王蒙"斗了一会儿，心下焦急闪让稍一迟缓，猛觉左臂一阵刺痛，肩头被"霸王蒙"抓了一爪，心脏难受至极。他知身中剧毒，急忙纵身跳出五丈开外，掏枚解毒药丸放入口中。吃了一种解药不管用，又赶快吃另一种，一连吃五六种解毒药丸，疼痛才减轻一些。两只"霸王蒙"却不接着攻击迦南陀，而是后腿立地，前爪缩在胸前，直立身子站在周通跟前，两眼骨碌碌转动，龇着血红小嘴露出尖利牙齿，叽叽嘶叫，双双围着向周通讨要奖赏的食物。

周通呵斥道："两个不争气的小东西，就知贪吃！你们还没将这臭和尚咬翻，便来向老子讨赏，真没出息！好好，都是平日老子惯坏了你们两个小子，稍干点活儿，就要向老子表功讨赏！"他一边训斥两只毒蒙，一边伸手拍拍两只毒蒙的头以示褒奖，从衣腰间的布袋里掏出两条小毒蛇抛去，两只"霸王蒙"伸爪抓住，将蛇头放入口中咔嚓咬断，扬起头津津有味地吃起来。

周通转过身来望着迦南陀，哈哈笑道："天竺国臭和尚，你狗日的运气不坏，只被我的蒙儿抓了一下。倘若被它们咬上一口，你此刻已变成一具僵尸了！臭和尚，这一回尝到我毒蒙王周通的厉害，老子看你还张狂不张狂？赶快趴在地上给老子磕几个响头，求老子饶你不死罢！"

迦南陀吞下解药心脏疼痛稍减，但仍隐隐作痛。他已练就百毒不侵之躯，竟然抵挡不了这"霸王蒙"的剧毒，不禁心下骇然。又急忙再服下两种解毒之药，才将疼痛止住。迦南陀缓过气来，急思对付"霸王蒙"的法子，他心思急转想出一计便故作镇静怪笑一声，道："哈哈，你这毒蒙伤不了佛爷分毫！你瞧佛爷好端端的毫发无损，待佛爷收了这两个畜生！"

姬云鹏在旁冷笑一声，道："毒僧，你斗毒物不是咱们'百毒门'的对手！你同'霸王蒙'斗连一根蒙毛都没摸着，还被它们抓伤，你那条毒蛇已一命呜呼，你还在老子们面前吹什么大气？"

迦南陀却不答话，忽然手臂急扬打出两枚红色弹丸，只听啪啪两声轻响，弹丸炸裂迸出一团绿火散开形成一个火圈，将两只'霸王蒙'围在火圈内。两只毒蒙见到火焰惊得吱吱乱叫想逃出火圈。冲近火圈处却又胆怯退回，一时间惊恐万状。周通一看，急忙从布袋中抓出一把'碧磷沙'撒向火圈，想将火焰灭掉救出'霸王蒙'。这'碧磷沙'是一种极有效的灭火毒物，遇火即化为浓烟将火罩住，一下便能将火灭掉。

岂料那'碧磷沙'撒落到火圈上，却不化作浓烟，而是化作一大团白气四下扩散，火焰非但没熄灭反而燃得更旺。周通心下奇怪，他心想：莫非老子打出的'碧磷沙'少了，灭不掉这臭僧的鬼火？

他急忙又打出一把'碧磷沙'，一团白烟又在火上四处扩散。这一次火焰急晃一阵，呼地一下灭了。奇怪的是两只'霸王蒙'看见火灭了却不逃走，站在原地发呆。迦南陀怪笑一声，迈步朝'霸王蒙'走去。口中骂道："可恶的小畜生，竟敢对佛爷下爪，佛爷宰了你们！"

周通忙发一声怪音，命'霸王蒙'攻击迦南陀。然而两只'霸王蒙'却像喝醉酒一般，身子摇晃，仿佛没听见那命令，嘴里哼哼叽叽犹似在说胡话。周通再发一声怪音，'霸王蒙'仍是不动，周通心下大为诧异。

迦南陀冷冷道："矮冬瓜，你别费功夫了，它们中了佛爷的妙毒，你便是叫破嘴皮子，它们也动不了！"周通心中暗惊。没想到转瞬间，'霸王蒙'便被制住，眼看迦南陀走近两只蒙前，举起手掌欲击毙两只蒙儿，他忙一掌拍向迦南陀。岂料手掌拍出却绵软无力，毫无劲道。他心中惊骇，忙喊道："姬老弟，老哥着了胡僧的道儿，快救老哥！"

迦南陀转过身来哈哈大笑道："晚了，那红眼小子已是泥菩萨过河自身难保！哈哈，你求他有何用？"

周通不信，忙问道："姬老弟，你也着了胡僧的道儿？"姬云鹏点下头，道："不知这胡僧使的什么毒，我浑身提不起半点劲来！"

迦南陀扬扬得意道："佛爷教你们个乖，刚才佛爷打出我天竺国奇毒'醉佛焰'。你这矮冬瓜不认识，误把它当作'燃石磷'是不是？"

周通一听心中诧异：毒僧打出的不是'燃石磷'？怎么会呢？那毒火燃烧的颜

色和气味同"燃石磷"一模一样，怎么不是"燃石磷"呢？他心中讶异，嘴上却说道："就算老子将它误当作'燃石磷'，却又怎样？"

迦南陀得意道："不怎样，佛爷料到你见到我出手击毙毒蒙，一定会出手救它们。而你为了灭掉毒火，一定会打出'碧磷沙'。你却不知你那'碧磷沙'遇到佛爷的'醉佛焰'，便会生成一种无色无味的毒气，钻进你二人和这两只毒蒙的鼻子里，叫你们四肢无力，任凭佛爷宰割！"

"哈哈哈，矮冬瓜，没有佛爷独门解药，你二人休想恢复功力！我来问你们，是乖乖归顺佛爷呢，还是我一掌毙了你们？若是归顺到佛爷门下，我马上给你二人解毒。若拒不归顺，佛爷立即一掌毙了你们！"迦南陀说时，抬起手掌缓缓走向周通。

张去病眼见两位护法身陷危境，想起百毒尊者临终所托便欲出手相救。忽听一个银铃般声音说道："哎呀，这位大和尚，干什么这般凶神恶煞？怪吓人的！有话好好说嘛！"那声音又软又糯，甜腻腻，娇滴滴，听得人心神一荡。

张去病抬头一看，见那居中的骷髅柱上不知几时坐着一个粉衫女子。只见她嫣然一笑，纵身跳下柱，身子如一朵红云飘然坠地。这女子柳眉凤眼，口鼻玲珑，面如桃花，双肩瘦削，体态丰腴，走起路来腰肢微扭，犹如风摆杨柳，极是妖媚妖娆，美貌风骚。毒佛迦南陀看见那女子风情万种款款走来，两眼发直，嘴里不住吞咽唾沫。一时间忘了对周通下手，抬起手掌竟然不劈下去。待那女子走到面前，他才结结巴巴道："姑，姑娘……你……是何人？"

那女子轻声一笑，嗲声嗲气道："嘻嘻，和尚哥哥，你是问小妹吗？"迦南陀咽下一口唾沫，道："正……正是问……问妹子。"女子又轻声一笑，道："小妹嘛，嘻嘻，人称银蛛仙子花无双。"

张去病一听这女子便是"百毒门"大护法银蛛仙子花无双，心中暗自诧异：此女如此风骚撩人，言行不端，百毒尊者为何叫我将"百毒令"和《迷毒经》传给她，立她做掌门人？这是什么缘故？他不知花无双刚才一举一动，却是在施展"百毒门"的上乘毒功"迷魂逍遥功"。施展此功之人常年服用一种勾魂摄魄迷药，身上能散发出一种令人心醉神迷的暗香，而她又练就一身令人难以抗拒的惑人妖冶，故能摄人心魄，就连迦南陀这等内功精深高手，也不知不觉被弄得五迷三道着了道儿。

却听迦南陀喃喃自语道："银蛛仙子？啊呀，妹子真是美若天仙！不，不，妹子美貌胜过天仙！佛爷在天竺国从来没见过妹子这般迷人的仙女。你让佛爷一瞧见便失魂落魄，浑身骨软筋酥！佛爷今日遇见妹子真是艳福不浅，哈哈，艳福不浅……"

第十三章　庆寿

花无双嫣然一笑，伸出雪白如玉的手指一指，道："和尚哥哥，这二位爷是小妹的师兄弟，看在小妹的面子上，你可不许伤害他二人啊。要不然，小妹可不同你说话了。"迦南陀常常掳女子采补先奸后杀，一生糟踏美貌女子无数，从不把女人放在心上。此时被花无双"迷魂逍遥功"所控，花无双一频一笑都令他神魂颠倒。

听花无双如此一说，迦南陀忙不迭答道："好，好，哥哥不击毙他二人就是！好妹子，你千万别理我，你说话如银铃一般好听至极，和尚哥哥喜欢听得很，你同和尚哥多说一会儿话好吗？"

张去病在旁听了好笑，心想这毒僧一口一声哥哥妹妹，哪里有半分出家人样子？转念又想：这毒僧无恶不作，本来就离佛门弟子十万八千里远，他垂涎女色又何足为奇？他正思忖，却听花无双嗲声嗲气笑道："嘻嘻，和尚哥哥，你给小妹这个人情，要小妹如何报答你？"迦南陀忽然神情扭捏，喘喘道："哥哥，只想那个，那个……亲亲妹子的小嘴。"

花无双咯咯一笑，腰肢扭两扭，眼波一勾，百媚横生，荡气回肠道："嘻嘻，和尚哥哥，你……羞死人哪！"说时头一低脸庞飞上一片红晕。她眼波勾魂，一声荡笑，又腼腆低头红脸，直撩得迦南陀心痒难当，猛地扑上前去搂抱她。花无双轻轻一闪，迦南陀扑了个空。迦南陀转身再扑，口中喃喃道："小妹子，美人儿，小心肝，你别跑，让哥哥抱抱……"

迦南陀又扑上前去，忽觉双腿骤然一紧，身子陡然飞上空中倒挂在骷髅柱上。他大吃一惊脑子清醒几分，情知着了花无双的道儿，忙说道："妹子，你干啥？快放哥哥下来！"

花无双笑面如花，柔声柔气道："和尚哥哥，妹子啥也没干。八成是你心急火燎想抱小妹，不小心踩到什么东西被吊到这柱子上凉快！嘻嘻！"

适才迦南陀如何被擒，以张去病超人目力都没看清咋回事。他只见花无双闪躲迦南陀的瞬间，右手快捷一挥，迦南陀那瘦高身子便飞上半空。又见花无双再挥手臂，迦南陀便被吊到骷髅柱上来回晃荡。至于花无双用什么绳索将迦南陀吊起，他始终没看清。这诡异一幕，令他迷惑不解。

迦南陀却不惊慌。他自恃武功卓绝，什么绳索都捆不住他。不动声色道："好妹子，别闹了。快放哥哥下来，我不抱你便是。"他一面说话，一面用眼瞅双腿被何物缚住。凝目细看却看不见脚上捆有何物。他团起身子伸手去摸腿上被缚之处，手指摸到一片黏糊糊的东西。不似绳索，也非带子，摸去极粘手掌，看不清是什么东西。他心下纳闷：这是什么鬼东西？他双手暗运内力猛地拉扯那黏手之物，岂料无论他使多大劲都扯不断那东西。他忙从怀里摸出毒物去腐蚀那东西，也不见效。一时间他用了七八种办法竟然不能将捆缠在腿上之物弄断，心中十分怪异。

张去病见这情形，忽然想起柳语用"寒蚕银蛟带"捆住丐帮安舵主一幕，心想莫非这花无双吊起毒佛的也是"寒蚕银蛟带"吗？又想不对，那"寒蚕银蛟带"看得见，花无双这东西看不见。却听花无双在柱下柔声笑道："嘻嘻，和尚哥哥，你莫费精神了。要是能扯断吊你之物，小妹早就帮你扯断它，怎忍心让你老吊着？"

迦南陀使出浑身解数无法脱身，方知危在眉睫。但仍强作镇定，怪笑道："好妹子，你别哄我，你准有法子放我下来。"

花无双摇头叹道："唉，和尚哥哥，小妹真的没有法子放你下来。这机关是我这两位师兄师弟设置，只有他们才知如何放你下来。你不给他俩解药，他二人怎会放你下来？"

迦南陀心想这小女子狡猾得紧，她是在逼佛爷给那二人解药。二人若得解药服下恢复功力，岂不对佛爷下手？嘿嘿，小美人，你道佛爷是呆木头？转念又想：佛爷若不给她解药，这小女子急了会对我下毒手，这可大大不妙！他吊在空中心思疾转，却一时拿不定主意。又听花无双道："咦，和尚哥哥，你头上是什么东西晃来晃去的，呀，真有趣哦！"

张去病忙注目看去，只见一个大蜘蛛吊在迦南陀的头顶上晃荡。那蜘蛛通体银白，拳头般大，浑身毛绒绒，长着殷红尖嘴，一对小眼睛阴沉沉看着迦南陀，令人毛骨悚然。迦南陀一看那蜘蛛知是剧毒之物，却不认得，不禁神色大变。忙道："妹子别开玩笑，你让这毒蛛咬死我，可不知解药在哪里了！"

花无双甜甜一笑，道："和尚哥哥，你别怕。我这'昆仑银蛛'可乖了，它不乱咬人的。不过，这蛛儿有时顽皮，它会叮咬你的下身，那时你会千方百计急着想死，可偏偏又死不了！唉！不过和尚哥哥放心，小妹叫它不叮你便是。"

迦南陀听得心惊肉跳，晃荡几个来回心下有了主意，强作笑颜道："小妹子，哥哥最怕蜘蛛，一看见它脑子便忘事。若是别人要解药那是休想！妹子要解药，哥哥自然要给！可你得将这蜘蛛拿开，我才记得起解药来。"

花无双说道："是吗，小妹遵命便是。"说时将手一挥，"昆仑银蛛"便倏地一下不见踪影。迦南陀松了口气，道："乖妹妹，我把解药扔给你！"忙从怀里摸出两粒药丸，抛给花无双。

花无双接着药丸咯咯一笑，道："和尚哥哥，可别拿错药啊！若是拿错药，我两位师兄弟吃了一命呜呼，可就没人放你下来了。待会儿，骷髅柱里的毒蜥钻出来咬你当饭吃，小妹可帮不了你。或是你在柱子上挂一年半载，日晒雨淋变成一具骷髅。我手下人将你的头骨砌在这骷髅柱上，可不好玩哩！"

迦南陀心想这小女子心狠手辣，我先依了她。待会儿佛爷脱身，看我好好整治这小女子！他心中发狠，嘴上却道："妹子放心，和尚哥哥不想变成骷髅留在柱上，我还想留着老命和妹子风流快活，断不会拿错药！"

花无双寻思：此刻这毒僧性命攥在姑奶奶手心，谅他不敢使诈！当下转身走到周通和毒蜥大圣面前将解药递给二人。在她递药瞬间，忽听"砰"的一声震响，尘土飞扬。她急忙回头，只见迦南陀已飞扑到面前。

她飞起一脚踢向迦南陀前胸，忽闻一阵香风扑鼻，脚踢到半道便无力踢过去，跟着右手一紧，手腕已被迦南陀牢牢扣住。原来趁她转身送药之际，迦南陀在吊空中猛地一荡，将身子荡近骷髅柱，双掌往柱上猛地一击，竟将骷髅柱击断。他借柱子斜倒之势荡到花无双面前，右手弹出一缕迷药，左手一翻将她的手腕扣住。

脉门被敌制住凶险无比，花无双只得罢手不斗，娇笑一声，道："和尚哥哥猴急什么，想和小妹亲热也不忙这一时。大庭广众之下拉拉扯扯也不怕羞人，快放开小妹嘛！"

迦南陀身处险境，忙收敛心神，说道："妹子小手又白又嫩，和尚哥哥怎舍得放开？除非你将哥哥腿上所缚之物解开，你三人答应改投我门下。不然，和尚哥哥可舍不得放开妹子小手。"

花无双寻思：一时大意落到这贼和尚手里，幸好他尚未脱缚，待我先稳住这贼和尚再想法子脱身。当下道："好，和尚哥哥，要小妹投到你门下，我答应你！可抓住我的手，小妹没法子解开你的双腿啊！"

迦南陀淫笑一声，道："小美人，和尚哥哥来帮你想法子！"说时伸手一抓将花无双胸前衣衫撕开。花无双大惊，低头看去一对雪白丰乳露在衣外，顿时羞得满脸通红，忙转身遮掩胸脯。惊慌道："你，你……"

周通和姬云鹏尚未复功，无力救援。见花无双受辱，二人便破口大骂："狗娘养的贼和尚，欺侮女人算什么英雄好汉？你有本事冲着老子下手！""贼秃驴，花护法是你亲娘，你这狗贼亵渎亲娘，比畜生不如！"张去病想救花无双，但见迦南陀紧扣住花无双的脉门，只须内力一震便会将花无双心脉震断，他心下着急却不敢出手救人。

迦南陀哈哈笑道："佛爷乃出家人，本来就不是乌英雄好汉。佛祖说众生平等，人与畜生一般，佛爷不如畜生也没什么！"转过脸对花无双道，"小美人，小心肝，看来为我解缚之法不在你心上，那一定在你裙子下面，待和尚哥哥撕下你的裙子找一找！"

花无双惊慌万状，急道："住手，住手！我解开你双腿便是！"说时，伸出左手往迦南陀腿上一抹，谁也没瞧见她拿掉什么东西，迦南陀的双腿便被解开。迦南陀伸伸长腿淫笑一声，道："妹子放开我的两腿，和尚哥哥正好与妹子合欢！"

他淫笑着朝花无双的裙子一把抓去。便在此时，一枚玉佩飞射到他面门。他急挥手一拨，将那玉佩拨飞回去。喝道："谁敢暗算佛爷？"只听有人答道："是你大爷！"

迦南陀扭头一看，见丛林内跃出一少年伸手去接玉佩。张去病忙喝道："秦淮别接玉佩！"但为时已迟。秦淮已将玉佩接在手中，猛觉手心一阵炙痛忙丢开玉佩，抬手一看，只见掌心乌肿。

迦南陀出手点了花无双腰腹三处要穴，飞身跃到秦淮面前，桀桀笑道："哈哈，臭小子，敢坏佛爷的好事，这下知道佛爷的厉害吧！"

秦淮听了又怕又怒，忍住疼痛纵身跃开，破口大骂起来："你这淫和尚、毒和尚、贼和尚、臭和尚、死和尚、烂和尚、坏和尚、杂种和尚！你对大爷下毒，你爹死娘偷人，你祖宗八代都男盗女娼，你子孙都做牛做马供人奴役！你没本事只会使毒伤人！你若有本事，使出真功夫同小爷较量，小爷也叫你尝尝厉害！"

秦淮如连珠炮一般骂得太快，大多是市井俚语，迦南陀对汉话所知有限不大听得懂，迷惑地望着秦淮，不知他在骂些什么。直到听见秦淮说"你没本事，只会使毒伤人"这一句，他才听懂。怒喝道："臭小子，你敢说我天竺毒佛没本事？使真功夫难道佛爷怕你不成？"

他疾扑上前一把朝秦淮抓去。手刚抓出，突然眼前金光一闪，只见一条金色软鞭打到鼻尖。他反手疾探迅捷抓住软鞭用劲一扯，猛觉手心一阵刺痛，急忙松开手掌抬起一看，掌上被扎了许多细孔鲜血直淌。

迦南陀又惊又怒，凝目看掌上血殷红，并未中毒，才放下心来。再看秦淮挥动的软鞭长约二丈，鞭子身上满是小刺，不留神不易看见。鞭头上是一个仙鹤头，尖尖的鹤嘴约一尺长。

秦淮将手中软鞭一扬又骂道："臭和尚，小爷今日要打断你的毒爪，打碎你的毒臂，打死你这臭和尚、烂和尚、淫和尚！"说时，挥舞软鞭向迦南陀抽去。

迦南陀冷笑一声身形疾闪，一掌拍出，欲以雄厚掌力荡开软鞭。谁知那软鞭抽到胸前突然转变方向，如同毒蛇朝他肩头咬去。他迦南陀侧身疾闪，软鞭呼地从肩旁擦过。一瞬间只见那软鞭化着一团金光将他挡在三丈开外。他上蹿下跳，左闪右避，始终无法攻入圈内。

张去病见秦淮鞭法习狠奇幻，暗暗称奇。此时他武学眼光极高，一看便知秦淮得到高人传授，功夫着实不浅。迦南陀与秦淮斗了五十多招占不到一点上风，脸面有些挂不住。心想如此久斗下去，"百毒门"的人岂不小看佛爷的本领，怎肯归降我门下？他不再托大双臂一振，大袖内一对蓝汪汪钢环滑落手掌上。那钢环一大一小，周边锋利无比喂有剧毒。此时秦淮的软鞭恰袭至他的腰间，他用右手钢环压向软鞭，只听"咔"的一声，钢环弹开将软鞭卡住，左手疾抛钢环砸向秦淮。

秦淮见软鞭被钢环卡住，另一个钢环迎面飞来，若撒手弃鞭躲避，软鞭必被迦南陀夺去。只见他往下一蹲躲过飞来的钢环，叫声"着"！软鞭头上鹤嘴突然张开，嗖嗖嗖射出数枚蚕豆般大的钢珠。鹤嘴近在咫尺，迦南陀万没想到鹤嘴会打出暗器，只得松开软鞭往旁一躲，脸上被钢珠擦出一条血痕。他勃然大怒纵身跃上半空，大喝一声扬手打出一枚"腐心蚀骨丸"。"砰"的一声大片黄色烟尘从秦淮头上落下。这"腐心蚀骨丸"奇毒无比，人沾上一点肌肤随即腐烂，一直烂至骨髓。

适才迦南陀两次吃了秦淮的亏大丢脸面，便欲置秦淮于死地，以免"百毒门"的人说他栽在一个小娃娃手里，是以下手极狠毒。秦淮刚才吃过迦南陀的苦头，此时看见"腐心蚀骨丸"在头顶上炸开，吓得心中发毛瞬间没了主意，惊慌失措大叫一声："大哥哥快救我！"

危急之际，身子忽然被一股柔和掌力送出三丈开外。迦南陀未见秦淮有何动作，却在千钧一发之间飘然落到三丈外，不由暗惊：这小子轻功怎如此出神入化？若不将他除掉，日后江湖上说佛爷栽在他手下可就大扫佛爷的面子！心念闪过，他不待秦淮落地站稳，又疾扑上去。突然间眼前一花，只见一个长满络腮胡的汉子挡在面前。忽见有人敢将他挡住，他怒喝一声："哪来的浑小子，找死！"挥掌拍向汉子肩头。

岂料他一掌拍出，那汉子已转到他身后。在他一愣的当口，后衣领已被人抓起，身子忽被抛上高空。花无双、周通和姬云鹏三人都没瞧清怎么回事，只见一招之间迦南陀便被来人掷上半空，三人都惊讶得"咦"的一声。迦南陀是一派宗师，武功着实不低，便是魔教教主何野风，少林寺方丈弘无大师等顶尖高手也不能一招将他抛上天去。他输在目中无人；而来人身手委实太快，不容他有半分躲避的间隙。

却听秦淮叫道："大哥哥，狠狠揍这贼和尚！快揍死他，揍死他！"出手之人正是张去病。适才他见迦南陀打出毒丸，忙暗中拍出一股掌力将秦淮推开，接着闪身上前拦住迦南陀。他没想到自己几经奇遇武功大增，一把便将迦南陀抓住抛出，也大感意外。迦南陀在空中连翻两个跟头落下。他一招便输给对手觉得大失脸面。脚刚沾地双掌齐出朝张去病猛推过去。两股掌力裹着一团毒气涌到张去病身前。百毒教三位护法齐声惊呼："小心，胡僧掌风有剧毒！"

张去病早有戒备，看见迦南陀双掌拍来，他右掌直插迦南陀的眼睛。迦南陀一惊偏头让开。岂料张去病招式未老，手掌已变成爪抓向他的鼻子。迦南陀闪身躲避，张去病的手已变拳击他面颊。瞬息之间，只见张去病仅用右手变掌、变拳、变指、变爪、变捶，一连五招，招招不离迦南陀面门，迦南陀急挥双掌招架左支右绌。同时心中诧异，不知双掌拍出的毒气为何对张去病毫无作用。斗到第十五招上，他忽觉后领一紧，身子又被张去病抓起抛上半空。迦南陀在空中连翻几个跟头落回到地上。怔怔望着张去病，问道："你……你是百毒尊者？"

方才他出掌挟带剧毒，张去病却毫发无损令他十分吃惊。他猜想对手抗毒功力如此高强，必定是百毒尊者。他却不知张去病几经奇遇，功力已强大到百毒不侵之境。他拍出的毒气自然奈何张去病不得。

张去病摇摇头道："我不是百毒尊者。迦南陀，我和你是老熟人，你这厮浑没记性，怎么不认得了？"迦南陀一愣，忙从头到脚打量张去病。此时张去病装扮满脸络腮胡的大汉，他哪里认得出？他暗自寻思，此人抗毒功本事不在我下，难道他是药王老儿改容来与我作对？不由心生惧意，冷哼一声，道："哼，药王老儿，佛爷不奉陪了！"他双掌一合，两袖之内突然射出数枚毒针。张去病迈开"蹑云步"跃出十余丈，铮铮一阵急响，毒针皆射到他身后的骷髅柱上。迦南陀忽然叫道："你不是药王，你小子是张去病！"

张去病哈哈笑道："毒僧，你居然能认出小爷来，倒也不傻！"迦南陀曾同张去病在倪东和戚北开的黑店外比过轻功，见过张去病施展"蹑云步"，是以一见"蹑云步"法便将他认了出来。迦南陀心下诧异：上次这小子在佛爷手下仓皇逃命，怎么几个月不见便功力大大增长？难道他练成了达摩石上的功夫不成？转念又想：达摩石上神功岂是半年能练成的？如若不是，这小子功夫怎会如此大有长进？他望着张去病，心中一阵困惑。他不知上次遇见张去病时，张去病怪病缠身，体内蕴蓄雄厚内力使不出来，只得靠"蹑云步"逃逸。眼下张去病身上怪病痊愈打通了任、督二脉，体内雄厚内力使用自如。加之服下"老君丹"和"无量酒"，参悟"天根谷神图"，此时张去病的武功修为，同初遇迦南陀时有天壤之别。

厉蒙一听眼前这武功奇高之人，便是到回春谷求药王治绝症的张去病，心中亦是大吃一惊。心想：怎么会是那小子？难道真是药王说的他是什么千年难见的武学奇才？可是才半年多不见这小子，他怎会练成……这等惊人武功？

"百毒门"三位护法一听出手斗毒僧之人，便是江湖上传说得了达摩石的少年张去病，三人也都大感惊讶，心想达摩石上武功怎的如此了得，几招便叫这毒僧大出其丑？有此人出手相助，毒僧一定讨不了好去！

迦南陀却寻思：这小子决计练不成达摩石上武功。他或许只是练成了一两招，佛爷无须忌惮他！他心中惧意消去，贪念大生：待我将这小子擒住夺下他身上的达摩石！心念闪过他怪笑一声，道："张去病，佛爷恭喜你小子练成了达摩石上功夫！"

张去病道："什么达摩石上功夫？小爷可没练过。"迦南陀冷笑道："你不承认？嘿嘿，那你适才使的什么功夫？"

张去病道："我使的是'太极阴阳掌'。"迦南陀又怪笑一声，道："你使的'太极阴阳掌'？佛爷没听说过，你休想骗佛爷！哼，即便你练成达摩石上功夫，佛爷也不惧！适才佛爷一时大意让你占了点小便宜。这一回佛爷叫你知道厉害！"

他说着双掌上下一划，右掌拍向张去病头顶，左手直插张去病前胸。张去病瞧见迦南陀一上一下两掌拍来，轻喝一声将内力凝至右掌呼地拍出。迦南陀猛觉一股巨大力道压来，呼吸一窒吓得往后疾闪。众人只听"砰"地一声闷响，尘土飞扬，定睛一看惊得合不拢口，只见地面被张去病的掌力击出一个坑。

迦南陀更是惊惧，他刚才拍出两掌名叫"万劫毒掌"，是天竺"毒佛宗"最厉害的功夫。这套掌法招式无特异之处，厉害在他手掌十指上带有十种奇毒。无论对手掌力如何雄厚，那十种毒总能穿透对方薄弱之处，制敌于死命。此刻一看见两记"万劫毒掌"不能伤到张去病一根毫发，着实叫他惊慌。他不知为何屡试不爽的独门杀招对张去病不起一点作用。他想莫非是先前我被毒蒙抓伤，毒功减弱了不成？

如此一想，他喝道："好小子，你再接我一掌！"他身形疾晃，一掌拍向张去病肩头。张去病沉肩避开，右掌直插迦南陀的肋骨。迦南陀却不闪避亦是拍出一掌。两掌相接"啵"的一声，只见迦南陀身子倒退出去五六丈远。在旁人看来，迦南陀仿佛被张去病一掌震得飘飞出去。张去病感觉不对，刚才自己这一掌只用六分内力，以迦南陀的功力绝不会被震退得如此远。他正诧异忽觉掌心一阵麻痛，抬手一看见掌缘扎着一根毒刺，流出一股黑血。他疾挥左手点了右臂上的几处要穴止住毒往上行，拔出毒刺扔到地上。

迦南陀哈哈笑道："张去病，佛爷的毒刺'地芒爪'剧毒无比，这是我天竺国独有毒刺，一刺入人体，毒就会进入血液淌进你心脏，转眼之间你便会昏死过去。你那点穴止毒不管用，只要你乖乖交出达摩石，佛爷便为你解毒。不然你昏迷后五脏六腑寸寸腐烂！"

秦淮和三位护法一听张去病遭毒刺暗算都大吃一惊。张去病骂道："毒僧，你卑鄙暗算小爷太不要脸！想要达摩石？你做梦去罢！"刚骂一句，忽见他身子往后一仰"咚"的一声昏倒地上。迦南陀见张去病中毒晕倒，飞扑过去一把抓下。手指刚触到张去病衣衫，张去病突然睁开眼睛哈哈一笑。迦南陀惊骇之际，张去病左掌呼地拍到他胸前。他忙挥臂隔架，张去病右掌一翻印在他肋骨上。迦南陀大叫一声，身子被震得飞出七八丈远重重摔下。

张去病跃起身来哈哈大笑，道："毒僧，你同小爷斗心计，你不是小爷的对手！刚才小爷一掌打断你几根肋骨没取你老命，算是放你一马。快滚回天竺国去，不许再在我中土为非作歹！不然下次撞在我手里，别想活命！"

适才两人交手兔起鹘落，旁人见张去病中毒倒下，瞬息间迦南陀又被打倒在地上，张去病却完好无损，其中原委谁也弄不明白。花无双、姬云鹏、周通、秦淮四人都看懵了。原来张去病怒骂迦南陀时，悄悄运功将掌上毒血逼出。心下骂道："妈的，使诡计暗算人哪个不会？"于是他假装中毒，身子往后一仰躺倒在地上。迦南陀掳他心切果然上当。

迦南陀挣扎爬起来哇地吐几口血，忙掏出疗伤灵药"七宝还骨丹"服下。此药续骨特佳，止血止痛尤为神效。不一会儿，迦南陀缓过气来，恶狠狠瞪张去病一眼，道："臭小子，你使诡计暗算佛爷……你……等着，佛爷会找你算这笔账！"说罢手捂腹部，弯着腰缓缓离去。厉蒙瞧见迦南陀伤得不轻，忙上前去搀扶迦南陀行走。

秦淮急道："大哥哥，别放这毒僧走，这人太坏，快将他一掌毙了！"

张去病说道："这次饶他一回。他再作恶，叫我碰见定取他性命！"说到此，又高声说道："厉蒙，别随这毒僧去。快去回春谷去找朱蕾姐姐认错，请求药王宽恕你！"

厉蒙头也不回，道："张去病你认错人了。厉蒙已死，世上再无有此人，你休再在我面前提他！在下是毒佛门下弟子，法号叫绝情僧。"

张去病一怔，想起厉蒙背叛师门前因后果，不禁长叹口气摇了摇头。他转身走到银蛛仙子花无双面前凌虚轻弹三指，三股指力激射过去，如棍子点在花无双被封穴位上，花无双只觉浑身经络一松被封穴位顿时解开。

他又转身走到周通和姬云鹏身后，左右掌分别按在二人腰部的"命门穴"上，将内力缓缓注入两人穴道。两人顿觉一股无比雄浑内力朝"命门穴"猛地一冲，四肢百骸有了真气。二人又惊又喜忙取出解毒药服下，拱手对张去病道："谢张少侠高义，救命大恩永生不忘！"张去病忙还礼道："区区小事，何足挂齿！"

花无双走上前来笑容满面说道："张少侠，这可不是什么小事。你不仅救了咱们三人，而且救了'百毒门'！今日倘要不是张少侠援手，若叫那毒僧一人挑了'百毒门'，我派这跟头可就栽大了，日后如何在江湖上立足？我三人谢张少侠救命之恩，更要谢张少侠救"百毒门"的大恩！请张少侠受我们一拜！"

花无双说毕盈盈下拜，周通和姬云鹏跟着下拜。张去病轻抬双手送出三股内力阻止，说道："三位护法，使不得，使不得！"但三人执意要拜谢，皆暗运内力磕下头去。张去病试出三位护法功力虽深厚，要阻止他们却也不难。只是如此一来拂了他们诚意反倒不妥，只得赶忙跪下还礼。三位护法齐声道："张少侠休得行此大礼，折煞我等三人了！"

三人说时拉住张去病一同站起身来。花无双走到秦淮面前，笑嘻嘻说道："好俊的小兄弟！适才小兄弟仗义出手相助，功夫好生了得！姐姐谢你啦！"

秦淮脸上一红，笑道："小事一桩，花姐姐勿谢。小弟功夫粗浅得很，适才姐姐凌空一挥手便将那毒僧吊在柱上，那才叫神乎其技！花姐姐那是什么功夫，怎的如此厉害？"

花无双笑道："那也不是什么了不起的功夫。"秦淮瞪大眼睛道："姐姐凌空擒人，这功夫可是神奇得很啊！怎说没什么了不起？"

花无双咯咯一笑摊开手掌，道："小兄弟请看，姐姐捉那毒僧是靠它哩！"秦淮一看花无双手掌上，却不见有什么东西。张去病也好奇看去，他目力远比秦淮强，只见花无双掌心上有一小团极透明丝绳。那丝绳不知是用什么丝织成，不凝目细看很难看见。

他忙问道："花护法，你掌上丝绳是什么宝贝？"无双道："张少侠，这叫'银蛛捕仙绳'。它是我师父用'昆仑银蛛'蛛丝织成。这蛛丝绳利刃不伤，水火无损，坚韧无比。擒人时只要将内力贯透这蛛绳，它便将人紧紧缚住，无论如何挣脱不出来。"

秦淮道："我知道了，适才花姐姐便是用它将那毒僧捆住，怪不得那毒僧使尽各种办法，都逃脱不出！花姐姐，你能将宝绳给我看看吗？"

花无双摇头道："小兄弟，这'银蛛捕仙绳'含有剧毒，那毒僧毒功高强才没中毒。若是旁人碰着这'银蛛捕仙绳'，顿时肌肤溃烂。不是姐姐舍不得给你看，怕毁了你的手啊！"

秦淮吓得伸了伸舌头。花无双又道："适才那毒僧下毒伤了小兄弟的手，待姐姐为你治疗。"说罢拿起秦淮中毒手掌查看。只见掌心被毒灼伤高高肿起，乌黑发亮，伤破处流着脓水。细看一瞬她张嘴朝伤口处轻轻吹口气。秦淮痛得轻哼一声，紧紧皱拢两道眉。

花无双道："是了，小兄弟中的是金鳌毒。不用担心，姐姐这就为你除毒。"她从怀里取出一个小铁盒揭开盒盖。伸出指甲尖挑出一点白色粉末撒在秦淮手掌上，又取出一块绢将秦淮手掌包扎起来。秦淮顿感手掌一阵清凉，火辣辣疼痛便减轻许多。高兴说道："谢谢花姐姐的灵丹妙药，我的手掌不痛啦！"

花无双说道："须过一日，你这手才会痊愈。小兄弟，姐姐对你说，你不知道我们使毒之人整日琢磨如何下毒，手段神不知鬼不觉，你稍有疏忽便遭毒手！日后遇上使毒之人，你可千万多加小心！"秦淮忙点头应诺。

姬云鹏说道："张少侠，这位小兄弟，请到堡内喝杯酒水，让我们尽地主之谊略表谢意。"秦淮一早起来同张去病匆匆赶路腹中早已饥饿，听见姬云鹏邀进堡内喝酒吃饭，心下高兴忙转头看着张去病，盼他应答。张去病寻思：在"绝命峡"受百毒尊者所托，此时正好了却他老人家遗愿。当下说道："三护法盛情相邀，我俩恭敬不如从命。"

三位护法大喜，领着张去病、秦淮走进骷髅堡。五人来到一间大厅，周通吩咐仆人备上酒菜，三位护法轮流向张去病和秦淮敬酒。酒过三巡，忽见一个矮胖子走进厅来，张去病一看却是倪东。花无双道："倪东师弟，你来得正好，快来见过张少侠。"倪东干笑一声，讪讪说道："师姐不用引见，嘿，我……我认得张少侠。"三位护法都觉意外，周通忙问道："你几时认得张少侠？怎没听你说起过？"

倪东尴尬说道："几年前，那个……我与师弟戚北在湖南境内开黑店。张少侠曾进店光顾过……不过，那时张少侠装扮成个小姑娘，我们没将他认出来。我用迷药麻翻九个江湖高手，其中有青龙帮的龙帮主和穆兴，却没迷倒张少侠……后来，我们得知龙飞和穆兴都是张公子手下人，才猜出那个小姑娘是张公子所扮。唉唉……这件事情说起来太损面子……回到骷髅堡，我便没好意思对师兄师姐说此事，是以你们都不知道。"

花无双、周通和姬云鹏听了都是一愣。倪东顿了一顿，又说道："第二次，我同戚北在湘西道上开黑店，张少侠又来到店里……这一次张少侠中了迷药，我和师弟戚北却栽在那毒僧手里。这件事更是丢人现眼，是以回到骷髅堡，我只对你们说那毒僧之事，也不好意思对你们提起张少侠……"

三位护法一听神色尴尬。周通骂道："倪东你这混账东西！当年你若把张少侠害死，我"百毒门"今日岂不完蛋了？你这浑蛋有眼无珠，快自行了断，向张少侠谢罪！"

张去病一听周通叫倪东以死谢罪，吓了一跳，急忙劝阻道："周护法，这万万使不得！那时倪东前辈与我不认得，不知者不为过，这事怪不得他。再说事情已经过去很久了，不需让倪东前辈向我赔罪！"

倪东扑通一声跪下，说道："大师哥，二师姐、三师哥，小弟那时不知张少侠与本门如此有缘，何况……何况师父他老人家命我和戚北师弟在江湖上寻找达摩石，小弟奉命行事才冒犯了张少侠，望师哥网开一面！"

三位护法板着面孔都不说话。倪东看看三人知难幸免。回头对张去病惨笑道："张少侠，我倪东几番加害于你。你大人大量不记前仇，反而出手为我'百毒门'挡灾！我倪东真他妈有眼无珠，该当以死谢罪！"

他说时手掌一伸，从腰间抽出一柄雪亮匕首刺向胸膛。张去病忙轻弹手指，弹掉倪东手上匕首，急道："倪东大哥，过去之事提它做甚？万不可自伤！"

倪东摇头道："张少侠若要阻挡，倪东只好服毒自尽！"张去病知倪东是使毒高手，他若想服毒自尽谁也拦他不住。情急之下，他忙从怀里摸出百毒尊者的信物"百毒令"高高举起，对周通、花无双、姬云鹏、倪东四人，说道："'百毒门'弟子参见掌门人信物！"

三护法忽然看见"百毒令"都大吃一惊，立即离席跪倒，倪东慌忙跟着跪在三人身后。张去病说道："见此信物如见掌门人。此刻我是代掌门人说话，你们可得听从。"

三位护法和倪东齐声道："谨遵教规，不敢有违！"张去病说道："倪东所犯之过，请三位护法不予追究。但滥伤无辜，于'百毒门'声名有损，望倪东日后不再犯此类过错！"

三位护法和倪东齐声道："谨遵掌门人法旨！"张去病赶紧扶起四人，躬身赔礼道："适才情急，在下大胆妄为，请几位多多包涵！"四人都不答话，只是怔怔望着张去病手中的"百毒令"，又吃惊、又狐疑、又迷惑、又兴奋，个个脸上的神情都十分古怪。周通惊异一瞬间道："请问张少侠，我师父的信物'百毒令'铁牌，怎么会在少侠手里？"姬云鹏接着问道："张少侠，你怎么会得到我们师父的'百毒令'？"

花无双忙说道："师哥师弟先别问'百毒令'之事，咱们先问问张少侠，师父他老人家可好？"

张去病看见三人神色着急，赶紧说道："三位护法，适才情急，在下来不及说明'百毒令'的来由便将它拿出来。请三位护法不要见怪。事情是这样的，不久之前在下有缘得见百毒尊者前辈，受他老人家临终嘱托，要我向三位转告一桩重要事情……"

三人一听张去病之言皆大吃惊失色。不等张去病讲完，周通忙问道："张少侠等等，你说'受他老人家临终嘱托'，此话是啥意思，难道我师父他……"

姬云鹏摇手说道："大师哥别急，咱们师父一身神功钢筋铁骨少说要活一百二十岁，哪会有什么临终嘱托？适才或许是张少侠说错了词儿！"

花无双神情紧张说道："师哥师弟，莫打断张少侠说话。张少侠，你慢慢说来，我们师父他，他老人家……究竟怎么了？"

张去病看见三人大急，一时不知从何说起。只得先劝慰道："三位护法，我说出实情，你们千万不要太过悲痛……那是一月之前我进入一个叫'绝命峡'的地方……"他将在"绝命峡"里遇见百毒尊者，百毒尊者说他如何中毒，如何在"绝命峡"里苦苦强撑一年，奄奄一息自知不治，便委托他到骷髅堡来代立掌门人之事原原本本说出。

花无双听罢掩面啜泣，周通、姬云鹏、倪东三人直抹眼泪。四人同百毒尊者师徒情深，听完张去病的叙述哭成一团。倪东含泪叫道："掌门人归天，那药王老儿脱不了干系！三位护法，咱们去回春谷杀那老儿，烧他老窝替师父报仇雪恨！"

花无双擦去脸上的泪水，说道："报仇之事日后再说。先请张少侠说说，掌门人临终有什么遗言，咱们好按他老人家的遗命行事。"

张去病说道："百毒尊者对在下说，掌门人大位由花姐姐接掌。他让我将'百毒令'和《迷毒经》传给花姐姐。他老人家还遗命周大哥和姬大哥共同辅佐花姐姐重振"百毒门"。末了，他老人家又说：'我毙命在这绝命谷里，只因学艺不精，怪不得旁人。我门下弟子不得去找他人寻仇生事。众弟子须专心打理教务，苦练功夫，定能光大我"百毒门"！'以上，便是他老人家临终时说的原话，在下不敢有一字错漏！"张去病说毕，从怀里拿出《迷毒经》，连同"百毒令"一并递到花无双手上。

花无双接着铁牌和经书，恭恭敬敬地放到客台上。转过身来说道："大师哥，三师弟，五师弟，教内之事本不该当着外人商议。但张少侠和这位小兄弟并非外人，张少侠为师父送终，又受师父托付，带来师父遗命。适才他二人为我'百毒门'解危，又是我教的大恩人。是以我们当着张少侠和这位小兄弟商议教内之事不用避讳。"

周通、姬云鹏、倪东三人都说道："这个当然，张少侠和这位小兄弟是咱们自己人，有什么话你只管说。"

花无双抹去眼角泪水，说道："师父命我接任掌门人之位，无双惶恐万分。我才德浅薄，怎能担当此重任？可这是师父他老人家遗命，无双又不敢不遵，这委实叫我为难。三位师哥师弟与无双情同手足。无双请大师哥、三师弟、五师弟，替无双拿个主意。"

张去病一愣，不知花无双说这话是何用意。他想百毒尊者遗命将掌门人之位传给她，谁敢不遵？还有什么可商量的？难道她故作谦虚，假装客气不成？可是如此重大之事，怎能客气推让？倘若她的师兄、师弟出主意让别人来做掌门人，岂不辜负了百毒尊者对她的希望？他转念又想：我受人之托，忠人之事，已将"百毒令"和《迷毒经》交给了她，也转告百毒尊者的遗嘱，完成了尊者的遗愿。他们推举谁做掌门人，是他们门内之事与我已经没有关系，只是望他们不要为这掌门人之位发生纷争才好。

他正寻思，却听周通说道："师妹你莫开玩笑，掌门人关乎我派兴衰，岂是旁人随便乱拿主意的？你知道师哥一向唯师命是从。师父既然已有遗言命你接任掌门人，他老人家自有深意。我只能按他老人家的遗言照办，不敢替你拿什么主意。你别胡思乱想，乖乖按师父的遗命行事罢！"

姬云鹏一看周通这番表态，也说道："师姐，大师哥说得不错，让我们替你拿主意，往轻处说是违背师命，往重处说是欺师灭祖。这个主意我们是万万不敢替你拿的！再说师姐的人品和武功首屈一指，师父将大位传给你，必是经过一番深思熟虑。你来做掌门人，若有人胆敢不听从你的号令，我和大师哥决不答应！"

倪东也忙从旁劝说道："师姐，你莫担心当不好掌门人，有师父的遗命又有两位护法师哥忠心辅佐你，众位堂主一定不敢不听从你的差遣。你就放心接任教主之位好啦，我倪东认你这个掌门人！"

张去病听罢四人这番言语，恍然大悟，不禁暗赞花无双了得。他寻思花无双一番推辞，原来是以退为进。当着我的面，她这几位师兄师弟若是不答应她做掌门人，一是怕背上违抗师父遗命的恶名。二是怕我助花无双一臂之力。此时此刻，他们除了劝说她接任掌门人还能说些什么？哈，这花无双是个厉害人物，怪不得百毒尊者将大位传给她！

张去病所料不差。百毒尊者虽然遗命花无双接掌门人之位，但这此事太过突兀，花无双深恐周通等人不从师命，便说这番话试探他们心思。她情知当着张去病的面，三人又怎好说出不遵师命的话来？所以才叫三人替她拿主意。三人若拥戴她做掌门人，有张去病在场见证，日后便不好反悔。三人若不从师命，张去病和秦淮二人一定不会袖手旁观，所以她这一番言辞实是以退为进，要三人表态赞同她做掌门人。

此时见三人都无异议，她才放下心来。叹口气道："咳，既然师哥和师弟都这么说，无双只好勉为其难。日后还望师哥师弟鼎力相助，咱们齐心协力，方能实现师父重振我派的遗愿！"说到此处，她顿了一顿又道："师哥师弟，既然如此咱们择个吉日，邀请武林同道到骷髅堡举行接位庆典，你们看如何？"

两位护法和倪东皆道："如此甚好！"花无双掐指一算道："再过五日，便是八月初八，是个黄道吉日，举办庆典合适不过，咱们就定在这一天好了。"三人都点头赞同。花无双转过头来，对张去病和秦淮道："张少侠和这位小兄弟，你们如能参加庆典，敝派上下无上荣宠，请二位在骷髅堡小住几日可好？"

张去病摇摇头说道："花护法接位庆典，我二人本当留下庆贺。但眼下我们探得金兵要剿灭丐帮和少林寺的阴谋，须赶去洛阳丐帮总舵报信。此事万分火急故不能留下，望三位护法见谅。"

花无双等人听说金兵阴谋剿灭丐帮和少林寺，都大吃一惊。姬云鹏和周通忙问道："张少侠，此事真确吗？"张去病取出完颜龙的密令递给花无双，四人围拢看罢密令，周通骂道："狗鞑子，占我大宋河山，还想对我大宋武林赶尽杀绝，老子们同金狗拼了！"

花无双说道："张少侠去报信事情紧急，我们不强留少侠。但今日时辰已晚，请少侠在此小住一宿，明日再赶路如何？"张去病说道："谢谢花护法盛情，那就叨扰了。"众人重新入席，菜饭已凉，姬云鹏叫仆人换上一桌酒菜，几人边吃边聊，一直聊到深夜。

翌日一早，张去病和秦淮起来向花无双道别。花无双命仆人牵出两匹高头骏马，送上些金银元宝给他们路上花用。周通、姬云鹏、倪东、花无双将他俩送出十里地，来到大路上方才作别。

花无双将秦淮拉到一旁，悄声道："好美的小妹子！"秦淮一惊，道："花姐姐，你、你说什么？我是小子，可不是女娃！"

花无双轻声笑道："好妹子，你别瞒姐姐了。你是男是女，姐姐都瞧不出来，还在江湖上混什么？"秦淮脸上一红，低声问道："花姐姐，你……是……如何瞧出来的？"

花无双微笑道："妹子，咱们女子走路身段同男子大不相同。你可以女扮男装，也可撇着嗓音说话，甚至可以在嘴上粘贴上胡须蒙人，但是你走路的步态身段却难遮掩，走的时间一长便露出女儿态。姐姐一眼就看出来了，这有什么难的？"

秦淮一听，满脸红晕，轻声说道："姐姐可得替我守密，别告诉大哥哥。"花无双奇道："怎么，张少侠不知道你是个小美人儿？"秦淮点点头。花无双愈加诧异，问道："妹子，为何不能告诉张少侠？"

秦淮道："我师父常对我说，天下男人大都爱占女人的便宜，都是负心汉子，靠不住的！"

花无双笑道："妹子，我瞧张少侠为人厚道，仁义英雄，可不像是爱占女人便宜的负心汉子。这般英俊潇洒的如意郎君，你可不能错过哩！"

秦淮摇头道："我师父她老人家的话，是不会错的。"花无双又笑道："如此说来，妹妹是不要张少侠了？"秦淮语塞道："我……我……"不知如何答对，脸红一直红到脖子根。

花无双笑道："好妹子，这么好的郎君，打着灯笼天下难找！你不要他，姐姐可就要了。到那时你别后悔，可别来同我争他！"

秦淮急道："姐姐你……你怎么能这样？"花无双笑盈盈道："姐姐没怎么样啊！是妹子不要他，姐姐才要的嘛！"秦淮低下头，声音低若蚊吟，道："谁说……我……不要……他了？"说罢满脸羞红，头低得下巴却挨着了胸脯。

花无双嘻嘻一笑，道："瞧妹妹急成这样！姐姐与你说笑。好，姐姐替你守密，不对张少侠说。不过姐姐有言在先，你俩大喜之日，一定得请姐姐喝杯喜酒！"

秦淮微嗔道："花姐姐，你再胡说，我可不理你啦！"花无双笑吟吟道："妹妹别生气。好，姐姐不说了。"说罢拉起秦淮的手走到张去病身旁。

众人不知她俩在一旁小声嘀咕什么。周通笑道："师妹，你是不是看上秦兄弟了？若是看上，师哥为你做媒，我这就向张少侠提亲，招秦兄弟做我们骷髅堡上门女婿，让师兄早些喝你的喜酒！"

花无双啐道："呸，招你个头！你身为师哥，为大不尊，看小妹扯掉你的胡子！"周通呵呵大笑道："只要喝得师妹喜酒，你把师哥胡子扯光也值得！"张去病等人跟着笑起来。

花无双道："张少侠，你别听我师哥胡扯，他这人就爱说笑。少侠先去一步。我们打理完杂务便赶到开封府去杀狗鞑子！"

张去病同秦淮翻身上马拱手道："后会有期！"说罢打马飞奔而去。两人放马奔驰四十多里，路旁出现一大湖泊。湖里荷花盛开，争奇斗艳，景色甚是怡人。秦淮问道："大哥哥，这叫什么花？真好看！"张去病奇怪问道："小兄弟，你没见过这种花吗？"秦淮点头道："我从小在山里长大，头一回见到这种花。"

张去病道："原来如此。此花名叫荷花，在平原地区很常见的。"说这句话，他忽然回头，笑眯眯问秦淮道："小兄弟，那花无双真看上你啦？"

秦淮笑道："大哥哥，你别瞎说！"张去病又道："你这捣蛋鬼，让花无双看上好啊！"秦淮奇怪，忙问道："那又有什么好了？"

张去病笑道："娶个厉害老婆将你管住，你不敢捣蛋就变乖了啊！"

秦淮嗔道："哼，大哥哥，你浑没正形，你才要个厉害老婆管住！"说时一掌朝张去病打去。张去病哈哈一笑让开。便在此时，忽见前面小树林里有人探出头来朝他二人一望又迅速缩回头去。

张去病一眼认出是厉蒙，忙低声对秦淮道："小兄弟，你在这儿待着别动，那毒僧躲在前面树林里，不知打什么鬼主意，待我上前去将他赶走！"

秦淮一听迦南陀埋伏树林中心中发怵。忙道："大哥哥，小心他使毒！"张去病跳下马背，迈开"蹑云步"奔到树林前双手齐推，只听哗啦啦声响树木倒下一片。推倒树的瞬间，他跟着跃入林子内四下张望，只见一个人影闪入密林深处。林内枝叶繁茂，他恐遭暗算不敢贸然追赶，大声喝道："迦南陀，有本事出来斗一斗！"四下无人答应。

他寻思这毒僧在玩什么诡计？正狐疑间，忽听秦淮尖叫一声。他猛然省悟道："不好，我中了毒僧的调虎离山计！"他转身冲出树林，看见秦淮被迦南陀追得惊慌奔逃，嘴里惊呼："大哥哥快来啊，毒僧在这里！"

迦南陀喝道："小子你跑不了，佛爷抓住你，不愁张去病不乖乖交出达摩石！"迦南陀几个纵跃追上秦淮呼地一把抓住。秦淮反身挥金鹤软刺鞭打去，慌乱中失去准头。迦南陀低头一闪让过软鞭，一下钻到她面前。

秦淮大惊急往后跃，迦南陀掌风已扫到面颊，鼻孔闻到一阵甜香两眼一花便栽倒在地。迦南陀一把抓起秦淮，哈哈大笑。以秦淮的武功本不会轻易被迦南陀擒住，只因她忌惮迦南陀使毒，惊慌失措，才着了迦南陀的道儿。

迦南陀抓住秦淮正要转身逃离，却见张去病飞扑近前一掌拍来，他急往旁闪开，张去病第二掌已然拍到。这一掌来得太快，迦南陀躲避已来不及。他若出掌硬接，张去病内力太强，他必受重伤。危急之际他一侧身忙用秦淮身子去挡这一掌。岂料突然间张去病的手掌拐个弯，径直拍向他的面门。他大惊失色，急忙侧头躲避。忽觉手中一空，秦淮已被张去病夺去。

张去病拍出这几掌名叫"阴阳四叠障"，是"太极阴阳掌"的妙招。一共连环四掌，环环相扣变幻奇妙。适才若不是为了救秦淮，他第三掌已击中迦南陀。在夺过秦淮的瞬间，他快如闪电向迦南陀胸前拍出第四掌。迦南陀昨日吃过张去病的苦头，吓得急忙抽身逃进树林里。

张去病担心秦淮中毒，不追赶迦南陀，忙低头查看秦淮，只见秦淮长发散开，秀目紧闭倒在他怀中，睫毛浓密，面如桃花，小嘴殷红，娇美异常。这下他才看清自己抱着一个美少女，不禁一呆。

瞬间回过神来，他心里暗道："我俩同行多日，竟然没看出她是个小姑娘，瞧我这眼力！"他轻摇秦淮，叫道："秦淮，秦淮！"一连叫了好几声秦淮毫无动静。他伸手一探秦淮的鼻息，秦淮呼吸均匀仿佛在熟睡一般。他试着掐掐秦淮的人中，秦淮仍是不醒。他不知秦淮中的什么毒，用手掌贴在秦淮背上穴位，缓缓将内力输入秦淮体内，想将她身上的毒逼出。过得片刻只听秦淮轻轻哼一声，但仍紧闭双眼。看见秦淮只是熟睡并无痛苦之状，他突然心中一动，想起当年在海上，赵无痕讲述江湖中人施放迷药的伎俩，说被迷之人昏倒后却无痛苦。他想秦淮莫非是中了迷药不成？

他忙跑到湖边，摘下荷叶卷拢兜起湖水跑回，朝秦淮的脸上洒去。秦淮猛遭凉水一激，嗯了一声果然睁开了眼睛。张去病欢呼道："秦淮，你终于醒了！"

秦淮揉揉眼睛，忽然发现自己披头散发露出女儿相，羞得满脸通红，语无伦次窘迫道："大哥哥，你……我……我……你……"张去病笑道："好个小秦淮，这一路上，你瞒我瞒得好紧！"

秦淮站起身来，背过脸去整理好衣衫，才转过身来笑道："谁瞒你了？是你自个儿眼神太差，傻里傻气看不出来罢了！"秦淮说罢，眼睛里闪过狡黠光芒，抿嘴一笑，便转身到湖边洗手。她摘一张荷叶铺在地上，坐下慢慢梳理秀发。张去病来到秦淮身旁坐下，望着秦淮倒映在湖水中的丽影，笑道："搞半天，你这个惹是生非的捣蛋小子，原来是一个千娇百媚的小姑娘！"

秦淮被夸得不好意思，用袖子遮住半张脸微嗔道："大哥哥，你净瞎说些什么呀！"她从小在山里长大，从来没听人称赞过自己美丽。此刻听到张去病称赞，虽然羞涩，心里却是很喜欢。

张去病道："对啦，往后我不能再叫你小兄弟，得叫小妹妹啦！"秦淮道："你爱怎么叫都成，我可不在乎。"

张去病道："秦淮，你怎会没有父母，没有亲戚，一人在江湖上闯荡？你还没告诉我哩！"

秦淮哼一声鼻音，道："你连名字都不肯对我说，我凭什么要告诉你这些事？"张去病笑道："我的名字你已经知晓，还用得着我对你说吗？"秦淮道："那不是你告诉我的，我要你亲口对我说，才做得准。"

张去病道："好好，我对你说，我姓张，名叫去病。这下该行了吧？"秦淮摇头道："这还不行，你还得告诉我，为何我与你同行便会遭遇凶险？我才告诉你我的事。"

张去病心下诧异：江湖中人听到我的名字，几乎无人不知我的身世，秦淮怎会茫然不知？当下说道："好，我对你说。我有个大仇人叫秦桧，他是朝廷上最大的官，他害死了我爹、我外公和我舅舅，又害我的家人，还派官府的人四处捉拿我。所以你同我一路会遇上凶险。"

秦淮惊道："原来你的仇人是大奸臣秦桧！我下山这两个月，常听见人说起这个奸贼。"张去病寻思：原来她才从什么山上下来，怪不得听到我的名字，却对我的身世一无所知。又问道："你都听到些什么？"

秦淮道："听见汉人骂他呗！有人骂他是大卖国贼，说他对金国卑躬屈膝，怂恿皇帝卖掉大宋大片江山。有人说他是金国派到大宋的大奸细，专门为金国通风报信出卖大宋机密。有人说他是个大奸贼，害死抗金大英雄岳元帅。还有人骂他是最大贪官，说他贪得的黄金白银比国库里的还多！骂他的人可多去了，一时我也说不完！大哥哥，这个大奸贼原来是你的仇人，走，我和你去临安城杀了这个奸贼，为你家人报仇！"

张去病望着秦淮义愤填膺，感动道："秦淮，谢谢你助我报仇。咱们先去丐帮报信，再去临安杀老贼。秦淮，你怎么一人流落江湖呢？"

秦淮两眼一红道："我四岁时，同家人在兵荒马乱中失散，差点死在荒野。后来是师父救了我，她老人家将我带上山教我修道，传给我武功。可我长大后常常偷跑下山玩耍，惹得师父生气，她老人家便将我赶下山了。我不敢再回到师父身边去，只得在江湖上流浪。"

张去病又问道："你父母是谁，你师父知道吗？"秦淮摇头说道："我师父也不知道。她老人家说，她猜想我爹娘是被金兵掳到关外的汉人，生死下落不明，或许他们早已不在人世了。"

张去病听罢，心想这小姑娘连她父母是谁都不知道，比我更悲惨！我至少知道自己爹娘是谁，知晓家人的下落。我在家时还有岳珂和岳琦等表兄弟做伴。这小姑娘却什么亲人都没有，一人孤苦伶仃活在这世上，小小年纪实在可怜！想到此处，他不禁对秦淮大为同情，柔声说道："秦淮，想不到你的身世如此凄惨！你如不嫌弃，今后就把我当亲人。只要有我在，我决不许别人欺侮你！咱们有福同享，有难同当，一同闯荡江湖好吗？"

秦淮猛地一把抓住张去病的手，睁大眼睛惊喜问道："真的吗？大哥哥，你不嫌弃我？你真的愿做我的亲人？你真愿意与我有福同享，有难同当，一同闯荡江湖？大哥哥，你说的是真话？"张去病点点头。

秦淮紧盯着张去病的眼睛，又问一句："你……你……不骗我？"张去病道："决不骗你！倘若骗你，我是小狗！"秦淮一听心花怒放，一下蹦起来在张去病额头上亲了一口，霎时间两人都羞得满脸通红，红到了耳根。秦淮按捺不住心中高兴，在湖边上转几个圈子手舞足蹈，笑靥如花，说道："哈哈，我有亲人啦！我终于有亲人啦！"张去病看见秦淮如此高兴，心里又欢喜又难过。心想有亲人对于许多人是寻常之事。秦淮却如此开心，这孤苦伶仃的小姑娘真是太可怜了！

张去病却不知，秦淮下山来这两个月看见人家孩子有父母疼爱，看到别人有兄弟姐妹呵护，心中羡慕至极。一想到自己从小没爹没娘，也没有兄弟姐妹，孤零零活在这世上没人疼没人爱，常常暗自伤心落泪。此时终于有一个人愿做她的亲人，还说要呵护她、照顾她，同她有福同享，有难同当，一同闯荡江湖。她怎能不兴高采烈，不欣喜若狂，不高兴得忘乎所以亲张去病一口？跳跳蹦蹦转了几圈，秦淮走过来拉起张去病手，满面笑容道："大哥哥，我高兴死了！走，到前面去找家酒店，今儿我请客，我请你喝酒！"

张去病笑道："小丫头，你哪有钱请我喝酒？"秦淮狡黠一笑，说道："大哥哥，先前我没完全对你说实话。我怕你瞧不起我，我只说从那送信的金兵身上顺手牵羊拿了密令。嘻嘻，便没说顺手牵了他的三锭银子。你瞧，我有钱！"她拿出一锭银子对张去病一晃，一脸顽皮的神情。

张去病笑问道："你此刻说拿别人家银子的事，就不怕我瞧不起你了？"秦淮笑吟吟道："此刻不怕了。"张去病问道："这又是为什么？"

秦淮调皮笑道："哈哈，你已是我的亲人，是我大哥哥，我跟你跟定了！不管你瞧得起我，瞧不起我，我都要跟着你，你再也不能把我赶走了！再说了，那金兵的银子八成是抢劫来的，咱们不用白不用！大哥哥，你说是不是？"

张去病大笑道："你这小丫头鬼心眼真多！说得好，金兵的银子不用白不用！咱俩去找个酒店，喝它个一醉方休！"两人翻身上马，纵马往前方道上奔去。

一连十几日，秦淮都很开心，一路上说说笑笑，哼唱一些小曲，再也不唱那首她自编的"伤心歌"了。看着这个天真烂漫的少女，张去病触景生情，不由得思念起柳语来。半年前，柳语闻讯柳寒峰患病回天山去探望父亲，在嵩山脚下不辞而别，一去再无音信。此时望着秦淮，他眼前浮现出柳语美丽倩影。心想：不知语儿现在何处？柳掌门的病可好了？倘若语儿到金国会宁城去找我，咱俩可就走错过了，这如何是好？

他正低头沉思，忽听秦淮道："大哥哥，你瞧，前方有一座大城！"张去病抬头一看，前面果然有一座巍峨城楼。他眼神极好，远远看见城头上有"洛阳"二字，城上却插有金国的旗帜。其时开封、洛阳等北方大片国土皆被金兵占领，是以开封城头金国旗幡飞扬。

张去病道："秦淮，那就是洛阳城哩！"秦淮从没见过如此大的城池，不禁惊叹道："啊呀，这座城好大，好高！"

两人催马奔到城门口，牵着马跟着人群走进城内。行出不远，只见迎面走来三个乞丐，手提礼盒，兴致冲冲。张去病忙上前打听道："请问三位大哥，丐帮总舵如何走？"三人打量他一眼，一个红脸乞丐问道："小兄弟，你是前来为我们帮主祝寿的吗？"张去病心想来得真巧，竟遇上步帮主做寿，忙点头道："正是。"

红脸乞丐高兴道："你前来为帮主祝寿，便是咱丐帮客人，按理说我应为你们带路。但眼下我们还要再置办一些寿礼，不能领你们去。不过此去离丐帮总舵不远了，我指给你们看。"他抬手往东一指，道："你往这方走，穿过前面那条铁匠街，再往右转，旁边有条绳匠胡同。走出了绳匠胡同便看见一座'火宫殿'，丐帮总舵便在'火宫殿'背后。"张去病连声称谢。

三个乞丐走后，张去病对秦淮道："秦淮，今日步帮主做寿，咱俩不能空着手去，得买些寿礼提去才成。"

秦淮问道："大哥哥，你认得步帮主吗？"张去病道："认得啊，我见过步帮主一面，我们算得上是朋友。"

秦淮惊叹道："啊呀，你居然同大名鼎鼎的步帮主是朋友，啧啧啧，这可了不得啊，了不得！"张去病一听秦淮的语气阴阳怪气，斜眼看去见秦淮杏眼微含讪笑。

张去病笑道："好啊，你这鬼丫头，竟敢讥讽我！看我不打你！"他扬起手掌吓唬秦淮，秦淮咯咯笑着跑到一旁。两人说笑打闹来到一条繁华街上东张西望，不知买什么寿礼好。走到一家古玩店门前，见店内陈设许多珠宝玉器、青铜古董、字画瓷器，琳琅满目，二人便走进店去。

一个瘦店主迎上前来，满脸堆笑问道："二位想买些啥？"张去病道："想买件寿礼。"

瘦店主道："要买寿礼吗，二位可来对了地方！公子、小姐，送人礼物可是大有学问哪！那做寿之人，若是达官贵人，你们可买件西周古鼎送他。不仅气派，且代表权位。若是富商大绅呢，你们可挑几件精美玉器或名窑瓷器送他，满足他的雅好。若是文人学士呢，则可选几幅名人字画送他。这风雅高尚，最投文人学士口味。倘若是女眷，可买几件金银首饰，翡翠佩挂送她，定会让她眉开眼笑。这些东西店里应有尽有，二位客官只管挑选！"

瘦店主一边说话，一边殷勤地领着张去病和秦淮观看店内古董。张去病心想那步金吾帮主是武林大豪杰，他怎会喜欢什么玉器古董和文人字画？一时间，眼睛都看花了，不知买什么东西好。正在踌躇，忽然看到架上陈列着一尊青铜关公像。他想关公爷忠义神勇，武功高强，想必步帮主会喜欢。便问道："这尊关公像怎么卖？"

瘦店主笑道："啊呀，客官好眼力，可真会挑宝贝！这是一尊西晋时青铜造像，年代久远，铸工精湛，包浆纯厚。你再瞧关公爷脸上神情，忠义肃然，坐姿神威凛凛，栩栩如生！你再看他的袍服，线条流畅飘逸，衣帽佩饰灵动逼真。这尊铜像可是一件旷世珍品！客官，少说也要值三百两银子！"

张去病说道："好，三百两便三百两，我买了！"说着，从怀里掏几大锭银子放在柜台上。瘦店主一愣，原以为张去病要同他讨价还价，至少要大砍去一半价钱，没想到张去病一口买下。他不知张去病不懂行情，又送礼心诚，竟然毫不讲价，出手如此阔绰。

瘦店主拿过银子，眉开眼笑道："客官准是位大贵人，将来还要鸿运亨通！哈哈，同客官做买卖真痛快！"他一面夸张去病，一面从架上取下铜像用黄绢包好，装入一个红木盒内，递给张去病。

张去病接过木盒同秦淮出了店门。二人按照红脸乞丐指点的路径，走过铁匠街，穿出绳匠胡同，只见道上江湖豪客三五成群，或骑马或步行，说说笑笑，看来都是去为步金吾祝寿的人。他俩跟在人群后面，走一盏茶的工夫才看见红脸乞丐说的"火宫殿"。这是一座供奉火神的庙宇，庙墙漆成火红色，殿堂彩绘十分夺目。

众人沿着"火宫殿"围墙转过大弯，眼前出现一座大宅。宅子门前张灯结彩，门上贴着一个斗大"寿"字。门口站着十几名乞丐，衣衫上打有补丁，但洗得干干净净，正在分头迎接客人。来客一批接一批缓缓走进门去，张去病和秦淮随众人进入宅门内。迎面影壁下放着一张大方桌，一个汉子接收客人礼品堆放在桌上，另一个汉子坐在桌旁，登记送礼人名字和贺礼，随即高声宣道："某门派或某人来贺！"

张去病送上贺礼，那汉子接过木盒连声道谢。转手将礼盒递给登记的汉子。那汉子一看，张去病忘了在礼盒上写下送礼人名字，抬头问道："请问二位贵客尊姓大名？"张去病报个假名，道："在下张光。这是我义妹秦淮。"汉子在收礼簿上记下他俩的名字和贺礼名目，高声唱名道："张光少侠和秦淮侠女来贺！"

一个仆人走过来躬身道："二位贵客请随我来。"张去病和秦淮跟随仆人转过影壁，一个很大的院子出现眼前。院里摆着几百张桌子，坐满三山五岳来祝寿的豪客，场面甚是热闹。院子正南面是个大厅。仆人将张去病和秦淮引到一张桌旁坐下，立刻有人送上茶水和点心。张去病端起茶喝一口，放眼望去见大厅门前摆着一张大圆桌留给主人和贵宾坐，眼下还空着。他回头问仆人，道："请问步帮主现在何处？"

仆人道："帮主在厅堂内陪几位武林前辈说话，稍后才出来向大伙致意。"仆人说完转身离去。秦淮用手碰一下张去病的胳膊，轻轻道："大哥哥，你瞧客厅里。"张去病道："瞧什么？"秦淮用手一指，张去病转头看去，只见大厅一扇窗户开着，厅里坐着几人。一人身材高大魁梧，方面阔口，项下虬髯浓密，神采奕奕，正是丐帮帮主步金吾。他右手边坐着一个干瘦老者，却是"银掌先生"左丘。左边依次坐着执法长老韩江北、龙头长老邵大关、游方长老徐达川、传功长老朱高山、掌钵长老宫雄，几人面带笑容交谈甚欢。

张去病想进厅去报信。转念又想：今日是步帮主寿庆，此时去报信岂不会败了他的兴致？我得等到寿席散时再报信不迟。便在此时，忽听门口汉子高声宣道："天山派柳寒峰掌门人来贺！"

张去病听见柳寒峰来贺，心想柳语必然同来，不由一阵激动忙朝大门口望去。只见影壁后走来一个身材高大的灰衣人，年纪近五旬，方面长须，两道剑眉高挑至鬓角，双目精光暴射，正是天山派掌门人柳寒峰。他身后跟随三人，一人鹰鼻鹞眼，项下一把大胡子，乃是"天冰宫"宫主克里木。另一人四方脸膛，脖短腰粗，肩背宽厚，则是"地寒宫"宫主桑尼，再一人书生打扮，手执折扇，正是"人绝宫"主人杜昆。三人身后是一群天山派弟子，唯独不见柳语。张去病心中诧异：语儿呢？几月前柳掌门病了，她回天山去看望柳掌门，此次怎么没同柳掌门一道来？莫非她去金国找我才没来吗？哎呀，糟糕！我俩准是在道上走错过了，这如何是好？

步金吾闻听柳寒峰到来，大步走出厅拱手笑呵呵道："啊呀，柳兄和天山派众位英雄光临敝帮为步某捧场，步某如何敢当？"

柳寒峰还礼道："步兄大寿，乃是武林盛事，寒峰和天山派的兄弟们自当前来讨杯寿酒喝啊！"两位掌门人携手走入厅内坐下。步金吾向柳寒峰介绍丐帮五大长老。柳寒峰忙道："久仰诸位长老大名，寒峰今日得见荣幸之至！"五位长老忙起身还礼。柳寒峰亦将天山派三绝宫主人向步金吾引见。步金吾也连连拱手说道："久仰，久仰。"柳寒峰转过身来，又同"银掌先生"左丘互致问候。

待众人落座之后，步金吾问道："柳兄，柳语姑娘怎么没有一同来？"张去病一听步金吾问起柳语，赶忙竖起耳朵聆听。却听柳寒峰叹口气道："步兄问起小女，说来让众位豪杰见笑！数月前我偶染风寒十分想念女儿，便派克里木和桑尼两位兄弟到中原接女儿回天山。谁知他们三人行至途中却遭人伏击，小女竟被那贼人掳去了！"

步金吾等人大吃一惊。心想在克里木和桑尼两大高手护送下，竟然有人能将天山派掌门人女儿掳去，那贼人如此胆大嚣张，究竟是何来头？张去病听说柳语被人劫掳走，心中又惊又忧。步金吾忙问道："柳兄，是什么贼子如此胆大，竟敢将柳语姑娘掳走？"

柳寒峰回头对克里木道："克里木老弟，你对步帮主和众位豪杰说说，当时那恶贼掳掠语儿的情形。"

大胡子克里木恨恨道："我们去嵩山脚下接小姐回天山，那一日行至玉门关外天黑了。忽然狂风大作，黄沙滚滚而来，我们便到一棵大胡杨树下躲避沙尘，等到风沙刮罢已是深夜。一轮明月升空。我三人取出干粮就着水吃下，本想在胡杨树下暂宿一夜第二日再赶路。谁知便在此时，从沙丘背后忽然走出一人，四十多岁，一身白袍，脸色惨白，五官僵硬。一双眼里射出寒光，缓步朝我们走来。我们不知他何人，桑尼兄弟便喝问一声，道：'什么人！'

"那白衣人却骂道：'你这矮树墩，敢对我大呼小叫，搅了大爷欣赏月景兴致，活得不耐烦了？'"

众人听白衣人骂桑尼"矮树墩",不由朝桑尼看一眼。只见桑尼身材中等并不算矮。只是他脖子短、肩膀宽、胸背厚、腰杆粗壮,整个身子犹似一截大圆木,看去确实像个树墩子,众人不禁暗中好笑。

克里木又道:"听那白衣人出言不逊,尼桑兄弟怒道:'你个活僵尸,老子看你才不要命了!深更半夜像个野鬼在沙漠上游荡,你小子八成是个找不着人家投胎的鬼魂!快滚你妈的蛋,别让老子揍扁你!'

"尼桑兄弟才骂几句,突然间我们三人眼前一花,只听'啪'的一声,尼桑兄弟的脸被那白衣人打了一巴掌。尼桑兄弟是何等身手?竟然遭他袭击,这委实叫我们大吃一惊!那人身法实在太快,他一进一退我们都没看清他如何动作,幸亏他没下重手,尼桑兄弟才未受伤。"

众人听见那白衣人轻而易举在尼桑脸上打了一巴掌,都惊得"啊"的一声。克里木说到此处,脸上仍现诧异神色。又听他道:"尼桑兄弟大吼一声要扑上去同白衣人打架,我急忙从旁一把将他拉住。我心想此人武功高深,一定大有来头,咱们先问清楚再动手不迟。免得稀里糊涂打一架,连对手是谁都不知道让人笑话。

"我道:'阁下要打架,咱们奉陪。只是咱们同阁下素不相识,无仇无怨,你为何找我天山派寻衅生事?'

"那白衣人不回答我的话,却反问道:'你三人是天山派的?'我道:'我们是天山派的。你是什么人?'

"白衣人冷冷道:'你们是天山派的,好得很,我正要去天山去找柳寒峰的晦气!在此遇见你们,省得我远走一趟。你三人回去对柳寒峰说,限他两月之内到摩尼岩来投降我教。两月之后他若不上摩尼岩投降,哼哼,从此江湖上只怕不再有什么天山派!'

"我和尼桑兄弟一听方知他是摩尼教高手。我俩肺都气炸了,正要动手,却听小姐道:'巧了,白衣僵尸,我们也正要去摩尼岩找何野风的晦气。在此遇到你,也省得我远走一趟。你赶快回摩尼岩去对何野风说,我爹叫他一月之内上天山来投降我派。如若限期到了不来投降,嘿嘿,从此江湖上只怕再也没有什么摩尼教了!'

"那白衣人瞟一眼小姐,冷冷问道:'你是柳寒峰的女儿吗?'小姐道:'是又怎样?难道你能将我吃了不成!'白衣人道:'好,好,遇上你这小姐儿太好了!'

"我怕白衣人对小姐下手,忙对桑尼兄弟道:'老弟,你看护好小姐,待我会会这个摩尼教魔头!'我走到白衣人面前,道:'阁下既然找我天山派挑衅,请留下名儿来!'

"白衣人冷哼一声,道:'凭你那两手三脚猫功夫,哼,还不配问我姓名!'

"我大怒道：'阁下要做缩头乌龟，不敢留下姓名，我便用三脚猫功夫陪阁下玩玩！'我知此人武功非同寻常，扑上前去便是一路猛攻。那白衣人却不还手，只是闪避退让，但他身法快得像光影闪动。我一口气攻了许多招，说来惭愧，竟没得手一招！

"桑尼兄弟见我不能取胜，忙上前援手。他使一招'冰困蛟龙'，我使一招'雪压天雕'。这两招攻守兼备，凌厉无匹。不知怎的，不见白衣人如何挪动，竟从我二人围攻下逸出二丈！我二人情知今日遇上强敌，便连连猛施杀手，白衣人仍是不发一招。他在躲闪中竟有闲暇对我二人功夫评头论足，时而赞道：'好招！天山派的功夫还有两下子！'时而又道：'这一招是什么狗屁功夫，太臭，太臭！'"

众人听到此处惊讶无比：克里木和桑尼乃是天山派出类拔萃的高手，克里木一十八路"天山拂雪手"在武林中享有盛名。桑尼更是以"天山断玉指"罕难逢对手，两人竟然奈何不了那白衣人，其人武功之高实属罕见！

张去病听说白衣人轻功如此了得，顿时想起一个人。心下暗道："此人难道是那白衣摩尼白无极？"当年在土地庙里，他曾见过白无极同凌霄老人比轻功，对白无极形同鬼魅的轻功印象深刻。他想：师父已逝，当下能有如此轻功造诣者，唯有白无极，除他之外更无旁人！语儿若被白无极掳去摩尼岩上，要救出她很是棘手！

他正寻思，又听克里木道："我见那白衣人一味躲闪，心想他轻功卓绝，别的功夫未必高明，我二人同他对打，不见得不能胜他。我当下跳出圈外，道：'桑尼兄弟且住手，咱们别同这厮斗了。这厮是属兔的，只会脚底抹油开溜，别的功夫只怕稀松平常。如此游斗下去，斗三天三夜也不能分出胜负，咱们不陪他玩了！'

"桑尼兄弟道：'活僵尸，你小子东躲西闪，算什么好汉？有本事就拿出看家本事来痛快打一架。没本事就赶快滚蛋，别耽误老子睡觉的工夫！'

"白衣人冷笑一声，道：'好，我让你二人见识摩尼教神功！你们看好了！'他身形一闪朝我扑来。我和桑尼兄弟早有戒备，见他衣衫甫动，我二人一前一后对攻上去。我使出'天山拂雪手'一招'真主拈雪'，桑尼兄弟使出'天山断玉指'的一招'玉指参天'，这两招正反相济，威力奇大。岂料白衣人不避不闪，抬手朝我二人戳出两指，我和桑尼兄弟只觉身上一激灵，一股寒气直钻心肺，内力微滞，我俩使出的狠招劲道大失。我二人大吃一惊疾闪开去，却听那白衣人'咦'了一声，说道：'看不出，你二人经受得住我的指力，天山派武功真有两下子！不过同我交手，你们还须再练十年功夫！'

"我和桑尼兄弟知他是在恐吓我二人。但我俩同他打斗，须运功抗御他那寒冷透骨的指力，不能放手一搏。而他轻功卓绝，指力霸道，如此一来我们确是处于下风。我二人心知身处险境，尤其担心他对小姐下手。小姐若有什么闪失，我们如何对得起掌门人？如此一想，我道：'小姐，你先回天山去，我和桑尼叔叔陪这白衣僵尸再玩玩！白衣僵尸，你别用大话唬人，咱哥儿俩可不是被人吓大的！来来，咱们好好打个痛快！'我想拖住白衣人让小姐脱险。

"桑尼兄弟和我心意相通，亦道：'小姐，这活僵尸让你瞧着恶心，你先走开，免得桑尼叔叔宰他污了你的眼睛。'小姐却摇头道：'两位叔叔，我不走，这白衣僵尸太令人恶心，我要同你们宰了他！'小姐冰雪聪明，心知我们想将她支走。却怕我和桑尼兄弟不敌白衣人，要留下助我俩一臂之力！但若小姐不走，我二人要分心照顾她，打斗起来反倒受制，这如何是好？

"我正犯难，却听白衣人冷冷道：'你们叫小姐逃走，想救她的命是不是？嘿嘿，这叫白费心思！好，我显露点本事给你们瞧瞧，你二人上来围攻我，让这小姐快跑，她能逃出十丈外，便算我输，我放你们三人回天山去。若是十丈内她逃不出我的手掌，你三人便投降我摩尼教，如何？'

"我一听暗暗高兴。心想小姐轻功不差，逃出十丈外只须眨眼工夫。白衣人虽然武功卓绝，但有我二人全力将他绊住，小姐逃走应当不难。但我转念又想：凡事就怕万一。我二人万一出点差错阻拦不住白衣人，小姐被他抓住，岂不糟糕至极？

"我正犹豫，却听桑尼兄弟道：'活僵尸，有何不敢比试？这么着，若是你赢了，我二人项上之头任你取去！若是我们赢了，你任我们杀剐，你敢不敢？若是不敢，嘿嘿，就别在我们兄弟面前吹大气！'"

步金吾等人一听都暗赞桑尼心思机敏，他以性命打赌，即便白衣人得手，他二人宁可赔上两条命，也不受投降魔教之辱。万一他二人赢了，可救得柳语回天山，这确是个一石二鸟的好主意！

克里木又道："我知桑尼老弟的用意，便哈哈笑道：'桑尼兄弟，哈哈，只怕这白衣僵尸胆小，不敢押上性命赌这一宝啊！'

"白衣人冷笑一声，道：'嘿嘿，矮树墩、大胡子，你二人对我用激将法不管用。哼，无论怎么比，你们都输定了！好，咱们就押上性命比试。我在十丈之内画个圆圈为界，这小姐跑出圈外便算你们赢！'他说罢迈步量出十丈距离，用脚在我们周围黄沙上画了个圈。又道：'你俩一动手，小姐就撒腿开跑，她若跑出这个圈外便算我输了。你们动手罢！'

"我和桑尼兄弟疾闪身挡在白衣人面前，喊道：'小姐快跑！'小姐知她跑事关我二人性命，使出浑身力气往旁冲去。白衣人身子古怪一旋突然朝旁边滑开去，我二人扑上去阻拦他。岂料他脚未沾地，身子又一闪从我二人身旁滑开。他身法快得难以形容，我二人实在跟不上他。就是这么几个转折，他已奔到小姐身后。此时小姐已奔出八九丈远，眼看就要冲出圈外。但见白衣人伸手朝小姐抓去。

"我二人心下大急，猛提真气冲到白衣人身后，四掌齐出拍向他的后背。我二人心想：白衣人若抓住小姐，必然身受重伤。即便他赢了，也只有挨我们揍的份儿。若是他转身出手化解我们的攻击，小姐必定跑出圈外，如此一来白衣人便输了。无论如何，我们都稳操胜券！

"哪知我二人四掌拍出，白衣人突然闪电般往下一蹲，我俩拍出的掌力从他头顶上掠过，径直撞向小姐的背心。虽然小姐在往前奔，但若被我们的掌力扫到定会伤得不轻。我二人大惊，要收力已来不及。

"我急中生智飞起一脚踢向白衣人，欲将他踢飞起来挡住掌力。左腿刚踢起，忽觉右腿上一寒中了一指，我闷哼一声倒在地上。在此同时白衣人大袖疾拂卸去我俩拍出的掌力。转手一指戳向我心窝，欲取我的性命。桑尼老弟大急，一掌拍向白衣人后脑。岂料白衣人取我性命是虚招，是为激得桑尼兄弟心气浮躁。他听得桑尼兄弟一掌拍来，快捷无伦回手一指戳去。他这一指戳出方位极巧，桑尼兄弟来不及变招，只听'嗤'的一声，手臂被他一指点中，桑尼老弟叫了一声'啊哟'也软倒在地。便在这电光火石瞬间，小姐已冲到沙圈边，听见我二人的哼声，她忙停住脚回头观看。只见白衣人正挥掌劈向我二人头顶。小姐大喊一声："住手！"她刚停下脚步，白衣人身子一闪抓住小姐，哈哈笑道：'矮树墩和大胡子，你们输了！'

"白衣人指力极阴毒，我和桑尼兄弟躺在地上浑身血脉仿佛都被冻僵，一句话也说不出。我暗中打定主意，宁可自断经脉了断，也不让这厮辱我天山派声誉。便在此时，却听小姐叫道：'白衣僵尸，你先别高兴，你看清楚究竟是谁输了？'

"我和桑尼兄弟心下诧异，抬头看去，只见小姐右脚仍在圈内，但左脚已跨出圈外。白衣人道：'你一只脚还在圈内，自然是你们输了，还有什么好说的？'

"小姐啐道：'摩尼教的大高手，说话也不害羞！适才你只说只要我跑出圈外，我们就赢了。你并没有说要我两只脚都跑出圈外才算我们赢，是不是？'

"白衣人道：'不错，我是没有说，却又怎样？'小姐道：'现下我一只脚已迈出圈外，自然算我们赢了，你为何不认账？'白衣人语塞道：'这个……这个……'

"小姐道：'什么这个那个，摩尼教大高手一言既出，驷马难追，你说话可得算数！你若是对我小姑娘耍赖，岂不让天下人笑话？这场比斗是我们赢了，你不可耍赖啊！'

"白衣人哈哈笑道：'小姐不愧是柳寒峰女儿，竟然捉住我话中破绽将我的军！好好，你一只脚在圈里，一只脚在圈外，咱们谁也没输，谁也没赢，算是平局，免得你说我欺负你小姑娘！'

"我和桑尼兄弟一听心下稍安，随即又担忧：其时我二人受伤不轻，小姐又落到白衣人手里，即便白衣人不强迫我们投降，我三人处境也十分危急。却听小姐

冷笑一声，道：'既然算是平局，嘿嘿，你干什么抓住我这小姑娘不放？快放开我，咱们再赌一局！'

"白衣人还未答话，便在此时夜空里响起三声哨音，一声长，两声短。白衣人一听哨音，脸色微变，道：'小姐，我不听你啰唆了。'他放开小姐，走到我二人身前。小姐怕他对我俩下手，急叫道：'你别伤害我两位叔叔！'

"白衣人道：'小姐放心，将来你们天山派投降我教，这矮树墩和大胡子的功夫不弱，留着他们对我教大有用处，此时我还舍不得取他二人性命！'他左指疾弹，两道指力点到我和桑尼兄弟身上穴位，我俩体内阴寒顿时止住。他将两枚药丸抛到我们面前说道：'你二人中了我的极乐指，服下这解药找个冰窖躺上三日，便可除去体内寒毒。如若不然，性命难保！'

"小姐见白衣人给我们解药，心下稍安，走过来问道：'二位叔叔伤得怎样？'岂料话音未落，白衣人倏地伸手一拂封住小姐身上的穴道，将小姐提起就走。我和桑尼兄弟大惊，急喝道：'白衣僵尸，快放下我们小姐！'

"白衣人道：'小姐是个宝贝，我不会伤害她。你二人回天山去告诉柳寒峰，若想要他的宝贝女儿，就上摩尼岩来投降我教。哈哈哈……'笑声未绝，他提着小姐一晃，身子消失沙丘背后，跟着一声长吟传来：'白衣飘飘指声啸！'我和桑尼兄弟一听这声长吟，不约而同地道：'这厮是白衣摩尼白无极！'直到那时，我俩才知道掳走小姐之人是这大魔头！"

众人一听掳去柳语之人是白无极，顿时想起几年前传闻白无极为抢夺达摩石，一人斗败峨眉派玉真道长、少林寺弃僧法远和尚、"鸳鸯剑"沈飞夫妇和"西北三探"等七位高手。后来同凌霄老人比轻功，才败在凌霄老人手下。众人都想此人武功智计着实了得，天山派两大高手栽在他手下也就不足为奇了！

柳寒峰说道："我得知小女被魔教劫去，几次暗中到魔教总堂去救小女皆未能得手！一月前魔教派人送信到天山。信上说只要我天山派加入魔教，他们便放回我女儿。今日兄弟前来，一来是为步兄祝寿，二来是向步兄求援。望丐帮众兄弟和左二先生援手助我救出小女！"

步金吾怒道："魔教欺人太甚！柳兄别急，救侄女之事，步某义不容辞。今日魔教胁迫天山派投降，明日便会胁迫中原各门派投降，决不能让魔教阴谋得逞！柳兄，我丐帮明日广发'除魔帖'，联络各大门派去西域荡平魔教！"

左二先生轻咳一声，说道："这几年，魔教多次打伤打死各派高手，企图逼各派向魔教低头。此次又向天山派暗下毒手，看来各门派要为死伤兄弟报仇，只有同心协力，同魔教决一死战！"

柳寒峰站起身来拱手说道："寒峰在此谢过步兄，谢过左二先生和丐帮众位长老！"

便在此时，忽听门口一阵骚动，迎客的汉子高声宣道："青龙帮龙帮主来贺！"张去病一听又惊又喜，急忙起身看去。只见龙飞面带笑容走在前面，穆兴和段阳跟在后面。张去病一见三人激动得想上前相认，步金吾却已迎出客厅。

龙飞、穆兴和段阳快步走上前齐拱手道："步帮主大寿，我三人不请自来，讨杯寿酒喝！哈哈……"

步金吾呵呵笑道："哪里哪里，龙帮主同两位堂主前来为兄弟捧场，步某高兴得紧！三位请到这边坐。"接引客人的汉子将龙帮主三人带到西边一席坐下。

忽又听门口迎客汉子高声宣道："'塞外孤星'秦员秦少侠来贺！"

张去病一惊：秦员这厮怎么来了？莫非来的人不是秦员，是另一个同名同姓之人？他忙转头望去，只见一个锦衣书生摇着折扇走进院来，正是秦桧孙子秦员。张去病心下不解："秦员这厮来丐帮做甚？天下英雄对秦桧切齿痛恨，他竟敢到丐帮来！他来打什么鬼主意？"

他再一看秦员身旁走着三个人。一人五十多岁，脸庞枯瘦，前额上有个凹坑，两眼暴射精光，神情凶狠，嘴上蓄着一小撮花白胡子，正是"长白老怪"。另一人同样身材瘦小，身披袈裟，手执佛珠，则是龙象法王。还有一人他却认不得。那人也是五十来岁，肥头大耳，唇上蓄着两撇鼠须，肚子滚圆，两眼笑眯眯。他身穿宝蓝色华服，项上戴着一根粗大金链，手指上戴有宝石戒指，满身珠光宝气，活似一个富商大贾，他手执一根钢杖，杖头上铸着两个鹰头。

群豪一见"长白老怪"和那胖子，立时响起嗡嗡议论起来。只听一人道："快瞧，那是臭名昭著的'长白老怪'！"又一人问道："老怪旁边那胖子是谁？"另一人答道："刘兄不认得吗？那是恶名远播的阴山老魔西门看花！"

张去病听说那大胖子竟是"妖魔鬼怪"中阴山老魔，心中暗暗惊讶。心想"西门看花"？这老魔竟然取了一个文雅名字！他正寻思，却听一人道："哈，武林中的'妖魔鬼怪'，今日来了一怪一魔！咦，步帮主怎会结交这两个杀人不眨眼的黑道魔头？"

有人说道："我看他们是来找步帮主的晦气，不像是步帮主的朋友！"张去病心想，秦员带这三人前来必定不怀好意。便轻声对秦淮说道："秦淮，那人叫秦员，是大奸臣秦桧的孙子。他带来的三人都是武林高手。待会儿他们若动手，你别去招惹他们。待我见机行事帮步帮主揍他们！"

秦淮一听秦员是秦桧的孙子，怒道："大哥哥，咱们宰了这厮！"张去病点头道："好，待会儿咱们寻机下手！"他二人正嘀咕，却见秦员四人已走到步金吾面前。步金吾不认得秦员和龙象法王，却认得"长白老怪"和阴山老魔。心想这两个魔头怎会结伴而来？是来搅老夫的寿宴吗？哼，今日我丐帮高手如云，这两个老魔敢来搅局，定叫他俩铩羽而归！

步金吾心念闪过，抱拳对秦员和龙象法王施礼，问道："恕步某眼拙，这位少侠和大师怎么称呼？"

秦员拱手还礼道："在下秦员，乃是罗布泊擎天长老门下弟子。这位大师是吐蕃国的龙象法王。"

步金吾一听瘦小老僧竟然是吐蕃国赫赫有名的龙象法王，忙说道："步某不知法王远道而来，未曾远迎，还望见谅。"龙象法王双掌合十，说道："阿弥陀佛！步施主无须客气。"

步金吾问秦员，道："秦少侠和法王光临，欢迎之至。步某与少侠师父擎天长老有一面之缘，不知尊师近年可好？"

秦员道："承蒙步帮主垂询，我师父尚且清健。这两位是……"他正要引见"长白老怪"和阴山老魔。"长白老怪"抢道："我俩见过步老儿，秦公子不必同他多费口舌！"

阴山老魔在旁笑嘻嘻道："步老儿，旁人越活越老迈，你个老东西越活越年轻，红光满面，身子壮硕。哈哈，你的采补术高明得很哪！"

步金吾肃然道："今日是步某寿诞，步某当你们是客，没工夫同你二人说笑。"说罢一挥手，命仆人引客入席。

步金吾正要转身离去，忽听人群中有人冷冷说道："穷要饭花子竟然攀上大奸臣秦桧，要同他的孙子推杯换盏了！唉，如今这个世道啊，老子实在瞧不懂！"

步金吾一看那说话之人，却是浙江"铁掌门"名耆张广陵。步金吾浓眉一掀，两眼目光炯炯盯着张广陵，沉声问道："张五爷，我丐帮同秦桧老贼素无瓜葛，你说这话是什么意思？步某倒要请教！"

张广陵人称"断魂掌"张五爷，乃是浙江有名武林高手。此刻见步金吾出言质问，站起身来冷笑道："步帮主，你我交情不薄，老朽才从浙江千里之外赶来为你贺寿。但老朽只能与英雄好汉同席，决不同奸佞之辈为伍，免得污了老朽名头！"张广陵抬手一指秦员，道："此人乃是大奸臣秦桧的嫡孙。现下是你丐帮座上宾，嘿嘿，对不起，老朽告辞了！"说罢起身便走。

群雄一听此言无不动容，齐刷刷地站起身来问道："步帮主，此人真是秦桧老贼的孙子吗？"步金吾一看众人神情森然，意欲离去。急道："众英雄且慢！步某是头一次见到此人，不知他是何人之后。大伙先别走，待步某查问清楚自有交代！"步金吾回过头来，目光如利刃般盯着秦员，冷冷问道："阁下是秦桧的孙子吗？"

秦员摇摇折扇，满不在乎道："是啊，在下正是当朝秦太师的长孙！"步金吾勃然大怒，喝道："臭小子，快滚出去，别污了老夫的寿筵！"

秦员笑道："步帮主不必动怒。在下久仰帮主大名，今日只是来瞻仰帮主风采，并无恶意，步帮主何必大动肝火？"

步金吾森然道："你少啰唆！自古忠奸不两立。我丐帮是忠勇义士聚会之地，岂是卖国贼孙子立足之所？快滚！"群雄齐声响应道："步帮主说得好！卖国贼孙子快滚蛋！"

秦员干笑两声，道："众位英雄误会了。我爷爷若是卖国贼，秦员怎有脸来见天下英雄？怎么敢来触犯众怒？大伙说是不是这个理？"人群中有人道："你小子敢来，那是有原因的！"秦员忙道："这位大哥，你说有什么原因？"

那人道："那原因就是，你小子的脸皮太厚，不知羞耻呗！"群雄一听哄然大笑。

秦员却不动怒。他此次前来，心里早已做好受辱准备，遂叹口气道："唉，这位大哥，你对我爷爷误会太深，我不怪你。你可知周朝圣人周公吗？"群豪一听，秦员竟然扯出圣人周公来，都有些莫名其妙。

却听秦员又叹口气，道："想那周公忠心耿耿辅佐成王，京城内却谣言四起说周公早晚要篡夺王位，街头巷尾之人大骂周公是奸臣，同今人骂我爷爷一样！唉，自古以来，忠臣都要遭受小人诽谤，蒙受不白之冤！"说到此处他摇摇头，又道："众位英雄想想，我爷爷一心辅佐皇上，自然就会得罪不少小人。小人们记恨我爷爷，自然就会大肆散布谣言诬蔑我爷爷卖国，骂他老人家是奸臣。其实我爷爷同周公一样，实在冤枉啊！"

张去病心想秦员真不要脸，竟将他的奸臣爷爷说成是周公一样的圣人，这种颠倒黑白的本事世上少见！又想：今日他一反平时狂傲之态竭力忍让，这小子葫芦里到底烦恼卖的是什么药？待我来揭穿他的鬼话！如此一想，他凑近秦淮耳边低声说起来。

秦员又叹道："唉，可叹武林中人不明真相，以讹传讹。害得众位英雄信以为真，骂我是卖国贼的孙子。我秦员宽宏大量不怪大伙，因为我同大伙一样也痛恨卖国贼。众位英雄之心我能体谅，不同你们计较。但在下请众位英雄放宽肚量，容我说几件事给诸位听，大伙便会知道我爷爷不是卖国贼，而是大宋有名的抗金大臣！"

众人一听哄然大笑。一人笑骂道："大伙听听，这小子竟然说秦桧是有名的抗金大臣，哈哈，真他娘的睁着眼睛说瞎话，指鹿为马，胡说八道，马不知脸长！"另一人高声道："秦员臭小子，快滚你妈的蛋！老子们想痛快喝酒，不听你小子啰唆！"又一人道："文兄别急，咱们听这小子说说，老子不信，这小子能将乌鸦说成凤凰，能将虫蛆说成鱼龙！"

秦员不理睬这几人嘲骂，咳嗽一声清清嗓子，续道："那头一件事便是靖康年间，金国持强要我大宋割让太原、中山、河间三地。我爷爷坚决反对割地，上奏钦宗皇上，说金国贪得无厌，狡诈无信，大宋不能割地给金国。大伙想想，我爷爷若是卖国贼，他会冒着杀头的风险反对皇上割地乞和吗？这绝不可能啊！大伙说是不是？"

群豪向来不关心朝廷之事，对秦桧早年为官所作所为，更从未关心过。此时听秦员如此诘问，一时难辨真假，无言答对。

秦员见无人辩驳，心中暗喜，又道："后来，金国派人来迫胁我大宋割地，皇上召集群臣商量对策。朝中有三十六个大臣反对割地，我爷爷便是反对割地大臣的首领。此事在靖康年间无人不知，无人不晓，众位英雄可去核证，看看是不是真有此事！"群雄面面相觑。心想秦桧奸贼曾当过抗金大臣首领？竟有这等事？这是真是假？

秦员见众人神色犹豫，趁热打铁说道："皇上执意割地，强令我爷爷去金国交涉割地之事。我爷爷不敢不去。但他老人家去后迟迟不向三地官兵宣读割地诏书，有意拖延割地之事，这可是犯欺君之罪啊！大伙都知道犯欺君大罪，轻则杀头，重则诛灭九族。但我爷爷为保大宋国土，全然不顾身家性命。后来皇上反悔不想割地，亏得我爷爷没宣布割地诏书，大宋才保住这三片国土。众位英雄，我爷爷若是卖国贼，岂会甘冒杀头、灭族风险捍卫大宋国土？"

群豪听秦员说得有根有据，有些迷糊起来。秦员察言观色，心中更喜，又说道："后来金兵攻下京城，二位先皇被金兵掳去。金国命大宋众官员拥戴奸臣张邦昌做皇帝，众官不敢抗命，唯有我爷爷上书反对。他老人家说：'桧不顾斧钺之诛，言两朝利害，愿复嗣君位，以安四方！'众位英雄，我略举这几件事，你们就可知我爷爷是大宋的忠臣，不是什么卖国贼！望诸位不要听信谣言，上小人的当！"

秦员后面说的这件事，当年民间有所传闻，群豪之中有人曾听说过。此时听秦员提起，众人都觉得在金国的刀斧之下，秦桧敢反对金国立奸臣张邦昌当傀儡皇帝，确有风骨，不像是个卖国贼。

秦员见众人神情迷惑，心中正得意，忽听人群中有人骂道："听你小子如此说来，秦桧倒是个爱国大功臣了？嘿嘿，真他妈的放屁！"

秦员说道："大功臣不敢当。不过若非他老人家当年主张抗金有功，怎么会从金国逃回就受到皇上重用？我爷爷从五品官吏升至当朝宰相，皇上加封他为'益国公'，又尊他为太师。官至一人之下万人之上，他若不是大忠臣，皇上怎么会如此重用他，大伙说是不是？"

忽听一个清脆声音道："我说不是！那是皇上昏庸，错把你爷爷当作忠臣！秦员，你莫拿些陈芝麻烂谷子来为你爷爷洗刷罪名。就算你爷爷从前是忠臣，也不等于他现下是忠臣。任何奸臣没干坏事之前，那时他的确不是奸臣，但日后他干了坏事，就变成了奸臣！你爷爷后来叛国投敌，干下卖国勾当，他便成了奸臣卖国贼，不管你如何为他开脱洗刷，他都是个大卖国贼，大汉奸！大伙说是不是？"

众人一听心中豁然开朗，只听一个洪亮的声音道："这话说得对！秦桧不卖国之时，他不是奸臣。他后来卖国，他就是个货真价实的大奸臣！"

人群中有人接嘴道："就是这个理！就算秦桧老贼昨天还是忠臣，今天他干了卖国勾当，他就变成了奸臣卖国贼！秦员臭小子，你莫在此胡扯鸟蛋！"

又有一个高亢声音道："可不是吗？刘大侠，就算那老贼早晨是忠臣，下午他干了卖国勾当，他便成了奸臣卖国贼！好汉不说当年勇，秦员臭小子，你扯出这些陈年破事为你爷爷遮羞辩白，嘿嘿，不管用！他的丑太大，你遮不住的，快滚吧！"

秦员一愣，一时不知如何辩解。他此次前来丐帮，情知众江湖豪杰对秦桧十分痛恨，便搜罗一些秦桧早年事迹，挖空心思准备一通说辞来为秦桧洗刷卖国罪名。他原以为只要洗去秦桧的罪名，他就不是奸臣的孙子，群豪也就不会厌恶他，前来招降群豪就有把握。没想到他精心准备的说辞如此不堪一击，别人三言两语便将他问得理屈词穷。

那清脆声音又道："秦员，我来问你：你爷爷早知金国贪得无厌，狡诈无信，后来为何要怂恿高宗同金国议和，将淮河以西大片国土卖给金国？他为何要签订和约，让大宋向金国称臣纳贡，每年进贡二十五万两银子和二十五万匹绸缎给金国？你爷爷害得大宋百姓不堪重负，国力虚弱，你爷爷真是太爱国了！"众人一听齐声叫道："说得好！老子们被秦桧奸贼害惨了！"

那清脆声音又说道："秦员，我再问你：你说你爷爷不是卖国贼，那他一定想收复大宋的失地了？"秦员忙答道："那是，那是！我爷爷为此朝思暮想！"

那清脆声又说道："那么岳元帅率兵收复大片失地，眼看就要直捣金国老巢。在这节骨眼上，你爷爷干什么怂恿皇上接连下十二道金牌将岳元帅召回，阻挠岳元帅率兵踏平金国？你爷爷又为何要向皇上进谗言，说什么现下将士只知有岳家军，不知有皇上，说什么武将势大，于朝廷不利，非国家之福等谗言，祸害忠良？你爷爷为何捏造岳元帅谋反罪名，怂恿皇上准你爷爷对岳元帅下毒手？"

群豪听这人以秦员之矛攻秦员之盾，令秦员辩解破绽百出，都心下佩服。大伙寻声望去，见说话之人却是一个十四五岁的美貌少女。步金吾低声向招待宾客的仆人，问道："这小姑娘叫什么名字？"仆人回答道："回帮主的话，拜帖上写的名字叫秦淮。"

驳斥秦员之人正是秦淮。众人不知她从小在深山长大，哪能说得出这一番话来？全是张去病暗中教她说的。秦淮记性好，口齿又伶俐，加之对秦桧百般痛恨，便将这番话说得义正词严，赢得大伙的喝彩。

秦员一眼瞧见秦淮，不由心旌一荡，两眼发直，暗暗叫道："我的妈呀，世间竟然有如此美丽水灵的姑娘！能娶这小姑娘为妻，我秦员不枉活这一世！"他心神荡漾，忙柔声问道："请问姑………姑娘芳名？"

秦淮一愣，问道："什么芳名？"忙转头问张去病，道："大哥哥，他问我这话是什么意思？"众人一看这个能说会道，口齿伶俐的小姑娘居然不知"芳名"是什么意思，都以为秦淮是在装傻戏弄秦员。却不知秦淮从小生长在山里，没听过这种文绉绉问话，真不知"芳名"二字是何意。

张去病忙低声道："他是问你叫什么名字。"秦淮"哦"了一声，转头对秦员说道："姑娘的芳名叫秦淮！说给你听，还怕你不成？"

秦员赞道："哎呀，秦淮美景绝天下，姑娘好美的名字！在下姓秦，姑娘也姓秦，五百年前咱俩是一家人哩！"

秦淮柳眉一竖，喝道："住口，你别瞎说！你是你，我是我，羊子不同狼搭伙！本姑娘虽然姓秦，可与你不是一家！你是汉奸卖国贼秦桧的后人，我是隋朝好汉秦叔宝的后人。我祖上是大英雄大豪杰，你爷爷是大卖国贼，大汉奸！你是小卖国贼，小汉奸！你不配姓秦，免得污了姓秦的名头！"

秦淮本不知什么历史，也不知隋朝有个好汉秦叔宝。这是她从说书人嘴里听来的。她对秦琼很是佩服便记在心里。此时为同秦员划清界限，她便将秦琼认作自己的祖上。秦员一听，胸上如受一记重锤。旁人如此骂他，他顶多是发气动怒。此刻他对秦淮一见钟情，心上人的话仿佛是一把刀扎在他心上，令他难受至极。他讪讪道："姑娘，你何必……何必……出口伤人？"秦淮哼道："哼，你要是人那就好了。本姑娘伤你一伤，倒也还值得。"

秦员诧异道："我怎么不是人？姑娘这么说，是什么意思？"

秦淮道："你若是人就该有天良，就不该胡说八道，不该往大奸臣秦桧脸上擦脂抹粉，更不该为他干坏事，来哄骗在场英雄好汉！姑娘看你不是人！"秦员一愣，说道："我明明是人，姑娘莫瞎说！"

秦淮说道："你不是人，你为卖国贼干坏事，是一堆臭狗屎！"群豪一听哈哈大笑。一人赞道："姑娘骂得好！骂得过瘾！这小子就是一堆臭狗屎！"

秦员脸上红一阵，白一阵，却对秦淮动不起怒来。他兀自诧异：我今日是怎么了？怎的见着这姑娘，一下子变得六神无主，说话笨嘴拙舌？我不可为这姑娘忘了大事！当下定一定神，说道："俗话说男不同女斗。秦姑娘，我不同你理论。我秦员是什么人，日后自有公论！"

说罢面对众人，朗声道："步帮主和诸位豪杰，圣人说良禽择木而栖。时下金人猖狂，欺我大宋，国家正是用人之际。在下今日既是来为步帮主祝寿，也是奉朝廷之命前来招揽英才。诸位豪杰都有一身好功夫，若能用来杀金兵保疆土，为国效力，岂不是有了用武之地？日后大伙加官进爵，泽被子孙，也不枉英雄一世！"

步金吾冷笑一声，说道："臭小子，这种白日梦，步某可不敢做！"秦员说道："步帮主何出此言？"

步金吾说道："想当年那水泊梁山宋江等好汉，便是做白日梦接受朝廷招安，个个惨遭大祸！臭小子，你莫在此妖言惑众将大伙引向鬼门关！别人怕得罪秦桧老贼，步某可不怕！开封府现下被金国侵占，老贼势力在此不管用，你快滚蛋！"

柳寒峰冷冷说道："臭小子，你当众豪杰是傻瓜吗？岳元帅文武双全，战功卓著，官至枢密副使，到头来却给你奸贼爷爷以'莫须有'三字罪名害死！你道天下人都是白痴，会上你的当，去给朝廷当鹰犬，供秦桧老贼驱使吗？你小子打错了主意！"张去病暗中叫好。心想两位掌门人见识不凡，一语便道破了秦员险恶用心！

秦员此次前来丐帮，是想凭秦府网罗了龙象法王、"长白老怪"、阴山老魔等高手和柯金龙、阿密罗、江蛟、史乾等人的力量一统江湖，为秦桧除去心头隐患。此时听见柳寒峰揭穿他的图谋，心中一惊忙问道："尊驾是谁？"

"长白老怪"说道："秦公子，这老儿便是天山派掌门人柳寒峰！"

秦员道："原来是柳掌门，久仰，久仰！既然众位不愿归顺朝廷，在下也不强求。咱们既是江湖中人，便按江湖规矩行事！步帮主、柳掌门，在下划一个道儿，不知你们可敢接招？"

步金吾冷笑一声，道："凭你这臭小子，也敢到我丐帮来叫阵？你划下道儿来，步某定然奉陪！"

秦员道："好！一言为定！不知柳掌门和众英雄是否也如步帮主这般爽快？"

柳寒峰道："臭小子别再啰唆，有话快说，有屁快放！"群豪都喝道："对，有屁快放，别他娘婆婆娘娘！"

秦员道："爽快！诸位英雄，咱们以武功决出胜负。哪一方输了，今后便终身听胜方差遣。假如我方输了，我和龙象法王、长白老仙、阴山老侠一辈子听你们差遣。倘若诸位输了，你们终身听我们差遣，诸位敢不敢应战？"

群雄一听此言议论纷纷，有人道："这小子招降不成，想用武力收服咱们供他驱使！他娘的，这厮也忒不把天下英雄放在眼里了！"另一人骂道："白庄主，这臭小子敢向咱们叫阵，其中定有阴谋诡计，咱们不可掉以轻心！"

那白庄主道："霍老英雄，不论这小子有什么诡计，咱们众多豪杰在此，还惧他们四人不成？"众人皆道："白庄主说得对！步帮主、柳掌门，请你们主持大局，咱们同他们斗上一斗！"

步金吾和柳寒峰团团拱手道："蒙众英雄抬爱。"步金吾转身对秦员道："臭小子，比武如何比？"

秦员道："双方各派出三位高手单打独斗，三战二胜定输赢！"步金吾问柳寒峰："柳兄意下如何？"

柳寒峰道："就依他说的，单打独斗，三战二胜定输赢！"

步金吾转过身来，对众人说道："这狂小子想叫咱们给秦桧老贼当鹰犬，提出比武定胜负，事关众英雄荣辱，步某不敢擅自专断，不知大伙推举谁担当比武重任？"

群雄又嗡嗡议论起来。一个瘦脸汉子站起来说道："论武功名望，步帮主、柳掌门、左二先生，你们三人比大伙高出许多。这比武重任自然是三位来担，还用得着大伙推举旁人吗？"

说话之人叫白云林，居住"碧云庄"，人称"白庄主"，乃是"破云拳"第十一代传人，在燕赵大地声望极高。众人听他如此一说，都应声道："正是！"

一位长须老者也站起来说道："白庄主所言极是。二位掌门人和左二先生武功卓绝，见识非凡。你们担当比武重任那是责无旁贷！"长须老者乃是三秦"华拳门"耆宿，名叫霍达天，人称"秦岭一鹤"，在西北武林德高望重。众人听他如此一说，更无异议。

步金吾说道："谢白庄主和霍老英雄！既然大伙推举我们三人下场比武，步某和柳掌门、左二先生定尽力而为！"转头问秦员，道："臭小子，你方谁人下场？"

秦员道："我方自然是龙象法王、长白老仙、阴山老侠三人下场比斗。"

步金吾说道："好！"迈走到院内一块空地上，转身对"长白老怪"说道："老怪物，咱俩以前打过一架不分胜负。这几年你躲在长白山苦练功夫，想必武功长进不少。来来来，咱们再打一架，步某领教你的绝技'灵蛇千幻指'！"

"长白老怪"冷冷一笑，缓步走入场内，说道："步老儿，当年那一架打得不过瘾。好，今日当着众位英雄，老仙狠狠揍你一顿，叫大伙看看谁是英雄，谁是狗熊！"众人见"长白老怪"额头凹陷一块，两眼斜吊，目光却如冷电忽闪，神情异常凶狠。他身材虽然瘦小，站在场内却气势慑人。

步金吾冷笑一声，道："老怪物少啰唆，出招罢！"老怪突然飞身上前倏地一指戳向步金吾胸膛。那指头戳到中途，众人眼睛一花，只见老怪的手指瞬间仿佛化着十指，转而戳向步金吾的手掌、手臂、前胸和肋间。众人心想：老怪这"灵蛇千幻指"变幻诡奇，飘忽不定，着实令人难防！

步金吾叫一声："好个'灵蛇千幻指'！"只见他双掌一翻，左掌变拳，右掌变爪，上下画了几个弧圈，将"长白老怪"戳来的手指封在圈外。老怪左指尖突然一斜戳进圈去，点向步金吾右手腕。步金吾五指急勾迎剪老怪的指头。老怪右手指快捷横出，点向步金吾的左掌心。步金吾手掌一划，劈向"长白老怪"的下腹。瞬息之间，两人快捷无伦地斗了十招，令人看得眼花缭乱。

"长白老怪"这套"灵蛇千幻指"以奇幻见长，手指戳出眨眼间便能一指变二指，二指变四指，四指变八指，八指变十六指，成倍衍变，且指法刁钻古怪令人难测。此时只见他双手齐出织成一张指网将步金吾罩住。他戳指嗤嗤声大作，仿佛有千百条毒蛇在院内游动，众人不由得心下悚然。

步金吾的"千手百纳掌"以变化繁复见长。十三式掌法，一式有十种变化。一种变化又含十招妙招。而且掌中夹拳，拳中藏指，指中带爪，爪中伏勾；与"灵蛇千幻指"各有所长。两人功力旗鼓相当，一口气斗了五百多招还难分高下。

群豪都知步金吾和"长白老怪"是名震江湖的人物，能见到他二人比武极不容易，皆凝神观看。但见他二人功夫在伯仲之间，一方稍有疏忽便会败下阵来，众人看得目不转睛。一时间院子里鸦雀无声，只听见二人打斗声响。二人斗到六百多招，步金吾兀自寻思：多年不见，老怪物武功精进不少，步某要赢他，看来得花大力气！

第十四章　幻剑

"长白老怪"心下亦惊：步老儿功夫比当年长了一截子，老仙今日要胜他，须得使出狠毒手段！二人各怀心思越打越快。众人瞧见两团人影频繁晃动，看得眼晕。张去病目力超群，将二人出招看得一清二楚。他看到二人妙招迭出，不禁心里寻思：两人施展武功变化繁复，却又各具精妙。天下武学如百花斗艳，各具其长！我若能将天下武学精华包罗于胸，也不虚此生了！呀，可惜！步帮主这一掌只须快上半分便可击中老怪左肩！咦，怪了！"长白老怪"这一指为何不斜戳半寸？他若斜戳半寸，步帮主的肋下岂不中指？哦，是了，非是他两人不想如此出招，是功力不及使然！

看了一会儿，忽见"长白老怪"手臂如蛇身扭曲，左戳一指，右戳一指，上戳一指，下戳一指，指法极是诡异。步金吾双掌招架右退一步，左退一步，一连后退了四步。张去病心道："啊哟不好！步帮主要输！"惊惶未定，忽见步金吾双掌交错如折扇张合，两掌交叉疾拍几下，顿时将"长白老怪"凶焰压住。老怪嘴里发出"嗬嗬嗬"恼怒声，脚下连连倒退。张去病轻吁一口气，心道："还好，步帮主占了上风！"

他忽又心生忧虑，心想秦员以朝廷作靠山，想用武力收服群豪为老贼秦桧卖命，这一招极阴毒。还有那魔教阴谋吞并中土武林独霸江湖，也令人担忧。但最狠毒的还是完颜龙，他暗中调兵前来剿灭丐帮和少林寺！这……些难道便是那六合居士所说的武林浩劫吗？当年六合居士用金钱神卦破解天象，莫非应在这三件事上？转念又想：师父临终时嘱咐我治好怪病，练好他老人家传我的武功。设法破解达摩石上秘密，找到《九宫伏魔经》，学会上面神功，肩负起匡扶武林重任。我还没完成师父的遗命，今日我决不能让秦员阴谋得逞！

忽听众人发一阵议论声。他回眸一看，只见"长白老怪"被步金吾逼到一棵树下，出招滞迟，显出内力不支窘相。他舒了口气，心想不出百招老怪准输！果然，两人斗到一千三百多招时，只见步金吾挥掌狂砍快劈，步步紧逼，一掌一掌如刀斧般飞快拍出，威猛无俦。忽听步金吾叫声："着！"一掌拍到老怪的肩头上。

群豪大叫道："妙招！'长白老怪'输了！"众人叫好声未息，却见步金吾猛然退后半步，轻哼一声，抬起手掌看一眼。便在此时"长白老怪"扑上前猛拍一掌。步金吾疾挥掌相对，怒喝道："老怪物不要脸！"只听"砰"的一声，两人蹭蹭蹭倒出退一丈开外，皆面色惨白，喘息不已。

步金吾抬手飞快点右臂穴位止住血气上行，又掏出一枚药丸服下，骂道："不要脸的老怪物！使毒暗算步某，你输了！"

"长白老怪"撕下衣袖包扎被步金吾拍断的肩骨，也摸出一粒疗伤药丸咽下，冷笑道："放你娘的屁！大伙有谁瞧见老仙用喂毒暗器伤你了？嘿嘿，你打我一掌，我还你一掌，咱俩扯平。你放什么臭屁，说老仙输了？"

步金吾怒道："你肩头暗藏毒刺算计步某，还说没使毒？真卑鄙！"

"长白老怪"哈哈笑道："老仙爱弄点毒刺在身上玩耍，碍你什么事了？你步老儿手痒，自个儿要摸摸它，又怨得着谁？再说了，咱们比武可没说过不许使毒。老仙这叫智取你步老儿，又卑鄙什么了？"

众人一听，方知老怪肩头暗装毒刺。适才步金吾一掌拍到他肩上，手掌被毒刺刺中。高手比武使毒虽非英雄好汉所为，可是老怪这番强词夺理却又叫人难以反驳。大伙又纳闷，步金吾身经百战，江湖经验何等老道，怎会上老怪的当？老怪将毒刺装在肩上，又怎么算到步金吾一定会被他暗算？一时间大伙都有些迷惑不解。

众人不知七年前，丐帮一名八袋长老在辽东被"长白老怪"杀害，步金吾闻讯寻上长白山同老怪有过一场恶斗。两人斗到一千四百招时，老怪武功露出破绽，右肩被步金吾掌风扫中，手臂险些被打断。老怪只得落荒逃走。事后老怪寻思败落缘由，细细回想当时一招一式打斗情景，想了整整一日，才想到一千四百招"蛇王抱子"有破绽。他想改这一招，却发现毛病不在招式本身，而在于自己的脚上！他幼年时顽劣，去偷摘农家梨吃。一次在树上被农妇用竹竿打摔在地，摔坏了脚跟。治好之后脚跟却外凸，施展别的招式无碍，唯独施展那一招"蛇王抱子"，旋转脚跟时总是慢了一瞬。

查明原因后，老怪苦练这一招。可是无论他怎么练，旋转脚跟仍是慢一瞬。一日他想：步老儿若是再找上门来，老仙何不将计就计，用这招破绽诱步老儿上当？如此一想，他找来长白山最毒的"腐骨刺"做成一块软垫，又在毒刺软垫下装块钢片保护肩头。这次到丐帮来，他将毒刺垫捆绑在肩上，专门用来对付步金吾。适才打斗，他故意露出破绽诱使步金吾上钩。步金吾不假思索一掌拍下，果然上当。但老怪也没料到，肩上虽垫有钢片，肩胛骨还是被步金吾一掌拍伤。此刻，步金吾虽然服下解毒药，一条胳臂肿大如柱，丝毫动不得。老怪强忍疼痛不动声色道："步老儿，还打不打？"步金吾喝道："再打！"

二人正要动手，却听秦员说道："二位且慢！咱们今日比武只分胜负，不决生死！二位前辈若要斗个你死我活，便违了咱们比武初衷。眼下两位前辈皆负伤，如不及时治疗，受伤手臂必然残废。咱们先头说好，输的一方供赢的一方差遣，倘若输者成了残废，缺胳膊少腿，或者死了，赢的人如何使唤他？是以这一场比武到此为止，不能再斗了！"

众人一听，心想这奸臣孙子说得还有理。尤其是丐帮众人看见步金吾中毒，心想再斗下去步金吾气血汹涌，剧毒蔓延将有性命之忧。群丐都响应说道："好，这场到此为止！"

秦员如此说辞，心中自有打算。他此次前来丐帮，是要收服群雄为秦桧所用，并非来剿灭群雄。所以临来之前他已想好双方不能死人，不能结仇。否则群豪输了也不会归顺他，一切算计便会落空。忽听有人问道："那么，这场比武算谁输谁赢？"

秦员说道："步帮主和长白老仙一人输了一招，在下公平的说，算个平局，不知众位英雄意下如何？"

众人皆不出声，心想算个平局倒也不吃亏。但不知两位比武之人如何判定？秦员对步金吾道："步帮主以为如何？"

步金吾道："臭小子，就依你之言算个平局！老怪物，今日这笔账，步某日后再找你清算！""长白老怪"冷笑一声道："步老儿，你几时来算，老仙随时奉陪！"两人说罢退下场去。

秦员又说道："下一场比武，我方请阴山老侠出场，但不知贵方是哪一位高人出场？"

阴山老魔手执双鹰钢杖从秦员身后走出。众人见他胖头大耳，脖子上一堆肉褶，肚子似水缸，滚圆身子缓缓移动，似乎走路都很吃力。只见他走到场中一站，笑眯眯地望着大伙，仿佛是个乡下胖财主。

但群豪却知阴山老魔嗜杀成性，出手狠毒。他杀人奉行斩草除根，绝不留后患的信条；不管是杀仇家，还是杀被他抢劫之人，他总要寻找到那人的三亲六戚、朋友、师门之人通通杀光。山东老拳师郑世庭不知怎么惹上老魔，全家四十余口人皆死在老魔手里。河间八仙门一百多人也全被老魔斩绝杀尽。三秦大侠高一轩同老魔决斗，死在老魔的双鹰杖下，他有一名弟子远在云南大理，老魔不远万里赶去将他杀了方才放心。

若是遇到杀不了的高手，老魔便暗中杀他们的父母、妻儿、三大姑、八大姨解恨。白道高手恨极老魔，纷纷去阴山为武林除害。老魔总是藏得无踪无影。今日忽见老魔现身丐帮总舵，群雄十分惊讶，不知秦员用什么手段将老魔网罗魔下。

只听老魔站在场内说道："适才秦公子说，我西门看花出阵，请哪位高人下场。诸位当中若没高人，他妈的矮人也将就！哪位朋友下场来陪老子玩玩？"一个清朗声音道："我这矮人来会会你这魔头！"

众人一看，只见柳寒峰大步走到场内。他身材高大，相貌堂堂，腰间斜挂一柄长剑，往场中一站威风凛凛，加之身份威望，哪里是什么矮人？

阴山老魔笑吟吟说道："啊哈，我道是谁？却原来是柳掌门。幸会，幸会！哈哈，柳寒峰，你他妈真艳福不浅，当年你将武林第一美人冰姬勾引到手，逗得老子直流口水。你同那冰姬夜夜风流，这些年她怎么没将你抽干榨尽？还有力气来陪老子玩？"

柳寒峰啐道："呸，下流魔头！老夫不听你污言秽语，是比拳脚，还是比兵刃，你划下道儿来！"

阴山老魔冷笑道："嘿嘿，下流？你板起脸子装什么假正经？你夜夜饱食春色，难道还会是上流？……"他刚说至此，忽见青光疾闪，柳寒峰一剑刺到他胸前。柳寒峰知道这老魔一肚子肮脏话，容他胡说下去不知会说出什么难听话来。当即拔剑分心便刺。阴山老魔急忙挥舞钢杖隔挡，"当"的一声急响，两人皆感手臂巨震，不由暗道对方功力了得。二人从未交过手，不知对方武功深浅。此时一过招，方知遇上劲敌。

阴山老魔哈哈一笑，道："柳寒峰，你是天山枭雄，老子是阴山枭雄，咱俩枭雄对枭雄，痛快打一架！"说时一杖朝柳寒峰头顶猛然砸下。老魔的独门绝技是八十一式"魔啸杖法"。这路杖法刚猛凶狠，只须使完一招，后续妙招便如洪水汹涌而至。尤其厉害的是老魔每打出一杖，杖头上钢鹰会扇动翅膀刮出阴风袭人，鹰嘴里会发出阵阵凄厉哀号，令人惊惧恐怖，心神不宁。江湖上不少成名高手同老魔打斗，都因经受不住阴风袭体，被凄厉哀号扰得心神紊乱，丧命在老魔的杖下。柳寒峰久闻"魔啸杖法"怪邪，一出场便想好了对付之策。一见老魔手臂微动，便抢先一剑刺向他的右眼。这一剑快如电闪。老魔若不变招，钢杖尚未砸到柳寒峰，长剑便先刺入他右眼。

他手中钢杖过长，要倒回来隔挡长剑来不及，危急中只得双脚一弹纵开去。脚刚点地，他又猛扑上前举杖斜扫柳寒峰腰际。岂料钢杖扫到半途，柳寒峰却抢先将长剑递到他左肩。这一剑迅如奔雷，老魔若变招封挡，左臂便先被长剑斩落。他又只得将杖往地上一点借力旁跃开去。一连几招，老魔都受柳寒峰掣肘，每一招都只使到一半，便被迫中途变招，这是他从未遇到过的事。如此一来，他的"魔啸杖法"没法使出来。老魔气得哇哇大叫，他纵横江湖斗过众多高手，无论对方出招多快都不能处处抢占先机，逼得他不能完整使出一招"魔啸杖法"。而此时柳寒峰长剑总是后发先至，不让他使完每一招，他杖头无法刮起阴风，钢鹰哀号声发不出来，后面诸多杀招更无法使出。老魔犹如一名临盆妇人，只生出婴儿半个头便被卡住，孩子老是生不下来，憋得他难受至极！

他急得喝问道："柳寒峰，你使的是什么鬼剑法？"柳寒峰道："这是我天山派的'九垓剑法'。老魔，我派剑法如何？"

阴山老魔骂道："你不敢堂堂正正同老子对决，尽钻老子空子，你这剑法应该叫'耗子钻洞剑法'！"

柳寒峰这套"九垓剑法"，乃是天山派第二代祖师印天寿所创。此人是天山派最出类拔萃之士。他精通阴阳五行，熟知天文地理。他以天地四方六合为经，以九九大数为纬，配以八卦方位变易之理创下这套"九垓剑法"。此剑法精妙之处是出招时，能捕捉攻敌最佳方位和时机，所以能后发先至。剑招看似不凌厉，平淡无奇，然而却威力奇大。天山派将此剑法视为镇山之宝，不到重大关头决不轻易使出。今日比武决定天山派和丐帮等豪杰荣辱，对头又是臭名昭著的阴山老魔，是以柳寒峰一出手便使出天山派绝顶武功。

阴山老魔被柳寒峰攻得缚手缚脚，空有一身惊人功夫施展不出来。他心下寻思：老子先出手攻击，柳寒峰总有怪招等着老子。老子得换个打法，再寻机反击破他这套"九垓剑法"。心念闪过，他虚晃一杖跃出圈外，道："柳寒峰，你输了！"

柳寒峰冷冷道："老魔，打不赢想耍赖吗？"阴山老魔将头一扬，道："嘿嘿，大伙都瞧见了，老子打得你柳老儿只有招架之功，毫无还手之力，你还不认输？你若有真本事，攻老子两招看看，我谅你老儿没这本事！"

柳寒峰冷笑一声，喝道："看招！"长剑暴出，一招"东西倒倾"直劈老魔左肩。老魔挥杖斜挑柳寒峰的长剑。哪知他一杖挥出，柳寒峰长剑已变招刺到肋下，逼使他缩杖挡架。柳寒峰不等钢杖击到剑身，剑尖往上斜挑直刺他的咽喉。老魔大惊，拨转杖头上双鹰挡去。柳寒峰的长剑往下一划，已削至他的大腿。老魔要回杖挡架已来不及，惊得急忙出掌往剑身上一拍。岂料那剑身突然翻转，剑刃迅捷朝他手掌削来，吓得他收掌旁跃。

瞬息之间，老魔又被攻得手忙脚乱，连连地招架躲闪，哪里还腾得出手还招？他心中又惊又疑：柳老儿使的什么古怪招式？看似信手使出，全无章法，却又偏偏捉住老子的破绽，攻得老子无法还手！他不知"九垓剑法"这一招"东西倒倾"精妙之处，正是在于它全无章法，却又大有章法：那直劈、斜挑、直刺、下削、突然翻转剑刃，看似随意为之，其实是引他按柳寒峰攻击闪避、招架，露出一个接一个的破绽，处于被动挨打局面。

片刻之间，柳寒峰一口气攻了八十多招。阴山老魔左封右挡，前阻后拦，虽然守得慌乱，却也严谨无隙，就是抽不出手来反击一杖。他本想在防守间隙寻机抢先施展"魔啸杖法"反击，打出威风给群豪看看。谁知斗了两百多招，还是穷于招架，无法施展一招"魔啸杖法"。

群豪看得又佩服又惊讶。佩服的是二人攻守妙到巅峰。惊讶的是柳寒峰的剑招并不算快，却能逼得阴山老魔只能苦苦防守，无法对攻。老魔手中钢杖像中邪似的，不由自主地被柳寒峰的长剑牵着舞动。众人不知为何老魔手上的钢杖总被柳寒峰的长剑牵着鼻子走，那夺人心魄的绝技"魔啸杖"竟然变得瘟头瘟脑，半点威力也施展不出来。高手对决，这种打法，大伙还是头一回见到，都不禁暗自纳闷。

张去病在一旁看得暗自点头。秦淮问道："大哥哥，你为什么点头？"张去病低声道："你注意看柳掌门脚下踏的方位。"

秦淮一看，只见柳寒峰脚下踏着一种奇怪的方位，不停地变幻。仍是不明白，又问道："大哥哥，为何看他脚踏方位？"张去病又轻声道："你再看他那长剑去向。"秦淮看了一瞬，恍然大悟道："我看出来了！柳掌门长剑刺向老魔，同他脚踏方位配合一致。"

原来，这"九垓剑法"的剑招是随着一种"天枢步法"变化。敌人一招攻来，柳寒峰踏着这"天枢步法"避让，对方招式和身法必然跟随变化。对方跟随这么一变，其空门被诱露出来，他可立刻趁机攻击。柳寒峰踏着这"天枢步法"出招，若处于攻势，敌人也会被他剑招诱露空门，被他趁势攻击。所以在"九垓剑法"攻击下，对手总是处于后手接招困境，无法施展本门所长。一当招架稍有闪失，便会立即败阵。此时阴山老魔便是处在这困境之中，在场武学行家不少，却谁也没瞧出柳寒峰脚下的奥秘。

步金吾尤为诧异。十年前，他在塞北曾同阴山老魔一场恶斗，使出丐帮绝技三十二式"蟠龙棍法"迎战老魔的"魔啸杖法"。老魔施展"魔啸杖"辅以阴风怪号，凶猛狠毒，杀招层出不穷，招招至人死命，那是何等厉害！今日在柳寒峰剑下，老魔却变得左支右绌，一筹莫展仿佛换了一个人似的，这是为何？

想到此处，步金吾心下暗叫声："奇怪！过去十多年，我同柳寒峰几次秘密比武，他为何不使出这套'九垓剑法'对付我？他若使出这套剑法，我只怕难以应对。莫非他是怕冰姬伤心，不用这门剑法同我生死对决，还是他不想让天山派同丐帮结下深仇大恨？"一时间，步金吾心中一片迷惑。便在此时，忽见阴山老魔暴退三丈开外，将手中钢杖往地上一插，大声说道："柳寒峰，比兵刃咱俩不相上下，咱们来比拳脚！"

他说时忽然五指齐张，朝柳寒峰右胸抓去，五个指尖上激射出五股白气，直射柳寒峰乳孔下的"天池穴""乳中穴""乳根穴""日月穴"。手指未到，劲力先至，一下将柳寒峰乳下的四个穴位全罩住。

群豪中有人识得这门功夫，不禁冲口叫了一声："快看，老魔使出他的歹毒功夫'阴山五勾手'！"

"阴山五勾手"是阴山老魔独门绝技。这门功夫是手指上激射出的劲气犹似利刃，伤人于无形。电光石火的瞬间，却见柳寒峰不慌不忙，手中长剑斜上一削，剑尖已削近老魔的掌心。老魔若伤柳寒峰，五个指头必先被利剑削掉。老魔大惊，急忙收掌跃到一旁。

柳寒峰反手将长剑插入剑鞘。冷笑道："老魔，你兵刃功夫太差，怕输在柳某的剑下，便想比拳脚来扳回败局，是也不是？好，老夫便陪你比拳脚，叫你尝尝我天山派拳脚功夫的厉害！"

适才，阴山老魔见比兵刃柳寒峰占尽上风，自己的绝技无法施展。心知再打下去，十有八九要输在柳寒峰的剑下。他寻思须不比兵刃，方能从困境中脱身，不等柳寒峰应战便抢先五指抓出。柳寒峰倘若不以拳脚接招，便是自认拳脚功夫不如他。若是以拳脚接招掌，他便摆脱了受困的危局。此时被柳寒峰一剑逼退，他大吼一声又猛扑上前，快捷无伦地一连抓出两招。头一招抓向柳寒峰的头，第二招抓向柳寒峰的前胸。这两招名叫"二神抓"，乃是老魔的"阴山五勾手"中的厉害杀招。

常人看去只有两招，皆不知这两招中暗藏多种毒招，将对手招架闪避方位完全罩住。不少高手皆因瞧不出这两招暗藏的玄机，枉死在老魔掌下。有人瞧出厉害往后疾闪开去，但这么一闪避，老魔的后续杀招滚滚而出，顿时叫人险象环生。是以在打斗中老魔使出这"二神抓"屡屡得手。

柳寒峰一派武学宗师，眼光何等犀利，一见老魔使出毒招，猛吸口气冲天而起。老魔应变奇快，翻掌朝天疾拍，欲将柳寒峰双腿打折。柳寒峰人在半空，身子陡然倒转，脚朝天头朝下，双掌一划疾朝老魔头顶拍下。老魔只觉眼睛一花，漫天掌影如大雪纷飞将他团团笼罩。他心下大骇，一时不知如何还招，只得往旁疾蹿。只听见柳寒峰叫声"着"一掌拍在老魔背上，将老魔打得跟跄蹿出二丈外。

这一掌打得太快，众人没看清柳寒峰如何得手。张去病却看出其中奥妙。他看见柳寒峰双掌舞动方位十分奇妙，幻化出一重又一重的掌影似漫天雪花飞舞。在老魔眼睛一花，惊慌失措瞬间，柳寒峰一拍落下，出手奇幻，快逾闪电。

步金吾同柳寒峰第三次比武，也是输在这一招之下。此刻一见柳寒峰使出此招，立知老魔要糟。但他目力不及张去病瞧不清这一招的来龙去脉，心下暗想自己若要破柳寒峰的这一招，仍是不得要领。柳寒峰这套掌法叫"天山拂雪手"。此掌施展开来，掌影漫天犹似大雪纷飞攻敌无孔不入，堪称武学一绝。步金吾几次领教过这套掌法，深知厉害。阴山老魔却是头回接招，不知深浅便大吃苦头。

老魔被一掌震出二丈之外，哇哇吐了两口鲜血，恼羞成怒，反手拔出插在地上的双鹰钢杖朝柳寒峰疾舞。突然，杖头上双鹰嘴里喷出两股黑水向柳寒峰射去。柳寒峰疾挥大袖将黑水反震回去。黑水被袖风打散化成一阵细雨洒向人群。几人躲避不快，脸上手上被黑水溅上吃痛不住，"啊哟！啊哟"失声大叫。另有几人衣衫上被毒水洒上被腐蚀出一个个小孔。那毒水散发出阵阵酸臭，熏得围观群豪纷纷捂住鼻子，四下散开。有人大骂道："狗娘养的阴山老魔，你斗不赢柳掌门，乱洒什么毒尿？臭得老子恶心！"

老魔这根钢杖是一胡人巧匠打造。杖上装有机括，平常打斗时双鹰会扇动翅膀，鹰嘴发出令人揪心的哀号夺人心魄。若遇强敌，老魔一按钢杖上机括，毒液便会从鹰嘴里射出伤人。

柳寒峰怒喝道："阴山老魔，你输了一招，大伙都亲眼看见，咱俩这一场比武，胜负已决。你如此死缠烂打，岂是高人所为，不怕天下豪杰耻笑吗？你如不服输，改日咱俩再比一场！"

阴山老魔一怔。他刚才一时恼羞成怒失了风度。此刻听见柳寒峰喝斥，他在江湖上毕竟是大有名头之人，立即收住钢杖，阴森森道："好，今日比武算你柳寒峰胜。改日老子再教训你！"说罢，跌跌撞撞走下场去。

秦员干笑一声，说道："胜负乃兵家常事。这第二场比武柳掌门胜。第三场，我方请出吐蕃国师龙象法王，你方何人下场同法王比武较技？"

只听两声轻咳，一个干瘦老者走进场内，道："老朽不才，前来领教法王神功。"众人一看是"银掌先生"左丘。龙象法王缓缓走到场中，双手合十，对左丘道："阿弥陀佛！敢问施主如何称呼？"

左丘一揖，说道："山野之人左丘。"龙象法王道："请左施主发招。"左丘道："好，老朽献丑了！"说时踏上前一步缓缓拍出一掌。龙象法王赞道："好掌法！"亦是伸出一只干枯手掌缓缓拍出。两只枯掌倏地相接，"啵"的一声轻响，二人身子皆是晃了一晃，各自后退半步。

左丘道："法王功力精纯，令老朽佩服！"龙象法王道："左施主谬赞了！施主内力深厚，亦让老纳钦佩！"群豪见这二人比武客客气气，温文尔雅，同前面四人凶狠恶斗大相径庭。

左丘道："老朽略会一点薄技，还请法王指教。"法王道："不敢，施主过谦了！"

左丘说罢又是一掌拍出。众人一看左丘手掌都"咦"了一声。只见左丘枯黄手掌忽然变成银白色，在天光下灿然生辉。这一掌拍出力道不猛，掌风却挟带着奇异金属声响，令人听得心中一悚。龙象法王心中一凛，不知左丘使的什么功夫，忙运起"五龙神功"护体。右手一掌拍出，只听"呛"的一声，法王感觉手掌一阵疼痛，犹似撞到一只沉重兵刃上，急忙后跃开去看手掌，微微有些红肿。法王一惊。他自从练成"五龙神功"，纵是刀剑加身亦不能伤他分毫，为何扛不住左丘这一掌？他想此人的武功怪异，同他交手，我这护体神功岂不打了折扣？

左丘亦面露异色。他的银掌能劈石断金，江湖中人倘若无极上层武功，难用肉掌接下他的银掌。此时瞧见法王手掌毫无损伤，左丘心想：这胡僧难道练成了金刚不坏之躯？倘是如此，我这银掌可占不到他半分便宜！

一时间两人心怀狐疑，皆忌惮对方。但他二人这一场比武最终决定双方的胜负，左丘心下虽惊，也只得全力一搏。他将双掌交错一划，呼地拍向法王。这一掌去势快猛，挟带的金属声响叫人心震。龙象法王单掌一竖挡开左丘银掌。右掌划道弧拍向左丘的臂头。一时间，两人各自施展绝学激斗起来。只见左丘的银掌划出一道道银光击向法王，龙象法王在那银光中穿来穿去，连连出掌将那银光斩断、拍乱。

张去病在神女峰上见过左丘同"碧眼摩尼"童三界打斗。但那次打斗，左丘为救柳寒峰和步金吾使诈装败，没将功夫全施展出来。此时只见他出掌越斗越快，双掌飞舞，奇招迭出，"铮铮"之声不绝于耳。张去病不禁暗赞道："左二先生武功了得！"

却见龙象法王忽然间变掌为拳，拳招雄奇，每一拳打出犹如山崩地裂，势声吓人。霎时间法王化作一团黄影，在左丘的银掌中穿插闪跃。群豪看到精彩处，忍不住爆发出一阵阵喝彩声。片刻之间，只见两人斗了三百多招，拳劲掌风激荡三丈之内，越斗劲风越大，围观之人纷纷后退。众人心中都想：看他二人年迈体瘦，却内力如此深厚！

张去病在去金国盗信途中，见龙象法王金刚不坏神功。盗密信时，又见过法王同"长眉老妖"激斗，此时再看法王施展"大雪狂飙拳"，仍不由暗赞道："这套拳法也好生了得！"

左丘同兄长左岗早年得一位隐逸高人传授这套"天罡金银掌"，一共三十六式，每式八招变化辅以"天罡神功"实是一门奇异武功。若论掌法，"天罡金银掌"和"大雪狂飙拳"各擅胜场。银掌无比锋利，龙象法王有"五龙神功"护体，是以两人打个了平手，谁也占不了上风。一转眼，二人又斗了两百多招，奇招异掌精彩纷呈，群豪看得目不暇接。两人仍是不分胜负。众人都知这一场比武决定输赢至关重要，却又不知他二人究竟谁胜谁负，结局如何，心都揪紧。

有人说道："他两人武功不相上下，除非一人疏忽失手方能分出胜负。要不然，二人斗上三天三夜，也难分胜负！"有人却道："叫我看，高人比武难有失手，这一场比武只怕又是个平局收场！"另一人道："先前双方说过，三战二胜者为赢家。倘若两平一胜，这比武如何定输赢？"

群豪正议论，忽然身形一闪，左丘跃至法王面前，双掌猛地朝龙象法王推去。龙象法王亦是双掌推出，四掌相接，只听啪啪啪三声急响，二人连对三掌，双方身子猛地晃了三晃。左丘后跃三步，又纵身上前双掌推出。法王亦是后跃三步，纵身上前双掌推出，又听见啪啪啪三声急响，二人又连对三掌，双方身子又猛地晃了三晃。众人皆心中纳闷，不知两位高手为何如此比拼掌力。

原来左丘久战不胜，又听见有人说"二人斗上三天三夜，也难分胜负！"心下寻思我方已胜一场，这一场无论如何要胜！不然我这老脸何在？我与这番僧二人武功是半斤对八两，难分上下。但我练"天罡神功"内力悠长，同他比拼内力或许有取胜把握。如此一想，他便连连双掌推出迫使法王比掌力。

龙象法王却不惊慌，心想老衲练就八层"五龙神功"，内力浑厚无比，难道还怕比掌力不成？此刻我倘若击败左丘，便威名大振！那秦员会对我更加敬仰，我度化他皈依佛门便有更大把握。此时如此一想，法王暗运"五龙神功"，亦是连连出掌与左丘对决，全力以赴欲将左丘击败。

转眼之间，两人全力以赴接连对了九掌。只见二人头顶上冒出丝丝白气，背上衣衫汗湿一片。双方胜败快见分晓，众人的心似乎都提到了嗓子眼，看得连大气也不敢出一口。张去病挤在人群中为左丘担心。他寻思左二先生倘若不敌法王，说不得我只好暗中助他一臂之力！可是众目睽睽之下，我如何出手才不被人察觉呢……

他正寻思，左丘与法王又接连猛对了九掌，左丘头顶白气犹如一顶高筒绒帽戴在头上。龙象法王头上白气犹如三朵白云飘悬头顶，有人识得这叫"三花聚顶"，乃是吐蕃密宗最高深的内功。瞧见二人背上衣衫湿透，知他俩已将内力催到极至，拼掌到了紧要关头，众人看得心惊胆战。拼到第十二掌时，二人正欲撤掌再对决，忽听两声嗤嗤轻响，只见左丘和龙象法王闷哼一声，一齐软倒地上。

群豪大惊，柳寒峰急忙纵身上前将左丘抱出场外，仔细查看伤情。秦员亦跑进场内将龙象法王抱到一旁，细看法王伤得如何。步金吾却气得大喝道："是谁卑鄙施暗算？有种的给我滚出来！"

只听房上有人轻咳两声，温声温气说道："步帮主不必动怒。咳咳，云某瞧这两个老头儿一大把年纪，咳咳，已斗得精疲力竭，再斗下去只怕要出人命……咳咳，云某出手劝架，一片好心，步帮主说什么滚不滚的，咳咳……有失待客之道啊！"

众人一听无不骇然。想那龙象法王刀剑难伤，左丘亦有"天罡神功"护体。此刻他俩比拼内力，周身布满内劲罡气，这偷袭之人在房上凌虚两指，竟能将两人点倒，此等功力太罕见！在场之人，只有张去病、柳寒峰、步金吾和左丘四人在神女峰上见过有人施展这等身手。四人均是一惊，心想难道又是那童三界魔头突施暗算吗？但听那人说话声音却又不像是童三界。

众人正惊疑，从房上跳下几个人来。张去病注目看去，当先一人身子瘦削，穿一件青布衣衫，高鼻深目，两颊下陷，项下蓄着一部红胡须，一副西域胡人相貌。他身旁站着一位白衣人，神情孤傲，却是白衣摩尼白无极。

白无极旁边站着一个高大头陀，肤色黑如木炭，胸前挂着一串镔铁骷髅念珠，每个铁骷髅桃子般大，一共二十四个。头陀身旁是一个五十上下的老者。此人蓬头垢面，衣服破烂，手上拿着一柄铁蒲扇，一副嬉皮笑脸的疯癫模样。

一见这四人，克里木冲口叫道："掌门人，那白衣人便是掳走咱们小姐的白无极！桑尼兄弟，杜昆兄弟，咱们今日不能让这僵尸跑了！"

柳寒峰尚未说话，忽见一个黄脸大汉指着那黑头陀骂道："狗娘养的黑头陀，还我爹的命来！老子今日与你拼了！'八极门'弟子，大伙快操家伙！咱们将这恶贼乱刀分尸，为老掌门人报仇！"

此人名叫孙三啸，乃是鲁西"八极门"掌门人。一年前他爹孙元霸行走漠北，在道上同这黑头陀交手，才斗上五十几招便惨死在这黑头陀的镔铁骷髅下。"八极门"众弟子听孙三啸吆喝，纷纷抽拔刀剑，仓啷、仓啷、仓啷之声一阵急响，三十几人手握兵刃冲上前去将摩尼教几人团团围住。

便在此时，又听一女子大声哭骂道："天杀的狗贼张敖，今日你撞到老娘手里，老娘不把你卸成八大块，我不叫'辣夜叉'马二娘！我'六合门'众兄弟，快上前去同'八极门'的兄弟们宰了张敖狗贼！"

众人一看那哭骂女子，是冀东"六合门"掌门人马二娘。听说两月前，她老公"冀东神龙"马青同几个豪杰在沧州"太福楼"喝酒，一个疯子手摇铁蒲扇走上楼来，抓起他们桌上的菜塞进嘴里大嚼，又端起酒大喝。双方发生争斗，马青被那疯子打得不治身亡，便是这疯子张敖下的毒手！"六合门"众人听马二娘一声令下，皆纷纷拔出兵器冲上前去，将摩尼教的人围起来。

在一片乱糟糟叫骂声中。却见那赤髯人温声拖气说道："咳咳，大伙别瞎嚷嚷……先静一静！你们要报仇雪恨，也不忙在这一时半会儿，是不是？咳咳……等我向步帮主引见这几位兄弟，你们再动手也不迟……"

这赤髯人说话中气不足，语调甚低，在众人乱哄哄的骂声中，他连咳带说，却将每一个字都清清楚楚地送进众人耳里。说这句话时，他两眼望着步金吾，一眼也不看众人。却见他随手向冲上前来报仇的人点了几点，只听"啊哟！啊哟"几声惊呼，骂黑头陀的孙三啸胸口似挨了一记重锤，站立不住"咚"的一声仰面倒地。骂张敖的马二娘肋下中了一指，顿时浑身抖个不停。大胡子克里木虽然没有冲进人群中去，那赤髯人也向他一指点来。但他眼快，急忙侧身躲闪。岂料那人指风一旋竟然点中他的肩头，顿时一阵巨痛钻入心里。他又惊又怒，却又佩服那人的功夫。

群雄一看无不骇然，这赤髯人不瞧这三人，竟能在拥挤的人群中将三人点中。他这听音辨器功夫，霸道的指力，不着痕迹的手法委实令人吃惊！步金吾、柳寒峰、"长白老怪"、阴山老魔、左丘、龙象法王皆想：此人运用内力指法如此不着痕迹，武功确有独到之处，只怕不在自己之下。

赤髯人又咳嗽两声，才一指白无极等三人道："步帮主，这位是我教大摩尼白无极。这一位是我教'降龙尊者'黑头陀。这一位呢，咳咳，是我教'伏虎尊者'张敖。在下不才，咳咳……姓云名飞扬，人称赤髯摩尼。"

张去病一听黑头陀和张敖名号，顿时想起在神女峰上，左丘曾对步金吾和柳寒峰说起这两人。左丘说那黑头陀在山西道上，同五台山清凉寺西来禅师对了八掌，西来禅师重伤而亡。那张敖去少林寺抢西来禅师给弘远大师的飞鸽传书，竟胡说那封信是他的姘头写的情书，诬指少林寺弘远大师抢了他的姘头。想起这两桩事，他寻思今日摩尼教四个高手突然来袭，不知又有何阴谋？

院内群豪一听这四人名头，无不心中惶惶。眼前这四人，白无极武功极高，大伙早有耳闻。这"赤髯摩尼"云飞扬刚才轻描淡写露了两手武功，看来不在白无极之下。黑头陀和张敖两人在中原做下几桩血案，已搅得江湖沸沸扬扬。这四个魔头突然现身丐帮总舵，只怕转眼之间便要掀起一阵腥风血雨！

群豪正思量，却听步金吾冷冷说道："步某同四位素不相识，四位前来我丐帮不知有何见教？"

云飞扬咳嗽一声，道："咳咳，步帮主说什么见教，云某可不敢当！我等前来拜会步帮主，除了为你老哥祝寿，还奉咱们教主之命，特来邀请步帮主和众豪杰加入我教。我们教主对众位英雄很是器重，咳咳咳……还望大伙赏脸！"

群豪一听勃然大怒，纷纷骂道："他妈的，要老子们入伙魔教，你白日做梦！""老子同魔教有血海深仇，不共戴天！要老子加入魔教，那是痴心妄想！""狗娘养的黑头陀，你杀我家人，老子今日宰了你狗日的！""弟兄们，别同这四个魔头多费口舌，大伙一齐动手宰了他们！"

一时间众人群情激愤，手握兵刃便要上前动手。步金吾一抬手，说道："大伙且慢，孙掌门、马掌门，先让你们弟兄退下，听步某说几句话！"孙三啸和马二娘众一听，忙叫自己的人退到一旁。众人都望着步金吾等他发话。

步金吾朗声道："云大摩尼，承蒙贵教教主看得起步某和众位豪杰。但你都听到了，我中原豪杰不愿加入贵教。今日步某过生日，我同你们摩尼教素不往来，无须你们来捧场，你们走罢！送客！"

步金吾如此逐客，是想探敌人虚实，看他们下一步如何动作。果然，云飞扬一听摇摇头道："众位英雄不给面子，嘿嘿，咱们怎么能走？咳咳，这桩差事未办成，我等回去无法向教主交差！临来之时，教主对我四人曾有交代，他老人家说，诸位豪杰若是不喜欢吃敬酒，那便请他们喝几杯罚酒！咱们教主还说，说不定罚酒对大家胃口，诸位喝了一高兴，便回心转意也未可知！咳咳……不过呢，窃以为罚酒味道不大好，我云飞扬奉劝诸位，还是不喝为妙，免得你们后悔晚矣！"

步金吾冷笑道："如此说来，四位是不肯善罢干休了！嘿，四位武功再高，院里几千好汉也不是吃素的，什么敬酒罚酒，甭拿大话吓人！云大摩尼要打要杀，你划下道儿来，我步金吾若是眼睛眨一下，便不是好汉！"

云飞扬道："步帮主误会了，云某是转达教主之言，并无半点唬人之意。步帮主如此说话，伤了和气那可不大好。咳咳……步帮主要比人多，我教也有几个兄弟。"说到此处，他击掌三声，道："兄弟们，都出来拜见步帮主罢！"

霎时间只见四周院墙上，两厢房顶上，忽然冒出两百多人，手持一件古怪铁具瞄准群豪。铁具前面是个筒，中间有个半球形状盒子，后面有个把手。众人一看都不知这铁具是何物件，也不知它有何用处。从墙上跳下两人，一人身材微胖，满脸红光，是个中年秃顶汉子。另一个汉子背上微驼，面色发青，嘴上留有山羊胡子。那秃顶汉子走到云飞扬面前，说道："赤髯摩尼，这就给他们点厉害瞧瞧？"

张去病认出那秃顶汉子叫苏远山，背微驼的汉子叫顾云亭，二人都是魔教长老。当年他在落霞坪为了救小姑娘何莹，奋不顾身同这两人交过手。此刻一见这两人，想起何夫人母女和为他治病的"毒魔姥姥"吴艳娇。心下寻思，这些年不知她们可好？

却听云飞扬说道："苏长老莫急，咱们先端出一碗罚酒，让众位英雄瞧瞧，看他们愿不愿喝，再作计较！"

苏远山道："好！"转身朝墙上打个手势，只见一名汉子将一只大红公鸡抛到院内。那鸡惊恐万状，扑腾着翅膀乱跑。另一名汉子一压手中铁具把手，只听哗啦的一声，圆筒里猛地射出一股黑水淋在鸡身上。公鸡顿时惨叫一声翻倒在地上，身上冒起一团青烟。那鸡在青烟中扑腾几下身子迅速腐烂，转眼之间便化成一摊血水，只剩下一具光秃秃的鸡骨架，连鸡毛都半点无存。群豪瞧得脸色骤变。心想倘若魔教两百多人居高临下一齐朝大伙喷射这毒水，院内之人只怕十有八九，无人能幸免于难。

云飞扬又说道："步帮主，你们人多，咱们人少，唉，没得法子，云某只得出此下策！这'罚酒'难喝之处，云某还得多说两句，此'酒'太烈，谁不小心，身上皮肤只要沾上那么一星半点，便立即腐烂，蔓延全身，转眼之间便同这只鸡一样只剩下尸骨，毛发不存！咳咳咳，不过，大伙只要肯加入我教，咱们便是一教弟兄，这种厉害罚酒，大伙也就不用喝了！"

步金吾一看敌人有备而来，算计周密狠毒。倘若是硬拼群雄定要吃大亏，弄不好只怕要全军覆没。他闯荡江湖数十载身经百战。今日这种危局还是头一次遇到。略一思量，他忽然仰头哈哈大笑。

云飞扬一怔，道："步帮主笑甚？是不是步帮主海量，喝这壶罚酒不在话下？"

步金吾收住笑声，肃然说道："步某想不到摩尼教两位大摩尼、两位尊者、两个长老，如此大有身份之人，竟不敢同我中原豪杰堂堂正正一决高下，却用这种下三滥勾当唬人，还自鸣得意，怎不令步某好笑？"

云飞扬脸上一红，说道："步帮主要堂堂正正一决高下吗？那也好说啊！我们兄弟便依你之言，按江湖上规矩决个高下！适才瞧见诸位在此比武打赌，早勾得我赌瘾大发，手掌发痒。咳咳，我们兄弟也来同你们赌上一把。若是我教之人输了，就按你们下的赌注，我四人终身听你们差遣。倘是你们输了，咳咳，你们便说话算话，终身听我们教主差遣！诸位英雄敢不敢同我们赌上一把？"

云飞扬说这番话早有算计，适才步金吾等人比武时，他在暗中将比武情形瞧得一清二楚。等到双方两败俱伤，他才率众露面坐收渔利。众人一听云飞扬提出比武打赌，一人冷笑道："倘若他们赢了，要咱们听魔教差使，大伙岂不是便入了魔教？嘿嘿，这红胡子魔头可真狡猾！"另一人道："张兄此话虽不差。但兄弟觉得，凭真刀真枪决胜负，咱们还有取胜机会。这个法子，总比同他们的毒水较量好一些！"

步金吾暗自思忖：单打独斗，眼下自己不慎中毒，左丘遭暗算，柳寒峰激斗一场功力消耗甚大，我们三人都不能上场再斗。丐帮五大长老，天山派克里木、桑尼和杜昆三位宫主，以及"碧云庄主"白云林、"秦岭一鹗"霍达天、青龙帮帮主龙飞等人都不敌这四个魔头！这单打独斗，如何打法？

步金吾沉吟不决，忽见柳寒峰走入场内，森然道："好，柳某来斗一斗众魔头！白无极，你这厮恃强凌弱掳走我女儿，此仇不报，老夫怒气难消！来，咱俩先一决高下，以消老夫心头之气！"

白无极却冷冷说道："柳寒峰，适才你同阴山老魔斗过一场，白某不屑于占你的便宜。等你功力恢复过来，咱们再打不迟！那时你要报仇要出气，白某一定奉陪！嘿嘿，只怕你柳老儿没有本事报仇！"众人一听，白无极不趁人之危，心想这厮倒是一条光明磊落汉子。只可惜他加入魔教，大好身手不用来行侠仗义，却用来为魔教作恶！

柳寒峰见白无极不应战，也不得不对他有几分佩服，只得冷哼一声退下场去调理内息。云飞扬步入场内，目光炯炯环视群雄，温声拖气道："哪位英雄，咳咳……上场来，同云某过上两招？"

步金吾、柳寒峰、左丘等大高手都暗自掂量：先前激斗过一场内力大耗，此时若是上场去斗，只怕不是这魔头的对手。即使刚才没有打斗一场，或不曾受伤，要胜此人也无把握。

秦员看见中原群雄身陷危境，忽然心生一计，朗声对众人说道："步帮主、柳掌门，各门派的众位英雄，你们若答应归附朝廷，咱们两家联起手来一同共抗魔教，大伙以为如何？"

步金吾冷笑一声，道："嘿嘿，你这臭小子想趁人之危，是不是？老夫实话对你说，咱们这些英雄豪杰便是死得一个不剩，也决不给你那卖国贼爷爷当鹰犬！你给老子滚出丐帮去，莫用卑鄙无耻屁话，污了大伙的耳朵！"

秦员想趁火打劫，诱惑群豪为秦桧效力，不料碰了个大钉子。他转而又想：摩尼教派人来降服这帮江湖汉子，他们若不低头，云飞扬和白无极等人势必会答应同我联手消灭群豪，我何不借摩尼教之手除掉爷爷心头之患？

如此一想，秦员哈哈一笑，道："步帮主，你不识抬举，咱们只好帮摩尼教灭了你们！"他转身对云飞扬和白无极说道："两位大摩尼，你们不必费神同他们比什么武，你们有四大高手，我们有三大高手，咱们联手灭了他们！或是命你们的手下人一齐喷射毒液，一举将他们歼灭干净！"

群雄一听愤怒异常。有人大骂道："秦员，你这朝秦暮楚的卑鄙小人，你这狗杂种，你这大奸臣、大卖国贼的孽种，老子一刀宰了你！"

却听白无极骂道："臭小子，你想同我教联手，你当我摩尼教豪杰也同你一样不要脸吗？快给老子滚开去，别在此大放臭屁！不然，老子一掌毙了你这狗东西！滚！快给老子滚！"

秦员一愣，没想到摩尼教的人也不领他的情，只得讪讪道："长白老仙、阴山老侠、龙象大师，让他互相滥斗，咱们懒得瞧了，走罢！"他说罢，含情脉脉地看秦淮两眼，叹息一声，转身带着三人走出丐帮总舵。

云飞扬见秦员四人离去，又问道："在场哪位英雄，咳咳……哪位出来……同云某过上两招？"一时间群豪面面相觑，无人出头应战。

云飞扬哈哈笑道："什么中原武林，咳咳，净是一帮缩头乌龟，咳咳，狗屁得很啊！"摩尼教众人一齐跟着纵声大笑："哈哈哈，中原武林净是一帮缩头乌龟！"

张去病见此情景血往上涌，寻思无人应战，中原武林可栽到家了！在这节骨眼上，不管是输是赢，我都要同他们斗一斗，决不能让他们的阴谋得逞！我的任、督二脉已打通，已能驱使师父传给我的八十年功力，"太极阴阳掌"我已烂熟于心，"蹑云步"功夫也大有长进，我难道还怕他们不成？他拿定主意，正想挺身而出去斗云飞扬，忽然听见大院门前传来一声长吟："上穷碧落下黄泉，两处茫茫皆不见！"

听见这声长吟，他不敢相信自己的耳朵。他曾听见赵无痕吟过这句唐诗，而这人的声音同赵无痕的声音一样，都是那么低沉，吟得那么刻骨铭心的缠绵，那么凄楚锥心！他激动地想难道……难道是赵先生吗？这……怎么可能……？他心中怦怦乱跳，忙注目朝大门看去，只见影壁后缓缓走出一位身材瘦高，面容清峻孤冷，神态儒雅的青衫老人，正是分别数年未见的赵无痕。一见赵无痕那寂寥的神情，他喜得差点叫出声来。

众人听见这声长吟，也都纷纷转头看去，有人大吃一惊，脱口叫道："'大无常'！快看，那是大……'大无常'！他、他……来了！"

突然听见"大无常"三字，院内两千多人突然鸦雀无声，一齐将目光投向赵无痕，静静看着他缓步走进院来，众人纷纷给他让道，院子里静得掉根针的响声都能听见，一时间，群豪忘了眼前摩尼教敌人，皆惊得不知所措。

忽见赵无痕现身，步金吾心中一凛。兀自寻思：十几年前，这大杀星在断魂峡遭遇黑白两道几百高手围攻，他凭一柄"黄泉剑"杀得尸横遍野。"长白老怪"、阴山老魔、"长眉老妖"皆被他打成重伤，我和柳寒峰、左丘之兄左岗、少林寺神僧弘法大师都伤在他的剑下。后来他身受重伤才跳下峡谷去……陡然想起当年激斗惨景，步金吾仍心有余悸。转念又想：江湖上都说这杀星早死了，可是前几年听说他又重现江湖。今日他突然现身丐帮，难道是来找我和柳寒峰寻仇，或是魔教请来的帮手？倘若他帮魔教，我等可是大难临头了！

步金吾虽惊惶，却不失主人风范，略微镇静一瞬，便迎上前两步拱手说道："赵前辈大驾光临敝帮，步某未曾远迎，请勿见怪！"步金吾此时才五十几岁，赵无痕年近七旬，比他大十几岁，武功又高出他许多。尽管二人有仇，但他持礼相见，不得不称赵无痕一声"前辈"。

赵无痕冷哼一声，不搭理步金吾。径直走到摩尼教四大高手面前，利刃般目光在云飞扬、白无极、黑头陀和张敖的脸上扫了几扫，冷冷道："几个魔教小丑，竟胆敢到中原来撒野，诋毁我中原武林！今日老夫不教训你们，尔等不知天有多高，地有多厚！"

适才赵无痕一现身气慑群雄，令院内上千人噤若寒蝉，鸦雀无声。摩尼教四大高手见此情景，虽不知他是何人，也不知他是敌是友，但见他气慑全场，知他一定是大有来头之人，也一齐盯着赵无痕看。

此刻见赵无痕来到近前出语训斥，四人都是一愣。云飞扬干笑一声，说道："阁下好大口气……咳咳……咳咳，谁教训谁，这还难说得很！咳咳，咱们手上见功夫，你莫拿大话唬人！"

伏虎尊者张敖在旁插嘴道："赤髯摩尼，别同这老东西费话，让我给他厉害尝尝！"

张敖话未落音，忽觉眼前一花，"啪"的一声，右脸颊上挨了一巴掌，两枚牙齿被打得带血飞出嘴去，掉在一丈远处；右半边脸被打得高高肿起，一片乌青，模样顿时变了形。他又惊又怒，大吼一声疾挥铁蒲扇还击。身形甫动，忽觉那人两个指头已冷冰冰戳到他眼皮上。他大骇，急忙往后跃开，岂料身子还没动，肋下穴道已被那人一指戳中，顿时僵住动不得。手上一轻，掌中铁蒲扇已被那人夺去。一瞬间，张敖被打得七晕八素，他想转头看是何人打他，脖子歪硬转动不了，气得他破口乱骂。

刚才在场之人，只见赵无痕身子晃了一晃，似乎并未挪动身子，张敖便被制住，铁蒲扇不知怎的便到了赵无痕手里。众人无不骇异万分。中原群豪皆知道赵无痕武功绝顶，心中惊骇稍轻一些。白无极、云飞扬、黑头陀从未听说过赵无痕，心中惊骇更甚。三人皆知张敖武功虽比四大摩尼低一筹，却也非同小可。此刻未能出手一招半式，便被此人打一耳光，夺去兵器，点了穴道，这实在匪夷所思。

中原群豪惊骇瞬间，旋即喝彩声大作："好啊！'大无常'打得魔教小丑落花流水，屁滚尿流！""'大无常'神功盖世，所向无敌，教训魔教小丑，知道天高地厚！"群豪中一些人本来同赵无痕有仇怨，此时见赵无痕将摩尼教高手凶焰打下去，都心中大快，暂将个人恩怨搁置一边，大声为赵无痕叫好。

"八极门"掌门人孙三啸哈哈笑道："'闯见"大无常"，必定见阎王！'哈哈，张敖，你狗日的闯见'大无常'，小命活不长，转眼见阎王！"

"六合门"掌门人马二娘骂道："张敖狗贼，你这'伏虎尊者'匪号，应改叫'伏鼠小丑'，才他妈名副其实！"又有人接嘴骂道："张敖狗贼，快滚回你们摩尼岩贼窝去伏鼠吧，别他娘的在此丢人现眼！"

黑头陀同张敖交情甚深，见张敖遭众人辱骂，忙上前为他解穴，伸手在张敖身上连拍几下。张敖仍是歪着脖子僵立不动。白无极瞧见黑头陀神情尴尬，也出指在张敖被封的穴位上轻扣几下，仍不起半点作用。

赵无痕见二人解不开张敖被封穴位，在一旁阵阵冷笑。云飞扬寻思：此人点穴

497

手法古怪，我出手为张敖解穴恐怕也无济于事。当下一挥手，两名汉子跳下墙头将张敖抬了出去。

黑头陀脾气火爆，瞧见赵无痕在一旁冷笑，怒不可遏，大喝一声说道："老子宰了你这老东西！"挥舞镔铁骷髅猛地向赵无痕砸去。黑头陀武功和张敖在伯仲之间，云飞扬知他绝非赵无痕的对手，急声叫道："黑兄不可！"

但为时已晚。只见黑头陀手中的镔铁骷髅念珠砸到半途，突然软垂下去，高大身子晃了一晃便歪倒在地，嘴角流出一丝鲜血，镔铁骷髅已被赵无痕夺到手里。云飞扬纵身上前抱起黑头陀，一看他身上并无伤痕，人却已奄奄一息。白无极急忙摸出一粒"摩尼八珍丹"捏碎塞进黑头陀嘴里，挥手叫来两名汉子将黑头陀抬出院去。

"断魂掌"张五爷叫道："啊呀，'大无常'好厉害！轻吹一口气便将魔教黑头陀吹得三魂出窍，七魄归阴！"

龙飞说道："魔教两大高手适才走着进来，这会儿躺着出去。'大无常'神功无敌，魔教小丑赶快跪地求饶！要不然'大无常'要剥你们的皮，抽你们的筋，你们就悔之晚矣了，赶快投降罢！"

在一片讪笑声中，孙三啸和马二娘两人疾步走到赵无痕面前倒身下拜，说道："谢'大无常'惩治张敖和黑头陀两个魔头，替小人出这口恶气，我二人永记您老人家大恩大德！"

云飞扬和白无极见张敖和黑头陀身受重伤，二人惊怒交加，却又迷惑不解。适才他俩没看见赵无痕出手，只见他右臂袖子飘动一下轻拍在黑头陀小腹上，黑头陀便身软倒地。以黑头陀数十年深厚功力，竟然经受不住此人袖头轻轻一拍，若非亲眼见到，说什么两人也不相信。二人均想当今之世，恐怕只有教主何野风才有这等功力！

张去病见赵无痕轻抖衣袖击倒黑头陀，知他使的是"地藏摧心功"。心中赞道："好家伙，几年未见，赵先生的'地藏摧心功'越发厉害啦！"

赵无痕一手拿着铁蒲扇，一手拿着镔铁骷髅念珠，看看这两件兵器，说道："哼，这两件破铜烂铁伤了我中原不少好汉，待老夫毁了它们！"他说时，挥动铁蒲扇朝镔铁骷髅砍去。只听一阵嚓嚓嚓嚓嚓声响，那铁蒲扇如砍瓜切菜一般，将一个个铁骷髅劈成两半叮叮当当掉在地上。顷刻之间砍完二十四个镔铁骷髅，他随手将铁蒲扇往地面石板上一掷，扑哧一声铁蒲扇插入地下了无踪迹。

赵无痕显露这手神功，众人都看得惊呆了。那铁蒲扇薄得似纸，镔铁骷髅却一个个大如蟠桃。按常理用铁蒲扇砍镔铁骷髅，铁蒲扇非毁不可。谁知赵无痕运起惊人内力竟将铁蒲扇变成一把削铁如泥宝刀，一口气把二十四个镔铁骷髅劈成两半，铁蒲扇仍完好无缺，众人看得瞠目结舌。

白无极、云飞扬、柳寒峰、步金吾、左丘等人兀自寻思：要用铁蒲扇劈开镔铁骷髅，自己顶多只能劈开七八个。要像赵无痕这样一口气劈开二十四个镔铁骷髅，还要铁蒲扇丝毫无损，自己无论如何也做不到！

步金吾和柳寒峰暗自心惊，皆想这大杀星武功，比之当年在大峡谷激斗时高出许多，这些年不知他碰到什么奇遇，武功竟然精进如斯？他二人不知赵无痕跳下大峡谷后被凌霄老人救起，此后侍奉凌霄老人十多年，得老人悉心指点受益匪浅。他本来已得"地藏宫主"欧阳山人武学真传，加上凌霄老人点拨，将两位高人武功熔为一炉，是以武功突飞猛进已达登峰造极之境。

赵无痕看见云飞扬和白无极怒目圆睁，冷冷道："你二人将眼睛瞪得像两个牛蛋盯着老夫做甚？是不是想把老夫嚼吃了？适才，尔等在此狂妄叫阵，要找中原高手比武，老夫下场你们干什么不上来动手？"

云飞扬看白无极一眼，道："白兄暂歇，我先领教此人高招。我若不敌，兄再出马！"回头对赵无痕道："阁下武功太强，云某不客气先出招了！"说时，他将双手一翻摆了个奇特的起手式，飞身上前一掌拍出。

四大摩尼各怀绝技。论武功，金面摩尼金如尘排名第一，白衣摩尼白无极居第二，碧眼摩尼童三界居第三，赤髯摩尼云飞扬排第四。金如尘的绝技是"天罡摩尼掌"和"玄天指"。白无极的绝技是"极乐指法"和"光明游"轻功。童三界的绝技是"幻阳血爪"和"九凝寒掌"。云飞扬的绝技是"摩尼风云棍"和"二际摘星手"。

云飞扬排名最后，倒不是其技不如前三位，而是他在练"二际摘星手"时曾岔气走火入魔，落下咳嗽疾患，武功因此打了折扣。但论才智，云飞扬却在四大摩尼中排名第一。是以此次前来丐帮收服群豪，白无极和黑头陀等人都推举他统领谋划一切。

一月前，云飞扬便派暗探到开封打听丐帮内情，选定在步金吾做寿之时下手。此次前来，他不仅带来白无极、黑头陀、张敖、苏远山、丁晚桥五大高手，还命"病僧堂"二百名教众带来"毒水龙"控制局面，志在必得。当他率众赶到丐帮时，正撞见步金吾同"长白老怪"激斗，他心中暗喜道："天助我教！咱们伏在四周袖手旁观，等他们斗得精疲力竭，两败俱伤，那时咱们再出手，包管将他们一举降服！"

他率众一直等到左丘与龙象法王斗得功力大耗时，他才出手将二人点倒。他以为这样一来降服群豪胜券在握，却没料到半途杀出个赵无痕，一下打乱他的算计。此时他抢先打头阵，想先耗去赵无痕的功力，让白无极后面上场有望取胜。也让白无极看清赵无痕的武功路子，打斗时知己知彼。所以他一出手，五指挟裹着一股炎热内力抓向赵无痕的面门。

白无极在旁叫道："好俊的'二际摘星手'！"云飞扬的"二际摘星手"功夫，乃是摩尼教开山祖师风云龙所创。当年风云龙为打败中原武林豪杰，在西域火焰山熔金洞闭关三年，凭借洞内的酷热地气，融会波斯武功心法，创下这门奇异功夫。这路"二际摘星手"飘逸诡异，五指挟带内力如炽焰，施展开来，对手立感烈火炙面难以招架。

云飞扬一手抓出，赵无痕感到脸上如烙铁贴近。他冷笑一声，左手轻弹，一缕指力弹向云飞扬，云飞扬忽觉心脉一紧，似被什么锥了一下，胸膛痛如针刺。他大吃一惊急忙跃开暗调内息，检视周身却未发现异状。他想不明是何缘故，又扑上前去双手劈空斩向赵无痕。

赵无痕身子不动，信手疾弹两指，云飞扬又觉心脉一紧，胸口又被刺了一下，心脏一阵刺痛。他心下骇异，又急忙收手跃到一旁再调试内息，检视周身仍无异状。他大为不解：赵无痕的内力竟能直击他心脏，令他胸如针刺，可是这感觉又瞬间即逝。他不知赵无痕使的什么功夫，也想不出是什么原因，一看身子无异，仍然以为无大碍。左手一探，右手一勾，又扑上前一阵急攻。

霎时间，云飞扬围着赵无痕一口气攻了十一招。这十一招挟带炽热内力，势如闪电，招招攻向赵无痕要害，众人直看得两眼发花。摩尼教众人都大声喝彩道："赤髯摩尼好功夫！"然而奇怪，云飞扬急风暴雨般猛攻十一招，却撼不动赵无痕的身子。只见赵无痕站立原地轻描淡写地连连弹指，便将云飞扬的快招化解。待云飞扬攻到第十一招时，赵无痕一指弹来，云飞扬回手一拨，突然感觉心脏疼痛，轻哼一声倒退三步，手捂胸口喘息不止。

摩尼教众人见云飞扬未被赵无痕指头弹中，也不见他身上何处受伤，却见他忽然手捂胸口面露痛苦神色，瞬间罢手不斗，众人都有些诧异，不知他着了赵无痕的什么道儿，会如此反常。

却听赵无痕说道："云飞扬，你能接下老夫十一招'地藏幽冥指'，这等功夫在武林中也算罕见了！此刻老夫若趁势赢你，谅你不服。老夫且让你缓口气，调匀内息，你还有何本事，尽管使出来！"

云飞扬心下骇然。适才赵无痕弹出最后一指，他立感心脏犹如被钢针刺入，痛得他一句话也说不出来。他只得赶紧运功护住心脉，暗自调理内息，引导真气在体内运行一个周天疼痛才渐渐退去。

此时听赵无痕说使的是"地藏幽冥指"功夫，他寻思："地藏幽冥指"？这是一门什么功夫？怎的如此厉害！听这老者说，幸亏我武功不错才接得下他这十一指。倘真是如此，他这"地藏幽冥指"委实可怖！

"地藏幽冥指"是欧阳山人独创的武功。这门功夫分阴指和阳指，二指挟带一热一寒两股指力以"地藏摧心功"攻敌。出如雷击，收如电闪，杀人于无形。当年赵无痕在江湖上惩恶扬善，施展这门功夫所向披靡，令黑白两道高手闻之胆寒。

此时群豪中有人叫道："汪兄你看，这红胡子魔头中了'大无常'的'地藏摧心功'，死到临头，还不知他已到了鬼门关，真他妈的蠢！"那汪兄兴灾乐祸笑道："哈哈哈，这下子，红胡子魔头可有苦头吃了！"

云飞扬调匀内息，心脏渐渐不再疼痛。他寻思：此人的"地藏幽冥指"委实厉害，空手与他斗非败在他手下不可，看来只得用兵器了。他双手一翻，从腰间拔出两根造型奇特的钢棍。那钢棍三尺多长，棍头弯成半圆，形似镰刀，锋利异常。手把上铸有月牙形刀刃，锃光发亮。此棍名叫"摩尼风云棍"。棍头弯刀可钩、可削、可砍、可斩。棍身可当棒、当鞭、当铜使用，护手的月牙刀近可杀敌。中原群豪从未见过这种兵器，都叫不出它的名称，心中暗暗诧异。

云飞扬手抡双棍，咳嗽两声，道："云某也没有什么别的本事，尊驾武功超凡，云某赤手空拳难敌尊驾，咳咳……我还有一门拙技叫'摩尼风云棍'，这套功夫不知可入尊驾法眼？云某献丑了！"

云飞扬说罢，疾舞双棍闪身上前朝赵无痕身上打去。这一次，他决计不给赵无痕出指伤他的机会，是以一扑上前双棍便如急风暴雨打出，只见一团刀光棍影将赵无痕笼罩。赵无痕在棍影里犹似一个模糊影子闪动。却听他不时赞道："好棍法！"

突然间，只见云飞扬一棍劈下，棍头上弯刀快捷无伦斩向赵无痕面门，眼看要将赵无痕劈成两半，众人惊得都"啊呀"一声。却见赵无痕不闪不避，手掌疾翻，倏地伸出二指将棍头的弯刀紧紧挟住。赵无痕这一险招捏拿之准，妙到巅毫！倘若他稍慢，或者稍偏一分，便会被弯刀开膛破肚！众人心想：云飞扬这一招的力道是何等刚猛，那弯刀又是何等光滑锋利，竟然被他伸出二指稳稳夹住，半分动弹不得，这等武功真是出神入化！

众人正兀自惊叹，忽见云飞扬撒棍暴退开去，手中的"摩尼风云棍"已被赵无痕夺在手中。他两眼惊骇地看着赵无痕，犹如看鬼魅一般。众人不知云飞扬的钢棍怎会被赵无痕夺去。又惊得"啊"的一声。

原来，赵无痕倏地伸出二指夹住棍上弯刀一瞬间，一股极细极冷内力从钢棍传到云飞扬手心经络，云飞扬猛觉心脉一紧，心脏一阵绞痛，吓得急忙撒棍后跃开，赵无痕二指轻转将"摩尼风云棍"夺到手里。

赵无痕冷笑一声，道："'摩尼风云棍'小技，也敢在老夫面前卖弄！"说时随手一抛将钢棍扔上天空。便在此时，忽见一人飞跃上半空一把将钢棍抓在手里，身子轻盈一转飘然落到场内。群豪看得大声喝彩道:"好!好俊的轻功!"

赵无痕抛棍在先,此人跃起在后,却后来居上一把将冲天直上的钢棍抓住。这等轻功让群豪大开眼界。大伙注目瞧那人,却是白衣摩尼白无极。张去病见白无极露这一手轻功,心想:像这样飞身抓住钢棍自己也能办到。但是手法身姿恐怕不如此潇洒好看。将来有机会,我要同白大摩尼比一比轻身功夫!

白无极坠落地上,将"摩尼风云棍"递还云飞扬,转头对赵无痕道:"尊驾武功超群,白某也想讨教几招!"适才他在一旁观战,越看心越惊。先前赵无痕轻而易举打倒张敖和黑头陀,他便看出赵无痕武功奇高。可没想到云飞扬上场同赵无痕斗,片刻间连连败落。他寻思:教主一人斗四大摩尼绰绰有余,此人武功之高堪比教主。对付此人,自己出手加上苏远山和顾云亭两位长老恐怕也非他对手。但是若不出手,云飞扬非伤在他手下不可,如此一想他便挺身上场叫阵。

赵无痕看了看白无极,冷冷问道:"你便是白无极?"白无极答道:"正是鄙人。"

赵无痕说道:"当年你使诈,戳了我主人凌霄老人一指,这笔账,咱们今日得算一算!"

张去病一听蓦然想起当年在土地庙里,白无极使诈抓住他去挡凌霄老人的攻击,老人为了救他,手臂上被白无极戳了一指之事。心想:赵先生对师父忠心耿耿,竟将这一指之仇记在心上,他对师父情谊世上少见!

白无极却心下诧异:寻思此人武功不在凌霄老人之下,他怎会给凌霄老人做仆人?这真奇怪!但此时他无暇多想,遂道:"尊驾要算这笔账,白某奉陪!"

赵无痕森然道:"你出手罢!"白无极也不说话,柔身直上一指戳向赵无痕的肋下。白无极的"极乐指"阴寒霸道,一指戳出,寒风扫过,旁边观斗之人皆感寒意,不由得后退开去。

赵无痕听凌霄老人说过白无极的武功,此时想瞧瞧究竟有何厉害,他不忙出手,只是往旁一闪。哪知此时白无极轻功已达化境,赵无痕身子甫动,白无极已然跃到,指力前锋已触他衣衫。赵无痕拂袖卸去白无极指力,身子不停,续往旁闪。白无极却如影随形,第二指又如闪电般戳来。赵无痕蓦地跃起二丈,避开白无极第二指攻击。白无极亦跟着跃起,凌空又朝赵无痕戳出第三指,分别戳向赵无痕的头、胸、腹。一指比一指快,一指比一指狠,一指比一指刁,极凶猛狠毒。众人看得心惊,不禁"啊"了一声。

适才,白无极在旁看云飞扬同赵无痕斗,已看出赵无痕武功深不可测,他想自己唯有扬长避短,施展绝顶轻功快打猛打方能出奇制胜。所以连连出手攻个不停,不让赵无痕在空中有一点喘息之机。众人见赵无痕在空中尤似一个陀螺飞快旋转，倏地飞旋开去避开白无极攻来三指。在二人身子下坠的瞬间，白无极又嗤嗤一连戳出四指，四股指力如飞矢激射向赵无痕。"极乐指"集快、奇、巧、狠诸般妙处，攻敌极是凶狠霸道。当年在土地庙内，七个高手经受不住"极乐指"一击纷纷败阵。此时，场内众人听见指力嗤嗤声响似剑气纵横，无不看得心惊。

突然间，白无极一指戳出，赵无痕亦是一指戳出。两人指头相撞，身子皆往后一飘，犹如两片落叶轻轻坠地。众人正要喝彩，却见白无极向后倒退两步，面色酡红，如喝醉酒一般。赵无痕却是稳稳站住浑然无事。

白无极急忙调理内息，瞬间喘过气来，说道："尊驾功夫高深，在下输了一招。但不知尊驾适才这一指是什么功夫？"众人听见白无极自认输了一招，不明内情，皆心下奇怪。刚才只见他两人在空中对了一指，同坠地，看情形白无极内力稍逊，但并未败落，也没有受伤，怎么他就承认输了一招呢？

却听赵无痕说道："白衣摩尼襟怀磊落，输得起，不失大家风范！适才老夫使的是'地藏幽冥指'。老夫这一指已削去你两成功力，替我老主人报了一指之仇，你不欠老夫的债了！"

众人一听，赵无痕说他一指削去白无极两成功力，大伙才恍然明白，白无极认输的原委。原来两人手指相碰的瞬间，白无极催动阴寒指力猛击过去。赵无痕手指上却荡漾着一股烈焰般指力，两股指力一碰，白无极心脉猛然狂跳，心脏陡然紧缩，像被人用力捏了一下，痛得他坠地时站立不稳，倒退两步。好在那疼痛转瞬即逝，是以众人没看出其中隐情。

赵无痕又说道："老夫适才这一指名叫'烈焰焚心'。若不是你功力深厚经受得住老夫这记杀招，此刻已毙命当场！"说到此处，他抬头仰天说道："老主人，老仆已替你教训了白无极这小子，可告慰您在天之灵了！"

云飞扬看见白无极斗不过赵无痕，心生一计，说道："白兄，此人坏我教大事。他武功再高，也不能就此罢手！咱们顾不得什么江湖规矩，你亮出'无极金刚链'，我俩再同这位高人斗一斗！"

白无极说道："好！咱俩合力斗一斗这位高人！"说时从腰间取出一根链条。那链条长约八尺，每个环节皆是一个小钢球，只见那钢球大小各异，球内空心宛如铃铛，银光灿然。众人一看那链条，兵器不像兵器，软鞭不像软鞭，皆不知这"无极金刚链"有何独到之处。

云飞扬抢起"摩尼风云棍"，叫声："白兄上！"二人从赵无痕两旁斜攻过来。白无极将"无极金刚链"一舞动，链条上小钢球顿时叮叮咚咚作响。那响声轻柔迭荡甚是动听，众人心头跟着一荡，只觉身上无比舒坦。群豪皆是一惊，才知这"无极金刚链"的响声有纷扰人心奇功，忙收敛心神，运功抵御那响声干扰。

白无极和云飞扬一般心思。二人都想赵无痕的指力难敌，只有使用兵器同他远身打斗，不让他的手指触身，便不惧他。是以云飞扬施展"摩尼风云棍"快速抢攻，白无极挥动"无极金刚链"打赵无痕身上穴位。众人渐渐看出：云飞扬出手专攻赵无痕上身，白无极专攻赵无痕双腿。在两大高手狂风暴雨般猛攻之下，只见赵无痕大袖飘逸，双掌翻飞，见招拆招，三人激斗一团。那打斗声响甚是奇特，"无极金刚链"叮叮咚咚，漫妙轻响。"摩尼风云棍"呼呼声大作势如狂风呼啸。赵无痕指声嗤嗤，似利剑飞舞。在场的群豪见过不少打斗，却从未听过这般奇异的打斗声。

秦淮在旁看得不服气，高声道："两位大摩尼好不要脸，刚才说打赌比武是单打独斗。此刻你们却两人打一人，也太没有一点高人的样子！"她声音清脆，这句话说得人人听见。

穆兴立即附和道："可不是吗，这两人说话如放狗屁，嘿嘿，一文不值！"段阳接嘴道："叫我说，他二人的话连狗屁都不如，半文也不值！"群雄一阵哈哈大笑。摩尼教众人都不吭声。苏远山和顾云亭见两位摩尼联手仍占不了上风，正想挺身参战，听见群雄笑骂，只好作罢。

顾云亭强词夺理说道："小姑娘别胡说八道。咱们先前只是同步金吾讲好单打独斗，又没同这姓赵的讲好单打独斗。谁叫他横插一杠来搅这趟浑水？既然他来多管闲事，咱们二人斗他也就不讲江湖规矩了！"

苏远山接嘴说道："是啊，他跑来乱管闲事，咱们同他打架，就不用依什么江湖规矩！"

龙飞说道："你这厮打肿脸充胖子也不害羞。我问来你一句：你们两个人打一个人，究竟是因为他管闲事呢，还是因你们打不赢他？"

苏远山说道："哼哼，我们打不过他？你瞧，你瞧，这姓赵的马上就要输了？"群雄一看，赵无痕退了两步，并无异状。秦淮高声喊道："'大无常'，这位苏长老口出狂言，你给点颜色让他瞧瞧！"

赵无痕说道："好，小姑娘你瞧！"只见他双掌猛然推出，两股巨大掌力向白无极和云飞扬涌去。二人不敢挡其锋芒，急忙往后闪开。便在这一瞬间，只见蓝光暴闪，当当两响，白无极和云飞扬的兵器断落地上，二人握着半截兵器不知所措。群豪再一看，白无极左臂衣袖被血染红一片已然受伤。云飞扬的胸上被划道口子，衣衫亦被鲜血染红。此时大伙才看清，赵无痕手中握着一柄蓝光闪烁的软剑。那剑身若隐若现，闪着一道怪异光芒，剑尖上凝着一大滴鲜血。

群雄中有人惊呼道："快看！黄泉剑！"接着有人惊叹道："啊呀，好厉害的'幻剑七式'！世上竟有这等武功！"

白无极和云飞扬呆若木鸡。二人都是武学大家，目光异常犀利。然而刚才赵无痕这一剑，却令他二人摸不着半点头脑。对方如何亮剑，那剑如何中途变招，如何斩断兵器，如何刺伤他俩，一点也看不清。唯见剑光忽闪如雷霆奔来，令他俩无从招架，无法闪避，便伤在对方剑下。两人回想刚才那可怖一瞬，惊呆当场，甚至不觉得伤口疼痛。

柳寒峰和步金吾看见这一幕，更是心头大震，顿时想起当年伤在赵无痕剑下的情景。那年在断魂峡，步金吾、柳寒峰、金掌先生左岗、少林寺弘法大师四人联手围攻赵无痕。柳寒峰使出"九垓剑法"，步金吾使出丐帮"莲花落棍"，左岗施展"伏魔金掌"，弘法大师使出"大般若杖"，四人各施绝技合力攻赵无痕。岂料激斗不到三十招，赵无痕忽然一声清啸，四人忽见一道蓝光划过，如冷电眩目，没看清咋回事便一齐受伤倒地。柳寒峰伤了肩膀，步金吾伤了后背，左岗伤了大腿，弘法大师伤了腰部，那情景同眼前一模一样，令人目瞪口呆震骇不已。

那次脱险后，柳寒峰和步金吾百思不解，赵无痕怎能在一招间刺伤四大高手？此刻他俩在旁观战，俗话说"旁观者清"，可是二人仍然没看清赵无痕这一剑如何出手，如何一瞬间斩断对手两件兵器，又如何将白无极和云飞扬刺伤，实在匪夷所思！柳寒峰兀自叹道："天下竟有这种可怖剑法，我天山派的剑法与之相比，简直如同儿戏，柳某还在江湖上使什么剑？"

张去病目力奇佳，看清了赵无痕的这一剑。他看见软剑从赵无痕大袖中滑出快捷无伦地朝白无极和云飞扬横劈去。两人急挥兵器招架，那软剑突然如双头蛇上下晃动，立时将两人的兵器削断。那剑毫不停顿倏地左右弯曲两下，便在白无极的手臂和云飞扬的胸口划了道口子。这一切快得叫人无法看清。除了张去病，没人看得清这一幕。

张去病看得赞叹不已。他看见在白无极和云飞扬用兵器隔挡瞬间，"黄泉剑"竟然能上下疾斩，同时将二人的兵器削断。赵无痕这一剑应变之奇，掐拿之准，实是神来之笔！更奇的是软剑竟如活蛇扭腰一般突然左右探头将两大高手划伤。看来赵先生不想取他二人性命，否则两大摩尼已葬身在"黄泉剑"下。他寻思赵先生这一招是如何做到的呢？是了，他定是运内力掌控软剑剑身，使那软剑随他心意飞速扭动，软剑才能如此神出鬼没伤人。赵先生这等武学修为，才真叫神乎其技！

"地藏宫主"欧阳山人的绝学"幻剑七式"，实是古往今来一门罕见神功。这幻剑七式之"幻"有三层含义：一是指"黄泉剑"一动，剑身若现若隐，若有若无，形同一柄虚幻之剑。二是指七式剑招幻化无方，使剑者运用内力驱动软剑任意朝多个方位扭动剑身，明明一招直刺对方，却可在瞬息间变成八方弯曲杀伤对手，叫人难防。三是指驭剑出招，快似电闪，招式如一团幻影叫人难以看清。张去病生就仙猿骨相，武学悟性超群绝伦，加之目力奇佳才看出了其中的奥妙。

白无极呆愣一瞬，叹口气说道："唉，我只道对天下武学无所不知，却不知世上有如此神奇剑法，白某真是孤陋寡闻得紧！我二人学艺不精，今日败在尊驾手下，白某认栽，无话可说。后会有期！"

白无极和云飞扬转身要走，却听赵无痕说道："白衣摩尼且慢！"两人止住脚步，云飞扬转身双眉一掀，道："阁下要赶尽杀绝吗？"

赵无痕摇摇头，道："老夫不知你二人有无恶迹，不会滥杀无辜。我若要杀你二人，此时你俩已是身首异处。老夫是想劳驾两位回摩尼岩去，替我给何野风教主捎个口信：一是我家小主人张去病没得到什么达摩石，别打我小主人的主意。二是我中土武学博大精深，中原武林中卧虎藏龙，别想吞并中原武林，重蹈你们祖师爷风云龙当年覆辙！三是替我转告何教主，几时有空，老夫欲邀他切磋武学！"

云飞扬冷哼一声，说道："好说。白兄咱们走！"他拉起白无极纵身跃上墙头，突然对墙上的摩尼教众叫道："病僧堂众兄弟快动手！"刚才，墙上二百名摩尼教众只顾看两位大摩尼同赵无痕精彩打斗，不知不觉将钢筒放下。此时听到命令，急忙伸手去拿钢筒要对院内群雄喷射毒水。

群豪看见赵无痕大败魔教高手正要喝彩，忽见墙头上摩尼教众人要喷射毒水，顿时大骇。有人急忙朝墙上打暗器，有人赶紧抓起板凳挡在身前，有的却钻到桌子底下藏身，一时间院内乱成一团。大伙正惊慌失措，忽见一人飞身上墙。白无极、云飞扬、顾云亭、苏远山四人出掌截击那人，那人脚不离墙，身子如风中荷叶疾摆避开四人的掌力，如一道轻烟从墙上闪过。只听一阵"啊哟！""妈呀！"叫声，病僧堂教众皆被那人打到院墙外。那人一折身，跃上院旁一株大树上。

群豪看见墙上摩尼教众人被打到院外，纷纷拔出兵刃欲去追杀。白无极和云飞扬眼看大势已去，急忙跳下院墙带着手下人快速逃离。群豪追出院外见魔教众人逃远，大伙畏惧毒水厉害，不敢冒然穷追，又返回院内。众人此时回过神来，才想起刚才将摩尼教众打下院墙之人，却不知他是谁。若不是此人身手了得，冒险出手，此时院内只怕已是尸横遍地。

步金吾、柳寒峰、左丘等高手，刚才看见那人的身手都吃了一惊。步金吾寻思：此人的轻功和掌力何等了得，他竟能避开白无极等几人出掌截击！偌大一个院子，眨眼之间他便将墙上魔教众人打得一个不剩，出掌之快，掌力之雄，身法之妙，老夫从未见过。老夫行走江湖，怎不知武林中出了这样一位大高手？大伙纷纷朝树上看去，只见树上那人却是一个三十出头，满脸长着络腮胡的青年。群雄忙互相打听："此人是谁？"又都互相摇头。院内上千人竟然无一人认得这青年。

赵无痕亦是暗惊：自己斗云飞扬和白无极，功力耗去不少，此时冒出这样一位高手不知是敌是友，一会儿老夫若同步金吾等人动起手来，此人若出手助步金吾和柳寒峰等人，事情倒是有些棘手！

步金吾想同树上那人打招呼，但见赵无痕在旁冷眼旁观，忽然想起当年在断魂峡围攻赵无痕的旧怨，心中瞬间涌起一阵惊恐。他想：不知这大杀星来丐帮是何目的，若是来报当年之仇，转眼之间我丐帮便会大祸临头！此人灭掉江湖上不少门派，我死在他手下倒不要紧，决不能让他灭了丐帮！我如何保全众兄弟，让丐帮逃过这一劫呢？

思索一瞬，他心中有了主意，忙走上前去，说道："赵前辈，蒙你不计前嫌，仗义援手打败魔教小丑，为我帮和各派豪杰解除危厄。前辈大恩，步某不胜感激！"说时，朝着赵无痕躬身长揖到地。直起身来，步金吾又朗声说道："赵前辈，大丈夫恩怨分明。当年前辈杀我丐帮长老黄三六，步某在断魂峡参与围攻赵前辈，那是为本帮黄长老报仇。情之所系，义之所在，步某不得不为之。今日，前辈若是来找步某报仇，尽管动手取步某性命，步某甘愿领死，决不还手！"

丐帮众人听见步金吾这几句话都大吃一惊。执法长老韩江北高声说道："帮主万万不可！赵前辈武功再高，咱们全帮弟兄在此，还有各派豪杰，大伙万众一心，奋力同他拼个鱼死网破！帮主不能束手待毙！"

传功长老朱高山接嘴说道："韩长老说的是，咱们在场上千豪杰，难道还怕他一个人吗？帮主，你千万别灭自己志气，长他人的威风。你不还手引颈就戮，全帮兄弟哪能坐视不管？咱们拼着这条命不要，也要同帮主共存亡！"

游方长老徐达川说道："帮主，刚才赵前辈帮了咱们，这是不错。但若是转眼之间，他又将你杀了，这叫什么恩德？这同魔教又有什么分别？这种倒行逆施，怎能坐以待毙？众位兄弟也决不答应！"

满头银发掌钵长老宫容高声问群丐："丐帮众位兄弟，帮主束手领死，你们答应不答应？"群丐大声道："我们不答应！一万个不答应！"

游方长老徐达川轻咳一声，说道："帮主，赵前辈杀我帮黄长老，又救了丐帮，我丐帮同赵前辈扯平了，谁也不亏欠谁。若是赵前辈寻仇，咱们就按江湖规矩，堂堂正正同赵前辈斗一斗，武林同道也不会说咱们是恩将仇报，丐主无须多虑！"

丐帮众人忙附和道："是啊，帮主无须多虑，武林同道也不会说什么闲言碎语！"

步金吾见群丐情绪激昂，摇摇手说道："你们不要说了！今日魔教来犯，是赵前辈援手打败魔教恶徒，我中原豪杰才没受魔教之辱。赵前辈保住了中原武林声誉，使我丐帮免遭受败落之耻，是我丐帮的大恩人，我步金吾怎能恩将仇报，同自己的恩人动手？这岂不让天下英雄耻笑咱们吗？"

执法长老韩江北忽然高声说道:"帮主,属下身为护法,为黄长老报仇之事,不得不说上两句:咱们丐帮是响当当的门派,众兄弟都是义薄云天的汉子。黄长老不明不白死在赵无痕手里,倘若不替黄长老报仇,岂不是要让武林同道笑话?咱们又怎么对得起死去的黄三六长老?帮主又怎向全帮上下兄弟交代?请帮主三思!"

众人一听此言皆是一怔。心想为黄长老报仇虽是侠义之举,但此仇如何报得了?赵无痕武功绝顶,大伙若为黄长老报仇,不知又有多少人死在他剑下。可是步帮主若不为黄长老报仇,却要背上负义骂名。

却听步金吾长叹一口气,道:"韩长老,你好糊涂!你说得不错,咱们丐帮在武林中是响当当的门派,众兄弟都是义薄云天的汉子。但你想过没有?刚才咱们若是败在魔教手下,我帮兄弟和各派豪杰,不知有多少人要死在魔教手里!丐帮和众门派名誉扫地,那便对得起黄三六大哥了?我想黄大哥若在地下得知咱们一败涂地,他一定也会羞愧难当啊!"

丐帮众人一听此言,心中又是一凛。步金吾又叹一声,肃然说道:"不错,咱们丐帮恩仇分明,最看重这'侠义'二字。但仇有大仇小仇之分;恩有大恩小恩之别。这些年,各门派豪杰死伤在魔教手里不计其数,魔教同中原武林之仇是公仇,是大仇。相比起来,黄大哥同赵前辈之仇,是个人的私仇,是小仇,大伙说是不是?"

说到此,他顿了一顿,目光炯炯看众人一眼。又说道:"刚才,赵前辈替咱们打得魔教丢盔弃甲夹尾而逃,保住众多豪杰性命和中原武林名誉,这是关乎丐帮荣辱和中原武林声誉的大恩啊!咱们怎能为报小仇而废大恩?咱们如果为黄大哥的小仇,同赵前辈对决,这不是恩仇分明的侠义行径,这是以怨报德的小人行径啊!我步金吾如此行事,丐帮岂不招来天下豪杰的唾骂?"

场上各派豪杰一听此言都不禁频频点头。但因此事是丐帮内部之争,外人不便插嘴,虽然觉得步金吾说得在理,却也不好说些什么,都静静听他往下说,看这场恩仇之争如何了结。此时,群豪不知赵无痕来到丐帮究竟是何目的,心中都生出一线希望:希望赵无痕不是来找步金吾算旧账,而是来找魔教报仇,因为白无极当年使诈伤过凌霄老人。众人转念一想,又觉得这希望渺茫。当年在步金吾等人围攻下,赵无痕差点丢命。如此大仇,赵无痕焉能不报?想到这一层,丐帮众人担心赵无痕若是来报仇,步金吾如不还手那就糟了!一时间群丐心中非常忐忑不安。

群丐担忧之际,张去病心里却想:难怪步大哥能当上天下第一大帮帮主,原来他不仅恩怨分明,且心胸豁达,看事能从大处着眼,敢担当,敢承责,真不愧是大丈夫,大豪杰!

他自寻思,又听步金吾说道:"众位兄弟皆知,黄大哥是个深明大义之人。他的在天之灵若知赵前辈对我丐帮有如此大恩，我想黄大哥也会同赵前辈勾销个人仇怨！是以今日，步某无论如何不能同赵前辈动手！"

讲到此处，步金吾忽然提高声音说道："众位兄弟都听着：赵前辈若要取步某性命，我帮兄弟不许阻拦。谁不遵我之命，他便不再是我丐帮弟子，我便同他恩断义绝！这是我对大伙的恳求，望各位兄弟给我这点面子！大伙答应不答应？"

听见步金吾把话说到这个份儿上，群丐眼里闪现泪光，都默默地点了点头。这一瞬间，他们忽然明白：步金吾宁可舍己赴死，牺牲他一人，也不让众人卷入争斗遭灭帮之祸。步金吾这般良苦用心，令众人无不感动和钦佩！

想到这一层，五大长老忽然带头跪下，众丐也跟着纷纷跪下。满头银发的掌钵长老宫荣垂泪道："帮主，我们答应你！我宫容活了六十几岁，直到今日方才知道什么是真正的侠，什么是真正的义，才知道这侠义二字的分量有多重！帮主你放心，众位兄弟决不会违帮主之命，不会做出有损丐帮侠义声誉之事！"

步金吾点头道："谢众兄弟给步某面子！大伙都起来罢。"步金吾转身对着赵无痕，凛然说道："赵前辈，你当年杀我帮黄长老，步某围攻你替他报仇，是我分内职责。你若是怒气难消要报当年之仇，步某愿以一死了却这段过节。但请前辈放过我帮兄弟！"

赵无痕冷笑道："步金吾，你厉害啊！你同这帮叫花子一唱一和。老夫今日若取你性命，岂不是陷于不仁不义了？嘿嘿，你为报老夫之恩，引颈就戮。老夫若杀了你，你便成知恩必报的大义士，又顾全了丐帮众人。老夫便成了滥杀义士的杀人魔头。你这一招'舍己为众'，厉害得很哪！"步金吾忙道："步某不敢！"

赵无痕又说道："不过，你这一招对我不管用！老夫今日到丐帮不是前来寻仇，当年你同柳寒峰在断魂峡围攻老夫，这笔旧账改日再算，老夫今日且不提它！在场众位，你们若有谁想找老夫报仇，也待改日再报，老夫决不躲避。老夫今日是来向你们打听一个人，望你们能如实相告！"

院里众人一听又惊又喜，不由自主"啊"了一声，皆大大松了口气。丐帮众人更是像放下了背上压着的一块巨石，立刻觉得身子轻松了许多。众人旋即又好奇地想：这大杀星来打听人，他要找的人是谁呢？他是来找他要惩罚的恶人，还是来找仇家？一时间几千双眼睛盯着赵无痕，静等他说出那人的姓名来，想看看是哪一个倒霉蛋招惹了赵无痕。

步金吾一听赵无痕之言大出意外，如逢大赦一般。适才他慷慨激昂说那一大通话，虽是发自内心，但也是为保全丐帮的无奈之举。此时见危厄过去，悬着的心一下落地，急忙问道："不知赵前辈要打听什么人？步某若知，一定告诉赵前辈！"

赵无痕说道："步金吾，老夫听说你同柳寒峰、左丘三人，曾在'望郎滩'边神女峰上见过我的小主人张去病，不知可有此事？若有此事，你们可知我小主人现在何处，望如实告知老夫！"

步金吾一听，赵无痕是找张去病，并且称张去病小主人。心中欣喜，忙回答道："是有此事，我们三人在神女峰上见过张去病公子。"他转头又问柳寒峰，道："柳兄，咱们在神女峰上分手时，我和左丘先下山，你最后同张公子分别。柳兄可知张公子的行踪？"

柳寒峰正要开口，忽听树上那人高声道："赵先生，您老人家不用打听，我在这里哩！"

赵无痕忙转头看去，只见那人跳下树来满面笑容走到他面前。赵无痕愕然道："你……你……是……"

那人伸手一拂面孔，抹去脸上的胡子，赵无痕依稀认出张去病当年的模样，惊喜道："你真是小主人？"张去病同赵无痕分别好几年，已长成青壮小伙，不仅模样大变，说话声音也变了。是以赵无痕突然见到张去病，不敢肯定是他，脸上神情既惊喜，又有几分狐疑。

张去病见赵无痕神情狐疑，激动说道："赵先生，我是张去病啊！我同您分别这几年里，我长大、长高了！我……我好想您老人家！"说时热泪盈眶，一头扑到赵无痕怀里，声音哽咽再也说不下去。赵无痕见张去病真情流露，再无怀疑，惊喜交集抚着张去病的背脊，眼含热泪道："小主人，这几年老仆为找你，寻遍天涯海角，找得好苦！"又喃喃道，"托老主人在天之灵保佑，小主人失散多年，安然无恙，现已长大成人！"

人群中挤出三人冲上前来，却是龙飞、穆兴和段阳。三人跑到张去病和赵无痕面前，欣喜叫道："参见主人，参见赵先生！"赵无痕瞧见三人，高兴说道："你们也来了？"龙飞道："我们也是前来向步帮主打听主人的下落，不料在此同主人和赵先生相逢，真是喜煞小人！"

步金吾、柳寒峰、左丘三人看见那树上之人竟然是张去病，三人又惊又喜，笑呵呵走上前来相见。步金吾道："小兄弟，要不是亲眼瞧见，老哥我如何也想不到将魔教众人打下墙去之人，竟然是你！哈哈哈……"回头对手下人说道："今日张公子、赵前辈、柳掌门、左二先生、众多帮主和门派贵客光临丐帮，快摆上酒席，咱们同众位豪杰痛痛快快饮庆一番！"

丐帮众人赶紧重新摆好桌子凳子，步金吾邀请张去病和赵无痕入坐。不大一会儿工夫热腾腾酒菜上桌。步金吾举杯朗声说道："众位英雄，今日我丐帮五喜临门，咱们须好好庆贺！这五喜：一是赵前辈以武林大义为重，不计前嫌，挫败魔教阴谋，大长我中原武林威风。二是张公子与赵前辈、龙帮主等人久别重逢。三是咱们斗败"长白老怪"和阴山老魔，搅黄了秦员那兔崽子招降的美梦。四是张公子于我步金吾、柳掌门、左二先生有救命之恩，今日我们三人借此机会向张公子敬杯酒。五是步某今日痴长一岁，承蒙众位英雄前来捧场！来来，大伙都端起酒杯，咱们先干它一杯！"众人哄然响应道："干杯！"都举杯一饮而尽。步金吾尽地主之谊走到各桌向众位英雄一一敬酒。

酒过三巡，张去病站起身来，说道："步帮主、诸位前辈，在下有一桩紧急事情须向你们禀告。"众人一听都放下手中杯筷，望着张去病。

步金吾说道："张公子，有什么事尽管说。你是不是要去杀秦桧老贼，为岳元帅和你爹报仇？你的事便是我步金吾的事。过了今日，我一定同张公子去临安城，将那老贼碎尸万段，为公子报仇雪恨！"

张去病忙道："谢谢步帮主！我此刻要说的急事，不是去找秦桧老贼报仇，而是那金国调兵来剿灭丐帮和少林寺！"众人一听都大惊失色。

柳寒峰忙问道："张公子，你从何得知此事？请慢慢说来。"

张去病一指旁边秦淮，道："这位秦淮姑娘从一名金兵身上盗得一封公文。岂料那封公文却是金国王爷完颜龙调兵围剿丐帮和少林寺的一道密令。我二人从金国匆匆赶来，就是为了向大伙报信！"

说到此处，他从怀里摸出密令递到步金吾手上。步金吾抽出信笺展开一看双眉紧锁，骂道："完颜龙这金狗可恶！这信上说，他调兵先灭了丐帮和少林寺，再灭中原别派！嘿嘿，这金狗野心不小，他这是要将咱们中原武林一网打尽！"

步金吾将信递给柳寒峰等人传阅，席上之人传看密信都纷纷大骂完颜龙。一人高声道："金兵占我大宋山河，杀我大宋百姓，而今又要剿灭我中原武林，实在欺人太甚！咱们不能坐以待毙，大伙联起手来同金兵拼了！"

另一人喊道："步帮主，在下李山有个主意：金兵来灭咱们，咱们避实就虚，分批潜入金国京城去宰了鞑子皇帝，闹他个天翻地覆，出出胸中这口恶气！"

有人立即高声应和道："李五爷出的主意妙极！这些年大宋百姓受够鞑子的气。咱们一不做，二不休，索性去刺杀光金国朝廷上那帮乌龟王八蛋，叫鞑子群龙无首，我大宋乘机出兵收复失地！"

不少人大为赞成，说道："对对，深入虎穴端完颜龙老巢！咱们将完颜龙那小子一刀杀了，也将他们的皇帝、皇后、嫔妃、王子、大臣，全掳到大宋来为奴，为大宋百姓报仇雪耻！"一时间群雄七嘴八舌献计献策，院子里嚷嚷声一片。

步金吾抬手示意大伙安静，朗声说道："众位英雄稍安毋躁。潜入金国刺杀鞑子皇帝之事，咱们从长计议。眼下之急，是咱们先避开金兵锋芒。步某寻思：金兵要灭我丐帮和少林寺，咱们这就赶去少林寺，同少林众僧拧成一股绳将金兵杀个人

511

仰马翻！"

群雄哄然响应道："好主意！就按步帮主说的，咱们赶到少林寺去同少林僧人联手杀金兵个人仰马翻！"

柳寒峰说道："金兵攻打少林寺，必定会出动上几万人马。咱们这几千多人去同金兵斗，人手似乎少了些，大伙须得赶快联络更多江湖豪杰一同前往少林寺，才有把握歼灭金兵！"众人一听都觉有理，纷纷答应散席后便分头去联络人。

左二先生轻咳一声，说道："此次去营救少林寺，大伙不可走漏半点风声，莫让鞑子兵有了提防。咱们须分散赶去，几日后到嵩山脚下埋伏起来打金兵一个措手不及，叫狗鞑子知道我中原武林的厉害！"

步金吾回头对柳寒峰说道："柳兄，咱们先去助少林派一臂之力杀鞑子兵，然后再去西域魔教去救柳语姑娘，你看可好？"

柳寒峰点头说道："大丈夫行事，当以大义为先，私事放后，该当如此！救小女的事暂且放一放，咱们先去救少林僧人！"

张去病说道："柳掌门放心，了却少林寺之事，我们一同去魔教千方百计将柳语姑娘救出！"

柳寒峰喜道："能得张公子和众位豪杰一同前往救小女，柳某实在感激不尽！"群雄一边喝酒，一边想到过几日去少林寺将有一场恶斗，众人豪气大发，大碗喝酒，大块吃肉，一直喝到二更时分方才尽兴散去。

步金吾送走群豪，挽留张去病和柳寒峰等人在丐帮总舵住下。张去病叫秦淮过来见众人，说是他的结拜义妹。大伙听说秦淮是个孤女心里都很同情。步金吾叫人专门为秦淮安排一个房间，又亲自领张去病等人到下榻的三个房间门口，说道："张公子、赵前辈、龙帮主，你们久别重逢多多聊聊。步某招待不周，请多见谅。"

张去病几人都道："步帮主客气了。"步金吾离去后，张去病、赵无痕、龙飞、穆兴、段阳、秦淮六人走进房里坐下，仆人送来茶水。阔别数年，几人心头都有许多话要说。张去病先开口问道："赵先生，那一年，我们在临安城外离别，请先生去云南保护我娘和外婆她们，这些年来让您老人家辛苦了！眼下，不知我娘和外婆在云南可都安好？"

赵无痕道："小主人尽管放心，岳老夫人和少夫人在云南好得很！现下，那梁王一家人已将岳老夫人奉为上宾，悉心照料，日日嘘寒问暖，早晚皆要探视，不敢有丝毫怠慢，也不敢有丝毫的大意！"

张去病惊奇问道："赵先生，那梁王怎会待我家人这么好？昔日，我外公同老梁王争夺武状元，校场比武将那老梁王枪挑下马背。他儿子小梁王对我家有深仇大恨，他，他怎会将我娘和外婆奉为上宾？"

赵无痕说道:"小主人说得不错。先头,那小梁王对你家人恨得要死,想害死她们!老仆赶去云南时,那梁王已将岳老夫人和两位少夫人关在牢中,要对她们下毒手。老仆探知此情便将那梁王捉住,好好开导了他一番,他才回心转意。现下,他对岳老夫人比对他亲娘还好!"

张去病一听,明白赵无痕在那梁王身上使了手段。只是不知他使了什么古怪手段,能将梁王制服得服服帖帖,笑问道:"赵先生,你老人家竟能叫那梁王化敌为友,不知是如何开导梁王的?"

赵无痕淡淡说道:"老仆也没同那梁王多费口舌。老仆进入梁王府去见那梁王正在独自饮酒,身旁有两名卫士。老仆便将他和两个卫士擒住,取出三粒'炼魂丹',强迫一个卫士吞下。这丹药若是只服一粒,毒性一年才发作。若是一次服下两粒,半年便发毒一次。倘若一次服下三粒,剂量太大,毒性便会当场发作。"

秦淮不知"炼魂丹"的厉害,好奇问道:"赵先生,'炼魂丹'是什么药?你为何要强迫那卫士服下,这有什么作用?"

赵无痕道:"秦姑娘问有什么作用?这叫杀鸡给猴看,吓唬那梁王呀!那卫士服下三粒'炼魂丹',当即怪叫一声两眼发绿,一蹦八尺高,又重重摔下,痛得如猪狗般狂叫乱嚷,一瞬间便神志不清,大发癫狂,扑上前去抱着另一名卫士乱咬。

"那名卫士挣扎不脱,被他几口咬断喉管当场死去。那发狂卫士放开死尸,又扑上前去咬梁王。梁王吓得钻到桌底下躲藏。那卫士低身去抓梁王,被桌子脚挡住,便抱着桌子腿猛咬起来。转眼之间便将桌腿咬断,又是伸手去抓梁王……"

秦淮听到此处,吓得面无血色,惊骇说道:"天啊,这太可怕了!大哥哥,这……这,这太吓人了!"赵无痕说道:"秦姑娘害怕,最好回你屋去睡觉,免得听下去睡觉做恶梦!"秦淮一听站起身来想离去,却又忍不住好奇,犹豫一瞬又重新坐下,说道:"人家还没瞌睡哩,回屋去睡不着的!赵先生,我最喜欢听故事了,你不要讲得那么怕人,好不好?让我也听一听好吗?"

赵无痕微笑道:"故事不可怕,那又有什么听头?秦姑娘若是害怕,用手指头堵住耳朵好啦!"秦淮果然听话,乖乖将手指塞进两耳里堵住,说道:"赵先生,你讲,我不怕了。"众人见了都好笑,心想这丫头想听故事,又将耳朵塞住,这还听什么?

赵无痕笑道:"好,我接着往下讲……"秦淮用手指将耳朵堵得很严,只见赵无痕的嘴皮在动,却听不见他讲些什么,却见张去病、龙飞、穆兴、段阳几人听得目不转睛,脸上神色忽而紧张,忽而惊讶。她按捺不住好奇,将堵住耳朵的指头轻轻松开。

只听赵无痕说道:"那梁王也会一些粗浅武功,他同那卫士斗了一会儿,可那卫士发狂之后力大无穷，奋不顾身，梁王又怎斗得过那发狂的卫士？突然间那卫士飞起一脚，将梁王踢翻在地，扑上去将梁王按住。梁王吓得大喊救命，可是屋外卫士早被老夫点倒，哪里会有人来救他？

"那发狂卫士正要下口咬那梁王，老夫拂开那卫士，将梁王提起跃上房梁。那卫士在底下嘀嘀怪叫，乱蹦乱跳，忽然朝自己的手臂一口咬去，咬得咔咔直响，不大一会儿工夫便将自己手脚咬断。片刻之后，只见他的头发大片大片落下，头顶开始腐烂。一眨眼工夫，便烂剩一个骷髅！梁王看到这情景吓得魂飞魄散，顿时昏了过去。"

秦淮听到此处，惊叫道："我的妈呀，这，这，这……太骇人了！"

赵无痕却不停顿，继续道："老仆将梁王弄醒，他一看老仆手中的'炼魂丹'药丸，吓得磕头如捣蒜，连声求老仆饶他性命。老仆说他谋害岳老夫人罪不能饶。梁王急忙指天发誓，说他一定改过自新，从即日起定将岳老夫人阖家从牢里迎出，好好伺候，保证像伺候他的亲爹亲娘一样，伺候岳老夫人一家！"

龙飞一听，说道："这梁王这番空话，岂能骗得了赵先生？赵先生，您老人家定是让梁王那厮服'炼魂丹'，是吗？"

赵无痕说道："不错，老夫摇摇头对他说，不信他空口白话。他若真回心转意痛改前非，须乖乖服下'炼魂丹'，将他那害人灵魂好好焚炼干净！老夫便强行喂他服下一枚'炼魂丹'，并对他说，如果他信守诺言好好侍奉岳元帅家人，明年今日老仆便来给他解药。如果不守诺言，明年今日他便同这卫士一般下场！"

秦淮听到此处，担心问道："赵先生，万一那梁王不怕死，万一你走后，他将大哥哥一家人全杀了呢，你怎么办？"张去病几人一听，都觉得秦淮这话问得好笑。先前，赵无痕已经对张去病说，岳老夫人一家安然无恙，这小姑娘还如此担心，看来她是听进故事里去了，忘记先前赵无痕说的话。

赵无痕笑道："啊呀，幸亏秦姑娘提醒！所以当时，老夫还对那梁王说，倘若他对岳老夫人一家有丝毫照顾不周，或是老仆听到岳老夫人有一丁点儿不悦，老仆便将他老娘、老婆、儿女通通抓来服下'炼魂丹'，叫他一家人都死得苦不堪言，叫他梁王府从此断子绝孙，无人承袭爵位，老仆说罢扬长而去。"

秦淮没听出赵无痕话中的打趣，忙问道："后来呢？赵先生，那梁王照你的话做了吗？"赵无痕点头道："那梁王的记性不坏，他乖乖按照老夫的话做了！"张去病几人一听，都会心地笑了起来。

赵无痕又说道："老夫走后，又潜入王府看那梁王如何行事。瞧见那梁王命人将岳老夫人、两位少夫人、小公子、老仆、丫鬟等人从牢里接出，安置住在府旁一座大宅里，还派人送上各色绫罗绸缎衣衫、首饰、点心。又派了十几名仆人丫鬟团团伺候岳老夫人等，老仆才放心离去。"

秦淮听罢仍不放心，又追问道："赵先生，后来呢？那梁王没再起心害大哥哥的家人吗？"

赵无痕道："没有。此后隔三岔五，老仆便去暗中探望岳老夫人。半年下来，老仆瞧见那梁王确是对岳老夫人尽心尽力伺候，不敢有一丝一毫怠慢，老仆才完全放下心来。此后每年，老仆按时给那梁王一次解药。那梁王便一直乖乖替老仆照顾小主人家人。小主人尽管放心，你家人住在梁王府日子过得很安稳！"

张去病一听，这几年一直悬着的心才落下，忙起身下拜谢道："赵先生，我一家人能安然无恙，全仗您老人家费心操劳，请受去病一拜！"

赵无痕连忙把张去病扶起，说道："小主人行此大礼，可折煞老仆了！"张去病重新坐下，赵无痕问道："小主人，几年前你同龙飞、穆兴三人在湘西一家黑店失散，老仆等人找遍江湖都寻不着你。这几年你到何处去了？"

龙飞也好奇问道："主人，当时你是如何从黑店脱险的？我同穆兴兄弟，还有那几个江湖豪客都被迷昏过去，醒来后却找不着你，我们还以为你被人掳去了。"

张去病说道："那日在黑店里，我只顾看那八人打斗，没顾得吃饭菜，所以没吃下迷药。我忽然看见那八人都被迷倒，回头又看见你和穆大哥也昏迷不醒，我吓了一大跳，才知道危险。我假装晕倒，骗过那店主和小二，等到他们去搜那八人身上物件时，我悄悄爬出店，跑到店后的山上去藏身。我想寻机回店去救你们，不料那店主倪东追来杀我灭口，我只得拼命往山里跑……"

张去病将自己逃进深山，如何怪病忽发，如何被"毒魔姥姥"救助；此后在落霞坪里住了几年，得到吴艳娇精心医治保住性命；离开落霞坪后，在去回春谷途中如何同柳语相遇，在神女顶上又如何见到柳寒峰、步金吾、左丘、童三界四人争斗，后来又如何遇见天竺毒佛迦南陀；去到回春谷，遇见药王斗毒佛，药王如何为他治病。离开回春谷后，如何被秦员骗入秦桧府险遭不测；之后金如尘如何大闹少林寺，以及去金国盗信，逃进绝命峡等惊险遭遇，慢慢讲来，一直讲到他从骷髅堡赶到开封府来报信。

第十五章　驰援

众人听得惊心动魄。赵无痕叹道："小主人几经险境，九死一生，受尽历练，咱们要感激岳元帅和老主人在天之灵保佑！小主人屡逢大难不死，必有后福！"

张去病说道："赵先生说得对。去病能大难不死，必是我外公和师父的英灵庇护我。"又问道："龙大哥、穆大哥，那年你们在黑店里被迷药迷倒，后来是如何脱险的？"

龙飞和穆兴脸上一红，两人一齐从凳子上站起身来倒身下拜。龙飞说道："主人，属下该死！我们二人无能，在黑店里被人用药迷倒，害得你这几年流落江湖历尽艰险差点丧命。我二人辜负了赵先生托付，请主人和赵先生重重责罚属下！"

张去病见二人一脸惶恐，忙将二人扶起。说道："两位大哥快请坐下。去病问起此事决无半分责怪之意。我流落江湖遇到一些危险，但也经受磨炼，长了本事。我现下不是好好的吗？我怎会责罚两位大哥呢？你们快坐下吧。"

龙飞和穆兴仍是站着，不肯坐下。龙飞又说道："主人不责怪属下，那是主人宅心仁厚。主人这几年在江湖上吃尽苦头，都怪属下办事不力，粗心大意所致。幸好老天保佑你安然无恙，倘若你有个三长两短，属下万死难赎其罪。你不责罚我们，属下心中实在不安！"

张去病瞧见赵无痕一直板着面孔不说话，一下恍然，龙飞和穆兴是怕赵无痕责罚才不敢坐下。他忙说道："这件事情，说来也怪不得你们，若是要怪，只怪那'百毒门'的'黑白二枭'下毒手段太高明！我听赵先生说过，'百毒门'的人下毒神出鬼没，叫人防不胜防。这两人是'百毒门'使毒高手，咱们碰上他俩毫不知情，怎么防得了他俩下毒？赵先生知晓'百毒门'之人狡猾无比，他老人家也不会责怪你们。你们放心好了。赵先生，你说是不是？"

几年前，张去病请赵无痕去云南保护岳老夫人，临行时赵无痕将张去病托付给龙飞、穆兴、段阳，命三人护送张去病去回春谷治病。他叮咛三人不可让张去病有半点闪失。岂料分手不久，龙飞就派人送急报说张去病在半路上失散了。

赵无痕闻讯大急，赶去青龙帮找到龙飞、穆兴、段阳询问张去病失踪缘由。听罢三人叙说张去病失散的经过，赵无痕命龙飞派出全帮人马寻找张去病。他却独自奔走天南海北寻找张去病的下落。眼下一听提起当年之事，赵无痕心下仍对龙飞三人气恼，铁青着脸一言不发。听了张去病这一番话语，赵无痕明白张去病为龙飞三人说情。心下寻思：几年不见小主人长大了，说话不显山不露水劝慰老夫，真是聪慧之人！

当下回道："小主人说得是。'百毒门'的人诡计多端，你二人栽在他们手下，老夫不责怪你们。但以后为小主人办事，不可粗心大意！坐下罢。"龙飞和穆兴躬身道："谢小主人，谢赵先生。"才转身回到座位上。

张去病又问道："龙大哥，当年你们二人被迷倒，后来是什么情形？"

龙飞答道："回主人的话，属下和穆兄弟苏醒过来时，看见那八人仍在昏迷之中，'天眼三精'却不在店内，店主和那小二也不见了踪影。我和穆兄看小主人不见了，心头大急四处找你，找了几个时辰不见你的一点踪迹。我和穆兄弟寻思：主人要么被店主和小二掳去，要么是被'天眼三精'兄弟掳去，要么是主人机灵逃脱。到底是哪一种情形，我二人不敢断定，只得急报赵先生，请他老人家拿主意寻找你。"

穆兴接着说道："赵先生闻讯后，命我们三人火速去回春谷找主人。赵先生说你若没去回春谷，八成是被人掳去了。我和龙帮主、段阳兄弟奉赵先生之命去回春谷，却怎么也找不到进谷的秘道。每次去只看见为药王料理药圃的邵家四兄弟，见不着药王。那邵家兄弟一口咬定，说小主人从未去过回春谷。"

张去病说道："是啊，药王住处十分隐秘，难找得紧。我从回春谷出来遇上柳语姑娘，她对我说，你们三人去回春谷找过我几次。我心中好遗憾，可惜你们找不到进回春谷的秘道，不然我们早就见面了！"

龙飞说道："我们去回春谷找不到主人，便向赵先生如实禀告。赵先生令属下在江湖上遍设眼线探听主人的踪迹。他老人家却远走黔中苗疆去找那'天眼三精'问寻你的下落，后来又北上骷髅堡到'百毒门'去找你……"

张去病心下感动，忙说道："赵先生，您老人家辛苦了！"

赵无痕说道："小主人不必客气，老仆不怕辛苦。只是寻不着你，却叫老仆日日担心。老仆听龙飞说，他们醒来时店里有六个人不见了。一个是小主人，另外五个是'天眼三精'兄弟和那'黑白二枭'。老仆料想这五人中，'天眼三精'兄弟功力较深，兴许没有被迷倒。难道是他们贪图达摩石，打跑'黑白二枭'，将小主人劫持到苗疆去了？"

张去病说道："赵先生所料不错，那三兄弟是没被迷倒。不过他们当时晕头晕脑，担心被'黑白二枭'袭击，仓皇逃出店去了。赵先生，那'天眼三精'装束古里古怪，他们是什么人？"

赵无痕说道："他们是三个孪生兄弟，复姓乌麻，老大叫乌麻山精，老二叫乌麻树精，老三叫乌麻河精。三人是苗人的大巫师，武功可不低。他们住在黔中天眼山上，江湖上称他们'天眼三精'。那时老仆怀疑你被他们掳去，便赶往'天眼山'去找三兄弟要人。不料老夫去到天眼山却见到一场有趣打斗！"

秦淮最是好奇，忙问道："赵先生，你见到什么有趣打斗？请说给我们听听！"

赵无痕说道："秦姑娘想听吗？好，我便说给大伙听听。老仆赶了半个月的路，从湘西赶到黔中天眼山下。那山高耸云端，终年雾霭缭绕。据说晴朗之日，天上云雾会乍开一线，投下耀眼光芒，犹似一只天眼张开，当地苗人便叫它'天眼山'。

"老仆攀上山顶时，忽听有人大声嚷道：'老三，你要赖！适才咱们比赛没开始，我和老二还没起步，你便先迈出右腿，你当大哥没瞧见吗？你偷奸耍滑跑到前面，这次你先摸到铜鼓不算数！'

"我又听一人说道：'对对，老大说得对！老三你耍滑头，这一次你赢了不算数，铜鼓不能归你保管！咱们再公平合理比一次，谁也不许耍花招。你若是凭真本事赢了，我和老大才让你保管铜鼓！'

"却听另一人急道：'喂喂，大哥、二哥，你们也不怕羞，比赛不赢便要赖吗？我几时先迈出右腿了？咱们兄弟武功相若，比赛全看谁发挥得好。这一次，我将功力提到极致，比你们发挥得好，才先跑到石柱下。你们却不认账，哪像当哥哥的？'

"老夫听见这番争辩心中诧异，潜到近处荆棘后看去，只见山顶平地上站着三个矮人。三人生得小头小脸，唇上都留有两撇鼠须，长相一样，装束一样。在不远处立着一根粗大石柱，高约十丈，柱身光溜溜，石柱顶上放着一个黄光闪耀的铜鼓。

"老夫料想这三人便是'天眼三精'。我暂不露面，看他们争辩是否同小主人有关。那先头说话之人，是老大乌麻山精，第二个说话者，是老二乌麻树精。第三个说话之人，则是老三乌麻河精。不知那面铜鼓是什么稀奇物件，三兄弟争着要保管它。

"却听那老三乌麻河精又道：'大哥、二哥，是我先摸到铜鼓，这两年半就该由我来保管铜鼓，参详铜鼓上的武功！'老夫一听，才知道那铜鼓上刻有武功秘籍。怪不得他们要争这面铜鼓。我寻思：我若夺了铜鼓，不怕他们不吐露有关小主人的实情。我正欲纵上石柱去取铜鼓，却见一个乌衣人从西北角跃出，几个纵跃蹿上石柱顶端将铜鼓抓到手里。

"老夫吃了一惊。三兄弟更是大惊失色，齐声惊呼道：'紫斑蛊王，你这恶贼！干什么抢我们的铜鼓？快放下蚩尤神鼓！不然老子们揍扁你！'

"那紫斑蛊王却不说话，只是坐在石柱上将那蚩尤神鼓倒来倒去翻看上面的铭文，连连点头，道：'妙，妙，妙！'老夫一看那人，见他长发披肩，豹头环眼，额头上长着一大块紫斑，嘴上留着乱草般胡子，身穿一袭紫衫。听见三人叫他'紫斑蛊王'，我恍然想起江湖上传说黔地有个下蛊高手，人称'紫斑蛊王'，莫非便是此人？

"那紫斑蛊王看了一会儿神鼓，哈哈笑道：'三个矮子胡说八道！蚩尤神鼓乃是天下苗人共有神器，你三人却将它据为己有，太胆大妄为！哈哈，老子今日要替天下苗人收回蚩尤神鼓！'

"老大乌麻山精急道：'这蚩尤神鼓，乃是蚩尤大帝命我们乌麻家世代保管的祭器，你凭什么收回铜鼓？你分明是想偷窥铜鼓上的武功！'

"老夫一听此言，想起早年读《史记》，太史公司马迁在《史记》里说上古之时，黄帝率部落同蚩尤在涿鹿大战。蚩尤一族溃败，远徙西南遂成为今日苗人。我推想那铜鼓必定是蚩尤遗下的神器，苗人才会将它保存至今。蚩尤被后代帝王奉为兵圣，想必铜鼓上的武功非同小可！"

张去病听见赵无痕漫不经意道出苗人、蚩尤、铜鼓的来龙去脉，不禁赞道："赵先生好学问！"

赵无痕说道："小主人过奖。老仆又想，'天眼三精'兄弟是苗人主持祭祀的大巫师，方才能世代掌管这面蚩尤神鼓。紫斑蛊王去抢夺这面铜鼓，恐怕不只想要窃取神鼓上的武功秘籍，而是要取代'天眼三精'兄弟的大巫师之位。"

秦淮不解问道："赵先生，大巫师是干什么的？那紫斑蛊王抢夺巫师之位有何用？"

赵无痕说道："秦姑娘，大巫师是主持祭祀大典之人。在苗人当中威望仅次于苗王。那紫斑蛊王找借口抢夺铜鼓，是想将'天眼三精'兄弟巫师之位抢到手……老夫一看眼前情景，情知有一番恶斗。

"却听那紫斑蛊王说道：'眼下，神鼓在老子手里，它便是老子的！三个矮精想打架，就上前来打，我紫斑蛊王难道怕你们不成？'

"老二乌麻树精说道：'大哥，别同这憨包啰唆，咱们兄弟上去狠狠揍他一顿，把蚩尤铜鼓抢回来！'

"老三乌麻河精却连连摇头说道：'不成，不成！万一打斗起来损坏蚩尤神鼓，

毁了上面文字或图像可就糟了！'

"老大乌麻山精说道：'老三说得对，咱们不能上石柱去同他动手。咱们围在石柱下面等他下来。紫斑蛊王总得要吃饭、要撒尿、要拉屎，不怕他不下柱来。等他一下来咱们便夺回神鼓！'

"老三乌麻河精又说道：'大哥，恐怕这法子也不成。'

"老二乌麻树精在旁问道：'怎么不成？'

"老三乌麻河精说道：'万一他下柱来用铜鼓做兵器，同咱们动手，那也会损坏蚩尤神鼓！使不得，使不得！'

"老大乌麻山精说道：'这也使不得，那也使不得，老三，你说该咋办？'

"老三乌麻河精抓抓头，说道：'我也不晓得该咋办。要不，咱们三兄弟请他下来喝烧酒，吃老腊肉，送他金银，请他将神鼓归还咱们？'

"老二乌麻树精点头说道：'对，咱再给他找个美貌媳妇，说不定他一高兴归便还我们的蚩尤神鼓！'

"老夫听得心中诧异：这三兄弟武功了得，怎的说话如此天真？他们请那紫斑蛊王喝酒，给他金银、美女，又怎能让他还回铜鼓？他们将自己心中忌惮之事说出来，岂不是让紫斑蛊王捉到他们短处，用来对付他们？

"老夫正思量，却听那紫斑蛊王在石柱上哈哈笑道：'你们要请老子喝烧酒，吃腊肉，娶媳妇吗？下回，下回。老子今日要拿铜鼓回雷公山去，好生瞧瞧上面的武功。改日再同你们喝酒！'说时，他飞身纵下石柱。

"三兄弟疾冲上前去将紫斑蛊王围住，齐声喝道：'紫斑蛊王站住！快放下蚩尤神鼓！'

"紫斑蛊王道：'老子想走就走，看你们三个矮精能把老子怎么的？你们要动手，老子便毁了这破铜鼓！'

"岂料他话未说完，三兄弟从三个方向扑上去挥掌拍出，六只手掌分别从上中下方位，将紫斑蛊王团团罩在掌风之下。紫斑蛊王一惊，疾舞动蚩尤铜鼓四面遮挡，只听砰砰砰三声鼓响声震群山。三兄弟掌力尽打在蚩尤铜鼓上，那鼓却不损分毫。紫斑蛊王却被三股掌力震得双臂麻木，'当'的一声蚩尤铜鼓坠落地上。三兄弟又同时猛拍一掌，紫斑蛊王双臂麻木不敢接招，急忙纵跳到石柱一侧。三人上前护住蚩尤铜鼓，哈哈放声大笑。

"老夫这才恍然，三人说什么怕铜鼓被毁，什么请紫斑蛊王喝酒，给他金银、美女，却是诱惑紫斑蛊王上当之语。我心中却又诧异：三人击在蚩尤铜鼓上这一掌，少说也有千斤力道，铜鼓居然不毁。这鼓是用什么铜铸的，为何经受得住三人沉雄的掌力？

"紫斑蛊王也惊疑道：'咦，你们……不怕毁损蚩尤神鼓？'老三乌麻河精笑吟吟说道：'适才还怕。现下不怕了。'紫斑蛊王问道：'为何此刻不怕了？乌麻河精笑道：'适才我忘了，这铜鼓乃是用稀世精铜和玄铁铸成，连大铁锤重击都不怕，肉掌又怎能毁损它？哈哈，这一节我忘记告诉你了！'

"紫斑蛊王一听方知受骗，怒吼道：'乌麻老三，你狗日的敢哄老子上当，老子宰了你这三个矮精！'此时他调匀气血，手臂麻木已消，双手往腰间一探抽出两样东西来，却是一对精钢打造的水牛角。那对牛角乌黑发亮，长约四尺，形似弯刀，边缘异常锋利闪耀青光。牛角一端上有把手，上面有根细链挂在手腕上。他右手抡起牛角扫向老大、老二的前胸，左手牛角直劈向老三的小腹。

"只听当当当三响，三兄弟手中各拿着一件乌黑发亮的东西挡开牛角。老夫一看，见三人手里都拿着一个精钢打制的小芦笙。那芦笙三尺长，乌黑发亮，同紫斑蛊王牛角一撞击，发出的响声甚是怪异。"

秦淮从来没见过芦笙，不知是何物，忙问道："赵先生，芦笙是什么东西？"赵无痕道："芦笙是苗人吹奏的乐器，通常用竹子做成。逢年过节时，苗人男子吹奏芦笙，女子欢乐起舞，男子围着女子边吹边跳十分热闹。老夫没想到三兄弟的兵刃竟会是芦笙形状，也觉稀奇。

"三兄弟围着紫斑蛊王斗了十几招，却听老大乌麻山精说道：'老二、老三，你们退下去，让大哥一人斗紫斑蛊王！'老二和老三一听便退到一旁掠阵。老大欺身上前舞动芦笙戳向紫斑蛊王面门。紫斑蛊王右手牛角一挥荡开芦笙。左手牛角斜划老大乌麻山精的脖子，乌麻山精一矮身，手中芦笙戳到紫斑蛊王胯下。紫斑蛊王冷笑跃起，一对牛角朝老大头上砸落。一时间二人在石柱下激斗起来。

"老夫仔细看二人武功，乌麻山精手上芦笙犹似判官笔，芦笙上几根铁管宛如判官笔笔尖，招招尽打紫斑蛊王身上要穴。紫斑蛊王一对牛角却似两把弯刀，出招或劈，或砍，或勾，或划，或刺，变幻灵动。二人招式都十分诡异，动作似各种鸟兽状，看去乱七八糟却暗藏厉害套路，不输于中原一流高手。

"二人斗了片刻，只听紫斑蛊王挥舞牛角一声怪叫，牛角在乌麻山精右臂上拉了道口子，鲜血顿时将衣袖染红一片。老二乌麻树精怒骂道：'狗日的紫斑蛊王，你敢伤我大哥！老三上！'二人呼地纵身加入战团。老三乌麻河精道：'大哥先下去包扎伤口，待我和二哥为你报仇！'

"乌麻山精退到一旁，撕下半幅衣袖将伤口扎上。抬头一看，老二和老三同紫斑蛊王打斗仍未占上风，只见他左手捏个奇怪姿式，嘴里大声用苗语念道：'天咕噜，地咕嘟，日咕咚，月咕隆，啊啊呀呀，乌咕噜！'

"老二乌麻树精和老三乌麻河精一听，也跟着老大高声念道：'天咕噜，地咕嘟，日咕咚，月咕隆，啊啊呀呀，乌咕噜！'说也奇怪，不知三兄弟念的什么咒语，只见老二和老三面色变得灰绿，眼睛变得血红，唇上两撇胡子高高翘起像张开的剪刀。更奇怪的是二人顿时武功大长，手中芦笙舞得如乱光疾闪。紫斑蛊王招架不住，一连后退七八步。"

龙飞忙问道："赵先生，'天眼三精'兄弟一念咒语便武功大长，这是什么功夫？"

赵无痕道："老夫也不知那是甚功夫。我姑妄推测，那咒语兴许是蚩尤铜鼓上的武功秘语，大声念它便能令他们无比亢奋，功力大增罢。"听到这里，秦淮有些喜欢上活泼率性，又有几分狡黠的'天眼三精'兄弟，忙关心问道："赵先生，后来呢？他们三人打败紫斑蛊王没有？"

赵无痕说道："后来，那紫斑蛊王退到一块岩石旁怪哼一声，忽然拿起左手牛角一吹，只听呜嗡呜嗡声响顿时将'天眼三精'兄弟咒语打乱。老二和老三武功立即减弱。紫斑蛊王一面不停吹左手上的牛角，一面舞动右手牛角扑上去，霎时间变得勇猛无比。老二和老三抵挡不住，也一连往后退了五六步。"

穆兴叹道："苗人武功古怪，日后遇见他们，咱们可得小心！"赵无痕说道："这还不算古怪，怪的还在后头哩！"张去病等人一听好奇心更盛，忙齐声问道："后头还有什么怪异武功吗？赵先生，快说来听听！"

赵无痕说道："便在老二、老三不敌之时，忽然间听一阵'呜里啦，呜里啦'的声音响起。老仆侧目一看，却是老大在一旁吹奏手中芦笙跳起舞来。老二和老三一听芦笙奏响，也跟着跳起一种令人眼花缭乱的舞蹈。三个人围着紫斑蛊巫一边跳舞，一边出招，走马灯似的让人目眩。紫斑蛊王被弄得心神大乱，出招功力顿时大减，招架不住节节败退。"

张去病忙问道："赵先生，他三人吹芦笙跳舞便反败为胜，是不是这舞蹈暗藏什么厉害武功？"

赵无痕道："当时老仆也心下诧异，忙凝目看去，只见三人脚下随着芦笙吹奏迈动，踏着一种奇妙步子，踢脚、摆笙、出招，都踏在天、地、人三才方位上，而舞蹈动作却是一招招厉害杀招，三人又配合得天衣无缝，难怪令紫斑蛊王手忙脚乱！"

龙飞、穆兴、段阳三人闯荡江湖多年，这般奇特打斗还是头一回听到。龙飞惊悚道："若不是听赵先生说世上有这等古怪武功，咱们一无所知，遇上这三兄弟非败在他们手下不可！"

赵无痕续道："老夫见那紫斑蛊王只有招架之功，毫无还手之力，料定他十招之内必败无疑。便从怀里掏出小酒壶喝一口酒。便在此时，忽听芦笙吹奏声骤然停住。老仆一看不由一怔。只见紫斑蛊王右手仍拿着牛角在吹，可那牛角却一声不响。却见'天眼三精'兄弟神色紧张如临大敌。

"老夫正诧异，忽听呜的一声怪响，只见从那牛角洞里飞出一只拳头般大的蛾子。那蛾子身上长满五色花斑，双翅黑亮，飞起来发出呜呜呜怪声，如同婴儿哭啼一般极是怪异。'天眼三精'兄弟见那巨蛾如一阵风扑来。猛听老大乌麻山精喝道：'老二、老三快放神农驱蛊烟，灭他放的蛊！'"

秦淮从来没听说过蛊，莫名其妙，连忙问道："赵先生，蛊是什么东西？什么叫放蛊？放蛊怎么如此可怕？"

赵无痕说道："老仆听说，蛊是苗人养的一种剧毒之虫。养蛊之人经常将各种毒虫放在一个罐子里，任其自相咬食。经年打开罐子，罐内便只剩一只毒虫，这只毒虫便叫蛊。你想，这蛊能在几百几千条毒虫中取胜，足见其毒性之强堪称无敌。那养蛊之人便将这蛊长养起来，如遇仇敌将蛊虫放出伤人，或者将蛊虫制成毒粉毒水下在对头身上，那人便会死得凄惨无比！"众人听得毛骨悚然，又都觉得匪夷所思。

赵无痕续道："紫斑蛊王是放蛊高手。武功斗不过三兄弟便使出放蛊看家本领来！只见三兄弟齐将芦笙对着那硕大毒蛾，音管口喷出一团团白烟将那毒蛾挡住。那毒蛾似乎忌惮白烟，呜呜在三兄弟头上转几圈，便掉头钻进紫斑蛊王的牛角里。

"老三乌麻河精哈哈笑道：'紫斑蛊王，你放的蛊碰上我们神农驱蛊烟，哈哈，不好使！'

"紫斑蛊王冷笑一声，道：'是吗，我放的蛊不好使？乌麻老三，你好生瞧瞧你们三兄弟耳朵上有啥东西？'

"三人互相看去，只见他们一只耳朵上都爬着一条肥胖小虫。那虫通体绿莹莹，身子透明，肚内肠子看得清清楚楚。奇怪的是它肠道内竟然还有一条怪虫在蠕动！'天眼三精'兄弟一见那怪虫，神色大变。老大乌麻山精颤声道：'毒敌蛊！紫斑蛊王，你……你养出了毒敌蛊？'

"紫斑蛊王扬扬得意道：'不错，老子为了夺得蚩尤神鼓，耗去六年心血终于养出了天下最厉害的毒敌蛊！哈哈，神农驱蛊烟对它有屁用！'

"三兄弟一听面如死灰。紫斑蛊王又道：'乌麻老二，你转动眼珠子，想暗运内劲将耳朵上毒敌蛊震落是不是？老子劝你不要发憨！你又不是不晓得毒敌蛊一沾身，人身上神经便麻木使不出一点劲来，不信你试试！'

"'天眼三精'兄弟早就听族人说，只要毒敌蛊一沾身人便浑身没了劲。倘若被它咬破皮，便会惨痛七天七夜化为一摊脓血。此种惨状他三人没亲眼见过，此时半信半疑都暗自运功。可是半个身子毫无知觉，哪里还提得起一丝力气？三兄弟心下绝望，情知必死无疑。

　　"老大乌麻山精却昂然道：'紫斑蛊王，这几十年你绞尽脑汁想抢夺蚩尤神鼓篡夺大巫师之位。咱们斗了几回，你次次吃败仗。今日你诡计得逞，好，我们兄弟认栽！你让我们到一个隐密之处自行了断，可成？'

　　"紫斑蛊王怪笑一声，说道：'乌麻老大，你也忒小看老子啦！大巫师之位老子不稀罕！老子要夺的是苗王大位。你们想悄悄了断？那可不成！老子要当着全族苗人让你们死得惨不忍睹！叫天下苗人都害怕老子，乖乖顺从我，不敢反抗老子做苗王！'

　　"老三乌麻河精气得破口大骂道：'紫斑蛊王，你狗日的，老子咒你天打五雷轰！死后鬼魂下十八层地狱变瘟猪，变死狗，变屎壳郎！不，不，老子咒你变蛔虫、变蛆蛹，永远在臭茅坑里打滚，吃人屎、狗屎、猪屎、牛屎、马屎、鸡屎，一万年都爬不出茅坑！'

　　"紫斑蛊王勃然大怒喝道：'乌麻老三，妈的，你们三兄弟都落在老子手里了，你还敢恶毒诅咒老子！老子马上割下你三人舌头，挖出你三人心肝拿来当下酒菜！'紫斑蛊王说罢，气汹汹朝乌麻河精走去。

　　"老夫一看紫斑蛊王要对三兄弟下毒手，他若将三人整死，我如何查问小主人的下落？老夫从荆棘后走出喝道：'紫斑蛊王，快给老夫住手！'

　　"紫斑蛊王没想到荆棘后面藏有人，猛然一惊道：'你是……何人……咦？你怎敢叫老子住手？老子是人人惧怕的紫斑蛊王，你个老东西居然敢叫老子住手，真他妈的胆子太大！你想找死吗？'

　　"老夫冷笑一声，不理会他，手臂一抖，"黄泉剑"如惊鸿划去将'天眼三精'兄弟耳朵上三条蛊虫斩落地上。那紫斑蛊王没看清老夫出手，忽然瞧见三条毒敌蛊虫被斩落，惊骇得'啊呀'一声。

　　"他心痛万状骂道：'你，你，你狗日的，怎么将老子的宝贝斩了？老子用六年工夫才养出的蛊王，你竟将它杀了！你这个老浑蛋，老私儿，老杂毛，你毁了老子的心肝宝贝，老子同你拼命！'说时拿起牛角要吹。

　　"'天眼三精'兄弟急齐声喝道：'老公公，你快躲开，赶快躲开！这恶贼要放蛊整你，他的蛊厉害得很！'

　　"老夫第二剑出手，只听得啪啪几响，紫斑蛊王手上一对铁牛角被斩成几截坠落地上。紫斑蛊王和三兄弟看得傻了眼，半晌说不出话来。四人都看出老夫若要取紫斑蛊王性命，他早已身首异处。四人呆了一会儿，紫斑蛊王惊呼一声，道：'我的妈啊，他不是人，他是鬼！啊呀不好，这山上有鬼！鬼来了，鬼来了！'

　　"老夫道：'不错，老夫是鬼。不过老夫是杀鬼的鬼！'老三乌麻河精叫道：'老

大、老二，你们看他手中的剑软软薄薄如一张草纸……古怪得紧！'

"老二乌麻树精惊疑道：'啊哟，这么薄，这么软的剑，我还是头一次见到！莫非……它便是江湖上传说的那把奇软无比，又锋利无比的"黄泉剑"？'

"老大乌麻山精抢道：'老二，你说这老伯伯拿的是"黄泉剑"？啊啊！听你们这样说，他，他……岂不是江湖上传闻的"大无常"吗？'老夫说道：'没想到，在这蛮荒之地还有人知晓老夫的名头，你们兄弟倒也不孤陋寡闻。'

"紫斑蛊王一听我自承'大无常'名头，又瞧见了老夫功夫，吓得'啊呀呀'尖叫一声，转身飞快逃下山去。老夫急于查问小主人下落，也不追杀那紫斑蛊王。我走到三兄弟面前，问道：'你们中了紫斑蛊王的蛊，可有法子解救？'

"老大乌麻山精忙道：'有，有，小人衣袋里有个竹筒，解药便装在竹筒内，请您老人家取出解药喂我们一粒。'

"老夫从他衣袋里取出竹筒，拔去筒塞往掌心一倒，不由一怔。只见从竹筒里掉出的不是药丸，却是几条手指般大的黑花毛毛虫。那虫已僵死，在我的手掌心上一动不动。我惊诧问道：'这便是解药吗？'

"乌麻树精忙点头道：'是，是，那便是解蛊灵药！请您老人家将药放进我们嘴里。'兄弟三人连忙都大张开嘴。老夫忽然感到手掌上的毛毛虫蠕动起来，注目一看它已经苏醒过来，正拱起肥胖的背在我手掌上缓缓爬行。我一阵恶心，忙问道：'这毛毛虫活了，你们还要吃吗？'

"老三乌麻河精急道：'要吃，要吃，这毛毛虫就是要吃活的，药效才好，解毒才快，您老人家快将毛毛虫喂进我们嘴里！'老夫将毛毛虫喂进他们嘴里。三人立即动嘴咀嚼几下，一股黑色液水从三人的嘴角流出。他们将毛毛虫慢慢嚼烂缓缓咽下肚去，随后都闭上眼睛，入定般呆立不动。"

秦淮听到三人活吃毛毛虫，猛然一阵恶心，哇地呕了一声。张去病、龙飞、穆兴、段阳四人也都听得头皮发麻。

赵无痕又道："老夫寻思三兄弟在等解药生效，便走到一旁拿起地上的蚩尤神鼓来看。只见铜鼓面上铸有一些古怪文字，却一个也认不得。鼓身四周铸有几十个裸体人，身上都刻有练功穴位和线条。我再翻过鼓身来看，瞧见铜鼓下面铸有四个大字，却不认得。老夫寻思：或许便是'蚩尤神鼓'四字。想那黄帝和蚩尤时乃是文字草创期，鼓上刻的许是上古文字，是以今人认不得。"

秦淮道："赵先生，今人不识那鼓上文字，'天眼三精'兄弟又如何参悟铜鼓上的武功秘籍呢？"

赵无痕道："老夫想来，当年铸造这面铜鼓的苗人大巫师，定然识得铜鼓上的字。他或是将认这字本事秘传给他的子女代代相传，是以'天眼三精'兄弟认得鼓上的文字，能练上面的武功。"秦淮又道："赵先生，后来呢，三人的蛊毒都解了吗？"

赵无痕道："大约过了半个时辰，老夫瞧见三兄弟的脸由灰绿变得白，再变红。他们睁开眼来，眼睛也不再血红。三兄弟互望一眼，一起走到老夫面前跪下，咚咚咚磕了十几个头，齐声道：'拜谢'大无常'救命大恩！'

"老夫将他们扶起来，道：'芝麻小事一桩，尔等不必言谢。老夫到天眼山来有一事要问你们兄弟，不知你们肯不肯实言相告？'

"老大乌麻山精忙道：'大恩人，您老人家救了我们兄弟性命，帮我们保住了蚩尤神鼓和大巫师之位，不要说问事情，就是叫我们赴汤蹈火，我们三兄弟也不会皱一皱眉头！您老人家要问什么事情？请说。'

"老夫素闻苗人直爽痛快，一诺千金。当下直言问道：'两年前，你们三兄弟可曾在湘西一家黑店里被人下药迷倒？'乌麻山精道：'是啊，是有这么回事！只不过当时，我们没被迷晕，只觉得脑壳昏昏沉沉，我们便逃出黑店。'

"老夫又问道：'你们逃离黑店时，可曾看见店里有个小姑娘？'

"乌麻山精仰起头回想一会儿，道：'店里有个小姑娘？我有些记不起来了。老二、老三，你们记得不？'老二乌麻树精插嘴道：'大哥，你怎记不得了？店里确有一个小姑娘。不过我们走时头晕眼花，不知那小姑娘还在不在店里。'

"老三乌麻河精道：'啊，我记起来了！我昏头昏脑走在你们身后，脚下被绊了一下险些摔倒。我低头一看有个小姑娘晕倒地上。我从她身上跨过跌跌撞撞走出店门。'

"老夫忙追问道：'乌麻河精，你记得清楚出门时，小姑娘仍在店里吗？'老三乌麻河精点头道：'是啊！我记得清楚！'

"老夫心想：既然'天眼三精'没有掳走小主人，小主人一定是被'黑白二枭'劫走了。老夫正寻思，却听老大乌麻山精问道：'大恩人，那小姑娘是您老人家的孙女吗？'

"老夫道：'不是。他是老夫的小主人，名叫张去病。老夫拜托你们一件事：日后你们若是见着我那小主人，请替我好好保护他，火速给老夫送信，老夫不胜感激！'

"三兄弟齐声应道：'大恩人，您老人家放心。过两日我们兄弟便去找小主人。找到他，便给您老人家报信！'说到此，那老大乌麻山精道：'老三，你快去拿出最好的老腊肉煮起，端出最香醇的糯米酒，摆上最好的小米酢肉，再抓一盘酸曲鳝，蒸一大碗坛坛鱼，炸一碟面辣椒，蒸一甄乌米饭，请大恩人吃一顿咱们苗家饭！'"

老大乌麻山精说的这些食物，都是苗家美食，秦淮不仅没吃过，连听都没听过。一听馋涎大动，忙问道："赵先生，酸曲鳝是什么？好吃得很吗？"赵无痕笑道："那酸曲鳝，好吃是好吃，只怕秦姑娘不敢吃哩！"

秦淮奇怪道："既然是好吃的菜，我为什么不敢吃呢？这可怪了！"赵无痕说道："据说那酸曲鳝便是蚯蚓。苗人把肥壮蚯蚓捉来用淘米水腌制，装进坛子里发酵变酸，要吃时取出来做成菜肴，闻着很难闻，但吃起来却香！"

秦淮一听呸呸呸直吐唾沫，连声说道："赵先生，快别说了，恶心死了！你……吃了他们的饭吗？"赵无痕摇头道："我哪有工夫吃他们的酒饭？老夫一听忙辞谢道：'三位盛情，老夫心领了。一日找不到我小主人，老夫食不知味。将来如有闲暇，老夫一定再来天眼山，好好品尝你们苗家美味！'我说罢向三兄弟告辞。三兄弟再三挽留，见我急着要下山去找小主人，便恋恋不舍地将我送到山脚下才同我挥手告别。"

秦淮又问道："离开了天眼山，赵先生，你又去了哪里？"

赵无痕说道："离开天眼山，我急匆匆去找开黑店的店主和小二。一路上我捉来江湖中人拷问，查出开黑店的主仆二人乃是'百毒门'的'黑白二枭'。老夫料想：一定是'百毒门'为夺达摩石将小主人掳去了。我心中大怒，决意去燕山灭了'百毒门'。"

张去病和秦淮明知"百毒门"未被灭掉，但听到此处仍不禁心中一惊都为"百毒门"捏了把汗。秦淮急忙说道："赵先生，'百毒门'的花姐姐是个好人，没掳去我大哥哥，你别灭了他们啊！"

赵无痕笑道："秦姑娘心地善良！不过那时我还不知真情。我心急火燎赶了四十多天路程来到'百毒门'，想杀进总骷髅堡去。忽然又想到小主人若在百毒尊者手里，我直杀进去，他们若在小主人身上下毒，反倒害了小主人。我须先将小主人救出来再诛灭'百毒门'！如此一想，老夫便暗中潜入骷髅堡内。

"我将骷髅堡每个角落搜寻遍，却寻不到小主人的一点蛛丝马迹。奇怪的是也不见百毒尊者的踪影。我寻思：莫不是百毒尊者得到达摩石后，害死小主人，躲到什么隐秘处揣摩石上武功去了？如此一想我怒气大盛，想将'百毒门'的人捉来逼问。问一个杀一个，杀个鸡犬不留！我潜到大厅房顶上正要下去捉人，却无意间听到三个护法在下面小声密谈。

"只听那三护法姬云鹏道：'师哥、师姐，师父去长白山搜寻奇毒之物，不知找到没有？他老人家去了好几个月却没有一点音信，叫人好生放心不下！以往师父出门隔一两月，总会有人来告知他的去向。这一次去了半年多却音信全无，这太怪了！'

"又听那二护法周通道：'是啊，师父每次远游都会传回信息。这一回怎么没有一点音信呢？这可不像他老人家往常的习惯！此事有些反常。师妹，咱们要不要去长白山寻找他老人家？'

"那大护法花无双说道：'师哥、师弟，我也为此事担心哩！只是那长白山范围甚广，咱们去找师父如大海里捞针，只怕一年半载都难找到他老人家。小妹想师父神功盖世，想来不会有什么事。我们再等上一月再无音信，咱们便带上众门人去找师父，你们意下如何？'

"老夫从瓦缝往下一看，见三人面带忧虑，愁眉不展，不像是在作伪。我心下寻思：如此说来，百毒尊者不露面并非躲起来练达摩石上的功夫，却是到长白山寻找什么毒物去了。我又想：即便如此'百毒门'也脱不了干系，小主人是在他们开的黑店里失踪的，线索还得从他们身上找！

"我正想到此处，忽见一胖一瘦两人走进厅来躬身道：'三位护法叫人传唤我俩，有何吩咐啊？'

"花无双道：'倪东师弟，戚北师弟，这一次，你们去哪里开店？'

"那胖子道：'我和戚老弟商量好了，将店开在去回春谷的必经路上。据说那张去病身患怪病，他必定会去回春谷找药王治病。我们找一个前不靠村后不挨镇的地方开店，凡是去回春谷的人一定会进店吃食。我俩守株待兔，这一次保不定能将张去病擒来，逼那小子交出达摩石！'

"老夫一听，顿时想起龙飞说开黑店之人是一胖一瘦，心想莫非他俩便是'黑白二枭'？听他们二人之言，小主人不在他们手中……那么小主人到哪里去了呢？莫非他二人想得到达摩石将小主人藏了起来，此时在撒谎？

"老夫正思忖，却听那二护法周通道：'上次你俩在湘西开店，说有一个小姑娘从你们眼皮子下逃走，说不定那个小姑娘是张去病装扮的。这一回你们可得睁大眼睛，见到张去病定要将他捉来，千万别再失手！'

"听到此处，老夫心中的疑团才消去。'黑白二枭'既已说出装扮成姑娘的小主人，说明他二人没将小主人藏起来。我断定小主人已逃走，心里才稍安一些。我想'百毒门'的人既然没害死小主人，也就不用诛灭他们了。"

张去病几人不禁为"百毒门"感到庆幸。龙飞叹道："百毒门的人走运，幸亏赵先生探听到他们谈话，要不然他们可就遭了灭门大祸！"

赵无痕续说道："老夫离开'百毒门'后，又到关外去找那长风道长，去青海找那灵宝夫人，去广西找那铁手门刘七公，去云南找那虎杖头陀，去辽西找那歪和尚，去东鲁找那鬼锤手邹刚。六人一见老夫吓得魂飞天外，都如实禀告他们醒来时，已不见小主人在店内。

"老夫本想将他们除去，但这六人并无大恶。老夫心想寻觅小主人需要更多人帮着找，便让他们六人服下'炼魂丹'，命他们去恶从善在江湖上寻找小主人。"

龙飞高兴地说道："赵先生收下这六人，日后咱们去临安城杀秦桧老贼，人马壮大了！"

赵无痕道："老夫收下他们六人也正有此打算。我从关外回来，寻找小主人许久，一直找不到小主人的线索。直到不久之前才从一个丐帮弟子嘴里得知，步金吾和柳寒峰曾在"望郎滩"见到过小主人。得知这条线索，老夫便前来找步金吾打听小主人的下落，不料咱们竟在此相遇。看见小主人怪病已好，长大成人，武功大进，真是喜煞老夫！"

张去病听见赵无痕等人历尽艰辛四处找他，心中热血涌动，忙站起身来朝众人深鞠一躬，说道："赵先生、龙大哥、穆大哥、段大哥，去病得到你们如此挂怀，不知如何报答你们，请受我一礼！"

四人忙起身还礼。赵无痕说道："这是属下分内之事，该当如此！"张去病又同四人畅叙一些别后的所见所闻，一直聊到三更敲响，方才各自回房睡去。

第二日，步金吾、张去病、柳寒峰等人商议群豪分成三批去驰援少林寺。张去病和赵无痕、龙飞、穆兴、段阳、秦淮六人头一批先走，柳寒峰率天山派众人紧随其后，步金吾率丐帮众人尾随而来。三批人首尾照应，途中如遇变故可互相援手。群豪商定之后，张去病向步金吾、柳寒峰等人告别，随同赵无痕等人打马出城，六人扬鞭催马向河南登封方向奔驰而去。

一连奔行几日，沿途未见金兵有何动静。六人急赶到达登封境内天色已晚，便找家客店住下。睡到半夜，张去病忽被响声惊醒。他功力深厚凝神一听，却是马蹄声远远传来。他翻身下床开门走出屋外，夜空下见，一个身材瘦高青衣老人站在院中，却是赵无痕。

张去病说道："赵先生，马蹄声也将您吵醒了？"赵无痕低声说道："小主人，这马蹄声从三里地外传来，奔得如此急促，事情有些蹊跷！"

张去病说道："会不会是贩马人赶着的马队夜行？"

赵无痕摇头道："马贩子赶马行路，不会这样急迫。你听那马群是急奔而来，老仆料想，一准是来奔袭少林寺的金兵！"张去病惊道："是吗？快，咱们立即赶去少林寺报信！"

龙飞、段阳、穆兴、秦淮听见二人谈话，也都起床来到院中。秦淮打着哈欠，问道："大……哥哥，为啥马上去少林寺报信？"

张去病道："你听，远处传来大队马蹄疾奔声，恐怕是金兵前来夜袭少林寺！"

四人一惊，倾听一瞬，又都摇头道："我们怎么没听见马蹄声？"龙飞、段阳、穆兴、秦淮四人功力远远不及张去病和赵无痕，是以听不见几里地外的响声。

张去病道："过会儿你们就听见了。我们连夜赶快去少林寺报信，让众僧早准备迎敌！"六人收拾行囊，叫起店主付了店钱，披着月色打马向嵩山疾奔而去。

四更时分，六人奔驰到嵩山脚下。赵无痕勒住马头对张去病说道："小主人，十几年前，老仆同少林僧人有些过节不便进少林寺去。你进寺去报信，老仆和龙飞、穆兴、段阳、秦姑娘留在山下查看金兵的动静，等你下山会合。"

张去病点头道："好，我这就去报信，片刻便下山来。"秦淮道："大哥哥，少林寺天下闻名，我还没来过少林寺，我同你去瞧瞧少林寺是什么样子。"

张去病摇头说道："你和我去，只怕什么也瞧不成。少林寺有寺规不许女子进寺庙去。"

秦淮诧异道："少林寺为何不许女子进去？这可怪了？"

龙飞在旁笑道："秦姑娘有所不知，少林寺是怕寺内僧人瞧见女子，胡思乱想，扰了他们的清修。"

秦淮奇道："龙大哥，少林寺僧人看见女子怎会胡思乱想？为什么？"

秦淮从小同师父在深山长大，没同外人接触，此时年少，对男女之事知之甚少。她这么一问，龙飞倒不知如何解答才好，讪讪说道："这个嘛，哈哈……你问主人好了。"

秦淮见龙飞神色异样，知他不便回答，也不再问。对张去病道："大哥哥，我同你去，只在庙门外瞧瞧，可成？"

张去病点头道："这还成，咱们走吧。"二人纵身跳上山道，疾步往山上登去。张去病奔出二丈伸手往秦淮腰间一托，说道："秦淮，我携着你快奔上山去报信。"不等秦淮应声，他已托起秦淮往少室山奔去。

此时四下一片幽暗，赵无痕等人见张去病携带秦淮登上山道，转眼之间便消失在黑暗之中。众人皆诧异夜色如此之暗，张去病快速奔行，怎能将山道瞧得清楚？张去病到过一次少林寺，对山道已有印象，加之他目力超人，视黑夜如同白昼，故将山路看得一清二楚，奔行起来快如疾风。奔到半山时，忽听秦淮呼气艰难地说道："大，哥哥……慢些………跑。我……受不了。"

张去病忽然想起，上次带着秦淮奔出金国京城，秦淮岔气晕倒之事，忙放慢脚步，说道："你瞧我这记性，只顾急跑，忘了你内息不适！"他放缓行速，过了一会儿秦淮才调匀内息，喘过气来。二人又奔片刻，来到少林寺的山门前。此时才五更天，山门紧闭。张去病放下秦淮对着山门朗声道："在下张去病，有急事求见方丈！"

他这一声呼叫，自己没觉得用什么力，声音也不很大，但此时他功力充沛至极，呼叫声传出数里之外，连赵无痕等人在山下亦听得耳鼓振动。龙飞惊道："啊呀，赵先生，主人功力怎的如此深厚？"

赵无痕喜道："小主人得到老主人传授八十年功力，此后又逢奇遇，是以功力超人。哈哈，我看当今之世，无人能望其项背！"

张去病这一声呼喊声震屋瓦，全寺僧人都被惊醒。弘无方丈，弘法、弘远、弘空、弘广、弘意五僧在禅房打坐修行，听见这声呼叫皆是心头一震。

方丈又惊又喜，道："阿弥陀佛！众师弟，你们听这是张去病公子！张公子功力精进如斯，他患的怪病一定好啦！菩萨保佑，张宪将军不绝其祠！"

弘远大师警惕道："师兄，张公子离开少林寺时身患绝症。此去时日不久，功力怎会如此大进？会不会有人冒充张公子之名前来少林寺捣鬼？"

弘意大师说道："方丈，弘远师兄说得是，此人功力如此深厚世所罕见，张去病怎会有此功力？况且这人深夜前来，咱们不得不防！"

弘无方丈还未说话，弘广大师说道："方丈师兄，无论来者何人，咱们都会他一会，难道少林寺还惧他不成？"

弘无方丈点头说道："正该如此。我这就去知客堂，请张公子进寺来。"方丈说毕，站起身来，五僧随着方丈走出禅房。

张去病和秦淮在山门外等候，此时天际微微泛白，秦淮好奇地东张西望，看见寺庙里重重殿影，高大巍巍。不禁惊叹道："大哥哥，这庙好大啊！"

张去病说道："我听人说，少林寺有'天下第一刹'之称，寺庙里有千余间禅房，自然是很大的了。"

秦淮又问："大哥哥，这庙为什么叫少林寺？不叫大林寺，老林寺呢？"

张去病笑道："你这小丫头就爱刨根问底。幸亏我略知一二，不然便叫你问哑了。少林寺在的这座山，名叫少室山。这少林寺的'少林'之意，便是取少室山之林的意思。大意是说，这座寺庙是少室山丛林禅院。"

两人正闲话，忽见山门吱嘎一声打开。一名中年知客僧走出寺门，打量张去病和秦淮一眼，双掌合十道："敢问是张去病公子吗？"

张去病走上前两步，说道："正是在下。"知客僧说道："张公子，方丈有请公子进寺叙话。请公子随我来。"张去病回头对秦淮说道："秦淮，你在此稍等片刻，我去一会儿就来。"秦淮点点头。

张去病跟随知客僧走进山门，绕过天王殿，走进左侧一个别院，来到一间禅房前。知客僧站在门外说道："方丈，张去病公子请到。"

房内一个苍老声音答道："请张公子进来吧。"张去病走进屋去，油灯光亮之下，只见方丈和少林五位高僧端坐木榻上。他上次到少林寺，已见过方丈和少林五位高僧。此刻一见忙走到方丈面前下拜，说道："去病拜见方丈和各位大师。"

弘无方丈见果然是张去病，伸手将他扶起，上下打量张去病，瞧见他个头比半年前长高了些，面色变得红润，精神旺健，方丈高兴道："张公子的病全好了？"张去病点头说道："谢方丈挂怀，我的病全好了。"

方丈又说道："适才张公子叫门内力充沛浑厚，呼声圆转悠长，公子身上任、督二脉也打通了吗？"

张去病说道："已打通了。"心中却想：方丈仅凭一声呼叫便知我的任、督二脉已贯通，料事好准！

弘无方丈大喜道："佛祖保佑，公子怪病痊愈，老纳甚感欣慰！但不知公子夤夜前来少林寺有何急事？"

张去病答道："禀报方丈：去病截获一道金国调动兵马剿灭少林寺的密令，现已将密令带来，请方丈过目！"方丈和五位神僧一听皆大吃一惊。张去病从怀里取出密令递给方丈，弘无方丈接密令看了一遍，面容肃然说道："几位师弟你们看。"

五位神僧依次接过密令传阅，神情凝重。弘意大师看罢，说道："这密令上只说派兵剿灭丐帮和少林寺，没说剿灭少林寺准确日期，咱们无须惊慌，从容商量应对之策。"

张去病忙道："启禀方丈和五位大师，去病连夜赶来报信，是因二更时分，我在客店听到几里地外有大队马蹄声响。在下的朋友断定那是前来围剿少林寺的金兵！请方丈和五位大师快拿主意！"

方丈和五僧听罢，又是一惊。张去病说到此处，忙将群雄在丐帮商议如何前来驰援少林寺之事说了一遍。方丈仰天长叹道："想我少林建寺近千载，几经劫难几经兴衰，难道今日又要逢大劫吗？"

弘法大师怒道："方丈师兄，鞑子要灭我少林寺，咱们不能坐以待毙！师兄下令伏魔除邪，让众僧痛杀鞑子，为我中原百姓报仇！"

弘广大师赞同道："对，佛门弟子本该除邪伏魔。今日金兵前来灭咱们，我少林众僧只得大开杀戒了！"

弘远大师忙道："二位师弟说得极是，咱们不能坐以待毙。但金兵来势甚大，如是硬拼，寡不敌众，我少林弟子伤亡定多。依我之见，方丈命众弟子暂且离寺，以保全我少林一脉，后视金兵动向，再作打算。"

弘无方丈转头问弘空大师，道："师弟，你有何主意？"弘空大师道："弘远师兄之言甚妥。适才听张公子说，武林同道要来援救我寺，少林众僧万分感激。但同金兵硬拼不仅少林寺伤亡甚众，前来援手各派豪杰也将多有伤亡。如此一来中原武林必定大伤元气，这岂不正中鞑子的下怀？方丈师兄，敌强我弱，三十六计走为上计！"

方丈点头道："好，走为上计！留得青山在，不怕没柴烧。传话下去叫全寺弟子赶快收拾行囊，带上藏经阁经卷，火速撤离少林寺！"

张去病见少林高僧处事着眼大处，不义气用事，心想江湖上以少林派为武林泰山北斗，不只因少林寺武功领袖群伦，恐怕更因少林高僧卓识不凡，方能使得众望所归罢。寻思之际，又听方丈说道："张公子，老纳请公子下山转告各派英雄，少林众僧铭感众英雄侠肝义胆。少林寺暂避金兵，请各派英雄豪杰多多保重，小心谨防金兵阴谋诡计！"

张去病起身施礼道："去病定将方丈之言转告各派英雄。情形紧急，这就告辞了。"

方丈说道："公子远道赶来报信，老纳本当亲送公子出寺。但眼下撤离，有诸多事情要安排，故不远送，望公子勿怪。"

张去病说道："方丈无须客气，去病先行一步。"说罢向几位神僧团团施礼，转身出了房门。此时天已黎明，晨光微曦，他快步走出山门外。秦淮一瞧见他，高兴道："大哥哥，你总算出来了！"

张去病笑道："山上漆黑一片，你一个小姑娘在这山门前等我，是不是害怕了？"

秦淮诧异道："有什么好怕的？我从小在山上长大，山上黑夜见得多了。大哥哥，不是吹牛，我的胆子可大了，什么都不怕的！"

张去病忽往秦淮身后一瞧，惊道："毒蛇！你身后有条大毒蛇！"秦淮吓得尖叫一声，一头扑到张去病怀里，颤声道："毒蛇在……哪里！大哥哥快将蛇打死！"

张去病憋着声音学秦淮的腔调，说道："大哥哥，我的胆子可大了，什么都不怕的！"

秦淮方知受骗上当，从张去病怀里退出一步，双拳在张去病胸膛上连打几下，嗔怪道："大哥哥你骗人！你坏！"

秦淮想到失态扑到张去病怀里，雪白脸上飞上一片红晕，一转身往山下奔去。张去病没想到开个玩笑，竟将秦淮吓得钻到怀里，一瞬间也觉尴尬。看见秦淮跑下山，忙追上去喊道："秦淮别生气，刚才我是同你说笑！"

秦淮跑到半山，忽然停下来往山下张望。张去病跑到秦淮身旁，问道："秦淮，你在看啥？"秦淮往山下一指，惊道："大哥哥你快瞧，山下来了很多金兵！"此时天已大亮，只见山脚下人头攒动，大队金兵正往山上攀来。张去病大吃一惊，忙道："秦淮，快，咱们再返回少林寺去报信！"

两人折身奔回少林寺山门不远处，听见寺前人声嘈杂。抬头一看，撤离寺庙的群僧正往山下走来。方丈和五位神僧瞧见张去病和秦淮都是一怔。方丈问道："张公子为何去而复回？"

张去病道："方丈，少室山已被金兵围住，众多金兵正往山上攀来！"众僧一听立即停住脚步，静候方丈决断。

弘无方丈转身望着众僧，叹口气道："我佛慈悲！少林众弟子听着，老纳原想带领你们避开金兵，以免滥杀无辜。岂料金兵已冲上山来，一场恶斗在所难免。武僧分成三队。弘广、弘法、弘空三位师弟各带一队武僧潜入树林。待金兵临近冲出去打他个措手不及，杀出一条血路带群僧冲下山去！"

众僧齐声应道："谨遵方丈法旨！"弘无方丈回头对张去病道："张公子和这位姑娘请随老纳等同行。"

张去病道："方丈有恩于去病。今日少林寺有难，去病当同众武僧冲锋在前杀出一条血路！"说罢对秦淮道："秦淮，你随方丈在后，我冲上前去了！"

秦淮摇头道："不，我要随你到前面去杀鞑子兵！"张去病道："不成，我说过照顾你，不许你去冒险！"

秦淮连连摇头道："不，不，不！你是我大哥哥，我就要跟着你。你去哪里，我便去哪里。哪怕是火海刀山，我非去不可！"

张去病看见秦淮一脸倔强的神情，无可奈何，只得叹口气道："好吧，你这条跟脚狗，随我去得多加小心！"秦淮笑道："嘻嘻，你说我是跟脚狗，我便是跟脚狗，谁叫你是我的大哥哥呢？"

少林寺武僧已成三队，有的手执兵器，有的手持棍棒。弘广神僧领一队武僧居中，弘法、弘空两位神僧各领一队武僧为两翼，三队僧人施展轻功奔到半山，钻进密林里埋伏起来。张去病和秦淮跟着众僧冲到半山，藏身一块岩石后。

秦淮问道："大哥哥，你用什么兵器？"张去病道："我没兵器。"秦淮说道："金兵人多，不使兵器不成。我有把匕首，你先拿着使。"

张去病说道："我用兵器不愁，待会儿金兵上来我夺一件兵器来使。匕首你留着用。"忽听人声嚷嚷。张去病从树枝间一看，密密麻麻的金兵已到近前。弘广大师一个手势示意众僧不忙动手。直到看得清金兵面孔时，弘广大师一挥手带着众僧冲出树林杀向金兵。

一名金兵头目见众僧冲来，大声喝道："兀那少林和尚，快快扔下兵器投降，军爷免你们一死！"弘广大师上前一把抓起金兵头目扔出几丈外。弘法和弘空也带着两队武僧杀入金兵群中。金兵虽多怎敌得了少林寺武僧？三队少林武僧舞棍挥棒，挥拳踢腿，打得金兵喊妈叫娘狼狈后退。

张去病和秦淮冲在前面，秦淮舞动鹤嘴软鞭打倒几个金兵。张去病双掌推出，雄浑掌力如风卷残云将金兵推倒一片。他接连推出双掌，金兵纷纷倒下，真是所向披靡无人能挡。弘广、弘法、弘空见张去病掌力如此巨大，都不禁骇异。只见张去病出掌势如破竹，片刻之间在金兵中打开一条道，众僧紧随其后往山下疾冲。众僧冲到半山时，忽听锣声大作，金兵飞快后撤，忽见四周灌木丛里突然站起无数弓箭手，箭矢如雨飞来。弘广神僧惊道："不好，我们中了埋伏！"

忽听一人哈哈大笑道："少林秃贼，你们已中本王诱敌深入之计，已被我三千名弓箭手围住，看你们往哪里逃！"说话之人头戴金冠，身穿黄袍，正是完颜龙。

张去病纵身上前道："完颜龙，快叫金兵撤去，要不然，小爷叫你尝尝厉害！"

完颜龙一见张去病，大怒道："张去病小贼，你偷走我金国秘函。本王正派人四处捉拿你，原来你躲在少林寺内，这一回叫你插翅难飞！众军快放箭射死这小子！"

金兵乱箭齐发，众僧急找遮挡之物，一些僧人躲避不及，有人身上中箭，有人腿上中箭。张去病携带秦淮疾躲到两棵大树后。完颜龙大声道："众兵听着，少林秃贼只要一露头便放箭射杀，不许放走一人！"

金兵得令，看见少林僧人从遮挡物后一冒头，便放一阵乱箭，众僧被困住无法脱身。罗汉堂十八罗汉带着武功高强僧人冲杀几回，都被乱箭射回，又有不少僧人带伤，众僧只得暂时潜藏不动。

完颜龙大笑一声，说道："少林寺和尚，你们若交出张去病小贼，本王放你们一条生路让尔等下山还俗！如若不然，本王将你们围困在这半山上，你们没吃没喝，不用十天半月，管叫尔等全饿死在嵩山上！"

张去病躲在树后悔不迭，寻思自己猛冲猛打，害得众僧掉进完颜龙布下的陷阱里，眼下众僧受困，我如何才能救他们呢……心思转了几转，忽然想起擒敌当擒王的老话，心想当下只有擒住完颜龙，逼他退兵，才解得此困厄。心念闪过，他高声叫道："完颜龙，你要捉我张去病吗？不用费事。只要你放少林僧人下山去，我张去病听凭你处置！"

完颜龙道："好！那么你小子乖乖过来受绑，本王便放过少林秃贼！"

张去病道："一言为定！我走过来，你立即叫金兵撤去！"

弘广大师阻拦道："张公子千万不可！鞑子一向狡诈无信，完颜龙是骗你自投罗网，公子不可上前去！"

完颜龙呵斥道："少林秃贼胡说八道，本王一言九鼎，怎说话不算数！张去病你过来，本王说话算话。你过来受绑，我立马放这些秃贼下山去！"完颜龙嘴上如此说，心中却想：张去病同"巴山老鬼"逃进长白山，必定知道秦桧密信下落，说不定密信就在张去病身上，此刻诱哄这小贼过来将他捉住，本王便能将密信夺回！

秦淮着急道："大哥哥，完颜龙在骗你，千万别过去，别上他的当！"张去病对秦淮眨一下眼睛，道："秦淮，你放心，大哥哥不会上他的当！"说罢从岩石后走出，缓步朝完颜龙走去。

秦淮大急道："大哥哥别去，危险得紧，快回来！"看见张去病朝完颜龙走去，不听她呼唤，她想冲上前去拉回张去病。岂料刚一露头，金兵就一阵乱箭射来，吓得她急忙缩回藏身之处。急得嘴里不住喊道："大哥哥快回来！快回来！快回来！"

弘广神僧大声喊道："张公子快回来，鞑子一向言而无信。咱们另想法子下山，你快别去自投罗网！"

弘法神僧亦喊道："张公子，你快回来！我弘广师兄说得对，突围办法有的是，咱们另想办法杀退鞑子兵，一定能冲下山去！"

张去病头也不回，说道："二位大师不用为在下担心，完颜龙有把柄捏在我手里，他不敢拿我怎么样，你们放心好了！二位大师，一会儿你们只管带领众僧冲下山去，不用管我，我没事！"

完颜龙看见张去病朝他走来，心想这小子打什么鬼主意？他怎会真的过来受绑？这小子异常狡猾，不会这么傻，他定是在耍什么诡计！啊，难道他在拖延时间，让少林秃贼暗中搞什么鬼把戏？或是他想分散我的心神，声东击西让少林秃贼突然杀出重围去？

完颜龙心中急转念头，张去病已走到离他二十丈处。他忽然暗叫声："啊哟，不好！这小贼是想趁我不备往旁逃窜！这一回本王决不能让他逃了！"忙高声喝道："众兵快放箭射死这小贼！"

张去病听见完颜龙下令放箭，急跃上半空，一阵乱箭从他脚下射过去。他凌空落到旁边一排大树上踏着树冠朝完颜龙奔去。金兵看见树上人影忽闪，瞧得眼睛发花，无法瞄准放箭，一时间射去的箭失了准头。

完颜龙在古墓中和张去病交过手，见过张去病的武功。此时看见张去病身手判若两人，大吃一惊。便在他惊讶瞬间，张去病已冲到面前一把朝他抓来。这一把抓得极快，待他惊觉身子已笼罩在张去病五指之下，觉得张去病五指已触到他衣衫，要想躲避已是不能。

便在此时，张去病忽觉脑后掌风飒然，他反手拍出一掌只听"砰"的一声，有人惊呼闪开。这么一阻挠，他从完颜龙肩头抓下一块肉来。完颜龙痛得大叫一声，抚着鲜血淋淋的肩膀暴退开去。

张去病回头一看，偷袭之人身材高瘦，长眉垂腮，两眼斜吊，相貌十分狰狞凶恶，却是"长眉老妖"。老妖站在一丈开外，面色血红，两眼望着异样的他，神情十分惊讶，却不再上来打斗。

张去病奇怪，老妖为何不再出手？他不知"长眉老妖"偷袭时只用七分内力，想一掌将他打伤擒住。万万没想到被他一掌震退一丈开外，浑身血气翻涌连话也说不出来，哪里还能上来打斗？

完颜龙不知内情，高声叫道："师父，这小子抓伤我肩头，你老人家快一掌将这小子毙了，为徒儿出口恶气！""长眉老妖"瞬间调匀内息，尖声尖气道："小娃娃竟接得下仙翁一掌，还有两下子。好，你敢不敢再接老夫一掌？"

张去病道："长眉老妖，别说接你一掌，便是接你百掌，小爷有何不敢？"

"长眉老妖"刚才吃了亏，已知对方内力雄浑。但他以为是他未尽全力，才让张去病占了上风。此刻他狞笑一声，将功力提到十层，暗将剧毒聚于双掌上。霎时间，只见他一双手掌变得又黑又亮，散发出阵阵恶臭，熏得近处的金兵头晕目眩，几名金兵经受不住扑通晕倒在地上。他踢开挡道金兵，飞扑上前一爪抓向张去病面门。

张去病见过"长眉老妖"功夫，知道他的"毒龙爪"厉害。看见"长眉老妖"呼地一爪抓来，他忙使出"太极阴阳掌"的一招"阴风阳雷"，右掌向"长眉老妖"的"毒龙爪"上一拍，左掌直击"长眉老妖"的胸口。

"长眉老妖"见张去病一掌拍向他的"毒龙爪"，心中冷笑一声：这小子只要沾上我掌上一点剧毒马上晕倒，他的左掌岂能击到老夫？所以他将"毒龙爪"一翻抓向张去病的右掌，并不防范张去病的左掌。岂料他一爪抓到张去病右掌，仿佛抓到一块烧红烙铁上，"嗤"的一声，一阵青烟冒起，一股奇热将他爪上剧毒化成青气散去，张去病却安然无恙。便在这一瞬间，只听张去病叫声："老妖滚蛋！"左掌一下击在他胸膛上。"长眉老妖"大叫一声，身子倒飞出去撞翻几个金兵，引起一阵混乱。

"长眉老妖"吃亏在对"毒龙爪"威力深信不疑，不防范张去病击来的左掌。他不知张去病体内蕴蓄着八十年功力，更不知张去病在"乾元洞"内参悟"天根谷神图"后，已将体内两股寒热气息练得气随意转，雄浑无比。他那"毒龙爪"上的毒气此时已不能伤害张去病，是以栽个大跟头。

张去病见一掌打飞"长眉老妖"，也觉意外。适才他见老妖一爪抓来，五指漆黑，情知老妖手上挟剧毒，他急忙将体内炽热真气聚到掌上击向老妖，没想到竟将老妖手上毒气打得无影无踪！他心中一喜，也不追击"长眉老妖"，急忙转身朝完颜龙扑去。完颜龙见"长眉老妖"不堪张去病一击，一时吓傻了眼。忽见张去病扑来，他一头钻进金兵群中，大叫道："快放箭，快放箭，快射死这小贼！"

张去病冲入金兵群中，一把抓向完颜龙后背。忽听秦淮惊叫一声"大哥哥小心！啊哟！"张去病回头一看见，见秦淮扑上他后背，用身子为他挡了一箭，腿上鲜血长淌。两名金兵挥刀冲来朝秦淮背上砍落。张去病反手拍出一掌，将金兵打倒灌木丛中，一连几个跳跃，跳出乱箭射程之外，放下秦淮出手疾点她腿上穴位止住血流。忙问道："秦淮，伤得怎么样？"

秦淮痛哼一声，道："我……站不起来。"刚说罢，一群金兵冲来射出乱箭。张去病双臂一振脱下外衣，一手贯满内力疾舞衣衫，宛如一个铁盾牌将射来乱箭砸开，一手抱着秦淮急速往后退。

完颜龙大声喝令金兵："众军快追那小贼，一定要将他捉住！"完颜龙被张去病抓伤肩头，此刻见张去病携带秦淮逃走，一肚子怒气发泄出来。他调来数万金兵将嵩山围得水泄不通，心想张去病难逃下山去，便命令金兵捉住张去病。

张去病听见完颜龙命令金兵追他，心念一动：完颜龙一心想抓我，定是为了秦桧老贼那封密信。我用密信作诱饵，引他追我，借机引开金兵，以便众僧快些冲下山去！心念闪过，他抱起秦淮朝右面金兵飞快冲去。右面金兵没料到张去病会冲来，一愣瞬间忘了放箭。张去病如奔马冲入金兵群中挥动衣衫一阵劈打。那衣衫贯满内力如刀如斧，挡者立时毙命。顷刻间杀出一个缺口，他抱着秦淮往少林寺后山奔去。完颜龙气急败坏，大叫道："快追，快追！"带着金兵疾追张去病和秦淮。

张去病奔出一会儿，回头一看金兵们被甩得老远。他想我奔行得太快，一会儿便跑不见了，又怎能引开金兵？他忙压下奔速，同身后追赶的金兵若即若离，引诱完颜龙带领金兵往后山追来。

完颜龙在后面叫道："张去病小贼，本王几万兵马将嵩山围得铁桶一般，你休想逃脱本王手掌心！你便是逃到天上去，本王也要将你抓住！"

张去病说道："完颜龙，你小子穷追不舍，定是想要秦桧老贼密信。哈，我知道了，你还想抢我身上那道宋徽宗的密旨！实话对你说，这两件东西都在小爷身上，只怕你没本事拿到！"完颜龙一听更是心动，急催金兵快追赶。

秦淮见张去病往山上奔心中迷惑，问道："大哥哥，咱们为何不跑下山去，反倒往山上跑？"

张去病笑道："傻丫头，这都不明白吗？咱们将完颜龙引上山去，不让他指挥金兵围攻少林僧人。如此一来少林僧人不就冲下山去了吗？这在兵法上，叫调虎离山计。哈哈，只不过此时我却要调虎上山！"

秦淮一听，两眼射出惊喜光芒，夸赞道："啊呀，大哥哥好聪明！这么好的主意，你是怎么想到的？"张去病来不及回答，瞧见完颜龙带领金兵又追近前来。完颜龙急令道："众军快放箭！给本王射死那小贼！"

张去病哈哈一笑："完颜龙，你叫人放箭有屁用！金兵便是将箭统统射光，也伤不着小爷一根毫毛！你想射死小爷吗，这叫痴心妄想，白日做梦！哈哈哈……"

大笑声中，他抱着秦淮又往后山奔去。双方追逐一阵，张去病抱着秦淮奔到后山下，他运起神功迈开"蹑云步"登山如履平地。不大一会儿工夫便登上后山顶上。他往山下一看金兵还离得远，便将秦淮放下查看伤情。见秦淮大腿中箭，幸好射得不深。

张去病道："秦淮，你忍着痛，我帮你把箭头取出来。"秦淮点点头。张去病在秦淮背上穴位轻点两下，使她神经麻木，然后轻轻将箭头拔出，问道："痛吗？"秦淮咬紧嘴唇，痛哼一声，倔强地摇头说道："不怎么痛。"

张去病从怀里摸出"摩尼八仙丸"打开瓶塞，倒出最后一粒药丸递给秦淮，道："秦淮，你运气好，这'摩尼八仙丸'疗伤好得很，你快把这药丸嚼碎咽下。"秦淮将药丸放入口中，用劲嚼烂吞入腹中，张去病撕下一块衣衫将秦淮腿上伤口包扎上。

忽听完颜龙在山头下叫道："快，大伙快从四面冲上山头去，这小贼跑不了啦！谁先抓住小贼或将他射死，本王赏一百两重金！"

众金兵听见如此重赏，顿时大声呐喊奋力往山顶上攀。秦淮急道："大哥哥，咱们快走，金兵追上来了。"张去病应声"好"。侧耳一听山下杀声阵阵，寻思少林寺众僧还在同金兵厮杀，得再拖住完颜龙片刻。他转头一看山顶旁还有个小山头，便抱起秦淮往那山头奔去。奔上那山头，看见有座小庙，他恍然想起：这不是供奉达摩祖师的小庙吗？我奔到'听音崖'上来了？再一看四周，没错，上次法痴大师将他从金如尘掌下救走，是从山头另一侧奔上来的。小庙左侧是达摩祖师打坐修行的'听音崖'，他和法痴大师便是在那悬崖被金如尘打下深渊……

一见那悬崖，他意识到身陷绝境，忙抱起秦淮往山头另一侧奔去。奔到岩边却见金兵正蜂拥而上。这山头不大，从山头三面攀登上来。完颜龙看见张去病探出头往下张望，急喝令道："快放箭射死他！"一阵乱箭射来，张去病忙抱着秦淮往后闪开。此时若只是他一人，他运起神功冲下山去，金兵挡不住他。但此时抱着秦淮，稍微不留神，唯恐秦淮又会被乱箭射伤。一时间，他站在山顶上踌躇不决。

秦淮看见张去病抱着她难以脱身，忙道："大哥哥，别管我，快将我放下，你自个儿冲下山去！"

张去病道："秦淮，不许胡说！刚才你舍命救我，我岂能扔下你不管！你把大哥哥当作忘恩负义之人吗？"

秦淮心中一甜，道："哈，你真是我亲亲的大哥哥！可是，这山头上一面是悬崖深渊，三面是金兵，我俩如何逃走啊！"

张去病心念一闪，想起"听音崖"下的"禅音洞"，心想只有躲进洞里藏匿，才能救秦淮脱险。他心中暗暗祈祷："法痴大师，去病答应大师不对外人外泄'禅音洞'。但我义妹受伤，眼前情形危急。万不得已，去病只得带她进洞躲避金兵追杀，请大师见谅！"祈祷完毕，道："秦淮莫怕，大哥哥自有办法带你脱身！你闭上眼睛，大哥哥带你冲下山去！"

秦淮看见张去病刚才默默祈祷，不解问道："大哥哥，你在想什么？你带我冲下山去，为什么要我闭上眼睛呢？"

张去病笑道："等会儿我施展仙术，飞沙走石，你睁着眼睛，沙子便会钻进你的眼睛里，你一定要把眼闭上！"刚说至此，完颜龙带着金兵冲上山头。

一看张去病身后是悬崖深渊，三面去路已被金兵切断。完颜龙哈哈大笑道："张去病小贼，这一回你身陷绝境，已成瓮中之鳖！本王看你往哪里逃？哈哈哈……"

张去病道："完颜龙，你别高兴。你把我逼急了，我跳下这深渊去，你休想拿回秦桧老贼的密信！"

完颜龙忙道："好，本王不逼你，只要你交出密信，本王决不食言，立马放你下山！"

张去病道："你这人异常狡诈，说话不会算话！"

完颜龙道："本王出言如山，怎会说话不算话？只怕你小子没将密信带在身上，想要花招骗本王，你拿出密信给本王看看！"

张去病道："你想先看见密信，再想法子对付我吗？小爷拿信给你看也无妨，反正密信在我手中，你若轻举妄动，我便将它毁了！"

他伸手入怀去取密信，却暗暗从怀里摸出一枚药丸捏在掌中。当年他离开回春谷时，药王赠给他三枚药丸。一枚是助他制服敌人的药丸，一枚是助他逃脱险境的药丸，还有一枚是保命药丸。药王赠药丸时说，倘若身处险境，他可将逃险药丸摔在地上便可安然逃逸。

他摸出药丸握在手中，道："完颜龙，你要看密信吗？给你看罢！"他猛将药丸往岩石上摔去，只听"啪"的一声药丸破碎，药粉一见空气噼噼啪啪急炸，磷火四燃，山头上顿时黑烟弥漫，像一大幅黑幕将张去病和秦淮遮掩住。

张去病忙喝道："秦淮快闭眼睛，我要施仙法了！"秦淮赶紧将眼睛闭上，只觉得张去病抱着她奔跑起来，猛然身子往下一沉，耳边风声呼呼，他俩好似掉下山去。她虚开眼一看，只见山岩飞快往上移动，她同张去病正往深渊下飞快坠落，吓得她尖叫一声，脑子里闪过一个念头：没想到我同大哥哥一道摔死在这深渊里！不知怎的，想到同张去病死在一起，她心里既害怕，又觉得心中一阵甜蜜，甚至有些喜欢。她忙紧紧闭着双眼，用两臂膀紧紧抱住张去病，将小脸紧紧依偎在张去病宽厚的胸膛上。

突然，身子往上一腾，急速下落势头骤然停止。她吃惊地睁眼一看，只见张去病左手抓住一簇老藤，右手抱着她，站在一个藤蔓覆盖的山洞口上。她吓蒙了，不知是梦境还是真景，两眼有些迷糊。

适才趁黑烟遮掩，张去病抱着秦淮纵身跳下悬崖。此时他功力和身手比法痴高强得多，跳下悬崖看见老藤覆盖的洞口，他伸脚尖在峭壁上一点，借力飞跃过去抓住一簇老藤，抱着秦淮稳稳站在洞口上。秦淮睁眼看时，惊险的一幕已然过去。

秦淮惊骇一瞬，头脑清醒过来，看清她和张去病的确站在一个洞口上。她心中万分奇怪：他俩坠下悬崖，怎会落到一个山洞口上？她想问张去病，还未开口，张去病却抱着她纵身跳入山洞内。

洞内光线暗淡，张去病将秦淮放到一块石头上坐下。秦淮游目四望，渐渐看清他二人是在一个高大山洞里。一线天光从洞壁裂缝射进来，只见洞内长着奇形怪状的钟乳石，千姿百态。左右两侧，各有一排洁白如玉的高大石笋，晶莹剔透，熠熠生辉。看见洞中景象，秦淮十分喜爱，忙问道："大哥哥，这洞里的石头好美啊！这是什么地方？"

张去病在她身旁坐下，说道："这是'禅音洞'。秦淮，你很有眼光啊，这洞里的石头好看得很，我在别的洞里还没见过！"

秦淮忙问道："这洞叫'禅音洞'吗？大哥哥，你几时来过？"刚问至此，神色剧变，惊叫一声，一头扎进张去病怀里，颤声道："大哥哥，有人！这洞里有人！"

张去病惊道："人在哪里？"秦淮往旁一指，颤声说道："他……在那里！"

张去病随秦淮手指看去，见一僧人闭目打坐在洞壁前，却是法痴大师遗体。他心下奇怪：几个月过去，法痴大师遗体同他离去时一样，一点儿没变，宛如活人在闭目修行。他曾听说有极少高僧圆寂后肉身不腐，被供为肉身菩萨。心想，莫非法痴大师也是肉身不腐的菩萨吗？

他走上前去在法痴大师遗体面前，下拜说道："法痴大师，去病和义妹秦淮被金兵追杀，我义妹受伤，我俩无奈进洞暂避，惊扰大师法体，请大师恕罪！"说罢磕了几个头，才回到秦淮身边。

秦淮也看清那人是个和尚，忙问道："大哥哥，咱们闯进了这位大师修行的山洞，你去给他磕头，是怕惹他生气吗？他怎不说话呢？是不是他睡着了，还是他生气了，不想理睬你？"

张去病说道："秦淮，那是法痴大师。他心地慈善，不会气恼咱们，他不说话，是因大师已经圆寂了。"

秦淮忙问道："大哥哥，什么是圆寂？"

张去病说道："嘿，你这丫头，啥都不懂！圆寂就是死了。"

秦淮一惊，颤声问道："大哥哥，你说……他……已经死了？"看见张去病点头。秦淮吓得抓住张去病的手，声音发抖道："大哥哥，你别吓我，我最害怕同死人待在一起！我一看见身边有死人，心里就很害怕！我看他好端端地在那里打坐，你怎说他……死了？"

张去病道："秦淮，我没吓唬你，法痴大师真是圆寂了。你别害怕，法痴大师是有德高僧，他在世时待人极好！"秦淮道："你怎知道他死了？你先前认得他吗？"

张去病点头道："法痴大师救过我。那魔教大摩尼金如尘大闹少林寺，想将我掳去西域摩尼岩索取达摩石。法痴大师为了救我，被那金如尘打伤。他带我逃进这'禅音洞'里，伤重不治而亡！"

秦淮一听金如尘大闹少林寺，顿时忘了害怕，忙问道："大哥哥，有这样惊心动魄的事吗？你快说给我听听！"

张去病笑道："你这丫头同我小时一样，就爱听故事！好吧，我说给你听，免得你待在这洞中害怕。"

张去病坐下来，说起他到少林寺请求方丈为他打通任、督二脉，金如尘突然到少林寺叫方丈将他交出；方丈不答应，金如尘便同少林高僧比武；头两场双方斗成一胜一平，第三场比音功金如尘占了上风，法痴大师到来用禅音将金如尘比了下去；金如尘突然出手劫持张去病，法痴大师出手将他救走，背上却中了金如尘一掌；大师负伤将他带入"禅音洞"里，教他吟唱禅音，后来圆寂之事。

秦淮听得瞪大眼睛，赞叹道："啊呀，大哥哥，法痴大师实在了不得！他是个天大的好人，叫人好生敬佩！我的腿要不受伤，我要上前去给他磕几个头，感谢他救大哥哥，也感谢他让大哥哥知道这'禅音洞'，大哥哥又救了我！"

张去病道："可不是嘛！我能救你进'禅音洞'亦法痴大师功德！但是这'禅音洞'谁也不知道。大师嘱咐我不可对人泄露此洞，我适才为救你，才带你进来。秦淮你可要记往，千万别对外人说啊！"

秦淮用劲点了点头，说道："我记住了。旁人若问我，打死我都不会说。"又问道："大哥哥，为什么不能对人外泄此洞呢？"

张去病道："究竟是为什么？我也不知道。这是达摩祖师遗命，你瞧！"

他抬手一指，秦淮跟着看去，只见一块岩石上书有几字："有缘自来，无缘不到。"秦淮问道："大哥哥，这是达摩祖师写的吗？"

张去病道："正是。这个山洞只有法痴大师和我知道，现下还有你知道，除了我们三人，连少林寺众僧都不知道。"

秦淮想了想，又问道："大哥哥，达摩大师不让别人知道这山洞，是不是这洞里藏有什么宝贝？"

张去病听秦淮这么一问，心中一动，暗自寻思：是啊，达摩祖师为何对这'禅音洞'秘而不宣，连少林寺弟子也不让知道呢？莫非他担心洞中石笋被人毁坏……不对，少林僧人若是得知此洞是达摩祖师修行遗迹，一定会严加保护，决不会发生毁坏石笋之事，更不会随便让人进洞来聆听禅音。

他想：达摩祖师对"禅音洞"秘而不宣，如若不是为了保护能奏禅音的石笋，那是怕僧人们修习禅音，荒废修佛吗？这也不对，少林寺僧人习武千年，也没有不学佛啊！那又是为什么呢？达摩祖师究竟为何要让"禅音洞"长久隐藏，不让外人知晓，又为何留下遗命，叫进洞之人不得外泄此洞呢？

他转念又想：除非为了保护洞中什么东西，达摩祖师才会这样做，否则他不用隐瞒这"禅音洞"……倘若祖师要保护的东西不是石笋，那么，他要保护什么东西……难道真如秦淮说的那样，这洞里真藏有什么宝藏吗………如此一想，连他自己都觉得好笑。心道："瞧我胡思乱想！达摩祖师乃是一代高僧，他除了将佛经视为宝物之外，那会稀罕世俗财宝？他哪会将什么宝藏藏在这洞里？这是绝无可能之事！我像秦淮似的傻气，乱想到哪里去了！

他心中迷惘，忽然念头一闪，哦，我知道了，一定是祖师留在洞中那幅"五缘图"十分珍贵，担心被人拿去，他才不让人知道"禅音洞"……咦，这好像也不对。达摩祖师既然在"五缘图"中说，他要将图留给后世有缘之人，倘若谁也不知道这"禅音洞"，有缘之人又如何能得到"五缘图"呢？哦……是了，那有缘之人，或许像我似的机缘巧合偶然得进此洞，也未可知。

秦淮在旁看见张去病兀自寻思，忙问道："大哥哥你在想啥？是想洞里藏着的宝藏吗？这洞里藏有宝藏吗？这下太好了，你还愣着干啥？咱们快找找啊！找出宝藏，咱两人对半分，你一半，我一半。哈哈，咱们有了许多许多金银财宝，得好好花销一番……"说到此，她想不出有许多钱该怎么花，忙问道："大哥哥，你说，咱们有了多得不得了的金子银子，该如何花使呢？是天天买鸡鸭鱼肉吃，还是天天买新衣衫穿，或是天天买糖果糕饼点心吃？"

张去病笑道："你这就知道吃！你说的都不对。咱们有了许多金子银子，大哥不买鸡鸭鱼肉吃，不买新衣衫穿，更不买糖果糕饼点心吃。大哥哥只想用那钱财置办一种东西，风风光光地办一件大事，让你这丫头高兴！"

秦淮一听眉开眼笑，忙问道："大哥哥，你要置办什么东西，办什么大事让我高兴？"

张去病笑道："你这丫头财迷心窍，大哥哥要为你置办一份丰厚的嫁妆，给你找一个富家公子，把你嫁给他当媳妇，让你天天吃鸡鸭鱼肉，天天穿新衣衫，天天吃糖果糕饼点心，天天用金银财宝当枕头睡觉！"

秦淮一听满脸通红，连连啐道："呸呸呸！大哥哥，你胡说八道！你没正经！你才是财迷心窍！人家小小年纪，才不嫁什么富家公子，你莫乱嚼舌头！"说罢绷起脸，噘起小嘴，冷哼两声不理张去病。

张去病哈哈笑道："小秦淮生气了？对对，是我财迷心窍，是我胡说八道没正经。你别气恼，要不然，咱们有了许多金子银子，你给我娶个又丑又老的富家小姐当媳妇，让我用金银财宝当枕头，好不好？"

秦淮一听笑起来，说道："好好。大哥哥，你此刻对我好一点，将来嘛，本小姐高抬贵手，给你提亲的时候手下留情，不给你娶丑小姐做媳妇，只给娶个老小姐做媳妇，让你瞧着不恶心好啦！"

张去病道："秦淮小姐，你要我怎样对你好？"秦淮娇笑道："我要你抱我去看看那些钟乳石！"

张去病笑道："好好，大哥哥遵命，免得你给我娶个丑媳妇！抱你看一会儿石头很值得，我抱你去看好了！"

他抱起秦淮，忽见秦淮眼睛里闪着一丝狡黠的笑意。心中一动：这小丫头笑啥？自从秦淮腿上中箭，他一直抱着秦淮东奔西跑，又抱她躲进这"禅音洞"里，没工夫去想怀里抱的是个姑娘。此刻看见秦淮眼里的笑意，才猛省自己怀里抱的是一个少女。

秦淮一双杏眼妩媚地望着他，吐气若兰，气息轻轻拂到他脖子上，弄得他心跳不已。他想：难道这小丫头对我动了情？她不知我同柳语已有白头之约，可不能让她徒生烦恼！想到此脸上露出犹豫神色。

却听秦淮幽幽道："大哥哥，你犹豫什么，你不愿抱我去看吗？"张去病一听，心想这丫头心思敏感得很，可不能伤她的心，忙说道："怎么会呢？你别乱想，没有的事。我这就抱你过去看。"

他将秦淮抱到钟乳石前，慢慢看过去。秦淮道："大哥哥，你瞧，这块石头好像一朵莲花！"一会儿又叫道："你瞧，你瞧，这块石头像只孔雀！啊呀，这块晶莹洁白像个美女！啧啧啧，大哥哥，这洞里的石头真好看，太美了！"

张去病抱秦淮来到那两排高大石笋前，秦淮问道："大哥哥，你刚才说这些石笋是空的，会发出奇妙的声音，是真的吗？"

张去病点头道："是啊，不过要在子时和午时，它们才会发出响声。"秦淮伸手在石笋上敲了一下，石笋果然咚的一声发出响声，觉得有趣至极，说道："大哥哥，你抱着我挨个敲过去，我想听听别的石笋是什么声音。"

张去病笑道："这么贪玩，真是个小丫头！"他抱着秦淮顺着石笋走去，秦淮轻轻在石笋上扣敲，石笋一个接着一个发出声响，洞里顿时响起一阵云磬般的声音。那声音高低不同，错落有致，叮叮咚咚听上去十分悦耳。敲到最后一根石笋时，却听不到那石笋发出声响。

秦淮以为她使力小了，又用劲重敲一下，那石笋仍不发响声。她想：莫非这石笋的壳太厚，我用的力气还不够吗？她运劲掌上朝那石笋拍一掌，石笋还是一声不响，但在她掌击石笋瞬间，分明感到石笋微微动了一下。

她诧异道："大哥哥，这根石笋敲不出声响，却好像会动，这是咋回事？"张去病也觉诧异，他伸手用力一推，石笋果真有些晃动。他寻思石笋同地面连在一起怎会推得晃动？他觉有异忙将秦淮放坐一旁，道："秦淮，你先坐下，待我看看这石笋有什么古怪？"

他上前双手扶住石笋用力一推，只听石笋底下发出沙沙声响，竟然缓缓磨开去，背后露出一个狭窄洞口，一道光亮从洞里射出。他万万没想到石笋背后隐藏有内洞，不由一怔，惊讶得"啊"了一声。

秦淮看见石笋后秘洞，高兴拍手道："啊呀，没想到这石笋后面还有一个洞！大哥哥，你快抱我进去瞧瞧洞里有什么，说不定宝藏便在这洞内哩！哈哈哈，咱俩真要发大财啦！"

张去病笑道："发你个鬼财！这洞内阴森森的，不知里面有没有死人，有没有妖魔鬼怪？啊呀！我知道达摩祖师为什么不让人进这'禅音洞'，为什么要用这根石笋将这秘洞封堵的秘密了！"

秦淮惊奇，忙问："大哥哥，真的吗？你知道达摩祖师用石笋封堵这洞的秘密吗？你快说给我听听，那是为什么？"

张去病压低声音神秘地说道："那是因为这洞中有尸体，是一大恶人的尸体！这恶人死后变成厉鬼害人。达摩祖师施佛法将厉鬼降服，把它关在这秘洞内，是以达摩祖师不让外人进入这洞中！我如抱你进洞去，万一洞里厉鬼将你抓去，这如何是好？"

秦淮听得心中一悸，面露惊色，忽见张去病的眼里闪过一丝笑意，旋即明白张去病在捉弄她。笑道："大哥哥你莫吓我，我才不怕哩！我听人说有金银财宝的地方喜气重，鬼不敢待的，再说啦，大哥哥本事大，鬼知道我是你妹妹，不敢来抓我的！它若敢抓我，大哥哥三拳两脚便能将鬼打跑！没事的，你就抱我进去瞧瞧好了！"

张去病笑道："小丫头鬼精灵，还真没唬到你！"张去病转身去抱起秦淮，侧身从那窄小洞口慢慢走进洞去。走出约一丈远，眼前出现一个二十多丈宽，三十多丈高的内洞。洞壁高处有道一尺多宽的裂缝，阳光从裂缝射进来，将洞里照得十分明亮。

裂缝下方有一道流水缓缓沿洞壁流下，流淌到洞里一条水沟中，沟水淌入洞头一道石缝里，不知流向何处。沟旁立着一块钟乳石，酷似一只白鹤，鹤嘴从水里叼起一块石头像条小鱼。沟边的钟乳石犹如朵朵鲜花盛开。花丛中立着一块高大钟乳石，形似个年轻汉子抬头斜望着洞顶。

水沟右面有一排钟乳石，似起伏的山峦，一块褐红色圆石依傍山头，宛如一轮落日。另有两块小钟乳石悬垂一旁，看上去像两只小鸟飞翔。水沟左侧有一大丛钟乳石，极像一片树林。洞顶上悬垂片片钟乳石犹似云霞流动，洞中景物酷似一幅美丽山水画。

秦淮看得赞不绝口，道："大哥哥，这洞太美啦！我从小在山里长大，从没见过这样美的山洞！"

张去病也叹道："是啊，我也是头一遭见到哩！"

秦淮说道："大哥哥，你放我下地，扶我走近前去看看这些美丽石头。"张去病说道："你腿上有箭伤，放你下地，你走不得啊！"

秦淮摇头道："我腿上的伤此时不怎么痛了。大哥哥，你放我下来嘛，不碍事的。"

张去病轻轻放下秦淮，扶她走近前去观赏那些奇美的钟乳石。看了一会儿，张去病心中一动，觉得这洞中景象仿佛在哪儿见过。他竭力回想曾经去过的地方，先是回忆落霞坪的景象，觉得不像；又想回春谷里的景象，也不太像；继而回想长白山"绝命峡"的景象，还是不像。他凝神思索，总想不起在哪儿见过眼前这番景象。

忽听秦淮叹道："这么好看的景致，我要是能将它画下来就好啦！唉，可惜我不会作画，这洞里也没有纸和笔！要不然，我真想将它们画下来。大哥哥，你想不想将它画下来？"

张去病心中想事，随声应道："将它们画下来？好啊！是的，可惜没有纸笔作画……"说到"作画"二字，头脑里灵光一闪，他忽然想起在什么地方见过眼前这番景象，恍然叫道："啊呀，我想起来了，这洞里景象，我在一幅画上见过！"

秦淮忙问道："大哥哥你说什么？这洞中景象，你在一幅画上见过吗？真的吗，你没记错？你在什么画上见过？那是一幅什么画？"

张去病说道："真的，我一点儿没记错，我是在一幅画上见过这番景致。那幅画就在外面'禅音洞'里，你若不信，我去取画来给你看！"

秦淮喜道："是吗？有人已经将这洞中美景画成图画吗，他画得好不好？大哥哥，你快去取画来看！"

张去病扶秦淮坐到一块石头上，说道："你等着，我去取画来。"他转身走到外洞，来到藏"达摩遗书"的岩石前，伸手进石洞取出装遗书的木盒，打开盒盖取出达摩遗书，从盒子底部夹层抽出那幅"五缘图"，忙打开图来看，图上画的山水果然同内洞景象一般模样。

他兴冲冲拿着画和遗书进入内洞，说道："秦淮你看，我没记错，画上绘的便是这洞中之景，简直一模一样！"

秦淮接过画，对照着洞里景物看去，画上图景果然同洞中景物一样。忙问道："大哥哥，这幅画是谁画的？哎呀，这幅画把洞中的景象画得真像，画得真好！你瞧，你瞧，连流水都画得像是在潺潺流动，仿佛听见流水声哩！"

张去病笑道："秦淮，你连画中流水声音都能听见，你欣赏画的功夫很高啊！我不知这幅画是达摩祖师画的，还是寇谦之道长画的。反正这幅画是以他二人之名留下的遗物，不是出自达摩祖师之手，便是出自寇谦之道长之手。我想此画为国画，或许寇谦之道长更擅长，此画可能是寇道长画的吧。"

秦淮问道："大哥哥，达摩祖师和寇谦之道长为何要画这画呢？他们画这画将它藏在'禅音洞'里，又是什么意思呢？大哥哥，我不识字，认不得这画上的字写些什么。你讲给我听听，好吗？"

张去病道："好，我讲给你听。达摩祖师和寇谦之道长在这画上说，他俩作这幅画是要将它留给后世有缘之人。他们说那后世之人，须有五种缘分，方能成为一代大宗师。他们说'得进此洞，便是一缘。再习禅音，深得佛意，那是二缘。发现此画，则是三缘。若再得道家精义，算是四缘。能堪破此画之秘，当是五缘。后世之人若结此五缘，融会佛门和道家精髓，将成就一代大宗师，请受贫僧和道长代天下苍生，向施主一拜。阿弥陀佛！'"

秦淮没读过书，对之乎者也文字陌生得很，听张去病念一通，仍是听得不清不楚。又问道："大哥哥，达摩祖师和寇谦之道长说这缘那缘，他们究竟想说什么，弯来绕去，让人听不懂！"

张去病说道："两位大师是说，后世之人，谁若有这五缘，能通佛道两家精髓，他便可成为一个非常了不起的人，两位大师便要代替天下人感谢他。"

秦淮问道："两位大师为什么要替天下人感谢那人呢？他们都早死了，没得到那人的一丁点好处，他们为什么还要感谢那人？这话叫人听了不明白！大哥哥，是不是两位大师想叫那人天天给他们烧香火上供，才这么说？"

张去病笑道："小丫头真会胡思乱想！依我猜想：两位大师在'五缘图'上这样留言，是希望那人得此五缘，像他们一样行善济世，救助众生，所以两位大师才会先代天下苍生感谢那人！"秦淮又问道："大哥哥，达摩祖师和寇谦之道长还说了些什么？"

张去病道："达摩祖师还在这画上写一行注释说：'贫僧和道长留下此言，以待后世有缘之人。佛祖保护，望那有缘之人能堪破画中玄机，不枉贫僧和道长一番心血。以上五缘缺一不可，倘若五缘不备，后世之人切莫妄自逆行，以免招祸！'"

秦淮听罢，高兴道："大哥哥，你听你听，达摩祖师先前说：'堪破此画之秘，当是五缘'，在这儿又说：'望那有缘之人能堪破画中玄机'。如此说来，这画上一定藏有大秘密！大哥哥，咱们在这'五缘图'上好好寻找，找出这画上秘密，说不定真会找到宝藏！"

张去病笑道："好啊，找到宝藏，我拿它给你当嫁妆！"秦淮打他一掌，嗔道："去，去，你这人又瞎说！咱们快来瞧瞧'五缘图'，看那秘密藏在何处？"

张去病笑着在秦淮身旁坐下，二人拿起'五缘图'仔细寻找画上的秘密。然而他们瞪大眼睛看了半晌，别说看出秘密，便是秘密的蛛丝马迹也没找到一点。他们盯着那图看得脖颈发酸，还是一无所获。秦淮渐渐没了兴趣，困顿地打个大哈欠，问道："大哥哥，你瞧见秘密了吗？"

张去病摇摇头，说道："没有啊！你呢，瞧见一点没有？"秦淮也摇摇头道："一点也没有。"又道："大哥哥，不知是吃下你的疗伤药，还是累了，我困乏得很，想睡一会儿。你找到那秘密，叫醒我啊！"说罢闭上眼睛，将头伏在膝盖上睡去。

张去病有观乾元洞"天根谷神图"的经验，此时他拿着那画左看，右看，翻过来看，倒过去看，横着看，竖着看，正着看，斜着看，甚至连画的背面都仔细看，仍看不出有什么可疑之处。

他不由心中纳闷：达摩祖师说"堪破此画之秘，当是五缘"，又说这画上有玄机，那么画中之秘在哪儿呢？达摩祖师一代高僧，寇谦之大师一代得道真人，他们绝不会打诳语，这画上一定藏有秘密……可我怎么瞧不出来呢？莫非我同这幅画无缘，找不到它的秘密吗？

他站起身在洞里走来走去，踱步寻思，绞尽脑汁想一会儿，仍想不出其中关节在哪儿。在洞里走了好几圈，忽见秦淮睡意蒙眬抬起头来，便问道："秦淮，你为何不睡了？"

秦淮说道："大哥哥，我眯着一会儿，身上好冷便醒来了。"张去病一听，忙脱下身上衣衫给秦淮披上。在他弯腰给秦淮披衣瞬间，一物从他贴身的小褂里滑落出来，骨碌碌滚到秦淮脚前。秦淮捡起一看，是个铁铸娃娃，顿时脸上睡意全无，高兴道："大哥哥，这娃娃好可爱！哎呀，太可爱了，给我玩玩！"

张去病仍在想那画上秘密，浑没在意，随口应道："你喜欢，就拿着玩吧。"又拿着"五缘图"仔细端详起来。秦淮将那铁娃娃拿在手上左看右看，喜欢得紧。她从小随师父在深山里长大，从没玩过什么玩具。小时候摘山上的野花玩，捉小虫子玩。长大一些学了武功便抓小鸟玩，或是捉野兔玩。眼下长到十四岁，才头一次得到一件玩具，甭提她有多高兴了！

那铁娃娃胖头胖脑憨态可爱。她看来看去忍不住在铁娃娃脸上亲一口。她拨拨铁娃娃的手脚竟然能动，拍一下铁娃娃的头，高兴道："胖娃娃，我来教你练武功！"她拿着铁娃娃手脚一会儿往右扳，一会儿往左撇，一会儿往上抬，一会儿往旁踢。一会儿做出打拳姿势，玩得咯咯直笑。玩着玩着，忽听"啪嗒"一声响，铁娃娃肚内掉出一块石头把她吓了一跳。

她捡起石头一看，只见那石头通体褐红色，上面有一些白色花纹。石头一面刻有几句话，她不认得。石头的另一面刻了一幅山水图画。一见那幅山水图景，她不禁惊讶得"咦"一声，石上图景竟然同"五缘图"上画的一模一样！

她大觉奇怪，连忙喊道："大哥哥，大哥哥，你快来看，这儿有块石头！啊呀，这石头好生奇怪，上面刻有一幅图画，同那'五缘图'上的画好像啊！你快过来看，这是怎么回事，奇怪极了！"

张去病正在专心想"五缘图"之秘，头也不回漫应道："小丫头别骗我，哪会有这等事？我在寻找图上秘密，你莫打岔！"

秦淮道："大哥哥，真的，真的，我没骗你。你过来看看就知道了！这石头是从铁娃娃肚子里掉出来的。你快过来看，石头上面有一幅图景，画得同那'五缘图'一模一样，奇怪得紧！这是怎么回事呢？"

张去病一听石头是从"铁娃娃肚子里掉出来的"，心中一动，恍然想起藏在铁娃娃腹中的达摩石。心想难道秦淮无意之中弄开铁娃娃身上机关，达摩石掉出来了吗？这丫头真淘气……咦？秦淮说达摩石上刻有一幅山水画，同"五缘图"一模一样，莫非是真的？待我看看！

他快步走上前去，急切道："秦淮，拿石头给我看。快！"秦淮忙递过石块，张去病接过一看果然是达摩石。他仔细端详石上的图景，不看则已，一看他惊讶得愣住了。那石上图画真同"五缘图"上一样！他恍然自语道："哎呀，先前我觉得这洞中景象仿佛在哪儿见过，原来是在这达摩石上见过！"说罢，他心中升起一个疑问：达摩祖师和寇谦之道长为何要画两幅一样的画呢？这是为什么呢？

霎时间，他心上闪过一串疑问：二位大师绘制一张"五缘图"，为何还要在达摩石上另刻一幅"五缘图"？他们让达摩石上"五缘图"流传于世，却将这幅"五缘图"藏在'禅音洞'里，这又是为什么呢？莫非……这两幅"五缘图"有什么关联？两幅"五缘图"绘的皆是洞中实景，难道两幅画与这洞中实景有甚奥秘？二位大师留下两幅"五缘图"究竟有何深意？他一时困惑不解，随手翻过达摩石另一面，一眼瞥见石上的偈语：

玄秘现，九宫无，

世尘魔道何能伏？

宝典隐，散花在，

真经重现万劫解！

突然，一个念头从他脑里闪过：莫非……莫非……二位大师留下这两幅"五缘图"与那《九宫伏魔经》有关联？莫非……那《九宫伏魔经》便藏在这洞内？莫非这两幅"五缘图"是寻找《九宫伏魔经》的线索？……如此一想，他隐约感到一个重大秘密就藏在眼前，兴奋得心中怦怦直跳。

秦淮见张去病神色时而迷惑时而惊喜，不知他想到了什么，急迫问道："大哥哥，你面露惊喜，你在画上看见了什么？是不是发现了宝藏秘密？快告诉我，你发现了什么秘密？那宝藏在什么地方？"

张去病喜道："我眼下还没有看出什么。不过，我已感到这洞里确实隐藏着一个重大秘密！"

秦淮高兴道："这洞中真藏有秘密吗？大哥哥，那是什么秘密啊？你快说给我听听嘛，人家想知道，心里急死了！"

张去病指着达摩石，问道："秦淮，你可知道这石头的来历？"秦淮摇摇头道："这石头还有来历吗？我可不知道。"

张去病道："此石名叫达摩石，它是达摩祖师和寇谦之道长的遗物。七百多年前……"张去病说起达摩石的传奇故事，秦淮听得两眼一眨不眨，顿时沉浸在风云龙、达摩祖师、寇谦之道长三人数百年前那场精彩绝伦的决斗之中，直到张去病讲完，她还沉迷在故事里。看见张去病停住嘴不再往下讲，她才回过神来，兴奋道："大哥哥，这么说来，你猜想那部武功秘籍《九宫伏魔经》就藏在这洞里吗？"

张去病点头道："我是这么瞎猜，还不知猜得对不对。"秦淮急切道："别管它对不对，咱们赶快在洞里找找再说！"

张去病道："好，先找找看！你腿上有伤，坐着用眼睛搜寻，我在洞内四处走动寻找。"他说罢从内洞口找起，仔细搜索每一块钟乳石，搜索小沟四周，再搜索洞顶悬挂的钟乳石，凡是能藏物件的洞孔或缝隙，他都仔细查找，或伸手进去摸，甚至连洞内地面，他都一处一处顿足探听，看地下有无隐藏物件的空洞。他目力超群，任何隐秘之处都逃不过他的眼睛。他满怀希望地看遍洞中每个角落，找遍每一寸地方，毫无遗漏地将洞内每个旮旯找了几遍，看得两眼都有些花了，却没发现《九宫伏魔经》藏在哪里。

秦淮坐在地上仰着头，睁大眼睛四处搜寻，抬酸了脖子也没有看出何处藏有《九宫伏魔经》的痕迹，不禁渐渐有些失望，问道："大哥哥，我没瞧见《九宫伏魔经》藏在哪儿，你找到了吗？"

张去病摇头道："没有，我找遍每个角落，也没找到！嗨，怪了，怎么找不着呢？难道是我想错了吗！"说罢，他疑心有遗漏之处，又像篦头发一样把洞里每寸地方重新仔细搜索一遍，仍找不到藏《九宫伏魔经》秘密所在。他兴味索然回到秦淮身边坐下，兀自寻思：一定是我胡思乱想弄错了，或许这洞里根本没有《九宫伏魔经》武功秘籍！

他转念又想：达摩祖师和寇谦之道长，为何要将这内洞实景绘成"五缘图"留在"禅音洞"里，又为何另将"五缘图"刻在达摩石上，让达摩石流传江湖上呢？二位大师这样做其中必定有深意啊！那么，他们的深意又是什么呢？两幅"五缘图"都以洞中实景描绘，图画和这洞中的实景究竟有何关联？……想到此处，突然间，一道光亮从脑子里闪过，他脱口叫道："啊呀，错了，错了！秦淮，我先前想错了，咱们都没找对！"

秦淮忙问道："大哥哥，什么想错了？什么没找对？"张去病道："我们找错了！我们不该在洞里找！"秦淮困惑道："那该在哪里去找啊？"张去病道："我们应该在图上找！"

秦淮道："大哥哥，为什么不该在洞里找，却该在图上找？我不懂！"

张去病道："秦淮，达摩祖师和寇谦之道长画了两张'五缘图'，一张刻在达摩石上，一张绘在绢上，是不是？"

秦淮点头道："是啊！却又怎样？"张去病又问道："他们为何要画两幅一样的'五缘图'？"秦淮道："这还用问吗，留给后世的有缘之人呗！"

张去病摇头道："他们若是留图给后世之人，仅是达摩石上'五缘图'就够了。刻在这块石头上保存多少年都行，他何必多此一举，再画一张'五缘图'在绢上，还将它藏在'禅音洞'里？"

秦淮一愣，忙问道："咦？是呀！达摩祖师和寇谦之道长为什么又画一张'五缘图'在绢上，还将它藏在'禅音洞'里呢？他们为什么要多此一举？这可怪了！大哥哥，你说他们这样做是为什么？"

张去病道："他们是为了防止后人拿到一幅图便能识破藏《九宫伏魔经》之谜，所以达摩祖师和寇谦之道长才画了两幅图。如果后人只得到一幅图，他也解不开藏《九宫伏魔经》的秘密。他须两幅图都得到才有望解开藏经之谜！"

秦淮惊问道："大哥哥，达摩祖师和寇谦之道长如此费尽心机，他们又是为什么啊？他们既然要将《九宫伏魔经》留给后世有缘人，为什么又要将它藏得这样难找？万一那有缘人找不到它，他们的愿望岂不是落空了吗？这真让人想不通！"

张去病说道："我猜想：一是达摩祖师和寇谦之道长认为，寻常习武之人学

《九宫伏魔经》武功极危险，他们不想让《九宫伏魔经》轻易被人找到。二是《九宫伏魔经》上记录的武功太厉害，若是被歹人学去将会祸害武林。是以达摩祖师和寇谦之道长便设置种种玄机，将《九宫伏魔经》深藏，令人难寻！尽管这样，我想有缘之人定能找到它，要不然他也就不是有缘人了！"

秦淮问道："大哥哥，你是说这两幅'五缘图'是达摩祖师和寇谦之道长设下的玄机？"

张去病点点头，道："正是如此。"秦淮又问道："那么，玄机在哪儿呢？"

张去病道："倘若我没猜错，破解《九宫伏魔经》秘藏的玄机，便藏在这两幅图上。咱们要想找到《九宫伏魔经》，应该从这两幅图上寻找线索，不该在洞中漫无目标地瞎找，才能解开这个大秘密！"

秦淮一听拍手赞道："啊呀，大哥哥，你太聪明了！达摩祖师和寇谦之道长的心思都让你猜到，你好聪明啊！快，咱们好好瞧瞧这两幅图，看图上有什么破绽，快将藏《九宫伏魔经》的秘密找出来！"

张去病道："好，咱俩来瞧瞧这两幅图有无差别，如有差别，那便是玄机！"他把"五缘图"和达摩石摆在光线最亮之处，抱秦淮过去坐下，两人瞪大眼睛仔细对比两幅画上的景物，一处一处看将过去。

秦淮看了一会儿，忽然欢呼道："哈，大哥哥，我找到一处不同的地方了！"

张去病忙问道："你找到的不同之处在哪儿？"秦淮用手一指，道："大哥哥你瞧，在这儿！这个地方两幅图画得不一样！"

张去病跟随秦淮手指的地方看去，只见达摩石上刻的白鹤伸着嘴在沟水里觅鱼。而绢上画的白鹤却已抬起嘴来叼着一条小鱼。这个差别显然不是笔误，而是作画之人有意画得不一样的。

张去病兴奋道："嗨，这儿真画得不一样！"二人又看了一会儿，张去病一拍手，高兴道："哈哈，我也找到一处画得不同的地方！"秦淮忙问道："在哪里？在哪里？"

张去病道："秦淮你瞧，在这儿。绢上刻的一轮红日已经挨着山头，而达摩石上画的红日却当空照着。这两处明显画得不一样，这肯定是达摩祖师和寇谦之道长作画时有意为之！"秦淮一看，两幅画此处果然画得不同。

二人发现两个不同之处，兴趣大增，又继续找下去。过不一会儿，又发现一处不同的地方：达摩石上的花丛中刻着一株花蕾高出群芳，含苞待放，而在绢画上这株花已然盛开。

他们再往下找，再也找不到两幅画的不同之处了。张去病望着那三点不同之处，又兴奋又困惑。兴奋的是终于发现了秘密端倪。困惑的是不知达摩祖师和寇谦之道长将三处画得不同，究竟是何用意。他望着两幅"五缘图"又思索起来。

第十六章　谜经

秦淮见张去病望着两幅图发呆，忙问道："大哥哥，那《九宫伏魔经》秘籍，是不是藏在这三个地方？"张去病随口问道："地方？你说什么地方？"

秦淮重复道："我说《九宫伏魔经》秘籍，是不是藏在这三处地方？"

张去病想了想，摇头道："不是。一本《九宫伏魔经》秘籍只能藏在一个地方，怎么能藏在三个地方呢？除非《九宫伏魔经》秘籍有三册，才能将它们分藏在三个地方……"刚说到"地方"二字，他忽然抬手一拍脑门，恍然大悟道："啊呀，我知道了，我知道了！秦淮你没说错，对对对！我二人不该坐在这儿望着图傻想，咱们该到这三个实景中去找，方能找到《九宫伏魔经》秘籍！"

秦淮一愣，不解道："大哥哥，咱们到哪三个实景中去找？"张去病道："到你说的三个地方去找啊！"秦淮又问道："那三个地方在哪里？"

张去病笑道："傻丫头，你想想这两幅图，是照着哪儿的景画的？"

秦淮道："是照着这洞里景画的嘛！啊！大哥哥，你是说咱俩要到洞里这三处地方找《九宫伏魔经》秘籍？"

张去病赞道："小丫头真机灵，一点就明白！"张去病抱起秦淮，先走到那块形同白鹤的钟乳石前查看。那鹤同绢上画的鹤一样，鹤嘴上叼着块像鱼的石头。他寻思如此看来"五缘图"完全是照着洞中之景描绘的了。

他再抱着秦淮走到那像太阳的钟乳石旁一看，那石果然挨着一块像山的钟乳石，犹似红日傍西山。他更确信绢上的画同实景一样，半点没变动。他想，那形似花蕾的钟乳石一定是开放的了。

岂料他抱着秦淮走近一看，同他想的不一样，那石头却同达摩石上刻的一样含苞未开。他心下诧异，不知两位大师为何在"五缘图"上，将这一处画得与实景不同？他寻思：两位大师为何唯独将此处画得同实景不一样呢？难道这其中有玄机？

他将秦淮抱在一块石头上坐下，说道："秦淮，你先坐一会儿，待我去那花蕾石前察看有何可疑之处。"

秦淮点点头。张去病走到那花蕾石旁看了一会儿，没看出有什么异样。那花蕾石色泽淡黄，如西瓜般大，花瓣尚未完全张开，花蕾中心石头雪白，如花蕊卷曲，除此并无特别之处。他看罢心下沮丧，闷闷不乐转身离开。走出几步，他不甘心又转头看那花蕾一眼，却见雪白卷曲的花蕊中心，隐隐有个小黄点。他想：咦，刚才没看见花蕊有这小黄斑，这是咋回事？他忙走上前细看，见那小黄斑在卷曲的花蕊下，他伸出手指插进花蕊缝隙内一摸，手指触到一个棉软之物。他小心翼翼将那棉软之物抽出来一看，却是一个黄色油纸包裹的卷筒。他兴奋得身子一颤，双手微微发抖。

秦淮看见张去病找出一件东西，高兴欢呼道："好啊，大哥哥，咱们终于找到达摩祖师和寇谦之道长的秘藏了！哈哈哈，准是《九宫伏魔经》武功秘籍！大哥哥，快打开来看看！"

张去病异常激动，一想到传说七百多年的神功秘籍将展现眼前，心中扑通扑通乱跳不停。他走到秦淮身边坐下，手指微抖地剥去卷筒外密封的防潮油纸，只见里面露出一个泛黄的绢卷来。他缓缓将那绢卷展开，却见绢上没有文字，而是半幅画。因为年代久远，那画面已变成乳黄色，上面画着一个少女头像，身子和四肢部分皆被裁去，只留下一张笑脸。

张去病和秦淮望着那半幅画莫名其妙，不知这半幅画又藏有什么玄机。张去病望着少女的头发一会儿怔，忽然面露喜色道："嗯嗯，一定是这样，一定是这样，我知道是怎么回事啦！"秦淮忙问道："大哥哥，你又知道什么了？"

张去病道："达摩祖师和寇谦之道长要我们再找到这画的另一半，才让我们解开藏《九宫伏魔经》的秘密！"秦淮叹道："可是那另一半画，咱们去哪里找啊！"

张去病笑道："秦淮你瞧着，大哥哥聪明得很，我找出另一半画来给你看！"说罢，他径直走到那形似白鹤的钟乳石前，弯下腰去细查看一会儿，从鹤叼着的石鱼嘴里取出一个小卷筒来。

秦淮瞧见大奇，忙问道："咦，大哥哥你是怎知卷筒藏在那里的？哎呀，你可真有本事！"

张去病返回到秦淮身旁，笑道："大哥哥连这都不知道，还当得了你的大哥哥吗？"他剥开防潮油纸打开绢一看，果然是半幅画，上面画是少女一双腿，却不见少女的身体和手，显然还有半幅画藏什么地方。

他一看便明其理，对秦淮道："秦淮，这幅画还不全，咱们还要找到那有身子和手的半幅画，才能窥见藏经的秘密！"

秦淮忽然道："大哥哥，我也知道另一半画在哪里，我去取给你瞧！"说罢，她起身朝那块红日状的钟乳石走去。

张去病看着秦淮的背影，惊喜道："咦！秦淮，你能走路了？你腿上的箭伤不疼了吗？"秦淮回头狡黠一笑道："大哥哥，你给我服下的'摩尼八仙丸'真灵验。老实对你说吧，半个时辰前，我腿上的箭伤早就不痛了！"

张去病道："嘿，你这鬼丫头！腿伤不疼了，还要我抱着你走来走去，真不害臊！"

秦淮笑嘻嘻道："为什么要害臊？你抱着我走路，我很舒服啊！要不是让你见识我的聪明，我还要装痛，还让你抱着我走来走去。嘻嘻，我喜欢得紧！"

张去病无可奈何摇摇头，心想这丫头在山里长大，天真烂漫，什么避讳都不知道。却见秦淮走到那形似红日的钟乳石前，学他四处查找。可是那块钟乳石浑圆如球形，上面既无孔洞，亦无缝隙，根本无处可藏东西。

秦淮东瞧西瞧，不见可疑之处，嘴里自语道："噫，怪了！剩下半幅画怎么没藏在这里？"

张去病走过去，抬头望了望那块钟乳石，忽然笑道："噫，怪了！画明明藏在那儿，有人却看不见它！"

秦淮忙连声问道："藏在哪儿？藏在哪儿？我怎没瞧见？"张去病笑而不答，纵身跃到那圆石上，蹲下身从旁边山峦状的钟乳石缝里抽出一个小卷筒来。秦淮诧道："大哥哥，你怎知卷筒藏在那儿？"

张去病跳下圆石，道："在达摩石上，达摩祖师和寇谦之道长将这红日画在空中。在'五缘图'上，却将红日画傍西山。他为何将红日从空中移到西山？我想他们在暗示秘密就藏在西山上。"

秦淮佩服至极，夸赞道："啊呀，大哥哥，你咋就这样聪明？怎么我就想不到这一点呢？"

张去病叹口气，道："唉，天生的，没办法啊！我想不聪明都不行！"秦淮讪笑道："哼，耗子爬秤盘——自称自夸，真不害臊！"

张去病又叹道："唉，我算不得聪明，还有一个人比我聪明百倍哩！"

秦淮忙问："怎么？还有人比你聪明一百倍，怎么会呢？真的吗？那人是谁？"张去病道："那人可聪明了，她的腿早不痛了，却骗得我傻乎乎抱着她在洞里到处转悠，那人才聪明至极啊！"

秦淮嗤嗤笑道："哎呀，你这人真是小心眼儿！不就是多抱我一会儿吗？来，让我来抱抱你转悠一会儿得了！"

张去病笑道："说你这小丫头聪明，可一点不假！你若抱我，腿伤发作，待会儿还不知谁抱谁哩！这种蚀本生意，我可不干！"

秦淮抿嘴一笑，在张去病肩上打一巴掌，道："嘿，你这人心眼特多！"

他俩一边说笑，一边打开那卷筒看，果然绢上的画是少女上身和双手。秦淮拿另外两个半画平摊在地上，张去病将手中半幅画拼过去，三张半幅画凑在一起，一幅完整的少女画像呈现在眼前。只见那少女亭亭玉立地站在万花丛中，抬头凝视着洞顶上方。

秦淮道："大哥哥，怪了，咱们进洞来，没瞧见有同这姑娘相似的石头啊，达摩大师和寇谦之道长画这少女像是什么意思？"

张去病道："是不是先前咱们找漏了？再在洞中细心找找看！"适才，他们观赏洞里钟乳石，只看见花丛般的钟乳石里立着一块像汉子的石头，没看见有什么石头似少女。此时他俩在洞里转了几圈，还是没见到形似少女的钟乳石。秦淮的腿伤未痊愈，转了一会儿伤口微痛，便在一块石头上坐下。

张去病继续四处张望，他寻思：莫非这块形似姑娘的石头不在这洞里？倘是这样，它在哪里呢？只说就要窥破"五缘图"的秘密了，却找不到这块形似少女的石头，莫非我同《九宫伏魔经》无缘，空欢喜一场吗？

他正暗叹，忽听秦淮惊喜叫道："大哥哥，你过来看，我看见那块像姑娘的石头了，她就在这儿！"张去病忙道："那少女石在哪里？在哪里？"

秦淮道："你走过来，站在我这个地方上才看得见！"张去病疾步走到秦淮身边，秦淮抬手一指，道："你看，像姑娘的石头就在那里！你瞧，那是她的头，那是她的胸，那是她的腰，那是她的手臂。啊哟，她的腰好纤细，她的腿好修长！先前，我们怎么就没看见她呢！"

张去病一看，那钟乳石果真像一个妙龄少女站立在花丛中。他诧异道："奇怪也哉！怎咱们从那一面看，这块石头像个年轻的汉子。咱们从这一面看去，这石头却又像个亭亭玉立的少女？"

原来秦淮指的石头，正是他们先前看见的形似汉子的钟乳石。此时，从秦淮所在的方位看去，那石头却极似一个美少女。张去病心中讶异，他走到别的方位去看，那石头却又像个汉子。他蓦然想起，前朝苏东坡苏学士那首脍炙人口的诗句："横看成岭侧成峰，远近高低各不同。不识庐山真面目，只缘身在此山中。"他想：原来从不同方位看这石头，便会看出不同的形状。秦淮坐在这个方位歇息，无意之间却看出它像少女。哈，真是老天相助，得来全不费功夫！这一下可探知《九宫伏魔经》秘密了！

想到即将解开《九宫伏魔经》之秘，他心里又突突乱跳起来。他走到那形似少女的石头前，察看秘密藏在何处。看了一会儿却看不出任何可疑之处。他寻思：难道这块石头也是活动的？他上前试着推了推那石头，却推不动。他从少女的脚下往上看去，看见少女两眼凝视上方。他心中一动：莫非她凝望之处有蹊跷？

他顺着少女凝视的方向看去，只见洞顶上垂吊着一块约一丈宽的大钟乳石。那石头洁白晶莹，好似一大片白云浮在上空。石块四周边缘透着一线光亮，犹如浮云镶了一条金边。他心中奇怪：那石块边缘怎会有微光？光是从哪儿来的？是洞里的反光吗？

他回头看洞内，并无光亮反射上去。他心下奇怪，双足一点，纵身跃到那钟乳石上去看究竟。却见钟乳石上洞顶上有个碗口大的洞，光亮从小洞射下来，将大钟乳石四周照得微微泛光。他仔细查看大钟乳石上，石片光洁如玉，什么物件也没有，不可能藏有什么东西。

他望着那碗大的洞口寻思：这小洞上是什么呢？是天空吗？他伸手扳下旁边一块钟乳石，试着去敲那小洞口子。岂料轻轻一敲，洞口四周便掉下一块泥土。他心中诧异：洞口石头怎么如此松软呢？

忽听秦淮在下面问道："大哥哥，你在上面干啥？是不是找到《九宫伏魔经》秘籍了？"

张去病道："还没找到。这上面有个小洞，我在敲大它的口子，想钻进去看看上面是什么地方。"

秦淮一听兴奋道："真的吗？上面还有个洞吗？大哥哥，你快抱我上去，我也要上来看看！"张去病道："上面净是泥尘，过一会儿再抱你上来。"

秦淮听见发现新洞，心里好奇得痒痒，忙道："大哥哥，我不怕泥尘。我就喜欢探险，我就喜欢发现新秘密，你快下来，抱我上去瞧瞧嘛！"

张去病无奈摇摇头，道："嘿，你这丫头真不消停！"他纵身跳下，伸手一探提起秦淮跃到石片上。秦淮看见那小洞口，道："大哥哥，这'禅音洞'可奇了，一个洞连着一个洞，洞上面还有洞。咱们钻进去可别碰到什么怪物！"

张去病笑道："是啊，洞里突然钻出个怪物，一口将你当点心吃了，可大大不妙！"

秦淮笑道："你别吓我，我才不怕哩！"说时，不禁紧张地望那洞口一眼。张去病继续敲打洞口，泥尘纷纷坠下。他心里突然闪过一个念头：咦，这洞口上泥土好像是人糊上去的，有意要掩盖这洞口！那人是谁……莫非是达摩祖师和寇谦之道长？《九宫伏魔经》秘籍难道就藏在上面？如此一想，他心中激动不已。敲打片刻，他将洞口扩大到五尺宽可容一人钻进去。他想再扩大一些，却敲到坚硬的岩石。他放下手中石块，身子一缩钻入上洞，转过身来伸手将秦淮拉进洞去。

两人一进入上洞，见此洞比下面的洞更大，有几十丈宽，几十丈高。阳光从洞壁四道裂缝射进来，将洞内景物照得清清楚楚。洞顶上长着五丛钟乳石，地上耸立着几块大钟乳石群。中央一块最高，约有三丈高，其他几块高低不一，排成横三行，竖三行，每行三块，一共有九块，组成一个方阵。

秦淮用手一指，欢呼道："大哥哥快看，这洞顶有个盒子！"张去病抬头看去，只见洞顶上五丛雪白钟乳石中，放着一个乌黑木盒子。秦淮激动道："大哥哥，那《九宫伏魔经》秘籍一定藏在木盒里，咱们去将它取下来！"

张去病一看，那木盒放在洞顶中央钟乳石上，离地面极高，他要从地面跃上洞顶去取木盒，无论如何做不到。唯一办法只有走入钟乳石中去，跳到当中那块最高石上；再从上跃上洞壁，施展"蹑云步"沿着洞壁攀登，才能上到洞顶将木盒取下。除此之外，再找不到取木盒的捷径。

张去病正思忖，却见秦淮兴冲冲走进钟乳石群。岂料刚走几步，秦淮忽然"啊哟"尖叫一声，身子一晃栽倒在地上。他大吃一惊，纵身上前抱起秦淮退出。秦淮双目紧闭呼吸急促，张去病伸指头在秦淮眉间穴位上轻点两下，秦淮缓缓睁开眼来。张去病忙问道："秦淮你怎么了？腿伤发作了吗？"

秦淮惊惶地摇头道："不，不是腿伤，是那石头作怪！我走入石群内突然瞧见一块一块乱石向我飞来，我顿时全身血气乱涌，两眼一黑便什么都不知道了！"说罢双目一闭，又晕了过去。

张去病伸指搭在秦淮腕上，感觉脉象滞迟并无大碍，猜想她是突遭惊吓气血紊乱，以致昏迷。他想让秦淮小睡片刻安血宁神，便不将她叫醒。他转过身去观望那石群。只见九块钟乳石静静立着，并无什么异样。

他自语道："这钟乳石群里怎会有乱石飞动？不可能的事！莫非是秦淮同金兵激斗，腿上受箭伤耗费功力过剧，头脑里产生幻象？可是即便是产生幻觉，她也不该晕倒！这究竟是咋回事？待我到石群中去瞧瞧！"

他心怀疑问跨入石群，刚走得几步，忽见眼前飞影一晃，只见无数乱石朝他飞砸过来。他大吃一惊，立感血气翻涌，身子晃两晃。他心中大骇，急忙倒纵身子跃出石群。双足着地，他惊悚回头看去，只见九块石头兀自静立，哪有什么乱石飞舞的景象？他好生讶异，心想这石群有点邪门！

他定了定神，心中不信邪，又小心翼翼地走入石群。这一次他全神戒备。一跨入石群，又见乱石飞舞砸来，他急忙迈开"蹑云步"，在九块钟乳石之间腾挪闪跃躲避飞石。九块大石横三行，竖三行，形成四条纵横交叉甬道。他闪入一条甬道内躲避飞石，回头一看，奇怪，飞石仍在他身后紧追不舍。他奔出二丈，想钻进旁边的甬道去，见那甬道内也有飞石砸来。他急忙向前奔，心想奔到甬道尽头便可冲出石阵去。

岂料奔到甬道尽头，却是一片雾气茫茫不见出口。他急忙一闪身，躲入第二条纵向甬道内。再回头一看，乱石仍朝他飞砸过来，他只得提气疾奔。奔到甬道一端时，仍是雾茫茫一片，见不到出口。他忙折身闪入另一条甬道内。一时间，他在纵横四条甬道里东躲西闪，疲于奔命。奇怪的是：无论他跑进哪条甬道，身后飞石便追进哪条甬道，怎么也甩不掉那飞石。他不敢停顿，只得在九块大石之间穿梭狂奔。

狂奔十几圈，他忽觉任脉上几处大穴一跳，身上经络如蚯蚓蠕动般乱动起来，把他吓了一跳。他一边奔跑，一边运功调理经络，可是怎么也调理不宁，经络仍在频频乱动。他自从误打误撞在绝命峡治好怪病，打通了任、督二脉，又在"乾元洞"内参悟"天根谷神图"功力大增，调理内息经络本已随心所欲，此时不知为何却调理不宁。他想用老法子调理经络，一边奔逃，一边高声吟唱禅音。一十八拍禅音连唱几遍，经络才渐渐平复下来。他不知经络为何突然乱跳，疑心是石阵诡异所致，急想逃出阵。可是在石阵中疾奔好一会儿，仍想不出脱困之策，令他越发焦急。猛然间，督脉上几处大穴也猛跳起来，身上经络又开始不停乱动。他又如法炮制，一遍遍吟唱禅音。

几遍禅音唱罢，经络又复归平静。他在石阵内每奔一圈，手太阴肺经，手阳明大肠经、足阳明胃经、足太阴脾经等十二经络便依次蠕动，他只得不停地奔逃，不停地一遍又一遍吟唱禅音，将经络蠕动抚平下去。如此疾奔吟唱禅音耗功甚剧，累他得大汗淋漓，胸前小褂尽被汗水浸湿。

他一边奔逃，一边心中惊诧不已：往日疾奔数十里身上才微微出汗，今日在石群里才奔一会儿，怎会如此大汗淋漓？以往身上发生怪异大多是气血紊乱，这一次怎么是经络不宁呢？他想：身后飞石追赶我在甬道内忽前忽后，忽左忽右奔跑，似乎有一定路线可寻，这又是怎么回事？如此久奔下去无法脱身，我岂不要累死在这石群内？不成，不能久陷在这些大石内，我无论如何要想法冲出去！

他从慌乱中镇静下来，忽然灵机一动：我干吗老在甬道里狂奔逃避飞石？我干吗不跳到这些大石上去？跳到这些大石上去不就可以躲开飞石，冲出石群吗？心念闪过，他纵身一跃跳到一块大石上。岂料双足刚落石上，却见九块大钟乳石上也有乱石飞舞。而没有甬道可作屏障躲避。飞石从四面击来，躲闪极是困难。他只得挥掌拍打飞石以求自保。他一掌掌拍出，前面的飞石被掌力震开，后面的飞石忽又袭来。

他一边不停地出掌拍打飞石，一边纳闷哪来这么多飞石？真是活见鬼了！拍打一阵，他忽然发现一件怪事：只要他一出掌，飞石就退开去，手掌从未碰到过飞石。他寻思我出掌尽打在空虚处，怎么碰不到一块石头？难道这些飞石不是真的，而是我的幻觉？还是我的掌力太大，飞石不堪一拍被震开去？他心中虽然疑问重重，但判断不明情形，他不敢贸然停手。生怕万一不是幻影，飞石是真的，他不拍挡便会被砸伤。危险之际，他宁可信其有不敢信其无，仍不停地挥掌拍打飞石。

他在九块大青石上腾挪闪跃，舞动双掌拍打飞石，起初感到飞石如千百飞蝗袭来，极难对付。后来他发现：只要从第一块青石跃到第三块青石，再从第三块跃到第五块青石，不知为什么，身手顿时变得快捷无比，拍挡飞石容易许多。再从第二块跃到第六块上，又从第六块跃到第八块上时，身手更是迅捷无伦，拍挡飞石便变得游刃有余。

他不知是什么缘故，心想：莫非这九块大石排列藏有什么奥妙？他心中动念，脚不停步，舞动双掌在青石上踏着一、三、五、二、六、八路线拐来拐去，他在飞石中穿行快似闪电惊鸿。如此拐来拐去十几个来回，他又惊奇地发现：此时他不但奔得比飞石快，而且出掌快得无与伦比，往往飞石尚未袭近身，已被他出掌迫退。眼下情形，不是飞石向他砸来，而是他在追击飞石。

他又惊又喜：我的身手怎会比以往快捷许多？这是咋回事？这些飞石已困不住我，我还不赶快冲出阵去更待何时？心念闪过，他看见洞壁上方有块凸石，忙拔身上跃如一朵轻云飘落到凸石上。

他居高临下一看那石群。奇怪，一切又复归平静！却见九块钟乳石上刻有文字：分别是"离宫""艮宫""兑宫""乾宫""巽宫""震宫""坤宫""坎宫""中宫"字样。九块石各刻一宫，他一数合起来是九宫之数与《九宫伏魔经》的"九宫"相符。字迹是用指力写出，一笔一画清晰印在石上。字体清秀飘逸，与外洞刻的"有缘自来，无缘不到"八字的字体不同。

他寻思：大石高过头顶，先前在甬道内看不见大石面上这些字，不知这些石块大有来头。莫非青石上的这些字，是寇谦之道长写上去的？他再看石阵当中那块刻有"中宫"二字下面，还有几个小字。他凝目看去，是"九宫伏魔洗髓心法"八个字。

他心想这"九宫伏魔洗髓心法"，便是《九宫伏魔经》上的武功吗？忽然间他恍然大悟道："啊，我明白了！达摩祖师遗命'有缘自来，无缘不到'，不许进洞之人外泄'禅音洞'，并非只是为了保护那两排能奏禅音的石笋，更是为了保护这个洞中秘藏的'九宫伏魔洗髓心法'！"

想明这层原因，他心中一阵狂喜。又想：那么"九宫伏魔洗髓心法"的文字秘籍在何处呢？是藏在石群内什么隐秘之处吗？他注目查看九块钟乳石，每块都平整光滑连个缝隙都没有，无处可藏东西。他抬头看看洞顶上的木盒，心想是了，心法秘籍一定是藏在洞顶木盒里，待我取下那盒子来瞧瞧。

他正想到此，忽听浑身骨头关节突然噼噼啪啪爆响起来，宛如爆炒豆子一般，令他全身从头到脚不住抖动。他大吃一惊想吟唱禅音调匀内息，但一时间双唇发抖，牙齿打战，一句也唱不出来。惊惶中，他蓦然想起在"乾元洞"里也曾发生过这种情形。那一次他观望"天根谷神图"也曾浑身乱抖。后来他学壁画上的老人"致虚极，守静笃"，才摆脱了厄境。他忙盘腿坐在石上，不管身子颤抖，闭目凝神，心中意念冥想："致虚极，守静笃，万物并作，吾以复观。夫物芸芸，各归其根。归根曰静，是曰复命……"

冥想一会儿心绪远逝，物我两忘，身子不再抖动，体内有一股暗流汩汩流动。那暗流所到之处，骨节爆响之声立即停息，四肢百骸立时风平浪静。霎时间，他只觉浑身精髓交泰，一股浩气从丹田升起遍覆全身。他一声长啸似滚雷作响，震得洞内四壁灰土簌簌落下。

这啸声内力无比充沛，挟带金石之音，显是功力大有增进。他兀自诧异：怪哉！为何忽然之间，我的功力有了长进？他回想刚才在石阵里疾奔，身上经络跳动，吟唱禅音抚平经络，跃上九块大石拐来拐去挥掌拍打飞石，而后纵上这凸石上周身骨节突然爆响起来，然后打坐。"致虚极，守静笃"……

他一件件想来，脑子里灵光一闪，冲口叫道："难道我被易筋洗髓了吗？难道达摩祖师和寇谦之道长将'九宫伏魔洗髓心法'暗布在这石群里，我闯入石群被易筋洗髓而不自知？要不然，我怎会突然经络蹿动，关节爆响？这定是易筋洗髓的情形，我突然功力大长，必定是这个缘故！"

想到此处，他不禁自言自语道："这九块大石布置得十分神奇，人进入石群内便会看见乱石飞舞，这九块大石难道是用奇门遁术排布的？我曾听外公说三国时，诸葛亮在鱼腹浦用乱石布下'八阵图'。东吴大将陆逊闯入阵内，便看见狂风大作，飞沙走石的幻象……可是奇门遁术高深莫测，达摩祖师是天竺国人，他怎会用中土奇术布下这'九宫伏魔石阵'呢？是了，《九宫伏魔经》是达摩祖师和寇谦之道长共创，那寇谦之道长想必会奇门遁甲术，这石阵一准是他布下的。"

他又想：如果两位大师已将"九宫伏魔洗髓心法"暗布在这石阵里，那么洞顶上的木匣内藏有什么秘籍呢？他天资聪颖，猜到这'九宫伏魔石阵'一些隐秘。但此时他无暇多想，他抬头看看洞顶上的木盒，想上去将它取下来，看看里面究竟装着什么。

洞顶离地面很高，适才他从地面跃到石阵内最高大石上，再跃上数丈高的洞壁凸石上，此时他只须迈开"蹑云步"，从凸石上绕洞壁而上便能到顶将木盒取下。他站起身来深吸一口气，正要纵身跃起。

忽听秦淮在下面道："大哥哥，你在上面干什么？你为何还没将木盒取下来？"

他低头一看，秦淮已然醒来，正仰着头同他说话，忙道："秦淮，你好些了吗？"秦淮道："我没事了，你快将那木盒取下来瞧瞧嘛！"

张去病道："好，我去取来给你瞧瞧！"说时迈开"蹑云步"环绕洞壁疾奔而上，快似矫猿，眨眼之间便奔到洞顶的五块钟乳石下。他轻身一纵，跃到五块钟乳石中间，右手紧抓住一块钟乳石。左手一探将那木盒抓住。身子一旋在空中翻几个筋斗，飘然落到秦淮身旁。秦淮惊讶道："大哥哥，你在洞壁上奔行的功夫，叫什么功夫？"

张去病笑道："叫蹑云步。"秦淮道："这功夫真好玩！日后你教教我，成不成？"张去病点头道："成啊！"说时，将木盒盖子打开。二人往盒内一看，一个油纸小包躺在盒内。张去病取出小包剥去油纸，现出一块写有字迹的黄绢。张去病取出黄绢，下面还折叠着一张薄薄的羊皮。

秦淮欢呼道："啊哈，大哥哥，我们找到《九宫伏魔经》啦！"

张去病喜不自禁道："是啊，我终于找到它啦！"他展开绢帛一看，见上面写着一偈道：

> 玄秘现，九宫无，
> 世尘魔道何能伏？
> 宝典隐，散花在，
> 真经重现万劫解！

张去病一看是达摩石上的话，偈语之下还有文字注云："玄秘者，乃摩尼教《玄秘宝典》之谓也。宝典隐，喻数百年后《玄秘宝典》遗失江湖，魔教进犯中原武林之劫也。"

张去病一惊：摩尼教《玄秘宝典》遗失中原？如此说来，这几年该教几大摩尼、几位尊者、几个长老侵犯中原武林门派，不仅是为抢夺达摩石，更是为了寻找遗失江湖的《玄秘宝典》吗？想不到这些武林争斗还隐藏着一桩如此重大的秘密！

再往下看，见注文写道："九宫无，即《九宫伏魔经》将现江湖，同《玄秘宝典》争锋之谓也。夫若有功力高深、佛道造诣俱佳之人，有缘进得此洞修习《九宫伏魔经》。功成之后立身武林，自当承担起驱魔除邪重任，纵是赴汤蹈火，九死一生，不得有悔！"

张去病寻思：师父临终时嘱我找到《九宫伏魔经》修习经上神功，正是要我担当此大任。我身负国恨家仇，又逢武林浩劫，两者都是天下公义。大丈夫立于天地间得此机缘，当义不容辞！为国家天下驱魔除邪，我决不有悔！一想到国恨家仇，武林恩怨，他自觉责任重大，不禁热血沸腾，心里豪情万丈，自言自语道："我若是学成《九宫伏魔经》上的武功，将用它轰轰烈烈干得一番大事！身为男儿汉大丈夫，才不虚此生！"

他再往下看，见注文又写道："世尘本无魔，万魔由心生。一当心魔消解，魔道自消。得《九宫伏魔经》者，不可沉迷武功，更不可只图以武力除魔，以免反陷魔道！切记，切记！"

看到"世尘本无魔"一句，他一愣，兀自寻思：这文中说"世尘本无魔"，怎么会呢？金兵入侵我大宋，占我国土，杀死多少无辜百姓。秦桧老贼残害忠良，害死多少忠臣义士，他们不都是魔吗？世上一些恶人坏人为图名利钱色，不择手段害人整人，他们不都是魔鬼吗？怎么说世尘无魔？这可说得有些不对啊……

他怀着疑惑看到第二句"万魔由心生"，心中豁然开朗，自语道："啊，我懂了，世尘原本无魔，是说人生下来时并未坠入魔道，世间本应无魔。后来人心坠入魔道，人才会为名利钱色不择手段害人整人，变成了恶人坏人，这世上才有了魔！"

他想：听那秦员说，秦桧老贼初为官也曾为抗金热血沸腾过，那时他还并不坏。后来他心坠魔道，才变成一个大坏蛋，大奸臣，大卖国贼！是了，人若为一己私利，心生贪欲做出害人之事，他就变成了坏人，变成了恶魔！人是先有魔心，才有魔行！

他又想难怪圣人遗训说，人要修身正心，免被恶欲侵袭，方能齐家治国平天下！这注文说驱邪除魔不可单凭武功，不可仅凭强力，是说除魔伏魔须驱除人心之魔，才能战胜魔道。哈，我终于明白了，这才是《九宫伏魔经》的"伏魔"二字要义！我学了经上武功，一定要遵循两位大师的遗训，不可只图用武力除魔，以免迷信武力无所不能，自己反而坠入魔道，变成了魔！

想到此处，他心里不禁有些惴惴。心想幸亏二位大师见识高远，写下这遗训，要不然我学了这绝世神功，恃武自傲，目空一切，便会倒行逆施，不知不觉变成一个魔头，那岂不是因福得祸？啊呀，这件事，了然真人和莫明长老也曾用"天精果"为例教诲过我，说万事祸兮福所倚，福兮祸所伏。这《九宫伏魔经》不就好比一枚"天精果"吗？我得到它，祸福相依，一定要以平淡心对待，切不可利令智昏反招祸灾！

张去病能有这番领悟极不容易，他正是血气方刚之时，得此奇缘极易被冲昏头脑，不去细想经文遗训。他之所以能清醒思量，除了他天资聪颖，悟性不凡，自幼遭逢大难磨炼，心思比一般青年老成之外，还得益于凌霄老人、莫明长老和了然真人这些高士的教诲，才能有这一番顿悟。有了这番顿悟，犹如有了承载福泽的厚土，他日后方能成为一代旷世奇侠。

他再往下看注文，见注文写道："有缘进入此洞者，当是智慧武功高绝之人。吾等将'九宫伏魔洗髓心法'衍化在'九宫伏魔石阵'内，有缘者进入阵将被易筋洗髓，功力大增。从此不惧任何邪魔内功，当可克制魔教高手怪异内力。"看到此处，他才知晓这石阵名叫"九宫伏魔石阵"。

注文又写道："吾等还将另一门功夫'太乙伏魔手'留给有缘人。有缘者练成此功，出手便成杀招，故须怀慈悲之心，不可滥用此技！习会《九宫伏魔经》两门神功后，有缘者务必将秘籍留在洞中，不得带出，并严封此洞，谨守真经之秘。真经再隐，秘不传世，以免自不量力者妄加修习，延祸世人。望有缘者铭记，谨遵，不得有违！"下有落款：中土寇谦之真人天竺菩提达摩。

秦淮不识字，见张去病专心看绢帛上的文字，不敢打岔，等他看完才问道："大哥哥，这便是《九宫伏魔经》的经文吗？"

张去病摇头道："这不是经文，这是一篇对《九宫伏魔经》的注文。"秦淮又道："《九宫伏魔经》在哪儿呢？"

张去病往石阵一指，道："两位大师已将《九宫伏魔经》的一门武功，暗布在这石阵中了。"

秦淮听不懂，忙问道："两位大师将一门什么武功布在石阵中？大哥哥，你看见了？"

张去病道："他们暗布在阵中的武功叫'九宫伏魔洗髓心法'。我没看清，只是大致窥见一点门径……"见秦淮听得迷糊，张去病便将秦淮昏睡之时他闯入石阵情形对秦淮说了一遍。

秦淮听了难以相信，惊叹道："啊，这石阵好可怕！不过呢，大哥哥，你好聪明，你好厉害，居然进入石阵中不晕倒，还在乱石飞舞的石阵中学会一门武功！"又问道："大哥哥，还有一门武功呢？在哪里？"

张去病道："或许在这张羊皮上。待我打开瞧瞧！"他将那薄薄羊皮展开，果然是一张武功图谱。只见顶端上有几个浓墨大字："太乙伏魔手"。字体同青石上的"九宫伏魔洗髓心法"相同。写得清秀飘逸。张去病心想，这羊皮上的字，看来也是寇谦之道长的笔迹了。

他见在"太乙伏魔手"大字下，有数行蝇头小楷："有缘者敬识：太乙者，太一之意也。太一乃万物之母，万法之宗，万道之源，故'太乙伏魔手'功夫，究天下武学之变，含百家武功之长，包罗万象，堪比百功之母。

"习会这门功夫，天下武功皆能为你所用。临敌之际，你可随意取舍各派武功招式，巧妙搭配，便能生出威力极大新招。是故'太乙伏魔手'堪称一门旷世奇功。有缘者若将此功练到极致，举手投足皆成无敌妙招，可藐古傲今！"

看了这两段文字，张去病心想两位大师自负得紧！转念又想：达摩祖师和寇谦之道长是两位开宗立派大宗师，二人佛、道造诣，武功修为皆至化境，他们共同研创这门功夫自是非同小可。他想：这"太乙伏魔手"能在临阵之际，取各派武功招式，巧妙搭配创出威力极大的新招，这闻所未闻，难怪他们如此推崇！

秦淮不识字，忙问道："大哥哥，上面画的是什么武功？"张去病道："画的是'太乙伏魔手'功夫。"秦淮高兴道："大哥哥，咱们找到了《九宫伏魔经》秘籍，快出洞去好好练习！"

去病道："不成。达摩祖师和寇谦之道长留有遗言，不许将《九宫伏魔经》带出洞去。"

秦淮道："不许带出洞去？这可怎么办？"张去病道："只有一个法子，咱们将这些图谱记在心里日后再练。"秦淮道："好！大哥哥，咱们快把它记住！"

张去病点点头，把羊皮靠在一块石头上。只见羊皮上绘有三组武功图谱，每一组内有许多小图。图旁有许多虚线、箭头、符号，标出那些武功招式变化形迹，图下方还有文字注解。

他俩从第一组图看起。图上写有第一式"缤纷五彩"。这一组图内绘有小图三十八幅，前面三十三幅图，分别是各派武功招式。其中十七幅是兵器招式，十六幅是拳掌招式。有"少林大般若掌""武当紫宵剑法""峨嵋派三奇剑""丐帮神龙棍""天山派碎玉拳""昆仑派上清爪""崆峒派六轮回风指""青城派巴峡断魂刀"等名目。后面五幅图绘的是一个僧人和一个道士在演示武功。

他寻思：两位大师绘的这些功夫，当是几百年前各门派绝技，我能得见真是幸运！只是不知，这些几百年前武功有何独到之处，待我仔细瞧瞧。他先从"少林大般若掌"看起，发现其中不少奇招妙招，细揣其精妙之处，不禁跟着比画起来。比画一会儿掌握了"少林大般若掌"要领，便接下去看"武当紫宵剑法"。六十四式"武当紫宵剑法"中，有八招令他大为赞赏，他不禁又跟着比画起来。掌握要领后，他才依着顺序一幅一幅望去。看到每个门派的奇招妙招，他便跟着比画一会儿，竭力强记在心间。

看完三十三幅图上各派武功，他再看那一僧一道演示武功的五幅图。一看之下，不禁一愣。只见那僧人演示的是拳脚功夫，道士演示的是兵器功夫。但二人都是空手出招，却将各派拳脚兵器功夫化在其中。那僧人出招似乎有好几派拳掌招式，那道士出招也有几派兵器招式。他看不明白，心想各派拳掌招式和兵器招式各不相同，怎能串联在一块使出呢？这可怪了？他忙去看那五幅图旁标的虚线和箭头。一看那些虚线和箭头的走向，他惊讶失声道："原来如此，妙极妙极！"

秦淮忙问道："大哥哥，什么原来如此？什么又妙极妙极！"

张去病道："原来这图上绘的是教人怎样徒手衍化各派武功招式，巧妙将它们串联变化起来对敌。哈哈，真是妙不可言！难怪这第一式叫'缤纷五彩'，原来是博采百家之长为我所用！让我好生练练这'缤纷五彩'！"

他全神贯注，照着图上绘的虚线和箭头走向练起来。练了片刻，将图上动作招式完全记住，才恋恋不舍地去看第二组图。这组图共有十九幅，这第二式的名称是"借花献佛"。每幅图上绘的都是一僧一道在过招，图旁也有许多虚线、箭头、符号，标示出僧人和道士招式变化的形迹，图下方亦有文字注解。

第一小图上绘的是僧道二人对攻，两人的招式一模一样。道人出招在后，反而后发先至，令僧人措手不及。那僧人神色惊讶，不知所措。张去病一怔，寻思两人招式相同，为何道人后出招在后，却后发先至呢？他仔细看道人身旁标出的几条虚线和箭头指向，见道人两脚变换方位与僧人不同。道人脚旁标有"无妄""归妹""大有""同人"等几个方位，两脚变换比那僧人巧妙得多，是以出招能后发先至。这幅图下有小字注道："以敌之招攻敌，谓之'借花献佛'。己以静制动，让敌先出招。遂以其招还攻其人，令敌受窘自知技穷，自甘罢手。"

他寻思：以敌人之招攻敌，要悉知敌人的武功。不知敌招，要让敌人先出手，观其武功，再以其人之招还攻敌人之身。这"借花献佛"妙处，便是从奇特方位攻敌，虽然招式是对手的招式，但出手比敌人更快更妙！他又想：打斗之际，对手若见我使出他本门武功，而且比他使得高明，他还有什么斗志？自然会罢手而退。两位大师研创武功克敌，却意在迫敌自退，不滥杀伤，真是菩萨心肠！

他往下看，见此图之后是十八幅详细图形，每一幅上绘的都是道士和僧人如何移形变位，出手如何抢占先机。二人演示的身法、步法、手法、方位，妙得不可思议，看得他大为叹服，又不禁赞道："妙极！"

秦淮看不出图中奥妙，忙问道："大哥哥，妙在哪里？我怎么一点看不出来？"

张去病无暇解答，随口道："待会儿，我再告诉你。"他津津有味地将第一组十八幅详图看完，默记一遍，便照着图谱演练起来。他记忆超凡，悟性奇佳，一边揣摩一边练习。练到不明之处，看一眼图谱便了然于心，直到练得熟记心间，才罢手去看第三组图谱。

第三组图一共有三十五幅。前面三十三幅图上，绘的仍然是第一组图上的各派武功招式。他想两位大师又在这图上绘出各派武功是何用意？心存疑问，他忙去看那剩余两幅图。这两幅图上绘的仍是僧人和道士打斗演示武功情景。只见图上标着第三式"海纳百川"。

头一幅图上，是那僧人出招攻击道士。不知为何，僧人只摆个架势，道士却急忙侧身退走。他忙细看僧人身旁的虚线和箭头，只见虚线描出"少林大般若掌"前半招"慧心向佛"，这半招使到中途，虚线又化为"韦陀掌"的后半招"参天悟地"。在几条虚线交叉变化中，这两个半招忽然变出一式少林武功没有的新招来。

他看不明这一招如何变化出来，忙仔细看这两组虚线的来龙去脉。两组虚线互相缠绕，犹似乱麻。他费神看了一会儿，才从虚线走向中看清这一招变出的轨迹，不禁抚掌赞道："啊呀，两位大师真是奇思妙想！"赞罢，迫不及待地照着虚线的去势练起来。

忽听秦淮惊道："大哥哥，你练这武功好怪，令我看得头晕想吐！"张去病忙道："秦淮你功力不够，别看我练这门功夫，谨防走火入魔！"秦淮忙转过身去，找块石头坐下等候张去病。

练了片刻，将这一图上功夫牢记在心，他便去看最后一幅图。这幅图上绘的是道士反攻僧人。只见道士身形被一团乱麻似的虚线笼罩，看不清他使的什么招式，而那僧人却连连后退。他凝目仔细观看一会儿，不禁失声叫道："怎么可能呢？这道人一招融入少林寺的'佛光普照'前半招，武当派的'金观凌云'中间半招，还有丐帮的'神龙飞棍'收尾招式。三个半招搭配在一起，竟变成一记新招！这三派武功各不相同，道人怎能将这三个半招熔为一炉，创出一记厉害新招？这太匪夷所思了！"

他虽讶异，好奇心更胜于惊讶。他忙去细看道人身上那些交叉缠绕的虚线。幸亏他内力深厚目力极佳，看了一阵，才从那麻团般的虚线中看清道人招式的来龙去脉。看得他心潮激荡，内息急涌，身子一闪，挥舞双臂照着那道人的招式练习起来。

练了片刻，他领悟了"海纳百川"的要领。收住手心想：这"太乙伏魔手"原来只有三式：第一式是"缤纷五彩"，第二式是"借花献佛"，第三式是"海纳百川"。"缤纷五彩"是教人怎样徒手衍化各派拳掌和兵器的武功招式，巧妙将它们串联起来对敌，是"太乙伏魔手"的入门功夫。"借花献佛"是"太乙伏魔手"上层厉害功夫。而"海纳百川"，却是将多派武功招式拆解搭配，推陈出新，变出更厉害新招，这功夫难度更大，是最上层的武功。又想：这"太乙伏魔手"之难，难在临敌瞬间，要快捷无比地拆解敌招，化成新招！所幸我被"九宫伏魔洗髓心法"易筋洗髓，身手极快，才能练成这门"太乙伏魔手"功夫。

忽然又想：两位大师将各派武功招式绘在图谱上面，并非要我修习各派武功，而是要我熟知这些武功招式，以供练习"太乙伏魔手"时，拆解搭配用之！领悟到达摩和寇谦之的用意，他还想接着再练，忽听秦淮道："大哥哥，你练完没有？我饿极了，咱们快出洞去吧。"

张去病一愣，才想起赵无痕等人还在嵩山脚下等他，不能在洞中久留。忙道："秦淮，再忍一会儿，我尽快记下图谱，咱们便出洞去！"

他不再仔细揣摩图上功夫，心想时不待我，且先将"太乙伏魔手"三式法门强记心头，以待日后琢磨。日后博览各派武功，再将它们化入这三式"太乙伏魔手"中，便可大功告成。如此一想，他又从"缤纷五彩"练起。他将学过的，见过的武功招式任意串联起来，随心所欲地施展演习，渐渐地，他对武学领悟又达到一个新境界。练到第三层"海纳百川"时，他将所见过的赵无痕、白无极、柳寒峰、步金吾、童三界、左丘、"巴山老鬼"、龙象法王、"长白老怪"、阴山老魔、云飞扬等人武功招式都纳入其中，肆意拆解搭配，衍化出许多五花八门的新招。一时间他练得如醉如痴，欲罢不能。不知练了多久，忽听秦淮气恼喝道："大哥哥，你再练下去，人家快饿死了！"

他从陶醉中回过神来，收住手歉意道："秦淮生气了？快别生气，大哥哥不练就是了，咱们这就出洞去吧！"

秦淮却道："大哥哥，你学会《九宫伏魔经》上武功，日后可得教我啊！"张去病笑道："行啊！不过，你得行拜师大礼，拜我为师！"

秦淮问道："我拜你为师，成了你弟子，那时我是叫你大哥哥，还是叫你师父？"

张去病道："你成了我徒弟，自然是叫我师父喽！"秦淮连连摇头道："我叫你师父，岂不是比你低了一辈？这可不成！我喜欢叫你大哥哥，不喜欢叫你师父。你要我叫你师父，我宁可不学这门武功！"又道，"哼，这两位大师也是，将《九宫伏魔经》功夫弄得这般难学，除了大哥哥你一人，我看世上再无旁人学得会这门功夫！这门功夫如此难学，他们为何还要将秘籍留在这洞内？大哥哥，你说这不是多此一举吗？"

张去病摇头道："这可不是多此一举。我听师父说几百年前，二位大师共同创下《九宫伏魔经》神功，欲传给少林僧人与天师道的弟子，却发现在两派弟子中无人能修习这门神功。寇谦之道长见数年心血毫无用处，大失所望，欲将《九宫伏魔经》秘籍毁掉哩！"

秦淮吃惊道："寇道长想将《九宫伏魔经》秘籍毁掉？啊，这多可惜呀！后来又怎没毁掉呢？"

张去病道："那是因达摩祖师念及创下这门功夫不易，便劝阻寇谦之道长，说道：'道长，万物随缘而生，随缘而灭。此经书既然有缘而生，自当随缘而灭。当世无人有缘习它，后世未必无人无缘习它。咱们何不将它秘藏深山，留待后世有缘之人？'寇谦之道长听罢，道：'善哉，大师所言极是！'于是两位大师便将《九宫伏魔经》保存下来，只是不知他们怎会将经书藏在这洞里？"

张去病不知，那是有一年，达摩无意间发现"禅音洞"内有三个洞甚是隐秘，便同寇谦之商议，将《九宫伏魔经》秘籍藏入洞中。藏经之时二人煞费思量：倘若随意将经书放在洞中，后人若是发现秘洞，经书流到江湖去，不仅妄练之人必受大祸，而且为争夺此经，江湖中不知会引发多少腥风血雨。二人思量再三，寇谦之决计布下九宫伏魔石阵，将"九宫伏魔洗髓心法"暗布在石阵中，又将"太乙伏魔手"图谱放在洞顶的钟乳石上。

《九宫伏魔经》武功并非江湖传闻的那么繁复，其实只有"九宫伏魔洗髓心法"和"太乙伏魔手"两门功夫。"九宫伏魔洗髓心法"是"太乙伏魔手"的根基。进洞之人若未被"九宫伏魔洗髓心法"易筋洗髓，即便得到"太乙伏魔手"图谱，也无法练会这门功夫，也就无从用《九宫伏魔经》武功为祸武林。所以二人只留下"太乙伏魔手"图谱，不留"九宫伏魔洗髓心法"的文字和绘图。

寇谦之精通中国的建除术、六任术、奇门遁甲三大奇术。他按五行之学，八卦之理，九宫之数，施以奇门遁甲法布阵。上借洞顶五块钟乳石，取五行相生相克变数，又在洞顶四周开凿岩缝，取四相之光，巧妙地借九块钟乳石，布成"九宫伏魔石阵"。人一进入石阵，内息同石阵发生感应，便会看见乱石飞舞幻象。若是武学修为极高，又对佛道精义深悟之人进入阵中，被幻象所迫，势必会沿着石阵中暗设方位疾奔躲避。他如跳到石阵上无处躲避飞石，必然会挥掌拍挡飞石自保，从而被"九宫伏魔洗髓心法"易筋洗髓，便能练成"太乙伏魔手"图谱的功夫。倘是武功未达化境、不得谙佛道精诣之人进入石阵，一见幻象，内息大乱，必晕倒阵中，他便无法练成"九宫伏魔洗髓心法"，也就无法练成"太乙伏魔手"武功。寇谦之和达摩祖师为免去无妄之灾，所做这番苦心安排，几百年后的张去病哪里想得到？

他只得对秦淮道："二位大师藏经的种种缘由，我也不甚清楚。秦淮，不知金兵撤退了没有？咱们出洞去少林寺瞧瞧！"秦淮忙点头道："好，咱们快走！"

张去病将羊皮图谱和写有遗言的绢放回木盒，纵身跃入石阵内，在乱石飞舞的幻影中似闪电般跃上中宫石上，双脚一蹬，蹿上洞壁疾奔至洞顶将木盒放回钟乳石上，才旋身飘然跃下。秦淮在下只见人影疾闪，看得眼晕，还没看清怎么回事，却见张去病已坠落到身旁。忙问道："大哥哥，你刚才跃进石阵内做啥？"

张去病道："嘿，你明明看见我将木盒放回洞顶，还明知故问什么？"秦淮抬眼看见洞顶上的木盒，伸伸舌头道："大哥哥，你刚才身法像鬼影子一阵乱闪，人家怎看得清楚？"

张去病一听，心想：我的身手真的这么快吗？《九宫伏魔经》武功真是非同小可！我才被"九宫伏魔洗髓心法"洗髓易筋，身手便比往昔快了许多，难怪千百年来，武林中人梦寐以求都想得这部《九宫伏魔经》！想到此，他做个恶相，笑道："秦淮，大哥哥变成鬼影子，你害怕吗？"

秦淮摇头道："你变成鬼，也是个好鬼，我才不怕哩！"二人说着话，从上洞钻到下洞内。张去病道："等一等，咱们得遵两位大师遗命，把这秘洞口封堵起来。"他们从小沟里取些水，将先前敲掉下的黏土和湿。张去病抱着湿泥跳到那块云状钟乳石上，再用泥将洞的入口封上，直到堵得不透一丝光亮，他才跳到小沟水边去洗手，携着秦淮从内洞走出。

二人来到"禅音洞"，他转身挪动那根原本封堵洞口的钟乳石笋将内洞口堵上。一切就绪之后，他走到法痴大师遗体前跪下道："法痴大师，若非你将我带入'禅音洞'，去病便无缘修习禅音，更无缘找到《九宫伏魔经》。你对我恩深情重，请再受去病一拜！"

他拜了几拜，起身伸手携起秦淮飞身纵上洞壁，双足在壁上疾点疾跃。秦淮只觉身子飞速上升，一颗心骤然提了起来。转眼之间二人便登到洞口上，秦淮绷紧的神经才松弛下来。她拨开覆盖藤蔓往洞外一看，此刻已过午时，山间烈日高照，她再往脚下一看，见是一个深渊，不禁惊骇道："我的天，这谷底好深啊！大哥哥，咱们如何下得去？"

张去病笑道："小丫头别愁，你忘了，先前是我使仙法带你下来的吗？你伏到我背上，闭上眼睛，待我再施展法术送你到山上去！"

秦淮笑道："大哥哥，你又骗人，我才不信你会法术哩！"她嘴上这么说，看见张去病蹲下身子，却一下伏到张去病背上。她用双手搂住张去病的脖子，乖乖闭上两眼，将头依偎张去病宽阔的后背。忽然间鼻子闻到一股男人身上的气味，她身子一颤，感到一片柔情蜜意在身上荡漾开去，心中升起一种异样的感觉。她脸上飞起一片红晕，柔声道："大哥哥，我伏好了。"

张去问道："闭上眼睛没有？小秦淮，你别淘气啊，一定要闭上眼睛！"

悬崖太陡，纵身攀登不能有丝毫分心。张去病担心秦淮顽皮扰他，便叫她闭上眼睛。他问了一句，却不见秦淮回答，只听秦淮在背上发出轻轻的鼾声。他微微一笑，心想：这丫头真爱捣蛋！

他抬头看看头上的崖壁，法痴大师在壁上凿出的凹形踏脚处清晰可见。他深吸一口气将功力遍布全身，纵身飞跃而起，脚尖落在峭壁上凹坑上连连疾点，犹如矫猿攀崖一般，转眼之间便背着秦淮跃到了悬崖上。

他蹲下身道："秦淮，可以下来了。"秦淮却伏在他背上不动。张去病又道："秦淮，可以下来了。"

秦淮发出一声声鼾声，仍在他背上伏着不动。张去病笑了笑，道："咦，这丫头怎么睡着了？哎呀，睡得这么沉，待我用手搔搔她的脚掌心，看看能不能将她挠醒过来？"

他微动胳膊做个假动作，秦淮忍耐不住从他背上跳开去，咯咯笑道："大哥哥别搔痒痒，我最怕别人搔痒了！别人一挠我脚掌心，我会痒得笑个不停！"

张去病笑道："小丫头别闹着玩了，赵先生他们在山下等着咱俩，快走罢！"他伸手携着秦淮迈开大步往山下奔去。二人奔到少林寺不远处，却见寺庙上空冒起一股青烟。张去病惊道："不好，少林寺着火了吗？"

二人奔到寺前，见山门四周一片狼藉。走进寺内，只见四大天王塑像一个个断臂残肢，大殿内十八罗汉像被掀翻在地，供桌被打烂，香炉被砸破。忽听大殿背后有人说话，转到殿后一看，十几名金兵正在纵火烧庙。

张去病正想出手阻止，忽见西北角冲出三人，一声大喝"狗鞑子住手！"三人冲入放火的金兵中，一阵拳打脚踢，片刻便将金兵尽数打倒在地。张去病一看那三人，却是龙飞、段阳和穆兴。

忽听一个苍老低沉的声音道："龙飞，你们别打了，命这些鞑子兵赶快灭火，保住少林寺这座千年古刹！"一个青袍老者从大雄宝殿转角缓缓走出，正是赵无痕。龙飞三人忙收住拳脚，对倒地的金兵喝道："狗鞑子，你们要想活命，快把火灭了！"

金兵们哼哼唧唧地从地上爬起来，去膳房取来一桶桶水向火焰浇去。幸好火势不大，十几名金兵轮番浇水，片刻间火势渐渐熄灭下去。

张去病忙走上前，道："赵先生，你们上山来了？"赵无痕忽见张去病，喜道："小主人，老仆上山来找你和秦姑娘啊！你们安然无恙，老仆这就放心了！"

张去病忙道："谢赵先生挂怀！"龙飞三人上前躬身道："属下见过主人！"

张去病点了点头，迫不及待问道："龙大哥，金兵退走了吗？少林寺众僧怎样了？"

龙飞道："回禀主人，黎明时大队金兵从南北两面攻打少林寺。我等听见厮杀声便上山援手少林僧人。丐帮、天山派等几千豪杰也及时赶到，金兵腹背受敌，伤亡惨重便退去了。少林众僧已冲下嵩山。"张去病松口气又问道："各派豪杰呢？"

赵无痕道："各派豪杰此刻在山下集会，商议前往西域剿灭魔教营救柳语姑娘之事。老仆见战事已停，仍不见小主人和秦姑娘下山来，放心不下，便来寻找小主人和秦姑娘。眼下不知各派豪杰走了没有？"

张去病一听群雄在山下商议营救柳语之事，忙道："赵先先，柳姑娘于我有救命之恩，去病想先去西域救柳姑娘。请赵先生、龙大哥、段大哥和穆大哥助我一臂之力！"

赵无痕等四人道："属下听小主人差遣！"几人说完话回头一看，金兵灭了火，趁他们说话之际已悄悄逃走。

他们看见火被扑灭，便疾步山下。来到山脚小镇上，打听到群豪聚会处，走去一看群豪已散去。几人寻一家饭店吃了酒菜，歇息片刻后，赵无痕命段阳去镇上买来几匹马。六人翻身上马向西域行去。

一连数日，他们沿着驿道出登封，过伊川，渡黄河，出潼关，风尘仆仆行至塞外。放眼望去，天苍高远，大片戈壁远连雪山，苍穹下罕见人迹，四野一派苍凉孤寂景象。一路上，赵无痕学识渊博，见多识广，说了许多塞外历史掌故和武林奇闻逸事，让张去病几人听得有滋有味，倒也不觉得行路寂寞。遇到过往客商，他们便打听摩尼教总堂所在。听说摩尼教总堂在高昌国玉泉山上，几人便直奔高昌国而去。

六人行了一个月进入高昌国境内。又走了五日，才来到玉泉山下一个小镇上。镇子异常热闹，街上汉人胡人混杂，不少人身穿白袍，袍子胸前绣有日月图形，一看便知是摩尼教徒。镇上小店小摊一个挨着一个，出售各种陶罐、农具、珠宝玉石、胡琴、烟草、山货、吃食，还有胡人织的花绿布匹。

张去病头一回见到塞外集市，一眼望去琳琅满目，闻着集市上的牛羊膻味，瞧着什么都觉新鲜。他们闲逛到一处烤羊肉摊前，见一只羊羔挂在铁架上，下面燃着红红炭火，烤得羊肉嗞嗞响，肉色金黄油亮。摊主不时往羊肉上涂抹佐料，肉香味阵阵扑鼻。摊主是个瘦高胡人，头戴绣花小帽，高鼻鹞眼，嘴上蓄着两撇八字胡子，大声吆喝道："快来尝呀，又香又嫩的高昌烤羊羔肉！"

闻到诱人的肉香，六人馋涎大动，便走过去烤肉摊前坐下，叫摊主割下几大块烤羊肉，切成几大盘端来。穆兴去对面的酒摊上，买来两壶西域红葡萄酒倒在碗里。六人学胡人用手抓起羊肉，就着红酒吃喝起来。

张去病吃得津津有味，忽听摊主喝道："小丫头，站到一边去，别挡着我肉摊的生意！"

他回头一看，只见一个十岁左右小姑娘站在烤肉摊前，眼巴巴地望着那浓香四溢的烤羊，嘴里不住咽口水。小姑娘脸上沾了不少尘土，头发蓬乱，衣衫不整，脚上小花鞋又脏又破。弯弯的柳眉，明亮的眸子，鼻子小巧，眉宇间有颗朱砂小痣。

看见那颗朱砂小痣，张去病蓦然想起落霞坪里的何莹来，心想："这小姑娘太像何莹了！"

小姑娘听见摊主呵斥，眼里泪水滚动，恋恋不舍地望一眼那烤羊肉，转身缓缓走去。一看那小姑娘含泪的伤心样子，再看她转身离去的背影，张去病十分熟悉。

当年在落霞坪，他同"毒魔姥姥"、何夫人、何莹三人朝夕相处，常见何莹这种模样，他不再迟疑，忙叫声："何莹！"

小姑娘听见叫声，停住脚步，转头东张西望，寻找叫她之人。张去病更无怀疑，忙起身走到小姑娘身旁，又叫一声："何莹！"小姑娘掉头看见张去病，愣了一愣，突然掉头就跑。张去病忙挡在她身前，道："何莹别怕，我是张哥哥！"小姑娘用陌生的眼光望着张去病，似乎在回忆什么。

张去病又道："何莹你忘了吗？在落霞坪里，我常带你上山采野花，抓蝴蝶，逮蜻蜓；还带你下小溪里去捉小鱼儿，摸溪石下的螃蟹，钓小虾玩。你还记得吗？咱们经常满山遍野地跑，玩得好高兴！我是张哥哥啊！"

小姑娘似乎想起他俩一起玩耍的情景来，轻声道："张哥哥？你真是张哥哥吗？"张去病点点头，忙用手指扒大嘴，瞪大眼珠，抵矮鼻头，做个逗何莹笑的猪头怪相。

小姑娘一看顿时欢笑起来，高兴道："啊呀，你真是张哥哥！"一头扑来抱住张去病的腰，喜道："张哥哥，我好久，好久没看见你啦！"

张去病也笑道："是啊，我也是好久好久没看见你了！"说罢，牵起何莹的手回到烤肉摊上坐下，叫摊主割来一盘羊肉放到何莹面前。何莹一见羊肉，迫不及待地抓起一片放到嘴里吃起来。看见张去病从集市上捡来一个小姑娘，赵无痕等人都觉诧异。秦淮忙问道："大哥哥，这小姑娘是谁？"

张去病道："秦淮，她叫何莹。她娘何夫人和吴姥姥当年救过我的命，不知她怎会流落到这集市上？"

赵无痕几人，在丐帮总舵听张去病说过何夫人和吴艳娇救他之事。一听小姑娘是何夫人女儿，顿时都关心起何莹来。望着何莹不停地吃羊肉，都想这姑娘只怕有两天没吃东西了，心中不禁生出怜悯之情。何莹将盘中羊肉吃了大半，才停住手。吃得手上和小嘴上沾满油渍，秦淮笑吟吟地递一块手绢给何莹，道："何莹小妹妹，快擦擦脸。"

何莹接过手绢，道："谢谢秦姐姐。"秦淮道："咦，你怎知我姓秦？"

何莹道："张哥哥刚才叫你的名字，我便知道了。"秦淮笑道："好聪明的小何莹！"

张去病想问何莹为何一人流落在外，转念一想，上次摩尼教苏长老、丁长老和顾长老三人到落霞坪强逼何夫人返回摩尼岩，不知何夫人同那副教主殷独啸有何过节。这集市上摩尼教的人多，在此询问何莹，若让摩尼教的人听去，反会节外生枝。

当下对赵无痕道："赵先生，咱们找家客店住下，再作打算如何？"赵无痕点头道:"遵小主人吩咐。"张去病牵着何莹离开烤肉摊,六人在镇上找一客店住下。进入房内等众人坐定后,张去病迫不及待地问道:"何莹,你怎不跟娘在一起?你娘呢?她到哪儿去了?"

何莹"哇"的一声哭起来。张去病忙道:"何莹莫哭,你说娘在哪儿,张哥哥带你去找娘。"何莹抽泣道:"娘她……她……被恶人抓走了!"

张去病一惊,道:"吴姥姥呢?她也被恶人抓去了吗?"何莹摇摇头,道:"吴姥姥追恶人去了。"张去病又问道:"你和娘,还有吴姥姥,为什么从中原回到这儿来呢?"

何莹道:"我娘找我外公,便带我来这儿啊!"众人听出那情形好像是何莹同她娘从中原到西域来找外公,何夫人被恶人抓走,吴姥姥去救何夫人,何莹便流落集市上。

张去病听明缘由,想救何夫人,忙问道:"何莹,你娘几时被恶人抓去的?"

何莹道:"是前天晚上,我娘是前天晚上被恶人抓走的。"张去病一听何夫人已被抓走两天,一时难觅踪迹,只得将营救何夫人的念头暂放心里。

秦淮问道:"大哥哥,何夫人为啥带着何莹来寻找她外公?何莹的外公是谁?"

张去病道:"何莹的外公可大名鼎鼎!他便是摩尼教教主何野风。何夫人是何野风的女儿,何莹是他的外孙女。"

龙飞、段阳和穆兴一听到"何野风"三个字,都惊得"啊"了一声,脸上神色震惊不已。

张去病又道:"我在落霞坪时听何夫人说,多年前,何野风下摩尼岩云游四海,从此音信全无,何夫人便带着何莹四处寻找她外公。"

秦淮诧异道:"大哥哥,何野风有什么了不起?为什么你一说起他,龙大哥他们脸上都露出惊讶神情?"

龙飞道:"秦姑娘,你可不知道,何野风是摩尼教的教主,这已经威名显赫了!你想那摩尼教高手如云,什么四大摩尼、五大尊者、十大长老,个个身怀绝技,而摩尼教徒遍布天下不计其数。何野风能坐上这第一大教教主位子,驾驭那么多桀骜不驯的豪杰,其能耐之大可想而知!不仅如此,江湖上都传说他武功天下第一,没人敌得过他!是以在武林中,大伙一提到他,无不对他敬畏三分!"

秦淮见龙飞说得神情严肃,好奇心顿起,忙问道:"龙大哥,江湖上传说何野风的武功天下第一,这是真的吗?他会什么了不得的功夫,怎么就没人敌得过他?"

龙飞点头道:"说何野风武功天下第一,江湖上的人都是这么传言的,说他当年打败一个无人能敌的高手,便扬名天下。至于那何野风是不是真的武功天下第一，他会什么了不得的功夫，秦姑娘，我却也没亲眼见过。但听大伙都这么说，不由人不相信哩。"

秦淮忍不住好奇心起，又问道："龙大哥，何野风的武功天第一，江湖上的人是如何传说的？你说来听听！"

一直以来，江湖上传说何野风武功天下第一，传得沸沸扬扬。为了此事，龙飞曾经问过他的师父"浪上飞蛟"霍大道，穆兴问过他师父"九头怪侠"肖子安，段阳也问过他的师父"七星子"宋世英，三人的师父都语焉不详，只说那何野风打败一个从辽国来的绝顶高手，武林中便有此一说。此刻听秦淮这么一问，龙飞也说不出个所以然来。

龙飞见赵无痕坐在一旁微闭双目，似乎在想什么往事。他寻思：赵先生见多识广，满肚子武林逸事，或许知道这个江湖传闻的来龙去脉，忙问赵无痕，道："赵先生，您老人家闯荡江湖许多年，见识广博，悉知武林旧事，江湖中传说那何野风武功天下第一，这是真的吗？"

赵无痕睁开眼来，抬手摸摸胡子缓缓说道："何野风武功是不是天下第一，老夫可说不准。俗话说天外有天，人外有人，山泽林莽之间卧虎藏龙，隐居着不少高人奇士，他们不愿抛头露面。倘说谁的武功天下第一，嘿嘿，这可难说得紧！但有一件事，令老夫对那何野风大为佩服！"

秦淮、龙飞、张去病、穆兴、段阳五人一听顿时兴奋起来。他们深知，武林中能让赵无痕佩服之人，简直是凤毛麟角。听赵无痕口气，那件事一定非同小可，他才会佩服何野风！那是一件什么事呢？何野风又怎会让赵无痕大为佩服呢？几人听得心痒难耐。

张去病忙问道："赵先生，是什么事使您老人家佩服那何野风？您老人家说给我等后生小子听听，让我们长长见识。"

赵无痕手捻胡须道："好罢。此时还早，上床横竖睡不着，老夫说一段往事给你们听罢。你们几人都还年轻，能从这件事中悟出点做人道理，日后你们将会大大受益！"

他端起茶碗喝口茶，缓缓说道："说起来，那是三十年前的事了。那时摩尼教高手极少到中原来，江湖上还不知晓何野风名头，更不知他的武功如何。那时老夫还年轻，有幸被恩师收录"地藏宫"习武学艺。因我身负一桩仇恨，报仇之心急切，在恩师门下学了一点皮毛功夫，便私自下山去找仇人报仇……"

秦淮一听，嗤嗤暗笑。赵无痕问道："秦姑娘，你笑什么？"秦淮笑道："原来赵先生同我一样，也是偷偷离开师父，偷溜下山的人！"张去病道："秦淮不得无礼！"

赵无痕却不以为意，笑道："是啊，那时我也是个心气浮躁，任性而为的毛头小子！"说到此，他问道："秦淮，你师父是谁？"

秦淮道："我师父不许我乱说她名号。不过，是您老人家问我，我不能不说。我师父的名号叫铁山云尼。"

赵无痕听了一愣，道："你师父是铁山云尼？你是铁山云尼的弟子？"秦淮点头道："是。赵先生，你认识我师父吗？"

赵无痕道："我同你师父有一面之缘。我友人同铁山云尼交情匪浅，唉，这些年不知他俩可有往来？"

秦淮摇头道："我师父一人独居铁山，我从未见有人来与她交往。"赵无痕叹一声，道："擎空、云尼，各自西东！"众人不知他这声叹息是何意都不便问。

赵无痕叹罢，续道："我偷偷离开'地藏宫'后，一日我行走乡间，看见一条羊肠小道上站有两人。我驻足观望，见一人二十几岁，腰佩把刀，是个矮壮江湖汉子。另一人三十多岁，是个身材颀长的文士。那小道狭窄，仅容一人通过。他二人走到道中相遇，须得一人下到旁边水田里给对方让道，另一人才能过去。

"却听那矮胖汉子喝道：'穷书生，没长眼睛吗？明明瞧见老子走来，怎么堵在道上不让？你不怕老子一把将你扔进烂泥田里去吗？'

"那文士道：'这是什么话？怎么是我阻在道上，却不是你阻在道上？再说了，为什么一定要我让道，你就不能让道？老兄，干什么火气这么大？'

"江湖汉子蛮横道：'我说是你阻在道上，便是你阻在道上！我说该你让道，你就要给老子让道！哼，要不是瞧你这穷酸书生手无缚鸡之力，老子早一脚将你踹到水田里去了！快让开，不然老子对你不客气了！'

"文士却不生气，道：'这么说来，我多谢你腿下留情了！'

"汉子又道：'本来，老子也可以施展"一苇渡江"功夫，许你从我身边过去。但叫旁人瞧见，老子给你这蠢书生让道，还当老子怕了你。今儿老子偏不给蠢人让道，看你能从我头上飞过去？'

"文士微微一笑，道：'是吗？我与你不同，我却是要让道的！'说罢便转身往回走。那江湖汉子愣了一愣，忽然大喝道：'穷酸书生站住！'文士回头道：'什么事？'汉子怒道：'你敢绕着弯子骂老子？'

"文士淡淡道：'没有的事，适才蒙你脚下留情，我谢你还来不及哩，怎会骂你？'

"汉子铁青着脸道：'老子说不给蠢人让道，你说你是要让道的，说了转身就走，这是什么意思？'

"文士笑道：'这又不是什么骂人的话，哪有什么意思？'

"汉子喝道：'你休得狡辩！你这话虽不骂人，可你转身给我让道，岂不是当我是蠢人吗？你把老子当傻瓜怎的，你绕着弯子骂人，当我连这都不明白吗？'

"文士笑道：'哪里，哪里，是你把自己当傻瓜，我可没这么说。'说罢转身又走。

"汉子怒喝道：'臭书生油嘴滑舌，老子叫你吃点苦头！'快步冲上去挥拳就打。那文士缓缓行走，脑后仿佛长有眼睛一般，汉子打出拳头离他身子总差那么二寸，无论如何碰不到他衣衫一下。汉子愈加气恼，在他身后发疯似的出拳乱打，他却仿佛毫不知情。

"我见那文士仅凭听风辨器之术，轻而易举避开汉子攻击，而且施展功夫不显山露水，不着半点痕迹，心中一惊：看不出此人却是一位武林高手！

"那文士走到小道尽头。汉子忽然收住拳脚，望着文士背影发愣，自言自语道：'我大白天撞到鬼了吗？'说时连连后退，神色惊慌起来。文士站在小道尽头转过身来，对那汉子招招手，道：'老兄，我已让开道，你过来啊！'

"汉子情知遇见高人，哪敢过去？此人却也狡黠，不敢再妄称老子，忙摇手笑道：'哈哈，我可不上你的当！我若过来，岂不成了蠢人吗？'汉子笑罢撒腿就跑。那文士摇了摇头，脸上神情像看着一个犯错的孩子。我寻思此人武功比那汉子高得太多，却不计较汉子冒犯他，胸襟如此豁达大度，是条英雄好汉！

"转眼之间，那汉子跑得不见踪迹，文士才缓缓走过道去。我见此人如此有趣，走的方向与我相同，我便远远地跟在他身后行走。行出一程，那文士走到一座林子前，忽见林内一个白衣人跑出来向他躬身施礼，恭恭敬敬将他迎入林内。我心下好奇，不知林里是何去处，或是发生了什么事情，便潜入林内去看个究竟。

"我进入林内，看见那文士站在林内一侧，在听那白衣人说些什么。我想听他们说些啥，忽听林子另一侧有人大声喝道：'独孤天，你打伤我教三位长老和一位大摩尼，此事作何了断？'

"又听一个冰冷声音道：'伤你们摩尼教个把人，有甚稀罕了？你这只绿眼猫，大呼小叫些啥？若是将爷惹毛了，我上得摩尼岩上去，把你教大小摩尼通通狠揍一顿！将你们教主从大位上揪下来，让爷上去坐坐！'

"我一听'独孤天'之名，大吃一惊。我所以吃惊，是因我出道那一年，无论走到何处，都听见武林中人在谈论此人，说他武功奇高，到处惹是生非，把江湖搅得沸沸扬扬，结下许多仇怨！"

秦淮忙问道："赵先生，这独孤天有多大本事，怎么一个人能将江湖搅得沸沸扬扬？"

赵无痕道："起初，大伙也不知道忽然从哪里冒出这么一个武功高强的家伙。

后来才听说此人来自辽国，但仍不知他从哪儿学得一身高深武功。此人一来到中原，便扬言要打遍中原武林高手，要将中原各门派收到他麾下，他要当中原武林各派总掌门人！"

秦淮惊道："啊哟，这人好大口气，好狂妄！赵先生，他真的打遍了中原高手吗？"

赵无痕摇头道："一年之间，他哪能打遍中原众多高手？但听说他上少林寺去向方丈弘无大师挑战，大师外出云游未在寺内，他却打伤了弘意、弘广二位高手。而后，他上武当山找武当派掌门人金风道长比武。金风道长在闭关修行。金风道长师弟贞风道长同他交手，被他打得口吐鲜血。他又去丐帮找前任帮主游四海晦气，打折了游四海一条胳膊。一时间武林各派人心惶惶，不知他什么时候会找上门来挑战寻衅。"

张去病听到此处，道："赵先生，这独孤天敢同各大门派结仇，他有什么高深武功？"

赵无痕道："小主人，这独孤天还真有些能耐！败在他手下的弘意大师、弘广大师、贞风道长、丐帮帮主游四海等人，当年虽然只有三十出头，却已是成名高手，这且不说。后来听说，少林寺方丈弘无大师，武当掌门金风道长，还有贺兰山六合居士，三人在八仙山妙高台上坐而论道。独孤天找上山去，同三位当世高人比武，听说弘无大师输给他半招，金风道长也输给他半招，六合居士亦输给他半招！

"三十多年前弘无大师、金风道长、六合居士四十几岁，正值鼎盛之年，武功虽未达登峰造极之境，但那时他们都已是名震武林的大高手，武林中人万万没料到，他们三人都败在那独孤天手下！这个传闻一传开，当真是非同小可，一时间更让各门派人心惶惶！"听到此处，张去病和龙飞等人难以置信，都惊得"啊"了一声。

龙飞惊问道："赵先生，这三位高人的武功，即便是在三十年前，也是武林中屈指可数的顶尖高手，你说他们都输给独孤天！这……怎么可能呢？会不会是江湖上以讹传讹？"说到此，又惊疑不定地问道："赵先生，这些江湖传闻，难道是真的吗？"

赵无痕道："这些传闻是不是真的，那时谁也不知详情。江湖上这么传言，却也不见三位高人出来辟谣，叫人难辨真伪，也令人费解。要么是真有其事，三位高人怕丢面子，只好沉默。要么是并无此事，那不过是好事之徒捕风捉影之谈，三大高手不屑于出面辟谣，也未可知。"

说到此处，赵无痕端起茶碗喝口茶，接着又道："我一出'地藏宫'行走江湖，便听到独孤天种种传闻，极想见见这位无人能敌的顶尖高手，万没想到会在这林子里遇上他。我悄悄潜到近处，想看此人是何模样，看他有什么了不得武功，竟敢口出狂言，要做中原武林总掌门人！"

秦淮忙道："赵先生，那独孤天这般嚣张狂妄，到处找人比武打架，惹是生非，他是什么样子？模样很恶吗？"

赵无痕微微一笑，道："他虽爱找人打架，模样倒不凶恶。我在林外听他说话声音粗犷，心想他是个莽汉。岂知入林一看，见那独孤天却是个身穿蓝色华服，腰间带一块羊脂玉佩的中年人。他脸形狭长，鼻梁高挺，双眉上挑，两眼暴射精光，项下三缕青须。他背靠一棵树站着，双手抱在胸前，神态风流倜傥，却又异常凛悍。

"我再往林内一看，林内空地上分散站着十几个身穿白袍的摩尼教众，将那独孤天围住。一个二十几岁的碧眼汉子站在独孤天近前，喝道：'独孤天，你他妈别吹牛！你在西域打伤我教兄弟，便夹着尾巴逃到中原来，老子们一路追到这里才将你截住。你说上摩尼岩去打架？老子借你一百个胆子，谅你连玉泉山脚下也不敢去！'

"独孤天哈哈笑道：'绿眼猫，你甭激我。念在咱们都是邪魔歪道同属一脉，爷才没去摩尼岩挑你们老巢。爷本想先到中原降服什么少林派、武当派、丐帮之类门派，再去西域夺下你们教主之位。你们却不识好歹跟在我背后追来。哼，爷今日便收了你们几个小魔崽子也无妨！'

"我一听独孤天这话，心想：他连摩尼教也要收服，胃口真大啊！看这样子，他不仅想做中原武林的总掌门人，他还想做天下武林总掌门人，野心着实不小！"

秦淮忙问道："赵先生，做天下武林的总掌门人有什么好处？为什么独孤天一心想做啊？"

赵无痕笑道："秦姑娘不知道，做天下武林总掌门人，好处可多了！比如他可以号令天下武林豪杰，让万众瞩目，这让他八面威风，神气得很！再比如，他可以横行天下，不可一世，无限风光！总而言之，他可以作威作福，在人前出尽风头！"

秦淮道："哦，原来那独孤天要做天下武林总掌门人，是为了作威作福，这人也实在无聊透顶！"

张去病道："赵先生，如此说来，那独孤天同摩尼教人，定有一场恶斗了！"

赵无痕摇头道："小主人，那倒没有。起初老仆也以为他们要恶斗一场，双方死伤肯定惨重。可是他们没有恶斗，结果大出老仆意料。"众人一听都觉奇怪，心想双方既已恶语相向，剑拔弩张，那独孤天怎会没同摩尼教的人恶斗呢？这又是为什么？

秦淮忙问道："赵先生，你说他们没恶斗？是不是摩尼教的人怕那独孤天，不敢同他打？还是那独孤天见摩尼教的人多，怕打不赢，他溜走了？"

赵无痕摇摇头，笑道："秦姑娘说的这些都不是。那是另有原因。"秦淮追问道："赵先生，那又是什么原因？"

赵无痕道："眼看双方气势汹汹，我也以为他们要动手。恰恰在这时候那文士走来，同独孤天比了两场奇特功夫，使双方免去一场血腥残杀！"众人一听好奇心更盛，都睁大眼睛静听赵无痕往下讲。岂料赵无痕却道："今夜时辰已晚都该睡觉了，明儿再说罢。"

秦淮急道："不成，不成！赵先生，你这故事听得人家心痒痒的，你不讲完我可睡不着觉！老爷子，求求你啦，接着讲啊，明儿我请你老人家喝酒！"

赵无痕哈哈笑道："瞧你这小妮子，猴急成这样！好吧，看在你请我喝酒的分上，老夫少睡点瞌睡接着往下讲。"

他续道："那碧眼人道：'独孤天，武功不是吹出来的，咱们不比耍嘴皮子的本事。来来来，我童三界陪你玩几招，看咱们谁降服谁！'"张去病道："这碧眼人便是童三界吗？他的武功可俊得很啊！"

赵无痕道："当年那童三界才二十出头，只是一名长老，武功还没现在俊。他奉命带人前来捉拿独孤天，说罢正要动手，却见那文士走进林来，一摆手道：'童长老且慢！'童三界忙躬身道：'参见教主。'

"我听童三界称那文士'教主'，心中大吃一惊！当年摩尼教的声势已经很大，在南方被人称为明教，前朝明教教主方腊率众揭竿起义，还同朝廷轰轰烈烈斗了一场。我万万没想到这个温文儒雅文士，竟然是偌大摩尼教的教主，怪不得他身负惊人武功！

"我惊讶之际，却见文士对童三界微微点头，道：'童长老辛苦了！'童三界道：'谢教主褒奖。这是属下分内之事。请教主主持大局！'

"文士转过身来，上下打量独孤天几眼，道：'适才何某在林外听阁下说，不但要收服中原各大门派，还要上摩尼岩挑了我教老巢，阁下雄心壮志不小啊！眼下，你不用千里迢迢去摩尼岩寻衅生事。何某不才，忝居摩尼教教主之位，阁下有本事你就先将我挑了吧！'

"独孤天看那文士一眼，十分诧异道：'你便是摩尼教的教主？'又连连摇头，道：'不像，不像，瞧你一副弱不禁风的文绉绉模样，能有什么本事？又怎能当上教主？你……叫什么名字？'

文士微微一笑，道："我叫何野风。当教主还讲究模样？这我可是头一次听说！你道我不够威风凛凛吗？哈，我这模样是爹娘给的，没有法子，威风不起来！我一副弱不禁风文绉绉模样，阁下不正好把何某挑下教主之位吗？"

独孤天冷笑一声，道："何野风，看你这样子也没多大本事。独孤大爷要将你挑下教主之位，那是不费吹灰之力，容易得很！"

"何野风微微一笑，道：'何某这点本事嘛，平常得很，不值一提。阁下如此口出狂言，但不知有何惊人技业？不妨露上一两手让何某开开眼界？'

"独孤天傲然道：'爷也没有什么惊人技业，只是有一日在八仙山妙高台上遇见三人，一个和尚叫弘无，爷以'伏波神掌'对他的"菩提般若掌"，爷胜那和尚半招。一个法号叫金风的道人上来同爷比剑法，使出他的看家本事"北斗真武剑法"，爷以"劈波剑法"胜他半招。还有一个什么六合居士老头同爷比指力，他的"无量指"不敌爷的"千涛万劫指"，输给爷半招。不过这三人的武功稀松平常，爷胜了他们，也说不上什么惊人技业！'

"我听得一惊，心想独孤天这厮是不是在吹牛？倘若他不是吹牛，那么江湖上传闻是真的了……我正半信半疑，却听童三界在旁哈哈笑道：'教主，这厮脸皮太厚，净往自个儿脸上贴金，咱们别听他胡吹大气！'

"何野风道：'童长老说的是。独孤天，你说的这些赫赫战绩，口说无凭。你瞧我教兄弟们都不相信。是骡子是马，咱们不妨牵出来遛遛，让大伙看看你那惊人的武功，才能让咱们口服心服！'

"独孤天哈哈一笑，道：'何野风，你要伸量爷吗？独孤大爷就露一手功夫给你瞧瞧。不过这不是白瞧。大爷出一道题，你若接不下，便给爷当个随从！你敢接爷出的题吗？哈哈，收个摩尼教主当跟班，独孤大爷岂不是风光得紧？'

"何野风还没开口，摩尼教众人一听独孤天侮辱他们教主，气恼得纷纷大骂起来。一人道：'独孤天臭小子，你他妈的算什么鸟？敢对咱们教主胡说八道！莫说你出一道题，你便是出一千道，一万道题，咱们教主也不在话下！等会儿你败在咱们教主手下，你给他老人家当跟班倒尿壶都不配！'

"有人又骂道：'独孤天，你狗日的也不撒泡尿照照，你那两手三脚猫功夫，也敢在咱们教主面前丢人现眼？你胡吹什么大气？凭你小子那点破本事，咱们教主手指一弹便能打断你这厮脊梁骨，你赶快乖乖跪下向他老人家磕头求饶吧！'

"何野风挥挥手，压下众人斥骂，淡淡对独孤天道：'好，一言为定！咱们各出一道题。我倘若接不下你出的难题，我便给你当跟班，你倘若接不下我出的难题，你便任由我处置。你先划下道儿来吧。'"

龙飞道："赵先生，这何野风可有些托大。他叫独孤天先划下道儿，倘若独孤天出了一道大难题，他接不下，岂不是要先栽在独孤天的手里？他为何不抢先出难题考校那独孤天呢？何野风这一步棋可走得有点儿失策！"

张去病摇头道："龙大哥，我瞧何野风不是托大，是艺高人胆大，他才敢叫独孤天先划下道儿。他这一招是后发制人，并不失策哩！我瞧他见到独孤天，一直不慌不忙，似乎对付独孤天，他胸有成竹，谋定而动。这人厉害得很哩！"

赵无痕道："小主人说得不错。那时老仆也是这么想。但听说独孤天斗败三位赫赫有名当世高手，老仆又不禁有些为何野风担心。可是我一看摩尼教众人个个气定神闲，一点儿也不担忧，仿佛他们认定何野风斗败独孤天是十拿九稳的事，老仆愈加好奇，既想看独孤天给何野风出的什么难题，更想看那何野风用什么武功斗独孤天。

"我隐藏在暗处瞪大眼睛看去，却听独孤天冷笑道：'何野风，你让我先出难题考你，分明是小看独孤大爷。嘿嘿，你胆量不小啊！爷打遍中原各大门派，还没见到你这等胆大人物。好，咱们一言为定，你让我先划下道儿，可别反悔！'

"何野风淡淡一笑，道：'何某从不反悔。但不知阁下说的话可作得数？'

"独孤天傲然道：'独孤大爷说的话，比皇帝老子的话还作数！你竟敢怀疑爷说话无信，只此一端，独孤大爷就得好好教训你这厮！哼，待会儿你输在爷手下，叫你知道怀疑爷说话，要吃什么苦头！'

"我一听，天下居然有这种专横跋扈之人，竟然不许别人怀疑他说的话！难怪他如此气焰嚣张，到处挑起争斗，皆因他这唯我独尊心性使然。倘若他做了什么天下武林总掌门人，武林豪杰岂不是都要倒霉遭殃，哪里还有活路？

"我一边寻思，一边看见独孤天转身走到林中空地上，伸手从腰间取下一根手指粗的铁链，链头两头各有一个钢爪。他将铁链一抛，两头钢爪飞到两株大树身上牢牢抓住，铁链犹如一根晾衣索在空中悠悠晃荡。

"那独孤天双足轻轻一点，纵身跃上铁链，身子在链上晃晃悠悠。他对何野风道：'何野风，咱俩在这铁链上比画比画，谁输一招半式，或者掉下铁链，谁便输了难题。你敢上来接独孤大爷的招吗？'

"摩尼教众人一看，那铁链小指般粗，悬空一丈多高，独孤天站在链上不住晃悠。人要在铁链上站稳已是不易，更何况在上面打斗？二人要在链上激斗，快捷出招，攻守防御，腾挪闪跃，铁链便会不停乱晃，双方既要对付敌手，又要分心不掉下铁链，这比在地上打斗不知要难多少倍！

"众人心下明白，独孤天敢在铁链上叫阵，他定是在铁链上打斗驾轻就熟。何野风从未练过这门功夫，上铁链去同独孤天打斗，武功必然大打折扣。他还未动手便已处下风，又如何能取胜？见此情景，摩尼众人脸色微变。

"何野风却神情镇定，淡淡道：'阁下出这道难题，别出心裁得紧！何某不知能否接下，我且试试看，何某献丑了！'只见他纵身一跃，身子如飞燕落到铁链另一端上。岂料他双脚刚沾铁链，一股雄浑无比内力从铁链上传来，将他震上半空。众人仰头看去，只见何野风在空中连转三个旋子，身子跃上一丈高，猛一旋身子双脚又落到铁链上。

"不料何野风双脚一沾铁链，身子又被那雄浑内力震上空中。他又凌空急旋身子，才又落回到铁链上，旋即身子又被震起。众人见他在铁链上三起三落才稳稳站住。心下都暗自奇怪，不知何野风为何要在铁链上几起几落，方才站定身子。"

秦淮忙问道"赵先生，何野风为何要在铁链上几起几落，这是什么缘故呢？"

赵无痕道："这是独孤天用脚暗运独门绝技'混元天极功'，将雄浑内力从铁链上传去撞击何野风。他这'混元天极功'霸道无比，被撞之人非死即伤，必掉下铁链不可。何野风却只在铁链上三起三落，便将他的'混元天极功'化解于无形，稳当当站在铁链上。

"独孤天一看何野风浑然无事，不禁暗自吃惊，情知遇上劲敌，却不动声色道：'何野风，你能接下我的"混元天极功"，功夫不赖，还有两下子！不过你别高兴得太早，爷更厉害的手段还在后头！'

"何野风仍淡淡道：'是吗？承蒙过奖，我这两下子不足挂齿！阁下还有什么高招，何某能不能接得下了，那就难说了！'

"独孤天冷哼一声，道：'何野风，你别装孙子蒙我。独孤大爷不会上你的当。适才你能化解我的"混元天极功"，可见你武功非同寻常。爷能遇上你这种高手痛快打一架，高兴得紧！'他说着欺身扑到何野风面前呼地一掌拍出。何野风出掌相对，只听'啵'的一声，二人身子在铁链上晃了晃。何野风站立不动，独孤天却后退了半步。摩尼教众人看见何野风功力胜过独孤天一筹，大声喝彩道：'好！教主好掌力！'

"殊不知对这一掌，却让何野风暗自心惊。适才对掌瞬间，独孤天掌力一阵接一阵涌来，似巨浪汹涌澎湃。幸亏何野风练成'日月双环功'，暗用移山填海之法，将独孤天那排山倒海般掌力输导脚底铁链上，他才没被他打下铁链去。何野风心下寻思：怪不得独孤天敢挑战各门派，扬言要做武林总掌门人，原来这厮确有惊人技业，并非胡乱狂妄自大。今日我要胜他，只怕要经一番苦斗。

"何野风却不知，此时独孤天亦暗自惊诧。适才，独孤天使出本门绝技'伏波神掌'同何野风对了一掌，将刚猛的内力一波接一波向何野风击去，却似击在一堵软绵绵的墙上，内力碰到何野风掌上便一下不见踪影，何野风竟然浑然无事！

"他这'伏波神掌'厉害之处，是一掌拍出，掌力如大海波涛汹涌起伏，一阵强过一阵。敌人若接下头一阵掌力，以为他掌上力道已竭，心生松懈，殊不知他第二阵掌力旋即涌来，比前一阵掌力更刚猛。对手哪里来得及运劲接招？往往被一击而倒。对手若接下他第二阵掌力，以为他掌上力道已是强弩之末，稍一松劲，岂料他第三阵掌力更似排山倒海般击来，令对手非伤即死。因这掌力拍出似大海波涛后浪推前浪，一浪高过一浪，重叠起伏，故名'伏波神掌'。

"独孤天见一掌对过，何野风毫无异状，心中着实吃惊不小。他收起嚣张之态，两眼盯着何野风，道：'何野风，你能接下独孤大爷这一掌，武功很不赖啊！'何

野风仍然淡淡说道：'何某的功夫马马虎虎，阁下过奖了。'

"独孤天冷冷道：'何野风，你别假惺惺，我独孤天不吃你这一套，咱们再打！'只见他跃上半空，双臂疾伸两指朝何野风头顶戳下。何野风赞声：'好指法！'亦是两臂一抬，嗤嗤戳出两指迎击。四指相接，何野风觉手臂上'曲池穴'和'五里穴'如电击般麻木，大吃一惊急忙运起'日月双环功'，用移山填海之法将独孤天怪异指力转移到脚底铁链上。

"独孤天见何野风仍是安然无恙，大吃一惊。适才他戳出这两指名叫'千涛万劫指'。这指功，能以奇异内力封闭对手身上要穴，令人如受电击四肢麻木。岂料何野风接下他两指安然无恙，这怎不叫他又惊又疑？

"何野风心中也暗自赞道：'此人的功夫好生了得！适才若非我身负"日月双环功"，能将他诡异内力化于无形，只怕此时已着了他的道儿！不知他还有什么怪异功夫，我不可掉以轻心！'

"心念闪过，何野风忽然凌空倏地一踱，迈出一种古怪步法转到独孤天身后，手肘如锤倒撞向独孤天背心。独孤天身子疾蹲，反手一指戳向何野风小腿。何野风折身一掌拍向独孤天头顶。独孤天仰身疾避，倏地一腿踢向何野风面门。何野风手掌斜劈斩向独孤天的腿。独孤天身子跃上何野风头顶，双腿如风连环踢出。霎时间，二人在铁链上施展小巧格斗手法激斗起来。

"老仆看得有些纳闷：那条小指般细铁链在高空中晃荡不已，他俩在链上打斗却如履平地出招自如。独孤天能自如打斗，不用说是练多年驾轻就熟。何野风从未练过这门功夫，他为何在链上打斗一点不落下风呢？"

秦淮道："是啊，赵先生，你说得对，何野风他怎么不掉下铁链呢？这又是为什么？"

赵无痕道："起初，老夫也不明其理。后来看他俩斗了三百多招，老夫才渐渐看出些端倪来。那何野风在铁链上打斗得心应手，不掉下铁链，全仗他脚下踏着一套奇妙轻功步法。这步法让他在铁链上攻守出招不输独孤天。偶遇危急，那轻功步法总能使他转危为安！"

秦淮问道："赵先生，那何野风会一套什么轻功步法，怎会这般奇妙？"赵无痕道："秦姑娘，何野风的轻功步法，其实你也见过。"秦淮奇道："赵先生，我从没见过何野风，哪会见过他的轻功步法啊？"

赵无痕笑道："秦姑娘，在丐帮总舵，你曾见过白无极的轻功步法是不是？那何野风的轻功步法同白无极步法相似。但何野风的步法比白无极更精妙！他靠这轻功步法同独孤天在铁链上激斗，丝毫不落一点下风！"

张去病恍然道："那是摩尼教的绝妙轻功叫'光明游'。几年前白无极为抢夺达摩石，在土地庙里同我师父凌霄老人比轻功，施展的便是这门功夫。那实在是一门精妙的轻功，何野风会这功夫，怪不得他不惧在铁链上同独孤天打斗！"

赵无痕点头道："小主人说得不错。不过那时，老仆还不知这门轻功的名称。后来遇到老主人，听他老人家说起魔教的武功，才知晓那是魔教的独门轻功'光明游'。"秦淮追问道："赵先生，后来呢？他俩谁赢了？"

赵无痕道："斗到六百多招时，二人同时大喝一声猛对一掌。两股雄浑刚猛掌力一撞，只听哐当一声响，两人脚下铁链被震断。二人冲天跃起在半空中又连对两掌，砰砰两声急骤响过，两人才飘然坠地。

"老夫一看，何野风满面血红，独孤天脸色铁青，二人似乎势均力敌。独孤天哈哈笑道：'何野风，适才咱俩同时着地谁也没输。我纵横天下还没佩服过谁，你是我佩服的头一人！你划下道儿来，我独孤天接你的高招！'

"何野风道：'阁下佩服何某，不敢当！何某也没有什么高招，只是依样画葫芦，请阁下到一个雅致之处比画比画。'

"独孤天道：'到什么雅致之处？是上你们摩尼岩去比画吗？千里迢迢，独孤大爷可没有工夫去！'

"何野风摇头道：'那雅致之处并非在摩尼岩上，阁下不必回绝！'何野风转头对童三界道：'童长老，借你的暗器"玲珑天雨针"一用。'童三界忙从腰间取下一个小皮口袋递给何野风。何野风从袋内抓出一把晶亮之物往地上一掷。老夫凝目一看，那晶亮之物却是一根根发亮的钢针。那钢针长如竹筷，坠下插入地下二寸。何野风一连掷下几把钢针，转眼之间在地上插出五朵梅花，排列成一个五星图案。

"独孤天一怔，迷惑问道：'何野风，这便是你说的雅致之处？你要爷同你在这些钢针上较量吗？'

"何野风道：'不错。适才阁下别出心裁，架起铁链考量何某。何某东施效颦，献上梅花五朵，邀阁下上去比画比画。圣人说来而不往非礼也，这叫礼尚往来。按你先前的约定，谁输一招，或掉下针来，谁便听凭对方处置。不过咱俩得脱去鞋袜，赤脚上钢针去打斗！'

"老夫一听，心中暗惊：我行走江湖，曾见人赤脚攀登钢刀绑成的刀梯，也见过有人赤脚走过炭火，还见过有人赤脚踩过碎玻璃碴儿，但那些皆是一人演技，却从未见过谁在钢针上同人打斗。那些钢针尖锐无比，人赤脚站到针上去，双脚立即会被刺穿，何野风叫独孤天上去打斗，这如何可能？

"老夫又想：何野风出这道难题，比独孤天的难得多。在铁链上打斗，二人只须轻功高强，时刻保持身子平衡便可施展功夫对敌。在钢针上打斗，二人须有踏雪无痕的轻功，脚才不被钢针刺穿。但两人激斗起来浑身使劲，脚下又如何做得到踏雪无痕？……何野风出这道难题会不会是虚张声势，吓唬独孤天呢？我倒要看看独孤天如何接下这道难题！

　　"我回目去看独孤天，见他望了望插在地上的钢针，冷笑道：'何野风，你摆弄几根钢针便想唬住我吗？嘿嘿，客随主便！你先上去露两手给爷看看！'原来，独孤天也疑心何野风是故弄玄虚，装鬼唬人，是以他叫何野风先上钢针去，看他出的这道难题，究竟是真是假。

　　"何野风道：'何某献丑了！'只见他走到梅花形钢针前脱去鞋袜，赤脚站上一朵梅花针上。凝神静气一瞬，又跨到另一朵梅花针上，小心翼翼在五朵梅花针上迈步，唯恐脚底被钢针刺穿。

　　"独孤天笑道：'何野风，你的轻功也不过如此！'他笑罢也脱去鞋袜，脚下踏着八卦方位，围绕五朵梅花针疾速游走起来。转了十几圈，突然间脸上青气大盛，他倏地一转身犹如一张薄纸飘然落到一朵梅花针上。岂料他双脚刚落到钢针上，何野风瞬间化着一团白影在五朵梅花上飞速闪动，形如鬼魅一掌掌向他击来。独孤天猝不及防，大惊道：'你，你……'他仓促出掌相对敌，但已失先机，只得在五朵梅花针上东躲西闪。

　　"独孤天的轻身功夫虽不及何野风，但也罕见。他被对手抢攻，仍能在梅花针上竭力招架。但绝顶高手对决，一失先机便立陷险境，何况是在钢针上打斗？只见他笼罩在何野风雄浑掌力下左支右绌，任他如何变招都无法扭转挨打窘境。

　　"我瞧他二人在钢针上斗了二百多招，隐隐感觉有什么地方不对头。只见那独孤天出掌渐渐生硬滞迟，不如在铁链上灵动刚猛，这是为何呢？难道是他顾忌脚下钢针，武功打了折扣吗？我正诧异，忽见独孤天大喝一声同何野风对了一掌。

　　"这一掌对过，只见何野风脸上红光大盛，独孤天脸上不再现青气，却是白气一闪，似内力不逮之兆。我心下愈加诧异：他两人才斗二百多招，独孤天怎会内力不济？像他这等绝顶高手便是斗上一两千招也不会乏力，为何才斗了二百多招，他便如此内力不继？

　　"我越看心中越疑惑：见独孤天又一连同何野风对了几掌，脸色变得越来越惨白。他二人先前在铁链上对掌，内力势均力敌，似乎难分伯仲。此刻每对一掌，独孤天脸色便是白气一闪，犹似功力便衰减一成，显得越来越力不从心。

　　"我想，先前倘若独孤天不出什么难题考校何野风，不画地为牢，那么此时他可以跳下钢针同何野风斗，借以摆脱困境。但他先考校别人有约在先，此时一下钢针他便输了。这令他骑虎难下，只得硬着头皮苦苦支撑。"

　　赵无痕说到此处，将话锋一转，道："看到独孤天进退失据窘况，当时我想：

由此看来，一个人无论有什么天大本事，无论有什么了不得能耐，都不可将话说得太满，不可将事做得太绝，凡事都必须留有回转余地。否则，会给自己招来祸灾哩！"

张去病心中一动。寻思：听赵先生的这席话，他老人家是在借题发挥，开导我们这些后生晚辈，不管有多大本事都不可狂妄自大。别人且不论，我得了师父真传，又学成了《九宫伏魔经》上的武功，尤其要引以为戒！

他正寻思，忽听龙飞问道："赵先生，莫非那独孤天受钢针掣肘，功夫才越来越不成吗？"

赵无痕摇摇头道，"当时，我心中也是这般推测，可是瞧到后来，我才看出事情没这么简单！"

张去病道："赵先生，难道是何野风使出什么厉害内力将独孤天的内力克制住了？"

赵无痕仍摇头道："小主人只说对一半，还不全对。"秦淮急道："赵先生，那是什么？急死人了，你老人家快些说给我们听嘛！"

赵无痕笑道："秦姑娘莫急，马上便见分晓……适才我说到哪里了？"秦淮抢道："你说到，你看见独孤天同何野风对掌脸色发白，功力减弱，你很奇怪。"

赵无痕道："对，我很奇怪。待他们斗到三百多招时，我才看出其中的蹊跷之处。我见何野风同独孤天打斗时脚下踏着一种奇怪方位。那步法的方位，既非两仪四相方位，亦非五行六合方位，更非九宫八卦方位，他脚踏的方位我从未见过。只见他踏着这种奇怪方位每拍出一掌，掌力便增强几分。独孤天每接他一掌，掌力便减弱几分。"

张去病一听，忽然想起自己在"九宫八卦阵"内挥掌拍飞石，踏着一、三、五、二、六、八路线拐来拐去，功力顿时大增的情形，心想何野风用钢针布成五朵梅花，难道也有此等奥妙不成？

赵无痕又道："我只顾看何野风脚踏的方位，心中正迷惑不解之际，忽听何野风大喝一声：'着！'一指如闪电般戳在独孤天腰间'渊腋穴'上。我还没回过神来，只见独孤天轻哼一声，身子一晃便软倒在地上。

"只听童三界等人大声喝彩：'属下恭贺教主练成八重二宗明晦神功！教主降服独孤天，神功盖世，天下无敌！'

在众人的喝彩声中，何野风跳下梅花针，抱拳答道：'谢众位兄弟夸赞！'回头对独孤天道：'承让。得罪了！'

"我瞧那独孤天，坐在地上面如死灰，喘息一会儿才道：'何野风，爷一时不慎被你算计，要杀要剐悉听尊便！只是有一事爷须问个明白，你不可欺我！'

"何野风道：'阁下武功卓绝，豪气冲天，打遍中原武林未遇敌手，堪称英雄好汉。但有所问，何某决不相欺！'

"独孤天怒道：'何野风，你少说风凉话！爷败在你手下，还算什么狗屁英雄好汉！爷问你，适才咱俩在铁链上打斗，我使独门绝技"伏波神掌"攻你，却被你悄然化解，你使的是一门什么功夫？'何野风道：'那是敝教的"日月双环功"。'

"独孤天一惊，道：'你使的是"日月双环功"？可是当年你教教主风云龙独斗达摩和寇谦之两位大师所使的功夫？'何野风点点头。

"独孤天叹道：'难怪我的"伏波神掌"奈何不得你，原来你得了风云龙的真传！"日月双环功"，嘿嘿，"日月双环功"！这门功夫可玄妙得很哪！唉……'他长叹一声，不知是赞叹'日月双环功'神妙，还是败得心有不甘，一腔豪气顿时索然。

"何野风道：'何某鲁钝，只学到本门武功一点皮毛，可不敢说得到风祖师的真传！'

"独孤天冷笑一声，道：'你只学到一点皮毛便同我在铁链上打个平手。嘿嘿，倘若学到了精髓，我岂不是早败在你手下了？'

"何野风微微一笑，却而不回答。独孤天两眼瞪着何野风，道：'你笑什么？有什么好笑的……啊哟，不对！何野风，你好有心计，我……我中你的奸计了！'

"何野风道：'阁下精明过人，打遍武林未伤一根毫毛，怎会中我什么奸计？我又使什么奸计了？'

"独孤天道：'先前在铁链上打斗，你这厮将武功藏着掖着，故意同我打成平手，诱我麻痹轻敌，坠入你的套中！何野风，你这厮也太老奸巨猾，太会算计人了！'

"何野风笑道：'阁下眼光好厉害，何某这点小手段，却也没能瞒过阁下的眼睛，还是被你瞧出来了！'

"独孤天冷笑道：'何野风，你别扬扬得意，你耍这诡计，叫爷看那是脱下裤子放多余！既然你技高一筹，为何在铁链上不干脆将我打败，何须还斗这第二场？你这不是多此一举吗！嘿嘿，何野风，你迂腐得紧！'

"何野风摇头道：'不斗第二场那可不成。在铁链上打斗，我或许能胜阁下。但要将你留下，何某并无多大把握。若是阁下输了一招半式，抬脚远走高飞，日后再来找我教兄弟滥施报复，那对我教后患无穷！何某为留住阁下，才不得已同你斗这第二场。'

"我藏在一旁听见何野风这番话，心想：这何野风的涵养功夫真是没得说！先前独孤天对他恶语相向，他毫不计较，一直对独孤天客客气气。此时，他将打遍中原武林无敌手的独孤天打败，却毫不趾高气扬，而是委婉地说将独孤天'留住'，不说他将独孤天'制住'。这等涵养功夫在顶尖高手中，那是绝无仅有！身为号令群豪的一教之主，那更是实在难得！

"我又想：这何野风待人不温不火，却又极富心计，他事先就想擒住独孤天，却毫不露声色，反而佯装武功同独孤天不相上下，诱得独孤天麻痹轻敌同他在钢针上再斗，着了他的道儿，难怪他能统驭偌大的一个摩尼教，此人好生厉害！

"我正暗自佩服何野风，却见独孤天听了何野风的话，大怒道：'何野风，你也太吹大气了！爷输给你一招，这不假。爷的武功就算逊你半分，这也不假，但爷也决不会被你一招制住！你说你要爷留下，你也忒小看爷了！嘿嘿，你吹什么大牛皮？'

"何野风道：'阁下不信何某之言吗？'独孤天道：'独孤大爷自然不信！'何野风道：'阁下如若不信，那你走罢，何某决不为难你！'童三界等人一听，急道：'教主，放虎容易擒虎难，切莫放虎归山！'

"独孤天一听，昂然道：'何野风，你身为一教之主说话要算数！你叫爷走，爷这就走，看你能怎的！'他站起身来暗运真气，自觉内力无碍，便迈步向树林外走去。岂料刚走几步，双腿一软，身子又坐倒地上。他大吃一惊，再运真气又感觉内息运行无碍。再站起来走几步，身子又软坐到地上。

"霎时间，只见他惊骇莫名，神色大变。惊恐道：'何野风，你……你……对爷使了什么手脚？'

"何野风淡淡道：'何某对你也没使什么手脚，我不过用"日月双环功"封闭你的罩门，将阁下留住。所以独孤天，你哪里也走不了啦！'

"独孤天一听满脸惊骇。那练功的罩门是他全身最脆弱之处，若是罩门被破，他一身绝世武功便被废了！他忙暗自聚气体内真气尚在。他将真气运到罩门处，罩门穴位毫无知觉，难怪他一站起来会浑身绵软无力。

"他想：幸亏罩门只是被封闭，尚未被破，要不然我已成了废人！又想：我的罩门深藏腋下极是隐秘，除了我本人，世上无人知道，何野风这厮怎会知晓呢？想到此，他又惊又怒道：'何野风，你……你怎知道爷练功的罩门？'

"何野风淡然道：'何某对阁下知道得可多了。我不但知道阁下罩门所在，我还知道你来自哪里，师从何门；我知晓阁下并非来自辽国，更不是什么辽国武林高手！你看，何某说得对不对？'

第十七章　篡位

"独孤天悚然一惊，道：'你说我不是来自辽国，你说你知道我师从何门，那你说说爷来自何方，师从何人？'

"何野风往南方一指，道：'你来自南海子午岛，阁下是那子午岛主的传人！何某说得对吗？'

"独孤天身子一震，张口结舌道：'你，你，你……是怎么知道的？子午岛的人从未到过中原和西域，何野风，你怎会知爷是子午岛主的传人？哼……你这人诡计多端，你一定又是在诈我！'"

秦淮打岔道："赵先生，子午岛在什么地方？那子午岛人的武功怎的如此厉害？"秦淮的这个疑问，也是龙飞、张去病、穆兴、段阳四人心中的疑问。一直以来，江湖上有关子午岛主的传闻仅有只言片语，谁也没见过子午岛主及其门人，更没见识过子午岛的功夫，只是听说子午岛的武功如何了得，传说得神神秘秘。此刻听见秦淮问这个问题，张去病几人都想听个究竟。

龙飞忙道："是啊，赵先生，那子午岛在什么地方？为何子午岛的武功如此了得？仅是来了一个独孤天便让中原武林谈虎色变，人人惊惶！"

赵无痕伸手抚了抚胡须，缓缓说道："子午岛的事儿，你们问老夫算是问对人。因为五十年前，那子午岛主曾经到大陆上来过一次，同我恩师欧阳山人和我恩主凌霄老人有过一面之缘。后来我从师父他老人家嘴里得知子午岛的一点情形。子午岛是南海万碧波中的一个神秘岛屿。你们知道吗？武林中有三个武功绝顶的世外高人，他们分别隐居在三个海岛上。一位是我恩师欧阳山人，他老人家隐居在渤海琉璃岛上"地藏宫"。另一位是我的老主人凌霄老人，他老人家隐居在东海悬空岛上的碧霄宫。还有一位便是子午岛主南溟老人，他隐居在南海子午岛上水晶宫。三位老人身怀神功，却少问江湖上俗事。

"但不知是什么缘故，那子午岛主南溟老人自从五十年前到过大陆一次，便从此足不出子午岛，并立下门规严禁弟子到大陆上来。所以大陆武林江湖中人，大多只听说过子午岛主大名，却从未有人见过其人，也未见过他门下弟子，更未见过子午岛的功夫。"

张去病、龙飞、穆兴、段阳、秦淮五人一听都"啊"一声，不禁对子午岛主的神秘感更增一层。

赵无痕续道："当时，我一听那独孤天是子午岛主的传人，心下更加吃惊不小。心想：子午岛的人怎么会突然到中原来？这当中有什么隐情？何野风说的是真的吗？他又怎会知道独孤天的来历？独孤天武功如此了得，子午岛功夫果真名不虚传哪！

"我正思忖之际，却听何野风反问道：'独孤天，你说子午岛的人从未到过中原和西域，难道中原和西域之人就没有去过子午岛吗？我怎么就不能知晓你的来历？我说你是子午岛的传人那一点没错的，这你心知肚明，何必不承认？'

"独孤天一怔，道：'中原和西域的人谁上过子午岛？你去过吗？我怎不知道？'

"何野风摇头道：'何某无缘去瞻仰子午岛主的风采。那去子午岛的人，是我教的一位前辈，他有幸上过子午岛，拜见过子午岛主，已是五十多年前的事了。阁下才三十几岁，那时你还没出生哩，不知早年之事不足为奇。'

"独孤天想了想，摇头道：'这也不对，何野风你别蒙我！是别人去过子午岛，不是你去子午岛，你没见过子午岛的功夫，此前也未同我交过手，你怎会知晓爷是子午岛主的传人？又怎知爷的罩门所在？'

"何野风道：'这有什么好奇怪的，我教那位前辈拜见子午岛主后，同岛主切磋武功，不慎输了两招被子午岛主强留岛上，是以他有缘见识子午岛武功一点堂奥。后来那位前辈使诈死之计，骗过子午岛主，被抛入海里。所幸的是，那位前辈被抛入海中后被一群海豚救起。他的水性很好，抱着一条海豚在海上游了半日，遇到一艘商船才得返回到教内，记录下他在岛上的经历和见闻。从那位前辈记录中，何某才得知子午岛的"混元天极功"和"伏波神掌"的一点皮毛，也才得知贵派练功罩门所在……'

"我听到此节，心想：怪不得何野风斗独孤天处处占先机，却原来他早知独孤天的武功底细，知己知彼百战不殆，难怪他能将独孤天制住！倘若他不知独孤天底细，要想将独孤天制住只怕不易！

"我正寻思，又听何野风道：'半年前阁下在青海道上，掌伤我教两位长老和一位大摩尼。后来据他三人讲述你的武功路子，何某推想阁下必定是子午岛人。适才

在铁链上一交手果不出我所料，阁下的武功不仅出自子午岛，而且武功极高，我想阁下必是那子午岛主的传人！'

"独孤天怒喝道：'好个奸诈的何野风！原来你早知爷的来历，预先设下圈套暗算爷！我来问你，你在这钢针布成的五朵梅花上暗藏了什么机关，为何爷在上面打斗，总觉内息不纯，功力受制，处处落于下风？'

"何野风微微一笑，道：'这不是什么机关，说给你听也无妨。这五朵梅花有个名称叫"五行梅花障"。我教那位前辈败在子午岛主手下，视为他平生大耻。从子午岛回来后，他冥思苦想破解子午岛武功之法。他老人家才具卓绝，费时三年才创出这门克制子午岛功夫的"五行梅花障"。亏得他老人家创下有这门功夫，何某才能将阁下留住。如若不然像阁下这等绝顶高手，何某或能胜你一招半式，但要想将你留下只怕不能哩！'

"独孤天冷哼一声，骂道：'原来，你魔教人处心积虑创出这门破功夫，来克制我子午岛的武功，真他妈的用心恶毒！什么狗屁"五行梅花障"？爷本来好端端的，一到这梅花针上同你交手，便觉气血乱窜，功力锐减，这不是什么功夫，而是你魔教的妖法！'

"何野风摇了摇头，道：'这不是妖法。实话对阁下说罢，这是一门货真价实的绝妙武功。这门功夫的名称之所以叫"五行梅花障"，是因为它对敌人有五障：一障对手血脉，二障对手内息，三障对手功力，四障对手招式，五障对手心智。这五障，顺行金木水火土之位，逆走日月辰星光之序，依人体十二时辰气血行运之律，反踏方位出招，能使阁下打斗时气血逆行，功力顿减，心智不宁，出招失准，何某便能寻机一击出奇制胜。阁下不知这门功夫厉害，托大上"五行梅花障"与何某打斗，这可怨不得何某！'

"独孤天听罢，连连摇头，一脸不以为然的神情。何野风道：'阁下摇什么头？'

"独孤天冷哼一声，道：'哼，何野风，你布下这钢针机关才侥幸得手，又算什么真本事？爷若是同你在地上打斗，焉能被你制住？你说是不是？'

"何野风冷笑一声，道：'咱俩若在地上打斗，何某亦能施展"五行梅花障"功夫对付你，阁下试想：你能破得了我的"五行梅花障"吗？'

"独孤天一听，侧头思量，五个手指在关节上不住掐算，口中自言自语道：'水在辛丑，气行渊腋穴。土在寅卯，血过天池穴。火在壬戌，神驻承光穴。金在午未，络走大横穴，水在乙卯，气运膻中……'他反反复复掐算好一会儿，摇头叹口气道：'何野风，你这"五行梅花障"，爷一时无法破得。不过若是在地上打斗，就算爷破不了你的"五行梅花障"，爷要脱身远走高飞，何野风，你可奈何不得我！'

"何野风道：'此话不假。但也难说得很。若是在平地上打斗，阁下虽然不用顾忌脚底下的钢针，但何某亦可以施展"五行梅花障"功夫设法将阁下困住。何某要留住阁下，想来也未必不能！'

"独孤天冷哼一声，道：'何野风，你休得狂妄！今日你使奸计侥幸取胜，不算真本事，爷输得不服，你敢不敢等爷恢复功力，咱俩再光明正大斗一场？'

"何野风摇头道：'那可不成！阁下武功极高，让你恢复功力再斗，万一你撒腿逃逸，那对我教后患无穷！何某不能纵虎归山，不想让你再伤害我教弟兄。不过嘛……只要阁下肯屈尊，投入我教，咱们便是光明圣尊座下同教兄弟，阁下要同何某切磋武功，来日方长！'

"独孤天猛然扬头大笑：'啊哈哈哈……啊哈哈哈……'何野风一怔，道：'独孤天，你因何而笑？'

"独孤天忽然止住笑声，傲然道：'何野风，爷从子午岛来到大陆，便是要将大陆各门派、各教派收到爷的麾下，做天下武林总掌门人。独孤大爷本是收服别人的主，你却想收录爷加入摩尼教，这不好笑吗？这不可笑吗？这不叫爷发笑吗？何野风啊，何野风，你武功虽高，心计了得，临事却婆婆娘娘迂腐得很，可笑至极！'

"童三界在旁大喝道：'独孤天，闭上你的臭嘴！你小子败在咱们教主手下，还放什么臭屁？你再胡说八道，老子一掌将你劈成两半，叫你身首异地，死无全尸，将你的尸骨扔在这山野里喂豺狼！'

"独孤天一听双目圆睁，恶狠狠地瞪童三界一眼，目光如利刃，射出冷冰冰的吓人寒光，童三界不由心中打个突，顿时缄口不语。

"独孤天阴森森道：'童三界，你小子算什么东西？哼，你想趁爷之危，狐假虎威，在爷的跟前耍威风，是不是？你给爷闭住你那猪嘴狗嘴！哼哼，在独孤大爷面前，凭你小子那点稀松本事，没资格同爷说话！'他转头对何野风道，'何野风，爷一着不慎满盘皆输！爷本想自断心脉了断，但罩门被你封住使不出半点力气，爷敬你是个人物，求你一件事。'

"何野风诧异道：'阁下所求何事？'独孤天道：'你痛快出手毙了爷，莫让独孤大爷受童三界这种蹩脚小人之辱！'

"何野风摇了摇头，长叹一声，道：'独孤天，你心比天高，气量却如此狭小！好吧，何某成全你！'

"忽然间何野风一指向独孤天点去。独孤天大叫一声仰面倒地，惊声叫道：'何野风，你，你……好狠！'叫声刚绝人便昏了过去，只见他额头上冒出一层密密汗珠。那汗珠殷红如血，叫人看了心头骇异。童三界道：'教主，您老人家将这小子毙了吗？'

"何野风道：'此人未作大恶，我没取他性命，只将他武功废了。因此人野心极大，武功极高，气量狭小，不废去他武功，日后他再来寻衅，我教不知有多少弟兄要丧命他手下。你们将他带回摩尼岩去慢慢询问他，看那子午岛对我教有什么图谋？'"

段阳听到此处，插嘴道："赵先生，独孤天身冒出血汗，他是被何野风伤了内脏吗？"

赵无痕道："当时看见独孤天血汗淋淋，老夫也困惑不解，不知他伤了何处。只见童三界一招手，两个摩尼教汉子走上前来要将独孤天提起，却听何野风喝道：'刘雄、王彪住手！'两个汉子一愕，忙缩回手。

"何野风道：'适才我破了他的"混元天极功"。子午岛人练习此功，长服岛上一种叫"天狼果"的野果。此果剧毒但味甘美，是子午岛独有毒物。独孤天常食"天狼果"，身上带有剧毒。此刻他武功被废，毒液和着汗水排散出体外，旁人沾到一点血便会周身溃烂，无药可治。你们带他回摩尼岩去，一路上要多加小心切莫沾到他身上的毒！'

"摩尼教众人一听脸色皆变。童三界道：'兄弟们，咱们扎个担架将这厮抬走！'他拔出刀率人砍倒几棵小树，斩些老藤扎成担架，用木棒把昏迷不醒的独孤天撬到担架上。两名汉子抬起独孤天，何野风带着众人走出树林。"

说到此处，赵无痕不禁赞道："何野风真是了不起的人物！他不仅武功超群绝伦，而且谋事睿智沉着，武功心计都十分了得！他早知独孤天武功根底，却不动声色巧设陷阱，一出手，便将打遍中原武林无敌手的独孤天擒下，着实令我钦佩！……不久此事在江湖上传开，武林中人添油加醋，说何野风如何如何大展神威生擒独孤天。可是他们谁也没亲眼看见独孤天被擒的经过，说不出个所以然来，这便是江湖传言何野风武功天下第一，却语焉不详的由来。"

秦淮好奇问道："赵先生，你老人家武功如此厉害，那时，你有没有想同何野风比试武功的念头？"赵无痕摇头道："当时我的武功粗浅，没有这个念头。我只是望着何野风离去的背影发愣，傻呆呆站着。"

秦淮愈加好奇，又问道：'赵先生，你望着何野风的背影发愣？这是为什么呢？"赵无痕沉浸在当年情景中，仿佛没听到秦淮的话，自言自语道："我愣一瞬，说声：'不行，不行，我得赶紧返回'地藏宫'去！'"

秦淮更奇道："你想回'地藏宫'去？赵先生，这又是为什么？"张去病和龙飞等人也道："是啊，赵先生，你为何想回'地藏宫'去呢？"

赵无痕回过神来，道："一年前我离开'地藏宫'时，自以为武功超群，可纵横天下。行走江湖一年也打败不少高手，心中很是得意。看了何野风和独孤天的武功。我发现同他们差一大截子，我自愧不如他二人，我得回'地藏宫'去练出绝世武功，再出来闯荡江湖！"

秦淮道："赵先生，后来你真回'地藏宫'去了吗？"赵无痕点头道："不但回去了，而且在'地藏宫'练功，一练就练了十五年！"

秦淮惊道："啊呀，练这么多年，你老人家真能练！后来你的武功赶上他们二人了吗？"

赵无痕道："我回'地藏宫'后，将何野风和独孤天决斗之事向我恩师欧阳山人禀报。他老人家听罢，叹道：'想不到那何野风和独孤天有如此武功修为，这二人，一个魔教教主，一个是野心勃勃的枭雄，他俩都对中原武林虎视眈眈，中原武林可真堪忧了！无痕，从今日起，为师将一身绝学传授给你。将来你方能同他们抗衡！'

"恩师说罢，先传授我'地藏摧心功'，接下来又将'地藏幽冥指'传给我，最后才授'幻剑七式'。等到我练成神功重出江湖之时，我问我恩师，我的功夫同那何野风和独孤天相比，能否同他们一决高下，争雄武林？

"他老人家手捻胡须对我说：'无痕，若论武功，此时你的武功已不逊他二人。但你要同他二人争雄，还需多经江湖历练，方能同他们一比高低！为师授你"地藏宫""大无常"之职，你去江湖上惩恶扬善，好生历练一番吧！'

"此后我在江湖上惩恶扬善，杀正邪两派恶人太多，招来许多仇怨。那年在龙门江断魂峡，忽被黑白两道高手围攻。我身受重伤几乎丧命。为免受那些王八羔子侮辱，我跳下断魂峡自绝，所幸被凌霄老人救走。此后，我甘愿在碧霄宫为仆，服侍他老人家十年。在这十年里，得他老人家悉心指点武功，我的功夫又长进了一大截子，真是因祸得福！"

秦淮刨根问底道："眼下呢，您老人家的武功比那何野风和独孤天又如何？"

赵无痕道："眼下吗，这可说不准，毕竟没同他俩比过！但我学了两位老人绝世神功，若是同他二人比试，嘿嘿，想必不会逊于他俩！此番前来魔教，我想会会号称武功天下第一的何野风，同他切磋一下武学！事隔三十年，想来他的武功也精进不少。唉，只可惜听说他云游在外，但不知能否遂我愿？"

张去病等人一听，想到赵无痕和何野风这两位绝顶高手如能比试一番，一定精彩至极！几人心中充满期待。但转念又想，若是那何野风在摩尼岩上，加上四大摩尼，五尊者，十大长老，个个武功卓绝。摩尼岩上可谓龙潭虎穴，要上摩尼岩去救柳语无异于虎口拔牙，危险至极！想到此处，龙飞道："赵先生，那何野风不在摩尼岩上，你老人家虽然暂时不能如愿。但是摩尼岩上少了何野风这个最厉害高手，魔教众人群龙无首，咱们来救柳语姑娘倒要好办一些！"

却听秦淮道："龙大哥，便是那何野风在摩尼岩上，咱们也不怕他！别说赵先生他老人家武功无人能敌，便是我大哥哥也能打败那何野风！你们还不知道，我大哥哥已经学成《九宫伏魔经》上的武功，那可是专门克制魔教的武功啊！"

赵无痕、龙飞、穆兴、段阳一听又惊又喜，四人惊喜交加望着张去病。赵无痕颤问道："小主人，秦姑娘所言是真的吗？你真练成了《九宫伏魔经》上的武功吗？"

张去病点头道："赵先生，眼下，我还不能说练成了《九宫伏魔经》上的武功，只能说窥见了《九宫伏魔经》武功一点门径。这件事我本想找个适当的时候告诉大伙，没想到秦淮这丫头嘴快先说出来了。"

龙飞却高兴道："哎呀，这回咱们上摩尼岩去救人那是十拿九稳了！"穆兴忙问道："主人，你几时练成了《九宫伏魔经》上武功？是在什么地方练成的？"

段阳也问道："主人，《九宫伏魔经》上面都有些什么奇妙的功夫？"

张去病道："穆大哥问我几时学会《九宫伏魔经》武功的，这个我不便说。因为达摩祖师和寇谦之道长在《九宫伏魔经》上留下遗言，不许外泄《九宫伏魔经》之秘，还望大伙勿怪去病。段大哥问《九宫伏魔经》上面有什么奇妙的功夫，其实就是两门功夫，一门叫'九宫伏魔洗髓心法'，一门叫'太乙伏魔手'。"张去病略去学成的时间与藏经的地方不说，只说武功内容，是不想暴露藏经地域，以防别人猜出《九宫伏魔经》藏在少林寺附近，引得江湖中人去少林寺寻找。

他将"九宫伏魔洗髓心法"和"太乙伏魔手"内容，对几人大致说了一遍，又用"太乙伏魔手"将龙飞的"滚龙拳"、穆兴的"鹰搏手"、段阳的"黄山揽云掌"的招式，随意折配使出，衍化出几个威力极大的新招，龙飞、段阳、穆兴三人看得惊讶无限，不禁脱口赞道："啊呀，天下竟有如此神妙武功！"

赵无痕大喜道："老仆恭贺小主人！小主人终于完成老主人交代的第一桩遗命，实在可喜可贺！小主人，咱们一起来告慰老主人在天之灵罢！"赵无痕说罢站起身来，走到屋子中央面朝东海方向跪下，张去病等人忙跪在他身旁。

赵无痕祈祷道："老主人，您遗命小主人破解《九宫伏魔经》之秘，学成经上武功，经历千难万险，他已办成这件天大难事！小主人和老仆等人今向您老人家禀告，请老主人放心安息！"祈祷完毕，赵无痕又同张去病、龙飞等人说了一些武林旧事，一直聊到夜阑方才睡去。

第二日，张去病几人商量如何上摩尼岩去救柳语。张去病道："赵先生，您老人家足智多谋。咱们去救柳语，您看该如何行事？"

赵无痕道："此次去救柳姑娘，不用人多。仅是小主人和老仆去即可。人去多了倘若有谁失陷摩尼岩上，反倒节外生枝。龙飞、穆兴、段阳，你们同秦淮姑娘、何莹姑娘在山下等候，我们救出柳姑娘便来同你们会合。"龙飞三人道："是，属下遵命。"

赵无痕又道："小主人，当年老仆听老主人说那摩尼岩上屋舍甚多，咱们上岩去不知柳姑娘囚在何处，须分头去寻找。老仆从前山上去寻找，小主人从后山上去寻找。若是咱俩谁被摩尼教的人发现，另一人便使声东击西之法将他们引开，让另一人设法救出柳姑娘。"

张去病点头道："赵先生此法甚好！"赵无痕对段阳道："段阳，你去弄两套庄稼汉衣衫来，让小主人和老夫换上以便掩人耳目。"段阳应诺，转身走出店去。

张去病对龙飞和穆兴道："龙大哥、穆大哥，我同赵先生上摩尼岩救柳姑娘，请你们费心看好秦淮和何莹，切莫让摩尼教人将她们掳去，一定在此等候我们回来。"龙飞和穆兴道："谨遵小主人吩咐。"

秦淮却急摇头道："大哥哥，我要跟你上摩尼岩去瞧魔教的总堂！"

张去病道："秦淮，不可任性，魔教总堂没啥好瞧的！摩尼岩上高手云集，犹似龙潭虎穴，万一你去落入魔教之手，反倒横生事端耽误救人大事！乖乖同龙大哥他们待在一块，哪儿都别去！"

秦淮央求道："大哥哥，你武功那么高，我随你去谅那魔教的人动不了我一根毫毛！求求你带我去嘛！"

张去病望着秦淮顽固的眼神，心想这丫头脾气犟，若是明说不许她去，待我走后，说不定她会偷偷溜上摩尼岩去惹出麻烦来！心念闪过，他笑道："好吧，你想去，下次我带你去。"说时，他伸手一拂点了秦淮穴位。秦淮坐在椅上顿时不能动弹，恼得嚷嚷道："大哥哥你使坏，你使坏，我不理你了！"

张去病对龙飞道："龙大哥、穆大哥，烦劳你们看好秦姑娘，千万别让她溜上摩尼岩去。"便在此时，段阳拿着两件农夫短衣走进屋来。张去病和赵无痕换上短衣扮成庄稼汉模样，便转身走出店去。

来到市集上，赵无痕叮嘱道："小主人，上摩尼岩去可得小心行事。"张去病点头道："去病知道。"二人走至镇口分手，赵无痕朝北走去，张去病朝南走去。

张去病抬头望向不远处的玉泉山。只见碧空之下，山上高峰覆盖着皑皑白雪，像包着一块白色头帕。一团团云气在半山缭绕，几只雄鹰在空中翱翔。主峰巍然耸立，庄严肃穆，犹似一个天神静静俯视苍生，令人心生敬畏。

张去病寻思：绕到后山去登摩尼岩要走好几里路，若施展神功奔行又恐暴露行迹。但不知近处可有上山捷径？他正思量，忽听身后传来轧轧的车轮声，夹着几声马叫。他回头看去，只见二十辆大车缓缓驶来，车上放着各种粮食杂货。十几人赶着大车，后面是一队挑夫挑着蔬菜水果。旁边走着一个白衣老者，手执三尺长竹节烟装，一面行走一面大口抽烟，押着车队和挑夫走来。

他寻思：这些东西是送上摩尼岩去吗？我何不混进挑夫中跟着他们上山？心念甫动，他伸脚一勾将一粒石子勾跳到手中，轻轻一弹石子飞出，击中一个挑担夫脚背冲阳穴，那挑夫膝盖一软连人带担倒在地上。

白衣老者走上前来问挑夫，道："咋绊跤了？走路没长眼睛吗？快起来赶路！"

挑夫从地上爬起来，右脚一阵刺痛不禁"啊哟"一声，忙脱下鞋查看脚，只见脚背高高肿起，眼看是挑不成菜担了。

白衣老者蹙眉道："脚怎会崴得这般厉害？总堂等着咱们送酒菜去办宴席，这货你挑不动，这不误事吗？"挑夫道："黄爷，都怪小人不小心。"

老者朝道上张望瞧见张去病，展开眉头喊道："喂，小伙子你过来！"张去病道："什么事？"大步走上前去。白衣老者道："你把这担菜挑上山去，我给你五文钱。"

张去病道："五文钱少了一点，你给六文，我便挑。"白衣老者道："好，六文钱就六文钱，你挑起菜担快走。"

老者说罢，从衣袋里摸出二文钱丢给坐在地上的挑夫，道："这钱给你，回去好好养伤。"挑夫道："黄爷，谢谢您老人家！"

张去病担起菜担跟在白衣老者身后行走，转眼之间，便将白衣老者甩在身后。老者赞道："小伙子脚力不错啊？"张去病道："小人在家常担柴翻山越岭，身上有点蛮力。"他嘴上说话，心下却想：可不能叫这老头瞧出我身负武功，免他生疑。当下放缓步子，紧随挑夫队伍缓缓前行。

约莫前进三里路，大车队来到玉泉山脚下，往右拐个弯，转向后山，再行出二里地，进入一个山谷，两旁陡峭高岩，一条小道蜿蜒伸展。众人在小道上行出半里地，却被一堵高崖挡住去路。那崖高数十丈，崖壁陡直光滑，崖壁当中开凿二丈宽的凹槽，崖上面架着三个巨木支架，吊着三个老藤编的大筐，崖上建有几间屋舍。

白衣老者走到崖下仰头朝岩上叫道："侯七，吴四，酒菜运到了，你们快放下吊筐来装货！"高崖上冒出两个白衣人探头问道："是黄三爷吗？"白衣老者道："不是你黄三爷，还会是谁？快放下吊筐来装货物！"

崖上白衣人道："三爷稍等，我们这就把吊筐放下来。"只听嘎吱嘎吱声响绞盘转动，绞绳将三个硕大藤筐缓缓放下。不一会儿藤筐降到地上。白衣老者命车夫们将车上酒坛杂货搬进筐内，撮起嘴吹三声口哨。崖上人听见口哨声立即转动绞盘，藤筐慢慢升起，片刻间升到崖顶上。崖上几个白衣人七手八脚卸下筐内货物，又将藤筐放下。

众人用了一个时辰才将运来的货物全都吊上高崖。白衣老者见货物吊完，从腰上取下一个钱袋抓出大把铜钱，慢慢数钱付给挑夫和车夫。张去病见此情形，心下寻思：看来送货到此为止，这老者付了钱便要将众人打发走。我想夹在挑夫队中混上山去却不成。转念又想：摩尼教的人将货物吊上这高崖，上头准有通往摩尼岩的捷径。等众人走后，我再攀登上崖去。

他打定主意，走过去从老者手中接过六文铜钱，便随同众挑夫往回走。行出一段路他假装要方便，钻入道旁的草丛中。等众人脚步声去远，他钻出草丛，遥见几个白衣人还在高岩上搬运货物。

他游目查看，想找个隐蔽之处攀上崖去。东面山体上有道裂缝，一直延伸到高岩上。那裂缝宽约四尺可容一人，从裂缝里攀崖不易被人瞧见。他几个纵跃进入裂缝中，双手抓住岩石微运内力，双腿在石缝两旁岩壁上疾蹬，身子便如壁虎快捷上升。

不大一会儿工夫，他攀到岩顶边沿伸头往岩上一望，只见岩上东面有三间土屋，西面有个山洞，土屋前有几个白衣人围在地上掷骰子赌钱。他寻思，运来的货物准是搬进这山洞里，通往摩尼岩的路径一定在洞内。他趁三个白衣人专心掷骰子的瞬间，纵身一跃，快捷蹿进洞内。洞壁上挂着几盏油灯，光线暗淡。他贴着洞壁小心前行，注意不让人看见他。在洞道内转了几个弯，走入一条直道。忽听洞的深处有人道："三爷，您先忙着，我们上摩尼岩去了。"

又听那黄三爷道："众位兄弟慢走！"他寻思：这洞果然有道通往摩尼岩。我听着他们的脚步声跟着走，便不会走错道了。他往前走出一段，见前面出现一个堆满杂物的大厅，那白衣老者坐在一盏油灯下，噼噼啪啪地打算盘记账。

他心中一动：摩尼教的人都身穿白袍，我身穿灰布衫上摩尼岩去，会被别人一眼认出。我得借这黄三爷白袍来穿一穿，装扮成摩尼教的人，上岩救人才方便。如此一想，他轻轻走上前去，道："黄三爷好！"黄三抬头看见张去病，吃了一惊，道："你……你……怎会上得崖来？"

张去病嘻嘻一笑，道："啊呀，黄三爷，适才你老人家发给我的铜钱不是六文，而是五文，少了一文，我来找你要那一文钱啊！"

黄三喝道："你胡说！老夫明明给了六文，怎会是五文？你究竟是谁？这山岩没路，你怎会上得岩来？你来此做甚？"

张去病仍笑嘻嘻道："黄三爷，我是李阿五，我前来向你讨工钱啊！你不给钱，那就将你的一件衣衫作抵押好了！"

黄三怒道："臭小子，你要耍泼皮吗？你竟敢敲三爷的竹杠！看三爷收拾你！啊哟！臭小子，你……你……"他一句话没说完，被张去病一指点到"天突穴"上，声音立即卡在喉头晕了过去。张去病脱下黄三的白袍，穿上身后又将昏迷的黄三拎到一堆货物后面掩藏好，便去追赶前面走的人。

他听着前头传来的脚步声，快步紧跟上去，看见一伙白衣人在前面说说笑笑。他悄悄尾随他们登上几十级阶梯，走过一段平路。又登上几百级阶梯，再走一段平路。这山洞大约有几十里路长。洞中有好些岔道形如迷宫，幸好前面有人带路，他才没走错道。

约莫走一个时辰来到洞口，他走出洞外一看，不禁一愣，只见洞外一片平地上坐着上千名白衣人。个个盘膝而坐，神情肃然，静望着平地中央一座白塔。那塔有二人多高，白石砌成形如佛的一座塔，塔身里不断冒出袅袅烟气。

他想：摩尼教这么多人望着那白塔，是在做什么？莫非是在作法事吗？转念又想，不对若是作法事，场上该有一位大法师主持，怎么不见有法师呢？这不像是作法事，他们这是在干什么？

他寻思着往四周一看，平地北面有一小片松林。松林背后耸立着一座冰雪覆盖银白色孤峰，蓝天之下，那山峰宛如一根巨大玉柱高高竖立。峰顶上一间孤零零的石屋，在蓝天辉映下格外醒目。

平地南面有块高大巍峨的石牌坊，上面刻有"大光明宫"几个大字。牌坊后面有三座神殿，右边一座神殿上书"二宗殿"，居中一座大殿牌扁上写"大光明殿"，左边一座神殿上悬挂一块写着"三际殿"的牌扁。三座神殿后面并列着十座楼台：分别挂着"光明堂""宝树堂""明晦堂""经图堂""齐讲堂""教授堂""忏悔堂""病僧堂""施斋堂""知事堂"十块扁额。十堂背后是一大片房屋。

看见眼前景象，他想：我何不趁摩尼教众人聚集在此之机，溜进那些屋舍中去寻找柳语？他刚想溜开，忽见一个白衣人朝他喊道："那是哪一堂的人？站在那儿做甚？赶快过来坐下！"

张去病忙道："是是，这就过来！"他只得走到一群白衣人背后盘脚坐下。他刚坐下，忽听有人低声道："侯兄，你快瞧，塔里冒出红烟了！"

张去病一看白塔，只见一缕缕红烟从塔里冉冉冒出。他心下诧异，塔内是在烧何物？怎会冒出红色烟气？是了，众人在此肃穆打坐凝望白塔，那塔内准是在焚化摩尼教高僧尸体，这高僧定是大有身份之人，才会有这么多人在此送他升天。死去的高僧是谁呢？难道是……教主何野风死了？他心中一惊：哎呀，倘若是那何野风死了，何夫人再也见不到她爹，何莹也见不着她外公了！他不禁为何莹母女难过。

忽又听前面那人惊叹道："侯兄快看，塔内冒出紫烟了！"却听那侯兄道："快别出声，此刻正是大功成败的节骨眼！"

张去病诧异：什么大功成败的节骨眼？焚化尸身又是什么大功了？还有什么成败不成败？这真稀奇！他正不解，忽听场上数千人嗡嗡议论起来，只见白塔内冒出的紫烟越来越浓，将塔身遮掩一半，只剩塔尖露在烟外。转眼之间，塔尖也被紫烟笼罩，整座塔都看不见了。白塔隐去，众人嗡嗡的议论声立即停止下来，上千人都伸长脖子，盯着那紫烟笼罩的白塔观望，个个神情肃然，似有什么大事即将发生。

张去病瞧着白塔不知将要发生什么事情，不由得也跟着紧张起来。忽然间，只听白塔内传出一声震撼人心魄的啸声，洪亮而绵长。张去病一惊：此人功力不在当世高手之下，好生了得！

他正惊讶，忽听轰隆一声巨响，白塔哗哗崩塌，紫烟四下散开。白塔座上现出一个盘腿打坐的白袍人。场上众人大声欢呼道："恭喜殷副教主出关，恭贺殷副教主神功大成！"

听见众人欢呼，张去病才恍然大悟，原来白塔内冒烟不是焚化尸身，却是摩尼教副教主在塔内闭关练功。他寻思摩尼教武功也真古怪，练功要关在石塔里，这倒是头一次见到！转念又想：众人称呼此人"殷副教主"，难道他便是那殷独啸吗？

他想起丁晚桥、苏远山和顾云亭三位长老去落霞坪强接何夫人，说是奉殷副教主之命接何夫人回摩尼岩。何夫人曾提到殷独啸之名。他想：此人便是何夫人的丈夫，何莹的父亲了。何夫人为何要带着何莹离他而去，宁死不愿回摩尼岩呢？这当中有什么隐情？

他正思忖，却见殷独啸从塔座上站起身来，拍拍身上的尘土，整整衣衫放眼四望。他年纪过四十，身材颀长，长方面孔，鼻梁高挺，双眉往鬓角上挑，薄薄唇下蓄着短须，神情阴沉霸悍。

他环顾摩尼教众，抱拳朗声道："众位兄弟，承蒙何教主垂爱将《玄秘宝典》传给殷某。托他老人家洪福，殷某今日已练成宝典上神功！殷某今日出关，得众位兄弟在此守候，殷某何克敢当？"

一个黄脸黑须胖老者从人群中站起身来，缓步走到场中，转过身来笑嘻嘻望着众人，道："众位兄弟，大伙请静一静，听我一言！"他说这句话说得甚轻，却将上千人嗡嗡嘈杂声压下去。张去病心中又是一凛，暗道："这胖老头是谁？内功亦好生了得！"

却听旁边有人道："喂，王兄，房法王有话要说，咱们听听他说些啥子！"张去病寻思：此人是摩尼教右法王房森吗？江湖上传闻摩尼教有左右两位护教法王，左法王蓝龙，右法王房森。左右二法王武功犹在众人之上，仅次于教主何野风。他在落霞坪见过左法王蓝龙。这胖老者看样子像个富商，竟是右法王房森，他想：真是人不可貌相。

场上众人安静下来，房森回头望着殷独啸，道："恭贺殷副教主练成神功！属下有个提议，可对兄弟们说吗？"殷独啸点头道："房法王请讲。"

房森笑容满面道："众位好兄弟，房某有两个提议：第一个是今日殷副教主练成神功，咱们得好生庆贺一番，待会儿我命人摆上酒席，大伙可以开怀痛饮！"

场上众人欢呼道："好啊！好啊！咱们喝它个一醉方休！"

房森又道："第二个提议是，何教主云游四海，十年杳无音信，不知他老人家是否健在人世？大伙对老人家想念得紧！但咱们偌大一个摩尼教，不可久无教主。今日殷副教主练成神功，已具备做教主资格。咱们何不择个吉日，拥戴他登上教主大位？众位兄弟意下如何？"

殷独啸一听，满面惊喜，遂笑道："房法王，殷某无德无能，怎能担此重任？哈哈，此议不妥，此议不妥！"场上众人交头接耳，响起一片议论声。

却见一个年逾五旬，高鼻深目，项下蓄着一部紫红胡须的人站起来，说道："房法王说得不错。咳咳，咱们摩尼教不可久无教主。殷副教主神功初成，登上教主大位，咳咳，那是……那是顺理成章的好事。我无异议，咳咳……头一个赞成！"张去病一看那说话之人，却是赤髯摩尼云飞扬。殷独啸听了云飞扬之言，笑容满面，不再推辞显然是乐观其成。

接着一个脸色如金的老者站起身来，却高声道："且慢，老金有话要说！"张去病一看，却是金面摩尼金如尘，只听他那破锣般声音道："房法王和云老弟言之有理，副教主接掌教主大位顺理成章，本无不可。只是……我教第八条教规规定：拥立新教主，须经老教主推举，或有老教主临终遗言。眼下老教主远游未归，未经他老人家推举，又无老教主的临终遗言，咱们在此擅自废立，违反这条教规，不大妥当！"

殷独啸一听，脸上笑容僵住。他望着金如尘，眼里闪过一丝怒意，但转瞬即逝。他干笑两声一言不发。

金如尘又道："二是新教主接位状纸上，须得老教主盖上摩尼神印，新教主接位方才作数。而那摩尼神印在老教主身上，他老人家不在摩尼岩上，咱们立了新教主，那接位状纸上不盖上摩尼神印，这不符这条教规，立了也是白立！

"三是我教摩尼神杖，是教主号令教众的权杖，老教主若没将那摩尼神杖传给新教主，新教主手中无摩尼神杖，如何号令教内数十万兄弟？房法王，你是本教右护法王，这些教规，你比我金如尘清楚，立新教主这事……唉……我看不大好办哪！"

房森微微一笑，道："金老哥，你不必顾虑。老哥所言教规，房森也不是没想过。只是咱们寻找老教主十年，没找到老教主，叫人好生担忧！他老人家神功盖世，倒不会被仇家所害。但老教主年事已高，万一在外染上重疾溘然仙逝，咱们毫不知情，若按教规，等他老人家归来指定新教主，岂不误了大事？"

房森又道："金老哥你想：十年前，老教主提拔殷兄当副教主，又将女儿许配给他，这明摆着他老人家隐然指定殷副教主当接班人。现今他老人家虽然不在，咱们拥立殷副教主坐上教主大位，想来也符合教主他老人家的初衷。至于说接位状纸盖不上摩尼神印，新教主未得摩尼神杖这两件事，我想等将来找到老教主，再在接位状纸上补盖上神印，也未尝不可……"

房森话未说完，忽听一人喝道："房法王，什么未尝不可？叫我说，这件事是大大不可！大大不可！"张去病一看，认得说话之人是伏虎尊者张敖。

房森道："张老弟说这件事大大不可，你有何顾虑？咱们都是自家兄弟，你认为有何不可，不妨直言。"

张敖冷笑一声，道："房法王，你叫兄弟直言，兄弟便不歪言！我问你，老教主生死未明，万一哪一天他老人家云游归来，瞧见他的教主之位不明不白被人占去。倘若他老人家发雷霆震怒，咱们如何是好？这事麻烦大了！到那时候，房法王，你说咱们是认老教主呢，还是认新教主？你说咱们是听何教主的号令呢，还是听殷教主的号令？嘿嘿，咱们做属下的可不好办得很哪！房法王，你说是不是？"

殷独啸一听，脸上闪过气恼之色，旋即又平静下来。他忙道："房法王，既然兄弟们有异议，此事就算了罢！"

众人却又嗡嗡议论起来。坐在张去病前排一位青年汉子，低声对身边一位长胡子老者道："李老爷子，伏虎尊者说的也是，教里弄出两个教主，咱们听哪一个教主的号令，都会得罪另一个教主，这叫咱们为难得很啊！"

李老爷子冷笑一声，道："杨艺呀杨艺，你小子只想到事情的一面，下面人为难倒不要紧。嘿嘿，叫老头子我看，弄出两个教主来，只怕我教从此将祸起萧墙啊，这才叫人大大担忧哩！"那叫杨艺的青年汉子一惊，忙问道："李老爷子，我教怎会祸起萧墙？"

李老爷子压低声音道："你年岁小，见事少，听不出伏虎尊者话中有话。伏虎尊者明是拿咱们下属说事，骨子里是说倘若老教主回来，瞧见未经他许可教主易位，他老人家岂肯善罢甘休？如若这样，一是咱们这些拥立新教主之人难脱干系，二是倘若两位教主反目成仇，教内兄弟分成两派，各拥护一个教主大打出手，我教岂不是祸起萧墙，大难临头？唉，房法王此议危险至极啊！"

那叫杨艺的青年汉子惊惶道："这……这……李老爷子，那殷副教主是老教主的女婿，他们一家人又怎会反目成仇？想来不会吧？"

李老爷子又冷笑道："嘿嘿，什么不会？女婿又算得了什么？便是亲生父子为谋权位，也会斗得你死我活！历代皇帝父子相残，这种事还少吗？你这小子少不更事，见识太浅，将来可有你的苦头吃！"

那杨艺还想发问，却见李老爷子摇摇手，道："且住，我瞧那碧眼摩尼站起来似有话要说，咱们听他要说些啥？"

张去病一看，果然见碧眼摩尼童三界站起身来，道："殷副教主接掌教主大位，本是理所当然的事。不过张敖说得不错，俗话说天无二日，国无二君。万一哪一天何教主他老人家云游归来，咱们摩尼教便有两位教主，这岂不让江湖人笑话？再说那时候二位教主也大为尴尬，搞得不好会伤了他们翁婿之情！房法王、赤髯摩尼，咱们一片好心可不能办坏了大事！"

云飞扬起身来轻咳几声，道："童兄之言不差。咳咳，只是若不拥立殷副教主登上教主大位，咳咳，万一何教主他老人家永不归来，咱们摩尼教难道永远不立教主吗？咳咳……这………这又成什么话？"

张去病心想：云飞扬说得也是，万一何野风已不在人世，摩尼教总不能永不立新教主。转念又想：若是立了新教主，万一那何野风归来，这……又怎么办呢？

他自寻思，却见一个额头上长着白斑的汉子起身，笑吟吟道："二位大摩尼不用愁，兄弟我想出一个法子。想那唐朝老皇帝李渊还在世时，他儿子李世民便登上皇帝大位，尊他老子为太上皇。咱们可按照李世民的法子，先拥殷副教主坐上教主大位，老教主若是回来，大伙尊他为太上教主便是了！"

此人姓董名魁，只因前额上长着一块拳头大白斑，被人称玉面尊者，位列摩尼教五尊者之一。众人听他如此一说皆觉有理，不由得纷纷点头。

马上有人赞成道："对对，老教主和殷副教主是翁婿，他们本是一家人。一人当教主，一人当太上教主，各得其所！玉面尊者这个法子，解了咱们的难题，真是再好不过了！我赞成！"又有人跟着夸道："哎呀，亏得董魁老哥心思活络，居然想出这么个好法子，帮助解决一桩棘手的大难事！"

董魁听到众人夸赞正得意，忽见一白衣人站起来冷言冷语道："玉面尊者出的这个主意好是好，只是不知董魁兄弟是不是老教主肚子里的蛔虫，把他老人家的心思知道得一清二楚？"张去病一看说话之人却是白衣摩尼白无极。

董魁一怔，道："白大摩尼，你说这话是什么意思？你有何高见只管说出来给大伙听，莫阴阳怪气绕弯子！"

白无极冷冷道："我说这话没什么意思。只怕何教主他老人家归来会有点意思！若是他老人家问你玉面尊者：董魁，你小子出的什么馊主意？本座一向待你不薄，你为何趁我不在，拿一顶太上教主高帽戴在我头上，让我一旁凉快去？"

董魁一惊，急忙道："白兄，我就事说事，可没想到这一层！"

白无极又道："何教主他老人家，愿不愿当什么太上教主，你董魁不知道，我白无极也不知道，在场的大伙都不知道，是不是？万一他老人家回来，压根儿不喜欢当什么太上教主，非要做他的教主不可，但不知董老弟又有何高招，让他老人家回心转意？倘若他老人家非要做他的教主不可，但不知董老弟又有何高招化解这纷争？"

董魁听得心中惶恐，额头冒汗，一时间张口结舌说不出话来。场上众人亦无声息，皆不知如何回答这个难题。

大伙正沉默，忽听殷独啸高声道："众位兄弟，请听殷某一言。房法王提议殷某接掌教主大位，殷某自知才德浅薄难当大任。大伙不必为难，不要再议此事，免伤了兄弟之间的和气！"

房森却道："殷副教主不必自谦，你的德才，众兄弟有目共睹。何教主将你升任副教主，并将女儿许配给你，便是认为你德才高出大伙一头。若是你都难当此重任，教内只怕再找不出第二人了。你当教主，上合老教主之意，下是众望所归。你若推辞，便辜负老教主对你的栽培，辜负兄弟们对你的希望了！"

不少人道："是啊，殷副教主，你不要推辞！"殷独啸摇头道："大伙厚爱，殷某心领了。不过此事，恕殷某断难从命！"

云飞扬道："殷副教主，咳咳，大伙推举你接任教主之职，并非为一己之私。你闭关练功有所不知，咳咳……近来武林各大门派正暗中勾结，欲联手前来剿灭我教。大敌当前，老教主远游未归，咳咳，咱们摩尼教不可群龙无首！大伙请你接掌教主大位主持大局，是望你带领众兄弟杀敌护教。咳咳，你须以大局为重不要推辞！"

殷独啸一听心中大喜，暗道一声："天助我也！"急忙问道："云大摩尼，中土武林各大门派联手前来剿灭我教，这是真的吗？"

云飞扬掌管教内对敌之职，在中原武林布有眼线打探敌情。殷独啸明知云飞扬所言不会有误。他此时明知故问，想在大敌当前之际，激起众人同仇敌忾之心，拥戴他登上教主大位。

云飞扬道："此事千真万确！昨日咱们卧底在丐帮内的兄弟来报，说中原各大小门派已分批向摩尼岩赶来围剿，过几日便到！是以我同房法王商议，强敌当前，咱们不可群龙无首！今日你大功告成出关，房法王才提议殷兄按任教主之职。而今斗敌护教迫在眉睫，云某请殷兄不要再推辞！"

众人一听各门派要来剿灭该教，果然群情激愤。有人大声道："是啊，大敌当前护教为重！咱们请殷副教主接掌大位，带领弟兄们将各门派兔崽子们杀个人仰马翻，揍他们个屁滚尿流！"

有人叫骂道："是啊，殷副教主莫再推辞！咱们没去剿灭他们，没想到这帮狗日的倒打上门来。你快接掌教主大位号令全教兄弟，狠狠揍这些上门讨打的狗东西，叫他们有来无回！"

殷独啸一看场上情势逆转，拥戴者多了起来，心中大喜，忙顺水推舟道："众位兄弟，殷某闭关练功，视听闭塞，各大门派竟敢来剿灭我教吗？他奶奶的，好大胆子！我本不敢接掌教主之位，但身为副教主护教除魔责无旁贷！老教主不在，率领兄弟们杀敌殷某义不容辞！只要有我殷独啸在，定叫这帮王八蛋有来无回！"

他豪气冲天地看众人一眼，又道："眼下强敌来犯，既然大伙如此看得起殷某，我只好勉为其难暂摄教主之位。日后老教主归来，我定将教主之位归还给他老人家，殷某决不食言！在此我对着摩尼光明佛发誓，殷某日后若是食言，便掉进摩天井内遭受万毒吞噬！"

众人一听殷独啸说只是暂摄教主之位，待何野风回来便还位于他。又当众发下毒誓，人人都想此事如此办理最妥当，大伙不由得都松了口气。

房森抬眼望着场上众人，道："还有哪位兄弟有话要说？"连问两遍场上无人再起身说话。房森又道："大伙若无异议，再过两天便是黄道吉日，咱们便在摩尼岩上举行代教主登位大典！"说罢，转头望着右侧人群中一位高胖汉子，道："施斋堂方长老，快命人摆上酒菜来，想必众兄弟早已酒瘾大发了！"

红脸方长老道："遵命！"站起身来走出人群。场上众人纷纷站起身来四外散开，露出一大块空地来。施斋堂几十个汉子抬来桌子凳子，摆上几百桌。众人才坐到桌旁，七嘴八舌议论如何迎头痛击各大门派之事。上千人相聚，大家不尽相识。张去病在一张桌旁坐下，没人注意到他。他兀自寻思：眼下众目睽睽，不便去大光明宫里寻找柳语。须待开席之后，趁大伙喝酒划拳乱哄哄时，我才好溜进去救人。

他转念又想：柳语被掳上摩尼岩这些日子不知遭受了什么罪？魔教以她为人质要挟天山派投降，想来暂时不会加害她。可是语儿在天山派如同公主一般，她受得了被掳之辱吗？万一她不堪受辱寻了短见，那可就糟了！……赵先生上了摩尼岩吗？不知他老人家找到柳语没有？他正寻思，施斋堂的人络绎不绝把酒菜摆上桌来。他一看鸡鸭鱼肉样样俱全。心想听江湖人言魔教之人食菜事魔，禁食荤腥，怎么摆上这一桌子大酒大肉，这可和传闻不符啊？

众人见到酒菜迫不及待，倒酒的倒酒，夹菜的夹菜，大吃大喝起来。张去病伸筷子夹起一块红烧鲤鱼放进嘴，咬上一口味道挺香，细细一品鲤鱼却是土豆做成。他心下好奇，又夹起一块黄焖鸡块放进嘴里一嚼，鸡肉却是用豆腐做的。他再一尝木耳炒肉片，白嫩肉片却是蘑菇片。咬一口喷香的卤牛肉则是用面筋做成的。桌上的荤菜做得惟妙惟肖，美味可口，乍一看难辨真伪，味道又十分相似，令他不由暗暗称赞。

酒过三巡众人开始敬酒划拳，说笑逗乐，人声鼎沸闹成一片。张去病欲起身溜走，忽见一人走到主桌，弯腰在殷独啸耳旁低语几句，殷独啸转头向身边的房森打个招呼，二人起身跟着那人离席而去。张去病趁人们注视殷独啸和房森离席当口，从酒桌旁悄悄溜开走到岩边一排古松下，撩起衣衫假作小解。他环顾四下没人倏地纵身跃上松树。几十棵松树枝繁叶茂，高大挺拔，一直延伸到大光明宫内。他借着树枝叶遮掩，施展神功在树枝间神速蹿行，转眼之间落到"经图堂"后一间房顶上。一看大光明宫内大片房屋，按九宫八卦之形建造，屋宇高低排列错落有致，巷道纵横交错极是复繁。

他不知柳语被关在何处。心想柳语被关押一定有人看守。哪儿有看守人，柳语就被关在哪儿。他再跃到另一间屋顶上去看，忽见前面一条巷道内转出两个白衣人，却是殷独啸和房森。二人脚步匆匆走出巷口，转身进入另一条深巷内。

他寻思：瞧他俩步履匆匆，像是忙着去见什么人。我跟上去探听，说不定能从他们言语中听到柳语下落。心念闪过，他远跟在殷独啸和房森后面凝神聆听二人说话。此时他功力浑厚无匹，略微运功便将殷独啸和房森的话语听入耳中。

只听殷独啸道："房法王，今日你大力拥戴兄弟执掌教主大权，事成之后我自当重谢！"

房森摇头道："殷副教主无须言谢。眼下大敌当前，房森举荐殷副教主接掌教主之位，那是为让你率领众兄弟抗敌卫教。此乃是护教法王分内之责，副教主若是言谢，便是瞧不起我房森了！"

殷独啸道："房兄力排众议，促成此事于本教是大功一件，兄弟非谢不可的！"话锋一转，又道："房法王，适才知事堂周长老来禀报，说金国派人到我教来。咱们同金国素无瓜葛，金国派人来做甚？你看此番金国派人前来，打的什么主意？"

房森道："金国远道派人前来，必定对我教有所图。待会儿见了他们问清来由，殷副教主可相机行事。"

张去病一惊，心想金国派人前来摩尼教，还会有什么好事？一定是想借魔教之力对我大宋不利！好家伙，幸亏我碰巧窥知此事。待我好生听听，且看他们之间如何勾结，有何图谋！他兀自心惊，却见殷独啸和房森走进一个小花园里。他跟到近处一看，花园中有座假山，假山旁边有座凉亭，亭内摆有几张椅子和一张圆桌。殷独啸和房森在桌旁坐下，静等那金国使者来见。

他绕到花园一侧，瞧见假山有个洞，便钻进洞内往凉亭窥视。不一会儿，一群人朝凉亭走来，前面有个白衣人带路，后面跟着十几人，一律金国服饰打扮。一人高步阔视走在人群当中。张去病一看那人，大吃一惊，来人竟是完颜龙！

完颜龙在随从簇拥下走到凉亭前站住。那带路的白衣人回头对完颜龙道："金国贵客，这一位是敝教的殷副教主，这一位是右法王房森。"又对殷独啸和房森道：

"殷副教主、房法王，金国贵宾驾到！"

完颜龙身旁走出一人，对殷独啸和房森拱拱手，大声说道："久仰殷副教主和房护法大名，今日得见不胜荣幸！在下也来引见一下：这一位大人乃是我大金国尊贵的完颜龙王爷！"

殷独啸和房森忙站起身来抱拳还礼。殷独啸道："完颜龙王爷大驾光临，未曾远迎，王爷莫怪！"

完颜龙微笑道："殷副教主、房法王，不必客气。贵教名声远播，本王在大金国早有耳闻。今日一见果然名不虚传！"

殷独啸道："哪里哪里，完颜王爷过奖了！王爷请坐！"完颜龙走进凉亭坐下，回头对站在凉亭外的随从道："将礼箱抬进来！"四名汉子将两个箱子抬进凉亭。完颜龙又道："打开箱子，请殷副教主过目。"

两个汉子忙打开箱盖，凉亭里顿时光华四射。张去病想看箱子里装的什么东西，洞壁上的孔缝太小，换了几个孔洞都瞧不见箱中之物。

只听完颜龙道："殷副教主，本王来得匆忙，略备薄礼，不成敬意。这一箱装有黄金五千两，这边一箱是世间稀珍珠宝。还望笑纳！"

殷独啸没想到完颜龙送如此重礼，不由一愣，连连摆手道："王爷到访敝教蓬荜生辉！咱们初次见面，王爷赠此厚礼我教如何承受得起？俗话说无功不受禄，殷某不敢妄收王爷这份厚礼！"

完颜龙哈哈笑道："这算什么厚礼啊！这点礼物只是本王略表心意，不厚不厚！不瞒你二人说，本王此次前来贵教有一事相求。这只是一份见面礼，事成之后，本王还要重重酬谢贵教！"

殷独啸和房森对望一眼，二人心想完颜龙来求何事？一出手便送如此重礼，他所求之事一定难办至极。要不然他怎会出手如此大方，舍得花如此大的价钱？

房森接嘴道："但不知王爷有何事要本教效劳，请王爷示知，看我等能否办到。如能办到，我们再收王爷的礼不迟。"

完颜龙道："本王所求之事，也不算什么了不得大事。一是想请贵教高手去刺杀一个人，二是想请贵教帮本王捉拿一个人！"

殷独啸一听，心想他要我们刺杀什么人？是他的政敌，还是他的仇家？啊哟，莫非这厮想篡夺金国皇位，要我们去刺杀金国皇帝吗？是了，他肯出这么大价钱，八成是这回事！那么他要我们帮他捉拿的人，又是什么人呢？……殷独啸想到此处，忙问道："请问王爷，你要我教帮你刺杀什么人？"

完颜龙道："本王想请贵教高手去刺杀那人，他名叫铁木真！此人原来是蒙古一个小部落首领，这几年他吞并草原上各部落，渐渐羽翼丰满，在大漠上自称什么成吉思汗。这厮对我大金国不怀好意。本王聘请贵教高手将那铁木真除掉，免除后患！"

殷独啸和房森一听，都吃一惊。近几年来，听说那铁木真不仅吞并草原上所有部落，而且他挥师东征西讨无往不胜。二人心想要刺杀这样一个英雄，可不是闹着玩的！殷独啸又问道："王爷要捉拿的人，又是谁呢？"

完颜龙道："中土武林有个叫张去病的小贼，他盗走我金国一封重要文书，听说这小贼已逃窜到西域来，本王欲聘贵教高手捉拿张去病小贼。倘若贵教愿为本王刺杀铁木真，捉住张去病，本王也帮贵教一个忙。听说那中土武林要来围剿贵教，本王欲与贵教联手灭掉中土武林。这两件事，不知殷副教主可肯应承？"

张去病一听，完颜龙出重金收买摩尼教刺杀铁木真，为金国除去强敌。又要同摩尼教联手对付中土武林，还要捕捉他夺回秦桧的密信，心中气愤，暗道："完颜龙这厮欲借摩尼教力量一箭三雕，这真够狠毒！"

却听殷独啸道："完颜王爷，我这人说话不会兜圈子，喜欢直来直去。捉拿张去病这桩买卖我们接下。但那铁木真手下有十几万凶悍铁骑，刺杀他风险极大，弄不好我教会遭灭顶之灾！我教同那中土武林是有仇怨，要灭他们代价也不小。倘若咱们为王爷办成这两件事，但不知王爷以何相报？"

完颜龙哈哈笑道："殷副教主快言快语，是个爽快人！将来事成之后，本王让你二位荣华富贵享受不尽！你们要当官，我可保举你们封侯封王。二位要发财便开个价，本王决不说半个不字！二位若是视荣华富贵如粪土不稀罕要。本王还有一份重礼送给贵教！"

房森忙问道："敢问王爷，除了富贵财物之外，还能送我教什么重礼？"

完颜龙道："本王可奏请父皇，将摩尼教立为我大金国国教。贵教教主可享大金国国师殊荣，如此一来摩尼教岂不风光天下？"

殷独啸沉吟不语，似已心动。房森却道："若是我们不答应为王爷效劳呢，那又如何？"

完颜龙道："那也没有什么。咱们买卖不成仁义在。这件事在哪儿说，咱们就在哪儿丢，就当本王从未同二位提过此事！"

殷独啸道："既然王爷如此爽快，咱们便成交！不过有一事得说在前头……"完颜龙道："什么事？殷副教主尽管说，本王一定尽力而为！"

殷独啸道："那张去病欠下我教几条人命，捉住他之后，王爷取得那公文，将他交给我教处置。王爷以为如何？"

完颜龙一听，心想什么欠下几条人命，尔等分明是想从张去病身上弄到达摩石，将那《九宫伏魔经》弄到手。哼哼，有这等好事，本王怎会让它落到尔等头上？他心中思忖，嘴上却满口答应道："好，咱们一言为定，就是这么办！"说时从腰上取下一件刻有"完颜"二字的龙纹金牌递给殷独啸，道："殷副教主派人同本王联络，以本王此物件为凭证。"

殷独啸也从腰间取下一块碧蓝玉佩递给完颜龙，道："王爷派人来同我联络，用这块海碧玉为信物！刺杀那铁木真之事，我派出行刺高手'鬼影刀'去办，他行刺从不失手。剿灭中原武林之事也好办，过几天中原门派要来我教寻仇，请王爷备好人马，咱们里应外合，可一举歼灭中原武林各门派，也正好擒住张去病小贼！"

完颜龙一听，道："好，本王等殷副教主的消息！"他将海碧玉放入衣袋内，拱手道："叨扰了，本王告辞。改天殷副教主下山来，咱们再深谈除去铁木真和剿灭中土武林之事！"

殷独啸和房森二人站起身来，道："王爷，恕不远送！"完颜龙在随从簇拥下走出凉亭，转眼间出了花园。

房森收回目光转身问殷独啸，道："殷兄，为何这么爽快就答应那完颜龙？"

殷独啸踌躇满志道："房法王，各大派要来围剿咱们，咱们这正好借完颜龙之力一举消灭各门派！这岂不好吗？江湖上传说达摩石在张去病手上。这几年我派高手四处寻找这小子，一直没抓到他。《九宫伏魔经》上武功对我教威胁甚大，咱们同完颜龙联手捉住这小子，逼他交出达摩石，嘿嘿，中原门派武功便不足为虑了！倘若完颜龙兑现诺言，我摩尼教将来成了金国的国教，那你我兄弟可风光得紧！"

房森点头道："殷兄言之有理。只是咱们借金兵之力灭掉各门派，恐被武林同道耻笑……"

殷独啸笑道："房兄，怕什么？常言道胜者为王，败者为寇。咱们联手金兵灭各门派，哪儿还有什么武林？又怕谁笑话咱们了？只要能除掉对头，我教一统江湖威震天下，咱们使上卑鄙手段又有何妨？"

张去病一听，心中暗惊：殷独啸这厮贪图荣华富贵，行事卑鄙，倘若他得金兵相助，群雄来围剿摩尼教，只怕凶多吉少！这如何是好？

房森看殷独啸心意已决，不便再说此事。转而言道："禀告殷副教主，有一件事急需处置。"殷独啸道："什么急事？"

房森道："前些日子，咱们将天山派柳掌门人柳寒峰女儿掳来，逼那柳老儿归顺我教。柳寒峰抗拒不从，咱们对他这宝贝女儿，如何处置？"

听见房森提到柳语，张去病听忙竖起耳朵。只听殷独啸笑道："柳寒峰的宝贝女儿在咱们手里吗？哈哈哈，太好，太好！不怕柳老儿不低头！房法王，那柳寒峰女儿长相如何，模样美吗？"

房森道："那姑娘美极！属下活了一大把年纪，还没见过如此美貌的姑娘，真称得上是倾国倾城的绝代佳人！"

殷独啸一听笑道："哈哈哈，柳寒峰的女儿如此美貌，这事好办啦，我有法子叫柳老儿乖乖投降了！"房森忙问道："殷兄有什么妙法？"

殷独啸道："法子嘛，是我娶柳寒峰宝贝女儿为妻，让他柳寒峰变成我的老丈人。哈哈，咱们成了一家子，他天山派自然就归顺我摩尼教了！"房森迟疑道："殷兄，这个法子好是好，只是怕……"

殷独啸道："只是怕什么？你担心老教主回来不好交代，还担心何君茹回来不好办吗？"房森点点头。

殷独啸道："房兄不用担心，咱们男人娶三妻四妾是平常事。再说，我看老教主多半是死在外面回不来了！何君茹那贱人不辞而别，弃我这么多年。哼，她还有脸回来吗？再说咱们办大事，哪还顾得上这些小节，你说是不是？"

房森道："话虽这么说，但不知柳寒峰的女儿肯不肯同你成婚？"

殷独啸笑道："哈哈，房兄是个君子，行事方正。但殷某邪门，对付小姑娘容易得很！我让她服点'失贞粉'，她就会乖乖听我摆布啦！"说罢，迫不及待道，"房兄，柳寒峰女儿现在何处？快叫人去将她带来让我瞧瞧！"房森起身走出凉亭，叫人传话去将柳语带来。

张去病听得气冲脑门，心中骂道："这殷独啸原来是个卑鄙小人，幸亏我及时赶到，若是晚来一步，柳语便遭他毒手了！"

过一会儿，一个姿色颇美女子押着柳语走进凉亭。张去病一见柳语，心猛一荡，险些叫出声来。柳语身着紫色长裙，略微清瘦，浑身透出一种高雅气质，出奇的美丽迷人。她一走进凉亭，亭内一切仿佛皆被她容光照亮。

殷独啸两眼直直地瞧着柳语，魂儿像被勾走似的，半晌回不过神来。房森瞧见殷独啸失魂落魄的模样，忙轻咳一声，殷独啸才缓过神来，讪讪道："柳……姑娘，请坐！"

柳语一动不动，仿佛没听见殷独啸说话。那押送柳语的女子忙道："柳姑娘，我们殷副教主叫你坐下。"柳语仍是站立不动。

殷独啸问那女子，道："宋长老，你惹柳姑娘生气了吗？"这女子名叫宋绮，三十多岁，是"明晦堂"的长老。容貌也美，可是在柳语面前一站，顿时黯然失色。

宋绮听见殷独啸问话，忙道："回禀副教主，房法王交代过属下，说咱们要收降天山派，须好生照料柳姑娘。是以属下不敢怠慢柳姑娘，属下只是在菜饭中放了一点'酥筋散'，让她浑身无力，以防她逃走。除此之外，属下从未惹柳姑娘生气。"

殷独啸道："既是如此，为何柳姑娘不言不语，不肯坐下？"

宋绮道："回禀副教主，柳姑娘来到摩尼岩上，不知为何一直不言不语，从没说过一句话。起初属下还当她是个哑巴，心想这貌若天仙的姑娘若是个哑巴太可惜了！后来听大摩尼白无极说，柳姑娘不仅不哑，说话的声音还如银铃般好听。属下便千方百计逗她说话，可她总是不开口，只是常常在墙上刻划字！"

殷独啸问道："柳姑娘在墙上刻划什么字？"宋绮道："她刻的老是四个字：'去病哥哥'，'去病哥哥'，刻得满墙都是。"张去病听得心头一热，泪水涌上眼眶。

殷独啸"哦"了一声，又道："那去病哥哥是什么人？柳姑娘竟对他如此思念？"

宋绮道："这个属下也不知道。属下想来，大概是柳姑娘的心上人罢。"便在此时，一个白袍汉子忽然跑进小花园，道："禀报副教主：光明堂东方长老捉住两个奸细，差属下来请示，要不要将奸细押来让你老人家亲自处置？"

殷独啸道："什么奸细？快押上来！"白袍汉子转身向花园外高声道："殷副教主说，将奸细押进来！"一阵杂乱脚步声响到凉亭前，只听一个清脆声音道："快放开你们的臭手，姑娘自己会走！"

张去病一听是秦淮的声音，大吃一惊，忙朝岩石缝隙外看去。只见秦淮双手被捆，头发散乱，正气咻咻地呵斥押她的汉子。她身后跟着一个小姑娘却是何莹。张去病不由暗叫声："糟糕！我要一下救出三人，可有些麻烦！"

只听那押送秦淮的汉子道："禀报副教主，这两个姑娘偷偷混上摩尼岩，光明堂两个兄弟上前查问，却被这个大姑娘打伤！"他伸手一指秦淮，又道，"还是方长老出手，才将她擒下。"

殷独啸点下头，道："你暂退下。"那汉子躬了躬身，走出凉亭。殷独啸对秦淮道："小姑娘，你敢闯上摩尼岩打伤人，胆子不小哇！"

秦淮怒道："什么叫闯上摩尼岩？这摩尼岩又不是你家买下的，人人都可上来游玩！你手下人对本姑娘无礼，本姑娘打他们活该！"

房森喝道："好个刁蛮的丫头，你是哪个门派的？叫什么名字？是何人指使你上摩尼岩来捣乱？"他见秦淮才十四五岁，心想没人在背后指使，一个少女哪有这么大的胆子敢上摩尼岩来生事？

秦淮冷哼一声，道："老头儿，你别凶，姑娘我不怕你，我偏不说，就偏不说！"

房森道："好，你不说，我不问你。"他转过头去，悦色问何莹，道，"小姑娘，你乖，你对伯伯说，你叫什么名字？"

秦淮在旁喝道："好妹妹，不许说！"何莹看看秦淮，又看看房森，怯怯道：

"老伯伯，姐姐不许我说。"

房森道："你姐姐不是好孩子，别听她的。你说你叫什么名字，父母是谁？我便送你回家去见娘，好不好？"

秦淮又忙喝道："好妹妹别说，这老头儿是骗你的！"何莹道："姐姐，老伯伯说他送我去见娘，我想娘！"

秦淮道："老头儿说的是假话，他不会送你去见娘的，你别信他们的话！"

房森一指旁边的宋绮，道："小姑娘，老伯伯长这么长的胡子不会骗人的。你说娘爹爹是谁，我叫这位阿姨送你到你爹妈那儿去。"

宋绮道："小妹妹，你快说你叫什么名字，爹娘在哪儿，我立即送你去找娘。"

何莹怯生生望一眼秦淮，正要开口说，秦淮急道："何莹不许说！"何莹诧异道："姐姐，你不许我说。咦，你怎么说了？"

秦淮道："姐姐说什么了？我没说什么啊！"何莹道："姐姐，你说了我的名字啊！"

秦淮道："我说了吗？"何莹道："你说了。你说'何莹不许说'，何莹是我的名字啊！"

殷独啸、房森、宋绮三人听得哈哈大笑，连柳语脸上也露出了笑容，张去病在假山洞里，也听得好笑。殷独啸忽然收住笑容，两眼凝视何莹，仔细打量一瞬嘴里自语道："太像她了，这小姑娘太像她了！这丫头莫非是……"

房森闻言，道："殷兄，你说这小姑娘像谁？"殷独啸道："房法王、宋长老，你们瞧瞧，这丫头是不是像一个人？"

房森和宋绮看着何莹仔细端详，惊叹道："啊，像何夫人！这丫头太像何夫人了！"

宋绮道："你瞧她的眼睛、鼻子、嘴唇，长得同何夫人一模一样！哎呀，简直是一个模子铸出来的！"

房森对宋绮摇摇手，止住宋绮的话头，上前拉着何莹的手，轻声道："何莹，你娘叫何君茹，是不是？"

秦淮忙道："何莹，你说不是！"何莹点头道："好，我说不是。"又诧异道，"咦，秦姐姐，这位老伯伯怎会知道我娘的名字？"殷独啸、房森、宋绮三人对望一眼，又笑了起来。

宋绮道："何莹，你爹爹的名字可是叫殷独啸？"

何莹摇头道："我不知道。我娘没对我说过我爹爹名字。我娘只对我说，我爹爹早死了。"

殷独啸听了沉下脸道："你娘是这样说的吗？"何莹看见殷独啸脸色不善，吓得不敢说话。

宋绮忙道："何莹，你娘逗你玩的，你爹爹没死。你瞧，他就是你爹爹！"

何莹抬眼看看殷独啸，断然摇头道："不，他不是我爹。我娘说我爹爹早死了！"

殷独啸再忍不住，上前一把将何莹抱在怀里，激动不已道："女儿，别信你娘胡说，你爹没死，我是你爹！快叫爹爹！快叫爹爹！"

当年何君茹带着何莹出走时，何莹才两岁。殷独啸只依稀记得女儿小时候胖胖的模样。分别这些年，他无时无刻不在思念女儿，多次派人下山寻找何君茹母女都无果而终。此时将女儿搂在怀里，亲情难抑，不禁流下泪来。

何莹想从殷独啸的怀中挣扎出来，急得叫道："你不是我爹，我不叫，我不叫！"

秦淮道："何莹就别叫他爹。他害得你和你娘受苦，他不配当你爹！别叫他，气死他！"

殷独啸怒道："死丫头，你胡说八道，老子一掌毙了你！"扬起手掌便要拍下。

忽听柳语冷冷道："哼，堂堂摩尼教副教主，打死一个双手被缚的小姑娘，也不怕丢人！"殷独啸一怔，手掌停在半途。

便在此时忽听警锣大响，人声嚷嚷。房森惊道："不好，摩尼岩上出事啦！"忽见一个白袍汉子气喘吁吁跑来，大声道："禀报殷副教主，不好了！一个武功奇高的青衣老者闯上摩尼岩来，打伤了我教几十位兄弟！"

张去病一听，心想一定是赵先生上了摩尼岩，他在使调虎离山之计，将摩尼教搅乱！这下可好，有他老人家助我一臂之力，我才好救柳语三人！

殷独啸对宋绮道："宋长老，你好生看住小姐和这两个姑娘。本座去一会儿便回来！"转头对房森道："房兄，咱们去看看是何人敢上摩尼岩来撒野！"殷独啸说罢身子一晃，人消失在花园外，房森也跟着闪身出了花园。

秦淮看见柳语，惊讶道："啊呀，姐姐你真好看！谢谢刚才你帮我！"柳语道："妹妹不必言谢，你也很好看呀！"

秦淮道："姐姐也是被魔教捉来的吗？"柳语点下头。

秦淮又道："他们为何抓姐姐？"

柳语正要答话，却听宋绮喝道："小丫头闭嘴！给我规规矩矩待着，不许嚼舌头！"

秦淮倔强道："我偏不闭嘴，看你这魔婆子敢把姑娘怎的？"

宋绮怒道："小丫头欠揍，看姑奶奶整治你！"挥掌朝秦淮打去。手掌扬到半途，忽见柳语惊喜至极叫道："去病哥哥！"

宋绮忙转身一看，只见身旁站着一个英俊青年，惊骇道："你……是何人！"

张去病笑嘻嘻道："宋长老，我是自己人啊！"宋绮看见张去病穿白袍，不禁一愣。转念又想此人来到身后，自己丝毫未觉察，教内年轻兄弟可没有这等身手，何况柳语叫他去病哥哥！她知来了敌人，双掌一翻，掌心上多了两柄雪亮短剑，呵斥一声分心向张去病刺去。

岂料她双剑刺出，忽觉身子呼地腾空而起，一下飞坐到凉亭横梁上，四肢麻木再也动不得。却见张去病在下面笑嘻嘻道："宋长老照料柳姑娘辛苦了！在上面好好凉快，我们告辞了！"

宋绮大骇，吓得一句话也说不出来。心想自己抢先出招，却没看清对方如何动作，便被封住穴位抛到梁上，这人的武功也太匪夷所思了！

张去病伸手掐断三个姑娘手上的绳索，道："秦淮，我带柳姐姐和何莹在前走，你紧跟着，不可再顽皮！"说罢一手抱起何莹，一手携着柳语疾步走出凉亭。秦淮跟在后头，问道："大哥哥，这位姐姐，便是咱们要救的柳语姐姐吗？"

张去病道："是啊！"忙对柳语道，"语儿，这是我结义妹子，她叫秦淮。"

柳语笑道："刚才我们已认识了，秦妹妹很勇敢哩！"四人出了花园，走入迷宫般的巷道里，柳语又道："去病哥哥，你怎会来救我？"

张去病道："听说你身陷魔教，我便兼程赶来，你爹他们也正赶来救你。"柳语喜道："是吗？我爹也来了吗？他在哪儿？"

张去病道："我赶先一步来救你，你爹过两日便到了。"二人正说话间，张去病侧耳一听，道："不好，有人追了！"秦淮道："我怎没听见脚步声？"

张去病道："此人武功高，步履极轻。秦淮你快抱着何莹，我带你们闯过去！"他将何莹递给秦淮抱住，疾展双臂一手抱起柳语，一手抱起秦淮和何莹，携带着三个姑娘纵身跃上房顶。

忽见一人极快追上来，高声道："小贼站住，快放下我女儿！"追来之人却是殷独啸。刚才，殷独啸同房森奔出花园，奔到半途放心不下多年未见的女儿，便转身返回小花园。却见宋绮僵坐在凉亭横梁上，何莹、柳语、秦淮三人都不见了。他大吃一惊，忙将宋绮救下。宋绮急道："副教主，快去救小姐，她被人掳走了！"殷独啸一听何莹被人劫走，心中大急，忙冲出花园追寻张去病。

张去病见是殷独啸追上来，大声道："殷独啸，何莹不认你这个爹，我带她去找何夫人，你追来干什么？"

殷独啸怒道："小贼，你是什么人，竟敢插手老子家事！快放下我女儿，不然老子一掌毙了你！"

张去病道："殷独啸，你这人卑鄙至极，小爷不同你啰唆，告辞了！"说罢携带三个姑娘拔足疾奔。

殷独啸骂道："臭小贼，你想带着她们三人从本座手下逃走，你奶奶的异想天开！"他一边大骂，一边提劲疾追。张去病知殷独啸的武功非比寻常，自己携带三个人能否逃出殷独啸追赶没把握。忙道："秦淮，快伸手护住何莹的心脉，你们三人都把眼睛闭上！"

上次他携秦淮逃出金国京城奔行太快，秦淮呼吸艰难竟然背过气去。此刻便叫秦淮运功护住何莹心脉，又叫三人闭上眼睛，以防景物疾闪让三个姑娘头晕眼花。

殷独啸在后追赶，离张去病三十丈远，他原以为张去病携带三人逃逸，他只需片刻便可追上张去病。岂料追了一会儿，他总离张去病三十多丈远。他以为是自己运功不够，又猛吸口气将功力提到十层疾追上去。追了一会儿，他依然离张去病三十多丈远。他大为诧异：这小子年纪轻轻，怎会有如此深厚的功力？他再看张去病身形步法如行云流水，无半分狂奔之状。他更诧异，心道："妈的，这小子是什么人？"

张去病带着三个姑娘一阵狂奔，他不知自己几逢奇遇，内力和轻功已是天下无双。奔了一阵见殷独啸远远落后，他也觉得诧异，不知殷独啸为何追不上来。不大一会儿工夫，他携带三人奔到大光明殿旁。却见屋顶上站着一排白衣人搭箭弦上，正要开弓，他一惊急忙收住脚步。

忽听殷独啸在后叫道："众弟兄不许放箭！花长老，汪长老，我女儿在这小贼手上，不许放箭，千万别伤着我女儿！"

张去病一看挡道白衣人有二三十个，硬闯过去保不定会伤着三个姑娘。他疾转身带着三人朝左边"三际殿"奔去。还没奔到"三际殿"，前面房檐后忽然闪出两人，双手叉腰阻断去路。张去病见一人是金面摩尼金如尘，另一人却是碧眼摩尼童三界。二人见过张去病，此刻一眼将他认出，都是一脸惊讶神情。

金如尘旋即笑道："张公子，当年老金去少林寺请你上摩尼岩来，你不肯来。今儿，怎么又自个跑来了？哈哈，你这堂堂将门之后，抱着三个姑娘在摩尼岩上乱跑一气，这是演的哪一出戏啊？"

童三界道："老金，我看这小子是演山大王抢亲！张去病你小子一人抢了三个姑娘，哈哈，也太贪心啦！"

张去病笑嘻嘻道："二位大摩尼好久不见！待我抢亲成功，办喜事之日，你们来喝喜酒啊！哈哈……回见！"

殷独啸又大叫道："二位大摩尼，这小子手上那个小姑娘是我女儿，别让那小贼劫走，你们快将他拿下！"

张去病为避开金如尘和童三界，携带三女跃上旁边一处高房，脚刚站稳，忽然跳上六个白衣人来，有伏虎尊者张敖、玉面尊者董魁、降龙尊者黑头陀、齐讲堂长老苏远山、忏悔堂长老丁晚桥、经图堂长老顾云亭，六人站成一排堵住去路。

苏远山在落霞坪见过张去病的"蹑云步"，忙嚷道："大伙注意，这小子脚下滑溜得紧，大伙用暗器打他的腿，看他往哪儿跑！"

殷独啸追近前来急喝道："不许使暗器！我女儿在他手上，给我抓活的！"六人忙分散四面将张去病团团围住。殷独啸喝道："臭小子，这一回看你还能往哪里逃！"

张去病哈哈一笑，道："不能逃，我便不逃。看你能把我怎的？喂，殷独啸，你还想不想要你女儿？"

殷独啸一怔，道："怎么不要？你快放还我女儿，老子饶你不死！"

张去病笑道："我放还你女儿，你饶我不死？嘿嘿，你当我是白痴吗？你这人行事卑鄙至极，我才不信你的鬼话！"

殷独啸怒道："小贼，你想怎的？"张去病道："你快叫手下人退开。免得惹我生气，一不小心，毛手毛脚误伤你的宝贝女儿，你可别怪我！"殷独啸气得脸色铁青，向众人一挥手，摩尼教高手纷纷往后退开。殷独啸又道："小贼，快放下我女儿！"

张去病道："你别凶巴巴的，我这人胆小得很，你站着别动，你一动我就心慌，这房顶高，万一我一松手，摔伤了你女儿可不大好！"

殷独啸恨得咽口唾沫，道："好，我不动！小贼，你莫乱来！"便在此时，黑头陀从后面屋脊悄悄探出头来，欲暗施偷袭。张去病头也不回，倏地用脚勾起一块瓦片朝黑头陀飞去。飞瓦在空中嗡嗡作响，黑头陀忙举起镔铁骷髅招架。只听"砰"的一声，黑头陀手中镔铁骷髅串被瓦片震飞上半空。又听稀里哗啦一阵乱响，黑头陀倒下房去，带落许多瓦片掉到地上。那飞瓦撞在镔铁骷髅上却不破碎，仍挟带余威飞向前面松树林，又听咔嚓一声，竟将一棵小松树击断倒在地上。

见此情景，摩尼教众高手无不大惊失色：黑头陀功力深厚，竟然招架不住飞瓦一击，他那串镔铁骷髅坚硬无比，却未能将飞瓦击碎，反被飞瓦震飞。瓦片挟余力还能将一株松树击断。若非亲眼瞧见，说什么众人也不会相信天下有这等奇事！

张去病本人也吃了一惊。他虽知自己练了《九宫伏魔经》上的武功，内力今非昔比，却没想到会大到如斯。他微微一愣，歉然道："黑头陀老兄，你不该来偷袭我，实在对不住，得罪了！"

黑头陀被飞瓦震得两臂酸麻，虎口裂开，站在地上仰面望着张去病，大声嚷道："小子，你使的什么妖法？"

殷独啸冷冷对张去病道："你是谁？为何到我摩尼岩上来显摆武功？"适才见

张去病显露这一手惊世骇俗功夫，情知来了强敌，他不由收起倨傲口气，不再骂张去病"小贼"，而改称他为"你"。

张去病尚未答话，金如尘道："殷副教主，此人便是咱们找了许久，一直没找着的张去病！"殷独啸诧异地"咦"了一声，道："他便是张去病吗？我曾听金兄和童兄说那张去病只会一种奇妙步法，其他武功平平。这人武功不凡，是怎么回事？"

金如尘道："这件事，连老金我也觉奇怪！童兄弟，你觉得怪不怪？"

童三界搔搔头道："怎不觉得奇怪？在'望郎滩'神女峰上，这小子同我交过手，曾被我所伤。今日他怎会……怎会如此了得？"

便在此时，房森、白无极、云飞扬三人从远处奔来。殷独啸见三人奔到近前，忙问道："房法王，你们将那擅闯摩尼岩的老者擒下了吗？"

房森摇头道："殷副教主，那青衫老者武功极高，不逊于咱们老教主。我三人合力斗他，竟不能敌他，没能将他拿住！"

殷独啸一听，大惊失色道："那青衣老者是何许人？他的武功竟然不逊于咱们老教主，我教三位大摩尼竟然拿不下他！这天底之下，除了咱们的老教主之外，世上还有这等高手吗？这……怎么可能呢？"

白无极道："是啊，咱们去内地少，对内地武林高手知之甚少！不过那青衫老者不是内地武林高手，他叫赵无痕，江湖人称'大无常'，据说是琉璃岛'地藏宫'的高手。上一次咱们去丐帮降步金吾，便被他坏了大事！"

云飞扬道："那老者甚是狡诈，我三人合力斗他，他不同我们缠斗，打斗几招转身便走，他身法极快，唯有白无极能追近他。但白无极一人非他对手，待我和云飞扬追上前参斗，他又转身逸去。我三人被他引下半山才省悟过来，这厮武功高过我们三人，他打打走走，分明在使调虎离山计！只是不知他有何图谋？"

殷独啸道："我明白，我瞧那赵无痕和这张去病是同伙。他想将我教高手引开，让张去病救人。我一时疏忽大意，险些让他们诡计得逞！现下张去病被围在这儿，嘿嘿，他俩的诡计失败了！"

房森一看张去病，惊讶问道："殷副教主，这小子便是张去病吗？"殷独啸点点头。房森诧异道："这小子怎会混上摩尼岩来？噫，他已是瓮中之鳖，殷副教主为何不将他拿下？"话一出口，他立即明白缘由，忙道："啊呀，小姐在这小子手上，投鼠忌器，这事儿有些棘手！"

云飞扬轻咳两声，道："叫我看，咳咳，也不怎么棘手……咱们就这么将他围住，轮流防守，不怕他飞天钻地逃逸！咳咳，让这小子饿几天几夜，不让他吃喝，不让他睡觉，咳咳……看这小子还有没有力气逃走！"

童三界一听，笑道："哈哈，云大摩尼好主意！咱们围住这小子不给他吃喝，不许他睡觉，困他几日保管将他饿趴下！到那时咱们不用费力气，随手这么一抓，便将这小子手到擒来！"

张去病一听道："云大摩尼，你出的这个主意真好，你们饿倒我张去病倒也无妨，可别把殷副教主女儿饿坏了！你若不想饿坏殷副教主女儿，那得送饭菜给他女儿吃啊！是不是？只要殷副教主女儿有饭吃，我便不会客气，哪里还会饿着肚子啊？"

摩尼教众人一听，心想这小子滑头得很！除非让小姐一起挨饿，不然给小姐送去菜饭吃，等于给这小子送上美餐，哪里会饿得着他？这小子年纪不大，却心思机敏，可真是个人物！

云飞扬摇了摇头，又轻咳几声，道："张去病，咳咳……你莫得意，咱们要是在菜饭里下毒，在水里下毒，咳咳，你还敢吃吗……云某谅你不敢吃，是不是？咱们饿你十天，你还活得成吗？快乖乖投降吧，免得被擒之后小命不保！"

张去病道："云大摩尼说得不错，你们若是在吃食里下毒，我可不敢吃。但我可让你们小姐先吃，让殷副教主女儿先替我尝尝有毒无毒。若是吃食里有毒，云大摩尼，你出这歪主意毒死了殷副教主女儿，他可要找你拼命啊！我劝你别再出歪主意，免得弄巧成拙，引火烧身！"

云飞扬怒喝道："张去病，你小子胡说……咳咳……你胡……咳咳咳咳……"他本想说"胡说八道"，一时怒极，猛咳不止，竟然再也说不出一个字。张去病嘴上在说话，眼睛却在环顾四周想找一条逃路。一眼看见那棵被飞瓦击断的松树，他心中一动，松树后是一片松林，松林后耸立着一座笔直的孤峰。

他心中盘算：携带三女跃上那片松树林，疾奔到那峰前奋力攀上峰去，说不定能找到逃下摩尼岩的路径。只是眼下摩尼教高手全神戒备，自己稍一动作，众人便会出手围堵，这可有些麻烦！他正寻思，忽听一声清啸响彻云霄。只见大光明宫前一青衣人大步走来。那青衣人在人群中东一抓，西一掷，将一个个白衣人摔飞出去，竟没人能躲过他的抓掷，真是所向披靡，无人能挡！

他激动叫道："赵先生，您来得正好！"赵无痕道："小主人莫慌，老仆为你开道！"

张去病生怕赵无痕大开杀戒，忙大声道："赵先生，摩尼教的何夫人、吴姥姥、蓝大哥他们都有恩于我！去病请您老人家手下留情，莫滥伤无辜！"赵无痕道："谨遵小主人吩咐！"

殷独啸冷笑一声，道："张去病，你也太目中无人！我教高手如云，个个武功卓绝，嘿嘿，只怕今日你二人倒要咱们手下留情！房法王、四大摩尼，你五人去将赵无痕擒下！张去病由我来收拾。众位长老快带人去严把下山路径，活捉这两个狂徒！"

房森等人齐声道："遵命！"一齐纵身跃起向赵无痕扑去。赵无痕闪身后跃开去，道："听说摩尼教高手武功卓绝，原来是打群架的功夫卓绝！这等泼皮无赖的打法，可叫老夫大开眼界！啊呀，摩尼教武功实在叫人佩服！"

金如尘道："赵无痕，你休得嚣张。今儿咱们不打群架，来来来，我老金同你单独比画，叫你见识我摩尼教武功的厉害！"

赵无痕摇头道："金如尘，你小子想用车轮战法对付老夫，是不是？再不然你便是想将老夫绊住，叫其他人一哄而上打泼皮群架，是不是？嘿嘿，你的主意打得美哪！老夫吃的饭比你吃的盐多，老夫喝的酒比你喝的水多，你少来这一套，老夫不会上你的当！"

说时，他突然闪身，反手抓住一个白衣人扔向金如尘等人。他抓得极快，扔人力道奇大，摩尼教众人急忙闪避，仍难逃他一抓。他一连抓住十几人扔出，房森等如不将人接住，被扔之人必摔死。五人只得纷纷出手将赵无痕掷来的人接住。

赵无痕疾退疾抓，其身法之快，手法之奇，抓人之准，令人咋舌。扔到第十九人时，他随着扔出之人跃起，如一只大鹰飞上"三际殿"房顶，一声长啸消失在"三际殿"后，房森等五人忙急纵身追上去。

趁这一瞬，张去病带着三个姑娘跃上半空。殷独啸喝道："张去病你走不了！"跟着飞身跃起，一把朝张去病的腿上抓去。张去病双手抱着人无法还招，忙将腿往上一缩。殷独啸第二把又抓到。张去病腾在空中双腿快捷无伦地一连踢出，每踢一腿他的身子便借力往上跃上二尺。殷独啸舞动双手抓张去病踢出的腿，每抓出一把也借力上跃。摩尼教众人见此情景，不禁大声喝起彩来。

张去病踢出第八腿时，何莹吓得"哇"的一声哭起来，殷独啸陡然一惊，内力不继，身子往下急坠。趁此瞬间，张去病将双腿曲拢猛地一跃，携带着三个姑娘轻盈落到那片松树林上，场上又爆发出一阵喝彩声。

适才二人在空中交手，张去病携带三女身处劣势，但他化解殷独啸的凌厉攻击挥洒自如。虽说殷独啸听见女儿哭声乱了方寸，但张去病携带三人从他凌厉攻击下脱身实属不易。其内力深厚，武功妙到巅毫，令众人不禁脱口喝彩。

众高手皆想：倘是自己携带三人，要在空中解殷独啸的凌厉攻击决无可能，更何况打斗中，他身子不仅不下坠，反倒节节上升，他是如何做到的？瞧他年岁不大，武功怎会如此出神入化？随即又想，咱们副教主空手擒不下这小子，实在有些晦气！

殷独啸在众目睽睽之下没能将张去病擒住，自觉大丢脸面。一见张去病跃到松树林上，他飞扑过去一掌朝张去病的背心拍落。这一掌力拍出，只听松树哗哗大响，松枝剧烈摇晃，掌力震得张去病向前蹿出。有人高声叫道："副教主的'初际天罗掌'好厉害！"

殷独啸恼恨张去病害他大丢面子，欲一掌击毙张去病，借此挽回颜面。但他知张去病内力深厚，唯恐一掌不能击毙张去病。不待张去病坠落，他又扑上去拍出这两掌，一掌拍得比一掌刚猛。两股雄浑掌力先后朝张去病撞去，只见张去病和三个姑娘被撞得在空中翻几翻，坠落到松林后山峰下。众人都惊得"啊哟"一声。

殷独啸使的"初际天罗掌"乃是《玄秘宝典》厉害功夫，威力极大，便是一流高手被掌力所击也非死即伤。当年风云龙在少林寺斗达摩祖师和寇谦之道长使过这掌法。此时殷独啸恼恨张去病，非置他于死地不可，出手便使狠招。

殷独啸见张去病摔到山峰下，脸上露出一丝狞笑，他追到峰前二十丈远处忽然收住脚步，回头对众人朗声道："众位兄弟，天柱峰乃是我教禁地，教规明令，非教主本人不得踏入一步。今日大伙推举殷某暂摄教主之位，虽未举行接位庆典，请容我进入禁地救我女儿，除去张去病这小贼！"摩尼教众人应道："殷副教主请自便！"

殷独啸对教众交代几句话，正欲上前去救回女儿，看看张去病被打得筋骨寸断的惨状，以解他心头之恨。岂料他还未走过去，忽见一团人影从天柱峰下蹿起，迅速向峰上攀去。有人眼快，看清是张去病携带三个姑娘往天柱峰上迅速攀登。不禁失声惊呼道："啊哟，糟了！张去病小子没死，他闯入我教禁地！"

有人急道："殷副教主，快截住这小子，莫让他带女子去上天柱峰去，亵渎圣地！"另有人急不择言道："张去病，我们殷副教主不打你啦，他老人家放你下山去，你快下来！"摩尼教众人急得一阵乱嚷。

天柱峰是摩尼教禁地，峰上有该教圣宫供奉着的摩尼光佛。按照教规，除了教主一人可去峰上，其他人别说上峰去，便是踏入峰下一步，也必死无疑。是以在教众的心目中，天柱峰圣宫禁地无比神圣。此时见张去病大胆闯入，众人又惊又怒，七嘴八舌嚷嚷起来。

适才，殷独啸一连拍出三掌，张去病运起神功护住后背借殷独啸拍来的掌力飞身往前跃去。旁人不明原因，还道是他被殷独啸的掌力震飞，皆不知他是想上天柱峰寻觅逃路。殷独啸第三掌拍来，张去病正好借力飞身落到天柱峰前。在殷独啸征求众人意见瞬间，张去病浑身贯满内力，快如疾风般携带三女往峰上攀去。

殷独啸一看张去病不仅没死，甚至一点儿伤也没受，反而带着三女往天柱峰上攀登。他惊怒交加，却又困惑不解，不知为何他连发三掌伤不到张去病一根毫毛。如此一来，他不仅没扳回半点面子，反而更大折颜面！他气得大喝一声，飞身纵到天柱峰下，跟在张去病身后急速往峰顶攀登。

那天柱峰笔直光滑，宛若一根巨大的柱子。张去病携带三女登上二十余丈，回头一看，见殷独啸紧追上来。他一声清啸，疾迈"蹑云步"在岩壁上腾挪闪跃。峰下众人仰面观望只见张去病犹如一团轻云疾速飞升，不大一会儿工夫便登上峰顶。

张去病站在峰上一看，四处冰雪覆盖，峰上有块平地中央，立着一间石屋门楣上刻有"圣宫"二字。石屋顶上立着一个用血红石雕成的火焰石雕。那火焰呈升腾状，仿佛在熊熊燃烧，在峰顶上赫然夺目。一见眼前景象，张去病想起凌霄老人对他讲过天柱峰上的情景，眼前景物同老人讲的一模一样。他同凌霄老人一样诧异：如此简陋的一间石屋，为何称它为"圣宫"？难道这石屋里藏有什么宝贝不成？诧异瞬间，他回头往峰下一看，见殷独啸攀登近峰顶。他忙将三个姑娘放下，道："秦淮，语儿，你们带着何莹四处找找，看这峰上可有下山路径？殷独啸追上峰来了，待我去对付他！"

柳语担心道："去病哥哥，那殷独啸武功了得，你可得要小心！"张去病道："这个我省得。语儿莫担心，殷独啸他斗不过我！"

秦淮在旁恼道："大哥哥，你狠狠揍那殷独啸一顿，给柳语姐姐解解恨！"三人正说话，却听何莹惊叫道："那人……那人……他……他追上来了！"

张去病回头一看，只见殷独啸已攀到峰顶边缘。他纵身上前呼地一掌拍出，喝道："殷独啸你给我滚下去！"殷独啸的头刚冒出峰顶，一股巨大掌力拍来，击得峰上积雪飞溅。他忙将头一缩，那掌力从他头上扫过，震得他头如炸裂一般，身子急往下落。他忙抓住一处岩石，稳住身子深深吸口气，转瞬之间调匀气息，又拔身往上攀登。人还未跃上峰顶，他便双掌齐施，向张去病猛拍过去。

张去病见两股掌力涌来，后退两步，殷独啸借机跃上峰顶。张去病不待他脚跟着地，呼地一掌拍出。殷独啸两脚悬空无可着力躲让，只得出掌同张去病相对。两股掌力一撞，殷独啸闷哼一身，身子又飞坠下峰去。峰下教众见殷独啸急速坠下峰，一个个看得惊心动魄，不由大呼小叫："啊呀""哎哟""吓死人了"。

惊呼声中，只见殷独啸坠落数丈忽然将右足踏住一处凸石，左脚一勾，勾住旁边一处石缝将身子紧贴岩壁上。又见他双掌在岩壁上用力往上一撑，身子快速向上升跃，转眼之间他又跳上峰顶。这一回他提防张去病迎头攻击，人未冒头便"砰砰"两掌朝张去病拍去。

张去病心想：三个姑娘在峰顶上，决不能让殷独啸在峰顶立足，否则稍有疏忽，殷独啸会向三个姑娘下手。是以见殷独啸两掌拍来，他也双掌齐出，想再将殷独啸震下峰去。岂料两股掌力相撞，只听"嘭"的一声猛响，殷独啸借这相撞之力，身子跃上半空，一个转折猛扑下来，一掌拍向张去病头顶。

张去病见未能将殷独啸震下峰去，忙将掌力提到六层翻掌迎击。两股掌力一撞殷独啸又被震上半空。便在这一瞬，张去病忽觉一股极冷寒气钻入掌心，身子不由得打个寒战。那寒气顺着手掌的经络急蹿而上，一瞬间手臂冷得几乎失去知觉。他心下大骇，以为手臂被废吓得额头上冒出冷汗。

当年他听凌霄老人说摩尼教《玄秘宝典》上有两门神功：一门叫"赤阳化密功"。这门内功极是怪异，它将炽热真气钻入对手体内，游走于对方身上穴道，能将对手的血气耗干，令人当场毙命。另一门叫"玄阴化密功"。这门内功厉害之处，是极阴寒真气一钻入对手体内，便游走于对手身上经络，冷却人的精气，使对手一下子变得形同废人。摩尼教高手分别各练一门怪异内功。此刻一只手臂瞬间麻木，他大吃一惊，急忙运功抵抗那寒气。突然一团热气从小腹中迅速渗入四肢百骸，快捷冲上手臂将寒气吸尽，手臂麻木立即消失。

他又惊又喜，想起《九宫伏魔经》上说，被"九宫伏魔洗髓心法"洗髓之后，不惧任何怪异内力之语，心想自己能将殷独啸的阴毒寒气化掉，"九宫伏魔洗髓心法"神奇了得，《九宫伏魔经》神功果然能克制摩尼教武功！

殷独啸人在空中瞧见张去病突然神情紧张，只道被他"玄阴化密功"制住。狂笑一声，道："张去病，臭小子，这一回你的末日到了！"他双掌一错，朝张去病头顶凌空击下。这一击运足内劲，掌力刚猛无俦，欲将张过病打得筋骨粉碎。

张去病见殷独啸双掌击来，雄心顿起，亦猛提内力双掌拍出。"嘭嘭"两声骤响，只见殷独啸身子在空中一连翻十几个跟头。峰下众人大惊，有人脱口叫道："啊呀，殷教主危险！"另有人道："快，快，大伙快到峰下去救殷副教主！"

殷独啸被震得血气翻涌内息大乱，控制不住身子，在空中一个跟头接着一个跟头往下直翻。张去病想再补一掌将他打下峰去。忽然想到殷独啸是何莹的爹，不便打伤他。便跃上空中伸掌一托一拍，掌力轻吐，将殷独啸轻轻推下峰去。他知峰下会有摩尼教高手救他。

便在此时，忽听三个姑娘传来"啊！啊！啊！"三声惊呼，似乎遇到了什么危险。他大吃一惊，忙回头看去，峰顶上却不见三人踪影。他连声叫道："语儿！秦淮！何莹！你们在哪儿？你们在哪儿？"他连叫几声无人回应。

他在峰上疾奔一周寻觅三个姑娘。山峰四周光秃秃草木不生，一览无余，哪里有什么人？他心念急转：莫非语儿她们不慎失足掉下天柱峰去了？不对啊，秦淮武功未失，有秦淮看护，她三人不可能都失足掉下峰去。怎会突然之间，三个人都不见了呢？她们都哪儿去了……

他大觉怪异，又环顾峰顶上景物，目光一下落到那"圣宫"石屋上。刚才上峰来时，那石屋门似乎是关着的，此时却见石屋的门半开半掩，似乎有人进去过。他寻思难道三个姑娘进石屋里去了？即便如此，听到我的呼叫声，她们也应该回答啊！怎不见她们应答呢？莫非……她们遭遇了什么不测？

他纵身跃到那石屋前，推开门一看，只见屋顶上东、西、北开有三个天窗，室内极敞亮。石屋宽二十余丈，地面铺着大块青石板，门内两侧站有四尊手持铁铸的金刚力士，神情威猛凶煞。屋内正面神龛上供着一尊神像。那神像不似佛门菩萨，也不似道家神仙，却是一尊头戴扇形高冠，身穿绣花白袍的神像。神像高鼻深目，双眼微闭，脸上蓄有浓密络腮胡子，神情庄严，一看便是胡人菩萨像。神龛顶上刻有"摩尼光佛"四个大字。

神像头后石壁上，绘着一只通体雪白的雄鹰，鹰头往上扬，一双犀利金眼凝视天宇，双翅张开一半，站在巍巍高岩上做起飞状，雄健矫猛。鹰身后绘有一轮金色太阳，将那雄鹰映衬得威风凛凛。

神龛前石案上放有三个供盘。右边一个盘里放着一部石雕经书，上刻"摩尼光佛教法仪略"几字。当中一个盘里，放着一个光华四射的水晶球。左边一个盘里也放着一部石刻经书，上面刻有四个小字"玄秘宝典"。石案旁边屋角上有一口井，井沿上刻着"摩天井"三字，除此之外，石屋内再无一物。

一看室内陈设，张去病才明白这石屋为何叫"圣宫"，原来这是供奉摩尼光佛和摩尼教圣经之处。他游目四看，屋里不见三个姑娘的踪迹，心里万分焦急，心想三个大活人怎会突然无影无踪？真是匪夷所思！

他望着那口"摩天井"，心想难道三人掉进井里去了吗？转念又想三个人全掉下井去？这无论如何不可能！除非有人将她们打下井去。但天柱峰是摩尼教禁地，除了教主一人能上来，别人不敢上来，不可能有人将她三人打下井去！可是如果她们没掉进井内，又会到哪里去了呢？

他思忖一瞬，决计进入石室，到摩天井前看有无三女失踪线索，他将门推开大一些，轻轻迈步走进石室内。刚走几步，脚下石板忽然疾翻，他忙纵身疾跃，所幸没掉下陷阱去。可他脚刚落到另一块石板上，忽听身后呼呼两声响，一股雄浑力道向他腰间袭来，一股袭向他双腿，他忙上跃闪避。就在他上跃瞬间，面前又有二物击来，一物砸向他头部，另一物直捣他前胸。他忙挥掌上下隔挡，砰砰两下，将砸来的二物拨开。起初，他还道是殷独啸去而复回出手偷袭他。此时他才看清，袭击他的人不是殷独啸，却是那四尊金刚力士。

他大吃一惊，四尊力士双臂竟然是活动的，正挥动手中铁杵从四方朝他打来。一根横扫他的腿，一根直捣他腹部，一根砸向他左臂，一根斜挑他下颔。四根铁杵重达七八十斤，从不同的方位攻来，将他团团罩住。他无处可避，只得双掌齐出，拍开攻他上盘的两根铁杵；同时身子跃起双腿猛缩，避过横扫下盘的铁杵；凹腹收胸躲过捣向他小腹的铁杵。这几招一气呵成，堪堪躲过四个力士的攻击。

四个力士仿佛是活人一般，不让他有一点喘息之机，又舞动铁杵飞快砸来。这一次攻击刁钻至极，两根铁杵一左一右朝他身子交叉斜劈，同时另外两根铁杵竖着向他双肩砸下。他如出手隔挡斜劈铁杵，双臂必被竖砸的两根铁杵击中。他若招架竖砸的两根铁杵，又难逃斜劈的铁杵攻击。他无暇思索，双掌快捷抓住那两根竖砸的铁杵，一拨一带，两根铁杵往两旁一荡，将两根交叉劈下的铁杵撞开。他欲趁势冲出围攻，四根铁杵又倏地反击过来，一时间又将他困在攻击之中，他只得奋力招架四尊金刚力士的攻击。

他在金刚力士围攻中越斗越心惊：单看每个力士出招并奇特之处，两个或三个力士出招虽然极妙，也可寻法破解。但四个力士一齐出招，却配合得天衣无缝，叫他无法破解！他不由佩服设置这机关之人心思和武功极了得！幸亏他多逢奇遇，才能够在四个力士围攻下自保。但要冲出困境，一时却想不出法子。

第十八章　教主

　　四个金刚力道刚猛无比，四根沉重铁杵不停砸来，石室内破空之声呼啸不绝。他内力虽然深厚，时间一长也渐觉吃力。他想迈开"蹑云步"逃出围攻，可是四根铁杵将他困在一丈宽内，铁杵挥舞已将空间塞满，令他无法施展"蹑云步"。他只得见招拆招，苦苦支撑，急寻思脱身之策。

　　斗得片刻，他心中陡然一亮：恍然道："瞧这四个力士是按固定套路出招，我若看清他们出招套路，岂不就能找到击败他们的法子？待我仔细瞧瞧！"适才突遭袭击，令他紧张乱了方寸。此刻神台一明，他凝神接招，细观四力士的武功招式，渐渐看出四力士的招式，是由四套不同招式组合而成，一共有二十四招。当使完二十四招，四力士又从头使出第一招来。他记住这套武功第六招，是左边对角两个力士，一人铁杵攻他前胸，一人挥舞铁杵击他后背。右边对角二力士一个使"雪花盖顶"打他天灵盖。另一个使的是"秋风扫落叶"横扫他双脚。待到四力士再使出这第六招时，他身子疾侧，双手猛运神功抓住击向他前胸后背的两根铁杵，用力往上一架，挡住头上砸下的一根铁杵，左腿急抬踏住扫向他双脚的铁杵，四根铁杵顿时被他制住，一根也动弹不得。

　　他哈哈一笑，道："四个金刚老兄，你们很厉害啊，但是你们败了！"他双臂发力欲夺下两个力士手中的铁杵。忽听嗖嗖嗖一串急响，十几支短箭从四个力士嘴里激射而出。吓得他"啊"的一声，纵身跃到神龛前。岂料他身子刚坠地，脚下石板突然翻转，双足踩空身子急速下坠。只听"啪"的一声响，头顶上石板又盖住，眼前光亮突然消失，四下一片漆黑。他伸手乱抓，想抓住什么东西止住下坠之势。可四周空空什么也抓不着。幸亏他目力奇佳，两眼瞬间看清自己掉进一个洞内。

　　身子下坠太快，他无法伸手抓到洞壁。只觉身子越坠越快，模模糊糊看见了洞底。他急忙将真气提至胸腔，疾收双腿。在身子坠地瞬间，他突用脚尖点地，借力反弹上跃，等身子再次落下，他又用脚尖点地，再次借力反弹跃起。如此几起几落，下坠重力一次比一次减轻，下坠速度一次比一次减缓。最后一次坠地，他翻身一滚才在洞底站立起来。

岂料他尚未站稳，忽觉一物点到胸下"筋缩穴"上，身子顿时缩成一团，犹如被绳索牢牢捆住一般，动弹不得。因内息受滞，目力大为减弱，眼前景物变得模糊起来，一切都影影绰绰看不分明。

他只道误撞到什么东西，一下封住了穴道。可他抬眼看去，朦朦胧胧看见洞底平坦，并无什么东西被他撞上。他寻思以他的功力，过一刻钟方能冲开被封的穴位。转念又想：柳语她们三人会不会也掉进了这洞里？如果掉进了这洞，怎么没见她们呢？啊哟，不好！莫非她们摔死在这洞中了？想到此节，他心中一阵难过，差点掉下泪来。他万分自疚道："我运气太差，好不容易救出她们三人，只说带上她们登上这天柱峰找路逃下山去。不料弄巧成拙反而害死她们！我，我，我……好不容易费九牛二虎之力，冲出四个力士的围攻，侥幸躲毒箭暗算，却又掉进这暗洞陷阱，还莫名其妙被封了穴道！这一串霉头怎么都让我一人触上了？这是怎么回事啊！"

他自怨自艾一会儿，心想何莹、柳语、秦淮三人如是摔死在这洞里，尸体应在，待我四下瞧瞧，看能不能找到她们！如此一想，他忙聚功双目，定睛看去，眼前景物变得隐约可见起来。只见洞底二十余丈宽，散乱摆着十多具尸骨，旁边散落着一些锈迹斑斑的兵刃，却不见有三个姑娘尸身在洞中。

他大吃一惊，心想这些死在洞里的人莫非同他一样，也都是擅闯石屋遭暗算，掉入洞里的吗？他们为何不逃走？难道是他们的武功不济，摔下来便摔死了，还是摔伤了死在这洞中，抑或是这洞里再无出口，他们一个个被困死在这洞里？这个可怕念头闪现，令他不敢再往下想。他忙四处张望，想看有没有逃生的出口。

他双目缓缓扫过洞壁一周，莫说是出口，便是老鼠洞也看不见一个！他抬头望望洞顶，隐约瞧见洞顶极高，尚有石板盖住。他即使恢复功力，要从洞口脱身也绝无可能。这洞底下没有出口，洞口又高不可攀，他绝望地看着洞壁发愣。

发一会儿愣，他慢慢镇静下来。这些年闯荡江湖，经历许多艰险，使他大长胆识。他定了定神，脑子却渐渐灵光起来。他暗问自己：此洞是摩尼教设的陷阱机关，专门用来捕人的是不是？倘有人掉下这陷阱，教主一定要派人进洞来抓被关之人，是不是？那么来人如何进这洞中呢？这洞底一定得有暗道出口，是不是？出口在哪里呢？一定就在这洞内，是不是？他一连问自己几个"是不是"，捋清思路，心中不再惊惶，自言自语道："待我再仔细看看，这洞出口在哪儿！"

他瞪大眼睛，将洞内四周看了一遍又一遍，仍不见哪儿藏有暗道，却隐隐约约看到一面洞壁上有几个字。洞里太黑，那字看不清楚。他忙闭上双眼凝聚目光，指望看清那几个字能发现出洞秘密。待觉两眼神光充盈，他睁眼一看，见那洞壁上写有十六个大字：

"贱女害父，天理难容！长恨绵绵，死不瞑目！"

这十六个字用血写在石壁上，一个个大如手掌。因年代久远，字迹已经变得暗红。每个字笔画狂乱，一笔一画似乎怒不可遏；一转一折透出异常悲愤。字字犹如瞪得大大的眼睛在黑暗中盯着他，字里行间弥漫无比伤痛和愤怒，令他感到无比惊恐，心头大震！他虽不知写字之人是谁，也不知那人为何在石壁上写下这十六个悲愤的大字，但他感觉到这十六个字背后，隐藏着巨大的痛苦与愤恨，隐藏着一个骇人的故事！

他看得心潮起伏，兀自寻思：那贱女是谁？她为何要害她父亲？她父亲又是何人，又因何被她亲生女儿所害？这些字背后定有极悲惨的变故，定有极惨烈的伤痛，那位受害父亲才会将他的愤恨留在这岩壁上！

他又想：这究竟是一桩怎样的悲剧，怎样的罪恶？它发生在何年何月？又怎么会尘封在这不为人所知的暗无天日深洞里？这其中究竟包藏着什么悲痛和不幸？究竟隐藏着什么难以承受的锥心痛楚？……这一连串疑问在他心头如潮翻涌，他不禁义愤填膺自语道："这老人的女儿算是人吗？竟然残害亲生父亲，真是禽兽不如，天理难容！这等蛇蝎心肠女子，有朝一日叫我撞见，我将一掌毙了她！"

他正气愤难抑，忽然听洞内有一丝轻微响动。那响动极轻、极小，犹似灵蛇悄悄游动令人不易察觉。他因功力深厚听得分明，忙转头看去，不禁一惊，只见黑暗中有个幽灵的影子站立在近处，骇得他差点叫出声来！他心惊胆战地屏住呼吸，一点不敢动弹，注目仔细看那幽灵，仿佛是一尊神像。

他大为诧异，先前他将洞内看了几遍都没看见这尊神像，此时是不是看花眼了？他凝目再看，近处石壁前确是立有一尊神像。那神像头戴扇形高冠，身穿长袍，面孔模糊不清，如鬼魂显现在黑暗中，诡异吓人，骇得他浑身汗毛根根竖立。

他惊恐寻思：先前为何不见这尊神像？这神像从何而来？怎么片刻之间就无声无息地显现在我近前？这太离奇，太可怕了！他越想越惊惧，脑子里又生出一串疑问：在这暗无天日的深洞底，摩尼教的人干吗要塑这尊神像？这是一尊什么神像？它的面孔为何被雕得模糊不清？

转念又想：峰顶圣宫里供着摩尼光佛神像，同这尊神像相似。莫非是我擅闯摩尼教禁地，惹恼了摩尼光佛，摩尼光佛前来惩罚我吗？要不然这洞中无人，我怎会莫名其妙被点了穴位动弹不得？若是洞里有人，除非是赵先生这等绝世高手，才能趁我惊慌下坠之际将我点倒。这洞里却没人，一个人也没有啊！一定是摩尼光佛前来惩罚我！

他心中大惧，背脊上渗出大片冷汗，忙对着那神像，颤声道："摩尼光佛，非是我胆大妄为擅闯贵教圣地，是那殷独啸追杀我，我万般无奈才逃入圣地避难，望摩尼光佛明察，恕我无心之过，放我平安出洞，日后我永续香火，伺奉摩尼光佛！"

忽然，听见一个低沉声音道："你在说谎！"这一声呵斥吓得他魂飞天外。他举目惊顾，洞里空无一人，那呵斥余音仍在洞中回响。他结结巴巴道："我，我，没说，没说谎。"

那声音冷冰冰道："你能冲出金刚力士阵，说明殷独啸武功在你之下！哼，他怎能追杀你？你在说谎！"

他一听，摩尼光佛无所不知，连他武功高低都明察秋毫，忙申辩道："摩尼光佛明鉴：其时我双手携带着三个姑娘，无法还招，只能逃逸，故被那殷独啸追杀。我说的话句句是真言，决无半句谎话！"那声音沉默一瞬，又道："那殷独啸为何追杀你？"

他忙道："摩尼教的人将天山派柳掌门人女儿掳来，要挟天山派投降。我前来救柳掌门女儿，故被殷独啸追杀。"

那声音严厉喝道："你是摩尼教弟子，为何反助外人？你可知叛教该受何等惩罚吗？"

张去病一怔，旋即便明白，他身穿白袍，被摩尼光佛误当作座下弟子，忙道："摩尼光佛明鉴，我身上白袍是借来穿的，我并非摩尼教弟子。"

那声音道："那你是天山派的人？"张去病道："我也不是天山派弟子。"那声音又道："你不是天山派弟子，为何来救天山派掌门人女儿？"

张去病道："那天山派的柳语姑娘有恩我，我便来救她。"

那声音突然异常愤怒喝道："你是谁，你为何要救那贱人？……你这奸贼心肠歹毒，怎会有半点好心？哼哼，我知道你是殷独啸，你骗不了我！十年前你骗了那贱人，又怎会救她？你兴许早将那贱人害死了！哈，那小贱人死得活该！"

那声音狂笑起来，又道："殷独啸，你这狗贼！老夫等了你十年，你今日终于落到我手里！哈哈哈……你终遭到报应！老天爷呀，我向你跪求十年，祷告十年；我的哀求、恳求、哭求，终于感动你！老天爷，你将仇人送来给我手刃，我死也瞑目了！"

张去病被一阵乱骂骂得晕头转向，什么贱人，什么殷独啸，什么老夫，什么落在我手里，什么报应，什么跪求祷告，他听得蒙了。但他听出那声音是人的嗓音，而且是一个苍老嗓音。奇怪的是，嗓音却是那尊神像发出来的。

他惊骇至极，一时张口结舌："我……我……"只见那神像忽然一晃一晃慢慢移动，在黑暗中一步一步朝他走来。他躺在地上眼睁睁看着那神像越走越近，却动弹不了，害怕得心中怦怦乱跳。

黑暗之中，他渐渐地看清那神像原来是个活人。那人头戴扇形高冠，身穿绣花白袍，面孔被长长的头发遮掩，看不见他容貌。他左手紧握拳头，右手里拿着一根长杖。不知是因为愤怒激动，还是身患有病，他每迈出一步呼吸沉浊，浑身微微颤抖。那人缓缓走到他面前站住，伸手撩开遮住面孔的长发，露出一张白得吓人的脸来，却是一个年愈七旬的老人。

这老人看去很虚弱，身材瘦高，容貌清秀，神情威严。两道浓眉下怒目圆睁，射出仇恨光芒，如同地狱里燃烧的火焰，一部花白胡须在胸前抖动。他手中握着一根黄玉杖，杖身上雕有祥云纹装饰，杖头雕有一只展翅雄鹰。鹰的右翅上装有一个红宝石雕的太阳，左翅上装有一个绿色宝石雕的月亮。老人手持玉杖站在张去病面前，神情凶恶，仇恨目光阴森森投在张去病脸上，瞧得他心中发悚，浑身毛骨悚然。

老人盯着他看了一瞬，忽然目光狂乱，仰头大笑道："哈哈，殷独啸，你这奸诈无比的恶贼，想不到也有今天！小畜生，你的末日到了！"说时慢慢举起权杖。

张去病一看老人神志不清，错把他当作仇人，急道："老爷子住手！我不是殷独啸！你老人家认错人了！"

老人怒道："奸贼，你休得花言巧语！你便是化成灰，老夫也认得你！"老人骂罢，抢起权杖朝他劈头打下。权杖劈来生死攸关，张去病顾不得身上穴位被封疾往旁边一滚，没想到居然滚开三尺，躲过了老人致命一击。情急之下，或许是因为逃生心切，使他体内爆发出超常内力，将被封穴位冲开一些，不仅身子能滚动，右臂也能抬得起来了，只是经络不畅，内力还使不出来，双腿和左臂仍不能动。

老人见张去病滚到一旁，"咦"了一声，似乎感到意外。又上前一步，挥动权杖猛地朝张去病胸膛死穴戳下。张去病瞧出老人戳出这一杖内力甚小，但手法之精，认穴之准，非常罕见。他心下稍定，待那权杖戳到胸前，疾翻手掌欲将老人手中权杖夺下。岂料他手掌甫动，却见杖头疾晃，如星火乱闪，顿时将他手掌上十一处穴位全部罩住。人掌上手太阴肺经共有十一个穴位，分布在手掌不同部位。老人权杖戳出妙到巅毫，无论他从哪个方位伸手夺杖，掌上穴位都会有一处被点中。

张去病大吃一惊，猛将手臂缩回，手掌往下一划巧妙躲开杖权攻击，反手又去抓那权杖。老人手腕轻振，权杖蓦地如毒蛇昂首在空中端凝微晃。瞬息间，张去病看出那杖头微晃大有玄机，他若强抓权杖，他右臂手阳明大肠经十九个穴位便会先遭攻击。

他又只得中途改招，身子往后疾仰，手掌外划，假装避开权杖攻击，中途却突然快捷无伦斜抓而下。他只道这一下必将老人权杖夺到手，岂料手掌刚伸出一半，只见老人将权杖古怪一歪，顿时将他掌上手太阴肺经十一个穴位和臂上手阳明大肠经十九个穴位全部罩住。他不收手掌，必有一个穴位先被点中。但收掌已来不及，他只得急忙翻身滚开去。待他翻过身来，却见老人权杖已指着他眉心"印堂穴"。那"印堂穴"乃是死穴，若被老人点中必死无疑。

他不敢再动一动，颤声道："老爷子住手！我真的不是殷独啸，你杀我，杀错人了！"

老人阴森森道："殷独啸奸贼，适才老夫弹石子封住你身上'筋缩穴'，只道已将你制往。不料你这奸贼还能翻滚，右手还能还击，看来你练了《玄秘宝典》上武功，果然功夫大进！"

张去病一听才恍然大悟，原来他坠下洞时，不是因为倒霉撞到什么东西封了穴位，而是被老人在黑暗中弹石点了他身上"筋缩穴"，怪不得穴位会莫名其妙被封住！

老人又道："奸贼，你想从老夫手下逃生，那是白日做梦！让你瞧老夫的手段！"话音未了，张去病忽见杖头犹似满天繁星在眼前疾闪。眨眼之间，他只觉胸前二十一处穴位被杖头快如闪电般轻轻触一下，那权杖复又指在他眉心"印堂穴"上。老人露这一手功夫，犹是说这一瞬间，他如下重手，可以二十一次取张去病性命。

张去病心下大骇，他不知武林中有谁的武功高到如此地步！惊骇之下，他冲口问道："老爷子，你的武功如此出神入化，你是谁？"

老人怒道："奸贼，死到临头，你还装疯卖傻！摩尼光佛说，伸冤在佛，佛必报应！你这畜生作恶多端，死期到啦！哈哈哈哈……"

老人大声狂笑，手中权杖一寸寸接近张去病眉心。张去病见这老人神志不清，错将他当成殷独啸，非取他性命不可。丧命在即，他觉得命运太捉弄人，稀里糊涂死在这个疯癫老人手下，死得太冤枉，他还有许多大事未了，怎能不明不白窝囊死去？！

霎时间一腔怒火直冲脑门，他怒吼一声："老疯子，我不是殷独啸！你杀错人啦！"

这声怒吼如炸雷震响，震得老人浑身一哆嗦，权杖咣当掉地。老人脸上笑容顿时僵住，伸手指着张去病，颤颤巍巍道："你，你，你……不是殷独啸？"

适才生死一线，张去病大急之下，这一声怒吼，如晴天霹雳猛撞内息，竟将被封穴位冲开，也将老人震清醒几分。老人眼神迷惘怔怔地望着他，等待他的回答，脸上神情又担心又害怕。他担心害怕眼前之人，不是他时时刻刻想杀的仇人，使他十年复仇愿望变成泡影！

张去病看见老人神情，情知老人等待报仇等了十年，适才神志错乱将他当成殷独啸，以为即将得报大仇。此时他若说他不是殷独啸，老人会是多么失望！他心中有些不忍，却又不能不告诉老人实情。

他忙点头道："对，我不是殷独啸，我叫张去病。你的仇人殷独啸在摩尼岩上，老爷子你将我当成殷独啸，你认错人啦！"

老人一听，脸上肌肉一阵颤动，两眼大瞪，双唇哆嗦不止，颤声道："你……你……真的不是殷独啸？你……真的不是殷独啸？"

张去病以为老人耳朵不好使，又大声道："对，我真的不是殷独啸，我叫张去病。老爷子，我不是你的仇人，你认错人了！"

突然，老人身子急促抽搐，他张开双臂，抬头仰天悲呼道："苍天啊，苍天！我已风烛残年，亡命旦夕！你为何对我如此不公，为什么要让我一身大仇永沉海底，死也不能瞑目？你为什么要让我心含悲愤死去，变成一个永远背负仇恨的孤魂野鬼，死后也得不到解脱？"

老人痛声疾呼，身子狂颤，长发长须一阵乱抖，又道："你为何让那奸邪狠毒的殷独啸逍遥法外，不受惩罚？苍天啊，你的恢恢天网在哪里？你的冤孽报应在哪里？你惩罚恶人的雷霆在哪里？你毁灭邪恶的电火在哪里？你为何不轰响雷霆打死那奸人，你为何不放出电火烧死那奸人，你为何让那奸人逍遥法外，不施报应？你如此对我，实在不公，实在不公啊！这，这是为什么？究竟是为什么？你不能让我……不能让我……这么含恨死去，你不能呀！"

这一声声发自灵魂深处的悲呼撕心裂肺，犹如一记记重锤击在张去病心上，听得他热泪盈眶。他也身负血海深仇至今未报，一听这悲呼，心里产生巨大共鸣，立时想起外公被害死前仰天悲呼"天道昭昭，天道昭昭"的情景，触景生情，他感知老人灵魂被撕裂得何等巨痛，令他心中痛楚难当，禁不住泪流满面。

忽然间，老人呼声未绝，一口气接济不上，声音被卡在喉头，身子一仰软倒下去。他忙跃起身抱住老人，只见老人老泪纵横，双目紧闭，气息奄奄。他将老人抱到石壁前坐下，伸掌贴在老人胸前灵台穴上，缓缓将真气输入老人体内。老人身子太虚弱，心音几乎听不见。他不敢输气过快，怕老人承受不了。他将真气凝集成细细一股，一点一点慢慢输入老人体内。

过了半晌，老人惨白脸上现出一点血色。他一把老人的脉搏，脉相极弱。他不敢收功，又运功将真气输入老人体内。大约过半个时辰，老人脉搏依然无力，呼吸微弱得几不可闻，看来老人的性命难保。他不知老人患有什么病，也不见老人身上有何创伤。他心下着急，一时不知如何抢救老人。萍水相逢，但见一位白发苍苍的老人遭逢大难，藏在这暗无天日深洞底苟延性命，他实在不忍心让老人如此含恨死去。一时又想不出救治老人的办法，急得他额上冒汗，手足无措。

他突发奇想：此时要是药王在此，这垂死老人便有救了！一想到药王，他蓦然想起离开回春谷时，药王曾赠给他红、黄、白三枚药丸，对他说那枚白色药丸是一颗保命灵丹，若是生命垂危，服下它可保住性命。他忙将怀里的东西全掏出来，一看有秦桧的密信，有钦宗给他的密旨，有易容锦袋和一些银子。他扒开碎银翻找那三枚药丸，瞧见吴姥姥给他的几枚"奇珍续命丹"，却不见药王赠他的救命药丸。他又伸手进怀里摸遍衣衫缝隙，还是没找着。他寻思或许是不慎将药丸弄丢了，心下沮丧，望着摊在地上的杂物发愣。

发一会儿愣，瞥见吴姥姥给的"奇珍续命丹"，想起吴姥姥说此药有续命神效。他一拍额头转忧为喜道："嗨，我这人真是糊涂！只记着药王给的灵丹妙药，却忘了吴姥姥给的'奇珍续命丹'亦能救命。瞧我这德行，遇事一急，头脑便稀里糊涂！"

他拿起一丸"奇珍续命丹"剥去蜡封外壳，取出褐色药丸，想喂入老人嘴里。可是老人昏迷不醒，须有水方能助老人服下。洞里哪儿有水呢？他想：岩洞通常会有山泉从石缝渗进来，只要找到一口水便能帮老人将药服下。如此一想，他将老人抱起，手掌仍贴在老人灵台穴上，一面继续注入真气为老人续命，一面看岩壁缝中有没有水渗出，哪怕只有几滴水也好。

他将脸凑近洞壁，一处一处看过去。石壁多处干干的，唯有一处摸上去湿润，可是壁上却没渗出一滴水。他不死心仍慢慢抚着石壁四处摸索。洞内光亮太暗，他凭着超人目力看得见洞内物体。他摸着摸着，忽然感到一股小风吹拂面孔，凉凉的，柔柔的，呼吸为之一爽。他心中诧异：这风是哪儿吹来的？

那风拂面即逝，不再吹来。他寻思有风吹进洞来，洞内一定有岩缝，他忙将头凑近石壁查看，果见石壁上有道长长细缝，那缝里还透出一线微弱的黄光。他想是洞外天光吗？噫，不对，如果是天光怎会闻着一股油灯燃烧气味？他心下诧异，伸手敲敲石壁。石壁发出几下空洞声响，壁后似乎是空的。他心中激动，忙用力推那石壁。石壁一动不动。他试着再往旁推，石壁一下无声无息滑开，眼前一亮，露出一个宽敞大洞来。

洞内一侧石壁上刻有"圣宫"两个大字。洞壁上凿有几道石缝，山风从石缝吹进洞内使他顿感呼吸一畅。洞顶上悬挂着一盏硕大的长明灯，放出黄色光芒。洞内正面，塑着一尊高大的摩尼光佛像。

光佛盘膝坐在祥云围绕的宝座上，佛头后面，左边塑着一个贴着铂金的太阳，金光闪闪。右边塑着一个贴着银铂的月亮，银辉灿烂。光佛座下塑着摩尼教十二布道使者，胖瘦不一，神态各异。光佛像前供桌上摆满着各种红、绿、黄、紫、白、青等宝石雕成的鲜花和水果，五光十色，熠熠生辉。供桌前有十几口大木箱，里面装满金银财宝，璀璨夺目。光佛像两旁塑着八种毛色斑斓的珍禽异兽，栩栩如生。

张去病被眼前景象震住，惊呆一瞬才恍然明白，这个大洞才是摩尼教真正的"圣宫"所在。他抱着老人走进圣宫，无暇细观圣宫里的宝物，顺手将老人的权杖放到供桌上，忙去找水救人。他见大殿两旁各有一条甬道，便抱着老人走进右边甬道去找水。走过一小段，面前出现一大间石室。室内储放着粮油杂食和干果干菜，将室内塞得满满的。他寻思：这圣宫还做应急避难之用吗？又想石室里既然备有食物，必然储备有水。

他抱着老人走进室内，见石壁下放着几口大缸，心中一喜，忙上前去揭开缸盖，一看缸内装的是菜油。再掀开别的缸盖，有的装着食盐，有的装着咸菜，有的装着酱，偏偏没有一口缸里装水！他大失所望，抱着老人返回圣宫，走入左面的甬道去找水。

进入这条甬道，看见三间石室。第一间是一间居室，内放着一张木床，旁边立着几个书架，一层层堆着书籍。除此之外再无别物，他寻思老人在这洞中幽闭十年，想来这间石室便是老人的住室了。他又走进第二间石室一看，室内空无一物，石壁上刻满练功图谱，原来是一间练功密室。他无心看那些图谱，抱着老人转身走进第三间石室内。室里摆有桌椅，有炉灶和炊具，显然是用餐之地，心想这间室内一定有水。果然看见墙角有一口大水缸。那水缸无盖，一股筷子般细的流水从石壁缝隙缓缓流入缸里。水已注满缸流淌到地下一个水池内。水池里放着一个木瓢。他忙将老人放下，上前拿起木瓢舀了些水，取出"奇珍续命丹"揉碎，和水化开，轻轻揿开老人的嘴慢慢喂他服下。

喂老人服下药，他仍用手掌运功护住老人的心脉。大约过了一炷香的工夫，看见老人呼吸渐渐平和，脉搏有一点弹力，但心还跳得乱。他将老人抱到第一间石室床上躺下，在床前观察一阵，不见老人有何异状才放下心来。

经过这几番折腾，他忽觉腹中饥饿，便走到第三间石室里找食物吃。他在锅里找到几张饼，想来是老人做的食物，又在碗里找到咸菜，便用咸菜下饼囫囵吞下，又用木瓢舀水，咕嘟咕嘟喝了几大口，才走出石室。

走入通道，忽然听见有呼吸声。他以为是老人的呼吸声并未在意。走得两步，他忽觉不对。那呼吸声并非来自石室，而是从通道旁一块大石后传出，两声强一声弱，似有三个人在呼吸。他心中一惊：莫非是殷独啸带人进入圣宫，躲在这大石背后暗算我？他全神戒备两眼注视着那堵石壁，只要殷独啸一露面，他便抢先出手。

他严阵以待片刻，却不见有何动静。再仔细一听三人的呼吸皆不悠长，不似深厚内功之人的呼吸。他寻思这三人不是高手，便悄悄走到大石一看，大石后面还藏有一间暗室。

他侧身钻进暗室，忽然听见一个姑娘在他头顶上尖叫："啊鬼！有鬼！鬼来了！"他吓了一跳。抬头一看，只见一张大网悬在半空将柳语、秦淮、何莹三人牢牢网住。忙叫道："语儿，秦淮，何莹，你们别害怕，是我！"

柳语颤声道："去病哥哥，是你吗？你在哪儿？"张去病道："对，是我，我在你们下面。你们别害怕，我救你们下来。"秦淮道："大哥哥，我怎么看不见你呢？"

张去病一听，恍然省悟三个姑娘目力远不及他，不能在黑暗中视物，忙对秦淮道："这儿黑得很，我放你下来，你就看见我了！"

他跃起身子出掌一削，网绳顿时裂断。他疾伸双臂托住三位姑娘坠落到地面，将三人抱到圣宫里。在长明灯下三个姑娘看清是张去病，高兴得"去病哥哥""大哥哥""张哥哥"的乱叫。

张去病将三人从网里放出，问道："你们在天柱峰上怎么不见了？又怎会被网在这里？"

柳语一边整理衣裙，一边道："我们寻觅下峰路径，四处瞧遍都没找着。看见峰上那间石屋，我们三人便走进去。腿刚迈入门内脚下石板忽然翻转，我们眼前一黑身子向下直坠便掉入这张大网里了。"

张去病一听，想起自己跨进石屋脚下的石板也猛然翻转，点头道："啊，原来如此！"

秦淮道："我们被网住后，我想用匕首割开网钻出来。我刚要动手，忽然看见有个模模糊糊的鬼站在黑暗中，吓得我不敢动。一瞬间，我们不知怎么被那鬼点了穴道，便动弹不了！大哥哥，这洞里有鬼，咱们快走！"

秦淮讲得心有余悸，张去病明白是怎么回事，道："你们见到的不是鬼，那是一个人。"柳语吃惊道："那是一个人？是一个什么人，他怎会像幽灵般在这洞里？"

张去病道："他是一个武功绝高的老人，身患疾病。我不知他是谁，也不知他为何藏在这山洞里。"柳语道："去病哥哥，那老人在哪里？"

张去病道："他昏迷过去了。走，我带你们去瞧瞧他。"说罢，他牵住何莹的小手，领着三个姑娘朝第一间石室走去。四人步入石室，老人仍未醒来。三个姑娘走到床前，看见老人奄奄一息。

柳语看得不忍，道："去病哥哥，这位老爷子好可怜，你快救救他啊！"

张去病道："语儿别担心，我已喂老爷子服下救命药丸，过一会儿，或许老爷子就没事了！"张去病走近前看老人的脸色，见老人气色有些好转。又摸了摸老人脉搏，心跳也不乱了。他心中方定，寻思吴姥姥的"奇珍续命丹"可真是灵丹妙药！

何莹站在床头满脸怜悯地望着老人，忍不住伸手摸摸老人的手，道："去病哥哥，老爷爷的手好凉，他是不是饿了？我娘说人要是肚子饿了，身子便会冷。咱们去找些东西给老爷爷吃，说不定他的病就好了。"

柳语道："何莹小妹妹的心真好，只是不知这洞里有没有食物？"张去病道："有啊，在第三间石室里，有米面粮食；还有锅有灶，但要有人会做饭才成。"

秦淮高兴道："我会做啊！我师父教过我做饭，她老人家每天吃的饭都是我做的。走，咱们做饭去！"柳语和何莹没从做过饭，一听秦淮会做饭，顿时对她刮目相看。柳语赞道："哎呀，这太好了，想不到秦淮妹子还会做饭，真能干！咱们做饭去！"三人兴冲冲走出室去。

姑娘们去后，张去病在地上盘膝打坐练了一会儿功；待觉浑身真气充盈，精神饱满，才站起身来。他望着昏睡的老人，心中寻思：这老人是谁？怎会藏身在这圣宫里？他对殷独啸恨之入骨，他二人有甚深仇大恨？他正想着，三个姑娘端着一碗热气腾腾的小米粥走进屋来。

柳语道："去病哥哥，老爷子还没醒来吗？"张去病摇摇头。秦淮道："叫老爷子醒来，尝尝我熬的小米粥，准保他喜欢喝！"

柳语轻声叫道："老爷爷醒醒！"一连叫了几声，老人毫无知觉。秦淮接着叫道："老爷子，快醒来吃香喷喷的小米粥啊！"老人仍是毫无知觉。

何莹走到床前，伸出小手握住老人瘦骨嶙峋的大手，道："老爷爷，老爷爷，你快醒来吃饭啊！吃了饭，你的病就好了，你快醒来啊！"何莹叫得细声细气，语音中却充满真挚情感。她一边叫唤，一边轻轻摇动老人手掌。说也奇怪，何莹呼唤几声后，只见老人喉结蠕动几下，慢慢睁开眼来。

老人睁大两眼，目光急切地朝众人脸上望去，一眼看见张去病，神情变得警惕而严厉。他强撑身子坐起，背靠床头，威严地打量张去病，目光似刀刃般锋利，看得张去病浑身很不自在。

老人严厉打量张去病一会儿，沉声问道："你是何人？竟敢私闯我教圣宫禁地！"

张去病道："老爷子，我叫张去病。晚辈闯上天柱峰实属无奈……"他忙把将逃上天柱峰的前因后果，大致对老人讲了一遍。老人听罢，眼睛里仍闪过怀疑的神色，喝道："浑小子，你别想编造谎言欺骗老夫！哼，我知道，你是那殷独啸奸贼派来的奸细！"

张去病见老人不相信，忙道："老爷子，你误会了。晚辈掉进这圣宫洞里险些丧命，我年纪轻轻，干什么要给殷独啸当奸细，赔上自己性命到圣宫来骗你老人家？我真的不是殷独啸奸贼派来的奸细！"

老人冷哼了一声，道："哼，你冒险到此，心思同殷独啸奸贼一样，是想得到我教的《玄秘宝典》！"

张去病心中不悦，冷哼一声，道："老爷子，那《玄秘宝典》上的武功，在贵教人眼里是至高无上神功。但在晚辈眼里，却不怎么样，晚辈才不稀罕为了它，冒着丧命风险到这里来骗取！"

老人一听气得怒目圆睁，喝道："傻小子，你……你说什么？你有什么本事敢在老夫面前口吐狂言？嘿嘿，便是那少林寺的弘无方丈，武当派的金风道人，见了老夫也不敢如此放肆，更不敢小看《玄秘宝典》！"

张去病见老人震怒，心下谦然。心想这老爷子有病，神志恍惚，我怎能与他斗气？忙赔笑道："老爷子别生气，晚辈胡言乱语，我向你老人家赔个不是。晚辈不是殷独啸派来的奸细，你如不信，有这三位姑娘可为晚辈做证。"

老人听罢，怒气消去一些，抬眼朝柳语、秦淮、何莹三人慢慢望去。目光落到何莹的脸上久久不动。他眯起眼睛，似乎在回想什么事情。回忆一瞬，老人突然眼神狂乱，厉声喝道："你这贱人，你还有脸来见老夫？你给我滚开，快快滚开！滚得越远越好！不然，老子一掌打死你这贱人！"

张去病和三个姑娘惊愕不已，不知老人为何大骂何莹，吓得一脸茫然。张去病忙将三个姑娘拉到一旁，低语道："这老人神志不清，先前将我错认成殷独啸，此刻又将何莹认错人啦！"

老人颤巍巍伸出一个指头，指着何莹，怒骂道："你这贱人！你同殷独啸奸贼合谋害老子，天理难容，天理难容啊！你这贱人五岁时，你娘病死。老子将你当作掌上明珠，心肝宝贝！把你捧在手里，含在口里，对你百般疼爱，千般娇宠，辛辛苦苦一手将你抚养长大，你却毫不念骨肉亲情对老子下毒手！何君茹，你这贱人丧尽天良，心比毒蛇更毒，比猪狗不如！老子诅咒你下十八层地狱，坠入畜道，叫你这贱人永世不得超生！"

何莹"哇"的一声大哭起来，大声嚷道："你是谁？你是谁？你为何骂我娘？我娘是好人，不许你骂我娘！我娘是好人！呜呜呜……"老人惊愕住口，迷惑地瞪大眼睛怔怔望着何莹，道："你……不是何君茹？那么，你为什么长得像那贱人？"

何莹抽泣道："何君茹是我娘。我是她女儿！"老人一听忙探身上前，道："你是何君茹的女儿？你……叫什么名字？"

何莹道："我叫何莹！"老人瞅着何莹仔细瞧了一会儿，摇头道："小丫头胡说！何莹耳后有一颗朱砂痣，你没有，你不是何莹！"

何莹道："我有啊，不信，你瞧！"何莹说罢，转过身撩起耳旁的头发，张去病、柳语、秦淮三人一看，何莹的右耳背后果然长着一颗豆大的朱砂痣。

老人看见那颗朱砂痣，又眯起眼睛回忆什么事情，神色渐渐缓和下来。何莹转过身子看见老人怒气消退，怯怯问道："老爷爷，你怎么知道我耳后有痣？你是谁啊！"

老人惨笑一声，颤声道："你问我是谁？嘿嘿，你问我是谁？莹儿，你不记得了吗？我是你外公啊！"

此语一出，张去病惊得目瞪口呆，眼前这位虚弱不堪的老人，竟是武功天下第一的何野风？是威震武林的摩尼教教主？……这怎么可能？……他想这老人神志恍惚，保不定又说疯话。不禁摇了摇头。

何莹回头望着张去病，却欣喜异常道："去病哥哥，老爷爷说他是我的外公！哈，我找到外公啦！我要去告诉娘！"

张去病摇头道："何莹，你娘说，你外公云游天下去了，他怎会在这圣宫里？你外公是何野风。这老爷爷不是你外公，他不是何野风。老爷爷有病，他记不清自己是谁了，他错把自己当作你外公，把你当他外孙女了！"

老人一听勃然大怒道："臭小子，你胡说八道些什么？你说老夫不是她的外公，谁人是她外公？你敢说我不是何野风？臭小子，你过来，老夫叫你瞧一件东西，让你知道我是谁，闭上你的臭嘴！"

老人说到此四下张望一下，似在寻找什么，却没看见那东西，惊惶道："我的神杖呢？我的神杖呢？你们看见我的神杖在哪儿，快将我的神杖拿来！"

张去病恍然想起，他抱着老人走进圣宫时，随手将玉杖放在供桌上，忙道："老爷子别着急，你的神杖在圣宫里，我这就去给你拿来。"

他快步走进圣宫，从供桌上拿起玉杖，转身返回石室，将玉杖递到老人手里。老人急不可耐地伸手抓住玉杖，对张去病晃一晃，大声问道："浑小子，你瞧这是什么？"张去病摇头道："晚辈不知道。"

老人两眼睛一翻，傲然道："傻小子，你孤陋寡闻得紧！老夫告诉你，这叫摩尼神杖，它是摩尼教至高无上的圣物，唯有教主才能持它！你说，老夫倘若不是摩尼教主何野风，怎会持有这摩尼神杖？嗯？"

张去病仍摇头道："老爷子，你说这玉杖是圣物，晚辈不是摩尼教的人，不知你老人家说的是真是假，晚辈可不敢轻信！"

老人气恼道："你这个傻瓜蛋，你不信老夫的话吗？好，老夫再让你看一件东西，叫你开开眼界！"老人一面说，一面旋下杖头上的飞鹰雕饰，从杖头内取出一方酒杯大的印章来。那方印章用一块红宝石雕成，晶莹温润。上端镶嵌着一尊黄金神像，下端刻有莲瓣花纹，美轮美奂。

老人将印章朝张去病面前一照，道："傻小子，你看印面上刻的什么字？"张去病凝目一看，只见印章上刻的是四个弯弯曲曲的外国文字，他一个也不认识，只得一脸茫然地摇摇头。

老人道："傻小子，你不认得上面的字吗？"张去病道："老爷子，晚辈不认得。"

老人又道："印上刻的是'摩尼神印'四个字，这是四个波斯文字。此印名叫摩尼神印。你知道这神印是做什么用的吗？"

张去病一听，突然想起在摩尼岩上，金如尘说新教主接位，那接任状上须盖上摩尼神印，当教主才名正言顺。又说摩尼神印在老教主手中，没有摩尼神印在接任状上盖章，殷独啸当教主不符教规之言。他想，这便是金如尘说的摩尼神印吗？忙道："这个晚辈知道，这印是摩尼教教主的大印。倘若新教主接任，须得老教主在接任状上盖上这摩尼神印，并将这印和接位状转交给新教主，那新教主方才得到大伙认可。"

老人"咦"了一声，诧异地望着张去病，道："这是我教秘规，你这傻小子怎会知道？是何人泄露给你的？"

张去病道："老爷子，没人泄露给我。那是在摩尼岩上，我听那金如尘说过这摩尼神印，晚辈是以得知。"

老人怒道："金如尘这小子活倒转去了？怎会对你说起摩尼神印？怎能对外人泄露本教秘规？他喝醉酒对你说的吗？"

张去病摇头道："不是。金如尘没喝醉酒，他也不是对晚辈说的。是在贵教众人推举那殷独啸升任教主时，金如尘对大伙说的，他说殷独啸要当教主，须得在接任状上盖上摩尼神印才成……"

老人不等张去病说完话，大急道："等等，你说什么？众人推举殷独啸当教主？这是真的吗？是真的吗？"

张去病点头道："是真的，就是在今日上午，贵教众人坐在摩尼岩上，推举那殷独啸当教主，定于本月十八日举行新教主登位大典！"

老人焦急万分道："浑小子，此事真是真的？你没骗我？"看见张去病点点头。老人急得"哇"的一声嘴里喷出一口鲜血，又昏了过去。

老人喷出的鲜血溅在张去病和三个姑娘的衣衫上，四人浑然不觉。何莹扑到老人身上哭叫道："张哥哥，他是我外公，他真是我外公！外公，外公，你怎么了？

我和娘找你好久，好不容易找到你，你，你可不能死啊！"

柳语和秦淮跟着何莹流下热泪。张去病听见何莹的哭声，再无怀疑，眼前这位老人确是名震天下的何野风！只是不知这位威震武林的天下第一高手，怎会落到这般悲惨境地，他心头涌上一阵难过与痛惜，忙取出吴姥姥灵药"奇珍续命丹"捏碎，放入老人微张的嘴里，又慢慢喂水入老人口中，轻抹老人的前胸，帮助老人将药服下。又握住老人的手，从"关冲穴"上，将真气缓缓输入何野风体内。

何莹将小脸贴在老人手掌上，不住抽泣道："外公快醒醒，快醒醒！我娘好想你，她到处找你。找不着你娘好伤心！我这就去告诉娘，说你在这里，我叫娘来看你。你快醒醒！"

秦淮轻声道："大哥哥，这老爷子真是赵先生说的那位武功天下第一的何野风吗？"

张去病点了点头。秦淮又道："我看不像啊！这老爷子病入膏肓，哪像是威风凛凛的天下第一高手？"

柳语道："秦淮妹妹，老爷子此时患病，仍这么威仪逼人，想他壮年时，一定威风得很哩！"

张去病道："可不是吗？老爷子此时病入膏肓，但他武功仍神乎其技！适才我同老爷子交过手，虽说我穴位被封住行动不便，但老爷子将我制住那手功夫真令人拍案叫绝，此时我还想不出破解之法哩！"

忽听何莹欣喜道："张哥哥，快看快看，我外公的眼皮在动！"张去病转头一看，何野风的眼皮子果然在微微颤动。

何莹激动道："外公，外公，我是何莹，我是你外孙女，我在喊你，你听到了吗？你快醒来啊，我领你找我娘，去找你的女儿！"不知是何莹呼唤触动了何野风的神经，还是服药起作用，只见何野风脸上肌肉一抖，缓缓睁开眼来。

何野风一眼看见张去病，一把紧紧抓住他的手，万分着急道："傻小子，你快上摩尼岩去！快去！快去！"

张去病摸不着半点头脑，不知何野风为何急着叫他上摩尼岩去，忙道："老爷子，你叫我上摩尼岩去干什么？"

何野风道："老夫叫你上摩尼岩去，要你去阻止殷独啸奸贼篡夺教主大位！"

张去病一听惶惶道："老爷子，晚辈非贵教中之人，也不知那殷独啸有何劣迹，我如何阻止得了殷独啸当教主？我说的话贵教中人一定不相信。倘若动手打架，贵教高手众多，晚辈一人难敌，又怎么阻止得了殷独啸篡夺教主大位？"

何野风长叹一声道："唉，我真老糊涂了！这等难事，叫这傻小子去怎能办得了！可不叫你去办，难道就这样眼睁睁看着殷独啸奸贼篡位阴谋得逞吗？何野风啊，何野风！你当年叱咤风云一世英雄，怎会落到今日山穷水尽的地步啊！"

张去病见何野风一筹莫展，神情绝望。心中不忍，忙道："老爷子，你莫着急，你说说，你老人家怎会藏身圣宫内，那殷独啸又怎会阴谋篡夺教主大位，晚辈看能不能想出个法子，去阻止殷独啸那厮。"

何野风一听，沉默不语，两眼定定望着空中，似乎在回想一桩遥远的往事，又似乎在暗自权衡该不该说出他心中的秘密。他沉思一会儿脸上现出决然神情，长叹一声，才缓缓说道："报应呀，一切都是报应！这一切灾难，都起因于十五年前！"

张去病、柳语、秦淮一听，何野风说眼下的灾难起因于十五年前都吃了一惊。张去病道："老爷子，你说一切灾难起因于十五年前，莫非十五年前，那殷独啸便害得你老人家这般凄惨吗？"

何野风缓缓道："一开始，那奸贼倒还没对老夫下手。这件事来龙去脉，要从十五年前的一天说起。那天摩尼岩上张灯结彩，为老夫举办六十寿庆。各地堂主、摩尼、长老都前来为老夫祝寿，几千人云集摩尼岩上大光明宫前，欢声笑语，场面好不热闹！

"寿宴开始，众兄弟一个接一个向我敬酒，祝贺我福寿无疆，老夫满面笑容答谢众人之际，忽见当值长老苏远山走到席前躬身道：'禀报教主，山下来了一人，自称是从波斯摩尼教总坛的，说是专程前来为您老人家祝寿。教主见不见他？请示下。'

"老夫一听，心想近百年来波斯总坛同本教无交往，怎会突然间派人前来祝寿？这人可来得有些蹊跷！我转念又想，既然总坛派人来祝寿，便是为老夫捧场，没小觑我中土摩尼教。今日是老夫高兴的日子，这人既然来了，让他上摩尼岩来也无妨，我便对苏远山道：'苏长老，你将波斯总坛使者请上摩尼岩来罢！'

"苏远山转身去了片刻工夫，带来一个三十出头汉子。此人长脸方腮，双眉斜挑，高鼻薄唇，唇上蓄着短须，模样英俊凛悍。他手上捧着一个紫檀木盒，走到老夫面前躬身道：'在下殷独啸，前来为何教主祝寿。祝何教主福如东海，寿比南山！在下献上薄礼一份，望何教主笑纳。'

"苏远山从殷独啸手中接过紫檀木盒，放到老夫面前，老夫打开盒子一看，盒内寿礼却是一枚大印。那印章用红宝石雕成，印上端镶嵌着一尊黄金摩尼光佛像，下端刻有莲瓣花纹，极似传说中的摩尼神印。老夫拿起印面一看，果然刻有'摩尼神印'四个波斯字。再看那字体，亦同总坛早年发送我教文书上神印字体一样。

"老夫惊喜至极，但还不敢肯定它真是摩尼神印。因为一百多年前，我中土摩尼教同波斯总坛发生一场教务纷争，双方断绝往来。老夫只在教内收藏文书上见过此印文字，没见过神印实物，是以老夫心存怀疑，再拿起那枚印仔细端详。见印的石材是波斯产的宝石，印上雕刻的装饰，印身的大小长短都同书上记载的一模一样，老夫才确信它是摩尼神印无疑。"

张去病指着放在床头的摩尼神印，道："老爷子，这枚摩尼神印便是殷独啸送来的吗？"何野风点头道："正是这奸贼送来的。"

柳语道："老爷子，印章假造容易得很。这枚印章会不会是殷独啸仿造的？"

何野风摇头道："绝无可能。这枚摩尼神印的形状和大小，只在我教秘籍里有记载，唯有老夫见过。除了老夫，别说是外人，便是教内的兄弟，谁也不知摩尼神印是何材质，是何颜色。殷独啸奸贼没见过我教秘籍里的记载，他无法假造的。"说到此处，何野风诧异地问柳语，道："咦，小丫头，你是谁？"

张去病道："她叫柳语，是天山派掌门人柳寒峰前辈的女儿。"何野风道："柳寒峰女儿？柳寒峰女儿怎么会在这里？"

张去病寻思，先前我已将柳语被掳的事对老爷子讲过一遍，难道他头脑不清醒忘了吗？忙道："殷独啸派人将柳语姑娘掳上摩尼岩作人质，要挟柳寒峰前辈归降贵教。"

何野风怒道："殷独啸这奸贼干出绑架勾当，把我摩尼教的脸都丢光了！"回眸看见秦淮，又道："小丫头，你也是被殷独啸奸贼掳来的吗？你叫什么名字？"

秦淮道："我叫秦淮，我不是被掳来的。"一指张去病，道，"我同大哥哥来救柳语姑娘，便上摩尼岩来了。老爷子，得到这枚神印有什么好处，你老人家为何如此高兴？"

何野风道："小丫头，这枚摩尼神印，乃是波斯创教始祖摩尼用的大印，被摩尼教徒视为圣物。谁持有这颗神印，便可号令天下摩尼教派，天下摩尼教众不敢不从。这枚摩尼神印用处可大极了！

"但自古以来，这枚神印一直掌管在波斯摩尼教主手里，是以波斯摩尼教主可以号令天下摩尼教徒。老夫得到此印，我中土摩尼教从此便成为摩尼教第一大教，老夫便可对天下摩尼教徒发号施令，你说老夫怎不欣喜？当时老夫惊喜交加，实在是殷独啸送的这份寿礼太贵重了！"

张去病道："老爷子，殷独啸献上这份重礼，他心中有什么图谋？"

何野风道："当时老夫心头亦有此疑问，但没当众盘问他。等寿宴散后，老夫便将他带到室内盘问。老夫道：'殷教友在总坛身居何职？'

"殷独啸道：'禀报教主：在下在总坛忝列十大长老之一。'

"老夫又道：'殷教友原来是总坛的长老，失敬失敬。听殷长老口音，像是中土沿海一带人士，但不知你怎会远到波斯加入摩尼教？'

"殷独啸道：'回禀教主：在下自幼随父四处经商，常年贩货远到波斯做生意。

去波斯几年之后，在下信奉了摩尼光佛，便在波斯加入了摩尼教。'

"老夫又道：'何某有一事不解。摩尼神印仍是摩尼教圣物，由波斯摩尼教主执掌此印，那波斯摩尼教主号令天下教众，以此印为凭，他怎肯将如此重要之物当作寿礼送给老夫？这可大悖情理！'

"殷独啸忽然俯伏地上哭泣道：'何教主垂问，在下不敢相瞒。在下将摩尼神印献给何教主，并非波斯摩尼教主之意，乃是在下大胆所为！请何教主责罚在下未如实相告之罪！'

"老夫一惊，忙将他扶起，道：'殷长老此话怎讲？你送我此印，若非那波斯摩尼教主之意，殷长老又怎会得到这摩尼神印？这印从何得来，事关中土摩尼教和波斯摩尼教和睦，你须如实告诉老夫，不可有半点隐瞒！'

"殷独啸道：'何教主有所不知，一年前波斯摩尼教总坛发生内乱，老教主桑贾尼受重伤，在下冒死将老教主救出。老教主临死前身旁只有我一人，他老人家便把摩尼神印交给在下，要我为他报仇雪恨，重振波斯摩尼教。可在下是中土人，波斯摩尼教众视我为异类，不仅不听我的号令，反诬我谋害了老教主，群起围攻我，我万般无奈，只得带着神印逃回中土来。回到中土后，波斯总坛派人来追杀我，欲夺回摩尼神印。在下怀揣摩尼神印东躲西藏整日提心吊胆。逃亡途中，我听人说何教主英明睿智，将中土摩尼教整顿得好生发达兴旺，令在下心生仰慕。我寻思：这枚摩尼神印唯有我中土摩尼教才配执掌，只有何教主这样德高望重、四海宾服之人才配执掌摩尼神印，号令天下摩尼教徒。在下身为中土人，应当让摩尼神印物得其主，便斗胆前来为何教主祝寿，冒昧将神印献给你老人家。'

"老夫听了殷独啸这番话，心中寻思：我中土摩尼教同波斯摩尼教断绝往来已久，波斯总坛是否发生内乱不得而知。但摩尼神印一直掌握在波斯摩尼教主手里，倘若不是遭逢大乱，此印决不会落入他人之手，看来殷独啸之言有几分可信。

"老夫遂道：'想不到波斯教主遭此大难，实在令人痛惜！有道是天下摩尼教徒是一家人，既是如此，摩尼神印由我中土摩尼掌管也理所应当，何某也就不客气收下这份厚礼。只是不知殷长老送我这份厚礼，何某当如何回报？'

"殷独啸道：'在下不敢图任何回报。在下信奉摩尼光佛，矢志不渝。只求何教主将我收录麾下，庇护我免遭波斯摩尼教歹人追杀。这是在下唯一愿望！'

"老夫寻思殷独啸献宝，为求老夫庇护，这也合情理。但如此一来，我中土摩尼教便同波斯摩尼教结下仇怨。不过我教势大，波斯摩尼教势弱，老夫倒也不怕它。如此权衡一番利害，老夫便答应殷独啸入教。老夫道：'殷长老加入我中土摩尼教，何某欢迎之致。你在摩尼岩上住下，谅那波斯总坛杀手不敢上摩尼岩来生事！'

"殷独啸忙叩头道：'谢何教主收录在下，殷独啸唯何教主马首是瞻！'

"老夫又道：'据何某看，殷长老身怀上层武功，但不知师承何门何派？'

"殷独啸道：'在下会两手三脚猫功夫是家传拙技，不属任何门派。'

"老夫想考察他武功，看他所说是否有不实之处，又道：'殷长老能从波斯摩尼教高手围攻杀出，安然回到中土，武功定有过人之处。你不必自谦，请露两手功夫让何某长长见识。'

"殷独啸却连连摇手，道：'何教主神功天下无敌，在何教主面前，在下岂敢班门弄斧？'

"老夫道：'什么天下无敌？没有的事！那是武林中人抬爱何某，往我脸上贴金的过甚之词，何某哪有那么大的本事？殷长老，你既已加入我中土摩尼教，咱们便是教内弟兄，自家弟兄间演示武功，没什么不妥。你不要多虑，只管露两手！'殷独啸道：'既然教主下令，属下不敢不遵从。属下献丑了！'

"我二人走到室外小院里，殷独啸演示了一路拳法，一套指法，一套掌法。他这三门功夫果然不属任何门派，但每一门都有独到之处，寻常高手确是难敌。但老夫寻思：他要以这三门武功冲出波斯摩尼教众多高手围攻很难办到，莫非他还留了一手，没将最厉害的武功演示给老夫看？

"我又想：要不然便是那波斯摩尼教厉害武功失传，其高手功夫大不如昔。或是他知晓波斯高手武功的破绽，才得侥幸逃脱围攻？老夫心中虽然存疑，但一时难以判断是何种缘故，便先将殷独啸安顿住下。

"第二日，老夫为殷独啸举行入教仪式，当众宣布殷独啸送来摩尼神印立下大功，特许他加入我中土摩尼教。授他大摩尼之职，居四大摩尼之列。从此殷独啸这奸贼便混进我教，且占据了高位。"

说到此处，何野风精力不济，闭上眼睛歇息。张去病暗暗惊讶，十多年前发生的事情，何野风神志恍惚仍记得如此清楚！他不知这十年间，何野风一心想报仇，不知将这些往事反复想了多少遍，又怎么会记不清楚？等了一会儿，还不见何野风开口。

秦淮极想听下去，忍不住轻声问道："大哥哥，老爷子是不是睡着了？"

张去病对秦淮摆手，示意她别说活，让何野风睡一会儿。何野风却睁开眼，道："谁说我睡着了？"

柳语忙递小米粥给何野风，笑吟吟道："老爷子讲累了，快喝些粥润润嗓子。"

何野风接过碗喝了几口粥，道："嗯，这粥熬得不错！柳丫头端粥给我喝，想听老夫往下讲是不是？"

柳语接过碗，抿嘴笑道："哈，老爷子真厉害，一眼就看穿我的心思！"秦淮喜道："老爷子有精神头了！老爷子，你快接着往下讲啊！"

何莹忙道："不成不成！我外公有病，得让他老人家多休息一会儿。外公，你多歇一会儿再讲，别累着了！"

柳语笑道："啊呀，何莹小妹妹，小小年纪就会心疼外公了！"

何莹道："他是我外公，我好不容易才找到他，我当然要心疼他了！"

何野风听得眼眶湿润，伸手抚下何莹的头，道："莹儿别担心，外公无碍。这桩仇怨，外公以往从未对人讲过，一直埋在心里。十多年来它像块沉重的石头压在我心上，使我心头堵得慌。外公讲给你们听，心下好受一些……"顿了一顿，又道，"那殷独啸在摩尼岩上住下后，老夫对他仍不放心，派人暗中查看他的行迹。老夫又暗派人前往波斯总坛去查看实情，看那殷独啸所说一切是否属实。"

张去病道："老爷子派人去查到了什么可疑之处吗？"

何野风道："殷独啸这奸贼狡猾得紧，谎言编造得天衣无缝。派去波斯的人回来说，波斯摩尼教确实发生内乱，老教主也确实在内乱中死去，但死因众说纷纭。有说被毒死的，有说病死的，真相无法查清。殷独啸也真是波斯总坛一名长老，但他所说的一些细节无法核实。

"老夫派去暗查殷独啸行迹的人时时禀报，说并未发现殷独啸有可疑之处。还说这厮很会办事，待人谦和，出手大方，极肯助人，在教内颇得人缘，口碑极佳。老夫暗查这奸贼几年，一直未查出他的真相。时日一长，也就放松了警惕。后来他在教内立了几件大功，论功行赏，老夫便将他提升为右护法王。

"便在这时，发生一桩令老夫困惑的事情：一日我女儿何君茹这贱人突然对老夫说，她要嫁给殷独啸。老夫听了大为诧异，问道：'茹儿，你一直同左王蓝龙情投意合，为何不嫁给蓝龙，却要嫁给殷独啸？这贱人埋头大哭，不肯说出内情。老夫再三追问，这贱人才气恼道：'蓝龙他……他另有意中人了！'

"老夫一听，怒道：'真的吗？蓝龙这小子真另寻新欢吗？嘿，这小子竟敢如此对待我女儿，老夫叫他来问问！'

"贱人急道：'爹，你别问他！你若问蓝龙，旁人会说女儿搬你老人家强压蓝龙娶我！蓝龙会当我嫁不出去，非得嫁给他不可！求你老人家允许我嫁给殷独啸，让大伙看看，你女儿不是嫁不出去的女子！'

"老夫一听，寻思青年人相爱，斗气吵嘴是寻常事。我这女儿心高气傲极要面子，老夫不问蓝龙也罢。遂道：'茹儿，那殷独啸对你有意吗？'

"贱人忽然低下头，满脸通红道：'女儿听乳娘吴艳娇说，殷独啸对女儿心仪已久……'"

张去病忽然想起，在落霞坪时听见何夫人叫吴姥姥"乳娘"，便插话道："老爷子，那吴艳娇，可是病僧堂长老吴姥姥吗？"

何野风看张去病一眼，道："正是她。傻小子，你怎会认得吴艳娇？"

张去病道："何夫人到中原去找老爷子，晚辈在一个山谷里见过何夫人和吴姥姥。"

何野风忽然怒喝道："傻小子住嘴！别在老夫面前提那贱人！"张去病忙闭嘴，心想你自个儿不是一直在说她吗？怎么不许我提何夫人呢？但一看见何野风眼神散乱，似乎神志要失常，忙岔开话题道："是，咱不提她。老爷子，你答应你女儿请求没有？"

何野风道："老夫怎会答应？我只有这么一个宝贝女儿，怎能让她嫁给老夫不甚放心的人？我对那贱人道：'茹儿，虽然殷独啸对你有意，但爹不许你嫁给他！'

"那贱人恼道：'爹，这是为何？你老人家为何不许我嫁给殷独啸？'

"老夫道：'殷独啸入教不久，老夫对他所知太少，不甚放心，不能让你将终身托付给他！蓝龙人品才干出类拔萃，是个极难得的青年，你嫁给蓝龙很般配，爹可放心。你不可负气嫁给殷独啸，以免将来后悔！爹不许你赌气乱定婚姻大事！'

"那贱人恼道：'爹，那蓝龙心上有了别的女人，对女儿变心了，女儿决不嫁给他！女儿已拿定主意非殷独啸不嫁！爹，你别阻拦女儿，爹若不准我嫁给殷独啸，女儿便不想活啦！'

"老夫忙温言劝道：'茹儿，你娘早死，爹好不容易将你养大。爹望你找个好归宿才放得了心。乖女儿，你听爹的话，爹是为你一生好，才不许你嫁给殷独啸。你别使小性子，别闹死闹活的，好不好？'

"那贱人低着头不再说话，哭着走出屋去。老夫寻思，女儿家耍小性子过得几天便没事了。待她消了气，我再好好开导她，此后老夫也就再没将此事放在心上。没想过得几日，服侍那贱人的丫头慌慌张张来禀报老夫，说贱人不见了！

"老夫一惊：忽然想君茹这丫头五岁时便没了娘，自小老夫对她百依百顺十分娇惯。她外表文静，性子却高傲刚烈，她想做的事九头牛也拉她不回。难道这丫头犯了倔，真的寻了短见吗？老夫急忙派人四处去找她。

"众人找了几个时辰都说没找到小姐。老夫寻思：莫非那贱人没寻短见，而是下摩尼岩去了吗？不对，她每次下摩尼岩都会先对老夫说。这次为何不说一声便悄悄走了？啊哟，不好！难道她……她同殷独啸私奔了？想到此节，老夫忙叫人传殷独啸来见。过了一会儿，传话人回来禀报说殷独啸昨日就下摩尼岩去了，今日还未回来。

"老夫一听顿感大事不妙。便在此时吴艳娇急匆匆来见我，说在那贱人房门后发现她留下一张纸。老夫忙接过一看，纸上写着：'请爹爹宽恕女儿不辞而别。女

儿违抗父命，同殷独啸远走他乡。女儿不孝，望爹保重！'

"老夫看罢气得连连跺脚，骂道：'这贱人把老夫颜面丢尽！唉唉，平日都怨老夫太娇惯这贱人，太由着她性子，她才做出这等丢人丑事！吴长老，你要守口如瓶，不可对外声张此事！'

"吴艳娇道：'请教主放心，属下知道事情轻重，决不会对外人吐露半个字！教主，你老人家莫气恼，属下有个主意，咱们悄悄派人去将殷独啸那厮捉回来，小姐她自然也就会跟着回来了！'

"老夫摇头道：'吴长老，你是这贱人乳娘，从小看着她长大，你知道她性子刚烈。老夫倘若派人捉殷独啸，她便会拼命保护他，以死抗拒。她若有个三长两短，老夫对不起她死去的娘。唉，由他们去罢，老夫只当没有这个女儿！你下去吧。'

"得知那贱人同殷独啸私奔后，那一晚老夫彻夜难眠。这丫头从小跟在老夫身边，极少离开过老夫。她突然走了，老夫好像丢了魂魄，心都被掏空了。一连几日心里空空荡荡的。那一阵子老夫恨她，又思念她，若不是看在她死去的娘分儿上，老夫真想派人去将他们捉回来！后来教务繁忙，老夫才将这件事渐渐放下。"

张去病道："老爷子，你说那殷独啸已离开了总坛，不在摩尼岩上，后来他又怎能害你老人家呢？"

老人冷哼一声，道："哼！这奸贼若是一去不回那倒好了。谁知三年后，那贱人却带着他回到摩尼岩上来！"

张去病、柳语、秦淮三人听了皆是一惊。秦淮道："老爷子，那殷独啸的胆子可真不小啊！"柳语道："老爷子，那殷独啸敢回摩尼岩来，他不怕你取他性命吗？"

老人道："这奸贼既奸猾又大胆，他算准重回摩尼岩有惊无险，才敢回来见老夫！老夫记得那晚已打过二更。右法王房森悄悄进屋来禀报，喜滋滋地说道：'教主，属下前来禀告一个好消息！'

"老夫道：'什么好消息？'房森道：'小姐回来了！'老夫听得心头一震，冲口问道：'君茹回来了？真的吗？她在哪里？快叫她进来！'

"房森道：'小姐便在屋外院子里，属下这就去叫她进来。'

"房森转身正要出门去，老夫忽然怒气上冲，喝道：'房森，你别叫她进来。老夫不想见那贱人，你叫她滚，给我滚得远远的，不许来见我！'

"房森一愕道：'教主，你刚才说……'房森一看老夫脸铁青，不敢再多言，只得走出门去传老夫的话。没想到他还没出屋去，房门'砰'地被人撞开，那贱人竟然同殷独啸两人走进屋来，扑通一声跪在老夫面前。那贱人道：'爹，您老人家还在生女儿的气吗？'

"老夫将脸掉开，冷冷道：'我不是你爹，你认错人了！老夫没有你这个不要脸的女儿，你给我滚下摩尼岩去，永远别再来见我！快滚！'

"那贱人却不走，扑上前抱住老夫腿，大哭道：'爹，女儿这一生只有您老人家一个亲人，女儿怎能离开您老人家？您便是打我、骂我，女儿都再也不离开您了！爹爹，女儿一时糊涂任性做错了事，您就饶恕女儿这一回吧！从今往后，女儿不会再惹您老人家生气了！'

"老夫怒喝道：'你这贱人与人私奔！做出这等不知羞耻之事，还有脸来见我？若不是看在你娘在天之灵，老子今日一掌毙了你这贱人！我何野风没有你这不要脸的女儿！你滚！'

"那贱人忽然扬起头来，大声道：'爹，女儿生命是您老人家给的，您若不要女儿，不认女儿，您别赶我走，您一掌打死女儿罢，就当您从来没有生养过我！今日女儿无论如何决不离开爹，决不离开！'

"老夫一听火冒三丈，怒喝道：'小贱人你敢违抗老夫之命，敢以死来要挟老子，老子今日毙了你这不孝孽女！'老夫怒不可遏扬起手掌朝她头顶拍落。房森急道：'教主息怒！'一把将那贱人抓到一旁去。老夫恼道：'房森，这是老夫家事，你别插手！'

"房森小心翼翼劝道：'教主息怒，您老人家的家事，房森本不该多嘴多舌。但小姐她太年轻，年轻人犯错在所难免。小姐一时糊涂做错事，她已向您老人家认错。属下斗胆，求您老人家宽恕小姐这一回！'

"老夫还未说话，那贱人却道：'房法王别为我求情。我爹恼我与人私奔丢了他老人家脸面！只要我爹一掌打死我，能解他心头之恨，我愿死在他老人家的掌下！爹爹，你动手罢！'

"老夫本已怒火冲天，听贱人如此一说，如同火上烧油，怒加上怒，我喝道：'贱人找死！'我举起手掌要朝那贱人头顶拍下。便在此时，门外突然跑进来一个两岁大丫头，挡在那贱人面前，哭道：'老爷爷，求求你别打我娘！'

"老夫一愕，看着那丫头眼前出现幻觉，仿佛看见君茹年幼时模样。那丫头容貌长得同君茹小时一样：眼睛、鼻子、小嘴、发辫，甚至穿着的衣衫也是一样。蓦然间老夫想起君茹小时坐在我膝上，小嘴亲吻我的脸，咿咿呀呀同我说话的情景，手掌停在半空拍不下去。

"老夫道：'丫头，你是谁？'那丫头道：'老爷爷，我叫何莹。你干什么要打我娘？我娘惹你生气了吗？我求你别打我娘，我不许你打我娘！'

"那贱人道：'莹儿，不许对外公这般说话！他老人家是娘的爹爹，是你的外公。不许对外公不礼貌！快叫外公！'"

何野风说到此处，指指身边的何莹，道："这丫头鬼机灵，一听贱人说我是她外公，便一头扑进我的怀里，连连叫道：'外公，外公，莹儿好想你！我娘天天对我说起你，我娘也好想你！外公，莹儿求你别打我娘，好吗？'

"那贱人道：'莹儿，是娘不好。是娘做错了事，惹外公生气了！你快出屋去，让外公打娘解解气！你出去吧！'

"莹儿从老夫怀里抬起头来，道：'外公，你要打人才解气吗？那你打莹儿好了。可是莹儿怕痛，我只许你打一下，你要轻轻打。'莹儿说这几句话，声音腔调同君茹小时一个样。老夫心肠一软，手掌不由放了下来。我长叹一声，道：'罢罢！唉唉……你们都出去罢！'

"直到此时，跪在一旁的殷独啸奸贼才道：'教主，属下年轻莽撞，荒唐行事，犯下大错，谢教主不杀之恩！日后属下一定尽心为教主效力，将功补过！属下对着摩尼光佛发誓，一辈子要对君茹好。如违誓言天打五雷劈，属下不得好死！'

"老夫挥挥手，不想说话。房森对他二人使个眼色，几人全都退出屋去。他们走后老夫寻思：殷独啸虽不及蓝龙光明磊落，人还不算差，女儿嫁给他也将就。他俩既然将生米煮成熟饭，还有了女儿，老夫若是将他们一家拆散反倒害了莹儿。如此一想，老夫默认了这门婚事。"

柳语道："老爷子，这很好啊！但我不明白，既然你老人家默认了他们的婚事，那殷独啸为何还要同你反目成仇呢？"

何野风道："好什么好？你这傻丫头！倘若碰上殷独啸这奸贼，他将你骗去卖钱换酒喝，你还傻乎乎为他斟酒夹菜！"

张去病道："语儿，你别打岔，老爷子身子不好，说话很累。咱们听老爷子往下讲。老爷子，后来呢？"

何野风道："后来，这奸贼干成一桩重要事情，立件大功，老夫便提升他为副教主，让他协助老夫处理教务。老夫心想这小子有才干，人望也不错。再过些年老夫便将教主大位传给他。可是老夫万万没想到，我栽培的却是天底下一条最毒的蛇！"

说到此，何野风激动起来，张去病怕他发病，忙道："老爷子何出此言？后来那殷独啸究竟对您老人家怎么了？"

何野风冷笑一声，道："嘿嘿，傻小子，你问老夫何出此言？你往下听，便知道这奸贼对老夫怎么了！那奸贼回到摩尼岩后对君茹贱人百般恩爱，对老夫也非常孝顺，很得我们父女欢心，一家人倒也其乐融融，老夫丝毫未觉察他有何异样之处。

"如此过了一年。有一夜老夫在密室练功，一运内息，忽觉体内空空荡荡，一点内力也提不起来。老夫大吃一惊不知为何内力尽失。惊惶一阵忙镇静下来，仔细寻思是何缘由。我思前想后整整想了一夜，总想不出是什么缘故。

"第二日处理完教务，老夫当众宣告，说我要闭关练一门新武功，教内务暂由殷独啸打理。没有老夫传唤，不许任何人打扰我闭关练功！当着众人，我进入大光明宫密室内，那是老夫闭关练功的专用密室。

"进入密室后，老夫竭力寻思为何忽然之间，我几十年功力会突然不见？这究竟是什么缘故？老夫将种种可能都想遍，越想心中越惊悚。等到天黑我悄悄出了密室，从暗道里登上天柱峰顶。"

秦淮诧异道："老爷子，你不在密室闭关练功，怎跑到天柱峰顶上去，你去干什么？"

何野风道："傻丫头，老夫去躲藏起来，这都不懂吗！"柳语也不解，问道："老爷子，你去躲藏起来，这是为什么？"

何野风摇头道："这也是个傻丫头！这都看不出来吗？老夫一是为了保住老命，二是设法恢复功力！"

柳语惊道："保住老命？难道有人敢害你老爷子吗？天下谁有这么大的胆子！"

何野风道："谁有这么大的胆子，那时老夫还不知道。但在密室内经过一天思索，老夫最终断定：我的内力突然尽失，十有八九是遭人暗算！想不到在这摩尼岩上，竟然有人敢对老夫暗下毒手，老夫越想心中越惊！

"但这人究竟是谁，他使何种手段，让老夫不知不觉着了他的手段？老夫也没想出个头绪。只有一点可以肯定，此人还在摩尼岩上，他既然废了老夫功力，必然想置老夫于死地！此人就在老夫身边，极可能是二法王和四大摩尼之中的一人，也可能是服侍老夫的仆人。老夫若在大光明宫密室里恢复功力，他一定会潜入密室再对老夫下毒手！老夫只有藏到天柱峰上，他再谋害老夫便不容易了！"

张去病听得不寒而栗，道："老爷子，摩尼岩上如龙潭虎穴。你老人家武功绝顶，法眼如炬，谁要暗算你，真可谓比登天还难！那人竟然暗算你得手，他不仅胆大包天，而且心计太狡猾了！"

何野风道："此人胆量和手段，连老夫也不得不佩服！老夫心中始终有个疑团解不开：此人处心积虑暗算我，一定同老夫有血海深仇。但老夫待人一向宽厚，在教内从未与谁结下深仇大恨。那人对老夫下此毒手，究竟是何缘故？老夫登上天柱峰顶，心中一直在想此事。那一夜正是十五，月亮又圆又亮，老夫在峰顶上打坐，欲用我教祖师风云龙秘传之法恢复功力。我想只须三日，老夫功力便能恢复。待功力复原后老夫下峰去，非将那暗算我的奸人查出来不可！

"打坐到五更天时，老夫功力刚恢复一层，忽然听见有碎石滚落下峰去的响声。

老夫一惊，情知有人登上峰来！这天柱峰是本教禁地，唯有老夫能上来，其他人踏入半步将被酷刑处死。此人竟敢冒死上峰来，一定是那暗算老夫的奸人来了！此时老夫功力甚弱，要下峰避开他已来不及。情急之下老夫只得退到'圣宫'石室门前，盘腿坐在门口等他上来。过了片刻，冷月之下只见一个头戴斗篷的黑衣人跃上峰顶。斗篷挡住月光，老夫看不清他面孔，但老夫感到他浑身充满杀气，似乎对老夫怀恨极深！

"他陡然瞧见老夫，亦微微一怔，道：'何教主，近日可好哇？'他说话瓮声瓮气，憋着嗓子发声，不让老夫听出他是谁。老夫道'你是何人？竟敢闯入我教禁地！'

"那人道：'何教主问我是什么人？嘿嘿，你老人家心知肚明，我是来送你去见阎王之人！何必又明知故问？'

"老夫冷笑一声，道：'哼，你这奸贼连姓名也不敢报出，凭你这等藏头缩脑鼠辈，也想送老夫去见阎王？老夫纵横天下还没见过你这般狂妄之徒！今日谁去见阎王，嘿嘿，还未可知！'

"那人道：'何教主别装腔作势吓唬人，我知晓你功力已失。此时，你已经不是那个打遍天下无敌手的何野风了。说什么你纵横天下，那是老黄历，你唬不住我。我此时来送你上路，来得正是时候！'那人说罢朝老夫走近几步，忽又站住，似乎摸不准老夫是否真失去内力，仍对老夫心有恐惧。他伸手扯了扯面前衣襟，犹豫不决，一时不知如何对老夫下手。

"老夫见他心有余悸，叹口气道：'罢罢罢，没想到老夫失去内力被你这奸贼瞧破，老夫英雄一世竟会死在你这等鼠辈手里！不过老夫活这一大把年纪，也到该去见阎王的时候了。你让我自行了断如何？'"

秦淮听到此处，急道："老爷子，你怎能将实情告诉那人！他知你真的失了内力岂不是立即要对你下手吗？你怎的犯了糊涂？"

何野风摇头道："老夫不告诉他，片刻之间他也看得出来，那人奸诈异常，这种事瞒不过他的眼睛！"柳语急切问道："老爷子，后来呢？"

何野风道："后来，那人一听老夫之言，怒骂道：'何野风，你想自行了断？你痴心妄想！我为报这大仇，十几年忍辱负重，历尽艰险，好不容易等到这一天！嘿嘿，让你自行了断？你他妈的白日做梦，天下没有这等便宜的事！'

"老夫知那奸贼精心谋害我，自然想亲手杀我报仇，以解他心头之恨。我叫他让我自行了断，一来要让他相信我真的功力已失，麻痹大意。二来要激他气恼心气浮躁，老夫自救才有机可乘。

"老夫见那奸贼上当，便喝道：'奸贼，你既然要亲手报仇，那就过来赶快动手，还婆婆娘等什么！'老夫说罢闭上眼睛，不再言语。

"那人看老夫有恃无恐，反倒一愣，道'何野风，你要什么诡计？'他一面说话，一面往老夫身后石室张望，似乎怀疑室内藏有人。但石室的门关着，他看了一会儿，不见室内有何动静，突然狞笑一声跃上前来，呼地一掌朝老夫胸膛拍下。听那掌风，凭我数十年临敌经验，知他只用了五层内力。老夫心头一喜，仍端坐石门前巍然不动。"

秦淮奇道："老爷子，你怎能坐着不动？你不怕他打伤你吗？"

何野风傲然道："小丫头，老夫若是让人随便打伤，我还叫何野风吗？"

张去病道："老爷子，晚辈愚钝。那人要取你性命，他为何只使出五层内力，不全力出掌击你，这是为什么？"

何野风道："傻小子，那人极狡猾！他仍疑心老夫功力未失，他若全力出掌拍向老夫，他担心老夫使出'日月双环功'将掌力反弹回去伤他。他拍这一掌是投石探路，是在试探老夫内力虚实，若是探出我内力全失，他第二掌便会痛下杀手。若是探出我功力未失，他便会转身逃走。"

柳语担心道："老爷子，你说，你见那人只使出五层内力，心中一喜，你高兴什么呀？他若是这一掌探出了你的虚实，第二掌跟着拍来，你老人家岂不是要遭殃吗？"

何野风傲然道："哼，柳丫头，你道老夫是何人？若是让那奸贼一掌便探出老夫虚实，老夫还是纵横天下的何野风吗？他一掌拍来，老夫端坐不动，当他一掌打在老夫胸上瞬间，我运起刚才恢复的一层功力，施展'日月双环功'将他的掌力移到背靠的石门上。石门受力一震开了一扇，老夫身子稳稳端坐，不动分毫！"

"那奸贼瞧见老夫安坐如山，浑然无事，吓得身子一哆嗦，惶恐万状道：'老贼，你，你……你使诈，你骗我！你没失去功力！'

"老夫冷笑一声，骂道：'狗贼，瞎了你的狗眼！老夫早已练就金刚不坏之躯，你焉能暗算得了老夫？适才老夫懒得出手，让你出手自取灭亡，没料到你这贼子奸猾只使出五层掌力！此刻你知道上当，晚了！把你吃奶本事使出吧，看你去见阎王之前能在老夫手下走得了几招！'

"老夫说着缓缓从石室前站起身来。那奸贼一看老夫起身，吓得魂飞魄散，惊恐大叫一声撒腿飞逃，一眨眼逃下天柱峰去。"

秦淮大笑道："老爷子，你可真会吓唬人，你比那贼人更狡猾啊！"

张去病忙道："秦妹，不许乱说话！这不叫狡猾，这叫斗智不斗勇。老爷子为了自保，不得不用智计吓退那人！"秦淮朝张去病做个怪相，不再说话。

何野风又道："傻小子说得对，到万不得已之时，老夫也会装神弄鬼使诈唬人！老夫见那奸贼人逃走，心下松了口气，急忙转身走进石室，跃上第三个护法金刚头上坐下，闭目养神等那奸贼再来。"

柳语急问道："老爷子，那人不是被你吓跑了吗？他怎么还会再来？"

秦淮也道："是啊，那贼人都跑了，老爷子你还待在峰上做啥？你赶紧下峰去叫你教高手帮你恢复功力啊！"

何野风摇头道："两个傻丫头，老夫那时还不能下峰去，那奸贼他没有真的逃走！老夫见他逃下天柱峰去，随即又听见他向峰上攀登。我在金刚力士头上坐一瞬间，便听见他攀到峰上，藏在一块石背后偷偷窥探老夫动静。那时老夫若下峰去，我身法滞缓，奸贼便能看出老夫失去内力追上来取我老命！"

秦淮不解道："老爷子，你老人家跃上金刚力士头上坐着等他，那又是为何？"

何野风道："老夫是等那奸贼来再同他斗一斗智！那奸贼趁老夫不备，使诡计暗算老夫。老夫要在他全神戒备，两眼大睁之际，暗算他一回！叫他知道：天下无敌的何野风便是失去功力，照样能将他毙了！"

张去病听见何野风在生命危急关头仍豪气干云，不由大为钦佩。心想何老爷子真是大英雄大豪杰，号称天下第一高手并非浪得虚名！秦淮和柳语二人却想，何老爷子失去功力如此冒险，可危险得很啊！但她们不知何野风如何再与贼人斗智，又都静静望着何野风，等他解开心中谜团。

何野风续道："果然不出老夫所料，那奸贼偷窥片刻，不见老夫有何动静，便小心翼翼地朝石室走来。他走到石室门一丈远处，生怕老夫出手攻击他，身子快捷地从门前来回闪过几次。见老夫坐在金刚力士头上一动不动，他才大着胆子站在门前。瓮声瓮气地喝道：'何野风老贼，你太老奸巨猾，小爷差点又被你骗了！'

"老夫道：'你这奸贼异常狡诈，老夫知道骗不了你这奸贼！老夫问你，你如何知道老夫骗了你？'

"那奸贼道：'哼，老贼，刚才我拍出一掌试探你功力可在。你接下我一掌身子却纹丝不动，我以为你功力未失，一下吓昏了头转身就逃。可我跑出一段，却不见你这老贼追来。哈哈，这就暴露了你功力已经失去！'

"老夫淡淡道：'奸贼，你就不怕你想错吗？你就不怕万一老夫功力尚在，你这不是自投罗网，转身回来送死吗？嘿嘿，你奸诈得过头了！'

"那奸贼却道：'何野风老贼，这一回你吓唬不了我了！倘若你功力未失，你焉能放我逃走？且不说我要杀你，你不会放过，便是闯入圣宫禁地，你也不会放过我啊！你若功力尚在，以你的武功，追上来将我一掌击毙并非难事！你却不追我，任我逃逸，嘿嘿，这便暴露你功力已失！何野风老贼，这一回我非取你老命不可，你难逃一死了！'

"那奸贼扬扬得意地说到此处,又伸手扯一下面前衣襟。老夫先头见他这么扯过衣襟并未在意。此刻又见他伸手扯面前衣襟,老夫蓦然间想起有一个人说话得意时,也有这种扯前襟的习惯动作。我大吃一惊:心想这个暗算我的奸贼难道是那人?这……怎么可能?一时间老夫难以置信!我试探喝道:'殷独啸!你用斗篷遮住面孔,就当老夫认不出你这奸贼吗?你如此藏头露尾算什么鸟男人?你倘若是条汉子便露出脸来说话!'

"那奸贼浑身一震,又吃惊又迷惑道:'你……你……怎会认出我来?'

"老夫怒道:'狗贼,老夫纵横天下之时,你这贼子还没生下来!老夫闯荡江湖数十载,什么奸诈之徒没见过!你要这点小把戏,又怎能骗得过老夫?任你这厮如何乔装改扮,休想瞒过老夫这双眼睛!'

"那奸贼阴笑一声,抬手掀去斗篷,道:'何野风老贼,你果然厉害!适才我遮住面孔是担心你功力未失,怕你认出我来,难逃你毒手!眼下你功力尽失,将丧命我手下。你认出我来,难道我还怕你吗?不错我便是殷独啸!你又能将我怎的?'

"老夫一看,那奸贼人果然是殷独啸,心中顿时冒出许多疑问,冷冷道:'殷独啸,老夫问你几件事,你敢不敢如实回答?'

"段独啸狞笑一声,咬牙切齿道:'老贼,你死到临头,我还有什么不敢说的?你只管问!这天柱峰无人敢上来,你想拖延时间等待人来救你,那是枉然!我来报仇,便是要你知道我是何人,要你知晓你要为当年做下的罪恶付出惨痛代价!我要叫你这老贼含恨死去,叫你死不瞑目!'

"老夫淡淡道:'老夫忽然失去功力,一定是你这奸贼下的毒手了?'

"殷独啸奸贼狂笑道:'哈哈哈,不错,正是殷爷做的手脚!何野风,你天下无敌威震八方,没想到会有今天吧,更没想到会栽在我手里吧?'

"老夫道:'不错,老夫确实没想到会被你这奸贼暗算!我心细如发,防备甚严,你使何种手段叫老夫着了你的道儿?'

"那奸贼扯扯面前衣襟,扬扬得意道:'老贼,前天晚上,你女儿给你送来一碗参汤,你喝了是不是?爷在那参汤里下了奇毒化功散,暗中将你一身天下无敌功力化去。哈哈,那化功散厉害无比,你纵有天大本事,也休想再恢复功力!小爷要让你也尝尝一身绝世武功被废的滋味!哈哈哈……这滋味不好受吧?'

"老夫沉声问道:'小贼,君茹可知你的奸计?'

"那奸贼道:'不错,你那宝贝女儿和小爷是同谋!小爷拿出一根用化功散喂制过的老人参,骗她说是我下山买来的千年老参,让她熬参汤给你喝,她便乖乖熬成参汤送到你手上。任你老贼精明过人,又怎会想到你宝贝女儿会端毒汤害你?哈哈哈,你这女儿对你可孝道得很哪!'

"老夫听得心里冒起一阵寒意。从这小贼的话听来，君茹似乎不知他的奸计，但却无意中成了他的帮凶！我转念又想：君茹虽然受这小贼蒙蔽，但起初她若不与这奸贼私奔，不引狼入室，这奸贼又如何能假她之手害我？没有那贱人大胆妄为，老夫岂能被这奸贼暗算？挖根掘源，都是君茹这贱人害了老夫！没想到老夫纵横天下，英雄一世，到头来竟被自己女儿所害！如此一想老夫恨死那贱人！

"但为不让殷独啸奸贼看出我内心愤怒，感到快意。我脸上丝毫不动声色，又问道：'奸贼，我道你用什么高明手段暗算老夫，原来是借我女儿对老夫下手，你这种卑鄙手段真他娘的太丢人了！'

"那奸贼恼恨道：'老贼，你心智极高，武功无人能敌，又是摩尼教主，你人多势大，天下谁也奈何不得你！小爷不用这卑鄙手段怎能将你除掉？只要能除掉你这老贼，报得大仇，哪怕使用世上最卑鄙龌龊的手段，我殷独啸也全不在乎！'

"老夫道：'这可奇了，老夫原本与你素不相识，同你有什么深仇大恨？你口口声声说要报仇，究竟是为何人报仇？报的是什么仇？你说来听听。如有其事，你尽管动手，老夫连眼皮也不眨一下！'

"那奸贼勃然大怒，喝道：'老贼，你同殷爷是不相识。但你同一个人相识，你害得他身败名裂，家破人亡，你便同殷爷结下不共戴天的血海深仇！你问殷爷同你有什么仇恨，殷爷同你有杀父的深仇大恨！'

"老夫大吃一惊，忙问道：'你父亲是谁？我又怎的害得他身败名裂，家破人亡？'那奸贼从牙缝里挤出三个字来。老夫一听惊疑半晌，久久说不出话来。"

张去病、柳语、秦淮三人齐声问道："老爷子，殷独啸说的那个人是谁？"

何野风长叹一声，道："他说的那人，名叫独孤天！三十几年前，此人同我教结下仇怨，他同老夫比武被我擒住，老夫废了他武功。没想到三十几年后，他儿子千方百计来找老夫复仇！唉，这真是冤孽报应啊！"

张去病和秦淮听过何野风斗败独孤天之事，顿时恍然：原来殷独啸是为独孤天报仇。可那独孤天被何野风擒住，何野风只废了他的武功，叫童三界将他押回摩尼岩，没有取他性命，独孤天怎么死了呢？难道后来又发生什么变故吗？

却听何野风道："老夫怔了瞬间，才道：'奸贼，你姓殷，并不姓独孤，那独孤天怎会是你爹？你来为他报仇，你究竟是独孤天的什么人？'

"殷独啸惨笑一声，悲愤道：'老贼，我本不姓殷，为了报这深仇大恨，你害得我改名换姓二十多年！今日手刃你这老贼之际，殷爷将真名实姓告诉你！我本名叫独孤云。独孤天是我爹！我娘姓殷，为了报仇，我取我娘和爹的姓改名殷独啸。这十几年我绞尽脑汁复仇，今日终于叫你这老贼落到我手里！'

"老夫一听点头道：'看模样，你有几分像独孤天，性子同他也有几分相似。

三十年前，你爹败在老夫手下，老夫废去他的武功，并未取他性命。在将他押回摩尼岩的途中，老夫有事离去，你爹使诈骗过押他的人半路上逃走了。你说老夫害死你爹，害得你家破人亡，老夫想不明白，你爹逃脱后出了什么事？不过这且不说它，你要报仇尽管动手，老夫决不皱一下眉头！'

"殷独啸奸贼喝道：'老贼，你道我诬赖你吗？我爹被你废了武功，从你魔掌下逃脱后，他老人家生怕被仇家认出，便自毁容貌，历尽艰辛回到子午岛上。我爹是何等高傲之人，被你害得如此惨，他怎能咽下这口气？回到岛上当日，我爹对我母亲说了败在你手下的经过，他抚着我的头，叫我长大为他报仇。大叫三声便含恨死去！我母亲强忍悲痛带着我去见子午岛主，对岛主禀报我爹死因后，便一刀刺进心窝，也随我爹而去！老贼，我一家人就这样被你害得家破人亡！你装什么傻？'

"老夫听罢心下歉然，道：'你爹娘结局如此，实非老夫所愿。不过他们之死，是因老夫而起，你来找老夫报仇理所应当！这叫一报还一报，老夫无话可说，也不想说！只是你小小年纪，怎会想出如此阴毒的复仇诡计？老夫料想，你身后定有能人为你出谋划策，那位高人是谁？'

"殷独啸奸贼道：'老贼，我爹娘去世时，我才八岁，但我爹娘惨死一幕深深刻在我心上。子午岛主是我爹师父，我爹死后，他老人家抚养我到十六岁时对我说，你这老贼武功极高，又狡诈，身后有摩尼教众多高手，若用平常之法报仇只怕报不了！我问他如何才能报仇？他老人家说，我须加入摩尼教想法子混到你身边，才能寻机下手报仇。岛主说他与波斯摩尼教教主有些交情，他送我去波斯加入摩尼教，叫我在波斯摩尼教弄到一件信物，再回来混入中土摩尼教，获取你老贼信任，伺机对你下手！'

"老夫一听着实吃了一惊。我早就听说那子午岛主是位海外高士，却没想到他的智计如此了得！我叹口气，道：'子午岛主如此老谋深算，果真是一位高人隐士！你这小贼混入波斯摩尼教后，定是极力骗取波斯摩尼教教主欢心，才当上一名长老，是不是？然后，你挑起波斯摩尼教发生内乱，便盗取摩尼神印来骗老夫，是不是？'

"那奸贼惊异道：'何野风老贼，你果然厉害！你说得不错，我要想骗你这老奸巨猾之人，只有送你摩尼神印才能讨你欢心！于是我用巧计挑起波斯摩尼教内乱，趁乱毒死波斯摩尼教老教主，盗来摩尼神印诱骗你。哈哈，我这一招很灵，老贼你果然上了殷爷的当！'

"老夫道：'然后，你想更接近老夫便去骗君茹那丫头，是不是？只是老夫一直纳闷，君茹本来同那蓝龙好好的，怎么会忽然间闹别扭？你这小贼用何手段破坏他们情感，让君茹改变了主意，非要嫁给你不可？'

"那奸贼得意地哼了一声，道：'何野风老贼，这只怪你女儿太傻！我上摩尼岩后，那明晦堂的宋绮姑娘对我一见倾心，我便利用这丫头的痴情，小小使了一计。有一日，我模仿蓝龙笔迹，暗中将一张纸条塞进你女儿房里，约她夜里在后山同我幽会。到了晚上，我扮成蓝龙模样，把宋绮约到后山搂着她亲热。那晚夜色朦胧，你女儿去到后山看见小爷抱着宋绮亲热，误把我当成蓝龙，她大喝干醋，一怒之下同蓝龙断绝往来。小爷趁虚而入，时常买礼物送她，满嘴甜言蜜语骗她。没多久，小爷便将你女儿哄到了手！'

"那奸贼说到此处，仰面一笑，又道：'老贼，你废了我爹的武功，小爷废了你的武功，这个仇，我为我爹报了！老贼，你害死我爹娘，我奸你女儿，取你老命，这个仇我也为我爹娘报了！'说到此，那奸贼又恶狠狠地补一句：'哼哼，这事还没完，殷爷还要让你加倍偿还血债，叫你老贼死得胆战心惊！'

"老夫听出那奸贼话中有话，又淡淡问道：'奸贼，你已废了老夫武功，害了我的女儿，取我的性命，该报的仇你都报了，还能将老夫怎的？难道老夫死后，你要将我碎尸万段，出你心中鸟气吗？'

"那奸贼冷笑一声，道'哼，将你碎尸万段，那算什么加倍偿还血债？当年我爹要将摩尼教收录麾下，做天下武林总掌门人，殷爷要实现我爹遗愿。杀你老贼后，我要篡夺你老贼教主之位，做你摩尼教教主，叫你老贼输得干干净净！'

"老夫听得心惊，寻思这奸贼武功不及他爹，心计却比他爹厉害得多，也恶毒得多，我教可危险了！如此一想老夫道：'奸贼，你别高兴得太早！你想篡夺老夫教主大位，那是白日做梦！我教祖师遗令，当教主之人必须会《玄秘宝典》最高武功'日月双环功'，你会吗？你没有《玄秘宝典》，永远练不成我教最高武功，大伙决不会拥戴你当教主！'

"那奸贼忽然哈哈一笑，道：'何野风老贼，你说殷爷没有《玄秘宝典》吗？哈哈，你瞧这是何物？'说时，他从怀里摸出一册经书将那封面对着老夫，又道，'你教神功秘籍《玄秘宝典》，早落在殷爷手里啦！'

"老夫一看，正是《玄秘宝典》下卷。我惊愕道：'奸贼，你几时盗去了经书？啊，老夫想起来了！去年摩尼岩上来了一个武功极高的盗贼，藏经楼上《玄秘宝典》便不见了！老夫以为是那贼人将《玄秘宝典》盗去，没想到却是你小贼偷走了经书！《玄秘宝典》有上下两卷，你手上只有下卷，那上卷经书呢？'

"那奸贼道：'我在藏经楼上盗得《玄秘宝典》正打开翻看，突然有人从我手上将上卷抢去。即便如此，我手里有下卷《玄秘宝典》，也能练成上面武功，篡夺你老贼的教主之位，有何难哉！'

"老夫冷笑道：'奸贼，你在做梦！宝典你已翻看过，你认得书上的字吗？老夫敢说你一个也不认识！那是我教祖师风云龙独创的文字，只有教主才识得。没有老夫教你，你不识宝典上的字，纵然盗得《玄秘宝典》也枉然。'

"老夫又道：'本教一切武功皆以我教独门内功为根基，而练内功的法门全在上卷宝典里。老夫传给你的"玄阴化密功"，你只练到五层还差得远，何况你还不会"赤阳化密功"！而练"日月双环功"的人必须身兼这两门内功，你没有上卷宝典，便不能练成这两门内功，你想练成"日月双环神功"那是痴心妄想！你练不成《玄秘宝典》上最高武功，便当不上教主，你的阴谋诡计永远实现不了！'"

张去病听到此处，陡然想起，凌霄老人讲述他当年夜上摩尼岩撞见一个蒙面人到藏经楼盗书，老人从那人手里夺得一卷书。后来老人打开那卷书看却不识书上文字。老人找了许多胡人辨认，竟没有一人认得书上的字。他想：莫非师父抢去的那卷书便是《玄秘宝典》的上卷？倘若是上卷《玄秘宝典》，那书还藏在悬空岛上密室内哩！

何野风又道："岂料殷独啸奸贼听了老夫之言，道：'老贼你听着！'只听他大声背诵道：'二宗明晦，三际光明。是以武学之道，如周天暗起，轮转阴阳，势走乾坤。我教天罡摩尼掌、玄天指法、"极乐指法"、幻阳血爪、九凝寒掌、风云摩尼棍、二际摘星手神妙武动，无不起手明晦，收手光明；吞吐阴阳，纵合乾坤……'

"老夫一听，那奸贼背诵的正是下卷宝典的武功总诀！虽然背得不准确，有错漏，但也令我大为震惊！我顿时脸色大变，骂道：'奸贼，你怎识得经书上的文字？是君茹那贱人教你的是不是？该死的贱人！竟敢违犯教规私泄我教重大隐密，老夫决不轻饶她！'

"那奸贼得意扬扬道：'何野风老贼，你已输得精光，暴跳如雷晚了！念你女儿同我夫妻一场多少有些情分，此事我不冤枉她。实话对你说吧，你女儿不知我盗得经书，也没教我认识经书上文字。是我诓她说出背诵宝典秘密，又哄她将宝典背给我听，殷爷便牢记在心，反复琢磨，猜出了经文一些含义。嘿嘿，我不识宝典上文字，也能练成《玄秘宝典》武功，照样能将你教主之位夺到手！'"

秦淮插嘴问道："老爷子，你是不是记错了，刚才你说除了你之外没有别人识得宝典上的文字。那殷独啸说何莹的娘能背诵宝典，她不也认得书上的字吗？老爷子，你是不是弄错了。"

何野风摇头道："老夫没记错！小丫头你不知道，那贱人虽然能背宝典的内容，但她也不认得宝典上的字。当年我教祖师风云龙立下一条秘规：《玄秘宝典》上的文字只能传给教主，决不许传给第二个人。

"但为防教主突遭不测，他老人家担心后任教主不认识宝典上的文字，便又立下一条规定：教主可让一个最信赖而又不会武功之人，将宝典经文秘记在脑子里。

老夫按此教规便将经文口述给君茹那贱人听，让她背诵下死死记在脑子里，并叫她严守秘密。没想到这贱人经不住殷独啸诱哄，竟将宝典经文泄露给那奸贼，也没想到那奸贼竟能猜出经文一些含义。老夫瞧着殷独啸那得意忘形的样子，气得说不出话来。"

秦淮、柳语、张去病三人一听才明白其中的缘由，都不约而同地"啊"了一声。

柳语问道："老爷子，那殷独啸偷去《玄秘宝典》下卷，又将何莹的娘背出的宝典内容记在心上，他后来练成了宝典最高武功没有呢？"

何野风道："那一定没有。他只偷去《玄秘宝典》下卷，没偷到《宝典》上册，他只知道一些粗浅练功口诀，没有图谱参照着练习。我教内功图谱画的真气在经络和穴位运行线路极是复繁，没有图谱参照，他若自己乱练，必走火入魔，浑身瘫痪！

"而那《玄秘宝典》下卷，绘的是我教各门武功招式图。殷独啸那奸贼只会一点'玄阴化密功'的粗浅心法，不会半点'赤阳化密功'。他即便拿着下卷《宝典》学会上面的招式，没有我派浑厚内功做根基，也没有什么威力！"

秦淮追问道："老爷子，后来呢？殷独啸奸贼对你下毒手了吗？"

何野风摇头道："那奸贼不想让我死得痛快，他想羞辱我一番，再对我下手。他又道：'何野风老贼你气恼吗？你年纪大了，气伤了身子可不好！你千万别气得一命呜呼，别让我白忙一场！手刃你之前，我再同你聊一会儿，殷爷要享足复仇的快意！'

"老夫听到此处冷冷道：'奸贼，老夫一生经历无数大风大浪，什么阴毒小人都见过。像你这种满肚子坏水的东西，老夫见多了，你想羞辱老夫？你同你老子独孤天比起来，差得太远！你爹至少还是个堂堂男子汉，还有几分英雄气概，你纯粹是一个阴沟里爬出来的卑鄙小人！你要报仇就赶快动手，别在老夫面前尽放臭屁！'

"殷独啸那奸贼狞笑一声，道：'老贼，我爹就是太有大丈夫气概，太爱逞英雄，同你比什么鸟武功才遭你算计，栽在你的手里，我可不会上你的当！在你临死之前，我有四个毒计索兴都说给你听：第一计，是今日将你除掉后，我便散布谎言说你打理教务累了，外出去云游四海，命我暂代教主之权，这样便将教内大权抓到我手上。第二计是，我再骗你女儿将《玄秘宝典》全部背我听，我暗自将经文录下，把你教武功秘籍骗到手里。第三计，是诬陷你女儿同蓝龙有染，将她囚入暗牢，叫她永不见天日！第四计，是设法在教内挑起纷争，制造内乱，叫你摩尼教人自相残杀，自我灭教！如若不成，殷爷便将教内头目招集拢来，下毒将你的徒子徒孙一齐毒死在摩尼岩上！殷爷要把你的摩尼教毁掉、灭掉！老贼，这便是你死后的情景！想到这番情景你死能瞑目吗？哈哈哈……'"

张去病和柳语等人听得不寒而栗。柳语叫道："殷独啸这人太狠毒了，啊呀，天下竟有这种恶毒之人！"

秦淮却叫道："老爷子，你别怕，那奸贼是吓唬你的，他没那么大的本事！"

张去病道："你们莫嚷，殷独啸诡计若得逞，老爷子便活不到今天了！他这人心性太恶，记恨太重，诡计难成！"

何野风点头道："傻小子，你这句话说得不错！那时老夫听见他这四条毒计，心中又惊又怒。但转念一想：人算不如天算，世上坏人算计多多，到头来又有几人的阴谋诡计能得逞？

"如此一想，老夫淡淡道：'奸贼，你的如意算盘打得不错。不过你同你爹一样野心太大，难成其事。当年你爹想凭他的武功降服各门派，要做天下武林总掌门人，倒也还算光明磊落。可他到头来却弄得身败名裂，家破人亡！你想使阴谋诡计整垮我教，你的下场将比你爹更惨！俗话说人死如灯灭，老夫死后，你的什么诡计老夫看不见，也听不着了，管不了这许多！老夫大限既到，不听你翻肠倒肚吐污秽，我偏不让你这小贼享受亲手杀我的快意！'

"说时，老夫忽然举起手掌朝自己头上拍下。殷独啸大急，欲抢先毙了老夫亲手报仇。他纵身跳到四个金刚力士当中一掌向我拍来。老夫挥掌自毙正是要诱他跃进室内。见他中计，我忙启动金刚力士头上机关，四个金刚力士突然挥舞铁杵砸向这奸贼。他万没料到石室内布有机关，猝不及防，一时手忙脚乱仓促招架，侥幸躲过三个金刚力士的铁杵，却被第四个金刚力士的铁杵打得飞到石室外去！岂料在这瞬间，他拼死向老夫打出一把毒针。老夫闪身避躲毒针，功力不逮，脚下踩动翻板便掉下陷阱里。"

张去病道："老爷子，石室内机关端的厉害！晚辈被那四个金刚力士困住险些丧命铁杵之下！我好不容易冲出铁杵的围攻，又差点被暗箭射中。躲开了暗箭也踩开了翻板，掉到了陷阱里！"

柳语道："可不是吗！我和秦淮带着何莹跨进石室，刚走得两步脚下一空我们都落到了老爷子捕人的大网里！"

秦淮道："老爷子，那机关是谁安的？这人太聪明了，太了不得了！"

何野风道："那石室内的机关，是我教风云龙祖师布下的。他老人家聪明绝顶，不仅武功睥睨群雄，而且智慧也冠绝天下。他在石室内布下六种机关，进室之人只要误踏一种，六种机关便连锁启动，任你武功再高躲得开一种机关暗算，躲不开另一种机关暗算，一定会落入陷阱之中！历代以来只有教主一人知晓机关的秘密，也只有教主一人知晓石室下面暗藏着真正的圣宫！"

秦淮道："老爷子你掉进陷阱，后来又如何呢？你的功力恢复没有？你去找殷独啸那奸贼报仇了吗？"

何野风道："老夫掉入陷阱后，我熟知机关便由一条秘道进入圣宫里。那时老夫心想：我只须在圣宫内用三天恢复功力，便可出去毙了殷独啸那奸贼。岂料我练了三日功，功力却始终只能恢复到一层。

"起初，老夫还以为是用时不够，便接着再练。一连不断练了三十日，功力还是只恢复一层，无论如何再也恢复不上去。老夫心下奇怪，却不甘心。后来我整整苦练了一年，功力依然毫无增长。"

张去病道："老爷子，你为何不回到摩尼岩去，叫蓝龙等高手助你恢复功力呢，那样岂不恢复得快些吗？"

何野风摇头叹道："傻小子，老夫何尝不想？但老夫回不去了！风云龙祖师为防止外人进入圣宫内，他老人家用一块巨石将那条通往摩尼岩的秘道堵住，只有教主运起'日月双环神功'才能挪开那巨石。但那时老夫功力已失，又怎能挪开巨石回摩尼岩去？是以老夫被困在圣宫内无法回去了！"

柳语忙道："老爷子，这圣宫难道就没有第二条通向外面的秘径吗？"

何野风摇摇头道："傻丫头，若有第二条秘道，老夫还会被幽禁在这圣宫里十年吗？"

秦淮忙安慰何野风，道："老爷子，你别发愁。我大哥哥力气大得很，他能挪开巨石。我大哥哥他武功很高，他一定能助你老人家出圣宫去！"

何野风转眼看了看张去病，又摇头道："小丫头说得不错，这傻小子能打破四个金刚力士围攻，他武功是极罕见。但这小子不会我教的'日月双环神功'，任他内力再强，别的武功再高，他也挪不开那巨石！"

老人说到此摇头长叹一声，又道："唉，小丫头，别说什么助老夫脱困，眼下你们四人也出不去圣宫了！老夫是行将就木之人，被困死在这圣宫内还不觉可惜，只是我的莹儿和你们三个年轻人困死在这圣宫里，老夫实在为你们痛心！"

张去病听得心中一凛，暗自寻思：倘若老爷子说的是真的，我们几人都出不了圣宫，那如何是好？我还有许多大事未了，绝不能被困死在这圣宫里！转念又想，老爷子说我挪不动那巨石，这是真的吗？我身上有师父传授的八十年功力，又有过"乾元洞"的奇遇，还学成了《九宫伏魔经》上武功，我的内力异常浑厚，怎会挪不开那巨石？我得试一试，不能坐以待毙！

如此一想，他忙道："老爷子，咱们不能困死在这圣宫里，总得想法子出去才成！那块堵道巨石在何处，晚辈自不量力，想去试试挪它一挪，看能不能将它挪开。老爷子放心，晚辈一定竭尽全力将它挪开，救你老人家出圣宫去！"

何野风苦笑一声道:"傻小子年少刚锐,勇气可佳,那你去试试吧!你走进圣宫往左边看,那块封道巨石在第三个圣徒塑像身后。你挪开那圣徒塑像仔细搜寻,便能看到它!"

张去病听罢,转身走出石室去,柳语和秦淮好奇也都跟着他一同出去。何莹却舍不得离开外公,仍坐在何野风床前,拉着外公的手,将小脸贴在何野风手掌上,轻声问道:"外公,您老人家好些了吗?"

何野风在圣宫里幽闭十年,孤独度日,许久没感受到亲情温暖,此时听见何莹这一句平常问候,不禁心头一热,泪花在眼里滚来滚去,痴痴地看着何莹,点了点头,道:"莹儿,外公好些了,好些了。"

何莹又道:"外公,娘到处找你,每年带着我走好多好多地方,鞋子都走烂好多双。我和娘好想你啊!你在圣宫里也想我们吗?"

何野风却不说话,身子微微一颤闭上眼睛,胸膛急起急伏,老泪一下溢出了眼眶,顺着面颊缓缓淌下,流入浓密的花白胡须里。突然间,他一把将何莹紧紧搂在怀里,悲声道:"莹儿,外公想你们!外公想你们整整想了十年哪!这十年外公无时不想你们,无刻不念你们!外公想你们想得心头长了茧子,想得魂都离了躯壳,想得肝肠寸断,夜夜难眠!外公能活到今日就是为了见你们一面,看你们一眼哪!"

何野风说至此,十年骨肉分离,十年亲情饥渴,十年爱恨情仇似决堤洪水冲开闸门,从心中狂泄而出。一生叱咤风云的老人再难抑心创痛,放声大哭!何莹将头紧偎在何野风胸膛上,连声呼唤道:"外公,外公!你莫伤心,是莹儿不好,惹您老人家伤心了!"又怯生生道,"外公,你这样想我们,那你很爱我娘!莹儿求你不再生娘的气,求你原谅娘。好不好?"

何野风一听,猛然推开何莹,眼神狂乱地怒喝道:"不,莹儿,你别为那贱人求情!外公决不原谅那贱人,决不宽恕那贱人!决不!"何莹吓得神色惊恐,呆呆地望着何野风。她不明白外公这么记恨娘,又为何那么想念娘?她此时年幼,哪里明白得了大人之间爱得越深,恨得越狠的道理?又怎能明白,何野风对何君茹爱恨交织的复杂感情?

第十九章　脱困

却说张去病三人进入圣宫，按照何野风的话，往左边圣像看去，见左边第三尊圣徒像是一个满脸虬髯，面目狰狞的汉子。张去病走上前去搬开那塑像，一堵平整石壁露了出来。三人一看，没瞧见有什么封道的巨石。

柳语道："去病哥哥，会不会是老爷子精神不济，说错地方了？"

张去病摇头道："不会的。老爷子尽管精神不济，但他记得往事，出奇地记得清楚……语儿，秦淮，你们看……这儿！"

他用手一指，二女顺着张去病手指的方向看去，只见那石壁四周有一道长暗缝，石壁是一块嵌在岩里的巨石。张去病寻思，秘道便在这巨石背后吗？他走到巨石面前，将双手贴在巨石上猛地用力一推，巨石却纹丝不动。他想或许是使力的方位不对，又换个方位，再发力去推那巨石，巨石仍是安稳如山。他再变换个方位去推那巨石，只见那巨石晃动几下。

秦淮高兴道："大哥哥，石头动了！"看见巨石晃动，他信心大增，退后两步，将全身功力提到十层，大喝一声猛地推去。那巨石猛晃几晃，却不移动。柳语和秦淮忙上前帮着用力推，巨石只是晃动却不移开。张去病收回手，心下诧异：瞧巨石不过千斤重，以他此时功力本可将巨石推开，为何总推不开它？难道巨石被什么东西顶住不成？

几番运功耗力过大，一时又想不出别的法子，三人只得罢手返回石室内。何莹见他们进来，示意他们别出声。三人望一望何野风，老人已昏然睡去。张去病向何莹招手，四人退出了石室让何野风安睡。

他们返回到圣宫内，三个姑娘被宫内奇珍异物吸引，东瞧瞧，西望望，发出一阵阵惊叹声。张去病无心观赏又走到那巨石前，寻思挪开它的法子。想了半个时辰仍毫无办法。便在此时，石室内传来何野风的哼声。四人忙走进石室，见老人已醒了。何莹上前道："外公，你饿了吗？"

何野风摇头道："外公想喝水。"何莹忙端碗水递到何野风面前。何野风接过碗喝了口水，将碗递还给何莹。小睡片刻似乎有了精神，转头看见张去病，道："傻小子，秘道没打开吧？"

张去病道："没打开。晚辈只能将那巨石推得晃动，却无法将它移开！"

何野风一听惊喜问道："真的吗，你真能将那巨石推晃动吗？"随即摇头道，"老夫不相信！你年纪不过二十岁，哪有如此功力？那巨石重达千斤，你没有六十年功力休想撼动它一下！你这假话骗不了老夫！"

柳语道："老爷子，去病哥哥他没哄你，我和秦妹亲眼看见，去病哥哥将那巨石推的晃了几晃！"

何野风道："柳丫头，你们串通一气，同傻小子来哄老夫高兴吗？嘿嘿，老夫可不是你们几个小娃娃哄得住的！"

秦淮不乐意道："老爷子，谁哄你啦？你别小看我大哥哥！我大哥哥虽然年轻，你怎知他就没有你那样深厚的功力？"

何野风笑道："是了是了，你大哥哥可了不得，老夫哪敢小瞧他啊？"

他从怀里摸出一粒龙眼般大的铁珠递给张去病，道："傻小子，走江湖卖义之人凭一身横练外家功夫，用强力能将铁棍扳断。你义妹夸你本事大得很，想必你用两个指头将这铁珠捏扁，定然不费吹灰之力！你捏给老夫看看，老夫便知你们哄没哄我了！"

张去病不敢接铁珠，惶然道："老爷子，别听我义妹瞎说，晚辈没什么大本事！再说，老爷子是武林泰山北斗，晚辈怎敢在您老人家的面前班门弄斧？您老人家莫较真儿，晚辈不敢在您老人家面前出丑！"

何野风沉声问道："傻小子，你到底想不想出圣宫去？"张去病道："想啊，怎会不想？"

何野风道："既然想出去，就别啰啰唆唆，快试给老夫看看！"

张去病不知何野风是何用意，但见老人神情严肃，不敢多问，只得接过铁珠放在中指和拇指之间，道声："献丑了！"他默运神功将内力聚到两指上，捏住铁珠端凝不动。一瞬间只听嚓嚓嚓嚓一阵细响，那铁珠渐渐现出了裂纹。再过一瞬又听"咔嘣"的一声震响，铁珠忽然裂成两半啪啪掉落地上。

他惶惶道："糟糕，晚辈无能，毁了老爷子的珠子！"何野风突然撑身坐起来，低头看着地上裂成两半的铁珠，又抬头看看张去病，脸上神情既很吃惊，又很迷惑。他怔怔地看着张去病像是看见一个稀罕之物，半晌说不出话来。

发一会儿愣，他叫何莹捡起两半珠子给他。他拿在手上看了看喃喃自语道：

"奇了，奇了！这混铁珠，老夫顶多只能将它捏扁，这小子却能将他捏成两半，世上竟有如此雄浑的内力，真是闻所未闻！"

他抬眼盯着张去病，眼里忽然射出两道寒光，厉声道："傻小子，你哪来这么大的本事？你究竟是什么人？"

张去病一愣，道："老爷子，晚辈已经对你说过，我叫张去病啊！"

何野风又道："那么你爹是谁？他是干什么的，是何门派高手？"

张去病道："我爹叫张宪，他老人家不是江湖中人。我爹他是一名将军，是我外公岳飞岳元帅帐前一员大将。"

何野风一怔，道："你说你外公是岳飞元帅？可是那位写《满江红》，吟诵'怒发冲冠凭栏处'的岳元帅？"

张去病点头道："那首《满江红》正是他老人家写下的！"

何野风脸上神色缓和下来，道："当年，老夫听说你外公神勇睿智，百战百胜，率领大军杀得金兵节节败退，闻风丧胆。你外公是一位了不得的大英雄！如今，你外公收复大宋的山河了吗？"

张去病悲声说道："老爷子，你困在圣宫内十年，不知外情。我外公即将率军直捣金国老巢时，却被那秦桧奸贼害死了！他老人家壮志未酬，已死多年！"他遂将一家人的深仇大恨，对何野风粗略讲了一遍。

何野风听罢长叹一声，道："唉，老夫当年论天下英雄，颇心仪你外公。只说是寻机见这位大英雄一面，不料老夫幽闭圣宫内十年，岳元帅却被奸臣所害！现今这世道究竟怎么了，为何总是奸贼得势，英雄寥落？你外公逝去，普天之下，老夫连一个倾慕的人都没有了！"

何野风慨叹一会儿，又道："张公子，你怎会身负如此上乘内功？你师父他是何方高人，怎会教出你这么一个俊杰来？"

张去病道："谢老爷子夸奖。晚辈的师父，江湖上称他凌霄老人。他老人家临终之时，将八十年的功力传给了晚辈，是以晚辈才有此等内力。"

何野风道："你师父是凌霄老人？这名头老夫听人说过，他是世外三老之一。我却无缘得见这位奇人。你师父能教你这样的高徒，他的武功一定是神乎其技！"

张去病道："老爷子，听我师父说，你曾经见过我师父，还同他老人家交过手呢！"

何野风一惊，道："有这事吗？是什么时候，在何处？老夫怎么一点也记不得了？"张去病遂将凌霄老人当年夜探摩尼岩，从殷独啸手中夺得一卷经书，后遇何野风交手之事说了出来。

何野风听罢，赞道："那夜同我交手之人，便是你师父凌霄老人吗？我同你师父过了几招，他的掌精妙绝伦，我却不知他便是传说中的凌霄老人。怪不得我教众多高手围攻他一人，却被他全身逸去，汗毛都没伤着一根！"

张去病道："我师父他老人家，也说老爷子的武功很俊哩！"

何野风喜道："是吗？谢你师父褒奖了！"又道，"如此说来，《玄秘宝典》上卷在你师父手里。你师父从殷独啸奸贼手上夺走《玄秘宝典》上卷，帮我教一个大忙。尚若两卷宝典都被那奸贼盗去，老夫要追回来可就难了！这些年来，老夫一直为宝典丢失烦恼万分，这下知道它的下落，我心稍安了！"

张去病道："老爷子放心，宝典收藏在悬空岛上，待晚辈办完了几件大事，便去取来归还给老爷子！"

何野风笑容满面道："那么，老夫可要先谢过张公子了！只是眼下……张公子如何从圣宫出去呢？"

张去病道："这个，晚辈一时还未想出办法来。"

何野风听罢，沉吟不语，似乎在寻思出圣宫的法子。张去病不敢打扰老人，闭嘴站立一旁。老人想了一会儿，脸上神情豁然开朗，抬起头来道："老夫想到一个法子，不知张公子愿不愿意采纳。"

张去病忙道："老爷子请讲，只要晚辈力所能及，一定听从老爷子吩咐。"

何野风道："张公子内力天下罕见，老夫若是将'日月双环神功'传给张公子，公子便能挪开挡道巨石，打开秘道出圣宫去。只是我教教规限定：'日月双环神功'不能传给教外之人。张公子若不嫌弃，可加入我教，成为摩尼光佛座下弟子，老夫便可将这门神功传给你，不知公子意下如何？"

张去病一听，心想摩尼教被武林视为魔教，为名门正派所不齿，我倘若加入摩尼教，便站到中原武林门派敌对一方。几日之后柳寒峰、步金吾和少林、武当各派前来围剿摩尼教，那时我怎么办？我出手助摩尼教不成，出手帮中原门派也不成，不出手帮任何一方也不成。老爷子的想法虽出于好心，可我怎能从命呢？

他又想：少林寺有恩于我，柳掌门是柳语父亲，步金吾将我视为兄弟，我怎能与他们为敌？但若是不采纳老爷子之法，困在圣宫内无法脱身，我身负血海深仇又如何能报？一时间他委实难决，不知如何回答何野风。只得犹豫道："老爷子一片美意，晚辈不胜感激。入教之事重大，请容晚辈再想想……"

何野风见张去病犹豫不决，脸色不悦道："张公子不必为难，我摩尼教名声不佳，张公子加入我教有损门庭。老夫这点薄技，张公子自然也看不上眼。适才老夫之言，权当老夫没说，等于放屁！"

张去病忙恳切道："老爷子莫气恼，你误会去病了。贵教为江湖上第一大教，声威赫赫，老爷子一身神功天下无敌，威震四海，晚辈岂敢小看？晚辈生来酷爱武功，做梦都想学老爷子的绝技！"说到此，他无可奈何道，"晚辈若能得老爷子亲授绝学，那是我的天大福气。只是晚辈有许多朋友同贵教之人结下仇怨，双方誓不两立。晚辈若是加入了贵教，便要同我的朋友反目为敌，这，这可大违做人的道义。老爷子，此事叫晚辈着实为难！"

何野风一听，神情渐渐缓和，温言道："张公子见利而不忘义，不愧是岳元帅的外孙！但公子倘若不采纳老夫之法，困在圣宫内出不去，你又如何报你一家人的大仇，又如何救得了老夫和这三个丫头，又如何上摩尼岩去，阻止殷独啸那奸贼篡位？"

张去病皱起眉头道："老爷子，晚辈正为此事发愁。我外公为民族大义宁可冤死，而不背弃朝廷，晚辈又岂能为了一己之私，背弃那些有恩于我的友人？可是身为人子，如不能为我爹、我外公、我舅舅报仇，我又有何面目苟活在世上？"他越说，越觉得事情棘手，又道，"见到老爷子遭此大难，晚辈不能救你老人家出去，我又怎对得起有恩于我的何夫人、吴姥姥和蓝龙大哥？见到殷独啸那厮作恶害人，我不去阻止他，我还算什么侠义道中人？唉，老爷子，晚辈实在想学会'日月双环神功'，打开秘道出去啊！只是道义所限，晚辈心中虽想，却实在不能！"

何野风听张去病说得言辞恳切，也为之动容，道："张公子不必愁眉不展，待老夫再想想，看还有无别的法子！"

何野风又陷入深思，只见他浓眉紧锁，两眼微闭，良久不动。过好一阵子眉结松开，脸上露出一丝悦色，像是想出什么法子。但转瞬间又摇摇头，似乎那办法不行，他又双眉紧锁，神情变得严峻起来，一只大手紧握成拳，瞬间又松开，松开又握拢，心中似乎有什么大事难决。瞧见何野风脸色阴晴不定，张去病不知他心中为何事疑难，暗暗替老人担忧，怕他思虑过甚伤身，却又不敢说话打断他的思绪。

突然间，何野风扬起头来，双掌合十对天祈祷道："至高无上的摩尼光佛，风云龙师祖：弟子何野风被奸人所害，功力尽失，受困圣宫十载无法得脱。眼下那奸人阴谋篡夺教主之位，欲挑动教内兄弟互相残杀，阴谋亡我教！在此危亡之际，弟子恳请摩尼光佛和风云龙祖师，恩准弟子在非常之时，行非常之事！"

何野风祈祷至此，念了几句咒语，又道："弟子为护教除魔，唯有逾越教规，将'日月双环神功'传给教外之人张去病，助他打开圣宫秘道，去阻止奸贼殷独啸毁灭神教，弟子方能除去奸人，保住祖师基业。弟子乞求光佛和祖师，恩准弟子将神功外传张去病！"

何野风祈祷罢，对张去病道："张公子，你不必加入我教，老夫将神功传授给你！"

张去病忙摆手道："老爷子，这哪儿成！那'日月双环神功'是贵教至高绝学，唯有教主方能修习。晚辈……晚辈……既非教中弟子，更非教主，怎敢受老爷子传授这绝世神功？这万万不可！"

何野风脸色一沉，大声喝道："张去病，你是做大事之人，怎能如此拘泥小节，婆婆娘？你说什么'至高绝学'，什么'唯有教主方能修习'，老夫看你是看事不明，舍本逐末！教规乃为护教所定，在我教危亡之际，老夫当行非常之法拯救神教！我将'日月双环神功'传给你，此乃护教之需。老夫如不这般行事，同你们困死在圣宫内，'日月双环神功'便朽烂在老夫肚内，神功再至高无上，又有何用？大难当头，你行事却如此瞻前顾后，日后你如何担当救国救民大任？"

这一声呵斥令张去病听得心头大震。忙躬身道："老爷子教训得是，晚辈错了！"

何野风一听，神色好转，又道："你若是不学神功，让殷独啸奸贼的阴谋得逞，毁了我偌大一个摩尼教，老夫便成了我教的千古罪人！你不必多虑，老夫传你神功别无所求，只求你出圣宫去，用神功替老夫除掉殷独啸那奸贼，阻止他毁亡我教！"何野风说到此处，翻身下床，对着张去病长揖到地，道："张公子，老夫恳求你了！"

张去病忙躬身还礼，道："老爷子行此大礼折煞晚辈了！蒙老爷子垂爱将神功传给晚辈。只是晚辈愚钝，不知能否学会这门神功？"

何野风道："练'日月双环神功'，体内须有雄厚阴阳两种内力。老夫先前同公子过招，不知公子因何奇遇，体内竟蕴蓄着两股无比雄浑的阴阳内力，你还能随意转换这两种内力，这对你学'日月双环神功'实在方便不过！公子有此内功根基，只要你潜心学习，老夫在旁指点，公子定能学会这门神功！"

何野风又对柳语和秦淮道："你们两个丫头，带着莹儿出室去罢。'日月双环神功'威力极大，你二人功力浅观看不得！"

秦淮不悦道："老爷子，你怕我们将你宝贝功夫偷学去，便赶人家走，人家才不想看哩！柳姐姐，咱们出去好啦！"

柳语道："秦淮妹妹别瞎说，老爷子不让我们在此妨碍去病哥哥练功，咱们走罢。"说毕，拉着秦淮和何莹出了石室。秦淮出到室外抑制不住好奇心，停住脚，侧耳听石室内动静。柳语招手叫她走开，她摇摇手，柳语便同何莹向圣宫走去。

秦淮驻足一瞬，隐隐听见何野风道："张公子你伸出手来，让老夫摸摸你的脉象。"秦淮心下嘀咕："教武功又不是看病，为何还要把脉？这可有点稀奇！"

室内静了片刻，听何野风又道："张公子，老夫所料不错，你体内果然有一阴一阳两股内力，各派内功不是走阳刚路子，便是走阴柔路子。唯有我教将'赤阳化密功'和'玄阴化密功'熔为一炉，老夫身上才有阴阳两种内力。没想到公子也身负阴阳内力，真是天下少见，凌霄老人传给你的内功神奇得很啊！"

张去病道："老爷子有所不知，我师父传授我的'太玄神功'原本也是阴柔内功。只因晚辈身上患有那'经脉冰火症'，体内常有冷热两股血气将晚辈折磨得死去活来。有一次，晚辈被恶人追进一个山谷遭逢奇遇，但不知怎的反倒治好我患的'经脉冰火症'。晚辈运功打通任、督二脉时，不知是何缘故，师父传我的阴柔内力便化为一阴一阳两股内力蓄在体内。"

何野风一听惊讶道："原来如此，公子多逢奇遇，福泽不浅！老夫还有一事不明，张公子身患绝症本难活命，那凌霄老人为何还要收你为徒？这又是为何？"

张去病道："那是因有一位叫杜百年的老伯伯，他懂得摸骨看相奇术，他为我摸骨说我生有仙猿骨相，是学武绝佳之人。我师父一瞧，我真长有仙猿骨相，又见我身负家仇国恨，他老人家便发慈悲之心收我做徒弟。"

秦淮在室外听到这一节，不懂什么是仙猿骨相，心中暗道："大哥哥生了仙猿骨相？我怎没瞧出他长得像猴子？"

她正纳闷，却听何野风惊喜道："公子长有仙猿骨相吗？那可是千年难遇的武圣之相！难怪凌霄老人要收公子为徒，老夫若是先遇上公子，无论如何也一定要收你为徒，将一身绝学倾囊相授给公子，让你光大我摩尼教武功！唉，只可惜老夫福薄，这等美事让你师父凌霄老人先占去了！"

何野风叹罢，又道："老夫从脉相上摸出，公子体内阴阳两股内力却呈现出佛道两派武功气韵，这又是何缘故？"

张去病一听，心想老爷子真是明察秋毫！忙道："我师父内功本属道家一脉。晚辈后来偶遇少林寺一位高僧，他传我一门奇妙禅音功夫。此后我又有缘得见数百年前佛道两位大宗师留下的武学秘籍，才窥到了佛道武学的一点皮毛。"讲到此处，他为守秘密，不便说出在"乾元洞"内奇缘，也不便提及练成《九宫伏魔经》之事，只得含混带过。

何野风却异常欣喜道："'日月双环神功'在《玄秘宝典》上排位第一，本来极难学会。老夫往昔苦练三载，方有小成。如今好了，公子生就仙猿骨相，武学的悟性极高，你的武学根基又如此深厚广博，你学'日月双环神功'便不用愁了！天下武学之道可谓一通百通，老夫可走捷径传你神功。在几日之内，公子有望学成！"

何野风欣喜之余，又道："'日月双环神功'有三大法门：头一个法门是'移山填海'。这是说你学会这门神功，同人交手时，对手一掌打来，无论他的力道是阴柔还是刚猛，你都可暗运神功将对手掌力移至地下，使你分毫无伤。倘若你借力打力，还能将对手内力反弹回去，以双倍内力还击对手，叫他难以招架！"

"第二个法门是'日月交替'。这是说，众多对手围攻你时，你暗运'日月交替'法门，能将张三内力移去斗李四内力，让他们之间自己互拼内力，你可以以逸待劳，坐收渔利。当年，我教风云龙祖师同达摩和寇谦之比武，他一人独斗两大宗师，稳操胜券，使的便是这'日月交替'法门。

"第三法门是'阴阳嬗变'。这是说练成'日月双环神功'，在打斗中，你可以随心所欲将赤阳内力变成玄阴内力，也可将玄阴内力转换为赤阳内力令对手防不胜防，便出奇制胜。这便是日月双环之意。公子体内阴阳两股内力已达水乳交融之境，学会此法门便如虎添翼，天下无人能敌！"

秦淮在室外听得瞪大眼睛，暗暗道："难怪江湖上管他们叫魔教，老爷子这'日月双环神功'太邪门了！"

何野风又道："公子根基极佳，老夫略去此功义理不讲，直接教你行功之法。咱们先学'移山填海'法门。这移山填海最难学，公子要凝神静心，仔细揣摩。过了这道难关，后面就好学了。公子随便站立，听我的口诀，你暗运真气依口诀将内息运转周天，再行至脚底便可。"

秦淮在室外忍不住好奇心，想偷偷跟着学，忙拉开架式站定。只听何野风道："公子听好了：内息涌气海，云生肾俞穴。真气过三焦，红日腾升心俞。光明照神堂，金辉映通天。浩月出晴明，寒光射玉枕，白露凝五处，重霜覆百会……"

何野风慢慢吟诵这似诗非诗，似词非词的句子。秦淮听出其中气海、肾俞、三焦、神堂、通天、晴明、玉枕、百会等，皆是穴位名称，便暗运真气依法导行。初时不觉有何异样，只觉气血微微暗涌。待到真气行至第五处穴时，忽觉气血陡然逆转，从头顶直贯而下，心头咚咚狂跳，眼前金星乱闪。她大吃一惊，欲扶住石壁稳住身子，岂料一脚跨出，犹如踩在沼泽稀泥里，浑不着力。头里嗡的一声闷响，眼前一片漆黑，便晕倒地上。

柳语和何莹听见秦淮倒地响声，忙从圣宫跑来，一看秦淮晕倒在地，两人不知出了什么事。何莹张嘴欲叫张去病，柳语忙伸手捂住她小嘴，不让何莹惊扰张去病练功。柳语忙将秦淮抱到圣宫里躺下，伸指一把秦淮脉搏，那脉在她手指下如一头小鹿狂蹦乱跳。她忙从怀里摸出个白色小瓷瓶，揭去瓶盖倒出一粒褐色药丸在掌心上，又叫何莹去取水来将药喂进秦淮口中。柳语给秦淮服的是天山派急救灵药"雪莲玉露丹"。

片刻过去，却还不见秦淮醒来。何莹瞧见秦淮昏迷不醒，心中十分害怕，心惊胆战问道："柳姐姐，我好怕哦，秦淮姐姐躺着一动不动，她是不是死了？"

柳语摇头道："何莹妹妹别害怕，秦淮姐姐她没死，她只是睡着了。她睡一会儿便会醒来，你不用害怕。"

柳语嘴上这么说，心下也暗暗担扰。她不知秦淮好端端的怎么会突然晕倒。看情形，似乎是练功走火入魔。可是她和何莹进圣宫才一会儿，秦淮怎会忽然间练起功来呢？这么一小会儿，秦淮能练多少功呢？为何转眼之间，这丫头就练功走火入魔？这事真怪！她又想即便如此，秦淮服下"雪莲玉露丹"，此时也应该醒来了啊！

柳语正在纳闷，忽听石室内传出何野风欣喜声音："哈，张公子生就仙猿骨相，真是非比寻常！你只用两个时辰便学会这'移山填海'法门。若非亲眼得见，老夫实难相信！这'移山填海'法门是'日月双环神功'总纲，学会这'移山填海'之法，下面学'日月交替'和'阴阳嬗变'二法便快捷了！"

又听张去病的声音传来："老爷子，您莫夸奖晚辈。若不是您老人家在场指导，晚辈便是有再高的悟性，也不可能学得如此之快，那是您老人家教导有方！"

何野风道："咱们再往下学那'日月交替'功法。你翻身倒立，一只手着地支住身子，一只手反转指天，意念固守气海穴，内息上冲头顶百会穴。行功口诀是：奇经八脉走三焦，翻云覆雨起涌泉……"

柳语听见张去病学会"移山填海"功法，心中惊喜。再往下听时，何野风声音小了下去却一句也听不清。她回过头来看秦淮，却见秦淮满面通红，脸色犹如醉酒一般。忙伸手去把秦淮的脉，脉相不再乱跳，但浮滑不定。她细听秦淮的呼吸，呼吸声仍带浊音，但比先前均匀许多，她才放下心来。

何莹眼巴巴看着秦淮，又问道："柳姐姐，秦淮姐姐为啥还不醒来？她是不是生病了？"柳语道："她没生病。秦淮姐姐或是练功走火入魔了！"

何莹惊道："秦淮姐姐走火入魔了吗？我听吴姥姥说走火入魔危险得紧！柳语姐姐，你快想法子救救秦淮姐姐啊！"

柳语笑道："瞧把咱们何莹小妹妹急成啥样！秦淮姐姐她没事。我们天山派的'雪莲玉露丹'专治走火入魔，灵验得很。我已喂秦淮姐姐服过药了，再过一会儿她就会醒来了！"

过了一个时辰，秦淮还没醒来。柳语正心下愈加诧异，又为秦淮担心起来。心想莫非秦淮走火入魔很厉害，伤了神经什么的，醒转不来了？这……这如何是好啊？她正心忧，忽听石室内传出一声嘹亮啸声。

只听何野风高兴道："哈哈！张公子，成了！练成'日月交替'功法之时，人会不由自主发出啸声。当年老夫只有二十年功力，练这'日月交替'功法整整用了七日，发出的啸声远不及你。你只用一个多时辰，便学会了'日月交替'的运功法门，发出的啸声如此正大平和，内息充沛，声音清亮，似琴弦轰鸣。你师父传给你八十年功力，让你练这'日月交替'法门大占便宜！"

张去病不解道："老爷子，练成此功法之时，为何会发出啸声？"

何野风道："这'日月交替'法门奇妙之处在于，众敌攻你时，你暗运此功法能将敌人击来的力道转送出去，令敌人自相斗力，受制于你。练成此法门的关节，是你的内力要能输导敌人内力，自如驾驭敌人内力，才能以敌攻敌。当你练到这一步时，体内真气浩荡澎湃，直冲喉旁'扶兔穴'，震动鼻侧的'迎香穴'，因而你会不由自主地发出啸声。张公子你练功如此神速，看来咱们出圣宫有望！来，老夫再传授你'阴阳嬗变'功法……"

柳语还想往下听，忽听何莹惊喜道："柳姐姐，秦淮姐姐出声了！你快瞧她的眼皮在动！"

柳语回眸一看，只见秦淮眼皮颤动几下，小嘴轻哼一声，悠悠吐出口气，两眼慢慢睁开来。秦淮一睁眼，眼珠转了几转，双手一撑坐起身来，叫道："啊，啊，好厉害！好厉害！"

柳语听得没头没脑，忙道："秦淮妹妹，什么好厉害？你怎会忽然晕倒？"

秦淮道："老爷子不让我瞧他教大哥哥学神功，我只道他小气吝啬，便在室外偷偷学那'日月双环功'。跟着练了几下，不知怎的，突然之间气血如瀑布般从头泄下来，全身内息大乱，我两眼一黑便什么都不知道了！"

柳语一听，伸出指头轻戳秦淮脑门一下，笑道："你这顽皮丫头，原来是偷学老爷子的神功走火入魔！刚才好危险哦，要不是我身上带着'雪莲玉露丹'，你这条小命便没了！你这丫头，可把人吓死啦！"

秦淮一愣，道："柳姐姐，真的吗？我真是走火入魔了吗？嘿，我只不过依照老爷子说的穴位，随便那么练了一练，怎么会走火入魔呢？"

柳语道："我听我爹说过，练最上乘武功须有深厚内力。若是内力单薄妄自强练，血气难以通过穴位，滞留经络之间，会使内息逆转，便会走火入魔。何野风老爷子不让我们看去病哥哥练功，非是他小气吝啬。他老人家是怕我们内力太弱承受不起，引发内息紊乱，走火入魔啊！"

秦淮忽然拍一下头，道"对对，听柳姐姐这么一说，我想起来了。我师父刚教我武功时，有一次她老人家练上乘武功，我去给她送水站在旁边看了一会儿，便觉恶心想吐。我师父便再也不许我看她练功了！"

两个姑娘正说话，忽听有人道："秦淮妹子，我肚子饿瘪了！求你做些食物来吃，好吗？"二女回头一看，只见张去病大汗淋漓站在她们身后，脸上容光焕发，神采奕奕。秦淮道："大哥哥，你学会'日月双环神功'了？"张去病点了下头。柳语道："去病哥哥，你浑身是汗，练功累坏了吗？"

张去病道："'日月双环神功'太过深奥，我费尽心力才勉强学会，啊呀，真是累得不行，肚子也饿极了！"

秦淮道："大哥哥，你忍忍，我这就去煮碗面犒劳你！柳姐姐，我们做饭去！"两个姑娘拉着何莹去那石室做饭。张去病在圣宫内，又将适才所学的"日月双环神功"温习几遍，直到秦淮来叫他吃饭，才收功走进何野风躺的石室内。

秦淮做几碗刀削面端来，张去病吃了两大碗。何野风喝了半碗面汤。等众人吃罢，他才对张去病道："张公子，你已练成神功，可去秘道前使出'阴阳嬗变'法门，将秘道打开了。"张去病道："晚辈这就去试试。"

说罢，他去到那封堵秘道的巨石前，将双掌贴在巨石上，运起浑厚内力，使出适才所学的"阴阳嬗变"法门挪动那巨石。他用力一推巨石晃了一晃，一股巨大力道反弹回来，他掌上巨经穴、太渊穴、鱼际穴、少商穴、合谷穴一震，使出去的内力瞬间涌入体内。他不停地推那巨石，内力不停地从他掌上推出，又返回到他体内。他使出力道越大，石上返回他体内的力道也越大。如此循环往返，他身上内力越来越大，且源源不断。此时，他才体验到"日月双环神功"的奇妙之处，心下兀自赞叹不已。

那巨石被他源源不断的雄浑内力推动，终于缓缓移开，石后露出一条通道来。柳语和秦淮看见通道，高兴得抱在一起欢跳。张去病兴奋跑回石室，对何野风道："老爷子，晚辈将秘道打开了，我送您老人家出圣宫去！"

何野风两眼一亮，喜得浑身发颤道："你将秘道打开了？"看见张去病点下头。何野风颤颤地伸出手，从床头拿起摩尼神印高高举起，对着印上的摩尼光佛像，喃喃道："世尊，弟子何野风幽闭圣宫十载，苟延残喘，尝尽悲辛！世尊不弃弟子，托您庇佑，弟子今日终于得重见天日！"

何野风说罢，回头对张去病道："张公子，请接摩尼神印！"张去病不解老人之意，道："老爷子，你为何叫晚辈接摩尼神印？"

何野风道："老夫要你拿着神印，赶快上摩尼岩去，阻止殷独啸奸贼篡夺教主之位！你手持神印，我教众弟子见神印，如见老夫，不敢不听你吩咐！你快快去摩尼岩，一刻也不能耽搁，快去，快去！"

张去病接过神印，道："好，晚辈这就去！老爷子，让晚辈背起你一起走。"

何野风喝道："别管老夫！快去，快去，你去将殷独啸奸贼擒住，老夫要按教规严惩这奸贼！"

老人说到此处，不知是因为教张去病练功太过劳累，还是因为即将报仇，心中太过激动，一口气接不上来又晕了过去。张去病一惊伸手扶住何野风，将摩尼神印放进怀里，弯腰背起老人，拿起摩尼权杖走出石室。

秦淮道："大哥哥等一等，秘道里没光亮，我去弄个火把来照道。"张去病道：

"不用了，你大哥哥眼神好使，你们跟着我走得了！"

柳语摇头道："去病哥哥，这可不成。你自个儿眼神好使，你瞧得见道，我们可瞧不见啊！没有火把照路，我担心何莹妹妹会跌跤。秦淮妹子还是按你的主意，去弄个火把来。"

秦淮道："可不是嘛！柳姐姐说得是，我们可没你那本事，待我去扎个火把来！"说着转身跑进做饭的石室内找了几根木棍，扎上布条淋上油，打燃燧石点着火，率先走在前头照亮，为众人带路。柳语牵着何莹的手走在中间，张去病背着何野风跟在后头，几人快步走进秘道。

张去病一边背着何野风走，心里有些迷糊。他想：我此番前来救柳语，本来对摩尼教心怀恼恨，没想到，我这会儿却在救摩尼教教主，还受命去阻止殷独啸毁灭摩尼教，这真是世事难料！……中原豪杰就要来围剿摩尼教，我这样做，是不是有些荒唐？……转念又想：大丈夫行事，只要对得起自己良心，对得起天地，思前顾后做甚？他正寻思，忽听秦淮欢声道："大哥哥，我看见秘道尽头了！"

他抬眼一看，秘道尽头是一扇绿锈斑驳的铜门。秦淮走上前去伸手推了推那铜门，吱嘎一声铜门缓缓打开，眼前出现一间阴森森墓室，中央放着一具高大石棺，石棺旁立着一只青铜铸成的仙鹤，一根灯芯从仙鹤嘴尖露出来燃着幽暗光焰。这铜仙鹤原来是一盏长明灯。在昏暗灯光下，只见墓室一角堆放着几个大小不等，样式各异的青铜器具。墓室的另一角散放着一些土陶罐。室内散发着阵阵霉臭气味，令人恶心。

秦淮一看心下害怕，道："大哥哥，前面是个坟墓，再也没路了，怎么办？"张去病道："咱们进去瞧瞧，看墓室内有没有墓道。"

秦淮举着火把，小心翼翼地走进墓室内，紧张转头四望，却瞧不见有墓道，忙回头对张去病道："大哥哥，我没看见有墓道。你眼神好进来瞧瞧嘛！"

张去病背着何野风走进墓室，不见有墓道。他心中诧异：老爷子说这是一条通往摩尼岩的暗道，怎会到此而止呢？不对，这暗道决计不会没有出口……他又想：是了，这条秘道通往圣宫决不能让人知道，定要将它隐藏起来。若是外面的盗墓之人能轻易进入墓室，找到封堵圣宫巨石，用火药将它炸开，圣宫就会被盗。是以这秘道出口一定要非常隐蔽。那么……出口藏在何处呢？

他举目缓缓搜寻墓室，将四周看了一遍目光落到石棺上。他心中一动：寻思秘道的出口会不会在石棺里？忙道："秦淮，你揭开棺盖看看，秘道出口也许就藏在石棺内！"

秦淮急得直摇头，道："大哥哥，你别叫我揭开石棺，我害怕死人。石棺里躺着死人，我不敢看，怪吓人的！大哥哥，你自己揭开来看吧！"

张去病笑道:"你这丫头顽皮透顶,胆子却这么小!"他背着何野风走到棺前,伸手在石棺旁一拍,内力震动透棺身,只听"砰"的一声响,棺盖便跳了起来。他抓住棺盖一角掀开,注目往石棺里看去,棺内什么都没有。

秦淮忙问道:"大哥哥,石棺内有出口没有?"张去病摇摇头。柳语道:"去病哥哥,你挪开石棺看看,墓室出口会不会藏在石棺下呢?"

张去病道:"语儿说得有道理,说不定出口藏在石棺下面,待我挪开石棺瞧瞧!"他将手掌抵在石棺上,运起内力将石棺推到青铜仙鹤灯下,棺下露出一片灰白色的岩石,却不见有什么出口。他走上前去在那岩石上跺了几脚,也不见下面有空响声。他愈发诧异,道:"噫,怪了,这秘道究竟藏在什么地方呢?"

他又仔细将墓室瞧一阵,室内只有一具石棺,一个落地青铜鹤灯,一些青铜器和陶罐。除此之外再无他物。他走过去,用脚拨开那些青铜器和陶罐,也没瞧见藏有出口。他迷惑不解道:"怪了,怪了!"

突然一阵阴风吹来,吹灭秦淮手中火把,唯有青铜仙鹤灯发出幽光。墓室里一下变得幽暗阴森起来。何莹吓得尖叫一声,害怕道:"柳姐姐,我怕,我好怕!"柳语忙将何莹抱在怀里,道:"何莹别怕,别怕!有姐姐护着你,你别害怕!"

秦淮忙走到石棺旁,伸手去拿那青铜鹤灯来点燃火把,抓着铜鹤灯往上一提却提不起来,心想这青铜仙鹤蛮重的!她再往上用力提那青铜仙鹤,忽听一阵沙沙声响,大片沙尘从墓顶上撒落下来。秦淮忙闪身跃开,吃惊地看着墓顶,不知发生什么事。

张去病心念一闪,激动叫道:"秦淮,我知道出口在哪儿了,你再去用力提起那青铜仙鹤!"秦淮不明其意,但想张去病的话总不会错,又上前去用力提起仙鹤灯座。她使劲一拉,只听见墓室顶上哗啦啦响个不停,大片大片尘土簌簌坠落,室内顿时沙尘弥漫,呛得几人不住咳嗽。尘埃飞扬一会儿,墓室顶上露出一线天光来。

张去病大喜道:"秦淮,咱们终于找到出口了,你再用力拉那仙鹤灯座!"秦淮忙用双手握住仙鹤灯座,用力将灯座越提越高,只见墓室圆顶慢慢从两边移开,露出数尺宽的口子,一片蓝天显露头上。几人一声欢呼,张去病背着何野风一纵身,从墓室中跃出。秦淮跟着跃出墓室外顶,柳语抱着何莹跟随跃出墓室。

墓外是一个土坡,坡上长着大片树林。太阳刚从东方出来,霞光万道。张去病回头看那出口,墓室圆顶已经合拢。一个大石墓兀立在蓝天下,墓上长的蒿草将出口遮掩得不露半点痕迹。墓前立着块大石碑,上刻"高僧无念大师之墓"几个大字。

他将何野风背到一棵大树前放下,让老人靠着树身坐着,老人仍没醒来。他扶着老人的身子，把摩尼神杖递给秦淮，道："秦淮，你去附近取些水来给老爷子喝。"

秦淮接过摩尼神杖，道："大哥哥，我什么盛水的东西都没有，你让我拿什么取水啊？"

张去病道："你这么聪明，还想不出办法取水吗？"刚说至此，一眼看见那权杖上的飞鹰雕饰，想起何野风从鹰腹内取出摩尼神印给他看，鹰腹内是空的可用它装水，忙对秦淮道："傻丫头，权杖上的鹰腹是空的，你用它盛水不就得了？"

秦淮一听，不服气道："谁是傻丫头了？大哥哥你别忘了，刚才可是我找到的墓道出口哩！"说着拿着神杖，嘟嘟囔囔转身朝土坡下走去。

张去病对柳语道："语儿，你来扶老爷子坐好，待我运真气助老爷子醒来。"柳语走上前蹲下，双手扶住何野风身子，张去病伸手握住何野风手掌，只觉老人手掌冰凉。他将真气缓缓送出，为何野风调理气血。

秦淮走下土坡转悠一会儿，不见附近有水，转到土坡另一侧四下张望，忽见林边的小道上匆匆走来两位妇人。走在右边妇人三十多岁，身穿一袭白衫，身段窈窕，容貌美丽，神情忧郁寡欢，一副风尘仆仆模样。走在右边妇人也身穿白衫，却体态丰腴，肤色雪白，年过五旬姿色仍美。二人一边小声交谈，一边匆忙行走，似要赶到什么地方去。

秦淮瞧见二人，快步走到二人面前，问道："请问二位大姨、大娘，此地何处有水？"

两位妇人停下脚步打量秦淮几眼，目光移到秦淮手中权杖上，惊愕万分，像看见什么奇珍异宝，又像是看见什么古怪物件。二人脸上神情先是惊愕，后是惊喜，继而变成了一阵惊疑。那中年美妇激动不已，欣喜万分地对老妇叫道："啊，乳娘，你快看摩尼神杖！这姑娘手中拿的是摩尼神杖！"随即又无比讶异道，"咦，乳娘，这姑娘她……她怎会得到摩尼神杖？"

那老妇亦欢欣无限道："啊呀，这丫头手里拿的真是教主的摩尼神杖！是啊，这丫头是什么人？咱们教主的摩尼神杖怎么会到了她手里？小姐，咱们快问问这丫头！"

秦淮看见二人一见摩尼神杖欣喜若狂，又听见她们叫出权杖的名称，还说是教主之物，她断定这二人一定是摩尼教的人，生怕二人抢走权杖。二话不说，急忙转身快步向土坡走去。

那美妇忙喊道："喂，小姑娘，你等一等，我们有话要问你！"秦淮哪肯停步？她想这两人一定不怀好意，想将摩尼神杖夺走！那婆婆两眼精光暴射，看来是位武林高手，万一我打不过她，神杖被她们抢去，大哥哥要笑我了！如此一想她撒腿就跑。

那老妇高声喝道:"小丫头,夫人叫你站住,听见没有?快给我站住!"

秦淮越跑越快,突然间眼前白影一闪,老妇上跃到她面前挡住去路,喝道:"小丫头,我问你,你手中这神杖从何得来?快说!"

听见老妇喝问,秦淮气恼道:"你这恶婆婆嚷嚷什么?这神杖从何得来关你屁事!我偏不对你说,气死你这恶婆婆!"

那美妇走过来温言道:"小姑娘别恼。这神杖是我们教主之物,它怎么会到了你手里?此事关系重大,望你实言相告。"

秦淮心思急转:她俩莫非是殷独啸手下的人?啊,她们准是奉殷独啸命令来寻找何老爷子,我可不能告诉她们实情!心念闪过,她调皮道:"这位大姨,这是我爷爷的拐杖,不是什么神杖。我爷爷是个财主,不是教主,你们弄错了!"

老妇面色冷若冰霜喝道:"小丫头胡说八道!我们怎会弄错,这明明是我们教主的神杖,怎么是你爷爷的拐杖?你快乖乖将摩尼神杖放下,老实说出你从何得到神杖。如若不然,今日你休想走!"

秦淮怒道:"你这恶婆婆好生无理!光天化日之下,却来讹诈我爷爷的拐杖,还不许我回家!你一个老婆婆做劫匪,抢人家小姑娘的东西,也不怕差!"

老妇怒喝道:"你这死丫头,偷了我们教主的神杖还狡辩,看我一掌毙了你!"

秦淮冷笑道:"你说大话吓唬谁啊?你一掌毙了我?只怕是我一掌毙了你!恶婆婆,我可不怕你!"

秦淮话未说完,那老妇已扑到她面前,右手二指倏地戳向她两眼。秦淮忙举手隔挡,老妇左手抓向她手中神杖。秦淮忙将神杖往上一挑,欲避开这一抓,杖头却已被老妇抓住。霎时间一股强大力道从杖上传来,震得她臂膀疼痛捏拿不住,五指一松,权杖便被老妇夺去。秦淮大怒,扑上前去抢夺权杖。

老妇哈哈一笑,道:"死丫头,这神杖是假的,还给你!"秦淮没看清老妇如何动作,神杖忽然又回到她手上。她拿着权杖不禁一愣,忽觉手如握着一根烧红的铁棍,掌心灼痛难当,急忙撒手。老妇伸手一抄,神杖又回到她手上。

秦淮张开手掌一看,手掌又红又肿,掌心出现两道灼伤印迹,一阵疼痛钻进心里。她情知遭了老妇的暗算,却不知怎么一瞬间便着了道儿。她骇得睁大眼睛望着那老妇,竟忘记取出软鞭反击对方。

老妇哈哈笑道:"死丫头,敢对我老人家无礼!今天不教训教训你,你也不知天有多高,地有多厚!你手掌沾上腐骨粉,没有我的解药,半日之内你那只小手便会烂得一个指头不剩!你若乖乖说出神杖从何得来,我老人家便给你解药,保住你那手掌!"

秦淮一听心中发毛，心想：这恶婆婆同那天竺毒僧一样也会使毒害人，我得快叫大哥哥来揍她！她咬牙强忍着疼痛，恨恨道："恶婆婆，你别得意！有胆子你就在此等着！我去叫我大哥哥来，叫他狠狠揍你一顿！"说罢纵身跃起，欲夺路逃上土坡。

老妇哪会让她逃走？秦淮跃起之际，老妇跟着跃起，一掌拍向秦淮的背心。这一掌拍得快捷无伦，秦淮要躲开已来不及。只听那美妇叫道："乳娘手下留情，别伤了这姑娘，咱们还有话要问她！"

老妇人在空中，掌力已吐，瞬间哪能收回？眼看秦淮难逃被打伤厄运。便在这一瞬间，旁边林中突然跳出一人，一手抓住秦淮往天上一抛，一手抓住老妇往地上一扔。这两手快如电光疾闪。两人还没弄明白怎么回事便一个飞上半空，一个飘然坠地。

那人上前一把接住秦淮轻轻放下。秦淮才看清是张去病，忙道："大哥哥，你来得正好！这个恶婆婆抢去何老爷子的拐杖，还在我的掌上下毒，弄得我的手好疼，你快揍她一顿！"

张去病却笑道："秦淮，别瞎说话！"秦淮急道："我没瞎说！你瞧，我的手掌肿成这个样子，疼痛钻心。你看，何老爷子的拐杖不是在她手上吗？我瞎说什么啦！"

张去病笑道："好了，好了，你没瞎说！"说罢，走到两位妇人面前躬身施礼道，"何夫人，吴姥姥，好久不见你们，你们可好？"

两位妇人正是何君茹和吴艳娇。适才看见张去病露一手功夫，二人正暗暗吃惊，尤其是吴艳娇更惊异不已，以她的身手竟然躲不开张去病那一抓！张去病将她往地上一扔之际，她欲转身反手一击，可身子不听使唤便轻轻坠落地上，来人似乎不想伤她，也不让她还击，只是不让她打伤那小姑娘而已。分寸却捏拿得妙到巅毫！待张去病落地站定，她一看如此身手之人，竟然是个二十岁左右的青年，这叫她着实吃惊！

张去病在落霞坪同她们二人分别日久，又长高长俊了，何君茹和吴艳娇乍一看，都没把他认出。此时见他上前施礼问候，二人皆惊疑地望着张去病，不知如何回答。秦淮迷惑问道："大哥哥，你……你认得她们？"

张去病对秦淮道："何止认得？来，秦淮，我给你引见一下：这一位是何夫人，这一位是吴姥姥，她们都是我的救命恩人哩！"

听张去病称她俩是救命恩人，何君茹和吴艳娇忙仔细端详张去病，将他从头到脚打量一遍觉得眼熟，一时间却又想不起他是谁。何君茹道："这位公子，你……你是……？"

张去病笑道："何夫人，吴姥姥，你们不记得我了？我是你们在落霞坪救治的张小三啊！那几年承蒙吴姥姥悉心为我治病，何夫人对我多加照顾，我一直惦记着你们哩！"

何君菇和吴艳娇一听依稀将他认出。何君茹惊喜道："孩子是你吗？哎呀，两年不见你又长高一头，长得英俊多了！在这山上忽然遇见，你不说你是谁，我都认不得你了！"

吴艳娇却板着脸，在旁冷哼一声，道："臭小子，原来是你！这一见面，你便在我老婆子面前显本事来啦！哼哼，你有出息！"

张去病忙赔笑道："吴姥姥莫恼，我哪敢在您老人家面前显本事啊？适才情急，我怕您伤着这个小姑娘，不得已才出手。您老人家莫生气，我再给您赔一个礼！"说时，又向吴艳娇躬身施礼。

吴艳娇脸色顿时从阴转晴，她看秦淮一眼，道："你出手救那丫头，她是你的什么人？"

张去病道："姥姥，她是我义妹，名叫秦淮。我这义妹年幼无知，冒犯您老人家，姥姥大人不记小人过，请看我的薄面，给她解药吧！"

吴艳娇冷哼一声，从袖里拿出一个小瓶子递给张去病，道："给，瓶里装着解毒药水，擦两次即可去毒。"

张去病道："谢姥姥。"忙转身将解药抛给秦淮。秦淮忙打开药瓶倒出些药水擦在手掌上，更觉掌心上火辣辣的痛。她心中一惊：啊哟，这恶婆婆给的什么解药，怎么反而更痛了？她正惊疑，手掌忽然一阵麻痒，疼痛顿时减轻一些。她趁何君茹和吴艳娇不注意，对着二人挤眼皱鼻做个鬼脸。

何君茹指着吴艳娇手中的权杖，急迫问道："孩子，这摩尼神杖是我爹的信物，你们怎会得到它？难道……难道……你们见到我爹了？"

张去病道："夫人，我正想告诉夫人天大喜讯，我找到何教主他老人家了！"

何君茹猛然一把抓住张去病的手，激动得语气急迫道："孩子，你说什么？你说你见到了我爹？你说的是真的吗？你真的见到了我爹吗？你快告诉我，我爹他在哪里？我找他老人家十年，找遍天涯海角都没找到他。你怎会遇到他老人家？你快领我去见我爹，快快！"

张去病道："何夫人，我真见到了何教主！他老人家此刻就在这土坡上面。走，我马上引你们去见他老人家！"说罢他转身走在前头，带着何君茹和吴艳娇往土坡上走去。

秦淮看见三人朝土坡上走去，又看看手掌上的伤，手上的红肿消退一些，低声骂了道："该死的恶婆婆，亏你认得我大哥哥，这回便宜了你！"

她心中气骂着慢慢跟上前去。只听张去病问道："何夫人、吴姥姥，你们从内地到西域来，是要上摩尼岩上去吗？"

何君茹焦急道："我们到西域来，是来寻找我爹失踪线索。前几日，何莹这孩子走丢了，我和乳娘四处找她。我想一定是教中之人将她带上了摩尼岩，我们便上摩尼岩来找何莹。"

张去病抬手一拍头，道："嗨呀，瞧我这人真该挨打！突然见到夫人和姥姥，我只顾高兴，忙着讲何老爷子的事情，竟然忘了把何莹的事告诉你们！"

何君茹一听，急忙问道："张公子，你忘了告诉我们何莹的什么事情？"

张去病道："我忘了对夫人说，何莹也同我们在一起！此时何莹在土坡上同何教主在一块儿，夫人上坡去便可见到何莹了！"

何君茹和吴艳娇一听都惊喜得"啊"的一声，一时竟说不出话来。何君茹颤声道："张公子，你说何莹也同你们在一起？"

张去病点点头。何君茹长长吐了一口气，道："天啊，这几日，我这颗心老是悬着，整日担心这孩子，此时我的心总算找着地了！"又问张去病，道，"张公子，何莹又怎会同你们在一起？"张去病将在小镇上遇见何莹之事说了一遍。何君茹道："原来是这样。张公子，我谢谢你啦！"

吴艳娇道："夫人，今日真是喜从天降！咱们既找到教主他老人家，又找到小姐，哈哈，双喜临门啊！"她刚说至此，只听一个清亮稚嫩的童声叫道："娘，娘！我在这里，你快来，我找到外公啦！"

何君茹转头一看何莹朝她奔来，她快步迎上前去一把将何莹紧紧搂在怀里。心疼道："莹儿，娘没照看好你，让你在外受苦了！你看，你看，小脸都瘦成这个样子！唉，都是娘不好，让你受苦了！"说着流下泪来。

何莹从何君茹怀里钻出来，往大树下一指，道："娘你快看，外公他在那里！"

先前，何野风因为教张去病练功劳累过甚，加之秘道打开，可得上摩尼岩找殷独啸报仇，老人一时激动竟昏迷过去。张去病运功为何野风调匀气血，此时何野风已醒来，正坐在树下闭目养神。

何君茹抬头看见何野风，心中激动万分，忙牵着何莹快步走上前去。母女俩来到何野风面前，何君茹欣喜叫道："爹，女儿终于找到您老人家了！"又问道，"爹，这十年，您老人家去哪里？女儿找您老人家找得好苦啊！"

何野风不睁眼，也不说话，胸膛起伏不定，似乎满腔怒气要将胸膛炸开。何君茹没注意到老人神态反常，以为他没听见，又大声道："爹，女儿看您来了！您怎不睁开眼睛？咱们父女十年没见，您快睁开眼来，让女儿好生看看您老人家！"

何野风猛然睁开眼睛，两眼看见何君茹，身子像被电击，猛地一震，眼神一片狂乱。大声怒喝道:"贱人,你还敢来见老子?你同殷独啸奸贼谋害老子,你还有脸来叫我爹?你这忤逆不孝,天打雷劈的逆女、贱女、坏女,你快滚开!快滚!快远远滚开!"

何君茹被何野风劈头盖脸辱骂,吓得大惊失色,忙问道:"爹爹,您何出此言?您老人家怎么了?您被殷独啸害了吗?女儿一点也不知道他害您啊!您说我同殷独啸谋害您老人家,女儿怎敢做出这种大逆不道之事!爹爹,女儿没有啊,没有啊,我绝没有啊!"

何野风站起身来,神志大乱,颤巍巍指着何君茹,愤怒如火山爆发般吼叫道:"你这贱人还敢说没有?十年前的一夜,你端来一碗参汤给老子喝,殷独啸奸贼在汤里下了毒,老子喝下参汤遭暗算,一身天下无敌功力丧失殆尽!

"你害得老子被殷啸奸贼打下天柱峰圣宫内,暗无天日幽闭十年!十年里,老子日日夜夜被仇恨煎熬,被怒火焚烧,被绝望嚼心,被绝情撕咬!小贱人,老子将你辛辛苦苦养大,把一生慈爱都给了你,把一生呵护都给了你,把一生心血都给了你!你却害得老子人不像人,鬼不像鬼,如此悲惨凄凉!

"老子纵横天下,叱咤风云,无人敢动老子一个指头!老子位居摩尼教教主,天下豪杰无不对老子敬畏有加,老子一世英雄竟然断送在你这贱人的手里!你这贱人害得老子如此惨道,你是一条忘恩负义的毒蛇,歹毒无比的恶蝎,丧尽天良的贱胚!

"摩尼光佛啊!你快刮起最狂猛的漫天风暴,快闪起毁灭世界的雷电烈焰,快打响粉碎一切祸害的震天霹雳,快将这残害亲父的贱人五雷轰顶,将她击成齑粉,快让这贱人遭到世上最毒的报应吧!快快为我这垂死的老人,为我这遭受千万仇恨虫蛆嚼咬的老人,解解我这十年的心头之恨吧!"

何野风这一番雷霆震怒之言,一腔刻骨仇恨诅咒,将所有在场之人都骇呆了!张去病、吴艳娇、柳语、秦淮、何莹一个个骇得呆若木鸡。何君茹吓得脸色惨白,浑身发抖,茫然不知所措。忽然间只见老人眼角迸裂,面颊上淌下两行血泪!

何君茹惊吓得大叫一声:"爹!爹!您怎么啦?您这是怎么啦?"

她扑上去跪倒在老人脚下,泣不成声道:"爹爹,您说什么?您的绝世武功被殷独啸那狗贼废了吗?您被那狗贼害得在圣宫里藏身十年吗?殷独啸这狗贼,他,他怎能对您老人家下此毒手?爹爹,您待那狗贼不薄,他怎么能如此丧心病狂谋害您老人家?

"这奸贼一定是想当教主想疯了,才做出这种大逆不道的罪孽!他害得您老人家受了这么大的罪,女儿真的一点也不知情,不知情啊!爹爹,女儿这就去找殷独啸奸贼,将他碎尸万段,为您老人家报仇!不为您老人家报这大仇,我便不是您何野风的女儿！"

何野风怒喝道："贱人住口！你休想花言巧语哄骗老夫！当年是你同殷独啸私奔，是你将殷独啸奸贼引狼入室，是你亲手端来毒参汤给老子喝！老子今天落到如此惨境，起因都在你这贱人身上！你这贱人是殷独啸奸贼的同伙，是他的帮凶，是他的同谋，是他插进老子胸膛里的一把匕首，是他毁灭老子的陷阱，是他端给老子的一碗毒酒！老子如若没有生下你这个贱人，怎会落到今天悲惨境地？老子前世不知造下什么孽，怎会生下你这个狼心狗肺的贱人！"

怒斥到此，何野风忽然张开双臂仰天悲呼道："至高无上的摩尼光佛啊，我何野风前世究竟作了什么孽，你为何让我生下这逆女害我？你为何让我百般疼爱的心头肉，变成一条咬我五脏六腑的毒蛇？你为何让我唯一的骨血变成我驱之不去的噩梦？你为何让我唯一的所爱变成了无尽的恨？苍天呀，苍天！这十年里，你为何让这噩梦时时撕裂我的灵魂，你为何时时让我吞咽无穷的痛苦？"

老人浑身颤抖，仰天悲号，泪流满面，胡须上挂满了泪水。众人听得阵阵揪心，无不心头隐隐作痛。张去病听得喉头发哽，热泪盈眶。吴艳娇、柳语、秦淮三人听得掩面悲泣。何莹吓得扑到张去病怀里瑟瑟发抖。

何君茹见父亲悲愤万状，伏在老人面前连连磕头，磕得前额皮破血流，痛哭流涕道："爹爹呀，爹爹！殷独啸那奸贼谋害您，女儿真的一点也不知情啊！这十年女儿到处去找您，只道您老人家真是云游四海去了。我却万万没想到，您老人家是被殷独啸狗贼害得这般悲惨！

"女儿不孝，女儿千不该万不该，不该不听爹劝阻，不该任性同殷独啸私自成亲，不该将这条毒蛇带进家门，不该端那碗参汤给您老人家喝！女儿被那奸贼甜言蜜语蒙蔽，瞎了眼睛，上了那狗贼的当！女儿任性胡为铸成终身大错！爹爹说得对，不管女儿知情不知情，女儿都成那狗贼的帮凶！

"这一切起因都在女儿身上，是女儿引狼入室，害了您老人家！是女儿毁了爹爹的盖世武功，是女儿毁了爹爹一世英名，是女儿害得爹爹落到这般田地，爹说得一点没错！女儿犯下如此忤逆大罪，还有什么脸活在世上？还有什么脸面对爹爹？"

说时，何君茹手掌一翻将一把雪亮匕首朝胸膛插下！张去病出手一弹，却晚了一瞬，指风将那匕首荡开二寸，虽然偏离心脏，但还是插进胸膛少许，一股鲜血渗出染红胸前衣襟。吴艳娇惊呼道："啊，小姐！小姐！"闪身上前将何君茹抱到一旁掏药施救。

何野风两眼呆呆望着前方，对眼前发生惨状浑然不觉，像木头人僵硬迈腿，一步一步朝旁边树林走去。何莹忽见娘受伤，吓得哇哇大哭起来。她气恼何野风责骂何君茹酿成灾难，回头去看何野风，却见何野风正缓步走入树林。她生怕何野风走失，一边抹眼泪，一边追进树林去。

众人围着何君茹，七嘴八舌问吴艳娇，何君茹伤情如何。吴艳娇无暇回答，快速点何君茹胸前"天池穴"和"大杼穴"为她止血，然后轻轻取出插在何君茹胸上匕首，又取"摩尼八仙丹"捏碎敷在伤口上，撕下半幅衣衫为何君茹包扎伤口，喂她服下一粒"奇珍续命丸"，点了何君茹的睡穴，让她沉睡养伤。

便在此时，忽见一个白衣人疾奔而来。那白衣人奔如流星飞矢，片刻之间已到土坡下。张去病一惊，心想来人的轻功如此了得，是白无极吗？待那人奔上半坡他才看清，那人比白无极高半个头，不是白衣摩尼。

他忙道："吴姥姥，有人奔上坡来，不知是敌是友，咱们得小心留神！"

吴艳娇听说有人奔来亦是一惊，抬头一看那人却喜道："不用担心，那人是我教左护法王蓝龙！"随即高声叫道，"蓝龙兄弟，是你吗？快上来，小姐在这里！"

那人听见呼叫声，急奔到大伙面前。张去病一看，来人年纪四十开外，剑眉星目，英气逼人，正是在落霞坪救过他的蓝龙。

蓝龙看见何君茹受伤，大惊道："吴长老，君茹怎会受伤？伤得重吗？是谁下的手？"

吴艳娇流泪道："小姐她是……是自己伤自己，眼下尚无性命之忧！"蓝龙诧异道："君茹她为何如此？"

吴艳娇长叹口气道："此事一言难尽！小姐被教主他老人家责骂一顿，一时想不开……"

蓝龙又惊又喜道："你说君茹被教主他老人家责骂？你们找到教主啦？教主他老人家现在哪里？"

吴艳娇回头一看何野风不见了，惊道："适才教主还在这里，怎么转眼就不见了呢？"

柳语道："适才我好像瞧见老爷子同何莹妹妹走进树林去了。"众人一听，寻思何野风或许是去林子里方便，才放下心来。吴艳娇道："蓝兄弟，你怎么上摩尼岩来了？"

蓝龙道："前几日，教内一位兄弟送信给我，说今日殷独啸要在摩尼岩上举行接位大典。我闻知此事，便连夜赶来阻止他。这下好啦，有教主在，咱们同教主上摩尼岩去，这厮篡位阴谋便不能得逞！吴长老，教主因何责骂君茹，令小姐如此想不开？"

吴艳娇道："听教主说，他老人家被殷独啸下毒武功尽失。为避殷独啸毒手，他老人家在圣宫里困了十年。教主责怪小姐引狼入室，害得他老人家差点丧命，所以教主将小姐痛责一番。"

蓝龙大吃一惊，道："你说老教主被殷独啸谋害，那又是怎么回事？"吴艳娇道："那奸贼如何下手谋害教主，老姐我也不知详情，一时说不上来。"

张去病在旁道："蓝左王，何老爷子对在下讲过此事。殷独啸谋害何老爷子，使了极阴毒的奸计！"

蓝龙转头看了看张去病，却没将他认出来。他见张去病身穿白袍，以为他是本教中人，道："这位小兄弟，你是哪一堂的弟子？"

吴艳娇插嘴道："蓝兄弟，你记不得了？当年在落霞坪里，你曾在苏远山掌下救过这小子，还将一件防身背心送给他，你不记得了吗？"

蓝龙恍然想起来，高兴道："哈，小兄弟是你吗？你长高一个头，长成大小伙子，我都认不出你来了！快说说，殷独啸奸贼如何谋害何教主，我好上摩尼岩去找这奸贼算账！"

张去病便将他上摩尼岩来营救柳语，如何被殷独啸追赶上天柱峰，如何掉进陷阱里，如何在圣宫里见到何野风。老人对他讲述如何被殷独啸下毒失去功力，如何躲上天柱峰顶复功。殷独啸又如何登上峰顶加害老人，说出他如何从波斯总坛盗来摩尼神印，骗得何野风信任，后来又怎样用计破坏何君茹和蓝龙的感情，骗取何君茹欢心，如何鼓动何君茹同他私奔，后来返回摩尼岩又如何寻机在参汤里下毒，叫何君茹送给何野风喝废了何野风武功……

蓝龙听得勃然大怒，喝道："这狗贼子真胆大包天，手段太恶毒！他为何要干下这些罪恶勾当？是为篡夺教主之位吗？"

张去病摇头道："他不只是要篡夺教主之位。他对老爷子说，他要杀了老教主，灭了摩尼教！"

蓝龙和吴艳娇都心头大震，吴艳娇怒道："这狗贼怎的如此狠毒？他为何对教主和我教这般仇恨，千方百计想灭我教？"

张去病道："老教主也问那奸贼为何要这样做？那奸贼得意忘形说他不叫殷独啸，他的本名叫独孤云，他是独孤天的儿子。三十年前，他爹败在老教主手下被废了武功，逃回子午岛积愤而死。他使这些毒计是为他爹报仇！"

蓝龙和吴艳娇惊得说不出话来。过了一会儿，蓝龙才道："原来这奸贼是独孤天的儿子！怪不得他对老教主下此毒手！"

吴艳娇冷笑道："哼，这奸贼口出狂言想灭我教，痴心妄想！待我上摩尼岩去，叫他尝尝老婆子的手段！"

蓝龙知吴艳娇使毒厉害，道："对，吴长老你也使毒将这奸贼武功废了，咱们再取他性命！"

张去病道："吴姥姥，殷独啸诡计毒辣得很，他说他今日接掌教主大位，便要挑动教内高手自相残杀，叫摩尼教的人自己灭了摩尼教！"

蓝龙道："这条诡计太狠毒，咱们赶快上摩尼岩去阻止这奸贼！小兄弟，你到树林里去将教主请出来，一同上摩尼岩去！"

张去病道："好，我去请老爷子来！"他转身疾步去进树林，四处张望，却不见何野风和何莹身影。这片树林占地约半里，尽是参天大树，林内光线暗淡，他在树林里东转西转找了一阵，仍不见祖孙二人。他心中暗惊：老爷子神志不清，难道带着何莹走进密林深处不成？他怕蓝龙在树林外久等，只得转身走出林处。

蓝龙见张去病从树林中出来忙问道："小兄弟，教主呢？"张去病摇摇头，道："没见着何老爷子，他老人家或许是走入林子深处去了！"

蓝龙道："眼下情势紧迫，殷独啸奸贼马上就要举行接位庆典，我不能在此耽误工夫！吴长老请你照料君茹。小兄弟，拜托你再去寻找老教主与何莹，我这就赶上摩尼岩去阻止殷独啸篡位！"

张去病一听，忙伸手进怀拿出摩尼神印，道："蓝左王，你上摩尼岩去揭穿殷独啸奸计，空口无凭，你带上老爷子的摩尼神印，拿给大伙看，大伙方能相信你。"

蓝龙接过神印，喜道："小兄弟，你怎会得到教主的摩尼神印？"

张去病道："老爷子叫我上摩尼岩去阻止殷独啸篡位，恐我非教中人，说话大伙不信，他便将神印给我，让我拿去戳穿殷独啸的阴谋诡计。"

蓝龙道："原来如此。小兄弟，我上摩尼岩去有一番激斗，不能带你前去。请你去找到教主，随后同他老人家上摩尼岩来，我先去搅乱殷独啸的庆典，咱们在摩尼岩上碰头！"

张去病摇头道："蓝左王，晚辈受老爷子临危所托，不敢食言。无论摩尼岩上如何凶险，晚辈也要同你赴汤蹈火，阻止殷独啸那厮篡位。寻找老爷子之事，我叫柳语姑娘和义妹秦淮去办。"

他回头对柳语和秦淮道："语儿，秦淮，寻找老爷子之事有劳你们俩了！"二女点点头。柳语道："去病哥哥，你上摩尼岩去可得小心！"秦淮道："大哥哥，你放心去，我们找着何老爷子便上摩尼岩来。"

蓝龙赞道："小兄弟受人之托，忠人之事。不畏凶险，好一副侠肝义胆！老哥哥不枉交了你这个朋友，咱们走罢！"说时伸手携起张去病，纵身往土坡奔去。

蓝龙在落霞坪见过张去病的功夫，知他会一种奇妙轻功，别的功夫平平，怕他跟不上自己，便伸手将张去病携上。他握住张去病臂膀奔上半坡，忽觉手掌大震，一股雄厚内力将他手掌震开，他吃惊地看张去病一眼，张去病却毫不知晓，似乎对震开他手掌浑然不觉，仍两眼看着前方疾奔。

蓝龙暗自惊讶，适才震开他手掌的力道，比自己内力还浑厚。他寻思这年轻人怎会有如此功力？又伸手去握住张去病的臂膀，岂料刚摸到张去病手臂，手掌又被震开。这一次他确信张去病内力雄厚无比。他想：原来小兄弟藏而不露，同我开起玩笑来！我倒要看看，他的内力强到何等地步！心念闪过，他暗提真气将功力凝聚掌上，又一把握住张去病手臂。这一回手掌虽受震动，却牢牢握住张去病手臂没被震开。

　　适才张去病被蓝龙携手奔行，没想到发足疾奔内力会自然布满全身。他一心想赶快奔上摩尼岩去，身上内力两次将蓝龙手掌震开，一点儿也没察觉。待到蓝龙第三次运功握住他手臂，他忽觉蓝龙手掌紧如铁箍。他寻思蓝大哥为何如此用力？心念一闪，暗道："糟糕，适才蓝左王手掌从我手臂上松开，定是被我的内力震脱手。他一定误以为我暗中同他比内力，我不可扫了蓝左王的面子！"他急忙收敛内力让蓝龙握住手臂。

　　蓝龙见手臂再没被震开，心想小兄弟怎会练出这般深厚内力？难道他遇上了什么奇缘？想到此处，他放开张去病手臂，笑道："小兄弟，哈哈，你是真人不露相，老哥哥看走眼了！难怪教主将摩尼神印交给你，叫你去阻止殷独啸篡位，原来小兄弟身怀绝技！这下老哥我放心了，有小兄弟相助，咱们上摩尼岩去将殷独啸篡位庆典搅个稀里哗啦！"

　　张去病道："蓝左王过奖了。不过，将殷独啸庆典搅个稀里哗啦，一定是有趣得紧！"蓝龙："小兄弟，你别叫我什么左王右王。你要是瞧得起老哥，便叫我一声蓝大哥好了！"

　　张去病定道："是。蓝大哥，眼下咱们从何处上摩尼岩去？"蓝龙道："土坡旁不远处有一条近道，从那里上去半个时辰便可登上摩尼岩。"

　　他二人边奔行边说话，片刻之间便奔到一片杉树林前。张去病一看前面再无去路，道："蓝大哥，近道在哪儿？"

　　蓝龙往树上一指道："小兄弟，你抬头往树上看！"张去病抬头看去，见杉树林一直延伸到云雾缭绕的摩尼岩下，他顿时明白蓝龙的意思，道："啊呀，蓝大哥，这真是一条捷径！"蓝龙说声："走！"飞身跃上树顶，张去病随后跃上，二人踏着树冠向摩尼岩疾奔而去。

　　这一回张去病为避免蓝龙误会，有意控制内力以防不留神奔到蓝龙前面去。他落后蓝龙数尺，一步不挪地尾随蓝龙往前疾奔。杉树林长在半山上，从树冠上看去碧空无际，群山肃穆。树林犹似一块长长绿色带子一直铺到摩尼岩下。

　　蓝龙奔行一会儿，忽然问道："小兄弟，你的武功很俊啊，你师父是谁？"张去病在后面答道："谢蓝大哥夸赞，我师父是凌霄老人。"

蓝龙回头一看，张去病离他数尺远，笑道："小兄弟，你别再藏着掖着了，你内力不输老哥，怎么不奔上来同老哥说话？"

张去病笑道："蓝大哥好厉害，什么都瞒不过你的眼睛！大哥年长，理当走在前面。小弟年少，跟在大哥身后便可！"

蓝龙道："小兄弟，咱们江湖好汉大块吃肉，大碗喝酒，不兴什么虚假客套！快上前来，咱们边聊边走！"二人正说话，忽然听见摩尼岩上号角齐鸣，爆竹之声震动群山。待爆竹响过，只听一个功力深厚的声音传来："众位兄弟，吉时已到，庆典开始！"

蓝龙听出是右王房森的声音，道："不好，房森宣布殷独啸奸贼的篡位庆典马上开始，小兄弟，咱们快速冲上摩尼岩去！"张去病道声："好，小弟不客气了！"

他疾奔上前伸手托住蓝龙腋下，蓝龙忽觉双脚似乎离了树冠，身子飘起来，疾风迎面犹如一张纸盖糊住鼻孔，呼吸不畅，只见摩尼岩迎面疾速奔来。蓝龙大惊，他虽知张去病功力深厚，却没想到深厚到如此地步。他脑子里闪现一个念头：天下竟然有如此深厚功力！我若非亲眼得见，怎肯相信？

张去病迈动"蹑云步"在林带上飞奔，他猛提功力，内息如洪流无穷无尽，奔行犹似飞鹰划过蓝天，委实惊世骇俗，连蓝龙这等大高手都惊骇不已！片刻工夫，张去病携着蓝龙奔上摩尼岩一角，放开手施礼道："蓝大哥，情势紧迫，适才小弟失礼了！"

蓝龙道："好兄弟莫客气。你让老哥大开眼界，老哥我服你啦！"二人悄悄转到光明宫拐角处，往岩上一望，只见摩尼岩上人声鼎沸，上千白衣人盘膝坐在大光明宫前，每人面前放着三个酒碗，酒香四溢。大光明殿前搭起一个木台，台下前排坐着副教主、大摩尼、尊者、长老、坛主等人。

木台上放着一个宽大莲花宝座，座后立着一壁十四扇大屏风，两旁各有六扇屏风上绘的是摩尼教的十二圣徒，当中一扇屏风上面绘着摩尼光佛圣像，还有一扇屏风上刻着《摩尼光佛教法仪略》《三际经》《下部赞》等经文。台子后插着二十几面绘有日月图形旗幡，在山风中猎猎飘扬。

只见房森站在台前朗声道："众位兄弟，前两日，咱们推举殷副教主暂摄教主之职，今日举行代职庆典。本教二法王，四大摩尼，五大尊者，十大长老，各坛坛主，除了左护法王蓝龙远游未归；金面摩尼、碧眼摩尼、白衣摩尼三人下山办差未回之外，我教精英尽聚在此。依据教规，咱们先拜摩尼光佛，讫求光佛庇佑我教兴盛隆昌，永享光明！"

房森说罢跪在台上。台下众人也纷纷跪到地上跟着房森齐声祈诵道："摩尼光佛，泽被众生；佑我弟子，无烦无忧！摩尼光佛，法力无边；佑我神教，万世永续，兴隆昌盛，永享光明！"

众人跟着诵罢，房森站起身来，又道："众位兄弟请起！依据教规，代教主须对摩尼光佛起誓。殷副教主请上台来！"殷独啸从头排站起身来快步走到台下，轻轻一纵便飘然落到台上。

前日在天柱峰上，他被张去病轻轻一掌拍下峰去，坠到半途他便侧目一看，身子正挨着峰体一道石脊往下坠。他忙伸脚夹住石脊，下坠之势一滞，他疾伸两臂抱住脊身缓缓下滑，片刻工夫安然坠到峰脚。

他落地站定暗叫声："好险！"刚才若不是挨着石脊坠落，手脚刚好可在石脊上着力减缓坠速，他要想从百丈高的峰顶安然坠下绝无可能。峰下众人见他如此巧妙地下得峰来，都为他大声叫好。

金如尘上前问道："殷副教主，张去病那小子呢？"殷独啸道："那小子闯入禁地，被我打下摩天井去了！"

众人信以为真，欢呼道："殷副教主神功无敌！这小子敢闯我教禁地，死得罪有应得！"

房森又道："殷副教主，咱们的小姐呢，你怎没将她救下峰来？"听房森一问，殷独啸才想起何莹仍在峰上，忙道："小姐被那小贼掳到峰顶，我同小贼打斗，不知她安危如何？待我再上峰顶去寻找小姐！"

他牵挂何莹安危，返身往天柱峰上攀登。登到峰顶边时，他全神戒备张去病偷袭，探头一望却不见张去病踪影。他心下诧异，跃上峰顶巡查一周，既没看见张去病，也没瞧见何莹和那两位姑娘。他见石室的门开着，小心翼翼地走到门前往室内张望，却不敢进去找人。

十年前他曾进石室去杀何野风，不料落入四个金刚力士围攻中，差点送了性命，他拼命一搏才负伤逃出围攻。那次逃下天柱峰后，他苦苦寻思破解金刚力士武功之法，却始终想不出，只好放弃进石室内找何野风的念头。他料想何野风功力已失，即便躲在石室内没吃没喝，过上十天半月非饿死不可。只是未能亲手取何野风性命，让他心中大觉遗憾。

他在石室门口张望一阵，没看见张去病和三个姑娘的踪迹。却见到地上散落着二十多支喂毒的短箭，他吃了一惊，心想莫非张去病和三个姑娘进入室内，中了什么厉害机关？一想到女儿遭不幸，他心中一阵痛楚。女儿被何君茹带下摩尼岩多年，他时常思念女儿，今日才匆匆见女儿一面，女儿便没了。他心痛万分，忍着泪水下了天柱峰。

这两日，眼看全部复仇计谋即将实现，他强忍着心中伤痛，张罗安排接位庆典。一想即将坐上教主宝座，灭掉摩尼教就在眼前，他心中无比亢奋。

此刻他走上木台，踌躇满志地朝着众人抱了抱拳，转身对着台上摩尼光神像，双臂交叉放在胸前大声道："摩尼光佛圣尊在上：弟子殷独啸蒙众教友推举，代理一十九代摩尼教主之职。弟子摄此大位，一定忠心侍奉光佛，严守教义，光大佛旨，广传圣法，率领众弟子将光佛恩泽遍布天下！"

殷独啸起誓完毕，房森转对众人道："依据教规，在此庆典上，众兄弟要在摩尼光佛座前喝三碗摩尼酒，以表众兄弟与教主同心齐德，共同护教弘法！诸位兄弟，请把面前三碗端起来干了！"

房森说罢，带头端起三碗酒一一饮尽，众人也纷纷端起酒仰头喝下。房森等众人喝下酒，高声道："为教主加冕！请明晦堂宋长老端上教主宝冠。奏乐！"

号角再次呜呜吹响，一名白衣女子手上端着银盘，款款走上台来，盘内放着一顶扇形高冠。那冠身用银色薄绸制成，上面有金丝绣的祥云图案和日月光华，冠檐上镶有华丽金边。冠前后左右有四根金灿灿的曲形支柱，下端有一个金帽圈，宝冠十分耀眼夺目。

白衣女子端着宝冠缓缓走到殷独啸身旁站定，等候房森吩咐。张去病一看，那白衣女子却是拘押柳语的宋绮。盘内那顶扇形高冠同摩尼光佛头上戴的一样，他在圣宫里见何野风戴过。

却听蓝龙轻声道："小兄弟，殷独啸狗贼奸猾过人，能言善辩，平日出手阔绰，极会收买人心，咱们要揭穿他的阴谋诡计不易。兄弟你是教外之人先别露面，以免引起众人误会。等老哥先去揭穿这奸贼，你在一旁相机行事！"张去病点点头。

蓝龙起身离开张去病，悄悄朝人群中潜行过去。这时房森从宋绮手中接过教主宝冠，宋绮退到台旁。殷独啸低下头来，房森正要给他戴上冠。突然间只听一声长啸响彻群山，高亢激越经久不息。

众人惊愕回首，却只见是蓝龙仰面长啸，大步走进场来。有人惊喜道："是蓝左王！是蓝左王回来了！"

又有人惊叹道："啊呀，七八年未见，蓝左王功力又精进许多！"

蓝龙快步走上台，收住啸声，抱拳对台下众人道："诸位兄弟，别来无恙？"场上众人齐声应道："谢蓝左王挂怀！"

房森一看蓝龙到来，忙停住手，高兴道："蓝左王，你回来得正好！今日咱们为殷副教主举行代摄教主之职庆典。此事本当由你老弟来主持。你远游在外，老哥不知你的踪迹，无法请你回来主持此事，只好越俎代庖。哈哈，没想到你来得真巧，这教主之冕应由你来为殷兄弟戴上！"

殷独啸忽见蓝龙到来，心中一惊，脸上却欢笑道："啊呀，是什么风把蓝左王吹回摩尼岩来了？蓝左王赶回来为兄弟加冕，兄弟荣宠之至！"

蓝龙脸色一沉，冷冷道："殷独啸，你暂别说加冕之事！你先对大伙说说，教主他老人家究竟到哪里去了？"

殷独啸干笑一声，道："蓝左王，你这是明知故问了。教内众位兄弟都知道，教主他老人家云游四海去了。这些年你下山去，不就是去找教主吗？蓝左王回来，怎么反问殷某教主到哪里去了？"

蓝龙目光炯炯盯着殷独啸，道："不错，兄弟们都知晓教主外出云游去了，我蓝龙也四方寻找教主，但教主外出之事，大伙都是听你一人说的，没听第二个人说过。你说教主外出云游之事，究竟是真是假，大伙谁也不知真相！"殷独啸一愕，心中紧张起来。

蓝龙又道："以往教主每次离开摩尼岩，事先都要对护法二王和四大摩尼告知一声，将教务安排妥帖后，才下摩尼岩去。这一次，教主却只对你一人说，便突然走了，而且一去十年不回摩尼岩，消失得无影无踪！大伙怎能相信你一面之词？殷独啸，你编造这一派谎言，可不怎么高明哪！"

众人听蓝龙如此一说，顿时心中涌起疑云，都齐刷刷将目光盯着殷独啸，场上气氛骤然紧张起来。殷独啸大吃一惊。心想：蓝龙这厮莫非在外面查到了什么？转念又想，不可能！此事我做得天衣无缝，何野风老贼功力尽失，他下不了天柱峰，一定早已化为一具白骨死在峰顶上了。蓝龙这厮不会得知内情。他是在讹诈我，我得暂且隐忍，别让他搅了我的加冕大典。待我坐上教主之位，再设法收拾这厮！

如此一想，他面不改色，打个哈哈道："啊呀，蓝左王可真会说笑！殷某为人从无戏言。这一点众位兄弟都是知晓的嘛，我怎会欺哄大伙啊？教主他老人家这一次出行是临时起念，本想游玩几日便回来，所以只同我打个招呼，没对旁人说，这也是情理中的事嘛，蓝左王可把事儿想岔了！"

众人一想也是，是不是蓝龙多疑，把事情想偏了？众人又都齐刷刷转眼去看蓝龙，听他如何分说。

蓝龙冷笑一声，道："殷独啸，我来问你，你说教主说，他本只想游玩几日便回来。嘿嘿，为何他一去十年却回不来，甚至连一点音信也没有？这情形同教主对你说的话大相径庭！殷独啸，你说这是什么缘故？"

殷独啸一怔，心想这厮此话是何用意？我得小心答对，可不能上他圈套！待我探探这厮口风，再作计较！

他转动两下眼珠，干笑一声，道："蓝左王问这是什么缘故，我也说不清。我想或许是教主他老人家游兴未尽，不想回来。或是他老人家隐居在什么地方新练一门神功，还没练成便不想回来。或许呢，是他老人家在外病了，在什么地方养病暂时还回不来。总而言之，原因多多，我如何说得准呢！蓝左王，依你说……又是何故呢？"

张去病躲在大光明宫旁，将殷独啸这番话听得清清楚楚，心想这厮可真狡诈，他一连说了几个或许，是想将大伙思绪引入歧途。然后再反问蓝龙，想试探他蓝大哥是否知晓真情，此人真是厉害角色！难怪，连身经百战的何野风老爷子，也中了他的奸计！

蓝龙见殷独啸耍奸猾，怒火中烧，大喝道："殷独啸奸贼，到了此时你还在装疯卖傻！你使出种种毒计谋害何教主，欺骗众兄弟，却不敢认账，你算什么汉子？"台下众人一听震惊万分，纷纷交头接耳议论起来。

殷独啸心中打个突，不知蓝龙知道多少内情，心里七上八下。他想：莫非蓝龙这厮真的知道了什么？这怎么可能呢？难道是何君茹那贱人对他说了些什么？但那贱人对我的秘计一无所知，蓝龙不可能从她嘴里得知真相。哼，这厮是在诈我！此事我做得滴水不漏，谅他也拿不出证据。只要没有证据，众人便不会相信他的话！

如此一想，他哈哈一笑道："哈哈，蓝左王可真爱说笑！咱们多年不见，这一见面，你就同兄弟开玩笑！这种大逆不道之事，可不能拿来开玩笑。虽然咱们是好兄弟，这种玩笑也开不得啊！蓝兄若是觉得我殷独啸德浅才疏，不配暂摄教主之职。蓝兄若是想当教主，我殷独啸甘愿让位给蓝兄。你开这种玩笑，殷某可担当不起！"他把"蓝兄若是想当教主，我殷独啸甘愿让位给蓝兄"这一句说得极响，让想众人觉得蓝龙是想同他争教主之位，在诽谤他。

房森在旁忙道："蓝左王，犯上作乱可是大罪！咱们说这种话，须得有真凭实据，不可信口说道，伤了教内兄弟的和气啊！"

蓝龙转头对房森道："房兄，你我兄弟在教主手下共事二十几年，你知我蓝龙向来谨言慎行，从不妄论他人。今日我说殷独啸这奸贼谋害教主，决非信口胡说。你且听我说下去便知分晓。"房森素知蓝龙的为人，一听此言心头暗震，便不再劝阻。

蓝龙转过头来冷笑一声，道："殷独啸，你说我蓝龙想当教主，你说这话，是想堵住我蓝龙的嘴，是想迷惑大伙。房右王说要有真凭实据，我自有真凭实据拿出来！但在拿出铁证之前，我要将你如何谋害教主的阴谋诡计，一桩桩揭露出来，叫众兄弟瞧瞧你这人面兽心的奸贼，干下什么罪恶勾当！"

殷独啸也冷笑道："蓝龙，我当你是教内兄弟，才不来同你计较！你血口喷人，口口声声骂我是奸贼，说我谋害何教主，耍什么阴谋诡计。好好好，你说出来让大伙听听，请大伙评评理，看是我殷独啸耍阴谋诡计，还是你蓝龙为争夺教主之位，耍阴谋诡计！"

蓝龙道："殷独啸，你使的第一个诡计，是从波斯总坛盗来摩尼神印把它当作寿礼献给教主，骗取教主信任，以达到你打入我教，寻机谋害教主的目的！"

殷独啸道："大伙听听，这是什么阴谋诡计了？我是中土人想加入中土摩尼教，算什么阴谋了？我仰慕教主，献上摩尼神印取悦他老人家，这又算什么阴谋了？蓝龙，你说这是阴谋诡计真是可笑，可笑啊！"台下众人一听，都想殷独啸这样做在情理之中，算不上是什么阴谋诡计，蓝龙有些夸大其词了。

蓝龙冷笑一声，道："单是这一件事，大伙还不一定看穿你的阴谋。待我说出第二桩事，大伙便可看端倪！你这奸贼使的第二个诡计便是骗取小姐芳心，怂恿小姐与你私奔，把生米煮成熟饭，使教主不得不认可这门婚事，如此一来你便成了教主亲近的人，有机会对教主下手！"

殷独啸忽然哈哈笑道："蓝龙啊蓝龙，原来你说我谋害教主，是恼恨我将何君茹从你手上夺去，怀恨在心，便来诬陷殷某！古人说窈窕淑女君子好逑。当年你蓝龙没本事娶到何君茹，我有本事娶了她，你便记恨我，胡言乱语说我有什么阴谋。众位兄弟，你们说，蓝龙这种人好笑不好笑！"

众人大都知道何君茹本来同蓝龙相好，后来不知怎的抛弃蓝龙嫁给殷独啸。此刻听殷独啸如此一说，不由不信殷独啸的话，以为蓝龙情场失意记恨在心，便来同殷独啸捣乱。众人又在台下嗡嗡议论起来。

云飞扬站起身来，道："蓝兄，咳咳，今日咱们是办教内公事，不可夹杂儿女私情，因私废公。咳咳……莫因你同殷老弟个人恩怨，误了全教大事！唉，那苏东坡老头子说得好：天涯何处无芳草？你何必对过去之事耿耿于怀？咳咳……俗话说水往低处流，人往高处走。殷老弟想当教主乘龙快婿，人之常情嘛，咳咳……这扯不上是什么阴谋呀？"

张去病见殷独啸应变极快，眨眼之间，又将众人迷惑住。他不禁心中暗暗纳闷：为什么天下坏人总是这般狡猾？秦桧老贼、完颜龙、秦员那厮，还有这个殷独啸，他们个个诡计多端，能言善辩，而且心狠手毒，这是为什么呢？他看见殷独啸转瞬反守为攻，连足智多谋的云飞扬都被他哄住，不禁暗为蓝龙担心。

蓝龙忙道："云兄，你上殷独啸的当了！这奸贼故意混淆视听，掩盖他的阴谋诡计，说我同他争风吃醋！你道他挖空心思娶何小姐，只是为了当上教主乘龙快婿，得到教主宠信，当上副教主吗？云兄你不知道，这奸贼是为了能到教主身边，寻机谋害他老人家！"

云飞扬摇头道："蓝兄，你越说越远了！咳咳，你说殷老弟谋害教主，那得有根据啊！没有根据，咳咳，你叫大伙如何相信你的话？咳咳，多说无益……你有什么根据，快说出来让大伙听听，究竟是怎么一回事！"

蓝龙激愤道："云大摩尼，我当然有根据！十年前，这奸贼成了教主的女婿后，一日何君茹为教主熬一碗参汤，这奸贼趁君茹不备，在参汤里下毒。何君茹不知，将参汤端去给教主喝。教主万没想到女儿端来的是一碗毒汤，便将参汤喝下，顿时功力尽失成了废人。他老人家一时不知被谁谋害，只得悄悄躲上天柱峰去恢复功力。岂料殷独啸这奸贼却找上峰去对教主下毒手，得意之下，他说出谋害教主的种种阴谋诡计！"

众人听说何野风中毒，一身天下无敌神功被废，无不惊骇万分，都不禁发出"啊"的惊呼声。黑头陀"嗖"地一下站起身来，着急问道："蓝左王，你说的是真的吗？教主他老人家真的被殷独啸下毒，失去无敌功力？教主他……被殷独啸害死没有？"

蓝龙热泪盈眶道："殷独啸这奸贼潜上天柱峰，想置教主于死地，教主被他打伤掉进摩天井内！幸亏他老人家熟知井下机关才没丧命。但他老人家失去功力，打不开圣宫内秘道，被困在圣宫内十年！这十年教主没有离开摩尼岩半步，这奸贼却骗大伙说教主外出云游，不知所终！众位兄弟，我们被这奸贼骗了整整十年！"

台下顿时一片哗然，众人七嘴八舌问道："蓝左王，教主他老人家还健在吗？他老人家还好吗？""蓝左王，教主他老人家出了圣宫没有？此时他老人家在什么地方，你见到教主没有？""蓝左王，你是如何得知这一切的？是教主对你说的吗？你上摩尼岩来，是他老人家差遣你来的吗？""蓝左王，教主他老人家还对你说了什么？教主对大伙有什么吩咐吗？"一时间，众人纷纷发问。殷独啸一听蓝龙道出真相，心中又怕又迷惑。他不知蓝龙从何得知这一切，心中只有一个念头，不能让众人相信蓝龙的话！

他忙抢道："蓝龙你好狠毒！你要报当年我横刀夺爱之仇，为夺教主之位，便编这通谎言来陷害我！你说我下毒害教主，谁人看见了，又有何人做证？你说我上天柱峰对教主下毒手，又有谁看见了，又有何人出来做证？你无凭无证，诬指我谋害教主，你道兄弟们都是三岁小儿，凭你空口胡说，便哄骗得了吗？"

伏虎尊者张敖道："蓝兄，殷独啸说得不错，你有证据吗？有证据就赶快拿出来给大伙看看，大伙才知晓你说的是真是假！"

玉面尊者董魁也跟着嚷道："对，蓝左王，你快拿出证据来给大伙瞧瞧！没有证据，我们可不敢相信你说的话！若你有证据，我们决不放过殷独啸！"

蓝龙抬手抹去眼角泪水，从怀里取出一物，当众一亮，高高举过头顶。道："大伙看看，我手中拿的是何物？"坐在前面排的大摩尼、尊者、长老、坛主等人个个内功精深，目光犀利，一眼看出蓝龙手中拿的东西是摩尼神印。苏远山激动得高声叫道："啊呀，是摩尼神印！蓝左王拿的是教主的摩尼神印！"

云飞扬叹道："自从教主不知去向，咱们有十年没见到他老人家使用摩尼神印了！此时得见神印，叫人好生想念他老人家！蓝左王，咳咳，你见到了教主吗？他老人家此刻在何处，为何不上摩尼岩来让大伙拜见他老人家？"

蓝龙道："云大摩尼，坐得远的兄弟们看不真切摩尼神印，待我先请房右王验证神印是真是假，过一会儿我再对大伙细说详情！"他转身对房森道，"房兄，你仔细看看，我手上这摩尼神印是不是真的？"

房森多次见过何野风使摩尼神印，对神印极为熟悉。接过印来仔细一看，印面、印身及印上的装饰，果然是何野风经常使用的摩尼神印，忙点头道："是，是教主的摩尼神印。"又对台下众人说道，"众位兄弟，蓝左王手持的确是教主的摩尼神印！"

场上众人一听蓝龙手上拿的真是摩尼神印，纷纷起身拜伏地上，齐声诵道："见神印如见教主，弟子恭祝教主安康！"众人诵祝罢，坐起身来，心中都想，摩尼神印是何野风随身之物，蓝龙手持神印到来，一定是见到了何野风，那么蓝龙所说的一切不会有假。场上几千人顿时怒目圆睁瞪着殷独啸。

房森喝道："殷独啸，蓝左王拿出教主的摩尼神印为证，你怎么说？"

殷独啸见蓝龙拿出摩尼神印，神色大变。但一瞬又镇静下来，大声喝道："蓝龙，你好大胆子，竟敢犯上作乱，夺了教主的摩尼神印！你这厮下山去找教主，我只道你是对他老人家思念得紧，谁知你这奸贼却是为了夺教主的神印，来同我争夺教主之位！蓝龙，你把教主他老人家怎么了？快如实说来！"

众人看见摩尼神印，本已信了蓝龙的话，听殷独啸如此一说皆是一愣，心想殷独啸所言之事并非不可能，心下有几分犹豫起来，又纷纷看着蓝龙。张去病见殷独啸反咬蓝龙一口，随机应变快得不可思议，场上情形一下变得对蓝龙不利。

只听蓝龙冷笑一声，道："殷独啸，你不敢承认教主被你下毒废了武功，那么他老人家神功尚在，以我蓝龙这点微末道行，能从教主手上夺来神印吗？嘿嘿，众位兄弟，你们信这奸贼的鬼话吗？"

众人一听，心想是啊，倘若何野风武功未失，蓝龙绝不可能从何野风手里夺走摩尼神印！如此一想众人都摇了摇头，表示不相信殷独啸的话。房森道："蓝兄，这么说你找到教主了，神印是教主给你的？"

蓝龙道："我没找到教主，神印也不是教主亲手给我的。"众人一听，心中奇怪，暗自嘀咕：蓝龙没找到教主，怎会得到摩尼神印呢？

殷独啸抢道："大伙听听，蓝龙拿到教主的神印，却不敢承认他找到了教主！他心中一定有鬼，教主一定被他害了！"

蓝龙冷笑一声，道："殷独啸，你这厮贼喊捉贼！我虽没找到教主，却有人找到了教主。教主将摩尼神印交给那人，叫他上摩尼岩来阻止你这奸贼篡位！那人非本教弟子，他不便出面，便将摩尼神印交给我，由我来揭穿你这奸贼的阴谋诡计！"

台下众人纷纷问道："蓝左王，那人是谁？""蓝左王，那人在哪里？""蓝左王，你快叫那人出来做证！"房森亦道："蓝兄，为弄明事情真相，你快叫那人出来做证！"

张去病见众人要他出面做证，不待蓝龙叫他，便高声道："我来了！"他从大光明宫转角处走出，纵身跃上木台，大步走到台中。众人一看来人是张去病都惊讶万分，心想殷独啸说张去病被他打下摩天井去了，怎么他还好端端的？

殷独啸更是大吃一惊，心想坏了，这小贼没死！他怎会见到何野风？何野风又怎会将摩尼神印给这小贼？何野风那老贼又怎会在圣宫里十年没死？这……这……怎么可能？

他眼珠转几转，冷冷道："我道是什么证人，原来是中原门派的奸细张去病！蓝龙，你为夺教主之位，竟然暗中同中原门派勾结，叫这小子来搬弄是非，挑起我教兄弟内讧！我问你，那中原门派给了你多大好处，你竟然背叛圣教，为敌人剿灭我教卖力气？"

蓝龙心里叫声："糟了！这奸贼狡诈，他挑起门派仇怨，只怕小兄弟说话没人信了！"

殷独啸不等蓝龙回答，便大声对台下众人道："众位兄弟，蓝龙这厮已叛教投敌，大伙不要被他的妖言所惑，大伙快将这叛徒拿下！"

说时身子一晃朝蓝龙扑去。他想趁真相未明之际，煽动众人向蓝龙下手，将水搅浑，可趁乱杀了蓝龙。岂料他身子甫动，房森一闪挡在他面前，道："殷副教主且慢动手！蓝龙若是叛徒，这摩尼岩上有上千兄弟，谅他逃脱不了严惩！"

张去病哈哈笑道："殷独啸，你见我到来害怕了，是不是？你说我是中原门派的奸细，你以为我说的话大伙便不会相信，是不是？哈哈，你打错主意了！我来问你，你说我是中原门派之人，那么你给大伙说说，我是中原哪门哪派的人啊！"

殷独啸一愣。张去病的武功是凌霄老人所传，武林中人都不知老人门派。殷独啸同张去病交过手，也看不出张去病是何门派。此刻一听张去病反问，若乱说张去病是哪个门派的人，场内武学行家不少，一听便能辨别真假。他只得胡乱搪塞道："你这小贼是中原哪个门派的，我一时说不准。但你来自中原门派，这个不会有错！总之你不是本教弟子，说的话便不可信！"

张去病道："如此说来，蓝左王是教内弟子，他说的便可信了。那么蓝左王揭露你谋害何教主，你赶快承认你的罪行啊！"

殷独啸怒道："小贼，你胡说什么？蓝龙与我有仇，又被你中原门派收买，他说的话怎么能信！"

张去病道："殷独啸，你连我是何门派都不知晓，便造谣说我是中原门派的奸细。你如此满口谎言，你说的话谁又信得？哈哈，你说谎连眼睛都不眨一下，说谎功夫真是天下无双啊！"

殷独啸急道："小贼你同蓝龙串通起来诬害我，你们是一伙的，众位兄弟，咱们掳来柳寒峰的女儿，前日被这小贼救走，大伙都亲眼看到的。这小贼是中原门派的奸细，他的话万万信不得！"

张去病道："殷独啸，你说我和蓝左王的话信不得，那么在场之人说的话，可不可信？"

殷独啸一愣，道："在场任何一个兄弟说的话都信得，唯独你二人的话信不得！"

张去病道："那好，待会儿这场上有人来揭穿你的阴谋，你不可抵赖！"

摩尼岩上几千人，包括蓝龙在内，一听张去病说场上还另有人来揭穿殷独啸的阴谋，都好奇心大盛。皆想那人会是谁？

听张去病又道："殷独啸，十年前你对宋绮长老说，只要她帮你拆散蓝左王同何君茹的姻缘，等你娶了何君茹夺得掌教大权后，便将何君茹休了，娶宋绮长老为妻。我来问你，这么多年，你为何一直不娶宋长老？你哄骗宋长老给你当枪使，过河便拆桥，让宋长老眼巴巴等你十年。你这人太不地道，你这人太卑鄙，心也太黑太狠了！"

刚才，张去病见殷独啸反咬蓝龙和自己一口，众人对他二人见疑，心想即便自己将殷独啸的奸谋说得比蓝龙清楚，也难扳倒这奸贼。怎么办呢？寻思之际，忽然看见宋绮捧着教主高冠站在台角，蓦然想起殷独啸使奸计哄骗宋绮同他亲热，拆散蓝龙同何君茹之事，心中有了主意，此时便将此事揭出来。

众人一听，齐刷刷转头去看台旁站着的宋绮，只见她满脸通红，神色窘迫。殷独啸未同何君茹成亲之前同宋绮相好，不少人知道此事。但后来殷独啸抛弃宋绮，娶何君茹，众人却一直不知真情，还以为他是想攀高枝才将宋绮抛弃。

可是令人不解的是，后来教内几个爱慕宋绮的兄弟，纷纷向宋绮表示爱意，都被宋绮婉言拒绝，那几人也都不知宋绮为何如此。此刻听张去病一说，才知殷独啸同宋绮有暗约。但张去病说的是真是假呢？众人又转过头望殷独啸，看他如何辩说。

殷独啸一听张去病的话，脸色骤变，急道："小贼你胡扯什么？我同宋长老哪有……哪有……此事？"他嘴上否认，心中却大惊，心想如此隐秘之事，这小贼怎会知晓？难道是宋绮对这小贼泄露了真情？他侧目一看宋绮，却见宋绮正满眼幽怨地望着他。他急忙将脸转开，不敢看宋绮。

张去病叹口气，老气横秋道："唉，殷独啸，像你这种负心薄幸之人，我从来没见过！你当初骗宋长老也就罢了，为何这十年你不但不娶她，还要一再骗她？你让大伙瞧瞧，你把一个当年如花似玉的宋长老，一个令众人倾慕的美人儿，耽误成了一个半老徐娘！你对宋长老也太无情，太残忍了！殷独啸，我问你，你还要骗她到几时？"

张去病这几句话，直说到宋绮的心里去。当年殷独啸许愿将来一定娶她，哄得她答应到后山亲热给何君茹看。可是这十年中，她每次向殷独啸提及此事，殷独啸总是含混搪塞过去。此时听张去病如此一说，宋绮再也忍不住心中一酸，背过身去抽泣起来。众人见此情景，便知张去病说得不假，台下又一片哗然。

看见宋绮伤心落泪，殷独啸心中大急，左右为难。他若抵赖此事，定会惹恼宋绮。若是默认此事，众人便信了张去病的话。更叫他着急的是：他若默认此事，张去病再说什么话，大伙便不再怀疑了。一时间他无计可施，急得结结巴巴道："小贼，你……你……"

张去病又叹口气，道："我什么了？你恼我不该当众抖出你干的这些丑事吗？殷独啸，你骗宋长老，那是你二人之间的私事，我本不想来戳穿你。但你欺骗宋长老不说，却背着宋长老想娶别的姑娘为妻。你如此欺侮宋长老，也太过分了！唉，我实在看不下去，才来戳穿你的卑劣行径！"

忽听台下一人怒喝道："殷独啸，你吃着碗里的，看着锅里的，让老子们干耗着，你他娘的也太花心了！张去病你快说说，他想娶哪个姑娘为妻，老子们决不放过他！"众人一看那说话的人，却是青龙坛坛主周光，是宋绮的倾慕者之一。

张去病装作惊讶道："大伙还不知道吗，殷独啸要娶的那位姑娘，便是天山派掌门人的女儿柳语姑娘啊！"

殷独啸急道："大伙别听他胡说，我没想娶那姑娘！咱们抓来天山派掌门人女儿，是为逼迫那柳寒峰归降我教！"

张去病道："殷独啸，你说要娶那柳姑娘为妻，可不只我一人听见，还有一个人可做证，这事你可抵赖不了！"

台下众人越听越奇，青龙坛坛主周光迫不及待问道："张去病，那证人是谁？你快请他出来做证！"

张去病转头对房森道："房右王，在摩尼光佛面前，在下请你以光佛名誉说句实话，殷独啸是不是对你说，他要娶那柳姑娘为妻？"

房森一怔，犹豫一瞬，点头道："殷独啸是对我说过此话，但他说是为迫降那柳寒峰。"

张去病哈哈一笑，道："房右王，你是老江湖了，怎的看不出来？殷独啸这是明修栈道，暗度陈仓。他打着迫降柳寒峰的幌子，一箭双雕。他的醉翁之意，更在娶那美丽无比的柳姑娘啊！"

众人一听，不由得频频点头。宋绮更听得妒火中烧，再也强忍不住，大哭道："殷独啸，你这负心薄幸之人！你骗我半辈子，误我一生大好年华，此时却要娶别的年轻美貌姑娘！你这忘恩负义的东西！当初你甜言蜜语对我说，蓝龙同你有过节，你要我帮你拆散蓝龙同何君茹，解你心头之恨。你扮成蓝龙模样让我同你在后山幽会，故意让何君茹看见，你果然拆散了他俩！

"后来你又对我说，你要在教内出人头地，须暂同何君茹成亲。等你掌了大权便休她娶我！教主离山之后，何君茹也下了摩尼岩，我要你娶我，你又骗我说等你当上教主再娶我。你花言巧语，对我说得信誓旦旦。此时却背着我要娶别的年轻美貌姑娘！你这奸贼，你骗我骗得好苦！我一生全都毁在你这奸贼的手里，我同你拼了！"说时将手中的宝冠朝殷独啸砸去。

房森伸手接住宝冠，道："宋长老息怒，你同殷独啸的私怨待会儿再说。"众人一听宋绮之言，对殷独啸疑心大盛，心想蓝龙说殷独啸谋害教主的种种诡计，十有八九是真的！霎时间，场上几千双眼睛都怒盯着殷独啸。

殷独啸见众人满面怒容，急忙辩解道："众位兄弟，即便我做了对不起蓝龙和宋绮之事，这也同谋害教主扯不上边！大伙想想，我是教主的女婿，已当上副教主，接任教主之位是早晚的事，我干什么要谋害教主他老人家？我殷独啸可没这么傻，怎会干这种大逆不道的蠢事！我这么做图什么？是不是？众兄弟莫被蓝龙和张去病的谎言骗了！"

张去病突然大喝道："独孤云！你别再撒谎骗人了！"这一声喝叫，殷独啸猝不及防，惊得瞪大眼睛，脱口问道："你，你……怎知道我的真……"

张去病道："你问我怎么知你的真名是不是？独孤云，你千方百计谋害何教主，那是因为你是子午岛高手独孤天的儿子！你使出种种阴谋诡计，做出这一切罪恶，都是为你爹独孤天报仇！"

第二十章 救危

说至此处，他走到台口对众人道："诸位，此人真名叫独孤云，他爹是当年同何野风教主比武的独孤天。三十年前，他爹败在何教主手下被废了武功。那独孤天逃回子午岛后含恨死去。这个独孤云为了替他爹独孤天为报仇，便改名殷独啸用计混入贵教，使奸计谋害何教主！"

场上众人一听震惊万分，齐声怒问道："蓝左王，张去病说的这一切是真的吗！"

殷独啸抢道："假的，假的，全是这小子胡编的！大伙别上张去病的当！"

蓝龙冷笑道："殷独啸奸贼，众人是问我，没问你，你着急什么？奸计败露害怕了吗？"又朗声对众人说道，"众位兄弟，我蓝龙在摩尼光佛座前起誓，张去病的话句句是真！待会儿教主他老人家就要上摩尼岩来，大伙看这奸贼又如何抵赖！"

殷独啸一听何野风要来，吓得脸色惨白。惊惶道："蓝龙，你说教主要来？哼，你在骗人！"

蓝龙道："我骗没骗人，一会儿大伙便见分晓！何教主一到，马上叫你原形毕露！"

殷独啸脸色阴晴不定，忽然一声大笑："哈哈……哈哈……"蓝龙诧道："殷独啸，你的末日已到！你笑什么？"

殷独啸道："教主来了，我高兴啊！"话音未落，他右掌呼地拍向蓝龙。蓝龙忙出掌相迎。岂料他这一掌是虚招，手掌拍到中途突然往旁一闪，左掌向房森拍去。房森亦是一掌拍出，忽突觉手掌无力，腹中剧痛。只听"砰"的一声，房森肩头被殷独啸手掌击中，身子一歪倒在台上。

张去病见殷独啸突然暴起伤人，闪身上前将殷独啸击拦住，两人动起手来。台下众人大惊，房森武功本来比殷独啸高，即便殷独啸练了《玄秘宝典》上层武功，房森也不至于被他一招击倒！蓝龙同房森交情深厚，忙纵身上前将房森抱起，问道："房兄，伤得如何？"

房森喘息道："伤得不重，但不知为何中了毒，腹中痛得厉害！"

蓝龙惊怒交加，回头一看，道："小兄弟，你莫插手。清理门户之事，我教兄弟自己来做！云大摩尼，五尊者，你们快将殷独啸奸贼拿下！"只见云飞扬、黑头陀、董魁、张敖、金刚尊者高智、如意尊者方舟，六人纵身上台将殷独啸围住。张去病忙闪到一旁。

殷独啸却面无畏色，喝道："你们全都上来送死，好得很！"张去病心想这六人武功卓绝，殷独啸独斗两人已难取胜，何况斗六人？这厮胡吹什么大气？他忽觉情形不对，只见六人上前同殷独啸动上手，一个个脚步虚浮出招无力。黑头陀右掌拍向殷独啸，却用左手捂着肚子。

张敖双拳打出，未伤到殷独啸，自个儿却打个趔趄。玉面尊者董魁明明躲开了殷独啸打来的一拳，脸上却露出疼痛不堪的模样。金刚尊者高智尚未出招，额头上却大汗淋漓。如意尊者方舟同殷独啸对了一掌立时气喘吁吁。云飞扬一掌拍在殷独啸肩上，手掌却绵软无力。

张去病看得莫名其妙，不知六大高手为何如此不成样子。转瞬之间，殷独啸出手如风便将六人打倒。张去病急忙纵身上前一掌将殷独啸逼开，挡在六人之前，不让殷独啸对六人下毒手。

黑头陀大骂道："他奶奶的！啊哟，老子的肚子痛得像被刀割，是哪个狗娘养的下毒整老子？老子定将他卸成八大块！"云飞扬一言不发坐在地上运功逼毒，脸上一阵一阵抽。

张敖骂道："他妈的，老子身上一点劲也使不出来，哎哟，这毒好厉害！我操他祖宗八代！老子们怎么忽然都中了毒？"二人骂声未绝，忽听台下众人都大声呼痛，有的痛得滚倒在地，有的痛得拍胸打肚，有的痛得大叫乱跳。一时间摩尼岩上乱成一团！

殷独啸狂笑一声，道："摩尼教的兔崽子们，刚才你们喝下三碗摩尼酒，爷在酒里下了'三魂催命散'，你们都中了殷爷下的毒，酒的味道很好啊！没有殷爷的解药，片刻之后你们便一个个惨死在这摩尼岩上！哈哈哈……"

云飞扬怒骂道："殷独啸狗贼，咳咳咳，你这竟敢毒死我教上千兄弟，老夫拼死也要宰了你这恶贼！"说时站起身来向殷独啸扑去，岂料腹中一阵绞痛，身子又软倒地上。

殷独啸哈哈大笑，道："云飞扬，你中了我的'三魂催命散'自个儿老命不保，还想找我拼命？你们这些何野风的徒子徒孙，一个个马上去见阎王去了，威风八面的摩尼教马上就被殷爷一人灭了！哈哈哈，爹、娘，你们在天之灵看见了吗？儿子为你们报仇雪恨了，好痛快啊！哈哈哈哈……"

蓝龙将房森抱到一旁放下，回头上千人个个中毒呼痛乱作一团，急得他像热锅上的蚂蚁无计可施，忙对众人道："大伙莫慌了神，快运功护住心脉！"

张去病怒喝道："殷独啸，你为爹娘报仇无可非议。但冤有头，债有主，你为何要害死这岩上数千人？你这厮也太歹毒了！"

殷独啸冷冷道："小贼，这是我与摩尼教的仇恨，与你何干？你非摩尼教中人休得来管闲事！"

他几次同张去病交手，未占到一点上风，对张去病颇为忌惮。心想：这小贼武功怪异，蓝龙若同他联手对付我，我定要吃亏。倘若金若尘、童三界、白无极三人赶回摩尼岩来那更不妙。我已报大仇，开溜为妙！心念闪过，他纵身蹿出。岂料两脚刚落地眼睛一花，张去病已站在他面前。他忙往左逸出，眼睛又一花，张去病又拦在他面前。他再闪身向右纵去，张去病仍先他一步挡住去路。他一连七八次夺路逃窜都被张去病截住。张去病身法快如鬼魅，令他又惊又畏，又恼又怒，他呼地一掌朝张去病拍去。

张去病哈哈一笑道："殷独啸，你便是使出吃奶的力气也休想打着我！"说时脚下一滑，倏地转到殷独啸的身后。殷独啸趁机往前一纵，欲赶快脱身。哪知张去病身子一转又挡在他面前，两人的身子几乎相贴，张去病朝殷独啸脸上吹了口气。殷独啸又急又气，挥动双掌朝张去病劈头一阵急攻。

张去病在殷独啸的掌影中穿行，踏着"蹑云步"身姿却雍容优雅，嘴上还哈哈笑道："殷独啸，你怎的如此不长进？枉自闭关练了《玄秘宝典》上武功，打了半天却连我的衣衫也摸不着，你这人也太厌包了！"殷独啸火冒三丈，咬牙切齿却一言不发，手上出招却更狠更快。

张去病又道："殷独啸，何教主传你的'玄阴化密功'，你才学到五层对我不管用！你偷到下卷《玄秘宝典》，没偷到上卷宝典，没学到上卷宝典中的内功心法。此刻你用子午岛的内功来使《玄秘宝典》下卷招式，那是东施效颦，张冠李戴，哪能管用？我劝你还是痛痛快快亮出子午岛武功来罢！"

殷独啸混入摩尼教后，为不让何野风识破他的真面目，一直将子午岛武功藏而不露，在众人面前只显露一些杂派功夫。盗得下卷《玄秘宝典》后，他躲到无人之处暗中偷练。只因下卷《玄秘宝典》只有招式而无内功心法，他练来练去收效甚微。前几日，他在白塔内闭关练宝典上武功，便是运起子午岛"混元天极功"破塔而出。众人都没看出破绽，连房森和四大摩尼这等老江湖皆被他骗过。张去病此时戏逗殷独啸，既想阻止他逃走，也想激怒他使出子午岛武功，让众人更看清他的真面目。

殷独啸心下暗惊：这小贼怎知我偷了下卷《玄秘宝典》，没偷到上卷？又怎知我没练成宝典上的武功？惊疑瞬间，他身形忽变，喝道："小贼，你想瞧我子午岛功夫，我便叫你尝尝子午岛功夫厉害！"说时突然猱身直上，一掌向张去病拍来。

张去病只觉对方掌力如激浪涌来，他欲出招化解，瞬间殷独啸掌上又袭来第二股掌力，势头更刚猛。他心中一惊：这厮拍出一掌怎会生出两股掌力？急迈"蹑云步"往旁一闪。岂料身形甫动，对方第三道掌力又排山倒海般涌来。他来不及避开，忙用"日月双环神功"的"移山填海"法门，将袭来掌力转移至脚下。

这一瞬间，他想起赵无痕讲独孤天斗何野风使出"伏波神掌"之事，心想子午岛的武功果然有独到之处！但他表面装得若无其事，道："哼哼，子午岛的'伏波神掌'也不过如此！"

殷独啸使出"伏波神掌"被张去病轻描淡写化解，顿时心生惧意。寻思这小贼怎知我子午岛绝技！此人不好对付，我得赶快走！便在此时，蓝龙纵身上前对张去病道："小兄弟，你替我照料众人，待我擒住这奸贼逼他交出解药来。我要亲手宰了这恶贼，为众兄弟报仇！"

蓝龙说话瞬间，殷独啸趁张去病分神，飞身跳下台，朝大光明宫后屋舍奔而去。蓝龙大声喝道："殷独啸奸贼，你跑不了！"双足疾点纵身追去，转眼之间二人消失在大片屋宇后面。

张去病站在木台上望着众人哼哼嚷嚷，痛楚难当，不知如何是好。心想蓝大哥叫我照看他们，我对医术一窍不通如何照看得了？他抓抓头，在台上走来走去，先想用内力将大伙体内的毒逼出来，但想到中毒的人太多，只怕还未救得几人，其他人便不行了。

他想叫大伙刺破手指脚趾放血，让毒从血中排出减轻痛苦，但又觉大大不妥。人身上血本来不多，弄不好毒没排出，大伙反倒失血而死，岂不是弄巧成拙？转念又想：有了，放血排毒不成，撒尿排毒总该可以。我去取些水来给大伙喝下，让大伙多撒几泡尿，说不定能排出些毒来也许会好受一些。如此一想他便对众人道："诸位暂忍片刻，我去取水来给大伙喝，帮大伙把身上的毒从尿中排出来。"

台下功力浅的人早痛得忍受不住，忙道："小兄弟，死马当作活马医，你快去取水来给我喝两口！"有人道："对对，我口渴心烧，腹中如有火炭在烘烤，喝口水要好受些！小兄弟你快去取水来！"

张去病正要跳下台去取水，忽听一个声音冷冷道："哼，病急乱投医，喝上几口水，只怕你们转眼便去见阎王！"

张去病回头一看，只见吴艳娇扶着何君茹站在摩尼岩入口处。他高兴地蹦跳起来，道："吴姥姥，你老人家来得太及时！大伙都中了殷独啸下的毒，姥姥快来救命！"

吴艳娇、何君茹二人离开摩尼岩多年，此刻突然出现在摩尼岩上，众人又惊又喜。一人叫道："啊呀，快看，小姐和吴长老来了！咱们的大救星来了，大伙有救啦！"

有人哼哼唧唧道："哎哟哟，哎哟哟！吴老姐，我快不行了……你快救救兄弟的命！"有人大喊道："吴长老，兄弟肚痛如刀绞，啊哟，他娘的，这是什么鬼毒？痛死人啦！吴长老，你快帮兄弟将这烂肠子割去！"

还有人呻吟道："啊哟哟！吴大妹子，你老哥快挺不住了，你快先给你老哥治治！"吴艳娇走上前拨开一个汉子的嘴，看了看舌头，又翻开那汉子眼睛瞧瞧，再看看那人鼻孔，惊道："啊，不好，你们中的毒是子午岛的'三魂催命散'！"何君茹焦急道："乳娘，此毒能解吗？"

吴艳娇道："幸亏我师父他老人家收罗了天下门派的伤药和毒药，探究医理配出解各种毒之法。要不然大伙今日真没命了！"众人一听解毒有望，叫痛声也小了许多。

吴艳娇又道："小姐别担心，待我先扶你到屋里去歇息。解毒之事我自会料理……"转头又问道，"病僧堂的兄弟们在这儿吗？"二十几个汉子捂着肚子，弯着腰站起应声道："在，在。吴长老有何吩咐？"

吴艳娇皱皱眉头，道："你们也算是病僧堂医道高手，怎么也像别堂兄弟栽了跟头？丢人不丢人？"

一个白脸汉子气恼道："吴长老，你有所不知，实在是家贼难防！我们做梦也没想到殷独啸这奸贼是教主的仇人，更不知他在摩尼酒里下了毒，大伙才会栽这么大的跟头！刚才我们才知他下的毒是'三魂催命散'，一连服了好几种解毒药都不管用。所以……所以……"张去病心想：病僧堂专为教中之人治病，难怪他们几人中毒吴姥姥大觉丢人。

吴艳娇听那汉子抱怨，也不说话，快步走上前去，从行囊中取出一个小黄瓶拔下瓶塞，伸出小指甲从瓶内挑出些黑色粉末往病僧堂二十几人鼻孔弹去。

霎时间，只听"啊嚏！啊嚏！"喷嚏声连连响起。二十多人一个劲儿地打喷嚏，怎么也忍不住，人人打得口水乱喷，鼻涕四射，那口水鼻涕溅到胸前白衫上，瞬间变得黑如墨汁，旁边人瞧见无不骇异。病僧堂汉子打了好一阵喷嚏，才渐渐停了下来。说也奇怪，一个个顿觉腹痛大减，便不再捂肚弓腰，直起身来抹去脸上的鼻涕口水，一齐躬身道："谢吴长老！"

众人看见病僧堂的人肚子不痛了，纷纷道："吴长老，你快来给我们治治！"

吴艳娇道："岩上有上千兄弟中毒，老婆子手里只有这一小瓶解药。救张三，不救李四，大伙会骂我老婆子偏心！我先给病僧堂兄弟们解毒，是要他们去熬治解药。大伙先忍忍，过一会儿便给大伙解毒！"

吴艳娇说罢将那二十几人叫到一旁，轻声交代几句。那伙人先是一惊，互相嘀咕几句，一人道："吴长老，你说的十几味药都有，熬药之事，也可叫杂活仆役来干，只是一时间去哪里找一两百口大铁锅？"

吴艳娇道："你们去向施斋堂的兄弟借，他们为大伙做斋饭自会有法子找到铁锅！"那伙人一听，忙拔腿往三际殿后面的院子跑去。

忽听一个苍老的声音怯怯道："阿娇，你……还好吗？"张去病一看，问话之人是个瘦高老者，认出是吴艳娇丈夫丁晚桥。吴艳娇转头看丁晚桥一眼，冷冷道："老不死的，我好不好关你屁事！我不好，你岂不正好去寻花问柳吗？这些年我不在摩尼岩上，你个老东西只怕找了几个妍头！"

丁晚桥忙摇头道："哪有此事啊？没有的事。阿娇，看你说到哪里去了。兄弟们可为我做证，绝无此事！阿娇，你……别说笑了。"众人见老两口多年不见，一见面就打醋官司，不由得捂着肚子笑起来。

吴艳娇冷哼一声，不理丁晚桥，扶着何君茹缓缓朝病僧堂屋舍走去。众人看见何君茹身上带有血迹，面色惨白，不知她因何受伤，怔怔望着她二人离去背影，心中有些不解。

张去病瞧见众人有救，心下大定，忽想起蓝龙去追殷独啸，不知情形如何，忙纵身跳下木台，朝二人奔逸方向追去。大光明宫后屋舍重重叠叠，巷道纵横交错。张去病奔到两条小巷交叉处不知该走哪条。犹豫之际，忽见右边巷内白影一闪，一人奔过来正是蓝龙。张去病忙叫声："蓝大哥！"

蓝龙奔到近前，道："小兄弟，你怎么来了？众兄弟怎么了？"

张去病高兴道："大伙有救了！吴长老已上摩尼岩，正派人为大伙熬解药！蓝大哥，殷独啸那厮呢？"

蓝龙道："我追赶这奸贼追到齐讲堂后面林子处，奸贼突然失去踪迹。我放心不下众兄弟便赶快返回。"两人一边说话，一边往回走。忽然飘来一股骚臭怪味，熏得两人一阵恶心。

张去病道："蓝大哥你闻，这是什么气味？好腥臭！"

蓝龙道："像是狐狸尿臭味，却又比狐狸尿臭得多！这臭气太难闻！"他俩越往前走，那臭味越熏得人受不了，二人不由得用手捂住鼻子。蓝龙惊疑道："摩尼岩上如此怪臭，莫非大伙出了什么事？小兄弟快走，咱们赶去看看！"

二人大步流星走到光明宫后，听见摩尼岩上一阵吵吵嚷嚷。黑头陀粗声大气道："吴长老，你熬的什么鸟药？臭气熏天！熏得兄弟头晕眼花，直想呕吐！"

玉面尊者董魁嚷道："他妈的，这解药是什么鬼东西？一闻到这股子臭味，整得老子鼻涕眼泪直淌，止都止不住！"

张敖接嘴道："董兄，你还闻不出来吗？这解药，是他娘的骚狐狸的臭尿！只是，只是不知，这骚狐狸臭尿怎的如此臭死人！哎，吴长老，你莫不是拿骚狐狸臭尿做解药罢？"

却听吴艳娇冷冷道："老婆子这解药便是用狐狸臭尿熬的，又怎么了？张敖，你要是嫌这解药臭，不想解身上的毒悉听尊便，老婆子不来勉强你！"

张敖低声咕哝道："给老子喝狐狸尿解毒，老子可杀不可辱！不解毒，便不解毒！老子大不……大不了死……啊哟，啊哟……他奶奶的痛死我了！"

蓝龙和张去病越听越奇，两人快步走到大光明宫前，只见摩尼岩上四周架起一百多口大铁锅，人群当中也架起一百多口大铁锅。锅内不知在熬什么药，有人在锅下添柴烧火，有人在锅内不停搅动，熬药之人皆用布片遮住鼻子。大股大股热气从一百口大铁锅内冒起，臭得人直想呕吐。众人犹如坐在蒸笼中一般，面目模糊不清。

张去病心下奇怪，道："蓝大哥，这摩尼岩上山风徐徐，为何吹不散大锅内冒出的热气？"

蓝龙道："这个，老哥也不知为何。或是吴长老在锅内放什么怪药，使这锅内冒的热气不同寻常。吴长老治病法子常常稀奇古怪。这一次，不知她又用什么奇怪手段为大伙解毒！"

二人正小声说话，人群中不知谁打了一个响亮的喷嚏。这个喷嚏，如同一盘鞭炮上头个爆竹炸响，顷刻之间引得众人跟着"啊嚏！啊嚏"地打起喷嚏来。只见数千人纷纷紧皱鼻子，大张嘴，一个接一个仰面朝天猛打喷嚏。霎时间，摩尼岩上喷嚏声响亮如雷，震得四周群山回声阵阵，那场面怪异壮观。张去病从未见过这么多人一起打喷嚏，觉得又好笑又惊奇，低声对蓝龙道："咦，蓝大哥，他们都在打喷嚏，为何咱俩一个也不打？"

吴艳娇转头看他一眼，道："傻小子，你以为闻着这药味，人人都得打喷嚏吗？你二人没中毒，这解药对你俩不起作用，你们不打喷嚏有什么好奇怪的？"

张去病道："哦，原来如此。谢吴姥姥指点！"众人一阵猛打喷嚏，因各人功力不同，打喷嚏情形也不同。有人打得声响如闷雷，有人打得高亢洪亮，有人打得阴阳怪气。大约打了燃半炷香工夫，众人打得声音嘶哑，上气不接下气，胸前白衣上喷满浓墨的鼻涕口水污秽不堪。随后，众人又张大嘴，哇哇哇一阵呕吐。

吴艳娇等到众人打喷嚏打得精疲力尽，将腹中毒物吐干净，才对那熬药的几百人道："好了，这药别再熬了。你们快将铁锅抬走，找个僻远地方挖个大坑，把药渣倒进坑内掩埋好，别让鸟兽吃了中毒！"

众人一听才知锅里熬的也是毒药，但不知是何毒物。吴艳娇又道："众位兄弟，腹痛可都止住了？"经她这么一问，大伙才恍然想起肚痛之事，都很奇怪，狂打这一阵喷嚏和呕吐，不知从何时起，腹中那如刀绞的疼痛已消失得无影无踪。

大伙高兴道："好了，好了，肚子一点也不痛了。啊呀，谢谢吴长老妙手回春！"众人纷纷站起身来向吴艳娇道谢。却听吴艳娇大喝一声：道："你们都给我坐下，谁也不许动！"

大伙一愕，吴艳娇又道："适才，老婆子只是为众位兄弟解了毒，但你们功力还未恢复。子午岛的'三魂催命散'毒效绵长，对经络伤害极深。此时你们谁若乱动，受损经络便难复原，你们这一辈子别想再恢复功力！要想恢复功力，你们得打坐两个时辰，静心调理气血，不可乱动！"众人吓得重新盘腿坐下，再也不敢动。黑头陀却问道："吴老姐，你不许咱动，咱要撒尿咋办啊？"众人一听轰笑起来。

吴艳娇喝道："憋住！你若憋不住就撒在裤裆里。总之不许动！"

黑头陀悻悻道："这是什么……"他本想说"这是什么话！"但一看见吴艳娇犀利目光，忙缄口不语。吴艳娇在教内虽只是一名长老，但医技神奇，人人都有求于她。加之她使毒功夫令人生畏，谁也不敢得罪她。

张去病想：幸好吴姥姥及时为众人解毒，大伙打坐两个时辰不是什么难事，时辰一过也就无忧了。他自寻思，忽听摩尼岩下有人大声急叫："不好啦！不好啦！中原门派贼人打上摩尼岩来啦！"

众人大惊，纷纷掉头看去，只见一个中年汉子跟跄跄跑上岩来，胸前一片血迹，却是巡守山腰的陈坛主。蓝龙惊道："陈坛主，他们来了多少人？"

那陈坛主上气不接下气道："大约……约有两千人！他们从宝莲座方向攻上来了！"陈坛主受伤过重，话未说完，支撑不住，一跤扑倒地上。吴艳娇忙上前去将他扶到一旁，取出金创药为他疗伤。

众人听说中原门派来了两千多人，又惊又急，眼下大伙身上的毒虽然解了，但经络受损，功力尚来恢复，仍手无缚鸡之力。那金如尘、童三界、白无极三人又下岩办事未归。这摩尼岩上只有蓝龙和吴艳娇功力未失，偏偏此时中土门派打上岩来，大伙岂不是只有任人宰割的份儿？众人又想：教内二位法王、一位大摩尼、五位尊者、十大长老、三百多名坛主都会聚在此。倘若全教高手皆毙命，我教岂不是被灭了？如此一想，众人急得背心直冒冷汗。

房森焦急道："此时众兄弟丧失功力，只有蓝左王和吴长老尚可迎敌。中原门派打上门来，祸不单行！这如何是好？"

蓝龙昂然道："若是金如尘、白无极、童三界赶回来，加上蓝某和吴长老联手，咱们五人可同中原门派大战一场！三位大摩尼若是赶不回来。大不了，咱们同中原门派拼个鱼死网破以身殉教！"

云飞扬干咳两声，缓缓道："临死不屈，以身殉教，捍卫摩尼光佛，那是义薄云天，无上荣光之举！咳咳……但那也是山穷水尽，万不得已之策。而今眼下，我教除了三位大摩尼在外未归，全教高手尽在这摩尼岩上，倘若大伙一股脑儿都殉了教，岂不是遂了各门派剿灭我教之愿吗？咳咳咳，蓝左王，只要还有一线希望，咱们得想法子摆脱灭教之灾，保住我教圣火不熄，不能让狗贼们恶愿得逞！"

张去病在旁听得心中一凛：心想糟了！此时中原门派来围剿，摩尼教人无力自保，片刻之间，这摩尼岩上便会有一场大屠杀，会杀得满地人头滚地，腥风血雨！这如何是好？吴姥姥同何夫人救过我的命，何野风老爷子于我有传授《玄秘宝典》武功之恩，蓝大哥也救过我，我怎能眼见摩尼教众人遭灭顶之灾，不出手相救？又怎能看着上千人被杀不管？但我若阻止这场大屠杀，中原门派必同我反目为敌！而少林寺弘无方丈和法痴大师有恩于我，步帮主、柳掌门、左二先生三人同我有生死交情。我又怎能同他们反目成仇？我，该怎么办……

他正心下暗急，不知如何是好。忽听黑头陀大骂道："狗日的殷独啸，这乌龟王八蛋，老子操他祖宗八代奶奶，都不解心头之恨！"

张敖奇道："黑头陀，中原门派前来趁火打劫，你不骂这帮王八蛋，骂殷独啸那奸贼做甚？"

黑头陀道："殷独啸这厮害得老子失去功力，眼前一场大架打不成，倒要尝别人拳脚刀剑滋味，等着别人来砍下脑袋，我不骂这个乌龟王八蛋，又骂谁？"

人群中有人叫道："黑头陀骂得好！大伙要不是中了殷独啸的奸计，今日中原门派送上门讨打，咱们正好打他们个屁滚尿流！都是殷独啸这厮坏事，这奸贼太可恨了，我操他祖宗！"

房森道："众兄弟静静，此时骂谁都救不了大伙，咱们快想办法才是正经！赤髯摩尼足智多谋，你有何高见，说来听听？"

云飞扬镇静说道："众位兄弟，待会儿倘若不是敌人拳剑加身，别理睬他们，大伙专心赶快恢复功力！蓝左王，你虽然功力未失，但寡不敌众，不到万不得已你别动手。房兄，过一会儿，中土门派王八羔子来了，咱俩见机行事！"

便在此时，北面岩下又有一人惊恐万状跑上来，道："禀告蓝左王，有一伙中原门派贼人偷袭玉珠口，守山兄弟们死伤大半！张坛主、李坛主双双阵亡，狗贼们正冲上岩来，兄弟们……"

此人还未说完，又见一名白衣汉子披头散发从南面跳上岩来，大哭道："房法王，中原门派贼人已杀过万丈桥，正朝摩尼岩上奔来！守山的两百多兄弟和季长老、汪长老、马坛主都以身殉教！大伙要为他们报仇！"

白衣汉子刚说至此，忽听砰砰砰一连串响声，只见八个摩尼教汉子被人抛入场内。众人一看，八人被人打得血肉模糊已然毙命，都是把守玉珠口的弟子。

张敖破口大骂道："他奶奶的，中原门派这帮狗崽子下手如此狠毒，比咱们邪魔歪道还邪恶！"

忽听一个洪亮声音道："对付你们这些邪魔歪道，须除恶务尽！魔教贼子，你们的死期到了！"只见一大群人拥上摩尼岩来。说话之人方面阔口，项下虬髯浓密，身材高大魁梧。张去病一看，是丐帮帮主步金吾。他左边走着护法长老韩江北，右边走着掌钵长老宫容。身后还跟着龙头长老邵大关，游方薄长老徐达川，传功长老朱高山。五大长老身后，跟着各地分舵舵主和几百名丐帮好手。

张去病想同步金吾打个招呼，忽听摩尼岩北面有人朗声道："步兄脚程好快！我等日夜兼程赶来还是晚了一步！"

张去病转头一看，来人是天山派掌门人柳寒峰。他两旁走着"天冰宫"宫主克里木，"地寒宫"宫主桑尼，"人绝宫"宫主杜昆。四人身后簇拥着五六百名西域装扮的武士，个个矫健彪悍。

步金吾拱手道："柳兄，为荡平魔教，营救侄女，兄弟不敢怠慢。我本想赶早一步，先来杀个痛快，没想到这些魔头都躲在摩尼岩上，咱们一路攻来净碰到一些虾兵蟹将，直到此时还未大开杀戒哩！"

南面传来一声佛宣："南无阿弥陀佛！少伤生灵，善哉，善哉！"一大群衣带飘逸的和尚从摩尼岩南侧跃上来。前面一个老僧身形枯瘦，眉眼低垂，正是达摩堂首座弘远大师。身后跟着一个法相威猛的老和尚，却是戒律院首座弘法大师。左首走着一个方面大耳老僧，是般若堂首座弘空大师。当年金如尘大闹少林寺，三位少林高僧出面同金如尘比武，张去病都见过，此时一眼便认出他们。三人身后是少林寺般若堂、达摩堂、戒律院的多高手。刚才说话之人正是弘远大师。

步金吾忙施礼，道："三个老和尚，步某多年没上少林寺谒见金面，你们一个比一个活得更旺健了，叫步某瞧着心里好羡慕啊！"步金吾同三僧交情甚深，一见面便说笑打趣。

弘法大师笑道："阿弥陀佛！叫化头儿，你甭打诳语，这几年你日子过得逍遥快活，早把老纳师兄弟忘得一干二净，怎想得起上少林寺来看我们几个老和尚！"移目看见柳寒峰，又道，"请柳掌门评评，叫化头儿将三个老和尚忘到九霄云外，你说该不该罚他？"

柳寒峰道："该罚该罚。除魔之后，罚步帮主去四方乞讨钱财，上少林寺去供俸香火！"

便在此时，摩尼岩西面跃上来一群身穿灰衫的道人。当先一个老道七十多岁，面目清癯，长须飘飘走在前头。他身后是一个年过五旬，双眉下吊，形容猥琐，嘴上蓄着两撇鼠须的白脸道人。这两个道人判若云泥，一个像修仙得道高人雅士，一个像走村窜寨，画符骗人的江湖道士。他们身后紧跟着几百名年青道人身背长剑。

那长须飘飘老道一见众人，道："少林三神僧，步帮主，柳掌门，我武当派来晚一步，你们同魔教交战了吗？"回眸四看，岩上并无打斗迹象，又道，"大伙还没动手吗？很好，很好！那大魔头房森打残我武当凌风道长，今日老道要亲自同他了结这段仇怨！"

步金吾道："金风道长风采胜昔！恕步某眼拙，这位是贞风道长吗？"那丑道人忙跨上前两步，顿首道："贫道正是贞风。"二人又是一番寒暄。

张去病听说，那老道是武当掌门金风道长，顿时想起杜百年曾说，少林寺弘无方丈同金风道长同去贺兰山请六合居士占卜吉凶之事。寻思这些年，一直没有杜伯伯的消息，杜伯伯会不会回贺兰山练功去了？待我办完大事之后定要上贺兰山去，好好谢谢他们师兄弟舍身为我外公报仇，救我家人的大恩大德！他正寻思，忽听人叫道："快瞧，大龙山'金银二老'来了！"

他朝摩尼岩入口处看去，又上来几拨豪侠。第一拨人约有五六百，人群中走着两个老者。一个老者身材高大，满面红光，一部银白长须，两边太阳穴高高鼓起，显是内功深厚，张去病却不认识。另一个老者身材瘦小，满脸皱纹，下巴上留着稀疏的山羊胡子。张去病认出是银掌先生左丘。

两个老者身后跟着一男一女，男子三十五六岁，身穿青布长衫，腰挎宝剑，气宇轩昂。女子三十二三岁，身穿浅红衣衫，面容姣美，腰间亦佩带一柄长剑。张去病一愣：这不是"鸳鸯剑"沈飞夫妇吗？他当年在土地庙里见过二人。几年未见，夫妻二人略显苍老，神情却比从前稳健从容。

步金吾看见那满面红光高大老者，高兴道："啊呀，左大先生！你们昆仲也来了！咱们各门派高手云集，不愁剿灭不了魔教！"张去病一听那身材高大老者便是金掌先生左岗，心想这人武功奇异，在武林享有盛名，待会儿我得仔细看看他的功夫。

第二拨人是峨眉派道士。当头一人五旬开外，身材矮小，面容清瘦，身穿灰色道袍，手执一柄拂尘。张去病认得，是当年在土地庙内见过的玉真子道长。他率领着门下几百高手，其中有道士也有俗家弟子，个个腰间挎着宝剑，神情肃穆。

金风道长见峨眉派走上岩来，立掌施礼，问道："玉真道兄，前年川西相聚甚欢，阔别数载，令老道好生挂念！贵派掌门太真道兄怎没来？"玉真道长忙还礼道："承掌门人挂念。我师兄闭关修炼日期未满，故未能下山。"

张去病再看那第三拨中原豪客，有一千多人，东一伙西一团，散乱走着，有人高呼："扫荡魔头，踏平魔教，为我中原武林兄弟报仇！"张去病不知这些人是何门派，但见他们一个个神情激愤，大声疾呼，心想这些杂派之人，必定是同摩尼教结下深仇，平日势单力薄，无法报仇雪恨，得知各大门派来围剿摩尼教，便借机前来报仇。

不大一会儿工夫，摩岩上黑压压一片人头。各门派分散站在西面、南面、北面，将三面下岩路径封住，形成三方合围之势。摩尼教众人坐在东面大光明宫前，光明宫后是屋舍，屋舍后面是万丈深渊。见此情形，张去病不由暗暗替摩尼教人担忧。步金吾、柳寒峰等人看见张去病站在台上，见他未同摩尼教人动手，不知是何缘故。

忽见蓝龙走到台前，高声道："丐帮叫花子，少林寺秃驴，武当派、峨眉派臭道士，我教施诱敌深入计，放你们上摩尼岩来，尔等自投罗网却浑然不知！哈哈，可笑啊，可笑！"

张去病一愣，心想摩尼教众人中毒无法对敌，哪有什么诱敌深入计？转瞬即明白：蓝龙吓唬各派豪杰，是在虚张声势，掩盖摩尼教众人中毒之事。

步金吾道："你是大魔头何野风吗？"又摇摇头道，"瞧你年岁不高，不像是何野风。你是什么人？"

蓝龙道："我乃何教主座下，左护法王蓝龙！"群豪心中一凛。江湖上传闻蓝龙武功犹在四大摩尼之上，仅次于何野风。此时一听蓝龙报出名头，群豪都仔细打量他。

步金吾道："是蓝护法吗？幸会，幸会！那何野风怎不出来挡灾？他躲到哪儿去了？"

蓝龙道："何教主乃天下第一高手，对付你们这些鼠辈，嘿嘿，杀鸡焉用屠龙刀？哪用得着他老人家亲自动手？步金吾，你尽管划下道儿来，咱们今日倒要看看，究竟是谁剿灭谁！"

群豪此次前来围剿摩尼教，最忌惮之人就是何野风。听说何野风不露面，步金吾心中一怔，寻思何野风如是露面，事情或许好办一些。任他武功再高，一人总敌不过众多高手围攻。此人不露面，不知在暗中搞什么阴谋诡计，这倒叫人难防！

张去病暗暗好笑，心想何野风武功已失，哪里还是什么天下第一高手？蓝大哥真会故弄玄虚，叫各派豪杰摸不着头脑，这一招有趣得紧！

步金吾道："蓝魔头，你教欠下我中原各门派无数血债，今日咱们来为死伤兄弟报仇，你教如何偿还血债？"

蓝龙微微冷笑一声，道："哼，我教兄弟，死伤在你们各派手下的人难道又少了？叫化头儿，此话应当我来问你，你们中原各门派如何偿还我教的血债！"

步金吾道："蓝魔头，咱们今日前来报仇雪恨，凭武功论成败，以拳脚兵刃定生死！谁有本事让对方偿还血债，手上见真章！"说到此，他转头对各派豪杰道，"大伙说是不是？"中原群豪齐声应道："正是！"

云飞扬干咳一声，道："要说报仇，步金吾，你们各派欠下我教的血债，那是三天三夜说不完！咳咳，你想打架便爽爽快快打架，扯什么报仇不报仇的屁话做甚？咳咳咳……"

张去病一惊：心想摩尼教众人中毒，云飞扬为何叫步金吾爽爽快快打架？倘若各门派立即动手，摩尼教众人岂不是糟了？他却不知，中原群豪见何野风不露面，又听蓝龙说什么诱敌深入。再看见大敌当前，摩尼教众人大模大样坐着毫不慌乱，这情形不能不让群豪生疑。此时云飞扬肆无忌惮叫阵，一副有恃无恐的样子，群豪不知对方设下什么诡计，心里不禁有些不安，一时不敢贸然动手

柳寒峰一向行事谨慎，低声对步金吾道："步兄，正邪两派决战之际，大魔头何野风藏在幕后，我瞧此事有些反常。咱们得多几个心眼，提防魔教耍什么鬼花招！"

步金吾点头道："柳兄所言极是。魔教贼子素来诡计多端，咱们须小心提防，别中了他们的圈套！"

两人正低语，却见坐在云飞扬身旁的胖老者道："云兄说得大大有理！我教河南坛马坛主，便惨死在丐帮长老宫容的百纳八卦掌下。宝树堂的杜经天长老，被少林派的大力金刚掌震断心脉，不治身亡！经图堂长老李川，被武当派高手一剑斩断手足经络，终身残废。山西分坛王云山坛主，被天山派克里木的梅花快刀腰斩。还有经图堂、齐讲堂、教授堂、忏悔堂、病僧堂、施斋堂、知事堂的兄弟们，死伤在各派手里的人更是不计其数，中原各派欠咱们的血债数不胜数！要说报仇讨还血债，嘿嘿，这些狗贼们几辈子也偿不完！"

步金吾不认识房森，见他同云飞扬一唱一和，问道："你是何人？竟敢血口喷我中原门派！"

云飞扬道："步老儿，你有眼不识泰山。他便是我教右护法王房森！房法王说的话你都听见了，咳咳……要说报仇，你们这些狗贼欠下我教兄弟血债，几辈子也偿不完！我教还没去找你们讨还血债，你们倒成群结伙打上门来，咳咳，好得很啊，这倒省得咱们远赴中原去找你们算账！今日，你们谁也别想活着下摩尼

岩去！"

云飞扬正说着，忽听大光明宫后传来一个尖锐声音："中土各派英雄豪杰，休要被云飞扬装神弄鬼唬住！摩尼教众人已中毒，唯有蓝龙一人功力尚在，其他人功力尽失。你们尽管动手报仇雪恨，切莫错过这歼灭魔教的千载良机！"

张去病听出是殷独啸的声音，心中一惊："糟了，殷独啸这厮没逃下山去，此时却来揭穿真相，转眼之间摩尼教众人便会惨遭杀戮！"

先前殷独啸被蓝龙追赶，他不敢恋战，逃入大光明宫后的一条秘道甩掉蓝龙，径直往山下奔去。逃到半山，正遇中原门派群豪杀上山来。他心中大喜，便返回摩尼岩上，要亲眼看见摩尼教被剿灭。岂料蓝龙等人巧施疑兵计，弄得中原群豪疑惑起来。他便出声叫破假象，鼓动群豪动手杀戮摩尼教众人。

摩尼教众人一听殷独啸来戳穿真相，人人又惊又怒，但一时不知如何应对。若是出口否认中毒，那便是此地无银三百两，各派群豪立即会看破真相，一拥而上出手滥杀。若不否认，万一敌人信了殷独啸的话，那又如何是好？一时间众人心里咚咚直跳，两眼盯着各派群豪，不知他们会如何动作。

中原群豪听说摩尼教众人中毒，先是心头大喜，转瞬间却又生疑窦。众人心想偏偏我们攻上摩尼岩，魔教众人便中了毒，世上哪会有这般巧的事？哪会让上千魔头一齐中毒？这怎么可能呢？会不会是魔教故意散布谎言，哄骗咱们上当？一时间群豪仍拿不定主意，是立即动手，还是瞧清楚情形再出手。

群豪正举棋不定，忽听房森惊惶道："妈的，那躲在暗处喊话之人是谁？他怎会探知我教兄弟都中毒了？此人莫非是混入我教的奸细？蓝右王，你看真情败露……这如何是好？"

张去病听得一愕，困惑不解：房森明知是殷独啸的声音，怎说不知是谁捣鬼？他说这番话，岂不是暴露摩尼教众人真的中毒了吗？

却听云飞扬道："房右王无须烦恼，咳咳咳，那人揭穿咱们中毒，也没什么了不得！大不了咱们以身殉教，到光明世界去侍奉摩尼光佛。咳咳，这可是好事情啊！"

张去病听云飞扬也自认中毒，猛然省悟，暗赞道：啊呀，房森和云飞扬的心思转得好快！他二人这是将计就计，借殷独啸之言布迷阵。他俩越是自承中毒，中原豪杰越是不敢轻信殷独啸的话，不敢轻举妄动！他俩真不愧是江湖老手，反用殷独啸的话来迷惑群豪，智计端的了得！

果然，群豪见房森和云飞扬公然承认中毒，疑心更甚。众人都想魔教人若是真的中毒，他二人哪会自承其事？难道不怕我们上前动手？这其中必定有诈！步金吾、柳寒峰、少林寺三大神僧、武当派金风道长、峨眉派玉真子、左氏兄弟等人相望一眼都摇了摇头，互相示意不可轻信。

便在此时，殷独啸的声音又传来："各派众豪杰，你们如若不信，可向房森或云飞扬挑战，同他二人单打独斗，一试便知，摩尼教众人中毒千真万确！"群豪听得半信半疑，心想这倒可以试一试！

步金吾道："众位豪杰，此次前来剿灭魔教，哪怕是刀山火海，咱们也要闯他一闯！魔教众人若是真的中毒，那叫自作孽不可活，咱们今日便将魔教一举灭了！他们若是没中毒，咱们以武功决生死！哪位豪杰要报仇上前试探一下，看魔头们究竟中毒没有？"

一人应声道："步帮主，贫道要为我师兄报仇！待我去斗斗那房森，看看魔教在耍什么鬼把戏！"一个道人跃出人群，大步朝木台走去。众人一看却是武当派的贞风道长。只见他走到台下，身子一挫飞身跃到台上，厉声对房森道："房森，三年前你在川北打死我师兄凌风道长，今日咱俩了断这过节！"

房森看贞风道长一眼懒洋洋道："牛鼻子道人，瞧你武当派这点出息！听说房某中毒来捡便宜是不是？哼，老夫即便中毒，谅你这牛鼻子道人也奈何不了我！"他一边说一边缓缓站起身来。

蓝龙一看暗急，寻思房森功力还未恢复，怎敌得过贞风贼道？我若出手对付贞风道人，中原各派便看出我教众人真的中毒，会蜂拥而上屠杀众兄弟。我若不出手，房森必死在贞风贼道剑下！这如何是好？

蓝龙正暗急，却听吴艳娇在台下高声道："房右王且慢！这恶道人贞风与我有大仇，你让我先灭这淫贼！"说时，她纵身跳上台，挡住贞风道人。

蓝龙却喝道："吴长老且慢！你擅自出阵报仇，坏我破敌上策！我将按教规惩罚你！"

吴艳娇一怔，立时明白蓝龙阻止她，是为麻痹敌人，忙道："蓝左王休得气恼。一见这武当臭道人，我老婆子就气不打一处来！教主怪罪下来，我老婆子甘愿领罚，求你让我宰了这臭道人，报他侮辱我之仇！"

云飞扬在旁叹口气，道："唉，吴长老什么都好，就是性子太急。一见到仇人便按耐不住火冒三丈。咳咳，蓝左王，念她护教心切，事后你就别罚她了。咱们可按中策行事，谅这些狗贼也逃不下摩尼岩去！咳咳咳，房法王，你说是不是？"

房森道："云大摩尼说得甚是。按中策行事，狗贼们也难逃咱们的手掌心！"

张去病和摩尼教众人见蓝龙三人把子虚乌有的上策、中策说得煞有介事，心中都暗暗好笑，却又不得不佩服他三人随机应变的本事。

蓝龙为拖延时间又问道："吴长老，这武当道人怎会与你结仇，他怎么侮辱你了？你说出来，若是情有可原，我便不阻拦你报仇！"

吴艳娇一听明白蓝龙用意，忙道："这事说起来真气人！五年前，我老婆子独自走在湖广道上，这臭道人贞风见我貌美，对我垂涎三尺，大起淫心。一路上对我纠缠不休，三番五次调戏我！"

"这淫道说什么，他一见我便神不守舍，朝思暮想，不思茶饭，爱我爱得心子发痒，神魂颠倒，都快发疯了！他说只要我答应嫁给他，他便还俗不当道士，后半生同我逍遥快活。我听见这淫道污言滥语，气得浑身发抖，拔出剑来刺他几剑，这淫道才逃走。他一边逃，一边还胡言乱语，说什么只要我答应嫁给他，他便上摩尼岩来投降我教。没想到这淫贼淫心不死，今日打着报仇幌子上摩尼岩来寻我！我非杀他不可！"

贞风道长一听，气得吹胡子瞪眼睛，大怒道："老贼婆，你胡说八道！贫道从来没见过你这老贼婆，哪有这等事？你……诬蔑贫道！你……你……胡说八道！"

他气得浑身发抖，却不知如何往下辩解。但凡是男女之事，倘若女人指控男人有不轨之举，人们大抵会相信几分，众人皆想女子一则怕羞，二则爱惜名节，若无其事，哪个女子肯往自己身上泼脏水？此时当着天下英雄，吴艳娇指控他调戏她，纠缠她，做出种种淫邪之举，直叫贞风道长有口难辩！他无法证明自己清白，又不知如何打消众人怀疑，急得两眼欲喷出火来。

吴艳娇冷笑道："臭道人，你心虚什么？你别不认账！那时你一对小眼睛色眯眯望着我，围着老娘转来转去，你夸我貌若天仙，说我肌肤雪白，体态丰满，腰肢摆动，令你魂不守舍。你还说，你见我一笑，浑身骨头都发酥。听见我说话，犹如听见天籁之音。你还不要脸说你愿跪在我的石榴裙下，天天舔我的脚丫，喝我的洗脚水！我说我一剑将你宰了，你这淫贼还说什么柳荫花下死，做鬼也风流！你说这些无耻滥言，此刻不敢认账了吗？

"你这淫贼甚至勾引我，说你们武当派掌门人金风老道年岁已高，活不过两年，你将来便是武当派掌门人，我随了你风光得很！你说的这些丑话，今天当着众人怎么不敢承认了？"

吴艳娇信口胡编，将贞风道长调戏她说得有声有色。众人见她虽年过五旬，模样看去才四十岁，容貌俊美，肌肤胜雪，风韵犹存。又见贞风道长相貌丑陋，神情猥琐，颇像市井淫邪之徒。一听吴艳娇说得如此煞有介事，众人不由得有些相信了。

贞风道长是个不善言辞，只在心里做事的人。一听吴艳娇将子虚乌有的事，说得有鼻子有眼，脸都气青了，手指发抖地指着吴艳娇，道："你这贼婆，你这贼婆……"一连说了几个"你这贼婆"，却又无法证明自己无辜。

蓝龙哈哈大笑道："贞风贼道，你他娘的色胆包天，癞蛤蟆想吃天鹅肉，竟敢

714

打咱们吴长老的主意！你不是找死吗？"

房森附和道："贞风淫道，你也太老不正经！你熬不住淫欲，还当他妈什么道人？武当派的脸都让你丢尽了！"

云飞扬却有模有样长叹一声，道："唉，俗话说：画龙画虎难画骨，知人知面不知心。没想到武当派道貌岸然的贞风道人，也会坠入情网，做出这等令人不齿的丑事来！唉唉，这也难怪，自古英雄难过美人关。只是想不到贞风道人这狗熊，也不例外！哎呀，人要堪破一个情字，唉，那真难啊！"

他三人一唱一和，让众人听了，都觉得贞风道长调戏吴艳娇确有其事。尤其是云飞扬说什么"知人知面不知心"，"英雄难过美人关"云云，众人觉得贞风道长调戏吴艳娇是板上钉钉，无可置疑了。

忽听台下有人怒喝道："贞风贼道，你他娘好大贼胆，竟敢打我老婆的主意，想给老子戴绿帽子，老子宰了你这下流道人！"张去病一听，便知喝骂之人是丁晚桥。

贞风道长怒不可遏，再无可忍，大吼一声："我杀了你这胡言乱语的贼婆娘！"长剑一伸向吴艳娇刺去。

吴艳娇往后一闪，叫道："哎哟，老淫道怕我再揭他的丑事，要杀人灭口了啊！"她嘴上惊叫，双手晃动，掌上多了两把雪亮短剑架住贞风道长的剑。贞风道长一声冷笑左掌疾划，右臂掌一挥，长剑"嗡"的一响光环乱转，霎时间一道青光顿将吴艳娇裹住。

吴艳娇疾舞双剑欲冲破那团剑光围困。贞风道长手中长剑却越使越快，一套"凌虚紫霄剑法"使得如梦如幻。中原各派群豪顿时喝彩声大作。贞风道长是金风道长师弟，深得武当剑法神髓。这一套"凌虚紫霄剑法"乃是武当派第六代祖师所创。出剑如云雾翻滚，曼妙朦胧，极尽奇变之能事。此次前来围剿摩尼教，当着天下各派高手，他有意一展武当绝技扬威立万，更气恼吴艳娇对他诬蔑，是以出手毫不容情。

吴艳娇剑光里蹿来蹿去无法脱身，贞风道长的剑光将吴艳娇越缠越紧，摩尼教众人都为吴艳娇捏着把汗。突然间，贞风道长剑一划，将吴艳娇一绺头发削落台上。台下众人一声惊呼，吴艳娇显是死里逃生。

丁晚桥在台下破口大骂道："狗日的贞风恶道，你敢伤我老婆一个指头，老子杀尽你三亲六戚，杀光你儿子儿孙，将你武当派徒子徒孙杀个干净！"他正怒骂，忽见吴艳娇双剑暴出直刺贞风道长心窝。贞风道长竟不避不架，挺剑朝吴艳娇刺去。他使长剑，吴艳娇使短剑，吴艳娇若不变招，必先被他长剑刺中。吴艳娇若变招，他随后将有八式厉害杀招连绵使出。这招叫"穿云破雁"，极是难挡难防。

众人以为吴艳娇唯有挥剑隔挡，或纵身跃开。岂料吴艳娇却不变招，短剑依然疾刺过去。剑尖递到中途，突然倒转剑柄，嗤嗤嗤连声急响，剑柄内射出十三枚钢珠。贞风道长万没料到吴艳娇短剑会发射暗器，二人相距不过几尺，要闪避已来不及。惊惶之下他疾挥长剑遮挡，只听当当当当一串急响，十三枚钢珠尽被利剑击落台上。便在这瞬间，吴艳娇短剑快捷无伦刺向贞风道长胸膛。危急之下，贞风道长左掌疾拍，一股雄浑掌力将吴艳娇两柄短剑打飞上半空。吴艳娇一声惊呼，身子往后跃出三丈。

贞风道长低头一看，胸膛被划两道浅浅血痕。幸得他武功高深，应变奇速，才未被开膛破肚。他勃然大怒猛扑过去，长剑如雷电劈下。吴艳娇双手点拍抓劈，二人又激斗在一起。贞风道长内力胜吴艳娇一筹，适才他一掌震飞吴艳娇手中短剑，吴艳娇已是赤手空拳。他左手出掌，右手使剑，剑掌齐施，攻势凌厉至极。吴艳娇左支右绌苦苦支撑，众人一看便知吴艳娇空手，绝非贞风道长对手，再斗一两百招非败不可。

张去病看得暗急。心想吴姥姥于我有救命之恩，我得想法子救她老人家。他悄悄拾起一粒石子，从人群后绕到木台旁只待吴艳娇有危，便出手相救。

丁晚桥看见吴艳娇频频遇险，大急道："蓝左王你……"他本想叫蓝龙出手救吴艳娇，话刚出口，却听苏远山喝道："丁兄打住！"丁晚桥一怔立即省悟：他是吴艳娇老公，老婆危急他不上前去救，却叫蓝龙去营救吴艳娇，中原豪杰便会看出摩尼教众人中毒真相，立即有杀身之祸。他只得闭口却又万分担心吴艳娇，一时间骂声连连，将贞风道长的远祖、高祖、近祖、爷爷、奶奶、父母、兄弟姐妹、七大姑八大姨都骂了个遍。

骂声传到吴艳娇耳里，她心中一热，暗道："这老鬼倒对我关心至极！"想到此，她突然身子一矮，钻到贞风道长面前，双掌呼呼拍出。贞风道长亦是一掌拍出。两掌一击，只听"砰"的一声吴艳娇被震得连退几步，一口鲜血喷出来。

蓝龙闪身上前扶住吴艳娇，忙问道："老姐姐，伤情如何？"吴艳娇轻咳一声，道："不碍事。"说时又吐了两口血，忙从怀里取出"摩尼八仙丹"服下。

各门群豪大声喝彩道："哈哈，贞风道长武功盖世！咱中原门派旗开得胜！"贞风道长站在台上，得意扬扬向众人含笑点头。头刚点两下，突然间左臂肌肉一阵狂跳，脸上笑容立即僵住。他抬手一看不由神色大变，只见左手腕上趴着一只绿油油蜘蛛。那蜘蛛大如葡萄，身子墨绿，头上几条金色花纹，已将他手腕咬破，正在专心吸血。一道黑线从伤口处迅速往手臂上爬，使手臂肌肉狂跳不止。

贞风道长看得心惊肉跳，情知适才对掌着了吴艳娇的道儿。他急甩手掌，欲将毒蛛甩掉。岂料那毒蛛紧粘在手腕上，怎么也甩不掉。他用长剑一挑，才将那毒蛛挑飞落地上，又忙出手点左肩上穴位阻上毒液上行。他一连点几处大穴却止不住黑线上蹿，又急忙摸出两粒药丸服下。群豪见贞风道长在台上突然惊慌失措，又是点穴，又是服药，不知他发生什么事情，皆心中诧异。

却听摩尼教众人哈哈大笑。黑头陀赞道："吴长老好本事！把你那三十六种毒药，七十二种毒物，通通让狗贼们尝尝厉害，看他们还敢不敢在摩尼岩上撒野！"

张敖道："贞风淫道人，别吃什么解药了。你被'毒魔姥姥'的毒物咬伤，便是大罗金仙来也救不了你！淫道人快跪下，给咱们吴老姐磕一百二十个响头，求她老人家开恩救你，你才有活路！"

丁晚桥笑道："贼道人，我老婆使毒绝技天下无双，连那百毒尊者老儿都忌惮她三分！你敢同我老婆动手，嘿嘿，太岁头上动土，自取灭亡！"

贞风道长服下解药，见那黑线仍往肩上蹿，心下惊骇万分。他服的是武当派解毒灵药"九转还魂丹"，此药可解百毒，为何不见功效？他回首看那地上的毒蜘蛛一眼，蓦然想起一种剧毒之物，失声惊叫道："啊，化血毒蛛！"

中原群豪听见吴艳娇便是传闻中的"毒魔姥姥"，心中已然惊骇，再听见贞风道长惊叫"化血毒蛛"四字，无不毛骨悚然。据说这"化血毒蛛"是关外长白山奇毒之物。一只毒蛛身上毒液，竟能毒死十头牛！无论人畜只要被它咬上一口，顷刻见血毙命，绝无药可治！

贞风道长惊恐万状看着那毒蛛，不知如何自救，忽然灰影一闪，青光划过，他那条中毒手臂被利剑斩落地上。待那灰影站定，他才看清是武当掌门金风道长。

原来金风道长一听"化血毒蛛"四字，便知"九转还魂丹"解不了此毒，只要迟一瞬，贞风道长便当场毙命。为保住师弟性命，他无暇多想，飞身上台一剑将贞风道长左臂斩下。向台下一招手，两名道人纵身上台来为贞风道长包扎伤口。几下包扎完毕，将贞风道长扶下台去。

金风道长上台，出剑，斩臂，几乎一眨眼间完成，快得令人眼花。众人久闻武当掌门人威名，此刻见他出手着实惊人。只听金风道长道："歹毒魔教贼人！同我武当派旧仇未了，又结新恨，贫道今日将大开杀戒，谁上来领死？"

蓝龙走上前去打量金风道长一眼，见这老道站在台上如渊停岳峙，俨然一派宗师气度，倒也不敢小看他。

房森在旁道："蓝左王，此人便是武当派掌门金风道人！"

蓝龙道："原来是武当派掌门人，幸会，幸会！旧仇也罢，新恨也罢，不是我教打上你武当山去，是你武当派打上我摩尼岩来！你们千里迢迢跑来结新恨，这叫咎由自取，可怨不得谁！来来来，蓝某领教你武当派高招！"

金风道长喝道："好！"喝声刚出，剑光如虹向蓝龙胸前刺去。这一剑迅如雷电，道势凌厉至极。蓝龙身子一歪出指疾弹，手指弹在长剑上，荡开长剑尺许，长剑嗡嗡长鸣，震得台下前几排人耳鼓隐隐作痛。金风道长和蓝龙都晃了一晃，二人不禁心中一凛。

金风道长以雄浑内力贯满长剑刺出，剑身却被蓝龙二指弹开尺许，足见蓝龙内力惊人。蓝龙本想将金风道长剑弹断，杀杀各门派威风，一指弹去力道巨大，却未能将薄薄长剑弹断，足见金风道长内力非同小可！两人一交手，都暗赞对方功力了得。

金风道长轻喝一声，长剑回转，剑琵光将蓝龙身上二十处要穴罩住。场上高手看出，蓝龙无论如何躲闪，都不免伤在剑下。只见蓝龙趋身前冲，左掌拍向刺来长剑，右掌疾翻斜劈金风道长头顶。前招化解金风道长凌厉攻势，后招转守为攻，两招一气呵成，如行云流水，姿式端的好看，台下众人又都大声叫好。

便在这一瞬间，斜旁忽然蹿出一人，右手疾伸二指夹住金风道长的长剑，左手二指夹住蓝龙手掌。金风道长和蓝龙大吃一惊，欲出手攻击那人。那人忽双臂一张，撒开手指，一股雄浑力道柔和涌来，两大高手站立不稳，身体不由后退五步。

蓝龙和金风道长惊骇万分，心中同时闪过一个念头：当今之世何人有如此功力？却见那人双手抱拳，躬身施礼道："金风道长，蓝大哥，在下冒昧出手，向你们赔礼了！"

出手之人正是张去病。适才他站在台旁手里握着石子，以备吴艳娇遇险便出手搭救。他万没想到吴艳娇巧计迭出，先发暗器攻敌，又趁贞风道长盛怒之下将"化血毒蛛"放到他手腕上。她虽被贞风道长掌力震伤，却无性命之忧，他才放下心来。

待到蓝龙迎战金风道长，听二人说什么"旧仇未了，又结新恨"。他想：适才吴姥姥同贞风道长斗得两败俱伤，倘若蓝大哥和金风道长再斗个两败俱伤，双方高手如此斗下去，仇恨便没完没了！中原各门派若看出摩尼教众人真的中毒，转眼之间摩尼岩上便会尸横遍野！他又想：倘若过得一个时辰，摩尼教众人恢复了功力，起身同中原豪杰以死相搏，摩尼岩上也会血流成河！不成，我得阻止这场浩劫发生！心中一急，他无暇多想，便出手将两人分隔开去。

金风道长一看出手者年约二十，身穿白袍，心中吃惊更甚，怒道："阁下是魔教何人？尔等要两人斗我老道吗？哼，你们出手罢！"

张去病忙解释道："在下并非摩尼教中人，也不是来争斗，请道长息怒。"

金风道长一听心下奇怪，问道："你不是魔教中人，为何身穿白衫？"

张去病道："我身上白衫是借来穿的。是为救天山派柳语姑娘方便。"

金风道长听罢怒容消去，又问道："恕老道眼拙，敢问少侠大名，是何人门下

718

弟子？"

张去病躬身道："在下张去病，乃是凌霄老人门下弟子。"

金风道长一听惊喜道："少侠便是张去病吗？你师父凌霄老人同贫道交情匪浅！去年老道去少林寺听弘无方丈说，少侠是我们多年寻访之人，老道一听好生欢喜！今日一见少侠果然身手不凡。真是天佑忠良之后，天佑我中土武林！"

张去病道："去病多谢道长挂怀！"

蓝龙忙喝道："小兄弟，你不是我教中人，别来蹚这趟浑水。此处没你的事，你快下摩尼岩去！"摩尼教面临灭亡之灾，蓝龙心想张去病武功虽高，却也难敌中原几千豪杰，便喝令他下山避开这场灾难。

张去病却道："蓝大哥，金风道长，在下人微言轻，本不该干预你们之事。只是兵刃一动，转眼之间，摩尼岩上数千人便会死于非命！世上又要徒增许多孤儿寡母，你们双方又会失去许多师长、师兄弟，又要结下更大仇恨！冤家宜解不宜结，在下斗胆恳求你们歇手罢斗，另谋化解仇怨之法！"

蓝龙和金风道长尚未开口，台下各派群豪便嚷嚷起来。有人怒道："张去病，你小子别胡说八道！我爹惨死在魔教贼人手下，父仇不共戴天，咱们怎能就此罢手？你小子说什么屁话！"

有人气得大骂道："张去病，你小子算老几？魔教与俺有杀兄大仇，就凭你小子一句鸟话，俺哥便白白死在魔教贼人手下不成？快滚到一旁去，别在此碍手碍脚！"

有人喝道："金风道长别理会这小子，你老人家快施展神功，将蓝龙这厮大魔头宰了！咱们今日血洗魔教，杀他个鸡犬不留，为各派死伤兄弟报仇雪恨！"

中原群豪正七嘴八舌叫骂，忽听大光明殿屋顶上有人喝道："他奶奶的中原各派狗贼，要杀我教鸡犬不留，别做你娘的清秋大梦！嘿嘿，老子倒要看看今日，是哪个被杀得鸡犬不留！"

骂声刚落，从光明宫屋脊上跳下三个人来。张去病抬头一看，骂话之人是碧眼摩尼童三界，他身后跟着金面摩尼金如尘和白衣摩尼白无极。台下摩尼教人群中发出一片欢呼："好啊，咱们三位大摩尼赶回来了！"

蓝龙见三大摩尼回来，心中稍定，忙走上前对三人低语几句。三人一听脸色骤变。金如尘低声骂道："殷独啸这奸贼好歹毒，老子非将此贼锉骨扬灰不可！"

便在此时，忽见人影连连闪动，从台下跃上三个人来，却是天山派掌门人柳寒峰、丐帮帮主步金吾、少林寺般若堂首座弘空大师。

柳寒峰指着白无极，怒喝道："白魔头，你掳走我女儿，这笔账，咱俩来算算！"

步金吾却冲着童三界道："碧眼魔头，那年在'望郎滩'神女峰上，你使诡计偷袭步某，来来来，今日咱俩来一决高低！"

弘空大师缓步走到金如尘面前，道："阿弥陀佛！金施主，去年你大闹少林寺逃下山时，打死我寺两名僧人，此一过节该如何了断？"

金如尘冷冷道："老和尚，你想如何了断便如何了断！你划下道儿来，老金奉陪！"他转头对白无极和童三界道："白老弟，童老弟，你二位先不忙动手，且让老金先斗斗这老和尚，以我摩尼教正宗武功对他少林寺正宗武功！"说罢，踏上前两步便要出手。

忽然有人朗声道："弘空大师，金如尘，二位且慢动手，在下有话要说！"

张去病往台下一看，说话之人是一个虬髯大汉，却是龙飞。只见人群中除了龙飞之外，还有赵无痕、穆兴、段阳。他们身旁还有六人。一人是个马脸大汉，脸上有一道伤疤，手中握着一个八角镔铁锤。第二人是麻脸道人，手中握着一柄宝剑。第三人是个长须老者，手执一根长烟管。第四人是个头上戴束发铜箍，手握钢杖的头陀。第五人是个打扮艳丽，容貌妖冶的美妇。第六人是个拿着铁铸木鱼的白脸和尚。这六人，他在"黑白二枭"开的黑店里见过，龙飞说他们合称"四海六煞"。赵无痕说这六人已服"炼魂丹"收归到他属下。他没想到这六人也赶来助阵，心中暗暗诧异。

他再看那六人身后站着三个身穿苗装的矮人，则是在黑店里见过的"天眼三精"兄弟。除去这九人之外，还有不少身穿黑衣，手持刀剑的人跟在他们身后，却是青龙帮的人马。看见自己人到来，他不由胆气一壮。

弘空大师和金如尘听见龙飞有话要说皆是一怔，不知他要说什么，只得暂不动手。

龙飞大步走到台前对众人道："按照江湖规矩，咱们武林中人报仇雪恨，通常是单打独斗。但今日这摩尼岩上仇家成百上千，若是一对一同对决，大伙要报仇，岂不是要等到猴年马月吗？如何才能痛快报仇，大伙得想个法子！弘空大师，金如尘，你二位皆是高人，可否指点一二？"

张去病一听，心中寻思龙大哥说这番言语，莫非是赵先生之意？我先听大伙怎么说，再见机行事。

人群中有人附和道："是啊，若是单打独斗，十天半月打不完，岂不急死人了！不成，不成，为报大仇，咱们不管什么江湖规矩，各自找到冤家对头，斗个你死我活便是！"

金如尘本想单打独斗拖延时间，以待摩尼教众人恢复功力。没想会遭反对，一时间不知如何反驳。弘空大师、柳寒峰和步金吾三人报仇心切，跳上台来也没想到这一层，一时也拿不定主意。

云飞扬沙声沙气道："群殴乱斗，这主意太臭太臭！咳咳，这摩尼岩上云集近万人，各人找各人的仇人乱斗一气，你的仇人躲到东，我的仇人闪到西，你碍着我的手，我碰着你的脚，冤家找不到对头，仇人寻不到仇人，岂不乱成一团麻，还报什么仇啊？咳咳咳，这个主意臭不可闻，臭不可闻！"

房森道："咱们摩尼教高手，皆是大有身份之人，岂能像你们中原门派泼皮无赖群殴滥斗？咱们可丢不起这个人！嘿嘿，你们中原门派不怕天下人笑话，咱们摩尼教高手却怕天下人耻笑！"

众人一听，群殴乱斗乱成一锅粥，不仅不便报仇雪恨，且有失高手身份；单打独斗又太费时，如何是好呢……金风道长、弘空大师、步金吾、柳寒峰四人低声商议，也想不出个周全的法子来。摩尼教众人想拖延时间恢复功力，都不吭声。中原豪杰在台下七嘴八舌，提出了各种主意，却又互相争论不休。

张去病心思急转，忽然生出一个大胆念头，忙走到台口高声道："大伙甭争了，听在下一言！在下想出一个法子，不知成不成？"

众人道："快说，快说！你想出什么办法，快说出来让大伙听听！"

张去病朗声道："数千人要在这摩尼岩上大动干戈，今日这一场恶斗，打下来双方不死一千，也要死八百！到头来，两败俱伤元气大损，谁也占不到便宜！只怕从今往后，这世上再也没有什么中原门派，亦没有摩尼教了！"

说到此，他提高声音道："这场灭门大祸，不知众位掌门人、帮主、门主、岛主想过没有？各派祖师爷辛辛苦苦创下的基业，若毁在诸位手里，大伙岂不是成了本门千古罪人？九泉之下，众位有何面目见本门祖师爷？"

众人听得心头大震，心知张去病绝非危言耸听。此次前来围剿摩尼教，群豪心中充满仇怨，一心只想报仇雪恨，没想过这一仗打下来有什么严重后果。此时听张去病提醒，众人皆想上万人恶斗一场下来，只怕各派名宿高手，皆难幸免！一些门派说不定从此不复存在，各派祖师创下基业将毁于这一役！想到本派或将毁灭，群豪不免心下惶惶。但此时已骑虎难下，都不知说什么好，只得静听张去病往下说。

张去病又道："为避免灭门之灾，为保住祖师创下的基业，又能爽快报仇，在下想出一个法子，但不知大伙赞不赞同？"

浙江"铁掌门"名耆张五爷忙问道："张公子，你想到什么法子，能让咱们既能报仇又不遭灭门之祸？快说出来听听！"

张去病道："我的法子是，中原门派共同推举一名武功最高之人，摩尼教也推举一名武功最高之人，二人代表双方对决。哪一方败了，哪一方仇人便自行了断！这样既可报仇，又少死伤人，可避免门派毁灭灾难！不知大伙意下如何？"

群豪听罢，响起一阵嗡嗡的议论声。张去病转头问蓝龙，道："蓝大哥，你看这办法如何？"

蓝龙一听此法，情知张去病在为摩尼教解危难，大为感激，忙道："小兄弟，你宅心仁厚，这办法虽然不错，但此事重大，老哥一人做不了主。待我问问众位兄弟！"遂朗声问道，"我教众兄弟，大伙赞成张公子的办法吗？"

摩尼教众人心想：咱们功力还没恢复，双方推举出一个武功最高之人决斗，可避免乱杀乱砍。我教少死伤人，可保存圣教。中原门派推举决斗人须费周折，咱们正好赢得时间，暂免灭教之祸。张去病这个办法是在救我摩尼教！如此一想，众人应声道："赞成！"

蓝龙道："小兄弟，你面子大得很啊！好，咱们一言为定，只要中原各派也答应你这法子，我教便推举一名高手，同他们一决胜负，了结世代仇恨！"

张去病抱拳谢道："多谢贵教众位好汉！"回头又道，"中原各门派众位豪杰意下如何？"

中原群豪七嘴八舌商议，乱哄哄议论一会儿，才有人道："这个法子好是好，只是咱们身家性命都押在比武之人肩上，此事干系太大，大伙不知谁的武功最高，这个比武之人可不好推举啊！"

众人一看说话之人是"破云拳"第十一代传人白云林，都觉得他说得有理，便附和道："是哩，谁替咱们决斗有胜算，可不好推举啊！"

三秦"华拳门"耆宿霍达天道："要说嘛，少林寺弘无方丈武功可算得上很高的了，但他老人家不在这里。这事儿还真不好办，咱们推举谁才好呢？"

另一人道："实在无法，咱各派高手可先比一比，谁的武功最高，大伙就推举他……"这人话未说完，马上被人打断话头。一个粗大声音道："齐老五，快收起你的馊主意！大伙千里迢迢赶来报仇，你却让咱们自个儿互斗，你这不是吃里扒外帮助敌人吗？你小子安的什么心？"

齐老五急道："这不是在说推举武功最高之人替咱们报仇嘛，我又安什么心了？好好好，你主意高明，你倒说个办法给大伙听听，让大伙看你的主意馊不馊！"齐老五个头不高，离那人又远，他一面说话一面去看那人，却瞧不见那人的模样。

只听那人又道："我大字不识一个，又能说出什么好主意了？叫我说，谁有本事为大伙报仇，毛遂自荐好了！大伙若是都公认他本事最大，咱就推荐他同魔教高手比武，犯不着自个儿内斗，让魔教捡咱们便宜！"

张去病从台上看去，见那说话之人却是穆兴。心想穆大哥这番话是什么意思？他说"毛遂自荐"，莫非赵先生要我出头比武？

他正思忖，却听龙飞道："穆兄说这法子不错。一人为大伙担当报仇重任，不仅要武功最高，还要他自个儿心甘情愿！他若武功最高，却不愿意为大伙出力，别人也勉强他不得。众位说是不是？俗话说没有金刚钻，不敢揽瓷器活。毛遂自荐那可是自愿的！咱们从自愿担当重任人中，挑出武功最高之人上阵，他若斗赢魔教高手为大伙报了大仇，那是咱们惠眼识英雄，大伙应当重重谢他。他即便是输了，咱们也认了，大伙不得怨天尤人免生后患！"

众人一听都觉有理，有人开玩笑道："龙帮主，你那四十二式'滚龙拳'是武林一绝，你快自荐啊！"

龙飞笑道："李兄，你这不是叫小弟出丑吗？在少林、武当、峨眉、丐帮等众多高人面前，小弟这两手三脚猫把式，岂敢班门弄斧？"

群豪听龙飞如此一说，纷纷转头去看这几派高手，目光从少林寺三大高僧，武当派掌门人，丐帮帮主，天山派掌门人，金银二掌左氏兄弟的脸上扫过，只见他们脸上都一副犹豫神情。群豪心下明白，此事干系太大，便是这些顶尖高手也难下决心。

张去病见龙飞同穆兴一唱一和，心想：他二人说这法子，定是遵循赵先生之意。啊，我知道了！赵先生此意，是要我毛遂自荐，将中原门派决斗人名分夺到手，阻止众人乱斗乱杀，以免摩尼岩上血流成河！可是……我能成吗？师父虽然传授我一身绝艺，我又学了《九宫伏魔经》上武功，还得何野风老爷子传授"日月双环神功"，可我还没有好好施展过这些武功，我要夺决斗人名分，不知成不成？

他转念又想：可是摩尼教人对我有救命之恩，中原门派同我有很深渊源，我又怎能袖手旁观，任他们互相残杀？我如不出面阻止这场屠杀，我学这些武功又有什么意义？啊呀，师父他老人家临终时嘱咐，要我消弭武林劫难。眼前不就是一场武林大劫难吗？我还犹豫什么？管它成不成，我须将决斗人名分夺到手！

心念闪过，他走到台前朗声道："众位英雄，在下自不量力，毛遂自荐，愿担当中原门派决斗人，同摩尼教高手决斗，为大伙报仇！"

中原豪杰们先是一怔，随即哗然。只听一个老气横秋声音道："张去病，张公子，你开什么玩笑？此事关系众多人身家性命，可不是闹着玩的！你乳臭未干，能当什么中原门派决斗人？你别来捣乱！"说话之人是一个身穿蓝衫的干瘦老者，人称汪三公，是长拳门名宿。

汪三公刚说完，对面人群中一个身穿玄色衣衫的白胡子老头接过话道："张公子，适才你上台露了一手功夫很俊，老夫很是佩服的。但老话说，嘴上无毛办事不牢。公子年少，涉世不深，此事关乎众多豪杰生死存亡，大伙是不敢将如此重任托付给你的，公子，老夫劝你还是知难而退！"说话的老者，人称"六合翻天手"，是六合门掌门人申六爷，在赵燕一带武林中威名素著。群豪听他如此一说都不禁点头。

一个身材魁梧的彪形大汉，见申六爷说完，马上接嘴道："张公子，你初生牛犊不怕虎，豪气干云，易某佩服你的勇气。但二位老爷子说得对，你年岁太轻，此事你担当不起，别自告奋勇了！"这人名叫易大中，是巫峡帮帮主，江湖人称"夔门大侠"。

张去病寻思：众人信不过我，看来今日要夺下决斗人名分，我不能谦让，只好不客气狂妄一回了！遂摇头道："这位大哥之言，在下不敢苟同！今日能否为大伙报仇凭的是武功，可不是凭年纪。若要凭年纪，大伙干脆找个一百岁糟老头子替咱们决斗，岂更不省事吗？俗话说：自古英雄出少年，有志不在年高。三国时，那东吴周瑜年少，却率军在赤壁杀得曹操老头子大败溃输！在下虽然年少，但自信中原豪杰无人胜得过我。大伙如若不相信，可上台来试试！"

群豪一听此话，有的呵呵讥笑。有人连连摇头，有人不住叹气，有人却冷笑不已，众人都认为张去病大言不惭，太荒唐，太不知天高地厚！但也在情理中，张去病身怀神功绝技除了赵无痕和龙飞几人知晓之外，在场中原群豪，大都只知张去病同达摩石有关，没听说过他有什么了不得本事。此时听他口出狂言，焉能不怀疑讪笑？

忽听一个清越的声音道："张去病，你的武功如何，咱们待会儿再说。你如此自告奋勇要替大伙决斗，贫道有几句话不得不问你，你须据实回答，不可有半句不实之言！"众人一看，说话之人是峨眉派玉真道长。大伙不知他要问什么话，顿时安静下来。

玉真道长轻咳一声，清清嗓子，道："张去病，贫道问你，你同魔教有冤仇吗？"

张去病摇头道："在下同摩尼教之人并无冤仇。"

玉真道长又道："那你为何要挺身而出，替大伙同魔教高手拼命？"

张去病道："玉真道长，扶危济困，见义勇为，乃是侠义道中人应尽之责。在下身为中原武林同道，不愿看到众多中原豪杰死伤在摩尼岩上，是以要挺身而出替大伙决斗，减少众豪杰死伤！"

中原群豪听得频频点头。龙飞、穆兴、段阳等青龙帮数十人更是大声叫道："张公子一身侠肝义胆，令人好生敬佩！"

玉真道长又道："此话说得在理。只是咱们中原门派推举高手同魔教决斗，得用正宗中土武功比武，那才显得我中土武功胜过魔教功夫。张去病，但不知你决斗用何门武功？"

张去病道："在下是凌霄老人弟子，自然用恩师所传'太极阴阳掌'比武。"群豪一听，心想"太极阴阳掌"虽有天下第一掌美誉，可是江湖上见过"太极阴阳掌"的人少之又少。老一辈高手中，少林寺方丈弘无大师，贺兰山六合居士，武当派掌门人金风道长同凌霄老人有交情，也只见过这门神功一鳞半爪。白无极在土地庙里同凌霄老人交手，玉真道长和"鸳鸯剑"沈飞夫妇等人在旁也只见过几招"太极阴阳掌"，除此之外众豪杰大都没有人见过这门神功。此时听张去病说用"太极阴阳掌"比武，众人心中没底。

玉真道长见过"太极阴阳掌"神妙，但想张去病这般年纪，怎能学会这门神功？只怕是一知半解学了几招，便在此大吹牛皮！

他冷哼一声，道："你施展天下第一掌比武，好得很啊！大伙拭目以待。但贫道还有一事要问：适才听你在台上称蓝魔头为大哥，看来你同魔教交情匪浅。恕贫道直言，若由你出面，替咱们同魔教高手比武，贫道有些不放心，焉知你不会把大伙出卖了？"

中原群豪一听，心想是啊！幸亏玉真道长精明心细，想到这个关节，要不然这小子代表咱们决斗，将大伙卖了，咱们岂不倒大霉？众人一齐盯着张去病，看他如何回答玉真道长诘问。

张去病肃然道："不错，蓝大哥同我是朋友这可不假。但咱们身为侠义道中人，岂能因私交而废公义？更何况少林派弘无方丈和法痴大师对在下有恩，丐帮步帮主、天山派柳掌门、左二先生同在下都有过命交情。我若出卖中原门派，怎对得起几位前辈？在下人品如何，步帮主、柳掌门等几位前辈知晓，他们可为在下做证！"

步金吾一听，快步走到台口，大声道："众位英雄，张公子说得不错，步某同张公子是生死之交。大伙别看张公子年纪不大，但他仁义过人，勇气非凡！步某和柳掌门及左二先生曾遭大魔头童三界暗算，幸亏张公子冒死相救，我三人才活到今日。此柳掌门和左二先生可以做证。大魔头童三界也可以做证！"

步金吾转头问童三界，道："童大摩尼，可有此事？"童三界冷哼一声不说话，显然默认确有其事。

步金吾又道："张公子倘若心向魔教，他便不会冒死救我三人！步某相信张公子不会出卖咱们中原门派。柳掌门、左二先生，你们信得过张公子吗？"

柳寒峰道："柳某自然信得过张公子！只要张公子能技压群雄，由他出面比武，柳某举双手赞成！"

左丘也道："老朽同二位掌门人一般心思，对张公子的人品，那是放一百二十个心！张公子若是比大伙技高一筹，由他代咱们决斗，那是再好不过！"

三人在武林声望甚隆，听他们如此一说，群豪对张去病的人品再无异议。但对他武功却心存疑问。适才见他出手将蓝龙和金风道长隔开，所显功夫确非寻常。但仅凭一招二式，要人相信中原豪杰都不是他的对手，说什么众人也不信。

巫峡帮帮主易大中道："张公子，适才你口出大言，说这摩尼岩上中土豪杰没人能胜你，你年纪轻轻，哪来这么大的本事？嘿嘿，在场的众位英雄恐怕没有人相信！"

一听易大中此言，张去病心想：反正今日豁出去了。大话已经说出口，说一句是说，说一百句也是说，我不妨再说两句！遂笑道："常言道寡不敌众，在场众多豪杰一齐出手，在下纵有三头六臂，也敌不过啊！要说我一人斗摩尼岩上众多豪杰，在下是斗不过的。但同时斗几个高手，在下倒可试上一试！"

此言一出，激起台下一片嘘声。有人道："张去病，今儿这摩尼岩上顶尖高手多得是！你小子不知天高厚，大言不惭，待会儿被人打趴在台上丢人现眼，可怨不得谁啊！"又有人道："张去病，你小子也太目中无人，马上有你好果子吃！咱们敬你外公岳元帅是大英雄，不同你一般见识，你赶快收回狂言，给众英雄赔个不是，让大伙原谅你好了！"

张去病将手一挥，道："在下有多大能耐，诸位一试便知。哪位豪杰不服气，请上台来赐教！"又道，"适才大伙说单打独斗费时太长，为不耽误大伙时间，几人同时上台来赐教也行，这倒省事一些！"

台下众人都连连道："这小子疯了，疯了！竟敢一人挑战天下英雄，准是疯了！"就连摩尼教众人也觉张去病狂到极点，也不禁纷纷摇头。

龙飞在台下高声道："武功高低不是争出来的，是比出来的！大伙别再耍嘴皮子，张公子在台上候教，哪几位英雄上台去赐教？"

群豪从未见过如此狂妄大胆之人，也从未遇过临阵夺帅比武之事。眼前之事委实罕见，一时间摩尼岩上安静下来。众人引颈观望，看何人上台同张去病比武。站在台上的蓝龙、金风道长、弘空大师、步金吾、柳寒峰几大高手都退到一旁让出场子来。

摩尼教众人心中窃喜，巴不得中原群豪扯皮不休，互相内斗，乐得看热闹，自己好抓紧时间恢复功力。房森和四大摩尼袖手旁观，养精蓄锐。蓝龙心想：我这位小兄弟真够义气，他内力无人能匹，但不知别的功夫如何？只要他多撑些时间，我教兄弟便有救了！

柳寒风和步金吾见张去病夸下海口，都暗为他担忧。在丐帮总舵，他们见张去病将魔教两百多名汉子打下院墙，此刻见他上台又露了一手功夫，但仅凭这几手功夫，又怎对付得了摩尼岩上这些高手？

金风道长却是另一番心思：他同弘无方丈寻访那有武学天赋的异人，找了二十年今日终于见到，他心中异常高兴。适才张去病出手将他和蓝龙分开，招式精奇，内力浑厚罕见，但他也不信张去病武功到了无人能敌之境。

他想青年人血气方刚，口出大言，也是寻常之事。只待此间事情了结，他便将张去病带到少林寺去，同弘无老方丈一起传授他少林、武当两派功夫，将张去病打磨成中土武林第一人，担起消弭武林劫难的大任。

金风道长正思忖，忽听台下一个苍老声音道："老朽不才，来会会这位少年英雄！"只见一个身材高大的老者跳上台来，金风道长一看，却是金掌先生左岗。群豪见是左岗上台比武，精神顿时为之一振。

左岗对金风道长、步金吾、柳寒峰、弘空大师四人道："几位老哥，适才这位小兄弟口气大得很啊，叫咱们几人斗他一人，不知他是否有如此大的本事。待我抛砖引玉，先考考他。若是不成，你们几位再上！"

回头对张去病道："张少侠，你救过我兄弟左丘，于老朽有恩。我痴长你四十几岁，于情于理本不该上台同你动手。但你要揽下为各派报仇重任，此事太关紧要，老朽不得不考察你有无这等能耐！"

张去病道："左大先生名动江湖，去病今日得见左大先生神技，实是三生有幸。左大先生请！"

左岗道："好，老朽不客气了！"说时踏上前两步，一掌缓缓拍出。日光之下，只见他手掌黄灿灿，犹似金子打造的假掌，掌风挟带慑人心魄的金属声响，众人都惊得"啊"的一声。只听左岗道："张少侠，老朽金掌锋利无比，你可得小心！"

左岗年少时不会武功。一次同弟弟左丘进深山打柴，密林中忽然扑出两只猛虎，二人顿时吓软了腿。眼看即将葬身虎口，旁边大树上突然跳下一人，双掌疾挥，右掌将一只虎头斩落地上，左掌将另一只虎头打得四分五裂，兄弟俩惊得合不拢嘴。更令他俩惊讶的是，那人的双掌极是怪异：一只手掌如同黄金打造，另一只手掌犹似银锻铸。兄弟二人情知遇到世外高人，忙跪下求那人收录为徒。那人不允，两兄弟便在他居住洞口跪了七天七夜，不吃不喝。饿得奄奄一息，那人才答应收他们为徒，传授他们一门怪异武功名叫"天罡金银掌"。

左丘学的是银掌功夫，出手时手掌变成银色如开山利斧，威力极大。左岗学的是金掌功夫，打斗时手掌变成金色，掌缘锋利如宝刀，能切金断玉。江湖上寻常高手，很难接下他兄弟俩一招半式。此时左岗见张去病年少，怕他不识厉害，便出语告之。

张去病道："多谢前辈关照！"说时身子一闪疾跃开去。岂料脚刚着地，左岗已欺到面前，金掌一掌紧接一掌，一掌快过一掌，双掌翻飞，攻势犹如急风暴雨。

张去病却不还招，他想看左岗武功妙在何处，便踏着"蹑云步"东躲西闪。猛听得砰砰砰几声震响，台上几扇屏风被左岗几掌劈倒台上。这屏风用稀罕铁木制成，坚硬异常，寻常刀剑也难削动它，但在左岗金掌下被卸成几大块。众人看见无不骇然。

步金吾想：自己一掌将这屏风震碎也能办到，但要想将它整齐划一斩成几块却是不成。金掌先生威名果不虚传！柳寒峰寻思：左大先生金掌如此锋利，唯有功力高于他之人，才能徒手同金掌相搏。但对手必然大耗功力，难以持久，终究非败在他手下不可，他这金掌可不好对付！倘若我与他斗非得用剑，方才不落下风！

摩尼教众高手亦看得心惊。那日在"望郎滩头"神女峰上，童三界曾同银掌先生左丘交过手。左丘银掌能开碑劈石，他的幻阳血爪尚能对付。此时他自忖，要对付左岗的金掌却无把握。金如尘、房森、白无极三人都在寻思，倘若自己同左岗打斗，如何才能避开他金掌锋芒，出奇制胜？蓝龙却担心张去病不敌左岗金掌，寻思如何暗助张去病一臂之力。

台下摩尼教众人见屏风上摩尼光佛圣像被毁，异常恼怒，纷纷破口大骂："左岗老儿，你毁了我教圣像，老子明日便去挖了你左家的祖坟，叫你老儿断子绝孙，断绝香火，死后变成孤魂野鬼！"

"左岗老东西，你毁光明佛像犯下大忌，不出十招，你那条老命便会丧在张公子掌下！张公子，你快出杀招将这老东西毙了！"

左岗不理摩尼教众人咒骂，心下却兀自暗惊：他上台来出手便凌厉猛攻，是因适才看见张去病左手二指夹着金风道长长剑，右手二指夹着蓝龙的腕，双臂那么随意一挥，便将当世两大顶尖高手推得后退五步。他寻思这少年内力深厚世所罕见，自己内力恐有不及，唯有凭借金掌锋利方能取胜。是以出手便是一阵狂攻猛打。岂料一连攻了十多招，张去病却未落下风，这是他行走江湖数十年从未有过之事，如何叫他不心惊？

张去病也有些惶然。适才他凭着一腔热血夸下海口，此时一动手却有些心慌。他从未经历过如此大阵仗，临敌经验太少。摩尼岩上会集当世顶尖儿高手，个个威名显赫，不免令他心生怯意。

他虽身负"太极阴阳掌"、《九宫伏魔经》和"日月双环"绝世神功，却没在实战中施展，还不知这三大神功威力到底如何。眼下见左岗的金掌威力惊人，心头不免有些发慌。好在他武学禀赋超群，闪避十几招，便看出左岗内力浑厚，掌法精奇，但刚猛有余，缜密不足，间或还露出一些小破绽。他心中有了自信，却又有几分迷惑：心想左大先生这一掌略快一秒，我便躲不过去。他这一掌劈下如再斜挑上来，岂不刚好拍到我的手臂上？他为何放弃这绝佳机会？他自己武学禀赋极高，再难的武功都学得极快，却不知对寻常习武人来说，若是功力未到，要快一秒又谈何容易？倘若武学修为不逮，又怎能在百忙瞬间突然变招？

左岗猛攻十多招未能占上风，心下焦急起来。寻思这少年的轻功步法神乎其技！他不还招只是避让，老夫都奈何不了他，如此长斗下去，岂不是明摆着我输了？我这张老脸往哪儿搁？不成，我得用话激他出手，才能捉住他武功中破绽，有望赢他。

如此一想，他收掌跳出圈外，冷笑道："张少侠一味躲闪，凭你这种功夫，嘿嘿，大伙能指望你报仇吗？"

张去病躬身道："前辈教训得是，在下得罪了！"说时他双掌一错，左掌为阳如刀削斧劈般拍出。右掌为阴似绸缎轻摆。双掌一刚一柔，一阴一阳极是奇特。在场之人看得一愣，立刻被这奇妙掌法吸引住。左岗叫声："好掌法！"亦是一掌拍出。他只道金掌锋利，张去病不敢硬接。岂料张去病不避不闪，阴掌一递，两掌相对毫无声息。左岗只觉金掌似击在一团柔软黏胶上，浑不着力，急忙收掌，却感收掌吃力。他心中一惊：这什么掌法，怎的如此怪异？

"太极阴阳掌"运两仪而衍阴阳；生四相而化八卦，以太玄神功为根基，阴阳两掌能发出两种截然不同掌力：阳掌发力异常刚猛，可将对手力道反震回去，令敌人至伤。阴掌黏力极大，能黏耗对手的内力，形同如釜底抽薪，可将对手功力耗尽。阴阳二掌两种内力还可互变：时而左掌为阴，右掌为阳；时而左掌为阳，右掌为阴；时而前掌为阳，后掌为阴；时而单掌为阳，双掌为阴。两掌忽阴忽阳，使掌力千变万化，实是一门旷古罕见神奇掌法。

张去病出掌之际，忽记起凌霄老人说过阳掌刚猛霸道，极易伤人。左岗虽功力深厚，但年已老迈，他恐阳掌将左岗掌力反震回去，震伤这位武林前辈，是以只出阴掌应战，欲令他知难面退。

此时众人见他双掌齐出，阳掌为虚作佯攻之态，用阴掌接下左岗金掌。但因阴阳两种掌力可以暗中互换，旁人皆看不出来其中奥妙。步金吾等高手看见张去病能接下锋利金掌，也都暗暗诧异。左岗同人打斗，一向仗着金掌锋利，猛攻猛打已成习惯。他察觉张去病手掌上有股极大黏力，心中虽惊，却不改积习，左掌一划又呼的一掌劈出。张去病仍用阴掌迎击，双掌一对，左岗又觉金掌被粘，收掌时手臂一滞又感吃力。但他生性倔强，心道："老夫不信，你小小年纪能接得下老夫几掌？"当下一声清啸纵身扑上，双掌翻飞，如连珠炮般劈向张去病。

金风道长和弘空大师不明缘由，都心中诧异：对付一个后生晚辈，左大先生何至于斯？却见张去病双掌一快一慢，一巧一拙，竟能毫不费力将左岗攻来的十一掌接下，二人心下更是惊讶。

左岗一口气攻了十一掌，犹如斗了千招以上，累得气息微喘。柳寒峰、步金吾、蓝龙、房森等高手在旁，听见左岗微喘都不知何故。但几人看出左岗先头几掌快似疾风，后几掌渐渐慢了下来，似乎有些力不从心。几人心想以左岗功力，拼上百掌也不至如此，为何才对十一掌，会如此大耗内力？难道张去病的掌上有什么古怪？

左岗本人更迷惑：他拍出掌力越大，张去病掌上黏力越强。他掌力减弱，张去病掌上的黏力也减弱。他后面猛拍几掌，对方掌上黏力太大，令他险些难收手掌。在张去病古怪掌力之下，他的金掌不仅全无用武之地，反使他内力大耗。他寻思：如此斗下去，老夫岂不是要被这少年累倒？但就此罢手，却又不甘心。突然他掌式一变，出掌飘忽不定，手掌始终不同张去病手掌相接。金掌变得轻灵飘逸变化百出，台下众人不由大声叫好。

张去病看出左岗是斗招不斗力，心想"太极阴阳掌"精妙无双，左大先生这一着棋可走差了！当即将阴阳两种掌法施展开来，只见他左掌正大平和，凝重守拙。右掌飘忽奇幻，机变多端，双掌配合得天衣无缝，令众人看得兀自惊叹。

少林寺戒律院首座弘法大师啧啧称奇，赞道："啊呀，世上竟有这等奇妙掌法！"

左岗一连攻三十多招，非旦找不到张去病破绽，还险些两次中掌，此时他要避开张去病那古怪掌力，又要提防张去病奇招妙式，一时间束手束脚，额头上冒出了一片油亮汗珠。

忽听有人道："张少侠掌法神妙，老纳也来领教领教！"只见一人跳入圈内，呼地一掌拍向张去病，却是少林寺弘法大师。弘法大师毕生精研指法和掌法。适才在旁看见张去病掌法妙不可言，早就技痒难耐。此时见左岗左支右绌，显露败象，便下场来援手，欲用少林掌法同张去病切磋，以印证自己多年武学修为。

张去病见弘法大师出手，心中一凛。他在少林寺见过弘法大师同金如尘比指力、掌力和内力，知晓弘法大师有两门神功绝技：一门是"大力金刚指"，一门是达摩大佛手。此刻见弘法大师一掌拍来，他忙挥出阴掌相迎。两掌一击只觉对方掌上空空荡荡，没半分力道，自己掌力竟然粘不着对方掌力。正诧异间，忽觉一股雄浑无比阴劲陡然涌来，胸口难受至极。他大吃一惊，急忙纵身跃上半空卸去身受的掌力，调匀内息才落地站定。

弘法大师见张去病落地气定神闲。心中亦惊：老纳这"达摩大佛手"掌力重逾千斤，便是我寺弘字辈高僧接这一掌，也会气血翻涌。这少年不过二十来岁，接我一掌却面不改色，他怎会有如此深厚功力？

张去病寻思：达摩大佛手厉害之处，似在发力不着痕迹，击物毫无声息，叫人无从感应。待到发觉掌力涌来时，已来不及应对。我用阴掌难粘他掌力，须用阳掌将他的掌力反震回去，叫他的达摩大佛手无隙可逞！

寻思瞬间，左岗和弘法大师又挥掌双双攻来。他阴掌一晃拍向左岗，手掌吞吐不定。左岗瞧出他掌上暗藏玄机，不敢贸然接招，忙疾退两步。同一瞬间，弘法大师大佛手拍到，张去病挥掌迎击。两人手掌一撞，弘法大师只觉手掌似拍在一堵弹力极大的墙上，掌力如排山倒海般反弹回来。他暗叫声："不好！"疾挥双掌卸去弹回掌力，哪知那掌力太大，卸去一半，另一半仍汹涌撞来。他不住挥动双掌卸力，身子不住后退。蹬蹬倒退十一步，想定住身子，腿却不听使唤，又后退出两步才站稳脚跟。众人见弘法大师双掌狂舞，身子一退再退，不知他在弄什么玄虚，看得很惊奇。

弘法大师道："阿弥陀佛！少侠使的什么神功，竟能将老衲掌力加倍震回？"

张去病道："大师过奖了。在下使的是'太极阴阳掌'的阳掌功夫。大师的达摩大佛手力道沉雄，击物无声，且无坚不摧，实在是少林神功绝技，令在下好生佩服！"

众人听张去病将弘法大师掌力加倍震回，不禁又是一惊。心中都想同弘法大师这样一等一高人打斗，要做到借力打力谈何容易？张去病却能将大师的掌力反震回去，"太极阴阳掌"真是神乎其技，名不虚传！

弘法大师道："公子只使出阳掌功夫便是如此了得，那'太极阴阳掌'真可傲视武林了！不过，老衲还有点薄技，再试试你这门神功！"说时大袖一摆，正欲出手。却听左岗道："大师且慢，老朽也有一事要问张少侠。"

弘去病道："左大先生请讲。"左岗道："张少侠，适才你同老夫动手，你手掌上生出极强的黏力，大耗老夫功力，这也是阳掌功夫吗？"

张去病摇头道："不是，那是'太极阴阳掌'的阴掌功夫。左大先生的金掌削铁如泥，威力太大。在下接招大感吃力，只好使出阴掌功夫以求自保。"

众人一听，才知适才左岗出招缩手缩脚，原来是受阴掌克制，那阴掌功夫究竟是何等怪异，竟使得左岗金掌无用武之地？众人仍不甚了然。心中不禁对阴掌功夫生出几许神秘感。

左岗道："张少侠，你这阴掌功夫可不简单哪！弘法大师，咱俩再领教'太极阴阳掌'妙招，看它到底有多厉害！"

但凡武学大师，一生都想穷尽武功奥秘，见到一门未曾见过的绝世武功，犹如嗜酒如命的酒鬼，见到陈年佳酿一般急想品尝。左岗和弘法大师早闻"太极阴阳掌"诸般玄妙，却从未亲眼见过。此刻瞧见张去病施展出来如此精奇，二人心中无比好奇，即想一窥全豹，想以本门武功同"太极阴阳掌"一试高低。

弘法大师一听左岗之言，道："阿弥陀佛！左大先生所言正合老衲心意。咱二人再领教'太极阴阳掌'妙招！"

弘法大师说罢，两人身形一晃，挥舞双掌又向张去病攻去。这一回，只见弘法大师大袖飘舞，两手齐出，快捷异常，左手指使出少林"大力金刚指"法似剑疾刺。指力如剑气纵横，激荡得在旁观斗的步金吾、柳寒峰、金风道人、蓝龙等人衣衫飘动。

先前弘法大师以大佛手对阵吃了亏，他寻思大佛手一掌击下着力面大，掌力易被张去病的阳掌震回。若使"大力金刚指"，指力如细棍戳出，着力面小，只要出手快，对方阳掌难将指力震回。

左岗亦是掌法一变，不再狂攻猛打，而是出掌凝重，一招一式看似笨拙，却暗藏重重杀机。两大高手情知今日遇到平生劲敌，都将绝学尽使出来。张去病缺少临敌经验，见两人武功忽变，他出手略慌，只听扑嗤一声，衣衫被弘法大师"大力金刚指"戳去一块。又听身后劲风袭来，知是左岗金掌击到背心，情急之下他拔身斜跃出去。弘法大师如影随形扑上前，双手疾戳，分戳张去病肩头和前胸。

张去病沉肩避开弘法大师戳向肩头一指，挥掌斫向当胸戳来一指。岂料突然间，弘法大师戳向他胸前手指倏地一弯，如钢钩般勾向他手掌"神门穴"。他从未见过这种能弯曲变向，攻击人的手指功夫，大吃一惊急忙翻掌避让。不料弘法大师心知这一招伤不着他，使的是虚招。同一瞬间，攻击他肩头那根手指忽然也变成钩状倏地往下一勾，点向他"肩贞穴"。这一击快捷无比。尽管他沉肩在先，但弘法大师手指下弯，拉近了同他肩头距离，击点得快捷无伦，眼看难逃这一击。吓得他往下一蹲，只听"嚓"的一声肩上衣衫被弘法大师指尖勾去一块。他急忙就地一旋，跃出两大高手夹击圈外，迅捷跃起身来吃惊道："弘法大师，您老人家的'大力金刚指'功夫，怎……怎么与众不同？"

弘法大师道："老衲将这门功夫略作改进，是以同旁人使的不大一样。公子可得小心，越是你见过的武功，越是不可大意！"

张去病道："谢大师赐教。"心中却想：弘法大师和左大先生各怀绝技，我如何才赢得了他二人呢？便在此时岩上忽听有人吟道："先师遗命，重如泰山。心定志坚，方始能成！"

这声浅吟细如游丝，却清清楚楚钻进摩尼岩上群豪耳里，群豪无不一惊。此时岩上万人集聚，嘈杂之声大得无以复加，这声低吟竟然一字一句让人听得如此清晰，此人功力如此之深极为罕见！他是谁？众人转念又想：什么先师遗命？这几句非诗非词的话，那又是什么意思？

张去病却听出是赵无痕的声音，心神一定镇静下来，暗道："谢谢赵先生指点！"拱手对两大高手道："两位前辈神功卓绝，令在下大长见识。在下亦献上一点陋技请二位前辈指教！"

左岗道："张少侠身负天下第一掌绝技，指教二字，老夫可不敢当！"

弘法大师道："张少侠不用过谦，老纳正想一睹凌霄老人神功绝学，少侠快使出来，让我们开开眼界！"二人说罢，又从左右两侧同时向张去病攻来。

张去病双掌一分，左掌拍向弘法大师，右掌拍向左岗，脚下踏着"蹑云步"，穿行于两大高手夹击中。只见他见招拆招，掌上妙招层出不穷。脚下将"蹑云步"法施展得奇妙万端。一瞬间他化作一个闪烁不定的影子，在两大高手之间闪来闪去，左岗和弘法大师只觉满眼人影，目不暇接，哪里还顾得上细看"太极阴阳掌"？

适才听见赵无痕之言，张去病寻思，今日要避免摩尼岩上尸横遍地，须技压全场，令众人心服口服，才能将决斗人名分夺到手，完成师父遗命。如此一想，他使出"蹑云步"和"'太极阴阳掌'法"两大绝技。那"蹑云步法"变化万千，便是在千军万马之中也能如入无人之境。"太极阴阳掌"三百多式奇招，精妙绝伦。一时间岩上群豪看得目不暇接，连喝彩都忘了。

金风道长、步金吾、柳寒峰、少林弘远大师、弘空大师、银掌先生左丘等人看见，先前左岗和弘法大师还能还手。待斗到三百多招时，二人却只有招架之功，毫无还手之力。众高手看得心头大震，心想"太极阴阳掌"被誉为"天下第一掌"果然实至名归！

摩尼教左右二法王、四大摩尼、五尊者、十大长老等高手，各自拿自己武功同"太极阴阳掌"印证，暗自寻思破它之法。房森轻声对蓝龙道："蓝兄，待会儿这少年斗败中原高手，向我教挑战，你如何破这'太极阴阳掌'？"

蓝龙道："我这小兄弟掌法阴阳相生，刚柔相济，巧拙互补，将破绽掩盖得不露痕迹，着实叫人不知如何破它！"

金如尘道："以掌法而论，这'太极阴阳掌'堪称天下第一掌。老金寻思，我教武功内力独到，咱们在招式上有所不及，但辅以咱们独到内力或可破这掌法，蓝左王你说是不是？"

房森摇头道："如此破它也无多大把握。他那阴掌能生出极大黏力，阳掌又能将对手的内力反震回去，咱们的内力再独到，倘若被它震回或粘耗，也奈它不得！何况这少年轻功步法又这般奇妙，使他掌法如虎添翼，咱们要破他'太极阴阳掌法'太难！"

云飞扬道："我倒是有一个法子，或许能破这少年的'太极阴阳掌'，咳咳，只是……只是……"

童三界忙道："只是什么？云兄想出什么好法子，快说给大伙听听！"

云飞扬摇摇头道："我想的不是好法子，是一个丑办法！咳咳咳，若是白大摩尼施展绝顶轻功缠住这少年，咱们上去各施绝技，这少年便是有三头六臂，咳咳，谅他也无法招架，只是如此破他掌法，咳咳……咱们这张老脸也丢尽了！"

白无极叹道："常言道：书到用时方恨少。在这危亡关头，咱们才知所学不足！唉，可惜教主不在，若是他老人家在此，便有法子破这少年的'太极阴阳掌'！"蓝龙等人一听，皆频频点头。

童三界道："先前这小子口吐狂言，放话叫几位高手并肩斗他，眼下情势危急，为保全我教，万般无奈，咱们只得用云兄的法子，顾不上什么丢脸不丢脸！"

几人正说至此，忽见左岗和弘法大师出手章法大乱。蓝龙等人一惊，马上便明白缘由：张去病身法比左岗和弘法大师快许多，他那源源不绝的妙招又令两大高手吃力，二人岂有不败之理？忽然间，只见张去病跃上半空双掌交错一挥，仿佛一下变出十几只手掌朝左岗和弘法大师头顶击下。其时红日当顶，日光耀眼，两大高手抬头接招眼睛一花，无法看清哪是真掌，哪是掌影，心下大骇，疾舞双掌紧守门户连连后退。

左岗大惊失色道："张少侠，你……你……"忽觉得肩头一麻。

弘法大师亦惊道："我佛……我佛慈……"那"悲"未说出口，略感到胸膛一窒。张去病已然飘然落地对二人躬身道："两位前辈，在下失礼了！"

适才一瞬间，旁人皆未看出，张去病右掌在左岗肩上轻轻一拂，左掌在弘法大师胸前微微一抹，点到为止。两大高手情知张去病为顾及他二人颜面，手下留情。心中又惊佩又感激。

左岗大笑道："'太极阴阳掌'不愧是天下第一掌，令老朽佩服！哈哈长江后浪推前浪，世上新人换旧人！张少侠武功卓绝，后来居上，老朽不管用啦！"

弘法大师道："阿弥陀佛！左大先生说得不错，我等皆老不中用了！老衲久不出少林寺，真是孤陋寡闻，不知武林中竟然出了张公子这等少年英雄！"

张去病拱手道："多承二位前辈相让，去病不胜感激！"两大高手呵呵一笑，身子倒拔而起，飞身跳下台去。

张去病环顾台下，朗声道："哪位英雄再来指教？"忽听台上有人道："好厉害的'太极阴阳掌'，贫道也来领教领教！"

张去病转身一看，却是武当掌门金风道长，只见他手执长剑缓步走到台中，道："张去病，贫道同你师父凌霄老人有数面之缘，有幸见过几招'太极阴阳掌'神功，但一直无缘得他老人家指教。今日正好，少侠代你师父指教贫道一二，了却贫道这桩夙愿！"

金风道长这番话并非谦辞，他同凌霄老人虽有交往。但凌霄老人年纪比他大十几岁，是他前辈。他知老人身负"太极阴阳掌"神功，却碍于老人在武林中威望，不好开口同老人切磋武学。此时见张去病挫败两大高手，功力犹胜凌霄老人，心中大为惊诧。心想就算这少年天生禀赋极佳，他如此年轻，武功怎会到这般登峰造极之境？莫非他遇到什么奇缘，待我下场去试试他，看他武功到底有多深，有多大把握为大伙报仇。如此一想，他便下场应战。

张去病忙躬身道："道长是前辈高人，去病是后学晚辈，指教二字怎敢当？还望道长不吝赐教！"

金风道长点头道："年轻人身怀绝技，不恃技自傲。难得，难得！"又道，"咱们这场比试，不奋力拼斗。一是先前少侠出手将贫道同蓝龙分开，内力可比贫道强得多。若比内力，贫道可就甘败下风！二是少侠力斗两大高手，耗去了不少气力，贫道以逸待劳，不愿占少侠的便宜。三是少侠若是夺得决斗人名分，还要同魔教高手决战，须留着力气为大伙报仇！咱们只比画比画招式便可。贫道使剑，但不知张少侠使什么兵刃？"

张去病一怔，心想糟了！金风道长要考我兵刃功夫，师父没教我使用兵刃，我也从未使过兵刃。我若用兵刃，用得牛头不对马嘴，哪是金风道长对手？

步金吾见张去病神色犹豫，在旁忙道："小兄弟，金风道长剑法在武林首屈一指，你万不可空手同他对阵！你用惯什么兵刃？老哥给你！"

柳寒峰也道："张公子，金风道长'北斗真武剑法'是武林一绝。昔日天下剑客在天龙山玉屏峰上比剑，道长一剑威震八方，天下剑客皆不能望其项背！你便是使用兵刃，也万不可掉以轻心！"

金风道长呵呵笑道："惭愧，惭愧，过去那些陈芝麻烂谷子的往事，两位掌门人还提它做甚？莫让张少侠见笑！"

张去病见两位掌门人对他如此关怀，心下感动。犹豫瞬间，脑子里突然灵光一闪，陡然想起《九宫伏魔经》的"太乙伏魔手"第一式"缤纷五彩"，可衍化出各种拳脚或兵刃技法，我何不用这一式"缤纷五彩"，试着同金风道长过招？

如此一想，他忙道："在前辈面前，晚辈不敢弄刀使剑。晚辈以手代剑，请道长指教！"此言一出，群豪均是一怔。众人想：张去病竟要空手斗金风道长剑招，委实大胆狂妄。虽然金风道长说过不用剑真刺真劈，但他经验老道，剑法神通，张去病便是使用兵器也难取胜，何况徒手对阵？

第二十一章　神功

看见张去病如此托大,武当派年轻弟子气恼。一名武当弟子道:"张去病,你小子会两手'太极阴阳掌',便不知天高地厚,竟敢空手接咱们掌门人剑招,也忒胆大妄为!"

另一名武当弟子道:"张去病,你小子是不是不会兵刃功夫?要是不会,别硬着头皮冒充英雄,赶快向咱们掌门人认输罢了!"

张去病忙道:"诸位道长莫生气!这位大哥说得对,在下从没学过兵刃功夫,真不会使用兵刃!我以空手同金风道长过招,不是自高自大,实在是师父没教过我兵刃功夫。金风道长,晚辈可不敢对您老人家有丝毫不敬,您千万别误会,晚辈此举实属无奈,请道长勿怪!"

适才,金风道长听张去病说要空手接他剑招,心下颇为不悦。此时听张去病老老实实说明缘由,反倒十分高兴,心想面对天下豪杰,这少年不掩其短,是大丈夫光明磊落行径!

他朗声对台下武当弟子道:"本门弟子休得无礼!张少侠并无轻视我派武功之意。武学修为高深之人,手指也是利剑,出掌亦如快刀,摘叶飞花均能制敌!张少侠虽然不用兵刃,其手上功夫或许胜过兵刃,你们不可小觑他空手!"又回头对张去病道,"张少侠,你年少,且无兵刃,你先出招罢!"

张去病道:"恭敬不如从命,晚辈献丑了!"说时后退出二丈之遥,手掌一晃,化出一式刀招劈出。金风道长挺剑凌虚对着那刀招一拨,岂料长剑刚动,张去病刀招已化作长枪斜刺过来。金风道长回剑疾封。剑才回转,那枪招已化为剑招直刺胸前,此时要用剑隔挡来不及,他忙一掌拍出。岂料他手掌甫动,对方剑招已变成棍式点到他腰间,他忙挥剑横格。片刻之间只见张去病手掌变化出枪招、剑招、棍招、鞭招、铜招、锤招、斧招、锥招、链招、戟招、铲招、矛招连绵不绝。

通常高手对攻，双方使用一种兵器攻敌，而那兵器长短大小不变，招式也大致有迹可寻。而张去病此时瞬间衍化各种不同的兵刃出招，而他出招变化极快，且无迹可遁。金风道长从未见过如此奇异武功，挥剑招架到第十五招时，再无法隔挡张去病攻势，急忙闪身跃到木台一角，脸上神色既迷惑又惊奇。

众人只见一瞬间，金风道长挥剑如闪电般攻张去病十五招，武功不高之人看得眼花缭乱，不禁大声叫好。高手们却看得心惊不解：瞧见张去病出手十一招，手上衍化出各种兵器招式，招招皆是精妙杀招，每一招都不使老，出手似乎留有余地，一显杀招立即变招。纵是如此，已攻得金风道长不能还他一招！幸亏金风道长剑法精奇，应变奇速，才接下这十一种兵刃的精妙杀招，安然退出圈外！

众高手惊诧莫名：张去病手上招式，怎能在瞬息之间变出那么多兵刃的精妙杀招？各种兵器招式手法差异甚大，他又怎能将它们揉成一体，如行云流水般一气呵成使出？而且那些杀招有的是各派绝招，有些从来见过，这太匪夷所思了！

若按照常理，任何人在瞬息之间，要变化出多种不同兵刃的杀招，那是绝无可能之事。只因张去病生就仙猿骨相，筋骨柔韧度大胜常人，又被"九宫伏魔洗髓心法"易筋洗髓，是以身手比一流高手敏捷百倍，众人不知其中缘故，都惊惑不解。

金风道长却比旁人更吃惊。他不仅吃惊张去病在激斗之中能快捷无伦地使出十几种兵刃厉害杀招，也不吃惊张去病能将这些互不相关的杀招连接得天衣无缝；更令他吃惊的是，这十几招杀招仿佛都是各派武功精华。以他广博武学见识，有的他见过，有的他却从未见过。他不知张去病使的这些招式，大都是几百年前各派的功夫，有的已经失传，他又怎能尽都认得？他看出张去病以掌作刀劈出的那一刀，是青城派"巴峡断魂刀"的绝招"童子拜观音"；枪招是后山杨家枪的杀招"银龙出海"；剑招是武当派"武当紫霄剑法"的路子，可招式他却没见过。

棍招像是丐帮"神龙棍"法的"龙跃深渊"，但使得比当今丐帮高手更高古玄奥；那铜招犹似是少林寺"弥勒参禅铜"的"老祖闭关"；鞭招是昆仑派"瑶池鞭法"中的"老君献桃"。令他迷惑的是，这些杀招单独使出他都不难对付。但这十几招互不相干的杀招连成一气使出，却令他难以招架，以他高深的武学造诣，却不明是何道理！

张去病学会《九宫伏魔经》功夫，这是头一次使出对敌。岂料才使出"太乙伏魔手"第一式"缤纷五彩"，见金风道长惊惶招架十几招，便仓皇跳出圈外。他心中不禁欢喜，却又有些后悔，不该冒失使出这门功夫折金风道长的面子。他寻思：达摩祖师和寇谦之道长创下的功夫真是妙不可言！难怪几百年来武林中人都将《九宫伏魔经》视为神功绝学，为夺达摩石争得你死我活。又想：师父曾说练成这门神功后，我将成为武林中空前绝后的第一人，远胜于他老人家。虽说这是师父对我的殷切厚望，却也非夸大之词。师父在天之灵若是得知我练成了《九宫伏魔经》神功，他老人家不知该有多么欢喜！

金风道长年逾七十，在武林中滚打五六十年，可谓是见多识广，此时却看不出张去病使的是什么功夫。愣了瞬间，才哈哈一笑，道："张少侠技业惊人！贫道也来献丑，使几招不成样子的剑法，不知少侠能否看得上眼！不过这一回，贫道可要真打了！"

张去病道："道长太过谦了！武当剑法闻名天下，能见到前辈神妙剑法，那是晚辈的运气！前辈请！"

金风道长道："看招！"长剑倏地劈出。张去病侧身一让，不敢再使《九宫伏魔经》功夫，忙用"太极阴阳掌"招。岂料他手掌甫动，金风道长剑招突变，只听唰唰唰唰唰风声急响，长剑化着一道青光如迅雷奔袭而来，四周剑气激荡，刮得他脸上生生作痛。原来金风道长忌惮张去病武功怪异，决计不让张去病有还手之机，便使出武当快剑快攻快打。这套"九天落花剑法"熔快、准、巧、狠于一炉，长剑上注满浑厚内力，剑光耀眼，一团青白剑气将张去病紧紧缠绕，霎时间众人看不清张去病的面目。

张去病在剑网中避闪二十几剑，心想金风道长能快，我亦能快！当下踏着"蹑云步"法，以阴掌护身，用阳掌接招，亦是一阵快攻快打。两人化为一团灰影对攻了七八十招，众人看不清他俩谁是谁，更别说看清他俩的招式了。只听金风道长大声连呼："过瘾，过瘾！老道多年没有斗得如此痛快了！"

金风道长年轻时好勇斗狠，年老后脾气大改。此时斗得兴起豪气大发，不由大呼过瘾。两人斗到一百多招时，张去病出手越来越快，金风道长眼看"九天落花剑法"胜不了张去病，突然间躬身蹐行，剑招大变，长剑忽伸忽缩，诡异绝伦。张去病于剑法知之甚少，心中一惊："这是什么剑法？"他不知金风道长使的是"驭云剑法"。只见那剑法阴气森森，如深谷云雾翻滚，怪异无比。他亦是招式一变，以阳掌护身，改用阴掌进攻。阴掌以变化诡奇著称，恰好对付金风道长的奇异剑法。

两人又斗了几十招，金风道长渐觉剑招滞涩，不如先前灵动，急忙回剑斜劈，又使一门"听松剑法"。张去病仍以"太极阴阳掌"对阵。两百多招过去，金风道长见新剑法仍劳而无功，又换一门新剑法。二人越斗，金风道长越佩服"太极阴阳掌"精奇。二人斗了三百多招，他一连接着换了九套剑法，有的威猛沉稳，有的招数奇诡，有的轻灵飘逸，有的刁钻迅捷。正邪两派高手看见金风道长剑法如此博大精深，心中都赞道："这老道剑术造诣好生了得，难怪他以剑法傲视武林！"

但无论金风道长剑法如何翻新，总是处于下风。他心中越惊，寻思再不出绝招，一世英名只怕要付之东流！心念闪过，纵身后跃出一丈，遥遥一剑刺出。只听长剑发出龙吟虎啸之声，剑身上闪出一团寒星将剑尖走势遮住。张去病看不清剑刺向何处，急忙往后跃开。

台下有人识得这剑法，惊呼道："大伙快看，快看，金风道长使出'真武北斗剑法'！"场上群豪久闻"真武北斗剑法"有武林第一剑法之誉，但亲眼见过此剑法的人却不多。听见这呼叫，群豪都伸长脖子凝神观望。

这"真武北斗剑法"乃是五代时，道家宗师陈抟老祖所创。那陈抟早年隐居华山参悟天地之变，深究造化之功，将"太极图"刻于华山之上。后来他到武当山修道，日观阴阳，夜观星斗，依北斗七星衍化之理创下这套"真武北斗剑法"。只因剑理艰深难懂，武当后世弟子莫能领会，数百年来失传。金风道长在武当藏经楼经卷中，偶然间发现"真武北斗剑谱"，如获至宝。在武当历代弟子中，他悟性极高，历经数年苦研勤练，终于将这套"真武北斗剑法"练成。

这套剑法一共十八式，剑式按北斗七星的天枢、天璇、天玑、天权、玉衡、开阳、瑶光的方位，辅以金、木、水、火、土五行相生相克演变。剑法施展开来，内力逼得剑身狂颤，放射出耀眼寒星，剑招如隐藏繁星里，令人无法看清来踪去迹，是以茫然不知所措。江湖上许多高手遇上这套神鬼莫测的剑法，无不大败溃输。武当派也因金风道长执掌门户，在武林中声名大振。

张去病见剑光如繁星乱闪，看不清对方剑招来路，不知如何出招应对，只得凭剑气的来势，迈动"蹑云步"跳跃闪避。金风道长看见张去病束手无策，暗暗松口气。心想即便同这少年斗成平手，我这张老脸总算保住。当下不敢松懈，剑招绵绵不绝使出。

张去病踏着"蹑云步"闪避片刻，心中焦急起来。心想自己不出招，胜不了金风道长，又怎能夺得决斗人名分？心中一急，陡然想起自己目力极佳能视黑夜如同白昼，此刻怎会瞧不清金风道长的剑招？莫非是被金风道长的剑乱去了心神，眼神不好使了？他凝目细看金风道长剑招踪迹，只见长剑上暴二尺长青芒，闪烁不定，化成点点寒星眩人眼目。

而那剑招更为奇特：横劈、斜削、直刺、上挑、下砍、乱舞一气不成章法，却在空中构成一个个奇形怪状的图形。图形内犹似一个个陷阱，暗藏杀机。他寻思：道长内力着实惊人，倘若近身交手不待剑锋触身，那剑上射出二尺青芒便可伤人。目力不及我之人，看不清这些奇怪图形，十有八九便会立陷其中。幸亏自己没有冒失出招，不然便掉进那杀机重重的陷阱中去了！

他从未见过如此奇怪的剑法，虽看清了剑招，却一时不知如何破解。避闪到第五十一招时，又惊讶发现那长剑划出的奇怪图形，却是北斗七星排列图形，只是金风道长将七星图形时而正排，时而反排，时而斜排，使其不断变化出一个个奇形怪状图案。他忽然想起"太乙伏魔手"第三式"海纳百川"，可将各派武功招式拆解配搭，生出新招应敌，心想我何不大胆一试？

金风道长见张去病避过五十多招仍无败象，心想待我使出最厉害的杀招，看这少年败不败。如是不败，胜负难分，只得罢斗言和。心念甫动，他人剑合一，身子平飞，长剑暴出一招"七星耀月"刺向张去病。

张去病忽见金风道长身剑合一迎面朝他刺来，剑端涌起一大团寒光，剑尖在天枢、天璇、天玑、天权、玉衡、开阳、瑶光方位急速闪动，将他上身的二十一处要穴团团罩住，令他躲无可躲，让无可让。他无暇思索，双手一划使出三招"海纳百川"。第一招使出，掌上内力如排山倒海般滚涌过去，激起一阵呼啸声。金风道长看见张去病第一招由半式少林达摩剑法，半式昆仑派剑法合成。奇怪的是两派剑式合到一起，竟然令他那招"七星耀月"锋芒顿失。忽觉手中长剑一偏，寒光后缩二尺。

他来不及变招，张去病的第二招紧接使出。这一招更奇，前半招是武当剑招，中途却变成天山派剑招，末尾却变成了崆峒剑招。三招合成一招威力极大，使得他那招"七星耀月"攻无可攻，守无可守，令他手中长剑一挫，剑锋从天枢方位滑到天权方位上。

待到张去病第三招使出他更看不懂，这一招出手之时是长拳，中途成八卦掌掌势，临末变成岭南铁门指，三门极寻常功夫却化出一式古怪剑招，迫使他长剑上寒光又后缩二尺，剑身一歪，滑到瑶光方位上。张去病手上一道凌厉剑气罩住他手腕的"列缺穴""经渠穴""鱼际穴""少商穴"，令他无可闪避。此时张去病若是微催内力，他右掌立即被废。他骇然大惊，只得撒手弃剑，仰面长叹："天下竟有这等武功！天下竟有这等武功！"

张去病见此情大为惶恐。他没想到"太乙伏魔手"第三式"海纳百川"如此厉害，竟逼得金风道长撒剑长叹。心想自己头一回使《九宫伏魔经》上武功，毛手毛脚，分寸捏拿不准，这可闯了大祸，如何是好？他惶恐万状，上前躬身道："晚辈失礼，这个，这个……请道长恕罪，多多包涵，切勿……切勿怪罪！"

场上群豪看见金风道长弃剑认输，莫不目瞪口呆。适才张去病使出的三招大伙看得分明：他每一招里包含各派武功寻常招式，但不知是何缘故，这些寻常招式合成一式新招，便立即威力无穷。

步金吾对柳寒峰道："柳兄，那创下这三招之人，不知是什么武学天人，竟能化腐朽为神奇！"

柳寒峰点头道："步兄说得不错，武学无涯，可叫咱们这些井底之蛙开眼了！"

刹那间，金风道长万念俱灰。他苦练数十年剑法，人称武林第一剑，他向来以此自负，竟然抵挡不住张去病这三招！他脸上表情很是怪异，先是惊愕地大张着嘴，继而神色凄然地摇了摇头，转瞬又面露出喜色。

众人瞧见金风道长由惊愕转为凄然，忽又面露喜色，都大为不解。群豪寻思：金风道长败在一个无名少年手下，莫不是受打击过大，心智失常了吗？唉，这也难怪，武当掌门人在江湖上名声何等显赫，突然一下名誉扫地，这让谁也受不了啊！

忽听金风道长叹息一声，道："贫道技不如人，输得心服口服，少侠不必赔礼。没想到我中原武林中出了少侠这等俊杰，贫道高兴还来不及，怎么会怪罪于你？"顿了一顿，又道，"少侠这等功夫，你师父凌霄老人也未必教得出。请问少侠，适才施展的是何门功夫？又是谁人所教？也好让贫道输个明白！"

张去病道："承蒙道长相让，晚辈不敢言胜。道长不是输给晚辈，而是输给古代两位高人！"张去病此言一出，不仅金风道长一愣，就连台上台下之人也都是一愣。

金风道长忙问道："敢问少侠，那是哪两位古代高人？"众人一听金风道长询问，忙竖起耳朵聆听。只听张去病道："那二位古代高人，一位是道家的寇谦之道长，一位是佛门禅宗达摩祖师。"

一听这二人的名号，金风道长恍然想起《九宫伏魔经》传说来，惊道："真的吗？如此说来，少侠适才所使的功夫，便是那《九宫伏魔经》神功了？"

张去病点头道："晚辈使的正是《九宫伏魔经》上的功夫。"

金风道长喃喃道："难怪贫道不堪一击，原来少侠所使的是两位大师共创的神功，贫道焉能不一败涂地！"说罢，他又想：《九宫伏魔经》武功，乃是两位名望尊崇武学大宗师所创，被武林视为绝顶神功。输在这门神功之下也没什么丢人了！

如此一想心中释然，他笑道："哈哈哈，贫道能见识秘藏几百年的神功，真是三生有幸！少侠身负这绝顶神功，咱们中原门派不愁灭不了魔教，这下老道放心了！哈哈哈……"他一声长笑，飘然跳下台去。

中原群豪一听金风道长说张去病使的是《九宫伏魔经》武功，人人心头大震。兀自寻思：张去病击败金风道长那三招神鬼莫测，若非《九宫伏魔经》上的神功，当世哪有如此厉害的武功？

众人转念又想：这些年间，江湖上传说达摩石在张去病手中，他能练成《九宫伏魔经》功夫也合情理。可是数百年来，得到达摩石的人都没能破解石上的谜团，都没找到《九宫伏魔经》秘籍。张去病是如何解开达摩石之谜，如何找到《九宫伏魔经》的呢？他又是如何学成这绝世神功的呢？众人心中充满疑问，无比羡慕张去病，都用异样的眼光望着他，一时间，突然觉得这少年高大了许多。

摩尼教高手一听张去病练成《九宫伏魔经》功夫，心中一阵恐慌。左右二法王、四大摩尼、五大尊者、十大长老等人都知那《九宫伏魔经》功夫，乃是寇谦之和达摩共创来对付摩尼教的。只因两位大师将这门神功秘而不宣，是以无人见过这门神功，但这传说，一直像阴影笼罩在历代摩尼教高手心上。此时听张去病说使的是《九宫伏魔经》武功，又见这门功夫厉害无比。摩尼教高手皆想：倘若张去病夺得中原武林决斗人名分，来向摩尼教挑战，教内何人能与这少年争锋？一时间，众位高手脸上愁云密布。

龙飞在台下高声道："张公子已经连胜两场，中原门派还有哪一位豪杰不服，要同张公子比试武功，请上台献技！"龙飞一连问三遍，中原群豪无人答应。

此时各派高手，还有少林寺达摩堂首座弘远大师、般若堂首座弘空大师、丐帮帮主步金吾、天山派掌门人柳寒峰、银掌先生左丘等人，没同张去病比试。群豪朝他们几人看去，见几大高手都摇了摇头。

步金吾咳嗽一声，道："张少侠武功盖世，咱们不用上台献丑了。想那《九宫伏魔经》上的武功，乃是寇谦之道长和达摩祖师创来对付魔教的神功，上天眷顾咱们中原门派，降下张少侠这位奇人，让他学会这门神功来消灭魔教，中原门派同魔教决斗之人，非他莫属！咱们还争什么？嘿嘿，便是想争，我们谁也争不过张少侠啊！柳掌门你说是不是？"

柳寒峰连声应道："那是，那是。我们几个老朽就别同张少侠争了，大伙推举张公子同魔教决斗，众位英雄说好不好？"

中原群豪见张去病斗败左岗和弘法大师，又见金风道长败在他手下，对他武功再无怀疑，一听两大掌门人都这么说，便齐声应道："好！咱们推举张公子同魔教决斗！"

步金吾对张去病道："小兄弟，大伙将报仇的重担交给你了，望你奋力为之！"

张去病从起念要夺中土武林决斗人名分，心中一直为一事犯难：那就是他真将决斗人名分夺到手，如何才能让中原群豪谨守诺言，不擅自出手报仇？此时听了步金吾的话，他心念一闪，忽然想起，当年《鬼谷散花谱》传人林无眠化解风云龙同中土武林仇怨的法子，心想我何不学那林前辈，同中原豪杰约法三章？

心念闪过，他走到台前朗声道："承蒙众豪杰抬爱，将报仇重任交给在下。请大伙放心，去病自当拼死奋力，为大家报仇！不过，我求众位豪杰答应一件事！"

群豪忙问道："张公子要咱们答应什么事？"

张去病道："过一会儿，倘若在下同摩尼教高手决斗，侥幸取胜，请众位豪杰不要擅自报仇，你们仇家都由我来处置，好吗？"

峨眉派玉真道长不放心问道："请问张少侠，你若得胜，将如何处置咱们的仇人？"

张去病道："咱们适才同摩尼教有约在先，哪一方决斗人胜了，对方的仇人便自毙了结仇怨，在下按此约定处置仇人！"

戚老五问道："张公子，仇人若是不肯自毙呢？"龙飞接嘴道："那仇人若不自毙，张公子不会毙了他吗？"

戚老五又道："万一张公子不按约定处置仇人呢？"

段阳喝道："戚老五，你这是什么话？各派英雄都信得过张公子，你不相信他吗？"

穆兴冷笑道："戚老五你不放心张公子，那好，你上台去同敌人决斗啊！嘿嘿，你那四十二式螳螂拳打遍天下无敌手，一定将魔教高手敌人打得稀里哗啦，落花流水！你想怎样处置仇人，大伙都听你的！"

戚老五顿时语塞，讪讪道："穆兴，你……说什么风凉话？你……"

金风道长道："张少侠舍命替大伙报仇，仇人由张少侠处置，这合情合理，我武当派答应张少侠！"

步金吾、柳寒峰、弘远大师等人都道："我派也答应张少侠！"群豪一听几大门派都无异议，也齐声道："仇人任张少侠处置好啦！"

步金吾转头对蓝龙道："蓝魔头，我方已推出决斗之人，你教推举何人同张公子决斗？"

蓝龙道："这个，我教……我教……"

蓝龙一时沉吟不决。他心下犹豫，只因教内除了教主何野风，数他武功最高，按说这决斗之人，他当仁不让，但他出面决斗，须得教内众人认可。此外，他同张去病有交情，突然翻脸决斗，令他有些犯难。适才看见张去病连败三大高手，武功着实惊人。单是"太极阴阳掌"，他自忖无把握对付，更别说《九宫伏魔经》武功了。即便自己出面决斗，取胜希望也渺茫……

他迟疑一瞬，回头望着房森、金如尘、白无极、童三界和云飞扬五人，道："房法王，四大摩尼，你们看此事……"

房森等人面面相觑。沉默一会儿，房森才道："蓝兄，此事非你担当不可！事到如今，咱们别无他法，胜负只能听天由命！"房森高声对摩尼教众人道，"台下众位兄弟，咱们推举蓝左王同中土门派决斗，大伙以为如何？

台下摩尼教众人齐声应道："听房右王的，推举蓝左王同中原门派决斗！"

张去病一听，心道："糟了！适才我只想夺得决斗人名分，不让中土豪杰擅自出手报仇，暂保摩尼教众人性命。没想到摩尼教人却推出蓝大哥同我决斗！我怎能同蓝大哥以死相拼？这真是弄巧成拙，如何是好？"

他正心急，却见蓝龙对台下摩尼教众人拱手道："谢谢众位兄弟信得过蓝龙。

蓝龙当以死相搏，为我教死伤兄弟报仇！"

蓝龙说罢，转过身来对张去病道："小兄弟，大哥能结交你这兄弟打心眼里高兴！咱俩虽有私交，但如你先前所说：大丈夫恩怨分明，不能因私废公！咱们要为己方死难兄弟报仇，做哥哥的只得效法古人，同你割袍断义，以死相搏了！小兄弟，去到阴间，蓝龙还认你这好兄弟！"

蓝龙说着拔出一把雪亮匕首，撩起白袍一角便要割去。张去病一听大急道："蓝大哥且慢！"

蓝龙一怔，道："小兄弟还有甚话要说？"

张去病心思急转：寻思蓝大哥当年在落霞坪从苏远山手下救过我命，我如何能恩将仇报，同蓝大哥生死决斗？这万万不能！我得赶快想个什么法子，让蓝大哥不同我决斗！但此时摩尼岩上众人都众目睽睽望着他，不容他有闲暇多想。

他心中一急冲口道："蓝大哥，恕小弟直言，以贵教武功而论，眼下在这摩尼岩上，蓝大哥的武功，这个，这个……还不……不是最高的。小弟要同……要同那个……贵教武功最高之人决斗，请贵教另换他人！"

中原群豪一听，张去病说要同魔教武功最高之人决斗，以为他说的是何野风。但何野风此时还没现身，不知在暗中要什么阴谋诡计。众人以为张去病在试探何野风在不在摩尼岩上，才同蓝龙决斗，都不禁佩服张去病心思缜密。

蓝龙一愣，还没开口。却听金如尘道："张去病，你非我教中人，对我教高手武功一无所知，怎知在这摩尼岩上，蓝左王的武功不是最高，不足担当此重任？难道此刻这场上，还有比蓝法王武功更高之人？那人是谁，你指出来给大伙看看！"

刚才张去病为避免同蓝龙决斗，急不择言信口瞎说，他哪里指得出比蓝龙武功更高的人来？他愣了一愣，故作神秘道："金大摩尼，这个人……咳，我不好说出来……我若是说出来，怕惹你教高手生气。唉，我还是不说的好！"

中原群豪一听迷惑不解。心想比蓝龙武功更高之人只有何野风，张去病说出何野风来，怎会惹魔教高手生气？难道张去病说的不是何野风，那他说的是谁？摩尼教内除了何野风，还有谁的武功比蓝龙更高呢？

摩尼众人更迷惑：皆想张去病已知何野风功力已失，那么他说的那人便不是何野风了。教内除了何教主，哪里还有人比蓝龙的武功高呢？这绝无可能！众人都不相信张去病的话，心里却又忍不住好奇，想听他说那人是谁。

黑头陀嚷道："张去病，那人是谁？你快说，咱们不生气！"

房森担心张去病说出何野风功力丧失之事，忙暗示道："张公子，你是不是说我们教主何野风？他老人家此时不在摩尼岩上。你说他也枉然，何教主不可能同你决斗！"

张去病一听房森提起何野风，很想说那人是何野风，借机下台。但转念又想：我说何野风也没用，说了蓝大哥还得同我决斗！忙摇头道："不是，不是，我说的不是何教主，我说的是另外一个人。"

童三界讥笑道："张去病，我教比蓝左王武功高的只有何教主一人，你却说除了何教主，还另有人武功比蓝左王高。你又不说出那人人名，哈哈，你说的那人，是不是你这位神功盖世的张公子？"

张敖接嘴道："碧眼摩尼，张去病这小子对我派武功一窍不通，他若能用我教功夫胜了蓝左王，那是公鸡下蛋，太阳从西边出来啰！"

玉面尊者董魁跟着笑道："好啊，他若能用我教功夫胜了蓝左王，咱们就推举他当我教决斗人好啦！嘿嘿，我敢用项上人头打赌，谅他没有这本事！"

张去病听得心念一闪：我怎么不会摩尼教的武功？在圣宫内，何老爷子不是将"日月双环神功"传给了我吗？那可是《玄秘宝典》最高武功啊……想到此，一个大胆荒诞的念头突然钻进他心里。

他寻思：董魁此言倒提醒了我：我若说我会的摩尼教功夫比蓝大哥高，我要用摩尼教武功夺他们决斗人名分，摩尼教高手肯定不相信，他们会同我比试《玄秘宝典》上的武功。如此一来，我就可以暂时避开同蓝大哥对决了！

想到此他童心大动，又想："我若用'日月双环神功'胜了摩尼教高手，将摩尼教决斗人名分夺到手，我也同他们约法三章，叫他们不擅自出手报仇，我再想法化解他们同中原门派的仇恨，岂不是可以消去这场武林大劫难吗？哈哈，董魁这话虽是挖苦讽刺我，却让我想出了一个不同蓝大哥决斗的好主意！"

蓝龙心里也不想同张去病生死对决，盼有奇迹出现，忙道："小兄弟，你说这摩尼岩上，还有人武功比我更高，那人是谁，你说出来，倘若他的武功真的比我高，我就让他代我出面同你决斗。"

张去病笑道："蓝大哥，你说这话可算数？不反悔？"

蓝龙正色道："蓝龙一言既出，驷马难追，决无反悔之理！"

张去病又道："蓝大哥出言如山，这小弟相信。但小弟怕贵教的人反悔啊！"

蓝龙对台下摩尼教众人道："众位兄弟，今日在这摩尼岩上，倘若有谁的本教武功盖过我蓝龙，我们就请他同张公子决斗，大伙答应不答应？"

摩尼教众人已知何野风功力尽失，且不在摩尼岩上，教内绝对不会有谁的武功比蓝龙更高，于是都应声道："好，蓝左王，我们答应！张去病，你快说出那人来！"

张去病道："我说出那人，你们不许反悔啊！"

房森朗声道："只要那人本教武功真高过蓝左王，我教兄弟决不反悔！大伙说是不是？"

台下众人道："是，我们决不反悔！"

张去病道："好，有贵教众人庄重承诺，蓝大哥，小弟便将那人说出来！"场上众人赶快都竖起耳朵，听他说出那人是谁，却见张去病抬手往自己鼻头一指，道，"蓝大哥，那人便是小弟！"

双方豪杰先是一愕，继而人群中犹如炸开了锅。无论中原各门派群豪，还是摩尼教众人都大大摇头，乱哄哄议论开来。

云飞扬清清嗓子，高声道："张公子，我教武功从不外传。咳咳，你对我教武功或许略知皮毛。咳咳，但要说，你会的我教功夫，高过我教众人，这话大得不着边际了。嘿嘿，你如此大言不惭，也太不把我教高手放在眼里了！"

张去病一听，忙道："在下不敢。不过云大摩尼，你这话可说错了！在下对你教武功虽然略知皮毛。但不是夸口，我若用贵教武功同诸位交手，在下敢说，贵教中还真没人是我对手！"摩尼教众人一片大哗。

房森挥手压下众人声音。森然道："张去病你说你会我教武功，是不是？"

张去病点头道："正是。"房森又道："你还说，你用我教武功同我们交手，我教没有一人是你的对手，是不是？"

张去病又点头道："不错，正是如此。"

房森冷笑一声，道："如此说来，眼前以我教武功而论，数你功夫最高，咱们谁也及不上你，那该推举你当我教的决斗人了？"

张去病点头道："房右王说得不错，在下正是这个意思！眼下在这摩尼岩上，你们要推举武功最高的决斗人，嘿嘿，恕我斗胆，那人非在下莫属！"

场上摩尼教众人气得哇哇大叫，纷纷起哄道："张去病，别以为你胜了几个中原高手，便可包打天下。我教武功博大精深，你别在此胡说八道！"

"张去病，你吹什么牛皮？我教的《玄秘宝典》神功，你小子八辈子见都没见过，别在此装鬼吓人！"

"张去病，你说你会我教武功，我来问你，我教《玄秘宝典》上有哪些神功？各门功夫的排名如何，威力如何？你说得出吗？"

一时间摩尼教众人七嘴八舌，或质问，或呵斥，或指责，乱嚷嚷嚷成一团。幸亏先前众人已知张去病从圣宫救出何野风，又见他助蓝龙揭穿殷独啸的阴谋诡计，还想出这双方推荐人决斗的办法，为摩尼教众人赢得更多时间恢复功力。念他帮了摩尼教很大的忙，众人才口下留情。要不然，不知会说出什么污言秽语来。

张去病道："摩尼教众位，你们不信我的话吗？"

张敖在台下道："你小子说话太不知天高地厚，我们当然不信！"

张去病佯装怒道："张敖，你胆敢辱骂在下！你不信我的武功高过你们吗？好！我便用《玄秘宝典》的武功夺下你教决斗人名分，让天下英雄看看，我是不是吹牛皮说大话！我同你们比贵教武功，你们敢上吗？"

先前，中原群豪听张去病说会使摩尼教武功，心想他会几手魔教粗浅功夫有可能。后来听张去病说，他的魔教功夫竟然胜过摩尼教所有人，群豪也都觉得这话说得太大，太不着边际。此时听他说，要用魔教功夫夺下魔教决斗人名分，群豪先是觉得他这想法很荒唐，继而又觉滑稽有趣。心想张去病若将魔教决斗人名分抢了，魔教派不出决斗之人，这不是叫魔教栽到家了吗？可是张去病哪能办得到呢？年岁大的人谁都不相信张去病的话，觉得这不过是年轻人孟浪张狂，任性胡闹罢了。

但群豪中青年之辈却有不少好事之徒，唯恐天下不乱，便纷纷起哄道："对对，张公子，快抢了魔教决斗人名分，叫他们魔教推不出人决斗，羞死这帮魔头！"

龙飞、穆兴、段阳等青龙帮的人也大声鼓噪道："张公子好主意！我中原门派的张公子，若是用魔教功夫打败魔教高手，夺了他们的决斗人名分，那可叫魔头个个脸面扫尽，无地自容，从此休想在江湖上抬起头来！这般报仇比将他们全部杀了，更令他们受辱百倍！让咱们更痛快哪！"

龙飞等人说得不错，武林中人若是被仇人所杀，那只能怪自己学艺不精，倒不算什么丢人。但若是被别派仇家，以本门武功打败自己，那可真是奇耻大辱，难以在武林中抬头做人！好事之徒听此一说，又起哄道："对，张公子，你快夺下他们决斗人名分，叫魔教受辱百倍，从此无脸立足江湖，为咱们报仇报个痛快！"

张去病朗声道："好，众位豪杰既然大伙要我抢下魔教决斗人名分，在下便听从大伙之言，将他们决斗人名分夺到手！"

蓝龙见张去病忽然变得如此张狂，大为诧异。心想小兄弟怎么突然间变了一个人？就算他不记我蓝龙之情，不把我放在眼里，也不能不记何君茹和吴长老对他的救命之恩啊！他怎么说出这等无情无义之言？

蓝龙正欲说话，忽然有人扯了一下他的白袍。转头看去却见云飞扬在对他摇头，示意他不要说话。蓝龙不知云飞扬是何意，只得忍住不说。

张去病转过身来，道："房法王，四大摩尼，你们是与我单打独斗，还是并肩齐上？"

四大摩尼气得脸色铁青。童三界抢步上前，道："张去病，你休得猖狂，你说你会我教武功比咱们所有人高明，你使出来让大伙看看，究竟是真是假！我摩尼教《玄秘宝典》功夫谱上有八大神功，五大绝技，十门奇功。童某这'幻阳血爪'只是八大神功之一。童某便用这幻阳血爪来斗斗你！"

童三界身材高大，高鼻深目，一双碧眼神采飞扬，脸上长着一圈浓密的大胡子，他往台中一站神态极威猛。张去病心中寻思："幻阳血爪"功夫虽是一门厉害武功，但还用不着使"日月双环神功"来对付。我若不用"日月双环神功"，又没学过摩尼教别的功夫，那我用什么功夫同童大摩尼交手呢？

他沉吟瞬间心念一动：有了！童大摩尼的"幻阳血爪"我见过，还记得他这门绝技的一些招式，我何不用假"幻阳血爪"斗他的真"幻阳血爪"？哈，童大摩尼见我用"幻阳血爪"斗他，定会大大惊诧，一定有趣得紧！

当下抱拳道："童大摩尼，在下年少，先出手对你不敬，还是你先出招罢！"

童三界道："张去病，童某为我教荣誉同你以生死相搏。你可得小心，看招！"说时五指箕张抓向张去病。

众人见童三界一出手，五根手指瞬间变得殷红如玛瑙，指尖上似乎凝有血滴。"幻阳血爪"在《玄秘宝典》功夫谱上排名第八，乃是摩尼教厉害武功之一。这三十六式"幻阳神爪"挟带一种古怪寒热内力，打斗之际，从指上激射出如针灸刺敌人穴位，叫对手难防难挡。对手穴位若被抓中，将会耗干气血而死。

刚才，童三界看见张去病连败中原武林三位顶尖高手，武功强得不可思议。所以他丝毫不敢小看张去病，一出手便使出他的绝技"幻阳血爪"。岂料他一把抓出，张去病也是一把抓出，招式同他一模一样，却后发先至，一股雄强内力袭至胸前，压得他呼吸一窒。他急忙闪身跃开，心中暗闪过一丝惊诧：咦，这小子怎么会使幻阳血爪？

惊讶一瞬，他又扑向张去病，双手一上一下凌厉抓出。岂料双爪刚抓到中途，张去病也使出同样招式，出手比他更快。他的双爪才伸出一半，张去病的手已抓到他胸前。他又仓皇跃开。

这一次他更无怀疑，张去病确使的是"幻阳血爪"。他惊诧至极。心中暗道："怪哉，这小子使的真是幻阳血爪？"但他不信三十六式"幻阳血爪"，张去病全都会。一声清啸，左手抓向张去病的右肩，右爪下沉抓向张去病的肋下。一招接一招地将三十六式"幻阳血爪"迅捷无比使出。

张去病当年虽然见过童三界使"幻阳血爪"，但只见过其中一些招式。此时童三界将三十六式"幻阳血爪"连绵使出，有的招式他没见过，只得迈开"蹑云步"东躲西闪，细看童三界的爪法暗记在心。童三界见张去病不还手，心中稍安。寻思：我还以为这小子真的会使"幻阳血爪"，却原来只会几招而已，不足为虑！闪念之际，他收招跳出圈外，道："张去病，你东躲西闪，不能用我教武功还招，还不赶快认输！"

张去病笑道："童大摩尼别急，到该认输时，在下自会认输。不过眼下我也使一套'幻阳血爪'请童大摩尼指点！"说罢猛身直上双手疾抓，只见"旭日吐光"朝阳洒辉""烈日摩顶""日光穿影""西风残照""日落汉陵"等"幻阳血爪"招式从他手上源源使出。童三界见招拆招，同张去病在台上一阵翻腾滚打。这"幻阳血爪"他浸淫多年，纯熟无比，将张去病攻击一一化解。纵是如此，已惊得一身冷汗。

蓝龙、房森、金如尘、白无极、云飞扬等人在旁看得瞠目结舌，都搞不清张去病为何会使童三界的独门绝技？他们不知张去病天资超凡，记性奇佳，瞧人武功招式有过目不忘的本领。

几人正惊讶间，忽见张去病纵身跃到台上一角，收手道："童大摩尼，你瞧我这三十六式'幻阳血爪'如何？"

童三界又惊又怒，道："张去病，你小子几时偷学我的武功？"

张去病道笑："童大摩尼误会了。我这'幻阳血爪'可不是偷学的，我是当着你的面跟你学的啊！"

童三界道："胡说，我几时教过你了？"

张去病道："童大摩尼不记得了？在神女峰上你同左二先生交手施展过这'幻阳血爪'。被在下瞧在眼里学了几招。今日初学乍练，还不知对不对头，正好请童大摩尼指正！"

正邪两派高手一听都不相信张去病的话。众人心想看别人武功学会几招，十几招，那也是有的。但要说看上一会儿，就能将别人一套武功学到手，天底下哪有这种事情？这不是瞎扯吗？金风道长心思却与众不同。他想：古书上说生有仙猿骨相之人的武学天赋极高，贫道一直存疑。今日倘若张公子所言不虚，倒是贫道对古人多疑了。

童三界自然不相信张去病的话，却又想不明白张去病怎会使"幻阳血爪"。他看见张去病使出"幻阳血爪"虽然不精准，却也有模有样。只是张去病的爪上的内力全然不是那回事。尤其叫他不解的是：他手指上寒热内力射到张去病的穴道上，对方毫无反应。他寻思，从没有人经受得住我这厉害内力，为何偏偏伤不了这小子？他哪知张去病被"九宫伏魔洗髓心法"易筋洗髓，此时对任何怪异内力已然不惧。

童三界转念又想：这少年只会"幻阳血爪"招式，并无"幻阳血爪"内力，使的并非真正"幻阳血爪"功夫。他这是挂羊头卖狗肉，待我来揭穿他！

他冷笑一声道："张去病，你只会'幻阳血爪'招式，不会'幻阳血爪'内功，你这'幻阳血爪'徒有其形，是地道假货，不能算是我教武功！"

张去病微微一笑，道："童大摩尼，我来问你，我使的招式是不是同你的招式一样？"

童三界道："是一样，那又如何？"

张去病道："这些招式是不是'幻阳血爪'的招式？"

童三界道："是又怎样？"张去病道："这就对了。任何武功都由内功和招式合成，'幻阳血爪'也是有内功，有招式啊！你怎能说我使的'幻阳血爪'招式，不算是你教武功呢！再说先前，我只说用你教武功夺贵教决斗人名分，没有说过是用内功还是招式。你别管我用什么，只要我使的是你教功夫便成！"

童三界冷声，道："你这种蹩脚的'幻阳血爪'，想从我手上夺走决斗人名分，嘿嘿，那得痴心妄想！"

张去病道："也不见得。看招！"说罢扑上前去一招"落日临江"抓向童三界。这一招是"幻阳血爪"的第九招，童三界闭着眼睛都能应对。他不假思索身形一矮，滑步右侧，左手抓向张去病手臂，右手直捣张去病小腹，正是破解"落日临江"的妙招。

岂料张去病不待这招"落日临江"使老，突然两手上下左右如连珠炮般抓出，手法之快，招式变化之奇，令人目眩，童三界被攻得接应不暇，连连后退。起初，童三界只道张去病身法太快自己才落下风。但数招一过，他见张去病是将"幻阳血爪"第三招"阳起雾谷"同第九招"旭日过海"连接使出，又将第七招"烈日炎炎"同第二招"乌云蔽日"连接使出。这四招本来风马牛不相及，甚至南辕北辙，本不可能连在一起出手。但不知怎的，张去病居然巧妙地将它们连在一起使出，使"幻阳血爪"突然变得无比精妙。

童三界看得既惊讶又佩服，心中不禁赞道："妙，妙！这'幻阳血爪'我使了二十几年，怎么没想到如此用招？这爪法如此运用，令人更难防难敌！啊呀，亏得我将这爪法烂熟于心，才接得下他这奇招。若是换了旁人恐怕已败在他手下了！妈的，这小子真是一位罕见奇人！"

适才，张去病见童三界的"幻阳血爪"功夫炉火纯青，他要用冒牌的"幻阳血爪"取胜不易。他想自己所知摩尼教武功有限，内力大相径庭，为消除眼前这场武林劫难，说不得只好混用一点《九宫伏魔经》武功了。

他寻思《九宫伏魔经》"太乙伏魔手"第二式"借花献佛"，能将对手武功招式拆配攻敌，我不妨将"幻阳血爪"招式拆配施展，看能不能取胜？心念闪过，他施展"借花献佛"神技将"幻阳血爪"变招使出。摩尼教众高手见张去病使的是"幻阳血爪"招式，却不知他明修栈道暗度陈仓，使了《九宫伏魔经》武功。

童三界不明实情，赞叹之余，心中涌起一股英雄迟暮之感。他略一分神，立感不妙。本来张去病出手极快，他仗着对"幻阳血爪"烂熟还能应付。此时张去病施展"借花献佛"将"幻阳血爪"招式巧妙配搭，不按章法出招，岂容他走神？他略微分心，立即频频遇险。有两次不知是张去病经验不足，还是手下留情，他才得以化险为夷，惊得他背上冷汗涔涔。蓝龙等摩尼教高手，看见两人使同样功夫，童三界却难敌张去病，皆不知是何原因，心下迷惑不解。

云飞扬忙对白无极道："白大摩尼，你轻功卓绝。你上去施展绝顶轻功，使出'极乐指'同这少年快攻快打，或许能与童大摩尼扳转败局。"

白无极略一迟疑，道："这少年轻功不在我之下，我上去不知管不管用。好在他只会'幻阳血爪'，不会我的'极乐指法'。待我去和童大摩尼联手斗他，看能否挽回败局。"

他说罢跃入圈内，道："张去病，你会使童大摩尼的'幻阳血爪'，令白某佩服！你来接几招白某的'极乐指'，看你夸下的海口能不能向大伙兑现！"说时，嗤地一指戳向张去病。

张去病道："白大摩尼的'极乐指'天下闻名，在下能领教白大摩尼的神功，有幸得很啊！"二人对答之际，已交手两招。童三界趁势从困境中脱出稍缓口气，又从旁扑上一爪抓向张去病。一时之间三人斗成一团。

"极乐指"在《玄秘宝典》功夫谱上排名第六位，是一门极厉害武功。为练这门功夫，白无极在玉泉山上万年玄冰洞里苦修五年，每日吐纳洞内极寒之气，运功将寒气凝成冰，覆盖在穴位上使那寒气顺着经络行走，日积月累练出一种阴毒霸道的内功，凡被极乐指戳中之人，轻则武功尽废，重则血脉俱毁而亡。

当年在土地庙里，张去病见过白无极使极乐指同凌霄老人打斗，指法极精奇，指端力射出刺骨寒气让玉真道长、弘法和尚、沈飞夫妇、"西北三探"等七人难以抵御。此时白无极施展"光明游"轻功妙步，嗖嗖嗖朝张去病戳出三指，这三招方位刁钻，老道狠辣，张去病双手左一抓，右一抓，将白无极这三招巧妙化解。

白无极和童三界都惊得"咦"了一声，二人瞧见张去病化解白无极的三招，却是"幻阳血爪"的招式。二人如此惊讶，是因教规严禁教友相互打斗，他俩从未用"幻阳血爪"和"极乐指"相斗，所以不知这三招"幻阳血爪"正好化解这三招"极乐指"法。

张去病这么一使，令二人着实大出意外。惊讶未了，却见张去病手指疾伸，嗤嗤嗤地向童三界戳出三指。张去病这三指使的却是"极乐指法"招式：一招是"普天同乐"，二招是"其乐触触"，三招是"乐极生悲"。童三界万没料到张去病会使"极乐指法"，猛然一呆，出手应对稍迟一瞬，只听"嚓"的一声响，腰间衣衫被张去病的指力戳去一大片，险些伤着皮肉。

适才张去病看见白无极入场参斗，心中暗惊。寻思白无极武功极高，我想用什么摩尼教的功夫斗他呢？他心念急转，暗道：有了，白大摩尼的功夫我也见过，那年他在土地庙同我师父相斗，我还依稀记得他那极乐指的招式，我何不用碧眼摩尼的"幻阳血爪"斗白衣摩尼？再用白衣摩尼的"极乐指"斗碧眼摩尼？哈，这可好玩得紧！我用他二人的绝技，让他二人互斗，使的是他们的武功，他俩谁胜谁负，两位大摩尼也不好怨我！如此一想，他右手使"极乐指"戳向童三界，左手使"幻阳血爪"抓向白无极。

蓝龙、房森、金如尘和云飞扬等人看见张去病使出"极乐指法"，又大吃一惊，皆想这少年又怎会使白大摩尼的"极乐指法"？这真是咄咄怪事！他们不知张去病当年在土地庙见过白无极使"极乐指法"，不知不觉记在心里，没想到此时却派上了用场。

白无极吃惊更甚，心道："妈的！我的'极乐指法'，几时被这少年偷学去？"白无极接下张去病一记"幻阳血爪"，童三界避开张去病一招"极乐指"。一瞬间两人都觉这场打斗极荒唐，张去病使出他们的看家本领斗他们，仿佛是二人在互相打斗，令他俩哭笑不得。

趁张去病招架童三界攻击之际，白无极猛地一指戳出。这指戳得快似电光，他只道这一指戳出，指力激射到张去病手上，张去病定然经受不住那阴毒指力。岂料指力激射到对方手臂上，却被一股雄浑内力震开，非旦没有伤着张去病，反倒震得自己气血翻滚。对方却浑然不觉。

他大吃一惊，寻思这少年不怕他阴寒指力，我二人要扳回败局只怕不易。他"嘿"了一声身形陡转，眨眼间化着一道白影围着张去病，一指指凌厉戳出。白无极突然快攻，攻得张去病措手不及，一指从他小腹上擦过，饶是他功力深厚也感到一阵疼痛。不禁暗赞道："白大摩尼好轻功，好内力！好，我同他比一比轻功！"

他纵身往旁一跃，想施展"蹑云步法"，忽然想到"蹑云步法"并非摩尼教武功，若用"蹑云步法"同白无极比试，让旁人瞧出不是摩尼教武功，便食言输了。若不用本门轻功，又如何同白无极比轻功？他心念一转：我既然可模仿白大摩尼"极乐指法"，为何不依样画葫芦，再模仿白大摩尼的轻功，同他比一比？他曾两次见过白无极的"光明游"轻功，头一次是白无极同凌霄老人比轻功的时候，第二次是在丐帮总舵白无极同赵无痕激斗之际，因此将"光明游"轻功步法记个大概。加上他有"蹑云步"深厚功底，仿白无极的轻功步法比仿"极乐指"还较容易。只见他身形一晃亦是化作一道影子，在白无极和童三界之间腾挪闪跃。

童三界轻功不及白无极和张去病，跟不上二人迅捷打斗，出招渐渐缓下来，在旁东一抓，西一抓，为白无极助斗。他见张去病身姿步法，同白无极身姿步法相似，忍不住叫道："怪了，白兄，这小子的轻功怎么也同你一般？你教过他吗？"

白无极一面出招，一面说道："童兄这是什么话？我怎会教他轻功？这少年会使我的轻功，连我也莫名其妙！我要有他这么个徒弟，便是睡着也会笑醒过来！"

童三界道："这可邪了门了！咱们两人的功夫这小子都会，他把咱们挣饭吃的本事都偷去啦！"

此时叫白无极吃惊的，不仅是张去病模仿他的武功，而是张去病内力比他浑厚，身法比他飘逸，闪击比他敏捷。他同张去病斗两百多招，不但未能扳回颓势，反倒越来越难以招架。他暗叹道："我白无极自傲轻功独步天下，想不到今日折在这少年手下！"

此时二人佩服张去病的悟性、眼光、身手，远非常人能及。他们却不知张去病若没有学会"太乙伏魔手"功夫，又哪有这般惊人能耐？

蓝龙、房森、金如尘、云飞扬看见张去病连白无极的"光明游"轻功都会，虽然身姿步法不尽到位，但闪、跃、腾、挪却比白无极还迅捷。四人惊讶得睁大眼睛，都不知这是怎么回事，无法解释眼前看见的情景。

金如尘见白无极和童三界的情势不妙，无人上前援手，再斗下去，他二人非败不可！他急喝一声，道："张公子，你会他二人的武功，想必也会老金的武功。来来来，老金也来向你讨教几招！"

他说着纵身跳入战团，使出"天罡摩尼掌"，呼地一掌朝张去病拍去。白无极和童三界见金如尘上前出手，二人暂时收招，退到一旁观战。金如尘的"天罡摩尼掌"在《玄秘宝典》功夫谱上排名第四。大闹少林寺时，他以"天罡摩尼掌"胜了达摩堂首座弘远大师。此时他离张去病二丈远呼地一掌拍出，一股雄浑掌力滚涌过来，张去病立感呼吸一窒，急忙纵身跳开。

说来天下竟有这么巧的事：四大摩尼的武功，张去病都曾见过。当年在少林寺他见过金如尘同少林高僧比掌力，比指力，比音功，只是没见金如尘施展"天罡摩尼掌"掌法，不知"天罡摩尼掌"有什么精妙招式。此时他无法依样画葫芦出招，看见金如尘一掌拍出内力尤在白无极和童三界之上，而且五指闪动暗藏杀机，他只得跃开躲避。

金如尘见张去病不莽撞出招，心头亦是一凛。心知张去病瞧出"天罡摩尼掌"奥妙端倪。他同无数高手打斗，还没有人能在他出手瞬间，识破他掌上玄机。"天罡摩尼掌"能在《玄秘宝典》上排名第四，玄妙之处还不在于它内力沉雄，而在它出掌瞬间，五指以金木水火土生克之理推算对手出招变化，施以杀招。寻常高手看不出其中暗藏杀机，冒失出招都一败涂地。即便是顶尖高手，看出金如尘掌上玄机，也会一时手足无措。

中原群豪顶尖高手，如金风道长，步金吾，柳寒峰，少林寺的弘远、弘法、弘空三神僧，金银二老左岗左丘兄弟等眼光锐利，一见"天罡摩尼掌"如此玄妙，无不大吃一惊。众人都想倘若今日是自己在台上同金如尘斗，便是瞧出他这掌法暗藏玄机，也一时无法破它！

金如尘见张去病一眼识破了他的掌上厉害，聪明地避开，不禁赞道："张公子好眼力！"

张去病亦赞道："金大摩尼好掌法！"他一面夸赞一面寻思：他这掌法一出手，便将我出招变化方位防到，且暗藏杀招，这可不好对付！我用"太极阴阳掌"虽能对付，但"太极阴阳掌"不是摩尼教功夫，不能使它，这咋办呢？

他还没想出头绪，又见金如尘一掌拍来。他仍不敢出招，又忙闪身避开。此次金如尘不让他有喘息之机，一掌接着一掌拍出，欲在张去病慌乱失措之际取胜。

张去病在金如尘的掌影中东躲西闪，看见金如尘使出三十几掌，想模仿金如尘掌法出招，又觉不妥。他想即便能模仿金如尘的招式，但那些招式中的古怪推演，我却无法模仿。稍有疏忽反倒要输！他躲闪片刻，仍瞧不清对方掌法中暗藏的杀招，仍不敢贸然出招。他寻思：无法出招，便不能胜金如尘；胜不了金如尘，便夺不到摩尼教决斗人名分；便要同蓝大哥决斗，这如何是好？

摩尼教众人见金如尘一出马，张去病只有招架之功，无还手之力，纷纷喝彩道："好啊，金大摩尼，好好教训张去病这小子，看他还敢不敢口吐狂言！"

"张去病，这下你知道我摩尼教神功的厉害了吧？看你敢不敢胡吹大气，目中无人！说什么你武功比咱们都高？"

"金大摩尼，你也甭客气，干脆打败这小子，也将他中原门派决斗人名分夺了，气死这帮龟孙子！"

张去病听得悚然一惊，心想刚才夸下海口要夺摩尼教决斗人名分，倘若自己的决斗人名分反而被金如尘夺去，岂不让天下人笑歪嘴巴？他心思急转，突然一个念头钻进心里："太乙伏魔手"的第三式"海纳百川"，不是能将各种武功折配施展吗？

我何不暗使"海纳百川"功夫，将极乐指和幻阳血爪招式拆配施展，同金如尘斗一斗？这样出招，大伙看见我使的是两个大摩尼功夫，便无人会说我食言用别派武功了！

他刚拿定主意，金如尘一掌拍来，他闪身一让。金如尘只道他又要避开，扑上去欲再出掌。岂料张去病突然转身，一指戳向他的面门。金如尘微微一惊，忙出掌化解。手掌刚动，张去病已然变招，一爪抓向他的腰间。前一指，张去病使的是"极乐指法"的"乐上眉尖"；后一抓使的是幻阳血爪的"金日探江"。这两招金如尘熟知，他多次见白无极和童三界使过。他左掌疾翻，拍向张去病戳向他面门的手指，挥右掌下斫，斩张去病抓向他腰间的手指。岂料双掌甫动便觉不妙，张去病这

754

两招使到半途忽然一变，生出一记凌厉新招，令他不知如何应对，只得纵身后跃。

金如尘落台站定，心中迷惑：以往他见过白无极和童三界施展这两招，但只见他们各自施展，从未见两招串联使过，这两招串联使出，怎会生出一记厉害新招呢？

张去病看见两招一出，逼得金如尘退开去。不待金如尘回过神来，纵身扑上右手使出"幻阳血爪"一招"夸父追日"，左手使出"极乐指"一招"乐不思蜀"。这两招，金如尘也见白无极和童三界使过，但被张去病拆配使出，中途又生出一记他无法破解的凌厉新招。他又只得闪身往向旁跃开。如此一来，台上情势顿时逆转：张去病双手不停地攻击，金如尘连连闪避，空有一身"天罡摩尼掌"绝技却施展不出来。

童三界和白无极却在一旁看得啧啧称奇。张去病使的这些杀招，皆是他二人的看家本领。岂料一经张去病拆配使出，竟然面貌一新，会生出如此大威力，两人不由得佩服张去病的奇思妙想。

童三界不由赞道："白兄，这小子太聪明！他将咱俩招式如此移花接木，竟会创出厉害新招！咱俩过去怎没想到如此联手对敌呢？"

白无极道："童兄，他这法子好极！咱俩可如法炮制，以其人之道还治其人之身，联手对付这小子！"

张去病对二人的话充耳不闻，他不容金如尘站稳脚跟，左手使出幻阳血爪的"奇峰观日""常乐知足""金阳破云"。右手使出极乐指的"乐天知命""六日驭龙""其乐无穷"六招拆配施展，攻得金如尘上蹿下跳狼狈躲闪。

白无极见势不妙，忙道："童兄，快为金兄解厄！"一人从右扑击，一人从左出手，双双来斗张去病。白无极使出一招"天地无极"，童三界使出一招"长河落日"，两人想学张去病那样拆配招式攻敌，但临阵仓促联手变招，又谈何容易？"太乙伏魔手"是达摩祖师和寇谦之道长二人穷尽搏击轨迹，潜心数年创出的一门神功。童三界和白无极不会这门功夫，一时间怎知自己哪一招配对方哪一招，才会威力陡增？又怎知该如何拆配招式，才能创出威力更大的新招来？

二人上前参斗，金如尘感到压力稍减。但斗时一长，张去病将极乐指和幻阳血爪招式搭配得越来越得心应手，攻势越来越凌厉。十招之中，金如尘、白无极、童三界只能还手两三招，总是处于下风无法扭转劣势。看这势头，越斗下去三人情势越危急。

童三界急得哇哇大叫："邪门，邪门！这小子用咱们功夫斗咱们，反倒比咱们厉害，他奶奶的，这是怎么回事？老子们今日撞上鬼了！"

蓝龙在旁一看情势不妙，他再不上前出手，三位大摩尼非输不可。忙跃入圈内。道："小兄弟，你的武功如此神通，为了我教荣辱，做哥哥的，只好同三大位摩尼一起接你的妙招！"

张去病道："承三位大摩尼相让，小弟略占上风，还望蓝大哥手下留情。"

蓝龙道："好说。哥哥掌法非比寻掌，你可要小心了！"又对金如尘三人道，"三位大摩尼请暂歇片刻。待兄弟技穷时，再请你们相助。"

他说罢，转过身来，对着张去病缓缓一掌拍出。一掌拍到中途，手掌忽然竖立，掌缘微晃八下。张去病一愣，不知这是什么招式。一瞬间，忽觉有八股掌力凌空袭来，分袭他的头、胸、腹、腿、双臂上八处大穴。他大吃一惊，急忙拔身跃上半空中躲避。

蓝龙不让张去病坠下，凌空又拍出一掌，手掌又微晃八下。张去病身在半空，又觉八股掌力袭来。他急忙拍出一掌，借反震之力旁跃到台侧一株树上，双足一触树枝，又飞身纵回台上，道："蓝大哥使何绝技，怎的如此厉害？"

蓝龙道："此功夫名叫'二际天罗掌'。小兄弟能接下哥哥一十六掌，安然无恙，让哥哥好生佩服！"

中原群豪适才只见蓝龙拍出两掌，却听他说张去病已接下他十六掌，都觉莫名其妙。群豪不知，蓝龙每拍出一掌手掌微晃八下，便有八道掌力暗袭张去病身上八处大穴，实是出了八掌。他连拍两掌，手掌晃动十六下便是拍了一十六掌。只因动作太小，群豪不在打斗场中，很难看出其中玄奥。便是在场中亲临打斗，若非绝顶高手也难觉察。

"二际天罗掌"在《玄秘宝典》功夫谱上排名第三，其厉害之处是一掌拍出八股掌力，分袭对手身上八处穴位。对手防得了一处，防不了另一处。而且掌力发出之时，手掌只是微晃，对手难以觉察。八股掌力悄然袭体，犹如牛毛针刺，对手被拍中一股毫无知觉，经络却会顿时麻木，动弹不得。

蓝龙连拍十六掌，见张去病都化险为夷，心中惊佩交集。他不敢怠慢，脚下踏着一种奇异方位，手掌连连朝张去病拍出。他一掌变八掌，两掌变十六掌，三掌变二十四，四掌变三十二掌……一时间，掌力如乱雨飞去，张去病犹似被众多高手围攻，只得满台高蹿低伏，不停地躲闪。

摩尼教众人见此情景，在台下大声为蓝龙叫好助阵。黑头陀道："张去病，你小子别狼狈逃窜了，赶快认输罢！"

张敖道："蓝右王，你大显神威，将这小子打下台来，杀杀这小子气焰！叫他尝尝咱们摩尼教武功厉害！"

张去病一面躲闪，一面寻思：蓝大哥手掌晃动动作太小，我看不清他掌力攻击方位，用"幻阳血爪"和"极乐指"无法克制这"二际天罗掌"。"太极阴阳掌"阳掌功夫能将他的多道掌力反震回去。但旁人一看便知我使的不是摩尼教功夫。"太乙伏魔手"或许可破"二际天罗掌",但须用摩尼教武功招式,旁人才看不出是别派武功。我用什么摩尼教武功破蓝大哥的"二际天罗掌"呢？

他心念急转,忽听玉面尊者董魁在台下喝道:"张去病,蓝左王武功在我教名列第二,只有咱们教主才能胜他。在我教《玄秘宝典》上,'日月双环神功'排第一,'三际天罗掌'排第二,这'二际天罗掌'排名第三。你小子偷学我教几手粗浅功夫,便想同蓝左王比高低,别做梦了！快向蓝左王认输,别干耗大伙的工夫！"

张去病一听"日月双环神功"排第一几个字,头脑里灵光一闪,心中道:"瞧我斗昏了头,怎么忘了使何教主教我的'日月双环神功'？何老爷子说'日月双环神功'的'移山填海'法门,能将对手的掌力移入地下化为乌有。我施展这功夫将蓝大哥多股掌力移至地下,岂不就不怕'二际天罗掌'了？"

心念闪过,蓝龙朝他一掌拍来。他忙将手掌一合,运起"日月双环神功",双掌犹似两只钹猛然合击,一股柔和力道从双掌之间吐出。蓝龙的掌力宛如撞入一个吸力极大的旋涡之中,顿时被吸得无影无踪。

蓝龙见掌力拍出不见踪影,心中大为诧异:心想"二际天罗掌"在《玄秘宝典》功夫谱上排名第三,是本教名列前茅的厉害功夫,掌力拍出难以分辨,小兄弟怎么化解得了我这神鬼莫测的多道掌力？他使的是什么功夫？

他心中讶异,手上却不停,双掌一推又使出"二际天罗掌"的一招"推云望月",掌上十六道掌力疾吐而出,分袭张去病双臂上的"极泉穴""青灵穴""少海穴""灵道穴""通里穴""阴郄穴"等十六个穴位。张去病双臂抱圆,急翻双掌一连转了三个大圈,三股力道从掌上一波接一波推出。蓝龙拍来的十六道掌力撞在这三股掌力上,又如泥牛入海不见踪迹。

蓝龙大吃一惊,他见张去病刚才使的招式,极似本教"日月双环神功"手法,心头一震。他想八成是自己看花了眼,"日月双环神功"乃是本教至高无上神功,只有教主一人会使,张去病决无可能会使这门神功！

如此一想,他欺身上前一连拍出八掌,四掌拍向张去病的上身,四掌拍向张去病下盘。这八掌是"二际天罗掌"的绝招,名叫"八风吟空"。八掌拍出六十四道掌力将张去病身上六十四个穴位罩住,无论张去病如何躲闪招架都无济于事。

张去病却不招架,又是双臂抱圆,身子下挫,双掌往外疾连推,一股股力道从他掌上旋转而出,如同一个个飞转的旋涡朝蓝龙拍来掌力撞去。蓝龙那六十四股掌力撞在旋涡上,又立即不见踪迹。

这一回,摩尼教高手个个看得目瞪口呆。蓝龙、金如尘、白无极、童三界,以及在旁观斗的房森和云飞扬都看出，张去病使的确是本教"日月双环神功"招式，六人神色惊异至极，眼前情景，令他们实在难以置信！

蓝龙收掌跃到一旁，一脸惊骇神色。白无极和童三界神情迷惑，金如尘连连摇头，自言自语道："这怎么可能？怎么可能？"

摩尼教众高手惊诧莫名，只因在《玄秘宝典》功夫谱上"日月双环神功"排名第一，"三际天罗掌"排名第二。这两门武功是教主镇教神功，历来只传给教主，决不传给第二人。而且是由前任教主秘传给后任教主，决无第三人知晓。

蓝龙身为护教左王，只得教主传授排名第三的"二际天罗掌"。房森位居护教右王，得教主传授排名第四的"初际天罗掌"。金如尘居四大摩尼之首，得传授排名第五的"天罡摩尼掌"。白无极得传授排名第六的"极乐指"。童三界得传授排名第七的"幻阳血爪"。云飞扬得传授排名第八的"摩尼风云棍"。

《玄秘宝典》上八大神功，历来严格按座次传授。教主决不会乱传，更不会外传。此时一看张去病使出"日月双环神功"招式，摩尼教众高手如何不吃惊万分？

蓝龙寻思：金如尘说得不错，小兄弟怎么会使我教镇教神功？这不可能！兴许他使的是别门功夫，招式同"日月双环神功"相似，是我张冠李戴看错了！可是他这功夫却能克制我的"二际天罗掌"，这如何是好？

云飞扬心思缜密，他虽不信张去病会使"日月双环神功"，心中却大感不妙。寻思这少年使的这手功夫，似乎同"日月双环神功"异曲同工，蓝龙要战胜他只怕很困难了！

他干咳两声，道："张公子真聪明，竟然学得我教一些功夫！不过我教武功博大精深，张公子只学了一些皮毛而已。蓝左王，你再同张公子切磋，咱们看看，他还会我教的什么功夫？"又道，"金大摩尼，白大摩尼，童大摩尼，我知你三人刚才没斗过瘾，何不同蓝左王一起，再考考张公子的功夫？"

他这话说得平平淡淡，其实是担心蓝龙难以抵挡张去病，要三位大摩尼上前和蓝龙联手斗张去病。

金如尘道："可不是嘛！老金我在旁看得心痒，正想同张公子再斗一斗。白兄、童兄，咱们和蓝左王再陪张公子玩玩！"

童三界道："好啊！张去病，适才是你夸下海口叫，咱们哥几个并肩斗上。这会儿可怨不得咱们人多斗你！"

张去病道："不怨，不怨，能同时领教几位前辈绝学，在下高兴得紧！"

蓝龙四人虽然不信张去病会使"日月双环神功"，但见他破解"二际天罗掌"举重若轻，心中都颇为忌惮。四人不等张去病说完话，便疾扑上去，各施绝技围着张去病激斗起来。

四人此时皆知，右王房森和云飞扬等众高手尚未恢复功力，再无后援可依，唯有全力施为，背水一战，才有望保住本教声誉。四位都是当世顶尖高手，此时皆知本教荣辱在此一搏。是以这一回都奋力将绝技使出，那威力真是非同小可！

　　蓝龙一会儿使出"二际天罗掌"，一会儿使出另一门绝技"摩尼天绝拳"。金如尘不仅使出"天罡摩尼掌"，还使出他的另一门绝技"摩尼擒拿手"。白无极全力施展"极乐指"法和"光明游"。童三界一会儿使"幻阳血爪"，一会儿使他的另一门绝技"凝寒拳"。一时间四人都将其武功发挥到极致。

　　张去病对摩尼教武功知之不多，四大高手对本门武功却精熟无比，此时又使出几门张去病从未见过的绝技。张去病想用"移山填海"法门对付，但对手人多，功夫博杂，四人出手极快，不容他有机可施展"移山填海"法门。

　　一时间他左支右绌，穷于招架。幸亏他被"九宫伏魔洗髓心法"易筋洗髓，身法趋退快似疾电，才在四大高手的围攻下支撑不败。此时他后悔，先前不该把话说得太满叫四大高手齐上，倘是单打独斗哪会如此狼狈？

　　中原群豪见五人在台上斗得如电闪雷鸣，掌风、拳风、指风呼啸不绝，张去病犹似一挂孤帆在大海风暴中团团打转，时刻都可能被狂风撕碎刮翻！群豪瞧得心头大震，心想久闻魔教高手武功卓绝，今日一见果然个个技业惊人！有人想：这场激战幸亏是张去病同这四人斗，倘是自己只怕难接几招便丢性命！有人又想：这一阵激斗即便是张去病输了，那也叫魔教高手耗去不少功力，咱们再出手报仇便容易了许多！

　　张去病在四大高手围攻中闪来蹿去，一时想不到解困之策，心中越来越着急。他不知蓝龙四人比他更心忧。四人见张去病一上台来，先斗中原门派三大顶尖高手，又斗本教四大高手，一连斗了六七场，功力非但不衰，却反倒越斗越强。四人皆想：不知这少年有何奇遇，功力竟雄厚如斯。如此长斗下去，我等功力倘若不济，那如何是好？房森和云飞扬在旁也看得异常焦急。

　　房森道："张公子，你胜不了我教高手，他们四人也胜不了你。你们便是累倒台上，也难分胜负，咱们罢手言和如何？"

　　张去病却想：刚才我对中原各派豪杰放言，要夺得摩尼教决斗人名分，此时罢手言和，便是出言不践。我若不将这决斗人名分夺到手，摩尼教众人恢复功力，便会向中原门派大打出手，这场武林浩劫又如何避免得了？我得想法子，快刀斩乱麻赶快了结这场打斗！

　　如此一想，他答道："房法王，这可不成！在下已答应中原豪杰要夺下你教的决斗人名分，我如出言不践，岂不让天下豪杰耻笑？这不是大丈夫所为！"

　　群豪见张去病在激烈打斗中，还能自如说活，既惊讶他浑厚内力，又为他的豪气折服。但是见他守多攻少，又都暗暗为他担心。摩尼教众人比中原群豪更加担心，张去病即便败在蓝龙四人的手下，夺不去摩尼教决斗人名分，他不会损失什么。蓝龙四人若败在张去病手下，摩尼教声誉就丢惨了！摩尼教众人想到此节，紧张得手心攥出汗水，目不转睛地盯着五人打斗。

张去病口中不答应罢手言和，心中急思，我如何了结这场打斗？蓦然间，他想起何野风传授他"日月双环神功"第二法门"日月交替"时，曾说："众人同你打斗时，你暗运这个法门，能张三的内力移去斗李四的内力，让他们自己拼斗两败俱伤，你坐收渔翁之利，可立于不败之地！"

他喜得心中暗叫道：哎呀，何老爷子教我这个法门，不正好用来对付蓝大哥他们的围攻吗？我怎么一紧张着急，就将老爷子的话忘了呢？学了"日月交替"法门，我还从未试过，待我马上试上一试！

念闪之间，白无极和童三界正好双双攻来。他使出"日月交替"法门一掌接下白无极的"极乐指"，一掌接下童三界的"幻阳神爪"，将二人内力从掌上飞快互导过去。白无极忽觉手指一灼，被一股极强阴热内力撞得心头气血翻涌。童三界却被一股极寒内力震得浑身一激灵，内息紊乱。两人大吃一惊急跃开去，站在台边惊骇地望着张去病。

同一瞬间，蓝龙和金如尘手掌拍到，张去病又暗运"日月交替"法门双掌一牵一引，引导二人内力从掌上互撞过去。蓝龙练的是赤阳化密功，金如尘练的是玄阴化密功。霎那间金如尘忽觉一股热浪涌来，自己犹如掉进炼铁炉中，热得心脏狂跳不止。蓝龙却被一股细如钢针的寒流刺进血管，周身血液仿佛一下凝固。二人心头大骇，双双弹足闪到台角上，亦是满脸惊骇望着张去病。

四人骇异，是因适才一瞬间，白无极分明感到，张去病掌上传来的内力竟是童三界的内力！童三界亦觉察张去病掌上传来的内力，竟然是白无极的内力！金如尘也察知张去病掌上传来的内力，同蓝龙的内力一般无二！蓝龙也觉察出张去病掌上传来的内力，同金如尘的内力如出一辙！

四人大骇收手，还有两个原因：一因他们各自修练玄阴和赤阳内功水火不容。身负赤阳内力之人和玄阴内力之人打斗，如水火相斗，功力弱的一方，会被功力强的一方废去武功！当年师祖风云龙创下这赤阳和玄阴两门厉害内功，不只是为了对付中土门派，还为了防止教内高手互斗。五十年前，两位身负赤阳和玄阴内功的大摩尼功力相若，为争一绝代佳人，互相打斗都成了废人。适才幸亏蓝龙四人身手敏捷，收招得快，才功力无损。纵是如此，四人也都惊出一身冷汗！

二因当年四人修练内功时，何野风曾向他们演示过"日月交替"法门，既让他们知道"日月双环神功"为什么是《玄秘宝典》上最高武功，也让他们知晓教主武功的厉害，不敢对教主之位有非分之想，亦不敢违反教规互相争斗。此时四人都觉察出，张去病使出的功夫，正是何野风演示的"日月交替"法门，怎不惊骇莫名？霎时间四人不再怀疑张去病会使"日月双环神功"，一个个面如死灰，神情沮丧至极。

蓝龙干咳一声，道："小兄弟，咱们四人认输，不斗了！"

张去病不明情由，忽见蓝龙四人罢手认输，心中十分诧异。忙道："蓝大哥，怎么不……不斗了？"

蓝龙道："你使的是我教最高功夫'日月双环神功'，我们四人斗不过你，咱们何必再斗下去？我们认输，小兄弟，你胜了。"

此语一出，场上摩尼教众惊愕万分。房森急问道："蓝法王，你说张公子使的是我教的'日月双环神功'，没看错吗？"

五大尊者和十大长老也在台下急切道："蓝法王，张公子使的真是'日月双环神功'吗？你会不会弄错了？"

蓝龙道："众位兄弟，我没看错，大伙如若不相信，可问三位大摩尼！"

摩尼教众人朝金如尘、白无极、童三界望去，三人一言不发，都铁青着脸点了点头。

摩尼教众人一看此情，顿时垂头丧气，默不作声，心中却又不禁自问："这少年怎会使我教最高神功？难道是教主他老人家传给这少年的吗？可是教规限定'日月双环神功'非教主不传！这少年并非我教中人，教主怎么可能将这神功传给一个教外之人呢？这怎么可能啊！"

众人又想：难道这少年救出教主，教主他老人家感激他，便将神功传授给他吗？或是这少年已暗中入教，教主要让这少年做咱们的新教主吗？

张去病愣在台上，看见摩尼教高手满脸惊愕、沮丧、无奈、绝望的神情，他一下手足失措，不知该说什么好。

步金吾哈哈笑道："小兄弟，你一人斗得魔教四大高手罢斗认输，好生了得！哈哈，这一下，你让咱们中原门派大长威风，大长志气！让中原豪杰开心至极，老哥高兴得紧！"

他转身问蓝龙，道："蓝魔头，你教还有没有人上来同张公子斗？倘若没有，你教决斗人名分便叫张公子夺得了！"

蓝龙正欲答话，云飞扬抢先道："蓝左王，咱们技不如人，不用再斗了。咳咳，我教决斗人名分就归公子好啦！"摩尼教众人听得一愣，不知云飞扬说这番话是何用意。

云飞扬又道："张公子，以我教武功而论，此时这摩尼岩上，确数你武功最高。

咳咳咳，咱们说话算话，决不反悔，我教决斗人便是你啦！咳咳，众位兄弟，你们答不答应？"

摩尼教众人一看，此时除了蓝龙、金如尘、白无极、童三界四人之外，其他人都未恢复功力，再找不出人上台同张去病斗，众人又不愿拱手让出决斗人名分，一时都默不作声。心想张去病会使本教最高神功，即便是房森、云飞扬和五尊者、十大长老的功力仍在，仍是斗不过他，咱们还有谁能同他斗？

房森素知云飞扬智计百出，猜想他刚才之言定有深意，便带头道："好，咱们答应！"台下众人虽不情愿，也只得垂头丧气跟着答道："好，咱们答应！"

中原群豪一听，顿时欢声如雷。有人大声笑道："哈哈哈，咱们中原门派一个人便打得魔教服输认熊，这真叫人扬眉吐气，好不风光！"

又有人兴高采烈道："啊呀，不可一世的魔教，却让中原一个少年英雄单挑了！哈哈哈，这真是千古奇闻啊，千古奇闻！咱们中原豪杰武功名扬千古，魔教功夫遗臭万年！"

忽听云飞扬朗声道："中原门派吹什么大牛皮？你们先别往自个儿脸上贴金！咳咳，我来问问你们，张公子斗败我教高手，使的是什么武功？咳咳，是你们中原门派武功吗？你们说说看，张公子使的是你们中原门派的哪一门武功？"

中原群豪一听，犹如当头挨了一棒，顿时哑然。大伙亲眼所见张去病斗败摩尼教高手，使的是摩尼教武功，而非中原门派功夫。此刻听见云飞扬大声诘问，中原群豪都无言以对。

房森冷笑道："是啊，张公子得胜夺魁，分明使的是我摩尼教武功，这与你们中原门派有什么鸟相干了？说什么你们中原门派一人单挑我教，说什么你中原豪杰武功将名扬千古，我教功夫遗臭万年。嘿嘿，贪天之功为己有，好不要脸！张公子取胜，同你们中土功夫扯不上半点干系！"摩尼教众人纷纷为房森喝彩："房右王骂得好！"

董魁站起身来骂，道："张公子以摩尼教武功胜我们，那是用我教功夫，胜我教功夫，你们这些王八蛋胡说八道，脸皮比城墙还厚！"

中原群豪听见这番骂话，心中下气恼，却找不到理由来反驳房森和董魁。张去病虽然是中原门派之人，但他不是用中原门派武功斗败蓝龙四人，顶多只能说是中原门派的人战胜了摩尼教的人，却不能说是中原门派武功胜了魔教武功，是以听见房森斥骂，中原群豪都张口结舌。

童三界接着骂道："中原门派兔崽子，你们高兴什么？张公子会使咱们摩尼教武功，他便是我教的俗家弟子。咱们同张公子斗技，那是同门师兄弟切磋武功，咱哥儿们谁胜谁负，那无所谓。他奶奶的，你们厚起脸皮自吹自擂，一个劲儿往自个儿脸上擦脂抹粉，好不害臊，叫人恶心！"

黑头陀在台下应声道："碧眼摩尼骂得好！咱们自己师兄弟切磋武功，又关他中原门派什么屁事了？这些兔崽子竟然说成是他们中原门派大胜摩尼教，这哪挨得着哪啊？妈的，真是无耻至极，太不要脸！"

张去病在旁听得暗暗称奇。他见房森、云飞扬、童三界捉住中原豪杰话中漏洞，诘问嘲骂，几句话顿时扭转摩尼教众人垂头丧气之势，反倒令中原豪杰一下变得灰溜溜的。心道："这三人好厉害，明明情势不利于己，却能三言两语长自己威风，灭对手志气，还叫各门派无话可说！"

他兀自寻思，又听云飞扬道："张公子，咳咳……你以我教武功夺得我教的决斗人名分，老夫向你祝贺！公子既然做了我教的决斗人，大伙便请公子责无旁贷，全力为我教死伤兄弟报仇，向中原门派狗贼讨回公道！"

摩尼教众人一听，如梦方醒：原来云飞扬先前要大伙答应让张去病做本教决斗人，却是要将张去病为我所用。众人心中不禁赞道："啊呀，云大摩尼老谋深算，他这一招很厉害哪！如此一来，张去病不仅不能找我教高手决斗，反而要替我教找中原门派决斗，哈哈哈，云大摩尼这一招实在妙啊！"

张去病一怔。先头他提出夺摩尼教决斗人名分，只想避免同蓝龙生死对决。后来又大胆想将摩尼教的决斗人名分夺下，以便同摩尼教众人约法三章，避免他们恢复功力后，向中原豪杰大打出手酿成惨祸。但能不能夺摩尼教的决斗人名分，他心中并无把握。没料到自己竟然真将摩尼教决斗人名分夺到手，这让他感到有些突兀。

此时听云飞扬如此一说，他才想到自己做摩尼教的决斗人，便要替摩尼教同中原门派决斗，这，这怎生是好？他心念急转，猛然想到：我先前已将中原门派决斗人名分夺到手，此刻又将摩尼教的决斗人名分夺到手，岂不是我一人代替他们双方决斗？哈，这就好办了，只要他们不擅自出手报仇，我再想法化解这场浩劫！

如此一想，他对云飞扬道："云大摩尼，贵教兄弟要在下为你报大仇，大伙得要答应我一件事。"

云飞扬道："答应什么事？公子请说！"

张去病道："报仇由我出手，贵教的人不能擅自找仇人报仇。"

云飞扬回头道："蓝左王、房右王，你们看如何？"

蓝龙道："便是如此，报仇之事交给张公子，咱们谁也不许擅自出手报仇！"

中原群豪一听，张去病答应做摩尼教的决斗人，顿时都蒙了：怎么转眼之间，张去病就变成了魔教的决斗人？

先前，群豪起哄怂恿张去病夺下魔教决斗人名分，只图逞一时口舌快意羞辱敌人，并不相信张去病真能夺到对方决斗人名分，所以谁也没想倘若张去病夺得对方决斗人名分，便要替敌人决斗这一层。此时一见张去病答应替摩尼教决斗，中原群豪一片大哗。

长拳门名宿汪三公大怒道："张去病，你是我们中原各门派推举的决斗人，怎能背叛各门派答应替魔教决斗？"

玉真道长厉声喝道："张去病，咱们推举你为决斗人，你怎能不讲信用，临阵倒戈，投敌背叛大伙？"

有人则义愤填膺道："张去病，你言而无信临阵投敌，无耻背叛中原门派，便是中原门派的敌人，咱们同你小子誓不两立！"

有人则耐心劝说道："张去病，你好好想想，你背叛师门为魔教卖命，这一步踏出去，你可就成了天下英雄的公敌，人人得而诛之！你赶快悬崖勒马，拒绝魔教，眼下还来得及！再迟就晚了，你会后悔一辈子！"一时间责问声、呵斥声、辱骂声、劝导声在摩尼岩上此起彼伏，乱嚷嚷响成一片。

张去病忙道："众位豪杰息怒，且听在下一言！"他运起浑厚内功说话，声音震得众人耳鼓嗡嗡作响，一下将众人的声音压下去。中原群豪忙住嘴不语，两眼盯着他，且看他如何分说。

看见众人安静下来，他高声道："大伙说得不错，我是中原门派之人，又是各门派推举的决斗人，本不该答应替摩尼教决斗。可是适才是众位豪杰叫我夺下摩尼教决斗人名分的啊，我是遵大伙之命行事。我既然夺下摩尼教决斗人名分，如不答应替他们决斗，我张去病岂不成了言而无信，反复无常的小人？咱们中原侠义道向来一诺千金。我若出尔反尔，那便丢了各门派英雄的脸，损害中原侠义道的名声！"

名门正派中人最看重一诺千金，听张去病如此一说，众人都觉得这话虽然有几分在理，但如此一诺千金，实在匪夷所思！

巫峡帮帮主易大中脑子转得快，忙道："张公子，你夺得中原门派决斗人名分在先，此时你又答应做魔教的决斗人，犹似一女嫁二夫，先应承了王家婚事，又来应承李家婚事，这是对咱们中原门派食言，你如何一诺千金？"

张去病摇头道："易帮主这话说差了，就算我是一女嫁二夫，也是先前众位豪杰叫我嫁的，怎说是我对中原门派食言？况且我虽然答应做摩尼教决斗人，却也没说不做中原门派的决斗人啊！请众豪杰放心，我张去病决不食言，仍然要做中原各派的决斗人！"

他这一句话，把中原群豪和摩尼教的人都听蒙了。两方的人都想：你一个人怎么能做两方的决斗人？这怎么能够呢？这不是胡扯吗？

峨眉派玉真道长冷笑一声，道："张去病，我来问你：你既是咱们中原门派决斗人，又是魔教的决斗人，一人身兼二任，难道你自己同自己决斗不成？"

张去病道："道长问得好，我自己不能同自己决斗！不过，两方既然推举我做决斗人，我可替两方同你们仇人决斗啊！"

玉真道长一愣，没想到张去病居然还有此一说，再找不到话驳诘他，只得闭嘴不语。中原门派和摩尼教要报仇的人心想：这摩尼岩上谁的武功都比不过张去病，他若替自己同仇人决斗，报仇十拿九稳。自己又无任何风险，这倒是一个好主意！许多人遂轰然应道："只要张少侠能为咱们报仇，便按你说的办！"

张去病道："好！既然大伙答应，便不能反悔！众位豪杰，你们反不反悔？"众人应道："绝不反悔！"

张去病又道："好！我先以中原门派决斗人名分，请摩尼教要报仇的人上台来决斗！"

他先邀摩尼教的人上台决斗，心中暗有一番盘算：表示自己先是中原门派决斗人，得先为中原门派的人报仇。又知此时摩尼教众人尚未恢复功力，只能放弃决斗。如此一来，中原豪杰不知真相，以为摩尼教的仇人在释善意，心中敌意会弱一些，便于化解双方的仇怨。

摩尼教想要报仇的人听见张去病呼唤，都是一愕。适才他们只想让张去病去同自己的仇人决斗，而没想到张去病同自己决斗。忽然听见张去病叫他们上台去决斗，一下子都默不作声。一个个兀自愤忿：不要说我们还没有恢复功力，无法上台决斗；便是恢复功力，蓝左王和三位大摩尼都败在你手下，我们又怎么斗得过你？这小子分明是要奸，让我们不能报仇，我们一不留神，中了他的圈套！

蓝龙、房森、四大摩尼六人对望一眼，心中都是一般心思。六人都想：今日我教面临亡教大祸，亏得这少年大智大勇，出面巧妙化解，大伙才得以幸存。如若不然，此时众兄弟只怕早已尸横遍野，还报什么仇？今日说什么，也不能让教中之人做出恩将仇报之事！六人心意相通，互相对望一眼，点了点头。

蓝龙大步走到台口，朗声道："我教兄弟听着，这几十年，中原门派同咱们结下许多仇怨，咱们要报仇雪恨是理所应当！但今日我教遭逢劫难，亏得张去病公子挺身而出，施以援救，咱们才未遭灭教惨祸。咱们能逃过这一劫是万幸！倘若圣教被灭，我等就成了万劫不复的千古罪人！我摩尼教兄弟都是义薄云天的英雄好汉，向来恩怨分明，怎能为报私仇，上台来同张公子动刀子？如此恩将仇报，岂不叫天下人耻笑咱们吗？"

摩尼教众人一听，不由得都点了点头。皆想：张去病先前救何野风出圣宫，后来同蓝龙揭穿殷独啸毁灭摩尼教的诡计，尔后又阻止殷毒啸伤害中毒的房森和云飞扬等人，接着又巧妙阻扰中原门派对摩尼教众人下毒手。若不是这少年奋勇援救，咱们中毒丧失功力，此时只怕已是身首异处，惨遭灭教之祸了！还能报什么仇？咱们怎能忘恩负义，上台去同张公子决斗？

蓝龙目光炯炯看众人一眼，又道："况且这几十年，我教同中原门派仇杀双方都死伤不少人，是非曲直也难以说清！咱们若是冤冤相报，那便没完没了！我教前辈教友过去结下的仇恨，留给咱们后人来偿还。咱们结下的仇恨，难道还要后辈教友偿还不成？如此冤冤相报，那便永远没有尽头，这怎么成？"

摩尼教众人都听得心中一凛，寻思如此仇杀下去，无尽无了，的确不是个办法。蓝龙左王说得对，我教同各门派结仇太久太多，看不见有终结之日，咱们再不能让仇恨一代代传下去了！

蓝龙又道："摩尼光佛曰：二宗明晦，三际光明。咱们若是永远背着一身仇恨，便摆不脱明晦苦境，又怎能到光明界去？是以今日，为我辈和后辈教友不再背仇恨重负，能往极乐光明世界。蓝龙斗胆代我教死伤兄弟说一句：我摩尼教同中原门派仇怨一笔勾销，咱们从此不提，也不报了！"

摩尼教众人一听觉蓝龙说得不错：齐应道："谨遵蓝左王之言！"

蓝龙见众人答应不再找中原门派报仇，迈步走到张去病面前，道："小兄弟，我教愿化干戈为玉帛，放弃决斗，不再言报仇！你大仁大义，冒死调解双方仇怨，请受哥哥一拜！"说时向张去病拜下。

张去病忙下拜还礼，道："蓝大哥行此大礼，折煞小弟了！"

二人手扶手站起身来，张去病又道："摩尼教众好汉捐弃前嫌，令在下好生敬佩，此乃武林之幸！我在此谢过摩尼教众位好汉！"他向台下摩尼教众人深鞠一躬，摩尼教众人忙起身还礼。

张去病直起身来，对中原各派豪杰道："摩尼教人已不再报仇，放弃决斗。不知中原豪杰还报不报仇？有谁若要报仇，请上台来，我以摩尼教决斗人名分，用摩尼教武功同他决斗！"

适才，中原群豪见张去病施展神功连败左岗、弘法大师、金风道长、童三界、白无极、金如尘、蓝龙七大顶尖高手，武功震古铄今，令人难望其项背，众人都大为惊骇。

此时听张去病唤人上台去决斗，一些想报仇的人寻思：咱们上台去同他决斗，岂不是背鼓上门——讨打吗？别说张去病身负《九宫伏魔经》绝世武功，又会魔教"日月双环神功"，单是那"太极阴阳掌"，咱们谁也敌不过。咱们上台去不仅仇报不了，反倒丢人现眼！

转念又想：张去病是我们中原门派自己人，自己人同自己人决斗，岂不叫魔教的人看笑话？张去病替咱们斗得魔教低头服输，不敢再言报仇，总算为咱们出了口恶气，让咱们在众魔头面前扬眉吐气一回，咱们不能不知好歹！

然而人上一百形形色色，群豪之中也有人愤忿难抑，咽不下心头恶气，气恼张去病为魔教挡灾，使他们报仇无望。一个黄脸大汉跳上台来，悲愤道："张去病，你武功高强，我知道我的功夫同你相差太远，打不过你，我没法同你决斗，你一掌打死我算了！"

张去病一看，在丐帮总舵见过这大汉，认得是鲁西"八极门"的掌门人孙三啸，忙道："孙掌门何出此言？我怎能一掌打死你？"

孙三啸悲声道："我爹惨死在黑头陀的镔铁骷髅下，你让我不能为我爹报仇雪恨，我还有何面目活在这世上？张去病，你有种便打死我罢！"

张去病道："孙掌门，我与你素无冤仇，我怎能一掌打死你？"

孙三啸道："你强替魔教出头，便是我的仇人！今日我拼着这条命不要，也一定要为我爹报仇！我既然报不了仇，你便打死我好了，我实在无脸苟活在世间！"

说时猛扑向张去病，双拳狂打，两腿乱踢，犹似疯子一般。张去病知他报仇心切，气急败坏，心下同情孙三啸，不出手伤他，也不出手制止他，只是连连避让，让孙三啸发泄心中气愤。

忽然间只见青影一闪，一位黑衣老者挡在孙三啸面前。台下顿时一声惊呼："啊，快看，快看，'大无常'上台去了！"

孙三啸一看来人是赵无痕。蓦然收拳，呆立不动，惊骇道："大，大……'大无常'？"

赵无痕道："你是孙元霸的儿子？"

孙三啸嗫嚅道："是，是，小人，小人是孙元霸的儿子。"

赵无痕道："今日你非要为你爹报仇，是吗？"

孙三啸道："是。我爹死在魔教黑头陀手下，小人，小人非报此仇不可！小人为父报仇，并无过错。'大无常'，求您老人家准许小人报这杀父之仇！"孙三啸见赵无痕忽上台来，生怕赵无痕出面干涉他报仇，忙向赵无痕求情。

赵无痕冷冷道："子为父报仇，天经地义，并无不可，无须老夫准许！只是你爹孙元霸欠下的人命，你怎么说？"

孙三啸一惊，道："大……'大无常'，我爹欠下什么人命？"

赵无痕向台下人问道："鲁西鬼锤手邹刚，你说说八年前，那孙元霸在鲁西害了几条人命？"

邹刚在人群中大声道："回赵先生的话，八年前，孙元霸为争夺鲁东与鲁西交界一处丰饶田产，打死鲁西灵拳门贺庆安父子二人，还打残了贺庆安门下两个弟子！"

赵无痕又道："灵宝夫人，你说说六年前，孙元霸在青海害了几条人命？"

灵宝夫人道："回赵先生，六年前，那青海飞天镖局的八臂苍龙陈世雄，同'青海三雕'马氏兄弟结下仇怨。陈世雄邀孙元霸去助拳，孙元霸在青海玉树打死了'青海三雕'兄弟，害了三条人命！"

赵无痕道："你没记错吗？咱们说话得有根有据，可不许冤枉好人！"

灵宝夫人道："回赵先生，此事千真万确，青海武林人人皆知，小女子不敢说错！"

赵无痕道："孙三啸，你要为你爹报仇，你爹欠下这五条人命又如何说？这五个死鬼家人，难道不为他们报仇？今日当着天下豪杰，你说，你如何了断这两桩仇恨？"

孙三啸将头一扬激愤道："他们家人要报仇，尽管来找我报，小人愿以命抵命！我孙三啸难道是贪生怕死之人不成？"

赵无痕冷笑一声，道："以命抵命？嘿嘿，你一条命抵五条人命，你的命可金贵得很啊！"又向台下问道，"虎杖头陀，你说说孙三啸家里还有什么人？"

虎杖头陀道："回赵先生，他家里有一个老母，一个老婆和两个未成年儿子。"

赵无痕道："好！他一家五口人，正好五命抵五命！咱们将他一家人杀干净，免得他儿子长大再为他爹报仇！"

孙三啸一听，吓得两腿一软跪倒台上，颤声道："'大无常'，小人一时糊涂，小人满口胡说八道，你大人不记小人过，求'大无常'手下留情！"说罢连连磕头。

孙三啸吓得磕头认错，非他贪生怕死。江湖中人过刀口舔血的日子，大都不惧生死。但亲情血缘所系，他害怕连累老母、妻子和两个儿子遭杀，恐惧孙家惨遭灭门大祸。

赵无痕道："你不糊涂，杀人偿命，欠债还钱，你为你爹报仇天经地义！被你爹杀的那五人，没有后人替他们报仇，老夫路见不平，出面为那五人报仇，也是天经地义！不过要五命抵五命才公平合理，你说是不是？"

虎杖头陀在台下道："赵先生，孙三啸还有几个师兄弟和一帮徒子徒孙，咱们杀他全家，保不定他们要为孙三啸报仇，是不是将他们也斩尽杀绝？"

赵无痕道："虎杖头陀提醒得好，说得不错，咱们把'八极门'杀干净免生后患！"

摩尼教众人不知赵无痕手段，还以为他说大话吓唬孙三啸。中原群豪和"八极门"人一听此言，想起赵无痕诛灭不少江湖门派的手段，不由浑身打个战。

孙三啸磕头如捣蒜一般，磕得木台咚咚咚响，连声求道："小人错了！小人错了！小人再不敢言报仇之事！请'大无常'高抬贵手，放过我一家老小和'八极门'众人！"

张去病看见孙三啸磕破头皮，鲜血淌下脸颊，心中不忍，忙道："赵先生，孙掌门知错了，请看在我的面子上，报仇之事，咱们就算了罢。"

赵无痕躬身道："既是小主人说情，老仆不敢不从。"转身又道，"孙三啸，你可要记住你今日说的话，他日若反悔，老夫不但杀你全家，还要灭了你'八极门'，下去罢！"

孙三啸忙站起身来，战战兢兢朝张去病一拱手，道："谢张公子为在下说情，谢'大无常'不杀之恩！"逃也似的跳下台去。

赵无痕扫台下众人一眼，朗声道："众位豪杰，咱们行走江湖难免结下一些仇怨。武林中人历来冤冤相报，互相残杀，杀得各派元气大损，人才凋零！长此下去，终有一日武林中人自己灭了自己，世上不再有什么武林门派！"

众人听得心头一震，又听赵无痕道："今日在这摩尼岩上，各门派要同摩尼教火拼残杀！若不是我小主人劝说大伙推举决斗人，若不是他冒死夺得双方决斗人名分，阻止你们放手滥杀，此时这摩尼岩上的人，只怕死得所剩无几，都遭了灭门灭教惨祸！

"我小主人宅心仁厚，为不让众位豪杰两败俱伤，同归于尽。他挺身把报仇祸事揽在身上，这等大仁大义世所罕见！众位豪杰若领他的情，给他面子，便化干戈为玉帛，各自平平安安下摩尼岩去。有谁若是不知好歹，不给我小主人面子，要想报仇那就上台来决斗！只要他手上没沾过一点血腥，一身清白，所属门派也没一点劣迹，老夫便袖手不管，任他同我小主人决斗，凭本事报仇。他若胜了我小主人，他的仇家便挥掌自毙。那仇家如不从，老夫取他性命！但若他手上有人命，门派有劣迹，老夫便替受害之人报仇雪恨，杀他全家，灭他门派！"

赵无痕说罢，转身走到张去病身后负手而立。中原群豪忽见赵无痕出现在台上，早已心中惴惴。此时听他一说，众人都作声不得。武林中人行走江湖谁不欠一点血债？就算本人不欠血债，各派都有不肖弟子，又怎会没一点劣迹？想报仇的人寻思，孙三啸运气好，有张去病替他说情，"大无常"才放过他。我等上台去斗张去病，不能取胜不说，若是本人或本门劣迹被赵无痕知晓，岂不招来杀身灭门之祸？如此一想，要报仇的人噤若寒蝉，不敢出声。

云飞扬、白无极、黑头陀和张放那日在丐帮总舵，都吃过赵无痕的大亏。房森、金如尘和童三界，也在摩尼岩上围攻过赵无痕，都知此人武功深不可测，此时见他一上台来，气慑群雄，心中皆赞道："此人好生了得，真乃大英雄！"

蓝龙没见过赵无痕，见他威压群豪，气势慑人，又听他称张去病为小主人，心下大奇。忙低声问房森，道："房兄，此人威震群豪，他是何许人？"

房森轻声道："此人叫赵无痕，听说是什么'地藏宫'的高手。我和金兄等几位大摩尼同他斗过，非他对手，此人武功似不在咱们教主之下！"蓝龙喜道："有此人为小兄弟掠阵，我教众人无忧了！"

二人正说话，忽听台下一声佛宣："善哉，善哉，放下屠刀，立地成佛，此乃上善也！赵施主一番言语，话丑理端，实乃菩萨心肠！苦海无边，回头是岸。我少林寺同摩尼教的仇怨，从今日起一笔勾销！张公子，你以慈悲胸怀，冒死化解各门派同摩尼教百年仇怨，如此大德令人好生敬佩！既然摩尼教的教友们捐弃前嫌，不再言报仇之事，我少林寺弟子也不报仇了！"

众人一看，说话之人是少林寺弘远大师。此次少林寺三高僧率众前来围剿摩尼教，以弘远大师为首。弘空和弘法两位神僧听师兄这么一说，也都合十道："我佛慈悲！师兄所言极是，从今往后，少林便不再同摩尼教有何仇怨了！"

张去病忙躬身道："三位大师摒弃前仇，大慈大悲，襟怀广博，令人好敬仰！"

弘远大师道："不敢当。少侠过誉了。"转身走去对金风道长、步金吾、柳寒峰、左岗等人道，"诸位掌门人，他日路过嵩山少林，请到敝寺一聚。老纳等人这就告辞了！"说罢率领少林群僧离开摩尼岩。

金风道长、步金吾、柳寒峰和左岗也都纷纷道："我派同摩尼教仇怨也一笔勾销！"几人说罢过来同张去病道别。步金吾拉着张去病的手低声问道："小兄弟，你见识比老哥高远，不愧是岳爷的外孙！老哥问你，你变着法子不让咱们报仇，可是同魔教有什么渊源？"

张去病低声道："步大哥垂问，小弟不敢相瞒。摩尼教的蓝龙大哥、吴长老、何夫人、何野风教主都救过我的命。除此之外还有两个原因：一是我师父临终时遗命我消弭武林劫难，以免中土武林一蹶不振；二是几位掌门人对我关爱有加，我不能眼看你们在仇杀中遭遇不测，还望几位掌门人和左大先生勿怪我大胆妄为！"

步金吾、金风道长、柳寒峰和左岗听了既感动，又有几分不解，不知张去病怎会同摩尼教大魔头扯上关系，却又不便细问只得将疑问存在心里。

金风道长呵呵笑道："张公子，你身负正邪两派绝顶神功，将来振兴我中土武林就看你了！昔日贫道同少林寺方丈弘无大师，贺兰山六合居士寻访你多年，虽然未能将你访到，哈哈，看来花的工夫大大应该！"话锋一转，又道，"眼下你身负的武功足以傲视武林。但你还太年轻，阅世甚少，不知江湖险恶。日后行走江湖，千万小心行事，不可恃力自傲。好好用你这身本事扶正祛邪，光大我中土武林侠义道！"张去病道："去病谨记道长教诲！"

左岗道："张公子，你武功出神入化，令老朽钦佩。你仁心淳厚，更教老朽好生欢喜！他日你到我大龙山来，让老朽兄弟尽地主之谊，咱们一老一少再好好切磋一番！"

张去病道："谢左大老先生盛情！在下有空，一定到大龙山拜见二位前辈！"

柳寒峰道："张公子，你上摩尼岩来可见着小女柳语？"

张去病道："我前日潜上摩尼岩来，已将柳姑娘救出。此刻她在半山腰，过一会儿便上摩尼岩来，柳掌门请放心！"

柳寒峰喜极道："多谢张公子！老夫找这丫头去，后会有期！"说毕，同金风道长、步金吾和左岗跳下台去，各自带着本门弟子匆匆离开摩尼岩。

其他掌门人见此情景，也纷纷上前同张去病道别，带着自己人下摩尼岩去。不大一会儿工夫，岩上只剩下摩尼教众人和张去病、赵无痕、龙飞、穆兴、段阳、"四海六煞""天眼三精"，以及青龙帮等的一群人。

张去病转身对赵无痕叫道："赵先生，谢您老人家为我解围！"

赵无痕笑道："小主人，你化解了这场武林大灾难，没有辜负老主人的希望，老仆为你高兴得紧！"二人跳下台走到龙飞等人面前。

龙飞笑容满面道："小主人，今日你名扬天下，咱们做属下的好风光！"

"四海六煞"和"天眼三精"兄弟也纷纷前来相见，赵无痕在旁向张去病介绍他们姓名后，说道："小主人，他们六人在江湖上名头甚响，合称'四海六煞'，武功甚是了得！"

四海六煞忙道："我等匪号，何足赵先生挂齿！"六人虽然嘴上谦虚，听见赵无痕夸赞，脸上皆露笑容。

赵无痕转头指着苗家三兄弟，道："小主人，这三兄弟便是老仆对你说的黔中三侠'天眼三精'。他们个个武功了得！"

三兄弟听得眉开眼笑，忙道："赵先生，您老人家过奖了！"

这几人见张去病年少，赵无痕却以仆人身份侍奉他，适才又见张去病斗败两派顶尖高手，皆对张去病人品武功大为敬佩，纷纷向张去病躬身施礼道："属下参见主人！"张去病忙躬身还礼。

赵无痕寻思：张去病救摩尼教众人，对方一定有话对张去病说，其他人在场恐有不便，道："小主人，我们下山去等你。你完事后咱们在山脚小镇会合。"张去病点了点头。赵无痕跳下木台，带着龙飞和"四海六煞""天眼三精"众人离去。

第二十二章　爱恨

　　蓝龙看见中原群豪走尽，朗声说道："小兄弟，今日，亏得你拼死救了我教兄弟性命，请受大伙一拜！"霎时间，摩尼教众人跪了一地。

　　张去病慌忙跪下，道："众位前辈行此大礼，折煞去病了！贵教的何夫人、吴姥姥、蓝大哥、何教主都救过我的命，请大伙别说谢字，大伙快快请起！"

　　蓝龙道："小兄弟，我教中人虽然救过你一条命，但你从圣宫救出我们教主，你揭穿殷独啸奸贼灭亡我教的毒计，你奋力阻止中土门派掠杀功力丧失的众兄弟，救了我教一千多兄弟的命，你这是救了我们摩尼神教！你这份大恩，重如泰山！这一拜，我们无论如何是要拜你的！"

　　蓝龙说罢带头下拜，道："谢张公子救命大恩，护教大恩！"

　　众人跟着下拜，齐声道："谢张公子救命大恩，护教大恩！"张去病忙下拜还礼。拜毕，同众人一道站起身来。

　　房森道："张公子，房某想问件事，你的'日月双环神功'是我们教主传授的吗？"

　　张去病道："正是他老人家传授的。"众人一听又惊又羡，都不知教主为何将镇教神功传给这少年。

　　房森又道："张公子，如此说来，你是咱们教主的弟子，加入我教了？"

　　张去病摇头道："去病虽蒙何教主传授神功，但他老人家没收我做弟子，我也未加入贵教。"众人听得一愣。

　　云飞扬道："张公子，那'日月双环神功'非本教弟子不传，非教主继位人不传。咳咳，公子既未加入我教，非教主继位人，教主他老人家怎会传授神功给你？"

　　张去病见众人神色凝重，知众人关切此事，是因得授此功者，将继承教主之位。他忙将何野风坠入圣宫，因失去功力打不开出圣宫通道。为让他出宫阻止殷独啸篡位灭教，何野风便将神功传授给他之事说一遍。众人听了都唏嘘不已。

金如尘问道："张公子，何教主现在何处？我们去迎接他老人家回教！"

张去病道："我同何教主出了圣宫，在半山遇见何夫人和吴长老。何教主见到何夫人心中气恼，神志恍惚走入密林中，我义妹秦淮和柳语姑娘去找他老人家，不知此时找到没有。"

众人一听大急。蓝龙道："房兄、云兄，众兄弟，你们功力尚未恢复继续复功。我和金兄、白兄、童兄四人去接教主回来。"房森道："如此甚好，你们快去！"

张去病和蓝龙、金如尘、白无极、童三界五人跳下木台，施展轻功往山下奔去。张去病在前引路，五人奔行片刻瞧见那片树林。却见树林外有一群人急奔过来。蓝龙一惊，道："前面有人！"

张去病眼力极佳，一看来人服色，道："咦，是天山派的人！他们为何去而复回？"

双方奔到近前，忽听一个清脆声音叫道："去病哥哥！"张去病注目一望，只见柳语携着柳寒峰的手朝他奔来，身后跟着天山派群豪，忙迎上去道："柳掌门，你们为何回来？"

柳寒峰道："我们是来报信，何教主被殷独啸掳走了！语儿，你快对大伙说是怎么回事！"蓝龙等人大吃一惊。张去病忙问道："语儿，何老爷子怎会让殷独啸掳去了？"

柳语道："我和秦淮去树林里找何老爷子和何莹，找了很久都没见到老爷子和何莹。后来找到一处山泉旁才看见他们。我们同老爷子走出树林，上了山道，殷独啸突然从岩石背后跳出来向老爷子撒迷药，迷晕老爷子和何莹，将他们掳去了！"

张去病问道："秦淮姑娘呢？"

柳语道："秦姑娘追殷独啸去啦！她叫我上山报信，我走到半道，遇见爹下山来找我，我们便一起来报信。"

蓝龙忙道"柳姑娘，殷独啸朝哪个方向逃了？"柳语往北面一指，道："朝这个方向逃的。"

蓝龙道："张公子，你同柳姑娘小叙，我们先去追那奸贼！金兄、白兄、童兄，咱们快追！"四人转身朝北方追去。

张去病道："语儿，我同蓝大哥他们去救何老爷子，你如何打算？"

柳寒峰在旁道："语儿，回天山吧，爹再不让你在外担风险了！"柳语一头扑进父亲怀里，哽咽道："爹爹，这一回，女儿还以为见不到您老人家了！女儿本该同爹回天山，好好孝敬您老人家！只是……"

柳寒峰抚着柳语的头，道："闺女，咱们父女团聚，不哭不哭，有话慢慢说。"

柳语从父亲怀里抬起头来，道："只是……女儿还不能同爹回天山去。"

柳寒峰道："这是为何？"柳语脸一红，道："女儿同去病哥哥还有些事要办。办完事后我们便上天山陪爹，好吗？"

柳寒峰知晓柳语心事，心想女大留不住。张去病人品出众、武功卓绝，女儿同他在一块可放心。遂叹息一声道："不回也行。只是你在外要多加小心，别让爹为你担惊受怕！"

柳语道："女儿知道了。爹爹放心。"柳寒峰摸摸柳语的头，从怀里拿出一粒药丸递给柳语，道："这是一粒'复功丹'，你服下一刻钟工夫，便能恢复功力。如遇急难，差人到天山给爹报信！"又摸出些银子交给柳语，才转身又对张去病道："张公子，请多关照小女，老夫拜托你啦！"

张去病道："请柳掌门放心。"柳寒峰说罢，带着天山派门人往山下走去，柳语目送柳寒峰远去才将药丸服下，道："去病哥哥，咱们去救何老爷子吧！"

张去病道："好，咱们快追上去！"伸出手臂托起柳语，提气朝北追去。两人追到一个山坳上，瞧见秦淮伏在一块岩石后往山下看。张去病奔到近前，道："秦淮，你在看啥？"

秦淮回头看见张去病和柳语，高兴道："大哥哥，你可来了，我正想去给你报信哩！你快看殷独啸跑不了啦！"

便在此时，忽听山坳下传来蓝龙的声音："殷独啸，你放下教主，我们放你走！"接着又传来童三界的声音："殷独啸，你爹同教主比武，我在场亲眼见过，教主赢得光明正大，你爹输得口服心服。是他自个儿心眼小，后来想不通气死了。这同教主不相干，何况教主待你不薄，你怎能恩将仇报！"

张去病往山坳下一看，不由心头一紧，只见山坳下有条湍急河流，殷独啸手上抱着何莹站在河岸悬崖上，何野风倒在地上，祖孙二人似乎仍昏迷不醒。他忙道："语儿、秦淮，我先下去救人！"说罢提气往河边奔去。

先前，殷独啸躲在大光明宫后揭露摩尼教众人中毒真相，欲借各门派之手灭摩尼教，实现他报仇目的。岂料云飞扬等人随机应变，将计就计，干脆承认中毒，反倒令群豪心生迷惑。殷独啸一看中原群豪犹豫不决，想跃进场去打翻几个中毒之人，让中原群豪识破真相，屠杀摩尼教众人。却见金如尘、白无极、童三界三人忽从大光明宫上现身。他怕三位大摩尼得知他谋害何野风，又毒倒众人，一齐找他算账，便赶紧逃离摩尼岩。

他下到半山，正巧遇见何野风、何莹、柳语、秦淮四人从树林里走出来。何野风牵着何莹的手走在前头，两个姑娘跟在后头。何野风困在圣宫十年没剪头发胡子，蓬头垢面苍老许多，殷独啸乍一看没将他认出来。但一见何莹，他欣喜万分，便想上前抢走何莹，却又不知牵着何莹的老者是谁。他不敢轻举妄动，藏在岩石后观察情形。

等到几人走近，他渐渐认出何野风，惊得浑身一颤。他深恐何野风功力恢复，不敢明目张胆动手，便潜伏不动。待何野风祖孙走到近前，他掏出迷药朝何野风和何莹脸上撒去。那迷药极厉害，何野风和何莹闻到迷药气味顿时晕倒地上。秦淮和柳语在后面，看见殷独啸突然跃出袭击何野风祖孙，二人大吃一惊，还没回过神来，却见殷独啸一手抱起何莹，一手抓起何野风疾往山下逃去。

殷独啸携带两人逃了一阵，忽听身后有人叫道："殷独啸狗贼站住！"他回头一看见是蓝龙和金如尘、白无极、童三界四人追来，心中大惊，急忙将功力提到极致奋力逃逸。但他携带两人，不及蓝龙四人空手奔行快速。不大一会儿，四人越追越近。他想丢下一人减轻负重，可又舍不得丢下。手上这两人，一个是他分别十载的亲生骨肉，他如何舍得扔下？另一个是他梦寐以求要杀的仇人。他想将仇人带回子午岛，在爹娘坟前杀了祭坟，也舍不得扔下。他携带二人奔逃出一程，前面出现一条河流拦住逃路。他奔到岸边悬崖上。回头一看，蓝龙四人已追到悬崖下，从三方将他围住。

四人瞧见何野风和何莹在殷独啸手里，不敢轻举妄动，便想用话先将殷独啸稳住，再做打算。张去病听见蓝龙等人向殷独啸喊话，借岩石和树木遮掩悄悄向殷独啸潜行过去。顺手抓起一块石子握在手中，以备救人时用。

忽听殷独啸道："童三界，你是害死我爹的帮凶，老子还没找你算账，你别他妈胡说八道！我爹若不是被何野风老贼废去武功，他怎会气死？老子今日非宰这老贼不可！"

白无极道："殷独啸，你已无路可逃。你杀教主也难逃一死！何不放下教主，咱们放你一条生路？"

金如尘道："殷独啸，你合计合计，就算你杀了教主，我们杀了你，你也吃大亏啦！教主一命，换了你爹你娘同你三条命，你太不值！还不如听白兄之言，两不伤害，你走你的，咱们做个不赔本的买卖如何？"

殷独啸哈哈大笑，道："你四人以为我被这条河挡住，便无路可走吗？哈哈，老子从小生长在南海子午岛上，水下功夫好极！大海尚且不惧，这条河算得了什么？你们想杀我那是做梦！"说罢，举起手掌朝何野风头顶拍落。

张去病忙将手中石子弹出。殷独啸听见破空声响，手臂微偏躲过飞石，手掌继续拍下。忽听嗖嗖几声，蓝龙打出飞刀、金如尘打出袖箭、童三界打出玄碧针、白无极打出铁蒺藜。四件暗器飞袭殷独啸的面门、前胸、两臂、双腿。危急之中，殷

775

独啸身子疾蹲，飞起一脚将何野风踢下悬崖，左手穴位却被击中，手臂一软，何莹坠落崖上。危急之下他顾不得女儿，纵身跳入波涛汹涌的河流中。

张去病和蓝龙四人见何野风被踢下河去，疾冲到崖上，只见何野风的身子飞速坠下河面。殷独啸却似过江之鱼，迅捷朝对岸游去。蓝龙脱口叫声："教主性命休矣！"

叫声未了，忽然见何野风的身子突然往旁斜飞。五人大吃一惊，注目一看，见何野风被吊在一根钓鱼线上。忽听一个苍老的声音道："哈哈，今日运气好，钓到一条好大的鱼！"

五人低头往崖下一看，只见崖下石头上坐着个渔翁，正挥动鱼竿从河面上将何野风钓上来。那鱼竿是一根寻常竹子，小酒杯般粗细，鱼线却有铁钉粗。何野风体重不下一百斤，急速下坠，重量大增，却被那鱼竿和鱼线钓住，若不是渔翁将惊人内力注入鱼竿和鱼线上，力道拿捏得妙到巅毫，焉能在千钧一发之际将人钓起？

那渔翁站起身子，举着鱼竿转身走上崖来，令五人看得目瞪口呆。五人皆自忖：倘是自己用这鱼竿和鱼线救起何野风，要使鱼竿和鱼线不断，无论如何做不到！五人情知遇到高人，看见渔翁走上岸来，蓝龙忙上前躬身施礼道："谢谢前辈出手救人！"

那渔翁白发童颜，容貌俊雅，一部银白胡子飘散胸前。他凝目看看五人，却不答话。将手中鱼竿一荡，鱼线便在何野风身上缠绕几圈，再把将鱼竿往肩上一扛，转身就走。何野风被吊在鱼竿上，晃晃悠悠如同假人一般，那情形甚是怪异。

张去病把何莹抱到一旁，对柳语和秦准叫道："语儿、秦淮，你们快来照料何莹！"二女听见叫声忙跑下山坳。

童三界急喝道："老先生站住，请放下咱们教主！"渔翁不理，突然加快脚步，蓝龙五人急忙快步跟上。白无极做个出手势，暗示蓝龙动手。蓝龙摇了摇头，指指何野风，示意何野风在渔翁手上不可妄动。金如尘将手一圈，做个包围渔翁手势。蓝龙点点头，对张去病和白无极使个眼色，示意二人冲到前面将渔翁拦住。

张去病和白无极二人疾步往前冲，岂料那渔翁仿佛脑后长有眼睛，亦发力往前疾行。张去病和白无极自信轻功数一数二，心想你扛着人还快得过我俩？二人发力再冲，渔翁亦向前疾冲，身子离张去病和白无极二十余丈远，两人仍无法接近他。

这一下，张去病和白无极心中骇异，渔翁扛着何野风，他俩空着手追不上渔翁，天下竟然还有比他俩轻功更高之人？二人心下讶异，却不信追不上渔翁，便各展神功奋起直追。渔翁仿佛知道他俩心思，脚下先提速向前疾冲。一时间三人风驰电掣般奔行起来。蓝龙、金如尘、童三界的轻功不及二人，远跟在后面。

张去病和白无极一口气追赶二里多路，张去病接近那渔翁一丈，白无极却被张去病挪下一丈。再追出二里地，张去病又近那渔翁一丈，白无极却被张去病挪下两丈远。张去病在渔翁背后紧追，看见渔翁在前面衣袖飘飘，步履高逸，一迈步便跨出竟达丈远。暗自寻思自己两手空空才渐渐追近他，他若是空手，我只怕追不上他！此人究竟是谁，怎会有如此惊人功夫！我只说学成了《九宫伏魔经》功夫足以傲视群雄。殊不知，山野里一个渔翁都如此了得！当年师父对我说世间天外有天，人外有人，嘱咐我不可恃功自傲，实是至理明言！如此一想，他顿时收起逞强之念，注意看那渔翁的轻功身法。

白无极和蓝龙等人在后追赶，越追越惊，四人同是一念头：在我教眼皮底下，竟藏有这等大高手，我们居然一无所知！四人瞧见张去病尾随渔翁追过一座高岩，便不见了踪影。白无极忙追上去，见岩后是一个山谷。谷内左面一片竹林；右面一片梅林。一座土台上有五株青松，松下五间茅屋前摆着一张桌子几把藤椅。张去病站在梅林前观望那几间茅屋，却不见渔翁踪影。

白无极奔到张去病身旁，道："张公子，那人哪里去了？"

张去病道："他穿过梅林进茅屋中去了！"蓝龙三人追到近前，听张去病如此一说，金如尘忙道："张公子为何不追？"

张去病往旁一指，道："你们看这儿。"四人回眸一看，只见梅林左下方竖着块牌子上写道："吾爱清静，不喜纷扰。来人却步，莫寻烦恼。如不听告，回去不了！"

童三界看罢那木牌，道："此人躲在这儿不愿见人，原来是位隐士。咱们来寻教主，焉能止步？"

白无极道："你我纵横江湖，若让这小块木牌吓得驻足不前，岂不叫人笑话？"

蓝龙道："童兄、白兄，话虽如此，但教主在此人手上，咱们不可莽撞行事。待我以礼求见！"说罢，朝那茅屋朗声道，"蓝龙、金如尘、白无极、童三界和张去病公子冒昧打扰老先生清修，前来求见！"

他连喊几声，茅屋里毫无动静。又等了一会儿，还是不见动静。

金如尘道："这人不知是敌是友，他将教主救来，也不知是何企图，咱们不可耽误工夫，快闯进茅屋去救出教主！"

张去病道："他不理咱们，也只得如此了！"蓝龙点头道："走！"

五人钻进梅林，朝茅屋走去。梅林不大，约占三亩地。五人一进林内，只见薄雾缭绕枝头，天光晦暗，四下变得朦朦胧胧起来。五人在林里走了一阵，老走不出林外去，不禁心感蹊跷。

白无极道："这梅林有些古怪！咱们分明看得见林外那几间茅屋，为何走不出这林子？"

张去病道："是啊，怎走不出去呢？咱们换个方向走试试！"五人转过身欲往右边走，却不禁一愣，只见那几间茅屋出现在右边梅林外面。

白无极惊诧道："茅屋怎会搬到这方来了？"童三界道："茅屋会挪动方向，这可奇了！咱们再换个方向看看！"五人转身向林子左边，那几间茅屋又出现在梅林外。

金如尘道："这事儿有点邪门，咱们往后转瞧瞧。"五人转身往后方看，同样见到那几间茅屋在梅林外，不由得傻了眼。四方向都能见到茅屋，他们有些晕头转向，一时分不清东西南北。蓝龙抬头望望梅林上空，道："咱们跃上梅林便能看清真假，踏着林冠到茅屋前去！"

张去病道："蓝大哥，好主意！"说罢纵身跃起，蓝龙和三大摩尼也跟着纵身上跃。那梅林不过二丈多高，五人只道轻轻一跃便能站上林梢。岂料他们往上一跃，梅林跟着迅速上长，他们上跃多高，那林子便上长多高！五人大吃一惊坠回地上。

白无极惊骇道："这可邪门了！"张去病突然想起进入"九宫伏魔石阵"内，瞧见巨石乱飞的幻景，恍然大悟道："蓝大哥，咱们被困在奇门遁术迷阵中了！"

蓝龙道："怪不得，从四方都见到茅屋，这林子还会随着咱们跃起往上长！"

童三界道："咱们再跃，林子如再跟着长高，便出掌摧毁它冲出去！"

蓝龙摇头道："此法不妥。咱们看见林子长高是幻象，倘若在这幻象背后，那渔翁隐藏着厉害后招，咱们冒失出手反倒吃亏！"

白无极道："蓝兄，面前这梅林不是幻象，咱们从林中打出一条路便可去那茅屋。"

金如尘摇头道："这也不成。连茅屋真正在哪一方，咱们都给弄糊涂了。若是打错方向，岂不是白费力气？"

童三界怒道："白费力气就白费力气，咱们干脆把这片梅林全毁了，不信就走不到那茅屋前去！"

蓝龙摇头道："童兄，千万毁不得！毁林惹恼此人，他若对教主下毒手，咱们可就闯了大祸！"

五人正不知如何是好，便在此时见茅屋内走出两个童子，一人捧着一具深褐色古琴，一人端着一套青瓷茶具。二人走到桌前放下古琴和茶具，一个童子往茶杯里沏茶，另一个童子又转身进屋，从屋里拿来一个小香炉摆在桌上，点燃香插在香炉内，香炉顿时冒出袅袅青烟，两个童子分站两旁垂手立候。

见此情景，蓝龙等人忙注目观望。不大一会儿，只见屋内走出一个身材清瘦的老先生，年逾七旬，身穿月白色长衫，长髯齐胸，鹤发童颜，手执一把折扇。蓝龙五人一看，正是刚才救走何野风的渔翁。

那老先生走到桌旁将扇子放在桌上，手伸进桌旁一个铜盆内略洗一下，便在桌前坐下。两个童子悄悄退去。老先生在桌前默坐一会儿，才将双手抚上古琴。只听叮咚叮咚声响起，琴声轻灵脱俗，飘逸高邈，几个转折飞向云霄。曲调超凡绝尘，清丽动听，犹似一股清泉涓涓流进蓝龙等五人心里。霎时间，五人都感到说不出的喜悦和冲动，直想跟着那琴声引颈高歌。

便在此时，忽听那老先生唱道：

> 天地为炉兮，
> 造化为工；
> 阴阳为炭兮，
> 日月为铜。
> 芸芸众生兮，
> 千古过客；
> 纷争不息兮，
> 幻梦如风！

听见歌声，张去病情不自禁想跟着唱。可他听不清老先生的口音，不知歌词是什么。蓝龙、金如尘、白无极、童三界听得懂老先生口音，都情不自禁跟着那老先生唱起来："天地为炉兮，造化为工；阴阳为炭兮，日月为铜。芸芸众生兮，千古过客；纷争不息兮，幻梦如风！"

张去病听得清蓝龙四人的口音，正要跟着四人唱。一回眸却发现四人有些不对头。只见四人才歌唱几句便都前额冒汗，头顶冒起一团白气，唱这歌似乎耗费他们内力。又听老先生唱道：

> 幻梦如风兮，
> 了无影踪。
> 众生纷争兮，
> 无尽无穷！
> 乾坤造物兮，
> 荒诞怪诞。
> 众生迷蒙兮，
> 幻梦无终！

蓝龙四人放声跟着老先生高唱，额头上的汗珠越来越多，犹似蒸汽水珠密密麻麻一片。头上气团越来越浓，越升越高。张去病心下诧异，忙道："蓝大哥，你们怎么啦？"

蓝龙四人仿佛听不见他问话。张去病猛然醒悟那老先生奏琴唱歌，却是在施展一门极厉害音功，蓝龙四人不察都着了他的道儿！老先生内力比蓝龙等人浑厚，他高唱无妨。蓝龙四人高唱内力难以支撑。他又想：为何蓝大哥他们不住嘴呢？难道是他们心神受制，身不由己吗？

见蓝龙四人苦苦支撑，他忙放声吟唱起"禅音十八唱"："南无—阿弥—陀佛！"此时他功力震古铄今，禅音一起，犹如洪钟撞响，漫天舒展开去。蓝龙四人浑身一震清醒过来，立刻停住歌唱，伸手抹去脸上汗珠都叫道："好险！好险！"

便在此时，老先生歌声忽然变得沉抑顿挫，缠绵低唱。白无极和童三界功力稍逊，抗拒不住歌声诱惑，又跟着唱起来。金如尘见状忙张口发出"玄秘心音"。心音细如一道蚕丝将老先生歌声紧紧缠住。张去病的"禅音十八唱"如厚厚帷幔盖在老先生歌声上。

忽听一阵铮铮急响，琴声曲调突然变得高亢激越，老先生歌声高到极致，冲出禅音和心音纠缠，几个转折直上云霄，白无极和童三界跟着唱得声嘶力竭，满面通红，胸前衣衫汗湿一片。蓝龙见状大急，欲出手点白无极和童三界穴道，止住二人歌唱，又恐二人岔气走火入魔。

忽听张去病的禅音扶摇直上，宛如大片云霞布满天宇，一下将老先生歌声盖住。接着又听见啪啪啪几声爆响，老先生歌声戛然而止。白无极和童三界亦停住歌唱，二人喘息不已，心下大骇。童三界想开口大骂，转念一想，却又怪不得那老先生。别人自个儿弹琴唱歌，没有叫自己跟着他唱。自己功力不及被诱惑跟唱，这又怨得着谁？

老先生从桌前站起身来，拱手呵呵笑道："有高人驾临寒舍，未曾远迎，老朽失礼了！"又道，"九风，去请客人过来喝杯茶吧。"

一个童子从茅屋走出来，躬身道："是，主人。"只听一阵树叶响动，片刻之间那叫九风的童子拨开树枝走来，道："几位贵客，我家主人有请。"

蓝龙忙道："谢谢你家主人。"九风道："贵客请随我来。"九风转身带路，五人跟随他在梅林里转了几转，才走到那茅屋前。老先生见五人走上高台，将手一摆道："几位贵客请坐。"蓝龙道："叨扰先生了！"

待五人落坐椅上，老先生又道："十缘，给客人上茶。"另一个童子端来茶盘，分别为五人沏茶后，又退到一旁。

蓝龙拱手道："在下蓝龙、金如尘、白无极、童三界和张去病公子擅闯贵舍，打扰前辈清修，乞请前辈恕罪！"

老先生道："老朽窝居玉泉山下，久闻蓝左王和几位大摩尼之名如雷贯耳，今日得见，三生有幸！"

他转头看着张去病，又道："这位少年英雄定是张公子了。适才你吟唱禅音，同老朽的《大梦歌》和韵，竟然将老朽琴弦震断，公子功力可是了得啊！"

张去病忙道："晚辈鲁莽，望前辈勿怪。适才前辈肩负何教主奔行，晚辈空手都追不上，晚辈这点功力，比起前辈来望尘莫及！"

老先生笑道："老朽年迈，功夫不成了！刚才若是再奔一程，老朽便要被公子追上了，后生可畏啊！"

蓝龙道："谢谢老先生出手救我们教主，请受我等一拜！"说罢，五人站起来朝老先生躬身施礼。

老先生忙还礼，道："何教主同老朽有缘，诸位不用客气。"

蓝龙又道："望先生请出何教主，我们接他老人家回摩尼岩去。"

老先生点下头，对两个童子道："九风、十缘，你们去扶何教主出来。"两个童子转身走进茅屋。

老先生忽然站起身来对张去病道："张公子，此次各门派前来围剿摩尼教，老朽在摩尼岩上瞧见公子义薄云天，武功超群，奋不顾身化解一场武林浩劫，实在功德无量，请受老朽一礼！"说罢，长揖到地。

张去病大惊，忙起身还礼，道："前辈折煞晚辈了！"便在此时，两个童子扶着何野风走出屋来，蓝龙、金如尘、白无极、童三界四人一见何野风，忙拜倒地上。

蓝龙哽咽道："属下参见教主！属下等人无能，未能识破殷独啸奸贼诡计，让您老人家在圣宫内受苦十年，请教主重罚属下！"

金如尘、白无极、童三界亦齐声道："请教主重罚属下！"

何野风长叹一声，道："老夫只道今生再见不着你们了，没想到老夫命不该绝，咱们还能相见，你们当高兴才是。此事怪不得你们，该是老夫命中有此一劫，你们都起来吧！"四人站起身来，抹去眼角的泪珠，看见何野风容颜枯槁，苍老虚弱，不禁又一阵心酸。

张去病躬身道："老爷子，殷独啸篡位阴谋，被蓝左王和几位大摩尼挫败了。那厮已仓皇逃走，你老人家可以放心了。"

何野风道："张去病，你在摩尼岩上之事，这位林老先生都对我讲了。林先生是世外高人中的高人，极难夸奖人，这一次他可夸你啦！"

张去病脸一红，道："谢谢林老前辈，去病实不敢当！"

何野风望着张去病，又道："张去病，你将老夫救出圣宫，又阻止殷独啸奸贼篡夺教主之位，还化解各派对我教的围剿，救了我教上千人性命。这恩德太大，老夫可不知如何谢你啦！"

张去病忙道："老爷子过奖了！此次赶走殷独啸，全是蓝龙大哥、房森前辈和四大摩尼他们的功劳，去病没出多少力。再说老爷子传授我'日月双环神功'，那便是天大恩惠。去病为老爷子办点事，理所应该，你老人家不用谢我！"

何野风道："谢，自然是要谢的，不过我得求林老先生相助了！"

张去病不明其意，忙道："老爷子，林老前辈，去病真的不要什么谢！"

何野风道："张公子，你可知林老先生是何人？"张去病摇摇头。

何野风又问道："蓝龙、金如尘、白无极、童三界，你们可知林老先生是何人？"四人也都摇摇头一脸茫然。

何野风道："当年武林中人给老夫脸上贴金，说什么我武功天下第一，我哪配得上这称号啊？今日老夫告诉你们，若论武功，这位林老先生才是天下第一人！"

五人听得心头大震。武林中都说何野风武功天下第一，人人提到他无不心生敬畏。他却称这位林老先生武功天下第一，自愧不如，这林老先生究竟是什么人？

林老先生忙道："何兄自谦，谬赞老朽了。我乃山野村翁，何敢言武功第一？"

何野风从桌上拿起那把折扇，慢慢展开，扇面上出现一个身着红色衣裙妙龄美女，脚踩祥云衣带飘逸，玉臂挥动，撒下五彩缤纷花朵，却是一幅天女散花图。

何野风道："数百年前，我教风云龙祖师在少林寺同达摩祖师和寇谦之道长比试武功，后来被一位世外高人，用一把扇子施展《鬼谷散花谱》神功，将那场武林恶斗巧妙化解。这便是那把天女散花宝扇。你们面前这位林老先生，便是那世外高人林无眠的玄孙，是那《鬼谷散花谱》武功传人！"

张去病和蓝龙等人听说过林无眠化解三教主比武逸事，此时一听林老先生便是《鬼谷散花谱》的传人，顿时肃然崇敬，回眸去看林老先生。

林老先生笑道："林某祖上那点陈年旧事，何兄还提它做甚？什么第一第二，哈哈那全是高天浮云，转眼即逝！"

何野风道："兄弟提说此事，非是看重俗名，是要让张公子知道，不可因摩尼岩上一战扬名天下，便得意自满，不思锐进。武学之道永无止境，须得精进不息，方能大成！"

林老先生点头道："何兄说得极是。张公子，何教主对你寄予厚望啊！"

何野风又道："林兄，你在摩尼岩上见过张公子人品和武功，请瞧在我俩几十年的交情上，指点他一二，成全我答谢这位小兄弟的一点心愿！"

林老先生捋白胡须，沉吟道："张公子如此年轻，身负'太极阴阳掌'、《九宫伏魔经》和'日月双环神功'三大绝学，武功已达化境。武学之道，无须老朽多嘴指点。老朽想知，公子学得这一身傲视武林的本领，日后做何打算？"

张去病道："晚辈身负国恨家仇。此地事了，晚辈便去临安城找秦桧老贼报仇！"

林老先生道："报仇之后呢？公子又做何打算？"

张去病道："报仇之后，我继承外公和父亲遗志，从军杀敌，驱逐金兵，收复大宋山河！"

林老先生听罢，叹道："公子一番报国豪情，令人好生钦佩！只是……只是……唉！"

张去病见林老先生欲言又止，忙道："老前辈有何教诲，不必多虑。请不吝指教，晚辈感激不尽！"

林老先生犹豫一会儿，才道："那好，老朽便直言。不过公子听了可别泄气。唉，只是可惜公子生不逢时，只怕壮志难酬！"

张去病一怔，道："前辈说我生不逢时，壮志难酬，是说当今皇上不聪，秦桧奸贼当道，我不能遂愿吗？"

林老先生点头道："这只是其一。"张去病心想：这只是其一，那其二又是什么？忙问道："晚辈愚钝，请前辈明示。"

林老先生道："老朽山野之人，见识浅陋，我姑且妄言之，公子姑且听之。老朽说公子生不逢时，那其二，是地利不给公子报国之便！"众人听了一愣，不知文士此言何指，都凝神聆听他讲下去。

林老先生道："凡举大事业者，须得天时、地利、人和相助，方能成就宏业。三国之时，吴魏赤壁大战，那周瑜趁东风大作之际用火攻曹军，杀败曹操，孺子一举成名，从此奠定吴、魏鼎立的局面。赤壁一战，天时起了极大作用，是以唐人杜牧作诗吟道：'东风不与周郎便，铜雀春深锁二乔。'

"这是说，倘若当时不刮东风，周瑜便无法用火攻曹军，只怕江东美人大乔、小乔都要被曹操掳去了。可见天时、地利、人和对成就大事之人是何其重要！但老朽说的地利，并非指山川河流地势之利，乃是指中国国脉所在之利！"

张去病不解，忙问道："前辈，什么是中国国脉所在之利？"

林老先生道："中国国脉，便是统一中国的风水之脉。这国脉所在地之利，便是国脉龙头所在之方位。老朽观中国风水，瞧出中国国脉龙头在北方，不在南方。你们瞧中国有两条龙脉，一条是黄河，一条是长江。可是这两条江河源头都在北方，不在南方。它们源头所在的北方，便是中国国脉龙头所在之地。"

蓝龙道："请问林老先生，国脉龙头在北方，不在南方，这同统一中国有什么关联呢？"

林老先生道："关联可大着啦！你们想想，上古时轩辕黄帝一统江山，是从北方起事，还是从南方起事？"

金如尘道："是从北方起事。"

林老先生又道："你们再想想，那商朝、周朝、秦朝、汉朝的开国帝王统一中国，三国时司马炎统一中国，隋唐开国皇帝统一中国，大宋朝太祖皇帝统一中国，他们是从北方挥师统一南方，还是从南方统一北方？"

经林老先生这么一问，众人顿时想起，历朝开国帝王皆是从北方起兵，然后挥师南下统一中国的，没有一例是从南方发兵统一全国的。

张去病惊异道："奇了，这些朝代无一例外，都是从北方率军统一中国的。老先生，这令人好生奇怪！"

林老先生点头道："对啊，咱不说远古，只说秦始皇从西北发兵直下关中，横扫六国，便统一天下。楚汉相争时，那刘邦封汉王，都城在北方陕西汉中。项羽楚国都城在南方徐州。刘邦军力本不及项羽，但他明修栈道暗度陈仓，从北方发兵同项羽争夺天下，终于打败项羽统一中国建立汉朝。

"那三国时，魏、蜀、吴三国鼎立，司马氏从北方先发兵南下，灭掉蜀国和吴国，得以统一天下建立晋朝。对这段历史，唐朝人刘禹锡还有诗吟道：'王濬楼船下益州，金陵王气黯然收。千寻铁锁沉江底，一片降幡出石头。'

"此后，隋朝开国皇帝杨坚取代北周发兵南下，又统一了中国。唐高祖李渊也是在北方起兵挥戈南下，扫除群雄统一中国的。咱们大宋朝，不也是从北方统一南方的吗？自古以来，哪一朝开国皇帝成就统一中国帝业，都是由北方统一南方的。你们知道这是为何？"

张去病五人都摇摇头。林老先生道："这便是因为，中国国脉龙头在北方。帝王要一统中国，非要揽住中国巨龙的龙头不可！若不揽住龙头，去揽龙腰龙尾，那只能割据一方，称王称帝一时，不能统一中国。中国有过多次内乱，出现过若干小国，你们可曾见过有哪一个南方小国统一中国的吗？"张去病等人又摇摇头。

林老先生道："这就是了。南方诸国地处龙身，揽不住中国巨龙的龙头，如何统一得了全国？是以在老朽看来，统一中国有一个定律，那就是举大事者，必须占据国脉龙头，不能占据龙身龙尾！"

张去病不解问道："去病请教前辈，这国脉，与去病杀敌救国，有什么相关呢？"

林老先生道："相关可大哩！大宋朝立国，本来定都北方卞京城，揽住了国脉龙头，才统一南方山河。可是靖康年间，金兵来犯，朝廷将国都迁到南方临安城，退至龙腰，大宋朝要想再统一中国山河，唉唉，只怕不成了！

"如今的形势，同东晋相似。当年晋朝遭乱，国都由北方迁到南方建康，那情形同今日大宋一样！东晋王朝偏安南方揽不住龙头，不但未能重整山河，最终反倒灭亡了！今日公子所处的地利，犹似东晋之势，公子欲上阵杀敌，驱逐金兵，收复大宋山河，这地利不给公子之便，只怕你壮志难酬啊！"

张去病听得心头大震。但他想不明白一事：为什么林老先生的国脉说，不能有例外？难道国都在南方，历史上没有统一全国的先例，如今也不能破这个例吗？难道大宋定都临安，没揽住国脉龙头，就真的不能再统一中国了吗？他很不甘心。忙问道："请问前辈，为何国都在南方，不占国脉地利，便不能一统中国？这……究竟是为什么啊？"

林老先生叹口气道："从风水上说，此乃气势使然也！咱们中国北高南低，滔滔黄河，滚滚长江都由北至南而下，一泄千里。此势，乃地成也，非人力能逆转！朔风南吹，南国一夜之间冰天雪地，山河变色。此势，乃天成也，亦非人力能逆转！此乃中国气与势之格局。故北方之势，能直驭南方，北方之气能纵贯南方，而南方之气与势却无力纵贯北方。

"从物华上说，北方物资匮乏，天灾频仍，故将北人磨炼得吃苦耐劳，求生求变，凶猛彪悍，英勇善战。而南方物华富饶，南方人生活较为安稳，大都守成成习，故南方人文弱纤小，又怎敌得过北方虎狼之师？你们看大宋都城南迁临安后，朝廷染上享乐之风，醉生梦死，苟且偷安，不思进取，哪里还有一点君临天下，统一中国的气象？

"何况大宋立国之策，是修文偃武，尚武精神久失，又怎能战胜北方强敌？你们瞧那金国人和蒙古人，一个在寒苦东北，一个在贫乏的西北，如今不都成了虎狼之师吗？这同当年地处西北贫瘠之壤的秦人，如出一辙啊！"

林老先生讲到此处顿了一顿，又叹道："撇开风水物华、北人南人积习不说，就国脉神髓而言，北方是我华夏文化根系所在，是国脉龙头大脑所在。你们想想北方出过多少圣贤，出过多少雄才大略的帝王，出过多少名臣名将？便拿张公子外祖岳元帅来说，不也是北方人吗？国都在南方，朝廷不能揽住国脉龙头，大宋便无法再统一中国。唉，张公子，这便叫势之所致，气数使然呀！"

张去病听罢，犹似当头被泼了一盆冷水，神情黯然。但觉得林老先生思谋深远，毋庸置疑。忙问道："林老先生，人和不利，地利不佳，那么天时助我吗？"

林老先生摇头道："公子也不占天时。"

张去病忙追问道："林老先生，这又是何故呢？"

林老先生道："这只因为，对报国志士来说，天时最佳时期，是王朝建立初期。

纵观中国每个王朝几百年，顶多只能出一两个至多三个雄才大略的皇帝。比如秦朝出一个秦始皇，他荡平六国统一中国。汉朝出高祖刘邦、武帝刘彻、光武帝刘秀三个皇帝使汉朝兴盛一时。隋朝出一个隋文帝再次统一中国。唐朝出高祖李渊、太宗李世民、武则天三个皇帝使大唐出现盛世。这些帝王英明神武，任用贤能，锐意进取，能成就宏图伟业。报国志士生逢他们所在时代，天时极佳，方能实现壮志！"

张去病不解问道："林老先生，除了这些明君圣主时代之外，难道他们之后，天时皆不佳吗？"

林老先生点头道："是啊，皆不佳！"

张去病问道："那又为什么呢？"

林老先生道："只因他们之后，他们儿孙们当皇帝，大都是坐享其成，平庸无能，只图安乐，不思进取，这样便使得志士报国无门，英雄无用武之地。是以秦、汉、隋、唐四朝盛世之后，皆逐渐走向灭亡！"

张去病急问道："我大宋朝也将如此吗？"

林老先生长叹一声道："唉……看来只怕是亦将如此！大宋朝只出一个勉强神武的宋太祖，但他身后几个皇帝却一个比一个不如。待到徽、钦二帝，竟然弄到丢失半个中国的惨境！唉，亡期不远矣！公子怀一腔报国壮志，但你生不逢时呀！"

听林老先生一席话，惊得张去病呆呆发愣。他寻思天不助我，壮志难酬，难道我就不救国救民了吗？当今山河破碎，国难当头，百姓灾难深重，我身为宋人，怎能坐视国难民难不救？我外公、我爹、我舅舅为收复国土，为救百姓于水火，甘愿生死以赴，我怎能无所作为？如此一来，我岂不成了不肖子孙吗？为国家民族大义，明知不可为而为之，方是大丈夫担当！

如此一想，他毅然道："去病谢谢前辈指点迷津。但如今大宋国破家亡，生灵涂炭，去病哪怕无力回天，也要竭力继承我外公和我爹遗志，拯救灾难深重的百姓，拯救国家危亡！常言道谋事在人，成事在天。晚辈尽人力，听天命，但求问心无愧！"

林老先生点头道："老朽刚才说这番话，是瞧见公子这等罕见武学奇才，古今难得，担心公子误入黑暗政治旋涡，像你外祖岳元帅那样被昏君奸臣所害，空洒一腔报国热血，故直言告之。孟子曰：大丈夫'达则兼济天下，穷则独善其身'。公子尽人力而听天命，能济天下，则济；不能济天下，则善其身。如此能进能退，老朽便放心了。"

张去病听罢站起身来，对林老先生恭恭敬敬地施了一礼，道："前辈的这番教诲，令晚辈受益匪浅，我将铭记于心，不敢忘怀！"

何野风道："林兄此番金玉良言，见识高远，老夫听了也大受教益。张公子铭记于心，定会终身受惠！"

他对林老先生拱手道："林兄，今日你救兄弟一命，大恩不言谢。叨扰了，兄弟这就告辞。"

林老先生还礼道："何教主教务在身，老朽不便挽留。此去摩尼岩有条近道，我叫九风为你们带路。"

林老先生唤来九风为何野风带路。在蓝龙等人簇拥下，何野风走下土台，回头又朝林老先生拱手，才跟着九风走进北面一片竹林。

九风带着他们在竹林里转了一大圈，走到谷口一条小道上，向六人施礼告别。六人踏上小道，转过一片树林，忽听一个雅嫩的声音叫道："外公等等！外公等等！"

何野风听出是何莹声音，心中惊喜，驻足看去，只见秦淮和柳语携着何莹奔跑过来。三女奔到近前，何莹扑进何野风的怀里，连声叫道："外公，外公！"

何野风紧紧搂住何莹，颤声道："莹儿，你伤着没有？"

何莹摇头道："没有。外公，我听柳语姐姐说，你被人抓走了，我好为你担心害怕啊！"

何野风眼睛里泪花滚动，在何莹的小脸上亲了一口，道："好莹儿，别担心，外公好好的没事。"

张去病看见柳语和秦淮，高兴道："语儿、秦淮，你们怎会追来了？"

柳语道："我俩瞧见你们去追那渔翁，便带着何莹妹妹在你们身后追来。你们跑得太快，我们追了一会儿，不见了你们的踪影。我和秦淮妹妹还以为找不着你们了，没想到我们刚刚赶到没多会儿，就瞧见你们走过来。"

秦淮道："去病哥哥，那个渔翁老头呢？你们追上他吗？同他打架没有？"

张去病笑道："你这丫头，成天老想着打架！咱们没打架，那位林老先生是何老爷子的朋友，他请我们喝茶哩！"

何野风牵着何莹缓缓而行，向蓝龙等人询问教内之事。秦淮却缠着张去病讲摩尼岩上各派围剿摩尼教情形。一行人边走边说，走了半个时辰来到一个小镇上。

这是玉泉山后一个镇子，镇上街道不宽，行人熙熙攘攘，两旁摆满货摊，商贩站在摊子前大声吆喝，叫卖各种货物和吃食。何野风指指街上小摊，弯腰低头问何莹，道："莹儿，你想要什么东西，外公给你买。"

何莹看看两旁摊子，指着街对面一个胡人的摊子道："外公，我要吃葡萄干。"何野风牵着何莹朝那摊子走去，刚走得几步，忽见一女子疾步走来，扑通一声在他面前跪下，挡住祖孙两人的道。

何莹惊叫一声"娘！"扑到那妇人身上。妇人正是何君茹，她身后站着一人，却是吴艳娇。何君茹跪在何野风面前，身子伏地，面孔埋在何野风脚背上，无声地猛烈抽泣，背上一阵一阵震颤不已。顷刻之间泪水打湿了何野风脚上布鞋。

何莹扑到母亲背上，看见何君茹伏在何野风脚上哭泣，看不见母亲的脸，惊呼道："娘，娘，你怎么了！"呼唤几声，她忽然明白了什么，忙转过身来扑通一声向何野风跪下，大声央求道："外公，外公，我娘错了！莹儿求你别生娘的气，宽恕我娘吧，饶恕我娘吧！"

何野风呆立街心，脸上肌肉一阵阵抽动。一瞬间，惊愕、愤怒、伤心、怜爱、怨恨、痛苦表情在他脸上交替闪现，心里对女儿的爱恨搅乱了他神智。他眼神呆痴望着远方，但胸膛里的一颗心，如同被一只无形的手狂撕狠掐，痛得他面孔渐渐变形，项下长须阵阵颤抖，嘴里却说不出一句话来。

何莹又哀求道："外公，你生气就骂我吧，打我吧！别骂我娘！我娘找你好多年，找不到你，她常常哭得好伤心。娘好想外公，好爱外公。莹儿求外公宽恕娘，别再生娘的气啊！"

何野风呆呆望着空中，神志已乱，任女儿伏在脚背上悲泣，任何莹跪在面前大声哀求。他两眼痴呆，恍如未见。蓝龙、金如尘、白无极、童三界、吴艳娇见此惨状，纷纷跪倒街心，齐声求情道："属下求教主宽恕小姐！"

张去病、柳语、秦淮三人也跟着跪下恳求道："求老爷子原谅何夫人！"

何野风两眼仍直勾勾望着远方，一动不动，犹似一尊石像，对面前众人恳求，仿佛一无所知。围观路人见何野风无动于衷，一人气恼道："小姑娘哀求得如此揪心，大伙如此求情，这老头竟然不为所动，真没见过世上有如此铁石心肠的人！"

忽然间，何野风喉头发出一阵嘀嘀嘀响声，张了张嘴想说什么，却说不出来，满脸肌肉一阵乱颤，浑身痉挛，手足乱抽几下，突然仰天倒下。张去病忙将何野风抱住，见何野风双目紧闭晕了过去。

何君茹见状，惊呼一声"爹！"也昏了过去。何莹急得大哭道："快救我娘！快救我外公！"

吴艳娇急忙从怀里摸出一个小瓷瓶，倒些药水在瓶盖内，先喂入何野风嘴里，又倒出一瓶盖药水喂入何君茹的口中。她收起瓷瓶伸手去为两人把脉，须臾抽回手指。

蓝龙忙问道："吴长老，教主和小姐有碍吗？"

吴艳娇叹口气，摇摇头道："教主当年被殷独啸奸贼下毒伤了五脏，若非他老人家功力深厚无比，只怕早已不在人世。但教主在圣宫内十年饱受仇怨折磨，心神大损。此时年迈体衰，唉，只怕……只怕他老人家所剩日子不多了！"

蓝龙等人听得一凛。吴艳娇又道："小姐刺自己胸膛一刀，虽然没伤到心脏，但失血过多。此时心力衰竭，病情亦危！"

金如尘急道："吴长老，可有法子救教主和小姐？"

吴艳娇叹道："医治教主和小姐之疾，老婆子自会竭尽全力救治。但要医治他们父女的心病，化解他们的怨恨，老婆子便无能为力了。心病不除，仅凭药石的功效，恐怕难救教主和小姐！"

蓝龙道："咱们快送教主和小姐上摩尼岩，再设法救治他们。"说罢，从腰间取出一个爆竹，点燃引线往天上一抛。那爆竹如飞矢射向高空发出一阵尖厉哨音，在高空"砰"的一声炸响。这爆竹是教内联络用的音哨，附近教众看见爆竹升空，听见哨音响，便会依据方位赶来。果然片刻间，便有二十几名白袍汉子奔跑过来，一见蓝龙和三位大摩尼，忙躬身施礼。一人道："蓝左王有何吩咐？"

蓝龙道："烦劳兄弟们，快去找两辆马车，弄两床被子和八匹马来，有急用！"

众人赶紧转身去找车马。没多大工夫，几名白袍汉子牵来八匹马，找来两辆铺着被子的马车，张去病和吴艳娇将何野风和何君茹抱上两辆马车躺下。众人翻身上马，命车夫催马疾驰。

蓝龙等人将何野风和何君茹送上摩尼岩，已是申时。摩尼教众人早已恢复了功力，听说教主归来都聚到摩尼岩上迎接何野风。蓝龙对众人说何野风身染疾病，不便同大伙见面，众人只得遗憾散去。

吃饭时，左右法王、四大摩尼、五尊者、十长老聚在一块，蓝龙对众人讲了何野风的病况，众人听了唏嘘不已。吃罢饭，众人去探视何野风，仍见老人昏睡不醒，只得悄悄退出屋来。等众人来到前厅，张去病向蓝龙等人告别，众人竭力挽留不让他们走。

蓝龙道："小兄弟，你对我教恩同再造，大伙怎能让你匆匆离去？无论如何你得在摩尼岩上盘桓几日。"

房森道："张公子，蓝左王说得对，咱们不能让你匆匆走了！如是让你匆匆走了，只怕教内的兄弟们都不答应，大伙要骂我们啊！你在此多住几日，让大伙对你聊表心意。请给老哥们这点面子，好不好？"

云飞扬看见张去病仍犹豫不决，咳嗽两声，道："叫我看，咳咳，房右王，你们都别强留张公子了。咳咳，张公子出身名门正派，咱们要他在摩尼岩上多留，咳咳，只怕对张公子的名声不大好！"

张去病听出，云飞扬此语犹似说他匆匆离去，是怕同摩尼教人久处，坏了自己名声。忙道："云大摩尼误会了，在下绝无此意！"

金如尘道："白兄、童兄，咱们三人当初都得罪过张公子。张公子是不是还记恨咱们，不愿留在这摩尼岩上？"

童三界忙道："张公子，当年多有冒犯，咱们在此向你赔礼了。你可千万别走，你若走了，教内众兄弟责怪起我们来，唾沫星子只怕要将我们三人淹死哩！"

白无极道："可不是嘛，张公子，你别让老哥挨骂啊！"

张去病一看，众人挽留之词，虽然各不相同，但心却极诚。盛情难却，只得道："小弟恭敬不如从命。"

众人一听皆大欢喜。房森忙叫人给张去病、柳语、秦淮三人安排住处。众人陪着张去病在厅堂聊天，七嘴八舌，询问张去病在天柱峰上如何同殷独啸斗，如何掉下摩天井去，怎么会同何野风在圣宫里相遇，又如何打开圣宫的秘道救出何野风之事。张去病据实道来，众人听得心惊不已，又纷纷大骂殷独啸。

正愤慨间，忽见吴艳娇满脸惊慌走进大厅来，道："蓝左王、房右王，小姐快不行了，你们快去看看！"

蓝龙大惊，忙问道："吴长老，小姐怎么了？"

吴艳娇含泪道："小姐回到摩尼岩上浑身滚烫，发热厉害，脉相微若游丝，神智恍恍惚惚，睡梦中一声声哀求教主宽恕她。我给她服下几种药都不管用，小姐她……只怕熬不过今夜了！"

众人听得大急，房森道："小姐病重，咱们都应该去探望。但男女有别，咱们一群爷们去看小姐，多有不便。蓝左王，你一人代大伙去看望小姐，替咱们问候她好！"

众人知晓蓝龙十多年单身不娶，皆因对何君茹一往情深。房森此言，显然是想让蓝龙单独去见何君茹最后一面，让他俩生死离别，说说心里话，大伙都点了点头。

蓝龙明白房森之意，道："好，我去看看。张公子、柳姑娘、秦姑娘，请你们随我去一趟。何莹同你们熟悉，倘若她娘不测，请公子和两位姑娘暂时照料何莹。"

张去病和二女随蓝龙和吴艳娇走出大厅，穿过一条幽静小径，走到一座小楼前。只听楼里传出何莹的哭唤声："娘，你醒醒！娘，你醒醒！"

吴艳娇闪身冲进小楼。蓝龙和张去病等人也疾步登上楼梯。只见吴艳娇伸手探试何君茹的鼻息，神色稍微缓和下来。张去病一看何莹伏在床头，泪流满面，小手抚摸着娘的脸，嘴里不断呼唤娘醒来。

何君茹面如白纸，双目紧闭，嘴唇无半分血色，鼻翼急速翕动，呼吸短促，显是危在旦夕。张去病想到当年在落霞坪得何君茹许多关照，不禁鼻子一酸，热泪夺眶而出。吴艳娇从床边退下，示意张去病和两位姑娘退开，让蓝龙同何君茹独处，四人便转身下楼去。

蓝龙走到床前，伸手握住何君茹的手，双目凝视何君茹，脸上神情又爱怜又悲痛，双目含泪久久不语。何莹忽觉有水滴到头上，抬头一看，见蓝龙热泪直流。她望着蓝龙悲伤的面孔，又呼唤道："娘醒醒，蓝伯伯看你来了！"

何君茹仍是昏迷不醒。蓝龙凝视何君茹一会儿，才轻声唤道："茹妹，茹妹，我来了！"

蓝龙悲声道："茹妹，这十几年我刻骨铭心地爱着你，无时无刻不思念你！你我虽然未结为夫妻，但我们的心已相拥，情已相融，你早已融进我的心里，融入我的灵魂中，我这一生一世不能没有你啊！茹妹，你……你……不能离我而去啊！当年你我对天盟誓：在天愿作比翼鸟，在地愿为连理枝……你若走了，留下我这只孤鸟无枝可依，无伴可鸣，神魂俱失，我何堪其苦，何堪其苦呀！"

何君茹眼皮忽然颤动几下，眼角溢出两滴泪珠，缓缓睁开眼来，颤声道："龙哥，是你吗……是你来看我吗？"

蓝龙忙道："茹妹，是我，是我来看你！"

何君茹道："龙哥，你来看我，我们这是在梦中相会吗？"

蓝龙握紧何君茹的手，道："茹妹，不是，不是。你瞧，我的手在握着你的手！"

何君茹身子一颤，急将手从蓝龙手掌里抽出，惶惶道："不不，龙哥你别握着我的手！我的手很脏，我的身子已被殷独啸奸贼玷污，莫让我的手弄污了你的手！"

蓝龙道："茹妹，你冰清玉洁，你的心闪着圣洁光辉，没人能玷污你！你莫自责，莫自惭形秽呀。"说罢，又将何君茹的手紧紧握住。

何君茹不再抽回手掌，悲泣道："龙哥，我负你一生，我害了你！这十多年，我悔断肝肠。你，你……却不嫌弃我。你对我的情洁如水晶，直叫我无地自容！我不配，我不配你这般的爱呀！"

蓝龙摇头道："茹妹，不是你有负于我，是你我都中了殷独啸的奸计。你不可为此再伤心自责，莫伤了身子，别再说了……"

何君茹却决然道："不，龙哥，你让我把埋在心头多年的话说出来。我不说出来，我会含恨死去。下到地狱里，我的灵魂都会不得安生！"蓝龙忙闭嘴不语。

何君茹道："龙哥，你别生我的气。这十多年来我躲着你，避着你，不愿见你，对你冷若冰霜，那是因为我心里仍深爱着你，仍日夜思念着你……唉，我本想把冰清玉洁的身子给我最爱的人，可我一时犯糊涂，妒火难抑，铸成不可饶恕的大错，身子被玷污了，永远没法做到了！我怕玷污我的爱人，我只有避开你，躲着你……可我心里又时刻想你，想看见你！每日睁开眼来，我眼前总是浮现你的身影，我总是一遍又一遍回想我们在一起的甜蜜时光，回想你带给我的那些甜美日子，回想你对我说的那些令我心醉的话，回想你身上好闻的气味……唉，这些年，我的心总被相思苦水浸泡着，我的魂儿总是飞得很远很远，总是在千山万水间追寻你，在天上地下跟随着你！

"可我多傻！我却不知你一刻都没离开过我，不知你早化为我生命，化为我灵魂，化为我一生的念想，一生的归依。我却不知，你一时一刻都没离开过我，时时刻刻都和我在一起！龙哥，我说的这些话都是真的。不信你瞧这个……"

说到此处，何君茹忽然掀开被子一角。蓝龙忙问道："茹妹，你要下床吗？"何君茹不语，动手解开胸前衣衫露出雪白胸脯，双乳之间，赫然刺着两个字："龙哥。"

蓝龙一看泪水顿时模糊双眼，一头伏在何君茹胸上，呜咽道："茹妹，你这是何苦，这是何苦啊！"

何君茹轻抚着蓝龙的头，道："龙哥，我辜负你一片深情，害得你大半生形单影只，郁郁寡欢，又害得我爹武功全失，在圣宫受苦十年！我是个罪孽深重的坏女人！我不配你爱，也不值得你爱。可我虽然是个坏女人，可我的心也不能没有爱啊！

"我将你刻在胸上，是想让你的爱，抚慰我这颗破碎的心，支撑我活着找到我爹，支撑我活着将莹儿抚养大。可我心里又清楚知道，我已经不配你爱，永远也不敢奢望再得到你的爱了！龙哥，你赶快忘掉我这个坏女人，将我忘得干干净净！你快找个可心的女子成亲，别为我这罪孽深重的女人误了终身！你能答应我吗，龙哥？"

蓝龙垂泪道："茹妹，我此生不能没有你，更不能忘掉你，就像你不能忘掉我，不能没有我一样。你让我娶别的女子，这件事我做不到，实在无法答应你……"

何君茹大哭道："龙哥，你说得对，我们无论何时都忘不掉自己以命相爱的人！但你若终身不娶，我更觉罪孽深重！我害了我爹，害了龙哥，我害了世上两个最爱我的人，我百死难赎呀……"

蓝龙忙劝慰道："茹妹，快别这么说。吴长老医术神通，定能将你治好。到那时，我定要风风光光娶你为妻！"

何君茹两眼睛忽然一亮，又黯淡下去，道："龙哥，谢谢你要娶我为妻。但今生我若同你结为夫妻，整日同你相对，我会非常自惭形秽，抬不起头，我……无法做你的妻子了。到来世，我一定要做你的妻子！龙哥，咱们一言为定，好吗？"

说时，她手上用力握一握蓝龙的手。蓝龙听得心碎，难过地点点头，也用力一握何君茹的手，道："一言为定。"二人四目相视，一瞬间，仿佛说了千言万语。

两人相视一会儿，何君茹叹口气道："龙哥，谢你来看我，让我得以忏悔我的罪孽。唉，只是我爹，他老人家不肯宽恕我，不让我向他老人家忏悔我的罪过，这叫我的心好痛！下到地狱里我永远都会恨自己！我……"

蓝龙忙道："茹妹，不是的，不是的，不是教主不宽恕你，是他老人家神志不清，才会这样，你别太自责了！"

何君茹垂泪叹道："唉……我将我爹害成这样，我百死难赎自己的罪孽啊！"说到此处，忽然咳嗽几声，一股鲜血流出嘴角。

何莹惊叫一声："娘！"蓝龙忙拉被子盖住何君茹胸脯，叫道："吴长老快上楼来！"

吴艳娇上楼冲到床前，何君茹又昏了过去。一搭何君茹的脉，双眼含泪朝蓝龙摇摇头，低声道："只怕无望了……"

蓝龙心中一酸，忽听何君茹呻吟道："爹爹，女儿不孝，女儿对不起爹，女儿错了！爹，你宽恕女儿吧，女儿求你了，女儿求你了！"

听见何君茹不住哀求何野风宽恕，吴艳娇悲声道："蓝左王，小姐快不行了！想求教主宽恕她，可是教主一直心神恍惚，不知他老人家肯不肯来宽恕小姐！这如何是好？"

蓝龙心如刀绞，还没说话，何莹已哭着奔下楼去。吴艳娇追下楼问道："莹儿，你去哪儿？"

何莹头也不回道："我去请外公来看娘！"

张去病看见何莹哭着跑出小楼，放心不下跟着追了出去，道："何莹，我同你去。"

他跟着何莹跑出小花园，转入一个院子。何莹跑进南面一间大屋内叫道："外公，外公，我娘病得厉害，好想见你，你快去看看她吧！"

张去病跟进屋去，只见何野风靠在一张躺椅上，两眼看着屋顶，神情呆滞，不知在想什么。何莹拉着何野风的手连声央求，何野风恍若未闻。

张去病忙走上前，大声道："老爷子，何夫人病危！她想见您老人家最后一面，求你宽恕她的过错。老爷子，你快去看看何夫人吧，晚了便见不着她了！"

何野风麻木地望张去病和何莹一眼，仿佛不知两人在说什么。张去病急道："老爷子，老爷子，你快去看看何夫人吧，晚了便见不着她了！"

何野风目光移到何莹脸上，突然一把将何莹拉到怀里，喃喃道："君茹，你怎么哭了？乖闺女，谁欺负你了？"

何莹挣出何野风的怀抱，道："外公，我不是我娘。我是何莹，我是你的外孙女！我娘病得厉害，我求你快去看看她！"

何野风一愣，道："你是何莹？你不是君茹？"

何莹道："是啊，我是何莹！我娘病重，我求你快去看看我娘，她是你的女儿啊！"

何野风忽然眼神狂乱怒道："我女儿君茹，是我的心肝宝贝！你娘是害我的贱人，她不是我的女儿！我为何要去看她？我不去！"

何莹哇哇大哭，跪在地上央求道："外公，求求你，莹儿给你磕头，我娘病得很厉害，求求你去看我娘一眼吧！"何野风神情恍惚，两眼呆呆望着屋梁，仿佛成了一个木头人，对何莹的哀求视而不见。

张去病在旁看得不忍，叹道："何莹，你外公神智不清，别求他老人家了。咱们快走吧，不然你见不上娘最后一眼了！"

何莹忽然跳起身来，指着何野风，恨恨道："你，你，你不是我外公！我恨你，恨你！我不认你，我从此不认你是我外公！"说罢，哭着跑出屋去。

何野风看见何莹跑出屋去，忽然从躺椅上站起来急道："君茹乖闺女，你快回来！你别走，别走！"老人才喊得一声，便听何莹在外惊叫道："张哥哥，快来救我！"

张去病一惊，忙纵身子跃出屋去，只见一人抱着何莹纵身跃出院墙外。他忙跟着跃过墙头。见那人钻进长廊回头一望。他一看那人，大吃一惊，竟是殷独啸！

原来殷独啸跳入河里逃走，不见蓝龙等人追来。他游上对岸，在附近找一户农家买身干衣和食物。换了衣衫，吃罢食物，他心中总惦着久别重逢的女儿，想着何莹可爱的小脸，着实叫他难以割舍。十年前，何莹被何君茹带下摩尼岩。他虽然有时会思念女儿，却因教内事情繁多，想一想便置之脑后。此次再见到女儿，亲情大炽。心想女儿一定被蓝龙等人带回了摩尼岩。等到天黑，他又冒险悄悄返回摩尼岩上，欲将何莹带回子午岛去抚养。

他上摩尼岩来东找西寻，找到何野风住的小院里，忽见何莹从屋内哭嚷着跑出来。他又惊又喜，躲在墙角等何莹跑到近前，一把将女儿抱起。何莹吓得大声呼救，他忙抱着何莹越墙逃走。

此时看见张去病追来，他的功力不及张去病，手中又抱着何莹，还没奔出长廊，张去病已追至他身后呼地一掌拍出。他忙反身出掌招架，岂料架了个空，张去病身子一晃已挡住他的去路。

他忙跳出长廊，从旁夺路逃走，张去病一晃身子又将他挡住。他转身再逃，张去病又闪身将他截下。一瞬间，他从四面八方夺路逃走，张去病身快如风，像一堵墙将他挡住。他知逃不脱张去病的纠缠，停住脚步，怒道："小贼，你拦住我做甚？"

张去病道："你放下何莹，我便放你走。"

殷独啸冷笑道："何莹是我女儿，我带走女儿与你何干？你小子管什么闲事！"

张去病道："殷独啸，何莹是你女儿，她也是何夫人的女儿。没有何夫人允许，你休想带走何莹！"

殷独啸怒道："你小子狗拿耗子多管闲事！你再不让道，老子便将何莹一掌毙了，叫何君茹那贱人也得不到她！"

张去病忙道："好，你别伤害何莹，我让你走便是！"殷独啸一转身，不禁倒吸口冷气，只见右法王房森、四大摩尼、五尊者、十大长老、十几位高手站在背后怒视着他。

适才殷独啸同张去病对答，惊动前厅群豪。众人听出是殷独啸的声音，勃然大怒，一齐赶来。殷独啸忌惮张去病不敢分神旁顾，没想到片刻间身后去路已被众人阻住。看眼下阵势，教内十几位高手加上张去病，他便是插翅，也难逃下摩尼岩去了。

心念一闪，他怒喝道："你们仗着人多，要挡我道吗？好，我先一掌将这丫头毙了，再同你们拼个你死我活！"说时，缓缓提起手掌。

房森喝道："住手！殷独啸，你女儿毫无过错，你怎能忍心将她打死？你这厮也忒残忍，比畜生不如！"

殷独啸道："你管不着！我生的女儿，我想打死她，便打死她！除非你们退开，让我下摩尼岩去！"

黑头陀骂道："你这狗贼太不要脸！竟拿自己的女儿当人质，天下有你这种当爹的吗？"

童三界"呸"了一声："黑头陀，这奸贼连当畜生都不配，他配当什么爹！"

殷独啸怒道："再不让道，老子立马将这丫头毙了！"众人担心他狗急跳墙，一时都不敢妄动。

云飞扬咳嗽两声，道："殷独啸，你听我一言。咳咳……何莹是你的女儿，你要带走她，也无不可。倘若她愿意跟你走，咱们便不为难你们父女！咳咳，待我来问问何莹……"

他对何莹道："何莹，你愿跟殷独啸走吗？"何莹急得直摇头。

殷独啸怒道："死丫头，我是你爹，你怎敢不跟老子走？"

何莹哭嚷道："你不是我爹，你快放开我，我要去看我娘！"殷独啸大怒，一掌便要朝何莹头顶拍下。

云飞扬哈哈笑道："好！快将这丫头一掌打死，免得咱们有所顾忌，不好放手宰了你这奸贼！"

殷独啸一听，手掌僵住，他知云飞扬说的是实情，他若打死何莹，众人没了顾忌会一拥而上，他断难幸免。起先，他只想以打死何莹要挟众人放他下山，岂料云飞扬识破了他的心思，反而叫他下手打死何莹。他不由一愣，手掌再也拍不下去。

忽听一阵脚步声响，见云飞扬往旁一望，惊喜呼道："教主，您老人家来啦！"

突然听见何野风到来，殷独啸大为恐惧，忙转头一看，来人却是吴艳娇。便在这一瞬间，忽觉劲风扑面，只见两根手指插向他的双目。他急往后跃，那人比他更快，招式不变，两指跟着直插过来，几乎触到他眼皮。他心下大骇，急忙将头一偏，那人如影随形，二指又戳到他眼皮前。

他一连七八次闪头躲避，那人两根手指总是不离他双目半寸。惊骇之下，他抬右手隔挡对方攻击。那人倏地翻掌架住他手臂，他左手抱着何莹无法还招，那人两指已冷冰冰按到他眼皮上。他闭着两眼不敢再动一动，只觉胸前几处要穴一麻僵立当场，何莹被那人夺去。房森等人欢呼道："张公子好功夫！"

众人见张去病一刹那间擒敌，救人，功夫妙不可言，都不禁大声喝彩。张去病使的这一招，是赵无痕当年在岳飞坟前对付柯金龙的招式，只是使得更快捷无伦，殷独啸分心一刹那，措手不及，便当场被擒。

张去病退到一旁放下何莹，道："云大摩尼急中生智，在下才侥幸得手，不足挂齿！"张去病此言并非谦虚。他一击得手，是云飞扬摸准殷独啸恐惧何野风的心理，巧使疑兵计使殷独啸慌了心神，才被他攻个措手不及。殷独啸一只手抱着何莹，一只手还招，难敌他一身盖世武功。若非如此，他要制住殷独啸至少要斗百招以上。

殷独啸不慎被点穴位，僵立在小径上，气得两眼喷出火来。怒道："张去病小贼，你暗算老子算什么本事？"

金如尘笑道："哈哈，一报还一报！你这奸贼使诡计暗害教主，下毒暗算众兄弟，尽干暗算别人的勾当。对付你这种奸贼就该以牙还牙，叫你尝尝被暗算的滋味，这叫现世报应！"

房森、云飞扬、五尊者、九位长老都被殷独啸下过毒，一听金如尘提起此事，几人顿时怒火中烧。苏远山喝道："殷独啸奸贼，你今日恶贯满盈，老子便是将你大卸八块，也难解心头之恨！"

张敖骂道："狗日的殷独啸，你下毒害老子痛得死去活来。老子一掌毙了你这奸贼！"说着便要上前去击毙殷独啸。

房森忙道："张兄住手，且让他多活片刻！"张敖回头道："这种恶贼，还留着他做甚？"

房森道："这奸贼谋害教主，对众兄弟下毒，使奸计毁灭我教，咱们不能随便打死他，须请教主他老人家亲自发落！"

张敖一听恨恨道："奸贼，暂且留下你这条狗命！"说罢退到一旁。

房森道："来人，用铁链将这奸贼锁了，听候教主处置！"前厅跑来两人将殷独啸拖了下去。房森回头问吴艳娇，道："吴长老，小姐怎么样了？"

吴艳娇啜泣道："小姐处于弥留之际。蓝左王命我来接何莹去，让她母女见上最后一眼！蓝左王还说，请房右王赶紧叫人为小姐准备后事。"

吴艳娇说罢，抱起何莹奔向小楼。众人一听神情黯然。房森忙吩咐人快去前厅准备棺木，设置灵堂。忽然间，小楼上传出一声撕心裂肺号啕声，众人听出是蓝龙的哭声。跟着又传来何莹和吴艳娇的哭声，显是何君茹咽了气。群豪听得心中发酸，不忍再听，纷纷往前厅走去。

张去病快步走进小楼，只见柳语和秦淮泪流满面待在楼下。他上楼一看，何君茹躺在床上双目紧闭，已然断气。何莹伏在何君如胸前不住哭叫："娘！娘！"

见此情景，张去病想起在落霞坪几年，何君茹对他的种种关怀，眼泪哗哗直淌。回眸一看大吃一惊，只见蓝龙昏倒在床头不省人事。

吴艳娇含泪道："张公子，蓝左王哭晕过去，请将他和何莹带下楼去，我好为小姐沐浴更衣。"

张去病抱起蓝龙走到楼下，又叫柳语将何莹抱下楼来。何莹一个劲地哭叫着要娘，秦淮在旁连声安慰。两人抱着何莹走出小楼不住地哄她。张去病将蓝龙靠放到椅上，伸手贴着蓝龙身上的"心命穴"，将真气缓缓输入蓝龙体内。

片刻过去，蓝龙睁开眼来一见张去病，急问道："小兄弟，君茹她醒过来没有？"

张去病红着眼摇摇头，蓝龙两眼一翻又晕过去。张去病再将真气输入蓝龙体内，望着蓝龙憔悴的面容，心想：蓝大哥对何夫人的爱，这世上真是无人能比！唉，只是何夫人误中殷独啸的奸计，害他二人不能终成眷属！

蓝龙再次苏醒，一睁开眼便站起身来，要上楼去看何君茹。张去病忙一把将他拉住，道："蓝大哥暂等一等，吴姥姥在为何夫人更衣。"蓝龙伤心坐下，泪水又夺眶而出。

张去病劝道："蓝大哥，人死不能复生，你别悲伤太甚，恐伤了身子！"

蓝龙忽然咬牙切齿道："殷独啸这奸贼，害得我和君茹好惨！我对天发誓，无论是追到天涯海角，我要手刃这奸贼，为君茹报仇！"

张去病忙道："蓝大哥，你不用追到天涯海角，殷独啸已被擒住，今日你便可为何教主和何夫人报仇了！"

蓝龙睁大眼睛激动问道："真的吗？小兄弟，殷独啸真的被擒获了吗？"

张去病点了点头，将如何擒住殷独啸之事大略说一遍。只说成是云飞扬使巧计，众人合力将殷独啸擒住。

蓝龙听罢扑通跪下，合掌祈祷："摩尼光佛，保佑弟子得报大仇，弟子今生今世感恩不尽！"

忽听吴艳娇在楼上道："蓝左王，我已为小姐换上寿衣，请送小姐到灵堂去吧。"蓝龙快步上楼去，望着何君茹泪水又淌下面颊，他走到床前，弯腰抱起何君茹的遗体。

张去病在楼下，听见蓝龙在楼上喃喃道："茹妹，让龙哥抱抱你。这十多年你总避着我，不让我去看你，不让我与你在一起。你的心太高傲，太圣洁，不愿我俩爱情中掺一粒沙子，不愿让我心头受半分委屈！茹妹，你不应在我面前自惭形秽，不应羞于见我，不应为了我，自己受痛苦煎熬！我蓝龙一个凡夫俗子，不怕什么玷污，不配你为我受这么多苦啊！茹妹，我们相恋时你曾说：'天可灭，地可绝，你我之情不可灭！'这十多年，我们之情一分一秒也没灭。我们深深相爱，却不能相守，我们深深相思，却不能相见，我们深深相望，却不能相拥，这是一种什么样的苦刑呀！

"这苦刑令我的心如火焚，白日黑夜饱受煎熬！只有在梦里，我才能常常抱你、亲你、抚你、看你。只有在梦里，你才同我相亲相爱，才让我对你倾诉我心中无限柔情，吐露我无尽的思念！可是醒来后，我心中却是一阵刻骨悲苦，凄绝惆怅，蚀心痛楚，一夜夜热泪湿枕，一夜夜痛惜到天明！

"茹妹，我知道，你的心比我的心更凄苦、更悲伤。你悲你铸下大错害了你爹，伤害了我，害了两个最爱你的人，你至死都不宽恕自己，才甘愿遭受这么大的苦！此时你走了，卸下心上的重负，龙哥送你到另一个世界去安息，让我抱抱你，好好抱抱你。你到那边世界，我会去寻你。你可别再避着我，躲着我，让我这样永远抱着你，快快活活地在一起，好吗？好吗？"

吴艳娇对蓝龙与何君茹的恋情最为知晓，在旁听得柔肠寸断，轻声道："蓝龙兄弟，别太难过了。小心泪水洒到小姐脸上，坏了小姐的容颜，咱们走吧。"蓝龙点点头，抱着何君茹缓缓下楼，张去病跟在他们后面，三人步履沉重地朝前厅走去。

前厅已挂起白幡，摆下供桌。桌上点燃香烛摆满供品。众人见蓝龙抱着何君茹缓缓走来，房森忙将供桌后棺盖移开，蓝龙将何君茹慢慢放入铺有锦缎的棺内，四下响起一片哀叹声。

张去病在灵堂找柳语和秦淮，不见二女在场，便转身走到灵堂旁花园去找，看见柳语、何莹和秦淮坐在凉亭内，何莹靠在柳语怀里睡着了。

张去病走进亭里，轻声道："何莹睡了？"柳语低声道："她刚睡一会儿，兴许是哭累了。"张去病又道："语儿、秦妹，你们饿不饿？"二女摇摇头。

秦淮道："大哥哥，何夫人死了，蓝左王好伤心。他很爱她是不是？"张去病点点头，道："是啊，蓝大哥极爱何夫人。"

秦淮又道："蓝左王很爱何夫人，为什么不娶她呢？是不是何夫人她不爱蓝左王，蓝左王不好向她提亲？"

张去病道："不是。何夫人她很爱蓝大哥。"秦淮诧异道："他们很相爱，为什么不成亲呢？哎呀，这两人真笨！你们说是不是？"

张去病道："小丫头不许瞎说。让蓝大哥听见，可要教训你了！"秦淮将嘴一撇，道："我才不怕他哩！"

柳语道："秦妹，你才十四岁，大人的事你现在还不懂。长大后，你就知道是怎么回事了。"

忽然传来吴艳娇的声音："何莹，何莹，你在哪儿？快来换上孝衣，为你娘守灵！"听见喊声，何莹身子一颤醒了过来，道："我听见有人喊我！柳姐姐，是我娘喊我吗？"

柳语摇头道："不是你娘，是吴姥姥喊你。"何莹高兴道："是吴姥姥喊我？说不定是我娘醒来了！"说罢一跃而起朝吴艳娇喊声方向跑去。

张去病和二女望着何莹的背影，难过地走出亭子。三人来到灵堂外，见前来吊唁的摩尼教众人肃立在灵堂门口，一个个神情戚然。

只听房森对蓝龙道："蓝兄，小姐不幸去世，咱们得赶快去禀告教主。"

蓝龙犹豫道："这个……教主身子虚弱，神智有时清醒，有时不清醒。我担心他老人家经受不住如此沉重打击，不知该不该去向他老人家禀报。"

金如尘道："依老金看，此事重大，咱们不能不报。但教主身子虚弱，又不可冒然禀报。要不然，咱们等候一两天，等教主精神好些再禀报？"

两位法王、四位大摩尼、五尊者、十大长老都点了点头。岂料便在此时，忽听一个低沉声音在灵堂外唤道："何莹，你跑到哪儿去了？外公到处找你，你别躲着外公！我的宝贝孙女，别不认外公啊！"

众人一听是何野风的声音，都大吃一惊。蓝龙等人急步走出灵堂去迎接何野风。

适才何莹哀求何野风去看何君茹，何野风神志错乱，听不明何莹和张去病的话，无动于衷。何莹恼恨何野风心狠，一声大嚷："我从此不再认你是外公"，却一下将何野风惊醒过来。听何莹说不再认他是外公，又见何莹气得转身跑了，他不明缘由，心想莹儿这丫头怎么了？为何生我的气，为何不认我是外公？他想起身去找何莹，两腿却没力气。他忙运起仅存的一点功力，待到两腿有了劲才走出后院。听见前院人声嘈杂，他一边呼叫何莹，一边朝灵堂找来。蓝龙等人迎出来时，何野风已走到前院门外。群豪忙跪到身前齐声道："属下参见教主，恭迎教主归来！"

忽见众人跪了一地，何野风瞬间记起教主身份，双眉一掀，脸上顿时显出教主威严气度，将手一摆道："大伙都起来吧。"

众人站起身来，何野风目光从两位法王、四大摩尼、五尊者、十大长老等人脸上缓缓扫过，百感交集，长叹一声道："老夫被殷独啸奸贼暗害，深陷圣宫与众位兄弟阔别十年，日日夜夜无不思念你们！老夫只道再也见不着大伙了。没想到得摩尼光佛庇护，咱们兄弟还能重逢相见！唉唉，十年未见，众位兄弟都见老了！"

蓝龙道："属下们也思念教主得紧！"四大摩尼道："教主洪福齐天，经此大难必有后福！"

房森躬身道："教主，属下有件大事，正要向你禀报。"蓝龙以为房森要禀告何君茹去世之事，忙眨眼示意房森别讲。

何野风问道："有何大事？房右王请说。"房森对蓝龙示意视而不见，仍道："禀报教主，咱们已将殷独啸奸贼拿住，请教主处置这奸贼！"蓝龙一听悬着的心才放了下来。

何野风急问道："这奸贼被你们拿住了？他在哪里，快叫人去将他押上来！"房森道："这奸贼被锁在地牢里，属下这就去将他提来！"说罢转身离去。

何野风忽然一声长笑："哈哈哈，天网恢恢疏而不漏！哈哈哈，天网恢恢疏而不漏！"大笑之中，忽见灵堂外挂着的白幡，何野风诧异道："这是哪位兄弟去世了？"

众人听得心头一紧，不知如何回答。蓝龙情知再瞒不过去了，只得上前躬身道："禀报教主，这是……是……小……小姐去世了！"

何野风如被一个霹雳击中，浑身猛然一颤，面孔突然僵住，张大嘴想问什么，嘴唇抖动几下却哑然无声。呆立一瞬，他忽然推开人群，大步冲进灵堂。

他直奔到棺木前，棺盖还未盖上，一见何君茹躺在棺内，他大声疾呼道："君茹！君茹！"连呼数声，不见何君茹有何动静，老人弯下身去要将女儿抱出棺来。蓝龙忙上前拦住，道："教主，小姐已不能复生，你老人家别太悲痛，恐伤了身子！"

何野风神色可怖，大喝道："你快说，君茹是怎么死的？是不是殷独啸那奸贼害死的？你快说！快说！"

蓝龙不敢据实禀报何君茹的种种死因，更不敢说出，何君茹的死与何野风不宽恕女儿有关，只得含泪道："小姐她……正是被那奸贼害死的……"

何野风怒道："君茹是被那奸贼毒死的吗？"说到此游目四望，又喝道，"吴艳娇呢？她在哪里？她为何不救治君茹？"

吴艳娇从人群中跑出，扑通一声跪在何野风面前，哭泣道："教主息怒。属下无能，未能医治好小姐，请教主重罚属下！"

何野风大怒道："老夫只有这么一个女儿，这么一点骨血，你怎么不治好她？凭你的本事又怎会治不好她？你，还有你们……"他环指众人，痛心疾首道，"老夫十年不归，你们定是认定老夫死了，不再是你们教主了，你们便不将君茹放在眼里，不为她救治，是不是？你们这些人，当年老夫待你们不薄啊！蓝龙，你本是流浪孤儿，是老夫收你入教，传你武功，将你养大。房森，你当年身患绝症，被后母抛弃荒野，是老夫带你上摩尼岩为你治好绝症。

"金如尘、白无极，你二人年轻时两次被人围攻身受重伤，是老夫救了你们的命。还有你，吴艳娇，你师兄药王阻止你同丁晚桥的婚事，是老夫将他打败，成全了你们的姻缘！还有你黑头陀、苏远山、顾云亭，你们哪一个没受过老夫的恩惠……你们竟然见我女儿将死不救，让老夫唯一的爱女死去，你们这些人还有天良吗？"

群豪吓得纷纷跪下，齐声道："属下不敢！请教主息怒！"

张去病听得大奇，心想怪不得吴姥姥医术如此高明，原来她是药王的师妹！怪不得在回春谷药王向我打听吴姥姥，称她叫"阿娇"。药王为何阻止吴姥姥同丁长老成亲？是了，定是因丁长老是魔教中人，药王不让吴姥姥嫁他。

又听何野风怒道："吴艳娇，你身为病僧堂长老，不治好小姐，罪不容赦！来人，将吴艳娇绑了，抛下摩天井去！"

众人大惊失色，丁晚桥急忙膝行跪到何野风面前，叩头道："教主息怒，阿娇医治小姐已尽全力。教主若要惩罚她，属下愿代她受罚，请教主宽恕阿娇！"群豪都得过吴艳娇救治，此时见吴艳娇命危，皆为吴艳娇求情道："属下恳求教主宽恕吴长老！"

何野风见众人一齐为吴艳娇求情，气得浑身颤抖。张去病越出人群，正要上前为吴艳娇说情，忽见何莹从人群中钻出冲到何野风面前，大声道："我娘不是吴姥姥害死的，不许你将她抛下摩天井！"

何野风一见何莹，惊道："你娘是谁害死的？莹儿你快说，外公为你娘报仇！"

何莹一指何野风，道："我娘是你害死的！是你害死了我娘！"

何野风怒道："胡说！你娘是我的宝贝女儿，我怎会害死你娘？"蓝龙忙喝道："何莹不许乱说话！"

何莹倔强道："我没乱说话！"又一指何野风，哭诉道，"我娘带我下山找他好多年，上次好不容易找到了他。呜呜，娘向他认错赔罪，他不宽恕我娘，还大骂我娘。骂得我娘好难过，我娘才要用刀刺死自己！

"呜呜，吴姥姥将我娘救活过来，娘又在街上求他宽恕，他就是不宽恕我娘！娘又好难过，她才不想活下去。呜呜，娘咽气之前想得到他宽恕。我去求他到病床前看娘一眼，宽恕我娘，他就是不去看她一眼，不去宽恕我娘！呜呜，是他，就是他害死了我娘！"

俗话说童言无忌。何莹这番话使何野风清醒几分。他依稀记起自己一再不宽恕女儿之事，胸膛起伏不定，呆呆看着棺内的女儿，两行浊泪如断线珠子滚出眼窝，脸色变得青紫难看，神情极怕人。

忽然间，一声悲呼震响灵堂："是我害死了我的女儿，是我害死我的女儿！是我丧尽天良，禽兽不如！天哪，虎毒尚不食子，我怎会如此歹毒！我怎会丧心病狂，害死我的亲生骨肉，掐断我唯一的思念，打碎我的掌上明珠，摘去我的心头肉？摩尼光佛啊，我怎会如此疯狂呀！难道是你用怨恨蒙住了我的眼睛，用愤怒毒汁泡黑了我的心？我究竟做下什么罪孽，你要让我害死我的宝贝女儿，如此惩罚我呀？你让我嚼自己的灵魂，咬自己的心肝，你让我拔断我的命根子，变成一具行尸走肉！摩尼光佛啊，你既然夺去我的魂魄，你快用最猛烈的雷霆打死我吧，用最毒烈的地狱之火烧死我吧，求你把我的灵魂抛下最黑暗的地狱中去吧！"

何野风张开双臂大声悲呼，在灵堂里来回走动，一颗心仿佛被痛苦撕裂。他连连摇头，白发乱甩，白须乱颤，悲怆呼号。众人跪在地上，看见他像一头困兽来回乱走，却又冲不出痛苦牢笼，看得又痛心又着急，不知如何使他摆脱这巨大的痛苦。

忽然呼号声骤停，他猛张大嘴，大口鲜血喷出嘴外，身子一软倒在棺木旁。众人大惊，忙站起身来拥上前去。吴艳娇抢到何野风面前，扶他靠着棺坐下，伸出二指探何野风的脉搏。把一会儿脉，吴艳娇悲戚道："教主是悲痛过度，伤了心脉！"

众人急道："吴长老，你快想法子救救教主！"

吴艳娇道："待我先用银针护住他的心脉。"说时从腰间布袋内取出两根锃亮银针。众人怕扰她心神，忙退后开去。吴艳娇掀起何野风的衣衫，将一根银针扎入他右肋骨稍处的"章门穴"，此穴为人之气囊。再将另一根针扎入他腰椎下的"命门穴"，然后小心翼翼轻捻针头。捻转一会儿银针吴艳娇停下手来，又取出一个小铁盒打开盖子，用指甲从盒内取一些药粉抹进何野风鼻孔里。

蓝龙一脸悲伤，低声问吴艳娇，道："吴长老，教主有救吗？"吴艳娇摆了摆头，含泪道："小姐去世对教主打击太大，他老人家已到了油尽灯灭之境，我只能为他老人家续命片刻。"

过得一会儿，只见何野风手指一抖，紧闭的嘴张开来，缓缓吐出一口浊气，眉头动了动。又过一会儿眼皮跳动几下，两眼才睁开来。他慢慢转动眼珠往左右看，目光散乱而呆滞。众人不知他想看什么，视线都跟着他的目光转动，何野风的目光落到何莹的脸上便不再移动。

忽然他一欠身，一把将何莹搂在怀里，惊喜万状道："君茹，你还活着吗？爹刚才做个噩梦，梦见你死了，爹好生难过！哈，刚才是做个梦，不是真的，你没有死！嘀嘀，你不知道，那个梦吓死爹了！"

他转头对众人大声说道："你们看，你们看，我的乖闺女，我的掌上明珠，我的心头肉，她没死！她还活着！她还活着！"

见此情景，众人知何野风又神志不清了，看得心都碎了，直觉喉头发哽，个个都不敢出声。何莹忽被何野风抱住，心里害怕，身子动了一下，欲挣出何野风的搂抱。

吴艳娇忙道："何莹，吴姥姥求你，千万别动！"

何莹只得忍住惊慌，让何野风紧紧搂着。何野风伸手抚摸何莹小脸，喃喃道："乖女儿，我的乖女儿，爹十年不见你，每日朝思暮想你，这些年你都到哪里去了？你瞧你瞧，脸上一点血色也没有！你一定是在外受苦了，叫爹好心痛！"

"我的宝贝女儿，你娘生你时难产不幸死去。是爹用手掌心把你捧大，是爹用嘴将你含大。你常在爹膝上玩耍，扯着爹胡子咯咯欢笑，听见你脆嫩的笑声，爹好快活，好高兴……"说到这里，何野风脸上露出千般慈爱。又道，"忽然有一天，爹见不着你了，爹困在圣宫，无法去找你，爹急疯了，气癫了！幸亏爹身上收藏着你的一只小鞋，你瞧，这便是你三岁时穿的鞋！"

何野风说着，从怀里摸出一只绣花小红鞋拿给何莹看。又道："爹每日拿出这只小鞋来看，叫着你的小名，摸它亲它，将它贴在我怀里已有十年！十年中，你知道爹为你流了多少泪吗？你知道爹想你，有多少个晚上瞪着眼睛彻夜不眠吗？呵呵，君茹，我的小宝贝，乖闺女，今日你回到爹的身边，你不许再离开爹半步！你快答应爹！"

何莹记恨何野风不宽恕娘，让娘在悔恨中死去，紧闭小嘴不答应何野风。何野风听不见何莹回答，放开何莹，让她站在面前急催道："乖女儿，你答应爹，快说话啊！"

何野风说罢，眼巴巴地望着何莹的小脸，急迫等她回答。众人见何莹不吱声都很着急。蓝龙忙将何莹拉到一旁，低声道："何莹，快替你娘答应外公！别伤外公的心！"

何莹摇头道："不，我不！他逼死我娘，我不答应他！"吴艳娇过来轻声道：

"何莹听话，乖孩子，快去替你娘答应外公。这是你外公最后的心愿，你不答应他，你长大后，会后悔的！"

何莹仍倔强地摇头道："我不，他逼死我娘，我就不答应他！"柳语忙上前道："何莹，好妹妹，你不答应外公，你娘会伤心，她会生你的气的！"何莹一惊，抬眼望着柳语，怯怯道："柳姐姐，我娘真会伤心，真的会生我的气吗？"

柳语点头道："会的啊！你想想：你是你娘的女儿，你去求外公看你娘，外公不答应你，你不是生外公的气吗？你娘是外公的女儿，你不答应外公的请求，娘也会生你的气啊！"

何莹想了一想，似乎觉得柳语的话有道理，道："好，我不让娘生气，我答应他！"

秦淮忙道："何莹，你过去，要学你娘的声音对外公说：'爹，女儿答应你，女儿再也不离开你了！'你照我的话说一遍试试？"

何莹照秦淮说的话轻声念一遍，转身走到何野风面前，大声道："爹，女儿答应你，女儿再也不离开你了！"

何野风一听何莹说"女儿再也不离开你了"，身子向前一倾两眼大睁，激动万分道："真的吗？宝贝闺女，你真的再不离开爹了吗？"何莹点了点头。

何野风抬头望着众人，哈哈大笑道："你们听见了吗，听见了吗，我女儿答应了！她答应我啦！她答应不离开我啦！哈哈哈……"笑声未绝，身子忽然往后一仰，后脑撞在身后棺木上，胸口抽搐几下便不再动弹。

众人惊得"啊呀"一声，吴艳娇忙伸手在何野风鼻前一探，悲声道："教主他……他老人家归天了！"群豪一齐跪倒在何野风面前，霎时间灵堂里一片哭声。

便在此时，忽听一人惊慌问道："蓝左王，教主他……他老人家怎么了？"

众人一看，房森押着殷独啸来到灵堂，蓝龙悲戚道："教主已仙逝了！"

房森一听忙跪下，伏在地上失声痛哭道："教主，房森这条命是您救的，您怎么不等弟子回来为您老人家送终，您就走了？您这一走，叫弟子怎么报答您老人家的恩德啊！"

何野风平日对待教众恩威并用，群豪十有八九受过他的恩惠。此时听房森一哭诉，众人记起何野风对自己的恩情，忍不住又都大哭起来。

忽然听一人放声大笑"哈哈哈……哈哈哈……"笑声一下将众人悲泣声压下去。群豪霍地站起身来怒目看去。只见那大笑之人站灵堂外，手脚都被铁链锁住，却是殷独啸。

殷独啸笑得浑身发颤，快意道："哈哈，何野风老贼，你终于被我害死了！"群豪大怒拥出灵堂，将殷独啸团团围住。

童三界指着殷独啸，怒喝道："殷独啸奸贼你笑什么？看见教主仙逝你高兴是不是？老子马上一掌送你去见阎王！"

蓝龙忙道："童兄且慢！这奸贼害死教主害死小姐，对众兄弟下毒，欲毁灭我教，罪大恶极！你一掌毙了他，太便宜这奸贼了！"

张敖赞同道："蓝左王说得对！这奸贼下毒害得老子死去活来，吃够苦头！不能一掌毙了他。蓝左王，你先用本教最厉害的毒刑'五毒手'，将这奸贼折磨个死去活来，让大伙出出心头的恶气！折磨够了再宰了这奸贼，祭奠教主和小姐！"

众人齐道："对对，蓝左王，先让这奸贼欲生不能，欲死不得，吃尽苦头，偿还他做下的罪孽！再宰了他为教主和小姐报仇！"蓝龙点头道："好！"说时朝殷独啸走去。

忽听一声惊呼："别，别，蓝伯伯，我求你，别打他！"一人冲到殷独啸面前，张开双臂将他护住。众人一看是何莹，都是一愣，瞬间便明白何莹在为她爹求情。

蓝龙望着何莹恳求的眼神，寻思让何莹看见殷独啸被打死，对这孩子太残忍，太伤害这小姑娘心灵，不由得止步不前。

殷独啸亦是一愣，万没想这个不认他的女儿会挺身救他。心中一热，道："我的好女儿，你别求他们！"

何莹回头恼道："你别叫我女儿，我不是你的女儿！"

殷独啸惊愕道："你不认我是你爹，你为何救我？"

何莹急道："我……我……"

殷独啸道："你什么？你既然救我，心中便当我是你爹！"

何莹怒道："我心中没当你是我爹，你不是我爹！"

殷独啸怒道："死丫头，你命是老子给的，你的血管里淌着老子的血液，你，你怎敢不承认老子是你的爹？"

何莹道："你害死我娘，你害死我外公，我不认你这样的坏爹！"

殷独啸怒喝道："胡说！我害死何野风老贼，害死何君茹那贱人，那是为我爹，为你爷爷奶奶报仇！何野风害死你爷爷和奶奶，我向他讨还血债，是我做儿子的责任，天经地义，爹怎么坏了？"

说到此处，他往众人一指道："不信，你问何野风这些徒子徒孙，他们爹娘倘若被人害死，他们报不报仇？"

何莹年幼，对报仇之事不懂，心里只恨殷独啸害了娘和外公。但见殷独啸说得如此理直气壮，不由得抬眼望望众人，问道："众位大叔，他说得对吗？"

群豪看见何莹眼神，回答也不是，不答也不是。倘若说报仇应该，殷独啸便无错；倘说不该报仇，便是欺哄何莹。群豪只得将目光移向别处，不看何莹。

张去病见群豪无言以对，何莹两眼迷茫。心想：今儿若不把何野风与殷独啸的仇怨讲清楚，让何莹明辨是非，她幼小心灵中将埋下难消的怨恨，一生都会痛苦。

他忙道："殷独啸，你莫欺哄何莹年幼无知！报仇之事，岂可一概而论？我来问你，你们独孤父子同何教主结仇，是谁先挑起的？是何教主去子午岛找你爹挑起事端结的仇吗？不是。是你爹独孤天野心太大，要当天下门派总掌门人，到大陆来找摩尼教挑战，打死打伤摩尼教几个兄弟，才结下的仇恨。是不是？"

殷独啸冷哼一声道："是又怎样？……"

张去病又道："何教主为了护教，为死伤兄弟讨回公道，光明正大同你爹的比武，你爹比输被擒。何教主没有杀他为死伤兄弟报仇，只废了他的武功，何教主对你爹够仁至义尽了。是你爹心胸狭小，含恨至死。他咎由自取，怪得了谁？"

殷独啸一昂头，吼道："如果何野风老贼不废我爹武功，我爹怎会气死？老子就怪何野风老贼！"

张去病冷笑道："殷独啸，你说得不错，你爹是因为被何教主废了武功而死。但何教主是因你爹打死打伤他手下的兄弟，才同你爹比武，才废了他的武功。如果说谁有错，是你爹有错在先，何教主护教自卫在后，没什么错。你怨不得别人！"

殷独啸一听哑口无言，恶狠狠望着张去病，却又找不到理由驳斥对方。摩尼教众人听得频频点头。

张去病又道："殷独啸，天下事大不过一个理字！你爹恃技凌人，打死打伤摩尼教兄弟，还找何教主比武，声称要夺他教主之位，要让何教主给他当随从。结果二人比武，你爹技不如人被废武功。这能怪谁呢？这是他自个儿铸成的大错啊！……殷独啸呀，你被仇恨蒙住眼睛，看不见你们一家人的不幸，是你爹铸成大错造成的，你处心积虑用阴谋诡计害死何教主父女，你这是错上加错，大错特错啊！"

殷独啸一梗脖子，耍横道："张去病小贼，老子又怎么大错特错了？哼，就算老子错了又怎的？大不了以命抵命，没什么了不得！"

张去病连连摇头，叹口气道："唉，殷独啸，你想过没有？你害死的不是旁人，你害死的是你女儿的娘，是你女儿的外公。你以死抵命后，你女儿便成了孤女，从此她孤苦伶仃，一个人活在世上，无依无靠，不知要吃多少苦，遭多少罪！你为报上辈人的仇恨，让自己的女儿一生无辜受罪，你不仅害死何教主父女，更害了你女儿的这一辈子！你说，你这厮有多混账？多愚蠢！"

张去病的话如晴空霹雳，震得殷独啸两眼发直，嘴里喃喃道："我害了我女儿？……我女儿成了孤女？成了孤女？……"

十多年来，他一门心思只想报仇雪恨，从没想过他巧设复仇诡计，竟会害了自己的女儿。此时听张去病一说，他心中一片混乱，对张去病大叫道："你别说了，你别说了，老子不要听！不要听！"

蓝龙向吴艳娇使个眼色，示意她将何莹带走。殷独啸看见蓝龙示意吴艳娇，喝道："蓝龙，你害怕何莹看见你杀我，将来找你报仇吗？你甭担心，吴艳娇便是带走我女儿，谅你们也不敢杀我！"又转头对何莹道，"莹儿，你别怕，他们没人敢杀我！"

众人见殷独啸死到临头，却说没人敢杀他，都十分诧异，不知他为何如此有恃无恐。

房森喝道："殷独啸，你已是阶下囚，咱们取你性命不费吹灰之力，你吹什么大气？"

殷独啸冷笑一声，道："不错，此时你们杀我易如反掌。只是杀了我，嘿嘿，那下卷《玄秘宝典》，你们永远也别想找回！"

众人一愣，才想起本教神功秘籍《玄秘宝典》还在殷独啸手上。此时倘若将他打死了，没人知道他将宝典藏在何处，便无法寻回。一时间，众人觉得事情变得棘手起来。

云飞扬道："殷独啸，你果然是个厉害角色！咳咳，你说，你要怎样才肯交出《玄秘宝典》？"殷独啸冷笑道："云飞扬，你别想哄我交出《玄秘宝典》。我交出它，便是交出我这条命，我会交出它吗？你别枉费心机了！"

房森道："只要你交出宝典，咱们向摩尼光佛起誓放你下山，决不食言！"

殷独啸哈哈一笑，森然道："放我下到山？你们也许会放的。只是我还没下到山脚，你们便立即追杀我，是不是？哼哼，房森，你那点小聪明休想瞒我！"

金如尘怒道："殷独啸，就算咱们此时不能杀你这奸贼，还不能挑断你脚筋手筋，将你变成废人，慢慢折磨你交出宝典吗？"

殷独啸斜视金如尘一眼，道："金如尘，你以为我成为阶下囚，便任你们宰割吗？哼，咱们子午岛的人可不是孬种！你来废了我的武功试试？你们只要谁动一动，我便自断心脉，叫你们永远别想得到《玄秘宝典》！"

殷独啸此话不假，自断心脉只是瞬间工夫，群豪无论是出手偷袭，还是发暗器或使毒，都来不及阻止他自断心脉。一时间众人竟奈何不得他。

群豪沉默一会儿，云飞扬干咳一声道："殷独啸，我有法子让你交出《玄秘宝典》，但我不说！"

殷独啸道："哼，你不说，我也知道你的法子。我也有法子对付你，我也不说！"

何莹听得心中奇怪，忙问殷独啸，道："云伯伯说，他有法子让你交出《玄秘宝典》，他有什么法子？"

殷独啸看见何莹满脸关切，心中一热，道："他想将我关押起来，趁我不备在吃食里下毒或偷袭我，将我制住，使我不能自断心脉，再逼我交出《玄秘宝典》，然后便杀了我！"

何莹惊得"啊"的一声，急道："云伯伯，求你别对他这样！"

云飞扬道："孩子，这奸贼害死你娘和你外公，罪大恶极！你已不认他是你爹，别为他求情了！"

何莹急道："不，不……我，我……"

殷独啸喝道："莹儿，不许求他们！我独孤家人从不向谁低头！何况我已除去何野风老贼和他女儿，大仇已报。今日便是死在这摩尼岩上也值得了！爹不许你求他们，不许你丢我独孤家人的脸！"

何莹恼道："我叫何莹，不是独孤家的人，不是你的女儿，你别叫我女儿！"

殷独啸忽然悲声道："女儿，爹亡命在即，到此你还不肯认我吗？"

何莹摇头道："你这人心太狠，我不认，不认，不认！"

殷独啸长叹一声，喉头发哽，脸上流下两行热泪。他抬眼缓缓扫过人群，看见张去病，道："张公子，请移步过来，我有句话对你说。"

众人一听诧异，不知殷独啸要对张去病说什么话。张去病也不知殷独啸要对他说什么，他心中纳闷，挤出人群走到殷独啸面前，道："阁下请讲。"

殷独啸道："张公子，听说何野风父女对你有恩，这可是真的？"

张去病点头道："正是。何教主与何夫人对我恩重如山。"

殷独啸道："那就好，请张公子答应我一件事！"

张去病一怔，他一上摩尼岩便同殷独啸为敌，不仅从圣宫内救出何野风，而且挫败殷独啸篡夺教主之位和毁灭摩尼教的阴谋，适才又出手将殷独啸擒下，按理说殷独啸恨死他了！此时殷独啸却要他答应一件事，这让他大感奇怪。

他还没说话，蓝龙抢道："小兄弟别答应他，这奸贼不会有什么好事！"

殷独啸道："张公子别听他挑拨！殷某所求之事，决不与侠义道相悖，也不是极难办之事！"

张去病听得有些迷惑，只得道："只要不违侠义道，阁下但说无妨。若是我力所能及，会答应阁下。"

殷独啸恳切道："张公子，殷某在你眼里罪大恶极，本不配求公子答应我什么，你权当这是何野风父女求你。殷某所言之事，是将何莹托付给公子庇护，请公子保护她在这世上不受人欺侮。公子，你答应吗？"说罢，两眼含泪，急迫地望着张去病。

张去病原先以为殷独啸求他办什么难办之事，心中有些紧张，此时一听是求他保护何莹，这是他义不容辞之事，爽快道："好，我答应你！"

殷独啸道："殷某谢公子大恩！"说罢，弯下带着铁链的身子长揖到地，对着张去病深施一礼。便这瞬间，群豪正想出手制住他。忽见他弯着的身子往旁一歪，"砰"的一声倒在张去病跟前。

云飞扬惊道："不好，这奸贼自断心脉了！"蓝龙飞身上前扳转殷独啸的身子一看，只见殷独啸紧闭双眼，嘴角流血，已昏迷过去。蓝龙忙出手疾点殷独啸胸前的"神道穴"和"至阳穴"。回头道："吴长老，快来想法吊住他一口气！"

何莹蹲在殷独啸身旁，吓得哇哇大哭。吴艳娇纵身上前，从怀里取出两根银针，一针扎入殷独啸的"中枢穴"，另一针扎在"灵台穴"上，运功急速捻银针，只听那针发出轻微嗡嗡声。银针捻转一会儿，殷独啸睁开眼来。听见何莹的哭声，含泪望着何莹道："莹儿莫哭……爹害死你娘和外公，那是迫不得已……爹现下要死了……你，你别记恨我……好吗？"

何莹抽泣点头。殷独啸从怀里拿出一支花簪，颤巍巍递到何莹手上，又道："这簪子……是你娘之物。你留着做个……做个……念想。"

蓝龙忙道："殷独啸，你仇怨已了，命近黄泉。那《玄秘宝典》藏在何处？你该将它交还了罢！"

殷独啸瞟众人一眼，喘息道："蓝龙，咳咳……还有你们诸位，常言道：鸟之将死，其音也哀；人之将亡，其言也善……我与你们本无仇怨，为报父仇，过去多有得罪！咳咳……那《玄秘宝典》在……在……"说到此处声若游丝。

蓝龙急道："何莹，快将耳凑近他嘴边去，听他说宝典藏何处！"何莹忙将耳朵凑到殷独啸嘴前，殷独啸嚅动几下嘴，头一偏再无动静。

蓝龙忙问道："何莹，他说了什么？"何莹迷惘道："他说'在花……在……花……'便没了声音。"

众人听得一头雾水，不知殷独啸此言何意。吴艳娇忽然停下手来不再捻银针，起身道："蓝左王，殷独啸已断了气。"

蓝龙叹道："这奸贼一死，《玄秘宝典》难寻回，这如何是好？吴长老，你叫病僧堂兄弟抬殷独啸下山去葬了。众位兄弟，咱们为教主料理后事罢！"

群豪在光明宫前空地上为何野风设下灵堂，又将何君茹的棺木抬来摆放在灵堂内，供教内兄弟一并吊唁。教内主持祀祭长老穿上法衣，手执法器，作起法事超度亡魂。群豪聚在摩尼岩上，日夜为何野风父女守灵。

张去病为何野风父女守灵到第七日，便向群豪告别，道："蓝大哥，诸位前辈，叨扰多日，去病告辞了！"

房森道："张公子，你的大恩大德咱们还没报答，怎么就要走？"

金如尘道："不成，不成，张公子，你无论如何得在摩尼岩上多住些日子！老金有几壶千年美酒，你尝尝再走。"

童三界道："张公子，你武功卓绝，得留下来指点咱们几招，我们才让你走！"一时间群豪七嘴八舌热情挽留。

忽听蓝龙道："众位兄弟，听蓝某说两句！"众人立即安静下来。

蓝龙道："众位兄弟，我教遭逢大难，是张公子舍命为咱们挡难消灾。上至教主，下至每个兄弟都受张公子恩泽。这种大恩可不是挽留他多住几日报答得了的！大伙说是不是？"

群豪道："谁说不是！蓝左王，咱们如何才能报答张公子，你快说来听听！"

蓝龙朗声道："张公子于本教有大恩，又得教主亲授'日月双环神功'，已合继教主大位。何教主业已仙逝，我教不可一日无主。蓝某提议大伙推举张公子做我教教主，让张公子永留我教，同咱们朝夕相处，不知众兄弟意下如何？"

房森道："这太好了！张公子是教主神功传人，人品武功举世无双，咱们推举他做教主再合适不过。天下除了张公子，哪去找这样好的教主人选？蓝左王推举张公子当教主，这主意好极！"

金如尘道："我教如得这样一位人品端庄，神功盖世的教主，这是摩尼光佛对大伙的恩赐，是我教之福啊！我老金赞成，赞成！"人齐声道："咱们就推举张公子当教主好啦！"

张去病一听大急，忙道："蓝大哥，众位前辈，这可使不得，万万使不得！"

蓝龙道："小兄弟，使得，使得！推举你做教主，大伙可是真心诚意，决无半分虚情假意，你莫推辞！"

张去病道："去病谢谢大伙抬爱，但是此事，去病实在不能应承！"

云飞扬道："张公子莫非嫌我教名声不佳，怕被名门正派不齿，不肯屈尊吗？"

张去病道："这是哪里的话。云大摩尼言重了！去病同众位共赴劫难，怎会嫌弃贵教？去病答应此事，非是不愿，实是不能。"

房森道："公子为何不能？我等愿闻其详。"

张去病道："众位皆知，去病亡命天涯，身负血海深仇未报，仍是朝廷缉拿要犯，怎能连累贵教？"

童三界哈哈笑道："我教远在西域，大宋朝廷鞭长莫及，咱们不怕它！张公子，你只管放心当咱们教主好啦！"

白无极道："张公子，你的血海深仇，便是咱们的血海深仇，咱们大伙一同为你报仇！蓝兄，房兄，我教几百高手一同潜入临安城去先宰秦桧老贼，再杀那昏君

810

赵构！"

张去病急忙摇手道："白大摩尼，这万万不可！去病家训乃'精忠报国'，万不敢犯下这种杀君叛逆大罪！"

蓝龙道："咱们去宰了秦桧老贼，总无碍罢？"

张去病知摩尼教高手天不怕地不怕，若是去临安，不知会闯下什么祸事来，忙道："蓝大哥，众位前辈，你们的美意去病心领了。我手里握有秦桧老贼叛国通敌罪证，只消把罪证交给朝廷，便叫那老贼满门抄斩，无须劳你们大驾了！"

云飞扬道："张公子，你先当上教主再去报仇。咳咳……你报了大仇，便可回来当教主嘛，这不妨事啊！"

张去病摇头道："报了大仇，去病也不能回来了。"众人齐声问道："这又是为何？"

张去病道："我外公和父亲立下宏愿，驱逐金兵，收复大宋山河。先人遗愿未了，去病要继承先辈遗愿，从军杀敌，收复河山！"

房森道："你当了教主，咱们全教弟兄随你上阵杀敌岂不更好吗？"

张去病又摇头道："这亦不可！朝廷宦海险恶，诸位随我为朝廷效力恐受其害！"

众人听得一怔，张去病又道："想必诸位皆知前朝水泊梁山好汉归顺朝廷之事，他们随那宋江受招安后，东征西杀结局都不妙，去病怎能让诸位步他们后尘？"

张去病说到此处，向群豪深深一躬，道："教主之职，去病万不能任，还望诸位见谅！"群豪见话已至此，不便再劝说，只得纷纷躬身还礼。

蓝龙道："小兄弟既然坚辞不就，做哥哥的也不强人所难。望吾弟此去马到功成，报得大仇飞报佳音！"

张去病道："谢蓝大哥金口玉言！蓝大哥，我去临安城报仇定有风险，不便带何莹同去，请大哥暂替我照看她。"

蓝龙道："这个自然。何莹留在摩尼岩上守孝，我会照料她。小兄弟放心去，若需我等援手，尽管派人来告！"张去病同群豪道别，带着柳语和秦淮走下摩尼岩。

三人来到山下小镇上，被守望在镇头的青龙帮弟子看见，忙将他们引进赵无痕等人住的客店。赵无痕、龙飞、穆兴、段阳等人见着张去病，纷纷问及摩尼岩上情形，张去病将何野风去世，殷独啸自断心脉，了结世代仇怨之事说了一遍。

赵无痕听罢，叹息一声道："老夫此来，只道同何野风切磋武学，此人辞世，江湖上更加寂寞了！"

秦淮忙道："赵先生，你别叹息，我大哥哥武功很高，你可以同他切磋武学啊！"

赵无痕笑道："秦姑娘说话没上没下！老夫怎能同小主人切磋？眼下老夫勉强还能同小主人过几招，再过上十年八年，老夫便难望小主人项背了！"

张去病忙道："赵先生过奖了！不过，去病此次同蓝龙等人去救何野风老爷子，却见到一位隐世高人，何教主称他才是武功天下第一之人！"

赵无痕听得精神一振，忙道："此人是谁？他现在何处？"

张去病道："去病不知他叫什么名字，只听见何老爷子称他林老先生。他隐居在一个山谷里，武功和见识都达绝顶，令去病好生钦佩！哦，对了，听何野风老爷子说，这位林老先生是《鬼谷散花谱》神功传人！"

赵无痕激动道："真的吗？《鬼谷散花谱》传人隐居在这玉泉山里吗？小主人，可否领老仆去见一见他？"

张去病摇头道："去病引赵先生去找他，只怕是咱们去了，也见不着这位老先生。"

赵无痕道："这又是为何？"

精忠英雄传

（下）

莆 华 著

中国文联出版社

目录

下

第二十三章　殿斗

张去病道："那林老先生用奇门遁术布下迷阵，我们去时被困其中，幸亏他叫童子引路，我们才走到他的茅庐前。要不然困在迷阵内出不来。我领赵先生去见他，他若不肯见，我们去也见不着他。"

赵无痕听罢怅然道："想不到《鬼谷散花谱》传人近在咫尺，老夫无缘与他相见，甚为遗憾哪！"

张去病见赵无痕叹息，忙道："赵先生，要不咱们去试一试？"

赵无痕摇头道："不必了。高人可遇而不可求！缘分未到去也枉然。小主人还有要事在身，咱们早些动身去临安城罢。"

张去病道："赵先生说得是，咱们在此小住一晚，明日便动身。"说到此忽然想起没看到"天眼三精"和"四海六煞"诸人，又道："咦，赵先生，'天眼三精'和'四海六煞'他们走了？"

赵无痕道："这几人性子粗野，小主人去临安城，老仆恐他们跟去惹是生非便将他们打发走了。"

张去病等人在小镇住了一宿，第二日起程前往临安城。一行人快马加鞭，过玉门，渡黄河，穿长江，疾行一月有余，才抵达临安城下。

龙飞命随行青龙帮舵主们各回本舵去料理帮务，只留下穆兴、段阳和两名汉子跟张去病进城。其时临安城内万家灯火闪亮，街上不时有巡逻官兵走过。张去病瞧着诧异，心想官兵为何频繁巡逻，莫非有什么军情？

龙飞叫一名汉子去打听，不一会儿，那汉子回来道："禀报帮主，官兵巡逻是在搜查刺客！"龙飞道："官兵搜查什么刺客？"

那汉子道："听说这半月，有个刺客在京城做下几桩命案，他刺杀之人都是朝廷官员。这些日子，官兵都在捕捉那刺客，却没寻到刺客踪迹。"

张去病忙问道："朝廷什么官被刺杀了？"汉子道："在下听说，被杀几人都是残害忠良、鱼肉百姓的狗官！一个是害死岳元帅的狗官。这狗官半夜里被人刺死在床，挖出心肝，抛尸在秦桧府门前。"

张去病、赵无痕、龙飞等人听了都觉心中大快。张去病道："还有哪个狗官被刺？"

汉子道："还有那个诬告岳元帅谋反的狗官。这狗官出外嫖娼被人杀了，也被赤条条抛尸在秦桧府门前。另外被杀两人，是下手害死岳元帅和张宪、岳云二将军的狱头，他二人的头被割下，也抛在秦桧的府门前。那秦桧又怕又怒，他的党羽吓得人心惶惶，老贼便派兵到处捉拿刺客。"

张去病喜道："不知是哪位侠士为民除害，帮我出一口恶气！日后见到这义士，我得好生谢谢他！"

那汉子又道："小人还听说，几月之前一天，秦桧老贼去上朝，守殿军士施全突然抽刀掷向秦桧，钢刀从老贼鼻尖前飞过，吓得老贼大呼'侍卫救我'，吓得逃出殿去。那施全被捕后，老贼亲自审问他，是何人主使他行刺。施全昂然道：'天下欲杀外敌，除内贼者，皆为主使！'老贼大怒判施全碟刑。行刑之日，临安城万人为施全送行！"

众人听得心中一凛，张去病赞道："施全义士舍身为国锄奸，真是大英雄豪杰！他说得不错，秦桧老贼坏事做绝，人人得而诛之！这位大哥，那施全葬于何处？咱们当去悼念他！"

那汉子惶然道："主人别这么称呼小人，小人可不敢当。那施全葬于何处，我还不知。待我再去打听，回来禀报主人。"说罢走出屋去。

赵无痕道："小主人，秦桧老贼派兵四处搜捕嫌疑人，咱们得寻个安稳之处暂避。龙飞，你熟悉临安城，可知何处可安全暂避？"

龙飞答道："赵先生，据属下所知，临安城内有一去处最为安稳，咱们去那里藏身，官兵不会去搜查。"赵无痕忙问道："那是何处？"

龙飞道："那是京城最大一家正店，叫'霓云楼'，是临安城达官贵人，富商大贾，公子哥儿、文人雅士最爱去寻欢作乐之所。这种达官贵人出入之地，官兵不敢去搜查。那'霓云楼'在景阳坊附近，离皇宫和秦桧老贼相府不远，咱们报仇也方便。"

赵无痕点头道："这个主意好。小主人，你看如何？"

张去病道："我对临安城不熟悉。赵先生和龙大哥说那儿安稳，咱们便去'霓云楼'罢。"

龙飞熟悉临安城，带着众人抄近道，穿过几条背街到了景阳坊。龙飞一指，道："那便是'霓云楼'！"

只见不远处耸立五座高楼，楼高四层，五座楼相隔数十丈远错落排列，每座楼之间有空中长廊连接。楼台和长廊灯火耀眼，长廊里客人、艺伎、仆役川流不息。夜色里，五座楼台犹如浮现在天上的琼楼，极尽繁华壮观。

他们走到近前，只听楼内丝竹悠扬。一个女子用轻柔嗓音软软唱道："梁园歌舞足风流，美酒如刀解断愁。忆得少年多乐事，夜深灯火上矶楼。"

赵无痕饱读诗书，见识广博。一见"霓云楼"，便摇头叹道："见此这楼台，听此歌声，老夫便想起四十年前，去东京汴梁赶考，曾住过一家名叫矶楼的正店，那楼台景致与此楼一般繁华，一般灯红酒绿，一般歌舞升平！一到夜里达官贵人、富豪文人便去那里纵情行乐。城里处处灯火，人声鼎沸……唉，只可惜如此繁华的一座京城，竟被那金兵占去毁坏！眼下山河破碎，百姓遭难，朝廷却在这临安城苟且偷生，把东京汴梁的醉生梦死，浮华奢靡也照搬过来了！唉，此乃亡国之音，亡国之兆啊！"

张去病道："赵先生，几十年前，那东京汴梁城内也有这等巍峨繁华的楼台吗？"

赵无痕道："当年东京汴梁城内，大小酒楼不下千家。像'霓云楼'这种大酒楼，有七十二家。这种大酒楼被人称为正店，都是达官贵人、王孙公子寻欢作乐的场所！"

秦淮道："赵先生，那东京汴梁城夜晚岂不热闹非凡？"

赵无痕点头道："那时汴梁城夜不罢市，一到晚上长街灯笼高悬，夜市上人群熙熙攘攘，小吃摊子如一条长龙望不到尽头。各种小吃摊上琳琅满目，香气四溢。茶馆、酒楼、果子铺、糕饼店一家挨着一家，往往是三更小歇，五更又开张，买卖通宵达旦，昼夜不停！"

赵无痕回想往事，心有所感，又叹道："我见过画师张择端画的《清明上河图》，那图上绘的是汴梁城市景，从图上看，那东京汴梁城极是繁华，无以伦比！但张择端绘的是汴梁城白日情景，可惜那他没画一幅夜间'清明上河图'，倘若画了，你便知那时东京汴梁，乃是一座繁华难尽的不夜之城！"

众人说着话走到"霓云楼"前。一个衣着光鲜的仆役迎上前来，瞧见张去病一行人衣衫朴素，风尘仆仆，便挡在门口，道："几位客官，本店花销甚大，只怕你们多有不便，你们还是另寻他处罢。"

段阳上前喝道："狗奴才，你没长眼吗！我家李大官人驾临你店，是给你们'霓云楼'长脸！你瞧爷的这块金砖，够不够在你店花销？"说时手掌一摊，一块黄灿灿的金砖出现在掌心上。

那役仆瞧见金砖，抬手打自己一个耳光，忙赔笑道："啊唷，小人有眼无珠，该死！不知是李大官人光顾本店，这位爷请息怒，别同小人一般见识，快快请进！"

众人走进楼内，段阳要了几间上房，点了一桌酒菜。仆人将张去病等引进一间房内坐下，片刻工夫仆役们将酒菜端上桌来。张去病起身关上房门，同众人围坐桌前饮酒吃菜，低声商量报仇之事。

张去病道："赵先生，我手里有秦桧老贼投敌叛国罪证，想呈给皇上，请皇上治老贼罪，却不知如何呈给皇上？"

赵无痕道："朝中大臣，有何人同小主人家最交好？"张去病道："那韩世忠元帅同我外公交情最深。"

赵无痕道："小主人可将罪证交给那韩元帅，请他转呈皇上治秦桧老贼的罪！"

张去病沉吟一会儿，摇头道："那秦桧老贼老奸巨滑，若是扳他不倒，去病担心此事会连累韩元帅。"

秦淮插嘴道："大哥哥，你自己把罪证交给皇上不就得了？"

张去病笑道："小丫头想事简单，像我这等草民要见皇上比登天还难！何况我是被朝廷缉拿的罪人，即便我将那密信交给皇上，皇上也不会相信罪证是真的。"

秦淮道："大哥哥别愁，你将那罪证给我，让我溜进宫去替你交给皇上好了！"

龙飞笑道："秦姑娘去交给皇上，只怕皇上在龙椅上喝道：'哪来的小丫头，胆大包天竟敢诬告当朝宰相，给我拉下去打她二十板子！'"

秦淮急道："龙大哥，皇上怎的如此不讲理？他叫人打我，那是乱打好人啊！"望着秦淮天真烂漫的模样，众人都笑起来。

赵无痕道："小主人，兹事体大，容老仆想想，明日咱们再商议。"张去病点了点头。众人吃罢晚饭，时辰还早，秦淮拉住张去病的手臂，道："大哥哥，这临安城好热闹，你带我和柳姐姐去逛逛街市好吗？"

张去病是第三次来临安城。第一次是同赵无痕、龙飞、穆兴、段阳四人到临安来打听家人下落。时值清明节，他去给外公和父亲扫墓，遇到柯金龙带官兵抓捕。赵无张痕腰斩"西北三探"，吓跑柯金龙后，他同龙飞、穆兴去回春谷找药王治病，没工夫逛逛京城。第二次他和柳语被秦员哄骗入秦府，又到临安城。二人逃出秦府后，直奔少林寺求弘无方丈打通经脉，也未在临安城停留。

前两次他都没逛过临安繁华街市，此时听秦淮说出去逛街，高兴道："好啊，语儿走，咱们去逛逛！"转身问龙飞，道，"龙大哥，这临安城哪里最热闹好玩？"

龙飞道："要说热闹好玩，自然要数城内那最大的瓦子勾栏了！"

张去病三人不知什么叫瓦子勾栏。柳语忙问道："请问龙大哥，那瓦子勾栏是什么地方？"

龙飞道："柳姑娘，瓦子勾栏是临安城最好玩的地方！瓦子是一块广阔平地，里面聚有众多游玩场所。勾栏是各种表演的棚子，有演杂技的棚子，有演傀儡戏的棚子，有演皮影戏的棚子，有演杂剧的棚子，还有说书的棚子、蹴鞠的棚子、讲史的棚子，等等，热闹非凡，很好玩！"

秦淮听得心痒难当，拉着龙飞手央求道："龙大哥，你带我们去那瓦子勾栏玩耍，好不好？"

龙飞笑道："龙飞愿为小主人、柳姑娘和秦小姐效劳！"三人嘻嘻哈哈跟着龙飞走出"霓云楼"，穿过两条大街走到一处热闹街面上。街两旁有彩缎铺、玩物铺、珠宝店、金银行、杂货店、果子铺、香料店、鱼行、肉行、钱庄、酒楼、饭店。每家店铺高挂灯笼，只见游人摩肩接踵，人头攒动。张去病和两个姑娘看得眼花缭乱，兴奋不已。龙飞带着他们转到街背后，眼前出现三十多个用粗竹和竹席搭建的大棚，每个棚有十丈高，二十多丈宽。棚内灯火交辉，传出阵阵欢笑声、喝彩声，响彻夜空。

秦淮道："龙大哥，这便是瓦子勾栏吗！"

龙飞道："这就是。临安城内有二十八处这种瓦子勾栏，这是最大最热闹的一处。"四人走到一个大棚前，只见棚内搭有戏台，台上有人正在唱戏。台旁传出婉转丝竹声，台下摆着长条凳坐满看戏的人。棚前守门人道："几位要进去看戏吗？一人五枚铜钱。"

秦淮从未见过人演戏，甚是好奇，忙道："大哥哥，咱们进去瞧瞧！"

龙飞摸出一把铜钱数一数，递给那守门人。四人走进棚内找凳子坐下，只见台上一男一女身穿锦服，男人扮成书生模样，女人扮成小姐模样。那书生正唱道："桂子月中开，佳人园中来。小生魂儿已被佳人勾，一日相思似隔三秋，不知佳人憔悴否？"

那小姐以袖掩面娇滴滴唱道："思君欲断肠，清晨画浓妆，凭栏远望到夕阳。哎呀呀，我的小冤家，你害得奴家茶不思来，饭不想！"

柳语和秦淮一听这两句言情唱词，便看得目不转睛。张去病看了一会儿，直觉乏味，轻声请龙飞照看二女，便悄悄走出棚外去独逛。他信步走去，忽听旁边有一个大棚传出阵阵哄笑声。他走到门前看去，只见台上有个瘦骨嶙峋老者站在一张桌前，比画双手，正眉飞色舞说评书。

那老者高声道："忽见旌旗招展，鼓声震天，山岭背后杀出两支人马，左边一员大将银盔银甲，跨骑白龙马，手提烂银枪，正是岳家军左先锋官岳云！右边一员大将身披镶铁凯甲，坐骑青花大马，手执七宝雁翎大砍刀，乃是岳家军右先锋张宪。两支人马一字列开，当中一面帅旗上书斗大一个'岳'字。旗下红鬃烈马上，威风凛凛坐着一人，身高一丈二，膀宽腰圆，方脸长髯，正是岳飞岳元帅。他两眼虎视着那金兵元帅金兀术……"

张去病一听评书说的是外公、父亲和舅舅杀敌故事，忙掏出几枚铜钱付给守棚人，快步走进棚去，寻个空位坐下。又听那说书人绘声绘色道："那金兵元帅金兀术，忽然看见岳家军从天而降，吓得面无人色，掉头就逃，大叫道：'小的们快跑，咱们中了埋伏，岳南蛮诡计多端，快往后撤！'

"岳爷大喝道：'金兀术，今日你已陷入本帅的天罗地网，休想逃走！快下马受绑，本帅饶你不死！'

"金兀术胆战心惊道：'岳飞，你厉害，我完颜兀术斗不过你！你放我一条生路，兀术逃回金国，再也不带兵进犯大宋国土一步！'

"岳爷冷笑道：'金兀术你这厮休得花言巧语！你屡战屡败在本帅手，不思悔改，又屡带金兵犯我大宋国土，杀戮我大宋百姓，对我大宋犯下滔天大罪！本帅今日必将你拿下，押你去临安城问罪，你休存侥幸逃跑之念！'

"金兀术那厮一听，吓得拨转马头急逃。忽见银光一闪，左先锋岳云一枪刺到胸前。金兀术急挥狼牙棒招架。岳云枪花一抖，枪尖疾挑向金兀术咽喉。金兀术将狼牙棒横扫欲砸开刺来的长枪。岂料岳云长枪倏地往下一挑，正刺中金兀术大腿将这厮挑下马去。岳云将枪一抬向金兀术的咽喉刺去……"

老者说得绘声绘色，众人听得入神，忽见前排一人站起身来喝道："大胆刁民！那岳飞、岳云、张宪乃是反贼，已被朝廷正法！你竟敢在此为他三人歌功颂德，妖言惑众！你要造反吗？来人哪，给我将这刁民拿下！"

听众中有人认出那人，惊道："啊，他是临安府尹胡安国！"

这人正是秦桧的亲信胡安国，官居临安府尹。他一声令下，立即有两人跳上台去，一把抓住说书的老者衣领往台下拖。那老者吓得颤声道："大人息怒，小人无知……小人无，无……"

胡安国又喝道："你这老东西竟胆敢当众散布妖言，胡打乱说，为反贼岳飞父子唱赞歌！王七、张五，你们先给我掌他一顿嘴巴子！"两个衙役一听，抬手便啪啪啪打那老者耳光。

张去病怒气上冲，正欲出手去救那老者。忽见一人飞身上台，伸手抓将两个衙役摔下台去。众人还没看清那人模样，那人已飞身下台，一把抓起胡安国跃上棚顶，"砰"地一撞，将棚顶上的竹席撞开一张，越出棚外不见踪迹。

张去病一惊：此人身法好快！他莫非是那刺杀秦桧奸党的义士吗？我得向他道一声谢！心念闪动，他纵身从棚顶跃出去追那人。夜色下，只见那人身材高大，抓着那胡安国踏着屋面奔行，去势快极，身法实是一流高手风范。

张去病不想惊扰那人，在那人身后二十余丈远远紧跟着。那人提着胡安国奔行片刻来到一处偏僻地方，将胡安国往地上一扔，转过身来喝道："是哪个不怕死的龟儿子？敢跟踪老子！"

月光下只见那人长着一双三角眼，目光炯炯，脸上生满紫斑，下巴上长着粗似钢针般的胡子。张去病心中一热，冲口叫道："巴山先生！"

听见张去病欢愉喊声，那人愣了一瞬，定睛一看，亦情不自禁叫道："主人！是你吗？"此人正是与张去病分别多时的"巴山老鬼"。

张去病道："正是我！巴山先生，是我，张去病！"

"巴山老鬼"反手一戳，点了胡安国穴位，大步向张去病迎来。走到近前，一把拉住张去病的手，喜道："主人，真是你吗？哈哈，老仆在临安城等你几个月，终于等到你来了！"

张去病诧异道："巴山先生怎知我会来临安城，在此等我？"

"巴山老鬼"道："数月前，老仆在长白山上同主人分别后，寻找不着主人，便按约定到山下小店去等候主人。哪知完颜龙和"长眉老妖"躲在店内，老仆进店被他二人偷袭受伤，只得逃到一隐秘之处养伤。

"伤好后，我便入关南下，四处打听你。途中遇见围剿魔教回来的中原群豪，他们在酒店里，大讲你在摩尼岩上大展神威，斗败各派顶尖高手之事。老仆听了好生欢喜，我想去西域去找你，又怕在路上同你错过。我想主人大仇未报，一定会到临安城来报仇，老仆便到临安城来等你，没想到真等到主人来了！"

张去病道："怪不得我下长白山后，去那小店找巴山先生，瞧见店内有打斗迹象，店主夫妇被完颜龙杀死。原来巴山先生真被完颜龙那厮偷袭。"又道，"适才，我见你身手了得，还道是哪位义士刺杀秦桧奸党，便想追来向他道谢，没想到竟是你老人家！"说到此处，又问道，"巴山先生，你来临安多日，可知那刺杀秦桧奸党的义士是何人？"

"巴山老鬼"笑道："主人，那人压根儿不是什么义士，他便是臭名远扬的'巴山老鬼'！"

张去病惊喜道："原来是巴山先生替去病诛杀仇人，去病谢谢巴山先生！"说时深深鞠了个躬。

"巴山老鬼"忙还礼道："主人不必多礼，这是老仆分内之事。老仆来到临安闲着无事，便想为主人报仇。我先去杀那秦桧老贼，几次潜入秦府都寻找不到老贼。只有一次见到那老贼在花园里饮酒作乐，老仆上前去取他狗命，却被龙相法王、"长白老怪"、阴山老魔等人缠住，险些脱不了身。后来我又悄悄潜入秦府，也找不到老贼，不知他藏身何处。老仆便改变主意，先杀他手下的心腹爪牙，为民除害，为公子出口气！"

"巴山老鬼"说到此处，一指委顿地上的胡安国，道："主人，老仆打听清楚这个狗官是秦桧爪牙，他为虎作伥，干了不少欺压百姓的坏事，待老仆取他狗命！"

胡安国吓得面无血色，大急道："侠士且慢动手！下官知晓，秦桧要干一桩卖国大勾当，请容我说出来将功折罪，望侠士饶下官一命！"

"巴山老鬼"道："主人，让不让这龟儿子说？"

张去病道："咱们先听他说，他若有半句不实之词，你一掌毙了他！"

"巴山老鬼"道："是，这龟儿子敢有半句谎言，老仆便将他宰了，像处置那几个狗官一样，也将他暴尸在秦桧老贼门前！"

胡安国一听，吓得浑身瑟瑟发抖，结结巴巴道："下官……不敢欺哄二位侠，侠士……秦桧他与金国勾结要谋害……"

张去病一听"他与金国勾结要谋害"几个字，知事关重大忙道："狗官住口！"掉头对"巴山老鬼"道："巴山先生，这狗官要说之事重大，须防隔墙有耳，咱们将他带到住所，让他慢慢说来。"

"巴山老鬼"道："好，该当如此！"说罢提起胡安国，道："请主人在前引路。"张去病纵身上房，"巴山老鬼"紧随其后。夜色下，二人带着胡安国在街道屋上奔行。胡安国从未经历过飞檐走壁惊险情景，顿时吓得心惊胆战，紧闭双目不敢睁开。只觉被人提着疾奔好一会儿，才听见张去病道："巴山先生，咱们到了。"

他睁眼一看，见被两人带到一座高楼上。"巴山老鬼"提着胡安国，跟在张去病身后走进一间屋内，秦淮、柳语、赵无痕、龙飞、穆兴、段阳六人都在屋里，看见张去病身后跟着一位相貌奇特之人，那人手里还提着一人，众人都是一怔。

秦淮嘴快，问道："大哥哥，你到哪里去了？我们正为你着急哩！"

张去病道："我去追这位巴山先生去了。来，我为你们引见一下，他便是我向你们说过的巴山先生。"

当年赵无痕救过"巴山老鬼"的命，此时二人，巴上老鬼忙扔下胡安国，快步走到赵无痕面前倒身拜道："齐心元，叩见'大无常'！谢'大无常'当年救命大恩！"

龙飞、穆兴和段阳一听"齐心元"三字悚然一惊，兀自寻思：齐心元？莫非此人便是"巴山老鬼"？

赵无痕将"巴山老鬼"扶起，道："齐兄，我虽长你七八岁，但你我年纪相差不大，你就叫我赵兄吧！"

"巴山老鬼"摇头道："心元知道天高地厚，不敢同您老人家称兄道弟！"

赵无痕道："也罢，你随他们叫我赵先生好了。"

"巴山老鬼"恭恭敬敬道："是，赵先生。"

赵无痕道："咱们阔别多年，听说你练成一身惊人武功，在江湖上名声大振，也不枉我老主人救你一命哪！"

"巴山老鬼"道："心元浪得虚名，赵先生过奖了！我这条命是老主人和赵先生救的，心元不敢忘却两位恩人的教诲！"

赵无痕指了指胡安国，道："此人是谁？小主人，你们为何将他擒来？"

张去病道："这人叫胡安国，是临安城府尹，也是秦桧老贼的爪牙。巴山先生见他欺压说评书的老汉，便将他擒住。这狗官为活命，说他知晓秦桧老贼一桩重大卖国秘密，我们便将他带来询问。"

"巴山老鬼"喝道："狗官快说，秦桧老贼要干何卖国勾当？不许有半点隐瞒！"

胡安国倒卧楼板上战战兢兢道："前日，那秦桧召下官去，说有要事相商。下官去到秦府，秦桧拿出一张弹劾大批朝臣的名单。下官一看名单上面列有前宰相张浚和赵鼎，还有极力主张抗战枢密右使王庶、左使韩世忠、枢密院编修官胡铨、太府寺承陈刚、参政知事李光、秘阁修撰张九成、刑部侍郎陈橐、右武大夫白锷、太学士张伯麟等一共五十三人。"

张去病听得心惊忙问道："老贼好狠毒，欲将朝廷忠良一网打尽！胡安国，我问你，老贼用何诡计诬陷这五十三位大臣？"

胡安国道："那时，下官也问他弹劾众多官员有何证据？他从书案上拿过一封密信递给下官，道：'你瞧，这便是他们谋反的铁证！'下官打开那信一看，那封信竟然是前朝皇帝钦宗赵桓，写给当今皇上的一道手谕。那手谕上说：'赵构皇弟：别来无恙！兄在金邦查得实据，那枢密使王庶勾结金人，欲引狼入室，盼吾弟查清王庶通敌同党，徐诛之！皇兄赵桓。'

"下官曾在门下省供职，见过先皇笔迹，一看那信果然是先皇所书，忙问他何时弹劾王庶等人？他叫下官在弹劾奏章上签名，说再多联络些官员签名，明日早朝，便向皇上弹劾王庶等人！"

张去病一听，蓦然想起在金国古墓里，看见秦员去见钦宗赵桓，说王庶主战抗金，是阴谋要赵桓永囚金国，不得重返大宋。秦员求赵桓下旨给当今皇上赵构，让赵构杀王庶。赵桓便给秦员写了一道假手谕，岂料那赵桓，却是内卫大臣陆安假扮。秦员走后，真钦宗赵桓大骂陆安。陆安却叫赵桓别担心，说他在字体上留有破绽，秦桧若拿出假手谕陷害王庶，定能被朝中老臣识破，秦桧反会招祸。此时一听胡安国说的是这道假手谕，他心中才松口气。

转念一想，心中又惊疑起来：俗话说一朝天子一朝臣，现下高宗赵构在位，万一识得钦宗赵桓笔迹的旧臣皆卸职，朝廷上便无人能识破这道假上谕；或是那认得赵桓笔迹之人同这胡安国一样，也是秦怕桧老贼的爪牙，那么朝中五十三位忠臣性命岂不是休了？那陆安走这招险棋，虽是一片忠心，却没想到这一层。秦桧老贼拿出这假手谕诬陷王庶等人，这五十三位大臣危矣！不成，不能让老贼的奸计得逞，我得想个法子救这些忠臣！

如此一想，他忙叫穆兴将胡安国押到另一间屋去，对赵无痕等人说出心中的担忧，请众人出主意，阻止秦桧陷害朝中五十三位大臣。

龙飞道："主人，咱们今夜去杀了秦桧老贼，他的诡计便使不了！"

"巴山老鬼"摇头道："老贼在府内藏身极隐秘，我几次去行刺都找不到老贼，咱们去了只怕找不着他。"

段阳道："我有一法，咱们埋伏在老贼上朝半道上，等他上朝的轿子一到，便杀了这老贼！"

"巴山老鬼"道："这老贼狡诈得很，他上朝经常改道。这个法子老夫也使过，几次在半道上等他都白等了。明日不知他走哪条道，万一没等着老贼，可就误了大事！何况老贼出门戒备森严，有"长白老怪"、阴山老魔、柯金龙等高手前后护卫，行刺不易得手！"

赵无痕捋着胡须，一直沉默不语。张去病忙道："赵先生，你看该当如何？"

赵无痕道："小主人不用愁，明日早朝，待老仆去金銮殿杀了秦桧老贼！"

张去病一听大急，情知赵无痕杀伐凶狠。他若出手，大殿上必定是人头飞滚，不知有多少人丧命！忙道："赵先生，此法虽好，去病恐惊了圣驾！"

赵无痕一怔，道："老仆倒没想到这一层。好，小主人怕吓着赵构小儿，咱们再想别的法子。"众人又想一阵仍想不出更好的办法。

众人正寻思，秦淮忽然高兴道："大哥哥，你易容本事不是妙得很吗？我想到一个法子：明日，你扮成这狗官胡安国模样去上朝，在朝廷上搅黄秦桧老贼的阴谋，不就成了？哈，那老贼见他的狗腿子胡安国揭发他的阴谋诡计，一定气死他了！嘻嘻，这一定好玩得紧！"

众人一听，都觉得秦淮说的这法子匪夷所思。柳语笑道："秦妹，你可真是小孩子家异想天开！"

秦淮不服气道："哼，你们都没想出法子阻止老贼害人，人家想到一个主意，你们又不听，哼哼，我不管你们的事啦！"说罢气呼呼地噘起小嘴。

赵无痕一拍大腿道："小主人，如今别无他法，咱们也只有异想天开了！秦淮的法子不妨试一试，你扮成胡安国去上朝见机行事，如能将老贼诡计搅黄那更好，如不能，你便一掌毙了老贼报仇雪恨。以你武功，要全身而退，无人拦得住你！"

张去病听得心中一动，寻思只要能救得众臣，或能手刃仇人，冒这个险饶值得！道："赵先生说得甚是！师父教我的易容术这下可派上用场。只是扮成那狗官去上朝，须有官服和轿子，这两件东西晚上可不好找！"

"巴山老鬼"笑道："主人莫愁，官服和轿子都是现成的！"

秦淮奇道："巴山老爷子，官服和轿子在哪儿，我怎没瞧见？"

"巴山老鬼"笑道："官服和轿子在胡安国家里，咱们可向这狗官借啊！"

众人听得会心一笑。张去病转头对段阳道："段大哥，让穆大哥将那狗官提来。"段阳转身出去一会儿，同穆兴将胡安国提进屋来。张去病道："胡安国，你想不想活命？"

胡安国忙点头道："想，想！蝼蚁尚且贪生，下官自然想活命。只要义士留下官一命，下官再也不敢同那秦桧为非作歹！下官一定洗心革面，改过自新，重新做人！"

张去病道："好，你想活命，便乖乖借我两样东西。"

胡安国一怔，惴惴道："义士要借……何物？义士请说。下官一定……一定献上！"

张去病道："借你的官服和轿子一用！"

胡安国听了心中稍安，道："好，好，下官把这两件东西送给义士。只是，只是……这两件东西都在下官家里，不知如何取来？"

"巴山老鬼"在旁道："这个嘛，爷们儿就不知道了。爷们儿只知借不着这两件东西，只得委屈你明日早晨暴尸在秦桧老贼的家门口！"

胡安国吓得颤抖，急道："义士息怒，义士息怒，请容下官想个办……办法。"他转动几下眼珠，又道，"义士容下官写张便条，让人送到我家去，叫管家将这两件东西送到'霓云楼'来，好吗？"

龙飞一惊喝道："狗官，你怎知这里是'霓云楼'？"

胡安国惶惶道："义士别恼，实不相瞒，下官也常到这儿来寻乐。便是这间屋子，下官也来过数次，故一看便知这儿是'霓云楼'。"

穆兴喝道："狗官，你让管家将轿子和官服送到这儿来，分明是想暴露爷们儿行踪，好让官兵来捉拿我们，是不是？"

胡安国急得摆手道："不是，不是，下官哪敢有此恶意？义士别误会！朝廷官员来这'霓云楼'寻欢作乐，常常醉卧不归。第二日五更要上朝面圣，皆叫管家送轿子和官服到这儿来备用。这种事情下官常干，不会引起管家怀疑！"

众人听见朝廷官员如此醉生梦死，都啼笑皆非。张去病道："好，你快写一张便条，我派人送去。"

段阳从店家要来纸笔，胡安国匆匆写张便条，张去病拿起便条一看无诈，递给段阳，道："烦劳段大哥到楼下去找店家问问，看胡安国说的可是实情。"

段阳收起便条下楼去，过一会儿上楼来，向张去病点了点头。张去病道："段大哥问这狗官家住在哪儿，请段大哥将便条送到他家去。"段阳盘问胡安国清楚去胡府的路径，便转身走出屋去。

赵无痕忽然冷冷道："胡安国，你借两件东西便保住狗命，岂不是太便宜你了？"

胡安国嗫嚅道："下官命贱不值一钱。适才这位义士允诺，只要下官献上朝服和轿子便饶下官不死。江湖好汉出言如山，倘若反悔，便污了好汉侠名，求老义士高抬贵手，放过下官！"

赵无痕冷哼一声，道："哼，你这狗官平日里欺压百姓，残害良民，几时又高抬贵手了？不错我们小主人是说过，你肯借官服和轿子便饶你一命。但他并没说，不砍下你的手脚啊！老夫砍掉你的手脚为百姓们出口恶气，你说算不算反悔？"

胡安国吓得一哆嗦，扑通跪倒央求道："下官以往糊涂做下恶行。今后一定痛改前非，善待百姓，终身行善，求老义士手下留情！手下留情！"

赵无痕道："好，你要老夫不砍你手脚也成。但老夫问话，你须句句如实回答，若有半句不实，老夫便砍去你一只手脚！"

胡安国如逢大赦，忙道："老义士，你要下官回答什么，下官一定如实禀呈，不敢有半点不实！"

赵无痕道："老夫问你，上朝时你位列哪班，站第几列、第几行、第几位上，向皇上行什么礼？"

张去病几人一听恍然大悟：原来赵无痕要问清楚上朝的规矩和礼数，以免张去病上殿去露出马脚，众人不由暗赞赵无痕心思缜密。

胡安国听见赵无痕如此发问，不禁一愣，寻思这老者问上朝之事做甚？赵无痕见他犹豫不答，道："你不记得了吗？好，不记得你就别说了。穆堂主去取你的鬼头刀来，待老夫先将他右臂砍下！"

胡安国吓得慌忙道："老义士别动怒，下官记得，记得……下官官阶职低，上朝时位列大殿右班文官内，站在第二列第三行第二位。向皇上行跪拜大礼。"

赵无痕又道："你的前后左右站的是什么官儿？"

胡安国答道："下官的前面，站的是参政知事刘大中，左面站的是御史黄龟年，右面站的是给事中郎勾涛，后面站的是枢密院编修官胡铨。"张去病一听暗暗将这些人名记在心里。

赵无痕又问道："殿前有多少侍卫和兵丁？"

胡安国道："殿前，共有一百多名御林军和二十多名侍卫。"赵无痕点了点头。胡安国心里七上八下，不知赵无痕问这些做甚，却又不敢问。

张去病道："胡安国，近来朝廷上对那岳元帅家人可有奏议？"

胡安国忙道："回义士的话，前些日子，韩世忠等一班大臣联名上奏皇上，说那岳飞生前抗敌功勋卓著，其罪又查无实据，大理寺以'莫须有'之名治罪，典刑过当。请皇上恩准岳飞家人归京颐养天年，以示皇恩浩荡……"

张去病追问道："皇上准奏了吗？"

胡安国道："皇上恩准韩世忠等人的奏章，已派人去南宁府接岳飞家眷，估计这几日，岳飞眷属便可回到临安城。"

张去病一听，心想家人来临安，便可见到母亲和外婆等亲人，不由得心中暗喜。忽听"巴山老鬼"喝道："狗官，你常进出秦桧老贼家，可知那老贼家里有何藏身之处？"

胡安国摇头道："回老义士的话，这个下官确实不知。"

"巴山老鬼"冷笑道："嘿嘿，你是真不知，还是假不知？"

胡安国急道："老义士明鉴：下官为保全手脚不残，决不敢有半句虚言！"

"巴山老鬼"道："你再给我好生想想，你进秦府去见到什么可疑之处？""巴山老鬼"几次潜入秦府行刺都找不到秦桧，心中一直觉得奇怪，此时便想问个明白。

胡安国低头想了一想，道："下官想起来了，那秦府经常闹刺客，下官有一次去秦府，见府内大兴土木，秦府管家秦福说是改造花园。不知是不是为防刺客，建造什么机关暗道，下官也说不准……"

张去病一听秦府常闹刺客，心想除了当年"贺兰三客"和现下"巴山老鬼"去行刺老贼，还有何人去行刺秦桧老贼呢？他正寻思，又听"巴山老鬼"喝道："狗官，你若想保住手脚，再仔细想想，除此之外秦府还有何可疑之处？"

胡安国忙道："是是，容下官再想想……哦，还有一件事，下官也觉奇怪。原来那秦府门庭若市，官员昼夜皆可出入秦府。可是近年来那秦桧却夜不见客，闭门不出，不知这是为何故。"

众人一听秦桧夜不会客，心想八成是谨防被刺，可他藏在哪儿呢？众人正寻思之际，见段阳手托官服走进屋来放在桌上，向张去病躬身道："主人，属下将官服和轿子取来了。轿子在楼下，轿夫四名，属下安排他们在楼下赌钱，听候主人差遣。"张去病点头道："谢段大哥。"

赵无痕道："小主人，此时已近五更。文武百官五更上朝，你须做准备了。"

张去病应道："好。"说罢转身进入里屋，取出凌霄老人易容锦袋在桌旁坐下，拿出面胶和颜料，道："胡安国转过脸来，不许动，我借你的脸用一用！"

胡安国忙转过脸来望着张去病，不知张去病此言是何意，吓得神色惊恐。但见张去病只是盯着他看，并无加害之意，神色才放松下来。心下惴惴却又不敢动一动，僵着身子让张去病打量他，心中满是困惑。

张去病仔细打量胡安国一番，对着铜镜动手易容。只见他在脸上东抹西垫，脸渐渐鼓圆起来，变得同胡安国的脸一样胖乎乎。他又在眼睛周围涂抹些面胶，两眼顿时变成胡安国的水泡眼。再在鼻梁上抹些颜色，使鼻梁仿佛塌陷下去，成了胡安国的塌鼻梁，又垫宽两腮，加厚嘴唇，在面颊上点上几个褐斑，剪些头发贴上两撇唇须。片刻之间，一个活脱脱的胡安国出现在众人眼前。胡安国看得目瞪口呆，满脸惊讶，难以言表。张去病装扮完后心中没底，问众人道："大伙儿替我瞧瞧，哪儿还不像？"

龙飞道："小主人得老主人易容绝技真传，你这一易容，连我等也难分真假了！"

柳语心细看出一点破绽，道："去病哥哥，这人脖子左侧上有一颗黑痣，你没点上。"大伙一看，胡安国的脖子上果然有一颗米粒般大黑痣。张去病忙用墨胶在脖子点上黑痣。秦淮迫不及待道："大哥哥，快穿上官服给咱们瞧瞧！"

张去病拿起桌上官服抖开穿上身，又将官帽戴上，再换上朝靴往人前一站。

穆兴笑道："小主人，你若走进这狗官家里，只怕他老婆儿女都分不清真假了！"

胡安国见张去病化装成自己模样，心中又惊佩又害怕，忽然省悟道："义士，你扮成下官，可是要上朝去面圣？"

张去病点头道："不错，今日早朝，我替你走一遭！"

胡安国吓得扑通跪下，连连磕头道："义士，这万万使不得，使不得！你扮成下官上朝，下官便犯下欺君大罪，必被治重罪！义士若在大殿上杀臣弑君，下官可就……可就更惨了！我一家人将被满门抄斩，还要株连九族！义士，下官一人为恶，愿一人承担罪罚！下官家人并无过错，求你别害死我全家三十七口人！下官求你老人家大发慈悲，勿冒替下官上朝，下官来世一定变牛变马好好报答您老人家！"

胡安国吓得语无伦次，张去病比他小二十来岁，他为求情开口一个"您老人家"，闭口一个"您老人家"称呼张去病，说得痛哭流涕，头磕在楼板上咚咚直响。赵无痕手指虚弹，将胡安国点昏过去。便在此时，众人听见楼下道上打更之人"梆、梆、梆、梆、梆"敲了五下，时辰已至五更。

赵无痕道："小主人该动身了。此去见机行事，多加小心！"

张去病道："去病省得，请大伙放心！"

段阳下楼去叫轿夫备好轿，张去病走出"霓云楼"大门，躬身钻进轿内坐下。四个轿夫吆喝一声起轿，抬着他健步朝皇宫走去。轿子穿过七八条街道，才来到皇宫大门前。其时是黎明时分，天色尚暗，皇宫门口已停了几乘大轿，几位官员掀起轿帘跨出轿外，彼此打着招呼，往宫里走去。

张去病跟在几人身后，跨进一个大门，看见门内是一个广阔大院，院内青石板铺地，高墙四周站满御林军。院中耸立着一座巍峨殿宇，门前站立一名值日军官。张去病一眼认出那军官是江蛟。心中暗惊：江蛟怎么成了皇宫里的侍卫？他不知，因那皇宫侍卫施全掷刀刺杀秦桧，把秦桧吓破了胆。秦桧便暗中贿赂侍卫统领，将江蛟安插进宫内保护他的安全。

张去病从江蛟面前匆匆走过。心中又想，这便是大宋朝的皇宫吗？我外公他老人家当年也在这儿上朝吗？看见宫殿依旧，外公已含冤地下，心里涌起一阵悲情。忽听一人道："这不是胡安国胡大人吗？"

张去病回头一看，只见一个尖嘴猴腮官儿向他打招呼，他却不知这官儿是谁，忙点头微笑示意。那官儿走近前来兴奋地低声道："兄弟在秦太师弹劾奏章上，看见有胡大人签名，兄弟我也签了名！哈，今日，咱们若是扳倒这五十三位主战派官员，那将会空出多少肥缺？到时候秦太师评功论赏，你我指日便可高升了！"

张去病哼哈几声点头应付。心想秦桧老贼几时封太师了？他不知，高宗赵构前不久才将秦桧封为太师，加封魏国公以示恩宠。张去病跟随众官走进大殿，按照胡安国说的列班方位，找到位置站定。

侧目一看，瞧见头排站着一个老臣，身材瘦高，眉尖目细，神情倨傲，项下蓄着花白长须，正是他在秦府里见过的秦桧。一见仇人近在咫尺，热血蓦地冲上脑门，手掌攥握成拳头，牙关咬得咯咯响。

旁边一个官员听见响声，转过头来望他，问道："胡大人身子不适吗？"张去病忙压住心头的怒火，忙点下头。心中暗道："我一时激愤险些误了大事！"

忽见大殿旁走出一个白白胖胖的太监高声宣道："圣上驾到！"文武百官忙跪地接驾。张去病跟着跪下。只听脚步声响动，有人走上殿来在龙椅上坐下。百官忙叩头，齐声诵道："吾皇万岁，万万岁！"

那人道："众卿平身！"嗓音清朗浑厚。

张去病站起身来见金殿上坐着一人，头戴金冠，身穿杏黄色龙袍，年纪四十多岁，身子颀长，高鼻细目，面孔丰腴，嘴上蓄着短须，神情肃然。他寻思：这便是当今皇上赵构吗？他正值壮年，为何便失去锐气，不思北伐收复失地？

他正思忖，忽听高宗赵构道："今日早朝，众卿有何奏章呈报上来！"

只见秦桧上前一步，躬身道："老臣有本上奏！"

赵构道："秦太师有何事要奏？"

秦桧直起身来，道："启奏皇上：我大宋与金国议和至今，托皇上的洪福，这几年外无战事，国内风调雨顺，万民安居乐业，国库银两充盈，国家一派祥瑞气象！只是昨日，那边关守将孟凡呈报，说先帝钦宗内卫大臣陆安送来一封密信，揭露枢密使王庶等人暗中勾结金国，意欲谋逆加害皇上。老臣一听事体重大，不敢延迟，今日便赶快上奏皇上，请皇上圣裁！"

赵构一听面色微变，道："快将陆安密信呈上来！"

胖太监走下殿从秦桧手里取过密信，将密信放到赵构面前案上。赵构拿起密信展开来看，只见信上写道："罪臣陆安遥叩吾皇！臣在金邦侍奉先帝，偶然得悉：那金国完颜龙派人用重金贿赂我大宋朝枢密使王庶。密令王庶怂恿吾皇发兵攻金，以便金国有借口撕毁和约出兵伐宋，一举吞并我大宋。金国叫王庶里应外合……"

赵构仔细看罢密信，眉头紧锁，道："太师，此信真是陆安送来的吗？"

秦桧道："据那边关守将孟凡说，确是陆安派人送来的。"

赵构又道："太师有何为凭？"

秦桧道："启奏皇上：那送信之人，还送来陆安当宫廷侍卫总领时的腰牌。"

张去病一听，想起在古墓内陆安为救他逃走，抱住完颜龙不放，已死在完颜龙"毒龙爪"下。此时秦桧说陆安差人送来密信和腰牌，显然是编造谎言。他寻思陆安死后，定是完颜龙从陆安身上摘下腰牌，让秦员带回临安，作诬陷王庶的证物。转念又想：秦员不是骗到一道钦宗赵桓的假手谕吗，秦桧为何不拿出那假手谕来陷害王庶，却要伪造陆安的假信诬陷王庶呢，老贼多此一举，是何目的？

他正兀自寻思，忽听赵构道："把腰牌呈上来！"秦桧拿出一块腰牌，胖太监取来呈到赵构面前御案上。赵构拿起腰牌翻来翻去看了一会儿，道："秦太师，这腰牌上虽刻有陆安之名，但还不足为凭。倘若是那金国人偷去陆安腰牌，假造此信，对我大宋君臣施离间计，陷害王庶呢？咱们可不得不提防！"

张去病心中暗道："皇上并不昏庸啊！可他……他怎么让秦桧老贼杀害我外公、我爹和我舅舅呢？"

秦桧一怔，心想赵构坐上皇位这些年，历练得越来越精明了。今日幸亏老夫思谋周全，策划缜密，谅他赵构看不出做假破绽！忙道："皇上圣明！咱们一定要严防金国的反间计！只是……"秦桧欲言又止。他知赵构知晓他同王庶不和，他若辩说不是金国的反间计，赵构一定会对他起疑心。于是便故作不便深言之状，诱赵构问他。

赵构果然问道："太师，只是什么？你直言禀呈！"

秦桧道："皇上，此事，老臣本来不好直说。因朝廷众臣都知臣与王庶政见不同，常有争执。老臣若是直言，便会有人误当我诬陷王庶。但是皇上垂问，为了国家社稷安危，老臣只好不计个人得失，直言禀奏。"

秦桧说至此清清嗓子，又道："皇上明察秋毫，提防或许是金国的反间计，真乃明君圣主，远非老臣能及！老臣目光短浅，想不到皇上那么远。老臣一听那边关守将孟凡禀报此事，第一个念头便是想查明真相，维护皇上和朝廷安全。老臣愚昧，倒不怎么怕那金国施反间计。老臣只怕万一不是金国的反间计，如不严查，误了国事，危及皇上和朝廷！老臣身居相位，便是严重失职，有负圣恩。故才将此事急奏皇上，请皇上明断！"

张去病听出秦桧这一番话，是在绕弯子陷害王庶。言下之意，声明他不是陷害王庶，又大拍赵构马屁，打着维护皇上和朝廷安危的幌子，要赵构查办王庶。他寻思：老贼这番话说得忠君忧国，我若不明内情，还当他是个大忠臣哩！他又想：天下竟有这等无耻奸贼，明明在使阴谋诡计陷害别人，还能将话说得如此冠冕堂皇，振振有词，害人不露半点痕迹！这种人真是太卑鄙，太阴险，太无耻！皇上若是不能识破老贼阴险用心，王庶等大臣可就危险了！

却听赵构道："太师此忧虑出自忠心，朕甚感欣慰。此事当须查清，若是金国使的离间计，朕当还王庶一个清白。若是确有其事，朕定会治王庶之罪。这腰牌不足为凭，那送信人现在何处？将他带上殿来，朕要亲自询问！"

秦桧心中窃喜：只要皇上追查此事，王庶便成了嫌疑犯。即使一时查不清，老夫也可像除去岳飞那样，上奏皇上先将王庶下狱，然后再设法将他除掉。只有除掉王庶，老夫对那完颜龙才好交代。忙道："启奏皇上，那送信之人偷过边境时，身中数箭已死在边关。"

赵构一愣，道："送信之人死了？太师，这岂不是死无对证吗？"

秦桧做出无可奈何的样子，道："是啊，这也叫老臣心中犯难！"忽见一人越班而出，躬身道："皇上，臣王庶有本要奏！"

张去病一听奏本之人是王庶，忙注目看去，只见王庶年纪四旬出头，方脸浓眉，两眼炯炯有神，项下一部短须，一身英气勃然。

赵构道："王卿有何本要奏？"

王庶道："启奏皇上，皇上明断极是，这封密信确是金国使的反间计！"

赵构道："王卿此言，何以见得？"

王庶道："臣一向奏请皇上出兵抗金，收复大宋北方地。那金国将臣视为眼中钉，肉中刺，恨之入骨，欲将臣除去而后快！是以编造这封假信来陷害微臣，欲借刀杀人！请圣上明鉴！"

秦桧冷冷道："王大人，你不必忙着洗刷自己。此信是真是假，你说了不作数，老夫说了也不作数。皇上，老夫奏请皇上恩准，找人来辨认信上字迹，看是不是陆安的亲笔，便知真伪！"

赵构道："此言不错！众位大臣，你们有谁识得陆安的笔迹？"

群臣都纷纷摇头，无人应声。赵构道："无人识得陆安的笔迹，要辨此信是真是假，可就难了！"

张去病寻思：秦桧老贼定是事先料定，朝廷上无人认得陆安的笔迹，才敢叫皇上找人来辨认笔迹，老贼走这步棋狡猾得紧！

王庶道："皇上别忧，那使离间计之人，情知前朝老臣皆不在位，本朝已无人识得陆安的笔迹，才造这封假信来陷害臣。皇上若为此心忧，便中了那奸贼的诡计！"王庶一面说，一面用眼睛看秦桧，众人都看出，他说的那奸人便是指秦桧。

秦桧冷笑一声，道："嘿嘿，王大人，你别指桑骂槐！眼下咱俩谁是奸贼，谁是忠良，还难见分晓！你对皇上和文武百官说说，何以见得这信是假的？何以见得这是金国使的离间计？又何以见得你没同金国勾结图谋不轨？你空口说白话，嘿嘿，可蒙蔽不了百官，更欺骗不了皇上！"

王庶冷哼一声道："秦大人这话说得可稀奇了，我便是指桑骂槐，也是骂那伪造此信的奸贼，骂那欺君祸国坏种！难道这种卑鄙无耻的奸贼不该骂吗？我骂那奸佞之人，同你秦大人有何相干？秦大人出头为那奸贼说话，嘿嘿，不怕别人说你同那奸贼有瓜葛吗？"

王庶抓住秦桧话中破绽，左一个"奸贼"，右一个"奸贼"骂个不休，众人知他在骂秦桧，肚内都觉好笑，却又不敢笑出声来，只得强行忍住。秦桧气得脸上红一阵白一阵，一时又找不到话反驳，只是狠狠瞪着王庶。

王庶又道："满朝官员中，秦大人最是精明！以秦大人之精明干练，哪会不知此信是假的？又哪会不知是有人在使离间计？秦大人一连问我几个'何以见得'，你这是明知故问了。咱们两人竟是谁在蒙蔽百官，谁在欺骗皇上，秦大人自己心知，何必假装糊涂，愚弄圣上和文武百官？"

张去病一听，心想，看来王庶大人对秦桧的奸计心知肚明，只是没有抓到秦桧作假把柄，拿不出证据，暂时还奈不何老贼罢了！

却听秦桧干笑两声，道："王大人，我年事已高，老眼昏花，却没看出什么人在使离间计愚弄圣上和文武百官，王大人不妨说出来给大伙听听！"

王庶道："秦太师莫急，我自然要说给大伙听听！此事，不仅关系我王庶一人的身家性命，且关系大宋的江山社稷！前几日有人在暗写奏章，串联党羽签名，他不仅要弹劾我王庶一人，而且要弹劾朝廷五十几位大臣！他欲排净异己，把持朝政，图谋把皇上架空，独揽大权！如此重大阴谋，我焉能不说！"

秦桧一惊：老夫此番密谋，是谁泄露出去了？退朝后老夫得好生查查！此刻老夫不能让王庶将话题扯开，分散皇上的心思！忙道："王大人，大伙等着听你回答我的问话，你扯闲言碎语做甚？是不是无法作答，气短心虚？"

王庶冷笑道："是谁气短心虚，秦大人自己心里明白！我说有人用此假信使离间计，自有根有据：想那陆安同先帝被金国掳去，金国人要拿到陆安的腰牌易如反掌。那人知晓陆安仅是先帝的宫中侍卫，极少用笔墨，眼下朝廷已无人能辨识陆安字迹，难识破他的奸计，他便设下这反间计来陷害我！嘿嘿，那人如此熟知大宋朝廷之事，说不定他便在这朝廷上！"众臣一听顿时交头接耳，议论纷纷。

秦桧心中暗惊，嘴上却道："王大人好辩才！只是无人识得此信的真假，你再捕风捉影，说得天花乱坠，也逃脱不了勾结金国的干系！"

秦桧对赵构道："皇上，先头老臣亦怀疑此信有诈，昨晚上犹豫再三，本不想上奏皇上。只是除了这封密信之外，那送信之人还带来先皇钦宗的一道手谕，老臣辨不出那手谕是真是假，故不敢冒失呈皇上过目。朝廷无人识得陆安字迹，此信难辨真伪，老臣斗胆将这道手谕呈上，以助皇上鉴明真伪！"

张去病一听恍然大悟。心道："这老贼好狡诈！原来他是步步为营，先拿出假信和腰牌诬陷王庶。如不得逞，再拿出这假手谕置王庶于死地！老贼想用假信、腰牌、手谕三件假物证，让人怀疑王庶通敌确有其事。王庶大人如不能洗去嫌疑，眼下便有下狱之忧！"

赵构一听心头震动。自从钦宗被金国掳去，这些年未有一点音信。此时忽听秦桧说有一道钦宗手谕，他不知那手谕上所言何事，心下有些惶惑，忙道："太师有我皇兄的手谕？快呈上来！"

秦桧双手捧着那封手谕，恭恭敬敬走到御案前。胖太监接过手谕放到案上。赵构站起身来，对着那手谕躬身施了一礼，才打开手谕来看。只见手谕写道："赵构皇弟：别来无恙！兄在金邦查得实据，那枢密使王庶勾结金人，欲引狼入室，盼吾弟查清王庶通敌同党，徐诛之！皇兄赵桓。"

适才，群臣听说秦桧有先皇钦宗赵桓的手谕，皆大吃一惊。众人想知道那手谕上写些什么，人人瞪大眼睛望着赵构，察言观色，想从赵构神色看出那手谕是真是假，一时间大殿上静得出奇。

张去病虽然明知那手谕是假的，却也很紧张。他担心赵构辨不出真假，以假当真，下旨治王庶的罪，手心都攥出了汗水。心中暗道："秦桧老贼害人手段实在歹毒！他先说不识那手谕是真是假，不敢冒失呈送圣上过目，为自己留下退路。皇上若不能识破这道假手谕，他陷害王庶的奸计便能得逞！万一皇上识破假手谕，他有言在先，没犯欺君之罪，便可逃过惩处。这老贼太狡猾，难怪朝中大臣都斗不过他，难怪我外公会死在他的手里！"

赵构仔细看那手谕，字体极像钦宗赵桓手迹。小时他兄弟几人同窗读书，他对哥哥赵桓笔迹极熟悉。看了一会儿，隐隐觉得手谕上的字有些不对头，一时间又看不出是哪儿不对头。他一边看手谕，一边心想：秦桧与王庶一向政见不合。那王庶力主抗金，虽然不合时宜，朕也讨厌他一再上奏章，喋喋不休地要朕出兵与金国开战，但他也是一片忠心并无恶意。朕观此人襟怀坦荡，刚正不阿，忠心体国，在众臣中口碑甚佳。我皇兄说他勾结金人引狼入室，并无实据，只怕是捕风捉影的不实之词……

赵构又想：秦桧呈上这封信和手谕，显然是要朕将王庶治罪。朕若不明不白地治王庶的罪，不仅令武将们心寒，秦桧势力也会在朝中独大。如此一来，朕将难驾驭秦桧。朕可不能遂他心愿，待朕先听大臣们怎么说，权衡利害，再定夺此事……如此一想，他抬起头来，对胖太监道："刘勤，宣读先皇手谕给群臣听。"

太监刘勤道："遵旨！"接过手谕大声宣读一遍，群臣听罢嗡嗡嗡地议论起来。王庶忙跪到殿下，道："皇上，此手谕是真是假，微臣不敢妄议，请皇上圣裁！"

赵构道："朕观手谕上笔迹，确像我皇兄的字体。只是朕与皇兄分别多年，对他的字迹也记得不甚清楚了。众位大臣，你们可有人清楚记得我皇兄的字迹？来帮朕鉴别一下！"

群臣你望望我，我看看你，纷纷摇头。大殿之上一片沉寂。赵构挨着众臣一个个看过去，这些大臣十有八九，都是他登基后起用的新臣，从未见过钦宗笔迹，难怪无人出来辨认。他看来看去，将目光挪移到秦桧身上，心想这大殿内，唯有秦桧一个人在皇兄手下供过职，能识皇兄的笔迹。可是他奏告王庶岂会说真话？

想到此节，赵构心中暗道："嘿嘿，先前一封信，殿上无人识得陆安的笔迹。这一道手谕，唯有秦桧能识皇兄的字迹，这事儿够蹊跷的！倘若王庶真是无辜，那陷害王庶之人玩这诡计，阴毒得很哪！"

忽见翰林学士韦章出列奏道："皇上，秦太师是前朝老臣，侍奉过先皇，曾见过先皇的手迹，皇上何不下旨让秦太师辨识手谕的真伪？"

这韦章是秦桧的门生，说这一番话自然是秦桧私下授意。他本觉说此话太不避嫌，但又不敢不说。说罢便低头退回列去，不敢看旁人。

秦桧忙道："皇上，韦学士此议不妥，老臣不敢苟同！老臣上奏皇上王庶有勾结金国之嫌，形同原告。王庶形同是被告。让老臣辨别手谕真伪，对王庶有失公允，大臣们也不会信老臣之言！"

赵构心中忍不住冷笑："那韦章是你门人，他上奏让你来辨真伪，只怕才是你心中所想。你伪装公允，假惺惺推辞，又怎能瞒得了朕？好，朕便叫你说说真假，看你说出什么花头来！"

如此想罢，赵构道："秦太师，你在先帝驾前任'殿中侍御史'一职，曾多次见过我皇兄的字迹。旁人信不信你的话，暂且不管他。你姑且说说，这手谕上的字迹是真是假，算是一家之言！"

秦桧道："皇上下旨要叫老臣说，老臣不敢不说。叫老臣看来，这手谕上的字体，是先皇的真迹无疑！"

群臣中闪出一人道："启奏皇上，秦桧此言不实！"

张去病一看，这大臣相貌堂堂，凛然有威。听见旁边一名官员低声对另一官员道："秦桧权势熏天，这满朝文武百官，也只有护国公韩世忠大人敢对他直呼其名！"

张去病听说那人是韩世忠，心中涌起一阵感激之情。心想自从外公遇难后，我家人多亏得韩大人庇护，才免遭秦桧老贼毒手！我得找个机会去拜谢他老人家。

又听韩世忠道："秦桧先前还说，他不识那手谕是真是假，不敢冒失呈送皇上过目，此时又说，这手谕是先皇的真迹无疑，如此前言不对后语，分明是在欺君！"

秦桧冷笑道："韩世忠，你休得给我罗织罪名！先头，我说不识那手谕是真是假，不敢禀呈圣上过目，那是因众人知道我同王庶不和，我为避嫌不便道出真情。皇上见先皇的迹字比我见得多，我才奏请皇上明鉴！此时皇上垂问，我不敢只顾避嫌，贻误国事，便据实向皇上禀告真情，这怎么是欺君了？"

赵构道："你二人不必争论。朝臣通敌事体重大。倘是只有秦太师一人认得这手谕的真伪，还不足以定王庶之罪，若再有一两人也认出这是真迹，朕才能治王庶之罪。可这朝廷上，再无人能辨识这手谕真伪，朕要治王庶的罪，物证不确，人证不足，朕不能轻率治王庶之罪！"

秦桧一听，赵构想放过王庶。心中暗道："皇上如放王庶一马，老夫如何向完颜龙交代？王庶不死，老夫便若芒刺在背！"忙奏道："皇上，眼下人证不足，物证尚待查实，暂且不能定王庶之罪。但王庶终究犯嫌，不可不究！臣奏请皇上下旨，先将王庶打入大牢，待查实罪证，再作处置！"

赵构一听暗恼：心想你让朕先将王庶关押起来，再罗织证据置王庶于死地，这分明要朕任你指鹿为马！嘿嘿，你这老东西，把朕当作秦二世胡亥不成？转念又想，前些年他用此法置岳飞于死地，那时朕为同金国议和，任他下手。此时他又故技重演，这回朕可不能让他如愿！可是……如不将王庶下狱，朕用何说辞呢？

赵构正思忖，忽见一人出班奏道："启奏皇上，臣想起一个人，此人一定能辨出这道手谕的真假！"

赵构往下一看，奏禀之人是礼部侍郎郭祖贻，忙道："郭卿快说，还有谁人能识得手谕真假？"

郭祖贻道："此人是前朝博学鸿儒夏天纲。夏老先生虽然致仕在家多年，人还健在。他家便在临安城内，皇上派人去将夏老先生召来，他可解此难题！"

张去病看见群臣听得频频点头，他不知那夏天纲是与司马光齐名的饱学大儒，曾是高宗和钦宗的老师。要说辨认钦宗的笔迹，没有人比他更合适的了。如能请他来辨认，那一定十拿九稳，他对钦宗字体辨认断不会错。所以群臣一听请他出马断疑，个个点头称是。

赵构恍然道："对对，这件手谕真假，唯有夏老师方能识别，朕怎么将夏老师忘了？"忙对胖太监道，"刘勤，命人出宫去速将夏天纲老师接上朝来！"太监刘勤疾步走到殿前传旨下去，殿前侍卫不敢怠慢，快步走出宫门，翻身上马疾奔而去。秦桧看见赵构派人去接夏天纲却一点不担心，神情十分安然。

张去病见秦桧毫不紧张，有恃无恐。他心下十分诧异。转瞬便明白其中缘故。心想老贼一定不知这手谕是陆安仿钦宗笔迹写的，以为这道手谕真是赵桓写的，是以他毫不惊慌。

秦桧非但不惊慌，心中正暗暗高兴，心想这手谕是秦员亲眼看见赵桓写的，断然不会有假，便是那夏天纲来辨认，它也是真的！只要那夏老头说手谕是真的，老夫便乘势拿出弹劾王庶等人的联名奏折呈给皇上，便可将韩世忠、王庶等五十三人一网打尽！哼，这一回，王庶等人休想逃出老夫手掌心！

片刻过去，赵构处理完几位大臣的奏章，卫士进殿来报，说已将夏天纲接至殿外。赵构忙道："宣他进殿！"

只见两个卫士扶着一位老者走进殿来。张去病一看那老者身穿灰布长衫，年过八旬，须发银白，气度儒雅。老者走到殿内双膝跪下，道："草民夏天纲叩见皇上！"

赵构道："夏老师请起。你年高德劭，朕赐你坐下。"

夏天纲道："草民谢皇上赐坐。"太监忙搬来锦凳，扶起夏天纲坐在凳上。

赵构道："朕今日请夏老师上殿，是请老师来看看这道手谕，是不是我皇兄赵桓写的？"

夏天纲听说请他来鉴别钦宗手谕，神色十分惊讶。暗想：赵桓被金兵掳去番地多年，音信断绝，此时怎会有手谕送到大宋来？莫非先帝在金国发生什么变故？这手谕必定牵涉重大事由！忙道："草民遵旨。"

太监刘勤将手谕递到夏天纲手上。夏天纲展开手谕，从头到尾仔细端详。群臣都目不转睛望着夏天纲，紧张得大气不敢出，静听他说出判定。他倘若说手谕是真的，王庶难逃一死，不知还会株连到谁？王庶及交好大臣的安危，此时全凭这老人一句话。倘若他说这手谕是假的，王庶定要上奏皇上严惩秦桧。秦桧一党生死，也全在他一句话！是以群臣心里揪紧，都不敢出声。

张去病见夏天纲拿着手谕看，心中忽然惊道："不好，这老先生年纪太大，万一他老眼昏花，错辨真假，岂不坏大事？他若说这真是赵桓手谕，秦桧老贼陷害王庶等人的阴谋将会得逞！这如何是好？"

他将心一横，暗道："若是这老先生以假当真，错判真假，我只得将王庶大人从殿上救走，便是惊吓到圣驾也管不得许多了！"正想至此，忽见夏天纲看罢手谕，缓缓抬起头来，若有所思看着前方，并不说话。群臣提心吊胆看着他，不知他开口会说什么。

赵构忙道："夏老师，这道手谕是真是假？"

夏天纲神情肃然道："启奏皇上，这道手谕是假的！是何人如此大胆，竟敢模仿先皇钦宗笔迹，构陷王庶大人？"

此语一出群臣哗然。韩世忠等与王庶交好的大臣们放下了提着的心，大大松了口气，继而群情愤慨，议论纷纷起来。张去病一听，夏天纲辨出手谕是假的，心中一阵狂喜，暗暗道："秦桧老贼这回难逃惩罚了！"

秦桧听见夏天纲的话，惊得身子一震，急道："夏老先生，你，你……可是看清楚了？这手谕怎会……是假的？你不忙先下定论，再好生看一看。此事有关朝廷安危，人命关天，你千万千万不能看错啊！"

秦桧同党也惊得纷纷附和。一人说道："夏老先生，你年岁已高，眼力不逮，是不是没看清楚？此事关系许多人身家性命，可不是闹着玩的！你说这手谕是假的，可要为你之言负责任啊！"

另一人说道："夏老先生，大殿内光亮不大好，你年高眼花，或许没看清楚。你拿到大殿外去，在日光下再仔细看看。等看清楚了，有根有据回皇上的话，不可草率下结论，误了国家大事！"

夏天纲将手谕交还太监，缓缓道："诸位大人，老朽是老了，可眼还没花。老朽虽然年迈致仕在家，却也曾在朝廷侍奉过先皇多年，对这件事情的轻重，老朽还略知一二，我还未老糊涂到不知此事轻重利害的地步！"

秦桧忙道："夏老先生，我当年多次见过先皇的笔迹。这道手谕上的字分明是先皇的字体。你说这手谕是假的，你有何凭据？倘若说不出凭据，信口开河便有欺君之嫌，我可要请皇上治你的罪！"

夏天纲淡淡看秦桧一眼，仍不紧不慢道："秦大人为何如此着急？老朽如没料错，这道手谕定是你呈给皇上的了！这手谕如是假的，秦大人你怕难逃干系，才如此着急冒火，是不是？"

秦桧一怔，道："我同你从不相识，你……你怎认得我？"

夏天纲道："秦大人位居要津，权重功高，名满天下，谁人不知，哪个不识？老朽认得你，这有何奇怪？"

群臣皆听出夏天纲此话，表面是说秦桧官居宰相，在一人之下万人之上，名动天下，自然认得他。而话里却是说秦桧陷害忠臣，卖国媚敌，臭名远扬，是以认识他。这弦外之音，秦桧怎会听不出？

秦桧心中暗怒道："你个老东西敢讽刺我，你等我收拾了王庶，再寻机收拾你！"

夏天纲续道："老朽知晓秦大人已非一日。徽宗政和年间科举大考，那时老朽是考官，阅到一份试卷，那考生在那试卷上围绕'夷夏之别'的宏旨，论我大宋开国百年来，边患频仍之局势，阐发'夷夏大防'之要害，引经据典，论证'尊王攘夷'之重要。进而又提出'以德化夷'之策略，文章洋洋洒洒，捭阖纵横，饱含忠耿之情，忧国之思。那时老朽阅罢，连呼'此卷大佳！大佳！'便在试卷上批了一个大大的'通'字。后来发榜，秦大人考中进士，老朽才知那试卷出自你笔下。但那科考毕，老朽即致仕还家。是以秦大人不识老朽，老朽却知秦大人！"

说至此，夏天纲摇了摇头叹道："唉唉……岂料秦大人从金国逃回来，身居相位后，不知为何违背昔日之言，竭力主张大宋同金国议和，俯首对金称臣，变成了抑王尊胡，同当年判若两人！秦大人怎会忽变如斯，老朽真百思而不得其解！个中缘由，秦大人能否告知老朽？"

秦桧一听，气得差点跳起来。夏天纲这番话触到他的心病。当年他写下效忠信，金国才将他放回大宋。他返回到朝廷已引起不少大臣怀疑：他从金国逃回，路途有众多金兵关卡，他怎能安然通过？即便他机敏过人，侥幸逃回，也只能一人逃回。他又如何能将妻室儿女，甚至仆人都带逃回来？而且同他一起被俘去金国的几位大臣，为何唯独他一人能逃回？因此有人断言，他必是金国纵归大宋的奸细。

幸亏当时宰相范尹同他旧谊很深，力排众议，他才得在朝廷站住脚跟。此时夏天纲说他从金国逃回来，身居朝廷要津之后，不知为何一反常态，违背昔日之言，鼓吹宋金议和，抑王尊胡，同当年判若两人！便是对他从金国逃回之事质疑，他心中如何不恼怒？

可是夏天纲是赵构之师，碍着赵构之面，他不敢发怒，只得强忍怒气，冷冷道："夏……夏老先生，非是我秦桧变了，乃是山河异势，我秦桧不得不变……古人有云：彼亦是非，此亦是非。识时务者为俊杰……夏老先生，今日咱们不谈旧事，只谈这道手谕是真是假，老先生有何凭据，说它是假的？"

夏天纲反诘道："老朽也要问问：秦大人又有何凭据，说它是真的？"

秦桧道："我的凭据是：这道手谕上字体，同先皇的字体一般无异。你瞧，先皇仿唐朝欧阳询字体，这手谕上字也是仿欧体。你再瞧，先皇运笔，喜用中锋，这手谕上的字也是用中锋居多。还有先皇写的撇，上端收紧，下开端飘洒，这手谕上的字亦然。先皇的字迹清秀而挺拔，飘逸多姿，这手谕上的字亦是如此……"秦桧一口气说了钦宗字体七八个特征，连赵构听了，都不得不佩服他观察得仔细。

夏天纲静静听罢，才缓缓道："秦大人适才说，你侍奉先皇几年，多次见过先皇御笔。那几年中，你能将先皇字体观得如此细致，也算是个有心人了！不过，先皇从少年时开始习字，老朽便一直在他左右侍奉笔墨，直到先皇登位临朝，老朽方才致仕回家。十多年里，老朽见到的先皇手迹，比秦大人多得多。说句不客气的话罢，要说对先皇字迹熟悉，秦大人同老朽相比，嘿嘿，那真叫小巫见大巫！"众臣一听皆频频点头。夏天纲是赵桓和赵构的老师，赵桓习字是他教的，要说对赵桓字体的熟悉，秦桧哪能同他相比？

夏天纲又道："适才，秦大人说的那几点都没错，不过你只看到了先皇字体的形，而未看到先皇字体的神，所以你将这假手谕当成是真的了！"

赵构忙问道："夏老师，什么是我皇兄字体的神？"

夏天纲道："先皇字体之神，是字体有一股王者之气！这王者之气，是旁人无论如何也模仿不来的！"

赵构追问道："什么王者之气？请老师指教！"

夏天纲道："皇上，'指教'二字，草民不敢当。皇上请看那假手谕上的字，其走势、气度如何？"

赵构看了看那手谕，道："字形似乎往上飘浮。"

夏天纲点头道："皇上圣明！草民再请皇上想想，先皇的字其走势、气度又是如何？"

经夏天纲这一点醒，赵构恍然道："朕想起来了，我皇兄的字体沉稳下坐。"

夏天纲又道："草民再请皇上看看，那手谕上的字，点是如何写的？"

赵构扫一眼手谕，道："点的形状皆似桃形。"

夏天纲道："这就对了。先皇临帖，除了临欧体，还喜临魏碑。是以先皇写的点，是圆中带方，犹似印章。皇上想想是不是？"

赵构道："是是，朕想起来了。老师说得没错，我皇兄写点确是微微带方，形似印章！"

夏天纲道："先皇的字体安稳如山，点如大印，故带一股君临天下的王者气度！而这手谕上的字飘逸浮华，点似桃子，俗人气韵，故草民说它是假的！"

先前，赵构隐隐约约觉得手谕上的字有什么地方不对劲，却又说不出是哪里不对。此时听夏天纲一说，如拨云见天，恍然大悟。道："谢谢老师为朕解开疑难！来人，扶夏老师下殿去，赏金百两，绸缎十匹！"夏天纲拜谢赵构，两名卫士搀他起来，扶着他缓缓走出大殿。

赵构对王庶道："王卿，现已查明这手谕是假的，你清白无罪，快起来罢！"

王庶仍跪地不起，道："皇上，臣有本要奏！"

赵构道："王卿说罢，有什么本要奏？"

王庶道："皇上，秦桧伪造假信和手谕欺君罔上，诬陷臣勾结金国图谋叛逆，欲将臣置之死地！今日若非夏天纲老先生还在世上，能鉴出这手谕是假的，臣便是浑身是嘴也辩不清，只怕此时，臣已被打入大牢等候问斩了！皇上，秦桧胆大包天，不仅用陆安之名假信蒙蔽圣上，还竟敢伪造先皇手谕！秦桧如此大逆不道，一再欺君，祸乱朝纲，臣奏请皇上严办秦桧！"

韩世忠亦出班奏道："皇上，老臣得悉，秦桧用这假信和手谕，不只要陷害王庶一人。他暗拟奏章，联络其党羽在奏章上签名，要弹劾老臣和王庶等五十三名政见不同的大臣。秦桧分明是在结党营私，铲除异己，欲架空皇上，独断朝纲，窥探皇位！秦桧如此狼子野心，危及我大宋江山社稷，臣奏请皇上立斩秦桧！"

秦桧吓得魂飞天外，惊惶道："皇上，老臣冤枉！韩世忠和王庶是一派胡言！皇上对老臣恩宠有加，臣怎会做出如此欺君枉上之事？此信和手谕，都是那边关守将孟凡送来的，决非老臣伪造！王庶和韩世忠记恨老臣，胡说什么老臣欺蒙皇上，清除异己，扶持党羽，独断朝纲，架空皇上云云，纯粹是无中生有，恶意诽谤！众官皆知老臣素来与他们不和，他二人此时便借题发挥，怂恿皇上治老臣重罪，请皇上明察！"

赵构听韩世忠说秦桧串联党羽，欲用假信和手谕弹劾五十三位大臣，大规模清除异己，心中恚怒。心想：绍兴二年，这老东西就在朝中打击异己，扶植亲信，被朕免职一回，想不到今日，他旧病复发，故技重演！这几年，朕多次为他加官进爵，这老东西得意忘形，利令智昏，竟敢大胆妄为到如此地步！……转念又想：韩世忠奏他独断朝纲，窥探皇位。嘿嘿，驻守临安城大将是朕的心腹，皇宫御林军和侍卫统领也是朕的心腹，秦桧他无兵无卒又能窥探什么皇位了？只不过这老家伙位高权重，行事越来越放肆！今日，朕乘机好好治他一治，杀杀这老东西气焰！

如此想罢，赵构冷冷道："秦桧，你同韩世忠、王庶不和，这朕知道。但朕未见他二人诬告过你，今日却是你拿假信和手谕诬告二人。假信和假手谕俱在，你怎说他二人无中生有？这朝廷上，见过先皇笔迹者，只有朕和你二人。朕尚且不敢断定手谕是真是假，你却一口咬定手谕是真，奏请朕先将王庶关进大牢，再慢慢查实罪证。朕若听了你的话，匆忙将王庶下狱，王庶岂不是蒙受了不白之冤？你岂不是让朕背上昏君骂名？"

说到此，赵构心中火气上涌，又道："秦桧，你诬陷同僚，不但不痛心反思，自省罪过，反咬别人借题发挥。你若是没出此题，旁人又怎能借题发挥？你如此文过饰非，圣人的内省之道，你学到哪里去了？"

群臣从未见赵构如此呵斥过秦桧，皆是一愕。韩世忠等人听得心中大快，心想这老贼今日只怕要倒大霉！秦桧吓得跪到殿上，连声道："老臣知错，老臣知错！"

赵构厉声道："这些年你议和成功，迎回韦太后，功不可没。朕一再封赏你，你现居相位加称太师，朕又封你为魏国公，还特许你上朝免行跪拜礼。论功行赏，朕对你已是仁至义尽。可你今日所为，与朕的封赏相配吗？自古以来将相和睦，方是国家之福。你身居相位不思相将和，一心排斥异己，明争暗斗，这岂不是祸乱朝纲，危害社稷吗？！"

张去病听得暗暗叫好：皇上并不昏庸啊！哈哈，秦桧老贼这一回撞在枪尖上了！

秦桧跪在地上，听见高宗申斥越来越严厉，吓得浑身直冒冷汗，连连叩头道："老臣一时糊涂，胡言乱语，辜负皇上恩宠，老臣实在糊涂！"

赵构越呵斥秦桧，心中越气恼，顿时想起几件令他不快的往事：一件是临安望仙桥旁有一块风水宝地，据说是"有王者之气"。秦桧一再奏请，要那块地做宅基地。另一件是秦桧鼓动同党上奏，吹嘘什么"议和"以来国现祥瑞，牢狱荡空，万民称颂，为秦桧歌功颂德。再一件是秦桧在望仙桥修好府第后，厚着脸来求他题写块匾额，并上奏准他在府内设立家庙。尤其可恨的是，秦桧竟敢暗中买通御医，刺探宫里的情形！想起这些事，赵构心头气不打一处来。此时见秦桧伏在殿下吓得浑身发抖，心里升起一阵快感，他心里暗暗冷笑一声："平日在人前威风八面的秦太师，此时怎么战战兢兢胆小如鼠啊！"

秦桧急欲开脱罪责，又道："皇上明鉴，那假信和假手谕是边关守将孟凡送来的，决非老臣作伪。老臣一时糊涂未辨出真假，不该冒失上奏皇上，险些误了大事！"

王庶冷笑道："秦桧，那假信和假手谕真是边关守将送来的？皇上，臣奏请传那孟凡上殿，皇上亲自询问孟凡！"

赵构心下暗道："王庶迂腐！秦桧既然一口咬定假信和手谕是孟凡送来的，一定早同孟凡扎好口径。朕传孟凡来问又能问出什么来？"转念又想："不过，传那孟凡来问问，再吓一吓这老家伙，也倒有趣得紧！"

如此一想，他点头道："准王卿所奏。传那孟凡上殿！"

秦桧今日弹劾王庶，情知在朝廷上必有一番较量。是以上朝时，已将孟凡带到殿外等候，以备赵构传询。太监传下旨去片刻，只见孟凡走进殿来。群臣一看，那孟凡武将身材矮墩，三十出头年纪，面色酱黄，一双小眼睛转来转去，心中显是紧张。

孟凡乃大散关一员守将，不久前，秦桧派人暗中将他叫到临安，先贿以重金，后又封官许愿，叫他出庭做伪证陷害王庶。孟凡得到好处，拍胸膛答应秦桧。此时走到离张去病不远处，双膝跪在大殿中，向赵构行跪拜大礼，道："卑职孟凡叩见皇上，吾皇万岁，万万岁！"

张去病心中一动：此人被老贼叫来做证，他必定按老贼授意说话。他若承认那假信和假手谕是他带来的，便为秦桧老贼开脱了罪责，皇上便不会重惩老贼。不成，我得制止这孟凡胡说八道！心念闪过，他伸指在长袖中暗暗一弹，一缕指力射出，点在孟凡喉结旁"天窗穴"上。这个穴位关联嗓子经脉，一当被点中，人便无法说话。孟凡只觉忽然间脖子一紧，像被一只手紧紧捂住，气都喘不过来，心中惊惶莫名。

赵构道："孟凡抬起头来，朕问你话，你须句句如实回答！朕先问你，你为何从边关到临安来？"

孟凡跪在地上欲答话，张开嘴"嗬嗬"几声，却一个字也说不出来。这突然变故吓得他魂飞天外。适才他叩拜赵构，还大声称诵"万万岁"。怎会眨眼之间便说不出话来？他又惊又急，越使劲张嘴说话，越是说不出话，急得满脸涨红，头冒大汗，嘴里就是说不出一个字。见此情状，群臣大为诧异。王庶喝道："大胆孟凡！皇上垂问，尔竟敢不答，如此目无圣上，该当何罪？"

孟凡惊恐交加，急得抬手连连指指嘴，示意说不出话。秦桧跪在一旁看见此情，急得差点晕过去。大叫道："孟凡，皇上问你，快回话！"孟凡仍急得用手指嘴。

赵构喝问道："秦桧，孟凡为何不回答朕的问话？"

秦桧吓得语无伦次，道："皇，皇上，这个……这个，他，他……老臣也不知，他是……为何？"

张去病见秦桧吓得狼狈不堪，心中直乐："哈哈，秦桧老贼，今日叫你知道小爷的厉害，我看你这奸臣如何脱困！"

赵构厉声喝道："秦桧，你竟敢弄个不会说话之人来糊弄朕，你好大的胆子！"

秦桧吓得不住磕头，道："老臣万万不敢！适才，他……他还……还口呼皇上万岁。不知为……为何转眼之间，便说不出话？"

　　饶是秦桧一生经历无数宦海风波，却也想不出孟凡上殿为何突然变卦，不回答赵构问话。一时间他心急如焚，心里大骂孟凡："孟凡王八蛋！混账狗东西，这节骨眼上你不说话，想害死老夫不成？啊呀，不好！莫非孟凡这龟孙子又拿了王庶的好处，背叛了老夫不成？是了，孟凡这王八蛋，一准是蚂蟥两头吃！此时他不说话，便是否认那假手谕和陆安的假信是他带来的。皇上一定会龙颜大怒，将我打下大牢！这……这如何是好？"

　　秦桧正胆战心惊，赵构又喝问道："秦桧，你说不敢糊弄朕，那你说说，孟凡为何不回答朕的问话？"

　　秦桧脑子急转，搜肠刮肚找说辞，道："皇上，兴许是……孟凡他是头，头一次见到龙颜，瞻仰天子龙颜……这个，这个，呵，心中太过欣喜，一时消受不了这福气，便……便高兴得说不出话来……或许是他，唉唉，这个……仰见天威，慑于皇上威仪，心中紧张，吓哑嗓子，咳咳，一时说不出话……"秦桧好不容易结结巴巴编出这一通说辞，累得汗水浸湿内衣。

　　张去病见在危急之际，秦桧居然能自圆其说，也不由得佩服他随机应变的本事。他年少不知，忠臣与奸臣的一大差异，便是忠臣皆方正耿直，不易其道。奸臣大都钻营拍马，圆滑善变。靠这本事，历朝历代奸臣才能保全自己，摄取高位。

　　秦桧从一名金国的阶下囚，返回宋廷几经宦海沉浮，才一跃而成朝中的第一权臣。早就将随机应变本事练得炉火纯青，在官场油锅里浸泡得滑不溜手。是以此时他虽然万分狼狈，却还能随机应变，将话说得看似有理。

　　赵构冷笑一声，道："朕姑且信你之言。朕来问你：此人说不出话，你如何证明那假信和手谕是他送来的，而不是你伪造的？"

　　秦桧忙道："孟凡说话不便，臣不敢劳皇上垂询他。请皇上开恩，容老臣来问他，便可证明臣的清白。"

　　张去病心下诧异：孟凡已不能说话，他如何能从孟凡口中问出话来？这老贼又要玩什么花招？赵构同张去病一般心思，心想孟凡口不能言，你还能问出什么来？朕倒要看这老东西如何问他！道："好，朕听你问他。你只许问话，不许有何暗示！"

　　秦桧道："遵旨。"站起身来走到孟凡面前，看见孟凡满脸惊恐，心中蓦然闪过一个可怕念头：难道孟凡被人下毒，变成哑巴了？莫非是刚才他在殿外候旨，被王庶派人暗中对他下了毒？啊，怪不得王庶奏请皇上传孟凡上殿询问，原来王庶这厮暗中在孟凡身上做了手脚！王庶呀，王庶，你这一手好狠毒！

　　心念闪过，他不敢耽搁，忙问道："孟凡，皇上问你为何从边关到临安来？你须照实回答！"

孟凡见秦桧过来询问，两眼焦急望着秦桧，张了几下嘴，喉咙里发出一阵含混不清的声音。

赵构忙道："秦桧，孟凡说什么？"

秦桧道："皇上，臣也听不清他说的话。臣不知他是欣喜过度，还是紧张过头，仿佛是突然中风，一时间说不出话来。"

王庶道："皇上，孟凡中风说不出话，不能证明秦桧未涉嫌伪造假信和手谕。臣请皇上先将秦桧下狱，等到孟凡能开口说话再审此案！"

秦桧一听大急，王庶分明是以其人之道还治其人之身，用他的法子请君入瓮，忙道："皇上，孟凡嘴不能说，但他的手尚能写字，请皇上赐他纸笔，让他用笔代嘴，臣问一句，他写一句答词，求皇上准臣之请！"

张去病一听，暗道：原来这老贼要孟凡以笔代嘴，写出答词，没想到老贼还有这一手！

赵构叫太监取来笔墨纸张放在孟凡面前。秦桧道："孟凡，你拿起笔来，老夫问一句，你如实写一句，不许乱写！"

孟凡欲伸手拿笔，张去病又暗暗弹出指力，点在孟凡双臂"尺泽穴"和"列缺穴"上。孟凡忽觉手臂一麻，一点也动不了，心下大骇：难道我真的中风了吗？为何早不中风，晚不中风，偏偏在这紧要关头中风？唉唉，都怪我贪图升官发财，经不住秦桧诱逼，这下命都要丢了！

秦桧瞧见孟凡不动手去拿笔，心中又一惊：难道这厮的手也不能动了吗？忙道："孟凡，你为何不执笔？"孟凡满脸惊恐地看看双手，摇摇头示意手不能动。

秦桧急道："怎么？你的手也动不了吗？"孟凡点点头。秦桧如挨当头一棒，愣在当场。张去病见秦桧呆若木鸡，心想：这下看你老贼还有什么法子？

却见秦桧发愣一瞬，转过头对赵构道："皇上，孟凡的手也不能动。臣可否让他点头，或摇头，回答臣的问话？"

赵构不说话。秦桧知得到默许，掉头对孟凡道："孟凡，我问你一句，你回答'是'，便点一下头。回答'不是'，你便摇头。听明白了吗？"

孟凡使劲点了点头。秦桧问道："孟凡，你到临安可是送来一封信和一道手谕？"

孟凡将头一仰，正要点下，忽然间却放声大笑起来："啊哈哈哈！啊哈哈哈……"

赵构和群臣见孟凡忽然狂笑，无比惊愕。秦桧忙喝道："孟凡你笑什么？不许笑！这是在金殿上不可放肆！快回话！"

秦桧这一呵斥，孟凡顿时不笑。秦桧松口气，又问道："孟凡，你到临安来，是不是送一封信和一道手谕？"孟凡又狂笑："啊哈哈哈！啊哈哈哈……"

秦桧又急又气，大声喝道："孟凡，不许再笑！快回老夫问话！"听见呵斥，孟凡又闭嘴不笑。一连数次，皆是秦桧一问，孟凡便哈哈大笑，秦桧一呵斥，孟凡便住嘴不笑。

群臣看见孟凡一会儿大笑，一会儿不笑，就是不点头或摇头示意，似在逗弄秦桧。这情景使得秦桧询问，如同儿戏一般，大殿上肃穆气氛荡然无存。众人都纷纷摇头。

秦桧气得怒不可遏，一掌朝孟凡脸上打去。这一掌打下，孟凡又"啊哈哈哈！啊哈哈……"长笑不止，笑声响彻大殿上绵延不绝。

王庶喝道："秦桧，你同孟凡演什么双簧？这大殿是皇上处理国家大事的庄严殿堂，你弄个疯癫之人在此耍疯卖傻，这成何体统！你眼里还有皇上威严吗？"

赵构早已忍无可忍，一听王庶此言，怒气上冲拍案喝道："来人，把咆哮金殿的孟凡拉出殿乱杖打死！"两个卫士跑进殿来抓起孟凡往外就走。只见孟凡头一歪，竟然笑晕过去。

赵构铁青着脸呵斥道："秦桧，你在捣什么鬼？"

秦桧吓得魂飞魄散道："臣，臣亦不知……孟凡是……是怎么回事。或许，是他一时神智失……失常，才变如此癫狂。臣万万不敢捣……鬼！"

适才秦桧叫孟凡点头或摇头作答，张去病灵机一动，暗点孟凡的笑穴，使得孟凡忍不住哈哈大笑，无法点头摇头。秦桧不问孟凡时，他便暗中解开孟凡穴位，让孟凡住嘴不笑。他如此反复操控孟凡捉弄秦桧，想激怒赵构杀秦桧。此时看见赵构震怒，他心中大喜。暗道："秦桧老狐狸，这一回，小爷看你如何活命？"

却听王庶道："皇上，这孟凡行为乖悖，心智失常，神志不清，怎能从边关送假信和伪手谕到临安来？秦桧分明是在欺骗皇上！秦桧将这疯癫之徒作为证人，让皇上垂问，分明是在戏耍皇上！秦桧如此目无君父，臣奏请皇上处秦桧以极刑，以正朝纲！"

韩世忠亦道："皇上，秦桧构陷王庶不择手段，连孟凡这等疯癫之人，他也敢带上殿来欺哄皇上！那假手谕和假信分明是秦桧伪造，秦桧如此目无君父国法，不诛，不足以安抚天下！臣奏请皇上立斩秦桧！"一时间，几十位大臣纷纷出列上奏，请高宗严惩秦桧。

赵构本已怒气冲天，听王庶、韩世忠等人如此一说，更是怒不可遏，大声喝道："来人！将秦桧……"话未说完，却见秦桧急忙膝行至御案前，颤声道："皇上！皇上！请容老臣说一句话，再治老臣罪不迟！"

赵构森然道："你还有何话要说？今日你还没将朕耍弄够吗？还没将群臣捉弄够吗？朕这大殿让你弄得乌烟瘴气，斯文扫地，法统不存，你还想捣什么鬼！"

秦桧嗫嚅道："老臣万万不敢！皇上，老臣在金国时，先皇料到老臣会有今天，曾经赐给臣一道御旨。臣请皇上过目之后，再惩办老臣！"秦桧慌忙从怀里取出一封纸函，高高举过头顶。

赵构和群臣又是一愕。适才秦桧拿出一封假信和伪手谕，已招来杀身之祸，此时竟敢又拿出一封什么先皇御旨，莫非他吓昏了神，为保住老命病急乱投医吗？

张去病蓦然想起，在古墓里，陆安假冒钦宗赵桓给秦员写了一道杀王庶的手谕后，秦员又求陆安写一道为秦桧保命的御旨。他寻思：此时老贼拿出的准是那道假御旨，想用它来保住老命。老贼再呈上这道御旨，倘若皇上又叫那夏天纲来辨认，辨出是假的，罪上加罪，老贼今日必死无疑！

他自思忖，见赵构叫太监刘勤取过秦桧手上的御旨放在面前，冷冷道："秦桧，这道御旨若再是假的，朕必诛你九族！"

秦桧吓得浑身一抖，身子瘫软倒地，又忙跪直起腰来，道："老臣请皇上明鉴！"

他说罢哆哆嗦嗦望着高宗看旨。心大却暗暗大骂秦员："秦员小混账！小畜生！小王八蛋！你自作聪明，从金国带回什么手谕和御旨，不仅害得老夫将送老命，而且害得我秦氏九族身家性命难保！老夫费尽心机弄到手的荣华富贵，一下全都毁在你这小畜生手里！"

这御旨和那手谕都是秦员从金国带回来的。那手谕是假的，秦桧自然已知这御旨也是假的。但适才见赵构雷霆震怒，已开口叫人来将他拿下，杀身之祸立降到头上。危急之下，为多活一刻，他顾不得真假，便拿出这假御旨来延缓赵构的惩罚，再想脱险的法子。此时一听赵构说御旨若是假的便要诛他九族，他心里后悔不迭，不禁暗暗大骂秦员。

他悔了一瞬，转念又想：老夫即便不拿出这道假御旨，十有八九皇上也不会放过我！老夫再蒙他一次，用我秦氏一族人性命赌一把。若是将皇上蒙住，说不定可捡回我这条老命，老夫算是赚了。如是赌输了，老夫位极人臣，享尽荣华富贵，死了也不亏本！心念闪过，他渐渐镇静下来，两眼窥探赵构脸上神情，心里急思脱险之计。

赵构看罢那御旨抬起头来，群臣目不转睛地察言观色，想从他脸上神情窥出那御旨是真是假。却见赵构将御旨放到案头，脸上不动声色。众臣皆纳闷：那御旨到底是真的，还是假的？上面又写了些什么？

适才，赵构将御旨和那假手谕对比着看了一阵，二者笔迹一模一样，分明是一人所写。赵构心中一阵冷笑：这老东西也忒胆大包天，竟敢又拿一道假御旨来骗朕，真是欺朕太甚！如此一想沉声道："秦桧，朕问你：这道御旨，你从何得来？"

秦桧忙道："老臣当年随先皇被囚金国，悉心侍奉二圣。先皇见老臣忠心可嘉，便赐给老臣这道御旨。"

赵构双眉渐渐蹙拢，脸上怒气大盛。秦桧一看情知假御旨已被识破，他怕赵构抢先对文武百官说出御旨是假的，再难挽回被杀厄运。急忙抢先道："老臣呈上这御旨，不敢奢望皇上开恩轻饶老臣。老臣严重失察，被那孟凡所惑，险些铸成大错！老臣自知罪不容赦，恳求皇上重办老臣，以明正典，以正国法！只是，只是……"

赵构厉声喝道："只是什么？你吞吞吐吐，闪烁其辞，又耍什么花招？"

秦桧悲声道："皇上息怒，老臣不敢耍花招。只是前日，那金国派人前来临安，要我大宋割让和州与宿州给金国。皇上命老臣今日去同金国来使交涉，臣还未来得及去办妥这桩大事，有负圣恩！老臣请皇上开恩，容臣以戴罪之身，为皇上办妥这最后一桩大事，皇上再严办老臣。临死之前，老臣恳求皇上，恩准老臣再向皇上尽最后一次忠，减轻我的罪愆。以便九泉之下，老臣有面目去见先皇！"秦桧说罢放声大哭。

秦桧说这一通话，百官中不明内情者，都以为他在摇尾乞怜。其实，这是秦桧的保命高招。他情知今日要想保住性命，非得抓住赵构软肋，他才有活命之望。而赵构的软肋便是苟且偷安。

赵构一听，猛然想起金国来使还在驿馆内等着秦桧去交涉。心下寻思：宿州与和州乃是临安城重要门户，万不可割让给金国。朕刚才一时发怒，竟将这大事给忘了。朕若是不答应割让这两州，金国定然会举兵进犯。战事一开，恐怕临安城难保，朕又要像当年那样四处逃窜，说不定还会落到金兵手里，像我父皇和皇兄那样成为金国的阶下囚！想到此处，他心里不由打了个战。

当年金兵攻破东京汴梁城，赵构在外地招兵勤王。得知徽、钦二帝被俘后，他便自立称帝。金兵闻讯追杀他，将他从北方赶到南方几次险些丧命。后来又被金兵追杀逃到海上，又几乎葬身大海。是以一想到金兵进犯，他便不寒而栗。

他又想起，前日金国使臣来见他，暗示说如不答应割让宿州与和州，金国便不再义务赡养他哥哥赵桓。言下之意，要将赵桓送回大宋同他争夺皇位，或是在北方立赵桓为傀儡皇帝，同他分庭抗礼。他想：要阻止金国送回赵桓，要防止金国扶植赵桓同朕争夺皇位，眼下唯一的法子，便是献出财物向金国买平安！可是金国使臣必然会趁机大敲竹杠，大肆勒索我大宋钱财！眼下满朝官员，唯有秦桧老东西能与金国讨价还价。今日若杀这个老匹夫，再无合适之人替朕去同金国来使交涉……况且，朕重用这老匹夫多年，朕若是今日将他杀了，世人岂不要说朕用人失察，落下"昏君"骂名吗？唉，为国家大计，看来只得暂时隐忍，暂不杀这个老匹夫！

赵构前思后想，反复掂量，强压下怒气，喝道："秦桧住嘴！你一大把年纪，在大殿上哭哭啼啼，成何体统？"

秦桧立时吓得不敢出声，一颗心咚咚咚狂跳，不知赵构将如何处置他，跪在下面浑身颤抖不止。

赵构道："众卿，秦桧呈上这道御旨，经朕仔细辨认是真的！"

秦桧一听赵构说御旨是真的，立知有活命之望，浑身紧绷的神经突然一松，身子像面团一样瘫软地上。

张去病却困惑不解：皇上为何不召夏天纲来辨认笔迹，便说御旨是真的？皇上准看走眼了！待我冒充胡安国出列上奏，请皇上下旨召夏天纲来辨认这假御旨，决不能让秦桧这老狐狸逃脱严惩！

他欲开口，忽觉得不妥，皇上金口玉言，他已经说这御旨是真的，岂容旁人说御旨是假的？这不是要惹恼皇上吗？

他正犯难，又听赵构道："刘勤，向众臣宣读这道御旨。"太监刘勤接过御旨，大声宣读道："赵构皇弟：秦桧功勋卓著，乃是我大宋朝之柱石，他若偶有失误，望皇弟宽容待之。"群臣听罢面面相觑，谁都不便再说什么。

赵构道："众卿，先皇赐旨，朕不得不遵。但秦桧此次行事悖逆，不惩不能服天下人心！朕宣旨：削去秦桧太师称谓，免去上朝不行跪拜礼之特许，夺去秦桧一年俸禄。暂容秦桧戴罪理政，以观后效！他日若再有悖逆之举，朕定严惩不贷，决不姑息！"

秦桧忙磕头道："谢皇上开恩！臣一定戴罪立功，不敢辜负皇上恩典！"

王庶和韩世忠等人不知隐情，暗自寻思：不知秦桧使何手段，骗得钦宗为他写下这道御旨，让他逃过这一劫，日后要捉住这奸贼的狐狸尾巴，可就难了！众人心中遗憾万分。

张去病见赵构如此轻罚秦桧，极不甘心，一个念头忽然闪过脑际：待我出手杀了这老贼！他暗暗抬起右手，欲弹出指力点秦桧脑枕死穴。手掌抬至腰际，忽然想起他握有秦桧写给金皇的投敌叛国密信。此时杀了老贼，众人以为他暴病身亡，老贼死得不明不白，岂不是便宜了他？我若将他勾结金国，背叛大宋的叛国信上交皇上，皇上一定会定他死罪！嘿嘿，那时让天下人看见这老贼被五花大绑押赴刑场，人头落地，才能叫这老贼遗臭万年！想罢，他伸手入怀里去取那封信。

岂料一摸，信却不在怀内。这才想起五更时，匆忙换上胡安国的官服，密信还在自己衣衫里。他心中懊恼不迭，暗怪自己行事思谋不周。便在此时，忽听太监刘勤宣道："皇上有旨，退朝！"

赵构站起身来，从旁门走入殿后，众臣也纷纷往大殿外走去。张去病望着秦桧离去的背影，心想此时暂不取老贼狗命，但得叫老贼吃些苦头！他快步越过身旁几位官员，走到秦桧身后不远处，将手笼在袖内轻轻弹出两股指力，点中秦桧腿上"三里穴"和"伏兔穴"。秦桧忽觉右腿一麻，不由抬腿一跳。又觉左腿一麻，又不由抬腿一跳。两腿不由自主乱跳起来，怎么也止不住。秦桧心中大惊：难道老夫抽风了？惊惧瞬间，两臂也乱舞不止。

群臣忽见秦桧乱蹦乱跳，嘴里发出"哎哟，哎哟"的叫声，大吃一惊，纷纷围拢过来。一人惊道："秦大人，你，你……怎么了？"

秦桧连连叫道："痛！痛！哎哟，哎哟！我的娘，痛死我了！"群臣听见他嘴里叫痛，脸上却皮笑肉不笑，神色怪异，众人看得心中发怵。一人惊道："秦大人他疯了吗？"

秦桧蹦得额头上大汗淋漓，身子东倒西歪像喝醉酒一般。忽然摔倒地上，嘴里叫声渐渐嘶哑。

秦桧党羽中有人急道："秦大人病了！快，李大人，咱们快去禀报皇上！"

李大人却道："马大人，秦大人得了急病，还是先请太医为秦大人治病，再去禀报皇上！"平日痛恨秦桧的官员见秦桧忽然得病，皆心中大快。有人道："报应啊！老天有眼，报应不爽！"

那李大人和马大人正欲去请太医，却听王庶道："马大人、李大人，你们孤陋寡闻，秦大人没犯什么病！你们不知秦大人满地翻滚，是在吸采地气，练一种益寿延年养生术。你们别打扰他，别给他帮倒忙！对啦，韩大人，听有一种养生术叫什么'满地滚爬百岁功'，你听说过吗？"

韩世忠道："听说过啊！此功是商朝活了八百岁的彭祖的长寿术啊！哎呀，此术失传几千年，想不到秦桧竟然会这门神奇秘术！怪不得他娶几个小妾整日寻欢作乐，年过花甲身子却扛得住！"

王庶道："韩大人，秦桧练的'满地滚爬百岁功'，果真是彭祖的长寿术吗？"

韩世忠笑着点了点头。王庶又道："秦桧会此神奇养生术，为何一人独占，不献给皇上？不成，明儿上朝可得参他一本！奏他独吞秘术不让皇上长寿之罪！"

忽听一老臣惊道："哎呀，有失大雅！秦大人将裤子扯破，屁股都露出来了！唉唉，这太有碍观瞻，有辱斯文！"

众人正在七嘴八舌之际，忽见一人从殿前石阶跃到秦桧身旁，伸手给秦桧拉上裤子。张去病一看，却是在大殿门前执勤的江蛟。江蛟抱起秦桧，看出像是被人点了穴道，忙手指疾点，为秦桧解开穴位，秦桧手脚不再抽搐。

江蛟惊诧：秦太师怎会被人点穴？他寻思：前些时候，殿前卫士施全掷刀行刺秦大人，莫非在众卫士内还藏有奸人？他举目四巡，见四周围观者皆是官员，并无可疑卫士。他暗觉此事蹊跷，却又无法解开心中疑团。他止住秦桧手脚抽搐，却未能止住秦桧身上疼痛，秦桧仍不住声呻吟。他又点秦桧身上两处穴位，却不见效，秦桧还是呻吟不止。

张去病暂时不想取秦桧性命，出手虽轻，但他功力浑厚，以江蛟功力，要想完全解开穴道却是不能。江蛟见解穴无效，忙抱起秦桧跑出宫门，去找秦府高手解救。

张去病微惩秦桧，愤恨稍平，跟着众官走出宫门。见胡安国的轿子在不远处等候，便走去钻入轿内坐下，命轿夫抬他返回"霓云楼"。

来到"霓云楼"，张去病下轿进入屋内，柳语、秦淮、龙飞等人围拢过来。秦淮道："大哥哥，你看见皇帝老儿了？长什么模样，样子是不是很凶？"

张去病笑道："皇上不老，样子也不凶，年纪跟龙大哥差不多，模样比不上咱们龙大哥英武，只是比龙大哥白净斯文罢了！"

秦淮诧异道："皇帝样子长得不凶？那么为什么人人都怕皇帝？这可奇怪了！哦，我明白了准是他的武功最高，大伙才都怕他？"众人见秦淮天真幼稚，不明世事，都笑了起来。

柳语道："去病哥哥你上朝去，可将秦桧奸贼陷害忠臣的诡计搅黄了？"

张去病点了点头。便在此时赵无痕和"巴山老鬼"外出归来。一见张去病，赵无痕道："小主人上朝，可救得那王庶？"

张去病道："王庶大人已安然无忧。"又道，"赵先生、巴山先生，你们回来得正好，我有事同你们商量。"

赵无痕道："商量何事？"张去病忙将在朝廷上，秦桧如何拿出假信和假手谕诬陷王庶，奸计如何败露，又如何用假御旨保命之事说了一遍。说完后又道："赵先生，去病不解，那手谕和御旨都是陆安一人写的，皇上已知手谕是假的，为何对群臣说那圣旨是真的？难道皇上真看不出圣旨是假的吗？"

赵无痕听罢，沉吟道："官场之事诡谲，赵构对他哥哥赵桓的字迹极熟悉，又听夏天纲点评了赵桓字体，按理说，赵构应该辨出那道圣旨是假的才是。"

张去病道："是啊！可他为何说那圣旨是真的呢？"

赵无痕道："这其中定有隐情！你想，赵构即便拿不准那道圣旨真假，他可再让夏天纲来辨真伪。他却不这么做，说那御旨是真的，避重就轻惩罚秦桧，仍让秦桧掌握大权。依老仆之见，这里头必有隐情！"

"巴山老鬼"道："赵先生所说极是，那赵构和秦桧狼狈为奸，或许是二人之间有什么见不得人的勾当？"

赵无痕道："这可难猜！自古以来，官场是天下最诡秘的地方。那赵构与秦桧有何见不得人的勾当，这可难说得紧！"

张去病道："赵先生，我有一封秦桧写给金国皇帝的效忠信，还有一道徽宗赵佶命赵构发兵抗金的密召。我想今夜进宫去，将秦桧投敌密信和密召呈给皇上，揭露秦桧投敌真相，请求皇上杀了秦桧老贼，出兵收复失地。我想皇上看了密信，一定会下旨斩这老贼！"

赵无痕道："这主意可行，但不知小主人如何去见赵构？"

秦淮抢道："赵先生，这好办得很啊！大哥哥再穿上官服，装扮成胡安国进宫去见那皇帝呗！"

赵无痕笑道："秦姑娘，小主人若扮成胡安国求见皇上，自然能混进宫去。但那赵构若问道：'胡安国，秦桧写给金国皇帝的密信和我爹的密召，你是怎么得到的？'秦姑娘，小主人当如何回答？"

秦淮搔了搔头，道："如何回答嘛，待我想想。啊，大哥哥说是偷来的。不，不，这不成，胡安国狗官没这本事！大哥哥说买来的。啊，这也不成！金国皇帝不缺钱，不会拿这密信卖钱用！啊呀有了，说在道上捡到的！大哥哥就说这信是他捡来的！"

"巴山老鬼"乐道："秦姑娘这回答妙极！老夫活这大把年纪，还是头一次听到。只是那赵构又问：'胡安国，你在何处捡到此信和密旨？'这又该如何回答？"

秦淮一仰头，道："这个嘛，也好答啊！便说是在金国的道上捡到的呗？"众人听了哈哈大笑。

"巴山老鬼"忽然将脸一沉道："大胆胡安国，竟敢对朕说谎，朕天天临朝都看见你上朝，你什么时候去金国了？你分明是欺君！来人，将胡安国拉出宫去斩了！"

秦淮一怔，急道："啊唷，我可没想到皇帝这么狡猾！大哥哥，你千万别扮成胡安国进宫去，免得皇帝问你密信的来路，你回答不了！"

众人见秦淮天真烂漫又都笑了起来。柳语含笑道："秦淮妹妹，你年纪还小，别瞎操心了！"

张去病道："赵先生，我以真身份去见皇上成吗？"

赵无痕摇头道："小主人，此法不妥！"张去病忙道："这是为何？"

赵无痕道："小主人以真身份去见赵构，后果难料。赵构若相信秦桧叛国密信是真的，下旨捕杀秦桧，这固然好。赵构倘若不相信秦桧的密信是真的，也不信那徽宗的遗召是真的，小主人便犯了欺君大罪，那会有麻烦！"

张去病道："有麻烦，去病不怕，谅宫中侍卫奈何不了我！"

赵无痕又摇头道："小主人武功绝顶，侍卫们自然伤不了你半根毫毛。但小主人想过没有，你的家人还在朝廷手里。你若以真实身份去见赵构，将他惹恼，岂不是要连累到你的家人吗？"

张去病吓了一跳，道："去病鲁莽，若不是赵先生提醒，我险些闯下大祸！请赵先生指点，去病该如何去见皇上？"

第二十四章　深宫

赵无痕道："依老仆看，还是用老法子，小主人易容改貌进宫去。不过这一回，你扮成江湖爱国义士去见赵构。他若问这密信从何得来，你便说你去金国刺杀金国皇帝偶然盗得密信。在金国上京又巧遇钦宗赵桓，是赵桓将徽宗的密诏给你，命你带回交给赵构，你便奉命回来呈上密信和密诏。用此法，小主人真实身份未泄露，即便同赵构话不投机，将他惹怒，他也不会加害你的家人。"张去病喜道："谢谢赵先生指点！"

赵无痕又道："小主人武功虽高，但见识尚浅。你一人独闯皇宫，老仆不放心。老仆同齐兄与你前往以防不测。"

张去病道："有赵先生和巴山先生一同前去，更万无一失！不过此时还早，咱们再仔细商量入宫之事，此次去进宫去，我定要奏请皇上杀了秦桧老贼！"几人商量好一阵，将入宫可能出现种种情形都想到，并想好应对之法，张去病才进屋去补瞌睡。

一觉醒来，已是下午申时。他翻身下床，只觉肚子饿得慌。走到外屋，柳语见他出来，知他一日未吃东西，叫店家送来晚饭。众人在饭桌上，又将进宫之事商议一番。吃罢晚饭，张去病动手易容改装。柳语和秦淮却觉得易容乔装好玩，便守在一旁瞧他如何易容。

柳语道："去病哥哥，你要扮成什么模样？"张去病笑道："你说我扮成什么模样好？"

柳语道："你若扮成年轻汉子去见皇上，只怕皇上瞧你年轻，不信你说的话。要叫皇帝信你，你得扮成中年人才成！"

秦淮道："柳姐姐说得对！大哥哥，我在金国会宁城第一次见到你，你扮成一个留大胡子的大汉，看去挺威风的！你再扮一回黄脸大汉，皇帝见到你，准信你说的话！"

张去病道："好啊，我扮成个黄脸大汉去见皇上！"他对着铜镜，拿起各种易容原料往脸上东抹西涂，片刻之间面色变得泛黄，两腮变阔，眉毛变得又粗又浓。他又剪下些头发粘在嘴上和腮上。不一会儿工夫，一个虬髯大汉便出现在二女面前。秦淮拍手道："啊呀，大哥哥好威武！"

柳语扑哧一笑，却不言语。张去病见她眼神有异，忙道："语儿，你笑什么？"

柳语笑道："去病哥哥，你若再将鼻子弄成鹰钩鼻，把胡子染成黄胡子，把唇须往上翘，可像我们天山派克里木大叔了！"

张去病笑道："是吗？我扮成克里木大叔，你还要不要我？"

柳语双颊一红，转过脸去轻声嗔道："你这人浑没正形，疯疯癫癫，不和你说了！"

秦淮奇道："柳姐姐，大哥哥扮成克里木大叔模样，你怎会不要他？"

柳语红着脸道："秦妹，大人说话，你小姑娘家莫插嘴。"

秦淮不服气道："柳姐姐，你十八岁，我十四岁，才比你小四岁，我可不是什么小姑娘啊！"

张去病知柳语性情温柔，面皮极薄，自己一时冲动，说句笑话令她难堪，忙道："语儿莫恼，秦淮也莫急，我去皇宫闯龙潭虎穴，你们若生气，我心神不宁，只怕此去凶多吉少。"

柳语急忙伸手捂住他嘴，嗔怪道："你又胡说些什么呀！人家……又没气恼，你可不许瞎说话！"说罢忙双掌合十，低声祈祷，"真主保佑去病哥哥平平安安，成功归来！"接着，神情庄严地念了一通经文。

柳语生长在西域跟着母亲冰姬信奉回教。张去病对回教一无所知，不知柳语念的什么经文，一句也听不懂。但见柳语为他祈求平安极虔诚，心头一热，伸手握住柳语的双手道："语儿放心，我命大，别为我担心！"

柳语满脸通红，急忙抽出手来，道："别，别这样……让人瞧见羞死人了！"

秦淮于男女之情朦朦胧胧，奇怪道："嗨，柳姐姐，这有什么好害羞的？大哥哥同你好，他握握你的手，那是他喜欢你啊，你就让他多握一会儿嘛！"柳语的脸一下红到耳根，娇嗔道："小姑娘家别瞎说……"

张去病哈哈大笑走到外屋。赵无痕和"巴山老鬼"见张去病出来，都是一怔。"巴山老鬼"道："小主人，咱俩若是在街上撞见，老仆都认不出你啦！"张去病道："谢巴山先生夸奖！"

赵无痕道："小主人，天已黑尽，咱们走罢。"张去病道声："好。"三人下楼，一同走出"霓云楼"。

张去病早晨上朝时，已将去皇宫的路径记在心里，领着赵无痕和"巴山老鬼"走街穿巷，往皇宫走去。三人行速极快，片刻便来到皇宫南侧。他们纵身跃上宫墙，踏着宫殿屋顶小心翼翼朝皇宫深处寻去。

宫内殿宇、楼台、房屋不计其数；外加花园、亭阁、回廊、假山、池塘、湖泊占地好几里。一时间要在皇宫内找到赵构不容易。赵无痕和"巴山老鬼"都是老江湖，阅历丰富。一进皇宫，便领着张去病朝一处灯火最明亮的殿宇寻去。

三人越过几十间殿宇，趋近一座灯火通明的小殿。赵无痕忽觉不对，轻声道："小主人，宫里一直不见有卫士巡逻，四下定伏有暗哨，咱们可得小心！"

"巴山老鬼"道："以赵先生和小主人的武功，宫内便是遍地高手，咱们也不惧他！"

赵无痕道："咱们自然不惧。只是节外生枝动起手来，伤了宫中人，惹恼赵构，误了小主人大事！"

张去病忙道："赵先生此言极是。今夜咱们进宫，奏请皇上诛秦桧老贼是头等大事，万万不可惊吓到皇上，因小失大！"

"巴山老鬼"道："老仆遵命。"三人低语几句，潜近那灯火明亮的小殿前，只见殿前有个小花园，三十几个灯笼高挑四周，将园中一块平地照得十分明亮。一人正在舞剑，长剑矫若游龙，剑光闪闪，一时看不清那人面孔。

三人藏身枝叶浓密大树上，窥看那人身手，以为是宫内侍卫。再看那小殿，殿门上高悬一块金扁，上书"思归斋"三字。殿四周有八扇窗户全都敞开着。殿内也灯火明亮，三壁皆有书架，南面有张硕大的书案，却空无一人。张去病有些失望，寻思皇上不在此处，却在何处呢？正想至此，忽听那舞剑之人一声大喝，长剑掷向一株老树，嗤的一声剑尖刺入树干数寸。

忽听有个嘶哑刺耳的声音道："皇上今日练功，心神不宁，可是心中不快？"

张去病、赵无痕、"巴山老鬼"一听那声音叫舞剑之人"皇上"，都吃一惊！三人没想到舞剑之人竟是高宗赵构。皆想赵构生长在深宫，怎有这等武功？张去病注目看舞剑那人，只见他身材修长，四十多岁，面孔丰腴，高鼻细目，嘴上蓄着短须，正是他上朝时见过的赵构。他再看那说话之人，却见树影下，站着一个瘦干巴老太监。

这老太监六十多岁，一脸皱褶，满头银发，佝腰身子站在暗影里，像一截枯枝立在树下。

却听赵构道："先生所料不错，今日早朝，朕心头堵着一肚子气！"

三人听见赵构叫那老太监"先生"，心中更奇怪。自古以来，哪有皇帝管太监叫先生的？这叫人匪夷所思！又听那老太监道："皇上为秦桧之事，还在气恼吗？"

赵构道："可不是嘛！早朝时，秦桧老匹夫拿出一封冒充前朝内卫大臣陆安之名写的假信，诬告枢密副使王庶勾结金国谋图不轨。朝中无人辨得那信真假，他又拿出一道冒我皇兄之名的手谕佐证。那假手谕被夏天纲师父识破，他却说假信和手谕都是边关守将孟凡送来的。朕叫那孟凡上殿对证，不料那孟凡却口不能言，手不能写，神智错乱，只会疯笑！当时众臣激愤纷纷上奏，请朕严惩秦桧。他竟然还敢拿出一道假冒我父皇的遗诏，为他开脱罪责……"

说到此处，赵构气得一跺脚，又道："先生，你不知晓，这老匹夫欺朕太甚，当时朕真恨不得杀了他，灭他九族！可是眼下，还需他去同金国交涉割地之事。朕为顾全大局，一时不能下手，只得强压下心头之气。此时，这口气还一直堵在心头！"

老太监道："皇上圣明！有道是'小不忍则乱大谋。'眼下那金国、辽国、西夏、吐蕃，还有草原上崛起蒙古部落都对我大宋虎视眈眈。皇上着眼大局，不因小失大，暂饶秦桧，忍辱负重安抚金国，实乃一代明君！假以时日，等待诸国发生变故，那时皇上出兵北上，定能光复大宋山河！皇上勿将此区区小事郁积于心，恐有伤龙体。"

张去病一听，这老太监出语不凡，心中愈加诧异。寻思：这太监是什么人，心中颇有韬略。不过，就算他是个有见识的人物，皇上也不该称他先生啊！这不符宫中规制，这是怎么回事呢？

赵构怒气稍减，道："先生，话虽如此。但那老东西两次三番作伪蒙朕，委实欺朕太甚！朕心中这口怒气实在难消！朕真恨不得今日便抽他的筋，剥他的皮，将他满门诛杀干净，以解我心头之恨！可是那金国来使，还在驿馆内等待交涉割地之事。唉，使得朕不能对那老东西下手，真可恨！"

老太监道："皇上不必为秦桧气恼。此人看似奸诈，实则是个蠢猪！"

张去病听老太监骂秦桧是"蠢猪"，暗暗好奇。心想：秦桧老贼无比奸诈，无比狡猾，普天之下再没人比他更奸滑了，这老太监为何说他是"蠢猪"？

却听老太监道："秦桧他自以为老谋深算，自以为将皇上玩弄于股掌之上。殊不知皇上早已洞察其奸，并暗中将他犯下罪行一桩桩记录在案。他以为他位高权重，皇上必得依赖他。他不知他爬得越高，日后摔得越惨。他不知他正一步步奔向鬼门关，还自鸣得意，真是比蠢猪不如！皇上，这种蠢猪不如之人，怎配得上你生气？不配，不配！"老太监说着，连连摇头，一脸鄙夷秦桧的神情。

赵构面露悦色，道："先生之言甚是，这个蠢得连猪狗不如的老匹夫，配不上朕生他的气！只是朕每日上朝一见他，总有靴中置刀之感，想早日将这老东西除去！"

老太监道:"皇上要除掉秦桧,易如反掌。只是眼下还不是时候。皇上熟读《史记》,一定记得楚汉相争之时,那汉高祖刘邦借重韩信与霸王争夺天下。那韩信却趁刘邦被困之危,要挟刘邦封他为齐王,才肯发兵相救。刘邦隐忍不怒,答应封那韩信为齐王,让那韩信供他驱使,为他卖命打天下。昔日韩信欺君,比之今日秦桧,皇上以为如何?"

赵构道:"那是有过之而无不及!"

老太监又道:"韩信下场又如何?刘邦登上皇位,他还不亲自动手,只是吕后一妇人略施小计,便在未央宫将韩信诱杀。想那韩信乃是统率百万军士的大将,下场尚且如此。秦桧不带一兵一卒。他虽专权,但护卫皇宫五千御林军,牢牢掌握在皇上手上,守护临安城的三万将士也全掌握在皇上手上,秦桧时刻都被皇上攥在手心。当天下大定,皇上要杀他,还不是像捏死蚂蚁一样?现下皇上还要驱使他卖命,暂且留他活着,此乃皇上圣明之举。将来用不着他了,皇上要杀他方便得很啊!"

赵构点头道:"听先生一席话,胜读十年书!"老太监道:"皇上如此褒奖老仆,老仆可不敢当!"

听见二人这番话,张去病才恍然,赵构在朝廷上不戳穿那假圣旨,原来是想留着秦桧为他卖命。他想:既是这样,我将秦桧投敌密信呈给皇上,皇上岂不是又会放过老贼?如此一想心里一阵冰凉。

他转念又想:听皇上之言,他暗恨秦桧老贼,是因那老贼专权欺君。但皇上还不知老贼叛国投敌,给金国当奸细之事。我若将密信呈上,皇上得知秦桧是金国派来的奸细,说不定龙颜震怒,会将秦桧诛杀也未可知!无论如何,我要将密信呈给皇上!

他正寻思,忽觉身后气流有异。猛回头,见一只飞镖飞迎面射来。他欲出手接镖,却见飞镖射到面前,被"巴山老鬼"一掌拍落。便在此时,一名卫士从树下蹿起,挥刀砍向"巴山老鬼"。"巴山老鬼"跳下树,伸手一抓将那卫士手中钢刀夺下。飞起一腿,把那卫士踢飞出去数丈远。

霎时间哨音大响,一群卫士冲进花园将"巴山老鬼"团团围住,高声叫道:"宫里有飞贼!快捉贼啊!"

赵构却不惊惶,大声喝道:"大胆飞贼,竟敢偷入朕皇宫,给我捉活的!"

"巴山老鬼"连挥双臂,叮叮当当一阵乱响,十几名卫士手中兵刃被他打掉一地。众卫士见"巴山老鬼"武功高强,长相狰狞凶恶,心生怯意,口喊捉贼,却不敢上前。

适才张去病凝神寻思,心情激荡,身子不由得动了一下,身影在地上一晃,被一名潜伏卫士看见便打飞镖袭击他。此时见"巴山老鬼"大打出手，他怕坏了大事，正想出声将他喊住，忽见宫墙上跳下一人扑向"巴山老鬼"。那人身材同"巴山老鬼"一般高大，四十多岁，身手极快。

"巴山老鬼"见那人扑来，倏地一把抓去，竟抓了个空，不禁咦了一声。那人双拳翻转，快捷击至"巴山老鬼"胸前。一股劲风袭来，"巴山老鬼"呼吸微窒，心中一惊此人的功力不弱！他五指疾抓，使出一十三式"小擒龙手"，欲将对方的手臂折断。

岂料那人手臂一沉，拳如钢锤直捣他肋下。片刻之间两人斗了五六招。那人亦是暗暗吃惊：这丑老儿是何人，竟有如此功力！"巴山老鬼"往后一跃，喝道："你小子是什么人？要打架得报上名来，老夫可不同无名之辈动手！"

那人还未答话，一名卫士抢道："老丑鬼，咱们统领威名说出来，只怕吓得你屁滚尿流！我们大人便是江湖上赫赫有名的'北拳王'，他老人家打遍天下无敌手！丑老鬼快束手就擒，免得统领大人一拳打断你脊梁骨！"

武林尽知北拳王名叫朱鹤，乃是崆峒派顶尖高手，早年行走江湖，凭一身崆峒绝技"金禅拳"打遍北方十几省，故在武林有"北拳王"美誉。十年前，此人忽然从江湖上销声匿迹，没想到却在皇宫内当上侍卫统领。

"巴山老鬼"一听眼前之人竟是"北拳王"朱鹤，亦暗暗吃惊。冷笑一声，道："堂堂'北拳王'，却躲在深宫为人看家护院，也不怕武林中同道笑掉大牙！"

朱鹤喝道："人各有志，你管不着！丑老儿报上名来，爷的拳头也不打无名小卒！"

"巴山老鬼"哈哈笑道："朱鹤，别人怕你这'北拳王'，在我'巴山老鬼'眼里，你这名头稀松平常得很！"

朱鹤一听"巴山老鬼"四字，脸色骤变。心想"巴山老鬼"是武林"妖魔鬼怪"之一，这厮怎会潜入皇宫来？他夜闯进宫有何图谋？忙道："久闻阁下隐居山林不涉俗事，今夜潜入皇宫，不知所为何事？"

"巴山老鬼"惊讶道："这里是皇宫吗？糟糕，老夫走错路了！老夫听说'上有天堂，下有苏杭'，便到临安城来看看西湖美景，东走走西逛逛，夜晚黑咕隆咚，辨不清方向，不小心就逛到这里来了！此处真是皇宫？你没骗我吗？老夫胆小，你莫吓我啊！"

"巴山老鬼"唯恐惹恼赵构，坏了张去病大事，欲将大事化小，小事化了，便编一通瞎话同朱鹤胡扯。朱鹤心想什么走错了道？你这厮纵横江湖岂会走错路？分明是消遣老子！俗话说无事不登三宝殿，这厮闯入皇宫定是有所图，只是不知他是来盗窃宫内财宝，还是来窃取宫内机密……啊呀，不好！他莫非被敌国收买，前来行刺皇上？如此一想，忙转头对众卫士道："周副统领、李副统领，快带人护卫好皇上，不得有半点疏忽大意！"

两位副统领齐声道："遵命！"二人带一百多名卫士众星捧月般将赵构护卫起来。

朱鹤回过头来冷冷道："此乃宫皇禁地，可不是阁下随便走的地方！你擅入皇宫禁地，已犯下大罪。若是识相快束手就擒，朱某请皇上免你一死！如若不然，只怕你有来无回！"

"巴山老鬼"淡淡道："甭说什么有来无回，我老人家眼神不好使，夜黑看不清路，走错道，又犯什么罪了？不知者不为过，误入皇宫我这就走，还不成吗？"

朱鹤喝道："皇宫岂是你想来便来，想走就走的地方？你不识相，朱某打碎你这身老骨头！"

"巴山老鬼"笑道："好啊，我老人家没儿没女，身上痒痒正没人挠挠。有你这孝顺小子帮老夫挠挠痒好得很啊！"

朱鹤听见"巴山老鬼"占他便宜，怒道："看打！"一拳直捣"巴山老鬼"面门，劲道威猛至极。朱鹤情知"巴山老鬼"是劲敌，一上来便使出独门绝技"金禅拳"。这"金禅拳"是崆峒派最厉害绝技。此拳握法与众不同，握拳时，大姆指从食指与中指关节之间穿出，拇指尖似判官笔，凝劲气于大拇指尖上。一拳打出劲气从拇指尖射出，拳头还未触到对方身上，劲气便能将对手身上穴位点中，令人难以防范。是以他用这"金禅拳"打败不少江湖上成名高手。

朱鹤这一拳打来，拳头尚在三尺开外，拳上劲气已击向"巴山老鬼"面门"承泣穴"。"巴山老鬼"一惊，心想崆峒派的"金禅拳"集点穴和搏击为一体，果然非同凡响！他忙侧身一避，右掌斜划，拍向朱鹤的肋下。这一掌名叫"星坠幽谷"。看似平淡无奇，一掌拍出却将朱鹤腰间七处大穴罩住。

朱鹤瞧出"巴山老鬼"这一掌的厉害，不敢招架，急忙纵身后跃。足一点地，双臂猛张，如同苍鹰反扑上来，右拳击向"巴山老鬼"胸膛，拳上劲气直击"巴山老鬼"胸上两处大穴，左拳砸向"巴山老鬼"的肩头，劲气蓄势待发。

这一招二式叫"老君参道"，是金禅拳法一记杀招。两拳攻守兼备，拳上无形劲气先声夺人。"巴山老鬼"若挡架当胸击来之拳，朱鹤砸向他肩头的拳便变虚招为实招，叫他首尾难顾。今夜这一战对手太强，朱鹤生平未遇，是以他一出手便使出杀招"老君参道"。

"巴山老鬼"道声："好拳法！"两腿如钉在地上，身子往后一仰，上身与地齐平，避开朱鹤两拳劲气。同时双掌连挥一气拍出六掌，分别击向朱鹤的双臂和腰间。六掌快得令人眼花缭乱。朱鹤看不清"巴山老鬼"手掌来势，后跃闪避来不及，只得纵身跃上半空。

这一战，对"巴山老鬼"也非比寻常，旁边有张去病和赵无痕暗中观战，他不敢有半点闪失折了颜面，便将所学绝技"三星七煞掌"施展出来。适才这六掌有个名目叫"繁星六耀"，招式既险又绝，朱鹤幸亏应变奇快才逃过一劫。

朱鹤从半空返身扑下，双拳直击"巴山老鬼"头顶。片刻之间两人搏斗二十几招。斗到三十招上，只见"巴山老鬼"一掌拍出，朱鹤转拳招架，拳上大拇指暗点"巴山老鬼"手上"列缺穴"。岂料"巴山老鬼"突然变掌成拳迎击上去，只听"砰"的一声两拳相撞，朱鹤噔噔噔倒退三步，身子晃了几晃，哇地一声吐出一口鲜血。众侍卫惊得"啊呀"一声。

张去病怕"巴山老鬼"再伤朱鹤，欲出声喝止，却见"巴山老鬼"负手站立，并不乘胜再斗，他才放下心来。适才"巴山老鬼"同朱鹤斗几招，已知朱鹤内力逊于自己，心想这厮以拳打穴虚实难判，拳法变化多端，要胜他至少要斗上百招，如此久斗，在赵先生和小主人面前岂不丢人？须速战速决，莫耽误了小主人的正事！如此一想见朱鹤一拳打来，他突然变掌为拳同朱鹤比内力，朱鹤不敌受了内伤。

"巴山老鬼"笑道："不慎失手，得罪得罪。朱大统领没为老夫挠着痒痒，倒是被老夫挠你一下。老夫惶恐至极！"

众卫士见朱鹤受伤都大吃一惊。姓周的副统领急喝道："快，大伙齐上，捉住这老贼！"侍卫们在赵构面前不敢怠慢，纷纷挥舞兵刃蜂拥上前。

忽听一个嘶哑声音喝道："侍卫们且住手！"

卫士们听见喝声停下脚步，回头一看，喊话之人却是赵构身旁那个老太监。张去病见打斗暂息，正想现身去见赵构，却见那老太监伛偻着背，从树影下缓缓走到"巴山老鬼"面前，有气无力道："噫，尊驾武功了得！你便是大名鼎鼎的'巴山老鬼'齐心元吗？"

"巴山老鬼"一惊，他本名江湖上人极少有人知道，这老太监却一语叫出，不禁让他大为惊诧。适才，他听见这老太监同赵构对话，情知此人是赵构的心腹，不能将他得罪，便客客气气道："公公说得不错，我便是齐心元。"

老太监道："失敬，失敬！老朽听人说武林中有四位高人，合称'妖魔鬼怪'。但不知那'阴山老魔'西门看花，'长眉老妖'樊山阳，'长白老怪'丁四同，一起来了没有？尊驾可否请他三人现身，叫老朽一睹'妖魔鬼怪'四位大侠风采？"

"巴山老鬼"一听吃惊更甚。心想：这老太监是何许人？他身在深宫怎将江湖上事情知道得如此清楚？他不仅知道老夫真名实姓，而且连"长眉老妖"、阴山老魔、"长白老怪"三人真实名姓也都知道，这可有些稀奇！听他说话阴阳怪气，把"妖魔鬼怪"称作四位大侠，这分明是在嘲讽老夫！今日若不是小主人有求于赵构，我可得给他一点苦头吃！心念闪过，"巴山老鬼"道："齐某一向天马行空，独来独往。公公要见那三人，只怕要失望了！"

老太监叹道："你四人在武林中名头响当当，老朽早就想见上一见。唉，可惜缘悭一面。今日得见尊驾一人，也聊以自慰。看尊驾身手，先前使的是青城派一十三式'小擒龙手'，老朽还以为你是青城山派高手。后见尊架使出一套绝妙掌法，却又不是青城派武功。我孤陋寡闻，从未见过这般精妙掌法。尊驾能否赐教，让老朽长些见识？"

"巴山老鬼"又一惊。心想：此人莫非是一位武林中人？听他口气似乎对各派武功了然于胸，难道是一位武林前辈？可我从没听说过武林中有人当太监……这人是谁呢！他看出"小擒龙手"是青城派的功夫，又看出"三星七煞掌"不是青城派的武功，此人怕是有点来头。待我试探他一下，看他对我这"三星七煞掌"知道多少？

如此一想，他道："我这掌法平常得很，名叫'三星七煞掌'，不知可入公公的法眼？"

老太监惊道："'三星七煞掌'？那可不简单！这门功夫是东晋道长葛洪失传的绝学啊！怪不得尊驾能纵横江湖，原来是身负古人神功。如此说来，'北拳王'朱鹤输给你一招，也不足为怪了！"

"三星七煞掌"确是东晋葛洪失传绝学。那葛洪自幼痴迷神仙方术，成年后游历四方寻仙访道，拜在一位隐者门下，练就一身高深武功。后来他撰写了两部书籍：一部是把战国以来有关修道成仙方术编撰成册，取名于《抱朴子》。一部是他防身奇技，取名叫《三星七煞掌法要义》。那《抱朴子》一书流传后世，却不知为何《三星七煞掌法要义》失传。后人只听说有这部武功秘籍，却从未有人见过。

当年，"巴山老鬼"偶遇奇缘得到一部武功秘籍。那秘籍抄写在几捆竹简上，写有《三星七煞掌法要义》书名，结尾处有"葛洪草撰"落款。"巴山老鬼"不学无术，粗识文字，虽看得懂书上修练武功法门，却不知著书葛洪是何许人。后来他向一位秀才打听，才知葛洪是东晋修道之人，被道家尊为先师之。此时听老太监道出"三星七煞掌"来历，"巴山老鬼"不由一惊，心想这老太监见识广博，真是个人物！

老太监却摇了摇头，叹道："唉，只可惜！尊驾有这一身难得的武功，不用来为我大宋效力，却替金国来行刺皇上！可惜啊，可惜！"说罢连连摇头。

"巴山老鬼"正色道："这位公公，'巴山老鬼'行走江湖，虽然名头不佳，却不是那认贼作父之人！公公说什么齐某为金国行刺皇上，嘿嘿，公公无凭无据，如此信口雌黄，莫污了我齐心元名头！"

老太监又摇头道："不对，或许老朽说错了，实在对不住！嗯，尊驾若不是为那金国卖命，想必是替那辽国、西夏国或吐蕃国效力。十有八九，是替其中一国来行刺皇上，或探听我大宋机密来的，这是错不了的！"

"巴山老鬼"一听恍然，心想：这老太监原来在旁敲侧击，想搞清老夫进宫是何目的。又想：小主人尚未露面，我可不能说走嘴，坏了小主人大事。当下道："公公可真会说笑！我齐心元乃顶天立地的汉子，堂堂大宋国人，怎会替那下邦小国效力，做出背弃祖宗之事？公公你看错人了，这种玩笑开不得！"

老太监眯起眼睛，盯着"巴山老鬼"，道："你不是番邦派来的吗？那你深夜进宫来干什么啊？"

"巴山老鬼"道："不干什么。我刚才已对朱统领说，我来临安逛西湖赏美景，瞧见皇宫这边风景如画，美不胜收。一不留神误入宫里来。公公莫误会，我这就出宫去，可成？"

老太监冷冷道："原来尊驾是观风景来了！你五十几岁年纪，不觉这谎话编得太拙劣吗？你说给三岁孩童听，只怕连幼儿也骗不了！哼哼，尊驾便是不说，老朽也知道，你黑夜潜进宫来，定是来为那岳飞报仇！敢问一句，那岳飞是尊驾的什么人，值得你为他冒如此大的风险？"

张去病听得一惊，心想这老太监可真是个厉害角色，竟然猜到我们进宫与外公有关！此人既熟知武林之事，又洞悉国家大事，皇上还称他先生，可他又是个太监，这是一号什么人物呢？

却见"巴山老鬼"昂然道："岳元帅是天下人共仰的大英雄、大豪杰，只可惜我齐心元无缘同他相识！嘿嘿，我哪有那福分为他做什么啊！"他只说可惜不识岳飞，却将为岳飞报仇这一节避而不谈，既不承认也不否认。

老太监冷笑道："你说同那岳飞素不相识，为何深夜进宫行刺皇上？嘿嘿，你如何自圆其说？"

"巴山老鬼"道："谁说我来行刺皇上了？公公，你莫给我乱安罪名！我与皇上无冤无仇，我行刺皇上做甚？再说天下人皆知，害死岳元帅的凶手是秦桧奸贼。我若要为岳元帅报仇，自会去秦府取那老贼性命，岂会到皇宫来？""巴山老鬼"情知张去病来求赵构杀秦桧，急忙撇清行刺赵构的嫌疑，把害死岳飞之事尽推到秦桧头上。

老太监叹息道："你不认账也罢。唉！只可惜你练了一身惊人武功，转瞬便去见阎王，老朽替你可惜啊！"

"巴山老鬼"笑道："公公莫吓唬人。常言道：不知者不为过。我误入皇宫，还不至于犯了死罪。我虽是草莽之人，却也知晓皇上不会因此小事治我死罪。公公若无他事，齐某这就告辞了！"

"巴山老鬼"说罢，身子往花园外跃去，想将卫士们引开，好让张去病现身见赵构。岂料他身形甫动，忽觉眼前一花，那老太监不知使的什么身法，已颤巍巍地挡在他面前。"巴山老鬼"不想节外生枝，又忙往旁一闪，身子未着地，老太监又形同鬼魅般挡住他的去路。

张去病在暗处看得一惊：老太监身法快得来无影去无踪，没半点声息，仿佛他本来就站在那儿，却是"巴山老鬼"向他蹿去。他这般快捷无伦移形换位，自己虽能办到，但要像他如此悄无声息，无迹可寻，自己却有所不能。心道："啊呀，想不到皇宫里，竟藏有这等武功卓绝之人！"

"巴山老鬼"两次被老太监截住，心下大惊，情知遇上高人，沉声道："公公好功夫。原来是真人不露相，齐某得罪了！"呼地一掌拍出。

老太监如同鬼魅一般从他掌边滑开，有气无力道："老朽撂下功夫十多年，从前学过的一点稀松功夫，现下都已记不得了，哪是还是什么真人假人啊！"

老太监一面说话，一面在"巴山老鬼"快如骤雨的掌影中穿来穿去，身形疾闪飘忽，却不出手还招，只是连声赞道："三星七煞掌，好掌法！好掌法！"

"巴山老鬼"越斗越惊，片刻过去，眼看三十六掌三星七煞掌将使完。老太监仿佛是一个鬼影在他眼前晃动，令他看不清碰不着。他心中惊惧，背上冷汗涔涔。

老太监忽道："小心，老朽记起几招功夫来了！"

老太监说时，倏地戳出一指，手指戳出瞬间化为无形无影，"巴山老鬼"看不清老太监手指，只觉一股指力袭来，忙纵身后跃。可是他快不过老太监，连跃数次，老太监那无法看清的手指总在他身上几处死穴晃动。老太监只要劲力一吐，他断然无命。老太监似乎一时不想伤他，只是逗弄着他耍来耍去，在人前炫耀武功。

猛然间，"巴山老鬼"想起一件可怕之事，心下大骇，失声惊叫道："啊，无影剑法！你使的是无影剑法，你……你……是'勾命判官'！"

张去病头一次听到"无影剑法"和"勾命判官"名称，倒还不觉得惊奇。"北拳王"朱鹤听见"巴山老鬼"叫出"无影剑法"和"勾命判官"这八个字，惊得大张开嘴，怔怔望着老太监，半晌合不拢。

"巴山老鬼"惊叫之后，竟呆立不动，似乎那无影剑法太过厉害，他再躲闪下去也逃不过老太监手指一击，干脆束手待毙。

老太监却收住手指，笑道："别瞎说，什么无影剑法？凡是剑招皆有光影，世上哪有什么无影剑法！老朽这门功夫是家传粗浅武功，名叫'佛光指'。多年不使，我这功夫荒疏得很了！"巴山老鬼"你站着别动，待我戳你一指试试，看能不能将你戳倒？"

老太监说时，伸出一个枯如竹节的指头，缓缓向"巴山老鬼"戳去。适张去病正想要出手救"巴山老鬼"，忽见老太监的身后多了一人！老太监戳出的手指停在半途，却不转身看那人。静立一会儿，才叹道："一听衣衫风动，我就知是你到了！唉，这真是躲得过初一躲不过十五！你……你……还是终于找来了！"

"巴山老鬼"一看老太监身后那人是赵无痕，趁老太监收手说话瞬间，他忙后跃开去。赵无痕在老太监身后却不出手，只是静静站着，老太监似乎心下大惧，便不敢对"巴山老鬼"下手。

张去病心想，仅凭身后气流异动便知身后来人，这不算稀奇。奇的是，这老太监却知道来的是一位武功登峰造极的高手，便不轻举妄动，此人可不简单哪！又想：老太监说什么"一听风声我就知是你到了！唉，真是躲得过初一，躲不过十五！你……你还是终于找来了！"他说这话是什么意思？他为何要躲赵先生？莫非他是赵先生的仇人，或是赵先生要惩罚的什么恶人？倘是这样，赵先生若取这老太监的性命，我求皇上杀秦桧之事只怕办不成了！

他正兀自寻思，忽听赵无痕道："师弟，十三年前，你一夜之间消失得无影无踪。这么多年我找遍天涯海角，寻不到你半点踪迹。想不到你竟躲到深宫里当了太监，你这藏身之处可选得妙哪！"

张去病一听赵无痕管老太监叫师弟，更惊异莫名：怎么？这老太监不是赵先生的仇人，而是他的师弟？哎呀，瞧我这臭眼力！适才老太监身法不是同赵先生相似吗？我怎没瞧出来呢？难怪这老太监武功高到如此地步，原来是赵先生同门师弟！可是凭他这一身惊人武功，世上没有几人比得上，他为何要躲到皇宫里当太监呢？

老太监缓缓转过身来，叹道："师兄，你找人的手段天下无双。当年你在'地藏宫'执掌'大无常'之职，天下恶人没有一个能躲过你的追杀。想那'郦山老邪'申无害，为躲避你杀他，在坟墓里诈死三年，最终还是被你割下首级。那'金门鬼手'姚广，出重金请'换容圣手'李满山为他改变容貌，藏匿深山六年，到头来仍死在你的"黄泉剑"下。还有那'塞北猛枭'韩鹰，终日男扮女装潜伏在闹市苟且偷生，仍叫你一剑腰斩！师兄，咱俩知己知彼，我若不躲进深宫里，又焉能活到今日？唉，都怪我在宫里好久没遇到"巴山老鬼"这等高手，今日遇到忍不住技痒，要在人前卖弄一下，没想到暴露行迹，被师兄你逮个正着！你瞧，我胡子一大把，爱出风头的臭毛病还改不了！"

张去病心想：老太监为何要躲着赵先生？难道他做了什么恶事，怕赵先生取他性命？还是他做错什么得罪了赵先生，师兄弟二人反目成仇？

却见赵无痕摇头道："想不到我'地藏宫'名震天下的'勾命判官'贾潇，竟会在皇宫里做起太监来，师父他老人家若是得知此事，真要被你活活气死！"

"巴山老鬼"和朱鹤虽知老太监是"地藏宫"的"勾命判官"，但此时听赵无痕叫出贾潇名头，证实了二人的猜想，两人仍惊得"啊呀"一声。朱鹤的惊呼声比"巴山老鬼"更响。他整日护卫皇上，却丝毫不知这位同皇上朝夕相伴的老太监贾升，竟然是江湖上威名赫赫"勾命判官"！此刻听贾潇叫那青袍老者"师兄"，他更是心头大震。心想这老者难道是令人闻名丧胆的"大无常"吗？怎么……怎么……两个传闻中的大杀星，一时都聚到宫里来了？

　　江湖上皆知"地藏宫"有两位令人心惊胆战之人：一个是"大无常"赵无痕，一个是"勾命判官"贾潇。贾潇专门查访武林中人作恶劣迹，将其姓名、门派、武功、罪恶、住地，登在"生死簿"上，赵无痕便按照"生死簿"的记录，司惩恶之职去剪除邪恶。此时朱鹤得知老太监是"勾命判官"，又知那青袍老者是"大无常"，如何叫他不惊恐交加？

　　他心中暗道："这'勾命判官'在宫中伺候皇上多年，我却没看出他的半点蛛丝马迹！今夜若不是亲眼看见，亲耳听见，说什么我也不会相信这个糟老头子，便是当年令人谈之色变的大杀星！"

　　他转念又想：那青袍老者若真是夺命追魂"大无常"，今夜皇宫里，不知有多少人要死在他的"黄泉剑"下！想到这一节，朱鹤倒吸口冷气，想偷偷溜出去调御林军来救驾。偏偏赵无痕站在花园门口方位上，他只要一动便会被赵无痕瞧见。他又怕又急，一时却不敢动弹。

　　"巴山老鬼"却是另一番心思，适才他败得一塌糊涂，大感耻辱。此时他想今夜之事传到江湖上去，老夫也不算丢人现眼了。"勾命判官"同"大无常"齐名，武林中人谁能在他手下走得几招？"无影剑法"是武林一绝，唯有"幻剑七式"方能与之争锋，老夫败在贾潇手下理所当然。只是他能以手指代剑，施展这奇异剑法令人匪夷所思！

　　"巴山老鬼"正自我宽慰，忽听贾潇道："师兄说得不错，我也知此生再无脸见师父他老人家，只得躲在皇宫里苟延度日，没想到师兄你还是找来了！"

　　赵无痕喝道："师弟，揭下你脸上人皮面罩来。咱俩十多年未见，你不肯以真面目见师兄，这成什么话？"

　　贾潇道："师兄，不瞒你说，小弟戴这面罩是防你追杀。也是小弟对不住师父和师兄，无颜再见到你们，只好将这张脸藏起来！既然师兄下令，小弟不敢不遵。"

　　贾潇说着伸手从下巴一揭，从脸上揭下一副人皮面罩，露出一张清癯面孔。只见他眉目疏朗，直鼻薄唇，神情清雅。宫中之人除了赵构见过贾潇的真面目，朱鹤和众卫士都从未见过，此时众人一见惊讶不已。

　　贾潇将面具放入怀内，道："师兄，既然你找来了，咱俩的过节，你想如何了断？"

赵无痕沉声道："师弟，当年咱俩情同手足。你为何要将'南拳王'尹方之名写上'生死簿'，并捏造罪名，骗我错杀尹方及其门下弟子？我滥杀无辜犯下大错，师父一怒之下将我逐出"地藏宫"，从此不许我再见他老人家。你为何要害我？"

朱鹤在旁听得心头大震，那"南拳王"尹方与他齐名，在江湖上并无半点劣迹。十三年前却不知为何被"大无常"灭门，武林中人都觉得此事奇怪。此时一听，才知赵无痕杀尹方是受了贾潇欺骗。贾潇才是害死尹方的罪魁祸首，心里不禁对贾潇萌生一股憎恶。

只见贾潇摇头道："请师兄见谅，此事有难言之隐，我不能说。要是能说，十三年前，我早就对你说了，何必提心吊胆躲你这么多年？"

赵无痕森然道："你既不说，接招罢！今日我要为尹方及门人讨回公道！"

只见两个人影一闪激斗起来。赵无痕身着青衫，贾潇身着灰衫，众卫士功夫不济，只瞧见一团青灰色影子在眼前疾转，别说看清二人招式，便是想要分清他俩谁是谁也分不清。朱鹤和"巴山老鬼"功力深厚，勉强看得清两人打斗。但二人出手太快，无论如何看不清两人出招的形迹。

张去病功力浑厚，目力又佳，却将两大高手的打斗看得一清二楚：只见二人衣袖翻飞，招式相同，身法相同，出手如电，一招一式奇到极至，又险到极至。瞬息间，又偏偏能化险为夷，继而怪招迭出，连绵不断……两人出手似乎随心所欲，全无套路可寻，或攻或守，随机衍化，新招层出不穷！他寻思：二人信手而为，出手成招，却又招招妙到巅毫！比摩尼岩上众高手打斗又胜几筹。他想武学最高诣趣，便是随手出招，招招皆妙。招随意而发，随意而变，无须思索不着痕迹，举手投足，皆妙手天成，方能让人防不胜防，无所可防！

片刻间，二人斗了三百多招仍不分胜负。忽听贾潇喝道："师兄看剑！"一瞬间不知他从何处拔出一把软剑。那软剑窄如柳叶，四尺多长，剑身在灯火辉映下闪耀着一道青光，炫人眼目。

"巴山老鬼"一看那剑，脱口叫道："碧落剑！"江湖上传说："地藏宫"宫主欧阳山人有两柄上古神兵，一柄叫"黄泉剑"，欧阳山人将它赐给赵无痕，命他用此剑诛杀邪恶之徒，在江湖上惩恶扬善。另一柄叫"碧落剑"，欧阳山人将它赐给贾潇，命他持此剑护宫除魔。此时一听"巴山老鬼"叫出"碧落剑"名称，朱鹤和听说过这传闻的卫士忙瞪大眼睛看那把奇剑。

忽又听"巴山老鬼"惊呼一声："啊呀，黄泉剑！"众人忙掉头一看，不知何时赵无痕的手中也握着一把软剑。只见那软剑薄如丝绸，蓝汪汪的仿佛不是一把剑，而是一条窄窄的缎子，在灯火下闪动着炫目蓝光。

只见贾潇持剑对着赵无痕做个起手式，飞身一剑刺向赵无痕。赵无痕亦是飞身一剑刺出，两剑如电光一闪，剑尖竟然碰在一起。两柄软剑贯满内力居然丝毫不弯。两人借双剑一击之力弹回身去，脚未着地，复又飞身御剑刺出。

一时间，张去病看见贾潇身子在空中连连翻滚，一连串使出刺、劈、削、砍、挑、抹、剁、斩的八记奇招，"巴山老鬼"和朱鹤却看不见"碧落剑"踪影，皆想难怪这剑法叫无影剑法，叫人见不着半点痕迹！赵无痕亦是在空中连连翻滚连出八剑。二人或剑刃相击，或剑身相交，或剑尖相撞，"当当当"一阵骤响，极是惊心动魄！

张去病从未见过如此奇特的打法，赵无痕和贾潇都连连出击，只攻击对方，对对手的攻击全然不避不让。而双方出剑，却又刚好从不同方位对抗住对方刺来的剑！略一思索，他便明其理：两人出招快极，谁也无法躲避对方攻击，躲避反倒会丧命剑下。赵无痕的"黄泉剑"能诛杀众多武林高手，便是无人能闪避开他那雷霆一击。

他又想：二人出剑都从最佳方位，最快捷之处，攻击对方，剑去径相同，故两人的剑锋、剑尖、剑身频繁相击。若其中一人修为稍逊，出剑略偏，必伤在对方剑下。想明此理，张去病对武学感悟又深一层。不禁暗暗告诫自己道："武学无涯，我切不可自以为是！"

赵无痕和贾潇用剑斗到第十招上，二人身子同时下坠，又不约而同将剑往地上一点，身子复腾上半空。只听贾潇一声轻喝刺向赵无痕，"碧落剑"瞬间为一道青烟不见踪迹。赵无痕亦是一声轻喝飞身迎上，只见"黄泉剑"化为满天剑影将贾潇笼罩其中。众人还没看清赵无痕如何出招，只听"当当当"一阵爆响过后，只见贾潇手上"碧落剑"坠落地上，赵无痕的"黄泉剑"却架在贾潇的脖子上！众人都惊呆了。

花园里一片死寂。过一瞬"巴山老鬼"叹道："太可惜，太可惜！两位前辈这奇妙剑招，我未能看清。唉唉，叫人遗憾终身！"

朱鹤忍不住应声道："是啊，如此精妙绝伦的剑招，我也未看清，只怕从此再无缘得见了！"

张去病却将二人剑招看得分明：二人纵身连连对击，一共对攻十二招，招招妙得不可思议！尤其是最后两招，贾潇飞身一剑刺出，内力震得软剑飞快闪晃，剑身爆出一道青气裹住软剑，使"碧落剑"倏地失去踪迹。那青色剑气如飞矢射向赵无痕前胸。贾潇使这一招叫"无影斩"，是"无影剑法"最厉害的杀招，也是"地藏宫"宫主欧阳山人最得意之作。此招厉害之处是对手看不见"碧落剑"踪影，根本无从躲闪招架。剑未着体，便已伤在无形剑气之下。功力浑厚者，待觉剑气袭来，已无招架躲避间隙，仍逃不过这一剑之厄。

赵无痕见贾潇使出"无影斩"，轻嘿一声，内力鼓荡如潮汹涌，震得"黄泉剑"嗡嗡一响，霎时幻化出满天剑影。这回连张去病都看花了眼，分不清哪是真剑哪是假剑。他曾几次见赵无痕同人打斗，从未见赵无痕使过这一招。

他寻思：若赵先生这一剑向我刺来，满眼剑影，我该如何应对？除了开溜之外别无他法！他就这么一分神，便见赵无痕的剑已架到贾潇项上。他不禁懊恼：在这紧要关头，我瞎想些什么？唉，真可惜，错过了这最精彩的一击！

却见贾潇面不改色道："师兄，你向来取人性命从不手软。此刻你没杀我，谢你念在咱俩师兄弟情分上。只是小弟有一事不解，临死前想请师兄赐教，师兄肯吗？"

赵无痕点了点头："想问什么，你说罢。"

贾潇道："师兄，这十几年，小弟知道迟早会有今日，是以每天勤练武功，不敢偷懒。我自以为，至少已练到能同师兄打个平手。没想到今日却仍不堪师兄一击。唉，小弟真是没有出息！"

贾潇说到此意气萧索，叹口气又道："在'地藏宫'时，我两人时常练剑，我总不敌师兄，我还道是自己下的苦功不够。没想到十几年过去，我依然不是师兄的对手……只是刚才，师兄一掌拍掉我的'碧落剑'，一剑巧妙万端地架在我项上，那掌法和剑法虚实相生，巧拙相济，却非本门武功，不知师兄使的什么功夫？"

赵无痕道："那一掌一剑确实不是本门武功。那是我将凌霄老人的'太极阴阳掌'，同本门幻剑七式糅合而成的一门新功夫。"

贾潇惊道："师兄学会了'太极阴阳掌'？师兄十几年不出江湖，原来是同凌霄老人息隐海外。你既得师父真传，又得凌霄老人绝学，难怪师弟败在你手下！唉唉，我再无话可说。师兄，你要杀我为南拳王尹方报仇，动手罢！"

赵无痕手中"黄泉剑"微动，贾潇脖子上立渗血痕，剑锋忽又止住。赵无痕叹口气，道："师弟，你一向为人正派，光明磊落，从不做害人之事。师兄便是杀了你也想不明白，你为何要骗师兄去滥杀好人！事已至此，你为何还不肯说出个中缘由？"

贾潇道："蒙师兄夸赞，小弟一生没害过谁，偏生害了我最敬重的师兄。小弟心里说不出的难过，但却不后悔！师兄你别问了，这其中的原委，小弟是决计不会说的，你一剑杀了我，还那尹方一个公道罢！"

张去病听得有些迷糊。心想这贾潇好奇怪，他害赵先生虽然难过，却不后悔。他说这句话是什么意思？他如此说话，一定会激怒赵先生，只怕将人头落地，待我求赵先生手下留情！

赵无痕一咬牙森然道："师弟，你瞒着师父和我，暗中为皇上效力，师兄可以不计较。你害我被师父革出师门，念在当年我俩亲如手足情分上，我也可原谅你。可你害死尹方及弟子十几条无辜性命，这笔血债你不可不偿！"

张去病见赵无痕脸上杀气大盛，正要开口为贾潇求情，忽听一人抢道："赵侠士且慢！"张去病一看喊话之人，竟是赵构，他不禁一愣。

只听赵构道："赵侠士且莫动手，贾先生骗你杀那尹方，其中缘由，朕来告诉你！听完之后，杀不杀贾先生，悉听尊便！"

赵无痕、张去病、"巴山老鬼"三人一听大为诧异。江湖仇杀之事，身在深宫的赵构怎会知晓？是贾潇说给赵构听的吗？此事贾潇宁死不对赵无痕说，为何要告诉赵构？这可叫人费解。

赵构对朱鹤等众卫士道："你们都退下罢！"朱鹤惊惶道："皇上你的安危……"

赵构道："你不用担心，赵侠士不滥杀无辜，又岂会伤朕？他若要加害朕，你们也拦不住他，都下去罢！"朱鹤只得道声："遵旨。"转身带着卫士们退出小花园去。

张去病见赵构临危不惧，竟然命众侍卫退下。心想皇上颇有胆识可不是懦弱之人，为何不出兵收复大宋山河呢？他料想不差，赵构原本非懦弱之辈。十多年前，金兵围攻东京汴梁城，那时赵构还是康王，他奉命出京去召集勤王兵马。汴梁城被金兵攻破之时，他不在城内，躲过被俘之劫。他在河南应天府闻听其父徽宗赵佶、哥哥钦宗赵桓、太后、众亲王、嫔妃、公主和一干大臣成了金兵俘虏，便断然宣布登基，重新打起大宋旗号，可谓临危负重，勇气可嘉。

金国闻讯赵构自立为帝，挥师追杀过来。赵构手下将士抵挡不住金兵，拥着赵构一路向南逃窜。逃到半途，不料却中了另一路金兵埋伏。赵构身陷重围，见逃脱无望，正欲拔剑自尽。忽见一人冲入金兵群中，长剑疾挥，杀得金兵一片一片滚倒地上。转眼之间，那人风驰电掣奔到他身前，道："皇上莫惊，我来救你出围！"

那人说时，一手将他负在背上，转身冲入金兵群中一剑扫去，金兵倒下一片。那人夺得一匹战马，抢着他跃上马背，打马疾冲，手中长剑挥动四下血肉横飞，人头乱滚，金兵吓得抱头鼠窜。片刻之间，那人带着他杀出重围。

二人逃出三里地，奔上一处高崖上，那人找个藏身之处将他放下。道："皇上，此处较为隐蔽，金兵不会找来。待我去叫宋兵来护驾。"

赵构惊魂稍定，一看那人五十几岁，身材清瘦，眉疏目朗，鼻直薄唇，嘴上青髯飘拂，身穿一袭蓝衫。赵构适才见他出入金兵之中，如入无人之境，武功高得匪夷所思。情知遇上武林高人，忙道："先生且慢！先生出生入死救朕性命，请受朕一拜！"

那人忙道："使不得！皇上乃一国之君，九五之尊，岂可拜下民？"说着衣袖轻轻一拂将赵构的身子托住。

赵构垂泪道："先生此言，令朕羞愧难当！大宋河山丢失半壁，眼下朕已是孤家寡人。在此危难之际，若不是先生冒死相救，朕已死在金兵刀剑之下！还说什么一国之君，九五之尊？先生救朕一命，恩同再造，请先生无论如何受朕一拜！"说时又要下拜。

那人又轻拂衣袖将赵构托住，赵构怎么也拜不下去。赵构心中又惊又喜，寻思此人的武功高绝，朕如能得他相助，无异于得到千军万马！忙道："先生高义，朕永不忘。先生若不肯受朕一拜，请先生答应朕一件事。"那人道："答应何事？皇上请说。"

赵构道："先生，朕在乱世登基，欲带兵驱逐胡虏，重振祖宗基业。但朕只晓文韬，不会武功。先生武功盖世，朕欲请先生收我为徒，传授我武功，让朕能文能武，以便带兵驱逐胡虏，收复大宋山河，以雪靖康之耻！"

赵构说这一番话，是见那人武功高得不可思议，想将那人长留在他左右保护自己。他绕着弯子以传武功为名，想将那人留下。其时赵构还年轻，血气方刚，刚刚登基，眼见山河破碎，父母兄弟被掳，深感奇耻大辱。犹有恢复山河，报仇雪耻的雄心壮志，是以说出这一番话来。

那人听罢摇头道："下民怎能当皇上的师父？请皇上收回成命，下民万万不敢！"

赵构泣道："唉，想必是朕太无德无能，连恩公都嫌弃朕！朕身居大位无能复国，不能救百姓出苦难，还有何面目面对天下百姓？又有何颜面面对列祖列宗？唉，朕活着还有什么意思啊！"说着起身走到高崖前便要往下跳。

那人叫声："皇上不可！"闪身一把将赵构抓住，道，"皇上身负国家社稷和大宋百姓安危，怎能如此轻生？"

赵构道："先生不要拦我。你救我，而不助我，朕一个人又怎能担得起大宋百姓的安危？朕居其位不能救黎民出水火，不能匡复山河，雪洗国耻，如同行尸走肉，还有什么脸面活着？先生，你不如让朕死了的好！"

那人听了颇受感动，忙道："皇上莫想不开。下民遵旨，答应传授皇上武功。可是不敢做皇上师父，下民给皇上当个随从罢！"

赵构心中窃喜，抬手去抹眼泪，心想冒一死之险，长得此人护驾，朕可高枕无忧了，这一赌值得！赵构敢以死相赌，是算准那人冒险从千军万马中将他救出，定不会见他跳崖而不救。他想那人身手了得，必定救得了他，便假装往崖下跳。那人果然将他拉住，且被他诚意打动，答应教他武功。他不费吹灰之力，得到这么一位武功奇高之人护身，教他如何不暗喜？

赵构抹去眼泪道："先生贵姓，大名如何称呼？"那人道："下民免贵姓贾，名潇。"

赵构道："贾先生，你答应教我武功，便是我师父。朕身为国君，不便行跪拜之礼。但拜师之礼不可偏废，请受我一揖！"说罢一揖到地。

贾潇忙跪地叩头还礼，道："皇上知遇之恩，贾潇永生不忘。贾潇不敢当皇上师父，只愿当皇上仆人，肝脑涂地，为皇上效犬马之劳！"

赵构大喜，忙扶起贾潇，道："在人前，朕同先生是君臣，朕不便叫你先生。你姓贾，朕赐你一个名，叫'升'。日后朕在人前叫你贾升。在人后，先生同朕是师徒，朕便叫你'先生'，望先生不必拘礼。"贾潇听了更加感动不已，忙道："老仆遵旨。"

贾潇不知，赵构知晓高人视利禄如尘芥，但看重声望，挑络高人，礼敬有加，比封官厚赏更有效，是以对贾潇说称他"先生"云云。

此时，赵构大胆叫卫士们退下，做出无须防备姿态，张去病不知赵构心机深沉，不禁暗赞赵构颇有胆识。又听赵构道："赵侠士，贾先生骗你去杀尹方，你怪不得贾先生，那是朕的旨意！"

赵无痕一愣，问道："是皇上的旨意？皇上为何下这等滥杀无辜的圣旨！"

赵构摇头叹道："赵侠士，朕下此旨实属无奈，是万不得已啊！"

赵无痕心想，帝王向来视庶民人命如草芥，想杀便杀，又有什么万不得已了？老夫不可被他骗了。

赵构续道："赵侠士，你说，为君者，当以何事为重？"

赵无痕不假思索道："自当以百姓为重，以国家社稷为重！"

赵构点头道："赵侠士所言甚是。当年朕初登基，金兵屡屡进犯，眼见大宋南方山河即将沦入敌人之手，朕命众将士拼死抗金，可是因为一样东西匮缺，将士们虽奋勇杀敌，却常常战败。赵侠士可知所缺何物？"

张去病和"巴山老鬼"是习武之人，二人都想莫非是缺兵器？缺战马？缺大将？却听赵无痕道："定是缺粮草和军饷！"

赵构道："赵侠士见识不凡，朕正是缺这两样东西！三军将士饿着肚子又怎能打胜仗？那时金兵逼近临安城，朕眼见京城不保，急得火烧眉毛，派人找豪绅大户筹集粮款。那尹方乃是闽粤首富，但此人极吝啬，国难当头，他却不肯出资救国。

"朕本想派兵抄他家产，以充公用，又担心引起富绅们恐慌携资外逃，朕更无资可取。万般无奈之下，朕才授意贾先生借赵侠士之手将尹方除掉。朕给他安个勾结强盗罪名，抄他家产当作军饷。赵侠士，国家遭逢大难，尹方坐视不救，他并非无辜之人，这种人不该杀吗？”

赵无痕一怔，道："这……"

赵构又道："天下兴亡，匹夫有责。贾先生毁你二人手足之情，担当被你追杀之险，骗你去杀那尹方，那可是有功于国，有功于民的大仁大仪，何罪之有？赵侠士那时替朕杀掉尹方，解了朕的燃眉之急，也是大功一件！此事的来龙去脉便是如此。赵侠士是深明大义之人，杀不杀贾先生，悉听尊便！"

赵无痕不语，沉默一会儿才道："师弟，你在'地藏宫'与我同门学艺十几年，从未骗过师兄，唯有这一次骗我。虽是如此，师兄仍相信你。你老实告诉师兄，你骗我杀尹方之事，诚如皇上所言吗？"

贾潇点头道："诚如皇上所言。小弟同那尹方素无冤仇，若非国事告急，若非那厮吝惜钱财，见危不救，小弟又怎会骗师兄去杀他？"

赵无痕又道："师弟，这些年，你为何不将此事直言告诉我？"

贾潇道："小弟办此事，虽说是为救国之急。但骗师兄去杀人，帮朝廷掠民财公用，说出来终究不光彩。小弟宁死不告诉师兄，倒不是怕污了自己名头。是因皇上对我有知遇之恩，小弟怕有损皇上圣誉，故不便对师兄明言。"

赵无痕将"黄泉剑"从贾潇脖子上移开，道："师弟，得罪了！"

赵构看见赵无痕放过贾潇，暗中舒了口气，心道："好险！"

适才他走一步险棋，硬着头皮屏退众卫士，是因贾潇跟随他后，将自己的门派、师承、在"地藏宫"的司职，及同赵无痕在江湖上行侠仗义之事对他说了。他对赵无痕已有所知，知道此人武功奇高，却知晓大义不乱杀人，才敢出面为贾潇说情，才敢冒险叫朱鹤带众卫士退下。此时看见赵无痕收起兵刃，他忽觉背上一阵冰凉。适才一阵惊恐，吓得他身冒冷汗浸湿内衣贴在背上，此时才有所觉察。

贾潇道："谢师兄不记小弟之过。师兄，你怎会得知小弟行踪，找到宫里来？"

赵无痕一指"巴山老鬼"，道："我同这位齐兄到宫里来，并非是为了找师弟寻仇。"

贾潇惊疑道："师兄难道……你……是前来加害皇上？"说时身形疾闪挡在赵构面前，道，"师兄，皇上乃一国之君，肩负天下社稷安危。你若加害皇上，小弟便是拼死也要阻止你犯上作乱！"

赵无痕道："师弟食君之禄，很忠君之事啊！你不必紧张，我是护送一人来见皇上，他有要事奏报皇上。"

赵构和贾潇一听放下心来，但又觉得有些意外。赵构寻思什么人如此重要？竟然要赵无痕和"巴山老鬼"两大高手护送他来见朕？转念又想：此人又有什么重要之事，要夜入皇宫向朕密报？

却听赵无痕道："皇上，此人现在花园内候见，求皇上召见。"

赵构心中忿道："说什么求皇上召见，哼，说得好听！眼下这情形，还由得朕不召见他吗？"嘴上却道："赵侠士，让那人出来见朕罢。"

赵无痕对树上的张去病道："谢大侠，你下来吧，皇上有旨召见！"

刚才，张去病看见赵无痕不杀贾潇，心中一块石头落地。却没想到赵无痕乘机向赵构引见，忙从藏身树上跳下。贾潇忽见张去病现身，心中暗惊：此人伏在近处，我却听不见他半点气息声，功力之精纯深厚似不在我之下！

张去病走到赵构面前下拜道："小民谢承宗，叩见皇上！"张去病此次进宫为不连累家人，不仅装扮成虬髯大汉，还取名谢承宗，暗寓继承先辈遗志之义。

赵构道："谢壮士起来罢。"张去病站起身来。赵构又道："适才赵侠士说，谢壮士有要事向朕禀报，不知壮士要向朕禀报何事？"

张去病道："皇上，小民受先皇钦宗差遣，前来禀报一桩机密大事。"

赵构听到"受先皇钦宗差遣"，身子一震忙道："谢壮士且住，此地非说话之处。"转过头来对赵无痕、贾潇、"巴山老鬼"道："诸位随朕到书房去。"

四人跟着赵构走进书房，赵构在大书案后坐下，道："三位侠士坐下罢。"张去病道："我等布衣小民，不敢与皇上同坐。"

赵构道："朕赐你们坐下。"张去病道："谢皇上赐坐。"三人在椅上坐下，贾潇却垂手站在赵构身后。

赵构道："谢壮士，我皇兄被金国掳去远囚番邦，你怎会见到他？我皇兄又怎会命你来见朕？"

张去病进宫见赵构，心知赵构必有此一问，事先同赵无痕商量好答词。忙道："小民有幸见到先帝系上天指引。那金国侵占我大宋土地，掳去我两位先皇，杀我大宋百姓，令小民义愤填膺。小民为报国仇家恨，便去金国京城会宁刺杀金国皇帝完颜晟。

"我深夜潜入皇宫，却听见那金兀术对金国皇帝完颜晟说：'秦桧写给皇上的那封效忠信，皇上千万要保存好。咱们金国只要握有那密信作把柄，便能操控秦桧乖乖为大金国卖命，皇上你就能将那赵构掌握咱们金国手中！'

"小民一听，心想那密信对我大宋威胁甚大，便下手盗了那封密信，不料被金兵发觉，小民仓促逃入城外一个古墓中藏身。没想到在墓中，却见到被关押的先帝。先帝听说我是大宋子民，前来刺杀金国皇帝完颜晟，见我忠心报国便说出他真实身份。小民一听忙将密函呈给先帝过目。先帝一看惊怒道：'不好，秦桧卖身投靠金国，在我大宋朝廷给金国当内奸！谢壮士，你火速赶回大宋去，将这封秦桧叛

国投敌密信呈报给当今皇上，让当今皇上清除秦桧这个卖国贼！'

"小民领命不敢耽误便从金国赶回。小民知此事重大，不敢将密信交给他人呈送皇上，只得今夜擅自进宫呈给皇上，请皇上恕小民擅闯皇宫之罪！"张去病说罢从怀里取出秦桧密信捧在手里，贾潇上前取过密信递给赵构。

赵构拿着密信心下却嘀咕："今日可奇怪至极！早朝时，秦桧老匹夫拿陆安的假信和我哥哥的假手谕状告王庶，此时又有人拿密信来告发秦桧。莫非此人是秦桧的对头，也依样画葫芦造一封假信来陷害他？待朕看看！"

赵构取出密信展开一看，见那信首写着"大金国上皇圣鉴"几字，他一看那几个字脸色骤变，双手一抖信笺飘落地上。贾潇微诧，忙捡起密信放回案上。赵构再瞟那信上字迹，他熟悉得不能再熟悉了！几乎每月，他在奏本上都要见到这种字迹，确是秦桧笔迹无疑！

他定神往下看去，只见信上写道："金国上皇威加四海，恩泽万物，文治武略超三皇，盖五帝，令秦皇汉武大失颜色，唐宗宋祖羞愧难当！古之圣君，无人能及上皇一个指头，今之宋、辽、西夏、吐蕃、大理诸国的愚君，更难及大金上皇一根毫毛！"

赵构看得怒气升腾，寻思这老匹夫大拍完颜晟马屁，竟敢从三皇五帝一直贬损到朕的头上，如此寡廉鲜耻，真是古今罕见！可恶！可恶至极！

他再往下看，见信上写道："宋皇无道，民怨沸腾。那徽宗醉心字画琴棋，痴迷蹴鞠小技，不理朝政，弃江山如破屣。那钦宗淫乐后宫，视国事如同儿戏。是以上有奸佞童贯、蔡京等人祸国；下有草寇宋江、方腊造反揭竿而起。百姓苦艰，水深火热，日夜仰盼金国上皇发兵，除昏君以清神州，救黎民于倒悬；清奸乱以澄四海，布慈恩泽天下；施德政以化万民，统一寰宇归大金……"看见这一段大骂宋君，谀颂金主的骈文，赵构再无可忍，拍案大怒道："这老匹夫竟敢辱我先皇，诬我大宋，献媚敌酋，是可忍孰不可忍！"

看见赵构拍案震怒，张去病暗自高兴，心想这一回铁证如山，皇上怒不可遏，秦桧老贼定难逃法网！

赵构气得端起杯喝一口茶，待怒气略平，才又去看那信，见信上写道："下国贱民秦桧三生有幸，蒙大金义师救出宋国苦海，得享大金上皇浩荡恩泽，感激涕零！桧无以为报，愿肝脑涂地为大金上皇效犬马之劳，忠心不二！为表忠忱，桧不揣浅陋献上取宋二策，恭请上皇御览：一策是：大金取宋，可先施敲山震虎之计，放言择机遣返钦宗归宋，叫那赵构常感到皇位受威胁，不敢抗上皇之命，不得不听命于大金上皇。赵构若是不惧，上皇可在北方扶植钦宗赵桓做傀儡皇帝，派兵助赵桓同赵构争夺宋朝江山。二策是：上皇可在俘来宋朝官员中，挑选一个对大金忠心耿耿之人暗遣返宋，命他打入宋国朝廷谋取高位，左右赵构，牵制诸将，大金进图宋国唾手可得矣！"

赵构看到此处，气得霍地站起身来，在书案后走来走去，连声大骂道："老贼无耻！老贼无耻！"霎时间，他蓦地想起：前日那金国来使威胁说，大宋如不答应割让宿州与和州，金国便要遣返赵桓，或助赵桓在北方复位之语。此时他才知，原来是秦桧向金国献的毒计。他又想到秦桧曾对他说什么："岳飞坐大，世人只知有岳家军，不知有皇上。悍将势力过大，非朝廷之福"等等。

想起秦桧这些说辞，赵构心道："原来秦桧老贼暗奉金国之命，花言巧语蛊惑朕，挑拨离间朕与武将的关系，让朕按金国意图行事！这个无耻奸细、卖国贼，暗卧朕身边多年，欺骗朕多年，却将他干下的卖国勾当遮掩得滴水不漏，实在阴险狡诈，罪大恶极！朕这就下旨，派御林军将他抓来严刑审问，诛他九族！"

赵构越想越怒，走到书案前提起笔来正要拟旨捉拿秦桧。忽听一名太监在书房外道："启奏皇上，中书省送来一封边关急奏，请皇上圣裁！"

贾潇快步走出书房，取来奏章递到案头上。赵构打开奏章一看，只见奏章上写道："臣镇南关提督郭虎遥拜吾皇！近日，金国派人来告知臣，说金国将遣返先皇钦宗归宋，欲取道镇南关来临安，要臣开城放行。臣闻讯不敢怠慢，派人昼夜兼程急禀皇上。请皇上定夺。"

赵构一看"金国将遣返先皇钦宗归宋"之语，头嗡的一下变大。暗惊道："金国可恶，这分明是对朕施压，要朕答应割让和州与宿州！天无二日，国无二君。金国倘若真将皇兄遣回，这如何是好？……虽说现下，朝中大臣都是朕的人，皇兄回来也奈何不了朕。但他毕竟是父皇指定的继位人，是名正言顺的正统皇帝。朕是在战乱中擅自登基的皇帝，朕这皇位来得不如皇兄正统。倘若皇兄要我将皇位还给他，我不还他，他虽然拿我无法。但朕会在史书上落下篡位骂名！倘若那金国扶持皇兄在北方做傀儡皇帝，金兵帮他同朕争夺大宋皇位，将朕赶下台，这怎生是好？"

想到此处，赵构心中焦虑愈盛：又想若是将皇位还给皇兄，这些年朕苦心经营的江山岂不是为他作嫁衣？再说皇兄心地偏狭，他若重登皇位，为除去后患，必定会向我下毒手！自古以来为争夺皇位，手足相残之事比比皆是！为今之计，决不能让皇兄回来！可是这种话……朕又如何对人说得出口？

想到此处，他将心一横暗道："金国用遣返皇兄来逼朕，朕不能下旨不许皇兄回来。嘿嘿，金国将朕逼急了，朕也顾不得什么手足之情，只好派贾潇去暗中将赵桓除掉！"

赵构拿定主意，目光移到秦桧密信上，怒火更旺，心里恶狠狠道："朕此时如坐针毡，都是秦桧老匹夫所赐！这老匹夫若不向金国献此毒计，朕怎会受金国如此胁迫？这条老狗，朕非剥他的皮，抽他的筋，将他凌迟处死不可！"

盛怒之下，他又提起笔来拟旨抓捕秦桧。可是笔管握在手里，笔尖却下不到纸上，心中想着赵桓回归之事，一个字也写不出来。他抬眼看见身旁的贾潇，猛然想起先前贾潇说"小不忍则乱大谋"之语，满腔愤怒火焰顿时矮下去。心里闪过一个恶念："既然秦桧老狗向金国献毒计要挟朕，解铃还须系铃人！朕暂留这条老狗一命，派他去镇南关平息此事。他办成此事，无有寸功；若办砸了，朕立下旨宰了这个老东西！有这封密信在朕手里，朕不仅要将这老东西千刀万剐，还要将他九族之人灭得一个不剩，方解我心头之恨！"

如此一想，赵构怒气渐消，抬起头来对张去病道："谢壮士冒险盗得密信，从千里之外送来功劳不小。朕要赏你。秦桧叛国之事重大。朕要派人查明此信真伪，方能处置卖国贼。贾先生，你命人去取一百两黄金来，赏给谢壮士三人。"

张去病一愣。先头见赵构阅信大怒，只道看完信后，赵构便会下旨捕拿秦桧。没料到赵构看罢信却轻描淡写说说几句，想将他们打发走。他虽阅人不多，却也看出赵构言不由衷，心下暗恼，忙道："锄奸卫国，本是小民分内之事。小民不敢要皇上赏赐黄金。"

赵构道："那你想要朕赏你什么？"

张去病道："小民斗胆请皇上将秦桧拘捕下狱，以免他闻讯潜逃！"

赵构道："谢壮士，此事不急不急，朕要抓捕秦桧，随时皆能拘捕他。那秦桧逃不了的！"

张去病心想：眼下铁证如山，皇上却不捕杀秦桧老贼。我想请皇上秉公除奸，为我家人报仇难道没指望了？他心中一阵透凉，却又不敢出言顶撞赵构。转念又想，嗨，我愁啥？我还没拿出老皇爷徽宗的召书，徽宗在召书上明令皇上出兵收回失地。眼下杀不了秦桧老贼，皇上问我要什么赏赐，我求皇上出兵讨伐金国，圆我外公收复失地之梦，看皇上怎么说。皇上若是不允，我便拿出徽宗的召书逼他遵旨答应！心念一动，他忙道："皇上，下民有一个请求，请皇上恩准。"

赵构道："谢壮士你说，有什么请求？"

张去病道："小民请皇上发兵驱逐金兵，拯救北方黎民百姓，收复大宋失地，迎回先皇，洗去靖康之耻！"

赵构一听"迎回先皇"四字，头脑又嗡的一声，暗恼道："草莽之人也来干预朝政，真是不知天高地厚！什么迎回先皇？不是给朕添乱吗？"但张去病所求占着大理，他不便呵斥，只得假装高兴道："呵呵，谢壮士忠君爱国，壮志可嘉！呵呵，朕甚感欣慰！"张去病心想皇上夸我，莫非出兵有望？

赵构又道："谢壮士，讨伐金国，乃国家大计，牵一发而动全身！时下金国强，大宋弱，我大宋此时出兵伐金，是拿鸡蛋去撞石头，非败不可！……况且战事一起生灵涂炭，百姓更遭殃！"张去病犹如被当头浇盆冷水，语塞道："皇上不想……出兵？"

赵构道："朕身为一国之君，当以百姓福祉为重，手足之情为轻。当此敌强我弱之际，朕不想以卵击石。谢壮士之请，朕不能答应你！"

张去病正要拿出徽宗的召书劝说赵构，却听赵无痕插话道："皇上之言甚是，眼下确实是大宋弱，金国强。不过敌强我弱之势，皇上过虑了。弱国打败强国，这在历史上是常有之事。春秋时那秦国地处僻壤，十分弱小，孔子周游列国，西行不到秦国去，秦国之贫弱可见一斑。但那秦国奋发图强，后来统一了六国。楚汉相争之时，那楚王强大，汉王弱小。汉王刘邦屡战屡败，但他锲而不舍，顽强抗敌，最终打败楚王，统一天下。还有三国的赤壁之战，官渡之战；东晋的淝水之战等都是弱方战胜强方。是以金国虽强，并非不可战胜。皇上无须过虑！"赵构听得心中一惊，回眸去看赵无痕。

赵无痕又道："就拿当今来说，那金国女真族原本弱小，但它敢于图强，敢同大辽、西复等强国争锋，终于崛起成为强国。还有那西北大漠上新崛起的蒙古人，本来也是弱小民族，但在那铁木真率领下敢于图强奋起，不惧强敌，现已从弱小部落强大起来威震八方。下民以为，皇上不必忧虑大宋弱，金国强；只要皇上励精图治，奋发图强，皇上若出兵伐金，举国军民便会一呼百应，众志成城，大宋便能打败金国！皇上，在历朝历代群雄逐鹿中原之时，向来皆是勇往直前者胜，懦弱守成者败。小民请皇上三思！"

张去病听赵无痕这番话，心中暗暗喝彩道："赵先生真是文武全才！这话说得引经据典，有理有据，鞭辟入里。看来空闲时我得多读一些书，经常请教赵先生，知晓一些历史，多懂得一些国家兴亡之道。要不然我有道理也说不清，道不白！"

赵构听见赵无痕这一席话，寻思没想到草莽山泽间竟然有如此卓识之人。他此言虽然不错，但他不知朕有难言之隐！遂摇头道："赵侠士，朕今日所处之形势已非春秋之时，亦非楚汉相争之际，更不是三国两晋之期。古今形势已变，朕不能不变。为今之计，大宋得稳住阵脚，保住南方半壁江山，守时待运静观其变，方是上策！"

"巴山老鬼"见赵构畏畏缩缩，一再推委搪塞，忍不住心中气恼，道："皇上偏安南方，年年向金国称臣纳贡，却不出兵雪耻，难道不怕世人说你对敌人卑躬屈膝，苟且偷安吗？难道皇上不怕世人说你，对被囚金国的先皇无手足之情吗？"

赵构一听心下恚怒，但见"巴山老鬼"面目狰狞，不由强忍怒气。心想：此人同那姓赵的武功极高，这姓谢的武功大概也不差。贾先生一人难敌他三人，朕须隐忍不发，沉着应对化解今夜之危。

如此一想，他压下怒气道："老侠士所言不错，朕心中常惴惴不安者，便是世人误认为朕苟且偷安，不雪国耻，见我父兄落入敌手而不救背上骂名。但后来仔细三思，朕之所为并无错处！这些非议是世人目光短浅，不知朕忍辱负重的兴国大计，胡乱猜测罢了，不足为虑。谢壮士，两位老侠士，你们想想历史上大有作为的国君，哪一个不是忍辱负重，才成就大业的？朕定下'以孝立国，和定天下'的大计，并非苟且偷安，更非不顾父兄之情。而是以历代明君为榜样忍辱负重，积蓄国力，以图将来复兴大宋的国策！"说到此处，他回头对贾潇道，"贾先生最知朕的心意，你说是不是？"

贾潇道："是，皇上是忍辱负重，待机光复大宋！"

赵构又道："不错，朕现下向金国称臣纳贡，这便是忍辱负重！想那春秋战国之时，越国被吴国打败，越王勾践为了复国卧薪尝胆，在吴国为仆时，他为吴王诊病，舐尝吴王粪便之事都做得出，卑躬屈膝到极致！后人又有谁说那勾践的不是了？同那越王勾践相比，朕向金国称臣纳贡，这又算得了什么卑躬屈膝？算什么丢人了？"

赵构说得激昂起来，平日群臣在朝廷上议政，主战派大臣虽然不敢当面指责他卑躬屈膝，苟且偷安。但他理短心虚，总怀疑有人在背后如此议论自己，是以他常借古喻今，找出一大堆古人忍辱负重先例为自己开脱，堵群臣之口。

今日一说到此事，他又激动起来，接着又道："还有那西汉之时，匈奴强大，汉朝力弱。那匈奴单于公然修书致汉，要召高祖之妻吕后去侍寝。那吕后复信给单于说什么'妾身已老，不便侍寝……'这更是卑躬屈膝到无耻！后人谁又说那吕后卑躬屈膝了？还有那汉文帝、汉景帝对匈奴施和亲之策，将自己女儿送给匈奴单于做老婆，岂非对胡人卑躬屈膝吗？但史书上却称颂他们什么'文景之治'，没说文帝和景帝有什么不对！还有唐朝立国之初，唐弱而突厥强，唐太宗李世民，不也是向突厥人卑躬屈膝纳贡称臣吗？可那李世民却被后人赞为一代圣主明君！"

说至此处，赵构理直气壮看看张去病、赵无痕、"巴山老鬼"三人，又续道："眼下朕向金国低头，乃是效法历代明君复国方略，世人不解朕苦心，却说朕对金国称臣纳贡是卑躬屈膝，苟且偷安！唉，可悲，可叹，望三位壮士不要听信市井愚民之言！"

张去病、赵无痕、"巴山老鬼"听见赵构这一番振振有词的辩解，面面相觑，三人万没想到赵构会拉扯出一大群古人来为他辩护，一时都不知如何对答。

赵无痕寻思：这赵构忒狡猾！竟抬出这些赫赫有名的帝王来作挡箭牌。可是那些有为之帝忍辱负重，却丝毫不安于现状，他们皆是励精图治，奋发图强，方成大业。而你赵构却不思进取，无所作为，安于现状，又怎能同古代那些忍辱负重，奋发有为的皇帝相比？嘿嘿，你用"忍辱负重"四字当遮羞布，为你苟且偷安遮羞挡丑，又怎能瞒得过老夫？可我要直言驳他，又恐怕坏了小主人大事。他既然以古论今，为其遮丑。老夫也以古论今，以忠孝之义难他一难，看他如何为自己开脱？

心念闪过，赵无痕道："皇上所言甚是，下民们愚钝，误揣圣意，妄议朝政，皇上不要见怪。只是圣人所倡导的忠孝，乃是历朝立国之本。皇上以孝立国，从金国迎回韦太后，国人皆称颂皇上的孝心。然而孝与悌密不可分，弟弟当敬爱哥哥，此乃圣人教诲，亦是孝之一义。是以殷周之时，有伯夷和叔齐兄弟互让王位，双双离国隐居首阳山上之美谈。而今先皇被囚金国，皇上不将先皇迎回，百姓不解圣意，误以为皇上对哥哥不悌，以讹传讹，流言四起，长此下去后人不知真情，下民恐皇上史上留下骂名！"

岂料赵构一听，冷冷一笑，道："史上留下骂名？赵侠士过虑了！朕不迎回皇兄，同那汉高祖刘邦相比，可是孝悌得很哪！昔日楚汉相争，项羽被刘邦围困城内情势危急。那项羽将刘邦之父刘太公押上城楼，对城下刘邦说，你不退兵，我便烹了你父！刘邦却哈哈大笑道，好，你烹了我父，请分一碗羹给我吃啊！那刘邦为争帝位不顾其父死活，史书上照样称他汉高祖，溢美有加，他又留什么骂名了？朕为保住大宋半壁江山，暂不救回我皇兄，嘿嘿，比那刘邦见父有生命之危袖手旁观，好得太多！朕何错之有，又怎会留下骂名？"

听了赵构这番话，张去病好生纳闷。心想咱们中国人真是奇怪，无论做好事做坏事，都能在史书上找到理由为自己辩解。听皇上如此说来，倒好像咱求他出兵讨伐金国，收复大宋失地是无理之求了！

他不甘心，忙道："皇上之言，下民茅塞顿开。只是先皇曾是大宋君父，下民瞧见先皇被囚在金国会宁城外古墓内其状极惨，实是我大宋之辱！况且北方失地百姓饱受金兵荼毒，苦难已久，他们都盼皇上发兵，早日解救他们出苦海！"

赵构听罢却反问道："谢壮士，朕问你一句，我大宋奇耻大辱，北方百姓的苦难，是何人酿成的？"

张去病道："这个，自然是金国酿成的。金国若不进犯大宋，我大宋不会遭此奇耻大辱，百姓也不会遭此苦难！"

赵构哼一声，道："谢壮士错了！自古以来弱肉强食，强国打弱国千古同理。大宋不强，金国来欺，金国没有什么错。倘若我大宋强大，金国弱小，朕也会出兵打它。大宋奇耻大辱，不是那金国酿成的！"

张去病惊愕道："皇上说，我国奇耻大辱不是金国酿成的，那又是谁酿成的？

小民愚笨，请皇上明示圣意。"

赵构冷冷道："我国的奇耻大辱，是我皇兄钦宗酿成的！"

张去病听得无比惊愕，他还未回过神来，赵构又道："钦宗是先皇，是我兄长，按理朕不该说他之过。但他在位之时金兵来犯，他应对无方，无德无能，进退失据，才丢掉大宋北方半壁江山，害得我父皇和母后受被掳之侮辱！他被囚金国，难辞其咎！哼，如此败国之君，世人竟要朕将他迎回重登皇位，难道还让他再把南方半壁江山断送给金国不成？"

张去病听得目瞪口呆。赵构这番话虽然说得薄情寡义，听上去却不无道理。他心里一片茫然。寻思：这样的先皇究竟该迎他回来，还是不该迎他回来？难道我外公要迎回二帝错了不成？转念又想：不对，赵桓被囚，虽然是他无能失国，但他好歹是大宋国君。听任我国之君被敌国囚禁凌辱而不解救，我大宋之人，有何脸面立于诸国之前？再说，就算不该迎回钦宗，皇上也不能让北方百姓长受金兵蹂躏；不解救他们，也不能让金国侵占大片国土，久不收复啊！

他从金国一路南下，沿途见百姓被金兵残害，哭诉无门，呼救无助。但此时却又不知如何劝说赵构。沉默瞬间，他忽然想起《鬼谷散花谱》传人林老先生之言，忙道："皇上，对先皇之事，下民不敢妄加评说。可是下民曾听一位智者说，咱们中国国脉龙头在北方而不在南方。是以从秦朝至我大宋，历朝都是从北方统一南方。皇上偏安南方，久失北方龙首，不出兵北，恐有亡国之忧，皇上不可不察！"

赵构一愣：心想什么国脉龙头在北方不在南方？又想：这姓谢的说"从秦朝至我大宋，历朝都是从北方统一南方"，历史上情形好像是大致如此。难道……朕的"以孝立国，和定天下"大计错了……转念又想：不，决不会错！这些江湖草莽之人又懂什么经国大计了？什么国脉龙头在北而不在南，道听途说，无稽之谈，朕可不能被他蒙住！

如此想罢，赵构道："谢壮士读过经、史、子、集吗？"张去病脸上一红，他读过的古书实在有限，忙摇摇头。

赵构道："圣人治国平天下之策，尽在经、史、子、集中。谢壮士没读过，不知经国之道却来妄议国家兴亡，岂不是自不量力吗？"

张去病满脸通红，心想皇上是铁了心苟且偷安。我劝他不听，得出示徽宗遗诏逼他出兵。忙道："下民未读过治国平天下典籍，不敢妄议国事。但下民请皇上出兵驱逐胡虏，却并非自不量力擅言战和，下民乃是奉召行事！"

赵构听得大为诧异，道："你说你是奉召行事？嘿嘿，当今之世，这大宋除了朕，你还有何人之召可奉？"

张去病道："下民奉的是徽宗老皇爷的遗旨行事！"说时，从怀里拿出徽宗遗旨展开，道："请皇上接旨！"

赵构一惊，忙站起身来。张去病展开召书宣读道："奉天承运，大宋徽宗皇帝召曰：国家危亡，社稷倾颓，望吾儿赵构接登大宝后，力挽狂澜，出兵灭金复宋，以雪国耻，告慰列祖列宗的在天之灵。钦此！"

张去病读完，贾潇上前取过召书递给赵构。赵构拿起召书一看，只见字体金钩铁划，正是父亲字迹，不禁喉头一阵发哽。前几年徽宗病死在金国，金国虽将徽宗的灵柩送还，但父亲临终之时，他未能在父亲身边送终尽孝，心里总觉遗憾。此时见到父亲遗召，忍不住悲上心头。

难过一会儿他站起身来，沉思一瞬，便将召书递到烛焰上点燃，放到书案旁铜盆内，默默注视召书燃成灰烬，才转身回坐下，问道："谢壮士，这先帝手迹从何而来？"

张去病道："下民此次去金国见到先皇钦宗，是先皇钦宗将这召书交给下民，命我带回来给皇上的。"

赵构沉吟一会儿，又道："谢壮士还有没有别的事要禀告朕？"

张去病道："下民再无别事禀告皇上。下民只求皇上遵照先皇召书，出兵解救北方百姓出苦海！"

赵构问道："遵照什么先皇遗召？朕怎没看见？"

张去病大吃一惊，忙道："皇上刚才把先皇的遗召烧了，怎说没看见？"

赵构道："朕适才烧的是我父皇练书法的一篇遗物，不是什么召书，谢壮士弄错了！"

张去病万没想到赵构刚见过召书，会不认账，心下又气又急，失声道："皇上，你……你……"

赵无痕霍地站起身来，厉声喝道："皇上身为国君，应以诚取信天下，怎能如此撒赖否认，这岂是国君风范？"

贾潇见赵无痕动怒，忙闪身护住赵构，道："师兄误会了，皇上是同谢壮士说笑！"

赵构却摇头凄然道："贾先生你退下。朕没说笑。我父皇退位后，一心修道炼丹，从来不干预朝政，是不会给朕下什么召书的。谢壮士刚才呈给朕的，是我父皇在练书法的一篇遗物，不是什么召书。你别护着朕，这三位侠士若要加害朕，想犯弑君大罪，让他们动手好啦！"

贾潇大急，寻思皇上不知我师兄杀人如麻。我师兄一动怒便是天王老子也照杀不误，皇上充什么英雄好汉，我如何能不护驾？

贾潇却不知，张去病忽然拿出徽宗遗召，令赵构措手不及。他无法再用什么忍辱负重，以待时机之类的话搪塞。可他又不能公然说不遵父命。心思几转便想出焚毁遗诏，不承认有遗诏的法子抵赖。

赵构出此下策并非一时冲动。先前同张去病三人一番谈话，看出他们都是忠义之士。他摸准侠义之士大都死认忠道，被一个"忠"字捆住，决不会犯上害他。他才敢叫贾潇不要护驾，说什么"让他们动手好啦！"

果然张去病一听急道："下民万万不敢做这等大逆不道之事，请皇上息怒！"

赵构听了心下放宽。又想：常言道刘备的江山是哭出来的。看来朕得动之以情，晓之以理，哀它一哀，洒几滴眼泪，才能平平安安将这三人打发走。

他遂长叹一声，轻声泣道："朕没有动怒，朕已经没力气动怒了！朕这个皇帝实在当得太累！国内有天灾人祸，常压得朕喘不过气来；还有奸佞误国，弄得民怨沸腾，让朕常常夜不能寐；又有忠臣义士常逼朕同金国开战，要朕以卵击石碰个头破血流。而四周还有金国、辽国、西复、蒙古，虎视眈眈要灭我大宋，叫朕终日寝食难安！唉，朕活得真是苦不堪言啊！……三位壮士，朕坐在这皇位上如同坐在炉火上，日子难熬，心力交瘁，真是还不如死在你们手里好！"

赵构越说越伤心，开头还是作伪假哭，后来想到坐在皇位上的种种烦恼和压力，竟真的失声痛哭起来。张去病吓得拜伏书案前，连声道："下民该死，不知皇上日理万机，如此操劳受累，妄自奏请，罪该万死！"

赵构见张去病坠入彀中，更悲声道："唉……朕死在你们手上，一了百了，好是好。只是朕死后，国中无主，有野心的大臣会趁机争夺天下，各据一方，届时天下大乱，大宋将更陷入民不聊生，战祸不绝的苦海中！还有那金国、辽国、西夏、蒙古更会趁机出兵攻打大宋，它们或瓜分大宋，或独吞大宋！大宋灭了，大宋百姓将沦为亡国奴，受异族奴役，永无天日……"一时间赵构说得声泪俱下，泣不成声。

张去病跪在地上惶恐至极，赵构说的话如重锤一下一下击在他的心上，什么"朕坐在这皇位上如同坐在炉火上，日子难熬，心力交瘁，还不如死在你们手里的好！"什么"有野心的大臣们会趁机争夺天下，各据一方，届时天下大乱，大宋将陷入民不聊生，战祸不绝的苦海之中！"什么"那金国、辽国、西夏、蒙古便会出兵攻打大宋，或是瓜分大宋，或是独吞大宋！大宋灭了，大宋全体百姓将沦为亡国之奴，受异族奴役，永无天日……"

这些话令他听得心惊肉跳。他从未想过当皇上操劳国政如此艰辛，也未想过皇上生死同大宋祸福有此重大干系，更未想过国家如果没有皇上，大宋会如此灾祸深重！此时听赵构说他生死紧系大宋兴亡和天下百姓的祸福，他心中没了主意。心想：难道我来求皇上出兵收复失地，解救百姓，求错了吗？他想不明白，只得连连磕头道："下民无知，收回奏请，请皇上恕罪！"

赵无痕和"巴山老鬼"瞧见赵构痛哭流涕说这番言辞，情知他也不会应张去病所求，可一时也不好再驳诘他，二人皆沉默不语。赵构一看三人不再强求，暗暗松口气。掏出丝绢抹去眼角的泪珠，温言道："不知者不为过，谢壮士没罪，你起来吧。"

张去病道："下民谢恩。"又道，"皇上，下民已将秦桧叛国密信呈上，盼请皇上查清，将卖国奸贼秦桧治罪！"赵构点头道："这个自然，朕定要派人严加查办！"

张去病拜了一拜，道："下民惊扰了皇上，谢皇上不治下民之罪，下民告辞了。"

赵构道："贾先生，你送几位壮士出宫去罢。"贾潇躬身道："老仆遵旨。"转身对张去病道："谢壮士请！"张去病站起身，带着赵无痕和"巴山老鬼"随贾潇走出书房。

四人来到花园，赵无痕对贾潇道："师弟，你好自为之。今夜一别，咱们只怕再无重逢之日，我走了！"说时，同张去病和"巴山老鬼"跃上花园围墙。贾潇仰面拱手道："师兄多保重！"眨眼之间，三人便不见了身影。

贾潇转回书房，却见赵构坐在书案后发呆。贾潇不便询问，垂手立候在旁。

赵构呆坐一会儿才忧心忡忡道："贾先生，今夜好险！你那师兄和那"巴山老鬼"，还有那姓谢之人武功都很高强，他们进朕皇宫来如同逛街市，想来便来，想去便去。他们若要害朕，宫里无人能阻挡，这如何是好？"

贾潇忙宽慰道："皇上放心，我师兄虽然武功极高，但他只杀奸邪，不伤无辜。我瞧那姓谢的也是个忠义之士，也不会加害皇上。"巴山老鬼"对他二人似乎极敬重，亦不会对皇上起歹心。他们是为送秦桧的密信而来，此事已了，日后不会到宫里来惊扰皇上了。"

赵构仍不放心，想了一想又道："贾先生，朕有个想法，朕想将他三人收录朝廷，封他们一官半职为朕所用，便无后患了，你看如何？"

贾潇摇头道："皇上这番美意只怕行不通。其他二人不说，我师兄淡泊名利，蔑视权贵，视功名如浮云，他不会答应进宫为皇上效力的。"

赵构道："这三人不能为朕所用，朕又无法除掉他们，朕始终觉得如芒刺在背，这可如何是好？"

贾潇思量一会儿，道："依老仆看，他们今夜来意有二，一是请皇上诛秦桧，二是请皇上出兵收复失地，忠义之情漾于言表。刚才经过皇上一番开导，他们已幡然醒悟，不会再进宫来了。"

赵构忧道："可是诛秦桧和出兵伐金国这两件事，朕一时半会儿都无法办到，只怕他们还会进宫扰朕！"

贾潇道："皇上莫忧，这两件事都因秦桧力主议和，杀害岳飞而起。眼下皇上要驱使秦桧办差，暂不杀他，也不能出兵伐金。老仆想到一个法子，可不让我师兄他们再进宫来扰驾。"

赵构忙道："先生想到什么好法子？"

贾潇道："天下忠义之士痛恨秦桧，是因岳飞被他所害，他们才想要皇上杀秦桧解恨。皇上暂时不杀秦桧，有一个办法可以安抚天下义士之心。前些日子，皇上恩准韩世忠等大臣之奏赦免岳飞的家人。待那岳飞家人来到临安，皇上可以找个由头封赏岳夫人。忠义之士看到皇上善待岳飞家人，可消去他们心中一些怨愤，我师兄等人就不再进宫惊扰皇上了。"

赵构喜道："这法子好！朕先用这法子安抚他们。"说罢，立即提笔草拟封赏岳飞家人的召书。

张去病越出宫墙，忽然收脚站住，回头望望夜空下皇宫暗影，长叹一声掉下泪来。他满怀希望进宫，以为赵构看到秦桧叛国密信，一定会严厉惩办秦桧，他一家深仇大恨便能得报。哪知赵构却以辨信真假为由将他搪塞过去。他拿出徽宗遗召求赵构遵召出兵讨伐金国。赵构却将召书烧了，非但不承认那是召书，还说一通大道理令他哑口无言。一时间他报仇雪恨，驱逐金兵，收复失土的梦破碎。绝望之情涌上心头，不禁潸然泪下。

赵无痕和"巴山老鬼"忽见张去病掉泪，知他是为报仇无望，报国无门，壮志难酬而伤心。

赵无痕愤然道："小主人莫恼，赵构若不下旨杀秦桧，过得两日咱们再进宫去，老仆捉住赵构让他服下'炼魂丹'，强逼他下旨杀那老贼！"

张去病一听大惊，忙道："赵先生，万万不可！去病秉承'精忠报国'家训，这种大逆不道之事，去病想都不敢想，更不敢大胆妄为！请赵先生息怒，此事咱们从长计议！"

"巴山老鬼"愤愤道："小主人，赵构昏君忠奸不分，你还忠他做甚？依老仆说，他若不下旨杀了秦桧，咱们便一刀宰了他！"

赵无痕点头道："齐兄说得对，这昏君只顾自己享受荣华富贵，纵容奸臣作恶，不管天下百姓死活，这种昏君早该一刀宰了！"

张去病吓得浑身一颤，他知赵无痕和"巴山老鬼"倘若起心杀赵构，那可是谁也挡不住！急道："两位先生，去病求你们，千万别加害皇上！"

"巴山老鬼"气恼道："小主人，若不是赵构这昏君睁一只眼闭一只眼默许秦桧老贼下手，老贼怎敢害死岳元帅？又怎敢害死你爹和舅舅？这等昏君，你还护着他做甚？若要报仇，咱们干脆报个彻底，先进宫去杀赵构，再去秦府杀秦桧老贼！"

张去病急得连连摇手，道："巴山先生，赵先生，你们若加害皇上，便是陷去病于不忠不孝！实不相瞒，这几年我长成大人后，心中也在常想，我外公官居枢密副使，乃是朝中重臣。若非皇上默许，秦桧老贼是不敢害死他的。可是自古圣贤皆道：'君要臣死，臣不得不死。'我外公、我爹及我舅舅秉承'精忠报国'家训，宁可含冤而死都不举兵造反，不做大逆不道之事！你们若杀了皇上，我外公在九泉之下一定不认我这个不孝外孙，我爹和舅舅的英灵也会斥责我不忠不孝！"

说到此，他怕赵无痕和"巴山老鬼"听不进去，又着急道："何况皇上刚才说得对，你们若杀了他，国中无主，内乱将起，军阀各据，强敌便趁乱入侵。那时大宋国将亡国，百姓将会成亡国奴，更无活路！二位先生无论为国、为民、为去病，你们都不能对皇上下手！去病恳求二位先生了！"说到此处，他对赵无痕和"巴山老鬼"深深施了一礼。

赵无痕和"巴山老鬼"忙躬身还礼。二人直起身来，"巴山老鬼"道："小主人言重了！"

赵无痕长长叹一声，道："唉……自古以来，这忠孝二字不知缚住多少忠臣义士的手脚，不知害死多少忠臣良将，也不知庇护多少无能庸君，祸国昏君，害民奸君！罢罢罢，齐兄，既然小主人为赵构说情，咱们暂且饶了这昏君罢！"

听见赵无痕这声长叹，张去病心中一凛。兀自寻思：赵先生这番叹息痛彻肺腑，真是千古浩叹，此话不知说出了多少仁人志士心中的怨愤。历代以来，许多像我外公似的忠臣良将，因被"忠"字所困，皆死于昏君、奸君之手不计其数！许多爱国的仁人志士为"忠"字所困，面对昏君奸臣，一个一个报国无门，只得对天长叹，老死山林。"忠"字本是个好字，怎么反倒成了昏君、奸君、庸君的庇护伞？寻思至此，他想不明白只得道："去病谢过两位先生以国为重，体谅去病苦衷！"

"巴山老鬼"道："小主人，你别指望那赵构杀秦桧。俗话说求人不如求己，咱们这就去秦府杀那老贼，为你家人报仇！"

张去病抬头看看天色，见东方露白，道："此时已是五更天，只怕老贼已动身上朝，咱们去秦府会扑空。不如先回霓云楼去歇息，待到夜间，咱们便进秦府去杀老贼。"

赵无痕道："此言甚是，回霓云楼罢。"三人拔足疾奔，片刻工夫便奔到霓云楼前。天未大亮，四处静悄悄。三人跃上楼头各自回房睡下。张去病想着入宫之事心中烦恼，在床上翻来覆去睡不着。想了好一阵才迷迷糊糊睡去。

第二十五章　奸佞

却说江蛟将秦桧送回秦府，秦禧、柯金龙、史乾、阿密罗闻讯围上前来，见秦桧连声呼痛。几人听江蛟述说情由都大吃一惊。柯金龙出手疾点秦桧身上的"阳关穴""神道穴"，仍止不住秦桧身上疼痛。史乾和阿密罗也试着为秦桧解穴，秦桧仍呼痛不止。柯金龙、史乾、阿密罗三人大觉奇怪，以往点这两处穴位止痛最有效，今日为何不灵了？

柯金龙忙跑去将师父"长白老怪"请来。"长白老怪"一看秦桧痛状，疾戳两指，也点在秦桧身上"阳关穴""神道穴"上，秦桧才不再呼痛。

柯金龙不解道："师父，同样两个穴位，为何你老人家一点就灵？""长白老怪"道："那点穴之人功力太深厚，老夫险些都解不开。奇怪，皇宫内怎会有这等高手？"

秦桧缓过气来，怒道："老仙说得对，宫内定藏有奸人！"又对江蛟道，"江教头，你速回宫去将这奸人查出，老夫要命人将他千刀万剐！"江蛟领命而去。

秦禧忙将秦桧扶到内室去休息。秦桧靠在软榻上失魂落魄，两眼怔怔发呆。今日在大殿险些丧命，此时仍心有余悸。虽然死里逃生，赵构叫他戴罪立功，圣恩未绝，但想起赵构怒气冲天的面孔，他担心难挽回恩宠，十分焦躁。

秦禧上前问道："爹，你好些吗？"秦桧忽然撑起身来，怒喝道："阿员那小畜生呢？"

秦禧一愣，不知秦桧为何骂秦员，忙着："阿员昨晚出去一夜未归，不知哪儿玩去了。"

秦桧怒道："这小畜生只知寻欢作乐，差点害死老夫！去，你快去将这小畜生找来！"

秦禧见秦桧怒极，不敢多问，忙转身出门叫人去找秦员。

秦禧去后，秦桧一腔怒火无处发泄，从软榻上站起身来，犹似一头困兽在室内转来转去。一想到秦员稀里糊涂从金国弄回假手谕，害得他差点丢掉老命，心中怒火直往上蹿。转了几转，看见壁上崭新的雕花窗户，闻到新屋油漆气味，忽然想到，自从搬进这建在"望仙桥"的新府以来，凶事便接连不断。头一桩事，是前不久他去上朝，被殿前卫士施全掷刀行刺，险些丢掉性命。第二桩事，是有刺客潜入府内行刺，让他大受惊吓，幸亏他藏身秘密，刺客才未能得手！第三桩事，便是今日上朝弹劾王庶，本来以为万无一失，稳操胜券。岂料不仅未能扳倒王庶等人，自己反倒险些下狱。第四桩事是退朝后，莫名其妙遭人暗算。想到这一连串凶险，他不禁对这新府第的风水大起疑心。

新府建在"望仙桥"附近不远处。择地建府之时，他曾请临安城最有名的风水先生张九万来看过宅地。那张九万一看此地，便对他说："恭喜相爷，此处倚山抱水，是一块难得的风水宝地。居此地者，五百年间必出帝王，日后必定飞黄腾达，大富大贵！"

秦桧一听心中大喜，才几次请赵构恩准他在此地建宅。可是自从举家搬迁进新府内，非但没有遇到什么喜庆之事，反而凶事不断，霉运连连。他寻思：莫非这块地方根本不是什么风水宝地，而是一块凶地？难道那张九万得了王庶等人好处，骗了老夫不成？想到此处怒气更加急涌上头，朝门外喊道："秦福！"

管家秦福走进来躬身道："老爷有何吩咐？"

秦桧道："秦福，那看风水的张九万是个江湖骗子，你快叫人去将他捉来，给我严加审问！"

秦福一愣，道："老爷，上次，你叫那张九万来给你拆字，老爷不是说他拆字拆得很准吗？"

秦福所说确有其事。这张九万在临安城大有名气，他擅长给人看相，拆字，观风水，相传极灵验，被临安人称为"张半仙"。临安城中达官贵人，富商大贾，市井百姓，纷纷找他占卜吉凶祸福。

起初，秦桧却不相信张九万有如此神奇本事，想写个字刁难张九万，检验他拆字灵不灵。一日，秦桧叫人去将张九万召进府内拆字，待那张九万坐定，秦桧道："张九万，本相听说你拆字极准，今日请你为来为老夫拆个字。"

张九万忙躬身道："丞相言'请'，小人不敢当！相爷要小人拆字，小人愿为相爷效劳。请相爷随意写个字，小人试拆之。"

秦桧有意刁难张九万，不动声色地用扇柄在地上画了一道。心想：这个"一"字，只有一画，没有多余笔画，任你张九万有天大本事，口吐莲花，也无法拆此字！嘿嘿，老夫看你如何拆我写的这个"一"字？便对张九万道："拆之！"

岂料张九万瞅了瞅地上那"一"字，立即满面笑容道："恭喜相爷，贺喜相爷，近日相爷大喜将至！"

秦桧冷冷道："本相何喜之有？"

张九万道："此字所示：相爷还要加官进爵！岂不是大喜？"

秦桧冷笑道："嘿嘿，老夫已官居相位，皇上又封我为国公，哪还能加什么官，进什么爵？你休得蒙我！"

张九万不慌不忙道："相爷，小人不敢胡言！小人以字拆之，得此一说。"

秦桧道："那你将这'一'字拆来给老夫听听，我怎么个加官进爵？"

张九万道："相爷在地上写个'一'字。地者，土也。'土'字上加'一'，便是个'王'字。故据此字，小人拆得相爷将加官进爵！"

秦桧没想到张九万竟然不用拆开法，而用加增法来拆这"一"字，而且言之成理。他寻思：这厮真够机灵的，连无多余笔画的"一"字，他也居然能自圆其说。且是喜兆，老夫暂不为难他，待看日后灵验不灵验。如不应验，老夫再治他的罪！遂叫秦福付酬金，道："老夫姑且信你之言。如不应验，将拿你是问！"

张九万唯唯诺诺退去，秦桧也没将此事放在心上。岂料十日之后，赵构果然加封他为申王。如此一来，秦桧对张九万大为佩服。是以建造新府第，便派人请张九万来看风水。一听张九万说此地"五百年间必出帝王，日后必定飞黄腾达，大富大贵"，他才坚请赵构准他在此处建相府。

此时听秦福提起拆字之事，秦桧怒道："这些江湖术士，没有一个是好东西！前年皇上写个'春'字，叫那江湖术士周生拆解。那周生却拆解说：'秦头太重，压日无光。'影射老夫权大压主。借拆字挑拨是非，想让皇上整老夫！哼哼，老夫找个借口，将那周生发配充军，听说那厮发病死在途中，才解我心头之恨。这张九万定若不是王庶一伙，便是周生一伙，暗用谎言害我！你快叫人将那他抓来严加拷打，看他谋害老夫背后有何人主使？"

秦福见秦桧大怒，不敢再劝说，吓得一哆嗦道："是是。老爷息怒，小人这就去办！"便在此时，秦禧走进屋来道："爹！"

秦桧问道："阿禧，可找到阿员那小畜生了？"秦禧道："爹，找到了。阿员在城外正赶回来，一会儿就到了。"

秦桧道："小畜生回来，立即叫他来见我！"秦禧道："是……爹，还有一件事……不知此时当讲不当讲？"

秦桧道："什么事？讲罢。"秦禧道："那四川宣抚使郑仲来信求爹将他升任京官，他想在爹身边效力！爹，你看这事……"

秦桧道："四川宣抚使郑仲？阿禧，你说的，是那个送地毯给老夫的郑仲吗？"

秦禧道："正是此人。爹还记得吗？咱们家修建好'格天阁'，那郑仲送来一块地毯，不但华美贵重，而且打开来铺在格天阁地板上，尺寸大小刚合适，一寸也不大，一寸也不小！可见郑仲这人对爹很忠心，很会办事哩！"

秦桧忽然脸色一沉，冷冷道："阿禧，你代我拟一纸公文。"秦禧忙问道："爹，拟公文写什么内容？"

秦桧道："命大理寺将郑仲撤职查办，关入大牢定他死罪！"秦禧愕然道："爹，你……要查办郑仲？定他死罪？这……这是为何？"

秦桧道："不为什么，便是为他送这块地毯！"

秦禧迷惑道："为他送的地毯？爹，郑仲见咱家建好新府第，敬献这么一块名贵地毯给您老人家，是对爹表示忠心，并无过错啊！"

秦桧冷笑一声，道："阿禧，你怎么老不长进？我来问你，郑仲送来的地毯，为何尺寸刚好同格天阁地板一般大？"秦禧一怔，道："这个……阿禧没想过。"

秦桧叹道："唉，阿禧，你如此愚钝，在官场混可危险得很哪！"

秦禧恍然道："爹是说，那郑仲找人暗中……量过咱们格天阁地板尺寸？"

秦桧点头道："不错！这家伙胆大包天，竟敢在咱们府内安插奸细！"秦禧吓了一跳，道："爹，你说那郑仲……在咱们府内安插奸细？"

秦桧点头道："一定有！阿禧，你别声张，暗中将那奸细查出，命人乱棒打死，将其尸抛到野外去喂狗！"秦禧惊惶道："爹，这……这……"

秦桧两眼一瞪，喝道："这什么这？你是不是觉得爹做过分了？"

秦禧忙道："阿禧不敢。爹，在公文上……咱们给那郑仲安个什么罪名呢？"

秦桧怒容满面道："哼，这小子敢在老虎嘴上拔毛，胆子不小！你给他安个谋反罪名，命大理寺严刑拷打，让他供出王庶、韩世忠、张浚、李光、胡铨等人是主谋。爹得到口供，再上奏皇上，将他们一并撤职查办！"

秦禧犹豫道："爹，郑仲或许是一念之错……"

秦桧两眼一瞪，不悦道："阿禧，你成天拜佛念经，把脑子念进水了！像郑仲这种奸诈小人，日后一旦当权得势，决不会放过咱们秦家人！趁他羽翼未丰，老夫必须将他剪除，以绝后患！"讲到此，秦桧做个杀头手势，又道，"阿禧，你心怀妇人之仁，将来要吃大亏的！咱们在朝为官犹是在风口浪尖上打滚，稍有疏忽便会送命！爹在朝廷手握大权十多年不倒，你道这是为何？"

秦禧道："那是爹的才具超群，深得皇上倚重。"

秦桧大摇其头，道："错了，错了！看来今日，爹须将如何弄权，如何长保权位秘诀告诉你，以免爹死后，你遭别人算计吃大亏！"

秦禧一听，忙竖起耳朵，道："阿禧听爹教诲。"

秦桧道："咱们做官的要长保手中大权，那第一要诀便是投皇上所好，时时迎合皇上心思行事，紧紧抓住皇上软肋，才能叫皇上长久喜欢你、依赖你、离不开你，这一招准保官运亨通！"

秦禧问道："紧紧抓住皇上的软肋？爹，抓住皇上什么软肋？"

秦桧道："这因人而异。有的皇帝的软肋是好享乐，有的是好色，有的是好大喜功，有的好琴棋书画，比如徽宗赵佶的软肋，便是喜欢书画金石。当年那蔡京投其所好，在徽宗面前展示他的书画才具，便抓住了徽宗的软肋，他又时常迎合徽宗心思行事，便深受重用，居宰相位二十年。直至徽宗让位给钦宗，他才倒台。"

秦禧又问道："爹，那么，当今皇帝的软肋是什么呢？"

秦桧道："蠢材，这都看不出来吗？当今皇帝软肋，便是苟且偷安，保住皇位啊！咱们只要迎合皇上这个心思，皇上想要说，但不好说的话，咱们便替他说；皇上想要做，但不好做的事，咱们替他做。比如皇上想同金国议和，比如除掉岳飞，皇上不便说，不便做，爹便替他说替他做。如此一来，爹便成了皇上离不开的臂膀，朝中谁人也撼不动你爹，也代替不了你爹，你爹手中大权便安稳如山！"

秦禧道："那么对付朝中大臣，爹又有什么秘诀呢？"

秦桧道："问得好。爹的秘诀是'顺我者昌，逆我者亡；对敌人决不手软，除异己不留隐患！'你记住，凡是顺从咱们的人便提拔任用；凡是反对咱们的人便坚决除掉，决不能心慈手软，留下祸根！

"爹当政这些年，整掉大小官员、士人、百姓不下千人，这能震慑群臣，使他们不敢轻举妄动，爹才能在相位上坐这么久！阿禧，你还要记住，时刻细察隐伏的敌人，一发现便立即剪除，以免养虎为患！比如这个郑仲，此人若一旦得势，必将同咱们争权，你趁他此时还是一根嫩苗，羽翼未丰便将他掐死，以绝后患！"

说到此处，秦桧冷笑一声，又道："郑仲这厮在老夫身边安插耳目，哼，简直是鲁班门前弄斧子，关公面前舞大刀！老夫在别人身旁安插奸细时，这小子还在穿开裆裤哩！"

秦禧一听，顿时想起秦桧在宫中收买太监、宫女、御医，窥探赵构举动之事，心想我爹是窥察别人隐私老手，郑仲窥探我爹隐私，可真是撞到枪尖上了！

秦桧忽然哈哈大笑道："将这小子下狱，老夫一石二鸟！既除掉一个后患，又可再弹劾王庶等人！哈哈哈……"

秦禧见秦桧喜怒无常，心中暗忧，忙道："爹思谋周全。阿禧这就去草拟公文。"说毕转身欲走。

秦桧却道："阿禧，且慢。你还替爹另拟一道公文。"秦禧一惊，以为秦桧还要清除什么人，惶惑道："爹，再拟一道什么公文？"

秦桧道："你替爹拟一道公文，爹要升那广东经略方德的官。"秦禧不解道："爹，你为何要升方德的官？"

秦桧道："老夫上回做寿，那方德命人给咱家送来一箱名贵香料蜡烛，点燃后满室幽香，宾客大悦。这人对老夫心诚，奉我甚专，我要升他的官！"

秦禧道："爹，孩儿愚笨有些不明白，方德和郑仲同是送礼，为何爹看出那方德奉爹甚专？"

秦桧道："阿禧，你记得不？我叫你数过方德送的蜡烛，一共四十九支，是不是？"

秦禧点头道："记得。儿还心中奇怪，为何方德只送四十九支，不送五十支整数？"

秦桧道："那时爹心中也暗恼：方德为何对我如此不恭，送礼送得如此零碎，眼里还有本相吗？后来，老夫叫送烛使者来查问，才知那香料难得，方德一共只制五十支蜡烛。制成后，他怕香气不佳，试点一支，便只剩四十九支。"

秦禧道："爹，这何以见得方德对你心诚，专心侍奉您老人家呢？"

秦桧道："这都不明白吗？那方德明知送来四十九支烛，会引起老夫生疑。可他不偷奸耍滑，不用别的烛滥竽充数，凑足五十支来蒙哄老夫！倘是郑仲那厮定会做这种手脚！可见方德这种对老夫忠诚！"

二人刚说至此，忽听门外一妇人道："老爷，你们在说些什么？"衣裙窸窣，一个衣着华贵的老妇人走进屋来。秦禧忙叫声："娘。"

妇人是秦桧结发妻子王氏，五十多岁，身材臃肿。一脸赘肉，双目无神，看去有些浑浑噩噩。然而她却生性狠毒，连秦桧也畏惧她三分。当年秦桧想杀岳飞，却找不到岳飞谋反证据。犹豫不决之际，却听王氏在旁道："相公，放虎易，捉虎难啊！"

秦桧一听，遂下决心杀害岳飞，却又不知如何把杀岳飞的秘令密送进牢中。王氏又道："这有何难？"随手取过一个橘子挖了个洞，将橘肉取出，将密令塞进橘皮内。秦桧忙派人将密令送去牢里，将岳飞害死在风波亭内。

此时一见王氏到来，秦桧道："夫人进宫朝见皇太后，这么快就回来了？"

王氏坐下，道："妾入宫陪皇太后聊了一会儿天，得到太后宠幸，回府来办一件事。"

秦桧高兴道："夫人满面春风，得到皇太后什么宠幸？"

王氏道："聊天之时，太后同妾说起居饮食之事。太后对妾说：'有一种味道极好的名贵鱼，名叫子鱼，肉极鲜美！可是近来却不大吃到了。'

"妾一听忙道：'太后想吃子鱼吗？臣妾家里倒有，臣妾马上回府去奉上一百条来孝敬太后。'太后一听很高兴，夸妾敬老之心可嘉！妾便拜辞太后回府来了。相公，快叫人送一百条子鱼进宫去。"秦桧一听，笑容顿时僵在脸上，神情十分古怪。

王氏诧异道："怎么？相公舍不得那一百条子鱼吗？"

秦桧摇头道："一百条子鱼算什么？送去巴结太后，讨皇上欢心，我求之不得！怎会舍不得区区一百条鱼？"

王氏道："那你为何忽然不高兴？"

秦桧急道："你妇道人家，不谙为官之道，你坏事了！"王氏惊道："我坏什么事？没有啊！"

秦桧恼道："怎不坏事！夫人想想，那子鱼名贵，连皇太后在宫里都吃不到。你却对太后说，咱们家可奉送一百条进宫去，这岂不是显得咱们生活享受比皇上太后好得多吗？自古以来，哪有臣子享受高过皇家的？皇上得知咱家享受比他和太后好，他岂不气恼？"

秦桧越说越着急，又道："皇上一定会想，我贵为天子吃不上子鱼。秦桧身为臣子却随便送一百条进宫来。他家竟比皇宫还富有，日子过得比我这皇帝还好，这成何体统？皇上进而又会想：那秦桧一年俸禄不过万担，怎会富过皇宫？一定是他贪赃枉法，大收贿赂，搜刮民财，才会如此暴富！夫人，皇上如此寻思，我这颗脑袋还保得住吗？"秦桧说到此处急得连连跺脚，道："坏了，坏事了！"王氏一听，吓得面无血色。

秦禧急道："爹，娘已对太后说送子鱼进宫之事，反悔不得，这怎生是好？"

秦桧急得直搓两手，道："此事反悔不得！可是送子鱼进宫去，爹便凶多吉少！不成，咱们得想个法子蒙混过去！"

秦禧惊道："蒙混过去？"秦桧道："对，蒙混过去。阿禧，你派人送一百条青鱼进宫去！"

王氏惊道："相公不可！青鱼是贱鱼，送进宫去可是犯了欺君之罪！"

秦禧亦道："爹，娘说得是，用这法子欺哄太后极危险！"

秦桧却道："顾不得这些了，只有走这一步险棋！皇上若治我欺君之罪，我就说你娘生长在乡下，没见过子鱼，以为青鱼便是子鱼，便送进宫孝敬太后。皇上顶多责你娘没见识，无心犯过，这比皇上疑心我贪赃枉法好得多！"

便在此时，秦福进来躬身道："老爷，小少爷回来了。"

秦桧道："快叫他进来！"秦福转身出去。秦桧又道："回来！"秦福停住脚问道："老爷还有何吩咐？"

秦桧道："你赶快送一百条青鱼进宫去献给皇太后。注意听太后说些什么，不可遗漏一个字，赶紧回来禀报！"秦福道："是。小人记住了。"

秦员走进屋来，道："爷爷，您老人家叫孙儿吗？"

秦桧板着面孔沉声道："员儿，你从金国带回那道钦宗的手谕，是如何弄到的？"

秦员一愣，忙道："爷爷，孙儿带回手谕时，曾向你禀告过了那手谕的来由……那手谕有什么不对吗？"

秦桧一拍桌子骂道："小畜生，你还问手谕有什么不对，手谕是假的！今日在朝廷上我将它呈给皇上，被人认出是道假造手谕。皇上大怒，秦氏满门差点被你害死！"

秦员惊惶道："那是手谕假的？怎么会呢？孙儿亲眼看见钦宗写的啊！"

秦桧怒道："小畜生，你还狡辩！若不是老夫福大命大，此时我秦家满门已被打下大牢，等候问斩了！"

秦禧见秦桧怒极，忙道："爹请息怒，其中定有隐情。员儿，你将如何得到钦宗手谕之事再说一遍。"

秦员忙将去金国如何见到完颜龙，如何同完颜龙商议让钦宗写道手谕除掉王庶。完颜龙如何派人领他去见关押古墓内的钦宗，他如何求钦宗写手谕之事详详细细说了一遍。

秦禧不解道："爹，员儿去见钦宗，是完颜龙派人带去的，决不会弄错人。手谕是员儿看着钦宗写的，怎会是道假手谕呢？这可太奇怪了！"

秦桧蹙着眉想了一会儿，道："员儿，你见到的钦宗是什么相貌？"

秦员道："钦宗长发遮面，孙儿看不清他的模样。"秦桧又道："钦宗是高是矮？"

秦员道："他一直坐在土炕上，孙儿看不真切。不过大约看出，他是中等身材。"

秦桧霍地站起身来，叫道："假的！那钦宗是假冒的！"王氏、秦禧、秦员三人都大吃一惊。秦员惊疑道："爷爷，你怎知那钦宗是假冒的！"

秦桧道："钦宗赵桓是高个子，个头比他弟弟赵构还高出一截。当年爷爷侍俸过他，见过他身形。你见到的钦宗中等个头，必定是假的！怪不得他以长发遮面，是怕你看清他的脸，回来对爷爷说他相貌露出马脚！员儿，你上当了，上大当了！"

秦员迷惑不解道："可是爷爷，完颜龙为何派人带我去见假钦宗呢？除掉王庶是他给咱们下的命令，他为何让弄个假钦宗骗我？这说不通啊！"

秦桧、秦禧和王氏三人一听，对这疑问都百思不得其解。他们哪知秦员去金国向完颜龙献计，让钦宗赵桓写道手谕杀王庶。完颜龙答应秦员后，便先去古墓叫赵桓给秦员写手谕。赵桓心知生还大宋无望，无论完颜龙如何软硬兼施，都坚拒不写，只反复说一句话："我此生罪孽深重，只欠一死，不能再害他人！"

完颜龙虽恼怒，却不能杀赵桓。赵桓是金国要挟赵构的法宝，金主完颜晟不许杀他，叫人要养着他，留作人质敲诈赵构。完颜龙见赵桓宁死不写，怒喝道："赵桓，你不写吗？好好！本王拿马粪喂你这死囚，看你写不写！"

赵桓一颤，怒道："完颜龙，我曾是一国之君，你不可如此侮辱我！"

完颜龙骂道："你他妈的是什么一国之君？你此刻是我大金国的死囚！你众多兄弟在我大金国为奴，你姐妹在我金国为娼，你一家人在我金国受尽侮辱！今日本王便侮辱你，嘿嘿，你又能怎的？"

赵桓气得浑身颤抖，脸色惨白，义愤填膺道："我虽为阶下囚，但可杀不可侮！你若侮辱我，从今日起我便不再进食！"说罢紧闭双目，不再说话。赵桓知道金国一直不杀他，是将他当作人质同赵构讨价还价。此时他以死相抗，完颜龙必会有所顾忌。

果然完颜龙一听，喝道："反了，反了！你这死囚竟敢威胁本王！本王不侮辱你，难道不能抽你吗？"完颜龙说时挥起马鞭要抽打赵桓，忽见赵桓身后陆安对他摆手，示意有话对他说。完颜龙收起鞭子将陆安带到墓外，问道："陆安，你要说什么？"

陆安道："王爷息怒，我能模仿我主人笔迹代他拟手谕。"

完颜龙怀疑道："你能模仿赵桓字迹？你写几行字给本王瞧瞧！"回头叫军士取来纸笔铺在石上，陆安上前提笔写下一首唐诗。完颜龙见过赵桓笔迹，赵桓被俘之初心存侥幸，常上书给金主完颜晟，哀求完颜晟放他归宋，说宋愿做金国属国，岁岁称臣上贡，唯大金国马首是瞻。赵桓所呈书信，都由完颜龙转呈给完颜晟。

此时，完颜龙一看陆安写的字同赵桓的字极相似。狐疑道："哼，陆安，你对赵桓忠心耿耿，从中原随他到此做囚犯，怎会做这违他心意之事？"

陆安道："王爷，陆安不为别的，只为我主人不受皮肉之苦，不得不如此！"

完颜龙一听言之在理，道："好，今夜你冒充赵桓，会有人前来见你。你按他之求，以赵桓口气写道手谕给他。不可将事办砸了，否则，本王罚你同赵桓去做苦役！"

陆安道："王爷放心，陆安办事从来不会办砸！"

这件事的前因后果，秦桧一家子怎想得明白？秦桧连声道："怪了，怪了。完颜龙一心要杀王庶，怎么会让人假冒赵桓骗员儿呢？他……为何要害老夫呢？这无论如何说不通，真是见鬼了！"

他正百思不解，却见秦福进来躬身道："禀报老爷，小人已将一百条上好青鱼送到皇宫了。"

秦桧忙问道："皇太后见到鱼说了什么话？"

秦福道："小人送鱼去时，正巧太后和皇上在御花园赏景。听说小人送鱼来，太后和皇上便上前看鱼。"

秦桧急道："别废话！快说皇上和太后看了鱼，说了些什么话？"

秦福道："是是，小人不扯远。皇太后走近前一看鱼就哈哈大笑起来！"秦桧、秦禧、王氏三人均是一愣，异口同声道："皇太后笑什么？"

秦福犹豫道："老爷，皇太后说的话有些不雅，都要小人据实说吗？"

秦桧骂道："蠢材，不管皇太后说什么话，你都原原本本给我一个字不漏地说！"

秦福道："是是，小人照原话说。起初，小人也不知皇太后为何大笑。后来皇太后收起笑声，对皇上道：'皇上你瞧，秦桧的老婆真是个乡下婆娘，没开过洋荤，没见过世面，说是要呈送一百条子鱼给为娘享用，竟然以为青鱼是子鱼，糊里糊涂送进宫来！哈哈哈……这乡下婆娘闹了个天大笑话！'"

秦桧面露喜色，忙追问道："皇上又怎么说？"

秦福道："回老爷，皇上没说什么话，只是陪着太后笑了笑。不过太后又道：'皇上，秦桧夫妻错将贱鱼当子鱼，可见他两口子的日子过得朴素，夫妻俩倒也忠厚老实哩！'"

秦桧又追问道："秦福，皇上和太后还说什么没有？"

秦福道："后来，皇上便将小人打发走了，他们又说什么，小人就不知道了。"

秦桧听罢长长吁口气，揪紧的心一下松开。道："祖宗保佑，这一劫总算躲过去了！"顿了一顿，道，"你们都下去吧。"

张去病回到霓云楼不知睡了多久，忽听有人屋外轻声唤道："去病哥哥，起来吃饭了！"张去病功力精深，立时惊醒，起身打开房门，只见柳语站在门口，手中端着一盆洗漱用水，眼含泪珠望着他。

张去病忙接过木盆，诧异道："语儿，你怎么了？"柳语不说话，走入屋内两眼幽幽地上下打量他。

张去病忙道："语儿，你为何伤心，谁惹恼你了？"柳语摇摇头仍是不语。张去病又道："语儿，是不是想念你爹了？"

柳语见张去病犯急，羞涩一笑，道："去病哥哥，我流泪不是伤心，我是高兴流的泪！"

张去病更糊涂了，道："高兴？为何事高兴？高兴又为什么流泪？"

柳语面颊飞红，道："唉，你这人，一点也不懂人家心事！昨夜你进宫去叫人家好担心呀，一夜都未合眼……天快亮时，听见你平安回来，悬着的心才放下来，所以见到你高兴嘛！"

张去病瞧见柳语的神情委顿，想是担心他进宫遇险，一夜未睡。他心中一热，忙放下木盆，上前一把将柳语搂住，道："好语儿，你真是我的贴心妹子！来，我给你擦去泪水！"

柳语羞得满脸通红，惊惶地从张去病的怀里钻出，急促道："你，你这人真疯！叫秦淮那丫头瞧见，又要嚼舌头了！"

张去病笑道："嚼什么舌头？你是我未过门媳妇，我搂搂你都不成吗？"

柳语背过身去娇羞道："小声些！谁是你没过门媳妇了？你还没请媒人向我爹提亲哩……只待日后成了亲，我才……让你搂……"

柳语说这句话时，张去病见她雪白脖子红透了，不由心中一荡，极想上去亲一口，又恐柳语气恼，只得喃喃道："日后成亲，我要，我要……"他本想说"我要整日亲你不停"，却不敢说出口来。

柳语转过身来，面如桃花，微嗔道："你要什么？准是又转什么坏念头，是不是？可不许瞎想！"张去病忙道："是是，我不瞎想。"

柳语扑哧一笑，道："瞧你这傻样！别装老实，我说件正经事你可得记住，别忘了！"

张去病躬身笑道："请柳姑娘吩咐，在下一准牢记在心！"

柳语正色道："今后你到哪儿去，我也随你到哪里去。便是上刀山，下火海，我也要同你去闯，你别再让人家独自留下，为你担惊受怕！"张去病连声应诺。

秦淮走进屋来听见柳语的话，拍手道："大哥哥，柳姐姐说得对，你便是去上刀山下火海，我也要同你去闯！"

张去病道："秦淮，大人说事，你别瞎掺和！"

秦淮一昂头道："什么叫瞎掺和了？你是我结义大哥哥，你说过要与我同生死共患难。你去上刀山下火海，我岂能不同你去？柳姐姐，我可说得对？"柳语抿着嘴一笑，点了点头。

秦淮拍掌笑道："大哥哥，你瞧，柳姐姐都点头了！"忽听段阳在房外道："张公子，柳姑娘，秦姑娘，菜饭送来了，请你们用膳。"

张去病同二女走出屋去，见龙飞、穆兴和段阳已在座。忙问："赵先生和齐先生呢？"龙飞道："二位先生还在屋里练功，说马上就来。"

三人见到张去病，忙问昨夜进宫之事。张去病将他们进宫如何见到赵构练剑，"巴山老鬼"如何斗"北拳王"朱鹤，老太监贾潇又如何出手，赵无痕又如何斗贾潇，赵构看了秦桧投敌信和徽宗遗诏却不杀秦桧，也不肯出兵讨伐金国之事略略说了一遍。三人听了十分气愤，纷纷大骂赵构包庇秦桧，同秦桧狼狈为奸，是个大昏君。

忽听有人道："骂得好！不过，赵构不是昏君，而是个奸君！"众人回头一看，赵无痕说着话走进门来，"巴山老鬼"跟在他身后。

二人来到桌旁坐下，秦淮忙问："赵先生，你说那赵构不是昏君，是个奸君，是什么意思？"

赵无痕道："你们想：昨夜咱们小主人拿着秦桧叛国信去见他，可谓是铁证如山。小主人又拿出徽宗遗诏给他看，可谓是一把尚方宝剑，但他却有本事让咱们三人无功而返！那赵构可是狡猾得紧，一点儿也不昏！"

张去病也对赵构不满，但自幼受忠君爱国家教，不便同大伙一道指责赵构，忙岔开话题，道："今夜咱们去杀秦桧老贼，巴山先生，你几次进府去行刺未找到老贼，可曾抓府里人查问过吗？"

"巴山老鬼"道："老仆捉了府内几个仆人，使尽种种手段逼问，他们都说不出老贼藏身何处，这事真怪！"

张去病道："如此说来，老贼藏身极隐秘。龙大哥、段大哥、穆大哥，这两日你们在外打听，可听到秦府有什么可疑之处？"

龙飞道："属下打听到，老贼在望仙桥旁的新相府，半年前才完工。府内有座阁楼名叫'格天阁'，建得雕梁画栋，美轮美奂，昏君赵构还书写块'一德格天'的匾，赐给秦桧老贼挂在阁楼上。属下怀疑，老贼多半藏身在这阁内！"

穆兴道："前日听狗官胡安国说，两月前秦府闹过刺客，府内又大兴土木。属下打听确有此事，只是没人知道老贼在府内修的什么，属下猜想，会不会是修建藏身暗室？"

段阳道："怪了，属下想找那些修建秦府的工匠打听，一个工匠也找不着！莫非老贼将工匠们都害死了？"张去病听三人之言，仍想不出个头绪。

赵无痕道："小主人，咱今夜去秦府寻找老贼，不信逮不着他！"张去病道："只能如此了。"秦淮高兴道："大哥哥，我和柳姐姐同你一起去杀秦桧老贼！"

张去病心道："不好，秦淮这丫头最爱凑热闹！适才我答应她和柳语，我上哪儿也带她俩上哪儿。可是去秦府极险，怎能带她们去？"心思一转，忙道："今夜去秦府不知能否找到秦桧老贼，只怕你俩白去一趟。等我们去查清老贼躲藏之处，再带你们去杀他，好吗？"

秦淮欲开口，却听柳语道："秦妹，去病哥哥说的是，今夜我们就不去了。"说时偷偷对秦淮眨了眨眼，秦淮便不再说话。

张去病吃罢饭，回房里打坐练功。一个多时辰后天渐渐黑尽，他拿出易容原料，又装扮成一个虬髯大汉。易容完毕走出屋去，见赵无痕和"巴山老鬼"已在屋外等候。三人走下霓云楼到了街上，却没看见柳语和秦淮躲在角落窥看他们的去向。

"巴山老鬼"对去秦府路很熟，在前带路，张去病和赵无痕跟在他身后，三人向南疾行而去。

秦淮喜道："柳姐姐，你这法子真好玩！大哥哥不想让咱们去，咱俩偏要偷偷跟去，神不知鬼不觉寻机吓他一跳！"

柳语笑道："你这小丫头成天只知道好玩。去秦府很危险，可不许胡闹！快，咱们快跟上去，别让他们走不见了！"

张去病三人穿街过巷，疾行一阵来到望仙桥。离桥不远处耸立着一座高大府第，府门上挂着写有"秦府"二字的大红灯笼。夜空下，府内楼台亭阁黑影重重。柳语和秦淮远远跟在三人身后，看见三人绕到秦府南侧，纵身跃入院墙内。二女跟到院墙下，秦淮便要跃进府内，却被柳语拉住。

柳语低声道："秦妹，去病哥哥他们从这边进府去找老贼，咱俩从另一边进去寻找，看能不能找到老贼的藏身之处。若能找到老贼，咱们帮去病哥哥捉住老贼，给他一个惊喜！"

秦淮点点头道："这主意妙极！"二女转到秦府西侧院墙外，纵身跃上墙头。只见墙内不远处有灯火闪耀，隐隐传来阵阵丝竹声。两人跳下院墙，钻进一片树林，左转右转朝那丝竹声处寻去。

张去病、赵无痕、"巴山老鬼"在秦府内施展轻功穿房越户，四下搜寻秦桧。秦府占地广大，府内有上百间房屋，楼台亭阁甚多，还有几个花园，三人在府内搜寻良久，仍见不到秦桧藏身踪迹。

赵无痕道："小主人，咱们这么瞎找不是办法。让老仆抓个人来问问。"

张去病正要答话，忽见一座五层楼阁中亮起灯光。"巴山老鬼"低声道："主人，那便是格天阁。"

张去病道："走，咱们上去看看。"话音刚落，忽听一阵丝竹管弦声悠扬飘来。三人一怔，又听见一个轻柔婉转嗓音唱道：

"伫倚危楼风雨细细。望极春愁，黯黯生天际。草色烟光残照里，无言谁会凭阑意。拟把疏狂图一醉，对酒当歌，强乐还无味。衣带渐宽终不悔，为伊消得人憔悴。"

"巴山老鬼"道："主人，听这笙歌，莫非老贼在那儿寻欢作乐？"

张去病打个手势，三人朝那歌声处潜行过去。走出一条小径尽头，出现一个圆月形门洞，歌声从门内传出。三人走进门去，见眼前假山高耸，亭阁错落，林木繁茂，却是一个大花园。

他们跟着歌声绕过假山，前面出现一个小湖，四周灯火辉煌。湖上波光粼粼，岸边停着一艘画舫，一座八角亭耸立湖旁。八角亭前空地上一群少女正在翩翩起舞。乐师们坐在亭旁摇头晃脑吹奏管弦。一个歌女在亭内放声吟唱。八角亭内酒桌旁坐着一个华服老者，正端着酒杯同几个女子嘻哈调笑。

张去病一见那老者热血蓦地冲上脑门，回头对赵无痕和"巴山老鬼"道："赵先生，那人是秦桧老贼！咱们过去杀了这老贼！"

赵无痕忙道："小主人且慢过去！"张去病一怔，道："赵先生这是为何？"

赵无痕道："齐兄说老贼在府内藏匿行踪，极难见到，为何今夜忽然露面？其中必有隐情！这亭子四周不见有人防卫，甚是可疑。咱们先暗中察看清楚，以防中老贼的奸计！"

张去病和"巴山老鬼"一听，才觉眼前情形有些不对。二人忙凝目环顾亭子四周，查看暗处有无埋伏。便在此时，忽听一声清脆娇喝："秦桧老贼拿命来！"

只见湖边树林里蹿出两个姑娘，正是秦淮和柳语。秦淮手提鹤嘴软鞭冲在前头，柳语拿着"寒蚕银蛟带"紧跟在后，二人飞身扑向八角亭。张去病一惊，道："不好，这两个丫头怎么来了？"

只见秦淮跃进八角亭内，挥鞭向秦桧打去。长鞭刚扬起，忽听亭子顶上"砰"的一声响，突然撒下一张大网。秦淮急忙往旁一闪，迟了一瞬，一下被那大网网住。柳语大惊，急忙抽出匕首割那网绳。那网不知是用何物编织，匕首割它不断。却见七八个人从乐师当中亮出兵刃，冲进亭去将秦桧护卫起来。张去病一惊，心道："秦桧老贼果然狡诈，竟让卫士藏在乐师之中！"

心念闪过，他欲上前去救秦淮，却被赵无痕一把拉住。赵无痕低声道："小主人莫急。亭内既然布下陷阱，必定还有人藏在附近，此时去救人易遭暗算，等他们现身捉拿两位姑娘咱们再救人不迟！"

果然，忽听一声长笑，只见从湖边画舫内走出四人来。当先一人是秦员，右首是龙象法王和"长白老怪"。左面是阴山老魔。四人走到八角亭前。一看落网之人是柳语和秦淮，秦员喜上眉梢，笑道："秦姑娘，柳姑娘，二位天仙美女，是哪阵风将你们吹进秦府来了？"

柳语将匕首递到秦淮手里，道："秦妹快割开网钻出来，我挡住他们！"

秦淮用匕首割那网，却总割不断网绳，急得在网中挣扎。她越是挣扎被网得越紧，身子吊在半空，如同一个大粽子来回晃荡。

秦员笑吟吟道："两位姑娘貌若天仙，小生艳福不浅！你们莫怕，这张网是用来捕捉刺客的，没想到秦姑娘钻进网去玩耍。待会儿，我叫人放你出来就是。"

秦淮怒喝道："什么待会儿放？秦员，你马上放我出来！"

秦员摇头道："莫急莫急。秦姑娘，你说出张去病藏身何处，我马上就放你。"

秦淮怒道："你休想！我大哥哥天下无敌。你不放我，我大哥哥来揍死你！"

秦员忙往四周张望，见没什么动静，又笑道："张去病那小子连我都斗不过，他又是什么天下无敌了？他若来了正好啊，我连他一并捉了！"

秦员去金国盗信，途中同张去病交过手，见识过张去病的功夫，却不知张去病后来几逢奇遇神功大成。这半年他一直奉命监造新府第，无暇打听江湖上的事。还不知张去病在摩尼岩上大败正邪两派高手。此时听秦淮说张去病天下无敌，很觉可笑，摇了摇头，迈步要进亭内。

柳语忙喝道："秦员你站住！你再上前半步，姑娘可要对你不客气了！"

秦员淫笑道："不客气才好呢！小生今日便同两位美人拜堂成亲，你二人便是我的娘子，咱三人成了一家子，柳姑娘还用得着客气吗？"

柳语气得娇喝一声，挥动"寒蚕银蛟带"向秦员抽去。秦员右掌一翻抓住蛟带，轻薄笑道："哈哈，千里姻缘一线牵。这带子便是小生同柳姑娘喜结良缘的红线！"

他刚说一句，忽见带头猛然昂起，如鹰嘴啄向他手上的"列缺穴"。他一惊忙撒手抛带，岂料他一松手，那蛟带便如藤蔓一般缠绕他手臂攀缘而上，带头又如鹰嘴啄他手臂上"孔最穴"和"尺泽穴"。他忙伸左手去抓那带头。那带头突然旋转啄向他左掌上的"合谷穴"和"少商穴"。秦员连连变招，那带头也连连变招，总是点他手上要穴，急得他满头大汗，却摆不脱蛟带的攻击。

柳语催动内力操控蛟带不断变招，带头如灵蛇出击，攻得秦员狼狈不堪。众高手看了无不啧啧称奇。张去病同柳语相处多时，也从未见她使过这手奇异功夫。

他忙问赵无痕，道："赵先生，柳姑娘这手功夫很俊，是什么功夫？"

赵无痕低声道："柳姑娘使的是'银蛟附骨打穴功'。这功夫是她母亲冰姬夫人独门绝技，秦员那小子可要吃苦头了！"

冰姬夫人的寒蚕银蛟带功夫，得传一位西域奇人。那蛟带又长又软，使起来如龙蛇行空，变化万端，灵动至极。但稍有不慎，带子便会被高手抓住。那奇人却利用这弱点，别出心裁创出这门"银蛟附骨打穴功"。蛟带若被对手抓住，使带之人催动内力操控带头点对手的穴位，使对手难以脱身。当年冰姬有武林第一美人之誉，常被好色之徒纠缠，因她身负这独门绝技，闯荡江湖丝毫不惧。此时柳语使出这门功夫，攻得秦员手忙脚乱难以脱身。

秦淮看得忘了身处险境，在网中哈哈大笑，道："柳姐姐，你使的是什么功夫？哈哈哈，太好玩了！"突然间，只见蛟带头在秦员前额上一点，秦员"啊哟"一声，额头上顿时淌下鲜血。

龙象法王、"长白老怪"、阴山老魔见秦员不妙，正要过去解围，赵无痕忙轻声道："小主人，老仆去挡住那三人，你去救秦姑娘，齐兄去捉拿秦桧老贼！"张去病和"巴山老鬼"点下头。三人纵身跃起扑向八角亭。

龙象法王、"长白老怪"、阴山老魔闪身去解救秦员，忽觉身后气流异样，三人蓦地转身过来，只见一人电闪而至，快捷无伦地嗤嗤嗤戳出三指，分袭他们三人头、胸、腹。

龙象法王急忙出拳封住前胸，"长白老怪"闪身退避，阴山老魔舞杖击向那人的手臂。岂料那人倏地倒滑开去。三人都觉指风袭体，心脏疼痛，无不心下大骇，急忙闪身后退。

亭内保护秦桧的侍卫们，见龙象法王三人被人闪袭，都是一愕。便在这瞬间，"巴山老鬼"扑进亭内，拳脚齐施，将众侍卫们打翻在地。秦桧吓得往亭外逃窜，"巴山老鬼"右手疾探，一把将秦桧抓住。左手点中秦桧的哑穴，让他不能出声呼救，不能动弹。

此时，张去病已跃入八角亭内，飞起一脚将秦员踢出亭外。左手一伸，托起柳语往旁一送，柳语轻轻落到亭子后面。他纵上空中伸手抓住网索一拽。忽听轰隆一声响，亭顶突然倒塌，亭内灰尘弥漫目不视物。张去病一惊，网索从手中滑落，只听秦淮一声尖叫坠落在地。他忙落地去抓秦淮，岂料脚一着地却踩了个空，身子急速掉进一个地洞里。突然间闻到一股闷头的甜香，他暗叫声："不好！有迷药！"

情急之下，他忙屏住呼吸缩身一弹，一只脚踏到洞壁上，借这一踏之力，身子往旁一跃，另一只脚踏到对面洞壁，借力往洞口跃升。他如此反复借力上蹿，眼看渐渐跃近洞口。忽然心念一闪秦淮呢？准是掉下这地洞里去了！心念闪过，他忙施展"蹑云步法"，双脚左右疾点洞壁，一弹一跃地下到洞底。

洞底一片黑暗，但他目力极佳，见洞底有四条地道纵横交错。他下落之处，正是地道交会的岔口上。他环顾四周却不见秦淮踪影，忙叫道："秦淮，秦淮，你在哪儿？"地道内传来回声，却听不见秦淮回应。他想莫非秦淮被人捉去了？察看地道，见四条道各通东西南北。他蓦地想起胡安国说秦府大兴土木之事，心想：原来秦桧老贼是在地下暗建藏身之所，怪不得巴山先生几次潜入秦府找不到这老贼。他遂选一道走去。

地道约一丈宽，二丈高，道壁用青砖砌成，地面铺着石板。他走出几十丈远转个弯，忽见出现一丝微光。他朝那光亮处走去，刚走近几步，忽听见一个苍老声音传来："秦员小杂种，你来要什么阴谋诡计？又想劝老夫诬陷韩世忠元帅是不是？"

张去病一怔，听那声音有些熟悉，却想不起是谁的声音。

那人又骂道："小杂种，老夫不慎落入你手，要杀便杀，要剐便剐，痛痛快快了断！别他妈白日做梦，劝老夫给秦桧当鹰犬陷害忠臣！快滚，滚你妈的蛋！"

张去病寻思：此人听见脚步声，错把我当秦员了。听他之言，此人是一位宁死不从的义士！他加快脚步一边走一边道："这位老侠，在下不是秦员。我来救你出去！"

却听那人骂道："小杂种，别在老夫面前耍花招！嘿嘿，任你玩什么诡计都骗不过老夫，快给我滚，老夫不想听你放臭屁！"

张去病心下微诧：他声音与秦员声音不同，这位义士为何听不出来？莫非是地道里有回音让他分辨不清吗？他寻思着在地道里拐了个弯，见一片光亮映在地上。走近前一看，光亮从一间室内射出，室门挂着一把大锁，门上方有个二尺大的洞。

他将头凑近门洞，望见室内吊着一人，身子被铁链捆着悬在空中，几缕长发遮住面孔看不清相貌，唯见两眼精光暴射。老者目光如冷电射来，喝道："臭小子，你是秦员手下人吗？你来耍什么鬼花样？滚开去！"

张去病忙道："这位老侠，我不是秦员派来的。在下同老侠一样也是秦桧老贼仇人。我今夜前来杀老贼，不慎坠入这地道内，在下这就来救老侠出去！"

那老者冷笑道："你这番鬼话可蒙旁人，想蒙我老人家，嘿嘿，臭小子你还嫩！老夫来问你，你是如何进入地道的？"

老去病道："在下为救一个朋友，她被八角亭内一张大网网住。我扯断那网绳，亭顶突然下塌，在下便掉进这地道里来了。"

老者道："说鬼话不是？这地道深十多丈，你仓皇之际掉下，怎会毫发无损？难道你武功通天吗？便是当世绝顶高手突然间坠下这地道，也不能毫发无损！你小子哪有这等本事？分明是在说鬼话！"

张去病道："在下说的是实话，老侠若不信，在下马上进来救你！"

老者冷笑一声，不再言语。张去病伸手按在门上运起太玄神功，只见那厚重木门渐渐开裂。他掌力一吐，木门便破成木块垮塌地上。老者看见这手功夫，神色骤变。那室门用硬木做成，若是一掌将门打破或震倒地上，在他眼里不稀奇。张去病却在不动声色之间，用内力将门震得支离破碎，这功力着实罕见！

老者骇异道："臭小子，你武功如此超凡，怎么也给秦桧当鹰犬？你……你是何人？"

张去门走进室内，抬头一看室顶有个挂钩，捆老者的铁链挂在钩上。他纵身跃起将铁链从钩上取下，把老者放到地上，道："在下不是秦桧鹰犬，我叫张去病，是老贼不共戴天的仇人，请老侠相信在下的话！"

老者惊道："你是张去病？"随即将头一甩，把覆面长发甩到脑后，露出一张面皮焦黄，蓄着花白胡须的脸来，目光炯炯打量张去病。

张去病看老见者面相，先是一愣，继而惊喜交加，激动叫道："啊，啊，你是杜伯伯！"

眼前这老者，正是张去病时常思念的杜百年。听见这发自肺腑的叫声，杜百年身子一颤，眼神有些迷惑，摇头道："老夫是杜百年，你不是张去病。老夫见过张去病，小子，你骗不了老夫！"

张去病一怔，转瞬间明白自己长成大人，易容改貌，杜百年没认出他来，忙道："杜伯伯，我真是张去病。咱们分别这几年，我长高了，声音也变了。为刺杀秦桧老贼，我易容潜入秦府，难怪你认不出我了！"

杜百年仍是不相信，道："那你说说，咱们是在何处认识的？"

张去病道："在岳家庄啊！杜伯伯，我外婆晕了过去，是你教我点外婆穴位，将她老人家救醒过来的呀？"

杜百年又道："后来，咱们在什么地方分手？"

张去病道："那是在一家小客店。你老人家叫我去抓药为你疗伤。"说到此事，张去病不好意思道，"我买好药，从药房出来，却被一条小狗迷住，我跟它走到一个破庙里，碰见江湖高手争夺达摩石，后来又被凌霄老人救走，就再没见到杜伯伯了！"

杜百年仍不放心，又道："住客店的那天晚上，咱们做了些什么？"

张去病道："做些什么？咱们没做什么啊！我吃完饭，便脱衣在炕上躺下睡觉……啊呀，我想起来了！杜伯伯为我摸骨看相，还说我长有仙猿骨相哩！"

摸骨看相之事，只有杜百年和张去病二人知晓，外人绝不知道。听张去病说出此事，杜百年再无怀疑，颤声道："张公子，请站到灯光下来，让老夫看看你。"

张去病走到昏暗灯光下，杜伯年仔细打量张去病面容，依稀看出他小时候神态，老泪渐渐涌上眼眶，悲欣交集道："苍天保佑，公子已长大成人，还练了一身惊世武功！楚良师弟，居正师弟，师兄可告慰你们在天之灵了！"

张去病也热泪盈眶，忙下拜道："杜伯伯拼死救去病一家人，去病方有今日。不知杜伯伯在此受苦，去病来晚了，对不起您老人家！"

杜百年道："公子别这么说，快起来。此处非说话之地，咱们赶快离开，出了秦府再畅叙别离之情！"张去病站起身来，见铁链缚在杜百年身上，两手抓住铁链，运起太玄神功猛地一扯，只听咣当一声，链条接头处应声裂开。

杜百年又惊又喜，道："公子扯断铁链之力，至少有百年内力修为，公子真乃奇人！"说时一震双臂，将身上断开的铁链抖坠地上。张去病道："谢谢杜伯伯夸赞，去病背您老人家出去。"

杜百年摇头道："老夫行走无碍，无须劳驾公子。公子，这地道内布有多重机关，老夫潜入暗道刺杀秦桧老贼，不慎身陷被擒，咱们得小心！"二人快步走出室外。

张去病道："杜伯伯朝这头走，去病刚才过来没碰到机关。那儿有个出口，咱们从那儿出去。"张去病领着杜百年从原路返回，不一会儿来到八角亭下出口处。抬头一看，头上洞口仍有光亮。

张去病道："杜伯伯请稍等，还有一个朋友掉在暗道里，我去找到她，咱们一块儿出去。"忽听洞口传来一个声音："小主人，是你在说话吗？"张去病听出是"巴山老鬼"的声音，忙道："齐先生，是我，是我在说话！"

"巴山老鬼"道："小主人快先上来，秦桧老贼在我手里，谅他们不敢为难秦姑娘！"

张去病听"巴山老鬼"说得有理，对杜百年道："杜伯伯，我先送你上去。"说时伸手揽住杜百年，提气一纵迈开蹑云步，左右两脚来回踏着洞壁往洞口上蹿去。杜百年被张去病携着在洞壁急纵上跃，心中寻思，张去病不仅长大成人，而且武功如此惊人！怪不得古书上说，生就仙猿骨相之人非比寻常！他正自惊叹，忽觉眼前一亮，张去病已带他跃出洞口，落在一个亭子内。

一看眼前景象，杜百年吃一惊。只见亭子旁站着一个面目狰狞的老者，他认出确是"妖魔鬼怪"之一的"巴山老鬼"。"巴山老鬼"手里提着一人，竟然是奸贼秦桧。那"巴山老鬼"身边却站着一个风华绝代的姑娘。这两个人站在一块儿，一美一丑，反差太大，情景着实让他惊讶。

再一转眼，亭子前站着一个青衣老者，另有四人站在四方围住老者。他依次看去左面是龙象法王，右面是"长白老怪"，前面是阴山老魔，后面是秦员。他潜入秦府时，曾经同"长白老怪"、阴山老魔、龙象法王交过手。这三人武功比他高，他斗不过三人只得转身逃走，谁知误中机关被囚地牢里。

令他奇怪的是，他和张去病跃出地道口，龙象法王、"长白老怪"、阴山老魔三人对他俩视若不见，皆全神贯注盯着站在亭前那个青衣老者。那人却负手而立，两眼望着前方湖面，对四人不屑一顾。而龙象法王、"长白老怪"、阴山老魔似乎对他大为忌惮，个个严阵以待，不敢半点分神。

杜百年心下惊骇：当今之世，有谁能如此震慑这三大高手？那青衣老者站着如塑像一般。杜百年忽然感到一股杀气从那人身上弥漫开来，压得他心头发紧。饶是他行走江湖数十年，身经百战，也不由得浑身一激灵，打了个寒噤。便在此时，却听秦员道："长白老仙，此人是谁？你们为何……为何不将他拿下？"

"长白老怪"正紧张积蓄全身功力，不敢吭声。秦员转头看一眼龙象法王，又看一眼阴山老魔，见二人亦是死盯着那青衣老者，都不敢分心说话。秦员心下迷惑，不知这三大高手为何如此忌惮这青衣老者。这老者究竟是什么人，为何三人对他如此忌惮？

半年前，秦员带人去丐帮总舵招降步金吾等人。比武失利后，看见摩尼教云飞扬等人到来，且不屑与他联手灭掉群豪，他便带着龙象法王、"长白老怪"和阴山老魔离开了丐帮。赵无痕后来现身丐帮，秦员已不在场，是以他认不得赵无痕。

此时，他见身边三大高手对赵无痕非常忌惮，心下正迷惑。忽只听"巴山老鬼"一声长吟，道："撞见'大无常'，必定见阎王。九死无一生，惨绝魂飞扬！"吟罢，又道，"秦员臭小子，他们三人此时站在鬼门关口，连屁都不敢放，还敢说什么话？"

杜百年一听吟诵，大吃一惊。心想："巴山老鬼"高吟的不是"夺命吟"吗？这青衣人难道是令人闻名丧胆的"大无常"？怪不得这三人对他如此惧惮！这几年江湖上传说此人重出江湖，且尊张公子为主人。今夜有他在此，无可担忧了！转念又想：亭子前并无激斗痕迹，不知他们动过手没有？

适才"长白老怪"、阴山老魔、龙象法王三人见秦员被"寒蚕银蛟带"缠住，正要出手解救，突然觉得有人袭来。龙象法王忙用双拳一合急封对方戳来手指，但仍迟一瞬，一缕指风已然射到胸上。他忙运起"五龙神功"，以金刚不坏之躯抵挡对方指之力，岂料那指风柔和至极，一沾到胸上便钻进毛孔中。他还没反应过来，忽觉心头一阵绞疼，吓得疾闪开去。

"长白老怪"却又不同，忽见一指弹来，他欲使出本门绝技"灵蛇千幻指"对攻。一下认出那人的身法招式，心下大骇，忽忙纵身跃到一旁。但仍隐觉肋下被指风划过，心脏一紧，痛得他闷哼一声。

那人身法快得不可思议，连袭了两人，阴山老魔还没将他看清。惊愕瞬间，那人已一指戳来。阴山老魔疾挥钢杖疾扫，那人手掌在钢杖上轻轻一拍，钢杖疾往下一沉，一股内力从杖上传至阴山老魔手心。他只觉心头一紧，心脏像被人捏了一下，痛得大冒冷汗，急忙闪身倒退出去七八步。

一招之间，三人都吃了大亏，各自暗中忙运功调理内息。龙象法王不认得赵无痕，不知对手来历，心中兀自困惑：老纳的金刚不坏之躯，为何抵挡不住此人一指之力？此人是谁？武功竟如此厉害！

"长白老怪"和阴山老魔瞬间认出对手是赵无痕，两人面如死灰。他二人在赵无痕手下吃过大苦头，心中升起一阵寒意。赵无痕一招伤了三人，便不再出招，他知三人被"地藏摧心功"震过，此时正在调理内息，暂时无法动手，他便守住亭内地道出口处，等候张去病出来。

杜百年没瞧见赵无痕对三人迅雷般一击，只见三大高手对赵无痕异常忌惮，还以为他们慑于赵无痕威名。心中暗道："赵无痕威震江湖，名头太大！这几人还没动手，气势上便输给他了！"又想此时换了是我，遇见这大杀星，只怕也是如此惊惶。

忽见赵无痕转过脸来，对张去病道："小主人，秦桧老贼现已擒获，咱们走吧！"

张去病道："赵先生，秦姑娘失陷府内，还没找到她哩！"

赵无痕道："秦桧老贼在咱们手里，他们会乖乖将秦姑娘送还，小主人不必担心！"便在此时传来一阵号角声，又听得呐喊声大作，显是来了大队官兵。"巴山老鬼"道："主人，事不宜迟，当机立断！"

却听秦员道："三位大师，快将他们截下，别让他们跑了！"三位高手站立不动，皆不敢冒然出手。赵无痕转过眼来，冷冷道："阴山小魔、长白小怪，你二人不龟缩在深山思过，还敢出来助纣为虐，胆子不小哪！""长白老怪"和阴山老魔心痛未息，不敢吭声。

赵无痕又道："十多年前在五台山下，你们伙同那长眉小妖，联手'秦岭八枭'围攻老夫。长白小怪，你接下我三招倒地。阴山小魔，你接下我四招倒地。那长眉小妖接下我五招倒地，'秦岭八枭'被老夫一剑腰斩！当年老夫没取你们性命，是让你们痛改前非，警示武林，没想到你们仍敢作恶！嘿嘿，看来你二人记性不大好，把当年之事统统忘了！"

十几年前，"长白老怪"与阴山老魔自知作恶太多，害怕赵无痕找上门来，便同"长眉老妖"联手煽动"秦岭八枭"，一起在五台山下围攻赵无痕。激斗之际，只见赵无痕手中蓝光一闪，"秦岭八枭"被一剑斩成十六截。此时一想起那血雨漫天可怕景象，二人不禁一哆嗦。

赵无痕又道："你二人各有四十余年功力，中了老夫'地藏幽冥指'能活到今日，也算不容易了。不过伤在老夫指下，要想安然无恙，嘿嘿，你二人还差得远！这十多年间每到深夜子时，尔等是不是心如刀绞，痛得死去活来？"

"长白老怪"和阴山老魔一听神色大变，额头上冷汗涔涔。这十多年，他俩确实是一到子夜时分，心脏便如钢针乱扎。二人服本门镇痛丹药止不住痛，便捉住各门派中人，抢各派止痛药服用，仍是止不住痛。二人去回春谷找药王医治，却寻不到进入回春谷秘道，只得抓一些有名郎中来医治。可那心痛顽症却无人能治好，每到半夜便发作起来，痛得生不如死。自从患上这怪病，二人练功再无长进，功力还渐渐不如从前。他俩想不出因何染上这顽症，此时听赵无痕一说，才知是中幽冥指落下的病根。

赵无痕见二人不开口说话，又道："今日叫老夫撞见，你二人说说，当年的过节该如何了断？"

"长白老怪"调匀气血，等心痛平息，才开口道："当年我丁四同学艺不精，折在'大无常'手下，拜你所赐，落下终身隐疾。今日你要我这条命尽管拿去，丁某决不皱一皱眉头！"

张去病心中暗诧：这老怪平日凶残暴狠，气焰嚣张，怎么忽然变了德行？他不知这些年心痛发作时，"长白老怪"多次想一死了之，只因还怀着一线治好这顽疾的希望，才咬着牙挨到今日。此时听赵无痕一说，情知要治这顽疾，除了赵无痕再无旁人能治。他生性倔傲宁死不屈，此时便想同赵无痕以命相拼，了却无穷痛苦。

赵无痕不理"长白老怪"，转头问阴山老魔，道："阴山小魔，你怎么说？"

阴山老魔心绞痛刚缓过劲来，喘口气道："我同丁兄一样，拼死了断过节，'大无常'，你有本事便让我们死个爽快，动手罢！"

赵无痕冷哼一声，道："哼，老夫要取你二人性命，十多年前便取了，还用等到今日？你二人作恶不少，想爽快死，还未到时候！按老夫规矩，要让你两个小怪魔多活些时日，多受些活罪，才能为那些死在你俩手上的冤魂讨个公道！"

张去病蓦然想起"巴山老鬼"说过，赵无痕惩罚小恶人，只割他一只耳朵以示警戒。惩罚不大不小的恶人便取他性命。对那大奸大恶者反倒不杀，却让他活在世上猪狗不如，多遭受折磨，警诫那些作恶之徒。

"长白老怪"和阴山老魔一听，浑身一颤。他二人即便不受伤，也难敌赵无痕，何况身上有伤，此时哪还敢再说什么？

赵无痕回眸看一眼龙象法王，道："大师可是吐蕃国师龙象法王？"龙象法王道："阿弥陀佛！正是小僧。"

赵无痕又道："大师将吐蕃密宗'五龙神功'练到如此地步，也极难得了。不过大师金刚不坏之躯，只能令武林中凡夫俗子望洋兴叹。若用来对付真正武学大家，只怕不成！"

龙象法王听赵无痕此言，非但不气恼，反倒合掌诵道："阿弥陀佛！施主不欺小僧。适才施主一指劲力，小僧护体神功便不能阻挡。在施主之前，小僧曾遇到一个醉和尚，他朝小僧喷一口酒，我的神功也护不了体。后来小僧同一个叫左丘之人交手，他那银掌比刀剑锋利。在他的银掌之下，我这护体神功也无多大用处。除了你们三人之外，莫非中土还有人能破我金刚不坏功夫？"

赵无痕点头道："大有人在。"龙象法王忙问："还有何人？"赵无痕往张去病一指，道："这位大侠便有此本事！"

他改口称张去病"大侠"，是为不暴露张去病真实身份。龙神法王凝目看张去病，见是一个虬髯大汉。张去病此时化了装，法王却没将他认出来。

赵无痕道："大师乃吐蕃国有道高僧，却到中土来给秦桧当帮凶，岂不有损佛门大德，有辱大师清誉？"

龙象法王摇摇头，道："我佛慈悲！佛说诸法空相，不生不灭，不垢不净。度一切苦厄，乃是佛门弟子修行大德，善恶因果一纸之隔。小僧南来便是为行佛法，度善人恶人出苦厄，于德无损。"

众人听不懂龙象法王答词玄机，更不知龙象法王南来，是为了度化秦员出家当喇嘛。

赵无痕摇头叹道："大师怀此宏愿令人钦佩！只是大师此番用心，对秦桧老贼只怕是对牛弹琴，对马吹箫，要白费功夫了！"

赵无痕说罢转身对张去病道："小主人，我们走吧。"赵无痕转身刹那间，"长白老怪"用眼睛向龙象法王和阴山老魔示意，联手攻击赵无痕。阴山老魔举起钢杖朝赵无痕打去，突觉间眼前一花，手中钢杖被人夺去抛到空中。长百老怪一指戳向赵无痕的背心，手臂尚未伸直，脸上挨了一耳光。龙象法王拳头甫动，手上念珠忽然散落一地。

三人惊得"啊呀"一声，急忙攻击那人，岂料那人像一阵疾风飘出丈外。三人收手不及，只听"嗤"的一声，"长白老怪"一指戳到龙象法王拳头上。"啪"的一响，阴山老魔一掌拍在"长白老怪"的手臂上。三人急忙收手，一看袭击他们之人却非赵无痕，而是从地道口出来虬髯汉子，三人皆大惊失色。因为他们出手攻击赵无痕的瞬间，那虬髯汉子从亭内跃夺下阴山老魔兵器，打"长白老怪"一巴掌，震断龙象法王手中念珠。他们迅雷般回击那虬髯汉子，对手却似鬼影般飘开，身法之快，出招之奇，内力之雄太令人惊骇，比起赵无痕有过之而无不及！

三人惊骇间，忽听咣当一声响，阴山老魔兵器从空中落下，砸在一个石凳上火花四溅。阴山老魔闪身一抄，将钢杖抄到手上，神色又惊又怒。

适才，张去病看见三人欲偷袭赵无痕，情知激斗一起，他和赵无痕、"巴山老鬼"、杜百年脱身不难，只怕柳语有闪失。心想已擒住秦桧老贼，秦员不敢加害秦淮，眼下先离开秦府再作打算。心念闪过，他便出手阻止"长白老怪"三人。

在长白山上，他被"长白老怪"追进"绝命谷"险些送命。记起此事，他右手一挥，先打"长白老怪"一个耳光。左手斜抓，夺下阴山老魔钢杖。右手顺势一拍龙象法王手上念珠，将念珠震落地上。他这一招三式，乃是"太极阴阳掌"妙招，名叫"一气化三清"。这一招方位奇刁，出手又快如疾电，三大高手冷不防都吃了亏。

三人惊呆之际，张去病对赵无痕等人道："咱们走！"说罢，伸手携着柳语闪入湖旁树林内。一眨眼工夫，"巴山老鬼"和杜百年三人也消失在林子里。秦员看见张去病等人进入树林，急对众人道："追，大伙快追！"

却听张去病声音从树林内传出："秦员，你爷爷在我们手里，你敢伤害秦淮姑娘一根毫毛，我们将你爷爷宰了！"便在此时，柯金龙、阿密罗、史乾闻讯带人赶来增援。秦员一看己方人多，挥手道："快追上前去，捉住贼人！"

张去病和柳语在前穿行，"巴山老鬼"提着秦桧紧紧跟随，赵无痕、"巴山老鬼"和杜百年断后。几人在林中穿行到院墙下，纵身跳上墙头，只见大群官兵围在秦府四周，墙外灯笼火把照得通明。原来秦禧闻听府内来了刺客，把临安城守军调来捉拿。

张去病见官兵众多，不想滥伤无辜，道："赵先生，瞧，西面街心有座大牌坊离秦府近。咱们跃上那座牌坊，再跃到街对面屋顶便可脱身！"

赵无痕点头道："不错，快过去！"几人踏着墙头朝那牌坊处奔去。墙下官兵看见大声鼓噪："刺客在那儿！看刺客在那儿！"秦员带人追上墙头高声对官兵，道："快放箭射刺客！"

张去病一看官兵们纷纷要放箭，忙运起禅音大吼一声，如霹雳炸响，震得墙下官兵东倒西歪。趁这瞬间，几人飞身跃上牌坊，又从牌坊跃到街边屋顶上疾奔而去。

秦员带人追过几条街，龙象法王、"长白老怪"、阴山老魔三人紧跟不舍，秦员、柯金龙、史乾、阿密罗四人功力不济被甩下。秦员担心龙象法王等人不敌赵无痕，忙大声喊三人别追。

张去病携着柳语奔了一阵，忽然停住脚步聆听一会儿，道："秦员没带人追来。咱们可稍缓前行。"众人收住脚步，张去病又道："刚才只顾冲出秦府，忘了为大伙引见。"一指杜百年，道："这位老伯伯是杜百年，当年他从柯金龙手下救过我命！"

适才在秦府内，赵无痕等人见张去病从地道口跃出，身后跟着一个老者，都心下奇怪。此时听张去病引见，才知是病松客杜百年。众人听说过杜百年救张去病之事，忙向杜百年施礼。杜百年忙抱拳相答，众人见张去病身边又多一个高手，心下都很高兴。

赵无痕道："小主人，擒住秦桧老贼，咱们去哪里？"

张去病道："咱们先出城外去避一避。"柳语道："去病哥哥，咱们不回'霓云楼'了？"

张去病摇头道："不能回去了。老贼被咱们抓走，官兵定会在城内大肆搜捕。

咱们须马上出城，另觅隐蔽处所安身。赵先生，烦劳你老人家去'霓云楼'一趟，将龙大哥、穆大哥和段大哥带出城来会合。"

赵无痕道："老仆遵命。小主人，咱们在城外何处会合？"

张去病对临安城外地名一无所知，一时说不出会合的地名，愣了一瞬突然想起一个地方，忙道："咱们到那'九曲丛祠'我外公坟前会合。我正好在坟前手刃秦桧老贼祭奠我外公、爹和舅舅！"

赵无痕道："如此甚好。老仆去把龙飞三人叫出城来！"说罢，转身奔进另一条街。

张去病带着"巴山老鬼"等人奔到城墙下，天色未明，城门还没打开，几人施展轻功攀越城墙出城。几年前，张去病曾到九曲丛祠给亲人扫过墓，仍记得去九曲丛祠路径，领着众人行出十余里地，天色渐亮。又行出一程，看见一座林木郁葱的土坡，树林中建有几座祠堂。灌木丛里散落着座座坟墓。

张去病带着众人爬上土坡，天色大亮。他记得岳飞、岳云、张宪坟头在土坡南面，径直向南寻去。走过十几座坟，看见有三座坟前长满杂草，草中各立着一块木牌。他快步走近坟前，扒开蒿草一看，果然没错，木牌上墨迹暗淡，但仍能辨出岳飞、岳云、张宪名讳。

一见坟前遍布蒿草，便知这三座坟几年没人祭扫过。他心中一酸，眼泪溢上眼眶。转身对柳语道："语儿，把短刀给我。"柳语不知他要短刀何用，忙取出递给他。张去病接过短刀走到岳飞的坟前弯腰去割四周的杂草。

"巴山老鬼"将秦桧扔在坟旁，抽出匕首除去坟旁荆棘。杜百年拔起一把茅草，不禁长叹道："岳爷一世精忠报国，功勋彪炳，却被这秦桧奸人害得埋骨荒野，无人祭扫。唉……这叫什么世道！"

不大一会儿工夫，几人把三个墓扫得干干净净。忽听脚步声响，赵无痕、龙飞、穆兴和段阳四人快步走来。赵无痕走近前来道："小主人所料不差，官府果然出动上万官兵在城中搜捕咱们！这土坡北面也有官兵看守。咱们得赶快杀秦桧老贼祭拜岳爷，离开此地！"

张去病道："好！"说罢，走到三座坟前倒身下拜，众人也跟着跪下拜了几拜。众人拜罢站起身来，"巴山老鬼"一把将秦桧提扔到坟前，手指着秦桧怒喝道："秦桧奸贼，你害死岳元帅和岳云将军、张宪将军，罪大恶极，你死期到了！"回头对张去病道："小主人，让老仆将这老贼开膛剖腹，挖出他的心肝，割下他的狗头，祭奠岳爷英魂！"

秦桧躺在地上，听见"巴山老鬼"这声怒喝，吓得惊恐万状，身子不住抖动，嘴里发出哦哦哦哦之声，样子极想说话，无奈穴道被点说不出半句话来。他两眼望着众人，眼神又恐惧又着急，浑身颤抖得像发疟疾一样。

张去病沉痛道："外公，爹，舅舅，孩儿很久未来看望你们，请恕去病不孝！今日孩儿擒住仇人秦桧，在你们墓前手刃奸贼，为你们报仇雪恨，告慰你们在天之灵！"

说毕，霍地站起身来，一把抓起秦桧，出手在秦桧身上疾拍两下，解开秦桧身上穴位，怒喝道："秦桧老贼，跪下！"又喝道，"秦桧老贼，你投敌卖国，捏造罪名害死我外公、我爹、我舅舅，还害死许多忠臣和百姓！你这奸贼罪恶滔天，人神共愤！今日我要为他们报仇，挖你心肝，取你狗头，祭奠他们英灵！"

张去病一扬短刀要手刃秦桧。岂料秦桧突然惊叫道："好汉别杀我，我不是秦桧！我不是秦桧！你千万别杀我！"张去病一愕，众人也都愣住。

那秦桧颤声道："诸位好汉，小人不是秦桧，小人是假秦桧，是冒牌货！我真的不是秦桧，求求你们不要杀我啊！"

张去病听过秦桧说话，秦桧声音尖厉，这人的声音沙哑，不像秦桧嗓音，但相貌却酷似秦桧。那人见张去病神情犹豫，忙伸手往嘴上一扯，揭去粘贴的胡子，又抹去眼睛上的假眉毛，顿时变成一个中年汉子。但他的眼睛、鼻子、嘴唇和脸型却同秦桧极为相似。

赵无痕道："小主人，此人是秦桧老贼的替身，咱们中了老贼奸计！"那汉子战战兢兢道："对，对，这位老侠说的是，小人是秦桧的替身。求求你们别杀我！"

张去病梦寐以求为家人报仇，只说今日捉住秦桧大仇得报，不料这秦桧竟然是假的！他失望至极，气恼得说不出话来。

杜百年忙安慰道："公子莫恼。秦桧老贼太过狡猾。不过，这老贼躲得了初一，躲不过十五，改日咱们再去秦府取他老命便是！"

张去病定了定神，心绪缓和过来，问那人道："你是何人，为何要给秦桧奸贼当替身？"

那人道："小人叫姓王，在家排行第七，大伙叫我王七。我原本是沿街卖菜小贩。一日我在街上叫卖，被那秦府管家秦福遇见，他说要给小人一件差事，便将小人带进相府，却原来是叫小人扮成秦桧，招引刺客……小人一听害怕，不敢干这差事，可他却拿出一大锭银子……唉，都怪小人贪图那大锭银子，财迷心窍……小人该死，小人该死！求好汉饶命！"

赵无痕道："王七，秦桧老贼平日深藏不露，昨夜却让你扮他在花园饮酒作乐，这是何故？"

王七道："回老侠的话，是因府里闹了几回刺客……那刺客叫什么"巴山老鬼"，此人本领高强，机警得很，秦桧捉不住他，便叫小人当诱饵，扮成他在花园饮酒，引诱那"巴山老鬼"上钩……""巴山老鬼"骂道："他娘的，这老贼真诡计多端！"

赵无痕又道："王七，你在秦府多日，秦桧老贼藏身何处？你老实说出便饶你不死！"

王七忙道："回老英雄的话，这个……这个小人委实不知。小人只听人说府内有几个极隐秘处所，但戒备森严，不许人接近，不知是不是秦桧藏身的地方。"

张去病忙问道："是哪几处？"王七道："听说一处是府内家庙。一处是后花园'稼禾农舍'。还有一处好像……好像……是南苑'乐府轩'。这几处都有卫士把守，咱们下人从来不敢去。"

"巴山老鬼"恍然道："难怪我几次夜探秦府找不到老贼，原来他没藏身在格天阁上，而是躲在这几处不起眼的地方！"

杜百年道："探到老贼的行踪，咱们再进秦府，必将这老贼擒来！"

张去病道："王七，你给秦桧当替身，坏了的咱们锄奸大事，本该取你性命。但念你为秦桧所迫，暂饶你一命。以后不许再为秦桧卖命，不然我定不饶你！回去罢！"

王七道："谢好汉饶命，小人不敢了！"说罢慌忙站起来，转身便走。忽听嗤的一声，王七身一晃栽倒在草丛里昏过去。

张去病惊道："赵先生，你杀了他吗？"

赵无痕道："小主人既说放他，老仆岂敢违命？老仆点了他昏穴，让他在此昏睡半日失去记忆，以免他被秦桧盘问，说出小主人牵连你的家人。"

张去病一听忙道："赵先生谋事周全，谢过赵先生！"说到此处，他突然想起胡安国还囚在霓云楼内，忙问道："赵先生，你们离开霓云楼，那胡安国如何处置了？"

龙飞躬身道："禀告主人，那狗官欺压良民，鱼肉百姓，劣迹斑斑，乃是临安城一害，属下已将他一掌毙了！"

张去病点头道："这种祸害百姓的狗官，该当如此！"忽然一拍头，道，"哎呀，不好！"

众人一惊，齐声道："什么不好？"张去病急道："糟了！秦淮有危险了！先前，我只道秦桧老贼在咱们手里，秦员不敢伤害秦淮。不料咱们捉的是个假秦桧，秦员那小子无所顾忌，只怕要对秦淮下手！这，这如何是好？"

赵无痕道："小主人莫急，今夜咱们再闯秦府把秦姑娘救出来便是。"

"巴山老鬼"亦道："主人勿急，秦员那臭小子若加害秦姑娘，今夜咱们闯入秦府杀他个鸡犬不留！"

杜百年没见过秦淮，不知众人说的秦姑娘是谁，忙问道："张公子，那秦姑娘是什么人？"张去病道："秦姑娘名叫秦淮，她是我结拜义妹。"

杜百年道："既是公子义妹，咱们得赶快将她救出。老夫听说那秦员好色，时常奸污良家妇女，别让秦姑娘被他糟蹋了！"

张去病一听更着急，道："是吗？我这就去救秦姑娘！"

赵无痕摇头道："小主人少安毋躁。昨夜咱们才闹秦府，秦桧老贼定会加强戒备，白天冒失前去只怕不成。咱们离开九曲丛祠，找个隐蔽之处落脚商量救人办法，再去秦府救秦姑娘不迟。"

张去病冷静下来，道："赵先生说得也是，咱们走吧。"

杜百年对秦员料得极准。秦员追不上张去病，在返回路上，一想到秦淮落入自己掌心，不由得心花怒放。自从在丐帮总舵见到秦淮，不知怎的，他便一直神魂颠倒。回府这些日子只要想起秦淮天真美貌的模样，他便神不守舍，不思茶饭，夜不能寐。此时想到，回府马上见到这个令他朝思暮想的姑娘，恨不得插上双翅飞回府去。

他正疾步走着，忽见"长白老怪"身形一闪，双手不停比画，或格、或挡、或避退、或对攻，一连变了十余招，突然收住手，站在道上发起呆来。众人忽见"长白老怪"独自出招比画，都驻足观望，不知他是何意。阴山老魔、龙象法王是武学大家，看得几招便恍然明白，老怪是在破解那虬髯大汉袭击他的那一招。适才他二人也遭袭击自顾不暇，没看清那人攻击"长白老怪"的招式。此时见"长白老怪"出招破解，跳来跃去，比画一阵便站着发呆，都不知他是为何。

老怪呆想一瞬，忽然摇摇头，满脸沮丧。原来，刚才他破解那人的攻击，无论他如何变招，那人总有精妙后招，令他躲避不开那一耳光。除非他出招比那人快，抢到先手。可是他忽被偷袭，那人出手又疾似电闪，他怎抢得到先手？

他兀自寻思：自己苦练几十年武功，竟无法躲开那人打自己一耳光，此人武功真是高得不可思议！他是谁？难道他是魔教教主何野风不成？除了何野风、赵无痕，这等武功登峰造极之人，谁人有这等武学修为？想到此节，"长白老怪"心中更加惊惧。

何野风去世，摩尼教秘不外传，以防外敌趁机来袭，是以江湖上不知这位天下第一高手已然逝世。"长白老怪"不知此事，却将张去病当成了何野风。

阴山老魔看见"长白老怪"垂头丧气，道："老怪物，胜败乃兵家常事，何必挂怀？"

"长白老怪"摇头道："老魔头，今夜咱们可是栽到了家！那人一招让我三人都大丢脸面，他的武功太惊世骇俗！"

阴山老魔一听心中也不胜惊疑，道："是啊，那人真了得！我一杖扫向他的腰间，不知怎么钢杖便被他抓夺去！老夫纵横江湖几十载，同人打千百架，钢杖被人抓夺去还是头一遭！他抓住钢杖瞬间，我欲掀动杖头机关伤他，却忽觉杖身传来一股内力雄浑无比，我再也握不住钢杖，五指一松钢杖便被他夺去。这人是谁？他虽蓄着一把大胡子，看年纪不过三十几岁，武功竟高到如此地步！武林之中几时冒出这样一位顶尖高手来？你们知此人是谁？"众人都摇摇头。阴山老魔又道："龙象大师，那人是如何将你手上念珠毁了？"

龙象法王道："阿弥陀佛！说来让诸位见笑。适才小僧见那人出手连袭两人，知他武功了得。趁他出手夺阴山先生魔杖，小僧挥拳击他肋下。哪知我一拳打去，他反手一拍一股内力激荡过来，小僧急忙运力击去。这人功夫可真奇怪，我手中念珠被他震碎，身子却毫发未伤！小僧对中土武功孤陋寡闻，请问诸位，此人是哪个门派高手？使的是何功夫？"

"长白老怪"道："龙象大师，在当今武林能一招让我三人大丢脸面，只有两个人有这种本事。"法王忙问："是哪两个人？"

"长白老怪"道："一个是今夜咱们见到的赵无痕。另一个便是那魔教教主何野风！除他二人之外，老夫还不知谁人有这等身手！"众人一听何野风之名，心中皆是一凛。

"长白老怪"又道："先前，老夫疑心那人是何野风。后来一想何野风十几年不出江湖，怎会突然出现在秦府？又怎会同赵无痕联手？他二人素无瓜葛，这不合情理！可是那人不是何野风，他又是何人？老夫行走江湖数十载，还没听说武林中有何人武功高到如此登峰造极地步！"

忽听一人道："师父，弟子能说句话吗？"众人一看是柯金龙。"长白老怪"道："金龙，你有什么话？说吧。"

柯金龙道："弟子最近从北方办差回来，途中在一个酒店里，听人说起各门派去摩尼岩围剿魔教之事。听那几人说，原本是一场腥风血雨的仇杀竟被一个人化解了。那人在摩尼岩上打败正邪两派高手，劝和双方，将一场大仇杀消弭于无形！"

众人都惊得"啊"了一声，追问道："有这等事吗？""那人是谁？""他使的什么功夫？""他是何野风吗？""是少林寺的弘无方丈吗？""是不是赵无痕？"

柯金龙连连摇头，道："你们说的人都不是。我说出此人，你们定会大吃一惊，无论如何都不会相信！"

众人催促道："你别管我们信不信，快说那人是谁？"柯金龙道："师父，你们都知道此人，他便是咱们要缉拿的张去病！"众人又惊得"啊"了一声。

秦员道："柯教头，你是不是听错了？我见过张去病武功稀松平常，他怎能打败正邪两派高手？一定是传言之人胡说八道，绝不可能的事！"

柯金龙道："是啊，当时我听了，也不相信，可听那几人说得有鼻子有眼的。我想，在摩尼岩上技压群雄之人，会不会是与张去病同名同姓？我忙向那几人打听他的来历。岂料听他们说的那人，竟同咱们追捕的张去病一样，也是岳飞外孙，张宪的儿子！"

柯金龙见众人脸上神情狐疑，顿了一下，又道："我听了，也好生奇怪，这才几年时间，张去病那小子怎会有本事打败正邪两派高手呢？说什么，我也不相信此事。适才听前辈们说，除了何野风和赵无痕之外，再无旁人能一举偷袭我师父和二位前辈。我才想起这件传闻，便说出来让大伙参详。"

阴山老魔摇头道："不对，那偷袭我们之人内力异常深厚，少说也有八十年功力。那张去病是个二十来岁毛头小子，就算他从娘胎里开始练功，也万万练不出如此深厚内力！"众人都觉得言之有理，纷纷点了点头。

史乾道："江湖上传说，张去病从凌霄老人手上得到达摩石，他会不会破解了达摩石秘密，这几年里练成了《九宫伏魔经》神功？"

"长白老怪"道："你说张去病练成《九宫伏魔经》武功？嘿嘿，就算那小子能解开达摩石之秘密，得到《九宫伏魔经》，以他那点武功底子，也没法练成上面神功！当年，达摩祖师和寇谦之道长将经文秘藏起来，不传授《九宫伏魔经》给本门弟子，就是因那上面的武功太艰深，非绝顶高手不能传！张去病乳臭未干，功底浅薄，他怎能练成《九宫伏魔经》神功？嘿嘿，决不可能！"

老怪在长白山追拿张去病，便是想抢夺达摩石得到《九宫伏魔经》。其时，张去病只是仓皇逃跑，不敢同他对敌，他便认定张去病武功底子浅薄，练不成《九宫伏魔经》武功。众人听他如此一说，也都觉得有理。

龙象法王寻思道："如此说来，今夜偷袭我等之人不是张去病，也不是何野风和赵无痕，那又是何人呢？"

阴山老魔忽然惊道："老怪，不好！说不定那人是……'世外三老'之中一人！你们忘了？武林之中除了赵无痕和何野风能一招击中我们三人之外，还有那三位隐居海上世外高人也有此能耐。那子午岛主、凌霄老人、"地藏宫"宫主的武功都深不可测，他们任何一人都有一招袭倒咱们的本事！适才那人，莫非是三老之一？只不过他扮成了中年汉子模样，不让咱们知晓他身份？"

"长白老怪"一听神色大变。一个赵无痕已难对付，传闻中的"世外三老"武功出神入化。偷袭者若是这三老之一麻烦可就大了。

秦员悚然一惊，道："不好！我想明白了！你们都没猜对，那人不是何野风，也不是什么'世外三老'，他就是张去病！"阴山老魔一愣，道："秦公子如何知他是张去病？"

秦员道："今夜前来行刺的几人中有个姑娘叫柳语，他和张去病一同闯荡江湖，二人形影不离。他二人曾经被我擒住，后来侥幸逃脱。另外江湖上传说赵无痕将张去病奉为主人，随身陪伴张去病这小子。还有一个姑娘叫秦淮，她是张去病义妹。大伙想想这三人都来了，张去病焉有不来之理？我猜那偷袭之人，八成是张去病扮的！只是我一时还想不出，为何这小子会练出如此惊人武功。"

"长白老怪"道："公子说得有道理。那人究竟是谁，咱们别瞎猜了。那个叫秦淮的丫头不是掉府内陷阱里吗？公子回府去审问那丫头，便知那人是不是张去病了！"

秦员点头道："对对，赶快回府去审问那姑娘！"一想到秦淮，他异常兴奋，急不可耐地带着众人奔回秦府。

一进府门，秦福迎上前来躬身道："公子爷，小人奉命在此恭候，老爷叫你去书房见他。"

秦员点了下头，快步来到书房前，推门走进房内，只见秦桧和秦禧都坐在屋内，忙上前躬身道："爷爷、爹，你们叫员儿有什么事？"

秦禧一看秦员额头上有血迹，惊道："阿员，你受伤了？伤情可重？"秦员道："爹别担心，只伤点皮，没事的！"

秦桧道："员儿，刺客捉住了吗？"秦员道："回爷爷的话，刺客来了五人，武功极高，不过咱们还是拿住了其中一人，另外四人逃掉了。"

秦桧道："这伙刺客什么来路，查明了吗？"秦员道："孩儿猜想，刺客是张去病小贼一伙人。"

秦桧惊讶道："是张去病一伙？张去病是个娃娃，他怎敢进府来行刺老夫？"

秦员道："爷爷，眼下那张去病已经长成大人。今夜他带人来行刺，可惜叫这小贼跑了！"

秦禧道："阿员，你说拿到一个刺客，那刺客是个什么人？"秦员道："刺客是个姑娘，名叫秦淮，据说是张去病的义妹。"

秦桧一拍书案，怒道："哼，张去病这小贼竟敢带人行刺老夫，背后定有主谋之人！员儿，你快去连夜审问那女贼，给我严刑拷打，一定让她招供出，张去病背后主使人是谁！"

秦员道声："是，孙儿这就去审问那女贼。"秦员说罢，转身走出书房。瞧见秦福垂手立候在旁，秦员道："秦福，叫人去将拿到的女刺客押到我房间来，不许轻侮她。顺便备上酒菜一并送来。"秦福应诺一声，走到前院传话下去。

秦员回到房内，忙梳洗打扮，在额头伤口上抹些药，换上一身光鲜亮丽衣衫，对着铜镜一照，瞧见自己容貌风流倜傥，微微一笑。想到秦淮即将到来，激动得在屋内蹦几蹦，又转了两个圈，才在桌旁坐下等候。

过不多时，仆人送来酒菜摆在桌上。秦员取过两副杯筷，拿起酒壶往杯中倒了些酒，又从身上取出一个药瓶，往一杯酒中倒些白色粉末，轻轻摇晃杯子，药粉便在酒里化得不见痕迹。这药粉叫"合欢散"，是极厉害的春药，人服下便会意乱情迷，欲火焚身。他常用此药糟蹋女子清白，屡试不爽。

他将酒杯放下，心中却幻想着秦淮到来喝下药酒，媚态横生投到他怀里，任他淫乐情景，心中欲火大炽。不由哼唱起小曲来："千娇百媚小娘儿呀，你抛个媚眼，便把哥哥魂儿勾去了。哎呀依嘚呀，千娇百媚小娘儿呀，你把哥哥的魂儿勾去了！"

忽听屋外脚步声响动，有人在门口道："公子，属下已将女刺客押到。"一听是史乾的声音，秦员忙道："史教头，快带她进来。"

史乾打开房门，将秦淮推进屋内。秦淮双臂反绑，头发散乱，衣衫上沾了不少灰尘。即便如此，模样仍是清纯绝尘，明丽万端。她一进屋，秦员顿时觉得眼前一亮，仿佛满室都被秦淮光彩照亮了。

秦淮昨夜冲入八角亭刺杀秦桧被大网网住，张去病去救她，亭顶突然倒塌。秦淮只觉灰尘弥漫，眼前顿时什么也看不清。身子飞快下坠，闻到一股甜香头一晕，便什么也不知道了。待到她醒来时，手脚已被捆住，关在一间暗室内。过了许久，听见室门上锁头响动，她抬头一看，史乾打开室门进来道："小姑娘，咱们公子要审你，走吧！"说毕，推推搡搡将她带来见秦员。

此时秦员直勾勾望着秦淮，看得魂不守舍。忽听史乾轻咳一声，他才回过神来，道："哎呀，史教头，我叫你们好生善待秦姑娘，你怎么将她绑了？快，快给秦姑娘松绑！"说时对史乾眨眨眼。史乾一愣，心想公子叫我为这姑娘松绑，又对我眨眼，是什么意思？是了，他向我眨眼，是明要我为这姑娘松绑，暗要我点她穴道，让她不能逃走，他好对这姑娘下手。心思闪过，史乾躬身道："属下遵命。"

他伸手在秦淮背上轻点两下，封住秦淮背上两处大穴，秦淮双腿不能迈动，才解下秦淮身上绳索。问秦员道："公子还有什么吩咐？"秦员道："史教头请退下罢。"

史乾素知秦员生性风流，对秦员一眨眼，笑道："是啊，公子好好为这姑娘压压惊！"

秦员知他的话中猥亵之意，哈哈一笑，道："知我者，史教头也！"史乾也哈哈一笑，转身走出屋去。

秦员走到秦淮面前，道："秦姑娘恕罪。下人无知让姑娘受委屈了。小生这里给姑娘赔罪！"说罢，向秦淮拱手施礼。

秦淮在山里长大，除了师父，从未同旁人交往，对虚假客套毫不知晓。见秦员向她赔罪十分惊奇，道："秦员，你向我赔什么罪？你想捣什么鬼？姑娘前来刺杀你奸臣爷爷，你反倒向我赔罪，你小子是大傻瓜不成？"

秦员一怔，神情有些尴尬。适才只顾讨好秦淮，忘了对方是刺客，说话悖了情理。怔了瞬间，他从桌上端过两杯酒，笑道："秦姑娘年幼无知，今夜之事定是受他人指使，小生不责怪姑娘。小生敬姑娘一杯酒，为姑娘压压惊。"将杯递到秦淮面前。

秦淮怒道："拿开你的臭酒，我不喝！我师父说过，千万不能喝坏人的酒。你是个大坏蛋，姑娘不喝你的臭酒！"

秦淮嗔怒嘟起小嘴，模样是极天真可爱的，秦员瞧得心中一荡，心下暗道："这姑娘美得犹似一朵幽谷百合，太招人爱了，真想亲她小嘴一口！"秦员淫念大炽，激动得手里酒杯抖动一下，几滴酒洒出杯外。他定下神来，心想只要哄她喝下这杯酒，这丫头便会乖乖听我摆布。我先同这小美人好好亲热一番。完事后，再慢慢套问她不迟。

如此一想，他做出一脸无辜的样子，道："秦姑娘冤枉小生了。小生从未做过什么坏事，几时又是坏人了？你在这临安城中打听打听，谁不夸小生是大好人？小生乐善好施，扶危济困，做的好事数都数不过来，大伙都称我为'秦大善人'。小生可是天下第一等大好人，秦姑娘误会小生了！"

秦淮冷哼一声，道："哼，你是好人？你帮你爷爷干坏事，带人抓我大哥哥，你便是大坏蛋！你休想骗本姑娘！"

秦员笑嘻嘻道："误会，误会，秦姑娘，全是误会！来，咱们喝下这杯酒，消除误会，小生再向你慢慢解释！"秦员说着端杯凑上前去，他知秦淮被史乾点了穴位，无法动弹，想强迫秦淮将药酒喝下。

秦淮惊惶道："滚开，你快滚开！我死也不喝你的臭酒！"秦员厚着脸皮道："秦姑娘你只喝一小口，给小生一点面子。就喝一小口，好不好？"

秦淮怒道："休想！别说一小口，便是一滴姑娘都不喝！"

秦员淫笑道："哎呀，秦姑娘生气的模样真标致，好看极了！哈哈，秦姑娘害羞，不好意思端杯吗？来来来，小生喂姑娘喝一口。"说时伸手去捏秦淮的嘴，欲强灌秦淮将酒喝下。

岂料手刚伸出，秦淮忽然一掌拍来。他全无防备躲避不及，酒杯被打飞出去。他闪身退开大为诧异，心想史乾点了这小妮子穴位，她为何还能出手？惊疑瞬间，却见秦淮身子不动，恍然明白秦淮手虽能动，腿却动不了。遂放下心来，道："啊呀，秦姑娘好身手！"缓缓朝秦淮身后绕去。

秦淮瞧见秦员想绕到自己身后，心中大急，可是腿却不能动。忙伸手去腰间取软鞭却摸了个空。她昏迷之时，软鞭已被人拿去。情急之下，她急喝道："秦员，你站住！你这坏蛋想做甚？快站住！"

秦员贼笑道："小生什么都不做。小生守礼得很。小生胆小，怕挨秦姑娘的巴掌，想转到姑娘身后向姑娘敬这杯酒！"

秦淮惊惶，道："你别过来，别过来，我不要你敬酒！"秦员道："这可由不得你啦！"身形闪到秦淮身后，一下将秦淮抱住。脸贴近秦淮雪白后颈，闻到她身上醉人幽香，淫火攻心，哪里还按耐得住？伸嘴在秦淮后颈上一阵乱亲。

秦淮又惊又怒，她双手被秦员抱住，后颈感觉秦员热哄哄的嘴唇如鸡啄食般吻下，气得差点晕过去。她奋力一挣，挣脱一只手反打秦员的腰部。秦员出手去锁秦淮手臂，秦淮倒肘撞他胸膛。一时间两人在房内扭打起来。只听乒乒乓乓，桌上酒菜被撞掉地上。

秦员挨了两掌不顾疼痛，急不可耐地伸手往秦淮身上一抓，"嗤"的一声将秦淮胸前衣衫扯开一半，秦淮雪白的胸脯暴露出来。秦淮又羞又急又惊，忙收手拉衣衫遮掩胸脯。

秦员哈哈大笑，又伸手疾扯秦淮衣衫。忽听"当"的一声，一个金晃晃物件从秦淮胸前飞出，吓得秦员松手闪开。那物件飞撞到墙，"啪"的一声掉到地上。秦淮趁秦员闪避瞬间，急忙拉衣遮住身子哭骂道："秦员狗杂种！呜呜，你敢欺侮姑娘，我与你这狗杂种拼了！"她欲冲去同秦员拼命，两腿却迈不动，不由放声大哭起来。

秦员嬉皮笑脸道："秦姑娘别哭，一笔难写两个秦字。小生今夜同姑娘入洞房，娶你做老婆，那时你快乐得紧！"他说着话，一瞥掉在地上那金光灿烂的物件，心下好奇，上前去捡起来看，原来是秦淮贴身佩戴的小金锁。

他哈哈一笑，道："秦姑娘，你吓我一跳，小生还当是姑娘打出什么暗器哩！"将手一扬，欲将金锁丢到一旁，忽又缩回。他看着那金锁，眼睛里忽然露出一种古怪神情，眼神既惊讶又惶惑。他快步走到灯光下，拿着那金锁翻来覆去观看，像在鉴定什么宝物，激动得两手微微抖动。

这金锁，是一件富贵人家给婴儿佩戴的"长命锁"。但此锁造型与寻常"长命锁"形状大不相同，锁形如同一个小巧如意。秦员细看那金锁一瞬，身子突然一震，拿着金锁一转身冲出屋去，将门"砰"的一声关上。

秦淮见秦员一惊跑出屋去，不知这坏蛋发了什么癫。趁这当口她急忙扣好衣衫，寻思赶紧逃走。她试试挪动双腿，两腿麻木得没一点儿知觉。任她如何使劲挪腿，却一步也走不了。她急得在腿上又打又拍，被封住的穴位就是解不开。

她想秦员随时都会回来，心急如焚。心思转了几转，忽然一想：我的腿不能动，手能动啊！我可用手从这屋里爬出去，找一个地方躲藏起来。时辰一过，腿上的穴位自然解开，便能逃出府去！

她弯下身去要以手代足逃走，忽然又觉不行。自语道："不成，爬行太慢，容易叫人追上！我得找根棍子当拐杖，两臂将棍子往地上使劲一点，身子借力跃出去，这可要快得多。倘若有人追来，棍子还可当兵器使。"

正想至此，忽听屋外传来一阵脚步声，似有几个人急匆匆走来，要找木棍已来不及。她双手一撑墙壁，身子借力腾挪到门后，紧贴墙壁站着。脚步声响到门前，吱嘎一声房门被推开，门刚好将秦淮遮住。她偷偷看去，见秦员走进屋来，身后跟着一个身材高挑，穿戴华丽的中年妇人和两个丫鬟。那妇人回头对两个丫鬟道："春花、秋月，你们在门外候着。"

秦员一看秦淮不在屋内，惊道："人呢？糟了，那姑娘不见了！"那妇人急道："员儿，你不是说姑娘在屋里吗？怎么不见了？"

秦员道："娘别急，那姑娘的腿走不了路。她兴许是在床下藏起来了，待儿看她在不在床底下。"

秦淮在门背后一听，心中奇怪：这位大婶是秦员的娘？秦员将他娘叫来做什么，莫非是让他娘来劝我同他成亲，要我嫁给她儿子？

她正寻思，见秦员蹲下身去往床下张望。趁这一瞬间，她猛地推开遮身之门，一指点中那妇人身上穴位，将她制住拉到面前。那妇人高出秦淮半个头，穴道被封使不出半点力气挣扎。

秦员听见响动站起身来，看见他娘被秦淮制住。大惊失色道："秦姑娘，别伤害我娘！"

秦淮怒道："秦员你这坏蛋，刚才你侮辱我，都怪你娘养下你这个坏种，我要杀你娘解我心头之恨！"秦淮说时将另一只手按在秦员娘心脏上，只需轻吐内力，便可将她心脉震断。

秦员吓得颤声道："秦姑娘住手！你不能杀我娘！不不不，你不能杀你娘！你杀了亲娘，你便犯下弥天大罪，会被阎王爷打下十八层地狱，永世不得超生！"

秦淮怒道："秦员小贼你胡说八道！她是你的娘，不是我娘！休想骗我！刚才你侮辱我，姑娘无颜再活在世上，今日我非杀你娘解恨不可！"

秦员急道："别别别，秦姑娘，我没胡说八道！你听我说，你是我走失的亲妹妹，我是你亲哥哥，我娘便是你亲娘！你万万不可伤害亲娘！"

秦淮听得莫名其妙，越听越气恼，怒道："秦员臭贼！你为救你娘，编这通谎话来骗姑娘，你当我不知道？嘿嘿，你们秦家的人全是坏人，姑娘便是投错胎，也决不会投生到你这个坏蛋家！我不会上你的当！"

秦员大急，手上连连比画，嘴上急着解说道："秦淮，哥没骗你，你要信哥的话，你真是我的亲妹妹。你两岁时哥带着你到处玩耍，咱俩经常玩捉迷藏。怎么，你不记得了？你千万别干蠢事，别伤害自己亲娘！"秦员又说又比画，急得额上冒出密密汗珠。他瞪大眼睛看着秦淮，生怕秦淮下手伤害母亲。

秦淮怒喝道："你这臭贼是大奸臣孙子，别冒充我哥哥，没的污了姑娘！我哥哥是张去病！"

秦员怒道："你大错了！我才是你的亲哥哥，这是千真万确，张去病那小贼不是！你不信，你看你的金锁！"说时拿着金锁对着秦淮一晃。

秦淮道："看什么？我不看！这金锁我看了好多年，你甭想花言巧语骗我放了你娘，我不会上你这臭贼的当！快放下我的金锁，别用你臭手把它弄污了！"

秦员道："秦淮你听我说，你的金锁上一面镌刻有'长命富贵'四个字。另一面刻有一朵荷花，花下刻有一个秦字，旁边还有一行小字：'菏女生辰辛丑六月初一亥时'是不是？"

秦淮道："是又怎样？"秦员忽然扯开自己胸前衣衫，从胸膛上取下一个金锁抛给秦淮，道："你再看看这把金锁！"

秦淮不知他搞什么鬼，接着那金锁一看，也是一样的如意形状，也刻着一样的花纹，连刻的字也一样。只是那锁上的秦字下刻着一个一轮满月图案，小字刻的是"甲申年二月十五子时"。秦淮看着金锁有些发蒙。

她记得师父说过，师父在荒野里捡到她时，金锁便戴在她身上。师父还说，金锁是她生下来时，她爹娘叫人为她打造，为她祈福给她戴上的……秦员怎会也有同我一模一样的金锁呢？难道……难道……想到此处，她害怕得手一哆嗦，金锁"当"的一声掉到地上。

秦员道："妹妹，你身上佩戴的金锁，同我身上的金锁都是爹娘请工匠打造的长命锁。我刚才拿你的金锁去给娘看，娘一眼就认出，说是你小时候戴的金锁。我才带娘来认你。你看，你模样长得同娘多么像！"

秦淮不由自主瞥那妇人一眼，只见那妇人年近四十，容貌端庄，双眼含泪，正爱怜无限地望着她。一刹那，她好像在哪儿见过这眼神，仿佛在梦里见过这妇人，不由得一怔。

秦员急催道："娘，娘，你快告诉妹妹实情啊！"

这妇人是秦禧之妻陈氏。她两眼亲切望着秦淮，面颊上淌下两行热泪，悲声道："孩子，我对不住你，对不住你呀！你要杀我，我无怨言。只是我问你一些事，请如实告诉我，好吗？"

秦淮惊慌道："你要问什么？"陈氏道："你的爹娘健在吗？"秦淮茫然摇头道："我不知道。我从小就同师父在一起，没见过我爹娘。"

陈氏又道："你佩戴的金锁从何得来，是别人送给你的吗？"秦淮摇头道："不是。听我师父说，它是我爹娘盼我长命从小给我戴上的。"

陈氏道："你还记得什么时候同爹娘分开的吗？"秦淮道："不记得了。听师父说，她在荒野上捡到我的时候，我才三岁多。"

陈氏点点头，叹道："不错，你今年十四岁，是不是？"

秦淮一愣，道："你……是怎么知道的？"陈氏激动道："孩子，我不仅知道你今年有多大，我还知道你真名叫什么。"

秦淮警惕道："我的真名？我有什么真名？你别想同你儿子一起来骗我！"

陈氏对秦员道："员儿，你拾起金锁拿给这姑娘看看。"秦员弯腰捡起金锁，欲走上前递给秦淮。

秦淮忙喝道："秦员你站住，别过来！"秦员忙站住不动，将两把金锁抛给秦淮。秦淮伸手一抓接住金锁。

陈氏道："你看，秦员是二月十五出生的，正是月圆之时，是以他金锁上刻着一轮圆月，他单名一个员字。你看你是六月初一出生的。正是夏天荷花盛开时节，是以你的金锁上刻的是一朵荷花。你的本名应该是'秦荷'。小名叫荷儿。"

秦淮听师父说过，金锁上年月日时是自己的出生时间。可那朵荷花图案，她一直不在意，以为是金锁装饰而已。此时听陈氏一说，心下大骇：难道她说的是真的？如是真的，我岂不是变成秦员这臭贼的妹妹，变成秦桧这奸贼的孙女？不，不，这决不会是真的！我决不是秦桧奸贼家的人！

秦淮从小不知自己父母是谁。一直渴望有一天能见到父母。她多次问过师父，想得到一点线索寻找父母。可是问来问去，师父只是说，当年是在北方凉水河旁野地里捡到她的。那时她三岁多，孤零零一人坐在草丛中哭啼，不知她的父母是何许人。

此时，突然听秦员说陈氏是她娘，又见两个金锁一模一样，陈氏又说了金锁上的隐情，她心里非常害怕这一切是真的。尽管她渴望找到父母，但她非常害怕这妇人是她娘，说什么她也不相信这是真的。

陈氏似乎看出她的心思，又道："孩子，我若是说你是我的女儿，金锁是你满月时我亲手给你戴上的，你或许还不相信。"

秦淮急得跺脚道："不信不信！你说的这一切，都是秦员同你串通编造的假话，你们一起来骗我！我不相信，就是不相信，你别再说了！"

陈氏垂泪道："孩子，我们没串通起来骗你。这么多年我没抚养你，让你在外受苦，没尽到当娘的责任，我不敢奢望你认我这个娘。但我虔诚信佛，决不说诳语！待我问你另一桩事，如是属实，你便知我是你娘不虚。你若再不信，娘也不勉强你！"

秦淮害怕陈氏问出她不得不信之事，心中更加紧张，急忙摇头道："别问，你别问了！我不要听，我不要听！"

陈氏神情决然道："孩子，这件事我非问不可！只要你据实告诉我，今日便是死在你的手上，我也可瞑目了！"

秦淮见陈氏说得如此心酸，不由心一软，怯怯道："你，你……要问什么事？"

陈氏道："我问你，你的胸脯正中是不是有两颗痣。上面是一颗红痣，要大一些。下面是一颗黑痣稍小一些，有吗？"

秦淮浑身一哆嗦，吓得结结巴巴道："你，你，你是……如何……如何……"她本想说"如何知道的"，但心中害怕，竟问不下去。

她胸前这两颗痣，除了小时候师父给她洗澡时看见过，再没有别人见过。陈氏不仅知道她胸上有这两颗痣，而且还将这两颗痣的生长位置、颜色、大小说得一分不差！这如何不叫她惊惶？她心中一阵慌乱，惊恐地想道：她怎知我身上有两颗痣？难道她……她……真是我娘……如此一想，她呆若木鸡，丧魂失魄地靠在墙上，张着嘴说不出话来。

陈氏瞧见秦淮神情，面露喜色道："孩子，我没打诳吧？你胸上有两颗痣，是不是？"秦淮心神慌乱至极，胡乱点下头，又忙连连摇头，眼神一片迷茫，一个字也说不出。

陈氏颤声道："孩子啊，到了此时，你还不肯认我这娘吗？"秦淮只觉脑子里嗡嗡乱响，心乱如麻，陈氏近在咫尺，似乎又离她很遥远，像是一个影子在说话，她听不见陈氏在说些什么。

陈氏又颤声道："孩子，娘虽然没将你抚养长大。但娘怀你十个月将你生下，又用乳水喂养你到三岁。你小时候吃奶时很性急，娘喂奶稍慢你便使性子。你那小手在娘的乳上抓破一道痕迹，现下都还在呢！不信你瞧！"

陈氏说着解开衣衫露出乳房来给秦淮看。秦淮比陈氏矮一个头，两人站得很近，陈氏解开衣衫，秦淮的脸正对着陈氏乳房，看得十分清楚，那雪白的乳房上果然有一道浅浅抓痕。

一瞬间，秦淮忽然闻到一股熟悉而久违了的体味。那体味带有淡淡乳香，有些微甜，幽幽地从陈氏的胸脯上散出。秦淮吃母亲的奶到两岁，对这气味极熟悉。此刻一闻到它，依稀忆起儿时在娘怀里吃奶的朦胧感觉，心神迷乱，再也控制不住自己，一头扑到陈氏胸脯上嗅那双乳气息，失声叫道："娘，你是我娘！"

陈氏泪如雨下，双手抚着秦淮的头悲泣道："孩子，是的是的，我是你娘。可娘对不住你，这些年让你在外遭罪，娘实在对不住你啊！"秦淮伏在陈氏的胸上，情不自禁失声痛哭。见此情景，秦员伸手在秦淮背上疾点两下，又在陈氏身上点两下解开她二人被封穴位，也站在一旁跟着落泪。

忽听"吱嘎"一声房门被人推开，从外走进两个人来。一人是秦禧，一人是秦桧。刚才听见秦员派人来报，说是找到失散多年的妹妹，二人又惊又喜急匆匆赶来。此时进门看见那陈氏抚着一个姑娘哭泣，秦禧激动道："娘子，真找到咱们的女儿吗？"

陈氏点头道："老爷，托佛祖保佑，咱们的女儿找到了！"秦桧和秦禧在桌房坐下。陈氏忙对秦淮道："孩子别哭了，这是你爷爷，这是你爹，快叫爷爷和爹！"

秦淮一听，像被烈火灼了一下似的，倏地从陈氏怀里挣出急退至墙角，怒目望着秦桧祖孙三人，一言不发。

陈氏诧异道："孩子，你怎么了？快叫爷爷和爹啊！"秦淮一扭头，道："我不叫！"陈氏道："为什么？"

秦淮道："他们不是我爷爷，不是我爹！你……你……也不是我娘！我不叫你们！"

秦员奇道："妹妹，刚才你不是认了娘吗！为何又不认我们了？"

秦淮恼道："刚才我弄错了，我不是你们家的人，你们认错人了，我恨你们！"秦禧对陈氏和秦员摇摇手，示意他俩暂不说话，温言问道："女儿，你是我们秦家的孩子，你娘是不会弄错的！你说恨我们，恨自己的家人，这可不对了！"

秦淮冷哼一声，气愤道："我来问你，我若是你们亲生骨肉，当年你们为何将我抛弃在荒野河边？那时我才三岁，你们狠心抛弃我，任豺狼来吃我，任飞鹰来啄我，任我饿死野外！天下有这样残忍对待亲生女儿的父母吗？你们若真是我爹娘，还有什么脸来认我？哼，你们若是我的爹娘，我恨死你们，恨死你们！我决不认你们！"

秦淮三岁被遗弃，一直未得母爱，适才闻到母亲身上气味，忽然忆起儿时依偎在陈氏怀里吃奶的印象，一时亲情大动，情不自禁扑到陈氏的怀里认她是娘。此时一听陈氏要她认秦桧是爷爷，认秦禧是爹，立时惊醒过来。想起十一年前父母不管她死活，狠心将她抛弃荒野，若非师父救命，自己早不在世间，一股怒火在她胸中冲上脑门。说罢这句话，她怒目瞪着秦桧一家人，气得胸膛不住起伏。

秦桧一家人面面相觑，秦禧干咳一声，尴尬道："孩子，咳咳，你不能这么说话。你听爹说，当年将你遗弃，我和你娘实在是万般无奈，迫不得已啊！那年你三岁，我们一家人被金兵掳出关去。一路上饥寒交迫，受尽金兵的打骂折磨。爷爷带着我们走到凉水河畔时，咱们带的干粮吃得所剩无几，唉，这个，这个……为了节省口粮……我和你娘只好忍痛将你……"秦淮抢道："只好将我扔了是不是？"

秦禧难过地点一下头，又道："那个时候，我和你娘真是没有法子啊！要是有一点办法，我们怎会忍得下心不要你？决不会的！"

秦淮冷笑一声，道："哼，什么没有法子，什么迫不得已！别人的爹娘宁可自己挨饿不吃东西，也要省下东西给孩子吃。宁可自己不要性命，也要保住孩子的命！你们为保你们的命，却要送掉我的命，你们不是人！你们……不配做我的爹娘！"说至此处，秦淮气得大哭起来。

秦禧手足无措，道："孩子别哭，别哭，都是我和你娘不好……再说，那时你爷爷有病，我和你娘为尽孝心，省下口粮给你爷爷吃，唉，只得，只得将你……"

秦淮抹抹眼泪，怒道："只得将我扔了，是不是？"抬手一指秦员，气恼道，"你们为何不扔掉他？独要扔掉我？"

秦禧一愣，回头看看秦桧，张口结舌道："这个……这个……"

秦桧道："孩子，这事与你爹娘无关，将你扔弃去，是爷爷的主意，是我叫他们把你扔在凉水河畔的。你若要恨，就恨爷爷好啦！"

秦淮本就对秦桧痛恨无比，此刻听秦桧说是他命秦禧夫妇将她遗弃，顿时恨焰大炽，怒喝道："住口！你别自称我爷爷，你叫他们将我害死，你是杀人凶手，你是世上心肠最黑最黑的大坏人！"

秦禧忙呵斥道："孩子，别对爷爷无礼！快闭嘴！"

秦淮梗着脖子手指秦桧，大声嚷道："他不是我爷爷！他是害死岳元帅，害死许多好人，又想害死我的大恶人！他是人人唾骂的大奸臣，大坏蛋，大卖国贼！哼哼，他若是我爷爷，我这辈子都没脸再见人了！"

秦员急喝道："妹妹不许胡说八道！不许对爷爷无礼！"

秦桧气得浑身乱颤，脸色铁青。他手握大权以来，听到的都是一片阿谀奉承之声，几时被人当面指着鼻子如此大骂过？而这骂他的人却是他的孙女，气得他牙齿打战，胡子乱抖，说话语不成调道："孽女，孽……女！啊啊，气……气死我了！气死我了！"秦禧和陈氏急忙上前去，一个为他抹胸，一个为他拍背。

秦禧连声道："爹请息怒！孩子年幼无知，在外头长大，未得教养，听信谣诼，这非她本意，请爹恕她无知！"

秦员亦道："爷爷莫气恼，妹妹年幼不懂事受人蒙蔽，待孙儿开导开导她，叫她给爷爷赔罪！"他转过头来对秦淮道，"妹妹，你听我说……"

秦淮抢道："住嘴，别叫我妹妹！你这坏蛋，刚才你想侮辱我清白，还有脸叫我妹妹？快闭上你的臭嘴，没的叫姑娘恶心！"

秦员脸上一红，讪讪道："刚才……哦，刚才……是个误会。我不知你是我妹妹啊……"

秦淮啐道："呸！真不要脸，亏你说得出口！不知我是你妹妹，你便可污人清白吗？你这大奸臣的孙子，专干坏事的坏蛋，你不是我哥哥！"

秦员被骂得脸上红一阵白一阵，心想幸亏看见秦淮佩戴的金锁。要不然他差点犯下乱伦大错！此事令他委实无地自容。他比秦淮大五岁。小时候经常带着秦淮玩耍，对妹妹有很深感情。此时见秦淮如此恨他，心中既惭愧又难过。可他知秦桧心地狭小，睚眦必报，若不劝说秦淮赶快认错，秦桧一定不会饶恕她。如此一想，他只得硬着头皮道："妹妹，你别气恼。刚才之事，你骂我骂得对！可是你骂爷爷就骂错了！你这番辱没爷爷的胡言，定是张去病那小贼教你的，是不是？"

他想将过错推到张去病的头上，减轻秦桧对秦淮的怒气，以免秦桧处罚秦淮。果然，秦桧一听，忙追问道："员儿，这孽女同张去病小贼有何瓜葛？"

秦员道："爷爷，妹妹早年离家行走江湖，她不知父母是谁，也不知那张去病是咱们秦家仇人，便认了那小贼为义兄。"

秦淮怒喝道："秦员，你才是小贼！不许你叫张去病小贼！他是我的大哥哥，他是好人，比你好得多！"

秦桧怒道："阿禧，你们怎么会养下这么个混账丫头？敌我不分，竟然同仇敌张去病小贼结成兄妹！此时已知是我孙女，还护着那小贼，真把我秦家脸丢尽！"

秦禧忙道："爹莫生气，小孩子家不懂事，乱交朋友常有的事。过会儿，我劝她同那小贼一刀两断便是！"

秦员道："妹妹，适才你说那岳飞是爷爷害死的，那是谣言，你别相信！爷爷食君之禄，忠君之事，爷爷只是奉圣旨行事，外人不晓内情骂爷爷害死岳飞，实在是冤枉爷爷了！你别听张去病那小贼胡说八道，他说的都是一派胡言！咱们爷爷是个大清官、大忠臣，你快向爷爷磕头认错！"

秦淮冷笑道："秦员，我来问你。我从金国南来，一路上只听见人人称赞那岳元帅是忠臣，却没听到有一人说你爷爷是忠臣。大伙都骂你爷爷是大奸臣，是大卖国贼，这是我亲耳听到，亲眼见到的，可不是什么谣言！大伙众口一词，难道天下人都是胡说八道吗？都骂错了吗？"

秦桧一听怒不可遏，喝骂道："小孽女，那岳飞便是老夫害死的，又怎的？老夫便是大奸臣、大卖国贼，世人又能将老夫怎的？老夫大权在手，连皇上也要让老夫三分，老夫难道还怕那些刁民不成！"

秦员忙道："爷爷，你老人家别说气话。那些刁民愚不可及，是一帮大浑蛋，大糊涂虫！他们不知内情，听信谣言，胡说八道，你老人家千万别生气！妹妹道听途说，不知内情，被刁民们蒙蔽了，只是一时糊涂，待孙儿好好开导她！"

秦淮冷哼一声："哼，不知什么内情？好！就算是那昏君下旨杀岳元帅，你爷爷倘若是忠臣，他为何不在朝廷上为岳元帅求情，为何不劝说昏君不杀岳元帅？他为什么反倒是捕风捉影，捏造个'莫须有'的罪名对岳元帅下毒手，叫人将他害死在风波亭里？嘿嘿，世上有你爷爷这样的'忠臣'吗？大伙骂他是大奸臣，一点没骂错，骂得对，骂得好！"

秦员急得大声呵斥道："妹妹住口，不许再胡说！"

秦淮怒喝道："我偏要说！大伙骂得对：你爷爷是天下人唾骂的大奸臣，大坏蛋，大卖国贼！哼，你还好意思为他辩解，我替你羞臊！哼哼，你为他遮掩罪过，帮他干坏事，你才是大糊涂蛋，大糊涂虫！"

秦员生怕秦桧一怒之下处罚秦淮，急喝道："你快闭嘴！快闭嘴！"

秦淮道："我就是不闭嘴！你别白费心机为他洗刷骂名，没用的！你爷爷在天下人心中永远是一个大奸臣，大卖国贼！任你替他百般辩解，也是改变不了的！我宁可死，也不会认这个大奸臣是我爷爷，也不会认你们这些当年置我于死地的人是我亲人！你们都是要害死我的恶人，不是我的亲人！在这个世界上，我只有两个亲人，一个是我师父，一个便是我大哥哥张去病！"

秦员又急又气，一时却又找不到反驳之辞。暗自寻思：连我亲生妹妹都如此唾骂爷爷，难道爷爷的骂名无论如何洗刷不掉？难道爷爷背上奸臣卖国贼骂名，我背负奸臣孙子骂名永远都洗不掉了吗……以往，他一直把亲情看得比善恶是非重要，对秦桧所作所为不但不以为非，还尽力迎合。听见别人非议秦桧，他都认为是谎言，都要大费口舌为秦桧辩解，为自己洗刷奸臣孙子的骂名。可一出门，他总觉身后有人在暗中戳他背脊骨。有时走着走着，他会突然转身，看背后有没有人在骂他。这种疑神疑鬼感觉如芒刺在背，令他恼火却又无处发泄。苦恼无奈时，他便心下暗怨道："爷爷，你可害苦孙儿了！"

他暗自埋怨秦桧，也不能解除心中苦恼。他便寻找各种理由，说服自己相信爷爷并非奸臣，自己也不是奸臣的孙子，世人骂爷爷，那都是奸人的流言蜚语，自己不要在意！是以那日在丐帮总舵，他列举出秦桧初涉政坛时的一些抗金之举，极力证明秦桧是忠臣，岂料反招来众人耻笑。

今夜，忽然得知秦淮是被遗弃的妹妹，他惊喜交加。为劝秦淮回心转意，他又逞口舌之能为秦桧辩解。不料秦淮这番激烈言辞，反将他驳得哑口无言，犹如一盆冰水当头淋下，将他浇醒过来。心中未泯灭的良知告诉他，妹妹的话是对的：爷爷真是一个大奸臣，大卖国贼！这念头从他心中一闪而过，令他沮丧害怕。突然，一个奸臣阴沉面孔出现在秦桧面孔旁，两张面孔渐渐重叠在一起，令他心中一阵厌恶！

然而此时秦桧早已气得浑身瑟瑟发抖，却见秦员被秦淮驳得无言以对，愣愣发呆，便一掌拍在桌上，大怒道："啊呀，秦门不幸，出了这种不孝逆女，天打雷劈啊！你们还愣着干啥？快……快给我将这逆女关押起来！"

秦禧忙道："是是，爹！"转头对秦员道，"员儿，你别呆站着，还不赶快带你妹妹下去，免得她惹爷爷生气！"

秦员回过神来，瞧见秦淮手掌微动，忽然想起他已为秦淮解开穴位，她万一出手伤家人可就惹大麻烦了！心念疾闪，他朝门外一看，喝道："张去病小贼站住！"秦淮转头朝门外看去，忽觉背上一麻，被秦员点了穴位，一下说不出话来。

秦员对着门外叫声："来人！"门外两名服侍陈氏的丫鬟闻声走进来。秦员道："你们快将小姐扶到太太房去，小心侍候！"两名丫鬟上前去扶秦淮，秦淮欲挣扎，可一点力气也使不出来，只得任由丫鬟扶走。

陈氏起身对秦桧深施一礼，道："爹请消气，万勿气坏身子。这孩子在外长大缺少教养，性野无知，不懂规矩，冒犯了您老人家，儿媳这就去好生教训她！"

秦桧恨恨道："哼，这孽女气死我了！你们先将她关起来，等老夫有空再狠狠处置她！"陈氏应声道："是"，便转身走出屋去。

秦员和秦禧看见秦桧脸上怒气未消，二人不敢说话只得静候在一旁。过了半晌，秦桧渐渐消去怒气，才道："员儿，刚才你说，那孽女同张去病小贼结为兄妹，是真的吗？"

秦员忙道："爷爷，此事不知是真是假。江湖上只是这么传言，孙儿还未得到真凭实据，不敢肯定真有这回事。"秦员不敢据实回答，怕秦桧因恨张去病而更加恼恨秦淮，故意说得含糊其词。

岂料秦桧一听，呵斥道："什么不知是真是假？刚才那孽女不是说张去病小贼是她哥哥吗？这还不是凭据？哼，你休得替她遮遮掩掩！"秦员忙道："孙儿不敢。"

秦桧瞪秦员一眼，又道："员儿，这孽女虽是你妹妹，但她在外结交匪人，中流毒太深，顽冥不化，你别再护着她！"秦员道："是。孙儿不敢了。"

秦桧顿了一下，又道："眼下这孽女在咱们府里，张去病那小贼一定会来救她。嘿，这正是除掉小贼的良机！咱们用这孽女作诱饵，布下一个陷阱，诱小贼来救她，将那小贼捉住。逼他招供指使他行刺老夫之人，是那韩世忠、王庶、李光等人，老夫便可将他们一网打尽，爷爷在朝中便可高枕无忧了！"

秦员迟疑道："爷爷说得是。只是……只是……"

秦禧在旁心知秦员要为妹妹求情，忙道："员儿，有话就对爷爷说，别吞吞吐吐，无须顾虑。"

秦员道："只是那张去病一伙人武功高强，咱们若用妹妹当诱饵，孩儿担心会伤到妹妹。"

秦桧冷冷道："舍不得孩子套不住狼！只要能扳倒朝中那帮对头，长保咱们秦家荣华富贵，便是断送这孽女小命也值得！咱们就当她早死了，你们不要婆婆妈妈，动妇人之仁！"秦员听得背上泛起寒意。一瞬间，他仿佛不认得这说话之人是他爷爷。

秦桧又道："你们愣着看我干什么？来，咱们商量一个圈套，看如何捉拿张去病那小贼！"

第二十六章　恨命

　　张去病几人走出九曲丛祠，来到一个小镇上。这镇子虽小，房屋却古香古色。镇上河道纵横，拱桥下小船往来，街市也颇为繁华。穆兴和段阳曾到过这小镇，二人在镇上找了一家客店。众人围着桌子坐下，一个肩上搭着白布巾的小二迎上前来，躬身道："几位大爷，想吃些啥？"

　　龙飞道："店里有何食物？快弄些来！"店小二满脸堆笑道："客官，小店早食有灌汤小包、三鲜馄饨、五香烧卖、八宝蒸饺、虾仁莲心粥、豆沙玫瑰年糕，客官想吃啥？"

　　龙飞道："每样上三斤！弄几个下酒菜，五壶好酒！"

　　店小二点头应承，转身跑进后堂去。不多时，小二便将热气腾腾的几样吃食端上桌来。几人闻到香气，食欲大动，狼吞虎咽地吃喝起来。

　　吃罢食物，赵无痕低声道："小主人，今夜去救秦姑娘，官府定会大肆追捕咱们。事成之后，咱们火速离开临安城，须备下几匹快马。"

　　张去病点头道："赵先生说得对！"忙对龙飞、段阳、穆兴三人道："三位大哥去办此事好吗？"龙飞三人应道："属下遵命。"

　　张去病又道："你们备好马匹，在这店里候着。我们回来便立即离开临安城！"龙飞三人点了点头，擦擦嘴站起身来，出店去找马匹。

　　等到天黑，张去病同赵无痕、"巴山老鬼"、杜百年和柳语五人混入临安城，来到秦府附近。张去病察看秦府外并无什么异样，心下微诧。寻思昨夜秦府被大闹一通，秦员那厮为何不加强戒备？莫非他明松暗紧，布下暗哨，麻痹我们？哼，任他布下刀山火海，今夜小爷也要非闯它不可！他飞身跳过院墙，凝目一看，四下不见有暗哨，赵无痕等人跟着跃进府来。

　　张去病轻声道："府内不见有卫士巡逻，也不见布有暗哨，秦员似乎有意放咱们进来，这情形不对头。大伙分头行事，多加小心，莫中了老贼奸计！"

众人点点头。赵无痕身形一晃，消失在往西面屋宇后。"巴山老鬼"纵入南面花园里。杜百年贴着院墙朝东面回廊潜行过去。张去病带着柳语转身朝北面找去。

柳语紧跟在张去病身后，二人沿着回廊潜行，一连穿过几进院落，却没见到一个人，都心觉蹊跷。二人潜行走到上一座小桥头，张去病忽然反手对柳语摇摇，示意她别动。两人在桥旁石墩处蹲下，不一会儿桥上有脚步声响动，只听有人道："孙三皮，拿葫芦过来，老子还想喝口酒。"

听另一人道："爬地虫，你他妈的死乞白赖喝好几口了！老子酒已不多，老子同你当差，可吃大亏了！"

夜色之下，只见桥上有两个人影慢慢移近，却是一高一矮两个卫士。那高卫士将一个酒葫芦递给矮卫士，又道："给老子留两口，别喝光了！"

矮卫士道："晓得，晓得。别他妈心痛！不就是喝你几口烧酒吗？"说时取下塞子，咕嘟咕嘟对着葫芦嘴喝起来。

孙三皮急道："打住！快给老子打住，留口酒！"张去病闪身上前，伸手在二人身上轻轻一拂，两名卫士顿时僵住。二人还没明白怎么回事，便被张去病拎到一个转角处。

张去病低声道："你们想死，想活？"高个子孙三皮战战兢兢道："我想活，想活！好汉别……别杀我！"爬地虫颤声道："好……好汉饶命！小人一万个想活，不想死！"

张去病道："你二人要想活命，就快说出昨夜被捉的姑娘关在何处！"

孙三皮道："好汉问那……女刺客吗？不不，你是问那被捉的姑娘吗？我俩人刚从格天阁过来，看见那姑娘被绑在格天阁前空地上。"

张去病心下微诧，道："你们为何将她绑在格天阁下？快说！"

爬地虫忙道："好汉，那姑娘不肯招供。秦公子将她绑在那儿，过一会儿要……放火烧死她！"

张去病一听心中大急，伸手在两人"灵台穴"上轻轻一按，两名卫士轻哼一声昏过去。回头对柳语道："语儿，咱们快去格天阁！"

格天阁在秦府内最高，抬头一看便能看到。张去病看见格天阁暗影高耸在右方天幕下，便携着柳语潜行过去。二人来到格天阁不远处，见阁下灯火闪烁，空地上竖立着一根木柱。柱子下四周堆着木柴和稻草，秦淮被绑在柱子上。空地一侧站着几人，却是柯金龙、阿密罗和史乾。

只听柯金龙道："秦淮姑娘，你同张去病行刺太师，背后定有人主使，那人不是韩世忠，便是王庶或李光等人，只要你招认受他们指使，在这张口供上画个押，太师爷便放你。你若答应，便点下头，我们立即放你下来。"

秦淮连连摇头，却不说话。张去病寻思：秦淮为何不说话？是了，秦淮脾气刚烈，一定是秦员怕她大骂秦桧老贼，点了她的哑穴。

他正寻思，柯金龙又道："你不答应吗？秦姑娘你可要想好，你再不答应，惹怒秦太师，他老人家一声令下，咱们便点燃你脚下木柴，将你活活烧死！你一个花容月貌小姑娘，这般青春年少被烧死，多可惜啊！"秦淮仿佛没听见柯金龙说话，不住转动头四下张望，脸上神情万分焦急。

史乾道："秦姑娘，你莫盼望了，张去病那小贼昨夜被我们拿下，他已认罪投降，跪求秦太师饶他小命，把什么都乖乖招供了。你还傻挺着干什么？赶快在这口供上签字画押罢！"

张去病听得心中暗怒，身子微微一动，却听柳语轻声道："去病哥哥等一等，这景况好像不对头。他们如此大张旗鼓审问秦妹，难道不怕咱们来救人？这其中似藏有什么诡计！"

张去病道："语儿莫担心！任他秦员耍什么诡计，我也不惧！"说时，他从前襟上撕下两小块布片递给柳语，又道，"语儿，你用这布片塞严两耳，伏在此处不动，瞧我的手段！"

柳语忙将布片捏成两团塞住双耳，只见张去病将头一仰，一声龙吟虎啸犹似暴风骤起，震得四周树叶哗啦啦响，如飞雨落下。柯金龙、阿密罗、史乾三人听见啸声，忽觉身上的奇经八脉一阵猛跳，浑身不住摇晃起来，仿佛站在一条晃动不止的小船上。三人急忙原地坐下，各自运功同那啸声相抗。顷刻之间额头上渗出粒粒汗珠，衣衫被汗水浸湿。

自从练成神功以来，张去病从未如此炫耀武功。他牢记凌霄老人教诲，不敢恃功自傲。此时闯入虎穴救秦淮，须得显露神功先声夺人，震慑秦府众高手。他用雄浑功力将禅音十八唱化为啸声，威力委实非同小可。这声长啸如洪钟般撞击在人脉络上。不会武功之人，奇经八脉搏动微弱，听见啸声毫无影响。而习武之人内力越强，奇经八脉越强健有力，受这啸声撞击越大。龙象法王、"长白老怪"、阴山老魔都内力浑厚，三人隐藏在暗处听见啸声，顿觉奇经八脉上像受到锤击，浑身血气翻涌。三人大骇，急忙运起全身功力抗御啸声。

忽然间，啸声戛然止住，张去病从藏身处缓缓走出。龙象法王、"长白老怪"、阴山老魔一看，又是昨夜袭击他们的虬髯大汉，更是骇然。张去病情知秦府高手被啸声一震，皆在调理内息，一时无法出手阻止他救人。他大摇大摆朝木柱走去，高声道："秦淮别怕，我救你下来！"

秦淮看见张去病走来，却一个劲地连连摇头，嘴里发出呜呜声音，脸上神情焦急万分，示意张去病不要过去救她。张去病心下诧异：这丫头又摇头，又呜呜发声，是什么意思？看样子像是不让我上前救她，这是为何？莫非这四周有什么危险？嘿嘿，这傻丫头，我是你义兄，难道有危险我就不来救你吗？他不停步，仍继续朝木柱走去。

秦淮频频摇头，呜呜地示意，急得眼泪哗哗淌下。张去病道："秦妹别怕，我这就救你下来！"

他走到离木柱十丈开外，忽见秦淮脸部一阵扭曲，嘴里似乎嚼咬什么东西，一股股红的鲜血从嘴角淌了出来。

张去病惊道："秦淮你怎么啦？"问声刚歇，只见秦淮忽然张口吐出一团布屑，碎布屑和着鲜血撒落到木柱前的柴堆上。见此情景张去病恍然大悟，秦淮只摇头不说话，不是被人点了哑穴，而是口中塞有布团。此时她不顾弄伤嘴，运功将布团咬碎吐了出来。

只听秦淮大急道："大哥哥，你别过来，别来救我！我不要你救！你快离开这儿，快快！"

张去病一愕，道："秦淮你说什么？你为何不要我救？"

秦淮道："大哥哥，老贼命人在柴草下埋有炸药！他们将我缚在这里，是引诱你来救我，要炸死你！你赶快走，快走啊！"

张去病道："不成！你是我义妹，我怎能不救你？秦淮，你把大哥哥当贪生怕死的小人吗？"说时又走上前几步。

秦淮大喝道："张去病傻小子，你再不站住，我便震断心脉自尽！"

张去病急忙收住脚步，惶急道："秦淮你，你……这是为何？"

秦淮大急道："我，我，我……"一连说了几个"我"字，忽然哇的一声大哭道："我是秦桧老贼的孙女，我不配你来救！"

张去病惊诧万分，道："秦淮，你说什么？你怎会是秦桧老贼的孙女？我不信！是谁告诉你的？是秦禩那厮对你说的，是不是？你别信，一定是他用花言巧语骗你，你别信他胡说八道！"

秦淮见张去病不信，又伤心又气恼，只是哇哇大哭，再也说不出一个字。

张去病斩钉截铁道："秦妹，你别哭，别说是这木柱下埋有炸药，便是一片刀山，我也要救你出去！"

刚说至此，突然间眼前光亮大增。他抬头一看，只见格天阁三楼上窗户全部打开，几十名官兵挽弓搭箭出现在窗口，箭头上裹着燃烧的油布，将四下照得异常明亮。一个窗口前站着三人，却是秦桧、秦禧和秦禩。

秦禩喊道："张去病小贼，你夸什么海口？你想救人那是做梦！木柱四周柴草下有几百斤炸药，火箭射去点燃柴草，炸药立即爆炸！你要救你的义妹，便乖乖束手就擒，咱就不烧死她！你要是怕死不敢救她，就快滚蛋，别在此浑充英雄！咱就叫人放火烧死这丫头！"

张去病大怒道："秦员，你小子做事也忒歹毒！"说时身子突然纵起快逾闪电般向木柱跃去。秦员忙叫道："柯教头、史教头，快打开地道口，放那姑娘下地道！"

张去病身法快逾闪电，柯金龙和史乾来不及打开地道口，他已飞身上木柱，左腿勾住柱身，右手将捆秦淮的绳索掐断。顺手一抓，将秦淮身上的断绳扯下。秦员见此情形一下慌了神，他若命人放箭引爆炸药，秦淮必同张去病一道被炸死。若不引爆炸药，张去病便将秦淮救走，妹妹又同仇人鬼混在一起，这如何是好？

秦员正茫然失措，却听秦桧对弓箭手大声喝道："快放箭去点燃炸药，快给我炸死那小贼！"

秦员一惊，急呼道："爷爷，不能射箭！炸药爆炸，妹妹也没命了！"

秦桧怒道："这种孽女，留她做甚？我没这个孙女！"秦员道："爷爷，她是我唯一的妹妹，孙儿求你了！"

秦桧不理秦员的哀求，对犹豫不决的卫士吼道："你们愣着干什么，快给我放箭！"卫士们急忙放箭，一支支燃着火焰的箭射到木柴上。秦桧狞笑道："张去病小贼，老夫要炸得你血肉横飞，尸骨无存，将你斩草除根！"

爆炸声轰地响起，一下盖住秦桧的笑声。四处木石乱飞，硝烟升腾。秦员含泪看去，却见张去病抱着秦淮跃上半空，一脚踏在炸飞的木柱上，借这一踏之力，旋身朝格天阁飞跃过来。

秦桧祖孙在阁楼第三层，忽见张去病抱着秦淮朝阁上飞跃过来，三人又惊又急。秦桧大喝道："众卫士快射死小贼，老夫有重赏！"箭手们纷纷抬箭对准张去病和秦淮。

秦员大急道："小心！小心！别射着那姑娘！"这声呼叫，使乱箭射出迟了一瞬，张去病抱着秦淮跃到四楼飞檐下。卫士们身在下面第三层楼内，无法再放箭射他。

张去病放下秦淮，道："秦淮别怕，没危险了！"秦淮痛哼一声，却不说话。张去病一看，只见秦淮双眼微闭，胸前衣衫被炸破个洞，鲜血正慢慢渗出。他大吃一惊，疾挥手指点了秦淮胸前几处穴位止住血流。秦淮轻哼一声，缓缓睁开眼来。

张去病喜道："秦淮，你醒来就好了！"秦淮瞧见张去病，急道："大哥哥，我不要做秦桧老贼的孙女！我宁可死，也不要做奸臣的孙女！"

张去病不明内情，听得莫名其妙。见秦淮伤情极重，面无血色，怕她气恼加重伤情，忙道："秦妹别急，你本来就不是秦桧老贼的孙女！你忘了，你曾说，你是山东好汉秦琼的后人啊！"

秦淮听了，脸上露出一丝笑容，转眼又昏迷过去。便在此时，楼下弓箭手蜂拥上到四楼，推开窗户将一支支利箭对准飞檐下的张去病。

张去病身形一晃，欲抱秦淮跃上格天阁屋顶上去。忽见白影疾闪，一名白衣人闯入卫士群中，剑光如银蛇飞蹿，顷刻之间十几名弓箭手未哼一声便身首异处，十几具残躯喷出鲜血如大雨洒落窗外，将格天阁地面染得一片血红。

那白衣人身法快得惊人，张去病一看，竟然是白衣摩尼白无极。大喜道："谢白大摩尼援手！"

白无极道："区区小事不足挂齿。张公子，白某替你去杀秦桧老贼！"

张去病道："多谢白大摩尼美意！去病要亲手杀那老贼方才甘心！"听见两人在楼上对答，秦桧祖孙三人在楼下大惊失色。

秦员急叫道："爹、爷爷，你们快躲进秘道去！"又探头对藏身在格天阁下的"长白老怪"等人叫道，"三位大师，快来保护我爹和我爷爷！"

三大高手从藏身处奔向格天阁，岂料奔到半途，"巴山老鬼"和杜百年正巧赶到格天阁。双方撞上斗成一团。

柳语见张去病跃上格天阁，忙从暗处跑出，想上阁去助张去病。忽听一人喝道："小丫头站住！"

只见两人跃来挡住去路，却是柯金龙和阿密罗。柳语挥动寒蚕银蛟带朝柯金龙头上击去。

柯金龙往后一避，对阿密罗道："阿兄，听说这丫头是张去病的相好，咱们将她捉住，可是大功一件！"

阿密罗道："这有何难？"纵身上前朝柳语拍出一掌。柳语往旁闪开，倒转寒蚕银蛟带朝阿密罗腰间击去。柯金龙趁机一指戳向柳语的手腕。顷刻间二人同柳语斗在一起。

张去病正欲下楼去杀秦桧，忽然听见柯金龙说要捉住柳语，居高临下一看，柳语武功不敌两位老江湖，几招过后险象环生，忙对白无极道："白大摩尼，请去救救柳姑娘！"

白无极道声"好！"身子倒纵出窗外去，只见他脸朝天背朝地，身板平躺坠下阁去。楼下卫士还道白无极失足坠地，都惊叫起来。

阿密罗见白无极身子坠下，出掌拍向白无极头顶。岂料他刚出手，白无极忽然一个鲤鱼打挺，身子忽然竖立起。只听嗤的一声，阿密罗感到阴风袭来，浑身打个寒噤，立觉经脉僵冷，吓得朝后跃开。

但他怎快得过白无极？白无极扑上前一掌拍在阿密罗的手臂上，阿密罗痛叫一声，噔噔噔倒退十几步仍站立不住，双腿一软坐到地上。柯金龙见白无极武功太高，吓得转身逃走。哪知他刚一转身，白无极一掌打得他飞出三丈外，重重摔在地上爬不起来。柳语见白无极打倒二人，忙道："谢谢白大摩尼！"

白无极道："昔日，白某将柳姑娘掳上摩尼岩多有冒犯，今日是将功补过，柳姑娘不必言谢！"

柳语道："白大摩尼言重了。过去之事，请勿在意。"转身奔入格天阁去找张去病。

秦员在格天阁上，见龙象法王三人被"巴山老鬼"和杜百年阻住，又听那白衣人是白无极。情知来敌太强，急忙拥着秦桧和秦禧向秘道走去。祖孙三人刚走近暗门前，忽听身后一声大喝："秦桧老贼你逃不掉！"

秦员惊回首，只见张去病抱着秦淮从三楼窗口跳进来，急得大叫："爷爷，爹，你们快进暗道！"说时转身猛然推出双掌，想趁张去病足未站稳之际，将他打出窗去。

张去病冷笑一声，右手也拍出一掌。秦员以为他双掌全力施为，张去病立身未稳，单掌难对付他的双掌之力。岂料双掌推出，顿觉手掌被张去病掌力粘住，一股雄浑力道将他拉过去。吓得他失声尖叫道："爷爷快跑！"

张去病侧目一看，秦桧和秦禧已钻入秘道内。他忙将掌往旁一划，掌力将秦员带翻几个跟头摔到一旁。他正要追入秘道，忽听柳语在身后喊道："去病哥哥等等！"回头一看，柳语已冲到近前。忙道："语儿，快抱着秦淮，我去追老贼！"

柳语忙从张去病手中接过秦淮。张去病追进暗门内，却不见秦桧和秦禧的踪影。门内有六个道口，不知秦桧父子逃进哪个道口。他运功聆听，第二个道口内有响动，便快步追进第二条暗道，柳语忙抱着秦淮跟着他钻进暗道。

暗道两壁点有油灯，走出三丈之遥，地板上出现一个洞口。张去病往洞下一看，洞口有一架长木梯。他凝神聆听，秦桧和秦禧响动声从洞下传来。他跳到梯上，双足在木梯上疾点，身子如落叶一飘一荡往洞下追去。

片刻之间落到洞底，他注目一看，地下是一个十几丈宽的大厅，四周有六个暗道口，不知通往何处。地厅内堆放着三堆柴草，却不见秦桧父子二人身影。他寻思老贼逃进哪条暗道去了？一时间他拿不定主意往哪儿追。

柳语抱着秦淮走下木梯，见张去病犹豫不决，道："去病哥哥，找不到秦桧老贼吗？"张去病点点头。便在此时，忽听砰砰砰砰砰几声震响，只见大厅内六条暗道口的厚重铁门突然关闭。

张去病一惊，情知中计，忙道："语儿，不好！秦桧老贼想将咱们关在这儿！"

他刚说完话，忽见洞口上有光亮射下来。他抬头一看，只见洞口上一名卫士拿着火把，另一名卫士抱着个大油罐往洞下倒油。那油哗哗顺着木梯流淌下，洞内顿时闻到一股浓浓桐油气味。张去病心下诧异：这家伙倒油干啥？却见桐油顺着木梯流下，缓缓向柴草堆下淌去。

他心念一闪，脱口道："语儿，不好！秦员那小子要放火烧死咱们！"柳语一听神色大变，急道："去病哥哥，咱们咋办？"

张去病道："语儿莫怕，我去打开地道的门！"他纵身跃到一个道口前，双掌发功猛推，那门却巍然不动。他大为诧异，心想他这一推少说有千斤力道，为何推不开这门？他上前伸手一摸，那门是生铁铸成，厚重至极。他发功再推仍是打不开门。

他转身去开第二道门，竭尽全力连推几次仍是推不开。他依次将六个地道口的门都推遍，却一道门也没推开。双掌推用力过猛，手掌反倒红肿起来。

柳语焦急道："去病哥哥，打不开地道门，咱们如何是好？"张去病道："语儿别怕，快，咱们从原路出去！"

忽听头顶上传来秦桧骂声："张去病小畜生，你已插翅难逃！你这小贼三番五次行刺老夫，今日老夫要活活烧死你，叫你这小贼死无葬身之地！"

张去病抬头一看，只见秦桧站在洞口上。他心中纳闷：我明明听见这老贼逃下地道，他怎会跑到洞口上去了？他却不知木梯旁有个暗门，秦桧和秦禧从木梯下到暗门处钻入暗道内，又返回到洞口上。

秦桧和秦禧一到洞口，见秦员一手撑着腰吃力走来。秦禧一惊，忙问道："员儿，你被那小贼打伤了吗？"

秦员道："爹，腰上受点轻伤，不碍事。"又道，"爷爷、爹，你们被那小贼伤着没有？那小贼呢？"

秦桧道："我们没被伤着。员儿，张去病小贼中了老夫圈套，已下到地厅内，你赶快关上地厅暗道门，烧死这小贼！"

秦员一听忙掀动洞口旁机关，启动铁门将地道厅内所有暗道封闭，又叫两名卫士取来火把。他正要下令放火，猛然想起秦淮同张去病在一块儿，不禁犹豫起来，心想得先救出妹妹，再放火烧死那小贼！心念闪过，他忙对秦桧道："爷爷，格天阁下还有几个武功高强的刺客，孙儿担心刺客冲上楼来。此处危险，你和爹快去'归农居'暂避！张去病小贼困在地厅跑不了，让孙儿放火烧死他！"

秦员想支走秦桧，设法救秦淮。岂料秦桧一听呵斥道："暂避什么？张去病小贼闹得老夫鸡犬不宁，我对这小贼恨之入骨！我非亲眼看见这小贼被烧死不可！"

秦员见秦桧不走，只得央求道："爷爷，孙儿求你，暂别放火烧张去病！"

秦桧双眉一掀，喝道："为何不立即烧死他？哼，你嫌这小贼还害得咱们不够吗？"

秦员忙跪到地上，道："爷爷，不是不是。我求爷爷先别放火，是因妹妹还在那小贼手上！孙儿求爷爷暂将张去病关在地道内，待我从他手上救出妹妹，爷爷再烧死他不迟！孙儿求你了！"说罢，连连向秦桧磕头。

秦禧也在旁惴惴道："爹，那丫头冒犯您老人家，都是儿不教之过。不管怎么说，她是咱们秦家骨肉，爹原谅她这一次，放她一条生路。待员儿将那丫头救出，爹再烧死张去病小贼也来得及！"

秦桧怒目圆睁道："不成！留着那小贼，难道还让他再来行刺我不成？那孽女死心塌地同他一伙，留着她早晚是个祸根！你们不许再说，老夫今日必须除去张去病这个祸患，不然老夫寝食难安，你们就当我秦家没生过这孽女！"说罢喝道，"卫士，快放火！"

张去病在下面一听，急忙纵身跃上木梯，想冲上洞口夺条出路。在这生死一线之际，他身子频频闪跃，踏着木梯犹似一支离弦之箭，眨眼之间便跃到离洞口一丈处。秦桧吓得大呼："卫士快放火！快放火！"

卫士忙将火把扔下，火焰点燃淋桐油的木梯，洞口顿时火焰熊熊。张去病无法冲出洞口，只得旋身落回地厅内。火苗顺着流淌的桐油燃烧下来，如同一条火蛇向地厅内堆放的柴草蔓延过去。

张去病忙猛挥双掌推向柴堆，欲将柴堆推开。他知道如此一来，火就暂时烧不到柴草可暂保一时。岂料一些柴草被掌力震飞起来，反而落到火里，顿时燃烧起来。他忙扑上前去挥掌灭火，可是地厅内有三堆柴草，他灭了这堆的火，那堆又燃烧起来。片刻之间地厅里浓烟滚滚，炽热难当，呛得柳语大咳不止。秦淮被浓烟呛醒过来，惊道："大哥哥，这是怎么了？"

张去病道："秦桧老贼放火要烧死咱们！"秦淮又惊又怒，一口气接不上来，又晕了过去。

火势越来越大，柳语忙抱起秦淮躲到一个角落里，悲声道："去病哥哥快过来，这火你扑灭不了！今日便是死，我也要同你死在一起！"

张去病眼看即将手刃仇人，却不慎中了秦桧诡计，反倒将被烧死在这地厅内，这叫他如何甘心？他历经千难万险，学到一身绝顶武功，只说是能为家人报血海深仇，没想到一时疏忽大意反倒中了仇人的圈套，将被害死在这地下！一想到奸贼未除，大仇未报，他悲从中来，突觉喉头一甜，猛然张开嘴，哗地喷出一大口鲜血。柳语惊慌道："去病哥哥，你怎么啦？你受伤了吗？"

张去病悲愤万状道："语儿，我无能！我太无能！我这样死去，我没脸去见我外公，没脸见我爹和舅舅，也没脸去见我师父！不，我决不能这样死去！我决不能被秦桧老贼烧死！我一定要为我家人报仇，我要为被老贼害死的一切人报仇，要为北方的苦难百姓报仇！语儿，你听到了吗？我不能死，我决不能死！我要报仇！我要报仇啊！"

说到此处，他悲痛难当，猛地张口一声长啸，啸声犹似一匹受伤的狼嚎叫，尖厉而激越，经久不息，且越来越响亮，震得地厅内轰轰直响。说也奇怪，本来熊熊燃烧的火焰被啸声一震，顿时矮了几分。

柳语惊奇道："去病哥哥，你快瞧，火焰矮下去了！"张去病停住啸声一看，火势真小了一些，忙挥舞双掌朝三堆柴草猛推过去，将柴草推到地厅一角，火焰一下熄灭了。

秦淮被啸声震醒，轻声叫道："大哥哥！"张去病忙走近前去，道："秦妹要说什么？"秦淮道："大哥哥，你和柳姐姐想法逃走，不要管我！"

张去病道："不许说傻话！你是我妹子，我怎能扔下你？"秦淮道："我是你仇人的孙女，我不配再做你妹子了！你别管我，你快逃走啊！"

适才柳语潜伏在格天阁下，听见秦淮说她是秦桧的孙女，心里非常奇怪。刚才又听见秦桧祖孙三人的话，心里愈加奇怪，此时又听秦淮说自己是秦桧的孙女，忙问道："秦妹，这是真的吗？"

张去病道："什么真的？那是秦员骗她的鬼话，这傻丫缺心眼，信以为真了！"

秦淮忙摇头道："大哥哥，不是的。秦员他没骗我，是我娘将我认出来了！"

柳语诧异道："你娘？你不是说过，不知娘是谁吗？怎会见到你娘了？"

秦淮道："是啊，我是不知娘是谁，可我今晚见到她了。"

秦淮遂将身陷秦府后，秦员如何对她起意不良，扯掉她佩戴的金锁，又如何拿金锁去让陈氏辨认。陈氏便来看她，还让她看秦员身上佩戴的金锁。两把金锁一模一样，只是锁上刻的生辰年月不同。陈氏说那金锁是她满月时为她戴上的，说她是秦员的妹妹。她不相信陈氏的话，陈氏又将她胸上长有两颗痣之事略说了一遍。

柳语忙问道："秦妹，你胸上真有两颗痣吗？"

秦淮啜泣道："呜呜，有啊！我身上为什么长有这两颗痣？要是早知道这两颗痣会让我变成秦桧老贼的孙女，我早将它们割掉多好呀？唉唉，一切都晚了！大哥哥，我是你仇人的孙女，我不能做你的义妹了。你们一定会鄙视我，仇视我，世人一定会蔑视我！我……我再也没脸见任何人了！你们快走，让我这奸臣的孙女死在这地道内吧！"

柳语忙道："秦淮妹妹，快别么说！"

秦淮大哭道："大哥哥，柳姐姐，你们让我死在这里，我是罪有应得！是我害了你们！我若是不被秦员抓住，你们就不会来救我，也就不会中秦桧老贼的奸计困在这里。都是我不好，都是我害了你们！我那奸臣爷爷害死岳元帅、害死大哥哥的爹爹和舅舅，我如今又害死大哥哥！我们……秦家的人怎么都这么坏呀，怎么尽干害人的事呀？"

秦淮睁着迷茫的眼睛，又哭道："老天爷，你为什么对我如此狠心？秦家打小将我抛弃，我已不是奸贼家的人，我没沾过他们一分光，也没同他们干过一桩坏事，我本来是个清清白白的姑娘，你今夜为何要让他们将我认出？老天爷，你干吗要让我害死疼我爱我的大哥哥？干吗要让我背上秦桧奸贼孙女的骂名？你为何让我们秦家人都做坏蛋？不做好人？难道奸臣子孙就不能做好人吗？我想当个好人，你为什么都不允许？这是为什么呀？老天爷，我没做错什么，从来没做错什么啊！你为何如此惩罚我这个小姑娘？你对我太狠心了！你对我太不公平呀！"

秦淮放声痛哭，悲痛欲绝。张去病和柳语听了秦淮这番痛彻心扉之言，不由得不信她是秦桧的孙女。张去病紧咬着牙关，两腮上肌肉绷紧，眼神发直，想到秦淮同他几度出生入死，患难与共，情逾亲兄妹，竟是仇人的孙女。他心乱如麻，一时说不出话来。

柳语见他神情有异，忙道："去病哥哥，你，你别难过，别……"

张去病摇摇手长叹一口气，道："语儿，别说了，我知道你要说什么。"说时蹲下身去，伸手拉起秦淮的手，道，"秦妹，你别伤心，我们误中老贼奸计，此事怎能怪你？常言道冤有头，债有主。我张去病的仇人是秦桧老贼，同你没有干系。老贼十几年前将你抛弃，早就不把你当他们家的人。这十几年，你没同他们生活在一起，同老贼虽有祖孙之名，却无祖孙之实！眼下老贼又叫人放火烧死你，他根本不把你当作他孙女，你干吗要把你自己当作秦家的人？你别自惭形秽，常言道：清者自清，浊者自浊，老贼罪名背不到你身上。咱俩多次出生入死，情同手足。你别瞎想，我仍是你的大哥哥，你仍是我的好妹妹。天无绝人之路，我会想法救你们出去！"

秦淮一听激动万分，从柳语怀里欠起身来，颤声道："真的吗？大哥哥，你真不嫌弃我？你，你……真还当我是你的义妹吗？"

张去病紧紧握着秦淮的手，道："傻丫头，大哥哥几时骗过你？你这妹子，我这辈子认定了，你放心吧！"

秦淮忘情地叫道："大哥哥！我的大哥哥！"这一激动牵动伤口，又晕了过去。

张去病忙道："语儿，你照看好秦淮，趁火灭了，让我想法带你们逃出去！"

忽听秦桧在洞口上骂道："他妈的，这小贼还没被火烧死！卫士们，快去多搬柴草来投下去，给我烧死这小贼！"

不大一会儿工夫，卫士们跑去搬来柴草投入地厅放火点燃，火势又蔓延开来，烤得张去病脸上灼痛。张去病不住挥舞手掌将燃烧的柴草拍飞到一旁。但地厅内渐渐似热锅一般，柳语呼吸不畅，头昏胸闷只觉快晕了，忙叫道："去病哥哥，我，我难受！"

张去病回头一看，柳语浑身衣衫被汗浸湿，张着嘴大口吸气。秦淮双目紧闭仍是昏迷未醒。他心知此时洞底乌烟瘴气，两个姑娘即便不被烧死也要被闷死。而洞口上扔下的柴草越来越多，火势越烧越近！

他急得猛地大吼一声，狂舞双掌将近前的柴火推开去。但那火势越来越大，洞里越来越灼热难当，酷热得令人窒息。他忙闪身挡在二女身前，使出日月双环神功"移山填海"法门，一掌拍向东边的柴火，一掌拍向西边的柴火，拍得两边的柴火猛地飞起在空中连连相撞，火焰被撞熄许多。他见此招有效，便一掌接一掌地拍得柴火在空中乱撞。不一会儿，火势被撞得越来越小。待柴火熄灭坠地，他双掌疾推出去，雄浑掌力将乱七八糟的木柴推成一堆，又将火压灭了许多。

如此一来，火虽快灭了，烟却越来越大，呼吸越来越窒息。他再无计可施，又一声长啸，狂舞双掌。吼声和掌力挟带一阵劲风刮得剩下的火焰乱摇，火焰仿佛忽然被一块无形大石压住，摇晃几下倏地灭了。而那滚滚浓烟却被掌力激荡得往洞口涌出去，呛得守在洞口的秦桧、秦禧和卫士咳嗽不止。

洞口上卫士看见火焰突然熄灭，大为惊诧。一人叫道："老爷，不好，这小贼会妖法，把火弄灭了！"那卫士不知地厅内封闭，气流不通，大火烧了一阵，助燃的氧气所剩无几，张去病猛地发出吼声一震，加之掌力狂舞，空气猛受震荡，犹似掀起一阵风不仅将火焰刮灭，而且将烟雾刮到洞外。卫士不明白个中缘由，还道张去病使什么妖法。

张去病也觉奇怪：心想这火为何突然间灭了？发愣瞬间，又想：火虽暂时灭了，老贼又会命人再投下柴火。我若耗尽功力，我三人仍要被烧死在这地厅里！这怎么办啊？

他回头去看二女，只见两人都呼吸急促。他担心秦淮受伤支撑不住死去。忙道："语儿，快取天山派的疗伤药喂秦淮！"

柳语一听，忙取出本门疗伤灵药"雪莲玉露丹"捏碎，喂入秦淮口中。便在此时，张去病忽听身后哗啦啦一声响，回头一看，只见左侧一个道口铁门被高高吊起，一阵凉风从道口吹来。

忽见有路逃生，他惊喜叫道："语儿，有条暗道打开了，咱们快走！"柳语吸到吹来的新鲜空气，精神一振，忙抱起秦淮快步走进地道内。

张去病忽然又道："语儿且住，这地道内不知有没有机关陷阱，待我取根木棍来探路！"他从地上拾起一根木棍先进入地道。地道内灯光昏暗。张去病小心谨慎拿着木棍在前上下左右敲打试探，见无异状才往前迈步，柳语抱着秦淮紧跟在后。

柳语在背后道："去病哥哥，这条地道的门突然打开，莫非又是秦桧老贼使的什么诡计？"

张去病道："是啊，咱们得小心谨慎！倘是秦桧老贼使的诡计，咱也不怕。只要出了这地道，秦桧老贼的诡计便不足惧了。"

二人满腹疑团地走出好长一段，却没发现什么机关陷阱。张去病寻思：听杜伯伯说，秦府地道内遍布机关，倘若打开这条地道是老贼诡计，他应该让我们陷入重重机关之中才对，莫非打开地道门的人不是老贼？那又是什么人？他心下寻思，行走不敢大意，仍是小心翼翼用棍探路。又走出一段，张去病道："语儿小心，前面有天光，咱们快到地道的出口了！"

柳语道："去病哥哥，我小心着呢！"

张去病走到洞口，伸出木棍戳到面前一块石板上，石板倏地一翻，地下露出个大洞，一股刺鼻烟雾从洞下冒出，气味似迷药。他忙挥掌拍开烟雾，携带二女闪跃一旁。便在这瞬间，忽然一团黑影当头落下，他知道有人偷袭忙翻掌朝那团黑影拍去。掌力呼地拍出，那黑影倏地反卷上去。烟雾之中，却见一人在那黑影中挣扎。

张去病定睛一看，那黑影是一张网，再细看那网中之人，却是秦员。他心下大奇，飞身跃起，一指点了秦员的穴位，连网带人将秦员提到地上。

先前，秦员恳求秦桧不要放火烧死秦淮，秦桧不允，命人将火把投下。秦员望着大火烧起，顿觉心寒。他悄悄溜到格天阁下，走进开启地道门机关的密室，打开一条暗道放张去病和秦淮逃出来。他怕地道内机关伤着秦淮，便关闭几处机关，只留下道口一个陷阱，又在陷阱四周撒下迷药，自己藏在道口上方，手里拿着一张大网等张去病到来。他盘算：张去病即便躲过陷阱，也难防迷药；即便躲过迷药，也难躲过他撒下的大网。他以为这连环套万无一失，定能将张去病擒住。岂料张去病极警觉，反应神速，不仅躲过陷阱和迷药。而且一掌将他撒来的大网震得反卷上去，将他网在网内，他自己倒成了网中猎物，他始料未及。

此时他被张去病点了穴，在网里动弹不得，心中万分后悔，不该放张去病出来。一回眸，看见秦淮在柳语的怀里，胸前有片血迹，紧闭着双眼，似乎身负重伤，他急得大呼道："妹妹！妹妹！你怎么了？"

秦淮面无血色，闭着眼睛一动不动。他以为秦淮死了，怒喝道："张去病，你这小贼！你要为你家人报仇，只管冲着我秦员来！我妹妹年幼无知，你为何要将她害死？你这狗贼，我与你拼了！"

张去病冷冷道："秦员，你这畜生，你好生看看秦淮的伤口，她是被你炸伤的！你狠心炸死你妹妹，反倒咬我一口，真不是个东西！"

秦员细看，秦淮胸前衣衫被炸个洞，破洞留有炸药硝烟痕迹，顿时张口结舌，心里万般苦哀，却一个字也说不出来。

张去病怒喝道："秦员，你为了害死我，不惜将你妹妹绑在柱子上当诱饵，命人点燃炸药将她炸得奄奄一息，世上哪有你这种卑鄙残忍的人？你这畜生六亲不认，亲手害你妹妹，还有脸自称是她的哥哥？你这禽兽不如的东西，你配做她哥哥吗？"

秦员急得语无伦次，道："我……我……不不，不是我，不是……唉唉……"他想说，不是他让人放箭引爆炸药，可又不能说出是秦桧下的命令，一时间有苦难言，急得脸红脖子粗，在网里连连叹息。

张去病又怒喝道："秦员，你命人引爆炸药炸你妹妹已够狠毒了！我将她救下，陷在这地厅里，你又命人放火烧死我们，你丝毫不念一点骨肉同胞之情，如此歹毒，真是个畜生！不，你这厮简直连畜生都不如！"

秦员急得涨红脸争辩道："不不，不是这样的！我，我，我没有……不是这样……我不是你说的这样！"

张去病怒喝道："你还狡辩什么？不是你心狠手辣，秦淮怎会危在旦夕？你这狼心狗肺的东西，今日我要让你为秦淮偿命！"说时缓缓举起手掌。

便在此时，忽听秦淮在身后叫声："大哥哥！"张去病回头一看，秦淮不知何时醒来，正在对他摇头。

张去病道："秦妹，你不要我取他狗命？"

秦淮含泪道："大哥哥，这坏人几番要害死我们，他死有余辜，你尽可一掌毙了他。可是你若取他性命，我会背上杀兄骂名……还有我……娘……她……她会伤心一辈子的！我……我……"

她想求张去病放过秦员，但想到张去病与秦家的深仇大恨，终难启齿。张去病一听，明白秦淮之意。心想人间之情真是难以言说！听罢长叹一声，缓缓放下手掌，道："秦妹，我成全你这一片孝心，暂且饶他一命。"对柳语道，"语儿，抱着秦妹，咱们走吧。"

秦员在网中大叫道："张去病小贼，留下我妹妹！不许你将她带走！"

柳语冷笑一声，喝道："秦员，快闭上你的臭嘴！你没资格做秦淮的哥哥！你几番害她，我们不会留下秦淮，让你再来害她！"

秦员大急，忙央求道："张公子，柳姑娘，我妹妹伤情很重，如不马上得到良医救治，恐她性命难保！你们将她带走，我妹妹定难活过今日！求你们留下我妹妹，让我找良医救她的命！张公子，柳姑娘，在下求你们了！你们要杀我报仇，稍等几日，等我救活妹妹，便到你们面前领死！"

张去病眼看秦淮命悬一线，他身上的"摩尼八仙丹"已用光，秦淮若不及时救治随时都会死去。他心中犹豫，却又不愿留下秦淮，道："语儿，咱们走，别听这狼心狗肺的东西啰唆！"

却听秦淮道："大哥哥……让我……留下。你们……快走！"张去病和柳语大感意外，齐声道："秦妹你？你愿留下？"秦淮了点了点头。

秦员忙道："张去病，我妹妹愿意留下，我求你们别将她带走！"

张去病寻思：秦淮有生命危险，不如将她留下，让秦员赶紧找郎中救治她。他们好歹是兄妹，谅秦员不会将她怎么样。于是说道："我留下秦淮，你若伤她一根毫毛，我将剥你的皮，抽你的筋！"

他转身对秦淮道："秦妹，你好生养伤，大哥哥会再来看你。"

秦淮轻声道："大哥哥……你……抱我一会儿……再走……好吗？"

张去病忙从柳语手上接过秦淮抱在怀里。秦淮将头紧紧偎在张去病胸膛上，闭上眼睛，想起这些日子同张去病朝夕相处的亲密情景，两行热泪犹如断线珍珠，从眼角哗哗滚下苍白面颊。只听她柔声叫道："大哥哥，我的大哥哥！啊，我亲亲的大哥哥！"

这三声呼唤荡气回肠，似有百般柔情无法倾诉，又似千言万语已然说出。呼唤声似来自她心底的每个褶皱，又似从她灵魂深处流淌出来。既喜悦无限，又绝望至极；既幸福无比，又哀伤透骨，令人听得无比酸楚。张去病、柳语、秦员听见这三声呼唤，三人心头一阵揪紧，阵阵作痛，身子皆是一颤。

张去病忙道："秦妹你为何流泪？你不想留下吗？"

秦淮闭着眼摇摇头，轻轻道："大哥哥，柳姐姐……你们走吧。"

柳语看张去病一眼，叹口气，道："秦妹，不管遇到什么事，你可要想开些……我们还等着同你相会哩！"

秦淮睁开眼来惨然一笑，道："好的，谢谢柳姐姐！大哥哥，你将我放下，你们快走吧。"说罢又闭上眼睛，似乎害怕看见张去病离去。

张去病将秦淮抱到道壁前坐下，伸手替她抹去眼角泪水，轻声道："秦妹，我们走了，你可要保重身子，后会有期！"

秦员急道："张去病，你不为我解开穴位，我如何去找郎中救我妹妹？"

张去病抬指一弹，嗤嗤两声解开了秦员身上的穴位，携着柳语大步走出地道口。秦员从网中钻出来，走到秦淮面前，柔声道："妹妹，哥哥抱你去找大夫救治，好吗？"

秦淮睁开眼来，冷冷地望着秦员，道："走开！你这坏蛋！"

秦员忙软言道："妹妹，过去做哥哥的多有不是，我向你赔罪！别生哥哥的气好吗？"说时向秦淮一揖到地。

秦淮神情冷若冰霜，悲愤道："你假惺惺赔什么罪？哼，你已知我是你妹妹，还要用炸药炸我，纵火烧我！你是个丧尽天良，没有心肝的坏蛋！柳语姐姐说得对，没一点资格做我的哥哥，你快滚！"

秦员急道："妹妹，我对天发誓，不是我要炸死你，也不是我要烧死你。我……我可是一门心思想救你！可是……唉……唉，你冤枉哥哥了！"

秦淮怒道："我冤枉你了吗？不是你，那又是谁？是秦桧老贼吗？"秦员长叹一口气，心里有苦说不出。他一片茫然，想起秦桧的狠毒，他既不能说出实情，让秦淮憎恨秦桧，又不愿背上残害妹妹的罪名，点头也不是，摇头也不是，气得连连往地上跺脚。

秦淮冷笑一声，道："你为何不说话？你心虚，不敢承认吗？"

秦员道："妹妹，咱们先别说此事。眼下你伤得很重，救命要紧！我先送你去治伤。等你伤好后，哥哥再将实情告诉你。"说着弯腰去抱秦淮。

秦淮怒喝道："你别碰我！我先前说过，我宁死不做奸臣的孙女，也不当你这坏人的妹妹！你将我伤成这样，还假惺惺为我治什么伤？"

秦员诧异道："妹妹，你不要我救治，你……你为何要留下来？"

秦淮怒道："别叫我妹妹，你不是我的哥哥！我留下来，是因我同你家扯上干系，没脸再同大哥哥在一块。我受重伤不想拖累他，可不是要你为我治伤……你别碰我！别弄脏我，我要清清白白地死去……"说罢泪如雨下，闭目不语。

秦员看见秦淮面色惨白，容颜憔悴，心中又惭愧又悲痛，急道："妹妹，你别瞎想！都是哥哥不好，都是我将你害成这样，可我不是……有意害你的啊！"说时一阵酸苦涌上心头，热泪盈眶，又悲声道，"妹妹，你就如此恨我，恨我们一家人吗？是的，我们实在对不起你，让你从小在外吃苦，又将你伤成这样……你恨我们，哥哥毫不怨你……"秦员说得热泪长淌，忽见秦淮对着他身后道："大哥哥，快将这坏蛋赶走！"

他大吃一惊，回头一看，却不见身后有人，情知受骗忙回过头来，只见秦淮已将一把匕首插入胸膛，鲜血缓缓流出染红了胸前衣衫。

秦员惊叫道："妹妹！妹妹！妹妹！"秦淮牙关咬紧，神情痛楚，像在受什么煎熬。秦员忙伸手一摸秦淮的脉搏，感觉不到脉搏跳动，秦淮身子向侧倒下，秦员忙伸手将秦淮抱住。一探秦淮鼻息，已然气绝。

秦员大声痛哭道："妹妹，你何须如此？都是哥哥害了你呀！"

原来秦淮得知身世，精神上遭受沉重打击。她生性疾恶如仇，极恨秦桧，可没想到自己竟然是这个大奸臣孙女。这令她极感羞耻，无地自容，无脸见人，对她打击实在太大。身为秦桧孙女，她知自己再也不能同张去病在一起了，永远失去她唯一心仪之人，这打击更令她难以承受！对一个天真无邪的稚嫩少女，这双重打击太沉重，太残酷，使她极度绝望，萌生死念，趁秦员回头瞬间，她便将匕首插进心脏。

秦员抱着秦淮，眼泪哗哗直流，悲呼道："妹妹，是哥哥害了你，我好悔呀！昨夜你坠入罗网中，我应该放了你，不该将你关在府内，更不该对你非礼，也不该让娘来认你！你若不知是爷爷的孙女，也不会寻此短见！都是哥哥害了你啊！张去病骂得对，我真不是人，我真是个畜生啊！"

哭到此处，他长叹一口气，又悲愤道："妹妹呀，只怪我们命不好，只怪我们都生错地方！我们不该生在秦府，不该生在这个遭万人唾骂的家里，不该摊上这么一个狠心的爷爷！老天爷啊，秦家上代人作的罪孽，你为什么要让我们下一代人还债？你对我妹妹太不公呀！"秦员愤懑难抑，一边哭泣，一边抱着秦淮，跌跌撞撞地走出地道口去。

张去病携着柳语走出地道口，眼前是个花园，地道口开在一座假山下面，四下甚为安静。张去病寻思：赵先生他们呢……赵先生、齐先生、杜伯伯，还有白大摩尼，他四人武功卓绝不会失陷府内，莫非他们先走了？他抬头看天，东方微曦。便携着柳语跃出秦府围墙，落到一条巷道内。二人来到巷口，忽听有人叫声："小主人！"

张去病停住脚步，只见人影连闪，道旁房顶上跳下几个人，正是赵无痕、"巴山老鬼"、杜百年、白无极四人。杜百年左臂包扎显是负伤。"巴山老鬼"的前襟破了个洞带有血迹。

张去病忙问道："杜伯伯，齐先生，你们负伤了？"

杜百年道："公子放心，老夫的手被阴山老魔抓了一爪，皮肉之伤不碍事！"

"巴山老鬼"道："主人，我们听见爆炸声赶来助你，见你携着秦姑娘跃入格天阁内。赵先生怕你误中阁上机关，进那阁楼上去找你。我同杜大侠、白大摩尼，截住龙象法王三人动起手来。哈哈，白大摩尼独斗龙象法王和阴山老魔，武功了得！老仆同仇人"长白老怪"狠狠打一架，我打他肩上一掌，他抓我一爪，咱们没吃半点亏！"

张去病忽然想起："长白老怪"同"巴山老鬼"为争一张修道宝图曾经斗过之事，忙道："齐先生武功大进，可喜可贺！"

赵无痕道："小主人，老仆进格天阁去没找着你，大伙有些不放心，便在此等你。过一个时辰倘若再不见你出来，咱们便再闯入秦府内，将秦桧满门杀个干净！"

张去病一听心中感动，忙道："谢谢众位前辈挂怀！"

"巴山老鬼"忽然问道："咦，主人，那秦姑娘呢，老仆见你救下她，她怎么没同你们一起出来？"张去病神情黯然，道："秦姑娘被炸成重伤，留在府内了。"

众人诧异道："秦姑娘留在府内了？为何不将她救出？"张去病长叹一声，将他们如何身陷地厅死里逃生，对众人说出秦淮的身世。群豪听罢都为秦淮的苦命唏嘘不已。

张去病抱拳对白无极道："白大摩尼前来相助，去病在此谢过。"又道，"不知白大摩尼因何事来到临安城？"

白无极拱手还礼道："白某举手之劳，何须公子道谢？公子言谢，便是对白某见外了！白某此次到临安，是奉蓝左王之命，前来向公子禀报一件急事！"

张去病一听，心想白无极轻功卓绝，蓝龙命他前来报信，一定是为赶时间，报信之事一定非常紧急。忙问道："是什么急事，竟要劳白大摩尼大驾？"

白无极道："前些日子，我教兄弟截获一道金国密令，那密令上说金国正在暗中调动大队兵马，要攻打大宋！蓝左王见到密令心知军情紧急，便派白某赶来报信。我来到临安城外，正巧见龙帮主、穆堂主、段堂主三人在小镇上买马。我从他们嘴里得知公子入秦府救人之后，便前来找公子！"说罢，从怀里拿出一封密件递给张去病。

张去病打开密件从头至尾看一遍，大惊道："不好，金国在调集兵马要来攻打大宋，百姓又要遭殃！快，咱们得赶紧给朝廷报信，请皇上下令抗敌！"说到此处，迟疑道，"只是……此时天快大亮，咱们不便进宫去，这如何是好！"

赵无痕道："公子莫着急。咱们可派一人去向那韩世忠元帅报信。韩元帅见到金国这密令，定会将它禀报赵构，奏请赵构出兵抗击金兵。"

白无极道："这主意甚好！张公子，你把密令给我，白某替公子去送给韩世忠元帅。"张去病双手递过密令，道："好，劳驾白大摩尼走一趟，我们在城外小镇上等你。"白无极点了点头，拿着密函犹似一只大鸟消失在街头拐弯处。

张去病带着众人朝城门奔去。此时天已大亮，几人奔到城门时，见一队官兵在城门口盘查过往行人。一名军官看见张去病几人到来，大声喝道："什么人？站住！"

"巴山老鬼"走上前去，道："你奶奶的，我是你爷爷，没认出老子吗？"骂声中，"巴山老鬼"连连出手，点了军官和几名官兵穴位。官兵一个个僵立，满脸惊愕，看着张去病一行人大摇大摆出城去。

来到城外，几人施展轻功奔行到那小镇上。龙飞、穆兴、段阳三人看见他们走进客店忙迎上前来。穆兴看见杜百年和"巴山老鬼"负伤，惊道："杜大侠，齐前辈，你们挂花了？""巴山老鬼"笑道："没事，没事。"

龙飞对张去病道："主人，白衣摩尼白无极从西域赶来，说有急事找你，你们见着没有？"张去病点头道："见着了。"龙飞道："主人，马匹已备齐，咱们这就走吗？"

张去病道："不忙，大伙先吃些食物，等白大摩尼一到便离开此处。"

段阳忙叫道："小二，快上酒菜！"店小二应声跑到厨下，不大一会儿工夫便端酒菜上桌。几人围着桌子坐下，吃喝一阵，张去病忽见店门外走过一白衣人，忙起身走到店门口叫道："白大摩尼，我们在这儿！"

白无极转身一看，道："公子住在这家店吗？白某差点走过了！"张去病携着白无极进店坐下，龙飞忙倒杯酒递给白无极。张去病道："白大摩尼，可见到韩世忠元帅？"

白无极摇头道："白某去晚一步，韩元帅上朝去了。但见着了梁红玉夫人，我亲手将那金国的密令交给梁夫人了。"

赵无痕道："梁夫人是当世巾帼英雄，见识超群。小主人放心，她定会进宫去给皇上报信。"

张去病忧道："唉……只是不知，皇上肯不肯发兵抗金？"

白无极奇道："金国出兵攻打大宋，那皇帝怎会不出兵抵抗？难道他不要自己的江山吗？"

"巴山老鬼"道："白大摩尼有所不知：前天夜里，我们进宫去见到那软蛋皇帝赵构，我总算把这个鸟皇上看透了。他只图享乐，苟且偷安，就怕打仗！这回金国攻打大宋，说不定他又会派秦桧去向金国割地求和！"

白无极一拍桌子怒道："这种昏君，你们为何不一刀将他杀了？还留着他做甚！"

张去病忙道："白大摩尼息怒。皇上乃是一国之君，统领三军，辖制四方。咱们若杀了皇上，大宋群龙无首，国家将会大乱。敌国便会趁乱而入，大宋便有亡国之危！为国家安危着想，我们不敢犯上……只是这一次，皇上若又派秦桧老贼去向金国割地求和，诸位前辈，这怎生是好？"

众人都觉此事难办：赵构不能杀，他若命秦桧去割地求和，谁又能叫他改变主意？杜百年想了想，道："张公子，咱们再去秦府将秦桧老贼杀了！一来为公子报仇，二来叫赵构派不成秦桧去割地求和！公子意下如何？"

"巴山老鬼"道："这个主意好是好，只是咱们两次闹得秦府鸡犬不宁，老贼一

946

准会深藏不露。咱们去秦府若是找不着老贼，反倒耗费时日，误了大事！"

张去病道："齐先生说得有道理，若是找不着老贼，反倒误了国家大事！眼下国难将至，去病报家仇之事暂且放在一旁。咱们先想如何御敌之事。赵先生，白大摩尼，你们还有更好的办法吗？"

白无极道："叫我看，金国出兵攻打大宋，须得那金国皇帝下令。金国皇帝是攻宋的罪魁祸首！常言道蛇无头不行。咱们何不潜入金国去将那金国皇帝杀了，叫金国无发号司令，或许可避这场兵祸！"

赵无痕点头道："古语道：挽弓当挽强，擒贼先擒王。白大摩尼这主意不错！不过咱们去刺杀金国皇帝，只可解燃眉之急，不能大伤金国元气。一旦金国新皇帝登位，说不定又会下令攻打大宋。小主人，老仆想到一个釜底抽薪的法子，可大伤金国元气，叫那金国至少几年攻不成大宋！"

张去病大喜道："赵先生，你想到什么好法子？快说来听听！"

赵无痕道："这法子说来也寻常。俗话说千军易得一将难求！咱们这就到金国去分头行事，暗中把金国元帅、大将一个个杀干净！如此一来，金国皇帝便找不到带兵打仗的人。没有能征贯战的大将，金国如何攻打大宋？此法虽然比刺杀金国皇帝麻烦一些，但可长久免除战祸！"

众人一听频频点头。张去病兴奋道："赵先生，你这主意好极！走，咱们便去金国把金国的元帅、大将杀个干净！"

"巴山老鬼"哈哈笑道："赵先生这主意真高明！咱们去把金国大将一锅端了，犹如砍了金国皇帝的臂膀。那鞑子皇帝断手缺臂，他如何能进攻大宋？"

杜百年喜道："如此一来，金国无有带兵打仗大将，大宋趁此机会出兵伐金，鞑子非败不可，大宋收复山河指日可待！"

众人谈得兴高采烈，随后又仔细商量，如何去刺杀金国将领。直到吃得酒足饭饱，段阳才叫来店主付了酒饭钱。张去病一行人走出店外。店小二牵来几匹马，众人翻身上马抖动缰绳，驱马往北奔驰而去。

其时黄河以南，淮水以北的大宋土地，已落入金国之手。张去病一行人从临安出发，连日快马加鞭，不几日便渡过长江，进入淮境。这一路上张去病心里惦着秦淮，不知秦淮伤情如何，是生是死，总是闷闷不乐，打不起精神来。

柳语同张去病并肩同行，见他郁郁寡欢，问道："去病哥哥，你在担心秦淮妹妹吗？"

张去病道："是啊！秦淮伤得很重，不知能否治好，也不知她此刻怎么样了……"

柳语道："秦桧老贼权势极大，想必会找最好的郎中为秦妹治伤。去病哥哥，你无须为秦淮妹妹担心，保不定过些日子，她伤愈后便会来找我们。"

张去病摇头道："她不会的！秦淮心高气傲，在人前很要强。依她的脾气，她宁可死，也不会要秦桧为她治伤。唉……语儿，你说，秦淮为何要留在秦府，不随我们走呢？"

柳语道："想必是她得知自己的身世，才避开我们。要不然，或许是她不愿拖累我们，才不愿随我们走啊！"

张去病听罢默然不语，想起秦淮同他到少林寺报信遇险，在摩尼岩上遭难，几次出生入死，不禁黯然神伤。

众人又行得几日渡过淮河，进入金国占领之地内。沿途上只见村镇破败，田地荒芜，路有饿殍，野有白骨。往往行数十里，看不见一点人烟。真是山河破碎，民不聊生。

这一日渡过黄河进入鲁东境内。忽见一群百姓携家带口，背着包袱，赶着牲畜，挑着儿女从北向南逃来。张去病喊住一个逃难汉子，走到近前问道："这位兄弟，你们纷纷逃难，所为何事？"

那汉子一听气恼骂道："公子爷，是因那狗娘养的鞑子兵到俺们村安营扎寨，强占了俺们的房屋田地，叫俺们无法安身，俺们若不逃难，便要死在他们手里！"

张去病道："金兵为何要强占你们的村寨田地？来了多少金兵？"

汉子道："俺听说，鞑子兵到俺们村安营扎寨，是要攻打大宋。俺说不清有多少金兵，俺们村的地头，还有李家庄的地头，周家堡的地头，杏子沟的地头，方圆几十里内都扎下了金兵的帐篷。"群豪皆吃一惊：寻思众多金兵集聚于此，莫非是金兵的大营？

张去病又道："你们村在什么地方？"汉子抬手往东北方向一指，道："俺们村叫汪家集，往前走六十里地便是。"那汉子心有余悸，又道，"这位公子爷，你们千万别往前去！金兵见人就杀，见东西就抢，见女人就奸淫，可凶恶啦！"

"巴山老鬼"在旁骂道："他奶奶的，这帮畜生，待老子去宰了他们！小兄弟你别怕，老夫去为你出口恶气！"

那汉子瞧"巴山老鬼"面目狰狞，心下害怕，小声嘟哝道："这位大爷，金兵多如牛毛，你别老去招惹他们，莫枉自送了性命。"汉子说罢，转身跑去追家人。

张去病道："诸位前辈，咱们赶得真巧，大队金兵在此安营扎寨，其主帅和众将定在营内，正好去将他们除掉！"众人应声道："正该如此！"几人催马朝着那汉子所指方向驰去。

这一带地势平阔，几人纵马疾奔出二十里地，忽见前方道上尘土飞扬，一队金兵从北面道上奔来，又转向南面道上驰去。

张去病勒住马缰，远远观望金兵动静。不大一会儿工夫，又见大队步兵从西面道上急行过来，也转向南面道上奔去。半个时辰内走来数队金兵，随后是长长的装运粮草的辎重车队。

赵无痕道："小主人，瞧这架势，鞑子还在调动兵马粮草。金兵朝南道开去，想必便是在南面集结，其大营必在前方不远处，咱们跟着他们！"张去病道："好，但别让他们瞧见。"几人挽住缰绳放马缓行，远远跟在金兵后面。又行出二十多里地，前方出现一大片茂密树林。只听林背后传来一阵呐喊声，群鸟惊飞空中，聒噪不止。

张去病道："诸位前辈，金兵在前面打仗吗？"白无极摇头道："听去不像是在打仗。树林上群鸟乱飞，伴有呐喊声和马蹄声，像是金兵在围猎！"

果然，忽见前方树林里冲出一头高大棕熊，惊恐万状地朝野地里跑去。后面追出几十名金兵四下散开，将那棕熊围在野地里。金兵大声呐喊恐吓，却不放箭射杀它。棕熊高高立起身子，惊惶四望，不知该朝何方突围。便在此时，一支飞箭从树林射出，正中那熊后背。棕熊吼叫一声，转身朝一名金兵猛扑去。那金兵躲闪不及，脸被熊抓得血肉模糊惨叫倒地。棕熊跑出几步，又一支飞箭射来，正中后脑。棕熊一声嗥叫栽到地上，庞大身躯扭动不止。

金兵们欢呼雀跃，只见树林里冲出四骑。认出当先一骑上是完颜龙，手提弯弓冲在前面。右边马上却是"长眉老妖"。完颜龙策马跑到棕熊近前，那熊突然摇摇晃晃站起来。完颜龙从马背上纵身跃起，飞脚踢到棕熊头上，棕熊往后一仰倒下。完颜龙身子落到棕熊身旁，一掌拍在熊头顶，打得熊头皮开肉绽。金兵又是一阵欢呼蜂拥上前去，抬起那死熊，簇拥着完颜龙往树林后面走去。

"巴山老鬼"道："主人，那不是完颜龙和'长眉老妖'吗？难道是这小子带兵攻打大宋？咱们追上去宰了他！"

张去病道："不急，咱们悄悄跟上去探明实情，再动手不迟！"

赵无痕、白无极、杜百年三人都没见过完颜龙。杜百年道："张公子，完颜龙是什么人？"

张去病道："此人是金国王爷。他年岁不大，却狡猾多诈……"他遂将完颜龙在秦府向秦桧勒索大宋贡银和战马，自己如何听到秦桧说出当年投敌秘密，便去金国盗取秦桧降敌密信，又如何在金国都城同完颜龙争夺密信之事说了出来。

杜百年听罢，道："这小鞑子倒是个厉害角色！"

张去病道："可不是吗？此人诡计多端，他在此地出现，保不定要干什么阴谋勾当，咱们须注意他的一举一动。"

几人边走边聊，前行二十余里地。忽见前面出现一大片军营，黑压压帐篷一座接着一座绵延开去，占地数里声势极壮。军营里旌旗招展，营地上战马鸣叫，金兵在营内川流不息。

白无极道："看此情形，鞑子兵有十万之众！"

龙飞道："主人，鞑子兵大营在前面，咱们当如何行事？"

张去病寻思：赵先生等前辈走南闯北，久经历练，见识比我高明得多，我得先听听他们怎么说。忙道："去病年少识浅，诸位前辈见多识广。大敌当前，前辈们有何主意？"

赵无痕道："小主人，金兵人马太多，此时硬闯军营刺杀金兵将帅，会打草惊蛇，反而不易斩杀敌酋。眼下已是申牌时分，咱们找个隐蔽处，吃些干粮稍事休息，等天黑再动手不迟。"

张去病往旁一看，不远处有几间农舍孤零零立在荒地里，门窗大开，大约逃难农夫弃置的空房，便道："好，咱们去那空屋里歇脚。"

几人走进房舍内，只见屋内桌凳坏烂，门墙毁坏，想必是被金兵洗劫过。众人围坐在土炕上，穆兴和段阳取出干粮，众人就着清水充饥。

张去病吃下两个馒头，想起一事，道："金兵的营帐太多，寻找金兵将领不容易，咱们得弄几套金兵衣衫穿上，冒充金兵混入军营去才好行事。"

龙飞主："主人，此事交给我和穆兄弟、段兄弟去办。我们去杀几个鞑子兵，剥下他们的衣衫便是！"

张去病道："有劳三位了，但要小心行事。不可露了行迹。"龙飞三人道："这个省得，主人放心。"三人起身走出屋去。

杜百年道："张公子，此地大约有十万鞑子兵云集，大将一定不少，今晚咱们分头去寻金兵将官，见一个杀他一个，叫金兵一夜之间群龙无首，无人率领，化为一盘散沙！"

张去病道："对，咱们分头行事！杜伯伯和齐先生，请去搜寻北面金兵营帐内的将领；请赵先生到南面营帐去搜寻；请白大摩尼去搜索东面营帐。请龙帮主、段堂主、穆堂主三人去西面营帐。我同柳语去搜寻中路营帐。咱们四处下手，见着金兵将领就杀！"

几人商量完毕，各自打坐练功，只等天黑下来。一个时辰过去，忽听屋外马蹄声急，张去病一惊："莫非是龙大哥三人被金兵追杀吗？"

他跳下炕头往窗外一看，只见道上驰来几骑。当先一骑上坐的是完颜龙，正在同旁边马上之人说话。一看那人，他心中一惊，那人却是毒佛迦南陀，旁边跟着厉蒙。他忙凝聚功力探听二人说话。

只听完颜龙道："迦南陀大师，本王请你使用那殷独啸的手段，灭掉来赴约的江湖贼人！"

却听毒佛迦南陀道："王爷此计甚妙！但那殷独啸的手段拙劣，你等着看我毒佛的神技，准保将那些江湖贼人一网打尽！"

张去病听心中大惊，又见道上驰来二十多骑。右首马上是"长眉老妖"。左边一骑上坐着个红衣老人。那老人身材高大，银发银须随风飘扬，一派仙风道骨模样。"长眉老妖"对那老人满脸堆笑，态度甚是恭敬。老人身后跟着七八个红衣汉子。十余人打马向东疾驰，身后扬起大片尘土。

他心中泛起一串疑问：毒佛迦南陀怎会同完颜龙混到一块儿？他们要使殷独啸的什么手段？要灭掉什么江湖贼人？完颜龙这厮在搞什么阴谋诡计？他们这是到哪里去？那红衣老人又是谁？"长眉老妖"为何对他毕恭毕敬？

他满腹疑团坐回到炕上，心静不下来，想起上次在金国会宁城，看见完颜龙带人匆匆离开王府，事后才知他去调兵围剿少林寺。这一回他又有什么诡计呢？寻思片刻，想不出个头绪。

天色擦黑时，龙飞、穆兴、段阳从外归来。三人手上抱着几套金兵衣衫、帽子、靴子和刀箭。龙飞一进门就骂道："狗鞑子躲在大营内做缩头乌龟，害我们土坡后等了许久，才看见几个鞑子过来。咱们杀了鞑子兵取来几套衣衫，让大伙久等了！"

张去病道："三位辛苦！"众人上前各取一套罩在身上，戴上帽子，换上靴子，挎上刀箭，片刻之间装扮成金兵模样。

张去病道："龙大哥、穆大哥、段大哥，咱们分头去杀金兵头领，你们三人去西边帐篷动手。"龙飞道："主人，事成之后，咱们在哪儿碰头？"

张去病道："完事之后，还是回到这屋里会合。此时天已黑尽，咱们分头行事罢！"几人走出屋外，各分东南西北朝金兵大营奔去。

张去病和柳语借着夜色遮掩，潜到金兵大营外。只见军营内燃着一堆堆柴火，金兵围着火堆嬉笑打闹。等到一队金兵巡逻过去，两人纵身跳过栅栏，朝中央一片营帐走去。

他俩身着金兵装束，丝毫没招人怀疑。走过二十几个帐篷，却不见帐内有军官。两人心下诧异。又走过几个帐篷往里一看，情形也是一样。张去病心下奇怪，忽见柳语伸手往前一指，道："去病哥哥，你看那儿！"

他往旁一看，只见一座高大帐篷耸立夜空下，帐篷上饰有金顶，四周绘有彩色图案。帐篷外高竖着一根旗杆，杆上旗帜被风刮得飘舞看不清上面的字。张去病出身将门，从小听大人讲行军布阵之事。一看那大帐篷，心想瞧这气派，十有八九是敌人的中军大帐！

他低声对柳语道："语儿，那是鞑子的中军帐，金兵元帅便在那帐中，咱们这下可逮着条最大的鱼！"说时拉着柳语朝那大帐走去。二人走近那大帐篷，闻到一阵酒肉香味飘来，只见大帐门帘子高高卷起，帐篷内正大摆筵席，帐前站着两名执戟卫兵。张去病凑近柳语耳畔低语几句，柳语点点头。二人走到士兵面前，一名士兵问道："你们是干什么的？"

张去病笑道："来换岗的啊！"卫兵不认得张去病，不由一愣。张去病手指疾弹，点了两名士兵穴道，二人顿时全身僵硬说不出话来。他将两名卫兵提到暗处掩藏起来，便和柳语代替卫兵站在帐篷门前。

二人往帐篷里看去，只见帐内坐着四十几名将领。中席坐着一人年逾五旬，头戴金盔，面色黑红，面颊上有道疤痕，项下一部花白胡须，挺胸坐在席上神情威严。他面前案上放着一个硕大的铁酒壶，旁边放着一个银酒碗，一个大银盘内放着一只烤得金黄的羊腿。两旁席上坐着的将领，肥瘦不一，年纪各异。每人面前案上都摆着大块羊肉和大碗酒水。有人正大口喝酒，有人正用刀割肉往嘴里送，有人在大声说笑，帐内一片喧哗。

张去病心想：适才走过好些帐篷不见有金兵将领，原来都聚在这儿喝酒来了。这下可好，我无须去四下寻找，便可将他们一并除掉！

他正寻思，忽见那正席上之人端起银碗，声如枭鸣道："众将军，本帅已备齐兵马粮草，只等明日天亮，我金国二十万大军杀过淮河去，直捣临安城活捉赵构！哈哈，那临安城富裕繁华，城里金银珠宝，美女绸缎，山珍海味堆积如山，管教你们享用不尽！"

一个满脸络腮胡的军官淫笑道："兀术大帅，这一回攻破临安城，咱们再将宋朝皇帝掳到我大金囚禁起来。卑将请大帅开恩，让兄弟们把赵构的皇后、公主、妃子抓来当女奴，尽情享用，给那赵构多戴上几顶绿帽子，叫他赵氏皇族永做咱大金国的龟孙子！"众将一听哈哈大笑。

另一名胖军官大声道："好啊，皇宫里的女人白皮嫩肉，个个美貌，掳来好好享用一番，那可快活至极！"

张去病听见"兀术大帅"四字心中一惊，寻思：这正席上之人，莫非是完颜兀术？此人是我外公手下败将，贼心不死，又带兵来进犯大宋，我决不让他得逞！

张去病猜得不错，此人正是完颜兀术，宋人称他金兀术。这金兀术是金国老皇帝完颜阿骨打的第四个儿子，是当今金国皇上完颜晟的侄儿，也是完颜龙的堂兄。当年他带兵侵宋，一路势如破竹屡建战功，后来遭遇岳家军却屡战屡败。朱仙镇一役，岳家军杀得金兵尸横遍野，他负伤侥幸逃脱。逃回金国后，他视岳飞为灭宋最大障碍，派人潜入临安密令秦桧除去岳飞。此次他再度率军南下，一心要灭掉大宋，雪洗当年朱仙镇大败之耻。今夜在此宴请众将提振士气，明日便挥师南下。

张去病一听此人是金兀术，心中激动不已。他想老天佑我！金兵头目齐聚帐内，我杀了金兀术和他手下悍将，可告慰我外公、爹爹和舅舅的在天之灵！心念闪过，他正欲进帐动手，忽觉身后气流异动，有人一掌拍来。他身子不动，反手一指戳向那人手掌上的"旁宫穴"。那人"咦"了一声，似乎对张去病不回头便能精准点穴大为惊讶。他不再袭击张去病，身子往旁一闪，径直冲入大帐之内。

张去病一看，来人脸上蒙着一块黑纱，身手极快，手执雪亮弯刀冲到金兀术面前挥刀砍去。刺客突然出现，帐内众将猝不及防，皆是一片惊呼。惊愕瞬间，竟无人想到上前去救金兀术。

金兀术见弯刀迎头砍来，吓得身子往旁一躲，惊慌中抓起案上大铁酒壶往上一挡，只听咣当一声，酒壶被刀劈成两半，酒水飞溅。趁这瞬间，金兀术翻身滚到一旁。此时众将才从惊愕中回过神来，纷纷拔出兵刃上前围攻那蒙面人。

张去病忽见有人行刺金兀术，起初以为是大宋侠士。但一看那人手上使一把弯刀，立觉不对。他寻思只有辽国、西夏或蒙古人爱使弯刀，莫非这刺客也是胡人？

柳语低声道："去病哥哥，咱们帮不帮那人？"

张去病还未答话，只见五个将领挥刀砍向那刺客。但五人兵刃一碰到那蒙面人的弯刀，乒乒乓乓一阵乱响，皆被磕飞落地上。又有三个将领挥刀扑上去，被那蒙面人飞脚踢倒一人，同时弯刀横格封住另一人的短刀，左肘一撞将身后另一名将领撞倒。

张去病心道："此人的武功不赖啊！"他见蒙面人武功了得，料定众将绝非蒙面人对手，便对柳语摇摇头示意暂不出手，静观其变。

众将见刺客武功高强，有些惊慌失措。但有几人甚是凶悍，赤手空拳亦扑向那蒙面人。蒙面人冷笑一声飞腿连环踢出，只听砰砰砰一阵响过，几人皆被踢翻在地。在此间隙另有几人从地上拾起兵刃，又扑向那蒙面人。蒙面人右手挥刀，左手出拳。弯刀连连闪动，拳头四下飞舞，顷刻之间将围攻之人砍伤七八个，打倒四五个。

金兀术趁混斗的当口，退到大帐一角，瞧见众将不敌蒙面人，忙掏出一个铁哨急吹起来。

蒙面人听见尖厉哨声呐起，知金兀术召唤救兵，身形一晃扑上前去，举刀朝金兀术头上砍落。便在此时，忽听一声破空声响，一枚铜钱飞来打在弯刀上，"当"的一声将蒙面人的弯刀往旁荡开。只见红影闪动，帐篷后闪出一个红衣汉子，呼地一掌拍向蒙面人的前胸。

蒙面人侧身避开，弯刀横削那红衣汉子手臂，左手一把抓向红衣汉子右肩。红衣汉子嘿的一声，左臂翻转，二指搭在蒙面人的弯刀上往旁一带。带得蒙面人身子一转，红衣汉子右手疾伸，朝蒙面的脸上一把抓去。这一抓快逾闪电，蒙面人避闪已来不及。眼见他难躲红衣人一抓之厄，张去病忙悄然拍出一掌。蒙面人正心下惊恐，忽觉一道柔和掌力送来将他推开两步，躲开了红衣汉子的抓手，又觉脸上一凉，蒙面黑纱已被红衣汉子抓去，露出遮掩的面孔。

金兀术一望蒙面人满腮虬髯的面孔来。惊呼道："御前总领索额尼！你为何前来行刺本王？"

张去病大吃一惊：这刺客并非来自大宋，也非来自辽国、西夏，或蒙古，竟然是金国的御前总领！这让他大出意外。索额尼被金兀术认出，突然纵身跃到大帐顶上，挥刀一划将帐顶划开个大口，欲跃出帐去。却见那红衣汉子将手一抛，白光闪动，一条钢链飞去缠住索额尼双腿。索额尼上跃受阻，身子急速坠落。

红衣汉子旋转手上钢链，忽然松手，半截钢链飞旋过去将索额尼上半身紧紧缠绕住。红衣汉子抢身上前，手指连戳三下，点了索额尼身上穴位，索额尼顿时动弹不得。张去病一看那红衣汉子身材瘦削，面色黑红，一副乡农模样。适才红衣汉子施这几招功夫，他有些眼熟，一时却又想不起是哪派的武功。

金兀术坐回席上，众将跟着落座。几位受伤不重的将领也都纷纷坐下，想听听御前总领索额尼为何要行刺金兀术。

金兀术整了整头盔，对那红衣汉子道："申大侠，谢你救本帅一命，本帅自有重赏！"红衣汉子淡淡道："举手之劳，大帅不必言谢。"说罢，转身走进后帐去。

金兀术回过头来，一掌拍在食案上，怒喝道："大胆索额尼，本王与你素无冤仇，你为何要杀我？赶快从实招来！"

索额尼躺在地上却不畏惧，平静道："四王爷息怒，卑职前来杀王爷，乃是为人胁迫，并非我同王爷有什么仇怨。"

金兀术一听"为人胁迫"四个字，心下寻思索额尼乃是禁宫侍卫总领，只听受皇上号令，满朝官员又有谁能胁迫他？难道是皇上派他来刺杀我吗……如此一想，他背脊上冷汗涔涔。转念又想：我对皇上一向敬重，并未惹恼过他，他为何派索额尼来刺杀我？难道是皇上怕我拥兵自重，篡夺他皇位吗……不对！倘是这样，皇上此次又为何命我执掌兵权，带领几十万大军南下攻宋呢？啊！是了！一定是我带兵离开京城后，有奸臣在皇上面前进谗言挑拨离间，皇上信以为真，便派来索额尼杀我……

金兀术越想越惊恐，略微定定神，才缓缓道："索额尼，你老实说，是皇上命你来杀我吗？"

索额尼忙摇头道："不是，不是皇上派我来行刺王爷！"

金兀术怒道："索额尼，你死到临头还想狡辩？不是皇上命你来杀我，朝中还有何人能胁迫你来刺杀本王……好，你说不是皇上，那人是谁？你说！"

索额尼忽然面露惊讶神色，那神情像是听见金兀术问了一句极不可思议的话。吃惊问道："四王爷，你难道真的不知……那人是谁吗？"

金兀术喝道："少说废话！本王若知那人是谁，还来问你？那人是谁，快从实招来！"

索额尼道："那人便是丞相完颜亮！"

金兀术愣了一愣，随即大声呵斥道："胡说！你是皇上御前总领，那完颜亮无权差遣你，他怎能叫你来刺杀我？况且那完颜亮与本王交情极好，他又怎会叫你来行刺本王？"

索额尼一听，愈加惊讶万分，道："王爷，难道你真的还不知道吗？前两日，京城里发生天大变故，王爷你还被蒙在鼓里吗？"

金兀术一愕，急问道："京城发生什么天大变故？什么本王被蒙在鼓里？"

索额尼突然悲声道："王爷，那完颜亮在京城串通同党谋反，已将皇上杀了！昨日他已坐上皇位！这天大的事，你竟然还一点不知晓吗？"

金兀术听得目瞪口呆，惊疑掺杂，惊惶道："你说什么？完颜亮杀了皇上，自己称帝？这……是真的？"

张去病和柳语听见也大吃一惊。二人万没想到金国会发生如此重大变故，不由互相对望一眼。

索额尼道："王爷，谋逆弑君之事，卑职怎敢说谎？前日你带领大军出京城后，完颜亮趁皇城空虚，伙同禁军统领多尔巴，侍卫副统领肃高谋反！他命肃高请我喝酒，将我灌醉捆绑起来，便将皇宫大门打开。完颜亮带人冲入内宫逼皇上让位。皇上不从，完颜亮便将皇上砍死。朝中大臣凡是不服从他的，个个都被他杀了！"

金兀术震惊道："完颜亮他……怎会做出如此大逆不道之事？平日里他对人极谦恭和气，在群臣中口碑极好，他，他，他……怎会弑君篡位？"

索额尼道："四王爷，那完颜亮极会伪装，咱们大伙都给这奸贼骗了！"

金兀术一听咬牙切齿道："完颜亮这狗贼好奸诈！他乱我大金，本王定将他碎尸万段！"说罢，两眼狠狠瞪着索额尼，喝道，"索额尼，你这厮定是投靠完颜亮，认那逆贼作皇上，受他指使前来刺杀本王，是不是？"

索额尼急摇头道："王爷，不是不是！卑职没投靠完颜亮，更不认这逆贼作皇上！先皇对我不薄，卑职决不会背叛先皇！只是那完颜亮篡位后，害怕四王爷带兵回京讨伐他。他便将卑职一家老少二十五口押作人质，胁迫卑职前来刺杀王爷。卑职为救父母儿女，万般无奈，只得，只得……对王爷下手，卑职犯下死罪！四王爷，你杀了我罢！"

忽然间，金兀术哈哈大笑道："索额尼，你行刺本王虽犯死罪，却也有功！哈哈哈……"索额尼和众将听了皆是一愣，连张去病和柳语也听得莫名其妙。

索额尼迷惑道："四王爷，你说我有功？你别嘲弄卑职！卑职行刺王爷只有死罪，没有活路，求王爷给个痛快，一刀杀了卑职！"

金兀术端起酒碗，大饮一口酒，仍然说道："索额尼，你有功，大大有功！"众将都以为金兀术在说反话，心想：大帅喝下这口酒，便要杀索额尼了！

岂料金兀术却道："索额尼，你这厮将完颜亮谋逆篡位消息带给本王，那便是有功啊！哈哈哈，这个消息好得很！来得及时！"

众将看见金兀术突然兴高采烈，转怒为喜，都不知为何。一个马脸将领道："大帅，那完颜亮谋逆弑君，祸乱大金，为何好得很？"

金兀术抹抹胡子，道："阿尔金，这都不明白吗？完颜亮那奸贼杀了皇上，他这是为本王腾出皇位，等我回去当皇上啊！怎么不好得很？哈哈哈，好得很，当然好得很啊！"

众将一听，顿时明白金兀术之意。左席上一个麻脸大将站起身来，嚷道："大帅英明！那完颜亮杀了皇上，他手中没有重兵，大帅快率兵杀回京城去，宰了完颜亮这狗贼，哈哈，皇位非大帅莫属！"

右首一个面色蜡黄汉子拍掌道："大帅挥师杀回京城，灭了完颜亮奸贼，咱们拥戴大帅你做皇帝，没有人敢不从！哈哈，大帅做了皇帝，咱们可都是开国功臣啦！"

一位黑脸老将连连点头道："阿骨多说得对！大帅率领咱们杀回京城去，灭了完颜亮一族，坐上皇位十拿九稳！咱们沾大帅的光，马上就要加官进爵了！"众将高声应和道："好啊，大帅快下令，咱们杀回京城去吧！"

金兀术手抚胡须踌躇满志道："不错！你们随我去杀了完颜亮。我做了皇帝，你们个个便是开国功臣。本王便大大封赏你们，叫你们个个光宗耀祖！"说到此处，他回眸望着索额尼，道："索额尼，你行刺本王，论罪本不容赦！但本王念你是被人胁迫，暂饶你不死，让你同本王杀回京城去，戴罪立功，你愿意吗？"

索额尼一怔，以为听错了，忙问道："王爷……你真的不杀卑职？"

金兀术点头道："只要你为我卖力剿灭完颜亮，本王不但不杀你，还要封赏你！"

张去病在帐外一听，心道："金兀术竟敢将完颜亮派来的刺客收为己用，这人好厉害！"

索额尼连忙磕头叩谢，大声道："卑职谢四王爷不杀之恩！卑职一定对四王爷忠心不二，跟随王爷打回京城去，杀那奸贼完颜亮为皇上报仇！"

金兀术哈哈大笑，道："完颜亮篡逆，真乃天赐我良机！啊哈哈哈！啊哈哈……"他大笑几声忽然两眼一瞪，笑声噎住，身子往前一扑，一头栽倒在食案上晕了过去。这变故来得太突然，众将都惊得大呼小叫道："大帅！大帅！""四王爷！四王爷快醒！"一人急忙上前扶起金兀术，喊道："快，快去叫郎中来！"另一人跑出帐去叫军中大夫。

柳语低声道："去病哥哥，趁他们乱成一团，咱们动手！"

张去病道："语儿不急，咱们再看看情形。"不大一会儿，一名嘴上蓄着两撇鼠须的胖郎中气喘吁吁跑来，上前伸出两根手指搭在金兀术的手腕上，诊视片刻，面色凝重道："大帅忽惊忽喜，乐极生悲，震裂了胸上旧伤！"

那黑脸老将喝道："别他妈啰唆，快想法子救大帅！"胖郎中道："是是。"从药袋里取出一个铁筒打开盖子，倒出些褐色粉末在碗里，和着酒喂金兀术服下。又取出几枚银针扎在金兀术头顶、胸前、腹部的几处大穴上，双手分别捻动银针。

众将盯着金兀术的面孔，皆不出声，帐内一时间悄无声息。片刻过去，金兀术慢慢睁开眼来，看见众将围在四周皆露关切神色，立时想起完颜亮篡位之事，忙强打精神道："适才，嘿嘿，本王酒喝猛了点儿……不胜酒力，你们别担心，没什么大碍！"说罢喝口水，觉心头好受些慢慢坐起身来，喝道："众将听令！"

诸将安静下来。金兀术道："本王命令你们连夜拔营赶回京城去平息叛贼！谁杀了完颜亮便是头等大功！本王坐上皇位，你们个个都有享不尽的荣华富贵！"众将齐声道："遵命！"

柳语低声道："去病哥哥，咱们动手！"不见张去病答话，回眸一看张去病在凝神寻思。柳语道："去病哥哥，你在想啥？"

张去病回过神来，道："语儿，咱们走！"柳语莫名其妙，道："不动手了？这是为什么？"

张去病道："出了营寨，我再对你说。"柳语不知张去病为何改变主意，满腹疑团跟他背后。两人走过几座帐篷忽闪出四个金兵。张去病一看却是穿金兵衣衫的赵无痕、白无极、"巴山老鬼"和杜百年，忙向四人招手。四人认出他俩疾步走近前来。

赵无痕低声道："小主人，我们三人找遍南面、北面、东面的营帐没找到一个金兵头领，你们找到了吗？"

张去病点头道："找到了，金兵头领都聚在中军大帐饮酒！""巴山老鬼"喜道："这下可好！主人，你将他们都宰了？"

张去病摇了摇头，道："我没杀他们。"瞧见四人面露疑问之色，张去病忙道：

"此处不便说话，回去我再告诉四位前辈详情。"

几人出了军营奔回破屋。龙飞、穆兴、段阳三人已先回到屋内。待众人坐下，张去病才道："诸位前辈，适才我没杀金兵将领，是因那金国发生了内乱！"

他将金国丞相完颜亮弑君篡位，派刺客到军营刺杀金兀术，金兀术下令杀回京城去争夺皇位之事说了一遍。众人听得大奇，没想到金兵攻宋在即，金国却发生大乱。

张去病道："我留那些金兵将领活命，是让他们带兵回金国去同完颜亮的人马自相残杀。这比杀了他们，更能大伤金国元气，对咱大宋更有利！诸位前辈，我如此行事，不知可对？"

赵无痕喜道："对极，对极！小主人深谋远虑，倘若岳元帅和老主人的在天之灵得知定感欣慰！"

"巴山老鬼"笑道："哈哈，让鞑子兵杀鞑子兵，斗他娘个两败俱伤，金国只怕从此一蹶不振，大宋不费一兵一卒占大便宜啦！"

杜百年道："岂止是大便宜？待那金国内斗得大损元气，大宋趁势出兵攻打金国。张公子，这可是大宋收复失地的绝好时机！"

张去病激动道："杜伯伯说得极对！咱们赶快回临安城去，将金国内乱之事禀告皇上。这一回，皇上兴许会出兵收复大宋失地！"

便在此时，忽听金兵大营号角吹响，战马嘶鸣，车轮响动。群豪从窗口望去，只见金兵正在拔营起程，大队人马在夜色下缓缓移动，朝东北方向赶回金国京城去。见此情景，张去病等人异常高兴。过了一个多时辰金兵渐渐撤离，四野又安静下来。张去病对段阳道："段大哥，我想劳你大驾去办一件事。"

段阳忙道："主人有事尽管差遣属下，不必如此客气。"

张去病道："我想请段大哥尾随金兵去金国，打探金兀术同完颜亮内斗情形，如有变异，请速回告之！"

段阳道："好，属下这就动身跟去。"张去病又道："段大哥只身前往金国，事事可要多加小心！"

段阳道："主人放心，段阳行走江湖多年，不会有事。"段阳说罢出屋，翻身上马去追踪金兵。

此时天未亮，众人闭上眼睛暂事休息。迷迷糊糊打一会儿盹，忽被屋外鸟叫声惊醒。睁眼一看天已大亮。众人走出屋去翻身骑上马背。白无极对张去病抱拳道："张公子，白某奉命前来报信，事已完毕告辞了！"

张去病忙还礼道："白大摩尼，请代去病问候蓝大哥和贵教各位前辈。后会有期！"白无极道："好说。"朝众人拱了拱手，掉转马头向西北驰去。

张去病率众人扬鞭催马赶回临安去报信。这一日，一行人风尘仆仆来到黄河边小镇上。众人进入镇内，却见街上人群熙熙攘攘，大都是身带兵刃的江湖豪客，三五成群地在镇上闲逛。

"巴山老鬼"诧异道："这镇子上，怎来了这么多武林中人？"

龙飞道："齐先生，此地是'齐鲁帮'地盘，想必该帮有什么喜庆之事，江湖上朋友们前来庆贺罢。"

他们走到一家店前翻身下马，走进店去一看，店内已无空桌。十几张饭桌上坐满江湖豪客，正在划拳喝酒大声喧哗，乱哄哄闹成一片。

张去病欲转身另找酒店，却见一个身穿玄色长衫的老者站起身来，声音洪响叫道："龙帮主，你也来了吗？啊呀，还有穆堂主也来了，快过来坐！"

龙飞一看那老者身材魁梧，满面红光，银发白须，手上握着两个铁蛋来回捏动，却是摩尼岩上见过的六合门掌门人申六爷。

龙飞、穆兴二人忙拱手还礼。龙飞打个哈哈，道："申老爷子，是哪阵风把您老从燕北大地吹到这鲁东小镇上来了？"

申六爷正要答话，转眼看见张去病，满脸惊喜，道："啊啊，那不是在摩尼岩上技压群雄，名震武林的张公子吗？哈哈，有武功盖世的张公子大驾光临，这下可好啦！"

张去病在摩尼岩上见过申六爷，不知他说"这下可好啦"是什么意思，忙拱手还礼，想说几句客气话。却听店内一阵响动，众人纷纷站起身来，乱哄哄道："申掌门，谁是在摩尼岩上人独斗正邪两派高手的张去病公子？"

"申老爷子，张公子他老人家在哪儿？快为我们引见引见，让我等瞻仰张公子风采！""啊呀，张公子来了吗？今日咱们得见武林第一人，大伙真是三生有幸啊！"

张去病在摩尼岩上大显神功，威名远播武林。这帮江湖豪客一听说他到来，激动不已，七嘴八舌议论纷纷，店内像炸了锅一般。

张去病听见这些赞词，脸上一红，忙团团拱手道："各位豪杰，在下张去病有礼了！"

众人一面抱拳还礼，一面打量张去病。一个老者惊讶道："啊呀呀！真想不到，武功绝顶的张大侠，竟是个青年俊杰！"

另一个中年矮汉兴奋道："今日咱们若能得公子指点几招，终身受益无穷！"一个胖大汉笑道："贾老八，你狗日的也不撒泡尿照照，凭你那点能耐，也配张大侠点拨你武功？"

贾老八恼道："大熊头，老子这点能耐不配，难道你又配吗？"二人正斗嘴，忽然有人惊呼一声："啊，啊，大……'大无常'！"

这声惊呼并不响亮，却令众人浑身一震，店内顿时鸦雀无声。众人目光齐刷刷盯着张去病身后几人，不知何人是赵无痕，一时间惊骇不已。

张去病看见众人噤若寒蝉，忙道："诸位莫害怕。我们是进店来吃酒，别无他意！"回头对赵无痕道："赵先生，你说是不是？"

赵无痕点头道："正是。老夫今日是来喝酒，别无他意，诸位坐下照常吃喝罢。"

众人如逢大赦一般纷纷坐下，拿起杯筷各自吃喝。一个个神色恭谨，再无人敢猜拳行令，也无人敢大声喧哗了。

申六爷走上前来拱手对张去病道："张公子，赵先生，若不嫌弃小老儿，请同桌喝杯水酒如何？"

张去病见他说得诚恳，不便回绝，道："恭敬不如从命。叨扰了。"

申六爷道："哪里，哪里。公子这是给足老朽面子！请！"六合门弟子忙起身腾出座位，分散挤到别桌去坐。申六爷将张去病一行人迎到桌旁坐下，叫店家撤去桌上的酒菜，重新上好酒好菜。

申六爷道："小老儿在摩尼岩上同张公子、赵先生，还有这位柳姑娘有一面之缘。龙帮主、段堂主、穆堂主我们是旧识。"

他转过头，笑着问"巴山老鬼"和杜百年，道："这两位老英雄，恕我眼拙，请问尊姓大名？"

张去病道："申掌门，这一位是齐心元齐先生，左边这是杜百年杜先生。"

申六爷心中一惊，"巴山老鬼"和病松客在武林中大名鼎鼎，忙对二人抱拳道："原来是齐、杜两位名动江湖的老侠，久仰，久仰！"

杜百年和"巴山老鬼"一齐还礼，道："我们二人对申掌门亦是久仰的！"

寒暄一会儿，酒菜上齐，酒保给众人的杯里斟满酒。申六爷举起杯来，道："张公子、赵先生、齐大侠、杜大侠、龙帮主、二位堂主和柳姑娘，今日不成敬意，老朽敬大伙一杯，先干为敬！"

说罢仰头将酒一饮而尽。众人纷纷端起酒杯也一口喝尽。酒过三巡，龙飞问道："申掌门从燕北到鲁东来，不知是云游，还是'齐鲁帮'有喜庆之事，申掌门前来庆贺？"

申六爷摇头道："都不是。老朽此来是为了大宋武林荣辱，前来联络齐鲁江湖同道，去同金国武林高手打擂比武！"

龙飞忙问道："申掌门说，前来联络江湖同道去同金国高手打擂比武，那是打什么擂？比什么武？”

申六爷讶异道：“怎么？龙帮主，张公子，你们还不知道打擂之事吗？”

张去病摇摇头，道：“什么打擂之事？我们一无所知。申掌门可否告之？”

申六爷道：“前几日，金国有个叫什么‘霸王旗’的门派，差人送帖给大宋武林门派，邀咱们五日后去麒麟山桂花台赴六国武林大会，打擂比武，比哪国武功第一！那送帖子之人口气嚣张得很，说咱们大宋武林浪得虚名，若是去打擂，定会铩羽而归！”

申六爷说着，从杯里摸出一个红封递给张去病，道：“张公子请看。”

张去病接过信帖展开，轻声念道：“大金国‘霸王旗’知会宋、辽、西夏、吐蕃、大理各国武林门派，本旗兹定于本月二十五日在麒麟山桂花台举行武林大会，打擂比武，验证各国武功高下，决出天下第一武功大国。特邀贵派前往打擂，一展神技，望勿缺席。届时若不赴约，便是自认贵国武功低微，不敌他国武功。不谓言之不预也！”

张去病念罢，道：“这金国‘霸王旗’好大口气，竟敢摆下擂台向各国武林高手挑战，邀咱们去比武决出天下第一武功大国的名头！诸位前辈见多识广，可知这金国‘霸王旗’是何门派，什么来头？”

众人都摇摇头。“巴山老鬼”道：“我在长白山上潜修多年，从未听说金国有什么‘霸王旗’门，不知金国几时钻出这么个门派，竟不把天下高手放在眼里，如此大言不惭，咱们得去会会这‘霸王旗’高手！只是，不知那麒麟山桂花台在何处？”

申六爷道：“麒麟山桂花台在鲁豫交界处。齐老侠说得对，我大宋各门各派必须去打擂，夺下那天下第一武功大国名头，才对得起各派祖师爷！现下好了，有张公子来主持打擂大局，我大宋武林定能打败番国高手，夺得天下第一武林大国称号！”

张去病道：“赵先生，咱们是先去临安报信，还是先去赴这六国武林大会？”

赵无痕道：“小主人，那‘霸王旗’战书上写明，打擂日期是本月二十五日，没几天了。倘若别国高手去了，大宋高手不去，倒显得我大宋武林心虚胆怯，不敢去应战！咱们先去参会打擂，夺天下第一武功大国名头，扬我大宋国威，再去临安报信，误不了大事。”

张去病点头道：“好，先去打擂。只是那‘霸王旗’敢向各国武林叫阵，必是谋定而动，有备而来，咱们得赶快串联各大门派，一起赴会方能胜券在握！”申六爷道：“该当如此，老朽听候公子差遣！”

张去病摇手道：“众多前辈在此，我怎敢妄自尊大？去病抛砖引玉，先说个法子，由大伙来定夺。”众人点了点头。

张去病道："串联各派之事，咱们分头去办。申掌门可按原来想法联络齐鲁燕赵门派。我去嵩山联络少林派，赵先生去洛阳联络丐帮，齐先生去湖北联络武当派，杜伯伯去联络大龙山金银二老，龙帮主去联络四川峨眉派，穆堂主去联络江淮各中小门派。数日后，咱们在麒麟山桂花台上会合共商打擂之事，前辈们意下如何？"

众人见张去病虽年轻，部署却井井有条，不愧是将门之后，都道："便是如此。"张去病道："好，吃完酒饭，咱们便分头行事！"

吃喝之间，众人又叙说了些武林遗事。申六爷提到张去病在摩尼岩上化解正邪恶斗之事，还连竖大拇指。群豪吃罢酒饭，出了酒店来到镇口，纷纷拱手作别，分头各奔东西。

张去病带着柳语取道少林寺，打马向南驰去。两人一路快马加鞭，行了数日，抵达嵩山脚下小镇上。其时天色傍晚，二人找一家客店寄养马匹，在店内吃些食物，便出店门直奔少林寺。

张去病这是第三次到少林寺。头一次同柳语前来求弘无方丈为他打通任、督二脉。第二次同秦淮前来少林寺报信。这一次再来身边有柳语，却不见了秦淮。远望巍巍嵩山，物是人非，想起秦淮生死未卜，不由心生惆怅。赶到嵩山脚下时天已黑尽。二人急登山道，不到半个时辰便奔到山门不远处。其时夜色已浓，少林寺山门已然关闭，庙外不见有僧人，张去病心想寺里静静的，莫非众僧在做晚课？

他正寻思，忽见寺门打开一扇。一个灰袍僧人伸出头来四下窥探，似乎有什么隐秘之事不愿让人看见。张去病忙拉着柳语伏在一块岩石背后，不惊动那僧人。

那僧人见四周无人，急步走出门外。张去病一看那僧人瘦高，背微驼，认出是少林寺的法严禅师。只见他走到左侧一株大柏树下，飞身跃上树冠，将一件东西系到树枝上，左顾右盼一瞬，才飘然下树，走进庙将大门关上。

张去病心下寻思：法严禅师偷偷摸摸将何物系在树上？他这是在干什么？

他心下好奇，道："语儿，那人是法严禅师。咱们去看他将什么东西挂在树上？"柳语目力不逮，没看清法严举动，道："去病哥哥，我没看见他将东西挂到树上啊？"

张去病笑道："走上前去，你自然看见了。"二人走到那大树下抬头一看，只见树上挂着一大朵白纸扎的莲花。

柳语道："去病哥哥，那法严禅师将这纸花挂在树上是何用意？"

张去病摇头道："我也不知。挂这纸花，或许是寺内在做什么法事吧……待我前去叫门。"他朝山门走近几步，忽觉不对。寻思庙里倘若做法事，怎不闻磬钟之声？法严禅师挂这纸花也不应该偷偷摸摸挂，这是咋回事？

他忙对柳语道："语儿，这纸花挂得有些蹊跷。你在庙门外等一会儿，我先潜入寺内去看看。倘若是无事，我一会儿便出来。"

柳语点了点头，道："去病哥哥，少林寺内高手多，你可得小心！"

张去病点点头，纵身跃上大树往寺内望去。只见除了几处大殿有灯光射出之外，唯有三处禅房还有光亮。他从枝头上双足一跃进入寺内。小心翼翼在黑暗中潜行，以免被少林僧人撞见。他经过天王殿，绕过大雄宝殿沿着一条小道往前行。忽然间，听见前方拐角处传来脚步声，有几人急步走来。他忙藏身花坛后。

那脚步声越响越近，一个洪亮的声音道："弘意师弟，方丈师兄下午还好好的，怎么突然得了急病？"

张去病第一次到少林寺时，见过少林五大高僧。不久前在摩尼岩上又与弘远、弘空、弘法三僧重逢。此时一听这声音，便知说话之人是弘空大师。却听一个沙哑的声音道："师兄，我也是才听人说，还不知详情。"

听这沙哑声音，张去病想起五位高僧中，有一个身材瘦削，颧骨高耸，面色阴沉的老僧，法号弘意。这老僧不爱说话，时常微闭两眼，似乎总在想什么心事。

又听一个柔和的声音道："弘意师弟，方丈得的什么急病？"张去病辨出是弘远大师的声音。弘意道："听说方丈是心口疼痛，病情甚危！"

一个低沉的声音道："快走！方丈年事已高，突得急病，咱们得赶快去探望，以防师兄有什么三长两短！"张去病一听，是弘法大师的声音。

转瞬间，见四僧步履匆匆走来。走在最前头的僧人浓眉深目，方面大耳，是般若堂首座弘空大师。右侧走着一个满腮浓须，目光如电，法相威猛的老和尚，却是戒律院首座弘法大师。左首走的老僧身形枯瘦，低眉垂目，便是达摩堂的首座弘远大师。一个身材瘦削，颧骨高耸的僧人跟在三人身后，则是弘意大师。四僧疾步从花坛前走过去。张去病探头一看，弘空、弘远、弘法三僧快步走在前头，弘意落后一步，四人朝方丈室疾步走去。

他寻思：我来联络少林派去打擂，却遇上方丈得急病，来得不巧，少林寺只怕不能去打擂了。但方丈大师于我有恩，我既知他患病，应去探视他老人家。如此一想，他从花坛后转出，迈步去赶前面四位神僧。此时他功力天下无匹，走起路来步履轻如鹅毛，纤尘不惊。前面四僧武功高深，竟丝毫未觉察身后有人。

四僧步履极快，不一会儿走到方丈室前。张去病正想上前同四人打招呼，突然间，只见弘意大师身形疾闪，双手快如迅雷般抓在弘空、弘远、弘法三僧的背后大穴上。三僧惊愕回头，闷哼一声，身子软软倒下。

张去病大吃一惊，急忙闪身藏到墙角黑暗处。这变故来得太突然，太诡异，令他非常震惊，一时不知如何应对。只听弘空喝道："弘意！你……这是做什么？"

弘法怒道:"弘意,你为何暗算我们?你想做甚!"

弘远却道:"阿弥陀佛!弘意,咱们是同门师兄弟,平日里并无仇无怨,有何事不可明言?你这是为何?"

弘意沙声哑气道:"三位师兄莫恼。我有件大事要同你们商量。但恐师兄们听不进去,反倒怪罪师弟,我才出此下策!"

弘空沉声问道:"商量什么事不能好好说嘛,非要暗算我们?"

弘意道:"此事重大,咱们还是进方丈室去说吧。"说时伸手一抓,将弘空搭在肩头上,空出双手来,一手提起弘远,一手提弘法走进方丈室去。

张去病见少林寺内突发变故,心下踌躇。他想:常言道,家丑不可外扬。我此时露面探望方丈似乎不妥。不如下山去明日再来。他正欲返身出寺去,忽听方丈室内传出惊呼声:"方丈师兄!方丈师兄!"又听见一阵咳嗽声急促不绝。

张去病一惊。心想刚才弘法大师说"以防师兄有什么三长两短",万一方丈今夜圆寂,我明日来,岂不是见不着他老人家了?可是此时又不便进屋去探望,这怎生是好?他略一思索,便蹑手蹑脚走到方丈室后面,隔墙听听方丈病情,倘若无大碍便明日再来拜见方丈。

他悄悄走到壁下,脚步比猫还轻,室内几位高手无一人听见半点声息。一线灯光从板壁的缝隙里射出来,他凑近缝隙往室内看去,只见室内灯光昏暗,南壁下有张禅床躺着一位老僧,脸色蜡黄,身子干瘦,在不住咳嗽,正是方丈弘无大师。

弘空、弘法、弘远三僧歪倒在地上。弘意立在方丈的床头,道:"师兄,此刻可是好受一些?"

弘无方丈咳嗽一会儿,渐渐停下来,但仍在大口喘息,无法言语。弘空急问道:"方丈,你几时患上急病?病况严重吗?"

弘远、弘法亦问道:"师兄,病况如何?身子有大碍吗?"

弘无方丈缓缓转过头来,看见三人委顿在地,惊道:"咳,咳咳,三位师弟,你们……怎么坐在地上?"

弘远道:"弘意说方丈患了急病,我们三人赶来看望,却不料走到门口,弘意乘我们不防,点了我们要穴。我等执礼不端,望师兄见谅!"

方丈听罢缓缓道:"弘意,我突然患上急病……你是……如何知晓的?"

弘意道:"是听我徒弟法严说的。适才,法严对我说方丈突然得病,病况甚危。我便跑去邀三位师兄来看望方丈。"

方丈一怔,道:"你听法严说的?这两日法严从未见过我,他怎知我患急病?"

弘意道:"这个……我也不知。"

第二十七章　阴谋

方丈又道：“弘意，你邀三位师兄来看我，为何要……要将他们三人制住？”

弘意道：“听说方丈病重，我这是以防万一！”方丈和三僧听此言，皆是一怔。方丈道：“以防什么万一？”

弘意道：“我闻知方丈患重病很着急，便去请三位师兄来探望方丈。走到门口时，我忽然想到师兄年过八旬，染上沉病，若是你想将方丈之位传给哪一位师兄，万一其他师兄不服气，为争方丈之位打起来，少林寺便会大起祸端！我为了以防万一，便得罪三位师兄，暂将他们制住！”

方丈摇头道：“弘意，你三位师兄皆是深明大义之人，他们不会争方丈之位，更不会打起来。他们不会违我之命，你解开他们穴道吧。”

弘意道：“方丈之命，弘意不敢不从。但为防止祸起萧墙，我以为，还是暂不为他们解开穴道为好，望方丈勿责怪弘意。”回头又对弘远、弘空、弘法三人道，“三位师兄，弘意得罪了！”

弘法冷笑道：“弘意，谁想争这方丈之位，大伙心知肚明。你急匆匆来对我们说方丈病危，叫我们赶来探望方丈，你却暗算我们三人。嘿嘿，只怕是你想争方丈大位！”

弘意争辩道：“弘法师兄，你想岔了。方丈之位，有德有能者方可居之。再说没有方丈亲传，谁想争做方丈也是白搭，你说是不是？”

弘空怒道：“什么想岔了？你想做方丈尽管明说！哼哼，何必使这种鬼域伎俩？”

张去病寻思：两位大师好厉害，一语道出了弘意企图。弘意出手偷袭三位师兄，说是为防止他们争做方丈闹出乱子，实则是他想争方丈之位，才将三位大师制住……想到此处，他心中忽然闪过一个念头：啊哟，不好！方丈病重，三位大师受制，倘若弘意为争方丈之位居心不良，方丈和三位高僧危矣！一瞬间，他感到少林寺内危机四伏，似要发生惨烈之事，不由心头一震。

却听弘远大师喝道："你们别斗嘴了！方丈病重，眼下之急，是咱们赶紧想法为方丈治病。你三人争闲话，岂不耽误为方丈治病大事？都不要再说了，咱们赶快想法子医治方丈师兄才是正经！"

弘远排位弘无方丈之后，在众僧中威望甚高，他一向说话谦和，为人温良，从来不呵斥人。此时喝声严厉，令弘意、弘空、弘法三人都是一愕，顿时住了嘴。弘远回过头来，道："方丈，你患了何种急症，服过药了吗？"

弘无方丈道："不知患什么病，从下午起便咳嗽……又觉胸闷气短，一会儿头痛欲裂，一会儿浑身冒大汗，四肢无力，服下几种药也不管用，愈痛愈烈……唉，或许是我老不中用，大限已到了……"

弘空怀疑道："方丈师兄功力深厚，身子一向清健，怎么会突然之间染上重症？"

弘法亦道："是呀，师兄一向身子硬朗，极少生病，今日这病来得可疑！"

方丈摇头道："没有什么可疑的。我年纪老迈患上急病，也在情理之中……眼下重病，只怕朝不保夕。弘意适才说得不错，我若不安排后事，咳咳，一旦撒手人寰，恐寺内会起纷争……"

弘法道："师兄，你先别想这事。眼下治病要紧，我们赶快派人去那回春谷，请那'还魂药王'来为师兄治病！"

弘无方丈摇头，道："不必了。托佛祖庇护，我今年八十有六，活得够长了，生死由命罢！但在我离去之前，是该将这方丈之位传给你们……你四人各有所长，皆服众望。只是弘远、弘法年纪已高，若做方丈精力不济，也做不长久。弘空处事性急，脾气暴躁，若做方丈易招众怨……咳咳，这方丈一职，我看还是由弘意担任，较为合适……"

弘空急道："方丈，弘意师弟六根未尽，利禄心重。他若做了方丈，只怕我少林寺从此佛学凋零。弘空此言，决无争做方丈之意。请方丈三思！"

弘无方丈道："弘意六根未尽，可精进参禅，以克不足……你们不可对他抱有歧见。"

弘法道："方丈，弘意他……"弘无方丈不等弘法说完，摇头道："众位师弟不必再言，我意已决，现将方丈之位传给弘意！"

弘意喜上眉梢，忙道："师兄将方丈重担交给弘意，我当恪尽职守，不负师兄厚望！方丈……那祖师的衣钵，你何时传给弟子？"

张去病在禅房外听得心中迷惑。心想弘意人品可疑，弘无大师为何将方丈大位传给他？倘若他日后行事不端，少林派如何在武林中领袖群伦？

他正思量，忽听有人朝方丈室走来。他转头一看那人瘦高，背微驼，却是在山门前挂纸花的法严禅师。只见他快步走到方丈室门前，停住脚朗声道："禀告方丈，武当派掌门人金风道长和贞风道长前来求见！"

张去病心中一动：金风道长和贞风道长夜里求见方丈，莫非同我一样，也是为打擂之事而来吗？

弘无方丈道："武当掌门人此来，定有急事！可我身子不适，不能亲迎他们。弘意，你代我去接待他们罢。法严，你去对武当掌门人说，我甚感歉疚，代我问候武当掌门和贞风道长！"法严道："是"，转身匆匆离去。

方丈又道："弘意，你去好生款待武当掌门，代我向他们致歉。他二人来得正好，待会儿，我便召集全寺众僧举行坐床大典，宣告你接替方丈之职，那时将祖师衣钵传给你，武当掌门人也可作个见证！"

弘意一听心下激动，声音微颤道："弟子遵命，我这就去。"说时转身要走。

弘无方丈道："弘意等一等，你为你三位师兄解开穴道罢。"

弘意应道："好"，走到三人身旁抬手欲为三僧解穴。转念忽想：莫忙！祖师衣钵还未到手，坐床大典也未举行，我还没真正当上方丈。我走后，他们三人若劝说方丈改变主意。我为他们解开穴道，便再也奈何不得他们，岂不坏了大事？

当下收住手，笑道："方丈，适才弘意对三位师兄大是不敬，师兄们一定很生我的气。此刻解开他们穴道，三位师兄一人打我两下，弘意可经受不住。请方丈先劝三位师兄消消气。我去接待武当掌门回来，便为师兄们解穴。"说罢不等方丈答应，便急步走出门去。

弘空怒道："弘意，你欺人太甚……"张去病见弘意疾步走上小径，心想方丈已传位给他，他还不肯解开三位大师穴道，还想捣什么鬼？

待弘意远去，他欲进屋去拜见方丈，为三僧解开穴道。忽听方丈急呼道："弘空、弘远、弘法！"

三僧从未听过方丈声音如此急迫，皆是一惊，齐声道："弟子在！"

方丈道："眼下少林寺大难临头，我有急事对你们说！"弘空、弘远、弘法大惊失色，紧张问道："师兄，少林寺有什么大难临头？"

弘无方丈喘几口气，才道："适才，我没对你们说实话，我非是得急病，而是被人暗中下剧毒，此刻性命垂危！我用仅存一点功力对你们说话，你们要听清楚！"

张去病大吃一惊：寻思弘无方丈武功绝顶，有人竟敢对他老人家下毒，此人难道吃了老虎胆豹子心吗？

弘空急道："师兄，你怎会被人下毒？是几时中毒的？何人如此胆大包天，敢对师兄下毒？"弘法亦惶急道："师兄，你可知中的什么剧毒？有法子解吗？"

弘远大师心忧如焚，道："不管有没有法子，咱们赶快设法为方丈解毒！"

方丈摇头道："来不及了！你们不知，我中的毒是'九柱苔莲'，此毒是天竺国毒物。中土只有那'还魂药王'能解此毒。我当年同那药王聊天，他曾对我说过凡中此毒者，身子会不断渗出乳白汗水，直到身上水枯血尽而死，你们看……"

方丈说时掀起僧袍，露出身子，三人一看方丈的胸上、腹上密密麻麻布满乳白汗珠，犹似盐粒，已将内衣浸湿一大片。三僧惊愕得说不出话来。

方丈又道："那药王说中了此毒，一个时辰内尚能救治。过了一个时辰，便是神仙也束手无策！今日晚膳后，我发现自己中毒，服下本门解毒药，全无效用。现已过了一个多时辰，已无药可救了！"

弘空愤怒道："方丈，这下毒恶贼是谁？待我一掌毙了他！"

方丈道："我中毒之时，只知那下毒之人是本寺僧人。他或许是将毒下在茶水中，或是下在菜饭里。但不知他是谁，也不知他因何对我下毒。直到刚才，我才猜出下毒之人是谁，才明白我大半截身子已埋入黄土，他为何急着要毒死我！"

三僧一惊，道："方丈，那人……莫非是弘意？"弘无方丈点了点头，长叹一声，道："那人便是弘意！"

弘空恼怒道："师兄，你平日待那弘意不薄，他，他怎能对你下此毒手？这厮也忒狠毒了！"

方丈又叹道："起初，我也不知他为何要害死我，此时我才明白，他对我下毒手，是为夺得这方丈之位！"

三僧听了都迷惑不解。弘空道："师兄，你既知那下毒之人是弘意，为何还要将方丈之位传给这恶贼？"

方丈道："弘空师弟，你率直粗疏，陋知人心。你想他先对我下了毒，然后又暗算你们，可见他对方丈之位志在必得！我中毒后，他知我命在旦夕，便去将你们叫来，名为来看望我，实则是来逼我交出方丈之位！为夺方丈位子，他施计将我们四人制住。我若是不说传位给他，而传给你们任何一人，此刻我们四人还有命吗？"

弘空惊得"啊"的一声，又道："刚才我们死里逃生而不知，误会师兄了！师兄法眼如炬，弘空难望项背！"

弘无方丈叹道："唉，都怪我平日不察弘意之奸，遭他暗害，还说得上有什么法眼如炬？适才情形危急，我佯装不知中毒，不让弘意察觉我已将他识破，以免他暴起伤人。为使他不对你们下毒手，我只得施缓兵之计，允诺将方丈之位传给他。

幸亏武当掌门人来得及时，我才有由头将他支走……"

张去病听方丈这一番话，暗赞道："方丈身陷危境，镇定如恒，应变有方，不愧是执武林牛耳的少林寺住持！"

忽听弘无方丈庄严道："弘远听示！"弘远忙道："弟子在。"

方丈道："弘远人品端庄，佛学精深，极得众望。我现将少林寺方丈之位传给你。望你勤修精进，弘扬佛旨，普度众生，带领众弟子光大少林寺千载基业！"

弘远惊惶道："方丈，这，这，这重任……弘远只怕担当不起！"

弘无方丈不说话，伸手抽出脑下枕头，撕开一道口子，从枕芯内取出一件乌黑袈裟来。那袈裟又薄又轻，破烂不堪。方丈将袈裟抛给弘远大师，又道："此袈裟是达摩老祖衣钵，我将它传给你。你将袈裟藏好。脱险之后，将它出示众僧，有弘法、弘空二人为证，众僧无疑，便举行方丈坐床庆典！"

弘远手脚不能动，无法收起袈裟，为不让弘意返回看见袈裟。只得侧身压在袈裟上，将袈裟遮掩住。

方丈又道："弘意点了你三人的穴位，此时能运功冲开吗？"三人急忙运功冲穴，气息仍是滞迟，冲到被封穴位，后劲衰减，无法解开穴道。

弘法道："方丈，弘意恶贼下手极重，力透经络，我们一时还冲不开被封穴道。"

方丈焦急道："这如何是好……"忽然间，方丈上气不接下气，断断续续道，"弘意返回之前……你们务必，务必……想法解开穴道。"

方丈说罢闭上眼睛，胸膛起伏不定，张着嘴大口喘气。三僧急呼道："方丈！方丈！"却不见回应。

弘空急道："两位师兄，方丈命在旦夕，我们动不得，快叫喊僧人来为我们解穴，料理方丈后事！"

弘远忙道："师弟不可叫人！弘意在寺内定有同党，倘若叫来弘意同党，咱们反倒自投罗网！"

弘空一愣，道："冲不开穴道，咱们难道坐以待毙不成？"

忽听有人道："诸位大师勿忧，我来为你们解开穴道！"一人纵身进入室内，走到禅床前拜倒，道，"张去病拜见方丈！"

三僧一听来人是张去病，惊喜交加。弘远、弘空、弘法三人在摩尼岩上见过张去病人品武功。此刻一见他到来，情知少林寺有救，齐诵道："阿弥陀佛！"

方丈神志尚清，听说张去病到来，使尽全身残存一点力气睁开眼睛，迷迷糊糊地望着张去病，道："张公子……是你吗？……"

张去病忙站起身来，道："方丈，是我，我是张去病！"方丈两眼陡然一亮，射出喜悦光芒，又断断续续道："我佛慈悲……天助……少林！"说罢便阖上双目，寂然无声。

张去病不敢惊动方丈，转身出手为三僧解穴。先前他看见三僧被弘意所封的穴位分别是"中枢穴""灵台穴""神道穴"。此时他伸手在三人背上轻拂几下，三僧觉经络一震，气血顿时畅通，忙跳起身来双掌合十道："阿弥陀佛，多谢张公子救少林急难！"

张去病忙抱拳还礼，道："举手之劳，三位大师不必挂怀。去病夜闯入少林大胆妄为，望三位神僧不要见怪！"

弘远大师道："张公子前来救困，我三人道谢还来不及，怎会见怪？但不知公子深夜造访少林有何急事？"

张去病忙将金国"霸王旗"邀各国武林比武打擂，争夺天下第一武林大国之事简要说了一遍。

三僧一听，皆道："大宋武林自当前往！"随即想到少林寺发生内乱，三人又神色黯然。

弘远大师从地上捡起达摩祖师的袈裟放入怀内，道："眼下少林出了叛逆，方丈师兄危在顷刻。唉……这事待我禀告方丈，听师兄有何吩咐。"说罢走到禅床前，轻声道："方丈，方丈！"连叫几声，方丈毫无动静，面容安祥，如熟睡一般。弘远大师暗惊，伸手在方丈鼻前一探，方丈已然圆寂。

弘远忙双掌合十悲戚道："阿弥陀佛！弘法、弘空，方丈已圆寂了！"弘空和弘法忙走到禅床前跪下双掌合十，低声诵起经来。

弘远道："张公子，我三人诵《往生咒》超度方丈亡灵，暂不能分身去擒那叛逆弘意。他此时在知客堂接待武当掌门金风道长，老衲请公子再助我少林寺一臂之力，去暗中将他看住！"

张去病道："去病这就去。"他在方丈的遗体前拜了几拜，起身走出方丈室。三僧见张去病应承而去心中稍定，三人面容肃穆地跪在禅床前轻声念起《往生咒》来，声音凄然而庄严。

张去病头一次到少林寺去过知客堂，还在堂内看过禅宗五祖的画像。可那一次他进寺是白天，没在意知客堂的方位。此刻是夜间，他一时想不起知客堂在何处，只得跃上方丈室旁一间屋顶，朝有灯光处所寻去。越过一片屋脊，见前面一处禅房有灯光射出。他轻轻跃到禅房屋檐上，俯身从窗口看去，见一排僧人在禅床上端然打坐，闭目精修，个个如泥塑木雕一般。

他纵身跃到旁边一座佛殿上，往四周张望，只见南侧一间禅房里有灯光，他迈动蹑云步朝那禅房奔去。此时他的功力已臻化境，两脚踩踏沾屋面似羽毛坠地，寺内高手众多，却无一人听见半点声息。他奔到禅房近前一看，正是自己来过的知客堂。却见禅房门窗开着，室内坐着几人。他跃到一株老柏树上往屋内观望，只见禅房上首坐着一个七十多岁老道，面目清癯，长须飘飘，神情庄严，正是武当掌门人金风道长。他身旁坐着一个独臂道人，年过五旬，双眉下吊，形容猥琐，嘴上蓄着两撇鼠须，却是在摩尼岩上失去一只手臂的贞风道长。弘意坐在下位作陪。三人正在叙话。

只听金风道长语气急切道："弘意大师，那金国'霸王旗'摆擂，邀各国武林高手打擂比武，决出天下武林第一大国。我收到'霸王旗'发出的帖子，便赶来找方丈相商比武之事。现下方丈病重，大宋武林群龙无首，这如何是好？"

弘意面带笑容道："道长无虑。方丈师兄病重，自知不久人世，已另立新方丈，今夜便举行坐床大典。打擂比武之事，新方丈会同道长共同商量。方丈还说，要请二位道长做贵客，见证新方丈坐床哩！"

金风道长喜道："是吗？由新方丈来主持打擂之事，老道就放心了！弘意师兄，但不知贵寺方丈一职，由哪位大师来接任？"

弘意双掌合十道："大师二字不敢当！蒙弘无师兄青眼有加，将方丈之位传给弘意。"

金风道长和贞风道长忙竖掌，道："恭喜，恭喜！"

贞风道长道："弘意神僧心志高远，坐上方丈之位，一定能光大少林寺佛学武学，实在可喜可贺！"

弘意笑容满面道："贞风道兄过誉了！请二位道长稍候片刻，坐床典礼过后，咱们再详细商谈打擂之事，弘意定当率少林弟子尽全力！"

便在此时，小径上传来脚步声，张去病从树枝缝隙里看去，只见两人从小径尽头走来。走在前面的是法严禅师。他再看法严身后那人，不禁大吃一惊。那人二十几岁，身穿一袭银色起花华服，容貌英俊，风流倜傥，却是冤家对头秦员！

张去病寻思：秦员这厮到少林寺来做甚？是来烧香许愿，还是另有图谋？却见二人走到门口，法严禅师停下脚，站在门外道："师父，有位秦施主前来求见。"

弘意道："请他进来吧。"法严转过身对秦员道："秦施主请进。"

秦员走进屋双掌合十，道："参见弘意大师。"弘意道："施主夜到少林，有何要事？"

秦员道："在下姓秦名员，乃是大宋朝秦太师之孙。我有一妹妹名叫秦淮，前些日子不幸夭折。在下遵家父之命，前来恭请少林寺高僧去临安为亡妹做法事。"

张去病大吃一惊："秦淮她……死了？"刹那间喉头发哽，他忙忍住悲痛，继续听秦员说话。

弘意指着一张椅子，道："秦施主请坐。"等秦员坐下，弘意又道，"普度众生是佛门之责。施主定下日期，敝寺便派僧人去为你亡妹诵经作法。"说罢，转头对法严禅师道，"法严，为三位客人上茶！"

法严禅师应诺走出屋去。秦员伸手入怀掏出一个包放在桌上，将包裹绸缎打开，里面金光灿然，竟是二十根黄澄澄金条。

秦员道："弘意大师，这是我敬献佛祖一点香火，不成敬意，请大师收下。"

弘意正要说话，法严禅师端着三碗茶走进屋来，只得暂时打住。法严在金风道长、贞风道长、秦员三人身旁茶几上各放一碗茶，垂手立在弘意身旁。

弘意见上茶已毕，才道："阿弥陀佛！秦施主一片至诚，佛祖定会保佑公子！"又对法严禅师道，"法严，你将秦施主供养的香火钱收下罢。"

法严禅师正要拿金条，却听金风道长道："弘意大师，此钱断不可收！"弘意一怔，道："道兄何出此言？"

金风道长指着秦员，道："此人乃是大奸臣秦桧孙子，他这些钱都是那秦桧搜刮百姓的民脂民膏，肮脏至极！大师收这种脏钱岂不亵渎佛祖……"

金风道长还未说完话，秦员抢道："这位道长，敢问如何称呼？"

贞风道长代答道："这是我武当派掌门人金风道长！"

秦员忙拱手道："啊呀，原来是天下闻名的武当掌门，失敬、失敬！在下正想去武当山拜见你老人家，没想到在此见到道长，太好了！"

金风道长一愣，道："老道与你素不相识，从无往来，你见我做甚？"

秦员道："道长道行高深，我爷爷极仰慕道长，想向道长学那长寿之术，好为大宋皇上和百姓鞠躬尽瘁，故命我去武当山迎请您老人家去临安传道。道长若去临安，我爷爷一定奏请皇上，册封道长为道教教主，让万人景仰道长，不知道长是否愿去？"

张去病一听心中冷笑：金风道长是何等人物，怎会去教秦桧老贼长寿之术？秦员这厮无知到如此地步，想用什么道教教主名头，笼络金风道长给老贼当鹰犬，这不是白日做梦吗？

果然，只听金风道长怒喝道："臭小子，你说什么？你要老道传你爷爷长寿之术，让他老而不死，久祸大宋吗？嘿嘿，臭小子，要不是在少林寺内怕污了佛门圣地，你如此侮辱老道，我便一掌毙了你！"

秦员见金风道长动怒，惊得避到一旁，又道："道长何必生气？我爷爷对您老人家一片至诚。我爷爷说，道长如答应去临安，他不但奏请皇上册封你做道教教主，还要奏请皇上为道长建天下最大道观，每年赏赐道长上万银子花销，让道长享荣华富贵……"

张去病暗暗诧异：金风道长已然发怒，秦员还要火上浇油，这厮不要命了？他真以为在少林寺，道长不便取他性命吗？转念又想：不对！此人一向狡猾奸诈，不会如此愚蠢……他如此激怒金风道长，是何用意？

金风道长勃然大怒，他站起身来道："臭小子，你敢对我胡说八道，我一掌毙了你！"

弘意闪身上前拦住金风道长，道："道长息怒，秦施主少不更事，道长不必同他一般见识。我送秦施主出去，道长消消气。"

弘意说着将秦员推出门外，回头道："法严，武当掌门说得不错，秦施主的香火钱咱们不能收，拿来还给秦施主吧。"法严道声："是。"从桌上拿起金条追出门去。弘意和秦员走上小径，法严赶上去不知对二人说些什么。三人走到小径尽头，停下脚步低声交谈。

张去病往知客堂里一看，金风道长仍在生气。贞风道长端起一碗茶递到金风道长手上，道："师兄，别同这小子恼气，不值得！喝口茶消消气吧。"

金风道长气恼道："这臭小子当我是什么人了？竟想用荣华富贵收买我，气死我了！"揭开碗盖喝一口茶，又道，"气死我了！"又喝了一大口茶，才缓缓坐下。

贞风道长道："师兄莫恼。咱们在少林寺是客，不便出这口气，便宜了这小子。他日我去临安，好生教训这小子一顿，给你解气便是！"

突然，只听哐当一声，金风道长手上茶碗掉到地上。金风道长伸手捂住胸膛，脸上神色痛苦至极，颤声道："贞风，这茶里有毒！"

张去病一听惊骇万分，心想：茶里怎会有毒？莫非是法严……下的毒？贞风道长惊异道："这少林寺的茶……怎么会有毒？"

金风道长用手紧紧压住胸口，喘气不迭，道："贞风，少林寺有人暗算咱们，此人定是法严！我武当派同少林寺向来交好，不知他为何对我下此毒手？"

张去病心道："金风道长料得不错，茶是法严端来的，准是法严在茶里下的毒！这人疯了吗？他为何要下毒害金风道长？他这样做究竟是为何？我得赶快救金风道长！可我身上没有解毒之药，如何救得道长呢？"

却听贞风道长道："师兄莫忧，我带有本门解毒药，我给你服下！"

金风道长摇头道："不可。未弄清中什么毒，不可乱服解药！贞风，等一会儿法严回来，你出其不意将他制住，逼取解药，方能救我！"

张去病回头一看，弘意、法严、秦员三人仍站在小径上说话，无返回知客堂之意。他想，待我去将法严擒下逼他交出解药。转念又想：自己非两派中人，插手少林和武当的仇怨有些不妥。忽听金风道长大叫一声。他回头一看，金风道长跌到地上，贞风道长忙将他扶起。金风道长还没坐稳，又痛叫一声跌到地上。

贞风道长又扶起金风道长，道："师兄，痛得厉害吗？我去捉住法严要解药！"说罢将金风道长放坐在椅子上转身要走。

金风道长道："贞风莫去！那法严定有同党，你一人斗不过他们……啊哟，这毒药好厉害！我浑身经络逆转，两眼直冒金星，功力似在散去……"贞风道长急道："师兄，这如何是好？"

金风道长紧蹙双眉，运功强镇住痛楚，道："贞风，我怕是不能活着走出少林寺了！乘我一息尚存，我将武当派掌门人之位传给你，你赶快逃出少林寺去！"

贞风道长摇头道："不，师兄，咱们再想想别的法子！"

金风道长喝道："贞风，别婆婆妈妈！我命你跪下，恭接掌门人信物！"

贞风忙跪在金风道长面前。金风道长从手腕上取下一个乌黑晶亮的手镯，不知是何种金属打造，镯子上镂刻着太极图案，配有八卦纹饰，古香古色。

金风道长举起手镯，道："此镯是我武当派开山祖师爷信物，我将它传给你，命你接替武当派掌门之位！"说着将镯子递到贞风道长手上，又道，"你不用管我，赶快逃下嵩山回武当山去，日后为我报仇！"

贞风道长拿着那手镯往上一抛，五指缩拢往镯中一穿，将手镯套上手腕。他站起身来，看着手腕上的镯子，忽然一声长笑"哈哈哈……！"

金风道长惊愕道："贞风，你笑什么？"贞风道长不答，仍长笑不止。

张去病隐隐感觉事情不对，心想在这危难之时，贞风道长就算当上掌门人，也不该如此得意忘形！他正寻思，却见弘意、法严、秦员三人快步朝知客堂走来。一进门三人便拱手道："贞风道长，恭喜你如愿当上武当派掌门人！"

金风道长大吃一惊，道："贞风，他们怎知此事？"迷惑瞬间恍然醒悟，惊疑道："贞风，你，你，你……同他们是一伙的？"

贞风道长点头道："师兄说得不错，我同他们是一伙的！"

金风道长双眉一掀便要发怒，但瞬间又平静下来，冷冷道："这么说来，他们对我下毒，你也参与了？"

贞风道长点头道："师兄精明过人，一猜就中！看在几十年师兄弟情分上，我把实情对你说罢。你刚才说得不全对，不是弘意大师要对你下毒，他们是照我的计策行事，师兄莫怨恨他！前几日，得知师兄要到少林寺来，我便飞鸽传书给弘意大师，请他备好茶水款待师兄。哈哈，果然如我所料，师兄不但将茶喝下，而且心甘情愿将掌门之位传给我，我请师兄喝这碗茶，真是千值万值！"

看见贞风得意扬扬，金风道长气得脸色铁青，却强忍怒气，道："贞风，你为夺掌门之位，将这夺位阴谋安排得滴水不漏哪！"

贞风道长摇头道："师兄过奖了！师兄久经江湖，经验老道，又是宁折不弯之人。我要从你手上夺得这掌门之位，又要把武当众弟子都蒙在鼓里，还真不好办！所以我就……"

金风道长道："所以你就选择远离武当的地方对我下手，是不是？"

贞风道长点头道："师兄高明！正是如此。但是师兄只知其一，不知其二……"

金风道长冷哼一声，道："哼，我有何不知？那其二便是：你不但要找一个远离武当的地方下手，瞒住同门；你还要找一个我不防备的地方下手，你的阴谋才能得逞。你料定少林寺是人所共仰的名门正派，我对少林高僧不会戒备，所以你选在少林寺下手，是不是？"

贞风道长一怔，道："啊呀，师兄真是料事如神，什么事也瞒不过师兄法眼！"

金风道长冷冷道："你别冷嘲热讽！我瞎了眼才着了你的道儿，还叫什么料事如神？"

贞风道长又道："虽说，我找好请师兄喝茶的地方，但我仍担心师兄功力深厚，经验极多，只怕毒茶难瞒过师兄。所以其三是……"说到此处，他不往下讲，却问道，"这其三，不知师兄可猜得出？"

张去病寻思：那"其三"是什么？莫非是弘意叫法严上茶时，将毒下到茶水里？不对，既然金风道长功力深厚，极有江湖经验，毒茶要瞒过他的眼睛可不容易……那么，贞风道长说的"其三"究竟是什么？

他仔细回想金风道长中毒情景：先是秦员劝说金风道长去临安传秦桧长寿之术，金风道长大怒。然后是弘意排解纠纷，将秦员推出门去。接下来是贞风道长递茶给金风道长，劝他喝茶消气。金风道长揭开碗盖，没有看茶水一眼便接连喝下两大口……想至此，他脑子里灵光一闪，这些片段串成一条线索，他险些叫出声来！

忽听金风道长冷冷道："要揭穿你们这台鬼把戏，又有何难？这其三，便是扰乱我心神，让我毫无觉察将毒茶喝下！"抬手一指秦员，道，"你叫这臭小子来对我胡说八道，故意将我激怒。趁我气恼之际，贞风，你这畜生便趁机将毒茶端到我手上，劝我喝茶消气。我在气头上不察便着了你的道儿，是不是？"

张去病见金风道长疼痛难当，仍心明如镜，将贞风诡计看得清清楚楚，同自己推测大致不差。俗话说当局者迷，旁观者清。道长却一点都不迷糊，不由令他大为佩服。转念又想：贞风道长的诡计一环紧扣一环，滴水不漏。此人太奸诈阴险，难怪连金风道长这行走江湖几十年的人都中他圈套！唉，真是家贼难防！弘无方丈被害，何野风被暗算，何尝又不是如此？

秦员在旁笑道："哈哈，金风道长，你虽然料得不差，但事后方知，又有何用？适才，我劝你到临安城去风风光光做教主，你不去。你这人敬酒不吃，吃罚酒，此刻成了阶下囚，鸡飞蛋打真是活该！"

金风道长突然两眼精光暴射，啐道："臭小子，你以为老道中毒毙不了你吗？"说时猛地将口一张，一口浓痰飞去打在秦员脑门上。秦员大叫一声，捂头仰倒。众人万没想到金风道长中毒之后，功力还如此深厚。弘意、贞风、法严三人疑心金风道长尚未中毒，忙闪身后跃开去。

金风道长哈哈笑道："你们别怕，老道中毒很深，已是强弩之末，伤不了你们！"

他愈是这样说，弘意等三人愈是惊疑，不由得又往后退了两步，防他突然出手。三人心里七上八下。弘意寻思：莫非这老道功力浑厚，毒药伤不了他？贞风寻思：难道他喝下的毒茶水不多，中毒不深？法严寻思：莫不是我下毒药分量不够？

三人对金风道长甚是忌惮，知他武功极高，出手雷霆一击，他们便凶多吉少。一时间三人紧张得额头冒汗，贞风道长紧张得身子发颤。秦员被一口痰打翻地上，昏沉沉爬起来，一摸脑门起个大疙瘩，忙用袖子擦去脑门上黏液。生怕金风道长再伤他，捂着脑门踉踉跄跄走出门去。

金风道长见四人面露惧色，喝问道："贞风，在武当派内，你位望仅次于我，为何要干下这种欺师灭祖罪恶？"

贞风道长恼恨道："师兄，当年你做的好事，难道忘干净了？"金风道长一愣，道："我做的什么好事？"

贞风道长满脸怨愤道："三十年前，师父十分宠幸我，本要将这个手镯传给我，让我做武当掌门人。"说时抬起手晃晃腕上镯子，又道："可你将我一些不检点丑事抖落出来，师父才将掌门人之位传给你。哼，这件事你不记得了？"

金风道长道："原来你为此事记恨！哼，武当派掌门之位，应由德才双杰者居之。你人品不端，身有劣迹，怎么配做掌门人？我为武当清誉和基业，我不赞成你做掌门人，又有什么错？你却记恨我一辈子，竟敢做出这等大犯门规勾当！"

贞风道长冷笑道："本来掌门之位是我的，却被你夺去，我怎不该夺回来？现下我是武当派掌门，犯不犯门规不是你说了算，是我说了算。金风，你给我闭嘴！"

金风道长气得两眼欲喷出火来，怒吼道："贞风，你这奸贼！我一掌毙了你！"他忽将手掌一抬，吓得贞风道长闪身后跃，"砰"的一声将板壁撞了个洞，震得梁上灰尘簌簌地坠下。

金风道长扬起手掌，忽然身子晃两晃软倒椅上，一股黑血从嘴角流出，便晕了过去。贞风道长生怕金风道长使诈，双掌护住身子凝视金风道长，不敢上前去探看究竟。

秦员在门口惊喜道："他身上毒性发作了！那天竺毒佛迦南陀给我这毒药时，

说人中'天竺毒葵'之毒，嘴角淌出黑血，便是毒侵脏腑之兆，中毒之人会昏迷过去，但无性命之忧。若不给他服解药，他便长睡不醒……贞风道长，你莫怕，快上前结果这老道！"

张去病大吃一惊，心想：秦员这厮几时与毒佛迦南陀勾结上了？他忙摘下一把树叶握在手里，准备出手救金风道长。

却见贞风道长摇头道："不，我不杀他。我要留着他！"弘意诧异道："贞风道兄，你留下他如何处置？"

贞风道长道："我要将他带回武当山去！"一听此言，不但是弘意、法严、秦员三人大觉意外，连张去病也大觉意外。

秦员惊讶道："贞风道长，你要将金风道长带回武当山去？这是为何？难道你不怕夺位之事败露吗？"

贞风道长道："败露不了。我须将他带回武当山去。要不然我回去对众人说，师兄将掌门人之位传给了我，大伙知道我俩一同下山来，却不见我师兄回山，必定会大起疑心，说不定还会闹乱子来！"

法严道："贞风道长，倘若武当弟子问你，金风道长为何昏迷不醒，你如何向众人交代？"

贞风道长道："此事不难。我只需对武当众人说，掌门人在途中练功走火入魔，自知不能理事，便将掌门之位传给我，后来便昏迷不醒了。我如此一说，众人会想：若是我强夺掌门之位，一定不敢将师兄带回武当山去，万一师兄醒来，岂不是要戳穿我？他们如此一想，便会对我之言深信不疑。却不知师兄不服解药便永远醒不过来！哈哈哈……"

张去病听得心下大怒，暗道："这贞风诡计多端，心狠手辣！待我进去抢到解药将金风道长救醒！"

他正要跳下树，忽然又想：那解药在何人的手上呢？这四人除秦员之外都是高手，要一下将四人制住可不容易。万一身揣解药之人跑了，不是反倒坏了事吗？怎么办呢……有了！金风道长暂无性命之忧，我赶紧回方丈室去，请三位神僧来一同夺解药，方能万无一失！

心念闪过，他从树枝跃到旁边屋顶，朝方丈室奔去。情形紧迫他奔行快如疾风，转眼之间便奔到方丈室前，纵身跳下，进入室内。弘远、弘空、弘法三僧见他突然到来皆是一怔。

弘远忙道："张公子，出了什么急事？"

张去病忙将知客堂发生诡谲之事说了一遍，三僧听得一脸惊愕，难以置信。这一晚上，他们三人先被弘意暗算，后来是方丈中毒圆寂，此时又听见弘意、贞风、秦员三人谋害金风道长。变故一个接着一个发生，三僧隐隐感到，似乎有一张阴谋大网正在撒开，已将他们网入这可怕罗网之中。

弘空大师怒道："万没想到，武当派里也出了欺师灭祖逆徒！弘意这奸僧不但谋害方丈师兄，阴谋抢夺方丈之位，还敢勾结贞风谋害金风道长，助那贼道篡夺武当掌门人之位，这两个奸僧和贼道罪孽深重，该下十八层地狱，永世不得超生！"

弘远却忧道："少林和武当门怎会同时出两个内奸？这可是一个大疑团！还有，弘意和贞风，为何要同时下手篡夺掌门之位？此事亦大不寻常！他二人又是如何勾结到一起，策划这两起篡位夺权阴谋的？这背后……莫非有什么更大的阴谋不成？咱们一定要搞清楚他们的全部阴谋，方能彻底挫败他二人图谋！"

弘空、弘法和张去病听弘远如此一说，心头都是一震。三人既佩服弘远所思甚远，又都担心那"更大的阴谋"。三人都想：难怪弘无大师将方丈之位传给弘远，他见识确是高人一筹。

弘法大师点头道："师兄所说甚是。两大门派内同时有奸人篡夺掌门大位，此事决非偶然！一定是弘意和贞风两个恶贼蓄谋已久。只是他二人谋逆叛门，欺师灭祖，背后还有什么图谋，咱们一时还难猜出来！师兄，咱们快去知客堂捉住贞风、法严、秦员三个恶贼问个明白！"

弘远点了点头，三大神僧正要动步，便在此时，忽听小径上传来急匆匆脚步声。弘空低声道："是弘意的脚步声！"

弘远轻语道："这奸僧来得正好，咱们将计就计假装穴位未解，等他进来，套他说出背后阴谋，便将他擒下为方丈报仇！"

弘法道："好，咱们快坐回地上，装作穴位未解之状，不可露出半点破绽！"

弘空对张去病道："张公子，请找个地方暂时避一避。"

方丈室不大，室内只有一张禅床，一张小桌，几个蒲团，没有可藏身的地方。弘意的脚步声越响越近，他若出房去找地方藏身，会让弘意瞧见。弘意会怀疑阴谋败露而逃走。

时间甚紧急，忽见弘空大师抬手往上一指，张去病举目一看房顶上有根横梁，急忙纵身上去伏在梁上隐藏起来。弘远、弘空、弘法三人倒在地上，或坐或卧，装出身子僵硬模样。

不一会儿，弘意快步走到门口，却不进屋，他站在门外警惕地看了看屋内三人，见三僧身子歪斜坐在地上，方丈平卧在禅床，情景同他离去时并无二样。他又扫了禅房四角一眼，也没见有什么异样，才放心跨进屋内。

弘远道："弘意师弟，你回来了？快过来给我三人解开穴道。"

弘意道："师兄，不忙不忙。我有要事先向方丈禀报，然后再为三位师兄解穴不迟。"

他走到方丈的床前欣喜道:"方丈师兄,那金风道长说有要事同你商量。我对他讲,师兄请他参加坐床庆典后,便同他商量要事。他欣然答应,此刻他同贞风道长在知客堂等候参加庆典。我让法严陪着他们说话,前来向师兄禀报。请师兄明示,何时举行接位坐床大典?"

弘远、弘空、弘法和张去病见弘意向方丈问话,立知事情要露馅儿。弘空和弘法看弘远大师一眼,示意动手擒下弘意,弘远大师却微微摇头。二僧不知弘远有何打算,只得全神戒备,静观其变。

弘意说完话,见方丈躺在禅床上无声无息,以为方丈睡着了没听见他说话,又说了一遍。看见方丈仍是寂然无声,他忙伸手把在方丈手腕上,摸不到半丝脉相,他心中暗惊:怎么?我才离去这么一小会儿……方丈就死了?

糟了!方丈没将祖师衣钵传给我,就这么死了!他不能为我主持坐床大典,我又没得到祖师衣钵,如何能登上方丈之位?倘若弘远、弘法、弘空三人不承认方丈传位给我,我岂不是空喜一场?这如何是好?

惊惶之际,他又想:秦公子说服下"九柱莲台"之人,是慢慢渗尽身上血水而死,怎么我才离开片刻工夫,方丈便丧了命?莫非是我离去时,弘远、弘空、弘法为阻止方丈为我主持坐床大典,将方丈弄死了不成?

啊哟,不好!弘远三人能结果方丈性命,说明他们身上被封穴位已经解开,我已处在危险之中!此时禅房内暗伏杀机,我稍有不慎便会血溅当场!我得抢先出手除去他们三人!不然前功尽弃,到手方丈大位便化为泡影!一瞬间,他心头杀念大炽,心中暗道:"先下手为强,后下手遭殃!无毒不丈夫,待我出其不意将他三人毙掉!"

他缓缓转过身,暗将功力提到手掌上,假装悲痛道:"弘远、弘空、弘法,我才出去一小会儿,怎么方丈就圆寂了?你们谁害死了方丈?你们好狠心,你们不让我做方丈也就罢了,为何要害死方丈?这几十年方丈待你三人情同手足,你们竟然将他害死,你们也忒歹毒,哪有半分出家人的慈悲心肠?"

张去病在梁上一听,心中暗骂道:"这贼僧下毒害死方丈,此时他还贼喊捉贼,诬指三位大师将方丈害死,这人真是太卑鄙、太无耻、太奸诈!"转念又想,为什么天下坏人一个个都是蛇蝎心肠、心狠手毒、奸猾狡诈、卑鄙无耻,都像是一个模子铸出来的?秦桧、殷独啸、弘意、贞风、秦员、完颜龙等人个个如此。他们心都是这么黑,这么毒,这么狠,这么奸,这究竟是怎么回事啊?

他正思忖,却见弘法故作惊诧道:"弘意,你说什么?方丈圆寂了?你别胡说,方丈刚睡了一小会儿,怎么会圆寂了呢?不可能的!我们三人就守在方丈的床前,没看见方丈有何异状，你可别瞎说！"

弘意怒道："方丈明明圆寂了，你们害死方丈，想抵赖吗？"

弘远大师却平静道："弘意，你用'擒龙爪'下重手点了我们三人穴位，力透经脉，没有一个时辰，我们自己无法冲开穴道。这'擒龙爪'的厉害，你不是不知，怎说方丈是我三人害死的？直到此时，我们谁都不能动弹一下，又怎能害死方丈？再说方丈待我三人亲如手足，我们又怎会害死他？你胡说什么？"

弘意恍然想起：先前他出手抓拿三人穴位使的是"擒龙爪"功夫。他出手确实极重，以弘远三僧功力，至少也要一个时辰才能运功冲开被封之穴。如此一想他渐渐放下心来，心中杀气慢慢消去。

他想：莫非是我下毒分量过重，方丈年迈，体内的血水不多，很快耗尽血水死去？啊呀，虚惊了一场！他又想：先前方丈叫他三人为我接位做证，只要他们穴位未解开，方丈便不是死于他们之手，我可暂不除去他们。要不然方丈已死，我举行坐床庆典没有他们三人做证，众僧不会相信方丈传位给我，这可不妙！如此一想，脸上神色缓和下来。

但转瞬间，他又紧张起来。心想我怎如此糊涂？他们三人虽然无法自己解开穴道，会不会有旁人为他们解穴呢？万一我离去这会儿，有僧人来见方丈，为他三人解开了穴道呢？啊哟，我差点铸成大错！

心念闪过，他一闪身站到门口，方便抽身逃走。便在转身瞬间，他突然一掌拍向弘空大师头顶。他这一掌拍出实中有虚，是试探弘空大师是否解开穴道。弘空若是解开了穴位，定会出手反击，他便化虚为实立下杀手。若是弘空尚未解开穴道，他便化实为虚中途变招。

岂料他一掌拍出，却见弘空木然不动，两眼怒视着他，穴位似乎尚未解开，无法招架他这一掌。

弘远大师喝道："弘意住手！方丈命我三人做你接位证人，你若伤害弘空，我二人决不为你做证，你休想坐上方丈之位！你想好了，方丈已经圆寂，众僧都不知方丈传位给你，你若害死我们，没有人为你做证，众僧不仅不会相信你，还会怀疑一夜之间，方丈和我三人突然暴毙，你一定难脱干系！到那时你不但做不成方丈，只怕还有性命之忧！"

弘意适才一掌拍出，见弘空僵卧不动，以为弘空仍然受制，瞬间放弃杀害弘空恶念。听弘远大师一说，他忙将实招变为虚招，手掌画一道弧收住，道："幸亏师兄这声棒喝将我震醒，不然弘意险些铸下大错！刚才忽见方丈逝去，我心中异常悲痛，一下乱了心智，错怪了弘空师兄。弘空师兄得罪了，恕我鲁莽之过！"

弘空冷哼一声。适才他看见弘意掌意虚实相夹，情知弘意在试探他。但为防弘意突下杀手，他在僧袍遮掩下，暗将功力运右腿上做好不测之防。弘意若真的一掌拍下，他便飞腿踢向弘意小腹，化解弘意的杀招。

此时见弘意撤回掌，他心中暗骂道："这恶僧应变倒快！我瞎了眼睛，我与他同在寺里几十年，怎没看出他的奸恶来？这恶僧伪装功夫真是天下一流，把方丈师兄和我三人骗了许多年！"

弘空正暗叹，却听弘远大师道："弘意，师兄虽将方丈之位传给你。但实言相告，我们三人对你有些不放心，我们不知你当上方丈之后，如何执掌几千僧人的偌大少林寺？也不知你如何让众僧对你信服？更不知你能否将少林寺声誉发扬光大？不瞒你说，我们三人的心中都有大大疑问。"

弘意忙道："请三位师兄放心。少林寺是天下闻名宝刹，佛门的重镇，弘意若是做了方丈一定不敢有半分懈怠。我自有一番光大少林寺打算，只要三位师兄鼎力助我，弘意一定叫天下佛门以我少林寺为至尊！"

张去病一听，心道："这弘意好狂妄！天下名头响亮寺庙甚多，佛门宗派林立，有什么净土宗、天台宗、律宗、法相宗、华严宗、禅宗、密宗，他却要让少林寺成为佛门各派顶礼膜拜的至尊，这如何做得到？这不是胡说八道吗？"

却听弘远大师质疑道："天下名寺古刹与少林寺齐名者甚多，那五台山显通寺，峨眉山报国寺，洛阳白马寺，扶风法门寺等，名气都不在少林寺之下。你要叫天下佛门以少林寺为至尊，除非我少林寺宏昌佛学无人能及；除非我寺高僧辈出，令众寺共仰！但要做到这两条，一则需有佛根极聪慧之人，二则也非一朝一夕之功。几十年甚至上百年，还不知能否做到！但不知你做方丈一任，又如何能做到？"

弘意将眉一扬，道："师兄说得不错。若是走历代方丈弘大佛学，造就高僧老路，我少林寺的确难成佛门至尊！但弘意不走前人老路，我要走一条捷径，在我的执掌之下，少林寺便能在佛门独占鳌头！"弘远、弘法、弘空三人对望一眼，都不知他说的"捷径"是什么。

弘远大师道："你要走何捷径？愿闻其详！"

弘意道："少林寺要叫天下佛门共仰，不在于佛学高低，也不在于有无高僧！"

弘远奇道："那在于什么？"

弘意道："从历代佛门兴衰看，一座寺庙要叫天下人共仰，与佛学高僧干系不大，而在于该寺有无僧人做上国师，所谓一人得道鸡犬升天。只要我做上国师，少林寺威望在佛门中，便没有哪个寺庙比得了。什么五台山显通寺，峨眉山报国寺，洛阳白马寺，扶风法门寺等通通不在话下。如此一来，天下佛门弟子便会视少林寺为至尊！三位师兄，你们说是不是？"

张去病心想：这奸僧要做国师？哪国会请他去做国师呢？这简直是大白天说梦

话，天下竟然有这种想入非非之人，实属罕见！

弘远、弘空、弘法三人却听出弘意的话中有话。三僧都想：这奸僧突然说他要做什么国师，莫非他毒死方丈与此事有关？咱们再引诱他说下去，让他把狐狸尾巴露出来，看他究竟在玩什么诡计！

如此一想，弘法讥讽道："弘意，你野心大得很哪！我少林寺建寺至今，众多前辈高僧都没有你这种大志，还没人敢想做什么国师啊！但是做国师可不是你一厢情愿之事。没有人来请你去做，我不知你能做上哪一国的国师？"

弘意哈哈一笑，道："没人请我做国师，我对你们说这些，岂不是空口说白话，消遣三位师兄吗？"

弘空道："听你言下之意，已经有人请你做国师了？那人是谁，他请你去做哪一国国师啊？"

张去病心中一动：莫非是秦员？先前秦员说要请金风道长去临安做道教教主，被金风道长臭骂一通。他们将道长毒害后，莫非秦员那厮改变主意，要请这弘意奸僧去做大宋国师？

他正猜测，却听弘意得意道："不错，是有人来请我做国师！而且此人你们都见过。三位师兄，他便是前次带兵来犯少林寺的金国王爷完颜龙，他要请我做大金国的国师！你们看，我可不是空口白说！"

张去病大吃一惊：原来弘意不是同秦员勾结，而是同完颜龙勾结！完颜龙用国师为诱饵收买弘意，怪不得弘意会对弘无大师下毒手，迫不及待要篡夺方丈之位！又想：完颜龙对少林寺来硬的不行，便封官许愿来软的。他收卖弘意当内奸，指使弘意篡位夺权便能控制少林派，这厮真够狠毒！

弘空一听弘意之言按捺不住，怒斥道："弘意！那完颜龙带兵来剿我少林寺，打死打伤我寺不少僧人，你做方丈竟要叛寺投敌，去给金国当国师！这种无耻之言，哼，亏你也说得出口！"

弘意哈哈一笑道："弘空师兄，什么叫有耻？什么叫无耻？你这话就说得不对了！"弘空一怔，道："有什么说得不对？"

弘意道："我来问你，那些死伤少林弟子，是因何而伤而死？"弘空道："他们是为护寺护法而伤而死，你明知故问干什么？"

弘意道："这就对了！我做金国的国师，也正是为了护寺护法！"弘法冷笑道："弘意，任你口吐莲花，也休想将投敌丑事，说成护寺护法伟业！"

弘意道："师兄，这倒未必！你们不知，那完颜龙王爷说，只要我做金国的国师，佛教便是金国的国教，咱们少林寺便是金国的护国寺，将受到金国崇敬和保护，让我少林寺占尽天下佛门风光！我这不是护寺护法吗？"

弘空啐道："呸！呸！我少林寺是大宋寺庙，你让大宋寺庙去为金人护国，我少林僧人还有面目见人吗？"

弘意冷笑一声，道："师兄很有气节，好得很！只是那完颜龙王爷还说，我若不答应做他金国国师，他便再派大军来将少林寺夷为平地，遣散众僧，叫少林寺从此不复存在！嘿嘿，弘空师兄，但不知你这气节能否打退金兵，护得少林寺周全？"

三位神僧没想到完颜龙会以灭寺胁迫，皆是一怔。弘意又道："三位师兄，如今咱们少林寺在金国占领地盘内，他若再派大军来剿我寺，少林寺千年基业将毁一旦啊！你们能保全少林寺吗？你们如不能，便不要说空话，不要说大话！佛说：我不下地狱谁下地狱？我答应那完颜龙做金国的国师，一是为保存少林寺，二是为了光大少林寺，才愿下此地狱！唉，你们不权衡利害，反而说我叛寺投敌，骂我无耻，可冤枉师弟了！"

弘法大师喝道："弘意，自古以来佛与魔难两立！唐朝时，我佛门被朝廷灭过两回，不是又兴盛起来了？我少林弟子宁可玉碎，宁勿瓦全。众僧便是被金兵杀得一个不剩，也不给金国当帮凶，助纣为虐！"

弘意哈哈大笑，道："弘法师兄，你这人一开口就爱说豪言壮语：什么宁可玉碎，什么甘愿玉石俱焚，好好好，你爱怎的任由你。我接替方丈之位，肩头上担着少林寺众僧安危，我可不想逞什么匹夫之勇，让众僧玉石俱焚，毁了少林寺！国师嘛，我是要当的！你要玉石俱焚什么的，你自个儿去俱焚好了，师弟我不来阻拦你！"

弘远大师不动声色道："弘意，你要做国师之事，咱们可从长计议。只是那完颜龙是奸诈之人，他的话不可信，你别被他诳骗一错再错！"

弘意一听，弘远口气似乎有些松动，忙道："弘远师兄，那完颜龙没骗我，他派人送来金国皇帝一封手谕，我念给你们听！"他从怀里摸出一函，展开念道："大金国皇帝降旨少林寺方丈：朕久闻少林寺佛法冠绝天下，世所景仰。朕欲请方丈做大金国师，在我大金弘扬佛法，为我大金子民消灾祈福。虚位以待，望方丈不负朕之所愿！钦此！"

弘意读罢，道："三位师兄，金国皇帝都下手谕了，你们不用多疑！千百年来，我少林寺没人做过国师，机会难得。我做上国师决不会少了师兄们好处，还望三位师兄鼎力相助！"

弘远、弘法、弘空已探出弘意的奸谋，对视一眼心意相通，齐声道："好！"

三人突然暴起扑向弘意。弘远大师一招"大须弥掌"拍向弘意左肩，弘法大师挥动"大佛手"抓向弘意前胸，弘空大师使出"大力金刚指"戳向弘意后背。他们三人熟知弘意武功，出手这三招都是弘意难防的招式，又是在弘意洋洋自得、沉醉在做国师美梦之际，突然出手，弘意猝不及防，身上三处大穴顿时被封，身子软倒地上动弹不得。

一瞬间，弘意回过神来，惊恐道："你们怎会……解开穴道了？"

弘远大师道："张公子请下来吧。"张去病应道："是"，从梁上跳下。弘意一看见张去病，顿时明白是张去病为三僧解了穴道，自己不察反遭暗算，顿时面如死灰。

弘远对张去病道："张公子，上次金兵来攻打少林寺，敝寺得你相助逃过一劫。今日你又出手援救！大恩不言谢，请公子受我们三人一礼！"

三位神僧向张去病深施一礼。张去病忙躬身还礼道："三位大师如此客气，可折煞去病了！"

弘意躺在地上，还不知他毒害方丈的奸计已然败露，惊惶试探道："三位师兄，你们对我下手，是忌恨我先前袭击你们，还是气恼我想做金国国师？"

三僧转过身来，弘远大师目光似冷电一闪，平时低眉顺目之态荡然无存，怒喝道："弘意，你贪图那金国国师高位，迷恋荣华富贵，竟敢毒死方丈！你还同贞风恶道勾结，谋害武当派掌门金风道长！你罪大恶极，实不容赦！"

弘远对弘空道："弘空，你去命人撞响大钟，召集众僧，今日少林寺要清理门户，除去弘意这个败类，为方丈师兄报仇！"

弘意大急道："师兄且慢！我有话要说！"

弘法喝道："弘意，事到如今，你还有什么话好说？"

弘意反诬道："三位师兄，你们见师兄将方丈之位传给我，心中不服想从我手上夺去方丈之位，你三人便合伙暗算我，诬陷我毒死方丈，我死也不服！"

弘远冷笑一声，道："弘意，你休要贼喊捉贼，你看这是什么？"

弘远从怀内取出达摩老祖袈裟抖开，弘意曾见过这袈裟，知是祖师信物，惊诧道："你……怎会得到老祖衣钵？"

张去病在一旁道："这都不明白吗？你走后，弘无大师将方丈之位传给弘远大师了！"

弘意突然愤怒道："方丈他……他怎能出尔反尔，怎能打诳语？他已将方丈之位传给我，怎能又传给弘远？堂堂方丈，怎能如此言而无信？他怎能这么做人？这太不像话了！"

弘法冷笑一声，道："弘意，你这卑鄙奸人，真不知世上有羞耻二字！你下毒害死方丈，犯下十恶不赦大罪，还有什么资格要方丈对你做守信君子？你怎不问问自己，怎能欺师灭祖，谋害方丈？怎能这么做人？对你这心如蛇蝎恶贼，方丈就该出尔反尔打诳语，就该言而无信！嘿嘿，你叫什么冤枉？"

弘意却大声道："你们口口声声说方丈是我毒死的，有谁看见了？有何人做证？没有人证物证，你们便是为了争夺方丈之位，捏造谎言诬陷我！"

张去病道："这件事，我可以做证！"弘意一愣，道："你……可做证？你凭什么做证？"

张去病道："凭事实做证！先前你离开方丈室后，我亲耳听见方丈对三位大师说，他不是得了急病，而是被人下了'九柱莲台'之毒。方丈说那下毒之人便是你！"

弘意怒喝道："张去病你胡说！师兄若知下毒之人是我，又怎会将方丈之位传给我？"

张去病冷哼一声，道："你这人自作聪明，机关算尽！哼，怎么连这都想不出来？"

弘意眼珠转动几下，恍然道："你是说……方丈明知是我下毒，但见弘远三人被我制住，怕我伤害他们三人便使缓兵之计，假意将方丈之位传给我？"说到此，他转头望着禅床上躺着的弘无大师，一腔怨愤道："啊，啊，方丈！你……你也太老奸巨猾，太深有城府，太老谋深算！我，我怎么就没想到这一层呢，怎就信了你传位给我的假话，轻易上你当呢？我怎么这么傻？为何被你拨弄手心上，却一点也没看出来呢？"

弘法冷笑道："嘿嘿，这有什么好奇怪的？你想当方丈，想做国师，想昏了头啊！做白日梦做得脑子成豆腐渣，傻了呗！一听师兄将方丈之位传给你，你高兴得找不着东南西北，又怎能看出方丈的心思？怎能不被方丈拨弄在手掌心上？"

弘意一听如梦方醒，自言自语道："是了，是了，我当时喜出望外，乐昏了头，竟然一点儿也没察觉方丈在骗我，这才前功尽弃！唉唉，我这人总是沉不住气，一遇上高兴事就忘乎所以，就爱犯傻！"

弘空喝道："这叫将其人之道还治其人之身！弘意奸僧，你害人终害己，此时才醒过来，太晚了！"

一瞬间，方丈梦和国师梦皆化为泡影，弘意万念俱灰，回头望着方丈遗体道："师兄，你好厉害！你临死之前，还能将我拨弄于掌心之上！我自以为谋划细密，计无遗失，夺取方丈之位胜券在握。唉，到头来还是被你耍了，算你高明！算你手段厉害！"说到此，忽又恨恨骂道，"可恶的金风老道！都是这老杂毛坏了我大事，害得我落此下场！这老杂毛该死！该死！"

张去病和三僧忽听弘意大骂金风道长都很诧异：不知他奸计败露，做不成方丈，这同金风道长有何关联？四人一时间听得莫名其妙，以为他准是气疯了，才这么胡说八道，乱咬金风道长。

张去病道："明明是你自己干下坏事，自作自受，自食恶果，这同金风道长毫无关系，你怨恨金风道长做甚？你这人怎的如此顽冥不化？事已至此，你仍无有一点悔改之意，反倒怨怪别人？"

弘意却大声喝道："我怎不怨恨他？这杂毛道人要是晚来一个时辰，我不去接待他，而是逼方丈为我举行坐床大典，此时我已是少林寺新方丈，又怎会落到如此地步？这杂毛道人早不来，迟不来，偏偏在方丈答应传位给我之时到来。方丈找到借口趁机叫我去接待他，将我支走，我才错失当方丈的良机，落到你们手里！我不怨这杂毛老道，又怨谁去？"

张去病忽然想起一件事，冷笑道："金风道长来得早，你可不能怨他，只能怨你自己，是你让金风道长早来的！"

弘意一怔，又怒道："你胡说！腿长在他身上，我管得着他早来晚来吗？"

张去病道："你管得着。若不是你叫法严禅师将纸花挂在山门外，给贞风道长发出信号，告诉他你已对方丈下毒，贞风道长便不会为谋害金风道长而怂恿他夜上少林寺来，这事不怨你，还能怨谁？"

弘意惊道："这……你是如何知道的？"

张去病道："先头，我上山来时，看法严禅师偷偷在山门外挂出纸花，也不知是为何事。后来看见你偷袭三位大师，得知你毒害方丈，继而见你伙同贞风、法严、秦员对武当掌门人下毒，我才悟出那纸花原来是你们的联系暗号！你对方丈下毒后，自以为胜券在握，便发信号叫贞风诓骗金风道长上寺来，一起对金风道长下毒手。你是搬起石头砸自己的脚，作法自毙，你怎能怪金风道长？"

弘意长叹一声道："唉，我一着不慎满盘皆输，真是人算不如天算，功亏一篑，功亏一篑呀！"突然大声叫道，"老天负我！老天负我啊！"猛一张口，鲜血狂喷不止。

张远忙喝道："弘空，快为他止血！还没当着众僧公布他罪行，别让他死了！"

弘空大师出手疾点弘意身上穴位，却止不住弘意喷血。摇头道："不成了，这恶贼自断心脉活不成了！"

张去病忙道："三位大师，咱们快去擒住法严、贞风、秦员三人逼他们交出解药，救金风道长！"张去病话刚落音，忽听屋外哐当一声响。

弘空惊道："有人！"身子斜跃蹿出窗外。同一瞬间，弘法大师身形一闪，也从门蹿出去。张去病跃到屋外一看，只见一人在小径逃逸，已被弘空和弘法从两头截住，那人却是法严禅师。

原来，法严在知客堂陪贞风道长和秦员说话，久等不见弘意返回，心中诧异，便到方丈室来寻弘意。他走到方丈室外数丈远处，忽听张去病说："快去擒住法严、贞风、秦员三人，逼他们交出解药救金风道长！"他大吃一惊，转身仓皇逃走。岂料惊慌之际，不慎将旁边一个小花钵碰落地上，暴露了行迹。

弘空性烈如火，一看是法严，怒气噌地冲到脑门，扑上前去一把抓出。这一爪凌厉狠辣。法严平日最怕这位脾气暴躁的师伯，一看弘空出手，吓得往旁一闪。岂料弘空突然左手一探，抓住他后颈。法严急忙倒肘后撞，弘空将手臂往前平伸，法严这一肘撞个空，忙勾腿倒踢弘空的下阴。忽觉浑身一麻，小腿酥软无力，再也踢不出去。

适才，弘空抓住法严的后颈，力透指尖拿僵法严颈上的"天牖穴"和"翳风穴"，令法严浑身麻木。法严武功本不弱，若是平时，决不会两招之间便被弘空擒住。此时阴谋败露，他惊慌失措乱了方寸，才两招之间被弘空擒下。

弘空将法严提进方丈室往地上一扔，喝道："法严，快将救金风道长的解药交出来！"

法严看见弘意胸襟有血，闭目躺在地上，不知生死，吓得面无血色，道："师伯息怒……那解药不在……不在弟子身上。"

弘法喝道："解药在何人手里？快说！"法严道："解药……或许在贞风道长手里，或是在秦……公子手里。或许他二人的身上都有，这个……弟子也说不准。"

弘远道："走，咱们快去捉住那二人取解药！"弘空伸手一抓，提起法严随同弘远、弘法奔出门去。张去病跟在三僧身后，大步流星赶去知客堂。

四人奔近知客堂，为不打草惊蛇，提气轻行，却听堂内传出一阵哈哈笑声。弘远回头对三人做个手势，四人分散成合围之势，轻轻走近知客堂。

却听秦员道："贞风道长，你老人家计谋高妙，不费吹灰之力，便叫金风老道乖乖将掌门人之位让给你，令在下佩服至极！我回去禀告我爷爷，请他老人家派人迎请道长去临安。道长若是当上天下道教教主，哈哈哈，那一定风光得紧！"

贞风笑道："此次贫道能做上武当掌门人，多亏秦公子向天竺毒佛要来这奇妙毒药。这药只令我师兄昏迷，而不让他丧命。我才能将师兄带回武当，骗过众弟子，稳稳当当做掌门人，贫道可要多谢秦公子鼎力相助！秦公子，我若做上道教教主，一定唯公子和秦太师马首是瞻！"

秦员道："道长放心。皇上对我爷爷言听计从，这桩事好办得很！只要我爷爷上一道奏折，道长坐上教主大位那是十拿九稳之事！只是眼下，在下有一件极为要紧之事，要拜托道长！"

贞风道长忙道："秦公子不必客气，有何事要老道效劳只管说！"

秦员道："道长已做上武当掌门人，在下欲请道长回武当山管束门下弟子，不许他们去麒麟山桂花台打擂！"

张去病一听，心中惊道："啊哟，这厮在使釜底抽薪之计！"他原先以为：秦员和完颜龙许愿，让贞风和弘意当教主和国师，指使二人夺掌门人之位，是为控制少林和武当两大门派，好供他们驱使。但有一个疑团他始终没解开：弘意和贞风为何要同时篡位？两人如此迫不及待篡位，究竟还隐藏什么阴谋？这个疑问一直在他心头盘旋，他却想不出个头绪。

此时听秦员一说，他才恍然大悟：原来完颜龙和秦员精心策划这两起篡位阴谋，不仅要控制少林、武当两大门派为其所用，还阻止少林武当高手去打擂，想叫大宋武林一败涂地！他想：这两起篡位阴谋一箭双雕，歹毒至极！他暗叹道："唉，偏偏弘意和贞风二人贪图荣华富贵，上了贼船！完颜龙和秦员瓦解大宋武林这诡计太阴损，倘若不被发现，大宋武林被他们操纵，这太可怕了！"

却听贞风道长犹豫，道："秦公子，这……恐怕有些不大好办……"秦员道："道长有何难处，尽管说，不必顾虑！"

贞风道长道："打擂之事关系大宋武林声誉，此事不好公然阻止。我若不许武当派弟子去打擂比武，须得有正当理由才能阻止。老道却想不出理由禁止门下弟子去打擂。"

完颜龙和秦员策划这场阴谋时，早想到这一层。此时听贞风一说，秦员道："道长，这个不难。你只须对众弟子说，打擂是金国设下的诡计，那金国欲以打擂为由，找借口挑起事端出兵攻打大宋。武当弟子不能上金国的当，以免金国对大宋动干戈，涂炭百姓。这个理由光明正大，武当弟子焉敢不听？"

贞风喜道："啊呀，秦公子脑筋真灵光！这理由着实正大光明，武当弟子不敢不从。倘若弘意大师坐床做了方丈，以此为由不许少林弟子去打擂，少林众僧也无话可说！哈哈，好主意，实在是个好主意！"

贞风道长正说得眉飞色舞，忽见一人从门口飞入屋内，"砰"的一声落到地上。他大吃一惊，霍地站起身来。见门口走进四人来，一看却是弘远、弘空、弘法和张去病。再看地上躺着之人却是法严禅师。他惊愕万状，脸色唰地变得惨白。

弘远大师沉声道："贞风，你谋害金风道长罪孽深重。快交出解药，减轻你犯下的罪孽！"

贞风却不理弘远，急问法严，道："法严禅师，这是咋回事？你怎会栽在他们的手里……"

法严躺在地上垂头丧气道："我也不知道是怎么回事……我去找师父，便落入师伯们手中。"

贞风追问道："你师父呢……他在哪里？他眼下怎么了？"

法严凄然道："我师父在方丈室，他已……死了。"

贞风道长惊骇道："他死了！"身子一晃，忙伸手扶住椅子，嘴里喃喃道："完了，完了，一切都完了！"

弘法喝道："贞风，不要说有武功盖世的张去病公子在此，便是我们三僧收拾你和秦员这小子，也绰绰有余！你别心存侥幸。快交出解药来！"

贞风呆呆望着法严禅师，两眼发直，嘴里仍喃喃道："完了，完了，一切都完了！"

弘空冷冷道："既知一切都完了，还啰唆什么？赶快交出解药！"

贞风道长惨笑道："好，好，我交出解药，我交……"他伸手入怀中掏出一枚药丸，快捷往口里送入大嚼起来。

张去病叫声："不好，他将解药吞了！"抬手疾弹，指力激射贞风脸上"人迎穴"。

贞风将头一偏躲过，急将解药咽下肚内。这一刹那间两条人影疾闪上前，"啪啪"两响，贞风和秦员中掌倒下，却是弘空和弘法出手将两人制住。

弘远大师叹道："贞风，你与金风道长同门几十年，不念一点师兄弟之情，竟如此绝情将解药吞下，全然没有一点出家人的慈悲之心！唉，老纳真是不明白，你数十年的修道，都修到哪里去了！"

贞风道长怒道："我做不成武当掌门人，金风他也休想再做！没有解药，你们谁也救不了他，他便一直昏迷直到死去！哈哈哈，大家一拍两散，鱼死网破！"三僧一听，面面相觑。张去病走上前去出手一抓，"嚓"的一声扯开贞风道长的衣衫。

贞风道长怒喝道："张去病，你要干什么！"

张去病道："我瞧瞧你身上，还有没有解药啊！"他动手在贞风道长身上搜寻起来，从头搜到脚连内衣内裤，鞋子袜子也不放过。贞风当众被张去病如此搜身，气得瑟瑟发抖，手脚却又动不得，惊怒交加道："张去病，你这臭小子，你，你……"

张去病毫不理会，在贞风道长身上仔细搜一遍不见再有药丸，他转身走到秦员面前要动手搜秦员的身。秦员却道："张去病，你别费事了，我身上没有解药！"

张去病道："那不见得，你这人诡计多端，心眼极多，我还是搜一搜！"秦员冷笑一声，任张去病翻遍他的衣衫。

张去病将秦员全身仔细搜寻一遍，仍是没找到解药。他寻思难道他俩真的再没解药了？他不甘心对秦员道："秦员，你只要交出解药，我求三位大师放你一条生路！"

秦员道："张去病，你说话可作得准？"张去病回头对三僧道："三位大师，他若交出解药，去病求大师们饶他一命，好吗？"三僧点了点头。

张去病又道："秦员，三位大师答应放过你，快交出解药来罢！"

秦员道："解药还有一枚，但不在我身上，它在完颜龙手里。你们若信得过我，便派人跟我去找完颜龙取药。若信不过我，那就拉倒！"

弘空见秦员有恃无恐，怒喝道："浑小子，你别想耍奸滑。你不交出解药来，看我一掌毙了你！"

秦员道："你毙了我也没有什么用。只是我来少林寺之前，同完颜龙王爷有过约定，倘若十日后我没去见他，他便亲率大军上少林寺来寻我。嘿嘿，你们若愿用少林众僧性命换我这条命，你就打死我好啦！"

弘空气得怒目圆睁，却又不能下手将秦员打死。倘若秦员此语是真，一掌将他打死，恐给少林寺招来兵祸。

张去病冷笑一声，道："秦员，你休得张狂！你以为你同完颜龙有约，我们便奈你不得吗？过几日咱们去比武打擂，我们拿你去向完颜龙换解药。他若是不肯给，我们便杀你给金风道长报仇。"

说到此，他一指昏迷的武当掌门人，又道："金风道长七十多岁，你二十几岁，用你小命抵金风道长老命，嘿嘿，这笔生意你可吃了大亏，金风道长可是大占了便宜！他老人家这么睡着死去毫无痛苦，还有你这么个宰相孙子给他陪葬，他老人家死得很值得啊！"

秦员一听怒道："张去病小贼，你……胡说八道！完颜龙王爷与我交情深厚，他怎么会不肯拿解药救我？"

张去病道："我既是胡说八道，你害怕什么啊？你别害怕。你是完颜龙的一条走狗，他自然不会让你死的，可什么事都只怕万一……"秦员道："怕什么万一？"

张去病道："也没有什么，只怕完颜龙出门时换衣服什么的，一不小心没将解药带在身上。那时，他在桂花台上拿不出解药换你，你可就有些不妙……嘿嘿，你这条小命保不保得住，难说得很！"

秦员听得心头发凉。他寻思张去病说得不错，完颜龙若是带着解药，以他是秦桧孙子身份，八成会拿解药救他命。但若是完颜龙没将解药带在身上，他岂不枉送性命为金风老道殉葬？

如此一想，他忙道："张去病，你们带我去见完颜龙，我自会设法让他把解药给你！"

张去病刚才说这番话，想让秦员权衡利害得失交出解药。听秦员如此一说，知他真拿不出解药。

他回头对弘远道："弘远大师，看来他二人身上再没解药，咱们只得另想法子。"

弘远点下头对弘空、弘法二人道:"两位师弟,劳你们找间禅房把金风道长安顿好。把贞风、秦员、法严三人带下去关押起来。"

弘空抱起金风道长,一手抓起法严禅师,大步走出屋去。弘空两手一抓,左手提起贞风,右手提起秦员跟着出门去。

弘远待二僧去后,转头来对张去病道:"张公子,营救武当掌门人之事颇为棘手,不知公子有何良策?"

张去病道:"弘远大师,先前我听贞风说,金风道长中毒后只是昏迷,尚无性命之忧。咱们有时间想法救金风道长。我想过几日去打擂,那完颜龙一定会去桂花台。请大师派人将秦员押去桂花台,用他与完颜龙交换解药。倘若那完颜龙没解药,咱们便想法擒住天竺毒佛迦南陀,逼他拿出解药。倘是找不到那毒佛,咱们只得去回春谷求药王来救金风道长了。不知大师意下如何?"

弘远合掌道:"阿弥陀佛!张公子心思缜密,想得周到,也只能如此了。公子放心,金风道长在我少林寺中毒,此事同我寺奸僧弘意和法严二人有关,押解秦员去桂花台换取解药救武当掌门人,少林寺责无旁贷!咱们先走这一步看看,若是不能成功,再按后二策行事。"

张去病道:"大师谬赞去病了。贵寺陡生变故,大师有诸多事务要处置。去病不再叨扰,这就告辞!"

弘远道:"张公子,少林、武当两派发生内乱,暂不能前往麒麟山桂花台打擂。待我们办完诸事,再赶去桂花台。此次打擂,事关大宋武林声誉,可要仰仗张公子主持大局了!"

张去病道:"不敢当。去病尽力而为!"弘远陪着张去病走出知客堂来到天王殿侧,忽听山门前人声嚷嚷。二人心下诧异,疾步走上前一看。只见两个年轻僧人打着灯笼,拦住一位姑娘。一个僧人道:"姑娘,我们寺规不许女子入寺。何况深更半夜,姑娘更不能进寺找人!"

那姑娘急道:"两位小师父,我朋友进寺去多时不见出来,不知出了什么事。请通融一下,让我进去找找他,好不好?"

张去病一听是柳语的声音,快步走上前道:"语儿勿急,我出来了!"柳语看见张去病,转忧为喜,道:"去病哥哥,久不见你出来,我当你出了什么事,急死我了!"

张去病道:"没事,没事。快来见过弘远大师!"柳语忙上前向弘远施礼。弘远大师曾见过柳语,灯光映照下,一下认出是柳寒峰之女,喜道:"哎呀,柳掌门女儿都长成大姑娘了!你父亲好吗?"柳语道:"谢谢大师挂怀,我爹还好。"

弘远道："阿弥陀佛！张公子，柳姑娘，老纳不远送了。"

张去病道："大师无须客气，请留步。"柳语和张去病抱拳辞别弘远。

二人转身往山下走去。柳语问道："去病哥哥，你为何在寺内待那么久？"张去病把寺内发生之事说了一通。柳语听得惊骇不已，道："弘无方丈和金风道长在武林威名显赫，却都遭完颜龙和秦员暗算。这两人也忒奸毒了！去病哥哥，少林和武当两大派发生内乱暂不去打擂，这如何是好？"

张去病道："语儿莫忧，咱们大宋武林门派甚多，这倒不怕。只是不知巴山先生他们联络上别的门派没有？"两人一边叙话一边疾行，不知不觉下了嵩山。到小镇上时已是后半夜。二人越墙而入，各自回房睡下。

翌日，柳语起来走到窗壁下叫醒张去病。二人匆匆洗把脸，到前堂用了早膳。张去病付过店钱，叫店伙计牵来马匹，二人翻身上马向鲁豫边界奔驰而去。

那麒麟山在鲁豫北面边界，地处偏僻，孤零零一座山。山峰虽不巍峨，山形却奇特，远远看去山头昂起酷似龙头，山体却像一头肥鹿身躯，前腿平伸，后腿弯屈，还有一条尾巴卷在身后，宛似传说中的神兽麒麟，当地人便叫它"麒麟山"。

山脊上有一大块凹陷旷地，四周长满无数株桂花树，每到金秋时节，满山飘香，远近里许都能闻到，那块凹地因此被人称为桂花台。麒麟山因地处僻壤，知道它的人不多，不甚好找。张去病和柳语一路寻来，几次找人问路，被人指错了道，害得二人多走好些冤枉路。好在行得两日，路上江湖豪客渐渐多起来，大都是去麒麟山看打擂的，他俩便跟着人群前行，倒也省得再打听路径。

行到第四日，道上江湖人士越来越多。人群中还混杂着不少身穿奇装异服，操着异域口音的胡人。有些胡人张去病和柳语从未见过。他们叽里咕噜说话，他俩一句也听不懂，不知他们都是哪一国武士。

第五日，众人来到麒麟山脚。其时正是八月清晨，一轮旭日在天际吐出万道霞光。山道上登群熙熙攘攘，宛若长龙蠕动。谈笑声在山上一阵阵响起。张去病和柳语登上半山，忽然闻到一阵桂花香气，二人顿觉神清气爽。柳语脱口叫道："去病哥哥，你闻，桂花好香啊！"

张去病道："是啊，这桂花真香！语儿，咱们岳家庄院子里，也有两棵高大桂花树，每到秋天便清香四溢，好闻极了！将来我带你去岳家庄看看。"

二人越往山上走，那桂花香气越浓烈。登上山脊时，只见四周长着许多高大桂花树，一望无际，黄澄澄金桂花开满枝头，宛如一道金色围墙环绕在山脊四周，景色十分别致。

山脊上有一大块旷地，四面八方插着七面彩旗，只见旗上分别书有大辽、大宋、西夏、高丽、日本、吐蕃、大理字样。各国的旗帜下，已经坐满形形色色武林豪客。柳语生长西域，见闻不多，此时见到各国的旗号有所不知，伸手指着一面旗帜，问道："去病哥哥，那面旗帜上写有'日本'两字，那日本是一个什么国家？我怎么从来没听人说过？"

张去病道："我听外公说，日本是东海上一个弹丸小国，其国人亦尚武功。只是此国一向多出海盗，时常侵扰大宋东南海岸百姓，烧杀掳掠，被咱们宋人称为倭寇。没想到，完颜龙竟将倭寇也邀来了！"

他一面说话，一面巡视桂花台上。只见旷地中央搭着一座方形木台，台高二丈有余，宽约三十多丈，全用粗大圆木搭成。台上高高竖着一根旗杆，杆上挂着一面红色旗幡迎风飘摇招展。旗幡两旁挂有金色流苏，旗上绣着"天下第一武功大国"几个大字，十分耀眼夺目。旗杆下面放着十把椅子。除此之外台上空空荡荡，再无他物。柳语道："去病哥哥，那高台便是打擂的擂台吗？"

张去病道："看来是了。走，到咱们大宋的人群中去。"二人朝大宋旗帜下人群走去，还没走到近前，便听见有人高声叫道："主人，我们在这儿！"

张去病一看，打招呼之人却是龙飞。赵无痕、"巴山老鬼"、杜百年、穆兴等人都坐在一起。在他们左面坐着众多丐帮弟子，一个身材魁梧老者正向他挥手致意，却是丐帮帮主步金吾。

丐帮旁边是数百名身穿西域服饰的武士。柳语看见其中一个魁梧老者，欢叫声："爹爹！"便跑去扑到那人怀里，老者抚着柳语的后背，脸上怜爱横溢，正是天山派掌门人柳寒峰。

柳语道："爹，女儿好想你！"柳寒峰摸摸柳语的头，道："语儿，你在外闯荡吃了不少苦头吧？小脸都瘦了！"

张去病再往旁一看，天山派旁坐着几百名道士，却是峨眉派和崆峒派的豪杰。

在丐帮、天山派、峨眉、崆峒几派身后有上千人四处散坐着，大小门派不计其数，许多门派张去病从未见过。他忙走进人群里同步金吾、柳寒峰等人打招呼。

步金吾笑道："小兄弟，西域一别，老哥哥想你得紧！"张去病道："小弟也极想念步大哥！"

旁边有个苍老的声音道："步帮主，咱们叫张公子小兄弟，那可叫柳寒峰占便宜了！"

张去病一看，说话之人身材瘦小，满脸皱纹，下巴上留着稀疏的山羊胡子，却是银掌先生左丘。他身旁一个身材高大，满面红光老者，正手抚长须微笑，则是金掌先生左岗。张去病忙向金银二老施礼。步金吾诧异道："左二先生，柳兄占了咱们什么便宜？"

左丘笑道："咱们这位小兄弟，日后成了柳掌门的乘龙快婿，你我二人岂不是矮柳掌门一辈？咱俩可是大大的吃亏了！"

步金吾哈哈笑道："左二先生，人情各有所归，日后咱们仍称柳掌门为柳兄，称张公子小兄弟，我等江湖豪杰，顾不得那么多虚礼！哈哈哈……"

柳寒峰走近前来，道："左二先生取笑柳某了……张公子，听说你去联络少林派来打擂，怎不见少林僧人前来？"张去病忙将在少林寺的所见所闻说了一遍，众人听了无不大惊失色。

步金吾怒道："完颜龙和秦员这两个狗贼好厉害，使一条毒计便害了少林、武当两大派掌门人，大大伤我大宋武林元气！这两个狗贼意欲叫咱们输给他金国'霸王旗'，竟然能使出这下三滥手段！他娘的，咱们可不能叫这两个狗贼遂了心意！"

柳寒峰道："这两个恶贼善于使用阴谋诡计，太歹毒，委实是咱们的大对头！他们邀咱们来打擂，不知在这桂花台上还要什么阴谋诡计？今日大伙可得严加防范，不可着了他们的道儿！"

张去病担忧道："少林方丈遇害，武当掌门人昏迷不醒，我大宋武林少了这两位德高望重的前辈主持打擂大局，这怎生是好？"

左丘道："小兄弟勿虑，若论武功，老朽料定今日这桂花台上没人是你对手，何况还有赵先生坐阵，有柳掌门、步帮主和众多门派高手在此，咱们夺下这面'天下第一武功大国'旗帜，那是手到擒来。只是柳掌门说得对，明枪易躲，暗箭难防，不知完颜龙小贼还有甚阴谋诡计，咱们须得防他一手！"

张去病道："咱们不知完颜龙有什么诡计，该如何防范呢？"

柳寒峰道："张公子，赵先生足智多谋，见多识广，何妨听听赵先生有何妙策。"

张去病回头对赵无痕道："赵先生，您老人家看看，这事咋办？"

赵无痕道："小主人，咱们在明处，那完颜龙在暗处。他有何种阴谋诡计，咱们暂时不易察知。只能以静制动，见子打子伺机行事。"张去病道："赵先生，如何以静制动？"

赵无痕道："此次打擂各国高手齐集，咱们先按兵不动，让别国高手上台去斗。大伙从旁细查完颜龙有何阴谋诡计。不到最后时刻，小主人、柳掌门、步帮主等高手都不要上去打擂。眼下，咱们赶紧暗查桂花台四周，看完颜龙暗中布下什么机关陷阱，或是桂花林内有无大队金兵埋伏，大伙再想应对之策。总而言之见机行事，后发制人！"

张去病点头道："赵先生说得是。龙大哥、穆大哥，劳驾二位到桂花台上四处仔细查看，完颜龙是否布下陷阱。"二人道："遵命。"便起身走出人群。

便在此时忽听号角齐鸣。众人抬头一看，只见擂台后侧，一帮吹鼓手在敲锣打鼓，呜呜吹响号角。鼓号声中台后走出一群人来。当先一人二十几岁，面如满月，身穿锦袍，高视阔步，正是完颜龙。

他身后跟着十人，一人年过五旬身穿黑袍，面容枯槁，目光如电，一对长眉从眼角耷拉两腮旁边，却是完颜龙师父"长眉老妖"。另外九人一律身穿红衣。九人当中，有一位身材高大的老人，年逾八旬，满面红光，一部白须直垂胸前，两眼神光灿然。其余八名红衣人个个趾高气扬，神气昂然。

张去病一看那群红衣人，忽然想起那日在金兵大营外，看见完颜龙带领毒佛迦南陀、厉蒙、"长眉老妖"和这红衣老人同一群红衣汉子打马南下，他不知完颜龙要搞什么鬼，却原来是到这桂花台来摆擂台。他想：怎么不见毒佛迦南陀和厉蒙呢？这两个恶人难道在暗中搞害人勾当？他自寻思，却听龙飞问道："诸位前辈，这九个红衣人什么来路？"赵无痕、步金吾、柳寒峰等人都纷纷摇头。

却见完颜龙走上木台，恭恭敬敬请那红衣老人先坐在当中一把椅子上，"长眉老妖"同八个红衣汉子才在两旁椅子坐下。

完颜龙转身走到台前对各国豪杰抱拳，朗声道："各国英雄豪杰：我乃大金国完颜龙。承蒙众英雄应邀前来打擂，给我大金国豪杰面子，我在此向众豪杰道谢！今日我大金国'霸王旗'在此摆擂，以武会友，邀各国武林高手切磋武功，比出天下第一武功大国，这乃武林从未有过之盛事！"

说到此处，他转身一指坐在椅上的"长眉老妖"，又道："这一位是我恩师长眉老仙，打擂之事由，他老人家主持大局。台上这九位身穿红衫豪杰，便是守擂的'霸王旗'好汉。各国豪杰上台打擂，便是同他们过招！"

他又一指那位红衣老人，道："这位老前辈，乃是'霸王旗'旗主。他老人家隐居南海不出江湖，众位英雄或许没见过他老人家。但我想'子午岛主'的大名，大家必定是如雷贯耳，他老人家便是赫赫有名的子午岛主南溟老人！"他再一指那八位红衣人，又道："这八位高手，便是岛主门下弟子，人称'南海八子'！"

大宋群豪一听，人人悚然动容，议论声嗡嗡大作。张去病、赵无痕、柳寒峰、步金吾、金银二老等顶尖高手都大吃一惊。

步金吾惊异道："子午岛主乃传闻中世外高人，几十年不出江湖，绝足大陆。不知完颜龙这厮使何手段，竟能将他老人家请出来为金国摆擂，这可奇怪至极！"

柳寒峰道："没想到'霸王旗'的人却是子午岛高手，今日咱们要想夺魁，只怕要大费周章！"

赵无痕却道："诸位莫惊，久闻子午岛主武功绝顶。今日咱们能同这位世外高人交手，嘿嘿，不虚此行啊！小主人，你说是不是？"张去病连忙点头。

众人一听赵无痕话里充满豪情，不由精神一振。心想到赵无痕和张去病武功深不可测，他二人同子午岛主交手，必定精彩至极！今日能见到当世最顶尖高手打擂，真是不虚此行，众人心下充满期待。

张去病道："赵先生，去病还有一事困惑不解。子午岛的人在这桂花台上摆下擂台，叫各国豪杰轮番上去打擂，就算他们武功登峰造极，但仅凭他们九个人，又如何能敌得过天下英雄豪杰？"

赵无痕道："这一节，子午岛的人自然早想到，要不然，他们便不敢在此摆擂挑战各国豪杰。他们既然藐视天下英雄，敢在此摆擂，其中必定大有文章。只是不知他们仗着什么武功，如此有恃无恐？过一会儿打擂开始，便会见到分晓！"

主仆二人正在私语，忽见西夏国人群中站起一个红脸汉子，四十来岁，虎背熊腰，手执一柄虎头钢叉，粗声粗气道："敢问完颜龙，今日打擂可有什么规矩？"

完颜龙道："打擂规矩极简单，你们看……"他抬手一指台上那面迎风飘动的旗幡，道："这面书写'天下第一武功大国'的锦旗，哪国英雄上台来，有本事将它夺得，哪国便获天下第一武功大国美誉。不过，台上有我大金国'霸王旗'九名擂主守护这面锦旗，各国豪杰要将他们打败，才能夺得这锦旗！"

高丽国人丛中站起一个头戴斗笠的红脸大汉，声音洪亮道："完颜龙，上台打擂，人数可有限定？"

完颜龙道："一人上台来单打独斗亦可，几人上来群斗亦可，但是台上只有九人守擂。所以上台打擂人数，最多不可超过九人之数。"

一个身材矮小，面目黑黄的日本武士站起来高声道："敢问上台打擂，可否用兵刃？失手打死擂主，又该当如何？"

完颜龙道："既是打擂夺魁，各位英雄尽管各施绝技，不仅可用兵刃，亦可用暗器。但我把丑话说在前头，刀剑不长眼睛，打斗死伤，自负其责，怨不得旁人，不许寻仇报复！众位英雄，对此有何高见？"台下群雄一听，这番话说得在理，都应声道："不错，理当如此！"

完颜龙又道："今日前来打擂之人成千上万，若是人人上台来打，只怕打几个月都打不完。这桂花台上又无客店可供大伙吃住，咱们在此打擂总不能喝西北风。是以各国只能派人上台打两阵，输了便不得再派人上来打，大伙以为如何？"

台下群雄一想：这也倒是，各国豪杰云集于此，若不作此限定，这打擂岂不是要打到猴年马月？桂花台上无食宿之处，饿着肚子这擂如何打得下去？如此一想，大伙没有人反对这一条。

完颜龙举目巡视台下，见无人异议，高声宣布道："大伙既然赞同，咱们开始打擂！哪国英雄上台来打擂夺旗？"

便在此时，忽听一个苍凉声音大喝道："且慢打擂！完颜龙，老道有几句话要说！"群雄转头一看，只见数百名身背长剑的道士匆匆走来，人人脸色激愤，行步如风。当先一位老道身材清瘦，神色冰冷，一部花白胡子长过胸膛，气度森然。群道之中抬着一副软床，上躺着昏迷不醒的金风道长。另有两个中年道人押着五花大绑的秦员。

步金吾一看见那长须道人，神情一凛，忙对张去病道："小兄弟，那长须道长是武当前辈名宿，法号天风。他老人家在武当山闭关清修数十年，不管俗务，没想到今日他也来了！"

群豪中有人惊疑道："咦，武当掌门人躺在软床上，难道他老人家受伤了不成？"

有人诧异问道："被捆绑的小子是何人，武当派为何将他捆到这里来？"

众人议论之际，武当群道已走到木台下。完颜龙看见秦员被捆绑押来，心中暗惊。他想秦员这小子太不中用，竟然落入敌手，他八成将本王计谋败露了！如此一想，他心里气不打一处来。但他脸上不动声色，故作不知问道："敢问道长是哪国的高手？你有何言要说？"

天风道长昂然道："我乃大宋武当派天风道长。完颜龙你休得装疯卖傻！你使诡计对少林和武当两派掌门人下毒。这笔账咱们打完擂再算！此刻我用一个人同你交换解药，此人乃是你同党秦员！"

完颜龙道："啊呀，原来是武当派道长，失敬、失敬！本王一向对少林、武当两派久仰得很。道长说什么本王叫人对少林、武当两派掌门人下毒，没有的事！道长一定是听了别人拨弄是非的谗言，误会本王了。哈哈，决无此事！"

天风道长一指秦员，冷笑道："完颜龙，秦员已供认你的阴谋，你不认账也枉然！有没有此事暂且不论。现下我问你，我用秦员同你交换解药，你肯不肯换？"

完颜龙故作惊讶道："天风道长，这秦员是什么人？本王不认得此人，我要他做甚？再说啦，武当派掌门人中毒，这同本王毫无干系，我哪有什么解药？"

秦员一听大急，忙叫道："王爷救我一命！"

完颜龙不理秦员，又道："不过，我完颜龙一向乐善好施，说不定，我能想出些法子为武当派掌门人解毒。只是我这人从来不做赔本买卖，敢问天风道长，我若是救活金风道长，你们武当派如何谢我？"

天风道长忙问道："完颜龙，你想怎的？"

完颜龙道："本王久仰武当派武功卓绝，只要贵派归顺我大金国，听我完颜龙差遣，解救金风道长之事，嘿嘿，咱们好说好商量！天风道长，你看如何？"

天风道长怒道："我武当派乃是大宋武林一脉，决无认贼作父之理！完颜龙，你不交出解药，我一掌毙了秦员这臭小子！"

完颜龙哈哈一笑，道："好得很啊！秦员在本王眼里不值一文，你一掌毙了他，本王正好用他人头来祭台上的这面大旗！好得很，天风道长，快动手毙了秦员！"

秦员一听惊怒交加。他原以为他伙同贞风、弘意将少林、武当两派掌门人毒倒，为完颜龙立下大功。他又是秦桧孙子，完颜龙一定会用解药换他一命。万没想到完颜龙如此冷酷无情，竟然视他一文不值，叫天风道长毙了他！

他心中的怒火升腾，大骂道："完颜龙，你这无情无义的狗贼，你如此待我，天诛地灭，你不得好死！"

完颜龙勃然大怒，喝道："秦员，你以为你是什么东西？你不过是本王手下一条走狗，死了活该！你一家人都是我金国圈养的走狗，你们的命全都攥在本王手心里！你胆大包天，竟敢辱骂本王！嘿嘿，本王只要动一根小指头，便能灭亡你一家老小！"

秦员一听，吓得脸色惨白，忙压下怒气，嗫嚅道："王爷息怒，王爷息怒，小人……小人错了！我……我……"

完颜龙怒喝道："你什么？本王这就派人去临安，将你爷爷干的罪行向那赵构抖落出来，叫你一家人死无葬身之地易如反掌！"

秦员忙扑通一声跪下央求道："小人求王爷千万别这样做！小人一时昏悖，冒犯王爷，罪该万死！求王爷开恩放过小人家人，小人甘愿领死！"他身上绑有绳索，无法向完颜龙磕头请罪，只得连连弯腰施礼求饶。

完颜龙冷哼一声，骂道："哼，你小子同秦桧老狗一个样都是软骨头！你们一家人，个个都是贪生怕死的软骨头！"

便在这一瞬间，灰影闪动，天风道长快捷无伦地跳上擂台，呼地一把向完颜龙抓出。完颜龙正叱骂秦员，没想到天风道长会突然出手，惊得"啊呀"一声要躲避已来不及，天风道长手指已抓他胸前。突然，天风道长忽觉脑后生风，一股掌力夹着腥风从背后袭来。他回掌反击只听"砰"的一声，身后那人暴退开去。

天风道长转身一看，偷袭者是个黑衣老者。这老者一对眉毛从眼角耷拉到两腮旁边，一双三角眼暴露凶光。天风道长一看那对长眉又闻到"毒龙爪"的腐臭，已知偷袭者是何人，喝道："长眉老妖，你敢碍道长的事，找死吗？"

"长眉老妖"尖声尖气道："天风道人，你胡子一大把却来欺负我徒儿，算什么前辈高人？今日天下英雄到此打擂，你捣什么乱？你若技痒，来来来，老仙陪你玩几招！"

天风道长在武当山闭关二十年，"长眉老妖"虽听人说过这位武当名宿，却不知他武功深浅，是以大声叫阵，浑不将他放在眼里。

天风道长冷冷道："你这老妖找死，怪不得道长！"只见他说时手往后背一拍，背上剑匣发出龙吟般声响，长剑如蛟龙出渊飞上空中。天风道长双掌遥拍，掌力激得飞剑如活物一般飞转盘旋，发出嗡嗡声响。众人凝目细看，却见天风道长手中有条细铁链系在飞剑剑柄上，他拨弄铁链，那飞剑便如蛟龙飞舞不止。

"长眉老妖"诧异：这老道在耍什么把戏？忽见那飞剑突然朝他射来，剑尖直取他咽喉。他仗着"毒龙爪"坚硬如铁，不惧兵刃，便伸手去抓那剑身。岂料手掌刚抓住飞剑，剑身传来一股雄浑内力震得他胸膛如受重锤一击，浑身血气翻涌，手臂酸软无力，吓得他急忙撒手跳开。

那飞剑却像长有眼睛，忽然掉头斜劈他右肩。他身子一晃，出手去抓系飞剑的铁链。手指刚碰到铁链，链身上又传来一股内力震得他头晕眼花。"长眉老妖"心下大骇，情知天风道长内力远胜自己，不可用"毒龙爪"碰那飞剑，也不可碰那铁链。

他正骇异，只见天风道长手掌疾拍，飞剑如毒蛇向他蹿来。剑锋上的寒气令他打个寒噤，他疾向旁一纵，飞剑突然刺向他肋下。他忙侧身闪避，飞剑倏地一沉削他大腿。他急忙纵身后跃，飞剑如影随形直刺过来朝他身上连刺六剑。

这六剑刺得快逾闪电。他招架避闪，左支右绌，总算他临敌经验老道，使出浑身解数才躲开飞剑攻击。但已惊得真气不纯，额头挂满汗珠。而那飞剑不容他有喘息之机，仍一剑快过一剑刺向他周身上大穴，霎时间一团剑光影将他罩住。

群雄见"长眉老妖"困剑光之中，被飞剑逼得上蹿下跳。那飞剑时而似蛟龙翻滚，时而似蟒蛇穿行，攻得"长眉老妖"手忙脚乱。"长眉老妖"空有一身"毒龙爪"绝技，因内力不敌天风道长，抢不到先手，一点也施展不出来。

群雄看得惊讶：大伙以往见过链子兵器，只见过流星锤、绳镖、九节鞭之类，却从未见过这种链飞剑。适才"长眉老妖"出手抓飞剑，抓铁链，两次都急忙撒手，仿佛抓在烧红的烙铁上，显受到天风道长内力反击。而那飞剑似乎隐含一套奇妙剑法，攻得"长眉老妖"手忙脚乱。如此一来，"长眉老妖"无法用"毒龙爪"同飞剑搏击，又无法近身攻击天风道长，完全处于挨打境地。

天风道长闭关二十年，练就这一套"飞云剑法"非同小可。此剑法以内力御剑制敌，剑招变化奇幻。高手若是面对面打斗，一方出招，另一方可立即还招应对。天风道长却不同"长眉老妖"近身打斗，只用内力遥控飞剑出招。"长眉老妖"同他相隔一丈多远，满眼都是飞剑，瞧不清天风道长手上是如何出招，自然拿不准如何接招，是以大处下风，毫无还手之力。

天风道长知"长眉老妖"的"毒龙爪"挟带剧毒，远攻方能制胜。他想尽快打败"长眉老妖"，捉住完颜龙夺取解药。是以一上来，便将闭关二十年练就的独门绝技施展出来。"长眉老妖"眼见飞剑如无数飞矢射来，"毒龙爪"一点派不上用场，不由暗暗叫苦。

几十招过后，天风道长突然一声清啸，纵身扑到"长眉老妖"面前一掌拍出。"长眉老妖"躲避飞剑已是捉襟见肘，招架这一掌力不从心。闪避稍迟，掌风扫到肩头痛彻心扉。天风道长抓住飞剑欲再进击。忽听台下武当群道呼斥声大作，他转头看去，只见有三人冲入武当弟子群中去抢秦员，众弟子抵挡不住，被打得东倒西歪。一位中年道人大声疾呼："快结真武剑阵！"数十名道人团团一转结成剑阵，才将三人挡住。

天风道长一看那三人，大吃一惊。一人五十多岁枯瘦如柴，身穿蓝衫，一副老农模样，却是"长白老怪"。另一人同样身材瘦小，身披袈裟手执佛珠，天风道长不认得是龙象法王。另有一人也是五十来岁肥头大耳，唇上蓄着两撇鼠须，肚子滚圆，手执一根鹰头精钢杖，却是阴山老魔。

一见这三人来救秦员，天风道长顾不得斗"长眉老妖"，长剑虚刺一招，转身跳下台去。"长眉老妖"在天风道长飞剑下吃大亏，脸上挂不住，怒喝道："天风道人，你别跑！老仙还没使出'毒龙爪'神功，你便溜走，孬种！"

天风道长冲入人群，将手中长剑一抛飞刺向"长白老怪"背心。"长白老怪"听见破空声响，忙转身接招。天风道长将手一旋，长剑掉头向龙象法王飞刺过去。龙象法王道声"好剑法！"身子疾侧左拳砸向飞剑。

天风道长手腕一转，飞剑转弯去刺阴山老魔。阴山老魔忙挥钢杖斜挡飞剑。天风道长将手一招"飞剑回手"，身子滴溜溜转个圈，剑光如急雨向四处纷洒，同三人激斗起来。

龙象法王、"长白老怪"、阴山老魔，皆是一等一的高手，天风道长的"飞云剑法"若斗两个高手那是游刃有余，同时斗三人却感吃力。初时他以一敌三，时而飞剑搏击，时而拳剑相加尚能力敌。但斗到一百招后出招渐少，招架渐多，慢慢转为下风。

武当派第二、三代弟子眼见天风道长处于劣势，想上前援手，但二丈之内四人内力激荡，谁也插不上手，都在一旁干着急。

张去病见天风道长独力难支，欲上前出手，却听赵无痕道："小主人无须出马，老仆去打发他们！"

赵无痕刚说完话，忽然见一团红影从台上闪入四人之中，众人还没看清那红影是谁，却见"长白老怪"、阴山老魔、龙象法王三人身子突然飞起坠落二丈开外。大伙这才看清打斗场中站着个红衣人，却是子午岛主南溟老人。

南溟老人道："老夫瞧你们几位，也算得上是一派宗师了。怎的如此不自重？

今日天下英雄到此打擂，切磋武学，你们却在此群殴滥斗，不觉有失身份，不觉丢人吗？"

"长白老怪"、阴山老魔、龙象法王三人怔怔望着南溟老人，都不出声。群雄心下奇怪：这三人中，一看龙象法王是个性情和善的有道高僧，他不动怒倒也符合情理。而"长白老怪"和阴山老魔都是凶恶残暴之人，为何也乖乖听南溟老人训斥，不吭一声？

适才"长白老怪"、阴山老魔、龙象法王三人突然飞落开去，大伙都没看清内情，只见老怪和老魔乖乖听训，是以心下诧异。张去病却看得清楚，见南溟老人如电光一闪跳入战团，两手如风抓向"长白老怪"、龙象法王。二人急忙闪身躲避，竟然没人躲开老人一抓，都被老人抓住后颈窝抛出去。

阴山老魔忽见有人来袭，正要出招应对，也被老人一把抓住前胸抛开去。老人出手瞬间力贯指尖，一下拿透三人穴位，封住经络，令他们落地后浑身无力手脚僵硬，是以三人心中又惊又惧忙运功解穴，哪里还说得出话来？

张去病看见南溟老人轻描淡写随手一抓，便将三个顶尖高手制住，亦是吃惊。心想：自己要像老人这样举重若轻，出手制住"长白老怪"、阴山老魔、龙象法王三大高手实无把握。不禁暗赞："江湖上传闻子午岛主武功出神入化，今日得见，果然名不虚传！"

他正寻思，却听南溟老人道："恕老夫眼拙，敢问三位，你们可是摩尼教高手？"三人都摇摇头。南溟老人道："你们不承认也罢，待老夫查出你们是摩尼教人，休怪老夫手下无情！"

张去病心中一动：南溟老人同摩尼教有过节吗？突然心念一闪，暗叫一声："不好！那殷独啸不就是子午岛高手吗？南溟老人此来，莫非是来为殷独啸报仇来了？要不然，他怎会破例离开子午岛到此摆擂？他又怎会出语不善，问"长白老怪"、阴山老魔、龙象法王是不是摩尼教中人？"

张去病想得一点没错。他在摩尼岩上窥见完颜龙出重金收买殷独啸，要殷独啸为金国出力刺杀铁木真和捉拿他。岂料完颜龙离开摩尼岩后，殷独啸篡位阴谋败露，后来被他擒住死在摩尼岩上。

完颜龙得知殷独啸死讯时，正和秦员密谋除掉弘无方丈和金风道长，阻止两派高手打擂。忽听殷独啸毙命摩尼岩上，完颜龙不禁大呼："可惜，可惜，殷独啸一死，坏了本王的一着好棋！"

秦员却道："王爷莫恼，那殷独啸是子午岛的高手。他死了，咱们正好拿此事大做文章。在下听王爷说，殷独啸给了王爷一件信物，用来同他联络时用。王爷可命人去子午岛为殷独啸报丧，谎称王爷是殷独啸的结义兄弟，煽动子午岛高手前来报仇，替王爷铲除大宋武林，铲掉金国隐患，岂不妙哉？"

秦员献此毒计，嘴上说是为金国除掉隐患，心想的却是为秦府除去张去病和赵无痕等人。完颜龙不知他暗中打小算盘，一听正中下怀，便派心腹花剌模带上重礼去子午岛，游说子午岛主。

花剌模带着人在大海上几经周折，竟然找到子午岛，见到了南溟老人。老人得知殷独啸死讯悲痛至极。花剌模趁机添油加醋，拨弄是非，说殷独啸死得如何悲惨，说摩尼教人正密谋渡海来踏平子午岛，说他奉殷独啸结义兄弟完颜龙之命，特赶来给老人报信云云。

殷独啸之父独孤天是南溟老人爱徒，殷独啸是他徒孙，二人皆死于摩尼教之手，老人怎不悲怒交集？新仇旧恨激得老人怒不可遏，便带众弟子离开子午岛，随同花剌模来为殷独啸报仇。

南溟老人见到完颜龙，细问殷独啸死因。完颜龙拿出殷独啸给他的碧海玉佩，自称是殷独啸过命兄弟。那碧海玉佩是老人赠给殷独啸之物，一见玉佩老人信以为真，再无怀疑。

二人谈起报仇之事，完颜龙道："岛主若去西域找摩尼教报仇，只怕恶贼们听到风声躲藏起来，您老人家很难找到他们。小王倒有个法子，管叫那摩尼教人自动前来领死！"

南溟老人道："王爷有何良策？"

完颜龙道："小王想摆一座擂台，请岛主和诸位高徒当擂主。广发英雄帖招引各国武林豪杰前来打擂。摩尼教高手接到英雄帖定会来打擂。那时您老人家不动一步，仇人便自己送上门来，老爷子便可为我义兄独孤云报仇！"

南溟老人一听觉得是好办法。心想武林中人最喜打擂比武，一则可以印证武功，打擂胜了又可扬名立万。二则可以大开眼界，见到高人奇技。那摩尼教高手接到邀请帖，一准儿会来打擂，老夫正好为独孤天父子报仇。老人如此一想，便点头应允完颜龙。

是以刚才，南溟老人看见"长白老怪"、阴山老魔、龙象法王三人武功高深，怀疑他们是摩尼教高手，便出手将三人制住。此时见"长白老怪"、阴山老魔、龙象法王不承认是摩尼教人，南溟老人转头问完颜龙，道："小王爷，这三个人是何来路？"

三人当中，完颜龙只见过龙象法王，没见过"长白老怪"和阴山老魔。摇头道："小王也不知这三人是不是和摩尼教一伙的。我只知那和尚是天竺国龙象法王，他曾同人到我国京城盗取公文。他既然同这二人一伙，看来也不是好东西，请岛主将他们全都拿下！"

秦员见手下三大高手被擒，本想开口为三人求情，但一听完颜龙提到盗信之事，便不敢吭声。他若说"长白老怪"、阴山老魔、龙象法王是他的人，便暴露他去金国盗信之事，只得眼看着三人被拿下。

第二十八章　打擂

南溟老人一听完颜龙之言，向台上招手，台上跳下两名红衣汉子，欲将"长白老怪"、阴山老魔、龙象法王三人带走。便在此时，吐蕃国人群中突然抛出一根套马绳将龙象法王套住，倏地一下卷飞入吐蕃武士之中。这一下来得太快，两名红衣汉子还没回过神来，龙象法王已被救走，三人欲冲上前去夺回法王。

南溟老人道："不必了。一个和尚由他去罢，将这二人拿到后台去！"两名红衣汉子躬身道："遵命。"提起阴山老魔和"长白老怪"走入台后。南溟老人跃回台上坐下，微闭双目，不再看台下众人。

完颜龙走到"长眉老妖"面前施礼道："师父，请您老人家主持打擂大局！""长眉老妖"道："好，你下去罢。"完颜龙转身跳下擂台，快步走入后台。

"长眉老妖"站起身来走到台前，尖声尖气道："诸位豪杰，咱们开始打擂，哪一位英雄上台献技？"

适才南溟老人露一手功夫震慑群雄，场上静寂无声。张去病和赵无痕商定先按兵不动，各国群雄也在商议派何人上台打擂，一时间，"长眉老妖"连问几声，台下没人回应。过了一会儿，却见日本人群中走出一位武士，高声道："我大日本武士来斗霸王旗高手！"

众人一看，这日本武士身穿黑袍，个头瘦小，尖嘴猴腮，光头上蓄着两撮头发，神情却十分傲慢。只见他几个箭步跳上台。"长眉老妖"道："敢问日本英雄高姓大名？"

日本武士昂然道："英雄我乃日本国神武道武士，高姓大名冈村柳郎！"

"长眉老妖"说"敢问日本英雄高姓大名"，是随口一句客套话，岂料这日本武士却毫不客气，自称英雄，自报"高姓大名冈村柳郎"，引得台下群豪哈哈大笑。

"长眉老妖"寻思：这东夷人浑不开化，不知我上国礼仪，竟顺着杆子往上爬，自吹自擂，真可笑！

他含笑问道："英雄高姓大名冈村柳郎，啊呀呀，幸会，幸会！"说罢，他转身问台上的九名红衣人，道："霸王旗哪位英雄出阵？"

一名红衣汉子站起身来，朗声说道："在下长青子，前来领教日本武功！"

长青子二十出头，个子细高，身子瘦得像薄板，肩宽头小，走路双肩耸起，酷似秃雕踱步。他缓步走到冈村柳郎面前，身子高出冈村柳郎一个头，拱手道："阁下出招罢！"

冈村柳郎抬头上下打量长青子，直摇头道："不成，不成，你这人瘦得像根干豇豆，风都吹得倒，经不住我打，回去换个壮汉来！"群雄一听大笑起来。

长青子却不气恼，也笑道："阁下不比我强。阁下矮小得像个小跳蚤，更经不住我打，你下台去换大个子日本武士来！"

冈村柳郎怒道："你，你敢说神武道冈村柳郎经不住你打？"

长青子道："我就这么说了，你又怎的？"冈村柳郎突然纵身一跃，双拳暴出击向长青子面门。长青子横掌一封，掌拳相交，只觉对方一股强大力道撞来，撞得他不由后退两步。他心下暗惊：这倭寇力气不小！适才我轻视他，只用几分力道，倒让这厮占了便宜！

冈村柳郎一拳将长青子打退两步，得意笑道："哈哈，干豇豆，我说你不经打，这下如何？"

长青子道："这下也不如何。小跳蚤看我的！"只见他呼地一掌拍出，手掌出击绵软无力，晃晃悠悠毫无力道。

冈村柳郎哈哈笑道："你这婆娘掌法，为我拍身上灰尘吗？爷不要你讨好！"他不知长青子使的是子午岛派绝技"伏波神掌"，这一掌看似绵软晃悠，掌力却蓄势待发，犹如波涛初涌。冈村柳郎若接下头一波掌力，第二波旋即汹涌击来，力道比前一波更猛。他若是接下第二波掌力，第三波掌力将排山倒海而至，叫他非死即伤。当年何野风在铁链上接下独孤天的"伏波神掌"，后来张去病在摩尼岩上不惧殷独啸的"伏波神掌"，皆因二人身负"日月双环功"能将掌力卸到地下，才安然无恙。

此时台下一位日本武士看出势头不妙，急叫道："柳郎小心！"但为时已晚，冈村柳郎已一拳打出。拳掌相接，冈村柳郎只觉对方掌力甚柔，不由心下微诧。但在这一瞬间，长青子手掌上突然传来一波巨大力道。冈村柳郎大吃一惊，身子被震上半空。他在空中一旋身子，欲转回台上，脚刚踏到台沿，忽然"哇"的一声吐口鲜血，双腿一软倒下擂台。

众人见长青子软软拍出一掌，便将冈村柳郎打下擂台，不明其中缘由，心中皆是一凛。皆想：子午岛武功如此怪异，出手如此狠辣，咱们不可掉以轻心！群豪不知，此番摆擂，子午岛众高手暗中商定：须扬威震慑群豪，首战必胜，速战速决，保存功力打到最后。是以长青子见冈村柳郎浑不将他放在眼里，心下恚怒，出手便使出子午岛绝技"伏波神掌"，将冈村柳郎打下擂台。

两个日本武士见冈村柳郎被打下擂台，忙跑去将他抬回到自己人中。冈村柳郎吐血不止，呼吸微弱。看见同伴性命垂危，日本武士气得哇哇大叫。怒叫声中，只见四人冲出人群飞身跳上擂台。

一位老武士年过五十，身材魁梧，方面阔嘴，项下蓄着长须，神情刚毅。另外三名武士年纪都在三十岁上下，个个面带怒色，神情剽悍，腰间挎着一柄长刀，老年武士手上却握着一根钢锏。四人跳上台来便欲同长青子动手，"长眉老妖"闪身上前，抬手拦住四人，道："四位且慢，这是第二场，也是日本国最后一场。四位英雄请报大名，再斗不迟！"

那年老武士拱手道："英雄之誉不敢当，敝人姓徐名介山，乃是日本国'神武道'道长。"众人一听这武士名叫"徐介山"，同中国人姓名一样，汉话说得十分流畅，都觉诧异。但谁也不知"神武道"是个什么武功门派，也不知这徐介山是何许人物。

徐介山一指三个武士，道："这一位名叫'姿三八雄'，这一位是'林中小松'，这一位叫'小泉二郎'。适才擂主掌法神通，老夫好生佩服。这一场，我们师徒四人齐上，领教擂主的高招！擂主若惧，也可自请帮手！"

"长眉老妖"忍不住道："徐道长汉活说得如此流利，又名叫徐介山，莫非同我中华有什么渊源？"

徐介山道："不错，我祖上乃是秦朝徐福道长。他老人家为秦始皇去海上寻找长生不老药，漂泊到日本岛上。因大船毁坏，日本工匠无技修复，我祖上便长留日本，在下便是他老人家后代。"

秦始皇统一六国后，派徐福去海上寻找长生不老药之事，不少人也都听说过。此时群豪一听，这徐介山竟然是徐福的后裔，不由议论纷纷。张去病忙问道："赵先生，那徐福道长是什么人？"

赵无痕道："徐福是一位道人。据书上记载：此人年过七旬，身怀不老之术，年纪看去只有三十几岁。秦始皇闻他大名，召他垂问如何长生不老。徐福说东海上有座仙岛，那里有长生不老之药，采来服下，皇上可长生不老，但须童男童女去仙岛，方可采到那长生不老药。秦始皇便遣他带三千名童男童女去东海上寻找长生不老之药，谁知他去海上两次，后来便无消息。没想到他竟然漂流到日本，还在日本留下了后人！"

张去病又问道："赵先生，那徐福会武功吗？"

赵无痕摇头道："这个史书上没写，他会不会武功就不知道了。老夫翻阅《汉书·艺文志》《隋书·经籍志》《唐书·经籍志》《新唐书·艺文志》等大量典籍，没见到有关徐福会武功的记载。不过，那徐福既然年逾古稀，身如壮年，又能率船漂洋过海到日本去，老仆由此推想，他大约是身负上层武功之人。"

张去病高兴道："赵先生，倘若那徐福道长武功高深，今日咱们瞧他后人身手，便可一睹秦时功夫了！"

他刚说至此，却见天风道长领着武当弟子走入大宋群雄中。秦员被人押着，垂头丧气走过张去病面前，瞥见张去病忙将脸掉开。张去病道："秦员，适才完颜龙怎么不拿解药救你小命？"

押送秦员的道人见张去病问话，便让秦员站住。秦员却不吭声，也不看张去病。

张去病道："秦员，你们一家叛国投敌，为金国卖命，干尽祸害大宋的坏事，完颜龙却把你们看得一文不值，不顾你的死活。秦员，你们这主子也太绝情了！"秦员满脸通红，又恼又羞，仍撇开脸一言不发。

便在此时，忽听众人齐声喝彩："好！好功夫！"张去病忙往台上看去，只见那"姿三八雄""林中小松""小泉二郎"三个日本武士，正围着长青子激斗。三人哇哇暴吼日本话，斗兴大炽，徐介山站在台角并未出手。

三个日本武士疾挥长刀，或砍、或劈、或削、或挑、或刺，刀法精湛，刀光如织，刀刀不离长青子要害。三把刀的刀身只有三指宽，却达五尺长。三人双手握刀舞动，三柄刀光在台上频频疾闪，看得令人眼花缭乱。只见长青子在刀光中翻滚蹿跳，岌岌可危，令人看得惊心动魄。

适才在台下，徐介山看见长青子软绵绵一掌便将冈村柳郎打下擂台，不知那掌法有什么古怪，便叫三名弟子使长刀远攻，避开长青子手掌。这法子果然奏效，三人倚仗刀长，远离长青子出招，长青子难欺近到他们身前发挥"伏波神掌"威力。旁边又站个虎视眈眈的徐介山，更叫他不敢大意。他既要提防徐介山突然出手，便不敢全神对付三人，一时间落了下风。

张去病见三名日本武士刀法古朴，变化精奇，极狠极准，绝无半分多余动作。他从未见过这种看似极简单，却又快捷凶狠的刀法。忙问赵无痕，道："赵先生，这三人使的什么刀法？"

赵无痕微一沉吟，道："昔日，听我恩师欧阳山人说，春秋战国有位大侠叫盗跖，他创下一套'天运刀法'纵横江湖无人能敌。他使用的刀，也是刀宽不过三指，刀身长约五尺。据说那'天运刀法'简古精练，变化无方，杀伐狠辣。老仆观这三人的长刀和刀法，似乎同那盗跖大侠的刀法相似。莫非那徐福道长得到盗跖大侠武功真传，将这门刀法传给他后人，这徐介山是徐福后代，又将刀法传给日本武士不成？"

"巴山老鬼"忽然想起一件事，道："赵先生，在下有一事不解，我早年押镖路过黔地夜郎国，一伙苗人冲下山来抢镖银，他们使的也是这种长刀，名叫苗刀。那苗人身材也同这些日本武士一般矮小，这三个日本武士哇哇哇怪叫，叫声同那些抢镖苗人叫音相似，莫非那些苗人是盗跖大侠的后裔？这可怪了！"

赵无痕道："有这等事吗？盗跖大侠同苗人有何渊源我可说不准。古籍上说西南苗人本姓姜，乃是神农氏之后，是咱们汉人一脉。因躲避战乱，一支人迁徙到西南繁衍。说不定盗跖大侠与他们同源也未可知。"顿了一顿，又道，"你说那些苗人叫声同这些日本武士叫声相似，没听错吗？"

"巴山老鬼"道："不会听错，当年那些苗人同我打斗，也是这般哇哇吼叫，叫声同这三个日本人的一模一样，我记得清楚！"

赵无痕道："这就奇了。上古时咱们沿海汉人，有一些漂流到琉球诸岛去繁衍生息。莫非古汉人还漂流到日本岛去生息不成？如是这样，这些日本武士难道亦是神农后裔的一支？"

"巴山老鬼"道："在下听人说那日本岛很小，孤零零耸立在海上。岛上哪来的人呢？说不定岛上之人，真是从我国大陆漂流过去的；说不定他们同苗人同出一源，皆是神农后人！"

张去病正听"巴山老鬼"同赵无痕说话，忽听有人"啊哟"一声惊叫。他忙往台上一看，只见姿三八雄一刀劈向长青子颈项，小泉二郎一刀斜挑长青的腹部。林中小松一刀横砍长青子的双腿。三人从三个不同方向攻击，三柄寒光闪耀的长刀将长青子身躯的上、中、下三个部位罩住，不容长青子有一丝躲避的空隙。

在这千钧一发瞬间，只听"当"的一声，三柄长刀撞得火星乱闪，一片红衣飘下擂台，长青子前襟被日本武士利刀削下一块。电光石火间，长青子逸出刀阵，扬手打出三枚红色弹丸。三名日本武士回刀急挡，只听砰砰砰三声响，三个弹丸撞在刀身上炸开，喷射出三团红沙。三人急舞刀挡沙，窄窄刀身哪里挡得住飞沙？霎时间小泉二郎脸上中沙，顿时双眼看不见天光。姿三八雄手臂也被红沙击中，手中长刀咣当一声掉在台上。林中小松右腿中红沙，疼痛难当，嘴里嗬嗬嗬直叫。长青子站在台角面露微笑。台下群豪一看，便知那红沙有毒。要不然三人被细细红沙打伤，不会如此痛苦。

徐介山忽然对三个武士大喝几声，群雄听不懂他呵斥什么，大约说的日本话。三个武士"嗨"的应一声，拿起刀尖对准小腹猛插进去，摇摇晃晃仰天倒在台上，肚子血流如注。这一变故，直教众人看得目瞪口呆。

"巴山老鬼"道："怪哉！倭寇唱的是哪一出戏？同别人打架打不赢，便往自个儿肚子上扎刀子，倭寇吃错了药吗？"

杜百年道："这或许是他们'神武道'的门规。可这规矩也定得太不尽情理！胜败乃兵家常事，倘若'神武道'武士输了便要自尽，不知他们有多少人来自杀？这岂不是自毁门派吗？"

他二人不知，那徐福东渡日本创下这"神武道"，千余年来能在日本执武林牛耳，便是因立下这战败必剖腹的残酷门规，逼得其弟子不仅拼命学艺，而且打斗极狠，是以"神武道"艺冠日本，被日本武林尊为"武士之雄"。而这种残酷淘汰的门规，使得保留下来的弟子都是精英人才，其门派才得以长久不衰，在日本称雄千余年。

"巴山老鬼"和杜百年内功精深，这一番议论声音虽不响，却已传到擂台上。徐介山听见二人的议论，傲然道："我'神武道'乃是日本第一武士道。本门只有战胜的英雄，绝无失败的狗熊。他三人失手败阵，须自行切腹谢罪，是以保我'神武道'武士荣誉！嘿嘿，可不是什么不尽情理！"群雄听他这一番言语，皆觉"神武道"门规未免太冷酷无情。

徐介山说罢，用日本话向台下弟子吆喝一声，几名弟子跳上台来，将切腹自尽的三个同门抬下台去。徐介山转过身来对长青子道："我门下弟子学艺不精，败在阁下手下，我来领教阁下手段！"

话音刚落，他挥动手中钢锏扑向长青子。长青子见徐介山挥锏打来，侧身一让，倏地一掌朝徐介山手臂斩落。岂料他掌刚拍出，那钢锏突然一弯掉头打向他胸膛。长青子万没想到钢锏会弯曲打人，急忙凹胸后跃。徐介山欺身近前，一锏打向长青子腰间。长青子挥掌斜拍，欲将钢锏拍开。哪知那钢锏忽又翻转朝下打他大腿，他吃惊错步闪避，钢锏突然弯曲成角尺打他屁股。

群豪见徐介山手中钢锏竟会从四面八方弯转打人，都暗暗稀奇。十八般兵器中，大伙只见过软鞭、九节鞭、三节棍之类可自如弯转击人。这四棱形钢锏笔直一根，锏身却会弯转打人，大伙还是头一次看见，都心下诧异。可众人相距甚远，看不清那锏上有何奇特之处。

张去病凝目看徐介山手上钢锏，见那锏身由二十多小节组成，犹如人的脊椎骨，每个小节都旋转自如，顶端上铸有个龙头。徐介山一舞动，那钢锏便宛如一条灵动异常的蛟龙四处出击。他知赵无痕博古通今，忙道："赵先生，那徐介山使的是一件什么兵器？"

赵无痕沉吟道："倘若老仆没料错，这兵器名称应该叫'双龙锏'。这'双龙

1009

铜'是战国时朱瀛大侠使的独门兵器，失传了千年，没想到在我中土失传的兵器，居然日本有人会使，想必是徐福道长东渡日本带去的吧。"

龙飞在旁插嘴道："赵先生，这铜为何叫'双龙铜'呢？"

赵无痕道："这'双龙铜'舞动起来灵动无比，铜身弯曲旋转忽东忽西，忽上忽下，宛如双龙出击，故名双龙。"

张去病道："赵先生，顾名思义'双龙铜'应是一对，为何徐介山只使一把铜呢？"

赵无痕道："小主人有所不知，双龙铜这门兵器极是难学。双铜能自如转向打人，全靠使铜之人以巧妙内力驾驭。这铜法要旨是指东打西，指南打北，使铜人要能一心多用，出铜攻对方头的瞬间，心中便要先想到是打他的肩，要意到手到，操控铜的转向不差分毫。稍有差错便会伤着自己。

"你想想，一心二用使一把铜已够难了，若是使两把铜一心四用，那有多难？徐介山只使一把铜，或许是他天资有限，未能学全双龙铜法，或许是双龙铜法失传一部分，也未可知。但他能使一把铜，也算是很难得了。"

穆兴忽然叫道："小主人，赵先生，你们快看！"张去病和赵无痕回眸看去，只见徐介山手上的钢铜弯来弯去，指前打后，指左打右，指上打下，变化神鬼莫测，长青子摸不清钢铜究竟打他身上何处，一时间首尾难顾，穷于躲闪，上窜下跳异常狼狈。

张去病道："徐介山使一把铜便这般了得！想当年那朱瀛大侠使一对双龙铜，那该是何等厉害？武学之道真是浩如烟海，学无止境！"

赵无痕点头叹道："小主人说得极是：武学之道，学无止境！明白这层道理，小主人一生如能虚怀若谷，海纳百川，天下也就无人能同你比肩了，老仆才算是，没辜负老主人临终重托！"

张去病一听，想起赵无痕这些年对他的关怀教导心头一热，道："赵先生教诲，去病终身铭记，不敢忘怀！"

主仆二人言语间，擂台上突生变故。长青子见徐介山一铜向他腰间扫来，伸右手去抓钢铜，左手同时一扬打出一枚红色弹丸。他这是两败俱伤的打法，他伸右手抓铜若是受伤，徐介山也会同时中弹送命，这样一来日本武士便输了。

岂料徐介山暗中提防他打暗器，见弹飞射至胸前，身子急侧，左手掌力一吐，将那弹丸拍到台下去。弹丸落到辽国人群中，吓得辽国群豪纷纷闪身躲避。徐介山左掌拍开弹丸，右手钢铜突然弯拐下打。只听"啪"的一声，钢铜打在长青子大腿上。长青子痛叫一声倒在台上。倒下瞬间，一扬手掌又打出两枚弹丸，分别射向徐介山的上腹和下腹。徐介山没料到长青子倒地会发暗器，惊得仰倒疾滚，身子滚动太快，收势不住竟然滚下擂台。

台下众人看得"啊"的一声，既吃惊长青子被打倒台上，也吃惊徐介山滚落台下。徐介山背心一沾地，旋即弹身跃上擂台。人影闪动，"长眉老妖"站到台中挡住徐介山，道："徐英雄，你已被打下擂台，不能再打了！"

徐介山一怔，道："长青子被我打倒台上，我赢了，为何不能再打了？"

"长眉老妖"道："打擂的规矩，是谁被打下擂台，谁就输了。长青子虽被你打倒，但他没被你打下台去，仍在擂台上，你却被他打下了擂台，天下英雄有目共睹，还有什么好说的？自然是你输了！"

徐介山一听，神情沮丧，对手分明被打倒，自己却不慎滚下擂台。他心下不服，却又无理可辩。嘴里咕哝一句日本话，悻悻地跳下擂台。他心中气恼，一挥手，带着日本武士离开桂花台。

一名红衣人走来将长青子扶到后台。"长眉老妖"走到台口高声宣道："这一场比武，是我大金国'霸王旗'高手打败日本国武士，守住擂台。哪国英雄，再上台来打擂？"

便在此时，龙飞和穆兴巡查回来。张去病忙道："二位大哥，可发现完颜龙有何阴谋？"龙飞道："主人，我发现有不少穿百姓衣衫的金兵混杂在人群中！"

穆兴道："主人，在桂花台西角，在下看见一个高瘦胡僧同一年轻汉子鬼鬼祟祟，一眨眼便不见了！"

张去病一惊，忙道："你看见瘦高胡僧？那是毒佛迦南陀！那年轻汉子是厉蒙！这两人出现在桂花台上一定在干坏事。走，快带我去捉住毒佛，逼他交出解药救金风道长！"

穆兴领着张去病走到桂花林前，二人在桂花林中搜寻一阵，不见毒佛迦南陀和厉蒙的踪影。桂花浓烈香气阵阵扑鼻，熏得人有些微晕。张去病抬头仔细看每一棵桂花树，也没发现可疑之处。他仍不放心，沿着四周桂花林绕了大一圈，还是没看见毒佛和厉蒙，只得回到大宋群豪之中坐下。

却听"长眉老妖"在台上道："适才西夏国老英雄'青海苍翁'败下阵去，这一场又是我大金国'霸王旗'得胜！"

张去病环顾场上，只剩下大宋、辽国、吐蕃、金国豪杰，却不见了高丽、西夏、大理国的豪杰，忙问柳语道："语儿，我离去之后比了几场，怎么高丽、西夏、大理国武士都走了？"

柳语道："适才比了三场。去病哥哥，子午岛武功可厉害了！一场是高丽国大侠金泰山上台，输给子午岛岩松子半招。另一场是大理国洱海师太上台挑战，不敌子午岛岩松子和乾坤子，输了一招败下台去。刚才这一场，是西夏国的青海苍翁同

1011

子午岛的天鸣子、地吟子打斗。青海苍翁负伤败下阵去。三国高手败阵，他们觉得大失颜面便都走了！"

张去病道："如此说来，子午岛一场未输吗？"柳语点点头。

却听"长眉老妖"又道："日本、高丽、大理、西夏四国高手皆败，只剩下辽国、吐蕃、宋国的英雄还没上台打擂。三国英雄好汉，哪一位上台来斗一斗？"

西北角有个苍老声音道："老夫前来领教子午岛神功！"众人回头一望，只见辽国群豪中走出两个老者来，一人穿古铜色绸袍，身材魁梧，圆脸细眼，银须拂胸，笑嘻嘻和蔼可亲。另一个老者身形瘦削，身穿深蓝色长衫，容貌清癯，嘴上留着一撇雪白的鼠尾须，脸色阴沉。二人来到擂台下身形一晃跃落台上。

"长眉老妖"拱手道："二位老英雄，敢问如何称呼？"

那身材魁梧的老者道："什么英雄狗熊，我二人可不敢当！我乃'云上老祖'，这位是我师弟'云中老祖'。"

"长眉老妖"面色一紧，神态恭谨道："原来大辽国'白云二祖'驾到，在下久仰！"说罢站到一旁，道，"请霸王旗高手下场！"

张去病见"长眉老妖"神情恭谨，忙问赵无痕，道："赵先生，'长眉老妖'对那'白云二祖'礼敬有加，这'白云二祖'又是什么样的人物？"

赵无痕道："老仆听说，'白云二祖'乃是隐居辽国草原的两位世外高人，从不在江湖上露面，是以武林人士不知道他们武功如何。没想到此次打擂，辽国居然能将他们请出山，这下可有看头了！"

他二人还在说话，却见从九个红衣人中走出两个汉子来：一人三十几岁眉清目秀，面皮白净，一副文弱书生模样。一人四十出头中等身材，身穿短衣，脸色黑红，脸颊瘦削，像个乡农。

二人走到"白云二祖"近前，抱拳道："晚辈岩松子、乾坤子，向两位老前辈领教！"

云上老祖拂了拂手，做个手势叫他俩退下去，道："你二人还嫩，不配同老夫兄弟动手，去请你师父南溟老人出阵罢！"

台下群豪瞧见白云二祖不屑于同岩松子和乾坤子动手，以免有失高人身份，觉得子午岛派这二人出阵，对这两位世外高人大大不恭，太欠妥当。

却听书生岩松子道："晚辈们师父说，两位老先生几十年不出山，此次前来打擂，机会难得，他老人家叫我们不可错过向两位老前辈求教机会。师父有命，晚辈不敢不遵。还望二位前辈不吝赐教！"

云上老祖转过脸对云中老祖道："师弟，子午岛主不给咱俩面子，叫两个后生晚辈下场打发咱们。嘿嘿，这大失礼仪啊，你说是不是？"

云中老祖冷冷道："是，子午岛主瞧不起咱们兄弟俩！"

南溟老人忙从椅上起身，拱手笑道："哈哈，二老多心了！老朽岂敢小看'白云二祖'？老朽虽远居海岛，却也久闻'白云二祖'大名，只可惜无缘得见。今日得此机会，老朽欲请二祖帮我调教一下这几个不成器弟子，望二祖看在老朽薄面，勿要推辞！"

二祖一听，南溟老人虽非由衷之言，却也说得还算客气，心中的怨气消去些许。云上老祖道："也罢，既然子午岛主不屑同我等村夫动手。师弟，你就同这两个小朋友随便玩玩！"

云中老祖道："师兄，好说。"他走到岩松子和乾坤子近前，背着双手，抬眼望着天，不看岩松子和乾坤子，冷冷道："两个小家伙动手罢！"

秀才模样的岩松子道："得罪了！"说时嗖地一指戳向云中老祖前胸。黑脸瘦汉乾坤子从旁一掌拍向云中老祖后背。岩松子使出子午岛绝技"千波万涛指"，这指注入一种奇异内力，瞬间能封住敌人大穴，令人如受电击动弹不得。

乾坤子却使出子午岛绝技"伏波神掌"，但其掌上功力，却比先前的长青子深厚得多。只见他一掌拍出，手掌距离云中老祖五尺，掌风却激荡得云中老祖身上衣衫猎猎乱飘。二人同时出招攻击云中老祖，忽觉眼睛一花，对手已然不见。忙回眸一看，只见云中老祖已闪到台角，仍是背着双手两眼望着天空，不看他俩一眼。

岩松子和乾坤子一愣，又扑上去联手攻击，眼睛又一花，云中老祖已无踪影。两人转身看去，云中老祖已闪到他们身后擂台另一角，两手仍是背在身后，两眼依然望天，不看他们。两人心下惊骇，云中老祖身手快得如同鬼魅，看来是不屑于同他俩动手，倘若他要出手伤他二人，只怕他俩已倒在擂台上。二人心中惊惧，但已骑虎难下，只得硬着头皮挥掌从左右两边扑夹击云中老祖。

二人猛扑到台角，只觉蓝影一闪，云中老祖又突然不见。听见台下群豪喝彩道："啊呀，好功夫！"二人返身一看，不知怎的云中老祖已站在台中，仍是两手背在身后仰头望天，一眼也不看他们。云中老祖这三次避闪如鬼如魅，他是如何移形换位，他俩一点也没看清，莫名其妙。台下众人也同岩松子和乾坤子一样，也没看清楚云中老祖如何闪避开这三次攻击。

张去病和赵无痕却看得吃惊。只见云中老祖似乎身子未动，腿也未迈，人却犹如飞矢一般闪避到一旁，这种轻功当真罕见。张去病自忖：自己要这么快避开岩松子和乾坤子攻击不难，但要像云中老祖这样不动身，不迈腿，却是办不到。

他正思忖，却听云中老祖道："适才我让你们两个小娃娃三招，你二人还有什么本事，尽管使出来！"

岩松子和乾坤子遭云中老祖如此轻视，心下暗怒。乾坤子道："老前辈轻功卓绝，晚辈们极佩服！只是这打擂台讲究的是一个打字，不是比试谁的轻功了得。老前辈若是不出手，只是这般闪来闪去，这擂台也就不用打了！"

云中老祖冷冷道："老夫若出手，只怕你们两个小东西吃不完兜着走！好，老夫站在原地不动，你们若将我打得离开原地半步，老夫便输了！"

台下群豪一听，都觉云中老祖这话说得太满。子午岛的武功天下闻名，岩松子和乾坤子既然敢守擂，功夫更非泛泛之辈。要说二人胜不了云中老祖，那是真的。但要说云中老祖站在原地，岩松子和乾坤子出招不能使他离开半步，这话说得有些离谱了。

群豪却不知，云中老祖如此藐视子午岛高手，是气恼子午岛主南溟老人命弟子下场同他斗。"白云二祖"在大辽国被武林人士奉为泰山北斗，视若神明。不料上得台来，南溟老人不亲自出马，却派出两个弟子同他们对阵，浑不把他二人当回事。遭到如此轻视，这如何叫云中老祖不气恼？

适才他故意不出手，只施展轻功，逗得让岩松子和乾坤子东扑西打，狼狈不堪，便是故意气南溟老人。此时他说，二人若打得他离开原地半步，他便输了，亦是意在扫南溟老人面皮，叫老人难堪。

岩松子和乾坤子一听，气得脸色铁青。岩松子心想：这老儿好张狂！我二人好歹也是一派高手，他却夸口说站在原地，咱们打不动他离开半步，妈的，这也太小看咱们子午岛的功夫了！

乾坤子却寻思：这老儿太托大，我就不信他站在原地，凭我二人武功打不动他离开半步！他自个儿画地为牢，咱们只要打得他离开原地半步，这一阵我二人可捡了个大便宜！

他忙道："好，就按前辈自己说的，若是我们出招，前辈离开原地半步，这一阵便是前辈输了！"又对岩松子道，"师弟，咱们动手！"

说罢，他从右侧扑上，一掌拍向云中老祖肋下。乾坤子从左侧一指戳向云中老祖臂膀。两人这一掌一指攻击方位奇佳，凌厉至极。只见云中老祖一沉右掌，往岩松子掌上一拂，左掌一翻，朝乾坤子的指头抹了一下。岩松子和乾坤子感到被一股浑厚掌力击得浑身剧震，呼吸窒息，两人急忙收手暴退二丈外。

云中老祖站着不动，若无其事，也不进击。岩松子和乾坤子退到一旁，惊魂稍定，腹中滚涌的血气才缓和下来。云中老祖内力强过他俩太多，适才二人若退闪稍迟，必受重伤。两人缓过气来，对视一眼又扑向云中老祖。

岩松子双掌齐出猛向云中老祖胸前推去。乾坤子闪到云中老祖身后，一指戳向他背心。却见云中老祖大袖一拂，袖头卷住岩松子双掌，岩松子被一股雄浑力道带得飞快旋转，一下转到云中老祖背后。此时乾坤子恰逢一指戳出，眼看要戳在岩松子身上。乾坤子大惊，疾伸左手去推开岩松子。不料手刚触到岩松子身子，一股巨大力道撞来，撞得他咚咚咚咚咚倒退五步，退到擂台边上险些摔下去。岩松子被乾坤子手掌一推，身子旋转速度渐渐减缓下来，一连转了十几个圈，才在台角稳住身子。

这一回，二人情知云中老祖内力强过他俩太多。老祖随意一挥手，他二人吃都不消。这擂怎么打？一时间两人站在台上踌躇不前，不知接下来该如何出手。

忽听南溟老人道："白云二祖功力神通，果然名不虚传！我两小徒岂是二祖对手？适才云中老祖手下留情，未伤我这两个小徒。老朽在此谢过！"

云中老祖道："子午岛主不必客气。我兄弟二人听说岛主武功出神入化，特慕名而来向岛主讨教，还望岛主亲自下场一展神功！"

南溟老人道："老朽撂下功夫多年，武功已荒疏，只怕要让二位老祖见笑。不过老朽有一小技名曰'天地四绝阵'，要请二祖指教！"

云上老祖道："指教不敢当！我等山村野夫哪懂什么阵法？岛主难为我俩了！只是天地一分为二，可称二绝，岛主这阵法为何称为四绝？"

南溟老人道："天地为二绝不错。但天乃为阳，地乃为阴，故天、地、阴、阳，是为四绝。老朽这'天地四绝阵'纳天地之变，采阴阳之化，但不知可入二老法眼！华英子、夏杰子，你二人下场去同岩松子、乾坤子演示一下子午岛的'天地四绝阵'，请白云二祖指教！"

一胖一瘦两个红衣汉子从椅中站起来，躬身道："弟子遵命。"二人走到台中，拱手对白云二祖道："晚辈华英子，夏杰子，同我两位师弟献丑，请二位前辈赐教！"二人说罢，那瘦汉华英子站到南方，胖汉夏杰子站到东方，岩松子站到北方，乾坤子站到西方，四人对白云二祖形成合围之势。

云上老祖道："师弟，子午岛主博学多才，摆下天地四绝阵考教咱们。我懒得动手，你继续同四个小娃娃玩罢，不可大意！"说罢走到擂台一角。

云上老祖嘴上谦虚，心中却不把天地四绝阵放在眼里。他自恃高人身份，不屑于同后生小子动手，亦想保存实力，等会儿同南溟老人一决高低。所以不出手，仍在一旁观斗。

云中老祖点头道："师兄放心！嘿嘿，什么'天地四绝阵'，我倒要瞧上一瞧，四个小娃娃能耍出什么花头来。小子们，亮出你们阵来罢！"

岩松子、乾坤子、华英子、夏杰子齐声喝道："请前辈赐教！"喝声未毕，四人互击一掌，闪身欺近云中老祖。云中老祖傲然不动，仍是倒背双手等四人出招。四人扑到云中老祖近前，突然收住脚，踏着一种奇异步法，围着云中老祖转起来。忽听四人吟道："天地四绝，不生不灭；阴阳交替，不息不歇！"吟诵声中，四人又互击一掌。

云中老祖讪笑道："四个小娃娃要什么把戏？"话刚出口，却见岩松子一掌当胸拍来。他当即出掌迎击，只听"啵"的一声，他那雄浑掌力似乎击在水面上，力道四下荡散开去，竟然伤不到岩松子。

云中老祖诧异：这小子掌力怎么如此软绵绵的？吃惊瞬间，忽觉不对，在他掌力荡开之际，对方掌力却陡然汹涌澎湃，犹似一阵狂涛涌来，势不可当！他大吃一惊，急忙撤掌后跃。脚还没站定，旁边的乾坤子已然一掌拍来。他来不及思索又拍出一掌。岂料两掌相接，乾坤子掌上生出一股黏力将他手掌粘住。

云中老祖心想：这厮要比拼内力吗？嘿嘿，小子找死！他催动内力向乾坤子压去，忽觉对方掌力一挫，他的内力也跟着一挫。便在这一挫之间，对方内力突如巨浪滚来，令他心头一震。云中老祖心下骇异，忙撤掌跃开。华英子紧跟着一掌拍来。他不敢大意出掌一拂，欲将华英子手掌拂开。忽觉左面掌飒然，夏杰子一掌已拍到肩头，他忙沉肩撤掌，却被二人掌力震得倒退一步。

台下众人不明内情，只见云中老祖同四人各击一掌便倏地跃开，还以为他在试探如何破子午岛主天地四绝阵。

云中老祖却暗叫一声："邪门了！怎么忽然之间，四个小子功力大增？这可奇哉怪也！他四人踏着古怪步法围着我转，互击一掌便掌力大涨，这是什么缘故？老夫如不施展神功打发这四个小子，只怕一世英名要毁在这擂台上！"

心念闪过，他身形疾闪，在四人中穿来穿去，双手拍、点、戳、抓、拂、拿、弹、击，闪电般攻向四子。他号称云中老祖，不仅轻功着实了得，而且拳掌功夫也精妙至极！一瞬间，只见他宛如一道蓝烟在四人中快捷缠绕，令人看得两眼发晕。

数十招一过，岩松子四人连连遇险。可是在千钧一发之间，四子踏着那奇异步法总能化险为夷。而且四人每次互击一掌，力道便增大几分，大有越斗内力越强之势。台下群豪忽见四子功力大涨，也都不知是何缘故。

云中老祖在阵中斗得片刻，一连使出十四门武功，却无一能克制四子。岩松子四人联手配合得严丝合缝，无懈可击，且刚猛的掌力不衰不竭。云中老祖越斗越惊，几次想打出阵去另觅破阵之法，四人都给挡回来，他似乎被一道铜墙铁壁牢牢困住，脱身不得。

斗到四百多招时，只听岩松子四人高吟一声："天地四绝，不生不灭；阴阳交替，不息不歇！"四人挥臂交叉，八只手掌突然织成一张网，一下将云中老祖罩在网中。

云上老祖在旁大叫："师弟小心！"但四人掌力犹似合成一个巨浪，"砰"的一声向云中老祖撞击过去。云上老祖欲上前援手，哪里还来得及？危急之中，只见云中老祖就地一打滚，逃过八掌雷霆一击，却见他身上飞起无数碎布片飘落在擂台上。

台下众人定睛一看，只见云中老祖身上蓝袍被掌力震得千疮百孔，露出许多破洞看去可笑。云中老祖低头看看身上衣衫，又惊又怒，脸上神情十分尴尬。

云上老祖骇然失色道："好个'天地四绝阵！'老夫也来领教领教！"说时闪身纵入阵内，双掌一错，右掌拍向华英子脑门，左手抓向岩松子乳下。却见二人巧妙地往旁一闪，乾坤子和夏杰子倏地蹿出双双出掌袭来。

云上老祖身子急旋，使出一招"夜战八方"，手掌拍在对方掌上，犹如拍在一潭深水上，掌力四下荡开去，不能凝聚伤敌。一瞬间，对方掌力却突然如潮水涌来。他急忙聚力相抗，却感内力窒滞，急忙闪到一旁。云上老祖出招受挫，心中怪异：这四个小子，每人不过二十年功力，怎的比老夫六十年功力更浑厚？这是何道理？

适才他在一旁观战，见云中老祖在阵中使出全力未能取胜，只道是岩松子四人步法奇异作怪，却不知这天地四绝阵，能将四人内力合成一体，使四子功力倍增。

南溟老人精研易经玄理，自从爱徒独孤天败在何野风手下含恨死去，老人一心想为独孤天报仇。但他知摩尼教高手如云，人多势大，子午岛势单力薄，双方实力太过悬殊，仅凭武功难以取胜。是以他一面使计谋，让独孤天的儿子独孤云改名殷独啸，远走波斯加入摩尼教，设法混上摩尼岩，寻机对何野风下手。一方面他穷年累月创下几套奇妙阵法，作报仇之用，这"天地四绝阵"仅是其中之一。

此阵厉害处，是岩松子四人脚下踏着一套奇妙步法，不仅使四人出招配合得天衣无缝，而且使四人经络运行节律相同，打斗时四人不时击掌，使内力便浑然联成一气，功力大增，能将伏波神掌和千波万涛指威力发挥得淋漓尽致。这当中奥妙，白云二祖如何知晓？

云上老祖同四子斗了二十几招，丝毫未能占上风。云中老祖见状，又扑身加入战团。二祖联手斗了片刻，仍不能取胜。云上老祖忽叫一声："云生双翼！"只见云中老祖身子一闪，将背靠在云上老祖背上，二人使出一套"云腾落霞掌"。霎时间，群豪见二老互相在背上上下滚动，双掌挥舞得像闪电惊虹，掌影缤纷，如云蒸霞蔚，铺天盖地卷向岩松子四人。四子陡见满眼掌影，瞧得眼晕，顿时惊慌失措，步法散乱。

台下众人看得哄然叫好。四子急忙收敛心神，稳住阵脚，急转起来只守不攻。但此时二祖似乎合成了一个人，四掌心意相通，招招精奇狠毒，变化诡异。四子渐渐招架不住，合围圈子越来越向后退，眼看白云二祖就要打出阵去。

忽听南溟老人高声吟道一声："分分合合，指掌伏波！"

听见这声高吟，岩松子四人不再转动，身形忽变，四子互执一手。乾坤子和岩松子用另一只手频频施展伏波掌法攻击云中老祖。华英子和夏杰子亦互执一手，用另一只手使出千波万涛指攻击云上老祖。霎时间四人掌力一掌强过一掌，似利斧劈砍；指力一指猛过一指，似利剑疾刺，嗤嗤声大作锐不可当。

云中老祖接下乾坤子和岩松子几掌，只觉臂膀酸麻真气不济，心下大骇，急忙双掌护胸，严守门户。云上老祖出掌同华英子和夏杰子二人指头相搏，感觉手腕上的"列缺穴"如受电击，一股麻酥感爬到肘上"尺泽穴"，两只手臂顿时乏力。他大吃一惊急忙纵身闪开。幸亏他功力深厚，手臂瞬间恢复了知觉。

一时间四子又内力陡增，将伏波神掌和千波万涛指威力发挥到极致。二祖在阵中苦苦支撑，要想打出阵去，每次都被挡回来，犹似撞在一堵坚硬无比的墙上，气得唧唧怪叫。直到此时，台下众人才看出"天地四绝阵"威力非同小可。

张去病暗自寻思：若凭武功单打独斗，子午岛这四人远远不是"白云二祖"一人对手。便是四人齐上，若是不使这"天地四绝阵"，四子也难敌二祖一人。然而奇怪，四人一施展这阵法便会变得勇猛无敌，这是怎么回事呢？

台上六人斗了一炷香的工夫，二祖背上衣衫已汗湿大片。台下群豪皆想：幸亏他两人功力深厚，武功卓绝，才在阵中支撑这么久。若是换了旁人，只怕早已败下擂来了。

到了此时，二祖已知要破这"天地四绝阵"绝无希望，能全身而退就算不错了。可是如何才能从阵中脱身呢？两人正急思脱身之策，忽听南溟老人吟道："天地玄黄，寰宇苍桑！"

众人听了，不知南溟老人这声吟是何意，却见岩松子四人突然围绕二祖飞快转动起来，八只手臂出招似电闪似雷击，台上一团团红影在飞快旋转，令台下众人看得目眩。唯听二祖在红影中连声叱喝，却看不清他们身影。众人惊心动魄之际，忽听一阵拳掌相击之声不绝于耳。突然间，只见二祖蓦地冲天而起，从四个红影之中跃出，犹如两只大鸟飞下擂台。

二祖双脚落地，抱拳对台上的南溟老人道："子午岛主武学神通，令我兄弟佩服！"

二人说罢身形一闪，纵到辽国武士面前，云中老祖一挥手道："咱们技不如人，同台上锦旗无缘，大伙走吧！"二祖转身几个纵跃，便不见身影，身法之快委实罕见，辽国武士纷纷起身垂头丧气离去。

张去病转头问赵无痕，道："赵先生，子午岛主这'天地四绝阵'果然厉害。不过适才白云二祖能从阵中脱困，亦见此阵并非牢不可破。"

赵无痕道："小主人说得不错。二祖以绝妙轻功冲出阵外，足见此阵困不住轻功极高之人。以小主人的轻功，或是以白无极的轻功，进出这'天地四绝阵'自是不难。若要破此阵，小主人只须快速施展蹑云步法，一阵快攻，令守阵四人无暇还手，便可破它。"

张去病道："赵先生说得极是，看来'天地四绝阵'亦有不足之处！"赵无痕又道："不过，小主人，也不可因此掉以轻心。"

张去病忙道："赵先生，这又是为何？"

赵无痕道："小主人你想，要是守阵之人，换成四个武功似独孤天，今日白云二祖一世英名，只怕要折在这擂台上了！"

张去病听得心中一凛，道："这个我没想到。倘是这样，'天地四绝阵'可就难破了！但我想，子午岛未必有四个独孤天那样的高手。"

二人正切磋破阵之法，却见"长眉老妖"走到台前道："适才'白云二祖'败走，辽国豪杰已服输退去，不再打擂。眼下这桂花台上，只剩下大金国、大宋、吐蕃两三豪杰。不知大宋和吐蕃两国英雄，何人上来打擂？"

他刚说罢，忽见吐蕃武士群中，四个喇嘛抬起一张黄缎铺设禅床，床上坐着一个喇嘛。那喇嘛又高又胖，五十多岁，高鼻大眼，手执个金光灿烂的转经筒。禅床旁走着一个三十几岁瘦喇嘛，眼睛滴溜溜转动，一副机灵神气。

吐蕃武士看见那禅床抬起，纷纷站起身来，神情异常恭敬，低头恭送那大喇嘛。四个喇嘛抬着禅床缓缓走到擂台下，身子倏地跃起，四人竟然将禅床抬到擂台上，那瘦喇嘛也跟着跳上擂台。

群豪看得大奇，心想这吐蕃和尚打擂，怎么连禅床也抬上擂台？天下哪有这般打擂的？有人笑道："这吐蕃和尚坐禅，居然坐到擂台上来。哈哈，世界之大真是无奇不有！"另一人道："老子走遍天下，还没见过这个样子打擂的，今儿倒大开眼界！"

"长眉老妖"蹙着眉头走上前来，道："敢问大和尚，你们是来打擂吗？大师法号如何称呼？"

那大喇嘛双目微闭，摇着手中的经筒，却不说话。旁边那瘦喇嘛道："这是我吐蕃国金禅活佛！"

在场之人都不知这金禅活佛是何许人，但在吐蕃国，金禅活佛大名却是家喻户晓。这金禅活佛不仅佛法高深，且是古格拉教派第一高手。他身负三门神功。一门是"转经飞链功"，一门是"转轮伏魔功"，一门是"古格拉神掌"。他在吐蕃国与龙象法王齐名，大受万众景仰。

"长眉老妖"不知金禅活佛来头，只淡淡道："原来是金禅活佛，久仰、久仰！活佛前来打擂，欢迎之至！"

瘦喇嘛用吐蕃话对金禅活佛说几句，活佛突然睁开眼，抬手指着擂台上那迎风招展的锦旗，哇哇不知说些什么。"长眉老妖"不懂吐蕃话，转头问瘦喇嘛，道："他说什么？"

瘦喇嘛道："咱们活佛说了，不许你们用那旗幡在此招摇生事。叫你去摘下它，敬献给他老人家。要不然，他老人家便将这面破旗扯下撕了！"

台下众人一听轰然大笑。张去病笑道："这金禅活佛是位高人，一语道破了完颜龙诡计！"

"长眉老妖"气得脸色铁青，本想发作，转心一想，老仙我暂时忍上一忍，不可坏了我徒儿完颜龙大事。当下冷冷道："那旗挂得太高，老夫够不着它。嘿嘿，活佛有本事自己去取罢！"

瘦喇嘛将"长眉老妖"的话翻译给金禅活佛听。金禅活佛双眉一掀，嘴里叽里咕噜大喝一声，突然纵身跃上半空，两腿凌空连跨，一步跨出丈远，两步便跨到旗杆前。只见他足尖在旗杆上疾点，身子快捷无伦地蹿向那面锦旗。

便在这一瞬间，岩松子四人跟着纵身蹿起，从四方挥掌袭击金禅活佛，阻止他扯下锦旗。活佛将手中经筒一转，那经筒发出叮叮当当一串鸣响，四子立感经脉震颤，真气不济，身子坠落台上。四人急提真气，欲再跃上去阻止金禅活佛。岂料一运功，却感到半点真气也提不来，四子骇然失色。

金禅活佛蹿到锦旗下大手一抓，眼看要将那旗扯下。忽见红影晃动，南溟老人闪身旗杆下，一掌拍在杆上。群雄都料想：南溟老人是何等功力，那碗口粗旗杆怎经受得住这一掌？想那旗杆必被打折。谁知那旗杆却纹丝不动，连晃也不晃一下，众人都感诧异，不解老人打旗杆一掌是何用意。

众人抬头往旗杆上看去，只见金禅活佛手指抓到那锦旗，忽又猛然缩回手，手掌像被烫了似的。众人离得远看不真切，不知活佛手指快触到锦旗瞬间，一股巨大力道传来将他手震开。

活佛身在空中，无法发功对抗，只得赶紧撒手。高胖身子被那力道一震，急速往下坠落，但活佛功夫了得，只见他伸手在旗杆上拍一下，身躯离杆飞跃而下，倏地坐落到禅床上，稳稳当当安然无恙。众人不知活佛抓到锦旗为何撒手，都议论纷纷。

原来，适才南溟老人闪身旗杆下，想跃上空中阻挡金禅活佛扯旗已来不及，想一掌将旗杆打断又觉不妥，杆上绣有"天下第一武功大国"锦旗。如果打断旗杆，锦旗坠地，不仅大煞风景，而且活佛扯到锦旗，吐蕃国高手便打赢擂台，夺得"天下第一武功大国"殊荣。

情急之中，老人急中生智，使出伏波神掌一掌拍在旗杆上。这一掌叫"波涛暗涌"，犹如武当派绵掌功夫。老人一掌拍到那旗杆上，掌力却不伤杆身，力道只向杆上传导。金禅活佛手指一触到那锦旗，便被一股强大力道震开。南溟老人料到金禅活佛在空中无处着力反击，非坠落下来不可，这一招果然见效。

金禅活佛坠落禅床，立知遇上劲敌。他转身打量南溟老人，收起狂傲之态。双掌合十，向着南溟老人叽里咕噜说了一句什么话。

瘦喇嘛赶紧上前翻译道："我们活佛说，老擂主武功不错，他要向老擂主请教。"

南溟老人道："承蒙活佛夸赞。老朽功夫粗浅，活佛若不嫌弃，老朽让这几个小徒代劳，不知活佛可屈尊赐教？"

瘦喇嘛忙将南溟老人之言，一字一句翻译给金禅活佛听，金禅活佛点点头，叽里咕噜说了两句话。

瘦喇嘛翻译道："我们活佛说，他老人家打败了你徒弟，一定要同老擂主比试，问老擂主答不答应？"南溟老人道："我门下小徒不成，老朽便陪活佛走几招。"

金禅活佛听瘦喇嘛翻译，不知说一句什么吐蕃话，瘦喇嘛摇摇头，又翻译一遍。金禅活佛似乎听懂了，又对瘦喇嘛说了一句。

瘦喇嘛转过脸来对南溟老人道："活佛说，他若有失手伤了老擂主弟子，施主勿要见怪。"

南溟老人道："这个自然。"回头对南海八子道，"岩松子、乾坤子、华英子、夏杰子，你们四人好好领教金禅活佛吐蕃神功！活佛乃是古格拉教派第一高手，武功修为定是了得，你们不可大意！"

老人说时走近四人，伸手在四人乳上肋间"中府穴"上轻轻一拂，四子顿觉身上经脉一松。适才他们被活佛那转经筒发出怪音震得岔气，经脉滞碍。此时老人拍开他们受制经脉，真气运行顿时顺畅。

南溟老人又道："金禅活佛音功玄妙，尔等要切记'宁神忘我'四个字。勿为敌所动，勿为敌所扰，勿为敌所困，勿为敌所惑！"

四子躬身道："谢师父指点！"四人走上前对金禅活佛抱拳施礼，道："请活佛赐教！"

瘦喇嘛在旁翻译一句，活佛点了点头。瘦喇嘛同抬床的四个喇嘛退下擂台去。金禅活佛并不下禅床，只是对四子微微点头，示意四人出招。四子会意，散开到禅床四方，齐声吟道："天地四绝，不生不灭；阴阳交替，不息不歇！"

吟诵声中，四人互击一掌，围着禅床快速转动起来。岩松子和乾坤子依然使出伏波神掌，华英子和夏杰子仍是施展千波万涛指，四人从四方向金禅活佛发动攻击。金禅活佛却不下床迎敌，仍坐在禅床上一只手转动经筒，只用一手出拳迎战四子。

　　四子见金禅活佛只用一手对付他们，而且坐在禅床同他们斗，根本不起身，太不把他四人放在眼中，四人气不打一处来。心中皆想：这吐蕃和尚竟敢如此小瞧咱们！适才白云二祖都栽在咱们手下，他不识"天地四绝阵"厉害，妄自托大，得打下他嚣张气焰！

　　如此一想，四人便围着金禅活佛连连出手猛攻，想将他打下床来。然而奇怪，活佛头上仿佛四周都长有眼睛，无论四子从任何方攻来，他都看得清清楚楚。只见他盘腿在禅床上，身子却能腾、挪、闪、跃，快捷四方转动，用一只手就将敌人猛烈攻击从容化解。

　　台下群豪看见活佛坐在禅床上，胖大身子如同一张薄纸，在床上飘来飘去同四子激斗，都暗暗称奇。众人心想：一人坐着斗一个对手，倒也不难。但要坐斗四人，这不仅需要极高明听风辨器本事，需要极高明武功，而且要有极高明打斗经验。看来，金禅活佛敢将禅床搬上擂台，坐着打擂，武学修为确有独到之处。

　　岩松子四人斗了八十多招，更是诧异，他们合力使出伏波神掌和千波万涛指，内力变得雄浑异常，通常无人能接得下几招。金禅活佛却安稳接下，浑然无事。这是他们用"天地四绝阵"对敌以来从未有过之事。

　　斗到一百二十多招时，四子齐声吟道："分分合合，指掌伏波！"突然身形一变，四人互执一手，只用一只手攻击金禅活佛，掌力和指力顿时大大增强。一时间，只听擂台上掌声呼啸，指声尖厉，劲风激荡得金禅活佛僧袍飘舞。

　　金禅活佛突然一抡转经筒，只见银光四闪，经筒周围孔洞里飞射出四根钢链，快如流星打向四子互执的手臂，四人大吃一惊，急忙各自松开手臂。四只手一分开，招式上内力顿时大减。活佛另一只手却拳劲大增，一拳拳打出刚猛无匹，拳劲挟带劲风，迫得四人呼吸窒碍。

　　四子忙互执一手，欲再出招。岂料手刚握住，金禅活佛将经筒一转，钢链又飞打而至，四子又急忙松开手。金禅活佛连连转经筒，四条钢链犹似四个高手攻击四子，右拳又宛如一个高手向四人出击。四子形同受到五位高手攻击，又无法合力出招，"天地四绝阵"威力顿时大减。四人招架不住金禅活佛的拳链，只得闪退到擂台四角上。

　　金禅活佛却不起身追击，哈哈一笑，说了一句什么吐蕃话。那瘦喇嘛忙在台下大声翻译道："我们活佛说，他破了'天地四绝阵'，叫老擂主出阵！"

　　岩松子喝道："谁说活佛破了'天地四绝阵'？嘿嘿，我子午岛的天地四绝阵岂是给人轻易破的？"说时高吟一声，"天地玄黄，寰宇苍桑！"

　　华英子、夏杰子、乾坤子三人齐声应道："天地玄黄，寰宇苍桑！"吟诵声中，四子飞身而起，两人专攻金禅活佛的头，两人专攻金禅活佛的身子，只见红影上下飞旋，围绕金禅活佛快速旋转。金禅活佛急转经筒，飞旋钢链，右拳打得虎虎生风。说也奇怪，四子总能巧妙避开他的攻击，而且频频还手。指掌上内力成倍增大。一时间攻守异势，金禅活佛应接不暇。一百多招过去，金禅活佛几遇险招，额上布满汗珠。

他心下寻思：这"天地四绝阵"果然有些古怪，但要难住佛爷也没那么容易！心念闪动，金禅活佛将手中经筒上下一抖，只见转经筒上云纹图案一齐翻，转露出许多小孔。活佛大喝一声："波罗僧揭谛，菩提萨婆诃！"

喝声未绝，只听转经筒传出一阵呜呜轰鸣。那轰鸣声夹杂尖厉呼啸，刺耳至极，且节奏混乱。台下众人听得心烦意乱，气息也随那混乱节奏乱跳。岩松子、华英子、夏杰子功力虽然不弱，但听见这怪异呜呜声，脚下步法已乱。乾坤子功力稍逊，不仅步法散乱，出手简直不成章法。南溟老人急喝道："宁神忘我！勿为敌所动，勿为敌所扰，勿为敌所困，勿为敌所惑！"

但四子功力所限，无论如何也宁不住神，忘不了我，仍被经筒发出的怪音扰得心神大乱。突然间白光一闪，一条钢链飞去缠住乾坤子右腿。金禅活佛一挥经筒，乾坤子被那钢链卷飞下擂台，天地四绝阵顿时告破。

张去病见活佛破了天地四绝阵，道："赵先生，这活佛能用兵器施展音功，我还是头一遭见到。"

赵无痕道："吐蕃密宗武功颇为神秘。那转经筒内不知有何机关，这和尚将雄浑内力注入经筒摇动，便发出如此怪异音功，我亦是头次见到。"

却听金禅活佛坐在禅床哈哈大笑，叽里哇啦说了几句吐蕃话，神情扬扬得意。台下瘦喇嘛忙翻译道："我们活佛说，你们'天地四绝阵'也不怎么的。他老人家随手这么一挥，就叫'天地四绝阵'土崩瓦解！活佛说这一回，老擂主该下场来比武了吧？"

南溟老人正要开口说话，岩松子却抢道："是我等技艺不精，非是'天地四绝阵'之过。"回头对南溟老人道，"师父，弟子四人失手，请师父责罚！"

南溟老人道："胜败乃兵家常事。金禅活佛的转筒音功非同小可，怪不得你们四人。天鸣子、地吟子、乾坤子，你们三人下场去，同岩松子、华英子、夏杰子六人合施本岛的'六合五行阵'，再请金禅活佛赐教！"三个红衣汉子躬身道："弟子遵命。"三人走到台中。

张去病一看，那日在金兵大帐，为金兀术擒下刺客的红衣汉子也在其中。"长眉老妖"走上前，指着个年逾六旬的老者，道："这一位'南海八子'的大师兄，名号天鸣子。"转手指着那救过金兀术的红衣汉子，又道："这一位是二师兄，号地吟子。"回手指着一个年约五十的汉子，道："这一位呢，则是三师兄乾坤子。他们同岩松子、华英子、夏杰子六人斗金禅活佛，吐蕃国如有高手要参战，请上台来！"

吐蕃国武士群里站起一人，大声哇哇说了两句吐蕃话，大伙听不懂，纷纷转头去看那瘦喇嘛等他翻译。瘦喇嘛将脖子一扬，说道："我们吐蕃国勇士洛桑加措说，咱们活佛神功天下无敌，无须旁人相助便能大获全胜！"

"长眉老妖"冷哼一声，心想一个小小吐蕃国和尚竟敢胡吹大气，也太不知天高地厚！嘴上却道："是吗？咱们就再瞧瞧活佛的神功！"说罢退到了一旁。

只见天鸣子、地吟子、乾坤子、岩松子、华英子、夏杰子六人身形一晃，一人守东方苍龙之位，一人守南方朱雀之位，一人守西方白虎之位，一人守北方玄武之位，二人守中央黄龙方位。六人齐声吟道："金木水火土，五行衍真幻；东西南北中，六合有无空！"

吟诵未绝，六子跃起分为两层，三人在内，三人在外，走马灯一般围着金禅活佛转动起来。六人越转越快，突然分散开去交叉闪击，一掌一掌拍向金禅活佛。

金禅活佛右手使掌，左手抡动转经筒同六子斗。六人出掌越来越快，初时活佛只觉对手掌力虽强，但接招并无大碍。渐渐地，六人闪击快得犹如一人，其他五人仿佛突然不见，但六股掌力仍从四面八方袭来，金禅活佛凭听风辨器术出招常常落空。攻他之人，不知是真人还是幻影，顿时令他不知所措！

金禅活佛心下骇异，以为六子闪击太快，自己被人影晃晕了眼，忙凝聚目光观敌。见有人一掌劈来，他忙出拳相格却架了个空，那人仿佛是个影子。吃惊瞬间，忽觉左侧掌风凌厉，忙挥出经筒打出，那人影又倏地不见。刹那间，他的左臂和右肩各中一掌。幸亏他功力深厚，未伤及筋骨，纵是如此也令他疼痛钻心。

台下众人不知金禅活佛在阵内被幻象所惑，只见六子分分合合，闪来闪去奇怪出招，金禅活佛却空打空挡，方寸大乱，转眼间又被地吟子打了一掌。众人看得大奇，不知金禅活佛中了什么邪，总是在六子闪开之际他才发招攻击，出手总是慢一瞬，武功与适才判若两人。

众人正迷惑不解，金禅活佛背上又中一掌，身子被打得向前扑，痛哼一声。金禅活佛勃然大怒，大吼一声跳下禅床，飞起一腿，将禅床踢向眼前晃动的人影。疾舞转经筒，四条钢链八方飞动，形成一个光圈护住全身暂求自保。见此情景，群豪皆想：如此长斗下去，这和尚非输不可！

忽听台下大宋群豪中，有人为金禅活佛打抱不平道："子午岛的武功真够邪门啊！尽用阵法迷惑人，这算哪门子真功夫？"

那瘦喇嘛翻译接嘴骂道："这是什么鸟阵法？全是妖技邪术！子午岛凭邪术取

胜，咱们吐蕃武士不服！"

一人哈哈大笑道："哈哈，子午岛人敢挑战天下英雄，原来是靠几套破阵法！名满江湖的子午岛神功，却是以人多群殴取胜，真叫老子大开眼界啊！"

大宋群豪本来同子午岛并无过节，此次只因子午岛高手甘为金国张目，在此摆擂挑战各国豪杰，群豪心中有气，又见子午岛高手以阵法惑人取胜，更看不惯，便出语讥讽，为金禅活佛鸣不平。

南溟老人听见笑骂声，却面露笑容。他创下这套"六合五行阵"，是受了何野风的"五行梅花障"启发。当年独孤天逃回子午岛，对老人讲述何野风摆下"五行梅花障"激他决斗，失手被擒的经过。南溟老人听罢，寻思老夫可以其人之道还治其人之身，也创一套阵法对付何野风那大魔头，叫那何野风也尝尝苦果！历经数年参详，老人取五行相生相克之理，摘六合变化之数，演奇门生灭之变，创下这亦真亦幻、虚实变化的"六合五行阵"。布阵六人脚踏五行方位，按金、木、水、火、土相生相克，互反相成之理行六合步，出五行招，六人分层跃动穿插，阵中之人便会产生幻觉而受困挨打。老人创下这套阵法，是用来对付何野风这样的绝顶高手，是以这"六合五行阵"异常厉害！

龙飞看见金禅活佛只守不攻，道："小主人，赵先生，看来这一场吐蕃国必败无疑了！"

段阳却道："帮主，那吐蕃和尚还没使怪异音功，此时还难料胜负哩。"

张去病道："段大哥说得是，不知这六人能否抵御金禅活佛怪异音功？"

柳语道："快看，活佛好像要使音功了！"几人抬头看去，只见金禅活佛飞舞钢链将嘴一张，便要高声念那"波罗僧揭谛，菩提萨婆诃"咒语。却见六子抢先一声长吟"金木水火土，五行衍真幻；东西南北中，六合有无空！"吟诵声起，乾坤子、岩松子、华英子、夏杰子四人突然飞身一纵，伸手抓住那四条钢链用劲拉夺。趁这瞬间，天鸣子、地吟子二人扑上前去，一前一后出掌攻击金禅活佛前胸后背。

金禅活佛大吃一惊，急出右掌挡架天鸣子拍至胸前的一掌，同时身子往旁一闪，欲避开地吟子从背后击来的一掌。岂料他左手握着转经筒，筒上四条钢链被乾坤子、岩松子、华英子、夏杰子四人牢牢拽住，令他行动受制，如要避开地吟子攻击，非撒手丢掉转经筒不可。但这转经筒是他施展音功的独门兵器，岂能轻易让人夺去？犹豫瞬间，地吟子掌力已拍至他后背三尺处，掌力前锋劲力震得他五脏六腑如同翻江倒海。他忍着剧震倏地倒踢一腿，方才将地吟子逼退。

如此一来，他左手要用力紧握转经筒不让四子夺去，只能用右手出招对天鸣子、地吟子。南海八子中，数天鸣子和地绝子的武功最高。活佛单掌对敌，二人挥舞四掌尽占上风。金禅活佛一只手要从四子手中夺回转经筒上钢链，一只手掌迎战

1025

天鸣子和地吟子，顿时捉襟见肘，异常狼狈。

突然，乾坤子、岩松子、华英子、夏杰子四人闪身靠近金禅活佛，各出一掌向活佛。活佛双手难招架八掌，惊慌中双足一点，身子跃上半空闪避。岂料左手握着转经筒，身子跃上一丈便回落下来。天鸣子、地吟子猛扑上前，四掌猛地推出。金禅活佛想丢开转经筒用双掌迎敌，哪里还来得及？暗道一声："我命休矣。"

便在此时，活佛后衣领忽然一紧，身子被人硬生生拖开丈外，避开了二子拍来掌力。但那人这么一拉，"砰"的一声响，只见金禅活佛手中转经筒破碎成几块。乾坤子、岩松子、华英子、夏杰子的手，各夺得一条钢链。

那人用力拉开金禅活佛时，四子正在用力拽钢链，转经筒承受不住巨大拉力立时破裂。金禅活佛回头一看，救他之人是个瘦小吐蕃僧人，认出是吐蕃国师龙象法王，忙合掌道："谢国师援手！"

适才龙象法王同阴山老魔、"长白老怪"三人被南溟老人点了穴位，吐蕃国高手见国师被擒，抛出一根套马绳将龙象法王拉走。法王功力精，深运功一个时辰，将被封穴位冲开。此时见金禅活佛危急，便纵身上台出手相救。看见金禅活佛合十道谢，龙象法王忙合掌还礼。

六子见跳上个吐蕃和尚救了金禅活佛，六人身形疾闪，分别站到苍龙、朱雀、白虎、玄武、黄龙方位上，又齐声吟道："金木水火土，五行衍真幻；东西南北中，六合有无空！"吟诵声中，"六合五行阵"立即催动，六人一掌掌向龙象法王和金禅活佛拍出。金禅活佛失去转经筒，不能再用钢链和音功对敌，只得用一双肉掌迎战。但因看不明对手，武功不免大打折扣。龙象法王使出独门绝技"大雪狂飙拳"。这拳法威力刚猛，一拳打出犹如雪山崩塌，数丈之内拳风激荡，六子气息一窒纷纷后退。天鸣子叫道："五行衍真幻，六合有无空！"

六人出手快逾疾风。龙象法王忽见六人恍如一人出招，其他五人顿时看不清楚，六股掌力从四面八方袭来，不由心头大惊。刚才他在台下，见金禅活佛在六人的攻击下受困挨打，不知什么缘故。此时身陷阵中眼见幻影憧憧，才知金禅活佛因何吃亏。

他看不清对手，忙运起"五龙神功"护体，将"大雪狂飙拳"打得风雨不透护住全身要害。忽听金禅活佛闷哼一声，显是身上中掌。龙象法王听见一分心，险些也被一掌拍中。二僧急忙背靠着背迎敌，才勉强抵御住六子的进攻。

台下众人看得分明：两个吐蕃高僧武功卓绝，却不知为何在台上左支右绌，频频遇险。六子出招，虽快却也并非无法对付，两个吐蕃高僧怎会如此狼狈呢？众人殊觉不解，在台下嗡嗡嗡议论。

张去病道："赵先生，龙象法王和金禅活佛武功比子午岛六人更胜一筹，为何他们不能合力打倒一两人，破这'六合五行阵'呢？"

赵无痕沉吟道："老仆猜想，南溟老人敢用阵法向天下高手叫阵，看来这'六合五行阵'非比寻常！南溟老人定在这阵中暗布玄机，只是不入阵内，外人难以看出它的奥妙所在。但一进入阵中便又被他们攻个措手不及！当年听我恩师欧阳山人说，南溟老人精通易经，擅长太极八卦玄理，武学包罗万象，今日一见果真如此！"

张去病道："如此说来，咱们要破这'六合五行阵'，不是很难吗？"赵无痕道："以小主人的身手，说难也不难。"

张去病忙道："怎么说难，又不难呢？"赵无痕道："小主人，你想，破阵之人要在阵中方才受困，倘若他不在阵中呢？"

张去病道："他不在阵中，又如何破得此阵？"赵无痕不说话，只是望着张去病笑。

张去病心下一动，恍然道："谢谢赵先生指点，我明白了！咱们不待六人催动'六合五行阵'，便先下手打翻他们一两人，这阵便摆不成了！"

赵无痕捋着胡须哈哈笑道："小主人聪明过人！不过这手段有点不够光明正大。老仆倒想进入阵中，看看这'六合五行阵'究竟暗藏有什么玄机，破它一破！"

主仆二人正说着，忽听金禅活佛在台上哇哇大叫起来。两人抬眼一看，见台上白光闪动，乾坤子、岩松子、华英子、夏杰子手中挥舞适才夺得的钢链攻向两位吐蕃高僧。而天鸣子和地吟子则见缝插针旁敲侧击。二僧看不清对手虚实，只见钢链四下飞舞，金禅活佛避闪稍迟，肩头被钢链抽中，顿时皮开肉绽。龙象法王手臂挨了一掌，亏他练就金刚不坏之躯，手臂虽然完好，却也觉一阵疼痛。

金禅活佛怒火攻心，出招更乱。斗了一会儿，腿上又挨一掌，打得他一个趔趄。他大吼一声，突然收手不动，哇哇说了两句话，龙象法王也停下手来。六子一愣，不知发生了什么事情，也跟着罢手。台下那瘦喇嘛忙大声翻译道："我们活佛说，他不打了！"

"长眉老妖"上前道："这么说，金禅活佛和龙象法王认输了？"

瘦喇嘛把"长眉老妖"的话翻译一遍，金禅活佛听了暴跳如雷，指着六子哇哇地说了一大通。瘦喇嘛又翻译道："活佛说，他们六人在耍妖术，不是比真功夫，无耻至极！这场比武是他们输了！"

台下金国武士大声起哄道："吐蕃和尚打不赢耍赖，太不要脸！这一场是咱们金国胜了，吐蕃国败了，不许耍赖！"

吐蕃国武士亦高声骂道："擂主没有真功夫，耍弄妖术迷人，这才不要脸！这一场应该是咱们吐蕃国赢了，金国输了！"

两国武士正在争吵，却见"长眉老妖"走到台前，做个手势让众人安静，高声道："大伙先别嚷嚷，这一场谁输谁赢，咱们听听擂主怎么说！"

吐蕃武士中有人道："擂主自然是说他们赢了，有什么好听的？难道他会说自己输了不成？"

忽见南滇老人走到台中有话要说，众人忙安静下来。南滇老人巡视台下众人一周，才朗声道："老朽且不说这一场谁输谁赢。我只问金禅活佛一句，敢问活佛，适才你是不是同我门下六个弟子打斗？"

瘦喇嘛忙将南滇老人的话翻译一遍。金禅活佛听了一愣，怒道："佛爷是同他六人打斗，这又怎么了？"

南滇老人似乎懂得吐蕃话，听了微微点头，又道："活佛既是同他们打斗，他们若是不用武功，又怎么能同活佛这等高手过得招？"

金禅活佛听了瘦喇嘛的翻译，气呼呼道："不错，他们是用了些武功，但他们也用妖术，这场比武不公平！"

南滇老人道："敢问活佛，我这六名弟子用了什么妖术？"金禅活佛听了瘦喇嘛的翻译，气愤地指着六子，道："他们六人忽然变成一个人，时隐时现攻击佛爷，这不是妖术，又是什么？"

南滇老人微微一笑，道："那不是妖术，那老朽所创的玄门武功。这门武功可使多人幻化成一人，也可使一人幻化成多人。活佛若不相信，不妨同老朽切磋几招，老朽为你二人演示一下这门武功。"

金禅活佛听瘦喇嘛的翻译，自然不信南滇老人的话，却又忍不住好奇，点头道："好，佛爷倒要看看，你这老头儿说的是真是假！"

南滇老人一拱手，对金禅活佛和龙象法王道："两位高僧请！"老人说罢身形一闪，左手疾伸，二指戳向金禅活佛双目，右手一划抹向龙象法王肋下。这两招疾似闪电划过天空。活佛只觉对方的指风冷森森触到眼皮，吓得大惊暴退。龙象法王急忙挥拳下挡，拳头却被对方掌力荡得一歪，空门大露，吓得闪身跃开。南滇老人一顿足，迈着奇怪步法，围着两人纵跃起来。

适才同老人一交手，金禅活佛和龙象法王情知对手武功极高。二人忙用双掌护住身上要害，全神贯注防范老人的攻击。只见老人纵闪一瞬，又突然出手攻向金禅活佛和龙象法王。二人忙出手招架，却架了个空。金禅活佛和龙象法王眼睛一花，眼前似乎出现了两个老人，挥动四掌向他们击来。二僧大吃一惊，急忙出手迎击。却见两个老人身形一闪，忽见四个老人扑击过来。二僧疾挥拳抵御，四个老人突然一闪，瞬间似乎变成八个老人挥掌攻来。

一时间，二僧只见四面八方皆是老人在出手，不知如何抵御，只得将拳掌舞得风雨不透护住全身。金禅活佛的"古格拉神掌"掌奇诡异，每拍出一掌，令人看得惊心动魄。龙象法王的"大雪狂飙拳"刚猛无俦，每打出一拳激得台上风声呼啸。台下群雄见两僧拳掌精妙，不由心下佩服，都为二人喝起彩来。但喝彩一瞬，众人又心生狐疑：只见南溟老人踏着奇怪方位，迅捷地向二僧出招，但皆是虚招，不知二僧为何要如此奋力自保？众人在台下不明内情，交头接耳议论起来。

赵无痕专注地望着老人那奇异的步法，自言自语道："奇怪，南溟老人忽儿走四相步，忽儿走九宫步，忽儿又踏在六合方位上，忽儿又倒行八卦步，这是为何？这两步踩在水金方位上，又有何妙用？"

赵无痕不知，老人正是在这几个方位飞快闪跃，才令人产生幻象，使金禅活佛和龙象法王看见四面八方都是老人身影。张去病也在注视老人步法，只觉老人的步法同蹑云步有异曲同工之妙，究竟妙在何处，又看不出所以然。

突然心头灵光一闪，忙回头问赵无痕，道："赵先生，南溟老人这步法十分怪异，我若施展蹑云步不知能否与他相抗？"

赵无痕一听高兴道："适才老仆见南溟老人步法高妙，正不知如何破解它。小主人这一提醒，老仆想起来了，南溟老人步法与小主人蹑云步法有几分相似，他才能在这些极难方位上快速腾挪闪跃。小主人如以蹑云步同他周旋，说不定可破他攻势！"

赵无痕刚说至此，忽见南溟老人身形疾闪，身上红衣化作一团红影在金禅活佛和龙象法王之间滚来滚去。二僧连连后退，口中不住惊呼"啊……啊……"呼声未完，二人同时被老人手掌拂了一下，身上穴位顿时被封，僵立台上行动不得。

南溟老人道："承让，老朽献丑了！不知二位高僧还有什么话要说？"

二僧满面愧色，一瞬间脸上的神情迷惑、惊讶、气恼、沮丧，又转为钦佩神色。龙象法王叹道："老施主神功盖世，令小僧大开眼界！从今往后小僧不敢妄自尊大，阿弥陀佛！"

金禅活佛满脸懊丧，说了两句吐蕃话。瘦喇嘛在台下一听，急得连连摇手，也哇哇说了几句。"长眉老妖"忙问道："金禅活佛认输了吗？"

瘦喇嘛不敢擅自回答，望了望金禅活佛。活佛对他点下头，瘦喇嘛才怯怯道："活佛说，他……输了这一场。唉，这个，他无脸……回吐蕃去，请老擂主一掌送他，送他……归天，免得他回雪域去无颜见吐蕃国同胞！"

南溟老人道："活佛言重了！老朽同活佛切磋武学，素无冤仇，怎能下此毒手？"说时虚弹两指，指风激射将二僧的穴位解开。又道，"两位大师请便吧。"

金禅活佛一怔，还想说活，忽听龙象法王在旁合十诵经道："一切有为法，如梦幻泡影，如露亦如电，当作如是观。"诵罢经文，龙象法王又道，"故胜亦是空，

1029

负亦是空。负不能损活佛一毫光辉，胜又怎能增活佛一分光彩？活佛依然故我！"

金禅活佛一听经文，面色顿转平和，忙合十道："阿弥陀佛！好个胜亦是空，负亦是空，谢谢国师为小僧说法！"随即哈哈大笑，道，"国师，咱们空来空去罢！"说时挽起龙象法王手臂跳下擂台，带着吐蕃国高手走下桂花台去。

南溟老人坐回椅中。"长眉老妖"走到台口上朗声道："吐蕃国高手已然认输，我大金国高手打败多国豪杰，眼下只剩宋国豪杰尚未上台打擂，不知大宋众豪杰，敢不敢上台来同大金国高手较量？"

一听"长眉老妖"出言不逊，大宋群雄纷纷叫嚷起来。一人高声道："这有何不敢？"长眉老妖"你休得张狂，我大宋武林高手如云，嘿嘿，鹿死谁手还未可知！"

另一人接嘴骂道："长眉老妖，你奶奶的！你那'寒毒神功'和'毒龙爪法'功夫，乃是大宋岐山老祖所创，本是我大宋武功，你不认师门渊源也罢，却认贼作父，开口闭口以什么大金国小金国的高手自居，你奶奶的太不知羞！"

众人一听哈哈大笑。又一人道："骂得好！这老妖狗仗人势，仗着子午岛几个破阵向咱们叫板，过会儿咱们上去打断他的脊梁骨，扯光他的长眉毛，叫他变成无眉小妖！"

"长眉老妖"在江湖上仇家不少，群豪见他出语挑衅，纷纷出语嘲骂他。"长眉老妖"气得嘴唇发颤，本想发作，却又怕坏完颜龙大事，只得压住怒气，道："今日，咱们是在这儿打擂比武，可不是比耍嘴皮子。诸位有本事就跳上台来较量。没本事，就滚下桂花台去！哪位小子骨头发痒，要找老仙较量，改日老仙定会奉陪！"

群豪安静下来，等本派掌门人发话打擂。适才众人见子午岛高手连败数国豪杰，皆知那阵法极难破。尤其瞧见南溟老人略显神功，叫两个吐蕃高手一败涂地。众人自忖上台去绝非对手，便都看本派掌门人如何决断。

各派掌门人转过头去，看张去病和赵无痕如何行事，隐然将他俩视为大宋武林主帅。张去病见众人投来期待目光，对赵无痕道："赵先生，待去病先上台去打头一阵。若我不敌，您老人家再出马！"

赵无痕摇头道："子午岛的武功玄妙，还是老仆去投石问路，探探虚实，先同他们斗一斗。老仆倘若失手，小主亦可看出他们武功破绽，想出法子打败他们。"

张去病道："赵先生过谦了，以您老人家武功定能取胜。只是您老人家年事已高，去病有些不放心。"

赵无痕道："谢小主人挂怀。老仆虽然年过七十，但比起八十多岁南溟老人，还算年轻。南溟老人尚且披挂上阵，老仆便不敢言老了！"说罢，起身向擂台走去。

"长眉老妖"看见人群中走出一个青衣老者，几个忽闪便飘落到他面前。待看清来人容貌，他脸色大变，急退两步，嗫嚅道："大，大……'大无常'！"

赵无痕冷冷道："小妖，你又在兴风作浪！"

"长眉老妖"又赶紧退两步，结结巴巴道："没，没，没有兴风……作浪。"台下群豪很多人只闻"大无常"之名，却未见过赵无痕。瞧见面目狰狞的老妖见到赵无痕，犹如耗子见猫一般害怕，口称赵无痕"老人家"，都暗暗诧异。

赵无痕年纪七十出头，"长眉老妖"五十几岁，他称赵无痕老人家不为过。但他神色惊惶，语气颤抖，分明是对赵无痕恐惧至极。众人不知赵无痕给"长眉老妖"吃过什苦头，使得老妖见他如此害怕。

赵无痕冷哼一声，道："小妖，那年在五台山下，你伙同长白小怪、阴山小魔、'秦岭八枭'围攻老夫。老夫那时没取你性命，是让你悔过自新，重新做人。哼，你竟敢投靠金国，同我大宋武林为敌，嘿嘿，你胆子不小！"

"长眉老妖"全神戒备，两眼死死盯着赵无痕，生怕他突然出手，不敢吭声。十几年前，他听人说赵无痕被黑白两道高手围攻打下峡谷，以为赵无痕早已尸骨无存，世上再无令他恐惧之人了，万没料到赵无痕会突然间在他面前出现，一时间令他惊骇至极。

赵无痕道："当年那长白小怪，接我三招倒地，阴山小魔接下四招倒地，你却接下我五招，可见你的武功修为比他二人略胜一筹。嘿嘿，因此你也比他二人更受罪一筹，是不是？"

"长眉老妖"浑身一颤，惊道："什么……什么……更受罪一筹？在下，我，我……不知道。"

赵无痕淡淡道："不知道吗，那就算了。老夫不说也罢……"说时身形微微一动。"长眉老妖"见赵无痕身子微微一晃，急忙往旁跃开。岂料脚刚落在台上，忽觉腰间的"命门穴"和"悬枢穴"被股阴风袭了一下，心脏似被扎一针，"长眉老妖"吓得魂飞天外。

那年在五台山围攻赵无痕时，他被赵无痕的"地藏幽冥指"击倒。赵无痕虽然没有杀他，但从此每夜寅时至卯时，他便觉心脏如千万根钢针乱刺，痛得他直想剖开胸膛把心挖出扔掉。每夜受此煎熬，他却一直不知是何缘故，还以为是自己练"毒龙爪"，体内积毒太多的恶果。

此时他正惊恐万分，心上仿佛又被钢针扎了几下，忍不住剧痛，他"哎哟"哼了一声。武林中人忍受皮肉筋骨之痛能做到面不改色，但心脏疼痛却无人能忍，是以提起"地藏摧心功"，武林中人无不谈虎色变。

"长眉老妖"痛哼一声，心念一闪：往日要到夜里才发作这夺命之痛，为何此时突发起来？莫非……莫非是……想到此，他颤声叫道："'大无常'，在下知道了！求你老人家……"赵无痕不等他说完，问道："你知道什么了？"

　　"长眉老妖"痛得面容抽搐，额头上冒出密密汗珠，忍不住痛又哼一声："哎哟！"语不成句地说道："在下，在下，知道……受……什么罪了。"

　　台下众人听见他二人对答，都莫名其妙，不知他俩打什么哑谜。尤其是看见"长眉老妖"本来好好的，只是闪开一下，又没见赵无痕出招，他怎会突然变得痛苦难当？不少人对此大为不解。

　　适才，"长眉老妖"往旁闪避之际，赵无痕手指在袖内微微弹了两下。由于有袖子遮掩，众人没看见赵无痕出手，甚至连擂台上坐着的南溟老人也未觉察，老人亦心下奇怪。赵无痕两股指力轻点在"长眉老妖"腰间"命门穴"和"悬枢穴"上，立即引发他身上恶疾，个中原委，旁人实在难知晓。

　　"长眉老妖"恍然明白赵无痕话里含义，再顾不得高人颜面，呻吟道："哎哟！哎哟！在下，求'大无常'……高抬贵手，哎哟！"

　　赵无痕抬手疾点，指力如棍子轻敲在"长眉老妖""命门穴"和"悬枢穴"上，"长眉老妖"感觉心一阵猛跳，一颗心仿佛要从口中跳出。吓得他面无人色，嘴里"啊呵，啊呵"哼痛不停，却一个字也说不出来。痛哼一瞬，心脏不再乱跳，心痛也平复下去。便是这么剧痛一瞬，他前胸后背的衣衫已汗湿一大片。

　　赵无痕冷冷道："小妖，老夫现下为你止住痛楚。但这是暂时止住痛，日后这疼痛会每日发作两次。一次在午时发作，一次是子时发作。届时会叫你生不如死，痛得你直想用头撞墙！"

　　"长眉老妖"一听吓得魂飞天外。痛楚每夜发作一次，已叫他备受煎熬。倘若白天再发作一次如何了得？如此一想，他浑身瑟瑟发抖，颤声道："大，'大无常'……在下往昔那个……作恶太多，唉，本该……本该受此严惩！但免我再祸害他人，在下求'大无常'开恩，一掌毙了我罢！"

　　赵无痕冷笑一声，道："亏你小妖也是老江湖了，怎么连老夫的规矩都不知道？像你这等作恶累累之人，老夫一向舍不得杀。世上被你祸害的人不少，我若一掌毙了你，让你爽爽快快死去，岂不太便宜你这小妖了？"

　　"长眉老妖"一听如斯，情知此时若不求赵无痕解除痛苦，机会转瞬即逝，后半生真叫他生不如死。忙哀求道："'大无常'教训得是！'大无常'是拿我示众，警示天下恶人，令他们不敢作恶！是大慈大悲！你老人家为拯救我这样的恶人，要我等改邪归正，重新做人，才如此施惩！这等恩德在下铭记五内，断不敢忘！不过，在下听说'大无常'对恶人还立下一个规矩，那便是给他们服'炼魂丹'，令他们去恶行善，脱胎换骨重新做人。在下斗胆，求'大无常'赠我'炼魂丹'服下，让我立即改过自新，做个善人！"

群豪不知"长眉老妖"备受煎熬的痛苦滋味，听他此言都大吃一惊。众人皆想：江湖上服过"炼魂丹"之人，有的人去恶从善，每年得到赵无痕的解药，倒也平安无事。有的人却恶习重发又做坏事，得不到解药，体内毒性发作之时，不但痛苦难当，而且丧心病狂形同疯狗！"长眉老妖"居然自甘要服"炼魂丹"，这不是疯了吗？

群豪不知，"长眉老妖"此时神志异常清醒，一点也不疯。他心下算计：与其每日白天黑夜遭两遍罪，生不如死，不如向赵无痕求服"炼魂丹"，只要不再作恶，多做善事，每年便可得到解药，不再每日受痛苦折磨。性命虽然掌握在赵无痕手中，但日子终究好过得多。如此一盘算，他觉得服"炼魂丹"划算，才开口请求赵无痕给他服"炼魂丹"。

台下不少"长眉老妖"的仇人，此时纷纷嚷道："'大无常'，求您老人家别给老妖服'炼魂丹'，让他每天受两遍苦，受二遍罪，以解我们心头之恨！"

"'大无常'，别相信老妖之语，此人改不了作恶本性！你老人家一掌结果他，为武林除一大害，功德无量！"

"'大无常'，万万不能轻罚这老妖。你老人家若轻罚他，日后不知会有多少人死在他手下！你老人家给他多服几粒'炼魂丹'，将他治得服服帖帖，老老实实，规规矩矩，大伙才放心！"

赵无痕听罢，道："小妖，你作恶太多，大伙对你恨之入骨，巴不得剥你的皮，抽你的筋。你求老夫留你一条活路，为你除去痛苦，这可叫老夫难办得很哪！"

"长眉老妖"一听吓得跪在台上，再也顾不得高人身份，朝台下众人连连磕头道："众位英雄，我樊山阳过去作孽太多，本当以死向大伙谢罪，了结大伙仇怨。但我死了，你们被我杀害的亲人也不能重生！还不如让'大无常'赐我'炼魂丹'，让我活着做牛马赎还我造下的罪孽。求众位英雄高抬贵手，为我说几句好话！"

台下一人哈哈大笑道："不可一世的'长眉老妖'，你往昔凶神恶煞，今日居然摇尾乞怜，哈哈，没想到你也会有今天！"另一人道："这叫天网恢恢，疏而不漏。大恶人碰见'大无常'，个个皆无好下场！"

赵无痕叹道："小妖，你作恶太多，老夫杀一千次也不为过。不过，我师尊他老人家大发慈悲之心，立下一条让决心悔改之人免死的规矩，却叫你这小妖用它逃避严惩，殊觉可惜！师命不可违，老夫给你一条生路，张开嘴来！"

"长眉老妖"一听如逢大赦，忙张大嘴接药。只听嗤的一声一枚药丸飞进口中，他忙嚼烂咽下。喉头蠕动几下便将药丸送入肚内。服下"炼魂丹"，"长眉老妖"情知赵无痕已成自己的主人，忙躬身道："谢谢'大无常'！在下该如何行事，请您老人家示下。"

赵无痕一上台，便以迅雷不及掩耳之势制住"长眉老妖"，乃深思熟虑之策。他有两层用意：一是震慑子午岛众高手，挫其锐气。二是为大宋武林先除去一个强敌，可谓一举两得。

赵无痕正要向"长眉老妖"发话，忽听有人叫道："'大无常'，求您老人家也赐我两人服'炼魂丹'！"

群豪一听居然还有人争着要服"炼魂丹"，真是闻所未闻之事！众人寻声看去，只见从擂台后面纵身跳上两人。一人五十多岁枯瘦如柴，发须花白，身穿蓝布衫，一副老农模样，却是"长白老怪"。另一人也是五十来岁肥头大耳，唇上蓄着两撇鼠须，肚子滚圆，却是阴山老魔。

二人先前与龙象法王被南溟老人点穴制住，两名红衣汉子将他们提到后台扔下，交给三名金国武土看管，两名红衣汉子重返台上守擂。那三名武士却只顾看打擂，没注意看守他二人。"长白老怪"和阴山老魔功力深厚，暗自运功一个多时辰，冲开了穴道，恰好听见"长眉老妖"和赵无痕一番对答。

"长眉老妖"身受之痛楚，他二人同样刻骨铭心。每到黎明之际，两人便心如刀绞，痛得死去活来。二人想尽一切办法都无法摆脱这难熬的折磨。那一夜，赵无痕在秦府遇见他俩，说出他们身上所患恶疾，两人才知是中"地藏幽冥指"所致。

此时，听见"长眉老妖"跪求赵无痕给他服"炼魂丹"，以解脱苦海。二人大受启发，情知除此之外，别无他法解除那难熬痛苦，是以跳上台来恳求赵无痕给他俩服"炼魂丹"。二人飞身落到赵无痕面前深深一躬，道："求'大无常'发慈悲之心，开恩给我二人服'炼魂丹'，允许我二人像'长眉老妖'一般悔过自新，重新做一回人！"

赵无痕冷哼一声，不置可否。心中寻思：这两人依附秦员住在秦府内，说不定对秦桧老贼藏身之处有所闻。收服他们，对小主人报仇或许有用。束勒他二人不再为害世人，亦可震慑其他恶徒！

见赵无痕一言不发，"长白老怪"和阴山老魔生怕他不应允。阴山老魔顾不得面子扑通一声跪下，连连磕头，道："求'大无常'开恩，准许小人悔过自新！""长白老怪"一看，也急忙跟着跪在阴山老魔身旁，道："求'大无常'开恩！"群豪瞧见赫赫有名的"妖魔鬼怪"中三人，不顾高人身份，跪在台上恳求赵无痕施恩，如此卑躬屈膝，无不心下骇然。众人觉得二人罪有应得，却又对赵无痕整治恶人的手段不寒而栗。

武当派天风道长在台下大声道："赵老侠，贫道有一言，不知当说否？"赵无痕道："道长无须客气，有话请讲！"

天风道长道："这二人为害武林多年，按说死有余辜！不过杀了他们，过些时日恶徒们便会忘了他们的下场，又大胆妄为。依贫道之见，倒不如留下他们警示天下恶徒，叫世上恶徒时时想起他们心惊肉跳，不敢作恶为好！"

赵无痕一听正中下怀，说道："天风道长见识高卓！好，老夫也放你二人一马。"说时手掌一翻，两枚"炼魂丹"滚落掌心，道："小怪、小魔，拿去服下！"

"长白老怪"和阴山老魔忙站起身来，各人拿起一枚药丸放入口中。吞下药丸后二人躬身道："谢'大无常'！你老人家有何吩咐，请示下。"

赵无痕朝台下喊了一声："齐兄请上台来。""巴山老鬼"听见赵无痕唤自己，几个箭步跃上擂台，躬身道："赵先生有何吩咐？"

赵无痕一指"长眉老妖"、阴山老魔、长白老怪，道："我将他们三人交给齐兄管束。""巴山老鬼"道："在下遵命。"

赵无痕又对三人道："从今日起，你三人须服齐兄管束！倘若尔等洗心革面多行善事，每年端阳节之日，齐兄自会给你三人解药！"

三人一听，情知日后能不能得解药，"巴山老鬼"甚为关键，万万不能将他得罪。于是三人忙向"巴山老鬼"躬身施礼，道："请齐兄多关照！"

"巴山老鬼"道："好说。咱老鬼管束你老妖、老魔、老怪定会尽心竭力！"

群豪见武林中凶神恶煞的四个"妖魔鬼怪"不仅凑齐一块，赵无痕还给他们安了个头领，将他们管束起来，众人既觉好笑，又觉得有些不可思议。

赵无痕又道："齐兄，劳你带他三人分守擂台四角，以防不测！""巴山老鬼"道声："遵命。"三人跟着他跳下擂台，守护在台下四周。赵无痕转过身来朝南溟老人拱手施礼，道："武林后学赵无痕参见子午岛主！"

适才，南溟老人看见赵无痕跳上擂台，"长眉老妖"竟吓得魂不附体。赵无痕并未动手，老妖便立即倒戈，这戏剧般情景，让老人和门下弟子看得目瞪口呆。继而"长白老怪"和阴山老魔也上台来恳求赵无痕赐药，更令南溟老人和弟子们摸不着头脑，不知赵无痕是何路神仙，竟叫三大高手甘愿受他控制，乖乖俯首听命，匪夷所思。

南溟老人寻思：老夫闭守子午岛几十年不到大陆，竟不知大陆上出了这等人物！啊哟！莫非……此人是那摩尼教主何野风不成？倘若此人是大魔头何野风，老夫今日便是拼了老命，也要为我的徒儿徒孙报仇！转念又想：此人倘是何野风，他们不称他何教主，而叫他什么"大无常"，这又是为何呢？……难道此人不是何野风？但他若非何野风，众人又为何对他如此敬畏？难道大陆上还有比何野风更令人望而生畏的高手吗？

南溟老人寻思至此，忽见赵无痕向他施礼，自称"武林后学赵无痕参见子午岛主！"一听不是何野风，老人心中不免有些失望。忙还礼道："老朽久居荒岛，孤陋寡闻，敢问赵侠士出自何门何派？"

赵无痕道："侠士，后辈不敢当。后辈出自'地藏宫主'欧阳山人门下。"

南溟老人一怔，忙道："你是那欧阳山人弟子？"赵无痕点点头。

老人叹道："六十几年前，老朽与你师父欧阳山人，还有那凌霄老人皆有一面之缘。唉，人生真如白驹过隙，晃眼一个甲子过去。这些年，你师尊还好吗？"

赵无痕道："谢岛主问询。后辈拜别师父十多年，一直未得到他老人家音信，不能如实禀告前辈，还望见谅。"

南溟老人道："既是如此，咱们也不再说闲话，开始打擂吧。适才你已看到老朽这'六合五行阵'擅长变化，但不知可入你师父法眼。你是"地藏宫主"高足，想必得了他真传，由你代欧阳山人指教，老朽也心满意足了！"

赵无痕听出老人的言下之意，是想用这"六合五行阵"同他师父切磋武学。他师父不在，老人只得退而求其次。遂道："指教二字，后辈可不敢当。后辈只学到我师父武学一点皮毛，斗胆上台来请岛主赐教，还请岛主不怪后辈狂妄。"

南溟老人听罢，转头对众弟子道："天鸣子、地吟子、乾坤子、岩松子、华英子、夏杰子，赵侠士乃是世外高士欧阳山人高徒，一上台来威震群杰，必有惊人技业，你们六人下场去向赵侠士请教，不可有一丝疏忽大意！"

南溟老人说这番话别有含义：六十年前，他在一家酒店偶然同欧阳山人和凌霄老人相遇，三人一见对方气度非凡，皆心生好感，遂联席饮酒畅叙。三人谈天说地，论古证今，话天时地理，评诸子百家，说儒、道、释奥义，海阔天空，痛快淋漓，谈得极是投缘。后来话锋一转谈起武学，论及天下武林门派，三人各抒己见，见解独到精微。互相越是钦佩，大有相见恨晚之感，竟然谈个通宵达旦，直到窗外旭日东升方才告别。

那次长谈后，南溟老人回到子午岛，因师门发生惨祸，遂发誓不再离岛一步，再没见过欧阳山人和凌霄老人。他后悔当年初次见面，没同二人过招切磋武功，心中一直以此为憾事。此时听说赵无痕是欧阳山人弟子，虽然差强人意，但由子午岛弟子同赵无痕切磋，也可聊以自慰。遂叮嘱六子全神比武不可大意。

六人听出老人言外之音，忙躬身道："弟子谨遵师命。"转身走到场中对赵无痕抱拳道："赵侠士请！"

赵无痕还礼道："六位请！"这请字尾音未绝，只听天鸣子、地吟子、乾坤子、岩松子、华英子、夏杰子吟诵一声："金木水火土，五行衍真幻；东西南北中，六合有无空！"六人身形一晃，脚下踏五行六合方位飞速转动，刹那间仿佛变成一人扑向赵无痕。

赵无痕功力比两位吐蕃僧人高得多，在重重人影中看出六子三人出虚招，三人出实招，时分时合，快捷穿插向他攻来。此时他才明白，适才吐蕃两高僧被动挨打皆因眼花缭乱，看不清六人虚实着了道儿。他欲出手反击，却发现六人招式配合得严丝合缝，要击破他们攻击却无从下手。

赵无痕暗惊，心道："子午岛主好生了得！"急忙飞身跃上半空。岂料六子如影随形般跟着跃起，六掌拍出，攻向他腿脚，招式仍虚实相夹，凌厉诡异，无懈可击。

赵无痕猛提真气，身子又凌空上跃一丈避开六人掌力。六子功力不济，再无法上跃攻击，纷纷坠落。在六人落台瞬间，赵无痕猛然扑下，双掌齐出，两股浑掌力从半空拍向六子。六人听见掌风大异，情知力道难挡。乾坤子、岩松子、华英子、夏杰子忙将一掌搭在天鸣子和地吟子的肩上，二人四掌拍出，只听"砰"的一声，赵无痕腾上半空，六子被震得一屁股坐到台上，心下大骇。

赵无痕人在空中出招，掌力竟然如此威猛无匹。若是他在地上出手，岂不是威力更大？他们六人合力出击，掌力亦极刚猛，除南溟老人之外，从来没有人能接得下。赵无痕不仅接下，反将他六人击倒台上，此人功力难道比师父还高吗？

六人不知赵无痕深得欧阳山人真传，又得凌霄老人悉心指点，此时武功已臻化境，加之他比南溟老人小十几岁，若论功力，南溟老人也要逊他三分。此时除了张去病，武林中再无旁人能及。六子正惊骇，忽见赵无痕又从半空挥掌击下，六人急忙滚身闪开。赵无痕落下之时，六人跃起站回五行六合方位，又将赵无痕围在阵中。

张去病在台下寻思：六子临危而阵不散，不知在这"六合五行阵"上下了多少苦功！赵先生要破阵还真不易！他却不知适才一搏，赵无痕已然看出六人在阵中纵跃，虽令人眼花缭乱，但须踏到五行六合方位上合力出招，攻击才天衣无缝。倘若打乱六人方位，使之步法大乱，六合五行阵便可告破。

赵无痕落到台上，突然将腿一盘打坐起来。六子皆是一愕，出手略迟疑。趁这一瞬间，赵无痕陡然暴起，疾如流星般在六人之间穿插。右手抓、拿、点、拍；左手打、勾、擒、戳。六子猝不及防乱成一团，只听赵无痕"嘿"了一声，人影飞起，一掌将夏杰子打飞落台下。

大宋群豪见赵无痕上台三招两式，便将"六合五行阵"打破，顿时在台下欢声雷动。张去病却暗叫声："不好！赵先生地藏摧心功何等厉害，夏杰子中掌必死无疑！"他忙往台下看去，却见夏杰子缓缓爬起，踉踉跄跄向后台走去，似乎受伤并不很重。

原来赵无痕看在南溟老人同欧阳山人有交情分上，只想破阵不想打死老人的弟子，是以出掌并未使出"地藏摧心功"。掌力分寸捏拿极准，夏杰子才捡回一条命。

　　南溟老人见赵无痕出手几招，便破了"六合五行阵"，悚然一惊，寻思欧阳山人门徒儿好生了得，我这几个弟子不是他对手，老夫不出阵只怕不行！忙道："承赵侠士手下留情没取小徒性命，老朽多谢了！欧阳山人弟子果然非比一般！不过这一场，赵侠士是以心智取胜，并非以武功破阵。老朽难得遇见赵侠士这等英才，亦想领教赵侠士功夫！"

　　老人走到台中，又道："老朽同我这几个不成器的徒儿，仍用'六合五行阵'向请赵侠士讨教！赵侠士这回如能破阵，老朽便罢手认输！"赵无痕道："不敢。无痕能领教前辈神功，三生有幸！"

　　南溟老人从怀内取出五枚火红色药丸抛给天鸣子、地吟子、岩松子、华英子、乾坤子五人。又道："赵侠士的'地藏摧心功'杀人于无形，厉害至极！你们服下这枚药丸护住身子，才接得赵侠士的掌力。"

　　五人忙将药丸放入口中吞下。赵无痕心想：你知我"地藏摧心功"威力，备下药丸应对。我"地藏宫"除了这门功夫，还有旁的功夫，但不知你又如何对付？南溟老人见五子服下药丸，对赵无痕道："赵侠士请出招罢！"

　　赵无痕道："岛主同我师父平辈论交，无痕后学，不敢不敬，请岛主先赐招！"

　　南溟老人说声："既然如此，老朽就献丑了！"突然身子斜滑，一掌拍在天鸣子背上。台下众人皆是一愣，不知老人为何不向赵无痕出手，反打自己人。大伙还没回过神来，只见老人快如鬼魅般在地吟子、岩松子、华英子、乾坤子四人背上皆拍一掌。霎时间五名弟子像着魔似的狂吼一声，老人和五子从六方向赵无痕攻来。

　　赵无痕身形疾晃，呼呼呼使出六招荡开六人掌力，立知情势与刚才大为不同，对方掌力远非刚才六子可比。南溟老人一出手，六人掌上威力顿时增大数倍，犹似六道狂涛从四面八方向他汹涌打来。

　　他忙运起"地藏摧心功"凝神接招，掌影翻飞，身形如鬼如魅在阵中飘忽，令人看得目眩。但无论他出招如何精妙凌厉，南溟老人同五个弟子总是防守得滴水不漏，一时间双方斗个势均力敌。

　　台下众人看见赵无痕在台上人影疾闪，妙招迭出，险到极致也妙到极致，皆看得惊心动魄，目不转睛。连张去病、天风道长、柳寒峰、步金吾、左岗左丘兄弟，也都看得心摇神驰。众高手一方面惊叹赵无痕武功神鬼难测，另一方面又惊叹南溟老人的六合五行阵妙变万端。各人又暗以自己的武功同台上之人武功比较，觉得赵无痕的武功固非自己能及，子午岛的阵法亦非自己能破，赵无痕如不能破此阵，自己上台去更是束手无策。

张去病同赵无痕行走江湖以来，从没见过谁的武功能同赵无痕相抗，此时见南溟老人及门人竟同赵无痕斗个旗鼓相当，不得不佩服南溟老人的阵法了得。忽然间，只听台下"啊哟，啊哟，啊哟"的一阵惊叫声，他转眼一看见观斗之人倒下一片。原来武功较低之人看见台上一个青影和六个红影倏分倏合，发出连珠般掌声，犹似惊虹乱闪，忽觉头晕目眩，竟然纷纷仰倒。各派名宿急喝道："众弟子快闭目运功，勿再观斗！"

赵无痕在阵中越斗越诧异，不知南溟老人给五子服的什么古怪药丸，六人既不惧他的"地藏摧心功"厉害内力，也不忌惮他的地藏幽冥指力，任他如何加大内力依然伤不了一人，这是他出道以来从未有过之事。

他不知五十几年前，南溟老人同欧阳山人切磋武学，那时"地藏宫主"欧阳山人的"幻剑七式"尚未练成，欧阳山人只对南溟老人说了本门的"地藏摧心功"和"幽冥法"功法招式。当时二人只是相谈，并未动手过招。但仅从交谈之中，南溟老人已知欧阳山人地藏摧心功乃是天下第一奇功，威力非同小可。

回到子午岛后，南溟老人寻思同"地藏摧心功"相比，本门的伏波神掌和千波万涛指有所不及。但凡武学大师，一旦知晓别人武功强过自己，自然要寻思破解对方武功之道，南溟老人亦不例外。他用了一年时间苦想破解"地藏摧心功"之法。想来想去无论是从内力上，还是从招式上，破解地藏摧心功皆无良策。

后来老人在一部古籍《神农化生秘籍》上，看见一个上古秘方"天龙保心丹"，便依照方子采集药材，将丹丸炼成后命弟子们服用，护心功效竟然非凡。老人甚是高兴。但因子午岛的人未同"地藏宫"高手过招，老人也不知这"天龙保心丹"能否抗御"地藏摧心功"。适才见五名弟子接下赵无痕的招后无碍，老人稍才放下心来。

双方又斗了一炷香工夫，赵无痕困在阵内仍然无法破阵，南溟老人和五子也无法胜他。一时间双方处于胶着状态。南溟老人见赵无痕武功出神入化，对欧阳山人有如此高徒艳羡不已。心中又暗自担心，五名弟子只要一人稍有疏忽，六合五行阵便难守住。

片刻过去，赵无痕久斗无功，寻思不伤其中一人断难破阵。南溟老人虽同师父有交情，但为了大宋国武林声誉，不能顾私情废大义，须用"幻剑七式"方能破阵。心念闪过，他疾翻右掌"黄泉剑"倏地滑落掌心。正要出手，忽觉心脏一震浑身气血突然翻涌，一股灼热气冲向四肢百骸，体内如有烈焰升腾。他大吃一惊：暗叫声："不好，体内魔火涌动，我命休矣！"

南溟老人见赵无痕有异，不知他要出何怪招，急忙暴退开去，五子跟着移形换位严加防守。赵无痕体内魔火升腾瞬间，视力模糊，面前一片朦朦胧胧，看不清对手的所在。他急忙持剑摆个"十面埋伏"招式护住全身，暗自运功压住体内魔火。

岂料经过一翻打斗，功力耗去不少，难以凝聚内力，连提几次真气，皆因气血翻滚聚不住气。突然一股魔火冲上脑门，他痛哼一声跃上半空，重重跌落在擂台上。瞧见这突然变故，群豪惊呆全场。

南溟老人和五子以为赵无痕使诈，闪身攻上前去。忽见四条人影飞身上台出招急攻南溟老人及五名弟子。老人和五子忙出手还招，却见是四个面目狰狞的老者。众人一看上台救赵无痕的四人却是"巴山老鬼"、"长白老怪"、阴山老魔和"长眉老妖"。

适才四人分站台角，忽见赵无痕有异状，"长白老怪"、阴山老魔和"长眉老妖"受病痛折磨多年，看出赵无痕像突然犯急症。三人生怕赵无痕死了，无人为他们解除身上痛苦，便急跃上台救赵无痕。赵无痕于"巴山老鬼"有救命大恩，瞧见情势不对，"巴山老鬼"也飞身跳上擂台救人。一时间"妖魔鬼怪"四人同仇敌忾，同子午岛高手激斗在一起。

忽然台下发出一片惊呼声，只见一人从众人头上飞掠而过，如一道灰烟蹿上台去。一把将赵无痕抱到台角坐下，伸出二指抵在赵无痕的背心上将真气输入他体内。

众人之所以发出惊呼，不仅是那人身法快得匪夷所思，而且头顶被他踩踏竟然毫无一点知觉，此人武功之高实在令人瞠目结舌。有人惊呼道："啊呀，那人是张去病！是武功绝顶的张去病！"

适才张去病瞧见赵无痕突然有异，情知赵无痕体内魔火涌动，可他坐得离擂台远，生怕赵无痕性命垂危便飞身跃起，踏着人头上台去救他。赵无痕得张去病注入的三清真气，头上渐渐升起一团红色气团。那气团越来越浓，越升越高，宛如一团红云飘浮在他头上。

众人看见皆觉稀奇，通常运功疗伤，伤者头顶只会冒出白气，赵无痕头上却红气氤氲。众人不知"地藏摧心功"淤积在赵无痕体内的暴戾之气，混杂在气血之中，此时被张去病用内力逼出，便呈现淡淡的红色。

不大一会儿工夫，赵无痕身子不再颤抖，气息亦渐渐平复下来。张去病耳听得台上打斗叱喝之声连连，转眼看去，只见"巴山老鬼"、"长白老怪"、阴山老魔和"长眉老妖"四人被困在六合五行阵内左冲右突，无法出阵。

适才四人冲上擂台急着救人，不识阵法厉害。"巴山老鬼"使出三星七煞掌，"长眉老妖"使出"毒龙爪"，阴山老魔使出阴风魔啸杖法，"长白老怪"使出灵蛇千幻指，四人皆是武林第一流高手，武功又诡异凶狠，突然间凌厉袭来，攻得南溟老人和五子措手不及，顿时乱了阵脚。

南溟老人一惊，寻思这四人武功可不弱！嘿嘿，凭你四人的修为，要破老夫的六合五行阵还差些火候！心念闪过，老人身形疾闪代替五子接下"妖魔鬼怪"四人一招。趁这瞬间，五子闪回五行六合方位，将四人围在阵中。

如此一来情势顿变，"巴山老鬼"四人立时瞧不清对手，不知该如何出招，四人的独门绝技无从发挥。转瞬间"巴山老鬼"肩上中掌闷哼一声。"长白老怪"左肩中了一指筋骨欲折。"长眉老妖"和阴山老魔虽未负伤，却也险象环生。四人心下大骇，忙学白云二祖之法四背相靠各守一方，才堪堪自保。

"巴山老鬼"气得哇哇大叫道："子午岛凭幻术伤人，不算真本事！"

"长白老怪"喝道："南溟老人，有本事不靠阵法，咱们一对一比过高低！"

南溟老人冷冷道："一对一打斗，你四人更非老夫的对手！"四人一听，都知老人所言不虚，一时作声不得。可是身处挨打境地，如此长斗下去他们非一败涂地不可。

张去病见此情景心下着急，却又无法分身。忽听赵无痕道："小主人，老仆已无大碍，不用管我。破此阵非小主人不可。小主人只要伤他们一人便可破阵，切不可心慈手软！"

赵无痕知道张去病心地善良，特别嘱咐他不可心软误事。张去病点头，道："赵先生放心，去病当尽力而为！"说罢向龙飞一招手，龙飞纵身跃上擂台。张去病道："龙大哥请把赵先生送下台去。"龙飞道："遵命。"弯腰抱起赵无痕跳下擂台。

张去病转过身一看，见"长白老怪"、"巴山老鬼"、"长眉老妖"三人使出看家本领将浑身护得风雨不透。阴山老魔将风魔杖舞得看不见人影。杖头上的钢鹰扇动翅膀刮出阴风袭人，发出阵阵凄厉哀号令人惊惧恐怖。但南溟老人和五子将四人围在阵中以逸待劳，见缝插针地出手攻击。如此长斗下去，四人便是累也累垮。

张去病见情势危急，身形一晃，迈开蹑云步蹿入阵内伸手疾抓。台下众人顿时一声惊呼，只见"长白老怪"、"巴山老鬼"、"长眉老妖"、阴山老魔四人飞上半空，坠落台下。南溟老人大吃一惊，来人身手之快，步法之妙，实属罕见。这人是谁？莫非是何野风来了？待看清张去病的模样，立知来人不是何野风。但此人年纪轻轻怎会有如此高的武学造诣？

张去病见南溟老人惊疑不定，忙拱手道："晚辈张去病参见子午岛主。"

南溟老人一惊，道："张去病？你便是张去病公子？"张去病道："'公子'二字不敢当。晚辈正是张去病。"

南溟老人道："老朽从南海来，这一路上，听说张公子在摩尼岩上技压正邪两派高手，威名远播！听人说，公子是凌霄老人弟子，果然是名师出高徒！张公子，我那老友凌霄老人可安好？"张去病道："我师父几年前已经仙逝。"

南溟老人凄然叹道:"唉,人到暮年,老友零落,令人怆然!不过有公子这等俊才来破阵,老朽亦感欣慰!"转头对五子道,"张公子武学神通,咱们师徒一道领教张公子神功!"

第二十九章　夺旗

　　老人说时手掌一挥，在天鸣子、地吟子、岩松子、华英子、乾坤子五人背上拍一掌。五名弟子突然一声大喝，六合五行阵飞快旋转起来。霎时间，张去病见南溟老人和五子身影憧憧，变得一片模糊，不禁心下骇然，才知"巴山老鬼"四人为何受困挨打。

　　他迈开蹑云步在阵中穿行避闪，尽管看不清对手，但他内力无人能及，听风辨器极准，凭借敏锐听觉，南溟老人和五子出招都被他避开。南溟老人和五子一连攻三十招，见张去病都从容避开，丝毫不处于被动挨打之境。

　　老人心中暗诧：我这六合五行阵能幻人视听，无人能敌，为何对此人不管用？莫非他识得老夫阵法？四十几招之后，老人看出张去病脚下踏着一种奇妙步法在阵内闪跃，他蓦然想起当年同凌霄老人切磋武学，得知凌霄老人有太玄神功、"太极阴阳掌"、蹑云步三门绝学。但那时只听凌霄老人口述此功，未见凌霄老人演示蹑云步。

　　此时一看，脱口道："张少侠可是施展蹑云步？"张去病避开五子一记凌厉伏波神掌，忙道："正是。"南溟老人道："好俊的轻功！"老人说时，呼地一掌拍向张去病。这一掌实中夹虚，飘忽不定，暗伏十七八种厉害后招，别说张去病看不清南溟老人掌式，即便是看得清楚，要化解这一掌也颇不容易。听见掌风有异，他不敢接招，一提真气，在阵内如闪电惊虹般疾奔起来。他想快奔让南溟老人和五子看不清楚他，无法出手攻击，他再寻机破阵。

　　老人和五子见张去病突然化成一道灰影在阵内疾闪，虚实不明，一时不知该如何出招，六人兀自守住五行六合方位，将功力布遍全身，以待张去病奔势稍缓便出手攻击。岂料张去病提气疾奔，忽然间看清了南溟老人和五子所在，只见老人守住天位，天鸣子守住地位，地吟子守在青龙方位上，岩松子守白虎方位上，华英子守朱雀方位上，乾坤子守玄武方位上，六人不断身形交错，奇妙地移形换位，仿佛构成一张攻守严密的大网，将他网在阵中。他心中诧异：我怎么忽然间看得清他们了？

他忘了自己目力超凡，适才提气疾奔，功力陡增，眼里精光大盛，便将南溟老人和五子看得一清二楚。看清了对手，他无暇多想，身子一斜，一掌攻向天鸣子。这一掌"太极阴阳掌"的阴掌。他同赵无痕一般的心思，不想伤南溟老人弟子，是以用阴掌拍出。

天鸣子不识阴掌的厉害，忙出掌相迎，两掌相交，忽觉张去病掌上生出一股强大黏力，粘住他手掌往旁一带。天鸣子身子一踉跄，幸亏他下盘功夫练得极扎实，才未摔倒。地吟子、岩松子、华英子、乾坤子急忙上前助天鸣子，从四方出掌攻击张去病。

张去病挥掌接住地吟子拍来一掌，地吟子忽觉手掌被张去病掌力粘住，心中一惊，急忙用力抽掌。张去病挥掌顺势一拨，拨得地吟子滴溜儿连转两圈，身子一下逾出青龙方位。此时岩松子一掌拍到，张去病出掌同他相对，掌上黏力粘住岩松子手掌往旁一甩，岩松子被甩飞到台角。

华英子从旁一掌拍来，张去病掌力一吐拍在华英子掌上。华英子承受不住，咚咚咚咚咚连退五步，仍稳不住身子，一跤摔在台上。此时乾坤子一掌向张去病臂膀，张去病手掌一翻，二掌相对，乾坤子功力较浅，手被张去病的阴掌掌力粘住抽不回去。

适才，南溟老人见张去病年轻，虽然听江湖上将张去病武功传得神乎其神，但老人不甚相信。他自恃高人长辈身份，不想同弟子合力攻张去病，免得让人笑话，便在一旁掠阵。此时见五子不敌，他心中一惊，忙闪身上前在乾坤子背上一拍。乾坤子身子一震，一股雄浑内力传到手上震开张去病手掌，他才抽回手去。

乾坤子等五人年岁都比张去病大，在众人面前如此受挫出丑，颜面大折。五人都心中暗恼，大不服气。天鸣子叫一声："天地玄黄！"五子伸手互拍一掌，合聚五人之力于天鸣子掌上，一掌劈向张去病。

张去病疾出右掌接住天鸣子这一掌，身子一震。心中诧异道："为何此人掌力突然倍增？"动念瞬间，天鸣子掌上第二波内力狂涌而来。他听赵无痕讲过伏波神掌的厉害，在摩尼岩上同殷独啸较量过，恍然想起天鸣子是在使"伏波三裂岸"绝技。他暗运太玄神功将对方掌力一吸。天鸣子忽觉掌力送出如石沉大海，无影无踪。

天鸣子心中一惊，正欲发出第三波刚猛内力，忽觉张去病掌上生出一股黏力，将他掌上穴道封闭，内力再也发不出去。他急欲抽回手掌，却见张去病五指一合，将他的手掌牢牢抓住。他运功急扯，如蚂蚁撼树，哪里扯得脱手？他急挥左掌劈向张去病。可是手掌刚拍出，忽觉一股麻酥酥的感觉从被抓住的右掌传递到左掌，手臂顿时酸软无力，手掌再也无力劈下。

地吟子见天鸣子受制，跃上前抓住天鸣子后背想把他拉开。双手运功猛拉，却拉不开天鸣子。岩松子见状忙上前相助，一把抓住天鸣子的腰，欲合三人之力拉开天鸣子，却也无法撼动张去病。华英子一看三位师兄在同张去病拼内力，扑上前一指戳向张去病背心。他以为张去病招架他这一指必然分力，地吟子和岩松子便能拉开天鸣子。不料一指戳去，张去病头也不回反手一抓，也将他手抓住。同天鸣子一样，他挥左掌直击张去病的背心。手掌拍出瞬间，张去病手臂一转，将他拉到面前，只听"啪"的一声，他这一掌拍到天鸣子肩头上。天鸣子吃惊道："师弟你为何打我？"

华英子忙道："师兄，是这小子使坏，让我失手！"说时，挥掌又朝张去病打去。岂料手掌打出，又同天鸣子一样，一股麻酥酥的感觉传递到掌上，手臂酸软无力再也打不过去。乾坤子见张去病一手抓住天鸣子，一手抓住华英子，心想这小子两手不空，我正好出手救人。心念一闪，双掌猛然向张去病的头击下。

张去病喝声："好招！"左手抓住华英子一带，将华英子拉到身前挡住乾坤子的攻击。乾坤子大惊，硬生生收住掌力。但他全力攻击张去病出掌太猛，突然收回掌力，胸上如受一记重锤，哇地一声吐出一口鲜血。但此人性情狂暴。受伤反而大怒，竟然不顾伤痛，双臂趁势抱住华英子的腰奋力同张去病争夺。

一时间地吟子、岩松子、乾坤子为救天鸣子和华英子，奋力抓住二人同张去病争夺，模样十分狼狈。台下群雄见状，起初还以为五子合力同张去病拼内力，但见五人脸上神情惊慌，奋力挣扎，才知五子着了张去病的道儿。但又不知张去病使的什么功夫，纷纷议论起来。

南溟老人见五子被张去病制住，冷笑一声道："好厉害的'太极阴阳掌'！"身形一挫，一掌向张去病拍出。他料定张去病的双掌制住五子，身子避闪不便，只能放手招架。如此一来，五子便能摆脱困局。

见南溟老人一掌拍来，张去病不敢怠慢，双掌一松放开五子，挥掌同老人相对。一掌对过，南溟老人身子晃了一晃，只觉张去病掌力沉雄，反震之力极强。老人不知张去病这一掌使的是阳掌功夫，也不知张去病见他年纪老迈，掌上反震之力颇为收敛。老人还道是自己掌上未出全力，又猛地一掌拍出。这一次他将掌力提到九成，两人手掌一碰，对方掌上反击力道竟然同他掌力不相上下。南溟老人心下骇异：此人年纪才二十出头，怎会有如此深厚功力？他哪知张去病不仅得凌霄老人八十年内力，而且连逢奇遇，此时功力已无人能望其项背。

步金吾、柳寒峰、左氏兄弟、天风道长，以及大宋武林群雄素闻子午岛主武功神通，此刻见张去病同老人对掌，不禁暗暗为他担心。天鸣子、地吟子、岩松子、华英子、乾坤子五人见张去病内力浑厚，担心师父年迈不敌，五子忙执一手挥掌拍向张去病。便在这瞬间，南溟老人突然一旋身子，猛地一掌拍到乾坤子的背上。一股浑厚无比的掌力挟裹着天鸣子、地吟子、岩松子、华英子、乾坤子五人的内力朝张去病击去。

台下众人见南溟老人和五子合力作如此雷霆一击，都惊得"啊呀"一声。心想张去病内力再强，如何经受得住老人和五位一流高手合力一击？惊呼声中，忽听张去病一声清啸，挥掌迎击过去，双方硬碰硬对一掌，忽见人影飞散，天鸣子、地吟子、岩松子、华英子、乾坤子五人被震飞下擂台，南溟老人待在台上，怔怔望着张去病。桂花台上鸦雀无声。

静了一瞬，张去病拱手道："承前辈相让，晚辈已破了六合五行阵！"

南溟老人惊愕过来，神色诧异道："张少侠武功盖世，但不知适才少侠化解老朽一击，使的是何门功夫？"

张去病道："晚辈使的是……"他欲言又止。适才见南溟老人一掌拍在乾坤子背上，顿觉一股巨大内力排山倒海般击来。他不假思索运起日月双环神功，将六人的掌力消弭在擂台下。心念一闪：何不趁此刻破阵？他双臂猛振，发出刚猛无匹的内力将天鸣子等五人震下擂台。

此时听南溟老人问他使的什么功夫，想起老人同摩尼教有深仇大恨，若据实禀告，南溟老人定误当他是摩尼教人，怎会善罢干休？如此一想，他忙改口道："这是晚辈的一点微末小技，叫前辈见笑了。"

南溟老人见张去病不肯说，冷冷道："张少侠不说也罢。老朽此次北来，沿途听人说张少侠武功超凡，今日一见果然不虚。适才少侠破了阵，老朽认输便是。不过少侠还未大显身手，老朽有一不情之请，不知少侠可应允？"

张去病道："前辈有何吩咐，尽管明言。只要晚辈力所能及，尽当遵命。"

南溟老人道："老朽此请纯系切磋武学，同打擂胜负无关。老朽欲再领教少侠神功，望少侠勿拒老朽之请。"

南溟老人提出此请，是他没料到自己多年潜心研创的六合五行阵，竟这么快被张去病破了，输得不甘心。他一身高深武功还没来得及施展出来，便认输服败，这他叫他心里不服，遂想同张去病单打独斗，为子午岛扳回面子。

张去病一听犹豫不决，道："这个……江湖上对晚辈功夫传言，纯系捕风捉影，夸大其词，前辈不可相信。晚辈这两手粗浅功夫，如何敢同前辈切磋？晚辈万万不敢！"

张去病如此推辞，是心有所虑：南溟老人提出此请，他却之不恭，应之心中又无底。子午岛主声名赫赫，武功出神入化。他寻思自己虽然身负几派武功绝学，但修习时短，领悟不深。倘若同这位武学大师再斗，心中毫无取胜的把握，只得婉言推却。

大宋群雄见本国高手获胜，大都不想节外生枝再斗一场。龙飞在台下站起身来，大声道："大宋武林夺魁，子午岛已然认输，快将锦旗摘下痛痛快快交给张大侠算了，还斗什么啊？"

穆兴帮腔道："龙帮主说得对！既然胜负已分，无须再比斗。子午岛主若有切磋武学雅兴，改日张公子自当奉陪！"

杜百年道："岛主年事已高，连斗两场功力大耗，张公子不想捡这个便宜，岛主要想切磋，改日方才合适！"

金国武士见南溟老人认输，本已泄气。忽听老人提出再斗又都精神一振。希望南溟老人能挽回败局。一个黑脸武士高声道："张去病，既然子午岛主还要再比，你若有真本事就爽快答应。没本事就滚蛋！"

另一个胖武士声如洪钟响道："是啊，张去病，你如不害怕，再比一场却又何妨？要不然适才你取胜，不是凭真本事，乃是侥幸取胜！"

大宋豪杰中，也有人想看两位绝顶高手比出个高低，便跟着金国武士怂恿再比。一人道："张大侠比就比，你再给点颜色让鞑子看看！叫他们闭上臭嘴！"另一人道："是啊，张大侠，鞑子欺侮咱们大宋百姓太甚！你今日得好好为咱们出口恶气，扬我大宋国威！"

南溟老人听着台下七嘴八舌议论，面露笑容道："张少侠，众人都盼再斗一场。你放心，老朽只出八招。八招之内，少侠若是胜了老朽，老朽便心悦诚服认输。不过少侠若是怕输，咱们不比也罢，免得折了张少侠的威名！"

张去病尚未说话，步金吾在台下高声道："小兄弟，子午岛主使激将法，你千万别上当！"

柳寒峰也道："张公子，咱们见好就收。你摘了锦旗下台来罢！"

张去病沉吟一瞬，却道："常言道，恭敬不如从命。前辈有命，晚辈不敢不从。请前辈出招！"

步金吾、柳寒峰等人都是一愣，不知张去病为何答应再比。步金吾对柳寒峰道："柳兄，我看张公子痴迷武学，遇上南溟老人这等旷世高手，他便技痒难忍。何况老人说只出八招分胜负，他定是心下好奇，想看看这八招是什么神奇功夫！只是他万一有个闪失，可折了名头！"

柳寒峰道："步兄勿担心。南溟老人同凌霄老人齐名，他只出八招，倘若张公子都不敢接，旁人便会说他师门武功不及子午岛武功，坠了他师门威名。何况张公子得凌霄老人真传，又练了《九宫伏魔经》上绝学，还会日月双环神功，难道还接不住南溟老人的八招？我想张公子答应再斗一场是胸有成竹。"

金掌先生左岗道："柳掌门说得不错。我方打擂已胜，锦旗到手，张公子便是输给老人，也于无碍大宋武林声誉。若是张公子赢得老人一招半式，更叫各国英雄对我大宋武林心悦诚服！"

步金吾、柳寒峰、左岗三人都没猜对张去病心思。张去病本不欲斗，一听大宋豪杰中有人道："金国鞑子欺侮咱们大宋百姓太甚！你今日得好好为大宋百姓出口恶气，扬我大宋国威！"他心中一震。寻思此人说得不错，今日打擂并非只关个人胜负，更关乎大宋国声威。金国鞑子欺我大宋日久，我得尽力扬大宋国威，让我百姓出口气，不可计较个人得失！如此一想他便答应再斗。

南溟老人道："张少侠胆识过人，不愧是凌霄老人高徒！看好了，老朽只出八招，这是第一招！"喝声未了，老人缓缓向张去病拍出一掌。这一掌招式平淡无奇，但掌到半途忽如滚滚波涛起伏不定，暗藏着二十一种后续杀招。一般高手出招通常会暗伏四五种后招。一流高手一招可隐伏七八种后续杀招。顶尖高手出招则可潜藏十二三种厉害后招。只有赵无痕这样的绝顶高手，一招才能暗伏二十几种厉害后招。南溟老人这一掌潜藏着二十一招杀招，这在武林中太罕见。

台下武功平平者看不出老人这一掌暗藏玄奥，都不以为意。步金吾、柳寒峰、天风道长、左岗和左丘这些顶尖高手，也只看得出老人这一掌暗藏的十七八种厉害杀招。唯有赵无痕眼光异常犀利，一眼瞧出南溟老人掌式中的二十一招杀招，急忙喝道："小主人小心。"

张去病悟性大异常人，但眼光远不如赵无痕老道，他只看出老人掌式中暗伏二十招后招，还有一招没瞧出来。正要出掌迎战，忽听赵无痕在台下大声喝叫，情知大有原因，忙踏着蹑云步闪身避开去。

南溟老人之所以缓缓出掌，便是要诱使对手冒失出招，坠入陷阱之中。岂料张去病得赵无痕及时提醒，却没有上当，老人心中暗道一声："可惜！"张去病身子斜滑出数尺，身形未稳，南溟老人双掌一分，又是缓缓一掌拍出，掌到中途仍然起伏不定，变化无端，一股诡谲掌风顿时将张去病笼罩。柳寒峰等顶尖高手都惊得"啊"了一声，不知张去病该如何应对。

张去病见老人这一掌拍得波谲云诡、变幻莫测，仍不知如何破解。他不敢莽撞还招，忙使出"云崖独步"，脚下错步连连，身如疾风摆荷，险到巅毫地从南溟老人掌风中逸出，其姿势之优美，步法之奇妙，令人看得心旷神怡，台下群雄喝彩声大作。

南溟老人心下暗惊。适才，他连出两掌非比寻常，乃是他晚年倾毕生精力研创的最上乘掌法，名叫"子午八掌"，却不料竟让张去病巧妙避开，这着实令他吃惊不小。南溟老人虽几十年不出子午岛，但一直在潜心精研武学。他寻思高手过招不外乎以内力、招式、经验、应变取胜。自己的内力、经验、应变，少有人能比肩。若要技高一等，须在招式上另辟蹊径，独树一帜。

老人深知招式厉害不在明招，而在暗招。明招对方或可设法化解，暗招却叫人难识难防，或无法提防。是以他研创这子午八掌，每一掌少则暗藏十几种后招，多则暗藏二十几种后招，叫人极难防范，极难破解。高手过招，倘若看不清对手的后续暗招，冒失出手，必陷危境。即便是看出暗招，在激斗之际，仓促间也难想出化解之法。是以南溟老人连出两掌，张去病一时间不知如何化解。好在他倚仗蹑云步奇妙轻功，能够在危急瞬间避开。倘使换了别人，已败在老人的掌下了。

此时，南溟老人不待张去病站稳足跟，快逾闪电般连拍三掌。这三掌拍出，无数暗藏后续杀招犹如一个看不见的大网张开，从四面八方将张去病网住。张去病踏着蹑云步上蹿下跳。南溟老人掌上后招滚滚而出，三招化六招，六招化十二招，十二招化二十四招，一气衍化出九十六招。张去病在掌网中腾挪闪跃，应变神速，亏得他内力无匹，蹑云步变化万端，才在危急之际化险为夷。纵是如此，也惊得他身上冷汗涔涔。

台下众人更是看得心惊胆战，口中连连发出"啊""哟""呀""嗬"的一片惊呼。众人惊呼未绝，忽见南溟老人又是一掌缓缓拍出，这一掌拍得朴质无华，显得有些窒滞生涩，前掌未至，后掌疾出，双掌叠加，忽又分开，呼地拍向张去病。

张去病见老人这两掌没藏后续杀招，并无陷阱，便不假思索出掌相对。岂料两人四掌一接，张去病只觉胸膛上犹如受到无数巨浪拍打，心头一阵阵剧震。他大吃一惊，急忙运起日月双环神功，将老人绵延不绝掌力移到擂台下。擂台被震得晃动起来，嘎嘎嘎嘎响个不止，似乎要垮。群雄不知发生什么事情，无不心下骇然。

正惊诧间，台边上两根圆木突然飞坠人群，吓得众人闪身躲避。原来擂台是用圆木搭成，钉圆木的铁钉被南溟老人掌力震断，两根木头被震掉下台去。南溟老人不知张去病用什么功夫接下他这一掌，心中既惊讶又困惑。这是子午八掌最后一掌，名叫"洪波千叠"。这一掌看似没藏后续暗招，殊不知这"洪波千叠"后续暗招不在招式上，而在内力上。

南溟老人研创子午八掌时，按兵不厌诈的法则，前七掌，都在招式上暗藏多种厉害后招。这第八掌却幡然一变，招式上不藏后招，而暗藏"千涛万劫指"连绵不绝怪异内力，出其不意，攻敌人措手不及。"千涛万劫指"的怪异内力能在瞬间封住敌人胸膛要穴，令敌人如受电击，四肢麻木束手待毙。谁知他将内力源源送出，却不知张去病用什么功夫接下这一掌，竟然毫发未损。南溟老人怎不惊讶而困惑？

心念一闪，南溟老人忽然收掌喝道："张少侠原来是摩尼教高手，会使魔教的'日月双环邪功'。嘿嘿，老朽今日可找到了仇人！"

张去病大急道："前辈误会了。晚辈仍是凌霄老人弟子，怎会背叛师门加入别教？晚辈听人说，那日月双环功乃是摩尼教至高无上武功，历来只传给教主一人。别说晚辈不是摩尼教中人，就算是，晚辈年纪轻轻，又怎么能得传授这门高深功夫？"

南溟老人一听，心想张去病说得也是，看他不过二十岁，不可能当魔教教主，何野风怎会将镇教神功传给他？如此一想怒气顿消，但仍心存狐疑，又问道："恕老朽眼拙，敢问张少侠适才使的什么功夫？"

张去病心想，适才老人已问过一次，我不敢实言相告，支吾过去了。这次老人再问，若是再搪塞，只怕他不相信。我如何回答呢……哦，有了，我便说是《九宫伏魔经》上的功夫。没人知晓《九宫伏魔经》有什么武功，能蒙混过关。他忙道："前辈一再垂询，晚辈只好实言禀告，适才晚辈所使的是《九宫伏魔经》功夫。"

张去病在摩尼岩上施展《九宫伏魔经》武功，力克群雄，南溟老人有所耳闻，但老人全然不信。老人寻思那《九宫伏魔经》上的武功何等深奥，张去病一个黄口小儿，哪能练成？定是江湖上好事之人以讹传讹，传走样了。此时，一听张去病自承使的是《九宫伏魔经》功夫，老人心头大震，半信半疑问道："少侠使的真是《九宫伏魔经》功夫？"

张去病点头道："这等高深武功，若非《九宫伏魔经》上功夫，当世又有谁能创得出来？"

南溟老人寻思：适才此人使的功夫异常神通，当世高手确实无人能创，说不定真是《九宫伏魔经》上功夫也未可知。数百年前，达摩祖师和寇谦之道长与风云龙比武，吃了魔教日月双环神功的亏，兴许是两位大师以其人之道，还治其人之身，也创下一门同日月双环神功相似的武功对付魔教高手，这也是可能之事。不过，此人能练成《九宫伏魔经》功夫，一定有超人的禀赋！

如此一想，老人心中疑云散开，却又生出一个念头：老夫平生所学可谓通天彻地，可惜未能与绝世高手切磋印证。此人身负《九宫伏魔经》神功，正好借他之手使出达摩祖师和寇谦之道长绝学，印证老夫平生所学，岂不美哉？

想到此处，老人道："《九宫伏魔经》惊现当世。张少侠福泽深厚，得以练成可喜可贺！张少侠，老朽自不量力，想用我这'子午八掌'微末小技，再领教几招《九宫伏魔经》上神功！"

老人自谦说"子午八掌"是微末小技，其实这八掌实是他用毕生精力研创的最上乘掌法。他隐居子午岛上多年创出这八掌后，从未同绝顶高手比试过，以他武学造诣，他自负这八掌无人能敌。适才他连出七掌，张去病不能发一招，只能靠蹑云步闪避，这令他更加自信，想用他的绝学同古人的神功比试，看自己的武学修为究竟如何。

张去病一听，惶然道："晚辈只是学了《九宫伏魔经》功夫一点表皮，不敢在老前辈面前献丑。"

南溟老人道："《九宫伏魔经》功夫一点表皮，那也非同小可！老朽今日有幸见此神功，死也无憾。望张少侠莫推辞，成全老朽此愿罢！"老人说罢，对张去病长揖到地。张去病忙躬身还礼，惶惶道："前辈，这可折煞晚辈了！"

台下群雄见南溟老人如此恳求张去病，皆想老人在武林中声望何等尊隆，便是少林弘无方丈、武当派金风道长，对"世外三老"皆崇敬有加。此刻老人居然不耻向一个后学晚辈恳求领教，实是前所未有。惊讶之余，众人皆对南溟老人虚怀若谷，精研武学心生敬意。

柳寒峰对步金吾叹道："步兄，你我习武多年，长进不大，便是缺少南溟老人这种山不厌高，水不厌深的精神！"

步金吾道："谁说不是？柳兄，你我皆为本门杂务所累啊！"二人正感叹，却见南溟老人道："张少侠，老朽不客气先出招了！"

南溟老人不待张去病回应，缓缓拍出一掌。张去病刚才见过这一掌，不知如何化解，此刻仍想不出化解之道，只得又踏着蹑云步闪开。老人不待张去病稍停，紧跟着拍出六掌：一掌"潮涌子时"，二掌"波拱北斗"，三掌"丑浪伏波"，四掌"寅涛压岛"，五掌"卯洪泄岸"，六掌"辰浪辟空"。六掌一气呵成，诸多厉害后招滚滚而出，无穷无尽。张去病踏着蹑云步东闪西避，对老人掌法既吃惊又佩服。

台下众高手见老人每一招都圆融精妙，毫无破绽，真叫人不知如何化解，如何还招，不禁一阵阵大声喝彩。南溟老人连拍这六掌，将伏波八掌威力尽展现出来，颇有深意。他心想一上来连连抢攻，张去病即使会《九宫伏魔经》功夫，也无法施展。倘若张去病仍是闪避，不能化解他这六掌，无法还招，便可见他武功便不逊《九宫伏魔经》功夫，他多年付出心血大大值得了！

南溟老人思忖瞬间，忽见张去病避开第六掌"辰浪辟空"前锋，身形一晃，双掌齐出，一左一右向他拍来。老人微觉诧异：我这第六掌毫无破绽，后招甚多，这年轻人不识厉害，竟然还招，岂不是自投罗网？心念刚动，只见张去病右手一掌"波拱北斗"，左手一掌"寅涛压岛"，使的却是伏波八掌中的第二掌和第四掌。老人惊愕至极，闪身疾退。心中闪过一个念头：他怎会我的伏波八掌？老人正自惊愕，张去病双掌连拍，又将八掌中的第三掌"丑浪伏波"和第五掌"卯洪泄岸"同时拍出。

南溟老人看得暗暗称奇，心想：用我的掌法攻我，岂不是班门弄斧吗？他欲出掌对攻，猛然发现张去病将浑不搭界的两掌配合使出，诸多后招巧妙融合一起，竟生出极大威力，令他不知如何化解，无法接招。

南溟老人心下骇异，暗叫声："邪了！"急忙闪身跳出圈外，喝道："且慢！张少侠，你怎会我子午岛的武功？"

张去病道："刚才，晚辈瞧见前辈的掌精妙，大胆学了几招，不知使得对不对，请前辈指教。"

南溟老人一怔，寻思子午八掌深奥无伦，他只看两遍怎么可能学会？他是在照猫虎画罢了……咦，不对，适才他拍出的"波拱北斗""辰浪辟空""丑浪伏波""卯洪泄岸"四掌，虽然使得颠三倒四，浑不搭界，但每掌有模有样，一点也不走展。是他真有超人的禀赋？还是他误打误撞碰巧使对了？

南溟老人惊疑不定，道："张少侠聪慧过人，令老朽佩服！但老朽要领教的是《九宫伏魔经》功夫，少侠怎用我子午岛武功对阵？"

张去病道："晚辈不敢违命，适已经使出《九宫伏魔经》功夫。"

南溟老人疑惑道："适才少侠分明使的是子午八掌中第二掌、第四掌、第三掌和第五掌，怎说是《九宫伏魔经》上功夫？"

张去病道："前辈的子午八掌异常精奥，倘若不是仰仗《九宫伏魔经》上功夫，别说晚辈看一两遍，纵是看上八遍、十遍，又哪能会使一掌？更别说同时使两掌了！"

适才，张去病确是使出《九宫伏魔经》的"太乙伏魔手"功夫，将子午八掌移花接木地搭配使出，其威力陡增。南溟老人看不出其中玄机，是以大惑不解。此时听了张去病的话，虽然觉得他说得在理，但心中仍不明白，张去病为何会使他独门神功。

他想这少年所出四掌，分明都是子午八掌功夫，未见掺杂别的武功在内，怎么说是《九宫伏魔经》功夫呢？看他神情诚挚，又不像在说谎话，这可怪了！转念又想：不管他说的是真是假，老夫再试他一试，我将子午岛武功掺杂使出，不相信他再能模仿。想罢遂道："好，老朽再来领教张少侠的《九宫伏魔经》功夫！"

蓦地老人身形疾闪，右手拍出伏波神掌，左手戳出千波万劫指，惊雷般攻向张去病。先前，张去病看见老人和弟子们多次使过伏波神掌和千波万劫指，此时见老人身子一晃便知他要使这两门功夫。他忙施展"太乙伏魔手"，左手使出伏波神掌第九掌"海神出涛"，右手使出千波万劫指的第二十招"万劫不复"。

南溟老人攻到中途，见张去病使出这两招竟然攻守兼备，威力奇大，一时不知如何化解，只得收招后跃。张去病不待老人出手，猱身直上，手上招式源源使出。一时之间众人只见"子午八掌""千波万劫指""伏波神掌"的诸般招式从他手上不绝而出，却又东拉西扯：或以"子午八掌"配"千波万劫指"，或以"伏波神掌"配"子午八掌"，张冠李戴，肆意乱配，全然不成章法。可说也奇怪，只见南溟老人连连后退，难还一招，脸上却惊喜万分，口中不住赞道："啊呀，妙，太妙！好神奇，好神奇的功夫！"

老人避到八十一招上，突然叫声："少侠且住！"张去病收招而立，道："晚辈失礼了！"

南溟老人笑呵呵道："少侠令老朽茅塞顿开，又失什么礼了？适才少侠巧妙拆配老朽的功夫，妙手使出，威力倍增，真叫老朽大开眼界！少侠所使实是一门神奇至极的武功，但不知在那《九宫伏魔经》上，这门功夫叫何名目？"

南溟老人武学修为世所罕见，适才看见张去病将他的三门功夫搭配使出，化出新招，不但威力大增，而且妙不可言！他万万想不到本门武功竟能如此搭配，又能生出这等巨大威力！他立时省悟：张去病一连使出八十一招子午岛功夫，妙手天成。若非身负《九宫伏魔经》神功，断难有此武学修为！看见本门武功在张去病手上变得这般奇妙，老人惊喜万分，却又感惭愧。不禁脸露笑容，脱口连声称道。

张去病见老人在自己手下受窘，非但不怒，反而面露喜色，不耻下问，也不由钦佩老人的胸怀大。忙道："晚辈放肆了。此功名叫'太乙伏魔手'。"

南溟老人听罢，仰面长叹道："达摩祖师和寇谦之道长真乃武学天人，竟能创下这等神功，叫老朽好生汗颜！老朽在子午岛上闭门造车，自以为武功盖世，却原来是井底之蛙！唉唉，同古贤相比，老朽羞愧之至，羞愧之至！"叹息两声，又连连摇头，道，"张少侠，且不论你还身负别的功夫，仅仅是这'太乙伏魔手'，你便可睥睨天下，笑傲武林了！"张去病忙道："晚辈不敢。"

南溟老人双眼一翻，道："有何不敢？你练就这'太乙伏魔手'，无论何门何派武功到你手里，便威力无穷，便是本门高手也绝不是你的对手，天下还有谁能与你争锋？你有何不敢睥睨天下，笑傲武林？"

台下步金吾、柳寒峰、左岗左丘兄弟、天风道长等人听了南溟老人这番话，心中皆是一凛。暗自寻思：照此说来，在张去病面前，什么武功都不在他话下，咱们这些人苦练几十年武功，还有什么用处？又想：难怪千百年来武林中人要寻找《九宫伏魔经》，原来经上武功神妙如斯！一时间众高手既羡煞张去病，心中又五味杂陈。

赵无痕蓦然想起在悬空岛上，凌霄老人临终时说过："今日老夫把小主人托付给你，你们小主人将来的武德武学，胜过老夫百倍，可以说是前无古人，后无

1053

来者！"

赵无痕寻思：当年听到这句话，还道是老主人对小主人殷切厚望，说的勉励之言。此时听南溟老人如此一说，可见老主人是何等高瞻远瞩，料事如神！想到此节，赵无痕心中涌起对凌霄老人的思念，眼眶顿时湿润。也为凌霄老人将张去病托付给他照顾，长大成为一代英才大感欣慰。

却听南溟老人叹道："张少侠有缘练成《九宫伏魔经》神功，福泽深厚，叫老朽好生羡慕！可惜老朽已风烛残年，朝不保夕。如若不然，我可要拜少侠为师，好好学那《九宫伏魔经》上的绝世神功！"张去病吓了一跳，忙道："前辈，那可使不得！"

南溟老人又叹道："唉！老朽更羡慕我那老哥凌霄老人，他有你这样绝世高徒，若泉下有知，也该心满意足了！"顿了一顿，老人神思回转，又道，"张少侠，今日比武，老朽输得心服口服，少侠让老朽得见千载神功，请受老朽一谢！"

说时，又向张去病躬身施礼。张去病忙躬身还礼。直起腰时，却见南溟老人已闪身下擂台，大袖飘逸地朝桂花台下走去。只听他作歌道：

> 前世无因今无果，
> 武梦沉酣皆蹉跎。
> 一枕黄粱醒转时，
> 它是它来我是我！

众人听那歌声几分旷达，又有几分意气萧索，都觉触动心境，却又说不出是什么滋味。子午八子见师父忽然离去，纷纷追上去。转眼之间，师徒九人便消失在桂花台下。

张去病目送南溟老人离去，还未回过神来，忽听一人在身后啪啪鼓掌道："佩服，佩服！张去病，你斗败我大金国'霸主旗'擂主，这面'天下第一武功大国'锦旗归你宋国武林了，你将它摘去罢！"

张去病转身一看，说话之人却是完颜龙。他顿生警惕，心想这厮诡计多端，此时为何如此爽快认输，让我摘旗？莫非他在旗上做了什么手脚，或是趁我跃上旗杆摘旗时，他想捣什么鬼？哼，任你完颜龙使什么诡计，小爷难道怕你不成？

心念闪过，他抬头望那招展的锦旗，一声清啸使出"上天梯"的蹑云步绝技，倏地跃上旗杆，双脚蹬着旗杆，如龙卷风盘旋而上。两手却不碰一下杆身，仅凭两脚在光滑旗杆上疾奔如飞，台下群雄看得呆住，连喝彩也忘了。

张去病如此显露神功，并非要在人前卖弄，而是为空出两手防完颜龙耍阴谋诡计。顷刻之间，他攀登到锦旗下，一把抓住那旗扯在手中。忽觉手掌灼痛难当，如同抓在一块火炭上。他急忙抛下锦旗，一看手掌乌黑已中剧毒。

他身子飞旋坠落台上，情知着了完颜龙的道儿，忙暗运神功逼压掌上剧毒，想将毒汁从指尖排出。岂料一运真气，体内空空荡荡毫无动静。他大吃一惊，自从神功大成以来，他已是百毒不侵。上次在"百毒门"，迦南陀使毒不能伤他，此时怎会中毒？

张去病正惊疑，忽听一声咯咯咯怪笑，犹如寒夜枭鸣，令人毛骨悚然。笑声中，从擂台后走出两个人来。一人身穿土红僧袍，又高又瘦，鹰鼻鹞目，胡须卷曲，紫酱色脸上罩着一层黑气，目光阴森吓人，正是天竺国毒佛迦南陀。另一人二十七八岁，身材高挑，面皮白净，脸如刀条，神情阴挚，却是厉蒙。

二人走到张去病近前，迦南陀对着坠落台上的锦旗，朝厉蒙努努嘴。厉蒙忙将锦旗捡起，恭恭敬敬递到迦南陀手上。

迦南陀将锦旗拿在手上晃了晃，得意扬扬道："张去病小子，'赤蚣粉'的味道不好受吧！你想运功解毒吗？莫枉费心机了！以你的功力，'赤蚣粉'又哪能伤你？你是中'闻香醉骨散'剧毒，你的功力才会大打折扣。此时便是佛祖降世，也救不了你！哈哈，你已败在佛爷手下，这面'天下第一武功大国'锦旗被佛爷夺得，我天竺国武功，才是武林天下第一！哈哈哈……"

张去病心下暗悔：先前我和穆兴在桂花台没搜寻着这毒僧，原来他早在旗上下毒，怪不得我着了他道儿。心念闪过，他装作若无其事道："哼，你这毒僧又来捣鬼！你说天竺国武功天下第一，好啊！不过你得问问众人，你不上来打擂，躲在暗中使毒算计别人，算不算你打擂取胜？大伙承不承你武功天下第一？倘若大伙承认，我把天下武功第一名头让给你好啦！"说时，转头问台下众人，道，"诸位英雄，你们承认不承认他武功天下第一？"

张去病本想挑起争端，让众人争执起来拖延时间，好寻思解危之计。岂料台下众人却悄无声息，无人回应他的问话。

迦南陀咯咯怪笑，道："张去病，你小子想叫台下的人救你吗？你好好看这台下，还有谁能救你小子一命？"

张去病凝目看去，只见群豪东倒西歪都在沉沉昏睡。他大吃一惊，忙看步金吾等一众高手也都在歪头沉睡，唯有赵无痕一人打坐运功抗毒。显然是因赵无痕功力比众人深厚得多，没被毒倒，但已自身难保。

张去病一惊非同小可，瞧此情形，桂花台上众人都中了毒！这毒僧使了什么鬼域手段，让大伙都着了他的道儿？蓦然间，他想起在金兵大营外，听见完颜龙对迦南陀说："迦南陀大师，本王请你使用那殷独啸的手段，灭掉来赴约的江湖贼人！"

迦南陀回答道："王爷此计甚妙！但那殷独啸的手段拙劣，你等着看我毒佛神技，准保将那些江湖贼人一网打尽！"却原来，完颜龙是照搬殷独啸对摩尼教人下毒的手段，用来对付打擂的群豪！但是这毒僧是如何对大伙下毒的呢？这委实匪夷所思！这……如何是好？

他心里大惊，脸上不敢露出半点声色，强作镇静道："毒僧，你别吓唬人。我瞧大伙只是打个小盹，转瞬间便会醒来，怎说没人救我？"

迦南陀怪笑一声，道："小娃儿，你休痴心妄想！佛爷对你说罢，台下人都中了佛爷的'闻香醉骨散'之毒，没有佛爷解救，他们睡上一个时辰便会统统咽气！哈哈哈……"

张去病心下惊骇，嘴上却道："毒僧，我不信你的鬼话！台下高手如云，个个身怀绝技，你哪能将这么多人毒倒？哈哈，你吹牛皮吹得不着边际，我不会上你的当！"

迦南陀生平最恼别人小看他的使毒功夫，一听张去病说他吹牛骗人，气得两眼一瞪，怒喝道："佛爷怎么不能毒倒这些人？别说是毒倒上千人，便是毒倒上万人又有何难？你看……"他抬手指了指四周桂花林，又道，"你看见这一树树开繁的桂花吗？"

张去病一愣，不知迦南陀叫他看桂花是何意，道："看见了，那又怎样？"

迦南陀道："你闻闻这花香，是不是浓烈闷头，带点甜味？"一上桂花台来，张去病就闻到花香甜腻闷头，他还以为是桂花太多的缘故。此时听迦南陀一说，他心中一动：莫非这毒僧在桂花树上做什么手脚？当年他在回春谷，见过药王同迦南陀斗毒，药王使毒绝技神出鬼没斗得迦南陀大败溃输。想起往事，他欲套迦南陀说出实情，便故作不解道："这花香是有些异样，却又怎的？"

迦南陀道："今日黎明之前，佛爷便在这四周桂花树上洒下我王竺国奇毒'闻香醉骨散'。这毒粉一遇桂花，便会融入花香之中，使桂花香气格外浓烈。人若闻上两个时辰，便会中毒昏睡，直至死去！嘿嘿，你们在此打擂两个多时辰，不知不觉吸了许多毒气，眼下都落入佛爷手掌之中！"

张去病心中暗叹："唉，真是明枪易躲，暗箭难防！一上桂花台来，我就百般提防完颜龙捣鬼，没想到这厮诡计百出，咱们还是坠入他圈套中，都怪我防范不周！倘若众人全都中毒，大宋武林岂不全军覆没在这桂花台上？这……这怎么办？"

忽听完颜龙道："张去病小贼，你以为本王在这桂花台上摆擂，是随意挑的地方吗？实话告诉你，本王是为将你们这些贼人一网打尽，才挑选此地摆擂引诱你们前来落网！本王听说那殷独啸使下妙毒计将摩尼教众人毒倒，我如法炮制，请迦南陀大师在此摆下毒阵擒拿尔等，没想到尔等全部落网，一个不漏！哈哈哈……哈哈哈……"

张去病一听心下暗悔：我一心只想打擂之事，却忘了摩尼教众人中毒教训，真是百密一疏！遂怒道："完颜龙，你也忒狠毒！众人与你无冤无仇，你为何要使毒计将大伙一网打尽？"

完颜龙狞笑一声，道："量小非君子，无毒不丈夫！实话对你说罢，本王摆擂邀你们来打擂夺旗是假，请迦南陀大师摆设毒阵，拿下你们才是真！我大金国将发兵荡平你国，为不让尔等悍贼给大金国捣乱，本王得先将你们这些江湖悍贼除掉！哈哈哈，张去病小贼，哪怕你有通天神功，今日也难逃本王掌心！"

完颜龙说话之时，张去病几次暗提真气，体内依旧毫无动静。他心中大急，想赶紧恢复功力，但越急越聚不拢真气。他表面仍装得浑然无事，笑道："完颜龙，你这是枉费心思，画虎类犬，哈哈哈……"

完颜龙冷冷道："小贼，你死到临头，还笑什么？你们已成瓮中之鳖，本王大功告成，又怎么画虎类犬了？"

张去病心思急转，想拖延时间，一指迦南陀，笑道："哈哈哈，这毒僧说中了'闻香醉骨散'之人，都会昏睡不醒，为何我中毒不睡呢？哈哈，完颜龙，你们真以为我中毒了吗？哈哈哈……笑死我了！"

完颜龙和迦南陀都是一惊。适才，他俩窥见张去病斗败子午岛高手，都知张去病功力无人能比。不禁心想，难道此人内力浑厚，"闻香醉骨散"对他无用吗？如此一想，二人惊得急退开去。

迦南陀凝目注视张去病，看了一瞬，冷笑道："张去病，你小子印堂赤如朱砂，嘴唇乌黑如墨染，那便是中了'闻香醉骨散'的症兆。你不昏睡，那是你小子功力不浅，才挺得住，你休想骗过佛爷法眼！"

完颜龙一听松口气，道："小贼，你说你没中毒，那好！迦南陀大师你出手试他一试，便知分晓！"

迦南陀喝道："张去病小子，在'百毒门'让你侥幸溜走，可恨至极！今日佛爷要叫你死得苦不堪言！"上次在"百毒门"，迦南陀同张去病打斗，被张去病打一掌落荒而逃，一直视为生平大耻。此时为顾及面子，他反说张去病侥幸溜走。为报前仇，他欲抬掌击毙张去病。但一瞥张去病面带微笑，又怀疑张去病武功仍在，忙收住手。忽然改变主意，要在张去病身上下重毒。

张去病见骗不了二人，灵机一动忙道："且慢！毒僧，你对大伙说说，上次在'百毒门'咱们为何动手？"

迦南陀一怔，道："那是因你小子对佛爷不敬，这有什么好说的？"

张去病道："毒僧你撒谎！咱俩动手，是因你叫我把达摩石交给你。我不给，你便同我动手打起来，是不是？"

迦南陀道："是又怎样？达摩石是我天竺国菩提达摩的遗物，佛爷叫你将达摩石归还我天竺佛门，物归原主，又有什么不对了？"

张去病冷笑一声，道："那么，你为何又叫我把秦桧奸贼投降金国的密信，也一并交给你呢？"

完颜龙一听，迦南陀向张去病索要秦桧的密信，愣了一下，忙竖耳细听。迦南陀喝道："胡说八道，什么秦桧密信？哪有此事！"

张去病道："你不认账吗？那时你对我说，只要我交出密信，你便将一身无敌毒功传给我，你为何不敢承认了？"

迦南陀恼道："胡说八道！佛爷有何不敢认账？佛爷乃是出家人，我要那秦桧密信有何用处？"

张去病道："有什么用处，你不记得了？你对我说，蒙古有一个叫什么铁木真的大汗给你重金，托你寻找秦桧密信。你还说，铁木真要同大宋联手灭金国，要用那密信要挟秦桧，怂恿大宋同蒙古联手，你忘记了？"

近些年来江湖上传言，蒙古草原上出现一位强悍首领名叫铁木真。此人好生了得，不出几年工夫便统一蒙古各部落，自称成吉思汗。他率铁骑攻打辽国和西夏几战几捷，声威大震西陲，已然成了金国的强敌。

此时张去病灵机一动，扯说铁木真重金收买迦南陀，让迦南陀寻觅秦桧密信，蒙宋联手灭金云云，纯系信口编造，拖延时间。完颜龙在旁，却越听越生疑云。寻思这天竺和尚从西方来，说不定到过蒙古，受那铁木真之托来找秦桧密信也未可知。倘若张去病小贼说的是真话，秦桧若受制于铁木真，那老贼定会鼓动宋高宗同铁木真联手对付我大金。大金将腹背受敌，断难御敌！

迦南陀却听得云里雾里，什么秦桧密信，什么蒙古大汗铁木真，什么蒙古联手大宋共灭金国，他完全摸不着头脑。但他隐隐察觉出，张去病在挑拨离间。恼怒道："小子，你胡说八道！佛爷几时对你说过这些话！"

张去病却佯装恍然道："哦，我明白了，有完颜龙在旁边，你不敢承认，你是怕完颜龙知道你的勾当。好，我不说也罢。"

迦南陀急道："小王爷，别听这小贼捏造谎言，佛爷从未向他索要过什么秦桧的密信！"

完颜龙不冷不热道："大师勿虑，小王怎会相信这小贼的鬼话？这小贼身上有一封秦桧的密信和一块达摩石。大师只管对这小贼施毒，逼他将两件东西乖乖交出。大师要达摩石，小王只要那封密信，咱俩各取所需，大师以为如何？"

他一面说，两眼盯着迦南陀，观察迦南陀神情有何反应。心中却想：本王先委曲求全，除掉张去病夺回密信，再想法除掉这毒僧，将达摩石抢到手。

迦南陀不知完颜龙心中盘算，一听达摩石归他所有，心中大喜，道："好，咱俩各取所需！"说着忽然翻转手掌，只见他手掌心上有东西在蠕动。完颜龙一看，顿时头皮发麻，浑身汗毛竖立起来。

那是一只奇丑无比的怪虫，身子乌青扁圆，浑身长满猩红血疮，流着恶臭脓液。头上有两个硬钳，一对恶狠狠的小眼睛闪着凶光。身旁长着一对花青水翅，腹部八只毛绒绒的长腿上长着尖刺，站在迦南陀的掌上，不可一世地东张西望。

迦南陀将那怪虫在张去病眼前一晃，张去病只觉恶心可怖。迦南陀咯咯笑一声，道："臭小子，佛爷叫你尝尝我天竺国'嚼脑耶虫'的厉害！你被它咬上一口便会痛得肝肠寸断，五脏俱焚，欲生不得，欲死不能！你若识相，赶快交出达摩石和秦桧密信。不然佛爷叫你后悔莫及！"

张去病望着那怪虫，浑身直起鸡皮疙瘩，心中阵阵发毛。脸上却强笑道："哈，一个小小屁虫也拿来吓唬小爷。小爷只消微发神功便将它震得个碎！"说时他再次运功，感觉到有一丝真气在胸中游动，仍是提不起内力来。他无计可施，忙引导那丝真气护住心脏，硬着头皮做出一副满不在乎的样子望着迦南陀。

迦南陀冷笑一声，手指微弹，怪虫蓦地飞起，朝张去病的脸上疾飞过来。张去病功力虽失，但身子仍移动自如。见那怪虫迎面飞来，忙侧身避开。岂料那怪虫似有灵性，倏地一下转弯飞到他脑后，他忙踏着蹑云步往前一避。岂料功力不存，避闪不快，那嗡嗡一声怪虫飞转到他眼前来。他忙挥掌打去，怪虫身子一旋，却又飞绕到他脑后。他急忙转身，却见那怪虫正在他鼻尖前振翅，一股恶臭熏得他心中作呕。他将头忙往后一仰，怪虫疾趋而至，倏地落到他鼻头上。张去病忽见怪虫一对小眼睛变得大如铜铃，恶狠狠地盯着他，两个硬钳猛朝他双目戳来。他心中大惧，吓得不敢动弹。暗道："没想到我武功卓绝，竟然丧命在一只毒虫口下！"

在这万分危急之际，一个影子忽如蓝电从他眼前闪过。他还没看清那是何物，却听迦南陀惊呼道："该死的畜生，你敢吃佛爷的'嚼脑耶虫'！"说时呼地一掌朝那影子拍出。那蓝影往天上一冲，迦南陀一掌拍空。张去病这才看清，那影子是一只翠蓝色小鸟，嘴上正叼着那"嚼脑耶虫"往腹中吞。

迦南陀气急败坏，双脚要跃起，正要发掌打那小鸟，忽见一大团黄云从擂台下飞速朝他席卷过来，一阵嗡嗡嗡声从那黄云发出。迦南陀一愣，忙凝目看去，才看清那黄云原来是一群硕大黄蜂，立时大惊失色，冲口叫道："啊呀不好！修罗蜂！"吓得转身便逃。

忽见迦南陀失声惊叫，望"蜂"而逃，完颜龙惊诧不已。他不知"修罗蜂"是

1059

迦南陀的克星，瞧见毒功盖世的毒佛竟被一群蜂吓得转身惊逃，他心中迷惑不解。

张去病听见迦南陀叫声"修罗蜂"，蓦然想起在回春谷药王用修罗蜂制服迦南陀的一幕，心中奇怪，这桂花台上怎么会有这么多修罗蜂？

迦南陀逃到擂台边，忽觉眼前一花，面前出现两个人。一人身穿青色长衫，红光满面，长须拂胸，气度清雅。只见那翠色小鸟站在他肩头上，正在啄食那"嚼脑耶虫"。他身旁是个一位白衫姑娘，身材婀娜，容貌秀美。

迦南陀一怔，望着两人颤声道："你，你……药王老儿？你……没死？"

张去病听见"药王老儿"几字，心中惊喜：药王来了？忙注目看去，那老者正是药王，姑娘便是药王孙女朱蕾。

只听药王喝道："毒僧，你又在此兴风作浪害人，这回老夫可不饶你！"

药王说时，撮嘴吹两声口哨，修罗蜂群听见哨音犹如听见号令，"轰"的一声，如浪潮涌上前将迦南陀和厉蒙团团围住。迦南陀和厉蒙急挥手掌拍打蜂群，但那修罗蜂实在太多，且嗜毒如命，闻到二人满身毒味便不顾生死，前仆后继地扑到二人身上，密密麻麻叮满两人全身，大吸他们体内之毒。迦南陀一边拼命拍打身上的修罗蜂，一边嗷嗷乱叫乱跳。不大一会儿，体内剧毒被吸尽，一身毒功散去，手掌再也无力拍打，双腿一软身子瘫坐台上。两手卡住自己喉头，张口嘀嘀号叫，嘴眼扭曲，脸上痛苦难以言表。厉蒙修习迦南陀的毒功日浅，功力甚低，被群蜂叮吸一会儿，经受不住昏倒在台上。

迦南陀一身毒功，全凭体内聚集剧毒练成。体内聚集的毒越多，他功力越高。不仅百毒不侵，而且举手投足之间能将剧毒激出，神不知鬼不觉让人中毒。但若体内失去剧毒，犹如别派高手被废武功，散功之际痛苦至极。

当年在回春谷，药王驱使一只修罗蜂叮咬迦南陀练功"罩门"令他大损毒功。此时药王驱群蜂攻他，便要废掉他那一身害人毒功。看见迦南陀功力散尽，倒在台上奄奄一息，药王抬袖对着蜂群轻轻一拂，蜂群"轰"的一声从迦南陀身上飞起，忽然飞落在张去病身上。

张去病吓了一跳，不知药王是何用意，忽听朱蕾叫道："去病兄弟，别动，我爷爷驱蜂为你除毒！"

他急忙闭上双目，不让修罗蜂刺伤眼睛。霎时间只觉得头上、脸上、脖子上、手上、身上、腿上、脚上爬满修罗蜂，耳畔一片嗡嗡声响个不绝，他站着不敢动弹。先是觉得浑身犹有千万根钢针刺痛，继而是恶痒难当，他咬紧牙关，不敢伸手抓痒，怕惊飞为他吸毒的蜂群，僵硬挺着不敢动弹半分。

迦南陀躺在台上大口喘气，过了一会儿才慢慢爬起来，两眼暴射仇光盯着药王，一指台下昏迷的群豪，狠狠道："药王老儿，你别得意！佛爷虽然折在你手下，但这台下的人都中毒。谅你无法救活他们！你救不了这些人，还有什么脸号称'还魂药王'！哼，佛爷虽然斗败，但我砸了你'还魂药王'臭招牌，咱俩不分胜负，扯平了！"说到此处，忽然大笑一声："嗬哈哈……"

张去病不敢睁眼，却将迦南陀的话听在耳里。心中一惊：毒僧这一招真狠毒，药王即便能为众人解毒也要用很多解药，仓促之间，他老人家上哪去找啊！

却听药王冷冷道："毒僧，你千里迢迢从天竺国来找老夫寻仇，一败涂地，还说什么不分胜负，真恬不知耻！你道这么多人中毒，就能难住老夫吗！好，老夫今日就叫你长点见识，无话可说！"说罢举手向台下一指，道，"毒僧，你看那是什么！"

迦南陀转眼一看，只见四个汉子推着四辆大车朝擂台走来。每大辆车上高高垒放着几十个木箱。四个汉子推车毫不费力。迦南陀一眼认出，四人便是当年被他下毒的邵家四兄弟。

药王道："打开箱盖！"邵家四兄弟齐道："遵命"，遂将箱盖打开。只听"轰"的一声，箱内飞出无数修罗蜂，犹似一大片黑云，顷刻之间遮天蔽日，布满桂花台上空。

原来这百来口木箱是蜂箱，箱内的修罗蜂早已闻到众人身上的毒味，在箱内急不可耐。此时箱门一打开，便蜂群拥出，飞到群豪身上美美吸起毒来。群豪仍在昏睡，毫不知情，任随修罗蜂享受毒餐。

迦南陀看得目瞪口呆。他万没料到药王有这一手，张口结舌道："药王老儿，你，你……怎知今天佛爷在此摆毒阵，又怎会带这么多修罗蜂来坏我大事？莫非你能掐会算，未卜先知？"药王冷笑不语。

那年在回春谷，厉蒙被迦南陀威逼利诱，将"百虫百毒菌"下在朱蕾身上，盗走唯一一枚解药要挟药王将朱蕾许配给他。药王从厉蒙手上夺回解药给朱蕾服下，却过了解毒时限，朱蕾生命垂危。药王为救朱蕾，只得用嘴将朱蕾体内的毒吸出，自己却中了剧毒。他便将解"百虫百毒菌"药方交给朱蕾，自己施使"龟息大法"假死过去，叫朱蕾将他放入冰窖，配制好解药再将他救醒。

不久，朱蕾寻到药材配好解药，将药王搬出冰窖。按照《地方经》上标明的穴位，把解毒膏药贴在药王身上，运功为药王拔净毒液，将药王救醒。药王复原后，寻思他遭此劫难，皆因养的修罗蜂只有一只，其时那蜂儿刚吸了迦南陀身上毒，便无法救朱蕾。倘是养了一大群修罗蜂，又怎会有此一劫？

如此一想，他找来许多毒蜂同那只修罗蜂交配，繁衍出许多修罗蜂来。岂料修罗蜂越来越多，每日飞出叮吸虫毒，回春谷的毒虫日见稀少。药王便带着朱蕾和邵氏兄弟学养蜂人携带蜂巢出游，让修罗蜂吸食更多毒虫，好在蜂巢里过冬，也来带朱蕾出谷见见世面。

药王来到鲁豫边境，听人说金国"霸王旗"高手在此摆擂，便赶来为大宋武林助阵。一上桂花台，正撞见迦南陀要对张去病下毒手，便出手救张去病。迦南陀不明原委，还道药王早知他的奸计，专程赶来报当年之仇。

药王见迦南陀已成废人，本想取他性命。转念又想：冤冤相报，无有尽头。这毒僧已无力害人，杀与不杀无关紧要。便说道："毒僧，你一身毒功已废。老夫不杀你，你滚回天竺国去，不许再踏上我中土一步！"

岂料迦南陀一听大怒道："佛爷乃是天竺国第六代毒佛，你废了佛爷毒功，叫佛爷怎有脸回天竺国去见人？佛爷偏不回去，你非得杀我不可！"

张去病在一旁听得稀奇，心想天下恶人束手待毙时，大都求人饶命。这毒僧却强求药王，真是死要面子至极！

药王冷冷道："老夫废你毒功，那是你自作自受，咎由自取！你有无颜面回天竺去与老夫无关！老夫不杀你，是不想污了我的手！"

迦南陀听见药王此言，气得哇哇怪叫，仰面对天道："五世毒佛啊，弟子迦南陀没本事，不能为您老人家报仇雪恨，反倒中了'神药门'奸人诡计！我有辱师门，愧对恩师！"说时突然跳起，脚上头下猛栽下擂台，脑浆迸裂气绝身亡。

药王冷哼一声，转过身来看见厉蒙昏迷不醒，脸上怒气一闪，抬手一指弹出，指风点在厉蒙肋间"天池穴"上，厉蒙缓缓醒过来。

厉蒙睁开眼睛环顾四周，见药王正怒视着他，又见迦南陀躺在台下死于非命，吓得爬到药王面前连连磕头，求道："师父饶命，师父饶命！"

药王不受厉蒙跪拜，侧身避开。怒喝道："小畜生闭嘴！你欺师灭祖，早已背叛师门，做了天竺'毒佛宗'弟子，还叫我什么师父？老夫乃是大宋武林中人，不认得你这条投靠金国，为鞑子卖命的走狗！"

厉蒙咚咚咚磕头不止，道："厉蒙鬼迷心窍犯下大错，甘受重罚，求你老人家饶我不死！"

药王森然道："在回春谷老夫念旧情没毙了你。你却不思悔改为虎作伥，与天竺毒僧在此祸害我大宋武林同道！我'神药门'几代弟子都是铁骨铮铮英雄好汉，没想到会出你这个背叛师门，叛国投敌的畜生！老夫若不清理门户，我'神药门'如何在江湖上立足？老夫如何面对历代祖师爷？"

厉蒙一听吓得膝行至朱蕾面前，道："师妹，看在我俩从小一起长大的情分上，为我求求情！"

朱蕾闪身让开，气恼道："你狠心对我下毒，爷爷为救我，险些被你害死！那时你怎不看我俩一起长大的情分？怎不看爷爷收养你的情分？你忘恩负义，丧尽天良，还有脸叫我为你求情？别污了姑娘耳朵！"

厉蒙面如死灰。却听药王道："蕾儿快站开，别理这畜生！他已中了'焚尸化骨粉'！"说时突然飞起一脚将厉蒙踢下擂台。

张去病听说厉蒙中了"焚尸化骨粉"，心下好奇，微微睁眼往台下一看，见厉蒙身子飞落台下，坠地时"砰"的一声突然全身烈焰熊熊。厉蒙大声尖叫，在地上不住翻滚，却滚压不灭身上火焰。转眼之间，厉蒙手脚和身子烧烂，却奇怪地化成血水流淌。过一会儿，连躯体和头也化成一摊血水，火焰却在那血水上熊熊燃烧，发出滋滋声响，一股焦腐臭味令人阵阵恶心。待烈火熄灭，张去病一看地上既无灰烬，也不见有火烧过的痕迹，厉蒙消失得无影无踪。

若不是亲眼看见这恐怖场景，说什么他也不会相信，片刻间一个大活人便这么消失了。这可怕景象令张去病兀自心惊，他不知药王何时在厉蒙身上下毒，也不知那"焚尸化骨粉"是什么剧毒，竟能将一个大活人烧得灰飞烟灭，尸骨无存，心中对药王使毒功夫既佩服又恐惧。

他正心惊，猛听得响起一阵呜嘟——呜嘟号角声。他回头看去，却见完颜龙不知何时溜到擂台下，拿着一个号角大声吹响。他暗叫声："不好，完颜龙这厮在召集金兵！此时我大宋豪杰还在解毒，大队金兵到来，这可危险至极！"

适才，完颜龙看见药王举手投足之间，便除掉了迦南陀和厉蒙。他又惊又怕，趁药王和张去病注视厉蒙毙命时，转身偷偷溜下擂台，瞧见大宋群雄还未恢复功力，便拿出号角吹响，召伏兵来杀灭群豪。

众多金兵事先服下迦南陀的解药，扮成江湖人士分散在桂花树林内。此时听见号角声，纷纷呐喊朝群豪冲来。张去病一看大急，忙道："药王前辈，请您老人家救众豪杰！"

药王对朱蕾道："蕾儿，你在此护卫张公子！邵家四兄弟，随老夫去救人！"只见他身形疾闪，飞扑下擂台去。邵家兄弟四人紧随其后，五人冲到大宋群豪四周分散守护。

邵老大、老二、老三、老四分守东、南、西、北四方御敌，药王居中策应，金兵冲来不知厉害，拥上前朝五人挥刀乱砍。邵氏兄弟本是武功高强的江洋大盗，隐居在回春谷多年未开杀戒。此时一同金兵交手，四人各自夺得一把刀，杀性大发，冲入金兵群中排头砍去，只见人头滚落，肢体残破，惨叫之声不绝于耳。

药王见四兄弟大打出手，金兵仍是不绝拥来，唯恐四人久斗内力不支，闪身到邵老大一方，右臂大袖对着冲到近前金兵一扬，一股白烟席卷过去，金兵们猛咳几声，七窍流血，顿时倒下一片。其他金兵见药王一挥袖，二十几个同伴便倒毙，心下害怕纷纷，后退惊呼："啊呀，他奶奶的，这老头会使妖术！"

后面的金兵却不信邪，鼓噪着冲杀过来。药王又将左臂大袖一拂，袖中荡出一片肉眼难见的灰色粉末。冲到近前的金兵吸进粉末，又乒乒乓乓纷纷倒下一大片，双手抱着肚子满地打滚，痛得喊妈叫娘。后面的金兵一看心中害怕，急忙转身就跑。

药王转过身来，看见邵老二、老三、老四虽然神勇，杀死不少金兵。但金兵太多，他们无法全都挡住，已有几十名金兵冲进圈内。群豪有的仍昏迷，有的虽然醒来，却未恢复功力，可怜空有一身惊人武功，不少人白白死伤在金兵刀下。

药王忙纵身过去十指疾弹，十道黄烟飞射过去，金兵顿觉天旋地转，个个倒翻在地动弹不得。后面的金兵一看吓得纷纷后退。

药王寻思：金兵太多，一齐杀来，老夫身上所带毒物很快用尽。若凭靠武功，仅靠我和邵家四兄弟便是有三头六臂，又如何挡得住这如潮的金兵？此种危情，张去病在台上看得清楚。此时他身上的毒虽然已被修罗蜂吸净，还须调匀气血，疏通滞涩经络，才能恢复功力，是以不敢乱动，否则气血行岔，便会走火入魔。

朱蕾见他神色焦急，忙道："去病兄弟，在这紧要关头，你万万不可分神！"张去病无奈，只得闭上眼睛不看台下，加紧调理气血，希图尽快恢复功力去援手药王。

忽然间，只听完颜龙哈哈大笑道："哈哈，本王略施小计，便将大宋武林高手统统杀干净！弹指之间，杀光这帮悍匪，为我大金国扫除灭宋障碍！哈哈哈，本王……"

完颜龙刚笑几声，忽然收住狂笑，吃惊地望着桂花台东北角。只见东北角上奔来数百名灰衣僧人，如狼似虎般杀入金兵之中，所到之处，金兵抱头鼠窜顿时溃乱。冲在当先的是三个老和尚。

他上次带兵攻打少林寺，见过这三僧，认出是少林寺的弘远、弘空、弘法。三僧身后紧跟着达摩堂、般若堂、戒律院的法字辈众高僧，其后是少林五百罗汉和大群武僧。一看少林寺众僧杀来，完颜龙吃惊一瞬，旋即冷哼一声，道："哼哼，一群少林贼和尚，也敢来坏本王大事，焉知本王还留有后手，定叫你们这群秃驴识得本王厉害！"

药王见少林群僧来援，心中大喜，忙朗声道："少林众位大师，我大宋豪杰行动不得，快过来救援！"

弘远大师道："阿弥陀佛！是药王吗？老纳这就过来！"遂带着众僧冲杀过来。张去病看见少林群僧来援，提着的心放了下来，忙专心行功。不多一会儿，真气渐渐在体内运行起来。他寻思再过得片刻，便可恢复功力，不由暗暗高兴。

忽然，听见完颜龙又吹响号角。他不知完颜龙又捣什么鬼，急忙看去，只见从四周桂花林里突然跑出大群弓箭手。他大为诧异：他先前同穆兴和段阳察看过桂花林，不见林里有伏兵，此时怎会钻出弓箭手来？莫非是打擂开始后，这些人才潜入林内不成？他不知桂花台下有个大岩洞，完颜龙命令弓箭手藏身洞内待命。听见第一次号角吹响，弓箭手便悄悄钻入桂花林内，等候第二次号角响起，众兵才冲出树林射敌。一阵箭雨射去，桂花台上无遮无拦，武功微低的僧人被射伤二十余人。眼见乱箭如飞蝗攒射而至，群僧只得止住脚步。弘远大师喝道："众僧快结'大罗汉阵'，脱下衣僧袍当盾牌！"

群僧听令身形疾闪，结成"大罗汉阵"，人人脱下僧袍将内力贯透袍上疾舞起来，犹似一个个铁盾，将阵阵射来飞箭打掉在地。可是如此一来，众僧行进甚慢，要想迅捷营救大宋群豪，一时间却是不能。

完颜龙见少林僧人被乱箭阻挡，无法援手药王等人，喜形于色，大声急令金兵，道："众军士快砍，快砍！按头论赏，谁砍下贼人头多，得的赏银就多！一颗人头十两银子，本王决不食言！"

听见完颜龙大声鼓动，众兵卖力冲杀过来，一拨一拨冲到邵四兄弟面前被打退下去，接着又蜂拥冲上来。乱斗之中，邵老二的肩头中了一刀，邵老三的腿上被拉开条口子。邵老大和邵老四累得汗流浃背，气喘吁吁。

药王出各种毒技，但金兵杀红眼不顾死活冲来。不多时，他身上携带的毒已使完，只得挥舞双掌拍打杀来的金兵。稍有迟缓，阻挡不及，一些金兵冲入群豪之中，又砍伤不少人。

张去病看见情势危急，忙对朱蕾，道："朱蕾姐姐，你不用管我，你先去助药王一臂之力！"

朱蕾犹豫道："去病兄弟，我走了，你有危险怎么办？"

张去病大声道："你别担心，我的功力已恢复十之八九，已不碍事，你先去，我随后就来！"说时对朱蕾眨了眨眼。

朱蕾冰雪聪明，看见张去病对他眨眼，便知他在虚张声势蒙蔽敌人。她虽然不放心张去病，却也担心爷爷，遂点头道："你多加小心！"飞身跳下擂台，叫一声："爷爷，我来了！"只见她冲到离金兵二丈远处，右掌向前拍出。

完颜龙看见朱蕾离张去病而去，本想趁机上台对张去病下手，一听张去病说"我的功力已恢复十之八九"，不知是真是假，不敢莽撞上台偷袭。

张去病看见朱蕾远远一掌拍向金兵，还道她使的是隔山打牛掌法，岂料忽听"砰"的一声响，却见一团火球飞入金兵群中炸开，十几个金兵身上的衣衫顿时燃烧起来。张去病才明白原来朱蕾在使毒退敌。

朱蕾朝三个方向拍出三掌，三个火球又在金兵之中炸开，几十名金兵身上着

1065

火，惊叫着拍火自救。朱蕾冲到药王身旁，再扬起手掌，其余金兵不敢上前纷纷远远退开，双方呈僵持不下的局面。趁这当口，邵老大和邵老四急忙帮老二、老三包扎伤口。

张去病见危情暂缓，心中稍宁。心想要退金兵，只有先制住完颜龙！可是自己功未恢复，如何才能将这厮制住呢……蓦然间，他想起金国发生内乱之事，寻思完颜龙一定还不知他老子被杀，皇位被篡。否则，他还有什么心思在此捣鬼？待我说出此事乱他心神，说不定能将他吓退……

如此一想，他大声道："药王前辈，请你拖住完颜龙这小子。这小子已是一条丧家犬，手上只有这点人马，咱们大队援兵片刻就到，杀他个鸡犬不留！"

完颜龙冷笑道："张去病小贼，本王乃堂堂大金国王子，你小子才是一条丧家之犬！你别在本王面前玩鬼花样！本王手下有的是兵马，要多少便可调动多少！你有多少贼人尽管叫来，本王都将你们一网打尽！"

张去病连连摇头，讪笑道："可笑，可笑！三日之前，你小子已被废为庶人，到此时你还被蒙在鼓里不知晓，还在此枉称大金国王子，哈哈哈，可笑至极！"

完颜龙道："张去病，你这小贼说谎本事也太拙劣！我父皇对我钟爱有加，他老人家怎会废我？本王马上就要被立为太子，你却胡说我已被废为庶人。哈哈，真叫本王笑掉大牙！"

张去病道："只可惜，你浑然不知，你说的这些都已成明日黄花！不错，你父皇不会将你废掉。可是有人已经将你废掉了！"

完颜龙冷笑道："是吗？你这小贼也忒无知无识，在大金国除了我父皇，谁能将我废掉？谁敢将我废掉？你这小贼胡说八道！"

张去病道："你要问那人是谁吗？好，小爷说给你听，那人便是你金国丞相完颜亮！"

完颜龙一听，哈哈笑道："小贼，丞相哪有废掉王子的权柄？你这鬼话更可笑！"

张去病道："完颜龙，你这话虽然说得不错。不过，倘若那完颜亮将你老子一并废掉呢？他还能留下你这个王子吗？"

完颜龙一愣，大怒道："你胡说！完颜亮怎敢大逆不道，篡……夺皇位！"说到此处，完颜龙眼前浮现出完颜亮阴鸷面孔，心中升起一阵不祥之兆。转念又想：完颜亮倘若真篡夺皇位，连我都不知，这小贼又如何得知？一定是这小贼乱言乱语，本王莫被他骗了。

张去病见完颜龙先是一惊，遂又镇静下来，猜他仍不相信，又道："完颜龙，你心里在想，如此重大之事，我怎会得知？实话对你说罢，我还知道你金国元帅金兀术调集兵马图谋攻宋。"完颜龙又吃一惊，寻思我国军机大事，这小贼是如何得知的？

又听张去病道："那日，小爷伏在金兵大营外，看见你带着子午岛众人离开大营，小爷便潜入金兵大营想将你金国将帅一锅端了，叫金国无法攻打我大宋。小爷刚要动手，大帐外突然冲入一个蒙面刺客刺杀金兀术。小爷见有人代劳，便袖手旁观，岂料那刺客太厌包，反被金兀术手下人擒住。那刺客却认得你完颜龙，你猜他是谁？"

张去病提到金兀术调集人马攻宋确有其事，完颜龙心中已有几分惊疑，再听张去病说，看见他带着子午岛众人从大营离开，也确有其事，更令他惊疑陡增。此时听张去病叫他猜刺客是谁，他故装作若无其事，道："你这小贼在捏造谎言，你爱说他是谁就是谁。本王不会上你的当！"

张去病道："信不信由你，我听金兀术叫那人御前总领索额尼！"

完颜龙一听，惊疑更甚，心想索额尼是皇宫禁宫侍卫统领，我金国人知道他名字的人不多。这小贼怎会知道？难道……他说的真有其事？他心中惊疑，嘴上喝道："你胡说，那索额尼对我父皇忠心耿耿，同兀术大帅无冤无仇，决不会去刺杀兀术大帅！"

张去病道："是啊，按理说，索额尼不会做出这等作乱之事。可是他身不由己，不得不做。否则，他一家老小几十口人全都得死！"

完颜龙忙问道："你说索额尼一家老小全都得死，这是什么意思？"

张去病道："也没有什么意思。那索额尼对金兀术招供说，完颜亮将他一家老小几十口人抓起来，要挟他刺杀金兀术，夺取金国兵马大权。他若不从，便灭他全族！他敢不行刺吗？"

完颜龙听得惊疑不定，仍不全信，冷冷道："张去病小贼，你这谎言编得不错，但骗不了本王！索额尼是我父皇心腹，我父皇怎会准许完颜亮抓他全家人？嘿嘿，你这谎言漏洞百出！"

张去病道："完颜龙，你这人看似聪明狡诈，实则愚蠢至极！那完颜亮先带兵杀入宫中将你父皇乱刀砍死，他才派人去抓索额尼全家，还要谁人准许？"

完颜龙大怒道："小贼，你诅咒我父皇，本王上台来宰了你！"

张去病冷笑道："好啊，你上台来试试，看咱俩谁宰了谁！"完颜龙一听顿时僵住。适才，他亲眼看见张去病神功无敌，倘若张去病此时已恢复功力，他自上台去哪是对手？

却听张去病叹道："唉，完颜龙，小爷还真没见过你这种人！你老子被人杀了，皇位被人抢了，你不赶紧回去为父报仇，还在此扯淡！如此不孝不忠之人，唉唉，真是古今少见！"

完颜龙被张去病说得半信半疑，心中惶恐，一时不知所措。恼怒之下，转身大叫道："弓箭手，快放箭射死这小贼！"

但他一看弓箭手们离擂台百丈远，箭无论如何也射不到擂台上。他正无计可施，忽听有人高声叫道："王爷别听那小子胡说八道，让卑职来戳穿他的谎言！皇上在京城好好的，说什么完颜亮丞相谋逆篡位，没有的事！"

完颜龙听见声音极熟，转头一看，北面桂花林中走出两人，一人是他的管家花剌模。另一人身材魁梧，面黑如锅底，粗眉大眼，满腮胡楂，却是宫中侍卫副统领肃高，二人身后跟着十几名皇宫侍卫。一行人急步走到他面前，躬身道："卑职参见王爷！"

完颜龙一摆手道："罢了。"花剌模等人直起身来。完颜龙道："花剌模，你不在京城替本王打理王府之事，到这里来干什么？"

花剌模道："王爷恕罪。王爷离京多日，小人想你想得紧。听说肃副统领奉旨来接王爷回京，小人便斗胆跟来迎接你。"

张去病一听二人对答，心中诧异：难道金国没有发生内乱，那完颜亮也没篡位？可那索额尼言之凿凿，这是怎么回事？却听完颜龙道："肃副统领，皇上派你接本王回京有何事？"

肃高道："回王爷的话，皇上近日身子不适，精力不济，便差遣卑职前来接王爷回京，协助皇上处理朝政。这是皇上手谕，请王爷过目。"

完颜龙接过手谕打开一看，手谕上却空无一字。心中正诧异，忽觉肋间的"神风穴""步廊穴"一麻，身子顿动弹不得。原来趁他打开手谕的瞬间，肃高出手如风点中他肋下两处大穴。

完颜龙惊怒交集，喝道："肃高，你敢偷袭本王？"肃高冷冷道："王爷，得罪了。我在奉大金皇上完颜亮圣旨行事，捉拿钦犯完颜龙！"

完颜龙大惊失色道："你，你……你说什么？完颜亮真的弑君……篡位了？"

肃高道："不错。你爹倘若还是皇上，我肃高哪敢动你一根毫毛？"

完颜龙一听此话，犹如听见晴空响起一个霹雳。惊呆一瞬，方才知张去病所言是真。气得浑身发抖，大骂道："完颜亮奸贼，竟敢弑君篡位，本王定要将这奸贼千刀万剐，为我父皇报仇！还有你花剌模，你这狗奴才！本王平日待你不薄，你竟也变节投敌，伙同肃高前来骗本王！"

刚才，完颜龙听见张去病一番话有些起疑，若是肃高一人前来，他定会对其加以防范。谁知肃高来时料到这一节，便收买花剌模一同前来麻痹完颜龙。花剌模是完颜龙贴身亲信，看见花剌模随同肃高前来，完颜龙便不生疑，才遭肃高的暗算，是以他一腔怒火转而向花剌模发泄。

花剌模做出一副无奈神情，道："王爷休怪小人……小人这么做，也是，那个……迫不得已！"

完颜龙怒喝道："狗奴才，什么迫不得已？难道是完颜亮奸贼也抓了你一家老小，胁迫你不成？"花剌模忙摇头道："回王爷，这个……倒也没有。"

完颜龙又喝道："便是那奸贼对你封官许愿，或给你大把金银了？"花剌模又摇头，道："那……那也没有。"

完颜龙一怔，道："狗奴才，不为升官发财，你为何背叛本王？是不是完颜亮奸贼要取你狗命，你贪生怕死降了那奸贼？"

花剌模忽然大声道："王爷，小人可不是贪生怕死之人！那年王爷同辽军大战身负重伤，小人冒死背着王爷冲出重围，可没皱一下眉头！"

完颜龙一愣，喝道："你既不怕死，又为何伙同肃高对本王下套？"

花剌模忽然神情忸怩道："王爷，你知道的，小人那个……唉，那个好……好色。"

完颜龙道："你好色？却又怎的？"花剌模似乎怕完颜龙怒火难遏，接连后退两步，才吞吞吐吐道："新皇上完颜亮探知小人好这一口。他便将……将……将你那爱妃阿那那氏赐给小人……不瞒王爷，平日里，小人早就对阿那那氏垂涎三尺，神魂颠倒，委实抵御不住这赏赐，小人便只得……只得，只得对不住王爷了！"

完颜龙火冒三丈。阿那那氏是他最宠爱的女人，没想到却被花剌模占去，他两眼欲喷出火来。咬牙切齿道："狗奴才，你们等着，兀术大帅手握五十万大军，他得知完颜亮奸贼篡位定会带兵杀回京城，将你们这些逆贼一个个碎尸万段！"

花剌模摇头道："王爷，你盼兀术大帅杀进京城嘛，你已经盼不到这一天了！"

完颜龙冷笑道："狗奴才，你胡说八道！兀术大帅手握大金国精锐之师，手下猛将如云，谅那完颜亮奸贼抵挡不住，他杀进京城易如反掌！"

花剌模道："王爷，你说得一点不错。兀术大帅他确要带兵杀回京城，而且一路上过关斩将连连大捷。小人也知道，他能杀进京城掀翻那完颜亮。可是你不知道，在半道上，兀术大帅突发暴病，没到京城便死了！他手下诸将都被新皇上完颜亮用官爵钱财收买，纷纷投降新皇上了！"

一听此言，完颜龙犹如被当头打一闷棍，头里"轰"的一声，两眼发黑，身子晃几晃几乎摔倒。他原本还指望金兀术手中大军替他报仇。忽然听见金兀术已死，最后这点指望也如星火倏地熄灭。

他绝望自语道："不会的，谎言，一派谎言！兀术大帅一向身子硕健，不会有病的！你们这些叛贼等着，我夺回皇位定将你们凌迟碎剐，一个不留，一个不留！”

肃高冷冷道：“可惜，王爷等不到那一天了！”完颜龙惊恐道："难道，完颜亮奸贼叫你们此时杀我？"

肃高森然道："不，皇上要我们将你押回京城处死。"说时一招手，一名卫士走上前来，咣当一声用铁链将完颜龙锁了。

张去病看见完颜龙成阶下囚，金国确是发生内乱，心中大快。他以为完颜龙被带走，金兵无人指挥，便会不攻自散，群雄便会得救。却见一个金兵头目跑到肃高面前，弯腰禀报道："大人，咱们还要不要射杀这些乱贼？"

此时金兵仍在厮杀，浑没看见完颜龙被拿下。唯有这头目瞧见吓得不知所措，便跑过来问肃高如何收场。肃高寻思：完颜龙在此害死许多江湖乱贼，若是乱贼冲来报仇，我等数人难脱身。忙对那头目道："接着射杀！不许留一个乱贼！"

那头目忙大声传话："大人有令，不许留一个乱贼，继续放箭！"一听到命令，金兵又不停地放箭和冲杀。

肃高一挥手，带着完颜龙和众卫士向桂花台下走去。此时，张去病身上还有一根经脉未贯通，仍不敢乱动。眼看金兵接连不断围攻，少林群僧被箭雨阻挡在三十多丈外援不上手。邵氏兄弟四人已负伤两人。只有药王、朱蕾和邵老大、邵老四在苦苦支撑，又有小股金兵杀入圈内将大宋豪杰砍伤一片。张去病看得心忧如焚，却又无计可施。

忽听西面人声大噪，他忙回头看去，只见一大群白衣人奔上桂花台来，为首之人朗声道："去病兄弟，老哥们来助你一臂之力！"张去病一看，来人却是摩尼教群雄。当先一人是蓝龙，他身旁跟着右王房森、四大摩尼、五尊者、十大长老，还有几百名堂主和坛主。

张去病大喜道："蓝大哥，你们来得正好！请打掉鞑子兵弓箭手！"蓝龙一听，回头对众人道："兄弟们，咱们分两头杀过去，宰了射箭的金兵！"

摩尼教群雄分成两群从旁包抄过去，冲入弓箭手中，犹似虎狼冲入羊群。这几百人都是摩尼教精粹，个个武功高强，弓箭手们哪抵挡得住？片刻之间，弓箭手便死伤八九百人，剩下数十人连滚带爬，撒腿逃下桂花台去。

箭雨忽停，少林群僧冲到大宋豪杰近前，对金兵大打出手，金兵纷纷倒下，剩余金兵见大势已去，纷纷抱头鼠窜逃下桂花台。药王身上溅满血迹，快步走上前来，向少林寺三神僧拱手道："幸得三位大师带人来援，要不然，我这条老命只怕保不住了！"

药王同几位神僧交情不薄，见面便直言相告。弘远、弘空、弘法三位神僧合十还礼，道："药王为救大宋众豪杰，仅凭几人之力阻挡众多金兵，委实令老衲钦佩！"

药王摇头道："丢人，丢人！我原以为放出修罗蜂能很快为大伙解毒。哪知鞑子兵忽然杀来惊飞修罗蜂。大伙身上的毒未能除尽，迟迟不能恢复功力，我疲于周旋狼狈万状！"顿了一顿，扫群僧一眼，问道，"弘无方丈怎么没来？"

三位神僧齐道："阿弥陀佛，弘无师兄圆寂了！"见药王一脸惊诧，弘法大师忙将弘无方丈被暗算中毒身亡之事说了一遍，对药王道："弘远师兄德高望重，已接任方丈之位。咱们料理了弘无师兄后事，这才赶来。"药王听罢唏嘘不已，忙向弘远大师道贺。几人正在叙旧，忽见张去病疾步走来，躬身道："去病拜见几位前辈！"

药王见张去病神采奕奕，诧异道："公子这么快就恢复功力了？"张去病点点头。药王赞道："天下高手被毒倒，唯公子一人恢复功力，公子内功世所罕见！"

忽听朱蕾道："爷爷，还有几百人身上的毒未解，这如何是好？"

药王一看，各派掌门人功力深厚，毒虽未除净，却已在各自运功驱毒。而功力浅者还在昏睡。张去病道："药王前辈，咱们能否运功为大伙驱毒？"

药王摇头道："此时还使不得。中毒人身上还带有剧毒，公子若是用内力为他们逼毒，毒气会侵入公子体内。待大伙将体内恶毒驱净，旁人才能运功助他们恢复功力！"

弘远大师道："药王，再无别的法子救众豪杰吗？"

药王想了想，道："法子倒有一个，这须得有身负毒功之人运功为他们驱毒，以毒攻毒，方能将众人身上的毒驱除。但这很耗费功力，以我和朱蕾二人之力，一时之间哪能为这么多人解毒？要是有几百个身怀毒功之人在此，群豪便有救了！可此时，又去哪里找这么多身负毒功之人？"

众人听得面面相觑，束手无策。张去病转身察看群豪，只见赵无痕仍在打坐运功。步金吾、柳寒峰、天风道长、金银二老、杜百年、"巴山老鬼"、"长眉老妖"、阴山老魔、"长白老怪"等一些内力深厚的高手已醒来，也在打坐运功。而龙飞、穆兴之流的高手仍在昏迷。柳语昏倒一旁，面若桃花，似在熟睡。

他寻思这些人中，赵先生功力最高，不逊于我。我已恢复功力，为何赵先生还未恢复功力呢？寻思一瞬，他恍然明白：哦，先前赵先生体内怪病发作，元气受损，难怪他恢复功力迟一些。想到这一层，望着赵无痕苍老面容，不知他身子能否复原，不禁暗自担心。

忽见蓝龙带着摩尼教群雄疾步走来，张去病忙道："蓝大哥，众位前辈，你们怎会从西域赶来援手？"

蓝龙道："小兄弟，我们接到白大摩尼飞鸽传书，得知完颜龙在此摆擂，寻思你定会来打擂。老哥哥和众位兄弟怕你中完颜龙奸计，便赶来助阵。唉，我们还是来晚了一步！"

张去病道："谢蓝大哥和众位前辈前来救危！现下仍有许多豪杰中毒不醒，请诸位想想法子救救他们！"

蓝龙道："小兄弟，自家人不必言谢！你别急，我教的吴长老也来了，她自会有办法救人！"转头对人群处叫道，"吴长老，你快设法救救众人。"

张去病一听，喜道："吴姥姥也来了吗？这就好了，请她老人家快救人！"吴艳娇在人群中答道："是，教主，属下遵命。"

张去病听吴艳娇称呼蓝龙"教主"，高兴道："小弟恭喜蓝大哥做了教主！"

蓝龙笑道："谢小兄弟。教内弟兄们抬爱你老哥，让我暂代教主之职，我无才无德，实在惭愧！"

吴艳娇牵着何莹从人群中走出，道："张公子，待我老婆子看看，大伙中的什么毒？"

张去病道："大伙中了天竺毒佛下的'闻香醉骨散'之毒。不知吴姥姥能否救他们？"

吴艳娇将何莹递给张去病牵着，何莹紧紧抓住张去病的手，高兴道："张哥哥，我好想你，我听说蓝伯伯、吴姥姥他们要来找你，我便缠着他们带我来见你！"

张去病摸摸何莹的头，笑道："张哥哥也想你啊！"

吴艳娇走入人群，仔细看了几人中毒症状，道："这些人确实中了'闻香醉骨散'之毒。要救他们原也不难，但要有许多身负毒功之人为他们排毒才成。仅靠老婆子一人，却救不了几个人。"说罢，又叹道，"唉，可惜我病僧堂众多兄弟留守摩尼岩上。要是他们来了，这些人都有救了！"

张去病一听着急道："吴姥姥，适才药王前辈也是这么说。这，这，怎生是好？"

岂料吴艳娇一听"药王前辈"几字，神色忽变，急道："那药……王也这么说？他……他人在哪儿？"

张去病转身一看，却不见了药王，连朱蕾和邵家四兄弟都不见了。他诧异道："咦，刚才他老人家还在此，怎么一瞬工夫，他们就不见了呢？"他再转过身来，吴艳娇已不在面前。抬眼一看，只见吴艳娇闪身奔进一片桂花林里不见了踪影。

张去病莫名其妙：药王忽然不见，也不知吴艳娇为何跑进桂花林去，令他不知所措。他怔怔站着，不祥之念闪现心头：当世两大解毒高手突然离去，难道中毒的豪杰都要丧命在这桂花台上吗？

摩尼教群雄和少林寺高僧见张去病神情大急，纷纷劝慰：这个说："张公子且莫着急，待我们再想想别的法子。"那个说："车到山前必有路，船到桥头自然直。张公子，天无绝人之路！你别担心，大伙定有办法救人！"还有人说："大伙快想想，谁有什么解毒的秘方偏方，赶快拿出来试试！"

一时间众说纷纭。便在此时，忽听南面桂花林里响起"杀啊！杀啊！"呐喊声。张去病一惊，难道又有金兵杀上桂花台来吗？群雄也都这般猜想，一齐转身看去。

碧眼摩尼童三界骂道："他奶奶的，鞑子兵送上门来找死！老子一肚子怒火正没处撒，兄弟们走，杀光鞑子兵，为中毒豪杰出口鸟气！"

众人轰然响应，正要冲上前去。忽然听见一个女子娇声叫道："张去病兄弟，你在哪里？张去病兄弟，你在哪里？"

那声音娇柔甜糯，群雄听得心头一荡，注目朝那片桂花林看去。只见从林里奔出三百身穿黑衫江湖中人。人人胸前绣着碗大一个白骷髅头，狰狞可怖。奔在人群前面的却是一个年轻美貌的女子。这女子柳眉凤眼，面如桃花，体态窈窕，却又有几分丰腴，奔行时腰肢摆动风情万种，众人都忍不住"啊"了一声。

张去病认出是"百毒门"新门主花无双，她身旁走着一瘦一胖两个汉子，却是二护法"毒蒙王"周通和三护法"金蜥大圣"姬云鹏。三人身后跟着三百多男女都是"百毒门"弟子。

张去病忙招手道："花姐姐，我在这里！我在这里！"

花无双看见张去病招手，快步奔来。奔到张去病面前，花无双收住脚步，笑吟吟上前打量去病，道："还好，还好，小兄弟没伤着一根毫毛，老姐就放心了！"

张去病道："谢花姐姐挂怀。花姐姐，你们怎也赶来了？"

花无双道："听说你来打擂，老姐姐岂有不来助阵之理？在山腰遇上溃逃金兵，我抓住几个询问，得知我大宋豪杰中毒，老姐姐担心小兄弟有危险，便奔上山来找你。"

张去病帮助"百毒门"打败毒佛迦南陀，拿出百毒尊者信物交给花无双，扶助花无双做了"百毒门"掌门，花无双和"百毒门"上下对他感恩不尽。此时见张去病安然无恙，众人皆大欢喜。

张去病却满面愁云道："花姐姐，小弟虽然完好，可是你看我大宋豪杰中了'闻香醉骨散'之毒十分危险！大伙正愁，不知如何解救他们！"

花无双道："兄弟勿忧，待老姐瞧瞧！"说罢走入中毒人群中，仔细察看一会儿点头道："不错，大伙是中了'闻香醉骨散'之毒。"

张去病道："听说为众人解毒，须得有许多身负毒功之人为他们驱毒。可是这桂花台上，哪有许多身负毒功之人啊！"

花无双咯咯娇笑一声，道："哎呀，小兄弟真是急昏了头！我'百毒门'人人身负毒功，不是现成的吗？还愁什么啊！"

张去病一拍脑门，道："啊呀，解毒之人便在眼前，我却没想到！花姐姐，快请'百毒门'兄弟们为大伙解毒！"

花无双转过身对"百毒门"弟子一声令下，众弟子走入中毒人群，从怀里掏出银针扎入中毒之人手指尖，将手掌抚在中毒者头顶"百会穴"上缓缓注入真气。不多时，只见银针变得乌黑，黑血从中毒之人指上顺着银针流出。

"百毒门"一共来了三百多人，一人为一个中毒之人解毒，用了一炷香的工夫，将几百人体内之毒排出。沿用此法，"百毒门"弟子又用了半个时辰，才将八九百多人体内之毒除尽，众人才渐渐苏醒过来。但"百毒门"众弟子一个个耗费功力，衣衫汗湿，精疲力竭。

张去病、少林众僧、摩尼教群雄见群豪身上之毒排尽，再无顾忌纷纷走入人群，运功为众人恢复功力。张去病用手掌贴在赵无痕的背上，将真气缓缓注入赵无痕的经脉。过得片刻，只听赵无痕道："小主人，老仆已无碍，你去助他人吧。"

张去病喜道："好极。"便起身去助别人。他功力雄厚无比，真是手到功复，接连运功帮助步金吾、柳寒峰、金银二老、杜百年、"巴山老鬼"、柳语、龙飞等人恢复功力后，又走到武当派内，出掌助天风道长恢复功力。

天风道长得张去病的雄浑内力，忽觉体内真气顿时变得生机勃勃，片刻之间复功如初，忙站起身来：道："张公子功力如此深厚，真是旷世未见！"

张去病还未答话，忽听一个中年道士惊喜道："天风师伯祖，你快来看，掌门人醒过来了！"

天风道长一阵惊喜，急忙大步走上前去，只见金风道长睁开眼睛，正左顾右盼神志有些迷糊。天风道长忙道："金风师弟，我是天风。这些日子，师兄好为你担心！"

金风道长和天风道长年轻时一同拜师学道，同门几十年感情深厚。此时听见这一声呼唤，金风道长身子微震，头恼顿时清醒忙坐起身来，道："师兄是你吗？你闭关练功，为何出关了？"

天风道长忙将金风道长在少林寺中毒不醒，少林寺派僧人将他送回武当山，得知危情，他便出关，带领弟子赶上桂花台来，找完颜龙夺取解药等种种缘由扼要说了一遍。

金风道长蓦地想起在少林寺中毒之事，忙问道："师兄，贞风恶道投靠金狗完颜龙对我下毒手，骗夺武当掌门之位！这恶道呢？可别让他跑了！"

天风道长道："贞风被少林寺擒住，现已在武当山关押。师弟回去，便可严惩这叛徒！"

金风道长又道："还有一个小贼叫秦员，伙同贞风恶道施奸计暗算我，那小贼呢，你们捉住他没有？"

天风道长道："这小贼也被少林寺僧人捉住了，我们将他押来桂花台换取解药，这小贼还在我们手中。"说到此，对那中年道士说道，"青莲，去将那秦员小贼提过来！"青莲应声而去。不一会儿匆匆跑来禀报，道："掌门人，不好，秦员不见了！"

张去病一惊，抬眼四顾，见南面桂花林内人影一闪，像是秦员身影。他纵身跃起，发足追去。天风道长见张去病身子快如离弦飞箭，心下骇然。

适才，"百毒门"弟子为群豪解毒，见秦员昏睡在武当道士中间，以为是武当俗家弟子便为他把毒排出。秦员苏醒后，摩尼教一位坛主将他当成武当弟子，运功助他恢复功力，并为他解开身上受制穴位。趁人多杂乱之机，他急忙起身逃走。

张去病追入桂花林内，却不见秦员的身影。他凝神聆听，林子深处有响动。便飞身跃上树冠，迈开跷云步寻声追去。此时他功力已今非昔比，在树林上急速奔行，脚下竟不发出一点声响。功力长进如斯，连他自己也暗暗诧异。追了一阵，追到桂花林尽头。林外是悬崖峭壁，崖下是一个深谷。忽听林下有脚步声响，他寻声看去，只见秦员跑出桂花林外，看见前面是悬崖深谷，一时不知所措，停下脚来惊慌四望，想寻找路径逃下桂花台。

张去病从树冠上飞身跳下挡在秦员面前，喝道："秦员，你往哪里逃！"

忽见张去病从天而降，秦员吓得一哆嗦，转身往旁冲去。刚迈出一步，张去病已挡在面前。他扭头再逃，又被张去病挡住去路，险些一头撞在张去病身上。吓得他惊叫一声，停住脚步。他又惊又怕。刚才看见张去病在擂台上神功无敌，此时情知逃走无望，索性站住惊惶道："张去病小贼，你……想怎的？"

张去病喝道："秦员，上次在秦府看在秦淮的面子上，我放你一马。你却不思悔改，伙同完颜龙用诡计毒害少林武当两位掌门人。我要捉你回去，交给少林、武当两派处置！"

秦员强辩道："我同少林、武当的过节，与你小贼无关。你别狗拿耗子，多管闲事！"

张去病冷冷道："你同少林、武当若是私仇，小爷也懒得来管。可是你投敌卖国，同完颜龙设下毒计害我大宋武林，小爷便非管不可！秦员，你是束手就擒呢，还是要小爷动手！"

秦员寻思：自己串通贞风和弘意害死少林寺方丈，毒倒金风道长，如被张去病捉去交给少林、武当两派必难活命。眼下逃不出张去病手掌，横竖都是死！便将心一横，怒道："小贼，无须你动手！砍头不过碗大个疤！你不就是要我的命吗？好，我自行了断便是！"

说时伸手按在胸前"神道穴"上，欲运功自断心脉。张去病忽然想起自己答应过秦淮不杀秦员，若逼死秦员，便违了诺言。当即伸指疾弹，指力点中秦员手臂"曲泽穴"，秦员顿觉手掌酸软使不出半分力气。

秦员怒吼道："小贼，命是老子的，老子自行了断，又关你什么事？这也横加阻挡，你也欺人太甚！"

张去病喝道："小卖国贼，你死一百次也是罪有应得！像你这种卖国贼，连你主子完颜龙都将你看得一文不值，在那完颜龙眼里，你秦员死了，不过是死一只蚂蚁！我不许你自毙，是要你受到应得的惩罚！我就不明白：你们一家人给金国卖命当奸细，当到在主子眼里一文不值的地步，你不觉得这汉奸当得惨吗？你们一家出卖大宋，紧抱完颜龙大腿不放，你不觉这大腿抱得冤吗？"

秦员一听满脸涨红，张去病的话似尖刀句句扎在他心上。他顿时想起，先前完颜龙不肯拿解药换他一命，还当众威胁他、羞辱他。此时一听张去病之言，他心中的愤怒、追悔、怨恨、惭愧、无奈，诸般心绪纷至沓来，对完颜龙恨得牙齿发痒。

张去病又道："自古以来，像你们这种出卖国家、出卖民族、出卖祖宗、出卖灵魂、卖身投敌之人，个个下场可耻！事到如今，你还不知一点悔悟，我真替你可悲！"

秦员突然将头一扬，怒骂道："张去病，你小子别幸灾乐祸！你小子站着说话不腰疼，你有本事，生在我秦家试试？你若生在我秦家，能做到尽忠尽孝，忠孝两全，我便佩服你！嘿嘿，谅你也一万个做不到，别他妈哇哇乱叫教训人，别对我说这种屁话！我得什么下场，同你有屁相干？你休想看我的笑话！"

张去病一愣，没想到秦员会撒起泼来。他不知秦员背负奸臣孙子骂名，肚子里早有一团怨气憋得太久，有一肚子苦水积压得太久，犹如一个胀满气的皮球无从发泄。此时被他戳个孔，秦员那满腹怨气苦水便猛然一下泄出来。

张去病听见秦员强词夺理反驳自己，一时间，不知如何回答。不禁心头泛起一个疑问：倘若我有个卖国贼爷爷，我该当如何处之？忠孝乃人之大节，我若是精忠报国，便不能对卖国贼爷爷尽孝。若是对卖国贼爷爷尽孝，便不能对国尽忠，这还真不好办……如此看来，秦员这斯确有他苦衷。

他转念一想：噫？不对！我差点被秦员的歪理蒙住，这斯在把尽孝当作他干坏事的遮羞布！尽孝便能害人吗？便能卖国吗？我外公被秦桧老贼陷害下狱，担心我舅舅和我父亲举兵造反，给金国有机可乘，便写书信召我爹和我舅舅到临安一同受难。大丈夫当像我外公、我爹、我舅舅那样精忠报国，不惜牺牲个人，保国家安危！焉能像秦员这般打着尽孝旗号，给卖国贼爷爷当帮凶，祸国殃民？这万万不可！

秦员见张去病无言以对，以为自己言之有理，又道："张去病，用不着你小子来教训我！忠君爱国之理谁人不知？自古忠孝难两全，我秦员生在秦家只能尽孝，不能尽忠，你小子管得着吗？你以为我是大逆不道之人，喜欢卖国投敌吗？老子是身不由己，你懂吗？嘿嘿，当今皇上赵构，丢下半壁江山不管，置祖宗基业不顾，他又忠什么了？你小子有本事，怎不去教训他？"

张去病怒喝道："秦员，你胡说八道！你尽孝，就可以害人吗？就可以卖国吗？你帮你爷爷干卖国勾当，那是尽孝吗？那不是尽孝，那叫狼狈为奸，祸国殃民！你爷爷残害忠臣，鱼肉百姓，你助他一臂之力，你以为是尽孝吗！那叫为虎作伥，祸人害人！你伙同秦桧老贼干尽坏事，更不是尽孝，那是助纣为虐，是帮凶！你不是在尽孝，你是在给你爷爷添加罪孽，秦桧老贼死后被阎王爷打下十八层地狱，哼，有你的一份功劳！你知道吗？"

张去病这几句话，令秦员听得心头大震，顿时张口结舌。他原先一直以为，他为秦桧做的事虽然见不得人，很不光彩。但他是在尽孝道，天经地义，无可指责。是以多年来背负着奸臣卖国贼孙子骂名，他心中虽然愤怨，还能以"尽孝"来自我安慰，遮羞解恼。

此时，张去病这几句话一下将他尽孝的遮羞布撕得粉碎。他才恍然看清，原来他一直用来自我麻醉的"尽孝"，却是"帮凶"同义语！霎时间，他心中那根"尽孝"的精神支柱轰地一下倒塌。他头脑里一片空白，一脸茫然，呆若木鸡地站了一瞬，怨愤、羞愧、空虚、绝望一齐涌上心头，搅得他心乱如麻。

张去病见秦员失魂落魄，不再言语，脸上神色怕人，不知他精神已然崩溃，还以为他又在打什么鬼主意，两眼注视着秦员，提防他耍什么花招。

秦员呆站一会儿，忽然嘴唇发颤，喃喃自语道："原来……我不是尽孝，我是帮凶！我……真是帮凶吗？"他望着张去病说话，似乎又没望他，两眼呆滞，目光仿佛穿透过张去病的身子，望着他身后的空虚自言自语。又道，"不错，我爷爷是卖国贼，我帮他做了许多坏事……"说至此，他想起自己如何参与秦桧谋害朝臣，如何同完颜龙勾结谋害大宋武林，平日如何欺压百姓，想起秦淮如何含恨而死，种种肮脏往事涌上心头，压得他喘不过气来。他突然大叫一声，悲愤问道，"老天爷，你为何让我有个卖国贼爷爷？这是为什么啊？"又转头问张去病，道，"张去病你说，这是为什么？"

张去病一听这问题难答，随口道："这我可说不清……兴许是你小子前世作孽太多，老天才将你投生在卖国贼家中，叫你一世抬不起头做人！"

张去病随口这么一说，岂料秦员却突然放声大哭起来，伤心至极道："唉唉，是了、是了！一定是我前世造了许多孽，老天惩罚我，便将我投胎到秦家，叫我到人世间来披着人一张人皮，摊上个卖国的爷爷，做他帮凶，帮他作孽害人，下次阎王爷定让我去做畜类！"

秦员说出这一番话，是因秦桧做坏事太多，家人害怕遭报应，时常念诵经文祈求菩萨保佑。秦员常听见"前世今生""轮回转世"之类词语，此时便在其中找他不幸的原因。忽见秦员痛心疾首放声大哭，自怨自艾，同往昔判若两人。张去病惊讶至极，也觉得心中不是滋味。望着秦员涕泪横流，他不知该说什么好。

秦员哭了一会儿，又悲悲切切道："唉唉，张去病，你的命怎么那么好？我……我真羡慕你！"

张去病一怔，奇道："你说我的命好？你羡慕我？"秦员抹抹面颊上的泪水，点点头。

张去病道："你这话说得可稀奇！你不是在讥讽我吧？"秦员连连摇头，道："不是。我说的是真心话。"

张去病苦笑一声，道："我的命有什么好？你爷爷害得我人亡家破。我无家可归，亲人分离，亡命天涯，担尽风险，我有什么让你好羡慕的？"

秦员抹去脸上的眼泪鼻涕，道："我说你命好，是因你有一个名扬四海的好外公。我说我羡慕你，是羡慕你走到哪儿都受人抬爱。唉，我可从没像你这般风光！我走到哪里，明里暗里都遭人戳脊梁骨唾骂！我真受够了，受够了！"说至此，又痛哭起来难以自休。

张去病看见秦员如此悔痛，一腔愤恨顿时消去许多。反而温言道："秦员，你既知错，只要痛改前非，我也不为难你。你跟我回去，少林、武当两派都是慈悲为怀的出家人。我替你说几句好话，说不定他们会饶你不死。"

秦员忽然抬起头来，决然道："不，我不同你回去，我不要你为我说情！我秦员也是一条汉子，我自己酿的苦酒，我自己喝干！我自己犯下的罪，我自己承担！"说时，纵身一跃往悬崖跳下去。

张去病大惊。他见秦员痛改前非，便放松警惕。万没料到秦员幡然悔悟之际，会突然做出此举，待要闪身上前去救已来不及。忽听一声"阿弥陀佛！"黄影闪动，一人从悬崖旁飞快跃出，一把抓住秦员衣衫，返身跃上半空，飘然落回悬崖上，身手极是了得。张去病一看又是一惊，那人却是龙象法王。

法王放下秦员，道："秦公子，你何须如此？"秦员看见法王犹如看见亲人，一下跪倒在法王脚下，紧紧抱住法王双膝，悲伤道："法王，你……怎会来救我？"

龙象法王叹道："秦公子，你到吐蕃国请我南来时，老衲对你说的话，你怎么忘了？那时老纳对公子说，公子佛缘极深，乃是我佛门中人。公子皈依佛门定会成为一位高僧大德。是以老纳发下宏愿，一定要收公子为徒，便随公子南来。此时公子尘缘已尽，正是老纳度化公子之时，老纳怎不救公子？"

秦员道："秦员不肖，忘了法王教诲。我犯下深重罪孽，已无颜活在世上，只有一死方能安心！"

龙象法王道："善哉，善哉！秦公子，方才你跳下悬崖，已死过一次，心已安了！你迷途知返，何不放下屠刀，立地成佛，以赎前业？"

秦员一听，忙叩头道："谢法王点化，弟子愿皈依佛门，请师父为弟子剃度。"

龙象法王伸掌在秦员头顶轻轻一抹，只见乌发纷纷坠地。遂说偈道："凡尘梦尽，佛法是归。佛天花雨，度尔入门。"又道，"赐你法号，名曰'了因'。你起来罢。"

秦员恭恭敬敬叩几个头，才站起身来。龙象法王缓步走到张去病面前，合十道："张公子，老纳从吐蕃来到大宋，不为别的，只为剃度秦公子入我佛门。如今秦员皈依佛门，老纳了却此桩心愿，欲带他回吐蕃国修行，永不南来。还望公子捐弃前仇，成全老纳之愿！"

张去病心想：如此最好不过：秦员从此弃恶行善，秦桧老贼少了一个得力帮凶。秦员不死，自己没违背对秦淮的诺言，可谓一举两得。这世间少一个恶人作恶，却多一个善人行善，这是件好事！遂道："法王度化秦员功德无量。去病焉有不从之理？大师请便吧。"

龙象法王合十道："阿弥陀佛！张公子不记宿仇，宅心仁厚，此等胸怀极是罕见！只是小徒秦员开罪少林、武当两派，冤家宜解不宜结，还望公子勿将小徒行踪外泄，以免冤冤相报，无有尽时。"

张去病道："此事晚辈省得，大师放心去罢。"

龙象法王对秦员道："了因，还不快拜谢张公子！"

秦员跪下对张去病拜一拜，道："秦员以往多有得罪，张公子以德报怨，几次放过秦员，此次又成全秦员皈依佛门。此番大德，秦员铭感五内！"

张去病道："秦员，你已出家为僧，咱们两家上辈人仇恨，在我们这一辈人了结。望你好自为之！"

龙象法王双掌合十向张去病告别道："张公子，后会有期！"说罢带着秦员转身离去。从此，秦员随法王去吐蕃潜心修行，十余年后，果然佛学超群，成为吐蕃国一代高僧，为吐蕃人敬仰。

张去病返身走进桂花林，心中感慨万端：这一日之间，完颜龙野心勃勃暗施毒计，只道将天下豪杰一网打尽。岂料阴谋未得逞，自己反倒成了阶下囚。秦员协同秦桧作恶多端，转眼之间却万念俱灰，抛弃荣华富贵，遁入空门。二人的权势富贵宛如烟云，一阵风便将它们吹得干干净净！世事翻云覆雨，令人殊难预料！

他正兀自感叹，忽听有人从林子深处奔来。他心中微诧：莫非是金兵残余？仔细一听不对。来人身负极上层武功奔行极快，且有两个人的脚步声。他忙闪到一块大石背后掩藏起来。

过了一会儿两人渐渐奔近，一个女子叫道："师兄，你站住！我只问你一句话，问完就走，决不与你纠缠！"

张去病从那女子声音听出是吴艳娇。又听吴艳娇闷哼一声："哎哟哟，痛死我了！"

他忙探头一看，只见吴艳娇摔倒地上。一个老者急忙转身走到吴艳娇面前，关切问道："阿娇，你伤着了吗？"却是药王。

吴艳娇倒卧地上呻吟道："啊哟，我的腰……或许是摔折了……啊哟，啊哟，痛死我了！"

药王忙道："阿娇，你别动！伤在第几腰椎？待我瞧瞧。有师兄在此，管叫你片刻便好！"说罢弯下腰去察看吴艳娇的伤情。

吴艳娇哼哼道："腰磕在石头上……许是伤着第四、第五腰椎。"药王俯身下去道："阿娇，得罪了，师兄要揭起你背上衣衫看伤情。"

吴艳娇又哼哼道："师兄你看吧。"突然手指疾戳，一指戳在药王脐下"气海穴"上，药王身子一震顿时动弹不得。

药王气恼道："阿娇，你捣什么鬼？年轻时你就爱如此胡闹！现今年纪一大把，还如此胡闹！"吴艳娇坐起身来冷哼一声，道："师兄，你见到我躲什么？你当我是母老虎，会吃了你吗？"张去病这才知晓，刚才吴艳娇一到，药王便不见了，原来是药王不愿见吴艳娇，悄悄躲开了。

药王道："师兄没躲你，我是不愿同丁晚桥照面，他爱吃醋，免得他疑神疑鬼。何况师妹驾到，师兄自愧不如，有你出手救人，我不想碍你手脚便走了。"

吴艳娇嗔恼道："师兄，你别骗人！你这几十年一直躲着我。你在回春谷里遍布机关不让我进谷去，你是怕我找你问你那件事，你当我不知道吗？"

张去病一听，心道："原来，药王将进入回春谷的暗道秘藏不露，又布下种种机关，不仅是为防江湖中人，也为了不让吴姥姥去找他。这……究竟是为什么呢？"

他自思忖，又听药王柔声道："阿娇，事情都过去几十年，你还提它做甚？"吴艳娇喝道："哪怕它过去一千年、一万年，我也要问明白！不问清楚，我死也不甘心！"

药王一怔，叹道："阿娇，你如此执拗，唉……这是为何啊？"

吴艳娇忽然眼含泪花道："我……我……我要知道你的心！"

张去病一听，两个老人似乎有什么私情，在旁听见不妥，可此时又不能离开，他只要一动，药王和吴艳娇功力深厚便会发觉，更叫人尴尬。他只得藏在大石后敛住呼吸，一动不动。

药王沉默一会儿，叹道："阿娇，你要问什么，你就问吧。"

吴艳娇怒道："我问你，当年那贱婢罗凤吟纠缠你，你，你同她成……亲了吗？"药王道："成了。你还要问什么？"

吴艳娇冷笑一声，道："你撒谎！那贱婢咽气时，我在她身旁，我揭起她的衣袖一看，她手臂上守宫砂还在，她还是处女之身，你休想骗我！"

药王一惊，怒道："阿娇，那罗凤吟是你害死的？"吴艳娇冷笑道："你心痛吗？想杀我为那贱婢报仇吗？你动手罢！"

药王连连叹息道："唉唉唉，阿娇，你错了，你错了……"

吴艳娇一愣，喝道："我错什么？我同你青梅竹马，咱俩本来好好的，谁叫这贱婢来缠你，横插一脚？要不是这贱婢勾引你，使得你三心二意，魂不守舍，我怎会一怒之下离开师门，我又怎会加入摩尼教，嫁给丁晚桥那花心老鬼？"

听到此处，张去病忽然想起在落霞谷时，他提起药王的名头，吴艳娇立即嗤之以鼻。后来在回春谷，他对药王讲起吴艳娇，药王却称吴姥姥"阿娇"，询问吴姥姥过得如何。原来二人不但是师兄妹，还有私情。难怪吴姥姥痛恨天下男人，不仅是因丁晚桥拈花惹草，还因她同药王有这么一段伤心情缘。

药王叹道："师妹，我与罗凤吟早已成亲，信不信由你，要不然我怎会有孙女？"

岂料吴艳娇一听，忽然嗤地一声笑道："师兄，你不会说谎便不要说，不然会叫人笑掉牙巴骨！"

药王一愕，道："我说什么谎？我都有孙女朱蕾了，难道是假的吗？"

吴艳娇笑吟吟道："师兄，年轻时你就不会说谎，一说就破绽百出！你这孙女朱蕾是你捡来收养的孤女，你当我不知道吗？"药王惊道："你……你……是如何知道的？"

吴艳娇道："二十年前，你在山东行走，路见一个三岁女孩倒在路旁奄奄一息，你将她救活。得知她爹娘被金兵杀害，无依无靠，你便将她收作孙女抚养。师兄，我说得对不对！"

药王恼道："阿娇，你跟踪我？"吴艳娇忽然脸红道："我怎么跟踪你了……好，说出来也不怕你笑！当年我气恼你用情不专，离你而去，可我心中仍忘不了你，便常常暗中探查你的行迹，无意之间窥见此事。"

说至此，吴艳娇忽然面露羞涩柔声道："师兄，这几十年，我始终想不明白一件事，你，你……能告诉我真心话吗？"

听见这声轻柔软语，药王身子一颤，仿佛回到几十年前二人愉悦厮守的时光。也柔声道："阿娇，你要我告诉你什么真心话？"

吴艳娇热泪盈眶，道："师兄，我知道，自从我背离师门加入摩尼教的那天起，师父便不许你娶我，我便与你无缘结成夫妻。可这几十年过去你没同那罗风吟成亲，又不娶别的女人，这……究竟是为什么？"

药王沉默片刻，长叹一声颤声道："阿娇，过去之事，不说也罢。唉……不说也罢……都过去四十多年了，你还提它做甚啊！"语气里充满无限辛酸与无奈，随即闭目不语眼角渗出两滴泪珠。

吴艳娇怔怔望药王一会儿，伸手解开药王身上穴位，站起身来双手捂住面孔放声大哭道："师兄，我知道为什么了，你心里有我，你心里有我呀！啊啊，我真糊涂，我做下蠢事！我害了你一生！"说罢一转身，步履踉跄哭着跑入南面桂花林里。药王站起身来仰天长叹，又摇了摇头，双足一点身子隐没在北面桂花林中。

第三十章　雪恨

他寻思着走出桂花林，忽听柳语欢叫道："去病哥哥，你到哪儿去了？大伙都在等你哩！"张去病举目一看，大宋群豪都已恢复功力，三五成群站着说话。听见柳语的叫声，群雄纷纷回头张望。一见张去病疾步走来，众人迎上前来将他围住。

步金吾开玩笑道："小兄弟，老哥还道你扬名天下，便功成身退，不辞而别，正生你的气哩！"

张去病笑道："有诸位前辈在此，小弟岂敢不辞而别？步大哥可冤枉小弟了！"

金风道长和天风道长走过来对张去病深施一礼。金风道长拉着张去病的手，道："亏得张公子相救，贫道才捡回这条老命，武当派上下铭记公子大恩！"

天风道长打量着张去病，笑着对金风道长道："师弟，我闭关二十年，却不知大宋武林出了这么一位大仁大义、义薄云天的英雄俊杰，师兄真是孤陋寡闻得紧！"张去病忙道："两位道长谬夸晚辈，晚辈好生汗颜！"

弘远神僧合十道："阿弥陀佛！张公子为大宋夺得'天下第一武功大国'美誉，居功至伟，却不骄不躁，此乃我大宋武林之福！"

张去病忙道："大师过誉了。此次打擂得胜，晚辈使的是《九宫伏魔经》功夫。这门功夫里有少林武功，有道家武功，还有别派武功精髓。晚辈仰仗大宋各派武功精华，方才侥幸取胜。要说有功，那是大宋武林之功，晚辈万不敢一人居功！更何况大伙中毒遭金兵围攻，那是药王及弟子，还有少林高僧，摩尼教众豪杰，'百毒门'众高手全力解救，大伙方才脱险。你们才是大功臣。要说致谢，该谢谢大伙！"

群雄一听此言大觉受用，都不禁点头称许，对张去病更加由衷钦佩。弘空神僧忽然问道："张公子，适才你可是去追寻秦员小贼？"

张去病记起龙象法王嘱托，忙道："正是。我看那人像秦员，追上前去一看却是个鞑子兵。不知那厮逃到哪儿去了。"弘法神僧道："可惜，叫这小贼逃走了！"

一人笑呵呵道："咱们大宋武林打擂夺魁，大伙得喝杯庆功酒才是。不过呢，有一杯酒老朽更想喝，那便是喝张公子的婚事喜酒！小兄弟，你什么时候请老哥喝喜酒啊！"

众人一看说话之人，却是银掌先生左丘。柳语一听羞得满脸通红，忙躲到柳寒峰背后。张去病却落落大方道："众位前辈，去病大仇未报，此时不敢言婚。待报了大仇，如蒙柳掌门恩准我娶柳语姑娘，去病一定请大伙喝喜酒！到那时，诸位前辈一定得给晚辈面子啊！"

步金吾将脸一板，道："这个面子大伙一定得给！谁要不给我小兄弟这个面子，老叫花子便对他不客气！"说罢众人哈哈大笑。

群雄说笑一阵。少林、武当、丐帮、天山派、峨眉派、崆峒派、"百毒门"等众掌门人同张去病道别，便带着门人走下桂花台去。

蓝龙走过来，道："小兄弟，听白大摩尼说，你两次去杀秦桧老贼，老贼都溜了。老哥率教内众兄弟同你去临安，杀进秦府为你报仇，你看如何？"

张去病一听，忙道："蓝大哥，我的家人还在朝廷手中，咱们公开杀进秦府报仇，小弟怕连累家人。大哥为小弟报仇这番美意，小弟心领了。"

蓝龙却摇头道："小兄弟别担心家人，此事好办得很！咱们去临安城先去杀秦桧老贼，再进宫去将那赵构昏君杀了，救出你的家人，这不就成了？"

张去病急得连连摆手，道："蓝大哥，这万万不可！小弟秉承'精忠报国'家训，不敢做弑君乱国之事，还望大哥成全小弟！"

蓝龙叹道："小兄弟有所顾忌，大哥也不勉强你。日后报仇，你若用得着大哥，说一声便是，告辞了！"

张去病望着蓝龙背影，忽然想起一件事，忙道："蓝大哥请留步！"蓝龙转身回来，问道："小兄弟还有何事？"

张去病道："蓝大哥，你已接掌教主之位，依贵教之规，教主应身负日月双环神功。小弟遵何野风老教主遗言，将日月双环神功传给大哥，请大哥缓几日走。"

蓝龙大喜道："谢谢小兄弟成全老哥！"张去病又道："大哥，小弟有一事相求。"

蓝龙道："自己兄弟，你这么说话见外了！甭说什么求不求的，咱俩是过命交情弟兄，你的事就是我的事，有事直说！"

张去病道："兄弟不会说话，大哥勿怪。此地之事已了，小弟想去临安杀秦桧老贼报仇，但老贼太奸狡，恐难得手。云大摩尼足智多谋，小弟也想请他同往，助我一臂之力。"

蓝龙道："好，我叫他留下，咱们两人同你前往临安城！"蓝龙转身对云飞扬说了张去病之请，云飞扬欣然应允。张去病走上前去同房森、金如尘、白无极、童三界、五尊者和众位长老道别。何莹忽然拉住他的手，道："张哥哥，我要去临安城玩一玩，你带我去好吗？"

张去病道："好是好，只怕张哥哥照顾不好你啊！"却见吴艳娇从人群中走出来，道："张公子，你甭担心，何莹要去临安玩耍，由我老婆子去照料她。"张去病高兴道："那敢情好！"遂抱拳同摩尼教其他群豪道别。

目送摩尼教群豪下山之后，张去病才问赵无痕、"巴山老鬼"、杜百年、龙飞等人身子恢复得如何。众人都说身子无碍，他对众人道："诸位前辈，去病想赶回临安城去，赶紧将金国内乱之事禀报皇上，请朝廷火速出兵，趁此机会收复失地。杀秦桧老贼，为家人报仇，不知大伙行动可方便？"

众人都道："公子勿虑，我等身子已不碍事，这就起程罢！"张去病大喜，遂率领赵无痕、蓝龙、云飞扬、杜百年、"巴山老鬼"、吴艳娇、柳语、龙飞、穆兴等人走下桂花台。

一行人走到山腰时，却见"长眉老妖"、阴山老魔、"长白老怪"三人站在道旁等候。"巴山老鬼"上前道："三位有什么事？"

"长白老怪"道："我等在此恭候'大无常'训示。并求'大无常'恩赐解药，解除我们身上难熬的痛楚。"

赵无痕走上前，冷冷道："这些年，你们一定找了许多药来解除身上的疾痛，是不是不起作用？你们知晓这是为何？"三人道："是啊，一点作用都不起。我们不知为何，请'大无常'明示。"

赵无痕道："这是因你们的疾痛是被'地藏摧心功'所伤引起的，只有老夫再用'地藏摧心功'为你们镇痛才有效用，别的什么灵丹妙药全无用处！倘若药石能解除你们身上痛楚，嘿嘿，天下恶人还害怕老夫惩罚吗？"

三人一听才恍然大悟，难怪他们找了那么多灵药来服却一点没用，原来此疾非药能治，非得赵无痕出手才能消除。三人忙道："请'大无常'高抬贵手，为我们除去顽疾。"

赵无痕伸手疾弹，一缕指风射在"长眉老妖"身第五胸椎下的"心俞穴"上，一缕射在阴山老魔第三腰椎上的"气海穴"上，一缕射在"长白老怪"第九胸椎"肝俞穴"上。三人浑身一悚，忽觉从头到脚一阵麻酥酥的，腹中血气汹涌起来。正自惊恐，忽见赵无痕闪身上前，快如飘风般在他们身上的"梁门穴""关门穴""天枢穴"上轻拂一下。三人顿觉浑身被松绑似的，一下轻松许多。三人忙道："谢'大无常'。"

赵无痕道："你三人听着：老夫虽然为你们解除疾痛，但你们已服下'炼魂丹'，每年七月半须服解药，否则将死得苦不堪言！依照老夫的规矩，差你们一年各做三百件善事，赎你们几十年所犯罪孽。尔等须将所做善事详细记录，到七月半鬼节时送给齐兄核实。若无虚假，他便给你们'炼魂丹'解药。倘若善事做不够数，或有作假，嘿嘿，那时'炼魂丹'毒性发作，怨不得老夫！"

三人心中直犯嘀咕：一年做三百件善事，岂不是几乎天天都要做，这如何做得了？我三人往昔叱咤风云，纵横江湖好不威风！从今往后，却要挖空心思天天做善事，这日子岂不是过得婆婆妈妈，乏味至极？转念又想：现已服下"炼魂丹"身不由己。不照赵无痕的话做，却又能怎样？每日做善事虽然麻烦，却总比"炼魂丹"毒性发作好受得多！三人只得一齐躬身道："谨遵你老人家之命。"

赵无痕冷哼一声不再说话，同张去病从三人身旁走过。三人立候道旁垂手恭送，神情甚是沮丧。张去病一行人下到山脚天已黑尽，便在附近找个破庙住宿一夜。第二日起来走到一个大镇上，买来健马，备下干粮，众人打马直奔临安而去。

张去病想早日将金国内乱之事禀报赵构，一路不敢耽搁，急行十余日来到临安城下。进入城内，龙飞将众人领到一座大宅前，上前拍打大门，门一开扇，一个中年汉子伸出头来，看见龙飞，欣喜道："帮主，您老人家回来了！"

龙飞点点头，回头对众人道："这是我帮在临安城落脚之处，大伙请进。"

众人走进宅内，见是一个三进大院落。那汉子将众人迎进正堂，待大伙围桌坐下，穆兴对那汉子道："方七老弟，叫人快些上酒菜，我们饿坏了！"

方七道："小人听报信人说，帮主和朋友们今日到来，已在'东坡楼'酒家订下一桌宴席，我这就去叫店家送来。"说罢转身出去。

不大一会儿工夫，几名店伙计送来一桌丰盛酒菜。一见酒菜摆上桌，众人早已饥饿便狼吞虎咽吃起来。吃罢酒饭，已过二更。张去病坐到桌旁拿出易容锦袋，又将自己装扮成一个虬髯大汉。蓝龙看见不大一会儿工夫，张去病变成另外一个人，赞道："小兄弟易容本事很俊啊！"

云飞扬道："蓝教主，张公子师父凌霄老人易容术神乎其技，这叫名师出高徒嘛！"

张去病站起身来，道："小弟愚钝，这易容术还没学到师父的十分之一，惭愧得紧！赵先生、蓝大哥、云大摩尼，你们见多识广，去病想立即进宫去禀报金国内乱之事，请三位与我同往劝说皇上出兵。"

赵无痕等三人欣然应允，起身跟随张去病走出门去。四人来到街上，张去病和赵无痕记得皇宫所在方位，领着蓝龙和云飞扬向东奔去。不一会儿，四人奔到皇宫近前，绕到宫墙侧，越墙而入。张去病望着宫内无数房屋，不知此时赵构在何处，驻足犹豫起来。

赵无痕道："小主人，老仆有法子找到皇上。"说罢，撮拢嘴一张一合，口中发出一阵寒枭鸣叫声音。那声音不大，却听得人汗毛直立，血冲脑门。张去病知这鸣声中挟带上层内功，却不知赵无痕是何用意。

赵无痕连发三声枭鸣远远传去。过了一会儿，忽见一个白影从北面屋宇疾奔而来。夜色中，只见那白影在夜空下如夜鸟疾飞。蓝龙和云飞扬一惊，心想此人身法好快，宫中竟有这等高手！转眼间，那人奔到近前，却是一个老太监。只见他面容清癯，神情清雅。张去病认出是赵无痕的师弟贾潇。

贾潇走上前来问道："师兄传音召唤小弟，不知有何事？"

赵无痕道："师弟，我等有紧急军情要向皇上禀报，烦劳师弟通报一声。"

蓝龙和云飞扬一听来人是赵无痕的师弟，心想难怪此人武功极高，原来是赵先生的同门。这样的大高手，怎会在皇宫中当太监呢？这可稀奇得紧！

贾潇却不认得蓝龙和云飞扬，但见两人双目炯炯，精光四射，情知这二人大有来头。他心中却想，江湖中人会有什么紧急军情？只怕是来者不善！转念又想：幸亏我听见师兄传音召唤，已请皇上做了防备，我带他们去见圣驾谅也无妨。遂道："师兄，你们请随我来。"

贾潇带着张去病四人走上一条小径，绕过一座楼阁，来到一座华丽宫殿前。只见宫殿前后灯火辉映，戒备极森严，上千名御林军把守在四周，另有几百名卫士站在殿前。

贾潇在宫门外道："启奏皇上，我师兄赵无痕和谢壮士等四人求见，说有紧急军情要奏禀皇上。"

宫内传出赵构的声音，道："传他们进来罢。"贾潇走上台阶，掀起门前珠帘，张去病四人走进大殿。只见殿内烛光高照，赵构坐在一张软榻上，手拿着一封奏报。侍卫总领朱鹤站在赵构身后。赵构见四人进来，将奏报放下，道："四位壮士进宫来，有何紧急军情要向朕禀报？"

张去病走上前跪拜道："启奏皇上，小民近日得知，那金国丞相完颜亮杀了金国皇帝，篡夺了金国皇位。那金兀术得知此事，率大军杀回京城去争夺皇位，暴毙途中，金国现已发生大乱！"

赵构面色一紧，忙问道："如此重大变故，谢壮士如何得知？你站起来，快快禀来！"

张去病站起身来，忙将他得知金兵即将攻宋，带人行刺金兵元帅金兀术，正巧看见完颜亮派人刺杀金兀术。刺客被擒，说出丞相完颜亮弑君篡位之事，金兀术带兵回金国京城去攻打完颜亮，暴毙道上，完颜亮又如何派人捕捉完颜龙之事，原原本本说了一遍。

赵构听罢，急忙拿起适才看的那封奏报再看。这是他派遣潜入金国探子送来的密报。密报上说的正是金国发生内乱之事。适才他看了密报，还将信将疑，此时再看那密报内容同张去病说的大致一样。不由大笑道："真是天助我大宋！哈哈，真是天助我大宋！"

张去病见赵构兴高采烈，心想奏请出兵伐金有望，忙道："皇上，那金国君臣自相残杀，国内人心大乱，此时正是朝廷出兵讨伐金国，收复回北方半壁江山的大好时机！小民恳求皇上命大将出征，我军定能大获全胜！"

赵构一愣，道："出兵？出什么兵？"张去病以为赵构没听清楚，忙道："出兵伐金，收复失地啊！"

赵构连连摇头道："谢壮士，尔等爱国之心可嘉！但此时，朕恰恰不能出兵伐金！"

张去病一愣，道："皇上，这……是为何？小民愚蠢，请皇上明示！"

赵构道："谢壮士，若论武功，朕不如尔等。但论军国大事，尔等可就不及朕了！此时，我大宋若是出兵攻打金国，非但不会取胜，反倒会大败！"

张去病、赵无痕、蓝龙、云飞扬四人皆是一愣，不知在此大好时机出兵伐金，为何大宋反倒会大败？四人看着赵构，静听他如何分说。

赵构见一语将四人震住，神色得意道："尔等想想，金国正在自相残杀，如同一家人在打架，此时若有外人去打他们，这一家人会怎样？那不用说，他们会暂且罢斗，一致对外，打那外人！同一个道理，此时朕下旨伐金，金国人听见宋军杀来，他们便会同仇敌忾、一致对外。如此一来，朕岂不是帮助金国平了内乱，叫他们团结起来对付大宋吗？那金兵能征善战，保不定大宋会打败仗！"

张去病等人一听，觉得赵构说听到宋兵伐金，会同仇敌忾、一致对外，有些道理，却又不信他说大宋会战败。

张去病道："皇上，小民愚笨，还是不明白，就算那金国人一致对付大宋，为何咱们大宋就一定会败给金国？"

赵构摇头道："谢壮士，朕说大宋反而会败，不是一定败给金国！"

张去病、赵无痕、蓝龙、云飞扬，又都听得一愣，四人听不懂赵构这话是什么意思。张去病诧异道："小民愚昧，不知大宋会败给谁，请皇上明示。"

赵构道："尔等想想，倘若大宋出兵攻打金国，势必同金国斗个两败俱伤！那辽国、西夏，还有蒙古新近兴起的铁木真，岂不是正好渔翁得利？他们若是趁大宋兵力受损，疲惫不堪之际发兵攻宋，我大宋岂不危哉？这等江山社稷军国大事，谢壮士你们不懂。朕为一国之君，须得瞻前顾后，不敢莽撞用兵！"张去病、赵无痕、蓝龙三人一听都觉赵构所虑在理，一时不知如何答对。

却听云飞扬轻咳一声，道："皇上深谋远虑，令小民愚智大开。不过小民以为，皇上出兵伐金，所虑之危，亦有法子化解。"

赵构看了看云飞扬，问道："你是何人？你有什么法子？"云飞扬道："小民贱名，不足为皇上道。小民的法子有二：一个法子是皇上出兵之前可派人带重金潜入金国，收买金国奸臣，大施离间计，挑拨金国君臣内斗不休，让他们结下深仇大恨，四分五裂，管叫金国无法一致对付大宋。另一个法子是出兵之前，皇上派密使去联络那辽国、西夏和蒙古铁木真一起攻打金国。商定灭金后，几国平分金国土地。皇上如此行事，大宋伐金便无后顾之忧，必胜无疑！"

张去病一听，心中激赞：云大摩尼真是足智多谋！这一回，皇上该不好推脱了吧？

赵构亦是一惊，此人是谁？可厉害啊！转瞬间他又暗自气恼。心想：朕已年过半百，好不容易才过得几年安稳日子。朝中那班主张抗金大臣，成天嚷嚷要朕出兵收复失地，已经够烦人了！这帮草莽之人也来要朕伐金，他们都想将朕逼到风口浪尖上，叫朕提心吊胆度日，委实可恶至极！

张去病见赵构沉吟不语，还道他心思被云飞扬说动，心中暗暗高兴。他哪知赵构在兵荒马乱中接位，几次被金兵追杀，逃亡中险些丧命，斗志消磨殆尽，早已畏金国如虎狼，是以才力排众议，重用秦桧同金国议和，宁可向百姓搜刮大量钱财向金国进贡，顶着做儿皇帝骂名，也要做个苟且偷安的皇帝，他哪里听得进云飞扬之言？

赵构听不进云飞扬的话，但又觉得难以反驳，便干笑一声，搪塞道："这位壮士说的法子虽好，但说起来容易，做起来极难，结局难料！嘿嘿，朕可不敢拿祖宗留下这南方半壁江山下注，也不敢拿大宋百姓身家性命冒险！出兵事大，朕须同众臣计议……"

蓝龙站在张去病身后，听出赵构这席话是敷衍张去病，心下气恼，心想这是甚鸟皇上？北方百姓受尽金兵蹂躏，日夜盼他发兵救出苦海。眼下正是伐金大好时机，他不救百姓出水火，岂是一国之君所为？这种不管老百姓死活的昏君，还要他做甚？待我一掌毙了他！他杀气涌动，正欲出手，被站在他前面的张去病感知，向他反手摇晃，示意勿轻举妄动。他只得按下怒气，隐忍不发。

又听赵构道："谢壮士，你四人进宫来向朕禀报重这桩大军情，是对朕的一片忠心，朕心领了，朕要重赏你们！出兵讨伐金国之事，明日早朝朕同大臣们商议之后，再作决策，你们先退下去罢。"

张去病听罢，心中万般无奈，毫无办法，只得跪下叩头道："小民遵旨！"起身带着赵无痕、蓝龙、云飞扬走出宫去。

四人出了皇宫，张去病想到赵构一心偷安，白白放弃收复河山大好时机，不禁连连叹息。赵无痕见他眉头深皱，神情忧郁，道："小主人勿恼，秦桧老贼是赵构苟且偷安的帮凶！今晚咱们去杀了老贼，为小主人解恨！"

张去病恨恨道："可不是嘛！只有杀了老贼，方解我心头之恨！"顿了一顿，又道："可那老贼太奸诈。前两次咱们去杀他，都没得手。这一次得想个办法，叫他难逃一死！"

蓝龙问起前两次刺杀秦桧的情形，张去病将经过大致说了一遍。蓝龙听罢，道："这老贼狡猾得紧！这一次，咱们可趁老贼深夜熟睡时放一把火，将老贼烧死在宅内。他若侥幸逃出来火海，咱们便宰了他！"

云飞扬道："教主这法子虽然可行，只是烧死那老贼，太便宜他了！"

张去病道："云大摩尼说得对，老贼祸国殃民，残害忠臣，鱼肉百姓，罪恶累累，要叫老贼死得苦不堪言，才解天下人心头之恨！"

赵无痕道："小主人要为天下人解恨，咱们想法子捉住老贼，叫他受尽煎熬，再取他老命！"

张去病道："老贼藏身极隐秘，如何找到他呢？"四人一边走，一边寻思如何查出秦桧踪迹。走过一条街时，云飞扬忽然喜道："我想起来了，咱们有办法找到老贼！"

张去病忙问道："云大摩尼，你想起什么？有何办法找到老贼？"

云飞扬道："我忽然想起来，多年前，那殷独啸听说达摩石落在秦桧手中，便派教内一位兄弟打入秦府卧底，寻机盗那达摩石。此人仍在秦府当差，咱们将他找到，不愁找不到老贼！"

张去病三人一听大喜。蓝龙忙道："云兄，此人叫什么名字？"

云飞扬道："听说是病僧堂的兄弟，叫什么名字，我一时叫不上来。回去问问吴长老，那人是她手下一名坛主，吴长老准知道他姓名。"四人急忙返回住处，蓝龙叫来吴艳娇，道："吴长老，数年前病僧堂可有一位兄弟混入秦桧府做卧底？"

吴艳娇摇头道："这事我可不知。属下陪同何小姐离开摩尼岩多年，对教内之事知道的太少。"

张去病等人大失所望。云飞扬却道："大伙别急，那人既是教内兄弟，必定记得我教的联络暗号。待我去秦府外发出联络暗号，看能不能将他找来。"

蓝龙道："有劳云兄快去试试！"云飞扬快步走出屋去。

"巴山老鬼"、杜百年、龙飞、柳语等人忙询问张去病进宫的情形。张去病简略讲了见到赵构的经过。众人听罢都大骂赵构怯懦误国。过了半个时辰，忽见云飞扬带着一个汉子进来。张去病和杜百年看见那汉子，大吃一惊，认出是秦桧府的教头史乾！

史乾走到蓝龙面前，躬身道："属下病僧堂赤焰坛坛主史乾参见教主。"

蓝龙道："史乾，你在秦府卧底多年，可知秦桧老贼在府内藏身何处？"

史乾正要回话，忽听一人怒喝道："史乾狗贼！当年我师兄弟进秦府刺杀老贼，你为何出手救那老贼？害得我师弟楚良和居正未能手刃老贼，反倒身受重伤，白白送了性命！"众人一看，怒喝之人是杜百年。

史乾忙躬身道："杜大侠恕罪。史某当年奉命混入秦府，为骗得老贼信任，不得不有所作为。后来方知楚二侠和居三侠受伤而亡，在下一直深感愧疚。史乾在此向杜大侠谢罪，望杜大侠见谅！"说毕向杜百年深深一躬。

张去病道："杜伯伯息怒。待会儿史坛主领咱们去杀了秦桧老贼，杜伯伯两位师弟的仇便可报了！"

杜百年一听，心想当年史乾虽然从楚良手下救了秦桧，但楚良和居正非他所伤，怒气渐消不再说话。

史乾忙回答蓝龙问话，道："回教主的话，秦桧老贼的藏身之处有七八个地方。但他每日换一处地方藏匿，而且不让下人知道，要叫属下准确说出他躲在哪儿，还真不好说。"

蓝龙道："秦府的管家，还有老贼的儿女，他们知道吗？他们若是知晓，咱们捉他们来逼问便可知晓！"

史乾摇头道："他们都不知道。老贼奸得很，他每日去何处藏身，常临时改变主意，居无定所，连他儿女和管家都经常找不着他，大伙觉得老贼在府内像个幽灵！"

众人一听秦桧怕死怕到如此地步，鄙夷地纷纷摇头，却又对秦桧的狡诈吃惊不已。"巴山老鬼"哈哈笑道："这老贼为保狗命整天东藏西躲，这哪是什么当朝宰相？简直是个亡命逃犯，日子过得真够可怜！"

云飞扬道："史兄弟，老贼躲藏如此隐秘，朝廷如有急事找他，谁都不知他藏在何处，老贼就不怕误事吗？"

史乾道："云大摩尼，你还别说，老贼却还从来没误过事……"说到此处，史乾一拍大腿道，"啊呀，我想起来了，有一个人知道老贼每日的踪迹！"众人不约而同道："那人是谁？"

史乾道："是老贼的婆娘王氏！有几次，宫中太监来召老贼进宫，府中之人都不知老贼在何处，大伙急得像热锅上的蚂蚁，便去禀报王氏。王氏却不慌不忙，叫管家先去前厅款待太监，说老爷一会儿便到。果然片刻后秦桧便出现在大伙面前。属下猜想：王氏准知老贼每日的藏身之处！"

云飞扬道："这就好办，咱们去捉住那老贼婆，逼她带路去抓老贼！"

史乾摇摇头道："云大摩尼，这一招恐怕不成。那王氏不知患上什么怪病，一受惊吓便昏迷不醒。咱们捉住她，也无法逼她引我们去抓老贼。"

众人一听面面相觑，一时都没了主意。柳语忽然插嘴道："去病哥哥，你们扮成宫内太监去见那老贼婆便不会吓昏她，还可让她带你们去找秦桧老贼哩。"

张去病一听，道："语儿好主意，只是咱们没有太监衣衫，不好扮成太监。"

"巴山老鬼"道："主人，这个容易，待老仆潜进宫去，从太监身上剥下几套来！"

张去病道："有劳巴山先生了。但那贾潇武功极高，巴山先生可要小心。""巴山老鬼"道："老仆省得"，疾步走出门去。

张去病又道：""长白老怪"、龙象法王、阴山老魔已不在秦府，老贼身旁没有武功高强之人。杀鸡不用宰牛刀，赵先生、蓝大哥、云大摩尼诸位前辈，你们在此歇息，我和史教头去秦府便可。"

杜百年却道："张公子且慢，我两位师弟在秦府受伤而亡，老夫要随公子前往，亲眼目睹老贼下场！"张去病道："好，杜伯伯请随我们去！"

吴艳娇亦道："张公子且慢，秦桧婆娘身患怪病，受惊便会昏厥，待老婆子同你们前去，她若发病，我便将她弄醒，逼她带你们去找老贼。"

张去病喜道："姥姥一同前往，再好不过了！"转过头又问史乾，道，"史坛主，秦桧老贼近日行迹怎的？"

史乾道："近几日来，老贼皆未上朝，也未出门公干。听说老贼患了病，在家静养。"

张去病道："这就好，只要老贼窝在家里，咱们去就有办法找到他！"几人又接着商议去抓秦桧的一些细节。

过得半个时辰，"巴山老鬼"拎着一包太监衣衫走进屋来。张去病、杜百年和吴艳娇三人各取一套衣帽穿上。三人正要走，却听云飞扬笑道："哈哈，有胡须的太监，我还从未见！张公子，杜大侠，你二人要刮去胡须！"

张去病和杜百年互相一看，也哈哈笑起来。张去病忙取出两把小刀，递一把给杜百年。二人匆匆将胡须刮去。张去病收起小刀放入易容锦袋内，道："咱们走罢。"

张去病、吴艳娇、杜百年三人跟着史乾走出宅第。此刻已是三更时分，街上人迹稀少。四人毫无顾忌施展轻功奔行。不大一会儿奔到秦府高墙下，史乾领着张去病绕到南墙根，四人越墙进入府内。

史乾对秦府了如指掌，带着张去病三人东转西拐，不一会儿工夫走进一个花园。只见园里耸立一座假山，有个精雅小楼依山而建，楼下映出灯光。

史乾走到楼前，朗声道："属下史乾，有事求见夫人！"片刻之后，吱嘎一声响，一个身材高挑的丫鬟打开楼下房门，提着灯笼照见史乾和张去病等人，面露惊讶神色。

史乾道："秀云姑娘，宫里三位公公要见夫人，烦劳姑娘通报一声。"

秀云道："史教头，请稍等会儿。"说罢转身进去禀报。须臾，秀云出来道："史教头，几位公公，老夫人有请。"四人跟着秀云走进屋去，听见里屋传来一阵敲击木鱼的啵啵声，有个苍老声音在小声念经文。

张去病心想：这老贼婆还念佛？岂不是亵渎佛祖吗？他却不知，这世上越是坏人，越是求神拜佛。因为他们做下坏事怕遭报应，便时常烧香念佛，祈求菩萨保佑他们免遭报应，方能提心吊胆活下去。王氏知秦桧做尽坏事，惧怕家人遭恶报，是以常常拜佛念经，以求消灾。

秀云走到一间居室门前，道："老夫人，史教头和三位公公到了。"室内木鱼声停息，那苍老声音道："请他们进来。"秀云掀起门帘，张去病四人走进室内，顿觉香气扑鼻。

灯光之下，只见红木案上供奉着一尊白衣观音，轻烟从香炉缭绕飘出。案前锦凳上坐着一个老妇，身旁有个十三四岁的小丫鬟轻轻摇扇。老妇衣着华贵，头发花白，脸色泛黄，水泡眼袋，嘴角斜撇往两旁，神情阴沉。看见他们，老妇站起身来施礼：道："三位公公深夜到来，未曾远迎，请勿见怪。"

张去病怒气上涌。心想：这老贼婆为秦桧出计，教老贼将杀害外公密令藏进橘子内送入牢中，害死他老人家，可恨至极！

史乾担心张去病说话露出马脚，忙上前躬身道："夫人，皇上派这几位公公前来接相爷进宫。属下寻不见相爷，便来禀报夫人。"

王氏道："史教头，几位公公深夜劳累，你先陪公公们去吃些点心，我这就去请相公出来。"

史乾道："夫人，管家秦福已请三位公公用过点心了。公公们说，皇上命相爷火速进宫去，不敢耽搁，望请夫人速将相爷请出来。"

王氏对那打扇的小丫鬟道："银杏掌灯，咱们去请老爷。"

银杏点燃灯笼，王氏站起来缓缓从张去病三人身前走过，忽然停下脚步，打量三人一眼，急往后退，喝道："史教头，他们是什么人？"

史乾、张去病、杜百年、吴艳娇皆是一惊。四人都想：莫非这老贼婆看出什么破绽？史乾忙道："夫人，他们是宫里公公啊！"

王氏厉声喝道："胡说！公公哪有女人当的？"伸手一指吴艳娇，道："我闻到这人身上，有一股脂粉气味！"

史乾道："夫人弄混了！卑职闻到这脂粉气味，是从夫人和银杏身上散发出来的。"

王氏怒道："史教头，你别想糊弄我，这人分明是个女子，她身上脂粉味与我和银杏不一样，瞧她脖子上连喉结都没有！"

王氏又回手一指张去病和杜百年，道："还有这两人，才刮过胡须，下巴上胡楂还没刮干净！太监怎会长胡子？他们是些什么人？为何冒充宫里的公公？你为何带他们来找老爷，你在捣什么鬼？"

张去病三人这才恍然大悟。心道："这老贼婆好厉害，咱们稍有疏忽，叫她瞧出了破绽！"他们不知王氏随秦桧被金国掳去，历尽种种凶险，又随秦桧在宦海中滚打多年，早已磨炼得极会察言观色，是以凭一点蛛丝马迹便将他们三人识破。

杜百年按耐不住怒喝道："老贼婆闭嘴！赶快带我们去见秦桧老贼！若说半个不字，老夫一掌毙了你这贼婆娘！"

适才杜百年一进秦府，触景生情，想起楚良和居正之死，早已怒火中烧。此时见王氏在他面前大声呵斥，按耐不住怒喝起来。这声怒喝吓得王氏失声尖叫："有刺客！快来人，有刺客！"尖叫几声，王氏忽然两眼一翻，口吐白沫，昏倒地上不省人事。银杏吓得手掌一松，灯笼掉到地上。秀云惊得转身往外跑。史乾一指戳出将秀云点倒。道："糟糕，这老贼婆犯了病，如何是好？"

吴艳娇蹲下身去察看王氏病症，看了一会儿站起身来，道："老贼婆患的是惊恐失心症。"张去病道："吴姥姥，可有法子将老贼婆弄醒过来？"

吴艳娇道："我虽可用药将她弄醒，但她醒来仍神志不清，无济于事。"张去病和杜百年、史乾三人一愕，一时间没了主意。愕一瞬，张去病忽然想起：刚才听见王氏叫银杏掌灯去请秦桧，心想银杏一定知秦桧藏身之处。忙对银杏道："银杏，你们老爷在何处，快带我们去找他！"

银杏吓得战战兢兢，牙关打战，一句话也说不出来。吴艳娇忙将张去病推到一旁，温言道："银杏小姑娘，你别害怕，我们不伤害你。你带我们去找老爷，姥姥给你银子，好不好？"银杏一听恐惧稍减，道："奴婢带……你们去。可是……可是……"

吴艳娇道："别怕，你对姥姥说，可是什么？"银杏道："可是我领你们去，你们也进不了暗道。"

吴艳娇道："这是为什么？"银杏："老爷交代过，只有夫人同秀云，才能进密室去见他。没有夫人同去，守暗道的人不会开门的。"

张去病没想到秦桧防范得如此周密，愣了一愣，道："银杏，你带我们去，我们自有办法打开暗道门。"

银杏性子憨直，忙摇头道："不成的。你们一动那门，守暗道的人便会敲响警钟，老爷立即会从暗道离去。"

吴艳娇道："你带我们去，老贼没有我们跑得快，我们能将他捉住。"银杏又摇头道："暗道里有好几条通道，老爷一跑，你们就找不着他了。"

杜百年道："吴长老，这小姑娘说得没错，老贼府下暗道像迷宫一般。老夫上次进入暗道便掉入陷阱之中。如是老贼躲起来，很难找到他。"

张去病灵机一动，道："我有个主意。请姥姥扮成老贼婆，咱们去骗开暗道门。"

吴艳娇道："这成！"张去病请吴艳娇坐下，从怀内拿出易容锦囊，取出各种易容之物，一面看王氏的容貌，一面用胶垫高吴艳娇脸上颊骨，用褐粉抹瘦两腮，再粘小眼睛，在脸上点些色斑，画上皱纹。如此东抹西擦，不到片刻工夫吴艳娇变得和王氏一个模样，难辨真假。银杏在一旁看得惊讶万分，连声惊叹道："啊呀……啊呀……"

史乾道："银杏，去拿一身老贼婆的衣衫来。"银杏哆哆嗦嗦走进里屋取来一套青色绣花绸衫。吴艳娇脱去太监宫服换上王氏衣裳，虽然肥大一些，不仔细看却也看不出来。

史乾道："银杏，带我们去暗道吧。"银杏又摇头，指指张去病、杜百年、史乾三人道："你们三位不能去。"张去病道："这又是为什么？"

银杏道："我刚才说过，老爷只许老夫人、秀云和我进密室去见他。你们一同去，守暗道的人看见有外人，不会开门的。"杜百年骂道："这老贼鬼花样不少！"

吴艳娇道："张公子，你装扮成秀云模样同我去找老贼，杜大侠和史坛主在此稍候，不就得了？"

张去病恍然道："是啊，我怎没想到？"说罢脱下身上太监服，叫银杏去取一身秀云的衣裳来穿上，坐在铜镜前照着秀云容貌乔装，不大一会儿便装扮秀云的模样。秀云僵在地上，看见张去病一会儿工夫变成了自己，吃惊得瞪大眼睛，神情怪异。

吴艳娇道："银杏，平时去见老贼，你们给他送什么吃的？"银杏道："老爷就爱喝参汤，老夫人常给他送参汤去。"

吴艳娇道："快去弄碗参汤来。"银杏便转身走去。片刻过后，从里屋走出，手上提着一个彩漆食盒，盒内放着有盖的精致瓷碗，众人隐隐闻着一股人参香味。

吴艳娇拿出几枚蜜枣放一枚进嘴里，将其他几枚递给张去病、杜百年、史乾和银杏，道："这是波斯糖果，大伙尝尝。"

张去病不知吴艳娇为何忽然请大伙吃糖果，也不便问，便将蜜枣放入口中，只觉香甜软糯甚为可口。银杏接着蜜枣，道："谢谢姥姥。"才送入嘴里。

张去病捡起地上熄灭的灯笼重新点亮，道："银杏你在前面带路。"银杏领着二人走到外屋，却不往门口走，而是转身走进南面大房间。张去病寻思莫非暗道便藏在这屋里？走进房间，眼前却见是一间豪华卧室。一张红木镂花大床居中安放，床上铺着色彩艳丽的缎被。床旁一个紫檀木雕花梳妆台上摆满各种金银珠宝首饰。光彩耀眼。东面墙是一个黄花梨木的大衣柜，门上雕刻着各花卉和人物图案栩栩如生。西面墙前放着一个朱漆条案，上面摆着玉器、金器、铜器等各种小摆设。

银杏走到西面壁朱漆条案前，伸手转动一个小铜香炉，向左旋转三下，又向右转五下。只见大衣柜缓缓移开，露出一个暗道。银杏领着张去病和吴艳娇走进暗道转个弯，前面出现一堵石壁。银杏走到石壁前，抬手在壁上轻敲击暗号，石壁上慢慢裂开道缝隙，露一双眼睛向外面窥视。银杏道："秦童开门，老夫人来了。"

那秦童看清外面三人，才道："是。"不知他在里面掀动什么机关，只见石壁缓缓朝两旁移动开。原来石壁是薄石板嵌在铁门上伪装而成。铁门打开，门旁站着一个十来岁的小书童，里面是一条甬道。甬道两边壁上绘有彩色人物壁画，装有壁灯照明，地面铺着平整青砖。

张去病看见秦桧躲藏得如此隐秘，忽然想起"巴山老鬼"说秦桧为保命整天东藏西躲，犹是亡命逃犯。心想老贼成天提心吊胆过日子，确同囚徒没有多大分别！他正寻思，却见吴艳娇紧随银杏走过小书童身旁时，抬指轻轻一弹，指甲缝里弹出一道难以察觉的细微粉末。小书童打个喷嚏，便靠在石壁上昏睡过去。张去病一怔回过神来，知吴艳娇对书童使了迷药。

吴艳娇回头对张去病道："张公子，待会儿见着秦桧老贼，你千万别莽撞行事，耐心看姥姥的手段！"张去病不知吴艳娇要使何手段，此时无暇询问，忙道："去病记住了。"

银杏领着张去病二人走到一扇朱红门前。门虚掩着，银杏道："老爷，夫人给你送参汤来了。"门内传出一个阴沉的声音，道："进来罢。"

张去病和吴艳娇跟着银杏走入门内，见室内是一间书房，东西两墙前立着书柜。北墙前立着古玩架。南墙上挂着两幅山水长轴。秦桧坐在一张书案后挥笔在纸上画个"叉"，自语道："杀，此人非杀不可！"

张去病暗惊：这老贼又想杀谁？注目看去，只见书柜贴着一张纸。纸上写着"必杀之人"几字。字之下写着韩世忠、王庶、张浚、赵鼎等官员名字，竟有五十几人之多。张去病心中骂道："老贼好狠毒，竟将朝廷忠臣名字抄写案头，念念不忘将他们全部杀光！"

秦桧抬头瞧见吴艳娇假扮的王氏，道："夫人，夜已很深，不必送吃食了。"吴艳娇撇着嗓子，学王氏的嗓音道："相公日夜操劳，须喝碗参汤补补身子。"

秦桧听见吴艳娇声音有些异样，道："夫人，你说话嗓音不爽，受凉了吗？"

吴艳娇道："正是。今日着了风寒，喉咙不适，说话声音变了。"又道，"相公，这室内灯光不够亮，恐伤眼睛。"说罢走到案头，取下发上簪子，将案上沙网罩中灯芯拨了一拨，灯芯轻轻炸响一声，顿时大放光芒。她又从食盒内取出参汤揭去碗盖，双手将汤碗送到秦桧面前。

秦桧看见吴艳娇端碗的手指白皙，愣一瞬，道："放在案上吧，我歇会儿再喝。"忽然问道，"夫人，秦福家前日生的孙子，乳名叫什么来着？"

吴艳娇一怔，她哪知秦福孙子名字？一时间只得支支吾吾道："这个……这个，我年纪大了记性不好，也记不清了。"却听银杏道："老爷，我知道：叫秦来！"

秦桧道："是叫秦来吗？夫人，大前天，那礼部侍郎孙兴送来一件贵重礼物，我交给你收藏。那件玉器你放在哪儿了？"

吴艳娇含含糊糊道："哎，人老了真不中用！"转头问银杏，道："银杏，那件玉器放在哪儿，你可记得？"

银杏道："老爷，夫人，你们都记错了。那不是玉器，那是一个黄金玲珑塔，夫人将它放在梳妆台上。"

秦桧冷冷道："是吗，老爷也老糊涂了，收别人的礼物都记不清了？"说时用脚轻轻踩动案下机关，猝然起身远退开去。听见哗啦一声响，南面墙上那两幅山水画轴忽然移开，露出一间暗室，从里走出两个人来。一人是柯金龙，另一人却是阿密罗。二人走到秦桧面前躬身道："相爷有何吩咐？"

秦桧急喝道："快将这三人拿下！"张去病一听秦桧下令拿人，想出手将柯金龙和阿密罗制住。忽又想起吴艳娇适才叫他不可莽撞，便按下念头，静观吴艳娇如何动作。

阿密罗迷惑不解道："相爷，你叫我们拿下……夫人？"

秦桧厉声道："她不是夫人！她是刺客！"

柯金龙和阿密罗一听惊愕至极。二人心想不知王氏如何惹怒秦桧，秦桧竟骂她是刺客！老头子真是气糊涂了，他一怒之下，竟然叫我们拿下夫人。可是明日他两口子和好，我等岂不是得罪了夫人？

柯金龙忙赔笑道："相爷息怒，你老人家莫生气。你让属下拿夫人，这个……唉，让属下为难。不是属下不听命令，而是不敢对夫人不敬，不敢冒犯夫人……"

秦桧见柯金龙不信他言，急得怒喝道："混账！她不是夫人，她是假扮夫人的贼人！你们难道看不出来吗？"

柯金龙和阿密罗一听，急忙仔细看吴艳娇，见吴艳娇在抹眼泪，瞧不出有什么破绽。二人仍是犹豫不决，不敢动手。

阿密罗忙道："相爷，恕卑职眼拙，卑职实在看不出夫人是别人假扮的啊！"

秦桧见危机四伏，柯金龙和阿密罗偏偏不信他的话，又急又气，一跺脚，喝道："糊涂透顶！你二人再不动手，本相危矣！"

却听吴艳娇抽泣道："相公，你不认我也罢，又何必无中生有，说我是刺客，叫人将我拿下？咱们夫妻一场，你、你……怎能如此对我？"柯金龙和阿密罗看看吴艳娇，又看看秦桧，仍拿不定主意。

秦桧怒喝道："大胆女贼，你假扮我夫人，骗得了旁人，骗不了老夫这双眼睛！两位教头，你们看不出她是刺客，老夫揭穿这女贼真相给你们瞧！"

吴艳娇心想：老贼从何辨出了真假？这可怪了？又抽泣道："相公，你说此话，可叫人不明白。你若另有新欢，在外找上年轻貌美女子直管明言，我出家去当尼姑便是。你何必诬我是刺客？咱们夫妻同甘共苦几十载，你如此对待结发老妻，也太绝情了！"

秦桧怒哼一声，道："女贼，你休说这些无耻烂言！你伸出右手掌来，老夫马上叫你露出原形！"

吴艳娇寻思：莫非他婆娘生有六根指头，我只有五根指头，叫这老贼识破不成？待我伸出手去看他如何分说。她缓缓将右掌伸出。

秦桧道："两位教头，你们看，这贼人手指有何异样？"柯金龙和阿密罗忙凝目观看，只见吴艳娇五指白净细嫩，并无异样之处。二人都摇了摇头道："卑职不见有何异样。"

秦桧道："适才这女贼端参汤给我喝，我见她手指白净无瑕。猛然想起我夫人食指背上有块蚕豆大斑痕，这女贼食指上却没有，老夫这才对这女贼起了疑心！"吴艳娇一听，不禁佩服秦桧心细如发。

秦桧又道："老夫为戳穿这女贼，接着问她秦福孙子取的乳名叫什么。那孩子的乳名是夫人取的，这女贼却回答不出来。那礼部侍郎孙兴送来一件金器，老夫故意说是件玉器，这贼人也跟着我说是玉器，又露马脚。老夫才断定这贼人是女贼，才暗中踩下机关，命你二人前来拿她！"

张去病一听，兀自寻思：怪不得朝中众多大臣或是被这老贼害死，或是被他充军流放，大都斗不过他。这老贼委实心计太多，一眨眼工夫，便动了这许多心眼！

秦桧见吴艳娇一时哑口无言，得意地冷笑一声道："哼，老夫在官场沉浮几十载，犹如在油锅里煎、炸、浸、泡大半生！防人之术，已修炼得刀枪不入，害人之道，早已炉火纯青！你这女贼用此小伎俩来害我，岂不是鲁班门前弄斧子，关圣面前耍大刀？"

说到此，一指那碗参汤，奸笑道："凭你这点害人微末道行，也想用碗参汤毒死老夫？哈哈，女贼，你是蚍蜉撼大树，可笑不自量！"

吴艳娇却道："相公，你冤枉妾身了，那参汤里没有毒。"秦桧脸色一沉，喝道："女贼，你还狡辩，你说参汤没有毒，那你将它喝了！"

岂料吴艳娇二话不说，上前端起参汤，咕嘟咕嘟一口喝下。这一举动叫秦桧看得目瞪口呆。柯金龙、阿密罗也大张着嘴，目不转睛看着吴艳娇，等待她中毒发作。却见吴艳娇浑然无事。二人不禁对秦桧的话又生怀疑。

张去病对吴艳娇之举并不惊奇，他当年在黑店里见过毒佛迦南陀吃下七八种毒药毫发无损之事，知晓使毒高手防毒本领神出鬼没。只在心中不解：姥姥为何不让我出手杀了这老贼，却同他周旋什么呢？

却见吴艳娇放下汤碗，道："相公，你今日是不是遭皇上责问，心下不快，便将怒气撒在我头上？什么女刺客，什么毒参汤，哪儿有的事啊！我看相公是犯了重病，得赶快叫郎中来看看！"

秦桧气得一跺脚，道："女贼，你喝下参汤没中毒，准是事先服了解毒药。你若有本事，便去掉你的伪装，露出真面目来给两位教头看看！"

吴艳娇道："有何不可？我只怕露出真面目来，二位教头不敢看！"说时伸手在脸上一抹，将易容之物抹去，露出本来面孔。

柯金龙和阿密罗一看，果然不是王氏，二人大吃一惊，身形微晃便要上前拿人。却听吴艳娇冷冷道："你二人且住！试试你们身上还有没有力气，再拿姥姥不迟！"

柯金龙和阿密罗一听，忙提气运劲，却半分力气也提不起来。接连几次都是这般情形，还觉四肢酸软。两人心下大骇，不知突然间怎会功力尽失。

吴艳娇淡淡道："身上没劲，是不是？"阿密罗又惊又怒，道："你是何人？对爷……做了什么手脚？"

吴艳娇道："你二人不用惊慌，其实也没什么。这屋里本来有些'迷亡酥'气味，秦桧叫你二人进来吸进腹内，这可怨不得姥姥！"

阿密罗从吐蕃来到中土，对中土武林知之不多，不知"迷亡酥"厉害。柯金龙一听"迷亡酥"三字，浑身一震颤声道："你……你……是魔教'毒魔姥姥'？"

吴艳娇道："不错，正是姥姥！算你这厮还有点见识！"柯金龙顿时面无血色，道："在下听说……那'迷亡酥'……是'毒魔姥姥'独门毒物，世上再无二人会使此毒。人若中了此毒无药能解，将死得痛苦不堪！是以知晓……姥姥名头。"

吴艳娇道："说得不错，中了姥姥的'迷亡酥'，身上神经日渐腐烂。起初是全身肌肉使不出一丝力气，手脚动不了。后来是连嘴也不能动，说不出一句话来。然后是浑身奇痛一天比一天加重，痛得叫人只求速死，不想多活一刻。可是偏偏身子和四肢动不得，想自杀也没有一分力气。如此痛上七日七夜，方才受尽折磨毙命。"

秦桧听得毛骨悚然。急喝道："柯教头、阿教头，别信这贱人谎言，赶快将她拿下！"柯金龙和阿密罗靠在墙上站立已是吃力，哪里还有力气拿人？二人看秦桧一眼都摇摇头。柯金龙面色如土道："相爷你快走！卑职二人已中剧毒，是泥菩萨过河自身难保，顾不得你了！"

秦桧急忙转身逃走。刚动步忽觉双腿一软，一屁股坐倒在地。他欲撑起身子来，双臂却酸软无力。一个可怕念头从心中闪过：难道老夫也中了毒？我是何时中毒，如何中的毒？他惊恐万状，却又迷惑不解，颤声道："老夫没喝……你送来的参汤，我，我……怎会中毒？"

吴艳娇冷笑一声，道："老贼，你以为不喝参汤，姥姥就毒不倒你吗？倘是这样，老娘还在江湖上称什么'毒魔姥姥'？"

秦桧两眼迷惘望着吴艳娇，道："那……你是如何对老夫下的毒？"张去病自从走进秦桧密室，没见吴艳娇如何使毒，秦桧却忽然着了她的道儿，心中也暗自奇怪。

却听吴艳娇冷哼一声，学着秦桧先前腔调，道："哼，姥姥在江湖上滚打了几十载，犹似在油锅里煎、炸、浸、泡大半生。防人之术，已修炼得刀枪不入，害人之道，已炉火纯青。老贼你想躲过姥姥的手段，岂不是鲁班门前弄斧子，关圣面前耍大刀？……老娘听说，你这老贼奸诈无比，鬼心眼特多，我怎会在参汤里下毒？姥姥下毒手段，我若不说出来，你死了也想不明白！"

秦桧害人无数，时常都在挖空心思整人害人，对害人诡计情有独钟。以往都是别人栽在他的手里，自信他的害人术无人匹敌。岂料今日莫名其妙被人算计，却丝毫不知原委，这令他既不甘心，又很奇怪，忍不住道："是，是，毒……你不说，老夫死也想不明白！"

吴艳娇道："老贼，你想知你如何栽在姥姥手里吗？姥姥说给你听也无妨。老娘一进屋来，在你起疑心之前，为你将书案上灯芯拨亮那一瞬间，老娘便将'迷亡酥'下到灯油里。灯芯燃烧时，毒气便散发出来，你这厮乖乖将毒吸入腹中，还自鸣得意，胡言乱语教训老娘！中'迷亡酥'之人越是发怒，中毒越深，死前疼痛越厉害。姥姥为激怒你这老贼，叫你死得苦不堪言，才按着性子回答你的屁话……"

张去病一听，才明白吴艳娇为何同秦桧纠缠一阵。却又想不明白，他和银杏为何没有中毒？忽然想起进密室之前，吴艳娇给他和银杏一人吃了一颗蜜枣，心想莫非那蜜枣是解药？是了，要不然，她为何突然请我们吃蜜枣？

吴艳娇冷冷道："老贼，姥姥便放你逃走，此刻你也迈不出半步！你中毒比他二人多，手脚很快要废了。想逃？别做梦了！江湖上多少英雄好汉中了姥姥的'迷亡酥'，个个都只能坐以待毙。凭你老贼也想逃走，我这'毒魔姥姥'名头，在江湖上岂是白叫响的？"

却见吴艳娇说到此，一指那碗参汤，又学着秦桧先前的口气道："凭你老贼这点害人的微末道行，以为不喝参汤，便不会中老娘的毒？哈哈哈，真是古人说的蚍蜉撼大树，可笑不自量！"

秦桧如梦初醒，恼恨万分。道："比害人之术，老夫确不如你。可是老夫同你无冤无仇，你为何对我下此毒手？"

吴艳娇一指张去病，道："老贼，你同姥姥无仇，但他同你有血海深仇！"

秦桧望着扮成秀云的张去病，摸不着头脑，奇怪万分道："你说我同秀云有血海深仇？啊，没有，决计设有！"

吴艳娇道："张公子，露出本相，叫老贼看看你是何人！"

张去病伸手在脸上一抹，易容之物纷纷掉下。两臂一振，外面罩着的女衫坠掉地上。一个青年汉子顿时出现在秦桧眼前。

秦桧望着张去病面孔，突然大惊失色道："你……是什么人？啊，你、你、你……是那岳飞！"随即又摇头道，"啊不对，那岳飞早死了，你不是岳飞！你是什么人？老夫从未见过你，你怎会同老夫有深仇大恨？"

张去病一听，心想这老贼将我错认成外公，莫非我长得像外公吗？一想到外公之死，他悲愤难抑道："老贼，小爷便是你下令缉拿的张去病！"

秦桧大吃一惊，道："你，你，你……是张宪的儿子？难怪……难怪你长得那么像岳飞……"

张去病怒喝道："不错，我是张宪的儿子！老贼，你害死我爹，害死我外公和我舅舅三条人命，今日小爷要你偿还血债！"

秦桧一听大惧，急道："张公子且慢动手，老夫冤枉，老夫有话要说！"

张去病一听秦桧叫冤，久蓄心中满腔仇恨如山洪爆发出来，怒不可遏喝道："老贼闭嘴！你喊什么冤枉？你投敌卖国，给金国当内奸，蛊惑皇上同金国议和，年年向金国上贡财物，搜刮大宋多少民脂民膏去喂饱你的主子？你签订一纸和约，出卖大宋多少国土给那金国？你让北方多少百姓沦为亡国奴，任金兵蹂躏？你害得多少人家破人亡，流离失所，无家可归，受尽欺凌磨难？你毁灭了多少人的生命？你使奸计杀害多少忠臣良将？残害多少忠义之士？害死多少黎民百姓？你这老贼罪恶累累，干的坏事罄竹难书，罪大恶极，天人共愤！你这十恶不赦的大奸臣，大卖国贼，大贪官，还有什么脸喊冤枉？还有什么脸在小爷面前叫屈？还有什么臭屁要放？"

秦桧一听吓得面如土色，张着嘴呆愕一瞬，忽又将头一扬，大声争辩道："张公子，犯人亦准许申辩，我为何不能为自己鸣冤叫屈？老夫没罪，确是冤枉！你张公子敢不敢让老夫说话？你若敢让老夫说话，老夫便说出来给你听。你若不敢让我说，你尽管打死我罢！"秦桧说罢，两眼盯着张去病，一脸挑衅神情。又咄咄问道："张公子，你敢不敢让我说？"

刚才，他得知眼前之人是张去病，情知张去病年轻，易冲动，若不赶紧将张去病稳住，他马上会血溅当场，于是便大呼冤枉，想激张去病让他说话，拖延时间，盼望有活命奇迹出现。此时，他知不争辩是死，争辩也是死，万一争辩一番，家人发现险情，叫人来救他，或许还可活命。是以他把心一横，问张去病敢不敢让他说话。

张去病一听，还以为耳朵听错了，惊异得睁大眼睛，道："什么，什么，你这老贼居然敢说你没罪？你如此胡乱说，定是神志错乱！"

秦桧却昂然道："老夫一点没乱说！老夫就是没罪！你敢不敢听我说？"

张去病冷笑一声，道："嘿嘿，我有何不敢？小爷今天就不相信，你能将黑说成白，能将臭狗屎说成黄金？你有屁快放！"

秦桧见张去病中计，忙道："老夫说冤枉，那是因为你的外公、你爹、你舅舅三人不是老夫害死的！"

张去病怒道："老贼你撒谎！我家三位亲人被你害死，天下人皆知，你抵赖不了！"

秦桧道："天下人不知内情，怪罪老夫那是有的。但害死你家三个亲人的确不是老夫，而是皇上！老夫只是奉旨办事，你找老夫报仇，冤枉了老夫！"

张去病一听，气得指着秦桧骂道："你这不要脸的老贼，见死到临头，便将罪责往皇上身上推！哼，你以为能骗过小爷吗？你打错了主意！你害死我外公、我爹和我舅舅的原因，我听家里人说过，知道得清清楚楚，你休想骗我！"

秦桧见张去病气得脸色铁青，生怕张去病气急动手，急忙说道："张公子，你先莫气恼，你冷静想想，老夫同你的外公、你爹、你舅舅三人无仇无怨，我为什么要害死他们？若非皇上的旨意，我怎敢对他们下手？"

张去病怒喝道："老贼，你对我外公早就怀有仇怨！你当小爷不知道吗？当年，你这奸贼怂恿皇上同金国议和，我外公决坚反对议和。我外公对皇上说'金人不可信，和好不可恃'，又说你这老贼'谋国不藏，恐贻误后世之机'，你这老贼从此对我外公怀恨在心，便起心要害死我外公！"秦桧听得一愣，心想这小贼怎知晓此事？莫非是听那岳飞说的？

张去病又气愤道："还有，你这奸贼害怕我外公率兵打败金国，你那议和之策狗屁不值，你怕在皇上心中失宠，怕你的权位不保，你便处心积虑要害死我外公！哼，你以为小爷不知道？最可恨的，是你这奸贼暗投金国，背叛大宋！那金兀术不是我外公的对手，连战连败，便派人密令你除掉我外公。你这奸贼听从金国主子命令，叫人诬告我外公谋反，却无证据，便以'莫须有'之辞，将他老人家害死！"

秦桧听得心惊胆战，急忙申辩道："你说的这些皆是揣测之言，无有证据。即便如此，若无皇上旨意，我怎敢害死你外公？"

张去病冷哼一声，道："哼，你说你害死我外公是皇上的旨意。那是因为你这老贼常在皇上面前进谗言，说我外公坏话，挑拨皇上对我外公关系，皇上才听任你害死我外公。我一家三口人之死，都是你这老贼使种种阴谋诡计害的，你狡辩不掉！"

秦桧听得又惊又疑。心想这些内幕，这小子是如何知道的？又忙辩解道："张公子，你讲的这些都是道听途说，你一没有物证，二没人证，三没旁证，不足为凭，你可别冤枉了好人！"

张去病冷笑道："哼哼，冤枉好人？你这老贼还有脸自称好人？真是无耻至极！小爷告诉你，我说你害死我外公、我爹和我舅舅，可不是什么道听途说。那是你亲口对人说的，铁证如山！"

秦桧一愣，心慌道："你听老夫亲口说的？这不可能！那你说，我对谁说的？什么时候说的？对何人说的？"

张去病道："那是几月前，你在家里，亲口对秦员说的！小爷被秦员骗进秦府那一夜，完颜龙到秦府找你老贼逼要战马和粮食。待他走后，你对秦员讲，你为何不敢违抗完颜龙命令，又讲你为什么要害死我外公的原因。小爷当时就在窗外，将你的罪恶听得一清二楚。你休想抵赖！"

秦桧心想糟了，没想到隔墙有耳！他心惊一瞬，知道推脱不了害死岳飞的罪责，忙扯开话头道："可你说老夫祸国殃民，那是没有的事！老夫不仅没有祸国殃民，反倒对大宋对百姓有功，而且功劳很大！这你可知晓？"

张去病一听万分诧异，道："你这老贼，居然说你对大宋对百姓有功？功劳很大？这真是天下奇闻！"

秦桧又使激将法道："张公子，你别不信，老夫对国对民确实功劳很大！你敢不敢听我道来？"

张去病冷哼一声，道："哼，有何不敢？小爷就听你表表有什么臭功！反正你这奸贼难逃一死，让你多活一时半会儿也无妨！"

秦桧见可拖时间，急忙道："世人都说老夫同金国签订和约，割让国土是卖国，却不知正因为同金国签订和约，我大宋南方半壁江山才得以保住，国家才得以安宁，南方百姓才安居乐业过上太平日子，这是老夫的一大功劳，你不能不承认！"

说到此，他看张去病一眼，见张去病满脸不屑的神色，急忙又道："老夫同金国签订和约后，这十几年我大宋百业兴旺；经济繁荣；文化才兴盛！老夫一人身背卖国骂名，却给国家和百姓换来这天大的好处，这不是大大的功劳吗？世人愚昧无知，骂老夫是卖国贼，却不知老夫是大宋真正大功臣！可悲也夫，可叹也夫！"

张去病越听越气，急喝道："老贼住嘴！你太恬不知耻！"秦桧一愕，道："我……怎么恬不知耻？"

张去病怒道："老贼，你同金国签订的和约，是一剂害国毒药，是一把误国的软刀！当今大宋危机四伏，四周有金、辽、西夏、蒙古等强国林立，皆对大宋虎视眈眈，随时皆想灭我大宋！你却用一纸和约换来虚假太平，麻痹大宋君民，让我宋人在暂时安乐中静待强国来灭！大宋百业兴旺，百姓上交的租税，你让它变成进贡的银子，大量流入金国国库，强大金邦，弱我大宋！大宋文化虽兴，却让武备不振，大宋安能抵御四周列强的铁蹄？自古以来强敌当前，凡是苟且偷安，苟延残喘之国，没有一个不被灭掉的，你这是叫我大宋等死！"

他越说越慷慨激昂，又道："你这老贼同金国签订和约，用假太平麻痹大宋君民，让皇上苟且偷安，这是为大宋掘坟墓！你明明是祸国殃民罪魁祸首，却自吹自擂是大宋功臣，真是无耻至极！今日，小爷要为国家和百姓讨回公道，叫你这个大卖国贼、大奸臣、大贪官，死得苦不堪言！"

张去病说这一通大道理，得益于常听赵无痕说古论今，长了不少见识。加上他天资聪颖，心中充满浩气，竟将尖嘴利舌的秦桧驳得哑口无言。

秦桧心思急转，忽然喝道："张去病你莫忘了，你的家人还在老夫掌握之中！你若放过老夫，给我解药，老夫便放过你的家人，如何？"

张去病啐道："呸！老贼，小爷不会上你的当！你害得我家破人亡，我绝不会同你这种心如蛇蝎之人做交易，辱没我的家门！"

秦桧一听恨恨道："张去病小贼，老夫有的是手段，你不放过我，我略施小计便叫你一家人死无葬身之地！"

吴艳娇在旁冷笑一声，道："老贼，过一会儿你嘴不能说话，手不能握笔，变成一具活僵尸，嘿嘿，你还能使什么诡计害人？"

秦桧吓得一哆嗦，眼珠转几转，计上心头，突然破口大骂道："张去病小杂种，老夫害死你爹、你外公、你舅舅三条命，又怎的？老夫只恨没将你全家人害死，留下你这个小杂种祸害老夫！你有胆子就将老夫打死，没胆子，快滚你娘的蛋！"

张去病气得大吼一声，挥掌便朝秦桧打去。吴艳娇急忙一把抓住张去病手臂，道："张公子住手，你上老贼的当了！"

张去病一愣，道："上什么当？"吴艳娇道："老贼中毒害怕痛苦折磨，想激怒你将他杀了，痛快了断！"

张去病恍然道："姥姥不拉住我，我险些中他奸计。这老贼诡计太多，真是防不胜防！"转头怒喝秦桧，道，"秦桧老贼，你做下坏事太多，罪恶屡屡，休想痛快死去！小爷要叫你受尽痛苦折磨，尝尝被毒死的惨痛滋味！"

秦桧连使两计都被对方识破，将心一横，道："小贼，你别想吓倒老夫！不就是死吗？老夫年岁老迈已活够了，死又何惧？何况老夫害死的人多多，嘿嘿，死了也赚够了本！"

看见秦桧死到临头气焰还如此嚣张，张去病心中又气又恨，却又不能一掌将他打死，便宜了他。可又想不出法子打掉秦桧嚣张气焰，气得牙齿咬得咯咯作响。

吴艳娇在旁一看秦桧如此死硬，忽然想起在摩尼岩上，那孙三啸倔强死硬，非要替父报仇不可，被赵无痕几句话就吓得跪地求饶的情景，忙如法炮制道："老贼，你死硬得很哪！既然你害死的人多，老娘可不能让你占了便宜！"转身问银杏，道，"银杏，你们老爷家里都有些什么人？"

秦桧忙喝道："银杏不许说！"银杏忽然怒道："不，我就要说！我爹交不起租，你命家人将我爹打死，强抢我来做丫头抵租。我要为我爹报仇！我就要说！"秦桧气得两眼喷火，却又无可奈何。

银杏道："他有五个小妾，三个儿子，三个儿媳，五个孙子，一个孙女，还有两个侄儿，两个侄孙……"

吴艳娇又道："老贼最喜爱何人？"银杏道："他最爱的是孙子和孙女。"

吴艳娇道："张公子，等会儿咱们去将老贼的婆娘、儿子、媳妇、孙子，全杀干净，一个也不留！才对得起那么多被他害死的好人！"

秦桧一听神色大变，情知吴艳娇这等江湖强人天不怕地不怕，说杀他全家人，便会千方百计将他一家杀光，吓得他不敢撒横逞强，忙求道："毒魔姥姥，别，别……你高抬贵手，别伤害我儿子儿孙！一切罪孽都是老夫一人犯下，同我家人没干系。我家人没做坏事，你别伤害他们，求姥姥开恩！你们要杀要剐，全由老夫一人承担，我家人清白无辜，求你放过他们！"

张去病看见秦桧俯首求饶，心中大快。心想这老贼平日在一人之下，万人之上，气焰熏天。适才宁死不倒威，却叫吴姥姥三言两语吓得求饶。姥姥厉害！

他遂问道："老贼，我们一家人清白无辜，你为何要害死我爹，害死我外公和我舅舅？你为何暗中派人去追杀我全家人，你为何不将我一家人视为无辜？朝中众多大臣被你害得家破人亡，你怎不视他们和家人清白无辜？你这老贼给金国当内奸，怂恿皇上不出兵驱逐鞑子，害得许多百姓受尽金兵践踏，倒毙荒野。天下有多少清白无辜之人被你害死！你凭什么求姥姥放过你的家人？"想起秦桧罪恶如山，张去病心中怒火难抑。

忽听吴艳娇道："张公子，秦桧奸贼如此滥杀无辜，杀了家人也便宜了这老贼！咱们得让他的家人一个个死得惨不可言，才解天下人心头之恨！咱们捉住老贼家人，姥姥在他们身上施毒，将他的儿子、媳妇弄成残废，把他孙子变成白痴。将他孙女卖到妓院为娼，再将他一家人掳去西域抛弃市井，任那胡人嘲弄侮辱，一个个暴尸道旁！"

秦桧一听，吓得浑身发抖，双眼惊恐圆睁，抬手指着吴艳娇，大急道："你，你，你们不能这样！不能……"话未说完，手臂软塌下去，嘴里发出一阵嘀嘀嘀声响，喉头似乎被什么塞住，脸憋成酱紫色，说不出一个字来。蓦然间，从他喉头发出一声凄厉号叫，听得人心中发毛。

吴艳娇忙上前一把秦桧脉搏，道："糟了，老贼身上毒未发作，却先中风了！但他已经嘴不能言，手脚不能动，连写个字也不能了！待毒性发作后，老贼浑身神经会剧痛一阵停一阵，一日比一日疼痛难忍。痛上七日七夜才会毙命。"

便在此时，忽见一人走进来哈哈大笑道："哈哈哈，秦桧老贼，你也有今日下场！"张去病回头一看，说话之人是杜百年。

杜百年和史乾见张去病和吴艳娇久不回来，担心有变，二人发现密道，便寻找进来。听见吴艳娇说秦桧剧痛七日才死，心中无比痛快。又仰天叫道："二师弟、三师弟，你们大仇终于得报，安息罢！"

吴艳娇道："张公子，咱们走，回去静等老贼毙命消息！"柯金龙见秦桧惨状，吓得心惊肉跳，哀求道："毒魔姥姥，在下从未开罪过你老人家，求你老人家放过在下！"

杜百年冷哼一声，道："你们两个帮凶，当年我两个师弟便伤在你二人手下，我得为他们报仇！"说时手疾戳，点中柯金龙和阿密罗的死穴，二人一声未哼，身子抽搐几下，再无声息。

张去病几人快步走出暗道，到前室，瞧见王氏仍昏迷不醒。秀云僵卧地上不能动弹。吴艳娇走到王氏面前，手指轻轻一弹，将一缕黄色粉末弹进王氏鼻孔内。须臾，王氏猛打两个喷嚏醒来，迷迷糊糊望着众人。突然大叫一声："皇上，臣妾未接圣驾，臣妾该死！"说时向张去病跪下咚咚咚地磕头。张去病大吃一惊，忙闪身避开。

王氏抬起头来看见杜百年，哈哈大笑道："相公，你回来了？适才宫中太监来找你！"杜百年忙退到一旁，骂道："这贼婆娘疯了不成！"

吴艳娇道："我对其施些'妄诞粉'，她从此神志不清了！"说时出手对着银杏和秀云疾弹两下。两个丫头正惊得大张着嘴望着王氏，药粉射入嘴里浑然不觉。张去病忙道："姥姥手下留情，别伤害两个小姑娘！"

吴艳娇道："公子别担心，姥姥只是叫她俩睡上一觉，将她们看见之事忘却干净，不能对人说出秦桧夫妇被咱们严惩之事，以免牵连公子的家人。"

张去病道："原来如此，姥姥想得周到！"吴艳娇对史乾道："史坛主，你留在秦府监视老贼，他死了，便来给张公子报信。"

史乾躬身道："属下遵命。老贼一死，属下便立即来报信。"说罢，将张去病三人送出小楼，望着三人跃上屋顶，施展轻功疾速离去。

张去病三人回到宅第，见厅堂内灯火仍明亮。原来群豪未睡，聚在厅堂等候张去病消息。一见张去病三人回来，众人便纷纷询问结果如何。

张去病将事情经过说了一遍，众人得知秦桧正饱受剧痛折磨七日后才毙命，无不拍手称快。龙飞忙叫人上酒上菜，大伙举杯庆贺，一直喝到酩酊大醉，方才睡觉。

第二日，群豪结伴去逛西湖，张去病和蓝龙留在宅内。张去病将日月双环神功心法传给蓝龙，协助蓝龙修习神功。日月双环神功异常艰深，好在蓝龙是摩尼教绝顶高手，对《玄秘宝典》上武功多有涉猎，又得张去病在旁指点，方能将艰深之处贯通。即便如此也花去好几日，才将这门功夫大致练成。

这一日，张去病出招同蓝龙拆解，助蓝龙领会神功精妙之处。忽然只听见临安城内爆竹声震天响，声浪一浪高过一浪，宛如在欢庆除夕。张去病一愣，道："蓝大哥，今天是什么节日？"

蓝龙摇头道："今天不是节啊！"便在此时，忽听史乾在门外道："张公子，蓝教主，属下史乾求见！"张去病和蓝龙忙开门走出屋外，蓝龙道："史坛主有何事禀告？"

史乾道："属下来禀报张公子，今日午时三刻，秦桧老贼暴毙！"张去病忙问道："史坛主，今日是第七日吗？老贼是如何死的？"

史乾道："张公子，今日已是第七日了。七日前，你们离开秦府后，府中人听见老贼惨叫声，才知他出事。老贼儿子秦禧忙去宫中禀报，皇上亲自来秦府看望老贼，还下旨叫几个太医来为老贼治病。太医们见老贼浑身瘫痪，手不能动，口不能言，诊断老贼中风了，说已无药可治，叫秦禧为老贼准备后事。皇上听说老贼活不了，回宫第二天，便降了秦禧的官职，不让他接替老贼的相位。"

张去病追问道："史坛主，后来呢？"

史乾道："后来，属下听管家秦福说，秦禧请太医给老贼婆王氏看病，太医说老贼婆患上失心症，治不好了。那秦禧见父母忽然患绝症，柯金龙和阿密罗突然死亡，觉得事情蹊跷，便对秦桧道：'爹，你若是被人所害，便眨眨眼睛。若是自己中风便闭上眼睛，好吗？'

"老贼一听连连眨眼。秦禧惊骇道：'爹，你被何人所害？'秦桧却说不出一个字，急得额上青筋暴鼓，眼里充满仇恨神色，紧盯住秦禧两腿，嘴里'啊啊'乱叫。秦禧省悟道：'爹，你是叫我走吗？如果是，你闭一下眼睛。'秦桧一听马上将眼睛闭上。想来老贼是怕家人被杀，便叫秦禧带家人逃走。秦禧却不知老贼是何意，问道：'爹，你叫我去哪儿？去干什么？'秦桧见秦禧不知他意，忽然'嗬呜，嗬呜'惨叫几声，又昏迷过去。从此每日惨叫一阵，昏迷一阵。挨到今日午时，老贼再熬不住，一命呜呼了！"

张去病听罢高兴道："老贼毙命，此乃国之大幸，民之大幸！苍天有眼，报应不爽！"

史乾又道："秦禧怕世人知道老贼不得善终，对老贼名声不好，便按太医之言对外人说，老贼是中风而亡。满城百姓闻知老贼死了，纷纷大放鞭炮庆贺！张公子，恭喜你一家人血海深仇终于得报！"

张去病听罢仰天祈道："爹、外公、舅舅，去病终于为你们报了大仇！愿你们在天之灵安息！"

便在此时，赵无痕、杜百年、云飞扬、"巴山老鬼"、吴艳娇、柳语、龙飞、穆兴等人在城里听到喜讯，纷纷赶回来向张去病道贺。龙飞命人大摆筵席，开怀畅饮，众人都道秦桧老贼得此下场真是天网恢恢，疏而不漏！

张去病道："去病能报大仇，全靠前辈们鼎力相助，我敬大伙一杯！"待众人将酒喝下，又道，"大仇已报，去病想明日到我外公、我爹和舅舅坟前拜祭，告慰英灵！"

众人都点头道："正当如此！"龙飞忙吩咐手下人去准备祭祀用品。

翌日，张去病领着群豪直奔城郊九曲丛祠。众人来到岳飞坟不远处，却见已有几人在坟前拜祭。张去病心中诧异：是何人前来祭奠我外公？他急步走上前去，只见一位头发银白老妇人，却是岳老夫人。旁边是他的母亲、舅妈，还有舅舅岳霖，以及岳珂等表弟表妹。

张去病激动得热泪盈眶，大叫一声："外婆、娘、二舅、大舅妈，孩儿去病来了！"

岳老夫人、孝娥夫人，岳霖和岳云妻子黄氏等人听见"孩儿去病来了"的叫声，全都浑身一颤，纷纷回过头来。张去病快步走上前去，在长辈面前双膝跪下咚咚磕了几个头，道："去病不孝，让外婆、娘和舅妈受苦了！"

孝娥夫人不敢相信自己眼睛，愣了一瞬，忙将张去病扶起，右看左看，依稀看出张去病小时模样，一把将张去病搂入怀里，失声痛哭道："去病儿，真是你吗？我的儿，真是你吗？"

张去病呜咽道："娘，是我。我真是你的去病儿！"

孝娥夫人将张去病推离怀抱，仔细端详他容貌，然后又将他紧紧抱入怀中，大哭道："去病儿，这些年你去了哪里？娘想你想得好苦啊！"

张去病道："娘，我想你也想得好苦！"众人见母子俩抱头痛哭，不由得也心酸掉泪。

母子痛哭一会儿，却听岳老夫人道："去病孩儿，别哭了。老天爷为咱们家报仇，叫那秦桧老贼暴毙，咱们应当高兴才是！今日咱们一家人团聚在你外公、你爹、你舅舅坟前，他们在天之灵看见你们一个个长大成人，一定高兴得紧！"说罢，打量张去病一会儿，叹道："你们瞧，去病这孩子长得多像他外公啊！"

岳霖等人都点头道："可不是嘛，哎呀，简直太像了！"

张去病转身指着赵无痕等人，道："外婆，孩儿亡命江湖，幸亏得到这几位大伯、大叔、姥姥、大哥们关照才活到今日！"

岳老夫人忙对群豪施礼，道："多谢各位义士关照我苦命的去病孩儿，我岳家上下感恩不尽！"孝娥夫人、岳霖和岳云妻子黄氏亦纷向群豪施礼道谢。

岳老夫人恍然认出杜百年，又道："杜侠士，当年你为先夫报仇冒死去杀秦桧，后又到岳家庄报信，还从官兵手下救去病孩儿的命，我们一家人真不知该如何谢你才好！"

杜百年忙道："往昔微末小事，老夫人不必挂怀！"

张去病指着吴艳娇、杜百年、史乾三人，道："外婆，是这位吴姥姥、杜伯伯、还有这位史大哥，是他们助孩儿报大仇！"

岳老夫人和全家老少一听，忙对三人施礼。岳老夫人道："三位侠士为国锄奸，为民除害，为我岳家报仇，谢你们大恩大德！"

吴艳娇道："老夫人，我三人也没有做些什么，除掉秦桧老贼，张公子出力为最，我们只是出些微力而已，不足挂齿！"

先前，岳家众人忽见张去病带着一帮江湖豪杰到来，已然惊讶。此时听吴艳娇三人说除去秦桧，张去病出力最多，心中更是吃惊不小。家人不知张去病何以有这等能耐，又为何会得到这些江湖豪客相助，却又不便当场询问。

岳老夫人道："去病孩儿，那秦贼乃是皇上手下重臣，你们暗中将他除掉，此事千万不可泄露出去，以免朝廷追究，招来祸灾！"

张去病道："是，孩儿记住了。"岳老夫人又道："去病孩儿，来，快在你外公、你爹、你舅舅坟前磕几个头，烧些纸钱，告慰他们在天之灵！"

龙飞、穆兴等人一听忙将带来的贡物摆在三个墓前，点燃香烛，群豪跟着张去病跪下。张去病道："外公、爹、舅舅，孩儿已为你们报仇雪恨，愿你们安息！"群豪跟着张去病拜了几拜站起身来，在坟前焚烧纸钱，洒酒奠祭，燃放爆竹。祭奠完毕，赵无痕对张去病道："小主人，你与家人久别重逢，好生叙叙，我们在土坡下等你。"

张去病点头道："如此甚好。"群豪纷纷拱手向岳家人道别，先行离去。张去病看见柳语的背影，忽然叫道："语儿，等一等。"

柳语转过身来，问道："去病哥哥，什么事？"

张去病道："过来见我外婆和我娘。"柳语红着脸走到张去病身边，低着头向岳老夫人和孝娥夫人施礼。

张去病道："外婆、娘，这是柳语姑娘。孩儿流落在外遇险，幸亏得柳姑娘冒死相救。柳姑娘聪明贤惠，端庄大方，孩儿请外婆和娘准许我娶柳姑娘为妻！"

岳飞家原本是贫寒人家，又有习武家风，是以对江湖中人并无歧见。岳老夫人和去病娘一听又惊又喜。二人把柳语上下打量一番，见柳语美丽温柔都心下喜欢。

岳老夫人看去病娘一眼，道："孝娥，你意下如何？"孝娥夫人满面笑容，道："去病这孩子福气不错，竟找到个如此美貌贤淑的姑娘！"

岳老夫人道："是呀，去病是被朝廷缉拿的犯人，柳姑娘却不嫌弃他，实在难得！去病，外婆和你娘应了这门亲事。柳姑娘家住何处？外婆派人去为你提亲！"

张去病道："外婆、娘，柳姑娘的家远在西域，路途遥远，不敢劳外婆和娘费心。孩儿请朋友帮忙去办此事便可，外婆和娘放心好了！"岳老夫人和去病的娘都点了点头。

岳老夫人问道："去病孩儿，自从那年你被那杜侠士救走，流落在外定是吃苦不少，这些年你是怎样过来的啊？"

张去病忙将被杜百年救走后的经历大致讲给家人听，略去武林纷争不说之外，讲他几经奇遇治好怪病，讲如何得知秦桧通敌卖国，一直讲到如何两次乔装进宫向赵构揭露秦桧卖国罪行，禀报金国内乱重大军情，请赵构出兵讨伐金国收复失地……岳家老小听得惊心动魄。

孝娥夫人听罢，问道："去病，你在外面历经磨难，现下已长大成人，日后作何打算？"

张去病道："娘，孩儿学得一身武功，欲秉承外公和爹的遗志从军杀敌，驱逐鞑虏，光复我大宋山河，以雪靖康之耻！"

岳老夫人和孝娥夫人听了点头赞许。岳霖在旁却摇头道："去病，万万不可从军杀敌！"

张去病讶异道："舅舅，这是为何？"

岳霖道："去病，你两次乔装进宫向皇上禀告重大事情，虽是一片忠心，但私闯禁宫惊扰皇上已犯大罪。你若从军杀敌，建立功勋必受众人瞩目。世上没有不透风的墙，倘若皇上察知你便是带人私闯宫之人，他岂会放过你？皇上随便给你安个罪名，你便会重蹈你外公和你爹的覆辙啊！"张去病从未想到这一层，听得傻了眼。

岳霖又道："倘是这样，你不仅自己招来横祸，丢了性命，还会株连到咱们一家人！去病，你万不可去从军暴露行藏，以免招来大祸！"

张去病听得两眼发呆，岳霖这番话将他报国心愿打得粉碎，令他一片迷茫。他本想自己练成一身绝世武功用来报效国家，大展身手驱逐鞑虏，收复失地，没想到会招来祸殃累及家人。他想：我千辛万苦学这一身武功却无用武之地，我这身无敌功夫又有何用啊？

瞧见张去病神情颓丧，呆呆站着，岳老夫人叹口气道："去病孩儿，你莫灰心。士农工商，行行出状元。日后你不从军立功，不走仕途，可隐姓埋名务农经商，平平安安过日子便无忧了！"

孝娥夫人也忙劝道："去病莫恼。日后之事从长计议。眼下你速去柳姑娘家提亲，早日完婚，了却娘心头一桩心愿！"

张去病怅然若失道："是……孩儿听从娘的吩咐。"一家人正在叙话，忽见土坡下三五成群地来了许多扫墓的人。银瓶夫人诧异道："今日不是什么节，怎会有这么多人来上坟扫墓？"

忽听坡下有人兴奋叫道："啊呀，李二哥，你们也来给岳爷报喜吗？"一个洪亮的声音道："是呀，秦桧老贼不得好死，咱们来岳爷墓前好好庆贺一番！"又一人道："刘三，岳元帅坟便在这坡上，咱们从这条小路上去！"

张去病一听是临安城百姓来祭奠外公，心中甚是感动。心想公理自在人心，外公一世英名永驻百姓心上，令我后辈愧望其尘！

岳老夫人喜悲交加道："原来是临安百姓来拜祭先夫，岳家人难报百姓厚爱。岳霖、岳珂、去病，你们唯有世代精忠报国，方不辜负百姓对岳家的厚意！"几人齐声应诺。岳老夫人又道："咱们走吧，不打扰百姓们祭扫。"

张去病随同家人走下土坡，见赵无痕等人在远处等候。岳老夫人道："去病孩儿，皇上派人为我们家置办新宅。你去柳姑娘家提亲回来，外婆和你娘便在新宅为你举办婚庆。速去速回！"张去病拉着柳语跪下，给岳老夫人和母亲磕头告别后，才起身走向群豪。

赵无痕等人见张去病同家人团聚归来，反倒有些闷闷不乐，都不知是何缘故。蓝龙问道："小兄弟，舍不得家人吗？"张去病摇头道："蓝大哥，不是的。"

蓝龙道："那是为何？"张去病将岳霖的话说了一遍。蓝龙一听高兴道："小兄弟，你舅舅说得对，为防皇上害你和家人，你万不能去为皇上卖命！晋朝有个叫陶什么的文人，不愿为五斗米折腰。小兄弟乃是当今大英豪杰，更不稀罕什么狗屁乌纱帽！你不做官，做哥哥的同你浪迹江湖，逍遥自在，哈哈，那该多好啊！"

赵无痕亦道："小主人莫恼，蓝教主说的是。当年孔夫子说：道不行，吾将乘桴浮于海。那孟夫子也说：达则兼济天下，穷则独善其身。圣人尚且如此安身立命，何况咱们凡夫俗子？小主人咱们回悬空岛去，岂不自在快活！"

赵无痕知张去病壮志难酬，心中苦恼，要解开他这心结，非一般言语能奏效，便搬出孔孟大道理开导他。张去病从小读圣贤书，读过孔孟这两句话。加之南宋大儒力倡儒学，圣贤之言深入人心。张去病一听圣人尚且如此，心情渐平复下来。道："好，蓝大哥，赵先生，你们说得对，我听你们的！眼下我有一事求蓝大哥和云大摩尼。"蓝龙道："小兄弟，有什么事尽管说，我二人乐为你效劳！"

张去病道："你们回西域，小弟想同你们去，请二位陪我去天山向柳掌门提亲。"

群豪一听欢声大笑道："哈哈，好极，好极！咱们一块儿去天山提亲，早日喝张公子的喜酒！"

众人说说笑笑行出一程，忽见路边有个酒家，便翻身下马，走进店去寻两张酒桌坐下，向店伙计呼酒要菜。张去病一转头，看见店内壁上题有两首诗，字迹龙飞凤舞，笔意酣畅淋漓，不禁凝目细看，见第一首诗题为"醉歌"。诗云："读书三万卷，仕宦皆束阁；学剑四十年，虏血未染锷。不得为长虹，万丈扫寥廓；又不为疾风，六月送飞雹。战马死槽枥，公卿守和约……"

看了这几句诗，张去病击桌赞道："这诗写得好！此人是谁？道出我心里憋屈！只是'公卿守和约'这一句不对，应是'皇上守和约'才对。咱们大宋英雄无用武之地，战马老死槽枥之间，虏血未能染利锷，一切都是因为这'守和约'三字！"

他看诗下题款：署有"陆游"二字。他寻思：这陆游是何许人？胸怀拳拳报国之心，真乃是我辈中人！

他再看那第二首诗，题为"夜泊水村"，署名也是"陆游"。诗曰："腰间羽箭久凋零，太息燕然未勒名。老子犹堪绝大漠，诸君何至泣新亭。一身报国有万死，双鬓再无向人青！记取江湖泊船处，卧闻新雁落寒汀。"他读到"一身报国有万死，双鬓再无向人青"二句，心中陡然升起一阵豪情。寻思：此人以万死报国，这是何等情怀？大丈夫须当如是！日后若遇见到这个陆游，我定要同他交个朋友！

他正惺惺相惜，见店小二将酒菜端上桌来，他忙问道："店伙计，这壁上题诗的陆游是何人？"

店小二摇头道："小人不知。小人只知是位年轻相公，样子看去比公子大几岁。他来到小店喝酒，喝得醉意朦胧，忽然诗兴大发，便向小人索要笔墨，挥毫在墙上写下这些诗句。小人不识字，不知他写的是甚，也不敢问他姓名。"

张去病还想再问，忽听道上马蹄声嘚嘚嘚疾响，眨眼工夫一骑奔到店门前。一蓝衣人从马背上飞身跳下，健步地走进店来。高声喝道："店家，快上些吃食来，爷饿坏了！"众人一看那人，皆面露惊喜，原来是一月前，奉张去病之命去打探金国军情的段阳。

龙飞喜道："段阳老弟，你从金国回了？来，快过来坐，你瞧，主人和赵先生都在这儿哩！"

段阳掉头看见张去病等人欣喜万分，快步走到桌前躬身道："主人、赵先生，大事不好！属下去金国打探军情，探得那完颜亮篡位后，便派人到大宋来，要朝廷割让淮河以南、长江以北大片土地给鞑子。大宋还未答复完颜亮，那完颜亮便亲自率领六十万大军，兵分五路来攻打大宋。现下，金国大军正向瓜洲渡口开进，属下特赶回来禀报！"

众人大吃一惊。张去病急道："赵先生，这如何是好？"

赵无痕道："小主人莫急。眼下秦桧老贼已死，朝中阻战障碍已除，韩元帅、王庶等大臣定会奏请皇上派大军迎战！"

蓝龙道："这一回金兵杀上门来，我看那赵构还能做缩头乌龟吗？"

"巴山老鬼"却摇头道："赵先生、蓝教主，我瞧那软蛋皇帝赵构靠不住！只怕他畏敌如虎瞻前顾后，贻误战机，可就惨了大宋百姓！"

杜百年道："齐老侠说得有理，我看那赵构靠不住。说不定他会答应金国要求，将淮河以南、长江以北大片国土割让给金国，那就坏了！"

张去病听得双眉紧锁，一想到北方沦陷地的百姓惨况，心忧如焚道："诸位前辈，国难当头，咱们不能让金国亡我大宋！请前辈们想想法子，叫完颜亮的图谋不能得逞！"

云飞扬道："大伙先别着急。段阳老弟，你说说完颜亮这人怎样？知己知彼，咱们方能百战不殆！"

张去病道："段大哥你先坐下，吃些酒菜，慢慢将详情道来。"

段阳坐下端起酒大喝一口，夹一筷菜放入口中边嚼菜边说道："说起那完颜亮，他可真是天下第一大伪人！"

众人惊得"啊"了一声。段阳咽下口中的菜续道："那完颜亮没篡位之前对人极谦恭，生活极简朴，出手大方，人缘极好，是以大受金国人尊敬。鞑子们却不知他是伪装，都把他看作天下第一大好人。"

段阳又喝口酒，续道："那完颜亮心计很深，阴谋诡计使得天衣无缝。譬如鞑子皇帝完颜亶每次派人去他家里，他身为宰相，都要同他妻子恭恭敬敬在门前接送，将来人奉为上宾，用好吃好喝招待，还送厚礼。如此一来，鞑子皇帝完颜亶耳边听到的，皆是赞扬完颜亮的声音。对于朝中官员，那完颜亮更舍得馈赠，曲意迎逢，使得大小官员都将他视为至交好友。以至在金国朝野，谁要说完颜亮不好，便会遭到群起而攻之。"

听到此处，张去病陡然想起：金兀术起初听到索额尼招供完颜亮杀君篡位时，压根儿也不相信。想必是这完颜亮伪装得太好，连老奸巨猾的金兀术都被他蒙骗了！

段阳又道："有一日，那金国皇帝完颜亶去到完颜亮家里，见他家的摆设很寒酸，没有一件贵重东西。家中仆人又老又丑，穿的都是粗布衣衫。再一看他家中乐器都布满灰尘，有的乐器连弦都没有。那完颜亶大受感动，夸赞完颜亮大有古代贤相风范，此后愈加对他深信不疑。以致到完颜亮带人杀进宫去，挥刀砍死完颜亶时，完颜亶还万分不解说：'完颜亮你疯了吗？'他还以为完颜亮是神智错乱，才干出这种大逆不道之事呢！"

"巴山老鬼"道："哈，完颜亮这厮好生了得！他夺位后暴露出本来面目，却又如何呢？"

段阳道："这厮可有两下子，他马上为拥戴他的人大肆加官进爵，同时心狠手辣大杀忠于完颜亶的人。他把金国开国重臣完颜斡里不、完颜兀术等后人统统杀干净！"

杜百年惊道："这厮下手，比咱们武林中人还狠毒！"

段阳摇头道："杜老侠，这还不算狠毒。那完颜亮将对头后人赶尽杀绝，竟然把对头的妻子女儿，统统掳进后宫供他淫乐！这狗日的乱伦，到了不分青红皂白的可耻地步，被他奸淫的女人当中，有的是他的叔母、有的是他的姑母和姊妹！"

"巴山老鬼"怒骂道："他娘的，天下竟然有这种禽兽不如的东西！"

段阳点头道："齐先生骂得对，这厮真是禽兽不如！此次他带兵来攻打大宋，他的嫡母徒单太后只是说了几句担忧的话，他竟然诬称徒单太后谋反，用铁锤把她活活打死！"

众人一听又惊得"啊"的一声。龙飞道:"这厮丧心病狂了吗?"

赵无痕听罢却喜道:"小主人,那完颜亮是这般人物,咱们大宋可保住了!"

众人一听都是一愣,听不懂赵无痕说这话是何意思。张去病忙问道:"赵先生,此话怎讲?"

赵无痕道:"小主人,像完颜亮这种大奸大伪之人,在咱们中国历史上,还有两个很出名的人。"

段阳忙问道:"赵先生,你说咱们中国历史上有两个像完颜亮一般的大伪人?他们是谁?"

赵无痕道:"一个是那西汉的王莽。此人是西汉平帝之舅,也是奸伪至极!他平日装得谦恭折节,尊敬贤士,假行公道,不爱声色犬马,生活非常简朴,对任何人都诚恳有加,且怀圣贤抱负。所以那时人人都被他骗过,将他视为大贤人,据说当时天下郡县,称颂王莽功德的人竟然有四十八万之多!后来他暴露狰狞面目,篡夺了刘氏的皇位。但这王莽做皇帝,却治国无方,弄得民怨沸腾,逼得农民纷纷揭竿造反,王莽又没本事平息动乱,待到起义军攻破京城时,他束手无策,只得纵火自焚身亡。"

众人听得"啊"了一声。张去病叹道:"啊呀,要识别一个人真是太难啊!"

赵无痕道:"可不是吗?对此前朝大诗人白居易老先生也这般感叹。他写了一首题为《放言》的诗说:'赠君一法决狐疑,不用钻龟与祝菁。试玉要烧三日满,辨材须待七年期。周公恐惧流言日,王莽谦恭未篡时。向使当年身便死,一生真伪有谁知。'在老夫看来,倘若是大伪之人,便是七年,也未必能辨出他的真伪。"

段阳又问道:"赵先生,还有一个大伪人是谁呢?"

赵无痕道:"另一个大伪人,便是隋朝的隋炀帝杨广。此人也奸伪无比。平日里,他伪装得同那王莽一般无二,给人非常厚道,非常平易近人,对人非常谦逊有礼的印象。而且他的诗写得好,充满情理,众人都觉得他温文尔雅,很有才华,是个难得的人才。"

说到此处,赵无痕摇了摇头,叹口气。众人听得入神,都静望着赵无痕。赵无痕叹罢,又道:"因这杨广伪装得天衣无缝,所以渐渐骗得父亲隋文帝杨坚信任。那隋文帝杨坚竟将他哥哥杨勇的太子之位废去,让他来做太子。岂料那杨广夺到太子之位后,便露出禽兽面目,待到隋文帝杨坚病重时,他竟然狠毒杀父篡位,将哥哥杨勇也杀害。这还不说,他也乱伦后宫,奸淫他庶母陈夫人。杨广登位后,也是穷奢极欲,而且四处征战,也导致百姓起义造反,天下大乱,烽烟四起,最后他被手下禁军叛将绞死在仁寿宫。"

众人听到此处又"啊"了一声。龙飞不解道:"赵先生,你说这两个人同那完颜亮有什么关联呢？"

赵无痕道："你们看，王莽和杨广这两人，作伪本领都极高明，是不是？"众人点点头。

赵无痕又道："但是这两个人后来都身败名裂，死于非命，你们说这是为什么呢？"众人摇摇头。

赵无痕道："只因这两人平日一门心思作伪，没工夫学别的本事，无治国本领，打仗本领更差劲，所以两人最终都是惨败下场！想那完颜亮，既然同王莽和杨广是一路货色，老夫料他的心思也都用在作伪上，打仗也一定是个尿包，所以我说他率兵来犯，我大宋不足畏！"众人一听松了口气。

赵无痕又道："不过，那完颜亮率六十万大军一路杀来，最遭殃的还是大宋百姓，咱们赶快想法子抵挡金兵才好！"

张去病望着陆游题在壁上的诗句，心中忽然有了主意，毅然道："诸位前辈，靠皇上抵挡金兵靠不住，咱们只得靠自己杀敌了！"他一指壁上题诗，道，"这诗说得好：'一身报国有万死，双鬓再无向人青！'卫国保家，匹夫有责！上次咱们潜入金兵大营没杀成金兀术，这次，咱们再用此法去刺杀那完颜亮！大伙有一身惊世武功，皇上不让咱们上阵杀敌报国，嘿嘿，咱们还不能按老百姓办法，自个儿上阵杀敌吗，皇上他还管得着吗？"

杜百年一听大声赞道："公子说得好！朝廷上的鸟皇帝靠不住，咱们老百姓得靠自己。大活人不能让尿憋死，天高皇帝远，那鸟皇帝管不着咱们，对，咱们杀鞑子去！"

张去病转头对柳语道："语儿，我娘叫我去天山向你爹提亲，可是眼下金兵杀来，我暂时去不成天山了。你且先回天山去，待我们去杀了完颜亮，打退金兵，我便来天山提亲娶你，好吗？"

柳语满脸通红，轻声道："好吧。去病哥哥你去吧，可得小心行事！"

张去病又对蓝龙道："蓝大哥，去病此去杀敌不知多少时日。蓝大哥教务在身，恐有耽误，咱们在此作别罢。小弟杀退金兵，他日定上摩尼岩去看望大哥和众位前辈！"

岂料蓝龙冷笑道："嘿嘿，小兄弟，你这是什么话？你去涉险杀敌，却要做哥哥的回摩尼岩去避险，你还当我们是兄弟吗？我若此刻离你而去，还叫什么生死与共的患难兄弟？嘿嘿，你也忒小看做哥哥的了！"

张去病忙赔礼道："蓝大哥莫生气，小弟说错话，我给你赔个不是。有蓝大哥同往杀敌那敢情好！不过行军打仗，带着何莹多有不便，小弟想请吴姥姥携带何莹和柳语一同回西域去。不知可否？"

蓝龙道："那有何不可？该当如此！"对吴艳娇道，"吴长老劳你走一趟，将两位姑娘送回西域，好吗？"吴艳娇道："属下遵命。"

众人吃罢酒饭走出小店，吴艳娇和柳语牵着何莹同众人告别。张去病等人翻身上马，向瓜洲渡口方向奔驰而去。

那瓜洲渡口在长江边上，自古以来便是兵家争夺要塞。张去病一行从临安出发过无锡，走常州，一路上，只见躲避兵乱的百姓携家带口由北逃来，浩浩荡荡，还有不少伤兵夹在人流之中。

行至离镇江不远时，忽见道上来了大批江湖豪杰，约有八九千人，打着各门派的旗号，青龙帮的旗号也在内。人人带着兵刀情绪激昂，有的骑马，有的步行，都急匆匆地赶路。穆兴看见青龙帮旗号，忙高声喊道："青龙帮的兄弟们，龙帮主在此！"青龙帮众人听见喊声，一阵欢呼："帮主，您老人家来得正好，快率领众兄弟去杀鞑子兵！"

龙飞催马上前，道："众位兄弟别来无恙！"一位留守总舵的堂主上前躬身道："帮主，弟兄们听说那鞑子兵要打过江来占我家园，大伙为保家卫国便响应江、淮、浙、湘及湖广武林门派的倡议，一起到前线去杀鞑子兵！属下差人去临安向您老人家禀报此事，未能找到帮主。眼见军情紧急，弟兄们便擅自行事，望帮主恕罪！"

龙飞哈哈笑道："刘堂主这是什么话？国难当头，保家卫国正是咱们习武之人的本分，大伙去杀鞑子兵，乃是英雄壮举，好得很啊！又有什么罪了？"

各门派的帮主掌门人一见龙飞到来，纷纷过来打招呼。有人在桂花台上见过张去病，将他认出，惊呼道："啊呀，张去病公子也来了！"

几十位掌门听见呼声，纷纷举目朝张去病看来，脸上皆显出崇敬神色。张去病忙道："各位掌门人可好？"众人道："谢张公子挂怀！"

一个红脸白须老者道："张公子，你来得正好，咱们一帮乌合之众去杀鞑子兵，不懂行军打仗之法恐怕不成。公子乃是将门之后，正好率领大伙上阵杀敌！"

龙飞轻声对张去病道："这位是巫山帮帮主方天侠老爷子。"

张去病忙道："谢方老爷子高看去病。布阵打仗之事，去病虽知之不多，但为杀敌卫国，去病义不容辞！"

众人正说话，忽见道上一人骑马飞奔而来，转眼之间奔到近前，一个瘦汉跳下马来，上前对方天侠躬身道："禀报帮主，大事不好！那江淮守将王权畏敌如虎，金兵还未杀到，他个龟儿子就弃城而逃，金兵毫无阻挡，已开到了长江北岸的和州，正在准备船只渡江！"

群雄一听纷纷大骂王权是个孬种！张去病心忧道："和州失守，门户大开，那完颜亮若挥师渡过长江，便可长驱直入杀向临安，我大宋危矣！"

蓝龙道："可惜，我教在沿海一带有十几万弟子。眼下局势紧急，来不及召集他们来抗金！"

云飞扬道："张公子，为今之计，军情紧急，咱们只有赶快去长江对岸，想法子阻止金兵渡江！"

张去病一听，觉得眼下情形只能如此。遂振臂呼道："众位英雄，那江淮守将王权弃城而逃，鞑子已兵临长江对岸，军情万分火急，咱赶紧奔到渡口阻止金兵渡江！"

群豪齐应道："走，赶快去阻止金兵渡江！"

张去病遂打马朝和州方向奔去，群豪紧随其后。没有骑马的人一个个展开轻功，跟在后面奔行。奔出三十余里，只见长长的难民队伍从道上如潮涌来。溃退下来的宋军成群结队，一伙一伙夹在难民队伍当中，道上人满为患，挡住群豪的行速。

赵无痕道："小主人，俗话说兵败如山倒，咱们得想法子重振宋军士气，才能稳住阵脚，挽回颓势，击败金兵！"

张去病叹道："想什么法子重振士气呢……唉，倘若我外公在世就好了，他老人家一定能想出妙计击溃金兵！"众人一听，蓦然想起，当年岳飞率兵打得金兵魂飞胆丧的往事。

昔日岳飞率五百骑兵，便大败金兵于汜水之上。接着中原一战，岳家军便夺得行金兵帅旗。太行山大战，岳家军生擒金兵大将拓拔耶乌，杀死鞑子黑风大王。在广德迎战金兀术，岳家军六战六捷。再战常州时，又四战四捷。镇江一役更是杀得金兵横尸十五里。岳家军偷袭牛头山，岳飞使妙计诱使金兵自相攻击。随后岳飞挥师北上，收复郓州、攻克襄阳，夺取邓州、拿下庐州，占领唐州，真可谓势如破竹，百战百胜，所向披靡，神勇无敌，被人称为常胜将军。

众人想起岳飞的辉煌战绩，心想倘若岳爷在世，金兵又何足道哉！云飞扬忽然心念一动，想到一个主意。忙道："张公子，提起岳元帅当年令金兵闻风丧胆，云某倒是想到一个大振宋军士气的法子。"

张去病忙问道："云大摩尼，你想到什么好主意？快说来听听？"

云飞扬道："先前，在岳爷的坟前，我听见你外婆说你长得很像岳元帅，是不是？"

张去病道："是啊，连我娘、我舅舅和舅妈他们都这么说。我去杀秦桧时，那老贼也错把我当成我外公了！"

云飞扬道："既然公子长得像岳元帅，你何不装扮成岳元帅？咱们这几千江湖豪杰，何不装扮成岳家军？咱们打着岳家军的旗帜，浩浩荡荡开到前线去，如此一来定能重振宋军士气，唬住金兵！"

众人一听，齐声叫好。"巴山老鬼"笑道："云摩尼这主意真妙！哈哈，那金兵忽然看见岳家军杀来，一定会吓得屁滚尿流！"

杜百年道："这主意好是好，只是咱们扮成岳家军，还缺一样东西。"云飞扬道："杜大侠是说缺少军服吗？"

杜百年点点头，道："云大摩尼真是足智多谋，一猜便中。"

云飞扬又道："杜大侠谬赞了。此事不用发愁，军服马上就可以换上。"说时抬手一指道上溃退下来的众多宋兵。众人顿时会意，都哈哈大笑。

张去病道："云大摩尼这法子好，咱们就按这主意办！请各位帮主传话众兄弟，见到败退的宋军，大伙便借他们的军服一用。"

众帮主立即传话本帮子弟，众人听到命令，一见到宋兵便上前将其军服剥下穿上。溃败的士兵也不反抗，脱掉军服正好溜回家去看望家人。半日之间，居然有两千多豪杰都扮成了宋军。

张去病心想要扮外公，得要粘上胡须才对。当即找个僻静处，拿出易容锦袋来，剪下头发粘在脸上。再往铜镜里一看，连他自己都不敢相信，竟然同外公相像至极。

赵无痕道："小主人，你扮成岳元帅，还须一身盔甲和一面帅旗，咱们得想法弄到才好。"

张去病道："这去哪儿弄呢？"他话未落音，忽见道上逃来大队宋军。当先一位军官打马疾逃，身后士兵扛着一面大旗，旗上绣着一个"王"字。

赵无痕喜道："小主人，送盔甲的来了！齐兄，你去为小主人将盔甲取来。""巴山老鬼"应道声："是"。身子一闪挡在道中。那将军打马奔到近前，看见"巴山老鬼"挡在道上，却不把马勒住，猛将手中的长枪一挑，欲将"巴山老鬼"挑下道去。

"巴山老鬼"见他如此凶残，心下大怒，飞身纵起一把抓住长枪，单腿一扫，将那军官踢下马背。随即纵身上前提起那军官，啪啪啪啪啪一连抽他几个嘴巴，骂道："狗娘养的，你对百姓这么狠，你这狠劲怎不拿去对付鞑子兵？"

那将军被抽得七荤八素，又惊又怒，道："你，你，你敢打本帅？大胆刁民，你要造反不成？"

"巴山老鬼"怒道："老子打的就是你这龟儿子！你这龟儿子吃百姓供的粮，穿百姓供的衣衫，大敌当前临阵脱逃，不保卫百姓，国法不容，天理不容！今日老子不仅打你，老子还要取你狗命！"

说时一掌印在那军官的胸上，那军官口吐鲜血，顿时气绝身亡。后面逃来的士兵见主将被杀，惊得纷纷止住脚步。"巴山老鬼"从那将军身上取下盔甲，转身拿去给张去病。

龙飞走到那扛帅旗的军士前，向道："这逃跑的狗官是谁？他为何不抵抗金兵，带着你们逃跑？"

那士兵惊惶道："好汉，他他……他是我们的提督大人王权。他说金兵太多，咱们打不赢鞑子，便带着小的们逃走……"

张去病穿戴好盔甲，走到众军面前，大声道："众士兵兄弟们：金兵杀来，王权弃阵逃跑，按大宋军法当诛！我们这支队伍是当年的岳家军，现下要去前线杀鞑子兵，你们若想保家卫国，可同我们一起杀敌！若是怕死，谁要回家，可自便！"

众军一听是岳家军到来，顿时精神大振。一名四十多岁的老兵看见张去病，激动得高声叫道："啊啊，真是岳元帅！我当年在岳家军当过兵，见过岳元帅，没错，真是他老人家来了！"

一听这惊呼，不少人激动道："真的是岳元帅吗？这下可好了，咱们可以打败鞑子兵啦！""岳元帅，鞑子欺负咱们太甚，你老人家快率领咱们打过江去，消灭狗日的鞑子兵！""岳元帅，我一家人惨死在金兵的刀下，您老人家快率领我们去报仇！"

岳飞早被秦桧害死，天下人尽知。此时众兵一时激动，昏了头，又见张去病长得像岳飞。眼下金兵来犯还没开战，王权贪生怕死下令撤退，士兵们心中着实气愤，却又无可奈。此时突然听见岳飞到来，一瞬间，想打败金兵报仇雪恨的强烈愿望使他们激动得不论真假。

张去病忙道："众位兄弟，我不是岳元帅，我是岳元帅的后人。眼见国难当头，在下举义旗卫民卫国。你们若愿同我们一起杀金兵，欢迎大伙加入。有谁不愿同去，决不勉强！"

众军一听清醒过来。转念都想：他虽不是岳元帅，但岳元帅的后人打仗一定也厉害。许多人道："将军，我们愿同你一起去杀狗鞑子，报仇雪恨！"一时间，几千人走到张去病的队伍中来。

张去病问那掌旗的军士，道："大伙可有粮草？"军士道："回禀岳元帅，有粮草，运粮车便在后头。"

张去病又问道："军中文书可在？"一人高声答道："小人在！"从人群中走出一个书生模样的人来。张去病道："烦劳兄弟将帅旗上的字，改成'岳'字。"

那文书道："是，小人遵命！"只见那文书走上前将旗上绣着的"王"字挑下，遂又取出笔墨，在帅旗上写下一个斗大的"岳"字。待墨稍干，张去病命掌旗兵举起大旗，发出号令，率领众军继续前行。

沿途上，溃逃下来的士卒，逃难的壮汉，一看见写着"岳"字的军旗，又听说是岳家军前来杀敌，众人无不欢欣鼓舞，纷纷加入到行军队伍中来。快到瓜洲渡口时，张去病麾下竟然召集了两万多人马。

人马行至瓜洲渡口附近，忽听战鼓雷鸣，杀声震天，众人皆是一惊。张去病道："不好，听这战鼓声，好像是金兵在渡江！奇怪，那王权已率兵逃离渡口，是何人在同金兵作战呢？"随即对众人道："众位兄弟，前方传来交战之声，咱们赶去渡口杀鞑子兵！"众人闻令撒开腿奔跑起来。

张去病带兵赶到渡口时，只见渡口上数千百姓和几百名宋兵正在同冲上岸来的金兵殊死拼杀，有的拿着兵刀，有的拿着锄头，有的拿着扁担，有的拿着棍棒，发狂似的抵挡金兵。一个中年文官身上溅满鲜血，站在人群中声嘶力竭指挥战斗。江面上，金兵的几百条渡船正快速划来，情势十分危急。

张去病大吼一声："大宋军民听着，岳家军杀鞑子来了！兄弟们杀啊，冲啊！"这一声吼挟带上层内功，如雷贯耳，激战的双方被震得一愣，纷纷举目张望，只见一面写着"岳"字的帅旗下，坐着一位威风凛凛的大将持枪冲杀来。岸边军民大声欢呼："好啊，岳家军杀鞑子兵来了！"

金兵一听岳家军来了，一些曾经败在岳家军手下的老兵大为恐慌，叫道："啊呀，岳家军厉害，快跑！"几个老兵叫罢转身便逃。其他金兵听见这声惊呼，见同伴转身逃走，顿时军心动摇，纷纷向江边的渡船逃去。

张去病大喜。心想外公的威名真是非同小可，仅是听见"岳家军"三个字，大宋军民便士气大振，金兵便吓得抱头鼠窜。若是外公此时上阵岂不更气壮山河？寻思之间，只见一群人冲入金兵之中，犹似狮虎冲入羊群，杀得金兵喊妈叫娘，却是身着军服的各路豪杰。

龙飞、穆兴、段阳三人冲在最前头，一人用刀、一人用枪、一人用斧，杀得金兵血肉横飞。龙飞大呼道："今日大开杀戒杀鞑子，痛快啊，痛快！"

穆兴高声道："妈的，这口恶气，老子心中憋了许久，今日终于得出了！"段阳骂道："狗鞑子残害大宋百姓，老子今日要你们加倍偿还血债！"

"巴山老鬼"、杜百年、蓝龙、云飞扬四人看得手痒，亦要冲去厮杀，却听张去病道："几位前辈且慢动手，杀鸡焉用宰牛刀？大仗还在后头。你们瞧！"抬手一指江面，道，"敌人的援军来了！"众人一看，几艘敌船已划近岸边。当先的三艘船头上站着三员大将。居中一人身材魁梧眼似铜铃，面黑如锅底，腮上长着一大圈黑胡子，手执一根狼牙棒，是金兵打头阵的先锋。

第三十一章　报国

　　那人左侧船头，站着一个红光满面的矮胖子，手握着一个精钢盾牌。那盾牌比寻常盾牌稍小，四周是锋利的刀刃。右侧船头上，也站着一个红光满面的矮胖子，手上也握着一个相同的盾牌。船上四周站满手执弓箭的士兵。后退到江边的金兵见援军到来，纷纷向船奔去。却听那手执狼牙棒的军官大喝一声："放箭！"船上一阵乱箭射出，将溃逃的金兵射倒一片。有金兵人惊呼道："拉多布将军，是自己人，为何放箭射我们？"那拉多布喝道："尔等临阵溃逃，该杀！"

　　一名老兵大声道："拉多布将军，不是小人们怕死，是那岳家军厉害，小人们抵挡不住才往后撤！"

　　拉多布怒道："胡说！那岳飞早死了，还有什么岳家军？尔等贪生怕死，一定是胡说八道！"那老兵往岸上一指道："大人不相信，你看宋军帅旗上的字！"

　　拉多布抬眼一看，看见那帅旗上果然有个斗大的"岳"字。他当年是金兀术手下一员战将，在两军阵前曾见过岳飞，多次在岳家军手下吃过败仗。此时一看那迎风招展的帅旗上写着个大大的"岳"字，他心中一惊。再一看帅旗下之人竟然岳飞相貌，令他顿生惊恐。可他一时又不明白，岳飞已死，为何会死而复生？惊恐之下，他想下令撤退。

　　却听左侧船头上那矮胖子道："拉多布先锋莫慌，那岳飞已死。便是岳飞在世，他已年老力衰，不足为惧！怕他做甚？"

　　右侧船头上的那矮胖子也道："先锋大人，此时岳飞老迈，咱们正好将他打败，折了岳家军威名，先锋岂不扬名天下？"

　　这两个矮胖子是兄弟。左面船上的胖子名叫阿不多，右面船上的胖子名叫阿不少，两人是拉多布的副将。拉多布一听动了心。寻思：我金国大将一再败在岳飞手下，无人能战胜岳家军。今日我若打败岳家军，扬名天下，皇上定会封我做大官。如此一想，他定了定神，大声喝令道："士兵们：快将船靠岸，放箭射死岸上的宋兵！"

金兵闻令迅速将船向岸边划来，船上射出一阵箭雨，冲到渡口边的豪杰不少人中箭，只得纷纷后退。

张去病一看拉多布放箭远攻，借箭雨掩护金兵上岸。倘若大队金兵登上渡口，后面金兵源源不断杀来，自己两三万人马难以抵挡。适才，听见阿不多兄弟说什么"岳飞已年老体弱，不足为惧"，他想：此时我不发神威震住鞑子兵，后果难料！

他马上从身旁宋兵手中要过弓箭，大声道："狗鞑子听着，我岳飞虽然年迈，却不体衰。我显三种本事，尔等看清楚：我第一箭要射倒你们军旗，第二箭要射倒你们主将，第三箭要射杀你们船上弓箭手！"

拉多布一听，哈哈大笑道："岳飞你吹什么牛皮？老子船离你有二百丈远，你的箭射到中途便会掉下江去，你射老子个鸟！"

岸上大宋军民和江上金兵一看，张去病离得太远，都觉得他射不到船上。甚至连赵无痕、蓝龙、云飞扬、"巴山老鬼"、杜百年等人也都以为，张去病是在虚张声势恫吓敌人，即便他内力雄浑能将箭射上船去，但也要有一张强大的弓才行。寻常弓若是用力太大便会折断。是以在场几万人，没一人相信张去病说的是真话。

张去病冷笑一声，从马背飞身下地，迈开蹑云步奔到岸上，只见他反手从箭囊中飞快抓箭，一支连着一支快捷无伦射出三箭。只见那三支箭射出，一支在前、一支在中、一支在后排成笔直一条线，飞快朝拉多布船上军旗飞去。三支箭飞到中途，最后一支箭突然发力追上第二支箭，射到第二支箭的箭尾上。第二支箭被后箭猛地一撞，获得强大推力，一下飞射到第一支箭箭尾上。此时第一支箭已离船不远，突然得到第二支箭撞击的强大推力，破空声大作，一下飞去射到拉多布身后旗杆上。只听咔嚓一声，碗口粗一根旗杆应声折倒，吓得船上金兵纷纷躲避。

这一幕，让渡口的军民和江上金兵看得目瞪口呆。众人从没见过张去病这般神射：三支箭先后射出，第三支要准确无误射到第二支的箭尾上，加快第二支箭飞速，第二支箭赶上前去，要毫无偏差地射到第一支箭尾上，将第一支箭猛推去射倒旗杆，这是何等神奇的射法？一般神箭手虽然也能做到百发百中，但若目标太远，臂力不能及，便无计可施。张去病却能奇思妙想，用此妙法连环三箭将远不可及的目标射倒，真是闻所未闻，见所未见！

群豪皆知：最难的是三支箭射出必须在一条直线上，不能偏差分毫，每一箭所使力道必须拿捏得恰到好处，轻一分、重一分都不成，才能使后箭追上前箭。这需要何等的心智和功力！而那旗杆离得太远，在岸上看去如同手杖般粗，要射中它又需要何等超人眼力！更何况一支拇指粗的箭，居然能将碗口粗的旗杆射断，这更是神乎其技！众兵都练过射箭，皆知张去病射这三箭是何等不可思议！呆愕一瞬，两军不分敌我，都爆发出震耳欲聋的喝彩声。

拉多布一看旗杆被张去病射断，大惊失色。他从未见过这般神乎其技的射法，心中又惊又疑：心想这岳飞怎会年纪越老，力气越大，武功越高强？他萌生惧意，想打退堂鼓。却听那完颜阿不多道："岳飞，你老儿碰运气射中旗杆，没有啥了不起！你有本事射爷一箭试试？"

张去病道："你官儿太小，不值得本帅射你。本帅要射你们头儿！"说时又抽出箭搭在弓上。

金兵和宋军一听，都注目凝视张去病，看他这一箭如何射出。拉多布听张去病说要射自己，吓得急忙从士兵手中抓过一个盾牌护在胸前。此时，张去病见江面上划过来十几艘敌船，心生一计：两眼瞄准拉多布，嘴里却轻声对龙飞道："龙大哥，你帮内可有潜水好手？"

龙飞道："有。我青龙帮在长江边上，帮内会水高手很多。主人问此做甚？"

张去病道："待会儿，我用射箭吸引金兵，你命青龙帮潜水高手潜入江中，去将敌船戳漏！"龙飞喜道："这法子好极！"转身吩咐手下人依计行事。

张去病大声道："鞑子兵先锋，本帅这一箭要射你心脏！"说时，又嗖嗖嗖一连射出三箭。这一回，只见那三支箭射出，两支在前，一支稍后，排成"品"字形向拉多布飞射过去。拉多布看见三支箭如流星向自己射来，吓得身子疾蹲躲到盾牌背后。众人一看心想：那拉多布用盾牌挡住整个身子，这三支箭射去，怎能射中他心脏呢？

众人迷惑不解，却见那三支箭射离拉多布几丈远时，中间那支箭突然发力，飞去撞在左边箭身上，撞得那箭往左斜飞射去。中间那箭受左箭飞行力道反弹，又反飞去撞击在右边箭身上，撞得那箭斜飞出去。受这两次撞击一阻，中间那支箭失去力道突然坠入江中。

阿不多兄弟二人一看哈哈大笑，道："岳飞，你这鸟箭法想射咱们先锋？射个球！"二人笑声未绝，忽然见那左右两支箭正朝他二人激射过来。两人一呆，箭已射到面前。惊慌之下，二人急用手中盾牌去挡飞箭。岂料盾一碰箭，一股巨大力道撞得盾牌反击回去，重重击在两人胸膛上，兄弟二人惨叫一声，顿时毙命。那飞箭挟带内力太大，竟然将他二人撞得掉入江中。

众人看见两兄弟突然落江，不知内情，还道二人是躲避飞箭不慎掉下江去。但看了一会儿，却不见二人浮出水面，才知两人已死。一时间，众人惊得连喝彩也忘了。

拉多布躲在盾牌后，听见四下静悄悄的，没有箭射来，心中奇怪，便从盾牌后探头窥看，两边船上不见了阿不多、阿不少兄弟。忙问旁边人，道："阿老大、阿老二呢？"身边一名金兵颤声道："两位将军被那岳飞射中，掉下江里去了！"

拉多布大惊，道："他们被岳飞射死掉进江里了？岳飞怎能同时射杀两个人？"另一金兵惊惶道："是的，大人，他们是被那岳飞射掉下江里去了，大伙亲眼看见！"

拉多布惊骇道："啊呀，岳飞他……他……他不是说要射我的心窝吗，怎么去射阿老大、阿老二呢？"

适才，张去病故意说是要射拉多布心窝，其实是要射杀阿不多兄弟，剪除拉多布的帮手，便使声东击西之计麻痹阿不多兄弟。他射出三支箭排成品字形，手上使巧劲将第二支箭射去撞击左、右两支箭，使双箭改变飞行轨道，突然分射阿氏兄弟。待到阿氏兄弟发觉飞箭射来，急用盾牌挡箭护身，那盾牌承受不起箭上挟带巨大力道，反弹回去将他二人一齐打死。

众人被这两次神射震惊，皆不知张去病暗中使了"日月双环神功"移山填海法门，巧使射出飞箭互相借力打力，增大飞行距离，改变飞行方向。加之他内力雄奇，箭上劲道奇大无比，才能一箭射杀阿氏兄弟。

张去病见金兵大受震慑。心想要率宋军驾船攻击金兵，还须射杀敌人船上的弓箭手，叫他们不能放箭才成。如此一想，他回头对众人道："弟兄们快上船，准备随我冲锋！"

渡口停着一些战船和渔船，众人一听纷纷跳上船。张去病飞身跳上一只小船，道："龙大哥、穆大哥、段大哥，请多抱些弓箭上船来。"三人一听，从周围军士手中抱来许多弓箭跃上小船。

张去病又道："龙大哥、穆大哥，请你二人帮我划船，划得越快越好！段大哥，过会儿请你给我递箭羽！"三人道："遵命！"龙飞掌舵，穆兴划桨，段阳手拿弓箭站在张去病身旁。张去病下令道："快划船！"

龙飞和穆兴功力深厚，划起船来非同小可，只见那小船如离弦之箭向金兵大船飞速划去。张去病站在船头，高声对船上金兵道："鞑子兵听着，刚才，我说我第一箭要射倒你们军旗，第二箭要射倒你们将领，第三箭要射杀你们船上弓箭手！我要射第三箭了，不想死的赶快躲进船舱去！"

适才，金兵瞧见张去病神射奇技，已是胆战心惊。此时船上弓箭手一听张去病要射杀他们，胆小的纷纷往船舱里钻。胆大的站在船舱外犹豫不决。张去病见状，快速抓箭连连射出，金兵弓箭手顿时数人中箭倒下。龙飞和穆兴飞快划船，段阳不断递箭羽给张去病，张去病用连射手法不停地放箭，三人配合如同一体，只见飞箭如同连珠炮射出，金兵攻箭手被射倒一片，剩余弓箭手吓得争先恐后钻进船舱内，不敢露头。

张去病使的连珠射箭法，是小时候岳飞教他的，他从未上阵使过。这次虽是第一次使，但他内力深厚，眼力超人，将这连珠射法使得比他外公更有威力。此时看见金兵箭手躲进船舱，他大喊一声："大伙冲啊！"

大宋军民一听号令，立即奋勇划船向金兵船只冲去。各路豪杰功力深厚，将船飞快划到金兵大船下，飞身跃上船去挥刀砍杀。金兵哪是对手？片刻之间金兵死伤无数。

"巴山老鬼"跳上拉多布的大船，拉多布疾挥狼牙棒当头打来，力道沉雄。"巴山老鬼"往旁一闪，挥掌在那狼牙棒上一拍，拉多布顿感两臂酸麻，虎口震裂，狼牙棒脱手飞坠江中。拉多布吓得转身往船尾逃，"巴山老鬼"闪身上前一掌打在他背上，打得拉多布扑到船舷上气绝身亡。金兵见主将已亡，更无斗志，纷纷丢弃武器投降。

群豪大获全胜，正在缴敌人兵刃。忽听一阵号角声响，回头看去只见十艘金兵大船从四周划来，将返回渡口退路切断。刚才大伙只顾在船上同金兵厮杀，没留神敌人援军到来，不慎落入金兵包围之中。

张去病一看十艘大船上，居中船上挂着一面帅旗。旗下坐着个胖大军官，浓眉细目，高鼻阔口，胡须花白，手持一根长矛威风凛凛。其他九艘大船上分别站着一个军官，个个神情悍恶。

只听那胖大军官喝道："大胆贼人，你们已被本师围住，还不快投降！"

张去病大笑一声，道："你是何人？你军先锋已死在我箭下！哈哈哈，尔等又来送死，再好不过！"

那胖军官身旁一名金兵大声道："这是我大金国平南大元帅完颜高大将军，尔等还不快快投降！"

"巴山老鬼"骂道："投降你个球！"抓过一把刀飞掷过去，飞刀挟带劲风呼呼作响声势吓人。那胖军官见刀迎面飞来，疾用手中长矛去挡。岂料刀飞到他身前突然转弯将他身边金兵砍成两段。

那胖军官大吃一惊，情知遇上强敌忙喝令道："众军放箭！快放箭！从四面射死贼人！"

霎时间十条船上金兵乱箭齐发，箭雨从四面八方射来。群豪有的躲入船舱，有的抓起金兵死尸挡箭，有的找东西遮掩，情形甚是狼狈。

那完颜高哈哈大笑道："小的们，射死这些王八羔子，快快划船上去撞沉他们的小船！"

金兵善于骑马射箭，箭法皆好。此时在水上打仗也将所长施展开来，加之射箭人数多，只见满天飞矢如蝗虫飞来，一时间群豪有不少人中箭，被箭雨压得不敢露头。金兵大船越逼越近，敌人船身高大坚固，倘若被撞上，群豪的船非沉不可。张去病几次想冲出舱去射杀那完颜高，无奈敌人箭雨太密，他根本无法在舱外立足。

赵无痕道："小主人沉住气，等敌船再划近一些，咱们手执盾牌杀过敌船去！"

蓝龙道："小兄弟，敌船靠近时，咱们分别杀上各条船去，只要斩下敌将首级，敌人攻势便会瓦解！"云飞扬道："咱们或是捉住那金兵元帅，逼他下令退兵！"

几人正在商量对策，忽听远处有人高声道："岳元帅勿忧，小人万虎来助你一臂之力！"

张去病一看，见有五条小船飞快划来，每条船上站着几名青衣汉子，模样看不真切。他心中诧异：金兵船大人多，这十几人竟敢划着小船来同金兵斗，他们是什么人？

完颜高看见五条小船划来根本不放在眼里，哈哈哈一笑，道："他奶奶的，巴掌大的小船，老子放个屁便将它们掀翻！"

完颜高刚说完话，忽听空中响起一阵阵尖厉呼啸声。他抬头一看，只见十几个拖着火焰尾巴的东西朝他大船飞来。火光耀眼，看不清楚是何物。瞬息间那东西飞落船上，轰一声爆炸开，一股强大冲力将他掀倒在船上。大船顿时浓烟滚滚，火光灼人。只听那小船上的人哈哈哈大笑道："狗鞑子，老子叫你们尝尝我大宋'火焰弹'的厉害！"

完颜高爬起身来惊魂未定，又听见尖厉的呼啸声响起。抬头一看又见十几个拖着火光尾巴的飞行物射来，呼啸声比先前的更大，吓得他赶紧躲到座椅背后。只听轰隆隆几声炸响，一阵巨大力道又将他掀翻。他只觉头痛欲裂，眼冒金星，耳朵嗡嗡作响，不知什么东西燃烧起来。

小船上之人又哈哈大笑道："狗鞑子，老子叫你们再尝尝我大宋'霹雳炮'的厉害！"一时间，尖厉呼啸声连连响起，四下里爆炸声此起彼伏，金兵十艘大船上全都浓烟弥漫，大火熊熊燃烧。金兵四处抱头逃窜，一片混乱，十艘大船顿时溃不成军。

群豪看见那爆炸之物一个个大似西瓜，犹似烟花爆竹，爆炸威力却比爆竹大千百倍，响声震天动地，且会飞行数十丈远。虽然不能炸沉敌船，却吓得金兵个个肝胆俱裂。众人不知那是何物，皆心下大奇。

张去病一看，己方船只虽已靠近完颜高的船，但还有二十多丈远，众人还没法跃上船杀敌。他回眸看到船上铁锚，纵身上前提起铁锚朝敌船砸去。只听咣当当一阵急响，那锚头带着铁链直飞去，砰的一声牢牢抓在完颜高的大船上。锚上铁链碗口般粗，二十几丈长，他纵身跳上铁链飞奔到完颜高大船上。

赵无痕、蓝龙、云飞扬、"巴山老鬼"、杜百年、龙飞等人也各自施展轻功，跳上铁链冲上船去。一时间，各路轻功好手纷纷效法张去病，抓起铁锚砸向其余敌船，从铁链上冲上船去杀敌。张去病冲到大船上，挥拳打倒挡道金兵，四处搜寻完颜高，却不见完颜高踪迹。忽听龙飞叫道："小主人，完颜高那厮驾船逃走了！"

张去病往江上一看，只见完颜高站在一条小船上，惊慌万状喝令船上金兵划船，已然划出去二十多丈远。他寻思若能捉住敌帅，定能大长宋军士气，灭敌人威风！心念闪过，他忙转身一掌打在船舱上，震落几块木板，随手抓起两块抛出一块，身子跟着一纵，飞跃站在那木板上凌空滑翔。待木板飞旋出十几丈远，他又抛出第二块木板，右脚在第一块木板上轻轻一点，身子飞落在第二块木板上。待那木板凌空滑翔距完颜高的小船不远，他身子凌空一旋飞坠到完颜高小船上。

张去病露这一手功夫，众人都看傻了眼。这是蹑云步的一招名叫"凌虚驭风"。创这门功夫的唐代真人白玉禅，为了上高山采药，下深谷探幽，寻找灵物炼制仙丹，创下了这一招功夫。其奥妙是抛出木板时，手上用劲极巧，使那木板飞旋而出，速度并不很快。而人纵起跳跃速度却极快，所以能追上抛出的木板。人跃追上木板时，用脚在板上轻轻一点，二次发力向前飞跃，这需要在空中身轻如燕方能做到。当年白玉禅道长便是这样不断抛出木板，飞身踏在板上纵下跃采药炼丹。

赵无痕看见张去病使这一招，不禁赞道："小主人把这一招使绝了！真是长江后浪推前浪，世上新人换旧人。我等辈老人是该息隐江湖了！"蓝龙亦叹道："像小兄弟这等武学奇才，只怕后世再难见到！"

完颜高见张去病突然从天而降，大叫一声挥刀砍向张去病的腰际。张去病伸掌往刀背上一拍，一股力道震得完颜高四肢酸软，身子跌倒船板上。他一把抓住完颜高，力贯五指，拿透完颜高身上两处大穴。完颜高顿时动弹不得。

张去病转身向两个划船金兵，手掌一扬还没发力，二人吓得一哆嗦，身子晃荡几下掉入江中。张去病哈哈一笑，正要划动小船将完颜高带上岸，忽见几艘敌船赶来救完颜高。他抓起双桨急速快划，想从几艘大船缝隙间冲过去。岂料敌船狡猾猜出他的心思，几艘船身打横围成一堵高墙，将他的小船困在当中。张去病寻思：自己要脱身倒也不难，可要将俘获的完颜高带上渡口却是不易。

忽听大船上一名敌将高声喝道："兀那贼人，快放了我们大帅便饶你不死！"这几艘船刚从远划来，船上将领没看见张去病刚才施展神功，也不知张去病是岳家军主帅，此时见他被困，便威胁他放人。

张去病喝道："你们元帅在我手中，尔等若不让道，我便将你们元帅的头扭下来！"

完颜高躺在小船上虽不能动，却能说话。一听张去病之言，吓得大声叫："多拉索将军，快命船让道！"多拉索犹豫道："大人，这……"

完颜高怒喝道："奶奶个熊！你敢违本帅命令吗？你磨磨蹭蹭，想害死老子吗？"

张去病暗暗好笑，心想这厮已成俘虏，还不忘耍官威，打官腔，真是积习难改！

多拉索吓得连声道："是，是，大帅息怒……"话未说完，忽觉身子一歪险些跌倒，惊回首看去，只见船尾在慢慢下沉。他大吃一惊，还没回过神来，船尾的金兵惊惶叫道："不好了，船漏水了！"纷纷拥向船头。

张去病转头四看，只见围堵他的几艘船都东倒西歪正在下沉。船上金兵人人自危，乱成一团。他兀自寻思：莫非是青龙帮潜水好手将敌船戳漏吗？正思忖间，却见赵无痕、蓝龙、"巴山老鬼"、杜百年等人带领群豪杀上几艘敌船，金兵无路可逃，仓皇之际不少人掉入江中淹死。

便在此时，忽听有人叫道："主人，我们接应你来了！"张去病回头一看，见龙飞、穆兴、段阳三人驾着小船飞速划来。张去病振臂一抛，将完颜高扔到穆兴小船上。道："穆大哥，把这鞑子兵元帅带上渡口去！"又道，"龙大哥、段大哥，咱们三人再去杀鞑子！"

龙飞和段阳道声："遵命。"穆兴一脚踩在完颜高的背上，伸手扯断船上一根绳索将完颜高捆牢，转身驾船向渡口驶去。

龙飞和段阳跳到大船上，喜道："禀报主人，鞑子兵被那万虎放的'霹雳炮'吓破胆，二十几艘战船失陷江中伤亡惨重，瞧见主帅被咱们生擒，后面敌船都掉头溜了！"

适才，张去病被几艘大船围堵挡住视线看不见江面战况，不知金兵已经败退。此时闻听金兵败逃，心中大喜笑道："哈哈哈，'岳家军'打仗百战百胜！先前我还一直担心，我们打着'岳家军'的旗号，这头一仗若是打败会大损'岳家军'威名。哈哈，托外公洪福，咱们旗开得胜，没有给他老人家丢脸！"

龙飞等人亦道："是啊，岳元帅在天之灵保佑着咱们！"

张去病道："龙大哥传令收兵罢！"龙飞提气高呼："众军听着：岳元帅有令收兵回营！"他用内力将声音远远传去，传令兵听见命令，立即鸣金收兵。

三人回到渡口，岸上站满兵丁和来慰劳的百姓。张去病从船头跳上岸去，见一个文官走上前来躬身施礼道："下官中书舍人虞允文，参见岳元帅！"

忽见朝廷官员前来参见，张去病有些措手不及，忙还抱奉礼，道："虞大人不必客气！"

虞允文又道："全城百姓闻听岳元帅克敌得胜喜悦不尽，已在岸上搭起帐篷，备下酒菜犒劳将士，请岳元帅赏光入席！"

张去病道："谢谢父老乡亲！"遂同虞允文走进一个大帐篷内，只见赵无痕、蓝龙、云飞扬、杜百年、"巴山老鬼"，以及各门派的帮主、门主、岛主都在帐篷内。有三十几人受伤，缠上了绷带。众人正在眉飞色舞谈论刚才杀敌情形。群豪一见张去病进来，纷纷站起身来。张去病忙道："大伙杀敌辛苦，不必拘礼，请坐下！"

待众人坐下后，虞允文道："众位将军，岳元帅率领大伙打败金兵，按理说，下官应当备下丰盛酒菜慰劳将士。无奈下官奉朝廷之命来前线劳军，并非在此任职。我所带来的食物，被那逃跑将军王权索去，下官手里已无好酒好菜，只得用百姓们送来的粗茶淡饭款待大伙，实在不成敬意！"

江湖群豪对朝廷官员素无好感。可是先前众人来到渡口时，看见这文官指挥军民奋力抗敌甚是英勇，皆心生敬佩之情。此时听他说是朝廷派来劳军的官员，他瞧见武将逃走，不畏危险，挺身而出率众抗敌，对他更刮目相看。

张去病道："虞大人不必客气，大伙只要能填饱肚子杀敌就成！"不一会儿，十几个汉子送上酒菜，桌上除了白菜、萝卜、豆腐之类，还有腊肉、咸鱼等。众人用大碗倒满酒。张去病举起酒碗道："今日大伙勇猛杀敌，杀了金兵先锋官，擒获鞑子主帅完颜高，大获全胜，我敬众位兄弟一杯！"

待众人将酒喝下，张去病想再开口，却见一个三十多岁的红脸汉子站起身来，道："岳元帅，小人平日最佩服你老人家，请让我敬你一碗酒！"

张去病没见过这汉子，忙问道："敢问高姓大名？"那红脸汉子道："小人姓万名虎。"

段阳在旁道："主人，万虎是'霹雳门'掌门人，他制造火药烟花的神技举世无匹，适才在江上便是他率领门人用'火焰弹'与'霹雳炮'炸得敌人晕头转向！"

张去病一听，忙道："原来是万大侠，失敬、失敬！这回杀敌若不是万大侠的'火焰弹'和'霹雳炮'炸破敌人贼胆，我军断难取胜！万大侠立下大功，当是我敬你一杯才对！"说时，双手举起酒碗同万虎手中的碗碰了一下，道："干！"

张去病干了碗中的酒，拱手道："虞大人，万大侠，真神面前不烧假香。在下并非岳元帅，我只是他老人家的后人。先前见军情紧急，为鼓舞大宋军民士气杀退鞑子兵，我擅自打出他老人家旗号，望二位勿怪。"说毕，用手抹去脸上假胡须露出本来面目。

虞允文和万虎心里皆知张去病不是岳飞，但见他率军前来英勇杀敌，对他敬佩万分，是以都不揭穿他。此时听张去病坦言相告，露出本来面目，二人对他更加敬佩。

虞允文道："公子既是岳元帅后人，为了杀敌卫国用此妙计，我等怎生见怪？"

张去病道："今日金兵虽然大败，但未伤元气，几十万鞑子兵还驻扎对岸，那金国皇帝完颜亮定会率大军强渡长江。今夜咱们须得偷渡过江，再接再厉，夜袭他大营！"众人轰然应道："好！"

群豪斗志昂扬，边吃酒菜，边商量夜袭敌营之事。到了晚上二更时分，众人换上金兵衣衫分成三队，登上几十条小船，数千人悄悄驾船向江北划去。此时天黑如墨，伸手不见五指。江上浊浪翻涌。对岸金兵长于陆上作战，不惯水战，经受不住战船摇晃，都躲在船舱内。

张去病率众驾着小船，悄悄绕过敌人大船划到对岸，将船藏在隐蔽处，纵身上岸一看，只见长江边上，金兵营寨黑压压一大片，绵延数里声势极壮。

张去病轻声道："大伙先在附近潜伏下来，待我去刺杀完颜亮得手，发出信号，大伙便杀入敌营。"

张去病说罢带着赵无痕、蓝龙、云飞扬、"巴山老鬼"、杜百年、龙飞、穆兴、段阳八人潜到敌人营外。张去病往西；赵无痕往东；蓝龙往北；云飞扬往西；"巴山老鬼"和杜百年往南；龙飞、穆兴、段阳三人从中路潜入。九人分头去搜寻完颜亮。

张去病行出不远，听见前头人声喧哗，举目一看，三座帐篷前一群金兵坐在火堆旁拿着酒囊喝酒，大声淫秽说笑。再往前走，忽听左面传来一阵喝彩声，却见金国一群兵围成个圈，圈内有两个壮汉在摔跤。

他暗自寻思：完颜亮大帐在何处？这营寨帐篷极多，我如此瞎找，只怕找到天亮都找不到鞑子皇帝。他正思忖，忽听远中路传来一声呼声，却是段阳的声音，呼声惊怒交集，似乎遇到什么危情。他大吃一惊，急速迈开蹑云步朝呼声方向奔去。

金兵大都在帐篷内吃喝玩乐。黑夜里，张去病奔行如风奔过一座帐篷，犹似黑影疾闪，谁也没发现他的身影。片刻间他奔到一处大帐外，见帐前有一百多金兵张弓搭箭，将龙飞、穆兴、段阳三人围住。

段阳肩头上中了一箭血流如注。穆兴正在小心为段阳取出箭头，又出手点穴为他止血。龙飞手持一把钢刀，全神贯注地护卫两人。只见金兵纷纷张弓搭箭，又要射向三人。张去病正想上前出手阻止。忽听一个洪亮的声音喝道："众军且住！"喝声中，金兵群中走出一个身材魁梧，面黑如锅底，粗眉大眼，满腮胡楂的汉子。张去病一看，认出是去桂花台捕捉完颜龙的宫中侍卫统领肃高。

肃高走入圈内，喝道："三个大胆刺客，竟敢前来行刺我大金国皇帝，尔等已插翅难逃！还不赶快束手就擒！"

龙飞冷笑一声，道："你是何人，敢在老子面前吹大气？"肃高道："本官乃大金国宫廷侍卫统领肃高！"

张去病一听，心想肃高捉拿完颜龙有功，回去被完颜亮升为正统领了？那完颜龙被完颜亮杀了吗？他正寻思，却听肃高又道："三个贼子，本统领不将你们生擒活捉，你们不知本统领厉害！"说时拉开架势，围着龙飞走起四相八卦步来。

龙飞正要出手，忽听一个嘶哑的声音道："肃高，朕要你捉活三个刺客。朕要审问这三个贼子，看他们是宋国派来的，还是那辽国、西夏、蒙古、吐蕃派来的？或是那完颜龙同党？"肃高忙躬身道："卑职遵旨。"

张去病寻声看去，只见大篷帐内走出一群人。前面一人身高体阔，身穿龙袍，头戴金冠，脸上胡须密布，遮去半张脸，一双三角眼射出阴沉冷光。他身后跟着一群妃子宫女，个个衣着华丽，颇有姿色。

一听那人自称"朕"，张去病心想：这厮便是金国皇帝完颜亮吗？这下好了，我不用到处去搜寻他！他正寻思，却见肃高身形一晃扑向龙飞，手中舞起一对金瓜铁锤朝龙飞当头砸去。

龙飞斜步旁滑避开肃高攻击，钢刀横出劈向肃高腰间。肃高右手挥锤隔挡钢刀，左手锤猛朝刀身砸落。他这一对瓜锤镔铁打成，一只锤重三十斤。龙飞手中薄薄一把钢刀如被铁锤砸中势必折断。

岂料龙飞手腕忽然一翻，刀身突然竖起，刀刃朝上避开下砸的铁锤，斜挑削向肃高小臂。肃高见对方刀来得太快，急忙纵身跃开。龙飞紧扑上前，唰唰唰唰唰一连劈出五刀。

这五刀劈得迅如奔雷，只听当当当当当五响，火星乱溅，肃高也快捷无伦挥锤将钢刀挡住。两人都不禁一怔，暗中佩服对方身手了得。金兵们为肃高大声喝彩："肃统领好锤法！"

肃高喝道："好贼子，你会快打，难道爷不会吗？看锤！"肃高舞动双锤左右开弓，但见青光闪动，打出四锤挟带风雷之声，慑人心魄。龙飞瞧不清锤势来路，对手兵器沉重大占便宜，钢刀不小心碰上或是卷刃，或是刀被磕飞，使他出手大大受制。

他心下寻思，须将单刀优势使出，扬长避短方能取胜。心念闪过，他迅捷使出一套"滚龙刀法"。一招"矫龙出渊"，二招"强龙压蛇"，三招"飞龙夺日"，四招"神龙摆尾"，快逾疾风般攻过去。肃高没想到他这四锤打出，龙飞不避不挡，使出两败俱伤打法同他对攻。对方单刀轻灵招快。他的锤才打出，对方钢刀已抢先攻到。他若不变招，必先伤在刀下。

肃高飞身一跃避开龙飞快攻，将锤法改为轻灵小巧的敲、击、叩、磕、碰、拨、撂等打法。龙飞却以不变应万变，仍是以"滚龙刀法"对敌。这套刀法经过青龙帮历代帮主千锤百炼，一共虽然只有四十五招，但刀法凶狠缜密，变化精奇。只见他施展开来，场内青光闪闪，一丈多宽的圈子内全是刀影。

肃高双锤笨重，远不及单刀轻快灵动。龙飞一阵快攻逼得肃高连连后退。张去病身穿金兵衣衫混在人群中，见龙飞稳占上风。心想龙大哥行走江湖多年，临敌经验老道。他这套刀法确有独到之处，看来龙大哥不会输给肃高这厮。

他自思忖，忽见肃高后退五步，突然身形一矮，迭步疾蹿，身形似圆球翻滚，双锤专打龙飞下三路。宫中侍卫中有人认得套锤法，叫道："好精彩的'蛇行锤'！"

这"蛇形锤"是辽东"雷公门"独门绝技，施展开来如长蛇翻卷，锤法极是诡异。霎时间，只见肃高一对镔铁锤或双击，或单锤伏打，低伏高蹿，将龙飞紧紧缠住。

龙飞见对手武功忽变，冷笑一声。心道："伏身低斗正是我这滚龙刀法所长，叫你见识我这刀法的厉害！"当下两腿一蹲身子直旋，钢刀纵横翻飞，一阵快刀杀去同肃高缠斗在一起。

二人斗了一百多招，肃高见"蛇形锤"难以取胜，突然纵身跃上半空，双锤一错又换一种锤法攻向龙飞。只见他双锤大开大合，盘旋飞舞，一锤一锤打出隐隐有雷声滚动，双锤形成一个圈将龙飞围在圈内。侍卫中有人喝彩道："好厉害的'螳螂锤'！"

当年，张去病离开悬空岛时，在海上听赵无痕讲述武林门派，曾听赵无痕说过关外辽西有一门派叫"黑龙门"使的兵器是锤，其独门绝技叫"螳螂锤"。心想莫非肃高是"黑龙门"高手？忽见肃高脚下一步三连环，两步六连环，三步九连环，双锤或打、或扫、或砸、或碰、或顶、或撞，时而大开大合，时而小巧短击，时而出招滞迟，时而招快如电。招式变化虽繁，而身形却似螳螂沉稳凝重，攻守缜密。

张去病看得暗暗佩服，心想"黑龙门"能威镇辽西，名扬关外，果然有真才实学，并非浪得虚名。又想：一门派立足江湖历久不衰，必有过人处。我若能将各派精华收入囊中，用之于太乙伏魔手，武功还会大有长进！

他见龙飞见招化招，手中钢刀舞动得风雨不透，无论肃高如何攻击，总无法得手。他心下诧异：龙大哥为何不出手反击？一看龙飞气定神闲，肃高呼吸浊重，他恍然明白：龙飞钢刀轻，欲以逸待劳，拖垮使兵器重的肃高。

肃高似乎看出了龙飞心思，身形一挫围着龙飞腾挪跳跃，又使出一套青海"霍家锤"法来。只见他东一锤，西一锤，出招看似全无章法，却暗藏后续杀招。龙飞却不上当，仍是紧守门户。一时间肃高连换几个门派锤法都奈何不得龙飞。

看到此时，张去病心中升起一个疑团：这肃高使了七八个门派锤法，似乎都不十分精到，这厮究竟是何门派，为何不使本门武功？莫非他在掩饰本门武功不成？这又是为什么？他却不知，肃高久战不下，心中焦急起来。心想皇上在一旁观战，我若不能拿下这三个贼子，皇上定会心下不悦。我须痛下杀手！心念闪过，只见他突然抬手一掷，将手中双锤掷向龙飞。

龙飞见两个铁锤飞砸过来，急忙闪身躲避。岂料那铁锤从他头上飞过去，忽然一转弯又朝他飞来。他欲再跃开去已来不及，只得蹲下躲避。眼见铁锤从头上飞过，他刚直起身，却听"砰"的一声响，无数黄豆般大的钢珠朝他射来，吓得他就地一滚，右臂还是被数粒钢珠打中顿时抬不起来。

肃高哈哈一笑，纵身上前接住坠落铁锤。这一下变故来得太快，连张去病也没想到。适才，他见龙飞一连躲过铁锤两次攻击，以为龙飞安然无事。没想到两把铁锤竟会突然张口射出钢珠！锤头内藏有暗器，这谁能想到？

龙飞手捂伤口又惊又怒，喝问道："肃高臭贼！那'九眼狐'是你什么人？"

肃高冷冷道："什么'九眼狐'，你爷爷不认得！"

穆兴闪身挡在龙飞身前，怒骂道："你奶奶的，武林中能用铁锤发暗器的只有'九眼狐'一人。那'九眼狐'销声匿迹几十年，想不到你这厮竟是采花大盗的门人！"

张去病一听"九眼狐"三个字，心中一惊。蓦然想起当年去临安时，在道上听赵无痕说起他年轻的加入"地藏宫"，起因是他心爱女子被一个绰号叫"九眼狐"的恶人掳去，那女子不从"九眼狐"，跳入锦江身亡。赵无痕在"地藏宫"学成武艺，去找那"九眼狐"报仇，那贼人却从此不见踪迹。赵无痕说那恶人太狡猾诡诈，武功又极高，糟蹋无数良家女子，武林人士将他视为头号祸害，欲将他除掉。然而去杀他的人不是找不到他，便是死在他手下，或是被他逃脱，是以江湖上称他为"九眼狐"。

此时，一听穆兴说肃高是"九眼狐"的门人，张去病心中一动。寻思待我将他擒住，或许能得知那"九眼狐"下落，赵先生岂不是能手刃仇人吗？如此一想，他欲上前去擒肃高。回眸瞥见金国皇帝完颜亮，不由冷静下来。心想擒下肃高事小，对付完颜亮事大，此时不可乱了方寸！待我上前擒住完颜亮，龙飞三人危难自然会解除！心念闪过，他正欲出手，却听肃高喝道："三个贼子，尔等已伤二人，还不赶快投降，以免一死！"

龙飞三人还未答话，忽见两个身影越过众兵头顶跳入场内，一人骂道："投降个鸟！狗鞑子，让老夫来剥你的皮！"

张去病一看骂话之人是"巴山老鬼"，身后跟着杜百年。肃高一惊，后退两步。杜百年从旁闪身扑上，呼地一掌拍出。肃高举锤疾砸杜百年的手臂。杜百年手肘一拐，手掌反拍在铁锤上。一股巨大力道震得肃高浑身一麻，右手铁锤被震飞出去。忽听有人大叫一声砰然倒地。肃高侧目一看，却是铁锤将一名金兵砸翻地上。肃高大惊，情知来强敌，急忙闪身跃开去。凝目一看杜百年，只见敌人年近六旬身子清瘦，面皮焦黄，脸色似大病初愈，双目却神光四射，显是内功精深。肃高忙喝道："老贼，你是何人？"

杜百年冷冷道："淫贼的徒子徒孙，不配问老夫名头！"身形一晃又拍出一掌。肃高侧身疾让，左手挥锤砸向杜百年的肋下。杜百年一旋身子避开铁锤，五指齐张抓向肃高后颈，肃高偏头闪让，忽觉手中一轻，铁锤已被杜百年夺去。

一惊之下，杜百年五指已抓到面门，吓得他纵身旁跃。身子尚未离地，忽被杜百年飞起一腿踢到地上。杜百年一脚踏在肃高胸上，喝道："狗鞑子快令手下人撤走！"

杜百年见金兵重重围困，龙飞和段阳二人已受伤，便将肃高制住，胁迫肃高撤兵为龙飞等人解围，却不知金国皇帝完颜亮在一旁，肃高哪敢擅自下令撤兵？

杜百年见肃高咬紧牙关不说话，正想脚下加力逼他退兵，忽然间身后破空声大作。只听穆兴叫道："杜大侠小心！"

杜百年闪身疾避开暗器，侧目一看，那暗器却是一支碧玉簪。肃高趁杜百年跃开瞬间，翻身滚出二丈开外弹身跃起，急忙退到一旁。

杜百年心中一惊。心想偷袭之人打出一支小小玉簪，力道却胜过飞镖，武功修为颇为了得！他正惊诧，忽见红影一闪，宫女群中跃出一人落到他面前。他注目一看却是个老宫女。这老宫女看去四十七八岁年纪，五官清丽，面容白皙，身段窈窕，身着一袭深红长衫，年岁虽老，却亭亭玉立，风韵犹存。杜百年一怔，道："你是何人？"

那老宫女温柔一笑，道："这位老侠，你认不得奴家吗？奴家可认得你哩！你适才使出一招'乾元震天'，震飞肃统领手中铁锤。后来又使出一招'混元一气'，夺下肃统领另一把铁锤，并将他踢倒踩在脚下。这两招可是'乾元混天掌'妙招啊！奴家如没猜错，你定是那'病松客'杜百年了！"

杜百年一听，吃惊更甚。他刚才使的正是"乾元震天"和"混元一气"两招。这宫女不仅认得他这两招，而且准确地叫出名称。他想本门武功，只有师父和两个师弟知晓，这宫女怎能一语道出？这女子是什么人？她身在金国深宫内，怎识得我贺兰山的武功？

那宫女见杜百年神情惊讶，又道："杜老侠，你奇怪奴家为何识得你的武功是不是？实不相瞒，当年奴家同你师父六合居士动过手，他老人家使这两招被我瞧见过。同你师父相比，你这两招使得还欠几分火候。那一次奴家险些伤在这两招下。

幸亏我抽身得早，才从你师父手下逃脱，没想到几十年后，奴家又同他徒弟相遇，唉，这叫狭路相逢啊！"

杜百年越听越惊奇。寻思这女子看样子还不到五十。我师父已经逝去三十年，当年她同我师父动手时不过十几岁，她怎能从我师父手下逃走？况且我师父是世外高人，又怎么会同一个十几岁小姑娘动手？倘若这女子说话不实，她又怎会识得我这两招？这可奇怪了！一时间杜百年心中惊疑交织。

此时不仅杜百年惊疑，站在宫女群中的金国皇帝完颜亮更大吃一惊。篡夺皇位后，他将前皇完颜亶的嫔妃和几千宫女一并收下供其淫乐。但因宫女太多，许多人他还没见过。此时忽见这名宫女身怀绝技救下肃高，令他惊诧不已。

他忙问身旁受宠的刘妃，道："刘爱妃，那宫女叫什么名字，在宫中是干什么的？"

那妃子忽然脸一红，道："回禀圣上：她叫刁凤，宫女们都叫她刁嬷嬷。她在宫中掌管胭脂花粉之职。"

完颜亮又追问道："她怎么会武功？是谁教她的？"宫中藏着这样一个武功高强的宫女，他竟不知情，此人倘若要行刺，那他可危险至极！这着实令他惊骇，须得问个清楚。

那妃子摇头道："回禀圣上，刁嬷嬷会武功之事，臣妾毫不知情。"

完颜亮转头叫道："安吉，你是宫中的老太监，你知情吗？"一个精瘦老太监上前躬身，瑟瑟发抖道："回禀皇上，奴才只知这刁嬷嬷入宫已有三十多年，却不知她会武功。今日也是头一次知晓。"

这老太监在宫中司管宫女之职，倘若知情不报，便会掉脑袋，是以吓得浑身发抖。完颜亮还想问话，却见肃高走上前来躬身道："皇上，来贼武功甚高，奴才请皇上进帐去暂避一避！"

完颜亮一听满脸怒气道："这是什么话？朕御驾亲征，率几十万大军前来灭宋，遇见几个小贼竟要躲避，我大金国皇帝威风何在？朕手下几十万大军难道是吃素的不成？朕命你速将贼人拿下！"

肃高忙道："卑职遵旨。"急忙转身去调兵谴将。便在此时，却见杜百年沉声问那宫女，道："你究竟是何人？"

那刁嬷嬷荡声回声道："杜老侠问我是什么人，这是明知故问了。嘻嘻，这都不知道吗，奴家是送你去鬼门关的人呀！杜老侠，咱俩别废话，你亮出功夫来罢，让奴家瞧瞧你的'乾元混天掌'造诣如何，看六合居士大徒弟能在我手底走得了几招！"

杜百年一听怒气上冲，双掌一挫便要出招。又听刁嬷嬷喝道："且慢！"杜百年一愣，收住手掌，心想这婆娘要捣什么鬼？却听刁嬷嬷道："常言道：男女授受不亲。奴家可不想让我这双玉手触到你这脏男人。你等奴家戴上手套，以免弄脏我的手！"

刁嬷嬷说时从大袖中取出一双手套来。众人一看，那手套比寻常手套大得多，异常厚实，呈猩红色，上面绣着一大朵牡丹花。

刁嬷嬷戴上手套笑吟吟道："杜大侠，让我送你上路罢！"杜百年在江湖上成名多年，名头甚响，从未被人如此小觑过。先前刁嬷嬷说看杜百年能在她手底下走得几招，此时又说要送他上鬼门关，浑不把他放在眼里。杜百年听罢，气不打一处来。

杜百年铁青着脸色沉声道："好狂的妖妇，看招！"他呼地拍出一掌。这一掌去势如电，隐藏着连绵厉害后招，刁嬷嬷如妄自招架，必伤在他掌下。岂料他手掌拍到中途，忽觉胁下微微一痛，拍出的手掌即被刁嬷嬷一指拨开。

在杜百年出掌一刹那，刁嬷嬷先一指戳到杜百年肋下，又挥指斜挑拨开杜百年手掌，动作快得不可思议。幸亏杜百年出掌快极，掌力沉雄，刁嬷嬷若被拍中，肩胛骨便会被打碎，是以她戳向杜百年肋下那一指失去准头，没点中杜百年肋下穴位。

杜百年惊骇之余，心想刚才自己全速出手一招，对方却能出两招，这等身手委实罕见！他想如此一来，我出两招，这婆娘能出四招，我出四招，她便能出八招，我岂不是穷于招架，受困挨打，全无还手的余暇？

如此一想，他疾扑上去呼呼呼呼连拍四掌，掌掌击向刁嬷嬷的要害处。这四掌，一掌名叫"乾风拂顶"，一掌名叫"昆岗浸岚"，一掌名叫"云绕峰身"，一掌名叫"坤载地覆"，四掌分袭刁嬷嬷的头、肩、腰、腿，乃是"乾元混天掌"中的连环杀招。他一气呵成使出，不容刁嬷嬷有还手的余地。

刁嬷嬷身形一晃，也是嗤嗤嗤嗤一连戳出四指，只见她一根指头忽上、忽下、忽东、忽西，将杜百年的四掌一一拨开，身子犹似一团轻云飘来飘去，口中还说道："哼，这四掌还勉强过得去！"

听见这老气横秋评语，杜百年怒气更盛，却又不得不惊佩刁嬷嬷的功力。自己全力猛攻，掌上力道重逾千斤，对方竟然能用一根手指将他手掌荡开。他情知今日遇上平生未遇的大敌，只要一让对方施展手脚，自己断难对付。

他当下大喝一声，双掌上下左右疾划，翻出无数掌影将刁嬷嬷团团罩住。这是"乾元混天掌"最厉害的杀招，名"乾坤揽八极"，一式共八招。一招比一招精奇，一招比一招威力巨大。只见刁嬷嬷在杜百年的掌影中如同一只红蝶飞舞。双手出指或点、或弹、或戳、或挑、或捻，将杜百年的招式尽数化解。口中连道："好掌法，好掌法！"

便在此时，杜百年突然纵上半空，使出这式的最后一击"乾坤衍"，一掌如泰山压顶般朝刁嬷嬷头顶拍落。众人见这一掌拍得刚猛无俦，只道刁嬷嬷要闪身躲避。殊不知刁嬷嬷却伸出一个指头迎击上去。众人一看简直是以卵击石。杜百年拍下掌力奇大无比，再加上他身子的重量，刁嬷嬷一根指头怎能承受得起？手指不仅会被打折，她也将被打成重伤。

就在人们心惊之际，奇怪一幕发生。只见二人的指掌相撞，刁嬷嬷气定神闲地用一根手指顶住杜百年的手掌，将杜百年的身子托举在空中，仿佛杜百年是个纸人似的。这一幕委实诡异，令众人看得喘不过气来。

张去病一惊：这老宫女是何许人？怎会有这等功力？却见杜百年应变神速，五指猛然地合拢抓住刁嬷嬷手指，欲将她的手指扳断。刁嬷嬷手指藏在手套内，杜百年一把抓住，只觉那手指坚硬似铁棍。

杜百年正诧异，忽觉手掌心"劳宫穴"一麻，五指顿时绵软无力。他大吃一惊情知"劳宫穴"被刁嬷嬷指尖封住。急出左手朝刁嬷嬷的头顶抓下。五指抓到中途，却见刁嬷嬷亦是左手疾伸，食指戳向他手掌虎口的"经渠穴"。

他将手掌一偏，二指弹向刁嬷嬷食指。刁嬷嬷却将食指斜戳，点向他手掌内侧的"太渊穴"。他旋掌避开刁嬷嬷攻击，挥掌斫向刁嬷嬷手腕。刁嬷嬷翻腕疾避，指尖点向他手腕内侧"列缺穴"。一时间，只见刁嬷嬷右手一个指头将杜百年顶在空中，左手频频封住杜百年的攻击，两人均使小巧擒拿功夫，一口气交手七八招。

杜百年使出本门"六合擒拿手"出招极快极狠。然而奇怪，无论他的指法如何诡奇，却总被刁嬷嬷的手指克制。斗了十余招，杜百年心想不出险招难以克敌，当下一声轻叱，右掌从刁嬷嬷指头快捷抽开，运气冲开掌心被封的"劳宫穴"，一指向刁嬷嬷的"巨骨穴"点去。

刁嬷嬷正全神贯注迎斗杜百年的左掌，没料到杜百年突然间抽开右掌出击，她变招稍迟，肩上"巨骨穴"被杜百年点了正着。那"巨骨穴"，位于人身锁骨与肩胛骨结合部凹陷处，属于晕穴，若被点中人顿时会晕过去。

杜百年一指点中敌人，见刁嬷嬷身子往后晕倒。他飞身上前，欲再补一掌除去强敌，岂料刁嬷嬷突然弹身跃起，快捷无伦地向他戳出三指。杜百年没料到刁嬷嬷晕倒会突施袭击。惊惶中他避开两指，却被第三指点在腹中部"水分穴"上，身子一下软倒地上。

张去病大吃一惊，刚才他分明看见杜百年点中刁嬷嬷的"巨骨穴"。按常理刁嬷嬷非晕过去不可。她怎么没晕倒呢？这女人太狡猾！瞬息间她竟然反施诡计将杜百年击倒，心机真个了得！惊异之下，他正要上前救杜百年，却见"巴山老鬼"闪身上前拦住刁嬷嬷。喝道："贼婆子你使奸诈害人，老夫宰了你这个奸婆娘！"

刁嬷嬷后退几步，平心静气道："'巴山老鬼'且慢动手！你要赶去鬼门关，也不急在这一时！"

"巴山老鬼"愕然道："你……你……怎认得我？"

刁嬷嬷冷冷道："你名头很响亮啊！武林之中，谁人不知晓有个'巴山老鬼'？奴家来问你，你本是青城门下，应在四川一带走动。前几年你为何潜到大金国来藏在长白山上？你这贼子对我大金国有何图谋？"

"巴山老鬼"又一惊，心想：这婆娘怎知我出自青城派？她一个深宫女子从未见过老夫，又怎知我潜藏在长白山上？莫非……莫非这婆娘是"长眉老妖"的姘头？想那"长眉老妖"是完颜龙师父，这婆娘是宫女，他二人勾搭上大有可能。保不定是"长眉老妖"龟儿子在枕头上，将老夫之事说与这婆娘听了！是了，老妖对她说了老夫的相貌和踪迹，这婆娘才认出我来！

如此一想，他冷笑一声，道："贼婆子，老夫之事，是你那姘头'长眉老妖'说的吗？他还对你说了些什么？嗯？"

刁嬷嬷却哼一声鼻音，道："哼，'长眉老妖'算东西？他给奴家提鞋都不配，怎能做我的姘头？你这老鬼也忒小看奴家了！"

"巴山老鬼"一怔，心想"长眉老妖"听见这婆娘的话，一定会将鼻子气歪。她不是老妖的姘头，又会是什么人？

又听刁嬷嬷说道："巴山老鬼，以青城派武功，你在武林中排不上号的。而你竟然能在'妖魔鬼怪'四人中占一席，可见你另有所长。不过在奴家面前，你那点功夫不管用。我来问你，你是乖乖束手就擒呢，还是要奴家将你拿下？"

"巴山老鬼"冷笑一声，道："贼婆娘，你吹什么大气？刚才你使奸计暗算杜大侠，算什么鸟本事：来来来，待老夫一掌劈了你这贱人！"说时起身上前双掌交叉翻转，缓缓一掌拍出。

适才，他在一旁观看杜百年同刁嬷嬷打斗，瞧出刁嬷嬷不仅功力深厚出手极快，身法滑如泥鳅，心机狡诈又不怕点穴，这叫他惊奇又困惑。此时上阵，他拿定主意不同刁嬷嬷快打，是以这一掌拍得晃晃悠悠，令刁嬷嬷难以捉摸。

刁嬷嬷见对方一掌拍出，掌势飘忽不定，似乎是击向她的头，又像是击向她胸膛，还像是击向她肩头，掌意难测。她急忙后退两步，不禁"咦"了一声，语气十分惊奇。

"巴山老鬼"拍出这一掌，是"三星七煞掌"的一招名叫"星隐云翼"。这一招双掌齐施，两手翻转不定。每一掌都似乎都在出击，又似乎都在防守，叫人看不出它是攻还是守，更看不出它攻向自己哪个部位。掌式犹似被星光遮掩，朦胧难辨，故名"星隐云翼"。

刁嬷嬷辨瞧不清"巴山老鬼"这一招攻击意图，急忙退开，轻喝一声，身子反扑上前猛地一把抓出。她五指抓到半道，"巴山老鬼"又使出"星隐云翼"，她隐约觉得对方这一招暗藏陷阱，又急忙收手闪开去。

"巴山老鬼"喝道："贼婆娘，有本事接招啊！连老夫一招都接不下，还夸什么口拿下老夫？"

刁嬷嬷冷哼一声，道："老鬼，你甭神气，看招！"说时，她不待"巴山老鬼"出手，身形忽闪围着"巴山老鬼"快攻击起来。只见她右手出掌或劈、或斫、或拍、或击。左手出指或点、或戳、或弹，如一阵急风般攻向巴老山鬼。

张去病一惊。他看出刁嬷嬷右手使的掌法是少林达摩掌，左手使的指法却是武当太极指。这两门武功风格迥异，那达摩掌刚猛沉雄，而太极指绵长舒缓，却又灵动精奇。令他惊异的，不是刁嬷嬷会这两种武功，而是她一心二用，双手同时使出两门功夫来，这可不是寻常高手的武功修为！

他寻思：这刁嬷嬷武功修为很高啊！她是什么人？莫非是少林派，或是武当派的俗家弟子？就算她是这两派的弟子，要做到两手同时各使一派功夫，这武学修为在武林中也极其罕见了，想不到金国的深宫中居然藏有这等能人！"巴山老鬼"在刁嬷嬷的急攻中又使出那招"星隐云翼"，双掌交叉飞舞，左攻右守，掌势如同天空一团团星云滚涌而出，不仅将刁嬷嬷的急攻尽数化解，而且已将刁嬷嬷裹在掌影之中。

按理说，刁嬷嬷双手同时使两门截然不同的功夫，"巴山老鬼"若同她见招拆招，极难招架。但他却不管刁嬷嬷使什么功夫，不受所惑，而按照自己打法招式一变使出"三星七煞掌"一个厉害杀招"星出云瀚"。此招之所以名曰"星出云瀚"，是取群星忽现层云之义，招式繁复可想而知。此招一出，刁嬷嬷顿觉满眼掌影，忽然看不清对方破绽。对方这一招不仅封住了自己攻势，而且将她压在掌风之下。

刁嬷嬷暗自心惊，幸亏她身法极快，闪身旁逸开去。双足刚落地又返身扑来，十指大张，猛地朝"巴山老鬼"抓落。这一次只见她手指抓到半途，不等"巴山老鬼"出招，身形一晃忽然上蹿下跳，双手忽伸忽缩，攻势极为凶猛狠毒。

张去病、杜百年、龙飞、穆兴、段阳几人瞧见刁嬷嬷犹似一头狮子狂搏，出招无比凶悍，杀伐威猛异常，众人都大吃一惊。不禁心想便是男子高手也打不出这等气势，这婆娘可真了得！她若是男人，出手还不知会怎样惊人！

几人正惊讶，却见"巴山老鬼"一声清啸，双掌重叠推出，一重重掌力排山倒海般向刁嬷嬷撞去。刁嬷嬷也疾挥双掌推出，两股掌力一撞只听"砰"的一声，刁嬷嬷身子摇了几摇，"巴山老鬼"却站着纹丝不动，功力胜过刁嬷嬷一筹。"巴山老鬼"不待刁嬷嬷稳住身子，又发出第二股掌力撞去。刁嬷嬷似乎不服气又出掌相迎。两掌一接，又听得"砰"的一声，只见刁嬷嬷身子几晃站立不稳，咚咚咚连退三步，脸色惨白。"巴山老鬼"却气定神闲。

这一回，众人皆看出刁嬷嬷内力大不如前，却对"巴山老鬼"内力一阵高过一阵有些奇怪。适才"巴山老鬼"双掌重叠推出，使的是"三星七煞掌"杀招"三星赶月"。他双掌每重叠一次，两掌穴位相互摩擦，内息便汹涌澎湃聚于掌心，是以出掌力道一次比一次雄浑，一次比一次刚猛。第二次对掌，刁嬷嬷抵挡不住连退三步显露败相。

"巴山老鬼"使出这一招，是因见龙飞等人身陷重围，心知处境险恶，必须将眼前这强敌除去。是以毫不手软，双掌第三次重叠，又猛地朝刁嬷嬷推去。岂料双掌推出，刁嬷嬷往后一闪退避前锋掌力。待"巴山老鬼"前劲尽出，后劲未济之际，刁嬷嬷飞身上前一掌拍在他手掌上。"巴山老鬼"忽觉刁嬷嬷掌力如洪峰涌来，猛然增强许多，直撞得他浑身气血翻涌，眼冒金星，不由得咚咚咚咚咚倒退五步，仍然立身不住，两腿一软坐到地上，哇地吐出一口鲜血。

这一变故令张去病、杜百年、龙飞、穆兴、段阳五人大吃一惊。先前五人看见刁嬷嬷同"巴山老鬼"两次对掌，内力分明逊"巴山老鬼"一筹，怎么忽然之间她会内力大增，反将"巴山老鬼"击倒？

张去病看出刁嬷嬷是趁"巴山老鬼"前力使尽，后力未续之际突施袭击。他想：即便如此，巴山先生也不至于被刁嬷嬷击倒。莫非先前二人对掌，刁嬷嬷显出力不能敌是作伪使诈，骗巴山先生上当吗？倘是这样，这女人也太奸诈了！

张去病正思，却见刁嬷嬷一声狞笑，扑上前朝"巴山老鬼"头顶一掌劈落。他手里扣着一枚铜钱正要弹出，忽见一人飞身上前一把抓向刁嬷嬷的背心，逼得刁嬷嬷急忙转身还击。张去病定睛一看，那人却是云飞扬。

先前，云飞扬从西面潜入军营，寻觅不见完颜亮大帐。忽听"巴山老鬼"一声清啸，情知"巴山老鬼"遇上麻烦，便寻声奔来。赶到打斗处，看刁嬷嬷一掌朝"巴山老鬼"头顶拍落，他便飞身上前一把抓向刁嬷嬷后背。刁嬷嬷只得急忙转身反手一指戳向敌人。岂料对方身形疾闪，避过她这一指，跃到"巴山老鬼"面前，道："齐大侠，伤势如何？"说时，将"巴山老鬼"搀扶起来。

"巴山老鬼"道："不碍事。云大摩尼小心！"刁嬷嬷趁云飞扬搀扶"巴山老鬼"之际，一指飞快戳向云飞扬腰间。云飞扬仅凭听风辨位，头也不回反手一招化解了刁嬷嬷的攻击。同时取出一枚"摩尼八仙丹"，对"巴山老鬼"道："齐大侠服下此药，伤情即解！"

刁嬷嬷见云飞扬不回头，随手一招便将她攻击封住。她心中一惊：此人是谁？

竟有这等武学修为！今夜来敌怎的一个比一个武功高强？惊疑一瞬，见云飞扬仍不回头，分明不将她放在眼里。她心中暗忿，嗤嗤嗤一连向云飞扬身上戳出三指。这三指分袭云飞扬的头、肩、背三处要穴，而且一指比一指快。却见云飞扬仍不回头，右手将药丸放到"巴山老鬼"掌上，左手将大袖一拂，袖头在背后画个圆圈将刁嬷嬷攻击三指挡住。

刁嬷嬷戳出三指发出嗤嗤嗤声响，指力十分雄劲，不料撞在云飞扬的大袖上，被袖头一甩，将三股指力甩到旁边金兵群中，只听"哎哟""哎哟"几声惊叫三名金兵砰砰砰倒下。

突然间，那袖头一扬犹如手掌倏地拍向刁嬷嬷胸膛。刁嬷嬷急忙双手一拨，欲将袖头拨开。岂料那袖头倏地一卷将她手掌卷住。只觉一股炽热难挡的内力袭到掌上，吓得她急抽手掌跃到一旁。低头一看幸亏她戴着防身手套，手掌才未受伤。

旁观者见二人一个全力攻敌，一个背向敌人信手防御，一瞬间交手七八招，招招险到极致，刁嬷嬷却丝毫不能撼动云飞扬，二人武功高下已判。只是刁嬷嬷诡计多端，众人拿不准是她在使诈，还是真的技低一筹。

刁嬷嬷瞧见云飞扬几招轻描淡写地将她的攻击一一化解，心想这人武功奇高，等他转过身来只怕不好对付。我得赶快痛下杀手！心念闪过，趁云飞扬尚未转身，只见她飞扑上前双手齐施，连连攻击云飞扬身上要害。

云飞扬何等精明？瞬间明白对手的心计。他急旋身子，衣衫忽然贯满内力胀大如球。刁嬷嬷手指戳在那衣衫上如同戳在一个橡皮球上，指力反弹回来震得刁嬷嬷两臂酸麻。刁嬷嬷攻到第五指时，云飞扬转过身来呼地一把抓出。云飞扬内力犹火红烙铁袭到刁嬷嬷脸上，灼得她面孔火辣辣作痛。刁嬷嬷大吃一惊纵身跳开去。喝道："你是何人？"

云飞扬轻咳一声，道："咳咳，老夫是谁，你这妖妇不配问！你竟能伤我三个同伴，可见你手段不凡！咳咳……老夫倒要看看，你这妖妇还有什么能耐？"

适才云飞扬瞥见龙飞、杜百年、"巴山老鬼"三人负伤，没看见龙飞伤在肃高的手下，还以为三人都被刁嬷嬷打伤，情知这宫女非同寻常。刚才交手几招，却未见刁嬷嬷有何种惊人技业，又暗自纳闷，不知"巴山老鬼"等人为何会伤在这宫女手下。

刁嬷嬷心思急转：此人是谁？瞧他内功路子非中土门派。适才那"巴山老鬼"叫他"云大摩尼"，莫非他是魔教的四大摩尼之一？听说魔教四大摩尼武功极高，我再不施展本门武功，恐怕难以取胜……倘使斗不过他，我须智取！心念闪过，刁嬷嬷忽然叫声："云大摩尼，你不敢自报家门，奴家也知道你是何人。想不到摩尼教高手藏头露尾，竟然不敢在奴家面前报出姓名，嘿嘿，可笑至极！"

云飞扬不知刁嬷嬷在瞎蒙，心想这妖妇怎会认得老夫？心中暗自诧异。但他不动声色，冷冷喝道："妖妇接招！"一把抓向刁嬷嬷。

他一把抓出，手上布满真气，五指犹如钢刀利剑。刁嬷嬷却毫不惧惮，亦是一把抓出。两人手掌相接，云飞扬五个指头突然上翻抓向刁嬷嬷手掌。刁嬷嬷应变奇快，手掌急缩，掌力吞吐，拍向云飞扬小臂。

云飞场手臂一晃巧妙避开刁嬷嬷攻击，手掌斜探抓向刁嬷嬷面门。刁嬷嬷仰头急避，朝云飞扬胸部一掌拍出。岂料云飞扬抓向刁嬷嬷面门是虚招，见刁嬷嬷一掌当胸拍来，他突然二指一分，闪电般点中刁嬷嬷手指"中冲穴"和"关冲穴"。云飞扬以为刁嬷嬷手指穴位被点中，手掌定然被毁。哪知刁嬷嬷手掌突翻猛地斩向他的手腕。

张去病看得又是一惊，先头他看见杜百年点中刁嬷嬷"巨骨穴"，刁嬷嬷安然无事。此时他又见云飞扬点中刁嬷嬷的"中冲穴"和"关冲穴"，刁嬷嬷依旧安然无事。他想：难道这女子练了什么古怪功夫，怎么不怕点穴呢？莫非她的经络穴位与常人不同，点穴功夫对她无效吗？

云飞扬心思缜密，见点中刁嬷嬷的穴位，对手浑然无事，急忙暴退寻思：这妖妇不怕，是她戴着手套使老夫点穴失去准头，还是她这手套有什么古怪？适才他晚来片刻，没看见杜百年点中刁嬷嬷"巨骨穴"，刁嬷嬷却安然无恙，不知刁嬷嬷不惧点穴。

他心中虽疑，但无暇多想，脚步疾滑双手快捷抓出。这一次他使出绝技"二际摘星手"。这"二际摘星手"不仅飘逸诡异，变化神通，且他五指挟带内力炽热如火，施展开来对手立感炽热炙面，委实难以招架。

然而奇怪，刁嬷嬷似乎不惧云飞扬手上怪异内力，二人手掌频繁碰撞，她依旧浑然无事。只见她见招拆招，同云飞扬斗了二十多招却毫无败相。云飞扬越斗越疑，心想众多高手在老夫"二际摘星手"下走不下十招，这女子有何能耐，为何不怕我这神奇内力？心念闪过，他忽然纵身跃起一把朝刁嬷嬷头顶抓落，这一招又快又狠疾如闪电。观之人看得惊心动魄，都不禁惊呼一声。

张去病却暗叫一声："不好！"他眼快，看出云飞扬这一招虽如迅雷骤至，但肋下门户洞开露出破绽。果然刁嬷嬷忽见云飞扬肋下门户洞开，闪避头顶一击，左手斜拍云飞扬手臂，右手一指戳到云飞扬肋下。在这电光石火瞬间，云飞扬手臂突然一拐，一指戳在刁嬷嬷上肘关节"少海穴"上。这一招来得十分诡异，刁嬷嬷万万没想云飞扬的手会从不可能的方位转向攻击，手臂一下被点了个正着。

原来，云飞扬见刁嬷嬷不惧点穴，亦不惧他那赤阳内力心中奇怪，便心生一计，故意卖个破绽诱刁嬷嬷上当，想再看看刁嬷嬷武功究竟诡异在何处。岂料他一指点到刁嬷嬷的"少海穴"上，只觉手指一滑似乎点到一块光滑之物上，指头倏地偏到一旁。

他心中一惊欲再出手，却听刁嬷嬷冷笑一声，道："云大摩尼，你点穴功夫还没练到家，你再点中我穴位也枉然！奴家已练成金刚不坏之躯，你便是将点穴功夫练得炉火纯青，嘿嘿，又岂伤得了我？"

云飞扬道："那倒未必。妖妇看招！"喝声未绝，他飞扑上前双手齐施快捷无伦地连出四招，招招抓向刁嬷嬷面孔。他心想妖妇即便练成金刚不坏之躯，脸上总不能刀枪不入。老夫专攻她这最薄弱之处，不信伤不了这妖妇。是以这四招一气呵成快捷无比。

刁嬷嬷身手非常敏捷，此时却被云飞扬攻得手忙脚乱，步步急速后退。云飞扬攻到第四招时五指齐张，已将刁嬷嬷的面孔罩住，众人眼看刁嬷嬷难逃厄运，心都一下提嗓子眼。突然间，忽见云飞扬纵身跃到一旁，神情又惊又怒，喝道："好奸诈的妖妇，你竟敢诈败暗算老夫！"

众人惊讶看去，却不见云飞扬何处受伤。张去病忙凝目看去，只见云飞扬手掌上插着几根细如牛毛的钢针。他大吃一惊。刚才并未看见刁嬷嬷有发暗器的动作，云飞扬怎会遭了刁嬷嬷暗算呢？

云飞扬拔去掌上的钢针，瞧见针孔流出血色鲜红，情知针上没毒心中稍安。但心上疑团比张去病更大。适才他同刁嬷嬷贴身打斗，出手快似疾风，刁嬷嬷根本无法出手发射钢针，自己却莫名其妙遭暗算，这妖妇的钢针是如何打出的呢？难道这暗器不是她发的，而是她的帮手在暗算老夫吗？他想这也不对。老夫出掌正面攻她，掌心上中针，那暗中之人须在她身后方向打出钢针才能射出老夫的掌心。但如此一来，妖妇背上必先中针……这是怎么回事呢？饶是云飞扬足智多谋，一时间也想不明白其中隐秘。

却听刁嬷嬷道："云大摩尼，先前你诱我上当，现下我射你几针咱俩扯平了。谁也不亏欠谁。不过呢，我这钢针上喂的毒，同其他毒不一样。你中毒后针孔流出的血不会变黑，但片刻之后你这只手便废了！你若不信运真气试试，看你手掌是不是有些僵硬了？"

云飞扬暗惊忙运真气，手掌确实僵硬起来。冷笑一声，道："妖妇，你以为这小小毒针能难倒老夫吗？哼哼，差得远！"说时，取出本教的解毒灵药"摩尼消恶散"服下，身形一动又欲再斗。忽听一人道："云大摩尼且住！"

云飞扬回头一看，见蓝龙缓步走进场内。

张去病等人潜入军营时都换上金兵衣衫。先前完颜亮看见龙飞、杜百年、"巴山老鬼"、云飞扬等人身穿金兵服饰，此时，又见蓝龙身着金兵衣衫从金兵群中走出，他不知有多少敌人混入军营内，心中大惊急喝道："肃高听旨！快传朕旨意，命骁骑营五千精兵团团围住此地，不可放走一个贼人！"

肃高躬身道："卑职遵旨。"转身传旨下去，片刻之间骁骑营兵马奔来，在四周围成一圈。只见长枪如林，盾牌似墙，围得似铁桶一般。另有五百禁军，手执长矛和盾牌护卫在完颜亮四周。

张去病见此阵势心中暗忧，寻思要刺杀完颜亮只怕不易！却听蓝龙道："云大摩尼暂歇。待我来收这妖妇！"

云飞扬忙退到一旁。道："教主小心这妖妇的暗器！"

蓝龙道："无妨。"转头对刁嬷嬷道："妖妇，你连伤二人，好个心计！想不到在金国后宫内还有你这等厉害人物！"

刁嬷嬷听见云飞扬叫蓝龙"教主"，以为是何野风到来，心中大惊。但见蓝龙面孔清癯，剑眉星目，年纪才四十开外。她心中困惑，何野风怎么如此年轻，难道他有什么养生术不成？来人倘是大魔头何野风，他手下高云如云，今日只怕有大麻烦……肃高这厮怎么会招惹上魔教？这可不好相与，万不得已三十六计，走为上计！

其时，何野风死讯尚未在江湖上传开，蓝龙刚接任教主之事，江湖中也无人知晓，是以刁嬷嬷误将蓝龙当成何野风。当年何野风名震天下无人不畏惧。难怪刁嬷嬷顿时心生惧意，颤声问道："何……教主？你……"

蓝龙将错就错，道："妖妇，既知本教主，还不赶快举掌自毙！"

刁嬷嬷两眼一转，道："奴家乃是一个寻常之人，何教主武功天下第一，小女子怎是你对手？不过即便打不赢你，奴家也不能任人欺侮，你说是不是？何教主接招罢！"

刁嬷嬷身形倏地一闪扑向蓝龙。蓝龙见刁嬷嬷扑来正欲接招。不料刁嬷嬷扑到中途忽然拔地跃起越过众人头顶，急速朝北面逃去。张去病见状手指轻弹，手中扣着的铜钱朝刁嬷嬷射去。刁嬷嬷听见身后破空声异常响亮，情知有人打来暗器，而且力道极大。她不敢反手接暗器，急忙缩身一伏躲过铜钱。便是这么一阻，蓝龙已扑到刁嬷嬷身后呼地一掌拍落。蓝龙这一掌刚猛无比，刁嬷嬷缩伏地上决计躲闪不开。岂料突然间只见她身子一蹿，如离弦之箭射出，避过蓝龙这致命一击！蓝龙一掌击下泥土四溅尘埃飞扬，将地面击出一个坑，众人无不骇然。

刁嬷嬷蹿出十余丈，远跃身而起飞快逃逸。蓝龙急追上去，突然间刁嬷嬷急转身子，五指大张抓向蓝龙。蓝龙见刁嬷嬷手指张开之际，点点银光扑面而来情知不妙，此时要闪避已无余暇，只得双掌发力朝那银光推去。点点银光撞上蓝龙雄浑掌力如飞雨四溅开去，周围响起一片呼痛声，不少金兵被银光击中叫痛不止。那点点银光却是刁嬷嬷打出的毒针。

这一回张去病看得清楚，适才刁嬷嬷五指齐张瞬间，掌上手套露出几个洞孔，毒针便从那些洞孔中射出。旁观之人只见刁嬷嬷一把抓向蓝龙，看不见她打出毒针伎俩，更想不到她手套中藏有发射暗器机关。众人心里迷惑，不知她是如何发射毒针，心想刁嬷嬷如此发射暗器毫无一点征兆，神不知鬼不觉当真叫人万难防范！

张去病对刁嬷嬷又骇异又佩服，心想天下竟有这等奸狡女人！她诈逃迷惑蓝大哥，突然转身出手暗算，那钢针细如牛毛不易看见，蓝大哥若应变稍迟，必伤在她毒针之下！幸亏蓝大哥掌力雄厚，才没着她的道儿。

蓝龙虽然拍散飞针亦是吃惊：心想这婆娘诡计多端，我不可大意！当下手掌微晃朝刁嬷嬷当胸拍去。他这一招使的是"二际天罗掌"。手掌微晃拍出八股掌力，分袭刁嬷嬷上身的"大杼穴""风门穴""肺俞穴""心俞穴""督俞穴""膈俞""肝俞穴""胆俞穴"八个穴位。

刁嬷嬷见对方一掌拍来，手掌微晃，不知是何用意。正欲出手隔挡忽觉身上这八个穴位一下剧震，犹似被人点中，吓得一身冷汗，急忙跃开。她跃出四丈远暗运内息，感觉气息通畅无碍才放下心来。心中骇异：何野风使什么古怪掌法？怎的一出手便能使出八股掌力？幸亏我有所防护才没着他道儿！

这一次，蓝龙吃惊更甚。二际天罗掌乃是《玄秘宝典》上排名第三神功，即便是武林中一等一高手，倘若被拍中也断难不受伤。这女人中了一掌却若无其事，这是何故？难道她真是练了金刚不坏神功吗？金国深宫里怎么会有这等厉害高手？

张去病在一旁见这怪事，也摸不着头脑。先前刁嬷嬷的"巨骨穴"被杜百年点中毫发无损，此时被蓝龙拍中八个穴位亦是毫发无损。他想这种不惧点穴功夫，便是自己也做不到。刁嬷嬷是哪个门派高手，怎会有如此高深莫测的武功？

刁嬷嬷被蓝龙一掌拍中身上八个穴位，虽未受伤，但心中大惧，忙急思脱身之法。心念闪过，她双掌猛地拍向蓝龙。蓝龙顾忌刁嬷嬷发射毒针，闪身急避。趁这一瞬间，刁嬷嬷突然旁逸出去六丈开外，蓝龙要拦截已来不及。岂料刁嬷嬷脚刚沾地，忽听嗤的一声，一枚铜钱迎面射来，破空声大得惊人。她急忙偏头躲避，铜钱从脸旁飞过，钱上挟带雄浑劲力擦得她脸庞生生作痛。刁嬷嬷大吃一惊，心想此人功力如此了得！仅是何野风一人我已招架不住。此人若与何野风联手，今日我断难活命！

刁嬷嬷正惊惶，蓝龙已欺身上前呼一掌拍出。她不敢接蓝龙古怪掌法，身形一闪又欲逃逸。这一回蓝龙早有防备，见刁嬷嬷身形微晃便闪身封住她逃路。刁嬷嬷连逃几次都被蓝龙拦截下来。她又惊又惧，五指齐张抓向蓝龙。

蓝龙见刁嬷嬷一把抓来，身子急滑开去，提防她发射毒针，掌上贯满内力遥拍一掌。这一掌拍出虽然距刁嬷嬷有二丈之遥，但掌力奇雄无比。刁嬷嬷不敢招架急速后退。

突然间蓝龙飞身跃起，一连三掌拍出。砰砰砰三股掌力从左、中、右三个方向将刁嬷嬷罩住，无论刁嬷嬷向哪一方逃逸都难逃中掌厄运。张去病见蓝龙这三掌雄浑无伦，掌法奇妙，不禁心中赞道："好厉害的掌法！"

张去病不知蓝龙使出这三掌名叫"三际光明"，乃是"二际天罗掌"一记厉害杀招。这三掌中暗藏诸多变化，犹似一张大网撒向刁嬷嬷。刁嬷嬷武学修为远不及张去病，看不出这三掌暗藏的玄机，以为纵身后逃，便可避过蓝龙掌力攻击。岂料身子刚跃起，蓝龙拍出三股掌力竟然包抄过来将她围困在其中。刁嬷嬷大骇，此时她躲无可躲，避无可避。危急之下她疾蹲身子，欲让掌力从头上拍过。忽然间蓝龙喝道："着！"刁嬷嬷身子被掌力下锋扫中，扑倒地上两腿连蹬几下不再动弹。

蓝龙疑心刁嬷嬷使诈，欺身近前，欲补一掌结果刁嬷嬷性命。突然间只见刁嬷嬷身子贴地疾蹿出去十余丈远。回手一戳数枚毒针朝蓝龙射来。蓝龙急忙闪身避开。刁嬷嬷趁机跃上前围着蓝龙，腾、挪、闪、跃，双手齐施，十个指头轮番点、弹、戳，指尖上不时有毒针射出。

众人看得惊奇。却不知刁嬷嬷有多少毒针，不知她哪一招会发射毒针。但见她五个指头灵巧变招，蓝龙防范毒针大费周章。那针细如牛毛极难看清，蓝龙挥舞双掌，拍出雄厚掌力荡开毒针，虽不被毒针射伤，但要打倒刁嬷嬷却腾不出手来。刁嬷嬷发射毒针时有时无，神出鬼没，难以判断，稍有不慎便会被它射中。蓝龙不敢疏忽大意，无从对刁嬷嬷痛下杀手。一时间二人僵持不下。

众人皆看出，若凭真功夫，刁嬷嬷远不是蓝龙对手。只因她十指发射毒针太难对付，才同蓝龙周旋五十多招。但她的毒针终究有限，长斗下去毒针用尽，她必败在蓝龙手下无疑。

这一层，蓝龙和刁嬷嬷也都心知肚明。蓝龙寻思过一会儿，这妖妇毒针打尽，看她还有什么诡计可施？刁嬷嬷却想：何野风大魔头掌力太浑厚，毒针伤不着他。我再不施展本门绝技脱身，只怕要糟！心念闪过，她突然一转身向蓝龙打出一物。那物砰地炸开，散出一团奇臭烟雾。蓝龙闻到两眼一花，吓得远远跳开。只砰砰砰砰一阵声响，四下闻到毒气的金兵倒下无数。便在这一瞬间，刁嬷嬷身形疾闪，迈着一种奇怪步伐蹿行，快似一个幻影一下冲出二十几丈。

张去病正欲弹射铜钱阻拦，忽听一声长吟诵："上穷碧落下黄泉，两处茫茫皆不见！"

刁嬷嬷听见这声低吟，浑身一颤，惊得收住脚步呆立不动。张去病听出是赵无痕的声音，瞧见刁嬷嬷吓得不敢再逃。心想莫非刁嬷嬷曾在赵先生手下吃过苦头？

他正思忖，忽见一人飘入场内，正是赵无痕。刁嬷嬷看见赵无痕身子一哆嗦，却不说话。

只听赵无痕冷冷道："九眼狐，老夫找你几十年，想不到你易容改装，扮成宫女藏身金国后宫，你这一招狡猾得很哪！"

杜百年、"巴山老鬼"、龙飞、穆兴、段阳听见赵无痕叫出"九眼狐"三个字大吃一惊。他们听说几十年前江湖上有一个叫"九眼狐"的采花大盗，此人武功极高，狡猾无比，天下不知有多少良家女子被他糟蹋，却无人能将他除去。没想到这"九眼狐"却躲藏在金国后宫中，更没想到眼前这老宫女竟然是"九眼狐"所扮。这实在太出众人想象，叫他们怎不惊讶万分！

张去病吃惊的是：没想到眼前这老宫女竟然是赵无痕寻找几十年的仇人。他想赵先生不会认错人。这真是天网恢恢，疏而不漏，"九眼狐"报应终于到来！刁嬷嬷吓得连连后退，颤声道："我不是什么'九眼狐'，你是谁？你认错人了！"

赵无痕喝道："妖狐，先前你打出'妖狐隐身弹'，那是你逃逸所使的独门暗器。普天之下除了你'九眼狐'，再无人用这种歹毒暗器！你刚才施展'妖狐腾飞术'逃走，那也是你'九眼狐'独门逃命术。你若不使出这两门绝技，老夫还不能识破你真面目。你使出这两门功夫便露出你的狐狸尾巴。哼，'九眼狐'，你抵赖不了，上来受死罢！"

"妖狐隐身弹"和"妖狐腾飞术"是"极乐门"暗器，"九眼狐"正是"极乐门"传人。"极乐门"内功邪恶，练功之人须靠奸淫女子来提增功力，故"九眼狐"常干采花勾当。刁嬷嬷听赵无痕道破本门武功，情知瞒不过赵无痕，咬牙切齿道："赵无痕，旁人怕你，老夫我可不怕你！老夫我这几十年阅尽人间春色，便是死在你手里也值了！嘿嘿，今日究竟是谁受死，咱们还得走着瞧！"

众人忽见一个身着女装之人自称"老夫"，说什么"已阅尽人间春色"，都觉眼前情形诡异得匪夷所思。"巴山老鬼"心想：这妖狐好大的胆子，竟敢口吐狂言，嫌自己死得慢吗？

赵无痕冷冷道："妖狐，四十年前你害死云娘，毁了老夫所爱女子，今日我要叫你死得苦不堪言！"

"九眼狐"冷笑道："嘿嘿，想不到你这大杀星是个痴情种子！不过，当年我没有逼死你心爱女人，你那云娘没死，你找我报哪门子仇啊？""九眼狐"说时，突然猱身蹿上，双手抓向赵无痕。这一抓当真是疾如电闪，令人猝不及防。赵无痕一声冷笑轻拂大袖，袖头从"九眼狐"手上疾拂而过。"九眼狐"只觉浑身一震如受雷击，心头一阵揪痛，吓得急忙闪身跃开。赵无痕见"九眼狐"安然闪开不禁诧异。心想"地藏摧心功"无人承受得起，妖狐为何全身而退？

三十几年前，"九眼狐"在成都锦江边上遇见一个美貌姑娘，欲将那姑娘强暴，岂料那姑娘宁死不屈纵身跳入江内。"九眼狐"不会水性，眼睁睁看着那姑娘溺水而亡。起初他毫不在意，世上被他奸杀的女子不计其数，过后也就忘了此事。不料几年后，赵无痕突然找来报仇，他才知闯下大祸。二人动起手来，一招之间"九眼狐"伤在赵无痕手下。惊骇之际，他打出"妖狐隐身弹"，施展"妖狐腾飞术"才侥幸逃脱。此后他提心吊胆，害怕赵无痕再来寻仇，先后逃往西夏、辽国、金国等地藏匿。在西夏时遇到一位西域能工巧匠，他便出钱请那工匠制造一副能发暗器的手套和一身防点穴的行头，专门用来对付赵无痕的地藏摧心功。

　　数年后，赵无痕觅到"九眼狐"的踪迹追到西夏。"九眼狐"闻讯，吓得逃往金国藏身。去到金国他想找一个万全的藏身之所。但这一藏身地，须有众多女子供他采补又不会暴露行迹。思来想去，他想到进入金国后宫藏匿。一夜他潜入宫内，在花园里碰见掌管宫女脂粉的刁嬷嬷，瞧见刁嬷嬷身材与他一般高，一般胖瘦。他便制住刁嬷嬷，逼迫刁嬷嬷说出姓名、司职、居所及宫内详情，然后将刁嬷嬷击毙，剥下刁嬷嬷衣衫穿上，易容扮成刁嬷嬷模样，又将刁嬷嬷沉尸湖中，便在宫中隐藏起来。

　　"九眼狐"瞧见宫内满眼是女人，淫欲大发，上至皇后、妃子，下至宫女，无不被他奸淫。失身的皇后、妃子、宫女，怕死在他手上，更怕皇帝知晓她们失贞之后恼羞成怒将她们处死，是以个个守口如瓶，不敢外泄此事。如此一来，"九眼狐"在金国后宫中安安稳稳藏身几十年。

　　他手上手套是用海外异兽地角龙丝制成，专用来对付"地藏摧心功"，没想到接下赵无痕一招便感到心脏难受，令他惊惶不已。他寻思这大杀星功力比当年更浑厚得多，我这手套抵挡不住他诡异内力。咱不能力敌，只能智取！如此一想，他猛扑上前，一连三爪抓出，手套内嗖嗖嗖射出数枚毒针，飞射向赵无痕的面门。

　　赵无痕大袖一扬，贯满内力坚似铁盾将毒针激荡回去。"九眼狐"见毒针反射回来，急闪身躲开。身子一蹿又飞扑上来，上下跳跃犹似一只灵狐围着赵无痕疯咬乱扑。霎时间，只见无数毒针从他的发髻、肩头、手肘、手掌、腰间、腹部、两腿、双膝，以及鞋头接连射出，众人想不到"九眼狐"身上藏有这么多毒针，更想不到他身上各个部位都能发射暗器，都看得"啊啊"惊呼不已。

　　赵无痕疾拂双袖尽将毒针卷住，袖头倏地一昂，反将毒针打向"九眼狐"。"九眼狐"暴退开去，右手抓住一名金兵挡住毒针，左手一扬啪啪啪打出三枚"妖狐隐身弹"。三团毒雾犹似墨汁飞速散开，瞬间便不见了他的踪影。赵无痕手臂疾抬叫声"着"！一道蓝光射入黑雾。雾里传出"九眼狐"一声惨叫，又听得重重一声摔响。众人还没反应过来，赵无痕已跳进入黑雾，将"九眼狐"从雾里提出重重扔到地上。众人一看"九眼狐"右腿被斩断，赵无痕手中握着一柄蓝光闪烁的软剑，剑尖上凝着一大滴鲜血。

适才黑雾涌起，"九眼狐"顿失踪迹。众人只见蓝光一闪，便听见雾里传出"九眼狐"惨叫声。"九眼狐"如何伤在赵无痕剑下，众人都莫名其妙。张去病目力禀异，看见"九眼狐"在黑雾里如灵猫腾空飞蹿逃逸，速度快得惊人。同一瞬间"黄泉剑"如电光划入黑雾将"九眼狐"右腿斩断，"九眼狐"一声惨叫坠落地上。

此刻"九眼狐"歪倒在地，急忙出手点腿上要穴止血，惊恐地看着赵无痕。颤声道："你你……你，怎破得我的仙狐腾飞术？"

赵无痕冷冷道："哼，破你妖术有何难！妖狐，几十年来无人见过你的真面目，今日老夫让你现出原形，让众人看看！"说时手腕轻振，"黄泉剑"在"九眼狐"脸上微微一颤，几片薄如蝉翼的人皮面具飘落地上。剑尖又倏地上挑，将"九眼狐"头上长发挑飞落一旁。

"巴山老鬼"、杜百年、龙飞、穆兴等人早听说"九眼狐"奸淫妇女太多，结仇无数，生怕仇人寻仇便长年戴着人皮面具，武林中人都不知晓他长什么模样，找他报仇着实不易。此时众人心怀好奇，想看看这个狡猾无比的大淫贼究竟是何模样。一看之下，众人不禁倒吸口冷气，只见"九眼狐"长着一个光溜溜的秃头，脸形如牛心，面孔扁平，鼻孔很小，两眼如豆，射出冷酷寒光。脸上既不长胡子，也不长眉毛，一张嘴又大又扁，看上去像一张蟒蛇脸。众人万没想到臭名昭著的大淫贼，竟长着如此可怕的面孔。

"巴山老鬼"寻思：这淫贼相貌如蛇蝎，难怪狡诈过人，连赵无痕都难觅他踪迹！

赵无痕冷笑一声，道："妖狐，你竟练成了不怕点穴奇功？嘿嘿，老夫倒要看看你耍什么把戏！"说时蓝光忽闪，"九眼狐"身上衣衫被利剑划成几块坠落地上。先前"巴山老鬼"、杜百年、云飞扬、蓝龙等人点中"九眼狐"穴位，"九眼狐"都浑然不惧，几人心里一直困惑不解。此时注目看去，见"九眼狐"裸露身上穿着一件用细钢丝编织的网衫，上面嵌一个个葡萄大的圆形钢片盖在每个大穴位上，身子能扭动部位，都装有笔管粗的发射暗器机关。众人这才恍然大悟，先前他们手指点在钢片上，力道被钢片阻隔劲道分散，是以伤不了"九眼狐"。"九眼狐"浑身能打出毒针，原来是身上装有许多暗器机关！

赵无痕又道："妖狐任你狡诈，今日难逃严惩！老夫要为云娘，为天下被你糟蹋的女子报仇！"说时，一步步向"九眼狐"走去。

肃高见刁嬷嬷暴露出真实身份，暗自大惊。几年前一个深夜，他撞见刁嬷嬷在月下练功，他只道刁嬷嬷是一位身怀武功的老宫女，想试探一下刁嬷嬷武功，上前同刁嬷嬷交手，竟然被刁嬷嬷制服。他对刁嬷嬷的武功十分佩服，此后不时向刁嬷嬷请教武功，却万万没想到，刁嬷嬷竟是江湖上臭名昭著的大淫贼"九眼狐"。适才"九眼狐"出手救他，此时见赵无痕要杀"九眼狐"，他拿不定主意该不该救"九眼狐"，忙转头去看完颜亮。却见完颜亮脸色铁青，满面盛怒。

赵无痕走到"九眼狐"面前喝道："妖狐，你罪恶累累，老夫让你服下炼魂丹，叫你浑身瘫痪，四肢一天天溃烂，慢慢烂到躯体，烂到五脏六腑，全身神经似刀割火烧，痛苦九九八十一日死得惨不可言！"

"九眼狐"早听人说过炼魂丹的厉害，一听赵无痕这般严惩他，急忙手掌一翻朝头顶拍落。赵无痕手指疾弹，一缕阴风袭到"九眼狐"手腕上，"九眼狐"手掌僵硬再也拍不下去。赵无痕取出几粒炼魂丹走上前去。"九眼狐"惊恐尖叫道："不！不！不………"

便在此时，忽听有人一声轻吟："在天愿作比翼鸟，在地愿为连理枝！"这吟诵低吟浅咏，情意绵绵，赵无痕身子一颤，忙转身张望。张去病听出吟的是《长恨歌》中的诗句，心下诧异：这人怎么也同赵先生一样吟诵《长恨歌》诗句？他好奇看去，只见从完颜亮身后走出一个宫女来。那宫女容颜娇美，身段窈窕，走起路来如风摆杨柳，风姿迷人。只听她边走边吟："天长地久有时尽，此恨绵绵无绝期……"

张去病回眸看赵无痕，只见赵无痕脸上的神情又吃惊，又欣喜，又迷糊，呆呆望着那宫女像是想起什么，又像是把什么都忘了。那宫女款款走到赵无痕面前，端凝赵无痕一瞬，轻声道："赵郎，真是你吗？你没忘记妾身，来找云娘吗？"

赵无痕颤声道："你……你……你真是我日夜思念的云娘？"张去病曾听赵无痕说过与云娘刻骨铭心的恋情，也知晓自云娘跳江死后，赵无痕曾跳江殉情，却被"地藏宫主"欧阳山人救起。为了替云娘报仇，赵无痕拜欧阳山人为师，遂成为一代名震武林的奇侠。此时听见那宫女同赵无痕的对话，张去病心中大奇：这女子便是赵先生朝思暮想的云娘吗？云娘她……没死？

他自惊奇，却听那宫女道："赵郎，你将我忘了吗？我是云娘啊！这些年我天天都在想你，你将我忘了吗？当年你进京赶考咱俩分手时，你写下白居易这几句诗赠妾，妾时时吟诵不敢忘怀。你还记得吗，云娘的脖子上有块朱红胎记。你瞧，我脖子上的朱红胎记还在哩！"

宫女说时身子贴近赵无痕，将头低下，让赵无痕看她脖子上的胎记。赵无痕一看那宫女脖子上果然有块朱红胎记，同当年他所见朱红胎记一样。这女子不仅相貌身材同云娘一样，连脖子上胎记也一样，睹物思情，一瞬间赵无痕意乱情迷，激动得一把抓住那宫女之手，喃喃道："云娘，真是你吗？真是你吗？"

那宫女害羞地"嗯"了一声，抬起头来忽然惊呼道："赵郎小心'九眼狐'！"

赵无痕急忙转身，忽觉胸椎下"阳岗穴"一阵刺痛，低头一看，一枚毒针刺在穴位上。他急忙拔出毒针，抬指疾点四周的穴位，止住剧毒攻心。转头一看，那宫女已跃到"九眼狐"的身旁。

赵无痕一生机警无比，行走江湖数十载，暗算他的人不知有多少，但从未有人得手。此次遭暗算，只因看见朝思暮想的人出现眼前，瞬间异常激动，心智迷糊，才着了那宫女的道儿。

张去病正要上前解救，却听"九眼狐"大笑道："赵无痕，你他娘的也是英雄难过美人关！你横行天下，武林中人人都怕你，今日却在阴沟里翻了船，哈哈，你想不到吧？这几十年，老夫为防你找上门报仇，在身上安装暗器机关仍不放心，躲进金国皇宫里心中还不踏实，才想出这一招对付你，哈哈，这一计果然奏效！你中了波斯剧毒'沙蜥涎'，嘿嘿，没有我的解药，你无法活命！"

赵无痕冷哼一声却不说话。蓝龙、云飞扬、"巴山老鬼"、杜百年、龙飞等人身形微动，欲擒住"九眼狐"夺取解药，"九眼狐"大喝一声，道："你们想逼我交出解药吗？哼，解药便在我手上。你们只要敢动一动，我便将解药吞下，叫赵无痕与我同归于尽！"

说时，"九眼狐"将一粒黄色药丸放到嘴旁。蓝龙等人不敢上前夺药，只得另想法子。张去病在一旁心思急转，思谋如何夺下"九眼狐"手中的解药。他还未想出良策，却听"九眼狐"道："赵无痕，我命在你手里，你命也在我手里，咱俩做个买卖，你放我一条生路，我把解药给你，如何？"

赵无痕不置可否，冷冷道："妖狐，你诡计高明。我问你，这女子是谁？"

"九眼狐"得意道："她叫齐芸，是老夫千方百计寻来的诱饵。当年我从你手下逃脱，冥思苦想如何挖坑陷害你，想来想去，便想出一条妙计：找个假云娘来迷惑你，当你杀我时，她可救一命。为找到同云娘相貌一样的女子，我走遍天下，终于在西夏找到这个女子。我教她武功，教她暗算你的法子，让她危急时救我性命。没想到你老儿果然着了我道儿！哈哈哈……"

见"九眼狐"得意忘形，众人一时又想不出法子治他，心下万分焦急。"巴山老鬼"灵机一动，欲发暗器打掉"九眼狐"手中的解药，手臂微动。却见"九眼狐"瞪眼喝道："巴山老鬼，你老小子别打歪主意！我身上只有一枚解药，你想救赵无痕就乖乖别动，否则，老夫立刻吞下解药，叫赵无痕与我同赴黄泉！"

赵无痕冷笑一声，道："妖狐，凭你这小小毒针也想要老夫的命？你瞧！"说时一声大喝，胸前衣衫突然崩开口子，一股黑血从毒针刺破的小孔射出，洒落在"九眼狐"的身上。

"九眼狐"惊道："赵无痕，你，你……练成了'逆血逼毒神功'？这怎么可能？……"

赵无痕道："老夫惩治恶人多多，不练成这门功夫，哪能活到今日？你想用毒针要挟老夫，白日做梦！领死罢！"

江湖上传说"地藏宫"有一门防身秘术叫"逆血逼毒神功"。据说练成此功之人，能运用内力将血液倒逼出来解毒，但只是传说，谁也没亲眼见过这门功夫。此刻一见，众人又惊奇又羡慕，都觉得"地藏宫"武功深不可测。

众人正惊羡间，忽见"九眼狐"对那宫女急喝道："快依计行事！"喝声未落，只见那宫女飞起一脚踢在"九眼狐"胸前死穴上，"九眼狐"惨叫一声口喷鲜血，顿时毙命。这一下来得太突然，众人都愣住了，谁也没料到"九眼狐"还留下这一手。

原来，"九眼狐"知晓赵无痕不仅武功太高，且机智无比，手段又无比狠毒。他虽想出种种办法对付赵无痕，心中仍没有把握能克制赵无痕。为避免落入赵无痕之手受严酷惩治，便想出叫宫女结果他性命这最后一招。

赵无痕适才见宫女跃上前去搀扶"九眼狐"，只道宫女要解救"九眼狐"，没想到她竟要结果"九眼狐"。一时疏忽，让"九眼狐"诡计得逞。他心中虽有未能恶惩仇人的懊恼，却也不得不佩服这淫贼行事诡秘。

宫女一脚踢死"九眼狐"，闪身往旁逃逸，被云飞扬纵身拦住。宫女二指戳向云飞扬双眼，云飞扬冷笑一声，右掌一扬拂在宫女手腕的"神门穴"上，宫女浑身一麻顿时动弹不得。

云飞扬对赵无痕道："赵先生，如何处置这只小妖狐？"

赵无痕走到宫女面前，宫女满眼惊恐，尖声道："求你别……别杀我！"

赵无痕凝目端详那宫女一瞬，长叹口气，摇了摇头道："你同'九眼狐'合谋害我，但非主谋。且你长得很像我的云娘，让我仿佛看见了我梦中云娘。唉，世间竟有容貌如此相似之人！罢，罢，罢，你走吧……"

宫女没想到赵无痕会放过她，正要转身逃走，忽听完颜亮大声喝令："众军听旨：给朕射死这帮刺客！"

适才完颜亮一直在旁冷眼旁观，想看清混进宫里的刁嬷嬷究竟是什么人，也想弄清楚来了多少刺客好一网打尽。此时真相大白，他便下令将宫女和赵无痕等人一并射杀。

金兵纷纷张弓搭箭，张去病一看大急，这方寸之地毫无遮挡之物，乱箭四面射来危险至极。一瞬间又无法阻止四周金兵放箭，急得他满头大汗，他想冲出人群去捉住完颜亮，让金兵顾忌不敢放箭。

忽听云飞扬急喝道:"众兵且慢!尔等可知,你们皇上为什么要下令射杀我等?是因这'九眼狐'大淫贼淫乱后宫,完颜亮命你们杀我等灭口,是想掩盖这桩天大丑事,可这件天大丑事你们都已知晓,他一定也要杀你们灭口,你们一个也活不成!"

众金兵一听顿时惊恐,心想这人虽是刺客,可话说得不错,宫内丑闻历来不让人知晓,谁知道了谁就没命!咱们已知宫里这件天大丑事,皇上一定会杀我们灭口……这如何是好?一时间,众兵手执弓箭犹豫不决。

"巴山老鬼"见云飞扬挑拨离间见效,忙火上浇油,笑道:"哈哈,狗娘养的'九眼狐',这龟儿子扮成女子藏身后宫几十年,将金国太后、皇后、妃子、几千宫女都糟蹋尽了!这狗日的'九眼狐',给金国皇帝们戴上多少顶绿帽子啊?哈哈哈……"

龙飞道:"是啊,只怕金国的皇子、公主都是'九眼狐'的种!这淫贼行啊,仅凭他胯下那玩意儿,便同金国皇帝平起平坐,我太佩服他!"

穆兴接嘴道:"大宋皇帝老赵家的皇后、妃子被金国掳去糟蹋,'九眼狐'替赵家皇帝糟蹋金国皇帝家人,为大宋立了一大功!大宋皇帝应追封'九眼狐'当个大官儿才是啊!哈哈,这件丑事传将出去,让金国皇帝丢尽颜面,叫大宋人、辽国人、西夏人笑掉大牙!哈哈哈……"

金兵掳去钦、徽二宗及皇后妃子儿女凌辱,宋民皆视为奇耻大辱。此时捉住这个由头,"巴山老鬼"等人大肆侮辱金国皇帝出心中的恶气。

完颜亮一听三人此言,心中不由不信,怒火一下冲上脑门,竟然忘了皇帝身份,破口大骂道:"奶奶个熊!这万恶的采花淫贼混入宫中多年,八成大肆淫乱后宫已久!说不定宫中的女人先陪这淫贼睡了,才来陪皇上们睡!怪不得,适才朕向刘妃问起这淫贼,刘妃忽然忸怩脸红。啊哟哟,这淫贼也给朕戴上了多顶绿帽子!奶奶个熊,朕还一无知晓!可恶至极,可恶至极!"

骂到此处,完颜亮怒不可遏,呛的一声拔出腰间佩剑,倏地刺入刘妃的腹中。刘妃一脸惊骇痛苦,捂住肚子软倒在地上。完颜亮从刘妃腹中拔出剑来,挥剑朝身边宫女一阵狂砍乱刺。眨眼之间,将簇拥在他身旁的嫔妃和宫女尽皆砍倒。这变故来得太快太突然,四周金兵都惊呆了。忽见完颜亮对身边宠幸的妃子、宫女痛下杀手,众兵皆心惊胆战,纷纷后退开去。

张去病见金兵恐惧躲开,情知金兵害怕完颜亮对他们下手。心想此时正好煽风点火,煽动金兵反叛,便能在混乱中擒住完颜亮,逼他下旨退兵!

他忙挤出人群对金兵道:"众位兄弟,宫里发生这桩丑事太大,皇上一准儿会杀咱们灭口!皇上心狠手辣,那徒单太后不赞成他出兵攻打大宋,他用铁锤把太后打死！为了遮掩这件天大丑事，皇上刚才杀了身边的妃子和宫女。转眼间，皇上便会调兵来杀咱们！大伙可不能束手待毙，让皇上杀了！"

众兵看见张去病身穿金兵衣衫，以为他是金兵，心想这位兄弟说得不错，皇上凶残无比，六亲不认，大伙可不能被皇上冤枉杀了！如此一想，众兵都两眼瞪着完颜亮，提防他下旨杀人。

完颜亮指着张去病，大怒道："大胆！你一个小卒竟敢煽动造反！"转头对肃高道："肃高，将这反贼砍了！"

肃高犹豫道："皇上……这个……这个……"适才肃高听到张去病这番话，心中也惊恐。张去病说这桩丑事太大，完颜亮一定要杀人灭口。他已闻知这件丑事，难脱干系，完颜亮一定不会放过他！此时忽听完颜亮命他杀张去病，他见众兵已对完颜亮不满，他不想触犯众怒，一时犹豫难决。

完颜亮喝道："肃高你敢抗旨吗？"肃高扑通跪倒，道："卑职不敢！卑职斗胆请皇上降旨，免在场士兵兄弟不死。卑职担保宫中之事，大伙不敢泄露一个字。请皇上开恩赦免大伙！"

完颜亮气得脸上红一阵白一阵，正欲发作。忽见一侍者慌张推开人群，快步走到近前跪下，惊惶道："禀报皇上……大事……大事不好！皇上率大军南下，那留守东京的王爷完颜雍散布谣言，说你杀了徒单太后，还要杀皇族子弟。皇族王爷们怕被你杀，便合伙将你废了，拥戴那完颜雍做皇帝。几日前完颜雍已坐上皇位，带兵进入中都，下令随皇上南征的将士返国，并派遣军队来讨伐皇上！眼下来讨伐你的人马离此不远啦！"

张去病突然听见金国又发生内乱，心中一阵狂喜。心想：鞑子们狗咬狗，老天保佑我大宋！眼下完颜亮这厮已成丧家之犬，大宋有救了！

完颜亮忽听京城发生内乱，自己已被废黜，犹如五雷轰顶。他万没想到会发生这天大变故，惊得张大着嘴说不出话来。眼下众兵已萌生反意，局势万分危急，偏偏此时知他被废黜消息，众兵倘若倒戈向篡位的完颜雍，自己便会血溅当场！想到此节，吓得他浑身直冒冷汗。

但他久官场腥风血雨，临机应变的能力已练得炉火纯青。惊骇之间，他心念急转：眼下要灭宋军，还要对付完颜雍派来讨伐大军，二者都要用兵。朕须先笼络众兵将稳住军心，赶快打过长江去击败宋军，回头再对付完颜雍的讨伐人马。此法既可借宋军之手，将这些知情官兵除掉一些。打败宋军后，我再率兵去灭完颜雍派来的人马，又可除掉一些知情者。若有人侥幸活下来，再找个借口将他们除去！

如此一想，他哈哈一笑，对那报信的心腹道："乌骨阿苏，你是从哪里得知这道听途说？昨日朕儿子才差人送来密信，说京城平安无事！哪有什么谋反啊？大敌当前，你不可散布谣言动摇军心！念你对朕一片忠心，不治你罪，下去罢！"

乌骨阿苏急道："皇上，小人禀报完颜雍乱逆称帝之事，千真可确！请皇上明……"那"察"字还未说出口，完颜亮一剑迅捷刺进乌骨阿苏心窝。乌骨阿苏惊惑道："皇上……你……"瞬间气绝。

完颜亮拔出剑来，对众人道："乌骨阿苏抗旨，散布谣言动摇军心，该杀！甭说那完颜雍没造反，他便是真谋逆造反，朕谅他也成不了气候！完颜雍胆小如鼠，胸无良谋，不足挂齿！你们别听信谣言，乱了咱们灭宋大计！"说到此处，他和颜悦色对肃高道："肃高，朕准你所奏。只要不外泄今日之事，朕不仅免大伙不死，你们若是奋力杀敌立功，朕还要封赏你们！"

金兵将士一听，完颜亮免他们不死都松了口气。可心里仍然存怀疑，不知完颜亮说话作不作数，都默不作声。张去病暗道："完颜亮好奸诈！他假装不信乌骨阿苏报信，用谎言稳住众兵，又假装赦免众兵不死，让他们奋力杀敌立功领赏。哼，我得戳穿这厮的诡计！"

忽听完颜亮高声道："众将士听旨，朕限你们三日内杀过江去打败宋兵。立功者重赏，战败者，杀无赦！"众将士一愣，心想宋军据守长江天险，拼死顽抗，三日内我们哪有把握打过江去？打不过江去，咱们还不是死路一条吗？

张去病见众兵神色不平，猜到众兵心思，忙道："众位兄弟，守江宋军端的厉害，咱们元帅完颜高，先锋完颜拉多布皆被宋军捉去，副先锋完颜阿不多兄弟被宋军射死。皇上命咱们三日内渡过江去，否则杀无赦，这分明是在借刀杀人！眼下咱们要么战死在江上，要么死在皇上刀下，横竖都是死路一条！咱们不能上当！"

众军想是啊，皇上说免我们不死，原来要我们不是战死便是处死，无论如何都得死！皇上好狡猾，好狠毒！这不是借刀杀人吗？

完颜亮见张去病揭穿他阴谋，盛怒至极，大喝道："大胆逆贼，你敢妖言惑众，违抗圣旨，朕这就杀了你！"

张去病笑道："哈哈，完颜亮，你被废黜，已经不是皇帝。现下金国皇帝是完颜雍，你是一个被讨伐的罪人，还要什么皇帝威风？众位兄弟，大伙家里还有老母妻儿等着咱们回去团聚，咱们不能死在宋军之手，更不能死在完颜亮刀下。这个仗咱们不打了！"

众兵听张去病如此一说，蓦地想起远方家中亲人，齐应道："是啊，咱们要回去同家人团聚，不能死在这儿，这个仗咱们不打了！"

完颜亮气得暴跳如雷，怒吼道："反了，反了！"挥剑向一名金兵刺去。那名金兵平日慑于完颜亮淫威，竟吓得一时不知闪避，当即被完颜亮一剑穿胸毙命。

张去病大叫道："哎唷，不好啦！完颜亮下手杀咱们了！大伙不能束手被杀，朝廷讨伐完颜亮的大军马上就到，大伙杀了完颜亮，去新皇上完颜雍那儿领赏去！"

众兵应声怒吼道："杀了完颜亮！杀了完颜亮！去新皇上完颜雍那儿领赏去！"拿着兵器一步步向完颜亮逼近。

完颜亮吓得连连后退，惊惶喝道："站住！站住！谁敢谋逆，朕诛他九族！"众兵情知今日不杀完颜亮，便要遭完颜亮的毒手，哪肯止步？完颜亮见众兵步步逼近，急忙转身跑到一匹战马前翻身骑上，一剑拍在马屁股上，那马四蹄一纵蹿出丈外。

张去病大声道："兄弟们，莫让完颜亮跑了，以免他将来报复大伙！"

蓝龙想纵身拦截完颜亮，却听云飞扬道："教主不可。"蓝龙当即会意，他们是刺客，若插手金兵内讧，说不定会激起金兵掉转头对外，忙停住静观其变。

金兵们大声聒噪，道："射死他，快射死他！"一名金兵急忙取出箭嗖地射去，飞矢从完颜亮肩头擦过。另一名金兵瞄准完颜亮胯下马腿，想射倒马阻止完颜亮逃跑。可是准头偏了，箭从马腹下穿过。

兵中一名神箭手喝道："大伙看我的！"嗖的一箭射去，正中完颜亮左肩。完颜亮大叫一声身子伏在马背上，强忍疼痛奋力打马狂奔。那金兵又一箭射去，射中完颜亮后腰，只见完颜亮在马上晃了几晃，仍顽强打马逃命。

张去病急忙抓过一名金兵的弯刀，挥臂一掷，只见那弯刀飞去砍在马后腿上。那奔马被斩下一条腿，三条腿仍借惯性冲出一丈开外，才哀叫倒地。金兵们蜂拥上前围住完颜亮，纷纷举起弯刀欲将完颜亮砍死。

完颜亮蜷曲在地上狂呼道："肃高快救我！"肃高刚一抬手，喝道："众军且慢！"众兵见统领发话，不知他要说什么，都停下手望着肃高。

肃高对完颜亮道："皇……"，他猛然想到众兵已经造反，叫完颜亮皇上不合适，忙改口道："完颜亮，今日大伙要你死，我救不得你！"

完颜亮绝望道："肃高，朕平日对你恩赏有加，待你不薄，你为何忘恩负义，见死不救？"

肃高道："完颜亮，你平日是待我不薄。但我一家老小都在京城里。我若救你，那完颜雍一定不会放过我与家人！非是我忘恩负义，你平日待我那些好处，不值得我一家人为你送命！话说回来，你这人心狠手辣，大伙既已反你，须不留后患。我若救你，众兵亦不答应。你今日必死，谁也救不了你的命！"

第三十二章　破阵

完颜亮面如死灰，长叹一声道："唉……真是墙倒众人推！肃高，看在咱俩君臣一场分上，我求你一事。"肃高道："什么事？"

完颜亮道："求你给我留个全尸，不遭众兵凌辱。"

肃高转头问众兵，道："兄弟们，给完颜亮留个全尸成吗？"

众兵应道："成！"肃高道："好罢，我给你留个全尸。"便在此时，忽听天空中砰砰砰砰砰五声震响，众人抬头一看，只见夜空上爆出红、黄、蓝、绿、白五团焰火耀眼夺目，犹如花瓣飞散端地好看。众人不知谁放起焰火，正感惊诧。忽然间，听得大营外传来阵阵呐喊声。

适才，张去病见完颜亮死到临头，暗中向龙飞和穆兴示意，令他们溜到一旁给潜伏在江边的宋军发信号。群豪看见焰火飞向天空，率领宋军齐声呐喊杀进金兵大营，肃高和金兵忽然听见喊杀声都大吃一惊，纷纷转头看去。

忽听有人大声惊呼："大事不好啦！完颜雍王爷谋反，自个儿当皇帝，把咱们皇上完颜亮废了！完颜雍派大军杀来了！快跑啊，逃命啊！"又听另一人惊呼："啊呀呀，不得了啦！御林军造反把皇上完颜亮杀了！"这两声惊呼洪亮高亢，传到各营。各营官兵听见这突如其来的变故，分不清真假，听说"完颜雍派大军杀来了"，纷纷起身逃跑，大营里顿时乱成一团。肃高听见完颜雍的讨伐大军杀来，惊疑不定。他身旁金兵看见前营官兵仓皇逃跑，也纷纷拔腿跟着逃。

适才发出这两声呼叫之人是"巴山老鬼"和杜百年。他二人功力深厚，呼声响彻敌营，果然使金兵人心大乱起身急逃。肃高见金兵纷纷逃跑，寻思赶快结果完颜亮，好用完颜亮尸体向完颜雍请功去！心念闪动，他弯腰捡起完颜亮掉在地上的马鞭。手臂一挥，马鞭飞去绕在完颜亮脖子上。他一手握着鞭把，一手抓住马鞭稍运劲一拉，那马鞭勒得完颜亮满脸涨红，嘴大张开，舌头长长伸出，四肢乱抓乱蹬转眼毙命。

肃高一把抓起完颜亮尸体正欲离去，忽觉背心一麻，两手顿时酥软无力，完颜亮尸体砰地坠落地上。他急忙转身，岂料他刚刚转过身子，一道无形指力弹来点在他胸前的"膻中穴"上，他抬头一看，偷袭他的人却是刚煽动大伙造反的张去病。

肃高惊怒交加，又迷惑不解。张去病虽是暗中偷袭，但隔空弹手指将他点倒，武功之高远在他之上！他万分奇怪，禁卫军中怎会有武功如此高强之人？我怎么对此人一无所知……

肃高惊惶问道："是哪一营的兵？你是谁，你……要做甚？"

张去病笑道："肃统领，这都看不出来吗，我是宋营的兵啊！你怎会认得我？"

肃高惊道："你是宋兵？妈的，原来你是混入我营的奸细？难怪你适才煽风点火，煽动大伙火拼，老子们都上了你的当，你……"

张去病道："这叫兵不厌诈。肃统领，你上我的当，那是你笨！完颜亮是我宋军战利品，你竟想拿他尸体去完颜雍那儿邀功！你金国掳去我大宋两位皇帝，我用计杀了你们一个皇帝，这叫一报还一报，解我大宋军民心头之恨！"

张去病回头对段阳道："段大哥，劳你将肃高和完颜亮尸体交给我军！"正说至此，忽听有人高声道："张大侠，我们来啦！"

张去病高声道："众位豪杰：金国发生内乱，眼下鞑子皇帝已死。金兵群龙无首，大伙赶紧追杀鞑子兵！"说时仰头一声长啸，犹似吹响进军号角。几千群豪亦跟着仰头长啸，啸声响彻长空。张去病啸罢大喝一声："杀啊！"

群豪带领宋军追出不远，看见一队金兵惶惶向北逃窜，便赶上前去一阵乱杀乱砍。片刻之间杀得金兵尸横遍野。歼尽金兵，群雄往前追二里地，又见几百金兵在前急逃。群雄正欲上前击杀，忽见金兵掉头四处逃散。众人不知金兵为何返身乱逃。举目一看心下更是奇怪，只迎面冲来大队金兵，挥舞刀枪砍杀逃亡的金兵。

"巴山老鬼"笑道："哈哈！大水冲了龙王庙，龟儿子自家人认不得自家人啦！"

杜百年道："好极，趁鞑子兵自相残杀，咱们冲上前去杀他个天昏地暗，把他们尽数歼灭！"群豪分头冲入金兵群中，挥舞刀剑如砍瓜切菜，所到之处只见鲜血飞溅，金兵一片片倒下。

忽然听见一阵锣声鸣响，只见金兵纷纷后退，众人大声鼓噪紧追上去。又听一阵锣声起，只见奔逃金兵突然散开，前方出现一个土坡，坡下分东、南、西、北方站着四队金兵，张去病一看，四队兵马之前，分别站着天鸣子、地吟子、乾坤子、岩松子、华英子、夏杰子、长青子、乾坤子八人。

张去病心想在桂花台打擂后，南溟老人已带着"南海八子"回子午岛去，他们

1159

怎会同金兵搅在一块？他正惊诧，忽见群豪冲入金兵之中，金兵纷纷奔跑游走，阵形旋转变换，变得虚虚实实，令人眼花缭乱。

蓝龙、云飞扬、"巴山老鬼"、杜百年等人身手极快，冲到金兵面前正要出手，突然见眼前枪头耀眼，大片枪尖犹如一堵城墙将他们挡住。张去病闪身上前，欲打掉金兵手中长枪硬闯过去。瞬间金兵阵形突变，四周出现密密麻麻箭头对准他们。他大吃一惊急忙喊道："快退！"但为时已晚，群豪已被层层金兵包围。

忽听土坡上有人哈哈大笑道："张去病小贼，那日在桂花台上叫你侥幸逃脱！今日你又落入本王掌心，这次你逃不了啦！哈哈哈……"

张去病抬头往土坡看去，只见坡上站着一个独臂男子，年纪二十七八岁，头戴金冠，身穿锦袍，面如满月，却是在桂花台上被肃高捕去的完颜龙。完颜龙手执令旗指挥士兵敲锣催动阵形变化，身旁站着一位满面红光老者，赫然是南溟老人。

张去病心下奇怪：完颜龙被肃高缉拿回金国，没被完颜亮杀头吗？这可怪了！这厮断了一条手臂又是咋回事？南溟老人率领南海八子离开了桂花台，又怎会同完颜龙凑在一块？

张去病不知，那日南溟老人带着弟子走下桂花台不久。忽听身后马蹄声急，老人回首一看，见几名金兵驰骋而来，马上押着一人却是完颜龙。老人心下诧异，不知完颜龙为何被拘。完颜龙一眼瞧见老人和八子，急呼道："老爷子救救我！"

老人念及完颜龙与殷独啸有结拜之谊，命派天鸣子上前救完颜龙。天鸣子抢到道上，双手叉腰拦住肃高去路。肃高见有人竟敢挡道，怒喝一声挥刀朝天鸣子斜劈下去。天鸣子身形微晃，左手一掌拍在刀平面，一股强大内力袭来，险些将肃高手中弯刀震飞。

肃高大惊，情知遇上高手，忙纵马往旁闪开。注目一看道上众人，他曾在完颜龙王府见过南溟老人和南海八子，惊惶道："南溟老前辈，你想做甚？"

天鸣子道："我师父不想做甚，只要你留下完颜龙王爷。"

肃高道："完颜龙是朝廷要犯，在下奉命将他缉拿归案。望南溟老前辈行个方便！"

天鸣子道："这可不成！完颜龙王爷与我子午岛人有结义之缘。你若知趣，乖乖留下完颜龙王爷。若不知趣，咱们凭本事见高低！"

肃高情知自己绝非子午岛人对手，长叹一声："罢罢罢，肃高斗不过你们，只好交出完颜龙了！"叹声未毕，他突然挥刀向完颜龙劈去。他离完颜龙近在咫尺，天鸣子要救完颜龙已来不及，眼看完颜龙将血溅马背。忽听"铛"的一声清响，肃高手中弯刀飞上半空。肃高抬头一看，见是一枚铜钱将自己手中刀磕飞，震得手掌虎口鲜血直流。吓得对金兵大呼："小的们，快跑！"挥鞭打马疾奔逃去。

南溟老人见完颜龙命危，打出一枚铜钱救下完颜龙。天鸣子上前除去完颜龙身上捆绑绳索，完颜龙哭拜地上，痛述金国发生内乱，父皇被完颜亮杀害的经过。完颜龙跪求南溟老人，看在他和独啸结拜的情分，求老人收他为徒，教他一门绝技，他好潜入皇宫去刺杀完颜亮报仇。

南溟老人不知完颜龙与殷独啸结拜之说纯系捏造，同情完颜龙遭遇，便答应传他一门功夫去刺杀完颜亮。但老人嫌完颜龙身负"长眉老妖"功夫，不答应收他为徒。完颜龙见老人应诺传技，满口感激，便请老人师徒去金国京城隐秘处住下。他一边学老人传的功夫，一边窥探京城内的动静，寻机刺杀完颜亮。

一日，他看见完颜亮在大队兵马簇拥下出城向南行去，一打听，得知完颜亮亲自带兵去攻打宋国。他心下大喜，便潜入京城散布谣言，说完颜亮为长保皇位，暗中有个灭绝皇族重大阴谋。又说完颜亮出兵之前击杀徒单太后，那是他屠杀皇族阴谋的一部分，完颜亮最终目的要将皇族全部诛杀，除掉一切威胁他皇位的人。

京城里皇亲贵族听见谣言，想起完颜亮夺位时大杀皇族之事，又想到完颜亮对嫡母徒单太后都下毒手，焉能不信？皇亲贵族人心惶惶，急思保全之策。完颜龙见人心浮动，便冒险去见坐镇京城的完颜雍，鼓动他发动政变自立为帝。

完颜雍听到谣言正不知如何自保，忽见完颜龙到来，心中一阵狐疑。完颜龙走上前倒身下拜，对完颜雍哭诉完颜亮弑君篡位，屠杀皇族，祸乱金国，说他为报杀父大仇，愿拥戴完颜雍为帝。完颜雍不禁心动。心想完颜龙是先皇完颜亶之子，得他拥戴，便能号召皇族起事。但他对完颜龙不放心，一时沉吟不决。完颜亮见完颜雍神情犹豫，知他猜疑自己，将牙一咬道："王兄，小弟拥戴王兄登基，只为报完颜亮弑父篡位大仇，为大金国除害，此外别无他图。此心天人可鉴，王兄若不信，小弟以此为凭！"说罢，他拔出刀斩下左臂，以示效忠完颜雍。

完颜雍一看心头大喜，忙叫人给完颜龙包扎伤口，将完颜龙视为心腹。第二日便召集皇亲贵族宣布完颜亮十大罪状，号召族人罢废完颜亮。皇族众人正不知如何对付完颜亮，一见完颜雍带头发动政变，便纷纷拥戴完颜雍称帝。

完颜雍登上皇位，知完颜龙报仇心切，便命完颜龙带兵讨伐完颜亮，让他二人以毒攻毒。完颜龙无把握打败完颜亮，忙回到寓所向南溟老人请教。

南溟老人道："此事不难。老夫教给众兵一套打仗阵法，保管能打败完颜亮！"完颜龙在桂花台上见过老人的奇妙阵法，情知老人心中包罗万象，心下大喜，忙问道："什么阵法？"

南溟老人道："往昔上古有一场大战叫'涿鹿之战'，小王爷知晓吗？"

完颜龙点头道："知晓，那是轩辕黄帝同蚩尤大帝一场决战。黄帝打胜，杀了蚩尤。"

南溟老人道："不错，正是如此。不过，小王爷可知黄帝是如何打败蚩尤的？"

完颜龙摇头道："这个晚辈不知，请老爷子明示。"

南溟老人道："昔年，那蚩尤兵强马壮，兵器厉害。黄帝与蚩尤大战九次，皆九次败给蚩尤。后来黄帝得九天玄女娘娘授予'兵信神符'，在云崖宫里修炼七载，遂同大将军风后创出一门'八兵阵法'，再同蚩尤在涿鹿大战。黄帝靠这套阵法才打败蚩尤，并将蚩尤杀了。"

完颜龙听得"啊"的一声，忙问道："老爷子，那是一套什么阵法？"

南溟老人道："那'八兵阵法'共有八种阵法：一曰天垂阵，二曰地载阵，三曰风扬阵，四曰鸟翔阵，五曰龙幡阵，六曰虎翼阵，七曰开复阵，八曰一势阵。当年黄帝将这八套阵法烙印在龟壳上，可惜老夫得到的龟壳不全，上面只有地载阵，风扬阵，龙幡阵，一势阵。另外四套阵法的龟壳未能得到。即便如此，用这四套阵法，打败完颜亮绰绰有余。老夫传授这四套阵法给众兵，小王爷不愁打败那完颜亮！"

完颜龙一听心花怒放，忙集合金兵请老人传授阵法。老人将两万金兵分成四个方阵，命天鸣子等八位弟子，二人一组分成四组，各带一阵金兵。老人悉心讲述阵法要领，指点金兵操纵阵法。但那阵法玄奥，金兵难懂。好在有南海八子带着操练，金兵用时多日，才将地载阵、风扬阵、龙幡阵、一势阵操练熟。

完颜龙一见阵法练成，急想报仇，便率军前来讨伐完颜亮。赶到瓜洲时，恰巧遇上完颜亮手下的金兵溃逃，他便下令杀掉逃兵。岂料群雄突然杀来，他在土坡上看见张去病冲杀在前，情知手下兵将不是对手，急忙挥动令旗指挥发令兵敲响铜锣。金兵听见锣声，迅速演化阵法，一下将张去病等人困住。完颜龙看见群豪困在阵中无法脱身，不由得哈哈大笑。

张去病见群雄陷入箭阵，处境危急，想冲上土坡去擒住完颜龙。岂料心念刚闪，一阵乱箭射来。他运起神功挥动手中弯刀拍打飞箭，双脚毫不停留向土坡冲去。

忽然听见身后有人"啊唷"一声，骂道："狗鞑子，射得老子好痛！"张去病回头一看，见龙飞腿上中箭歪倒地上。他忙转身将龙飞扶住。龙飞忙道："主人甭管我，小心飞箭！"

张去病一手揽住龙飞，一手挥刀磕开迎面射来的飞箭。就这么一会儿工夫，群豪已有十几人中箭。然而奇怪，金兵不断敲锣，箭雨犹如狂风刮动，一会儿射向东，一会儿射向西，忽又射向南，忽又射向北。群豪为躲避箭雨东奔西跑，不知不觉被箭雨分隔成四群，每一群大约有四五百人不等，皆被金兵围住。金兵多出群豪好几倍，群豪陷在阵中左冲右突不得而出。

突然间锣声停止。只听完颜龙哈哈笑道："张去病小贼，你们这群乌合之众已落入我的阵中！我每一阵有两万金兵，你们陷在阵内的贼子只有几百人，就算尔等武功高强，要想杀出阵去比登天还难！哈哈，赶紧投降吧，本王饶你们一命！"

张去病寻思：群豪陷阵内，硬冲出阵伤亡必大，这如何是好？忙道："完颜龙，你靠兵多算什么本事？"

完颜龙道："好！小贼，本王不用这么多兵，也能将你这伙贼子灭了！你瞧！"说时，只见他将令旗一招锣声响起，金兵们四散开去，手持弓箭站在远处。留下两队金兵，一队手执硕大盾牌排成一条长龙站在前面，另一队手持长枪站在后面，两队金兵一前一后挡住群豪。

完颜龙又道："张去病小贼，你们敢不敢打我这兵阵？"

张去病看见两队金兵一字排开，形同一条长蛇并无奇特之处。心想金兵虽然人多，但群豪身怀绝技，可以一当十，破这一字长蛇阵有何难哉？道："破你这陋阵，有何不敢？"

回头对群豪轻声道："咱们从中路进攻，拦腰将敌兵斩成两断，各个击破便可破阵！"

群豪得令，呐喊一声冲上前去欲将兵阵冲断，岂料金兵队伍忽如巨蟒弯扭起来，形成几个大旋涡将群豪分隔包裹住。群豪被分成四团，各自挥舞兵器奋力突围，金兵用硕大盾牌抵挡。那盾牌体大坚固，不怕群豪刀剑，犹似铜墙铁壁。轻功高的豪杰纷纷纵身跃起欲居高临下攻击敌人。跃上半空，却见远处的金兵射来飞箭，又纷纷坠下躲避。

突然，金兵手执盾牌分开，后面金兵长枪刺出，群豪纷纷招架。金兵如此突分突合，盾牌和长枪忽挡忽刺，配合得天衣无缝。两队金兵快速向前挺进，群豪破敌无策只得不住后退。

只听完颜龙哈哈笑道："张去病小贼，你想破我这玄奥无比的'一势阵'，那是不知天高地厚！尔等已是我掌中之物，还不赶快投降！"

张去病道："你这破阵休想难倒小爷！"随即大喝一声突发神力，双掌朝金兵盾牌推去，只听"砰"的一声巨响，金兵倒下一排，露出一个缺口。后面金兵急忙拥来将缺口堵上，赵无痕亦是大喝一声双掌齐推，将拥来的金兵打倒一片。与此同时，蓝龙、云飞扬、"巴山老鬼"、杜百年、龙飞等人纷纷出手将拥上前来的金兵打倒。

张去病、赵无痕、蓝龙三人在前开路，云飞扬等人紧随在后，一行人频频出掌终于冲出金兵包围。但其他被分割包围的群豪功力不济，无力打开缺口冲出，仍在阵中奋战。张去病几人回头一看，忙转身去解救群豪。刚冲到近前，金兵队伍突然翻卷又将他们卷住，几人又频频发掌打开缺口冲出。如此反复几次冲进打出，他们始终无法为群豪解围。群豪被"一势阵"紧紧裹住，阵势如蟒身快速翻卷，群豪在阵中东冲西闯无法脱身。功力低微者已累得气喘吁吁，若再斗片刻定难支撑。张去病大急，一时间却又无计可施。

他寻思不能破阵，群豪会死伤惨重。若金兵反败为胜，完颜龙定会趁胜率兵攻打大宋。战火烧入宋土，百姓又遭殃！这……如何是好？他心忧如焚，忽然听见一缕细如游丝的声音传到耳里：只听那声音说道："张公子莫着急，老朽来助你一臂之力。这'一势阵'老朽略知一二，你照老朽之法便可破得此阵。"

听见这声音，张去病又惊又喜。寻声望去却看不见那说话之人。他心下奇怪：这战场上杀声震天，锣声盈耳，这声音细如游丝，却能清楚传我耳里，此人功力太罕见！他是何人？他现场教我破阵之法，就不怕完颜龙和南溟老人听见吗？他们若是采取对策，破阵岂不是更难吗？

他暗自惊讶，听那声音又道："张公子，你别看我。老朽此时不想现身。为使破阵之法不外泄，老朽使'传音入密'小技对你说话，此刻只有你一人能听见我的声音，旁人听不见。你听好了，要破这'一势阵'，须有三个武功同你相近的人，一个攻金兵队伍之首，一个攻队身，一个攻队尾。叫金兵首尾不能相顾，队身受牵制。你们攻入队首和队尾，将金兵的长枪队和盾牌队隔开，使长枪和盾牌无法配合施展，此阵威力失去，便可告破！"

张去病一听心中大喜，忙道："谢谢前辈指点迷津！"赵无痕等人听见张去病突兀说这句话，都不知他在说什么，几人都迷惑地看着张去病。

张去病忙道："赵先生，蓝大哥，刚才一位高人教我破阵的法子。我们三人从三个方位破阵。我攻打金兵队首，请赵先生攻打队尾，请蓝大哥攻击金兵队身，咱们将金兵的长枪队和盾牌队分隔开，打乱他们的阵脚，就能破这'一势阵'！"

赵无痕和蓝龙一听齐声道："这法子甚好！"三人身形疾闪分头扑向金兵。张去病冲到队首，一掌朝金兵拍出，一人用手执大盾来挡，只听"砰"的一声那人被震退五步。张去病注目一看，挡道之人却是天鸣子。

张去病怒道："天鸣子，你们子午岛人助金兵攻打大宋，我可不客气了！"说时右手一掌拍出。适才天鸣子用盾牌接一掌震得气血紊乱，已说不出话来。见张病又拍来一掌，他哪敢接招？急忙闪身避让。岂料张去病破阵心切，毫不容他躲闪，左手疾探抓住他前襟，往天上一掷，天鸣子犹如断线风筝在空中翻滚，摔出去二十余丈远才重重掉在地上。

后面金兵见张去病如此神勇，吓得连连后退。张去病身形一晃，抢到金兵近前夺过一张盾牌当兵器。他手上贯满内力挥舞大盾一路打去，所向披靡，无人能挡，直打得金兵阵头大乱四散。

赵无痕从队尾攻入，双掌运起地藏摧心功或拍或打，或斩或推，金兵挡道必死。突然间一杆长枪斜刺来。赵无痕伸手一拨，却未能将枪拨飞。他侧目一看，却见一红衣人身又忽挥枪刺来，却是"南海八子"之中的地吟子。赵无痕心中怒气升腾，喝道："子午岛人助纣为虐，别怪老夫手下无情！"

他右手疾探，一把抓刺来的长枪，地吟子猛觉心脏受记重锤，捂住胸口尖叫一声，面色惨白暴退开去，摇摇晃晃站立不稳。"南海八子"之中的长青子急忙闪身上前将地吟子抱走。赵无痕径直打去，片刻之间将金兵队尾打散。

蓝龙夺过金兵一杆长枪，从兵队中段攻入，将枪使得如蛟龙飞舞，枪尖到处鲜血飞溅，金兵一个个挑倒。转眼工夫便将兵队中段撕开一个口子。眼看要将兵截断，忽觉身后一股巨大劲风袭来，他头也不回掉转枪头一格，只听"砰"的一声，对手功力十分浑厚。他心中一惊：金兵之中怎会有武林高手？转身看去，只见一个高大红衣汉子手舞盾牌向他砸来。

蓝龙带领摩尼教群豪赶到桂花台时，南溟老人已经带着"南海八子"离去。他没见过南溟老人和"南海八子"，不知这红衣汉子是"南海八子"之一的岩松子。

岩松子也不知蓝龙是何许人，瞧见蓝龙身手了得，便上前阻挡。岂料一交手，双臂被对方震得一阵酸痛。他不服气，又挥盾牌砸向蓝龙。蓝龙将长枪一挑，使出日月双环神功，岩松子手中盾牌被一股无形内力牵引一下砸倒旁边两名金兵。

岩松子大吃一惊，不明白手中盾牌为何会大失准头砸死自己人。他不信邪回盾一扫，又砸向蓝龙腰际。只见对手长枪轻轻一拨，自己手上盾牌仿佛中邪，突然转弯将三名金兵打翻。岩松子一脸惊愕，发愣瞬间，只见蓝龙的长枪分心刺来，他忙用盾牌一挡，只听"呛"的一声，对方枪尖竟然刺穿盾牌，径直刺到他胸前。危急之中，他丢弃盾牌，双手紧紧抓住蓝龙的长枪。

蓝龙一声冷笑，长枪上挑，将岩松子高高挑在半空。岩松子想弃枪脱身，枪身突然袭来一股巨大力道震得他重重摔下。幸亏他功力不浅，身子着地瞬间飞速滚开，才躲过枪穿胸之厄。

南溟老人站在土坡上见蓝龙武功高强，岩松子不堪一击，不知蓝龙是何许人，忙问完颜龙，道："小王子，那白衣人是谁？"

完颜龙没见过蓝龙，不认得他是谁。但见蓝龙白袍绣有一团火焰，猜到是摩尼教人，忙道："老爷子，那人是摩尼教高手！"

南溟老人一听，怒道："摩尼教高手是我子午岛仇人，老夫今日要为我徒儿独孤天和我徒孙独孤云报仇！"

两人说话之间，却见蓝龙不追杀岩松子，径直舞动长枪往前冲杀过去，将金兵长队搅得一团糟。顷刻之间"一势阵"的阵头被张去病瓦解，阵尾被赵无痕打散，阵身被蓝龙剖开，金兵首尾不能相顾，无法转换阵式攻击，受困阵中群豪趁机杀出包围，"一势阵"顿时被破。

完颜龙看见"一势阵"被破，心中一惊，忙对南溟老人道："老爷子，你瞧，张去病小贼懂得破阵之法！"

南溟老人心中亦诧异，心想：这年轻人怎能破这失传已久的上古兵阵？这可奇了！莫非他是误打误撞破了此阵？想到此处，老人不相信张去病有此能耐，对完颜龙道："快摆'地载阵'，再斗张去病和那白衣人，老夫看他们如何破此阵？"

完颜龙急忙敲响铜锣，指挥金兵布阵。金兵听见锣声迅速穿插移动，转眼工夫摆出一个门形兵阵。正南门上的金兵手持短枪，北面门边的金兵个个手握弯刀，东面门的金兵拿着弓弩，门内留出西面一片空地。

完颜龙在土坡上喝道："张去病小贼，适才让你侥幸破一阵。我再摆一阵，你还敢再破吗？你若是不敢，就赶快夹起尾巴滚他妈蛋，别耽误本王率兵攻宋！"

完颜龙高声大骂，想用激将法激怒张去病率群豪打"地载阵"，以便将群豪一网打尽。张去病心思机敏，对完颜龙的心计焉能不知？冷笑一声道："完颜龙狗鞑子，你不用激我，小爷也要破你这鸟阵！今日有小爷在此，你休想率兵踏上宋土一步，小爷管叫你全军覆没！"

完颜龙道："好啊，看是你破本王的阵，还是本王将你这伙贼子歼灭阵内？你胡吹大气不算英雄，快动手攻阵啊！"

张去病有了打"一势阵"的教训，不敢小看地载阵。情知完颜龙再摆新阵，其中必有诡计。心想：这阵法又有什么古怪？不知阵中藏有什么陷阱，我得小心行事，不可莽撞攻阵中他的诡计！

如此一想他哈哈笑道："完颜龙，甭说再破你这一阵，就是再破你十阵、八阵又有何难？小爷破你这鸟阵，那是不费吹灰之力！你睁大眼睛看好，小爷这就动手打碎你进攻大宋的白日梦！"说至此他转身对群豪道，"众位豪杰，破此鸟阵小菜一碟，不劳大伙动手。你们稍事休息，看我们几人破阵！"

张去病说此话，心里却毫无破阵把握。他担心群豪齐上陷入阵内多有伤亡，是以不让众人涉险。转头对赵无痕等人道："赵先生、蓝大哥、云大摩尼、巴山先生、杜伯伯，咱们六人一起破阵。请蓝大哥和云大摩尼攻打南方敌阵，赵先生和巴山先生，杜伯伯攻打东方敌阵，我攻打北方敌阵。咱们三处开花，迂回援手，共同进退打乱敌阵！"

赵无痕道："小主人，金兵千军万马，大伙不可徒手攻阵，须用兵刃方能攻破敌阵。"张去病道："赵先生所言极是。可刀剑太薄，长枪太细，久斗易折，咱们用什么兵器好呢？"

杜百年道："张公子，金兵盾牌便是极好兵器，那盾牌乃是铁制，又厚又重，可久斗不损。适才你用盾牌打得金兵落花流水，咱们便用盾牌攻敌阵！"

蓝龙、云飞扬、"巴山老鬼"齐声道："这主意好，咱们便用盾牌当兵器！"六人各从地上捡个盾牌，分头扑向兵阵。

完颜龙见六人冲入阵内，忙当当当敲响铜锣。金兵听见锣声快速跑动起来。转眼之间构成一个"卐"字形兵阵，将张去病六人分隔开来。张去病和赵无痕各在一格，蓝龙和云飞扬同在一格，"巴山老鬼"和杜百年另在一格，使六人无法相呼应。

张去病冷笑一声，道："这都想困住小爷吗？"正想挥舞盾牌捣毁这"卐"字形兵阵。岂料突然间锣声急响，只见金兵忽然将手中短枪投出，漫天短枪如飞蝗掷来，他急忙用盾牌护住身子。可是金兵从四面八方投掷短枪，盾牌挡得住一面掷来的短枪，却挡不住其他三方投来的短枪。他急忙手舞盾牌快速旋转，才将飞来短枪全部挡开。

前排金兵投了短枪急速闪开，后排金兵又投来无数把短刀，令他不敢稍停，只得手舞盾牌不停旋转，才将短刀尽数磕飞。然而金兵却不停手，前排金兵投罢短刀，又往两旁闪开，后排的箭弩手立即射来一阵箭雨，逼得他继续旋转身子舞动盾牌抵挡飞箭。

一时间，几排金兵轮番交替，一会儿投来短枪，一会儿掷来短刀，一会儿射来箭雨，令张去病舞动盾牌旋转不停，此时他才知晓这"地载阵"的厉害。幸亏他功力无比深厚，内力悠长，才在这枪林、刀丛、箭雨中毛发无损。也幸亏杜百年提议以盾牌作兵器，此时才有物件抵挡金兵的投来兵刃。如若不然难免受伤。

百之忙中，他侧目一看，只见赵无痕、蓝龙、云飞扬三人亦是同他一样急转身子，手舞盾牌挡金兵的攻击。而杜百年和"巴山老鬼"功力稍逊，二人背靠背舞动盾牌抵挡飞来的刀箭。

见此情景他心下大急，金兵不住轮番攻击，六人只能各自自保，无法反击敌人。几队金兵轮换补充短枪、短刀、弓弩向他们攻击，他们无有喘息之机。如此长斗下去内力终有耗尽之时，岂不是要累死在阵内？转念又想：那位指点我破阵的高人呢……难道他也无法砸这阵吗？这如何是好啊？

他正心忧如焚，忽听一个清朗声音传来："地载阵，乃是上古轩辕黄帝所创奇阵，今日得见，令人眼界大开！谅完颜龙一个后生小子布不下此阵，想必是南溟老人教的了！"

张去病一听，正是那用传音入秘功夫教他破"一势阵"的声音。忙寻声看去，只见一个年逾八旬，身穿银色长衫，容貌俊雅的老人坐在一头梅花鹿上。他一眼认出是玉泉山下的隐士林老先生，心中又惊又喜。

林老先生的声音穿过金兵喊杀声和锣鼓敲击声传到土坡上，令南溟老人大吃一惊！他既惊讶来人功力无比深厚，又惊讶来人识得他摆下的"地载阵"。他忙凝目望去，那人他却不认得，但知来了一位不同寻常的高人。

林老先生又道："久闻子午岛主一向高隐海外，不问世事，不知为何要助金国虎狼之师涂炭大宋百姓？岛主可否告知此中隐情？"

南溟老人忙道："这位老先生，非是我要助金国攻宋。老朽摆下此阵，乃是为我子午岛弟子报仇！"

林老先生道："原来如此。不过岛主把上古阵法传给金兵，使得金兵如虎添翼。金宋两国交战，宋军必多有伤亡，大宋百姓会惨遭蹂躏，有损岛主清誉！望岛主怜惜庶民百姓，撤去此阵，放阵中几人脱困如何？"

南溟老人摇头道："这位老先生，非是老朽不给你面子。阵中那两个穿白衣的摩尼教高手，便是我子午岛仇人，老朽不能放他们。要放其他四人虽可，但此阵一停下，那两个仇人将会逃逸，这可叫老朽为难得紧！恕难以从命，还望见谅！"

蓝龙挥舞盾牌挡开金兵射来箭弩，听见南溟老人的话，也莫名诧异。心想土坡这位南溟老人，我与他素无冤仇，他为何说我和云飞扬是他的大仇人？眼下张去病小兄弟几人陷入阵中，如是因为南溟老人同我的仇怨无法脱身，岂不是害了小兄弟？

如此一想，蓝龙朗声道："林老先生，谢你出面为我等解难。只是不知南溟老人同我有何仇恨，请南溟老人明言。如若真有仇怨，老人尽管找我报仇便是。一人做事一人当，蓝某决不会皱一皱眉头！"

南溟老人冷笑一声，道："摩尼教两个魔头，尔等休得装疯卖傻！老夫来问你们，我子午岛的独孤天和独孤云父子二人，是不是你们害死的？"

蓝龙和云飞扬一听恍然大悟，原来南溟老人是为殷独啸父子报仇。先前情急，两人没想到殷独啸父子同摩尼教的仇怨，此时一听，二人不得不承认子午岛同摩尼教有此大仇。

蓝龙一边挥舞盾牌抵挡住金兵的攻击，一边朗声道："不错，他二人之死与我教有干系！南溟老人要报仇，尽管冲着我俩来！请南溟老人放走阵内其他人，我摩尼教二人决不逃走！"

南溟老人一听，心想张去病乃是当世武学奇才，如是折损在兵阵中实在可惜。只要摩尼教人不逃逸，放张去病几人给那老者一些面子，何乐而不为？

当下道："好，只要你二人不逃走，老夫便放了张去病等人！"说罢，转过头正想叫完颜龙变换锣声指挥金兵停止攻击，放了张去病、赵无痕、"巴山老鬼"、杜百年四人。

却听张去病朗声道:"蓝大哥,咱们二人结为兄弟,乃是生死之交。在此危急之际,小弟岂能独自偷生,弃你而去?今日便是战死在兵阵里,咱们兄弟也要死在一块!"又对南溟老人道,"谢子午岛主一片美意。去病虽不是摩尼教中人,但蓝大哥于我有救命之恩,我决不做弃友不顾之徒,岛主不必为我网开一面。大丈夫当战死沙场,为国捐躯!去病不才,亦当效仿先烈,血染山河!"

在场之人听见张去病这几句话,无不为之动容。南溟老人叹道:"张少侠临危赴义不愿离去,待会儿身亡阵中,可怨不得老夫无情!"

却听林老先生道:"子午岛主,这地载阵虽然厉害,却也并非无法破解!张少侠此时虽身陷阵中,老夫猜他有法破此阵,岛主尽管使出阵法厉害来!"

南溟老人听罢,微微一怔,道:"这位老先生,老朽不知张少侠有何本领破此阵,听你如此一说,老朽倒要瞧瞧张少侠的能耐!"

老人说时向完颜龙打个手势,完颜龙手执令旗画了三个圈,传令兵急促地敲起锣来。闻听锣声如急雨敲打,阵中金兵围着张去病等人飞快跑动,飞刀飞箭又如急雨洒向几人。

张去病六人亦跟着转身用盾牌护住身子,岂料敌兵转圈时快时慢,投射来兵刃节奏也快慢不一。张去病、赵无痕、蓝龙、云飞扬四人功力极高,听风辨器之术无与伦比,倒也不惧金兵攻击,尽将敌人投来兵器挡开。可是"巴山老鬼"和杜百年功力不济,在金兵大声呐喊和锣声中,听风辨器之术大打折扣,身子转动有时不能与金兵同速,或快或慢一瞬,飞刀飞箭便投射到身前,幸亏两人应变神速迅捷出掌拍打,才免于受伤。纵是如此,处境亦十分危险!

张去病见此情形十分着急,可一时又想不出破解之法。他寻思:林老先生说我有法子破阵,可我太愚笨,哪有什么法子啊?他老人家如不指教,只怕我六人今日真要葬身阵中了!

他正急得不知如何是好,忽听林老先生一缕细如游丝声音传入耳里:"张少侠,两军交锋,万不可被敌人牵着鼻子转。兵贵出其不意,攻其不备,反其道而行之,方能取胜!你依此法定能破阵!"

张去病一听,心想:啊呀,我怎么没想到"不可被敌人牵着鼻子转","反其道而行"这个关节呢?我明白了,林老先生是让我在阵内同金兵逆向而转。如此一来,我们不但不会被金兵牵着鼻子转,而且会打乱金兵攻击节律,搅乱金兵阵法,这地载阵威力也就大减了!这法子真妙!可是……林老先生为什么不直接告诉我这个破阵法子呢……哦,我明白了,林老先生是在考我,看我能不能从他话中悟出破阵法子来!

如此一想，他精神大振。忙对赵无痕等人道："赵先生、蓝大哥、云大摩尼、巴山先生、杜伯伯，咱们挥舞盾牌同金兵反方向转动便可破阵！"

五人一听身形疾闪，走马灯似的同金兵逆向转动。果然这一转动，顿时令金兵眼花缭乱，兵阵转动节奏立即乱套，完颜龙指挥也手忙脚乱。金兵人数众多，要快速转变方向攻击六人，哪能做到？金兵投出兵刃全被六人手中盾牌砸飞。转眼之间，六人在阵中变得安然无恙，地载阵威力大大消减。

南溟老人一看阵法失灵，忙对完颜龙道："小王子，快叫传令兵敲响'旋头风'点子！"完颜龙一听急挥令旗，传令兵立即迅速当当当当地敲响铜锣。金兵听见锣声，急忙转头反方向转动，又向张去病等人发起攻击。

待金兵转过方向来，张去病六人立即掉头朝金兵反方向转动，兵阵又立即乱套。完颜龙又敲响铜锣，金兵又改变方向转动攻击，张去病等人又反向转动抵挡。六人身法极快，改变方向快捷异常。金兵人多变换方向缓慢得多。如此一来，六人引得金兵疲于奔命。转眼工夫，双方攻守之势改观，变成张去病六人牵金兵鼻子转。有几次张去病转近金兵打开一个缺口，可是又被后面金兵拥上堵住。

此时情形是，地载阵奈何不了张去病六人，张去病六人一时也打不出阵去，双方处于僵局。但双方都明白，金兵想靠人多拖垮六人。而南溟老人和完颜龙亦担心，六人有可能打开缺口，捣毁地载阵。

在双方相持不下当口，张去病忽然听见林老先生传声道："张少侠，此时地载阵已奈何不得你们，你当捣乱阵心，攻破阵眼，令敌首脑失灵，其阵破矣！"

张去病一听，心想林老先生说"捣乱阵心，破其阵眼"，这阵眼在哪里呢？他一边挥舞盾牌攻敌，一边寻找阵眼的所在。可是看来看去都看不出哪儿是阵眼。突然间心念闪动：莫非是我身处敌兵之中，无法看出阵眼在何处吗？

如此一想，他一声清啸，纵身跃上半空往下一看，只见金兵阵形呈现一个"卐"字形。那"卐"字中心正是一个旋转枢纽，金兵们围着这枢纽转动，频频发动攻击。他心中一亮：莫非这"卐"字中心便是林老先生说的"阵眼"？心念闪时，金兵向他投来十几把飞刀，他凌空一旋身子用盾牌砸开，纵身向那"卐"字中心扑去。

"卐"字中心的金兵见张去病从天而降，急忙射出一阵箭雨。张去病猛地缩身，身形如同幼儿一般躲在盾牌背后，飞箭于他毫发无损。待到快坠落地时，他大吼一声，将盾牌猛地向"卐"字中心金兵推去。他在盾牌上贯注巨大内力，这一推如同排山倒海，金兵们哪里经受得起？十余人飞摔出去，另有十几人惨叫倒地，地载阵"卐"形阵眼顿时被打乱。他毫不停歇挥盾向四周横扫过去，其势犹似摧枯拉朽，又将金兵扫倒一片。"卐"形阵眼瞬间瓦解，四周金兵失去主心骨乱成一团。赵无痕、蓝龙等人趁势冲杀出阵，地载阵心脏顿时被破。

南溟老人站在土坡上见此情景，大惊失色。心想张去病不愧是岳飞外孙，连这失传已久的八兵阵法都能打破！此人真乃奇才也！不禁脱口赞道："张少侠果然天资非凡，竟然破了这上古奇阵，令老朽佩服！"

张去病忙道："南溟老人谬赞了，非是我张去病有能耐能破此阵。我是得林老先生的指点才破了阵。如不是林老先生指点，我们几人只怕要困死在这阵中哩！"

南溟老人一听，回眸看着林老先生，拱手施礼道："林老先生，南溟有礼了！怒我眼拙，不知老先生是何方高人？"

林老先生还礼道："子午岛主客气了！我姓林名放，乃一介山野村夫，平常得紧，高人二字何克敢当？"

南溟老人道："林老先生能指点张公子连破此阵，胸中自有经天纬地之才！南溟原以为当今之世，无人能破这轩辕黄帝阵法，没想到林先生竟能破它，这叫南溟开了眼界！南溟欲再摆一'虎翼阵'，但不知林先生能破乎？"

南溟老人如此说话，是因他素来自视甚高，自以为奇门遁术、布兵列阵，无人能与他比肩。不料今日连输两阵，心中不服气。看见蓝龙和云飞扬脱困怕他二人逃逸，不能为殷独啸父子报仇，是以提出再斗一阵，将仇人歼灭阵中。还因事前，他对完颜龙夸口说这黄帝阵法无比厉害，没人能破。没想到一出师便被人破了两阵，这令他有失颜面。此时他想挽回面子，亦想同林老先生再斗一阵。

林老先生听罢，微微一笑，道："岛主赞林某有什么经天纬地之才，叫我山野村夫汗颜！岛主有雅兴再摆一阵，恭敬不如从命。只是两军交战，百姓受难，倘若林某侥幸破阵，还望岛主发慈悲之心，不助金兵攻宋。不知岛主肯允否？"

南溟老人道："林老先生慈心系民，令南溟钦佩！好，倘若林先生再破一阵，南溟便立即转回子午岛，从此不管俗务！"

张去病六人杀出阵外，在一旁听林老先生和南溟老人对答。张去病轻声对赵无痕道："赵先生，这人便是我曾经对你说的那位隐居玉泉山下的林老先生。你不是想见他吗？待会儿，我为你引见他。"赵无痕喜道："有劳小主人了。"

却听林老先生道："再斗一阵，只是不知张公子等人是否愿意？此事还要张公子点头才行哩！"转头问张去病，道，"张公子，你们还愿意再斗一阵吗？"

张去病一听忙答道："只要南溟老人不助金兵攻宋，晚辈等愿再斗一阵！"

南溟老人道："好，张少侠爽快！老朽败阵决不食言！"掉过脸对完颜龙道，"小王子，摆开'虎翼阵'！"

完颜龙道："遵命！"一挥令旗，司令兵再次敲响铜锣。众兵听见锣声急速跑动，东一群，西一群，四下散开如同一盘散沙，摆出的阵形不成模样。金兵手端弩机严阵以待，注视着张去病六人。

张去病心下奇怪：金兵如此乱站一气，这叫什么阵？啊，不对！这阵形看似不成形，实际上却隐隐有形。瞧，当中那一片金兵似乎是虎头，两侧金兵像是虎的双翼，后侧金兵好像虎身，下侧四方金兵犹虎爪，难怪此阵叫"虎翼阵"……这阵中一定暗藏有什么机关，如何破它呢？

只听林老先生道："张公子，此阵名曰'虎翼阵'，乃是黄帝八阵中很厉害的阵法。此阵变化多端，敌兵以弩箭攻击射你们不易防范，你六人仍需以盾牌防身，需另用兵器攻敌，方可打阵。杀入阵中随机应变，老夫自会教你破阵之法！"

张去病道："谢谢林老先生指点。"又对赵无痕、蓝龙、云飞扬、"巴山老鬼"和杜百年五人道，"咱们按林老先生之言，一手执盾牌，一手另用兵刃破阵。金兵摆出个乱七八糟阵形，咱们六人合力攻打一处，集中力量攻其一点，看能不能攻破此阵！"

五人道："好！"各自从地上捡起一把兵刀，齐头冲向敌阵。金兵见张去病等人冲来，纷纷射出弩箭。六人用盾牌挡住弩箭，手挥弯刀杀入阵中。

完颜龙在土坡上看见张去病等人勇不可当，心想：张去病这小子是我金国大敌，今日非将他除去不可，决不能放虎归山！急忙挥动令旗，指令士兵猛攻六人。金兵听见锣声急如雨点，快捷形成一个大圈，弩箭如飞蝗从四周射来。弩箭短且小密如急雨，易于穿过缝隙伤人。何况从四面八方射至，更令人防不胜防。幸亏六人武功卓绝，一手执盾挡防身，一手挥舞兵刃拍打飞弩，才没被弩箭伤着。可是如此下去稍有不慎，难免不被射伤。张去病瞧见形势不妙，可一时又想不出应对之策，心里干着急。

忽听林老先生吟道："大圈生小圈，小圈旋转攻大圈，以小破大便出圈！"

张去病六人都是一等一高手，心思极敏捷，听见林老先生的吟语，心头一亮，顿时明白林老先生言下之意。六人身形疾闪以背相向，立即形成一个小圆圈，旋转着圈子朝金兵的大圈边缘杀去。六人手中六块盾牌如同一个转动车轮，六人手中兵器犹似六把旋转刀子，不仅将四面八方射来的弩箭磕飞，而且急速向一边金兵靠近。金兵见六人攻来难以抵挡，纷纷向后退去。

见此情景，南溟老人又是一惊。这虎翼阵的厉害之处，便是诱敌陷入阵中，利用飞弩从四面八方攻敌，令敌人无法防范而被歼阵内。没想到林老先生竟然巧出奇招，化解了这厉害杀着！南溟老人还有一点没想到：如若攻阵六人不是张去病等这样顶尖高手，便是用了林老先生的法子，攻阵者功力不济，也难破这虎翼阵。此时高人指点高手，真可谓是机缘巧合，故能让虎翼阵的威力消解。

南溟老人吃惊瞬间，眼看六人将要破阵而出，忙对完颜龙道："小王子，快变换阵式，围歼敌人！"完颜龙急忙上下左右挥舞令旗，司令兵一看，忙将铜锣敲得当当当急响。金兵听见锣声快捷运动起来。张去病六人眼看就要打开一道口子冲出阵去。突然间，面前金兵四散开去，前方出现大群金兵挽弓搭箭，形成一个大口袋，正等着他们钻进去。

见此情形，六人身子疾转，掉换方向朝右面金兵攻去。锣声又一阵急响，右面金兵队形变成个三角形。张去病六人一愣，不知金兵摆出三角阵形是何用意，六人扑向右边一角的金兵。岂料金兵三角阵形突然散开，变成了一个八角阵。八个角上的金兵如车轮转动，一阵乱箭朝六人射来。

六人急忙用盾牌护身，掉转方向去攻打左面的金兵。左边金兵一声呐喊，摆出一个蝴蝶阵形，鼓动两翼急抄过来，向六人射来一阵箭雨。张去病一看攻敌甚难，正想改变方向找突破口。忽听土坡上锣声大振。只见前后左右金兵连成一气，形成一个太极阵形围着他们来回转动。

他们往前攻，金兵便一边后退一边射箭。后面金兵便追着他们的屁股射箭。他们向左攻，金兵也是边射箭边后退。右面金兵追着他们背后放箭。倘在平日，不是四面都有飞箭伤人，六人无须组成圈阵防箭，早就冲入金兵之中杀他个人仰马翻。此时六人被四方飞箭困住，空有一身神功无法施展，心下都不得不佩服这虎翼阵厉害。一时间，六人被困在虎翼阵内难以得脱。

南溟老人见六人深陷阵中无计可施，得意发话道："林先生，看来张公子等人破不了这虎翼阵，林先生叫他们投降吧。老朽只找摩尼教两个仇人算账，可以放了张公子他们！"

林老先生道："谢南溟老人这番美意！但此时胜负未分，南溟老人叫降言之过早哩！"

南溟老人一怔，道："莫非林先生还有妙策破阵？"

林老先生道："昔日轩辕黄帝在云崖宫里修炼七载，才同大将军风后创出这'八兵阵法'，此阵法实是变幻奇诡叫人难破！不过，世上再厉害阵法，也有它薄弱之处。破阵之人若是抓住它的弱处，任何阵法皆可破解。这虎翼阵也有薄弱之处，同样可破！"

张去病等六人在阵内东冲西扑无法破阵，此时听见林老先生说"这虎翼阵也有薄弱之处同样可破"，六人都心中一喜，忙仔细察看虎翼阵薄弱之处在哪儿。

却听南溟老人道："这虎翼阵有八大变化，有十六种阵形，三十二种攻敌之法。阵势攻守严谨，毫无破绽。林老先生却说它有破绽，恕南溟眼拙，看不出破绽在哪里，林老先生可否赐教一二？"

老人说此话看似谦逊，实则不相信这虎翼阵有破绽，想将林老先生一军，看他如何分说。老人这般心思，自然瞒不过林老先生。林老先生微微一笑，说道："赐教可不敢当。岛主说得不错：那轩辕黄帝聪颖绝顶，当年他老人家耗时七载所创的阵法，本身自不会有破绽。故就这虎翼阵本身而言，破绽不在阵法本身，而在阵法之外。"

张去病六人听林老先生说这虎翼阵破绽不在阵里，而在阵外，六人都想：此阵破绽不在阵内，又在阵外哪儿呢？六人仗着一身神功，不惧飞箭乱射。在阵内一面同金兵周旋，一面竖起耳朵听林老先生说话，只等林老先生说出破绽在哪儿，便尽力攻打那破绽所在。

南溟老人听罢一愣，道："破绽不在阵内而在阵外，请教林老先生：此话怎讲？"

林老先生道："士兵演变阵法，皆听号令。倘若没了号令，敢问岛主，这虎翼阵还能变化攻敌吗？"

南溟老人道："若无号令，士兵自然无法变化阵式攻敌。但这是不可能的事！老朽既然是摆阵对敌，怎会没有号令？完颜龙王子以令旗指挥司令兵敲响铜锣，士兵听见锣声便是听见号令，阵式便会随机变化攻敌，哪会没有指挥号令呢？绝无此事！"

林老先生道："不错，通常不会发生这种事情。但是，倘若攻阵之人掐断你军指挥号令呢？这虎翼阵不就无法运转了吗？"

张去病听到此处，心中一亮：是啊，只要咱们掐断那指挥号令，破这虎翼阵不就易如反掌吗？可是……如何才能掐断那指挥号令呢？完颜龙同那敲锣的传令兵站在远处土坡上，我们六人被困在这阵内，无法脱身攻击完颜龙同那敲锣的传令兵，又怎能掐断那指挥号令呢？这做不到啊？

南溟老人在土坡上连连摇头，道："攻阵六个人全困阵内，他们要想掐断指挥号令，除非他们腋下生出双翅飞上土坡上来，南溟料想他们没这个能耐！嘿嘿，林老先生的想法虽高妙，可张去病他们做不到啊！"

林老先生道："岛主不信张公子有此本领吗？在我看来，张公子便是腋下不生出双翅，也能掐断你的指挥号令！"

南溟老人道："好，南溟拭目以待，看张公子如何掐断我的指挥号令！"

林老先生对张去病道："张公子，以声攻声，以音扰音，锣声不明，号令不存。还不施展禅音神功更待何时？"

这可谓是一语惊醒梦中人！张去病一听心想：对啊，瞧我斗昏了头！我怎没想到这一招呢？真是当局者迷，旁观者清！林老先生指点我用禅音扰乱敌人号令，不就可以将敌人号令掐断吗？这个法子妙极！

当下对赵无痕等五人道："赵先生、蓝大哥，请你们围成一圈护卫我，待我用禅音十八唱扰敌！"

赵无痕等五人身形一闪将张去病围在当中。五人用盾牌组成一个防护堵墙，挡住金兵射来的乱箭。张去病站在圈内引颈高唱"南－无－阿－弥－陀－佛"！

第一声禅音唱起如大钟撞响，轰隆隆远远传开去，顿时将土坡上敲响铜锣声盖住。南溟老人大吃一惊，心想这是什么音功？怎如此正大恢宏，气吞山河？这年轻人内力真是古今罕见！

南溟老人没见过禅音十八唱神功，是以一听大惊失色。林老先生却在摩尼岩下隐居处，以琴伴歌同张去病斗过禅音，得知这禅音的厉害，此时便指点张去病用禅音十八唱破敌。又听张去病唱一声："佛－法－无－边，我－佛－慈－悲！"这第二声禅音如大江奔流，铺天盖地直泄四方，将战场上的锣声、呐喊声通通盖住，令人听得心头大震，心中杀气顿时消减。金兵突然间听不见锣声指挥，不知该如何动作，一时都愣在当场。

南溟老人一看形势不妙，急忙运功提气高呼："急走青龙，缓跑白虎，前跃玄武，旁退朱雀……"老人呼声犹如一根细棍戳穿张去病的禅音传到金兵耳里。听见南溟老人声音，金兵急忙按照老人指令四下跑动，又向张去病六人射出一阵乱箭。

张去病见南溟老人亲自发声指挥金兵攻击，忙将功力提到九层，又唱出一声长长的"苦－海－无－边，回－头－是－岸"。这声禅音无比宽大浑厚，在长空舒卷开去，一下将南溟老人的声音掩盖得无影无踪。金兵忽又听不见指令，不知该如何继续攻敌，纷纷停了下来。

南溟老人欲再催功发声指挥金兵，不知怎的，听见张去病这声禅音，老人心神一摇戾气大消。"气海穴"上像被一只手掌暖暖护住，真气在小腹充盈不动，怎么也提不起气息发声。

老人大吃一惊：咦，这禅音有何古怪？竟能抚慰老夫身上穴位，疏导老夫体内真气，令老夫心态平和斗志消去，这可真神奇了！

老人不知这禅音十八唱的节拍，乃是依天地日月运转节律，而人体气血经络运转节律与之天地日月运转节律相关，故这禅音能影响人体气血与经络运转。当年达摩祖师在改造禅音洞中石笋时，在定音高低长短过程中又注入了浓浓禅意，是故这禅音能抚慰人心灵，消解戾气。这其中关节，老人哪能得知？

金兵听不见指挥号令，如同无头苍蝇，惶惶不知所措，旁边观战群豪看见敌人指挥失灵，情知攻敌大好时机到来，大声呐喊冲入阵内同金兵混斗起来。金兵布不成阵，战斗力大减，顿时被群豪杀得人仰马翻节节败退。

完颜龙见虎翼阵被破，金兵抵挡不住群豪，向土坡败退过来，心中大急，忙叫传令兵吹响牛角号调后方金兵来增援。可是牛角号声亦被张去病吟唱禅音盖住，后方金兵听不到角号声。便在此时，只见前方大队宋兵冲杀过来，原来是虞允文率军杀到。张去病一看大队宋军杀到，高呼一声："杀上土坡去，活捉金兵统帅完颜龙！"

完颜龙一看，宋军从土坡两边包抄杀过来，欲将金兵围住一举歼灭。忙对南溟老人道："老爷子，宋兵来势甚猛，咱们快撤退！"

南溟老人摇头道："老夫不撤，老夫要找摩尼教人报仇雪恨。小王子，你自个儿带兵撤去罢！"完颜龙急命传令兵鸣金撤退，金兵听见号令纷纷掉头往后奔跑。

在金兵簇拥下，完颜龙仓皇逃走。群豪和宋军见敌人败退，大声呐喊追杀过去。完颜龙一边逃一边回头大声嚷道："张去病小贼你听着，本王发誓再率大军来灭宋，不踏平临安城誓不罢休！"

张去病一听想冲上去将完颜龙除掉。转念一想：此时杀了完颜龙也不能消除金国这个大患，若是金兵再来犯宋，我大宋百姓又要生灵涂炭！如何才能除去金国这个大患？

眼见虞允文率大军追杀金兵，胜局已定，他便领着赵无痕和蓝龙等人去向林老先生表示谢意。刚走得几步，却见南溟老人大袖飘飘奔来，身后跟着"南海八子"，九人奔到近前拦住去路。

南溟老人喝道："魔教两个贼子站住！尔等欠我子午岛血债，岂能一走了之？今日血债须血偿还！"

蓝龙上前冷冷道："南溟老人请放心，你既来寻仇，我摩尼教人再不济，也不会胆怯溜走！你划下道儿来，是单打独斗，还是群斗，我二人奉陪到底！"

南溟老人上下打量蓝龙一眼，沉声问道："魔头，你叫什么名字？你们教主何野风来了吗？叫他出来见我！"

蓝龙道："我叫蓝龙。江湖寻仇芝麻小事，何劳我们何教主大驾？南溟老人只管冲着我二人来好了！"

南溟老人冷笑道："老夫要领教你们教主神功。嘿嘿，你嘛，还不配老夫动手！"

蓝龙将头一扬，道："区区不才，正是摩尼教教主！"

南溟老人一愕，道："魔教教主是那何野风，怎会是你？你这魔头胆子不小，竟敢冒充魔教教主！"

蓝龙道："我便是摩尼教教主。你信也罢，不信也罢。要报仇就动手吧！"

南溟老人道："好，不管你是真是假，报仇之事，今日便落在你二人头上！"

蓝龙往前一站，森然道："贵岛何人出阵接招？"蓝龙往场中一站，如渊渟岳峙，严然一派宗师气度。南溟老人倒也不敢小觑他。

老人冷冷道："且慢！老夫还有几句话要说。"说时转过头望着周围人，朗声道，"各位豪杰，今日是我子午岛人和魔教了断仇怨，与他人无涉。按江湖规矩，旁人不得插手。哪位豪杰若要赐教，改日我子午岛人恭候！"

南溟老人说这番话，是因看见蓝龙帮手有张去病、赵无痕、林老先生等人在场，这几人武功太强，倘若插手，子午岛人非败不可。是以先按江湖规矩说这通开场白，叫张去病等人不好为蓝龙出手。

张去病同蓝龙生死之交，本想出面劝解这场决斗，一听南溟老人之言，顿时不便开口。心中却想南溟老人武功渊博，蓝大哥也十分神通，二人相斗必有伤亡，我得想法子阻止他俩对决！

蓝龙朗声道："今日是我摩尼教同子午岛了却恩怨，岛主放心，我摩尼教人不会邀朋友助拳！在场的诸位朋友，我与子午岛人对决，无论生死，请诸位不要出手相助！拜托了！"

却见一个年逾六旬红衣老者越众而出，走到南溟老人面前躬身道："师父，报仇之事不需您老人家动手，弟子们自会料理此事。"

南溟老人道："这也成。你们结六合五行阵对敌，不可大意！"

天鸣子道："弟子谨遵师命！"回头对地吟子、乾坤子、岩松子、华英子、夏杰子五人道，"五位师弟结阵对敌！"

只见天鸣子、地吟子、乾坤子、岩松子、华英子、夏杰子六人身形一晃，一人守东方苍龙之位，一人守南方朱雀之位，一人守西方白虎之位，一人守北方玄武之位，二人守中央黄龙方位将蓝龙围住。

张去病一看，心中暗道："不好，这六合五行阵变化奇幻！在桂花台上，我凭过人视力才看清此阵幻象将它破了。我破阵之时，蓝大哥还没率众上桂花台，未见过这六合五行阵的厉害。蓝大哥的目力不如我好，他在阵中看不清对手，一定要吃大亏的……这如何是好？"

张去病正暗自担忧，却见云飞扬走上前躬身对蓝龙道："教主，咳咳……有属下在此，何劳教主亲自出马对敌？咳咳，教主稍歇，让属下会会子午岛高手！"说时直起身来对蓝龙眨了眨眼。

蓝龙顿一看顿时明白，云飞扬想下场探清敌人武功虚实，以便他上场破敌。蓝龙想赤髯摩尼武功超群，心思缜密，他先出马斗敌，想来不会失手。待我看清子午岛功夫再出手不迟。遂点了点头，道："有劳云大摩尼！"转身走出阵外。

云飞扬缓步走入六合五行阵中，双脚不丁不八地站开，懒洋洋对天鸣子六人道："你们要报仇，快上来动手啊！"

子午岛六人瞧见一个鹰鼻鹞眼，项下一大部红胡子的白衣人走下场来，大大咧咧站在阵中浑不把他们放在眼里，心里气不打一处来。天鸣子冷声问道："你这魔头是谁？上来领死报出姓名来！"

云飞扬轻咳一声道："咳咳……小老儿，你先甭用大话吓唬人。今日谁来领死，咱们还得走着瞧！咳咳，你们六人又是谁？我云飞扬也不同无名之辈动手，尔等报上名号来！"

天鸣子年过六旬胡子花白，是以云飞扬叫他"小老儿"。六子一听对方报出云飞扬三个字都暗自一惊：皆想这红胡子魔头却原来是赤髯摩尼云飞扬！这一回，咱们可得好好斗斗这大魔头！

天鸣子道："我乃南海天鸣子！"地吟子、乾坤子、岩松子、华英子、夏杰子五人紧接着分别报出名头。

云飞扬道："呵，你们便是什么南海八子吗？幸会、幸会！云某久闻子午岛武功神通，没想到却原来是打群架的神通！嘿嘿，真叫人开眼啊！"

地吟子怒道："红胡子魔头，你莫冷嘲热讽！今日咱们是来报仇，不是比武竞技，不讲什么江湖规矩。你若心虚胆怯，也可叫几个人来斗啊！"

乾坤子喝道："二师兄，别同这魔头啰唆，咱们动手！"其他五人一听倏地跃起，忽地分开，忽地合拢。分合之际交叉闪击，从四面八方出掌拍云飞扬。天鸣子一掌拍向云飞扬右肩。乾坤子一掌拍向云飞扬右胸。云飞扬双掌一翻，出掌与二人相对。

天鸣子和乾坤子使出伏波神掌，掌力如狂涛向云飞扬掌上击去。岂料云飞扬手掌同两人手掌一沾突然抽开，令二人一击落空。云飞扬身子疾闪四下，避开另外四子攻击，口中却赞道："好个伏波神掌！"

六子见云飞扬毫无异样，听他叫出本门绝技名称，似乎悉知子午岛功夫，六人心中都暗自诧异。六人不知数十年前，摩尼教有一位高手去子午岛同南溟老人比武，输招被擒。后来装死逃出子午岛回到摩尼岩上，将子午岛的伏波神掌和千波万劫指等武功记录在册，留给教内后人破解。

后来何野风同独孤天比武，因为看过那记述伏波神掌和千波万劫指的册子，知己知彼战胜独孤天。比武之后，何野风对子午岛武功了解更直接深刻。他悉心思索，想出一套对付子午岛功夫的武功，并传授给教内左右法王和四大摩尼，是以此时，云飞扬知道如何对付子午岛功夫。

六子见云飞扬不敢同他们对掌，以为云飞扬惧怕伏波神掌。乾坤子和岩松子轻喝一声，从两侧扑上夹击云飞扬。二人出掌极快，不给云飞扬躲闪余地。天鸣子、地吟子、华英子、夏杰子四人从四方封死云飞扬退路，逼迫云飞扬出掌相对。

却见云飞扬双掌一扬，啪啪两声，接住乾坤子和岩松子击来手掌。二子疾催掌力欲用伏波神掌奇功伤敌。岂料云飞扬手掌同他俩的手掌一沾，忽然滑往一旁，将二人掌力斜引，击向华英子和夏杰子。乾坤子和岩松子大吃一惊欲收住掌力，哪里还来得及？幸亏华英子和夏杰子应变极快，才没被伤着。云飞扬却毫发无损。

六人又吃一惊：云飞扬居然能化解伏波神掌！华英子心思敏捷，惊讶一瞬，招式忽变，倏地使出千波万劫指，嗤地一指戳向云飞扬肋下。云飞扬轻喝一声，手掌一带将华英子戳来手指拨向旁边夏杰子，夏杰子急忙闪身跃开。一时间，无论六子使伏波神掌，还是使千波万劫指，都被云飞扬用奇怪手法牵引失去准头。有几次六子出手险些伤到自己人。

六人越斗越莫名其妙，不知云飞扬使的是什么怪异功夫。天鸣子寻思：人说魔教人行事邪门，没想其武功也如此怪邪！如此斗下去，本门人武功威力难发挥出来，要斗败这红胡子魔头却是不易！

张去病在旁边看出云飞扬使的手法，有日月双环神功痕迹，却又不是日月双环神功。他心下困惑：云大摩尼使的是什么功夫？他不知，这是何野风当年为对付子午岛武功独创的法门。那一年，何野风与独孤天比武，用"五行梅花障"妙法擒住独孤天，废了独孤天武功，命童三界将独孤天押回摩尼岩去。岂料在半途中被独孤天逃脱。

何野风闻知此事，情知子午岛人绝不会善罢干休，定会来为独孤天报仇。他遂将日月双环神功的"日月交替"法门略加变化，创出一套对付伏波神掌和千波万劫指的功夫。云飞扬得到何野风传授法门，故能化解子午岛绝技攻击。张去病熟知日月双环神功，看见云飞扬的手法有些眼熟。

张去病正迷惑，忽听云飞扬喝道："好！叫你们看看我摩尼教武功！"喝声未了，只见他双臂一振，将"二际摘星手"功夫施展开来。这"二际摘星手"飘逸诡异，五指挟带怪异内力炽热如火，六子忽感炎风扑面，身上穴位如同被烧红钢针刺痛，不禁心下大骇。六人对云飞扬怪异内力大是忌惮，一时间出招束手束脚，六合五行阵威力顿时大减。好在六人按六合五行变化步法，闪避十分快捷巧妙，云飞扬使的"二际摘星手"虽然精妙，一时也难以伤六子。如此一来，双方谁也斗不败谁。

以功力而论，六子功力皆远逊云飞扬。但六人合力出手，内力大增。按说云飞扬难敌六人倍增的内力。但云飞扬知晓化解子午岛功夫法门，而六子对云飞扬武功一无所知，是以六子功夫大打折扣，一时间反倒叫云飞扬占了上风。倘非如此，六子合力斗云飞扬一人又将是另一番景象。

张去病看得纳闷，心想六人为何不用六合五行阵幻术对付云大摩尼？他不知天鸣子等人自视甚高，以为六人合斗云飞扬绰绰有余，无须使阵法也能将云飞扬打倒。他们不愿过早亮出阵法绝技，以免蓝龙窥见，是以将阵法藏而不露。

六人斗了好一会儿，见云飞扬的攻势越来越猛，天鸣子见势不对，若再不施展阵法恐难胜对方，急忙扬头一声疾吟道："五行衍真幻，金木水火土！"

乾坤子、岩松子、华英子和夏杰子闻声接嘴齐吟道："东西南北中，六合有无空！"吟声未绝六人分为两层：天鸣子、地吟子、乾坤子三人在内层，华英子、夏杰子、岩松子三人在外层，围着云飞扬走马灯一般快转起来。六人穿插出手，分进合击，身法越转越快，频频朝云飞扬出掌。

云飞扬接下几招，忽觉眼前人影幢幢，模模糊糊，对手仿佛变成了几个幻影在他四周闪动。起初，他以为六子是施展绝妙轻功同他周旋，转瞬间感觉不对头。明明看见对手一掌拍来，待他招架却打了个空。明明看见对方远避开去，却又感到他一指戳来。一时间六子攻击虚虚实实，令他摸不着头脑，乱了方寸。幸亏他异常机警，看不清敌人进攻虚实，他便严守门户。心中却十分诧异。寻思怎么突然之间，这六个家伙变得像鬼影一般，叫人看不清了？

蓝龙在旁也困惑不解。他见六人踏着一种古怪步子出手攻击，云飞扬便不知所措，顿时处于下风。他看出云飞扬打斗经验老道，听风辨器极佳，才避开敌人凌厉攻击。但更叫他奇怪的是，云飞扬连连出手都往空处打，这又是为何呢？云飞扬这样的高手，怎会犯如此低级错误呢？蓝龙不在阵中看不出阵内玄机，直瞧得一头雾水。

张去病却看得清楚，知晓云飞扬被六合五行阵所生幻象迷惑。他心里很着急，却又不能出面为云飞扬解困。适才南溟老人用江湖规矩套住众人，不让别人插手子午岛同摩尼教对决。蓝龙也声言不要他人助拳，这叫他只能干着急，不知如何助云飞扬一臂之力。

他暗叹道："唉，可惜我不会传音入秘功夫。要不然，此时我便可悄悄传声给云大摩尼，助他摆脱困厄！"

转念又想：咦，林老先生会此绝技，我何不请他老人家暗助云大摩尼？转头看去，只见林老先生正在凝目观看六子奇妙步伐，一只手大拇指在其余四个手指关节上不断掐算，不知在算些什么。他不敢打扰林老先生，想等林老先生掐算完后，再悄悄请他为云飞扬解困。

便在此时忽见云飞扬身子一歪，右肩被天鸣子拍了一掌。幸得他临战经验丰富极快沉肩一避，卸去天鸣子掌上部分力道，肩骨才没被天鸣子拍碎。纵是如此，肩上也觉一阵钻心疼痛。

云飞扬轻哼一声手疾翻，从腰间拔出"摩尼风云棍"。那钢棍三尺多长，棍头弯成半圆形似镰刀，锋利异常。手把上铸有月牙形刀刃锃光瓦亮。棍头弯刀可钩、可削、可砍、可斩。棍身又可当棒、当鞭、当锏使用，护手月牙刀近可杀敌。只见他疾舞左手"摩尼风云棍"护住全身，挥动右手的钢棍打向天鸣子。

六子没见过这种奇特兵器，不知道厉害，地吟子和乾坤子见云飞扬扑向天鸣子，背后门户洞开，双双出掌拍去。岂料云飞扬露出背上破绽却是诱敌之计，耳闻背上劲风袭来，他猛地将左手的"摩尼风云棍"往后一挑，棍头上弯刀倏地划向乾坤子腹部。乾坤子一惊，急忙缩身暴退。地吟子却趁势一掌向云飞扬背心拍去。云飞扬头也不回喝声："着！"突然之间棍头弯刀转变方向削向地吟子的手掌。地吟子大吃一惊万没料到弯刀会转向，吓得急忙收掌旁跃。只听嗤的一声，衣袖被削去了半幅。他急忙缩手一看，见小臂上划出了一道血痕。

霎时间，云飞扬将"摩尼风云棍"舞成一团光影，在六子的围攻中滚来滚去。六子对他"摩尼风云棍"颇为忌惮，攻击有所收敛。云飞扬看不清敌人进攻，也不不敢放手一搏，双方斗成胶着状态，一间谁也胜不了谁。但是旁观之人看得明白，六子轮翻攻击云飞扬，有间隙可喘息，而云飞扬却毫无喘息之机，久斗下去，云飞扬必败无疑。

南溟老人见云飞扬不但武功精奇，而且兵器怪异，心中暗暗寻思：武林中人说魔教功夫超凡，今日一见果然不虚。想当年那创下中土摩尼教的教主风云龙，不知是一个何等奇特的异人！转念又想：幸亏老夫创下这六合五行阵，今日我子午岛才稳操胜券！想到此处，南溟老人欣然地抚了抚胸前长髯。

便在此时白影疾闪，一人快捷无伦地飞身扑进场内，双手疾抓，只见夏杰子和岩松子的身躯高高飞起，被那人抛掷五丈开外摔倒在地。那人出手快如闪电，不容夏杰子和岩松子有丝毫躲闪的余暇，两位高手竟然着了他的道儿。但二人身手异常矫健，身子一着地立刻跃起，又扑上来站到攻击方位上。

只听那人道："云大摩尼，你一人斗子午岛六位高手，武功俊极！稍事歇息，看我接子午岛人高招！"

众人一看是蓝龙。适才蓝龙在一旁，看见云飞扬在阵内出招失去准头，心里非常奇怪，他想云飞扬武功非比寻常，何以如此？莫非这阵内有什么古怪不成？转念又想：是了，南溟老人这阵法一准儿有什么障眼术，云飞扬受到蛊惑，武功才会大打折扣！

他本想找出破阵之法再出手，可是眼见云飞扬在阵内苦苦支撑，倘若再不出手，云飞扬难以为继，他便以迅雷不及掩耳手法打入阵中。

云飞扬见蓝龙下场斗敌，忙道："教主……"蓝龙不等他说完，森然道："云大摩尼不必多言，下去罢。今日我若为教捐躯，你回摩尼岩去，带领众兄弟前往南海，踏平子午岛，杀他个鸡犬不留！"

云飞扬躬身道："属下遵命。"飞身跃出圈外。众人一听都大惊。其时摩尼教有数十万人之众，教徒遍布大江南北，更何况其教中高手如云。倘若举全教之众攻打子午岛，子午岛如何抵挡得住？

南溟老人亦是暗惊。但事已至此，岂能示弱？遂冷笑道："想踏平我子午岛？嘿嘿，届时只怕你魔教是有去无回！"

蓝龙冷哼一声不说话，突然双目爆射精光横扫四周的天鸣子、地吟子、乾坤子、岩松子、华英子、夏杰子六人一眼，身子拔地而起一掌向岩松子拍下。这一掌拍得无声无息。岩松子只见蓝龙的一掌当头拍来，手掌微微晃动几下，还道是蓝龙要中途变招攻击，急忙摆出化解招式。岂料对方并未变招，突然之间有八股掌力袭向自己的头、肩、胸上的八处要穴。岩松子大吃一惊不知如何应对，急忙闪身后跃开去，哪知慢了一瞬，左肩被一股掌力击中，疼痛犹如牛毛针刺一般，左手臂再也抬不起来，身子踉跄倒地。

天鸣子、地吟子、乾坤子、华英子、夏杰子五人大吃一惊，适才只见蓝龙平平常常拍出一掌，岩松子既没出手对攻，也没招架，急速仓皇后跃，仍被蓝龙打倒在地。五人既吃惊又诧异，弄不明白为何如此。

张去病在摩尼岩同蓝龙比武时，见过蓝龙使这掌法，知此时蓝龙使的是"二际天罗掌"。这"二际天罗掌"在《玄秘宝典》上排名第三，其厉害之处是一掌拍出八股掌力，分袭对手身上八处穴位。对手防得了一处，防不了另一处。而掌力发出时，手掌只是微晃，对手极难觉察。对手如被掌力袭体，犹被牛毛针刺，顿时经络瘫痪，身子动弹不得。

蓝龙只因看见六合五行阵怪异，他寻思须痛下杀手，打伤敌人，令其无法布阵方可破敌。是以一上来，便使出"二际天罗掌"打倒岩松子。张去病看出蓝龙的心思，暗赞道："蓝大哥好主意！"

蓝龙打倒岩松子毫不停手，身子急旋挥掌向华英子拍去，八股掌力已将华英子罩住。岂料这一瞬间忽觉脑后生风，有人从背后一指袭来。他反手一钩欲将那人的手指扭断。便在此时，又有人从斜旁一掌斩向他的右臂。他头也不回疾沉手臂避过，倏地单腿倒钩踹向那人的下阴。便是这么一耽搁，华英子已跳出他掌力笼罩之外。

他回头一看，背后戳他一指的人是个三十几岁的红衣瘦汉，而从旁攻他一掌之人则是地吟子。那红衣瘦汉补站到岩松子所站的方位上，六合五行阵又完整无缺。他寻思：莫非子午岛的人都会这鸟阵法？

蓝龙所猜不错，南溟老人为对付何野风，不仅创下这六合五行阵，而且将阵法传给门下所有弟子。出阵弟子若有伤亡，其他弟子能替补上去。遭遇险情时，门下弟子仍能够结阵自保。适才，眼见岩松子被蓝龙打倒，那红衣瘦汉长青子立即跃到岩松子的方位上。他跃到金方位上站定，见蓝龙挥掌拍向华英子，便趁机从背后偷袭蓝龙。地吟子也怕蓝龙伤着华英子，急忙从旁出手攻击蓝龙。岂料蓝龙脑后像长有眼睛似的，将二人攻击瞧得一清二楚，挥洒自如化解了二人攻势。

六子见蓝龙武功神通，情知各自散斗，必然不敌蓝龙，只听天鸣子一声急吟："五行衍真幻，金木水火土！"其余五子齐声吟道："东西南北中，六合有无空！"六人催动阵势围着蓝龙急攻起来。

霎时，蓝龙只见眼前人影疾闪，看不清敌人真假虚实。此时他才明白，适才云飞扬为何空有一身绝技无法施展。好在有云飞扬前车之鉴，他毫不慌乱，沉着施展"二际天罗掌"应对六子攻击。他看不清六子出招，但他手掌微晃便能拍出八掌力，犹似有八个人在抵挡六子进攻，令六人颇为忌惮，要防被他"二际天罗掌"击中，不敢放手一搏。如此一来六子犹如狗咬刺猬，围着蓝龙团团急转，却不知从何下口。

南溟老人见此情景心中不解，不知为何蓝龙轻描淡写拍出一掌，六子便纷纷避开。他忙凝目细看，只见蓝龙每拍一掌，手掌微晃几下。老人武学修为高深，一看之下顿时明白其中奥妙。心中寻思：莫非是这魔头一掌拍出数道掌力不成？

恍然之际，老人不禁暗叹："老夫久闻魔教《玄秘宝典》上的武功，堪与《九宫伏魔经》《鬼谷散花谱》的功夫抗衡，今日看来，传言并非空穴来风。眼下蓝魔头所使掌法便十分奇妙，只不知那风云龙当年是如何创出来的？"又暗叹道，"老夫还道我这六合五行阵，定能克制魔教功夫。唉，看来老夫自大了！"

南溟老人毕生精研武学，此时见到一门奇异武功，竟然对仇家的武功也忍不住大加赞赏。赞赏之余转念又想：如何对付这魔头的怪异掌法呢……

蓝龙在阵内却别是一番心思。他瞧不清敌人虚实所在，出掌虽不能伤敌。但见自己出掌六子人影便倏地闪开，情知敌人畏惧二际天罗掌，他才与六人斗个平手，心下也不得不暗赞六合五行阵了得！

心思一转又想：如此打下去非长久之计，我须出奇制胜，打倒一二人瓦解这六合五行阵，才能稳操胜券！心念闪动，他忽然想起日月双环神功第一法门"移山填海"来。张去病已将此法门传授给他，这些天已修习纯熟，何不用它对敌？念头闪过，忽见两个人影左右攻来，他装着应对不及，急使"移山填海"法门布满全身，只听啵啵两声右肩上被天鸣子击了一掌，左臂被地吟子拍了一掌。

天鸣子和地吟子心中大喜，皆以为蓝龙这下非死即伤。两人忙定睛看去，却见蓝龙毛发无损。他们拍到蓝龙身上这两掌可开碑裂石，为何伤不到蓝龙分毫？两人弄不清是何故，惊骇莫名。

他俩哪里知道日月双环神功"移山填海"法门有两大奇效：既能将对手拍来掌力移至地下。又能借力打力，将对手的内力反弹回去，以双倍内力还击对手。适才他俩各出一掌拍到蓝龙身上，蓝龙使出"移山填海"第一法门，暗中将他二人掌力移至地下，是以浑身毫发无损。

华英子和夏杰子见蓝龙被天鸣子和地吟子拍两掌浑然没事，二人不信蓝龙没有受伤，以为蓝龙是故作镇静掩盖伤情。两人对望一眼，双双从后出手偷袭，想趁势将蓝龙击倒。只听砰砰两响，两掌击到蓝龙背上，仍见蓝龙身子安稳如山，丝毫不见一点异样。二人心下惊异，忙闪跃开去怔怔看着蓝龙，像看见什么怪物一样。一时间六子惊得暂停攻击，呆在当场。心中皆想这魔头使什么妖法？我等的掌力竟然无法伤他。咱们出手打不伤他，只能被他攻击，这怎么打下去，仇还怎么报？

张去病看见蓝龙施展移山填海法门对付六子，心中暗赞道："蓝大哥好机智，如此他不惧六人攻击，可立于不败之地了！"又感叹道，"日月双环神功是摩尼教护教神功，幸亏何野风老爷子处事不拘小节，生前将此功传授给我，我才能将它回授给蓝大哥，在这节骨眼上，日月双环功派上护教大用场啦！"

他兀自感慨，却见蓝龙转过身来冷笑道："江湖人言子午岛武功如何了得，蓝某看来，嘿嘿，也不过如此！什么伏波神掌，什么千波万劫指，连蓝某衣衫上灰尘都拍不掉，浪得虚名！可笑啊，可笑！"

张去病听见蓝龙出语讥讽子午岛武功，心想：糟了，蓝大哥还没见到南溟老人绝技"子午八掌"，便心生骄意轻敌，只怕要吃亏！转念又想：不对！蓝大哥生性沉稳，见事精明，此时怎会变得如此心浮气躁？他说这言语莫非有什么隐秘意图不成？

正如张去病所料：蓝龙见六子心生惧意，谨慎防守，故意出语讥讽子午岛武功，激怒六子心浮气躁，攻击六子便有机可乘。

果然，六子一听面红耳赤，怒气塞胸。乾坤子和夏杰子性情暴躁，两人按捺不住怒火，大吼一声双双扑向蓝龙。蓝龙见二人扑来，不管敌人出招是虚是实，又运起"移山填海"法门挥舞双掌一封一格。只觉乾坤子攻击是虚招，夏杰子攻击是实招，一股刚猛指力嗤地戳到他掌上。他使出"移山填海"法门接招，只听"哎哟"一声痛叫，夏杰子身子倒飞出去摔到地上。

原来乾坤子和夏杰子攻击蓝龙，乾坤子出虚招扰乱蓝龙心神，以便夏杰子全力将蓝龙打倒，哪知蓝龙双掌使出"移山填海"第二法门借力打力，以双倍内力反震回去，将夏杰子震成重伤。片刻间，蓝龙打伤岩松子和夏杰子，令南溟老人大吃一惊！张去病心想倘若蓝大哥再伤二人，"六合五行阵"便无法布成了。

忽然红影一闪，一个高大汉子闪身弥补在夏杰子的空缺上。张去病一看，却是八子中的乾坤子。乾坤子正要出手攻击蓝龙，忽听南溟老人道："众弟子退下，待老夫会一会这个蓝魔头！"

天鸣子见南溟老人缓步走来，急忙道："师父，您老人家年事已高，弟子们不能让您亲自动手。请师父放心，弟子们料理得了这个魔头！"

地吟子等人亦急道："师父，有事弟子服其劳，无须您老人家亲自出马。请师父放心观战，弟子们决不会给子午岛丢脸！"

子午岛师徒情深。众弟子虽知师父武功神通，但南溟老人毕竟年近九旬。而蓝龙才年近五十正值壮年，且武功十分怪异，弟子们哪能放心老人与蓝龙相斗？几人竭力劝说师父，不让南溟老人出手。

南溟老人却摇头道："尔等不必多言。师父虽然老朽，我这几根老骨头还挨得几拳。今日老夫以子午岛功夫，领教一下魔教邪功，看看是邪功压正功，还是正功压邪功？你们退下去瞧着好了！"天鸣子、地吟子、乾坤子、长青子、华英子、乾坤子六人不敢违令只得躬身退下。

南溟老人抬眼对蓝龙道："蓝龙，老夫南来，只说是会会那何野风大魔头，看看号称武功天下第一的狂人有什么了不得本事。没想到这大魔头龟缩不出，让你这小魔头来挡灾。也罢，你若败下阵去，我看何野风出来不出来？"

张去病在旁听出，南溟老人还不知何野风已然去逝，仍不相信蓝龙是教主。他蓦地想起几十年前何野风与子午岛结下的仇恨，想起何野风父女和独孤天父子已死去多日，心下不禁惨然。

却听蓝龙道："久闻江湖子午岛主武功出神入化，蓝某今日正好领教，看看子午岛武功与我教武功谁正谁邪，谁优谁劣！岛主出招罢！"

南溟老人打量蓝龙两眼，冷冷道："无须废话，看招！"老人说时身形微探，快捷无伦拍出一掌，一股诡谲掌风顿时罩住蓝龙。瞧见老人这一掌十分诡异，暗藏无数厉害后招，蓝龙一时不知如何破解，急忙纵身旁跃。南溟老人如影附形扑上去，又快捷无伦地向蓝龙拍出一掌。蓝龙仍见对方掌式暗藏陷阱，不敢贸然接招，又迅疾闪身避让。

张去病见南溟老人使的正是"子午八掌"，心中不禁暗暗替蓝龙担忧。他想这"子午八掌"，每一掌暗藏十几、二十几种后招叫人极难防范，若看不清老人掌上后续暗招，蓝大哥出手必陷危境。即便是看出暗招，在仓促激斗之际，蓝大哥又怎能想出化解之法？

张去病寻思，在桂花台上打擂时，他用《九宫伏魔经》武功斗这子午八掌才取胜，蓝龙不会《九宫伏魔经》武功，这如何是好？他转头低声问赵无痕，道："赵先生，您看这……"

赵无痕轻声道："他二人放话不让咱们插手，这可不大好办！云大摩尼智计百出，不知他可有良策助蓝教主？"张去病转眼看去，见云飞扬双眉紧锁，似在想法子助蓝龙。

适才云飞扬见南溟老人掌法诡奇，在旁大吃一惊。他同蓝龙上桂花台时，南溟老人带着南海八子离去，他二人没见过南溟老人这"子午八掌"。此时一见，令云飞扬心中暗惊。只见老人掌法看似平淡无奇，但招式中隐藏许多看不清楚的厉害后招。高手对决，形同两个顶尖棋手博弈，每落一子，双方须看清对方能走几步后着，才能避开对手暗布的陷阱。此时，云飞扬要想出对付子午八掌之法，也须看清南溟老人掌中暗藏种种陷阱。可是以云飞扬的武学造诣，只能看出老人一掌中暗藏的部分后招，还有一些难以看清，他如何想得出取胜的法子来？

他寻思：南溟老人掌法博大精深，要破他掌法极是不易。蓝龙若是轻率出手，极可能落入老人圈套之中。但是蓝龙只是避闪，不出招对攻，旁人一看便以为子午岛武功更胜一筹，岂不是坠了我教武功威名？一时间云飞扬紧蹙双眉，彷徨无计。

云飞扬寻思之间，蓝龙已避过南溟老人十余掌。但他轻功不及张去病，张去病同南溟老人斗时，曾一度被子午八掌所困。但他仗着蹑云步法同老人斗颇为轻松。蓝龙不会蹑云步，闪避十余掌后，感到老人掌风形成一个圈子正渐渐收拢，令他闪避余地越来越小，甚至感到呼吸有几分不畅。他心里暗暗焦急，却无法扭转这被动挨打局面。

张去病在旁看见蓝龙受困，又不便出手相助，心中不禁对南溟老人愤忿，心下暗道："南溟老人真是老糊涂了，只为一己私仇，不分大是大非，屡次帮助金国同大宋豪杰为敌，算什么前辈高人啊！蓝大哥于我有救命之恩，他虽说过不要别人出手帮他，旁人可不帮他，我又怎能袖手不帮？"

想到此处，灵光一闪，他突然有了主意。心想蓝大哥与子午岛主都只说不许别人插手他们决斗，没有说不许别人闲聊他们决斗，我不能出手帮助蓝大哥，难道还不能用言语帮蓝大哥？如此一想，他对赵无痕说道："赵先生，依您老人家看，子午岛武功同摩尼教武功相比，两者怎么样？"

赵无痕微微一怔，不知张去病此问是何意。但他知张去病决非无故闲聊，定有深意在内，便回答道："依老仆看，他们双方武功各有所长。"

张去病道："赵先生，依您老人家看，子午岛武功同摩尼教武功各自所长在何处呢？"

赵无痕一听心想：以小主人此时武学修为，哪会看不出二者武功的长处？他如此问我，有弦外之音，待我顺着他话头往下说。

赵无痕朗声道："老仆武学浅薄，或许说得不对。但小主人既问，老仆不妨信口开河。依老仆看子午岛主掌法深不可测，厉害后招极多，且掩藏不露，令人极难接招，谁要贸然接招非败不可！子午岛主掌法堪称当世一绝。而蓝教主的日月双环功能移山填海，不惧任何打击加身，又能借力打力，此项绝技亦空前绝后！"

张去病又问道："赵先生，要是他二人以己之长，斗对方之长，那结果又当如何？"听到此处，赵无痕恍然明白张去病心思，会心笑道："小主人问得极妙，这可不好说。哈哈，老仆一时难以回答！"

南溟老人同蓝龙打斗，却将二人之言听得清清楚楚，但没听出张去病话中有话。老人心想：老夫的子午八掌分明已打得蓝龙无法还手，可见魔教武功斗不过我的子午八掌，这有什么好问的？如此一想，老人不把张去病之言放在心上。

但蓝龙一听张去病与赵无痕这番对答，恍若拨云见天。心想：对啊，日月双环功能移山填海，不惧任何打击加身。小兄弟在提醒我，南溟老人掌法虽然诡妙，我若使出日月双环功，让他打上一掌，身子不会有碍。我便能趁机摆脱困局！哈，小兄弟点拨得实在高明！我怎没想到这法子？

蓝龙此时没想到这一层，是因南溟老人名头太响，令他心有压力。而这一战胜败不仅决定个人生死，且事关摩尼教荣辱，这更令他紧张。此刻一经张去病点醒，顿时信心大增。南溟老人见蓝龙在避闪中，神情忽然开朗起来。老人心中诧异：这魔头在打什么鬼主意？嘿嘿，无论你耍什么花招，叫你难逃老夫手掌！

老人想到此处身形疾蹿，呼地一掌拍向蓝龙肩头。这一掌快逾闪电，拍出方位又万分刁钻，一下将蓝龙罩在掌风之下。不仅如此，老人左掌还摆个观音参禅式，暗将蓝龙避开的方位封死。众高手眼看蓝龙无法避开这一掌，都惊得"啊呀"一声。

蓝龙见老人这一掌异常凌厉，急忙运起日月双环功护住全身，右手使出"移山填海"法门横格出去。岂料老人手掌拍到中途忽然五指箕张，抓向蓝龙手臂。蓝龙应变极快上臂疾沉，小臂倏地一弯，二手指戳向老人手掌。老人似乎已料到蓝龙会出此招，突然将手掌一竖斜劈向蓝龙肋下，蓝龙见此急忙侧身闪让。

一瞬间只见老人手掌却如蛟龙出海，唰唰唰唰唰，上下左右一口气连攻击十八招，招招惊险到极致。攻到第十八招上，只听老人叫声"着"！"砰"的一声手掌印在蓝龙胸膛上。中掌一刹那，蓝龙身子急使"移山填海"法门将老人掌力移到地下。纵是如此，也被老人雄浑掌力震得身子一阵酸麻，他不由暗赞老人功力了得。趁此瞬时，呼地一掌向老人拍去。

南溟老人见一掌未能打倒蓝龙，心中吃惊。忽见蓝龙一掌击来，顿觉有八股掌力分袭自己上身八处大穴。老人急忙双掌抱圆来回转动，推出一股圆融旋转的内力将蓝龙拍来掌力挡住。蓝龙拍出八股掌力撞到老人掌力上，像撞在旋转的轮子上四处飞溅开去。蓝龙暗暗吃了一惊，心想这是什么功夫，竟能抵挡我的"二际天罗掌"？

蓝龙不知，适才南溟老人在旁，瞧见他出掌攻击六子似乎发出多股掌力。老人急思对策。南溟老人武学神通，寻思一会儿便想出用这一招来对付"二际天罗掌"。老人使这一招，叫"混元天地功"，乃是子午岛奇异内功，功力霸道无比，击人非死即伤。老人见蓝龙拍来八股掌力，急忙抱圆守一运起"混元天地功"，把八十年功力凝成一个圆球推出，将蓝龙拍出八股掌力挡住，反震回去伤对手。

南溟老人这一招使得极险，若是蓝龙内力胜过老人，他非旦不能震伤蓝龙，反会伤在蓝龙掌力之下。是以在桂花台上同张去病比试武功时，老人察知张去病内力深不可测，不敢使这一招对付张去病。此时同蓝龙交手，老人觉察到对方内力逊自己一筹，才大胆行此险招。蓝龙也因内力不及老人，是以他拍出八股掌力撞在对手旋转的内力上才会被撞开。但经此较量，蓝龙知他倚仗日月双环神功，不惧南溟老人的子午八掌。

老人也知晓他倚仗"混元天地功"，亦不惧蓝龙的"二际天罗掌"。二人探明对方虚实，翻翻滚滚斗数百招，谁也占不到一点上风。斗了一会儿，南溟老人心中焦急起来。他寻思蓝龙年岁正盛，自己年迈久斗下去恐内力不济，须尽快了结这场打斗。忽见蓝龙一掌拍来。他双掌抱圆一推，荡开蓝龙拍来的八股掌力。双掌倏地一合，如尖刀插向蓝龙胸膛。这一招快如迅雷，蓝龙急忙猛缩胸躲避，岂料南溟老人手掌疾分，变成二指直插蓝龙两眼。这一招快似闪电，令蓝龙猝不及防。旁观之人又惊得"啊呀"一声。

原来，南溟老人已知蓝龙不惧子午八掌加身，他寻思要打败蓝龙，须攻击蓝龙身上最柔嫩部位。是以老人以迅雷不及掩耳之势突然变招，疾出二指直插蓝龙两眼。蓝龙忽见敌人二指向眼睛戳来，无闪避余暇。他一咬牙呼地出掌击向南溟老人心窝。这是同归于尽的打法，南溟老人若是戳瞎他双眼，也将伤亡在他掌下。

张去病眼看二人非伤即死，急得大喝一声："住手！"情急之下，他这声大喝似惊雷炸响，挟带着禅音十八唱无上功力，撞击得南溟老人和蓝龙心神一震，好勇斗狠戾气顿时锐减，不由自主停住攻击。但南溟老人二指戳到蓝龙眼前一寸处，蓝龙手掌已触到老人胸前衣襟，双方的手已经贴近对方身体，一吐内力即可击伤对方。此时谁要一动，皆难逃对方致命一击。一时间，二人不敢动，也不敢收手，僵持在场内如同塑像立着，群豪紧张得心头揪紧。

南海八子见师父危险，心中大急。敌人手掌已触到师父胸襟，他们若出手攻击蓝龙，师父必伤在蓝龙掌下。八子心急如焚，不知如何是好。云飞扬见此情景也一筹莫展。南溟老人二指临近蓝龙两眼，南溟老人只须轻吐指力，便能毁掉蓝龙双目。云飞扬饶有智计，此时也有计穷之感，想不出法子为蓝龙解危。

众人都掉头去看张去病，看他能否解除二人眼前困境。张去病见众人看着自己，心中惶惶也不知怎么办。适才情急，他冲口大喝一声"住手"，没想到喝住二人却形成此种危局。

众目睽睽之下，他只得干咳一声，惶然道："南溟老人，蓝大哥，我年少无知，不会说话，语言如有得罪之处，望你们多多包涵。这个……唉唉，冤家宜解不宜结……其实今日，子午岛主找摩尼教报仇雪恨，这个，这个……大可不必。我如此说，请子午岛众位不要生气……"

他话未说完，却听地吟子冷冷道："张去病，你这是什么话！自古以来杀人偿命，欠账还钱。摩尼教欠下我子午岛两条人命，你却说我们报仇大可不必？难道我们子午岛人的命一文不值吗？"

张去病忙道："不是，不是。地吟子大哥误会我的话了。我是说，你们子午岛的仇已经报了，无须再同摩尼教结新仇了！"

地吟子一愣，忙问道："你说我们的仇已经报了？是真的吗？你没骗我们？"

天鸣子抢喝道："张去病，你休想骗人！我来问你，是何人为我们子午岛报的仇？他又如何为我们报仇？"

张去病道："那为子午岛报仇之人不是别人，正是你们子午岛的独孤云，也就是化名混入摩尼教的殷独啸！"

南溟老人率领众弟子前来报仇，只因听完颜龙说殷独啸被摩尼教害死。老人询问殷独啸被害死详情，完颜龙没亲眼看殷独啸之死，语焉不详，南溟老人与八子皆不知事情经过。此时听张去病如此一说，南溟老人与八子心中皆生惊疑。

长青子怒道："张去病，你胡说八道！你欺我岛独孤云死无对症，便在此花言巧语骗人！"

张去病道："我没骗人。当年那独孤天到大陆来炫耀武功，要当武林总掌门人，打遍中原门派。后来又找何野风教主比武，失手被何教主废了武功，他回到子午岛含恨而死，摩尼教因此欠了你们一条人命，是不是？"长青子道："是又怎的？"

张去病道："可是后来，独孤天的儿子独孤云，化名殷独啸混进摩尼教，使毒计害死了何野风，为他父独孤天报了仇，摩尼教已偿还你们一条命啊！"

南溟老人同八子一听何野风已死，心头大震。何野风之死摩尼教秘不外传，是以江湖上无人知晓。此时张去病为化解这场仇杀，无奈之下只得说出。南溟老人和八子忽听何野风已死，惊喜交加，却又不相信。

乾坤子冷哼一声，道："张去病，你说何野风已死，有何证据？你信口胡言，我们可不是好哄骗的。哼，你拿出何野风已死的证据来！"

张去病道："人证就在你们眼前呀！"乾坤子忙追问道："在哪儿？"

张去病道："眼前的蓝龙蓝大哥，他就是证人呵！你们想，倘若是何野风教主还在世，蓝大哥怎能当上教主？蓝大哥坐上教主大位，岂不是说明何教主去世了吗？"

子午岛众人一听，心想也是。适才，他们看见赤髯摩尼云飞扬叫蓝龙教主，语气尊崇，又自然，不像是作伪，张去病似乎没说谎。

乾坤子高声道："张去病，即便如你所说何野风已死。但魔教又将我岛独孤云害死，他们还欠下我子午岛一条人命，这仇恨怎么了结？"

张去病叹口气，道："乾坤子大哥，你有所不知，摩尼教与独孤云这一笔仇怨也已经了结了！"

乾坤子喝道："张去病，你胡说！那独孤云被魔教害死了，谁为他报了仇？嘿嘿，你这番谎话可露出马脚，骗不了人！"

张去病又叹一口气，道："乾坤子大哥，我骗你们做甚哟？那独孤云为他父亲报仇，不仅用毒计害死何野风老爷子，也害死了何老爷子的女儿何君茹。何野风父女两条命，已经抵了独孤家父子两条命。子午岛同摩尼教的恩怨已扯平，谁也不亏欠谁。今日，你们何必再结新仇啊！"

乾坤子道："张去病，我们不信你空口白说，你得拿出证据来，证明你所言不虚！"

张去病道："此时我拿不出什么证据，不过那独孤云遗下一个女儿叫何莹，日后你们去问何莹姑娘，便知我所言不假！"

乾坤子一声冷笑，正要诘问张去病，却见华英子抢先说道："四师哥，你别同这小子啰唆。他说独孤云有一个女儿，谁知道是不是子虚乌有？他让咱们日后去问那小姑娘，这不是在糊弄咱们吗？别听这小子胡扯，大不了，今日咱们同魔教斗个鱼死网破，玉石俱焚！"张去病一看南海八子不肯罢休，一时计穷，不知再如何劝说。

此时，忽听一个清朗声音说道："张公子既没说谎，也没瞎扯，他说的确有其事。那独孤云，也叫殷独啸，确实使毒计害死了何野风父女。是以子午岛同摩尼教的恩仇已经算清，互不亏欠了！今日若是你们再斗个什么鱼死网破，什么玉石俱焚，实在是愚蠢至极。且听林某一言，放下屠刀，立地成佛为上策！"

众人回眸一看，说话之人正是林老先生。适才，南海八子见林老先生指点张去病等人连破师父摆下的奇阵，知他是一位高人。此时见他说话，倒也不敢无礼。

天鸣子忙道："林老先生，非是我等目中无人，不给您老人家的面子。只是不知，您老人家是如何得知此中隐情？"

林老先生道："林某潜居玉泉山下，何野风是林某故交，故能得此中隐情。"说到此，林老先生忽然喝道，"尔等八个不知轻重的蠢材，你们年迈的师父身处危局，你八人不赶紧想法子救你们师父脱险，反倒说什么要斗个'鱼死网破，玉石俱焚'。尔等如此不顾你们师父生死，这是你们八人的为徒之道吗？"

听见这一声呵斥，八子心头大恐，个个哑口无言。适才他们心思纠缠在仇恨上，竟然将解救师父脱险之事放一边。林老先生此话令八人面红耳赤，惶恐不安，可一时间八人又不知如何为南溟老人解困，你看看我，我看看你，脸上都是一片茫然，谁也不知该怎么办。

此时，南溟老人的手指和蓝龙的手掌几乎触到对方肌肤，除非两人同时收手，否则谁也不能帮他们罢斗。但要二人同时收手，须得两人都相信自己收手时，不会受到对方攻击，并刹那间同时撤招，方能脱困。可是子午岛同摩尼教结仇几十载，怨恨太深，二人又焉能轻信对方收手？

张去病眼见危局，心思急转，他想用日月双环神功为二人解困，可又觉得没有把握。他生怕万一使出神功稍有偏差，两人中一方可能向对方下杀手。他转念又想：可不可以用《九宫伏魔经》功夫试一试呢？这念头才冒出来，他马上又否定。他想那《九宫伏魔经》功夫虽然神妙，但以招式变化见长，用来斗敌厉害至极，要用来分开两个几乎肌肤相接的仇人，他不知用哪一招，才能让两人无法攻击对方。

寻思一瞬，他心中突然一亮："太极阴阳掌"不是有一式"阴阳两隔"吗？我趁南溟老人和蓝大哥不备之际，突然闪身近前，右掌一招"排山倒海"猛然推向南溟老人，左手一招"倒转乾坤"拍向蓝大哥，岂不就将他们分开了？

心念闪过，他正欲试，忽又觉得不妥。想那"阴阳两隔"是一式两招：一招是"排山倒海"，另一招是"倒转乾坤"，这两招所使出内力刚猛至极，自己内力又异常雄浑，万一伤了南溟老人和蓝大哥怎么办？

他忙轻声向赵无痕请教："赵先生，你老人家看，有什么法子助南溟老人和蓝大哥脱困？"

赵无痕摇头道："难！他二人都是当今绝顶高手，此时欲置对方于死地，二人周身布满极强罡气。要分开他二人，须得用大过于他二人内力的力道和妙巧招式，以迅雷不及掩耳之势猛地一击，方能将他二人分开。但雷霆般一击，必然会伤他二人！"

张去病失望道："如此说来，咱们没法子为他们解困了？"

赵无痕道："办法倒是有一个，除非咱们有法子化去他们浑身罡气，即便不用极大内力也能将他二人分开。可是这门化去罡气的功夫，咱俩都不会！"

张去病忽然想起林老先生在玉泉山下河边上，竟能用一根鱼竿救起何野风之事，忙问林老先生，道："林老前辈，您老人家神功高深，不知您可有妙法解此困局？"

林老先生道："老夫几手粗浅功夫搁置多年，只怕无此能耐哩！"顿了一顿，又道，"不过，何野风同我交情不浅，眼见他的门人遭危厄，我不能袖手不管。待我试一试罢。"林老先生说罢，缓步向南溟老人和蓝龙走去。

突然间，八条人影疾闪，南海八子齐跃上前挡住林老先生去路。乾坤子大喝道："你休得伤我们师父！"

原来，南海八子瞧见林老先生同张去病等人一伙，又听他说同何野风交情不浅。八人生怕林老先生对南溟老人下手，便上前将林老先生截住。岂料林老先生却不止步，仍是缓缓行近。

长青子年轻气盛，大喝道："前辈，你再往前行，别怪我等不客气了！"林老先生微微一笑，道声："借光，借光！"说时双手一拱，不知怎的，南海八子仿佛改变主意似的，倏地闪开两旁，给林老先生让出一条道来。八人惊骇地看着林老先生朝南溟老人和蓝龙走去。

"巴山老鬼"、杜百年、龙飞等人也看得莫名其妙，不知林老先生使什么手法将南海八子推到一旁。张去病和赵无痕目光犀利，却也只看见林老先生拱手时大袖轻拂一下。但两人实难相信，林老先生那么令人难以察觉地轻拂一下衣袖，能将子午岛八位高手震开去。

南海八子更万分惊愕，适才他们八人挡住林老先生去路，只见林老先生微微一拱手，忽然有一股雄浑而柔和的力道袭来。八人忙运功抗拒那力道，却半分力气也提不起来，身子便被震到一旁。

八子惊骇之际，林老先生已走到南溟老人和蓝龙近前，双掌合十躬身施礼道："二位高贤，林某得罪了！"只见林老先生躬身施礼瞬间，南溟老人和蓝龙倏地往后跃开二丈多远，落地之后身子摇了两摇，二人方才站定。在外人看来，仿佛是他二人唯恐林老先生出手伤自己，自个儿避开去似的。

实情却是，适才林老先生双掌一合，南溟老人和蓝龙便觉一股内力如春风扑面而来，周身似沐浴在和煦阳光中，身上罡气倏地消融得无影无踪，身子被那股柔和内力送出二丈开外，落地时脚下虚浮，不由得晃了一晃。二人大惊失色，忙各运真气自检功力是否还在。然而奇怪，内力却丝毫未损。

蓝龙在玉泉山下曾见过林老先生救何野风时施展过神技，此时吃惊略小一些。他来不及细想刚才为何内力瞬间消去，复又回还的怪事，忙走上前施礼道："谢谢林老前辈！"林老先生道："不谢，不谢。林某同贵教有些渊源，自当为之。"

南溟老人大吃一惊。他从未见过林老先生武功。不知林老先生为何合掌施礼，便会送出一股奇怪内力化去他遍布周身的罡气，把他推到一旁，还能令他毫发无损，瞬间又令他内力失而复回。林老先生这门奇异功夫，着实叫南溟老人震惊迷惑！

他寻思：自己用八十年功力凝聚罡气布满全身，却在瞬间被对方不着痕迹地消去，此人使的是什么功夫？他是何方神圣？怎会身怀如此神技奇术？老夫几十年不上大陆来，却不知大陆上还有这等惊世骇俗的高人！老夫窃以在当今之世，论武功没有几人能与我比肩，这想法委实托大了！转念又想：在桂花台上打擂时，赵无痕和张去病显露的武功都不在老夫之下。此时又冒出这林老先生来，但不知他其他功夫如何？老夫倒要领教一二。

张去病瞧见林老先生这一手功夫，大为叹服，心想这般不显山不露水施展功夫将南溟老人和蓝龙分开，还能不损伤二人毫发，自己着实办不到！

赵无痕想起离开玉泉山时，曾听张去病说，何野风称林老先生才是天下第一高手，当时心里不以为然。此时瞧见林老先生这一手功夫，不由得信了几分。但他也同南溟老人一般心思，对林老先生别的功夫还抱有几分疑问。

南溟老人道："林先生这一手功夫俊得很啊！先生既然插手子午岛与魔教的恩怨，再露上两手功夫如何？"

众人一听，皆知南溟老人要看林老先生武功修为，够不够格充当这场恩怨的调解人。

林老先生微微一笑，道："林某这手三脚猫功夫，让岛主见笑了。再露两手岂不是更让岛主见笑吗？不必，不必了！"

南溟老人道："林先生何必自谦？先生武学神通，再露两手，让我这孤岛上寡闻之人开开眼界，却又何妨？"

林老先生摇头道："林某山野之人，如何够得上'武学神通'四字？岛主过誉了。岛主乃是一派武学宗师，林某班门弄斧，岂不贻笑大方？不成，不成的。"

南溟老人见林老先生一味推委，心想莫非此人别的功夫不怎样？转念又想不对，适才他那手罕见绝技，绝非一般高手武学修为。他如此藏着掖着，是不想同子午岛结下梁子吗？可他不费吹灰之力化解我同蓝龙的僵局，众人会认为他技高一筹，盖过我子午岛武功。老夫若就此罢手，旁人会以为我惧怕他，岂不灭了我子午岛威风？我可不能就此罢休。此人若真是一位绝顶高手，我亦正好印证平生所学。如此一想，南溟老人争强好胜之心陡起。

老人虽年逾八十，长年隐居海外不问武林中事，却极看重本门武功声誉。况且他一生精研武学，罕遇对手。在桂花台上虽败在张去病手下，他却认为是输给达摩祖师和寇谦之二位前辈高人，不是输给张去病。那《九宫伏魔经》武功博大精深，令他不得不心悦诚服认输。

对于林老先生，他自忖林老先生武功虽然奇特，但自己功夫也有独到之处，未必会逊于林老先生。何况同辈高手凌霄老人、何野风已然谢世，那欧阳山人也不知在不在人间。倘若也去世了，岂不是再难找对手了吗？他身负绝世武功又有什么趣味？眼下来了这林老先生，不是正好切磋一番吗？

南溟老人虽有好胜之念，却也因痴迷武学，想印证一下自己武功究竟如何。武林高人犹如棋界大师难逢对手，倘若遇上博弈高手，自然不想放过同对方搏杀的良机，像南溟老人这等奇人隐士也难免俗。

心念闪过，南溟老人道："林先生一再谦让不肯展示神功。万不得已，我只得抛砖引玉，失礼了！"

南溟老人说时轻飘飘一掌拍向林老先生。这一掌拍得甚奇，出掌之际，手掌变化七八个方位幻化出一团掌影，令人眼花，看不清攻击林老先生身上何处。南溟人距离林老先生两丈开外，轻飘飘拍出这一掌，力道甚微，难伤林老先生，旁观之人都不知南溟老人拍这一掌是何用意。却见林老先生神情凝重，双手左一拨，右一拨，上一拨，下一拨，前一拨，后一拨。每拨一下，身子或左或右，或前或后连连晃动，似乎在化解南溟老人拍出的怪异掌力。

林老先生每拨一下，南溟老人便后退半步。林老先生一连拨动八下，老人一连退了八步方才站住。"嘿"了一声，又是一掌拍出。老人手掌频闪，又幻化出一团掌影将林老先生全身罩住。只见林老先生如落叶往旁一飘，双手仍是上、下、左、右、前、后频频拨动。这一回南溟老人却不后退，而是往前踏行八步，双手抱圆上下左右晃动，似乎在把被林老先生掌力拨散开的掌力凝聚起来重新推出。但见林老先生身子左飘右飘，两手连拨，身子也退了八步。一时间二人你来我往斗在一起，一个出手快捷诡奇，一个出手任意挥洒不徐不急。

看到此时，众人才恍然明白，两位绝世高人在隔空过招。龙飞、穆兴、段阳三人功力不逮，看不出两位高人使的什么招式和什么功夫。"巴山老鬼"和杜百年功力精深，也只看出点端倪，情知南溟老人拍出无数掌力，林老先生出招将老人掌力尽数化去。但两人招式被重重掌影笼罩，"巴山老鬼"和杜百年也看不清楚老人手掌攻向林老先生身上何处。

蓝龙和云飞扬功力更胜一筹，却看得分明：只见南溟老人每拍出一掌，隐藏着十余招精妙杀招拍向林老先生。在短暂瞬间，却见林老先生信手连拨，竟从料想不到的方位，用难以置信招式将老人的杀招尽数拨开，二人看得既惊讶又佩服。

他俩既惊佩南溟老人掌式中的杀招招招环环相扣，奇到极致，极难防御。又惊佩林老先生化解老人妙招的手法，看似极平淡无奇，却蕴含妙不可言的意境，可谓是返璞归真，大巧若拙。

云飞扬心想：若是自己同南溟老人交手，无法化解他这奇异招式，只能抽身避开去，走为上计。蓝龙则想：若同南溟老人对阵，要化解他这般诡异攻击，只能使日月双环神功将其掌力卸开去，别无良法；自己要像林老先生这般化解老人掌法，武学修为还难办到。

而此时，张去病和赵无痕却是另一番感触。赵无痕寻思：南溟老人出招虽然手法妙到巅毫，以自己的武功倒也能化解。而林老先生招式看似简单，仿佛是随手而为，但毫无先兆，无迹可寻，对付起来极难。看来此人武功已然出神入化，当世难有第二人与他比肩，怪不得那何野风称他才是天下第一高手！

张去病却看得发呆。他全神贯注地看南溟老人和林老先生斗了三百多招，既佩服南溟老人妙招层出不穷；更佩服林老先生的攻防漫不经意，随心所欲，不温不火，而偏偏又那么恰到好处，令南溟老人无计可施。他寻思，自己要做到这般出招随意挥洒，妙手天成，不知还要下多少功夫！又想：当年师父说真正的绝世高手，无须用招，任意举手投足皆是妙招，且毫无破绽。莫非便是林老先生这等武学修为？从眼下情形看，南溟老人出招似急风暴雨，林老先生出手如闲庭信步，两人武功高下已判。可林老先生却守多攻少，似乎不想争胜，这又是为什么呢？

他刚寻思至此，忽听南溟老人道："且住！林先生武学神通，拳掌功夫非我能克，南某想见识先生兵刃功夫！"南溟老人说时手掌一翻，一柄玉如意从衣袖内滑落掌心。那柄如意二尺多长，白似羊脂，晶莹透润，顶端上雕着一个龙首。老人又道，"但不知林先生用何种兵器？"

林老先生道："岛主自谦了。子午岛主拳掌功夫冠绝天下，林某甚是佩服！林某的兵刃功夫粗疏得很，只怕叫岛主见笑！"林老先生说罢，从大袖内取出一物来。众人一看却是一把折扇。那扇子长约二尺有余，扇骨乌黑发亮，不知是何物所制。林老先生拱手道："岛主请！"

南溟老人飞身而起，手挥玉如意直捣林老先生心窝。林老先生竖折扇格挡，南溟老人快速变招。只听当当当当当当一阵急响，南溟老人一连攻了十六招。林老先生挥动折扇一连挡住老人十六次攻击，他始终不打开扇子，也不腾挪纵跃，身子站着不动，只是快捷旋转扇身或横，或竖，或上，或下，将玉如意闪电般攻击全都封住。

众人听见他手中扇子同南溟老人的玉如意相击，竟然发出清脆的当当声响，都不知扇子是何物所制。玉如意极易折断，同林老先生扇子相碰撞却丝毫不损。林老先生的折扇经受玉如意大力碰击，亦是完好无缺。想必是两位高人将雄浑功力注满兵器上，方使两件脆弱之物变得坚硬如钢。

令众人看得稀奇的是：只见南溟老人的玉如意出招似剑似戟，似刀似枪，似棍似鞭，似瓜似锤，似钩似刺，变化出各种兵器招式攻击林老先生。而林老先生手中扇子却始终不打开。那扇子合拢在一起，扇身不过二指宽，又短又窄，却如一条蛟龙在林老先生手上飞快绕动，竟将南溟老人令人目眩的攻击一一化解。

不大一会儿工夫，两人斗了五百多招。南溟老人一味抢攻，白发飘飘，红衣疾闪，人影转成了一大个红球。而林老先生却守多攻少，身姿翩翩，白衣晃动，犹似一只白鹤翩翩起舞，煞是好看。众人从未见过如此优雅美妙的功夫，皆看得心往神驰。

南溟老人斗得兴起，须发戟张，连声叫道："妙哉，妙哉！"手中玉如意舞成一片白光。蓦地身形一闪，人如红流翻滚，紧紧缠绕住林老先生，手上白光如飞雨洒向林老先生。这一瞬间南溟老人将千波万涛指、伏波神掌、子午八掌等诸多武功化在玉如意招式中，犹似天女散花落英缤纷，众人不禁齐声喝起彩来。

林老先生赞道："妙极！"只见一道白影激射过去，跟着一阵叮当当当当声急响，林老先生扇子化成一道光圈套在南溟老人玉如意上，二物急速撞击，南溟老人手上玉如意被扇子撞击得无法递进一寸。众人看得又大声喝起彩来。

便在此时，忽听一个清朗声音道："二位高人当众较技，好雅兴！待我老头子也来凑凑热闹！"话音未绝，青影闪动，只见一个青袍老人飞落场内，疾伸二指形似剪刀张开，只听嗤嗤两响，两股劲气分别射向南溟老人与林老先生。

适才，大伙全神贯注看南溟老人同林老先生激斗，谁也没注意这青袍老人到来。此时见他冷不丁飞落场内，出招攻击二位绝顶高手，众人大吃一惊。心中不禁闪过一个念头：此人是谁？竟敢攻击南溟老人同林老先生，真是胆大包天！

南溟老人见有人来袭，急挥动玉如意一挡，只听当的一声脆响，手被震得一挫，不禁大惊失色。林老先生横扇一格，扇骨上发出砰的一声响，手掌微麻，心中亦是一惊。

众人更是惊异：这青袍老人好生了得！指力凌虚戳在玉如意和扇子上，竟能击出如此响声，这是何等骇人功力！众人惊叹未定，见南溟老人飞身后跃，双脚着地讶异地看着那青袍老人。老人心想这是何人？功力如此登峰造极！

林老先生也飘逸一旁，注目一看那青袍老人，面露笑容拱手道："哈，原来是我兄大驾光临！小弟那年与兄在雁荡山下一别，算来已有十载。今日重逢，兄还是那么仙健，叫小弟好生羡慕！"

那青袍老人抱拳还礼，笑道："林老弟莫夸赞。哈哈，十年过去我这身老骨头还未散架，实在侥幸得很！林老弟一身高士气度，仍像十年前那么儒雅，让老哥哥好生忌妒啊！"

此时众人才看清青袍老人模样。只见他身材清瘦，前额宽广，双目细长，大鼻阔口，须发和面色却十分古怪。一头长发从中分开，右边头发漆黑，左边头发雪白。一对浓眉也是如此。右边眉毛漆黑发亮，左边眉毛雪白泛光。胡须亦是左白右黑飘散在胸前。面色却是右边脸殷红如血，左边脸惨白如雪，叫人看见惊骇不已。

众人从未见过如此怪异的头发和胡子，更未见过如此怪异的面容，心里都啧啧称奇。却见那青袍老人转身对着南溟老人一拱手，道："南溟老弟，阔别五十几年未曾谋面，你还记得老哥吗？"

南溟老人一怔，道："尊驾是……是……啊呀，我想起来了，尊驾是欧阳兄！哎呀呀，咱们一别五十几年，老兄面色大变，尤其是你须发变得如此黑白分明，小弟还真一时想不起来哩！"

众人见青袍老人同林老先生、南溟老人称兄道弟，又见二人对青袍老人敬重之情溢于言表，皆大为惊讶。心下都泛起一个念头：南溟老人和林老先生是何等高人，竟然对此人如此敬重，这青袍老者是何来头？

却见青袍老人笑道："南溟老弟，咱俩分别快一个甲子，你也变得须发皓白，倘若不是看见你穿这身子午岛红衣，老哥我也差点认不出你来！哈哈，适才撞见你与林老弟切磋武学，老哥打断了你们的雅兴，切莫见怪。来来来，咱们聚头极是难得，老哥技痒，亦想同你二人一块切磋所学！"

南溟老人道："好啊，但不知如何切磋？望兄赐教。"

青袍老人道："多年不见，两位老弟武功精进，幸亏我这两手粗浅功夫也没丢下。今儿个，咱们三人想同谁切磋，就同谁切磋，随心所欲，不拘一格，两位老弟以为如何？"

林老先生点头道："老哥这主意甚妙，咱们便这样切磋好了！"

青袍老人道："那好，老哥献丑了！"说时双手一抬，右手三指弹向南溟老人，左手三指弹向林老先生。南溟老人急忙转动手上玉如意封挡青袍老人弹来三道指力，左手呼地一掌攻向青袍老人肋下。林老先生哗的一声打开折扇，用扇面快捷接住青袍老人弹来的三道指力，左手斜抹向青袍老人右胸。

张去病只觉眼前一亮，但见那扇面上绘着一个身着红色衣裙的美妙女子，脚下踏着两朵祥云，衣带飞扬飘逸，身姿翩翩，玉臂舒展撒下无数美丽缤纷花朵。却原来是一幅天女散花图。瞧见这幅扇面，张去病忽然想起七百多年前林无眠用这把扇子子化解风云龙、寇谦之、达摩老祖三人比斗的武林往事，心想这林老先生确是那林无眠后人不假。

青袍老人见二人攻来，变招神速，右手五指轮番弹，五道指力分从五个方位射向林老先生身上五处大穴。左手五指连连急戳，五道指力似乱棍疾点南溟老人头上五个穴位。十股指力犹似箭雨飞射向二人。林老先生急忙收回左手，舞动扇子遮住胸膛和腹部。

青袍老人戳向南溟老人的指力方位奇刁，南溟老人想用玉如意封挡却是不能，只得急忙收回攻击青袍老人的左掌，纵身后跃。

青袍老人不待两人出招，右手一扬五指抓向林老先生，呼呼呼呼呼五响，五指抓出的力道仿佛像五根棍子飞舞，点向林老先生上身五处要穴。林老先生身子飞旋，急舞扇子护住全身。百忙之中，一掌拍向青袍老人腰际。便在此时，南溟老人挥动玉如意从后攻来。

青袍老人叫声："好！"反手一张，五道指力凌空点在玉如意上，只听当当当当当五声清响，犹似珠子敲响玉盘。在此瞬间青袍老人挥手疾点，戳出五道指力将林老先生击退。顷刻之间，三个人斗成一团。青袍老人独斗两位高人似乎游刃有余。

众人看得大奇。林老先生和南溟老人都是当世顶尖高手，力敌其中一人已是极难。青袍老人以一敌二却不落下风。武林中竟然有这等高人，他究竟是何人？

张去病转过头去，轻声问道："赵先生，您老人家见闻广博，可知这青衫老前辈是谁？"

却见赵无痕满脸欣喜，神情十分激动，两眼一眨不眨地盯着那青袍老人，仿佛没听见他的问话。瞧见赵无痕看得全神贯注，他不便再问，又移目去看打斗。此时打斗场内变了一番景象。只见林老先生一手挥舞扇子抵挡青袍老人攻击，一手出招还击，攻守兼备，担当主攻。而南溟老人将玉如意舞得风雨不透，不时围着青袍老人游走，见缝插针地出手还招，变成了助攻。

见此情景张去病心中暗叹：这位青衫前辈好生了得，两位旷世高手斗他一人，竟占不到一点上风，若非亲眼所见，我无论如何也不相信这是真的！转念又想：这也难怪，青衫前辈那十个指头变招极快，每个指头上激射出劲气无影无形，无迹可寻，叫人难防难挡。若不是林老先生和南溟老人这等顶尖高手，换了旁人早就败了！便是林老先生这等武功深不可测的前辈，亦要靠扇面宽幅才能挡住青衫前辈的攻击。南溟老人玉如意短小，难以抵挡青衫前辈的攻击，是以不得不游斗助攻。

他又想：倘是我如何接他的招呢？若用"太极阴阳掌"功夫，没他十指变招疾速，若用太乙伏魔手功夫拆解他的招式，可他那十个指头出招瞬息万变，根本看不清他招式。若用日月双环神功同他斗，他变招太快，我难以借力打力，也难防他进攻……这如何是好？

想到此处，他心念头一转：我斗他不成，换了赵先生成不成呢？如果不待青衫前辈出手，赵先生一上去便使出幻剑七式，是不是可占先机？想到此处，他转头去看赵无痕。只见赵无痕望着那位青袍老人，眼里含着泪花，神情异常激动，项下白胡须微微颤抖。

张去病心下诧异，赵先生一向神情冷峻，不假辞色，今日怎会神色有异？莫非这青衫前辈是赵先生的仇人吗？倘是这样，待会儿赵先生要报仇，我一定尽全力助他老人家报仇雪恨！此刻我仔细看这人的武功可有破绽，若要动手，知己知彼，也好助赵先生一臂之力！

他回眸去看打斗。只见三人又斗了一百多招，青袍老人独斗二老仍游刃有余。他寻思：若是单打独斗，林老先生和南溟老人岂非他的对手？

突然间，青袍老人忽然纵身跃出圈外，哈哈笑道："两位老弟，你二人联手斗我，再斗下去，我恐怕要出丑了！林老弟武功玄妙，当年与老弟几次相聚，想瞧瞧老弟那《鬼谷散花谱》上高深武功，老弟总是谦辞，不肯露出庐山真面目。南溟老弟，你想不想见识《鬼谷散花谱》玄妙武功？若是想，咱二人一同向林老弟讨教几招，你看如何？"

一听此言，众人兴奋至极。张去病和蓝龙虽然曾听何野风说过林老先生是《鬼谷散花谱》传人，却没见过林老先生施展《鬼谷散花谱》高深武功。此刻听青袍老人如此一说，心中顿时充满期待。赵无痕、"巴山老鬼"等人也都听张去病说过林老先生在玉泉山峡谷河边救何野风的经过，亦知此人是《鬼谷散花谱》传人，此时他们也同张去病一般，皆迫不及待一睹《鬼谷散花谱》奇妙武功。

适才，南溟老人同林老先生交手，已觉林老先生守多攻少，似乎未施展出全技，却能挥洒自如地化解他的疾攻。他不知林老先生是不愿树敌，还是藐视自己，心中存着老大一个疑团。但凭他的武学眼光，有一点可以肯定，林老先生武功精深，难以窥测！此时，青袍老人忽叫说林老先生会使《鬼谷散花谱》武功，南溟老人大吃一惊。心下寻思：这门传说了千百年的神奇功夫，当年只风云龙、寇谦之、达摩祖师三人在少林寺比武时，那武林奇人林无眠显露过一回。从那以后再没有人见过。难道眼前这林老先生便是那《鬼谷散花谱》武功传人？倘若真是，老夫今日能见到《鬼谷散花谱》武功，也不虚此生了！

如此一想，南溟老人忙道："小弟唯欧阳兄马首是瞻，极想见识林先生的神功绝学！"

众人一听南溟老人答应同青袍老人联手斗林老先生，顿时心情激荡。先前林老先生显露的武功在众人心里，可用"深不可测"四个字来形容。那么《鬼谷散花谱》武功究竟有多深？大伙极想探知究竟。一听二老要联手斗林老先生，众人心痒难耐，两眼盯着三人，皆目不转睛。

却听林老先生笑道："不成，不成。我哪有什么神功绝学？二位若是联手，走不上几招，小弟指定丢人现眼，还望欧阳兄高抬贵手，放小弟一马！"

青袍老人哈哈笑道："林老弟不要自谦了。接招罢！"说时身子一晃，食指嗤的一声戳出，南溟老人也从旁闪呼地一掌拍到。林老先生右手疾挥扇子封住青袍老人戳来的指力，左手一指戳向南溟老人手掌。一时间，三人又斗成一团。

适才，众人见青袍老人独斗林老先生和南溟老人，皆觉青袍老人武功无人能敌。老人十指出招快似闪电，指法变化万端，杂乱无章，无迹可寻，要想抵御老人攻击，让人连门都摸不着，是以林老先生和南溟老人这等武学神通高人，同他斗几百招竟然占不到一点上风。此时林老先生以一敌二，那情景又是如何？

张去病曾听何野风说："林老先生才是真正天下第一高手。"此刻他极想知林老先生武功高到何等程度，也想看林老先生以何种功夫斗二位老人，是以他屏住呼吸，两眼一眨不眨观看三位高人较技，竭力将三人一招一式都记在心里。

只见斗到三十多招，三人仍斗个平手。林老先生一边用扇子化解青袍老人攻击，一边出手抵御南溟老人进攻，出招法度森严，攻守严谨，仍是那么趋退自如，从容不迫，斗得四平八稳毫无一丝破绽。招式潇洒优雅，飘逸好看，令众人大为赞叹。

张去病心下寻思：林老先生仍以守为上，不求有功，但求无过，这是为什么呢？莫非是他功力已达极限，难再有所作为吗？转念又想即便如此，倘若他能同这两位高人斗个平手，立于不败，那也很了不得了！可是先前，青衫前辈独斗两大高手也是不落下风。他们二人，究竟谁配那"天下第一高手"名号呢？

他正思量，却听龙飞对"巴山老鬼"道："巴山先生，林老先生出招，招招精奇，变化无方，偏生又那样恰到好处，《鬼谷散花谱》武功真是奇妙得紧！"

"巴山老鬼"叹道："可不是嘛！道家武功讲究出神入化，超凡脱俗。那鬼谷子仍是道家高人，《鬼谷散花谱》将道家武学精要发挥到极致！只可惜，传说那鬼谷子立下门规，只许弟子隐居山林清修飞升成仙之术，不许弟子在江湖上开宗立派！是以千百年来，江湖上只听说有《鬼谷散花谱》这门神奇功夫，却谁也没窥见其堂奥！今日咱们若不是机缘巧合，只怕咱们这一辈子都看不到《鬼谷散花谱》武功的一招半式哩！"

二人正叹佩，却听青袍老人道："南溟老弟，林老弟在同咱俩做买卖。咱俩不出大价钱，他便不亮出《鬼谷散花谱》绝活来。我二人须得拿出压箱底的本事，林老弟才会让咱们一窥《鬼谷散花谱》最上乘武功。这笔买卖做得，咱俩多使些力气！"

南溟老人道："好，小弟遵兄吩咐！"他口中应答，心中却想：适才我与林老先生斗，所学功夫几乎使尽，他对我武功已全然知晓，此刻我须用未使过的功夫斗他！心念闪过，他突然怪叫一声，身子冲上半空倒冲而下，双掌向林老先生头顶拍落。

林老先生正在挥扇封挡青袍老人弹来的指力，无暇还招，只得急忙闪身避开。岂料他脚未着地，南溟老人在空中双臂一振，大袖似翅膀张开，犹如大鸟展翅冲到林老先生头上，嘿地一声大袖疾舞，两片袖头似铁朝林老先生头顶扫下。忽听南海八子齐声叫道："恭喜师父练成'振羽神功'！"

青袍老人看见南溟老人在空中宛如飞鸟袭击林老先生，喝声："妙哉！"话音未落，青影晃动，十指劲力激射将林老先生下盘团团罩住。顷刻间，头顶有南溟老人袖头攻来，腹下有青袍老人的指力射到。林老先生上下受袭难以自救，情形极险。众人都惊得"啊呀"一声。

众人惊呼间，只见林老先生倏地倒飞出去三丈远，堪堪避开青袍老人和南溟老人的攻击。他刚跃起，南溟老人又在空中连振双臂冲到林老先生近前，朝他疾风暴雨般踢出六腿。

青袍老人不待林老先生招架南溟老人凌空飞腿，五指猛张又抓向林老先生的下盘。在二人齐攻之下，林老先生无暇出招，又只得飞身后跃避开二人攻击。三人这几招，令众人看得惊心动魄，尤其对南溟老人功夫大为讶异。适才南溟老人跃上空中攻击林老先生，双臂连振大袖注满内力，身不坠地，如一只大鸟在空中盘旋飞速追击林老先生，这等轻功闻所未闻，见所未见！

八子称此功为"振羽神功"，乃是南溟老人新创功夫。老人一生对自己指掌功夫颇为得意，唯独缺少一门得意的轻功。他寻思世间轻功，皆是追求身法轻快灵敏，忽略轻功攻击之术。他决意另辟蹊径，独创一门攻击性极强的轻功。但他冥思苦想数十年，皆不得要领。一日他在子午岛海边打坐，忽听海水哗啦啦一声响，睁眼一看，只见阳光下一头海豚跃出海面，口中叼着一条大鱼。便在此时空中一声长鸣，一只金色大鸟俯冲而下，双翅急振打击海豚头。海豚一惊，口中咬着的鱼滑落出来。大鸟利爪紧紧抓住大鱼腾上高空，嘴里发出一阵得意鸣叫声。南溟老人猛然心有所悟：心想这扁毛畜生身法倒可仿效！于是经过几年琢磨，他终于创出这门"振羽神功"来。

适才，他施展"振羽神功"攻林老先生的头，青袍老人攻击林老先生的身子，令林老先生首尾难顾。青袍老人洞察南溟老人用意，果然专攻林老先生肢体。二人配合上下攻击，林老先生顿时处于下风。

南溟老人瞧见挽回一点颜面，暗自心喜。先前他与林老先生斗青袍老人，守多攻少是为助攻，令他脸上无光。此刻他与青袍老人并肩斗林老先生，叫众人见识他功夫并不逊色，怎不叫他心喜？

忽听青袍老人赞道："南溟老弟，你这手功夫很俊啊！好，老哥也再多卖一些力气，让两位老弟瞧瞧！"话音未落，只见青影连连闪动，青袍老人化为一道青烟将林老先生缠绕住，十指飞弹，一道道无形剑气交叉纵横把林老先生密密网在其中，众人看得心惊肉跳，无不为林老先生捏把汗。

只听哗啦啦一声响，林老先生手中折扇突然大开，舞成一片白光，大扇将他半个身子遮住。让人看不清他的身影。青袍老人无数指力点击在舞动的扇子上，发出噼噼啪啪急响声，犹似一阵暴雨猛打芭蕉叶上。便在同一瞬间，南溟老人在半空疾振双袖，袖头似两柄大刀朝林老先生劈落。

林老先生在两大高手夹击下已捉襟见肘。此时青袍老人使出"十剑合一"绝招，加上南溟老人在头上夹击，林老先生险象环生，连连败退，再无还招余裕，张去病不禁暗自担心。众人一看此局面，皆想林老先生败局已定，力无回天了。

众人担心之际，却见林老先生一连败退十余步，忽一顿足，面色殷红，身形倏地疾转一圈，挥动扇子朝两位老人猛扇一扇。奇怪，只见两位老人风驰电掣般攻击骤然停止，青袍老人立住脚跟，一脸惊愕看着林老先生发愣。南溟老人身子一晃，从空中坠落地上，亦是神色惊骇。

众人看得莫名其妙，皆不知二老为何忽然罢手不斗。众人正惊疑，又见林老先生身子一旋，面红如血，又急挥大扇朝两位老人扇出一扇，只见青袍老人和南溟老人犹如两只风筝飞出二丈开外，似乎是避开林老先生攻击。

二人脚刚沾地，林老先生不让二人有喘息之机，又疾步上前缓缓扇出一扇。这一回，只见青袍老人和南溟老人站在原地，微闭双目一动不动。过了片刻，二人才睁开眼来，徐徐吐出一口长气，相互对望一眼。

青袍老人哈哈一笑，道："啊呀，《鬼谷散花谱》武功果然厉害！林老弟，老哥我甘败下风！哈哈，甘败下风！"

南溟老人叹道："鬼谷神功果真名不虚传，真叫我这井底之蛙大开眼界！林先生，佩服、佩服之至！"言气之中十分艳羡，又十分寥落。

众人听见二老这般言语，都摸不着头脑，不知他俩为何罢手认输。群豪皆想：适才只见林老先生扇出三扇，止住两位老人的攻击，二老并未输掉一招半式，怎么忽然间两人就认输呢？这是咋回事？

张去病心中亦十分迷惑不解，忍不住问道："二位老前辈，晚辈浅薄，两位前辈并未失手，胜负未分，为何就甘败下风？请二位老前辈不吝赐教。"

青袍老人回头看张去病，两眼一翻，怒道："哪来的傻小子？不知天高地厚！我们三个老人家在此切磋武学，你凭什么来插嘴？我老人家说甘败下风，就甘败下风，还有什么好问的？滚一边去！"

张去病天生痴武，凡遇疑难非要搞个水落石出才肯罢休，是以忍不住向两位老人请教，没想到会招来青袍老人严斥，一下语塞，嗫嚅道："前辈……我……"

林老先生忙道："老哥息怒。小弟来引见一下，这后生名叫张去病，乃是当今名动武林的后起之秀哩！"

南溟老人亦道："是啊！欧阳兄，这位张公子非比寻常，他身怀《九宫伏魔经》绝技，在魔教摩尼岩上独克黑白两道高手，在桂花台上打擂，小弟亦输与他。张公子技冠武林，当今之世恐怕无人能敌！"

青袍老人一听二人之言，道："怪不得，我们三个老家伙在此说话，这傻小子敢在此多嘴多舌，原来他有两下子，不把咱们放在眼里！"张去病惶恐道："晚辈不敢。"

青袍老人掉头对张去病道："张去病，你要我老人家赐教也成。但你得露两手功夫给我老人家瞧瞧，看你配得上配不上老夫赐教！"

"巴山老鬼"、龙飞、穆兴、段阳几人见青袍老人浑不把张去病放在眼里，心下愠怒。皆寻思：这老者太自大，难道咱们主人功夫还逊于你不成？保不成还比你强哩，你吹什么大气？

却听张去病道："不敢。小可功夫浅陋，不敢在您老人家面前卖弄。"

青袍老人哼一声鼻音，道："哼，这可由不得你！我老人家叫你露两手，你就得露两手！婆婆妈妈耽误我老人家工夫，那可不成！"

张去病道："请前辈……"岂料他话未说完，忽见青影疾闪，青袍老人已扑至身前嗤地一指戳向他胸前。他万没料到青袍老人会突然出手，而且这一指当真是迅如闪电，令他毫无招架余裕。情急之下他身子一矮，倒滑出去躲开这迅雷般一击。

青袍老人不待他立稳足跟，左手一晃指尖激射出三道指力。这三道指力无形无迹快逾飞矢，张去病看不清老人攻他何处，哪敢接招？急忙施展蹑云步滑到一旁。

青袍老人赞道："好个蹑云步！东方亮把他绝技传给你小子，难怪你能叱咤江湖！不过今日老夫倒要看看，是你这身法变化快，还是我手指变招快！"

青袍老人说时大拇指一按，一股指力射出。张去病仍看不清攻击他哪儿，不敢冒失招架，疾迈蹑云步往旁闪去。可他身子刚跃起，青袍老人已然手指变招，食指一戳，强劲力道嗤地射到。他在空中猛提口气冲天上跃。青袍老人紧跟跃起，手掌上扬，五道指力似飞石击向张去病。张去病急忙施展一招"飞瀑惊鸿"，身子在半空中连翻几个跟头远落在十丈开处。众人喝彩声大作。

青袍老人坠地，亦赞声："好！"突然身形一滑，疾蹿至张去病面前一丈处，左一指，右一指，上一指，下一指，连珠炮般攻出，攻得张去病上蹿下跳，东躲西闪，狼狈不堪。甭说还招，便是闪避都极不易。若不是他功力顶尖，蹑云步法精妙才勉强躲过老人急攻。倘是换了旁人，早已被老人击倒。

他自从习会蹑云步以来，施展这门功夫同别人交手，从未如此狼狈过。此时他心知老人手指变招太快，他变换步法无法快过老人手指变招。他心中大急：这位前辈武功太奇，与他交手我只能躲闪，毫无还手之力，空有一身武功无法施展，如此下去我非输不可！

蓝龙、"巴山老鬼"、杜百年、龙飞、穆兴等人见此情景暗暗着急，却又不知怎样暗助张去病脱困。纷纷转头去看赵无痕，看他有无法子助张去病。却见赵无痕两眼专注看张去病和青袍老人打斗，神情十分兴奋，好像一点儿也不为张去病担忧。

忽听云飞扬道："张公子，这位前辈武功出神入化，你赤手空拳同他交手哪儿成？来，你使兵刃试试，看可否全身而退？"

话音未歇，破空之声大作，云飞扬将一把长剑掷给张去病。张去病极聪慧，猛想起适才林老先生和南溟老人同青袍老人斗，一人手中使扇子，一人使玉如意，方才抵挡住青袍老人无形指力。云飞扬掷来长剑，便是让他用兵刃抵挡老人指力攻击。他忙伸手接住长剑倒纵出去三丈远，对青袍老人拱手道："老前辈武学神通，小可空手难敌，只得使兵刃了。望老前辈恕罪！"

青袍老人冷笑一声，道："傻小子，在我老人家面前，你这破铜烂铁不管用。如若不信，你出手试试，叫你瞧我老人家手段！"

张去病寻思自己只会拳掌功夫，不会什么剑法，只能用剑抵挡对方指力，寻机出招方能自保。如此一想他横剑护身，道："小可不敢对老前辈不敬，请前辈出招赐教！"

青袍老人道："好，你瞧好了！"说时嗤地一指戳出。张去病忙将长剑抵挡青袍老人攻来指力，岂料同一瞬间老人小指一翘，只听当的一声，他手上一轻，剑身折断坠落地上。他低头看看断剑，又看看老人，心下暗暗喝彩：老前辈指力真个了得！他老人家一心二用，两个指头同时出招，分袭两个方位令我防不胜防。转念又想，倘若他多指并用，我如何能抵挡？

青袍老人道："傻小子，愣着干啥，还不快出招？"张去病还未想出对策，却听"巴山老鬼"道："主人，老仆给你换把兵刃，接住！"

"巴山老鬼"伸脚勾起一把金兵掉地的弯刀朝张去病踢过去。张去病伸手接住弯刀，生怕青袍老人抢先出手，令他无还手余地。急忙顺势将刀朝青袍老人劈去。这一回，他为防备弯刀被青袍老人指力折断，将内力注满刀上。一刀劈出劲道惊人，破空之声震得众人耳鼓嗡嗡作响。

青袍老人赞道："傻小子，一身蛮力不小！不过同我老人家过招，光凭蛮力可不管用！你再瞧！"

老人说时呼地一掌迎着刀锋拍来。张去病见青袍老人以赤手迎刀，心想这位前辈练成金刚不坏之躯吗？心念闪过，却见老人手掌拍到刀锋前忽然疾翻，拍向刀身。他急忙将刀一抢，刀锋又对着老人手掌，指望老人撤掌。岂料老人手掌突然一绕，嗤地一指点向他手腕，他心中一惊，急忙沉腕避让，便在这电光石火瞬间，老人一指弹在刀面上，只听啪的一声，弯刀断成两截掉在地上。

张去病疾纵向身后跃。青袍老人如影附形扑上，五指箕张，只听嗤嗤嗤嗤嗤五声，老人五指激射来五道指力。张去病看不清对方指力来路，又只得纵身后跃开去。青袍老人似乎早料到他这一招，也跟着他跃起，五指倏地一晃凌空弹出三指。此时张去病脚未坠地，无从借力闪避。情急之下他猛提口真气，双腿凌空斜跨，身子往旁跨出二丈，堪堪躲过老人这一击。

青袍老人道："喂，傻小子，旁人夸你是武林后起之秀，你便是这么个秀法吗？尽使脚底抹油本领东躲西闪，算哪门子后起之秀啊？叫我老人家看哪，你小子是破铜烂铁之'锈'！"说时嗤嗤嗤嗤接连点出四指。

张去病脸上一红，迈开蹴云步连连避闪，嘴里却说道："老前辈，林老先生说晚辈是后起之秀，那是对我的勉励。晚辈武功还差得老远，望老前辈手下留情！"

青袍老人摇头道："那可不成。江湖上传言说你学得《九宫伏魔经》神技，为何不使出来让我老头子瞧瞧？你甭对我老人家藏着掖着，快使出本事来罢！"言语之际，五指疾弹，五道指力分袭张去病的头、胸、腹部。

张去病听见五道指风异常峻急，辨不清来路，又忙拔身跃开。口中答道："非是晚辈藏着掖着，实在是老前辈武功太高，晚辈毫无还手余地，便是想使出《九宫伏魔经》功夫请老前辈指教，也没法施展给老前辈瞧。"

青袍老人听见张去病这几句话，心里很受用。嘴上却道："傻小子，甭想给我老人家戴高帽子。我老人家不吃这一套！我来问你，你学得《九宫伏魔经》使不出来，空有一身神功有甚屁用？哼哼，我老人家还没见过，有你这种守着金山要饭的傻小子！"

青袍老人嘴上说话，脚下不停，错步一滑，如片落叶飘到张去病近前，单手一伸，大姆指贴着中指作拈花状，上一拈，下一拈，东一拈，西一拈。张去病忽觉无数指力如飞雨洒至，将他避闪方位全部阻截住，他要想躲开已是不能。

旁观的林老先生、南溟老人、赵无痕、蓝龙、云飞扬、"巴山老鬼"、杜百年几人见张去病身陷危境，都惊得"啊呀"一声。而龙飞、穆兴和南海八子诸人武学修为浅薄，瞧不出张去病危急之状，不知为何林老先生等人会惊呼出声。

张去病见无法脱身，情急之下无暇思索，急忙将雄浑内力运至双臂，右掌上翻，左掌下覆，使出"太极阴阳掌"一招"阴阳混沌"，两掌环绕成个大圈不停转动，转出一股股雄强内力，将周身上下护住。青袍老人指力撞到张去病双掌转出的内力上犹似撞到一张盾牌上。二人身子都不禁晃了一晃。张去病双足未动，青袍老人后退了半步，显是内力稍逊一筹。

见此情景，众人为张去病松了口气。南溟老人和林老先生不知张去病有何奇遇，竟有如此无人能敌的内力，心中皆诧异不已。

青袍老人吃惊更甚，先前几度交手，张去病只是踏着蹑云步躲避他的攻击，并未还手出招。但见张去病在快捷疾闪之中，说话如常，身法轻如飘羽，凭他的眼力，已知张去病内力非凡，只是不知这年轻人怎会练出如此浑厚内力。此时二人内力一撞，他竟被震退半步，这可是他纵横天下以来从未有过之事！

青袍老人暗惊一瞬，赞道："好小子，这才像个后起之秀的样子！再接招！"说时，双掌齐挥，两手齐作拈花状快捷拈动。众人只听一阵嗤嗤嗤嗤嗤声大作，犹似万剑狂舞将张去病裹在其中，众人心下无不骇然。

张去病无策应对，又只得使出一招"阴阳混沌"将全身紧紧护住。这一回老人指力撞在张去病内力上却悄无动静，二人都稳稳站住。众人观此情景又都奇怪。心想：莫非先头老人未使出全力才落了下风，此时全力以赴便能与张去病势均力敌？

张去病亦诧异，不知为何老人功力陡然增强，也以为是老人先前并未使全力相搏。他正觉蹊跷，忽见老人拈动的手指微微轮转，瞬间恍然大悟：原来老人巧妙转动手指使出内劲，将他推出内力暗中卸去，只因老人手指动作既小且快，令人难以察觉。

看出其中关节，张去病心下稍安。然而青袍老人拈出指力不断袭来，他一招接一招使出"阴阳混沌"虽能自保，但要想脱困却是不能，反复使出这一招也让人见笑，可是又想不出法子来扭转困局。他暗自焦急，又见青袍老人手指变招疾弹，数道指力交叉疾射过来，他又只得使出"阴阳混沌"抵御。

却听青袍老人道："傻小子，你师父东方亮只教会你这一招吗？你使出浑身蛮力来抵挡，我老人家轻轻转动手指以逸待劳，这般光景，你能撑多久？最终还不是被我老人家累得趴下？哼，我那老弟东方亮绝顶聪明，怎会教出你这笨徒弟来，这可奇哉！"

众人一听此言不假，青袍老人变换手指出招虽然也耗费功力，但比张去病省力许多。张去病全力自卫，耗去内力过多断难持久。眼见张去病这般绝顶高手被老人困得一筹莫展，众人不禁对青袍老人武功大为叹服。

张去病一听青袍老人之言，满脸愧红。心想自己身负"太极阴阳掌"、《九宫伏魔经》、"日月双环神功"三门旷世绝技，出道以来无往而不胜。今日在这老人手下，却偏偏一门功夫也施展不出来。这位前辈武功，难道胜过自己所学的三门神功不成？倘是如此，这位前辈也太神奇！思量瞬间，他用"阴阳混沌"又接下青袍老人几招。

忽听南溟老人道："张公子，前些日子在桂花台上你与老夫相斗，使出《九宫伏魔经》神功奇招百出。今日怎么忽然变得计穷，只能翻来覆去使这么一招？你本事都哪去了？"

张去病一听，心想是啊，在桂花台上南溟老人使出"子午八掌"时，起先我也看不清他老人家的招式，也是这般东躲西避不知如何应对。后来我是怎么转败为胜的呢……想到此处，忽然心中一亮，暗道："啊，我是将内力汇集眼里，才瞧清南溟老人'子午八掌'招式的！看清招式，我才施展《九宫伏魔经》功夫取胜的啊！"

想到此处，他急忙聚汇内力于双目，两眼顿时精光大盛，凝目看去不禁大吃一惊。只见青袍老人五指轮动，大拇指一按，一道指力射向他的颈项。紧跟着食指疾划，又一道指力射他前胸。同一瞬间无名指急速上挑，指力射来，直攻他右臂。这三招几乎同一瞬间出手，而且一气呵成，环环相扣精妙至极！他从这三招看，老人使的竟是一套奇异剑法！

他既惊奇又骇异。先前他见青袍老人独斗林老先生和南溟老人，只觉得青袍老人出指杂乱无章，毫无套路招式，岂料老人使的竟然是一套奇妙剑法。老人将这剑法化在指掌之间，快逾闪电般使出，不着痕迹，令人无法看清，更甭说抵御了！

他想这是何等高深的武学修为？幸亏自己内力深厚，会使"阴阳混沌"这一招，才勉强抵御住这奇妙剑法。若是自己看不清这剑法招式，再斗下去，只怕将是一败涂地！

此时他虽看清老人招式，可一时之间乃无法破解。眼见老人同时攻来三招，他只得拔足闪开。青袍老人不容他退避开去，飞身上前手指疾弹，四道指力直击他身上"风门穴""三焦穴""白俞穴""灵道穴"。这四招奇快无比，一瞬间他只觉四个穴位猛地一紧，幸亏他穴位内息强力反弹，穴道才未被封住。终是如此也令他真气不纯，他急纵身跃开二丈远。

青袍老人闪身直而至，双手连连挥舞，一连串使出六招，嘴里直呼："追魂式""无常式""接引式""刀山式""火海式""度化式"！霎时间剑气满眼，只听得兵刃破空之声大作。旁观之人无不心头震骇。老人以指驭气，一道道劲气如利剑劈空，其功力精纯雄浑真是登峰造极！众人为老人的武学修为迷住，更为张去病捏了把汗，皆忘了喝彩。然而此刻，张去病目力渐盛，将老人六式剑法来路看得分明。

他踏着蹑云步忽高忽低，忽左忽右，身形如一阵飘风在老人指力中纵跳闪跃。众人紧张屏住呼吸，大气不出一口。忽然间，只听扑哧一声，张去病前襟被老人指力戳下一块坠落地上。又听得扑哧一声，张去病衣袖被削下一片飞飘下地。紧接嗤嗤嗤嗤嗤声一阵连响，众人看不清张去病身上什么地方中招，猛见一个灰影冲上半空，坠落三丈开外。众人定睛一看，只见张去病跳出青袍老人的攻击圈，衣襟上，衣袖上，裤子上现出十几个破洞。

众人呆一瞬，众人才回过神来齐声喝彩："好啊！好！"这一声喝彩，既是为青袍老人出神入化的武功叫好，也为张去病能避过青袍老人攻击叫好。众人皆知，张去病能躲过老人雷霆般攻击实在不易！

青袍老人见张去病避开他这六式剑法，亦是一惊。这套剑法名叫"地藏六式"，是他晚年所创。刚才使出的"追魂式""无常式""接引式""刀山式""火海式""度化式"，将剑招幻化于十指之间使出，快逾电闪，疾似雷霆，对手根本看不见剑招。甭说招架，便是躲也无法躲避。

先前，青袍老人同南溟老人斗林老先生未使出这六式剑法。他不想以二斗一，胜之不武。况且不等他使出这剑法，林老先生率先使出《鬼谷散花谱》绝技令他失去先机。此时为逼迫张去病使出《九宫伏魔经》功夫，他将这六式剑法使出来。没料到张去病身上虽中数剑，但都一滑而过，未受一点伤。张去病能避开六式剑法，这叫他着实大吃一惊，心想这少年怎能躲过我这剑法？我虽不想伤他，但他竟能全身而退，这可奇哉！

青袍老人不知张去病天生禀赋极高，且几逢奇遇，又轻功绝世，目力极佳，方能躲过他这"地藏六式"剑法。若非如此，张去病哪能躲开这六式剑法？青袍老人惊异之余，不禁对晚年所创这"地藏六式"剑法威力产生了怀疑。

张去病坠地，低头瞧见衣衫上几个破洞，再看衣袖和前襟破烂几块，惊出一身冷汗来。他知未受伤实属侥幸，看出老人出手捏拿着分寸，似乎在考他的武功，不想伤他。他练成神功以来从未输给人过，今日却输得如此狼狈，这令他始料未及，心里一阵惴惴。

寻思至此，他忙躬身道："谢谢老前辈手下留情！晚辈不是您老人家对手，晚辈已输得一塌糊涂！"

青袍老人摸摸长须，道："小子，你还没使出《九宫伏魔经》功夫，怎么就认输了？真没出息！不成，你得使出《九宫伏魔经》功夫给我老人家瞧瞧，老夫才放你一马！"

张去病一听，心想瞧这光景，今日我不使出《九宫伏魔经》功夫，老爷子便不放过我。老爷子的招式我记住了一些，可以施展《九宫伏魔经》"太乙伏魔手"功夫给他瞧。但老爷子以气驭剑，内力如何在手指间运转，我可一点也不知道，我如何借老爷子招式施展"太乙伏魔手"呢？他正寻思，却听青袍老人道："傻小子，你在打什么鬼主意？"

张去病道："晚辈不敢。前辈武功太高，晚辈难使出《九宫伏魔经》功夫来。请前辈容我想想，如何才能将《九宫伏魔经》功夫施展出来给您老人家瞧。"

青袍老人点头道："好，你好生想想。"说罢，老人走到一旁去负手旁观。张去病心思急转，竭力回想青袍老人剑法招式。他记起"追魂式"的两招，记起"无常式"的三招，又记起"接引式"的一招。但如何快捷运转内力于手指呢？仍是想不出个头绪。眼前的情形，却不容他多想。

他寻思自己内力能随心运转，何不按自己法门将内力运于手指上，用"太乙伏魔手"功夫拆配老爷子的招式使出呢？反正他要瞧的是《九宫伏魔经》功夫，不是让我施展他的功夫，我使他的招式使得不对，也不打紧！如此一想，他道："老爷子，晚辈子想好了。晚辈只学了《九宫伏魔经》一点功夫，使得不好，请您老人家指教。请老爷子先出招。"

青袍老人道："小子看招！"青影一闪，老人已扑近前来。这一回张去病早有防备，看见青影晃动不待老人出手，他急忙食指一戳，使出"追魂式"的一招，使到中途，中指斜勾，使出"无常式"的半招，同时无名指一捺使出"接引式"的半招来。他手法不熟，初使这三式的招式，使得既笨拙又不快捷，姿势别扭难看。

青袍老人见张去病使出"追魂式"的一招，诧异道："小子，这是老夫武功，哪是《九宫伏魔经》功夫？"话音未歇，又见张去病东拉西扯使出后面两个半招来。这更让他生气，心想这小子将我武功糟蹋得太不成样子！正想出手化解张去病这乱七八糟招式，却猛然发现不知如何化解！他心中一惊疾速闪身避开。心生疑云：我这"地藏六式"的招式无人看得清，更无人能学得一招半式。这少年怎会使我的剑招？莫非是他误打误撞瞎蒙的吗？可也奇怪，我的剑招经这小子胡乱使出，我竟无法化解，这是咋回事？

张去病见青袍老人退闪开去，忙躬身道："老爷子恕晚辈鲁莽。"

青袍老人惊疑道："你小子几时偷学老夫的武功？你东拉西扯地乱使我老人家的功夫，太不像话，让人瞧见笑掉大牙！哼哼！"张去病道："晚辈愚笨，学得不好，老爷子莫生气。"

青袍老人冷哼一声，道："你小子休想骗我老人家，若不经我传授，旁人绝不可能偷学去老夫这门功夫！老夫不信你胡说八道，你再使两招来看看！"

老人说时身子微动又要出手。张去病情知让老人出手，自己再无机会出招，急忙闪身上前食指一戳，又使出"追魂式"的·招，中指斜勾使出"无常式"的半招，无名指一捺使出"接引式"的半招来。这一次他使出的招式仍然姿势难看，准头也差，但他手指上贯满雄浑内力，指尖上激射出劲气嘶嘶呼啸威力惊人。

青袍老人又吃一惊。眼见对方使自己的功夫，使得牛头不对马嘴，差劲至极。可是反倒威力极大，让自己无法化解！心想这小子真邪门！心念闪过，老人又只得闪身避开。张去病躬身道："老爷子，请恕晚辈鲁莽。"

岂料他话未息声，却见青袍老人袖头微摆，似要抢先出招。他不假思索，急忙双臂舞动，左右开弓施展"太乙伏魔手"将刚才的招式使出。只见六道指力剑气纵横将青袍老人团团罩住。青袍老人大吃一惊，挥袖疾挡，将双袖舞成两块盾牌护住身子。一声清啸借张去病的力道冲天而起，犹如一只大鹰飞落五丈开外。张去病万没想到自己双手齐使老人的剑招，竟然会产生如此大的威力，心亦惶惶不安。一下愣住不知如何是好。

却听青袍老人哈哈大笑道："哈哈，小子，你竟然用老夫的武功攻得我老人家还不了手，武林中还没人能让老夫如此受窘！看来武林后起之秀的名头，你小子当得起！不过，你使的不是《九宫伏魔经》功夫啊！"

张去病忙道："老爷子过奖了。不瞒您老人家，晚辈适才使的正是《九宫伏魔经》功夫。"

青袍老人一怔，道："你使的明明是老夫的武功，怎会是《九宫伏魔经》的功夫？"

张去病道："晚辈不敢说谎。晚辈使的确是《九宫伏魔经》功夫。只不过，这门功夫是借您老人家武功使出来而已。"青袍老人听得稀奇，忙道："那功夫叫什么名目？"

张去病道："叫'太乙伏魔手'，是《九宫伏魔经》上层武功。它能将各派武功奇妙拆组另创新招，生出极大威力。"

青袍老人听罢，微闭双目不语，似乎在思索"太乙伏魔手"的奇妙之处。须臾，老人睁开眼来。叹道："那达摩祖师和寇谦之道长真乃武学天人，竟创出如此神功来！"转头对张去病道，"傻小子，适才老夫说，你露两手功夫给我老人家瞧瞧，我便赐教于你，老夫决不食言。"

张去病躬身道："晚辈聆听前辈教诲。"众人都极想知道青袍老人和南溟老人向林老先生认输的缘由，一听此言，全都竖起耳朵静听青袍老人道来。

青袍老人对张去病说道："先前，你瞧见我同南溟老弟占了上风，林老弟落了下风，是不是？"

张去病点点头道："正是如此。"老人又道："后来，林老弟对着我二人扇了三扇，我俩人便都认输。你觉得奇怪不解，是不是？"张去病又点头道："是。"

青袍老人续道："你可知林老弟扇那三扇，我二人当时是何等情形吗？"张去病摇摇头道："晚辈不知。请前辈明示。"

青袍老人道："老夫告诉你罢。林老弟扇出第一扇时，老夫顿觉浑身上下暖洋洋，四肢百骸软绵绵，气血经络滞迟不动，半分力气使不出来，我八十多年内力瞬间无影无踪！"说到此处，回首问南溟老人，道，"南溟老弟，老哥不知你情形怎样，想来，老弟也同老哥差不多罢？"

南溟老人叹道："可不是嘛！那一瞬间小弟也是功力尽失。《鬼谷散花谱》武功真是神乎其技啊！"

青袍老人续道："待到林老弟扇出第二扇时，我才觉体内气血和经络恢复涌动。南溟老弟，你可是这般情形？"南溟老人道："便是如此！"

青袍老人再道："直到林老弟扇出第三扇后，老夫才感到周身真气通畅无碍，才恢复了我八十多年功力！"

众人听得心下大骇。心想林老先生头一扇竟然消尽二老功力；第二、第三扇又能恢复他们的功力，这《鬼谷散花谱》功夫，真是神奇得不可思议！

青袍老人又道："傻小子，我林老弟武功如此深不可测，你说我二人不服输，还能怎么的？"

林老先生笑道："老哥哥言过其实了！适才咱们三人胜负未见分晓，老哥你俩便罢手言输，小弟可不敢当啊！"

青袍老人道："林老弟莫说客气话。适才你第一扇消去了我二人功力，倘若你不扇第二扇恢复我二人功力，我们还能同你斗吗？"

林老先生摇头道："欧阳兄有所不知，实不相瞒，我那第一扇，只能瞬间阻滞你二人内力。即便我不扇第二扇，二位也能自行恢复功力再斗，只是需要一些时间。"

青袍老人摇头笑道："林老弟别宽慰老哥了。适才在我二人功力尽失之际，你若趁势一击，我二人无力自卫，岂不败在你手下？哈哈，谢谢老弟顾及我二人颜面，不叫老哥出丑！"听到此处，众人才知二位老人认输的缘由，皆不由得对林老先生的武功望洋兴叹。

青袍老人回眸看着张去病，问道："傻小子，你叫张去病是不是？"张去病忙道："晚辈正是张去病。"

青袍老人道："老夫听说你出道以来，习得《九宫伏魔经》神功，在武林中罕逢敌手，做了几桩轰动江湖的大事，这在年轻人中算是极难得了！眼下你率众杀敌卫国，护卫黎民百姓不遭金兵屠戮，不愧是岳元帅的好外孙！"

张去病忙躬身道："前辈过誉了，晚辈愧不敢当。晚辈所为，实不足道！"青袍老人双眉一掀，道："呵呵，张去病，你行啊！"张去病一愣。

青袍老人道："你这般血气方刚的年纪，能做到居功不傲，实属不易！张去病，我再问你：你说实话，适才同老夫斗，你胜算如何？"张去病忙道："晚辈胜不了前辈。"

青袍老人又道："倘若林老弟同你斗呢？又将如何？"张去病道："晚辈是必败无疑。"

青袍老人再道："倘若我、林老弟、南溟老弟三人斗你一人呢？那又将如何？"

张去病惶惶道："晚辈哪是三位前辈的对手？那将败得一塌糊涂！"

青袍老人点头道："不错，有自知之明！"又道，"张去病，适才我们三人不怕这身老骨头散架，在你面前打斗一番，然后老夫又与你独斗，你道这是为何？"

张去病寻思三位前辈互斗，不是说切磋武学吗？老爷子说同我斗，是为了让我演示《九宫伏魔经》功夫，这还用问吗？咦……不对，既然老爷子都说了，为何还要多此一问？老爷子如此发问必另有深意……那是为了什么呢？他搔搔头想不出其中缘由，红着脸道："晚辈愚笨，不知为何？"

林老先生微微笑道："张公子，我对你说罢。我们三人切磋武学，欧阳哥又考校你的功夫，不只是为切磋武功，他是要让你开阔眼界，知晓武学无涯，不生骄矜，虚心精进，以达化境。你可要感谢他老人家这一片美意！"

张去病心头一热，忙对青袍老人下拜道："谢谢老爷子苦心教诲，去病永生铭记！"

青袍老人道："张去病你记住，以武功而讨论，天下没有第一高手，永远没有！若以人品而论，你福泽深广，习得多门神功，你用它来护国卫民，扶危济困，除暴安良，那可堪称天下第一大侠！老夫望你切记此言，莫负你这一身不世神功！"

张去病忙道："晚辈铭记在心，永不敢忘！"青袍老人点点头，道："孺子可教！"

待张去病站起来，青袍老人掉头对林老先生和南溟老人道："二位老弟，咱三人极难聚头。走，找个地方喝酒去。老哥我做东！"林老先生和南溟老人应道："那敢情好啊！"

三人正要动步，忽见一人越众而出，疾步走到青袍老人面前双膝跪下，颤声道："恩师在上，请受不肖弟子一拜！"

张去病大吃一惊，下跪之人竟然是赵无痕！他想：这位老爷子是……赵先生的师父？那么，他便是传说中的"地藏宫主"人欧阳山人吗？可是武林中传说"地藏宫主"人从不现身江湖，没人见过他的真容。今日他老人家怎会来到这里？

瞧见赵无痕跪拜青袍老人口称"师父","巴山老鬼"、蓝龙、云飞扬、杜百年、龙飞、穆兴几人心头大震。赵无痕在江湖上是何等威名？他师父"地藏宫主"欧阳山人乃是"世外三老"之一，身份是何等尊崇？众人猛然得知青袍老人便是"地藏宫主"欧阳山人，一时惊呆了。

却见欧阳山人侧身避开赵无痕，冷冷道："赵无痕，当年，我已将你逐出'地藏宫'，你我已无师徒名分，你这一拜，老夫可承受不起！"

赵无痕跪地不起，悲声道："师父，常言道一日为师终身为父。师父可以将弟子革除师门，弟子不敢不认师父。当年弟子这条命是您老人家救的；弟子这一身武功也是您老人家传授的，师父对弟子恩同再造，弟子永远铭记您老人家的恩德，请师父受弟子一拜！"说罢，伏地叩头。

欧阳山人又闪身避开，怒道："赵无痕，当年你违背门规滥杀无辜，毁我'地藏宫'声誉，我没有你这个不肖弟子！"

赵无痕叩头道："师父息怒。昔年弟子行事鲁莽，杀那南拳王尹方及门人。但后来弟子得知那尹方确实该杀。请师父明察，弟子并未违背门规。"

欧阳山人厉声道："那尹方在江湖上行侠仗义，名声卓著。你不分善恶将他杀了，灭了他门派，哼，你如此滥杀无辜，还说没有违背门规？"

赵无痕道："师父说得极是，弟子原本也为错杀尹方，悔恨至极！但近来弟子得知那尹方虽然在江湖上行侠仗义，却大节有亏！弟子杀他的确并未违背门规，还望师父明察。"

欧阳山人一怔，道："什么大节有亏？难道说……他勾结金兵祸害大宋不成？"

赵无痕道："这倒没有。弟子听人说那尹方为一己之私利，见国家遭逢大难，却不肯出力救国。这种人枉称侠义道，罪当该死！"

欧阳山人一愣，问道："你说说，那尹方如何不肯出力救国了？"赵无痕摇头道："这其中隐情，弟子不便在此言说。还请师父原谅。"

当年大宋军饷紧缺，朝廷要南拳王尹方拿出家产解燃眉之急，尹方是广东首富却不出资为国解难。高宋赵构本想派兵强夺，又怕吓跑南方大贾富绅，便向贾潇问计，贾潇灵机一动将尹方之名登上生死簿，骗赵无痕杀了尹方。赵构给尹方捏造个勾结匪盗罪名，夺其家财充军需之用。但此事终究不光彩，便秘而不宣。

贾潇为维护赵构名声，一直将此事瞒着赵无痕，宁可师兄弟反目，也不向赵无痕透露真相。那夜张去病、赵无痕、"巴山老鬼"三人潜入皇宫。赵无痕同贾潇相遇比剑，赵构看见贾潇将死在赵无痕剑下，为了救贾潇才不得不道出赵无痕杀尹方的真相。贾潇恳求赵无痕不要外泄此事。赵无痕点头承诺。此时在大庭广众之下，赵无痕不便说出真情。

欧阳山人见赵无痕不肯吐露实情，双眉一掀怒喝道："什么不便言说？赵无痕，你分明在此欺哄老夫，我一掌毙了你！"

赵无痕伏地道："弟子万万不敢哄骗师父！师父便是取弟子性命，弟子也不便说出此中隐情！"

欧阳山人大怒，道："好哇，你个赵无痕！你道我杀不得你吗？当年你违背门规，老夫没取你性命，只将你逐出宫去，那是念你为"地藏宫"在江湖上除恶有功，才饶你不死。今日你竟敢谎言哄骗老夫，我再容你不得！你起来，使出你的本事领死罢！"

赵无痕仍伏在地上，道："师父要杀弟子，请师父动手，弟子万万不敢对您老人家不敬！"

欧阳山人怒不可遏抬起手掌，张去病急忙身形一晃挡在赵无痕面前，双膝扑跪下，道："老爷子请息怒！赵先生没说谎，此中隐情晚辈也碰巧知晓。赵先生确已向别人承诺不外泄此事，所以不能在此向老爷子明言，请您老人家宽恕赵先生！"

张去病话刚落音，又见一人跃上前来跪在张去病身旁，大声道："欧阳老前辈，赵先生所言之事，在下也在场听见。赵先生确实向人承诺不外泄此事，在下可以做证，他所言句句是真。此中隐情确实不便说出，求您老人家高抬贵手莫责罚赵先生！"

众人一看，为赵无痕求情之人却是"巴山老鬼"。当年"巴山老鬼"押镖途中，被群盗围攻险些丧命，是赵无痕救他一命。此时看见赵无痕有危，他便不顾危险上前为赵无痕求情。

欧阳山人看看张去病和"巴山老鬼"，将信将疑道："张去病，你既知真情，那你说给老夫听听！"

张去病一愣，为难道："这……这个……晚辈……也不便言说。"

欧阳山人道："你也不说？这又是为何？难道你也向别人做过承诺，不便吐露真情？"张去病摇头道："没有……我没对人有承诺。"

欧阳山人又问道："你既然没有对人承诺，那又为何不能言说？"

张去病语塞，道："这个……此事牵涉之人名位太尊，去病须避讳，不便言说。"张去病不肯说出实情，因此事牵连到高宗赵构的名声，他受忠君家训熏陶极深，据实吐露便是对赵构不尊。着实让他心中犯难。

欧阳山人见张去病吞吞吐吐，冷哼了一声转头问"巴山老鬼"，道："你也不肯说吗？"

"巴山老鬼"见赵无痕和张去病都不说，他哪敢说？忙摇头道："是的，在下抱歉之至，也不能对您老前辈说。"

欧阳山人怒喝道："好哇，你三人却都不肯说，分明消遣老夫嘛！好好，尔等不说，待老夫毙了这赵无痕！"

欧阳山人说时手指疾弹，一股指力激射而出。赵无痕一动不动束手待毙。张去病大急，双掌推出一团雄浑掌力将老人指力封住。欧阳山人怒喝道："张去病，老夫清理门户与你何干？你插什么手！"

张去病尚未开口，却听赵无痕道："小主人，我这条命是师父救的，他老人家要取去，无痕毫无怨言。请小主人别对我师父不敬，你让他老人家遂了心愿罢！只是今后老仆不能再侍候小主人了，请你多多保重！"

张去病急摇头道："不不！赵先生，你对去病恩重如山，我怎能看你无辜受死？你师父一时误会，日后咱们终能澄清。此时我非救你不可！"

赵无痕摇头叹道："小主人，你若对我师父不敬，便是陷无痕于不义！小主人若不依老仆之言，老仆只得自断经脉向我师父谢罪！"

张去病和"巴山老鬼"大急，齐声喝道："赵先生别……别……你等等，容我们再想想法子！"

便在此时，忽然传来一个尖锐的声音："师兄且住，万万不可自行了断！"

众人纷纷转头看去，只见数骑飞驰而来，转眼之间骑马之人奔到近前。当先一匹马上坐着一个白衣老太监，后面跟着一名官员和几个随从，张去病一看来人是赵无痕师弟贾潇和虞允文，急忙道："贾先生，快劝你师父别惩罚赵先生！"

贾潇从马背上飞身腾起，两腿在空中一曲，双膝轻轻跪落在欧阳山人面前，道："不肖弟子贾潇拜见师父！"

欧阳山人惊讶地看着身穿太监服饰的贾潇，愕然问："贾潇，这些年你到哪里了？怎么这身装扮？"

贾潇叩头道："回禀师父，弟子辜负了您老人家期望，弟子现在为皇上效力。弟子今日奉朝廷之命前来犒赏三军，有幸见到师父，弟子给师父叩头请安。"说时恭恭敬敬地叩了几个头，又道，"当年弟子不辞而别，对不起师父，请您老人家责罚弟子！"

欧阳山人板着面孔冷笑一声，道："贾潇，你不辞而别，音信了无。我四处查找你的下落找不到你，还当你被仇家所害。嘿嘿，想不到你竟贪图荣华富贵给皇家当差！你……你……把我这张老脸给丢尽了！"

贾潇道："师父请息怒。弟子不辞而别之事与师兄杀那南拳王尹方有关！当年是弟子将尹方名字写上生死簿骗师兄去将他杀了。师兄是按宫规行事并无过错，弟子恳请师父不要怪罪师兄。师父要知弟子骗师兄杀尹方的隐情，请您老人家移步一旁，听弟子禀告师父。"

贾潇刚说完话，欧阳山人两手一探，一手抓起赵无痕，一手抓起贾潇迈腿儿跨，三人几飘几荡，消失在土坡背后。

众人还未缓过神来，只见虞允文缓步走到张去病面前拱手施礼道："公子率众破敌，大败金兵，杀了金国皇帝完颜亮，立下伟功！下官这就草拟奏表，请前来犒军的贾公公带回朝廷，奏请圣上封赏公子！"

张去病一听虞允文要为他向朝廷讨封赏，急得连连摆手道："不可，不可。虞大人过誉了。今日宋军大胜全仰仗虞大人运筹得当，指挥有方，更仗众将士拼死杀敌，这才打败金兵，小民没什么功劳可言。大人这番美意小民心领了。小民游荡江湖，生性疏懒，受不了做官的约束，有负大人厚爱！小民恳请大人为众将士和百姓请功，但不要向朝廷提及小民，望大人答应小民！"

虞允文一怔，万万没想到张去病会说这番话，心想此人是岳元帅之后，莫非他顾忌重蹈岳元帅的覆辙？还是他视功名富贵若浮云？虞允文一时想不出所以然，只得点头道："公子不图富贵，功成身退，大有前贤遗风，允文钦佩至极！既是如此，允文谨遵公子所嘱。"

二人正在对答，却见欧阳山人、贾潇、赵无痕三人从土坡后走来。张去病瞧见欧阳山人面色平和，情知他们师徒间误会已经冰释，悬着的心才放了下来。

欧阳山人走到近前，对林老先生和南溟老人笑道："哈哈，见笑，见笑！门户内一点小事耽误了咱们喝酒，二位老弟，走，咱们找地方喝酒去罢！"林老先生笑道："那敢情好，咱们一醉方休！"

南溟老人道："二位老兄稍等一等。"转头对南海八子道，"众弟子，为师与二老云游去，尔等先回子午岛去罢！"说罢一手拉着林老先生，一手拉着欧阳山人，三人衣带飘飘疾行远去。

张去病忽然心中一动，迈开蹑云步急追上去。转过土坡见三位老人正向一条小路奔去。他忙喊道："三位老前辈稍停，晚辈有一事请前辈们指点迷津！"

三老闻声停住脚步，转过身来望着张去病。欧阳山人道："小朋友，什么事？"

张去病跑到三人面前收住脚步，躬身道："三位前辈，今日金兵虽然败退，但日后还会卷土重来攻打大宋，残害百姓。请前辈们指点一个良策，如何断绝金国之患？"

三老一听互相看看，面露惊讶。南溟老人道："张公子，这等军国大事，非老夫们所长，哪有什么良策给你啊！"

欧阳山人摇头道："小朋友，此事食肉者谋之，你一介小民操心它做甚？"

张去病忙跪到地上叩头道："去病虽是草民，但位卑未敢忘忧国！去病恳请三位老前辈指点迷津，消除金国大患，救百姓于水火，保住我大宋山河！晚辈代天下苍生拜求三位前辈！”说罢连连给三老叩头。三老看张去病情辞恳切，心中皆是一热。

林老先生道："张公子请起。难得你一片报国之心，容我们三人想想，看有无法子帮助公子实现护国宏愿。"张去病站起身来道："多谢前辈。"

欧阳山人道："办法尚未想出，小朋友不忙言谢。看我们三个臭皮匠能不能顶个诸葛亮哩！南溟老弟，你见识卓远，你有何妙招除去金国这个大宋心头之患？"

南溟老人摆一下手说道："欧阳兄笑话我了。南溟远居小岛孤陋寡闻，哪有什么远见卓识啊？不过，张公子报国之心至诚感人，南溟不揣浅陋略说一二。夫一国灭亡之道有三：一是亡于外强入侵，被敌所灭。二是亡于自己作孽，自毁自灭。三是亡于天灾疾病，无法抗拒而灭。凡此三者，那金国如占其一便可灭亡。亡金国之计，张公子可从三者取其一。"

张去病道："前辈所言甚是。只是当今诸国，数那金国势力最强，要灭它可不容易！大宋皇帝只想安于现状，毫无进取之心，不想举全国之力灭金。若是要让金国自己作孽，自毁自灭，那用什么法子呢？天灾疾病又非人力可为，这难办啊！"

欧阳山人道："要让金国自己作孽自毁自灭，办法是有的。那就是用大量银子大肆贿赂金国奸臣，施离间之计挑动金国大乱，张公子可举义兵趁乱灭那金国。当年那越王勾践，便是用此法灭了吴国。但小朋友哪来大量银子去离间鞑子君臣呢？看来此计也难用……林老弟，你博古通今，可有什么好办法助张公子一臂之力？"

林老先生沉吟片刻，缓缓说道："当下可施之策，唯有使借刀杀人计，挑动他国同金国互斗，借他国之手灭亡金国！"

张去病忙问道："可是从实力看，眼下那辽国和西夏兵力都不及金国强大，它们皆不敢同金国相争。这怎么办呢？"

林老先生道："不错，眼下辽国和西夏不敢同金国争雄，这既是因为两国实力弱于金国，更是因为这两国无雄才大略的君主，所以两国都求自保，不求进取。公子要借它们之力灭金是无可能。"

张去病道："那么，除了辽国和西夏，还有哪国之力可借呢？去病愚钝，请林老先生指点。"

林老先生道："一国之兴亡，不在于实力强弱，而在于有无雄才大略君主。若无雄才大略君主，强国也会被灭掉。若有雄才大略君主，弱国则能灭掉强国取而代之。这种例子历史上屡见不鲜。战国初，齐、楚两国的实力大于秦国，六国实力加起来，也比秦国大得多。但其时，六国君王皆是平庸之辈，唯独秦国后来出个雄才大略的秦始皇，故秦国能灭亡六国一统天下。楚汉相争之际，那刘邦比项羽更具雄才大略，是以弱汉灭了强楚，刘邦建立汉朝。隋末天下大乱，那李世民雄才大略胜过群雄，所以他能助其父李渊平定天下建立大唐。

"由是观之，一国之兴亡，在于其国是否有雄主圣君。因雄主圣君有远大抱负，能举用良将贤臣治国安邦，能将一盘散沙般百姓凝聚成一支打江山、夺天下的大军。历代雄主圣君皆能运筹帷幄开疆拓土，坚韧不拔率众建下伟业，故能使弱国强大起来，打败强国统一天下。老夫观金国现下虽强，但自那开国雄主完颜阿骨打之后，至今再无雄主，故金国早晚将被他国灭掉！"

张去病一听，急忙问道："请教林老先生，在当下，何人有雄才大略灭亡金国呢？"

林老先生转眸西望，道："此人在西北大草原上，他是蒙古部落首领名叫铁木真。蒙古人尊他为成吉思汗。灭亡金国，非此人不可！"

欧阳山人点头道："我亦听说，此人英雄了得！"南溟老人忙问道："林兄，欧阳兄，这铁木真如何英雄了得？"

林老先生道："两年前，我云游到漠北大草原，见那铁木真统治蒙古各部落，行事胸怀宽广，公正大度；处事不徇私情，赏罚分明，而又手段严厉，他竟然能将世仇隔阂极深，恩仇乱如麻团的大小部落，整治成一股坚无不摧的强大力量在草原上崛起，此种才干极罕见！尤其令我惊奇的是，此人率军打仗只败过一次，此后所向披靡，百战百胜，从未败过，其军事指挥才能堪比古代名将！

"我对此人颇为好奇，曾经夜里去探那铁木真大帐。那夜他正召集部落酋长议事，听他言谈，果然胸襟开阔，气度恢宏，处事深谋远虑，杀伐决断果敢刚毅，实是一代雄君圣主之才！张公子，你如能借得这把宝刀，想法挑动那铁木真与金国开战，他必能灭亡金国！"欧阳山人和南溟老人一听都道："林兄此言有理！"

张去病一听觉得此计不错，转瞬心中又生疑问，道："林老先生，想那铁木真英雄了得，必定英明至极，晚辈挑动他攻打金国只怕被他识破，这如何是好呢？"

林老先生道："这一层公子无须多虑。那蒙古各部落原是金国蕃属，世代受尽金国欺凌，蒙古人对金国早怀恨在心，同金国反目是迟早之事。我看那铁木真野心很大，决不会久居金国之下。公子只要谋划得当，这借刀灭国之计未必不成！"

张去病忙拜谢三老道："谢谢三位前辈教诲，晚辈受益无穷！"他埋头地上，却不听三老回答。他抬头看时，三老已飘然远去。他忙站将起来，转身奔向群豪。

适才众人忽见张去病去追三老，不知他因何事。此时见张去病转回，纷纷向张去病道别。贾潇同虞允文翻身上马对张去病抱拳辞行。张去病忙拱手还礼道："贾前辈、虞大人，请对皇上隐匿去病之名，拜托了！"贾潇同虞允文应声道："公子放心。后会有期！"二人打马离去。

张去病随即抱拳对群豪道："众位豪杰，几日来大伙奋勇杀敌卫国保家，不愧是我大宋的英雄好汉！请众位英雄受在下一礼！"说罢对着众人深深鞠了一躬。群豪忙躬身还礼。

张去病直起身来，又道："众位英雄，江山不改，绿水长流，今日咱们在此作别，他日一定后会有期，多多保重！"群豪应声道："张公子也多保重，后会有期！"张去病走上前去同众人拉手话别后，群豪纷纷离去。

待群豪散尽，赵无痕走到张去病近前，道："小主人，此间战事已了，咱们去天山迎亲罢。"

张去病道："赵先生，迎亲之事暂且不急。眼下，咱们还有一件大事要办。"赵无痕忙问道："小主人还有什么大事要办？"

张去病道："咱们先去大漠草原，借把宝刀灭金国！"赵无痕、蓝龙、云飞扬、"巴山老鬼"、杜百年、龙飞、穆兴、段阳八人听得一愣，忙问道："借什么宝刀灭金国？"

张去病道："咱们上马边走边说。"八人翻身上马，伴随张去病缓缓西行。张去病遂将林老先生之计说给众人听。众人一听皆赞道："好计！"赵无痕道："此计虽好，只是须用妙法，方能挑动那铁木真同金国开战！"

蓝龙点头道："正是。咱们须想法子叫那铁木真对金国恨之入骨，他才会对金国大动干戈！"说到此，蓝龙回过头去问云飞扬，道，"云大摩尼，你足智多谋，看想个什么法子才能借得铁木真这把宝刀？"

云飞扬想了想，道："咱们可使栽赃之计。"张去病忙问道："使什么栽赃之计？"

云飞扬道："上次那完颜龙上摩尼岩，出重金向殷独啸买我教杀手去刺杀铁木真，他给殷独啸一件刻有'完颜'二字的龙纹金牌作信物，这金牌正好在教主身上。咱们此次去蒙古草原扮成金国杀手，假装刺杀那铁木真，打斗中故意将完颜龙的金牌遗失现场，铁木真见到金牌便知晓是金国人刺杀他，一定会怒不可遏兴兵报仇！"蓝龙听罢笑道："哈哈，这栽赃借刀主意妙极！"众人皆一阵哈哈大笑。

张去病高兴道："走，咱们去蒙古草原借刀灭金国！"随即扬鞭打马，带着群豪向西奔去。

（全书完）